EDGAR WALLACE

Die Eingeborenen vom Strom

Am großen Strom

# EDGAR WALLACE

## Afrika-Romane

# Die Eingeborenen vom Strom

Hesse Becker

im Weiss Verlag GmbH, Dreieich
August 1986
Gesamtherstellung: Presse-Druck Augsburg
Printed in Germany
ISBN 3-8036-4042-3

# *Inhaltsverzeichnis*

## Die Eingeborenen vom Strom



## Am großen Strom

# I

# Ein Spiel

Amtmann Sanders war auf Urlaub gewesen.

Seine dienstliche Tätigkeit bestand größtenteils darin, mühselige und gefährliche Züge durch Fiebergegenden zu unternehmen. Aber er hatte auch in seinen Ferien ein benachbartes Tropenland bereist, in dem nicht weniger Gefahren lauerten als in seinem eigenen Verwaltungsgebiet. Der einzige wahrnehmbare Unterschied zwischen seiner täglichen Arbeit und seiner Erholung lag eigentlich darin, daß er den Klagen und Sorgen eines andern zuhören mußte, statt sich mit seinen eigenen Schwierigkeiten zu beschäftigen.

Trotzdem war Amtmann Sanders sehr befriedigt von seinem Urlaub, und das ist ein sicheres Zeichen dafür, daß er sehr menschenfreundlich dachte und fühlte.

Seine Ferien hatten lange gedauert, denn er wanderte von St. Paul de Loanda über Land nach dem Kongo, erlegte im französischen Teil des Gebietes einige Elefanten auf der Jagd, fuhr mit dem Missionsdampfer zum Sangar-Fluß und kehrte dann nach Stanley Pool zurück.

In Matadi fand er einen Brief seines Stellvertreters vor. Dieser war ein nicht allzu strenger junger Mann, der von der Zentralverwaltung beauftragt worden war, Sanders' Posten während dessen Abwesenheit einzunehmen; er war sehr befriedigt, daß man ihn für fähig hielt, einer so schweren Aufgabe gerecht zu werden.

Das Schreiben war ein wenig sprunghaft, aber Sanders las es so begierig, wie ein junges Mädchen seinen ersten Liebesbrief liest, denn es enthielt Nachrichten von dem Land, das ihm so sehr am Herzen lag.

„Mit Umfebi, dem Häuptling von Kulanga, habe ich einige Schwierigkeiten. Er bedrückt seine Leute hart, und wenn ich die dauernde Verwaltung des Gebietes hätte . . ." Sanders lachte grimmig und sagte: „Unverschämter Kerl", aber diese Äußerung galt wahrscheinlich dem aufsässigen Umfebi. „Dagegen komme ich mit M'laka, dem Häuptling vom Kleinen Strom, gut aus. Er war sehr zuvorkommend und aufmerksam zu mir, als ich sein Dorf besuchte, und führte mir zu Ehren alle seine Tanzmädchen vor." Sanders machte ein verächtliches Gesicht. Er wußte, daß M'laka ein Schuft war. „Bosambo, der Häuptling der Ochori, ist sehr höflich und fügsam. Ich erwähne dies ganz besonders, weil ich weiß, daß es Sie interessieren wird. Bosambo hat mir nämlich erzählt, daß er Ihr besonderer Schützling ist. Ebenso hat er mir berichtet, daß Sie ihn während seiner Kindheit auf Ihre eigenen Kosten erziehen ließen und sich jede Mühe gaben, ihm die englische Sprache beizubringen. Das hatte ich noch gar nicht gewußt.“

Sanders war dies auch eine große Neuigkeit, und er schwur bei dem ehernen Himmel einen Eid, daß er diesen Bosambo von dem einen Ende seiner langen Dorfstraße bis zum andern unter Püffen und Fußtritten jagen würde, wenn er erst wieder daheim wäre. Bosambo war ein unverschämter Dieb, ein der liberianischen Regierung entlaufener Sträfling, der sich einfach selbst zum Häuptling der Ochori gemacht hatte. Aber zuweilen war er ein ganz brauchbarer Mann.

„Er ist sicher der zivilisierteste unter allen Häuptlingen“, hieß es weiter. „Er hat der astronomischen Expedition, die in Ihrer Abwesenheit hierherkam, um die große Mondfinsternis zu beobachten, wertvolle Dienste erwiesen. Die Herren sprachen sehr lobend von seiner Zuvorkommenheit und seinen Anstrengungen, ihnen Instrumente und Gepäckstücke wieder zu beschaffen, die auf ihrer Reise den Strom hinunter entweder verlorgengingen oder gestohlen wurden.“

Sanders lächelte, denn auch ihm selbst war schon verschiedenes in Bosambos Gebiet abhanden gekommen.

„Ich werde wieder nach Hause gehen“, sagte er kurz entschlossen zu sich selbst.

Diese Absicht führte er auch auf dem schnellsten Wege aus und kam eines frühen Morgens wieder in seiner Residenz an der Mündung des Großen Stromes an. Sein Stellvertreter hatte ihn nicht so rasch zurückerwartet und schien über seine Ankunft nicht gerade erfreut zu sein, da er ein großes, freilich nutzloses Palaver vorbereitet hatte, zu dem die Häuptlinge des Gebietes eingeladen waren.

„Meiner Meinung nach kann der Frieden in diesem Lande nur aufrechterhalten werden“, erklärte er Sanders ernst, „wenn man direkt auf die Gemüter dieser blödsinnigen Leute einwirkt, und das kann man am besten und einfachsten tun, wenn sie alle beisammen sind.“

Der Amtmann streckte seine Beine bequem aus und blies den Rauch seiner Zigarre durch die Nase. Sie frühstückten zusammen auf der breiten Veranda des Hauses. Mr. Franks, so hieß der Vertreter, wurde in jeder Weise als Gast behandelt. Sanders unterdrückte eine scharfe Entgegnung und fragte nur:

„Wann soll denn das verdamm – ich meine, wann soll das große Palaver denn stattfinden?“ – „Heute abend.“

Sanders zuckte die Schultern.

„Da Sie alle Häuptlinge zusammengetrommelt haben und die Leute schon in den Hütten meiner Haussasoldaten mit Frauen und Dienern kampieren und meine Repräsentationsgelder bis auf den letzten Pfennig aufzehren, ist es wohl das beste, wenn Sie das Palaver selbst abhalten."

Am Abend versammelten sich alle Häuptlinge vor der Residenz. In einem großen Halbkreis hockten sie auf der Erde vor dem Sessel, auf dem Mr. Franks Platz genommen hatte. Er war sich seiner Würde voll bewußt, sein Gesicht war vor Erregung gerötet, und seine Augen leuchteten begeistert durch die goldgeränderte Brille.

Sanders hatte sich etwas weiter zurückgesetzt und sagte nichts, aber er betrachtete die Versammlung mit unfreundlichen Blicken. Er bemerkte ohne große Erregung, daß Bosambo von den Ochori den Ehrenplatz in der Mitte eingenommen hatte. Der Häuptling trug ein Leopardenfell und viele Ketten bunter Glasperlen um den Hals. Im Haar steckte ein Büschel Straußenfedern, und Ringe von poliertem Messing schmückten seine Arm- und Fußgelenke. Aber um allem die Krone aufzusetzen, hing von dem Fell, das seine linke Schulter bedeckte, an einem feuerroten Bande ein großer Zierat herunter, der einem Orden nicht unähnlich sah. Ihm gegenüber waren die anderen Könige und Häuptlinge wie gewöhnliche und alltägliche Leute anzuschauen. B'fari von den Größeren Isisi, Kulala von den N'gombi, Kandara von den Akasava, Etobi vom Fluß jenseits des Stromes und die Schar der kleineren Oberhäupter hätten ebensogut gewöhnliche Lastträger sein können.

M'laka von den Kleineren Isisi eröffnete das Palaver.

„Oh, mein Herr Franki", begann er, „wir sind sehr große Häuptlinge, und doch sind wir nur Hunde vor deinem leuchtenden Angesicht, das wie die Sonne ist, die aus Wolken hervorbricht."

Mr. Franks, dem diese Anrede übersetzt wurde, räusperte sich und wurde noch einen Schein röter.

„Da du unser Vater bist", fuhr M'laka fort, „und Sandi von uns gegangen ist, obwohl du ihn zu diesem Palaver gerufen hast, um deine Größe zu bezeugen, ist das Land fruchtbar geworden, die Krankheiten sind verschwunden, und es herrscht Friede unter uns."

Er vermied Sanders' kühlen Blick, während seine Worte übersetzt wurden.

„Da Sandi gegangen ist", sprach er dann mit erheucheltem Bedauern weiter, „sind wir traurig, denn er war in mancher Beziehung ein guter Mann. Aber er hatte nicht das große Herz und den milden Geist unseres Herrn Franki."

Dieses und vieles andere sagte er. Es sei ratsam, alle Häuptlinge und Führer zusammenzurufen, damit sie hören könnten, wie ungerecht die Steuern erhoben würden und wie schwer das Leben unter gewissen herzlosen Oberherren sei – hier schaute er zu Sanders hinüber. Vor allem müßte die frühere Macht der Häuptlinge wiederhergestellt werden.

Andere Redner folgten. Sie sagten, daß sie große Trauer darüber empfänden, daß Herr Sandi sie verlassen wollte. Der Amtmann beobachtete, daß Mr. Franks errötete und unangenehm berührt schien, und erkannte, daß dieser nicht für die Verbreitung des Gerüchts von seinem Rücktritt verantwortlich war.

Endlich redete auch Bosambo, ehemals von Monrovia, jetzt Oberhäuptling der Ochori vom Ufer des Stromes bis zu den Bergen am Wald.

„Oh, mein Herr Franki, ich fühle Schande, daß ich sagen muß, was ich zu sagen habe, denn du bist zu mir gewesen wie ein Bruder."

Er sprach mit großer Betonung und machte dann eine Pause, als ob er von seinen Gefühlen überwältigt würde. Franks war hingerissen, Sanders indessen schaute mißtrauisch zu Bosambo hinüber.

„Aber Sandi war unser Vater und unsere Mutter, er trug uns in seinen Armen über reißende, schnelle Ströme, und mit seinem schönen Körper schützte er uns gegen unsere Feinde. Er machte seine Augen weit auf, um unsere guten Taten zu sehen, und er machte sie klein vor unseren Fehlern. Und jetzt, da wir ihn verlieren müssen, ist mein Bauch voll Trauer, und ich wünschte, ich wäre tot."

Er ließ den Kopf hängen und bewegte ihn langsam von einer Seite zur anderen. Man sah Tränen in seinen Augen, als er den Blick wieder erhob. David wehklagte sicher nicht schmerzlicher um seinen Freund Jonathan, als Bosambo von Monrovia um das vermeintliche Scheiden seines Herrn.

„Franki ist gut", fuhr er fort, und es kostete ihn sichtlich große Mühe, sich zu fassen. „Sein Gesicht ist strahlend und schön. Er ist so unschuldig wie ein Kind, und sein Herz ist rein, er ist nicht schlau und verschlagen."

Franks rückte unruhig auf seinem Stuhl hin und her, als ihm dieses Kompliment verdolmetscht wurde.

„Und wenn M'laka zu ihm spricht mit einer Zunge, die glatt ist wie Öl, lo! dann glaubt Franki ihm. Aber Sandi weiß, daß M'laka ein Lügner ist und die Gesetze übertritt, denn er hat seinen Bruder vergiftet, während Sandi fort war, und ist nicht bestraft worden."

M'laka erhob sich halb von seinem Sitz und griff nach seinem Elefantenspeer.

„Nieder“, fuhr Sanders dazwischen. Seine Hand langte blitzschnell zu seiner Hüfttasche, und M'laka duckte sich.

„Und wenn Kulala von den N'gombi einen Einfall in das Gebiet der Alamandi macht und Mädchen stiehlt, dann ist unser Herr Franki so gutmütig –“

„Du Lügner, du Hund, du gemeiner Fischfresser!“

Der empörte Kulala war aufgesprungen, und seine dicke Gestalt zitterte vor Wut.

Aber Sanders hatte sich nun auch von seinem Sitz erhoben und stand hochaufgerichtet neben seinem Stellvertreter. Ein Wink von ihm genügte, Beleidiger und Beleidigter hockten sich wieder auf den Boden nieder.

Alles, was jetzt folgte, blieb Mr. Franks unverständlich, weil sich niemand mehr die Mühe gab, ihm die Worte zu übersetzen, die gesprochen wurden.

„Es scheint mir, daß ich meine Häuptlinge in drei Klassen einteilen muß“, begann der Amtmann. „Der eine Teil sind echte Spitzbuben, der zweite Narren, und der dritte und größte Teil sind Spitzbuben aus Torheit. Nur einer von euch gehört in die erste Klasse und ist ein durchtriebener Gauner – und das ist Bosambo von den Ochori. Die anderen sind wie die einfältigen Kinder.

Bosambo hat die Lüge verbreitet, daß ich euch verlasse. Als nun euer Herr Franki euch zusammenrief, da habt ihr wie die törichten Narren, die ihre Gesichter in den Schatten wenden, gedacht: ‚Nun ist es Zeit, schlecht von Sandi und gut von unserm neuen Herrn zu sprechen‘. Aber dieser Erzschelm und Lügner Bosambo ist viel gerissener als ihr alle zusammen, denn der hat sich schlau gesagt: ‚Ich will gut von Sandi reden, weil ich weiß, daß er bei uns bleibt. Und wenn Sandi mich hört, wird er mich lieben, weil ich ihn so gern habe‘.“

Das war einer der seltenen Augenblicke in Bosambos Leben, in denen man ihn verwirrt und verlegen sehen konnte.

„Wenn ich morgen aus meinem Haus heraustrete, will ich keinen Häuptling oder Ältesten mehr hier in der Residenz sehen, denn euer Anblick macht mich schon krank. Ich höre lieber von meinen Leuten, daß ihr alle zu euren Dörfern zurückgekehrt seid. Später werde ich zu euch kommen und Palaver abhalten, besonders das eine wegen des Giftmordes. Das Palaver ist aus.“

Er ging mit Franks, der nicht recht wußte, ob er sich ärgern oder sich entschuldigen sollte, in das Haus zurück.

„Ich fürchte, daß meine Auffassung sich nicht ganz mit der Ihrigen deckt“, sagte Franks etwas betreten.

Sanders lächelte freundlich.

„Mein lieber Franks, die Ansichten zweier Menschen decken sich niemals völlig. Eingeborene handeln immer wie unter einem Zauber oder einem Bann – deswegen kenne ich sie ja auch so gut, denn ich habe selbst etwas von einem verzauberten Vogel an mir."

Als er seine Koffer ausgepackt und den Inhalt an Ort und Stelle untergebracht hatte, sandte er nach Bosambo. Dieser ehrenwerte Häuptling erschien sofort, aber diesmal ohne allen Aufputz und Schmuck, und setzte sich demütig und bescheiden auf der Veranda zu Sanders' Füßen nieder.

„Bosambo", sagte Sanders kurz, „du hast eine Zunge wie ein Affe, der dauernd schwätzt."

„O Herr, es ist gut, daß Affen schwätzen", erwiderte Bosambo kleinlaut. „Sonst würde der Jäger sie niemals fangen können."

„Das mag sein, aber wenn ihr Geschwätz größere Raubtiere anlockt, die sich heimlich an den Jäger heranschleichen, dann sind diese Tiere gefährlich. Du wirst später erzählen, warum M'laka seinen Bruder vergiftet hat. Erst möchte ich aber wissen, warum du gut mit mir stehen willst. Du brauchst nicht zu lügen, denn wir sprechen wie zwei Männer miteinander."

Bosambo sah seinen Herrn unerschrocken und furchtlos an.

„O Herr, ich bin der kleine Häuptling eines kleinen Volkes, und obwohl ich nicht zu dem Stamm der Ochori gehöre, regiere ich sie doch weise. Ich habe Krieger aus ihnen gemacht, früher waren sie feige Weiber." – Sanders nickte.

„Alles, was du sagt, ist wahr. Wenn es nicht so wäre, hätte ich dich längst fortgejagt. Das weißt du ganz genau. Auch habe ich Grund, dir wegen gewisser Dinge dankbar zu sein."

„Herr", entgegnete Bosambo ernst, „ich bettle nicht um kleine Gunst, denn ich bin ein Christ, wie du weißt, und kenne den heiligen Peter, den heiligen Paul und andere Heilige, deren Namen ich vergessen habe. Aber ich bin besser als alle diese Häuptlinge, und ich möchte deshalb König werden."

„Was willst du werden?" fragte Sanders erstaunt.

„Ein König", antwortete Bosambo, nicht im mindesten eingeschüchtert, „denn ich bin dazu geeignet, und ein Zauberdoktor im Krulande, dem ich eine Flasche Gin schenkte, weissagte mir, daß ich einmal weite Länder beherrschen würde."

„Nicht auf dieser Seite des Himmels", erwiderte Sanders entschieden. Er sagte allerdings nicht Himmel, sondern brauchte einen kräftigeren Ausdruck, den ich hier nicht wiedergeben will.

Bosambo zögerte.

„Die Ochori sind ein kleiner Stamm, und ihr Gebiet ist nicht groß", sagte er halb zu sich selbst, „aber an meine Grenzen stößt das Land von M'laka, das dreimal so groß ist und sehr reich –"

Sanders hob den Kopf ungeduldig, aber plötzlich erkannte er den Humor der Situation.

„Gehe meinetwegen zu M'laka und erzähle ihm alles, was du mir eben gesagt hast. Wenn er dir freiwillig sein Reich übergibt, will ich damit zufrieden sein."

„O Herr, das will ich tun, denn ich bin reich an Kenntnissen und Talenten und werde es schon fertigbringen."

Würdevoll wie ein kaiserlicher Prinz schritt er durch den Garten und verschwand.

Am nächsten Morgen verabschiedete Sanders Mr. Franks – ein Küstendampfer hielt gerade draußen auf der Reede, und der Amtmann war froh, eine so günstige Gelegenheit zu finden. Die Häuptlinge hatten sich schon bei Sonnenaufgang auf den Heimweg gemacht, und am Abend nahm das Leben für Sanders wieder seinen gewohnten Gang.

Zwei Monate lang ereignete sich auch nichts Besonderes, aber nach Verlauf dieser Zeit besuchte M'laka seinen Schwager Kulala, einen Häuptling der N'gombi, der ein Mann von Ansehen und Einfluß war, denn er befehligte fünfhundert berühmte Krieger und Jäger.

Sie hielten ein Palaver miteinander ab, das den größten Teil einer Woche dauerte und durch einen großen Tanz beendet wurde.

Es war kein Zufall, daß am letzten Tag des Palavers zwei zitternde Ochorileute in das Dorf geführt wurden und dann den Opfertod starben. Erst diese Zeremonie gab dem Tanz die rechte Weihe.

Am nächsten Morgen zog M'laka mit seinem Verwandten gegen die Ochori zu Felde. Auf ihrem Marsch ergriffen sie einen Mann, den M'laka als einen Spion Sandis bezeichnete. Sie töteten ihn auf die übliche Art, und er starb, ohne ein Wort der Klage laut werden zu lassen. Dann machten sie drei Tage Rast.

M'laka kam mit seinen Kriegern im Morgengrauen zur Stadt der Ochori und hielt vorher im Walde ein kurzes Palaver ab. „Sandi wird von unserem Tun Nachricht erhalten, und Sandi, der weiße Teufel, wird mit seinen Soldaten kommen. Wir werden ihm aber sagen, daß wir gezwungen waren, so zu handeln, weil Bosambo uns zu einem Tanz einlud und dabei versuchte, uns umzubringen."

„Bosambo hätte sonst uns umgebracht", sagten seine Leute in singendem Ton.

Nachdem sie sich nun klugerweise für jeden Fall vorgesehen hatten und sowohl eine Entschuldigung als auch ein Alibi für ihre böse Tat zu haben glaubten, führte M'laka seine Krieger gegen den Ort.

Sie sahen die Stadt der Ochori im grauen Frühlicht verteidigungslos vor sich liegen. Keine Feuer brannten in der langen Hauptstraße, kein Rauchwölkchen aus den Hütten zeigte irgendwelche Tätigkeit an.

M'lakas Krieger bewegten sich in einer langen, unregelmäßigen Reihe schnell über die Lichtung, die den Ort vom Walde trennte. „Tötet sie!" rief M'laka, und seine Worte wurden von den anderen aufgenommen und wiederholt.

Die Angreifer kamen immer näher, aber plötzlich trat Bosambo ganz allein aus einer am Rande des Ortes gelegenen Hütte und ging langsam zur Mitte der Straße.

M'laka sah auf einem Dreifuß mit dünnen Beinen etwas Gerades und Blitzendes befestigt, das ihm von verhängnisvoller Vorbedeutung erschien.

Die Sonne ging eben auf, und ihre ersten Strahlen, die sich über die Bäume des Waldes erhoben, spiegelten sich in einem glänzenden Rohr.

Sechshundert Krieger blieben bei diesem Anblick zu Tode erschrocken stehen. Bosambo berührte die große Messingröhre und drehte sie wie zufällig auf M'laka zu, der an der Spitze seiner Leute ungefähr dreißig Schritte davon entfernt stand. Bosambo bückte sich und schaute an dem blanken Zylinder entlang, als ob er sich noch einmal überzeugen wollte, daß der auch die richtige Stellung habe. M'laka ließ seinen kurzen Speer auf die Erde fallen und hob die Hände hoch, als er das sah.

„O Herr Bosambo", sagte er in freundlichem Ton, „wir sind in friedlicher Absicht gekommen."

„Und in Frieden sollt ihr wieder von hinnen ziehen", erwiderte Bosambo und pfiff.

Plötzlich wimmelte die ganze Stadt von bewaffneten Kriegern. Aus allen Hütten kamen sie ins Freie.

„Ich liebe dich, wie ein Mann seine Ziegen liebt", erklärte M'laka eifrig. „Ich sah dich im Traum, und mein Herz führte mich zu dir."

„Auch ich sah dich im Traum, und deshalb stand ich so früh auf, um dir entgegenzutreten. Denn M'laka, der König der Kleineren Isisi, ist mir wie mein Bruder."

M'laka, der den Blick nicht von dem leuchtenden Messingrohr wandte, hatte plötzlich einen guten Einfall.

„Dieses erbitte ich von dir, mein Herr und Meister: Erlaube mir und meinen Kriegern, in deine Stadt zu kommen und dort ein freudiges Opferfest zu feiern, denn dies ist ein Brauch von alters her."

Bosambo dachte nach und kratzte sich nachdenklich am Kinn. „Deine Bitte gewähre ich, aber alle deine Leute sollen ihre Speere mit der Schneide nach unten in den Boden stoßen, wie es unsere Sitte ist, bevor wir opfern."

M'laka machte die beiden kleinen Doppelschritte, wie es die Eingeborenen zu tun pflegen, wenn sie in Verlegenheit geraten.

Bosambo machte sich wieder an dem Dreifuß zu schaffen.

„Es wird so geschehen, wie du gesagt hast", erwiderte M'laka hastig und gab den Befehl.

Sechshundert niedergeschlagene, waffenlose Männer gingen durch die lange Hauptstraße. Links und rechts von ihnen marschierte je eine Reihe von Ochorikriegern, die ihre Speere nicht in den Boden gestoßen hatten. Vor Bosambos Hütte ließen sich M'laka mit seinem Schwager Kulala und seinen Anführern sowie die Ältesten der Ochori nieder. Es war halb ein Gastmahl und halb ein Palaver.

„Sage mir, o mein Herr Bosambo", fragte M'laka, „wie kommt es, daß Sandi dir das Gewehr gibt, das ‚Hahaha' sagt? Es ist doch verboten, daß Häuptlinge oder Krieger dieses Landes mit Gewehren bewaffnet sind?"

„Sandi liebt mich", erwiderte Bosambo schlicht, „aus Gründen, die ich nicht nennen darf, wenn ich nicht ein Hund sein will. Denn rinnt nicht dasselbe Blut in seinen und meinen Adern?"

„Das ist ein närrisches Geschwätz", rief Kulala, „denn er ist weiß, und du bist schwarz."

„Trotzdem ist es wahr", entgegnete Bosambo ruhig, „denn er ist mein Vetter. Sein Bruder hat nämlich meine Mutter geheiratet, die eine große Häuptlingstochter war. Sandi liebte sie auch und wollte sie eigentlich zum Weibe nehmen, aber es gibt Dinge, über die man nicht sprechen kann. Er hat mir dies gegeben."

Unter dem Tuch, das er als Mantel um die Schultern gelegt hatte, zog er eine Ledertasche hervor, aus der er ein kleines Päckchen nahm. Langsam wickelte er drei kleine Holzbecher aus dem feinen Eingeborenentuch, mit dem sie umhüllt waren. Sie hatten die übliche Form von Trinkgläsern, wie man sie gewöhnlich im Handel findet, waren aber nicht größer als riesige Fingerhüte.

Jeder Becher war aus einem einzigen Stück Holz gedreht und sehr dünnwandig. Sie steckten ineinander, und Bosambo nahm sie nun feierlich und würdevoll auseinander.

Auf seinen Befehl brachte ein Ochori einen Stuhl aus dem Zelt und stellte ihn vor Bosambo nieder.

Darüber breitete der Häuptling einen Zeugstreifen und stellte die Becher darauf, die Öffnung nach unten gerichtet. Aus dem Innern der einen holte er eine kleine rote Kugel hervor, die aus Copal und Camholz zusammengeknetet war. Die beutegierigen Isisi beobachteten fasziniert jede seiner Bewegungen.

„Dieses hat mir Sandi geschenkt", sagte Bosambo, „damit ich die langen Tage der Regenzeit angenehm verbringen kann. Mit diesen kleinen Bechern spiele ich mit meinen Ältesten."

„Mein Herr Bosambo", fragte M'laka, „wie spielst du denn?"

Bosambo schaute zum Himmel auf und schüttelte traurig den Kopf.

„Dies ist kein Spiel für dich, M'laka. Man muß dazu sehr schnell und scharf sehen können, und außerdem spielen es die Christen untereinander."

Nun sind die Isisi sehr stolz auf ihre scharfen Augen. Am Großen Strom sagt man: „Hören wie die N'gombi, riechen wie die Buschleute, sehen wie die Isisi und laufen wie die Ochori."

„Laß mich einmal sehen, was ich nicht sehen könnte", erwiderte M'laka.

Bosambo legte achselzuckend die kleine rote Kugel auf den improvisierten Tisch hinter die Becher.

„Beobachte genau, M'laka! Jetzt lege ich die Kugel unter diesen Becher – ich bewege den Becher –"

Langsam verschob er die Gefäße.

„Solch ein dummes Spiel habe ich noch nicht gesehen", sagte M'laka verächtlich.

„Und doch macht dieses Spiel mir und meinen Leuten, die so scharf sehen können, viel Vergnügen", entgegnete Bosambo; „denn wir wetten so viel Stäbe gegen so viel Salz, daß keiner der roten Kugel folgen kann."

Der Häuptling der Kleineren Isisi wußte, wo sich die Kugel befand, denn er hatte einen leichten Kratzer an dem Becher bemerkt, der sie bedeckte.

„O Herr Bosambo", antwortete er und zitierte ein Sprichwort: „Nur die Ratte kommt zum Fressen und verfuttert alles. Wenn ich nicht im Schatten deiner Hütte säße, könnte ich dir mit diesem Spiel all deine Stöcke und all dein Salz abgewinnen."

„Die Nukusaratte ist ein kleines Tier, aber sie reißt das Maul gar gewaltig auf", erwiderte Bosambo ebenso. „Ich möchte wetten, daß du nicht weißt, wo die rote Kugel ist." – M'laka beugte sich vor.

„Ich wette die Speere meiner Krieger gegen die Speere der Ochori", sagte er.

Bosambo nickte.
„Bei meinem Kopf, so soll es sein."
M'laka streckte die Hand aus und hob einen Becher hoch, aber die Kugel lag nicht darunter, sie war auch nicht unter dem nächsten, wie Bosambo zeigte.
M'laka starrte ihn entsetzt an.
„Ich bin doch nicht blind", sagte er rauh. „Deine Zunge, Bosambo, ist wie die Flamme in trockenem Holz. Das knistert – klack, klack, klack!"
Bosambo nahm die Beleidigung hin, ohne sich gekränkt zu fühlen.
„Es ist eben nur das Auge", meinte er nachdenklich. „Wir Ochori können unheimlich schnell sehen."
M'laka schluckte eine verletzende Bemerkung hinunter.
„Ich habe zehn Säcke Salz in meiner Hütte", sagte er kurz entschlossen. „Und ich setze mein Salz gegen die Speere, die du eben gewonnen hast."
„Bei meinem Herzen und Leben, so soll es sein."
Bosambo nahm die rote Kugel und legte sie unter einen Becher. Wieder bewegte er die Gefäße langsam hin und her und änderte ihre Lage.
„Mein Salz gegen deine Speere", rief M'laka frohlockend, denn er sah genau den richtigen Becher, der einen kleinen Flecken am Rande hatte.
Bosambo nickte, und M'laka beugte sich vor, um das Gefäß aufzuheben, aber der kleine Ball befand sich nicht darunter.
M'laka atmete schwer und schwor bei Ewa – das heißt dem Tode – und bei allen unbekannten Teufeln, bei der Krankheit Mongo und bei seinem Vater, der von Sandi aufgehängt und deshalb unter die Geister versetzt worden war.
„Ja, es kommt nur auf das Auge und auf schnelles Sehen an", erklärte Bosambo fast traurig. „Man sagt ja auch am Großen Strom: ‚So sehen wie die Ochori' –"
„Das ist eine freche Lüge", brüllte M'laka, „die Ochori sehen nichts anderes als den Weg, auf dem sie davonlaufen! Mache dieses Spiel sofort noch einmal."
Wieder bedeckte Bosambo die rote Kugel mit einem Becher, aber diesmal pfuschte er, denn er stellte das Gefäß, unter dem die Kugel lag, auf eine unebene Stelle des Stuhls, und zwischen dem Rande des Bechers und dem Tuch blieb ein kleiner Zwischenraum, durch den man den roten Ball deutlich sehen konnte – und M'laka war nicht blind.
„Bosambo", sagte er und nahm sich zusammen, „ich wette große

Dinge, denn ich bin ein gewaltiger Häuptling, und du bist ein kleiner Häuptling. Und doch will ich diesmal alles wetten, was ich habe!"

„M'laka von den Isisi", antwortete Bosambo langsam, „ich bin auch ein großer Häuptling und durch Verschwägerung mit Sandi verwandt. Auch bin ich ein Gottesmann, der die Sprache der weißen Leute sprechen kann und von Santa Antonio, Marki, Luki, dem heiligen Timothi und ähnlichen Zauberern weiß. Unsere Wette soll so heißen: Wenn du den roten Ball findest, bin ich dein Sklave, ich, Bosambo von den Ochori! Aber wenn du ihn nicht findest, dann sollst du dein Land an mich verlieren."

„Die Krankheit Mongo soll über mich kommen, wenn ich nicht die Wahrheit rede", schwur M'laka. „Ich stimme dieser Wette zu."

Er streckte die Hand aus und berührte den Becher.

„Hier ist die Kugel!" schrie er laut und hob ihn hoch.

Aber sie war nicht zu sehen.

M'laka sprang auf und atmete schnell.

Er wollte eben heftig aufbegehren, doch dazu kam es nicht mehr, denn in diesem Augenblick eilte ein Ochori, der eine Nachricht brachte, keuchend durch die Straße. Aber bevor er die Hütte seines Herrn erreichen und seine Meldung machen konnte, tauchten Sanders' Soldaten schon auf dem Waldpfad auf.

Man sagt, Blutgeruch dringe weiter, als ein Mensch sehen kann. Es war ein taktischer Fehler, daß M'laka einen Späher von Sanders getötet hatte.

Der Amtmann war beschmutzt, bestaubt und unrasiert, denn er war auf das Gerücht von Krieg und Mord hin in Gewaltmärschen auf den schlechtesten Waldwegen herbeigeeilt.

Immer mehr Soldaten mit bloßen Waden, in blauen Uniformen, Sandalen und feuerroten Tarbuschs erschienen auf der Lichtung und breiteten sich dort aus. In zwei Reihen fühlten sie vorsichtig gegen die Stadt vor, denn sie konnte ja vom Feinde besetzt sein.

Bosambo ahnte sofort die Zusammenhänge und ging dem Amtmann schnell entgegen. Auf ein kurzes Kommando hielten die Soldaten an, und halbwegs zwischen dem Wald und dem Ort traf der Ochorihäuptling mit Sanders zusammen.

„O Herr", sagte Bosambo mit der üblichen Höflichkeit, „alles, was ich habe, ist dein."

„Es scheint, daß du noch am Leben bist, und das ist mehr, als ich erwartet habe. Ich weiß, daß M'laka, der Häuptling der Kleineren Isisi, sich in deinem Dorfe aufhält. Du sollst mir diesen Mann ausliefern, damit ich ihn richten kann."

„M'laka kenn ich wohl", erwiderte Bosambo bedachtsam, „und du sollst ihn haben. Aber wenn du von dem Häuptling der Kleineren Isisi sprichst, so sprichst du von mir, denn ich habe M'lakas Land durch ein gewisses Spiel gewonnen."

„Darüber wollen wir später sprechen."

Sanders führte seine Soldaten zur Stadt und besetzte alle vier Ausgänge. Dann ging er mit Bosambo zu dessen Hütte, wo M'laka und seine Ältesten auf ihn warteten. Denn der Gast eines Häuptlings geht nicht hinaus, um andere Gäste zu begrüßen.

„M'laka", sagte Sanders, „es gibt zwei Wege für Häuptlinge, die Diener der Regierung töten. Der eine führt in die Höhe und ist kurz, wie du weißt."

M'laka sah sich ängstlich nach einem Baum um, an dem ihn Sanders aufhängen könnte.

„Aber der andere, der lang und mühselig ist, wird dein Weg sein. Du wirst in das Dorf der Ketten gehen und dort nach dem Willen meines Königs arbeiten."

„O Herr, wie lange?" fragte M'laka mit gebrochener Stimme.

„Solange du lebst."

M'laka nahm die lebenslängliche Zuchthausstrafe einigermaßen gelassen auf – denn es gab schlimmere Dinge.

„O Herr, du hast mich immer gehaßt. Andere Häuptlinge hast du mir vorgezogen und begünstigt und mich unterdrückt. Mir hast du alle Vorrechte versagt, aber Bosambo, deinem Onkel –"

Sanders holte tief Atem.

„– hast du viele Gnadenbeweise gegeben. Du hast ihm sogar eine Feuerwaffe geschenkt."

„Wenn ich mein Urteil nicht schon gefällt hätte", entgegnete Sanders kühl, „würde ich dich jetzt aufhängen, M'laka, denn du bist der Vater der Lügen und der Sohn der Lügen. Welche Feuerwaffen habe ich Bosambo gegeben?"

„O Herr, du kannst es selbst sehen", rief M'laka und zeigte mit dem Kopf auf den schrecklichen Dreifuß.

Sanders ging auf das Instrument zu.

„Bosambo", sagte er mit verhaltenem Lachen, „ich denke an weiße Männer, die kamen, um den Mond zu beobachten."

„O Herr", erwiderte Bosambo freundlich, „das stimmt. Sie waren verrückt und schauten durch dieses Ding nach dem Mond und nach den Sternen."

Sanders deutete auf das unschuldige Teleskop.

„Das haben sie wohl verloren?"

Bosambo nickte.

„Sie verloren es, und ein Ochorimann brachte es mir. O Herr, ich habe es nicht verheimlicht, sondern hierhergestellt, wo alle Leute es sehen können."

Sanders überschaute den Horizont. Rechts lag ein großer Streifen Marschland, jenseits in blauer Ferne, erhob sich, von der Morgensonne beschienen, ein kleiner Hügel mit der Stadt der Kleineren Isisi.

Er beugte sich zu dem Teleskop nieder und stellte es auf den Hügel ein, an dessen Fuß mehrere dunkle Hütten lagen.

„Schaue hindurch", sagte er.

Bosambo trat an seine Stelle.

„Was siehst du?"

„Die Stadt der Kleineren Isisi", entgegnete Bosambo.

„Sieh genau hin. Ist das nicht die Stadt, die du durch ein gewisses Spiel gewonnen hast?"

Bosambo bewegte sich verlegen hin und her.

„Wenn ich zu meiner neuen Stadt komme –", begann er.

„Dann werde ich auch dorthin kommen", sagte Sanders bedeutsam.

Auf dem Stuhl vor der Hütte standen noch die drei kleinen Holzbecher, und Sanders hatte sie gesehen, auch die rote Kugel.

„Morgen werde ich einen Häuptling der Kleineren Isisi ernennen müssen. Wenn der Mond voll ist, werde ich den neuen Häuptling aufsuchen, und wenn er sein Land inzwischen durch dein gewisses Spiel verloren hat, dann werde ich zwei neue Häuptlinge einzusetzen haben – einen für die Isisi und einen für die Ochori. Und die Ochori werden dann sehr traurig sein, denn Bosambo von Monrovia wird von ihnen gehen."

„Herr", erwiderte Bosambo, der verzweifelt um sein Königreich kämpfte, „du sagtest doch, wenn M'laka sein Land gäbe, könnte Bosambo es behalten."

Sanders legte die kleine rote Kugel unter einen Becher und änderte die Lage der Gefäße langsam.

„Wenn dein Spiel ehrlich ist, so zeige mir jetzt den Becher mit der Kugel."

„O Herr, sie liegt unter dem mittleren", entgegnete Bosambo, ohne zu zögern.

Sanders hob ihn auf.

Es war keine rote Kugel zu entdecken.

„Ich sehe, daß mein Herr Sandi auch ein Christ ist", sagte Bosambo langsam.

„Es war nur ein Scherz“, erklärte Bosambo seinen Ältesten, als der Amtmann gegangen war. „Solche und ähnliche Späße machte mein Herr sogar schon, als ich ihn in seiner Kindheit aufzog. Menchimis, laßt die Lokoli schlagen! Alles Volk soll zu einem großen Palaver zusammenkommen. Ich will die Geschichte von Sandi erzählen, der ein Halbbruder von mir ist von einer anderen Mutter ...“

## II

## Die redegewandte Frau

Bei den N'gombi lebte einst ein junges Mädchen, das eine beredte Zunge hatte. Wenn sie sprach, lauschten die Leute begierig, denn sie gehörte zu denen, die mit der Gabe geboren werden, andere Menschen durch ihre Worte aufzustacheln.

Sie reizte die Bewohner ihres eigenen Dorfes so sehr auf, daß sie sich in einer Nacht aufmachten und einen Beutezug in das französische Gebiet unternahmen. Dadurch brachte sie große Schande über ihren Vater, denn Sanders kam eilig nach Norden, und viele Übeltäter wurden durchgepeitscht, einer beinahe begraben. Nach diesem Vorfall hielt es ihr Vater für geraten, sie zu verheiraten, und zwar an einen starken Mann, der ihre Zunge im Zaum halten konnte.

Er gab sie also einem Häuptling, der zu dem N'gombivolk gehörte, und dieser entbrannte in so heftiger Liebe zu ihr, daß er sie zu seiner Hauptfrau machte, ihr eine Hütte nahe bei seiner eigenen erbaute und einen großen, blanken Messingring von etwa vierundzwanzig Pfund Gewicht um ihren Hals befestigte. Das war eine große Auszeichnung für sie, und sie wurde von den anderen Weibern des Häuptlings sehr darum beneidet.

Sie zählte beinahe fünfzehn Jahre, was man am Großen Strom schon fast ein mittleres Alter nennt. Infolgedessen war sie schon sehr klug und erfahren, was das Verhalten der Männer anbetraf. Einige hielten sie für zu schlau, und ihr Herr und Gemahl hatte gewiß Grund zur Klage, als er einmal ein oder zwei Tage zu früh von einer Jagdexpedition zurückkehrte und seine Frau glücklicher fand, als ihm lieb sein konnte. Sie war nicht allein. „M'fashimbi“, sagte er, als sie demütig vor ihm kniete und die Arme über der nackten Brust kreuzte, „in den Tagen meines Vaters hätte ich einen jungen Baum niedergebeugt, einen Strick um deinen Hals gelegt und ihn an dem Baum befestigt. Er wäre hochgeschnellt und dein Kopf wäre abgerissen worden. Dann hätte ich dich und den Mann verbrannt, der mir Schande gemacht hat. Aber das ist nicht nach dem Gesetz der weißen Männer, die jetzt das Land regieren. Und du bist ein viel zu geringes Weib, als daß ich deinetwegen meinen Hals aufs Spiel setzte."

„O Herr, ich bin wenig wert."

Einen ganzen Tag lang lag sie auf der Erde, umgeben von den Einwohnern des ganzen Dorfes. Sie sprach zu ihnen, während die Schmiede ihr den großen Messingring um den Hals absägten. Endlich war er entfernt, und der Häuptling sandte sie zu ihrem Vater zurück, von dem er sie um eine große Morgengabe gekauft hatte. Aber er fand bei seinen Leuten großen Widerstand gegen diese Maßnahme, denn sie hatte ihre Zeit gut genützt, und die Leute waren so hingerissen von ihrer Beredsamkeit, daß es beinahe einen Aufstand gab, als ihr Boot vom Ufer abstieß.

Denn keine Frau wird von ihrem Mann fortgeschickt, ohne Rache und Haß gegen ihn im Herzen zu tragen – ob sie sich nun in die teuersten Seidenroben aus Paris hüllt oder mit Camholzfarbe und Öl bestrichen ist. Und M'fashimbi war kaum aus dem Dorf ihres Mannes fortgerudert, als sie den Plan faßte, sich bitter an ihm zu rächen.

Der Mann, mit dem und für den sie soviel gewagt hatte, begleitete sie in die Verbannung. Er hieß Otapo und war gerade nicht sehr klug.

Sie ruderten miteinander, und sie kniete hinter ihm in dem Kanu.

„Otapo, mein Mann hat mir großes Unrecht zugefügt und Staub auf mein Haupt gestreut, aber du hast nichts gesagt."

„Was sollte ich noch sagen, da du schon soviel gesprochen hast?" fragte Otapo gelassen. „Ich verfluche den Tag, an dem ich dich gesehen habe, M'fashimbi, denn mein Fehltritt hat mich ein Fischnetz gekostet. Es war das beste im ganzen Dorf. Auch hat mir der Häuptling ein neues Stück Tuch weggenommen, das ich von einem Händler kaufte."

„Wenn du das Herz eines Mannes und Mut besessen hättest, wäre Namani, mein Gatte, jetzt tot."

„Ich habe mich selbst umgebracht und habe mein Netz und mein schönes, neues Tuch verloren", murrte Otapo.

„Du jammerst wie ein altes Weib", höhnte sie.

„Ich wünsche nur, ich wäre als Mädchen geboren, dann wäre ich jetzt nicht bei dem Häuptling in Ungnade gefallen."

Sie ruderten eine Weile schweigend.

„Wir wollen dort ans Ufer gehen“, sagte sie dann plötzlich. „Ich habe hier in der Nähe Schätze meines Mannes verborgen.“

Otapo wandte mit einem langen Ruderschlag die Spitze des Bootes dem Ufer zu.

Als sie es fast erreicht hatten, griff sie mit der Hand hinter sich und faßte einen kurzen Speer, wie man ihn zur Jagd in dichtem Gestrüpp gebraucht.

Sie hielt ihn in beiden Händen und zielte mit der Spitze auf die zweite Rippe unter seinem linken Schulterblatt.

Als das Kanu leicht auf den Sand auffuhr, stieß sie den Speer mit aller Kraft in seinen Körper.

Otapo machte eine Bewegung, als ob er sich erheben wollte, dann fiel er stumm in das seichte Wasser.

M'fashimbi watete ans Ufer, machte das Boot fest, zog den Toten an Land und schleppte ihn mit großer Mühe zu einer Stelle, die von einigen Bäumen verdeckt wurde.

„Otapo, du bist tot“, sagte sie, „und es ist besser, daß du gestorben bist; denn durch deinen Tod sollst du mich rächen. Im Leben warst du ja zu furchtsam dazu.“

Sie nahm den Speer und warf ihn ein paar Meter weiter fort, dann stieg sie wieder ins Boot, reinigte es von den Blutflecken und ruderte den Strom hinunter.

Nach einer Tagesreise kam sie im Dorf ihres Vaters an.

Sie klagte so laut und so lange, daß die Bewohner sie schon hörten und ihr entgegenliefen, bevor sie ans Ufer gekommen war. Ihren schönen Körper hatte sie ganz mit Asche beschmiert und lange, grüne Blätter um ihre Hüften geschlungen, was ein Zeichen größten Kummers ist. Mit langsamen Ruderschlägen, die auch ein Ausdruck ihres Schmerzes waren, brachte sie ihr Kanu an Land.

„Dieses Weib ist entweder wahnsinnig, oder sie hat ein großes Unrecht erlitten“, sagte ihr Vater, der Häuptling des Dorfes.

Er erfuhr bald, um was es sich handelte, denn sie eilte das Ufer empor, fiel vor ihm auf die Knie nieder und umfaßte seine Füße.

„Ewa – Tod über Namani, meinen Mann, der Lügen über mich verbreitet und mich geschlagen hat, o du Vater aller Väter“, schrie sie.

„Weib, was soll dies alles bedeuten?“

Sie erzählte ihm eine Geschichte – eine haarsträubende Geschichte. Aber was noch schwerwiegender war, sie berichtete auch von der Ermordung Otapos.

„Dieser Mann beschützte mich und brachte mich von meinem

Manne fort, der mich auspeitschen ließ", rief sie schluchzend. „Namani aber verfolgte uns, und als wir beim Mahl am Flußufer saßen, durchbohrte er ihn von hinten mit dem Speer. Oe ai!"

Sie wälzte sich in dem Staub zu den Füßen ihres Vaters.

Der Häuptling nahm sich die Sache zu Herzen, denn er war von höherem Range als Namani und war außerdem für den Frieden und die Rechtsprechung im Bezirk Sanders gegenüber verantwortlich.

„Das ist ein Mordpalaver, das ist zuviel für mich. Obendrein bist du meine Tochter, und man könnte denken, daß ich parteiisch urteile und nicht gerecht, wie es ein Mann einem anderen Manne gegenüber tun solle."

Er stieg also in sein Boot und ruderte nach Issu, wo sich Sanders zu der Zeit gerade aufhielt.

Der Amtmann hatte sich eben von einem Malariaanfall erholt und war nicht sehr erfreut, den Häuptling zu sehen. Noch weniger angenehm war ihm die Geschichte, die ihm die „beredte Frau" vortrug. – „Ich werde zu der Mordstelle hinfahren."

Er begab sich sofort an Bord der „Zaire", und der kleine Dampfer brachte ihn zu dem Platz, den ihm das Weib bezeichnete. Beim Landen konnte er deutlich die Spuren sehen, die die Bootsspitze in dem sandigen, weichen Ufer hinterlassen hatte, da der Fluß hier im Lauf eines Monats weder erheblich stieg noch fiel.

Er folgte der Frau in das Gehölz und sah die sterblichen Überreste Otapos, auch entdeckte er den Speer.

M'fashimbi beobachtete ihn genau.

„O Herr", wehklagte sie, „hier war es, wo Namani den jungen Otapo erschlug, als wir bei dem Mahle saßen."

Sanders sah sich nach allen Seiten um.

„Ich kann keine Spuren von einem Feuer entdecken", sagte er dann plötzlich.

„Von einem Feuer, o Herr?" stammelte sie.

„Wenn sich Leute zum Essen niedersetzen, machen sie gewöhnlich Feuer an", erwiderte Sanders kurz. „Aber hier ist seit Beginn der Welt noch kein Feuer entzündet worden."

Er nahm sie wieder mit sich an Bord und fuhr zu Namanis Dorf.

„Gehe hin und verhafte den Häuptling, wenn er nicht ans Ufer kommt, mich zu begrüßen", sagte er heimlich zu dem Haussasergeanten. „Wenn er aber kommt, so lege gleich Beschlag auf seine Hütten und seine Weiber."

Namani erwartete Sanders am Ufer, und der Amtmann ließ ihn an Bord rufen.

„Namani, ich kenne dich als einen ehrenhaften Mann, und bis jetzt ist keine Anklage gegen dich erhoben worden. Aber nun sagt dieses Weib, das du zur Frau hast, du seist der Mörder Otapos."

„Sie lügt", erwiderte Namani ruhig. „Ich weiß nichts von Otapo."

Eine eingehende Untersuchung, die zwei Tage lang dauerte, brachte keine Beweise für die Anklage. Es kamen im Gegenteil allerhand Dinge zur Sprache, die ein schlechtes Licht auf den Charakter M'fashimbis warfen; aber in einem Lande, wo die Frauen gewöhnlich viele Liebhaber haben, wollte das nicht viel bedeuten.

Am Ende des zweiten Tages gab Sanders sein Urteil ab.

„Es ist klar, daß Otapo ermordet wurde, aber aus vielen Gründen bin ich nicht davon überzeugt, daß Namani ihn getötet hat. M'fashimbi ist eine Frau, die viel Böses getan und gesagt hat, und ich werde sie deshalb in ein fernes Land verbannen, wo sie unter Fremden leben muß."

Er nahm sie mit sich an Bord seines Dampfers, und die „Zaire" fuhr wieder ab.

In vierundzwanzig Stunden kam Sanders zu der „Stadt des Waldes", das heißt zur Ochoristadt, und als die Sirene seines Dampfers ertönte, liefen alle Leute ans Ufer.

Bosambo, der Häuptling, erschien zuletzt, denn er kam in feierlicher Prozession unter einem purpurroten Sonnenschirm. Er trug ein golddurchwirktes Gewand, und zehn ältere Männer gingen vor ihm her mit Stöcken, an denen Flitter hing.

Sanders beobachtete diesen Aufzug von der Kommandobrücke aus, aber sein Gesicht verriet nichts von seinen Gedanken.

„Was soll denn diese Kinderei bedeuten, Bosambo?" fragte er, als der Häuptling an Bord kam.

„O Herr, so treten große Könige auf, wenn sie zu noch größeren Herrschern gehen. Ich habe einige Bilder in einem Buch gesehen, das mir die Gottesfrau gab, und daher weiß ich genau, wie man es machen muß."

„So kleiden sich die Leute auch, wenn sie andere zum Lachen bringen wollen", erwiderte Sanders unfreundlich. „Ich habe dir hier eine Frau gebracht, die zuviel schwätzt und von ihrem Manne weggeschickt wurde. Vermutlich hat sie einen anderen Mann ermordet. Es ist mein Wunsch, daß sie in deinem Dorfe leben soll."

„O Herr, alles wird nach deinem Wunsche geschehen", sagte Bosambo untertänig und betrachtete M'fashimbi mit kritischen Blicken.

„Sie mag sich nach ihrem Wunsche verheiraten. Vorläufig soll sie aber in deinem Hause bleiben, und du bist für sie verantwortlich bis dahin."

„O Herr, sie wird noch diesen Abend verheiratet werden", entgegnete Bosambo ernst.

Als die Rauchwolken des Dampfers wieder hinter den Bäumen verschwunden waren, ließ Bosambo alle seine Ältesten und Unterhäuptlinge zu einem Palaver zusammenrufen.

„Leute", begann er, „unser Herr Sandi, der mich sehr liebt, ist hierhergekommen und hat mir Geschenke gebracht – seht diese Frau!" Er wies mit der Hand auf die finster dreinschauende M'fashimbi, die an seiner Seite auf dem kleinen Hügel vor dem Palaverhaus stand.

„Sie ist die schönste N'gombifrau", fuhr Bosambo fort, „und sie heißt N'lami-n'safo, das heißt die Perle. Sandi hat eine große Summe Geldes für sie gezahlt, denn sie tanzt wie ein Leopard und hat viele hervorragende Eigenschaften."

M'fashimbi verstand genügend von der ihr sonst nicht geläufigen Ochorisprache, um zu erkennen, daß ihre Vorzüge gerühmt wurden. Sie trat verlegen von einem Fuß auf den anderen.

„Sie ist die Frau der Frauen", sagte Bosambo mit großem Nachdruck, „sie ist liebenswürdig, höflich, zärtlich, sie kann vorzüglich Maniok bereiten und viele wunderbare Geschichten erzählen – aber ich mag sie nicht heiraten, denn ich habe schon viele Weiber und bin wie Wachs in ihren Händen. Deshalb soll der sie haben, der bereit ist und den Mut hat, für sie zu zahlen. Denn wenn ihr sie kauft, habt ihr etwas Wertvolleres als Ziegen oder Salz."

Für zehn Ziegen und tausend Stöcke kam dieses „Geschenk" Sandis in den Besitz eines Ältesten.

„So ist Sandis Befehl ausgeführt, und ich kann zufrieden sein mit der Kaufsumme, die ich für sie bekommen habe. Alle Dinge geschehen nach Gottes Willen", sagte Bosambo, als er seiner Lieblingsfrau von dem Vorfall erzählte.

„Wenn du sie selbst genommen hättest, Mahomet, wäre es dir schlecht ergangen." Sie war aus dem Kanostamm und eine treue Anhängerin des Propheten.

„O du Perle des strahlenden Lichtes", entgegnete Bosambo demütig, „du bist die erste in meinem Leben, wie Gott weiß; deinetwegen habe ich alle die anderen Götter verlassen und glaube nur noch an den einen guten und gnädigen Gott. Auch habe ich für dich einen Ehrenschirm herrichten lassen nach Art der Kanokönige."

Am nächsten Tag ging Bosambo auf die Jagd in den Wald und kam erst eine Woche später wieder zurück.

Es ist eine Sitte bei den Ochori wie auch bei anderen Stämmen, dem Häuptling bei seiner Rückkehr von der Jagd entgegenzugehen, und es war merkwürdig, daß niemand erschien und ihn mit dem Elefantengesang begrüßte.

Mit seinen zwanzig Begleitern kam er fast unbemerkt zu seiner Hütte.

Als er die Dorfstraße halb entlang gegangen war, eilte ein älterer Mann auf ihn zu.

„O Herr“, sagte er, „gehe nicht in die Nähe der Hütte Fabadimos, deines ersten Ältesten.“

„Ist er krank?“ fragte Bosambo.

„Viel schlimmer, o Herr. Er hat ein Weib, und seit sechs Tagen und fast sechs Nächten haben alle Bewohner zu ihren Füßen gesessen und ihr zugehört.“

„Was redet sie denn?“

„Sie spricht so, daß den Leuten alle Dinge klar werden, und ihre Worte haben eine bestimmte Bedeutung. Sie bringt wie die Sonne helles Licht in den Verstand selbst der Dümmsten, so daß sie alles so sehen wie sie.“

Bosambo hatte zwanzig Männer bei sich, auf die er sich verlassen konnte. Die Dunkelheit brach gerade herein, und er konnte am anderen Ende des Ortes das große Feuer sehen, an dem die beredte Frau saß und sprach und sprach. Er ging zuerst in seine Hütte und fand dort sein Kanoweib allein, denn die anderen Frauen seines Hauses waren geflohen.

„O Herr“, sagte sie, „ich glaubte nicht, dich noch einmal lebend wiederzusehen. Und ich harrte auf den Tod, wenn die Zeit erfüllt sein sollte.“

„Das wird noch viele Jahre dauern“, erwiderte Bosambo.

Er sandte sie mit zwei seiner Vertrauten in den Wald, wo sie auf ihn warten sollte. Die übrigen gingen zu zweien und dreien zu der Versammlung vor der Hütte seines Unterhäuptlings.

Dieser Platz eignete sich hervorragend als Rednertribüne, denn er lag auf einer Anhöhe und wurde auf beiden Seiten von anderen Hütten eingeschlossen. In halber Höhe des Abhanges brannte ein großes Feuer, und die züngelnden Flammen beleuchteten eine schlanke Gestalt, die mit ausgestreckten Armen vor der Hütte stand.

„... Wer macht euch zu den Sklaven eines Sklaven – zu den Sklaven Bosambos? Wer gab ihm die Gewalt, zu sagen ‚Geht fort‘ oder ‚Bleibt hier‘? Niemand. Denn er ist ein Mann wie ihr, er hat denselben Körper wie ihr, und er kann nicht besser sehen als ihr. Und wenn ihr ihn mit einem Speer durchbohrt, wird er nicht genau so sterben wie ihr?

Und Sandi, ist er nicht auch nur ein Mensch, wenn er auch eine weiße Haut hat? Ist er etwa stärker als Efambi oder Elaki oder Yako? Ich sage euch, daß ihr nicht frei sein werdet, solange Bosambo lebt oder solange Sandi lebt."

Bosambo besaß feine Instinkte wie die wilden Tiere des Waldes. Er fühlte, daß Aufruhr in der Luft lag, er wußte untrüglich, daß er sein Volk nicht mehr in der Hand hatte. Und er handelte, ohne zu zögern.

Eine große Menschenmenge trennte ihn von der Frau, er konnte sie nicht erreichen.

Er wandte keinen Blick von ihr, griff mit der Hand hinter seinen Schild und packte seinen langen Wurfspeer. Er hatte genug Spielraum, um zum Wurf auszuholen. Zitternd lag die schlanke Lanze in seiner Hand, dann schleuderte er sie mit voller Gewalt.

Sie sauste schneller durch die Luft, als ihr ein Auge folgen konnte.

Aber M'fashimbi hatte den ausgestreckten Arm gesehen und den Lanzenwerfer erkannt. Sie sprang zur Seite, und der Speer traf den Mann, der hinter ihr stand. Fabadimo, der Unterhäuptling, starb, ohne noch ein Wort zu sprechen.

„Bosambo!" schrie das Weib und zeigte mit dem Finger auf ihn. „Bosambo! Tötet ihn – tötet ihn!"

Bosambo hörte das Rasseln der Speere und floh in die Dunkelheit.

Sanders lag auf der Veranda seines Hauses in einer Hängematte und schaukelte sich. Er las oder er versuchte wenigstens, ein langes, unliebenswürdiges Schriftstück zu lesen, das er von der Zentralverwaltung bekommen hatte. Es handelte von einem Bericht über die Steuern, den Sanders eingeschickt und der seine vorgesetzte Behörde offenbar nicht zufriedengestellt hatte.

Aus welchem Grunde, konnte Sanders nicht feststellen, denn er schlief dreimal ein bei der Lektüre. Beim dritten Versuch wurde er von seiner Ordonnanz geweckt, die eine ganz ermattete Taube in der Hand trug.

„O Herr, hier ist ein Buch", sagte der Mann, denn alles Geschriebene, Briefe und Notizen, werden von den Eingeborenen „Buch" genannt.

Sanders wurde plötzlich wach und kletterte im nächsten Augenblick aus der Hängematte.

Ein dünnes Stückchen Papier war mit einem langen Gummiband um das eine Bein des Vogels befestigt. Sanders glättete den kleinen Zettel, der ungefähr die doppelte Größe und die Beschaffenheit eines Zigarettenpapieres hatte.

Mit Kopierstift waren einige Worte in Arabisch darauf geschrieben.

„Von Abiboo, dem Diener Gottes, an Sandi, den immer wachsamen Vater seines Volkes.

Friede sei mit Dir und Deinem Hause. Indem ich erkläre, daß es nur den einen wahren Gott gibt, sende ich Dir Nachricht, daß die Frau, die Du Bosambo übergeben hast, großen Aufruhr verursacht hat. Ich habe durch Boten davon erfahren. Bosambo ist mit zwanzig Leuten zur Grenze des Isisilandes geflohen.

Dieser Brief wurde geschrieben am Isisistrom, wo sich die drei Krokodilbuchten in der Form eines Pfeiles treffen."

Abiboo war von Sanders in dem Dorf zurückgelassen worden, aus dem M'fashimbi entfernt wurde. Er war beauftragt, den geheimnisvollen Tod Otapos aufzuklären, und er war ein Mann, der sich nicht leicht aus der Fassung bringen ließ.

Sanders zog sofort seine Moskitoschuhe an und ging in das Quartier des Haussa-Offiziers, der gerade einsam seinen Tee trank.

„Ich werde Sie brauchen", sagte Sanders. „Im Ochoriland ist ein Aufstand ausgebrochen."

Captain Hamilton zog die Stirn in Falten. Er war ein noch verhältnismäßig junger Mann von fünfundzwanzig Jahren, und in diesem Alter sind die Leute meist etwas zynisch veranlagt.

„Der unterwürfige Bosambo ist doch nicht etwa aufsässig gegen uns? Diese Perle von Höflichkeit und Tugend?"

„Lassen Sie jetzt Ihre dummen Bemerkungen", fuhr ihn Sanders an. „Die Ochori sind im Aufstand begriffen, und an ihrer Grenze wohnt eine Missionarin."

Hamilton sprang auf.

„Um Himmels willen, das hatte ich ganz vergessen", rief er bestürzt, zog eine Alarmpfeife aus seiner Brusttasche und blies.

Ein barfüßiger Hornist eilte von der Wachstube über den kleinen Exerzierplatz zu ihm.

„Ta-ta-ta!" sang ihm der Offizier vor, und gleich darauf ertönte das Signal „Alles zu den Waffen!"

„Worum handelt es sich denn?" fragte Hamilton.

Sanders erklärte ihm kurz die Lage.

Mit Volldampf fuhr die kleine „Zaire" Tag und Nacht ohne Unterbrechung stromauf, bis sie zu dem Platz kam, wo sich „die drei Krokodilbuchten in der Form eines Pfeiles treffen".

Hier hielt Sanders an, um Abiboo und seine wenigen Soldaten zu entsetzen.

Er erfuhr zu seiner größten Beruhigung, daß die Missionsstation noch nicht bedroht worden war.

„Wie steht es mit Bosambo?"

„Ich weiß nicht, ob er lebt oder tot ist“, sagte Abiboo gelassen. „Wenn er tot ist, starb er als ein treuer Anhänger des Propheten, denn die Kanofrau, die er zum Weibe nahm, glaubt an Allah und an Mohammed, seinen Propheten.“

„Das mag ja alles wahr sein“, erwiderte Sanders geduldig, „aber im Augenblick interessiere ich mich weniger für seine Aussichten im Jenseits als für sein Ergehen auf dieser Erde.“

Darüber konnte ihm Abiboo nichts berichten. Er wußte nur, daß Bosambo zehn Meilen entfernt eine Insel mitten im Strom besetzt hatte und vor zwei Tagen noch in deren Besitz war.

Der Fluß zog sich hier in vielen Biegungen und Windungen durch die Gegend, und man konnte die mittlere Insel erst sehen, als die „Zaire“ die letzte Krümmung nahm.

„An die Geschütze!“ befahl Sanders kurz.

Der Haussa-Captain ließ sich auf dem Sattelsitz des einen kleinen Bronzegeschützes nieder, Abiboo bediente das andere.

Auf dem Wasser wimmelte es von Booten.

Die Ochori griffen die Insel an, aber das Geräusch des Schaufelrades der „Zaire“ übertönte alles andere.

„Der Kampf ist regelrecht im Gang. Was sagen Sie dazu, Sanders?“

Der Amtmann stand am Steuer und sah geradeaus in die Fahrtrichtung.

Er überschaute jetzt die Lage. Ein Teil der Ochori war gelandet, und ein erbitterter Nahkampf war entbrannt.

„Feuern Sie!“ rief er.

Die beiden Geschütze spien Flammen.

Wie durch einen Zauberschlag bildeten die Boote plötzlich zwei, drei, dann vier Reihen und rasten den Strom hinunter, der „Zaire“ entgegen.

Dann bekam eines der beiden Geschütze eine Ladehemmung, und ein Hagel von Speeren ging auf den Dampfer nieder, von denen einer beinahe Sanders getroffen hätte.

Im nächsten Augenblick war die „Zaire“ von Booten umgeben – zum erstenmal hatte der Zauber der Geschütze am großen Strom versagt. Das kam so unerwartet und war so unerklärlich, daß ein Mann leicht den Kopf verlieren konnte. Aber Sanders' Hand zitterte nicht, als er das Steuerrad herumriß, der Dampfer einen großen Bogen beschrieb und umwandte. Die Haussasoldaten gaben Schnellfeuer mit ihren Karabinern; Hamilton blutete an der Stirn, aber er brachte das Geschütz wieder in Ordnung, ohne sich um seine Wunde zu kümmern. Mit größter Geschwindigkeit fuhr die „Zaire“

den Strom hinunter. Die feindlichen Boote konnten das gleiche Tempo nicht halten, nur ein Kanu hatte sich an der Seite des Dampfers festgehakt. Die Soldaten stießen die Insassen mit ihren Bajonetten nieder.

„Das Geschütz ist wieder schußfertig", sagte der Offizier, als er einen neuen Patronengürtel einführte.

Sanders nickte.

Die Zaire dampfte nun aufs neue stromauf und stieß wieder auf die Bootreihen. Die Maximgeschütze feuerten andauernd.

Die zweite Bootlinie wankte und wurde durchbrochen, die dritte wagte keinen Widerstand mehr. Inmitten der fliehenden Boote bemerkte Sanders ein Kanu, das größer als alle anderen war.

Mit ausgestreckten Armen stand eine Frau darin, die auf die Leute einredete.

„Abiboo!"

Der Sergeant übergab sein Geschütz einem Kameraden und trat zu dem Amtmann.

„Siehst du die Frau in dem Boot dort?"

„Ja, Herr, ich sehe sie."

„Es scheint mir, daß sie besser tot wäre", sagte Sanders düster.

Er stellte den Maschinentelegraphen auf Stopp, und das Geräusch der Schiffsmaschine und des Schaufelrades hörte plötzlich auf. Die „Zaire" glitt ruhig und ohne Erschütterung dahin.

Abiboo lag auf dem Deck, preßte den Kolben seines Gewehres an die Wange und zielte genau.

Man fand Bosambo bei Bewußtsein unter einem Haufen von Toten. Er lag über einer Kanofrau, die auch noch am Leben war, denn er hatte alle Speerwürfe, die ihr galten, auf sich genommen.

Bosambo hatte fünfundzwanzig Wunden, wie Sanders feststellte.

„O Herr", flüsterte er, als der Amtmann neben ihm stand, „habe ich dir nicht gesagt, daß die Ochori kämpfen können?"

„Sie haben für einen sonderbaren Zweck gekämpft, mein Junge", erwiderte Sanders grimmig.

Bosambo lächelte schwach.

„O Herr, wenn ich wieder zu ihnen komme, wird es ihnen schlecht ergehen."

Und so war es auch, wie ich hier verraten will.

III

# Die Missionarin

Das Handelshaus De Silva & Mackiney ist nicht so bekannt wie zum Beispiel Rockefeller oder Marshall Field, auch hat es in Finanzkreisen nicht denselben Kredit wie etwa Rothschild oder Pierpont Morgan. Aber an der afrikanischen Küste nahm die Firma De Silva & Mackiney dieselbe Stellung ein wie die Genannten. Für diesen Teil der Erde waren sie die Rothschilds, die Marshall Fields, die Morgans. Man sagt sogar, daß sie einmal dem Staat den Vorschlag gemacht hätten, ihr eigenes Geld prägen zu lassen, aber eine konservative Regierung lehnte es höflich ab, auf dieses Ansinnen einzugehen.

Was sich auch an der zentralafrikanischen Küste ereignen mochte, sie hatten ihre Hand dabei im Spiel. Sie waren an Schiffahrtsgesellschaften interessiert, sie besaßen die Aktienmajoritäten der dort arbeitenden Banken, sie finanzierten Gesellschaften, die sich mit der Erschließung und Ausbeutung des Landes befaßten, sie förderten den Eisenbahnbau, sie waren an Goldminen beteiligt, aber vor allem trieben sie einen schwunghaften Tauschhandel mit den Eingeborenen und erhielten dabei von diesen bedeutend wertvollere Waren als ihre eigenen Artikel. Die Handelsniederlassung und die Handelskarawane waren die Grundpfeiler der Firma De Silva & Mackiney, und selbst in den Tagen ihrer größten geschäftlichen Erfolge war der Tauschhandel mit den Eingeborenen ihre Haupteinnahmequelle. De Silva hatte sich schon lange vom Geschäft zurückgezogen und war Marquis in Portugal geworden.

Ein kleiner Dampfer kam von Zeit zu Zeit an die sandige Küste, an der als einziges Zeichen der Zivilisation ein mit Wellblech gedecktes Gebäude und ein Flaggenmast zu sehen waren. Große, mit Tauen zusammengebundene Fässer wurden über Bord geworfen, von einer kleinen Dampfpinasse ins Schlepptau genommen und an Land gebracht.

Dann folgte ein Leichter nach dem anderen, beladen mit strohgepackten Kisten. Alle diese Waren nahm ein einsam dort lebender weißer Mann in Empfang, der unter einem großen Tropenhelm schwitzte. Er führte die Niederlassung des Hauses De Silva & Mackiney und ließ alle Güter im Warenschuppen verstauen, bis die ausgesandten Karawanen wieder aus dem dunklen Innern zurückkehrten. Dann wurden die Träger entlohnt, und zwar in Ginschnaps. Einige zogen allerdings Rum vor, und für diese wurden die großen Fässer angestochen. Aber hauptsächlich bezahlte er die Leute mit dem Inhalt der Kisten, in denen sorgfältig zwischen Strohlagen die viereckigen Branntweinflaschen verpackt lagen.

Emanuel Mackiney war, wenn man dem Gerede Glauben schenken konnte, mehr als eine Million Pfund Sterling wert, aber darin bestand auch sein ganzer Wert. Er war ungeheuer reich und ungeheuer gewissenlos, und obwohl man seine Schecks von Französisch-Dakka bis nach Portugiesisch-Benguela als bares Zahlungsmittel schätzte, wurde er doch persönlich nirgends geachtet.

Wenngleich er kein reines Englisch sprach und seine Herkunft zweifelhaft war, sprach er doch stets von England als von seiner „Heimat".

Das ist alles, was über Emanuel Mackiney zu berichten wäre. Sein Sohn muß jedoch etwas eingehender betrachtet werden. Burney Mackineys Erziehung hatte ihren Abschluß in England gefunden. Der junge Mann hatte allerdings die Hilfsquellen der Wissenschaft mit geringerem Erfolg ausgebeutet als sein Vater die Küsten Afrikas.

Er war von großer schlanker Gestalt, breitschultrig und kräftig. Er hatte lange genug in England gelebt, um die Fehler und Laster, die er sich an der Küste angeeignet hatte, weiterzuentwickeln – denn er war in dem Geschäft groß geworden, beherrschte die Sprachen von mindestens zwölf Völkern und kannte die Gewohnheiten aller Stämme und Nationen von Dahomey bis nach Angola. Seine Backenknochen traten stark hervor, und seine Gesichtsfarbe spielte ins Bräunliche. Die Lippen waren dick, das Kinn plump. Er besaß das dreiste Selbstvertrauen, das man bei reichen Leuten ohne tiefere Bildung gewöhnlich findet.

Burney hatte sich verliebt.

Er machte die Bekanntschaft Ruth Glandynnes, bevor der Dampfer, der ihn zu dem schönen Haus in Sierra Leone zurückbringen sollte, den Hafen von Teneriffa erreichte.

Sie war ein schlankes, junges Mädchen mit einem klugen, traurigen Gesicht und feinen Zügen.

„Wie, Missionarin sind Sie?" fragte Burney mit gutmütiger Verachtung. Es war allgemein bekannt, daß Burney für solche Leute nichts übrig hatte. „Afrika ist nicht der richtige Platz für ein so hübsches Mädchen."

„Ich kenne schlechtere Gegenden", erwiderte sie lächelnd.

„An welchen Teil der Küste gehen Sie denn?"

„Ich werde eine Missionsstation am Isisi-Fluß eröffnen."

„Sind Sie allein?"

Sie nickte.

„Wir sollten eigentlich zu zweien hinausfahren, aber meine Gefährtin wurde krank und kann erst später nachkommen." „Hm!" meinte Burney. „An den Isisistrom wollen Sie also gehen?"

„Kennen Sie die Gegend?"

Ihre grauen Augen, die ihn vorher etwas argwöhnisch und feindselig betrachtet hatten, sahen ihn plötzlich lebhaft interessiert an.

„Nicht besonders gut – wir gehen niemals dorthin, wissen Sie. Mein Vater hat den ganzen Handel an der Küste in der Hand, aber aus dem Isisiland sind wir ferngehalten worden. Dort sitzt ein Hund von einem Amtmann, er heißt Sanders. Sie werden ihn auch noch hassen lernen. Er kann Missionare und Kaufleute durchaus nicht leiden."

So begann ihre Bekanntschaft, die schon nach zwei Tagen zu einem Heiratsantrag von seiner Seite führte.

Aber zu seinem größten Erstaunen wurde er glatt abgewiesen. „Es ist sehr schmeichelhaft für mich, daß Sie mich so schätzen", sagte sie und sah ihm ruhig in die Augen, „aber ich habe nicht die Absicht zu heiraten – wer es auch sei."

„Einen Augenblick, Miss Glandynne." Seine Stimme klang rauh. „Machen Sie keinen Fehler. Sie glauben, es sei unmöglich, weil ich reich bin und Sie arm sind. Aber meinem Vater würde das gar nichts ausmachen –"

„Ich habe keinen Augenblick an Ihre finanzielle Lage gedacht." Sie erhob sich. „Auch können Sie meine Verhältnisse in keiner Weise beurteilen."

„Ich liebe Sie! Ich habe niemals eine junge Dame getroffen, die so faszinierend und so famos ist wie Sie. Sehen Sie" – er legte seine Hand auf ihren Arm –, „ich hatte in England Auswahl unter vielen Frauen. Es waren Damen mit großen Titeln darunter. Aber es ist so etwas Gewisses an Ihnen –"

Sie standen im Dunkeln allein auf dem Promenadedeck. Er hatte gut zu Abend gegessen und war von sich überzeugt.

„Sie haben etwas an sich" – seine Hand schloß sich um ihren Arm –, „was mein Blut in Wallung bringt, Ruth!"

Im nächsten Augenblick hatte er sie in seine Arme geschlossen.

Aber sie wehrte sich aus Leibeskräften.

„Lassen Sie mich in Ruhe!" schrie sie.

Statt jeder Antwort beugte er sich über sie und küßte sie leidenschaftlich.

Mit fast übermenschlicher Anstrengung befreite sie sich von ihm und taumelte blaß und zitternd gegen die Reling.

„Sie Schuft!“ stieß sie schwer atmend hervor.

Die verachtungsvollen Blicke ihrer grauen Augen bändigten ihn.

„Es tut mir leid“, stammelte er. „Es war nicht recht von mir – ich bin töricht – der Wein –“

Sie ging schnell das Deck entlang und verschwand auf der Treppe nach unten. Drei Tage lang sah er sie nicht.

Ein anderer Mann hätte sich geschämt, ihr wieder unter die Augen zu treten, aber Burney Mackiney war nicht von dieser Art. Seine Meinung von Frauen war nicht sehr hoch, und er bedauerte nur, daß er sich bei ihr entschuldigt hatte. Das war eine Schwäche gewesen. Je stärker und herrischer man mit Frauen umging, desto mehr liefen sie einem nach. Er wartete auf eine bessere Gelegenheit.

Am Abend, bevor das Schiff Sierra Leone anlief, traf er sie allein auf dem vorderen Teil des Promenadedecks.

„Guten Abend, Miss Glandynne“, grüßte er. Sie sah starr vor Schrecken zu ihm auf. „Sehen Sie, was hat es denn für einen Zweck, schlechte Freunde zu sein? Ich habe mich nun einmal fest dazu entschlossen, Sie zu heiraten.“

Sie wäre aufgestanden, aber sie fürchtete eine Wiederholung jener Szene, in der sie unfreiwillig hatte mitspielen müssen, und blieb schweigend sitzen. Er faßte ihre Haltung falsch auf.

„Meine Gedanken beschäftigen sich stets mit Ihnen“, fuhr er fort. „Es fällt mir schwer, daran zu denken, daß Sie allein unter diesen Kannibalen und Scheusalen am Isisistrom leben sollen.“

„Jedes andere Scheusal ist noch erträglicher als Sie“, erwiderte sie.

Diese Beleidigung traf ihn empfindlich.

Einen Augenblick war er sprachlos vor Wut, dann überschüttete er sie mit einer Flut von Schimpfworten.

Sie zog Vorteil aus dieser Situation und entschlüpfte ihm. Er sah sie nicht wieder, aber sie beobachtete oben an der Reling, wie er in einem Boot an die Küste von Sierra Leone übersetzte, und seufzte erleichtert auf.

Amtmann Sanders ging an die Küste hinunter, um Miss Glandynne abzuholen, aber er war gerade nicht in der besten Stimmung.

Sie sah einen Mann von mittlerer Größe vor sich, der tadellos weiß gekleidet war. Ein großer Tropenhelm beschattete sein hageres, glattrasiertes Gesicht, das fast die Farbe von Teakholz angenommen hatte. Seine Blicke waren forschend und durchdringend, und jede seiner Bewegungen verriet Energie und Tatkraft.

„Eigentlich sollte ich mich freuen, Sie zu sehen“, sagte er und schüttelte vorwurfsvoll den Kopf, „denn Sie sind die erste weiße

Frau, die mir seit vielen Jahren begegnet. Aber Sie bürden mir eine schwere Verantwortung auf."

Sie lachte und gab ihm ihre zarte Hand, die er drückte.

„Sie scheinen also Missionarinnen nicht sehr zu schätzen?"

„Nein, wirklich nicht. Ich habe schon alle möglichen Aufträge, mich um Sie zu kümmern und Ihnen den Aufenthalt hier so angenehm wie möglich zu machen. Es gibt ja viel Arbeit hier am Großen Strom – ich meine, man könnte den Eingeborenenfrauen vielfach ärztliche Hilfe bringen. Sie sind doch Ärztin?"

„Nein, ich bin Krankenpflegerin. Die Ärztin ist vor der Ausreise erkrankt."

„Hm!" meinte Sanders.

Er hatte schon eine Hütte für sie herrichten lassen, und zwei Eingeborenenfrauen, die mit den Lebensgewohnheiten weißer Menschen vertraut waren, betreuten sie dort.

Zum Abendessen bat er sie in die Residenz. Er hatte auch den Haussa-Captain eingeladen, daran teilzunehmen. Der Offizier war der einzige, der eine Art Anstandsdame spielen konnte.

„Ich habe eine Hütte für Sie bauen lassen", sagte Sanders, „und alle Vorräte und Möbel, die für Sie geschickt wurden, habe ich schon dorthin bringen lassen. Es gibt drei oder vier Missionsstationen in diesem Gebiet. Zunächst haben wir den Pater O'Leary in Cosinkusu – diese Station liegt ungefähr hundert Meilen von Ihnen entfernt. Er ist ein liebenswürdiger Mann, mit dem man gut auskommen kann. Dann ist der Baptistenmissionar Boyton im Lande, der immer gegen den Pater tobt, weil er glaubt, er habe ihm einige Mitglieder seiner Gemeinde abspenstig gemacht. Boyton lebt etwa hundertfünfzig Meilen von Ihnen entfernt. Das sind die beiden hauptsächlichen Missionsstationen."

Er gab ihr noch einen kurzen Überblick über die Geschichte des Bezirkes, in dem sie leben sollte. Eigentlich erzählte er ihr viel mehr, als er ursprünglich beabsichtigt hatte, aber ihre grauen Augen waren so zwingend, und ihre Lippen lächelten so gerne.

Zwei Tage lang blieb sie in der Residenz, am dritten Morgen wurde ihr Gepäck auf die „Zaire" gebracht.

Vor der Abfahrt lernte sie noch Bosambo von Monrovia kennen, der zu diesem Zweck heruntergeholt worden war.

„Dieser Mann ist der Häuptling des Stammes, der Ihrer Station am nächsten liegt", erklärte Sanders, „obwohl Sie sich praktisch im Isisiland befinden. Ich habe nach ihm geschickt, damit er – damit er –"

„Damit er nach mir sehen soll", ergänzte sie lächelnd.

Sanders mußte auch lachen.

„Ja, das wollte ich ungefähr auch sagen. Es lag mir viel daran, daß er sie hier sah. Denn nun weiß er, daß Sie als mein Gast und meine Freundin in diesem Lande weilen."

Sanders stockte zuweilen und war verlegen, da er nicht daran gewöhnt war, Schmeicheleien und höfliche Phrasen vorzubringen.

Nachdem er sie zum Dampfer begleitet hatte, schickte er nach dem Ochorihäuptling.

„Bosambo", redete er ihn in der Eingeborenensprache an, „diese Frau ist von meinem Volke, und sie wird hier allein unter den Eingeborenen leben, die schlecht und verschlagen sind. Sie werden versuchen, sie zu betrügen, denn sie ist eine Gottesfrau, obwohl sie auch Ärztin ist. Nun gebe ich dir den Auftrag, sie zu bewachen und zu schützen, bis zu deinem letzten Atemzug. Du stehst an meiner Stelle und handelst für mich in allen Dingen, die sie angehen."

Bosambo streckte feierlich seine Hände mit der Fläche nach oben aus.

„O Herr", sagte er ernst, „wenn ich bei der heiligen Jungfrau schwöre, die ich in Liberia verehrt habe, dann weiß ich nicht recht, wobei ich schwöre, denn ich habe all die heiligen Dinge schon vergessen, die mir die Pater einmal beigebracht haben. Aber ich schwöre bei meinem Kopf, bei meinem Verstand und meinem Lebensgeist, daß ich deinen Auftrag ausführen werde."

Er wandte sich um und schritt majestätisch zu seinem Boot. Aber auf halbem Wege kehrte er noch einmal um und kam zu Sanders zurück.

„O Herr, wenn ich nun alle deine Aufträge gewissenhaft ausgeführt habe und du mit mir zufrieden bist, wirst du mir dann auch ein Stück Goldstoff in Sierra Leone kaufen, wie es ein mächtiger Häuptling trägt?"

„Geh nur ruhig, mein geschäftstüchtiger Junge", sagte Sanders unbeirrt.

Er sah dem kleinen Dampfer nach, bis er um die Biegung fuhr und außer Sicht kam. Dann ging er langsam zu seiner Residenz zurück und seufzte innerlich.

Zur selben Zeit hatte Burney Mackiney in Sierra Leone eine Unterredung mit seinem Vater.

Der ältere Mann sah nicht gerade einnehmend aus. Er war sehr dick, hatte ein pockennarbiges Gesicht von gelblicher Hautfarbe und einen lauten, schnarchenden Atem.

„Der Versuch würde sich lohnen", sagte er nach einem langen

Schweigen. „Bei den Isisi wachsen viele Gummibäume, und es gibt kein Gesetz, das die Einfuhr von Alkohol verbietet – mit Ausnahme der Verfügung, die Amtmann Sanders aus eigener Machtvollkommenheit erlassen hat. Aber wie willst du denn eigentlich dorthin kommen?"

„Durch das französische Gebiet. Das ist sehr einfach."

Es trat eine Pause ein.

„Aber willst du denn durchaus in diese Gegend? Es sieht dir doch gar nicht ähnlich, unnötige Schwierigkeiten und Sorgen auf dich zu nehmen."

„Ich möchte mir das Land einmal ansehen", erwiderte Burney gleichgültig.

In Wirklichkeit hatte er natürlich ganz andere Absichten, und seit Tagen brütete er schon über seinem bösen Plan.

Die Araber hatten früher derartige Dinge gleichfalls unternommen – es konnte nicht schwierig sein. Jenseits der zivilisierten Gegend wurde er eben einfach ein Araber, er beherrschte ja das Küstenarabisch vollkommen.

Den Weg durch das Gebiet der einzelnen Stämme konnte er sich erkaufen. Ein kühner, schneller Zug über die französische Grenze, und er konnte den Isisistrom erreichen. Er hielt sich dann eben nur so lange auf, bis die Tatsache bekannt wurde, daß ein arabischer Händler der Schuldige sei. Dann mußte sie ihn heiraten.

Das war in kurzen Zügen sein Plan.

Er wählte die Leute, die ihn begleiten sollen, sehr sorgfältig aus, und einen Monat später verließ er Sierra Leone an Bord eines englischen Dampfers. Sein Ziel war unbekannt.

Drei Monate waren vergangen, seitdem sich Sanders von der Missionarin verabschiedet hatte. Sorglos und ohne große Eile fuhr er einen kleinen Fluß hinauf zu einem entfernten Teil der Kleineren Isisi. Unterwegs traf er einen gewöhnlichen Mann mit Namen I'fambi M'Waka oder M'Wafamba, wie man ihn auch nannte.

Sanders benützte ein kleines Dampfboot, denn die „Zaire" befand sich im „Dock" – mit anderen Worten: Sie war ans Ufer gezogen worden.

Der Amtmann fuhr stromauf, und M'Wafamba kam in einem alten morschen Eisenholzboot mit der Strömung herunter. Sanders stand an der Reling und betrachtete den Mann mit müßiger Neugierde.

Als sie aneinander vorbeifuhren, richtete sich M'Wafamba in seinem Kanu auf und wandte ihm das Gesicht zu.

„Ho, Sandi!“ schrie er prahlerisch.

„Ho, du Mann!“ rief Sanders. „Fahre mit deinem Boot näher an das Ufer, denn mein schnelles Schiff verursacht Wellen, und du könntest Schaden nehmen.“

Als Antwort hörte er nur ein höhnisches Gelächter.

„Ho, Sandi!“ brüllte der Eingeborene, „du weißer Mann! Du Schweinefresser, du weißer Affe!“

Sanders ergriff das Steuerrad und lenkte das Dampfboot in einem Kreis herum, bis es dicht am Kanu war.

Ein Haussa-Soldat packte den Nachen mit einem Bootshaken, ein anderer ergriff den unverschämten M'Wafamba am Arm.

Er leistete nur unbeholfen Widerstand, als er an Deck gezogen wurde.

„Entweder leidest du an der Krankheit Mongo“, sagte Sanders zu ihm, „oder du bist ein ganz niederträchtiger Lump!“

„Du bist ein dicker Lügner und hast nur Lügen gefressen“, schrie M'Wafamba.

Als Sanders seine Hand ausstreckte, um den Nacken des Mannes nach gewissen Schwellungen zu untersuchen, die charakteristische Symptome der Krankheit Mongo waren, versuchte der Eingeborene, ihn zu beißen.

Der Amtmann zog seine Hand schnell zurück, jedoch nicht aus Furcht vor einem Biß, sondern aus einem anderen Grunde.

Während zwei seiner Leute auf dem Gefangenen knieten, steuerte er den Dampfer zum Ufer.

„Bringt ihn an Land!“

Ohne weitere Umstände wurde M'Wafamba heruntergeschleppt.

„Bindet ihn dort an den Baum und macht alles fertig, daß er seine Tracht mit der Peitsche bekommt“, befahl Sanders.

Sie banden ihn, die Hände über dem Kopf, an den Stamm eines jungen Gummibaumes und nahmen ihm das Gewand von den Schultern, während Sanders auf und ab ging, die Hände in den Taschen, den Kopf gesenkt. Plötzlich war an diesem heiteren Sonnentag eine Sorgenwolke über ihn gekommen, die ihm das Leben verbitterte.

Als seine Leute mit den Vorbereitungen fertig waren, näherte er sich dem Gefangenen, der jetzt doch ein wenig furchtsam geworden war.

„Wie heißt du?“ fragte der Amtmann.

„I'fambi M'Waka“, winselte der Mann an dem Baum. „Gewöhnlich nennen sie mich M'Wafamba. Ich stamme aus dem Dorfe bei dem Teufelsteich.“

„M'Wafamba, da du zu den Isisi gehörst, kennst du mich doch und weißt, wie ich mit den Leuten umzugehen pflege."

„Herr, ich habe dich schon früher gesehen und weiß, wie du handelst."

„Und wenn ich sage ‚Tod' – was meine ich dann?"

„Herr, dann meinst du Tod, wie alle Leute am Fluß wissen."

Sanders nickte.

„Nun, ich werde dich zu Tode peitschen lassen", sagte er grimmig, „wenn du mir nicht erzählst, wo du in meinem Lande Feuerwasser bekommen hast – denn du bist berauscht von einem bösen Gift, das die Leute hier Ginni nennen. Es ist aber durch Gesetz schwer verboten, Ginni hierherzubringen und zu verkaufen."

Der Mann schüttelte nur trunken den Kopf.

„Schlag nur zu, du Schweinefresser", rief er plötzlich wieder mutig. „Ich habe einen Eid geschworen, daß ich es niemand sagen werde."

„Nun gut, dein Eid steht gegen meine Peitsche."

Abiboo, der große, starke Haussa-Sergeant, packte die Rhinozerospeitsche mit festem Griff, trat einen kleinen Schritt zur Seite und schwang die Peitsche schwirrend um seinen Kopf. Klatschend sauste der Hieb auf die nackten Schultern des Mannes nieder.

M'Wafamba brüllte vor Schmerz.

„Genug!" schrie er. „Ich werde alles sagen!"

Sie banden ihn von dem Baume los.

„O Herr", heulte er, „es war ein Arabi, der über die französische Grenze kam. Er gab mir das Feuerwasser für eine bestimmte Menge Gummi, die ich gesammelt hatte, und er sagte, daß ich dadurch den Geist eines weißen Mannes erhielte und dem Tapfersten an Mut gleich wäre. Und so war es auch, o Herr, aber nun ist mein Herz leicht wie Wasser."

„Wie sah der Arabi aus?"

„O Herr, er war groß und stark und hatte ein fettes Gesicht wie ein Schwein, und er trug einen Ring."

„Wann hast du ihn gesehen?"

„Zwei Tagereisen von hier, aber er ist jetzt ganz fortgegangen, denn er hatte große Dinge vor, wie mir ein Mann erzählte, der in seinen Diensten steht und mein Vetter ist. Er fährt nach dem Ochoriland, um die weiße Frau mitzunehmen, die uns so schreckliches Wasser zu trinken gibt, wenn wir krank sind."

Die Bäume schienen sich plötzlich um Sanders zu drehen und der Boden sich unter seinen Füßen zu heben. Er taumelte ein wenig, und Abiboo sprang hinzu, um ihn zu stützen, da er glaubte, sein Herr bekomme einen Fieberanfall. Aber die Schwäche dauerte nur einen Augenblick. – „Sofort ins Boot!" befahl er. Sein Gesicht war bleich.

Sie hatten genügend Feuerholz an Bord, um sechs Stunden fahren zu können, aber die Missionsstation lag mindestens zwölf Stunden entfernt.

Er fegte den kleinen Fluß mit größter Geschwindigkeit hinunter und trotzte dann den starken Stromschnellen des Isisi. Genau sechs Stunden reichte das Brennmaterial, dann kamen sie zu einem Fischerdorf, wo ein Brennholzvorrat für die Regierung aufgestapelt lag.

Aber der „Arabi" hatte zwei Tage Vorsprung.

Mackiney hatte sich durch Bestechung und mit Gewalt durch das Nuthadombi-Volk durchgeschlagen – das sind „Leute, die nicht alle gleich sind"; ich werde später noch von ihnen zu berichten haben. Dieser Stamm bildete eine Art Pufferstaat zwischen den französischen und britischen Territorien. Mackiney hatte die Isisi mit seinem Feuerwasser vergiftet und verdorben und eilte nun unter der Führung des Vetters von M'Wafamba zu der Missionsstation.

Sie lag am Zusammenfluß zweier Ströme an derselben Stelle, wo Sanders ein Jahr vorher als der „Schweigsame" gelebt hatte.

Mackiney hatte fünfzig Träger bei sich, die fast alle Kruneger waren.

Es war sein Plan, sich auf einem der kleineren Nebenflüsse des Isisi zu halten. Dieses Gewässer war achtzig Meilen lang schiffbar und brachte ihn zu einem Punkt, der etwa dreißig Tagemärsche von der großen Karawanenstraße nach Lago entfernt war. – Inzwischen würde sich das Mädchen schon beruhigt haben und sich nicht mehr widersetzen.

Spät am Nachmittag kam er mit seinen Leuten in die Nähe der Missionsstation.

Die Hütte Miss Glandynnes lag eine halbe Meile vom nächsten Dorf entfernt, und er sandte Späher aus, die ihm die Nachricht brachten, daß außer zwei Eingeborenenfrauen und ein paar Männern niemand anwesend war, von dem man großen Widerstand zu erwarten hatte.

Er saß abseits von seinen Leuten, als sie das Abendessen zubereiteten.

In seinem langen, weißen Burnus und der Binde um den Kopf sah er wie ein richtiger Araber aus.

Als der Abend dämmerte, näherte sich ihm sein Vormann.

„Herr", fragte er, „was soll mit diesem Kafir geschehen?" Er meinte den Führer.

„Den bringst du um“, erwiderte Mackiney auf arabisch. „Ich weiß nicht, wieviel er vermutet.“

„Er vermutet zuviel“, sagte der Vormann, „denn er hat schon erzählt, daß du kein richtiger Araber, sondern ein Weißer bist.“

„Dann darfst du keine Zeit verlieren.“

Er saß wartend an dem Feuer, das sie für ihn entzündet hatten. Kurz darauf hörte er ein Getümmel, wandte sich um und sah, wie Leute miteinander rangen. Dann vernahm er einen Schrei.

Die Leute gingen wankend in den Wald und verschwanden im Dunkel der Nacht.

Allmählich kamen sie wieder zurück und lachten untereinander. Der Vetter M'Wafambas war nicht mehr bei ihnen.

„Jetzt ist es Zeit“, sagte der Vormann zu Mackiney. „In zwei Stunden ist der Mond aufgegangen.“

Schnell wurden die Feuer gelöscht und die Kochtöpfe im Vorderteil des großen Bootes verstaut. Schweigend fuhren sie mit vorsichtigen Ruderschlägen an das andere Ufer des Stromes.

Zweihundert Meter von der Missionsstation entfernt wurde das Boot bei einem dichten Gebüsch an Land gezogen.

Von hier brauchte man nur noch ein paar Schritte bis zu dem Pfad zu gehen. In langer Reihe schlichen sie behutsam hintereinander auf dem gewundenen Weg vorwärts, geführt von dem weißgekleideten Araber. Zu beiden Seiten zog sich das undurchdringliche Gestrüpp des Waldes hin, und es war nur das Schreien der Nachteulen zu hören.

Plötzlich endete der Wald, und eine kleine Lichtung lag vor ihnen, in deren Mitte die dunklen Umrisse der Missionsstation zu erkennen waren.

„Nun mag Allah unser Unternehmen fördern!“ sagte Mackiney halb zu sich selbst und ging weiter.

Aber plötzlich erhob sich dicht vor seinen Füßen eine dunkle Gestalt vom Boden.

„Wer wandert hier in der Nacht?“ fragte eine dumpfe Stimme.

„Verdammter Schurke“, fluchte Mackiney auf englisch.

„Herr, das war das Wort eines weißen Mannes – und doch trägst du das Gewand eines Arabi?“

Mackiney war verwirrt, aber er faßte sich gleich wieder.

„Mann, wer du auch immer sein magst, geh mir aus dem Wege, denn ich habe mit der Gottesfrau zu tun.“

„Ich auch“, war die eisige Antwort. „Unser Sandi hat mich hiergesetzt, und ich stehe hier an seiner Stelle. Mit Ausnahme einer Nacht habe ich hier immer Wache gehalten.“

Mackiney hatte den Revolver gezogen, aber er wollte nicht schießen, um sich nicht zu verraten und die Bewohner der Missionsstation zu früh zu alarmieren.

„Laß mich gehen", sagte er. In der Dunkelheit fühlte er den spitzen, scharfen Speer seines Gegners mehr als er ihn sah. „Wenn du mich gewähren läßt, werde ich dir viele Säcke Salz und mehr Stöcke geben als Bäume in diesem Walde stehen."

Er hörte ein heiseres Lachen.

„Du gibst zuviel für zuwenig. O M'laka!"

Mackiney hörte das Laufen nackter Füße. Er war in eine Falle gegangen – bewaffnete Männer hatten den Pfad besetzt.

Er hob den Revolver und feuerte zweimal. Ein Speer fuhr haarscharf an seinem Gesicht vorbei, er sprang vorwärts und wurde mit dem Mann handgemein.

Er war stark wie ein junger Löwe, aber sein Gegner, der ihm mit der Hand die Kehle zuschnürte, war auch kein Schwächling. Einen Augenblick schwankten sie, dann fielen sie zu Boden und kämpften auf der Erde weiter.

Mackiney faßte mit der Hand nach seinem anderen Revolver und hatte ihn schon ergriffen, als er einen heftigen Stich in der linken Seite fühlte und ein heißer Schmerz seinen ganzen Körper durchrann.

„Zum Teufel!" sagte Mackiney auf englisch.

Er sprach nie wieder.

„Ein Arabi oder ein weißer Mann – das weiß ich nicht genau", sagte Bosambo. „Und es ist niemand übriggeblieben, der es uns sagen könnte, denn meine Leute sind schnell beim Töten. Nur einer von seinem Gefolge ist lebend in unsere Hände gefallen, aber der weiß nichts."

„Was hast du denn mit diesem Arabi gemacht?" fragte Sanders.

Sie hielten das Palaver in der ersten Stunde der Morgendämmerung im Missionshaus ab. Miss Glandynne saß blaß und entsetzt am Tisch und schaute von einem zum andern, denn sie verstand noch sehr wenig von der Eingeborenensprache.

„O Herr, ich habe ihn verscharrt, damit kein Mensch etwas von diesem Überfall erfährt. Es könnten böse Gedanken in die Köpfe der anderen kommen."

„Du hast recht getan", erwiderte Sanders.

Er fuhr ein wenig bestürzt zur Residenz zurück, denn er kannte die Zusammenhänge nicht.

Und als nach Monaten dringende Nachfragen wegen des Verbleibs eines gewissen Burney Mackiney an ihn gerichtet wurden, konnte er der Wahrheit entsprechend angeben, daß er nichts über ihn wisse.

IV

## Der schnelle Wanderer

Im Akasava-Lande glaubt man an einen grünen Teufel, der größer ist als Bäume, schneller als ein Leopard und schrecklicher als alle anderen Geister, denn er ist grün, so frisch grün wie die jungen Bäume im Frühling. Seine Stimme ist wie ein unterdrücktes Bellen und klingt ebenso wie das gefürchtete sägende Geräusch, das ein verwundetes Krokodil von sich gibt.

Das ist M'shimba-m'shamba, der schnelle Wanderer.

Manchmal führen seine Spuren mitten durch den Wald. Dann ist ein Weg von zwölf Meter Breite durch den dichtesten Forst gebahnt, alle Bäume sind geknickt, zerbrochen, entwurzelt, und das Gesträuch des Unterholzes ist in Haufen zusammengefegt, als ob es ein Riese mit großen, unförmigen Händen aufgehoben und beiseite geworfen hätte.

So sieht der Pfad aus, den M'shimba-m'shamba im Zickzack durch den Wald genommen hat – und wehe dem Dorfe, das an seinem Wege liegt!

Die eine Hütte läßt er in Frieden, von einer anderen reißt er nur das Vordach herunter, eine dritte aber packt er mit seinen erbarmungslosen Fäusten, zerbricht sie in Stücke und streut die Trümmer auf die Dorfstraße.

Ganze Familien hat er emporgehoben und sie mit gebrochenen Gliedern sterbend in den Wald geschleudert, ganze Dorfgemeinden hat er von der Erdoberfläche verschwinden lassen.

Am Großen Strom stand einst ein Dorf, das den Namen N'kema-n'kema führte. Wörtlich übersetzt heißt das „Affe-Affe": Es war ein armer Ort, die Bewohner fingen und räucherten Fische und verkauften sie an die Dörfer im Innern. Wenn es hoch kam, verdienten sie damit etwa zwölf Schillinge die Woche, gewöhnlich war es weniger. Aber ob es nun viel oder wenig war, etwa fünfzig Menschen lebten von dieser Tätigkeit.

Einige glaubten an M'shimba-m'shamba, andere machten sich über ihn lustig.

Und wenn die Anbeter des grünen Teufels hinausgingen, um ihm zu opfern, dann lachten die anderen. Der Gegensatz zwischen den Anhängern und den Verächtern wurde allmählich so stark, daß die Einwohner des Dorfes zwei Parteien bildeten. Die einen hatten ihre Wohnungen auf der einen Seite der nahen Bucht, die Ungläubigen blieben auf dem anderen Ufer.

So vergingen mehrere Monate, die Zweifler versammelten sich öfters, um den berühmten und gefürchteten Teufel zu schmähen.

Aber in einer Nacht kam M'shimba-m'shamba in all seiner Wut und ging durch das Wasser der Bucht – er konnte solche wunderbaren Dinge tun – er reckte seine haarigen Arme aus und ergriff Bäume und Büsche und Hütten.

Am nächsten Morgen waren die Anhänger des Sturmteufels allein am Leben, und von den Niederlassungen der Ungläubigen sahen sie nur noch ein zusammengebrochenes Dach, das sich ab und zu leicht bewegte, denn der noch lebende Häuptling des Dorfes lag darunter begraben.

Die Anhänger M'shimba-m'shambas hielten ein Palaver ab und kamen zu der Einsicht, daß es eine Sünde wäre, ihn zu retten, da ihr Herr offenbar seinen Tod beschlossen habe. Sie gingen sogar noch weiter und überlegten, daß es wohlgetan und verdienstvoll sei, wenn sie zu Ehren des grünen Teufels die zusammengebrochene Hütte ansteckten und damit die letzten Spuren seiner Verächter vernichteten.

Aber in diesem Augenblick erschien Bosambo von den Ochori. Er fuhr in seinem Staatskanu mit fünfzig Ruderern und einem Trommler den Fluß hinauf.

Er kam von einer Staatsvisite zurück und war schon vor Tagesbeginn aufgebrochen. Bei dem Dorfe machte er halt, um seinen Ruderern eine Rast zu gönnen und eine Mahlzeit einzunehmen.

„Erhabener Häuptling", sagte der Führer der Überlebenden, „du bist zu einem wichtigen, heiligen Zeitpunkt hierhergekommen." Und er erzählte ihm, daß M'shimba-m'shamba seine Verächter gestraft habe, und zeigte auf das zusammengesunkene Dach, das sich in Abständen immer wieder bewegte. „Wir wollen ihn jetzt verbrennen, denn er ist ein sündiger Mann; er hat unsern Herrn mit schrecklichen Schimpfnamen belegt und ihn einen Schlangenfresser und einen Sandtrinker genannt."

„Kleiner Mann", erwiderte Bosambo großartig, „ich werde mich hier niedersetzen und mit meinen Leuten zusehen, wie ihr das Dach aufhebt und den verschütteten Häuptling hier vor mich bringt. Und wenn er stirbt, dann, verdammt noch einmal – das ist der Fetisch unseres großen Herrn Sandi –, dann werde ich euch an den Beinen über einem Feuer aufhängen."

Bosambo setzte sich allerdings nicht nieder, sondern er überwachte die Rettung des unglücklichen Mannes und trieb die Leute zur Arbeit an, denn die Anhänger M'shimba-m'shambas waren nicht mit ihren Herzen bei der Sache und mußten gelegentlich durch einen Puff oder Schlag seines Speerschaftes angefeuert werden.

Endlich hatten sie das Dach entfernt, und der Greis war gerettet. Es lagen auch noch drei andere Leute in der Hütte, denen aber nicht mehr geholfen werden konnte.

Der alte Häuptling war nicht verletzt, und wäre er jünger gewesen, hätte er sich wohl selbst aus den Trümmern befreien können. Man gab ihm Wasser und etwas Korn, und er hatte sich bald wieder so weit erholt, daß er seine Zerknirschung und Bußfertigkeit zeigen konnte, denn er hatte M'shimba-m'shamba, den grünen Teufel, von Angesicht gesehen.

„Größer als die höchsten Bäume stand er da, o Herr", sagte er zu Bosambo, der ihm interessiert zuhörte. „Rund um seinen Kopf tanzten kleine, zerfetzte Wolken, die zu ihm kamen und wieder von ihm flohen wie die Vögel, die um eine Baumkrone kreisen."

Er beschrieb den Körper des Unholds genau und gab an, daß eines seiner Beine länger sei als das andere und daß er fünf Arme habe, von denen einer aus der Brust hervorkomme.

Bosambo brach auf, nachdem er den Häuptling wieder in sein Amt eingesetzt und die anderen Bewohner gewarnt hatte.

Es bedarf wohl keiner Erklärung, daß Bosambo ebensowenig das Recht hatte, Häuptlinge einzusetzen oder Akasava-Leute zu ermahnen, als du oder ich das Recht haben, uns an den Stadtratswahlen in Paris zu beteiligen, denn Bosambo war der Häuptling der Ochori, eines kleinen, unbedeutenden Volksstamms, und hatte selbst nicht viel zu sagen.

Eines Tages fuhr er nach der Stadt der Akasava, aber er wollte sich keineswegs wegen der Vorkommnisse entschuldigen. Die Stadt lag etwa zehn Meilen entfernt, und Bosambo machte solche Wege nicht, um nur höflich zu sein.

Als sein großes Staatsboot vor den Augen des versammelten Volkes am Ufer angelegt hatte, marschierte er in Begleitung seiner fünfzig Ruderer, die plötzlich fünfzig Krieger geworden waren, durch die Hauptstraßen der Stadt und schritt gewichtig und würdevoll einher.

„Sekedimi", sagte er zu dem Häuptling der Akasava, der eilig herbeikam, um ihn zu begrüßen, „ich komme in Frieden, und ich möchte ein wichtiges Palaver mit dir abhalten über M'shimba-m'shamba."

Als Sekedimi ihn erkannte, tat es ihm leid, daß er sich die Mühe gemacht hatte, herauszukommen, denn die Ochori galten bei allen Stämmen als geringe Leute.

„Ich werde die Kinder zusammenrufen", erwiderte Sekedimi ärgerlich, „sie wissen am besten mit Geistern und Spukgeschichten Bescheid."

„Dieses ist ein Palaver für Männer", entgegnete Bosambo mit steigendem Zorn, „und obwohl die Akasava in meinen Augen keine Männer sind, so will ich doch von meinem hohen Thron, auf den mich Sandis Gnade gesetzt hat, herabsteigen, um mit deinem Volk zu sprechen."

„Es ist besser, daß du schnell zu deinem Boot zurückkehrst, kleiner Häuptling", fuhr ihn Sekedimi an, „sonst wäre ich gezwungen, dich mit Stöcken zu schlagen. Wir Akasava sind sehr auf unsere Ehre bedacht, und zwei Häuptlinge dieser Stadt wurden aufgehängt, weil sie zu stolz waren. Wenn du M'shimba-m'shamba triffst, so kannst du ihn ja mit dir nehmen."

So kam es denn, daß Bosambo, Oberhäuptling der Ochori, so würdevoll wie möglich zu seinem Boot zurückging. Üble Sticheleien und Scherze der Akasava und gemeine Schimpfworte der kleinen Jungen folgten ihm.

Welchen Vorteil Bosambo eigentlich aus seiner gelegentlichen Bekanntschaft mit M'shimba-m'shamba ziehen wollte, braucht hier nicht näher auseinandergesetzt zu werden.

Es genügt im Augenblick zu erfahren, daß er zu seiner Hauptstadt zurückkehrte und sich ärgerlich eingestand, daß er viel von seinem Ansehen verloren hatte, denn obwohl er seinen Ruderern einen feierlichen Eid abgenommen hatte, nicht über den Vorfall in der Stadt der Akasava zu sprechen, erzählten sie unter dem Siegel der Verschwiegenheit die Geschichte doch wenigstens ihren Frauen.

In mancher Beziehung war Bosambo ein vorbildlicher Häuptling.

Er sprach Recht nach den allgemeinen Regeln der Billigkeit. Hunderte von Meilen entfernt wohnte Sanders in seiner Residenz an der Mündung des Stromes, und Bosambo ahmte seinen Herrn nach, wie eben ein Kruneger die Tätigkeit eines Weißen nachahmen kann. Er strafte schnell und hielt sich selbst an das Gesetz, soweit er überhaupt veranlagt war, zu gehorchen.

Keiner der anderen Häuptlinge war so diszipliniert wie er, sonst wäre es Sekedimi schlecht ergangen. Bosambo war stolz und schnell bei der Hand, Beleidigungen zu rächen, die ihm widerfahren waren. Und Sekedimis Worte hatten ihn aufs tiefste verletzt.

Aber Bosambo war geduldig. Er konnte wie alle Eingeborenen seinen Kummer und Ärger verbergen. Deshalb wartete er, die Sache mochte vorläufig auf sich beruhen. Dem Ungehorsam seiner eigenen Leute wußte er auf andere Weise zu begegnen.

Er trug gewöhnlich einen stattlichen Knüppel von Rhinozeroshaut bei sich, mit dem er sich Respekt verschaffte.

Alle Dinge waren in bester Ordnung, bis die Regenzeit vorüber war.

Dann erschien eines Abends gegen Sonnenuntergang Bosambo wieder in der Akasavastadt. Diesmal kam er nur mit zehn Ruderern und ging ohne Gefolge durch die Straßen. Er hielt nur drei leichte Speere in seiner linken Hand und einen geflochtenen Schild in demselben Arm. In der rechten Hand hatte er seine geschmeidige Rhinozerospeitsche, deren Griff mit merkwürdigen Ornamenten verziert war.

Der Häuptling der Akasava war von seiner Ankunft benachrichtigt worden und nun erstaunt, daß Bosambo in dieser ungewöhnlichen Art, ohne den mindesten Aufwand und Prunk, zu ihm kam.

„Die Dämmerung ist früh hereingebrochen", sagte er höflich.

„Ich bin das Wasser, das die Strahlen deines leuchtenden Gesichtes widerspiegelt", erwiderte Bosambo mit konventioneller Höflichkeit.

„Du findest mich in guter Stimmung, ich bin bereit, deinen Reden zu lauschen."

Sekedimi war sehr vorsichtig, denn wer konnte wissen, welche teuflischen Lügen Bosambo Sandi erzählt hatte?

Der Ochorihäuptling setzte sich vor ihm nieder.

„Sekedimi", begann er, „obwohl ich eine schwarze Haut habe, gehöre ich doch eigentlich zur weißen, herrschenden Rasse. Ich bin in ihren Zaubern unterrichtet worden und kenne ihre Götter sehr genau."

„Ich habe davon gehört; ich für meinen Teil halte nicht viel von ihren Göttern, da sie mehr für Frauen und schöne Dinge sind, wie man mir erzählt."

„Das stimmt. Nur ein Gott macht davon eine Ausnahme, er heißt Petero und war ein großer Ohrabschneider."

Das machte Eindruck auf Sekedimi.

„Von dem habe ich noch nicht gehört."

„Da ich sie kenne, kam ich vor der Regenzeit, um über M'shimba-m'shamba, den grünen Teufel, mit dir zu sprechen, der im Zickzackwege durch die Wälder schreitet."

„Ach, das ist doch Kindergeschwätz! M'shimba-m'shamba ist doch nur der Name, den unsere Väter dem Wirbelwind gaben, der die Wälder verwüstet – das ist doch kein Teufel."

Sekedimi war der intelligenteste Häuptling, der jemals die Akasava beherrschte, und er sprach die Wahrheit.

„O Herr und Häuptling", sagte Bosambo ernst, „kein Mann kann mit größerer Autorität über so hohe und heilige Dinge, wie Teufel, sprechen als ich, Bosambo. Denn ich habe wunderbare Dinge gesehen und kenne die Welt von einer Ecke bis zur andern. Ich bin weit gewandert und sogar an das Ende der Welt gekommen, wo man die Hölle erblicken kann. Und ich habe große wilde Leoparden gesehen, die so mächtig waren, daß sie ganze Ströme austranken und Bäume von erstaunlicher Höhe und Dicke verschlangen."

„Ko, ko!" sagten die vor Ehrfurcht staunenden Ratgeber Sekedimis, die um ihn herumstanden. Aber auch auf den Häuptling selbst machten Bosambos Worte großen Eindruck.

„Nun komme ich zu dir mit einer freudigen Nachricht, denn meine jungen Leute haben M'shimba-m'shamba, den grünen Teufel, gefangen und nach dem Land der Ochori gebracht."

Er sagte dies mit dramatischer Betonung und war mit der Wirkung seiner Worte zufrieden.

„Wir haben den Grünen mit Ketten gebunden, die wir von den N'gombis kauften. Wir haben ihm einen Baumstamm in den Mund gestopft, um sein fürchterliches Gebrüll zum Schweigen zu bringen. Nur dadurch haben wir ihn fangen können, daß wir eine Elefantengrube ausgegraben haben, die so tief war, daß nur die Leute mit den schärfsten Augen auf den Boden sehen konnten. Sie war so breit, daß kein Mann auf der anderen Seite gehört wurde, wenn er etwas rief. Dann haben wir ihn auf hundert Kanus in das Land der Ochori gefahren."

Sekedimi saß mit offenem Munde da.

„Was, ihr habt den grünen Teufel gefangen?" fragte er ungläubig.

„Ja!" Bosambo nickte bestätigend mit dem Kopf. „Wir haben vier Schilde zusammenbinden müssen, die so groß waren wie der meine, und diese haben wir auf jedes seiner Augen gelegt, damit er den Weg nicht sehen konnte, den wir gingen, und damit er nicht zu den Akasava zurückfindet."

Ein langes Schweigen folgte.

„Es scheint", sagte Sekedimi nach einer Weile, „daß dir eine wundervolle Tat gelungen ist, denn du hast einen Teufel aus unserer Mitte entfernt, aber die Ochori werden sehr traurig sein, da du einen Fluch von uns genommen und ihn deinem Volk auferlegt hast. Sicherlich werden sie sich gegen dich empören."

„Ewa", murmelten die Ratgeber und nickten weise mit dem Kopf. „Die Ochori werden sich gegen ihren Häuptling erheben, denn er hat böses Unheil über sie gebracht."

Bosambo stand auf, denn die Nacht brach herein, und er wollte nach Hause zurückkehren.

„Die Ochori sind ein sehr stolzes Volk", sagte er, „sie haben noch nie einen so großen Teufel besessen. Die Isisi, die Akasava, die N'gombi, die Buschleute, die Kleineren Isisi, die Bomongo, die Boungendi – alle diese Stämme haben Teufel von verschiedener Art, aber die Ochori hatten bisher noch keinen und waren sehr traurig darüber. Nun aber ist ihr Bauch voll Stolz, da sie M'shimba-m'shamba, den grünen Teufel, in ihrem Gebiet haben. Er brüllt und tobt fürchterlich in den Wäldern, in denen wir ihn freiließen."

Die Akasava blieben in nachdenklicher Stimmung zurück, als Bosambo sein Boot bestieg und zum Zusammenfluß der Ströme fuhr.

Am Abend rief Sekedimi seine Ältesten, seine Unterhäuptlinge und seine großen Krieger zusammen.

Durch Signale auf den Lokoli-Trommeln wurden alle kleinen Häuptlinge der entfernteren Dörfer mit ihren Ältesten herbeigeholt. Das Palaver dauerte von der vierten Nachtstunde bis eine Stunde vor Tagesanbruch.

„O ihr Häuptlinge und Leute der Akasava", sagte Sekedimi, „ich habe euch von einem großen Ereignis zu berichten, denn M'shimba-m'shamba, der seit Beginn der Welt der Teufel der Akasava war, ist nicht mehr länger der unsrige. Bosambo von den Ochori hat ihn gebunden und fortgeführt."

„Das ist sicherlich eine Schande", entgegnete ein alter Mann, „denn M'shimba-m'shamba ist unser eigener Teufel, und Bosambo ist ein böser Mann, daß er etwas gestohlen hat, was nicht sein ist."

„Das habe ich auch gedacht", erwiderte Sekedimi. „Wir wollen zu Sandi gehen, der an der Grenze des N'gombilandes Gericht hält; er soll uns ein Buch geben."

Sanders hatte zu jener Zeit gerade einen Ehestreit zu schlichten. Die Frage, die zur Entscheidung vorlag, lautete so: Ist ein Mann berechtigt, den Kaufpreis von sechstausend Matakos (Messingstangen) von dem Vater seiner Frau zurückzuverlangen, wenn diese in den ersten zwölf Monaten ihrer Ehe schlafkrank wird? Es war ein langes, langes Palaver, und viele Zeugen mußten gehört werden. Sanders entschied den Fall einfach und vernünftig, indem er ausführte, daß sich jemand des Betrugs schuldig machte, der wissentlich einen beschädigten Gegenstand verkaufte. Die Zeugenaussagen entlasteten den Vater jedoch, so daß man ihn nicht tadeln konnte. Es blieb also nur noch die Frage der Billigkeit übrig. Sanders war mitten in der zweiten Hälfte der zeitraubenden Untersuchung, als der Häuptling der Akasava mit einem Ältesten, seinem Hauptsklaven und einer Deputation der kleineren Häuptlinge bei ihm erschien.

„O Herr", sagte Sekedimi ohne weitere Einleitung, „wir sind einen weiten Weg von vielen Meilen über Land gewandert und haben Ströme von reißender Schnelligkeit überschritten, auch haben wir schreckliche Gefahren auf unserem Wege bestanden."

„Ich will euch wegen eurer vielen Abenteuer entschuldigen, aber ich bin nicht aufgelegt, lange Palaver mit euch abzuhalten", entgegnete der Amtmann. „Sagt kurz und bündig, was ihr wollt."

Sekedimi erzählte die Geschichte mit dem gestohlenen Teufel von Anfang an, als er den schnellen Wanderer in höhnender Weise den Ochoris angeboten hatte.

Nun wußte Sanders alles über M'shimba-m'shamba, er wußte auch, daß der Häuptling bis vor kurzem selbst nicht im geringsten über die eigentliche Bedeutung des grünen Teufels im Zweifel war.

Es ist charakteristisch für seine Art, daß er nicht den kleinsten Versuch machte, Sekedimi von seiner Torheit zu bekehren.

„Wenn Bosambo M'shimba-m'shamba mit sich genommen hat", sagte er ernst, „dann hat er ja nicht mehr getan, als du ihm selbst vorgeschlagen hast."

„Ich habe das doch nur im Scherz gesagt, denn dieser Teufel ist uns sehr teuer, und da wir nun seine laute Stimme nicht mehr in unseren Wäldern hören können, sind wir sehr traurig, daß er von uns gegangen ist."

„Wartet doch ruhig ab! Ist denn dies die Jahreszeit, in der M'shimba-m'shamba in den Wäldern umherwandert? Schweift er denn nicht während der Regenzeit umher? Geduldet euch nur, er wird zu euch zurückkehren."

Aber Sekedimi hatte keine Lust, zu warten.

„O Herr, wenn ich zu Bosambo gehe und freundlich mit ihm spreche, wird er uns dann nicht den grünen Teufel zurückgeben?"

„Wer kann das wissen?" fragte Sanders gelangweilt. „Ich bin kein Prophet."

„O Herr, wenn du mir ein Buch gäbest –", meinte Sekedimi.

„Dies ist kein Buchpalaver, sondern eine Sache zwischen Männern. Wenn ich dir ein Buch an Bosambo gebe, was soll ich dann sagen, wenn Bosambo mich bittet, ihm auch ein Buch an dich zu geben?"

„O Herr, das ist richtig", erwiderte Sekedimi und ging zurück. Mit zwölf seiner ersten Häuptlinge machte er sich nach der Stadt der Ochori auf und nahm Ziegen, fette Hunde, Salz und schwere Messingringe als Geschenke mit sich.

Bosambo empfing ihn feierlich und nahm die Gaben entgegen, aber er lehnte es ab, seinen Wunsch zu erfüllen.

„Sekedimi", sagte er, „ich bin Wachs in den Händen meines Volkes. Ich fürchte, ich mache die Leute zornig, denn sie lieben M'shimba-m'shamba mehr als ihre Ziegen und ihre Weiber!"

„Aber es kann ihn doch niemand sehen bis zur Regenzeit!"

„Letzte Nacht haben wir ihn gehört", behauptete Bosambo standhaft. „Es klang furchtbar und schrecklich, und meine Leute zitterten, aber sie waren stolz auf diesen entsetzlichen Teufel."

Der Häuptling der Akasava unterhandelte mehrere Stunden mit Bosambo und brachte alle möglichen Gründe vor, aber er hatte keinen Erfolg.

„Ich sehe, daß du ein Herz von Messing hast", sagte er schließlich, „gib mir deshalb meine Geschenke zurück, dann will ich wieder von dir scheiden."

„Die Gaben, von denen du sprichst, sind nicht mehr vorhanden, denn schnelle Boten haben sie an die Stelle gebracht, wo M'shimba-m'shamba haust, und dort niedergelegt, damit er sehen mag, daß sich die Akasava seiner freundlich erinnern."

Es blieb Sekedimi nichts übrig, als mit leeren Händen zurückzukehren.

Er sandte im Laufe des nächsten Monats ohne den geringsten Erfolg einen Boten nach dem andern zu Bosambo. Und als die Zeit verfloß, begannen die Leute, gegen ihn zu murren. Die Ernten zweier Dörfer waren schlecht geraten, die Bewohner verfluchten ihn und sagten, daß er ihren Teufel verkauft habe, der ihnen Glück brachte.

Endlich besuchte Sekedimi in seiner Verzweiflung Bosambo noch einmal.

„Häuptling", begann er, nachdem alle Begrüßungszeremonien peinlich beobachtet worden waren, „ich sage dir dies. Ich werde dir fünfzig Säcke Salz geben und so viel Korn, als zehn Boote fassen können, wenn du mir den grünen Teufel zurückgibst. Bist du aber zu stolz und leistest mir Widerstand, dann werde ich meine Krieger zusammenrufen, selbst wenn mich Sandi deshalb hängen sollte."

Bosambo war ein kluger Mann. Er kannte die Grenzen der menschlichen Geduld und Langmut, auch wußte er, wer der Leidtragende sein würde, wenn es zum Kriege kam, denn Sanders hatte ihn unter der Hand warnen lassen.

„Mein Herz ist schwer", erwiderte er, „aber da du nun einmal darauf bestehst, will ich dir M'shimba-m'shamba zurückgeben, obgleich ich vor meinem Volk beschämt dastehe. Sende mir das Salz und das Korn, und wenn das Wasser im Strome hoch und der Mond beinahe voll ist, werde ich den Grünen aufsuchen und in dein Land zurückbringen."

Sekedimi kehrte in glücklicher Stimmung heim. Eine Woche später waren das Salz und das Korn abgeliefert, und die zurückfahrenden Boote brachten die Nachricht in die Stadt der Akasava, daß Bosambo an dem und dem Tag, zu der und der Stunde den grünen Teufel in den Wäldern der Akasava loslassen werde. Nachher wollte er selbst in seinem Staatskanu kommen und die vollendete Tatsache melden.

Zu der verabredeten Zeit wartete Sekedimi an dem Ufer des Stromes. Zwei große Feuer brannten, um Bosambos Kanu den Weg durch das nächtliche Dunkel zu zeigen, und hinter den Feuern standen die Bewohner ehrfürchtig und erwartungsvoll und bissen in ihre Handknöchel.

Tom-tom! Tom-tom! Tom-tom! Von weither schollen schwach die Trommelsignale Bosambos und der tiefe Gesang seiner Ruderer. Nach einer halben Stunde landete sein Kanu am Ufer, und er watete an Land.

„O mein Herr Sekedimi", grüßte er den Häuptling der Akasava, „diese Nacht habe ich M'shimba-m'shamba losgelassen, den großen grünen Teufel. Er brüllte entsetzlich, weil ich ihn freiließ, und mein Herz ist traurig. Nun gibt es nichts mehr in meinem armen Lande, an dem ich mich von Herzen erfreuen könnte."

„Ich habe dir doch fünfzig Säcke Salz geschickt", sagte Sekedimi vorwurfsvoll, „und Korn hast du auch bekommen."

„Trotzdem bin ich wie ein Waisenkind, das seinen Vater und seine Mutter verloren hat", seufzte Bosambo.

„Wir wollen das Palaver jetzt beenden", erwiderte Sekedimi, „denn ich bin traurig, weil ich soviel Korn und Salz verloren habe."

„Ich sehe, daß du kein Mitleid in deinem Bauch hast", entgegnete Bosambo und stieg wieder in sein Boot.

Als er aber eine Strecke von der Akasavastadt entfernt war, wurde er sehr vergnügt und fröhlich, obwohl die Nacht stürmisch war und starke Regenschauer in Abständen niedergingen.

Je weiter er kam, desto lustiger wurde er, und schließlich stimmte er einen Freudengesang an.

„Es gibt noch törichte Narren im Wald“, grölte er, „sie sind wie das Ingonoma-Tier, das mit geschlossenen Augen dahintrottet, aber das ist noch lange nicht so blödsinnig wie Sekedimi.

Er ist so töricht wie ein weißer Mann, der fremd in diesem Lande ankommt.

Er ist wie ein Kind, das seine Finger verbrennt.

Er hat einen ganz kleinen Verstand und ist so dumm wie ein großer Regenwurm.“

Alles dies sang er und fügte noch viele Schmähverse und sonderbare Gleichnisse hinzu.

„O Herr und Häuptling“, sagte sein Vormann plötzlich, indem er ihn unterbrach, „ich glaube, wir müssen an das Ufer rudern.“

Über den Bäumen auf dem rechten Flußufer zuckten unaufhörlich grelle Blitze, und der Donner rollte lang und anhaltend.

„Schnell zu der mittleren Insel!“ befahl Bosambo.

Der Vormann zitterte.

„O Herr, die mittlere Insel ist voll von bösen Geistern und Gespenstern.“

„Du bist ein Narr“, entgegnete Bosambo, aber er gab Befehl, das Boot nach dem linken Ufer zu lenken.

Die Blitze wurden immer greller, immer schrecklicher hallte das Echo des Donners durch den Wald, und schwere Regengüsse fielen auf sie nieder.

Dann hörten sie trotz des furchtbaren Donners ein neues Getöse – ein entsetzliches Heulen kam immer näher. Die Ruderer arbeiteten mit höchster Anstrengung.

Ein markerschütternder Schrei betäubte sie.

Der Mann, der Bosambo am nächsten saß, ließ sein Ruder entgeistert fallen. Bosambo griff es auf.

„Rudert, ihr Hunde!“ brüllte er.

Sie waren noch etwa zwölf Meter vom Ufer entfernt, als er im Schein eines hell aufleuchtenden Blitzes einen Weg mitten durch den Wald zum Ufer hin gebahnt sah.

Es war, als ob die Bäume von Riesenhänden ausgerissen und geknickt würden. Sie schwankten von einer Seite zur anderen wie Betrunkene, brachen dann und fielen zur Seite.

„Rudert!“

Plötzlich wurde Bosambo gepackt und aus dem Boot gehoben. Immer höher wurde er in die Lüfte geschleudert, dann fiel er ins Wasser, tauchte unter, kam wieder an die Oberfläche, ging wieder unter und schwamm endlich mit größter Mühe halb bewußtlos ans Ufer.

Seine Finger griffen nach den Zweigen eines umgestürzten Baumes, und er zog sich ans Land. Er kroch auf Händen und Füßen vorwärts und keuchte schwer.

Zu seinen Häupten wütete der Sturm, aber Bosambo achtete nicht darauf. Seine vierzig Ruderer waren wie durch ein Wunder von dem Wirbelwind mit dem Boot an das Ufer getrieben worden, lagen nun um ihn her und lachten und weinten je nach ihrer Veranlagung.

Aber Bosambo kümmerte sich nicht um sie.

Er betete zu M'shimba-m'shamba, dem grünen Teufel und schnellen Wanderer, und bat ihn reuig um Verzeihung.

## V

## Der Geheimorden der Schweigenden

Es gab Eingeborene, die Sanders so verehrten und liebten, daß sie bereit waren, für ihn zu sterben. Andere haßten ihn so sehr, daß sie ihn hätten umbringen mögen. Diese Zuneigung und dieser Haß hielten sich gegenseitig die Waage, und die Geschichte von dem starken Tambeli, der ein Mitglied der unheimlichen Bruderschaft der Schweigenden von Nigeria war, beweist diese Tatsache.

Vom Großen Strom, der sich irgendwo zwischen Dakka und Banana Point in den Atlantischen Ozean ergießt – dies ist allerdings eine sehr oberflächliche Angabe – zweigt eine Anzahl kleinerer Flüsse nach Osten, Westen und Norden ab.

Der Isisi oder der „Kleine Strom" gehört zu ihnen. Er fließt bis zu der Vereinigung mit dem Barangafluß, und es ist eine Streitfrage unter den Geographen, ob der rechte Strom der eigentliche Isisi ist und der linke der Baranga oder umgekehrt.

Im Gegensatz zu allen Kartographen hielt Amtmann Sanders den rechten Strom für den Isisi, weil der linke durch das Land der Nushadombi fließt, die sich an keine Gesetze halten.

Jenseits des großen Waldes, den der Baranga etwa zwanzig Meilen bewässert, jenseits und nördlich des Sumpflandes, wo die Krokodile ihre Brutstätten haben, liegt ein See mit vielen Abflüssen, von denen jedoch keiner schiffbar ist. Hier stand früher ein Dorf, zu dem alle Ausgestoßenen der vielen Stämme flohen, die das Land bewohnten. Es waren Männer, die eine Blutschuld auf sich geladen hatten, oder Überlebende gesetzwidriger Fehden, oder Leute, die ihre Steuern nicht zahlen wollten, kurz die Verbrecher und Verfolgten aller Völkerschaften im Umkreis von über hundert Meilen, die zu den Nushadombi kamen.

Im Laufe der Zeit wurde aus diesem Dorf eine Stadt, und die Stadt entwickelte sich zum Mittelpunkt eines eigenen Volkes.

Diese Leute, die hier abseits wohnten, waren böse und trotzig. Sie achteten nur das Gesetz der Selbsterhaltung. Verschiedene Expeditionen wurden gegen sie ausgesandt. Sie saßen nahe an der Grenze des deutschen Gebietes, nahmen, was ihnen gefiel, und hielten sich an keine Landes- oder Hoheitsgrenzen.

Die Verwaltung der deutschen Kolonie schickte eine Armee von Eingeborenen durch die Sümpfe gegen sie, um sie zu vernichten. Aber diese Armee wurde geschlagen, und die Männer kehrten zu zweien oder dreien auf Schleichwegen zurück und berichteten von der schrecklichen Niederlage, die sie erlitten hatten.

Von Südwesten her unternahmen die Franzosen ebenfalls einen Zug gegen die Nushadombi, aber sie hatten keinen besseren Erfolg.

Sanders schickte weder bewaffnete Truppen noch irgendwelche friedlichen Gesandtschaften.

Er wußte viel mehr über dieses merkwürdige Volk, als er jemals in seinen Berichten erwähnte. Die Abfassung dieser Berichte, die er monatlich dem Unterstaatssekretär des Kolonialamtes einsenden mußte, war schon an und für sich eine Plage für ihn.

Der Amtmann übersah einfach die Existenz dieser Leute und wäre wahrscheinlich auch von dieser Praxis nicht abgewichen, wenn er sich nicht dienstlich mit einem gewissen Tambeli hätte beschäftigen müssen.

Tambeli hatte drei Götter. Einer war ein schrecklicher Teufel, der zur Regenzeit erschien, mit großem Sturmgebraus durch die Wälder eilte und mit seinen gewaltigen Armen die Bäume ausriß und fortschleuderte, während zuckende Blitze den Wald erleuchteten und Himmel und Erde vom Donner widerhallten. Er hatte noch einen anderen Gott, der war aus einem bestimmten seltenen Hartholz geschnitzt und gebrannt, das man im N'gombiland fand. Der dritte Gott aber war er selbst.

Tambeli war der schönste Mann unter allen Isisileuten.

Er war hochgewachsen, hatte breite Schultern, seine Arme waren schön geformt, seine schwellenden Muskeln zeugten von außerordentlicher Gewandtheit und Kraft. Er bestrich sein Haar gern mit Ton, so daß es sich zu beiden Seiten seines Kopfes in großen Ballen bauschte.

Ein Leopardenfell über den Schultern, an seinen langen Elefantenspeer gelehnt, konnte er stundenlang an der Biegung des Stromes stehen. Dann bewunderten ihn die Frauen, die dort zu den seichten Stellen des Flusses kamen, um ihre Wasserkrüge zu füllen. Das erfreute ihn, denn er war eitel und in viele Liebesaffären verwickelt. Aber manchen Männern war das nicht lieb, und als Tambeli eines Abends durch das Dorf ging, fiel ihn ein gewisser M'fabo, von maßloser Eifersucht gepackt, aus dem Hinterhalt an und brüllte heiser vor Wut. Aber Tambeli war geschmeidig wie eine Katze und stark wie ein Leopard. Er ergriff M'fabo an der Kehle, hob ihn vom Boden auf und schwang ihn rund um sich, wie ein ungezogener Junge eine Katze am Schwanz faßt und sie im Kreis umherwirbelt. Dann schleuderte er ihn in seine Hütte zurück, aus der er hervorgesprungen war.

Nach diesem Ereignis wagte niemand mehr, sich offen gegen Tambeli zu erheben, aber einige planten, ihn heimlich aus dem Wege zu räumen. Ein Fremder, ein Kongoneger, schlich sich nachts mit einem scharfen Messer in seine Hütte.

Er benutzte das kleine quadratische Messer, das die Kongoleute in ihrem Haar verbergen, damit wollte er Tambeli die Kehle durchschneiden. Aber man sah ihn niemals wieder – der Strom floß in der Nähe vorbei, und Tambeli war sehr stark. Das blutbefleckte Messer fand man am Ufer.

Tambeli war auch ein reicher Mann, er hatte viele Ziegen, Messingstäbe und Salzsäcke. Er besaß sechs Weiber, die seine Gärten bebauten, für ihn kochten und stolz auf ihn waren. Sie rühmten sich sogar seiner Schandtaten und brüsteten sich mit dem Reichtum, den er aus einem verbotenen Handel zog. Denn Tambeli war auch Händler, obwohl das nur wenige Leute wußten. Drei Monate in jedem Jahr ging er gewöhnlich in eigenen Geschäften über Land.

Eines Tages starb der Häuptling des Dorfes; seine Frauen bedeckten sich mit grünen Zweigen und tanzten den Totentanz, Arm in Arm verschränkt.

Tambeli beobachtete sie und ging langsam durch die Dorfstraße. Plötzlich kam ihm ein Gedanke. Und während sie die Leiche des Mannes in ein Boot legten und stromauf zu einer Insel fuhren, wo man die Verstorbenen begrub, ließ er sich von vier seiner Frauen stromabwärts rudern. Sie waren einen Tag und eine Nacht unterwegs, dann kamen sie zu der Stadt der Isisi, wo der König wohnte. Zu diesem großen Mann begab sich Tambeli, aber der König war betrunken, stumpf und apathisch und zeigte sich weder traurig noch erfreut über die Ankunft des Isisimannes.

„Mein Herr und König, ich bin Tambeli von Isaukasu bei dem Kleinen Fluß. Ich habe dir viele Dienste geleistet, wie du wohl weißt."

Der König blinzelte ihn mit blöden Augen an und sagte nichts.

„Wir sind ein Volk ohne Häuptling", fuhr Tambeli fort, „und die Leute meines Dorfes wünschen, daß ich an der Stelle C'faris regiere, der gestorben ist."

Der König kratzte nachdenklich seinen Nacken.

„Was bringst du mir?" fragte er dann.

Tambeli zählte eine lange Liste von Geschenken auf. Es waren Ziegen, Salz und viele Messingstäbe. Er nannte auch eine Gabe, die unschätzbar war.

„Gehe zurück zu deinem Volke – mein Häuptling", erwiderte der König.

Tambeli umarmte die Knie seines Herrn und nannte ihn seinen Vater und seine Mutter.

So kam es, daß er die Häuptlingswürde bekleidete, als Amtmann Sanders unerwartet von Süden her in seinem kleinen Dampfboot den Strom heraufkam.

Isaukasu lag dicht an der Grenze des Ochorilandes und war ein Dorf von einiger Bedeutung, da im Hinterland viele Gummibäume wuchsen. Es gehörte zu den Dörfern, die sich manchmal in kürzester Zeit zu Städten entwickeln.

Der kleine Dampfer wurde am Ufer vertäut, ein Laufbrett zur Küste gelegt, und Sanders ging in wenig freundlicher Stimmung an Land.

Tambeli erwartete ihn in seinem schönsten Häuptlingsschmuck.

„O Herr", begann er, „C'fari ist gestorben, und ich bin Häuptling in diesem Ort auf Befehl meines Vaters, des Königs."

Sanders legte den Kopf auf die Seite wie ein neugieriger Vogel und sah den Mann interessiert an.

„Dein Vater, der König, ist nicht mehr an der Regierung", sagte er freundlich. „Er befindet sich auf meinem Schiff und ist sehr krank. Aber selbst wenn er gesund wäre und noch auf seinem Thron säße, hätte doch niemand Häuptlinge in einer Stadt oder in einem Dorfe zu ernennen außer mir. Und in meinen Augen bist du kein Häuptling."

Tambelis Züge verhärteten sich, denn er war ein sehr energischer und entschlossener Mann.

„Ich habe dem König für meine Ernennung Salz und Messingstäbe gezahlt."

„Und Gin", sagte Sanders sanft. „Nun sollst du mir sagen, wie dieses Getränk in mein Land kommt, obwohl ich es verboten habe."

Tambeli sah ihm gerade ins Gesicht.

„Herr", entgegnete er, indem er mit dem Handgriff seines Speeres spielte, „ich bin in vielen Ländern gewesen und kenne die Gebräuche vieler Völker. Die Eingeborenen an der Küste haben mir gesagt, daß es kein Gesetz weder von weißen noch von schwarzen Männern gibt, das einem Mann verbietet, die viereckigen Flaschen nach seinem Belieben zu kaufen oder zu verkaufen."

„Ich bin das Gesetz", erwiderte Sanders. Seine Stimme klang freundlicher als sonst. „Und wenn ich das sage, dann ist es so. Du sollst weder Gin kaufen noch verkaufen, noch Tauschhandel damit treiben, auch wenn die schwarzen Gesetzgeber an der Küste so klug und weise wie die Götter selbst sind."

„Aber wegen meiner Häuptlingswürde –"

„Du bist für mich kein Häuptling", unterbrach ihn Sanders, „weder jetzt noch in Zukunft. Du bist ein böser Mensch, ein Räuber und ein Frauenjäger, der den Männern das Liebste stiehlt. Ich habe gesprochen – das Palaver ist aus." – Tambeli zögerte noch.

Hinter Sanders standen ein Sergeant und zwei Haussasoldaten, und als Tambeli unentschlossen stehenblieb, trat der Sergeant vor und packte ihn bei der Schulter.

„Aleki!" sagte er. Das heißt: Mache, daß du fortkommst.

Da der Griff des Sergeanten fester wurde, nahm der starke Tambeli den Mann plötzlich am Kragen seiner Uniform und schleuderte ihn in einem Wirbel von sich. Aber dann erstarrte er plötzlich, denn er fühlte die Mündung von Sanders' Pistole auf seinem Körper. Er hatte sich vorher gerühmt, viele Länder und ihre Gebräuche zu kennen, und er wußte genau, daß Sanders wenig daran lag, ihn auf der Stelle niederzuschießen.

Die Soldaten fesselten Tambeli und schlossen ihn mit Ketten an einen Holzblock auf dem Deck der „Zaire", denn er hatte die Autorität der Krone von England verletzt, indem er einen Haussasergeanten die Uferböschung hinuntergeworfen hatte. Und es ist nicht gut, wenn die Eingeborenen solche Dinge zu sehen bekommen.

Die „Zaire" dampfte den Strom nach Süden hinunter zur Residenz, und Sanders dachte darüber nach, was er mit Tambeli anfangen könnte.

Es gab in der Tat, wie Tambeli ihm so kühn ins Gesicht gesagt hatte, kein Gesetz, das den Verkauf alkoholischer Getränke in seinem Verwaltungsgebiet verbot. Aber in diesem Punkt fragte Sanders nicht nach den Vorschriften. Er hatte diesem Land den Fluch des Feuerwassers fernzuhalten, und er hatte nicht die Absicht, zu all seinen anderen schweren Sorgen auch noch diese Verantwortung auf sich zu nehmen.

Es war Schnaps in das Land geschmuggelt worden, und er hatte die Folgen sehen müssen. Polambi von den Isisi, Sakalana von den Akasava und Nindino von den N'gombi, kleine Häuptlinge, hatten sich schwere Verfehlungen zuschulden kommen lassen. Sanders hatte durch seine Späher Kenntnis davon erhalten, und auf die Nachrichten hin war er auf dem schnellsten Wege dorthin geeilt. Er hatte rasch und durchgreifend gehandelt und durch harte Strafen die Autorität der Regierung und die Ordnung wiederhergestellt.

Das Schnapsproblem war halb gelöst durch die Verhaftung Tambelis. Es blieb nun noch zu überlegen, was man mit ihm beginnen sollte. Aber dieser Sorge wurde Sanders vorläufig enthoben, denn Tambeli löste die Frage selbst.

Die „Zaire“ war am Ufer festgemacht, und Sanders hatte sich in seine Kabine zurückgezogen, um zu schlafen, als ihn plötzlich ein Geräusch an Deck aufweckte. Er eilte nach oben und sah, daß Tambeli samt seiner Kette und dem Holzblock verschwunden war. Ein Haussasoldat lag mit eingeschlagenem Schädel in einer Blutlache.

Sanders pfiff auf der Heimfahrt leise vor sich hin. Er saß während zweier Tage fast immer auf einem Deckstuhl unter einem gestreiften Sonnensegel. Seine Leute kannten ihn sehr gut, wußten, in welcher Stimmung er war, und gingen ihm sorgsam aus dem Wege.

Als er wieder in der Residenz ankam, war er noch immer in tiefen Gedanken.

Er war der einzige weiße Mann auf der Station, und er freute sich darüber. Den eingeschüchterten König der Isisi hatte er unter Bewachung gefangengesetzt, aber das gab ihm noch keine Beruhigung, denn Tambeli hatte dem Gesetz getrotzt und war in den Busch geflohen.

Von Nushadombi gelangten in unregelmäßigen Zwischenräumen Nachrichten an ihn. Aus guten Gründen kamen keine Boten aus diesem Land, denn die Bewohner durften nicht frei umherwandern. Sanders haßte das Volk von Nushadombi mit all der Leidenschaft, mit der ein Gesetzgeber ein Land haßt, das sich seinen Vorschriften nicht unterordnen will. Dieser Haß wurde noch genährt durch die unangenehme Überzeugung, daß er seiner Regierung gegenüber für diese gesetzlosen Zustände verantwortlich war.

Er hatte diesen unangenehmen Gedanken stets in den Hintergrund geschoben, und es war ihm bei vielen Gelegenheiten gelungen, darüber hinwegzukommen, aber in ruhigen Augenblicken sagte ihm eine innere Stimme: „Nushadombi gehört zur britischen Herrschaft, wenn du nur den Mut hast, es zu regieren."

Er beschwichtigte sein Gewissen damit, daß er die „Leute, die nicht alle gleich waren", durch seine Späher beobachten ließ. Seine Geheimboten kamen und gingen, er verlor einige dabei, aber dieses Risiko mußte er auf sich nehmen. Auf diese Weise erfuhr er von heimlichen Morden, von Familienfehden und dergleichen, aber nichts von wichtigen Ereignissen.

An einem drückendheißen Nachmittag im März saß Sanders auf einem Felsblock, von wo aus er die Mündung des Flusses übersehen konnte, und angelte Kapsalm. Merkwürdigerweise beschäftigten sich seine Gedanken wieder mit dem Nushadombivolk.

Plötzlich eilte der Haussasergeant Abiboo auf ihn zu. Vorsichtig wählte er seinen Weg zwischen den einzelnen spitzen Steinen, und sein langes Seitengewehr schlug bei jedem Sprung an seine Hüfte.

Sanders schaute ihn fragend an.

„O Herr", erklärte Abiboo, der in strammer Haltung salutierend vor ihm stand, „es ist ein Späher von Nushadombi gekommen, der viel zu berichten hat."

„Bringe ihn hierher."

„O Herr, er kann nicht mehr gehen", erwiderte Abiboo schlicht. „Die Männer, die nicht alle gleich sind, haben ihn gefangen, und er wird noch heute abend sterben, soviel ich sehen kann."

Sanders nahm seine Angelgeräte zusammen und folgte ihm zur Residenz.

Er fand den Mann auf einer rauhen Bahre im Schatten der Veranda.

Der Späher sah sich mit einem schmerzlichen Lächeln um, als Sanders die Stufen emporstieg.

„Ho, Bogora!" sagte der Amtmann ruhig, „welche schlechte Nachricht habe ich über dich gehört?"

„Es ist nicht mehr der Rede wert, darüber zu sprechen, denn heute abend werde ich sterben", entgegnete der Mann mit gequälter Stimme. „Ich will noch meinen Bericht machen und dann für immer schlafen. O Herr, wenn ich dich nicht so sehr liebte, wäre ich schon vor drei Nächten gestorben."

Sanders untersuchte kurz die Wunden des Mannes. Er wurde

nicht schwach, als er die entsetzlichen Verstümmelungen sah, denn das war nicht seine Art. Still bedeckte er den gefolterten Körper wieder mit dem Tuch.

„Ein gewisser Tambeli, ein Isisimann, lebt jetzt unter dem Volk der Nushadombi“, fuhr Bogora fort. „Er hat sich großes Ansehen dort verschafft, und alle fürchten ihn als einen Häuptling. Auch sagen sie, daß er ein Mitglied eines großen Geheimordens ist und einen großen Ju-Ju und mächtige Freunde unter den Häuptlingen hat. Er erkannte mich, obwohl andere Leute an mir vorbeigingen. Auf seinen Befehl hin wurde ich gefoltert. Und, o Herr, sie haben den Entschluß gefaßt, die anderen Stämme anzugreifen, zuerst die Isisi, dann die Ochori und die N'gombi.“

„Wann soll das geschehen?“

„Beim zweiten Vollmond nach der Regenzeit.“

„Das werden wir ja sehen. Was Tambeli anbetrifft, so werde ich mit ihm abrechnen, Bogora, mein Bruder. Denn ich will dein Blut in meine Hände nehmen und unter meinen Händen soll er sterben. Alle Götter sind Zeugen meines Eides.“

Der todwunde Mann auf der Tragbahre lächelte.

„Sandi“, sagte er langsam, „ich habe alles gern ertragen, da du mich Bruder nennst.“

Er schloß die Augen wie zum Schlafe und starb, während Sanders an seinem Lager saß und ihn ansah. –

Eines Morgens trat Bosambo noch vor Morgengrauen aus seiner Hütte. Die Stadt der Ochori lag schweigend da. Am Abend und in der Nacht hatte ein Tanz stattgefunden; in der Mitte des Ortes sah man noch die Asche des großen Feuers glühen, das sie angezündet hatten.

Bosambo zog den Mantel von Affenfell dichter um sich, weil die Morgenluft kalt war, ging bis ans Ende der Dorfstraße durch die Gärten und betrat einen kleinen Dschungelpfad, der zu seinem eigenen Lande führte. Hier hielt er an und lauschte.

Aber es war nur das ferne Rauschen des Wassers zu hören, das über die Felsblöcke strömte.

Er setzte sich in den Schatten eines großen Gummibaumes und wartete geduldig. In einer Stunde mußte die Sonne aufgehen, aber vorher würde sich noch verschiedenes ereignen.

Er hatte kaum fünf Minuten dort gesessen, als aus der entgegengesetzten Richtung ein Mann auf ihn zukam. Er bewegte sich vorsichtig vorwärts und blieb ab und zu stehen, als ob er sich nicht sicher fühlte.

Bosambo erhob sich geräuschlos.

„Freund", sagte er, „du kommst schweigend."

„Das ist der königliche Weg", entgegnete der andere.

„Das Leben ist erfüllt von Schweigen."

„Niemand ist so schweigsam wie die Toten."

Sie sagten diese Sätze so gewandt, als ob sie ihnen geläufige Formeln wären, und es waren tatsächlich auch rituelle Worte.

„Setze dich zu mir, mein Bruder", sagte Bosambo.

Der Fremde kam zu ihm und hockte sich auf den Boden.

„Dieses sage ich dir, Bosambo", begann er, „Eide sind Eide, und Männer, die Blutsbrüderschaft geschworen haben, leben und sterben füreinander."

„Das ist wahr, und deshalb bin ich gekommen, denn als gestern ein fremder Waldbewohner zu mir kam und in einer Muschel ein wenig Wasser brachte, in dem eine Beere lag, wußte ich, daß die Schweigenden meiner bedurften." – Der Fremde nickte.

„Es ist schon viele Jahre her, daß ich den Eid schwur", meinte Bosambo. „Ich war damals noch sehr jung, und die Schweigenden wanderten nicht im Lande der Ochori umher, sondern in Nigeria, das einen Monat Weges entfernt liegt."

Der Mann an seiner Seite räusperte sich.

„Ich bin jetzt hier", sagte er gewichtig. „Ich, Tambeli, ein Wanderer und König der Nushadombi. Im Orden der Schweigenden bin ich ein großer Mann. Wir rächen uns rücksichtslos an denen, die uns nicht achten, und wir sind die Beherrscher mächtiger Ju-Jus."

„Herr, das habe ich aus der Art deiner Botschaft ersehen", entgegnete Bosambo demütig. „Nun sage mir, wie ich meinem Bruder dienen kann, der allein hier in diesem Land ist?"

Die Frage klang anscheinend sorglos, aber die Hand, die Tambeli abgewandt war, tastete nach der dünnen, langen Dolchklinge.

„Ich bin nicht allein hier, mein Bruder", erwiderte Tambeli mit Nachdruck. „Viele Brüder unseres Ordens beobachten mein Kommen und Gehen in diesem Lande."

„Das ist gut", gab Bosambo aufrichtig zu und steckte heimlich das Messer wieder in die Holzscheide.

„Du kannst mir auf folgende Weise dienen. Ich bin der König eines rachedürstenden Volkes, das Sandi haßt. Aber siehe, er eilt mit seinen Soldaten herbei, um uns zu bestrafen. Er muß auf seinem Marsche durch diesen Ort kommen und wird einen Tag lang bei dir bleiben."

„Das ist alles wahr", sagte Bosambo höflich und wartete, was weiter geschehen würde.

Tambeli zog einen kurzen Bambusstock aus seinem Leopardenfell hervor.

„Bosambo, in diesem Bambus befindet sich ein mächtiges Mittel, das Sandi nicht gut tun wird. Wenn du den Gummi abschneidest, der das eine Ende verschließt, so wirst du ein Pulver finden, wie es die Zauberdoktoren meines Volkes bereiten. Das kannst du Sandi ins Essen schütten. Er wird nichts davon merken, und doch wird er daran sterben."

Der Ochorihäuptling nahm den Bambusstock ohne ein Wort und steckte ihn in die kleine Tasche, die an seinem Gürtel hing.

„Diesen Befehl wirst du ausführen aus Furcht vor den Schweigenden, die sich sonst erbarmungslos an dir rächen."

„Ja, ich will es tun", antwortete Bosambo ernst.

Die beiden Männer trennten sich wieder.

Bei Bosambos Rückkehr graute der Tag im Osten. Es war, als ob sich plötzlich ein Fenster im Himmel öffnete. Der Häuptling war sehr schweigsam, und nicht einmal seine Lieblingsfrau Fatima konnte ihn zum Sprechen bringen.

Am Nachmittag fing er einen Hund, der sich im Walde herumtrieb, nahm ihn mit sich an eine Stelle, wo man ihn nicht sehen konnte, und gab ihm zu fressen. Er starb schnell, denn Bosambo hatte das Fleischstück mit Tambelis Pulver bestreut.

Bosambo beobachtete den Vorgang ohne große Erregung, und nachdem er das Tier verscharrt hatte, kehrte er wieder ins Dorf zurück.

In der Nacht kam Sanders. Bosambo hatte schon durch die Lokoli-Trommeln von seinem Kommen Nachricht erhalten. Da der Amtmann zu so später Stunde fuhr, mußte sein Besuch dringend und wichtig sein, und der Häuptling hatte ein großes Feuer am Ufer entzünden lassen, um der „Zaire", den Weg zum Land zu zeigen.

Der kleine Dampfer tauchte langsam im Schein der Flammen auf, nackte Leute sprangen über Bord und wateten mit Tauen auf den Schultern zum Ufer. Kurz darauf war das Regierungsboot festgemacht. – Dann stieg Sanders ans Land.

„Ich will ein paar Stunden bei dir bleiben", sagte er. „Ich bin auf dem Wege, Gericht zu halten."

„O Herr, mein Haus liegt in deinen Händen und ebenso mein Leben", antwortete Bosambo überschwenglich. „Ich habe eine neue Hütte im Schatten meines Hauses für dich bauen lassen."

„Ich schlafe an Bord", entgegnete Sanders kurz. „Morgen will ich mit der Dämmerung zu dem Nushadombivolk aufbrechen."

Sie gingen zusammen durch das Dorf. Sanders wollte sich nach dem langen Aufenthalt an Bord des kleinen Dampfers etwas Bewegung verschaffen. Bosambo begleitete ihn als sein Gastgeber aus Höflichkeit. Er wußte, daß er von Spähern beobachtet wurde, da er inzwischen geheime Botschaft erhalten hatte, daß die Schweigenden seinen Bericht an einer nahen Stelle im Walde erwarteten.

Die beiden waren am Ende des Dorfes angekommen und kehrten nun wieder um.

„O Herr", sagte Bosambo sehr ernst, „wenn ich dir jetzt etwas sehr Wichtiges sage, so bitte ich dich, nicht stehenzubleiben und deinen Ärger zu unterdrücken."

„Sprich."

„Wenn heute nacht, während du schläfst, von deinem Schiff die Nachricht käme, daß du große Schmerzen hast und im Sterben liegst, würde ich dir eine lange Reise und viel Mühe ersparen können."

Sanders konnte Bosambos Gesicht nicht sehen, denn die Nacht war sehr dunkel, und es leuchteten nur wenig Sterne vom Himmel.

„Ich weiß, daß du ein kluger Mann bist", erwiderte Sanders ruhig, „und ich glaube dir, ohne zu zweifeln. Sage mir nun, warum das sein soll. Ich werde dann das tun, was ich für das Beste halte."

„O Herr, ich bin dein Mann, und bei allem Heiligen, bei dem Menschen schwören, sage ich dir, daß ich bereit bin, für dich zu sterben. Es ist leicht möglich, daß ich auf die eine oder andere Art deswegen mein Leben lassen muß. Obwohl ich dir schon großen Ärger und Verdruß bereitet habe und weiß, daß du mich schon oft verflucht hast, sollen doch ich und alle meine Angehörigen eher sterben, als daß dir etwas zuleide geschieht."

„Das glaube ich", sagte Sanders kurz.

„Deshalb, o Herr, traue meinen Worten ohne ein langes Palaver."

„Ich will es tun."

Um fünf Uhr morgens nach unserer Zeit eilte Bosambo in den Wald und nahm einen Spaten mit einem langen Stiel mit sich. Er schwankte ein wenig beim Gehen, und je weiter er kam, desto unsicherer wurden seine Schritte.

Nicht ganz eine halbe Stunde von seinem Ort entfernt lag eine Waldlichtung. In warmen Abendstunden trafen sich dort Liebende, in der Nacht aber trieben die Geister und Teufel dort ihr Wesen.

An diesen Platz hatten die Schweigenden Bosambo bestellt, damit er Bericht erstatten sollte. Taumelnd kam er zu der Waldlichtung, den Spaten auf der Schulter.

Die fünf Leute, die ihn dort aus dem Schatten heraus beobachteten, glaubten, er sei betrunken.

Bei einem Baum, in dem die Webervögel nisteten, hielt er an und ließ sich schwer auf den Boden nieder. Aus den Falten seines Mantels nahm er eine Flasche und führte sie zum Munde.

„Bosambo“, sagte Tambeli, der geräuschlos herangekommen war, „das ist ein guter Anblick für mich, denn mein Inneres sagt mir, daß du getan hast, was ich dir befahl.“

„Er war mein Vater“, wimmerte Bosambo, „und von meinem eigenen Blut! Er war ein großer, mächtiger Mann, und nun da er tot ist, werden die Weißen kommen mit dem Geschütz, das Hahaha sagt, und es wird um mich geschehen sein.“

Er schüttelte traurig den Kopf.

„Niemand wird etwas davon erfahren“, beruhigte ihn der starke Tambeli, „denn wir sind alle hier, die fünf Männer des großen Ordens der Schweigenden. Niemand außer uns weiß es, und wir sagen nichts.“ Er machte eine Pause und fügte bedachtsam hinzu: „Solange du das tust, was wir von dir fordern, und solange du uns Tribut an Frauen und Korn schickst.“

Bosambo hörte die Ankündigung dieser Maßnahmen, die ihn zum Sklaven dieser Leute machen sollten, ohne sichtliche Erregung an.

„Warum hast du denn einen Spaten mitgebracht?“ fragte Tambeli plötzlich. „Du willst doch nicht etwa Sandi hier begraben?“

„Wer weiß?“ erwiderte Bosambo mit tonloser Stimme.

Er nahm die Flasche aus seiner Tasche – es war eine der viereckigen Flaschen mittlerer Größe, in denen Gin im heimlichen Tauschhandel in die Hinterländer gelangte.

„Das werde ich nehmen“, sagte Tambeli, streckte seine Hand aus und entwand dem widerstrebenden Bosambo das Gefäß. „Männer, die dieses Getränk zu sich nehmen, sprechen prahlerisch. Und du sollst nicht sprechen, Bosambo, bis viele Ströme zwischen mir und Sandis Soldaten liegen.“

Er nahm den kleinen Holzstöpsel heraus.

„Es ist auch schon lange her, daß ich Gin trinken konnte.“

Er zeigte mit der Hand auf seine vier Begleiter, die Bosambo nur undeutlich im Zwielicht erkennen konnte.

„Dies sind meine und deine Ordensbrüder. Deshalb wollen wir nach Art der weißen Leute an der Küste auf eine glückliche Zukunft trinken.“

Er hob die Flasche und trank, dann gab er sie dem nächsten, und sie machte die Runde bei den andern. Der letzte reichte sie Bosambo.

„Sage mir, starb Sanders unter großen Schmerzen?“ fragte Tambeli. – „Nein, er starb ruhig.“

Tambeli nickte.

„Das ist auch besser, denn wenn er unter großem Geschrei verendet wäre, würden die Soldaten kommen. Nun kann niemand anderes sagen, als daß er an der Krankheit Mongo starb (wörtlich: die wahre Krankheit, das heißt eine Krankheit, die tödlich verläuft). Es gibt keine kräftigere Medizin als jene, die von meinem berühmten Zauberdoktor bereitet ist.“

Bosambo schwieg eine Weile.

„Wenn mich aber einer verrät?“ fragte er dann. „Wenn es zu den Ohren der großen Herren an der Küste kommt, daß ich Sandi ermordet habe –“

„Fürchte dich nicht“, sagte Tambeli und hustete leise. „Nur diese Leute wissen davon“ – er erhob unsicher seine Hand, „und – die – sprechen – nicht.“

Und er sprach die Wahrheit; die Männer waren hintenüber gesunken und hatten sich hingelegt, als ob sie einschlafen wollten.

„Auf – aufstehen – auf“, stammelte Tambeli.

Er wollte den nächsten Schläfer mit dem Fuß anstoßen, aber seine Beine versagten den Dienst, und er fiel auf die Knie.

Bosambo beobachtete ihn, aufs höchste interessiert.

„Du Hund!“

Tambeli wandte sich wütend zu dem Häuptling der Ochori, als er dieses Wort ausstieß. Noch einmal raffte er alle Kraft zusammen, sprang auf die Füße und wollte ihn an der Kehle packen.

Aber darauf war Bosambo vorbereitet.

Mit der linken Hand ergriff er Tambeli an der Schulter und wandte ihn halb um, bis er niedersank. Der Mann versuchte, sich noch einmal zu erheben, fiel aber wieder nieder und wehrte sich vergeblich gegen den Schlaf, der ihn überkam.

Bosambo saß ruhig und geduldig neben ihm.

Nach einer langen Pause sah er sich nach dem Spaten um, den er mitgebracht hatte.

„Tambeli“, sagte er, als er sich seiner Arbeit zuwandte, „du warst ein Narr, sonst hättest du gewußt, daß ein Mann meines Glaubens niemals seinen Freund und Schutzherrn heimlich ermordet. Und kein Mann von gutem Charakter tut so gemeine Dinge. O ihr Schweigenden, euer Mund ist jetzt für immer verstummt!“

Dann hatte er hart zu arbeiten, denn ein Grab für fünf Leute auszuschaufeln erfordert viel Kraft. Als er fertig war, wischte er sich den strömenden Schweiß von der Stirn, blieb unentschlossen neben der frisch aufgeworfenen Erde stehen und kratzte sich nachdenklich am Kinn. Plötzlich kam ihm eine unbehagliche Erinnerung an die Missionsschule, die tausend Meilen entfernt lag, und an die Pater mit den traurigen Augen, die ihm gewisse Rituale beigebracht hatten. Er ließ den Spaten sinken und kniete verlegen nieder.

„Heiliger Marki, Luki und Johanni", betete er und schloß dabei die Augen, „ich habe fünf Männer durch Gift ermordet. Aber sie haben es selbst genommen, ohne daß ich sie dazu aufforderte. Deshalb sind sie nun tot, und das ist gut für uns alle. Amen!"

## VI

## Das Dorf der Ketten

Sanders war an die kindlichen Schmeicheleien der Eingeborenen gewöhnt. Er hörte ihre Lobeserhebungen an, ohne sich viel dabei zu denken. Diese Redensarten waren nun einmal üblich. Er wußte es nicht anders, als daß sie ihn den „Beschützer der Verfolgten", den „Herrn hoher Weisheit" oder so ähnlich nannten, und er wäre argwöhnisch geworden, wenn sie diese Phrasen einmal unterlassen hätten.

Solange sich die schmeichelhaften Anreden in gewöhnlichen Grenzen hielten und Höflichkeiten in gewohnter Weise ausgetauscht wurden, war Sanders zufrieden. Wenn sie aber unterblieben oder die Leute ihn in allzu überschwenglichen Ausdrücken priesen, wurde er vorsichtig und mißtrauisch. Er schaute sich dann wohl mit zusammengekniffenen Augen um, denn ein untrügliches Gefühl sagte ihm, daß irgendwo Gefahr in der Luft lag.

Sanders war Herr über etwa eine Million schwarzer Menschen, die durch Sprache, Mundart, Vorurteile, Gebräuche, durch gegenseitige Eifersucht und Charakterveranlagung in dreiundzwanzig verschiedene Stämme geteilt waren. Die Bangeli, die in der Nähe seiner Residenz wohnten, waren ein selbstsüchtiges Volk, eine Mischung von Krunegern, Kongonegern, Bewohnern von Angola und Küstenleuten. Vor ihnen brauchte er nicht besonders auf der Hut zu sein, denn sie waren bis zu einem gewissen Grade zivilisiert und dachten und handelten schon mehr nach Art der Weißen. Auch fürchteten sie sich vor Strafe, und ebenso wie die Furcht des Herrn der Weisheit Anfang ist, so ist die Furcht vor dem Gesetz der Beginn der Zivilisation.

Aber außer diesem Volk gab es kriegerische Stämme, die noch nicht von Händlern besucht und kaum von der Arbeit der Missionare berührt worden waren, kampfbegierige Männer mit dem Verstand unvernünftiger Kinder, leidenschaftlich, streitsüchtig, und doch in gewisser Weise gerecht denkend.

Sanders unterwarf sich gern und willig der Pflicht, alle in ihrer Eigenart kennenzulernen und ihren Charakter zu studieren, wie man die Eigenarten der eigenen Kinder erforscht. Er tat es vielleicht noch sorgfältiger, denn man kennt seine Kinder und ihre Eigenart bald, aber diese Eingeborenen waren von einer ganz anderen Denkungsart, und er mußte seine Maßnahmen ständig ihren wechselnden Bedürfnissen anpassen.

Er unterschied sich von den Männern, die das große Reich vom grünen Tisch aus regierten, denn er behandelte die Eingeborenen nicht wie seine hochfahrenden Vorgesetzten als eine gleichförmige Masse, sondern beurteilte jeden einzelnen nach seinem Charakter.

Einmal wandte sich eine Exzellenz durch den Sekretär eines Sekretärs an ihn und verlangte eine Aufklärung für die Häufigkeit der Verbrechen unter den Kleineren Isisi. Sanders antwortete naiv (wie es wenigstens den hohen Beamten in der Umgebung der Exzellenz erschien), daß das Überhandnehmen der Vergehen auf die Träume eines gewissen M'dali zurückzuführen sei.

Sanders glaubte nicht an Hellsehen und achtete nicht weiter darauf, als ihm einer seiner Späher die Botschaft überbrachte, daß M'dali von Tembolini im Lande der Isisi geträumt hatte, der Fluß wäre so hoch gestiegen, daß die Insel mitten im Strom, die dem Dorf gegenüberlag, überflutet wurde. Der Amtmann wußte, daß schwere Regen am Oberlauf des Stromes niedergegangen waren, daß alle kleineren Flüsse Hochwasser führten und infolgedessen in einiger Zeit auch der Große Strom steigen würde. Da das Dorf Tembolini aber hoch über dem Wasserspiegel lag, bestand keine Gefahr für die Bewohner.

Auch als er eine Woche später erfuhr, daß alles eingetroffen war, was M'dali geträumt hatte, machte das kaum Eindruck auf ihn. Er dachte sich nur, daß M'dali eine gute Kombinationsgabe besitze, und ließ die Sache auf sich beruhen.

Später wurde ihm berichtet, daß M'dali in der und der Nacht geträumt habe, E'timgolo, seine zweite Frau, würde sterben – wie es auch tatsächlich geschah. Sanders war ein wenig verwundert, entsann sich aber schließlich darauf, daß er bei seinem letzten Aufenthalt im Dorf die Frau gesehen und erkannt hatte, daß sie sich in einem vorgeschrittenen Stadium der Schlafkrankheit befand. Und wieder vermutete er, daß M'dali genügend Anhaltspunkte für seine Voraussage gehabt hatte.

Aber so kamen immer neue Botschaften über Träume M'dalis den Strom herunter – manche direkt, dann handelte es sich meist um einfache Dinge. Geheimnisvollere Vorgänge wurden mündlich berichtet – und diese waren offensichtlich übertrieben.

Sanders hatte damals viel zu tun und weder Zeit noch Lust, sich darum zu kümmern.

Aber eines Morgens bei Tagesanbruch kam den Strom herab ein Boot, das von Ahmed gesteuert wurde, dem ersten von Sanders' geheimen Spähern.

„O Herr", sagte er, als er in das Schlafzimmer des Amtmanns trat und sich vor dem Bett auf dem Boden niederließ, „im Land der Isisi lebt ein Träumer."

„Davon habe ich auch schon gehört", sagte Sanders müde auf arabisch. „Ich träume auch gerne und hätte noch eine Stunde länger geträumt, wenn du mich nicht gestört hättest."

„Gott weiß, daß ich deinen erhabenen Schlaf nicht unnötig unterbreche. Ich bitte Gott jeden Morgen und jeden Abend, daß du friedlich schlafen mögest. Aber dieser M'dali verkauft seine Träume und hat einen großen Anhang, denn er sagt zu dem einen: ‚Gib mir einen Sack Salz oder ich träume, daß du sterben mußt.' Und da sich die Leute vor ihm fürchten, erfüllen sie alle seine Wünsche."

„Ich verstehe", erwiderte Sanders nachdenklich.

Er entließ Ahmed und erhob sich.

Kurz darauf schickte er nach seinem Polizeisergeanten.

„Gehe mit drei Mann in das Dorf Tembolini, Abiboo, das an der Krokodilsbucht liegt, und bringe M'dali zu mir."

„Bei meinem Kopf und meinem Leben", erwiderte Abiboo und fuhr zufrieden und guter Dinge in seinem Boot ab.

Zehn Tage lang war er unterwegs, dann kam er ohne M'dali zurück.

„Das Volk drohte mich zu töten", erklärte er. „M'dali hatte geträumt, daß ich kommen würde, und sagte, wenn ich ihn festnähme, müßten alle Leute im Dorf blind werden. Und da ich deine Ansichten kenne, o Herr, wünschte ich kein Mordpalaver. Deshalb bin ich nun allein hier, aber du weißt, daß ich mich nicht vor dem Tode fürchte." – „Du hast recht gehandelt", antwortete Sanders.

In einer Stunde war der kleine Regierungsdampfer abfahrtbereit und lichtete die Anker. Der scharfe Kiel durchschnitt die schwarzen Fluten des Stromes, und das Schaufelrad bewegte sich mit unheimlicher Schnelligkeit.

In zwei Tagen und einer Nacht hatte die „Zaire“ das Dorf erreicht. Mitten im Strom kam ihnen Kambori, der Häuptling, entgegen, der ein kluger Mann war.

„O Herr“, sagte er, „ich muß dir sagen, daß sich das Volk erheben wird, wenn du den Träumer M'dali gefangennimmst. Und nicht nur meine Leute werden aufstehen, sondern alle, die hier in der Gegend wohnen, denn sie betrachten ihn als einen heiligen Mann.“

„Ich werde dem ‚heiligen Mann‘ schon auf die Beine helfen“, erwiderte Sanders auf englisch und ging an Land.

Er kam mit zwei Haussasoldaten in das Dorf und ging direkt zu der Hütte, vor der M'dali in großem Aufputz saß.

Als dieser Mann noch nicht angefangen hatte zu träumen, war er ein gewöhnlicher Fischer gewesen, nicht wohlhabender oder irgendwie bedeutender als hundert andere Bewohner.

Nun aber saß er auf einem geschnitzten Stuhl, den ihm Lalinobi von Kusau für den Traum geschenkt hatte, daß seine Frau einen Knaben gebären würde. Seine Schultern waren von einem Gewand aus Affenschwänzen bedeckt, das ihm Tonda, der Häuptling am Lulangofluß, gegeben hatte, weil M'dali träumte, daß er seinen Bruder überleben würde.

Es lagen noch viele andere Gaben und Geschenke umher, er hatte einen geschnitzten Stock in der Hand, trug eine Kette von Eisenperlen um den Hals und kupferne Ringe um die Arme. Ein kleiner französischer Spiegel lag in Reichweite neben ihm. Alle diese Dinge bezeugten, wie einträglich seine Hellseherei war.

Er erhob sich nicht, als Sanders in die Nähe kam.

Fünfhundert Augenpaare beobachteten den Amtmann gespannt. Alle Leute waren zugegen, denn M'dali hatte geträumt, daß Sanders kommen würde.

„Hi, weißer Mann“, sagte M'dali laut, „bist du erschienen, weil ich es geträumt habe?“

Aber plötzlich konnte er sehr schnell aufstehen, denn Sanders hatte ihn mit seinem schnellen Stock zweimal gut getroffen. Sanders hörte das Rasseln von Speeren hinter sich und wandte sich um. Eine große, schwarze Pistole glänzte in seiner Hand.

„Ich hatte einen Traum“, sagte Sanders barsch, indem er die nächste Gruppe mit dem Revolver in Schach hielt. „Ich träumte, daß ein Mann seinen Speer gegen mich erhob und starb. Nach dem Tode lebte seine Seele an einer fischreichen Stelle im Wasser, und jeden Morgen fraßen die Fische von ihr, und jede Nacht wuchs sie wieder nach.“

Die Leute ließen die Waffen sinken und preßten die Handknöchel an die Zähne. Das war das sicherste Zeichen, daß sie sich fürchteten. Sie betrachteten Sanders mit Schrecken und Entsetzen.

„Ich habe auch geträumt", fuhr der Amtmann fort, „daß M'dali mit mir zum Dorf der Ketten ging. Und als er das Dorf verließ, wurden all sein Eigentum und die reichen Geschenke, die dumme Leute ihm gegeben hatten, unter die Dorfbewohner verteilt."

Ein beifälliges Gemurmel erhob sich, aber einige sahen ihn vorwurfsvoll an. Sanders vermutete mit Recht, daß es Landleute waren, die keinen Anteil an den Geschenken haben sollten.

Dann wandte er sich an M'dali, der verstört dasaß und mit zitternder Hand die Striemen auf seinen Schultern rieb.

„Ei, du Träumer", sagte er milde, „erkläre jetzt diesem Volke, daß alles gut gehen wird, wenn du es verläßt."

Der Mann zögerte und schaute den Amtmann mit düsteren Blikken an. Aber er wußte, welches Unheil ihm drohte.

„O ihr Leute", sagte er mit furchtsamer Stimme, „es ist so, wie unser Herr sagt." – „Du hast es geträumt."

„Ich habe es geträumt", wiederholte M'dali schwach.

Man hörte ringsum Seufzer der Erleichterung.

„Bringt ihn zum Dampfer!" befahl Sanders auf arabisch. „Abiboo, du haftest mir dafür, daß niemand mit ihm spricht."

Er ging hinter den Haussas her, die den bestürzten Gefangenen zwischen sich führten, und fuhr wieder ab, ohne Zeit zu verlieren.

So endete die Geschichte des Träumers – allerdings nur vorläufig. Denn obwohl M'dali nun im Dorf der Ketten für das Britische Reich arbeitete, war doch sein Einfluß nicht gebrochen. Er setzte seine Tätigkeit fort, denn er war ein geschäftiger Mann. Sonderbare Todesfälle ereigneten sich. Männer und Frauen legten sich abends gesund nieder und waren am Morgen tot. Niemand hielt das für seltsam oder berichtete darüber, denn es mußte geschehen, weil M'dali es geträumt hatte.

Aber endlich erreichte das Gerücht auch Sanders, und er machte sich mit einem Arzt, den er von der Zentralverwaltung hatte kommen lassen, ins Land auf. Und viele Leute waren traurig, als sie ihn sahen.

Männer hatten Frauen verloren, die ihnen nicht angenehm waren, andere hatten reiche Verwandte begraben, Frauen hatten ihre Freiheit wiedererlangt durch die Erfüllung von M'dalis Träumen. Alle kauerten am Boden, bissen auf ihre Fingerknöchel und erwarteten Sanders' Urteil.

Der Amtmann hielt erbarmungslos Gericht auf die Untersuchung des Arztes hin, die dieser an den ausgegrabenen Leichen vornahm, und M'dali, der im Dorf der Ketten Holz zerkleinerte, sah manche bekannte Gesichter wieder.

Das Dorf der Ketten war auf einer Landzunge errichtet, die zwischen zwei Strömen lag. Auf der linken Seite floß der Isisi, auf der rechten der Bokaru. Es war mit Ausnahme der Residenz der sauberste Ort in dem Sanderschen Bezirk. Aber außer Sanders selbst war niemand auf diese Sauberkeit stolz. Die Flüsse hatten hier eine so starke Strömung, daß nicht einmal gewandte Schwimmer wagen durften, sie zu durchqueren. Auf der dritten Seite wurde das Dorf von einem breiten, etwa fünf- bis sechshundert Meter langen Kanal begrenzt, der die beiden Ströme miteinander verband, so daß die kleine Landzunge weniger eine Halbinsel als eine richtige Insel war. Man konnte sie schwer verlassen, denn an den Ufern des Kanals war ein Stacheldrahtzaun errichtet. Obendrein lebten drei Krokodile darin, die Amtmann Sanders absichtlich dorthin gebracht hatte. Zu beiden Seiten war der Kanal durch eingerammte Pfähle geschlossen, so daß sie nicht fort konnten.

Das Dorf selbst war in drei Teile geteilt, in dem einen lebten die Männer, in dem anderen die Frauen, und in dem dritten – der zugleich die Landungsstelle beherrschte – eine halbe Kompanie Haussas.

Obwohl der Ort das „Dorf der Ketten" hieß, trugen doch nur die Leute, die sich schlecht betrugen oder widerspenstig waren, eiserne Fesseln. Das Leben ging ruhig dahin an diesem düsteren kleinen Platz. Die Männer hausten auf der einen Seite des großen Stacheldrahtzaunes, die Weiber auf der anderen.

Als M'dali dort eintraf, erhielt er eine Nummer und ein Betttuch und wurde einer Hütte zugeteilt, die noch sechs anderen Gefangenen als Aufenthaltsort diente.

„Ich bin M'dali von den Isisi", stellte er sich diesen vor, „Sanders hat mich hierhergeschickt, weil ich träumte."

„Das ist merkwürdig", sagte der Älteste der Hütte, „denn ich bin hergekommen, weil ich einen seiner Späher geschlagen habe, bis er starb. Das taten ich und mein Bruder."

„Und ich bin hier", berichtete ein anderer, „weil ich als Häuptling Krieg begann – ich bin Tembeli von den Kleineren Isisi."

Jeder nannte seinen Namen und erzählte stolz von seinem Verbrechen.

„Aber ich bin ein Träumer von Träumen", erklärte M'dali nachdrücklich. „Wenn ich etwas träume, so geschieht es, denn die Teufel haben mir die Gabe gegeben, im Schlafe merkwürdige Dinge zu sehen."

„Ja, ich sehe, daß du verrückt bist!" sagte Tembeli weise.

Es war nicht schwer zu erkennen, warum sich M'dali das Zutrauen seiner Mitgefangenen erwarb. Man erzählte sich, daß er den Tod eines der Wärter durch Ertrinken voraussagte, was auch tatsächlich eintraf. Und jeder neue Gefangene aus der Gegend von Tembolini war ein Zeuge für seine geheime Kraft.

M'dalis Träume nahmen kein Ende. Er träumte auch im Dorf der Ketten für die Leute. Einmal hatte er einen großen Traum: Sandi kam, um das Dorf der Ketten zu besichtigen, und als er zu einer gewissen Hütte trat, fielen sechs Mann über ihn her. Einer schnitt ihm die Kehle durch, und alle Soldaten liefen erschrocken fort. Die Gefangenen befreiten sich selbst, und alle Plagen hörten auf. Dies träumte er drei Nächte hintereinander. Als er seinen ersten Traum berichtete, sagte Tembeli nachdenklich:

„Das ist ein ganz guter Gedanke, aber wir haben doch keine Waffen, also kann sich der Traum nicht erfüllen."

„In der nächsten Nacht werde ich träumen, woher wir die Waffen bekommen", antwortete M'dali.

Am nächsten Morgen erzählte er Tembeli, daß er einen Kongoneger im Traum gesehen hätte, der ein kleines, scharfes Messer in seinem Haar trug.

Und um die Wahrheit zu sagen, befand sich unter den Gefangenen im Dorf der Ketten tatsächlich ein solcher Mann, der ein Messer besaß.

„Wer hat den tödlichen Streich gegen ihn geführt?" fragte Tembeli. „Die Sache muß doch sehr genau überlegt werden."

Daraufhin träumte M'dali wieder und entdeckte, daß Koforo, ein schwachsinniger Akasavamann, Sanders tötete. Durch die Träume war nun alles so weit gefördert, daß es zur Ausführung kommen konnte.

Miss Ruth Glandynne lebte als Missionarin in Sanders' Gebiet. Sie war zum Großen Strom gekommen, um ihren Mitmenschen zu helfen.

Aus gewissen Gründen stand der Amtmann nicht sehr gut mit ihr. Vor allem war er dauernd in Sorge um ihre Sicherheit. Daß sie ziemlich harmlos war und lange nicht so viel von den Eingeborenen wußte, wie sie sich einbildete, war die schwerste Gefahr für sie.

Eines Tages erhielt er einen Brief von ihr, in dem sie ihn um die Erlaubnis bat, das Dorf der Ketten besuchen zu dürfen. Er seufzte.

Er war nicht stolz auf das Dorf – es war ein sichtbarer Beweis für die Zügellosigkeit eines Teiles der Leute, die er regierte. Und in diesem Punkt war er sonderbar empfindlich. Außerdem gab er keinen guten Führer ab, wie er sehr wohl wußte.

Widerwillig antwortete er ihr, daß er bereit sei, ihr das Dorf zu jeder passenden Zeit zu zeigen. Nur an den und den Tagen sei es nicht möglich. Und dann folgte eine lange Liste dieser Tage.

Bei der Zusammenstellung zeigte sich Sanders außerordentlich verschlagen und listenreich und gab sich die größte Mühe, immer neue Hinderungsgründe herauszufinden. Einmal konnte sie das Dorf nicht besichtigen, weil die Quartiere revidiert werden mußten, ein andermal nicht, weil ärztliche Untersuchung stattfand. Wieder an anderen Tagen mußten Inventar oder Werkzeuge geprüft werden.

Auf diese Weise hatte er mit großer Findigkeit fünfunddreißig Perioden im Jahr festgelegt, schwankend von einem bis zu sieben Tagen, an denen die Strafanstalt nicht zu besichtigen war. Er hoffte, daß sie sich hierdurch abschrecken ließe und ganz auf den Besuch verzichtete.

Verzweifelt las er ihre Antwort. Sie kündigte ihre Ankunft für einen Tag an, der zwischen einem angeblichen „Gerichtstag" und einer „Ausbesserungswoche" lag. Es braucht wohl nicht besonders erwähnt zu werden, daß diese beiden Vorwände nur in Sanders' Phantasie existierten.

Miss Glandynne kam in ihrem Kanu, das von zwanzig Leuten gerudert wurde, den Strom herunter. Sanders fuhr ihr halbwegs entgegen und nahm sie auf seinen Dampfer. Er war sehr steif und formell.

„Hoffentlich kränke ich Sie nicht mit meinen Worten – aber ich hätte es viel lieber gesehen, wenn Sie diesen kleinen Ausflug nicht unternommen hätten."

„Es ist kaum ein Ausflug zu nennen, Mr. Sanders", erwiderte sie kühl. „Ich habe diesen Leuten gegenüber eine gewisse Pflicht zu erfüllen. – Sie geben doch zu, daß sie fast nie mit Missionaren in Berührung kommen. Und meiner Meinung nach würde ich meine Pflicht versäumen, wenn ich nicht die Gelegenheit wahrnähme, die Sie mir so freundlich bieten."

Sanders fluchte innerlich über ihre Unverschämtheit und schaute sie unter dem Schirm seines großen Tropenhelmes an.

„Ich möchte nicht, daß Sie unter dem Eindruck weiterleben, daß mir dieser Besuch des Gefangenenlagers erwünscht ist", sagte er schroff.

Ruth Glandynne richtete sich steif auf. Wenn sie auch Missionarin war, so war sie doch immerhin auch eine Frau.

An einem herrlichen Morgen um acht Uhr kamen sie zu dem Dorf der Ketten.

„Was, zum Teufel, hat das zu bedeuten?" fragte Sanders, als

er nur zwei Haussas an der Küste sah. Einer von ihnen stand Wache, und der andere diente zu seiner Ablösung.

„O Herr", erwiderte der Soldat, als Sanders an Land stieg, „die Leute der Kompanie sind den Strom hinunter zu einem Palmenplatz gefahren."

„Wer hat denn den Befehl dazu gegeben?"

„Sie sind von der Sufisekte – und es wurde ihnen offenbart, o Herr, daß der heilige Sohn des Propheten ihnen dort erscheinen und viele Wunder vor ihnen tun werde."

Amtmann Sanders erkannte plötzlich die Zusammenhänge und mußte fast lächeln, obgleich er innerlich tobte.

„M'dali, der Träumer, ist anscheinend wieder an der Arbeit. Morgen wird es hier Prügelstrafen geben!"

Unter dem ersten Eindruck dieser veränderten Lage wollte er die junge Missionarin sofort zurückschicken. Er fürchtete zwar keinen Augenblick, daß die zeitweise Entfernung der Wache zu irgendwelchen Schwierigkeiten führen könnte, aber er war ein vorsichtiger Mann und wollte kein Risiko irgendwelcher Art auf sich nehmen.

Er war schon halbwegs zum Boot zurückgegangen, als er sich entschloß, Miss Glandynne das Dorf doch besuchen zu lassen, da sie nun einmal hier war und den langen Weg gemacht hatte.

„Sie beschränken sich wohl am besten auf die Frauenabteilung", sagte er. „Ich werde Ihnen Abiboo mitgeben, weil ich selbst ein kleines Palaver mit einem gewissen M'dali habe."

Er schloß das eiserne Gittertor auf, blieb noch stehen und beobachtete die schlanke Gestalt, als sie auf der schmalen Straße entlangschritt. Der große, breitschultrige Haussasergeant schritt dicht neben ihr.

Dann überquerte Sanders die Gasse, die die Männer von den Frauen trennte, öffnete das Tor, trat ein und verschloß es wieder zweimal.

Es war sonderbar, daß keiner der Gefangenen zu ihm kam, um ihn anzusprechen. Gewöhnlich riefen sie ihn von allen Seiten an und baten um Gehör. In ihrer Einfalt nannten sie ihn dann zuweilen auch bei dem Namen, den sie ihm selbst gegeben hatten: „Der kleine Würgervogel, der zur Nachtzeit fliegt."

Aber heute saßen sie vor ihren Hütten, stützten das Kinn auf die Knie und beobachteten ihn schweigend und ängstlich.

„Das gefällt mir nicht", sagte Sanders zu sich selbst.

Unauffällig steckte er die Hand in die Tasche und entsicherte seine Browningpistole. Mit dem zweiten Finger tastete er vorsichtig nach dem Magazin, ob auch ein voller Patronenrahmen eingeschoben war.

Er stand auf der gut gekehrten Straße und konnte den ganzen Weg entlangschauen.

Schnell warf er einen Blick nach rechts hinüber. Ruth unterhielt sich mit einigen Eingeborenenfrauen, die vor ihr hockten. Hinter ihr, etwas entfernt von der Gruppe, stand Abiboo; er hielt seinen Winchesterkarabiner, den Sanders ihm geschenkt hatte, im Arm.

Als der Amtmann hinüberschaute, sah er, daß der Sergeant die Kammer seines Gewehres vorsichtig öffnete.

„Abiboo lädt", dachte Sanders für sich.

Er schaute wieder in die Männerabteilung. Niemand rührte sich hier. Die Sträflinge saßen schweigend und erwartungsvoll vor ihren Hütten. Er war sehr beunruhigt und blickte wieder zu Abiboo hinüber, der sich inzwischen unauffällig weiter von den Frauen zurückgezogen hatte und nun sein Gewehr mit beiden Händen hielt. Die Rechte hatte den Kolbenhals gefaßt, die Linke ruhte unter dem Lauf.

Dann drehte der Sergeant langsam den Kopf und nickte, und Sanders wußte, daß das Signal ihm galt.

Schnell wandte er sich um. Die Gefahr drohte von der Frauenabteilung. Eilig ging er den Weg zurück, den er gekommen war. Vier Männer, die ruhig dagesessen hatten, erhoben sich jetzt, um ihm entgegenzutreten, aber sie zeigten keine Hast.

„O Herr, wir haben eine Bitte", begann der eine.

„Gehe zu deiner Hütte zurück, Tembeli", sagte Sanders entschieden. „Ich werde zurückkommen, dann kannst du mir deine Bitte vortragen."

In diesem Augenblick fiel ein Schuß.

Abiboo feuerte in eine der Hütten hinein, und Miss Glandynne floh die Straße entlang dem Tore zu.

Sanders sah es, als er sich umwandte, aber nun sprangen die vier Männer auf ihn.

Eine große Hand bedeckte sein Gesicht, und ein grausamer Daumen versuchte, ihm das Auge einzudrücken. Aber Tembeli fiel nieder, ein Geschoß hatte ihn mitten ins Herz getroffen. Sanders machte sich frei, eilte zum Tor und nahm während des Laufes den Schlüssel aus der Tasche.

Er drehte sich um und schoß nach zwei Verfolgern, aber diese Leute hatten keine Lust, sich auf einen Kampf einzulassen.

In der nächsten Sekunde hatte er das Tor geöffnet, trat hinaus und verschloß es wieder. Er sah Abiboo in einem Menschenknäuel auf der Erde liegen. Die Missionarin schien verschwunden, aber gleich darauf entdeckte er sie. Zwei Frauen waren über sie hergefallen, und der halb wahnsinnige Koforo schlug ihr über die Schultern. – Sanders kam gerade zu ihr, als eins der Weiber sie an den Haaren packte und ihr den Kopf zurückriß.

Koforo sah den Amtmann kommen und ließ seine Hand sinken.

„Ho, Vater", sagte er in seiner närrischen Art, „ich werde dich töten, weil du ein Teufel bist!"

Ruth Glandynne taumelte zurück, und Sanders ergriff das fast bewußtlose Mädchen und zog es aus der Reichweite des Negers.

Koforo kam nun auf ihn zu und schnitt fürchterliche Grimassen. Er schwang das kleine spatenförmige Messer in seiner Hand.

Sanders schoß wohlüberlegt, denn er hatte nur noch fünf Patronen. Dann wandte er seine Aufmerksamkeit Abiboo zu, der ohne Besinnung am Boden lag. Die Angreifer waren geflohen, denn die Schildwache und die Ablösung feuerten durch das Drahtgitter hindurch, und sie konnten einigermaßen gut zielen.

Sie trugen das Mädchen zusammen zum Boot. Auch Abiboo kam wieder zu sich. Sanders nähte seine Wunden und verband ihn.

Um vier Uhr nachmittags kamen auch die Wachtsoldaten zurück, die sich gegen den Befehl entfernt hatten. Sie waren sehr beschämt und niedergeschlagen, als sie den Amtmann sahen. Sanders nahm sofort eine Inspektion der beiden Abteilungen vor.

„O Herr", sagte einer der Männer, der nur ein passiver Mitverschworener gewesen war, „ursprünglich war geplant, daß du in die Frauenabteilung gehen solltest. Deshalb haben sich verschiedene Männer dort in den Hütten verborgen. Sie dachten, du würdest deine kleine Pistole dorthin nicht mitnehmen. Alles das hat M'dali geträumt, aber er ist geflohen."

„Niemand kann aus dem Dorf der Ketten entkommen. Welchen Weg ist M'dali gegangen?"

Der Mann zeigte auf den Stacheldrahtzaun vor dem Kanal.

Sanders ging zum Zaun und schaute in das von Schilf und Tang bedeckte Wasser.

„Ich sah, wie er den ersten Zaun überkletterte", sagte der Gefangene, der mitgekommen war. „Aber den zweiten Zaun ist er nicht mehr in die Höhe gestiegen."

Amtmann Sanders bückte sich, riß ein Grasbüschel aus und warf es nach dem langen, grünen Ding, das dort im Wasser schwamm.

Plötzlich öffnete das Krokodil ein Auge und blickte wütend und haßerfüllt zu ihm hin, denn es hatte gut gefressen und wollte nicht im Schlaf gestört werden.

## VII

## Der Denker und der Gummibaum

Es gibt drei Dinge jenseits aller Philosophie und Logik.

Diese drei, Liebe, religiöse Überzeugung und Heimatgefühl, können die sanftesten Menschen in Wut und Zorn bringen und zu heroischen Taten anstacheln.

Unter den Isisi lebte einst ein großer Denker. Er beschäftigte sich mit Problemen, über die sich gewöhnliche Menschen nicht den Kopf zerbrechen. Er dachte über die Sterne, über die Stürme und über die Zeit nach, die nirgends begann und nirgends endete.

Oftmals ging er an die Biegung des Stromes, setzte sich dort nieder, legte das Kinn auf die Knie und überlegte große Dinge, manchmal tagelang. Die Einwohner des Dorfes Akalavi bei der großen Bucht dachten, daß er wahnsinnig sei. Von ihrem Standpunkt aus hatten sie auch nicht ganz unrecht, denn dieser junge Mann hielt sich fern von den Freuden des Lebens, fand kein Vergnügen an Gesellschaft und jungen Mädchen und kam nicht zu den Tänzen und Festen, die sonst das Dasein am Strom doch so angenehm machen.

Er hieß K'maka und war der Sohn Yokos. Dieser stammte von N'kema ab, dessen Vater zu den Zeiten des Großen Königs ein tapferer Krieger war. Mütterlicherseits konnte er seine Familie bis auf Pikisamoko zurückführen, der sich auch durch Kraft und Mut auszeichnete und viel Blut vergoß. Von seinen Vorfahren konnte er also eigentlich keinen milden Charakter geerbt haben. „Deshalb", sagte Yoko, sein Vater, „muß er verrückt sein, und wenn wir es machen können, ohne daß Sandi davon erfährt, werden wir ihm die Augen ausstechen und ihn in einen tiefen Wald führen. Dort wird er schnell Hungers sterben, oder die wilden Tiere werden ihn auffressen."

Und alle Verwandten, die zum Familienrat zusammengerufen waren, gaben ihm recht, denn ein wahnsinniger Sohn ist eine Schande. Er geht in das Dorf, und auf seinem Wege mag er Anfälle bekommen. Wenn er dabei Dinge zerbricht oder Schaden tut, ist die Familie dem Gesetz nach für seine Handlungen verantwortlich.

Sie besprachen diese Sache fast eine ganze Nacht hindurch, aber sie kamen zu keiner Entscheidung. Am nächsten Tage wurde das Palaver wieder aufgenommen. Das älteste Mitglied der Familie, ein betagter, weiser Häuptling aus einem anderen Dorfe, äußerte seine Ansicht. „Wenn er verrückt ist, muß er gemäß den Gesetzen und Gewohnheiten getötet werden. Nun bin ich ein sehr kluger

Mann, wie ihr alle wißt, denn ich habe mehr Jahre gelebt, als irgendeiner von euch sich erinnern kann. Laßt mich deshalb K'maka prüfen. Es wäre ja möglich, daß er nicht wahnsinnig, sondern nur eigensinnig und komisch ist, wie die jungen Leute manchmal sind, wenn sie in das Heiratsalter kommen."

Sie beschlossen also, K'maka vor den Familienrat zu rufen. Die ausgesandten Boten fanden ihn auf einer weichen Moosbank im Walde. Er lag mit dem Gesicht nach unten, hatte den Kopf in die Hände gestützt und beobachtete eine Blume.

„K'maka", sagte der junge Mann, der ihn entdeckt hatte, „was tust du denn da?"

„Ich lerne. Denn diese Pflanze lehrt mich viele Dinge, die ich bisher noch nicht wußte."

Der andere schaute auf die Blume und lachte.

„Das ist doch ein ganz gemeines Unkraut, das nicht einmal eine Frucht trägt. Also ist es nichts."

„Aber es lebt", entgegnete K'maka, der seine Augen nicht von den zarten Blumenblättern wandte. „Und ich denke, es ist größer als ich, weil es dem Gesetz gehorcht."

„Es ist ganz klar, daß du verrückt bist", erwiderte sein Vetter entschieden. „Das ist ganz sicher."

Er führte ihn zu der versammelten Familie.

„Ich fand ihn", berichtete er gewichtig, „wie er irgendein Unkraut betrachtete und sagte, daß es größer sei als er selbst."

Die Verwandten sahen düster auf K'maka, und der alte Häuptling eröffnete das Verhör.

„K'maka, man sagt, daß du wahnsinnig seist, deshalb habe ich, als das Oberhaupt der Familie, alle Verwandten zusammengerufen, damit wir entscheiden, ob diese Anklage gerechtfertigt ist. Die Leute sagen, du habest merkwürdige Gedanken – du sollst erzählt haben, daß die Sterne ferne Länder seien."

„Das stimmt, mein Vater."

„Man sagt auch, daß du der Meinung seiest, die Sonne scheine während der Nacht."

„So denke ich. Ich meine damit nur, daß sie irgendwo scheint, denn es ist nicht weise, zu glauben, daß der Strom größer ist als die Sonne."

„Ich sehe, daß du tatsächlich verrückt bist", sagte der alte Mann ruhig, „denn wie können sich die Sonne und der Strom messen?"

„O Herr", antwortete K'maka ernst, „siehe, der Fluß fließt immer, ob es Tag oder Nacht ist, ob du gehst oder schläfst, ob du ihn siehst oder nicht. Aber die Törichten denken, daß ein Ding nicht existiert, wenn sie es nicht sehen können. Und ist nun der Strom größer als die Sonne? Denn wenn der Strom bei Nacht fließt und nur ein Teil des großen Weges ist, soll da die Sonne aufhören zu scheinen, die doch viel mächtiger und nützlicher für das Land ist?"

Der alte Häuptling schütelte den Kopf.

„Nur ein ganz wahnsinniger Mensch kann so etwas behaupten. Wir wissen doch alle, daß die Sonne während der Nacht zum Mond wird, mit Ausnahme der Nacht, in der sie schläft. Und wenn die Menschen und die Ziegen und sogar die Frauen schlafen, soll dann nicht auch die Sonne schlafen und in ein tiefes Loch in der Erde kriechen, wie ich es selbst gesehen habe?"

Sie entließen K'maka, denn es schien nutzlos, sich noch weiter mit ihm abzugeben.

Er bewohnte eine Hütte für sich. An diesem Abend kam er spät nach Hause, denn er hatte die fliegenden Hunde im Walde beobachtet. Aber als er eintrat, fand er dort sechs Vettern, die ihn erwarteten. Sie ergriffen ihn; er leistete keinen Widerstand. Sie banden ihn mit Händen und Füßen an eine lange Stange und legten ihn in ein Boot. Dann stiegen sie selbst hinein und ruderten den Strom hinunter. Ihr Ziel war der Teufelswald, der am Stillen Fluß liegt, einem ruhigen, kaum befahrenen Gewässer, zu dem nur Krokodile kommen, um ihre Eier zu legen, denn es gibt viele Sandbänke dort, die sich gut für diesen Zweck eignen.

Im Morgengrauen hielten sie an, entzündeten ein Feuer und kochten eine Mahlzeit. Auch ihrem Gefangenen gaben sie etwas Fisch und Maniok.

„Es wartet eine hungrige Zeit auf dich, mein Bruder", sagte einer seiner Vettern zu ihm, „denn wir werden ein Ende mit dir machen, da du verrückt bist."

„Ich bin nicht so wahnsinnig, daß ich nicht euren Wahnsinn sehen könnte", erwiderte K'maka ruhig.

Sein Verwandter antwortete nicht. Er wußte, daß K'makas Zustand hoffnungslos war, da er andere Leute für geistig umnachtet hielt.

Die Sonne war schon einige Zeit aufgegangen, als sie ihre Reise fortsetzten. K'maka lag wieder auf dem Boden des Bootes und schaute interessiert zwei Ameisen zu, die sich hierher verlaufen hatten.

Plötzlich hörten die Leute auf zu rudern.

Stromaufwärts kam nämlich die „Zaire", der kleine Regierungsdampfer. Sie strahlte und glitzerte im Sonnenlicht, denn sie war mit weißer Farbe neu angestrichen, und man konnte das weiß-rot gestreifte Sonnensegel an Deck sehen. Die blaue Regierungsfahne hing schlaff von dem einen kurzen Mast des Schiffes herunter.

„Wir wollen uns näher an das Ufer halten", sagte der Älteste der Verwandten; „das ist Sandi, und wenn er sieht, was wir vorhaben, wird er sehr böse werden."

Sie gaben sich alle Mühe, in weitem Bogen um den Dampfer herumzufahren.

Aber Amtmann Sanders, der nachdenklich an der Reling der Kommandobrücke lehnte, hatte sie schon gesehen. Er hatte seinen Tropenhelm nach hinten geschoben, um Genick und Nacken vor den Sonnenstrahlen zu schützen. Es kam ihm verdächtig vor, daß die Leute plötzlich aufhörten zu rudern und dann mit größter Energie ihre Tätigkeit wieder aufnahmen. Auch aus dem merkwürdigen Kurs des Bootes schloß er, daß sie kein gutes Gewissen hatten.

Er gab dem Steuermann ein Zeichen, und die Spitze des Dampfers wandte sich nach links. Die „Zaire" machte einen großen Bogen, um dem Kanu den Weg zu verlegen.

„Dieser Mann hat Augen wie ein Okapi, das seine Feinde durch einen Baumstamm sehen kann", sagte der bestürzte Führer.

Er befahl, das Rudern einzustellen, und sie erwarteten das Palaver.

„Was ist denn das, Sambeli?" fragte Sanders, als der Dampfer nahe herangekommen war und ein Haussasoldat den Kahn mit einem Bootshaken herangezogen hatte.

Der Amtmann lehnte sich über die Reling. Er hatte den Mann erkannt.

„O Herr", entgegnete Sambeli, „ich will dich nicht belügen. Dieser Mann ist mein Vetter, aber er ist wahnsinnig, und wir wollen ihn deshalb zu einem Zauberdoktor bringen, der in solchen Dingen sehr erfahren ist."

Sanders nickte und klopfte die graue Asche seiner Zigarre ins Wasser.

„Ich kenne den Strom besser als ein anderer, aber von einem solchen Zauberdoktor habe ich noch nichts gehört", sagte er dann. „Aber ich habe schon oft vernommen, daß viele verrückte Leute in den Teufelswald gebracht und dort von einem Arzt kuriert wurden, den sie aber nicht mehr sehen konnten. Sein Name ist Ewa, das heißt Tod."

Zwei Haussasoldaten holten den gefesselten Mann an Bord.

„Bindet ihn los!" befahl Sanders.

„O Herr", rief K'makas Vetter erregt, „er ist wirklich sehr verrückt und böse."

„Ich kann auch sehr böse sein. Viele Leute glauben, daß ich auch verrückt bin, aber trotzdem bin ich nicht an eine Stange gebunden."

Als K'maka von seinen Fesseln befreit war, richtete er sich zitternd auf und rieb seine steifen Glieder.

„Man sagt, du seist verrückt", wandte sich Sanders an ihn.

K'maka lächelte. Das war ein böses Zeichen, denn Eingeborene, bei denen die Schlafkrankheit schon so weit vorgeschritten ist, daß sie an Wahnsinn grenzt, lächeln häufig derartig.

Sanders beobachtete ihn scharf.

„O Herr", erwiderte K'maka, „meine Vettern glauben, daß ich verrückt bin, weil ich denke."

„Worüber denkst du denn nach?" fragte Sanders freundlich.

K'maka zögerte.

„O Herr, ich fürchte mich, es zu sagen, damit nicht auch du glaubst, ich sei verrückt."

„Sprich nur ruhig und ohne Furcht, denn ich bin dein Vater und dein König und bin von einem Mann, der eine hohe Stellung im Rate der Könige einnimmt, an diese Stelle gesetzt, um euch zu regieren."

K'maka holte tief Atem.

„Ich denke über das Leben nach und über die Sterne. Auch mache ich mir Gedanken darüber, warum die Menschen gewisse Dinge tun. Ich denke über die Ströme nach. O Herr, warum erzeugt ein Stein, den man in ein stilles Wasser wirft, Ringe, die sich immer mehr vergrößern und vergrößern, bis man sie nicht mehr sehen kann?"

Sanders schaute ihn prüfend an. Er hatte schon von diesem Denker gehört.

„Sprich weiter!"

„O Herr, ich denke auch", fuhr K'maka ermutigt fort, „daß ich nichts bin und daß alles andere nichts ist." Er machte eine Handbewegung, als ob er auf die ganze Welt deuten wollte.

„Auch du, unser Herr, bist nichts."

„Es ist eine Schande, so zu reden", unterbrach ihn sein Vetter ärgerlich. „Das beweist doch über allen Zweifel, daß er hoffnungslos wahnsinnig ist."

„Warum bin ich denn nichts, K'maka?" fragte Sanders ruhig.

„O Herr", sagte der Mann ernst, „was nicht immer besteht, ist nichts."

„Höre ihn nur", rief Sambeli verzweifelt. „O Herr, höre doch, wie der Wahnsinn aus ihm spricht! O ko ko! K'maka, nun hast du unserem Herrn deine Verrücktheit deutlich gezeigt, so daß er nicht mehr daran zweifeln kann."

Er erwartete, daß Sanders seine Polizisten rufen würde, um K'maka mit Fesseln an das Deck zu schmieden. Aber Sanders lehnte sich nur an die Reling und hielt den Kopf nachdenklich gesenkt.

„K'maka", sagte er schließlich, „du scheinst ein sonderbarer Mann zu sein. Aber wahnsinnig bist du nicht, nur klüger und weiser als irgendein anderer Schwarzer, den ich bisher gesehen habe. Du bist so verständig und klug, daß dich deine Brüder sicher töten würden, wenn ich dich ihnen überließe. Denn die dummen Leute hassen die klugen, und ich glaube, daß du zuviel erkannt hast."

Er gab Befehl, K'maka auf dem Dampfer unterzubringen.

Die Verwandten des Mannes schickte er wieder zu ihrem Boot.

„Geht in Frieden", sagte er, „denn ihr habt euch von eurem verrückten Verwandten befreit, und es ist euch eine schwere Strafe erspart geblieben. Beinahe wäret ihr aufgehängt worden, denn ich dulde nicht, daß in diesem Lande irgend jemandem die Augen ausgestochen werden."

Sanders konnte sich zu keinem Menschen über diesen merkwürdigen Fall aussprechen, denn seine beiden europäischen Untergebenen hatten schwere Fieberanfälle gehabt und waren auf Urlaub an die Küste gegangen. Er machte gern Experimente mit Eingeborenen. Auch mit Bosambo von Monrovia hatte er erfolgreiche Versuche angestellt. Augenblicklich hatte er allerdings viel Unannehmlichkeiten mit ihm und mußte seinetwegen diese Reise nach dem Norden machen.

Lombobo war ein kleines Gebiet, das an das Land der Ochori grenzte und einen Pufferstaat zwischen diesen und den Isisi bildete. Der an und für sich unbedeutende Bezirk nahm eine besondere Stellung ein, weil sowohl die Ochori als auch die Isisi die Herrschaft darüber beanspruchten. Zu verschiedenen Zeiten regierten sogar beide Stämme dort, aber jedesmal stellte Sanders rücksichtslos und mit eiserner Strenge die Neutralität des Gebietes wieder her. Ein kluger Häuptling hätte es verstanden, den Ochori und den Isisi freien Durchzug und freie Bewegung in seinem Lande zu gestatten, ihnen jedoch keinerlei Vorrechte oder Oberhoheit einzuräumen.

Sanders war seit langem auf der Suche nach diesem klugen Mann.

Er hatte schon viele Häuptlinge ernannt.

Kombanava von den N'gombi, der seine Häuptlingswürde für tausend Messingstäbe und zwanzig Säcke Salz an die Isisi verkaufte; Olambo von den Akasava, der seine Rechte gleich nach seiner Einsetzung an Bosambo von den Ochori verschacherte; M'nabo von der Küste; Tibini von den Kleineren Isisi und manchen anderen. Sie waren gekommen und mußten bald wieder gehen.

Sanders dachte an diese, als er unter dem großen Sonnensegel auf der Kommandobrücke saß, während die „Zaire“ durch das dunkelgelbe Wasser des Großen Stromes ihren Weg nach Norden nahm.

Er war sehr geduldig und besaß große Ausdauer. Obwohl die Bitterkeit seiner letzten schlechten Erfahrung ihn noch schmerzte, war er doch nicht mutlos geworden. Er hatte die Verwaltung von Lombobo einem gewissen Sakadamo übergeben, und auch dieser hatte versagt, obgleich er ihn seit langen Jahren als einen tüchtigen und zuverlässigen Mann kannte.

Aber Sanders war kaum außer Sicht gewesen, als der sonst so sanfte Sakadamo plötzlich stolz und übermütig wurde. Er sammelte seine Krieger und führte sie unparteiisch gegen die Ochori und gegen die Isisi und verkaufte schließlich sein Land an beide Stämme.

Für dieses Vergehen verbüßte Sakadamo nun eine zweijährige Strafe im Dorf der Ketten, und das Gebiet von Lombobo hatte wieder einmal keinen Häuptling.

Sanders rauchte zwei große Zigarren, während er sich die Sache überlegte, dann ließ er K'maka, den Denker, zu sich holen.

Man brachte den jungen, schlanken, fast mageren Mann zu ihm, und er betrachtete ihn eingehend von Kopf bis zu Fuß. K'maka hatte wolliges, lockiges Haar und eckige Gelenke. Ein Mantel aus Fellen bedeckte seine knochigen Schultern.

Sanders schätzte sein Alter richtig auf neunzehn Jahre.

„K'maka, selten begegnet man einem Mann wie dir. Ich habe deinesgleichen noch nicht getroffen. Ich weiß, daß du ein Mann ohne Ehrgeiz und ohne Haß bist, und daß du viele Lebensweisheiten erkannt hast.“

„O Herr, ich bin ein Mensch, der denkt, und ich selbst weiß nicht, ob meine Gedanken unsinnig oder hoch erhaben über die gewöhnlichen Gedanken der Leute sind.“

„Dann will ich dir zu deiner Beruhigung sagen, daß du nicht verrückt bist“, erwiderte Sanders trocken. „Das ist meine Meinung, und ich will dir ein Zeichen geben, daß ich dir vertraue. Du sollst der Häuptling von Lombobo werden und dort für mich regieren, sollst Gerechtigkeit fordern und geben und sollst den feurigen Geist dieser Leute mit den kühlen Wassern deiner Weisheit beruhigen.“

„O Herr, ich will tun, was du wünschest“, sagte K'maka.

Es fand ein großes Palaver statt, zu dem die Ältesten und Häuptlinge des Volkes zusammengerufen wurden, und Sanders machte den Denker zum Oberhäuptling der Lombobo und hängte eine Stahlkette und eine Medaille als äußeres Zeichen seines Ranges und seiner Stellung um seinen Hals. Mit Bosambo und dem König der

Isisi hielt der Amtmann noch ein besonderer Palaver ab und sagte ihnen unverhohlen seine Meinung.

Nachdem das Oberhaupt der Isisi gegangen war, nahm Sanders K'maka zur Grenze seines neuen Gebietes mit, und Bosambo begleitete die beiden.

Auf einer Waldlichtung an der Grenze und an der Seite des Weges, der die beiden Länder verband, wuchs ein großer Gummibaum, und hier machten sie halt.

„Bosambo und K'maka", begann Sanders, „dieser Baum soll ein Grenzzeichen sein zwischen dem Land der Ochori und der Lombobo. Alles, was auf der einen Seite des Baumes liegt, gehört dem einen, und was auf der anderen liegt, dem anderen."

Die beiden Häuptlinge betrachteten den Baum lange und aufmerksam.

„O Herr", sagte Bosambo schließlich, „der Sinn deiner Worte ist klar – aber in wessen Land steht dieser Baum?"

Das war eine Frage, die nur Bosambo stellen konnte.

„Die Hälfte nach dem Ochoriland gehört den Ochori, und die Hälfte nach dem Lomboboland gehört den Lombobo", erklärte Sanders.

Dann gab er K'maka noch eine letzte, eindringliche Ermahnung. „Du wirst sowohl den Ochori als auch den Isisi freien Zutritt und freien Handel in deinem Gebiet gewähren. Du sollst niemand hindern, niemandem auf Kosten des anderen helfen und sehr weise und großzügig handeln."

„O Herr, das will ich tun", entgegnete K'maka, „denn alle Dinge, die wachsen und vergehen, sind nichts, und nur der Geist der Männer bleibt."

Nach diesem weisen Ausspruch verabschiedete sich Sanders. Er war zufrieden und glaubte, daß die Vorsehung ihm endlich den richtigen Mann gesandt habe, der das schwierige Problem dieses Pufferstaates lösen konnte.

Es steht in den Akten vermerkt, daß K'maka seine Regierung weise begann. Die Lomboboleute, die von jeher an merkwürdige Häuptlinge gewöhnt waren, taten ihr Bestes, ihn zur Verzweiflung zu bringen. Sie brachten Streitfälle zur Entscheidung vor ihn, zu deren Schlichtung die Klugheit eines obersten Gerichtshofes und europäischer Juristen gehört hätte. Eine lautete zum Beispiel:

Ein Mann kaufte eine Frau für zwei Säcke Salz. Es stellte sich aber heraus, daß sie ein böses Weib und außerdem aus vielen Gründen nicht begehrenswert war. Wie kommt nun der Mann wieder zu seinem Kaufpreis, wenn das Salz aus seinem Boot gestohlen wurde, während zwei seiner eigenen Leute und zwei Männer seines Schwiegervaters es ruderten?“

Oder eine andere Frage:

Ein Mann hatte den Speer seines Nachbars geborgt, um auf die Jagd zu gehen. Als Leihgebühr hatte er einen Teil seiner Jagdbeute zu zahlen. Eines Tages ging er nun mit einem schadhaften Speer auf die Jagd, wurde von einem Leoparden verletzt und blieb gelähmt. Konnte er nun Schadenersatz fordern, weil der Speer schlecht war, der Verleiher aber beweisen konnte, daß der schadhafte Zustand der Waffe durch die Fahrlässigkeit eines Mannes verursacht wurde, der mit den beiden in gleicher Weise verwandt war?.

Dies waren nur zwei der Probleme, die sie ihm vorlegten, während sie in einem feierlichen Halbkreis um ihn saßen. Der Denker gab sein Urteil in einer längeren Rede ab. Für den ersten Fall brauchte er vier Tage, um seinen Spruch zu überlegen. Seine Leute waren gebannt und gefesselt von seinen Worten, obwohl sie seine Philosophie nicht verstanden. Sie konnten auch seinen Gründen und Auseinandersetzungen nicht folgen und blieben vollständig im Dunkeln, nach welcher Seite hin er seine Entscheidung fällen würde. Und als er schließlich nach altem Brauch seine beiden Hände erhob und sagte: „Das Palaver ist aus“, entfernten sie sich etwas verwirrt und waren im Grunde froh, daß sie endlich gehen konnten.

„Wir haben einen Oberhäuptling“, sagte der Älteste des Fischerdorfes am Strom, „der klüger ist als alle anderen Männer. Er ist so weise, daß wir ihn nicht einmal verstehen können.“ K’maka gab sich nun mit weltlichen Angelegenheiten ab. Er nahm sogar ein Isisimädchen zum Weibe. Auch gewährte er den Isisi und den Ochori gleicherweise freien Durchzug und Zutritt. Beide Stämme machten ihm Geschenke, und er nahm sie an. Am dritten Tag nach seiner Regierung kam einer seiner Unterhäuptlinge und erzählte ihm, daß die Ochori in den Gewässern der Lombobo fischten und die Isisi in den Wäldern der Lombobo jagten.

„Es mag geschehen“, entgegnete K’maka, „denn die Wälder und die Flüsse sind für alle Menschen da, und es ist eigentlich unnötig, Grenzen zu ziehen. Denn dieses ist nicht mein Land und auch nicht mein Strom, ebensowenig gehören sie dir. Sie sind das Eigentum aller Menschen, die etwas Nützliches darin finden.“

Diese Worte waren nach Sanders’ Sinn, und als der Amtmann Nachricht davon erhielt, war er befriedigt.

K’maka hörte durch bösen Klatsch Geschichten von seiner hübschen jungen Frau.

„Ich ziehe keine Zäune um die Wünsche anderer Menschen“, erklärte er, „auch sollen weder Mann noch Frau in meinem Lande durch alte Gesetze und Gewohnheiten geknechtet werden.“

So gingen zwei Monate friedlich ins Land, und K'makas Einfluß wuchs täglich. Eine besondere Ruhmestat war die Fällung eines Urteils, wobei er neun Tage brauchte, um alle Gründe richtig auseinanderzusetzen.

Dann kam eines Tages ein Ältester mit einer Klage gegen die Ochori. – „O Herr, diese Leute schlagen Holz auf dem Gebiete der Lombobo und tragen es in ihre Stadt!“

„Das Holz ist frei für alle“, sagte K'maka.

Er saß auf einem kleinen, geschnitzten Stuhl inmitten der halbkreisförmig angelegten Hütten, die seine Behausung bildeten. „Aber“, fuhr er fort, „da dies mein Land und dies Volk mein Volk ist, und ich eingesetzt worden bin, sie zu hüten, so ist es eine Schande, daß Räuber dieses Land verwüsten sollten.“

Vierzehn Tage später kamen Ochorijäger in das Lomboboland, um einen Elefanten zu verfolgen. K'maka sandte seine Krieger aus, um sie zu ergreifen und den Elefanten einzusperren.

„Das sind meine Worte“, erklärte er den Gefangenen, „und sie sind so weise, daß sich selbst Sandi vor ihnen beugt: Das Land auf der einen Seite eines gewissen Baumes gehört mir, und das Land auf der anderen Seite des Baumes ist das Eigentum eures Herrn.“

„Es gab doch ein Palaver, nach dem die Jagd in deinem Lande frei sein sollte“, sagte der Anführer der Jäger.

„Und ihr solltet auch freies Recht zu fischen haben“, fügte K'maka höhnisch hinzu, „und freies Holzrecht, und euer Herr, dieser Dieb, würde mein ganzes, schönes Land verderben und vollkommen aussaugen und sich lustig über mich machen, über mich, einen Häuptling, der über tausend Krieger befiehlt! Gehe zurück zu Bosambo und sage ihm, er soll mich beim Gummibaum am Wege treffen.“

Die Jäger kamen mit leeren Händen ohne Beute zurück, und ihr Herr war sehr böse über sie.

Bosambo fluchte in Arabisch, in Bomongo, in Suaheli und in Englisch, er nannte K'maka einen „verdammten schwarzen Nigger“ und schmähte dessen Eltern.

Zu einer verabredeten Zeit kamen die Häuptlinge zusammen. K'maka traf etwas zu spät ein und blieb auf der Seite seines Gebietes stehen.

„O mein Herr Bosambo, ich fühle Scham in meinem Herzen, daß ich nicht zur rechten Stunde kam, aber mein Weib hatte einen Liebhaber und brachte mir Schande. Heute habe ich sie und ihn getötet, wie es das Gesetz vorschreibt.“

„Das kommt zuweilen vor“, erwiderte Bosambo mit philosophischer Ruhe. „Ich bin nun aber zu dir, K’maka, dem Denker, gekommen, weil ich von merkwürdigen Ereignissen hörte. Man hat mir gesagt, du habest den Ochori verboten, auf deinem Gebiet zu jagen oder Holz zu schlagen.“

„Das ist wahr, denn das Land auf dieser Seite des großen Gummibaumes gehört mir, und ich bin der Häuptling dieses Landes, soweit dein Blick reicht.“

„Das Land ist für alle da“, sagte Bosambo salbungsvoll.

„Die Welt ist für alle da“, verbesserte ihn K’maka. „Aber die Ratten nisten nicht auf hohen Bäumen, und die Adler graben sich nicht in die Erde ein. Jede Art von Tieren lebt auf dem zugewiesenen Platz. Und es ist festgesetzt worden, daß die Ochori drüben wohnen und die Lombobo hier.“

Bosambo war aufgebracht.

„Es scheint mir, daß du ein habgieriger Hund bist! Ich schlage Holz bis zu der Grenze meines Landes. Sieh zu, wie ich beginne!“ Er rief nach einer Axt, und seine Leute brachten ihm ein Beil, das eine dünne und scharfe Schneide hatte.

Er schlug zweimal nach dem Baum.

„Bosambo“, rief K’maka zitternd vor Wut, „was unterstehst du dich?“

„Du Rechtsprecher“, höhnte Bosambo, „der du dicke Worte im Munde hast, du schwatzhafter Fisch, der Weisheit ausbrütet, wie eine schmutzige Hütte Ungeziefer!“

„Das ist mein Baum“, brüllte K’maka und reichte hinter sich nach seinem Wurfspeer.

„Die eine Hälfte gehört dir“, sagte Bosambo und ließ sich nicht in seiner Beschäftigung stören, obwohl er seinen Gegner stets im Auge behielt. „Ich schlage auch nur meine Hälfte ab, und wenn du durch deine Weisheit den halben Baum, der dir gehört, aufrechterhalten kannst, dann bist du ein Fürst unter den Denkern.“

Und er schlug auf den Baum ein, während K’maka ihn, kochend vor Wut, beobachtete.

„Was soll denn verhindern, daß der Baum umfällt, wenn du in deinem üblen Tun fortfährst?“

„Nichts“, erwiderte Bosambo bedeutsam, „denn jetzt kommen die stürmischen Nächte, und der Wind bläst gewöhnlich zu den Ochoris hinüber, und siehe, wenn der Baum fällt, dann gehört er –“

K’maka zog schnell seine Hand zurück und zückte seinen Speer.

„Sie sind dort in diesem dichten Gebüsch“, sagte Sanders. Er dampfte vor Schweiß, und eine dünne Blutspur lief quer über sein Gesicht.

„Ich werde ein paar Schrapnells hineinschießen", erwiderte der Haussa-Captain, „diese Lomboboleute kämpfen ganz brav."

Sanders antwortete nicht. Er zeigte nur seine weißen Zähne in einem grimmigen Lachen.

Der Haussa-Captain kniete auf dem Verdeck und hatte seinen Feldstecher auf das kleine Gehölz gerichtet, hinter dem sich der Feind verbarg.

„Ahmed", sagte er, „wenn du deinen Glauben liebst und alle Ungläubigen haßt, dann schieße nicht zu kurz, sonst werde ich dir einmal die Fußsohlen gerben lassen."

„O Herr, das Licht ist schlecht", entgegnete der Mann, richtete das Geschützrohr ein wenig höher und feuerte wieder.

Diesmal schlug das Geschoß richtig ein. Über den Bäumen erschien eine weiße Rauchwolke, und sie hörten die Explosion des Schrapnells, als es zerplatzte.

Der Haussa-Captain erhob sich und trat zu Sanders.

„Was ist nun eigentlich los?" fragte er.

Sanders sagte zuerst nichts.

„Bosambo hat wieder etwas damit zu tun", erwiderte er dann nach einer Pause, „und diesmal hat der Gauner sogar recht. K'maka hat einen großen Unfug angestellt, er hat die Isisi bekämpft und ist in ihr Land eingefallen, er hat die Ochori bis zu ihrer Stadt zurückgetrieben, und sie mußten kämpfen wie die Teufel, um ihre Wohnungen und Hütten zu verteidigen. K'maka hat sich selbst zum König der Ochori, Isisi und Lombobo ausgerufen, er hat zu den Akasava und den N'gombi gesandt, daß sie ihm Geschenke und Tribut schicken und ihn als Oberherrn anerkennen sollen."

Seine Stimme klang erregt, aber schließlich siegte sein Humor, und er lachte über die sonderbare Lage.

Er landete mit einer Abteilung Haussas und führte die Truppe persönlich, die die letzte Verschanzung stürmte.

Mit dem Revolver in der Hand eilte er über die kleine Lichtung. Die Haussas waren mit aufgepflanztem Bajonett an seiner Seite.

K'maka, der von den Überlebenden seiner Führer umgeben war, leistete heftigen Widerstand, aber er wehrte sich vergeblich. Die Leute, die noch bei ihm ausgehalten hatten, warfen plötzlich ihre Speere fort und flohen.

„Ergreift den Mann!"

Ein paar Haussas warfen sich auf den verzweifelt kämpfenden K'maka und überwältigten ihn.

Aus vielen Wunden blutend, wurde er vor Sanders gebracht, aber sein Trotz war nicht gebrochen.

Lange schauten sich die beiden Männer in die Augen.

„K'maka", sagte Sanders schließlich „„du hast etwas Furchtbares getan, denn du hast dieses Land durch deine Anmaßung und deinen Stolz in einen Krieg gestürzt."

„Weißer Mann", erwiderte K'maka hochmütig, „ich bin ein König und Herr dieser Länder – ich spreche nicht mit Dienern. Bringe mich deshalb vor das Angesicht deines Königs, o du kleiner Mann, damit wir miteinander sprechen als zwei Gleichberechtigte."

„Haltet ihn!" rief Sanders, als K'maka plötzlich schwach wurde. Seine Knie wankten, und er sank zur Erde. Er war so schwer verwundet, daß er sterben mußte. Sanders erkannte seinen Zustand, als er seine Wunden untersuchte. Sie trugen ihn unter den Schatten eines Baumes, und Sanders setzte sich neben ihn.

K'maka schaute wieder zu dem Amtmann auf.

„O Herr", sagte er schwach, „ich werde weit fortgehen, so daß du mich nicht mehr strafen kannst."

„Das ist wahr, K'maka", erwiderte Sanders milde. „Und ich wünschte, du wärest gegangen, ehe du all diesen Kummer über die Lombobo brachtest."

K'maka schüttelte den Kopf.

„Das ist der Weg", entgegnete er müde. „Denn alles Lebende raubt wieder Leben. Die Vögel töten die Insekten, die Leoparden die Vögel, die Männer die Leoparden. Und da es nichts Größeres gibt als den Menschen, so töten die Menschen ihresgleichen. Das steht von Anbeginn der Dinge fest –"

Sie gaben ihm Wasser zu trinken, und er öffnete die Augen noch einmal.

„O Herr", sprach er mühsam weiter, „ich habe in meinen Gedanken die größte Wahrheit der Welt entdeckt."

Ein sonderbares Leuchten lag in seinen Blicken, die Größe seiner Erkenntnis hob ihn über sich selbst hinaus.

„Alle eure Weisen wissen dies nicht", flüsterte er. „Der Tod ist –"

Sanders wartete, aber K'maka, der Denker, nahm sein Geheimnis mit sich in das Land des ewigen Schlafes.

VIII

# Die neun Schrecklichen

Die Eingeborenen erzählten sich, daß in dem Walde von O'tomb' neun schreckliche Männer lebten.

Sie wohnten auf einer Insel in einem schwer zugänglichen Sumpf, der inmitten eines ausgedehnten Waldes lag. Nur ein Affe oder ein Leopard konnte zu den Bewohnern dieses Eilandes finden, die selbst allerdings mit den heimlichen Pfaden vertraut waren.

Kein Krieger der Isisi, N'gombi, Akasava oder anderer Stämme am Strom hatte jemals den Versuch gemacht, die neun aufzuspüren, denn es war allgemein bekannt, daß mächtige Ju-Jus die Wege bewachten, die zu ihrem Versteck führten.

Es waren neun Männer, die außerhalb des Gesetzes standen und schwere Mordtaten und schlimme Verbrechen auf dem Gewissen hatten. Irgendwie waren sie zusammengekommen und raubten nun ihre Mitmenschen aus.

Sie plünderten ungestraft, und es war ihnen gleichgültig, ob sie bei den Isisi oder den N'gombi einbrachen.

Nachts stahlen sie sich heimlich hinaus. Sie gingen einzeln hintereinander, schweigsam wie der Tod. Kein Zweig knackte, kein Wort wurde gesprochen, und erbarmungslos wie die Kriegsameisen auf ihren Beutezügen fielen sie über das Dorf her, das sie für ihren Raubzug ausgesucht hatten, nahmen mit sich, was ihnen nützlich erschien, und kehrten wieder heim.

Manchmal stahlen sie Nahrungsmittel, manchmal Waffen – denn diese Herren der Wälder arbeiteten niemals selbst – manchmal eine oder mehrere Frauen, die nie wieder zurückkamen.

Ein Zusammenschluß von Verbrechern, die das Gesetz verachteten, war nichts Ungewöhnliches. Meistens wurde ihrer Tätigkeit auf sehr gewöhnliche Weise ein Ende gesetzt. Nur eine dieser Geheimgesellschaften hielt sich dauernd, das waren die Nushadombi, „die Leute, die nicht alle gleich waren".

Die neun Schrecklichen vom O'tomb'wald konnten ihre Schandtaten ungestört ausführen, weil nur eine ganze Armee die Gegend hätte umstellen können. Sanders vermutete auch, daß sie nicht dauernd zusammenlebten, sondern sich von Zeit zu Zeit trennten und zu ihren Wohnstätten zurückkehrten.

Einmal hatte Sanders zwei Kompanien Haussas ausgesandt, um die neun aufzuspüren, aber sie hatten keinen Erfolg gehabt, weil die gesuchten Verbrecher nicht auf Schußweite herankamen. Dann versuchte Sanders selbst, die Insel im Sumpf zu erreichen, aber er zog sich dabei nur einen schweren Malariaanfall zu.

Er sandte Botschaft an die Häuptlinge aller Stämme in einem Umkreis von hundert Meilen und forderte sie auf, die neun Männer sofort zu töten, wenn sie ihrer ansichtig würden. Er setzte auch Kopfprämien aus. Nachdem aber drei unschuldige Ochorileute getötet worden waren und man hierfür die Belohnung einforderte, widerrief Sanders den Befehl.

Zwei Jahre lang trieben diese Verbrecher ihr Unwesen und taten, was sie wollten.

Dann fand Fembeni, ein Isisimann, die göttliche Gnade und wurde Christ.

Das soll keine ironische Bemerkung sein, sondern nur die Feststellung einer Tatsache mit einem gewissen Vorbehalt. Verschiedene Eingeborene verlieren ihren guten Charakter und werden schlechter, wenn sie sich taufen lassen, aber Fembeni wurde ein Christ und ein besserer Mann – nur –

Hier muß noch ein Vorbehalt gemacht werden. In der Missionsstation bei Mosunkusu arbeitete Miss Glandynne, eine Missionarin, an der Bekehrung der Eingeborenen. Sie war eigentlich mehr Ärztin, aber in jeder Weise hilfsbereit.

Weiße Menschen würden sie hübsch genannt haben, weil sie regelmäßige Züge und eine schöne, zarte Haut hatte. Auch war sie schlank und hochgewachsen.

Nach dem Geschmack der Eingeborenen war sie allerdings zu mager, sie war ihnen nicht entwickelt genug.

Die N'gombi fanden ihr schönes langes blondes Haar lächerlich und ihre Gesichtszüge vogelähnlich.

Amtmann Sanders hielt sie für außerordentlich schön, wenn er sich überhaupt erlaubte, an sie zu denken, was nicht allzu häufig geschah.

Das hatte zwei Gründe. Einmal bedeutete sie eine schwere Verantwortung für ihn, und die Haare an seinen Schläfen waren schon weiß geworden – wenn er sie so lang wachsen ließ, daß man es sehen konnte. Er nannte sie grimmig die „Missionshaare“. Die Sicherheit einsam in der Wildnis liegender Missionsstationen war eine dauernde große Sorge.

Man muß aber verstehen, daß Missionare im Grunde herzensgute Menschen sind. Die Leute, die wenig über sie wissen und schlecht über sie sprechen, begehen etwa dieselbe Dummheit, als ob sie Nelson oder andere Nationalhelden herabziehen würden.

Missionare nehmen große Gefahren auf sich. Sie sondern sich

vollständig ab von dem Leben, das eigentlich lebenswert ist, und ertragen Mühsal und Beschwerden, von denen sich ein Laie keine Vorstellung machen kann. Viele setzen sich schrecklichen Krankheiten aus, sind am Morgen noch wohlauf und gesund, und am Abend hat sie der Tod hingerafft.

„Und dies alles tun sie", sagte Bosambo von Monrovia gelassen, „weil sich gewisse geheimnisvolle Vorgänge ereigneten, als die Welt noch jung war und ein berühmter Mann Hesu hieß. (Die zweite Person der christlichen Trinität wird in einigen Eingeborenensprachen so genannt.) Ich glaube, dies ist das größte Geheimnis von allen."

Sanders schätzte die Uneigennützigkeit dieser Menschen, und der Mut, mit dem sie in diesen ungesunden Gegenden ihre Missionsarbeit auf sich nahmen, machte großen Eindruck auf ihn. Aber er hätte dringend gewünscht, daß sie nicht in sein Gebiet gekommen wären.

Er hatte ein Gefühl wie ein berufsmäßiger Löwenbändiger, der einen leichtsinnigen Amateur in den Käfig seines wildesten Tigers gehen sieht, oder wie ein alter, erprobter Matador bei dem Anblick eines schüchternen Neulings, der sich in der Arena einem andalusischen Stier nähert. Es war ihm zumute wie einem Stierkämpfer, der einen roten Mantel hält, mit einem Fuß auf der Barriere steht und bereit ist, in den Ring zu springen, wenn der andere in Gefahr gerät.

Seine grauen „Missionshaare" wurden weißer, und die Stellen an den Schläfen wurden größer, als Ruth Glandynne nach Mosunkusu ging und ihre Tätigkeit dort aufnahm. Denn dieses Dorf lag nahe bei den wilden N'gombi und den unruhigen Isisi.

Sanders hätte in seiner Besorgnis leicht einen Fehler machen können, indem er Boten zu den Häuptlingen der beiden Stämme geschickt oder gar in eigener Person zu ihnen gegangen wäre und die Leute mit dem Tode oder noch schlimmeren Strafen bedroht hätte, wenn sie der Missionarin etwas zuleide taten.

Aber das hätte die Sache in den Augen der Eingeborenen zu wichtig gemacht, die ja doch nur große Kinder waren. Und wenn sie sich wieder einmal gegen ihn empören wollten, dann würde sicher einer der Häuptlinge sagen:

„Seht, diese Frau wird von Sandi gehütet wie sein Augapfel. Wenn wir ihr ein Leid antun, können wir uns an ihm rächen."

Und da Kinder immer alles Gute versprechen und später nicht halten, hätte eine solche Handlungsweise schlimme Folgen für Miss Glandynne haben können.

Sanders legte statt dessen Bosambo, dem Häuptling der Ochori, die Verpflichtung auf, für die Missionarin zu sorgen, denn auf ihn konnte er sich in solchen schwierigen Fällen verlassen. Wenn es sich allerdings um bewegliche Güter oder um Wertgegenstände handelte, reichte sein Vertrauen diesem schlauen Mann gegenüber nicht weit.

Als Fembeni von den Isisi Christ wurde, suchte Sanders gerade die kleinen Buchten, deren es eine große Anzahl am Strom gibt, nach einem gewissen Oko ab, der nach einer langen, geheimnisvollen Abwesenheit plötzlich in sein Dorf zurückkam, sein Weib tötete und dann wieder in den Busch floh.

Wenn sich dieser Vorfall nicht in der Nähe der Missionsstation Miss Gladynnnes abgespielt hätte, wäre Sanders wahrscheinlich damit zufrieden gewesen, seiner Polizeitruppe die Nachforschungen zu überlassen. Aber als ihn die Nachricht erreichte, daß Oko sich im N'gombiland, nicht weit von Mosunkusu entfernt, aufhielt, eilte er mit seinem Dampfer den Fluß hinauf; er war davon überzeugt, daß Oko zu den neun Schrecklichen gehörte.

Der Haussasergeant Ahmed war stolz auf sein Englisch und schrieb an seine Frau in der Residenz folgenden Brief:

„Bei Tage, als wir die Nachforschungen nach dem Mörder aufnahmen, kam unser Herr Sandi sehr böse und ärgerlich. Auf Befehl durchsuchte ich das linke Ufer des Kululaflusses mit drei Mann. Ich sollte den bewußten Oko niederschießen, wenn er Widerstand leistete. Abiboo (Sergeant) untersuchte rechtes Ufer, und unser Herr durchstöberte das Gehölz. Oko muß wirklich ein sehr wichtiger Mann sein, daß Sandi in eigener Person kommt, um ihn zu fassen, und seinen ergebenen Dienern bittere Vorwürfe macht."

Ahmeds Schilderung von der Aufgeregtheit seines Vorgesetzten mag ein wenig übertrieben gewesen sein, aber ich zweifle nicht, daß etwas Wahres daran war.

Am zweiten Tag der Jagd auf Oko wurde Sanders' Dampfer in der Nähe der Missionsstation am Ufer vertäut. In der Abendkühle ging der Amtsmann mit Miss Glandynne spazieren und erfuhr unterwegs von der Bekehrung des Isisimannes Fembeni, der den Weg zum Licht gefunden hatte und eifrig auf sein Seelenheil bedacht war.

„Hm!" Sanders zeigte sich nicht gerade sehr begeistert.

Aber sie war zu stolz über ihren ersten Bekehrten, um sich um seinen kühlen, ablehnenden Ton zu kümmern.

„Es ist zu schön", sagte sie. Ihr grauen Augen glänzten, und ihre schönen Gesichtszüge sahen verklärt aus. „Denken Sie doch daran, Mr. Sanders, daß ich nur eine mangelhafte Kenntnis der Eingeborenensprache besitze."

„Sind Sie denn auch sicher“, fragte Sanders ungläubig, „daß Fembeni überhaupt versteht, worum es sich handelt?“

„O ja.“ Sie lächelte über diese naive Frage. „Er ist mir gleichsam auf halbem Wege entgegengekommen, er suchte nach der Wahrheit – er . . .“

„Fembeni?“ meinte Sanders nachdenklich. „Ich glaube, ich kenne den Mann. Wenn ich mich recht an ihn erinnere, ist er ein Mensch, der nur eine andere Religion annimmt, wenn er einen großen persönlichen Vorteil darin sieht.“

Sie runzelte die Stirn und sah ihn vorwurfsvoll an.

„Ich glaube, das ist Ihrer nicht würdig“, sagte sie kühl.

Er schaute sie gedankenvoll an.

Sie war wirklich sehr schön. Oder hatte er schon so lange die Gesellschaft weißer Frauen entbehrt, daß sie ihm schon deshalb schön erschien, weil er sonst nur häßliche schwarze Weiber zu sehen bekam?

Er betrachtete ihre schlanke aufrechte Gestalt, ihre ernsten tiefen Augen, ihre schöne, von der afrikanischen Sonne gebräunte Haut, ihre regelmäßigen klaren Gesichtszüge, ihr volles kastanienbraunes Haar.

Und er schüttelte den Kopf.

„Ich wünsche beim Himmel, Sie wären nicht in dieses schwierige Land gekommen!“

„Das gehört aber nicht zur Sache“, erwiderte sie mit einem leichten Lächeln. „Wir sprachen eben von Fembeni. Ich finde Ihre Ansicht über ihn ganz schrecklich.“

Sie erreichten die große viereckige Hütte, die Sanders für sie hatte errichten lassen, und stiegen die Holztreppe zur Veranda empor.

Sanders antwortete nicht, aber als sie in das Innere der Hütte gegangen war, um ihm etwas Tee zu bereiten, winkte er Abiboo zu sich, der in respektvoller Entfernung gefolgt war.

„Gehe und hole Fembeni von den Isisi hierher.“

Er rührte seinen Tee um, und Miss Glandynne erzählte begeistert von ihren Bekehrungswerken. Bald darauf kam Fembeni, ein großer Mann mittleren Alters, der als äußeres sichtbares Zeichen der ihm zuteil gewordenen inneren geistigen Gnade Hose und Weste trug.

„Komm näher, Fembeni“, sagte Sanders freundlich.

Der Mann trat vertrauensvoll auf die Veranda, nahm sich ohne Aufforderung einen Stuhl und setzte sich.

Sanders sah ihn lange an, bevor er sprach.

„Wer hat dir denn gesagt, daß du dich in meiner Gegenwart auf einen Stuhl setzen sollst?" fragte er dann ruhig.

„O Herr", erwiderte Fembeni großartig, „seitdem ich den richtigen Glauben gefunden habe, die heilige Wahrheit –"

Aber ein gewisser Blick von Sanders veranlaßte ihn doch, sehr schnell aufzustehen.

„Du magst sitzen – aber auf dem Boden nach der Art deines Volkes. Und ich werde hier auf dem Stuhle sitzen, wie es unter meinem Volke üblich ist. Denn siehe, Fembeni, selbst die heilige Wahrheit wird Schwarz nicht zu Weiß machen oder Weiß zu Schwarz. Auch macht sie dich nicht Sandi gleich, der dein Herr ist."

„O Herr, das ist so", entgegnete Fembeni düster. „Und doch sind wir in den Augen des einen großen Gottes alle gleich."

„Es leben eine Million Menschen bei den Isisi, N'gombi, Akasava und Ochori, die alle deinesgleichen sind, und es ist keine Schande für dich, so zu handeln wie sie."

Dagegen konnte Fembeni nichts einwenden.

Miss Glandynne hatte der Unterhaltung zwischen dem Bekehrten und dem Amtmann mit steigender Erbitterung zugehört, denn sie war mit der Denkungsart der Eingeborenen nicht so vertraut wie Sanders.

„Das ist sehr kleinlich von Ihnen", rief sie erregt. „Es ist doch viel wichtiger, daß ein Heide zum wahren Glauben gebracht wird, als daß man die Würde Ihrer Person wahrt."

Sanders runzelte die Stirn bedenklich. Er war kein Gesellschaftsmensch und war auch nicht an Dispute gewöhnt.

„Ich bin nicht Ihrer Ansicht, Miss Glandynne", sagte er ein wenig barsch. „Die Isisi können die innere Begeisterung dieses Mannes nicht sehen, die ihn dazu treibt, sich unehrerbietig mir gegenüber zu benehmen. Sie sehen nur seinen groben, ungeschlachten Körper, der vor mir sitzt."

Plötzlich kam ihm ein Gedanke, der entscheidend über Leben und Tod des Eingeborenen war.

„Fembeni, du bist nach allem, was ich gehört habe, ein reicher Mann."

„O Herr, das ist so."

„Wieviel Weiber hast du?"

„Vier, o Herr."

Sanders nickte und wandte sich an die Missionarin.

„Er hat vier Weiber."

„Nun – und?"

Es lag etwas Trotziges in ihrer Frage.

„Er hat vier Weiber", wiederholte Sanders. „Wie denken Sie denn darüber?"

„Er wird eine von ihnen auf christliche Weise heiraten", erwiderte sie und wurde rot. „Sie wissen doch ganz gut, Mr. Sanders, daß es unmöglich für einen Christen ist, mehr als eine Frau zu haben!"

Sanders wandte sich wieder an den Mann.

„Fembeni", fragte er freundlich, „was willst du denn mit deinen Weibern machen?"

Fembeni rieb seine nackten Schultern unruhig.

„O Herr, ich werde sie alle fortschicken bis auf eine", entgegnete er traurig. „Denn das ist der vorgeschriebene Weg des wahren Glaubens."

„Hm!" sagte Sanders zum zweitenmal an diesem Tage. „Das ist ein schwieriges Problem."

„Ich kann keine Schwierigkeiten darin finden", sagte Miss Glandynne steif.

Sie wurde immer ärgerlicher. Sanders bemerkte es jedoch nicht, da er nicht mehr an den Umgang mit weißen Frauen gewöhnt war.

„Es ist wirklich böse von Ihnen, Mr. Sanders, diesen Mann zu entmutigen und ihm Hindernisse in den Weg zu legen –"

„Ich lege ihm keine Hindernisse in den Weg", unterbrach er sie. Er war kurz angebunden und so stark mit dieser Sache beschäftigt, daß er wenig Rücksicht auf die Empfindlichkeit einer eifrigen Missionarin nahm. „Ich kann nicht zugeben, daß in meinem Amtsbereich dergleichen vorkommt. Dieser Mann hat vier Frauen, jede von ihnen hat ihm Kinder geboren. Welche Gerechtigkeit oder welches Christentum will denn die Verantwortung dafür tragen, daß er drei seiner Frauen einfach auf die Straße setzt, die ihm treu gedient haben?"

Das war ein Problem für sie, und in ihrer Verzweiflung griff sie nach einem unwiderleglichen Beweisgrund.

„Das Gesetz erlaubt es", sagte sie. „Solche Verhältnisse treten überall auf, wo Missionsarbeit getrieben wird. Vielleicht könnte ich es den Frauen begreiflich machen – vielleicht könnte ich es ihnen erklären –"

„Aber mit all Ihren Erklärungen können Sie doch die Kinder nicht aus der Welt schaffen", erwiderte Sanders brutal.

Damit endete ihre Unterhaltung, denn sie ging zornig und beleidigt in die Hütte und ließ ihn in einiger Aufregung zurück.

Er sah Fembeni, der ihm soviel Unannehmlichkeiten bereitete, mit einem kalten Blick an.

„Es scheint mir, daß ein Mann, der Christ wird, für weniger Leute zu sorgen hat. Nun muß ich dieser Sache einmal auf den Grund gehen."

Der Mann schaute ihn erschrocken an. Denn wer weiß, was eine Frau sagt, wenn sie gefragt wird? Dabei war es gleichgültig, ob man eine oder vierzig Frauen hatte.

Es gab keine Möglichkeit, an diesem Abend noch weiter nach dem flüchtigen Oko zu fahnden, und Sanders ließ sich auf die andere Seite des Flusses rudern, um die Weiber des Neubekehrten zu befragen.

Eine der Frauen sah der kommenden Änderung gelassen entgegen, aber die drei anderen waren sehr ärgerlich und erregt.

„O Herr", sagte eine von ihnen in dem unverschämten Ton, den nur eingeborene Frauen haben können, „diese weiße Hexe hat uns unseren Mann weggenommen –"

„Ich höre nicht gut", erwiderte Sanders schnell, „aber ich dachte, ich hätte eben ein Wort gehört, das ich nicht leiden kann."

Er ließ seinen Stock durch die Luft sausen, daß es einen schwirrenden Ton gab.

„O Herr", fuhr die Frau bedeutend leiser und ruhiger fort, „diese Gottesfrau hat uns unseren Mann weggenommen."

„Gottesfrauen nehmen keine Männer weg, aber sie beeinflussen ihren Geist und Verstand, damit sie bessere Menschen werden."

„Fembeni wird nicht besser und nicht schlechter werden", entgegnete sie bitter, „denn er geht nachts in den Wald; oft ist er von meiner Seite aufgestanden, und wenn er gegangen ist, dann sind die neun schrecklichen Männer gekommen und haben genommen, was sie brauchten."

Sie hielt plötzlich inne, und in ihren Augen zeigten sich Entsetzen und Schrecken, denn sie hatte in ihrem Zorn zuviel gesagt.

„Das ist törichtes Geschwätz", sagte Sanders leichthin.

Er wußte, daß er von ihr nicht mehr erfahren würde, verstellte sich und suchte ihre Furcht zu zerstreuen.

Dann ging er langsam durch das Dorf, sprach noch einen Weile mit dem Häuptling und kehrte wieder zu seinem Boot zurück.

Als er aber an Bord der „Zaire" war, ließ er Abiboo zu sich kommen.

„Nimm drei Mann und bringe diesen Fembeni zu mir. Sei auf der Hut und immer schußbereit, denn ich habe sonderbare Dinge über ihn gehört."

Sanders wartete zehn Minuten, dann kam Abiboo zurück – allein. – „Fembeni ist in den Wald gegangen", sagte er, „ebenso die Gottesfrau."

Sanders sah ihn entsetzt an.

„Wie?“

„O Herr, Fembeni ist ein Christ und wollte sich mit der Gottesfrau über den neuen Zauber unterhalten. Sie sind miteinander fortgegangen, und die Gottesfrau las aus einem Buch vor. Er hatte auch ein Geschenk für sie, das er von einem französischen Händler kaufte.“

„Ich verstehe“, erwiderte Sanders.

Er schenkte sich ein Glas Whisky ein, und als er es zum Munde führte, zitterte seine Hand ein wenig.

Dann nahm er sein Jagdgewehr, das an der Wand seiner Kabine hing, öffnete zwei Pakete Patronen und steckte sie in seine Rocktasche.

„Die Leute sollen sich schnell fertigmachen und nachkommen“, sagte er, „du übernimmst den Befehl.“

„O Herr, es gibt andere Sergeanten, ich will mit dir gehen. Ich will zu deiner Rechten sein, obwohl mich der Tod erwartet.“

„Wie du willst“, entgegnete Sanders heiser.

Er ging durch das Grundstück der Missionsstation und hielt nur einmal an, um von einem Jungen die Richtung zu erfahren, in welcher sich die beiden entfernt hatten. Dann eilte er in den Wald, und Abiboo folgte ihm wie sein Schatten.

Er hielt sich auf dem ausgetretenen Wege, aber nach etwa hundert Metern machte er halt und witterte wie ein Hund.

Er ging etwas weiter, kehrte wieder zu der Stelle zurück, bückte sich, nahm einige Glasscherben auf, wandte sich dann von dem Pfad ab und folgte nur seinem Geruchssinn.

Ruth Glandynne hatte einen unerschütterlichen Glauben an die Kraft des Wortes, das Menschen zu Märtyrern macht.

„Fembeni, du darfst nicht zweifeln“, sagte sie in ihrer mangelhaften Isisisprache, „denn mit der Erleuchtung, die das Wort Gottes bringt, werden dir alle Dinge klarwerden.“

Sie befanden sich jetzt außerhalb der Grenzen der kleinen Missionsstation und wanderten langsam dem Walde zu.

Sie las ihm kleine Bruchstücke aus ihrem Buch vor und war eifrig bei der Sache; sie bemerkte nicht, daß sie an den ersten Bäumen des großen Waldes vorbeigegangen waren.

Als sie es entdeckte, wandte sie sich um.

„Ich will dir morgen noch mehr erzählen, Fembeni.“

„O Herrin, sprich jetzt zu mir“, bat er, „denn Sandi hat Zweifel in mir erweckt.“

Sie runzelte die Stirn. Welches Unheil konnte doch ein materiell denkender Mensch anrichten! Früher hatte ihr Sanders gut gefallen, aber jetzt haßte sie ihn beinahe.

„Es gibt auch weiße Menschen, die zweifeln und Hindernisse in den Weg legen –“

„Ich habe auch dieses für dich gekauft“, sagte Fembeni, „ich habe einen Sack Salz dafür gezahlt.“

Er holte eine lange, flache Flasche aus der Ledertasche an seiner Seite hervor.

Sie mußte lächeln, als sie das bunte Etikett des übelduftenden Parfüms sah, das die Eingeborenen so sehr liebten.

„Dies habe ich für dich gekauft, o meine Lehrerin.“ Er zog den Stöpsel aus der Flasche, so daß die milde Abendluft plötzlich von einem aufdringlichen Moschusgeruch erfüllt wurde. „Ich geb dir dies zum Geschenk, damit du mich gegen Sandi beschützt, der kein Gottesmann, sondern ein Teufel ist.“

Sie nahm ihm die Flasche aus der Hand und korkte sie schnell wieder zu.

„Sandi ist kein Teufel“, erwiderte sie freundlich, „und er wird dir nichts zuleide tun.“

„Er ist über den Fluß gefahren“, entgegnete Fembeni düster, und es lag ein böser Glanz in seinen Augen. „Er wird mit meinen Frauen sprechen, und sie werden ihm böse Dinge über mich erzählen.“

Sie sah ihn ernst an.

„Welche bösen Dinge können sie dir denn nachsagen?“

„Sie können lügen“, antwortete er kurz. „Und Sandi wird seinen Strick bringen, und ich werde sterben.“

Sie lächelte.

„Ich glaube nicht, daß du dich fürchten mußt.“

Sie wandte sich zum Gehen, aber er stand mitten vor ihr. Plötzlich erkannte sie die Gefahr, in der sie schwebte, und alles Blut wich aus ihrem Gesicht.

„Wenn Sandi kommt, um mich zu töten, dann werde ich zu ihm sagen: ‚Sieh, ich habe eine Frau von deinem Volke in meinen Händen, und wenn du mir nicht verzeihst, so wirst du traurig sein.‘“

Ruth Glandynne faßte einen schnellen Entschluß, sprang an ihm vorbei und floh auf die Missionsstation zu.

Aber er war sofort hinter ihr her, sie hörte die schnellen Tritte seiner nackten Füße und fühlte plötzlich, wie er seinen Arm um sie legte.

Sie schrie, aber es war niemand in der Nähe, der sie hören konnte. Seine große Hand schloß ihren Mund.

Er schüttelte sie heftig.

„Du lebst oder du stirbst, aber wenn du laut schreist, so will ich dich schlagen, bis du tot bist.“

Er trug sie halb und zog sie halb in den Wald hinein.

Tödliches Entsetzen packte sie. Dunkel kam ihr zum Bewußtsein, daß er nicht den ausgetretenen Pfad benützte, sondern im rechten Winkel abbog und einen Weg einschlug, der nur ihm bekannt sein mußte.

Als er sich einmal umwandte, machte sie noch einen Versuch, sich zu befreien. Sie hielt die Parfümflasche noch in der Hand und schlug damit mit aller Kraft nach ihm. Aber er packte ihren Arm und zerbrach ihn beinahe.

Der Verschluß fiel aus der Flasche, und ihr Kleid wurde von dem Parfüm überschüttet. – Er entwand ihr die Flasche und warf sie fort.

Dann ergriff er sie fester am Arm und führte sie vorwärts.

Als er anhielt, war sie fast ganz erschöpft; sie sank ermattet zu Boden.

Sie durfte nicht schwach werden, obgleich sie dicht vor dem Zusammenbrechen war. Wie lange sie gegangen waren, wußte sie nicht. Die Sonne ging unter – das vermutete sie mehr, als daß sie es sehen konnte, denn durch das Dunkel des Waldes drang kein Lichtstrahl.

Fembeni beobachtete sie. Er saß mit dem Rücken gegen einen Baum und betrachtete sie nachdenklich.

Nach einiger Zeit erhob er sich.

„Komm!“ sagte er kurz.

Sie gingen schweigend weiter. Sie machte keinen Versuch mehr, ihn um Freiheit zu bitten, denn sie wußte, daß es nutzlos sein würde. Sie war immer noch verstört und verwirrt. „Warum – warum – warum?“ fragte sie sich zusammenhanglos. „Warum hat dieser Mann sich zum Christentum bekannt?“

„Fembeni“, brachte sie schließlich hervor, „ich bin doch immer freundlich zu dir gewesen.“

„Weib“, erwiderte er grimmig, „du wirst noch viel freundlicher zu mir werden.“

Sie sagte nichts mehr.

Ihre entsetzliche Lage wurde ihr immer klarer. Sie blieb zögernd stehen, aber er faßte sie rauh am Arm –

„Bei meinem Kopf, du sollst leben, wenn Sandi sein Wort gibt, daß keiner von uns gehängt wird – denn wir sind die Schrecklichen –, und Sandi ist nun auf meine Spur gekommen.“

Eine schwache Hoffnung tauchte in ihr auf. Vielleicht sollte sie ihm nur als Geisel dienen –

Die Nacht war schon hereingebrochen, als sie an ein Wasser kamen.

Hier machte Fembeni halt. Er durchsuchte das Unterholz und brachte ein Stück von einem hohlen Baumstamm zum Vorschein, in dem zwei Stöcke aus Eisenholz lagen.

Er hockte sich vor der Lokoli-Trommel nieder und gab rasselnde Signale.

Zehn Minuten lang ertönten seine rhythmischen Schläge, und als er innehielt, kam eine schwache Antwort über den See herüber.

Sie warteten etwa eine halbe Stunde. Ruth Glandynne strengte sich an, um das Geräusch von Ruderern zu hören. Sie wußte nicht, daß das Wasser nur etwa hundert Meter weit reichte, und daß sich ringsumher der große Sumpf ausdehnte, in dem sich auf einer Insel der Schlupfwinkel dieser Verbrecher befand. Endlich vernahm sie ein leises Rascheln und sah in der Dunkelheit Gestalten auf sich zukommen.

Fembeni ergriff sie wieder am Arm und führte sie vorwärts. Er wechselte mit den Ankömmlingen einige Worte in einem Dialekt, den sie nicht verstand. Es war ein kurzes Fragen und Antworten, dann brachen sie zusammen auf.

Der Boden unter ihren Füßen wurde weich und morastig, und manchmal sank sie bis zu den Knöcheln ein. Der Führer der Männer ging unbeirrt seinen Weg, machte bald einen Halbkreis auf seinem Marsche, bald wandte er sich im rechten Winkel von der früheren Richtung ab. Schließlich folgte er einem gewundenen Pfad, so daß sie alle Orientierung verlor.

Ihre Beine waren so schwer wie Blei, sie taumelte und fühlte, daß sie zusammenbrechen würde. Aber plötzlich hatten sie festen Boden erreicht.

Einige Minuten später kamen sie zu den niedrigen, unansehnlichen Hütten, die sich diese Verbrecher selbst gebaut hatten. Ein Feuer brannte, das man aber von fernher nicht sehen konnte, da die Hütten in einer halbmondförmigen Kurve angelegt waren.

Sie zeigten ihr eine Hütte und stießen sie hinein.

Bald darauf brachte ihr eine Frau eine Schale mit gekochtem Fisch und einen Krug Wasser.

In ihrem gebrochenen Isisi bat Ruth Glandynne die Frau, bei ihr zu bleiben, aber sie war anscheinend vom N'gombivolk und verstand sie nicht.

Einige Minuten später war sie wieder allein.

*

Draußen vor der Hütte saßen acht Mitglieder der neun Schrecklichen am Feuer. Einer von ihnen war Oko von den Isisi, ein Mann, der eine Art Führerrolle unter ihnen spielte.

„Diese Frau mag ich nicht", sagte er, „und ich halte Fembeni für einen Narren und den Sohn eines Narren, daß er sie hierherbringt, wenn sie uns nicht wie die anderen Frauen bedienen soll."

„O Herr Oko", erwiderte Fembeni, „ich bin erfahrener in der Art der weißen Leute als du, und ich sage dir, daß es gut für uns ist, diese Frau hier zu halten. Denn wenn Sandi dich oder mich oder einen anderen von uns greifen will, dann können wir zu ihm sagen: ‚Es ist eine Frau bei uns, die du schätzt, und wenn du mich hängst, siehe, dann wird sie auch sterben'." Aber Oko war nicht zufrieden.

„Ich kenne auch weiße Leute und ihre Art. Sandi hätte uns in Ruhe gelassen, aber jetzt wird er nicht rasten, bis er uns besiegt und getötet hat. Denn Sandi hat ein Gedächtnis wie der Strom, der niemals aufhört zu fließen."

Ein Mann der Akasava machte einen niederträchtigen Vorschlag.

„Das können wir uns noch überlegen", meinte Oko.

Aber er hatte sich schon dazu entschlossen. Er besaß nicht den Scharfsinn Fembenis, er sah das Ende kommen, und er wollte die kurze Zeit, die ihm noch zu leben vergönnt war, mit vollen Zügen genießen.

Sie saßen bis zum frühen Morgen beim Palaver, und der Feuerschein spielte auf der Bronzehaut ihrer Körper.

Dann verließ Oko den Kreis und kroch in die Hütte des Mädchens. – Sie sahen, wie er sich bückte und hineinging, und hörten einen schwachen Schrei.

„Oko hat sie getötet", sagte Fembeni.

„Das ist auch das beste", entgegnete ein anderer.

Fembeni erhob sich und ging zur Hütte.

„Oko", rief er leise. Dann bückte er sich und kroch hinein. Gerade ihm gegenüber war ein großes Loch in die Wand der Hütte geschnitten, und düsteres Licht drang herein.

„Oko", rief er jetzt laut; aber zwei stahlharte Hände legten sich um seine Kehle, und zwei andere zogen die Beine unter ihm fort. Er fiel auf den Boden – er war zu erschrocken, um Widerstand leisten zu können.

„Fembeni", hörte er eine leise Stimme dicht an seinem Ohr, „ich habe auf dich gewartet."

Er wurde auf sein Gesicht gelegt, seine Hände wurden auf den Rücken gezogen, und er fühlte, daß kalte Stahlringe um seine Handgelenke einschnappten.

Gleich darauf wurde er geknebelt.

„Oko ist tot", sagte Sanders, „und wenn du ihn hättest schreien hören, so wärst auch du jetzt tot."

Damit endete die einseitige Unterhaltung. Der Amtmann und sein Sergeant saßen geduldig in der kleinen Hütte und warteten auf die anderen Männer.

Am Morgen erschien eine Abteilung Haussas unter dem Befehl des Sergeanten Ahmed. Sie waren Sanders' Spur gefolgt.

Vier Tote mußten begraben werden, darunter war auch der Mann, der an der Ecke des Sumpfes Wache gehalten hatte.

Miss Glandynne, die bleich wie der Tod war, wurde wieder durch den Sumpf zu ihrer Hütte zurückgeführt, und die Frau, die bei den neun Schrecklichen geweilt hatte, begleitete sie.

Fembeni und seine vier Gefährten aber erwarteten ihr Urteil.

„Ich möchte dich noch etwas fragen, Fembeni. Bist du wirklich ein Christ? Hältst du dich an diesem Zauber oder bist du für die Ju-Jus und die Götter deiner Väter?"

„O Herr", sagte Fembeni eifrig, „ich bin ein Christ in allen Dingen. Erinnere dich hieran, ich bin von deinem Glauben."

Sanders sah ihn durchbohrend an.

„Dann ist es recht, daß ich dir Zeit gebe, dein letztes Gebet zu sprechen. Abiboo, wir hängen diesen Mann zuletzt."

„Ich sehe, daß du ein Teufel bist", rief Fembeni haßerfüllt, „sonst wärst du uns nicht in der Nacht gefolgt, da dir niemand den Weg gezeigt hat. Nun sage ich dir, Sandi, daß ich kein Christ bin, und daß alle Gottesleute außer dir verrückt und wahnsinnig sind. Und ich weiß, daß du kein Gottesmann bist. Deshalb will ich mit den anderen zusammen sterben, wenn ich doch gehängt werden soll."

Sanders nickte.

## IX

## Die Königin der N'gombi

Die Eingeborenen haben gewisse Eigentümlichkeiten, die man nicht in Büchern beschreiben kann.

Auf die N'gombi übten verbotene Dinge eine besondere Anziehungskraft aus, sie raubten und plünderten und brannten ganze Dörfer nieder, aber es lag ihnen hauptsächlich nur daran, hübsche, junge Mädchen zu bekommen.

Sanders gab sich große Mühe, ihnen beizubringen, daß er diese Art Jagd in innerster Seele haßte. Er ließ sie prügeln, er verbannte die Übeltäter, und nach einem besonders schlimmen Vorfall ließ er sogar einmal in Shusha, der Hauptstadt der N'gombi, einen großen Galgen errichten und hängte den Schuldigen.

Er hatte zu diesem Zweck einen jüngeren Richter von der Zentralverwaltung kommen lassen, und da bei einer früheren Hinrichtung Unruhen entstanden waren, hatte er auch ein halbes Bataillon Haussas aufmarschieren lassen, die den Platz in der Mitte der Stadt freihielten. Dort wurde Lombasi, der König der N'gombi, in Gegenwart seines ganzes Volkes hingerichtet, und die wankelmütigen Leute, auf die das Schauspiel großen Eindruck machte, riefen laut Beifall. Alle Unterhäuptlinge, alle Ältesten und der neueingesetzte König der N'gombi waren zugegen.

Aber drei Wochen später beging der neue König dasselbe Verbrechen wie Lombasi.

„Treffen Sie selbst geeignete Maßnahmen", telegrafierte die Zentralverwaltung Sanders zurück, als er verzweifelt die Schandtat berichtete. „Hängen Sie Bogali, wenn Sie es für richtig halten, und verbrennen Sie im Notfall die Ernte und das Dorf."

Sanders tat aber keins von beiden. Er setzte den König ab, wie er schon vorher ein halbes Dutzend Könige abgesetzt hatte, verprügelte ihn in aller Öffentlichkeit und verteilte sein Hab und Gut. Aber er wußte nicht, wen er zu seinem Nachfolger bestimmen sollte.

Er hatte sich schon deshalb entschlossen, zu Bosambo zu senden, der die benachbarten Ochori beherrschte, aber das wäre ein viel zu gefährliches Experiment gewesen. Der abgesetzte Bogali hatte zwei Söhne und eine Tochter. Einer der Söhne litt an vorgeschrittener Schlafkrankheit, und der andere war ein leichtsinniger, törichter, junger Mann, der ein Spielball in den Händen seiner Ratgeber gewesen wäre.

„Ich werde die Tochter zur Regentin machen", entschied Sanders, und machte gegen alle Tradition E'logina zur Königin der N'gombi.

Sie war eine große, selbstbewußte Frau von sechzehn Jahren und war an einen willensschwachen Mann verheiratet. Außerdem hatte sie mehrere Liebhaber, wenn man dem allgemeinen Gerede Glauben schenken durfte.

Mit großer Feierlichkeit wurde sie von Sanders in ihre neue Würde eingesetzt. Sie sah sehr ernst und feierlich aus und trat ihre neue Stellung an, als ob sie von Anbeginn dazu bestimmt gewesen wäre.

„E'logina", sagte Sanders, „du sollst dieses Land regieren, und ich will nicht wieder von Weiberpalavern hören. Ich werde dich in jeder Weise unterstützen und dafür sorgen, daß deine Befehle ausgeführt werden. Und wenn ein Mann zu dir sagen wird, ich will dir nicht gehorchen, weil du eine Frau bist, siehe, so soll er gehorchen, weil ich ein Mann bin. Und wer dein Ansehen irgendwie herabsetzen und sich dir nicht unterordnen will, der soll schwer dafür büßen.

„O Herr", erwiderte die junge E'logina, „ich werde klug und weise regieren."

„Was aber nun deine Liebhaber angeht, von denen ich gehört habe, so sollst du sie nicht vor den anderen Ratgebern bevorzugen. Das könnte dir gefährlich werden und dein Untergang sein."

„O Herr, es ist ein Sprichwort bei den N'gombi: ‚Ein Liebhaber hat starke Arme, aber keinen Verstand'."

„Diese Wahrheit gilt auch in anderen Ländern", entgegnete Sanders kurz.

Von dieser Zeit an gab es keine Weiberpalaver mehr bei den N'gombi. Ein Unterhäuptling, der einen Raubzug in einem entfernten Dorf machte und Mädchen stahl, wurde vor sie gerufen, und es traten Ereignisse ein, die seinen Lebenswandel durchaus änderten, denn diese Königin der N'gombi ergriff einfache, aber wirkungsvolle Maßnahmen.

Sanders hörte von dem Vorfall, tat aber klugerweise so, als ob er nichts davon erfahren hätte. Die Kunst des Regierens besteht häufig darin, im rechten Augenblick von gewissen Dingen nichts zu wissen.

Sie beherrschte das Land klug und gerecht, wie sie versprochen hatte. Es kam auch der unvermeidliche Augenblick, in dem ihr erster Liebhaber sich in die Regierung mischen wollte.

Sie sandte ihm ein langes grünes Blatt als Zeichen, daß sie um ihn trauere. Er entnahm daraus, daß es ihm nicht gut gehen würde, und verließ schleunigst das Land.

Die Häuptlinge und Könige anderer Länder machten ihre Staatsbesuche bei E'logina und brachten ihr reiche Geschenke. Auch Bosambo von den Ochori kam zu ihr.

Er wetteiferte dabei an Glanz und Pracht mit dem Morgen- und Abendstern, aber die Königin, die auf ihrem erhöhten Thron saß, war nicht besonders davon beeindruckt.

„O Königin", sagte Bosambo, „ich habe einen langen Weg gemacht, weil ich von deiner Größe und deiner Schönheit erfahren habe. Und siehe, es ist etwas Wundervolles, dich zu sehen. Deine Weisheit blendet mich wie die Sonne, die sich in stillen Wassern spiegelt."

„Ich habe von dir gehört", erwiderte E'logina. „Du bist der kleine Häuptling eines kleinen Volkes."

„Der Mond erscheint auch klein, wenn man ihn von einem Misthaufen aus betrachtet“, entgegnete Bosambo ruhig, „ich kehre wieder zu meinem Mond zurück.“ Er war gekränkt, obwohl er sich nichts davon merken ließ. „Morgen werde ich Nachricht an Sandi schicken“, sagte er, als er sich zum Aufbruch rüstete, „der mein Neffe ist, wie jedermann weiß – er ist nämlich der Sohn des Bruders des Mannes meiner Schwester, und deshalb ist er von meinem Blute. Und ich werde ihm sagen, daß bei den N'gombi eine Königin lebt, die unsere Familie mit Schande bedeckt hat.“

„O mein Herr Bosambo“, erwiderte sie hastig, „wir wissen, daß du nahe mit Sandi verwandt bist, und es wäre entsetzlich, wenn meine törichte Zunge dich beleidigt hätte.“

„Sandi und ich sind stolze Männer“, entgegnete Bosambo, „und er wird schrecklich in seinem Zorn, wenn er erfährt, was du hier zu mir gesprochen hast.“

Die Königin erhob sich und trat auf ihn zu.

„Mein Herr Bosambo, wenn du mich jetzt verläßt, wird es dunkel werden, und es wird keine Sonne mehr scheinen. Ich habe oft von dir gesprochen, bis meine Ratgeber müde waren, von deinem Namen und deinen Taten zu hören. Ich bitte dich deshalb, bleibe noch einige Zeit bei mir, damit ich von deiner Weisheit lernen kann.“

Aber Bosambo war in seiner Ehre verletzt und aufsässig.

„Und dann, mein Herr Bosambo, habe ich viele Geschenke, die mein Volk für dich bestimmt hat. Denn es wäre eine Schande, wenn ich dich mit leeren Händen zu deinem großen Volk zurückschicken würde.“

„Ich will bleiben“, sagte Bosambo, „obwohl ich Geschenke nicht sehr schätze, außer Essen und ein wenig Wasser. Denn meine Hütte ist gefüllt von Sandis Gaben.“ Er sah, daß sich E'loginas Gesicht aufhellte, und fuhr mit entschiedener Stimme fort: „Ich habe deshalb nur noch Raum für ganz wertvolle Dinge, die du mir doch sicherlich auch schenken wirst.“

Er blieb diesen Tag, und die Königin fand, daß er ein angenehmer Gesellschafter war; er blieb auch noch den nächsten Tag, und E'logina war begeistert von seinen Reden. Und am dritten Tag war er ihr unentbehrlich geworden.

Aber dann spielte Bosambo seinen höchsten Trumpf aus.

Er sprach leidenschaftlich gern von seiner Verwandtschaft mit Sanders, und sie hörte ihm aufmerksam zu. Sie hatte ihm an diesem Tage auch viele Elfenbeinzähne geschenkt.

„Mein Bruder Sandi“, sagte Bosambo, „wird sehr zufrieden sein. Er liebt dich, er hat schon zu mir davon gesprochen. Und ich zweifle nicht, daß seine Liebe für dich größer sein wird als für mich, denn du bist eine Frau – und Sanders hat schon manchen Tag um dich geseufzt."

Sie lauschte ihm mit leuchtenden Augen. Ein neuer, großartiger Gedanke war ihr gekommen. Am Abend verabschiedete sich Bosambo. Er hatte in diesen drei Tagen mehr Unheil angerichtet, als ein durchschnittlicher Eingeborener während seines ganzen Lebens.

Es dauerte aber noch sechs Monate, bevor die Früchte von Bosambos Missetaten ans Licht kamen. Sanders ging auf eine Inspektionsreise nach Norden und machte, wie vorgesehen, auch in Shusha halt.

Am großen Strom war alles in bester Ordnung, und er war in einer zufriedenen Stimmung. Der Versuch mit E'logina war besser ausgefallen, als er jemals hatte hoffen können.

„O Königin, du hast gut regiert", sagte er, als er mit ihr im schilfgedeckten Palaverhaus saß.

Sie lächelte nervös.

„O Herr, das habe ich aus Liebe zu dir getan."

Sanders war an Schmeicheleien gewöhnt und nahm ihre Huldigung entgegen, ohne sich etwas dabei zu denken oder zu erröten.

„Ich habe alle meine Liebhaber fortgeschickt und meinen Mann, der ein dummer Tölpel ist, in ein anderes Dorf verbannt. O mein Herr, ich bin deine Sklavin!"

Sie ließ sich von ihrem Sessel, der an seiner Seite stand, herabgleiten und kniete in Gegenwart des ganzen Volkes vor ihm nieder.

Ehe Sanders wußte, was vorging, hatte sie mit ihren starken Händen seinen Fuß ergriffen und ihn auf ihren Kopf gesetzt. Sanders brach der Schweiß aus, denn nach allen Regeln und Sitten des Landes war dies nicht ein Ausdruck von Lehenstreue, sondern eine richtige Heiratszeremonie.

„Erhebe dich, Königin", sagte er, als er seine Sprache wiedergefunden hatte, „damit dein Volk nicht auf dumme Gedanken kommt."

„O Herr", erwiderte sie leise, „ich liebe dich, und Bosambo, dein Neffe, freut sich über unsere Heirat."

Sanders beugte sich nieder, ergriff sie am Arm und zog sie empor, so daß sie wieder auf den Füßen stand.

„Hört ihr Leute", rief er laut zu der erstaunten Menge, die am Fuß des Hügels vor dem Palaverhaus stand. „Eure Königin ist jetzt mit meiner Regierung verheiratet und hat geschworen, mir in allen Dingen treu zu dienen. Seid auch ihr mir alle so ergeben und anhänglich, wie sie es ist. Das Palaver ist aus."

Durch diesen genialen Einfall hatte sich Sanders einer großen Gefahr entzogen. Aber die Königin sah ihn mit zusammengekniffenen Augen an, und ihre nackte Brust hob und senkte sich erregt.

„O Herr", stieß sie atemlos hervor, „so meinte ich es nicht."

„Aber ich meinte es so", erwiderte Sanders liebenswürdig.

Sie sah ihn einen Augenblick an, dann drehte sie sich schnell um und ging in ihre Hütte. Sanders bekam sie an diesem Tage nicht mehr zu sehen.

„Wir werden noch bis morgen hierbleiben", sagte er zu seinem Sergeanten Abiboo, als er am Abend an Bord der „Zaire" ging. „Dann machen wir uns zu den Ochori auf, denn ich muß ein Palaver mit Bosambo abhalten."

„O Herr, Bosambo wird sich freuen."

„Das glaube ich kaum."

Er zog sich zurück, um den Schlaf des Gerechten zu schlafen. Er war fest davon überzeugt, daß er die zwei Pfund Sterling, die ihm eine gnädige Regierung täglich bezahlte, redlich verdient hatte.

Obwohl er sich todmüde fühlte, setzte er doch noch die feinen, mit Drahtgaze bespannten Rahmen an ihren Platz und prüfte, ob die Fenster gut verschlossen waren.

Das muß man stets im Dunkeln tun, denn wenn zufällig eine Tür oder ein Fenster offensteht und Licht gemacht wird, so ist der Raum bald mit kleinen Insekten und Waldbewohnern gefüllt. Hunderte verschiedener Fliegen, Käfer und vor allem Moskitos stellen sich ein, durch deren Stiche die schreckliche Malaria übertragen wird. Mit einer Gewandtheit, die er durch lange Praxis erworben hatte, tastete Sanders die drei Fenster ab und war zufrieden, da alles in guter Ordnung war. Dann drehte er das elektrische Licht an. Diese luxuriöse Neuerung bestand seit der letzten Ausbesserung der „Zaire". Er nahm seinen Pyjama unter dem Kissen hervor und verschwand in dem kleinen Baderaum, der neben seiner Kabine lag. Nach einigen Minuten trat er im Schlafanzug wieder heraus.

Er schaltete eine Lampe über dem Bett ein und die andere aus. Als er die Decke zurückschlug, sah er in regelmäßigen Zwischenräumen drei scharfkantige Dornen in der Mitte des Bettes liegen.

Er öffnete sein Pult, holte eine Pinzette heraus, entfernte damit die unangenehmen Spitzen und legte sie unter ein Glas auf den Tisch.

Hierauf untersuchte er den ganzen Raum, besonders den Fußboden, eingehend. Aber wer die Dornen auch hierhergebracht haben mochte, er hatte offenbar vergessen, daß ein Mann auch einmal barfuß über den Fußboden gehen kann. Auch im Badezimmer war nichts zu finden.

Sanders nahm das Bett ganz auseinander, schüttelte jeden Teil sorgfältig, dann legte er sein Kissen wieder hin, drehte das Licht aus, ging zu Bett und schlief sofort ein.

Zwei Stunden vor Tagesanbruch wachte er auf, denn er hatte sich fest vorgenommen, um diese Zeit munter zu sein. Er setzte sich in seinem Bett auf und seufzte und stöhnte fürchterlich. Das wiederholte er in Abständen fünf Minuten lang, dann war er wieder still.

Er horchte und glaubte, daß sich jemand leise am Ufer bewegt hätte, an dem der Dampfer vertäut lag.

Er beugte sich vorwärts und wartete.

Ja, er hatte sich nicht getäuscht – jetzt knackte wieder ein Zweig.

Im nächsten Augenblick war Sanders aus der Tür, lief über den Landungssteg, der den Dampfer mit dem Ufer verband, und eilte zum Waldweg, der nach dem Dorf E'tomolini führte. Vor sich hörte er die Tritte nackter Füße.

„Halte an, du nächtiger Wanderer", rief Sanders in Bomongo, „oder du stirbst!"

Die Gestalt hielt an, und Sanders holte sie ein.

„Geh den Weg zurück, den du gekommen bist", sagte er und folgte ihr zum Dampfer.

Er beobachtete seinen Gefangenen, der kaum etwas größer als ein Junge war und keineswegs einen männlichen Gang hatte. Er kam zu dem Schluß, daß er ein Mädchen vor sich hatte. „Geh in meine Kabine, wenn du weißt, wo sie liegt."

„O Herr, ich weiß es."

Sanders hörte an der Stimme, daß es tatsächlich ein Mädchen war. Er schätzte sie auf etwa fünfzehn Jahre, als sie nun im hellen elektrischen Licht vor ihm stand. Sie war schön gewachsen und sah nicht häßlich aus, aber sie zitterte vor Furcht.

„Ich bin wirklich durch die Frauen gestraft", rief Sanders zornig. „Du wirst mir jetzt sagen, warum du mich in der Nacht beobachtet hast und warum du so früh aufgestanden bist."

Das Mädchen zögerte und sah sich verstört in der Kabine um.

„O Herr, ich tat das, was mir am besten schien."

„Wer hat dich hierhergesandt?"

Wieder zauderte sie.

„Ich hatte keinen bestimmten Grund, o Herr, ich wollte nur dieses merkwürdige Teufelslicht sehen."

Das war eine glaubwürdige Entschuldigung, denn das neue elektrische Licht hatte die unzivilisierten Leute am oberen Strom unwiderstehlich angelockt.

Sanders deckte die drei stachligen Spitzen auf, und sie sah neugierig darauf.

„Wie heißt du denn?“ fragte Sanders.

„Medini, die Frau mit neun Liebhabern“, erwiderte sie, ohne sich zu zieren.

„Nun, Medini“ – Sanders lächelte grimmig – „nimm diese Dornen auf und halte sie in deiner Hand. Sie werden dich ein wenig schneiden, weil sie sehr scharf sind.“

Das Mädchen schien unbesorgt.

„Ein kleiner Dorn kann nicht verletzen“, sagte sie und streckte furchtlos ihre Hand aus.

Aber bevor sie die Stacheln erreichen konnte, packte Sanders ihr Handgelenk.

Sie erschrak, machte sich aus seinem Griff frei und wich vor ihm zurück.

„Setze dich nieder und sage mir, bevor du gehst, wer dich ans Ufer gesandt hat, um meinen Dampfer zu beobachten.“

„Niemand, o Herr“, stammelte sie.

Sanders schüttelte den Kopf.

„Ich habe einen mächtigen Ju-Ju“, begann er langsam, „und dieser Ju-Ju hat mir erzählt, daß jemand gesagt hat: Gehe hin zum Ufer, Medini, in die Nähe von Sandis Schiff, und horche. Und wenn du hörst, daß er seufzt und stöhnt, als ob er große Schmerzen hätte, so komme zu mir und erzähle es mir.“

Bestürzung zeigte sich in den Gesichtszügen des Mädchens.

„O Herr“, rief sie atemlos, „das ist wahr – aber wenn ich spreche, muß ich sterben!“

„Auch wenn du nicht sprichst, werde ich dich fortbringen zu einem Ort, der fern von deinem Volke liegt.“

Medinis Blicke senkten sich.

„Ich kam hierher, um das Teufelslicht zu sehen“, entgegnete sie traurig.

Sanders nickte.

Er trat aus der Kabine heraus und rief den Wachtposten, einen flinken Haussasoldaten, der den Amtmann schon beobachtet hatte, als er in seinem Pyjama über die Landungsbrücke geeilt und dann mit einer Gefangenen wiedergekommen war.

„Bewache diese Frau“, sagte er, „und sorge dafür, daß sie nicht mit anderen Leuten spricht.“

Als es hell wurde, schnitt er ein kleines Stückchen von einem Dorn ab und legte es unter das Mikroskop. Was er sah, interessierte ihn sehr. Wieder benützte er das Mikroskop, schnitt noch einen anderen

Span ab und legte dann die dünnen Stücke zwischen zwei Glasplatten.

Die Eingeborenen haben sehr viel Sinn für Humor, aber dergleichen hätten sie doch nicht getan.

Außerdem hatte Sanders Blutspuren an den kleinen Spänen entdeckt und etwas Organisches, das nur in altem Blut entsteht. Auf diese Weise vergiften die Buschleute ihre Pfeile, sie lassen sie in den Körpern ihrer toten Feinde stecken.

Sanders sandte einen Wachsoldaten zur Königin und ließ sie an Bord des Dampfers holen.

„Ich werde dich von hier fortbringen", sagte er, „weil du versuchtest, mich zu töten und mir vergiftete Dornen in mein Bett legen ließest."

„Medini, meine Dienerin, tat das, weil sie mich liebt", entgegnete die Königin. „Und wenn sie sagt, daß ich ihr den Auftrag gab, so lügt sie."

„Du hast genug gesagt, um dich zu verraten. Abiboo, lasse den Kessel anheizen, denn ich werde die Königin nach dem Lande der Ochori mitnehmen."

Bosambo war nicht auf die Ankunft des Amtmanns vorbereitet. Er war kein Mann, der sich großen Illusionen hingab, und als er die Nachricht erhielt, daß Sanders in der Begleitung der Königin der N'gombi komme, wußte er sehr wohl, daß es ihm schlecht ergehen werde.

Und damit hatte er auch recht.

Sanders unterbrach seine großartige, blumenreiche Empfangsrede. Er schnitt sie ebenso kalt und plötzlich ab, wie der Frost junge Knospen zerstört.

„Du hast verrückte Gedanken in den Kopf dieser Frau gesetzt", sagte er. „Und ich habe sie nun hierhergebracht, damit du jetzt tust, was in diesem Fall ehrenhaft ist."

„O Herr, ich bin dein Mann", erwiderte Bosambo demütig.

„Und auch mein Onkel, wenn alles, was du ihr vorgefaselt hast, wahr wäre."

Die Königin lauschte.

„Du hast ihr gesagt, daß sie in mein Haus heiraten sollte, und da sie eine Frau ist, hat sie sich das in den Kopf gesetzt."

Bosambo sah voraus, was kommen würde, und versuchte hastig, das Unheil abzuwehren.

„O Herr", rief er erregt und sprach plötzlich englisch, das er früher einmal an der Küste gelernt hatte. „Die wollen sein Nummer-Eins-Frau, aber Weib Fatima nicht mögen andere Frauen."

„Ich spreche diese Affensprache nicht“, erwiderte Sanders ruhig. „Du heiratest diese Frau heute, und sie kehrt zurück, um die N'gombi zu regieren – und zwar noch diesen Abend.“

„O Herr“, bat Bosambo, „ich habe den Glauben – an den einen Propheten und den einen Gott.“

„Aber nicht an die eine Frau, wie ich denke. Du heiratest sie oder ich lasse dich auspeitschen.“

„O Herr, dann will ich die Schläge ertragen“, sagte Bosambo fromm.

„Auch werde ich einen anderen Häuptling über die Ochori setzen.“

„Das ist eine zu große Schande für mich“, entgegnete Bosambo entsetzt. „Du weißt, daß mein Vater und dessen Vater Häuptlinge dieses Stammes waren und daß das Blut von Königen in meinen Adern fließt.“

„In deinen Adern fließt das Blut der Diebe von Monrovia, und von deinen Vätern weißt du überhaupt nichts“, sagte Sanders geduldig. „Du wirst sie heute noch heiraten.“

„Es geschehe nach deinem Willen, mein Onkel“, erwiderte Bosambo.

Sanders sagte nichts mehr, aber er packte seinen Stock fester. Und Bosambo erhielt seine wohlverdienten Prügel.

## X

## Der Mann am Platze

Einst machte sich ein gewisser Mr. Tinkerton zum Calalifluß auf, um Gummi von den Eingeborenen zu kaufen. Er besaß einen Erlaubnisschein, den der neue Gouverneur selbst unterzeichnet hatte, ebenso eine Handelslizenz. Er war durch das Hinterland in Sanders' Bezirk gekommen und hatte sich nicht die Mühe gemacht, seine Papiere von dem Amtmann visieren zu lassen. Die Dokumente trugen die Unterschrift Seiner Exzellenz des Gouverneurs, und die Leute hatten gelernt, ehrfurchtsvoll den Kopf zu neigen, wenn dieser Name erwähnt wurde.

Sanders gehörte nicht zu ihnen, er nannte ihn nur „Euer Exzellenz“, weil das so üblich war.

Mr. Tinkerton war also am Calalifluß angekommen und kaufte Gummi. Er kaufte ihn, und manchmal bezahlte er ihn auch. Weil er aber nicht den genauen Wert gab, konnte er keine Geschäfte mehr machen, nachdem er drei Wochen dort gefeilscht und gehandelt hatte. Die Eingeborenen brachten keinen Gummi mehr zu seinem großen Boot, und er nahm deshalb seine Zuflucht zu anderen Methoden. Er ließ sich in einem kleinen Dorf nieder und gab dem Häuptling den Auftrag, gegen eine viel zu hohe Belohnung eine gewisse Menge Gummi in soundso viel Tagen abzuliefern. Der Häuptling weigerte sich jedoch, diesem Verlangen nachzukommen. Tinkerton ließ ihn daraufhin an einen Baum binden und auspeitschen.

„Nun wirst du deine Ansicht wohl geändert haben und mir den Gummi besorgen – aber schnell", sagte er.

Der Häuptling sandte zwanzig junge Männer in den Wald, um Gummi zu holen, und schickte seine vier schnellsten Ruderer zu Amtmann Sanders, der gerade dabei war, unter einigen Schwierigkeiten die Hüttensteuer bei den Akasavas einzusammeln.

Die Leute mit dem Gummi und Sanders trafen zu gleicher Zeit am Calalifluß ein.

Tinkerton erklärte seine Lage, und der Häuptling zeigte die Narben auf seinem Rücken.

„Meine Papiere sind in Ordnung, denke ich", sagte Tinkerton.

„Bis zu einem gewissen Grad stimmt das", gab Sanders vorsichtig zu. „Aber wie Sie wissen, verfällt eine Handelslizenz, wenn der Besitzer einer Gesetzesübertretung überführt wird."

Tinkerton lächelte verlegen.

„Diese Bestimmung trifft auf mich nicht zu, wie ich denke."

Diese nichtssagende Bemerkung fügte er fast immer seinen Worten zu, so daß man schließlich den Eindruck hatte, daß er ein gedankenloser Mensch war.

„Sie trifft ganz besonders auf Sie zu, denn ich verurteile Sie zu sechs Monaten Zwangsarbeit wegen Körperverletzung dieses Eingeborenen. Ich werde Sie zur Küste schicken, damit Sie Ihre Strafe absitzen."

Tinkerton wurde dunkelrot vor Wut.

„Wissen Sie, was ich von Ihnen halte?" fragte er laut.

„Nein, aber ich kann es vermuten, und wenn Sie Ihren Mund aufmachen und unverschämt werden, so packe ich Sie am Kragen und werfe Sie ins Wasser."

Tinkerton wurde unter Bedeckung zur Küste gebracht, aber er vergaß es Amtmann Sanders niemals.

Der größte Teil der Strafe wurde vom Gouverneur erlassen, weil dieser hohe Beamte zufällig ein Vetter von Tinkertons Vater war.

Um Tinkertons Wut zu steigern, machte ihm der Gouverneur, der für seinen Posten wenig geeignet war, höfliche, aber kühle Vorhaltungen.

Es mag nun ganz interessant sein, sich an die Fehler eines hohen Beamten zu erinnnern, nachdem er aus dem Amt geschieden ist. Aber es ist lange nicht so unterhaltsam, den Stoff für die folgende Anekdote zu sammeln, und man muß einen ganz besonderen Sinn für Humor haben, um diese Arbeit richtig zu würdigen.

Wir wollen es dahingestellt sein lassen, ob der Gouverneur absichtlich Mr. Sanders ärgern wollte.

Vom rein dienstlichen Standpunkt aus sind kleinliche persönliche Reibereien vollständig ausgeschlossen. Aber jemand, der die menschliche Natur etwas näher kennt, mag es doch wahrscheinlich finden, daß der Gouverneur nicht auf dem besten Fuße mit dem Amtmann stand.

An einem Frühlingsmorgen erhielt Mr. Sanders einen großen, blauen Brief. Unter dem Aufdruck „Dienstsache“ stand noch „Kabinett Sr. Exzellenz des Gouverneurs“ und darunter „Streng vertraulich“.

Wenn nun aber ein hoher Staatsbeamter „streng vertraulich“ an einen Untergebenen schreibt, so sagt er ihm keineswegs etwas von seinen Sorgen oder beichtet ihm gar einen Fehler, auch will er kein Geld von ihm leihen. – Gewöhnlich gibt er ihm einen Fußtritt.

Sanders betrachtete den Brief, nahm ihn sorgfältig auf, hielt ihn gegen das Licht und wog ihn in der Hand. Das Gewicht und der Umfang sprachen für die Menge der Vorwürfe, die Sanders zugedacht waren, denn Gouverneure verschwenden nicht viel Zeit darauf, die Arbeit untergeordneter Beamter zu loben.

Sir Harry Coleby, K.C.M.G. – Ritter des St.-Michael- und Georg-Ordens –, hatte sich im kolonialen Dienst einen gewissen Ruf erworben durch seine Tätigkeit auf den Bermudainseln, auf Jamaika und in den Straits Settlements. Aber man sagte ihm weder Liebenswürdigkeit noch Freundlichkeit nach. Sein Spitzname, den er als Legationssekretär in Madrid erhalten hatte, war „Caliente“, was soviel wie „heiß“ bedeutet. Er hatte auch ein hitziges Temperament, und die Leute, die mit ihm arbeiten mußten, lebten immer unter einem gewissen Druck.

Er führte eine scharfe Sprache, war übereilt in seinen Handlungen und schrieb äußerst verletzende Briefe, ohne daß er der Form nach beleidigende Bemerkungen machte.

Sanders öffnete das blaue Kuvert zögernd, faltete den maschinengeschriebenen Bogen auseinander und las:

„Mein Herr,
ich beehre mich, Ihnen mitzuteilen, daß der Gouverneur Ihren Halbjahresbericht über die Stämme und Völker, die unter Ihrer Verwaltung stehen, erhalten hat.
Der Gouverneur drückt sein Bedauern aus, daß Ihre Angaben über die Ausbreitung der Schlafkrankheit im Calalidistrikt nicht zufriedenstellend sind. Die Maßnahmen, die zur Unterdrückung der Krankheit getroffen wurden, scheinen nicht mit der nötigen Energie und Sorgfalt durchgeführt worden zu sein, so daß sie verhältnismäßig unwirksam geblieben sind. Der Gouverneur wünscht einen weiteren Bericht darüber am Ende dieses Vierteljahrs."

Soweit las Sanders, ohne sich ernstlich beunruhigt zu fühlen. Er kannte derartige Briefe und hielt sie schließlich für gerechtfertigt, denn die Zentralverwaltung mußte sich selbst gegen Vorwürfe decken, die von Downing Street kommen konnten.

„Die gesetzlosen Zustände, die bei den Akasava und Ochori herrschen, sind nach Ansicht des Gouverneurs sehr bedauerlich, und er erwartet, daß Sie sofort energische Maßregeln ergreifen, um diese Verhältnisse zu bessern. Der Gouverneur regt an, daß der Häuptling Bosambo abgesetzt wird und die Akasava und Ochori unter einem Oberhaupt vereinigt werden."

Sanders wischte sich die Stirn mit dem Taschentuch und fluchte leise. Er wußte nur zu gut, daß die Ochori und die Akasava Erbfeinde waren.

„Der Gouverneur möchte weiterhin feststellen, daß in Anbetracht der natürlichen Hilfsquellen Ihres Gebietes die Höhe der eingebrachten Steuern zu gering erscheint. Er übersendet Ihnen beigeschlossen eine neue Aufstellung der Steuern, die vom 1. Juli des laufenden Jahres ab zur Anwendung kommen sollen."

Das war alles.

Die Erwähnung der gesetzlosen Zustände bei den Akasava und Ochori ließ Sanders kalt, denn die Anzahl der Verbrechen bei beiden Stämmen war in den letzten Jahren zurückgegangen. Auch über den Vorschlag, Bosambo abzusetzen, konnte er ruhig hinweggehen, obwohl er wußte, daß diese Bemerkung nur gemacht war, um ihn als den Beschützer Bosambos zu ärgern. Aber die Erhöhung der Steuern war eine andere Sache. Das war eine sehr ernste Angelegenheit, und er setzte sich sofort hin, um an seine vorgesetzte Behörde zu schreiben. Er wies auf die Folgen hin, die eine Erhöhung der Steuern bei diesen unzivilisierten Volksstämmen hervorrufen würde, und gab Mittel und Wege an, wie man die Einnahmen aus dem Gebiet vermehren könnte, ohne die einzelnen Leute zu sehr zu belasten. Zum Schluß seines Briefes brachte er zum Ausdruck, daß er sich keineswegs mit den Maßnahmen der Zentralverwaltung einverstanden erklären könne und sie für gefährlich und verfehlt halte.

„Während ich die übrigen Anregungen Euer Exzellenz gerne annehme, lehne ich jede Verantwortung für die neue Steuerbelastung ab."

Als Antwort erhielt er ein sehr unfreundliches und unhöfliches Schreiben, das ihm in der amtlichen Dienstsprache mitteilte, er solle tun, was ihm aufgetragen sei.

„Da Ihrer Meinung nach infolge der Erhöhung der Steuern Unruhen entstehen könnten, so können Sie selbst alle nötigen Anordnungen dieserhalb treffen, ohne die Zentralverwaltung weiter davon zu benachrichtigen. Der Gouverneur ist aber der Meinung, daß derartige Besorgnisse grundlos sind."

Sanders war in einer schwierigen Lage. Durch strenge Dienstvorschriften waren ihm die Hände gebunden. Er wußte, daß der neue Gouverneur auf eigene Verantwortung hin handelte, und daß die Regierung zu Hause sehr kurzen Prozeß mit ihm machen würde, wenn sie von der Erhöhung der Steuern erführe.

Aber Sanders konnte sich unmöglich direkt mit Downing Street in Verbindung setzen. Es wäre unverzeihlich gewesen, hinter dem Rücken seines Vorgesetzten zu handeln. In jedem anderen Lande, in dem weiße Menschen wohnten, hätte ein Zeitungsberichterstatter die Sorgen und Bedenken, die Sanders hatte, zur öffentlichen Kenntnis bringen können, ohne daß der Amtmann persönlich dafür verantwortlich gewesen wäre. Das geschieht häufig. Aber die einzigen Weißen in Sanders' Gebiet waren drei Missionare, die Hunderte von Meilen entfernt saßen, ein Haussa-Captain und er selbst.

Sanders überlegte sich die Sache eine ganze Woche lang Tag und Nacht. Er hatte schon den Entschluß gefaßt, alle Regeln und Vorschriften zu durchbrechen, die Regierung von dieser falschen Maßnahme zu verständigen und seine Entlassung einzureichen.

Das entscheidende Telegramm war schon aufgesetzt, als ihm plötzlich ein guter Gedanke kam . . .

„So können Sie selbst alle nötigen Anordnungen dieserhalb treffen."

Dieser Satz am Ende des Briefes des Gouverneurs fiel ihm ein.

Langsam und nachdenklich zerriß er die Depesche in kleine Stücke und rief seine Ordonnanz, die schläfrig draußen auf der Veranda hockte.

„Sage Yoka, daß er bei Sonnenuntergang die Kessel der ‚Zaire' heizen soll. Nehmt Proviant und Vorrat für drei Wochen mit. Ich will ein Palaver mit den Gottesmännern abhalten."

Als die Sonne lange Schatten warf, fuhr er ab.

Er mußte etwa fünfundzwanzig Meilen durch das Isisiland marschieren, bis er nach Konshinda kam.

Hier befand sich die Missionsstation der Jesuiten, und er fand dort Pater Wells, einen großen, hageren Mann von mittleren Jahren, der eben die Errichtung einer neuen Hütte beaufsichtigte.

Der Missionar war ganz in Weiß gekleidet, hatte graues Haar und ein glattrasiertes Gesicht. Er grüßte Sanders lächelnd, und sie gingen zusammen zu der kühlen Veranda des Missionshauses.

„Nehmen Sie Platz, Herr Amtmann", sagte Pater Wells, nahm seinen weißen Tropenhut ab und zog eine kleine Pfeife hervor. Er schob Sanders einen Tabakkasten hin, aber dieser lehnte ihn höflich ab und steckte sich eine Zigarre an.

„Nun?" begann der Pater. „Welche Beschwerden haben Sie? Haben Mitglieder meiner Gemeinde etwas Unerlaubtes getan? Oder ist dies eine Staatsvisite? In diesem Fall täte es mir leid, daß Pater Vettechi nicht hier ist, denn er liebt dergleichen."

Er lachte vergnügt wie ein Mensch, der keine Sorgen hat.

„Ich habe die Absicht, Sie des Landes zu verweisen", erwiderte Sanders ruhig.

Der Missionar sah schnell auf, und sein Lächeln wurde etwas gezwungen.

„Was hat das zu bedeuten? Doch nicht etwa eine neue Vertreibung der Jesuiten?"

„Ja, so etwas Ähnliches. Es ist allerdings schon lange her, daß ich jemand verfolgt habe."

„Aber ich bitte Sie –"

Sanders erzählte die Geschichte von den neu aufgebürdeten Steuern. Er sprach sehr ernst und malte die Folgen in allen Einzelheiten lebhaft aus.

„Ich bin ganz Ihrer Ansicht", entgegnete der Pater, „aber ich muß energisch dagegen protestieren, daß Sie mich den Fluß hinunterschicken wollen, obgleich ich weiß, daß Sie nur das Beste im Auge haben."

„Ihr Protest wird einfach nicht angenommen", sagte Sanders seelenruhig.

Mr. Wells war nun ängstlich besorgt.

„Dann muß ich nach England telegraphieren."

„Ich werde Ihnen jede Erleichterung geben."

Als Sanders die Station verließ, nahm er das Telegramm des Jesuiten mit sich, und als er wieder zum Fluß zurückkam, sandte er einen besonderen Boten an die Zentralverwaltung mit dem strikten Befehl, es sofort abzusenden.

Einen Tag später befand sich die „Zaire" auf dem kleinen Fluß, der zu der baptistischen Missionsstation führt.

Mit äußerster Vorsicht fuhr der Amtmann etwa vierzig Meilen stromauf, denn es war nicht leicht, hier zu steuern. Unter der glatten Oberfläche des Wassers lagen viele Sandbänke. Diese waren noch verhältnismäßig harmlos, aber der Oberlauf des Tembolini führte durch weite Strecken dichten Urwaldes. Baumstämme fielen in das Wasser, wurden von der Strömung heruntergetrieben und setzten sich dann in den Sandbänken fest. Wehe dem Dampfer, der auf ein solches Hindernis auflief, denn diese zähen, schweren Mahagonistämme mit ihren starken scharfen Ästen mußten jedem Fahrzeug, das nicht die Größe eines atlantischen Dampfers hatte, gefährlich werden. Wenn ein kleines Dampfboot in voller Fahrt dagegenrannte, so schlitzten sie die Schiffswände und den Boden auf, selbst wenn sie noch so gut und fest gebaut waren.

In großen Zwischenräumen erschienen kleine Fischerdörfer am Ufer, denn dieser Teil des Isisigebietes liegt aus vielen Gründen abseits von dem Hauptlande. Die Ursache dieser Abtrennung ist wohl die Furcht der Leute vor M'shimba-m'shamba, dem grünen Teufel, der zur Nachtzeit die Wälder zerstört und den Niederlassungen der Menschen so gefährlich wird.

Sanders nützte seine Reisen immer so gut als möglich aus. Bei jedem Dorf hielt er eine Stunde an, sah nach dem Rechten und brachte alle Dinge in Ordnung, die seines persönlichen Eingriffs bedurften. Es war ein sehr böses Mordpalaver zu erledigen, zu dem er später zurückkehren mußte. Am Morgen des zweiten Tages kam er bei der Missionsstation der Baptisten an.

Hier hatte er mit ganz anderen Verhältnissen als bei den Katholiken zu rechnen. Der Missionar war ein kleiner Mann, der sich sehr wichtig vorkam, wie es manchmal die Eigentümlichkeit kleiner Menschen ist. Er war ein etwas angriffslustiger Gottesmann und besaß einen unzähmbaren Geist.

Man trifft solche Leute überall an, aber merkwürdigerweise am häufigsten bei einer gewissen Art ausländischer Missionare. Ich will jedoch keineswegs verächtlich von diesen Männern und Frauen sprechen, die Leben und Gesundheit in Ausübung ihrer Pflicht opfern.

Mr. Haggins von der Neuen Baptistischen Mission hatte aber diesen unzähmbaren Geist.

In London war er ein ehrgeiziger Straßenprediger und radikaler Gegner der Regierung gewesen. Es war ihm gleichgültig, welche Partei im Augenblick am Ruder war. Sanders vertrat hier die Regierung, und er galt im allgemeinen als ein Gegner des Wortes Gottes und seiner Verbreiter. Er peitschte die Leute zur Strafe für ihre Vergehen und hängte sie nach kurzer Untersuchung auf, wenn sie schwere Verbrechen begangen hatten. Der Vorgänger von Mr. Haggins hatte den Amtmann wegen grausamer Taten öffentlich in den Zeitungen angegriffen. Die Besitzer der baptistischen Missionszeitung, die diese wilden und verdrehten Anklagen druckten, mußten dafür tausend Pfund Schadenersatz an Mr. Sanders zahlen. Und wenn Mr. Haggins jemals haarsträubende Dinge von Sanders nach Hause berichtete, so erschienen sie doch auf keinen Fall im Druck.

„Ich freue mich, Sie zu sehen, Mr. Sanders", sagte der Missionar mit zweifelhafter Höflichkeit, als der Amtmann an Land ging. „Ich habe verschiedene Angelegenheiten mit Ihnen zu besprechen. Besonders, was Ihre grausame Behandlung Balibis angeht, der einer meiner eingeborenen Evangelisten ist –"

„Der soll nur seinen Mund halten", erwiderte Sanders kurz. „Ihr Evangelist beschäftigt sich in seiner Mußezeit mit einigen Frauen der Akasava –"

„Das ist nicht wahr", entgegnete Mr. Haggins grob.

Sanders sah ihn eigentümlich an.

„Wenn Sie mich einen Lügner nennen, dann werde ich –." Er unterbrach sich selbst.

„Das ist nicht wahr!" wiederholte Mr. Haggins noch heftiger als vorher. „Ich glaube unserem Bruder –"

„Diese Sache hat nichts mit meinem Herkommen zu tun. Ich wollte Ihnen mitteilen, daß Sie Ihre Missionsstation schließen und Ihr Hab und Gut zu meiner Residenz herunterschaffen müssen."

Mr. Haggins war wie vom Donner gerührt.

„Meine – Missionsstation – schließen?!"

„Ja, das meine ich", sagte Sanders barsch. „Es werden Unruhen unter der Bevölkerung entstehen wegen der neuen Steuern."

„Aber ich will nicht gehen", rief der Missionar wütend. „Das ist ein Übergriff, ein Verbrechen – Sie wollen meine ganze Tätigkeit ruinieren – ich werde die Sache nach England berichten, Mr. Sanders! Sie dürfen mir glauben, unsere Sache hat Freunde im Parlament –"

Er machte noch viele hitzige Bemerkungen in seiner Erregung.

„Wenn Sie ein Telegramm schicken wollen", sagte Sanders ruhig und nahm seine ganze Geduld und Selbstbeherrschung zusammen, „so werde ich es gerne für Sie absenden."

Der Amtmann machte noch andere Besuche und sprach auch bei Miss Glandynne vor, und auf jeder Station wurde er äußerst unfreundlich empfangen.

Mr. Harry Coleby, K. C. M. G., bewohnte ein herrliches weiß leuchtendes, palastähnliches Gebäude in einer ziemlich bekannten Stadt an der Küste. Es lag am Abhang eines großen Berges, und man schaute von dort auf die breiten, hauptsächlich von kohlschwarzen Negern bewohnten Straßen hinunter. Diese Leute sprachen englisch und titulierten sich „Mr.“.

Der Gouverneur war ein untersetzter Mann mit weißem Haar, einem stattlichen Schnurrbart und einem roten Gesicht. Er nannte sich selbst „den Mann am Platze“.

Er arbeitete etwa wie ein Motor durch eine Reihe von Explosionen. Er explodierte bei seinem überlasteten Sekretär, er explodierte bei seinen Beamten, er explodierte bei jeder nur möglichen Gelegenheit, wenn ihn etwas hinderte oder ihm jemand in die Quere kam. – Er fluchte und schimpfte, und obwohl er erst sechs Monate an der afrikanischen Küste weilte, war er unbeliebt und verhaßt.

Amtmann Sanders und zahlreiche andere Kolonialbeamte, Inspektoren und Offiziere, die an diesem heißen Küstenstrich lebten, dachten täglich an ihn, und es erregte allgemeine freudige Überraschung, als in einer angriffslustigen, unverschämten Zeitung in Lagos zu lesen war, daß der Gouverneur das Klima in dieser Gegend nicht bekömmlich finde.

Eines Tages kam Sir Harry in sein Büro – es war der Morgen nach dem offiziellen Essen im Regierungsgebäude – und war wieder sehr aktiv. Auf seinem Tisch fand er Sanders' letzten Brief, der von der Einführung der neuen Steuern handelte.

„Wenn dieser Kerl noch einmal so frech wird, werde ich ihn zusammenpacken und nach England schicken!“ brüllte er und fluchte kräftig auf Sanders. „Schreiben Sie ihm –“, schrie er und schlug mit der Faust auf den Tisch.

„Ich bitte um Verzeihung, wenn ich Eure Exzellenz unterbreche“, sagte der Sekretär. „Aber wäre es nicht besser, das Kolonialamt von dieser Änderung der Steuern zu benachrichtigen?“

Der Mann war ein Beamter, der sein ganzes Leben an der Westküste Afrikas zugebracht hatte; er kannte die Verhältnisse besser als die meisten anderen Sekretäre.

„Es wird nichts benachrichtigt“, erwiderte der Gouverneur wütend. „Ich regiere das Land hier, wie ich es für gut halte. Ich bin hier der Mann am Platze. Ich erhöhe die Einkünfte des Staates!“

„Es wird aber schwere Verwicklungen geben, Exzellenz", entgegnete der Sekretär ruhig.

Sir Harry holte tief Atem. Dann wünschte er seinen Untergebenen, Sanders und alle Stämme seiner Kolonie zum Teufel.

Ein schwarzer Sekretär brachte ein Telegramm herein und überreichte es dem Gouverneur.

„Wieder so ein verfluchter Wisch! Entziffern Sie das verdammte Ding und kümmern Sie sich nicht um Dinge, die Sie nichts angehen."

Der Sekretär nahm das eng beschriebene Formular.

Es begann:.

„Luftdicht, Transport, göttlich, Sonnenlicht, Meridian."

„Luftdicht" bedeutete „dringend",

„Transport" hieß „handeln Sie sofort". Das wußte er schon auswendig. Er setzte sich nieder und übertrug das Telegramm in offene Sprache.

Je weiter er mit Hilfe seiner beiden Codebücher kam, desto besser wurde seine Stimmung. Als er seine Arbeit beendet hatte, legte er dem Gouverneur das Schriftstück vor. Es lautete:

„Dringend. Handeln Sie sofort. Missionsgesellschaften bei Regierung vorstellig geworden, daß ihre Stationen bei den Isisi, Akasava, Ochori, N'gombi auf Verfügung von Sanders geschlossen wurden. Soviel bekannt, fürchtet er Unruhen infolge neuer Steuern. Berichten Sie sofort Einzelheiten an Kolonialamt, bevor Sie neue Steuern erheben."

Sir Harry Coleby soll vollständig starr und unbeugsam geworden sein, als er diese Mitteilung las. Er war nicht gewöhnt, von Downing Street Vorschriften zu erhalten, und behandelte das ganze Kolonialamt mit gutmütiger Verachtung. Ich weiß nicht, ob es wahr ist, daß er tatsächlich einen Tobsuchtsanfall bekam oder ob das nur eine Übertreibung seines Sekretärs ist. Gewiß ist, daß er dem Staatssekretär des Kolonialamtes ein äußerst temperamentvolles Telegramm sandte. Es brachte der Leitung des Kolonialamtes in London wieder in Erinnerung, daß Sir Harry der Mann am Platze war, der keine Eingriffe in seine Amtsführung duldete. Sollte es aber jemand wagen, ihm etwas dreinzureden, dann –!

Sir Harry hatte früher schon einmal ein solches Telegramm geschickt, und der damalige Staatsekretär des Kolonialamtes hatte nachgegeben. Aber zum Schaden des Gouverneurs wurden die Geschäfte dieses Ministeriums jetzt von einem Mann mit unbeugsamem Willen geführt.

Am selben Abend um zehn Uhr erhielt der Gouverneur eine telegraphische Rückantwort.

Die Depesche war in offener Sprache verfaßt, aber es dauerte lange, bis er den Sinn der Worte erfaßt hatte.

„Ihr Nachfolger fährt am 9. des Monats ab. Übergeben Sie Ihre Geschäfte dem ranghöchsten Beamten, und kehren Sie mit dem nächsten erreichbaren Dampfer hierher zurück.

Chamberlain."

XI

## Die Gottesfrau

Dies ist eine Moralgeschichte. Man kann zu den Ländern gehen, die von den Schwarzen bewohnt werden, und kann dort einen zuverlässigen Sittenkodex kennenlernen. Denn die Kannibalen sind schwer zufriedenzustellen, obwohl sie unendlich bescheiden, auch einfach in ihrer Sprache, ihren Gedanken und ihren Gewohnheiten sind. Sie essen nur Menschenfleisch, weil sie diese Art Nahrung besonders lieben, und sind nicht besser oder schlechter als Vegetarier, die sich bei der Zusammenstellung ihrer Mahlzeiten gleichfalls wählerisch zeigen.

Die Eingeborenen haben ihre eigenen Gesetze und nehmen die Verpflichtungen ihrer Familie gegenüber ernst.

Es lebten einst zwei Knaben im Lande der Isisi in einem kleinen Dorf. Als ihr Vater starb, wanderten sie aus, um ihr Glück zu suchen. Der eine hieß M'Kamdina, der andere M'Kairi. M'Kamdina war abenteuerlustig, ging über die Grenze in das Land des Großen Königs und verkaufte sich dort in Leibeigenschaft.

Zu dieser Zeit war der Große König sehr berühmt, schon sehr alt und so mächtig, daß die englischen Gouverneure ihm höchstens milde Vorwürfe wegen seiner zügellosen Grausamkeiten machten.

M'Kamdina war ein kluger junger Mann, der Geduld besaß, auch wenn man ihn schlecht behandelte. Er hatte alle Eigenschaften, die einen guten Höfling auszeichnen, und es war deshalb nicht überraschend, daß er bald einen gehobenen Posten im Haushalt des Königs einnahm. Er saß zu seiner Rechten, wenn er speiste, und heiratete eine Frau des Königs, die dieser verabschiedet hatte.

M'Kamdina wurde reich und mächtig, und schließlich bekleidete er die Stelle des ersten Ministers und hatte Gewalt über Leben und Tod in der Abwesenheit seines Herrn. Er reiste über Land und wählte Tanzmädchen für den König aus, da er in solchen Dingen einen guten Geschmack hatte. Er wurde durch große Geschenke belohnt.

So lebte er glücklich, kam vorwärts und war zufrieden.

Sein Bruder M'Kairi, der nicht so unternehmungslustig war, ließ sich in einem kleinen Dorf in der Nähe des Sumpfes der Geister nieder. Er arbeitete fleißig auf seinem Feld, aber er blieb ein armer Mann und konnte sich nur eine Frau leisten. Er säte und erntete und verdiente seinen Lebensunterhalt durch Handel mit Gemüse und Gartenerzeugnissen.

Die Nachricht von dem Glück seines Bruders erreichte auch ihn, und eines Tages kam trotz aller Verbote des Amtmanns das schöne, buntbemalte Kanu des Ministers des Großen Königs den Strom herunter und brachte Geschenke für den armen Bruder.

Sanders hörte davon und suchte auf einer Inspektionsreise M'Kairi auf.

„Ja, mein Herr, es war so", sagte der Mann traurig. „Die reichen Gaben kamen von meinem Bruder, der ein Sklave ist. Er schickte mir Salz und Korn, Stoffe und Speerklingen."

Sanders schaute sich auf dem kümmerlichen Feld um, das M'Kairi bearbeitete.

„Und doch ist dies nicht der Garten eines wohlhabenden Mannes, auch sehe ich nichts von deinem feinen Tuch. Und wo sind die Frauen, die du dir mit dem Salz kaufen konntest?"

„O Herr, ich habe alles wieder zurückgeschickt, denn mein Herz ist traurig, daß mein Bruder ein Sklave ist, während ich ein freier Mann bin. Ich muß mich zwar auf den Feldern abquälen, aber ich bin doch frei. Und ich würde gerne mein Leben darum geben, wenn ich ihn loskaufen könnte."

Er erzählte Sanders auch, daß er hatte anfragen lassen, um welchen Preis sein Bruder die Freiheit erlangen könnte. Zufällig war Sanders gerade in der Nähe, als der Große König zum Scherz die Antwort zurücksandte, daß der Preis für M'Kamdina zehntausend matakos betrüge, also zehntausend Messingstäbe.

Es ist nun eine rührende Tatsache, daß M'Kairi sieben lange Jahre im Schweiße seines Angesichtes arbeitete, seine Felder bestellte, verkaufte, kaufte und handelte, bis er tatsächlich zehntausend matakos erworben hatte. Dann legte er sie in sein Boot und ruderte stromauf, bis er zum Wohnsitz seines Bruders kam.

Der Große König war belustigt, aber M'Kamdina schämte sich über die einfache Denkungsart seines Bruders.

„Kehre wieder heim mit deinen Stäben", sagte er zu ihm. Er saß in seiner großen Hütte inmitten der Schar seiner lächelnden Weiber und Sklaven. „Gehe zurück, M'Kairi, mein Bruder, und wisse, daß es besser ist, Sklave im Haus eines großen Königs zu sein, als sich als freier Mann auf den Feldern zu plagen."

M'Kairi fuhr traurigen Herzens zu seinem kargen Feld zurück.

Drei Wochen später starb der Große König, und hier beginnt die Moral dieser Geschichte, denn nach alter Gewohnheit schlugen die Erben dem Hauptsklaven den Kopf ab, als der Große König auf der Totenbahre lag, und begruben M'Kamdina mit seinem Herrn, damit er seiner Seele in einem anderen Lande dienen könne.

Der Sohn des Großen Königs kam zur Regierung und starb später eines gewaltsamen Todes.

„Stoff für eine schöne Sonntagsschulgeschichte", sagte der Haussa-Captain zu Sanders.

„Hm!" brummte der Amtmann, der nicht den Wunsch hatte, Material für fromme Traktate zu liefern.

„Ein närrischer Kauz, dieser alte König", meinte der Offizier nachdenklich, „und sein Nachfolger war noch verdrehter. Haben Sie ihn nicht aufgehängt?"

„Ich habe es vergessen", erwiderte Sanders kurz. „Wenn Ihre niederträchtigen Soldaten etwas mehr wert wären, brauchte ich nicht soviel Leute aufzuhängen – was gibt es?"

Eine Ordonnanz stand in der offenen Türe, die zu dem Quartier des Haussaoffiziers führte.

„O Herr, hier ist ein Brief", sagte der Mann.

Sanders nahm den beschmutzten Umschlag aus der Hand des Soldaten. Die Adresse war arabisch geschrieben.

„An den Herrn Amtmann, der in der Stadt wohnt, wo der Fluß am breitesten ist, in der Nähe des Meeres. Zwei Fahnenmaste erheben sich dort, und man kann viele Soldaten sehen. Reise schnell, mein Brief, und möge Gott mit dir sein."

„Wer hat das gebracht?"

„Ein Arabi, wie sie im oberen Lande Handel treiben."

Sanders riß den Brief auf und sah zuerst nach der Unterschrift. Das Schreiben kam von Ahmed, einem zuverlässigen Leiter seines geheimen Nachrichtendienstes.

Sanders überging die phrasenreiche Einleitung, in der Ahmed die Vorsehung und all ihre Werkzeuge anflehte, dem Hause des Amtmanns Glück zu bringen.

„Ich muß dir aber dieses schreiben, obgleich ich mein Gesicht verhülle, wenn ich von einer Frau deines Hauses spreche."

Sanders überging diese Anspielung, die den Namen einer unschuldigen Missionarin mit seinem verknüpfte.

„Von dieser Gottesfrau, die zur Zeit am Strom wohnt, kommen viele Nachrichten, und manche sagen, daß sie in der Nacht weint, weil kein Akasava den Gotteszauber lernen will.

Und von einer Isisifrau, die ihre Dienerin ist, habe ich gehört, daß sie in ihr eigenes Land zurückgehen möchte, aber sie schämt sich, weil nur so wenige etwas von dem neuen Gott wissen wollen. Sie hat auch Fieber. Ich sende diesen Brief durch einen Arabi, meinen Freund, den ich zu meinem Boten gemacht habe, und der fünf Tage lang nach einem Akasava suchte, der Ziegen gestohlen hatte."

Sanders lachte verzweifelt.

„Dieses junge Mädchen bringt mich noch ins Grab!" sagte er.

Noch in derselben Stunde fuhr er zu ihrer Missionsstation den Fluß hinauf.

Miss Glandynne war noch wohlauf, obgleich sie sehr blaß und müde aussah. Anscheinend war sie sehr froh über Sanders' Ankunft.

„Es war sehr gut von Ihnen, zu mir zu kommen", begann sie. „Ich wurde schon etwas mutlos und war eigentlich halb entschlossen, nach England zurückzukehren."

„Dann wünschte ich, daß ich nicht gekommen wäre", erwiderte Sanders aufrichtig.

Sie lächelte. „Das ist nicht hübsch von Ihnen, Mr. Sanders."

„Hübsch! Sehen Sie einmal hierher."

Er nahm seinen Tropenhelm ab und zeigte auf sein kurzgeschnittenes Haar.

„Können Sie das sehen?"

Sie schaute neugierig hin, aber sie sah nur ein braungebranntes Gesicht und zwei ruhige graue Augen, die einen so merkwürdigen Kontrast zu dieser Hautfarbe bildeten, daß sie fast hellblau erschienen.

Und sie sah den hageren Kopf, die gerade, dünne Nase, das feste Kinn und das kurze Haar.

„Was soll ich denn sehen?" fragte sie unschuldig.

„Meine grauen Haare?" entgegnete Sanders grimmig.

Sie runzelte die Stirne.

„Es ist aber sehr schwer, überhaupt Haare zu entdecken. Wollen Sie, bitte, den Kopf ein wenig zur Seite wenden? Ja, jetzt sehe ich etwas, das vielleicht grau sein könnte."

„Sie sind wirklich grau", sagte Sanders lächelnd. Er konnte vertrauter mit ihr sprechen als jemals mit einer anderen weißen Frau.

„Und was bedeuten sie?"

„Sorgen – Sorgen um Sie! Großer Gott, haben Sie denn immer noch nicht genug von diesem schrecklichen Volk? Ich glaube, ich muß mein halbes Leben damit zubringen, den Fluß hinauf und hinunter zu fahren, um die Leute im Zaun zu halten, die Sie abschlachten wollen! Miss Glandynne, Sie können doch nicht auf Sand bauen, Sie können doch nicht im Wasser ein Fundament errichten!"

„Glauben Sie, daß religiöse Erziehung einen gewissen Grad von Zivilisation voraussetzt?"

„Ja, so etwas Ähnliches. Warten Sie einmal. Der Mann, der in Ihrem Garten arbeitet, ist doch einer von Ihren Bekehrten?"

Sie nickte.

„Er ist meine größte Hilfe, er geht in die entfernten Dörfer und hält dort Gottesdienste ab."

„Wie heißt er denn?"

„Kombolo."

Sanders rief den kräftigen, gutmütig aussehenden Eingeborenen herbei.

„Kombolo", sagte er, „man hat mir erzählt, daß du ein guter Gottesmann bist."

„O Herr, das ist so", erwiderte der Mann strahlend, „denn ich habe den heiligen Geist in mir, so daß ich wundervolle Dinge reden kann."

„Du gehst auch in viele Dörfer?"

„Ja, dort predige ich das Wort, o Herr."

„Gehst du denn auch zu den Leuten, die in dem Walde der glücklichen Träume leben?" fragte Sanders ruhig.

Der Mann schauderte.

„Nein, o Herr."

„Warum nicht?"

Kombolo trat unruhig mit den Füßen hin und her und stand schließlich vor Erregung nur auf einem Bein.

„O Herr, in diesem Walde hausen Teufel und Geister, wie du doch weißt."

„Besuchst du auch einmal die Leute im N'gombiwalde?" fragte Sanders unschuldig.

Wieder zitterte der Mann.

„Nein, Sandi, denn dort wandert M'shimba-m'shamba durch die Wälder."

Die Missionarin folgte ihrer Unterhaltung mit wachsendem Argwohn.

„Wer ist denn M'shimba-m'shamba?" fragte sie.

„Der große, grüne Teufel, der zur Nachtzeit wandert", erwiderte Sanders freundlich. „Er ist schrecklich."

Kombolo nickte heftig mit dem Kopf.

„Das ist gewißlich wahr, Mamma“, sagte er ernst, „ich selbst habe ihn sogar schon gesehen.“

Sie schaute ihn entsetzt und überrascht an.

„Aber Kombolo“, entgegnete sie traurig, „du weißt doch, daß es solche Dinge wie Teufel überhaupt nicht gibt.“

Kombolo war etwas verwirrt.

„Herrin, es ist ganz gewiß, daß es Teufel gibt, denn lesen wir nicht von ihm – dem bösen Teufel, dem alten Widersacher – der unser Herz mit sündigen, bösen Gedanken erfüllt?“

„Das ist doch etwas ganz anderes“, begann sie hilflos.

„Ein Teufel ist ein Teufel“, sagte Kombolo nachdenklich, „und obwohl es nur einen Teufel in deinem Lande geben mag, so haben wir doch hier viele Teufel. Denn du hast mir doch selbst gesagt, o Herrin, daß es in diesem Lande viele Fliegen und viele Tiere gibt, die du in deinem eigenen Lande niemals gesehen hast. So müssen also auch viele Teufel hier sein, obwohl es ja möglich ist, daß sie nicht so mächtig sind wie der große Teufel, den das weiße Volk hat.“

Sanders entließ ihn mit einem Kopfnicken und saß sinnend da, während Ruth Glandynne diesen neuen Tatsachen gegenüber machtlos war.

„Nun?“ fragte er schließlich.

„Sie machen mir das Leben nicht leicht.“

Sanders entdeckte zu seinem Schrecken, daß sie nahe am Weinen war.

„Es ist wirklich nicht recht, daß Sie Zweifel in Kombolos Seele säen – es ist schon so schwer genug, gegen den Aberglauben anzukämpfen –“

„Aber –“, widersprach Sanders aufgeregt.

„– gegen den Aberglauben und die Unkenntnis anzukämpfen, die durch amtliche Autorität noch bestärkt werden –“

Sie unterdrückte ein Schluchzen.

„Aber Miss Glandynne –“

„Ich weiß schon, was Sie sagen wollen – ich soll nach Hause fahren, ich mache Ihnen zuviel Mühe und Sorgen, Sie bekommen meinetwegen graue Haare, und Sie müssen all Ihre Zeit für mich opfern! Aber ich werde hier bleiben!“

Sie erhob sich und stampfte heftig mit dem Fuß auf.

„Werden Sie doch nicht zornig –“

„Ich bin nicht zornig –“

„Seien Sie auch nicht ärgerlich –“

„Ich bin nicht ärgerlich! Ich weiß, daß ich ungeeignet für das

Werk bin, und es war auch niemals meine Absicht, selbst Missionsarbeit zu treiben. Ich bin hierhergekommen, um den Leuten als Krankenpflegerin zu helfen. Und wenn ich gewußt hätte, daß ich allein arbeiten sollte, wäre ich überhaupt nicht herausgegangen."

„Dann gehen Sie doch wieder heim", sagte Sanders eifrig. „Kehren Sie zu dem Leben zurück, das für Sie paßt. Ich werde Pater Wells bitten, hierherzukommen und Ihre Station zu übernehmen."

„Wie? Einen Katholiken?" rief sie verächtlich.

„Ach, ist er katholisch?" Sanders kümmerte sich überhaupt nicht um Konfessionen. „Das hatte ich ganz vergessen."

„Außerdem habe ich ja nichts zu übergeben. Ich bin nun fast ein Jahr hier, und der einzige Mann, den ich bekehrt habe, glaubt an grüne Teufel. O Mr. Sanders!"

Sie setzte sich auf einen Stuhl und trocknete ihre Tränen.

„Mein Gott!" sagte Sanders und zog sich schleunigst zurück.

Am Abend sah er sie wieder. Sie war ruhiger und schien eher auf seine Vernunftgründe hören zu wollen.

„Machen Sie noch drei Monate lang einen weiteren Versuch", schlug er vor. „Das ganze Land ist ein wenig in Aufruhr geraten, seitdem Sie hierhergekommen sind. Ich kann wohl verstehen, daß es Ihnen schwerfällt, Ihren Mißerfolg zuzugeben."

Sie hielt den Atem an.

„Sie sind natürlich nicht selbst daran schuld", fuhr Sanders schnell fort. „Es sei ferne von mir, das zu behaupten. Aber es wäre doch sicher ganz anders, wenn Sie auf einen gewissen Erfolg hinweisen könnten –"

„Das ist ganz richtig", erwiderte sie kurz. Als sie einsah, daß sie doch ein wenig unhöflich gewesen war, lächelte sie, obgleich Tränen in ihren Augen standen.

„Ich fürchte, ich bin zu weltlich für Missionsarbeit. Ich gebe mich nicht mit dem Bewußtsein zufrieden, mein Bestes getan zu haben, ich will auch gleich Erfolge sehen."

Sanders war erstaunt und klopfte ihr gutmütig auf die Hand.

Zu seiner größten Verwunderung aber erzählte er ihr die Geschichte von den beiden Brüdern, die einen großen Eindruck auf sie machte.

„Das ist die beste Moralgeschichte für Missionsarbeit, die ich jemals gehört habe", sagte sie.

„Ich werde morgen abfahren", entgegnete er, nachdem er sich heimlich selbst verflucht hatte. „Ich gehe nach Lukalela, um ein Palaver abzuhalten, weil dort eine Frau geschlagen wurde. Später muß ich nach Norden."

Er erwähnte nicht, daß er aus bestimmten Gründen die Ochori besuchen wollte. Es war überhaupt bezeichnend für ihn, daß nie jemand das Ziel seiner Reise kannte. Er stand gewöhnlich neben dem Steuermann und gab durch einen Wink seiner Hand an, wohin er fahren und welchen Kurs der Dampfer nehmen sollte.

Wenn er es wollte, bog die „Zaire“ nach links oder nach rechts ab, oder sie fuhr in gerader Richtung bis zum Abend den Strom entlang, wenn er den nächsten Holzstapelplatz erreichen wollte.

Spät am Nachmittag, bevor der Abend hereinbrach, hielt er an einer solchen Stelle. Vor einem Jahr hatte er hier zehn große Bäume fällen lassen, die inzwischen ausgetrocknet waren. Zwei Stunden war die Mannschaft der „Zaire“ mit Sägen und Holzhauen beschäftigt, dann wurde der Vorrat auf dem Welldeck aufgeschichtet.

In der Nacht setzte Sanders seine Reise fort. Der große Scheinwerfer leuchtete auf, als er den elektrischen Strom einschaltete, und ein blendend weißer Lichtstreifen zeigte dem Schiff den Weg im Dunkeln.

Sorgfältig suchte dieses große, nimmermüde Auge das Wasser ab und erspähte alle Sandbänke und Untiefen.

Um Mitternacht ließ Sanders Anker werfen, um selbst ein wenig zu schlafen.

Am nächsten Nachmittag erreichte er die Stadt der Ochori und hatte eine kurze Unterredung mit Bosambo.

Schon am Abend fuhr er wieder nach Lukalela ab.

Bosambo hielt mit Ausnahme der Tage, an denen der Koran Arbeit und Vergnügen verbot, jeden Morgen Gericht ab. Er selbst kannte den Koran allerdings nur ungenügend, aber seine Frau war eine treue Anhängerin des Propheten und hatte ihn zu einem gehorsamen, wenn auch sorglosen Gläubigen gemacht.

Während des Ramadan arbeitete Bosambo nicht, sondern fastete in der Einsamkeit des Waldes. Er hatte aber am vorhergehenden Tage genügend Vorrat an Speise und Trank dorthingebracht, um über die kritischen vierundzwanzig Stunden hinwegzukommen. Es machte ihm Vergnügen, seiner Frau etwas zuliebe zu tun, aber es war keineswegs seine Absicht, dabei selbst zu leiden.

An dem Morgen nach Sanders' Besuch saß Bosambo auf einem Stuhl, den ihm der Amtmann geschenkt hatte. Dieser Stuhl schillerte in Rot, Grün, Gelb, und auch die Farben waren eine Gabe von Sanders, obwohl ihm diese Tatsache unbekannt war. Der Ochorihäuptling hielt wieder Gericht und sprach Recht in den kleinen Streitfällen seiner Leute.

„O Herr Bosambo", sagte ein schmächtiger, junger Mann aus einem entfernteren Dorf, „ich bringe dir Salz zur Rechtsprechung." Das bedeutete: „Ich bin so sicher, daß ich die Mahlzeit bekomme, daß ich das Salz dazu mitbringe."

„Sprich, mein Bruder, du sollst dein Recht haben."

„O Herr, ich habe zwei Frauen. Die eine kaufte ich von ihrem Vater für drei Felle, die andere kam zu mir nach dem großen Akasavakrieg. Nun hat die Frau, die ich kaufte, Schande über mich gebracht, denn sie hat einen Liebhaber. In den Tagen vor deiner Zeit, o Herr, war es Brauch, sie zu töten; aber nun lacht sie, und auch andere Frauen lachen, wenn sie geschlagen werden, und fahren in ihrem sündigen Treiben fort."

„Bringe mir die Frau."

Der junge Mann zog eine hübsche Frau von sechzehn Jahren heran. In ihren Augen lag ein trotziger Ausdruck, und sie zeigte sich nicht im mindesten eingeschüchtert.

„Weib", sagte Bosambo streng, „obwohl dir nach Sandis Befehlen und meinem Willen keine Todesstrafe droht, gibt es doch genug Wege, dich zu rechtem Tun zurückzubringen. Ich habe im Wald der Träume ein Gefängnis gebaut, wo zur Nachtzeit die Teufel hinkommen, und dieser Platz scheint mir der richtige Aufenthalt für dich zu sein."

„O Herr", rief sie mit keuchendem Atem, „ich fürchte mich!"

„Aber ich will dich noch nicht dorthin schicken, denn ich liebe mein Volk. Du wirst zu der Gottesfrau gehen, die in Mosunkusu wohnt, und du wirst alles tun, was sie dir sagt. Du sollst ihr erzählen, daß du gekommen bist, um den neuen Gotteszauber zu lernen. Und du wirst auch all die merkwürdigen Dinge tun, die sie von dir verlangt. Du wirst die Augen schließen und zu gewissen Zeiten A-men sagen."

„O Herr, ich will alles tun!"

„Das wird auch gut für dich sein."

Der nächste Fall war ziemlich kompliziert. Ein Mann forderte von seinem Nachbarn Ziegen für geleistete Arbeit.

„Denn er sagte mit seiner bösen lügnerischen Zunge: ‚Wenn du mir ein Jahr lang beim Fischen hilfst, will ich dir die ersten Jungen meiner Ziegen nach der Regenzeit geben.'"

Der Streit drehte sich vor allem um die Worte „nach der Regenzeit", denn es zeigte sich, daß die Ziegen schon vorher geworfen hatten.

„Das ist ein schwieriges Palaver", meinte Bosambo, „und ich brauche Zeit, um Sandis Rat einzuholen. Inzwischen gehst du, Kalo, zu der Gottesfrau nach Mosunkusu. Ebenso du", wandte er sich an den andern. „Dort sollt ihr den neuen Gotteszauber lernen und alles tun, was sie wünscht. Ihr sollt ihr auch sagen, daß ihr gekommen seid, um von ihrer Weisheit zu lernen. Im Laufe der Zeit wird mir dann klarwerden, wer von euch beiden recht hat."

Und alle Streitigkeiten, die Männer und Frauen ihm vortrugen, schlichtete er durch die Lösung: Strafe oder ein Leben in Demut auf der Missionsstation bei der Gottesfrau. Aber einige murrten gegen diese Entscheidung.

„O Herr, ich will nicht gehen", sagte ein Mann heftig, „denn diese Gottesfrau spricht schlecht von meinem Gott und meinem Ju-Ju, und ich will auch den neuen Gotteszauber nicht kennen."

„Bindet ihn an einen Baum", erwiderte Bosambo ruhig, „und schlagt ihn, bis er A-men sagt."

Der Unglückliche wurde tatsächlich an einen Stamm gefesselt, und die Rhinozerospeitsche Bosambos schwirrte durch die Luft. Sie fiel einmal, zweimal, aber ehe sie das drittemal niedersauste, schrie der Mann ängstlich und laut „A-men!" Er wurde wieder befreit und trat seine Pilgerfahrt nach Mosunkusu an.

Nachdem das Palaver beendet war, ging Bosambo mit seinem ersten Ratgeber Olomo, einem klugen Mann, durch die Straßen des Ortes.

„O Herr", sagte Olomo kopfschüttelnd, „diese neue Art zu regieren gefällt mir nicht, denn es ist nicht gut, daß die jungen Leute der Ochori nach Mosunkusu gehen –"

Bosambo blieb stehen und sah ihn nachdenklich an.

„Du hast recht, Olomo", entgegnete er freundlich, „es ist nicht gut, daß nur junge Leute dorthin kommen. Du magst sie begleiten, damit sie sich nicht beschämt fühlen."

„Herr, das ist nicht mein Wunsch!" rief der alte Mann aufgeregt.

„Aber es wäre mir lieb, wenn du mir Nachricht von meinen Leuten brächtest. Du könntest sie auch lehren, da du so weise bist, wie sie ihre Augen schließen und nach gewissen Worten A-men sagen müssen. Auch könntest du dafür sorgen, daß sie nicht fortlaufen."

„Bei Ewa, ich werde nicht gehen!" sagte Olomo leidenschaftlich.

„Bei Ewa, du wirst gehen! Oder ich will dich bei deinem Bart packen, du alter Ziegenbock, und dich durch das ganze Dorf schleifen."

„Ich bin dein Sklave", murmelte Olomo demütig und ging zitternd zu seiner Hütte, um die Vorbereitungen für seine Reise nach Mosunkusu zu treffen.

Sanders mußte länger in Lukalea bleiben, als er erwartet hatte, und dann wurde ihm ein Ausbruch von Schlafkrankheit in einem inneren Dorfe gemeldet, so daß seine Anwesenheit dort notwendig wurde.

Endlich kam er wieder zur Missionsstation. Er war gespannt und hoffte, daß alles gut gegangen war, aber er war auch ein wenig besorgt.

Er stieg ans Ufer und ging den kleinen Pfad entlang und schritt durch den Garten, den Miss Glandynne für sich angelegt hatte. Sie kam ihm halbwegs entgegen, blühend und strahlend vor Glück.

Sanders gab es einen Stich durchs Herz.

„O Mr. Sanders!“ Sie streckte ihm beide Hände zur Begrüßung entgegen. „Ich kann Ihnen gar nicht sagen, wie ich mich freue, Sie wiederzusehen. Ich habe Ihnen wundervolle Neuigkeiten zu berichten!“ – Sanders wurde rot und fühlte sich äußerst unbehaglich.

„Ach wirklich?“ war alles, was er hervorbringen konnte.

Nun erzählte sie ihm, welche seltsamen Dinge sich zugetragen hatten, und wie ihre kleine Gemeinde so schnell gewachsen war, daß es fast an Wunder grenzte, wie die Lehre des Christentums sich verbreitet hatte, und Pilger nicht nur einzeln, sondern zu vieren und fünfen zu ihr kamen, jeden Tag, ohne Ende, Männer und Frauen, alte und junge Leute.

„Das ist tasächlich ungewöhnlich“, erwiderte Sanders. „Nun haben Sie hoffentlich auch nichts dagegen, daß Ihre Station einem anderen Missionar übergeben wird –“

„Ich soll meine Station einem anderen überlassen?“ rief sie entsetzt. „All diese armen Leute im Stich lassen? Nein, niemals werde ich mein Gewissen mit einer so bösen Tat belasten!“

Sanders fiel nicht in Ohnmacht, als er ihre Worte hörte.

„Aber – aber – wollen die Leute denn hierbleiben?“

„Zuerst machten sie große Schwierigkeiten, aber nachdem ich ihnen die Geschichte von den beiden Brüdern erzählt hatte, wurden sie ganz willig und sahen den Vorteil ihrer Lage vollkommen ein.“

„Ach so!“ sagte Sanders. Er nahm sich zusammen und ging wieder zu seinem Boot zurück.

Bosambo ließ sich in seinem Kanu den Fluß hinunterrudern, um mit dem Amtmann zu sprechen und ihm seine Sorgen zu klagen.

„O Herr“, sagte er traurig, „ich wußte nicht, daß dieses neue Palaver meinem Volk so gut gefallen würde. Nun habe ich die Blüte meines Stammes zu der Gottesfrau geschickt, und die Leute wollen nicht wieder zurückkommen.“

„Es ist vom Schicksal bestimmt", erwiderte Sanders.

Sie hatten sich mitten im Strom getroffen. Als sich die „Zaire" gerade nach Süden wenden wollte, war Bosambos Boot herangekommen. Nun standen die beiden Männer an Deck und schwiegen. Ihr Plan war mißglückt.

Vom Ufer her kam Gesang – die Missionarin hielt den Abendgottesdienst für ihre Gemeinde ab.

Das Lied war jetzt zu Ende. Es trat eine Pause ein, und dann tönte es laut im Chor: „A-men!"

„A-men!" wiederholte Bosambo bitter. „Und denke dir, o Herr, ich selbst habe ihnen dieses Wort beigebracht!"

## XII

## Ein Speerfabrikant

Nördlich vom Lande der Akasava, auf dem linken Ufer des Isisistromes liegt ein wahrer Wald von Elefantengras. Hier versammeln sich in der Kühle des Abends die Flußpferde, um miteinander zu spielen und sich nach Herzenslust herumzuwälzen. Auch die Böcke und die kleinen, aber gefährlichen wilden Büffel kommen hierher, um zu baden und zu trinken. Viele Meilen dehnt sich hier der Dschungel ohne Unterbrechung aus, und es erhebt sich kein Baum und kein Hügel hinter dem grünen Vorhang, um anzuzeigen, wie das dahinterliegende Land beschaffen ist.

Es ist sumpfiges Gebiet, und in der Mitte liegt eine Insel, die man nur auf besonderen Pfaden erreichen kann. Nur wenige Akasava kennen diese Wege.

Keine Geheimgesellschaft hütet ihre Geheimnisse so eifersüchtig wie diese „Hüter des Wasserweges".

Dieses Wissen wird nur in einer Familie vererbt und ist nur den männlichen Mitgliedern bekannt. Man sagt, daß einmal eine Frau durch Zufall den Wasserweg entdeckte – denn es gibt klares Wasser in diesem Irrgarten von hohem Gras – und ihn unwissentlich verriet. Ihre eigenen Brüder und nächsten Verwandten sollen sie dann ergriffen und ertränkt haben. Dies muß aber schon calacala – vor sehr langer Zeit – geschehen sein, bevor der scharfäugige und schnell handelnde Amtmann Sanders ins Land kam.

Dem Uneingeweihten mag es scheinen, daß der geheime Wasserweg von nicht allzu großer Bedeutung war. Aber die besten Fische kamen in diesen Winkel, und die Familie hatte besonderen Vorteil dadurch.

Aber Sanders entdeckte, daß das Marschland eine gewisse strategische Bedeutung hatte, denn es trennte das Land der Akasava von dem Isisigebiet. Es machte plötzliche Überfälle unmöglich, wie sie zwischen benachbarten Stämmen mit aneinanderstoßenden Grenzen vorkommen. Es konnten sich auch keine Verbrecher dort verbergen, und aus diesem Grund allein hatte er alles Interesse daran, daß die Hüter des Wasserweges ihr Geheimnis bewahrten.

Sanders hielt sich im Lande der Akasava auf, und zwar in einem Dorf in der Nähe des Marschlandes, als ein unglückliches Ereignis eintrat.

Es lebte eine Frau an der Grenze, die an den alten Häuptling Likilivi verheiratet war. Dieser Mann war nicht nur der Häuptling des Dorfes, sondern auch das Oberhaupt der Familie, die das Geheimnis des Wasserweges hütete. Er war angesehen, aber alt.

Nun wissen alle Leute, daß die Waffenschmiede, die Speerklingen herstellen und auch andere Schmiedearbeiten machen, gewöhnlich N'gombileute sind.

Sie sind geborene Handwerker, tüchtig und geschickt in jeder Beziehung. Aber sie sind auch große Diebe, und einmal stahlen sie einen kleinen Amboß von der „Zaire“, den sie schnell in Speerklingen und Eisengefäße umwandelten, bevor der Verlust an Bord bemerkt wurde.

Und doch war Likilivi, ein Akasavamann, der berühmteste Speermacher am ganzen Strom. Er war so bekannt, daß Jäger und Krieger aus allen Teilen des Landes kamen, um von ihm zu kaufen. Sein Vater und sein Großvater hatten auch schon Speere gemacht, aber diese waren lange nicht so scharf und hart wie die Waffen, die Likilivi in seiner großen Werkstatt fertigte. Er arbeitete außerordentlich schnell mit seinen beiden Söhnen, so daß er reich und mächtig wurde.

Aber er war alt, zu alt für seine junge Frau, die ihn von Anfang ihrer Ehe an gehaßt, so sehr gehaßt hatte, daß ihr Herz beinahe gebrochen wäre.

Sie lief ihm fort, wurde jedoch zurückgebracht und geschlagen. Sie setzte sich hin, um einen Ausweg zu finden, während von der naheliegenden Hütte das dauernde Hämmern und Klopfen ertönte. Likilivi und seine beiden erwachsenen Söhne schmiedeten Speerspitzen.

Wenn man ein Stück Glas, das nicht größer ist als eine Daumenspitze, in einem Mörser zerkleinert, bekommt man mit der Zeit ein feines, weißes Pulver, das man leicht in die Speisen mischen kann, obwohl es sich nicht in Flüssigkeiten auflöst.

Man muß sehr geduldig dabei sein und viel Zeit haben, um dieses Pulver in der richtigen Weise herzustellen, aber M'ciba hatte alle Zeit, die notwendig war, um dieses Mittel zu bereiten, das ihr die Freiheit bringen sollte.

Eines Nachmittags kam der alte Likilivi von seiner Arbeitshütte ein wenig verärgert zurück, weil ein unschuldiger Dorfbewohner, der einige arithmetische Kenntnisse besaß, ihn gefragt hatte, wie so wenige Leute so viele Speerspitzen herstellen könnten.

Er war an sich schon mürrisch und griesgrämig, und diese peinliche Frage machte ihn nicht liebenswürdiger.

„Die Sonne ist zu mir gekommen", hätte sein junges Weib höflich sagen sollen, als er zu ihr in die Hütte trat, wo sie Korn zerkleinerte. Das weiße Pulver, den Mörser und den Stoßkolben aus Eisenholz hatte sie versteckt.

Aber sie sagte nichts.

„Wenn du nicht zu mir sprichst", sagte Likilivi scharf, „werde ich dir das Genick brechen."

Aber sie sprach nicht.

Sie ging ihrer Arbeit nach und bereitete ihm eine Mahlzeit von Maniok und Fisch und mischte eine genügende Menge des feinen weißen Pulvers dazu.

Der alte Häuptling aß, sprach mit sich selbst und schaute böse zu ihr hinüber.

Als er fertig war, schlug er sie, nur weil es ihm gefiel, sie zu schlagen, und legte sich dann zur Ruhe.

Während der Nacht wachte er auf und bemerkte, daß sie nicht an seiner Seite lag, wie es ihre Pflicht war. In dem düsteren, roten Schein des Feuers sah er, daß sie an der Seite der Hütte saß, den Rücken gegen die Wand gelehnt. Sie hatte ihre Hände um die Knie geschlungen und beobachtete ihn ernst.

„M'ciba", keuchte er, und kalter Schweiß stand auf seiner Stirne, „ich habe die Krankheit Mongo."

Sie erwiderte nichts, und er sagte auch nichts mehr.

Eine Stunde später bedeckte sie ihren Körper mit Asche und Staub, setzte sich vor die Hütte und wehklagte. Die Dorfbewohner erwachten, eilten hinzu und fanden Likilivi dem Tode nahe. Sein Gesicht war schmerzverzerrt.

Seine ungewöhnlich kräftige Natur und die Anwendung eines

drastischen, aber wirksamen Eingeborenenmittels retteten ihm jedoch das Leben. M'ciba hatte zu früh gejammert.

Es dauerte viele Wochen, bis sich Likilivi wieder vollständig erholte. Aber er hatte keinen Verdacht geschöpft. Sobald er sich wieder wohl fühlte, nahm er den geschmeidigen Schaft seines Jagdspeeres und verprügelte M'ciba.

„Du bist ein dummes, törichtes Weib", sagte er, „sonst hättest du eher um Hilfe gerufen, und ich wäre schneller wieder gesund geworden."

Sie ertrug es geduldig, da sie wußte, daß sie härtere Strafe verdient hatte. Aber ihr Haß wuchs.

Die Behandlung, die ihr der Mann zuteil werden ließ, war ein Skandal im ganzen Dorf. Denn die Eingeborenen sind von Natur aus gutmütig, und es ist weder gebräuchlich noch gehört es zum guten Ton, seine Frau zu schlagen.

Doch eines Tages beging M'ciba ihre größte Fahrlässigkeit. Likilivi, sein Vetter und seine Söhne schickten sich an, einen ihrer regelmäßigen Besuche auf der Insel im Marschland zu machen. Das war jedesmal eine große und wichtige Sache, die unbedingt geheimgehalten werden mußte. Viele Fische wurden in Netzen gefangen, und verschiedene andere merkwürdige Dinge geschahen. Man könnte glauben, daß diese geheimnisvollen Vorbereitungen töricht und grundlos gewesen seien, zum Beispiel das Opfern von Hühnern und dergleichen. Aber Likilivi und seinen Verwandten war das alles äußerst wichtig. Man konnte auch noch eine Reihe anderer Maßnahmen beobachten. M'ciba erhielt zufällig Kenntnis von dem beabsichtigten Besuch und sprach mit einer Frau darüber. Das war unverzeihlich und gegen jede Tradition. Likilivi ordnete eine öffentliche Auspeitschung an, um die Ehre seines Hauses zu wahren.

Eines Abends bei Sonnenuntergang versammelte sich eine große Menschenmenge. Likilivi saß auf seinem Stuhl, während seine Söhne M'ciba festhielten. Der Häuptling hatte eine Peitsche in der Hand.

„Weib", sagte er, „ich tue dies, damit alle Welt wissen soll, wie schamlos du die Ehre meines Hauses verletzt hast. Siehe . . ."

So weit war er gekommen, als sich eine Gasse unter den Zuschauern öffnete und ein lebhafter Mann näher trat. Er trug einen weißen Anzug, einen breiten Tropenhelm und wirbelte einen Ebenholzstock in der Hand.

Likilivi geriet in große Verwirrung.

„Mein Herr Sandi", erklärte er bestürzt, „diese Frau ist mein Weib, und ich will sie wegen ihrer Verfehlungen öffentlich auspeitschen."

Sanders sah ihn unfreundlich an.

„Laßt dieses Weib sofort los“, erwiderte er, und die beiden Söhne des Häuptlings gehorchten sogleich.

„Es scheint mir“, sagte er zu dem verlegenen Likilivi, „daß du alt und böse bist. Und wenn ich einen Mann über andere als Häuptling setzte, dann wünsche ich, daß er so lebt, daß alle gewöhnlichen Leute sagen: ‚Siehe, so lebt unser Herr, und so sollen auch wir leben.‘ Wenn der Häuptling aber einen schlechten Lebenswandel führt, dann beträgt sich auch sein ganzes Dorf schlecht. Du bist für mich kein Häuptling mehr.“

„O Herr“, entgegnete der alte Mann zitternd, „wenn du mir meine Würde nimmst, so werde ich vor Scham sterben.“

„Das werde ich gewißlich tun, ebenso werde ich dich auspeitschen lassen, wenn du dieser Frau noch einmal etwas zuleide tust.“

Sanders war es ernst mit dem, was er sagte, denn er richtete sich nur nach dem Gesetz, ohne Ansehen der Person.

Er nahm M'ciba beiseite.

„Sei freundlich zu diesem Mann, der dein Gatte ist, und denke daran, daß er alt ist und bald sterben wird.“

„O Herr, ich bete täglich um seinen Tod“, erwiderte sie leidenschaftlich.

Sanders sah sie scharf an.

„Bete meinetwegen“, sagte er barsch, „aber mische kein zerstoßenes Glas in sein Essen, sonst werde ich schnell kommen, und dann wirst du sehr traurig sein.“

Sie zitterte und schaute ihn entsetzt an.

„Du weißt alles, o Herr“, rief sie atemlos.

Sanders versuchte nicht, sie eines Besseren zu belehren. Der Glaube an seine Allgewalt war ein zu wertvoller Besitz.

„Du wirst in Zukunft nicht mehr geschlagen werden.“

Man hatte ihr die Kleider abgenommen, und er konnte die Spuren der Grausamkeit ihres Mannes sehen.

Sanders schickte die Leute zu ihren Hütten zurück – einige waren bei seiner Ankunft schon von selbst schleunigst verschwunden. Mit Likilivi sprach er ein paar ernste Worte.

„Häuptling, ich hätte Lust, dir eine tüchtige Tracht Prügel zu geben.“

„Ich bin ein alter Mann“, sagte Likilivi furchtsam.

„Um so schlimmer ist es, daß du diese junge Frau geschlagen hast.“

„O Herr, sie sprach mit anderen Weibern über das Geheimnis des Wasserweges.“

„Wenn ich noch mehr von diesem Geheimnis höre, werde ich mit meinen Soldaten herkommen, und wir werden das Gras abschneiden, bis wir euer Geheimnis gelöst haben."

In seinem ganzen Leben hatte Likilivi noch keine so schreckliche Drohung vernommen, denn das Geheimnis des Wasserweges war sein heiligstes Gut.

Sanders lachte vor sich hin, als er mit der „Zaire" den Fluß hinunterfuhr. Diese kindischen Geheimnisse belustigten ihn, sie gehörten nun einmal zu dem Leben dieses Volkes. Wenn auch die Tatsache bestehen blieb, daß das Marschland ein undurchdringliches Gelände zwischen den Gebieten der Isisi und der Akasava war, so hatte es jetzt doch seine Bedeutung als Vorbedingung des Friedens eingebüßt und war nicht mehr so wichtig wie in den schlimmen Kriegsjahren früherer Zeiten.

Sanders' Reise war in gewissem Sinne eine Erholungsfahrt.

Er wollte zu den N'gombi, um dort eine Untersuchung vorzunehmen und den Leuten eine Lehre zu erteilen.

„N'gombi" heißt „Wald". Als Stanley zum erstenmal das Innere des großen Landes betrat, hörte er ständig von einer N'gombistadt, die fabelhafte Reichtümer bergen sollte, aber erst nach mehreren vergeblichen Expeditionen entdeckte er die wahre Bedeutung des Wortes.

Trotz dieses Namens leben aber verschiedene Stämme der N'gombi am Großen Strom. Sie sind ganz brauchbare Fischer, dennoch behalten sie eine charakteristische Eigentümlichkeit bei, die sie von allen Flußleuten unterscheidet. Sie können nämlich nicht schwimmen.

Sanders' Ziel war die eine N'gombistadt, die am Strom lag, und er wußte im voraus, daß sein Palaver wenig befriedigend ausfallen würde.

Lange bevor er den Ort erblicken konnte, sah er den Rauch der N'gombifeuer. Die Männer dieses Stammes sind tüchtige Schmiede.

Als er sich umwandte, um dem Steuermann Anweisungen zu geben, hörte er, daß Abiboo dem Mann am Steuerrad eine Bemerkung in Bomongo zurief, und daß beide lachten.

„Was war das?" fragte Sanders.

„O Herr, ein Scherz", erwiderte Abiboo. „Ich sprach von den N'gombileuten, denn es gibt hier am Strom ein Sprichwort, daß die N'gombikrokodile fett sind."

Die Pointe dieses Witzes wird dem Leser nicht ohne weiteres klar sein, aber Sanders verstand sie sofort.

Die N'gombistadt hieß Oulu, aber die Eingeborenen ringsum

haben ihr einen längeren Namen gegeben, der etwa soviel heißt wie „die Stadt der Sinkenden“.

Sanders nickte.

Außergewöhnliches Unglück verfolgte die Einwohner dieses Ortes. In den letzten vier oder fünf Jahren waren über zwanzig Leute im Fluß ertrunken.

Männer waren am Abend zum Fischen ausgefahren, und am Morgen hatte man ihre umgeschlagenen Boote gefunden. Die Leute selbst waren verschwunden, und man nahm an, daß ihre Leichen von der schnellen Strömung fortgetrieben worden waren. Es ging aber auch eine Legende unter den Eingeborenen, daß sie in einer geheimen Vorratskammer der Krokodile unten auf dem Flußbett lagen.

Sanders kam hierher, weil erst kürzlich wieder ein neues Unglück geschehen war, das den Tod dreier Männer verursacht hatte.

Er ließ die „Zaire“ in seichtes Wasser fahren und erreichte das Land.

Der Häuptling des Ortes kam an das Ufer, berußt und von der Arbeit erhitzt, um den Amtmann zu begrüßen. Er trug den flachen Hammer noch in der Hand. Jammernd sprach er über das Schicksal seiner Leute und beklagte vor allem den Tod der drei guten Eisenschmiede, die vor kurzem ertrunken waren.

„Männer, die ins Wasser gehen, sind töricht“, sagte er, „denn ist es nicht natürlich, daß nur Fische und diese Akasavahunde dort etwas zu suchen haben?“

„Das ist kein gutes Palaver“, erwiderte Sanders streng. „Hunde sind Hunde, und Menschen sind Menschen. Deshalb sprich anständig von anderen Stämmen in meiner Gegenwart, oder es geht dir schlecht.“

„Mein Herr Sandi“, entgegnete der Mann bitter, „diese Akasava werden uns noch Hungers sterben lassen, besonders der Häuptling Likilivi.“

Es war ein alter Streit zwischen den beiden Dörfern. Die N'gombi hielten sich von der Vorsehung dazu berufen, alle Schmiedearbeit zu liefern, die von den Stämmen der Umgegend gebraucht wurde.

„Denn du weißt doch, o Herr“, fuhr der Mann fort, „daß in dieser Gegend schwer Eisen zu bekommen ist.“

Sanders erinnerte sich sofort an den von der „Zaire“ gestohlenen Amboß und nickte.

„Es dauert auch lange Jahre, bevor die jungen Männer die Kunst lernen, das Eisen zu biegen, und bevor sie wissen, wie es erhitzt und abgekühlt, geschlagen, geformt und gehämmert werden muß.“

„Das weiß ich alles.“

„Und wenn wir nicht genügend Salz und Messingstäbe für jede Speerklinge bekommen, dann müssen wir verhungern, weil . . .“

Es war die Geschichte, die so alt ist wie die Welt, daß jede Arbeit ihres Lohnes wert ist. Die N'gombi hatten ihre Speerklingen stets mit gutem Gewinn verkauft.

„Früher haben wir viel verdient, so daß wir reich waren, weil wir für jede Handvoll Salz, die wir aßen, zwei Handvoll für die Speerklingen bekamen, die wir machten. Nun aber, o Herr, werden nur wenig Waffen von den N'gombis gekauft und viele von Likilivi, weil er sie billiger gibt.“

Sanders seufzte gelangweilt.

„In anderen Ländern ist es auch nicht anders. Und die Leute halten dort auch lange Palaver – genau wie du, N'kema. Trotzdem weiß ich keinen Ausweg.“

Er besichtigte die Stadt und nahm zwei mündliche Bittgesuche entgegen. Einmal wurde er darum gebeten, einem Mann die Freiheit wiederzugeben, der Regierungseigentum gestohlen hatte (es handelte sich um den bewußten Amboß). Zum zweiten wurde er ersucht, eine Ehe aufzulösen, und diese Bitte gewährte er auch. Er blieb in der Stadt und hielt in den kühlen Abendstunden ein Palaver ab, in dessen Verlauf er den Einwohnern die Notwendigkeit vor Augen führte, schwimmen zu lernen.

„Zwanzig Mann sind nun ertrunken, aber bis jetzt hat noch niemand eine Lehre daraus gezogen. Ich sage euch: Geht entweder überhaupt nicht aufs Wasser oder lernt, euch im Wasser zu bewegen wie die Isisi, die Ochori und die Akasava.“

Nach dem Abendessen sandte er wieder nach dem Häuptling, da er in einer guten Stimmung war.

„Ich habe über diese Sache mit den Speeren nachgedacht. Likilivi kann doch trotz all seiner Tüchtigkeit nicht so viele Speere machen, daß er euch großen Abbruch tun könnte.“

„O Herr, ich spreche die Wahrheit“, sagte der Mann mit Nachdruck.

„Aber die Leute hier sind doch alle Jäger und brauchen viele Waffen“, erwiderte Sanders erstaunt.

„O Herr, wenn die ganze Welt Speere brauchte, würde Likilivi sie auch liefern können.“

Das war nun sicherlich eine Übertreibung, aber Sanders überging sie. Er entließ den Mann und dachte in seiner Einsamkeit weiter über die Sache nach.

Likilivi war ein alter Mann. Sicherlich war es nicht recht von ihm, seine junge Frau so roh zu behandeln, obwohl sie ihm vor dem ganzen Volk Schande bereitet hatte. Sanders hatte ihn öffentlich getadelt und ihm gedroht, das Geheimnis des Wasserweges zu lösen – das war die tiefste Beleidigung.

Likilivi überlegte sich in aller Ruhe, wie er M'ciba töten könnte, ohne daß Sanders erführe, wie sie ums Leben gekommen war. Es gab viele Wege, er konnte das Weib leicht verschwinden lassen. Wenn Nachforschungen angestellt werden sollten, konnte er die Sache leicht erklären.

Er kam aus seiner Werkstätte zurück und fand sie in ihrer Hütte, die er abseits für sie hatte errichten lassen, denn sie war nicht länger eine Frau, die in seinem Hause wohnen durfte.

Das war für die meisten Frauen eine böse Strafe, aber die kleine M'ciba empfand es als eine Wohltat. Sie schaute erschrocken auf, als er sich bückte, um in die Hütte einzutreten.

„M'ciba, mein Weib", sagte er mit gezwungenem Lächeln. „Du sitzt den ganzen Tag hier, wie ich weiß, und ich fürchte, daß du die Krankheit Mongo bekommst. Denn es ist nicht gut für junge Leute, Sonnenlicht und frische Luft zu meiden."

Sie erwiderte nichts, sondern sah ihn nur erwartungsvoll an.

„Es wird gut für dich sein, wenn du einmal auf den Strom fährst. Obwohl mein Herz sich wegen deiner Undankbarkeit grämt, wünsche ich doch, daß es dir wohl geht. Nimm mein kleines Boot und gehe für mich auf den Fischfang."

„Und wenn ich dann keine Fische bringe, wirst du mich schlagen", sagte sie, denn sie gab sich keinen Illusionen wegen seiner Großmut hin.

„Bei meinem Herzen und meinem Leben", schwor er, „das werde ich nicht tun, denn ich wünsche nur, daß du gesund bleibst. Wenn du an Krankheit stirbst, wird Sandi schlecht von mir denken."

So kam es denn, daß M'ciba Fischerin wurde. Sie war am Fluß groß geworden und mit dem Leben auf dem Wasser vertraut. Sie machte gute Fänge, und ihr Mann war zufrieden.

„Du sollst mir einen großen Fisch fangen", sagte er eines Abends zu ihr, „wie ihn nur wenige Fischer finden – ich meine Baba, den Vater aller Fische."

„O Herr", erwiderte sie verdrießlich, „ich weiß nicht, wo solche Fische zu finden sind."

Er feuchtete seine dünnen Lippen an und strich über seinen kleinen, grauen Bart.

„Ich, Likilivi, weiß es", entgegnete er langsam. „Diese Fische kommen im Dunkel der Nacht zu dem geheimnisvollen Platz. Und wenn der Neumond aufgegangen ist, sollst du mit deinem Boot an die Stelle fahren, wo das hohe Elefantengras steht, das mein Marschland verbirgt. Dort wirst du einen solchen Fisch fangen. Und wenn du ihn nicht fangen kannst, so werde ich dich auch nicht schlagen, denn diese Fische sind sehr schlau."

Als die Nacht sank, trug sie Speise und Trank in das kleine Kanu. Likilivi half ihr dabei.

„Sag niemand, daß du ausruderst, um diesen großen Fisch zu fangen", schärfte er ihr ein, „damit nicht die anderen Leute des Dorfes entdecken, wo er sich aufhält, und ihn für sich selbst fangen."

Der Mond war schon aufgegangen, als sie abstieß. Sie ruderte nahe am Ufer und hielt sich im seichten Wasser, bis sie außer Sehweite des Dorfes war. Dann fuhr sie mit ihrem Boot mitten auf den Strom, wo er eine große Biegung um das kleine Stück Land macht, das den Beginn des geheimnisvollen Marschlandes bezeichnet.

Wieder suchte sie seichtes Wasser auf und ruderte dann langsam zu dem Platz, den ihr Likilivi angegeben hatte.

Sie sah ein Flußpferd hochaufgerichtet im Schlamm stehen, und einmal kreuzte sie den Weg einer Flußpferdmutter, die ein Junges auf ihrem Rücken trug.

M'ciba hielt ihr Boot an und wartete, bis sie vorbeigeschwommen war, denn ein Flußpferdweibchen mit einem Jungen fühlt sich leicht angegriffen.

Schließlich war sie an der bezeichneten Stelle angekommen. Das Wasser war hier ruhig und fast ohne jede Strömung. Sie warf ihre Angelschnüre aus und wartete.

Langsam und unmerklich trieb sie dem Ufer zu. Nirgends war hier ein Anzeichen von festem Boden zu sehen. Das grüne Elefantengras wucherte im Wasser. Einmal war ihr Boot den raschelnden, hohen Halmen schon zu nahe gekommen, so daß sie ihr Ruder nehmen mußte, um es wieder einige Meter davon abzustoßen.

Dann glaubte sie, ein Rascheln im Schilf zu hören. Aber es ging ein leichter Nachtwind, und sie achtete nicht weiter darauf.

Sie zog die Schnüre ein, steckte wieder kleine Silberfische als Köder auf die Angelhaken und warf sie aufs neue aus.

Das Geräusch, das sie dabei machte, übertönte das leise Knacken eines Enterhakens, der aus dem hohen Gras geworfen wurde.

Sie fühlte, daß ihr Boot wieder in das Schilf hineintrieb, und sie ruderte; aber zwei starke Arme ergriffen das Kanu. Bevor sie die Gefahr erkannte, war es ganz in das Schilf gezogen. Eine Hand faßte an ihre Kehle und erstickte ihren Schrei.

„Weib, wenn du einen Laut von dir gibst, werde ich dich töten", flüsterte ihr jemand zu. Sie erkannte den älteren Sohn ihres Mannes an der Stimme.

Er stieg aus dem Dunkel in ihr Boot – sein eigenes Fahrzeug mußte er im Stich gelassen haben – und brachte mit starken Ruderschlägen das Kanu immer weiter in das hohe Schilf. Sie konnte kein Wasser sehen. Dichter Pflanzenwuchs umgab sie, und als sie die Hände ausstreckte, konnte sie auf beiden Seiten Grashalme fühlen.

Sie kamen immer tiefer in das überschwemmte Marschland, und während ihr Stiefsohn ruderte, sagte er ihr ganz offen, welches Leben ihr bevorstand.

Sie trug ein kleines Dolchmesser bei sich, das von einem gefärbten breiten Gürtel aus geflochtenem Grase verborgen war. Aus gewissen Gründen führte sie diese Waffe immer mit sich.

Behutsam zog sie es aus der Scheide von Schlangenhaut, lehnte sich vor und legte ihre andere Hand auf den nackten Rücken des Ruderers.

„Rühre mich nicht an, Frau", sagte er drohend über die Schulter hinweg.

„Ich fürchte mich", erwiderte sie und zog ihre Hand nicht fort, sondern legte einen Finger auf jede Rippe.

Dann stieß sie gewandt das lange, dünne Messer zwischen ihren Fingern hindurch.

Wortlos glitt er ins Wasser, und sie legte sich weit auf die andere Seite über, um ein Kentern des Bootes zu verhüten.

Mit einem dumpfen Geräusch fiel sein Körper hinab. Sie wartete einige Zeit, ob er wieder auftauchen würde. Aber er gab kein Lebenszeichen mehr von sich, obwohl sie hinunterschaute. Das Dolchmesser hielt sie noch in der Hand.

Sie ruderte den Weg zurück, den sie gekommen war.

Das Geheimnis des Wasserweges lag nur darin, die Stelle zu finden, wo das seichte Gewässer und der Fluß zusammenstießen.

Sie war beinahe in Sicherheit, als sie plötzlich ein Geräusch hörte und anhielt. Sie konnte hinter sich die Ruderschläge eines anderen Bootes und das Rascheln von Gras vernehmen.

Mit schnellen, leisen Schlägen brachte sie ihr kleines Boot ganz aus der bewachsenen Bucht heraus und kam gerade zum Strom, als der Mond sich hinter dem N'gombiwald verbarg. Sie hielt sich im Schatten des Dschungels und fuhr schnell nach Norden.

Sie war nicht zu sehen, wer auch immer diese geheimnisvollen Ruderer sein mochten. Hätte sie sich alles in Ruhe überlegt, so hätte sie sich sicher fühlen können. Aber das war nicht ihre Sache, denn sie war nur eine Isisifrau, deren ganzes Denken sich um Liebhaber und dergleichen drehte. Ihr Atem kam und ging in schnellen Stößen, während sie angestrengt ruderte. Sie fuhr am hohen Gras entlang, bis sie an den Beginn der Bucht kam, die den Eingang zum Marschlande bildete.

Als sie diesen Punkt erreicht hatte, lenkte sie kühn mitten in den Strom. Sie schaute sich um, konnte aber nichts Genaues unterscheiden. Sie bemerkte nur ungewisse Schatten.

Ihre Nerven waren überreizt, und sie war dem Zusammenbruch nahe, als sie plötzlich vor sich etwas auftauchen sah und entsetzt die Ruder senkte.

Ein Dampfer kam auf sie zu, aus dessen Schornstein Feuerfunken sprühten. Und ein breiter, heller Lichtschein fiel auf das Wasser, als ob das Schiff mit einem Fühler den Weg durch das Dunkel suchte.

M'ciba atmete schnell und keuchend, denn die Strömung hatte sie mitten in den Lichtkegel getragen.

Sie hörte Sanders' Stimme aus der Finsternis hinter dem Licht, und sie vernahm das Klingeln des Maschinentelegrafen, der die „Zaire" nach rückwärts brachte.

Likilivi glaubte mit derselben Überzeugung an die Unzugänglichkeit des Marschlandes, mit der er an M'shimba-m'shamba und andere merkwürdige Götter glaubte.

„Die Frau ist tot", sagte er zu seinem Sohn. „Und dein Bruder ist auch tot, denn M'ciba war ein böses Weib und besaß große Kräfte."

Er zweifelte nicht im mindesten daran, daß die beiden irgendwo tot in den Tiefen der Lagune lagen.

Die Dorfbewohner nahmen die Nachricht von dem Ertrinken M'cibas mit philosophischer Ruhe auf und stellten keine weiteren Nachforschungen an.

„Ich will diese Sache Sandi berichten", meinte Likilivi.

„Vater", erwiderte sein Sohn, „Sandi fuhr in der Nacht, in der M'ciba umgebracht wurde, hier vorbei. Es war vor sechs Nächten, denn die Leute, die beim Fischen waren, sahen sein Teufelslicht."

„Um so besser", entgegnete Likilivi.

Es waren noch andere Todesfälle im Marschland vorgekommen, denn Sklaven, die Ketten an den Beinen tragen, geschlagen werden und außerdem noch nachts arbeiten müssen, damit der Rauch ihrer Feuer bei Tage keinen Verdacht erweckt, werden leicht von Krankheit befallen.

Likilivi fuhr mit seinem überlebenden Sohn und zwei Vettern aus, um neue Arbeiter zu suchen.

Drei Nächte warteten sie an der Ecke des Marschlandes, und in der vierten wurde ihre Wachsamkeit belohnt, denn zwei Männer ruderten sorglos in einem Boot heran und zogen Fischnetze hinter sich her.

Sie sangen ein N'gombilied von einem Jäger, der sich auf einen Akasavaspeer verlassen hatte und sein Vertrauen mit dem Tode büßen mußte.

Likilivi, der in die Dunkelheit hineinlauschte, verfluchte sie heimlich.

Das Boot war dicht beim hohen Gras, als der Sohn des Häuptlings den an einer Schnur befestigten kleinen Enterhaken warf, und das Kanu schnell in das Schilf hineinzog.

Zwei Boote fuhren nahe heran.

„Ihr kommt mit uns oder ihr seid des Todes!" sagte Likilivi.

„Herr, wir gehen mit euch", erwiderten die N'gombileute sofort.

Sie mußten in das Boot des Häuptlings hinübersteigen und all ihre Habseligkeiten mitnehmen. Dann wurde ihr Fahrzeug von den Insassen des anderen Kanus in Empfang genommen, hinausgerudert, umgekippt und der treibenden Strömung überlassen.

Der Häuptling wartete, bis sie zurückkamen, dann wandten sich die beiden Boote dem Innern des Marschlandes zu.

Eine Stunde lang fuhren sie die gewundene Fahrrinne entlang, bis die Spitze des ersten Kanus schließlich auf festen Grund auflief.

Sie waren auf der Insel. Beißender Rauch lag in der Luft, und die Gefangenen hörten den monotonen Klang von Stahl auf Stahl.

Likilivi trieb sie auf einem engen Pfad eilig vorwärts, der plötzlich in einer Lichtung endete.

Beim Schein vieler Feuer sahen die Gefangenen, was hier vorging.

Zwei große, lange Hütten mit niedrigen Dächern standen hier. Sie waren sehr stark und fest gebaut und ruhten auf dicken Pfählen. An jeden Pfahl war mit einer langen Kette ein Mann gefesselt. Sie war um sein Bein geschmiedet und gab ihm die Möglichkeit, in der Hütte zu schlafen und an dem Feuer vor der Hütte zu arbeiten.

Zwölf verzweifelte Männer saßen hier und hämmerten Speerklingen für Likilivi. Jeder von ihnen war ein geschickter N'gombischmied, der zu Likilivis Vorteil zum Schein „ertrunken" war.

„Hier werdet auch ihr sitzen", sagte Likilivi zu den beiden schweigenden Beobachtern, „und wenn ihr arbeitet, werdet ihr zu essen bekommen, und wenn ihr nicht arbeiten wollt, werdet ihr geschlagen." – „Ich verstehe", sagte einer der beiden Gefangenen.

Es lag etwas Merkwürdiges im Ton seiner Stimme, etwas Trockenes und Drohendes. Likilivi trat einen Schritt zurück und zeigte seine Zähne wie ein bissiger Hund.

„Legt ihnen sofort die Ketten an", befahl er. Aber seine Verwandten rührten sich nicht, denn der Gefangene hatte das Tuch von seinem Arm fallen lassen und hielt eine Pistole in der Hand.

Auch Likilivi sah es, er faßte sich aber schnell.

„Du bist einer von Sandis Spionen", sagte er heiser. „Nun schwöre ich dir, daß ich dich reich machen und dir viel wertvolles Elfenbein und kostbare Dinge schenken werde, wenn du schweigst."

„Das kann ich nicht tun", erwiderte der Mann.

Likilivi betrachtete jetzt das braune Gesicht näher und sah plötzlich, daß dieser N'gombimann graue Augen hatte, und daß er drohend lächelte, genau wie es Sandi tat, wenn er einen Mann in das Dorf der Ketten schickte, um ihn dort für seine Verbrechen büßen zu lassen.

## XIII

## Der fromme Pilger

Abiboo meldete Sanders, daß ein Arabi gekommen sei, um ihn zu sehen. Araber sind selten an der Küste, obwohl gewisse dunkelhäutige Männer mit semitischem Aussehen sich diesen Ehrentitel beilegen.

Der Amtmann trat auf die Veranda hinaus und erwartete, einen Kanuneger zu finden. Er war überrascht, als an der Ecke ein Mann von echt maurischem Typus hockte. Der Fremde hatte die Hände über den Knien gefaltet und war in einen tadellos weißen Djellab gehüllt.

„Bist du von Marokko?" fragte Sanders auf Arabisch, „oder von Dakka?" Der Mann nickte.

„Die Leute von Dakka sind Hunde", sagte er mit der singenden Stimme eines berufsmäßigen Märchenerzählers. „Ein Mann, der der Vetter meiner Mutter ist, stahl zwanzig Duros aus meinem Hause und kehrte in einem Küstenboot nach Dakka zurück, bevor ich ihn fangen und schlagen konnte. Ich hoffe, daß er ermordet wurde und seine ganze Familie mit ihm. Bismillah! Gott ist gut und gerecht!"

Sanders hörte ihm zu, denn er wußte, daß die Tangerleute große Erzähler sind.

„Ich achte nicht darauf, ob ein Mann von der Ali- oder Sufisekte ist. Es gibt Diebe unter beiden.

„Warum kommst du denn hierher?"

„Ich kannte einmal einen Mann, der an der Ecke eines großen Marktes saß." (Sanders ließ ihn seine Geschichte auf seine eigene Weise erzählen.) „Und all die Landleute, die ihr Gemüse und ihre Holzkohlen auf den Markt brachten, küßten den Saum seines Gewandes und gaben ihm Almosen.

Er war ein alter Mann mit einem langen weißen Bart, und er bewegte die Perlen seiner Gebetsschnur in seinem Schoß, wenn er die Suren des Korans hersagte.

Es gab keinen Mann in Tanger, der nicht den Saum seines Djellabs geküßt und ihm nicht wenigstens fünf Centimos gegeben hatte. Nur ich habe es nicht getan.

Wenn die Leute aus entfernten Dörfern kamen, ging ich in die Nähe der Tür seines kleinen, weißen Hauses und beobachtete, wieviel Geld er einnahm.

Eines Tages, als die Sonne sehr heiß schien und ich mich noch müßig umhergetrieben hatte, nachdem der letzte Besucher gegangen war, winkte mich der Haj zu sich heran. Ich trat näher zu ihm und setzte mich auf den Boden vor ihn hin.

Er sah mich an, sprach kein Wort und strich seinen Bart langsam mit der Hand. Lange Zeit saß er so, und seine Augen suchten meine Seele.

‚Mein Sohn', sagte er schließlich, ‚wie heißt du?'

‚Abdul Azrel', erwiderte ich.

‚Abdul', fuhr er fort, ‚viele Leute kommen und bringen mir Geschenke, aber du hast mir noch nichts gegeben.'

‚Bei Gott und seinen Propheten', schwor ich, ‚ich bin ein armer Mann, der oft hungern muß; ich habe keine Freunde.'

‚Alles, was du mir erzählst, sind Lügen', sagte der heilige Mann. Dann schwieg er wieder. Aber nach einer Pause begann er wieder zu reden.

‚Sagst du auch deine Gebete, Abdul?'

‚Viermal an jedem Tag', antwortete ich.

‚Du sollst deine Gebete viermal am Tage sagen, aber jeden Tag sollst du an einer anderen Stelle beten.' Dabei winkte er so mit der Hand."

Abdul Azrael bewegte seine Hand langsam von einer Seite zur anderen.

Sanders interessierte sich für den Mann.

„Nun –?" fragte er.

Abdul machte eine eindrucksvolle Pause.

„Nun wohl, gütiger und edler Herr", fuhr er dann fort, „von diesem Tage an bin ich durch die ganze Welt gezogen und habe immer an neuen Orten gebetet, denn ich bin verflucht von dem heiligen Mann, weil ich ihn belogen habe, und eine innere Stimme treibt mich immer weiter. O Herr, ich bin von Damaraland nach Mogador, von Mogador nach Ägypten und von Ägypten nach Sansibar gewandert."

„Das ist ja sehr schön", meinte Sanders. „Du hast eine Zunge wie Honig und eine Stimme wie Seide. Es steht aber geschrieben in der Sure des Djinn: ‚Die Wahrheit ist rauh, und die Lüge kommt sanft. Laß den vorüberziehen, der da lieblich spricht'."

Sanders erlaubte sich manche Freiheiten, wenn er den Koran zu Hilfe nahm, wie dieses Zitat beweist.

„Gebt ihm zu essen", sagte Sanders zu seiner Ordonnanz. „Später will ich ihn auf seinen Weg schicken."

Kurze Zeit darauf ging der Amtmann zu den Quartieren der Polizeitruppe hinüber und unterbrach den Haussaoffizier bei seinen Studien. Captain Hamilton hatte ein großes Buch vor sich liegen und las über Arsen nach, erstens als Heilmittel gegen Wechselfieber, zweitens als ein Gift, mit dem man sich leicht aus dem monotonen Leben an der Küste ins bessere Jenseits befördern kann.

Sanders konnte außerordentlich gut sehen und erkannte die Zusammenhänge auf den ersten Blick. Er lächelte.

„Wenn Sie nicht in der nächsten Stunde etwa Selbstmord verüben wollen, möchte ich Sie gern mit dem originellen Ewigen Juden von Tanger bekannt machen."

Hamilton klappte sein Buch geräuschvoll zu, steckte sich eine Zigarette an und blies das Streichholz sorgfältig aus.

„Entweder habe ich mich überarbeitet, oder ich habe ohne Tropenhut in der Sonne geangelt", meinte er und schaute zur Decke seiner Hütte empor.

Sanders ließ sich in einen Sessel nieder und nahm sein Zigarrenetui heraus.

Er überging die vorwurfsvolle Bemerkung des Haussaoffiziers und erzählte die Geschichte von Abdul Azrael.

„Er ist ein malerischer Bettler. Er hat davon gesprochen, daß er den Strom hinaufreisen will, um Afrika bis nach Uganda zu durchqueren."

„Lassen Sie ihn nur ruhig stromauf fahren", erwiderte Hamilton. „Soweit ich Ihre Leute hier im Lande kenne, kann er ihnen im Lügen nichts mehr beibringen. Aber vielleicht kann er sie einen besseren Stil lehren, den haben sie durchaus nötig."

Abdul Azrael fuhr mit dem Gepäckboot ab, das Regierungsgüter nach den Isisidörfern zu bringen hatte.

Es war eine Periode der Ruhe am Großen Strom eingetreten, und das Leben ging gemächlich dahin. Sanders mußte Berichte vorbereiten (was ihm in innerster Seele verhaßt war), er hatte Meldungen aus den äußeren Bezirken seines Gebietes zu prüfen, er mußte Strafen bestätigen, die seine Häuptlinge verhängt hatten – und er mußte angeln.

Einmal fuhr er den Strom hinauf, um ein größeres Palaver abzuhalten. Es handelte sich dabei um eine Sache, die der neue König der Akasava nicht allein entscheiden konnte. Das war aber auch die einzige Unterbrechung des eintönigen Lebens. Ein neuer Gouverneur war jetzt am Ruder, ein zielbewußter Mann, der seine wichtigste Aufgabe darin sah, seinen Untergebenen bei der Ausübung ihrer Amtspflichten möglichst freie Hand zu lassen.

Sanders beendete das Palaver bei den Akasava und gab ein alle Parteien beruhigendes Urteil ab. Dann machte er sich wieder auf den Heimweg. Er war zufrieden und in bester Stimmung, denn er hatte ein gutes Gewissen, und es erwartete ihn keine rückständige Arbeit.

Bei Sonnenuntergang verließ er die Stadt der Akasava und fuhr zu seiner eigenen Bequemlichkeit während der Nacht. Der Fluß ist in dieser Gegend sehr breit und tief, weder Sandbänke noch seichte Stellen bereiten dem Steuermann Schwierigkeiten. Um fünf Uhr passierte er Chumbiri.

Er hatte keinen Grund zu der Annahme, daß in Chumbiri nicht alles gut stand, er wollte deshalb auch nicht dort anhalten, sondern nur im Vorbeifahren einen Blick hinüberwerfen. Im Morgengrauen kamen sie an den Ort, ohne etwas Verdächtiges zu bemerken. Sanders stand auf der Kommandobrücke der „Zaire“ und sah den düsteren Schein eines Feuers am fernen Ufer. Er fuhr mitten im Strom, und der Fluß ist an dieser Stelle von Ufer zu Ufer zwei Meilen breit. Es war Zwielicht, als er das Dorf rechts liegen ließ, aber lange, bevor er an die scharfe Biegung kam, die Chumbiri seinen Blicken entzog, war es heller Tag geworden.

Man lernt im großen Afrika, sich nach allen Seiten umzublicken. Gewohnheitsmäßig schaute zum Beispiel Sanders noch einmal zurück, bevor er dem Steuermann mit einem leichten Kopfnicken das Zeichen gab, nach links abzudrehen. Als er aber nach rückwärts sah, runzelte er die Stirne. Er konnte den kleinen Ort gut überschauen: Drei gerade Reihen von Hütten lagen an einem Abhang, und hohe Isisipalmen säumten die Straßen ein.

„Wende wieder um“, befahl er dem Steuermann.

Der kleine Dampfer neigte sich über, als die schnelle Strömung ihn mitschiffs packte, richtete sich langsam wieder auf, und die Wassermassen bäumten sich an seinem Bug, als er gegen die Strömung ankämpfte.

„Abiboo", sagte Sanders zu seinem Sergeanten, „ich sehe keine Leute in den Straßen des Dorfes, ich sehe auch keinen Rauch von Feuern."

„O Herr, vielleicht sind sie auf die Jagd gegangen."

„Fischer gehen nicht auf die Jagd, noch weniger Frauen und alte Leute."

Abiboo machte nicht die abgeschmackte Andeutung, daß sie vielleicht noch schlafen könnten, denn wenn auch die Männer Faulenzer sein mochten, so erlaubten sie doch ihren Frauen nicht, ihre Pflichten zu vernachlässigen.

Sanders ließ den Dampfer in der Nähe des Ortes ans Ufer fahren, doch es kam niemand, um ihn zu begrüßen.

Es waren weder Hunde noch Ziegen zu sehen, nur die Reste eines großen Feuers rauchten und schwelten.

Seine Leute wateten mit den Ankertauen an Land und machten den Dampfer fest. – Sanders folgte ihnen.

Er ging durch die Hauptstraße, nirgends rührte sich etwas. Er rief laut und erhielt keine Antwort. Alle Hütten standen leer; die Kochtöpfe, die Betten und alle sonstigen Gegenstände, die Menschen brauchen, befanden sich an ihren Plätzen. Die primitiven Steinmühlen zur Enthülsung des Korns standen vor den Hütten, die rohen N'gombiäxte zum Holzschlagen, die N'gombispaten und alle Gerätschaften waren zu sehen, aber vom Volk selbst, von Männern, Frauen, Kindern, Gesunden oder Kranken war keine Spur zu entdecken. Der einzige Mensch, den Sanders erblickte, war Abdul Azrael. Der Amtmann fand diesen frommen Mann an einer geschützten Stelle des Ufers nahe bei dem Dorf. Abdul hatte seinen Gebetsteppich ausgebreitet und saß, mit dem Gesicht nach Mekka, in tiefe Andacht versunken.

Sanders wartete, bis er seine Gebete beendet hatte, dann fragte er ihn aus.

„O Herr, ich habe nichts gesehen", sagte er, „aber ich will dir eine Geschichte erzählen. Es war einmal –"

„Ich will jetzt keine Geschichten hören", erwiderte Sanders ungeduldig.

Er fuhr auf die andere Seite des Stromes. Gerade gegenüber lag Fezembini, eine größere Stadt, und da eine dauernde Verbindung zwischen beiden Orten aufrechterhalten wurde, hoffte er dort eine Aufklärung zu erhalten.

In Fezembini herrschte geschäftiges Treiben, und die ganze Bevölkerung eilte ans Ufer, als der Regierungsdampfer dort anlegte.

Der Häuptling Mondomi aber wußte auch nichts Näheres. Er war ein großer hagerer Mann mit spärlichem Bart.

„O Herr, in der vergangenen Nacht waren sie noch dort", sagte er, „denn ich hörte, wie sie ihre Trommeln schlugen, auch sah ich ihre Feuer. Gelächter scholl herüber und das Klappern der kleinen Tanzrasseln." Das sind eine Art geflochtener Hanteln, die Steine enthalten, nicht unähnlich einer doppelten Kinderrassel.

„Hm!" meinte Sanders.

Er forschte in den benachbarten Dörfern weiter nach, aber er erhielt nirgends eine befriedigende Erklärung für das Verschwinden von dreihundert Leuten.

Er setzte sich in seiner ruhigen und kühlen Kabine nieder und dachte über die Sache nach. Die Bewohner von Chumbiri waren Leute, die sich an das Gesetz hielten, so gut Akasavaleute das eben tun können. Sie hatten ihre Steuern gezahlt, es lag nichts gegen sie vor – und doch hatten sie plötzlich ihre Hütten verlassen und waren in den Wald gegangen. Dem Strom hatten sie sich nicht zugewandt, denn er hatte ihre ans Land gezogenen Boote in einer Bucht gesehen.

„Ich gebe es auf", sagte Sanders für sich. Er mußte sich einen oder zwei Tage in der Residenz aufhalten. Aber als er seine Arbeit dort beendet hatte, kehrte er wieder nach Chumbiri zurück.

Die Leute waren nicht wiedergekommen, auch hatte keiner seiner Späher irgendeine Nachricht über sie gesandt.

Er schickte Abiboo in den Wald, um ihre Spur zu verfolgen, was dem Sergeanten nicht schwerfiel, da er zwei Meilen im Wald einen alten Mann fand, der unterwegs gestorben war. Ein wenig später entdeckte er eine tote Frau.

Sanders ging hin und besah sich die Toten. Sie trugen keine Wunden und waren nicht gewaltsam getötet, sondern offenbar an Überanstrengung gestorben.

„Wenn der Tag angebrochen ist, wollen wir ihnen weiter folgen", sagte er. „Ich werde zehn Mann mitnehmen –; suche die Leute aus, die am besten marschieren können."

Er legte sich ein paar Stunden nieder, um zu schlafen, und bevor es dämmerte, brachte ihm Abiboo eine Tasse Tee, ohne die Sanders niemals sein Tagewerk begann.

Er hatte kein Gramm überflüssiges Fleisch und war ein unermüdlicher Wanderer. Die kleine Truppe legte am Vormittag über zwölf Meilen zurück. Die Leute hatten keinen leichten Marsch, denn der Waldpfad war nicht viel mehr als eine Spur im Grase.

Sie ruhten während der heißen Stunden aus und setzten ihren Weg um drei Uhr nachmittags fort.

Sie kamen an einen Lagerplatz und fanden die Asche kaum erkalteter Feuer. Auch zwei frische Gräber waren hier aufgeschüttet – ein Zeichen, daß alte, kraftlose Leute den plötzlichen Anstrengungen erlegen waren.

Um neun Uhr abends, als Sanders gerade überlegte, ob er ein Nachtlager aufschlagen lassen solle, sah er in der Ferne das Licht von Lagerfeuern und marschierte weiter.

Viele junge Bäume im Unterholz verbargen den Ausblick auf die Stelle, und sie mußten einen halbkreisförmigen Umweg machen, um die Lichtung zu erreichen, wo die Leute lagerten. Ein ungewöhnlicher Anblick bot sich dem erstaunten Amtmann dar.

Die Bewohner von Chumbiri knieten in langen Reihen hintereinander, vom Schein der Feuer beleuchtet.

Sie sahen alle in eine Richtung, und als sie sich vorwärts und rückwärts neigten, entdeckte Sanders, daß ein Mann vor den anderen kniete, den er ohne Schwierigkeit als den Häuptling erkannte.

„Lala ist der eine Große“, begann der Eingeborene.

„O Cala!“ fiel dröhnend der Chor des ganzen Volkes ein.

„Lala ist hoch und erhaben!“

„O Cala“, wiederholten die Leute und neigten sich.

Der Häuptling konnte Sanders nicht sehen, weil er von rückwärts kam. Der Amtmann stieß ihn ziemlich unsanft mit dem Fuße an. – „Steh auf, du närrischer Mensch“, sagte er.

Er brauchte gerade nicht diese Worte, denn er war sehr verärgert, aber was er sagte, hatte die gewünschte Wirkung.

„Nun sollst du mir sagen, warum du ein so verrückter Narr geworden bist, verrückter als ich jemals dachte?“

„O Herr“, erwiderte der Häuptling demütig, „wir sind ausgezogen, um ein neues Land zu suchen, denn ein Arabi lehrte uns, in einer bestimmten Weise zu beten. Wenn wir jeden Abend an einer anderen Stelle beten, wird großes Glück und viel Segen über uns kommen –“

Plötzlich wurden Sanders die Zusammenhänge klar.

„Wir werden morgen zurückgehen“, sagte er, nachdem er seinen Ärger hinuntergeschluckt hatte. „Ich will mit meinem Dampfer diesen Arabi suchen.“

Nach zwei Tagen war er wieder im Dorf. Er verschob die Bestrafung des Häuptlings auf eine spätere Zeit und eilte an Bord.

Als gerade die Taue der „Zaire“ losgemacht wurden, kam der Häuptling jammernd ans Ufer gelaufen.

„O Herr", rief er atemlos, „wir bitten um ein gerechtes Urteil!"

„Das sollst du haben", entgegnete Sanders grimmig.

„O Herr, alle unsere Häuser sind bestohlen, nichts ist zurückgelassen!"

Sanders verwünschte ihn in heftigen Ausdrücken, wozu sich die Eingeborenensprache sehr gut eignet.

„Sprich schnell, du Vater von Affen!"

„O Herr, alles ist fort!" schrie der erregte Mann. „Alle unsere Kochtöpfe, unsere Mühlen, unsere Speere, Beile und Fischnetze sind verschwunden."

„Warum habt ihr denn alles im Stich gelassen, du Sohn eines Katers?" sagte Sanders wütend.

„Der Arabi hat zu uns gesprochen, und wir haben das getan, was wir für das beste hielten."

Sanders lehnte sich über die Reling.

Aber es waren weder freundliche noch hoffnungerweckende oder tröstende Worte, die der Eingeborene zu hören bekam. Sanders nahm Wald und Feld und Fluß für seine drastischen Vergleiche zu Hilfe. Er schilderte das Leben des Häuptlings und entwarf ihm ein Bild seiner Existenz nach dem Tode. Er sprach über die Lebensgewohnheiten, die moralischen Anschauungen, die Verwandten des Mannes, er sprach mitleidig von seinem Kopf, seinen Füßen und seinen körperlichen Mängeln. Die interessierten Haussas drängten sich näher heran, damit ihnen kein Wort entgehen sollte.

„Und nun", sagte Sanders zum Schluß, „rufe ich alle Männer zu Zeugen an, daß du und deine Stammesgenossen Buschleute seid!"

„O Ko!" riefen die erschreckten Dorfbewohner, die ihrem Häuptling an das Ufer gefolgt waren, denn das Wort „Buschmann" gilt als größte Beleidigung.

„Buschmänner!" wiederholte Sanders bitter, als der Dampfer abfuhr. „Wurzelesser, die mit Affen in ihrer eigenen Sprache sprechen ..."

Die Leute blieben in großer Niedergeschlagenheit zurück.

Sanders überquerte den Strom und kam nach Fezembini.

Der Häuptling hatte den Arabi gesehen, er hatte ihm sogar zwei große Boote und je sechs Ruderer dazu vermietet.

„Er sagte, er komme von der Regierung, o Herr, in geheimem Auftrag", erklärte Mondomi, „und er wolle die Dinge sammeln, die die Leute von Chumbiri im Stich gelassen haben."

Diese Boote waren stromauf gefahren und hatten etwa sechs Tage Vorsprung vor der „Zaire".

Sanders verlor keine Zeit. Aus einem Käfig auf dem Hinterdeck nahm er zwei Brieftauben. Die eine hatte ein rotes, die andere ein dünnes blaues Band um das Bein gebunden. Er schrieb gleichlautende Botschaften auf dünnes Zigarettenpapier und band sie mit Gummischnüren an die Beine der Vögel. Dann gab er eine Taube frei, und sie wandte sich nach Norden. Als sie außer Sicht war, ließ er auch die andere los. Sie flog gleichfalls nach Norden, nur etwas weiter westlich als die erste.

Sanders fuhr mit der „Zaire" stromaufwärts und erreichte spät am Nachmittag die Akasavastadt.

„Sind Fremde hier gewesen?" fragte er den schnell herbeigerufenen Häuptling.

„O Herr, nur der neue Arabi, den du ausgesandt hast, um uns Töpfe und Messer zu verkaufen."

„Was – er hat euch Töpfe verkauft?" fragte Sanders zornig.

„Auch Speere und viele andere nützliche Dinge. Sie waren sehr billig, und alle Leute haben dich gelobt, o Herr, daß du so freundlich zu uns bist. Denn der Arabi sagte: ‚Unser Herr Sandi wünscht, daß ihr nur wenig für die kostbaren Dinge zahlen sollt – er selbst hat mich bezahlt, damit ihr Vorteil davon habt'!"

„Hat er sonst noch etwas gesagt?"

Der Häuptling zögerte.

„O Herr, er hat uns eine Geschichte von einem bösen Teufel erzählt, der die Undankbaren quälte, und meine Leute waren so von Furcht erfüllt, daß sie die Wohltaten, die du ihnen anbotest, nicht annehmen wollten und –"

„Macht den Dampfer los!" rief Sanders seinen Leuten zu.

Nackte Männer sprangen in das seichte Wasser und wateten ans Ufer, wo die Taue befestigt waren.

„Und du, Häuptling, gehe zu deinem König und sage ihm, daß er ein Kind über diesen Ort gesetzt hat! Denn wann bin ich jemals so verrückt gewesen, faulen Menschen obendrein noch Geschenke zu machen? Bin ich vielleicht krank, daß ich einem diebischen Arabi Geld zahle, um schlechten, närrischen Männern eine Wohltat zu erweisen?"

„O Herr", erwiderte der Häuptling schlicht, „wir wußten, daß du ein böser und grausamer Mann warst, und fühlten große Freude in unserem Bauch, da wir dachten, die Götter hätten dein hartes Herz gebessert."

Sanders sah sich nach einem Gegenstand um, den er ihm an den Kopf werfen konnte, denn die Zeit war kostbar.

Aber es lagen nur wertvolle Dinge in der Nähe, und so beherrschte er sich.

Zehn Meilen weiter stromauf fand er in einem Dorfe wieder die Spuren der niederträchtigen Handlungsweise dieses Arabers. Hier hatte der fromme Pilger eine Nacht zugebracht und drei Säcke Salz, getrocknete Fische und eine Menge Maniok im Namen der Regierung geliehen.

„Er gab mir auch ein Buch mit Teufelszeichen", sagte der alte Häuptling und überreichte Sanders ein Blatt Papier.

Der Amtmann las die arabische Schrift mit steigender Erregung.

„Von Abdul Azrael, dem Diener Gottes, des Einen, Wahren, Gütigen und Gnädigen.

An den Ungläubigen Sanders, den Gott erhalten und zum rechten Glauben führen möge.

Friede sei mit deinem Hause. Dieser Brief ist geschrieben am vierten Tage der dritten Woche nach Ramadan.

Ich gehe jetzt zu meinen Brüdern, die jenseits der Stromschnellen des Großen Flusses leben. Ich bete für dich, zahle deshalb alles, was ich diesen Leuten genommen habe."

Sanders las es noch einmal.

Wenn Abdul Azrael seinen Weg den Strom entlang nahm, der an dem Ochorigebiet vorüberfloß, und dann rechts in die Bambusbucht abbog, so konnte er noch rechtzeitig zu der arabischen Niederlassung kommen, die nicht mehr dem Amtmann unterstand. Außerdem konnte Sanders ihn dann an und für sich nicht mehr erreichen, denn die „Zaire" brauchte einen gewissen Tiefgang, und die Bambusbucht war nur einen halben Faden tief.

„Hat dieser Arabi gesagt, wohin er gehen werde?" fragte Sanders.

„Er wollte zu den Ochori, o Herr."

Sanders seufzte.

„Auch hat er gefragt, was die Ochori für Leute seien."

„Und was hast du geantwortet?" forschte Sanders interessiert.

„Ich erzählte ihm, daß sie Narren und furchtsame Feiglinge seien."

„Wie lange bist du hier in diesem Dorfe?"

„O Herr, ich bin hier geboren und habe hier gelebt."

Der Amtmann war erstaunt. Dieser alte Mann hatte tatsächlich noch nichts von dem Häuptling Bosambo gehört. Wenn nun Abdul der Versuchung nicht widerstanden und auf seiner Flucht tatsächlich in der Stadt dieses großen Mannes angehalten hatte?

Abdul Azrael kam in vergnügter Stimmung in die Ochoristadt. Er war glücklich und zufrieden, denn einige Meilen stromauf lag eine große Krokodilbucht, die zwar breit und tief genug für ein schnelles Kanu war, nicht aber für einen Dampfer von der Größe der „Zaire".

Ursprünglich wollte er geradenwegs seinen Zufluchtsort, die arabische Niederlassung jenseits der Grenze, aufsuchen. Aber er war schlau und durchtrieben und überlegte sich, daß er eigentlich noch einen Tag am Strom verbringen könne, um Geschäfte zu machen.

Er wäre allerdings klüger gewesen, wenn er seinen ersten Plan durchgeführt und seine Reise fortgesetzt hätte, aber das wußte er nicht. Er war in der besten Laune, denn vor einigen Stunden hatte er eines der geliehenen Boote verkauft und war in Frankies bezahlt worden. Der Frank war die einzige Münze, die in Sanders' Bezirk und am oberen Strom bekannt war. Er kam aus dem benachbarten französischen Gebiet.

In den verschiedenen Teilen seiner Kleidung verbarg Abdul Azrael die Erträgnisse vieler Pilgerfahrten. Er besaß schmutzige türkische Banknoten, goldene chinesische Münzen, englische Pfund, deutsche Mark, Zwanzigpesetastücke, schwere Goldmünzen mit geprägten Adlern aus einem Land, das er niemals gesehn hatte, und nicht wenig schwarze und schokoladebraune Hundertfranknoten der Banque de Belgique, die er am Kongo eingenommen hatte. Dabei sind noch nicht erwähnt die vielen Silbermünzen zweifelhafter Herkunft, die die Regierung des Scherifen zu unregelmäßigen Zeiten ausgab.

Abdul schritt die Hauptstraße der Ochoristadt entlang und kam zu Bosambo.

„Friede sei mit dir und deinem Hause", sagte er.

Bosambo verstand und sprach das Küstenarabisch und hieß ihn willkommen.

„Ich komme von Sandi unserem Herrn", erklärte Abdul ernst. „Er hat mich mit diesen Worten zu dir geschickt: Erweise Abdul Azrael deine beste Gastfreundschaft und betrachte ihn, als ob ich selbst es wäre!"

„Ich bin Sandis Hund", erwiderte Bosambo, „obwohl er, wie du wohl weißt, ein Halbbruder von mir ist von einer anderen Mutter."

„Dies hat er mir oft erzählt."

Zwanzig Minuten lang tauschten sie Komplimente aus, dann entschuldigte sich der Araber. – „Ich muß jetzt beten", sagte er.

„Ich will auch meine Gebete sprechen", entgegnete Bosambo fromm, „auf meine eigene Art. Und ich danke Allah, daß du hierhergekommen bist, damit ich in Frieden beten kann."

Abdul wollte gerade seine Geschichte von dem heiligen Mann von Tanger erzählen, aber er hielt an.

„Das ist aber eine merkwürdige Sprache, denn es gibt doch nur eine Art zu beten, wie es nur einen Gott gibt, und alle Menschen beten in Frieden."

Bosambo schüttelte traurig den Kopf.

„Ich lebe unter Dieben, und ich bin ein reicher Mann. Es ist in diesem Teil des Landes Sitte, alle Kleider abzutun, sie vor die Tür der Wohnung zu legen, dann in die Hütte zu gehen und zu beten."

„Das ist eine gute Sitte", sagte Abdul eifrig. „Ich habe es auch schon oft so gemacht."

„Aber wie mag ein Gläubiger ungestört seine Andacht verrichten? Denn wenn ich meine Kleider hinlege, in denen meine kostbaren Juwelen verborgen sind, werden mich meine Leute berauben."

„Bismillah!" rief der fromme Pilger. „Dies ist ein glücklicher Tag. Wir werden zusammen beten, du und ich. Und während ich bei der Andacht weile, wirst du meine Kleider bewachen, und während du im Gebet verharrst, werde ich Azrael, der Engel des Schwertes, sein, und niemand soll deine Juwelen anrühren – bei meinem Leben!"

Dann umarmten sie sich.

Abdul tastete im Überschwang seiner Gefühle Bosambo mit feinfühligen Fingern ab und nahm verschiedene Wölbungen wahr, die nicht zu Bosambos Körper gehören konnten.

„Ich will zuerst beten", sagte Abdul, „und es wird lange dauern."

„Auch ich bete immer sehr lange", erwiderte Bosambo schlicht.

Abdul entkleidete sich, packte seinen Djellab und seinen Kaftan in ein kleines Bündel zusammen, legte es vor die Tür der Hütte und ging hinein.

Sanders kam sechs Stunden später an, und Bosambo erwartete ihn.

„O Herr", sagte der Häuptling, „den Arabi habe ich gefangengenommen, wie du mir befohlen hast. Denn deine Taube war klug und schnell, obgleich es hier viele Habichte gibt."

„Wo ist er?"

„Er sitzt in meiner Hütte. Gehe nicht zu schwer mit ihm ins Gericht, o Herr, denn er ist von meinem Glauben, und er ist auch ein wenig verrückt."

„Verrückt?"

Bosambo nickte.

„Ganz gewiß, o Herr. Er sagte, ich hätte ihn bestohlen und hätte ihm soundsoviel Gold und Papiergeld genommen – ein großes Vermögen."

Sanders sah ihn durchbohrend an.

„Hast du das getan?"

„O Herr!" Bosambo war entrüstet. „Er war doch mein Gast, und er ist von meinem Glauben –, wie könnte ich ihn da bestehlen?"

Sanders hatte nur eine kurze Unterredung mit dem wütenden Araber.

„Ich werde dich für ein Jahr in das Dorf der Ketten schicken, denn du bist ein Lügner, ein Dieb, und du hast viel Unheil angerichtet."

„Ich werde in dein Gefängnis gehen, o Herr", erwiderte Abdul, „aber sage diesem Schwarzen, daß er mir mein Geld zurückgibt, das er mir gestohlen hat. Es war in meinen Kleidern verborgen, und durch eine List –"

„Das ist nicht mein Palaver", entgegnete Sanders kurz.

Die Haussas nahmen den Arabi in ihre Mitte, um ihn fortzubringen, aber er wandte sich noch einmal an Bosambo.

„Wenn ich aus dem Dorf der Ketten zurückkehre, werde ich zu dir kommen, Bosambo, du Ungläubiger, du Schweinefresser! Und –"

Bosambo machte eine leichte Handbewegung.

„Du wirst nicht aus dem Dorf der Ketten zurückkehren, denn Sandi, der mein Vetter ist, hat mir insgeheim mitgeteilt, daß du vergiftet wirst. Und was das Geld angeht, so halte ich dich für einen gemeinen Lügner."

„Sechshundert spanische Dollars!" stieß Abdul zwischen den Zähnen hervor.

„Vier und ein halbes Hundert", verbesserte ihn Bosambo freundlich, „und viele Silbermünzen zerbrechen, wenn man darauf beißt. Gehe in Frieden, du Engel des Schwertes!"

## XIV

# Sanders' Verbrechen

Es ist angenehm, Privatsekretär und Vertrauensmann eines Millionärs zu sein und monatlich einen Scheck über einundvierzig Pfund und dreizehn Schilling als Gehaltszahlung in Empfang zu nehmen.

In dieser Lage befand sich Mr. Jordon. Er war noch jung, hatte aber einen festen Charakter.

Seine Frau war schön, und sie hatten auch ein hübsches kleines Kind. Die kleine Familie lebte glücklich und zufrieden. Doch unglücklicherweise starb der Millionär, und obwohl er seinem Sekretär Derik Arthur Jordon testamentarisch hundert Pfund aussetzte, war das doch nur ein schwacher Trost für seine bisher regelmäßigen großen Einnahmen.

Der Privatsekretär eines verstorbenen Millionärs findet schwer einen neuen Posten, denn es gibt nur wenig Millionäre, und sie sind gewöhnlich alle schon mit Privatsekretären versehen. Der junge Mann suchte sechs Monate nach einer neuen Anstellung und hatte den größten Teil seiner Ersparnisse ausgegeben, bevor ihm klarwurde, daß die Möglichkeiten für ihn sehr beschränkt waren.

Wäre er ein gewöhnlicher Sekretär gewesen, und hätte er genügende Kenntnisse in Stenographie und Schreibmaschinenarbeit besessen, so wäre er leicht wieder untergekommen. Aber er hatte sich auf Millionäre spezialisiert und für einen Mann gearbeitet, dem er gleichzeitig alles sein mußte. Er machte das Tagesprogramm, er besorgte alle Einkäufe, und er war sein Nachrichtenbüro. Die gewöhnliche Geschäftswelt Londons hatte natürlich keine Verwendung für derartige Fähigkeiten. Mr. Jordon besaß noch genau hundertfünfzig Pfund, als ihm seine Lage plötzlich klarwurde.

Zufällig traf er auf dem Weg zu seiner Wohnung in einer Vorstadt einen Herrn, dessen Freund mit einem Geschäftskapital von wenigen Pfund ein Vermögen durch Handel an der Westküste Afrikas erworben hatte.

Jordon suchte nun, in Verbindung mit diesem Mann zu kommen, und sie trafen sich eines Tages in einem vornehmen Hotel in Westend, wo der Kaufmann Whisky trank und von seinem „kleinen Geschäft" in Minehead sprach.

„Es ist sehr einfach", sagte er, „besonders wenn Sie in ein Gebiet kommen, das noch nicht von Händlern überlaufen ist. Da ist zum Beispiel der Bezirk, den Mr. Sanders verwaltet. Aber das ist natürlich unmöglich. Sanders behandelt Kaufleute ganz schweinemäßig –

er will sie nicht haben. Er ist ein kleiner Gott und läßt sich von niemand etwas sagen ...“

Er schilderte ihm die wunderbaren Möglichkeiten einer solchen Betätigung, und der junge Mann ging nach Hause, erfüllt von diesen Aussichten.

Er saß mit seiner hübschen Frau bis zum frühen Morgen zusammen und besprach den neuen Plan mit ihr. Sie holten eine Karte von Afrika, in der das Territorium eingezeichnet war, das unter der Verwaltung des Amtmanns Sanders stand. Da die Karte nicht sehr groß war, erschien das Gebiet verschwindend klein.

„Ich möchte gerne wissen, wie er eigentlich ist“, meinte die Frau nachdenklich. Sie verbarg ihren Schmerz darüber, daß sie sich von ihm trennen mußte, denn sie war eine Frau, und Frauen sind manchmal außerordentlich selbstlos.

„Vielleicht läßt er dich doch dort arbeiten“, sagte sie sinnend. „Ich bin überzeugt, daß er es täte, wenn er unsere Lage kennen würde.“ – Jordon schüttelte traurig den Kopf.

„Ich glaube nicht, daß unsere Lage irgendeinen Einfluß auf ihn haben wird. Mr. Ammett sagte mir, daß er ein sehr energischer, unbeirrbarer Mann ist und daß man schwer mit ihm auskommen kann.“

Sie überschlugen die Kosten einer solchen Expedition. Wenn sie ihre ganze Einrichtung verkauften und sie in ein möbliertes Zimmer zog, war es durchzuführen. Er konnte ihr fünfzig bis sechzig Pfund zurückzulassen, und mit dieser Summe war es bei sparsamer Lebensführung möglich, ein Jahr lang durchzukommen. Das übrige Geld brauchte er zum Ankauf von Waren. Der erfolgreiche Kaufmann hatte ihm eine Liste der Artikel gegeben, die man an die Eingeborenen an der Küste absetzen könnte.

Einige Wochen später führte Jordon seinen großen Entschluß aus.

Er fuhr von Liverpool mit einer Menge Tand und Stoffen ab, und als die zarte Gestalt seiner weinenden, jungen Frau am Ufer immer kleiner wurde, kam ihm, wie allen Menschen früher oder später einmal, zum Bewußtsein, daß der Tod nicht das schrecklichste Übel ist.

In Grand Bassam bestieg er einen kleinen Küstendampfer.

Den Leuten an Bord verriet er nichts von seinen Plänen. Es waren Männer in leichten, weißen Anzügen, die viel Whisky tranken. Aber was er über Sanders erfuhr, entmutigte ihn sehr.

Der Amtmann ging ans Ufer, dem Dampfer entgegen, der gewöhnlich die Post brachte.

Ein hochgewachsener, schlanker, junger Mann im weißen Anzug sprang aus dem Boot. Ein Handkoffer wurde ihm nachgereicht.

Sanders sah den Ankömmling argwöhnisch von der Seite an. Er liebte Fremde nicht – sein Verhalten in dieser Beziehung war von Dakka bis nach Mossamedes bekannt, und der Ausdruck „Sandersbegrüßung" war sprichwörtlich an der ganzen Küste.

„Guten Morgen", sagte Jordon mit klopfendem Herzen.

„Guten Morgen", entgegnete Sanders kurz. „Wollen Sie mich sprechen? Dann haben Sie nicht viel Zeit – das Boot wartet hier nicht lange." – Jordon biß sich auf die Lippen.

„Ich werde nicht gleich wieder abfahren – ich – ich möchte hierbleiben."

„Oh!" sagte Sanders nicht gerade sehr begeistert.

Als sie auf der schattigen Veranda bei einem eisgekühlten Trank saßen, sprach der junge Mann, ohne etwas zu verheimlichen.

„Ich bin herausgekommen, um hier ein kleines Vermögen oder doch wenigstens den Lebensunterhalt zu verdienen." Der Gedanke an seine Frau, die er in dem kleinen, möblierten Zimmer in London zurückgelassen hatte, gab ihm Mut.

„Sie haben sich einen wenig glücklichen Platz ausgesucht." Sanders lächelte, obschon ihm die Ankunft dieses Mannes sehr wenig behagte.

„Deshalb bin ich ja gerade gekommen", erwiderte Jordon mit überraschender Kühnheit. „Alle anderen Bezirke sind bereits von Händlern überschwemmt und abgegrast. Ich muß doch irgendwie meinen Lebensunterhalt erwerben."

Er machte nicht den geringsten Versuch, seine Armut oder seine Unerfahrenheit zu verbergen.

Amtmann Sanders war interessiert. Die Seite des Lebens, die ihm der junge Mann zeigte, war ihm vollständig neu. Diesen Kampf ums Dasein in einer großen, mitleidlosen Stadt kannte und verstand er nicht.

„Sie scheinen nicht mehr vom Unglück verfolgt zu werden, als andere Menschen auch", sagte er ruhig. „Ich kann Ihnen nicht den Rat geben, zurückzugehen, weil Sie die Brücken hinter sich abgebrochen haben. Außerdem würden Sie meinem Rat ja doch nicht folgen. Ich werde mir die Sache einmal überlegen."

Er runzelte die Stirn und sah nachdenklich zu den Hütten der Polizeitruppe hinüber, deren weiße Wände in der Morgensonne leuchteten. Er schaute auf die gelben Sandflächen und auf das weite Meer, auf das man einen guten Ausblick von der Veranda aus hatte.

„Ich könnte Arbeit für Sie finden", meinte er schließlich, „wenn Sie eine der Sprachen beherrschten – aber das können Sie ja nicht – oder wenn –", er brach plötzlich ab.

„Ich bin berechtigt, einen Assistenten zu halten", fuhr er nach einer Pause fort, „ich könnte Sie zu –"

Aber der junge Mann schüttelte den Kopf.

„Der Regierungsdienst ist gut für Sie, Herr Amtmann, aber ich würde Ihnen nicht nützen. Geben Sie mir einen Handelsschein. Ich glaube, Sie haben die nötige Autorität, das zu tun. Denn außer Ihnen scheint niemand diese Vollmacht zu besitzen."

Sanders lächelte grimmig. Der Sekretär eines Gouverneurs hatte früher einmal einem eurasischen Händler eine solche Handelslizenz ausgestellt – aber über diese Geschichte wollen wir schweigen.

„Ich will Ihnen diese Erlaubnis geben", sagte er. Das Herz Mr. Jordons schlug höher. „Es wird Sie ein Pfund kosten, das ist vielleicht ihre ganze Barschaft. Und im Laufe der Zeit werden Sie wahrscheinlich noch Ihre Gesundheit und Ihr Leben opfern."

Er fertigte den Schein noch am selben Tage aus.

Jordon blieb einige Wochen als Gast in der Residenz, bis seine Waren von Sierra Leone kamen.

Sanders suchte einen Dolmetscher und einen Vormann für ihn aus, und der junge Mann fuhr mit seinem neuen Boot ab, um den Kampf mit dem Glück aufzunehmen. An seine Frau hatte er einen Brief geschrieben, in dem er Sanders als einen der besten Menschen schilderte.

Vor der Abreise gab ihm der Amtmann noch einige Verhaltungsmaßregeln.

„Ich liebe Kaufleute durchaus nicht, und ich gebe nur im äußersten Notfall eine Handelserlaubnis. Tun Sie nichts, um meine Eingeborenen zu beunruhigen, sehen Sie zu, daß Sie kein Ärgernis erregen. Meiden Sie die N'gombi, denn sie sind Diebe, und die Buschleute, die von alters her alle Fremden umbringen. Die Isisi werden Salz gegen Gummi kaufen wollen – ihr Land ist sehr reich an Gummibäumen. Die Ochori werden Tuch gegen Gummi einhandeln – übrigens spricht Bosambo, ihr Häuptling, Englisch. Er wird den Versuch machen, Sie zu betrügen. Also leben Sie wohl – und viel Glück."

Er schaute dem Boote nach, bis es um die Flußbiegung verschwand, dann ging er zu seinem Hause zurück und trug das Abfahrtsdatum in sein Tagebuch ein.

Nachher entzifferte er die lange Botschaft eines Spähers, die in Arabisch abgefaßt war und eingehend über drei andere Fremde berichtete, die auf geheimnisvolle Weise in das Land gekommen und ebenso wieder verschwunden waren.

Es waren drei Männer, die in der Nähe des Flusses wohnten und zu keinem besonderen Dorf und zu keinem der Stämme gehörten. Sie hatten sich an der Grenze zwischen den Akasava, Isisi und Ochori niedergelassen, und obwohl einer von ihnen die seitlichen Narben der Bogindi auf dem Rücken trug, bestand doch kein Zweifel, daß er nicht von diesem Volke war.

Sie hausten in drei Hütten, die sie nebeneinander errichtet hatten, und lebten vom Fischfang und von der Jagd. Es war eine merkwürdige Tatsache, daß diese Leute keine Frauen hatten.

Aus gewissen Gründen, die ein Psychologe verstehen wird, waren sie von ihrer Umgebung isoliert. Frauen gingen ihnen aus dem Wege, und wenn sie zu einem der anliegenden Dörfer kamen, um etwas zu verkaufen oder zu kaufen, so gingen die Mädchen und jungen Frauen in ihre Hütten und sahen sie von dort aus furchtsam an.

Der Führer dieser Männer hieß M'Karoka – oder so ähnlich. Er war groß, breitschulterig, hatte ein finsteres Aussehen, sprach nur wenig und zeigte ein wenig angenehmes Wesen bei einem Wortwechsel. Er hielt sich für erhaben über alle Ortsgesetze, obwohl er niemals dagegen verstieß. Seine Kameraden handelten und dachten wie er.

Wenn sie auch ein merkwürdiges Leben führten, so waren sie doch niemand im Wege und kränkten keinen. Sie stahlen nichts, auch mißbrauchten sie die Gastfreundschaft nicht, die man ihnen gewährte. Sie waren ehrlich in ihrer Handlungsweise und benahmen sich in jeder Beziehung redlich.

Sanders hatte seine eigene Art, Erkundigungen einzuziehen. Diese Methode ist Leuten nicht unbekannt, die wilde, unzivilisierte Gegenden regieren müssen. Er erfuhr nichts Schlechtes über die drei Männer und überließ sie sich selbst. Sie fischten und jagten und bauten ein wenig Mais in einem Garten, den sie durch Ausroden der Bäume gewonnen hatten. Sie suchten nach Maniok, bereiteten ihn für ihre Mahlzeiten zu und betrugen sich ordentlich und ehrbar wie verheiratete Leute.

Aber eines Tages verschwanden sie.

Es war so, als ob die Erde sie verschlungen hätte. Niemand hatte sie fortgehen sehen. Ihre Hütten standen unberührt und unverletzt, ihre Ernte wuchs in dem Garten, den sie angelegt hatten, die toten Fische waren an einer Leine zwischen zwei Stäben zum Trocknen aufgehängt, und ihr Boot war auf den Strand gezogen.

Sie blieben verschwunden, der undurchdringliche, unbekannte Wald hatte sie aufgenommen, und es wurde nichts mehr von ihnen gehört.

Sanders wunderte sich über nichts und war davon überzeugt,

daß sich auch die geheimnisvöllsten Ereignisse auf natürliche Weise erklären ließen. Er sandte nur zu den Walddörfern in der Umgegend und ließ anfragen, ob man dort etwas über den Verbleib der drei Männer wußte.

Er erfuhr aber weiter nichts, und damit endete diese Geschichte, soweit sie Amtmann Sanders betraf.

Von Jordon hörte er das ganze Jahr hindurch. Briefe an seine Frau kamen zur Residenz und wurden von dort weiterbefördert. Über seine Reise von Dorf zu Dorf berichteten die Späher getreulich. Es fiel dem jungen Mann schwer, vorwärtszukommen. Der Gummi, den er in unregelmäßigen Zwischenräumen schickte, war nicht von der besten Sorte, und eine Ladung ging durch Umschlagen eines Bootes verloren. Sanders, der seine Verhältnisse genau kannte, war besorgt um ihn und ließ den Häuptlingen am Strom sagen, daß es dem Amtmann Sanders angenehm sei, wenn sie den Händler in seinen Bestrebungen fördern würden.

Nachdem ein Jahr verflossen war, tauchte Mr. Jordan plötzlich unerwartet wieder in der Residenz auf. Er war schlanker, von der Sonne braun gebrannt und hatte einen struppigen Bart.

Er kam mit vier Ruderern in einem alten Kanu und brachte nur sein Gewehr, seine Kochtöpfe und sein Bett mit sich.

Seine Kleider waren zerschlissen und schmutzig; er trug unförmige Mokassins aus Tierhäuten, und sein Tropenhelm war nicht mehr weiß, aber sehr zerbeult.

Inzwischen hatte er manches gelernt und grüßte Sanders fließend in der Bomongosprache.

„Chasi o!" sagte er mit einem bitteren Lachen, als er aus dem Boot stieg. Das heißt soviel wie „erledigt".

„Ist es wirklich schon so schlimm?" fragte Sanders.

„Beinahe. Ich bin kein Kaufmann, ich bin zu gutmütig für diese Leute. Ich bin ein geborener Philanthrop –"

Sanders lächelte teilnahmsvoll.

„Ich habe viel vom Leben gesehen – aber damit verdient man nichts."

Sanders nahm ihn mit sich in die Residenz und fand einen Anzug, der ihm beinahe paßte.

„Ich will noch einen Versuch machen", meinte Jordon. „Wenn der auch mißlingt, muß ich etwas anderes anfangen."

In der Residenz warteten Briefe auf ihn, die unendliche Geduld und grenzenlose Liebe verrieten, Briefe, in denen heldenhafte Lügen standen; aber sie waren zu durchsichtig, um jemand zu täuschen.

Der junge Mann las sie und sah plötzlich alt und sorgenvoll aus.

Es war auch eine Abrechnung seines Agenten in Sierra Leone bei der Post. Sein Guthaben war nach Abzug aller Kommissionen und Spesen nicht sehr hoch.

Aber es blieb noch genug übrig, um noch einmal Waren zu kaufen, und drei Wochen später machte sich Mr. Jordon aufs neue auf.

Sein Aufbruch von der Residenz fiel mit der Rückkehr eines der drei geheimnisvollen Männer zusammen.

Er kehrte allein zu dem alten Platz am Flußufer zurück. Die Hütten waren inzwischen verschwunden, der Garten war wieder zu Wald geworden, und das Boot lag verfault am Ufer, denn niemand hatte gewagt, es sich anzueignen.

Er machte sich daran, wieder eine Hütte aufzubauen, er säuberte den Garten ohne Hilfe und führte in Einsamkeit das gewohnte alte Leben.

Sanders hörte von seiner Rückkehr, und als ihn sein Weg das nächste Mal vorbeiführte, ging er an Land.

Der Mann kauerte an seinem Fenster und rührte in einem Kochtopf, als Sanders um die Hütte herumkam, die ihn verborgen hatte.

Er sprang unsicher auf, und einen Augenblick lang sah es so aus, als ob er fortlaufen wollte. Aber er besann sich eines Besseren, erhob seine Handfläche und grüßte.

„Inkoos", sagte er mit tiefer, tönender Stimme.

Das war ein ungewöhnlicher Gruß, obwohl er Sanders vertraut war.

„Ich bringe dir Glück", erwiderte Sanders, indem er eine Grußform der Ochori wählte. „Aber da du ein Fremder bist, möchte ich dich fragen, was du hier tust und warum du fern von deinem eigenen Volke lebst. Denn ich bin das Auge des Königs und sehe für ihn."

Der Mann sprach langsam, und Sanders erkannte, daß der Ochoridialekt nicht seine Muttersprache war, denn er zögerte manchmal, wenn ihm ein Wort nicht gleich einfiel, und bisweilen brauchte er Suaheliworte.

„Ich stamme aus einem fernen Lande, o Herr, ich und meine beiden Vettern. Wir sind viele Monate gereist, bevor wir hierherkamen. Dann kehrten wir aus gewissen Gründen in unser Land zurück, und als wir unsere Geschäfte dort erledigt hatten, machten wir uns wieder auf den Rückweg. Aber einer von uns, Velim, wurde durch einen Löwen getötet, und der andere starb an einer Krankheit. So kam ich denn allein zurück und sitze nun hier, bis eine bestimmte Zeit um ist."

Die Erklärung des Mannes konnte wahr sein.

Sanders hatte ein untrügliches Gefühl dafür und wußte, daß der andere nicht gelogen hatte.

„Von welchem Volke bist du denn? Ich sehe, daß du ein Fremder bist und keinem Stamme gleich, den ich kenne, wenn du nicht ein Zulu bist."

„Du hast gesprochen, o Herr", erwiderte der Mann ernst, „denn obgleich ich Fische esse, gehöre ich zu diesem Volk, und ich habe Männer getötet."

Sanders betrachtete ihn schweigend. Es war eine erstaunliche Tatsache, daß dieser Fremdling viertausend Meilen durch Wüsten, Flüsse und Wälder gewandert war, sich durch hundert feindliche Stämme durchgeschlagen hatte, auf diesem weiten Weg mit seinen Begleitern zurückgekehrt war und dann aufs neue die Entfernung zurückgelegt hatte.

Aber er war zweifellos ein Zulu – Sanders hatte das schon erkannt, als er seine Hand zum Gruß erhob und ihn als einen „Fürsten" grüßte.

„Bleibe hier", sagte er, „halte das Gesetz, füge niemand ein Leid zu, und du sollst ebenso frei sein wie jeder andere Mann – das Palaver ist aus."

Sanders fuhr in nicht allzu großer Eile den Strom hinunter, denn es lag weder in der Residenz noch an einer anderen Stelle eine dringende Sache vor.

Er kam an Jordons Boot vorbei, das stromaufwärts fuhr, und rief durch das Sprachrohr einen freundlichen Gruß zu. Der junge Mann winkte mit der Hand zu der weißen Gestalt auf der Kommandobrücke der „Zaire" hinüber, obwohl er niedergeschlagen und traurig war.

Schweren Herzens zog er weiter. Sein Vorrat an Artikeln schmolz zusammen, und er hatte wenig verdient. Nicht einmal die verlokkendsten und buntesten Manchesterwaren hatten die trägen Isisi veranlassen können, Gummi und Kautschuk zu sammeln. Sie boten ihm getrocknete Fische, magere Hühner oder ihre Dienste an für seine schönen Stoffe und Perlen. Aber sie wollten keinen Gummi oder Kautschuk sammeln.

Die Nacht brach herein, als er zu der Hütte des einsamen Fremden kam.

Er ließ sein Boot ans Ufer rudern, um die Nacht dort zu verbringen. Während seine vier Leute ein Feuer entzündeten, ging er zu der Hütte.

M'Karoka beobachtete mit verschränkten Armen seine Ankunft.

Ein anderer Mann am Strom hätte nicht gezögert, vorwärts zu gehen und ihn zu begrüßen, denn Schwarz ist Schwarz, und Weiß ist Weiß, ob der Weiße nun Beamter oder Händler ist.

Jordon hatte lange genug am Fluß gelebt, um in der gleichgültigen Haltung des Mannes Unfreundlichkeit zu erkennen.

Aber trotzdem war M'Karoka höflich. Sie setzten sich zusammen und handelten den Preis für ein Tuchstück aus – M'Karoka hatte keine Verwendung für Perlen. Als Jordon später sein kleines Zelt am Ufer aufschlug, half ihm der Eingeborene, der mit solchen Dingen sehr vertraut zu sein schien.

Aber das Sonderbarste war, daß M'Karoka in barem Geld bezahlt hatte. Nach dem Abschluß des Geschäftes war er in seine Hütte gegangen und gleich darauf mit einem Pfundstück zurückgekehrt.

Er zahlte viermal soviel, wie das Tuch wert war, weil der Handel auf der Basis von Gummi getätigt wurde.

Jordon dachte über dieses seltsame Erlebnis nach, als er sich zum Schlafen zurückzog. Er war verwirrt, denn er wußte, daß Geld am Großen Strom unbekannt war.

Er schlief ein und träumte von einer Vorstadtwohnung in London und von dem blassen Gesicht einer schönen Frau.

Plötzlich wachte er auf.

Es war noch finstere Nacht. Draußen plätscherten die Wellen, und die Bäume rauschten leise.

Aber diese Geräusche hatten ihn nicht geweckt.

Er hörte Stimmen vor dem Zelt, nur konnte er die Sprache nicht verstehen.

Schnell zog er seine Moskitoschuhe an und öffnete die Zeltbahn, die den Eingang verschloß.

Der Mond schien hell, und Jordon sah M'Karoka, der mit einem anderen Mann vor seiner Hütte stand.

Sie stritten miteinander, und der Fremde war wütend und zornig.

Plötzlich trat er einen Schritt zurück und schlug zweimal nach M'Karoka, bevor Jordon seinen Revolver erreichen konnte.

Der junge Mann sah die Stahlklinge im Mondlicht blitzen. Er beugte sich nieder, fand seine Pistole und stürmte aus dem Zelt hinaus. M'Karoka lag auf der Erde, sein Gegner floh zu dem Fluß.

Er sprang in Jordons Kanu, durchhieb das Seil, mit dem es angebunden war, und ruderte schnell zur Mitte des Stromes.

Dreimal feuerte Jordon nach ihm, und bei dem dritten Schuß glitt der Fremde aus dem Boot und fiel wie ein müder Mann ins Wasser.

„Schwimmt hinaus und bringt das Kanu zurück", befahl Jordon seinen Leuten, die der Lärm herbeigelockt hatte. Er selbst wandte sich M'Karoka zu.

Der Mann lag im Sterben. Man brauchte keine großen medizinischen Kenntnisse zu besitzen, um zu sehen, daß seine Verletzungen tödlich waren. Jordon versuchte, so gut es ging, die schreckliche Brustwunde zu verbinden und die Blutung zu stillen.

M'Karoka öffnete die Augen.

„Baas", fragte er schwach, „was ist aus Vellim geworden?" Der Name dieses Mannes war wahrscheinlich Wilhelm oder William.

„Ich glaube, ich habe ihn erschossen", erwiderte Jordon.

M'Karoka schloß die Augen wieder.

„Höre, Baas", sagte er nach einer Weile. „Du wirst Sandi erzählen, daß ich log, als ich ihm sagte, Vellim sei tot. Alles andere ist wahr. Jeder von uns bekam seinen Anteil an den Steinen – dann gingen wir zurück, weil sie uns in dem fernen Lande von keinem Nutzen waren – einige verkauften wir für bares Geld – dann mußten wir fliehen.– Vellim versuchte, uns zu töten, um alles zu bekommen – wir schlugen ihn und nahmen seine Steine – er floh in den Busch –"

Er machte eine Pause, denn das Sprechen fiel ihm schwer.

Als er den Mund wieder öffnete, redete er in einer fremden Sprache, die Jordon nicht verstehen konnte. Es war dieselbe Mundart, die er vorher gehört hatte, als die beiden stritten.

Seine Worte waren heftig, aber plötzlich schien ihm klar zu werden, daß der andere ihn nicht verstand, denn er sprach wieder im Ochoridialekt.

„Unter dem Feuer in meiner Hütte", sagte er keuchend, „sind viele Steine, Master – sie sind für dich, weil du Vellim getötet hast –"

Kurz darauf starb er.

Am Morgen räumte Jordon die Asche von der Feuerstelle weg und grub durch die von der Hitze zusammengesinterte Erdschicht. Zwei Fuß unter der Oberfläche fand er ein Paket, das in unzählig viele Eingeborenentücher eingewickelt war.

Er öffnete es begierig mit zitternden Händen.

Zwanzig bis dreißig Steine von der Größe eines Murmels bis zu einer Erbse lagen darin. Sie waren unregelmäßig und sahen mausgrau aus.

Nun kam Jordon seine frühere Tätigkeit bei einem südafrikanischen Millionär zu Hilfe, denn er erkannte sofort, daß es ungeschliffene Diamanten waren.

Sanders hörte der Geschichte zu, die Jordon ihm zusammenhanglos erzählte.

Der junge Mann war außer sich vor Freude.

„Denken Sie doch an meine liebe, kleine Frau und an mein Kind, Mr. Sanders! Sie sind nahezu am Verhungern, ich weiß es – ich kann zwischen den Zeilen lesen. Und nun im letzten Augenblick, als alles schon verloren schien, kommt dieses große Glück –“

Sanders unterbrach diesen überströmenden Freudenausbruch nicht. Auf der Reede lag der Dampfer nach England, und die kleine Dampfpinasse wartete am Ufer.

„Sie sind gerade rechtzeitig gekommen“, sagte Sanders grimmig. „An Ihrer Stelle würde ich vergessen, daß Sie mir jemals etwas von dieser Sache erzählt haben – ich würde auch zu Hause nicht darüber sprechen, wenn ich Sie wäre. Leben Sie wohl.“

Er streckte die Hand aus, die Jordon dankbar ergriff.

„Sie waren so freundlich zu mir –“ begann er.

„Leben Sie wohl – und beeilen Sie sich, sonst fährt das Dampfboot ohne Sie zum Schiff zurück.“

Er wartete nicht, bis Mr. Jordon abgefahren war, sondern wandte sich schnell um und ging zur Residenz.

Er öffnete eine Schublade seines Schreibtisches und nahm ein Dokument heraus.

„An alle Amtleute, Behörden, Polizeikommissare und Regierungsbeamten:

Zufolge eines Haftbefehls der Polizeibehörde Kimberley werden Villim Dobomo, Josef M'Karoka und Josef Kama steckbrieflich verfolgt. Alle drei vom Stamm der Zulus. Sind des unerlaubten Ankaufs von Diamanten angeklagt. Vermutlich haben sie sich nordwärts durch Baroskeland und Angola nach dem Kongo gewandt. Die Angeklagten verschwanden vor zwei Jahren aus Kimberley, wurden aber kürzlich in der dortigen Gegend wiedergesehen. Es ist festgestellt worden, daß sie wieder nach Norden zurückgekehrt sind.“

Unter das Zirkular war von der Hand des Gouverneurs geschrieben:

„Bitte, teilen Sie mit, ob Ihnen etwas von diesen Leuten bekannt ist.“

Sanders starrte lange auf das Blatt. Es wäre natürlich seine Pflicht gewesen, die ganze Angelegenheit zu melden und die Diamanten zu konfiszieren, die im Besitz Mr. Jordons waren.

„Eine junge Frau und ein kleines Kind“, sagte Sanders nachdenklich. „Wie leichtsinnig diese Leute doch sind!“

Dann nahm er seine Feder und schrieb mit fester Hand:
„Diesseits nichts bekannt. Sanders."

## XV

## Frühling

Das Leben eines britischen Kolonialbeamten, der ein Eingeborenengebiet verwaltet, ist natürlich sehr einsam. Er ist vollständig abgeschnitten von allen Annehmlichkeiten, die das Leben sonst lebenswert machen. Eiserne Notwendigkeit bindet ihn an ein Leben, auf das ihn weder Erziehung noch Vererbung vorbereitet haben, und zu dem ihn seine eigenen Neigungen nicht hinziehen. Er lebt und denkt mit den Eingeborenen, die in ihren Gedanken und Taten wie große Kinder sind.

Sie lieben und hassen wie die Kinder; sie besitzen nicht den Scharfsinn und die Gewandtheit ihrer zivilisierten Brüder, und in ihren elementaren Leidenschaften wenden sie sich eigentlich zurück zu den gewöhnlichen Tieren, von denen die Menschen ja ihre Entwicklung herleiten.

Und weiße Männer, die mit ihnen zusammenleben und mit ganzem Herzen ihre Art zu verstehen suchen, werden entweder kluge Kinder oder kluge Tiere.

Sanders fuhr im Frühling in nachdenklicher Stimmung den Fluß hinunter. Er saß in einem bequemen Lehnstuhl unter dem gestreiften Sonnendach, das die Kommandobrücke seines Dampfers vor der glutenden Hitze schützte. Ein Buch lag auf seinen Knien, aber er las wenig darin.

Seine Blicke schweiften über die ruhige Oberfläche des Großen Stromes. Links erhob sich der dunkle N'gombiwald, rechts zeigten sich die flachen Hügel des Isisilandes. Blauer Rauch stieg von diesem und jenem Dorfe auf.

Er sah die kleinen Fischerboote, die an geeigneten Stellen am Ufer befestigt waren, er hörte die unmelodischen Schreie der Papageien über sich, er entdeckte hier und dort die Gesichter von neugierigen, kleinen Affen in den Zweigen, wenn die „Zaire" im tiefen Fahrwasser dicht am Ufer entlangfuhr. Alle diese Dinge interessierten und fesselten ihn wie seit langer Zeit nicht mehr – seit sehr langer Zeit.

Als er in die Nähe eines Dorfes kam, zog er die Leine, die die

Sirene betätigte, und schickte den winkenden Leuten einen heulenden Gruß zu.

Den Fliegenwedel in der Hand, das ungelesene Buch auf den Knien, blickte Sanders geistesabwesend und doch gebannt auf die Landschaft, die an ihm vorüberzog.

Bogindi, der Steuermann, der im Schatten des Sonnensegels das Steuerrad regierte, rief ihn an.

„O Herr, vor uns ist ein Mann in einem Boot, der dich sprechen möchte."

Sanders beschattete seine Augen mit der Hand. Gerade vor dem Dampfer lag breitseits ein Kanu. Ein Mann stand aufrecht darin, und seine ausgestreckten Arme deuteten an, daß er ein dringendes Palaver wünschte.

Nun rechtfertigen nur ganz außergewöhnlich wichtige Vorgänge, wie Aufstände und dergleichen, ein Aufhalten des Regierungsdampfers auf dem Strom.

Sanders sprang auf und stellte den Maschinentelegrafen auf Stopp und dann auf Rückwärts.

Von der Reling aus beobachtete er den Mann durch sein Fernglas.

„Das ist ein junger Mann, Abiboo", sagte er, „soviel ich sehen kann, vom Stamm der Isisi. Sicher ist es kein Häuptling, der mich hier anhält."

„Vielleicht ist er verrückt, o Herr. Im Frühling sind die Isisi immer ein wenig verrückt und tun merkwürdige Dinge – das ist allgemein bekannt."

Die „Zaire" näherte sich langsam dem Boot. Der Insasse handhabte seine Ruder geschickt und brachte das kleine Fahrzeug längsseits an den Dampfer. Dann kletterte er an Bord.

„Wer bist du denn?" fragte Abiboo. „Und welche große Sache hast du zu berichten, daß du unseren hohen Herrn auf seiner dringenden Reise anhältst?"

„Ich bin Kobolo von den Isisi aus dem Dorfe Togobonobo", erwiderte der Fremde, „und ich liebe eine Häuptlingstochter."

„Möge Gott dich auf den Boden des Stromes senden", fluchte Abiboo erzürnt. „Es ist doch unerhört, daß du deinen häßlichen Körper auf dieses Schiff trägst und unseren Herrn in seinen hohen Gedanken störst. Komm mit, du ungläubiger Hund, und während du mit Sandi sprichst, werde ich die Peitsche holen. Er wird sicher befehlen, dir eine Tracht Prügel zu geben."

Kobolo kam vor Sanders, und Abiboo brauchte gerade nicht die schmeichelhaftesten Worte, um ihn vorzustellen.

„Dies ist ein merkwürdiges Palaver", sagte Sandi nicht unfreundlich. „Wo wollten wir hinkommen, wenn alle jungen Leute, die Liebesbeschwerden haben, den Regierungsdampfer des Bezirksamtmanns anhalten wollten?“

Kobolo war hochgewachsen, hielt sich aufrecht und hatte eine schöne Gestalt. Er zeigte keine Reue oder Bedauern über sein ungehöriges Benehmen, aber in seinen Gesichtszügen drückte sich der Mut der Verzweiflung aus.

„O Herr“, sagte er, „ich liebe Nimimi, die Tochter meines Häuptlings, der Herr über das Dorf Togobonobo ist. Und weil sie eine schöne Tänzerin ist und die Männer von weither kommen, um sie zu sehen, will ihr Vater zweitausend Stäbe für sie haben – und ich bin ein armer Mann.“

„‚Der Vater hat immer recht‘“ erwiderte Sanders, indem er ein Sprichwort der Eingeborenen zitierte. „Auch sagt man hier am Großen Strom: ‚Jedes Ding ist seinen Preis wert, und was man umsonst gibt, hat keinen Wert.‘“

„Das Mädchen liebt mich“, entgegnete Kobolo, „und ich habe schon tausend Messingstäbe gespart, was ein großes Vermögen ist, wie du weißt, o Herr.“

„Was soll ich denn nun in dieser Sache tun?“ fragte Sanders mit einem freundlichen Lachen, das man selten an ihm sah.

„O Herr, du hast alle Gewalt“, rief der junge Mann aufgeregt, „und wenn du dem Häuptling, ihrem Vater, sagst –“

Der Amtmann schüttelte den Kopf.

„Nein, das geht nicht.“

Es lag etwas in der Frühlingsluft, das auch auf Sanders einwirkte und ihn zu ungewöhnlichen Handlungen trieb. Nach einer kurzen Überlegung wandte er sich an Abiboo.

„Nimm diesen Mann und gib ihm –“

„O Herr, ich habe die Peitsche schon hergebracht“, erwiderte der Sergeant selbstzufrieden, „denn ich wußte, daß du diesen Narren bestrafen würdest.“

„Gib ihm tausend Messingstäbe aus dem Lager, damit er sich das Mädchen seiner Wahl kaufen kann.“

Abiboos Gesicht zeigte deutliche Verwirrung, als er sich langsam entfernte, um den Befehl des Amtmanns auszuführen.

„O Herr!“ Kobolo fiel vor Sanders auf die Knie nieder. „Du bist wie mein Vater und meine Mutter, und ich will dir mit guten Worten danken und immer an dich denken.“

„Gib mir lieber später meine matakos zurück“, sagte der praktische Sanders. „Nun gehe hin und heirate dein Mädchen, und Gott möge dir helfen.“

Er sprach nicht etwa ironisch, denn er war in einer freundlichen Stimmung. Lange unterdrückte Gefühle und zarte Regungen erwachten in ihm, junges Grün und knospendes, blühendes Leben schaute ihm überall entgegen.

Er stand an der Reling und beobachtete den Eingeborenen, der zum Ufer ruderte und einen lauten Freudengesang anstimmte. Es klang etwas unmelodisch für europäische Ohren, aber der Jubel des Mannes suchte nach irgendeinem Ausdruck. Nachdenklich sah ihm Sanders nach. Kobolo, der sich in seinen Gefühlen kaum von einem Tier unterschied, aber doch den allgemeinen großen Naturgesetzen gehorchte, die Sanders in seiner Weisheit und Klugheit bekämpfte, eilte mit seinen Messingmatakos einem herrlichen Leben entgegen. Er fuhr zu einer Hütte und zu einem Weibe, und er würde Kinder haben und sie großziehen. Er unterzog sich Mühen und Gefahren und den Wechselfällen des Lebens, die sein besonderes Los waren, aber er kam zur Erfüllung seiner höchsten Bestimmung.

Sanders schaute ihm nach, bis das Boot am Ufer anstieß. Leichtfüßig sprang der junge Mann heraus und befestigte das Fahrzeug.

Sanders schüttelte den Kopf und stellte den Zeiger des Maschinentelegrafen auf „Volle Geschwindigkeit".

Er machte keine Anstrengungen mehr zu lesen, denn er war nicht in der Stimmung dazu. Plötzlich erhob er sich, ging in seine Kabine und zog den Vorhang vor die Türe, als ob er nicht wünsche, daß jemand Zeuge seiner Torheit sei. Dann nahm er einen Schlüssel aus seiner Tasche und öffnete den kleinen, eisernen Geldschrank, der in der Wand über seinem Bett angebracht war. Aus einem Fach holte er ein dickes, braunes Buch heraus.

Sorgfältig legte er es auf den Schreibtisch und wandte die Blätter um.

Es war ein Bankbuch, und eine fünfstellige Zahl war darin zu seinen Gunsten eingetragen, denn er war immer ein sparsamer Mann gewesen. Er hatte zu einer Zeit in Lagos Land gekauft, als man einen Bauplatz noch für den Preis eines Anzugs bekam. Er schloß das Buch, legte es in den Geldschrank zurück, ging wieder hinaus und setzte sich in seinen Stuhl.

Am Spätnachmittag des nächsten Tages kam er in der Residenz an. Die „Zaire" lief langsam rückwärts in das kleine Dock ein, das Sanders unter großen Mühen hatte errichten lassen.

Es war ein schönes, kleines Dock, auf das er sehr stolz war, denn es hatte Betonwände, und vorne war ein richtiges Schleusentor angebracht. Es war erbaut worden, als die „Zaire" repariert werden mußte. Sanders betrachtete es jedesmal mit großer Befriedigung. Es war sein „Kind", das seine Rückkehr erwartete; es war die Schöpfung seines Geistes, die ihn willkommen hieß.

Ein zementierter Weg führte von dem Dock zur Residenz – auch diesen hatte er angelegt. Auf beiden Seiten waren Isisipalmen gepflanzt – es war das Werk seiner Hände. Sie sahen allerdings noch klein und unbedeutend aus.

Er schaute unfroh auf die Residenz.

Sie erhob sich auf einer kleinen Anhöhe. Von dem tadellosen Wellblechdach bis zu der schön gestrichenen Veranda war es ein schmuckes Gebäude.

„Gott segne diesen Platz", sagte Sanders etwas nervös.

Denn sein Heim hatte plötzlich jeden Reiz für ihn verloren. Er spürte das wohlige Gefühl nicht mehr, das er sonst bei der Rückkehr von einer Fahrt empfunden hatte. Das Haus machte einen traurigen und verlassenen Eindruck – es fehlte ihm irgend etwas.

Es fehlte ihm ein charakteristischer Zug, den er ihm nicht geben konnte.

Zerstreut und unmutig wanderte er durch die Räume, steckte sich eine Pfeife an, klopfte sie aber wieder aus und ging endlich ohne besonderes Ziel auf die Mannschaftsquartiere zu.

Captain Hamilton, der Haussaoffizier, lehnte in weißem Rock und Reithose über dem Geländer seiner Veranda und beobachtete ihn.

„Wieder zurück?" fragte er höflich.

„Nein", erwiderte Sanders ärgerlich, „ich bin noch oben am Strom und fange Fliegen!"

Hamilton nahm die Pfeife aus dem Mund.

„Sie scheinen eine amerikanische Sonntagszeitung gelesen zu haben", sagte er ruhig. „Das ist entweder ein Zeichen von Geistesschwäche, oder es ist plötzlich der Sinn für Humor in Ihnen erwacht, den Sie dringend nötig haben."

Er rief seine Ordonnanz.

„Ali", befahl er feierlich, „bereite unserem Herrn Sandi eine Tasse Tee, wie sie die Huris im Paradies an dem großen Tag für den Kalifen bereiten werden."

„Was für Unsinn reden Sie da, Hamilton!" fuhr Sanders gereizt auf, als der Mann gegangen war. „Sie wissen doch gut genug, daß der Kalif bei dieser Gelegenheit nur türkischen Kaffee trinken würde."

„Wer kann das wissen?" fragte Hamilton gelassen. „Wie geht es denn Ihren Eingeborenen?"

„Es ist alles in bester Ordnung."

Sanders ließ sich in einem großen Sessel nieder.

„Wahrscheinlich die üblichen Morde, Hexereien, Plünderungen und Beutezüge", meinte Hamilton lachend. „Bosambo, der Tugendhafte, sitzt natürlich am Ufer des Ochoristrandes, poliert seinen Heiligenschein und singt komische Lieder dazu!"

„Bosambo – ach, der ist augenblicklich recht niedergeschlagen." Sanders rührte den Tee um, den ihm Ali gebracht hatte. „Er ist der beste Häuptling am ganzen Strom. Und wenn ich tun könnte, was ich wollte, und wenn ich die britische Regierung wäre, dann würde ich ihn zum Oberhäuptling dieser ganzen Gebiete machen."

„Und in zehn Minuten würden wir einen Krieg haben. Aber er ist ein braver Kerl. Niedergeschlagen ist er, sagten Sie?"

„Ja – ich habe ihn noch niemals so bedrückt gesehen. Und ich weiß nicht einmal, was er hat."

Hamilton lächelte.

„Da kann man wieder sehen, daß ein armer Teufel von einem Soldaten, der doch kaum den ganzen Klatsch am Großen Strom kennen kann, in mancher Beziehung klüger ist als ein patentierter, allseitig abgestempelter Amtmann. Bosambo ist seiner Frau aus dem Kanostamm sehr zugetan."

„Das weiß ich allerdings auch, mein lieber Freund. Eine gute Frau macht die Hälfte der Stellung eines Mannes aus. Was ist denn ein Mann ohne –"

Er sah, daß ihn Hamilton mit lachenden Augen betrachtete, und hielt inne. Sein Gesicht rötete sich trotz der dunkelbraunen Hautfarbe.

„Sie sind ja plötzlich merkwürdig begeistert, Sandi Labolo", entgegnete der Offizier und gebrauchte den Beinamen, den Sanders von den Eingeborenen erhalten hatte. „Sie denken doch nicht etwa daran –"

„Was war das mit Bosambos Frau?" unterbrach ihn Sanders laut.

Hamilton sah ihn argwöhnisch an.

„Bosambos Frau?" wiederholte er gedehnt. „Ach, der geht es so, wie es eben allen Frauen geht. Und Bosambo hofft und fürchtet, wie es die Männer in solchen Fällen zu tun pflegen. Er hat noch kein Kind."

„Ach – das wußte ich nicht – wer hat Ihnen das erzählt?"

„Meine Leute – sie singen ein kleines Lied darüber – ich muß Ihnen einmal unseren Regimentspoeten vorstellen."

Darauf schwiegen sie beide lange Zeit.

„Sie waren doch natürlich auch in Mosunkusu?" fragte Hamilton dann leichthin.

„Ja", gab Sanders widerstrebend zu.

„Wie geht es denn Miss Glandynne – dieser ärztlichen Missionarin?“

„Oh – sie war in guter Stimmung.“ – Hamilton lächelte.

„Ich habe ihr ein ganzes Paket Briefe hinaufgeschickt, die mit der letzten Post ankamen. Wahrscheinlich sind Sie dem Postboot begegnet?“

Sanders nickte, und es kam wieder eine Pause in die Unterhaltung.

„Sie ist doch sehr hübsch, nicht wahr?“ meinte Hamilton nach einiger Zeit.

„Ja, wirklich sehr hübsch“, antwortete Sanders mit unnötigem Nachdruck.

„Ein ganz entzückendes Mädchen“, fuhr Hamilton zerstreut fort.

„Eine prachtvolle Frau“, sagte Sanders nach einer Weile. „Viel zu gut für –“ Er sprach nicht weiter.

„Wofür?“

„Für – diese Art Leben“, erwiderte Sanders verlegen. Es war ihm ganz heiß geworden, und er erhob sich schnell.

„Ich habe noch einige Briefe zu schreiben“, sagte er und verabschiedete sich hastig.

Hamilton beobachtete den stattlichen Mann, der über den Exerzierplatz zur Residenz schritt, und schüttelte traurig den Kopf.

Sanders schrieb jedoch keine Briefe. Er begann zwar viele, aber er zerriß sie alle wieder und steckte die Papierfetzen in seine Tasche. Tief in Gedanken versunken saß er in seinem Schreibsessel, bis die Leute kamen und Licht im Zimmer machten. Das Essen rührte er kaum an und verbrachte den Rest des Abends auf der Veranda. Er starrte hinaus in die Dunkelheit, er war verwundert, er hoffte und dachte. In einem nahen Dorf wurde eine Hochzeit vorbereitet, und das unaufhörliche wilde Trommeln war eine passende Begleitung für seine Gedanken.

Auch der nächste und übernächste Tag brachten ihn der Entscheidung nicht näher, ebensowenig der darauffolgende.

Sie war zu gut für ihn – er durfte sie nicht bitten, dieses Leben mit ihm in einem Lande zu teilen, wo niemand wußte, was der nächste Tag bringen würde. Hier herrschten schreckliche Tropenkrankheiten, kannibalische Eingeborene bewohnten das Gebiet, und man wußte nie, wie lange sie der Regierung treu bleiben würden – nein, er durfte sie nicht fragen. Und doch hatte sie gesagt, daß sie das Land liebe, daß sie die Eingeborenen jetzt allmählich verstehen könne. Sie könnte in den heißen Monaten ja nach Hause fahren – und er hatte doch soviel Europaurlaub zugute . . .

Und ein Mann sollte eigentlich von Rechts wegen verheiratet sein. Er wurde immer älter – er war beinahe vierzig.

Bei diesem Gedanken erschrak er.

Vielleicht war er zu alt für sie. Das war ein entsetzlich quälender Verdacht.

Drei Wochen gingen dahin, bis er sich endlich aufraffte, den entscheidenden Brief zu schreiben.

Während dieser Zeit hatte er wenig von Hamilton gesehen. Er dachte einmal daran, ihn ins Vertrauen zu ziehen, aber er fürchtete sich davor.

Eines Abends erschien er im Quartier des Offiziers.

„Morgen werde ich stromaufwärts gehen", sagte er verlegen. „Ich fahre sobald als möglich nach Ankunft der Post ab. Ich erwarte noch Briefe von der Zentralverwaltung."

Hamilton nickte.

„Warum werden Sie auf einmal so vertrauensselig? Sie weihen mich nicht häufig in Ihre Pläne ein."

„Ich hatte sogar die Absicht, Ihnen noch etwas anderes zu sagen, aber das will ich lieber verschieben."

Am Abend spielte er Piquet und machte beträchtliche Fehler.

Und am nächsten Morgen war er schon vor Tagesanbruch auf, um die Proviantversorgung der „Zaire" zu überwachen. Als alles in Ordnung war, erwartete er ungeduldig die Ankunft des Postdampfers. Wenn er auch nur den Schimmer einer schwarzen Rauchfahne am Horizont sah, eilte er an die Küste, obwohl er als vernünftiger Mann wußte, daß das Schiff nicht vor einer Stunde eintreffen konnte.

Er stand draußen am sandigen Meeresstrand, hatte die Hände auf den Rücken gelegt und spielte nervös mit den Fingern.

Plötzlich eilte Abiboo auf ihn zu.

„O Herr, die Gottesfrau kommt", rief er.

Sanders' Herz schlug schneller.

„Die Gottesfrau?" fragte er. „Was – wie – welche Gottesfrau?"

„O Herr, die wir letzten Monat in Mosunkusu zurückgelassen haben."

Sanders rannte zurück und eilte durch die Soldatenbaracken zu der Landungsbrücke am Strom. Als er dort ankam, sah er, wie das Ruderboot der Missionarin gerade die letzte Biegung nahm.

Er ging ihr entgegen und reichte ihr die Hand, um ihr beim Aussteigen behilflich zu sein.

In Sanders' Augen war sie eine leuchtende Erscheinung von überirdischer Schönheit. Sie war von Kopf bis Fuß in Weiß gekleidet.

Ein Paar tiefgraue Augen lachten ihn unter dem breiten Tropenhut an.

„Ich bringe Ihnen eine Nachricht, über die Sie sich sehr freuen werden. Aber sagen Sie mir erst, ist der Postdampfer schon abgefahren?“ – Jetzt erst fand er seine Sprache wieder.

„Wenn er abgefahren wäre“, erwiderte er ein wenig heiser, „dann wäre ich nicht mehr hier.“

Seine Kehle wurde plötzlich trocken, denn hier bot sich eine Gelegenheit, wenn er nur den Mut fand, sie zu nützen. Aber er konnte sich nicht dazu aufraffen.

Er war in einer schrecklichen Erregung und konnte nicht zwei zusammenhängende Gedanken fassen. Er sagte irgend etwas Konventionelles und Alltägliches.

„Sie kommen doch zum Frühstück in die Residenz?“ fragte er schließlich. „Sie müssen mir erzählen – Sie sagten doch eben, Sie hätten eine gute Nachricht für mich?“

Sie lächelte ihn an, wie sie es noch niemals getan hatte – schelmisch und glücklich und menschlich. Diesen Zug sah er zum erstenmal an ihr. Sie war nicht nur Missionarin – sie war auch Frau.

„Ich fahre heim“, sagte sie.

Sie gingen miteinander zur Residenz.

„Wie – Sie wollen heimfahren?“

„Ja – ja! Ich fahre nach England.“

Ihre Augen leuchteten, und ihre Wangen glühten.

„Sind Sie denn nicht froh? Ich bin doch immer nur eine Last für Sie gewesen – und ich fürchte auch, daß ich mich nicht zur Missionarin eigne.“

Diese Tatsache schien sie jedoch nicht sonderlich zu bedrücken, denn sie sah trotzdem sehr glücklich aus.

„Also, Sie wollen nach Hause fahren?“ wiederholte er verwirrt.

Sie nickte.

„Ich will Ihnen auch ein Geheimnis anvertrauen, denn Sie waren mir ein so guter Freund, daß ich es Ihnen sagen muß – ich werde mich verheiraten.“

„Verheiraten?“

Seine Finger berührten einen Brief, den er geschrieben hatte, und der in seiner Tasche steckte. Er hatte ihn zuerst durch ein Eilboot zu ihrer Station schicken wollen. Und einen Tag später wäre er dann selbst gekommen.

„Ich – ich war so töricht, Mr. Sanders, ich hätte gar nicht hierherkommen sollen – wir hatten einen Streit miteinander – Sie wissen ja, wie das manchmal geht.“

„Ja, ich weiß."

Sie konnte nicht mehr auf das Frühstück warten, denn der Postdampfer war angekommen und hatte die Dampfpinasse an die Küste geschickt.

Sanders sah, wie ihr Gepäck verladen wurde, nahm seine Post vom zweiten Offizier in Empfang und verabschiedete sich dann von ihr.

„Sie haben mir noch gar nicht gratuliert", sagte sie.

In ihren Augen lag jetzt doch ein etwas ängstlicher, besorgter Ausdruck, denn sie war eine Frau und war nun fast eine Stunde in seiner Nähe gewesen. Und Frauen begreifen solche Dinge schnell.

„Ich wünsche Ihnen alles Glück", erwiderte er herzlich und drückte ihre Hand, bis sie schmerzte.

Sie stieg in das Boot und wandte sich noch einmal zurück.

„Ich habe mich oft gewundert –", begann sie, hielt aber zögernd inne.

„Nun?"

„Es ist eigentlich unverschämt von mir, so zu sprechen, aber ich habe mich manchmal gewundert, und ich wundere mich jetzt noch mehr darüber, da ich selbst so glücklich bin – warum haben Sie nicht geheiratet?"

Sanders lächelte ein wenig ironisch.

„Beinahe hätte ich einmal jemand einen Antrag gemacht. Leben Sie wohl – und viel Glück!"

Er fuhr noch am selben Morgen stromauf, obgleich der Grund für seine Reise ja nun nicht mehr vorhanden war. Der Dampfer, der Miss Glandynne einer glücklichen Zukunft entgegentrug, war längst hinter dem Horizont verschwunden.

Tag für Tag fuhr die „Zaire" nach Norden, und Sanders fühlte eine unerträgliche Leere in sich, so daß Zeit und Raum bedeutungslos für ihn wurden.

Eines Tages kamen sie zu einem Dorf und wären auch daran vorbeigefahren, wenn nicht Abiboo, der neben dem Amtmann stand, eine Bemerkung gemacht hätte.

„O Herr, dies ist Togobonobo, wo Kobolo wohnt, dem du tausend matakos geschenkt hast."

Sanders lachte bitter.

„Wir wollen uns diesen glücklichen Mann einmal ansehen", sagte er auf arabisch. „Denn der Prophet hat gesagt: ‚Die Freude meines Freundes nimmt meine Trauer hinweg.'"

Als die „Zaire" am Ufer anlegte, wollte Sanders den jungenEhemann holen lassen, aber dieser erwartete ihn schon. Er machte einen jammervollen Eindruck und sah sehr niedergeschlagen aus, als er an Deck kam.

„Ich sehe, daß der Vater des Mädchens mehr von dir gefordert hat, als du geben konntest", sagte Sanders.

„O Herr, ich wünschte, er hätte es getan, denn ich habe großen Kummer." – „Ist die Frau gestorben?"

„O Herr, wenn die Teufel sie geholt hätten, wäre ich glücklich, denn diese Frau hat einen starken Willen und tut, was ihr beliebt, ohne Rücksicht auf mich zu nehmen. Und wenn ich mit ihr spreche, hat sie eine böse Zunge. Heute morgen setzte sie mir zum Essen Fisch vor, der nicht gekocht war, und gab mir böse Namen, als ich ihr Vorhaltungen machte. Und vor dem ganzen Dorf", fuhr der Mann stockend fort, „hat sie mir den Kochtopf an den Kopf geworfen!"

„Das ist ein böses Palaver", sagte Sanders schnell. „Nun mußt du sehen, wie du mit ihr auskommst, Kobolo, denn sie ist jetzt dein Weib. Ich kann nicht länger hier verweilen."

„O Herr", erwiderte Kobolo und ergriff ihn am Arm, „ich bin dein Schuldner – ich muß dir noch tausend matakos geben. Wenn du mich gerechterweise von dieser Frau scheidest, zahle ich dir mit Freuden die tausend matakos zurück.

„Gehe in Frieden", sagte Sanders, und als der junge Mann zögerte, warf ihn Abiboo kurzerhand ins Wasser.

Dieses Erlebnis gab Sanders viel zu denken. Aber er sollte noch mehr erleben.

Zwei Tage später kam er zu den Ochori und fand Bosambos Volk in Trauer.

Der Häuptling erwartete ihn im Dunkel seiner Hütte, und Sanders ging zu ihm hinein.

„Bosambo", sagte er ernst, „ich habe eine traurige Nachricht gehört."

„O Herr", klagte Bosambo, „ich wünschte, ich wäre tot – tot wie mein Erstgeborener, der in der Hütte meines Weibes liegt.

Er schluchzte verzweifelt auf, denn er hatte das Herz eines Kindes. Und dieser kleine Sohn, der nur wenige Tage gelebt hatte, war der Stolz und die Hoffnung seines Lebens gewesen, in ihm sollten sich seine ehrgeizigen Wünsche erfüllen.

„Gott tröste dich, Bosambo, mein Bruder", sagte Sanders leise und legte die Hand auf die Schulter des schwarzen Mannes. „Diese Dinge sind von Anbeginn der Zeit bestimmt."

„So steht es geschrieben", flüsterte Bosambo und ergriff die Hand seines Herrn.

Sanders fuhr wieder den Strom hinunter, und als er sich am Abend zur Ruhe begab, war er bedrückt und traurig.

Bevor er in seine Kabine ging, nahm er einen Brief aus seiner Tasche, zerriß ihn langsam in hundert kleine Stücke und warf sie in den Strom.

Dann legte er sich nieder und drehte das Licht aus.

Er dachte an den jungen Isisimann, und er dachte an Bosambo.

„Gott sei Dank, daß ich nicht verheiratet bin!" sagte er endlich und wandte sich zur Seite, um einzuschlafen.

ENDE

# Am großen Strom

I

## Bones und die Bienen

Makara, der Häuptling der Kobala'ba, ließ sich den Fluß hinunterrudern bis zu einem Dorf, das noch zehn Meilen von der Residenz entfernt lag. Dort blieben die zehn Mädchen, die bis dahin seine Bootsbesatzung gebildet hatten, unter der Obhut des Dorfältesten, von dem er sich neue Ruderer mietete, zurück.

Der junge sehnige Makara war herrlich anzusehen; denn als Zeichen seiner Würde trug er nicht nur ein Kleid aus Affenfellen, sondern auch mannigfachen Schmuck. Viele Messingringe schimmerten an seinen Unterarmen, und sein Haar war mit Ingola rot gefärbt. Die bronzebraune Haut seiner Beine glänzte von Öl, und als er zur Residenz ging, klirrten seine kupfernen Fußringe bei jedem Schritt aneinander. Sanders hatte ihn schon von weitem bemerkt und erwartete ihn.

„Ich sehe dich, mein Herr Sandi", begrüßte Makara den Bezirksamtmann. Seine Stimme klang müde und gelangweilt.

„Ich sehe dich, kleiner Häuptling", entgegnete Sanders etwas ironisch. „Ich saß vor meinem schönen Hause und beobachtete, wie du vom Fluß zu mir heraufkamst, und da dachte ich, daß du eigentlich einem Tanzmädchen von Kobala'ba gleichst, einer, die man für tausend Matakos kaufen kann. Mir kam überhaupt nicht der Gedanke, daß du, Makara, der Sohn des Lebulana und der Enkel des großen Kriegers Elibi bist."

Wenn Makara sich schämte, so zeigte er es doch nicht im geringsten.

„In meinem Lande sind alle Männer schön", erwiderte er selbstgefällig. „Auch in Kobala'ba trage ich Federn im Haar und manchmal auch um den Gürtel und die Lenden."

Sanders lächelte verächtlich.

„Es wäre mir lieber, wenn du mit Speer und Schild in der Hand hierherkämst wie ein mannhafter Krieger. Es scheint mir, daß es zuviel Frauen in Kobala'ba gibt –"

„O Herr, deshalb bin ich ja gerade gekommen", sagte Makara eifrig. „Bald wirst du einen Boten zu uns schicken, damit wir ihm Gummi und Fische geben sollen, die du jedes Jahr für deine Regierung stiehlst. Und weil wir nur so wenig Männer sind, haben wir nichts, was wir dir geben können."

Bevor Sanders antwortete, nahm er eine Zigarre aus seinem Etui und steckte sie an. Makara beobachtete ihn argwöhnisch. „Hast du mir vielleicht Tribut gegeben, als ich das letztemal danach schickte? Und habe ich noch früher von dir Tierhäute und Gummi bekommen? Von all den vielen Stämmen, die hier am Großen Strom wohnen, zahlt allein dein Volk keine Steuer an meinen König. Und weil du fern von mir wohnst und ich in meinem kleinen Schiff den seichten Fluß nicht hinauffahren kann, lachst du mich vielleicht aus. Merkwürdige Geschichten sind zu mir heruntergekommen – ich habe von Frauen gehört, die jagen und fischen, und von Frauen, die sogar Häuser bauen. Es scheint mir fast, als ob ein neues Sklavengeschlecht unter meinen Augen heranwächst. Sklaven, die wie Hunde zusammengepfercht sind und die man wie Hunde mit der Peitsche schlägt. Das ist gegen das Gesetz aller Stämme am Großen Strom und vor allem gegen mein Gesetz. Eines Tages werde ich aber kommen und alles sehen."

„O Herr, du hast nur böse Lügen gehört. Alle meine jungen Leute sind stark und tapfer. Die Frauen haben die Arbeit, die ihnen zukommt. Sie sind auf den Feldern und am Feuer tätig –"

„Und in den Booten rudern sie auch?" fragte Sanders bedeutungsvoll. „Meine Spione berichten mir, daß Frauen deine Boote rudern. Du hast sie in dem Dorf Chubiri gelassen, damit ich es nicht sehen und mich darüber ärgern soll. Das Palaver ist aus."

Als Makara zu seinem Dorfe zurückfuhr, fühlte er sich nicht besonders wohl.

Alles, was Sanders gehört und gesagt hatte, entsprach der Wahrheit. Makara hatte alle Gewohnheiten und Gebräuche des Landes auf den Kopf gestellt. Seit undenklichen Zeiten war in diesem weit abgelegenen Gebiet die Tätigkeit der Männer und der Frauen scharf umgrenzt. Zum Beispiel durfte eine Frau nie eine Hütte bauen. Alle bedeutenden Stämme behalten dies den Männern vor, weil man annimmt, daß es seit Anbeginn der Zeit stets Männerarbeit war, und weil allen wohlbekannt ist, daß auf dem Dach, das eine Frau gedeckt hat, ein fürchterlicher Fluch liegt. So träge und faul auch die eingeborenen Männer sein mögen, die Errichtung eines Hauses ist ihr unbestreitbares Vorrecht. Andererseits wird kein Mann, der etwas auf sich hält, das Feld bearbeiten, Getreide bauen, Maniok einweichen oder eine Mahlzeit kochen. Die Frauen dürfen nicht jagen und nicht fischen. Auch das ist Männerarbeit.

Aber das Volk von Kobala'ba hatte sich schwer gegen diese feststehenden Gebräuche vergangen, und ein kleiner Häuptling der Isisi hatte sich bei Sanders empört über diese Zustände beklagt.

„Nachts kommen sie von dem kleinen Fluß zwischen dem Grase", sagte er. „Immer zehn Frauen in einem Boot. Vor den Augen meiner jungen Leute stechen sie die Fische mit ihren Speeren, und wenn meine Fischer zu ihnen reden, dann geben sie schamlose Antworten. Wir können aber nichts tun, weil es Akasava sind. Vor einem Mond und einer Mondrinde sandte ich einen Boten zu dem großen Häuptling der Akasava, der ihm über diese schrecklichen Dinge berichtete. Aber er antwortete, daß Kobala'ba ein unabhängiges Land sei, und daß die Leute, obwohl sie zu seinem eigenen Volk gehörten, doch seiner Gewalt spotteten. Man erzählt auch, daß die Frauen in Kobala'ba mit ihren Speeren in den Wäldern jagen, während die Männer in ihren Hütten sitzen. Ich habe noch niemals solchen Unsinn gehört."

Aus einem bestimmten Grunde konnte man das Dorf Kobala'ba wirklich als unabhängiges Gebiet bezeichnen. Am Ende eines seichten kleinen Flusses, der in den Großen Strom mündet, und von allen Nachbargebieten durch Sumpfgelände abgeschnitten, zieht sich ein kleiner See hin. An seinem nördlichen

Ufer erhebt sich ein großer hügeliger Landrücken, dessen sonnige Abhänge sich besonders für den Anbau von Korn eignen. Liebliche Haine von Isisipalmen geben angenehmen Schatten, und hinter dem Hügel liegt ein ausgedehnter Wald mit großem Wildbestand, ein guter Jagdgrund für Männer und, wie es schien, auch für Frauen.

Nördlich trennt ein Streifen sumpfigen Landes diese Wälder von dem Gebiet der Ochori. Auch nach Osten ziehen sich Sümpfe hin, und im Westen liegt ödes Land, manchmal eine Wasserwüste, manchmal Morast. So ist Kobala'ba von Natur aus nach allen Seiten abgeschlossen. Es ist eine trockene Oase in einem großen Wasser- und Sumpfgebiet mit scheußlichen Krokodilen und gefährlichen Moskitos.

In den Tagen des bösen Königs Elibi, der mit starker Hand von den Geisterbergen bis zum kleinen Fluß herrschte, war das Gebiet vollkommen unzugänglich und verlassen, und seit alten Zeiten ging die Sage, daß unzählige Geister und Teufel dort hausten. Alle fürchteten das Land, und niemand wollte dort wohnen. Als Sanders in der ersten Zeit seiner Amtstätigkeit König Elibi unterwarf, flüchteten die Überlebenden eines Akasavaregiments mit den Ziegen und Weibern, die sie geraubt hatten, in diese Gegend. Sie ließen sich dort nieder, bauten Hütten, und allmählich wuchs eine neue Generation heran, die hauptsächlich aus Frauen bestand. Diese Tatsache kann man öfter feststellen, wenn sich Krieger und Sklaven miteinander mischen. Jahrelang kamen in Kobala'ba immer drei Mädchen auf einen Knaben, und schließlich lebten in dem Dorfe viele schlanke, junge Frauen neben verhätschelten jungen Männern und Knaben, die vor ihren Hütten saßen und sich von ihren Schwestern, Kusinen, Müttern und Tanten bedienen ließen.

Als der alte Häuptling starb und Makara die Regierung übernahm, trat ein bedeutender Umschwung in dem Wirtschaftsleben Kobala'bas ein. Makara entdeckte einen Weg, auf dem man leicht zu Reichtum und Wohlstand kam. Er sandte

Scharen von Frauen auf die Jagd – zuerst noch unter der Leitung eines Mannes, nachher allein – und häufte in den Vorratshäusern des Dorfes große Mengen von Häuten und Gummi. Seine Boote brachten ihm viele Fische, die er in der Sonne trocknen ließ. Diese Waren ließ er heimlich über die französische Grenze bringen und machte gute Geschäfte.

In einem andern Lande wäre Makara vielleicht ein Großindustrieller geworden, denn er konnte glänzend organisieren. Sklaverei ist natürlich streng verboten, aber Frauen haben ihren Preis am Großen Strom, und es ist auch gesetzlich gestattet, Frauen zu kaufen. Makara und die Männer von Koba-la'ba hatten nun eine neue Beschäftigung. Seine Boote fuhren stromauf und -ab und suchten „Weiber". An dem Tage, an dem er Sanders besuchte, hatte er fünfhundert Frauen im Dorf untergebracht, und ebenso viele waren unterwegs, um Beute für ihn zu machen.

Nach drei Wochen mühevollen Ruderns brachten die zehn Frauen Makara wieder zu seinem Dorf zurück. Als er dort ankam, harrte seiner die Lösung eines häuslichen Konflikts. Eine seiner Frauen, die schlanke T'lini, hatte eine Gruppe von Frauen in die Wälder hinausgeführt, war aber fast ohne Beute von der Jagd zurückgekehrt. Makara hielt mit den siebenundvierzig Männern seines Dorfes einen Rat ab.

„Wir dürfen sie nicht schlagen, und wir dürfen sie nicht in die Sonne legen", sagte der Häuptling, „denn Sandi kommt bald, und dann erzählt sie böse Geschichten über uns. Wir wollen freundlich zu ihr sein, aber wenn Sandi wieder gegangen ist, soll sie bestraft werden."

T'lini, die schon vierundzwanzig Stunden an Händen und Füßen gefesselt in der großen Hütte gelegen hatte, wurde freigelassen und erhielt gutes Essen. Sieben Tage lang versammelten die Oberhäupter ihre Familien und übten mit ihnen die Geschichten ein, die sie Sandi erzählen wollten. Und die Sklavenwirtschaft hätte vielleicht im stillen weitergeblüht, und Makara wäre immer reicher geworden, wenn Leutnant

Bones nicht zwei dicke wissenschaftliche Bände aus der Heimat zugesandt erhalten hätte. Vierzehn Tage lang studierte er eifrig darin, dann übermittelte er den Eingeborenen seine neugewonnenen Kenntnisse.

„Woran arbeitet denn Bones so hart?" fragte Sanders eines Abends, als sich der junge Mann nach dem Essen etwas formlos und hastig empfohlen hatte.

Captain Hamilton klopfte die Asche seiner Zigarre ab und verzog das Gesicht.

„Er arbeitet wissenschaftlich", sagte er lakonisch.

„Das ist doch ganz lobenswert", meinte Sanders.

Er wartete darauf, daß Hamilton nun explodieren würde. Der Captain war noch sehr nervös, da er sich erst kürzlich von einem Malariaanfall erholt hatte.

„Bones studiert alle möglichen Wissenschaften", sagte Hamilton ironisch. „Astronomie, Naturgeschichte, Botanik, Biologie . . . wenn der Idiot wenigstens alles für sich behalten wollte!"

Die beiden hübsch illustrierten Bände, die Bones mit der letzten Post erhalten hatte, behandelten die Wissenschaften in allgemeinverständlicher Weise. Er war fasziniert, denn sie übertrafen seine bescheidenen Erwartungen bei weitem.

„Er wird bald sämtliche Geheimnisse kennen", bemerkte Hamilton, „aber er wird niemals wissen, wie man eine Kompanieabrechnung macht. Und ebensowenig kann er jemals einen einfachen Auftrag erledigen, ohne alles auf den Kopf zu stellen!"

Sanders lachte leise.

„Bones muß schon ein Vermögen für solche Bücher und Unterrichtskurse ausgegeben haben. Aber das eine muß man ihm lassen: Er ist nicht selbstsüchtig und läßt alle Leute an seinen wissenschaftlichen Entdeckungen teilnehmen."

„Davor fürchte ich mich am meisten", sagte Hamilton düster.

Als die beiden Bände vierzehn Tage in Bones' Besitz waren,

rief er seine Haussasoldaten auf dem Exerzierplatz zusammen. Sie mußten auch ihre Frauen und sonstigen Familienangehörigen mitbringen. Alle Augen hingen an ihm, als er zum sternbesäten Himmel hinaufzeigte. Es war eine herrliche Nacht zu Beginn des Dezember, eine Nacht, wie sie englische Astronomen erträumen, aber in ihrer Heimat niemals sehen.

„Alle müssen gut aufpassen!" begann Bones in Küstenarabisch. „Was sind all diese vielen kleinen Sterne, die ihr da oben seht? – Ich will es euch sagen! – Einige sind Sonnen, andere sind Welten, größer als unsere Welt –"

„Herr", unterbrach ihn ein Sergeant respektvoll, „wenn das Sonnen sind, warum ist es dann hier dunkle Nacht? Jedermann weiß doch, daß es heller Tag ist, wenn die Sonne scheint! Und diese winzig kleinen Lichter scheinen doch nur bei Nacht."

Bones gab sich die größte Mühe, es ihm mehr oder weniger genau zu erklären, und als ihm das nicht gelang, wurde er ärgerlich und heftig.

Sergeant Abibu erstattete Hamilton Bericht über diesen Vortrag.

„Es ist ganz klar, Militini", sagte er, „daß unser Herr Tibbetti am Fieber leidet. Du weißt ja, daß fieberkranke Leute sich die seltsamsten Dinge einbilden. Sie sehen zum Beispiel Männer mit Krokodilköpfen und andere Unmöglichkeiten."

„Warum sagst du mir das, Abibu?"

„Tibbetti hat uns erzählt, daß die Sterne oben am Himmel Sonnen sind. Aber alle Leute wissen doch genau, daß es nur Sterne sind. Die Ungläubigen sagen, daß es die Geister der Toten sind, aber wir, die strengen Gläubigen, wissen, daß es die hellglänzenden Augen der schönen Huris sind, die aus dem Paradiese auf die Erde herabschauen."

Bones ärgerte sich, ließ die Astronomie im Stich und wandte sich der Biologie zu. Die Haussas nahmen das noch kühler auf, und ihre Weiber sahen ihm düster nach, wenn er an ihren Hütten vorbeiging.

Eine Kanofrau beschwerte sich schließlich bei Sanders.

„Tibbetti hat uns schamlose Dinge gesagt. Er erzählte uns, daß wir cala-cala, vor unendlich langer Zeit, Affen waren, auf Bäumen lebten und Schwänze hatten. Auch sollen wir einmal Fische gewesen sein. Es ist fürchterlich, so etwas zu sagen."

„Der Herr Tibbetti hat euch ein großes Rätsel aufgegeben", erwiderte Sanders vorsichtig. „Aber weil du eine Frau mit geringem Verstand bist, hast du das Geheimnis nicht begriffen."

Er gab Hamilton einen Wink. Doch der Captain war nicht so taktvoll wie der Amtmann; er ließ ein Donnerwetter über Leutnant Bones ergehen.

„Mit Ihrer unverdauten Wissenschaft demoralisieren Sie noch die ganze Truppe! Reden Sie bloß nicht mehr über Astronomie und Biologie. Halten Sie sich an die Metaphysik, wenn Sie den Leuten durchaus etwas erzählen müssen!"

Bones strahlte.

„Ich danke Ihnen, mein lieber, alter Kamerad. In Physik bin ich nicht gerade sehr beschlagen, aber wie wäre es denn mit der netten alten Chemie? Warum schäumt ein Seidlitz-Pulver? Sie wissen es nicht, alter Junge? Tun Sie –"

„Metaphysik hat nichts mit Chemie zu tun", erwiderte Hamilton eisig.

„Warum reden Sie dann immer von Physik? Aber Sie brauchen mir nicht zu antworten, wenn Sie fürchten, sich selbst zu blamieren."

Bones mußte eine Reise zu den Akasava machen. Es waren dort einige Palaver abzuhalten und Steuern einzutreiben. Vor allem wollte Sanders aber Nachricht über die Zustände in Kobala'ba erhalten.

Am Abend vor der Abfahrt nahm Hamilton Bones beiseite, um ihn zu warnen.

„Wenn Sie in Makaras Dorf kommen, halten Sie um Gottes willen keine wissenschaftlichen Vorträge, und wenn Sie absolut nicht anders können, dann beschränken Sie sich auf die Insekten."

„Erzählen Sie ihnen etwas von den Bienen, Bones", warf

Sanders ein. „Eine Lektion über Fleiß wird den Akasava sicher nicht schaden."

„Auch ein wenig Astronomie, mein lieber alter Amtmann", bat Bones. „Wie wäre es, wenn ich den Leuten etwas über das nette alte Sternbild des O'Brien beibrächte?"

„Sie meinen natürlich Orion", sagte Hamilton streng. „Lassen Sie um Himmels willen kein Wort darüber fallen!" Er wandte sich an Sanders. „Sie erinnern sich doch noch an die Schwierigkeiten mit den nördlichen Ochori nach einem Vortrag über den Mond und seine Phasen?"

Der Amtmann nickte.

Lange bevor sich Bones ernsten wissenschaftlichen Studien hingab, hatte er den wilden Ochori von der Entstehung und dem Charakter des Mondes und seiner Phasen erzählt. Daraus hatten sich unheimliche Folgen entwickelt. Die nördlichen Ochori machten plötzlich ihren Oberhäuptling Bosambo für alles verantwortlich, was seit Beginn der Welt geschehen war, griffen zu den Speeren und zogen gegen ihn aus. Am Großen Strom kann man alteingebürgerte Anschauungen nicht zerstören, ohne dadurch unerwartete Folgen heraufzubeschwören. Sanders brauchte fast ein Jahr, um diese irregeführten Leute wieder davon zu überzeugen, daß ihre früheren Ansichten vom Monde absolut den Tatsachen entsprachen. Sie hielten den Mond nämlich für das große Loch im Himmel, durch das M'shimba-M'shamba aus und ein geht, wenn er die Erde mit seinen furchtbaren Gewitterstürmen heimsucht.

Kobala'ba ist nicht leicht zu erreichen. Bones mußte sein Motorboot an der Mündung des kleinen Stromes zurücklassen. Vier Tage lang ließ er sich durch den Dschungel rudern, und während dieser Zeit wurde er stark von Moskitoschwärmen belästigt.

An einem dunklen Abend kam er in Kobala'ba an. Die Einwohner wußten, daß er kommen würde, und machten ein großes Feuer am Ufer des Flusses an, das Bones' Kanu die Richtung angab und zugleich die Gegend weit erhellte. Aber nicht der Häuptling Makara begrüßte ihn, sondern dessen Weib T'lini, die schöne, schlanke Frau von siebzehn Jahren.

„Mein Herr Tibbetti, ich sehe dich! Ich bin T'lini, das Weib des Makara."

„Ich sehe dich, T'lini", entgegnete Bones, der sie verwundert betrachtete. „Aber ich würde lieber den Häuptling sehen, denn mit Frauen halte ich kein Palaver ab."

Er schaute nach allen Seiten, doch war kein Krieger zu erblicken. Sein Auge konnte nur schlanke, geschmeidige, schwarze Frauen entdecken, die ihn ernst ansahen.

T'lini las seine Gedanken.

„Es gibt nur wenig Männer in unserem Dorf, mein Herr Tibbetti", sagte sie, „und sie sind heute schon früh zur Ruhe gegangen, weil sie von der kühlen Abendluft Schmerzen im Halse bekommen." – Bones starrte sie verblüfft an.

„Großer Gott!" sagte er auf englisch.

„Die Frauen, die du hier siehst", fuhr sie schnell fort, „sind die Weiber unserer Krieger. Sie tanzen vor Freude und Glück, weil ihre Männer so gut zu ihnen sind. Jeden Tag arbeiten wir auf den Feldern, während unsere Männer in den Wäldern jagen."

Bones klemmte das Monokel ins Auge, und T'lini schrak vor ihm zurück.

„Sage mir, T'lini, stammst du aus diesem Dorf?"

Sie nickte, was aber „Nein" bedeutete.

„Ich bin aus B'lini, das am Großen Strome liegt. Makara kaufte mich für einen Sack Salz, ebenso meine liebe Schwester, die Tochter meines Vaters."

Bones legte den Finger an die Nase, sagte aber nichts. Dann ging er zu der Hütte, die man für ihn errichtet hatte. Dort war ein weiches Lager aus Fellen bereitet, er setzte achtlos seinen Koffer darauf. Auch lehnte er mit der stets gleichen Entschuldigung die Bedienung und Gesellschaft der Frauen während der Nacht ab. Dann legte er sich schlafen, denn er war nach der Reise sehr müde. – Als er erwachte, war es noch dunkel.

Seine Armbanduhr zeigte eine Viertelstunde vor Tagesanbruch. Er erhob sich und kleidete sich an.

Im Dorf war es schon überall lebendig. Feuer brannten vor den Hütten, und dunkle Gestalten eilten die breite Hauptstraße auf und ab. Im Licht der ersten Sonnenstrahlen tauchte ein kleiner Trupp Männer auf, an dessen Spitze der Häuptling selbst marschierte. Alle waren mit Speeren bewaffnet, aber ihr Aufputz schien wenig zu den Waffen zu passen.

„O Tibbetti, ich sehe dich“, rief Makara schon von weitem mit lauter Stimme. „Gib mir Salz (Verzeihung!), weil ich gestern abend nicht zu dir gekommen bin. Aber ich und meine jungen Leute waren müde, weil wir viele Tage lang in den Wäldern gejagt haben, und heute machen wir uns wieder auf einen langen, gefahrvollen Weg, um Fische zu fangen und Gummi zu sammeln für Sandi und seinen König.“

„Das ist ein gutes Palaver“, erwiderte Bones ironisch und betrachtete die Jagdgesellschaft durch sein Monokel.

Mit Ausnahme von Makara waren die jungen Leute alle ziemlich wohlbeleibt, und ihre Fülle ließ nicht darauf schließen, daß sie viel in den Wäldern jagten.

„Aber bevor du gehst, sollst du mir erst sagen, was dies für ein Platz ist.“

Bei diesen Worten zeigte Bones auf eine kahle, viereckige Stelle auf dem Boden, die vollständig festgetreten war. Er vermutete, daß hier vor kurzer Zeit noch ein Sklavenhaus gestanden hatte. Ein paar Schritte zum Strom hinunter lagen ähnliche Plätze. Vier solcher Hütten waren erst vor kurzer Zeit niedergerissen worden – wahrscheinlich aus Angst vor seiner Ankunft. Sicher würde er auch noch andere Stellen finden, wenn er weitere Nachforschungen anstellte.

Makara hatte sofort eine Antwort bereit, aber seine Erklärung klang lahm. Bones schaute den Jägern nach, bis sie im Gebüsch verschwanden, und berief dann eine Volksversammlung ein. Als er bei dem Palaverhaus ankam, sah er sich tausend Frauen gegenüber, die alle den Blick auf ihn richteten.

„O Volk von Kobala'ba, ich habe einen langen Weg gemacht, weil mein Herr Sandi nicht selbst hierherkommen kann, um euch zu sehen. Tag und Nacht bin ich in meinem Kanu den schrecklichen kleinen Fluß entlanggefahren, um die Abgaben für meinen König einzusammeln. Aber hier in Kobala'ba finde ich nichts, denn die Männer, die Krieger und Jäger sein sollten, sind wie die Kinder. Sie sind so träge geworden, daß keine Vorräte an Gummi und Fischen für meine Regierung bereitliegen. Deshalb will ich euch jetzt eine Geschichte vom Bienenvolk erzählen, damit ihr sie euren Kindern und euren Männern berichten könnt." Bones beherrschte die Eingeborenensprache vorzüglich und verfügte über einen großen Wortschatz, und die Frauen lauschten ihm fasziniert, als er das Zusammenleben der Bienen in einem Stock schilderte.

Nachdem er seine Rede beendet hatte, erhob sich T'lini, die am Fuß des kleinen Hügels gekauert hatte.

„Mein Herr Tibbetti, das ist ein großes Rätsel. Nun sage mir und meinen Schwestern, ob diese kleinen Tiere, die fliegen und nicht arbeiten, Männer oder Frauen sind?"

„Männer", antwortete Bones in einem unvorsichtigen Augenblick.

„Und, mein Herr Tibbetti, was sind die Tiere, die arbeiten und die Reichtümer sammeln?"

Bones mußte antworten, aber er fühlte sich sehr unbehaglich, als er zugeben mußte, daß die Arbeitsbienen weiblichen Geschlechts waren.

„Das ist eine gute Geschichte", sagte T'lini. „Wir haben Gummi gesammelt und auch Häute von wilden Tieren, aber wir sehen diese Vorräte niemals wieder, und wenn wir unsere Männer fragen, dann erzählen sie, daß Sandi mit seinen Soldaten gekommen sei und sie für seine Regierung genommen habe. Aber nun sage uns, mein Herr Tibbetti, wie können denn die Bienenfrauen während der kalten Regenzeit leben, wenn die Bienenmänner nur herumfliegen und die reichen Vorräte auffressen?"

„T'lini, das ist eine gute Frage", entgegnete Bones, der sich wieder sicherer fühlte. „Du sollst es erfahren. Die Drohnen, die nicht arbeiten, werden getötet, wenn die Regentage kommen. Die Bienenfrauen treiben sie dann aus dem Stock und bringen sie um. Und in der nächsten Jahreszeit kommen wieder kleine männliche Bienen, die ihre Zeit leben und dann auch getötet werden."

„Wer regiert denn dieses Bienenvolk?" fragte T'lini.

„Über allen steht eine Königin", sagte Bones begeistert. „Sie ist so groß wie Sandi und weiser als ich. Und alle Bienenfrauen verehren sie, neigen sich vor ihr und klatschen vor Freude in die Hände, wenn sie umherwandelt."

Als Bones die staunenden Blicke der vielen Frauen sah, war er befriedigt. Am Nachmittag sandte er einen Brief an Sanders.

„Die Ortschaft Kobala'ba wimmelt von Frauen", schrieb er darin. „Die Männer sind angeblich auf die Jagd gezogen, aber das ist eine Ausrede. Ich habe ihnen einen Vortrag gehalten über die Bienen, die so klug und weise in einem Staate zusammenleben. Das hat großen Eindruck auf die Frauen gemacht. Am Ende der Woche trete ich die Rückreise an. Morgen halte ich noch einen weiteren Vortrag über Botanik."

Einen Monat später kehrte er zur Residenz zurück.

„Haben Sie den Leuten recht viel Weisheit verzapft, Bones?" fragte Hamilton.

„Ich habe über Bienologie gesprochen, über die Sitten und Gebräuche dieser netten, kleinen Brummer, wie sie Honig sammeln und Waben bauen. Ich habe über die Vorgänge bereits in meinem Brief vom Vierundzwanzigsten des Monats berichtet. Bei meiner Abreise hat mir die Bevölkerung ihren wärmsten Dank ausgesprochen."

„Haben Sie Makara gesehen?" erkundigte sich Sanders.

„Nicht zu oft", entgegnete Bones lächelnd. „Ich blieb vier Tage im Dorf, und der verdammte Schlingel kam mit seinen Freunden nicht wieder zurück. Wie mir die Frauen erzählten, ist er aber nur vier Meilen in den Wald marschiert und hat dort gewartet, bis ich wieder fortging." – Er sprach ernster, als er von den Ergebnissen seiner Nachforschungen berichtete.

„Ich fürchtete das schon", sagte Sanders langsam. „Diese Sklavenwirtschaft kommt nicht zum erstenmal bei den Akasava vor."

Er schickte durch eine Brieftaube eine Nachricht an einen seiner Spione am oberen Lauf des Flusses. Aber lange bevor der Befehl, Makara zu verhaften, ausgeführt werden konnte, ereigneten sich seltsame Dinge in Kobala'ba.

Ein paar Tage nach Bones' Abreise saß Makara am Feuer vor seiner Hütte und erzählte seinen engeren Freunden, Ratgebern und Schmeichlern, wie er Gericht abgehalten habe. Er hatte sein Weib T'lini so lange geschlagen, bis er müde war. Darauf war sie zu anderen Frauen in den Wald gelaufen, die nach besonders wohlschmeckenden Affen jagten. Nur das zarte Fleisch dieser Tiere befriedigte Makaras verwöhnten Gaumen.

„Sie schrie ‚Wu!' und warf die Hände in die Luft", berichtete Makara selbstgefällig. „Sie hat furchtbaren Spektakel und Lärm gemacht . . ."

Plötzlich schwieg er, denn seine Blicke fielen auf einen Trupp von Frauen, die aus dem Waldesdickicht herauskamen. Sie sollten doch eigentlich auf der Jagd sein und durften erst nach Tagen wieder zurückkommen. Erstaunt beobachtete er, daß sie immer näher kamen. Aber sie hatten weder Affen noch Tigerfelle, und es lag etwas Unheimliches in ihren ruhigen, gleichmäßigen Schritten. Die Strahlen der untergehenden Sonne färbten die Spitzen ihrer Speere blutig rot.

„O Weib", rief Makara zornig, als T'lini näher trat. „Ich will dich auspeitschen –"

Blitzschnell senkte sie die Speerspitze und ritzte die Haut an seiner Kehle. Panischer Schrecken packte ihn, und er stürzte vor Entsetzen zu Boden. Als zwei starke Frauen ihn an Händen und Füßen fesselten, konnte er keinen Widerstand leisten. Ebenso erging es den anderen siebenundvierzig Männern des Dorfes. Die Frauen trugen sie zum Palaverhaus und legten sie dort in Fächerform auf den Boden. Dann erhob sich T'lini, die Frau des Häuptlings, und hielt eine Ansprache.

„Tibbetti, der Sohn Sandis, hat uns diese Geschichte erzählt“, begann sie und schaute in das verstörte Gesicht des Häuptlings, der zu ihren Füßen lag. „Cala-cala, vor undenklich langer Zeit, arbeiteten alle Bienenfrauen eifrig und sammelten durch ihren besonderen Zauber den süßen Honig aus den Blumen. Und die Bienenmänner saßen daheim in ihren Hütten und aßen alles auf, was die Frauen ihnen brachten. Sie waren so faul, daß sie gar nichts taten und ihre Weiber töteten. Darauf hielten alle Bienenfrauen ein großes Palaver ab und sagten: ‚Von heute ab wollen wir die Bienenmänner am Ende jedes Jahres töten, und in der nächsten Blütenzeit wollen wir neue Männer nehmen und sie auch wieder töten, wenn wir sie nicht mehr brauchen.‘ Und unser Herr Tibbetti hat gesagt, daß das ganze Bienenvolk durch diesen großen Zauber glücklich lebt, so daß man es den ganzen Tag singen hört, wenn es an der Arbeit ist. Tibbetti hat uns alles dies gesagt, denn er ist weise und sieht mehr als wir.“

Sie trat ganz nahe an den Häuptling heran und hob den Speer.

„Jetzt werden wir glücklich werden“, sagte sie und stieß die Waffe mit voller Wucht in seine Kehle, wie sie es von ihm gelernt hatte . . .

*

Es dauerte einen vollen Monat, ehe die neuen Nachrichten aus dem fernen Hinterland Sanders erreichten. Eine kleine Kriegerfrau, die stolz Speer und Schild trug, brachte die Botschaft. Sanders lauschte ihren Worten, und obwohl er im Laufe seiner langen Tätigkeit schon die unglaublichsten Dinge erlebt hatte, stockte doch sein Atem, als er ihre Worte hörte.

„Es gibt jetzt keine Männer mehr in Kobala'ba“, sagte sie, als sie alles berichtet hatte. „Aber im nächsten Jahre wollen wir zu den Dörfern am Fluß gehen und uns Männer nehmen, wie wir sie wollen. Aber, Sandi, wir wollen auch einen Häuptling haben, und weil wir wissen, daß du unserem Volke wohlgesinnt bist, haben wir ein großes Palaver abgehalten und einen Entschluß gefaßt. Wir bitten dich, mein Herr Sandi, uns deinen Sohn Tibbetti zu schicken. Er soll unsere Bienenkönigin sein und all den Zauber vollführen, von dem er uns erzählt hat."

„Verteufelt unangenehm", sagte Bones, als Sanders ihm seine Missetaten vorgehalten hatte.

II

## Der Schwätzer

Bei den Isisi lebte ein Mann, den alle Leute, sogar der Häuptling des Stammes, fürchteten. Dieser Mann war aber weder ein großer Krieger noch ein erfahrener Zauberdoktor. Er hieß M'anin, war groß und hager und gehörte dem einfachen Volk an. Seine Stimme war abstoßend und häßlich, trotzdem sprach er dauernd. Seine Worte klangen beißend und scharf, und er hatte vor niemandem Respekt. In früheren Tagen hatte ihn der Dorfhäuptling einmal mit einer biegsamen Rhinozerospeitsche züchtigen wollen. M'anin sah ihn kommen und erschrak, denn er hatte schlecht von dem Häuptling und einer seiner Frauen gesprochen. Aber obwohl sein Herz wie Wasser war, trat er dem Häuptling kühn, ja unverschämt entgegen, denn es dämmerte dunkel eine Erkenntnis in ihm auf. Selbst die stärksten und wütendsten Leute kann man bezwingen, wenn man sie durch scharfe Rede angreift und nur fest auf dem Sinne beharrt.

„Ich sehe dich, Häuptling", sagte er. „O ko! Du bist wie ein Affe, der vom Speer getroffen ist. Nun will ich dir die Wahrheit sagen. Du hast ein häßliches Gesicht, und du bist ein schlechter Häuptling. Wenn Sandi es erfährt, wird er dich absetzen.“

Er sprach so sicher und kühn, daß der Häuptling erschrak. „M'anin, habe ich schlecht von dir gesprochen? Habe ich dir Böses getan? Warum machst du mich lächerlich vor meinem Volk?“

M'anin sah ihn nachdenklich an.

„Ich spreche nur die Wahrheit, und wenn sich jemand dadurch verletzt fühlt, so ist es seine eigene Sache. Ich rede, wie mir zumute ist, selbst zu Sandi.“

So blieb M'anin am Leben, wurde immer älter, und niemand wagte, ihm etwas zu tun, obwohl er überall verhaßt war. Frauen suchten seine Gunst zu erlangen; man schickte die besten und leckersten Speisen in seine Hütte, um seine scharfe Zunge zu besänftigen. Obwohl die Isisi am Großen Strom leben und Unsauberkeit bei ihnen als Schande gilt, sagte man doch nichts über M'anin, der niemals badete. Er lebte mit einer sehr dicken Frau in einer Hütte abseits des Dorfes. Sie war häßlich und erinnerte an einen dicken Käfer. Wenn sonst niemand zuhörte, mußte sie seinen Wortschwall über sich ergehen lassen. Er ging nicht auf die Jagd, arbeitete nicht und sorgte auch kaum für seinen Lebensunterhalt. Aber wenn aus einer Hütte ein lockender Duft aufstieg, lud er sich dort selbst zu Gast. Und aus Angst vor seinen bissigen Worten ließen ihn alle an ihrem Mahl teilnehmen.

Manchmal lehnte er auch mit dem Rücken an einem Baum, und um ihn herum standen junge Leute. Dann sprach er schlecht von Dingen und Menschen, die ihnen gut erschienen. Zum Beispiel war er eifersüchtig auf den reichen Jäger Ogani und auf B'lini, dessen Boote den Strom auf und ab fuhren.

„Seht doch den großen Ogani, den sie einen tüchtigen Jäger nennen! Aber für mich ist er nur ein Fisch auf dem Trocknen, der hin und her zappelt und sein dummes Maul auf und zu macht ... Oh, ihr einfältigen Leute, warum zittert ihr vor Sandi? Er hat doch auch nur ein Leben, und er kann doch auch nicht zu gleicher Zeit zwei Mahlzeiten essen. Er versteht nicht zu regieren – wäre sonst unsere Ernte schlecht ausgefallen?“

Vielleicht hatte man Sanders diese Äußerung hinterbracht, aber er hatte viel Nachsicht mit Schwätzern. Und M'anin, stolz und befriedigt über sein kühnes Auftreten, hütete sich wohl, diese geringschätzigen Worte zu wiederholen.

Aber dann sprach eines Abends jemand über Bones. Leutnant Tibbetts mochte für seine nächste Umgebung eine komische Figur sein und manchmal unverantwortliche Dinge sagen und tun; für die Leute am oberen Strom war Tibbetti jedoch das Symbol der rächenden Nemesis. Er strafte die Bösen und ließ selbst Häuptlinge erbarmungslos an den Galgen knüpfen. Das kurze, rasselnde Stakkato seiner Maschinengewehre war bei vielen Stämmen in unvergeßlicher Erinnerung.

„Dieser Tibbetti ist ein entsetzlicher Narr“, sagte M'anin. „Er hat ja gar keine Augen, denn er steckt immer ein kleines Glas an die Stelle, wo sein Auge sein sollte.“

„O ko, M'anin“, erwiderte einer seiner bestürzten Hörer. „Hat er nicht die Leoparden vernichtet, die nachts in unsere Hütten kamen und uns so viel Leid antaten, daß wir uns schämen mußten?“

Die ‚Leoparden‘ waren eine eigenartige Geheimgesellschaft, die in der einen oder anderen Form in ganz Afrika bekannt ist.

„O ko“, spottete M'anin, „hat er nicht unendlich viele Soldaten zu dieser kleinen Arbeit gebraucht? Und sind die Leoparden nicht Freunde des Volkes?“

Seine Worte riefen allgemeines Staunen hervor, denn bisher hatte niemand gewagt, diese schrecklichen Leute öffentlich zu verteidigen. Aber M'anin wurde durch seine Erfolge immer kühner. Er hätte sogar die Gesetze der Regierung verteidigt, wenn ein anderer sie angegriffen haben würde.

„Diese Leoparden sind tüchtige Leute. Sie haben einen großen Ju-ju und leben auch heute noch. Ich habe sie mit meinen eigenen Augen gesehen. Zu Armen sind sie sehr gut, aber sie sind hart zu den Reichen. Jeder Leopard ist groß in den Augen der Geister, und selbst M'shimba-M'shamba soll mit ihnen im Bunde sein.“

Das war nur der kleine Anfang. Diese törichten Worte des Schwätzers hatten große Wirkung auf die Isisi; der Häuptling der Ochori sorgte allerdings dafür, daß die entstehende Bewegung im Keim erstickt wurde.

Bosambo war zwar ein despotischer König, aber er regierte trotzdem sehr weise. Er besaß den untrüglichen Instinkt des wahren Herrschers, der stets genau weiß, wann er nachgeben und wann er festbleiben muß, selbst wenn die Situation noch so gefährlich erscheint. Aus persönlichem Ansehen und Popularität machte er sich wenig, und es blieb ihm gleichgültig, als M'lipi, ein kleiner Häuptling, der unter M'anins Einfluß stand, schlecht über ihn redete. Der Mann bezeichnete Bosambo als einen Fisch oder eine Schlange und verglich ihn mit einem komischen Ju-ju, der keine Macht mehr besaß. Aber Bosambo ließ ihn nicht zu sich kommen, um die Schale des Zorns über ihn auszugießen. Nur als die Zeit kam, wo die Abgaben zur Residenz geschickt werden mußten, wurden M'lipis Boote mit dem Tribut auf dem Wege zur Ochoristadt gestohlen, und trotz des lebhaften Widerspruchs seiner Untertanen mußte er neue Abgaben ausschreiben, um die Steuern in die Residenz schicken zu können.

Eines Tages erhielt Bosambo die Nachricht von seinen Spionen, daß alte Leute sich heimlich im Walde träfen und ihn einen Unterdrücker des Volkes nannten (was er niemals war). Auch schalten sie ihn einen habgierigen Fremden (was zweifellos stimmte). Bosambo machte bei dieser Gelegenheit nur ein paar wenig schmeichelhafte Bemerkungen über den Verstand alter Leute. Aber er rief seine sechs besten Führer zu sich, als er eine andere Mitteilung erhielt. – Vier Leute waren an einem geheimen Platz zusammengekommen.

„Dies sind die Tage der Frauen – Wa! Ich habe seit langem kein Blut mehr mit meinen Krallen fließen lassen“, sagten sie, und Bosambo waren diese Worte berichtet worden.

„In dem und dem Dorfe leben vier Leute, die zu den Leoparden gehören", sagte er. „Geht schnell und tötet sie, aber niemand darf etwas davon wissen."

Die Unterhäuptlinge machten sich bei Nacht auf und marschierten bis zur Morgendämmerung. Dann legten sie sich nieder und schliefen während des Tages. Sobald es wieder dunkel wurde, nahmen sie die Wanderung von neuem auf, und durch vorsichtige Fragen gelang es ihnen, die Stelle im Walde zu finden, wo die Leoparden eine Geheimversammlung abhielten.

Die vier sprachen gerade über die Aufnahme neuer Mitglieder, als plötzlich die sechs Ochori, mit Schild und Speer bewaffnet, auftauchten.

„Kommt mit uns", sagte der erste und führte sie in eine tiefe Schlucht.

Dort wurden sie getötet und den Leoparden zum Fraß überlassen, die dort in Mengen lebten.

Bosambos große Hütte stand an der Flußseite der Stadt, und zwischen ihr und dem Ufer lagen nur seine Kornfelder und die Hütten seiner Wachtleute. Er war vorsichtig und hielt sich immer den Zugang zum Wasser und seinen drei Kanus offen.

Die Hütten der Wachtleute waren dem Ufer so nahe, daß man von dort aus Fische speeren konnte. Die jungen Männer, die die Leibgarde des Oberhäuptlings bildeten, wurden je nach Gelegenheit als Krieger oder als Ruderer verwendet. Es waren ausgesucht schöne, schlanke Menschen von großer Kraft und Tapferkeit. Auf ihre Stellung waren sie nicht wenig stolz, und jeder trug als Zeichen seiner Würde ein rotes Tuch um den Kopf.

Eines schönen Tages saß Bosambo im Schatten einer großen Grasmatte und sprach mit Bosongo, dem Führer seiner Leibwache. Die Unterhaltung drehte sich um eine Isisifrau. Die Leute von der Leibwache durften nicht heiraten. Wenn sie sich eine Frau nahmen, gehörten sie wieder zu der großen Masse der Krieger, die keine feuerroten Kopftücher trugen.

„Mein Herr Bosambo, ich glaube, meine Zeit ist gekommen, denn diese Frau ist wunderbar schön, und ihr Vater ist reich. Ich will mir eine Hütte bauen und dir treu ergeben bleiben. Gib mir den Befehl über ein Regiment Speerleute, wie du es früher mit T'furi und M'suri Balana getan hast."

Bosambo zog eifrig an seiner langen Pfeife und verpestete die Gegend mit dem Geruch seines schlechten Tabaks.

„Das will ich tun, Bosongo. Aber die Isisi sind ein merkwürdiges Volk und dulden es nicht, daß Frauen ihres Stammes den Fluß überschreiten, um in einem fremden Land zu wohnen. Es gibt doch auch hier in der Ochoristadt genügend Frauen."

Bosongo nickte und drückte dadurch aus, daß er nicht zustimmte.

„Das Mädchen hat mich sehr gerne, und sobald ihr Vater mir Salz und Stäbe und Ziegen gegeben hat, die sie als Mitgift erhält, bringe ich sie bei Nacht in meinem Kanu hierher, und dann ist alles gut."

Aber Bosambo ließ sich nicht so leicht überzeugen. Es lag ihm nichts an Stammesgebräuchen, aber er sah Verwicklungen voraus. Die Isisi benahmen sich in letzter Zeit ziemlich herausfordernd, denn ihre Ernten waren gut gewesen, und die Leute besaßen viel Korn und Salz. Unter diesen Umständen war die Kriegsgefahr sehr groß.

„Wenn nun aber aus dieser Sache ein Mordpalaver wird, was soll ich dann meinem Herrn Sandi sagen, der beinahe mein Bruder ist? Sind wir nicht zusammen in die Missionsschule gegangen und haben dort von Marki, Luki und Johanni gelernt, die die Zauberdoktoren der Weißen sind? Ich will es mir noch einmal überlegen, Bosongo, und in ein paar Tagen sollst du hören, zu welcher Entscheidung ich gekommen bin."

„O Herr, es wird kein schlechtes Palaver geben", erwiderte Bosongo eifrig, „denn diese Frau ist schon oft mit ihrem Vater und seinen Ruderern zu meinem Haus gekommen."

Bosambo sah ihn verständnislos an. – „Ich habe keinen kleinen Häuptling der Isisi in der Stadt gesehen."

Bosongo fühlte sich nicht sehr behaglich.

„Er brachte sie zur Nachtzeit, da er wußte, wie sehr ich sie liebe. Am Morgen nahm er sie wieder mit.“

Bosambo sagte nichts mehr und winkte den Mann fort.

In der Dämmerung kam ein Späher Bosambos aus dem Land der Isisi zurück, denn der Häuptling der Ochori überließ nichts dem Zufall. Der Geheimbund der Leoparden, der vor drei Jahren nach großen Schwierigkeiten durch eine ganze Kompanie Haussas mit vier Maschinengewehren vernichtet worden war, breitete sich wieder von den Unteren Akasava bis zu den Oberen Isisi aus. Und doch hing im Wind noch das Tau, an dem der Führer der Leoparden gehängt worden war.

Eine Stunde lang unterhielt sich Bosambo mit seinem Mann im Dunkel seiner Hütte ... Später in der Nacht schlich sich der Späher wieder davon und ging am Ufer des Flusses entlang, bis er nach einem Weg von einer Meile zu einem Boot mit fünf Ruderern kam. Er gab einen kurzen Befehl, und der Gefangene, der gefesselt und geknebelt darin lag, wurde von den Ruderern an Land gebracht. Sie lösten die Fesseln und entfernten den Knebel, dann gaben sie dem Mann einen Becher Wasser zu trinken.

„Komm mit mir, kleiner Leopard“, sagte der Späher. „Wenn du Bosambo die Wahrheit sagst, so wird dir nichts geschehen.“

Nach dieser Versicherung ging er schweigend in ihrer Mitte, bis sie in die Nähe der Ochoristadt kamen. Dann führten sie ihn auf Geheimwegen zu der großen Hütte Bosambos, in der er allein schlief.

Man gab ihm Bier zu trinken, und er wurde immer redseliger, je mehr er trank. Schließlich war Bosambo zufrieden.

In derselben Nacht kamen drei Leoparden aus dem Stamm der Isisi, die auf geheimnisvolle Weise von dem Tod der vier Leoparden in der Schlucht erfahren hatten. Geräuschlos kamen sie in einem schwarzen Kanu angerudert, schlichen sich zwischen den Wohnungen der Wachtleute hindurch und erreichten die Hütte Bosambos. An ihren Händen trugen sie mit scharfen

Stahlklauen versehene Fausthandschuhe aus Leopardenfell, das Abzeichen des Geheimbundes. Einem von ihnen gelang es, in die Hütte hineinzukommen, und er stieß mit einem Messer auf einen Mann los, den er im Dunkeln unsicher vor sich sah. Und als er fühlte, daß sein Opfer in Todeszuckungen lag, brauchte er seine Krallen, wie es das Ritual vorschrieb.

Der Mörder kroch langsam zum Ausgang zurück, aber plötzlich packte ihn eine große Hand am Genick und drückte sein Gesicht auf den Boden. Im nächsten Augenblick saß ihm das Knie Bosambos im Rücken. Er machte einen schwachen Versuch, wieder in die Höhe zu kommen, aber ein Schlag streckte ihn nieder.

Als er wieder zu sich kam, lehnte er mit dem Rücken an einem Baum, und die Morgendämmerung brach eben an.

„O Mann, ich sehe dich!“ sagte Bosambo. „Was für eine böse Tat hast du begangen!“

Er sah nach rechts, und die Blicke des Gefangenen folgten ihm. Der Leopard, der Bosambo so viel erzählt hatte, lag dort in seinem Blute. Die beiden Ruderer der Isisi, die ihn begleitet hatten, sah der Mann freilich nicht, denn Bosambo hatte sie am Flußufer umbringen lassen.

„Diesen Mann hast du ermordet“, fuhr Bosambo fort. „Deshalb schicke ich dich zur Residenz, wo Sandi sein Urteil sprechen wird. Ich kann dich nicht töten, weil ich mein Wort verpfändet habe, und in meinem Lande, das ich für Sandi und seinen König regiere, bricht niemand das Gesetz. Aber jetzt wirst du mir sagen, wer dich ausgeschickt hat und wer das Oberhaupt der Leoparden ist, und noch viele andere interessante Dinge.“

Der Gefangene starrte ihn dumpf an.

„Der Leopard haßt und stirbt“, erwiderte er eisig. „Du weißt, Bosambo, daß wir nicht von unserem schrecklichen Ju-ju sprechen.“

„Und doch wirst du zu mir sprechen. Und wenn du mich haßt, bei Ewa, dem Tod, du sollst mich noch mehr hassen, bevor Sandi dich an einem langen Tau aufhängt und alle seine Soldaten über dich spotten."

Eine Stunde später saß Bosambo vor einem großen Kasten auf der Erde und schrieb mit großer Mühe einen Brief. Das Blatt, das vor ihm lag, war so dünn wie Zigarettenpapier. Als er fertig war, sandte er seine Botschaft mit einer Brieftaube zur Residenz.

„Reise schnell, mein kleiner Freund", sagte er und warf den Vogel in die Luft.

*

Im Hauptquartier der Haussa saß ein bösartiger, alter Major, der Leutnant Tibbetts furchtbar haßte. Zur Erklärung mag angegeben werden, daß er zuviel trank und an verschiedenen Tropenkrankheiten litt, die die Stimmung und gute Laune bei einer Temperatur von vierzig Grad Celsius im Schatten allerdings verderben konnten. Seine Briefe brachten Bones regelmäßig zur Verzweiflung.

Einmal kam der Major sogar persönlich auf einer Inspektionsreise zur Residenz an der Mündung des Großen Stromes.

„In der Tat sehr nett", meinte er, als er die Kompanieabrechnungen durchblätterte. „Ich vermute, daß Sie der hierfür verantwortliche Offizier sind?"

„Jawohl", bemerkte Bones kurz und selbstzufrieden.

„Ist die Sache nicht von einem ungebildeten Nigger gemacht worden, der erst seit kurzer Zeit in die Geheimnisse der englischen Sprache einzudringen sucht?"

„Durchaus nicht!"

„Dann werden Sie meinen Irrtum verzeihen", erklärte der Major ungewöhnlich freundlich. „Aber er ist verständlich, wenn man diese unleserlichen Schriftstücke betrachtet. In meinem ganzen Leben habe ich so etwas noch nicht gesehen!"

Bones war froh, als Omes wieder von dannen zog. Er bemühte sich, die unangenehmen Vorgänge möglichst bald wieder zu vergessen. Einen Monat später hatte er eine neue Liebhaberei, nachdem er ein Buch über Seelenwanderung gelesen hatte. Es schien für Kinder geschrieben zu sein, denn er verstand alles bis zum letzten Satz.

Wie gewöhnlich teilte er anderen Menschen von seinen geistigen Eroberungen mit. Das begann schon morgens beim Frühstück, obwohl Hamilton krampfhaft versuchte, die Gedanken seines Untergebenen auf irdische Dinge abzulenken.

„Wissen Sie schon, mein lieber, alter Vorgesetzter und Kamerad", begann Bones, „daß unsere Seele nur vorübergehend von unserem Körper Besitz ergriffen hat? Ich meine, daß sie sich einmal hier und einmal dort verkörpert und dann wieder davonflitzt?"

„Wollen Sie so gut sein, Bones, und sofort nach dem Depot flitzen und einmal die Bestände an Drillichhosen für die Haussas nachzählen? Und wenn Sie damit fertig sind, flitzen Sie schnell in die Schreibstube der Kompanie und zählen die Personalbogen der Mannschaft nach. Major Omes hat wieder geschrieben."

„Gewiß, mein lieber, alter Ham; aber ich bitte Sie, einmal kurze Zeit nicht vom alten Omes zu sprechen. Es macht mich krank, wenn ich immer seinen Namen höre. Haben Sie verstanden, was ich Ihnen eben erklären wollte? Ihre Seele hat sich früher die Körper niederer Tiere als Behausung ausgesucht. Vielleicht waren Sie eine Ente oder sogar eine Schlange. Es ist einfach entsetzlich, wenn man daran denkt. Vielleicht sind Sie auch eine Katze gewesen. Denken Sie einmal, wenn Sie jetzt auf der Veranda säßen und ich Sie in den Schwanz kneifen würde! Wie Sie davonsausen würden!"

„Sie waren früher bestimmt ein Scheusal von Hyäne", brummte Hamilton. „Oder ein Papagei."

„Nein, ein Paradiesvogel", fiel ihm Bones ins Wort. „Es ist merkwürdig, ich habe doch schon so oft geträumt, daß ich fliegen könnte und Federn auf dem Kopf hätte."

„Dann waren Sie damals bestimmt ein Engel, Sie verrücktes Huhn", knurrte Hamilton.

„Meiner Ansicht nach –"

„Seien Sie doch endlich ruhig, Bones", seufzte Sanders.

Bones stand auf und verneigte sich.

„Ich hätte ja gar nichts dagegen", sagte Hamilton später zu Sanders, als sie allein waren. „Aber er bringt die ganze Kompanie durcheinander. Abibu, der ein strenggläubiger Moslem ist, wäre beinahe in die Luft gegangen, als ihm Bones erzählte, daß er früher wahrscheinlich ein Meerschweinchen gewesen sei."

Bones begnügte sich nicht damit, seinen lieben Mitmenschen zu erzählen, in welcher Gestalt sie ihm vor Zeiten begegnet seien. Er erinnerte sich jetzt auch an seine eigenen früheren Existenzen.

„Heute morgen fiel es mir ein, alter Junge", sagte er zu Hamilton. „Die Erinnerung kam mir wie eine blitzartige Erleuchtung. Ich lebte in Rom zur Zeit des netten alten Nero, und ich befand mich im Hippodrom, wo die armen, netten Christen zu Tode gehetzt wurden."

„Waren Sie Nero oder das Hippodrom?" fragte Hamilton seufzend. „Vermutlich meinen Sie das Colosseum?"

„Ja, es war eins dieser ganz großen Gebäude. Nero saß in seiner Staatsloge, die ganz mit Gold und Purpur dekoriert war. Ich selbst –"

„Spielten Sie etwa im Orchester mit?"

„Nein, mein lieber alter Ham, ich war unten in der Arena. Löwen jagten hinter mir her. Ich fühlte schon den heißen Atem an meiner Schulter, und sie wollten sich gerade auf mich stürzen, als ich aufwachte."

„Schade, daß Sie nicht ein paar Sekunden länger geträumt haben. Dann hätten die Löwen Sie aufgefressen, und ich wäre Sie los und könnte mir einen anderen Leutnant schicken lassen."

Bones zuckte nur mitleidig die Schultern, ging zu seiner Hütte zurück und schrieb einen Brief zu Ende, der an die Neue Theosophische Gesellschaft gerichtet war.

Seine Liebhabereien waren im Grunde ganz unschuldiger

Natur, und es hätte sich niemand darüber beschwert, wenn er nicht stets den inneren Drang gefühlt hätte, seine neuen Kenntnisse auch anderen Menschen beizubringen.

*

Sanders erhielt die Taubenbotschaft, die Bosambo in Arabisch gekritzelt hatte, und war sehr beunruhigt. Er hatte den untrüglichen Instinkt für ursächliche Zusammenhänge, und als er eine Stunde über das gefährliche Wiederauftauchen der Leoparden nachgedacht hatte, fand er eine befriedigende Erklärung.

Er schickte nach Leutnant Tibbetts, und Bones erschien auch gleich darauf. Er hielt ein Telegramm in der Hand und machte ein niedergeschlagenes Gesicht.

„Unangenehme Nachricht? Ist etwa Major Omes –", fragte Hamilton.

„Aus dem irdischen Jammertal davongeflitzt", sagte Bones traurig. „Zu seinen lieben, alten Papas versammelt. Tragisches Schicksal."

„Major Omes?" Hamilton runzelte ungläubig die Stirne.

„Ja, er ist nun auch so ein netter, alter Engel geworden", erwiderte Bones düster. „Noch nie in meinem Leben habe ich einen solchen Schock bekommen."

„Tot?" fragte Hamilton.

„Beinahe, alter Kamerad. Er hat einen Zusammenbruch gehabt, so daß sie ihn auf den Dampfer bringen mußten. Eine traurige, alte Ruine."

Major Omes war tatsächlich noch nicht den Weg allen Fleisches gegangen. Am Morgen nach einer schweren Sitzung im Kasino war es furchtbar heiß gewesen, und als Omes den Versuch machte, durch Turnen sein überflüssiges Fett zu vermindern, erlitt er einen Schlaganfall. Beinahe hätte es eine Lücke in der Rangliste gegeben.

„Schade", sagte Sanders, als er den wahren Sachverhalt erfuhr. „Aber Bones, ich habe einen Auftrag für Sie. Gehen Sie mit zwanzig Mann und einem Maschinengewehr ins Land der Isisi und verhaften Sie M'anin. Bringen Sie ihn sofort hierher. Verhaften Sie auch Tigisaki und B'welo ..." Er nannte noch ein halbes Dutzend anderer Namen.

„Bei dem geringsten Widerstand lassen Sie sofort scharf schießen. Die Leoparden haben sich wieder organisiert, und diesmal wollen wir reinen Tisch machen."

Bones fuhr mit dem Regierungsdampfer ‚Zaire' ab. Im Augenblick hatte er keine Zeit, an Seelenwanderung zu denken. Zehn Tage lang verfolgte er Tigisaki und seine zehn Anhänger durch Dschungel, Sümpfe und unzugängliches Gelände bis an die Grenzen des Landes, das dem Großen König gehört. Eine weitere Woche verbrachte er damit, im Mondlicht geheime Versammlungen zu belauschen und entsetzliche Riten zu beobachten. Er sah, wie Leichen ausgegraben wurden, und erlebte andere fürchterliche Dinge. Aber schließlich gelang es ihm, den Geheimbund der Leoparden zu vernichten und die Missetäter gefangenzunehmen. Auf dem Rückmarsch kam Bones durch die Wälder zur Stadt der Isisi und hielt dort in dem kleinen Palaverhaus am Ufer des Flusses Gericht ab.

Auch M'anin erschien und war durchaus nicht eingeschüchtert, obwohl er zwischen zwei Haussas mit aufgepflanztem Bajonett stand. Er verließ sich auf seine wunderbare Redegabe.

„Ich sehe dich, Tibbetti", sagte er unverschämt. „Und ich will dir alles ganz genau sagen, denn beim letzten Vollmond ist ein neuer starker Geist in mich gefahren. Ich glaube, die Seele eines großen weißen Mannes ist zu meinem Herzen gekommen."

„Was sagst du da?" fragte Bones interessiert. Zufällig hatte Major Omes beim letzten Vollmond den Schlaganfall gehabt.

„Ja, so ist es", fuhr M'anin fort. „Und ich kann ohne Furcht zu dir sprechen, denn du bist nur ein kleiner Mann in meinen Augen und handelst sehr töricht. Du bist wie ein Kind, und die Leute lachen über dich. Ich habe noch niemals einen Menschen gesehen, der so wie du den kleinen Affen gleicht, die auf den Bäumen sitzen."

Bones hörte ihm verblüfft zu, und M'anin war zufrieden mit dem Eindruck, den er gemacht hatte.

„Nun wirst du mich und diese Leute hier verlassen und fortgehen", sprach er weiter, „und ich werde die Leoparden zurückbringen. Denn habe ich sie nicht wieder zum Leben erweckt, als sie bereits tot waren? Habe ich sie nicht gelehrt, mit Klauen in den Wald zu gehen? Habe ich nicht dabei gesessen, als sie tanzten und ihren Zauber vollführten? Dies alles sage ich dir, weil ich keine Furcht vor dir habe. Du bist wie ein Fisch –"

Plötzlich drohte ihm Bones mit dem Finger.

„Omes, alter Junge", rief er plötzlich in englisch. „Sie haben sich den falschen Körper ausgesucht. Das kommt Ihnen teuer zu stehen!"

Er wandte sich an den Sergeanten Abibu.

„Hänge ihn an dem hohen Baum dort auf!"

III

## Der Reformator

Es ist unmöglich, die Bevölkerung afrikanischer Kolonien nach denselben Grundsätzen zu regieren wie europäische Länder. Bisher hat jeder Versuch gezeigt, daß die Gesetze der Weißen nicht ohne weiteres auf die Eingeborenen angewendet werden können.

Aber es gab einmal einen diensteifrigen hohen Kolonialbeamten, der mit einem besonderen Sinn für Ordnung begabt war. Er machte allerhand Entdeckungen und legte seine Meinung darüber auch schriftlich nieder. Eine Stelle aus seinem Bericht mag hier zitiert sein:

„Die Rechtsprechung in den Kolonien befindet sich in einem

vollständig chaotischen Zustand. In manchen Gebieten haben die verantwortlichen Beamten die Gebräuche der Eingeborenen angenommen und sie als gültiges Recht anerkannt, in anderen Gebieten ist es zu einer Art Kompromiß zwischen den von der englischen Regierung erlassenen Gesetzen und den Gewohnheiten der Eingeborenen gekommen . . ."

Mit großem Fleiß machte sich dieser Mann an die Arbeit, dem seiner Ansicht nach unwürdigen Zustand ein Ende zu bereiten, und so entstand der ‚Kleine Tich-Code', über den noch heute viel geschimpft und gespottet wird, wenn sich alte, erfahrene Verwaltungsbeamte und Offiziere beim Frühschoppen treffen.

In dem Gebiet, das Amtmann Sanders verwaltete, gab es manche Gebräuche, die den Europäern auf den ersten Blick abstoßend und grausam erscheinen mochten. Wenn die Regierung ihm die nötigen Militärkräfte zur Verfügung gestellt und ihn ausreichend mit Maschinengewehren versehen hätte, würde er diese Sitten vielleicht nach jahrelangem, blutigem Kriegszustand ausgemerzt haben. Aber mit Sicherheit kann man das auch nicht sagen.

Sanders hatte jedoch seine eigenen praktischen Methoden, die Eingeborenen zu regieren, und die einheimische Bevölkerung hieß diese Methoden gut, obwohl sie manchmal von schweren Strafen getroffen wurde. Es gelang Sanders, das Zauberwesen und die Menschenopfer zu unterdrücken. Mit Strang und mit Eisen bekämpfte er die Geheimgesellschaften, und ebenso hart verfuhr er mit den Räubern. Wenn es sich aber um Gebräuche handelte, die zwar von europäischer Art abwichen, sonst jedoch auf gesundem Menschenverstand beruhten, war er sehr nachsichtig.

Eines Tages kam ein Brief zur Residenz, der an den geschäftsführenden Beamten adressiert war.

Leutnant Tibbetts war zur Zeit der einzige anwesende Beamte, denn Sanders befand sich auf einer Inspektionsreise und

Hamilton auf einem dreitägigen Urlaub, um Leoparden zu jagen.

Bones öffnete den Brief, der an ihn persönlich gerichtet zu sein schien, und las:

„Sir,
ich schreibe diese Zeilen an Sie in der Hoffnung, in Ihnen einen Beamten zu finden, der wenigstens einigermaßen mit wissenschaftlichen Methoden vertraut ist. Es ist mir gleich, welchen Rang Sie einnehmen, wenn Sie nur auf die wissenschaftlichen Gründe meines Schreibens eingehen. Ich setze voraus, daß Sie von dem Zusammenbruch unserer Kultur überzeugt sind und nichts von den verweichlichenden Tendenzen unserer sogenannten Zivilisation halten . . ."

Bones beantwortete den Brief sofort, und hieraus entwickelte sich eine Korrespondenz, die über ein halbes Jahr dauerte.

Niemand kümmerte sich um die geschäftige Tätigkeit des Leutnants Tibbetts. Sanders bemerkte allerdings, daß Bones von Zeit zu Zeit umfangreiche Bände auspackte, die er aus Europa erhielt, und Hamilton fiel es auf, daß sich der junge Mann zu Hause eifrig mit der Lektüre dieser Bücher beschäftigte.

„Nehmen Sie schon wieder brieflichen Unterricht?" fragte er.

„Nein", erwiderte Bones ernst.

„Haben Sie wirklich nicht einen brieflichen Unterrichtskurs belegt ‚Wie lerne ich das Saxophonspielen gründlich in drei Stunden'?"

Bones lächelte nur verächtlich.

„Oder machen Sie vielleicht einen juristischen Kurs mit ‚Jedermann sein eigener Rechtsanwalt'?"

Bones zuckte mitleidig die Schultern.

„Aber mein guter, alter Kamerad und Vorgesetzter, warum reden Sie so entsetzlich viel? Warum machen Sie sich über mich lustig? Das ist ein schlechtes Symptom – Ihre Medella scheint nicht mehr zu funktionieren!"

„Bones nimmt wahrscheinlich irgendeinen medizinischen Kursus", meinte Sanders, als er mit Hamilton allein war. „Mit der letzten Post ist ein dicker Band über Eugenik gekommen."

Hamilton wollte der Sache aber auf den Grund gehen, und bei der nächsten Gelegenheit sprach er Bones wieder daraufhin an.

„Mein lieber Ham", erwiderte Bones freundlich. „Das verstehen Sie doch nicht. Eugenik handelt davon, wie der menschliche Körper gesünder, besser und schöner gemacht werden kann."

„Wollen Sie dazu etwa Patentmedizinen gebrauchen?" fragte Hamilton argwöhnisch. – Bones lächelte überlegen.

Hamilton war sehr erstaunt, als er eine Woche später erfuhr, daß der Korrespondent von Bones kein anderer als Sir Septimus Neighbour war. Auch er hatte schon von diesem großen Gelehrten gehört, der in Harley Street seit vielen Jahren eine glänzende Praxis hatte. Sir Septimus hatte viele Werke über Eugenik geschrieben, er hatte auch die Bewegung ‚Zurück zur Natur' gegründet, war dabei jedoch mit der Polizei in Konflikt gekommen. An einem Sonntagmorgen hatte er nämlich eine Prozession halbnackter Anhänger in den Hyde-Park geleitet, um gegen den unhygienischen Charakter der modernen männlichen Kleidung zu protestieren. Er selbst setzte seine Theorien auch in die Praxis um und trug zu Hause nur ein Paar ganz kurzer Hosen und Sandalen. Daraufhin kündigten ihm seine sämtlichen Dienstboten. Es ist auch verständlich, daß korpulente Damen, die ihn wegen einer Abmagerungskur konsultierten, über seine Erscheinung entsetzt waren und ihn in Zukunft nicht mehr aufsuchten. Seine Praxis ging daher mehr und mehr zurück, und er wurde ein Opfer seiner mißgünstigen Berufskollegen, wie er sagte. Da er aber über ein großes Vermögen und über Zeit verfügte, ließ er sich in große Zeitungspolemiken ein und fand Befriedigung darin.

Unter dem Einfluß dieser Korrespondenz begann auch Bones seine Kleidung zu ändern. Er trug keine Strümpfe und Gamaschen mehr, und eines Morgens erschien er mit nackten, haarigen Beinen am Frühstückstisch. Hamilton schauderte über die dünnen Gliedmaßen des jungen Mannes, sagte aber nichts. Ein paar Tage später kam Bones zum Mittagessen mit einem einfachen, ärmellosen Netzhemd und einer Badehose.

„Gehen Sie sofort in Ihr Quartier zurück und ziehen Sie sich anständig an!" brummte Hamilton.

„Das ist Hygiene, mein alter Ham", protestierte Bones.

Sanders sagte nichts.

Es ging sogar das Gerücht unter den Haussas, daß Bones diese letzten Kleidungsstücke fortließ und am Ufer nur mit einem Tropenhelm und einem Palmenfächer spazierenging. Er selbst stritt es auch nicht ab, als Hamilton ihm darüber Vorwürfe machte.

„Wir tragen zuviel Kleider, alter Kamerad. Zurück zur Natur – noch nie in meinem Leben habe ich mich so wohl und leicht gefühlt, als seitdem ich diesen unnötigen Panzer von Kleidern abgelegt habe. Die Leute sterben ja vor der Zeit und verkürzen ihr Leben, wenn sie in diesen dicken Jacken und Hosen herumlaufen! Glauben Sie es mir nur!"

Am Abend erschien er nicht zur Mahlzeit, und Hamilton ging in das Quartier, um einmal nach dem Rechten zu sehen. Er fand Leutnant Tibbetts, der sich von seinem Burschen den Rücken mit Creme einstreichen ließ.

„So einfach ist das nicht, alter Ham. Man muß sich erst an diese Nacktkultur gewöhnen. Im Moment bin ich außer Gefecht gesetzt – ultraviolette Strahlen, Ham ... autsch! Du verdammtes Schwein!" rief er seinem Burschen auf arabisch zu. „Willst du mich wohl vorsichtig mit deinen dicken Pfoten massieren?"

Bones erzählte bei dieser Gelegenheit auch, daß Sir Septimus ihm Briefe über Eugenik schrieb.

„Er kommt übrigens hierher", erklärte er wichtig.

„Was – zu uns?" fragte Hamilton ungläubig.

„Ganz bestimmt – ich habe ihn selbst eingeladen."

„Da hört doch alles auf! Hat er sich denn wenigstens vorher die Einreiseerlaubnis besorgt?" fragte Hamilton eisig. „Sie wissen doch, daß er sonst nicht hier landen darf."

„Alles in bester Ordnung, mein lieber, alter Vorgesetzter und Kamerad. Lieber, alter Ham, lassen Sie es sich nur sagen – Sie belasten Ihr Herz viel zu sehr durch diese ungesunde, dicke Kleidung."

Bones trug ein Netzhemd, das auf dem Rücken einen leichten Buckel zeigte. Dort saß der Wattebausch, mit dem er die wunden Stellen seines Rückens bedeckt hatte.

„Der gute, alte Sir Sep sagt, daß die einzig vernünftigen Leute die Eingeborenen am Großen Strom sind. Er will hierherkommen und einmal ein Jahr lang mit ihnen zusammenleben."

„Wie will er sich denn mit ihnen verständigen – spricht er etwa ihre Sprache?" fragte Sanders.

Zum größten Erstaunen des Amtmanns nickte Bones.

Wer Sir Septimus genauer kannte, wunderte sich nicht darüber. Er war außerordentlich sprachenbegabt und hatte in sechs Monaten mehr von der Bomongosprache gelernt als der Missionar, der ihn während seines Urlaubs darin unterrichtete.

Sanders strich nachdenklich über sein Kinn. Er liebte derartige Experimente in seinem Gebiet nicht, besonders wenn sie von Leuten ausgeführt wurden, die nicht mit dem Land vertraut waren.

Mit der nächsten Post erhielt er einen Brief des Kolonialamts, in dem Sir Septimus Neighbour unter Aufzählung all seiner Titel ganz besonders seinem Schutz empfohlen wurde. Und mit dem nächsten Postdampfer kam der Gelehrte selbst an.

Es war ein kleiner, schmächtiger Mann mit einem kahlen Kopf. Ohne den großen, graumelierten Bart hätte er wenig vorteilhaft ausgesehen. Eine Hornbrille machte sein Gesicht etwas intelligenter.

Sein Gepäck bestand aus einem Handkoffer, einem Schmetterlingskäscher und einem Paar Gummistiefeln, die er außen an seine Handtasche gebunden hatte. Seine Hosen waren so kurz, wie sie Sanders noch nie gesehen hatte. Vom Gürtel aufwärts trug er nichts als einen leichten Leinenrock, der seinen eckigen, knochigen Oberkörper verhüllte. Aber auch dafür entschuldigte er sich noch.

„Ich hatte Unannehmlichkeiten auf dem Schiff", sagte er mit einer hohen, schrillen Stimme und gestikulierte mit den Händen. „Es ist entsetzlich, wie prüde die Menschen sind. Diese Europäerinnen sind einfach schrecklich."

Sanders sah zu Bones hinüber, der den Gelehrten am Ufer abgeholt hatte. Der junge Mann war ebenso gekleidet wie Sir Septimus, nur seine Rocktasche war ungewöhnlich dick. Sanders vermutete, daß Bones im letzten Moment vor der Begrüßung am Ufer sein Hemd ausgezogen und es eingesteckt hatte.

„Meine vorgesetzte Behörde hat mir geschrieben, daß ich Sie zu einem der primitivsten Stämme ins Land schicken soll", meinte Sanders. „Ich habe deshalb den Eingeborenen von Lulanga den Auftrag gegeben, eine neue Hütte für Sie zu bauen. Sie sind die einfachsten Leute, die hier im Territorium leben, und selbst die N'gombi halten die Art, wie sie gehen, für etwas anstößig."

Sir Septimus hörte den leicht ironischen Ton des Amtmanns nicht und nickte ernst.

„Das entspricht vollkommen meinen Wünschen. Mit der Hütte bin ich allerdings nicht einverstanden. Ich brauche weder Hütten noch Häuser, ich wohne unter dem freien Himmelszelt und schlafe auf dem Boden der Mutter Erde. Ich will genauso leben wie die Eingeborenen selbst."

„Die wohnen aber in Hütten!" erklärte Sanders.

„Dann werde ich sie lehren, daß es viel besser ist, im Freien zu schlafen. Ich sehe schon, daß ich hier eine große Mission zu erfüllen habe", sagte Sir Septimus mit viel Würde. „Ich werde sie ebenso unterrichten wie meinen Schüler hier." Er zeigte auf Bones, der bis über die Ohren rot wurde. „Er hat mir auch geschrieben, daß er auf dem nackten Boden schläft, morgens ein paar Beeren genießt und einige rohe Früchte zu Mittag –"

„Ja, das habe ich oft getan", erwiderte Bones unnötig laut. „Ganz bestimmt habe ich so gelebt. Ham, alter Kriegskamerad, Sie können es ja bestätigen, ich habe immer nach der Natur gelebt."

„Als Sie das letztemal den Fluß hinauffuhren", entgegnete Hamilton langsam, „haben Sie sich schwer darüber beklagt, daß es in der Wohnkabine auf der ‚Wiggle' zieht. Außerdem wollten Sie die Matratze neu aufgepolstert haben. Und ich weiß noch ganz genau, was für einen Spektakel Sie gemacht haben, als Ihr Schlafsack verlorenging –"

Aber Bones hörte das nicht mehr. Er hatte Sir Septimus am Arm genommen und ihn auf die Veranda hinausgeführt.

Am nächsten Sonntagmorgen verließ Sir Septimus die Residenz in einem Kanu, das ihn nach Lulanga bringen sollte. Sobald man ihn von der Abfahrtsstelle aus nicht mehr sehen konnte, zog er seinen Rock aus, dieses einzige Zugeständnis, das er der verhaßten Zivilisation gemacht hatte.

Das Gebiet von Lulanga liegt am schmalsten Teil des Oporiflusses, der sich in vielen Windungen durch die Wälder zieht, bis er französisches Gebiet berührt.

Von alters her waren die Leute von Lulanga wegen ihrer Lebensweisheit und ihrer Einfachheit berühmt. Am Großen Strom wußte man überall, daß die Einwohner von Lulanga klug waren, aber primitive Gewohnheiten hatten. Sie gehörten eigentlich zu dem Stamm der Isisi, aber sie zahlten dem König dieses Volkes keine Abgaben und leisteten ihm auch nicht Heeresfolge. Sie wurden N'gombi genannt, das heißt ‚Bewohner des Waldes', aber sie waren ein ausgesprochenes Wasservolk und schwammen und fischten seit ihrer frühesten Kindheit.

Bosambo, der sich wenig um Traditionen kümmerte, erklärte sie als Ochori und schickte seine Leute zu ihnen, um Tribut von ihnen einzusammeln. Sie zahlten auch ohne Widerspruch, aber bei dem nächsten großen Palaver der Häuptlinge, das unter dem Vorsitz Sanders' geführt wurde, ging es Bosambo schlecht. Er mußte alles zurückzahlen und sich entschuldigen.

Die Weisheit der Lulangaleute bestand vor allem darin, daß sie in die Zukunft sahen und wußten, daß auch andere Tage kommen konnten. Sie hielten fest an alten Gebräuchen und trugen keine Kleider.

Auf der ganzen Welt gibt es nur drei Völker, die vollständig nackt gehen, und die Lulanga gehören zu diesen. Sie hielten an dieser Sitte fest, obwohl sie von allen deshalb verurteilt und über die Schulter angesehen wurden. In früheren Zeiten wurden sogar Kriege deshalb geführt. Ihre kannibalischen Nachbarn wollten sie zwingen, wenigstens einen Lendenschurz zu tragen. Darauf halten sogar die wildesten Stämme, denn die Eingeborenen sind von Natur aus schamhaft. Aber durch besondere Klugheit und Tapferkeit gelang es den Lulanga, alle Angriffe der Feinde abzuschlagen und an ihren ererbten Traditionen festzuhalten.

Auch Sanders hatte mit ihnen darüber verhandelt, er hatte ihnen sogar gedroht, aber alles hatte keinen Erfolg gehabt. Dagegen hatte er einen anderen alten Brauch erfolgreich bekämpfen können. Die Lulanga waren der letzte Stamm am Großen Fluß, der die Ermordung der Alten, Schwachen und Wahnsinnigen nicht aufgeben wollte. Wenn Männer oder Frauen krank wurden oder einen Unglücksfall hatten, der sie dauernd verstümmelte, oder wenn sie in Wahnsinn verfielen, dann nahm man S'boro zu Hilfe. Nun ist Wahnsinn in diesen Gegenden weit verbreitet, wo die Schlafkrankheit fast ebenso häufig vorkommt wie in Europa der Schnupfen. S'boro war ein geheimnisvoller Teufel, der nur dann seinen Zauber und seine Macht entfaltete, wenn man drei verschiedene Blumengifte mit Maniok zusammenkochte, bis ein dünner, roter Brei entstand. Diese Paste wurde auf die Lippen der Alten, Kranken und Verrückten gestrichen, während sie schliefen, und am nächsten Morgen waren sie tot und konnten beerdigt werden.

Der Verfasser des ‚Kleinen Tich-Code' hatte diesen Gebrauch merkwürdigerweise für richtig und gut befunden und in europäischen Zeitschriften einen Artikel darüber geschrieben, der ihn seine Stellung kostete. Auch Sanders war wütend über ihn, denn es war ihm erst nach vierjähriger mühevoller Arbeit geglückt, diese entsetzliche Sitte auszurotten. Verschiedene Leute hatte er deswegen hängen müssen. Es tat ihm persönlich leid, wenn er diese einfachen und klugen Leute so schwer strafen mußte, aber nur die äußersten und schärfsten Maßnahmen brachten hier Erfolg. S'boro wurde den Schlafenden jetzt nicht mehr auf die Lippen gestrichen, und im Lulangalande gab es nun eine Anzahl alter, verrückter und verkrüppelter Leute, über die sich die Bevölkerung ärgerte. Im geheimen waren die Bewohner unzufrieden mit Sanders, aber er wußte nichts davon.

Am neunten Tag der Reise erreichte Sir Septimus sein Ziel. Der weise Häuptling M'bongo fuhr mit seinen acht Ratgebern den engen Fluß herunter, um ihn zu dem Dorf zu bringen. Am Abend kamen sie dort an, und im Schein großer Feuer tanzten die Mädchen des Stammes vor ihm. Sie hatten Gestalten gleich einer Venus, aber ihre Gesichter glichen einer Gorgo. Der Häuptling gab ihm Rohkost als Zeichen seiner besonderen Zuneigung und führte ihn zu der Hütte, die sie für ihn gebaut hatten. Aber Sir Septimus lehnte dieses Obdach mit einer abweisenden Handbewegung ab.

„O Häuptling", erklärte er, „ich schlafe auf der bloßen Erde, denn so fordert es meine Lehre."

Der Häuptling erwiderte ihm aber unzweideutig, daß das unmöglich sei, und erzählte ihm, wie es den Leuten erginge, die auf der bloßen Erde schliefen. Daraufhin änderte Sir Septimus entschieden seine Meinung.

In der Nacht saß er mit untergeschlagenen Knien bei dem

Häuptling und hielt ein Palaver mit ihm ab. Vor ihnen brannte ein Feuer, und er fühlte sich in der Hitze wenig behaglich.

„Wir lieben Sandi, weil er uns strafen würde, wenn wir ihn nicht liebten“, sagte M'bongo mit rührender Naivität. „Aber er hat viele unserer alten Gebräuche verboten. Er befahl auch, daß wir Kleider tragen sollten wie die gewöhnlichen Isisi, aber wir wollten das nicht, weil auch unsere Väter und Vorväter ihre Körper nicht bedeckten und dadurch stark und schön blieben. Sandi hat auch gesagt, daß die Kranken, Alten und Wahnsinnigen nicht mehr einschlafen sollen durch S'boro, weil das gegen das Gesetz der weißen Leute ist. Und, o Herr, da du ein Freund von Sandi bist und weiser als alle Leute auf der Welt, so weißt du bestimmt, wie schlimm es für ein Volk ist, wenn die Alten, Unfähigen und Krüppel, die nicht länger arbeiten können, so wie wir weiterleben. Es ist auch schlimm, daß die Wahnsinnigen am Leben bleiben, denn sie bringen wieder Kinder zur Welt, die auch wahnsinnig sind. Unter den Isisi und N'gombi und selbst unter den Ochori, die Sklaven sind, ja auch bei den Akasava war dies am Großen Strom allgemeine Sitte, bis Sandi hierherkam.“

Sir Septimus nickte.

„Das ist ein gutes Palaver“, sagte er begeistert.

M'bongo starrte ihn erstaunt an. Eine leise Hoffnung stieg in ihm auf. – „O Herr, du hast herrlich gesprochen“, erwiderte er. „Mein Volk wird sehr glücklich sein.“

Sir Septimus war nun bei seinem Lieblingsthema angelangt und hielt dem Häuptling einen großen Vortrag, den er schon oft in London gehalten hatte.

„Mein lieber Freund, welchen Zweck hat es denn, die Alten und Kranken weiter zu füttern? Wenn man das tut, geht es nur mit der Allgemeinheit bergab. Ist es nicht viel besser, sie ruhig und ohne Schmerzen einschlafen zu lassen? Wenn sie am Leben bleiben, sind sie nur eine Last für sich selbst und für ihre Mitmenschen. Es ist unmenschlich, unhygienisch und gegen alle Gesetze der Natur . . .“

In der kräftigeren Bomongosprache sagte er nun dasselbe mit noch drastischeren Ausdrücken, und der weise Häuptling M'bongo und seine Ratgeber lauschten eifrig.

Etwa einen Monat später kam ein Spion von Sanders unauffällig in das Land der Lulanga und blieb einige Tage dort. Er stellte seine Beobachtungen an und schrieb dann einen Bericht. Am fünften Abend fuhr er in einem schnellen Boot den kleinen Fluß hinunter zu dem obersten Späher dieser Gegend und erzählte ihm die Neuigkeiten.

Eine Taubenbotschaft erreichte Sanders, der gerade nach dem Abendessen eine Zigarre rauchte. Als er die Nachricht gelesen hatte, machte er ein ernstes Gesicht.

„Der Freund von Bones treibt unangenehme Propaganda für seine Ideen“, sagte er. „Es scheint kaum möglich, aber es sieht doch so aus, als ob er alles zunichte macht, was ich mühsam aufgebaut habe. Und nicht nur bei den Lulanga, sondern am ganzen Strom. Wenn die Leute wieder anfangen, den Teufel S'boro zu beschwören, dann wird sich diese Gewohnheit nicht auf Lulanga beschränken, sondern auf das ganze Gebiet übergreifen.“ – „Um was handelt es sich denn?“ fragte Hamilton, der plötzlich auffuhr, weil er eingeschlafen war.

„Zunächst hat sich dieser alte verrückte Kerl als Mitglied des Lulangastammes aufnehmen lassen und besteht nun darauf, wie ein gewöhnlicher Eingeborener behandelt zu werden. Er geht auch mit den Leuten hinaus und arbeitet auf dem Felde. Das schadet ihm natürlich nichts. Aber er kann für sich und für uns alle großes Unheil anrichten, wenn er den Leuten dort oben seine eugenischen Lehren beibringen will.“

Er erzählte Hamilton von den Theorien des Gelehrten noch etwas ausführlicher.

Bones hatte sich von der Bewegung ‚Zurück zur Natur‘ inzwischen abgewandt. Er war dieser Sache überdrüssig. An diesem Abend war er früh zu Bett gegangen und war nicht wenig erstaunt, als er eine Stunde später von seinem Vorgesetzten geweckt wurde.

„Sanders wünscht, daß Sie mit der ‚Wiggle‘ nach Lulanga fahren und den alten Sir Septimus dort abholen und wieder hierher bringen.“

Bones setzte sich in seinem Bett aufrecht und blinzelte Hamilton verständnislos an. Der Captain mußte seine Mitteilung viermal mit immer lauterer Stimme wiederholen, bevor der Sinn Bones einigermaßen klarwurde.

„Was, der nette, alte Sep?“ sagte er dann gähnend. „Der verrückte alte Esel? Allerdings, mein lieber, guter Ham, man kann auch viel für Septimus ins Feld führen. Der alte Patron hat mit seiner Theorie vollkommen recht. Die Auswahl der Tüchtigsten –“

„Widersprechen Sie nicht“, rief Hamilton scharf. „Machen Sie, daß Sie Ihre Leute zusammentrommeln. Morgen früh bei Tagesanbruch müssen Sie abfahren.“

Bones erhob sich müde von seinem Lager und suchte Yoka, den Steuermann, B’fuli, den Techniker, und die sechs Leute zusammen, die gewöhnlich die Besatzung der ‚Wiggle‘ bildeten. Außerdem gab er noch sechs Soldaten den Befehl, ihn auf der Reise zu begleiten. Um fünf Uhr morgens trank er mit Sanders und Hamilton auf der Veranda Kaffee, aber er war in sehr schlechter Laune.

„Es ist überhaupt nicht zu verantworten, mein lieber, alter Ham“, erklärte er, „daß man ohne die geringste Vorbereitung auf die Reise geschickt wird. Die gräßliche Matratze ist immer noch nicht ausgebessert –“

„Wenn Sie müde werden“, entgegnete Hamilton kühl, „dann legen Sie am Ufer an, essen ein paar Beeren und schlafen in der nächsten Bodensenkung – zurück zur Natur, Bones!“

Eine Stunde vor Sonnenaufgang war die ‚Wiggle‘ so weit instand, daß sie ihre Reise antreten konnte. Kurz vor der Abfahrt kam eine weitere Taubenbotschaft in der Residenz an, und Sanders verdoppelte daraufhin die Anzahl der Soldaten.

Der Teufel S’boro trieb sein Unwesen nicht nur im Land Lulanga, es wurden auch verschiedene Fälle aus den angrenzenden Dörfern der Isisi gemeldet. Alte Männer und Frauen waren verschwunden, und ein Holzfäller, der durch einen umstürzenden Baum verletzt wurde, starb plötzlich. Die Trauerbotschaft enthielt noch einen kleinen Nachsatz:

„Auch der nackte Herr in Lulanga ist krank, denn er hat gewisse Früchte gegessen, die Leibschmerzen verursachen."

Bones' Reise war nicht sehr glücklich. Am Nachmittag des ersten Tages fuhr er auf eine Sandbank auf und mußte bis zum folgenden Morgen in der Mitte des Stromes liegenbleiben. Erst dann konnte er genügend Eingeborene zusammentrommeln, um die ‚Wiggle' wieder in tiefes Wasser ziehen zu lassen. Am zweiten Tag stieß er gegen einen Baumstumpf unter Wasser, und der Dampfer erhielt ein Leck am Bug, so daß das Vorderteil voll Wasser lief. Schleunigst mußte er ihn an Land setzen, und erst nach einiger Zeit gelang es, das Leck mit Zement zu dichten. Aber kaum war die ‚Wiggle' wieder eine Stunde in Fahrt, als sie auf eine andere Sandbank auffuhr, und als sie wieder flottgemacht war, stellte sich heraus, daß der Zement nicht hielt. Die ‚Wiggle' mußte wieder ans Ufer gebracht werden.

Bones schwitzte und fluchte, aber der letzte Aufenthalt hatte auch sein Gutes. Während er darauf wartete, daß die Schmiede der Isisi das Schiff wieder instand setzten, erfuhr er von einem Fall von S'boro, der sich zwanzig Meilen vom Ufer entfernt im Walde zugetragen hatte. Mit seinen zwölf Soldaten marschierte er sofort ins Innere und erreichte das Dorf gerade noch rechtzeitig, um die Beerdigung der beiden alten Leute zu verhindern, die am Abend vorher gestorben waren.

Die Isisi sind nicht so klug wie die Lulanga und haben auch nicht ihre guten Methoden, die alten Leute zu töten. Der Augenschein bewies, daß die beiden eines gewaltsamen Todes gestorben waren. Bones handelte unverzüglich. Er ließ die Mörder hängen und nahm den Häuptling des Dorfes in Ketten mit sich.

„O Herr", sagte dieser vorwurfsvoll, „ich habe doch nichts Böses getan. Am ganzen Strom auf und ab ist es bekannt, daß Sandi S'boro liebt und einen alten, weisen Mann zu den Lulanga geschickt hat, damit er sie darin unterrichtet, wie man nutzlose Leute beiseite schafft. Woran sollen wir einfachen Leute uns denn noch halten, Tibbetti? Sage mir das doch!"

Bones fuhr ihn hart an.

„O Mann", erwiderte er mit einem bösen Lächeln, „hast du nicht die beiden Gehängten gesehen, und weißt du jetzt noch nicht, was mein Herr Sandi will? Sind die Isisi so dumm, daß sie das nicht verstehen können?"

Zwei weitere Tage vergingen, bevor er nach Lulanga kam. M'bongo, der weise Häuptling, wartete mit all seinen Ratgebern am Ufer auf ihn. Bones ließ ihm aber keine Zeit, ihn in der üblichen Weise zu begrüßen.

„Häuptling", sagte er, sobald sein Fuß das Land berührte, „in deinem Lande sind wieder Fälle von S'boro vorgekommen, und mein Herr Sandi hat mich hergeschickt, um die Mörder zu bestrafen. Einige alte und verrückte Leute in diesem Dorfe sind eines unnatürlichen Todes gestorben." Er nannte die Opfer bei Namen. – Das Gesicht des Häuptlings wurde lang, und er schwieg einige Zeit, bevor er antwortete.

„B'rolu hat uns das gelehrt."

‚B'rolu' war der Name, den Sir Septimus erhalten hatte.

„Dieser große, weise Mann gehört zu unserem Stamm", erklärte M'bongo stolz. „Er lebt genau wie ein gewöhnlicher Mann unseres Volkes und trägt keine Kleider. Er arbeitet mit uns auf den Feldern und macht Strohmatten."

„Wo ist er denn?"

Der Häuptling sah plötzlich furchtsam aus.

„Mein Herr Tibbetti, ich glaube, er ist ein wenig krank im Kopf. Augenblicklich ist er in seiner Hütte und will nicht herauskommen. Wenn wir zu ihm gehen wollen, können wir nicht hinein, weil er den Eingang mit allen möglichen Ästen und Zweigen versperrt hat."

Der Häuptling führte Bones zu der neuen Hütte, die am äußersten Rande des Dorfes errichtet war, und Bones sah schon von weitem, daß der Zugang mit Zweigen und Holzklötzen verbarrikadiert war. – „O B'rolu!" rief der Häuptling.

Aus dem Innern der Hütte antwortete eine schrille, erregte Stimme in Englisch.

„Mach, daß du fortkommst, du gemeiner Hund! Wage es nicht, hier hereinzugehen! Und schicke sofort zu Mr. Sanders! Bei Gott, ich werde dafür sorgen, daß du in Ketten gelegt wirst!" – „Sind Sie es, Sir Septimus?" fragte Bones ängstlich.

„Wer ist denn da?"

Bones konnte durch die Lücken der Barrikade das furchtsame Gesicht des Mannes sehen.

„Ach, Sie sind es, Sie junger Springinsfeld. Was haben Sie sich eigentlich gedacht, als Sie mich hierherbrachten? Haben Sie Soldaten dabei? Ich verlange, daß dieser Kerl sofort gehängt wird! Dieser blutdürstige Schuft ..."

Erst nach einiger Zeit gelang es Bones, Sir Septimus zu beruhigen und die Barrikade abzubrechen. Als der Gelehrte ins Freie trat, zitterte er am ganzen Körper vor Aufregung. Um seine Schultern hing ein Fell.

„Gott sei Dank, daß Sie gekommen sind! Ich habe eine entsetzliche Woche hier zugebracht. Ich wurde krank, und dann kam einer von diesen gräßlichen Kerlen in meine Hütte und wollte mir etwas auf die Lippen schmieren. Nur mit größter Mühe gelang es mir, ihn hinauszuschmeißen, diesen gemeinen Lumpen!"

„Mein Herr Tibbetti", sagte M'bongo mit bittender Stimme, als Bones ihm alles übersetzt hatte, „dieser große Mann hat uns gebeten, ihn so zu behandeln, als ob er einer der Unseren wäre. Es ist wahr, daß einer meiner jüngeren Leute zu ihm kam und ihm S'boro brachte. Wir glaubten, daß er sehr krank war, und wollten ihm helfen. Er hat uns das doch selbst gelehrt!"

*

Bones ging zur Küste, um Sir Septimus zu verabschieden. Er sollte dafür sorgen, daß er mit einem Boot durch die Brandung zu dem Postdampfer gebracht wurde, der in der Bucht vor Anker lag. Bei dieser Gelegenheit trug er mehr Kleidungsstücke als gewöhnlich.

„Es tut mir sehr leid, daß Sie eine so unangenehme Zeit in Lulanga verbrachten“, sagte er förmlich. „Aber Sie sahen ja selbst, daß Ihre Lehre ‚Zurück zur Natur‘ nicht überall paßt, besonders nicht in den Tropen. Das müssen Sie doch zugeben.“

Sir Septimus sah ihn übelgelaunt an.

„Das ganze Land ist verseucht und verkommen“, erwiderte er wütend. „Alles ist entsetzlich unhygienisch. Aber ich werde den Leuten im Kolonialministerium die Augen über die Zustände hier schon öffnen, verlassen Sie sich darauf! Was tragen Sie denn da eigentlich, Sie unglückseliger junger Mann?“

„Einen wollenen Pullover“, entgegnete Bones.

## IV

## Der Geisterseher

Don Murdock kam in das Gebiet am Großen Strom. Er brachte drei Jagdgewehre mit und litt an gebrochenem Herzen. In der Einsamkeit hoffte er Ruhe und sein seelisches Gleichgewicht wiederzufinden. An dem Abend seiner Abfahrt von New York war er fast zu Tränen gerührt, als er sah, daß der Lotse das Schiff verließ.

Wehmütig schaute er dem Mann nach, der die Strickleiter hinunterkletterte und den kleinen Dampfer bestieg, der ihn wieder zur Heimat zurückbrachte, in die Arme seiner liebenden Frau. Wie wohl mußte sich dieser Mann im Schoß seiner Familie und an der Seite der Gattin fühlen, die sich nichts aus Geistern und anderem Spuk machte. Niemals würde er sich mit ihr über Geistermanifestationen streiten! Und diese brave Hausfrau würde auch niemals den Ehering vom Finger ziehen und ihn mit den Worten auf den Tisch werfen: „Donald, wir verlieren nur Zeit mit dummem Geschwätz. Du kannst mich nicht verstehen und wirst es niemals tun. Du bist hochmütig, weil du früher auf der Universität studiert hast, und hältst andere Leute für verrückt, nur weil du keine Intuition hast und dich nicht über deinen kleinen Gedankenkreis erheben kannst . . .“

Diese Worte hatte nämlich Donalds Frau gesprochen, und ihre unlogischen, törichten Vorwürfe schmerzten ihn auf das tiefste.

Und weil er seine Frau nicht verstand, war es sein tragisches Geschick, daß er zu den Wilden nach Afrika gehen mußte. Bevor er aber New York verließ, machte er noch sein Testament. Die Hälfte seines vier Millionen Dollar umfassenden Vermögens sollte im Fall seines Todes Jane Fellaby gehören, aber die andere Hälfte bestimmte er zur Gründung einer Gesellschaft, die Spiritismus und anderen Aberglauben unterdrücken sollte.

Jane war vom Spiritismus besessen. Sie hatte Séancen mitgemacht und Geisterstimmen gehört. Mit eigenen Augen sah sie, daß sich Trompeten in die Luft erhoben; sie hörte, daß Tamburins von Geisterhänden gewirbelt wurden, und sie hatte andere aufregende Erlebnisse. Donald war wütend darüber. Er nannte Professor Steelfit einen Gauner, und die Tante, die seine Frau in spiritistische Zirkel eingeführt hatte, bezeichnete er als eine Halbidiotin. Danach war es zwischen den beiden Ehegatten zum Bruch gekommen, und Donald segelte nach Afrika zu den einfachen, primitiven Menschen, bei denen es keine Geister und Geistererscheinungen gab, nur Löwen, Todesgefahr und Malaria, die seinem traurigen Leben bald ein Ende machen würden.

Amtmann Sanders sah es nicht gern, daß Besucher in sein Gebiet kamen, denn er war für ihre Sicherheit verantwortlich.

Gewöhnlich ließ er sie den Großen Strom bis Chubiri hinaufrudern, wo es so sicher ist wie in Piccadilly in London und sicherer als auf dem Broadway in New York. Trotzdem hatten die Leute, wenn sie auf das Schiff zurückkamen, die Überzeugung, furchtbaren Gefahren entgangen zu sein.

Bones mußte bei Ausflügen meistens den Führer machen. „Hier zur Rechten liegt das Dorf Goguba, meine lieben, alten Freunde. Dort fand vor einigen Jahren ein fürchterliches Massenmorden statt . . . ein alter, unheimlicher Zauberdoktor, der N'sumu hieß, war Häuptling und ließ sich zu skandalösen Schandtaten hinreißen. Hier zur Linken, meine sehr verehrte junge Miss, sehen Sie die Insel, auf der alle Opfer begraben liegen . . . dort drüben bei der großen, einsamen Palme hat sich der schreckliche Ufaba selbst ertränkt . . ."

Die ‚Touristen', die mit Empfehlungsbriefen kamen, waren Sanders sehr unwillkommen, aber sie konnten sich doch nicht im mindesten über einen Mangel an Höflichkeit oder Liebenswürdigkeit beklagen. Sie wurden im Gegenteil mit größter Zuvorkommenheit behandelt.

„Bones", sagte Sanders, „es gibt wieder einmal etwas für Sie zu tun." Er sah von dem Brief auf, den er beim Frühstück gelesen hatte. „Wir bekommen für ein paar Wochen Besuch."

Bones seufzte hörbar.

„Lassen Sie mich bitte diesmal aus dem Spiele, liebe, alte Exzellenz. Ham ist an der Reihe."

„Es ist aber ein waschechter Amerikaner."

Nun erwachte Bones' Interesse.

Er kannte Amerika. Es gab kaum eine Stadt in den Vereinigten Staaten, wohin er nicht schon geschrieben hatte, denn er war ein sehr eifriger Leser der Zeitschriften-Annoncen, und er hatte einen kindlichen Glauben an briefliche Fernunterrichtskurse, die in diesen Blättern angepriesen wurden. Das hatte sich bei ihm zu einer kostspieligen Liebhaberei entwickelt.

Trotz seiner allgemeinen Antipathie gegen Fremde fühlte sich Sanders zu jungen trainierten Sportsleuten hingezogen, und Donald Murdock hatte außerdem ein bescheidenes, zurückhaltendes Wesen.

Auch hatte er ungewöhnlich gute Empfehlungsbriefe – ein Schreiben von dem amerikanischen Gesandten in London mit einem besonderen Vermerk des Kolonialministeriums, wodurch Sanders direkt verpflichtet wurde, ihm seine besondere Aufmerksamkeit zu widmen.

„Ja – Sie können so weit ins Land gehen, als es Ihnen beliebt, Mr. Murdock. Aber hoffentlich gehen Sie nicht weiter, als es mir lieb ist! Das Land ist augenblicklich ruhig, und Mr. Tibbetts wird sich Ihrer annehmen."

Junge Leute gehören immer zusammen, und Mr. Donald nahm auch Quartier in Bones' Hütte. Sie freundeten sich sehr bald miteinander an; kaum waren sie fünf Stunden miteinander bekannt, so unterhielten sie sich schon über ihre Liebesaffären.

„... nein, nicht wie andere junge Mädchen – Sie müssen recht verstehen, Bones. Wenn sie eins von diesen modernen, oberflächlichen Geschöpfen wäre, die sich nur aus Sensationsgier mit Spiritismus beschäftigen, wäre es ganz belanglos gewesen."

„Wissen Sie, mir ist es auch einmal so gegangen", sagte Bones fast träumerisch. „Sie hat mich sehr geliebt, aber sie spielte dauernd Bridge. Ich sage Ihnen, morgens, mittags und abends. Eines Tages sage ich zu ihr: ‚Meine liebe, gute, alte Freundin –'"

Mr. Donald interessierte sich nicht sehr für die Geschichte, die ihm Bones erzählen wollte.

„Wenn ein Mann mit meiner Veranlagung sich einmal in ein Mädchen verliebt, dann ist es für immer, Bones. Und nun muß uns dieser schreckliche Spiritismus trennen! Können Sie sich das vorstellen? Hoffentlich sind Sie nicht auch von Geistern und derartigem Spuk überzeugt?"

„Mein lieber, guter Vetter von jenseits des Großen Teiches, wenn Sie länger in Afrika leben, können Sie dergleichen nicht einfach abstreiten."

Don Murdock starrte ihn ungläubig an.

„Was – Sie glauben doch nicht wirklich an Geister?"

Bones nickte.

„Ja, da staunen Sie – aber ich habe schon mit meinen eigenen Augen Geister gesehen!"

Und die beiden jungen Leute sollten tatsächlich während ihrer Reise auf dem Großen Strom merkwürdige Dinge erleben.

Im N'gombiland regierte damals ein König, der sieben Söhne hatte. Der jüngste von ihnen war ein Schwächling, der bis zu seinem zwölften Jahr nicht hatte sprechen können. Die Jäger, die ihn oft im Walde gesehen hatten, erzählten aber, daß er sich viel mit einem Geist unterhalten hätte.

Daraufhin hatte man ihm aufgelauert und ihn in hellen Mondnächten im Walde beobachtet. Man hörte, wie er mit jemand sprach, aber niemand konnte einen anderen Menschen in der Nähe sehen. Das war ungewöhnlich, denn die Jäger hatten so scharfe Augen, daß sie die geknickten Zweige deutlich sehen konnten, die die Spur des Leoparden im Dickicht verrieten.

Die Brüder des unglücklichen Knaben wollten ihn wegen seiner Verrücktheit beiseite schaffen, denn es ist ein Gesetz bei den N'gombi, daß Geisteskranke nicht leben dürfen. Man hält sie für tote Seelen, die noch an die Erde gekettet sind. Aber der König der N'gombi, der ein sehr kranker Mann war, liebte seinen Sohn, das Kind seiner Lieblingsfrau, und als seine anderen Söhne ein Familienpalaver über diese Angelegenheit abhielten, sagte er ihnen deutlich seine Meinung.

„Den Tag, an dem B'lala stirbt, wird keiner von euch überleben. Wenn ich zu meinen Kriegern sage: ‚Tötet!' so führen sie meinen Befehl aus, selbst gegen die Söhne des Königs."

Als B'lala dreizehn Jahre alt war, sprach er übermäßig viel. Er erzählte von Geistern, von Ju-jus und von merkwürdigen Erscheinungen, die nur Geister sehen können, zum Beispiel von Elefanten mit langen, gebogenen Zähnen, von Krokodilen, die von einem Baum zum anderen flogen, und von seltsamen Tieren mit eigenartig geformten Köpfen. Und einmal sagte er sogar, daß er schon in dieser Welt gelebt habe, als alles noch ein großes Chaos war, wo man keinen Himmel, keinen Stern und keine Sonne sah, weil alles in dichte Nebel eingehüllt war.

N'kema, der älteste Sohn des Königs, gab vor, auf den Fischfang zu gehen, und nahm seine Brüder mit sich, um auf einer kleinen Insel eine geheime Beratung abzuhalten.

„Es ist ganz klar, daß unser Vater bald sterben wird. Er ist genauso wahnsinnig wie B'lala. Alle Leute wissen, daß ich dann seine Stelle einnehme und König der N'gombi werde. Als aber Sandi vor drei Monaten hierherkam, um die Steuer einzusammeln, hat er böse mit mir gesprochen, weil ich ein junges Mädchen von den Ochori gestohlen habe. Nun habe ich mit meinen eigenen beiden Augen gesehen" – bei diesen Worten bedeckte er in der herkömmlichen Weise das Gesicht mit den Händen –, „daß dieser niederträchtige B'lala in Sandis Nähe stand und ihn behexte, als er zu mir sprach. Und wenn unser Vater stirbt, nehmen wir B'lala in den Wald mit, stechen ihm die Augen aus und überlassen ihn den wilden Tieren zum Fraß."

Alle Brüder waren damit einverstanden; nur einer, der den Jungen liebte, billigte diesen Entschluß nicht. Doch er behielt seine Meinung für sich und sagte auch ‚Wa' wie die anderen.

Amtmann Sanders hörte in seinem schönen weißen Hause an der Mündung des Großen Stromes von all diesen Geschichten, und sein Interesse erwachte. Auch er schätzte gesunde Leute, aber um Verrückte kümmerte er sich erst, wenn Unruhen und Mord durch sie hervorgerufen wurden. „Sehr sonderbar", sagte er und blies den Rauch seiner langen Zigarre von sich. „Ich muß mir bei der nächsten Inspektionsreise diesen jungen B'lala doch einmal ansehen." – Hamilton grinste.

„In dieser Gegend gibt es unheimlich viele Geisteskranke", erwiderte er. „Das ist ja auch nach der großen Schlafkrankheits-Epidemie im vorigen Jahr ganz erklärlich –"

Aber Sanders unterbrach ihn und schüttelte den Kopf.

„Nein, B'lala ist nicht in dieser Weise verrückt, sein Zustand ist keine Folge von Schlafkrankheit. Er hat merkwürdige Visionen von dieser Welt, als sie noch in früheren Entwicklungsstadien war. Seine Worte klingen ganz vernünftig. Denken Sie, er hat doch diese Urungeheuer richtig beschrieben. Er hat Mammutherden gesehen und geflügelte Riesenechsen, Ichthyosaurier und dergleichen. Er scheint die merkwürdige Gabe zu haben, sich in prähistorische Zeiten versetzen zu können. Ich sehe schon, daß Sie das alles als Unsinn bezeichnen wollen. Aber tun Sie das nicht. Ich habe vorige Nacht einen Fieberanfall gehabt, und meine Stimmung ist nicht die beste."

Hamilton runzelte verächtlich die Stirne.

„Tut mir leid. Vielleicht versteht Bones die Sache besser. Er befindet sich ja selbst noch in einem primitiven Stadium und kann die Äußerungen dieses verrückten B'lala vielleicht mehr schätzen als ich." Er erhob sich und rief über den Exerzierplatz hinüber: „Bones!"

Leutnant Tibbetts änderte seine Richtung und kam mit großen Schritten auf die Veranda zu. Er nahm die drei Stufen mit einem Schritt und grüßte militärisch.

„Wünschen Sie mich in einer dienstlichen Angelegenheit zu sprechen?" fragte er steif. „Über persönliche Dinge möchte ich nicht mit Ihnen diskutieren. Aber ich kenne natürlich die Dienstvorschriften genügend, um Ihnen gegenüber die nötige Hochachtung zu bewahren, mein lieber, alter Tyrann."

„Halten Sie den Mund!" erwiderte Hamilton ärgerlich. „Wie kommen Sie denn eigentlich dazu, mir meine Zahnpasta wegzunehmen?"

„Es ist möglich, daß ich sie ausgeliehen habe, mein guter Kamerad und Vorgesetzter", entgegnete Bones höflich. „Ich dachte, daß Sie doch keinen Gebrauch davon machen –"

„Sie geben also zu, daß Sie sie genommen haben", brummte Hamilton. „Ich hätte auch kein großes Aufhebens davon gemacht, wenn Sie mir nicht statt der Zahnpasta eine Tube braune

Schuhcreme auf meine Schale gelegt hätten! Und die habe ich aus Versehen benützt! Da kann einem wirklich schlecht werden!"

Bones senkte den Kopf.

„Solche Unglücksfälle kommen ab und zu vor, sie lassen sich nicht ohne weiteres ausschalten. Wie ich noch gestern zu unserem lieben Freund aus Nordamerika sagte –"

Sanders kam plötzlich ein Gedanke.

„Bones, nehmen Sie die ‚Wiggle' und fahren Sie in das Land der N'gombi. Sie müssen Murdock doch irgendwie die Gegend zeigen, und es ist ja augenblicklich vollkommen ruhig. Sehen Sie sich dabei einmal nach B'lala um, dem Sohn des Ufumbi ..." Er erklärte Bones noch eingehend, warum er sich für den Jungen interessierte.

*

„Er ist eben verrückt", sagte Donald düster. „Mr. Sanders hat es doch ausdrücklich gesagt – man kann nur in diesem Zustand Geistererscheinungen und dergleichen Halluzinationen haben."

„Aber ich habe doch auch schon Geister gesehen, mein lieber, alter Septiker", erwiderte Bones etwas steif.

„Sie meinen wohl Skeptiker", verbesserte ihn Donald schwermütig. „Ich wundere mich nur über die Erziehung, die Sie in den höheren Schulen Englands erhalten haben."

„Nanu! Unsere Schulen sind doch bedeutend besser als die amerikanischen!" rief Bones erregt.

Die beiden saßen auf dem Vorderdeck der ‚Wiggle' und fuhren den Großen Strom hinauf. Langsam zogen die Ufer des Isisilandes an ihnen vorüber. Es war heute der dritte Tag ihrer Reise, und es war viel heißer, als es Donald jemals erlebt hatte. Trotzdem erzählte er Bones, daß es in New York noch viel höhere Temperaturen gebe.

In Lapori machte Bones halt und erhielt Nachrichten, die ihn beunruhigten.

„Mein Herr Tibbetti“, sagte der Häuptling des Dorfes, „am frühen Morgen, noch vor Tagesanbruch, hörten wir eine Lokoli-Botschaft von den N'gombi. Der König ist an der Krankheit Mongo gestorben, und sein ältester Sohn ist sein Nachfolger. Unsere Fischer, die den Strom herunterkamen, haben verschiedene Kriegsboote der N'gombi mit Speerleuten gesehen, und man sagt am Großen Strom, daß es neue Gräber auf den kleinen Inseln gibt, wenn die N'gombi auf dem Wasser fahren.“

Bones kratzte sich nachdenklich an der Oberlippe. Es war fatal, daß er vergessen hatte, Brieftauben auf die Reise mitzunehmen.

„Das ist ein schlechtes Palaver“, erwiderte er. „Schaffe mir ein schnelles Boot mit starken jungen Ruderern, denn ich will einen Brief an meinen Herrn Sandi zur Mündung des Stroms schicken.“

Wenn auch Bones im gewöhnlichen Leben unzuverlässig und wetterwendisch war wie ein Apriltag, so zeigte er sich doch von einer ganz anderen Seite, wenn er wirklicher Gefahr gegenüberstand. Wenn er sich selbst und seinen Freund Donald nicht mitzählte, verfügte er nur über fünf Leute. Glücklicherweise hatte er ein Maschinengewehr an Bord, das er sofort auf dem Vorderdeck aufmontieren ließ.

Mr. Murdock interessierte sich für all diese Vorbereitungen aufs lebhafteste.

„Mein lieber, alter Junge“, sagte Bones, „Sie können in dem Kanu den Strom wieder hinunterfahren. Wenn es Ihnen aber Spaß macht, erlaube ich Ihnen auch, an den Gefahren des Krieges teilzunehmen. Sie sind ja auch sonst ein treuer Freund und Bundesgenosse. Wenn Sie sich also meiner Fahrt anschließen wollen, so heiße ich Sie herzlich willkommen. In diesem Fall wollen Sie vielleicht eine letzte Nachricht an Ihre liebe, alte Jane schicken. Tun Sie es noch, bevor das Boot abfährt.“

Donald entschied sich dafür, an der Kriegsfahrt teilzunehmen, und eine Stunde später kämpfte sich die ‚Wiggle‘ gegen eine sechs Knoten starke Strömung flußaufwärts zu der Hauptstadt der N'gombi.

Macht ist eine gewaltige Kraft, die selbst die Herzen der stärksten Menschen ändern kann. N'kema, der älteste Sohn des verstorbenen Königs, tat manche törichten Dinge. Kaum hatte sein Vater den letzten Atemzug getan – der Mann starb merkwürdigerweise sehr plötzlich –, so setzte sich N'kema auf den Häuptlingsstuhl und rief ein großes Palaver aller Häuptlinge und Dorfältesten zusammen. Das wäre an sich nicht schlimm gewesen. Aber entschieden verhängnisvoll war die Tatsache, daß er sich an den Geheimbund der Kleinen Leoparden wandte und um ihre Unterstützung bat. Kein König, der bei Verstand ist, hätte diese Geheimgesellschaft gerufen.

Die Kleinen Leoparden standen damals in großem Ansehen. Man fand allerdings ihre verstümmelten Opfer nicht mehr, aber sie befolgten seltsame Riten, hielten Tänze ab und verübten heimliche Morde, wenn man die Wahrheit sagen soll.

Als einer seiner Brüder dem neuen König darüber Vorhaltungen machte, schnitt er ihm kurz das Wort ab.

„Muß ich in meiner Lage nicht allen Zauber zu Hilfe rufen, um mich auf dem Thron zu halten? Weißt du nicht, daß mich Sandi haßt? Wenn er aber sieht, wie stark ich bin, und wenn er weiß, daß alle Leute für mich eintreten, dann wird er mich hier in Ruhe lassen und eines Tages herkommen, um mir die goldene Medaille um den Hals zu hängen, die mein Vater trug."

„Und was soll aus B'lala werden?" fragte ein anderer.

Der König machte eine bezeichnende Geste.

In der Nacht führten zwei Brüder den Geisterseher in den tiefsten, dunkelsten Teil des Waldes. Leoparden und andere wilde Tiere hausten dort, deren Augen in der Finsternis unheimlich aufleuchteten, wenn sie hungrig nach Beute durch das Unterholz streiften. Dort setzten sie ihn aus. Er klagte nicht und sagte nur ein paar Worte zu ihnen, bevor sie fortgingen. – „Ihr hättet das nicht tun können, wenn mein Geist nicht in dieser Nacht von mir gewichen wäre."

„Wo ist denn dein Geist?“ fragte ihn der eine spöttisch.

„Er ist zu den Sternen gewandert. Geht schnell, bevor er wieder zu mir zurückkehrt.“

Die beiden flohen, zu Tode erschreckt.

Der neue König saß in seiner großen Hütte und lauschte eifrig all den Geschichten, die ihm hinterbracht wurden. Einige sagten, daß die Ochori zum Kriege gegen die N'gombi rüsteten und daß Bosambo seine Truppen sammelte, um ein Blutbad unter seinen Nachbarn anzurichten. Andere wollten wissen, daß Sandi mit seinen Soldaten schon auf dem Wege sei, und wieder andere wisperten von geheimen Anschlägen, die seine eigenen Brüder gegen ihn planten, um ihn vom Thron zu stoßen. Der König schenkte diesen Gerüchten Glauben, und als die Mörder B'lalas zurückkamen, wurden sie gefangengesetzt und heimlich ermordet, so daß man nie wieder etwas von ihnen sah.

Je mehr der neue König hörte, desto furchtsamer wurde er. Bald glich seine Stadt einem Heerlager. Speerleute, die von den Lokoli-Trommeln aus den Wäldern herbeigerufen waren, kamen aus allen Teilen seines Landes in der Stadt zusammen.

„Großer Häuptling, gegen wen werden wir Krieg führen?“ fragte ein alter Ratgeber.

„Wir ziehen gegen die ganze Welt zu Felde“, prahlte der König, obwohl er innerlich vor Furcht zitterte.

Ein Schmeichler flüsterte ihm zu, daß dieser alte Ratgeber seines Vaters ein Feind sei, da er sonst nicht eine solche Frage gestellt hätte. Und in der nächsten Nacht wurde der Alte in seiner Hütte umgebracht.

Kurz vor Tagesanbruch weckte man den König. Er stürzte aus seiner Hütte und sah einen vollkommen erschöpften Boten vor sich. Er lauschte auf die Nachricht des Mannes, und seine Zähne schlugen vor Entsetzen aufeinander. Und ein Mann, der sich fürchtet, ist gefährlich. Er ließ seine Unterführer kommen und gab ihnen kurze Befehle.

„Tibbetti, der Sohn Sandis, kommt mit seinen Soldaten den Strom herauf. Alle mit Speeren bewaffnete Krieger sollen in die Wälder gehen. Niemand darf sich vor Tibbetti sehen lassen, und wenn er es doch tut, so werde ich ihn töten."

Als die ‚Wiggle' am Ufer anlegte, sah Tibbetts, wie die Frauen ihre Kinder im Fluß badeten. Andere wuschen ihre Kleider und Tücher am Ufer, indem sie sie auf flache Steine schlugen. Nichts verriet irgendwelche kriegerischen Absichten, als Bones an Land ging. Alles erschien vollkommen friedlich, und der König N'kema eilte seinen Gästen entgegen.

„Mein Herr Tibbetti, du kommst zu einer guten Zeit." Mit einem schnellen Blick überschaute er das Deck, um zu sehen, wie viele Soldaten an Bord waren. „Mein Vater ist eben gestorben, und alles Volk hat mich einstimmig zu seinem Nachfolger erwählt, so daß ich jetzt auf seinem Stuhl sitze. Nun will ich einen großen Tanz für dich und deinen Bruder abhalten."

Murdock war ihm vollkommen fremd, aber er erklärte sich die Anwesenheit dieses Mannes durch verwandtschaftliche Beziehungen.

„Heute findet kein Tanz statt, N'kema", erwiderte Bones kurz. „Und wer der Nachfolger des alten Königs sein soll, wird Sandi bestimmen. Ich bin hergekommen, um B'lala, den Sohn des alten Königs, zu sehen."

Tödliches Schweigen folgte. Die Befangenheit des Häuptlings war offensichtlich.

„Herr", sagte er nach einer langen Pause, „der Junge ist auf eine weite Reise gegangen, denn er war krank."

„Morgen wird er hier sein! Das Palaver ist aus."

Als Bones durch das Dorf ging und alle Leute bei ihrer täglichen Beschäftigung sah, beruhigte er sich. Er merkte nichts von dem fieberhaften Treiben, das gewöhnlich bei einem Regierungswechsel einsetzte.

Mr. Murdock war sichtlich enttäuscht.

„Ich sehe nichts von Ihrem Krieg", meinte er vorwurfsvoll.

„Aber mein lieber, alter Junge, berufen Sie doch die Sache nicht“, erwiderte Bones schaudernd.

Als die beiden Freunde nachmittags unter dem Sonnensegel an Deck saßen, kam ein Bote des Königs und überbrachte nochmals eine ehrerbietige Einladung zu einem großen Tanz. Und diesmal nahm Bones an.

„Werden wir auch Geister sehen?“ fragte Donald erwartungsvoll.

„Nein, die Geister, die es in Afrika gibt, können Sie nicht sehen, mein alter Junge“, erwiderte Bones etwas abweisend. „Aber Sie werden sie fühlen!“

Der große Tanz ging ohne Zwischenfall vorüber, und die beiden scharf geladenen Brownings, die Bones eingesteckt hatte, erwiesen sich als überflüssige Vorsichtsmaßregel. In der Dunkelheit kehrten die Freunde zur ‚Wiggle‘ zurück. Donald war von den seltsamen Tanzdarbietungen so stark beeindruckt, daß er im Augenblick nicht mehr an Spiritismus und ähnliche Dinge dachte. – Sie hatten sich gerade gute Nacht gesagt, als vom Ufer ein Flüstern zu ihnen herübertönte. Bones neigte sich weit vor und lauschte.

„Sage ihm, daß er zu mir aufs Schiff kommen soll“, befahl er dann der Wache. Seine Leute brachten den Mann in die Kabine. Es war der zweitjüngste Sohn des alten Königs, der sich innerlich gegen die Ermordung seines Bruders gesträubt hatte. Als er alles berichtet hatte, was er wußte, wurde Leutnant Tibbetts wieder vollkommen wach.

„Mein Herr Tibbetti, wenn der König erfährt, daß ich zu dir gekommen bin, wird er mich töten lassen wie meinen Bruder“, sagte der Mann furchtsam. „Aber ich sage es dir trotzdem, weil ich Sandi liebe und weil ich weiß, daß er hierherkommen wird, um einen neuen Häuptling einzusetzen. Dann wird er mich, den Sohn des Königs, nicht vergessen, der ihm geholfen hat.“

„Wohin haben sie B'lala gebracht?“ fragte Bones. „Was ist aus ihm geworden?“

Der Mann erzählte ihm alles.

„Aber mein Herr Tibbetti, du kannst nicht in die Wälder gehen, die hinter der Stadt liegen. Sie töten dich, denn dort sind mehr Speerleute und Krieger als Bäume, und sie sind alle für meinen Bruder."

Bones zögerte nicht. Er hatte eine kurze Unterredung mit Murdock.

„Sie bleiben hier, mein alter Freund aus New York. Der nichtsnutzige N'kema wird in der Nacht keinen Überfall planen –"

„Ich gehe mit Ihnen", erklärte Donald entschlossen, und er setzte seinen Willen auch durch.

Sie nahmen ein kleines Boot und ließen sich den Strom eine Meile weit hinunterrudern, dann gingen sie an Land.

Beim Aussteigen wäre Donald beinahe ins Wasser gefallen. Zwei Stunden lang folgten sie ihrem Führer durch das Waldesdickicht, in dem schon seit undenklichen Zeiten geheime Morde verübt worden waren. Einmal sahen sie die grünen Augen eines wilden Tieres vor sich aufleuchten, und dann hörte Donald den Schrei eines Affen, der von einem Leoparden gepackt wurde.

Als er auf die Uhr schaute, zeigte sein leuchtendes Zifferblatt Mitternacht. Sie waren jetzt an einer kleinen Waldlichtung angekommen und sahen eine Gestalt im Mondlicht, die an einem hohen Baumstamm lehnte.

„O B'lala", sagte Bones sanft, „ich bin Tibbetti, der Sohn Sandis, und ich bin gekommen, um dich auf meinem schönen Schiff mitzunehmen."

Er sah, daß ein Lächeln um die Lippen des Knaben spielte, und er ahnte mehr als er es sah, daß ihm die Augen ausgestochen waren.

„Mein Herr Tibbetti, ich gehe zu einem herrlicheren Ort als zu deinem Schiff", erwiderte der Junge mit schwacher Stimme. „Noch in dieser Nacht werde ich mit meinem neuen Geist unter den Sternen wandeln. Spreche ich die Wahrheit?"

Zuerst glaubte Bones, daß er gemeint war, aber dann bemerkte er, daß der Junge den Kopf leicht nach links wandte, und er hörte, daß der Sterbende lachte.

„Mein Herr Tibbetti, ich spreche die Wahrheit. Ich will dir aber sagen, daß der Tod in diesem Walde lauert, denn mein großer Geist hat mir das erzählt. Ich sah, wie du hierherkamst, obwohl ich keine Augen mehr habe. Du kamst in einem kleinen Boot mit meinem Bruder. Als du an Land gingst, strauchelte der weiße Mann, der dich begleitet, und fiel."

Donald fuhr schaudernd zusammen, als ihm diese Worte übersetzt wurden.

„Woher weißt du das?" fragte er in Englisch.

„Von ihm, der bei euch ist!" erwiderte der Junge, der nie eine andere Sprache als die seine gesprochen hatte. „O großer Geist, bleibe bei Tibbetti und seinem Freunde und hilf ihnen!"

Er wartete und neigte den Kopf, als ob er lauschte. Als B'lala nach einer Weile nichts mehr gesprochen hatte, neigte sich Bones über ihn und legte den toten Körper sanft auf den Boden.

„Es ist mit ihm zu Ende", sagte er, als er sich wieder aufrichtete. B'lala, der Freund der Geister, wandelte schon unter den Sternen.

Sie begruben ihn, so gut sie konnten, und kehrten dann wieder zum Fluß zurück. Bones wußte, daß er nur eine Chance hatte, zu entkommen. Er mußte sofort in der Dunkelheit den Rückweg auf der ‚Wiggle' antreten und ohne Rücksicht auf Untiefen und Sandbänke Sanders entgegenfahren. In der Nacht konnte sich viel ereignen, und N'kema würde vielleicht noch vor Tagesanbruch angreifen.

Und die ‚Wiggle' war auch kaum eine halbe Meile von dem Dorf entfernt, als sie schon angehalten wurde.

„Halte, weißer Mann, denn die Leoparden hemmen deinen Weg!" rief eine Stimme. – „Feuer!" kommandierte Bones und riß seine Browningpistole heraus.

Das Maschinengewehr ratterte in wildem Stakkato, und ein unheimliches Echo kam aus den Wäldern zurück. Die Besatzung verteidigte sich tapfer, aber die Übermacht der N'gombikrieger war zu groß. Sie erkletterten die ‚Wiggle', und drei Speerleute stürzten sich auf Bones. Er erhielt einen Schlag auf den Kopf und verlor das Bewußtsein . . .

Als er wieder erwachte, fühlte er entsetzliche Schmerzen. Er saß mit dem Rücken gegen einen dicken Baumstamm, an den seine Arme gefesselt waren, und die Sonne brannte auf ihn nieder. Dicht neben ihm saß Mr. Donald Murdock mit nacktem Oberkörper. Der junge Mann war verwundet. „Hallo, alter Freund, leben Sie noch? Ich dachte, man hätte Sie schon ins bessere Jenseits befördert", sagte er vergnügt. „Ich möchte bloß wissen, was diese blöden Kerle mit uns vorhaben?"

Bones sah sich nach allen Seiten um, aber jede Bewegung schmerzte ihn. Sie waren rings von Kriegern umgeben, und auf dem Häuptlingsstuhl dicht vor ihm saß N'kema.

„O Tibbetti, ich sehe dich", sagte er spöttisch. „Wo ist denn der große Geist meines kleinen, verrückten Bruders? Ist er nicht mehr bei dir? Schützt dich sein starker Arm nicht mehr gegen mich und meine Krieger?"

Bones war erstaunt, daß der König von den Vorgängen im Walde wußte. Aber plötzlich sah er einige Schritte vor sich einen Toten liegen. Es war der Bruder des Königs, der ihn zu B'lala geführt hatte. Sicher hatte N'kema den Mann durch Foltern zu einem Geständnis gezwungen und ihn dann zu Tode gepeinigt.

„Ich sehe dich, N'kema", erwiderte Bones mit heiserer Stimme. „Wenn du aber von Verrückten und von Geistern sprichst, so frage ich dich, ob du nicht selbst wahnsinnig bist, daß du so böse Dinge tust? Wird nicht dein Geist in den großen Bergen umherirren, wenn Sandi kommt? Aber ich will für dich sprechen, wenn du diesen jungen Mann hier freiläßt." Er zeigte mit dem Kopf auf Murdock, der die Zusammenhänge jedoch nicht verstehen konnte, weil Bones in der Eingeborenensprache redete. „Er gehört zu einem fremden Volke und hat nichts mit diesem Palaver zu tun."

N'kema grinste furchtsam.

„O ko! Das ist die Rede eines Narren. Zeige mir doch deinen großen Geist, Tibbetti! Und wenn er stark genug ist, soll er den Arm meines Henkers anhalten."

Er spie erst links und dann rechts neben sich aus und hob die Hand bis zur Augenhöhe. Das war das Zeichen für den schlanken, starken Krieger, der zu seinen Füßen kauerte und die Klinge des gekrümmten Richtschwertes in den Händen wog. Schnell erhob sich der Mann und trat vor Bones.

„Sprich gut für mich zu allen Geistern und Teufeln", sagte er leise, wie es alte Sitte war. Dann schwang er das Richtschwert.

Bones sah zu ihm auf und zuckte nicht mit der Wimper. Die gebogene Klinge glänzte im Sonnenlicht . . .

Dann hörte Bones plötzlich einen schwachen Laut und sah, daß die Waffe zu Boden fiel. Der Henker brüllte vor Schmerz auf und faßte rasch nach seinem blutigen Ellbogen.

N'kema sprang entsetzt empor, sein Gesicht wurde fahl. „O ko!" stöhnte er. „Dieser Geist . . .!"

Und dann sah er Sanders.

Der Amtmann stand am Rand der Lichtung, und zu seinen beiden Seiten knieten Haussasoldaten, die ihre Gewehre in Anschlag hatten. Langsam ging Sanders vorwärts, und die N'gombikrieger wichen lautlos vor ihm zurück. Jeder suchte so schnell wie möglich im schützenden Dunkel des Waldes zu verschwinden.

„Ich sehe dich, N'kema", sagte Sanders leise, fast freundlich. Dann zeigte er auf einen Baum, und Sergeant Abibu, der hinter ihm ging, warf geschickt das Tau, so daß es sich um einen großen Ast knotete. Dort wurde N'kema gehängt.

„Diese Geister!" sagte Donald schaudernd und wischte sich den kalten Schweiß von der Stirn. „Haben Sie es gesehen? . . . Gerade als der Henker zuschlagen wollte . . . hat ihn jemand gehindert . . . das ist zuviel!"

Bones räusperte sich. Er wußte, wie das gekommen war,

denn er hatte die neuen Schalldämpfer auf der Mündung der Gewehre gesehen.

„Ja, ja, wir haben hier eine besondere Art von Geistern, mein lieber, alter Junge."

Murdock schüttelte den Kopf.

„Ich muß doch sagen, daß sich mein Urteil über den Spiritismus bedeutend verändert hat. Es ist etwas daran. Ich möchte schwören, daß hier wirkliche Geister ihre Hand im Spiele hatten!"

„Das ist in Afrika eine ganz gewöhnliche Erscheinung", murmelte Bones.

„Ich schicke sofort ein Telegramm an Jane und teile ihr mit, daß ich nichts mehr gegen Spiritismus habe, das heißt, wenn es sich um wirkliche Geister handelt."

Aber als sie wieder bei der Residenz an der Mündung des Großen Stromes ankamen, zeigte es sich, daß das überflüssig war. Der Telegrafist überreichte Mr. Murdock bei der Ankunft ein Telegramm:

„Du hast recht. Geister sind Humbug. Detektive fanden Fingerabdrücke des Professors auf den Trompeten. Komme zurück. Jane."

Donald schüttelte wieder den Kopf.

„Es wird jetzt schwer sein, sie vom Gegenteil zu überzeugen", meinte er.

## V

## Das Zepter des Königs

Zur Frühstückszeit prallten in der Residenz gewöhnlich die Gegensätze aufeinander, und die Auseinandersetzungen wurden besonders heftig, wenn Captain Hamilton an sein Leberleiden erinnert wurde oder sich von einem Fieberanfall erholte.

Auch Leutnant Tibbetts konnte sehr unangenehm werden. Er entdeckte dauernd Dinge neu, die jedem bekannt waren, oder er grub Theorien aus, die man schon längst zu den Akten gelegt hatte. Von jeder Inspektionsreise brachte er mindestens eine fabelhafte Sensation mit, über die man aber in der Residenz bereits unterrichtet war.

„Sie reden schon wieder von dem Zepter des großen Königs, Bones. Die Geschichte ist doch seit hundert Jahren erledigt!" sagte Hamilton gereizt. „Ein solches Ding hat es niemals gegeben. Und Sie wissen sehr wohl, daß die Eingeborenenhäuptlinge, ob sie sich nun Könige oder Fürsten oder Infanterieleutnants nennen –"

„Danke verbindlichst für das Kompliment", murmelte Bones und schloß die Augen wie ein christlicher Märtyrer, der in Ergebenheit stirbt.

„Auf keinen Fall hatten sie Zepter oder Reichsapfel."

„Wollen Sie vielleicht auch abstreiten, daß die Leute hier keinen Thronsessel kennen? Seien Sie doch vernünftig, lieber, alter Freund. Thronsessel werden schon in der Bibel erwähnt und Zepter auch. Da können Sie nichts machen. Und ich bin fest davon überzeugt, daß einer dieser alten Herrscher es verborgen hat. Bosambo sagt –"

„Bosambo ist ein frecher Lügner! Ich verstehe überhaupt nicht, wie Sie diesem notorischen Schwindler etwas glauben können!"

„Danke", sagte Bones mit leidendem Gesichtsausdruck.

„Ich habe diese Geschichte nun schon mehr als hundertmal gehört, Bones", mischte sich Sanders ins Gespräch. „Seitdem ich hier das Gebiet verwalte, hat man mich mit dem Zepter des Königs bedroht. Es herrscht der Glaube, daß viele Stämme einmal unter dem Zepter eines großen Königs vereinigt werden sollen, der die Weißen ins Meer treibt. Alle sechs Monate ungefähr steht immer ein anderer Mann auf und sagt: ‚Ich bin der Fürst, auf den die Völker warten.' Wegen dieses verfluchten Zepters sind schon mehr Kriege geführt worden als wegen irgendeiner anderen Sache. Übrigens nennen es die Eingeborenen nicht Zepter, sondern Stab."

„Ich danke Ihnen für Ihre Unterstützung, liebe alte Exzellenz. Nun muß ich Ihnen aber auch etwas mitteilen – Bosambo hat das Königszepter nämlich wirklich gesehen!" Bones sprach mit erhobener Stimme, streckte einen Arm aus und trat einen Schritt zurück, um zu beobachten, welchen Eindruck diese Worte auf seine Hörer machten. Aber es rührte sich niemand. „Bosambo hat niemals etwas gesehen außer – ach, es hat ja gar keinen Zweck, darüber zu reden."

Bones betrachtete Hamilton mit einem mitleidigen Lächeln. Er glaubte fest an die Geschichte von dem Königszepter und träumte davon, daß er es eines Tages entdecken würde. Wie schön mußte es sein, wenn er in späteren Tagen seine Kinder dann ins Britische Museum führte und ihnen dieses Prunkstück zeigte, das dort unter Glas auf einem roten Samtkissen liegen würde. Und auf einer vergoldeten Messingplatte konnte man lesen: „Der englischen Nation geschenkt von Leutnant Tibbetts, Mitglied der Königlichen Geographischen Gesellschaft." Es folgte dann eine kurze Biographie von ihm selbst, die mit den Worten begann:

„Dieser kühne Forscher, dessen Name weit und breit bekannt ist . . ."

*

Die Akasavaleute waren gegen Fremde feindlich gesinnt. Wehe dem Isisifischer, der in ihren Gewässern Beute machen wollte! Und doch nahmen sie M'turi, den Sohn O'fakas, gastlich auf, weil sein Vater der größte aller Isisizauberer war und Kriege, Hungersnöte und merkwürdige Erscheinungen am Sternenhimmel prophezeit hatte. Schließlich hatte er den Tod des Isisikönigs in so lebhaften Farben geschildert, daß Sanders sich veranlaßt fühlte, schleunigst mit der ‚Zaire' den Fluß hinaufzudampfen. Es war auch hohe Zeit; er konnte den König gerade noch von einer Akonitvergiftung retten. Er hängte

O'faka, den Seher und Propheten, und hielt den versammelten Häuptlingen und Ältesten einen interessanten Vortrag über Propheten, Zauberer und Wunderärzte. Darauf schlug die Stimmung um, und M'turi, der kein Seher und Prophet war, sondern nur ein hübscher, etwas eitler Mann, mußte zu den Akasava fliehen, wo er freundlich aufgenommen wurde. Denn es geht ein Sprichwort am Großen Strom: „Die Isisi lieben schöne Frauen, die Ochori gutes Essen, aber die Akasava sind neugierig, was die Zukunft bringt."

Der Jäger M'turi besaß keine geheimen Kräfte, aber er war ein kluger Mann. Als er eines Tages in südlichem Gebiet, das zweifellos den Isisi gehörte, nach Affen jagte, kam er zu einer engen Schlucht. Der Strom floß hier mit reißender Schnelligkeit durch, und das Flußbett war sehr eng. Im Volksmund hieß diese Schlucht das Höllentor.

Im ganzen gab es sieben Höllentore am Großen Strom. Dieser Name klang großartig und flößte den Gemütern Furcht ein. Und alle Leute glaubten, daß das Höllentor in ihrer Nähe das einzig richtige sei. Im allgemeinen ist der Große Strom sehr breit und hat viele Sandbänke und Untiefen. Das Schlimmste ist jedoch, daß diese Hindernisse von Zeit zu Zeit verschwinden und an anderen Stellen wieder auftauchen, wo sich früher tiefes Fahrwasser befand. Bei dreien dieser Höllentore war das Flußbett schmal, und das Wasser schoß zwischen hohen Ufern dahin. Solche engen Flußtäler sind bei Stürmen durchaus nicht sicher, und Sanders hatte eine allgemeine Verfügung erlassen, daß die Häuptlinge und Dorfältesten genauen Bericht einsenden sollten, wenn die hohen Uferwände durch Regen unterspült oder sonst irgendwie unsicher wurden.

M'turi war müde. Er zündete ein kleines Feuer an und briet sich eine Affenkeule. Dann faßte er den Entschluß, über Nacht hier zu ruhen und erst am nächsten Morgen zur Akasavastadt zurückzukehren. Er war nicht in der allerbesten Stimmung, denn der König war es müde, einem Seher und Propheten Obdach zu gewähren, der nicht zaubern konnte.

Bevor er sich in sein Affenfell einrollte, um zu schlafen, ging er noch zu dem Felsenvorsprung, setzte sich nieder und ließ die Beine über die Klippe herabhängen. Der Abhang war an der Stelle über dreißig Meter hoch. Während er saß, fühlte er, daß sich der ganze Grund leicht hin und her bewegte. Verwundert sah er sich um und entdeckte die Ursache. Es blies ein scharfer Wind, und zwei hochragende Isisipalmen schwankten hin und her. Die Bäume standen ungefähr hundert Schritte von ihm entfernt, und die Bewegungen des Bodens stimmten genau mit den Schwankungen der Bäume überein. Erstaunt erhob sich M'turi und ging zu den Bäumen.

Die Palmen wuchsen in einer tiefen Erdspalte, und er entdeckte, daß die scharf ins Tal vorspringende Höhe aus einem großen Felsen bestand, der sich so weit von dem anderen Gestein gelöst hatte, daß die Schwankungen der Bäume genügten, um auch den Felsen leicht zu bewegen. Eine nähere Untersuchung der Erdspalte ergab, daß der Felsblock nur noch lose in seiner Lage gehalten wurde. Es konnte höchstens noch einige Wochen oder Monate dauern, bis die ungeheuren Steinmassen in das Flußtal hinunterstürzten.

Am nächsten Morgen ging M'turi zur Akasavastadt, wo man ihm nicht mehr freundlich gesinnt war. Er hatte weder eine Prophezeiung gesprochen, noch hatte er Geister gesehen. Und er hatte nicht einen einzigen Mann oder eine Frau bezeichnet, die vom Teufel besessen waren.

Als er ankam, hielten die Ältesten gerade ein Palaver ab.

Zwischen einigen Jägern der Ochori und der Akasava hatte es einen Zusammenstoß im nördlichen Gebiet der Akasava gegeben. Glücklicherweise war niemand dabei ums Leben gekommen. Aber Bosambo, der Häuptling der Ochori, eilte schnell zu der Grenze seines Gebietes und forderte die Oberhäuptlinge der Akasava auf, mit ihm bei den vier Gummibäumen zusammenzukommen. Dies war seit undenklichen Zeiten der Palaverplatz für die beiden Stämme. Und Bosambos Einfluß war so stark, daß die vier großen Häuptlinge, wenn auch widerwillig, zu der festgesetzten Zeit eintrafen.

Das Recht war auf Bosambos Seite. Die Akasavaleute hatten auf verbotenem Gebiet gejagt, und sie wußten, daß Sandi solche Übertretungen schnell und rücksichtslos durch Abgaben von neuen Steuern strafte.

„Mein Herr Bosambo, das ist die Wahrheit", sagte der Oberhäuptling der Akasava. „Der Jäger M'turi von den Isisi, der in meiner Stadt wohnt, hat meine jungen Leute zu dieser Übertretung verleitet. Diese Nacht will ich ihn zu seinem Stamm zurückschicken und ihn für seine schlechte Tat schlagen."

Bosambo sagte nichts. Er wußte sehr gut, daß nur die Furcht vor Sanders' Namen die Akasava zurückhielt. Sonst wäre es zu einem Zusammenstoß gekommen, und bei dieser Gelegenheit hätte er den kürzeren gezogen. Dazu durfte er es unter keinen Umständen kommen lassen, denn die Hälfte seines Gebiets befand sich in Aufruhr, weil er seinen Leuten eine neue Steuer auferlegt hatte. Und die Stimmung der kriegerischen Akasava war zur Zeit gefährlich. Der kleinste Anlaß genügte, um den Ausbruch von Feindseligkeiten herbeizuführen.

Aber auch der Häuptling der Akasava kam in düsterer Stimmung in seine Stadt zurück.

„Ich sage dir, M'turi, du hast Schande über die Akasava gebracht, denn dieser Hund von Bosambo, dessen Vater ein Sklave und Knecht ist, hat sich über mich lustig gemacht, als ob ich ein hilfloses Kind oder ein kraftloser alter Mann wäre. Und wenn nicht Sandi wäre, so hätte ich meine Speerleute aufgerufen, und die Ochori wären sehr traurig geworden. Wir haben dir hier eine Hütte und Nahrung gegeben, weil du der Sohn deines Vaters bist, aber du hast uns keinen Zauber gezeigt und auch nicht von großen Dingen geredet, die in der Zukunft kommen sollen."

„O Häuptling, höre meine Worte!" erwiderte M'turi. „Sammle deine Krieger und ziehe gegen die Ochori, denn Sandi wird nicht kommen, auch nicht sein kleines Schiff und seine Gewehre, die ha-ha sagen. Ein großes Wunder wird geschehen. Mein Ju-ju wird in dem Fluß stehen und große Wunder wirken, so daß kein kleines Schiff den Strom herauffahren kann."

„Das ist das Geschwätz eines Toren", entgegnete der Akasavahäuptling wütend und ärgerlich.

In der Nacht gaben sie M'turi ein altes schlechtes Boot, ein halbzerbrochenes Ruder und Nahrung für einen Tag, und er kochte vor Wut gegen die Akasava, daß sie ihn so von sich schickten.

Als er vom Ufer aus nicht mehr zu sehen war, machte er einen großen Bogen und kam heimlich in der Dunkelheit wieder zurück zu der Stelle, wo die besten Fahrzeuge der Akasava lagen. Er nahm sich das schönste Boot von allen und ruderte den Strom hinauf, aber nur während der Nachtzeit. Am Tage verbarg er sich und schlief. Nach einiger Zeit kam er in das Land der Ochori.

Ein Wächter brachte ihn vor den Häuptling Bosambo, und M'turi kauerte sich zu Füßen des großen Mannes nieder.

„Ich sehe dich, Bosambo. Ich bin M'turi, der Sohn des großen O'faka aus dem Lande der Isisi. Und weil mein Vater ein großer Prophet und Zauberer war, bin ich hergekommen, um dir die Zukunft zu sagen. Nimm deine Speerleute und ziehe mit ihnen gegen die Akasava, dann wirst du König über dieses Land und über die Akasava und die Isisi sein. Denn ich habe einen mächtigen Ju-ju, der sich Sandi in den Weg stellen wird, so daß er nicht mit seinen Soldaten, seinem kleinen weißen Schiff und seinem Gewehr, das ha-ha sagt, den Strom herauffahren kann. Mein Ju-ju ist so mächtig, daß er ihn zurückstößt, und du bist dann für immer Herr über diese Länder."

Bosambo sah den schlanken M'turi verächtlich an, dann spuckte er nach links und rechts.

„Du verdammter Nigger", sagte er in Englisch und gab seinen Kriegern, die in der Nähe standen, ein Zeichen.

Sie führten M'turi ans Ufer, nahmen ihm alles, was er hatte, schlugen ihn mit einer Rhinozerospeitsche und jagten ihn in sein Boot. Wütend und racheerfüllt fuhr er wieder den Strom hinunter. Eingeschüchtert kam er zu den Isisi, baute sich außerhalb der Stadt eine Hütte und war froh, daß die Sünden seines Vaters inzwischen vergessen worden waren und daß sich die kleinen Jungen nicht mehr über ihn lustig machten, weil sein Vater gehängt worden war ...

*

„Zwischen Bosambo und diesen verdammten Akasava hat es eine Auseinandersetzung gegeben“, sagte Sanders. „Die Sache scheint im Augenblick beigelegt zu sein, aber wenn Sie in die Gegend kommen, Bones, dann sehen Sie sich einmal um. Nehmen Sie diesmal die ‚Zaire‘. Ich habe Nachricht erhalten, daß ein Ingenieur herkommt, der die ‚Wiggle‘ überholen und den Motor nachsehen soll.“

„Wenn es irgendwie zu Zusammenstößen kommt, meine liebe, alte Exzellenz, so dürfen Sie sich darauf verlassen, daß der brave Bones alles zum besten regelt“, erwiderte Leutnant Tibbetts ernst.

Am nächsten Morgen dampfte die ‚Zaire‘ bei Tagesanbruch den Fluß hinauf. Bones war zufrieden, daß er die Leitung des Schiffes Yoka überlassen konnte, denn er hatte an anderen Dingen zu arbeiten. Er saß in seiner Kabine und setzte einen Artikel für die Presse auf, der in Surrey, seiner Heimat, erscheinen sollte. Die Überschriften lauteten:

*Ein merkwürdiger afrikanischer Fetisch*

Das Zepter eines prähistorischen Königs gefunden

Äußerst sensationelle Entdeckung

von Leutnant Tibbetts

Bones hatte während seiner Reise schlechtes Wetter, das auch noch anhielt, als er ins Land der Isisi kam. Drei Wochen lang hatte es geregnet und gestürmt, und schwere Gewitter waren bei Tag und bei Nacht niedergegangen. Der Strom war angeschwollen, und der kleine Nebenfluß im Land der Lulanga trat über seine Ufer und bildete einen großen See. Schon lange bevor er zur Einmündung kam, sah Bones die gelben und die schwarzen Wasser nebeneinander herfluten, und er wurde unruhig. Manchmal kam er nur zwei Knoten die Stunde vorwärts. Nur wenn er in der Nähe des Ufers fahren und die heftigen Strömungen vermeiden konnte, ging es etwas schneller.

In der Dunkelheit erreichte er das Höllentor. Der Scheinwerfer am Bug der ‚Zaire' leuchtete die Fahrrinne ab. Die Maschine lief mit voller Kraft, und der Dampfer bebte unter dem gewaltigen Anprall der Wassermassen. Yoka hatte ein starkes Feuer unter den Kesseln anmachen lassen, und die Schornsteine spien Funken zum Himmel empor. Die ‚Zaire' befand sich in der stärksten Strömung.

Bones stand vollständig durchnäßt neben dem Steuermann und schaute geradeaus. Das kleine Schiff kam nur langsam vorwärts, und die Bugwelle rauschte hoch empor. Von Zeit zu Zeit wanderten Bones' Blicke ängstlich zu den hohen Uferwänden, denn in der Regenzeit passierten fast immer Unfälle durch Einstürzen von Felsblöcken.

Stunde für Stunde arbeitete sich der kleine Dampfer gegen den Strom vorwärts, und die ‚Zaire' war nahe der engen Stromschnelle, als Bones plötzlich ein gewaltiges Getöse und Krachen hörte. Erschreckt sah er auf. Das hohe, steinige Ufer brach vor seinen Augen zusammen. Unter großem Getöse rutschten die Felsmassen langsam, unglaublich langsam in die Tiefe ...

Ein Steinregen prasselte auf das Deck der ‚Zaire' nieder, und ein entwurzelter Baum fiel seitlich auf das Deck. Diesem Umstand war es wahrscheinlich zu danken, daß die ‚Zaire' nicht zertrümmert wurde. Eine ungeheuer große Woge faßte den Dampfer, hob ihn hoch und drückte ihn gegen das felsige Ufer. Aber der Baum mit seinen Ästen und Wurzeln diente als Prellbock, und einige Sekunden später glitt das Schiff wieder in tiefes Fahrwasser.

„Donnerwetter!“ stieß Bones atemlos hervor.

Er war noch bleich und verstört, als er am nächsten Morgen die Stadt der Isisi erreichte. Der alte Häuptling B'fundi brachte seine neue Frau mit zum Ufer, um Tibetti zu begrüßen. Die Leute nannten sie nur ‚die Frau mit dem wunderbaren Gang‘. Selbst Bones bewunderte sie.

An der Grenze des französischen Gebiets leben merkwürdige Stämme, die keine Steuern zahlen und sich niemand unterordnen wollen. Dort wohnte auch ein N'gombifischer mit seinen sieben Töchtern, die schlank gewachsen waren und einen herrlichen Gang hatten. Die Mannequins von Paris hätten den Vergleich mit dem Gang dieser N'gombimädchen nicht aushalten können, und die Töchter Bolikis waren selbst bei ihrem eigenen Volk berühmt.

Die Frauen kamen von weither aus ihren Dörfern zu den fünf Hütten am seichten Sagarfluß, um von dem graziösen Gang der Töchter Bolikis zu lernen. Die Leute hatten bei ihrem Anblick den Eindruck, daß sie feststånden und der Boden unter ihren Füßen wegglitte.

Häuptling B'fundi war ein reicher Mann. Er war auch so alt, daß er bald sterben mußte, aber da er viel Macht hatte, wagte niemand, über seine Torheiten zu spotten. Auch er hörte von den sieben schönen Töchtern des Fischers, fuhr in seinem besten Boot zu ihm, sah die hübschen Mädchen und heiratete eine. Boliki überschüttete er mit Geschenken, und dieser war sehr zufrieden, denn er konnte sich mit diesen reichen Gaben eine neue Frau kaufen.

B'fundis Söhne, die hart für ihren Vater gearbeitet hatten und ihr Bestes taten, um ihn mit Gummi, Häuten und anderen Reichtümern zu versehen, die seine Vorratskammern füllten und ihm eßbare Hunde brachten, sahen die junge, schöne Frau, aber sie blieben ihr gegenüber gleichgültig. Sie wußten nur zu gut, daß sie ein Spielzeug für ihren Vater war, der bald sterben mußte.

Die Frauen der Isisi kamen aus den entferntesten Gegenden,

um zu sehen, wie Lilaga die Hauptstraße entlangschritt. Die Männer saßen vor ihren Hütten, runzelten die Stirne und hielten die geballten Fäuste an die Zähne; die Frauen aber waren eifersüchtig, weil Lilaga so schön und anmutig gehen konnte.

Aber mit der Zeit gewöhnten sich die Leute daran, und als Bones mit der ‚Zaire' ankam, achtete man kaum noch darauf. Die Frauen hatten versucht, ihren Gang nachzuahmen, aber keinen Erfolg gehabt. Und wenn Lilaga jetzt die Straße entlangschritt, sahen die Männer kaum noch nach ihr hin. Nur die klatschsüchtigen Frauen machten böse Bemerkungen über ihren Gang.

Aber im Hause des alten B'fundi sah man bekümmerte Gesichter, denn Lilaga hatte den alten Mann mit ihren schönen Augen vollständig behext. Wenn sie ihn um irgend etwas bat, schenkte er es ihr.

Als Lilaga angekommen war, hatte der Jäger M'turi am Ufer gestanden und sich auf seinen Speer gestützt. Er war ein großer, schöner Mann, und seine Muskeln spannten sich unter der braunen Haut. Lilaga schaute nach ihm und er nach ihr. Und später erzählten sich die Leute, daß sie im Dunkel der Nacht zu seiner Hütte schlich, die abseits von dem Ort lag. Ob diese skandalösen Gerüchte der Wahrheit entsprachen oder nicht, es stand jedenfalls fest, daß M'turi, der bis dahin ein armer Mann gewesen war, plötzlich reich wurde. Er baute sich neue Ställe, in denen er Hunde fütterte, und er hatte große Ziegenherden, Säcke voll Salz und Messingzierate, ein weiches Bett von Fellen und andere Annehmlichkeiten, die sich nur reiche Leute leisten können.

In einer mondlosen Nacht traf Lilaga M'turi am Rande des Waldes und ging vor ihm zu seiner Hütte. Sie trug einen kleinen Beutel in der Hand, in dem es lieblich klang.

„Dies ist der Schatz, den er unter seinem Lager vergraben hatte und den er mir jetzt schenkte, weil er mich liebt."

Aber M'turi wollte über andere Dinge mit ihr sprechen.

„Heute abend hörte ich eine Nachricht von Lokoli-Trommeln. Der enge Fluß an der Stromschnelle bei dem Höllentor soll kein Fluß mehr sein. Nur noch Erde und Felsen liegen im Flußbett. Und morgen wird Tibbetti kommen. Du bist sehr klug, Lilaga, und dein Mann, der Häuptling, steht bei Tibbetti in Gunst. Finde für mich heraus, ob Sandi einen Zauber besitzt, um das Strombett wieder freizumachen. Und wenn er einen solchen Zauber besitzt, dann sollst du ihn für mich stehlen. Dann bin ich ein großer Mann unter den Isisi, und wir wohnen in der Hütte des Häuptlings. Denn er wird sterben, und wir wollen seine Reichtümer unter uns teilen."

Fünf Tage später kam Sanders, der eine Taubenpost von Bones erhalten hatte. In seiner Begleitung befand sich der Ingenieur, der die ,Wiggle' reparieren und überholen sollte. Der Amtmann hatte die Botschaft gerade bekommen, als der große Postdampfer in der Bucht vor Anker lag, der den Ingenieur zur Mündung des Großen Stromes brachte. Auf diese Weise war es ihm möglich, allerhand Hilfsmittel an Bord der ,Wiggle' zum Ufer zu bringen. Das kleine Dampfboot konnte die Menge der Werkzeuge und Leute kaum fassen. In der Nähe der Stadt der Isisi wurde ein Lager aufgeschlagen, und B'fundi ließ in aller Eile drei große Hütten für Sandi bauen.

B'fundi war wirklich ein weiser alter Mann, und sein Reichtum war im ganzen Lande bekannt. Er war aber auch so mächtig, daß die Oberhäuptlinge der Isisi ihn in Ruhe ließen und nur die gesetzmäßige Steuer von ihm erhoben. Weil er so alt geworden war, glaubten die Leute, daß er magische Kräfte besäße. Man erzählte sich, daß er die fürchterlichsten Geister herbeirufen könne, wenn er nur mit den Fingern schnippte.

In einer schrecklichen Nacht hatte einmal ein entsetzlicher Sturm in der Gegend gewütet. Alle Hütten im Ort waren beschädigt, die Hälfte der Wohnungen stürzte ein, und auf den Feldern war das Korn durch den Orkan und den Regen zu Boden gedrückt. Ertrunkene Hunde schwammen im Strom, nur B'fundis Häuser hatten nicht gelitten, seine Ställe waren gefüllt von kläffenden Hunden, und das Korn auf seinen Feldern stand stolz und hoch. B'fundi war ein Freund M'shimba-M'shambas, des großen Gewittergottes. „Ich habe Zauberkräfte, und ich spreche oft mit Geistern", sagte er selbstzufrieden zu Sanders. „Aber alle meine Geister sind friedfertig und schaden niemand. Sie streicheln nur mein Gesicht und meine Nase und sagen mir, daß ich länger lebe als die Welt. Aber, mein Herr Sandi, du mußt auch einen großen Zauber besitzen, daß du den großen Felsblock fortschaffen kannst, mit dem M'shimba-M'shamba den Fluß versperrt."

Dies sagte der Häuptling nur, weil Lilaga ihn dazu angespornt hatte.

„Das werde ich tun", erwiderte Sanders. „Eines Tages wird mein großer Geist kommen, und er wird bellen wie eine große Kanone, und die Steine werden nach allen Seiten in die Luft fliegen, so daß die Leute am Ufer getötet werden. Und dann wird der Fluß wieder in seinem alten Bett laufen."

B'fundi hörte es wohl, glaubte es aber nicht.

„Mein Herr Sandi, die Akasava sagen, daß es bald kein Gesetz mehr geben wird, denn dieser große Felsblock ist durch ihren Zauber in den Fluß gefallen, so daß dein kleines Schiff und deine Soldaten mit dem Gewehr, das ha-ha sagt, nicht mehr hinauffahren können. Dann werden sie tun, was sie für gut halten, und keinen Tribut mehr schicken, weder Gummi noch Fische, weder Ziegen noch Salz."

Sanders lächelte grimmig.

„Schon oft haben die Leute törichte Dinge gesprochen, B'fundi. Ihre Hütten sind eingefallen, und das Gras wächst über die Trümmer. Ihre weißen Knochen bleichen in der Sonne. Auch ich kann wundervoll wandeln", sagte er bedeutungsvoll, denn er hatte von der Tochter Bolikis gehört und vielleicht auch von ihrem Verhältnis zu M'turi.

B'fundi quälte ihn mit Bitten, und schließlich gab Sanders nach und zeigte ihm gewisse Wunderdinge. Bones hätte natürlich alles mit viel großartigeren und hochtrabenderen Worten erklären können, aber er war mit der ‚Zaire' und allen entbehrlichen Mannschaften zur Stadt der Ochori gesandt worden.

„O ko", sagte B'fundi mit ehrfürchtigem Staunen, als ihm Sanders alles erklärt hatte.

Später erzählte er seinem Weibe Lilaga, was er gehört hatte, und sie brachte die Neuigkeiten zu M'turi. Dieser stahl sich eines Nachts, als die Haussaschildwache mit einem Mädchen schäkerte, in das Vorratshaus und nahm einen der Zauberstäbe, mit denen die Felsen aus dem Fluß geschleudert werden sollten.

Auf halbem Wege zu seiner Hütte traf er Lilaga.

„Diese Nacht hat Tibbetti Sandi eine Nachricht geschickt. Seine Soldaten wollen dich gefangennehmen. Flieh schnell zu den Akasava."

Der gehetzte M'turi mußte wieder ein Boot besteigen und fuhr mit dem Zauberstab zum König der Akasava. Dieser war aber in schwerer Bedrängnis, weil Tibbetti mit Soldaten und Maschinengewehren an der Grenze seines Landes stand. Um ihn zu besänftigen, nahm der Oberhäuptling der Akasava M'turi gefangen und schickte ihn Bosambo.

Der Gefangene kam um Mitternacht an. Bosambo verhörte ihn, und sein Herz freute sich, als er den Zauberstab sah, denn in der vergangenen Nacht hatte ihm Tibbetti seine Gunst entzogen.

„Lob sei Gott dem Allmächtigen und dem Propheten", sagte er auf arabisch. Dann ging er an Bord der ‚Zaire' und weckte Bones.

„Mein Herr Tibbetti –", begann er.

„Scher dich zum Teufel!" schrie Bones wütend. „Hebe dich von meinem Schiff, du Mann der tausend Lügen! Sonst lasse ich dich mit der Peitsche schlagen!"

„O mein Herr Tibbetti, ich habe gefunden, was ich früher nicht hatte", erwiderte Bosambo mit bittender Stimme. Er hockte vor der Kabinentür. „Und als ich dir gestern abend sagte, ich hätte vergessen, wo ich das Zepter des großen Königs verborgen habe, sprach ich die Wahrheit. Und trotzdem sagtest du, daß ich ein schlechter Mann sei. Aber in dieser Nacht, Tibbetti, hatte ich einen Traum ..."

Bones kam jetzt in seinem Schlafanzug neugierig heraus und hörte Bosambos Erzählung mit größtem Interesse an.

*

Es war nicht so schwer gewesen, die Steinmassen im Höllentor wegzusprengen, wie Sanders gefürchtet hatte. Dicht hinter den Stromschnellen war der Fluß breit und tief. Nach mehreren Sprengungen war der Lauf wieder frei, und nach einiger Zeit nahm der Fluß seine gewöhnliche Höhe wieder ein. Als Sanders ein paar Tage später mit seinem Dampfer die Stelle passierte, war nicht mehr das geringste Hindernis zu bemerken.

Befriedigt über den Erfolg kehrte er zur Residenz zurück und schickte Bones Nachricht, daß er M'turi verhaften und als Gefangenen mitbringen sollte.

Dieser Befehl wurde ausgeführt. Drei Tage später kam Bones mit der ‚Zaire' wohlbehalten an der Mündung des Großen Stromes an. Sanders und Hamilton saßen gerade beim Abendessen, als Bones hocherhobenen Hauptes auf die Veranda trat und einen länglichen Gegenstand auf den Tisch legte.

„Das ist das Königszepter, mein guter, alter Kamerad und Vorgesetzter. Beharrlichkeit führt zum Ziel. Äußerste Energie und Willensanstrengung, meine liebe, alte Exzellenz. Das ist das Zepter des großen, alten Königs. Es ist eine der ältesten und kostbarsten Reliquien ..."

Um seinen Worten mehr Nachdruck zu geben, schlug er mit der Hand auf den Tisch.

„Die Eingeborenen wissen glücklicherweise nicht, was es bedeutet –"

„Bones!" rief Sanders warnend. „Gehen Sie vorsichtig mit der Stange Dynamit um, sonst fliegt das ganze Haus in die Luft!" – Bones wurde kreidebleich und trat einige Schritte vom Tisch zurück.

„Was – das soll Dynamit sein?“ fragte er leise. „Ich habe das Ding immer unter meinem Kopfkissen gehabt und darauf geschlafen!“

Hamilton nahm den gefährlichen Dynamitstab, trug ihn zum Fluß und versenkte ihn im Wasser.

## VI

## Der Kanal

Ein wunderbarer Frühlingstag lag über der Residenz. Eine frische, kühle Brise wehte vom Meer herüber, die Palmen wiegten sich im Winde hin und her, und ein leichter Staub wirbelte an den Ecken der Haussahütte auf.

Leutnant Tibbetts stand vor den Unteroffizieren der Kompanie. Er hielt ein Buch in der Hand und hatte das Monokel ins Auge geklemmt. Er war dienstlich beschäftigt, denn er trug einen Tropenhelm und einen Säbel.

Sanders stand neben Hamilton am Geländer der Veranda und schaute zu ihm hinüber.

„Was ist denn eigentlich dort los?“ fragte er.

„Er hält Instruktionsstunde ab“, meinte der Captain und lächelte ironisch. „Ich wette, die Leute wissen nicht, worauf er hinauswill, und er selbst weiß es wahrscheinlich am allerwenigsten. Da können sie sich wenigstens gegenseitig nichts vorwerfen.“

Bones unterrichtete tatsächlich über ‚Pionierwesen im Felde‘.

„Er weiß nur sehr wenig davon“, bemerkte Hamilton mit düsterer Genugtuung.

Gleich darauf ließ Bones die Leute abtreten und schritt erhobenen Hauptes zu seiner Hütte, um Säbel und Riemenzeug abzulegen.

Einer der Unteroffiziere, die an der Instruktionsstunde teilgenommen hatten, kam in der Nähe der Veranda vorbei, und Hamilton winkte ihn zu sich heran.

„Sage mir, Korporal, welches Wunder hat euch Tibbetti heute erzählt?“ fragte er.

Der Mann grinste etwas verlegen und trat von einem Fuß auf den anderen.

„O Herr“, sagte er schließlich, „er hat von einem großen Kanal gesprochen, der in diesem Lande gegraben wurde. Der Kanal war so groß, daß Schiffe von einer Welt zur anderen fahren konnten. Aber wir wußten, daß es ein Scherz war, und deshalb paßten wir nicht genau auf.“

Hamilton nickte.

„Hat er sonst noch etwas erzählt?“

Die dunklen Gesichtszüge des Mannes strahlten.

„Mein Herr Tibbetti hat auch noch von Löchern gesprochen, die wir in die Erde graben, und in denen sich die Haussasoldaten verbergen können, damit die Kugeln der Feinde sie nicht treffen. Aber Sergeant Mahmet Ibn Hassan fragte ihn, wie das im Eburiland gemacht werden könnte, wo das ganze Gebiet sumpfig und feucht ist und wo man schon nach einem Spatenstich auf Wasser stößt. Mein Herr Tibbetti wurde aber sehr böse und schalt den Sergeanten aus. Und so wußten wir, daß er auch das nur zum Spaß gesagt hat.“

Als der Mann gegangen war, steckte sich Hamilton eine Zigarre an.

„Ich möchte nur wissen, was der Suez-Kanal mit Pionierdienst im Felde zu tun hat!“

In diesem Augenblick erschien Bones. Er hatte ein Buch und mehrere Papiere unter dem Arm und machte ein sehr ernstes Gesicht.

„Befehl ausgeführt, Instruktionsstunde abgehalten“, meldete er und grüßte militärisch. Als er aber eine Wendung linksum machte, fielen das Buch und die Papiere zu Boden, und er mußte hinter ihnen herjagen, da der Wind mit ihnen spielte.

„Was hat denn nur der Suez-Kanal mit Ihrer Instruktionsstunde zu tun?“ erkundigte sich Hamilton.

Bones zuckte die Schultern.

„Mein lieber, alter Kamerad und Vorgesetzter, ich gebe wohl zu, daß das mehr zur Taktik gehört. Morgen halte ich eine Instruktionsstunde über dieses Fach ab. Den Suez-Kanal habe ich nur heute schon vorausgenommen.“

Hamilton nahm das Buch auf. Es war nicht eins der berühmten Bonesschen Lehrbücher, wie er erwartet hatte, sondern wirklich ein Instruktionsbuch, das vom Kriegsministerium herausgegeben worden war.

„Aber mein lieber Kommandeur, ich habe die Geschichte mit dem Suez-Kanal wirklich vollkommen ernst gemeint. Ich habe doch gelesen, was der alte Lipstick fertiggebracht hat –“

„Wen meinen Sie?“ fragte Sanders.

„Mr. Lipstick, den netten, alten Knaben, der den Suez-Kanal gebaut hat –“

„Sie meinen Lesseps. Es ist doch entsetzlich, daß Sie keinen Namen behalten können“, brummte Hamilton.

„Namen vergehen wie die Spreu vor dem Winde, mein lieber, alter Ham“, erwiderte Bones liebenswürdig. „Aber der Name des alten Lipstick lebt durch seine Taten fort. Noch nach Jahrhunderten wird sein Kanal Meere und Völker miteinander verbinden. Das ist das größte Denkmal, das er sich selbst schuf.“

Später am Tage kam eine Gesandtschaft aus einer Kolonie von Ausgestoßenen, die im Westen von Eburi lebten und schwere Anklagen vorzubringen hatten. Ihr Sprecher war ein alter Mann, der etwas verwahrlost aussah. Er sprach abwechselnd kühn und unterwürfig. Er hieß K'saga und war ein notorischer Dieb, der ein Dorf von Ausgestoßenen beherrschte. Es gab mehrere solcher Orte in der Nähe des Großen Stromes, wo Männer und Weiber wohnten, die vor ihren Stammesgenossen geflohen waren, weil sie die Gerichtsbarkeit zu fürchten hatten.

K'saga erzählte von gestohlenen Ziegen und gestohlenen

Weibern – aber die Ziegen waren ihm entschieden wichtiger. Die Eburi sollten die Schandtaten vollbracht haben. Sanders ließ ihn ruhig aussprechen, bevor er antwortete.

„O K'saga", sagte er dann, „ich weiß nicht, wer schlechter ist – die Leute von Eburi oder du und die Ausgestoßenen, die in deinem Dorfe leben. Aber ich mache dir einen Vorschlag. Ich werde dich und deine Leute in einem guten Landstrich ansiedeln, wo ihnen niemand etwas stehlen kann. Ich werde meine Hand über euch halten und euch beschützen, und eure Missetaten sollen ausgelöscht sein vor meinem Angesicht, so daß euch niemand ein Leid zufügen darf, weder ein Mann, dem ihr ein Weib gestohlen habt, noch ein Krieger, der den Tod seines Bruders rächen will."

Aber K'saga lehnte die Hilfe des Amtmanns ab. Er hatte selbst zwei Vettern erschlagen und zog sein elendes Dorf der schönsten Stadt vor, in der er schlecht schlafen und beim geringsten Geräusch in die Höhe fahren würde.

„O Herr, diese Eburi sind schreckliche Teufel, und sie sagen böse Dinge über dich. Was wird erst geschehen, wenn ihr alter Häuptling stirbt und eine Frau zur Herrschaft kommt?"

„Das ist meine Sache", erklärte Sanders kurz, hob das Palaver auf und versprach, die Beschwerden K'sagas zu prüfen.

Der alte Häuptling der Eburi war schon zu seinen Vätern versammelt, obwohl Sanders noch nichts davon wußte, und es war ihm tatsächlich eine Frau in der Herrschaft gefolgt. Sanders erfuhr davon, als er den Fluß hinaufreiste.

Keinem Teil seines Gebietes näherte er sich vorsichtiger als dem Lande der Eburi, die man am Großen Strom mit den verschiedensten Namen belegte. Die Akasava sprachen von ihnen als von den ‚Unerreichbaren', die N'gombi bezeichneten sie als ‚die Leute mit dem hochmütigen Gesicht', was soviel wie ‚die Unverschämten' bedeutete. Sie zahlten nur ab und zu Steuer, wenn es ihnen beliebte, und auch an den großen, allgemeinen Palavern aller Stämme nahmen sie nur manchmal teil. Sie raubten und stahlen und konnten sich auch in den Sümpfen mit einer Geschwindigkeit bewegen, daß das Gerücht ging, sie hätten Schwimmhäute an den Füßen.

Ob und wieviel von K'sagas Geschichte der Wahrheit entsprach, mußte Sanders durch eigene Erkundungen feststellen. Er hatte auch gehört, daß die Leute im Dorf der Ausgestoßenen Frauen schlachteten. Der Kannibalismus war sehr schwer auszurotten und wurde von den Leuten im geheimen doch immer wieder getrieben. Und die Klagen K'sagas, daß Frauen aus seinem Dorf gestohlen worden seien, konnte auch eine andere, ernstere und schrecklichere Bedeutung haben. Vielleicht wollte er sich dadurch ein Alibi für seine Untaten verschaffen.

Mit dieser Vermutung hatte Sanders nicht ganz unrecht, denn die neue Königin der Eburi war zu sehr mit ihren eigenen Angelegenheiten beschäftigt, als daß sie sich um ihre elenden Nachbarn gekümmert hätte.

Als I'safi-M'lo'bini wußte, daß ihr die Herrschaft über die Eburi sicher war, feierte sie diesen Anlaß dadurch, daß sie zum Christentum übertrat, und zwar wählte sie den römisch-katholischen Glauben. Der Priester, der sie taufte, hatte seine wohlbegründeten Zweifel, aber trotzdem gab er ihr den Namen Teresa. Er glaubte nicht an ihre Aufrichtigkeit, denn er kannte diese Frau zu gut. Bald genug stellte sich heraus, daß er recht hatte, denn kurz nach ihrer Bekehrung hielt sie einen großen Tanz zu Ehren des Mondes ab und ließ dabei die sieben Frauen ihres Vaters auspeitschen.

Der Franziskanerpater Martin kam in Kutte und Tropenhelm an Bord der ‚Zaire' und trank Tee bei Sanders. Er strich bedenklich seinen langen Bart und rauchte eine Pfeife, während er dem Amtmann mitteilte, was er über die merkwürdige Frau wußte.

„Ich hätte viel lieber gesehen, daß sie zu den Baptisten gegangen wäre", sagte er düster. „Sie ist in einer Missionsschule erzogen worden und spricht Englisch. Und das verdirbt den Charakter der Eingeborenen. Sie kann sogar ein wenig Harmonium spielen. Aber ich weiß, daß sie nur Teufeleien in ihrem

Wollkopf hat. Neulich kam ich dazu, wie sie ein Muttergottesbild dazu benützte, um einen ihrer Lieblingstänzer von Leibschmerzen zu heilen. Ich war so erbittert, daß ich sie beinahe verprügelt hätte."

Sanders lächelte nachsichtig.

Wie Teresa die Herrschaft über das Eburivolk erlangte, ist bald erklärt. Der Stamm hält zäh an seinen alten Traditionen fest, und wenn kein männlicher Erbe vorhanden ist, so wird die siebente Tochter des siebenten Sohnes zur Königin gewählt.

„Sie wird sich mit der Zeit schon beruhigen und bessere Sitten annehmen", meinte Sanders.

Aber vorsichtshalber sandte er doch einen Boten und ließ die neue Königin zu sich entbieten.

Zwischen dem Land der Eburi und dem Großen Strom zieht sich ein dreißig Kilometer breiter Sumpf hin, den man nicht leicht überschreiten kann. Sanders wartete eine Woche, dann erschien einer der Ratgeber Teresas als Abgesandter bei ihm. – „O mein Herr Sandi, unsere Königin ist krank und kann nicht vor deinem Angesicht erscheinen", sagte er.

Sanders wußte sehr wohl, daß dies eine freche Lüge war, aber er blieb geduldig. Teresa mußte erst noch andere Zeichen ihres Ungehorsams geben, bevor er strenge Maßnahmen ergriff. Und er wollte zu dieser Zeit größere Unruhen vermeiden.

Hohe Kreidefelsen bilden in dieser Gegend die Ufer des Großen Stromes, und sie fallen über dreißig Meter steil ab. Das war auch die Erklärung dafür, daß der Sumpfgürtel das Land der Eburi von dem Großen Strom trennte. Die Kreidefelsen waren wasserundurchlässig, und so war das Land, obgleich ein Hochplateau, versumpft. Am Fuß der Kreidefelsen lag die ‚Zaire' verankert, während Sanders auf Nachricht von Teresa wartete.

Die Sümpfe hatten strategische Bedeutung, denn es war unmöglich, von der Flußseite aus in das Land der Eburi zu gelangen, und einen anderen Zugang gab es nicht. Rechts und links des Korridors, der in das Innere führte, lag französisches

Kolonialgebiet. Das Land der Eburi glich einer Flasche, und das Wort ‚Eburi' bedeutet auch tatsächlich ‚Kürbisflasche'. In der Nähe dieses Korridors lag in einer merkwürdigen Bodensenkung das Dorf, in dem sich K'saga und seine Leute niedergelassen hatten. Sanders benützte die Zeit, um ihm einen Besuch zu machen.

Früher war er einmal mit einer bewaffneten Expedition in diesen Landstrich gekommen, und er hatte die entsetzlichen Tage niemals vergessen, als sie durch das Sumpfland marschierten, in dem Wasserschlangen, große Eidechsen und Krokodile hausten. Es gab einige mehr oder weniger gangbare Pfade, aber nur zur trockenen Zeit konnte man sie gefahrlos passieren. Nach der Ansicht des Haussaoffiziers, der die Soldaten befehligt hatte, war das Land der Eburi nahezu uneinnehmbar.

K'sagas Dorf machte einen schmutzigen und verwahrlosten Eindruck. Die Hütten standen wild und regellos durcheinander, und die Gärten und Kornfelder waren unordentlich gehalten. Als Sanders in seinem weißen Tropenanzug am Ende der Dorfstraße erschien, verschwanden die meisten Männer. Selbst K'saga schien kein gutes Gewissen zu haben, denn er zitterte am ganzen Körper, als der Amtmann auf ihn zutrat.

Sanders machte eine Runde durch das ganze Dorf, um nach Schuldbeweisen zu suchen, und zwischendurch sah er sich nach einem hohen Baum um, an den er K'saga knüpfen konnte, falls sich Spuren von Kannibalismus fanden. Aber er entdeckte nichts Verdächtiges. So ging er wieder auf sein Schiff zurück und kam gerade zur rechten Zeit, um die zweite Botschaft Teresas zu hören.

Diese zweite Botschaft klang schon bedeutend herausfordernder. Die Königin bat Sanders um ein großes Geschenk. Seit etwa zwanzig Jahren ließen sich die Eburi dadurch zum erstenmal eine Beleidigung der Regierung zuschulden kommen. Aber Sanders blieb großmütig und wurde nicht ärgerlich.

„Geh zurück zu deiner Königin", sagte er zu dem Boten,

„und berichte ihr, daß Sandi ihr dieses schöne Geschenk schickt, damit sie jeden Tag das Gesicht des Menschen sehen kann, der verantwortlich ist für alles, was in ihrem Lande passiert."

Bei diesen Worten überreichte er dem Mann einen breiten, goldgerahmten Spiegel.

Nachdenklich kehrte er zur Residenz zurück, und gleich nach seiner Ankunft hielt er mit seinen beiden Offizieren einen Kriegsrat ab.

„Diese Frau wird uns noch viel zu schaffen machen. Ich habe erfahren, daß sie die alten Opfer wieder einführen will. Menschenschlächterei will ich aber unter keinen Umständen dulden, selbst wenn ich wieder eine militärische Expedition in die Gegend schicken muß. Es gibt im Augenblick nur eine Möglichkeit, sie ruhig zu halten: Man muß ihr Respekt beibringen. Ich schlage deshalb vor, Bones mit zwanzig Soldaten und zwei Maschinengewehren in die Gegend zu schicken. Er kann am Rand der Sümpfe ein befestigtes Lager aufschlagen. Der Boden am Fuß der Kreidefelsen ist gut. Dann kann er auch K'saga beobachten. Ich habe ihn stark in Verdacht, daß er Frauen geschlachtet hat. Vielleicht könnte ich auch von der Generalverwaltung einen Ingenieur anfordern, der eine kartographische Aufnahme der Sumpfgelände macht –"

„Aber meine liebe, gute Exzellenz", sagte Bones verletzt. „Warum wollen Sie denn dazu einen Ingenieur kommen lassen?" Er warf den Kopf beleidigt in den Nacken.

„Geben Sie doch Bones den Auftrag", meinte Hamilton. „Er wird uns noch einen Suez-Kanal nach Tanganjika bauen, bevor Sie ‚eins-zwei-drei' sagen können."

„Aber mein lieber, alter Ham, warum spaßen Sie über diese ernsten Dinge? Ich will ja nicht sagen, daß ich selbst ein zweiter Lipstick bin –"

„Lesseps", verbesserte Hamilton hämisch.

„Ich will mich auch absolut nicht als so einen alten, netten Pharao bezeichnen, der Pyramiden bauen kann, aber eine kartographische Aufnahme . . ."

„Also fahren Sie mit der ‚Wiggle' hinauf und sehen Sie zu, daß Sie mit Teresa in Verbindung kommen. Wenn es möglich ist, marschieren Sie mit ein paar Leuten zu ihrem Dorf. Soviel ich gehört habe, ist sie häßlich wie die Sünde und eitel wie ein Affe."

„Also eine typische Frau", sagte Bones überlegen.

Hamilton konnte nur mit Mühe eine böse Bemerkung unterdrücken.

„Wenn ich recht verstehe, meine liebe, alte Exzellenz, soll ich ein paar Worte mit dieser ins Kraut geschossenen jungen Dame reden. Gut, das werde ich tun. Ich werde mit ihr sprechen wie ein Vater."

„Und sie wird wahrscheinlich mit Ihnen reden wie eine Frau", unterbrach ihn Hamilton.

*

Zwei Tage später kam ein Kanu und brachte einen Boten von Teresa. Er saß vor Sanders auf der Erde und hielt ihm eine lange Ansprache, die keinen Inhalt hatte. Dann hielt er eine zweite, noch viel längere Rede über den Spiegel und endete schließlich mit der Erklärung:

„... mein Herr Sandi, die Königin unseres Volkes ist eine sehr kluge Frau und weiß alle Dinge. Nun hast du zwei Söhne, und einen dieser beiden will sie heiraten."

In diesem Augenblick sprang Sanders auf, und der Bote schrak vor dem zornigen Blick seiner blauen Augen entsetzt zurück.

„Geh sofort zu deiner Herrin und sage ihr, daß daraus nichts werden kann. Ich habe niemand hier in der Residenz, den sie heiraten könnte, aber ich habe ein Tau, mit dem ich schon viele böse Häuptlinge gehängt habe – bis jetzt allerdings noch keine Frau. Sage ihr auch, daß ich viele Soldaten und Gewehre habe, die ha-ha sagen, und scharfe Stahlmesser. Und wenn ich zu ihr komme, dann wird es mit ihr und den Eburi zu Ende sein. Das Palaver ist aus."

Der Bote war froh, daß er unbehelligt wieder zu seinem Boot zurückgehen konnte.

Am nächsten Morgen schritt Bones erhobenen Hauptes zur Landungsbrücke, wo die ‚Wiggle' vertäut lag. Er war sehr aufgebracht, denn Hamilton hatte den alten Grammophonapparat ans Ufer gebracht und spielte den Hochzeitsmarsch. Bones strafte ihn mit kalter Verachtung, aber als die ‚Wiggle' schon in Fahrt war, wandte er sich noch einmal um und brüllte ein paar recht unangenehme Bemerkungen über seinen Vorgesetzten ans Ufer.

Ohne weitere Zwischenfälle erreichte er die Kreidefelsen und steckte das Lager ab. Dann sandte er einen Befehl an K'saga, daß dieser mit allen arbeitsfähigen Leuten seines Dorfes zu ihm kommen sollte. Nach einiger Zeit erschien der Häuptling auch mit etwa hundert Mann der verschiedensten Altersklassen, und mit ihrer Hilfe baute Bones das kleine, befestigte Lager. Er hob auch eine Art Hafen für das Schiff aus und stellte Maschinengewehre an wichtigen Punkten auf, so daß sie den Weg beherrschten, der durch das Sumpfgelände führte.

K'sagas Leute stöhnten, aber sie arbeiteten. Als Bones am Ende des ersten Tages die Leute zählte, mußte er feststellen, daß sich die Hälfte ins Dorf zurückgeschlichen hatte. Kurz entschlossen nahm er sechs Soldaten, marschierte zu dem Ort und ließ die beiden Ältesten, die verantwortlich waren, auspeitschen. Am nächsten Tag hatte er die Genugtuung, daß alle Leute vollzählig zur Arbeit erschienen.

Als er fünf Tage in dem verschanzten Lager zugebracht hatte, kam K'saga und erzählte ihm, daß die Eburi eine Frau gestohlen hätten, als sie im Walde Holz sammelte. Bones hörte ihm zu, ohne ihn zu unterbrechen.

„Du wirst diese Frau suchen und zu meinem Lager bringen", erwiderte er dann. „Und zwar lebendig, K'saga. Wenn du es nicht tust, wirst du in der Morgendämmerung des nächsten Tages sterben."

Schon um Mitternacht kamen Leute zu ihm und brachten die Frau. Sie war lebendig und gesund, aber so entsetzt, daß sie nicht eine seiner Fragen beantworten konnte. Er nahm den Häuptling beiseite.

„Bringe sie in dein Dorf zurück. Wenn sie aber verschwindet, dann verschwindest du auch“, drohte er.

Das Auftreten einer bewaffneten Macht an der Grenze des Sumpflandes hatte Eindruck auf die Königin der Eburi gemacht. Sie schickte einen Boten, der Bones in ihr Dorf führen sollte. Aber sie ließ ihm gleichzeitig bestellen, daß er keine Soldaten mitbringen solle, da der Weg durch den Sumpf so gefährlich sei.

Bones verhandelte, und schließlich einigte man sich auf zwei Soldaten.

Im Morgengrauen verließ er das Lager, blieb in der nächsten Nacht im Walde, wo er auf einem Baum schlief, und kam am folgenden Mittag im Dorf an. Es herrschte eine unerträgliche Hitze, so daß die Männer kaum arbeiteten. Nur die Frauen waren eifrig beschäftigt, denn sie bereiteten Speisen für ein großes Fest, das M'shimba-M'shamba zu Ehren gehalten werden sollte.

Bevor das Gesetz am Großen Strom Gültigkeit erlangte, wurden die Feste M'shimba-M'shambas mit wüsten Orgien gefeiert. Menschenopfer wurden dargebracht, und die drei Pfähle, die im Dreieck mitten im Dorf errichtet waren, beunruhigten Leutnant Tibbetts aufs höchste, denn er hatte früher schon derartige Dinge kennengelernt.

Die Haltung der Bevölkerung war nicht unfreundlich, im Gegenteil zutraulich. Sie hatten schon lange keinen Besuch von Sanders und seinen Offizieren erhalten und hatten mehr Angst vor den beiden Haussasoldaten mit ihren geladenen Gewehren und aufgepflanzten Bajonetten als vor Bones.

Einer der Ratgeber Teresas trat auf ihn zu. Es war ein großer, schlanker, hübscher junger Mann, der noch vor kurzem zu den Tänzern der Königin gehört hatte.

„Sage mir, Mann, was diese drei Holzpfähle hier zu bedeuten haben?“ fragte Bones.

„In einem Tag und noch einem Tag wird die neue Mondsichel am Himmel erscheinen“, erwiderte der Ratgeber, ohne zu zögern, „und dann vollbringen wir einen großen Zauber für M'shimba-M'shamba, wie es unsere Väter taten.“

„Wie es eure Väter taten?“ wiederholte Bones sanft. „O Mann, das ist ein sonderbarer Ausdruck, denn eure Väter taten böse Dinge. Sie haben am Fest M'shimba-M'shambas junge Mädchen geopfert, haben sie an Pfähle gebunden und verbrannt.“

Der junge Mann wurde unruhig.

„Die Eburi sind ein großes Volk“, begann er theatralisch. „Und was wir tun, ist recht, denn niemand kann gegen uns Krieg führen, weil die Sümpfe uns schützen.“

Bones strich mit der Hand über sein Kinn. Das tat er immer, wenn er schnell und intensiv nachdachte.

„Was bist du, Mann?“ fragte er.

„Ein Ratgeber der Königin“, sagte der andere stolz. „Auch gehöre ich zu den Männern unserer Königin.“

Erst gegen Abend wurde Bones zu einer Unterredung mit Teresa gerufen. Sie saß auf ihrem Stuhl und hatte im Halbkreis um sich ungefähr zwanzig junge Leute versammelt, die alle bunte Federn im Haar trugen. Sie selbst war von mittlerer Größe und hatte ein von Pockennarben entstelltes Gesicht. Sie war hager und knochig und nur wenig bekleidet.

„Setze dich nieder, weißer Mann“, sagte sie und zeigte auf die Erde. – Bones blieb stehen und sah von seiner Höhe aus drohend auf sie nieder.

„Ich sehe dich, I'safi-M'lo'bini“, erwiderte er und war verblüfft, als sie in Englisch antwortete.

Auf ihren Wink brachte man einen Stuhl, und er ließ sich ihr gegenüber nieder. – „Nun sollst du mir Geschichten von wundervollen Dingen erzählen, Tibbetti.“

Bones mußte es sich selbst zur Last legen, daß er den Ruf des größten Geschichtenerzählers am Großen Strom hatte. Er war mit einer lebhaften Phantasie begabt und konnte mit den wenigen Worten der Bomongosprache wundervolle Dinge erzählen.

„Das will ich tun, I'safi, aber erst sollst du mir sagen, was die Pfähle vor deiner Hütte bedeuten." Er zeigte auf die Opferpfähle.

Sie hatte anscheinend auf diese Frage gewartet, denn sie gab sofort eine wortreiche Antwort, die alles harmlos erklärte. Von Menschenopfern war überhaupt nicht die Rede.

„Das ist eine gute Geschichte", entgegnete Bones höflich, als sie geendet hatte. „Nun sage mir, Königin, wer sind die drei Mädchen, die in kleinen Käfigen draußen vor eurem Dorf gefangengehalten werden?"

Das war eine verfängliche Frage. Teresa bekreuzigte sich mehrmals und vergaß im Augenblick, daß Tibbetti ihr gegenüber machtlos war.

„Sie werden sofort freigelassen", sagte Bones streng. „Und vor allem wird es kein Mordpalaver geben."

Es dauerte ungefähr eine Viertelstunde, bis die Gefangenen befreit waren, und inzwischen hatte Teresa auch ihre Fassung wiedergefunden. Bones sah, daß die Lage kritisch wurde, und er begann deshalb mit seiner Geschichte. Mit großer Begeisterung erzählte er von M'shimba-M'shamba, von den wilden Rieseneidechsen, bei deren Anblick man sterben mußte, von den kleinen Geistern, die in den Wäldern leben, und von den Teufeln, die aus dem Fluß kommen und Hunde stehlen, um sie zu fressen.

Die Anwesenden hörten ihm atemlos zu, und es kamen immer mehr Leute, bis er mitten in einem großen Kreis saß. Alle Augen waren gespannt auf ihn gerichtet, und er wurde immer mehr angespornt. Seine Phantasie kannte keine Grenzen, und schließlich erfand er die Geschichte von M'pita, dem Schlangengott, der unten in der Erde lebt und niemandem ein Leid zufügt.

„Seine Haut ist weiß, und seine Augen sind rot. Und wenn ein Mann oder eine Frau in diese Augen schaut, dann werden sie schön, auch wenn sie früher häßlich waren. Und wenn sie klein sind, dann wachsen sie und werden größer als alle anderen Menschen. Besonders eine Frau wird dann so lieblich, daß die ganze Welt vor ihr niederkniet und sich ihr beugt."

Vielleicht hat Bones diese letzten Worte gesagt, weil I'safi weder im Gesicht noch an Gestalt irgendwelche Vorzüge aufzuweisen hatte. Mit wachsendem Interesse lauschte sie seinen Worten, und ihr großer Mund öffnete sich weiter und weiter.

„Wo ist denn dieser mächtige Ju-ju?" fragte sie aufgeregt. Bones zeigte mit einer nachlässigen Geste in die Richtung des Stromes.

„Und hast du diesen großen Schlangengott schon selbst gesehen, Tibbetti?"

Beinahe hätte Bones gesagt, daß er täglich Besprechungen mit M'pita abhalte, aber rechtzeitig bedachte er das Gefährliche eines solchen Ausspruchs und erklärte bescheiden, daß er ihn persönlich noch nicht gesehen habe.

„Aber seine Spur habe ich gesehen, und sie war ganz golden. Sie strahlte und schimmerte durch den Wald. Und in den nächsten Tagen werde ich eine tiefe Grube machen und M'pita für dich suchen – wenn du dich dem Gesetz unterwirfst, wie es mein Vater Sandi wünscht."

Am nächsten Morgen trat Bones den Rückmarsch zu seinem Lagerplatz an. Er war mit dem Resultat seines Besuches sehr zufrieden. Als er am Strom angekommen war, schrieb er an Sanders einen langen Brief, der dem Amtmann allerdings etwas unverständlich blieb.

Bones' Lage blieb aber gefährlich. Eingeborene haben ein kurzes Gedächtnis, und der magische Zauber, den M'pita ausgeübt hatte, konnte sich auch plötzlich wieder in Nichts auflösen. Nach einigen Tagen erhielt Bones auch wirklich Nachricht, daß die Opfer für M'shimba-M'shamba doch dargebracht worden waren. Der Vater eines Mädchens, das geopfert worden war, hatte sich durch die Sümpfe zu ihm geschlagen und berichtete alles. Bones sandte eine Taubenpost nach der Residenz und wartete begierig auf Antwort. Inzwischen machte er Vorstöße in das Sumpfland und untersuchte die ganze Gegend. Er war innerlich wütend, daß er so ohnmächtig war, Teresa nicht zur Verantwortung ziehen zu können. Aber plötzlich kam ihm eine gute Idee, die beste, die ihm jemals gekommen war.

Durch Lokoli-Trommeln schickte er eine Botschaft zu den Eburi, und am nächsten Morgen erschien ein Bote Teresas.

„Geh zu deiner Herrin und sage ihr, daß ich M'pita gefunden habe. Sie soll mir alle jungen Leute ihres Dorfes schicken, damit ich ihnen zeigen kann, wo sie graben sollen."

Den Rest des Tages war Bones fieberhaft tätig. Er ließ K'saga und seine Leute kommen und stellte sie sofort an die Arbeit, nachdem er sich einen ungefähren Plan gemacht hatte.

„Grabt hier ein tiefes Loch in die Erde", sagte er.

Die Leute gehorchten widerstrebend.

Am nächsten Morgen erschienen die Mannschaften der Eburi, und schon am Abend war ein tiefer Kanal gegraben. Zum Teil hatte Bones ihn in die Kreidefelsen sprengen müssen. Am folgenden Morgen kam Teresa selbst, um den Fortgang der Arbeiten in Augenschein zu nehmen.

„Wir finden den Schlangenkönig bestimmt, wir folgen immer seiner Spur", erklärte Bones ernst und feierlich.

Die Königin trieb ihre Leute zu immer größerer Eile an, und bald hatten sie einen tiefen Einschnitt in die Kreidefelsen am Ufer gemacht. Weiter im Lande arbeiteten die Leute schon im Wasser. Bäume wurden gefällt, und alle Hände regten sich fieberhaft, aber M'pita, der Schlangengott, der die Menschen so schön machte, war immer noch nicht zu sehen. Am Abend sah Teresa erstaunt auf den langen Kanal, den ihre Leute gegraben hatten.

„O Tibbetti, du machst ja das Bett für einen neuen Strom!" rief sie.

Die Eingeborenen arbeiteten schon knietief im Wasser. Bones lehnte müde an einem Kreidefelsen und lächelte schwach. Er war dem Zusammenbruch nahe, denn den ganzen Tag war er bald hier, bald dort gewesen und hatte die Arbeit durch äußerste Energie angespornt. Die Fährte M'pitas hatte er durch Pfähle im Erdboden abgesteckt.

„Tibbetti trägt ein rotes Buch, das voll ist von Zauberformeln", berichtete einer der jungen Ratgeber der Königin. Bei Sonnenuntergang war das Wasser im Kanal schon bis zu Hüfthöhe gestiegen. Große Feuer wurden angezündet, damit auch während der Dunkelheit gearbeitet werden konnte.

K'saga beriet sich mit einem Vertrauten.

„Es ist finster, und Tibbetti kann nicht sehen. Die Leute sollen sich alle heimlich zum Dorf schleichen und schlafen", sagte er.

Bones bemerkte das Verschwinden der Leute nicht, bis er sich an K'saga wenden wollte. Erst dann entdeckte er die Flucht.

Zwei Stunden vor Sonnenaufgang gelang es ihm, die letzten Kreidefelsen wegzusprengen, die die Verbindung des Sumpfgeländes mit dem neuen Kanal hinderten ...

In der Frühe des Morgens kam Teresa sehr aufgeregt zu Bones.

„Mein Herr Tibbetti, meine jungen Leute sagen, daß das Wasser aus den Sümpfen abfließt und daß das ganze Land bald trockengelegt sein wird, so daß man ohne Hindernis durch die Sümpfe gehen kann. Und all das ist nur geschehen, weil meine Leute die Erde aufgegraben haben, um den Schlangenkönig M'pita zu suchen."

Bones hatte alle seine Soldaten versammelt. Sechzehn Haussas standen mit geladenem Gewehr bei Fuß, und die beiden Maschinengewehre waren auf die Eburi gerichtet. Jedes wurde von zwei Mann bedient.

„Geh zurück in dein Dorf, Frau", sagte Bones. „Bald wird Sandi kommen und ungehindert durch die Sümpfe marschieren, und dann wirst du dein Urteil erhalten."

Er schrieb einen Brief an Sanders und schickte ihn durch ein schnelles Boot ab.

„Eure Exzellenz", las Sanders, „ich habe des Rätsels Lösung gefunden. Es gibt keine weiteren militärischen Schwierigkeiten mehr, die Eburi zu unterwerfen. Ich habe die ganzen Sümpfe trockengelegt. Auf beigefügter Karte finden Sie den angelegten Kanal. In einigen Wochen ist das ganze Gebiet ausgetrocknet."

Der Amtmann studierte eine große Karte des Eburigebietes.

„Da hat Bones wirklich eine großartige Idee gehabt. Ich möchte nur wissen, wie er die vielen Arbeiter auftrieb, um derartige Erd- und Steinmassen fortzuschaffen."

Hamilton sah ihm über die Schulter.

„Und ich möchte gern wissen, wohin er das Wasser ableitet. Er hat doch keine direkte Verbindung zum Fluß."

K'saga hätte darauf antworten können, wenn er noch gelebt hätte. Denn an der Stelle, wo früher sein häßliches Dorf lag, hatte sich ein See gebildet, unter dessen Oberfläche alles verschwand, was besser verborgen blieb. Und in diesem See fanden die Krokodile und die Wasserschlangen, die durch die Trockenlegung der Sümpfe heimatlos geworden waren, einen neuen Unterschlupf.

## VII

## Die kostbaren Dinge

Als den größten nationalen Schatz priesen die Inneren N'gombi die zwei kostbaren Dinge. Sie wurden unter einem großen flachen Stein im Bett eines kleinen Flusses aufbewahrt. Der Fluß durfte nur klein sein, weil die N'gombi einen Widerwillen gegen Wasser haben.

Mit vollem Namen hießen die kostbaren Dinge die großen, schönen, langen, glänzenden, todbringenden Klingen. Aber nur die eingeweihten Zauberdoktoren und weise Männer, die der Zaubersprache kundig waren, nannten ihren vollen Titel. Bei dem gewöhnlichen Volk hießen sie K'sara-K'sara, ‚Die kostbaren Dinge'. Wenn man sie aus ihrem Versteck ausgegraben und zu Hinrichtungen benutzt hatte (was stets ohne Wissen und Einverständnis des Amtmanns Sanders geschah), wurden sie wieder gereinigt, blank gerieben, in einen vertieften Tonbehälter gelegt und in den Saft der Gummibäume gebettet. Dann goß man noch mehr Gummi darüber, bis sie schließlich in einem großen, roten Block verschwanden, und brachte sie wieder in das geheime Versteck.

Die Vereinigten Staaten schickten eine anthropologische Studienkommission nach Afrika, und sie kam auch in das Gebiet des Großen Stroms. Sie bestand aus drei Gelehrten in mittleren Jahren und von liebenswürdigem Charakter.

Die britische Regierung tat alles, um ihnen ihre Aufgabe zu erleichtern, und die Beamten hatten nicht die mindeste Absicht, ihnen etwas vorzuenthalten.

Leutnant Tibbetts begleitete die Kommission auf ihrer Fahrt durch das Land, und eines Abends kamen sie mit der ‚Zaire' zurück und hatten eine große Sammlung der verschiedensten Kuriositäten an Bord. Es waren Speere, Pfeile, Bogen, Waffen aller Art, Webereien von Eingeborenen, Töpferprodukte und Gebrauchsgegenstände. Am wertvollsten aber waren ihre wissenschaftlichen Aufzeichnungen über die Gesichtsmerkmale der einzelnen Stämme, die Schädelmessungen und die vielen fotografischen Aufnahmen.

Sanders gab der Kommission zu Ehren am Abend ein Essen. Es ging sehr fröhlich dabei zu, denn diese Wissenschaftler waren sehr natürliche Menschen und hörten gerne hübsche Geschichten und Späße. Einer von ihnen war ein Tenor und erfreute die Gesellschaft durch seine schöne Stimme.

Später saßen sie noch bei Whisky-Soda zusammen.

„Bones war einfach unbezahlbar“, sagte Dr. Wade, der Leiter der Expedition. „Seine Angaben waren natürlich wissenschaftlich nicht ganz korrekt, aber er besitzt eine ungeheuer lebhafte Phantasie! Er hat uns unterwegs ausgezeichnet unterhalten.“

„Aber seien Sie doch gerecht, mein lieber Vetter von jenseits des Großen Ozeans“, protestierte Leutnant Tibbetts. „Seien Sie fair, mein alter George Washington. Wer hat Ihnen das Dorf der kahlköpfigen Männer gezeigt? Wer hat Sie zu der Stelle geführt, wo das nette, alte, grüne Krokodil seine bösen Eier legt? Wer hat Sie unter Gefahr seines netten, alten Lebens in die dunkle, finstere Buschmannhöhle geführt, in der bis jetzt noch nie oder doch nur selten der Fuß eines weißen Mannes geweilt hat, mein verehrter, alter Professor?“

„Das haben Sie allerdings getan“, entgegnete Mr. Wade und blies große Rauchwolken zur Decke empor. „Aber Sie haben uns auch drei Tage lang einen unzugänglichen Waldpfad entlanggeführt, obwohl wir denselben Weg auf der ‚Zaire‘ hätten zurücklegen können.“

Bones ließ sich nicht im mindesten einschüchtern.

„Dann hätten Sie eben das Land nicht so genau kennengelernt, mein lieber, alter Anthropologe“, erwiderte er kühl.

„Und was Sie von dem grünen Krokodil erzählt haben, ist doch nur ein Märchen“, sagte Mr. Wade vorwurfsvoll. „Es gibt ja gar kein grünes Krokodil.“ Ein flüchtiges Lächeln ging über sein Gesicht. „Sie haben drei Tage am Ufer gesessen und darauf gewartet, daß es aus den Fluten auftauchen sollte.“

„Mein verehrter Bruder in den Wissenschaften, ich habe das Ungeheuer aber mit eigenen Augen gesehen“, erklärte Bones feierlich.

Captain Hamilton grinste.

„Sie meinen doch, daß Sie dieses Monstrum von einem Krokodil gefangen haben und es zur Belustigung des Volkes grün anstreichen ließen?“

Bones zuckte nur mitleidig die Schultern.

„Leider hat uns eine seiner Informationen nicht ans Ziel gebracht", fuhr Mr. Wade fort. „Wir haben die kostbaren Dinge im Land der Inneren N'gombi nicht zu sehen bekommen, und wir wollten doch so gerne wenigstens eins davon unseren Sammlungen einverleiben."

Bones schloß die Augen und schüttelte geduldig den Kopf.

„Wenn Sie doch nur mir die Sache überlassen hätten, mein lieber, alter Onkel Sam. Mit meinem Takt hätte ich Ihnen alles verschafft, was Sie wollten."

„Ich glaube, Bones bildet sich nur ein, daß die kostbaren Dinge existieren", meinte Mr. Halliman Steel, der zweite Führer der Expedition.

Aber Sanders schüttelte den Kopf.

„Sehen Sie!" rief Bones triumphierend. „Meine Ehre ist gerettet und meine Wahrhaftigkeit über allen Zweifel erhaben. Meine liebe, alte Exzellenz, ich danke Ihnen."

„Bones hat vollkommen recht", erklärte der Amtmann und berührte nach der Art der Ochori die ausgestreckte Faust Bones' mit den Fingerspitzen. „Ich habe die kostbaren Dinge zwar noch nie gesehen, aber ich habe mir schon die größte Mühe gegeben, sie in meinen Besitz zu bekommen. Man läßt nicht gern zwei Henkersschwerter im Besitz des Volkes. Ich vermute, daß die Inneren N'gombi sie gelegentlich benutzen, um anderen Leuten die Köpfe abzuschneiden. Ich habe sie nie dabei überraschen können, aber ich hoffe, daß es mir eines Tages doch noch gelingt. Und ich verspreche Ihnen, ein solches Schwert nach Amerika zu schicken, wenn es in meine Hände fällt. Es sind sicher sehr interessante Waffen."

Am nächsten Tage reiste die Expedition ab, und Bones begleitete die Herren noch zum Sitz des Generalgouverneurs der gesamten Kolonie.

Seine Exzellenz Sir Macalister Campbell hatte eine sehr schöne Tochter. Sie hieß Doran, und Bones war ihr Ritter und Sklave.

Sobald er die drei Gelehrten richtig abgeliefert hatte, machte er sich auf die Suche nach seiner Göttin, und er traf sie auch bald darauf, als sie vom Tennisplatz zurückkam.

„Es ist überflüssig, daß Sie laufen, und es ist absolut nicht in Ordnung, daß Sie nach mir rufen und brüllen", sagte sie ernst. „Sie müssen daran denken, Bones, daß ich jetzt kein Kind mehr bin."

Doran zählte beinahe achtzehn Jahre. Die beiden hatten sich sechs Monate lang nicht gesehen, und in diesem Alter machen sechs Monate sehr viel aus.

„Meine liebe, alte Miss Doran, Sie sind einfach wundervoll. Wenn ich Ihre netten, schönen Augen sehe ..." Bones war hingerissen und begeistert. Er trug ihr Racket und ihre Tennisschuhe, die er von Zeit zu Zeit auf den Boden niedersetzte.

Miss Doran war einige Zeit in England gewesen, und sie erzählte ihm gleich in den ersten Minuten, daß sie sich halb und halb mit einem schönen, reichen jungen Mann verlobt habe. Zwischendurch erinnerte sie ihn immer wieder daran, daß sie jetzt kein Kind mehr sei. Sie freue sich aber trotzdem sehr, ihren alten Freund wiederzusehen.

„Sie haben mich wohl schon ganz vergessen – ja, das ist die Treue der Männer!"

Bones legte nun auch das Racket auf die beiden Schuhe am Boden und gestikulierte heftig.

„Meine liebe, nette, gute, schöne Miss Doran, seien Sie doch nicht so hartherzig. Sie gehen auf ein halbes Jahr nach England, verloben sich mit einem alten Vampir, und dann werfen Sie mir, dem armen, alten Bones, vor, daß er Ihnen nicht treu geblieben sei! Dabei sitze ich hier an der Küste des Meeres, starre über die weiten Wogen und denke nur an Sie. Immer weilten meine Gedanken bei Ihnen, bei Tag und bei Nacht und so weiter –"

„Also, Bones, schimpfen Sie mich nicht aus – ich bin eine Dame und kein Kind mehr!"

„Im Vergleich zu mir sind Sie ein treuloser Verräter!"

„Jetzt ist es aber genug", erklärte sie eisig.

Später, beim Abendessen war sie wieder liebenswürdiger zu ihm, und während Sir Macalister die Amerikaner in die Geheimnisse des Dudelsackspiels einweihte, führte Bones das junge Mädchen auf die kühle, schattige Veranda. Aber in der Rede, die er ihr halten wollte, kam er nicht weit.

„Meine gute, liebe, schöne, alte Miss Doran", begann er. „Ich bin nur ein rauher, sehr rauher, aber doch ein lieber, guter, alter Krieger. Rauh an Sprache –"

„Ja, Sie sind allerdings sehr rauh", unterbrach sie ihn. „Sie müssen daran denken, Bones, daß ich –"

„Ich weiß schon, weiß schon, was Sie sagen wollen, meine liebe Miss. Aber ich wollte gerade –"

„Sagen Sie mir, Bones, was ist das eigentlich für eine Geschichte mit den kostbaren Dingen?" fragte sie plötzlich. „Oder haben Sie bei Tisch wieder nur dummes Zeug gefaselt?"

Bones schaute sie empört an.

„Ich fasele nie dummes Zeug, meine liebe, junge Exzellenz. Glauben Sie, ich brächte es fertig, Sie zu belügen?"

„Das glaube ich schon", entgegnete sie prompt. „Aber jetzt im Ernst, Bones, existieren die kostbaren Dinge wirklich?"

„Natürlich!"

„Dann müssen Sie mir eins dieser Schwerter besorgen", erklärte sie gelassen.

Ihre Worte benahmen ihm fast den Atem.

„Es ist nichts in der Welt, was ich nicht für Sie –"

„Sie erzählten doch dem netten Amerikaner bei Tisch, daß er die beiden Henkersschwerter jetzt in seinem Koffer haben könnte, wenn er die Sache Ihnen überlassen hätte."

„Ich meinte nämlich –"

„Beschaffen Sie mir ein solches Hinrichtungsschwert." Sie kräuselte die Lippen verächtlich. „Aber ich glaube, es war doch nur eine Flause!"

Bones erhob sich feierlich aus seinem Korbsessel und wurde plötzlich steif und förmlich.

„Das Henkersschwert wird noch vor dem Vierzehnten nächsten Monats in Ihren Händen sein", erwiderte er ernst. „Das mag bedeuten, meine liebe Miss Kieselherz, daß der arme, alte Bones wahrscheinlich nicht mehr unter den Lebenden weilen wird, um diese Trophäe in Ihre zarten, lieben, kleinen Hände zu legen. Er liegt dann vielleicht an einem gräßlichen Platz, und ein rötliches Fieber hat ihn gepackt, oder sein verstümmelter Leichnam –"

„Also, Bones, schicken Sie die Schwerter per Postpaket, und zwar eingeschrieben. Hören Sie?"

Bones verneigte sich leicht und würdevoll.

„Soll ich sie in weißes oder in blaues Papier einpacken?"

„Machen Sie keine Dummheiten, und vergessen Sie nicht, daß ich kein Kind –"

Bones lachte hart und beleidigend auf.

*

Er war kaum eine Woche nach Sanders' Residenz zurückgekehrt, als sich ihm plötzlich eine günstige Gelegenheit bot, sein Wort einzulösen.

B'firi, ein kleiner Häuptling der Inneren N'gombi, hatte Schwierigkeiten mit der dritten und jüngsten seiner Frauen. Sie war sehr ehrgeizig und hatte es schließlich so weit gebracht, daß sie von vier Männern geliebt wurde. Nach allgemeiner Ansicht der Leute vom Großen Strom galt sie als sehr schön. Nun unterhalten sich die Jäger gerne über solche Geschichten, wenn sie abends in den Tiefen des N'gombiwaldes bei ihren Kochtöpfen am Feuer sitzen. Und ebenso gern schwatzen die Weiber darüber, wenn sie zusammen stehen und klatschen.

Das Weib B'firis liebte am meisten einen Fischer aus dem Stamm der Akasava, der einsam und allein für sich an den Ufern des Großen Stroms lebte. Aber das war ein großer Fehler, denn die Akasava sind Fischesser, und alle anderen Leute verachten sie deshalb.

So kam es denn, daß eines Tages M'lini, die Frau B'firis, vor das Dorfgericht gerufen wurde. Mehrere Männer und

Frauen traten als Zeugen gegen sie auf und erklärten, was sie von ihr gesehen und gehört hätten. Das Palaver dauerte die ganze Nacht hindurch, und ein Fremder führte den Vorsitz. Obwohl er sein Gesicht hinter einer kunstvoll geschnitzten, greulichen Holzmaske verbarg, wußten doch alle Leute, daß es B'mingo B'guri war, der Oberhäuptling der Inneren N'gombi. Er fällte das Urteil, und die Hüter der kostbaren Dinge brachten ihren Schatz wieder ans Tageslicht. Der Gummi wurde abgerieben, und die Waffen erstrahlten in ihrer alten, glänzenden Schönheit ...

Und dann war M'lini nicht mehr. Auch der einsame Akasavafischer verschwand aus seiner Hütte. Sie begruben die beiden mit den Füßen aneinander, reinigten die Henkersschwerter, rieben sie blank und schlossen sie wieder in Gummisaft ein. Dann brachten sie die Waffen in das alte Versteck.

Sanders erreichten vage Gerüchte über diese Ereignisse, und er schickte Bones mit zehn Haussas zu den Inneren N'gombis, um der Sache auf den Grund zu gehen.

„Seit acht Jahren hat man nichts mehr von den kostbaren Dingen gehört", sagte Sanders, als der junge Offizier aufbrach. „Versuchen Sie, wenn es irgend möglich ist, in den Besitz der Schwerter zu kommen und bringen Sie sie mit zur Residenz. Wenn B'firi in die Sache verwickelt ist, dann hängen Sie ihn, aber nur, wenn seine Schuld einwandfrei erwiesen ist. Vor allem aber sind die Waffen wichtig. Eine möchte ich den amerikanischen Gelehrten schicken."

Und Bones wußte, an welche Adresse er das andere Schwert zu senden hatte.

Drei Wochen streifte er durch die Wälder der Inneren N'gombi, hielt überall Palaver ab und fragte die Häuptlinge und Dorfältesten aus. Er fuhr zu der einsamen Hütte des Akasavafischers, grub in der Umgebung und an anderen Plätzen nach, aber er konnte keine Beweise beibringen, daß ein Verbrechen begangen worden war.

„O mein Herr Tibbetti, es ist wahr, daß mich meine Frau

heimlich und böswillig verlassen hat", sagte B'firi. „Es war in einer dunklen Nacht, als der Fluß viel Wasser hatte und der Mond nicht groß war. Sie lief mit einem Akasava, einem Fischesser, davon. Seine Hütte steht zwei Stunden weiter den Strom aufwärts ..."

Es ist leider eine unbestreitbare Tatsache, daß selbst in den düsteren N'gombiwäldern die Frauen ihren Ehemännern davonlaufen. Sie gleichen hierin in gewisser Weise ihren europäischen Schwestern, und als Gefährten suchen sie sich die unmöglichsten Leute aus. Wer könnte den Irrwegen eines Frauengehirns folgen, ganz gleich, ob es der weißen oder der braunen Rasse angehört? Die halbnackten Weiber eines kleinen Häuptlings der N'gombi sind in ihren Launen ebenso unberechenbar wie die vornehmen Damen der europäischen Gesellschaft.

Bei den Akasava lebten drei Brüder, die einander sehr zugetan waren. In jungen Tagen hatten sie die Hände ineinandergelegt und sich bei Salz, bei Ziegen und bei Weibern geschworen, daß sie sich im Leben stets beistehen und jedes Unrecht ahnden wollten, das einem von ihnen angetan werde. Und obwohl sie sich später trennten und an verschiedenen Orten des Landes wohnten, hielten sie ihren Eid doch. Einer von ihnen war nun der Akasavafischer, der mit M'lini zusammen hingerichtet worden war. Und während sich Bones in den N'gombiwäldern aufhielt, besuchte der eine der beiden Brüder den ältesten.

„N'kema ist tot, weil er das jüngste Weib des B'firi geliebt hat", sagte er. „Die N'gombi haben die kostbaren Dinge ausgegraben und ihnen damit den Kopf abgeschlagen."

„Das ist ein böses Palaver", erwiderte M'laka. „Diese geheimen Schwerter scheinen große Zauberkraft zu besitzen. Und am Strom auf und ab erzählt man sich, daß die Männer, die andere mit diesen Schwertern töten, nur durch die kostbaren Dinge selbst ums Leben kommen können. Wir wollen in die N'gombiwälder gehen und die Leute ausfragen."

„Es ist möglich, daß man auch uns tötet", meinte der jüngere Bruder.

„Tibbetti ist in der Gegend, er sucht gleichfalls nach den Schwertern. Sie werden jetzt nicht wagen, uns etwas zu tun, denn sie haben zu große Angst vor Tibbetti."

Die beiden rieben ihre Speerklingen mit Flußsand glänzend und schärften sie dann. Danach fuhren sie in einem Boot den Strom hinunter und landeten an der Spitze des N'gombiwaldes, wo sie ihre Nachforschungen begannen. Einmal übernachteten sie sogar in demselben Dorf wie Bones, aber er erfuhr nichts von ihrer Anwesenheit.

Eine Woche nach seiner Abreise machte M'laka eine Entdeckung.

„Der Hüter der kostbaren Dinge ist B'firi selbst", sagte er ernst und bedeutsam.

Die beiden Brüder saßen an einem kleinen Feuer und brieten einen Affen.

„Bestimmt war es B'firi, der unserem Bruder den Kopf abschlug", fuhr M'laka fort. „Ich glaube, daß es uns gelingen wird, ihn zum Sprechen zu bringen und uns das Geheimnis zu verraten, wo die beiden Henkersschwerter verborgen sind. Öfters geht er auf die Affenjagd, manchmal sogar ganz allein. Er ist allerdings sehr gewandt mit seinem Speer. Aber können wir nicht auch unsere Waffen gebrauchen, und sind wir nicht geschickt im Speeren von Fischen? Nun gut, wir wollen einen Fisch aus ihm machen, aber erst, wenn wir wissen, wo die kostbaren Dinge verborgen sind."

Eine Woche lang versteckten sie sich in der Nähe von B'firis Dorf und lebten in Erdlöchern, so daß niemand sie sehen konnte. Am achten Tage beobachteten sie, daß B'firi allein in den Wald ging. Eine Meile lang folgten sie seiner Spur, und als er sich einmal niederbeugte, um einen Pfeil aus einem Affen zu ziehen, den er eben erlegt hatte, sprangen sie auf ihn zu. Schnell wandte sich B'firi um und wehrte sich. Sein breiter Speer traf den jüngeren Bruder, der zu Boden stürzte. Aber

M'laka packte den Feind und schlug ihn nieder, so daß der Häuptling die Besinnung verlor.

„Ich bin tot", sagte der jüngere Bruder, und er lebte auch nur noch eine Viertelstunde.

M'laka fesselte und knebelte B'firi, der hilflos auf dem Boden lag und zusah, wie M'laka seinen Bruder beerdigte. Der Akasava schwieg, bis er seinen Gefangenen zum Flußufer gebracht hatte.

„Ich kann dich nicht töten, weil du magische Kräfte besitzt", sagte er dann.

„Das ist wahr", entgegnete B'firi. „Nur die kostbaren Dinge können einen Geist aus mir machen, und wenn du versuchst, mich mit deinem Speer zu durchbohren, so wirst du in einen Fisch verwandelt."

„Das weiß ich wohl. Nun sollst du mir aber sagen, wo du die kostbaren Dinge verbirgst."

B'firi grinste verächtlich und zeigte die Zähne. Aber er riß den Mund noch weiter auf, als M'laka später ein Feuer anzündete und ihm die Füße ansengte.

„Die beiden Henkersschwerter liegen unter einem Stein in der Nähe der drei Zähne M'shimba-M'shambas", stieß er keuchend hervor.

M'laka ging allein zu der Stelle, da sein Feind seine Füße nicht gebrauchen konnte. In der Nähe von drei grauen Baumstümpfen, die vom Blitz zerschmettert waren, fand er den großen, flachen Stein in einem seichten Fluß und entdeckte die Schwerter. Er nahm sie und kehrte zu B'firi zurück.

„Wenn du mich tötest, wird dich Sandi an einem hohen Baum aufhängen", rief B'firi. „Aber wenn du ihm die Schwerter bringst, gibt er dir eine große Belohnung."

„Wenn ich hängen soll, stirbst du vorher, und welche größere Belohnung könnte mir Sandi geben, als daß er mir das Leben schenkt?" fragte M'laka und stieß ihm das Schwert in die Kehle.

Bones erreichte die Residenz. Er war zwar traurig, daß er die Schwerter nicht gefunden hatte, aber er wagte immer noch zu hoffen. Sein Bericht befriedigte den Amtmann. Er hatte nicht erwartet, daß die Sache so leicht aufgeklärt werden könnte. Aber würde sich Miss Doran Campbell auch so leicht zufriedengeben? Bones fand bei seiner Ankunft einen Brief von ihr vor, und als er ihn las, runzelte er die Stirne.

„Mein lieber Bones,

haben Sie denn Ihr Versprechen ganz und gar vergessen? Sind Sie auch ein Mann, der sich sagt: Aus den Augen, aus dem Sinn? Ich habe jedenfalls nicht vergessen, was Sie mir versprochen haben. Und denken Sie daran, daß ich kein Kind mehr bin. Ein Versprechen ist ein Versprechen. Ich habe die beiden Schwerter einem Freund in Schottland versprochen – Sie dürfen mich unter keinen Umständen im Stich lassen."

Bones seufzte schwer und verwünschte die Gesprächigkeit des Dr. Wade. Er hatte gerade einen Brief an Miss Doran begonnen, als ‚S. M. S. Tiny' auf der Reede vor der Mündung des Großen Stroms Anker warf. Es war ein häßliches, kleines Schiff, und alle wunderten sich, daß es sich aufs hohe Meer hinausgewagt hatte, da es gewöhnlich nur Patrouillenfahrten auf den Flüssen einer anderen englischen Kolonie machte, um den Handel mit Alkohol zu unterbinden. Der Dampfer befand sich auf dem Weg zu einem anderen Territorium, wo er dringend benötigt wurde. Unterwegs hatte sich ein Schaden am Kessel gezeigt, und so war der Kapitän gezwungen, in die Bucht am Großen Strom einzulaufen, um dort die Reparatur vorzunehmen. Die Besatzung bestand hauptsächlich aus Krunegern, aber es waren auch fünf weiße Offiziere an Bord.

Eine Woche lang ging es in der Residenz hoch her, und einen Tag vor der Abfahrt des Dampfers begab sich Bones an Bord, wo man ihn zum Essen eingeladen hatte. Daran schloß sich eine allgemeine Besichtigung.

„Es gibt kein schöner und bequemer eingerichtetes Schiff", sagte der Kapitän mit geradezu kindischem Stolz.

„Aber mein lieber, alter Marineoffizier, das verstehe ich nicht“, sagte Bones und machte ein paar verächtliche Bemerkungen über den Dampfer.

„Die ‚Tiny‘ läuft neun Knoten in der Stunde“, entgegnete der Kapitän gereizt.

„Sind Sie schon einmal an Bord der ‚Zaire‘ gewesen, mein lieber, alter Seemann?“

„An Bord der ‚Zaire‘ – meinen Sie vielleicht das Ruderboot mit den beiden kleinen Schornsteinen?“

Bones war wütend.

„Die ‚Zaire‘ läuft zwölf Knoten in der Stunde, und wenn ich sie fahre, sogar vierzehn!“

„Schneiden Sie bloß nicht gar zu sehr auf!“

Unter gewöhnlichen Umständen hätten sich die beiden jetzt verabschiedet, aber die Unterhaltung fand in dem Kesselraum statt, und Bones' Blick fiel zufällig auf ein Bündel merkwürdig geformter Instrumente. Sie hatten hölzerne Griffe und lange, geschwungene Klingen. Man hätte sie auch für Sägen halten können. Bones nahm eins in die Hand und betrachtete es neugierig.

„Das ist ein Kesselmesser“, erklärte der Kapitän. „Wir brauchen sie, um den Kesselstein zu entfernen. Für die ‚Zaire‘ sind sie natürlich viel zu groß, da genügt ja ein Taschenmesser.“

Bones fiel plötzlich das Versprechen ein, das er Miss Doran gegeben hatte. So malerisch grausame Klingen hatte er in der ganzen Kolonie noch nicht gesehen.

„Mein lieber, alter Nelson“, sagte er aufgeregt, „vergessen Sie alles, was ich gegen Ihr häßliches Schiff gesagt habe. Nehmen Sie meine Entschuldigung entgegen. Aber sagen Sie einmal, könnten Sie mir nicht ein paar von diesen alten Kratzmessern geben?“

„Nehmen Sie das ganze Paket mit“, erwiderte der Kapitän großzügig. Er hatte ja nicht dafür zu zahlen.

Bones hatte zwei schrecklich aussehende Waffen unter dem Arm, als er an Land ging. Er brachte den Abend in seiner

Hütte zu, machte die blankgeputzten Klingen durch Säure alt und rostig und bemalte die hölzernen Griffe mit roter, grüner und gelber Farbe.

Der Postdampfer, der die Generalverwaltung der Kolonie eine Woche später erreichte, brachte Miss Doran ein längliches Paket, das von einem Brief begleitet war.

‚Meine liebe, junge Miss Doran, Exzellenz!

Denken Sie, ich habe die kostbaren Dinge gefunden. Es war allerdings eine schrecklich gefährliche Sache, und ich will Ihnen nicht erzählen, welche furchtbaren Abenteuer ich bestehen mußte, bevor ich in ihren Besitz kam. Ich will schweigen von den grausamen Gefahren, die mich auf meiner Expedition umgaben. Nein, es ist nicht die Sache des alten Bones, in die Posaune des Ruhms zu stoßen. Was liegt mir an den Gefahren ...‘

So ging es noch einige Seiten weiter.

„Das ist ja großartig", rief Miss Doran Campbell, als sie mit ehrfürchtigem Schaudern die greulich aussehenden Waffen in der Hand hielt.

Die Sache hätte eigentlich mit dem überschwenglichen Dankbrief der jungen Dame enden können, den Bones einige Wochen lang auf dem Herzen trug. Oder sie hätte auch mit dem Dankbrief enden können, den ein begeisterter Sammler in Schottland nach dem Empfang der beiden Kesselmesser an Miss Doran richtete. Die beiden schrecklichen Schwerter lagen nun in einem Museumsglasschrank, und auf einem Schild darunter stand groß und deutlich: „Henkersschwerter der Inneren N'gombi. Große Seltenheit."

Unglücklicherweise besaß dieser Sammler aber den Ehrgeiz, über die Klingen zu schreiben. Zunächst erschien ein Artikel in einer dortigen Zeitung. Ein Leser dieses Blattes hatte einen Sohn, der bei einer großen New Yorker Zeitung angestellt war. Der Vater schickte ihm die Nummer der Sonntagsausgabe, in der die beiden afrikanischen Henkersschwerter in einer ganzseitigen Abbildung wiedergegeben wurden; auch eine Karte des afrikanischen Kolonialgebietes war beigefügt.

Bald darauf erschien in der New Yorker Zeitung ein Artikel unter der Überschrift:

‚Was die Anthropologische Kommission der Vereinigten Staaten in Afrika nicht gesammelt hat! Geheimnisvolle Zauber- und Henkersschwerter kommen in ein schottisches Provinzialmuseum!'

Dr. Wade, der Leiter jener Expedition, war natürlich darüber sehr aufgebracht. Er schrieb in einer wissenschaftlichen Zeitung eine lange Entgegnung und wies darin nach, wie sehr er nach diesen Henkersschwertern gesucht hatte. Diese Erwiderung zog weitere Kreise, und ein Chikagoer Blatt brachte einen großen Artikel:

‚Die amerikanische wissenschaftliche Expedition von englischen Beamten hinters Licht geführt ...'

Ein Staatssekretär schrieb daraufhin dem englischen Botschafter einen Privatbrief, in dem es hieß:

‚Es ist wirklich sehr peinlich, daß das passiert ist. Wade sagte mir, er habe alle Anstrengungen gemacht, die Schwerter zu bekommen, und allem Anschein nach sei es auch möglich gewesen. In der Tat müssen Mr. Sanders oder Sir Macalister Campbell damals im Besitz der Waffen gewesen sein. Bitte, tun Sie das Ihrige, um diese unangenehme Angelegenheit aufzuklären ...'

Im weiteren Verlauf der Dinge schickte der englische Botschafter ein Telegramm nach London. Aber bevor man darauf antworten konnte, wurde die Sache durch ein Parlamentsmitglied vor das Unterhaus gebracht. Der Herr hatte seine Informationen den heftigen Schmähartikeln der amerikanischen Presse entnommen.

Er fragte den Staatssekretär des Äußeren, ob ihm ein Artikel des Daily Megaphone bekannt sei, in dem von der Unhöflichkeit englischer Beamter einer wissenschaftlichen Expedition gegenüber gesprochen wurde. Sir John Fenny erwiderte, daß die Sache noch nicht zu seiner Kenntnis gekommen sei, daß er aber die nötigen Nachforschungen anstellen würde. Noch am selben Abend ging ein langes Telegramm an Sir Macalister Campbell ab.

Der Generalgouverneur hatte noch keine Zeit gehabt, darauf zu erwidern, als bereits zwei Londoner Zeitungen, die der Regierung feindlich gegenüberstanden, die Angelegenheit aufgriffen und sich auf seiten der englischen Beamten stellten.

‚Wir wünschen allerdings, daß wissenschaftliche Forschungen in jeder Weise unterstützt werden', schrieb die Daily Post. ‚Auch wünschen wir, daß man amerikanischen Gelehrten auf ihren Expeditionen jede Hilfe erweist, die nur möglich ist. Aber haben wir nicht trotzdem die Pflicht, zuerst an uns selbst zu denken? Jährlich zahlen wir große Summen an die Vereinigten Staaten, um unsere Schulden abzutragen. Wir können nicht verstehen, daß die Zeitungen in Amerika sich darüber aufregen, daß wir Museumsstücke von großem Wert für uns behalten, besonders wenn sie in englischen Kolonien gefunden worden sind!'

*

Sanders saß mit seinen beiden Offizieren auf der Veranda. Bones streckte sich in einem langen Liegestuhl aus und beobachtete vier Haussasoldaten, die unter der Aufsicht eines Unteroffiziers nachexerzierten.

„Es ist doch merkwürdig mit mir, mein lieber alter Ham", sagte er selbstzufrieden. „Wo ich auch hinkomme, überall bin ich sofort populär und der Liebling aller Leute. Und das scheint ganz von selbst zu kommen, ohne daß ich etwas dazu tue."

„Haben Sie schon einmal einen Clown gekannt, der nicht beliebt war?"

Bones lächelte milde.

„Ich bin gerade nicht so sehr mit den netten, alten Zirkusspaßmachern vertraut, mein lieber Ham, daß ich darüber urteilen könnte. Aber es ist doch sonderbar, daß vom Generalgouverneur bis herab zu Ihnen –"

„Bilden Sie sich nur nicht ein, daß ich Sie leiden mag! Diese Illusion muß ich Ihnen allerdings nehmen."

„Aber sehen Sie doch die nette, alte Exzellenz Campbell, dann seine Tochter Doran, unsere liebe, alte Exzellenz hier – ist das Telegramm für mich?" fragte er und ging dem Telegrafisten rasch entgegen.

„Nein, Massah, für den Amtmann."

Sanders öffnete es seufzend. Es war eine sehr lange Depesche, und sein Gesicht wurde länger und länger.

„Unangenehm?" fragte der Captain.

„Sicher wieder neue Arbeit für den armen, alten Bones", murmelte Leutnant Tibbetts. „Aber es ist doch wirklich eine merkwürdige Sache mit mir –"

„Es ist alles merkwürdig mit Ihnen", fuhr ihn Hamilton an.

„Ich verstehe nicht, was das alles bedeuten soll", sagte Sanders plötzlich. „Hören Sie einmal zu:

‚Sehr dringend. Sofort Bericht einsenden, wie N'gombi-Henkersschwerter in Ihren Besitz kamen, ferner, ob sie schon in Ihrem Besitz waren, als die amerikanische wissenschaftliche Expedition in Ihrem Gebiet weilte. Vor allem nähere Umstände angeben, wie die Waffen entdeckt wurden. Leutnant Tibbetts soll Spezialbericht einreichen über den Namen des Dorfes, den Hüter und andere Einzelheiten. Regierung verlangt unverzüglich Drahtantwort.'

„Henkersschwerter?" fragte Sanders. „Sie meinen wahrscheinlich die ‚kostbaren Dinge'. Aber Bones, Sie haben sie doch gar nicht gefunden!"

Bones zwinkerte mit den Augen und wußte nicht, was er sagen sollte.

„Tatsächlich, meine liebe, alte Exzellenz –", begann er heiser.

„Haben Sie die Schwerter gefunden oder nicht?" fragte Hamilton kurz.

„Tatsache ist, mein lieber, alter Vorgesetzter –"

„Bones, Sie sind ein entsetzlicher Mensch!"

„Mein lieber, alter Kriegskamerad, kann man mich tadeln?" fragte Bones schnell und mit fast tränenerstickter Stimme. „Denken Sie, daß ich eine nette, alte, junge Miss . . . ich gebe Ihnen mein Ehrenwort, alter Offizier . . . ich versprach ihr doch, mein lieber, alter Ham . . . ich mußte doch als Gentleman handeln . . . denken Sie, eine Lady . . . meine Ehre stand auf dem Spiel!"

„Schön, alles zugegeben. Aber was haben Sie denn der jungen Dame geschrieben? Haben Sie ihr etwa Flausen vorgemacht?" fragte Hamilton ernst.

Sanders achtete nicht mehr auf die beiden, denn er sah einen Eingeborenen näher kommen. Der Mann trug ein langes Bündel in seinen Armen und wurde von dem Sergeanten Abibu über den Exerzierplatz zur Veranda geführt.

„Ich sehe dich, Sandi", sagte der Fremde mit lauter Stimme. „Ich bin M'laka aus dem Stamm der Akasava, und ich habe viele Tage lang in meinem kleinen Boot gesessen und gerudert, um dir ein wunderbares Geschenk zu bringen, nach dem dein Sohn Tibbetti lange vergeblich gesucht hat."

Er faltete das grobe Eingeborenentuch auseinander und überreichte dem Amtmann zwei längliche Schwerter von merkwürdiger Form.

„Dies, o Herr, ist der Zauber der Inneren N'gombi, denn ich habe die ‚kostbaren Dinge' gefunden, mit denen mein Bruder erschlagen wurde."

Sanders sah auf die unheimlich scharfen Klingen nieder, die mit vielen sonderbaren Ornamenten und Zeichnungen bedeckt waren. Eins der Schwerter zeigte braune Flecken, die vom Blut des Häuptlings B'firi herrührten . . .

## VIII

# Der große Geist Dhar

Miss Caroline Tibbetts besaß einen eigenartigen Charakter. Sie hatte nur noch zwei Geschwister, einen Bruder und eine Schwester, und niemand wußte, wie reich sie war. Die Ungewißheit hierüber verlieh ihr eine ganz besondere Anziehungskraft für etwa ein Dutzend entfernter Verwandter. Sie alle hofften, daß ihr Neffe Augustus Tibbetts eines Tages etwas unternehmen würde, was ihn in den Augen der Tante unbeliebt machen könnte, so daß auch sie bei der Erbschaft mitbedacht würden. Allgemein wußte man, daß sie sehr prüde und sittenstreng und eine überzeugte Baptistin war. Sie unterstützte die Missionen, wo sie konnte, sie war gehässig und unduldsam, wenn jemand den Versuchungen dieser Welt unterlag, denen sie selbst niemals ausgesetzt war.

Bones schrieb ihr regelmäßig, nicht weil er ihr Geld brauchte, sondern weil er fürchtete, sie könnte sich vernachlässigt fühlen.

„Augustus ist ein sehr guter Junge", sagte sie zu einer armen Verwandten, die bei ihr in Chichester wohnte.

„Bei jungen Leuten", meinte die Verwandte seufzend, „weiß man nie, woran man ist und was sie eigentlich im Schilde führen, besonders in einem so gesetzlosen Lande, wo Unmoral an der Tagesordnung ist und die Leidenschaften sich nicht zügeln lassen. Das muß man wenigstens annehmen, wenn man den Berichten der Missionszeitungen Glauben schenken darf."

Miss Tibbetts war schlank, nicht allzu groß und hatte scharfe Züge. Auch hatte sie den interessanten Artikel in der Missionszeitschrift ‚Licht in der Finsternis' gelesen, die die baptistische Bomongo-Mission herausgab. Ein Polizeiinspektor, der sich mit schwarzen Frauen einließ, hatte Anlaß zu einem Skandal gegeben, den das Blatt breitgetreten hatte.

Miss Tibbetts wollte auf ihren Winterurlaub gehen und

hatte sich für Madeira entschieden. Aber eines Nachmittags hatte sie eine Unterredung mit dem Zahlmeister des Schiffes, der darüber klagte, daß so wenig Passagiere die Linie benützten, obwohl die Dampfer so luxuriös ausgestattet waren. Sie befanden sich gerade im Golf von Biscaya.

„Wenn wir erst zur afrikanischen Küste kommen, ist das Schiff ganz leer. Die Hälfte unserer Passagiere steigt in Funchal aus. Das ist eine großartige Reise, Miss Tibbetts, und da Sie doch einen Neffen unten an der Westküste von Afrika haben, würde ich an Ihrer Stelle die Gelegenheit wahrnehmen. Wir könnten Sie an der Mündung des Großen Stromes an Land setzen, und wenn wir dann unsere Rückfahrt von Kapstadt aus antreten, nehmen wir Sie wieder an Bord. Auf der Rückreise können Sie dann immer noch in Madeira Station machen. Sie meinen, es sei dort Fiebergefahr? Um Himmels willen, an der Westküste von Afrika sitzen Sie ebenso sicher wie in London. Außerdem bleiben Sie ja kaum länger als eine Woche dort."

Miss Tibbetts überlegte sich die Sache. Die wenigen Briefe ihres Neffen, die sie entziffern konnte, machten ihr einige Sorgen wegen seines Geisteszustandes. Auch mit ihrer Gesellschafterin besprach sie die Angelegenheit. Mrs. Crewfer fand den Plan außerordentlich gut.

„Sie mögen recht haben. Ich habe Augustus seit Jahren nicht gesehen", sagte Miss Tibbetts.

Mrs. Crewfer seufzte.

„Hoffentlich ist er nicht auf Abwege geraten", erwiderte sie. Aber ihr Ton verriet, daß sie das Gegenteil glaubte.

„Mein Geld wird ja für ihn keinen Unterschied machen", erklärte Miss Tibbetts. „Aber wenn ich es ihm schon vermache, möchte ich doch wenigstens sicher sein, daß er einen rechtschaffenen Charakter hat."

*

Weil die N'gombi ein Waldvolk sind und als Kinder selten zum Großen Strom kommen, können sie auch nicht schwimmen. Sie ertrinken daher meistens, wenn sie ins Wasser fallen. Leutnant Tibbetts hatte einmal von der Kommandobrücke der ‚Zaire' aus einen Sprung in die reißende Strömung gewagt, um das N'gombimädchen B'lana zu retten. Es wimmelte dort von Krokodilen, aber er hatte nicht auf die Gefahr geachtet. Sanders wollte ihn damals für die Rettungsmedaille vorschlagen, aber Bones hatte gebeten, davon abzusehen.

„Er ist doch der merkwürdigste Mensch auf der Welt", sagte Hamilton verwundert. „Er ist doch sonst so unbescheiden! Und wenn er einmal wirklich etwas leistet und dafür belohnt werden soll, regte er sich auf!" – Sanders lächelte.

„Ich verstehe seinen Charakter ganz gut. Er maßt sich Tugenden und Fähigkeiten an, die er nicht besitzt, aber er ist ungewöhnlich zurückhaltend, wenn es sich um die Anerkennung seiner tatsächlichen Verdienste handelt. Hätte ich ihm die Möglichkeit gegeben, Mitglied der Psychischen Gesellschaft zu werden, so hätte er das sicher mit Freuden angenommen."

Hamilton legte die vier Wochen alte Zeitung beiseite, in der er gelesen hatte.

„Glauben Sie denn, daß Bones psychisch veranlagt ist?" fragte er.

Sanders nahm die Zigarre aus dem Mund und sah ihn erstaunt an.

„Was meinen Sie denn damit?" fragte er verblüfft.

„Es ist eine merkwürdige Tatsache, aber Sie können sich jeden Augenblick davon überzeugen. Bones hat doch die verschiedensten Liebhabereien, und jedesmal ereignet sich später etwas, was auf sein jeweiliges Steckenpferd Bezug hat. Wenn er irgendein Studium aufnimmt, sei es Musik, Architektur, Rechtswissenschaft oder sonst etwas, so kann er mit Bestimmtheit seine Kenntnisse bald darauf verwerten."

Hamilton führte ein Beispiel nach dem anderen an, und Sanders hörte nachdenklich zu.

„Seine augenblickliche Liebhaberei ist allerdings ein wenig ermüdend. Er fällt mir damit wirklich auf die Nerven.“

Mr. Tibbetts studierte zu dieser Zeit gerade Astralphänomene.

„Mein lieber, alter Ham“, begann er nach dem Abendessen, „Sie verstehen es nun einmal nicht, aber vorige Nacht sprach ich mit Millie –“

„Mit wem?“ fragte Hamilton erschrocken.

„Mit Millie. Wir saßen zusammen in meiner Hütte und unterhielten uns stundenlang miteinander. Sie war eine Freundin von König Karl, aber sie ist eine sehr achtbare junge Dame.“

Hamilton sah ihn entgeistert an.

„Was – Sie waren mit Millie zusammen in Ihrer Hütte – mit einer jungen Dame?“

Bones nickte ernst.

„Ja, sie ist sehr vertraut mit mir. Aber natürlich nicht so, wie Sie meinen ...“

Plötzlich ging Hamilton ein Licht auf.

„Ach, Sie wollen sagen, daß Millie ein Geist ist?“

Bones nickte wieder.

„Können Sie mir dann erklären, wie sich Geister hinsetzen?“ fragte Hamilton ironisch. „Haben Sie ihr vielleicht auch ein Glas Wein angeboten?“

Bones seufzte.

Er hörte über Nacht Stimmen und notierte alle Gespräche, die er mit Geistern hatte. Als Hamilton das erfuhr, machte er dem Sergeanten Vorwürfe, daß sich die Schildwachen über Nacht miteinander unterhielten. Bones behauptete aber steif und fest, daß er überirdische Stimmen gehört habe, und der Sergeant war sehr zufrieden, daß er von der Seite seines Vorgesetzten so unerwartete Hilfe erhielt.

„Es muß etwas mit Bones geschehen“, sagte Hamilton eines Tages. „Er wird immer verrückter. Jetzt behauptet er schon, er hätte Trancezustände. Vorige Nacht sei sein Geist nach

England gewandert, sagte er, ohne daß er mich um Urlaub gebeten hätte."

*

Die Leute an den Ufern des Großen Stroms hörten in den Dörfern das Schaufelrad der ,Zaire' und drehten sich unruhig auf ihrem Lager von einer Seite auf die andere, denn die ,Zaire' machte nicht den gefährlichen Weg durch Sandbänke und Untiefen bei Nachtzeit, wenn es nicht Aufruhr in der Gegend gab. Und als sie noch obendrein hörten, daß jemand im Dunkeln auf dem Wasser sang, fuhren sie schaudernd zusammen, denn nur Geister singen in der Nacht.

Aber in Wirklichkeit war es Leutnant Tibbetts, der auf der Kommandobrücke stand und das Lied vom Fischer sang.

Ein Wachtmann am Ufer der Ochoristadt sah die ,Zaire' näher kommen. Die beiden Schornsteine sprühten unheimliche Mengen von Feuerfunken. Schnell wandte er sich nach Bosambos Hütte, doch der Häuptling war schon längst wach und lauschte.

„O Herr, er kommt!" meldete der Bote.

„Ich habe auch Ohren", entgegnete Bosambo kurz. Er hatte das Geratter schon eine halbe Stunde vorher gehört. Das Wasser hatte dort große Geschwindigkeit, und Schiffe konnten nur langsam gegen die Strömung vorwärts kommen. In der dünnen Tropenluft und bei der Stille der Nacht hörte man Geräusche sehr weit.

Die ,Zaire' legte am Ufer an. Ein Dutzend Leute sprang ab und watete mit Tauen über den Schultern an Land. Dann wurde die Landungsbrücke ans Ufer gezogen, und Leutnant Tibbetts, der den ganzen Nachmittag geschlafen hatte, verließ den Dampfer. Es war zwei Uhr morgens.

„Ich sehe dich, Tibbetti", klang Bosambos laute, weittönende Stimme aus der Dunkelheit.

Bones antwortete ihm höflich, und sie gingen Seite an Seite den dunklen Pfad zum Dorf hinauf. Erst als sie in der großen

Hütte saßen, sprach Bosambo zu seinem Gast, und zwar ungewöhnlich ernst. Der Raum wurde durch eine Lampe erhellt, die bei dem letzten Besuch der ‚Zaire' verlorengegangen war.

„Mein Herr Tibbetti", sagte Bosambo, „das ist ein schlechtes Palaver. Die N'gombileute scheinen verrückt geworden zu sein. Meine jungen Leute haben heute zwei Gefechte mit ihnen am Ufer des kleinen Flusses gehabt, und das nur wegen eines kleinen Geistes, der so unbedeutend ist, daß ich ihn nicht einmal in meiner Ochoristadt haben will."

Die Inneren N'gombi haben ihre Eigenheiten. Sie erkennen zwar die Macht des Sturmgottes M'shimba-M'shamba an und verehren ihn auch wie andere Völkerschaften am Großen Strom, aber sie haben doch seit den ältesten Zeiten ihren obersten Teufel und Geist, der ihrer Meinung und ihrem Glauben nach größer ist als alle anderen Teufel.

Diesen großen Geist Dhar halten sie für so mächtig, daß sie nicht wagen, seinen Namen laut auszusprechen. Sie flüstern ihn nur in einer Grube, die sie am Ufer graben, denn Dhar ist der Teufel, der Himmel und Erde beherrscht, der das Schicksal der Menschen entscheidet und Herr ist über Leben und Tod. Dhar verursacht den Wechsel der Jahreszeiten und hält in seinen beiden Händen die Sonne und den Mond, und seine Augen sind die Sterne und seine Haare die kleineren Geister und Teufel.

Die Inneren N'gombi sind sehr stolz und kriegerisch. Da sie sich leicht beleidigt fühlen und schnell bei der Hand sind, Rache zu nehmen, bereiteten sie ihren Nachbarn und den Kolonialbeamten große Schwierigkeiten. Man wußte nie genau, in wem sich Dhar auf dieser Erde verkörperte. Dhar konnte alle möglichen Gestalten annehmen. Er konnte in einem Mann oder in einer Frau wohnen, er konnte in einem Felsen hausen oder andere tote Dinge beseelen. Einstmals, cala-cala, vor undenklich langer Zeit, war er ein Affe, der in einem großen Käfig im Walde gehalten wurde und dem man täglich die besten Speisen brachte. Dhar wird stets von drei jungen Mädchen des Stammes behütet, in welcher Form er sich auch manifestieren mag. Tag und Nacht sitzt eine von ihnen in Betrachtung über seine Größe und Majestät versunken.

„Mein Herr Tibbetti, wie konnten meine jungen Leute wissen, daß diese Ungläubigen und Heiden einen Baum verehrten, in den sich Dhar verwandelt hatte?“ fragte Bosambo entrüstet.

„Ja, wie war es denn möglich, daß deine Leute in den Wäldern der N'gombi jagten?“ erwiderte Bones streng. „Es ist doch verboten, daß die Ochori in den Wäldern der N'gombi jenseits des kleinen Flusses jagen!“

Bosambo war schlau genug, hierüber keine genaue Erklärung zu geben. Die Wälder der N'gombi waren sehr wildreich, die Gebiete der Ochori dagegen sehr dürftig.

„Und als sie nun dorthin kamen, sahen sie einen abgestorbenen, toten Baum und fällten ihn, um sich ein Feuer zu machen“, erzählte Bosambo schnell weiter. „Bäume sind doch Bäume, und nur die Heiden können glauben, daß Bäume Seelen haben –“

„O Bosambo“, sagte Bones ruhig, „hat nicht der Prophet selbst im Jahr der Hedschra mit einem Baum gesprochen und ihn später begraben lassen als einen Gläubigen? Und wenn Mahomet das getan hat, wie darfst du dann sagen, die N'gombi sind Heiden?“

Bosambo fühlte sich sehr unbehaglich.

„Aber dieser Baum war doch vollständig abgestorben“, begann er.

„Genauso war es mit dem Baum, mit dem Mahomet sprach – es war ein Pfeiler in seiner Moschee“, erwiderte Bones, der in diesen Dingen sehr genau Bescheid wußte.

Bosambo sah düster auf die hell brennende Sturmlaterne. „Ich sehe ein, daß meine jungen Leute unrecht getan haben“, entgegnete er langsam. „Mein Herr Tibbetti, gib mir die Erlaubnis, daß ich in Sandis Namen tausend Speerleute sammle, damit ich in das Land der N'gombi gehe und ein Ende mache mit diesen Götzendienern.“

„Bosambo, mach doch keine Dummheiten", sagte Bones ärgerlich.

„Diese N'gombi sind verrückte Leute. Wie soll denn ein Geist da sein, wenn es überhaupt keinen Geist gibt?"

Bones räusperte sich.

„Es gibt wohl Geister, und ich verstehe das Palaver der N'gombi schon. Bosambo, du sprichst über Dinge, von denen du nichts weißt. Ich aber weiß zum Beispiel, daß auch ich einen Geist habe. Zuweilen verläßt er meinen Körper und wandert durch weite Gebiete. Aber ich will dir etwas sagen – ich werde zu dem Häuptling der Inneren N'gombi gehen."

„Mein Herr Tibbetti, das könnte sehr gefährlich sein. Es ist viel besser, wenn du deinen Geist hinschickst."

Bones sah ihn scharf an, merkte aber, daß Bosambo es wirklich ernst meinte.

Am nächsten Morgen begab er sich mit vier Soldaten in das Kampfgelände. Es lag an der Bucht des Flusses, die Bosambo und seine Leute nicht überschreiten durften. Nach einer einstündigen Verhandlung überzeugte Bones die N'gombi davon, daß er nicht gekommen war, um zu strafen. So nahmen sie ihn auf und führten ihn durch die Reihen der Speerleute zu der Hütte ihres Häuptlings.

„Mein Herr Tibbetti, diese Ochori haben etwas Entsetzliches getan", klagte M'songo, der Häuptling. Er kochte vor Wut, aber er war seiner Sache doch nicht ganz sicher, da er nicht wußte, welche Folgen der Krieg haben würde, den er begonnen hatte. „Mein Herr Tibbetti, du weißt, daß hier in diesem Lande ein großer Geist wohnt." Bei diesen Worten hielt er die Hand an den Mund, denn das war die vorgeschriebene Geste für alle Leute, die von Dhar sprachen. „Diesmal wohnte er in einem schönen Baum, und er brachte uns gute Zeiten. Niemand starb in unseren Dörfern, und es ging uns allen gut. Aber die Jäger Bosambos kamen über die Bucht und vertrieben die drei Mädchen, die den großen Geist bewachten. Sie haben ihnen Furcht eingejagt, so daß sie davonliefen. Und nachdem jetzt der Wohnsitz unseres großen Geistes zerstört ist, herrschen überall Krankheit und Tod. Erst heute morgen wurde H'laki, der Holzfäller, von einem stürzenden Baum erschlagen. Aber auch viele alte Männer und Frauen sind gestorben wie die Fliegen." – Bones lauschte lange den Beschwerden des empörten Häuptlings.

„Die Leute, die in dein Land eingebrochen sind, haben Sandis Gesetz übertreten", sagte er dann, „und sie werden bestraft werden. Beim nächsten Neumond soll dir der Häuptling Bosambo zwanzig Häute und drei Säcke Salz schicken, und an der Stelle, wo die Ochori die Bucht überschritten haben, werde ich eine Tafel errichten mit Teufelsmasken und Zeichen, damit die Leute, die wieder ohne Sandis Erlaubnis in dein Gebiet kommen, in Affen verwandelt werden. Dies alles tue ich im Namen Sandis, der dein Vater und deine Mutter ist und der dein Volk in seinen Armen trägt wie ein kleines Kind."

Diese Worte machten auf M'songo und seine Ratgeber tiefen Eindruck.

„Es sind aber auch schon einige Speerleute in diesen Kämpfen gefallen, Tibbetti, und es ist Blut geflossen."

„Das hebt sich auf, denn auf beiden Seiten ist Blut geflossen. Führe deine jungen Krieger von den Ufern des Wassers zurück, dann werden wir ein großes Palaver in deiner Stadt abhalten."

Der Häuptling zögerte. Seine Leute waren aufgebracht und wollten den Frevel rächen. Aber die Aussicht auf ein tagelanges Palaver reizte ihn auch. Es bot den Leuten unbegrenzte Gelegenheit zu reden, und das lieben die Eingeborenen über alle Maßen. So kam es, daß sich M'songo an Gesetz und Ordnung hielt. Er zog seine Krieger zurück, und in der nächsten Nacht saß Bones im Palaverhaus und hörte die ersten sechs der fünfundvierzig Unterhäuptlinge, die alle etwas über Bosambos Verbrechen zu sagen wünschten.

Am dritten Tag war Bones der Auseinandersetzungen und der Reden müde und schloß das Palaver.

„Wer wird sich beklagen über die Saat, wenn der Baum schon zur Manneshöhe emporgeschossen ist?" fragte er. „Ist denn euer großer Geist" – bei diesen Worten legte er die Hand vor den Mund, wie es die Sitte vorschrieb – „so klein, daß er sich nicht vor sechs Ochorijägern retten kann, und so schwach, daß er nicht weiterlebt, wenn seine Behausung verbrannt ist? Nun sage ich euch, daß euer großer Geist lebt, in den Wäldern umherwandelt und sich nach einer neuen Wohnung umsieht. Und die müßt ihr für ihn finden, wie es eure Väter taten. Ich überlasse es jetzt euren weisen Leuten, darüber eine große Beratung abzuhalten. Dieses Palaver ist aus."

Als Bones in der nächsten Nacht schlief, hörte er plötzlich ein Geräusch am Eingang seiner Hütte und war sofort vollkommen wach. Auf dem mondbeschienenen Platz vor der Hütte sah er einen Schatten.

„Wer ist dort?" fragte er.

„Mein Herr Tibbetti, ich bin es", sagte eine weiche Frauenstimme.

„Donnerwetter!" rief Bones und warf den Bademantel über den Schlafanzug. Dann trat er ins Mondlicht hinaus.

Sechs Schritte von dem Eingang seiner Hütte entfernt stand ein schlankes, hochgewachsenes Mädchen. Sie hielt einen langen Stab in der Hand, wie ihn die N'gombifrauen tragen.

„Ich bin B'lana-M'songo, die Tochter des Häuptlings", sagte sie. „Ich bin weise, und die Geister sprechen zu mir."

„Dann kehre zu deinem Lager und zu deinen Geistern zurück", erwiderte Bones schlecht gelaunt.

„Mein Herr Tibbetti, ich bin das Mädchen, das du damals aus dem Wasser gerettet hast."

Bones, der diesen Vorfall längst vergessen hatte, kratzte sich den Kopf.

„Alle Tage und Nächte denke ich an dich, mein Herr Tibbetti. Ich bin ein Mädchen mit einer wunderbaren Seele; ich spreche auch zu den älteren Männern, und sie hören mir zu. Das ist früher noch keiner Frau widerfahren. Mein Herr Tibbetti, ich bin eines von den drei Mädchen, die den Baum bewachten, als Bosambos Jäger kamen."

„O Mädchen, das mußt du mir am Tage sagen, wenn ich wach bin", entgegnete Bones müde und entließ B'lana, die ihn wie einen Gott verehrte.

Nach einiger Zeit kam Bones zur Residenz zurück und war mit seinen Erfolgen sehr zufrieden. In der Ochoristadt hatte er auf der Rückreise noch einmal haltgemacht und Bosambo seine Strafe zudiktiert. Der Oberhäuptling der Ochori machte sich jedoch nicht viel daraus, denn er wälzte die Lasten immer auf seine Untertanen ab.

Bones erstattete Sanders einen langen Bericht und stellte seine Verdienste ins rechte Licht.

„Exzellenz, ich war so ganz in meinem Element, da es sich hier um seelische Einflüsse handelte. Man kann die Ansicht der N'gombi nicht so ohne weiteres ablehnen –"

„Welche Gestalt hat sich denn jetzt der große Geist der N'gombi ausgesucht?" fragte Hamilton.

Bones zuckte mitleidig die Schultern.

„Ich wünschte nur, mein guter, alter Ham, daß Sie die Sache ernst nähmen. Kommt es denn darauf an, in welcher Gestalt sich der große Geist offenbart?"

„Natürlich kommt es darauf an", entgegnete Sanders ruhig. „Ich wünschte nur, Sie könnten das herausbringen, Bones. Denken Sie daran, wenn Sie das nächste Mal auf Inspektionsreise gehen."

„Vielleicht sagt es Ihnen Ihre kleine Freundin B'lana", bemerkte Hamilton ironisch, aber Sanders blieb ernst.

„Wenn wir nur wüßten, unter welcher Gestalt Dhar jetzt verehrt wird. Das würde alles viel leichter machen. Die N'gombi werden immer unruhiger, und man weiß nie, was passiert, wenn ein unschuldiger Fremder ihren großen Geist ohne jede Absicht beleidigt. Vor zwanzig Jahren war Dhar eine Missionskatze. Ein Isisi stahl sie in einem Sack, und daraus entstand ein Krieg, der sieben Jahre dauerte."

„Ich werde es schon in Erfahrung bringen", meinte Bones zuversichtlich.

„Schicken Sie doch einmal Ihren eigenen Geist auf die Suche", schlug Hamilton vor.

Bones antwortete nicht. Hamilton rief ihn noch einmal zurück, als er schon den halben Weg zu seiner Hütte gegangen war.

„Ist etwas nicht in Ordnung?" fragte Bones.

„Das kann ich Ihnen nicht sagen", erwiderte Hamilton. „Aber wir haben Nachricht von Ihrer Tante bekommen."

„Ist sie abgekratzt?" fragte Bones eifrig.

„Nein. Wenn ich es Ihnen genau sagen soll, so kommt sie angekratzt, und zwar morgen nachmittag mit dem Postdampfer. Eben ist ein Telegramm gekommen."

Bones schrak zurück.

„Was, meine Tante Caroline? Da hört sich doch alles auf!" rief er bestürzt.

Sanders hatte zwei Zimmer in der Residenz für Miss Tibbetts und ihre Begleiterin herrichten lassen. Als sie am nächsten Nachmittag ankam, wurde sie von Bones in galanter Weise an Land getragen. Und in der Residenz wurde sie zwar nicht herzlich, aber doch sehr freundlich begrüßt.

„Ich habe große Sorge um meinen Neffen, Mr. Sanders", sagte sie zum Amtmann. „Er hat in seinen Briefen so merkwürdige Ansichten geäußert, daß ich schon annahm, sein Verstand hat unter dem Klima hier irgendwie gelitten. Er fragte zum Beispiel bei mir an, ob mein Geist wandere, und ob ich irgendwelche Geistererscheinungen sehen könne. Glauben Sie, Mr. Sanders, daß er ein guter Baptist geblieben ist?"

„Bones ist ein sehr guter Junge", entgegnete der Amtmann vorsichtig.

Miss Tibbetts warf einen Blick auf das harte Gesicht ihrer Begleiterin.

„Ja, aber ist sein Lebenswandel auch moralisch? Das ist zwar eine sehr unangenehme, diskrete Frage, aber dieses heiße Klima ist doch für junge Leute wirklich sehr gefährlich."

Sie schaute wieder Mrs. Crewfer an, die traurig den Kopf schüttelte und auf das Schlimmste gefaßt war.

„Derartige Fragen kommen überhaupt nicht in Betracht", erwiderte Sanders ein wenig steif. „Ihr Neffe ist ein Gentleman, diese Antwort wird Ihnen wohl genügen."

Aber Miss Tibbetts genügte diese Antwort durchaus nicht, und am Abend hatte sie noch eine lange, für Bones sehr peinliche Aussprache. Er hörte ihr mit schlecht geheucheltem Interesse zu. Sie hatte allerdings nur sehr vage Vorstellungen von den Ehrbegriffen der englischen Regierungsbeamten in den Kolonien und sprach mit einer Freiheit über Mesalliancen zwischen weißer und schwarzer Rasse, daß Bones der Kopf wirbelte. Sie schilderte ihm Möglichkeiten, die ihn vollkommen verwirrten, und als sie schließlich eine Pause machte, mischte sich auch Mrs. Crewfer ins Gespräch.

„Sie müssen doch verstehen, daß Ihre werte Tante nur deshalb mit Ihnen spricht, weil sie es gut mit Ihnen meint, Mr. Tibbetts. Man hört so merkwürdige Geschichten über die Leute in den Kolonien."

„Meine liebe, gute entfernte Verwandte und Begleiterin meiner hochverehrten Tante", erwiderte Bones höchst gelangweilt, „was Sie hier sagen, ist keine Unterhaltung für einen jungen Mann. Sie setzen mir nur Ideen in den Kopf! Aber meine liebe, alte Tante, das gehört sich doch nicht, so etwas tut man einfach nicht! Wirklich, glaube mir, es ist entsetzlich!" –

Am nächsten Morgen erwachte Bones eine Stunde nach Tagesanbruch mit dem Gefühl, nicht allein in seiner Hütte zu sein.

„O Ali", sagte er, ohne die Augen zu öffnen, „bringe mir –"

In diesem Augenblick schaute er um sich. Drei junge Mädchen saßen auf dem Fußboden und sahen ihn feierlich mit großen dunklen Augen an. Sie trugen keine besondere Kleidung, nur hatten sie Blumenkränze auf dem Kopf.

„O mein Herr Tibbetti, ich sehe dich", sagten sie wie aus einem Munde und hoben ihre braunen Hände zum Gruß.

„Um Himmels willen!" stammelte Bones auf englisch. Plötzlich erkannte er B'lana. „O Mädchen, du mußt nicht hier in meiner Hütte sitzen. Wie kommst du denn aus dem N'gombilande hierher?"

„Ich kam auf dem Großen Strom", erwiderte sie und strahlte ihn unverwandt mit ihren schönen Augen an. „Dieses Mädchen hier ist die Tochter von Shimbiri, und das andere Mädchen ist die Tochter des Häuptlings Lababuli."

Eine halbe Stunde später beobachtete Hamilton von der Veranda aus, daß Bones über den Exerzierplatz zur Residenz kam, begleitet von drei schlanken, braunen Mädchen. „Es ist etwas ganz Entsetzliches passiert, mein lieber, alter Ham ... man hat mich dazu ausersehen, daß ich Dhar als Wohnung dienen soll ... die Idee ist im Kopfe dieses Mädchens entstanden." Er zeigte auf B'lana, die Bones immer noch glückselig anschaute. „Es muß irgend etwas getan werden, alter Ham. Wenn meine Tante diese jungen Mädchen sehen würde ... großer Gott, was würde dann geschehen!"

Hamilton warf einen Blick auf die Begleiterinnen.

„Ihre Tante ist schon vor einer Stunde abgefahren. Das Schiff kam einen Tag früher, als wir erwarteten." Er nickte langsam. „Jetzt kann ich auch verstehen, warum sie uns so von oben herab behandelte."

„Was meinen Sie denn?" fragte Bones bestürzt.

„Sie wollte nicht haben, daß man Sie weckte, und ging selbst in Ihre Hütte, um sich zu verabschieden. Da scheint sie wohl die drei jungen Damen gesehen zu haben – Bones, Bones, mit Ihrer Erbschaft ist es Essig!"

## IX

## Die reiche Frau

Mr. Liebermann war ein Kaufmann in New York, der mit Wertpapieren handelte. Die Aktien sahen sehr schön aus, da sie im Vierfarbendruck hergestellt waren, aber die Goldminen, über die sie ausgegeben waren, erwiesen sich als schlecht und unrentabel. Mr. Liebermann kam in das Gebiet des Großen Stromes, und da er viele Empfehlungsschreiben vorzeigen konnte, wurde er gut aufgenommen. Er hatte ein freundliches und zuvorkommendes Wesen, so daß man ihm weiter nicht böse war, selbst dann nicht, als man drei Monate später erfuhr, daß er von der Regierung eine Konzession erhalten hatte, im Fluß Gold zu waschen. „Der Mann will im Fluß Gold waschen?" fragte Sanders lächelnd. „Das einzige Gold, das sich im Großen Strom befindet, ist mein Zigarettenetui, und das wäre auch nicht ins Wasser gefallen, wenn sich Bones nicht so dumm benommen hätte."

Bones interessierte die erste Mitteilung so sehr, daß er es nicht einmal für nötig hielt, sich zu rechtfertigen. Das Unglück war passiert, als er einmal mit Sanders auf der ‚Zaire' von einer Inspektionsreise zurückkam.

„Merkwürdig", meinte Captain Hamilton nachdenklich. „Dieser Mr. Liebermann fragte mich doch über eine gewisse Legende aus, die unter den Eingeborenen verbreitet ist. Er sagte, er habe gehört, daß eine sagenhafte Goldmine im Lande sei."

„Das stimmt auch, mein lieber, alter Offizier", erwiderte Bones prompt. „Ich habe davon gehört, und Bosambo hat auch davon erfahren."

„Bosambo ist ein schlauer Fuchs. Der hat immer alles gehört, wenn er nur Geld damit verdienen kann", sagte Sanders etwas sarkastisch. „Hat er etwa versucht, Ihnen Goldaktien zu verkaufen?"

Bones war beleidigt.

„Natürlich hat Bosambo davon gehört", fuhr Sanders ärgerlich fort. „Es ist eine ganz alte Sage unter den Eingeborenen. Manchmal soll es eine Goldmine sein, manchmal handelt es sich auch um Diamanten. Andere erzählten, daß sich im N'gombigebiet ein tiefes, großes Loch befindet, aus dem man fertiggewebtes Tuch herausziehen kann!"

Die Zeit verging, und der Besuch Mr. Liebermanns war schon beinahe vergessen, als ein dringendes Telegramm von dem Generalgouverneur der Kolonien kam.

‚Liebermann verkauft in New York Aktien der Gold Dredging Company. Gibt an, Sie hätten behauptet, der Fluß sei goldhaltig.'

Sanders besaß genügend Erfahrung in der Behandlung derartiger offizieller Anfragen und antwortete nicht ‚Mr. Liebermann ist ein Lügner', sondern sandte ein langes und wohlausgearbeitetes Dementi. Er fügte auch hinzu, daß seiner Meinung nach sich im ganzen Gebiet des Großen Stromes nicht genügend Gold fände, um auch nur ein kleines Schmuckstück daraus zu fertigen.

Aber da Bones nun einmal von dieser Goldgeschichte gehört hatte, war das Unglück geschehen. Seitdem erwähnt worden war, daß im Gebiet des Großen Stromes Gold gefunden werden solle, wandte er sich dieser Sache mit aller Begeisterung und Energie zu, deren er fähig war. Mit einer Pfeife im Mund und drei überanstrengten Ruderern suchte er die Ufer des Flusses von der Mündung bis nach Lumbiri ab, und die Eingeborenen kamen aus meilenweiter Entfernung, um Tibbetti ehrfurchtsvoll zu beobachten, der in der Sonnenglut unentwegt den Sand am Ufer wusch.

„Wenn Sie auch wirklich Gold fänden, dann wüßten Sie ja gar nicht, wie es aussieht", sagte Hamilton ironisch.

Bones lächelte überlegen.

„Sie reden jetzt leichtsinnig daher. Was machen Sie, mein

lieber, guter Kriegskamerad, wenn ich mit Händen voll wirklichen Goldes zu Ihnen komme?“

Hamilton grinste ihn an.

„Alle Eingeborenen am Großen Strom wissen, daß es Gold in der Kolonie gibt“, fuhr Bones unbeirrt fort. „Aber die Schwarzen behalten die Sache natürlich für sich – das ist doch ganz klar. Ich bin in diesen Dingen gewissermaßen eine Art Autorität, und ich möchte behaupten, daß jemand ein Vermögen, Millionen, ja vielleicht Milliarden machen kann, wenn er nur das Vertrauen der Eingeborenen besitzt. Ich habe eine große Idee.“

Hamilton richtete sich auf.

„Schießen Sie los – ich wußte doch, daß das früher oder später kommen würde.“

„Ich habe eine große Idee“, wiederholte Bones, ohne auf die Unterbrechung zu achten. „Und da ich Anspruch auf drei Wochen Urlaub habe –“

„Was meinen Sie denn, Bones?“ fragte Sanders und sah ihn jetzt interessiert an. „Was für eine Idee haben Sie?“

„Ich werde eine Wanderung durch das ganze Land antreten“, erwiderte Bones schnell. „Und ich muß sagen, daß das nur die Ausführung eines Planes ist, den ich schon seit Jahren gefaßt habe. Ich will mich nämlich als Eingeborener ausgeben.“

Hamilton stöhnte.

„Wollen Sie sich etwa vollständig schwarz anmalen? Ich kann Ihnen nur sagen, daß dieses Experiment bisher nur einem einzigen Europäer geglückt ist, und zwar unserem Amtmann. Ihnen verbiete ich das, Bones. Wenn Sie ins obere Land kommen, machen Sie die Eingeborenen so rebellisch, daß es einen Aufstand gibt. Oder Sie kommen selbst in so große Gefahr, daß der Amtmann und ich monatelang zu tun haben, um alles wieder in Ordnung zu bringen.“ – Zu Hamiltons größtem Erstaunen war Sanders anderer Ansicht.

„Ich habe oft daran gedacht, es selbst wieder einmal zu versuchen. Seit vielen Jahren bin ich nicht mehr als Eingeborener aufgetreten. Solange sich Bones nicht tagsüber sehen läßt, ist es wohl möglich, daß ihm der Plan gelingt. Über zwei Dinge würde ich gern genaueren Aufschluß haben, über die mir meine Späher und Agenten nichts mitteilen können. Ich bin davon überzeugt, daß meine Vertrauensleute im Lande so scharf überwacht werden, daß sie gar nicht die Möglichkeit haben, auf interessante Dinge zu stoßen."

Sanders hatte, wie er später offen zugab, die Absicht, drei Akasavabrüder genauer zu beobachten, die mit ihren Frauen allein lebten und eine kleine Niederlassung für sich am Ufer des Stromes bildeten. Sie wohnten in der Nähe der Insel, die in der Eingeborenensprache ‚Die Insel der schnellen Wasser' genannt wird und eine große Gefahr für die Schiffe ist. Die Insel selbst hat keine Bewohner, und zwar aus einem guten Grunde. Der nördliche Teil war überschwemmt, und nach schweren Gewitterregen stand manchmal die ganze Insel unter Wasser. Auch wußte man wegen der wechselnden Geschwindigkeit der Strömung niemals, ob man sie nach Wunsch erreichen und wieder verlassen konnte.

Die drei Akasavabrüder aber wohnten auf dem Festland. Ihrem Beruf nach waren sie Fischer, aber niemals hatte sie jemand auf dem Fischfang gesehen. Auch wußte man, daß sie selbst Fische von den Dorfbewohnern stromaufwärts kauften. Und trotzdem ging es ihnen gut; sie hatten Herden eßbarer Hunde und Ziegen, und der älteste Bruder hatte sogar fünf Weiber.

Man erzählte sich unheimliche Geschichten über sie. Wenn eine Frau ihres Mannes überdrüssig war, oder wenn ein Mann über den Liebhaber seiner Frau zornig wurde, so kamen sie heimlich zur Nachtzeit zu den drei Brüdern und zahlten im voraus für gewisse Ereignisse, die später eintraten. Man fand dann Leute, die im Strom ertrunken waren, aber niemand konnte sagen, wie sie verunglückten. Ein Mann, der verschiedenen Familien Leid gebracht hatte, wurde eines Tages tot unter einem umgestürzten Baum im Walde entdeckt.

Sanders hatte sich große Mühe gegeben, die drei Akasava auf frischer Tat zu ertappen, aber es war ihm nicht gelungen. Die drei Brüder Shibiri lebten nach wie vor in guten Verhältnissen.

Es war noch keine Woche nach dem Gespräch auf der Veranda in der Residenz vergangen, als ein schlanker Eingeborener beim ersten Frühlicht den Strom hinaufruderte. Er hielt sich möglichst abseits von den großen Ortschaften und wählte die weniger befahrenen Straßen.

„Wenn Sie bei Tageslicht gesehen werden, erkennt man Sie sofort", hatte Hamilton prophezeit, der um zwei Uhr morgens ans Ufer gekommen war, um bei Bones' Abfahrt zugegen zu sein. – „Vertrauen Sie nur Ihrem lieben, guten, alten Bones."

„Das tue ich unter keinen Umständen."

„Aber ich bringe das Geheimnis heraus, verlassen Sie sich darauf!" rief der braune Mann vom Boot aus zurück.

*

Bei den Isisi lebte eine Frau, die das einzige Kind ihres Vaters war, und als er starb, erbte sie all seine Reichtümer. Sie besaß schöne Gärten und Herden von eßbaren Hunden, Salz im Überfluß, Messingstangen und zwanzig Ledersäcke, die Silbergeld enthielten.

Ihre Schätze mehrten sich, ebenfalls ihr Besitz an Kornfeldern, denn sie hatte die Geheimnisse des Handels von ihrem Vater gelernt. Sie sammelte Häute und Gummi, Elfenbein und andere wertvolle Dinge in ihrem Vorratshause. Auch Bosambo, der Oberhäuptling der Ochori, der sich sonst niemals für Frauen interessierte, hatte von ihr gehört. Da er verschiedene Vorräte hatte, über die er verfügen konnte, schickte er seinen obersten Ratgeber zu ihr und lud sie ein, nach dem Lande der Ochori zu kommen.

M'Yari kam wie eine Königin zu ihm. Sie fuhr in einem neuen Boot mit sechzehn Ruderern, und an Stelle der mit Palmenblättern gedeckten Hütte im rückwärtigen Teil ihres Bootes hatte sie eine kleine Kammer, die mit Tuch bedeckt war.

Bosambo legte großen Wert auf Auftreten und Würde, trotzdem ging er zur Landungsstelle, um sie zu begrüßen, und sagte ihr schmeichelhafte, liebenswürdige Dinge.

„Ich höre dich, Bosambo", sagte sie, als er nach seiner langen Ansprache schwieg. „Aber ich bin nicht hergekommen, damit mir die Leute von meiner Schönheit erzählen. Ich möchte deine Vorräte an Gummi, Häuten und anderen schönen Dingen sehen, die du deinem Volk gestohlen hast."

Bosambo erwiderte nichts auf diese beleidigenden Worte. Drei Stunden handelten die beiden miteinander, und als M'Yari wieder abfuhr, hatte sie ein zweites Boot im Schlepptau, das mit den von Bosambo gekauften Waren beladen war. Der Häuptling hatte aber das unangenehme Gefühl, daß sie ein besseres Geschäft gemacht hatte als er, und das war für ihn eine vollständig neue Erfahrung.

M'Yari kam wieder, und er wandte ihr gegenüber eine andere Taktik an. Seine Frau war mit ihrem Kind ins Gebirge gegangen, weil die Gegend in der Regenzeit zu feucht und ungesund war. So empfing Bosambo die reiche M'Yari, gab ihr ein Festessen, ließ einen Tanz zu ihren Ehren aufführen und machte ihr große Liebesanträge. Aber sie ging nicht auf seine Schmeicheleien ein, und als sie sich diesmal verabschiedete, hatte sie ein noch viel besseres Geschäft gemacht als das erste Mal.

„So etwas ist überhaupt noch nicht vorgekommen", sagte ein Onkel M'Yaris. „Diese Frau ist viel zu reich. Frauen müssen an Männer verheiratet sein, genauso, wie es bei den Ziegen und Böcken ist. Und wenn diese Frau jemand heiratet, dann gehört dem Mann all ihr Hab und Gut. Einer von uns muß sie heiraten. Wir wollen zu N'mari, dem weisen Mann, gehen. Er muß uns sagen, wer sie heiraten soll. Und der, der sie zur Frau nimmt, soll ihre Reichtümer unter uns teilen. Eine Hälfte sollen die Brüder ihrer Mutter bekommen, und die Hälfte der zweiten Hälfte die Kinder, also ihre Vettern."

Die Jüngeren waren zwar mit dieser Teilung nicht zufrieden, aber schließlich stimmten sie doch zu. So gingen die Männer zu N'mari, dem weisen Mann, der im Isisiwald mit Schlangen, Vögeln und merkwürdigen wilden Tieren zusammenlebte. Sie schliefen sogar nachts in seiner Hütte. Bei ihm wohnte auch sein Enkel B'laba, der ein großer Jäger war, aber einen bösen Charakter hatte. – Sie sagten dem alten Zauberdoktor alles, was sie auf dem Herzen hatten, und er gab ihnen seinen Rat.

„Ihr müßt zu dem jungen Mädchen gehen und ihm sagen: ‚Einen von uns sollst du heiraten.' Dann müßt ihr alle wieder fortgehen und bei Neumond einen jungen Hahn schlachten. Jeder von euch soll seine Hände mit dem Blut des Tieres bestreichen, und am Morgen wird der, dessen Hände durch meinen Zauber wieder gereinigt sind, die Frau heiraten."

Sie gingen wieder fort und sagten M'Yari, was N'mari ihnen geraten hatte. Sie saß vor ihrer Hütte zwischen ihren Frauen und antwortete nicht. Aber sie schickte eine Spionin hinter ihnen her.

Bei Neumond opferten die Männer den Hahn und bestrichen ihre Hände mit seinem Blut. Jeder ging zu seiner Hütte, wo seine nächsten Verwandten ihm Wasser reichten, so daß er sich die Hände waschen konnte. Und als sie sich am Morgen wieder trafen, schien jeder der Auserwählte zu sein. Da erkannten sie, daß sie alle hereingefallen waren. Aber trotzdem gingen sie wieder zu N'mari, und dieser wußte schon, warum sie kamen.

„Geht alle zu verschiedenen Orten, du zur Stadt der Akasava, du zu dem kleinen Dorf bei dem Sumpf der stillen Geister ..." Jedem gab er ein anderes Ziel an.

„Morgen vollführe ich einen großen Zauber und bringe dieses Mädchen zu mir. Alle meine kleinen Geister und Teufel sollen um sie her sitzen – sie wird sie aber nicht sehen können. Dann lasse ich sie durch meinen Zauber tanzen, bis sie erschöpft zu Boden sinkt. Und der soll ihr Mann werden, der sich in dem Ort aufhält, wohin ihr Kopf zeigt."

Die Verwandten waren kaum außer Sicht, als der alte Mann mit seinen halberloschenen Augen aufschaute. Eine Frau stand vor ihm.

„Ich bin M'Yari von M'pusu, und ich bin diesen Männern in den Wald gefolgt, da ich wußte, daß sie über mich sprechen würden. Sage mir nun, was ich tun muß. Ich bin sehr reich, und ich brauche einen Mann, der mir ergeben und untertan ist wie mein kleiner Hund. Er darf mir nicht widersprechen und muß alles tun, was ich will. Die Brüder meiner Mutter und deren Söhne bedeuten mir nicht mehr als die Fische im Fluß. Und wenn einer von ihnen mich zur Frau nimmt, werde ich den Akasavabrüdern Geld geben, damit sie ihn verfolgen und beseitigen, wenn es nötig ist." In diesem Augenblick trat der Enkel des alten Mannes in die Hütte.

„Hier ist ein feiner, guter Mann, der alle deine Wünsche erfüllt", sagte der Zauberdoktor.

M'Yari sah ihn und nahm ihn mit sich in ihre Behausung. Als ihre Verwandten des langen Wartens müde waren, kehrten sie zurück und entdeckten, daß B'laba in der Hütte der reichen Frau war. Aber es schien, als ob er sie trotz ihres großen Reichtums vollständig unterworfen hätte, denn jede Nacht hörten sie, wie er sie mit seiner Rhinozerospeitsche mißhandelte. Aber sie schrie niemals und rief auch keinen ihrer Verwandten zu Hilfe. Eines Nachts aber fuhr sie mit vier Dienerinnen auf den Strom hinaus.

In der dunkelsten Stunde, als der Mond untergegangen war, kam sie zu der Stelle des Ufers, wo die drei Akasavabrüder wohnten. Diese Männer schlossen ihre Geschäfte stets nachts ab, und da sie wußten, daß die Frau kommen würde, warteten sie schon am Ufer. Auch sie war nicht erstaunt, denn die Eingeborenen verstehen sich intuitiv viel besser als die Angehörigen der weißen Rasse.

Sie erklärte ihnen in kurzen Worten, warum sie gekommen war.

„Dieser B'laba darf nicht getötet werden, weil sonst Sandi

mit seinen Soldaten den Strom heraufkommt. Aber ihr müßt ihn zurückhalten, daß er nicht wieder zu mir kommt. Und wenn ihr ihn ein wenig mit der Rhinozerospeitsche verprügelt, so wird ihm das nur guttun."

Sie hielten noch ein langes Palaver über die Sache ab, denn auch die drei Akasava wollten nicht mit Sandi in Konflikt geraten. Aber schließlich wurden sie handelseinig.

In der Zwischenzeit erwachte B'laba, und als er entdeckte, daß seine Frau verschwunden war, fürchtete er sich. Er vermutete, daß sie die drei Akasavabrüder auffordern wollte, ihn zu ermorden.

Rasch erhob er sich, ging zu seinem Großvater in den Wald und fragte ihn um Rat.

„Nimm alles, was sie an Reichtümern in ihren Hütten verborgen hat, und verstecke es in einer tiefen Grube", sagte N'mari.

Drei Nächte lang schwitzte B'laba unter den schweren Lasten, die er in eine tiefe Grube unter dem Boden seiner Hütte brachte. Und in der dritten Nacht kamen die drei Akasava durch die Dunkelheit. Niemand sah, wie ihr Boot am Ufer anlegte, und sie wanderten ruhig und geräuschlos. Jeder von ihnen trug drei Speere. Sie kamen zu B'laba, als er sich gerade bückte, um einen Sack mit Silber wieder aus der Grube zu heben. Er stieß nur einen schwachen Laut aus, als er vornüber fiel. Sonst herrschte tiefe Stille, denn die Akasava schweigen, wenn sie handeln. Sie hatten B'laba durch einen Schlag auf den Kopf bewußtlos gemacht und brachten ihn nun zu dem Ufer, wo eine Frau mit einem Boot wartete und ihnen Geld zahlte, damit sie ihn fortschaffen sollten.

Die drei wären auch zur Hütte N'maris im Wald gegangen und hätten ihn ermordet. Aber die Frau verbot es ihnen. Sie gingen ein paar Schritte beiseite, um zu beraten.

„Wenn Sandi mit seinen Soldaten kommt", sagte der älteste Bruder, „und hört, was vorgefallen ist, so gibt es Schwierigkeiten. Nun aber kann nur diese Frau etwas gegen uns sagen.

Wir wollen daher ihre Schätze stehlen und auf der Insel verbergen, wo wir ihren Mann gefangenhalten. Und sie selbst wollen wir auch mitnehmen."

Seine Brüder schüttelten den Kopf, wodurch sie ihre Zustimmung ausdrückten.

„Es ist auch möglich, daß B'laba uns die Hälfte der Schätze schenkt, wenn wir ihn nicht töten, und Sandi kann uns dann nicht bestrafen. Jetzt wollen wir aber sehen, daß wir die Frau in unsere Gewalt bekommen."

Aber als sie wieder ans Ufer kamen und sich nach ihr umsahen, hatte sie das Boot verlassen und war schnell durch den Wald gegangen, denn sie ahnte, was die drei Akasava im Schilde führten.

In der Dunkelheit kam sie wieder zu ihrer eigenen Hütte. Keine der Dienerinnen fragte sie, wo sie gewesen sei, und niemand sah sie kommen.

In den nächsten Tagen erschienen mehrere Verwandte und andere Leute bei ihr und erkundigten sich, wo ihr Mann geblieben sei. Als sie antwortete, daß B'laba eine lange Reise angetreten habe, sagte ein alter Onkel, daß er es nicht glaube.

„Sandi kommt bald hierher", erklärte er mit besonderem Nachdruck. „Dann wird er ein großes Palaver abhalten, und wer weiß, was dann aus deinem großen Reichtum wird!"

Diese Worte jagten ihr großen Schrecken ein. All ihr bewegliches Hab und Gut war schon verschwunden, und doch konnte sie nichts gegen die drei Brüder unternehmen. Wie konnte sie Sandi sagen, daß sie ihnen Geld gegeben hatte, um ihren Mann zu entfernen? Auch wußte sie gut genug, daß Sandi an den unmöglichsten Stellen Nachforschungen anstellte, wenn er mit seinem kleinen weißen Schiff den Strom heraufkam. Was würde geschehen, wenn er an der Insel der Schnellen Wasser anlegte und entdeckte, daß ihr Mann dort als Gefangener gehalten wurde?

Sie rief ihre oberste Dienerin zu sich.

„Bringe Ruderer für mein schnelles Boot, denn ich will zu

Bosambo, dem Häuptling der Ochori fahren. Er ist weise, obwohl er sehr gierig nach Geld ist.“

Sie kam auch glücklich in der Stadt der Ochori an, aber diesmal ging ihr der Oberhäuptling nicht bis zum Ufer entgegen.

„O Frau, ich habe nichts mehr zu verkaufen“, sagte er nur, als er sie sah. „Aber wenn du mir das geben willst, was an dem Preise fehlt für alle die Güter, die ich dir verkauft habe, so will ich dir zuhören, weil ich ein weiches, sanftes Herz habe.“

Sie setzte sich vor ihm auf den Boden und legte die Hände bescheiden zusammen. Denn trotz ihres Reichtums war sie nur eine gewöhnliche Frau, und er war der Oberhäuptling, der direkt mit Sandi verwandt sein sollte.

Lange Zeit sagte sie nicht, warum sie hergekommen war. Sie sprach von dem heftigen Gewitterregen und dem Stand der Ernte. Dann erzählte sie, daß der Fluß viel Wasser führe und daß man merkwürdige Erscheinungen am Himmel sehen könne.

Schließlich ging Bosambos Geduld zu Ende.

„Weib, erkläre mir jetzt, warum du zu mir gekommen bist, denn ich habe auch noch viele andere Dinge zu tun, und die Rede der Frauen verachte ich wie das Geschwätz der Affen.“

Nach und nach berichtete sie nun alles, aber zuerst versuchte sie, die Sache durch Lügen zu beschönigen.

Bosambo unterhielt viele Späher, und er hatte bereits von B'laba gehört, der seine Frau verprügelte. Und sein Interesse wuchs, je mehr die Frau erzählte.

„... ich habe diesen Leuten viel Geld gegeben, und doch haben sie meine Säcke mit Silber gestohlen, meine Häute und mein Salz, was mir B'laba schon vorher abgenommen hatte. Die drei Akasava sind nach der Insel der Schnellen Wasser gefahren und haben die Schätze in einer großen Grube versteckt, dann haben sie B'laba an einen Baum gebunden. Sie bringen ihm jeden Tag zu essen. Bosambo, ich will dir einen Sack Silber geben, wenn du dafür sorgst, daß ich wieder in den Besitz meiner Schätze komme. Aber besonders liegt mir daran, daß du meinen Mann mit dir fortnimmst. Ich fürchte, daß er mit Sandi sprechen wird."

Sie wußte sehr wohl, daß Bosambo Geld nahm, woher er es bekommen konnte, und sie war sehr erstaunt, daß er nicht versuchte, eine größere Belohnung für sich herauszuschlagen.

Der Häuptling der Ochori entließ sie sehr freundlich. Sobald die Dämmerung hereinbrach, nahm er die besten Leute seiner Leibwache in einem Boot mit sich. Er selbst ruderte auch mit, denn er hatte keinen Platz für einen überflüssigen Mann.

Es gelang ihm, durch die Stromschnellen durchzukommen und an der Insel der Schnellen Wasser zu landen. Das Eiland war ungefähr eine Meile lang und dicht mit Dschungel bewachsen.

Nur langsam kam er in der Wildnis vorwärts, und seine Leute mußten dauernd das Dschungelmesser benützen, um einen Weg durch das Dickicht zu bahnen. Der Mond schien allerdings hell und erleichterte ihnen die Schwierigkeiten wenigstens etwas.

Bosambos Absichten waren mehr oder weniger ehrlich, aber er hatte durchaus nicht den Wunsch, sich mit einem Gefangenen zu belasten. Sein einziger Wunsch war es, die verborgenen Schätze zu finden, und zwar möglichst, ohne gezwungen zu sein, die drei Akasavabrüder durch Foltern zum Sprechen zu bringen ...

Auch andere Besucher waren in der Nacht zur Insel gekommen.

Die drei Brüder hielten einen Rat ab. Sie waren in gedrückter Stimmung, denn bei Einbruch der Dunkelheit hatten sie eine Lokoli-Nachricht vernommen und dadurch erfahren, daß ein neuer Spion Sandis nach Norden reiste.

Einer der Brüder, der mit dem Häuptling eines kleinen Dorfes bekannt war, suchte diesen auf und erhielt die Bestätigung der Botschaft.

„Was du gehört hast, ist wahr, Shibiri", sagte der kleine Häuptling, „denn mein eigener Bruder hat es mir gesagt. Dieser Spion wandert nur zur Nachtzeit und ist ein langer, dünner, verhungerter Mensch. Alle, die er in der Dunkelheit trifft, spricht er an und fragt sie nach Gold aus. Dabei erinnert er sie an die Geschichten, die unsere Väter auch erzählt haben. Manchmal fährt er mit seinem Kanu an Fischer heran und fragt, ob sie nicht wissen, wo Schätze im Boden verborgen sind."

„O ko", sagte der Akasava entsetzt, „ich glaube, Sandi hat Ohren, so lang wie ein Schwein!"

„Es ist auch merkwürdig, daß dieser Mann Sand von dem Ufer des großen Stromes nimmt und Wasser darüber gießt. Dabei murmelt er Worte in einer fremden Sprache. B'sambo von den Isisi hat ihn genau beobachtet. Er stand hinter einem Gebüsch in seiner Nähe. Auch erzählten die Leute, daß dieser Spion alle kleinen Inseln im Strom aufsucht, weil ihm N'dama von den Isisi gesagt hat, daß dort große Reichtümer verborgen sind."

N'damas Bruder war eines Tages plötzlich verschwunden, und N'dama war deshalb ein Feind der drei Brüder. Er hatte sich auch bei Sandi beschwert.

Als der Akasava all diese schlechten Nachrichten gehört hatte, ruderte er schnell zu seinen Brüdern zurück und berichtete, was er erfahren hatte.

„Wenn Sandi all das hört und obendrein noch auf der Insel der Schnellen Wasser nachgräbt, dann hängt er uns", meinte der Älteste.

Die Insel barg noch manche Spuren ihrer früheren Tätigkeit, die man bei näherer Untersuchung unweigerlich finden mußte. Auch hatten die drei viele Feinde, die sie verraten würden.

„Wir wollen B'laba und die Schätze mit uns nehmen und sie in den Feldern hinter unseren Hütten verbergen. B'laba darf uns nicht verraten."

Bei Einbruch der Dunkelheit ruderten sie zu der Insel und befreiten den Gefangenen, ließen aber seine Hände gefesselt. Der jüngste Bruder wollte ihn töten, doch die beiden älteren hinderten ihn daran.

„Ein toter Mann kann nicht gehen, und es ist beschwerlich, ihn zu tragen“, sagten sie.

So kam B'laba lebendig zum Ufer und wurde in den Wald hinter den Hütten der Brüder gebracht. Nach einiger Zeit hörten die Weiber der Akasava einen unterdrückten Schrei aus dem Dschungel, aber sie kümmerten sich nicht weiter darum, da sie solche Laute schon oft genug gehört hatten.

Nach beendeter Arbeit kehrten die drei auf die Insel zurück und gruben mit ihren Speerklingen die Säcke mit dem Silber aus. Das Salz hatten sie bereits für sich selbst verwendet.

Aber als sie den ersten Sack aus der Grube gehoben hatten, wurden sie in ihrer Beschäftigung gestört.

„O Mann, ich sehe dich!“

Der jüngste Bruder wollte nach einem Speer greifen, aber die beiden anderen packten ihn am Arm.

Das Mondlicht fiel hell auf die große, schlanke Gestalt des Fremden, dessen Oberkörper vollständig nackt war.

„Geht fort!“ flüsterte er, und die drei verschwanden lautlos im Gebüsch.

Bosambo, der sich vorsichtig durch das Dickicht heranarbeitete, hörte nicht einmal ihre Ruderschläge im Wasser. Aber als er durch die Dornbüsche zu der Lichtung kam, sah er einen Eingeborenen, der sich an einer Grube zu schaffen machte. Es mußte ein tiefes Loch sein, denn von Zeit zu Zeit verschwand der Mann bis zur Brust in der Erde, und wenn er wieder erschien, stöhnte er unter der schweren Last, die er auf den Boden neben die Grube warf. Es klang, als ob Silbermünzen zusammenstießen, und das war eine angenehme Musik in Bosambos Ohren.

Mit einem solchen Zwischenfall hatte der Häuptling der Ochori nicht gerechnet. Er hatte gehofft, daß der Gefangene am anderen Ende der Insel an einen Baum gebunden war, so daß er nicht sehen und hören konnte, was er selbst vorhatte. Bosambo wollte bei dieser Expedition auf keinen Fall erkannt werden.

Leise nahm er das Tuch, das er über die Schultern geworfen hatte, und winkte zwei seiner Begleiter heran. Behutsam schlichen die Leute vorwärts, und als der hagere, schwarze Mann wieder aus der Grube auftauchte, sprangen sie vor und wickelten das Tuch um seinen Kopf. Gleich darauf hatten sie ihn an Händen und Füßen gefesselt, obwohl er zuerst wild um sich schlug.

„O Mann", sagte Bosambo leise, „wenn du Lärm machst, so schlage ich dich, und wenn du noch weiter mit Füßen trittst, dann muß ich dich mit meinem Speer töten."

Diese Worte waren nötig, denn der Gefangene benahm sich, als ob er von Sinnen sei.

„Knotet das Tuch fest um seinen Kopf und tragt ihn in das Boot", befahl Bosambo im Flüsterton.

Seine Begleiter nahmen die Säcke mit dem Silbergeld und gingen zum Kanu zurück.

Bosambo hatte nicht damit gerechnet, daß er einen Gefangenen an Bord nehmen mußte, und das Boot sank beinahe bis zum Rand ein, als er wieder nach Norden fuhr. – Sie erreichten die Stadt der Ochori eine Stunde vor Morgengrauen.

„Bringt den Mann in meine Hütte!" sagte er kurz.

Die Leute gehorchten und trugen ihn in die dunkle Behausung des Häuptlings. Bosambo traf alle Vorkehrungen, damit er nicht gesehen oder erkannt wurde.

„B'laba", begann er leise und freundlich, „ich bin dein Freund. Ich habe dich vor der Frau gerettet, die dich auf der kleinen Insel an einen Baum binden ließ, und ich habe dich aus den Händen der drei Akasavabrüder befreit. Die Frau wird mir das niemals vergeben. Du darfst das Gesicht deines Freundes aber nicht sehen, damit du ihn nicht verraten kannst. Ich werde dich in ein Boot setzen und dich im Fluß treiben lassen ..."

Während er sprach, löste er die Handfesseln des Mannes und machte eine sonderbare Entdeckung, als er dabei an das Handgelenk des Gefangenen stieß.

„O Bosambo!“ sagte der Fremde plötzlich. Seine Stimme klang erschöpft und hohl. „Hierfür wirst du büßen müssen!“

Bosambo sank zwar vor Schrecken nicht zu Boden, aber er hielt sich doch auf seinem Lager fest.

„Du bist ein ganz nichtsnutziger Schlingel“, brüllte der Gefangene dann in Englisch. „Ich werde . . .“

„Tibbetti!“ stieß Bosambo auf arabisch hervor. „Bist du es wirklich?“

Er rief um Licht, und als seine Frau ihm eine Lampe brachte, starrte er entsetzt in die scharfen Züge des hageren Eingeborenen. Bosambo erkannte Bones sofort, obwohl sich dieser genügend entstellt und seine Haare mit Öl und Schmutz dunkel gefärbt hatte.

*

„Ich war natürlich furchtbar empört“, erklärte Bones, als er Hamilton und Sanders von dem Vorfall erzählte. „Dieser niederträchtige Bosambo sagte mir außerdem noch, daß er gehört habe, ich befände mich in Gefahr. Er behauptet, er hätte mich gegen meinen Willen gerettet. Aber das Merkwürdigste ist doch, daß ich in den Säcken kein Silber fand, wie ich vermutet hatte.“ – „Hatten die Säcke überhaupt einen wertvollen Inhalt?“ fragte Sanders trocken.

„Nein, das ist ja das Komische. Als ich sie aufmachte, waren sie gefüllt mit Muscheln, Messingstücken und anderem nutzlosem Zeug. – Die drei Shibiri habe ich gefangengenommen und mitgebracht. Bei dem Verhör gaben sie alle drei an, daß die Säcke Silber enthielten.“

„Und kein Silber war darin?“ fragte Sanders lächelnd.

„Nein“, erwiderte Bones entrüstet.

„Können Sie mir sagen, wieviel Zeit zwischen den beiden Momenten lag, in denen Sie sich Bosambo zu erkennen gaben und die Säcke öffneten?“ fragte Sanders interessiert weiter.

Leutnant Tibbetts runzelte die Stirne und dachte tief und angestrengt nach.

„Ungefähr eine Stunde."

„Nun, dann hatte Bosambo Zeit genug, das Silber herauszunehmen", sagten Sanders und Hamilton wie aus einem Munde.

Dann sah der Amtmann Bones nachdenklich an.

„Ich fürchte, Sie verstehen es doch nicht, sich zu verkleiden. Ich wurde nämlich von Ihrem Vorwärtskommen von Dorf zu Dorf laufend unterrichtet. Alle Leute haben Sie erkannt, aber sie waren höflich genug, zu erklären, daß Sie ein neuer Spion seien."

„Was, die Leute hätten mich erkannt?" rief Bones ungläubig.

„Aber meine liebe, alte Exzellenz, ich war doch dunkelbraun am ganzen Körper. Es wird wochenlang dauern, bis ich die Farbe wieder herunterwaschen kann –"

„Ja, Sie waren gut bemalt", erwiderte Sanders. „Aber Sie haben einen Fehler gemacht. Eingeborene tragen nämlich keine Armbanduhren, wenn sie auf der Wanderung sind!" Bones war mehr interessiert als erstaunt.

„Aber, zum Teufel, wie soll ich dann wissen, wieviel Uhr es ist?"

## X

## Die Hüter des Schatzes

Cala-cala, vor vielen Jahren, als die Portugiesen noch im Lande waren, ruderten einst viele Boote den Großen Strom hinauf. Damals gab es noch einen Fluß, der das Gebiet der N'gombi durchzog. Heute ist er ausgetrocknet, und man sieht noch eine mit wildem Dschungel bewachsene Vertiefung an seiner Stelle. Niemand wußte, woher die Boote mit den weißen Männern kamen. An der Grenze des Ochorilandes hielten sie an und schlugen ein befestigtes Lager auf. Sie zwangen die Eingeborenen mit Gewalt, ihnen dabei zu helfen. Dann tauchten andere weiße Leute auf und verfolgten sie. Es gab einen großen Kampf mit Schwertern und Speeren, aber schließlich siegten die Angreifer. Sie ließen alle Leute, die das Lager verteidigt hatten, über die Klinge springen. Als der Führer der siegreichen Partei aber nach den zehn Kisten suchte, die die Flüchtlinge mit sich gebracht hatten, konnte er sie nirgends finden. Irgend jemand sollte sie vergraben haben, und die Sage nannte verschiedene Plätze.

Von Zeit zu Zeit kamen Abenteurer und suchten nach den vergrabenen Schätzen. Ein Häuptling der Ochori, der dem Gerücht nach das Versteck kannte, wurde deshalb gefoltert; Kolonialbeamte des Distrikts stellten die sorgfältigsten Nachforschungen an. Auch mehrere Expeditionen forschten danach, aber es war alles umsonst. Die Legende von den verlorenen Reichtümern erhielt sich jedoch hartnäckig, und in einem Dorf der Ochori gab es drei Männer, die ‚die Hüter des Schatzes' genannt wurden. Und ihr Amt vererbte sich seit undenklichen Zeiten.

Niemand wußte, welche Schätze sie hüten sollten, aber sie behaupteten, daß sie genaue Kenntnis darüber besäßen. Und wenn einer von ihnen starb, so ernannten sie einen Nachfolger und teilten ihm das Geheimnis mit.

In der ganzen Kolonie erzählte man viel von dem vergrabenen portugiesischen Schatz. Auch Leutnant Tibbetts hatte sich schon darum bemüht, nachdem er im Traume das Versteck der Schätze gesehen hatte.

„Haben Sie direkt geträumt, daß Sie die Höhle sahen?" fragte Sanders ihn interessiert.

„Ja, meine liebe, gute Exzellenz. Es war eine verflucht große Höhle, direkt seitlich in den Bergen, und drinnen schimmerten viele Lichter in allen Farben. Ich ging hinein, und es kam ein Mann in einem weißen Gewand auf mich zu – vielleicht war es ein Engel – und sagte –"

„Willkommen, mein lieber Ali Baba", ergänzte Hamilton.

Bones schüttelte verächtlich den Kopf.

Aber als er das nächste Mal ins Land der Ochori kam, begab er sich zu einem Dorf, das in der Nähe der früheren portugiesischen Befestigung lag, und er fragte den Häuptling, ob die alte Sage wahr sei.

„O mein Herr Tibbetti, es ist wahr, daß ich und zwei alte Leute die Hüter des Schatzes sind, den noch kein Mensch gesehen hat. Er wird von Teufeln bewacht, die bei Tage unter den Bäumen sitzen und sich bei Nacht in Hunderte von Leoparden verwandeln, sobald ein Mann in die Nähe der Stelle kommt. Aber ich kann dir das Versteck nicht verraten, selbst wenn du mich und die beiden anderen Männer töten solltest."

Bones brachte eine Woche dort oben in den Wäldern zu und suchte nach dem sagenhaften Schatz. Ohne daß er es wußte, wurde er dabei von einer Witwe beobachtet, die das gleiche Ziel hatte wie er. Nach einiger Zeit kehrte er zur Residenz zurück und mußte den Spott seiner beiden Vorgesetzten über sich ergehen lassen. Aber die Witwe setzte ihre Nachforschungen fort, denn sie hatte einen habgierigen Liebhaber, der reich werden wollte. Er war ein großer, stattlicher Mann, der Ton in sein Haar strich und ein Leopardenfell um die Schultern trug. Er tat jedoch nichts, um seinen Lebensunterhalt zu verdienen.

Die Frau hieß N'saki, und sie hatte schon drei Männer gehabt, die alle eines schnellen Todes gestorben waren, obwohl das nicht weiter auffiel, da sie alt gewesen waren. Daß alte Leute sterben, ist nicht verwunderlich. Aber N'saki kam dadurch in einen schlechten Ruf, und als sie sich N'gama, dem Häuptling des Dorfes, als Frau anbot, weigerte er sich, sie zu sich zu nehmen.

„Es scheint ein Teufel in dir zu leben, N'saki", sagte er, „weil die Männer, die du liebst, so schnell ins Land der Geister wandern. Drei Hüter des Schatzes haben dich in ihre Hütte genommen, und alle drei starben. Ich möchte aber weiterleben, denn deine Schönheit bedeutet mir nichts, wenn ich sterbe."

N'saki war eine reiche Frau, denn ihre drei früheren Männer waren mit Gütern gesegnet gewesen. Auch sah sie schön aus und war so klug, daß sie die Gedanken der Männer lesen konnte. Sie zählte erst achtzehn Jahre, war so schlank wie ein Schilfrohr und hatte keine Kinder. Der Dorfhäuptling kannte das Geheimnis des Schatzes, und deshalb hatte sie nur den einen Wunsch, seine Frau zu werden.

„Alle deine Anstrengungen waren umsonst", sagte der Liebhaber ärgerlich zu ihr. „Drei sterbende Leute waren schon in deinen Händen, aber keiner hat dir die wundervolle Stelle gezeigt, und jetzt leben drei andere Hüter des Schatzes an ihrer Stelle."

„O N'kema-M'bili!" erwiderte sie bittend. „Ich tat, was ich tun konnte. Zwei von ihnen habe ich ein wenig gewürgt, so daß sie zu Tode erschraken, aber sie fürchteten ihren großen Ju-ju und sagten mir nichts. Dieser Häuptling N'gama ist der größte Feigling. Wenn er mich zur Frau genommen hätte, wäre es mir wohl gelungen, ihn zum Geständnis zu bringen. Ich will ihn wieder fragen, und wenn er mich nicht zur Frau nehmen will, gehe ich zu Bosambo und erzähle ihm von diesem Schatz, denn ich glaube, N'gama weiß, woher der kleine gelbe Becher stammt."

Diese Worte entsprachen der Wahrheit. In N'gamas Hütte befand sich eine Schale von wunderbarer Arbeit. Kluge Leute hielten das Metall, aus dem sie gefertigt war, für Gold; aber niemand war klug genug, zu vermuten, wo N'gama sie gefunden hatte. N'saki vermutete das Richtige.

„Ich finde schon einen Weg, ihn zum Sprechen zu bringen", sagte sie für sich.

Und schließlich sollte ihr das auch mit Hilfe zweier Männer gelingen. Der eine stammte aus Senegal, der andere von der Kruküste. Sie hatten beide in New York gelebt und waren vor kurzer Zeit in das Gebiet des Großen Stromes gekommen.

Der eine, der aus Dakar kam, hieß Fendi. Er hatte eine fast schwarze Körperfarbe wie ein Nubier und fiel schon dadurch unter den braunen Eingeborenen am Strom auf. Die französischen Behörden liebten Fendi nicht, der drei Sprachen fließend beherrschte, und da die Franzosen das Gebiet am Senegal zu ihrem Kolonialreich zählen, war das nicht ohne Bedeutung. Es war ihnen unangenehm, daß er Einfluß hatte und daß seine Geldmittel ihm erlaubten, ein luxuriöses Leben zu führen. Aber am meisten ärgerten sie sich darüber, daß er mit der westlichen Zivilisation in Berührung gekommen war. Fendi war schon in Frankreich gewesen und hatte als Boxer sowohl in Paris als auch in New York im Ring gekämpft. Aus Nordamerika hatte ihn die Einwanderungsbehörde ausgewiesen, weil er sich verschiedenes hatte zuschulden kommen lassen. Er war Mitglied einer berüchtigten Verbrecherbande geworden, und nach einem Feuergefecht hatte man ihn ins Hospital und von da auf einen Dampfer gebracht.

„Wenn du Nigger noch einmal versuchen solltest, in die Staaten zu kommen, sollst du was erleben", sagte der Beamte beim Abschied warnend.

„Ich wäre sicher nicht der erste, den man heimlich niederknallen würde!" erwiderte Fendi höhnisch.

Er besaß so viel Geld, daß er den Rest seines Lebens in Wohlhabenheit und Luxus am Großen Strom hätte zubringen können.

Gleichzeitig mit ihm wurde ein Dr. Seluki ausgewiesen, der in Liberia geboren war und in Amerika für eine große Summe den Doktortitel erworben hatte.

Nachdem die beiden in der französischen Kolonie verschiedene Reisen gemacht hatten, ließen sie sich mit anderen unliebsamen Elementen in Dakar nieder. In dem kleinen Hotel, in dem sie wohnten, trafen sie auch einen christlichen Eingeborenen, der in Amerika erzogen worden war und früher in der Mission gearbeitet hatte. Wegen Unterschlagungen war er aber entlassen worden. Dieser Mann erzählte ihnen von dem Gebiet am Großen Strom, wo man herrlich leben könne. Er kannte Bosambo und sprach auch von dem großen portugiesischen Schatz.

Fendi hörte fasziniert zu. Seluki hatte schon früher von all diesen Dingen erfahren.

Vier Wochen später kamen die beiden mit dem Postdampfer an der Mündung des Großen Stromes an.

„Sie müssen als Eingeborene zum Amtmann gehen", hatte ihnen der Christ geraten. „Wenn Sie in europäischer Kleidung kommen und englisch sprechen, wirft Sanders Sie sofort hinaus. Auch hat es keinen Zweck, als Christen oder Missionsleute aufzutreten und davon zu sprechen, daß Sie bekehrt worden seien. Sanders kann die Hallelujaniggers unter keinen Umständen leiden. Wenn Sie aber als bescheidene Eingeborene auftreten, behandelt er Sie freundlich."

Seluki, der das Bomongo fließend beherrschte, sprach für beide, als sie vor Sanders standen.

„O Herr", sagte er, „wir wollen unseren Vetter Bosambo besuchen."

Der Amtmann betrachtete sie mit einem kalten Blick, doch etwas nachdenklich.

„Du kommst aus Liberia, und dieser Mann hier stammt aus Senegal", erwiderte er.

Fendi war außer sich, denn er erlebte zum erstenmal, daß ein weißer Mann die verschiedenen Stämme sofort unterscheiden konnte.

„Ich will vor allem hören, warum ihr zu den Ochori gehen wollt. Es kam schon einmal ein armer Verwandter Bosambos hierher, um ihn zu besuchen, und nachher gab es Schwierigkeiten. Denn Bosambo ist nicht so reich, daß er jedem Menschen Almosen schenken kann."

„O Herr, wir sind nicht arm", entgegnete Seluki eifrig. „Ich habe einen Sack voll Silber und auch ein Geldbuch."

Er zeigte dem Amtmann einen großen Beutel, der eine hübsche Summe enthielt. Die drei Kisten, die sie mit an Land gebracht hatten, wurden nicht geöffnet.

„Zieht in Frieden nach Norden", sagte Sanders. „Aber ihr geht in ein wildes, unzivilisiertes Land, in dem viele schlechte

Menschen leben. Ihr dürft mir keinen Vorwurf machen, wenn ihr das Geld in der Nacht verliert."

Fendi mußte lächeln.

*

Sie mieteten Leute, die sie von Chubiri den Strom hinaufruderten, aber schon lange bevor sie zu dem Land der Ochori kamen, wußte Bosambo von ihrem Kommen. Sanders hatte ihn durch eine Taubenpost darauf aufmerksam gemacht.

Die lange Reise den Strom hinauf war in einer Beziehung von Nutzen. Fendi besaß wie alle Eingeborenen an der Küste eine geringe Kenntnis fast aller Dialekte, die am Großen Strom gesprochen wurden, und als sie ins Ochoriland kamen, beherrschte er die Bomongosprache fließend. Das Gebiet machte keinen großen Eindruck auf ihn.

„Dieses Land liegt ja direkt drei Meilen hinter dem Mond", beklagte er sich. „Hier kann man doch kein Geld verdienen. Die Leute haben ja nicht einmal ein paar Cents. Seluki, Sie haben mich hinters Licht geführt."

„Bis jetzt haben Sie doch noch gar nichts von den Schätzen gesehen!"

„Es ist mir aufgefallen, daß es außer den Gewehren der Soldaten hier keine Schießwaffen gibt", sagte Fendi einen Tag vor ihrer Ankunft im Ochoriland zu Seluki.

Dieser erklärte ihm, daß keine Feuerwaffen eingeführt werden dürften.

„Das weiß ich", erwiderte Fendi. „Aber gerade deshalb könnte man doch ein gutes Geschäft machen, wenn man hier Gewehre und Revolver verkaufte."

Bosambos große, kräftige Gestalt machte Eindruck auf ihn, aber er ärgerte sich über den Stolz des Mannes.

„Ich sehe dich", begrüßte der Oberhäuptling der Ochori seinen Landsmann aus Liberia freundlich. „Ich sehe dich, aber ich kenne dich nicht, und ich kann dir nichts geben. Wenn du die Nacht hier geschlafen hast, sollst du mit deinen Ruderern in deine Heimat zurückkehren. Wer bin ich denn, daß ich hungrige Leute aus Liberia durchfüttern könnte?"

„O Bosambo", erwiderte Seluki schnell, „ich will dich um nichts bitten; ich kann dir etwas geben."

Er klatschte in die Hände, und einer seiner Leute brachte den Sack mit Silbergeld. Er öffnete ihn sorgsam, und Bosambo blinzelte mit den Augen, als er das Silber sah.

„Jetzt sehe ich, daß du mein Freund bist", erklärte er begeistert. „Nun sage mir, mein Bruder, ob Sandi weiß, daß du mir diesen großen Schatz schenken willst?"

Seluki war über diese Worte nicht erfreut und schluckte: „Sandi weiß, daß das Geld in meinem Besitz ist", sagte er. „Aber niemand weiß, daß ich es dir schenken will, denn es gehört mir. Trotzdem sollst du so viel nehmen, wie du in deinen beiden Händen halten kannst."

Bosambo sprang sofort auf und wollte schon zugreifen, aber plötzlich hielt er ein.

„Ich will erst in meiner Hütte zu Allah beten, denn ich bin ein Anhänger des wahren Glaubens, Seluki. Ich werde den Propheten darum bitten, daß er mich leitet."

Es dauerte einige Zeit, bis er zurückkam, aber dann ging er sofort auf den großen Sack zu und fuhr mit beiden Händen hinein, aber nicht nur mit ihnen, sondern auch mit seinen Unterarmen bis zu den Ellenbogen. Fendi hielt den Atem an, als er sah, wieviel Geldstücke der Häuptling nahm. Aus irgendeinem merkwürdigen Grunde blieb das Geld nicht nur in seinen Händen, sondern auch an seinen Armen hängen.

„O ko!" sagte Seluki mißgestimmt.

Bosambo aber kehrte sofort zu seiner Hütte zurück, wo er das Silbergeld gut verwahrte. Dann wusch er den Gummisaft ab, mit dem er seine Arme beschmiert hatte, und als er wieder erschien, war er in der besten Laune.

„Du sollst in meiner schönsten Hütte schlafen, und heute abend werde ich einen großen Tanz für dich abhalten. Morgen früh sollt ihr beim Palaver zu meiner Rechten und zu meiner Linken sitzen, und die Einwohner des Landes sollen euch gebührend ehren. Den Beutel mit Silbergeld will ich an einem sicheren Platz verwahren."

„Ich glaube, er ist am besten in meiner eigenen Hütte aufgehoben", sagte Seluki mit einer gewissen Schärfe in der Stimme.

Am Abend fand ein großer Tanz zu Ehren der beiden Gäste statt, an dem auch noch zwei andere Fremde als Zuschauer teilnahmen. N'saki hatte eine lange Reise zur Stadt der Ochori gemacht, weil sie mit Bosambo ein Palaver über einen gewissen Goldbecher abhalten wollte, der merkwürdige Ornamente trug.

Nach dem Tanz sah Fendi, daß sich ein hübsches Mädchen den Zuschauern näherte. Er war ein eitler Mann und dachte, sie käme seinetwegen. Er trennte sich deshalb einen Augenblick von den anderen, als alle Augen auf den Tanz gerichtet waren, und trat zu ihr.

„O Frau, ich bin der Mann, den du suchst."

Hierin irrte er sich; aber N'saki war eine kluge Frau und kannte ihn. Es hatte sich schon das Gerücht verbreitet, daß er reich und mächtig sei.

„In der Nacht werde ich in der kleinen Hütte sein, die der Häuptling für mich hat bauen lassen", sagte er. „Dort wollen wir zusammenkommen, und ich will dir von fremden Ländern und Völkern erzählen wie kein anderer."

Zum Zeichen ihres Einverständnisses schüttelte sie den Kopf, und später ging sie zu ihm und erzählte ihm auch von N'gama und dem kleinen goldenen Becher ...

Drei Tage später nahm er aus einer seiner Kisten ein Bündel, das in Tuch eingewickelt war. Vier Browningpistolen lagen darin. Er schützte vor, daß er mit Seluki und drei Trägern auf einen Jagdausflug gehen wollte. Die Träger sollten in der Nähe von N'gamas Dorf zurückgeschickt werden, aber vorher ereignete sich ein unglücklicher Zufall. Einer der Leute war ein Späher Bosambos, der seinen Herrn fortlaufend Nachrichten über das Verhalten der Fremden sandte. Er war auch sehr neugierig und hätte gern gewußt, was die kleinen Beutel enthielten, die die beiden Abenteurer auf dem Rücken trugen.

Während der Nacht öffnete er einen und entdeckte die Browningpistolen und die dazugehörige Munition. Nachdem er das erfahren hatte, beriet er sich mit seinen Landsleuten.

„O ko“, sagte er, „diese Männer tragen die kleinen Gewehre bei sich, die ha-ha sagen. Bosambo muß das wissen.“

Während sie noch darüber sprachen und am Feuer kauerten, rollte sich Fendi auf dem Boden zu seinem Begleiter zurück und weckte ihn.

„Diese Nigger haben die Browningpistolen gesehen – wir müssen sie beiseite schaffen.“

Am nächsten Morgen erschossen Seluki und Fendi zwei Träger hinterrücks. Sie wußten überhaupt nicht, was ihnen geschah. Der dritte war der Spion Bosambos, und es gelang ihm, zu entkommen. Erst nach einer langen Verfolgung und Schießerei konnte ihn Seluki am Ufer des kleinen Flusses B'sini niederstrecken. Der Mann fiel ins Wasser, und die Fluten färbten sich rot.

Sie eilten nun zum Lagerplatz zurück und versteckten die Leichen der beiden Träger.

„Wenn uns das Weibsstück nicht verrät, können wir das Land verlassen, bevor etwas herauskommt. Die französische Grenze liegt fünfundzwanzig Meilen weiter nördlich, und ich bin doch französischer Untertan!“

N'saki wartete tatsächlich auf sie, und zwar eine Stunde Wegs von der Stelle entfernt, wo sie die Träger erschossen hatten. Neben ihr stand ihr großer, stattlicher Liebhaber, stützte sich auf seinen Speer und sagte nichts. – Aber über die ersten Worte der Frau waren die beiden entsetzt.

„Zeigt mir doch eure kleinen, kleinen Gewehre, mit denen ihr Bosambos Leute niedergeschossen habt“, sagte sie.

Fendi, der eitel war, zeigte ihr seine Browningpistole. Zu seinem größten Erstaunen nahm sie ihm die Waffe aus der Hand, und er sah, daß sie gut damit umgehen konnte.

„Ich habe diese Waffen schon früher gesehen", erklärte sie. „Einer von Sandis Soldaten war einmal eine Woche lang mein Liebhaber, und er zeigte mir all diese Geheimnisse."

Sie drückte den Sicherheitshebel zur Seite, entfernte das Magazin mit den Patronen und brachte es wieder an seine Stelle, bevor sie die Pistole zurückgab. Und dann sprach sie über ihren einfachen Plan.

Bei Neumond gingen N'gama und die beiden anderen Hüter des Schatzes in den Wald. Sie stießen Flüche aus, damit die Leute, die sie verfolgten oder ihnen auflauerten, mit Blindheit geschlagen würden. Auch sollten sie von großen schrecklichen Ungeheuern gefressen werden.

„N'gama geht noch in dieser Nacht in den Wald", sagte sie. „Wir wollen hier ruhen und warten, bis die Bäume ihre Zweige zur Erde senken und schlafen gehen. Dann werde ich euch den Weg zeigen."

Als die Sonne unterging, und die Schatten der Bäume größer und länger wurden, gingen sie voraus. Bald brach die Nacht herein, und der Neumond war aufgegangen, als sie an ihrem Ziel anlangten. Sie kauerten sich in der Nähe des Waldpfades nieder, den N'gama und die beiden anderen entlangkommen mußten.

Pünktlich auf die Minute tauchten drei Gestalten aus dem Dunkel auf und verschwanden wieder. N'saki und die beiden Fremden folgten ihnen geräuschlos. Eine ganze Stunde lang gingen sie weiter, bis sie an einen kleinen Hügel kamen, an dem drei Bäume standen. Am Fuße hielten N'gama und seine beiden Gefährten an und verrichteten geheimnisvolle Riten. Sie wären auch wieder fortgegangen, wenn nicht Fendi und seine Begleiter ihnen in den Weg getreten wären.

„Nun sagt mir", begann Fendi, als die drei alten Leute gefesselt waren, „wo all diese schönen Schätze verborgen sind."

Er folterte sie die ganze Nacht auf die verschiedensten Methoden. Einer der Männer starb, aber die beiden anderen schwiegen und verrieten nichts.

„Wir müssen von ihnen ablassen, damit sie sich erholen", sagte Fendi zu Seluki. „Vielleicht verrät einer von ihnen heute abend das Geheimnis."

„Was wollen wir aber mit der Frau machen?" fragte Seluki auf englisch.

Fendi sah über die Schulter zu ihr und ihrem Liebhaber hinüber.

„Die müssen auch ins Gras beißen."

Es dauerte aber noch drei Tage, bevor der letzte Überlebende der drei Hüter des Schatzes das Geheimnis preisgab. Dann gruben Fendi und seine Begleiter sechs Stunden lang ein Loch in die Erde und entdeckten die Schätze eines vergessenen afrikanischen Klosters, das von portugiesischen Seeräubern geplündert worden war. Sie fanden Schalen, Kelche, goldene Gefäße und mehrere Säcke voll Goldmünzen.

Der Liebhaber der Frau half nicht beim Graben, aber er trug die Schätze zu dem Fluß hinunter, der in französisches Gebiet ging. Er ließ sich auch herbei, ein großes Kanu in einem Dorf oberhalb des Flusses zu stehlen, und sie luden alle Schätze in das Boot.

„Jetzt ist alles in bester Ordnung", sagte N'saki. „Ich will euch eine Insel zeigen, wo wir uns verstecken können."

„Das wollen wir tun", erwiderte Fendi. „Aber erst gehen wir noch einmal zurück und sehen nach, ob wir nicht etwas zurückgelassen haben." – Die vier gingen zu der Grube zurück.

„O Mann", sagte Fendi zu N'sakis Liebhaber und packte heimlich seine Pistole, „sieh gut nach, ob wir nicht noch irgendein Stück vergessen haben."

Der Eingeborene neigte sich weit über den Rand, und in diesem Augenblick erschoß ihn Fendi von hinten. Als er sich dann umwandte, um auch die Frau zu töten, war sie verschwunden. Er sah nur noch, daß sich Gräser und Zweige bewegten, und feuerte zweimal in die Richtung. Als er dann hineilte, war sie nicht da, und sie konnten sie auch nirgends finden.

„Das ist allerdings sehr unangenehm", meinte Fendi. „Wir müssen sie auf jeden Fall abfassen, bevor sie den Fluß erreicht."

Als er seinen Rucksack öffnete, machte er eine unliebsame Entdeckung.

„Wo ist denn der vierte Browning?" fragte er, und eine unheimliche Ahnung stieg in ihm auf. Er mußte an den Liebhaber N'sakis denken, der ihr den Gebrauch der Waffe erklärt hatte.

Wieder ging er zu der Stelle, wo sie verschwunden war. Seluki folgte ihm auf den Fersen.

„Ich sehe euch!" hörten sie plötzlich eine harte Frauenstimme.

N'saki stand so dicht neben ihnen, daß sie nicht fehlen konnte ...

*

Sanders erhielt eine Nachricht durch Taubenpost. Bones wurde daraufhin mitten in der Nacht geweckt und mit der ‚Zaire' und zwanzig Soldaten stromauf geschickt. Tag und Nacht war er unterwegs und machte nur an den Plätzen halt, wo Feuerholz gestapelt lag. Schließlich kam er zur Stadt der Ochori, wo Bosambo schon auf ihn wartete. Der Häuptling machte ein sehr ernstes Gesicht.

„Mein Herr Tibbetti, es sind Feuerwaffen im Lande", sagte er. „Die beiden Männer, die ihr nach oben geschickt habt, suchten nach dem Schatz und erschossen meine Leute. Und da Sandi uns geboten hat, nicht gegen Leute mit Feuerwaffen zu kämpfen, habe ich die Botschaft gesandt und gebeten, daß du zu uns heraufkommen solltest."

Zwei Regimenter Speerleute standen zum Aufbruch bereit, und Bosambo marschierte neben Bones durch die Wälder der Ochori, bis sie zu dem Dorf N'gamas kamen. Aber N'gama war nicht mehr dort. Als man die Gegend absuchte, fand man seine Leiche, und Leutnant Tibbetts ließ sich zu der Stelle führen. Sie sahen, daß dort die Erde aufgegraben war.

„Laß deine jungen Männer mit ihren Speeren weitergraben“, sagte Bones.

Nach kurzer Zeit fanden sie Fendi und seinen Freund, aber sonst nichts.

„Die beiden sind erschossen worden“, sagte Bosambo. „Hier sind die kleinen Feuerwaffen.“

Vier Browningpistolen wurden in der Grube entdeckt. N'saki hatte keine weitere Verwendung dafür, denn sie ruderte in einem schwerbeladenen Boot nach der französischen Grenze und sang ein Lied über ihren toten Liebhaber und die Schätze, die ihr viele neue Liebhaber zuführen würden.

## XI

## Das Geschenk

D'mini, das Tanzmädchen, machte viele Leute glücklich. Durch ihre Kunst erfreute sie den alten König, der jenseits der Geisterberge herrschte. Abends saß er vor seiner schönen großen Hütte bei einem hellen Feuer und nickte schläfrig ein. Aber es bedeutete Tod für seine Führer und Unterhäuptlinge, ja selbst für seine Frauen, wenn sie wagten, zu niesen. Noch schwerere Strafen trafen eine Tänzerin, die nicht tanzte, wenn er plötzlich aufwachte. So war denn D'mini gezwungen, den ganzen Abend unaufhörlich zu tanzen, bis sie fast atemlos zusammenbrach.

Sie schenkte sich M'suru, dem Heerführer des alten Königs, der stolz, hartherzig und eitel war. Er nahm alles, was sie ihm geben konnte, und zeigte ihr dann sein breites Jagdschwert mit der scharfen Spitze. Gleichzeitig sagte er ihr, was passieren würde, wenn sie von ihrer Freundschaft zu anderen Leuten spräche. Felle und Ebenholz, die sie als Belohnung erhielt, schenkte sie einer alten Frau, die sich um sie kümmerte und die sie für ihre Mutter hielt. Und diese Frau erzählte ihr dafür wunderbare Geschichten, von denen sie träumen konnte.

Ausgestreckt auf ihr weiches Lager, lauschte D'mini mit geschlossenen Augen ...

„... cala-cala, vor unendlich langer Zeit kam der weiße König über die Geisterberge, und mit ihm kam ein großer, schlanker Häuptling, der ein glänzendes Auge hatte. Ihn nannten die Leute Tibbetti, und selbst der alte König fürchtete ihn. Und im Lande des weißen Königs, den sie Sandi nennen, herrscht ein mildes und freundliches Regiment. Der König gestattet nicht, daß eine Frau geschlagen oder ein Mann während der Nachtzeit heimlich ermordet wird ... und der große, schlanke Häuptling mit dem glänzenden Auge ist sein Sohn, und er ist sehr schön – das heißt, so schön, wie weiße Menschen überhaupt sein können – und er ist sehr lieb und gut zu Frauen ..."

D'mini träumte gern, weil die rauhe Wirklichkeit ihr Leben betrübte und verbitterte. Aber sie ertrug alles und dachte im stillen immer an den großen weißen König und seinen schönen Sohn. Einmal wurde der alte König wütend und ließ sie auspeitschen, weil sie zu nachlässig getanzt hatte. Da richtete sie ihre Wünsche und Sehnsucht auf Sandis Sohn, der so gut zu Frauen war.

Eines Tages kam ihr Bruder, der in einem fernen Dorf lebte, zu ihr und sprach harte Worte gegen den alten König. Die Soldaten ergriffen ihn und töteten ihn unter Folterqualen ...

M'suru sprach weder an diesem Abend noch an dem folgenden zu ihr, und als sie vor dem alten König tanzen wollte, wurde sie von seinen Ratgebern fortgeschickt. Da wußte sie, daß sie nicht mehr lange leben würde.

Im Dunkel der Nacht nahm sie ein Boot und ruderte den schnellen Fluß hinunter. Als sie an die Stromschnellen kam, die kein Ruderer passieren kann, stieg sie an Land und wanderte zu Fuß über die hohen Berge, die in den kalten Monaten mit weißem Staub bedeckt sind.

Jenseits breitete sich das Land aus, in dem der weiße König herrschte und sein Sohn mit dem glänzenden Auge, der lieb und gut zu Frauen war . . .

*

„Am Ersten des nächsten Monats, mein lieber, alter Ham und Kamerad", verkündete Bones anscheinend gleichgültig, „ist mein Geburtstag!"

„Wir wollen lieber bei der Sache bleiben und das Unterzeug zählen!" entgegnete Hamilton eisig kühl.

Die beiden saßen in dem drückend heißen Lagerschuppen. Auf langen Bänken und Tischen waren Kleidungs- und Uniformstücke ausgebreitet, die der Truppe ausgegeben werden sollten: Hemden, Khaki-Hosen, Drillichjacken, Stiefel, Tropenhelme, Gamaschen und andere Dinge, die ein Soldat während seiner Dienstzeit benötigt.

Bones seufzte schwer.

„Warum schicken Sie nicht eine Nachricht an die vorgesetzte Behörde und teilen mit, daß wir sie gefunden haben, mein lieber Ham? Wenn wir sagen, daß wir neunundsechzig Paar Unterhosen haben, und der entsetzliche Zahlmeister schreibt, wir hätten nur neunundvierzig, so müssen sich die Leute beim Generalgouvernement doch furchtbar freuen? Wenn ich an ihrer Stelle wäre und erführe, daß jemand zwanzig Paar Unterhosen mehr hat, als er haben sollte, würde ich ihm sofort ein Telegramm schicken: ‚Machen Sie so weiter, mein Lieber.'"

„Sie leichtsinniger Windhund, wir haben doch gar keine überflüssigen Vorräte! Ich bin fest davon überzeugt, daß wir genau die Anzahl von Uniformstücken auf Lager haben, die uns geschickt worden ist. Sie haben einfach nicht richtig nachgezählt oder sonst einen Rechenfehler gemacht –"

Hamilton war mit Recht ungeduldig und aufgebracht.

„Warum machen wir uns dann noch die Mühe, wenn Sie es doch genau wissen?" fragte Bones empört. „Dann ist doch alles gut! Schicken Sie dem alten Inspektor einen Brief: ‚Sehr geehrter Herr, in Beantwortung Ihres letzten Schreibens teile ich Ihnen mit, daß die Anzahl der Unterhosen genau stimmt. Alles ist in bester Ordnung und Gesundheit. Grüßen Sie die liebe Tante, küssen Sie das Baby. Mit herzlichem Gruß Bill.'"

Hamilton setzte sich auf einen Stuhl und trocknete seine schweißbedeckte Stirn.

„Es wäre besser, man bände einen Mühlstein um Ihren Hals und versenkte Sie im Meer, wo es am tiefsten ist!"

Nach langem Suchen fand Hamilton endlich den Fehler. Es war aber keine Kleinigkeit, Bones' unleserliche Berichte in den Büchern durchzustudieren. Es stellte sich heraus, daß Bones die Größe der Beinkleider zu der Anzahl hinzuaddiert hatte.

Obwohl Leutnant Tibbetts am nächsten Tag keinen Geburtstag hatte, fand er doch beim Frühstück einen alten, vertrockneten Kuchen an seinem Platz, den irgendwelche gute Bekannte Hamilton vor einigen Monaten zugeschickt hatten. Sieben große Kerzen brannten darauf.

„Ich habe Ihnen das als Vorfreude geschenkt", erklärte der Captain. „Die Lichter sollen nicht die Anzahl Ihrer Jahre angeben, sondern nur dem Wunsch Ausdruck verleihen, daß Ihnen endlich einmal ein Licht aufgehen soll." Bones war verletzt, nahm den Kuchen und schleuderte ihn in hohem Bogen durch die Tür auf den Exerzierplatz hinaus.

Er blieb sehr schweigsam, und erst als sie am kühlen Abend auf der Veranda saßen und Kaffee tranken, machte er den Mund wieder auf.

„Ich werde jetzt ein neues Leben beginnen, mein lieber alter Ham. Ich werde nicht mehr leichtsinnig und frivol sein. Geben Sie mir nicht recht, Exzellenz?"

„Ich bin vollkommen Ihrer Meinung", sagte Sanders, der an etwas ganz anderes dachte.

„Ich werde mein Banjo und mein Saxophon verbrennen und einen Kurs in Buchführung nehmen. Erst gestern habe ich eine Annonce gelesen, nach der man das ganze Fach in dreizehn Stunden beherrschen kann."

„Das ist aber eine Unglückszahl", bemerkte Hamilton ironisch.

„Von jetzt an wird mein Leben nur noch der Pflicht geweiht sein", entgegnete Bones fest entschlossen. „Ich habe schon einen neuen Lebensplan ausgearbeitet. Hören Sie zu: Von 7–8 schwedische Gymnastik, von 8–9 Militärrecht, von 9–11 Buchführung, von 11–1 Dienst, je nachdem er von meinen Vorgesetzten verlangt wird. Dann folgt eine Pause von einer Stunde für das Mittagessen, aber vielleicht auch weniger. Von 2–4 Strategie und Taktik, von 4–4.30 eine einfache Tasse Tee, bestenfalls eine dünne Schnitte Brot mit Butter. Von 4.30–7 Biologie, Zoologie oder sonst ein allgemein bildendes Fach. Um 8 Uhr unweigerlich Bettruhe."

„Mir wäre es viel lieber, Sie setzten sich ein paar Stunden auf den Hosenboden und lernten einmal richtig und ordentlich schreiben, damit man Ihre unglaubliche Klaue lesen kann!" brummte Hamilton.

„Das werde ich natürlich auch tun", rief Bones. „Das bedeutet dann eben ein paar Stunden weniger Schlaf und ein paar Stunden früher aufstehen. Aber selbstverständlich mache ich das, schon um Ihretwillen, Ham."

Er bückte sich rasch, weil Hamilton ein dickes Buch nach ihm warf.

Einige Tage lang hielt sich Bones mehr oder weniger an das aufgestellte Programm. Jedenfalls blieb er nachmittags von 2 bis 5 unsichtbar. Auch an anderen Stunden des Tages ließ er sich wenig sehen, und zwar gerade dann, wenn Hamilton ihn am meisten brauchte. Aber merkwürdigerweise blieb er ernsthaft dabei, und als Hamilton einmal dazukam, wie Bones freiwillig eine Abteilung Haussas im Bajonettfechten unterrichtete, hatte er tatsächlich den Eindruck, daß ein neuer Lebensabschnitt für Leutnant Tibbetts begonnen hatte.

Aber wie Hamilton einmal richtig bemerkte, änderte sich Bones' Lebensanschauung alle drei Tage, und man konnte nie wissen, was der nächste Morgen bringen würde.

M'suru-B'langa, der Führer des alten Königs, der jenseits der Geisterberge wohnte, kam mit zwanzig Kriegern ins Land der Ochori, denn er verfolgte das Tanzmädchen D'mini. Er kümmerte sich nicht um Grenzen, aber Bosambo achtete scharf auf die Einhaltung der gültigen Gesetze. Mitten im Wald stieß Bosambo mit seinen Jägern auf die Schar und sah den Fremden mit bösen Blicken an.

„O Bosambo, ich sehe dich", sagte M'suru so gleichgültig, als ob er mit einem Gleichgestellten spräche. „Habt ihr hier nicht ein Mädchen gesehen?"

„Wessen Hund bist du eigentlich?" fragte Bosambo von oben herab.

M'suru richtete sich zu seiner vollen Größe auf.

„Ich bin M'suru, der dicht neben dem Thron des großen Königs steht."

Bosambo konnte sehr ironisch und sarkastisch werden.

„O ko, das ist gut, denn jetzt stehst du in der Nähe des Königs der Ochori. M'suru, nur meine Leibgarden dürfen zu mir sprechen mit dem Speer in der Hand."

M'suru zögerte. Er kannte die vielen Gerüchte, die jenseits der Geisterberge über Bosambo umliefen, und er wußte, daß dieser Mann schnell im Töten war und sich weder vor Königen, Geistern noch Teufeln fürchtete. Prüfend glitt sein Blick über die muskulöse Gestalt des Häuptlings, dann legte er langsam den Speer zu seinen Füßen nieder. Seine Leute folgten dem Beispiel ihres Führers.

„Nun sollst du mir sagen, M'suru, warum du mit deinen Speerleuten in mein schönes Land gekommen bist, denn ich will ein Buch machen und es meinem Herrn Sandi schicken. Setze dich nieder!"

M'suru kochte vor Wut, aber er setzte sich. Sonst durfte nur der König seines eigenen Landes zu ihm sagen: ‚Setze dich' oder ‚Stehe auf', und er war ein stolzer Mann.

„D'mini hat böse Worte gegen den König gesprochen, weil er ihren Bruder zu Tode foltern ließ. Auch ist sie eine Hexe, denn wenn sie tanzt, müssen alle Männer tanzen. Deshalb bin ich hergekommen, um sie zu fangen und sie meinem Herrn zurückzubringen, damit er sie tötet."

Bosambo sah den Sprecher lange an, bevor er antwortete. „Wenn du alle Frauen töten willst, die die Männer tanzen lassen, wird die Welt aussterben, denn es wird keine lebendigen Frauen mehr geben", erwiderte er dann trocken. „Gehe zurück in dein Land, M'suru, dieses Gebiet gehört meinem König, der keine Frauen tötet und keine Männer zu Tode foltert. Das Palaver ist aus."

M'suru erhob sich und nahm seinen Speer auf.

„Das will ich tun, Bosambo", sagte er.

Seine Stimme klang fast demütig, und sein Benehmen war gehorsam. Bosambo, der sich von dieser plötzlichen Unterwürfigkeit nicht beeindrucken ließ, hob den Schild bis zum Kinn.

M'suru drehte sich um, und dem Brauche gemäß tat Bosambo dasselbe, denn es ist seit undenklichen Zeiten ein Gesetz, daß Feinde, oder solche, die es vielleicht später werden können, sich gleichzeitig den Rücken kehren müssen, wenn sie im Guten voneinander scheiden.

„Nimm dich in acht", hörte Bosambo plötzlich eine furchterfüllte Frauenstimme aus nächster Nähe. Er fuhr herum und sah, daß M'suru den Speer gegen ihn schleuderte. Mit der Mitte des Schildes fing er ihn auf, und als sich M'suru dann zur Flucht wandte, traf ihn Bosambos Speer zwischen den Schulterblättern, und er starb sofort.

„Verfolgt die Hunde", rief Bosambo seinen Leuten zu, als die anderen im Gebüsch verschwanden. Dann wandte er sich um. „Komme zu mir, o Mädchen", sagte er.

Das hohe Gras bewegte sich, und D'mini, die Tänzerin, kam zum Vorschein.

Sie war sehr schlank und schön und trug weder Kleider noch Gürtel. Ihre Nase war dünn und gerade wie die der Araber, und ihr Haar war schlicht und lang. Mit großen Augen sah sie Bosambo an, ohne sich im geringsten zu fürchten.

„Ich bin D'mini von dem Volk des großen Königs", sagte sie, „und ich suche den schönen, schlanken Sohn deines Königs, der lieb und gut zu Frauen ist und den sie Tibbetti nennen."

Bosambo schaute sie erstaunt an.

„O Mädchen, Tibbetti ist nichts für dich. Aber ich werde ein Buch mit deinen Worten an meinen Herrn Sandi schicken, damit er weiß, was er mit dir tun soll. Später will ich dich in einem Boot zu seinem schönen Haus schicken, damit er über dein Geschick entscheiden kann."

Als Bosambos Leute von der Verfolgung zurückkehrten, konnten sie nur einen blutigen Speer zeigen. Bosambo kehrte nach dem kleinen Dorf der Ochori zurück, das er am Morgen verlassen hatte, und sandte von da aus einen Läufer in seine Hauptstadt. Der Mann trug ein dünnes Blatt Papier, auf das Bosambo die Nachricht geschrieben hatte, und eine Brieftaube brachte die Botschaft zur Mündung des Stroms. Mit knapper Not entrann sie dem Tod, denn sie wurde von einem Habicht verfolgt.

Sanders lag halb schlafend in seinem Korbstuhl, als die Mitteilung ankam. Bald darauf alarmierten laute Trompetensignale die Garnison, denn der Amtmann kannte den großen König, der jenseits der Geisterberge regierte.

Bosambo traf diesmal kein Tadel; er hatte nach den Landesgesetzen gehandelt und M'suru in Selbstverteidigung erschlagen. Aber der große König war ein Fremder und unterstand nicht Sanders' Gerichtsbarkeit. Wenn es Krieg mit ihm gab, so bedeutete das Komplikationen mit anderen europäischen Großmächten. Und der Krieg war unvermeidlich, denn der große König, der der Sage nach älter war als die Welt, verfügte über viele gut ausgebildete Kampftruppen.

„Immer muß durch diese dummen Frauen Krieg kommen!" sagte er ärgerlich. „Schicken Sie Nachricht an Bosambo, daß er mit Bones an der Vereinigung der Flüsse zusammentreffen und D'mini mitbringen soll."

„Wird es sehr schlimm werden?" fragte Hamilton.

„Fünftausend Patronen und zweihundert Schrapnells kostet die Sache. Wir wollen uns nicht verhehlen, daß die Lage ernst ist. Bones soll mit der ‚Wiggle' vorausfahren, wir kommen mit den anderen Truppen nach. Wenn wir gleich zu Anfang unsere ganzen Mannschaften aufmarschieren lassen, schmeicheln wir dem alten Teufel zu sehr." Bones war gerade mit seinen Nachmittagsstudien beschäftigt, hörte die Trompetensignale nicht und wußte nichts von Kriegsgefahr. Er hatte einen Yorkshire-Pudding zu Mittag gegessen, und dieser ist schon in kaltem Klima ein ausgezeichnetes Schlafmittel.

Hamilton fand ihn in seiner Hütte, auf dem Bett ausgestreckt. Bones trug einen purpurroten Schlafanzug, der mit einem gelben Zickzackmuster geschmückt war. Über seinen nackten Füßen lag ein Moskitonetz.

„Stehen Sie auf – gürten Sie Ihre Lenden!" rief Hamilton dem Schläfer zu. – Bones blinzelte.

„Alles in bester Ordnung", sagte er heiser, als er die Füße auf den Boden setzte. „Ich habe tief nachgedacht, mein alter Ham – durchaus nicht geschlafen, nur nachgedacht. Was ist denn eigentlich heute morgen los?"

„Es ist doch schon Nachmittag! Sie müssen sofort zu Sanders kommen."

Verwirrt zog Bones seine Moskitostiefel an.

„Bin stets dienstbereit", sagte er entschlossen. „Man kann ja doch nur einmal sterben. Persönlich wäre es mir allerdings lieber, wenn man es öfter könnte, denn dann würde man sich allmählich daran gewöhnen. Sie müssen wirklich zugeben, daß ich ein kaltblütiger Philosoph bin."

Er verschwand im Nebenraum, und Hamilton hörte, wie er sich wusch und die Zähne putzte. Ein paar Minuten später erschien er, notdürftig bekleidet.

„Entsetzlicher Anblick", erklärte Hamilton. „Wie kann man nur so dürr und knochig sein!"

*

Der alte König hegte einen tiefen Groll gegen Sanders und seine Regierung, und es war schon mehrmals zu blutigen Zusammenstößen zwischen ihnen gekommen. Einmal hätte der Krieg mit der Absetzung des großen Königs geendet, wenn sich nicht verschiedene europäische Mächte eingemischt hätten. Jede Regierung beanspruchte sein Land für sich, und so blieb der alte König unabhängig und wurde von Jahr zu Jahr anmaßender und unverträglicher. Einmal hatte Sanders ihn zu einem Palaver gebeten, um verschiedene Streitpunkte zu besprechen, aber der König mißachtete die Botschaft und schickte erst viel später eine freche Antwort.

Als ihm M'surus Tod gemeldet wurde, verlor er keine Zeit. Innerhalb von achtundvierzig Stunden hatten seine Kriegstrommeln zwei Regimenter Speerleute zu den Waffen gerufen. Sie marschierten zu dem Paß, der über die Geisterberge führt.

Er befand sich in einer unangenehmen Lage. Die nördlichen Ochori waren ihrem Oberhäuptling nicht freundlich gesinnt und standen auf Seiten des alten Königs. Im Laufe der Zeit hatten sich Handelsbeziehungen zwischen den beiden Stämmen angebahnt, und er durfte die Leute nun nicht aufsässig machen.

Ein feindlich gesinntes Volk konnte in der Nähe des Passes gefährlich werden. Er durfte also seine Truppen nicht durch das Ochoriland marschieren lassen, und er kannte die Grenze zwischen dem ihm wohlgesinnten und dem ihm feindlichen Teil der Bevölkerung nicht genau. Seine Regimenter marschierten daher am Fuß der Berge entlang, bis sie an den Großen Strom kamen. Sie umgingen die Stromschnellen und fingen die Boote, die von oben heruntergelassen wurden, unten auf.

Das erste Regiment hatte die Grenze noch nicht überschritten, als Bosambo schon Nachricht von der Annäherung feindlicher Streitkräfte erhielt. Er mußte drei Stunden mit dem Boot fahren, um Bones an der verabredeten Stelle zu treffen, und er wartete bereits an der Vereinigung der beiden Flüsse, als die kleine ‚Wiggle' in Sicht kam.

„Mein Herr Tibbetti, es gibt viel Schwierigkeiten wegen dieses Tanzmädchens", sagte der Häuptling.

Er brachte D'mini mit an Bord. Sie stand zur Seite und wurde von den Soldaten bewacht. Mit dem größten Interesse betrachtete sie den jungen, weißen Offizier, der sich überhaupt nicht um sie kümmerte.

Wenn Bones theoretisch in Taktik und Strategie geprüft wurde, waren seine Kenntnisse nie sehr groß, aber wenn man ihn mitten in die Wirklichkeit stellte, leistete er Hervorragendes. Er gab seine Anordnungen und Befehle kurz und mit großer Bestimmtheit. Bosambo, der gewohnt war, sich nach seinen Worten zu richten, lauschte gespannt und schrieb sich alles auf.

Bones schickte eine Abteilung über den Fluß hinüber, die die Feinde an der Stelle aufhalten sollte, wo der Fluß ein enges Bett hatte. Er ließ auch viele alte Boote mit Ketten zusammenbinden und versperrte damit den Strom. Dann schickte er ein Ochoriregiment mit einer kleinen Truppe Haussasoldaten und mit einem Maschinengewehr zu einer Bodenerhöhung, der einzigen Stelle, an der die Streitkräfte des großen Königs landen konnten.

Der feindliche Befehlshaber war der Häuptling Mofolobo, der Jäger des alten Königs, ein sehr kluger und schlauer Mann, der sich die letzten Befehle seines Herrn wohl gemerkt hatte.

„Schlage die Ochori vernichtend und bringe mir D'mini zurück, bevor Sandi und seine Soldaten kommen. Wenn aber Sandi oder einer seiner Unterführer mit Haussasoldaten bei Bosambo ist, so sollst du sie nicht angreifen. Suche D'mini durch List in deine Gewalt zu bekommen und lasse heimlich den Führer der Weißen ermorden. Dann werden die Herzen der Soldaten wie Wind sein und wie Wasser im Strom. Führe meine Befehle aus, aber es soll niemand wissen, daß dies ein Anschlag des großen Königs ist."

Die Späher Mofolobos kamen in der Nacht zu der Bootssperre und brachten ihrem Führer Nachricht. Daraus ersah er, daß der weiße Mann und seine Soldaten schon den Strom heraufgekommen waren. Er zog also seine Boote zurück und schickte nur ein schnelles Kanu vor, das mit verwegenen Kriegern bemannt war.

Am Abend ließ Bones D'mini kommen. Sie wandte den Blick nicht von ihm, sobald sie in seiner Nähe war, und saß ehrfurchtsvoll vor ihm, hypnotisiert durch die Größe seiner Erscheinung und seiner Macht.

„O D'mini", sagte Bones, „um deinetwillen entbrennt ein großer Krieg, und viele Männer werden sterben."

„O mein Herr, das wird nicht geschehen", erwiderte sie, „denn der alte König sagte oft, daß er seine Krieger nicht gegen deinen König Sandi schicken will, weil er früher viel Verdruß davon gehabt hat. Auch kenne ich das Herz von M'suru." Sie zitterte. „Er war dem König sehr nahe."

Bones sah sie interessiert an.

„Was soll ich mit dir machen?" fragte er. „Du gehörst zu keinem der Völker am Großen Strom."

Sie atmete schnell, und ihre großen Augen leuchteten auf.

„Mein Herr Tibbetti, laß mich deine Dienerin sein. Ich will für dich arbeiten und deinen Garten bestellen."

„Wir wollen morgen weiter darüber sprechen", sagte er und fragte sie noch über den alten König aus.

Bevor die Sonne unterging, verließ er das Schiff, um die Posten zu kontrollieren, und fand, daß Bosambo schon für alles gesorgt hatte.

„Tibbetti", sagte der Häuptling, „ich habe erfahren, daß der alte König nicht gegen dich kämpfen wird, weil du ein weißer Mann bist. Aber er wird versuchen, mit List zu erreichen, was ihm nicht im offenen Kampf glückt. Bringe dein Schiff deshalb nahe ans Ufer, wo meine Soldaten ein Lager aufgeschlagen haben und schlafen. Dann kann dir kein Unheil zustoßen."

Aber Bones lehnte das entschieden ab. Bosambos Soldaten lagen an einer Bucht im Fluß, und er wollte nicht an einer Stelle angegriffen werden, wo er kein freies Schußfeld hatte. Er ließ im Gegenteil die ‚Wiggle' an der Spitze einer Halbinsel vertäuen, und bevor er zu Bett ging, stellte er noch Posten an den markantesten Punkten aus.

„Wo ist denn D'mini?" fragte er Abibu. Er glaubte bestimmt, daß sie an Land gegangen wäre.

„Mein Herr Tibbetti, sie sitzt vor deiner Tür und will nicht fortgehen."

Bones fand sie dort, und auch er konnte sie nicht überreden, ans Ufer zu gehen und dort zu schlafen. Er hätte aber darauf bestanden, wenn sie ihm nicht erklärt hätte, warum sie in der Nähe des Führers bleiben und nicht zu den Soldaten gehen wollte. Schließlich ging er in seine Kabine, und als er die Tür schloß, lehnte sie sich dagegen.

„Verflucht unangenehm", sagte Bones und legte seine beiden Browningpistolen auf den Tisch neben seinem Bett. Dann streckte er sich auf sein Lager aus und war in der nächsten Minute fest eingeschlafen. – Nicht einmal die aufgestellten Posten und Schildwachen hörten oder sahen das dunkle Boot, das im Schatten den Strom herunterkam.

„Das Mädchen kann ich nicht in meine Gewalt bekommen", sagte Mofolobo zu seinem Vertrauten, „aber der junge Mann mit dem glänzenden Auge schläft in der Mitte seines großen Kanus."

Bones schlief friedlich. Es mußte ein leises, kaum wahrnehmbares Geräusch entstanden sein, denn er begann zu träumen. Es war sein Geburtstag. Dieser Tatsache war er sich selbst im Schlaf bewußt. In der Residenz war große Gesellschaft, und alle hatten Geschenke mitgebracht. Aber was für seltsame Leute kamen zu der Feier? Da war der alte Pfarrer von Guildford, sein Hauslehrer und der Feldwebel, der ihn als Kadett in Sandhurst so unverschämt gedrillt hatte. Sie saßen alle rund um den Tisch, und vor jedem lag ein kostbares Geschenk . . . blitzende Diamanten . . .

„An Diamanten liegt mir aber nichts", murmelte Bones und richtete sich plötzlich auf.

Mit Bewußtsein hatte er nichts gehört, aber sein Unterbewußtsein ließ ihn die Gefahr ahnen. Er war sofort vollkommen wach und schlich sich mit der Pistole in der Hand zur Tür. Dann fielen kurz hintereinander zwei Schüsse, und man hörte das Geräusch geschäftiger Ruderer im Wasser.

„Die wollten mir anscheinend ein Geburtstagsgeschenk bringen", sagte Bones und öffnete die Tür. Etwas fiel gegen seine Beine, und als er das Licht andrehte, sah er in die brechenden Augen D'minis, der Tänzerin, die ihm das Leben gerettet hatte.

## XII

## M'gala, der Verfemte

Major Commeder Banks, Generalinspektor der afrikanischen Kolonien, war ein nervöser, aufgeregter Mann. Er war stattlich und breitschultrig und hatte blonde Haare. Wäre er nicht so korpulent gewesen, so hätte man ihn fast mit einem Apollo vergleichen können.

Niemand wußte Genaueres von ihm. Es war nur bekannt, daß er ein großes Vermögen besaß, früher Armeeoffizier gewesen war und viermal geheiratet hatte. Die Leute, die das Unglück hatten, in nähere Berührung mit ihm zu kommen, verstanden sehr gut, daß seine Frauen schnell hintereinander wegstarben. Er war gemein, brutal und hochmütig, und es machte ihm Vergnügen, seinen Untergebenen das Leben zu verbittern.

Als Sanders die Nachricht erhielt, daß Major Commeder Banks zu einer Inspektion kommen würde, machten Bones und Hamilton lange Gesichter, denn der Generalinspektor war sowohl Vorgesetzter der Zivil- als auch der militärischen Beamten.

„Heute abend wollen wir uns aber einmal an die Arbeit

machen und alle Kompanieabrechnungen durchsehen, Bones", sagte Hamilton ernst. „Ich helfe Ihnen, und Sanders stellt Ihnen sicher seinen Schreiber zur Verfügung, wenn Sie ihn darum bitten."

„Überlassen Sie nur alles dem lieben, guten Bones", erwiderte Leutnant Tibbetts, aber seine Worte klangen nicht sehr überzeugend. „Dieser alte, niederträchtige Banks wird mich nicht aus der Fassung bringen, mein alter Ham."

„Aus der Fassung wird er Sie nicht bringen, aber er wird Sie umbringen!"

In der heißen Tropennacht saßen Hamilton und Bones zusammen und versuchten, im Rechnungsbuch Ordnung zu schaffen, und als es schließlich nach unendlicher Mühe gelungen war, bot es einen kläglichen Anblick.

„Es bleibt uns nichts anderes übrig, als ein neues Buch anzulegen. Wir müssen ein paar Schreiber Tag und Nacht an die Arbeit setzen, und wenn der gestrenge Vorgesetzte dann kommt, haben wir nichts zu befürchten."

Aber der gestrenge Vorgesetzte kam einen Tag zu früh. Commeder Banks besaß eine eigene kleine Dampfjacht, und es machte ihm ein besonderes Vergnügen, schon am Dienstag in seinem Amtsbezirk zu erscheinen, wenn man ihn erst am Freitag erwartete. – In seiner Begleitung befand sich eine schlanke, blasse junge Dame mit ängstlichem Gesichtsausdruck.

„Also, Sie sind Hamilton?" sagte er mit lauter Stimme und schüttelte die ausgestreckte Hand des Haussa-Captains nachlässig. „Und das ist Tibbetts?"

„Freue mich, Ihre Bekanntschaft zu machen, mein lieber, alter Inspektor", erwiderte Bones. „Ebenso die Bekanntschaft Ihrer netten, liebenswürdigen Tochter –"

Banks' Gesicht wurde dunkel wie eine Gewitterwolke.

„Das ist meine Frau", sagte er böse. „Und was fällt Ihnen eigentlich ein, mich ‚lieber, alter Inspektor' zu titulieren? Die Disziplin scheint hier ja vollkommen abhanden gekommen zu sein, Sanders!"

„Mr. Sanders", entgegnete der Amtmann ruhig.

Einen Augenblick maßen sie sich. Aber die wässerig-blauen Augen des Inspektors unterlagen den stahlharten Augen von Sanders. Zum erstenmal in seinem Leben fühlte sich Major Banks nicht wohl.

„Emmie", wandte er sich zu der nervösen jungen Dame, „ich möchte dir Mr. Sanders, Tibbetts und Hamilton vorstellen." Dann drehte er sich um und ging vor Sanders die Verandatreppe hinauf.

Das Mittagessen war für alle Beteiligten sehr unangenehm, nur Major Banks machte eine Ausnahme. Er sprach unaufhörlich, unterhielt sich aber niemals mit Bones. Dieser junge Mann hatte ihn offenbar so tief beleidigt, daß er ihm nie verzeihen würde. Und Bones' Lage besserte sich auch nicht, als er seine Aufmerksamkeit Mrs. Banks zuwandte. Sie war in ihrer Weise sehr schön. Sanders hielt sie für vierundzwanzig, tatsächlich war sie aber zwei Jahre jünger und hatte den Major im Alter von achtzehn geheiratet.

„Was Sie sich wirklich ansehen müßten, meine liebe, alte Mrs. Banks, das ist das N'gombigebiet."

„Nennen Sie meine Frau nicht ‚liebe, alte Mrs. Banks', fuhr ihn der Major an, dessen Gesicht sich vor Zorn gerötet hatte. Dann warf er seiner Frau einen bösen Blick zu. „Denkst du noch an den Schlüssel, mein Liebling?" Er suchte in seiner Westentasche und holte einen kleinen Yale-Schlüssel heraus. Die junge Frau schrak davor zurück, als ob er sie ins Gesicht geschlagen hätte, aber er wollte sich ausschütten vor Lachen.

„Sie wissen natürlich nicht, was das zu bedeuten hat", sagte er. „Aber Sie brauchen nicht zu glauben, daß ich meine Frau einschließe, wenn sie unartig ist. Sie weiß sehr gut – fragen Sie sie nur!"

Es trat eine peinliche Stille ein, und Sanders rückte unruhig auf seinem Stuhl hin und her, als der Major seiner Frau mit dem Finger drohte. – „Keinen Flirt, meine liebe Emmie –, denk an die Sache mit Freddie!"

„Ich habe ihm den Schlüssel niemals gegeben", erklärte sie entschieden. „Das weißt du ganz genau."

Er brachte sie durch eine Handbewegung zum Schweigen. Mehr wurde über den geheimnisvollen Schlüssel und seine Geschichte nicht gesprochen, aber es war bezeichnend für den häßlichen Charakter des Majors, daß er den Schlüssel Tag und Nacht bei sich trug und ihn seiner Frau sogar in Gegenwart fremder Leute zeigte, um sie zu demütigen.

Den ganzen Nachmittag prüfte er die Papiere in Sanders' Büro. Er nahm die Berichte, die Sanders selbst geschrieben hatte, Wort für Wort vor und verglich gewisse Zahlen und Steuertabellen mit einem kleinen Buch, das er neben sich liegen hatte.

„Was hat das zu bedeuten?" fragte er plötzlich. „Das scheint doch ein Fehler zu sein. Die N'gombi zahlten doch achtundzwanzigtausend Kilo Gummi, und hier schreiben Sie dreizehn."

„Das sind die Unteren N'gombi", erwiderte der Amtmann kühl. „In einem anderen Bericht werden Sie finden, daß die Oberen N'gombi fünfzehntausend Kilo abgeliefert haben."

Der Major schüttelte den Kopf.

„Viel zu wenig für ein so großes Gebiet", sagte er mißbilligend. „Sie sollten zweimal soviel Abgaben erheben."

„Das ist eine Sache, die Sie mit der Zentralverwaltung abmachen müssen", entgegnete Sanders eisig. „Ich habe nur den Auftrag, achtundzwanzigtausend Kilo einzusammeln. Aber ich werde Ihre Beanstandung notieren und einen Bericht darüber nach London schicken."

„Ich mache durchaus keine Anstände", sagte der Major schnell, denn man hatte ihn vor Sanders gewarnt. Er wußte, daß der Amtmann viele einflußreiche Freunde in England hatte, und in Zukunft enthielt er sich jeder weiteren Kritik. Aber man konnte sofort erkennen, daß er den Widerwillen, den er gegen Bones gefaßt hatte, auch auf Sanders übertrug.

Beim Abendessen war er unausstehlich. Er stritt sich mit

seiner Frau, widersprach Sanders, brachte Hamilton zum Schweigen und versuchte dasselbe bei Bones, aber dieser ließ sich nicht unterdrücken.

„Dieses Gebiet müßte ganz anders organisiert werden! Die ganze Verwaltung taugt nichts!“ schalt er.

„Da haben Sie vollkommen unrecht, mein netter, alter Inspektor“, sagte Bones freundlich. „Sie irren wirklich.“

Banks starrte ihn an, aber Bones wurde nicht im geringsten verlegen.

„Ist es in Ordnung, daß ein Subaltern-Beamter einen hohen Vorgesetzten der Lüge zeiht? Ich sage ausdrücklich – der Lüge?“

„Sie haben vollkommen unrecht, mein lieber, alter Inspektor. Und es ist gut, daß Sie es einsehen. Ich dachte schon eben selbst daran, als Sie unserer netten, alten Exzellenz widersprachen. Es war sehr unangenehm für uns.“

Der Major wußte nicht mehr, was er sagen sollte, und schwieg. Hamilton fürchtete im geheimen für Bones, und seine Besorgnis stieg, als Bones seiner Tischdame eine nette Geschichte erzählte und sie darüber lächelte.

„Emmie, Liebling“, sagte der Inspektor mit unheimlicher Freundlichkeit und zeigte ihr wieder den Schlüssel. „Vergiß es nicht.“

Sanders atmete erlöst auf, als sich der Major und seine Frau zurückzogen. Der schreckliche Abend war vorüber, aber die eigentliche Tragödie sollte erst am nächsten Morgen beginnen.

„Alle Abrechnungsbücher sind mir ins Büro zu bringen“, befahl der Major. „Ich brauche keine Erklärungen und keine Hilfe, denn ich bin vollkommen mit der Materie vertraut. Sanders – Mr. Sanders, können Sie diesen jungen Offizier nicht ein wenig fortschicken? Sie sagten doch gestern abend, daß Sie in der nächsten Zeit ein Palaver am Strom abhalten müßten? Könnten Sie nicht Mr. Tibbetts mitnehmen?“

„Wie lange wird denn die Revision der Rechnungen dauern?“ fragte Sanders erstaunt.

„Eine Woche. Ich will jeden Beleg selbst prüfen und alles

vergleichen. Beschuldigen will ich niemand, aber ich habe Erfahrung in solchen Dingen. Es kommen häufig kleine Unterschleife vor, wenn man nicht gewissenhaft kontrolliert."

„Wollen Sie damit sagen, daß ich mir Unterschlagungen habe zuschulden kommen lassen?" fragte Hamilton.

„Fahren Sie mich nicht so an", erwiderte der Major ärgerlich. „Sie haben doch Schreiber und Unterbeamte, denen so etwas passieren kann. Wenn man seine Leute nicht genügend überwacht, kommen jeden Augenblick Unregelmäßigkeiten vor. Mehr will ich im Moment nicht sagen."

Sanders mußte allerdings ein Palaver abhalten, aber es hätte auch noch einige Wochen verschoben werden können. Unter diesen Umständen teilte er jedoch dem Inspektor mit, daß er am nächsten Morgen mit der ‚Zaire' nach Norden fahren würde.

Der Abend verging mit dem Sammeln der Belege, die sich meistens in Bones' Koffern und in den Ecken seiner Hütte fanden. Auch mußten die Schriftstücke noch nach dem Datum geordnet werden.

Der Generalinspektor war an dem Abend freundlicher als sonst und erzählte Sanders etwas von seinen Vermögensverhältnissen. Er war ungewöhnlich wohlhabend, stark an amerikanischen Erdölfeldern interessiert und besaß ein schönes Haus in Sussex, in dem schon königliche Prinzen gewohnt hatten.

Aus seiner Abneigung gegen Bones machte er kein Hehl und nannte ihn einmal einen unverschämten jungen Dachs. Er hatte einen der eingeborenen Schreiber so lange ausgefragt, bis er von den Schwierigkeiten erfahren hatte, die die beiden Offiziere bei der Durcharbeitung der Rechnungsbücher gehabt hatten. Der Major freute sich schon darüber, daß er Hamilton und Bones hereinlegen konnte.

Sanders war glücklich, als er am nächsten Morgen mit Bones und einem halben Dutzend Haussasoldaten den Strom hinauffahren konnte. An einer verabredeten Stelle kam er mit fünf kleineren Häuptlingen zusammen, um ein wichtiges Palaver über Gebietsgrenzen abzuhalten. Außerdem war noch die Sache mit M'gala zu regeln, und ohne daß er es wußte, war dies der wichtigste Punkt der Besprechung.

M'gala gehörte zu den Unteren N'gombi, aber er war nirgends beliebt. Man konnte auch nicht erwarten, daß jemand Gutes von ihm sprach oder daß ihn die Frauen freundlich ansahen, denn es lastete seit seiner Geburt ein Fluch auf ihm, und er war von Geistern besessen.

Als M'gala eines Nachts schreiend auf die Welt kam, sah der Zauberdoktor Tiki M'simba nach und nach viele böse Geister und Teufel in die Hütte seiner Mutter schleichen, und sie kamen nicht wieder heraus. Ein Mann zweifelte allerdings daran und sagte, daß Tiki M'simba sich nur rächen wolle, weil er einmal mit M'galas Vater einen langen Streit gehabt hätte. Aber ob nun Rachsucht oder wirkliches Hellsehen der Grund für diese Feststellung war, alle Leute bei den Unteren N'gombi glaubten fest daran. Die Mutter haßte ihr Kind, und der Vater setzte es auf einer sandigen Insel aus, wo sich die Krokodile sonnten.

Als aber das erste Krokodil erschien, kam Sanders und streckte das Tier mit einem wohlgezielten Schuß nieder, so daß es vergaß, den Jungen aufzufressen. Sanders nahm den kleinen braunen Kerl an Bord der ‚Zaire' und hielt im nächsten Dorf ein Palaver ab, um herauszufinden, wer seine Eltern seien. Die Entdeckung war nicht schwer, denn M'galas Vater befand sich unter den Zuhörern.

„Mein Herr Sandi, dieses Kind ist voller Teufel", sagte der einfache Mann und erzählte die näheren Umstände bei M'galas Geburt.

Sein Bericht dauerte eine ganze Stunde, aber Sanders lauschte interessiert.

„Ruft Tiki M'simba her", befahl er schließlich, und widerwillig erschien der Zauberdoktor vor ihm. „O Mann", wandte sich Sanders sanft an ihn, „du magst Geister und Teufel und wundervolle Ju-jus sehen, aber sie dürfen keinem lebenden Menschen ein Unheil zufügen."

„O Herr, ich sehe, was ich sehe", erwiderte Tiki M'simba, der sich durch den freundlichen Ton des Amtmanns täuschen ließ.

„Dann wirst du auch fühlen, was du fühlst."

Man band den Zauberdoktor an einen Baum, und der Sergeant Abibu, der einen besonders starken rechten Arm hatte, gab ihm zwanzig Schläge mit der Nilpferdpeitsche, um ihn zu bessern.

Infolgedessen wuchs M'gala in einer ihm feindlichen Umgebung heran. Wenn er Tiki M'simba auf der Dorfstraße begegnete, so sah ihn dieser mit einem schreckenerregenden Blick an. Die kleinen Jungen und Mädchen schlossen ihn von ihrer Gesellschaft aus. Sein Vater baute ihm eine kleine Hütte, die kaum Raum genug für einen Hund bot. Hier mußte M'gala schlafen und essen, denn alle Leute wußten, daß er Unglück brachte und den bösen Blick hatte.

Wenn er längere Zeit auf eine Ziege sah, so starb das Tier. Blieb er vor einem Haus stehen und schaute in das dunkle Innere, so wurden die Frauen oder Kinder in dem Haus krank. Wenn er mit Menschen sprach, so bekamen sie Schmerzen. Einmal sah er zu, wie Männer einen Baum fällten. Plötzlich stürzte der Stamm um und tötete zwei Leute. Die Fischer ließen ihn nicht ans Ufer kommen, weil sie fürchteten, daß er die Fische verscheuchte.

So wuchs er denn schlank und hager heran und wurde schweigsam und in sich gekehrt. Seine Züge verrieten aber mehr Intelligenz als die Gesichter der gewöhnlichen Eingeborenen. Niemand tat ihm etwas, weil man Sanders fürchtete, und beim Volk bildete sich der Aberglaube, daß weder Gift noch Eisenwaffen ihn töten könnten.

Aber als der Junge fünfzehn Jahre alt war, hatte der Zauberdoktor M'simba die Dorfältesten so weit gegen ihn aufgehetzt, daß sie fremde Leute mieteten, die ihn in den N'gombiwald verschleppen und dort umbringen sollten. Die vier Männer machten sich auch auf, um M'gala zu verfolgen, der in den

Wald auf die Jagd gegangen war. Aber später fand man sie von Leoparden zerrissen, obwohl man keine wilden Tiere in der Gegend gesehen hatte und die Jäger auch keine Spuren finden konnten.

M'gala baute sich dann selbst eine Hütte abseits von seinen Stammesangehörigen. Jeden Tag ging er durch das Dorf, ohne nach rechts und nach links zu schauen. Als er einmal in Dornen trat, die jemand in böser Absicht auf seinen Weg gelegt hatte, lehnte er sich gegen eine Hütte, um sie wieder auszuziehen. Ein paar Schritte weiter wiederholte sich dasselbe, und er lehnte sich gegen eine andere Hütte. In der folgenden Nacht brannten die beiden Hütten ab, und das Feuer zerstörte fast das ganze Dorf.

Tiki M'simba rief einen geheimen Rat der Ältesten zusammen, an dem auch der kleine Häuptling teilnahm, der ganz unter seinem Einfluß stand.

„Sandi ist jetzt am Großen Strom und hält Palaver ab. Ich schlage vor, daß einer von uns zu ihm geht und ihm alle die schrecklichen Dinge erzählt. Wir müssen ihn bitten, M'gala von uns zu nehmen, weil er uns nur Unglück bringt."

Sie wählten einen Mann aus, den Sanders gern hatte, und dieser kam zu dem Zusammenfluß der beiden Ströme, wo die ‚Zaire' vor Anker lag. Am Abend ließ ihn der Amtmann zu sich kommen und hörte ihn ruhig an.

Er behandelte solche Fälle stets mit dem größten Ernst, denn er hatte erfahren, daß die großen Dinge manchmal kleine Ursachen haben. Deshalb wurde er nicht ungeduldig über all die vielen Erzählungen von Teufeln und Geistern, sondern er dachte tief darüber nach. Auch Bones zog er zu Rate, der mit den Gebräuchen der Eingeborenen sehr vertraut war.

„Das ist eine merkwürdige Geschichte, liebe, alte Exzellenz. Aber ich habe schon öfter ähnliche Fälle gehabt. Der Aberglaube der Eingeborenen ist wirklich bemerkenswert. Die sonderbare Handlungsweise der Leute läßt sich nur dadurch erklären. Was meinen Sie dazu, wenn ich ihnen einmal eine kleine Vorlesung über Recht und Gesetz halte? Dann könnte ich doch den verrückten Leuten einmal beibringen, was sie tun sollen."

„Ich glaube nicht, daß das viel nützen wird. Die Leute brauchen Hilfe und keine Vorlesungen. Ich werde M'gala holen lassen und ihn zur Residenz mitnehmen. Er scheint ja soweit ein ganz intelligenter Junge zu sein, und ich brauche sowieso einen Boy für das Haus."

„O mein Herr Sandi", warnte ihn der Bote, „dieser Mann bringt allem Unglück, was er berührt. Auch hat er gedroht, daß jeder sterben wird, der ihn schlägt. Und niemand hat gewagt, die Hand gegen ihn zu erheben, weil sie deine Befehle fürchten."

„O ko", erwiderte Sanders, der nun doch ungeduldig wurde. „Lasse mich diesen Wunderknaben einmal sehen. Ein paar Hiebe schaden keinem Menschen."

Er dachte in diesem Augenblick an den Generalinspektor.

Als M'gala das Dorf verließ, kam niemand, um sich von ihm zu verabschieden, denn alle fürchteten, daß ihnen Böses widerfahren würde.

Sanders kam mit der ‚Zaire' zur Residenz zurück, Hamilton erwartete ihn am Ufer mit einem traurigen Gesicht.

„Hier war inzwischen der Teufel los", erzählte er. „Der gemeine Kerl hat die beiden Rechnungsbücher gefunden und mir den Vorwurf gemacht, daß ich die Abrechnungen gefälscht hätte. Er schimpfte furchtbar und hat sich geschworen, Bones den Hals zu brechen. Augenblicklich arbeitet er gerade einen langen Bericht an das Kolonialministerium aus."

„Um was handelt es sich denn?" fragte Bones.

Es war charakteristisch für Hamilton, daß er Bones in dieser Krise mit einem freundlichen Lächeln begrüßte.

„Ich fürchte, es wird fürchterlich für Sie werden", sagte er und erklärte ihm alles.

„Das kann ich doch wieder in Ordnung bringen", meinte Bones leichthin. „Und wenn die Rechnungen um ein paar

Pfund nicht stimmen, dann zahle ich eben den Fehlbetrag aus meiner Tasche darauf."

„Das wird nicht so einfach sein. Es handelt sich um hundertdreiundsechzig Pfund. Ich habe den Inspektor noch nie so vergnügt gesehen, als wie er das heraus hatte!"

Der Major war beim nächsten Frühstück allerdings in der besten Stimmung. Er rieb sich vergnügt die Hände, als er Bones ankommen sah, und Leutnant Tibbetts deutete diese Geste so verkehrt, daß er dem Inspektor auf die Schulter klopfte.

„Was fällt Ihnen denn ein, Sie unverschämter Mensch?" schrie ihn Commeder Banks an. „Sind Sie denn ganz von Sinnen? Was habe ich denn mit einem Verbrecher, wie Sie einer sind, zu tun?"

„Nächstens nennen Sie mich auch noch Räuber und Dieb, mein lieber, alter Inspektor! Sagen Sie, wäre es nicht schön, wenn Mrs. Emmie, Sie und ich einmal zusammen einen Ausflug auf dem Strom machten, um zu angeln?"

Mrs. Bank sah ihn verzweifelt an, aber Bones verstand sie nicht.

Sanders und Hamilton hatten fast eine Stunde zu tun, um Bones von dem Ernst der Lage zu überzeugen.

„Nehmen Sie sich doch endlich zusammen", sagte der Captain ernst. „Wenn Sie sich nicht vorsehen, stellt Sie der Mann noch vor ein Kriegsgericht! Sie wissen doch, daß er den jungen Verney wegen ganz ähnlicher Geschichten degradieren ließ!"

Schließlich dämmerte auch Bones eine Ahnung von der Gefahr auf.

„Aber er meint es doch nicht im Ernst, mein alter Kamerad. Ich steh' doch so gut mit seiner Frau."

Hamilton stöhnte und seufzte.

Der Major arbeitete den ganzen Vormittag an seinem Bericht. Vor dem Mittagessen setzte er sich in einen Korbsessel auf der Veranda und ließ sich einen Whisky-Soda bringen, weil er durstig war.

Sanders sah, wie der neue Boy vorsichtig die Stufen zur Veranda emporstieg und das Tablett in den Händen balancierte. Er dachte gerade, daß es doch sehr unvernünftig von dem Koch war, diesen ungewandten Jungen zu schicken, als er einen Schlag hörte. M'gala war mit dem Tablett und den Gläsern zu Boden gefallen.

„Du abscheulicher Lümmel!“ brüllte der Major.

M'gala erhob sich langsam. Er war noch niemals geschlagen worden, und in seinen Augen glühte ein düsteres Feuer, als er die Treppe hinunterging und um die Ecke des Hauses verschwand. Der Major wischte mit dem Taschentuch seine Beinkleider ab.

„Was haben Sie denn da für einen albernen Menschen“, sagte er böse.

„Er ist noch ganz fremd hier. Ich habe ihn erst heute morgen aus dem Innern mitgebracht.“

„Wirklich ein ungebildeter, rüpelhafter Kerl. Er legte die Hand auf meine Schulter, als er mir das Glas reichte.“

„Ach so!“ sagte Sanders, und plötzlich fielen ihm die Geschichten ein, die man ihm von M'gala erzählt hatte.

„Dem jungen Windhund, der hier bei Ihnen ist, breche ich das Genick“, fuhr Major Banks fort und freute sich, daß er wieder über dieses angenehme Thema sprechen konnte. „Ich weiß nicht, wie weit Sie für derartige Dinge verantwortlich sind, das kann ja der Generalgouverneur der Kolonien entscheiden. Die Abrechnungen von Leutnant Tibbetts sind jedenfalls in einem fürchterlichen Zustand. Ich habe einen Fehlbetrag von hundertdreiundsechzig Pfund feststellen können – Emmie, komm hierher.“ Die letzten Worte hatte er laut und scharf gesprochen.

Die junge Frau erhob sich und kam vom anderen Ende der Veranda herüber. Sanders sah, daß sie etwas auf dem Rücken hielt.

„Was ist das für ein Brief, den du eben gelesen hast?“ fragte der Major.

Sie wurde noch bleicher.

„Heute morgen ist doch keine Post gekommen?"
Sie schüttelte den Kopf.
„Ist der Brief von jemand, den du schätzt? Laß mich ihn einmal sehen."
Selbst Sanders, der doch eine gute Beobachtungsgabe besaß, hatte nicht gemerkt, daß sie in ihrem Stuhl gelesen hatte.
„Zeige mir den Brief!"
Die Röte kam allmählich wieder in ihre Wangen.
„Nein, das tue ich nicht", erklärte sie trotzig. „Der Brief ist von einem Freund."
Der Major grinste.
„Wohl von Freddie?"
„Ja!"
Er grinste noch gemeiner.
„Nach dem Essen sprechen wir darüber. Was hat denn Freddie an dich zu schreiben?"
Er suchte in seiner Westentasche nach dem Schlüssel, aber als er ihn hervorzog, riß sie ihn aus seiner Hand und warf ihn über das Geländer.
„Ich lasse mir das nicht länger gefallen! Freddie bedeutet mir alles – so, nun habe ich es dir gesagt!"
Sie wandte sich schnell um und ging ins Haus. Der Major saß bestürzt in seinem Sessel, und als er sich erheben wollte, fiel er wieder zurück.
„Donnerwetter, das war ein starkes Stück!" brachte er schließlich hervor. Seine Stimme verriet deutlich genug, welchen Eindruck das Verhalten seiner Frau auf ihn gemacht hatte. Sie war die erste, die es wagte, ihm Widerstand entgegenzusetzen.
„Dieser Tibbetts – Sie nennen ihn ja immer Bones – ist verantwortlich für die Geschichte. Er hat ihr dumme Gedanken in den Kopf gesetzt!"
In diesem Augenblick kam der Telegrafist auf die Veranda.
„Was wollen Sie?" schrie ihn der Major an.
Der Mann überreichte ihm ein Telegramm.

Banks las es, und seine Züge verzerrten sich.

„Was soll denn das bedeuten?“ stieß er heiser hervor. „Das ist doch nicht wahr! Lesen Sie, Sanders – lesen Sie!“

Der Amtmann nahm ihm das Telegramm aus der Hand.

„Sehr dringend. Calder drahtet, daß Erdölaktien von siebeneinhalb Dollar auf fünfundsiebzig Cents fielen. Erdölquellen versiegt. Panik am Erdölmarkt. Soll ich Papiere verkaufen oder halten?“

„Mein ganzes Vermögen steckt darin“, rief der Major. „Ich bin ruiniert!“

Sanders sagte nichts, und der Generalinspektor nahm seinen Tropenhut mechanisch auf. Er wankte die Treppe hinunter wie ein alter Mann, ging quer über den Exerzierplatz und verschwand hinter den Hütten der Haussas.

Um vier Uhr nachmittags war er noch nicht wieder zurückgekehrt. Sanders fürchtete, daß Banks ins Wasser gefallen sein könnte, und schickte Leute aus, die das Gelände absuchen sollten.

Man fand ihn im hohen Grase am Ufer. Er lag mit dem Gesicht auf der Erde und hatte einen Revolver in der Hand. In seiner Nähe lag M'gala, auch er war tot. Niemand hatte den Schuß gehört, der den unglücklichen Jungen tötete. Und auch sein Speer, der Banks' Kehle durchschnitten hatte, war geräuschlos durch die Luft geflogen.

ENDE

EDGAR WALLACE

# Sanders vom Strom · Bosambo

EDGAR

# WALLACE

## Afrika-Romane

# Sanders vom Strom

Hesse Becker

August 1986
Gesamtherstellung: Presse-Druck Augsburg
Printed in Germany
ISBN 3-8036-4042-3

## *Inhaltsverzeichnis*

### Sanders vom Strom



### Bosambo

## *Die Erziehung des Häuptlings*

Der Distriktsgouverneur Sanders war in so leichten Etappen zu seiner Stellung in Zentral-Westafrika emporgeklommen, daß er sich nicht mehr gut vorstellen konnte, wann eigentlich seine Bekanntschaft mit dem Hinterland begonnen hatte. Das war lange vor dem Zeitpunkt gewesen, als die britische Regierung Sanders beauftragte, ein wachsames Auge auf ein etwa eine Viertelmillion starkes Kannibalenvolk zu haben, das noch zehn Jahre zuvor den Weißen ungefähr so angesehen hätte wie wir das Einhorn. Sanders war mit den Basuto, den Zulu, den Fingo, den M'Pondo, mit den Matabele, den Mashona, den Barotse und mit den Hottentotten zusammengetroffen. Dann trieben ihn Neugier und wirkliches Interesse west- und nordwärts, wo er auf das Angolavolk stieß; später trieb es ihn zum Kongo, dann zu den Massai, und schließlich kam er auf dem Umweg über das Pygmäenvolk in seinen jetzigen Bezirk.

Zwischen allen diesen Stämmen gibt es feine Unterschiede, Unterschiede, die nur Leute vom Schlage Sanders' kennen. Natürlich ist damit nicht der Unterschied in der Farbe gemeint, obwohl die einen braun und andere gelb sind und einige sehr wenige pechschwarz.

Der Unterschied, der hier gemeint ist, liegt im Charakter. Nach Sanders' Überzeugung konnte man allen Eingeborenen – mit einigen wenigen bemerkenswerten Ausnahmen – in demselben Grade trauen, wie man Kindern traut. Die Zulu waren ganze Kerle, die Basuto ebenfalls, und dennoch waren sie wie Kinder in ihrem ernsten Vertrauen. Die Schwarzen, die den Fez trugen, waren gerissen, jedoch zuverlässig. Aber die bräunlichen Burschen von der Goldküste, die englisch sprachen, europäische Kleider trugen und einander mit Mister anredeten, waren Sanders ein Greuel.

Man hätte von Sanders sagen können, er sei ein Staatsmann. Das soll heißen, daß er, wenn er ein abgestorbenes Blatt am Baume der

Zivilisation bemerkte, es abriß; oder, wenn er ein Unkraut zwischen seinen »Blumen« wuchern sah, dann riß er es ebenfalls aus.

Wenn ein Mann, gleichgültig, ob Häuptling oder Sklave, durch sein schlechtes Beispiel den Frieden des Bezirks störte, dann kam Sanders über ihn. Er regierte ein Volk dreihundert englische Meilen jenseits des Randes der Zivilisation. Zögerndes Handeln oder Aufschub von Bestrafung wäre irrtümlich für Schwäche gehalten worden.

Im Land, das sich an den Grenzen von Togo entlangschlängelt, versteht das Volk unter Bestrafung Schmerzen und Tod; etwas anderes zählt bei ihm nicht.

Da wirkte einst ein naiver Distriktsgouverneur, der vom Humanitätsdusel besessen war; er ging nach Akasava – das ist der Name des Landes – und versuchte es mit moralischer Überredung.

Es handelte sich um einen Raubzug. Akasavaleute waren über den Fluß gewechselt und hatten den Ochori Weiber und Ziegen gestohlen; ich glaube, ein Mann oder zwei waren auch getötet worden, doch das ist ohne Bedeutung. Aber die Ziegen und die Weiber waren am Leben und schrien laut nach Rache. Sie schrien so laut, daß es unten am Hauptsitz des Governments gehört wurde, und Mr. Hübschmann – das ist zwar nicht sein richtiger Name, aber er genügt – ging hinauf, um festzustellen, worüber man lärmte. Er fand das Ochorivolk sehr aufgebracht, aber noch mehr verängstigt.

»Wenn sie uns unsere Ziegen zurückgeben«, meinte ihr Sprecher, »mögen sie die Weiber behalten, denn die Ziegen sind sehr wertvoll.«

Der Distriktsgouverneur Hübschmann hatte also ein langes, ein sehr langes Palaver mit dem Akasavahäuptling und dessen Ratgebern, das Tage und Tage dauerte und in dem schließlich moralische Überredung triumphierte, denn der Häuptling versprach, an einem bestimmten Tag und zu einer bestimmten Stunde, wenn der Mond in einem bestimmten Viertel stände und die Flut eine gewisse Höhe erreicht hätte, die Weiber sowohl wie die Ziegen zurückzugeben.

Überströmend von Bewunderung für sich selbst, kehrte Mr. Hübschmann zum Sitz des Governments zurück und schrieb einen langen Bericht über sein Genie, seine Verwaltungsfähigkeiten und seine Kenntnis der Eingeborenenpsyche, einen Bericht, der später in einem Blaubuch (Afrika 7943–96) veröffentlicht wurde.

Unmittelbar danach ging Mr. Hübschmann auf Urlaub nach England, so daß er die Klagen und das Wehgeheul des Ochorivolkes nicht hörte, als es seine Weiber und seine Ziegen nicht zurückerhielt.

Sanders, der mit zehn Haussasoldaten und einem Malaria-Anfall um den Isisifluß herum zu tun hatte, erhielt die Heliographenbotschaft:

»Gehen Sie nach Akasava und erledigen Sie das verdammte Weiberpalaver.

*Government.*«

Sanders gürtete also seine Hüften, nahm 25 Gran Chinin, verließ sein schönes Stück Arbeit – er war hinter M'Beli, dem Zauberdoktor, her, der seinen Freund vergiftet hatte – und zog quer durch den Busch nach Akasava.

Im Lauf der Zeit kam er dort an und wurde vom Häuptling empfangen.

»Nun, wie steht's mit den Weibern?« fragte er diesen.

»Wir wollen ein Palaver halten«, antwortete der Häuptling. »Ich werde meine Ältesten und Räte zusammenrufen lassen.«

»Nichts rufen lassen!« schnitt Sanders ab. »Schick die Weiber und Ziegen zurück, die du den Ochori gestohlen hast!«

»Herr«, sagte der Häuptling, »bei Vollmond, wie es unsere Sitte ist, wenn die Flut den besten Stand hat und alle Zeichen der Götter und Dämonen günstig sind, werde ich tun, wie du befiehlst.«

»Häuptling!« Sanders tippte mit dem dünnen Ende seines Spazierstocks auf die Ebenholzbrust des anderen – »Mond und Flut, Götter oder Teufel, diese Weiber und Ziegen gehen bei Sonnenuntergang zu den Ochori zurück, oder ich laß dich an einen Baum binden und dir Hiebe geben, bis du blutest.«

»Massa, die Weiber werden zurückgehen.«

»Und die Ziegen?«

»Was die Ziegen anlangt«, meinte der Häuptling heiter, »die sind tot, die wurden für ein Fest geschlachtet.«

»Dann wirst du sie wieder lebendig machen!«

»Herr, glaubst du, daß ich ein Zauberer bin?«

»Ich glaube, daß du ein Lügner bist«, meinte Sanders offen, und damit endete das Palaver.

In dieser Nacht gingen Ziegen und Weiber zu den Ochori zurück, und Sanders machte sich fertig zum Abmarsch. Er nahm den Häuptling beiseite, da er ihn nicht demütigen oder seine Autorität schwächen wollte: »Häuptling, es ist eine lange Reise nach Akasava, und meiner warten viele Aufgaben. Ich wünsche, daß du mir nicht Grund gibst, noch einmal hierher zu kommen.«

»Herr«, sagte der Häuptling der Wahrheit gemäß, »ich wünsche dich nie wiederzusehen.«

Sanders verbarg sein Lächeln, sammelte seine zehn Haussas und ging zum Isisi zurück, um M'Beli aufzustöbern. Das war aus vielen Gründen keine hübsche Streife, und es lag nahe, anzunehmen, daß der Häuptling von Isisi selber der Beschützer des Mörders sei. Eine Bestätigung dieser Ansicht kam eines Morgens, als Sanders am Fluß lagerte und sein Frühstück in Gestalt von Dosenmilch und Toast zu sich nahm. Sato Koto, der Bruder des Häuptlings, kam in trauriger Gemütsverfassung angelaufen, weil er des Häuptlings Zorn zu fürchten hatte. Er stammelte vielerlei Neuigkeiten, an denen Sanders kein Interesse hatte. Aber was er von dem Zauberdoktor sagte, der »im Schatten des Häuptlings lebe«, war in der Tat von Interesse, und Sanders sandte sofort einen Boten zum Government. Das Government schickte im Lauf der Zeit den inzwischen vom Urlaub zurückgekehrten Mr. Hübschmann ab, um den Häuptling von Isisi »moralisch« zu überreden.

Nach den Beweisen, die man auftreiben konnte, ist es augenscheinlich, daß der Häuptling sich nicht in weicher Gemütsverfassung befand, denn es ist eine unbestreitbare Tatsache, daß Mr. Hübschmanns armer Kopf, auf einer Stange vor des Häuptlings Hütte aufgesteckt, dessen hochgehende Gemütswogen verkündete.

Seiner Majestät Schiff »St. George«, S.M.S. »Drossel«, S.M.S. »Nachtigall«, S.M.S. »Phöbe« kamen von Simonstown, und S.M.S. »Zwerg« nahte in fliegender Fahrt von Sierra Leone, und in weniger als einem Monat, nachdem der Häuptling seinen Gast ermordet hatte, wünschte er, er hätte es nicht getan.

Das Hauptquartier sandte Sanders hinauf, um die politische Seite dieses Schlamassels in Ordnung zu bringen. Der Flaggleutnant von »St. George« führte Sanders in den Trümmern herum, die von des Häuptlings Ortschaft übriggeblieben waren.

»Ich fürchte«, sagte dieser Herr entschuldigend, »ich fürchte, Sie werden einen neuen König auszugraben haben; der alte ist nämlich ums Leben gekommen.«

Sanders nickte: »Ich werde deshalb nicht trauern.«

Kandidaten für den freien Posten waren nicht schwer zu finden. Sato Koto, des toten Königs Bruder, drückte seine Bereitwilligkeit, die Sorgen des Amts zu übernehmen, mit empfehlenswerter Schnelligkeit aus.

»Was sagen Sie dazu?« fragte der Admiral, der die Expedition befehligte.

»Ich sage nein«, antwortete Sanders ohne Zögern. »Der Häuptling hat einen Sohn, einen neunjährigen Jungen; die Häuptlingschaft muß ihm gehören. Was Sato Koto anbetrifft, der mag meinetwegen Regent sein.«

Und so geschah es; Sato Koto gab mürrisch seine Zustimmung.

Man fand den neuen Häuptling im Busch verborgen bei den Weibern; er versuchte auszureißen, aber Sanders fing ihn und führte ihn an den Ohren zu der Ortschaft zurück.

»Mein Junge«, sagte er freundlich, »wie heißt du?«

»Peter, Massa, ganz wie ein Weißer«, wimmerte der sich windende Bursche.

»Gut«, meinte Sanders. »Du sollst Häuptling sein, Peter, und sollst dein Land weise und gerecht regieren nach Gesetz und Sitte. Und du sollst keinem wehe tun, über keinen Schande bringen, noch sollst du morden oder rauben, noch irgendeines von jenen Dingen tun, die das Leben lebenswert machen, und wenn du nicht willst, dann gnade dir Gott.«

So wurde Häuptling Peter eingesetzt als Herrscher über das Isisivolk, und Sanders marschierte zum Government zurück mit seiner kleinen Armee Blaujacken und Haussasoldaten.

Die Geschichte von der Einnahme der Isisiortschaft und von der Krönung des jungen »Königs« wurde in den Londoner Zeitungen gebracht und verlor nichts an Romantik dadurch. Sie wurde von den Berichterstattern, die die Expedition begleiteten, so ausgeschlachtet, daß viele alte Damen von Bayswater weinten und viele junge Damen von Mayfair sagten: »Wie süß!« Und das Endresultat der vielen Gemütsbewegungen, die diese Beschreibung entfesselte, war, daß man Miß Clinton Calbraith aus England herübersandte, die Künstlerin und unverantwortlich hübsch war.

Sie kam herüber, um den verwaisten Häuptling zu »bemuttern« und um dessen Führer und Freund zu sein. Sie bezahlte ihre Überfahrt selbst, aber die Bücher, die sie mit herüberbrachte, und die Unterrichtsgegenstände, die zwei große Frachtkisten füllten, waren von den zarten Leserinnen des »Winzigen Schelmes«, einer Zeitschrift für kleine Kinder, gestiftet.

Sanders empfing sie an dem kleinen Landungssteg, neugierig, wie diese weiße Frau wohl aussehe.

Er stellte ihr ein Eingeborenenhaus zur Verfügung und schickte das Weib seines schwarzen Strandwächters zu ihrer Bedienung.

»Und was gedenken Sie nun mit Peter anzufangen, Miß Calbraith?« fragte er beim Abendessen.

Nachdenklich schob sie ihr hübsches Kinn vor. »Wir werden mit den allereinfachsten Lektionen beginnen – dem richtigen Kindergarten – und nach und nach weitergehen. Ich werde ihm rhythmische Gymnastik beibringen, ein wenig Botanik – Sie lachen, Mr. Sanders?«

»Nein, ich lache nicht«, versicherte er. »Ich mache immer so ein Gesicht – um die Abendzeit. Aber sagen Sie mir – sprechen Sie die Eingeborenensprache... Suaheli, Bomongo, Fingi?«

»Das wird schwierig sein«, sagte sie nachdenklich.

»Wollen Sie meinen Rat annehmen?«

»Aber natürlich!«

»Nun, lernen Sie die Sprache!«

Sie nickte.

»Gehen Sie nach Hause und lernen Sie sie!«

Sie runzelte die Stirn.

»Es wird Sie ungefähr fünfundzwanzig Jahre in Anspruch nehmen.«

»Mr. Sanders«, sagte sie nicht ohne Würde, »Sie treiben Scherz mit mir.«

»Der Himmel verhüte, daß ich etwas so Gottloses tue«, sagte Sanders fromm.

Das Ende der Geschichte war, soweit sie Miß Clinton Calbraith betraf, daß diese nach Isisi ging, sich dort drei Tage aufhielt und völlig aufgelöst zurückkam.

»Es ist kein Kind!« rief sie heftig. »Es ist ein kleiner Satan.«

»Das gebe ich zu«, meinte Sanders trocken.

»Ein König! Schändlich! Er lebt in einer Lehmhütte und trägt keine Kleider! Wenn ich das gewußt hätte!«

»Ein Naturkind«, sagte Sanders sanft. »Sie haben doch nicht etwa eine Art Ludwig den Fünfzehnten erwartet, oder doch?«

»Ich weiß nicht, was ich erwartete«, sagte sie verzweifelt. »Aber es war unmöglich, zu bleiben – ganz unmöglich!«

»Augenscheinlich«, murmelte Sanders.

»Natürlich wußte ich, daß er schwarz ist«, fuhr sie fort. »Und ich wußte, daß... Oh, es war zu gräßlich!«

»Tatsache ist also, mein liebes junges Fräulein, Peter war nicht so malerisch, wie Sie sich ihn vorgestellt hatten; er war nicht das sanfte Kind mit flehenden Augen.«

Das war nicht der einzige Versuch, Peter zu erziehen. Monate später, als Miß Calbraith heimgekehrt und eifrig dabei war, ihr berühmtes Buch: »Allein in Afrika, von einer englischen Dame« zu schreiben, hörte Sanders von einem anderen erzieherischen Überfall. Zwei Mitglieder der äthiopischen Mission kamen nach Isisi durch die Hintertür. Die äthiopische Mission besteht aus christlichen Schwarzen, die, ihren Glauben auf die Heilige Schrift stützend, wie sich's gehört, das Evangelium der Gleichheit predigen. Ein schwarzer Mann ist so gut wie ein Weißer an irgendeinem Wochentage und unendlich besser am Sonntag, wenn er ein Glied der reformierten äthiopischen Kirche ist.

Sie kamen nach Isisi und erlangten augenblicklich Volkstümlichkeit, denn die Art Geschwätz war sehr nach dem Geschmack Sato Kotos und der Ratgeber des Häuptlings.

Sanders sandte nach den Missionaren. Der ersten Aufforderung, zu kommen, weigerten sie sich zu gehorchen. Aber sie kamen auf die zweite, denn die Botschaft, die Sanders ihnen schickte, war kurz und bestimmt und unheildrohend zugleich.

Sie kamen zum Government, zwei amerikanische Neger von gutem Benehmen und gewählter Sprache. Sie sprachen ein tadelloses Englisch und waren in jedem Sinne vollkommene Gentlemen.

»Wir verstehen den Tenor Ihres Befehles nicht«, sagte der eine. »Er riecht stark nach Beschneidung der persönlichen Freiheit.«

»Sie werden mich besser verstehen«, meinte Sanders, der seine Pappenheimer kannte, »wenn ich Ihnen sage, daß ich Ihnen nicht erlauben kann, in meinem Bezirk Aufruhr zu predigen.«

»Aufruhr, Mr. Sanders?« antwortete der Neger in verletztem Tone. »Das ist eine schwere Anklage!«

Sanders nahm ein Papier aus dem Fach seines Pults; das Gespräch fand in seinem Amtszimmer statt: »An diesem Tage sagten Sie folgendes und dieses und jenes.«

Mit anderen Worten, er beschuldigte sie, ihr Glaubensbekenntnis von der Gleichheit überschritten und sich einen Einfall in das Grenzland politischer Wühlarbeit angemaßt zu haben.

»Lügen!« sagte der ältere der beiden ohne Zögern.

»Wahrheit oder Lüge, Sie gehen nicht mehr nach Isisi!«

»Wollen Sie, daß die Heiden in der Finsternis bleiben?« fragte der Mann vorwurfsvoll. »Ist das Licht, das wir verbreiten, zu *hell*, Herr?«

»Nein, aber eine Kleinigkeit zu *warm*.«

So beging Sanders den schändlichen Übergriff, die Äthiopier von dem Schauplatz ihrer ernsten Arbeit zu entfernen, weshalb Fragen im Parlament gestellt wurden.

Dann nahm sich der Häuptling der Akasava – ein alter Freund – der Erziehung des Häuptlings Peter an. Akasava grenzte an Peters Land, und der Häuptling kam, um Winke in kriegerischen Angelegenheiten zu geben.

Er kam mit Trommellärm, mit Geschenken an Fischen, Bananen und Salz.

»Du bist ein großer König!« sagte er zu dem Jungen, der auf einem Prunkstuhl saß und ihn offenen Mundes betrachtete. »Wenn du gehst, dann zittert die Welt unter deinem Schritt. Der mächtige Strom, der hinunter zu dem Großen Wasser läuft, teilt sich auf dein Wort, die Bäume des Waldes zittern, und die wilden Tiere schleichen sich in ihre Höhlen, wenn deine Hoheit auf Reisen geht.«

»Oh, ko, ko!« kicherte der junge Häuptling, angenehm berührt.

»Die Weißen fürchten dich«, fuhr der Häuptling der Akasava fort. »Sie zittern und verbergen sich bei deinem Schlachtruf.«

Sato Koto, der an des Häuptlings Seite stand, war ein praktischer Mann.

»Was suchst du, Häuptling?« fragte er, indem er die Schmeicheleien abschnitt.

Da erzählte ihm der Häuptling von einem Land, das, mit Feiglingen bevölkert, reich sei an Schätzen der Erde, an Ziegen und Weibern.

»Warum holst du sie dir nicht selbst?« fragte der Regent.

»Weil ich ein Sklave bin«, entgegnete der Häuptling. »Der Sklave dieses Sanders, der mich prügeln würde. Aber du, Herr, du gehörst zu den Großen! Da du des Königs Minister bist, würde Sandi es nicht wagen, dich zu schlagen, um deiner Größe willen.«

Darauf folgte ein Palaver, das zwei Tage dauerte.

»Ich werde mit Peter etwas tun müssen«, schrieb Sanders verzweifelt an den Gouverneur. »Der kleine Lümmel ist auf dem Kriegspfade gegen die unglücklichen Ochori begriffen. Ich würde mich freuen, wenn Sie mir hundert Soldaten schickten, ein Schnellfeuergeschütz und ein Bündel Rohrstöcke. Ich fürchte, ich muß Peters Erziehung selber in die Hand nehmen.«

»Herr, sprach ich nicht die Wahrheit?« sagte der Akasavahäuptling triumphierend. »Sandi hat nichts unternommen! Siehe, wir haben die Hauptstadt der Ochori verwüstet und ihre Schätze geraubt, und der Weiße ist verstummt vor deiner Größe. Laß uns warten, bis der Mond wieder scheint, und ich will dir eine andere große Stadt zeigen.«

»Du bist ein großer Mann«, blökte der junge Häuptling, »und eines Tages sollst du dein Haus im Schatten meines Königshauses bauen.«

»An diesem Tage«, antwortete der Akasavahäuptling mit rührender Ergebung, »werde ich vor Freude sterben.«

Als der Mond zugenommen und abgenommen hatte und wiedergekommen war wie ein gezeichneter silberner Lichtstreif am östlichen Himmel, hatten sich die Isisikrieger versammelt, bewehrt mit Speer und breitklingigem Schwert, die Leiber bemalt mit Ingolafarbe und mit Lehm im Haar.

Sie tanzten ihren großen Tanz beim Schein eines riesigen Feuers: alle Weiber standen um sie herum und klatschten im Rhythmus mit den Händen.

Mitten dabei waren sie, als ein Bote in seinem Kanu ankam, sich vor dem jungen Häuptling auf die Erde warf und sagte:

»Herr, Sandi ist einen Tagesmarsch von hier. Er hat fünfzig Soldaten mit sich und das Messinggewehr, das spricht: Ha, ha, ha, ha, ha!«

Schweigen regierte im höfischen Kreise, das von der Stimme des Akasavahäuptlings unterbrochen wurde.

»Ich denke, ich mache, daß ich nach Hause komme. Ich fühle, daß eine Krankheit mich überkommen will; außerdem ist jetzt die Zeit, wo meine Ziegen werfen.«

»Hab doch keine Angst!« sagte Sato Koto brutal. »Des Königs Schatten ist über dir, und er ist so mächtig, daß die Erde bei seinem Schritt zittert und die Wasser des Großen Stromes sich teilen, wenn sie seinen Tritt hören, und der Weiße fürchtet ihn auch.«

»Trotzdem«, sagte der Akasavahäuptling etwas aufgeregt. »Ich muß gehen, denn mein jüngster Sohn ist fieberkrank und ruft die ganze Zeit nach mir.«

»Hiergeblieben!« Der Ton des Regenten erlaubte kein Mißverstehen.

Sanders kam weder am nächsten Tage noch am übernächsten. Er bewegte sich langsam, da er eine Gegend durchquerte, wo es viele Mißverständnisse aufzuklären gab. Bei seiner Ankunft sandte er einen Boten voraus, der sein Eintreffen ankündigte; er fand den Ort in friedlicher Geschäftigkeit, die Weiber beim Kornmahlen, die Männer rauchend, während kleine Kinder auf der Straße spielten und sich herumwälzten.

Sanders machte an der äußeren Umfriedung der Stadt auf einem kleinen Hügel halt, von dem aus man die Hauptstraße übersah, und schickte nach dem Regenten.

»Warum muß ich nach dir schicken?« fragte er. »Warum bleibt der Häuptling in der Stadt, wenn ich komme? Das ist eine

Schande!«

»Herr«, meinte Sato Koto, »es gehört sich nicht, daß ein so großer König sich so demütigt.«

Sanders war es weder zum Lachen, noch war er ärgerlich. Er hatte es mit einem aufsässigen Volk zu tun, und sein eigenes feines Empfinden war belanglos, wo der Frieden des Landes in Frage stand. »Mir scheint, der Häuptling hat schlechte Ratgeber gehabt«, sagte er laut vor sich hin, und Sato Koto wand sich vor Verlegenheit.

»Geh jetzt zum Häuptling und sage ihm, er soll kommen – denn ich bin sein Freund.«

Der Regent ging, kam aber ohne Häuptling wieder. »Herr, er will nicht kommen«, sagte er finster.

»Dann werde ich zu ihm gehen.«

»Wozu?« fragte Sato Koto.

»Das wirst du sehen.«

König Peter saß vor seiner Hütte und grüßte den Distriktsgouverneur mit niedergeschlagenen Augen.

Sanders' Soldaten schlossen einen Halbkreis um die Hütte und hielten das Volk zurück.

»Häuptling«, sagte Sanders – er trug in seiner Hand einen Rohrstock von bekanntem Aussehen, und als er sprach, fuchtelte er damit in der Luft herum, daß es einen summenden Laut gab. – »Steh auf!«

Der Häuptling erhob sich widerwillig. Sanders packte ihn beim Kragen.

Sssst!

Der Rohrstock traf ihn höchst schmerzhaft, und er sprang mit einem gellenden Schrei in die Höhe.

Sssst, Sssst, Sssst!

Heulend und tanzend, wild seine Hände bald hierhin, bald dahin ausstreckend, um die Hiebe abzuwehren, stammelte König Peter um Erbarmen.

»Herr!« Sato Koto, das Gesicht entstellt vor Wut, langte nach seinem Speer.

»Erschießt den Kerl, wenn er sich dreinmischt!« rief Sanders, ohne den Häuptling loszulassen.

Der Regent sah die schußfertigen Büchsen und trat hastig zurück.

»Nun«, sagte Sanders, indem er den Stock fortwarf, »wollen wir ein kleines Stück aufführen.«

»Wau, Wau, oh-ko!« stotterte Seine Majestät weinerlich.

»Ich gehe zum Busch zurück«, sagte Sanders. »Nach einer kleinen Weile wird ein Bote zu dir kommen und dir sagen, daß der Distriktsgouverneur auf dem Wege zu dir ist. Hast du verstanden?«

»Yi-hi«, stotterte der Häuptling.

»Dann wirst du mit deinen Ratgebern und Ältesten vor die Stadt gehen und meine Ankunft erwarten, wie das Sitte ist. Ist dir das klar?«

»Ja-aa, Herr!« wimmerte der Junge.

»Gut!« Sanders zog seine Leute zurück.

Nach einer halben Stunde kam ein feierlich aussehender Bote zum Häuptling, und der ganze Hofstaat ging zu dem kleinen Hügel, um den Weißen zu empfangen. Dieses war der Anfang von König Peters Erziehung, denn so wurde ihm Gehorsam beigebracht.

Sanders schlug sein Lager in der Isisistadt auf und hielt Gericht.

»Sato Koto«, sagte er am zweiten Tage zu diesem, »kennst du das Dorf Ikan?«

»Ja, Herr, es liegt zwei Tagereisen entfernt im Busch.«

Sanders nickte. »Du wirst deine Weiber, deine Kinder, deine Diener und deine Habseligkeiten nach Ikan bringen und dort bleiben, bis ich dir Erlaubnis gebe, hierher zurückzukehren. Das Palaver ist aus.«

Am nächsten Tag kam der Akasavahäuptling an, sehr beunruhigt. »Herr, wenn irgendeiner sagt, ich hätte dir Unrecht getan, dann lügt er.«

»Dann bin ich ein Lügner!« entgegnete Sanders. »Denn ich sage, daß du ein Bösewicht bist, der voll von Schlechtigkeiten steckt.«

»Wenn es so sein sollte«, sagte der Häuptling, »daß du mir befiehlst, nach meinem Dorf zurückzugehen, wie du das Sato Koto befohlen hast, dann werde ich gehen, da der, der mein Vater ist, nicht zufrieden mit mir ist.«

»Das befehle ich«, entgegnete Sanders. »Außerdem zwanzig Hiebe für das Wohl deiner Seele. Überdies denke daran, daß unten am großen Fluß, bei Tembeli, ein Ort ist, wo die Menschen in Ketten arbeiten, weil sie dem Government untreu waren und Greuel begingen.«

So ging der Häuptling von Akasava seiner Strafe entgegen.

Da waren noch andere Angelegenheiten, die richtiggestellt werden mußten, aber diese hatten nur nebensächliche Bedeutung, und als alle diese zur Zufriedenheit Sanders', wenn auch durchaus nicht zur Zufriedenheit seiner Untertanen, geregelt waren, wandte der Distriktsgouverneur seine Aufmerksamkeit von neuem der Erziehung des Häuptlings zu.

»Peter«, sagte er, »morgen bei Sonnenaufgang werde ich nach meinem Ort zurückmarschieren und dich ohne Ratgeber lassen.«

»Herr, wie kann ich ohne Ratgeber auskommen, da ich doch nur ein Knabe bin?« fragte der Häuptling niedergeschlagen und reuig.

»Indem du zu dir selber sagst, wenn ein Mann nach Gerechtigkeit schreit: ›Wenn ich dieser Mann wäre, wie würde ich wünschen, daß des Königs Gerechtigkeit aussieht?‹«

Der Junge sah unglücklich drein. »Ich bin sehr jung«, wiederholte er, »und heute kommen von den umliegenden Dörfern viele, die Hilfe gegen ihre Widersacher suchen.«

»Nun gut«, sagte Sanders, »heute will ich zur Rechten des Häuptlings sitzen und von seiner Weisheit lernen.« Der Junge stand vor Verlegenheit auf einem Bein und sah seitwärts nach Sanders hin.

Da ist ein kleiner Hügel hinter der Stadt. Ein ausgetretener Fußweg führt zu ihm hinauf, und oben befindet sich eine mit Strohdach gedeckte Hütte ohne Seitenwände. Von diesem Hügel sieht man den breiten Fluß mit seinen Sandbänken, wo die Krokodile mit offenem Rachen schlafen; man sieht, wie sich das Land nach Akasava zu erhebt, wie die Hügel einer über den anderen klettern, bedeckt mit einer Wirrnis von grellem Grün. In diesem Hause hält der Häuptling Gericht und fordert die Streitenden auf, vorzutreten. Sato Koto war gewohnt, neben dem Häuptling zu stehen und mit dem Recht Schacher zu treiben.

Heute machte sich Sato Koto reisefertig, und Sanders saß an des

Häuptlings Seite.

Da waren in der Tat viele Streitende.

Da war ein Mann, der ein Weib gekauft hatte; er hatte nicht weniger als tausend Messingstangen und zwei Säcke Salz für sie gegeben. Er hatte grade zwei Monate mit ihr gelebt, als sie sein Haus verließ.

»Weil sie einen Liebhaber hatte«, sagte der Mann mit philosophischer Ruhe. »Daher, mächtige Sonne der Weisheit, muß ich meine Messingstangen und mein Salz wiederhaben.«

»Was meinst du?« fragte Sanders.

Der Häuptling kicherte verlegen. »Was sagt der Vater der Untreuen?« fragte er darauf zögernd, wozu Sanders nickte.

»Das ist eine weise Frage«, sagte er zustimmend und rief den Vater, einen geschwätzigen alten Mann.

»Nun, König«, sagte dieser eifrig, »ich verkaufte dieses Weib, das meine Tochter ist. Wie soll ich ihre Absicht kennen? Sicher erfülle ich meinen Vertrag, wenn das Weib zu dem Manne geht. Wie soll der Vater beaufsichtigen, wo der eigne Mann versagt?«

Sanders sah den Häuptling an, und der Junge holte tief Atem.

»Es ist doch so«, begann er, »M'bleni, das Weib, deine Tochter, hat viele Jahre in deiner Hütte gelebt; und wenn du ihr Wesen nicht kennst, dann bist du entweder ein großer Narr, oder sie ist ein ränkevolles Geschöpf. Deshalb urteile ich, daß du dieses Weib verkauft hast, obwohl du ihre Fehler kanntest. Aber auch der Ehemann muß etwas auf sich nehmen. Du nimmst deine Tochter zurück, und gibst fünfhundert Messingstangen und einen Sack Salz zurück, und sollte deine Tochter wieder heiraten, dann mußt du die Hälfte ihrer Mitgift an diesen Mann bezahlen.«

Sehr, sehr langsam nur gab er sein Urteil ab, zögernd, ängstlich; und ab und zu flog sein Blick fragend zu dem Weißen hinüber, ob dieser sein Urteil billige.

»Das war gut«, sagte Sanders und rief einen anderen Kläger auf.

»Herr und König«, begann der neue Kläger, »ein Mann hat mich und meine Familie unter seinen bösen Zauber gestellt, so daß wir alle kränkeln.«

Hier war eine Nuß zu knacken für den kleinen Häuptling, und da Sanders ihm nicht beisprang, entwirrte er den Knoten schweigend für sich.

»Auf welche Weise hat er dich verflucht?« fragte der Häuptling schließlich.

»Mit dem Bann des Todes«, antwortete der Kläger mit gedämpfter Stimme.

»Dann sollst du ihn ebenso verfluchen«, antwortete der König, »und es wird darauf ankommen, wessen Bann der stärkere ist.«

Sanders verbarg ein Grinsen hinter seiner Hand, und der Häuptling, der es bemerkte, lächelte ebenfalls. –

Von hier an machte Peter schnell Fortschritte, und von Zeit zu Zeit drangen Geschichten zum Government von einem jungen Häuptling, der ein Salomon im Urteilen sei.

So weise war er – wer wüßte das Rezept, das er in allen Fällen anwandte? –, so wohltätig, so friedfertig, daß der Häuptling der Akasava, der in Zeitabständen Tribut zu zahlen hatte, dieses milde Regiment mißbrauchte und weder Mais noch Fisch noch Korn sandte. Er tat das nach einer Reise nach dem fernen Ikan, wo er mit des Häuptlings Onkel, Sato Koto, zusammentraf und mit diesem gemeinsames Handeln verabredete.

Da die Ernte gut war, ging Häuptling Peter über diese erste Unterlassung hinweg. Aber der zweite Tribut war fällig, und weder Akasava noch Ikan sandten welchen, und die Isisileute, ärgerlich über diese Unverschämtheit, murrten, und der kleine Häuptling saß in der Einsamkeit seiner Hütte, um über ein Vorgehen nachzudenken, das gerecht und wirksam war.

»Ich bedaure wirklich, Ihnen ungelegen zu kommen«, schrieb Sanders an den Gouverneur, »aber ich werde mir Ihre Haussasoldaten ausbitten müssen für einen Zug nach Isisi. Da ist eine Tributstreitigkeit entstanden, und Peter ist nach Ikan gezogen und hat seinen Onkel beseitigt. Seine müßige Zeit hat er damit ausgefüllt, den Akasavaleuten die schlimmsten Prügel zu versetzen, die sie jemals erhalten hatten. Ich billige durchaus alles, was Peter getan hat, weil ich fühle, daß er nur vom strengsten Gerechtigkeitssinn getrieben wird und dem Bestreben, das Richtige zur richtigen Zeit zu tun – und es war Zeit, daß Sato Koto erledigt wurde. – Dennoch werde ich Peter einen Verweis erteilen müssen, schon um des

Scheines willen. Der Akasavahäuptling verbirgt sich im Busch.« Peter kam nach seinem kurzen, aber tapferen Feldzug in seine Hauptstadt zurück. Er ließ zwei Gebiete hinter sich, denen sein Besuch sehr gut bekommen war, wenn sie sich auch etwas wund fühlten.

Der junge Häuptling versammelte seine Ältesten, seine Zauberdoktoren und andere Größen.

»Bei allen Gesetzen der Weißen«, sagte er, »habe ich Sanders gegenüber unrecht gehandelt, denn er hat mir befohlen, nicht Krieg zu führen, und siehe, ich habe meinen Onkel vernichtet, der ein Hund war; und ich habe die Akasava in den Busch gejagt. Aber Sandi sagte mir auch, daß ich tun solle, was recht ist, und das habe ich getan nach meinem Dafürhalten; denn ich habe einen Mann vernichtet, der Schande über meinen Stamm gebracht hat. Nun scheint es mir, daß es nur ein Ding zu tun gibt, das ist: Zu Sandi zu gehen, ihm die Wahrheit zu sagen und um sein Urteil zu bitten.«

»Herr und König«, bemerkte sein ältester Ratgeber, »was dann, wenn Sandi dich in Ketten wirft?«

»Das – steht in der Zukunft«, gab der Häuptling zurück und erteilte den Befehl zur Reisevorbereitung.

Auf halbem Wege zum Government trafen sich die beiden. Häuptling Peter, der zur Küste, und Sanders, der hinauf zu ihm zog.

Und hier trug sich das große Ereignis zu.

Kein Wort wurde vor Sonnenuntergang über Peters begangenen Fehler gesprochen; aber als der blaue Rauch emporstieg von den Lagerfeuern der Haussasoldaten und Krieger und das kleine Lager in der Lichtung voller Leben war, nahm Sanders den Häuptling am Arm und führte ihn längs des Pfades, der in den Busch führte.

Peter erzählte seine Geschichte, und Sanders hörte zu. »Und was wurde aus dem Akasavahäuptling?«

»Herr, er floh in den Busch und schickte mir seine Flüche nach, und mit ihm zog mancher Bösewicht.«

Wieder nickte Sanders ernst.

Sie sprachen über viele Dinge, bis die Sonne lange Schatten warf; und dann gingen sie auf ihren Spuren zurück. Sie waren etwa noch eine halbe englische Meile vom Lager, und das entfernte Geräusch lachender Menschen und der schwache Geruch brennender Feuer drang schon zu ihnen, als der Akasavahäuptling hinter einem Baume hervortrat und gerade vor ihnen, mitten auf dem schmalen Pfade, stand. In seiner Begleitung waren etwa acht schwerbewaffnete Männer.

»Herr und König«, sagte der Akasavahäuptling zu Peter, »ich habe auf dich gewartet.«

Der Häuptling machte weder eine Bewegung, noch gab er eine Antwort; aber Sanders langte nach seinem Revolver.

Seine Hand umspannte den Kolben, als ihn etwas traf und er hinfiel wie ein Klotz.

»Nun wollen wir den Isisihäuptling abtun und den Weißen auch«, sagte der Akasavahäuptling; aber Sanders nahm kein besonderes Interesse mehr an der Unterhaltung, denn da war ein Haufe wilder Bienen in seinem Schädel und ein wirrer Schmerz; er fühlte sich sterbenselend.

»Ob ihr mich totmacht, ist gleichgültig«, sagte Häuptling Peters Stimme, »denn da sind viele Männer, die mich ersetzen können; aber wenn ihr Sandi mordet, dann mordet ihr den Vater des Volkes, und keiner kann ihn ersetzen.«

»Er hat dich gepeitscht, kleiner König!« spottete der Akasavahäuptling.

»Ich würde ihn in den Fluß werfen«, sagte eine fremde Stimme nach langer Pause. »Auf diese Weise wird keine Spur von ihm gefunden werden, und niemand wird uns seinen Tod zur Last legen.«

»Und was machen wir mit dem König?« fragte eine andere Stimme.

Dann hörte man ein Brechen von Zweigen und die Stimmen von Leuten.

»Sie suchen«, flüsterte jemand. »König, wenn du sprichst, bring' ich dich jetzt um.«

»Stoß zu!« antwortete des jungen Häuptlings ruhige Stimme. Dann schrie er: »He, M'sabo, Beteli! Sandi ist hier!«

Das war alles, was Sandi hörte.

Zwei Tage später saß Sandi aufrecht im Bett und verlangte Aufklärung. Als er erwachte, war ein junger Doktor bei ihm, der, wie von der Vorsehung geschickt, vom Government heraufgekommen war.

»Der Häuptling...?« Er zögerte.

»Der Häuptling ist erledigt, aber er rettete Ihr Leben. Ich denke, Sie wissen das?«

»Ja«, sagte Sanders hart.

»Schneidiger, kleiner Kerl«, meinte der Doktor.

»Wahrlich!« bestätigte Sanders. Dann: »Haben sie den Akasavahäuptling erwischt?«

»Ja; er war so scharf darauf, Sie zu erledigen, daß er sogar sein Auskneifen verzögerte. Der kleine Häuptling warf sich über Sie und deckte Sie mit seinem Leibe.«

»Genug!«

Sanders' Stimme war an sich barsch und sein Wesen brüsk in seinen besten Augenblicken, aber jetzt war seine Rauheit geradezu brutal.

»Machen Sie, daß Sie aus der Hütte kommen, Doktor! Ich will schlafen.«

Er hörte den Doktor gehen, hörte den Holzriegel an der Tür der Hütte niederfallen, dann wandte er sein Gesicht zur Wand und weinte.

## *Die Hüter des Steins*

Bei Ochori im großen afrikanischen Urwald am Ikelifluß lebt ein Volk, das in der Eingeborenensprache »Die Hüter des Steins« genannt wird.

Eine Sage ist dort im Umlauf, daß es »calacala« – das heißt vor langer Zeit – einen sonderbaren Stein gegeben hätte, der »mit den Zeichen des Satans« beschrieben sei, wie sich der würdige eingeborene Geschichtenerzähler ausdrückt. Der Stein wurde weit und breit verehrt, teils wegen seiner Zauberkräfte, teils wegen der beiden Geister, die ihn bewachten.

Es war ein Fetisch von ganz besonderem Wert für das gutherzige Volk, das in dem Großen Wald lebte. Aber die Akasaleute, die weder gemütlich noch ehrfurchtsvoll waren und die überdies gerade einen solchen Fetisch gebrauchen konnten, überfielen die Ochori an einem glühendheißen Morgen und nahmen diesen Wunderstein neben anderen beweglichen Gegenständen an sich.

Vermutlich gingen auch die »Messinggespenster« mit.

Es war eine schwere Aufgabe, sich des Steines zu bemächtigen, denn er war in einen großen grauen Felsen eingelassen, und manche Speerspitze wurde abgebrochen, ehe es gelang, den Stein von seinem Platz loszubrechen.

Aber am Ende gelang es, und mehrere Jahre lang brüsteten sich die Akasavaleute, daß ihnen viele Wohltaten aus diesem heiligen Besitz zuflössen.

Da verschwand der Stein plötzlich, und mit ihm alles Glück seiner bisherigen Besitzer, denn das Verschwinden des Steines fiel zeitlich zusammen mit der Einsetzung der britischen Herrschaft, und das war eine sehr schlimme Sache für die Akasavaleute.

In diesen längst vergangenen Tagen – so um 1895 herum – kam ein lächerlicher Mensch, ganz in Weiß gekleidet, mit einem Gefolge von 6 Soldaten an. Er überbrachte eine Botschaft von Frieden und guter Kameradschaft und schwatzte von einem neuen König und einem neuen Gesetz. Die Akasavaleute hörten zuerst in betroffener Verwunderung zu. Aber als sie sich von ihrem Erstaunen ein wenig erholt hatten, schnitten sie ihm und seinem Gefolge die Köpfe ab. Das schien ihnen das einzig Richtige unter diesen Umständen.

Dann wachten die Akasavaleute eines Morgens auf und sahen ihre Stadt voll von fremdartigen weißen Leuten, die schnell auf ihren Dampfern den Fluß heraufgekommen waren. Es waren ihrer zu viele, um Streit mit ihnen anzufangen, und das Volk saß ruhig, ein wenig erschrocken und sehr neugierig da, während zwei schwarze Soldaten Hände und Füße des Akasavahäuptlings fesselten, ehe sie ihn aufhingen.

Aber damit endete das Unglück der Akasavaleute noch nicht. Der Maniok war schlecht geraten und sehr giftig (von Blausäure); ein großes Sterben ging durch ihre Ziegenherde, und die Ernte wurde durch plötzliche Tornado-Unwetter verdorben.

Der Schwarze hat immer ein Mittel gegen solche Schicksalsschläge: Wenn du das Ding nicht hast, das du brauchst, geh und hol's dir!

Deshalb folgten die Akasavaleute unzähligen früheren Beispielen, überfielen die Ochori, nahmen ihnen viel Mais weg und hinterließen viele Erschlagene und solche, die um Erlösung durch den Tod stöhnten.

Im Lauf der Zeit kamen die Weißen mit ihren Dampfern, mit den kleinen Schnellfeuergeschützen und dem bekannten Block und Flaschenzug, den sie an irgendeinem Baum befestigten und in der unvermeidlichen Weise benutzten.

»Es scheint«, meinte der neue Häuptling – derselbe, der später wegen Ermordung des Isisihäuptlings gehängt wurde –, »es scheint, daß das Gesetz der Weißen dazu gemacht ist, um Schwächlinge auf Kosten der Starken triumphieren zu lassen. Das scheint närrisch, aber mit den Wölfen muß man heulen.«

Seine erste Regierungshandlung war, den Baum, der als Galgen benutzt worden war, fällen zu lassen, denn er lenkte die Aufmerksamkeit zu sehr auf sich.

Dann grübelte der Häuptling über die Ursache allen Unglücks nach, das über die Akasava hereingebrochen war. Die Ursache war leicht zu finden. Der große Wunderstein war gestohlen, wie er wohl wußte, und das fehlende Heilmittel löste die Frage nach dem Dieb aus. Die verruchten Ochori standen im Verdacht.

»Wenn wir sie überfallen«, sagte der Akasavahäuptling nachdenklich, »und sie nicht erschlagen, aber mit Feuer foltern, bis sie uns verraten, wo sie den Götterstein verborgen halten, verzeihen uns die Großen Geister vielleicht.«

»Als ich jung war«, fiel ein betagter Ratgeber ein, »pflegten wir glühende Kohle in die Hände der Diebe zu legen und die Hände dann zuzubinden, bis sie gestanden.«

»Feines Mittel«, nickte ein anderer Alter beifällig. »Auch wenn man jemand auf die Bahn der Wanderameise festbindet, bringt man ihn leicht zum Reden.«

»Dennoch halte ich's nicht für ratsam, gegen die Ochori vorzugehen«, meinte der Häuptling, »und zwar aus vielen Gründen. Der Hauptgrund ist der: Wenn die Ochori wirklich den Stein besitzen, werden wir auch nicht mit ihnen fertig wegen der beiden Messinggeister – obwohl ich mich nicht entsinnen kann, daß diese Geister sehr mächtig waren, als wir den Stein besaßen«, fügte er nicht ohne Hoffnung hinzu.

Der kleine Beutezug, der darauf folgte, und die Suche nach dem Stein sind kurz in amtlichen Berichten niedergelegt. Die Suche war erfolglos, und die Akasava mußten sich mit geringeren Beutestükken begnügen, die sie gerade erwischen konnten.

Wie Mr. Hübschmann endete und Sanders heraufkam, habe ich bereits erzählt. Das war lange her, und viele Dinge ereigneten sich in der Folge, die den Stein völlig aus der Erinnerung des Volkes strichen. Der Akasavahäuptling starb für verschiedene Missetaten den Henkerstod, und Frieden kam über das Land, das Togo umsäumt.

Zweimal in seinem Leben war Sanders überrascht. Einmal bei Ikeli, den die Eingeborenen den »Kleinen Fluß« nennen; aber es ist kein kleiner Fluß, im Gegenteil, ein breiter, starker, heimtückischer Strom, mit Wirbeln und Schnellen und schäumendem Gefälle, wo er in Windungen seewärts strebt.

Sanders saß auf einem Deckstuhl unter dem Sonnensegel seines winzigen Dampfers und beobachtete den vorbeirauschenden Strom in zufriedener Gemütsstimmung, denn das Land war ruhig, die Ernte gut, und es war keinerlei Verbrechen vorgekommen, von dem er wußte.

In Bofabi herrschte die Schlafkrankheit, Beriberi in Akasava, und im Isisilande hatte jemand einen neuen Gott entdeckt, den man Tag und Nacht anbetete. Sanders kümmerte sich nicht um neue Götter, denn Götter jeglicher Art waren eine wohltätige Zugabe.

Milini, der neue Häuptling von Isisi, hatte ihm Botschaft gesandt: »Herr«, sagte sein Wortführer, der Bote, »dieser neue Gott lebt in einem Kasten, der auf den Schultern der Fetischpriester getragen wird. Der Kasten ist sooo lang und sooo breit, und da sind vier Löcher, in die die Stangen passen, und der Gott drinnen ist ein starker Gott und sehr stolz.«

»Ko, Ko«, sagte Sanders mit höflichem Interesse. »Sage deinem Herrn und König, solange dieser Gott dem Gesetz gehorcht, kann er im Isisiland sein und braucht keine Hüttensteuer zu zahlen.

Aber wenn er den jungen Männern sagt, daß sie Krieg führen sollen, dann werde ich mit einem stärkeren Gott, der euren Gott auffrißt, zu euch kommen. Das Palaver ist aus.«

Sanders hatte die Füße auf die Reling gelegt und dachte müßig an den neuen Gott.

Wann war der letzte gekommen? Da war einer im N'Gombiland – Jahre zurück –, ein ganz trauriger Gott, der in einer Hütte wohnte, der sich niemand nähern durfte. Da war ein anderer Gott, der mit Donner ankam und Opfer forderte – Menschenopfer! Das war ein ausnahmsweise schlimmer Gott; er hatte die britische Regierung 600000 Pfund Sterling gekostet, denn es kam zu einem Buschkrieg und Aufruhr im Lande. Aber im großen und ganzen waren es gute Fetische, die niemand Böses zufügten, denn es ist eine Gewohnheit neuer Götter, daß sie ihr Erscheinen nach der Ernte verlegen und vor den Beginn der Regenzeit.

Diese Gedanken beschäftigten Sanders, als er auf dem Vordeck der kleinen »Zaire« im Schatten des gestreiften Sonnensegels saß.

Am nächsten Tag vor Sonnenaufgang wandte er die Nase des Dampfers stromaufwärts, denn er war neugierig, wie es dem furchtsamen Ochorivolk ginge, das zu nahe bei den Akasavaleuten wohnte, um ein bequemes Dasein führen zu können, und das auch sonst etwas der Pflege bedurfte.

Der winzige Dampfer kam nur langsam vorwärts, denn das Gefälle des Stromes war sehr stark.

Nach zwei Tagesfahrten kam Sanders nach Lukati, wo der junge Carter die Station leitete.

Der Stationsleiter kam in seinem Pyjama zum Ufer herunter. Er hatte eine großen Tropenhelm im Nacken sitzen und begrüßte seinen Vorgesetzten etwas stürmisch.

»Nun?« fragte Sanders. Carter erzählte ihm alle Neuigkeiten. Da gab es Streitigkeiten um Land in Ebibi. Otabo von Bofabi war an einer Seuche gestorben. Zwei Leoparden plagten die anliegenden Dörfer und...

»Haben Sie vom Isisigott gehört?« fragte er plötzlich, und Sanders sagte: Ja, das hätte er wohl.

»Es ist ein alter Freund von Ihnen. Meine Leute erzählten mir, daß dieser alte Götterkasten den Stein der Ochori enthielte.«

»Oh!« sagte Sanders mit plötzlich erwachtem Interesse. Er frühstückte mit seinem Untergebenen, musterte dessen kleine Garnison von 30 Mann, besuchte Carters Farm, bewunderte seine wohlschmeckenden Kartoffeln und lobte die Tomaten.

Dann ging er wieder an Bord und schrieb eine kurze Botschaft in winzigster Schrift auf das dünnste aller Papierschnitzel.

»Für alle Fälle«, sagte Sanders. Dann befahl er seinem Diener: »Bring mir Nr. 14!«, und Abiboo kam zu ihm zurück, eine Taube in seiner Hand.

»Nun, kleiner Vogel!« sagte Sanders, während er sorgfältig seinen Brief um das Bein des kleinen Boten rollte und ihn dort mit einem Gummibändchen befestigte, »du hast 200 Meilen bis morgen früh zu durchfliegen. Hüte dich vor Habichten!«

Dann nahm er die Taube in die Hand, ging an das Heck des Dampfers und warf sie in die Luft.

Seine Besatzung von 12 Mann saß um den Kochtopf herum, jenen Topf, der immer am Brodeln ist.

»Yoka«, rief er, und sein halbnackter Maschinist kam den Abhang heruntergesprungen.

»Dampf auf!« befahl Sanders. »Schafft das Holz an Bord! Ich will nach Isisi.«

Nicht der geringste Zweifel bestand, daß dieser neue Gott äußerst mächtig war.

Drei Stunden vor der Stadt stieß die »Zaire« auf ein langes Kanu; 4 Mann standen an den Paddeln und sangen Klagelieder. Sanders entsann sich, daß er an einem Dorf vorübergekommen war, wo Weiber, die Körper mit grünen Blättern bedeckt, am Ufer des Stroms wehklagten.

Er ließ stoppen, bis er das Kanu quer ab hatte, und sah einen Toten steif auf dem Boden des Kanus liegen.

»Wo wollt ihr hin mit der Leiche?« rief er.

»Nach Isisi, Herr«, lautete die Antwort.

»Die Mitte des Stroms und die kleinen Inseln sind die Ruhestätten für die Toten«, sprach Sanders barsch. »Es ist Torheit, die Toten zu den Lebenden zu bringen.«

»Herr«, antwortete der Sprecher der Leute, »in Isisi wohnt ein

Gott, der lebendig macht. Dieser da« – er wies auf den Toten – »ist mein Bruder, und er starb überraschend schnell. Der Leopard hat ihn geschlagen! – Er starb so schnell, daß er uns nicht einmal mehr sagen konnte, wo er sein Salz und seine Messingstäbe versteckt hielt. Deshalb wollen wir mit ihm nach Isisi, damit der neue Gott ihm gerade noch so viel Leben gibt, als nötig ist, um seinen Verwandten seine Erbschaft zu vermachen.«

»Die Strommitte!« wiederholte Sanders ruhig und wies auf eine einsame Insel, die, überzogen von einer grünen Wirrnis, für einen Begräbnisplatz wohl geeignet war. »Wie heißt du?«

»Herr, mein Name ist N'Kema«, sagte der Gefragte mürrisch.

»Los dann, N'Kema!« befahl Sanders und ließ den Dampfer langsam vorwärtsgehen, während er sah, wie das Kanu seine stumpfe Nase auf die Insel zu nahm und der Leichnam ausgeladen wurde. Dann stellte er die Maschine alle Kraft voraus, steuerte klar von einer Sandbank und gewann die Fahrrinne.

Sanders war jetzt wirklich beunruhigt.

Der Stein war ein etwas ungewöhnlicher Fetisch und mußte vorsichtig angefaßt werden. Daß der Stein tatsächlich da war, wußte er. Sagen über ihn gab es unzählige; ein Forschungsreisender hatte ihn sogar in der Entdeckungszeit durch sein Glas gesehen. Auch von den »Geistern in Messinggewändern« hatte er gehört, diesen phantastischen und kriegerischen Gespenstern, die friedvolle Männer in den Krieg trieben – außer den Ochori, die niemals kriegerisch waren und die keine noch so große Anzahl Geister zu Gewalttätigkeiten hätte anspornen können.

Sanders nahm die Eingeborenen ernst, und das ist – nebenbei gesagt – das Geheimnis einer geschickten Regierung; für ihn waren Geister Tatsache und Fetische mächtige Möglichkeiten. Ein Mann, der weniger Kenntnis von Land und Leuten besaß, hätte sich darüber lustig gemacht; aber Sanders war nicht vergnügt darüber, denn auf ihm ruhte eine große Verantwortlichkeit.

Er kam nachmittags in der Isisistadt an und bemerkte schon aus der Ferne, daß etwas Ungewöhnliches vorging. Die Menge Weiber und Kinder, die die Ankunft des Distriktsgouverneurs für gewöhnlich anzog, versammelte sich nicht, als er von der Mitte des Stroms zur Seite steuerte und der Fahrrinne folgte, die ins seichte

Wasser führte.

Nur der Häuptling und eine Handvoll alte Leute erwarteten ihn; der Häuptling schien aufgeregt und in Nöten.

»Herr«, sprudelte er heraus, »ich bin nicht mehr Häuptling in dieser Stadt wegen des neuen Gottes. Das Volk versammelt sich auf der anderen Seite des Hügels und sitzt dort Tag und Nacht und starrt den Gott im Kasten an.«

Sanders biß sich nachdenklich auf die Lippen und sagte nichts.

»Letzte Nacht«, fuhr der Häuptling fort, »erschienen die Hüter des Steins und gingen durch den Ort.«

Er zitterte, und der Schweiß stand in großen Perlen auf seiner Stirn, denn ein Gespenst ist ein fürchterliches Ding. »Das ganze Geschwätz von dem ›Hüter des Steins‹ ist ja Blödsinn«, antwortete Sanders ruhig. »Eure Weiber und furchtsamen Knaben haben sie gesehen.«

»Herr, ich selbst habe sie gesehen«, erwiderte der Häuptling einfach, und Sanders war betroffen, denn der Häuptling war ein nüchterner Mann.

»Den Teufel habt ihr!« entgegnete Sanders auf englisch und dann: »Was für eine Art Geister war das denn?«

»Herr«, entgegnete der Häuptling, »sie hatten weiße Gesichter wie Eure Hoheit selbst; sie trugen Messing auf den Köpfen und Messing auf der Brust; ihre Oberschenkel waren nackt, aber auf den Unterschenkeln war wiederum Messing.«

»An irgendeinen Geist zu glauben, ist schon eine harte Zumutung«, sagte Sanders gereizt, »aber an ein Messinggespenst mag ich um keinen Preis glauben.« Wieder sprach Sanders englisch, wie er es gewohnt war, wenn er Selbstgespräche hielt. Der Häuptling schwieg, weil er Sanders nicht verstand.

»Was sonst noch?« fragte Sanders.

»Sie hatten Schwerter«, fuhr der Häuptling fort. »Solche, wie sie die Elefantenjäger der N'Gombi haben, breit und kurz. Und am Arm trugen sie einen Schild.«

Sanders war sprachlos.

»Und sie riefen: Krieg, Krieg«, fügte der Häuptling hinzu, »und das ist die größte Niedertracht, denn meine jungen Männer tanzen seitdem den Tanz des Todes, bestreichen ihren Leib mit Kriegsfarben und prahlen.«

»Geh in deine Hütte«, befahl Sanders. »Ich werde im Augenblick bei dir sein.«

Sanders sann und sann und qualmte eine Brasil nach der anderen. Dann sandte er nach seinem Diener Abiboo. »Abiboo«, sagte Sanders, »nach meiner Meinung bin ich dir stets ein guter Herr gewesen.«

»Das stimmt, Herr!«

»Nun will ich dich damit beauftragen, dich unter meine Leute zu mischen und herauszufinden, an welche Götter sie glauben. Wenn ich sie selber frage, werden sie mich aus Höflichkeit belügen, indem sie diesen oder jenen Gott erfinden, in der Meinung, mir damit zu gefallen.«

Abiboo wählte die Essensstunde nach Sonnenuntergang, als die Bäume bewegungslos standen. Er kam zurück, während Sanders bei der zweiten Tasse Kaffee in seinem winzigen Deckhaus saß.

»Herr«, berichtete er, »drei haben überhaupt keinen Gott, drei andere haben besondere Familienfetische, zwei sind mehr oder weniger Christen, und die vier Haussas sind meines Glaubens.«

»Und du?«

Abiboo, der Kanojüngling, lächelte bei Sanders' erheuchelter Naivität. »Herr«, sagte er, »ich bin ein Anhänger des Propheten und glaube nur an den einen Gott, den Gütigen und den Erbarmenden.«

»Gut«, sagte Sanders, »laß die Leute jetzt das Feuerholz laden! Yoka soll gegen Mondaufgang Dampf draufhaben, und dann soll alles fertig zur Abfahrt sein.«

Als es nach seiner Uhr zehn war, ließ er seine vier Haussasoldaten antreten und hieß jeden den kurzen Karabiner und Patronen nehmen; dann ging die kleine Abteilung an Land.

Sanders fand den Häuptling geduldig in seiner Hütte warten.

»Du wirst hierbleiben, Milini«, befahl Sanders, »und keine Schuld soll dich treffen, was auch immer heute nacht geschehen mag.«

»Was wird geschehen, Herr?«

»Wer weiß!« antwortete Sanders dunkel.

Die Straßen waren in pechschwarze Dunkelheit gehüllt, aber

Abiboo, der eine Laterne trug, führte. Nur gelegentlich kam der Zug an einer bewohnten Hütte vorüber. Gewöhnlich sahen sie beim Schein eines glühenden Scheites, das in jeder Hütte brannte, daß sie leer war. Einmal rief ein Weib zu ihnen herüber, als sie vorbeikamen: Ihre Stunde wäre nahe, sagte sie, und da wäre niemand bei ihr, um in der Stunde der höchsten Not zu helfen.

»Gott stehe dir bei, Schwester!« sagte Sanders, stets in Ehrfurcht vor den Mysterien der Geburt. »Ich will dir Frauen schicken; wie heißt du?«

»Sie werden nicht kommen«, rief die Stimme klagend. »Heute nacht ziehen die Männer in den Krieg, und die Weiber warten auf den großen Tanz.«

»Heute nacht?«

»Heute nacht, Herr; so bestimmen es die Messinggötter.«

Sanders machte mit seiner Zunge ein schnalzendes Geräusch. »Das werden wir sehen«, sagte er und ging weiter.

Der kleine Zug erreichte die Stadtgrenze. Vor ihnen, sich scharf von einem bronzefarbenen Himmel abhebend, lag die dunkle Masse eines kleinen Hügels; diesen bestiegen sie.

Die Bronzefarbe des Himmels wurde rot, rosa und wieder mattes Kupfer, je nachdem die Feuer ihm Farbe gaben, aufloderten oder sanken. Als Sanders um den Hügel herumkam, hatte er einen vollen Überblick über die Szene.

Zwischen dem Rand des Urwalds und dem Fuß des Hügels lag ein breiter Streifen ebenen Lands. An der linken Seite befand sich der Fluß, auf der rechten Sumpf und wieder Urwald.

Mitten in der Ebene brannte ein riesiges Feuer. Davor stand, gehalten von seinen Tragstangen, auf zwei hohen Gestellen ein viereckiger Kasten.

Aber das Volk ---!

Ein ungeheurer Kreis, bewegungslos, schweigend; Männer, Weiber, Kinder, auf ihren Hüften hockend; winzige Säuglinge, auf den Schößen der Mütter ausgestreckt; ein starker Ring, gebildet aus diesen Menschen, mit dem Kasten und dem Feuer als Mittelpunkt.

Durch ein Gäßchen konnte man zu dem Kasten gelangen – ein Gäßchen, in dem nackte Männer auf- und abgingen. Das waren die, die das Feuer unterhielten, und Sanders sah sie Feuerholz zu diesem Zweck heranschaffen.

Indem er sich am äußeren Rand des Menschenkreises hielt, arbeitete er sich nach diesem Durchlaß hin; dann sah er sich nach seinen Leuten um.

»Es steht geschrieben«, sagte er in dem sonderbaren Arabisch der Kanoleute, »daß wir diesen falschen Gott forttragen sollen. Wer von uns bei diesem Abenteuer fallen soll, steht bei Allah, dem Allwissenden.«

Damit ging er furchtlos die Gasse entlang. Er hatte seinen weißen Anzug mit einem dunklen vertauscht und wurde von der Mehrzahl nicht eher bemerkt, als bis er mit seinen Haussas an dem Kasten stand.

Die Hitze, die das Feuer ausströmte, war überwältigend. Ganz nahe gekommen, sah Sanders, daß die Gewalt der Flammen die roh behauenen Bretter des Kastens auseinandergezogen hatte, und durch den Spalt hindurch sah er beim Schein der Flamme eine Steinplatte. »Nehmt schnell die Kiste hoch«, befahl er, und die Haussas hoben die Tragstangen auf ihre Schultern.

Bis dahin hatte die Riesenversammlung in schweigender Verwunderung dagesessen, aber als die Soldaten ihre Bürde aufhoben, brach ein Wutschrei aus 5000 Kehlen, und die Männer sprangen auf.

Sanders stand vor dem Feuer, die eine Hand erhoben. Schweigen herrschte. Neugier siegte über den Zorn.

»Volk von Isisi«, rief Sanders, »daß sich ja kein Mann rührt, bis der Götterstein an ihm vorbei ist. Der Tod kommt schnell über jene, die den Pfad der Götter kreuzen.«

Er hatte einen Browning in der Hand, und die Gottheit, an die er in diesem Augenblick dachte, war nicht die in dem Kasten.

Das Volk zögerte, wogte hin und her, wie aufrührerische Massen in ihrer Unsicherheit hin- und herwogen.

Mit schnellen Schritten hatten die Träger ihre Last durch die offene Gasse getragen. Beinahe wären sie unbehelligt durchgekommen, als ein altes Weib heranhumpelte und Sanders am Arm packte.

»Herr, Herr«, kreischte sie, »was willst du mit unserem Gott machen?«

»Ihn an den ihm gebührenden Platz bringen, da mich das Government zu seinem Hüter bestimmt hat.«

»Gib uns ein Zeichen!« krächzte sie, und die Leute in ihrer Nähe wiederholten: »Gib uns ein Zeichen, Herr!«

»Dieses ist das Zeichen«, rief Sanders, der sich an das Weib in Kindesnöten erinnerte. »Durch des Gottes Gnade wird Ifabi, das Weib des Adako, einen Sohn gebären.«

Er vernahm ein Gemurmel, hörte seine Botschaft über die Köpfe der Menge wandern und sah eine Anzahl Weiber den Weg zurück nach dem Dorf nehmen; dann gab er Befehl zum Weitermarsch.

Murren wurde laut, und einmal hörte er eine tiefe männliche Stimme den Kriegsgesang anstimmen; aber niemand sang mit. Einer, wahrscheinlich derselbe Mann, schlug mit seinem Speer gegen seinen Bambusschild, aber keiner folgte seinem kriegerischen Beispiel. Sanders gewann die Dorfstraße; um ihn war ein Menschengewoge, so daß er dem Kasten nur mit Schwierigkeiten folgen konnte. Der Fluß kam in Sicht, der Mond ging als mattgoldener Ball über den Bäumen auf und säumte das Wasser mit silbernen Spitzen, und dann erhob sich ein einziger Schrei, der Ruf: »Er lügt! Er lügt! Er lügt! Ifabi, das Weib des Adako, hat eine Tochter!«

Sanders drehte sich schnell um wie eine gestellte Dogge. Seine Lippen kräuselten sich zu einem Zähnefletschen, das sein weißes, regelmäßiges Gebiß zeigte.

Nun rief Sanders: »Untersteh sich einer, seinen Speer zu erheben, und er stirbt!«

Wieder standen sie unentschlossen, und Sanders gab über seine Schultern einen Befehl nach rückwärts.

Nur noch einen Augenblick zögerten die Schwarzen, dann, als die Soldaten von neuem die Tragstangen des Götterkastens ergriffen, sprangen die Massen mit einem einzigen Wutschrei vorwärts.

Eine Stimme rief etwas. Wie durch einen Zauber legte sich der Tumult. Die Menge stob nach allen Seiten auseinander, und einer stürzte über den andern in dem wahnsinnigen Bestreben zu entfliehen.

Sanders, den Revolver immer noch entsichert, stand, den Mund weit offen vor Verwunderung über diese wahnsinnige Flucht. Er war allein mit seinen Leuten, und dann blickte er um sich:

Die Mitte der Straße entlang gingen zwei Männer. Sie waren beide gleich in kurze hochrote Kittel gekleidet, die ihre Knie unbedeckt ließen. Große Messinghelme bedeckten ihre Köpfe und Messingkürasse ihre Brust. Sanders betrachtete sie, als sie näher kamen, dann murmelte er: »Das ist nicht Fieber, das ist Wahnsinn!« Denn was er da sah, waren zwei römische Zenturionen, die Hüften mit gewaltigen Schwertern umgürtet.

Sanders stand still, und sie gingen an ihm vorbei; so nahe, daß er auf dem Buckel des Schildes die grobgetriebenen Buchstaben sah: »AUGUSTUS CAE«.

»Fieber«, sagte Sanders mit Nachdruck und folgte dem Götterkasten zum Schiff.

Als der Dampfer Lukati erreichte, befand sich Sanders noch immer im Zweifel, denn seine Temperatur war normal, und weder Sonne noch Fieber konnten für die Erscheinung verantwortlich gemacht werden.

Er fand die Verstärkung vor, die die kleine Brieftaube herbeigeholt hatte; aber die Verstärkung war jetzt überflüssig geworden.

»Das geht über meinen Verstand«, bekannte er Carter, dem er die Geschichte erzählte. »Aber wir wollen den Stein herholen, vielleicht gibt er Aufklärung. – Zenturionen! – Pah!«

Der Stein erwies sich bei hellem Tageslicht als grauer Granit, wie Sanders sich nicht erinnern konnte, solchen jemals hier draußen gesehen zu haben.

»Hier sind die Teufelszeichen«, sagte er, als er den Stein umdrehte. »Möglicherweise –––!«

Er stieß einen Pfiff aus.

Kein Wunder, daß er pfiff, denn dicht nebeneinander war eine Anzahl Schriftzeichen, und Carter, der den Staub davon wegblies, las:

MARIUS ET AUGUSTUS
CENT . . . . . . . NERO
IMPERAT . . . IN DEIS
. . . . . . . . . . DULCE

In dieser Nacht machte Sanders, indem er sein etwas verrostetes Latein aufpolierte und die Zwischenräume ausfüllte, eine Übersetzung:

Marius und Augustus,
Zenturionen Neros,
Cäsar und Kaiser,
Ruhet sanft mit den Göttern!

»Wir sind die, die von jenseits des wilden Landes kamen, das Hannibal, der Karthager, entdeckte ... Markus Septimus ging nach Ägypten und mit ihm Dezimus Superbus, aber auf Befehl Cäsars und durch die Gunst der Götter segelten wir über die finstere See jenseits ... Hier lebten wir, da unsere Schiffe scheiterten, angebetet von den Barbaren, denen wir Kriegswissenschaften beibrachten ... Ihr, die ihr nach uns kommt, bringt Grüße nach Rom an Kato Hippokritus, der am Tore wohnt ...«

Sanders schüttelte seinen Kopf, als er zu Ende gelesen hatte, und bemerkte, es sei »verrückt«.

## *Bosambo aus Monrovia*

Für viele Jahre hat der Stamm der Ochori eine Art grimmig-lächerlicher Rolle in der Tragödie afrikanischer Kolonisation abgegeben. In Zukunft werden wir über die Ochori nicht mehr zu lachen brauchen. Auch wird der Schläfrige in den Stunden nach Mitternacht, wenn die Unterhaltung im kleinen Kreise der um die Feuer wachenden Fischer versiegt, nicht mehr plötzlich durch Gelächter über einen Witz auf Kosten der furchtsamen Ochori aufgeweckt werden.

Alles das ist der liberianischen Regierung zuzuschreiben, obwohl sich die liberianische Regierung im Augenblick dieser Tatsache nicht bewußt ist.

Einmal wurde ein Kriegsschiff zur Erhöhung der Würde dieses Staats angeschafft. Wenn ich mich recht erinnere, war dieses Kriegsschiff das Geschenk eines Schiffsreeders, der keinen Wert auf dessen Besitz legte.

Die Regierung ernannte drei Admirale, vierzehn Kapitäne zur See und so viele Offiziere, wie dieses Kriegsschiff überhaupt zu tragen vermochte. Alle trugen goldstrotzende, aber schlechtsitzende Uniformen.

Die Regierung hätte auch eine Mannschaft für das Kriegsschiff ernannt, aber die Tatsache, daß das Schiff nicht groß genug war, um eine größere Anzahl Menschen zu fassen, als die der Offiziere betrug, hinderte sie daran. Dieses winzige Kriegsschiff der Schwarzen Republik stach einmal in See; die Admirale und Kapitäne lösten einander beim Heizen und Steuern ab – eine sehr amüsante und neue Sensation.

Auf der Rückfahrt nach dem Hafen sagte einer der Admirale: »Nun komme ich ans Steuer!« – und steuerte. Das Schiff fuhr auf einen Felsen auf und sank. Die Offiziere retteten sich leicht genug, denn jeder Monrovianer schwimmt wie ein Fisch; aber ihre Uniformen wurden vom Seewasser verdorben.

Auf die Anspielung, daß Bergungsarbeiten eingeleitet werden sollten, um das Schiff wieder flottzumachen, antwortete die Regierung sehr überlegen: Nein, sie dächte nicht daran.

»Wir wissen ja, wo es liegt«, meinte der Präsident der Republik, der gerade an seinem Schreibtisch im Regierungspalast saß und Ölsardinen aß. »Und wenn wir das Schiff jemals brauchen, wird es ein Trost sein, es so nahe bei uns zu wissen.«

Es wäre nichts mehr in dieser Angelegenheit erfolgt, aber die britische Admiralität erklärte, das Wrack sei eine Gefahr für die Schiffahrt, und befahl, daß der Platz, wo es lag, durch eine Boje zu bezeichnen sei.

Die liberianische Regierung zog die Sache in die Länge, aber auf Druckanwendung – ich habe diesbezüglich den Kommandanten S.M. Schiff »Zwerg« im Verdacht, der eine sehr scharfe Zunge führte – bequemte sie sich, und eine Glockenboje wurde an dem gesunkenen Dampfer angebracht. Die Glocke machte einen hübschen Spektakel, und die Monrovianer empfanden, daß sie den vollen Gegenwert ihres Geldes wiedererhalten hatten.

Aber Monrovia ist nicht nur aus befreiten amerikanischen Sklaven zusammengesetzt, die dort um 1821 angesiedelt wurden. Es gibt da Leute, die sich in einer Herrenmanier von den richtigen

Monrovianern als »Einheimische Eingeborene« bezeichnen lassen. Die hauptsächlichsten unter diesen waren die Kruleute, die keine Steuern bezahlten, der Regierung trotzten und ihr von Zeit zu Zeit auf der Nase herumtanzten.

Am zweiten Morgen, nachdem die Glocke an ihrem Platz verankert war, wachte Monrovia auf und fand, daß tiefste Stille in der Bucht herrschte. Die Glocke schwieg, und zwei Admirale a. D., die gerade Fische im Vorland verhökerten, borgten sich ein Boot und ruderten hinaus, um den Tatbestand festzustellen. Die Erklärung war einfach: Die Glocke war gestohlen worden.

»Nun«, rief der Präsident der liberianischen Republik in Verzweiflung, »mag Beelzebub, der der Vater und Urheber aller Sünden ist, über diese diebischen Kruleute kommen.«

Eine andere Glocke wurde befestigt. Auch sie verschwand noch in derselben Nacht.

Noch eine dritte Glocke wurde an die Boje gelegt und von einer Bootsladung schwarzer Admirale bewacht. Die ganze Nacht saßen sie, bald mit der Dünung steigend, bald fallend, und das eintönige Kling, Klang, Klong war Musik in ihren Ohren. Aber in der dunklen Stunde vor Sonnenaufgang schien es ihnen, als ob die Glocke, noch immer läutend, schwächer und schwächer tönte.

»Brüder«, sagte ein Admiral, »wir treiben von der Glocke weg.«

Aber die Erklärung war, daß die Glocke von *ihnen* weggetrieben war, denn die Kruleute, der halben Maßregeln müde, waren gekommen und hatten Boje, Glocke und alles, was dazugehörte, mitgehen heißen, und bis auf den heutigen Tag gibt es kein Wahrzeichen, das anzugeben vermöchte, wo ein ehemaliges Kriegsschiff im Hafen von Monrovia modert.

Die erfinderische Seele, die diesen Diebstahl geplant und ausgeführt hatte, war ein gewisser Bosambo. Der besaß drei Frauen, und eine von ihnen, die vom Kongo stammte und unzuverlässig war, benachrichtigte die Polizei. Bosambo wurde mit gehörigem Brimborium verhaftet und vom Staatsgerichtshof verhört, der ihn des Diebstahls und Hochverrats beschuldigte und ihn zu 10 Jahren Zwangsarbeit verurteilte.

Bosambo wurde zum Gefängnis zurückgebracht, wo er den schwarzen Gefangenenwärter sofort in ein Gespräch verwickelte.

»Mein Freund«, sagte er, »ich habe einen großen Fetisch im Busch, und wenn du mich nicht sofort laufenläßt, wirst du und dein Weib an den fürchterlichsten Qualen sterben.«

»Von deinem ›Ju-ju‹ weiß ich nichts«, antwortete der Gefangenenwärter mit philosophischer Gelassenheit, »aber ich erhalte zwei Dollar die Woche für die Bewachung der Gefangenen, und wenn ich dich laufenlasse, verliere ich mein Amt.«

»Ich weiß einen Ort, wo viel Silber verborgen liegt«, sagte Bosambo hastig. »Du und ich, wir wollen dahin gehen, und wir werden beide reich sein.«

»Wenn du weißt, wo Silber ist, warum hast du dann Glocken gestohlen, die bloß von Messing und daher von keinem besonderen Wert sind?« fragte sein phantasieloser Wächter.

»Ich sehe, daß du ein Herz von Stein hast«, bemerkte Bosambo und marschierte zu der Ansiedlung im Urwald, um dort Bäume zum Wohl der Republik zu fällen.

Vier Monate später erhielt Sanders, Distriktsgouverneur für Isisi-, Ikeli- und Akasaväländer, unter anderem eine Mitteilung, die folgendermaßen lautete:

»*An alle, die es angeht!*

Gesucht – auf einen Steckbrief, erlassen von Seiner Exzellenz, dem Präsidenten von Liberia, –

*Bosambo, Krumann,*

der vom Zuchthaus bei Monrovia entwischt ist, nachdem er einen Wächter ermordet hat. Man nimmt an, daß er ins Ausland geflohen ist.«

Dann folgten die Personalien.

Sanders legte dieses Aktenstück zu anderen Papieren ähnlichen Charakters – sie waren nicht eben selten – und wandte seine Gedanken dem ewigen Problem der Ochori zu.

Sanders war etwas ungeduldig, und die drei Ochori-Abgesandten, die sich zum Regierungssitz aufgemacht hatten, um Sanders ihre Klagen vorzubringen, fanden ihn sehr ungnädig.

Er verhandelte mit ihnen auf seiner Veranda.

»Herr! Niemand läßt uns in Frieden«, klagte der eine. »Isisileute und N'Gombivolk kommen von ferne und fordern dieses und jenes von uns, und wir geben – weil wir uns fürchten.«

»Fürchten? Wovor?« fragte Sanders verdrießlich.

»Wir fürchten Marter und Tod, das Sengen und den Raub unserer Weiber«, sagte ein anderer.

»Wer ist euer Häuptling?« fragte Sanders, sich unwissend stellend.

»Ich bin der Oberhäuptling«, antwortete ein ältlicher Mann, der mit einem Leopardenfell bekleidet war.

»Geh zu deinen Leuten zurück, Häuptling, wenn du wirklich ein Häuptling bist und nicht etwa irgendein altes Weib ohne Scham! Geh zurück und nimm einen Fetisch mit dir, einen mächtigen Fetisch, der, wie ich selbst, über euren Vorteil wachen und euch schützen wird. Diesen Fetisch stellt ihr an der Seite eures Dorfes auf, die der Mittagssonne gegenüberliegt. Ihr sollt den Platz bestimmen, wo er stehen soll, und um Mitternacht, mit gehöriger Feierlichkeit und unter dem Opfern einer jungen Ziege, sollt ihr meinen Fetisch dort aufstellen. Und wer es danach noch wagen sollte, euch zu mißhandeln oder zu berauben, tut das unter großer Gefahr für sich selbst.« Sanders sagte das sehr feierlich, und die kleine Abordnung war sichtlich ergriffen. Vermehrt wurde dieser Eindruck noch, als Sanders ihnen einen starken Pfahl in die Hand gab, an dessen Ende eine Tafel angebracht war, auf der gewisse Zeichen geschrieben waren.

Sie trugen ihre Trophäe sechs Tage weit durch den Urwald, dann in einer vier Tage langen Kanufahrt längs des Kleinen Flusses, bis sie nach Ochori kamen. Dort wurde der Pfahl beim Schein des Mondes unter dem Opfer *zweier* Ziegen (um sicherzugehen) so aufgepflanzt, daß die Tafel mit der Inschrift der geheimnisvollen Zeichen der Mittagssonne gegenüberstand.

Neuigkeiten wandern schnell im Hinterlande, und so kam die Nachricht zu den Dörfern des ganzen Isisi- und Akasavalandes, daß die Ochori unter dem besondern Schutz eines weißen Zauberers ständen. Beschützt waren sie ja immer gewesen, und manch einer starb durch des Weißen Hand, weil die Versuchung, Ochorileute zu morden, sich als unwiderstehlich für ihn erwiesen hatte.

»Ich glaube nicht, daß Sandi dieses Ding gemacht hat«, meinte der Akasavahäuptling. »Laßt uns über den Fluß gehen und mit unseren eigenen Augen sehen! Und wenn sie gelogen haben, wollen wir die Ochori mit Knüppeln verhauen, aber keinen Mann totschlagen, denn Sandi und seine Grausamkeit sind groß.«

Sie überschritten den Fluß und wanderten, bis die Ochoristadt in Sicht war. Die Ochorileute liefen auf die Nachricht, daß die Akasavaleute im Anzug wären, in den Busch und verbargen sich dort, wie es ihre Gewohnheit war. Die Akasavaleute gingen weiter, bis sie an den Pfahl kamen, der dort mit seiner Tafel und den Teufelszeichen aufgepflanzt war.

In Schweigen und Furcht standen sie vor der Tafel, und nachdem sie ihre Ehrfurcht bezeugt und ein Huhn geopfert hatten, das gesetzliches Eigentum der Ochori war, gingen sie nach Hause.

Danach kam eine Abordnung von Isisi, und diese mußte notgedrungen durch Akasava gehen. Sie brachte Geschenke mit und übernachtete bei den Akasavaleuten.

»Was ist das für eine Geschichte mit den Ochori?« fragte der Oberhäuptling der Isisi.

Darauf antwortete ihnen der Akasavahäuptling: »Die Reise könnt ihr euch sparen, denn ich habe es selbst gesehen.«

»Das«, entgegnete der Isisihäuptling, »will ich glauben, wenn ich's gesehen habe.«

»Das ist böses Geschwätz«, sagten die Akasavaleute, die bei dem Palaver versammelt waren. »Diese Isisihunde nennen uns Lügner!«

Trotzdem gab es diesmal kein Blutvergießen, und am Morgen zogen die Isisileute ihres Weges.

Die Ochori sahen sie kommen und flüchteten in den Busch; aber die Vorsicht war überflüssig, denn die Isisi zogen fort, wie sie gekommen waren.

Andere Stämme machten eine Wallfahrt zu den Ochori; so die N'Gombi, die Bokeli und die Pygmäen des Urwalds, die so scheu waren, daß sie in der Nacht kamen. Das Ochorivolk begann einen Begriff von seiner Wichtigkeit zu bekommen.

Dann erschien Bosambo, ein Krumann und irrender Abenteurer, auf der Szene. Er hatte 800 englische Meilen wilden Landes durchquert in der ernsten Hoffnung, die Zeit werde das Gedächtnis der liberianischen Regierung einschläfern und der Zufall ihn in ein Land bringen, wo Milch und Honig flössen. Nun war Bosambo in seinem Leben schon mancherlei gewesen, so Steward auf einem Dampfer der Elder-Dempster-Linie, ferner Schüler einer Missionsschule; er war der stolze Besitzer der »Lebensbeschreibungen der Heiligen«, einer Belohnung seines Fleißes, und unter seinen sonstigen Fertigkeiten befand sich auch einige Kenntnis des Englischen.

Die gastlichen Ochori nahmen ihn freundlich auf, fütterten ihn mit süßem Maniok und Zuckerrohr und erzählten ihm von Sandis Zauber.

Nachdem Bosambo gegessen hatte, ging er zu dem Pfosten hinunter und las die Inschrift:

»Vor Betreten wird gewarnt!«

Er empfing keinen großen Eindruck davon und schlenderte nachdenklich zurück.

»Dieser Zauber«, sagte er zum Häuptling, »ist ein feiner Zauber, ich kann das beurteilen, denn ich habe eines weißen Mannes Blut in meinen Adern.«

Zur Unterstützung dieser Behauptung verleumdete er einen daran völlig unschuldigen Beamten in Sierra Leone. Die Ochori waren tiefbewegt und erzählten die Geschichte ihrer Verfolgungen; eine Geschichte, die im grauen Altertum begann, als Tiganobeni, der große König, vom Norden herunterkam und alles Land nach Süden bis zum Isisi verwüstete.

Bosambo lauschte – es nahm zwei Nächte und den größten Teil eines Tages in Anspruch, um die Geschichte zu erzählen, weil der amtlich bestellte Geschichtenerzähler nur eine einzige Methode des Erzählens kannte –, und als die Erzählung beendet war, sagte sich Bosambo: Das sind die Leute, die ich lange gesucht habe, hier will ich bleiben.

Und laut fragte er: »Wie oft kommt dieser Sandi zu euch?«

»Einmal im Jahre, Herr«, sagte der Häuptling, »so etwa nach dem zwölften Mond.«

»Wann kam er zuletzt?«

»Wenn dieser Mond sich rundet, sind es drei Monde. Er kommt immer nach der großen Regenzeit.«

Dann, sagte sich Bosambo, bin ich für neun Monate sicher.

Sie bauten ihm eine Hütte, legten eine Bananenpflanzung für ihn an und gaben ihm Saatgut. Dann forderte er die Häuptlingstochter zum Weibe, und obwohl er nichts für sie bezahlte, kam das Mädchen doch zu ihm.

Bald merkten die anderen Stämme, daß ein Fremder in der Hauptstadt der Ochori lebte, denn Neuigkeiten dieser Art verbreiten sich schnell; aber da er verheiratet war und obendrein in die Häuptlingsfamilie, nahm man an, daß der Mann ein Ochori sein müsse, und in dieser Form gelangte auch die Nachricht zum Government. Dann starb der Ochorihäuptling; er starb plötzlich und unter großen Schmerzen; aber solche Sterbefälle sind häufig. Sein Sohn regierte an seiner Statt. Dann starb auch der Sohn nach allzu kurzer Regierung, und Bosambo rief den Stamm zusammen, die Ältesten, die Weisen des Rats und die Unterhäuptlinge.

»Es scheint«, sagte er, »daß eure vielen Götter mit euch unzufrieden sind, und es ist mir im Traum offenbart worden, daß ich Oberhäuptling der Ochori sein soll; deshalb, ihr Häuptlinge, Weisen und Ältesten, beugt euch vor mir, wie es Sitte ist, und ich will euch zu einem großen Volk machen!«

Es ist bezeichnend für die Ochori, daß nicht ein einziger Mann dem widersprach, obwohl drei Männer in dieser Versammlung waren, die nach dem Gesetz Anwartschaft auf die Thronfolge hatten.

Sanders hörte von dem neuen Häuptling und war betroffen. »Etabo?« wiederholte er – so nannte sich Bosambo. »Ich kann mich des Mannes nicht entsinnen; aber wenn er Rückgrat in die Kerle bringen kann, soll es mir einerlei sein, wer er ist.«

Rückgrat oder List oder beides – Bosambo war jedenfalls eingesetzt.

»Er hat viele Eigentümlichkeiten«, berichtete einer von Sanders' eingeborenen Spionen. »Jeden Tag versammelt er die Männer des Orts und läßt sie an einem Tisch vorbeigehen, auf dem viele Eier liegen, und auf seinen Befehl muß jeder Mann im Vorübergehen so schnell ein Ei davon wegnehmen, daß es kein Auge bemerken kann; und wenn der Mann stümpert oder gar langsam ist, dann bringt der neue Häuptling Schande über ihn, indem er ihn peitschen läßt.«

Da geht was vor, sagte sich Sanders. Aber auf keine Weise konnte er dahinterkommen, was vorging. Bericht über Bericht von der Verrücktheit des neuen Häuptlings kam ihm zu Ohren. Manchmal holte Bosambo die unglücklichen Ochori in der Nacht aus den Hütten und lehrte sie Dinge, von denen sie zuvor nie eine blasse Ahnung gehabt hatten. So unterwies er sie, wie man eine Ziege zu packen habe, damit sie nicht meckern könnte; auch, wie man auf dem Bauch kriecht, Zoll für Zoll, ohne das geringste Geräusch zu machen oder sich sonst zu verraten, zeigte er ihnen. Alle diese Forderungen führten die Ochori aus, wenn auch stöhnend über diese Schinderei und Ungerechtigkeit.

»Verdammt, wenn ich das verstehe!« murmelte Sanders, die Stirn runzelnd, als ihn der letzte Bericht erreichte. »Bei jedem anderen Stamm schlösse ich auf Krieg! Aber die Ochori --?«

Trotz seiner Verachtung der kriegerischen Fähigkeiten des Ochorivolks hielt Sanders seine Polizeisoldaten in Bereitschaft.

Aber es gab keinen Krieg. Statt dessen kamen Klagen von den Akasavaleuten, es seien viele Leoparden im Busch.

Leoparden wollen fressen, dachte Sanders; auf jeden Fall waren die Akasava hinreichend gute Jäger, um dieses Palaver ohne fremde Hilfe zu regeln.

Der nächste Bericht klang beunruhigend. Innerhalb zweier Wochen hatten diese Leoparden drei Dutzend Ziegen, zwanzig Säcke Salz und viel Elfenbein fortgeschleppt.

Leoparden fressen Ziegen; es mag merkwürdig wählerische Leoparden geben, die Ziegen nicht ohne Salz fressen können; aber ein Leopard nimmt niemals Elfenbeinzähne, sei es auch nur, um damit in seinen Zähnen zu stochern. Sanders machte sich deshalb eiligst fertig, den Fluß hinaufzufahren, denn unscheinbare Dinge wurden von Bedeutung in einem Land, wo die Menschen im Kleinen groß und im Großen klein sind.

»Herr, es ist wahr«, sagte der Akasavahäuptling bewegt, »diese Ziegen verschwinden Nacht für Nacht, obgleich wir sie bewachen; auch das Salz und das Elfenbein, das wir nicht bewachen, verschwindet.«

»Aber ein Leopard kann doch diese Dinge nicht nehmen«, wandte Sanders gereizt ein, »das müssen Diebe sein.«

Des Häuptlings Gebärde sprach für sich selbst. »Wer könnte sie stehlen?« entgegnete er. »Die N'Gombi wohnen zu weit weg, die Isisi ebenfalls. Die Ochori sind Narren und überdies furchtsam.«

Da fielen Sanders die Spiele mit den Eiern und die Nachtmanöver der Ochori ein. Ich werde mir diesen neuen Häuptling näher besehen, sagte er sich und überschritt den Fluß noch an diesem Tage.

Er sandte einen Boten, um seine Ankunft anzukündigen; er selbst wartete zwei Meilen vor der Stadt, und die Weisen und Ältesten brachten Früchte als Geschenk.

»Wo ist euer Häuptling?« fragte er.

»Herr, er ist krank«, sagten die Leute betrübt. »Heute überkam ihn ein Gefühl von Unwohlsein, und er fiel laut klagend zu Boden. Wir haben ihn in seine Hütte getragen.«

Sanders nickte. »Ich will ihn aufsuchen«, sagte er kurz.

Man führte ihn an des Häuptlings Hütte, und Sanders trat ein. Es war sehr dunkel darin, und in der finstersten Ecke lag ein Mann ausgestreckt.

Sanders beugte sich über ihn, fühlte leicht seinen Puls, betastete die Drüsen hinterm Ohr, ob sie – ein Symptom der Schlafkrankheit – geschwollen wären. Er konnte kein Anzeichen dafür finden. Aber als sein Finger über des Mannes Haut heruntorglitt, fühlte Sanders auf dessen nackter Schulter eine Narbe von sonderbarer Regelmäßigkeit. Dann fand er noch eine Narbe und fühlte deren Verlauf. Das Brandmal der Regierung von Monrovia für Schwerverbrecher war ihm bekannt.

»Ich dachte mir's«, murmelte Sanders und versetzte dem stöhnenden Mann einen heftigen Tritt. »Komm ans Licht, Bosambo aus Monrovia!« befahl er.

Bosambo stand gehorsam auf und folgte dem Distriktsgouverneur ans Tageslicht.

Da standen sie nun und betrachteten einer den andern mehrere Minuten lang.

Dann sagte Sanders im Dialekt der Pfefferküste: »Ich habe Lust, dich aufzuhängen, Bosambo.«

»Wie Euer Exzellenz belieben«, antwortete Bosambo.

Sanders schwieg, klopfte seine Stiefelspitze mit seinem Spazierstock und sah nachdenklich zu Boden.

»Du hast Diebe aus ihnen gemacht; könntest du auch Männer aus diesem Volk machen?« fragte er nach einer Pause.

»Ich denke, sie können jetzt kämpfen, denn sie sind geschwollen vor Stolz, da sie die Akasava beraubt haben«, antwortete Bosambo.

Sanders biß am Ende seines Stockes herum wie ein Mensch im Zweifel.

»Es darf weder Diebstahl noch Mord mehr geben! Es dürfen auch keine Häuptlinge oder Häuptlingssöhne mehr plötzlich sterben!« fügte er bedeutungsvoll hinzu.

»Herr, es soll geschehen, wie du wünschst.«

»Die gestohlenen Ziegen behalte, die Elefantenzähne und das Salz ebenfalls; denn wenn ihr sie den Akasavaleuten zurückgebt, werdet ihr ihren Magen mit Wut füllen, und das heißt Krieg.«

Bosambo nickte bedächtig.

»Dann sollst du auf deinem Posten bleiben, denn ich sehe, du bist ein gescheiter Kerl, und die Ochori haben Leute wie dich nötig. Aber wenn ---«

»Herr, beim Fett meines Herzens, ich werde tun, wie du befiehlst, denn ich habe mir stets gewünscht, ein Häuptling unter den Engländern zu sein.«

Sanders hatte bereits die Hälfte des Weges zur Küste zurückgelegt, als er seinen Feldstecher vermißte; er fragte sich, wo er das Glas liegengelassen haben könnte. In dem gleichen Augenblick führte Bosambo das Doppelglas seinem staunenden Volk vor.

»Von diesem Tage an«, befahl Bosambo, »soll es keinen Ziegenraub mehr geben noch Diebstahl anderer Art! Das habe ich dem Großen Sandi zugesagt. Und als Beweis seiner Liebe, seht ihr, hat er mir dieses Zauberding gegeben, das die Entfernung auffrißt.«

»Herr«, sagte einer der Räte in Ehrfurcht, »du hast den Großen Sanders gekannt?«

»Das will ich meinen!« erwiderte Bosambo bescheiden. »Denn ich bin sein Sohn!«

Glücklicherweise erfuhr Sanders nichts von dieser interessanten Enthüllung.

## *Der Schläfrige*

Es gab Gelegenheiten, bei denen Sanders mit der Außenwelt in Berührung kam; dann erfuhr er mit Betroffenheit, daß es jenseits der finsteren Wälder, jenseits der träge dünenden blauen See Männer und Frauen gab, die in richtigen Häusern wohnten und die ein Gesprächsthema wie gewaltsamen Tod und ähnliche schreckliche Vorkommnisse peinlichst vermieden, die Tag für Tag den Inbegriff seines Lebens ausmachten.

Er hatte es mit einem Volk zu tun, dessen Hauptcharakterzug Inkonsequenz war, mit einem Volk, das an Geister glaubte. Wenn man mit dem Regieren solcher Menschen zu tun hat, dann sind juristische und volkswirtschaftliche Kenntnisse ziemlich wertlos.

Einmal kam ein junger Mann aus England, dem ein gewisser Ruf voranging. Dieser Herr wurde vom Kolonialamt hinausgesandt, um unter Sanders einen Bezirk als Stationsleiter zu verwalten. Er war Doktor der Rechte, Wissenschaftler und hatte – theoretisch – Bekanntschaft mit Eingeborenensprachen, Bakteriologie und der medizinischen Wissenschaft im allgemeinen gemacht.

Er war ein sehr ernster junger Mann, und in der ersten Nacht nach seiner Ankunft hielt er den oft und heimlich gähnenden Sanders vom Zu-Bett-Gehen ab, indem er ihm ein System entwickelte, nach dem die Eingeborenen bekehrt werden sollten, nicht seelisch verwandelt, aber von unproduktivem Getue zu dem Standpunkt des rechtschaffenen, seßhaften Staatsbürgers bekehrt. Sanders äußerte dazu nichts als den konventionellen Ausdruck höflichen Interesses und entließ den jungen Mann und dessen Reisegepäck mit seinem amtlichen Segen nach einer Inlandsstation.

Torrington – so hieß der ernste junge Mensch – ließ sich in Entoli nieder und begann sofort, in die heidnischen Schädel die elementarsten Grundsätze angewandter Mechanik hineinzupfropfen. Mit anderen Worten, er lehrte sie durch das Medium der Suahelisprache, die sie nur höchst mangelhaft verstanden, und mit Hilfe eines Zinnkessels die Lehre vom Dampf.

Sie verstanden den Teil dieses Unterrichts, soweit er vom Kessel handelte, aber sie begriffen nicht ganz, was für eine Sorte Fleisch er darin kochte; und als er zum vierzigsten Male erklärte, daß er nur Wasser koche, schielten sie einander vielsagend an und stimmten darin überein, daß der Weiße in seinem Kopf nicht ganz richtig sei.

Sie sagten ihm das allerdings nicht ins Gesicht, denn Menschenfresser haben sehr gute Manieren, wenn auch ihre Tischgepflogenheiten viel zu wünschen übriglassen.

Mr. Torrington versuchte es bei ihnen auch mit chemischen Experimenten, indem er ihnen zeigte, wie Schwefelsäure, auf Zucker angewendet, $Su_2$, $Su_4$ oder ähnlich lautende Ergebnisse hervorbrachte. Das Resultat für Torrington war, daß er einen Ruf als Zauberer gewann. In mehr als einer Hütte wurde er als ein großer und schlauer Teufel angesehen und verehrt, was er ja in gewisser Hinsicht auch war. Aber beim ersten Mal, als er auf den wirklichen Geist dieses Volks stieß, gingen seine ganze Wissenschaft und seine eingepökelten Theorien zum Teufel.

Da trat Sanders auf die Szene; Sanders, der alle Chemie vergessen hatte, die er jemals gelernt, und der als Rechtsgelehrter der kläglichste Stümper war, den man sich denken kann.

Das ereignete sich folgendermaßen: Ein junger Isisimann hatte gewahrsagt, daß an einem bestimmten Tage zu einer bestimmten Stunde der Fluß über seine Ufer treten und das ganze Volk ertrinken würde. Als Mr. Torrington von dieser Prophezeiung erfuhr, lachte er darüber und kümmerte sich zunächst nicht darum. Aber dann fiel ihm ein, daß sich hier eine glänzende Gelegenheit böte, den Barbaren etwas von dem Wissen zu enthüllen, mit dem er so überreich gesegnet war.

Torrington zeichnete also eine große topographische Karte, die zeigte

1. das Flußbett,
2. die Höhe des Flußufers,
2. den höchsten bisher erreichten Wasserstand,
4. die Höhe des umliegenden Landes,

und er bewies so einfach wie möglich die vollständige Lächerlichkeit der Prophezeiung.

Dennoch waren die Schwarzen von seinen Ausführungen nicht überzeugt und machten sich bereit, die Gegend zu verlassen, als Sanders erschien.

Sanders sandte nach dem Propheten, einem jungen Menschen, der, als er vor Sanders trat, unverkennbar Anzeichen von Nervosität zeigte. Sanders hatte einen Holzkäfig am Fluß bauen lassen, in den der junge Mann hineingebeten wurde.

»Du wirst hier drinbleiben!« befahl Sanders ihm. »Und wenn der Fluß steigt, mußt du prophezeien, daß der Fluß wieder fallen wird, denn sonst wirst du sicherlich ertrinken.«

Darauf beruhigten sich die Schwarzen und warteten darauf, daß der Fluß den Propheten ertränkte und so dessen Prophezeiung bestätigte. Aber der Fluß fiel um diese Jahreszeit stetig, und dem Propheten ging es so wie vielen anderen Propheten: Er galt nichts in seinem Vaterlande.

Sanders ging, und Torrington nahm, obwohl etwas entmutigt, seine Versuche wieder auf.

Zuerst versuchte er es mit der Schlafkrankheit und verwandte darauf drei Monate vergeblicher Arbeit. Er imponierte damit niemandem als einem ältlichen Herrn, von dem im nächsten Kapitel mehr gesagt werden wird. Dann gab Torrington auch dieses Studium plötzlich auf und sprang zu einem anderen über.

Er hatte die Idee, die Leute impfen zu wollen; aber das erste Baby, das er geimpft hatte, starb an häutiger Bräune, und Torrington kam in eiligster Fahrt den Fluß herunter und erzählte Sanders eine wirre Geschichte von rasend gewordener Bevölkerung, die sein Blut verlange.

Dann fuhr Torrington auf Heimaturlaub.

»Das Land ist jetzt ruhig«, schrieb Sanders mit beißendem Humor an den Gouverneur. »Da schweben zahlreiche Palaver, aber keins von besonderer Wichtigkeit. Die Isisileute sind ungewöhnlich ruhig, und Bosambo, der Monrovianer, von dem ich Euer Exzellenz schrieb, gibt einen Musterhäuptling für die Ochori ab. Ihm konnten keine Diebstähle während der letzten drei Monate nachgewiesen werden. Ich wäre Euer Exzellenz aber dankbar, wenn ich volle Aufklärung über die Expedition erhielte, die gegenwärtig das Land unter dem Firmennamen ›Isisi-Ausbeutungs-Syndikat‹ durchquert.«

Seltsam genug, Torrington hatte vergessen, daß ein Mitglied dieser Expedition einer der interessiertesten Schüler seiner Schlafkrankheit-Klinik gewesen war.

Das Isisi-Ausbeutungs-Syndikat m. b. H. wurde zwischen dem ersten Gang und dem Dessert eines Diners gegründet, das in dem Hause eines Gentleman stattfand, der mit Vornamen Isidor hieß und im Maidatal wohnte. Eines Abends, beim Souper mit einem guten Freunde, der sich McPherson nannte, tauchte die Frage nach einer guten Firmenbezeichnung für eine Gesellschaft auf, und McPherson sagte, er habe die »Isisi-Ausbeutung« schon seit vielen Jahren im Kopf. Mit Hilfe des Atlas wurde das Isisiland entdeckt; es war einer jener Atlanten, auf dessen Karten die Landesprodukte angegeben waren, und quer über Isisi las man die Wörter: Gummi, Kolanuß, Mahagoni und Tabak.

Ich bitte den Leser, besonders den »Tabak« im Gedächtnis zu behalten.

»Da ist 'n Häuptling, mit dem ich etwas korrespondiert habe«, sagte McPherson, nachdenklich seine Zigarre kauend, »von dem könnte man 'ne Art Konzession kriegen. --- Ich möchte das jedoch in aller Stille getan haben, denn das Land steht unter britischem Protektorat. Nun, wenn wir jemand finden könnten, der das Geld dazu gibt und den wir hinaussenden könnten, um die Konzessionen zu deichseln, würden wir einen Konzern flottmachen, ehe einer ›Kicks‹ sagen kann.«

Weise erwogene Nachfrage entdeckte den gesuchten Mann in Claude Hyall Cuthbert, einem jungen Gentleman aus Finanzkreisen, der auf Grund der Tatsache, daß er einmal beinahe einen Löwen in Uganda geschossen hatte, von einem großen Bekanntenkreise als eine Autorität in afrikanischen Dingen angesehen wurde.

Cuthbert, der in Effekten und Aktien plätscherte, war eine Errungenschaft für jedes Syndikat, und nachdem man ihm zu verstehen gegeben hatte, daß es ein Teil seiner Aufgabe wäre, die Konzessionen zu bekommen, finanzierte er gern das Unternehmen bis zum Betrage von 7000 £ Sterling; hiervon gaben ihm die Herren Isidor und McPherson gütigst 4000 £ zur Deckung der Expeditionskosten zurück; die anderen 3000 £ wurden für Bürokosten verbucht.

Mister McPherson gestand offen: »Was immer passiert, mein Junge, wir sitzen auf Samt.«

Und das war buchstäblich wahr.

Vor Cuthberts Abreise gab McPherson diesem einen kleinen Rat: »Was immer Sie tun, steuern Sie klar von diesem verdammten Distriktsgouverneur Sanders; er ist einer von denen, die spionieren und sich in alles mischen.«

»Kenn' die Sorte!« antwortete Cuthbert überlegen. »Das ist nicht mein erster Besuch in Afrika. Habe ich Ihnen schon von dem Löwen erzählt, den ich in Uganda geschossen habe?«

Eine Woche später segelte er los.

Ein fremder Weißer reiste durch Sanders' Bezirk. Dieser Weiße – es war Cuthbert – folgte dem »grünen Pfad zum Tode«, aber das wußte er nicht. Er »warf sein Gesicht auf den Wald«, wie die Eingeborenen sagen, und lachte; und die Leute von Otembedorf standen vor ihren Hütten und beobachteten ihn mit schweigender Verwunderung.

Es war ein breiter Pfad zwischen Riesenbäumen, und das Grün des Unterholzes war gefleckt vom Sonnenlicht; und in der Tat, der grüne Pfad war wunderbar anzuschauen, da er der Allee einer Parklandschaft nicht unähnlich sah.

N'Beki, der Häuptling des Otembedorfes, ein sehr gutmütiger Alter, ging auf den Pfad hinaus, als der Weiße seine Wanderung begann.

»Weißer Mann!« sagte er feierlich. »Das ist der Weg zur Hölle, wo alle möglichen Sorten von Teufeln ihr Wesen treiben. Nacht bringt Reue und Morgen Haß gegen sich selbst, was schlimmer ist als der Tod.«

Cuthbert, dessen Kenntnis der Eingeborenensprache mangelhaft und dessen Bomongo gleich Null war, grinste ungeduldig, als sein Küstenjunge das ins Prosaische übersetzte: »Verdammten Buschmann sagen, nach und nach du sterben.«

»Sag ihm, er soll sich zur Hölle scheren!« polterte Cuthbert. »Und – hörst du, Flaggstock, frag ihn, wo's Gummi gibt! Sag ihm, wir kennten den Urwald in- und auswendig – und frag ihn nach den Elefanten und wo der Wechsel der Elefanten ist.«

Cuthbert war breitschultrig und untersetzt, und sein Gesicht war unter dem breiten Tropenhelm heiß und feucht.

»Sage dem Weißen«, antwortete der Häuptling ruhig, »Gummi gibt es nicht innerhalb von sieben Tagesreisen im Umkreise, und Elfenbein kennen wir kaum. Elefanten gab es hier wohl früher einmal, aber das ist lange her und nun nicht mehr!«

»Er ist ein Lügner!« war Cuthberts Antwort darauf. »Los! Avanti! Treck! Mach diesen Bettlern Beine, Flaggstock.«

Die »Bettler« – in langer Reihe wartend – nahmen ihre Lasten ohne Klagen auf. Es waren gute Träger, soweit man das von Trägern an sich sagen kann, und nur zwei waren gestorben, seit der Marsch begonnen hatte.

Cuthbert stand auf und beobachtete ihren Vorbeimarsch. Er ließ seinen Stock mitleidslos auf die Säumigen niedersausen. Dann wandte auch er sich zum Gehen.

»Frag ihn«, befahl er schließlich, »warum er diesen Weg hier den – äh – Dingsda nennt.«

Der Alte schüttelte den Kopf. »Wegen der Teufel«, sagte er.

»Sag ihm, er ist ein verrückter Esel!« brüllte Cuthbert los und folgte seinen Trägern.

Dieser natürliche Fußpfad, den die Karawane marschierte, führte in seiner ganzen Ausdehnung fast in einer geraden Linie durch den Urwald. Es war ein sonderbar gangbarer Weg, denn er war sehr eben, und der einzige Nachteil lag in der Tatsache, daß er die Brutstätte von Fliegen, schwarzen Fliegen, war, Fliegen, so groß wie die bekannte Stubenfliege, eher etwas größer.

Diese Fliegen erschreckten die Eingeborenen aus vielen Gründen, aber hauptsächlich, weil sie stachen. Sie erschreckten Cuthbert nicht, denn er war in Khaki gekleidet; nichtsdestoweniger fanden sie manchmal Zugang durch seine Ausrüstung und machten ihn wütend.

Der Pfad dehnte sich zehn Meilen aus und war angenehm zu gehen. Dann folgte der Forscher einem anderen Pfad quer durch den Busch, der sehr begangen, aber schlechter war.

Auf verschiedenen Wegen gelangte Cuthbert mitten in Sanders'

Bezirk, und es glückte ihm, Sanders zu meiden. Er hatte eine Karawane von sechzig Mann bei sich, außer einem Dolmetscher, und erreichte im Lauf seines Marschs den Ort eines großen Häuptlings, der einen beträchtlichen Landstrich regierte: den Ort Bosambos, des Oberhäuptlings der Ochori aus Duldung, der einst Steward der Elder-Dempster-Linie gewesen war, ferner ehemaliger Krumann, aber nichtsdestoweniger eine interessante Persönlichkeit.

Bosambo kam heraus, um seinen Besuch zu begrüßen.

»Sag ihm«, befahl Cuthbert seinem Dolmetscher, »ich sei stolz, einen so großen Häuptling zu sehen.«

»Großer Häuptling!« sagte der Dolmetscher in der Landessprache. »Dieser Weiße ist ein Narr und hat viel Geld.«

»Das sehe ich«, antwortete Bosambo.

»Sag ihm«, befahl Cuthbert mit der Würde eines Gesandten, »daß ich gekommen bin, um ihm höchst wunderbare Geschenke zu überbringen.«

»Der Weiße sagt«, übersetzte der Dolmetscher, »daß er dir Geschenke geben will, wenn du ein guter Mann bist. Nun«, fügte der Dolmetscher vorsichtig hinzu, »da ich der einzige bin, der für dich sprechen kann, laß uns etwas vereinbaren: Du hast mir ein Drittel von allem abzugeben, was er dir anbietet. Dann will ich ihn überreden, daß er noch mehr gibt, denn er ist der Vater der Verrückten.«

»Und du«, schnitt Bosambo ihm das Wort ab, »du bist der Vater aller Lügner.«

Damit gab Bosambo seiner Leibwache ein Zeichen, und man packte den unglücklichen Dolmetscher und führte ihn ab.

Cuthbert, in Angstschweiß gebadet, zog einen Revolver.

»Herr!« rief Bosambo, »machen Sie keinen Unsinn! Diesem verdammten Kerl nix gut! Ihm schlechte Dinge reden! Ich sprechen dem Englisch propper! Setz dich! Mer snackens.«

So ließ sich Cuthbert in dem Ochoridorf nieder, und während dreier Tage war ein großes Geschenkegeben und Unterschreiben von Abtretungen.

Bosambo trat das gesamte Ochorigebiet ab. Das war eine Kleinigkeit. Er trat die Rechte auf den Wald der Isisileute ab, er verkaufte die Akasavaleute, er verschacherte die Lulungoländer und deren Eingeborenenprodukte (ich zitiere das von dem handschriftlichen Aktenstück, das im britischen Kolonialamt aufbewahrt wird und die Unterschrift Bosambos trägt), und er fügte – als eine großherzige Zugabe – den Ikelibezirk hinzu.

»Nun, und die Stromrechte?« fragte Cuthbert entzückt.

»Was willst du dafür geben?« fragte Bosambo vorsichtig.

»Vierzig englische Pfund«, schlug Cuthbert vor.

»Abgemacht!«

Es war ein außerordentlich einfacher Handel. Ein besser unterrichteter Mann als Cuthbert wäre erschrocken gewesen über die Leichtigkeit seines Erfolgs, aber Cuthbert war zu eingenommen von sich, um über irgend etwas erschrocken zu sein.

Sein Abschied von Bosambo war rührend. Bosambo weinte und küßte seinem Wohltäter die Füße – erzählte man sich.

Jedenfalls hatte Cuthbert seine Konzessionen in der Tasche und trat, stets bemüht, Sanders aus dem Wege zu gehen, seine Rückreise nach der Küste an.

Er kam nach Entebi, wo ihn der Stationsleiter – damals war es Torrington – mit offenen Armen empfing.

Um diese Zeit war Torrington ungeheuer beschäftigt, ein Verfahren ausfindig zu machen, um die Schlafkrankheit auszurotten.

Bis dahin hatte Cuthbert unter dem Eindruck gelebt, daß das eine angenehme Krankheit wäre, deren hauptsächlichstes Symptom eine schmerzlose Schlafsucht sei. Interessiert daran, dehnte Cuthbert seinen Aufenthalt bei Torrington auf 14 Tage aus und gewann manchen fürchterlichen Einblick, denn Torrington hatte eine Art Amateurklinik errichtet, und jeden Tag kamen hundert Fälle in seine Behandlung.

»Und das kommt vom Stich der Tsetsefliege?« fragte Cuthbert. »Zeigen Sie mir doch bitte so'n Vieh!«

Torrington tat ihm den Gefallen, und als Cuthbert das kleine schwarze Insekt sah, wurde er totenbleich. »Großer Gott!« stammelte er. »So eine hat mich gestochen.«

»Es muß ja nicht daraus folgen ––«, versuchte Torrington ihn zu beschwichtigen, aber Cuthbert war außer sich und stürzte, besessen von Furcht, in das Lager seiner Träger.

»Lasten auf!« gellte er. »Raus aus diesem verfluchten Land, so schnell wir können.«

Torrington bemühte sich, ihn zu beruhigen, aber Cuthbert war nicht zu halten. Er verließ Entebi noch in derselben Nacht und lagerte im Urwald. Drei Tage später erreichte er eine Missionsstation. Dort klagte er über Kopf- und Halsschmerzen – er hatte nicht umsonst in Torringtons Klinik aufgepaßt.

Der Missionar schloß aus Cuthberts hagerem Äußeren und dessen allgemeinen, etwas wirren Bemerkungen, daß er einen Malaria-Anfall habe, und empfahl ihm ein paar Tage Rast, aber Cuthbert war in wahnsinniger Hast, die Küste zu erreichen.

Zwanzig englische Meilen hinter der Missionsstation schickte er seine Träger zurück und sagte, er marschiere die letzten hundert Meilen allein.

Die Schwarzen waren mit diesem Vorschlag einverstanden.

Von diesem Tage an entschwand Cuthbert völlig den Augen der Menschen.

Sanders war quer durch den Busch marschiert, um die endlosen Windungen des Flusses zu vermeiden, als er plötzlich in ein Totendorf gelangte: vier traurige kleine Hütten, in Eile zwischen einem Gewirr von Unterholz errichtet.

Sanders rief, aber niemand antwortete ihm. Er war zu vorsichtig, um eins dieser Verrücktenheime zu betreten; er kannte diese kleinen Ansiedlungen im Urwald. Es war Eingeborenensitte, die Alten und die Sterbenden – besonders die der Schlafkrankheit Verfallenen – in entlegene Gegenden außerhalb jeder Möglichkeit einer Begegnung mit Menschen zu bringen; man versah sie dort mit Nahrung für eine Woche und mit Feuer, damit sie ungestört in der Einsamkeit sterben konnten.

Sanders rief von neuem, aber nur der Urwald antwortete, der laute, geschwätzige Urwald, und ein Knistern von der Bewegung verborgener Dinge. Dennoch brannte ein Feuer und erzählte von Leben.

Sanders nahm seine Wanderung wieder auf und veranlaßte zunächst die Hinterlegung von Lebensmitteln an einem auffällig sichtbaren Ort für den Menschen, der das Feuer angemacht hatte.

Sanders war im Begriff, nähere Angaben über das Verschwinden

Cuthberts zu sammeln; es war schon die vierte Reise, die er deshalb unternahm, und unzählig waren die Palaver gewesen, die er deshalb abgehalten hatte.

Bosambo, Häuptling der Ochori, hatte reuevoll die Geschenke herausgegeben, die er von Cuthbert erhalten hatte, und seine Fehler zugegeben.

»Herr«, gestand er Sanders, »als ich bei den Weißen an der Küste war, lernte ich die Kunst, zu schreiben – es ist eine verfluchte Gabe, sonst wäre all diese Schererei nicht über mich gekommen. Denn um meinem Volke zu zeigen, was für ein bedeutender Mann ich sei, schrieb ich einen Brief nach englischer Weise und schickte ihn mit einem Boten an die Küste und von da nach Sierra Leone an meine Freunde. Diesen erzählte ich von meinem Glück; auf diese Weise erhielten die Leute in London Kenntnis von den Reichtümern dieses Landes.«

Sanders brachte seine Ansichten über Bosambos Genie in wenigen Sätzen zum Ausdruck, die an Klarheit nichts zu wünschen übrig ließen.

»Du Sklave und Sohn eines Sklaven, den ich aus dem Zuchthaus geholt habe, um die Ochori zu regieren, warum hast du den Weißen betrogen und ihm Länder verkauft, die nicht dein waren?«

»Herr«, antwortete Bosambo treuherzig, »sonst war ja nichts da, was ich ihm hätte verkaufen können.«

Aber nirgends eine Spur von Cuthberts Verbleib! Weder auf der Missionsstation noch bei den Trägern, die auf Verdachtsgründe hin zurückgehalten worden waren, konnte man etwas erfahren.

*Ein* Mann hätte die Situation aufklären können: Torrington. Aber dieser befand sich in England und versah dort das Amt eines Prüfungsassistenten auf dem Technikum in Kensington, wo er mehr in seinem Element war und seine Mußestunden mit Vorträgen über »Die Wanderungen der Banturassen« ausfüllte.

So verlief das Ende von Sanders' vierter Streife nicht erfolgreicher als die vorhergehenden, und Sanders marschierte etwas niedergeschlagen zum Sitz des Governments zurück.

Er schlug den Pfad ein, auf dem er vorher den Urwald durchquert hatte, und stieß am Spätnachmittag auf das Sterbedorf. Das Feuer brannte noch, aber die Lebensmittel, die Sanders hinterlassen hatte, waren verschwunden. Er rief die Hütten in der Eingeborenensprache an; niemand antwortete. Sanders wartete eine Weile und gab dann Befehl, weitere Lebensmittel auf den Erdboden zu legen.

»Armer Teufel!« murmelte Sanders, als er den Befehl zum Abmarsch gab. Er selbst hatte etwa ein halbes Dutzend Schritte gemacht, als er stehenblieb; im schwindenden Licht des Tages glitzerte etwas zu seinen Füßen. Sanders bückte sich und hob es auf. Eine abgeschossene Patrone. – Sanders untersuchte die Patrone sorgfältig, roch daran; sie mußte erst kürztlich abgefeuert worden sein.

Dann fand er noch eine: System Lee-Metford; sie trug das Zeichen »07«; das wollte sagen, daß sie weniger als ein Jahr alt war.

Er stand noch wie gebannt mit den kleinen Messinghülsen in der Hand, als Abiboo an ihn herantrat.

»Herr«, fragte der Haussa, »wer bindet Affen mit Stricken an Bäume?«

»Soll das ein Rätsel sein?« fragte Sanders ungehalten, denn sein Hirn beschäftigte sich noch immer mit den Patronenhülsen.

Anstatt zu antworten, gab Abiboo Sanders ein Zeichen, ihm zu folgen.

Fünfzig Yards von der Hütte entfernt stand ein Baum, und an dessen Fuß, in Stricke verheddert, befanden sich, wimmernd und schnatternd, in einem Zustande tödlichen Schreckens, zwei schwarze Äffchen. Sie spuckten und fletschten wild die Zähne, als Sanders sich ihnen näherte; er sah von den Patronenhülsen auf die Affen und von den Affen auf die Patronenhülsen; dann begann er im Gras zu suchen.

Er fand zwei weitere Messinghülsen und eine rostige Lanzette, wie sie in dem Taschenbesteck jedes Forschungsreisenden gefunden werden kann.

Nun ging er zur Hütte zurück, vor der das Feuer brannte, und rief leise: »Mr. Cuthbert!«

Keine Antwort.

Wieder rief Sanders: »Mr. Cuthbert.«

Aus der Hütte kam ein gequältes Stöhnen. »Laßt mich in Ruh'! Ich bin hierhergekommen, um zu sterben«, antwortete eine dumpfe Stimme.

»Kommen Sie raus und seien Sie gefälligst höflich! Sterben können Sie nachher.«

Nach einigen Minuten Wartens kam aus der Hütte das Wrack eines Mannes, mit langem Haar und einen Monat alten Bartstoppeln. Mürrisch pflanzte er sich vor Sanders hin.

»Darf ich fragen«, wandte sich dieser an ihn, »was das Theater soll?«

Der andere schüttelte den Kopf. Er bot einen bedauernswerten Anblick; seine Kleider hingen in Fetzen, er selbst war ungewaschen und schmierig. »Schlafkrankheit«, sagte er müde. »Fühlte es kommen; hab's gesehen, was für 'ne schreckliche Sache das ist. Wollte niemandem zur Last fallen. Gott, was für ein Narr war ich doch, in dieses dreckige Land zu kommen.«

»Das mag zutreffen«, antwortete Sanders. »Aber wer sagt Ihnen denn, daß Sie die Schlafkrankheit haben?«

»Weiß es! Weiß es!«

»Setzen Sie sich!« befahl Sanders.

Der andere gehorchte. Sanders machte die oberflächlichen Proben.

»Wenn Sie die Schlafkrankheit haben«, bemerkte Sanders nach dieser Prüfung, »dann leide ich an religiösem Wahnsinn! Mensch! Sie sind verrückt!«

Dennoch war irgend etwas in Cuthberts Gesichtsausdruck, was rätselhaft war; er war stumpfsinnig, schwerfällig und dumm; seine Bewegungen waren langsam, wie gelähmt.

Sanders beobachtete ihn, wie er eine schwarze Holzpfeife aus seiner zerrissenen Tasche zog und sie mit umständlicher Langsamkeit aus einem Lederbeutel stopfte.

»Es hat mich, sag' ich Ihnen«, murmelte Cuthbert und brannte die Pfeife mit einem brennenden Ast vom Feuer an. »Wußte es – *paff* –, sobald dieser Kerl, der Torrington – *paff* – die Symptome beschrieb. – *paff* – Fühlte mich elend und schläfrig – kriege 'n paar Affen; pumpte ihnen mein Blut ein. – *paff* – Sie wurden auch schläfrig. – Sicheres Zeichen!«

»Woher haben Sie denn den Tabak?« fragte Sanders hastig.

Cuthbert nahm sich Zeit zu antworten. »Schwarzer gab mir'n.

Häuptling Bosambo! Eingeborenentabak! Aber nicht schlecht! Gab mir 'nen höllischen Haufen davon.«

»Das mein' ich auch!« sagte Sanders, nahm ihm den Tabaksbeutel weg und steckte ihn in die Tasche.

Als Sanders Mr. Cuthbert sicher an Bord eines heimkehrenden Dampfers gebracht hatte, nahm er seine zwanzig Haussasoldaten mit nach dem Ochoribezirk, um Bosambo gefangenzunehmen. Er erwartete, daß Bosambo die Flucht ergreifen würde, aber der nicht aus der Ruhe zu bringende Häuptling erwartete ihn und empfing ihn mit den gebräuchlichen Ehrenbezeugungen.

»Ich gebe zu, daß ich dem Weißen den Hanf zum Rauchen gab; ich selbst rauche ihn ohne Schaden. Wie konnte ich wissen, daß er ihn schlafen macht?«

»Warum hast du ihm den Tabak gegeben?« forschte Sanders.

Bosambo sah dem Distriktsgouverneur voll ins Gesicht. »Herr, im verflossenen Mond kamst du und fragtest mich, warum ich ihm das Isisiland und das Recht auf den Kleinen Fluß gegeben hätte, die mir nicht gehörten; und jetzt kommst du und fragst, warum ich ihm Eingeborenentabak gegeben habe. Herr, es war von dem, was ich ihm gab, das einzige, was mir gehörte.«

## *Der Sonderkorrespondent*

Der ehrenwerte George Tackle hatte das Glück, der Sohn seines Vaters zu sein; sonst hatte er keine Anwartschaft auf Auszeichnung. Aber da sein Vater Eigentümer des Blattes »Courier und Echo« war, mit dem, wer weiß, wieviel tote und erloschene Sterne am Fleet-Street-Himmel fusioniert waren, hatte George Verbindungen, mit denen kein noch so großes wirkliches Verdienst hoffen durfte, in Wettbewerb zu treten. Und als die Gerüchte von Greueltaten im Lukatibezirk durchzusickern begannen und Gegenstand von Anfragen im Parlament wurden, öffnete George sein kostbar gebundenes Nachschlagewerk und entdeckte, daß der Besitz Lukati im britischen Schutzgebiet lag. Er forderte, sofort hinausgesandt zu werden, um diese Verbrechen aufzuklären, die ein Schandfleck unserer vielgepriesenen Zivilisation seien.

Sein Vater, der an und für sich eine falsche Wertschätzung vom Genie seines Sohnes hatte, stimmte zu und schlug vor, daß George zur Redaktion gehen und sich alle Unterlagen über jene Greueltaten geben lassen solle. George versprach es – mit einem gutmütigen, vergnügten Lächeln bei dem bloßen Gedanken, daß irgend jemand ihn über einen Gegenstand belehren sollte, über den er selbst so durch und durch unterrichtet war. Aber die »Courier und Echo«-Redaktion sah nichts von ihm, und der Archivar der Zeitung, der wirklich wertvolles Material in Gestalt von Zeitungsausschnitten, Flugblättern, Karten und gesundheitlichen Winken zur Richtschnur für den jungen Mann gesammelt hatte, war enttäuscht, als er erfuhr, daß der zuversichtliche Jüngling bereits abgereist war, ohne jede andere Belehrung als die, welche man sich durch hastiges Überfliegen jener kleinen Artikel sichern konnte, die von Tag zu Tag in den Morgenblättern erschienen.

Was »Sonderkorrespondenten« betrifft, führe ich mit schlecht unterdrücktem Triumph den Fall des ehrenwerten George Tackle als eine schreckliche Warnung für alle Zeitungseigentümer an, die ihren väterlichen Gefühlen gestatten, über ihr sonst gesundes Urteil zu siegen.

Alles, was der ehrenwerte George wußte, war, daß in Lukati vier eindeutige Fälle von barbarischer Grausamkeit gegen Eingeborene vorgekommen waren und daß der Gouverneur jenes Bezirks für das Auspeitschen und Foltern der Eingeborenen verantwortlich zu machen war. Der ehrenwerte George Tackle dachte, daß das alles sei, was er zu wissen nötig hätte. Aber damit beging er einen groben Irrtum.

Oben in Lukati gingen alle möglichen Dinge vor, wie Distriktsgouverneur Sanders auf seine eigenen Kosten erfahren sollte. Einmal besuchte er diesen Bezirk und verließ ihn in tiefstem Frieden. Die Eingeborenen bauten für seinen Stationsleiter Carter, den er dort zurückließ, ein hübsches Häuschen, pflanzten Gärten darum, und das alles aus freien Stücken.

Eines Tages, als Carter eben einen begeisterten Bericht über den Gewerbefleiß seines kleinen Gemeinwesens geschrieben und darin geschildert hatte, wie die Leute die neue Regierung mit offenem Herzen aufnähmen und unterstützten, suchte ihn der Dorfhäuptling Olari auf, den er witzig O'Leary nannte.

Carter ging gerade durch die sauber gefegte Dorfstraße, die Hände in den Jackettaschen, den weißen Tropenhelm tief im Nakken, denn die Sonne sandte sengende Strahlen zur Erde.

»Vater«, redete der Häuptling Olari ihn an, »ich habe diese Leute mitgebracht, sie wünschen dich zu sprechen.« Olari wies mit einer Handbewegung auf sechs fremde Krieger, die Lanze und Schild trugen und Carter ruhig ansahen.

Carter nickte.

»Sie möchten gern den wunderbaren kleinen Fetisch (Revolver) sehen, den mein Vater in seiner Tasche trägt, damit sie ihren Leuten von seinen Zauberkräften erzählen können.«

»Sag deinen Leuten«, erwiderte Carter gutgelaunt, »ich hätte den Fetisch nicht bei mir, aber wenn sie in mein Haus kommen wollen, will ich ihn ihnen gern zeigen.«

Hierauf hob Olari seinen Speer und durchbohrte Carter, und die sechs Krieger warfen sich gleichzeitig auf ihn. Carter wehrte sich mannhaft, aber er war unbewaffnet.

Als Sanders die Nachricht vom Tod seines Untergebenen empfing, fiel er weder in Ohnmacht noch in einen Zustand wahnsinnigen Fluchens; er saß gerade auf der breiten Veranda des Regierungshauses, als der bestaubte Bote ankam. Sanders erhob sich finsteren Blickes, die Lippen fest geschlossen, den Brief Tollemachs, des Polizei-Inspektors von Bokari, in den Händen, und schritt die Veranda auf und ab.

»Armer Junge! Armer Kerl!« war alles, was er sagte.

Er sandte keine Botschaft an Olari; er machte keinerlei Anstalten zu einem Strafzug; er fuhr fort, Schriftstücke auszufertigen, Polizeisoldaten auszumustern, Abendgesellschaften beizuwohnen, als ob es niemals einen Carter gegeben hätte.

Alles das wurde Olari von dessen Spähern berichtet, und Olari atmete auf.

Da Lukati 200 Meilen vom Regierungssitz entfernt war, wäre eine Strafexpedition durch ein wildes Gebirgsland kein kleines Wagnis gewesen, und das britische Government, so reich es ist, kann sich nicht gestatten, 100000 Pfund zu opfern, um den Tod eines Subalternen zu rächen.

Das alles wußte Sanders sehr wohl. Deshalb verwandte er seine Zeit, um die Namen von Carters Mördern festzustellen.

Als er erfahren hatte, was er wissen wollte, marschierte er siebzig Meilen weit in den Busch zum großen Zauberdoktor Kelebi, dessen Name von Dakar bis zur Ostgrenze von Togo an der ganzen Küste bekannt war.

»Hier sind die Namen der Leute, die Schande über mich gebracht haben«, sagte Sanders zu ihm, »aber hauptsächlich ist es Olari, der Häuptling der Lukati.«

»Ich werde Olari unter meinen Bann stellen«, erwiderte der Zauberdoktor, »unter einen sehr schlimmen Bann – und die anderen Leute auch. Die Kosten betragen sechs englische Pfund.«

Sanders bezahlte und schenkte überdies zwei Vierkantflaschen mit Schnaps und ein Stück Lendentuch. Dann ging er nach Hause.

Eines Nachts lief durch das Lukatidorf ein Raunen, und die Menschen flüsterten einander die Neuigkeit unter Angstschauern und scheuen Blicken zu.

»Olari, der Häuptling, ist verflucht!«

Olari hörte die Neuigkeit von seinen Weibern und lief aus der Hütte ins Mondlicht und gebärdete sich wie ein Wahnsinniger.

Am nächsten Tage erkrankte er; am fünften Tage lag er fast im Sterben und litt schreckliche Schmerzen, und mit ihm die sechs, die am Morde Carters beteiligt waren. Daß sie nicht starben, war nicht die Schuld des Zauberdoktors, der das Mißlingen mit der großen Entfernung entschuldigte, die zwischen ihm und seinen Beauftragten lag.

Sanders war damit zufrieden, denn er sagte sich, daß die Schmerzen zu diesem Preise billig seien und daß es ihm eine große Genugtuung bereite, eigenhändig das Wort »Finis« hinter das Kapitel »Olari« zu schreiben.

Eine Woche darauf wurde Sanders' Lieblingsdiener Abiboo krank. Keine Fiebersymptome oder irgendein Kennzeichen einer bestimmten Krankheit; der Mann ging eben langsam ein.

Sanders forschte nach und entdeckte, daß Abiboo den Zauberdoktor Kelebi beleidigt und daß der »Doktor« ihm die »Todesbotschaft« gesandt hatte.

Sanders nahm fünfzig Haussasoldaten mit sich und suchte den »Doktor« auf.

»Ich habe Grund anzunehmen«, redete er ihn an, »daß du als Menschentöter ein Versager bist.«

»Herr«, erwiderte Kelebi sanft, »mein Zauber kann keine Berge überschwemmen; sonst wären Olari und seine Spießgesellen jetzt tot.«

»Das mag sein, wie's will, aber ich hab's jetzt mit einem näher liegenden Zauber zu tun, und ich muß dir sagen, daß ich dich an dem Tage, an dem Abiboo stirbt, aufhängen werde.«

»Vater«, antwortete Kelebi nachdrücklich, »unter diesen Umständen wird Abiboo am Leben bleiben.«

Sanders gab ihm einen Sovereign, ritt zum Regierungssitz zurück und fand seinen Diener auf dem Wege der Genesung.

Dieses Vorkommnis ermöglicht es, das eigentümliche Milieu zu verstehen, in dem Sanders den größten Teil seines Lebens zubrachte; und es trägt dazu bei, die Ironie der durch die Ankunft George Tackles geschaffenen Lage besser zu würdigen.

Sanders frühstückte gerade auf der Veranda seines Hauses; von da genoß er den Blick über die grellen Schönheiten seines Gartens und die Aussicht auf die weite, rollende, ölige See, die ein einziges goldenes Aufflammen unter der glühenden Sonne war. Draußen, drei Meilen vom Land entfernt, lag ein Dampfer, und Sanders erkannte ihn durch sein Glas als den Elder-und-Dempster-Dampfer, der die monatliche Post brachte.

Da keine Briefe auf seinem Tisch lagen und der Dampfer bereits seit zwei Stunden vor Anker gegangen war, schloß er, daß keine Post für ihn angekommen sei, und empfand das dankbar; denn über jenes sentimentale Stadium, in dem Briefe noch angenehme Möglichkeiten bedeuten, war er hinaus.

Da er keine Briefe hatte, erwartete er auch keine Passagiere vom Dampfer, und der plötzliche Anblick George Tackles, wie er in der Hängematte in den Garten getragen wurde, erweckte Sanders' Betroffenheit.

Der ehrenwerte Herr George stieg vorsichtig heraus, setzte sich seinen weißen Tropenhelm auf, glättete die Falten seiner tadellosen

Beinkleider und stieg die Stufen herauf, die zur Veranda führten.

»Hallo«, sagte der Besucher. »Mein Name ist Tackle! George Tackle!« – Er lächelte dabei, als ob mehr zu sagen eine Beleidigung für die Intelligenz seines Gegenüber sei.

Sanders verbeugte sich – ein wenig förmlich –, er fühlte, daß sein Besuch dies erwartete.

»Ich bin hier in besonderem Auftrag«, fuhr der ehrenwerte George fort. »Wie Sie zweifellos gehört haben werden, ist mein alter Herr der Eigentümer des ›Courier und Echo‹, und so dachte er, es wäre besser, daß ich selbst hierher ginge und nach der Angelegenheit sähe. Ich zweifle natürlich nicht, daß das Ganze übertrieben ist.«

»Halten Sie mal den Atem an!« bat Sanders, dem jetzt ein Licht aufging. »Ich reime mir zusammen, daß Sie – – so 'ne Art Zeitungskorrespondent sind.«

»Recht geraten.«

»Und daß Sie hierhergekommen sind, um nachzuforschen, ob – – –«

»Eingeborenenbehandlung und dergleichen«, sagte George etwas obenhin.

»Und was stimmt da nicht mit der Eingeborenenbehandlung?« fragte Sanders, ganz Zucker.

Der ehrenwerte Gentleman machte eine unbestimmte Geste. »Wissen Sie – Zeitungsartikel – Missionare –«, antwortete er hastig und etwas verlegen, da er sah, daß der Mann ihm gegenüber, wenn irgendeiner, verantwortlich für die Gewalttätigkeiten sei.

»Ich lese keine Zeitungen«, erwiderte Sanders, »und –«

»Natürlich«, unterbrach George eifrig. »Wir können alles schon arrangieren, soweit es Sie betrifft – – –«

»Oh, danke!« Sanders' Dankbarkeit war ein wenig übertrieben, aber er streckte seine Hand aus. »Nun, ich wünsche Ihnen Glück. Lassen Sie mich wissen, wie es Ihnen mit Ihren Nachforschungen ergeht.«

George begann zu stottern. »Aber – entschuldigen Sie – wie – oh, zum Teufel damit! Wo soll ich denn bleiben?«

»Dachten Sie hier?«

»Ja, hol's der Henker! Mein Gepäck ist an Land! Ich dachte –«

»Sie dachten, ich beherberge Sie?«

»Nun, ich dachte ---«

»Daß ich Ihnen um den Hals fallen und Sie willkommen heißen würde?«

»Nicht gerade das, aber ---«

»Nun«, sagte Sanders, sorgfältig seine Serviette faltend, »ich bin alles andere als entzückt, Sie zu sehen.«

»Das kann ich mir vorstellen«, sagte der Ehrenwerte, sich in die Brust werfend.

»Weil Sie Verantwortlichkeit mit sich bringen, und ich hasse solche Verantwortlichkeit. Sie können Ihr Zelt aufschlagen, wo immer Sie Lust haben, aber ich kann Ihnen nicht die Gastfreundschaft anbieten, die Sie wünschen.«

»Ich werde diese Angelegenheit dem Gouverneur berichten«, sagte der ehrenwerte George, Unheil kündend.

»Meinetwegen berichten Sie's meiner Großmutter Patentante«, erwiderte Sanders höflich.

Eine halbe Stunde später sah Sanders George wieder an Bord des Schiffes gehen, das ihn nach Isisi Bassam bringen sollte. Sanders lachte. George würde nun stehenden Fußes zum Government gehen und dort einen Empfang erhalten, mit dem verglichen ein Saharasturm ein sanfter Zephir Arabiens war.

Gleichzeitig war Sanders ein wenig betroffen, aber nicht ein bißchen verletzt; in seinem Bezirk waren niemals Scheußlichkeiten an Eingeborenen verübt worden, und er wußte nicht, wie die Gerüchte entstanden waren, die diesen »Beauftragten« auf seine »Forschungsreise« gebracht hatten. Konnte das vielleicht ein entstellter Bericht von der Bestrafung Olaris zustande gebracht haben? – »Fahr schnell zum Dampfer und bring ein ›Buch‹ zu dem weißen Herrn, der eben von hier fortging«, befahl Sanders einem Diener, indem er einen Zettel folgenden Inhalts schrieb:

»Ich fürchte, ich bin etwas unhöflich Ihnen gegenüber gewesen, da ich nicht wußte, auf was, zum Teufel, Sie lossteuerten. Überwältigende Neugierde veranlaßt mich, Sie einzuladen, meinen Bungalow mit mir zu teilen, bis Sie Ihre Nachforschungen beginnen wollen.«

Der Ehrenwerte las das mit selbstzufriedenem Schmunzeln.

»Die einzige Möglichkeit, diese Burschen zu behandeln, ist, ihnen zu zeigen, daß man keinen Unsinn hinnimmt. Ich dachte mir's schon, daß er von seinem hohen Roß heruntersteigen wird«, meinte er zum Kapitän des Elder-und-Dempster-Dampfers.

Der Kapitän, der Sanders' Ruf kannte, lächelte, sagte aber nichts.

Noch einmal wurde das Gepäck des Sonderberichterstatters – ein wahres Gebirge – in das Brandungsboot verladen, und George winkte seinen Freunden auf dem Dampfer Lebewohl.

Der Kapitän des Dampfers lehnte über der Seite der Kommandobrücke und beobachtete das auf- und niedergehende Boot in der Dünung.

»Da fährt einer hin, der Sensationen sucht, und ich möchte nicht die Hälfte der Sensationen haben, die er finden wird. Ist der verdammte Anker schon auf, Mr. Simmons? Halbe Kraft voraus! Steuert genau West, Ihr da!...«

Es war ein kleiner Triumph für Seine Ehren. Zehn uniformierte schwarze Polizisten warteten am Strand, um sein Gepäck in Empfang zu nehmen, und Sanders ging ihm bis in die Mitte des Gartens entgegen. »Die Sache liegt so«, begann Sanders verlegen.

Aber der großmütige George erhob seine Hand: »Lasssen Sie Geschehenes geschehen sein!«

Sanders fühlte sich unsagbar angeödet von dieser Entfaltung von Großmut. Noch verdrießlicher war er, als sich der Berichterstatter weigerte, auf die Frage der Grausamkeiten zurückzukommen.

»Als Ihr Gast«, sagte George feierlich, »fühle ich, daß es besser für alle Beteiligten wäre, wenn ich eine unbeeinflußte Nachforschung vornehme. Ich werde mich bemühen, mich an Ihre Stelle zu versetzen, um alle mildernden Umstände zu berücksichtigen.«

»Oh, nehmen Sie einen Gin-Swizzel!« sagte Sanders barsch und ungeduldig. »Hören Sie mal!« fuhr er fort. »Ich will nur zwei Fragen stellen. Wo sollen die Grausamkeiten verübt worden sein?«

»Im Lukatibezirk.«

Ah, Olari! dachte Sanders. Dann: »Wer war das Opfer?«

»Mehrere!« Der Berichterstatter zog sein Notizbuch. »Verstehen Sie wohl! Ich erörtere die Angelegenheit lieber nicht mit Ihnen, aber da Sie darauf bestehen!«

Er las: »Efembi von Wastambo.«

»Oh!« sagte Sanders und hob die Brauen.

»Kabindo von Machembi.«

»Oh, mein Gott!« entfuhr es Sanders.

Der ehrenwerte George las noch sechs andere Fälle, und mit jedem weiteren glättete sich eine Falte auf Sanders' Stirn nach der anderen.

Als die Aufzählung zu Ende war, sagte der Distriktsgouverneur zögernd: »Ich kann Ihnen eine Erklärung abgeben, die Ihnen einen großen Teil unnötiger Mühe ersparen wird.«

»Ich sähe es lieber, Sie täten das nicht«, drückte sich George auf die für einen Juristen passendste Weise aus.

»Auch gut!« sagte Sanders und pfiff seinen Boys, sie sollten das Essen bringen.

Während des Mahles berührte Sanders nochmals den Gegenstand. »Ich habe hier auf der Station eine Anzahl Freunde – ich verhehle Ihnen diesen Umstand nicht. Da ist O'Neill, der Schutztruppenoffizier, der Doktor, dann Kennedy von der Vermessungsabteilung und ein halbes Dutzend mehr. Haben Sie Lust, die zu fragen?«

»Es sind Ihre Freunde?«

»Allerdings! Persönliche Freunde!«

»Dann wird es vielleicht besser sein, ich spreche sie nicht«, meinte Seine Ehren würdevoll.

»Ganz, wie Sie wünschen«, entgegnete Sanders.

Mit einem Gefolge von vier Polizeisoldaten und fünfzig Trägern, die von den benachbarten Dörfern herbeigeschafft worden waren, ging George ins Innere. Sanders sah ihn abmarschieren.

»Ich kann natürlich nicht für Ihr Leben einstehen«, sagte er beim Abschied, »und ich muß Sie darauf aufmerksam machen, daß das Government nicht verantwortlich für irgendeinen Schaden ist, der Sie trifft.«

»Ich verstehe«, antwortete der ehrenwerte George, mit dem Kopf nickend. »Aber ich lasse mich nicht abhalten. Ich stamme von einem Geschlecht...«

»Das mag alles richtig sein«, schnitt Sanders dessen genealogische Hinweise ab. »Aber der letzte Reisende, der im Busch verspeist wurde, war ein D'Arcy, und dessen Leute kamen mit dem ›Eroberer‹ herüber.«

Der Sonderberichterstatter nahm den geraden Weg nach Lukati, und am Ende des dritten Tagesmarsches kam er nach Mfabo, wo der große Zauberdoktor Kelebi wohnte. George schlug ein Zelt außerhalb des Dorfes auf und machte, begleitet von den vier Polizeisoldaten, dem Häuptling seinen Besuch. Das war der erste Fehler, den er beging, denn er hätte dem Häuptling sagen lassen müssen, dieser solle ihn besuchen, und wenn er schon irgend jemanden besuchen wollte, hätte er diesen Besuch dem Zauberdoktor machen müssen, der ein größerer Mann war als vierzig Häuptlinge zusammen.

Bald darauf fand er sich vor der Hütte des Zauberdoktors auf der Erde hockend und inmitten einer lebhaften Unterhaltung, die durch seinen Dolmetscher aus Sierra Leone mit jener berühmten Persönlichkeit vermittelt wurde.

»Sage ihm«, befahl George seinem Dolmetscher, »ich sei ein großer Häuptling der Weißen, und mein Herz schlage für die Schwarzen.«

»Ist Sanders ein guter Mann?« fragte er darauf.

Der Zauberer, dem Sanders' Drohung mißfallen hatte, antwortete: »Nein!«

»Warum?« fragte der ehrenwerte George weiter. »Schlägt Sanders die Leute?«

»Nicht nur geschlagen hat er die Leute«, erklärte der Zauberdoktor mit Wohlbehagen, »sondern es gab Zeiten, wo er sie lebendig verbrannt hat.«

»Das ist eine schwerwiegende Anklage«, bemerkte George, seinen Kopf hin- und herwiegend. Nichtsdestoweniger schrieb er hastig in sein Notizbuch:

»Interviewte Kelebi, geachteter eingeborener Arzt, welcher erklärt: ›Ich habe mein ganzes Leben in diesem Bezirk zugebracht und habe niemals einen so grausamen Mann kennengelernt wie Sandi (Sanders). Ich erinnere mich noch, daß er einmal einen Mann ersäufen ließ – den Namen dieses Opfers habe ich vergessen. Bei einer anderen Gelegenheit verbrannte er einen würdigen Schwarzen bei lebendigem Leibe, weil sich dieser weigerte, Sanders und seine Polizeisoldaten durch den Urwald zu führen. Ich erinnere mich auch der Zeit, da Sanders ein Dorf anstecken ließ und große Leiden über die Eingeborenen brachte. Die Eingeborenen des Landes stöhnen unter der Last seiner Unterdrückung; denn von Zeit zu Zeit kommt er und fordert Geld und Getreide von ihnen, und wenn er nicht alles erhält, was er fordert, peitscht er die Eingeborenen, bis sie laut aufschreien.‹

Ich vermute fast, daß an der letzten Angabe etwas Wahres ist, denn für Sanders war das Einsammeln der Hüttensteuer keine leichte Sache.«

George schüttelte den Kopf, als er mit dem Schreiben fertig war.

»Das sieht sehr schlimm aus!« murmelte er.

Er verabschiedete sich, dem Doktor die Hand reichend; der alte Gauner machte ein enttäuschtes Gesicht und stellte eine Frage in der Landessprache.

»Sie sein nicht imstand, ihm was zu schenken?« übersetzte der Dolmetscher.

»Schenken?«

»Yes! Gib ihm Präsent! Flasche Gin.«

»Aber nein! Er soll sich mit dem Bewußtsein zufriedengeben, der Menschheit einen Dienst erwiesen zu haben, und damit, daß er der Sache eines niedergetretenen Volkes dient.«

Der Zauberdoktor gab eine Antwort, die der Dolmetscher sich klugerweise hütete, ins Englische zu übersetzen.

»Nun, wie geht's mit der Feststellung der Greueltaten?« wandte sich drei Wochen später der Hauptmann der Polizeitruppe an Sanders.

»Soweit ich sehen kann«, entgegnete dieser, »stellt unser gemeinschaftlicher Freund eine Liste von Opfern zusammen, mit der verglichen die Berichte der großen Pest anmuten wie die Werbetexte eines Badeortes.«

»Wo befindet er sich jetzt?«

»Er hat Lukati erreicht – und das beunruhigt mich.«

Der Schutztruppenoffizier nickte, denn alle möglichen Gerüchte waren von Lukati gekommen. – Es hatte eine gute Ernte gegeben, und gute Ernten bedeuten Müßiggang, und Müßiggang bringt Unfug. Auch hatte man da oben die »Teufelstänze« getanzt, und dem gutmütigen Bokaristamm waren Weiber geraubt worden.

»Ich habe ja freie Hand, um einen Aufstand im Keime zu erstikken«, erwog Sanders verdrießlich, »und alles spricht für einen Aufstand. – Was meinen Sie, sollen wir den Bericht abschicken und auf Verstärkung warten, oder sollen wir ohne diese unser Glück versuchen?«

»Es ist Ihr Begräbnis, und ich hasse es, Ihnen einen Rat zu geben. Geht die Sache schief, kriegen Sie den Abschied; aber wenn es von mir abhinge, ginge ich sofort hin – selbstverständlich!«

»Hundertvierzig Mann!« sagte Sanders nachdenklich.

»Und zwei Revolverkanonen«, fügte der andere hinzu.

»Also, los!« rief Sanders. Eine halbe Stunde später gellte das Horn durch die Baracken der Polizeisoldaten, und Sanders schrieb einen Bericht an seinen Vorgesetzten im fernen Lagos.

Der ehrenwerte George hatte keine blasse Ahnung, daß er in Lukati alles andere als willkommen war.

Olari, der Häuptling, hatte ihn freundlich begrüßt, hatte ihm Geschichten von Sanders' Grausamkeit erzählt; Geschichten, die, wie George schrieb, notwendigerweise das Sterbegeläut britischer Unbescholtenheit in unseren Eingeborenenkolonien seien. (Ich bin nicht imstande, den genauen Sinn dieser Äußerungen zu erraten.)

George hielt sich einen Monat als Gast in Lukati auf. Er hatte beabsichtigt, höchstens drei Tage zu bleiben, aber immer hatte es einen Grund gegeben, seine Abreise zu verschieben. Einmal hieß es, die Träger seien davongelaufen, ein anderes Mal, die Wege seien nicht sicher; und einmal bat Olari ihn, er möchte doch bleiben und seine jungen Männer tanzen sehen.

George wußte nicht, daß sich seine kleine Eskorte von vier Polizeisoldaten unsicher fühlte, weil sein Dolmetscher, ein ebenso großer Idiot wie George selbst, Anzeichen nicht zu deuten verstand.

George kannte die Bedeutung eines Tanzes nicht, an dem nicht weniger als sechs Zauberdoktoren teilnahmen; er kannte auch die Geschichte jenes in sich zusammenbrechenden Hauses nicht, das einsam am Dorfende stand. Wenn George sich die Mühe genommen hätte, dieses Haus einer näheren Besichtigung zu unterziehen, so würde er einen Tisch, einen Stuhl und ein Feldbett gefunden haben und auf dem Tisch einen von Staub und Regen fleckigen Bericht, der folgendermaßen anfing:

»Ich habe die Ehre, Euer Exzellenz zu berichten, daß die Eingeborenen ihre fleißige und friedliche Haltung beibehalten...«

In diesem Haus hatte zu seinen Lebzeiten der Stationsleiter Carter gewohnt, und die Eingeborenen mit ihrer abergläubischen Scheu vor den Toten hatten nichts angerührt. Gegen das herannahende Ende des Monats glaubte der ehrenwerte George im Benehmen seines Wirtes eine schlecht verhehlte Anmaßung im Ton und in dem Verhalten der Dörfler etwas mehr als Drohung entdecken zu können.

Jede Nacht fanden jetzt Tänze statt, und das taktmäßige Stampfen der Füße, das Anschlagen der Speere an die Bambusschilder und der niemals endende dumpf-rollende Gesang, den die Tänzer hören ließen, raubten George die nächtliche Ruhe.

Täglich kamen Boten zu Olari von weit her, und einmal wurde George mitten in der Nacht durch wilde Schreie aufgeweckt. Er sprang aus dem Bett, und als er den Zeltvorhang beiseite schob, sah er, wie man ein halbes Dutzend Weiber längs der Dorfstraße schleppte – das Ergebnis eines Beutezuges gegen die friedlichen Bokari... George zog sich an, in Schweiß gebadet vor Furcht und Entrüstung, und ging zum Häuptling, glücklicherweise ohne seinen Dolmetscher, denn was Olari ihm antwortete, hätte George zur Salzsäule erstarren lassen.

Am Morgen nach diesem ihn gänzlich unbefriedigt lassenden Zwiegespräch ließ George seine vier Polizeisoldaten antreten und so viele von seinen Trägern, als sich im Augenblick gerade auftreiben ließen, und machte sich marschfertig.

»Herr«, sagte Olari, als ihm die Absicht Georges verdolmetscht wurde, »ich sähe es lieber, du bliebest noch. Das Land ist unsicher von landstreichendem Gesindel, und ich habe dir noch viel von den Teufelstaten Sandis zu erzählen. Überdies«, fügte der Häuptling hinzu – dabei zeigte er auf drei Sklaven, die damit beschäftigt waren, einen großen Pfahl in der Mitte des Dorfes aufzustellen –, »heute nacht ist der große Tanz dir zu Ehren. Danach werde ich dich ziehen lassen, wohin du willst, denn«, schloß Olari, »du bist mein Vater und meine Mutter.«

Der ehrenwerte George zögerte noch, als plötzlich, wie durch Zauberei, an jedem Ende der Dorfstraße zwanzig vom Wegstaub bedeckte Polizeisoldaten auftauchten. Einen Augenblick standen sie mit Gewehr bei Fuß, dann flankierten sie nach rechts und links, und in der Mitte jeder der beiden Gruppen wurde der gefüllte Kühlbeutel eines Maximgeschützes sichtbar.

Olari sagte nichts; er sah nur erst nach der einen Richtung und dann nach der anderen; sein braunes Gesicht wechselte die Farbe zu einem schmutzigen Grau.

Sanders kam langsam auf die Gruppe zugeschlendert; unrasiert, der Anzug zerrissen vom Gestrüpp, in der einen Hand einen langläufigen Revolver.

»Olari«, sagte er leise.

Der Häuptling trat vor.

»Ich denke, Olari, du bist etwas zu lange Häuptling gewesen.«

»Herr, mein Vater war vor mir Häuptling und vor ihm mein Großvater.« Olaris Gesicht zuckte.

»Und was wurde aus Tagondo, mein Freund?« frage Sanders. (Tagondo war der Name, den die Eingeborenen dem unglücklichen Carter gegeben hatten.)

»Herr, er starb«, antwortete Olari. »Er starb an der Krankheit Mongo – an der Krankheit selbst.«

»Gewiß«, entgegnete Sanders, mit dem Kopf nickend. »Und ebenso gewiß sollst du an derselben Krankheit sterben.«

Olari suchte nach einer Möglichkeit zur Flucht. Da sah er Seine Ehren Mr. George fassungslos von einem zum anderen blicken und warf sich zu Füßen des Berichterstatters nieder. »Herr«, schrie er, »rette mich vor diesem Mann, der mich haßt!«

George verstand die Gebärde, sein Dolmetscher sagte ihm das übrige, und als ein Haussasoldat die Hand nach dem Häuptling ausstreckte, schlug der Sohn des Hauses von Widner, stark im Gedanken an seine Gerechtigkeit, die Hand zurück.

»Hören Sie, Sanders!« – er vergaß alles, was er vorher am Häuptling mißbilligt hatte, vergaß seine Furcht vor ihm –, »ich meine, Sie haben den armen Teufel genug gestraft.«

»Packt den Kerl, Sergeant!« befahl Sanders scharf.

Der Haussa packte Olari an den Schultern und schleuderte ihn zurück.

»Dafür sollen Sie büßen!« brüllte Seine Ehren George Tackle in ohnmächtiger Wut. »Was wollen Sie mit ihm machen? – Mein Gott! Nicht ohne ein Gericht!«

Er sprang vorwärts, aber die Polizeisoldaten ergriffen ihn und hielten ihn zurück.

»Für das, was Sie getan haben, sollen Sie büßen!« wiederholte der Berichterstatter einen Monat später zu Sanders, als er an Bord des heimwärts fahrenden Dampfers ging.

»Ich möchte Sie nur darauf aufmerksam machen«, erwiderte Sanders, »daß, wenn ich nicht im letzten Augenblick hinzugekommen wäre, Sie selbst alles Büßen besorgt hätten; denn in der Nacht, als ich ankam, sollten Sie massakriert werden. Haben Sie denn nicht den großen Pfahl bemerkt?«

»Das ist eine Lüge!« antwortete der andere. »Ich werde England widerhallen lassen von Ihrer Missetat. Der Zustand Ihres Bezirks ist ein Schandfleck in der Zivilisation!«

»Da ist kein Zweifel«, sagte der Richter Keneally am Schluß der Verhandlung der Verleumdungsklage Sanders' gegen »Courier und Echo«, »daß der Beklagte Tackle eine Anzahl verleumderischer und schädigender Artikel geschrieben hat. Nach meinem Dafürhalten ist die befremdlichste Seite des Falles die, daß der Beklagte, der den Auftrag hatte, die Zustände im Lukatibezirk zu untersuchen, sich nicht einmal die Mühe gab, festzustellen, wo dieses Lukati liegt, denn wie Ihnen, meine Herren Geschworenen, mitgeteilt wurde, gibt es nicht weniger als vier Lukatis in Westafrika; und das in Dahomé gelegene Lukati war der Bezirk, wohin der Beklagte hatte hingehen sollen. Wie er dazu kam, das Lukati in Britisch-Westafrika für das Lukati in Dahome zu halten, weiß ich nicht. Aber um seine Anschuldigungen gegen einen vollkommen unschuldigen britischen Beamten zu stützen, brachte er eine Anzahl völlig haltloser Artikel, von denen jeder einzelne als das Interesse des Klägers verletzend und noch schädlicher für die Zeitung angesehen werden muß, die diese Artikel in ihrer ungeheueren Unwissenheit veröffentlichte.«

Das Gericht erkannte Sanders einen Schadenersatz von neuntausendsiebenhundertundfünfzig Pfund Sterling zu.

## *Die Tanzsteine*

Helden sollten groß und hübsch sein und blitzende Augen haben. Sanders war nicht groß, hatte eine gelbe Gesichtsfarbe und graues Haar. Helden sollten sich einer sanften Rede befleißigen, voll weicher Phrasen für zarte Frauen, die ihren Weg kreuzen. Sanders war ein leidenschaftsloser Mann, aber er fluchte beim geringsten Anlaß, und für Frauen hatte er schon gar nichts übrig.

Wenn man einen Mann auf einen Thron setzt, mag dieser Thron auch ein hölzerner Schemel sein, der auf dem Markt für ein Vierpencestück oder weniger zu haben ist, dann übernimmt man eine Verantwortlichkeit, die größer ist als alle Genugtuung und Befriedigung, die in diesem Tun liegen mag. In Toledo befindet sich das Grabdenkmal – eine bronzene Platte – eines großen Königmachers, der lange genug lebte, um seine Bedeutungslosigkeit einzusehen. Die Inschrift auf diesem Bronzegrab spricht beredt von seiner höchsten Lebenserkenntnis und seinem menschlichen Streben. »Pulvis et nihil« lautet die Inschrift, und »Staub und nichts« ist das letzte Schicksal aller Königmacher.

Sanders war in jenen frühen Tagen ein Königmacher; er zerbrach einige, und so lag es nur im Gesetz des Ausgleichs, daß er sich am Wiederaufbau beteiligte.

Er vernichtete Esindini, Matabini, T'saki, um nur drei zu nennen, und half in sehr viel früherer Zeit, Lobengula, den Großen Stier, vernichten.

Königmacher war er ohne Zweifel, aber die Könige, die er machte, waren nur kleine Könige. Das ist die Gewohnheit des britisch-afrikanischen Regierungssystems, daß man einen großen Herrscher stürzt, um viele kleine Herrscher an seine Stelle zu setzen. Es ist sicherer so.

Irgendwo um 12° nördlicher Breite und 0° Länge befindet sich ein Land, dessen hervorstechendste Eigentümlichkeit es ist, daß es englisch, französisch oder deutsch ist, je nach der Karte von Afrika, nach der man es betrachtet.

Zu der Zeit, von der ich schreibe, war es keines davon, sondern es wurde von dem großen Herrscher Mensikilimbili regiert. Er war der mächtigste Herrscher und deshalb der grausamste. Sein Reich erstreckte sich, wie sich die Schwarzen ausdrückten, von Mondaufgang bis Sonnenuntergang, und seine Herrschaft war unbestritten. Er hatte einen Hofstaat und saß auf einem Elfenbeinthron. Über den Leopardenfellen trug er einen aus Gold und Scharlachfäden gewebten Mantel.

Er übte selbst die Gerichtsbarkeit aus.

Er hatte 300 Weiber und 4000 Krieger, und seine Bekanntschaft mit Weißen begann und endete mit der Ankunft einer französischen Mission, die ihn mit einem großen Hut, einer Drehorgel und 100000 Franken in Gold beschenkte.

Das war Limbili, der große König von Yitingi.

Die kleinen Häuptlinge des Landes südlich von seinem Reiche sprachen von ihm nur mit verhaltenem Atem; sein Name wurde nur leise gesprochen wie der eines Gottes; er war ein Symbol der Majestät und Macht. Das Isisivolk, selbst ein Stamm von Bedeutung und in dem gleichen Maße großsprecherisch veranlagt, sprach von sich selbst verächtlich im Vergleich mit dem Königreich Yitingi.

Sanders, der der französischen Mission gefolgt war, ging als Gesandter zu Limbili, brachte ihm allerhand Geschenke und Botschaften des Friedens. Er wurde von einer großen Kriegerschar in das Land geleitet und wohnte in der Stadt selbst. Nach zwei Tagen Wartens erhielt er Nachricht, daß Seine Majestät ihn sehen wolle, und er wurde vor den Mächtigen geführt; der war ein alter Mann, ein tückischer alter Mann (wenn Sanders ihn überhaupt richtig beurteilte), der nicht mißzuverstehende Zeichen von Ärger und Verachtung zeigte, als Sanders seine Geschenke ausbreitete.

»Und was ist das, Weißer«, fragte der König. »Spielzeug für meine Weiber oder Geschenke für meine Unterhäuptlinge?«

»Die? Die sind für Eure Hoheit!« antwortete Sanders ruhig.

»Von einem Volk, das Freundschaft nicht nach dem Wert von Geschenken bemißt.«

Der König schnaubte vor Zorn.

»Sage mir, Weißer, hast du auf deinen Reisen jemals einen so großen König wie mich gesehen?«

»Herr König«, antwortete Sanders freimütig, auch wenn es zu seinem Schaden war, »ich habe schon größere gesehen.«

Der König runzelte die Stirn, und die Menge um seine geheiligte Person murrte drohend.

»Da lügst du«, sagte der König ruhig, »denn einen größeren König als mich hat es nie gegeben.«

»Der Weiße soll doch sagen, wer größer ist«, krächzte ein betagter Ratgeber. Ein Murmeln des Beifalls begleitete seine Worte.

»Herr!« sagte Sanders, dem Alten auf dem Thron gerade in die Augen sehend, »ich habe Lo Ben gesehen.«

Der König runzelte wiederum die Stirn, dann nickte er. »Ich habe von ihm gehört, er war ein großer König und ein Fresser von Völkern. Wen sonst?«

»König«, log Sanders, »ich habe auch Ketcewayo gesehen.«

Etwas wie ein Zauber überflog den Hofstaat. Der Name Ketcewayo war weit nach Norden gedrungen.

»Aber von den weißen Königen«, beharrte der Herrscher. »Gibt es einen weißen König, bei dessen Worten die Menschen zittern?«

Sanders lachte innerlich, denn er kannte einen solchen Herrscher, aber er antwortete, in seinem ganzen Leben habe er keinen solchen König getroffen.

»Und ein Heer?« fragte der König. »Hast du jemals ein solches Heer gesehen, wie meines ist?«

In gleicher Weise erwähnte er die Reihe seiner Besitztümer, und Sanders, der herausfand, daß Lügen ihm einen großen Teil Mühe ersparten, log, was das Zeug hielt, und erkannte Limbili als den größten König der Welt an, als den Kriegsherrn der vollkommensten Armee und als den Herrscher eines erhabenen Königreichs.

Hier mag gesagt sein, daß das Königreich Yitingi seine Unverletztheit den Fehlern seines Königs verdankte, denn zufrieden mit der Vollkommenheit all seines Besitztums, beschränkte dieser seine Ungerechtigkeiten, seine Grausamkeiten und kleinen Fehden auf dieses Königreich selbst und suchte darin seine Erholung.

Eines Tages – kurz nach der Regenzeit, als es kühl war und die Luft voll von dem Duft des afrikanischen Frühlings – machte Sanders eine Reise durch die kleinen Provinzen; das sind jene Landstriche, die weitab von den großen Strömen liegen, in irgendeinem neckischen Winkel versteckt, scharf entzweigeschnitten von dieser oder jener internationalen Grenzlinie oder zerstreut am Rande unerforschter Gebiete und aufs Geratewohl vom Kartographen als »unter britischem Einfluß stehend« bezeichnet.

Das war stets eine interessante Reise, denn Sanders machte sie nur einmal im Jahr. Der Weg führte fremde Ströme hinauf und durch unbekannte Landschaften; an Dörfern vorüber, wo Weiße, mit Ausnahme von Sanders, niemals gesehen worden waren.

Nach einem monatelangen Marsch kam der Distriktsgouverneur nach Icheli, das an der Grenze von des Großen Königs Reich liegt und wo Sanders mit größter Höflichkeit von den Häuptlingen und Landesältesten empfangen wurde.

»Herr, du kommst zu guter Stunde«, begrüßte ihn der Häuptling. »Heute nacht tanzt Daihili.«

»Und wer ist Daihili?« fragte Sanders.

Man erzählte ihm von ihr. Später brachte man ein selbstbewußtes junges Ding vor ihn. Ein wenig naseweis für eine Eingeborene, dachte Sanders; ein schlankes Mädchen, größer als die Durchschnittsschwarze; die Figur vollkommenstes Ebenmaß, das Gesicht hübsch, sogar vom Europäer-Standpunkt aus, grazil in der Haltung und jede Bewegung harmonisch. Sanders, an seiner Zigarre kauend, umfaßte es mit einem Blick.

»Mädchen, man erzählt mir, du tanzt?«

»Das stimmt! Ich bin die größte Tänzerin der Welt.«

»Das kann ich nicht gut glauben«, sagte der vorsichtige Sanders. »Aber ich zweifle nicht, daß dein Tanz wundervoll ist.«

»Herr«, sagte sie mit bezeichnender Geste, »wenn ich tanze, werden die Männer toll; sie verlieren ihren Verstand. Heute nacht, wenn der Mond am höchsten steht, werde ich dir den ›Tanz der drei Liebhaber‹ tanzen.«

»Heute nacht«, entgegnete Sanders kurz, »werde ich im Bett sein und – wie ich glaube – schlafen.«

Das Mädchen runzelte die Stirn; möglich, daß sie sich verletzt fühlte, da sie ein Weib von fünfzehn Jahren und in keiner Weise verschieden von den Weibern sonstwo in der Welt war. Das wußte Sanders nicht, und ich zweifle, ob ihm die Kenntnis dessen viel geholfen hätte.

Er hörte das Tam-Tam rollen in der Nacht, als er im Bett lag, hörte das rhythmische Klatschen der Hände und fiel in Schlaf; sein letzter Gedanke war, welches wohl das Ende eines Mädchens wäre, dessen Tanz Männer verrückt macht.

Das Mädchen war des Häuptlings Tochter, und vor dem Abmarsch tauschte Sanders mit diesem noch einige Worte über sie.

»Deine Tochter ist fünfzehn, und es wäre besser, sie heiratete.«

»Herr, sie hat viele Liebhaber, aber keiner ist reich genug, sie zu kaufen«, antwortete der Vater stolz, »weil sie eine so großartige Tänzerin ist. Häuptlinge und Große von weit abliegenden Dörfern kommen her, um sie zu sehen.« Der Häuptling sah sich um und dämpfte seine Stimme. »Man sagt«, flüsterte er, »daß der Einzig-Große selbst von ihr gesprochen habe. – Vielleicht wird er nach ihr schicken und mir dieses und jenes für sie anbieten; in diesem Falle«, bemerkte der Häuptling hoffnungsvoll, »werde ich schachern und handeln und ihn hinhalten, und jeden Tag werde ich den Preis steigern.«

»Wenn der Einzig-Große sie braucht, laß sie gehen«, sagte Sanders. »Sonst kann es dir geschehen, daß er dir anstatt wertvoller Geschenke ein Heer schickt. Ich will aber keinen Krieg oder ein Weiberpalaver, das schlimmer als Krieg ist; beachte dies wohl, Häuptling!«

»Herr, dein Wort ist mein Wunsch«, antwortete der Häuptling verbindlich.

Sanders ging in kurzen Märschen zu seinem Bezirk zurück. In Isisi wurde er über eine Woche lang durch ein Zauberpalaver aufgehalten. In Belembi im Isisiland hielt er sich drei Tage auf, um einen durch den Fetisch begangenen Mord zu erledigen. Er hatte gerade den Urteilsspruch gefällt, und Abiboo, der Sergeant, suchte in diesem Augenblick die stärkste Bambusrute für die Prügelstrafe aus, die vollzogen werden sollte, als der Ichelihäuptling mit drei Kanus in fliegender Fahrt den Fluß herunterkam. Sanders, der von dem Platz, wo er saß, eine gute und weite Aussicht nach dem Fluß hatte, sah, daß etwas vorgefallen sein müsse, und erriet, was es war.

»Gerechtigkeit!« rief der Häuptling, und seine Stimme zitterte vor Wut und Furcht. »Gerechtigkeit gegen den alten Großen, den Mädchenräuber, den Städtezerstörer! Möge der Tod über ihn kommen! Iwa! –«

Noch am selben Tage, an dem Sanders ihn verlassen hatte, war der Bote des Großen Königs gekommen, und mit ihm 100 Krieger, und hatte das Tanzmädchen gefordert. Seinem vorgefaßten Plan getreu, hatte der Häuptling das unvermeidliche Schachern um den Preis begonnen; die angebotenen Geschenke seien zu klein, das Mädchen sei hunderttausend Messingstangen, nein tausend Säcke Salz wert.

»Du warst wahnsinnig!« bemerkte Sanders kalt. »Kein Weib ist tausend Säcke Salz wert.«

»Ja, das mag schon sein«, gab der wütende Vater zu. »Dennoch wäre es Torheit gewesen, einen zu niedrigen Preis zu fordern.«

Das Schachern hatte die ganze Nacht und den folgenden Tag gedauert, und am Ende wurde der Gesandte des Großen Königs ungeduldig. »Schick nach dem Weibe«, hatte er gesagt, und Daihili war gekommen, gehorsam dem Befehl, ehrbar genug aussehend, jedoch mit versteckten Blicken der Ermunterung zu dem unbewegten Gesandten hinüber und mit berechneter Zurschaustellung ihrer Reize. »Weib«, hatte der Bote gesagt, »der Größte der Könige verlangt nach dir, willst du kommen?« – »Herr«, hatte das Mädchen geantwortet, »ich wünsche mir nichts Besseres.« Bei diesen Worten hatten die hundert Krieger einen Kreis um das Mädchen geschlossen.

»Und auf diese Weise«, sagte Sanders, »hast du gar nichts für sie erhalten.«

»Herr, es ist so, wie du sagst«, antwortete der alte Häuptling.

»Es liegt auf der Hand, daß dies ungerecht war, denn kein Mann darf ein Weib nehmen, ohne daß er dafür bezahlt. Ich glaube«, fügte Sanders mit beißendem Humor hinzu, der gelegentlich seine Wahrsprüche begleitete, »daß der Mann eigentlich zweimal bezahlt, einmal an den Vater des Weibes und das ganze Leben lang an sein Weib; aber das mag sein, wie es will.«

Sechs Wochen nach dieser Beratung schickte Sanders einen Boten an den Großen König und verlangte den Preis, der dem Vater für seine Tochter zustand.

Was dem Boten geschah, soll hier lieber nicht beschrieben werden. Aber in seinen letzten Augenblicken wurde er zu des Königs Haus getragen, und Daihili tanzte den »Tanz der Geister«. Soviel wurde bekannt.

Sanders unternahm nichts. Ebensowenig das britische Government. Aber einige Noten wurden zwischen Gesandten und Ministern in Paris gewechselt, und das war das Ende dieses Vorfalles.

Zwei Ichelispäher gingen in das Land des Großen Königs. Einer von den beiden kam zurück und erzählte, daß das Tanzmädchen das Lieblingsweib des alten Königs sei und daß ihre Launen das Schicksal des Landes bestimmten. Ebenso berichtete er, daß viele Männer, Räte und Kriegshäuptlinge wegen dieser schlanken Tänzerin den Tod erlitten hätten.

Der zweite Späher kehrte niemals zurück. Vielleicht war der Umstand, daß man seiner habhaft wurde, die Veranlassung für das Mädchen, ein Heer gegen die Icheli zu senden. Vielleicht glaubte sie, daß ihr Volk sie beobachten ließe.

Eines Tages wurde die Ichelistadt von Kriegern des Großen Königs umzingelt, und weder Mann noch Weib noch Kind entrannen.

Die Nachricht von dieser Schlächterei erreichte Sanders erst lange Zeit danach. Der Grund dafür war einfach. Es lebte niemand mehr, der diese Nachricht hätte bringen können, denn die Icheli sind ein von der übrigen Welt abgeschlossenes Volk.

Eines Tages jedoch stieß eine jagende Isisistreife auf der Suche nach Elefanten auf einen Ort, wo es nach Brand und Leichen roch, und so erfuhr es Sanders.

»Wir können keine Verantwortung für die Grausamkeiten des Königs von Yitingi auf uns nehmen«, schrieb der französische Kolonialminister Monsieur Léon Marchassa, »und meine Regierung wird jeden Versuch der britischen Regierung, dieses Land zu beruhigen, mit Sympathie begrüßen.«

Aber die britische Regierung tat nichts, denn Krieg ist eine kostspielige Sache, und Sanders verfluchte seine Arbeitgeber aufs lebhafteste.

Er wagte sein Leben, marschierte mit zwanzig Polizeisoldaten an die Grenze von Yitingi und sandte einen Boten – einen Yitingimann – zum König. Mit der Kühnheit, die nicht die unbedeutendste seiner Eigenschaften war, forderte er den König auf, zu einem Palaver vor ihm zu erscheinen.

Dieses Abenteuer schien fast von vornherein mißlungen, denn gerade als die »Zaire« nach der Grenze des Königreichs zu dampfte, stieß Sanders unerwartet auf die Spuren eines Raubzugs. Nicht falsch zu deutende Zeichen wiesen auf den Urheber dieses Raubzugs hin.

»Ich habe große Lust, zurückzudampfen und den verdammten Ochorihäuptling Bosambo zu bestrafen«, sagte Sanders zum schwarzen Unteroffizier Abiboo. »Obwohl der Kerl bei einer ganzen Mustersammlung von Göttern und Teufeln geschworen hat, Frieden zu halten, haben wir hier die Bescherung! Raubzug auf fremdem Gebiet!«

»Er läuft uns nicht weg, Herr«, entgegnete Abiboo. »Übrigens ist er noch hier in der Nähe, denn seine Feuerstellen sind noch warm.«

So marschierte Sanders weiter und sandte seinen Boten zum König. Er ließ sein kleines Fahrzeug unter Dampf halten – er hatte die einzige Stelle gewählt, wo der Fluß die Yitingigrenze berührt – und wartete, stets auf dem Sprunge, wenn es die Klugheit gebieten sollte, schimpflich die Flucht zu ergreifen.

Zu seinem Erstaunen brachten seine Späher die Nachricht, der König sei im Anmarsch.

Sanders verdankte diese Herablassung dem Einfluß der kleinen Tänzerin, denn sie hatte, echt weiblich, ein Gedächtnis für Kränkungen und wollte an Sanders Rache nehmen.

Der Große König kam an, und Sanders beobachtete den sich quer über das wiesenähnliche Gelände zu beiden Seiten des Stromes hinwindenden Zug mit recht gemischten Gefühlen. Ungefähr 100 Yards vom Ufer entfernt machte der König halt, und sein großer scharlachroter Königsschirm war der Mittelpunkt einer schwarzen Linie von Kriegern, die sich rechts und links von ihm ausdehnte.

Dann löste sich ein Trupp los und kam auf den dürren Baum zu, der am Wasser stand und von dem das Banner Englands in der Windstille schlaff herunterhing.

»Hier werde ich auch einmal totgehen«, sagte Sanders laut zu sich selbst.

Es war ein Zeichen des Ernstes der Lage, daß er sich so weit vergaß, zum Negerenglisch herabzusteigen.

»Der König, der Große, Einzige, erwartet dich, Weißer, und bietet dir Sicherheit in seinem Schatten«, sagte der Königsbote.

Sanders nickte. Er schlenderte auf die versammelten Kriegerhaufen zu und erschien vor dem alten Mann, der auf einem Haufen von Fellen hockte und wie ein Affe in das Sonnenlicht blinzelte.

»Herr und König, mögest du ewig leben!« begrüßte ihn Sanders aalglatt, und als er seine Hand zum Gruße erhob, sah er, wie das Tanzmädchen ihn mit gerunzelter Stirn betrachtete.

»Was willst du, Weißer?« fragte der alte König. »Bringst du so reiche Geschenke, daß du mich viele Tagesreisen weit herrufst?«

»Herr, ich bringe keine Geschenke«, erwiderte Sanders kühl. »Aber die Botschaft eines Königs, der größer ist als du, dessen Soldaten zahlreicher sind als der Sand im Fluß und dessen Länder sich vom Osten zum Westen und vom Norden zum Süden erstrecken.«

»Einen solchen König gibt es nicht«, knurrte der Alte. »Du lügst, Weißer, und ich werde deine Zunge in kleine Streifen schneiden lassen.«

»Laß ihn seine Botschaft sagen, Herr!« mischte sich das Mädchen ein.

»Das ist seine Botschaft!« Sanders stand nachlässig, die Hände in den Taschen seiner Uniformjacke, und der König war dem Tode näher, als er es ahnte. »Mein Herr sagt, weil der Große König von Yitingi das Ichelivolk aufgegessen, weil er die Grenze überschritten und Leiden über mein Volk gebracht hat, ist mein Herz wund geworden. Dennoch will ich im Frieden mit ihm leben, wenn der Große König eine Strafe von 1000 Stück Vieh bezahlt und meinen Soldaten und meinen Beamten freien Zutritt in sein Land gestattet.«

Der Alte lachte, eine böse, kichernde Lache. »Oh, ho«, kicherte er, »ein großer König.«

In diesem Augenblick trat das Mädchen vor. »Sandi«, sagte sie,

»einmal hast du mich gedemütigt; denn als ich für dich tanzen wollte, hast du geschlafen.«

»Zu dir, Daihili, sage ich nichts«, antwortete Sanders mit festem Ton. »Mit Weibern verhandle ich nicht. Das ist weder Sitte noch Gesetz. Noch weniger unterhalte ich mich mit Tanzmädchen. Ich habe Geschäfte mit dem König Limbili.«

Der König sprach hinter seiner vorgehaltenen Hand hastig zu einem Mann, der sich zu ihm herabbeugte, und Sanders, der seine Hände noch immer in seinen Jackentaschen hatte, entsicherte seine Brownings.

Während das Mädchen redete, beobachtete er aus seinen Augenwinkeln den Mann, der mit dem König sprach. Sanders sah ihn zwischen den Kriegerhaufen verschwinden, die hinter den herumhockenden Leuten standen, und bereitete sich auf das Schlimmste vor.

»Da ich nicht für dich tanzen darf«, sagte das Mädchen, »wünscht mein Herr und König, daß du mir etwas vortanzest.«

»Das ist Unsinn«, entgegnete Sanders. Dann sah er, wie die Reihe der Krieger auf ihn zudrängte, und heraus kamen die Brownings.

Krach! Krach!

Der Schuß, der dem König galt, verfehlte diesen und traf einen hinter ihm stehenden Krieger. –

Es war aussichtslos von Beginn an. Sanders machte sich das mit stoischer Ruhe klar, als er äußerst unbequem und wie ein zusammengebündeltes Huhn auf der heißen, ausgedörrten Erde lag. Beim ersten Schuß, dachte er, würde Abiboo getreu den von ihm erhaltenen Anweisungen den Bug des Dampfers stromabwärts lenken. Das war die einzige magere Genugtuung, die er aus der Lage zu ziehen imstande war.

Während dieses endlos langen Tages, als die Sonne erbarmungslos auf ihn niederbrannte, lag er in der Mitte eines bewaffneten Wachtrupps und erwartete den Tod, der in irgendeiner schrecklichen Gestalt kommen mußte. Er war nicht bestürzt darüber, denn das war das folgerichtige Ende der Angelegenheit.

Gegen Abend gab man ihm Wasser zu trinken; er nahm es dankbar entgegen. Aus dem Geschwätz der Bewacher schloß er, daß der

Abend für seinen Tod gewählt worden war. Aber die Todesart mußte er erraten. Wenn er den Kopf ein wenig wandte, konnte er von dem Fleck, auf dem er lag, des Königs Zelt sehen. Den ganzen Nachmittag über waren die Leute beschäftigt, flache Steine vor dem Königszelt aufzuhäufen. Diese waren von sonderbarer Gleichförmigkeit und schienen für einen bestimmten Zweck behauen und bearbeitet zu sein. Er wandte sich deshalb an einen Wächter.

»Das sind die Tanzsteine, Weißer«, sagte der Krieger. »Sie kommen vom Berg unweit der Hauptstadt.«

Als die Nacht herniedersank, wurde ein Riesenfeuer angezündet, und während er dieses beobachtete, hörte er von dem Entkommen der »Zaire« und war froh.

Er mußte etwas eingenickt sein, seelisch und physisch erschöpft, als er emporgerissen wurde, man ihm seine Fesseln abstreifte und ihn vor den König führte.

Jetzt sah er, welcher Art seine Folter sein würde. Die flachen Steine wurden mit hölzernen Zangen vom Feuer genommen und aus ihnen eine Art rohen Pflasters vor dem Zelt gebildet.

»Weißer«, sagte der König, als rauhe Fäuste dem Distriktsgouverneur die Schuhe von den Füßen rissen, »das Weib, die Daihili, will dich tanzen sehen.«

»Sei versichert«, knirschte Sanders zwischen seinen Zähnen, »daß du eines Tages in der Hölle in angenehmerer Gesellschaft tanzen wirst; aber vorher wirst du noch am Ende eines Strickes tanzen.«

»Wenn du am Ende deines Tanzes noch lebst«, sagte der König, »wird es dir leid tun.«

Ein Kreis von Kriegern umgab, mit den Speerspitzen nach innen zu, das sonderbare Pflaster. Die an der Seite des Königszeltes standen, bückten sich, um dem König die Aussicht nicht zu versperren.

»Tanze!« befahl der König, und Sanders wurde vorwärtsgestoßen.

Der erste Stein, den er betrat, war lauwarm, und auf diesem blieb er stehen, bis ein Speerwurf ihn auf den nächsten Stein jagte. Dieser war glühend heiß. Sanders sprang mit einem unterdrückten Schrei in die Höhe, aber er kam herunter auf einen – noch heißeren, und wieder sprang er hoch ---

»Begießt ihn mit Wasser!« schrie der König belustigt, als man den Ohnmächtiggewordenen von den Steinen zog; sein Anzug versengte dort, wo er lag, zu einem erkennungslosen Haufen.

»Nun tanze wieder!« befahl der König von neuem.

Da schoß aus dem Dunkel, das um die Gruppe lag, ein zitternder Strahl.

Tak – tak – tak – tak – tak –

Abiboos Revolvergeschütz war in einer Entfernung von 50 Yards in Tätigkeit, und mit ihm stürmten 500 Ochori heran, geführt vom Häuptling aller Häuptlinge, von Bosambo.

Einen Augenblick hielten die Yitingi stand; aber dann, als die Ochori mit einem wilden Schrei, der drei Viertel Furcht war, heranstürmten, brachen die Krieger des Königs auseinander und flohen.

Man trug Sanders schnell zum Dampfer, denn die Yitingi, berühmte Nachtkämpfer, hatten die Gewohnheit, sich bald wieder zu sammeln.

Sanders saß an Deck des Dampfers, pflegte seine verbrannten Füße und fluchte leise vor sich hin. Er hörte die Ochori, wie sie in ihre Kanus kletterten, hörte das Ächzen seiner Polizeisoldaten, die das Revolvergeschütz wieder an Bord brachten, und sank von neuem in Ohnmacht.

»Herr«, sagte am nächsten Morgen Bosambo, »vor vielen Monden hast du den Ochori den Vorwurf gemacht, daß sie keine Krieger seien. Das war richtig – damals –, aber in jenen längst vergangenen Tagen gab es auch keinen Häuptling Bosambo! Jetzt, da ich es sie gelehrt und etwas Mut in ihre Seelen gebracht habe, haben sie die Soldaten des Großen Königs besiegt.«

Bosambo stand in prächtiger Pose da, seine Schultern deckte ein von Gold und blauen Fäden gewebter Mantel, den er nachts zuvor noch nicht gehabt hatte.

»Bosambo«, antwortete Sanders, »obwohl ich noch eine Rechnung mit dir zu begleichen habe, weil du durch deinen Beutezug das Gesetz überschritten hast, bin ich dir doch dankbar, daß deine Begierde nach dem Eigentum anderer dich in die Nähe geführt hat. – Aber wo hast du den Mantel her?«

»Gestohlen! Vom Zelt des Großen Königs!« bekannte Bosambo offen. »Ich habe auch einen von den Steinen mitgebracht, auf denen mein weißer Herr es ablehnte, zu stehen. Ich habe den Stein mitgebracht, damit er als Beweismittel dient.«

Sanders nickte nur und kaute verdrießlich an seiner Zigarre. Auf denen mein weißer Herr es ablehnte, zu stehen, war gut gesagt.

»Laß mich den Stein sehen!« befahl er.

Bosambo selbst brachte den Stein herbei. Der Stein hatte die Hitze gut genug vertragen, aber durch rohe Behandlung war eine Ecke abgebrochen.

Lange und ernst blickte Sanders auf diese abgebrochene Ecke.

»Hier ist ein Anlaß, den keine verfassungsmäßig gebildete britische Regierung übersehen kann«, murmelte er endlich. »Ich sehe Limbilis Ende!«

Die Regenzeit kam und der Frühling, ehe Sanders wieder vor dem Großen König stand. Diesmal als Sieger. Links lagerten drei Regimenter Haussas, rechts saßen zwei Bataillone afrikanischer Schützen beim Essen. Schneidend zerrissen grelle Hornsignale die Luft.

»Ich bin ein alter Mann«, stammelte der König. Das Mädchen an seiner Seite schwieg; nur ihre Blicke hingen an Sanders' Gesicht.

»Alt«, sagte Sanders zum König, »bist du, aber nicht zu alt zum Sterben!«

»Ich bin ein Großer König«, winselte der andere, »und es gehört sich nicht, daß ein Großer König hängen sollte.«

»Aber wenn wir dich leben lassen, werden viele andere große Könige sagen: Wir dürfen Greueltaten begehen, denn um unserer Größe willen werden wir am Leben bleiben«, entgegnete Sanders.

»Und was geschieht mit mir?« fragte das Mädchen mit leiser Stimme.

»Du?« Sanders sah sie an. »Ach so, du –?«, als ob er sich erst in diesem Augenblick ihrer entsänne. »Du bist doch das Tanzmädchen? – Nun, mit dir – geschieht nichts, Daihili, denn du bist – nichts!«

Er sah sie wie unter einem Peitschenhieb zusammenzucken.

Nach der Hinrichtung sprachen Sanders und der Oberst miteinander.

»Was ich nicht verstehe«, bemerkte der Oberst, »ist, daß man sich so plötzlich zu dieser Expedition entschlossen hat. Notwendig war sie ja schon seit Jahren. Aber warum nun auf einmal diese plötzliche Hast?«

Sanders grinste wissend. »Ein wunderbares Volk, diese Briten!« erwiderte er. »Der alte Kerl Limbili raubt britische Untertanen, und ich berichte das. Sehr traurig! antwortet England. Limbili vernichtet einen ganzen Stamm. Beklagenswert! antwortet England. Der Alte läßt mich auf den achtbaren Todessteinen des Hades tanzen. Nimm es als einen Scherz auf, sagt England. Aber als ich darauf hinweise, daß diese Steine eine Ausbeute von einer Unze Gewicht gereinigten Goldes versprechen und daß wir hier auf die reichste Goldader Zentralafrikas gestoßen sind, haben wir innerhalb von sechs Monaten eine Armee hier.«

## *Der Wald der seligen Träume*

Sanders war auf dem Wege, Steuern einzutreiben und dem Volk, das am unteren Isisifluß wohnte, Gerechtigkeit zu verzapfen; unterwegs hatte er an einem Holzplatz festgemacht.

Der kleine Dampfer war am Flußufer vertäut; dort befand sich eine kleine Bucht, in der die reißende Strömung des Flusses zu einer sanften Bewegung gebrochen wurde.

Trotzdem besichtigte Sanders die Vertäutrossen aus Stahldraht, ehe er die schmale Laufplanke betrat, die zum Ufer führte. Das Holz für die morgige Fahrt war an Deck aufgestapelt, der neue Wassermesser war von Yoka, dem schwarzen Maschinisten, in Tätigkeit gesetzt worden, wie Sanders befohlen hatte, die Maschinen alle gereinigt. Sanders nickte beifällig. Er trat vorsichtig über zwei, drei Schläfer hinweg, die sich an Deck zusammengerollt hatten, und ging an Land.

Sanders sah auf seine Uhr; der Stundenzeiger stand auf neun. »Bettzeit«, murmelte er. Er stand einen Augenblick am Rand der Uferböschung still und starrte über den Fluß hinüber. Die Nacht war dunkel, aber er konnte die Umrisse des Waldes am jenseitigen Ufer noch erkennen. Er sah das bestirnte Firmament und den Widerschein der Sterne auf dem Wasser. Dann ging er in sein Zelt, schlüpfte in seinen Pyjama und entnahm einem winzigen Fläschchen zwei Chininpillen, schluckte sie, trank ein Glas Wasser dazu und steckte darauf seinen Kopf durch die Zeltöffnung.

»He, Sokani!« rief er in der Landessprache. »Rühr den Lokoli, die Sprechtrommel!«

Dann ging er zu Bett.

Er hörte das Hasten eilender Leute, das gurgelnde Lachen, als sein Scherz von jenen wiederholt wurde, denn das Cambulvolk hat einen ausgeprägten Sinn für Humor; dann hörte er das durchdringende Gerassel der Schlegel auf der Eingeborenentrommel, einem ausgehöhlten Baumstamm. Wild tönte das, rasend, atembeklemmend, mit einer ab und zu tieferen Note, als der Trommler, seine ganze Kraft aufbietend, den Befehl zum Schlaf durch das Lager jagte.

Der Lokoli brach mit einem wilden Crescendo ab; Sanders legte sich mit einem Seufzer der Erleichterung nieder und schloß die Augen.

Plötzlich richtete er sich im Bett auf; er mußte eingenickt sein; aber jetzt war er ganz wach.

Er horchte, glitt aus seinem Bett und zog seine Moskitoschuhe an. Dann trat er in die Nacht hinaus und fand N'Kema, den Maschinisten, der draußen wartete.

»Hast du gehört, Massah?«

»Ich hab's gehört, aber wir sind hier doch nicht in der Nähe eines Dorfes?«

Wieder horchte Sanders.

Aus der Nacht stiegen hundert flüsternde Geräusche auf; aber über allen, nicht mißzuverstehen, das schwache Gerassel einer antwortenden Trommel. Der Weiße hob die Brauen. »Kein Dorf ist näher als Bongindanga«, murmelte er betroffen, »nicht mal ein Fischerdorf! Und der Busch ist doch verlassen –«

Der Schwarze hielt warnend seinen Finger hoch und beugte lauschend den Kopf vor; er versuchte, die Botschaft zu verstehen, die die Trommel sandte. Sanders wartete. Er kannte die wundervolle

Einrichtung des Eingeborenen-Telegrafen und wie dieser seine Botschaften durch die pfadlose Wildnis sandte. Er konnte diese Sorte Morse nicht verstehen – kein Europäer konnte das –, aber Sanders hatte Achtung vor diesem Geheimnis.

»Ein Weißer befindet sich hier«, übersetzte der Eingeborene. »Er ist krank.«

»Er ist wahnsinnig«, meldete N'Kema weiter. »Er hält sich im Wald der ›seligen Träume‹ auf und will von dort nicht fort. – Kein Weißer bleibt im Wald der ›seligen Träume‹, wenn er nicht wahnsinnig ist«, fügte N'Kema, halb zu sich selbst, hinzu.

Aber die ferne Trommel wiederholte die unglaubliche Botschaft: In der Tat, hier, im Herzen des lieblichsten Tales von ganz Afrika, mitten im Mittelpunkt des grünen Pfads, der zum Tode führt, war ein Weißer, ein kranker Weißer – im Wald der seligen Träume! Ein kranker Weißer!

So fuhr die Trommel fort und fort, bis Sanders seinen eigenen Trommler aus dem Schlaf aufriß und seine Antwort längs des Flusses rasseln ließ. Dann kleidete er sich hastig an.

Im Busch lag ein Schwerkranker; er hatte den Platz für sein Lager selbst gewählt. Er lag in einer Lichtung unweit eines kleinen Baches, der sich zwischen hohem Elefantengras zum Fluß schlängelte. Mainward hatte ihn gewählt, gerade als ihn die Krankheit überfiel, weil der Platz hübsch war. Das war natürlich ein ganz unzureichender Grund, aber Mainward war eine sentimentale Natur, und sein Leben war eine lange Kette solcher Mißgriffe, hübsche Rastplätze zu wählen, ohne Rücksicht auf die sie umgebende Gefahr.

Mainward war mit ganz unzeitgemäßer Vertrauensseligkeit belastet. Das war einer der Gründe, warum er in diesem todbringenden Streifen des Iturilandes verweilte, jenem Streifen, den die Eingeborenen unbeholfen »Das Land, wo alle schlimmen Gedanken sich in gute Gedanken verwandeln« nannten und den poetisch veranlagte Forscher und unternehmende Kaufleute als »Wald der seligen Träume« bezeichneten.

Übergroße Vertrauensseligkeit war sein hauptsächlichstes Unglück gewesen – übergroße Vertrauensseligkeit, daß seine Pferde das Rennen gewinnen müßten; allzugroßes Vertrauen in seine eigene Fähigkeit, Geld zu beschaffen, um seine Unterschlagungen – er war einmal Direktor der Welshire-Kreis-Bank gewesen – zu verbergen, und Übervertrauensseligkeit in die Liebe einer Frau, die ihn verständnislos ansah, als der große Krach kam, und die ihm sagte, es täte ihr leid, aber sie habe nicht die geringste Ahnung von seiner großen Leidenschaft für sie. In diesem Augenblick hob Mainward seinen schmerzenden Kopf aus dem Kissen und fluchte laut über das Getöse der Sprechtrommel.

»Warum machen sie den verfluchten Lärm, he?« klagte Mainward. »Du bist ein Narr, Mann, Abiboo!«

»Si, Señor!« stimmte der Kanoboy, der ihn bediente, gelassen bei.

»Hör auf damit! Hörst du? Aufhören!« wütete der Mann in dem zerwühlten Feldbett. »Der Lärm treibt mich zum Wahnsinn! Sag ihnen, sie sollen mit dem Trommeln aufhören!«

Der Lokoli hörte ganz von selbst auf, denn der Horcher im Lager des kranken Mannes hatte Sanders' aus der Ferne kommende Antwort gehört.

»Komm her, Abiboo!« bat der Kranke. »Ich möchte etwas Milch! Öffne eine neue Dose und sage dem Koch, er soll etwas Suppe machen.«

Der schwarze Boy verließ den Kranken, als dieser vor sich hinmurmelte und sich rastlos auf der ächzenden Bettstelle hin- und herwarf.

Mainward mußte an viele fernliegende Dinge denken. Sonderbar, wie all diese Dinge seine sofortige Aufmerksamkeit beanspruchten! Eigentümlich, wie sie, eines das andere, sich stießen, schoben und miteinander in ihrer lärmenden, aufdringlichen Weise um Mainwards Beachtung kämpften! Natürlich spielte dazwischen der Bankrott der Bank und die Aufdeckung von Mainwards Unterschlagung mit – es war doch anständig von dem Inspektor der Bank, daß er sich durch die Flucht allem weiteren entzog – und Ethel – Ethel – und die Pferde – und – und –

Das Tal der seligen Träume! Das hätte eine gute Erzählung abgeben können, wenn Mainward ein Schriftsteller gewesen wäre; aber unglücklicherweise war er keiner. Schreiben konnte er wohl – seinen Namen oder »Drei Monate nach Datum zahlen Sie an die

Order von –.« Mainward konnte auch anderer Leute Unterschrift unter solche Papiere wie das eben erwähnte zeichnen!

Mainward stöhnte und wand sich unter diesen Gedanken. Aber hier war ja der Wald, wo schlimme Gedanken zu schönen Gedanken wurden; und weiß Gott, sein Gemüt war übel dran. Mainward brauchte Frieden, brauchte Schlaf und Glück – Glück vor allem! Angenommen, »Fairy Lane«, sein Rennpferd, hätte den Wokingham-Preis gewonnen? – Der Gaul hatte natürlich nicht gewonnen! – Mainward bäumte sich von neuem bei dieser bösen Erinnerung. Aber angenommen, der Gaul hätte gewonnen, angenommen, Mainward hätte einen Freund gefunden, der ihm 16000 Pfund Sterling vorstreckte – oder wenn sogar Ethel –

Hier unterbrach ihn Abiboos Stimme: »Dem Puck-a-Puck lebt zu kommen (kommt).«

»He! – Was gibt's?« Wütend wandte sich Mainward an den Jungen.

»Puck-a-Puck! Hörst du nicht?«

Aber der Kranke konnte den Schlag des Heckrades der »Zaire« nicht hören, wie diese wacker gegen die wachsende Strömung des Flusses ankämpfte. Er war nur überrascht, daß es heller Tag war, und gestand sich widerstrebend ein, daß er »geschlafen« habe.

Mainward schloß seine Augen von neuem und hatte einen sonderbaren Traum. Die Hauptperson in diesem Traum war ein kleiner, braungebrannter, glattrasierter Mann mit weißem Tropenhelm und einem schmutzig-braunen Überrock über seinem Pyjama.

»Wie fühlen Sie sich?« fragte der Fremde.

»Verflucht elend«, grollte Mainward. »Besonders wegen Ethel! Meinen Sie nicht, daß es ziemlich gemein von ihr war, mir vorzumachen, sie habe mich Gott weiß wie lieb, und mich dann in der letzten Minute glatt fallenzulassen?«

»Empörend!« sagte der Fremde ernst. »Aber schlagen Sie sie sich jetzt mal aus dem Sinn; sie ist der Beachtung nicht wert! – Was meinen Sie hierzu?«

Er hielt eine kleine grünliche Pille zwischen Daumen und Zeigefinger. Mainward lächelte mühsam.

»Ach, Unsinn!« kicherte er leise. »Sie sind einer von diesen ›Kobolden des seligen Traumwaldes‹! – Was ist das? Eine Liebestrank-Pille?« Mainward lachte nervös über seine Witzelei.

Sanders nickte. »Liebe oder Leben!« antwortete er, aber anscheinend gar nicht vergnügt. »Schlucken Sie's runter!«

Mainward gehorchte kichernd.

»Und nun«, sagte der Fremde – das war aber sechs Stunden später –, »das beste wäre es, meine Jungens brächten Sie auf meinen Dampfer und wir nähmen Sie mit zur Küste.«

Mainward schüttelte den Kopf; er war gereizt aufgewacht und fühlte sich beklagenswert elend.

»Mein Lieber, das ist ja riesig nett, daß Sie gekommen sind – à propos – es scheint mir, Sie sind Doktor?«

Sanders schüttelte den Kopf.

»Im Gegenteil. Ich bin der Gouverneur des Bezirks«, antwortete er leichthin, »aber Sie sagten –«

»Ich bleibe hier! Es ist höllisch hübsch hier.«

»Höllisch! Das ist die richtige Bezeichnung, die ich auch gebraucht hätte, mein lieber Mann! Dieser Fleck ist die Pestquelle des ganzen Kongogebiets; er ist die Heimat jener todbringenden Fliegen- und Wanzenart in Afrika.« Sanders wies dabei mit der Hand auf versteckte Ausblicke auf frische grüne Täler, auf üppige Lianen, die sich im Schein des Lagerfeuers zeigten. »Sehen Sie sich das Gras an!« bat er. »Es sieht aus wie das Gras bei uns zu Hause; darin liegt das Verführerische! Ich hätte mein Lager beinahe selber hier aufgeschlagen. Nein, kommen Sie, mein Freund! Lassen Sie mich Sie in mein Lager schaffen!«

Mainward schüttelte hartnäckig den Kopf. »Sehr verbunden, aber ich möchte noch für 'nen Tag oder so hier bleiben. Ich möchte gern die übernatürliche Wirkung dieses Platzes versuchen. Ich habe so viele Gedanken, die noch der Behandlung bedürfen!«

»Hören Sie mal!« sagte Sanders barsch. »Sie wissen sehr wohl, woher der Name dieses Waldes kommt. Man nennt ihn ›Wald der seligen Träume‹, weil er von Fieber strotzt und von jeder Krankheit, von der Beriberi an bis zur Schlafkrankheit. Mann, ich kenne das Land, und Sie sind ein Neuling! Sie sind hierhergezogen, um von der Zivilisation loszukommen und hier Ihr Leben von vorn anzufangen.«

»Ich bitte um Entschuldigung.« Mainwards Gesicht überzog tiefes Rot, und er sprach sehr förmlich.

»Oh, ich weiß alles über Sie! Sagte ich Ihnen nicht, daß ich der Distriktsgouverneur bin? Ich war damals in England, als die Dinge mit Ihnen verkehrt gingen, und das übrige habe ich in den Zeitungen gelesen, die ich von Zeit zu Zeit herausgeschickt bekomme. Aber das alles berührt mich nicht, geht mich nichts an. Ich befinde mich hier, um Ihnen zu helfen, ein neues Leben zu beginnen. Wenn Sie Selbstmord begehen wollen, warum dann erst nach Afrika kommen? Seien Sie doch vernünftig und verlegen Sie Ihren Lagerplatz! Ich werde meinen Dampfer zurücksenden, um Ihre Leute abholen zu lassen. Werden Sie kommen?«

»Nein!« antwortete Mainward verdrossen. »Ich will nicht! Ich bin nicht versessen drauf! Außerdem – ich bin außerstande zu reisen!«

Das war ein Punkt, gegen den Sanders nichts anzuführen vermochte. Er selbst war über diesen Punkt nicht ganz sicher, und er zögerte, ehe er von neuem begann.

»Nun wohl«, sagte er nach einer Pause, »nehmen wir an, Sie bleiben noch einen Tag hier, um Gelegenheit zu haben, sich etwas zusammenzureißen. Morgen komme ich mit einem Krankenstuhl. Wetten?«

Mainward hielt seine zitternde Hand hin, und der Schatten eines Lächelns zuckte um seine Augenwinkel. »Angenommen!«

Er verfolgte den Distriktsgouverneur mit den Blicken und hörte, wie sich dieser, durch das Lager schreitend, mit einem Mann nach dem anderen in einer fremden Sprache unterhielt.

Ein sonderbarer, kraftvoller Mann, dachte Mainward. Ob er wohl Ethel gemeistert hätte? Mainward beobachtete den Fremden mit neugierigen Blicken und bemerkte, wie seine faulen Schlingel von Trägern bei Sanders' Worten sprangen.

»Gute Nacht!« sagte Sanders' Stimme, und Mainward sah auf.

»Sie müssen noch eine zweite Pille nehmen, und morgen werden Sie so stark sein wie eine Dampfwinde. Ich muß noch heute nacht zu meinem Lager zurück, sonst entdecke ich morgen früh, daß meine sämtlichen Vorräte gestohlen sind. Aber wenn Sie lieber wollen, daß ich hierbleibe –«

»Nein, nein!« erwiderte der andere hastig; er wollte allein sein, er hatte eine Menge Dinge, mit denen er ins reine kommen mußte. Da war beispielsweise die Frage mit Ethel.

»Sie werden nicht vergessen, die Pille zu nehmen?«

»Nein. Ich bin Ihnen sehr dankbar, daß Sie gekommen sind. Sie sind sehr gut zu mir gewesen.«

Sanders lächelte. »Reden Sie keinen Unsinn!« sagte er scherzhaft. »Das ist alles brüderliche Liebe. Wir sind beide allein hier, und kein anderer Weißer ist innerhalb fünfhundert Meilen. Gute Nacht! Und bitte, nehmen Sie die Pille!«

Mainward lag und lauschte dem Lärm des Aufbruchs. Es schien ihm, als höre er eine kleine Glocke läuten. Das mußte der Schiffsmaschine gelten. Dann hörte er das Puck-a-puck des Heckrades – also deshalb hatte der Dampfer bei den Schwarzen diesen Namen erhalten!

Abiboo kam mit Milch. »Haben Sie die Medizin genommen?«

»Ich nehme sie«, murmelte Mainward, aber die grünliche Pille lag unter seinem Kopfkissen.

Danach begann eine sonderbare Befriedigung über Mainward zu kommen; er verfolgte jedoch diese Befriedigung nicht bis zu ihrer ersten Entstehungsursache zurück. Er hatte genug Erinnerungen für diesen einen Tag hinter sich. Jetzt kam das Gefühl, daß er glücklich sei, wie eine angenehme Erschütterung über ihn.

Er öffnete die Augen und sah sich um. Es schien ihm, sein Bett stehe im Freien und er ziehe die Vorhänge beiseite, um eine bessere Aussicht zu haben. Ein kleiner Mann kam schnell den Talabhang entlang auf ihn zugeschritten.

»Atty!« stammelte der Fiebernde. »Bei allen Wundern!« Atty, in der Tat, der alte Atty von damals; nur zog er diesmal nicht das lange Gesicht, das Mainward an ihm gewohnt war. Der kleine Mann stak in Reithosen; seine niedlichen Schaftstiefel waren mit Schlamm bedeckt, und auf seiner hochroten seidenen Bluse lagen Spuren eines scharfen Rennens. Er berührte seine Jockeymütze ruckartig mit seiner Reitpeitsche und legte den Rennsattel, den er trug, auf seinen anderen Arm.

»Sie hier, Atty?« murmelte Mainward lächelnd. »Was um Himmels willen tun Sie denn hier?«

»Der Raum der Jockeys ist hier in der Nähe«, antwortete der kleine Mann, »und ich komme eben vom Nachwiegen. Ich war sicher, ›Fairy‹ würde das Rennen machen, und sie hat's gemacht.«

Mainward nickte wissend. »Ich wußte es«, stimmte er zu. »Hat sie sich gut betragen?«

Der Jockey lächelte wieder. »Das tut sie wohl niemals, aber sie ist doch gut gelaufen. Als wir aus der Senkung heraufkamen, hing sie ein bißchen hinterher, aber ich zeigte ihr die Peitsche, und sie kam heran so gerade wie ein Würfel. Einmal dachte ich, ›Hirsch‹ schlüge uns; aber ich hab' sie rumgekriegt, und wir waren niemals in Schwierigkeiten. Ich hätte um zehn Pferdelängen gewinnen können.«

»Du hättest um zehn Längen gewinnen können?« wiederholte Mainward erstaunt. »Nun, du hast mir einen großen Gefallen getan, Atty. Dieser Gewinn wird mich aus einem der tiefsten Löcher herausholen, in das ein unvorsichtiger Mann jemals geraten ist. Ich werde dir das niemals vergessen, Atty!«

»Davon bin ich überzeugt«, antwortete der kleine Jockey dankbar. »Aber nun müssen Sie mich entschuldigen, Mister!«

Mainward nickte und folgte ihm mit den Augen, wie er sich schnell zwischen den Bäumen entfernte.

Mehrere Leute wurden jetzt in dem Tal sichtbar, und Mainward sah beschämt an seinem schmutzigen Tropenanzug herunter. »Was für ein Esel bin ich doch, in einem solchen Anzug hierherzukommen! Ich hätte es doch wissen sollen, daß ich hier mit diesen Leuten zusammentreffen würde.«

Da war einer darunter, den er lieber nicht gesehen hätte. Sobald er Venns, mit den argwöhnischen Augen und der großen Nase, ansichtig wurde, versuchte Mainward, sich dessen Blick zu entziehen. Aber Venn sah ihn doch und kam durch die Bäume auf ihn zugestolpert, die schwammige Hand ausgestreckt, seine trüben Augen voll Glanz.

»Hallo!« grinste er. »Hab' Sie gesucht.«

Mainward murmelte eine verlegene Antwort.

»Komischer Platz, Sie zu finden, nicht?« Venn schob seinen glänzenden Zylinderhut in den Nacken und trocknete seine Stirn mit einem fürchterlich geschmacklosen, seidenen Taschentuch.

»Aber sehn Sie mal, alter Junge, was das Geld anbetrifft –!«

»Oh, sorgen Sie sich nicht, mein Lieber!« Mainward wehrte leicht ab. »Ich werde Sie jetzt bezahlen.«

»Das meine ich nicht!« entgegnete der andere hastig, »'n paar hundert mehr oder weniger zählen nicht, aber Sie wollten doch eine große Summe?«

»Und Sie sagten mir, Sie sähen mich lieber –«

»Ich weiß, ich weiß!« warf Venn ein. »Aber das war, ehe die Kaffernminen in die Höhe gingen. Aber jetzt, alter Bursche, können Sie's haben.«

Er sagte das mit lächerlicher Wichtigkeit, breitbeinig, den Zylinder tief im Nacken, seine Hände theatralisch ausgestreckt. Mainward lachte geradeheraus.

»Sechzehntausend Pfund Sterling?« fragte er.

»Oder zwanzigtausend«, erwiderte der andere nachdrücklich. »Ich will Ihnen zeigen –«

Irgend jemand rief Venn, und mit hastig gemurmelter Entschuldigung stolperte er über den grünen Abhang, blieb stehen und wandte sich um, um Mainward durch Zeichen noch einmal sein Vertrauen und seine Bereitwilligkeit, ihm zu helfen, zu bestätigen.

Mainward lachte ein tiefes, gurgelndes Lachen. Von allen Leuten Venn! Ausgerechnet Venn! Mit seinen verdammt unbequemen Fragen, seinem Geschwätz von Sicherheiten und so! Da schlägt's doch dreizehn!

Dann wich die Lustigkeit plötzlich von Mainward, er stöhnte wieder, sein Herz schlug schneller und schneller, eine sonderbare Schwäche überfiel ihn.

Wie wundervoll sie aussah und wie kühl!

Sie ging in der Lichtung. Eine schlanke Gestalt, ganz in Weiß. Er hörte das leise Rauschen ihrer Robe, als sie durch das Gras schritt, ganz weiß – mit einem grünen Gürtel, der mit goldenen Spitzen besetzt war. Mainward verschlang jede Einzelheit mit hungrigen Augen; die Goldverzierungen, die vom Gürtel herunterhingen, den Spitzenkragen um ihren Hals, die –

Sie hatte es nicht eilig, zu ihm zu kommen; das war nun einmal nicht ihre Art. Aber in ihren Augen, in ihren lieben Augen, die sich unter seinen Blicken senkten, dämmerte es wie die Morgenröte der

Liebe zu ihm auf.

»Ethel!« flüsterte er und wagte es, ihre Hand zu fassen.

»Bist du nicht aufs tiefste überrascht?« fragte sie.

»Ethel! – Du – hier?«

»Ich – ich mußte kommen.«

Sie sah ihn nicht an, aber er sah das Rot auf ihren Wangen und hörte ihre bebende Stimme mit einer ungestümen Hoffnung. »Ich bin so bös zu dir gewesen, so häßlich!« Ihr Köpfchen sank.

»Liebste!« stammelte Mainward, »Liebste!« und tastete nach ihr wie ein Blinder.

Sie lag in seinen Armen, an seine Brust gepreßt; der Duft ihrer Gegenwart berauschte seine Sinne.

»Ich mußte ja zu dir kommen.« Ihre Wange lag an der seinen. »Ich liebe dich so sehr!«

»Mich liebst du? Mich? Wirklich?« Mainward zitterte vor Glück. »Liebste!«

Ihr Gesicht war zu seinem hinaufgewandt; ihre Lippen so nahe – er fühlte ihr Herz so wahnsinnig schlagen wie sein eigenes. Er küßte sie; ihre Lippen, ihre Augen, ihr liebes, liebes Haar –––

»O Gott, wie bin ich glücklich!« schluchzte sie, »so – so glücklich –––«

Sanders sprang an Land, gerade, als die Sonne im Aufgehen war. Nachdenklich schritt er durch das Unterholz zum Lager.

Abiboo hockte am Bett, dessen Moskitonetz heruntergelassen war, und stand nicht auf.

Sanders trat an das Bett, zog das Moskitonetz beiseite und beugte sich über den Mann, der dort lag. Dann zog er das Netz wieder zu, zündete sich langsam seine Pfeife an und sah zu Abiboo hinunter.

»Wann ist er gestorben?«

»Beim Morgengrauen, Herr«, gab der Mann zurück.

Sanders nickte. »Warum hast du nicht nach mir geschickt?«

Einen Augenblick schwieg die hockende Gestalt, dann erhob sie sich und reckte sich.

»Massah«, sagte der junge Mensch auf arabisch – in einer Sprache, die feine Unterschiede gestattet. »Dieser Mann war glücklich;

er ging im ›Wald der seligen Träume‹ lustwandeln. Warum hätte ich ihn in ein Land zurückrufen sollen, wo weder Sonnenschein noch Glück ist, sondern nur Nacht und Qual und Krankheit?«

»Du bist ja ein Philosoph!« gab Sanders gereizt zurück.

»Ich bin ein Anhänger des Propheten«, antwortete Abiboo, »und alle Dinge geschehen nach Gottes Ratschluß.«

## *Die Akasava*

Der Missionar war ein guter Mensch, jedoch von der unrichtigen Farbe. Er hatte große Ideen von seiner Pflicht gegenüber seinen Mitmenschen; er war beseelt von der Aufgabe seines Standes in einem anderen Land, aber, wie Sanders sehr richtig sagte: Indien ist nicht Afrika!

Kenneth McDolan kam zu Distriktsgouverneur Sanders mit einem Empfehlungsschreiben des neuen Gouverneurs. Es war ein heißer Morgen, und Sanders saß beim Frühstück, als Abiboo, sein Sergeant und zugleich sein Diener, mit einer Visitenkarte hereintrat. Es war eine hübsche Karte, rund an den Ecken und goldgerändert, und in der Mitte stand in altenglischem Druck:

EHRW. KENNETH McDOLAN

Unten war mit Bleistift hingekritzelt: »Auf einen kurzen Besuch.«

Sanders schnob ungeduldig, denn Reverend ist soviel wie Missionar, und Missionar konnte alles mögliche bedeuten. Sanders betrachtete die Visitenkarte in seiner Betroffenheit von neuem. Der altenglische Druck und das »Ehrwürden« paßten nicht gut zu den abgerundeten Ecken und dem Goldrand.

»Wo ist er?« fragte Sanders.

»Herr, er ist auf der Veranda«, sagte Abiboo. »Soll ich ihn runterschmeißen?« Abiboo sagte das, als ob es selbstverständlich wäre.

Sanders starrte ihn an. »Sündensohn«, sagte er scharf, »sprichst du so von einem Gottesmann und noch dazu von einem weißen Mann?«

»Der Kerl trägt die Kleider eines Gottesmannes«, erwiderte Abiboo lustig, »aber er ist ein Schwarzer, und aus diesem Grund zählt er nicht.«

Sanders zog ein Paar Moskitoschuhe unter seinen Pyjama und fluchte innerlich.

»Weiße Missionare, meinetwegen«, sagte er übelgelaunt, »aber schwarze Missionare? – Nein!«

Seine Ehrwürden Kenneth saß in Sanders' Madeirastuhl, ein Bein nachlässig über die eine Lehne des Stuhls geschlagen, um seidene Strümpfe sehen zu lassen. Seine Fingerspitzen berührten einander, und er starrte mit gutmütiger Nachsicht auf den kleinen Garten, der das besondere Vergnügen des Distriktsgouverneurs bildete.

Er war schwarz, sehr schwarz; aber seine Manieren waren gewandt und seine Haltung selbstbewußt.

Er nickte Sanders lächelnd zu und streckte ihm lässig die Hand entgegen. »Ah, Distriktsgouverneur Sanders!« grüßte er in tadellosem Englisch. »Ich habe viel von Ihnen gehört.«

»Runter von dem Stuhl!« befahl Sanders, der von konventionellen Redensarten wenig hielt. »Und stehen Sie gefälligst auf, wenn ich zu Ihnen herauskomme! Was wollen Sie?«

Seine Ehrwürden erhob sich rasch und paßte sich der Situation mit überraschender Schnelligkeit an. »Ich bin nur auf kurzen Besuch hier«, sagte er mit einem Unterton von Unterwürfigkeit. »Ich besuche die kleinen Dörfer und Städte an der Küste und halte da Gottesdienst ab. Ich möchte die Erlaubnis haben, zu Ihren Leuten sprechen zu dürfen.«

Nun war das eigentlich nicht die Rede, die er sich zurechtgelegt hatte. Er kam geradewegs von England, wo er so was wie einen Salonlöwen in der guten Gesellschaft Bayswaters gespielt hatte und wo überdies seine theologischen Bestrebungen ihm einen Ruf und sogar eine gewisse Berühmtheit auch in weiteren Kreisen eingebracht hatten.

»Zu den Eingeborenen des Bezirks meinetwegen! Aber nicht zu den Kanoleuten, noch zu den Haussas, denn die sind fanatische Mohammedaner.«

Der Missionar, der seine Sicherheit wiedergewonnen hatte, lächelte. »Um Licht in die Finsternis zu bringen...« begann er.

»Still! Das Palaver ist aus!« schnitt Sanders ab. Er wandte sich um und ging ins Haus zurück.

Dann kam ihm ein Gedanke.

»He!« rief er, und der Missionar, der bereits im Begriff war zu gehen, kehrte wieder zurück.

»Wo haben Sie denn den Kenneth McDolan aufgetrieben?«

Der Neger lächelte. »Es ist der Adoptivname, den ich in Sierra Leone von einem Weißen und guten Christen erhielt, der mich ernährt und erzogen hat wie seinen eigenen Sohn«, erzählte er.

Sanders grinste. »Ach ja, ich habe von solchen Fällen schon gehört«, sagte er unverbindlich.

Am nächsten Tag kündigte der Missionar seine Absicht an, ins Innere zu gehen. Er kam zu Sanders, als ob nichts vorgefallen wäre. Vielleicht erwartete er, den Distriktsgouverneur etwas betreten über sein gestriges Verhalten vorzufinden; aber in dieser Erwartung sollte er sich gründlich getäuscht sehen, denn Sanders erwies sich als alles andere denn reuig.

»Sie haben ja einen Brief vom Government!« sagte Sanders. »Ich kann Sie also nicht hindern.«

»Hier gibt's Arbeit für mich«, meinte der Missionar, »Hilfs- und Erlösungswerk. In Indien gab es etwa vierhunderttausend...«

»Hier ist nicht Indien«, erwiderte Sanders kurz, und ohne ein weiteres Wort ging der Prediger seines Weges.

Wer das Akasavavolk gründlich kennt, weiß vor allem, daß ihm Müßiggang über alles geht. »Er ist ein Akasavamann, er zeigt mit seinem Fuße«, ist ein Sprichwort vom Oberlauf des Flusses, und der Ursprung dieses Sprichworts geht auf eine nebelgraue Vergangenheit zurück, in der, wie die Sage erzählt, ein Fremdling auf einen im Busch liegenden Akasavamann stieß.

»Freund«, redete der Fremde diesen an, »ich habe mich verirrt, zeig mir den Weg zum Fluß!«

Und der Akasavamann erhob sein Bein vom Erdboden und zeigte mit den Zehen in die Richtung des Pfades.

Obwohl diese Legende des eigentlichen Humors entbehrt, wird sie doch als der Gipfel aller spaßigen Sagen von Boma bis zum Ladodistrikt angesehen.

Sechs Monate nachdem Ehrwürden Kenneth McDolan die Küste verlassen hatte, um seine Missionsstation zu errichten, kam eine sehr niedergeschlagene Gesandtschaft zu Sanders. Sie kam um Mitternacht in zwei Kanus an und wartete auf ihn, als er morgens, aus seinem Bett kommend, die breite Veranda seines Hauses betrat. – Ein Halbkreis von gepeinigten, düster blickenden Männern hockte auf der hölzernen Veranda und blickte Sanders aus Augen an, in denen das Elend stand.

»Herr, wir sind Akasavaleute, und wir haben einen langen Weg hinter uns!« sagte der Sprecher.

»Das kann ich mir denken«, gab Sanders trocken und bissig zurück, »wenn das Akasavaland nicht seine Lage über Nacht geändert haben sollte. Was wollt ihr?«

»Herr, wir sterben vor Hunger, denn wir haben eine große Mißernte; es gibt auch keine Fische im Fluß, und deshalb kommen wir zu dir, der du unser Vater bist.«

Nun war das ein ganz ungewöhnliches Verlangen, denn der Eingeborene Zentralafrikas stirbt nicht so leicht vor Hunger; außerdem war keine Nachricht über eine Mißernte vom Oberlauf des Flusses eingetroffen.

»Das sieht mir alles nach Schwindel aus«, meinte Sanders nachdenklich, »denn wie kann es in Akasava eine Mißernte geben, da die Ernte in Isisi mehr als mittelgut ausgefallen ist.«

Der Sprecher wurde unsicher. »Herr, wir haben eine Epidemie gehabt, und da wir uns einer um den andern kümmern mußten, ist die Saatzeit ungenützt verstrichen; und was die Fische anlangt, so trauerten unsere jungen Männer zu ernst um ihre Toten, als daß sie hätten lange Reisen machen mögen.«

Sanders blickte sie starr an.

»Deshalb hat uns unser Häuptling zu dir gesandt, damit wir dich bitten sollen, uns zu retten. Wir verhungern!«

Der Mann sprach mit Überzeugung, und das war das Überraschendste von allem. Sanders war offensichtlich wie vor den Kopf geschlagen; denn bei allem ungewöhnlichen Verlauf, den sein tägliches Leben nahm, herrschte doch eine gewisse Regelmäßigkeit selbst in seiner Unregelmäßigkeit. Aber hier war eine neue, gänzlich ungewohnte Lage. Solche Vorkommnisse deuteten Unruhen an, und er fing an, dieser Angelegenheit auf den Grund zu gehen.

»Ich kann euch nichts geben«, antwortete er, »außer den Rat, so schnell wie möglich dorthin zurückzukehren, woher ihr gekommen seid, und diese Botschaft eurem Häuptling auszurichten. Später werde ich kommen und Erkundigungen einziehen.«

Die Leute waren damit nicht zufrieden, und ein bejahrter, runzeliger Alter mit graumeliertem Haar wandte sich dagegen. »Man erzählt uns«, muffelte er zwischen seinen zahnlosen Kinnladen, »daß bei Hungersnöten in anderen Ländern viele weiße Leute kommen und Getreide und Nahrungsmittel bringen.«

»He?« Sanders' Pupillen wurden eng. »Wartet!« befahl er und ging schnell durch die offene Tür in seinen Bungalow.

Als er wiederkam, hatte er eine biegsame Peitsche aus Rhinozeroshaut in der Hand; die Abordnung verlor ihre Würde und suchte schleunigst das Weite.

Sanders beobachtete die beiden Kanus, wie sie in rasender Fahrt stromaufwärts paddelten. Aber sein Lächeln war nicht vergnügt. – Noch in derselben Nacht ging die »Zaire« nach dem Akasavabezirk ab; sie trug einen Brief an Seine Ehrwürden, Kenneth Mc Dolan, und dieser Brief war kurz, aber nicht mißzuverstehen.

»Geehrter Herr!« lautete er, »Sie werden mit Ihren Habseligkeiten den Überbringer zum Gouverneur begleiten. Im Falle Ihrer Weigerung, dieser Aufforderung Folge zu leisten, habe ich meinen Sergeanten beauftragt, Sie zu verhaften.

Ihr ergebener

H. Sanders, Distriktsgouverneur.«

»Und der Grund, weshalb ich Sie aus diesem Lande weise«, sagte Sanders, »ist der, weil Sie spaßige Ideen in die Köpfe meiner Leute bringen.«

»Ich versichere Ihnen ...« begann der Neger.

»Ich wünsche keine Ihrer Versicherungen. Sie werden keinen indischen Hungersnot-Fonds für Zentralafrika schaffen!«

»Die Leute waren am Verhungern.«

Sanders lächelte. »Ich habe ihnen sagen lassen«, erwiderte er grimmig, »daß ich nach Akasava kommen und den ersten verhungert aussehenden Mann beim Kragen kriegen und so lange hauen werde, bis er wund ist.«

Am nächsten Tag empfahl sich der Missionar auf Nimmerwiedersehen; zur größten Genugtuung der vielen weißen Missionare, die am Fluß verstreut wirkten, denn, so sonderbar wie es scheinen mag, ein schwarzer Prediger, der einen Bratenrock und seidene Strümpfe trägt, wird mit einer guten Dosis Mißtrauen angesehen.

Seinem Versprechen gemäß machte Sanders seinen Besuch. Aber er fand niemand, den er hätte prügeln können, denn er kam zu einem merkwürdig wohlgenährten Gemeinwesen, das eine volle Woche damit zugebracht hatte, die Nahrungsmittel aus den verborgenen Versteckplätzen auszugraben, in denen es diese auf Anraten eines zu eifrig nach Ruhm Jagenden verborgen hatte.

»Hier«, sagte Sanders boshaft, »endet die erste Lektion.« Aber er war weit entfernt, zufrieden zu sein.

Es ist eine merkwürdige Tatsache, daß sich alle möglichen Dinge ereignen, wenn man nur erst einmal den ruhigen Fluß des Eingeborenendaseins unterbrochen hat. Es kann natürlich nicht behauptet werden, daß alle Dinge, die sich nach dem Rücktritt Seiner Ehrwürden Kenneth McDolans von seiner Tätigkeit ereigneten, gleich auf seinen geistreichen Versuch, eine Hungersnot in Akasava zu inszenieren, zurückzuführen waren. Aber er hatte eine Saat gesät, die Saat des Gedankens, daß jemand verantwortlich für ihr Wohl sei. In der kurzen Zeit seines dortigen Aufenthalts hatte er in diese heidnischen Gemüter die verschwommene, unbestimmte und trügerische Idee gepflanzt, daß alle Menschen Brüder seien.

Das entdeckte Sanders auf dem Rückweg von seiner Inspektionsreise. Er traf auf ein im Strom treibendes Kanu; darin lag lang ausgestreckt ein Mann, der seine Paddel so faul handhabte, daß das Kanu mehr vom Strom getrieben als gesteuert wurde.

Sanders befand sich auf der Brücke seines winzigen Dampfers und zog die Dampfpfeife, denn das Kanu lag mitten in seinem Kurs. Trotz des Warnungspfiffes machte der Mann im Kanu nicht die geringste Anstrengung, aus dem Weg zu gehen; und da beide Fahrzeuge mit dem Strom liefen, konnte nur durch ein Überlegen des Ruders auf der »Zaire« und durch das Streifen einer Sandbank vermieden werden, daß das kleinere Fahrzeug in den Grund gebohrt wurde.

»Holt den Kerl an Bord!« befahl Sanders; und nachdem das

Kanu ohne Förmlichkeit mit einem Bootshaken längsseits der »Zaire« und der Insasse etwas unsanft an Bord geholt worden war, ließ Sanders seinem Unwillen freien Lauf.

»An deiner verdammten Faulheit sehe ich, daß du ein Akasavamann bist! Aber das ist noch kein Grund, weshalb du die Strommitte für dich beanspruchst.«

»Herr, es steht im Buch der Bücher geschrieben, daß der Fluß für uns alle da ist, für Schwarz und Weiß, da wir in den Augen der weißen Götter alle gleich sind.«

Sanders hatte ungeduldig auf die Lippen gebissen. »Wenn du und ich tot sind«, sagte er, »dann werden wir gleich sein; aber da ich schnell bin und du faul bist, werde ich dir zehn Hiebe geben lassen, um die üble Lehre, die du in dir trägst, etwas zu berichtigen.«

Aber das Unheil war bereits geschehen.

Sanders kannte das Eingeborenengemüt viel besser als irgendein anderer, und er verbrachte den nächsten Monat einen bestimmten Teil jeden Tages damit, Seine Ehrwürden Kenneth McDolan zur Hölle zu wünschen.

Bis jetzt war allerdings noch kein Unfug geschehen, der nicht wiedergutzumachen gewesen wäre, aber Sanders war nicht der Mann von der Art, sich im Schlaf überraschen zu lassen. Bis in die entlegensten Ecken seines kleinen Königreiches wurden seine geheimen Kundschafter gesandt, und Sanders wartete, wie sich die Dinge entwickelten.

Am Anfang waren die Nachrichten gut. Die Spione sandten Nachrichten von friedlichen, normalen Zuständen. Dann wurden die Berichte weniger zufriedenstellend. Das Akasavaland liegt ungünstig, denn es liegt genau in der Mitte und daher in einer geradezu idealen Lage für die Verbreitung einer verrückten Idee, wie Sanders schon früher entdeckt hatte.

Die Nachrichten seiner Späher erzählten von geheimen Versammlungen, von Gesandtschaften zwischen Stamm und Stamm; von Boten, die sich um Mitternacht aus den Dörfern schlichen; von sonderbaren Gebräuchen, die im Dickicht des Waldes geübt wurden, und anderen beunruhigenden Dingen.

Dann kam die Krise. Tigili, der König des N'Gombi-Stammes,

traf Vorbereitungen für eine geheime Reise. Er opferte eine Ziege und sicherte sich gute Vorzeichen. Ebenso gaben drei Zauberdoktoren günstige Prophezeiungen in feierlicher Zusammenkunft ab.

Der Häuptling glitt eines Nachts mit vierzehn Kanupaddlern, einem Trommler, mit dem Anführer seiner Krieger und zweien seiner Weiber stromabwärts und erreichte die Hauptstadt der Akasava am nächsten Abend bei Sonnenuntergang. Dort traf ihn der Akasavahäuptling und führte ihn in seine Hütte.

»Bruder«, sagte der Akasavahäuptling nicht ohne eine Beimischung von Protzigkeit, »ich habe meinen Bogen mit Affenfell überzogen.«

Tigili nickte würdevoll.

»Meine Pfeile sind beschwingt mit den kleinen Wolken«, erwiderte er.

In dieser Symbolik ergingen sich die beiden fast eine Stunde lang zu gegenseitigem Vorteil.

Außerhalb der Hütte lag ein halbnackter Mann im Schatten, anscheinend im Schlaf, den Kopf auf den Arm gelegt, seine Beine in bequemer Lage gekrümmt.

Eine der Akasavawachen bemerkte ihn und versuchte, ihn mit dem Fußende seines Speeres aufzuwecken; aber er bewegte sich nur im Schlaf, und der andere, in der Meinung, er sei einer von Tigilis Gefolge, ließ ihn liegen. Als der König und der Häuptling ihr Palaver beendet hatten, erhob sich Tigili vom Fußboden der Hütte und ging zu seinem Kanu zurück. Der Häuptling der Akasava stand am Flußufer und beobachtete das Fahrzeug, als es zurückfuhr.

Der Schläfer an der Hütte erhob sich lautlos und schlug einen anderen Pfad zum Fluß ein. Kurz außerhalb der Stadt mußte er eine vom Mond erhellte Lichtung kreuzen; dort stellte ihn ein Mann.

Es war ein bewaffneter Akasavakrieger. Der Schläfer stand auf dessen Anruf still.

»Wer bist du?«

»Ich – ein Fremdling.«

Der Krieger kam näher und sah ihm ins Gesicht. »Du bist einer von Sandis Spionen!« sagte er.

Da warf sich der andere auf ihn.

Der Krieger hätte Lärm geschlagen, aber eine Hand wie von Stahl saß ihm an der Gurgel. Der Wachmann gab einen leisen Ton von sich, wie das Geräusch, das ein Bach verursacht, wenn er über ein seichtes Bett von Kieseln läuft; dann knickte er in den Beinen zusammen und fiel zu Boden. Der Schläfer beugte sich über ihn, wischte sein Messer an der nackten Schulter des Toten ab und verfolgte seinen Weg zum Fluß. Unter dem Ufergebüsch fand er ein Kanu, löste den Baststrick, mit dem es festgemacht war, bestieg es und trieb den Einbaum stromabwärts.

»Und was hältst du von allem?« fragte Sanders.

Er war auf der breiten Veranda, und vor ihm stand der Spion, ein schlanker junger Mensch in der Uniform eines Sergeanten der Haussapolizei.

»Herr, es ist der Geheimbund, und sie wollen ein großes Morden veranstalten«, antwortete der Sergeant.

Der Distriktsgouverneur schritt die Veranda auf und ab, den Kopf gesenkt, die Hände auf dem Rücken gefaltet. Diese geheimen Gesellschaften kannte er zu Genüge, obwohl seine Bezirke bisher frei von ihnen waren. Er kannte ihr pilzartiges Emporschießen; wie sie aus dem Nichts entstanden mit geheimnisvollen Gebräuchen und fertigen Tricks. Er kannte ihren Einfluß auf und nieder der liberianischen Küste; er hatte einige Kenntnis von den »Schweigenden« von Nigeria und hatte mit den »Weißen Gesichtern« am Kassai Bekanntschaft gemacht.

Und nun war diese Pest auch in seinen Bezirk eingedrungen. Das hieß Krieg; das bedeutete das Zuschandenmachen einer Arbeit von zwanzig Jahren, einer Arbeit von Männern, die dafür gestorben und freudig gestorben waren, im Glauben, sie hätten dem Land den Frieden gegeben – ja, es war das Untergraben seiner ganzen eigenen Autorität.

Er wandte sich an Abiboo.

»Nimm den Dampfer und fahre sofort zum Ochoriland und sage Bosambo, dem Häuptling, daß ich ihn aufsuchen werde.« Er wußte, er konnte sich, wenn es zum Schlimmsten kam, auf Bosambo verlassen.

Während er wartete, sandte er einen langen Bericht an das Government, das in Muße etwa hundert Meilen küstenabwärts residierte. Ein Telegraf lief längs des Meeresstrandes, und wenn der in Ordnung war, dann erwies er sich als großer Segen. Glücklicherweise war das im Augenblick der Fall, denn es gab Zeiten, da umherstreifende Elefantenherden die Telegrafenstangen herausgerissen und den Telegrafendraht in der Ausdehnung einer englischen Meile in einen hoffnungslos unentwirrbaren Knäuel zusammengedreht hatten.

Die Antwort auf seinen Brief kam schnell.

»Wendet äußerste Mittel an, um Gesellschaft zu vernichten. Wenn nötig, verhaftet Tigili. Werde Sie mit vierhundert Leuten und Kanonenboot unterstützen. Ziehe vor, Sie schaffen Angelegenheit ohne Lärm aus der Welt.

Government.«

Sanders machte einen langen Spaziergang am Strande, um sich über die Lage und deren Lösung klarzuwerden. Falls die Bevölkerung auf Krieg sänne, würde es ein gleichzeitiges Losschlagen, eine allgemeine Erhebung geben. Er schüttelte den Kopf. Vierhundert Soldaten und ein Kanonenboot mehr oder weniger machten da keinen wesentlichen Unterschied. Gab es da vielleicht eine Hoffnung, daß ein Stamm vor dem anderen revoltierte? – Er konnte mit den Akasava fertig werden, er konnte sogar mit den Isisi und den Akasava fertig werden. Der Ochori war er sicher, das war ein Trost – aber die anderen? Wieder schüttelte er den Kopf. Vielleicht vermochte die angeborene Bequemlichkeit der Akasava diese etwas zurückzuhalten; aber das war ganz gegen ihre Tradition.

Er mußte ganz plötzlich auf eine Lösung gestoßen sein, denn er hielt mit einemmal mitten im Gehen inne und stand still in tiefem Nachdenken, den Kopf auf die Brust gesenkt. Dann wandte er sich um und ging schnell in seinen Bungalow zurück. –

Welcher Tag für den Aufstand ausersehen war, wird wohl niemals festgestellt werden können. Was durchsickerte, war, daß die Akasava, die N'Gombi, die Isisi und die Boleki sich im stillen für die große Zeit der kommenden Metzelei vorbereiteten, als die große Neuigkeit kam: Sandi sei tot.

Ein Kanu sei auf dem Isisiflusse gekentert, und der Distriktsgouverneur sei von dem reißenden Strom fortgerissen worden;

und obwohl Leute am Ufer auf und nieder rannten, sei kein anderes Zeichen von ihm sichtbar gewesen als der große weiße Tropenhelm, der, sich langsam drehend, außer Sicht schwamm.

So berichtete ein Akasavamann, der es von einem Haussasergeanten hatte. Sofort hörte man den scharfen Ton der Lokolis, der Sprechtrommeln, und die Häuptlinge der Dörfer liefen keuchend zum Palaverhaus, um den Oberhäuptling der Akasava dort zu treffen.

»Sandi ist tot!« verkündete der Häuptling feierlich. »Er war unser Vater und unsere Mutter und trug uns in seinen Armen; wir liebten ihn und taten manches, was uns zuwider war, ihm zuliebe. Aber nun ist er tot, und da ist keiner, der ›Ja‹ oder ›Nein‹ zu uns sagt. Die Zeit, von der ich zu euch unter dem Siegel der Verschwiegenheit gesprochen habe, ist jetzt gekommen. Deshalb laßt uns jetzt zu unseren Waffen greifen und zu Felde ziehen; erstens gegen die Missionare, die beten und uns durch Besprengungen mit Wasser bezaubern, und dann gegen den Häuptling der Ochori, der seit Jahren Schande über uns gebracht hat.«

»Herr«, sagte der Häuptling eines kleinen Fischerdorfes, das an der Grenze von Ochori lag, »ist das klug? – Unser Gebieter Sanders hat doch gesagt, es soll kein Krieg geführt werden.«

»Unser Gebieter Sanders ist tot«, bemerkte weise der Oberhäuptling, »und da er tot ist, kümmert es uns nicht groß, was er gesagt hat. Außerdem«, fügte er hinzu, als ihm plötzlich ein Gedanke kam, »habe ich letzte Nacht von Sandi geträumt; er stand zwischen großen Feuern und befahl: Geht hin und bringt mir den Kopf des Häuptlings von Ochori!«

Man verlor keine Zeit mehr.

In dieser Nacht tanzten die Männer von zwanzig Dorfschaften den Kriegstanz, und das große Feuer der Akasava brannte düsterrot an dem sandigen Ufer des Flusses, zur großen Beunruhigung einer Flußpferdfamilie, die in der Nähe im hohen Grase lebte.

Beim Morgengrauen hielt der Akasavahäuptling Parade über sechshundert Lanzen und drei Dutzend Kanus und hielt dabei folgende Ansprache:

»Zuerst wollen wir die Missionare vernichten, denn sie sind Weiße, und es ist nicht recht, daß sie am Leben bleiben, während

Sandi tot ist. Dann wollen wir gegen Bosambo, den Häuptling der Ochori, ziehen. Als die Regenzeit einsetzte, während unsere Ziegen lammten, brachte er, der ein Fremdling und nicht menschlichen Ursprungs ist, viele üble Leute mit sich und zerstörte unsere Fischerdörfer, und Sandi sagte, es sollte kein Krieg sein. Aber nun ist Sandi tot und, wie ich nicht zweifle, in der Hölle; und da ist niemand mehr, der unseren Hochmut bändigt.«

Unendlich langsam, denn sie hatte einen starken und heimtückischen Strom gegen sich, kam um die Krümmung des Flusses die Nase der »Zaire«. Merkwürdigerweise hatte sie die kleine blaue Flagge am Heck nicht auf Halbmast gehißt. Was das zu bedeuten hatte, entging den Akasava. Schneidig pflügte das kleine Fahrzeug seinen Weg zu dem sandigen Ufer. Die Laufplanke wurde niedergelassen, und auf ihr kam, sehr munter und ganz in Weiß, den kleinen Ebenholzspazierstock mit silbernem Knopf zwischen den Fingern, Distriktsgouverneur Sanders sehr lebendig herab, und zwei blitzende Maxim-Schnellfeuergeschütze auf jeder Seite des Fallreeps beherrschten das Ufer.

Ein von Furcht und Besorgnis gelähmtes Volk beobachtete die Landung; der Häuptling der Akasava befand sich, in Kriegsmalerei, ein wenig im Vordergrund vor seinen Kriegern.

Auf Sanders' Gesicht lag ein Ausdruck naiver Überraschung.

»Häuptling«, sagte er, »du tust mir eine große Ehre an, daß du alle deine jungen Männer versammelt hast, um mich zu bewillkommnen; nichtsdestoweniger sähe ich sie lieber auf ihren Feldern arbeiten.«

Er ging die Reihe der dick mit Camholzfarbe beschmierten Krieger entlang mit dem bedächtigen Schritt einer hohen Persönlichkeit, die eine Ehrenwache besichtigt.

»Ich bemerke«, fuhr er, über die Schulter zu dem Häuptling sprechend, der ihm, gefesselt von der unerwarteten Erscheinung, folgte, »ich bemerke, daß jeder Mann einen Schlachtspeer und einen Gefechtsschild aus geflochtenem Bambus hat und daß viele unter ihnen N'Gombi-Schwerter tragen.«

»Herr, das ist richtig«, antwortete der Häuptling, der seine Fassung wiedergewonnen hatte, »denn wir sind im Begriff, auf Elefantenjagd in den Busch zu gehen.«

»Ich bemerke aber auch, daß manche von euch die kleinen Knöchelchen, die von Menschen stammen, um den Hals gebunden haben – und das hat mit der Elefantenjagd nichts zu tun.«

Sanders sagte das nachdenklich, grübelnd, während er seine Beobachtung fortsetzte, und der Häuptling war sichtlich verlegen.

»Da geht ein Gerücht«, stammelte der Häuptling, »man sagt – da kam ein Kundschafter, der uns erzählte, daß die Ochori sich zum Kriege sammelten, und wir hatten Furcht...«

»Sonderbar«, sagte Sanders halb für sich, aber in der Landessprache, »sonderbar in der Tat ist diese Geschichte, denn ich selbst komme direkt von der Ochoristadt, und dort sah ich nichts wie Menschen, die Korn mahlten und friedlich auf die Jagd zogen; auch ist ihr Häuptling krank, er leidet am Fieber.«

Sanders schüttelte seinen Kopf in wohlgeheuchelter Betroffenheit.

»Herr«, antwortete der arme Kerl von Akasavahäuptling, »vielleicht hat man uns Lügen erzählt. – Solche Dinge sind schon vorgekommen.«

»Da hast du recht«, erwiderte Sanders ernst. »Hier ist das Land der Lügen. Einige erzählen sich, daß ich tot bin, und siehe da, gleich heißt's im ganzen Land, daß es kein Gesetz mehr gibt und daß die Menschen ganz nach ihrem Belieben morden und Krieg führen dürfen.«

»Und wenn ich in dieser Minute sterben soll«, antwortete der Häuptling sichtlich entrüstet, »und wenn der Fluß sich in Feuer verwandeln und meine Eingeweide fressen sollte, und wenn jeder Baum sich in einen Leoparden verwandeln sollte, der mich verschlingt, ich habe nicht einmal im Traum an Krieg gedacht.«

Sanders lachte innerlich. »Spare deinen Atem!« sagte er freundlich. »Ihr geht nun auf die Elefantenjagd. Bis zum Urwald ist es weit, und da gibt es viele Sümpfe zu überschreiten und viele Flüsse zu durchschwimmen. Mein Herz ist froh, daß ich noch zurechtgekommen bin, um euch Lebewohl zu sagen.«

Eindrucksvolles Schweigen trat ein, denn das mit der Elefantenjagd war eine gänzlich aus der Luft geholte Finte des Häuptlings; denn zum Urwald waren es zwei Monate Reise, einen Monat zur Hin- und einen Monat zur Rückreise; überdies ging der Marsch durch das verrufenste Land, und die Akasava sind ein Volk, das keine langen Reisen liebt, es sei denn, auf dem Flusse und dann mit dem Strom.

Das Schweigen wurde durch den Häuptling unterbrochen. »Herr, wir möchten die Reise zu Ehren Eurer Anwesenheit vertagen, denn wenn wir gehen, wie könnten wir uns dann zum Palaver versammeln?«

Sanders schüttelte den Kopf. »Den Jäger soll man nicht aufhalten«, bemerkte er. »Gehe in Frieden, Häuptling, und mögen dir viele Elefantenzähne beschert sein!«

Sanders sah die Augen des Häuptlings plötzlich aufleuchten, aber er fuhr fort: »Ich werde einen Sergeanten meiner Haussas mit euch senden, der mir von eurer Tapferkeit Bericht erstatten soll« – das Aufleuchten in den Augen des Häuptlings erlosch wieder –, »denn es gibt viele Lügner, die erzählen würden, ihr hättet niemals den Urwald erreicht, und für diesen Fall hätte ich dann Beweise, um sie Lügen zu strafen.«

Noch immer zögerte der Häuptling, und die wartenden Reihen der Krieger drängten ungeduldig vorwärts, bis sie aufhörten, einer bewaffneten Macht zu gleichen, und sie mehr einem wirren Knäuel Menschen, einem Mob ähnelten.

»Herr«, sagte der Häuptling, »morgen werden wir marschieren...«

Noch immer lag das Lächeln um Sanders' Lippen, aber sein Gesicht war hart, und in seinen Augen lag ein stählerner Glanz, den der Akasavahäuptling kannte.

»Du marschierst heute, mein Lieber«, antwortete Sanders, indem er seine Stimme dämpfte, bis sie fast nur noch ein leises Flüstern war, »sonst marschieren eure Krieger unter einem neuen Häuptling, und du baumelst am nächsten Baum.«

»Herr, wir marschieren«, sagte der Mann heiser, »obwohl wir schlechte Fußgänger und unsere Füße sehr empfindlich sind.«

»Wenn ihr wunde Füße habt, könnt ihr euch ja ausruhen«, bemerkte Sanders anzüglich. »Wenn ihr wunde Rücken habt, könnt ihr weder marschieren noch rasten. Geh!«

Am nächsten Morgen beim Tagesgrauen kamen die N'Gombileute in vierundzwanzig Kriegskanus, um sich mit ihren Akasavafreunden zu vereinigen, und fanden den Ort leer und nur von Weibern und alten Leuten bewohnt; und Tigili, der König, ergab sich in der dadurch hervorgerufenen Bestürzung widerstandslos der kleinen Abteilung Haussas, die am Ufer stand.

»Und was geschieht mit mir, Herr?« fragte der König Tigili.

Sanders pfiff nachdenklich. »Irgendwo habe ich dich betreffende Anweisungen.«

## *Der Teufelswald*

Vier Tage von M'Sakidanga entfernt – wenn man den Angaben der Eingeborenen Glauben schenken darf – fließt der Strom, der sich vom N'Gombiland herunterschlängelt. Nach den Eingeborenenberichten soll dieser sogar in der trockenen Jahreszeit schiffbar sein.

Die Missionare in Bonginda belächeln dieses Gerücht; und Arburt, der junge Missionsvorsteher der Station, lauschte eines Tages mit einem leisen Lachen in seinen blauen Augen dem Bericht Elebis, dem er nicht glaubte, über ein Fabelland am Ende dieses Flusses.

»Wenn sich wirklich Elfenbein an diesem Platz finden sollte«, sagte er in der Landessprache, »oder ein großer Schatz des Hebens wartet, so gehe zu Sandi, denn dieses Elfenbein gehört dann der Regierung. Aber du, Elebi, richte lieber deinen Sinn auf himmlische Schätze und deine Gedanken auf deine Unwürdigkeit, einen Platz im himmlischen Königreich zu verdienen, und laß das Elfenbein fahren.«

Elebi war Sanders als ein eingeborener Prediger von etwas stürmischem Typ bekannt, als ein losdonnernder, redseliger Unterprediger der Kirche.

Er hatte in seinen ekstatischen Augenblicken viele bekehrt. Aber es gab auch Tage voller Rückschläge, an denen Elebi in seiner Lehmhütte murrte und das Christentum kritisch betrachtete.

Diese neue Religion war ja ein dauerndes Dienen. Man konnte sich nicht einmal in Eifer hineinarbeiten und das Ding dann wieder für eine Weile – für eine Woche – liegenlassen. Man mußte damit fortfahren, durfte niemals ermüden, niemals vom geraden Pfade abweichen; man mußte ermüdende Selbstüberwachung üben und durfte nicht das tun, was man gern tun wollte.

»Religion ist Gefangenschaft!« murrte Elebi nach seiner Unterredung und zuckte die breiten schwarzen Schultern. In seiner Hütte pflegte er den Europäerrock mit Hüftentuch und Decke zu vertauschen. Einmal, als er am Teufelsfluß predigte, hatte er sich in ein solches Feuer der Leidenschaft hineingearbeitet, daß er einen Spötter züchtigte, indem er ihm den Arm zerbrach, und Sanders, hierüber wütend, ließ ihn verhaften, peitschen und tausend Messingstangen Strafe zahlen. Danach hatte Elebi in gewissen englischen Missionskreisen als ein Märtyrer des Christentums gegolten, weil er es verstand, vortrefflich zu lügen und seine Bestrafung als eine Art Christenverfolgung hinzustellen.

Aber das Elfenbein lag drei Tagesreisen hinter dem Geheimen Fluß begraben! Darüber grübelte Elebi bei dem Holzklotz nach, der Tag und Nacht in seiner Hütte glomm. Drei Tage jenseits des Flusses, der sich an einem Platz, wo zwei Gräber lagen, gabelte, war das Land, wie man sich erzählte, voll von Teufeln, und Elebi schauderte bei dem Gedanken daran; aber als Missionar und Laienprediger und überdies als der stolze Besitzer eines Druckes des Briefes an die Römer (der mühevoll in die Eingeborenensprache übersetzt war) hatte er wenig zu fürchten. Mehr zu fürchten hatte er von einem gewissen weißen Teufel, der, weit entfernt von hier, am Sitz der Regierung hauste und von dem man erwarten mußte, daß er die Länder und den Geheimen Fluß unsicher machte, sobald die Regenzeit vorüber war.

Man dachte, Elebi hätte nach der Sitte der Weißen nur ein Weib; aber das Mädchen, das mit einem dampfenden Napf voll Fische in die Hütte trat, war nicht die Frau, die die Missionare als Elebis rechtmäßig angetrautes Ehegespons kannten.

»Sikini«, sagte er, »ich gehe mit dem Kanu auf eine Reise.«

»Im heiligen Dienst?« fragte Sikini, die erst in der stolzeren Periode dieses Mannes unter seinen Einfluß geraten war.

»Das Knistern des Feuers ist wie eine Weiberzunge«, zitierte Elebi, »und es ist leichter, einen Deckel auf einem kochenden Topf zu halten als ein Geheimnis im Herzen eines Weibes.«

Elebi führte die Redensarten der Flußbewohner stets im Munde, und das Mädchen lachte, denn sie war sein Lieblingsweib und wußte, daß er ihr im Lauf der Zeit schon weitere Mitteilungen machen würde.

»Sikini«, sagte der Mann plötzlich, »du weißt, daß ich dich behalten habe, als der Blutzapfer wollte, daß ich dich verstoßen solle.«

(Arburt hatte ein Mikroskop und benutzte seine Abende, um das Blut seiner Herde nach Anzeichen von Schlafkrankheit zu untersuchen.)

»Du weißt, daß ich um deinetwillen den, der mein Vater und Beschützer ist, beschwindelt habe, indem ich ihm sagte, daß da nur ein Weib in meinem Hause und daß dieses Tombolo, das Weib von der Küste, sein solle.«

Das Mädchen nickte und sah ihn dumm an.

»Deshalb sage ich dir, daß ich jenseits des Geheimen Flusses gehe, das sind drei Tagesreisen, und daß ich das Kanu an der Stelle verlassen werde, wo sich die beiden Gräber befinden.«

»Was suchst du?« fragte sie.

»In jenem Lande gibt es eine Menge Elfenbeinzähne, totes Elfenbein, das das Volk aus einem fernliegenden Land mitgebracht und dort verborgen hat, da es das Government vom Kongo fürchtete. Ich werde reich zurückkommen und werde viele Weiber kaufen, die dir aufwarten und dich bedienen sollen, und dann will ich nicht länger Christ sein, sondern werde den roten Fetisch anbeten, wie es mein Vater und mein Großvater getan haben.«

»Geh!« sagte sie, gedankenvoll nickend.

Er erzählte ihr viele Dinge, die er Arburt nicht enthüllt hatte: wie das Elfenbein dorthin gekommen sei, von dem Volk, das das Elfenbein bewachte, und von den Mitteln, die er anwenden wollte, um sich seiner zu bemächtigen.

Am nächsten Morgen, ehe die Missionstrommel rief, war er in seinem Kanu weggeglitten, und als Arburt die Neuigkeit erfuhr, seufzte er und nannte ihn einen hoffnungslosen Lumpen – denn Arburt war schließlich nur ein Mensch. Und Sanders, der auch nur ein Mensch war, sandte seine schnellen Boten aus, die Elebi gefangennehmen sollten, denn es ist nicht gut, daß Schätze suchende Eingeborene ein fremdes Land durchwandern, denn solche Spaziergänge führen zum Krieg, und Krieg bringt ernste dienstliche Korrespondenz, die Sanders in innerster Seele haßte.

Wer Elebi folgen wollte, mußte in seinem Fahrwasser bis Okau paddeln, wo die Barina in den Lapoi mündet, mußte dann den Pfad an der linken Seite des Flusses verfolgen, an dem schweigenden »Weißen Teufelssee« vorbei, und dem sich windenden Stromlauf folgen, bis der Tummelplatz der Elefanten erreicht war. Hier ist der Urwald dem Sport der Ungeheuer zum Opfer gefallen; das Ufer ist mit Baumstümpfen besät, die durch die herumtollenden Mammute entwurzelt und spielend beiseite geworfen wurden. Der Erdboden dort ist jedes Busches und Krautes bar; es ist alles ein Schlamm, der die Spuren der Elefanten zeigt.

Elebi zog sein Kanu an Land, hob sorgfältig seinen Kochtopf heraus, in dem er halbbrennendes Feuer unterhielt, schüttete ihn aus und legte frische Zweige und Reste trocknen Holzes darauf. Dann bereitete er sich selbst ein leckeres Mahl und legte sich schlafen.

Ein herumirrender Leopard kam schnüffelnd und heulend während der Nacht in die Nähe, und Elebi stand auf und fachte das Feuer an. Am Morgen suchte er nach dem Wasserarm, der zum Geheimen Fluß führte, und fand ihn unter Elefantengras verborgen.

Elebi hatte viele Freunde im N'Gombilande; sie waren im Dorfe Tambango versammelt – zum endlosen Verdruß des Häuptlings dieses Dorfes, denn Elebis Freunde waren fremd im Dorf; wohlbewaffnet und an Zahl den Dörflern gegenüber wie drei zu eins, legten sie einfach Hand auf alles, was ihnen gut dünkte. Einer von diesen, O'Sako, hielt den Häuptling in größter Furcht, denn er sprach sehr wenig, stolzierte aber in theatralischer Pose durch die schmutzige Straße von Tambango und trug ein blitzendes gekrümmtes Henkermesser über seinem linken Arm. O'Sako war schlank und hübsch; seine breiten Schultern glänzten in ihrer Nacktheit, und seine muskulösen Arme waren ohne jeden Schmuck. Das lichte Haar war derart mit Lehm zusammengekleistert, daß es europäischem Frauenhaar ähnlich sah, und sein Körper war eingerieben mit Ingolapulver.

Nur einmal ließ er sich herab, seinen Wirt anzureden.

»Du wirst mir ungefähr um die Zeit, wenn Elebi ankommt, drei junge Männer stellen, die uns nach dem Land des Geheimen Flusses bringen sollen.«

»Aber, Herr«, wandte der Häuptling ein, »kein Mann wagt es, zum Geheimen Flusse zu gehen, schon wegen der Teufel.«

»Drei Leute«, sagte O'Sako leise, »drei junge Männer, schnellfüßig und mit Augen scharf wie die der N'Gombi, und mit einem Mund, der schweigen kann wie der Tod.«

»Wegen der Teufel«, wiederholte der Häuptling matt; aber O'Sako starrte geradeaus und ging weiter.

Als die Sonne, bevor sie unterging, in einem letzten Versuch auf den Rand der Welt herniederglühte, der breite Strom eine Masse flüssigen Feuers war und lange Schatten durch die Lichtung liefen, kam Elebi ins Dorf. Er kam allein, ohne jede Begleitung, vom Süden und trug keine sichtbaren Zeichen seines vorübergehenden Aufenthalts in den Gefilden der Zivilisation. Außer einem Hüfttuch und einem über die Schulter geworfenen Leopardenfell war er nackt.

Am Ende des Dorfes lag das Palaverhaus, eine strohgedeckte kleine Wattleholz-Hütte, die sich an einen kleinen Hügel lehnte. Dort versammelte Elebi seine Häuptlinge und den Häuptling des Dorfes. Er hielt eine Rede. »Cala, Cala«, begann er, und das bedeutet »vor langer Zeit« und ist eine famose Einleitung für eine Rede. »Ehe der Weiße kam, und als die Araber aus den nördlich liegenden Ländern kamen, um Elfenbein und Weiber zu stehlen, vergruben die Leute um den Geheimen Fluß ihre Schätze an einem ›Teufelsplatz‹; ihre Weiber konnten sie nicht vergraben, daher verloren sie sie. Nun ist das gesamte Volk um den Geheimen Fluß tot. Die Araber töteten welche, die Kongoregierung tötete andere, aber Krankheiten töteten die meisten. Wo ihre Dörfer gestanden hatten, ist hohes Gras gewachsen, und in ihren Gärten spricht nur der Webervogel. Dennoch kenne ich diesen Platz, denn ich habe eine Erscheinung gehabt, ein Gesicht, und eine Stimme, die sprach –«

Der Rest der Rede war reine Gotteslästerung, vom Europäer-

Standpunkt aus betrachtet und mit Berücksichtigung des Umstandes, daß Elebi zum Laienprediger erzogen worden und im Vortrag gewandt war.

Als er geendet hatte, sprach der Dorfhäuptling von Tambango. Es war eine ganz ernsthafte Abhandlung über Teufel. Da sei nicht der geringste Zweifel, daß sich in dem Wald, wo der Schatz liege, ein richtiges Bollwerk des Satans befände. Einige von den Teufeln hätten böse Gesichter und wären so groß wie die Gummibäume – ja sogar größer, denn sie gebrauchten ganze Bäume als Keulen; andere von ihnen wären klein, so klein, daß sie auf den Flügeln der Bienen reisten; aber alle seien sehr mächtig, sehr schrecklich und vor allem der wirksamste Schutz des begrabenen Schatzes; ihre größte Fertigkeit bestehe darin, daß sie den Wanderer in die Irre führten. Leute seien auf der Suche nach Wild, Kopalharz oder Gummi in den Wald gegangen und niemals zurückgekehrt, weil wohl tausend Wege in den Wald, aber keiner aus dem Wald herausführe.

Elebi hörte in tiefem Ernst zu. »Teufel! Natürlich gibt es die da«, sagte er. »Auch den obersten Teufel, den Alten, der der Feind von Gott ist. Ich habe viel mit Austreiben von Teufeln zu tun gehabt – in meinem heiligen Amt als Diener der Heiligen Schrift. Von den kleineren Teufeln weiß ich nichts, obwohl ich an ihrer Existenz nicht zweifle. Und darum halte ich es für besser, wir versenken uns ins Gebet.«

Auf seine Anweisung hin kniete die Gesellschaft angesichts des Dorfes nieder, und Elebi betete wie üblich, aber mit größtem Ernst, daß nicht die Mächte der Finsternis die Oberhand gewinnen, sondern daß das große Werk, das vor ihnen liege, triumphieren solle.

Danach opferte die Gesellschaft, um sich nach beiden Seiten zu sichern, einem vor des Häuptlings Hüttentür hockenden Tierfetisch zwei Hühner, und ein verrückter Zauberdoktor salbte Elebi mit Menschenfett.

»Wir werden über Ochori reisen«, sagte Elebi. »Dieses Ochorivolk wird uns Nahrungsmittel und Führer stellen, denn es ist feige und sehr furchtsam.«

Er nahm Abschied von dem alten Häuptling und setzte seine

Reise mit O'Sako und seinen Kriegern fort. So vergingen zwei Tage. Eine Stunde von der Ochoristadt entfernt rief er eine Versammlung zusammen.

»Da ich die Welt kenne«, begann er, »bin ich mit den Ochori bekannt. Sie sind Sklaven! Ihr sollt sehen, wie der Ochorihäuptling meine Füße küßt. Da es sich gehört, daß so einer wie ich, der die Art der Weißen und ihren Zauber kennt, mit Ehren empfangen wird, laßt uns einen Boten voraussenden, der den Ochori ankündigt, daß Lord Elebi im Anzug ist und ihnen befiehlt, zur Zeit unserer Ankunft Ziegen zu schlachten.«

»Das nenn' ich wohl gesprochen«, sagte O'Sako, sein Leutnant, und ein Bote wurde vorausgesandt.

Elebi folgte langsam mit seiner Karawane.

Man erzählt sich, daß Elebis Botschaft an Bosambo aus Monrovia den Häuptling der Ochori gerade zu einer Zeit erreichte, als sich dieser in einem kleinmütigen Zustand befand, wie er gerade Männer der Tat befällt, wenn sie finden, daß ihr Leben zu sanft dahinfließe.

Es war Bosambos Gewohnheit – und eine, vor der seine Leute ehrfürchtige Scheu empfanden –, in Augenblicken einer Krise oder bei solchen Gelegenheiten, wo es nicht wünschenswert war, daß seine Gedanken bekanntwürden, laut englisch zu sprechen.

Er saß vor seiner Hütte, rauchte eine kurze Holzpfeife und hörte schweigend zu, während der Bote die Eigenschaften des ankommenden Besuchs und die unvergleichliche Ehre pries, die den Ochori damit zuteil würde.

Am Schluß der Aufzählung sagte Bosambo auf englisch: »Verdammte Nigger!«

Der Bote war von den fremden Lauten wie vor den Kopf geschlagen.

»Herr und Häuptling!« sagte er. »Mein Herr ist ein Großer, er kennt die Weißen und ihre Gepflogenheiten.«

»Auch ich kenne etwas von den Weißen«, erwiderte Bosambo nun ruhig im Dialekt des Flusses. »Ich habe viele Freunde darunter; so Sandi, der meines Bruders Weibes Schwester geheiratet hat und mir mir verwandt ist. Auch habe ich mit dem Großen Weißen König, der über dem Großen Wasser wohnt, Händedrücke gewechselt«, fügte er kühn hinzu, »und er hat mir viele Geschenke gegeben.«

Mit diesem Bericht ging der Bote zu der langsam anrückenden Karawane zurück, und Elebi war ein wenig betroffen.

»Sonderbar!« sagte er. »Kein Mensch hat jemals einen Ochorihäuptling gekannt, der etwas anderes gewesen wäre als ein Hund und ein Hundesohn. – Laßt uns diesen Bosambo näher betrachten! Hast du ihm gesagt, daß er herauskommen und mich treffen soll?«

»Nein«, bekannte der Bote offen, »denn er war so großartig und so hochmütig wegen Sandi, der seines Bruders Weibes Schwester geheiratet hat, und so aufgeblasen, daß ich es nicht wagte, ihm das zu sagen.«

Am Saum der Ochoristadt, wo Sanders früher einmal die Errichtung einer Warnungstafel veranlaßt hatte, fand Elebi den Häuptling wartend, und Elebi war sehr geschmeichelt. Es gab eine lange und ernste Unterredung in dem kleinen Palaverhaus des Ortes, und hier erzählte Elebi so viel von seiner Geschichte, wie notwendig war, und Bosambo glaubte so viel davon, als ihm glaubwürdig schien.

»Und was benötigst du von mir und meinen Leuten?« fragte Bosambo zu guter Letzt.

»Herr und Häuptling!« antwortete Elebi. »Ich gehe auf eine lange Reise, gestärkt vom Heiligen Geist, von dem du nichts weißt, denn das ist ein ganz besonderes Geheimnis der Weißen.«

»Es gibt kein Geheimnis, das ich nicht kenne«, erwiderte Bosambo aufgeblasen, »und wenn du von Geistern sprichst, dann will ich mal von gewissen Heiligen reden und von einer gewissen Jungfrau, die von den weißen Männern sehr verehrt wird.«

»Wenn du von dem gesegneten Paul ...«, begann Elebi etwas unsicher.

»Nicht nur von Paul, sondern auch von Petrus, Johannes, Lukas, Matthäus, Antonius und Thomas«, zählte Bosambo schnell auf. Er war nicht umsonst ein guter Schüler der Missionsstation gewesen.

Elebi war in die Enge getrieben. »Lassen wir diese Zauberdinge ruhen!« sagte er vorsichtig. »Es ist augenscheinlich, daß du ein gelehrter Mann bist. Nun gehe ich, um einen wundervollen Schatz zu heben. Alles, was ich dir früher gesagt habe, war eine Lüge. Laß uns zueinander als Brüder sprechen! Ich gehe zum Teufelswald, wo seit Jahren kein Mensch gewesen ist. Darum bitte ich dich, gib mir Proviant und zehn Träger!«

»Proviant kannst du haben, aber Träger nicht«, antwortete Bosambo, »denn ich habe Sandi mein Wort verpfändet, der, wie du weißt, meines Bruders Weibes Schwester Mann ist, daß keiner meiner Leute dieses Land verläßt.«

Damit hatte sich Elebi zufriedenzugegeben, denn ein neuer Geist war über die Ochori gekommen, seit er sie das letzte Mal gesehen; und da war eine Herausforderung in den furchtsamen Augen dieser Sklaven von ehemals, die beunruhigte. Außerdem schienen sie sehr gut bewaffnet.

Alle hundert Yards machte der Zug halt, und Elebi band einen Streifen an einen Baumzweig.

»Auf diese Weise«, belehrte er seinen Stellvertreter, »werden wir unabhängig von den Göttern und ohne Furcht vor den Teufeln sein, denn wenn wir das Elfenbein nicht finden, werden wir wenigstens unseren Weg zurück finden können.«

(Missionare hatten auf die gleiche Weise das Land zwischen Bonguidga und dem Großen Fluß durchquert, aber in jenem Land gab es keine Teufel.)

Nach zwei Tagen gelangten sie an einen Begräbnisplatz. Dort hatte ehemals ein Dorf gestanden, denn Isisipalmen wuchsen da prächtig; als sie das Gras beiseite bogen, stießen sie auf ein verwittertes Dach. Und in den Ölpalmen hausten Millionen von Webervögeln, und ein überwucherter Bananenhain war auch da.

Elebi fand die mit zerbrochenen Kochtöpfen bedeckten Gräber und war darüber zufrieden.

Im Wald selbst, eine Meile hinter dem Totendorf, stießen sie auf einen alten Mann; so alt in der Tat, daß man ihn mit einem Finger und dem Daumen hätte in die Höhe heben können.

»Wohin gehen die jungen Männer in ihrer Kraft?« murmelte er kindisch. »In das Land der kleinen Teufel? Wer wird sie wieder zu ihren Weibern zurückführen? Keiner. Denn die Teufel werden sie irreführen, indem sie ihnen neue Wege öffnen und die alten Wege verschließen werden. O Ko, Ko!«

Er winselte erbärmlich.

»Vater!« sagte Elebi, indem er rote Flanellstreifen von seiner Hand baumeln ließ, »dies ist des weißen Mannes Zauber; wir kommen auf demselben Wege zurück, auf dem wir hingehen.«

Da verfiel der Alte in einen wahnsinnigen Anfall von Fluchen und bedrohte sie mit tausend Toden, und Elebis Gefolge drängte, von Furcht übermannt, zurück.

»Du hast zu lange gelebt«, sagte Elebi leise und jagte seinen Speer durch das Genick des Alten.

Zwei Tagesreisen hinter der Mordstätte stießen sie auf das Elfenbein. Es war unter einem Hügel vergraben, der wild mit Pflanzen überwuchert war. Nach europäischer Schätzung betrug der Wert ungefähr fünfzigtausend englische Pfund Sterling.

An dem Morgen, als die Karawane Bosambo verließ, sah dieser sie abmarschieren. Er bemerkte, daß zwei Körbe, bis an den Rand mit schmalen Streifen roten Zeuges gefüllt, einen Teil der Ausrüstung der kleinen Karawane bildeten.

»Das ist mein Zauber«, sagte Elebi geheimnisvoll, als er darum gefragt wurde. »Es gehört sich, daß du seine Macht kennenlernst.«

Bosambo gähnte dem anderen mit großer Unverschämtheit ins Gesicht.

Eine Tagesreise hinter Ochori erreichte die Karawane die ersten zerstreuten Vorposten des Großen Waldes. Dichte Haufen von Gummibäumen bildeten den Eintritt zum Dickicht, und hier wurde der Zauber von Elebis Körben mit den Zeugstreifen enthüllt.

»Wir wollen zurückgehen und Träger holen«, bestimmte Elebi. »Dabei nehmen wir so viele Elefantenzähne mit uns, wie wir zu tragen vermögen.«

Zwei Stunden später begann die Gesellschaft ihren Rückmarsch, indem sie den Pfad verfolgte, wo in Zwischenräumen von einer halben Meile ein Streifen von rotem Flanell von einem Zweige hing. Da waren viele Pfade, die sie hätten einschlagen können; Pfade, die aussahen, als ob sie von Menschenhänden angelegt seien, und Elebi war froh, daß er den Weg zur Rettung gekennzeichnet hatte.

Acht Stunden lang bewegte sich die Karawane schnell vorwärts, da sie die Richtung ohne Schwierigkeit fand; dann machten sie Rast für die Nacht.

Elebi erwachte in der Nacht durch die Schreie eines Mannes; er sprang auf und fachte das Feuer zu einer lichten Flamme an.

»Es ist der Bruder von Olambo aus Kinshassa, und er hat die Schlafkrankheit, Mongo«, sagte eine Stimme, der man die Angst anhörte. Elebi rief zur Beratung.

»Es gibt viele Arten, nach denen die Weißen diese Krankheit behandeln«, erklärte er gescheit. »Entweder sie geben gewisse Pulver ein, oder sie stechen mit Nadeln in den Arm; aber Arznei zu geben, sobald das Stadium des Wahnsinns eingesetzt hat, ist nutzlos – so habe ich von den Missionaren auf der Station sagen hören –, denn die Tollheit setzt nur kurz vor dem Tode ein.«

»Er war aber letzte Nacht noch gesund«, sagte eine gedämpfte Stimme. »Hier im Wald gibt es viele Teufel, laßt uns ihn fragen, was er gesehen hat.«

So ging eine Abordnung zu dem schreienden, zuckenden Menschen, der gefesselt und geknebelt am Boden lag, und sprach mit ihm. Sie fanden es etwas schwierig, mit ihm ins Gespräch zu kommen, denn er plapperte und schimpfte und lachte und schrie in einem fort.

»Wegen der Teufel –«, sagte Elebi schließlich.

»Teufel!« gellte der Verrückte. »Yi! Ich habe sechs Teufel gesehen, mit Flammen in ihren Rachen! Tod über dich, Elebi! Hund –!«

Er schrie andere peinliche Dinge hinaus.

»Wenn wir Wasser hier hätten«, grübelte Elebi, »dann könnten wir ihn ersäufen; aber da wir nur Wald und Erde hier haben, tragt ihn vom Lager fort, und ich will ihn zum Schweigen bringen.«

So trugen sie den Wahnsinnigen weg; acht starke Männer schwankten durch den Wald, und sie kamen zurück und ließen Elebi mit seinem Patienten allein. Die Schreie hörten plötzlich auf, und Elebi kehrte zurück und wischte seine Hände an seinem Leopardenfell ab.

»Nun laßt uns schlafen!« sagte Elebi und legte sich nieder. Schon vor Tagesanbruch war die Gesellschaft auf den Beinen.

Sie waren kaum eine Meile von ihrer Lagerstätte wegmarschiert, als sie zögerten und haltmachten.

»Ich finde kein Zeichen, Herr«, berichtete der Führer. Elebi nannte ihn einen Dummkopf und ging selbst, um nachzusehen.

Aber da war kein roter Flanell, nicht eine Spur davon. Sie marschierten eine weitere Meile, aber ohne Erfolg.

»Wir haben den falschen Weg eingeschlagen, laßt uns zurückkehren!« befahl Elebi, und die Gesellschaft kehrte auf ihren Spuren zu dem von ihnen verlassenen Lagerplatz zurück.

Dieser Tag wurde benutzt, um das Land drei Meilen weit auf jeder Seite zu erforschen; aber nirgends fand sich das willkommene Zeichen, das ihnen den einzuschlagenden Weg zeigen sollte!

»Wir sind alle N'Gombileute«, sagte Elebi. »Laßt uns morgen vorwärts marschieren und die Sonne immer in unserem Rücken behalten. Der Urwald hat keine Schrecken für den N'Gombimann. Dennoch kann ich nicht verstehen, warum der Zauber des weißen Mannes versagte.«

»Teufel«, murmelte sein Stellvertreter düster.

Elebi betrachtete ihn nachdenklich. »Teufel fordern bisweilen Opfer!« antwortete er mit Nachdruck. »Eine kluge Ziege meckert nicht, wenn sich der Priester der Herde nähert.«

Am nächsten Morgen wurde eine wichtige Entdeckung gemacht; ein zerknülltes Stück Flanell wurde an der äußeren Seite des Lagers gefunden. Es lag gerade in der Mitte eines Pfades, und Elebi schrie von Freude laut auf. Wieder begab sich die Karawane auf diesen Pfad. Eine Meile weiter fesselte ein anderes rotes Fetzchen das Auge und eine halbe Meile weiter noch eins.

Aber keines von diesen war dort, wo Elebi sie hingehangen hatte, und sie alle trugen die Spuren roher Behandlung, was den Laienbruder arg beunruhigte. Manchmal fehlten die kleinen Fetzen auch gänzlich, aber dann stieß eine Patrouille wieder auf welche in einiger Entfernung abseits vom Wege, und der Marsch wurde fortgesetzt.

Gegen Sonnenuntergang machte Elebi plötzlich halt und grübelte. Vor ihm lief sein eigener langer Schatten. Die Sonne war hinter ihm, wo sie doch jetzt hätte vor ihm sein müssen.

»Wir gehen in verkehrter Richtung«, sagte er, und die Männer warfen ihre Lasten nieder und starrten ihn an.

»Zweifellos ist das das Werk des Teufels!« erklärte Elebi nach einer Pause. »Laßt uns beten!«

Er betete inbrünstig etwa zwanzig Minuten lag, und die Nacht kam, ehe er damit endete.

Sie lagerten in dieser Nacht auf dem Fleck, wo sie den letzten roten Fetzen gefunden hatten, und am Morgen darauf gingen sie auf dem Weg zurück, den sie gekommen waren. An Nahrungsmitteln fehlte es ihnen nicht, aber es mangelte an Wasser. Sie waren weniger als eine englische Meile marschiert, als die roten Fetzen gänzlich aufhörten, und nun wanderten sie hilflos im Kreise herum.

»Das ist augenscheinlich keine Gebets-, sondern eine Opferfrage«, schloß Elebi, und sie erschlugen einen der Führer.

Drei Nächte später kroch O'Sako, der Freund Elebis, heimlich zu der Stelle, wo Elebi schlief, und regelte den Streit, der tagsüber deshalb aufgetaucht war, wer von ihnen beiden den Oberbefehl über die Expedition haben sollte.

»Herr«, sagte Bosambo aus Monrovia, »alles, was du mir aufgetragen hast, habe ich getan.«

Sanders saß vor des Häuptlings Hütte auf seinem Feldstuhl und nickte.

»Als dein Befehl kam, ich solle Elebi auffinden, der ein Feind der Regierung sei und deinem Befehl nicht gehorche, nahm ich fünfzig meiner jungen Leute und folgte ihm auf seinen Spuren. Zuerst war der Weg leicht, denn er hatte Zeugstreifen an die Bäume gebunden, um den Rückweg zu finden; aber nachher wurde die Sache schwieriger, wegen der N'Kema, die im Urwald sind –«

»Affen?« Sanders' Augenbrauen hoben sich.

»Affen, Herr!« Bosambo nickte. »Die kleinen schwarzen Buschaffen, die grelle Farben so sehr lieben, waren von ihren Bäumen heruntergeklettert, hatten die Zeugstreifen abgerissen und sie zu ihren Nestern genommen nach der Manier des Affenvolkes. Auf diese Weise verirrte sich Elebi und mit ihm seine Leute, denn ich habe ihre Gebeine gefunden; ich kenne den Urwald!«

»Und was hast du sonst gefunden?« fragte Sanders.

»Nichts, Herr!« sagte Bosambo und sah Sanders gerade in die Augen.

»Das ist wahrscheinlich eine Lüge!« bemerkte Sanders.

Bosambo dachte an das Elfenbein, das unter dem Fußboden seiner Hütte vergraben lag, und widersprach Sanders nicht.

## *Die Liebschaften M'Linos*

Sanders wurde von Menschen, die ihn nur oberflächlich kannten, für einen Weiberfeind gehalten. Aber Sanders war nicht Weiberhasser in irgendeiner Bedeutung des Wortes, denn er dachte nicht daran, dem weiblichen Geschlecht Übelwollen entgegenzubringen, und ganz sicher war er ebenso frei von einer stillen Liebe, von der niemand etwas wußte.

Anders stand es mit einem jungen Mann namens Ludley; der war seit drei Monaten unter Sanders als Stationsleiter in Isisi stationiert. Nach Verlauf dieser Zeit ließ ihn Sanders zur Küste kommen.

»Ich halte es für das beste, wenn Sie nach Hause fahren«, eröffnete ihm Sanders.

Der junge Mann machte erstaunte Augen. »Warum?«

Sanders gab zunächst keine Antwort, sondern starrte durch die Türöffnung nach dem entfernten Dorf hinüber. »Mir sind da verschiedene Dinge zu Ohren gekommen –«, erwiderte er dann kurz; er fühlte sich ungemütlich bei der Sache, aber zeigte es nicht.

»Verschiedene Dinge? – Was für Dinge?«

Sanders rückte verlegen auf seinem Stuhl hin und her. »Oh, manches!« erwiderte er aufs Geratewohl und fügte hinzu: »Sie fahren jetzt nach Hause und heiraten da das hübsche Mädchen, von dem Sie so schwärmten, als Sie herkamen.«

Der junge Ludley errötete unter seiner gebräunten Haut. »Hören Sie mal, Mr. Sanders«, sagte er, halb ärgerlich, halb entschuldigend. »Sie nehmen doch sicher davon keine Notiz – Sie wissen doch, das ist so die Art, wie man's hier in afrikanischen Ländern zu machen pflegt. Oh, hol's der Teufel, Sie werden doch nicht den

Sittenrichter über meine moralischen Verfehlungen abgeben wollen?«

Sanders sah den jungen Mann kalt an. »Wegen Ihrer Moral lohnt sich's nicht, sich in Unkosten zu stürzen«, meinte er, der Wahrheit entsprechend. »Sie könnten der verkommenste Teufel in der Welt sein – ich gebe zu, daß Sie das nicht sind –, und es fiele mir nicht ein, an Ihnen etwas bessern zu wollen. Fällt mir nicht ein! – Es ist mehr die Moral meiner Kannibalen, um die ich in diesem Falle besorgt bin. Nach Hause fahren Sie, Söhnchen! Heiraten Sie! Crescit sub pondere virtus! Sie finden die Übersetzung im fremdsprachigen Zitatenschatz jedes anständigen Lexikons. Was die Gepflogenheiten im Lande der Schwarzen anlangt, so vermeidet man solche in den unserer Flagge unterstellten Ländern. Affentricks mögen gut genug für den belgischen Kongo sein, aber sie sind nicht gut genug für diesen kleinen Streifen Wildnis.«

Ludley fuhr nach Hause.

Er erzählte niemand die wahre Ursache seiner Rückkehr, denn das hätte nicht hübsch geklungen. Er war ein ziemlich anständiger Junge – soweit Jungens dieses Schlages anständig sein können – und sagte über Sanders nichts weiter als: Sanders sei ein Weiberfeind.

Die Szene, die seiner Abreise folgte, zeigt, wie wenig sich weiße Denkart von der schwarzen Denkart unterscheidet, denn nachdem Sanders seinen Untergebenen sicher an Bord eines heimwärts fahrenden Dampfers gebracht hatte, ging er stromaufwärts nach Isisi und traf dort mit einem Weib zusammen, das M'Lino hieß.

Das schwarze Durchschnittsweib ist häßlich von Gesicht, jedoch schön von Gestalt; aber M'Lino war kein gewöhnliches Weib.

Die Isisileute, die außergewöhnliche Mitteilungen im Gedächtnis behalten und sie vom Vater auf den Sohn weitergeben, erzählten sich, daß M'Lino von einer Araberfamilie abstamme; und in der Tat, wenn eine fein gemeißelte Nase und ein schön geschwungener Mund irgend etwas beweisen, dann bewiesen sie in diesem Falle, daß M'Lino kein reiner Bantuschlag war.

Sie kam zu Sanders, als dieser nach ihr schickte; wachsam, argwöhnisch, sehr auf ihrer Hut.

Ehe er noch reden konnte, hatte sie schon eine Frage an ihn gestellt.

»Herr, wo ist Lijingii?« Das war Ludleys Name, so richtig, wie ihn ein Schwarzer eben aussprechen konnte.

»Lijingii ist über das große Wasser zu seinen Leuten gefahren«, anwortete Sanders sanft.

»Du hast ihn fortgeschickt, Herr!« rief sie hastig, und Sanders gab keine Antwort.

»Herr«, fuhr sie fort, und Sanders wunderte sich über die Bitterkeit in ihrem Ton, »man sagt, du haßt Frauen.«

»Dann hat man dir Lügen erzählt«, gab Sanders zurück. »Ich hasse Frauen nicht, vielmehr verehre ich sie, denn sie steigen zu den Abgründen der Hölle hinunter, um Kinder zu gebären; auch sonst schätze ich sie hoch, weil sie mutig und treu sind.«

Sie sagte nichts; ihr Kopf sank, bis ihr Kinn auf ihrer bloßen braunen Brust ruhte, aber unter ihren Brauen sah sie zu Sanders hinüber; ihre Augen waren von einem fremden Leuchten erfüllt.

Schrecken bemächtigte sich Sanders'. War das Unglück bereits geschehen? Er fluchte auf Ludley und sandte ein heißes Stoßgebet zum Himmel, Ludleys Schiff möge mit ihm untergehen. Aber ihre Worte beruhigten ihn gleich darauf.

»Ich habe Ludley verliebt in mich gemacht, obwohl er ein großer Herr war und ich eine Sklavin. Auch ich hoffte, ihm eines Tages Kinder zu gebären, aber nun kann das nicht sein.«

Gott sei Dank, dachte Sanders.

Er wollte ihr gern ein paar Trostworte sagen, aber sie drehte sich auf ihrer Ferse und ging.

Sanders sah der anmutigen Gestalt nach, wie sie sich auf der gewundenen Straße entfernte, und kehrte an Bord seines kleinen Dampfers zurück. Er war schon zehn englische Meilen stromabwärts gefahren, ehe er sich erinnerte, daß er den Tadel nicht ausgesprochen hatte, den er für das Mädchen in Bereitschaft hatte.

»Das ist doch sonderbar«, murmelte er ärgerlich, »mein Gedächtnis läßt mich im Stich.«

Drei Monate später kam der junge Penson aus England an, um die Stelle des heimgekehrten Ludley einzunehmen. Ein rotwangiger junger Mann, überwallend vor Eifer, und, was wichtiger war:

Er hatte zwei Jahre Lehrzeit in Sierra Leone hinter sich.

»Sie sollen nach Isisi gehen«, sagte Sanders zu ihm, »und ich möchte Ihnen nur mitteilen, daß Sie da oben hübsch vorsichtig sein müssen.«

»Was ist dort los?« fragte der junge Mann eifrig. »Sind die Kerls aufsässig?«

»Soweit ich weiß«, antwortete Sanders, seine Füße auf das Verandageländer legend, »sind sie das nicht. Und nicht vor dem Blutvergießen müssen Sie sich hüten, sondern vor der Liebe!«

Damit erzählte er Penson die Geschichte von M'Lino, obwohl diese Geschichte für die britische Verwaltung nicht eben schmeichelhaft war.

»Mir können Sie trauen«, beteuerte Jung-Penson, als Sanders geendet hatte.

»Oh, daß ich Ihnen trauen kann, glaube ich schon; aber trauen Sie dem Weibe nur nicht! Lassen Sie von Zeit zu Zeit von sich hören! Wenn Sie nicht ab und zu über sie schreiben, werde ich argwöhnisch werden und in recht ungemütlicher Stimmung zu Ihnen kommen.«

»Mir können Sie trauen!« wiederholte der junge Penson, denn er stand in einem Alter, in dem der Mensch seiner selbst sehr sicher zu sein pflegt.

So merkwürdig es sich auch lesen mag: Von dem Augenblick an, wo er fortging, bis zu dem Augenblick, wo er ein paar Monate später, in Ungnade gefallen, zur Küste zurückkehrte, schrieb er kein Wort von dem gertenhaft schlanken Mädel mit den wunderbaren Augen. Andere Mitteilungen trafen wohl von ihm ein; amtliche Berichte, klar und sachlich, aber niemals ein Wort über M'Lino.

Sanders begann sich zu beunruhigen. Geschichten sickerten allmählich durch; Geschichten von grausamen Peitschungen, die auf Befehl des Stationsleiters verhängt worden wären, und Sanders nahm den Dampfer und fuhr in eilender Fahrt stromaufwärts.

Kurz vor der Station machte er halt und ging das Flußufer entlang. Das war wahrlich kein leichter Spaziergang, denn die Gegend hier herum ist eine Wirrnis von Vegetation.

Dann stieß er auf ein afrikanisches Idyll. Ein junger Mensch saß da und kratzte auf einer quietschenden Geige zum besonderen

Vergnügen von M'Lino, die, das Gesicht nach unten gekehrt, ihr Kinn auf die Hand gestützt, vor ihm im Grase lag.

»In tausend Teufels Namen!« fuhr Sanders ihn an.

Der junge Mensch erhob sich von dem gefällten Baum, auf dem er gesessen hatte, und sah Sanders ruhig und, wie es schien, ohne jede Verlegenheit an.

Sanders sah auf das Mädchen herab und wies in die Dorfrichtung.

»Geh ins Dorf zurück, mein Mädchen!« sagte er sanft, denn er war in Wut.

»Und nun, Sie Prachtexemplar von einem Weißen«, sagte er, als das Mädchen langsam und unwillig gegangen war. »Was ist das für eine Geschichte? Sie haben O'Sako peitschen lassen?«

Der junge Mann holte seine Pfeife aus der Tasche und zündete sie kaltblütig an. »Er hat M'Lino geschlagen«, antwortete er im Ton eines Menschen, der sich im vollen Recht weiß.

»Aus dieser Tatsache schließe ich, daß er der unglückliche Ehemann dieser anziehenden Negerlady ist, die Sie eben unterhielten, als ich ankam.«

»Werden Sie doch nicht brutal!« entgegnete der andere finsteren Blicks. »Ich weiß, sie ist 'ne Schwarze, aber meine Leute zu Hause werden sich schon an ihre Farbe gewöhnen.«

»Gehen Sie sofort an Bord meines Dampfers und betrachten Sie sich als Gefangener!« befahl Sanders ruhig.

Sanders brachte ihn hinunter zum Government, ohne sich die Mühe zu nehmen, den Fall O'Sako zu untersuchen. Kein Wort wurde zwischen den beiden über M'Lino gewechselt, bevor sie an der Küste waren.

»Natürlich werde ich Sie nach Hause schicken«, erklärte Sanders.

»Das dachte ich mir«, sagte Penson gleichgültig. Er hatte alle Selbstsicherheit auf der Fahrt flußabwärts verloren und war in der Tat ein sehr niedergeschlagener junger Mann geworden.

»Ich muß wahnsinnig gewesen sein«, gab er am Tage vor seiner Abreise zu. »Vom ersten Augenblick an habe ich sie geliebt. Gütiger Himmel, was für ein Esel bin ich!«

»Das sind Sie allerdings«, stimmte ihm Sanders bei und munterte ihn beim Abschied etwas auf.

»Ich will keine Stationsleiter mehr in Isisi haben«, schrieb Sanders bissig ans Government. »Ich finde meine Arbeit unterhaltsam genug ohne das Sondervergnügen, als Erzieher britischer Beamten wirken zu müssen.«

Sanders machte eine spezielle Reise nach Isisi, um alles wieder ins rechte Gleis zu bringen, und M'Lino kam unaufgefordert zu ihm.

»Herr, ist er auch fort?« fragte sie.

»Wenn ich dich hier haben will, M'Lino, werde ich nach dir schicken.«

»Ich habe ihn liebgehabt«, sagte sie mit mehr Empfindung, als Sanders einer Schwarzen zugetraut hätte.

»Du verliebst dich sehr leicht.«

Sie nickte. »Manche Frauen können nicht anders. Wenn ich liebe, liebe ich mit einer schrecklichen Kraft. Wenn ich hasse, hasse ich für immer und immer. Dich, Herr, hasse ich.«

Es kam sehr natürlich heraus. »Wenn du ein Mann wärst, M'Lino«, sagte der Distriktsgouverneur erbittert, »ließe ich dich binden und peitschen.«

»F-f-b!« machte das Mädchen verächtlich und verließ den ihr mit offenem Munde Nachstarrenden.

Um die Situation zu begreifen, muß man sich vergegenwärtigen, daß Sanders unumschränkter Herr dieses Gebiets war, Herr über Leben und Tod, und daß keiner es wagte, sein Wort auch nur in Frage zu stellen oder ihm nicht zu gehorchen. Wäre M'Lino, wie Sanders sagte, ein Mann gewesen, sie hätte für ihr Vergehen büßen müssen. Aber sie war ein Weib, ein wirklich begabtes Weib, und sich der Kräfte bewußt, die ihr innewohnten. Während der drei Tage, die Sanders noch in der Stadt war, sah er sie nicht mehr, auch sprach er nicht mit dem Häuptling über sie, ein sehr auffälliger Umstand.

Er hatte gehört, daß sie O'Sakos Lieblingsweib geworden war, daß sie viele Liebhaber hatte und daß sie ihren Mann verachtete. Aber Sanders gab nichts darum, Neuigkeiten über sie zu erfahren. Einmal sah er sie auf sich zukommen und machte einen Umweg, um ihr nicht zu begegnen. Es war unglaublich schwächlich von ihm, er wußte das wohl; aber er hatte keine Macht, dem Zwang zu widerstehen, diesem Zwang, der über ihn kam, sobald er sie sah, von der er soweit als möglich entfernt zu sein wünschte.

Nach dem Besuch dieses Ortes fuhr Sanders in langsamer Fahrt stromabwärts; er selbst stand am Steuer, wobei seine Augen den heimtückischen Fluß nach Untiefen absuchten.

Sein Gehirn war mit dem Rätsel M'Lino beschäftigt, als plötzlich vom Busch her, der den Isisifluß umsäumt, ein Knall ertönte und eiserne Topfscherben durch die Luft flogen. Einer davon traf die Kajüte und zersplitterte eine Türfüllung. Etliche der Scherben fielen ins Wasser; einer verfehlte den Kopf des Sergeanten Abiboo und riß ihm den Fez vom Schädel.

Sanders ließ die Maschine rückwärtslaufen, neugierig, zu erfahren, was den Mordsüchtigen veranlaßt hatte, seine Donnerbüchse auf ihn abzufeuern. Abiboo, nunmehr fezlos, patschte zum Bug und nahm den Mantel von der kleinen glänzenden Revolverkanone. Dann sprangen Soldaten ins Wasser und wateten an Land, mit einer Hand die Büchsen über den Kopf haltend, mit der anderen ihre Patronen. Sanders stand an der Reling, ein Lee-Enfield-Jagdgewehr im Arm.

Wer immer den Schuß abgefeuert hatte, er hatte die Mordstelle gut gewählt. Das Dickicht war sehr dicht; der Zugang zum Ufer ging durch grobes Gras, das im Sumpf wuchs. Üppige Vegetation und ein Gewirr von Schlingpflanzen bildeten ein Hindernis, das für einen Weißen undurchdringlich gewesen wäre.

Aber die Haussasoldaten fanden den Weg. Sie fanden den Mann mit der rauchenden Gewehrmündung. Er erwartete ruhig ihr Kommen.

Es war ein Mann vom Stamm der Isisi, eines Volkes von Philosophen; er übergab seine Waffe ohne jede Verlegenheit.

Als sie mit ihm die Sandbank hinuntereilten, sagte er zu Abiboo: »Das sieht wie Tod aus!«

»Tod und die Hölle hinterher!« antwortete Abiboo, der den Verlust seines Fezes, der ihm im französischen Gebiet fünf Franc gekostet hatte, nicht verschmerzen konnte.

Sanders stellte sein Gewehr weg, als er den Gefangenen sah. Er hielt eine jeder Förmlichkeit entbehrende Gerichtsverhandlung in der zersplitterten Kajüte ab.

»Hast du auf mich geschossen?«

»Das habe ich, Herr.«

»Warum?«

»Weil du ein Teufel bist und bösen Zauber machst.«

»In welcher besonderen Abteilung des Teufels bin ich denn tätig gewesen?« fragte Sanders.

Der Gefangene starrte ihn an. »Herr, es ist nicht meine Sache, diese Dinge zu verstehen. Es wurde mir gesagt ›Töte‹, und – ich töte.«

Sanders verschwendete keine Zeit mehr mit vergeblichen Fragen. Der Mann wurde in Eisen gelegt, die Nase des Dampfers stromabwärts gerichtet, und der Distriktsgouverneur nahm seinen Ausguck an Deck wieder auf.

Auf halbem Wege zwischen B'Fani und Lakaloli kam er zu einer Haltestelle. Dort gab es abgestorbene Baumstämme für die Feuerung der Maschine, und Sanders befahl seinen Leuten, den Vorrat damit aufzufüllen.

Sanders war ärgerlich; nicht weil der Mann versucht hatte, ihm das Leben zu nehmen, auch nicht deshalb, weil seine schmucke kleine Kabine ein Haufen Splitter und Glasscherben war, wo der Schuß getroffen hatte, sondern weil er dort Unruhen witterte, wo er alles in Frieden und Eintracht glaubte.

Ihm unterstanden etwa sechzehn verschiedene und unter sich getrennte Stämme, die jeder für sich, abgeschieden vom anderen, durch Sitte und Sprache voneinander getrennt waren. Sie unterschieden sich voneinander, nicht wie der Franzose vom Italiener, sondern wie der Slawe vom Türken verschieden ist.

In der guten alten Zeit, ehe die Engländer kamen, gab es viele Fehden, Stamm gegen Stamm, Volk wider Volk. Da gab es Schlachten, Raubzüge, Mord und Kreuzigungen in Massen. Aber der Brite änderte das alles, es wurde Frieden im Lande.

Sanders wählte sorgfältig eine lange, dünne Zigarre aus seiner Kiste, biß die Spitze ab und setzte sie in Brand.

Der Gefangene saß auf dem Stahldeck der »Zaire«, nahe beim Mannschaftsraum. Er war mit einem Fuß an den Holzstapel gefesselt und schien nicht im geringsten niedergeschlagen zu sein, als

Sanders sich auf einem Feldstuhl in seiner Nähe niederließ und mit seinem Verhör begann. »Wie heißt du, Mann?«

»Bofabi aus Isisi.«

»Wer befahl dir, mich zu töten?«

»Herr, ich hab's vergessen.«

»Mann oder Weib?«

»Eins von beiden mag es gewesen sein.«

Mehr konnte Sanders nicht aus ihm herausbekommen, und das darauf folgende Verhör in Isisi führte ebenfalls zu nichts, denn als der Mann M'Lino gegenübergestellt wurde, sagte der Gefangene, er kenne sie nicht.

Sanders kehrte in etwas aufgeregtem Gemütszustand an seinen Amtssitz zurück. Bofabi, der Isisimann, wurde zu drei Monaten Zwangsarbeit in die Strafkolonie unten an der Flußmündung geschickt.

So standen die Dinge während dreier Monate, und alles, was Sanders über das Mädchen erfuhr, war, daß sie einen neuen Liebhaber hatte, einen Mann namens Tebeki, einen Häuptling der Akasava.

Drei Monate voll Frieden und Eintracht waren vergangen, dann nahm Tebeki, der seines Nachbars Weib begehrte, dreihundert Krieger mit sich ins Isisiland, verbrannte die Ortschaft, wo M'Lino wohnte, kreuzigte ihren Mann und nahm sie mit sich.

Zur Feier dieses Ereignisses gab Tebeki ein großes Fest mit Trinkgelage und Tanz. Fünf Tage lang wurden große und schamlose Orgien gefeiert, und der Waldstreifen, der den Fluß zwischen Isisi und dem Unterlauf umsäumt, verwandelte sich in ein kleines Inferno.

Am Ende dieser fünf Tage setzte sich Tebeki nieder, um seine Lage zu betrachten. Er war gerade im Begriff, eine Rechtfertigung für sein Verbrechen zu erfinden, als Sanders erschien. Aber noch größeres Unheil kündeten das Maximgeschütz und die zehn Haussasoldaten, die den kleinen Mann mit dem braungebrannten Gesicht begleiteten.

Sanders ging zu Tebekis Hütte und rief ihn heraus. Und Tebeki, mit vom Trunk verquollenen Augen und zitternd, trat blinzelnd in die glühende Sonne.

»Tebeki«, fragte Sanders, »was wurde aus O'Sako und seinem Dorf?«

»Herr«, erwiderte Tebeki zögernd, »er hat Schande über mich gebracht.«

»Spar deine Lügen!« sagte Sanders eisig und gab seinen Soldaten ein Zeichen.

Dann sah er sich nach einem passenden Baum um. Ein großer Kopal-Gummibaum stand hinter der Hütte.

»In einer halben Stunde hänge ich dich«, sagte Sanders, nach seiner Uhr sehend.

Tebeki antwortete nicht; nur seine bloßen Füße gruben sich nervös in den Staub.

Aus der Hütte kam ein großes Mädchen, das die Gruppe mit neugierigem Blick überflog. Dann trat sie vor und legte ihre Hand auf Tebekis Schulter.

»Was willst du mit meinem Mann anfangen? Ich bin M'Lino, O'Sakos Weib.«

Sanders war nicht erschrocken, er zeigte seine Zähne in erbarmungslosem Grinsen und sah sie an.

»Du wirst schon einen anderen Mann finden, M'Lino, so schnell, wie du diesen gefunden hast.« Damit drehte er sich um und gab Anweisung für die Hinrichtung, aber das Weib folgte ihm und legte unerschrocken ihre Hand auf seinen Arm.

»Herr«, sagte sie, »wenn irgend jemand geschädigt war durch O'Sakos Tod, war das nicht ich? Sein Weib? – Dennoch sage ich, gib Tebeki frei, denn ich liebe ihn.«

»Geh zum Teufel!« lud Sanders sie höflich ein. »Ich bin deiner wie deiner Liebhaber überdrüssig.«

Er hing Tebeki auf, rasch, nach allen Regeln der Kunst, und der Mann starb sofort, denn Sanders war äußerst gründlich in diesem Geschäft. Dann marschierten er und seine Haussas ab, und der Totengesang des Weibes klang schwächer und schwächer, je tiefer sie in den Urwald kamen.

Sanders lagerte in dieser Nacht auf einem bewaldeten Hügel, von dem aus man die Stromschnellen an der Krümmung des Flusses überblicken konnte. Am Morgen kam seine Ordonnanz, um ihm zu sagen, das Weib O'Sakos wolle ihn sprechen.

Sanders wünschte sie zu allen Teufeln, ließ sie aber doch kommen.

Sie eröffnete ihre Mission ohne viel Vorrede.

»Da ich meinem Mann O'Sako und meinem Liebhaber Tebeki den Tod gebracht habe, hat mein Stamm mich ausgestoßen. Alle sind gegen mich, und wenn ich in diesem Land bleibe, ist's mein Tod.«

»Nun, und...?«

»Deshalb will ich mit dir gehen, bis ich den Sangarfluß erreiche, der in den Kongo mündet. Ich habe einen Bruder dort.«

»Das mag alles sein«, meinte Sanders kühl. »Auf der anderen Seite weiß ich auch, daß dein Herz voll Haß ist, weil ich dir zwei Männer genommen und einen dritten gehängt habe. Trotzdem magst du bis zum Sangar mit uns gehen, aber du darfst weder das Essen meiner Leute berühren noch mit ihnen sprechen.«

Sie nickte und ging. Sanders gab Anweisungen, wie sie behandelt werden sollte.

Um Mitternacht kam Abiboo, der Sergeant der Truppe und außerdem Sanders' Diener, zu diesem ins Zelt. Der Distriktsgouverneur sprang aus dem Bett und griff nach seinem Jagdgewehr.

»Leoparden?« fragte er kurz.

»Herr«, antwortete Abiboo, »dieses Weib, diese M'Lino, ist eine Hexe.«

»Sergeant!« rief Sanders wütend. »Wenn du mich noch einmal mitten in der Nacht mit solchem Geschwätz aufweckst, schlag' ich dir deinen verdammten Schädel entzwei.«

»Mag das sein, wie's will, Herr«, sagte der Sergeant blöde. »Sie ist eine Hexe, denn sie hat zu meinen Leuten gesprochen und viele wunderbare Dinge vollbracht; so hat sie sie ihre Kinder sehen gemacht und ihnen Gegenden gezeigt, die weit von ihnen liegen.«

»Habe ich ein Gefolge von Säuglingen?« fragte Sanders verzweifelt. »Ich wünschte«, fuhr er mit verhaltener Wut fort, »ich hätte Kruleute oder Buschleute mitgenommen« – der Sergeant fuhr zusammen – »oder das verrückte Volk vom Isisifluß, anstatt eine halbe Kompanie von des Königs Haussas.«

Der Sergeant schluckte die Beleidigung hinunter und sagte nichts.

»Bring mir das Weib her!« befahl Sanders. Er schlüpfte in seine Kleider und zündete die Zeltlaterne an. Nach einer Weile hörte er das Patschen nackter Füße; das Mädchen kam und betrachtete ihn ruhig.

»M'Lino!« redete er sie an. »Ich habe dir doch gesagt, daß du nicht mit meinen Leuten sprechen sollst.«

»Herr«, gab sie zurück, »die haben zuerst mit mir gesprochen.«

»Ist das wahr?«

Der Sergeant am Zelteingang nickte. »Tembeli, der Sohn Sekambanos, sprach zuerst mit ihr und die anderen nach ihm.«

»Buschmänner, beim Himmel!« schäumte Sanders. »Du wirst Tembeli, den Sohn Sekambanos, an einen Baum binden und ihm zwanzig Hiebe geben.«

Der Sergeant salutierte, zog ein protzig aussehendes kleines Notizbuch mit Goldbeschlägen und goldenen Ecken hervor und machte sich umständlich Notizen.

»Und was dich anbelangt«, wandte sich Sanders an das Weib, »du läßt gefälligst deine verdammte Busch-Hypnotisiererei beiseite, oder ich behandle dich ebenso.«

»Ja, Herr«, antwortete sie demütig und ging.

Zwei Haussas fesselten Tembeli an einen Baum, und der Sergeant gab ihm einundzwanzig mit einer elastischen Flußpferdpeitsche. Der eine überzählige Schlag war des Sergeanten Gebühr.

Am Morgen meldete der Sergeant, Tembeli sei in der Nacht gestorben.

Sanders regte sich fürchterlich auf. »Es sind nicht die Hiebe!« rief er aus. »Tembeli hat die Peitsche doch schon früher erhalten.«

»Es ist das Frauenzimmer!« bemerkte der Sergeant. »Sie ist eine Hexe! Ich habe es vorausgesehen, als sie sich uns anschloß.«

Man begrub Tembeli, den Sohn des Sekambano, und Sanders schrieb drei Berichte über die näheren Umstände des Todes, aber schließlich zerriß er sie alle drei.

Dann marschierte er weiter.

In dieser Nacht hielt die Kolonne in der Nähe eines Dorfes. Sanders schickte das Weib mit einer Bedeckung zum Häuptling, mit dem Befehl, sie sicher zum Sangarfluß zu bringen. Nach einer halben Stunde kam sie mit der Begleitmannschaft wieder, und Abiboo erklärte: »Der Häuptling will nichts mit ihr zu tun haben; er hat Furcht.«

»Furcht?« sprudelte Sanders wütend heraus. »Wovor fürchtet er sich?«

»Vor ihren Teufeleien«, erklärte der Sergeant. »Die Lokoli, die Sprechtrommel, hat ihm die Geschichte von Tebeki erzählt, deshalb will er sie nicht um sich haben.«

Sanders fluchte fünf Minuten lang fürchterlich, dann suchte er den Häuptling des Dorfes auf. Die Unterhaltung war kurz und sachlich. Sanders kannte diesen Eingeborenen sehr gut und wußte, mit wem er es zu tun hatte.

»Häuptling«, sagte er am Schluß des Palavers, »mir bleiben nur zwei Möglichkeiten; die eine ist, dich für deinen Ungehorsam zu bestrafen, die andere, meinen Weg weiter zu verfolgen.«

»Herr«, antwortete der andere ernst, »und wenn du mein Dorf in Brand steckst, ich behalte M'Lino nicht bei mir.«

»Das sehe ich, und deshalb muß ich sie wohl weiter mitnehmen.«

Bei Tagesanbruch zog er weiter, das Weib dem Zuge immer etwas voraus und unter seiner Beobachtung. Als sie mittags zum Essen kurze Rast machten, kam einer der Polizeisoldaten zu ihm und behauptete, an einem Baum im Busch hinge ein Gehängter.

Sanders ging sofort mit dem Mann zu dem angeblichen Richtplatz, denn er war verantwortlich für den Frieden seines Landes. »Wo?« fragte er, und der Mann deutete auf einen schlanken Gummibaum, der einzeln in einer Lichtung stand.

»Wo?« fragte Sanders von neuem, denn er sah keine Spur eines solchen Dramas.

Noch immer zeigte der Mann auf den Baum. Sanders runzelte die Stirn.

»Geh hin und berühre den Fuß des Gehängten!« befahl der Distriktsgouverneur.

Nach einigem Zögern ging der Soldat langsam auf den Baum zu und streckte die Hand aus. Aber soviel Sanders sehen konnte, streckte der Soldat die Hand in die leere Luft.

»Du bist wahnsinnig«, rief Sanders und pfiff dem Sergeanten.

»Was siehst du da?« fragte er diesen, und der Sergeant antwortete sofort:

»Hinter dem Gehängten...«

»Da ist kein Gehängter!« sagte Sanders kühl – er begann einzusehen, daß man seine ruhige Überlegenheit behalten müsse. »Nichts ist da als ein Baum und sein Schatten.«

Der Soldat machte ein betroffenes Gesicht. »Herr, da hängt doch ein Mann«, beharrte er.

»Du hast recht«, sagte Sanders ruhig. »Wir müssen das untersuchen«, und er winkte den Beteiligten, zum Lager zurückzukehren.

Auf dem Wege dorthin fragte er nachlässig, ob der Sergeant mit M'Lino gesprochen habe.

»Ich habe sie gesehen, aber sie sprach nicht, außer mit ihren Augen.«

Sanders nickte. »Nun erzähle mir, wo habt ihr denn den Tembeli begraben?«

»Herr, wir haben ihn nach unserer Sitte auf der Erde, am Fuß eines Baumes zurückgelassen.«

Sanders nickte verständnisvoll; die Sitte der Haussas war das jedenfalls nicht.

»Wir wollen auf unseren Spuren bis zu dem Lagerplatz zurückgehen, wo das Weib zu uns stieß«, befahl Sanders.

Sie marschierten bis Sonnenuntergang, und während zwei Mann sein kleines Zelt aufschlugen, schlenderte Sanders um das kleine Lager. Die Männer saßen um ihre Kochtöpfe herum, aber M'Lino saß etwas entfernt von ihnen, die Ellbogen auf den Knien und das Gesicht in die Hände vergraben.

»M'Lino«, redete er sie an, indem er plötzlich vor ihr haltmachte. »Wieviel Männer hast du getötet?«

Sie sah ihn lange und starr an. Er erwiderte ihren Blick; schließlich ließ sie die Augen sinken. »Viele Männer«, antwortete sie.

»Das denke ich auch«, gab Sanders zurück.

Er aß seine Mahlzeit, als Abiboo langsam auf ihn zukam. »Herr, der Mann ist gestorben«, berichtete er.

Sanders sah ihn fest an. »Welcher Mann?«

»Der Mann, den du selbst gepeitscht hast.«

Nun hatte der Distriktsgouverneur weder einen Mann gepeitscht noch eine solche Strafe angeordnet, aber er erwiderte in rauhem Ton: »Ich will ihn sehen.«

Am Rande des Lagers stand eine kleine Gruppe um eine am Boden liegende Person. Die Soldaten machten mit finsteren Blicken Platz, als Sanders näher kam; er konnte sie murren hören.

Sanders bemerkte nicht, wie M'Lino den Soldaten Ahmid seltsam ansah, wie dieser sein Gewehr ergriff und sich ins Gebüsch schlich.

Der Distriktsgouverneur beugte sich über den Mann, der da lag, fühlte nach dessen Herz, konnte aber keinen Pulsschlag wahrnehmen.

»Gib mir eine Medizinkiste!« befahl er, aber keiner gehorchte.

»Sergeant«, wiederholte er, »hol meine Medizinkiste!«

Abiboo salutierte langsam und ging mit allen Zeichen des Widerstrebens.

Er kam mit dem Kästchen zurück; Sanders öffnete es, nahm die Salmiakflasche heraus und hielt sie unter des Mannes Nase. Der Mann gab kein Zeichen von sich.

»Das wollen wir doch sehen!« war alles, was Sanders bemerkte, als der Versuch fehlschlug. Danach nahm er eine Pravaczsche Spritze, füllte sie mit Strychnin und spritzte die Flüssigkeit ohne viel Umstände in des Mannes Rücken. Innerhalb einer Minute setzte sich der Leichnam mit einem plötzlichen Ruck aufrecht.

»Ha!« sagte Sanders befriedigt, »augenscheinlich bin ich ein großer Zauberer!« Er stand auf, bürstete sich die Knie ab und winkte dem Sergeanten. »Nimm vier Mann und geh dorthin, wo ihr den Tembeli zurückgelassen habt. Wenn ihn die Leoparden nicht weggeholt haben, werdet ihr ihn auf dem Wege treffen, denn um diese Zeit wird er wohl aufgewacht sein.«

Er sah die Leute abmarschieren und wandte sich an M'Lino. »Meine Liebe, es ist mir klar, daß du eine Hexe bist, obwohl ich deinesgleichen schon früher getroffen habe« – Sanders' Gesicht war sehr bleich –, »ich kann dich nicht peitschen, denn du bist ein Weib, aber töten kann ich dich.«

Sie lachte. Seine und ihre Augen trafen sich im Kampf um die Herrschaft, und so hafteten ihre Blicke aneinander für einen Zeitraum, der Sanders tausend Jahre zu sein schien, der aber aller Wahrscheinlichkeit nach weniger als eine Minute dauerte.

»Es wäre besser, du brächtest dich selber um!« antwortete sie.

»Das denke ich auch«, murmelte Sanders dumpf und tastete nach seinem Revolver; er hatte ihn halb herausgezogen, den Daumen am Drücker, als ein Gewehrschuß vom Busch her knallte und das Weib wortlos im Feuer zusammenbrach.

Ahmid, der Polizeisoldat, war von jeher ein schlechter Schütze gewesen.

»Ich glaube«, sagte Sanders später zu diesem, »du hast mich erschießen wollen; aber da du unter dem Bann M'Linos standest, will ich keinen Bericht gegen dich aufsetzen.«

»Herr«, antwortete der Soldat offenherzig, »ich weiß nichts von alledem.«

»Das will ich dir gerne glauben«, sagte Sanders und gab Befehl zum Abmarsch.

## *Der Zauberdoktor*

Nichts überraschte Sanders mehr als die Unwissenheit des niemals »draußen« gewesenen Durchschnittsengländers in allen Fragen, die die afrikanischen Völker betrafen. Sonderbare Dinge gingen in dem »Schwarzen Fleck«, wie die Beamten an der Küste den Sanders unterstellten Bezirk nannten, vor sich; an Wunder grenzende Dinge, geheimnisvolle Dinge. Sanders war davon niemals überrascht. Er hatte es mit einem Volk zu tun, das an Geister und an den Gottseibeiuns in Gestalt glaubte; und Sanders fühlte mit ihnen, denn er sah ein, daß es nicht angeht, alles Böse nur menschlichem Wirken zuzuschreiben.

Sanders war ein unruhiger Geist – wenigstens hielten ihn seine Untertanen dafür – und ein klein wenig verrückt – auch das war die Meinung der Eingeborenen. Das schlimmste von allem aber war: In seinem Wahnsinn lag keine Methode.

Bei anderen Distriktsgouverneuren konnte man sicher sein, daß sie nach der großen Regenzeit kamen. Sie pflegten ihre Ankunft vorher anzukündigen; das hatte doch seine Art. Darin waren sich die Isisi, die Ochori, die N'Gombi, die doch sonst untereinander in Streit lagen, einig. Wenn man zeitig genug von der bevorstehenden Ankunft des Distriktsgouverneurs Wind bekam, war es möglich, die häßlichen Beweise einer Übeltat zu beseitigen, alles saubérzumachen und vom Schlamm des Bösen zu reinigen.

Es war schlimm, verkatert, mit all den Anzeichen einer wüst durchtobten Nacht an sich, die wider einen zeugten, aus seiner Hütte zu treten und sich den kalten, forschenden Augen des kleinen Mannes, der in tadellosem Weiß vor einem stand, gegenüberzusehen. Die Gerte, die er gewöhnlich in der Hand trug, schwippte dabei ab und zu an seine Beine, als ob sie auch ein Wort mitzureden hätte. Und da waren immer vier Polizeihaussas, in blaue und rote Uniformen gekleidet, hinter ihm, unbeweglich, aber wachsam und winkbereit.

Einmal kam Sanders in ein N'Gombidorf, als er nach menschlichem Ermessen in seinem bequemen Bungalow dreihundert englische Meilen flußabwärts hätte sein müssen.

Sanders schlenderte durch die Dorfstraße, gerade als die Sonne über die Wipfel der Bäume schielte und lange Schatten vor dem zitronengelben Licht längs des Erdbodens liefen.

Das Dorf lag still und verlassen. Das war ein böses Zeichen. Es redete von nächtlichen Orgien. Sanders ging weiter, bis er zu dem großen Viereck kam, in dessen Nähe das Palaverhaus stand. Dort schwelten noch die verkohlten Überbleibsel eines erloschenen Feuers.

Sanders bemerkte etwas, das ihn veranlaßte, in der Asche herumzustochern.

»Pah!« entfuhr es ihm; er schnitt ein Gesicht.

Er schickte nach seinem Dampfer, um alle Polizeisoldaten zu holen, die er mit sich hatte. Dann ging er in des Häuptlings Hütte und trat diesen, bis er erwachte.

Der Häuptling kam heraus, blinzelnd und fröstelnd, obwohl der Morgen warm war.

»Telemi, Sohn des O'ari, sage mir, weshalb ich dich nicht hängen soll, du Biest von einem Menschenfresser!«

»Herr«, entgegnete der Häuptling, »wir aßen diesen Mann, weil er unser Feind war, weil er nachts ins Dorf einbrach und unsere

Ziegen und Hunde stahl. Außerdem haben wir nicht gewußt, daß du in der Nähe warst.«

»Das glaube ich schon«, meinte Sanders.

Die Sprechtrommel rief die Dörfer aus dem Schlaf, und vor einer schweigenden Zuschauerschaft wurde der Häuptling des N'Gombidorfes nach allen Regeln der Kunst geknutet. Dann rief Sanders die Ältesten zusammen und sagte ihnen einige Worte des Trostes und der Ermunterung.

»Nur Hyänen und Krokodile und gewisse Fische fressen ihresgleichen auf!« – Ein allgemeiner Schauer überlief die Versammlung, denn mit einem Fisch verglichen zu werden ist für die N'Gombi eine tödliche Beleidigung. – »Ich hasse Menschenfresser, und des Königs Regierung haßt sie auch! Wenn mir noch einmal zu Ohren kommt, daß ihr Menschen freßt – und ich habe viele Spione –, gleichgültig ob Feind oder Freund, werde ich schnell hier sein und euch bis aufs Blut peitschen lassen. Und wenn es dann noch einmal passieren sollte, dann werde ich einen Strick und Block mit mir bringen; ich werden einen Baum finden, und da werden zerstörte Hütten im Lande sein.«

Bei der Drohung der zerstörten Hütten erschauerten die N'Gombis von neuem, denn es war ihre Stammessitte, die Hütte eines Toten niederzureißen, um dessen Seele aus der Hütte ins Freie zu lassen.

Sanders führte den Häuptling in Eisen mit sich, und am Ende kam der Gefangene in eine kleine Hafenkolonie an der Küste, wo er fünf Jahre Zwangsarbeit in Gesellschaft anderer unbotmäßiger Häuptlinge leistete.

In den Bezirken, die am Oberlauf des Flusses lagen, nannte man Sanders mit dem langen und klangvollen Namen »Der Mann, der ein treuloses Weib hat«; ein kleiner Scherz Bosambos und sehr zutreffend, denn Sanders war mit seinen Untertanen verheiratet.

In Nord und Süd und Ost und West streifte er umher. Er marschierte Tag und Nacht, manchmal sauste sein kleiner Dampfer flußaufwärts und wurde von den Bösewichten in den kleinen Fischerdörfern verfolgt, bis er außer Sicht war.

»Geht!« befahl Sarala, ein kleiner Häuptling der Akasava, zweien seiner jungen Leute. »Fahrt drei Stunden in eurem Kanu stromaufwärts und beobachtet den Fluß wegen Sandis Rückkehr. Beim ersten Zeichen des Dampfers, den ihr vom Hügel an der Flußkrümmung sehen müßt, kommt zurück und warnt mich, denn ich möchte einer gewissen Sitte meiner Väter folgen, an der Sandi keine Freude hat.«

In dieser Nacht brachte der Sohn des Häuptlings beim Schein des Feuers und bei Tanz und Trommelschlag seinen kaum zehn Stunden alten Erstgeborenen und legte ihn zu seines Vaters Füßen. Das Kind schrie kläglich, als ob es sein Schicksal ahnte.

»Leute!« rief der kleine Häuptling. »Es geht eine Sage, so alt wie die Zeit, daß dem Erstgeborenen eine besondere Kraft innewohnt, und wenn wir ihn verschiedenen Göttern und Dämonen opfern, wird uns Glück in allem, was wir tun, beschert sein!«

Er sagte seinem Sohn ein Wort; dieser nahm einen Speer mit breitem Blatt und grub ein kleines Grab. Darein wurde das lebende Kind gelegt. Die kleinen Füße stießen gegen die lose Erde.

»O Gott und Teufel«, betete der Alte, »wir vergießen kein Blut, damit dieses Kind unbefleckt zu euch komme.«

Der Sohn stieß einen Haufen loser Erde mit dem Fuß so, daß sie die Beinchen des Säuglings bedeckte.

In diesem Augenblick trat Sanders in den Lichtkreis des Feuers, und der Häuptlingssohn fuhr zurück.

Sanders rauchte eine dünne Zigarre; er rauchte eine volle Minute, ohne ein Wort zu sagen, und eine Minute ist eine lange Zeit. Dann trat er an das Grab, bückte sich und hob das Kind unbeholfen heraus, denn er war mehr gewohnt, Männer zu behandeln, als Säuglinge; er schüttelte das Kind, um es von der Erde zu befreien, dann übergab er es einem Weibe.

»Bring das Kind zu seiner Mutter und sage ihr, sie soll es mir morgen wieder lebendig zuschicken, sonst wird sie sich nach einem anderen Mann umsehen.«

Dann wandte er sich an den alten Häuptling und seinen Sohn. »Alter Mann, wieviel Jahre hast du noch zu leben?«

»Herr«, erwiderte der Alte, »das steht bei dir.«

Sanders kratzte sich nachdenklich am Kinn, der Alte beobachtete ihn, Furcht im Blick.

»Du wirst zu Bosambo, dem Ochorihäuptling, gehen und wirst

ihm sagen, ich sende dich zu ihm. Dort magst du seinen Garten pflegen und Wasser tragen, bis du stirbst.«

»Das wird bald sein, ich bin so alt.«

»Wenn du jünger wärst, würde es noch früher sein. Was deinen Sohn anbetrifft, so wollen wir den Morgen abwarten.«

Die Haussas brachten den jungen Mann ins Lager, das Sanders am Fluß aufgeschlagen hatte. Sein Dampfer war nur deshalb vorbeigefahren, um den verdächtigten Häuptling zu täuschen. Am Morgen, als die Nachricht kam, daß der Säugling tot sei – Sanders nahm sich nicht die Mühe, festzustellen, ob durch Schreck, Verletzung oder Erkältung –, wurde der Häuptlingssohn gehängt.

Ich erzähle diese Geschichten von Sanders, damit man den Charakter des Mannes ganz erfaßt. Wenn er schnell zu handeln pflegte, so war das hier durchaus nötig. Denn für ihre Missetaten hatten diese Menschen kein Gedächtnis, das Gestern mit seinen Fehltritten, Irrtümern und Lehren lag für sie schon weit zurück. Und ein Mann rächt eine Bestrafung, wenn er sie für ein Verbrechen erhält, das er längst vergessen hat, und sie deshalb als ungerecht empfindet.

Es ist da leicht möglich, einen bösen Fehler zu begehen, aber Sanders beging niemals einen solchen, obwohl er einmal sehr nahe daran war.

Als eines Tages der hervorragende Gelehrte Professor Sir George Carsley unerwartet am Sitz des Governments erschien, um im Auftrag der britischen Regierung Tropenkrankheiten an der Quelle zu studieren, erklärte Sanders ihm seine Ansichten über die Eingeborenen.

Sir George war ein alter Mann mit einem außergewöhnlich bleichen Gesicht und einem schneeweißen Bart. Er war ein schweigsamer Mann, der bereits einige Erfahrungen an der Küste gesammelt und mehrere Jahre in der Einsamkeit eines zentralafrikanischen Bezirks zugebracht hatte, wo er die Gewohnheiten der Malariamücke erforscht hatte.

Sanders selbst war niemals ein großer Unterhaltungsmensch, und die drei Tage, die der Professor mit ihm unter einem Dach wohnte, waren von tödlicher Langeweile für den Distriktsgouverneur.

Nur bei einem Thema wurde der Professor gesprächig. »Ich möchte gern den Zauberdoktor studieren«, sagte er plötzlich. »Keine Ernennung in der Welt könnte mir ein größeres Machtbewußtsein einflößen als die Ernennung zu dieser Würde durch die Eingeborenen.«

Sanders dachte, der Gelehrte scherze, aber der andere kam immer wieder auf dieses Thema zurück, ernst, würdevoll, aber hartnäckig, und um ihn zu unterhalten, erzählte ihm Sanders alle Geschichten, die er jemals über diese Zauberdoktoren und ihren Stand gehört hatte.

»Aber Sie erwarten doch nicht etwa, von diesen Leuten etwas zu lernen?« fragte Sanders halb im Scherz.

»Im Gegenteil«, antwortete der Professor ernst, »ich nehme es von vornherein für verbürgt an, daß ich wertvolle wissenschaftliche Entdeckungen durch den Umgang mit ihnen machen werde.«

Dann bist du ein alter, verrückter Esel, dachte Sanders bei sich.

Der Professor verließ Sanders am Abend des vierten Tages, und außer einem amtlichen Bericht, daß er sich an der Grenze niedergelassen habe, kamen während der nächsten sechs Monate keine Nachrichten von dem Gelehrten, bis eines Abends die Botschaft anlangte, der blasse alte Mann sei beim Kentern eines Kanus ertrunken. Er hatte ganz allein unter Mitnahme eines wissenschaftlichen Apparates einen Ausflug unternommen. Seitdem wurde nichts wieder von ihm gehört, bis man sein Birkenrindenkanu kieloben im Fluß treibend entdeckte.

Keine Spur fand sich mehr von ihm, und später sammelte Sanders die Habseligkeiten des Toten und schickte sie nach England.

Bei dieser Tragödie zeigten sich zwei auffallende Tatsachen. Die erste war: Sanders fand nirgends den Nachweis von dem Ergebnis irgendeiner wissenschaftlichen Forschung in den Papieren oder im Tagebuch des Toten. Nichts als ein kleines Notizbuch fand sich vor. Der zweite Umstand war der, daß der Gelehrte alle Geschichten, die Sanders ihm über die Fetischdoktoren erzählt hatte, in diesem Notizbuch niedergeschrieben hatte.

Sanders erkannte eine der Geschichten wieder, die er damals unter dem Impuls des Augenblicks zur Unterhaltung des Professors selbst erfunden hatte.

Sechs mehr oder weniger friedliche Monate waren vergangen, da begann jene Reihe von Ereignissen, die die Sage vom Teufelsmenschen bildeten.

Am Kleinen Fluß begann es.

Dort lebte eine Isisifrau, die ihren Mann haßte, obwohl dieser sehr gut zu ihr war, ihr eine Hütte gebaut und ein älteres Weib als Dienerin gegeben hatte. Er gab ihr viele Geschenke, darunter einen Halsring aus Messing, der mehrere Pfund wog und sie zum meistbeneideten Weibe am Isisifluß machte. Aber ihr Haß gegen ihren Mann wurde darum nicht geringer, und eines Morgens kam sie aus ihrer Hütte, sah verstört und erschrocken aus und begann mit zitternder Stimme den Totengesang anzustimmen, während sie mechanisch kleine Hände voll Staub auf ihr Haupt streute.

Die Dörfler traten in ihre Hütte und fanden dort den Mann steif und starr, mit verzerrtem Gesicht und Höllenqualen im erloschenen Blick. Nach zwei Tagen begrub man den Toten in der Mitte des Flusses, und als das Kanu mit dem Leichnam bei der Flußkrümmung außer Sicht kam, trat das Weib ins Wasser, wusch den Staub von ihrem schmierigen Körper und streifte die grünen Blätter der Trauer von ihren Hüften.

Dann ging sie mit tänzelndem Schritt nach ihrer Hütte zurück, denn der Mann, den sie am meisten gehaßt hatte, war tot – und sie frei.

Vier Tage später kam Sanders.

»M'Fasa«, sagte er, während er an ihrer Hütte stand und an ihr herunter sah, wie sie mit erkünstelter Gleichgültigkeit ihren Mais zwischen den Steinen zerkleinerte, »man erzählt mir, dein Mann ist gestorben.«

»Herr, das ist wahr, er starb ganz plötzlich.«

»Zu plötzlich für meinen Geschmack«, sagte Sanders und verschwand im Innern ihrer Hütte. Nach einiger Zeit kam Sanders wieder heraus und sah sie an. In seinen Händen hielt er eine kleine Glasphiole, wie sie wohl unter Europäern allgemein bekannt sind, deren Vorhandensein in einem Eingeborenendorf aber zumindestens merkwürdig war.

»Ich habe hier einen Fetischzauber, M'Fasa, und mein Fetisch sagt mir, daß du deinen Mann vergiftet hast.«

»Dein Fetisch lügt.« Sie sah nicht auf.

»Wir wollen das nicht erörtern«, sagte Sanders vorsichtig, denn über seinen Verdacht hinaus hatte er keine Beweise. Er ließ sich sofort den Dorfhäuptling kommen. Eine kleine Pause entstand. Das Weib mahlte langsam ihr Korn weiter mit niedergeschlagenen Augen und ab und zu mit dem Handrücken den Schweiß von ihrer Stirn wischend, während Sanders, den Tropenhelm im Nacken, eine halbgerauchte Zigarre im Mund, die Hände tief in den Jakkentaschen vergraben, ihr mit einem ärgerlichen, finsteren Gesichtsausdruck zusah.

Nach einer Weile kam der Häuptling zögernd an. Er hatte sich beim Suchen nach einem scharlachroten Uniformrock verspätet, den er bei festlichen Gelegenheiten zu tragen pflegte.

»Herr, du hast nach mir gesandt.«

Sanders wechselte seinen Gesichtsausdruck. »Ich hab' mir's überlegt, ich bedarf deiner nicht.«

Der Häuptling entfernte sich mit einem Dankgebet im Herzen, denn es waren gewisse verborgene Geschichten da oben am Fluß passiert, für die er Tadel erwartete.

»M'Fasa, du wirst an Bord meines Dampfers gehen«, befahl Sanders.

Die Frau stellte ihren Mörser hin, erhob sich und ging gehorsam an Bord. Sanders folgte ihr langsam; eine Menge Dinge gingen ihm durch den Kopf. Wenn er dieses Weib bei den Dorfältesten angab, würde sie zu Tode gesteinigt werden. Wenn er sie mit sich zum Government nahm und sie dort verhört würde, gab es keine Beweise, auf die hin ein Urteilsspruch erfolgen konnte. Er wußte keinen Platz, wohin er sie hätte bringen können. Und doch, wenn er sie hier zurückließ, war der Weg für weitere Übeltaten offen.

Sie erwartete ihn an Deck der »Zaire«; ein gerade gewachsenes Mädchen von 18 Jahren, furchtlos und trotzig. »M'Fasa, warum hast du deinen Mann getötet?«

»Herr, ich habe ihn nicht getötet, er starb an einer Krankheit«, sagte sie so störrisch wie zuvor.

Sanders schritt das schmale Deck auf und nieder, den Kopf auf die Brust gesenkt, denn dies war ein schwieriges Problem. Dann blickte er auf. »Du kannst gehen«, sagte er, und das Weib, etwas erstaunt, ging über die Laufplanke, die Boot und Land verband, und verschwand im Dickicht.

Drei Wochen später brachten seine Spione Nachrichten, daß Leute am Oberen Fluß in rätselhafter Weise starben. Niemand wußte, warum sie starben. Mancher saß noch voller Leben bei seiner Abendmahlzeit, und am Morgen, wenn seine Leute ihn wekken wollten, war er hinüber, eines elenden Todes gestorben.

Das geschah in vielen Dörfern am Kleinen Fluß.

»Die Sache wird eintönig«, meinte Sanders zum Hauptmann der Schutztruppe. »Da droben geht eine Massenvergiftung vor sich, und ich werde hinaufgehen, um den Gentleman ausfindig zu machen, der die Dosis verabreicht.«

Der erste Fall, der nach Untersuchung verlangte, geschah in der Isisistadt. Ein Weib war gestorben, und Sanders hatte den Ehemann, einen berüchtigten Bösewicht, im Verdacht.

»Okali«, fragte er, gleich zur Sache kommend, »warum hast du dein Weib vergiftet?«

»Herr«, sagte der Mann, »sie starb an einer Krankheit. Am Abend war sie noch wohlauf, aber im Morgengrauen wälzte sie sich im Schlaf, rief ›ah‹ und ›oh‹ und starb gleich darauf.«

Sanders tat einen tiefen Atemzug. »Strick her!« befahl er, und als der Strick da war, kletterte Abiboo auf den untersten Ast eines Gummibaumes und befestigte Block und Flaschenzug, wie es sich gehörte.

»Okali«, redete Sanders den Mann an, »ich hänge dich jetzt auf, wegen Mordes, begangen an deinem Weib; denn ich bin ein vielbeschäftigter Mann und habe keine Zeit, lange Nachforschungen anzustellen. Und wenn du an ihrem Mord nicht schuldig bist, so hast du doch so viele verabscheuungswürdige Taten auf dem Gewissen, daß ich gerechtfertigt bin, wenn ich dich hänge.«

Der Mann war grau vor Furcht, als sie ihm die Schlinge um den Nacken legten und seine Hände fesselten.

»Herr, sie war ein böses Weib und hatte viele Liebhaber«, stammelte er, »ich habe sie nicht töten wollen, aber der Teufelsmann sagte, daß diese Medizin sie ihre Liebhaber vergessen mache.«

»Teufelsmann? Welcher Teufelsmann?« fragte Sanders hastig.

»Herr, hier lebt ein Teufel, der in dieser Gegend sehr verehrt wird. Er wandert im Urwald herum und gibt viele sonderbare Tränke.«

»Wo findet man ihn?«

»Herr, keiner weiß es. Er kommt und geht wie ein grauer Geist, und er hat einen Fetisch, der ist machtvoller als tausend gewöhnliche Teufel! Herr, ich habe meinem Weibe das gegeben, was er mir gab, und sie starb daran. Wie konnte ich wissen, daß sie sterben würde?«

»Cheg'li!« rief Sanders kurz den Leuten zu, die den Strick hielten, und »Cheg'li« bedeutet im Dialekt des Flusses zieht!«.

»Halt!«

Sanders befand sich in wechselhafter Stimmung und war etwas gereizt durch das Bewußtsein dieses Umstandes.

»Wie hast du die Medizin erhalten? War es ein Pulver, war es flüssig oder –?«

Des Mannes Mund war trocken, er konnte nur hilflos den Kopf schütteln.

»Laßt ihn los!« befahl Sanders. Abiboo nahm dem Mann die Schlinge ab und löste seine Hände.

»Wenn du mich belogen hast, stirbst du bei Sonnenuntergang! Zunächst laß mich aber mehr von diesem Teufelsmann wissen, denn ich bin neugierig, seine Bekanntschaft zu machen.«

Er gab dem Mann zehn Minuten Zeit, sich von seinem Schrekken zu erholen; dann ließ er ihn kommen.

»Herr, ich weiß nichts von dem Teufelsmann, außer daß er der größte Zauberdoktor der Welt ist. Und nachts, wenn der Mond scheint und gewisse Sterne an ihrem Platz stehen, kommt er wie ein Geist, und wir alle haben dann Angst. Dann gehen die von uns, die ihn brauchen, zu ihm in den Urwald, und er gibt uns, was wir von ihm fordern.«

»Worin trägt er denn die Medizin?«

»Herr, in einer Glasstange, wie die Weißen ihre Medizin zu tragen pflegen; ich will sie dir bringen.«

Er ging in seine Hütte zurück und kam wenige Minuten später mit dem Medizinfläschchen zurück, dem Gegenstück zu dem, das Sanders bereits hatte. Der Distriktsgouverneur öffnete es und roch daran. Ein sehr schwacher Duft von bitteren Mandeln machte sich bemerkbar. Sanders stieß einen Pfiff aus. Er erkannte den Nachgeruch von Zyankali, und das ist etwas, was ungelehrte Zauberdoktoren nicht kennen und noch viel weniger anzuwenden verstehen.

»Ich kann nur annehmen«, schrieb Sanders an den Gouverneur, »daß die Medizinkiste des verstorbenen Sir George Carsley durch bösen Zufall in den Besitz eines Eingeborenen-›Doktors‹ übergegangen ist. Sie werden sich entsinnen, daß der Professor die Kiste bei sich hatte, als er ertrank. Wahrscheinlich wurde sie ans Ufer gespült und aufgefunden... Inzwischen betreibe ich fleißig Nachforschungen nach der Identität des Teufelsmenschen, der so urplötzlich zu großem Ruf gelangt zu sein scheint.«

Schlaflose Nächte lagen vor Sanders; Nächte mit Gewaltmärschen kreuz und quer, mit schnellen Fahrten stromaufwärts, voll überraschenden Erscheinens in den Dörfern und einsamer Nachtwachen im Busch und an unbekannten Wassern. Aber er fand nie eine direkte Spur vom Teufelsmann, soviel Interessantes er auch über ihn hörte.

Das Wirkungsvollste unter dessen Zaubergerätschaften war ein Kästchen, »soo klein«, sagte einer, der es gesehen hatte. In diesem Kästchen wohne ein kleiner boshafter Dämon, der zwicke und kratze, aber ohne eine Spur zu hinterlassen; ein böser Geist, der Nadeln in den menschlichen Körper stechen könne, ohne jemals Blut fließen zu machen.

»Ich geb's auf«, sagte Sanders verzweifelt und kehrte an seinen Wohnsitz zurück, nur um dort weiter zu grübeln.

Eines Abends, als er beim Essen saß, hörte er vom Fluß her fernen Trommelschlag. Es war nicht der regelmäßige Wirbel des Lokoli, der Sprechtrommel, sondern eine Reihe kurzer Schläge. Der Distriktsgouverneur trat leise an die Tür und horchte.

Er hatte sich vom Government die Signalabteilung der Haussasoldaten kommen lassen und diese in Zwischenräumen am Flußufer postiert. In einer stillen Nacht hört man den Trommelschlag auf große Entfernung; aber das Rasseln von Eisenholzschlegeln auf einem hohlen Baumstumpf hört man am weitesten.

»Klok – klok, klockitty – klock!«

Es klang wie das ferne Quaken des Ochsenfrosches, aber Sanders las sich die Buchstaben zusammen.

»Teufelsmann opfert morgen nacht im ›Wald der Träume‹.«

Gerade als er die Botschaft auf dem Ärmel seiner weißen Jacke niederschrieb, kam Abiboo den Weg heraufgelaufen.

»Wir sind fertig, Herr!« rief der Mann.

Sanders griff nach dem Revolver, der an der Wand hing, und warf seinen Mantel über den Arm, denn seine sonstige Reiseausrüstung befand sich bereits seit drei Tagen an Bord der »Zaire«.

Der scharfe Bug des Dampfers schwenkte nach der Mitte des Stromes zu, und zehn Minuten nach dem Trommelsignal stürmte das Boot in voller Fahrt gegen das Gefälle des Stromes an.

Die ganze Nacht dauerte die Fahrt, oft von einem Ufer zum andern lavierend, um die Untiefen zu vermeiden. Bei Tagesanbruch hatte man einen Platz erreicht, wo Holz zum Feuern des Kessels geladen wurde. Die Mannschaft türmte in fieberhafter Hast Holzstoß auf Holzstoß an Deck auf, so daß die »Zaire« bald wie ein Holzschlepper aussah.

Dann fuhr das Schiff wieder los und hielt nur, um von den Spähern, die flußauf- und abwärts stationiert waren, Nachrichten über das kommende Opferfest entgegenzunehmen.

Sanders erreichte den Rand des Traumwalds um Mitternacht und machte den Dampfer fest. Er hatte zehn Haussas bei sich, und an ihrer Spitze trat er an Land und in das Dunkel des Urwalds ein. Einer der Soldaten ging voran, um den Pfad zu finden und die Führung zu übernehmen, und im Gänsemarsch trat die Gruppe ihren zweistündigen Marsch an. Einmal stießen sie auf zwei kämpfende Leoparden, einmal stolperten sie über einen mitten im Weg schlafenden Büffel, dann stöberten sie unbekannte Tiere auf, die sich in den Busch trollten, als sie an ihnen vorbeikamen, und die hinter ihnen herschnüffelten, bis Sanders ihnen den weißen Strahl seiner elektrischen Lampe entgegenschickte. Schließlich gelangten sie ungesehen an den Ort, wo das Opfer stattfinden sollte.

Dort hockten mindestens 600 Leute im Halbkreis um einen rohen Altar aus Baumstämmen. Zwei riesige Feuer loderten und knisterten auf jeder Seite des Altars. Sanders' Blicke hefteten sich auf den Teufelsmann, der sich gerade über den Körper eines anscheinend im Schlaf befindlichen jungen Mädchens beugte, das auf dem

Holzaltar ausgestreckt lag.

Einst hatte dieser Teufelsmann das Kleid der Zivilisation getragen, nun war er in Fetzen gekleidet. In schmutzigen Hemdsärmeln stand er da, den weißen Bart wirr und ungekämmt, das bleiche Gesicht verfärbt und ein sonderbares Licht in den Augen. In seiner Hand blitzte ein Seziermesser, und er sprach – seltsam genug vor dieser Zuhörerschaft – englisch.

»Dieses, Gentlemen«, sagte er, indem er sich leicht gegen den Altar lehnte und mit der Sicherheit eines Mannes redete, der viele solche Vorträge gehalten hat, »ist ein böser Fall von Schlafkrankheit; die Entfärbung der Haut wird Ihnen auffallen, ebenso die opal schimmernden Pupillen, und nun, da ich die Patientin in Narkose versetzt habe, werden Sie die Verschiebung der Zervikaldrüsen bemerken, die ein sicheres Kennzeichen ist.«

Hier machte er eine Pause und sah sich mit einem gütigen Gesichtsausdruck um.

»Ich darf wohl sagen«, fuhr er fort, »daß ich lange Zeit unter den Eingeborenen gelebt habe. Ich habe die ehrenvolle Stellung eines Zauberdoktors in Zentralafrika bekleidet –«

Er brach ab und strich mit der Hand über seine Stirn, als wollte er einen Gedanken zurückrufen; dann nahm er den Faden seiner Rede wieder auf.

Während der ganzen Zeit, die er sprach, saß die halbnackte Zuhörerschaft stumm und furchtbefangen da, begriff nichts, als daß der Zauberer mit dem weißen Gesicht, der wer weiß woher gekommen war und viele wunderbare Dinge vollbracht hatte (sein Zauberkästchen erwies sich als eine galvanische Batterie), im Begriff stand, sonderbare Gebräuche eines fremden Kults zu üben.

»Gentlemen«, fuhr der alte Mann fort, indem er die Brust seines Opfers mit dem Griff seines Messers beklopfte, »ich werde hier einen Einschnitt machen.«

Hier verließ Sanders sein Versteck und ging festen Schrittes auf den improvisierten Operationstisch zu.

»Professor«, sagte er sanft.

Der Wahnsinnige sah ihn mit einem betroffenen Stirnrunzeln an.

»Sie unterbrechen die Untersuchung«, antwortete er ungehalten, »ich beweise eben...«

»Ich weiß.«

Sanders ergriff seinen Arm, und Sir George Carsley, der große Gelehrte, Chefarzt des St.-Markus-Hospitals in London und Verfasser vieler Bücher über tropische Kankheiten, folgte ihm wie ein Kind.

## *Der Einsame*

Distriktsgouverneur Sanders hatte so lange zwischen den Eingeborenen gelebt, daß er nicht wenig von ihrer Naivität in sich aufgenommen hatte. Überdies hatte er die unheimliche Macht, Dinge zu wissen, die er nicht gewußt hätte, nicht hätte wissen können, wenn er nicht mit der Gabe des Vorherwissens begabt gewesen wäre, auf die jeder Eingeborene von Geburt an ein Anrecht hat.

Er hatte drei Kundschafter ins Isisiland geschickt, das weit vom Government entfernt liegt und zu dem der Zugang schwierig ist. Nach zwei Monaten Wartens kamen sie alle drei zurück und brachten gute Nachrichten. Das beunruhigte Sanders in einer ganz ungerechtfertigten Weise.

»Herr, ich sage dir, die Isisi sind ruhig«, protestierte einer der Kundschafter, »und da ist nicht die geringste Rede von Krieg.«

»Hm!« grunzte Sanders ungnädig. »Und du?« wandte er sich an den zweiten Kundschafter.

»Herr«, sagte dieser, »ich ging in den Urwald und an die Grenze des Landes, und nirgends ist die Rede von Krieg. Die Häuptlinge und Ältesten sagten mir das.«

»Wirklich, du bist ein großartiger Kundschafter«, höhnte Sanders. »Und wie kamen dir die Häuptlinge und Ältesten entgegen? Wie haben sie dich begrüßt? ›Heil dir, geheimer Spion Sandis‹? Hu!«

Er entließ die Leute mit einer Handbewegung, setzte seinen Tropenhelm auf und ging ins Haussalager, wo die blauuniformierten Soldaten im Schatten ihrer sauberen weißen Baracken spielten.

Der Hauptmann der Schutztruppe war im Begriff, mit Hilfe von

Zigarettenpapier und einer Sechs-Unzen-Flasche schwefelsauren Chinins eine schmackhafte Medizin zuzubereiten.

Sanders bemerkte, wie dem Hauptmann dabei vor Fieber die Hand zitterte, und er sprach in gereiztem Tone: »Da ist was los in Isisi! Ich wittere das! Ich weiß nicht, was es ist, aber irgendeine Teufelei geht da vor sich!«

»Geheimbündler?«

»Geheime Großmütter«, spottete Sanders. »Wieviel Leute haben Sie zur Verfügung?«

»Sechzig, die Lahmen eingeschlossen!« sagte der Schutztruppenoffizier und verschluckte mit einer Grimasse ein Paket Chinin.

Sanders schlug mit der Spitze seines dünnen Spazierstocks aus Ebenholz an seine Gamaschen und war sehr nachdenklich. »Möglich, daß ich sie brauche. Ich werde herausfinden, was bei den Isisi los ist!«

Am Kleinen Fluß, der plötzlich vom Geisterfluß abbiegt, baute Imgani, der Einsame, sein Haus.

Er baute es, wie sich's gehört, indem er das Holz in einem fünf Meilen entfernten Dorf stahl. Dank einer Epidemie hatte es viele Tote in diesem Dorf gegeben, und es ist Sitte am Oberen Fluß, daß, wenn jemand stirbt, das Haus, in dem er starb, auch zerstört wird.

Niemand sucht Schutz unter dem verfluchten Dach, unter dem der Geist der Toten umgeht. Die Waffen des Toten werden zerbrochen und auf sein seichtes Grab zerstreut, und die Kochtöpfe seiner Weiber ebenso.

Nach und nach senkt sich das Bambusdach unter dem vereinten Einfluß von Wind und Regen und sinkt. Die Türpfosten faulen, Elefantengras, grob und scharf, schießt zwischen den Risser in Wand und Dach auf, dann kommt ein starker Regen und Wind, und der Wald hat bald den Fleck voll Unrat ausgetilgt.

Imgani, der behauptete, er sei ein N'Gombimann und fürchte keinen Teufel – auf jeden Fall keinen Isisiteufel –, stahl furchtlos Türpfosten und Stricke aus Lianen. Er stahl sie nachts, wenn der Mond hinter den Bäumen stand, spottete der toten Geister und nannte sie bei schlimmen und herausfordernden Namen. Dennoch ging er behutsam vor; denn während er mit den Geistern der Toten nicht rechnete, hatte er eine gesunde Achtung vor den lebenden

Isisi, die ihn getötet hätten, wäre seine Schändung entdeckt worden, obwohl, sonderbar genug, der Tod das letzte war, was er fürchtete.

So stahl er die verhexten Stützen und Dachsparren und hätte auch die Dächer gestohlen, wären diese nicht sehr alt und voll von Spinnen gewesen.

Alles das nahm er und trug es fünf Meilen weit zur Flußbiegung und baute dort mit Muße seine kleine Hütte. Tagsüber schlief er, nachts fing er Tiere in Fallen und Fische; aber er machte keinen Versuch, die großen Fledermäuse zu fangen, die von der Insel mitten im Fluß kamen, obwohl sie sehr schmackhaft sind und als Delikatesse betrachtet werden.

Eines Tages, gerade als die Sonne unterging, betrat er den Urwald auf der Spur eines Wildes. Er trug zwei große Jagdspeere, wie sie die N'Gombi so meisterhaft zu machen verstehen, einen geflochtenen Bambusschild an seiner Seite und ein Bündel getrockneter Fische, die er im Fluß gefangen hatte.

Imgani war von mittlerer Größe, leicht gebaut, aber doch breitschultrig; seine Haut leuchtete in gesundem Glanz, und sein Schritt war elastisch. Wenn er ging, sah man die Rückenmuskeln spielen und wogen wie die Sehnen eines Rennpferdes.

Nach halbstündigem Marsch im Urwald stieß er auf ein Mädchen; sie trug ein Bündel Maniokwurzeln in ihrer Hand und schritt anmutig dahin.

Als sie Imgani erblickte, blieb sie betroffen stehen, Todesangst und Schlimmeres sah ihr aus den Augen, denn sie wußte, daß er ein Ausgestoßener war. Solche Menschen werden mehr gefürchtet als die Ingali, die große Giftschlange, die vom Gras aufschnellt und ihre Giftzähne in die Beine schlägt.

Sie beobachteten einander, der Mann mit beiden Händen auf seine Speere gestützt, das Mädchen zitternd.

»Weib, wohin gehst du?«

»Herr, ich gehe zum Dorf nahe am Fluß, und dieses ist der Pfad dorthin«, stammelte sie.

»Was hast du da?«

»Maniok zum Brot«, flüsterte sie.

Imgani nickte. »Du bist eine Wurzelesserin!«

»Herr, laß mich gehen!« Sie starrte ihn an.

Imgani warf seinen Kopf zurück. »Ich sehe, du hast Angst vor mir, obwohl ich nichts von dir haben will. Ich bin Imgani, das heißt der Einsame. Ich habe kein Gelüst nach Weibern! Über solche Narrheiten bin ich erhaben. Vor mir bist du sicher, Wurzelesserin, denn wenn ich wollte, könnte ich den Wald füllen mit schönen Häuptlingstöchtern, die sich alle nach mir sehnen!«

Ihre Furcht schwand. Neugierig betrachtete sie ihn. Möglich, daß sie etwas verletzt war, denn sie antwortete patzig genug, indem sie sich eines Isisi-Sprichwortes bediente: »Nur die Ziegen mekkern am Eingang zur Leopardenhöhle – die Isisi werden fett von den Fremden.«

Er sah sie an, den Kopf ein wenig zur Seite geneigt. »Im Unterland erzählt man sich, die Isisi verkauften Leute an die Araber«, sagte er sinnend, »aber das ist wohl bloß Geschwätz. Geh!«

Mit einem weiteren Zurückwerfen des Kopfes entließ er sie.

Sie hatte sich bereits ein Stück entfernt, als er sie nochmals zurückrief.

»Wurzelesserin, wenn dich Leute fragen, wer ich sei, dann sagst du, ich sei Imgani, der Einsame, der ein Fürst unter Fürsten ist; auch daß ich viele Männer in meinen Tagen erschlagen habe, so viele, daß ich sie nicht zu zählen vermag. Sag auch, daß so weit, wie ein Mann von meinem Haus, das ich mir am Fluß gebaut habe, nach jeder Richtung hin sehen kann, sich mein Königreich erstreckt, und daß keiner sich da hereinwagen soll, es sei denn mit Geschenken in der Hand, denn ich bin sehr schrecklich und sehr habgierig.«

»Herr, ich werde das alles ausrichten.«

Sie ging, halb im Lauf, auf ihr Dorf zu und verließ Imgani, der seinen Weg fortsetzte.

Nun waren in diesem Dorf manche jungen Burschen, die gern der Wurzelträgerin gefallen hätten, denn sie war eine Häuptlingstochter und überdies 14 Jahre alt, also im heiratsfähigen Alter. Als sie nun die Dorfstraße entlanggelaufen kam, vor Aufregung und Furcht schreiend und Unzusammenhängendes stammelnd, fehlte es ihr nicht an Mitgefühl noch an tapferen Rittern, die gewillt waren, die Beleidigung zu rächen.

Sechs junge Männer, mit Speer und Kreuzschwert bewaffnet, tanzten vor dem Häuptling und dessen Tochter (wie wichtig sich diese vorkam, kann man von jedem Weib jeglicher Rasse erfahren). Einer unter diesen, E'Kebi mit Namen, ein Mann mit Rednertalent, beschrieb von Sonnenuntergang bis Mondaufgang, also oberflächlich geschätzt vier Stunden lang, genau, was Imgani geschehen werde, wenn sie, die Isisileute, über ihn kämen; wie seine Augen zusammenschrumpften wie vor einem großen, schrecklichen Feuer, wie seine Glieder dahinwelkten, und noch einige andere körperliche Veränderungen, die es besser ist, nicht näher zu beschreiben.

»Das ist eine gute Rede«, meinte der Häuptling. »Dennoch vergießt kein Blut, da Sandi überall seine Kundschafter hat; denn Blutgeruch dringt weiter, als ein Mann sehen kann, und Sandi ist höllisch schnell mit dem Aufhängen. Überdies, der Einsame ist ein Fremder, und wenn wir ihn lebendig fangen, können wir ihn ja an die Araber verkaufen, die uns Zeug und Schnaps für ihn geben.«

Darauf opferten sie eine junge Ziege und gingen. Sie stießen auf Imganis Hütte, aber der Einsame war nicht da, denn er stellte Fallen im Urwald. Deshalb verbrannten sie seine Hütte und verwüsteten seinen spärlichen Garten. Viele andere Isisileute waren ihnen in achtungsvoller Entfernung gefolgt für den Fall, daß Imganis Schätzung seiner eigenen Tapferkeit durch den Erfolg gerechtfertigt würde. Sie hielten eine Orgie, bis die Sonne plötzlich über der Insel erschien und all die kleinen Sterne am Himmel erloschen.

Imgani sah dies alles im Busch auf seinen Speer gelehnt; aber er begnügte sich, diesmal nur den Zuschauer zu spielen, denn, folgerte er, wenn er gegen sie alle fechte, würden sie versuchen, ihn zu ermorden oder mit Ruten zu peitschen, und den Gedanken daran konnte sein hochfliegender Geist nicht ertragen.

Er sah die Flammen die Hütte zerstören, die er mit so viel Mühe erbaut hatte.

»Dummes Volk«, dachte er, »zerstören ihr Eigentum, und vielleicht zürnen die Geister der Toten und segnen sie mit der Beulenpest.«

Als von seiner Wohnstätte nur noch ein Haufen weißer Asche und dunkelrote Glut übrig war und ein nebliger Rauch darüberlag, wandte Imgani sein Gesicht gegen den Urwald.

Er wanderte den ganzen Tag und rastete nur, um von dem Fisch zu essen, den er bei sich trug. Zur Nacht gelangte er in ein anderes Isisidorf, das O'Fasi hieß.

Er kam durch die Dorfstraße, breitschultrig, den Kopf in die Höhe geworfen und prahlerisch seinen Speer schwingend. Er sah weder rechts noch links, und die Dörfler drängten sich an ihren Hüttentüren, hielten die Knöchel ihrer geballten Fäuste gegen den Mund und riefen: »Oho!« Das hieß, daß er Eindruck machte.

So schlenderte er durch die ganze Länge des Dorfes und ging auf den Waldweg jenseits des Dorfes zu, als ein Bote hinter ihm herjagte.

»Herr, der Häuptling, der der Regierung für alle Fremden, die hier durchkommen, verantwortlich ist, und besonders für die Flüchtlinge aus der Strafniederlassung, wünscht dich zu sehen. Er ist sicher, daß du kein Dieb bist, sondern ein bedeutender Mann, dem er Ehre erweisen will.«

So berichtete er; und da er ein friedlicher Geselle war, der für diese Rolle gewählt wurde, weil er ein Verwandter der Lieblingsfrau des Häuptlings war, warf er einen vorsichtigen Blick auf den Breitblattspeer und sah sich schon im Geiste nach einer Richtung um, in der er fliehen könnte.

»Geh zu deinem Herrn zurück, Sklave«, antwortete Imgani, »und sage ihm, ich möchte einen Ort finden, dessen Einsamkeit mich befriedigt; einen Ort, wo ich diese Nacht schlafen und mich hohen Gedanken hingeben kann. Sobald ich diesen Platz gefunden habe, komme ich zurück. Sage auch, ich sei ein Fürst meines eigenen Volkes und daß mein Vater Legionen von Kriegern hat, und wenn jeder Krieger dieser Legionen nur eine Handvoll Sand vom Grund dieses Flusses nähme, wäre dieser Fluß bodenlos! Sag dem Häuptling ferner, ich hieße Imgani und liebte mich selber mehr, als sich irgendein Mann jemals selbst geliebt hat, seit der Mond weiß wurde, damit er der Sonne nicht ähnlich sehe.«

Er schritt weiter, den Boten nachdenklich zurücklassend.

Seinem Versprechen getreu kehrte Imgani zurück. Bei seiner Rückkehr bemerkte er, daß ein Palaver stattfand, dessen Gegenstand der unglückliche Verwandte der Häuptlingsfrau war.

»Wer«, fragte der Häuptling, »hat Schande über mich gebracht, weil er ein so großer Narr ist wie seine Base, meine Frau?«

»Herr«, entgegnete der arme Verwandte demütig, »ich habe ihn gebeten, zurückzukehren, aber er war ein Mann von großem Stolz und überdies auf dem Sprung, weiterzugehen.«

»Deine Mutter war eine Närrin!« schimpfte der Häuptling, »die Mutter deiner Mutter war eine Törin, und dein Vater, wer immer er war und den kein Mensch kennt, war ebenfalls ein großer Narr.«

Dieser interessante Anfang eines rohen Vortrags über erbliche Narrheit wurde durch die Ankunft Imganis unterbrochen. Als er langsam den Hügel heraufgeschritten kam, glitten die Blicke der Versammlung an ihm herunter von dem rasiermesserscharfen Stahl in der knappsitzenden Scheide von Leopardenfell bis zu den dünnen Messingringen an seinen Knöcheln. Der Häuptling, ein stattlicher Mann, aber von wenig Mut, bemerkte die Speere und sah, daß ihre Schäfte wie glattpoliert vom vielen Gebrauch waren.

»Herr«, sagte er unterwürfig, »ich bin der Häuptling des Dorfes und vom Government eingesetzt. Dieses gab mir als Halsschmuck eine Münze, die auf einer Seite das Bild eines Mannes mit einem großen Bart trägt und auf der anderen Seite gewisse Teufelszeichen und eine Zauberschrift von großer Gewalt. Das wurde mir gegeben, damit das Volk wüßte, daß ich Häuptling sei, aber ich habe die Medaille verloren. Nichtsdestoweniger bin ich der Häuptling, wie ich dir gleich zeigen werde.«

Damit suchte er in seinem Überwurf und holte einen Beutel von Schlangenhaut hervor, dem er ein sehr schmutziges Papier entnahm. Er faltete dies sorgfältig auseinander und enthüllte einen amtlichen Briefbogen mit einigen drauf gekritzelten Sätzen in der Handschrift des Distriktsgouverneurs Sanders. Diese lauteten:

»An alle Stationsleiter, Polizeioffiziere und Chefs von Militärposten! Verhaften Sie und halten Sie den Träger dieses Papiers fest, sobald er sich anderswo als im Isisibezirk aufhält.«

Mit diesem eigenartigen Dokument war eine kleine Geschichte verknüpft. Es betraf einen willkürlichen Beutezug gegen ein gewisses Ochoridorf und eine darauf folgende Gerichtsverhandlung, in der ein Häuptling, zitternd vor banger Erwartung, einer kleinen, aber wissenswerten Prophezeiung lauschte, welches Schicksal ihn erwarte, wenn er sich außerhalb der Grenzen seines Bannkreises sehen ließe.

Imgani nahm das Papier, drehte es um, rieb es leicht mit seinen Fingern, um zu sehen, ob die Schrift von Dauer sei, und gab es dem Häuptling zurück.

»Das ist voll Zauberkraft, obwohl ich solchen Zauber nicht fürchte, ausgenommen eine besondere Art, wie er von einem gewissen Zauberdoktor meines Vaters geübt wird. Ich kenne auch keine Regierung, die mich regieren kann.«

Dann erzählte er ihnen von seinem Vater, von dessen Legionen von Kriegern und Weibern und von verschiedenen anderen Dingen von gleichem Interesse.

»Ich zweifle nicht, daß ihr mich verstehen werdet«, sagte er. »Ich bin der Einsame! Ich hasse die Gesellschaft der Menschen, die so veränderlich ist wie der Schnee auf den Bergen! Darum habe ich mein Haus und meine Weiber verlassen, die so treu waren, wie Weiber treu sein können, und habe keine Krieger mitgenommen, da diese meinem Vater gehören.«

Der Häuptling war betroffen. »Warum du einsam bist, kann ich nicht sagen. Gewiß aber warst du im Recht, deines Vaters Legionen zu verlassen. Das alles ist schwer zu verstehen und erfordert ein Palaver der Ältesten!«

Darauf gab er Befehl, die Lokoli, die Sprechtrommel, zu rühren und die Dorfältesten zu versammeln.

Diese kamen, brachten ihre eigenen geschnitzten Hocker mit sich und saßen unter dem Schutzdach, wo der Häuptling das Präsidium übernahm.

Wieder erzählte Imgani seine Geschichte über die 50 Weiber, die zahllosen Legionen, und die gläubigen Isisi hörten zu – und glaubten ihm.

»Und was ich haben muß, ist«, fuhr Imgani in seiner Rede fort, »ein kleines Haus am Flußufer, an einer Stelle, wo kein Weg vorbeiführt und mir kein lebendes Wesen zu Gesicht kommt, denn ich bin ein Einsamer von Natur und ein großer Menschenfeind überdies.«

Imgani wohnte in einer Lichtung, die die Natur dort für ihn geschaffen hatte, und in einer Hütte, die seine neugefundenen

Freunde für ihn errichtet hatten. Andere Beweise ihrer Gastfreundschaft verschmähte er.

»Ich habe kein Verlangen nach Weibern«, bekannte er. »Ich bin voll von großen Plänen, um mein Königreich aus den Klauen von Bösewichtern zu retten, die meines Vaters Ratgeber sind.«

Einsam war er in der Tat, denn niemand sah ihn, außer bei ganz besonderen Gelegenheiten. Nachts ging er jagen, und die heißen Tage verschlief er. Zuweilen, wenn der rote Sonnenball hinter den Bäumen des westlichen Flußufers verschwunden war, sahen die Dörfler die gerade, blaue, dünne Rauchfahne seines Herdfeuers aufsteigen, wenn er sein Abendmahl bereitete. Manchmal sah ein zurückkehrender Kanufahrer ihn geräuschlos auf dem Weg zur Jagd durch den lichten Rand des Urwalds gleiten.

Sie nannten ihn den »Schweigsamen«, und er genoß diesen bescheidenen Ruhm. Mehr als das, er genoß das Vertrauen seiner Wirte.

Das Isisiland liegt im Bereich des Fremden Flusses, auf dem fremdartig gebaute Fahrzeuge nachts leer hinunterfuhren und nachts gefüllt mit Hals an Hals geketteten Menschen wieder stromaufwärts kamen. Die Beamten von Französisch-Westafrika, das an Isisi anstößt, erhielten Gerüchte von Überfällen und von verbrannten Dörfern, Geschichten, die sie nicht nachprüfen konnten, denn die Isisigrenze ist 600 Meilen vom Sitz der französischen Regierung entfernt und liegt in einer Wildnis.

Imgani sah auf seinen Jagdzügen Dinge, die ihn mit Bestürzung hätten erfüllen müssen, wenn er nicht ein Mann gewesen wäre, der der Rührung unzugänglich war.

Er sah kleine Karawanen aus der Richtung des französischen Gebiets durchschleichen, Karawanen von wimmernden Weibern und Männern, die unter ihren Ketten stöhnten. Er sah sonderbare Verschiffungen von Menschen um Mitternacht und lernte die weißgekleideten Araber kennen, die die Peitsche grausam zu handhaben verstanden. Eines Nachts, als er all diese Vorgänge beobachtete, erspähte ihn El Mahmud, der berüchtigte Sklavenhändler, im Mondlicht und sah, daß Imgani kein Isisimann war. »Von welchem Stamm bist du?« fragte er.

»Herr«, antwortete Imgani, »ich gehöre einem fremden Stamm

an. Ich bin ein N'Gombi.«

»Das lügst du«, antwortete der Sklavenhändler, »denn du hast nicht die Gesichtstätowierung wie die N'Gombi! Du bist ein Arabermischling!« redete er ihn auf arabisch an.

Imgani schüttelte den Kopf.

»Er versteht mich nicht«, sagte der Sklavenhändler zu seinem Unterführer. »Finde heraus, wo dieses Mannes Hütte steht. Eines Tages werden wir ihn holen; der Kerl ist Geld wert.«

Er sprach arabisch. Sein Untergebener nickte.

Als der Sklavenhändler wiederkam, besuchten drei Männer Imganis Hütte; aber der war auf der Jagd, und so war es jedesmal, wenn die Langboote nachts nach O'Fasi kamen.

Sanders ging während sechs Monaten nicht nach O'Fasi. Es mag betont werden, daß sich während dieser Zeit nichts ereignete, was auch in der kühnsten Phantasie als ein Verlust britischen Ansehens hätte gelten können.

Sein halbjährlicher Besuch in Isisi war fällig. Die Ernte war gut gewesen, der Fischfang reichlich, die Regenzeit nicht zu lang, und es hatte keine Epidemien gegeben.

Eines Morgens, als sich Fetzen grauen Nebels von Wipfel zu Wipfel schwangen und es im Osten grau zu dämmern begann, kam Imgani vom Urwald zurück, auf den Schultern einen kleinen Bock, den er in der Nacht im Netz gefangen hatte.

Als er ein kleines Feuer vor seiner Hütte und einen Mann davor hocken sah, drehte er lustig die Speere in der Hand, denn er fürchtete niemand.

»Gab es anderswo keinen Platz für dich, daß du hierher kommst, um meine Einsamkeit zu stören?« fragte er. »Ich habe große Lust, dich zu töten und dein Herz zu braten, denn ich mag dich nicht beim Feuer vor meiner Hütte sehen.«

Er sagte das alles mit einem wütenden Gesicht. Der Mann vor ihm wurde unruhig. »Herr, ich habe das erwartet, denn ich sehe, du bist ein ganz Stolzer, aber gerade um dieses Stolzes willen komme ich, denn ich kenne deine Weisheit.«

Imgani schleuderte den Bock zur Erde und setzte sich mit drohender Miene und hielt den Schaft seiner Speere quer über die bloßen Knie.

Dann beugte der andere seinen Nacken zu ihm und sprach eifrig auf ihn los.

Die Sonne ging auf und warf ihren roten Schein über alles, und noch immer sprach der Fremde mit großer Eindringlichkeit, und Imgani hörte zu.

»Deshalb, Herr«, schloß der andere, »wollen wir Sandi töten, wenn er hier herauf zum Palaver kommt. Ifiba, M'Bwaka und ein Vetter meiner Mutter werden ihn schnell durchbohren, und wir werden ein großes Volk sein.«

Imgani nickte zustimmend mit dem Kopf. »Das ist wahr«, sagte er. »Leute, die einen Weißen töten, müssen auch sehr geehrt werden, denn alle andern Stämme werden sagen: ›Seht, das sind die Leute, die weiße Männer töten!‹«

»Und wenn er tot ist«, fuhr der Bote fort, »werden viele junge Männer auf das Boot gehen, das raucht, und alle erschlagen, die mit Sandi gekommen sind.«

»Auch das ist klug«, sagte Imgani, »denn wenn ich weiße Männer erschlage, erschlage ich auch deren Freunde.«

Er erörterte seine Taten des langen und breiten.

Nachdem sich der Mann entfernt hatte, aß Imgani Fisch und Maniok, putzte die Stahlblätter seiner Speere mit nassem Sand, trocknete sie sorgfältig mit Gras und legte sich in den Schatten der Hütte, um zu schlafen.

Am frühen Nachmittag erwachte er, tauchte in den Fluß und schwamm weit bis in die Mitte des Stroms in großen, starken Stößen. Dann schwamm er ans Land zurück, ließ sich von der Sonne trocknen und kleidete sich in sein Leopardenfell.

Langsam schlenderte er zum Dorf. Dort fand er alles in Aufregung, am meisten den Häuptling, denn Nachrichten sagten, daß Sandi in der Nacht ankäme und daß eben jetzt sein Dampfer um die Biegung des Flusses fahre. Ein Plan war mißlungen. Sanders kam zwei Tage früher an, als er sollte, und Ifiba und M'Bwka, des Häuptlings Getreue, waren fort in besonderer Mission. Die Zeit bis zu Sandis Ankunft war zu kurz, um Zuverlässige als Meuchelmörder zu dingen.

Der Dampfer trieb breitseit an Land. Ein Heckrad drehte sich noch lässig, und dann sahen sie, Imgani zwischen ihnen, daß das Deck voll von Soldaten war, kaltblütig aussehenden braunen Männern in blauer Uniform und Fez.

Die Laufplanke fiel, und ihre Gewehre hochhaltend, kamen die Soldaten ans Land gepatscht, mit ihnen ein weißer Offizier – aber nicht Sandi.

Es war ein barscher weißer Mann.

»Wer ist hier Häuptling?« fragte er rauh.

»Herr, ich bin's«, sagte der fette Häuptling. Alles an ihm war in einer einzigen Aufregung.

»Packt den Kerl!«

Ein Sergeant packte den Häuptling, und ein Korporal ließ die Handeisen um seine Handknöchel schnappen.

»Herr«, winselte er, »was für eine Schande!«

»Weil du ein großer Dieb bist«, antwortete der Schutztruppenoffizier. »Ein Aufrührer und Sklavenhändler!«

»Wenn jemand das behauptet, dann lügt er!« erwiderte der Häuptling. »Denn kein Governmentsbeamter hat mich solche Scheußlichkeiten verüben sehen!«

Da trat Imgani vor. »Häuptling, ich habe sie gesehen!«

»Du bist ein großer Lügner!« schäumte der stattliche Häuptling, vor Wut zitternd. »Sandi, der mein Freund ist, wird dir nicht glauben!«

*»Ich bin Sandi!«* antwortete Imgani und lächelte verschmitzt.

## *Der Seher*

Im Herzen Afrikas gehen viele Dinge vor sich, für die niemand eine Erklärung weiß. Deshalb zögern die, die Afrika am besten kennen, Geschichten darüber zu schreiben, weil eine Geschichte aus Afrika eine mystische Geschichte bleiben muß, während der Leser ersonnener Geschichten verlangt, daß das Geheimnis am Ende so aufgedeckt wird, daß die geheimnisvollen Fäden klar zutage liegen.

Aber man kann ebensowenig Ereignisse erklären, die z. B. in 2°

nördlicher Breite und 46° westlicher Länge an der Tagesordnung sind, wie man ein Glaubenswunder oder eine Gedankenübertragung erklären kann, wie folgendes Vorkommnis lehrt:

Distriktsgouverneur Sanders wachte mitten in der Nacht auf. Sein kleiner Dampfer lag an einem kleinen Holzplatz vertäut, den Sanders selbst vor Jahren angelegt hatte, indem er dort Bäume fällen und sie dürr werden ließ.

Er war eine ganze Tagesfahrt nach jeder Richtung, flußauf- oder abwärts, von einem Dorf entfernt, aber nur sechs Stunden Marsch vom Amatombovolk, das mitten im Urwald lebt und mit Pfeilen schießt, die mit Tetanus vergiftet sind.

Sanders saß auf dem Bettrand und horchte.

Ein Nachtvogel zirpte eintönig. Das Gluck-Gluck des Wassers unter dem Bug des Dampfers und das leise Rascheln der Blätter waren hörbar, als eine sanfte Brise die jungen Zweige der Bäume bewegte, unter denen das Boot lag. Sanders horchte gespannt, und dann langte er nach Moskitoschuhen und Strümpfen.

Er zog sie an, fand seine Flanelljacke hinter der Tür seiner winzigen Kabine und öffnete leise die Tür. Dann wartete er, den Kopf nach vorn gebeugt. Er lachte grimmig in der Dunkelheit, holte seinen Revolver aus dem Lederfutteral, das an seiner Koje hing, und zog geräuschlos das Stahletui zurück.

Sanders war ein vorsichtiger Mann, nicht leicht aus seiner Ruhe zu bringen und jede seiner Bewegungen vorbedacht; er war vorsichtig genug, seinen Revolver zu sichern, eigen genug, den brünierten Lauf auf dem weichen Ärmel seines Jacketts zu polieren, und er wartete lange, ehe er in die heiße Finsternis der Nacht hinaustrat.

Nach einer Weile hörte er wieder den Ton, von dem er aufgewacht war; es war das zarte Zirpen eines Webervogels.

Nun gehen Webervögel nachts schlafen wie anderes vernünftiges Volk; außerdem leben sie in der Nähe der Dörfer, denn sie lieben die Nähe der Menschen; ganz gewiß kündigten sie ihre Nähe nicht so frech an, wie dieser Vogel es tat, der in Zwischenräumen immer wieder zwitscherte und zwitscherte.

Sanders wartete geduldig ab.

Plötzlich kam ganz aus der Nähe von demselben Deck, auf dem

er stand, ein antwortender Ruf.

Sanders hatte seine kleine Kabine auf der Brücke seines Dampfers; nun entfernte er sich ein Stück von ihr; an der Brückennock verkroch er sich, den Daumen an der Sicherung seines Schießeisens.

Er fühlte mehr, als er es sah, wie ein Mann aus dem Wald kam, und wußte nun, daß jemand an Bord war, der sich mit jenem traf.

Dann kamen zwei Männer hinter dem Deckhaus hervorgekrochen; Sanders konnte aber ihre Schatten unterscheiden, wie sie sich vorwärts bewegten, bis sie die Tür der Kabine fanden und hineinkrochen.

Sanders hörte ein leises Geräusch und lachte innerlich, obwohl er wußte, daß ihre Speerspitzen sein Bettzeug in diesem Augenblick in eine höchst traurige Verfassung brachten.

Dann entstand eine kleine Pause; Sanders sah einen Mann allein aus der Kabine treten und sich umsehen.

Der Mann sprach leise zu dem anderen in der Kabine.

Sanders stand geräuschlos auf.

Der Mann an der Tür sagte mit einer gurgelnden Stimme: »Kah!« und knickte zusammen, denn Sanders hatte ihm einen kunstgerechten Stoß in den Magen versetzt, und dort ist die schwächste Stelle der Eingeborenen.

Der zweite Mann kam herausgerannt, fiel aber mit einem Krach über das ausgestreckte Bein des Distriktsgouverneurs, und während er fiel, erhielt er die volle Wucht eines schweren Revolverlaufs in die Gegend seines rechten Ohrs.

»Joka!« rief Sanders scharf. Ein Patschen von bloßen Füßen auf Deck wurde hörbar, denn der Schwarze ist ein leichter Schläfer. »Fesselt die Kerle hier! Und dann Dampf auf! Das hier ist kein netter Platz!«

Als er der Gefahr entgangen war, vertäute er das Boot an einem kleinen Inselchen in der Mitte des Stroms, gerade als der Morgen heraufdämmerte. Dort schob er seine beiden Gefangenen an Land.

»Ihr wolltet mich heute nacht umbringen?«

»Herr, das ist wahr!« sagte der eine. »Ich kam, um zu töten; und dieser, mein Bruder, sagte mir, wann ich kommen sollte. Aber er hätte auch einen anderen rufen können, denn unsrer sind viele.«

Sanders verzeichnete die Tatsache, daß eine ganze Reihe unternehmungslustiger Meuchelmörder auf seine Ankunft wartete, ohne ein sichtbares Zeichen des Verdrusses.

»Nun sage mir, wer hat die Losung zu meiner Ermordung ausgegeben, und warum soll ich sterben?«

Der Angeredete, ein schlanker, geradegewachsener Jüngling des Amatombostamms, wischte sich mit seiner gefesselten Hand den Schweiß von der Stirn.

»Herr, und wenn du mich zerhackst, ist sag's nicht, denn ich habe einen großen Ju-ju, einen großen Zauber, gemacht, und einige Fetische wären erzürnt, wenn ich spräche.«

Sanders verhörte den anderen Mann mit ebensowenig Erfolg; dieser war ein Arbeiter, den er in einem vier Tagereisen entfernten Dorf, am Unterlauf des Flusses, angeheuert hatte.

»Herr, und wenn ich deshalb sterben soll, von mir erfährst du nichts.«

»Gut«, sagte Sanders und gab Abiboo einen Wink. »Ich werde euch mit ausgestreckten Armen und Beinen auf die Erde nageln lassen und ein kleines Feuer auf eurer Brust anzünden; nach und nach werdet ihr mir schon sagen, was ich erfahren will.«

Sie wurden auf der Erde ausgestreckt, mit kleinen Bällen Lianenbast auf der Brust. Sanders nahm darauf ein brennendes Scheit vom Feuer, das seine Leute hier angezündet hatten.

Die beiden auf der Erde Liegenden beobachteten jede seiner Bewegungen; sie sahen Sanders das glimmende Holz zur Flamme entfachen und sich ihnen damit nähern.

Da sagte der eine plötzlich: »Herr, ich will reden!«

»Das dachte ich mir. Und sprich die Wahrheit, oder es ergeht dir schlecht.«

Wenn man fragt, ob Sanders das brennende Scheit wirklich gebraucht hätte, so möchte ich der Wahrheit entsprechend antworten: Ich halte das wohl für wahrscheinlich. Vielleicht kannte Sanders seine Leute besser, als ich Sanders kenne.

Die beiden Leute redeten nun frei von der Leber weg, nachdem sie aus ihrer unglücklichen Lage befreit worden waren, und Sanders beschäftigte sich damit, das in der Bomongosprache Gehörte auf englisch niederzuschreiben. Als das Verhör beendet war, legte

Sanders seine Aufzeichnungen zusammen und nahm die beiden an Bord.

Zwei Stunden später lief die »Zaire« mit voller Kraft in der Richtung nach Tukalala, einem Akasavadorf.

Dort hauste ein Missionar, ein eifriger, junger amerikanischer Methodistenprediger, der das Leben im Fiebergürtel zwischen den Heiden gewählt hatte, um sie zu gläubigen Christen zu machen.

Nun hatte Sanders durchaus keine besondere Vorliebe für Missionare. Er hatte Ansichten über diese Brüderschaft, die ihm kaum zu besonderem Vorzug gereichten. Aber er fühlte eine Zuneigung zu dem jungen Menschen, der so herzerfrischend mutig mit so wenig versprechendem Material arbeitete.

Sanders schritt ungeduldig die kleine Kommandobrücke seines Dampfers auf und ab, denn er mußte Tukalala erreichen, noch ehe sich gewisse Dinge ereigneten.

Gerade als die Sonne im Westen hinter den Bäumen unterging, kam er um die Biegung des Kleinen Flusses, und der weiße Strand vor der Missionsstation hob sich bereits deutlich ab.

Sanders winkte dem Mann am Steuerrad mit zwei Fingern, und der kleine Dampfer schwenkte fast breitseit zum Strom in der Richtung aufs Ufer, und das dunkle Wasser des Stromes schlug so heftig gegen den Backbordbug, als sei dieser ein Schleusentor.

An der Stelle, an der das Missionshaus gestanden hatte, war ein Chaos schwarzer Trümmer; daraus entstiegen langsam kleine Rauchwölkchen.

Sanders fand den in einen früher einmal weiß gewesenen, jetzt besudelten Tropenanzug gekleideten Missionar mit dem Gesicht auf der Erde liegend, und er hatte Schwierigkeiten, ihn aufzurichten, denn der Missionar war mit einem breiten Elefantenspeer auf die Erde genagelt, und der Speer war in Schulterhöhe abgebrochen.

Sanders wandte die Leiche um, so daß sie auf den Rücken zu liegen kam, und drückte dem Toten die Augen zu, die, wie es schien, sehnsüchtig wie eine letzte Frage an Gottes Weisheit nach dem dämmernden Abendhimmel hinübersahen.

Der Distriktsgouverneur zog ein grellfarbiges seidenes Taschentuch aus der Tasche und bedeckte damit das Antlitz des Toten.

»Abiboo«, sagte er leise zu dem Sergeanten, »grabe ein großes Loch an diesem Kopalgummibaum, denn dieser Mann war ein Großer seines Volks und hatte Verkehr mit den Göttern.«

»Er war ein Christ«, bemerkte Abiboo, der ein eifriger Anhänger des Propheten war, »und in der Sure von Maria steht geschrieben: ›Die Sekten sind in Zwist geraten über Jesus, aber wehe denen, die nicht glauben am Tag des Jüngsten Gerichtes‹.«

Abiboo trug den Titel »Hadschi«, weil er in Mekka gewesen war, und weil er im Koran besser Bescheid wußte als die meisten Christen in der Bibel.

Sanders schwieg, nahm eine Zigarre aus der Tasche, zündete sie an und sah sich um.

Kein Gebäude stand mehr. Wo einst das Missionshaus mit seinem sauberen Garten gestanden hatte, war jetzt eine Wüstenei. Im schwindenden Tageslicht sah er Fetzen von Europäerkleidern. Er wußte, das waren die anderen Opfer.

Beim sanften Licht des Mondes begrub er den Missionar, sprach das Vaterunser über ihn und so viel vom Totengottesdienst, wie er davon in Erinnerung hatte.

Dann ging Sanders zur »Zaire« zurück und stellte eine Wache auf.

Am Morgen drehte Sanders die Nase des Dampfers stromabwärts. Bei Sonnenuntergang kam er zum Fluß – bis jetzt fuhr er auf einem Nebenfluß –, und an der Gabelung dieser beiden Flüsse Stadt Akasava.

Man brachte ihm den Oberhäuptling, und auf der kleinen Kommandobrücke wurde beim Schein eines in eine Laterne gesteckten Lichtes Palaver gehalten.

»Häuptling!« redete Sanders diesen an. »Da ist ein ermordeter Weißer in deinem Bezirk, und ich will die Herzen seiner Mörder haben oder – beim Tode, es kostet deinen Kopf.«

Sanders sagte das sehr ruhig, ohne jede Leidenschaft; und doch, er schwor bei Ewa, und das ist ein fürchterlicher Schwur und bedeutet Tod.

Der Häuptling, der an Deck hockte, zitterte; seine Hände krampften sich nervös.

»Herr«, antwortete er mit gebrochener Stimme, »von dieser Sache weiß ich nichts. Das geschah zwar in meinem Land, aber so weit entfernt, daß ich weder strafen noch belohnen kann.«

Sanders schwieg, nur ein abfälliges Schnauben ließ er hören.

»Und wenn ich die Wahrheit sagen darf«, fuhr der Häuptling fort, »geht das die Akasava nichts an, denn alle Stämme längs des Ufers des Großen Flusses sind aufsässig; sie gehorchen einem großen Zauber, der mächtiger ist als alle anderen.«

»Ich weiß wenig von Ju-jus«, schnitt Sanders ihm das Wort ab. »Ich weiß nur, daß ein Weißer ermordet wurde, und sein Geist irrt umher und wird nicht zur Ruhe kommen, bis ich des Toten Mörder erschlagen habe. Ob du das bist oder ein anderer, ist mir gleich. Das Palaver ist aus.«

Der Häuptling erhob sich unbeholfen. Er hob seine Hand zum Gruß und schlürfte von der Laufplanke hinunter ans Land.

Sanders rauchte eine Zigarre nach der anderen und grübelte; er saß lange wach in dieser Nacht. Einmal rief er seinen Diener und befahl ihm, die Kerze in der Laterne zu erneuern und ihm ein Kissen für den Kopf zu bringen. So saß er da, bis das geschäftige kleine Dorf in Schlaf gesunken und kein Laut mehr hörbar war als das leise Flügelrauschen der Fledermäuse, die von der im Strom liegenden Insel herübergeflogen kamen, denn Fledermäuse, besonders die großen Vampirfledermäuse, lieben kleine Inseln.

Er sah nach der Uhr, es war zwei Uhr morgens, nahm die Laterne und ging seiner Kabine zu. Er lenkte seinen Weg über die schlafenden Leute seiner Besatzung hin, bis er zu dem Teil des Decks gelangte, wo ein Haussa mit geladenem Gewehr Posten stand.

Er stieß die beiden Gefangenen leise mit dem Fuß an. Sie setzten sich aufrecht und blinzelten bei dem Licht der Laterne.

»Ihr müßt mir etwas mehr erzählen!« befahl er. »Wie kam dieser böse Zauber in euer Land?«

»Herr, wie kommt Regen oder Wind?« sagte der eine. »Er war auf einmal da. Da wurden gewisse Gebräuche geübt und gewisse Tänze getanzt. Wir verzehrten einen Mann. Dann malten wir unsere Leiber mit Kamholzfarbe an, und die Weiber schrien ›Tötet‹.«

Sanders konnte sehr geduldig sein.

»Ich bin euer Vater und eure Mutter«, sagte er. »Ich trage euch auf den Händen. Als die große Flut eure Felder verwüstete, half ich euch mit Maniok und Salz. Als die Pocken kamen, brachte ich weiße Ärzte hierher, die euch am Arme kratzten und einen schützenden Zauber in euer Blut gossen. Ich habe eurem Land den Frieden gebracht, und eure Weiber sind sicher vor den N'Gombi und Isisileuten, und dennoch wollt ihr mich ermorden.«

Der andere nickte. »Herr, das ist wahr, das stimmt alles. Aber das macht der Zauber so. Für mich sind das alles unbegreifliche Dinge – an weiter nichts kann ich mich erinnern.«

Sanders wurde ärgerlich; er kam mit der Sache nicht vom Fleck.

»Was sagte euch der Zauber?«

»Herr, das ist sehr klar, wenn ich durch den Mund M'fabakas von Begeli spreche.«

»M'fabaka aus Begeli?« wiederholte Sanders leise und notierte sich den Namen für eine schnelle Justiz durch den Strang.

»Ja, dieser alte Mann hatte eine Erscheinung, die er unter großen Schmerzen sah; der Mund schäumte ihm, und seine Augäpfel wurden rot. Er sah in dieser Vision erschlagene weiße Männer und ihre Häuser in Flammen.«

»Wann war das?«

»Als es Vollmond war.«

Also vor sechs Tagen, dachte Sanders.

»Und er sah einen großen König mit zahllosen Kriegern durch das Land marschieren, und alle Weißen hatten große Angst vor ihm.«

Der Sprecher fuhr fort, die kleinsten Einzelheiten des Zuges jenes Königs zu schildern, wie so etwas nur das Gedächtnis eines Eingeborenen kann, wie dieser König weiße Männer und Frauen erschlug, ihre Häuser in Brand setzte und seine schwarzen Legionen den Kriegstanz vor ihm tanzten.

»Und das alles geschah beim Vollmond«, schloß er. »Deshalb zogen wir auch aus, um zu morden, denn wir wußten, Herr, daß du um diese Zeit heraufkämst, wie das deine Gewohnheit ist. Auch meinten wir, es sei klug, den Missionar zu töten.«

Er trug das alles so glaubhaft vor, und Sanders fühlte, daß der Mann die Wahrheit sprach.

Ein anderer als Sanders wäre auf jenen Teil der Erzählung, der von seiner eigenen Ermordung handelte, näher eingegangen; aber der fremde König, nach der Beschreibung des Schwarzen ein Mann von sehr hohem Wuchs und mit einem dicken Bauch, nahm Sanders' Gedanken mehr in Anspruch. Er zweifelte nicht, daß hinter dieser Erzählung etwas Wahres steckte. Irgendwo mußte da ein Aufstand sein, von dem er, Sanders, nichts wußte, nichts gehört hatte, und Sanders ließ die Könige der angrenzenden Bezirke an seinem geistigen Auge vorbeiziehen.

Bosambo von Monrovia, der unrechtmäßige Häuptling der Ochori, schickte von Zeit zu Zeit Nachrichten über die angrenzenden Länder; aber der hatte keine Krieger gemeldet, weder von Nord noch Süd noch West.

»Ich werde mir diesen alten M'fabaka von Begeli mal ansehen«, murmelte Sanders.

Begeli ist ein Dorf und liegt an einem Nebenfluß des Stroms, der so eng ist, daß er wie ein Bach erscheint, und so still, daß er wie ein See aussieht. Dichter Wald von Riesenbäumen säumt das Ufer an beiden Seiten. Die Wipfel sind durch große, schlangenähnliche Lianen miteinander verbunden, und am Fuß der Bäume wuchert dichtes Unterholz. Die »Zaire« lief vorsichtig in diesen schmalen Wasserstreifen ein. Zwei Maximgeschütze flankierten drohend die Kommandobrücke.

Ein zierliches Ding, diese kleine »Zaire«. Das große Banner Englands hing schlaff vom Flaggenstock hoch über dem Heckrad – ein unheildrohendes Zeichen, denn wenn Sanders die Flagge gesetzt hatte, dann verhieß das Unangenehmes.

Sanders stand ohne Jacke an Deck und gab mit erhobenen Fingern dem Mann am Steuerrad Winke, wie er zu steuern hatte.

»Phjuuu!« Ein Pfeil stak zitternd in dem hölzernen Deckhaus. Sanders zog ihn heraus, prüfte den verbogenen Stahlkopf sorgfältig und warf den Pfeil über Bord.

»Bang!«

Ein kleines Rauchwölkchen aus dem Schleier des Blättergewirrs – und eine Kugel zersplitterte die Lehne seines Deckstuhls. Sanders bückte sich, nahm seine Büchse auf und zielte sorgfältig.

»Bang!«

Keine Spur, wo die Kugel getroffen hatte; der einzige Ton, der sich hören ließ, war das Echo und das schrille Pfeifen, als das Geschoß seine Bahn durch den grünen Busch nahm.

Es fiel kein Schuß mehr.

»Puck-a-puck-puck-a-puck-puck«, ging das Heckrad langsam. Der Bug der »Zaire« durchschnitt ruhig das Wasser und ließ einen Fächer von Schaum hinter sich.

Ehe das Dorf in Sicht war, kamen sechs Kriegskanus in einer Linie nebeneinander paddelnd dem Distriktsgouverneur entgegen. Sanders signalisierte nach der Maschine: »Stop!« Und als der Lärm der Maschine erstorben war, konnte er in der stillen Luft den Schlag der Trommeln hören. Durch sein Glas sah er phantastisch bemalte Leiber und einen auf einem Speer aufgespießten Kopf; der gehörte einmal einem Händler namens Ogilvie, einem sanftmütigen, aber unsauberen Mann, der in dieser Gegend Gummi gegen Zeug einhandelte.

»Fünfhundert Yards!« befahl Sanders, und Sergeant Abiboo, der am Griff der Backbord-Revolverkanone herumtändelte, zog jetzt am Patronengurt, schwang die Mündung nach vorn und visierte. Zur selben Zeit setzte sich der Haussakorporal, der am Dreifuß des Steuerbord-Revolvergeschützes gestanden hatte, auf den Sattelsitz des Geschützes, mit dem Daumen am Hebel.

Eine Rauchwolke im mittelsten Kanu. Die Kugel fiel zu kurz.

»Ogilvie, mein Bursche, wenn du noch lebtest –« murmelte Sanders, »und ich bin vom Gegenteil überzeugt –, dann würdest du mir diese Snider-Hinterlader in der Hand der Schwarzen erklären.«

Näher kamen die Kanus; die Paddeln tauchten taktmäßig in die Flut; das dumpfe, wilde Dröhnen eines Kriegsgesangs begleitete ihren Schwung.

»Vierhundert Yards!« befahl Sanders, und die Männer an den Maximgeschützen berichtigten das Visier.

»Auf die beiden Mittelkanus!« befahl Sanders.

»Feuer!«

Eine Sekunde Pause.

»Tack – tack – tack – tack – tack«, lachten die Geschütze bissig.

Sanders beobachtete die Verwüstung durch seinen Krimstecher.

»Die anderen Kanus!« befahl er kurz.

»Tack – tack – tack – tack – tack –.«

Der Kanonier war ein sorgfältiger Schütze und feuerte in Zwischenräumen, um die Feuerwirkung zu beobachten. Sanders sah Leute fallen, sah ein Kanu schwanken und kentern, sah die schwarzen Wollköpfe im Wasser und ließ den Dampfer mit voller Kraft vorausgehen.

Jemand aus den unversehrt gebliebenen Kanus feuerte. Die Kugel pfiff dicht an Sanders' Gesicht vorbei; er hörte das Aufschlagen im Holzwerk hinter sich.

Ein weiterer Schuß, und der Schwarze am Steuerrad wandte sein Gesicht mit einer kleinen Grimasse Sanders zu. »Herr«, murmelte er auf arabisch, »das war vorherbestimmt.«

Sanders legte seinen Arm um seine Schulter und ließ ihn sanft an Deck niedergleiten.

»Alles steht bei Gott!« sagte er sanft.

»Geheiligt sei sein Name«, hauchte der Sterbende.

Sanders fing das lose Rad auf und befahl einen andern ans Steuer.

Der Steven des Dampfers hatte sich dem angreifenden Kanu zugedreht; das war ein unglücklicher Umstand für dessen Insassen, denn beide Geschütze hatten es im Visier, und nun rasselten diese los. Durch die blaue Wolke hindurch sah man ein leeres Kanu.

Das war das Ende des Kampfes. Ein Krieger im fünften Kanu hielt seinen Speer waagerecht über seinen Kopf als Zeichen der Ergebung, und zehn Minuten später befand sich der Häuptling der Rebellen an Bord.

»Herr«, sagte er ruhig, »das ist ein böses Palaver«, als man ihn vor Sanders führte. »Was wirst du mit mir anfangen?«

Sanders sah ihn ruhig an.

»Ich werde barmherzig gegen dich sein, denn sobald ich zum Dorf komme, werde ich dich aufhängen.«

»Das dachte ich mir«, antwortete der Häuptling, ohne mit der Wimper zu zucken, »und ich habe gehört, daß du die Menschen so schnell aufhängst, daß sie nur wenig Schmerz empfinden.«

»Ja, das ist so meine Gewohnheit«, erwiderte Sanders.

Der Häuptling nickte beifällig. »Hoffentlich ist es auch so«, sagte er.

Es war ein Dorf der Trauer, in dem Sanders ankam, denn da waren viele Weiber, die Tote zu beklagen hatten.

Sanders landete mit seinen Haussas und hielt ein Hochgericht unter den Bäumen.

»Bringt mir den alten M'fabaka, der Erscheinungen sieht!« befahl er.

Man brachte ihm einen Mann, der nichts als ein Gerippe war.

Man trug ihn zum Gerichtsplatz und setzte ihn vor dem Distriktsgouverneur nieder.

»Du bist ein böser Mann«, redete er ihn an, »und wegen deiner Lügen haben heute viele Menschen ihr Leben lassen müssen. Heute hänge ich deinen Häuptling und etliche andere mit ihm. Wenn du dich vor dein Volk hinstellst und gestehst: ›Diese Geschichte und diese Geschichte, die ich euch erzählt habe, war eine Lüge und nichts anderes‹, dann magst du deine Tage zu Ende leben. Aber wenn du bei deiner Lüge beharrst, dann, bei deinem Gott und bei meinem, dann sollst du sterben!«

Es dauerte geraume Zeit, ehe der Alte sprach, denn er war sehr alt und sehr erschrocken, und die Furcht vor dem Tode, die manche alte Leute beherrscht, lag schwer auf ihm.

»Ich sprach die Wahrheit!« stammelte er schließlich. »Ich sprach, was ich sah und was ich wußte, und nur das!«

Sanders wartete.

»Ich sah den großen König morden und brennen. Gestern sah ich ihn seine Krieger in den Krieg führen. Da war ein großes Geschrei, und ich sah Rauch.« Hilflos schüttelte er den Kopf. »Ich sah das alles. Wie kann ich sagen: ›Ich habe nichts gesehen‹?«

»Was für eine Art König war das?« fragte Sanders.

Wieder gab es eine lange Pause, während der Alte stammelte.

»Ein großer König«, antwortete er heiser. »So dick wie ein Bulle um seine Lenden, und er trug große, weiße Federn und das Fell eines Leoparden.«

»Du bist wahnsinnig!« sagte Sanders und beendete das Verhör.

Sechs Tage später zog Sanders zur Küste zurück; hinter sich ließ er ein gezüchtigtes Volk.

Schlimme Nachrichten laufen schneller als ein Dampfer, und die kleine »Zaire«, die da in der Mitte des Stroms unter dem blauen

Banner stromabwärts fuhr, war ein Gegenstand höchsten Interesses für viele Dörfer, deren Bewohner zum Ufer herunterkamen. Dort standen sie mit gefalteten Händen oder mit geballten Fäusten am Mund, um ihre Aufregung zu zeigen, und riefen eintönig im Chor hinter dem Dampfer her:

»Oh, Sandi, Vater! Wie viele Bösewichter hast du heute hingerichtet? Oh, Töter von Teufeln! Oh, Baumaufhänger! Wir sind rechtschaffene Leute und fürchten dich nicht! Ei – ko – Kalaba? Ei – ko – Sandi!«

Sanders fuhr schnell mit dem Strom abwärts, denn er wünschte sehnlichst, mit seinem Vorgesetzten zu sprechen. Irgendwo im Lande mußte ein Aufstand sein, soviel wußte er: Es hatte doch Wahrheit in allem gesteckt, was der Alte gekrächzt hatte, ehe er starb; denn er starb aus reiner Angst und Altersschwäche.

Wer war der König dieses Aufstands? Nicht der König von Isisi, noch der der N'Gombi, noch der König eines der Vorländer jenseits der Ochori!

Die »Zaire« lief an den Governments-Anlegeplatz. Ein Hauptmann der Schutztruppe grüßte.

»Arbeitet der Landtelegraf?« fragte Sanders, als er an Land trat.

Der Haussahauptmann nickte. »Was ist das Palaver?« fragte er.

»Irgend 'ne Art Krieg«, sagte Sanders. »Irgendein König oder sonst wer hat seine Hand im Spiel.«

Er erzählte die Geschichte.

Der Haussaoffizier stieß einen leisen Pfiff aus. »Beim Lord-Schatzmeister der Königlichen Privatschatulle«, fluchte er sanft, »das ist spaßig.«

»Sie haben ja 'nen giftigen Humor im Leibe«, meinte Sanders anzüglich.

»Halten Sie den Atem an!« sagte der Haussa und faßte ihn am Arm. »Wissen Sie, daß Lo Benguela unten im offenen Aufstand ist? Die Beschreibung paßt auf ihn.«

Sanders stieß einen Seufzer der Erleichterung aus. »Natürlich!«

»Aber«, sagte der Haussaoffizier erstaunt, »Matabeleland ist dreitausend Meilen von hier entfernt. Der Aufstand dort flammte vor einer Woche auf. Wie kann das das Lumpenpack dort oben wissen?«

Statt einer Antwort rief Sanders einen nackten Akasava herbei, den er zwischen seiner Dampferbesatzung hatte, weil er gut Feuerholz zu hacken verstand.

»I'fasi, sage mir, was deine Leute oben bei dir zu Hause heute vorhaben!«

Der Mann grinste blöde und stand verlegen auf einem Bein, denn für den gewöhnlichen Mann war es eine Ehre, wenn Sanders ihn bei seinem Namen anredete.

»Herr, sie gehen auf Elefantenjagd.«

»Wie viele sind ihrer?«

»Zwei Dörfer, denn in einem herrscht Krankheit, und die können nicht mit.«

»Woher weißt du das? Ist deine Heimat nicht vier Tage mit dem Dampfer und drei Tage zu Fuß entfernt?«

Der Mann sah wie in die Enge getrieben aus. »Was Sie sagen, ist wahr – dennoch weiß ich es.«

Sanders wandte sich lächelnd an den Haussa. »Wir haben in diesem Lande noch viel zu lernen.«

Einen Monat später erhielt Sanders einen Ausschnitt aus der Kapzeitung.

»...Das von den Matabele allgemein geglaubte Gerücht, daß ihre Anhänger im Norden einen Rückschlag erlitten hätten, entbehrt der Bestätigung. Der Kommissar von Barotseland verneint das von den Eingeborenen behauptete Gerücht von einem aufsässigen Stamm und berichtet, daß, soweit er unterrichtet ist, der ganze Bezirk ruhig wäre. Andere Kommissare der nördlichen Bezirke berichteten das gleiche. Keine Sympathiebewegung hat stattgefunden, obwohl die Eingeborenen betonen, daß in einem fernen Lande, das sie nicht näher zu bezeichnen wüßten, ein solcher Aufstand tatsächlich ausgebrochen sei. Die Idee ist natürlich absurd.«

Wieder lächelte Sanders.

# *Kriegshunde*

Der Hauptzwang, der dem Schwarzen durch seine weißen Beschützer auferlegt wird, besteht darin, daß er sich verhindert sieht, seinen Gegner an der Gurgel zu fassen und ihn mit einem breiten, krummen Messer von Eingeborenenmachart in Stücke zu schneiden, wenn die Leidenschaft aufflammt. Natürlich wüten selbst die Stämme, die sich noch am besten betragen, gegen diesen Zwang, den die Briten auf sie ausüben.

Sicherlich besitzen die Akasava ein sehr kurzes Gedächtnis, und sie vergessen die Strafen, die ihren Übeltaten zu folgen pflegen, unter günstigen Verhältnissen schnell und erliegen wieder der Versuchung, die im Lauf der Zeit unabwendbar kommt. Daher fanden sich die Akasava in einer ganz ungewohnten Situation, als sie von gewissen gegen sie selbst gerichteten Übeltaten der Ochori erfuhren, und bereiteten sich zum Kriege vor. Sie sandten vorher Botschaft an Sandi und berichteten ihm des langen und breiten, wie sehr die Ochori sie beleidigt hätten. Glücklicherweise befand sich Sanders nicht weit und kam sofort, hielt Palaver ab und beschwichtigte den beleidigten Stamm, so gut er konnte.

Sanders war ein taktvoller Mann, aber Takt bedeutet durchaus nicht eine weiche Hand. Da war zum Beispiel ein grimmiger Kerl, der mit im Rat saß und barsche Fragen stellte. Er wurde noch kühner, als der Distriktsgouverneur sanft antwortete, und überschritt die Grenzlinie, die gute Manieren von schlechten scheidet. Sanders wandte sich gegen ihn.

»Was für ein niedrig geborener, sklavischer Hund bist du doch?« fragte er. Und während der Mann noch vorsichtig nach einer Antwort suchte, stieß ihn Sanders den Hügelabhang hinunter, auf dem das Palaverhaus stand, und noch einmal wurde der Friede hergestellt.

Bald nach diesem Palaver kam eine bittere Klage der Isisileute. Sie betraf Fischnetze, die böswillig von den Lulungoleuten vernichtet worden waren. Das war schwieriger für Sanders zu erledigen. Schon aus einem Grunde: Alle Stämme, die etwas auf sich hielten, haßten die Lulungo, ein hartes, bösartiges, schadenfrohes Volk.

Aber die Isisi wurden beruhigt. Ein böser Krieg wurde abgewendet.

Noch andere, kleinere Unruhen beschäftigten Sanders täglich; aber Sanders war voll Sorge wegen der Lulungo und ihrer bekannten Schlechtigkeit und wegen der Isisi, Ikeli, Akasava und Ochori, die alle von einem tiefeingewurzelten Haß gegen die Lulungo erfüllt waren.

Insgeheim wußte Sanders wohl, daß der blutige Austrag in diesem Falle nur verschoben war, und berichtete dementsprechend an das Kolonialamt. Er erhielt darauf von einem aufgeregten Staatssekretär in Whitehall das dringende Ersuchen, die Strafexpedition um Himmels willen wenigstens bis zum Ende des Rechnungsjahres und besser noch darüber hinaus zu verschieben.

Im Lulungobezirk, drei Tagesmärsche hinter dem Akasavabezirk, kennt man folgendes Sprichwort: »Wenn ein Mann einen heimlichen Feind hat, und er kann ihn nicht finden, dann zerstöre er seine eigene Hütte und suche zwischen den Trümmern.« (Das ist die etwas umständliche Übersetzung.) Ein anderes Sprichwort sagt: »Such deinen Feind im Schatten deiner Hütte!« Und wieder ein anderes: »Wenn du deinen Feind nicht finden kannst, töte deinen liebsten Freund.« Alle diese Sprichwörter zeigen, daß die Lulungoleute einer düsteren Lebensanschauung huldigen und daß sie von Natur aus mißtrauisch sind.

Sanders hatte unten in M'Piti, der Musterstadt, die ihm als Residenz diente, einen Koch vom Lulungostamm. Der war ein unsteter Geselle. Er war im Norden bis Dakar gekommen und im Süden bis Banana und vermutlich den Kongo hinauf bis Matadi. Als er nach M'Piti kam und nach Arbeit suchte, wurde er nach seinem Namen gefragt und antwortete auf Küstenenglisch:

»Massah, sie welche nennen mir immer sechs Pence. Ich mach'm fein Kuch. Sie sehen um bessern Kuch, sie nich finden ihn – vastehste?«

»Und was für ein Geschwätz nennst du das?« fragte Sanders im Lulungodialekt. »Kruleute und Mulatten, die keine eigene Sprache haben, reden so. Wie heißt du bei deinem Stamm?«

»Lataki, Herr«, sagte der Koch.

»Dann sollst du auch hier so heißen. Außerdem sollst du hier nur deine Landessprache sprechen, und als Lohn erhältst du zehn Schilling den Monat.«

Lataki war ein guter Koch und genau drei Monate lang ein Muster guten Betragens. Aber am Ende dieses Zeitraums fand Sanders, als er eines Tages unerwartet von einem Jagdausflug zurückkehrte, unsern Lataki in Sanders' höchsteigenem Bett vor.

Lataki war betrunken, und zwei leere Geneverflaschen neben dem Bett zeugten wider ihn. Sanders rief seine Polizisten, und Lataki kam ins Kittchen, um dort nüchtern zu werden; das nahm 24 Stunden in Anspruch.

»Du mußt einsehen«, belehrte Sanders den Sünder am nächsten Tage, »daß sich meine Diener nicht gestatten dürfen, sich zu betrinken. Noch weniger aber kann ich meinen Dienern gestatten, ihren Rausch in meinem Bett auszuschlafen.«

»Herr, ich schäme mich«, erwiderte Lataki munter. »Aber so was kann einem Mann, der viel von der Welt gesehen hat, schon mal passieren.«

»Das gleiche kannst du von der Haue sagen, die du jetzt kriegen wirst.« Sanders gab den Polizisten einen Wink.

Lataki war kein Stoiker; und als er an einen Baum gebunden war und von einem ärgerlichen Haussapolizisten zehn Hiebe auf seinen feisten Rücken erhielt, fluchte er sehr vernehmlich auf Sanders und auf jene Zivilisation, deren auserwähltes Werkzeug Sanders war.

Nachdem alles vorüber war und Lataki entdeckt hatte, daß er noch am Leben sei, bekannte er, obwohl innerlich sehr verletzt, daß er wenig mehr erhalten habe, als er verdiente, und versprach unter Tränen, daß diese Lektion nicht fruchtlos gewesen sein solle. Sanders, der in dieser Angelegenheit nichts mehr zu bemerken hatte, entließ ihn zu seiner Arbeit.

Eine Woche danach aß der Distriktsgouverneur einsam sein Palmölgericht. Das ist ein schmackhaftes Gericht, eine Art Küstencurry mit Huhn.

Er hatte eben zu essen begonnen, als er plötzlich innehielt. Dann nahm er eine Kleinigkeit von dem Gericht – gerade so viel, wie auf die Spitze einer Stecknadel ging –, schmierte es auf eine Glasscheibe und brachte dieses Präparat unter sein Mikroskop.

Was er da sah, fesselte sein Interesse. Er stellte das Mikroskop weg und schickte nach Lataki, und dieser kam, in tadelloses Weiß gekleidet.

»Lataki«, sagte Sanders nachlässig, »du kennst die Gepflogenheiten der Weißen. Sage mir doch, auf welche Weise könnte ein Herr seinem Diener eine Ehre erweisen?«

Der Koch, der in der Türöffnung stand, zauderte. »Da gibt's viele Wege«, sagte er nach einer Weile. »Er könnte...« Lataki hielt inne, er wurde unsicher.

»Da du ein guter Diener bist, obwohl nicht ganz frei von Fehlern, möchte ich dir Ehre antun, und deshalb habe ich beschlossen, da du bereits in meinem Bett geschlafen hast, daß du nun auch an meinem Tische speisen sollst. Ich wünsche es.«

Der Mann zögerte, ein wenig betroffen, dann kam er näher und setzte sich unbeholfen seinem Herrn gegenüber auf einen Stuhl.

»Entsprechend der Sitte deines eigenen Stammes werde ich dich jetzt bedienen«, sagte Sanders. Damit häufte er zwei große Schöpflöffel von dem Palmölgericht auf den vor dem Koch stehenden Teller.

»Iß!« lud er ihn ein.

Aber der Mann rührte sich nicht, seine Augen starrten auf das Tafeltuch.

»Iß!« befahl Sanders wieder. Aber Lataki saß wie gelähmt.

Da stand Sanders auf, ging zur offenen Tür seines Bungalow und pfiff. Ein Patschen von Füßen wurde hörbar. Sergeant Abiboo kam, und mit ihm vier Haussas.

»Legt den Kerl in Eisen!« befahl Sanders. »Morgen werde ich ihn hinunter zum Government schicken; dort soll er seine Verurteilung abwarten.«

Nachdem die Leute mit dem Gefangenen gegangen waren, ging Sanders zum Tisch zurück, entfernte sorgfältig den vergifteten Fisch und sättigte sich an Eiern und Bananen, denn in keins dieser beiden hätte man fein gemahlenes Glas ohne Gefahr sofortiger Entdeckung hineinzupraktizieren vermocht.

Gemahlenes Glas, so fein zerrieben, daß es sich wie gemahlene Kreide anfühlt, ist ein schlimmes Gift; denn wenn es mit den zarten inneren Organen eines Menschen in Berührung kommt, durchbohrt es diese, und er stirbt, wie die Schwarzen an der Küste seit Jahrhunderten wissen.

Schließlich kam Lataki vor den Richter, der unter dem Strohdach der Palaverhalle saß, und Lataki brachte drei Vettern, einen Bruder und einen unparteiischen Freund, die sämtlich beschworen, Sanders selbst habe in böser Absicht das Glas in sein eigenes Essen getan.

Trotz dieser Übereinstimmung der Aussage – die Zeugen hatten nicht weniger als vier Verhöre in einer kleinen Hütte in der Nacht vor der Verurteilung zu bestehen – wurde der Gefangene zu 15 Jahren Zwangsarbeit verurteilt.

Hier würde die Geschichte geendet haben, aber das Lulungovolk, das weit weg im Norden wohnte, betrachtete die Gefangensetzung seines Stammesgenossen als casus belli.

Die Lulungo waren ein argwöhnisches, boshaftes, gehässiges, grausames Volk; sie waren durch ihre Lage begünstigt, denn sie wohnten am Rande eines Gebiets, das unbestritten französisches Gebiet und überdies unerreichbar ist.

Sanders schickte sofort Eilboten an alle Weißen, die in von den Lulungo gefährdeten Orten wohnten. Es waren Leute, denen man es schwer recht machen konnte, wie die folgenden Briefe beweisen. Die erste Antwort kam von dem Protestanten.

»Missionsstation Losebi.

Lieber Herr Distriktsgouverneur!

Meine Frau und ich sind Ihnen sehr dankbar für ihre Warnung, aber Gott hat uns an diesen Platz berufen, und hier müssen wir so lange im Dienst unseres Herrn aushalten, bis Er in seiner Weisheit befiehlt, daß wir den Schauplatz unserer Arbeit verlassen.«

Pater Holling schrieb:

»Ebendofluß.

Lieber Sanders!

Ich glaube, Sie befinden sich im Irrtum über die Lulungoleute, von denen ich kürzlich mehrere gesprochen habe; sie sind außerordentlich höflich, das ist das einzige schlimme Zeichen, das ich an ihnen entdeckt habe. Ich bleibe, weil ich überzeugt bin, daß ich einen Angriff abschlagen kann. Ich verfüge über vier Martini-Metford-Büchsen und dreitausend Patronen, und wie Sie wissen, besteht das Gebäude aus massivem Stein. Ich hoffe, Sie irren sich, aber...«

Sanders nahm seinen Dampfer, Maximgeschütze und Polizeisoldaten und ging so weit stromaufwärts, als er mit dem kleinen Heckraddampfer kommen konnte.

Am Ende jener Tagesreise kam er an eine Lichtung, wo ein großer Holzstoß aufgespeichert war. Irgendwo in der Nähe lag ein Dorf, das seine Steuern in Form dieser dauernd aufgefüllten Feuerholzvorräte bezahlte. Tag und Nacht loteten zwei Schwarze mit langen Stäben, indem sie auf der Reling saßen und im Wasser herumstocherten: Seichtes Wasser – Sandbank – Fahrrinne – seichtes Wasser. Manchmal glitt das Fahrzeug mit einem leisen Zittern längs des flachen Randes einer verborgenen Sandbank, um jäh in das tiefe Wasser auf der anderen Seite zu schießen. Manchmal glitt das Boot im Finstern über eine Untiefe, um sich gleich darauf in einem kleinen See zu befinden, aus dem Sandbänke jeden Ausgang versperrten. Dann mußten die Leute über Bord springen und den Dampfer in tieferes Wasser schieben.

Als Sanders sechzig englische Meilen von der Baptistenmission entfernt war, erhielt er durch einen freundlich gesinnten Eingeborenen Nachricht:

»Herr, die Lulungo kamen am frühen Morgen; sie schleppten den Missionar, sein Weib und seine kleine Tochter in ihre Stadt.«

Sanders, gelb vom Fieber, die Augenlider am Zufallen aus Mangel an Schlaf, unrasiert und schmierig, wischte sich mit dem Handrücken den Schweiß von der Stirn.

»Steuert den Dampfer stromaufwärts!« befahl er Abiboo. »Ich muß schlafen!«

Vier Uhr nachmittags wachte er von dem Geräusch einer zerschmetterten Wasserflasche auf, die auf dem Bordbrett neben seiner Koje stand. Sie ging auf nicht erklärliche Weise in Scherben, und Sanders war übersät mit Atomen von Glassplittern und Wasserspritzern.

Dann höre er das »Bang« einer Büchse dicht neben sich, und als er aufsprang und die aus Eisendrahtgitterwerk bestehende Tür seiner Kabine öffnete, kam Abiboo, um zu berichten.

»Zwei Männer feuerten vom Ufer herüber; einen von ihnen habe ich erschossen.«

Sie näherten sich nun dem Ort, und als sie um die Flußkrümmung fuhren, kam das Dorf in Sicht.

Die Sirene der kleinen »Zaire« gellte und quietschte trotzig. Sanders sah eine Menge Leute zum Ufer herunterlaufen, und durch sein Doppelglas unterschied er die Kriegsmalerei an den Leibern der Männer. Dann kamen sechs Kanus in fliegender Fahrt herausgefahren, um mit dem Dampfer anzubinden. Ein Haussakorporal saß gleichgültig auf dem kleinen Sattelsitz hinter dem bronzenen Maximgeschütz und packte die Griffe.

»500 Yards!« befahl Sanders. Der Korporal berichtigte ohne wahrnehmbare Eile das Visier.

Die Kanus kamen mit Sturmgeschwindigkeit an, denn sie fuhren mit dem Strom. Der Mann am Geschütz polierte einen beschlagenen Fleck an dem messingnen Wasserbehälter mit dem blauen Ärmel seiner Jacke und sah dann auf.

Sanders nickte.

Näher und näher kamen die Kanus. Eins hatte die Führung bei dieser Wettfahrt, bei der Haß die Anstrengung verdoppelte und Tod der Preis war.

Plötzlich: »Tack – tack – tack – tack – tack!«, lachte das kleine Geschütz, und das führende Kanu kehrte sich breitseits zum Strom, weil die Leute, die es steuerten, tot waren und ebenso die Hälfte der Ruderer. »Tack – tack – tack – tack – tack!«

Im zweiten Kanu gab es ein wildes Klettern; es schwankte und kenterte.

Der Strom war voll von schwarzen Köpfen, und die Luft hallte von wilden Schreien wider.

Was von der Flottille übrig war, machte kehrt und flüchtete.

Der Korporal am Maschinengewehr schob einen anderen Patronengürtel ein und schloß mit seiner Schießübung auf 900 Yards Entfernung gut ab.

Zwei Kanus, mit wahnsinniger Hast gepaddelt, befanden sich in relativer Sicherheit.

Sanders stellte seinen winzigen Maschinentelegrafen auf »Volle Kraft vorwärts« und folgte.

An Land sammelten sich die Lulungo zum Widerstand, und Geschosse mancherlei Art trafen den kleinen Dampfer. Aber das Maxim bestreute geschwätzig das Dorf, und bald kam ein Mann in nervöser Hast angelaufen, der einen Palmenzweig schwang.

Sanders ließ das Feuer einstellen und rief durch sein Megaphon, der Bote solle an Bord schwimmen.

»Herr, wir schämen uns sehr«, sagte der Mann. Er stand in einer Wasserlache an Deck, und kleine Bäche liefen an ihm nieder. »Wir wußten nicht, daß wir es mit Sandi, dem Löwen, Sandi, dem Büffel, zu tun hatten, vor dessen Gestampf...«

Sanders schnitt ihm das Wort ab. »Ein weißer Mann, eine weiße Frau und ein junges Mädchen befinden sich in eurem Ort. Bringt sie an Bord, und ich will Palaver halten und diese Angelegenheit besprechen.«

Der Mann bewegte sich unruhig hin und her. »Herr«, antwortete er, »der Mann starb an einer Krankheit, das Weib ist auch krank, und vom Mädchen weiß ich nichts.«

Sanders sah ihn an, den Kopf nach der Seite gebeugt wie ein neugieriger Vogel. »Bringt mir den weißen Mann, tot oder lebendig!« sagte er leise. »Auch die weiße Frau, gesund oder krank – und das Mädchen.«

Nach einer Stunde brachte man den unglücklichen Missionar. Man hatte Zeit gebraucht, um seine Leiche etwas manierlicher aussehen zu lassen. In einem zweiten Kanu kam das Weib des Missionars. Vier Weiber hielten sie fest, denn sie war wahnsinnig.

»Wo ist das Mädchen?« fragte Sanders; er sprach kaum vernehmbar.

Der Bote schwieg.

»Das Mädchen!« befahl Sanders und schlug den Boten mit seinem dünnen Stock über das Gesicht.

»Herr!« murmelte der Mann, den Kopf auf die Brust gesenkt, »der Häuptling hat sie.«

Sanders ging das Deck auf und nieder, dann trat er in seine Kabine und kam, an jeder Hüfte einen Revolver, zurück.

»Ich werde den Häuptling aufsuchen«, sagte er. »Abiboo – renn den Bug des Dampfers in den weichen Ufersand und deck die Straße mit dem Maxim, während ich an Land gehe.«

Er ging, ohne auf Widerstand zu stoßen. Kein Gewehr knallte, noch flogen Speere, während er schnell die breite Straße durchschritt.

Das Mädchen lag vor dem Haus des Häuptlings. Still – ganz still – tot. Die Hand, die ihr junges Leben geknickt hatte, war doch barmherziger gewesen, als Sanders zu hoffen gewagt hatte. Er hob sie auf und trug sie in seinen Armen an Bord. Einmal hörte er ein leises Geräusch hinter sich, aber von Bord aus krachten drei Schüsse, und Sanders vernahm einen dumpfen Fall und ein Wimmern.

Er brachte die kleine Leiche an Bord und legte sie ehrfürchtig auf das kleine Achterdeck. Dann erzählten sie ihm, daß die weiße Frau inzwischen gestorben sei. Er nickte bedächtig mit dem Kopf und meinte, es sei besser so.

Die »Zaire« lief rückwärts bis in die Mitte des Stroms, und Sanders' Blicke ruhten nachdenklich auf der Stadt. Es verlangte ihn mit allen Fasern nach dem Lulungohäuptling.

Aber der Häuptling und seine Leute waren in den Busch geflohen, und das französische Gebiet, wohin sie flüchten konnten, war in der Nähe.

Am Abend begrub er den Missionar und seine Familie auf einer kleinen Insel und trieb dann stromabwärts, schwarze Rachegedanken und ein Gefühl der Ohnmacht in der Seele; denn man kann kein Volk mit zwanzig Polizeisoldaten bekriegen.

Sanders kam an einen kleinen Holzplatz und machte für die Nacht fest. Am Morgen setzte er seine Fahrt fort, und mittags geriet er ohne jede vorhergehende Warnung in das Gros einer Kriegsflottille.

Zweck und Ziel der hundert Kanus, die zu vieren langsam stromaufwärts fuhren, und die maschinenhafte Regelmäßigkeit, mit der die Leute ihre Paddeln handhabten, konnten nicht mißverstanden werden.

Jene Linie an der Rechten waren Akasavaleute; man konnte das an den stumpfen Nasen ihrer ausgehöhlten Baumstammkanus erkennen. Links waren die Ochori, ihre Kanus waren mit Rotholzfarbe gestreift. In der Mitte, in leichteren Kanus von einer besseren Machart, sah er die mit weißen Querlinien bemalten Gesichter des Isisistammes.

»In des Himmels Namen«, rief Sanders mit erhobenen Augenbrauen.

In der Flottille selbst herrschte Betroffenheit, und ihre unregelmäßigen Linien schwankten und brachen auseinander, denn die »Zaire« dampfte mitten in sie hinein. Dann stellte Sanders seine Maschine auf »Halt« und befahl die Häuptlinge an Bord.

»Welche Teufelei geht hier vor?« fragte er.

Otako, der König von Isisi und Älteste unter den Häuptlingen, sah verlegen zu Ebeni von Akasava hinüber; aber Bosambo ergriff das Wort.

»Herr!« rief er. »Wer könnte dem nimmerschlafenden Auge Sandis entrinnen? Ach, wir glaubten dich viele Meilen weg, aber wie die Eule...«

»Wo wollt ihr hin?« unterbrach Sanders.

»Herr, wir wollen dich nicht hintergehen«, antwortete Bosambo. »Diese großen Häuptlinge sind meine Brüder, denn Lulungoleute kamen über unsere Dörfer und haben viel Übles durch Mord und Raub angerichtet. Und weil wir alle gleichmäßig darunter gelitten haben und im Unglück alle gleich sind, geht es jetzt gemeinsam gegen das Lulungovolk, denn wir sind nur Menschen, und unser Herz ist wund.«

Ein Lachen, ein böses, freudloses Lachen löste sich von Sanders' Lippen. »Und ihr wollt sengen und morden?«

»Herr, auf das Vergnügen freuten wir uns.«

»Die Stadt in Brand stecken, den Häuptling erschlagen und das Volk, das sich im Busch versteckt hält, in alle Winde zerstreuen?«

»Herr, und wenn sie sich in der Hölle versteckten, wir werden sie finden!« sagte Bosambo. »Aber wenn du, unser Vater, nein dazu sagst, wollen wir unsere Krieger versammeln und ihnen sagen, daß du es verbietest.«

Sanders dachte an drei frische Gräber auf einer kleinen Insel.

»Geht!« befahl er und zeigte stromaufwärts.

Er stand an Deck der »Zaire« und beobachtete, wie das letzte Kanu um die Flußmündung verschwand.

# Bosambo aus Monrovia

## *Arachi, das Pumpgenie*

Vor vielen Jahren bestrafte die Regierung von Liberia einen gewissen Bosambo, einen Eingeborenen der Kruküste, mit lebenslänglicher Zwangsarbeit. Bosambo, der anderer Meinung über diese Angelegenheit war, erhielt in der Strafniederlassung, einem Streifen Urwald im Hinterland, eine Axt und eine Säge mit dem Befehl, in Gesellschaft anderer Unglücklicher, die sein Los teilten, Mahagoniholz zu fällen und zu behauen.

Um sich Bosambos Gehorsam zu sichern, setzte das Government von Liberia eine Anzahl seiner Landsleute als Wächter über ihn. Diese waren mit Waffen versehen, die bei Gettysburg gute Dienste geleistet hatten und die ein Geschenk des Präsidenten Grant an den Präsidenten von Liberia waren. Malerisch genug nahmen sich diese Waffen aus, doch waren sie nicht allzu wirksam, am wenigsten in den Händen der unerfahrenen Soldaten der monrovianischen Armee. Bosambo, der seine Axt zu einem unedlen Zweck gebrauchte, indem er den »Hauptmann« Cole damit erschlug (der nach dem liberianischen »Gothaischen Kalender« von edler Geburt war), verließ die Strafniederlassung mit leidenschaftlicher Hast. Mit den Gettysburger Reliquien machte man aus zweihundert Yard Enfernung Zielübungen auf ihn. Aber Bosambo war bereits eine Meile weit entfernt, ehe die Wachen sich Munition für ihre tödlichen Waffen besorgt hatten, da sie erst den Leichnam ihres toten Kommandanten nach dem Schlüssel zur Munitionskammer absuchen mußten.

Das Government setzte eine Belohnung von zweihundertundfünfzig Dollar für den toten oder lebendigen Bosambo aus. Aber obwohl diese Belohnung von dem Halbbruder des Kriegsministers beansprucht und ihm auch gezahlt wurde, ist es eine Tatsache, daß man Bosambo niemals ergriff. Im Gegenteil, er entkam nach einem fernen Land und wurde dort, dank seiner Talente, Häuptling der Ochori.

Bosambo war ein zu guter Sportsmann, um seine Verfolger in Ruhe zu lassen. Es ist kaum zu bezweifeln, daß die Krurevolte, die zu unterdrücken das liberianische Government achthunderteinundzwanzig Pfund Sterling und sechzehn Schilling kostete, der Aufwiegelei und Unterstützung Bosambos zu danken war. Von dieser Revolte und der Rolle, die Bosambo dabei spielte, wird vielleicht später noch zu sprechen sein.

Der zweite Aufstand war eine noch ernstere und noch kostspieligere Sache, und am Ende dieser Revolte erhob das liberianische Government Vorstellungen bei Großbritannien. Distriktsgouverneur Sanders, der gänzlich unbeeinflußt untersuchte, inwieweit Bosambo in diese Angelegenheit verwickelt sei, berichtete, daß es keinerlei Beweise dafür gäbe, daß Bosambo, sei es direkt oder indirekt, dafür verantwortlich gemacht werden könne. Damit mußte sich das liberianische Government zufriedengeben. Aber es drückte seine Meinung dadurch aus, daß es eine Belohnung von zweitausend Dollar für den lebendigen oder toten Bosambo – lieber für den lebendigen – aussetzte. Es fügte außerdem als besonderen Hinweis für kleine Governmentsbeamte und ihresgleichen hinzu, daß es – wie es in der betreffenden Veröffentlichung lautete – jeden Ersatz für ihn zurückweisen würde. Die Nachricht von dieser Belohnung lief die Küste auf und nieder und drang sehr weit ins Innere. Aber seltsam genug, Arachi von den Isisi erfuhr erst viele Jahre später davon.

Arachi war Isisimann und ein großes Pumpgenie und allen Leuten stromauf- und abwärts als solches so bekannt, daß sich bereits bei seinen Lebzeiten zahlreiche Legenden um ihn bildeten. Wenn sich zum Beispiel Yokas Weib von O'takis Weib einen Kochtopf lieh, so konnte man sicher sein, daß O'takis Weib ihr den Willen tat; aber mit einem anzüglichen Scherz rief sie dem sich entfernenden Topf nach: »O du schamloser Arachi!« Und die Dorfbewohner, die den Scherz hörten, schüttelten sich vor Lachen.

Arachi war ein Häuptlingssohn; aber in einem Land, wo die Häuptlingswürde nicht erblich war und wo es überdies Häuptlingssöhne in Mengen gab, gereichte ihm seine Abstammung nicht zu besonderem Vorteil. Auf jeden Fall war sie ihm nicht von solchem Nutzen, wie er es für angebracht hielt.

Arachi war lang und dünn, und seine Knie waren sonderbar knorrig gedreht. Er hielt seinen Kopf wichtigtuerisch nach einer Seite geneigt und hegte tiefe Verachtung für seine Mitmenschen.

Eines Tages kam er zu Sanders.

»Herr«, sprach er, »ich bin ein Häuptlingssohn und ungeheuer klug. Leute, die mich sehen, sagen: ›Seht, dieser junge Mann ist voll geheimer Kräfte!‹ Man sieht's mir an. Außerdem bin ich ein gottbegnadeter Redner.«

»Es gibt viele Schwätzer im Lande, Arachi, ohne daß sie gerade zwei Tage stromabwärts fahren, um mir das zu sagen«, gab Sanders kurz zurück.

»Herr«, sagte Arachi eindrucksvoll, »ich komme zu dir, weil ich eine höhere Lebensstellung suche. Viele deiner kleinen Häuptlinge sind einfältige Kerle und überdies ihres Postens unwert. Nun bin ich doch ein Häuptlingssohn, und es ist mein Begehr, meinem Vater in seinem Amt zu folgen. Auch bitte ich dich, dich zu erinnern, daß ich zwischen fremdem Volk, zwischen den Angolastämmen, gelebt habe und ihre Sprache spreche.«

Sanders seufzte gelangweilt. »Siebenmal hast du mich darum gebeten, Arachi, und siebenmal habe ich dir gesagt, du bist kein Häuptling für mich. Ich bin deiner ewigen Bettelei in dieser Sache müde, und wenn du dich noch einmal hierher wagst, werfe ich dich zu den Affen. Und was das Angolapalaver angeht, so sollst du Häuptling werden, wenn sich, was Gott verhüten möge, das Angolavolk einmal in meinem Bezirk niederlassen sollte.«

Uneingeschüchtert kehrte Arachi in sein Dorf zurück, denn er bildete sich ein, daß Sanders ihn um seine ihm innewohnenden Kräfte beneidete. Er baute sich eine mächtige Hütte am Ende seines Dorfes, indem er sich die Dienste seiner Freunde dazu lieh. Er legte sich einen großen Vorrat von Salz und Mais an, den er sich durch kluge Zahlungsversprechungen von den Nachbardörfern zu verschaffen wußte.

Seine Hütte sah aus wie ein Königshaus; so prachtvoll nahmen sich die aufgehangenen Felle und sein Bett aus, das mit weichem Fell überspannt war. Die Leute aus seinem Dorfe brachen in ein bewunderndes »Ko« aus, weil sie glaubten, Arachi habe diese verborgenen Schätze aus der geheimnisvollen Schatzkammer seines Vaters ausgegraben, die jeder Häuptling nach dem Glauben seines Stammes besaß und zu der Arachi als sein Sohn Zugang habe. Und erst recht waren die, die zur Erhöhung dieser Pracht beigetragen hatten, davon hingerissen und erfreut. »Ich habe Arachi zwei Säcke Salz geliehen«, sagte Pidini, der Häuptling des Fischerdorfes Kolombolo, »und im Innersten meiner Seele zweifelte ich daran, daß Arachi sie mir zwei Tage nach der Regenzeit bezahlen würde, obwohl er es mir bei seinem Tode geschworen hatte. Nun sehe ich, daß er wirklich sehr reich ist, wie er mir selbst erzählt hat, und wenn ich mein Salz nicht wiedererhalte, dann werde ich Arachis Staatsbett mit Beschlag belegen.«

In einem anderen Dorfe jenseits des Flusses Ombili vertraute ein Vormann der Isisi seinem Weibe: »Weib, du hast doch Arachis Haus gesehen! Ich hoffe, du wirst nun mit deinem närrischen Geschwätz einmal aufhören, denn du hast in einem fort genörgelt, weil ich Arachi mein feines Bett geliehen habe.«

»Herr, ich sehe ein, das war unrecht von mir«, erwiderte das Weib demütig. »Aber ich fürchtete, er würde das Salz nicht bezahlen, wie er versprochen hatte. Nun weiß ich, daß meine Furcht grundlos war, denn ich habe viele Säcke Salz in seiner Hütte gesehen.«

Das Gerücht von Arachis Reichtum verbreitete sich flußauf- und abwärts, und als das Pumpgenie die Hand Koraris, der Tochter des Häuptlings der Putani, der Flußfischer, verlangte, kam sie zu ihm ohne viel Palaver, obwohl sie eigentlich noch zu jung war.

Sie war ein schlank gebautes Mädchen, voller Reize und wohl die tausend Messingstangen und zwanzig Sack Salz wert, die der freigebige Arachi dafür beim Tode, bei allen Teufeln und einer Kollektion verschiedener Gottheiten zu bezahlen schwor und die an ihren Vater abgeliefert werden sollten, wenn Mond und Fluß in gewisser Stellung zueinander ständen.

Nun verrichtete Arachi keinerlei Arbeit, außer daß er zu gewissen Stunden, in ein Gewand aus Affenschwänzen gekleidet, das er vom Bruder des Isisikönigs geborgt hatte, auf der Dorfstraße spazierenging.

Er fischte nicht, er jagte nicht, noch arbeitete er auf dem Felde.

Er sprach darüber mit Korari, seinem Weibe, und erklärte ihr, warum das so sei. Er redete zu ihr von Sonnenuntergang bis zu den frühen Morgenstunden, denn er war ein unermüdlicher Schwätzer. Und besonders, wenn er auf sein Lieblingsthema, auf sich selbst, zu sprechen kam, wurde er außerordentlich beredt. Er sprach auf sie ein, bis der Kopf des armen Dinges, bis zum Verzweifeln schläfrig, von Seite zu Seite und von vorn nach hinten sank. Er sei ein großer Mann, der geschätzte Vertraute Sandis, er habe unermeßliche Gedanken und Pläne, Pläne, die ihm ein Leben voll Bequemlichkeit und ohne die kümmerlichen Ergebnisse einer

Arbeit sicherten. Außerdem würde Sanders ihn schon zur richtigen Zeit zum Häuptling machen. Sie sollte es haben wie eine Königin – während sie es vorgezogen hätte, in ihrem Bett zu liegen und zu schlafen.

Obwohl Arachi kein Christ war, glaubte er an Wunder. Er hatte seinen Glauben an das höchste Wunder: leben zu können, ohne irgendwelche Arbeit zu tun. Und war nahe daran, dieses Wunder erfüllt zu sehen.

Aber das Wunder, das sich hartnäckig weigerte, in Erfüllung zu gehen, brachte ihm in dem Augenblick Hilfe, als seine zahlreichen Gläubiger nach Bezahlung der vielen und mannigfaltigen Dinge schrien, die sie ihm geborgt hatten.

Es ist eine unbestrittene Wahrheit, daß jede Stunde ihren Mann bringt, ganz sicher bringt sie ihren Gläubiger.

An einem unruhigen und stürmischen Tage kamen die zornigen Wohltäter Arachis im Vollgefühl ihrer Rechte zu ihm und nahmen ihm weg, was irgendwie greifbar war, und das alles angesichts der ganzen Dorfgemeinschaft, wie Korari mit großer Scham empfand. Arachi, im Gegenteil, war, dank seines Hochmuts, weder beschämt noch niedergeschlagen, obwohl die Leute ihn nicht gerade sanft behandelten.

»Du Dieb und Ratte«, sagte der erbitterte Eigentümer eines prächtigen Staatsstuhles, dessen Unterteil Arachi fertiggebracht hatte, zu verbrennen, »ist es nicht genug, daß du für die Abnutzung dieser Dinge nichts bezahlst, mußt du überdies mit meinem Prachtstuhl Feuer anmachen?«

Arachi antwortete als Philosoph und leidenschaftslos: Sie könnten ihm alle diese großartigen Dinge nehmen – das taten sie auch –, sie könnten ihn in herausforderndster Weise schmähen – auch das taten sie –, aber sie könnten ihm nicht die Hütte nehmen, die mit ihrer Hilfe und Arbeit gebaut worden sei, denn das verstoße gegen das Gesetz ihres Stammes; noch könnten sie ihm sein Vertrauen in sich selbst nehmen, denn das sei gegen die Gesetze der Natur – seiner Natur.

»Weib!« sagte er zu seinem weinenden Mädchen, »solche Dinge kommen nun einmal vor. Ich denke, ich bin das Opfer des Schicksals. Darum will ich einmal meine Götter wechseln. Die, an die ich bisher glaubte, helfen mir nicht, und wie du dich erinnern wirst, habe ich viele Stunden im Urwald mit Gebet zugebracht.«

Arachi dachte an viele mögliche Zufälle – so zum Beispiel: Sanders würde sich erweichen lassen und ihn zu einem großen Häuptling machen. Oder er, Arachi, könnte im Flußbett einen Schatz heben, wie das Ufabi, der N'Gombimann, einmal getan hatte.

Ganz und gar von dieser Idee eingenommen, ging Arachi eines Morgens vor Sonnenaufgang zu einem Platz am Flußufer und grub dort. Er hatte gerade zwei Schaufeln Erde umgegraben, als ihn eine unendliche Müdigkeit überkam und er das Suchen nach dem Schatz aufgab. Denn, überlegte er sich, wenn ein Schatz im Flußbett liegt, kann das ebensogut dort wie irgendwo anders sein. Und wenn es nicht dort ist, wo mag es dann sein? Arachi trug sein Mißgeschick mit philosophischer Ruhe. Er saß in dem nackten und geschwärzten Raume seiner Hütte und erklärte seinem Weibe, daß die Leute, die ihn beraubt hätten, ihn um der ihm innewohnenden großen Kräfte willen haßten. Und eines Tages, wenn er ein großer Häuptling wäre, würde er ein Kriegsheer von seinen Freunden, den N'Gombi, borgen und die Hütten seiner Gläubiger verbrennen. »Borgen«, sagte er, denn er war gewohnt, in Anleihen zu denken.

Am Tage nach der Beschlagnahme kam sein Schwiegervater, in der Hoffnung, aus dem Schiffbruch etwas von der Mitgift Koraris zu retten. Aber er kam zu spät.

»Oh, du Sohn der Schande!« rief er bitter aus. »Ist das die Art, wie du für meine unschätzbare Tochter bezahlst? Beim Tode, du bist ein elender Schuft!«

»Hab keine Angst, du Fischermann«, sagte Arachi von oben herab. »Ich bin ein Freund Sandis, und ich bin sicher, daß er etwas für mich tun wird, das mich hoch über die gewöhnlichen Leute stellt. Eben jetzt will ich ein langes Palaver mit ihm halten, und wenn ich zurückkehre, wirst du von sonderbaren Ereignissen hören.«

Arachi besaß die Eigenschaft aller Pumpgenies; er wußte die Leute zu überzeugen. Und er überzeugte selbst seinen Schwiegervater, also einen Verwandtschaftsgrad, der seit Beginn der Welt am allerschwierigsten zu überzeugen ist. Arachi verließ sein Weib, und sie, das arme Wesen, froh, von der Gegenwart ihres geschwätzigen Gatten befreit zu sein, legte sich zunächst einmal zu einem Schläfchen nieder.

Auf jeden Fall kam Arachi in einem für ihn sehr günstigen Augenblick am Sitz des Governments an. Das Government war gerade ein bewaffnetes Lager am Zusammenfluß von Isisi und Ikeli. Um Sandis gewöhnliche Mühseligkeiten aufs höchste zu steigern, kam auch noch ein ungebetener Fremder zu ihm. Seine Ordonnanz kam und sagte, ein Mann wünsche ihn zu sprechen.

»Was für ein Mann?« fragte Sanders müde.

»Herr«, erwiderte die Ordonnanz, »ich habe seinesgleichen früher noch nicht gesehen.«

Sanders besah sich diesen Besucher. Der Fremde stand auf und grüßte, indem er beide Hände in die Höhe hob. Prüfend glitt Sanders' Blick über ihn hin. Es war keiner von den Stämmen, die Sanders kannte, da er nicht die Gesichtsschnitte aufwies, die die Bomongo kennzeichnen. Ebensowenig war er auf der Stirn tätowiert wie die Leute vom Kleinen Fluß.

»Wo kommst du her?« fragte Sanders auf Suaheli, das die Allerweltssprache auf dem Festlande ist, aber der Mann schüttelte den Kopf. Sanders versuchte es daher nochmals, diesmal in Bomongo; er dachte, daß der Mann, nach seinen Gesichtsschnitten, vom Bokeristamm sein müsse. Aber der Fremde antwortete in einer Sanders unbekannten Sprache.

»Quel nom avez-vous?« fragte Sanders und wiederholte dann diese Frage auf portugiesisch. Darauf antwortete der Fremde schließlich, daß er ein kleiner Häuptling aus Angola sei und sein Land verlassen habe, um der Sklaverei zu entgehen.

»Nimm ihn zu den Leuten ins Lager und gib ihm zu essen«, befahl Sanders der Ordonnanz und schlug sich die Gedanken an ihn aus dem Kopf.

Sanders hatte wenig Zeit, sich mit fremden Eingeborenen abzugeben, die sich in sein Lager verirrten. Er beschäftigte sich gerade damit, einen Biedermann aufzusuchen, der unter dem Namen Abdul Hazim bekannt war und der, entgegen dem Gesetz, Gewehre und Pulver an die Eingeborenen verkaufte.

»Und wenn ich ihn fange«, sagte Sanders zu dem Hauptmann der Haussas, »wird es ihm leid tun.«

Abdul Hazim teilte diese Ansicht und ging Sanders geflissentlich aus dem Wege, und zwar mit solchem Erfolge, daß Sanders nach einer weiteren Woche Herumziehens zu seinem Sitz an der Küste zurückkehrte. Sanders war damals gerade sehr niedergeschlagen, körperlich herunter von den Nachwehen des Fiebers und seelisch sehr reizbar.

Alles ging ihm damals quer. Da war ein dringender Brief vom Gouverneur eingetroffen, eben wegen dieses Abdul Hazim. Er hatte alles andere nötig als ein Palaver zwischen seinen Haussas selbst, und gerade da mußte es zu einer Prügelei zwischen diesen kampflustigen schwarzen Landsknechten kommen; und um das Maß voll zu machen, war der Haussaoffizier zwei Stunden später mit Fieber zu Bett gegangen.

»Bringt die Schweine hierher!« drückte Sanders sich diesmal wenig gewählt aus, als der Haussasergeant über die Prügelei berichtete. Da wurde der fremde Mann vor ihn gebracht und ein kampflustiger Soldat namens Kano.

»Herr«, sagte der Haussa, »bei meinem Gott, der mächtiger ist als die meisten Götter, wenn ich so sagen darf, ich verdiene keinen Tadel. Dieser ungläubige Hund wollte mir nicht antworten, als ich ihn ansprach. Dann faßte er auch mein Fleischstück mit seinen Händen an. Da schlug ich ihn.«

»Ist das alles?« fragte Sanders.

»Das ist alles, Herr.«

»Und weiter tat der Fremde nichts, als in seiner Unwissenheit dein Fleisch zu berühren und zu schweigen, als du zu ihm sprachst?«

»Weiter nichts, Herr.«

Sanders lehnte sich in seinem Richterstuhl zurück und maß den Haussa mit finsterem Blick. »Wenn sich mir irgend etwas augenscheinlicher als anderes aufdrängt«, sagte Sanders langsam, »dann ist es das, daß ein Haussa eine mächtige Person ist, ein Lord, ein König. Nun sitze ich hier, um Recht zu sprechen und weder Könige wie dich oder Sklaven wie diesen schweigenden Fremden zu berücksichtigen. Und ich richte nach dem Gesetzbuch, indem ich keinerlei Unterschied zwischen den Parteien mache. Stimmt das?«

»Herr, das ist so.«

»Nun scheint es mir, daß es gegen das Gesetz ist, seine Hand gegen irgendeinen Mann zu erheben, mag er dich noch soviel beleidigen. Der einzige richtige Weg ist der, daß du dich, den Dienstvorschriften entsprechend, beschwerst. Ist das richtig?«

»Es ist richtig, Herr.«

»Deshalb hast du das Gesetz übertreten. Ist das wahr?«

»Es ist wahr, Herr.«

»Nun geh zurück zu deinen Kameraden, gib diese Wahrheit zu und laß den Ungläubigen in Frieden. Denn beim nächsten Mal gibt es für den, der das Gesetz übertritt, eine Verletzung seines Fells. Das Palaver ist aus.«

Der Haussa zog sich zurück.

»Und«, sagte Sanders, als er am nächsten Morgen mit dem vom Fieber auferstandenen Haussaoffizier darüber sprach, »ich meine, daß ich mehr als gewöhnliche Selbstbeherrschung bewies, als ich die beiden nicht mit Fußtritten zum Teufel jagte.«

»Sie sind ein großer Geist«, sagte der Haussaoffizier. »Wenn Sie sich nicht sehr in acht nehmen, wird man Ihnen demnächst den Kolonialadel bescheren.«

Sanders überging des Haussas spöttische Anspielung auf die Ritterschaft des Ordens von St. Michael und St. Georg mit Schweigen. Überdies, Ordensauszeichnungen waren nicht sehr wahrscheinlich, solange ein Abdul Hazim noch frei herumlief.

Sanders befand sich also in einem trüben Gemütszustand, als Arachi hastig, in einem geborgten, von vier Paddlern geruderten Kanu, ankam; die vier Paddler hatte er bei einem Isisidorf gegen ein Zahlungsversprechen gemietet, das zu erfüllen er wohl niemals in die Lage kommen würde.

»Herr«, begann Arachi feierlich, »ich komme mit dem Wunsch, Eurer Lordschaft zu dienen, denn ich bin für meine Dorfgemeinschaft ein viel zu bedeutender Mann. Und wenn ich auch nicht Häuptling bin, so habe ich doch eines Häuptlings Gedanken.«

»Und eines Häuptlings Haus«, sagte Sanders trocken, »wenn alles, was man mir darüber berichtet, wahr ist.«

Arachi fuhr zusammen. »Herr«, sagte er demütig, »du kennst alle Dinge, und deine Augen schweifen umher wie die Zunge eines Chamäleons; sie sehen um die Ecke.«

Sanders überging das unschöne Bild. »Arachi, du kommst in einem Augenblick, in dem du mir von Nutzen sein kannst. Da ist in meinem Lager ein fremder Mann aus einem weit entfernten Lande. Der ist in diesem Lande unbekannt, und doch möchte er es durchqueren. Da du Angola sprichst, sollst du ihn in deinem Kanu bis an die französische Grenze und dort auf seinen Weg bringen. Zu diesem Zweck will ich deine vier Kanupaddler bezahlen, und was dich selbst anlangt, werde ich mich deiner erinnern, wenn du es einmal nötig hast.«

Das war eigentlich nicht das, was Arachi erstrebt hatte, aber es war immerhin schon etwas.

Ehe er ging, gab Sanders ihm noch einen Rat. »Fahre auf dem Kleinen Kusufluß, Arachi!«

»Herr«, erwiderte Arachi, »auf den Stillen Wassern ist es kürzer. Diese führen nach dem französischen Gebiet und besitzen die nötige Tiefe.«

»Der eine Weg ist kurz und der andere lang«, gab Sanders grimmig zurück. »Denn da sitzt ein gewisser Abdul Hazim. Der ist ein großer Sklavenaufkäufer, und da die Angolaleute gute Gartenarbeiter sind, hat's dieser Araber auf sie abgesehen. Ziehe in Frieden!«

Arachi ging.

Es war schier persönliches Pech, daß er auf dieser Reise zwei seiner Hauptgläubiger treffen sollte. Da diese eine Forderung wegen nicht bezahlter Lebensmittel an ihn hatten, wollten sie gegen ihn vorgehen und ihm zu Leibe, aber auf seine dringlichen Vorstellungen hin vertagten sie diesmal noch die Ausführung ihrer ernsten Drohungen. »Es scheint«, sagte der eine von ihnen, »daß du jetzt bei Sandi in Gunst stehst. Dir selbst glauben wir kein Wort von dem, was du uns gesagt hast, aber deine Paddler lügen nicht.«

»Ebensowenig dieser Schweigsame«, gab Arachi zurück, indem er auf seinen Schutzbefohlenen deutete. »Und da ich allein mich mit diesem verständigen kann, hat Sanders mich mit einer Mission an gewisse Könige betraut. Diese werden mir Geschenke geben, und bei meiner Rückkehr werde ich euch bezahlen, was ich euch schuldig bin und noch etwas darüber, aus Dankbarkeit.«

Es darf hier nicht verschwiegen werden, daß Arachi, der niemandem etwas lieh und niemandem etwas glaubte, kein Vertrauen in das setzte, was Sanders ihm gesagt hatte. Wer der schweigsame Angola war, welches dessen Aufgabe war, warum gerade er, Arachi, zu dessen Hüter bestellt war, erriet Arachi nicht. Er hätte leicht alles verstehen können, wenn er alles geglaubt hätte, was Sanders ihm mitgeteilt hatte. Aber das war nicht Arachis Art.

Als sie eines Nachts das Kanu auf eine kleine Insel hinaufgezogen hatten und die Paddler dabei waren, des edlen Arachi Essen zu bereiten, fragte das Pumpgenie den Fremden: »Wie kommt es eigentlich, Fremder, daß mein Freund und Nachbar Sandi mich um die Gefälligkeit bittet, dich bis zur französischen Grenze zu bringen?«

»Herr«, antwortete der Angola, »ich bin ein Fremder und will der Sklaverei entgehen. Außerdem gibt es da einen kleinen Angola-Balulustamm, der zu meinem Volke und zu meinem Glauben gehört und der nahe bei den französischen Stämmen sitzt.«

»Wessen Glaubens bist du denn?« fragte Arachi.

»Ich glaube an Teufel und Ju-Ju-Zauber«, antwortete der Angola einfach. »Besonders an einen namens Billimi, der zehn Augen hat und Schlangen aufspießt. Außerdem gehört es zu meinem Glauben, die Araber zu hassen.«

Das machte Arachi nachdenklich und gab ihm Anlaß, sich darüber zu wundern, daß Sanders ihm die Wahrheit gesagt hatte.

»Und was ist's mit diesem Abdul Arabi?« fragte er. »Ich denke, daß Sandi mich angeschwindelt hat, als er mir sagte, der Mann kaufe Sklaven. Denn wenn dem so ist, warum überfällt der Araber dann nicht die Isisi?«

Aber der Angolamann schüttelte den Kopf. »Das sind Dinge, die für meinen Verstand zu hoch sind. Dennoch weiß ich, daß der Araber die Angolas raubt, weil sie gute Gärtner und sehr erfahren im Pfropfen von Bäumen sind.«

Das war ein erneuter Anlaß für Arachi, sehr nachdenklich zu werden. Er überlegte, daß Abdul zum Oberfluß kommen mußte, wenn er die Leute vom Kleinen Akasava haben wollte, die auch tüchtige Gärtner vor dem Herrn waren. Er würde keine Isisi nehmen, denn diese waren als Faulenzer bekannt und starben im Handumdrehen, sobald sie auf fremden Boden verpflanzt wurden. Er setzte seine Reise fort, bis er an den Ort kam, wo er hätte abbiegen müssen, wenn er den kürzesten Weg zum französischen Gebiet nehmen wollte.

Hier verließ er seine Kanuleute und seinen Schutzbefohlenen und fuhr die Stillen Wasser hinauf.

Eine halbe Tagesfahrt brachte ihn in das Lager Abduls. Des Sklavenhändlers heimliche Spione hatten am Ufer gleichen Schritt mit Arachi gehalten, und als Arachi mit seinem Kanu landete, wurde er von Leute ergriffen, die anscheinend aus dem Boden gewachsen waren.

»Führt mich zu eurem Herrn, niedriges Gesindel!« befahl Arachi. »Denn ich bin ein Isisihäuptling und komme wegen eines geheimen Palavers.«

»Wenn du ein Iṣisi bist, und an deiner Magerkeit und an deiner Prahlerei sehe ich, daß du einer bist, dann wird mein Gebieter Abdul schnell mit dir fertig sein«, sagte ein Häscher.

Abdul Hazim war ein untersetzter und korpulenter Mann und ein Liebhaber bequemen Daseins. Aus diesem Grunde hielt er sein Lager in einer Bereitschaft, die ihm ermöglichte, schnell aufzubrechen, sobald er einen weißen Tropenhelm oder den Tarbusch eines Haussas sah. Denn es hätte das Ende seines Glückes bedeutet, wenn Sanders über ihn gekommen wäre.

In diesem Augenblick saß er auf einem zartgetönten Seidenteppich vor der Tür seines kleinen Zeltes und betrachtete Arachi voll Mißtrauen. Er hörte schweigend zu, während Arachi von sich selbst erzählte.

»Ungläubiger«, antwortete Abdul, als der Mann geendet hatte, »wie kann ich wissen, ob du nicht lügst oder ob du etwa einer von Sanders' Spionen bist? Ich halte es für das gescheiteste, dir die Gurgel durchzuschneiden.«

Arachi erklärte des langen und breiten, warum Abdul Hazim ihm nicht den Hals abschneiden solle.

»Wenn du sagst, dieser Angolamann befinde sich hier in der Nähe, warum soll ich mir ihn nicht ohne Bezahlung nehmen?« fragte der Sklavenhändler.

»Weil dieser Fremde nicht der einzige Mann in diesem Lande ist, weil ich einen großen Einfluß bei Sandi habe und weil ich sehr beliebt bei den Leuten bin, die mir Vertrauen entgegenbringen. Ich kann noch sehr viele andere Leute zu Ihnen bringen, Herr.«

Arachi kehrte in sein Lager zurück; er schleppte ein kleines Kanu hinter sich her, mit dem ihn der Sklavenhändler versehen hatte.

Arachi weckte den Angolamann aus dem Schlaf. »Bruder«, sagte er, »hier ist ein Kanu und Proviant. Paddle eine Tagereise weit den Lauf der Stillen Wasser entlang, und dort erwarte meine Ankunft; denn es treiben sich böse Leute umher, und ich fürchte für deine Sicherheit.«

Der Angolamann, naiv, wie er war, gehorchte.

Eine halbe Tagereise den Fluß aufwärts warteten Abduls Leute auf ihn. Arachi fuhr in derselben Nacht nach seinem Dorfe zurück. In seinem Kanu befand sich ein Vorrat von Zeug, Salz und Messingstangen, die jedes Mannes Herz erfreut hätten. Arachi kam in sein Dorf; er sang ein kleines Lied über sich selbst.

Innerhalb eines Jahres wurde er ein reicher Mann, denn es gab viele Wege, um die Bedürfnisse eines arabischen Sklavenhändlers zu befriedigen, und Abdul bezahlte pünktlich.

Arachi arbeitete stets allein oder benutzte Paddler, die er in irgendeinem versteckten Winkel des Bezirks aufgefunden hatte. Er brachte Abdul viel marktfähige Ware, meistens junge N'Gombiweiber, die furchtsam waren und daher leicht einzuschüchtern. Und Sanders, der das Land auf der Suche nach dem dicken Mann mit dem Fez durchsuchte, fand ihn nicht.

»Abdul, Herr und Gebieter«, sagte Arachi, der den Sklavenhändler eines Nachts im geheimen nahe im Ikusifluß traf, »Sandi und seine Soldaten sind wegen eines Mordpalavers nach Akasava. Nun halte ich's an der Zeit, zu tun, wie du wünschest.«

Sie unterhielten sich über die Aussichten eines Abenteuers, des schwierigsten Abenteuers, das Abdul je geplant hatte.

»Arachi«, sagte Abdul, »ich habe dich zum reichen Mann gemacht. Nun, ich sage dir, ich kann dich reicher machen, als es irgendein Häuptling in diesem Lande ist.«

»Ich bin sehr erfreut, das zu hören«, sagte Arachi. »Denn obwohl ich reich bin, habe ich mir doch viele Dinge geborgt. Und es scheint, ich habe eine so wundervolle Gemütsverfassung, daß ich mir immer mehr borgen muß.«

»Davon habe ich gehört«, gab der Araber zurück. »Denn man erzählt sich von dir, daß du dir selbst den Mond noch borgen würdest, auch wenn du schon die ganze übrige Welt besäßest.«

»Ja, das ist das Geheimnisvolle meines Wesens«, antwortete Arachi bescheiden. »Aus diesem Grunde bin ich ein höchst bemerkenswerter Mann.«

Dann saß er und hörte geduldig dem weitschweifigen Plane Abdul Hazims zu. Denn es handelte sich um ein sehr umfangreiches Unternehmen, bei dem im Erfolgsfall zweitausend liberianische Dollars lockten und für Arachi Bezahlung in Waren.

Zur gleichen Zeit wohnte Sanders in der Ochoristadt und hatte ein Palaver mit Bosambo, dem Häuptling.

»Bosambo«, sagte Sanders, »ich habe die oberen Flüsse unter deine Obhut gestellt. Und dennoch macht dieser Abdul Hazim ungestraft das Land unsicher. Das ist eine Schande für mich wie für dich.«

»Herr«, antwortete Bosambo, »es ist eine Schande. Aber der Flüsse hier herum sind so viele, und Abdul ist ein verschlagener Mann und hat viele Spione. Meine Leute sind auch bange vor ihm, sie fürchten sich, ihn zu kränken, weil er sie sonst ›fressen‹ oder ins Innere verkaufen würde.«

Sanders nickte und stand auf, um an Bord der »Zaire« zu gehen.

»Bosambo, mein Government hat einen Preis auf die Gefangennahme Abduls gesetzt, und ein gewisses anderes Government hat einen Preis auf dich gesetzt.«

»Wie hoch ist der Preis für Abdul, Herr?« fragte Bosambo mit erwachendem Interesse.

»Einhundert Pfund Sterling in Silber«, gab Sanders zurück.

»Herr«, bekannte Bosambo, »das ist ein guter Preis.«

Als zwei Tage darauf Arachi zu Bosambo kam, war dieser Häuptling mit der rein häuslichen Angelegenheit beschäftigt, seinen kleinen Sohn zu warten.

»Gruß dir, Bosambo!« sagte Arachi. »Dir und deinem trefflichen Sohn, der edel in Erscheinung und sehr artig ist.«

»Friede sei mit dir, Arachi! Ich habe nichts an dich zu verborgen.«

»Herr«, antwortete Arachi, »ich bin jetzt reich, reicher als Häuptlinge und – ich will nichts leihen.«

»Ko, Ko!« lachte Bosambo mit höflichem Zweifel.

»Bosambo, ich kam zu dir, weil ich dich gern habe. Und weil du nicht geschwätzig bist, sondern eher klug und verschwiegen.«

»Das alles weiß ich, Arachi«, sagte Bosambo vorsichtig, »und ich wiederhole dir, daß ich niemandem etwas leihe.«

Der wütende Arachi erhob seine Augen zum Himmel. »Bosambo«, antwortete er, »ich kam zu dir, um dir von dem zu erzählen, was ich gefunden habe, und um dich zu bitten, mir zu helfen, diesen Schatz in Sicherheit zu bringen. Denn an einer gewissen Stelle bin ich auf ein großes Lager von Elfenbein gestoßen, wie es die alten Könige für die Zeit der Not zu vergraben pflegten.«

»Arachi«, bemerkte Bosambo plötzlich, »du sagst mir, du seist reich. Nun bist du ein kleiner Mann, und ich bin Häuptling, und dennoch bin ich nicht reich.«

»Ich habe viele Freunde«, erwiderte Arachi, zitternd vor Stolz, »und diese geben mir Messingstangen und Salz.«

»Das ist nichts, Arachi. Ich weiß, was Reichtum heißt, denn ich habe unter Weißen gelebt. Die lachen über Messingstangen und werfen das Salz den Hunden hin.«

»Bosambo, ich bin auch im Sinne der Weißen ein reicher Mann. Sieh her!«

Arachi nahm aus seiner Tasche eine Handvoll Silbergeld und bot es auf beiden Händen Bosambo zur Begutachtung.

Bosambo prüfte das Geld mit einer Art Hochachtung, indem er jede Münze fein säuberlich umwendete. »Das ist richtiger Reichtum«, bemerkte er, während sein Atem etwas schneller ging, als es sonst bei ihm der Fall war. »Und es ist neues Geld, es ist blank. Auch die Teufelszeichen darauf, die du nicht verstehst, sind so, wie sie sein sollen.«

Befriedigt schob Arachi sein Geld wieder in die Tasche.

Bosambo saß in nachdenklichem Schweigen, sein Gesicht war unbewegt. »Und du willst mich zu dem Platz bringen, Arachi?« fragte er zögernd. »Ko! Du bist ein großmütiger Mann, denn ich verstehe nicht, warum du mit mir teilen willst, da ich dich doch einmal verhauen habe.«

Bosambo setzte sein Kind vorsichtig nieder. Diese »Königsschätze« existierten der Überlieferung nach. Viele waren gefunden worden, und es war der Traum jedes normal veranlagten Eingeborenen, solche Schätze zu heben. Trotzdem hielt Bosambo nicht viel davon, denn im Innern war er voller Zweifel.

»Arachi, ich glaube, daß du lügst. Dennoch möchte ich die Stelle wissen, und wenn sie in der Nähe ist, möchte ich den Schatz mit meinen eigenen Augen sehen.

»Nach Arachis Angaben sollte die Fundstelle eine Tagesreise entfernt sein.

»Bezeichne mir die Stelle, Arachi!«

»Herr, wie kann ich wissen, ob du nicht hingehst und dir den Schatz für dich selber nimmst?«

Bosambo sah ihn ernst an. »Bin ich nicht ein ehrlicher Mann? Und schwören die Leute von einem Ende der Welt zum anderen nicht bei dem Namen Bosambo?«

»Nein!« antwortete Arachi, der Wahrheit entsprechend.

Dennoch bezeichnete er schließlich den Platz. Am Fluß der Schatten, nahe beim Krokodil-Pool, wo die Fluten das Land verändert hatten.

Bosambo ging in seine Hütte, um Reisevorbereitungen zu treffen. Hinter seinem Hause, in einem großen Mattenkäfig, befanden sich viele kleine Tauben. Mühsam schrieb Bosambo in seinem schlechten Arabisch eine kurze Botschaft.

Um auf jeden Fall sicherzugehen, denn Bosambo überließ nichts dem Zufall, sandte er im geheimen in der Nacht ein Kanu an einen gewissen Bestimmungsort.

»Und richte folgendes an Sandi aus!« befahl er seinem vertrauten Boten. »Arachi ist im Besitz vielen Silbergeldes. Und dieses Silbergeld trägt die Teufelsmarken (Prägung) von Zanzibar, wo alle arabischen Händler herkommen, wie er selbst weiß.«

Am nächsten Tage fuhren Bosambo und sein Führer ab. Sie paddelten den ganzen Tag über und nahmen den Weg auf einem kleineren Fluß; und nachts lagerten sie an einem Platze, der Balulu, das veränderte Land, hieß. Sie standen bei Tagesanbruch auf, um ihre Reise fortzusetzen. Aber das war überflüssig, denn in der Dunkelstunde vor der Dämmerung hatte Abdul Hazim ihr kleines Lager umringt, und der überzeugenden Mündung einer Sniderbüchse gegenüber begleitete Bosambo seine Häscher auf einem zehn Minuten langen Weg in das Gebüsch, wo Abdul ihn erwartete.

Der Sklavenhändler saß auf seinem Seidenteppich vor der Tür seines Zeltes und begrüßte seinen Gefangenen im Ochoridialekt. Bosambo antwortete auf arabisch.

»He, Bosambo! Kennst du mich?«

»Scheik, ich wüßte dich gerne in der Hölle. Denn du bist der Mann, dessen Kopf mein Herr haben will.«

»Bosambo!« antwortete Abdul gelassen, »dein Kopf ist wertvoller, wie man sagt, denn die Liberianer wollen ihn auf einen Pfahl stecken und werden mich reichlich für mein Unternehmen bezahlen.«

Bosambo lachte leise. »Schluß mit dem Palaver. Ich bin bereit zu gehen.«

Man brachte ihn wieder zum Fluß, band seinen Körper der Länge lang an einen Pfahl und legte ihn auf den Boden des Kanus. Arachi bewachte ihn.

Bosambo sah auf und bemerkte das Allerweltspumpgenie, wie es am Boden hockte und ihn bewachte.

»Arachi, wenn du meine Hände losmachst, will ich sanft mit dir umspringen.«

»Wenn ich deine Hände losmache«, sagte Arachi freimütig, »bin ich ein Narr und ein toter Mann zugleich. Und beides erscheint mir nicht wünschenswert.«

»Für jeden«, zitierte Bosambo, »kommt einmal ein glücklicher Zufall; wenn er ihn ungenutzt läßt, wird ihm alles andere schwer.«

Vier große Kanus bildeten eine Wasserkarawane. Abdul befand sich mit seinen Bewaffneten im größten Kanu und führte die Vorhut. Sie glitten schnell den Fluß abwärts, der breiter wurde, je mehr er sich dem Strom näherte. Plötzlich rang Abduls Vormann nach Atem. »Sieh!« flüsterte er.

Der Sklavenhändler wandte sich um.

Hinter ihnen, langsam daherpaddelnd, kamen vier Kanus, und jedes voll von Bewaffneten.

»Schnell!« befahl Abdul, und die Paddler machten rasende Fahrt mit den Paddeln. Dann hielten sie inne.

Vor ihnen tauchte die »Zaire« auf; ein schmucker weißer Dampfer, das Deck voll von Haussas.

»Es ist Gottes Wille«, sagte Abdul. »Diese Dinge sind vorherbestimmt.«

Er sagte nichts mehr, bis er vor Sanders stand, und der Distriktsgouverneur war alles andere als mitteilsam.

»Was wirst du mit mir anfangen?« fragte Abdul.

»Das will ich dir sagen, sobald ich deine Vorräte gesehen habe. Wenn ich Hinterlader bei dir finde, solche, wie sie diese blödsinnigen Lobololeute kaufen, werde ich dich, dem Gesetz entsprechend, hängen.«

Der Araber sah zu dem zitternden Arachi hin. Die Knie des Pumpgenies schlugen einen förmlichen Triller.

»Ich verstehe«, bemerkte Abdul nachdenklich, »daß mich dieser Mann, den ich reich gemacht habe, betrogen hat.«

Wenn Abdul hastig gewesen wäre oder sich ruckweise bewegt hätte, würde Sanders diese Tat verhindert haben. Aber der Araber griff gelassen in die Falten seines Burnusses, als ob er eine Zigarette suche. Dann schnellte seine Hand heraus und mit ihr ein krummes Messer. Schnell stieß er damit zu, und Arachi sank winselnd auf das Deck nieder, ein sterbender Mann.

»Du Borger«, sagte der Araber – er sprach aus der Mitte von sechs Haussas heraus, die ihn fesselten, so daß er dem Blick der stöhnenden Gestalt auf Deck entzogen wurde –, »ich denke, du hast das geborgt, was du schließlich doch selbst bezahlen kannst. Denn es steht geschrieben in der Sure vom Djinn: Das Leben dessen, der Leben nimmt, soll wiedergenommen werden, auf daß er volle Zurückzahlung leiste.«

## *Die Steuereintreibung*

Sanders hielt nichts für verbürgt, wenn es sich um Stämme unter seiner Herrschaft handelte. Diese besaßen eine unbegrenzte Fähigkeit, das Unerwartetste zu tun – darin lag zugleich das Gefährliche und der Reiz an der Sache. Denn man konnte weder über ihre Sünde verzweifeln noch allzu stolz auf ihre Tugenden werden.

Trotzdem schien es, als ob das Kikovolk ein Muster von gutem Betragen, von Fleiß und Intelligenz wäre und die Götter ihm viele treffliche Eigenschaften gegeben hätten.

Kiko, ein Bezirk am Untern Isisi, liegt von allen anderen Stämmen und Völkern getrennt: durch den Kiko an einer Seite und den Isisifluß an der anderen Seite, auf der dritten Seite aber durch ein großes Waldland, das sich bis in die große Marsch hinzieht.

Das eigentliche Kiko erstreckt sich in Gestalt eines unregelmäßigen Dreiecks am Zusammenfluß von Kiko und Isisi.

Ostwärts, am jenseitigen Ufer des Kikoflusses, wohnen die ungestümen N'Gombistämme. Westwärts, auf einer weiteren Bank, die der Große Fluß bildet, hausen die Akasava. Das Kikovolk erfreut sich seiner Sicherheit vor plötzlichen Angriffen, die teils seiner geographischen Lage, teils dem unerbittlichen Handeln des Distriktsgouverneurs Sanders zuzuschreiben ist.

Einst rief ein N'Gombikönig seine Vorleute und Häuptlinge zu einem großen Palaver.

»Es scheint mir«, begann er, »daß wir Kinder sind. Wir haben Mißernten gehabt durch Überschwemmungen, und die diebischen Ochori haben unser Wild in ihr eigenes Land getrieben. Ferner sitzt quer über dem Fluß das Kikovolk, und das hat eben Haferernte gehabt. Wild gibt's da auch in Massen. Sollen wir hier sitzen und hungern, während die Kikoleute vor Futter platzen?«

Eine ganz berechtigte Frage, obwohl die Tatsachen nicht genau angeführt waren. Denn die N'Gombi waren faul und hatten spät gesät. Auch Wild gab es in ihren Wäldern, nur mußte man es aufspüren. Aber das Sprichwort sagt: »Die N'Gombi jagen von ihren Betten aus und forschen nur gekochtem Fleische nach.«

Eines Nachts stahlen sich die N'Gombi heimlich über den Fluß und überfielen die Kikostadt.

Da gab es ein großes Palaver, dem der Häuptling und der Vormann der Kiko beiwohnten.

»Von nun an«, erklärte der N'Gombikönig – Tigilini hieß er –, »seid ihr wie Sklaven meines Volkes. Und wenn ihr fügsam und gut seid und auf den Feldern arbeitet, dann sollt ihr die Hälfte alles dessen haben, was ihr hervorbringt. Aber wenn ihr euch widersetzt, dann werde ich mein Mütchen an euch kühlen.«

Um kein Mißverständnis aufkommen zu lassen, nahm er den ersten Unzufriedenen, einen kleinen Häuptling eines Grenzdorfes, und führte sein Programm durch. Dieser Mann hatte den Tribut verweigert. Mit gefesselten Händen wurde er vor den König gebracht, und alle Vorleute waren geladen worden, dem Vorgang beizuwohnen.

Dem Widersetzlichen hatte man die Hände auf den Rücken gebunden und ihm befohlen, niederzuknien. Ein junger Baum wurde herabgebogen und das eine Ende eines Lianenstrickes an seinem Wipfel befestigt, während man das andere Ende des Strickes um den Hals des Unglücklichen legte. Der Baum wurde dann langsam losgelassen, bis der Kopf des Widersetzlichen ganz straff hing.

»Jetzt!« befahl der König, und sofort schlug sein Scharfrichter den Kopf ab, der durch den in die Höhe schnellenden Baum fünfzig Yard fortgeschleudert wurde.

Der Kopf fiel vor die Füße des Distriktsgouverneurs Sanders, der mit fünfundzwanzig Haussas und einem Maschinengewehr eben mit der »Zaire« gelandet war. Sanders war verdrossen. Er befand sich drei Tage und vier Nächte unterwegs, hatte wenig geschlafen und einen Malariaanfall, der ihn reizbar machte. Er ging ins Dorf und unterbrach eine beredte Ansprache, die der N'Gombidieb über die Pflichten der Unterworfenen vom Stapel zu lassen für angebracht hielt. Der Redner brach mitten in seinem Vortrag ab und verlor das Interesse, damit fortzufahren, als die Menge sich teilte, um Sanders näher herankommen zu lassen.

»Herr«, redete ihn Tigilini, dieser gewandte und schlaue Mann, an, »du bist gerade zur richtigen Zeit gekommen, denn dieses Volk befand sich in offenem Aufstand gegen Deine Lordschaft, und ich habe es unterworfen. Deshalb o Herr, belohne mich, wie du Bosambo von den Ochori belohnt hast!«

Sanders gab nur einen kurzen Befehl, und seine Haussas bildeten einen Halbkreis um die Hütte des Königs. Tigilini beobachtete diese Maßnahme mit Besorgnis.

»Wenn ich irgend etwas getan haben sollte, was ich nach der Meinung Eurer Lordschaft lieber nicht hätte tun sollen«, bemerkte er herablassend, »oder genommen haben sollte, was ich nicht hätte nehmen sollen, dann will ich es ungeschehen machen und das Genommene zurückerstatten.«

Sanders, die Hände in die Seite gestemmt, betrachtete ihn gelassen. »Hier liegt ein Rumpf.« Er zeigte auf das blutbefleckte Etwas auf der Erde. »Und dort am Wege liegt ein Kopf. Füge den Kopf an den Rumpf und gib ihm das Leben wieder!«

»Das kann ich nicht! Ich bin kein Zauberer!« antwortete der König nervös.

Sanders sprach zwei Worte auf arabisch, und Tigilini wurde gefesselt. Man führte den König fort, und niemand sah ihn jemals wieder. Und es geht ein Gerücht, daß Tigilini, der König, für ewig an den Hinterfuß M'shimba M'shambas, des grünen Teufels der Akasava, gekettet wurde.

In Wirklichkeit kam Tigilini dem Verderben nicht näher als bis zum Zuchthaus in Sierra Leone, aber das Gerücht hat seinen Wert als abschreckendes Beispiel für allzu ehrgeizige Häuptlinge.

Sanders überwachte die Räumung Kikos, sah die entmutigten N'Gombi sich in ihr eigenes Land zurückziehen und setzte dort ohne Umstände einen neuen Häuptling ein. Das alltägliche Leben des Kikovolkes nahm wieder denselben angenehmen Verlauf, den es früher gehabt hatte. Die Leute bearbeiteten die Felder, züchteten Ziegen und gingen dem Fischfang nach. In ihrem Hinterland, im Marschwald, sammelten sie Gummi und Kopal, brachten beides mit ihren Kanus zur Flußmündung und verkauften es dort. So wurden sie reich, und sogar die Niedrigeren unter ihnen konnten sich drei Weiber halten.

Sanders war sehr erfahren in der Beurteilung eingeborenen Reichtums. Er wußte, daß Stämme, die viel Vorrat an Mais hatten, gefährlich waren, denn der Besitz dieses Vorrats übte keine dämpfende Wirkung auf den kriegerischen Geist seiner Besitzer aus. Dagegen wußte er, daß Reichtum an Zeug, Messingstangen und Land einen Friedensfaktor darstellte, denn Besitztümer, die nicht aufgegessen werden können, haben stets einen festigenden Einfluß im Gemeinschaftsleben.

Sanders war ein kluger Mann. Er wurde geleitet von gewissen Grundsätzen, hart und schnell zu handeln. Und obschon er wußte, daß Mißerfolg in irgendwelcher Richtung bei der Meisterung einer Situation ihm Tadel einbringen würde, sei es, weil er nicht dem Buchstaben des Gesetzes entsprechend gehandelt hatte, sei es, daß er nicht seiner eigenen Meinung gefolgt war, indem er dasselbe unbeugsame Gesetz nicht beachtete, nahm er doch furchtlos jede Verantwortung auf seine eigenen Schultern.

So war es seinem eigenen Urteil überlassen, welche Steuerlast er jedem einzelnen Stamm aufbürdete, und im Interesse seines Governments nahm er ein gerüttelt Maß vom Reichtum Kikos, indem er seine Steuerforderungen dem Grade des Wohlstandes dieses Stammes anpaßte.

Drei Jahre nach dem Einfall der N'Gombi kam er auf seiner halbjährigen Reise ins Kikoland.

Im Palaverhaus der Stadt hörte er die Klagen an, wie es seine Gepflogenheit war. Er saß von der Tagesdämmerung an bis acht Uhr morgens, und bei der zehnten Beschwerde wandte er sich an den Häuptling der Kiko, der neben ihm saß.

»Häuptling«, begann er mit jener sanften Unschuldsmiene, die Männer, die seine Art kannten, in ihrem Vorhaben wanken machte, »ich bemerke, daß alle Leute immer nur eines vorbringen: daß sie arm seien. Das ist aber nicht wahr.«

»Ich stehe unter deiner Gewalt, Herr«, gab der Häuptling diplomatisch zurück, »ebenso meine Leute, und sie werden natürlich ihre Steuern zahlen, obwohl sie dadurch verhungern.«

Sanders sah die Angelegenheit in einem neuen Licht.

»Es scheint«, wandte er sich an die Reihen der Leute, die um ihn herum hockten, »daß eure Magen knurren, weil ich die Steuern von euch fordere. Wir wollen ein Palaver darüber halten.«

Er setzte sich wieder, und ein grauhaariger alter Vormann, ein allgemein bekannter Nörgler und Dauerredner, stand auf.

»Herr«, rief er theatralisch, »Gerechtigkeit!«

»Kwai!« rief das Volk im Chor. Ihr Murren, einstimmig und aus tiefster Brust kommend, ergab einen dumpf rasselnden Laut wie das Rollen einer Trommel.

»Gerechtigkeit!« rief der Vormann. »Denn du, Sandi, bist sehr hart und grausam. Du nimmst und nimmst nur immer und gibst uns nichts, und das Volk schreit auf in seiner Pein.«

Er machte eine Pause, und Sanders nickte.

»Fahre fort!« befahl Sanders.

»Wir liefern dir Mais und Fische und Gummi und Kopal ab«, sagte der Sprecher weiter, »und wenn wir fragen wohin gehen all diese Güter, dann zeigst du auf deinen Puck-a-Puck und auf deine Soldaten, und wir sind die Geprellten. Denn dein Puck-a-Puck kommt nur, um unsere Steuern zu holen, und deine Soldaten nur, um sie einzutreiben.«

Von neuem rollte das Beifallsgemurmel.

»Deshalb haben wir unter uns ein Palaver abgehalten und dabei beschlossen: Sanders soll uns die Hälfte der gezahlten Steuern zurückgeben. Diese wollen wir in unseren Kanus nach dem Dorf am Großen Wasser bringen, denn wir sind ehrliche Leute. Und Sanders soll sich seine Soldaten und seinen Puck-a-Puck für die N'Gombi und für die Isisi und Akasava aufheben, denn diese sind ein aufrührerisches und böses Volk.«

»Kwai!«

Die Forderung war offenbar populär, und Sanders lächelte im stillen.

»Was uns anbetrifft«, fuhr der Sprecher fort, »sind wir ein friedfertiges Volk und leben in Eintracht mit allen Stämmen, und wenn irgendeiner von uns Tribut verlangt, dann ist es immer besser, wir geben ihn freiwillig, als daß wir diese Steuern bezahlen.«

Sanders hörte schweigend zu, dann wandte er sich an den Häuptling. »Es soll so sein, wie ihr es wünscht. Ich werde euch die Hälfte der Steuern erlassen. Das Palaver ist aus.«

Er ging in der Nacht an Bord der »Zaire« zurück und lauschte, während er wach lag, den Kastagnetten der tanzenden Weiber. Die Kikos feierten den Sieg ihrer Diplomatie.

Sanders fuhr am nächsten Tage zu den Isisi; er zweifelte nicht, daß ihm die Nachricht seines Zugeständnisses vorausgeeilt sei. Und so war es auch. Kaum hatte er seinen Platz im Palaverhause zu Lukalili eingenommen, als der Häuptling die Verhandlung eröffnete.

»Sandi, Gebieter«, begann er, »wir sind arme Leute, und unser Volk schreit wegen der Besteuerung laut auf. Nun, Herr, haben wir des langen und breiten über diese Angelegenheit nachgedacht und sind zu folgender allgemeiner Ansicht gekommen: Wenn Eure Lordschaft uns die Hälfte unserer Steuern erlassen wollte, wären wir glücklich. Denn dieser Puck-a-Puck...«

Sanders winkte ihm zu schweigen.

»Häuptling und Volk! Ich bin geduldig, denn ich habe euch lieb. Aber sprecht nur noch ein Wort über Steuer und Puck-a-Puck, so werde ich veranlassen, daß an meiner Stelle ein anderer Distriktsgouverneur eingesetzt wird, und ihr werdet wünschen, daß ihr niemals geboren wäret.«

Danach hatte Sanders keine Mühe mehr. Er kam zu den Ochori und fand Bosambo gänzlich von seinem Neugeborenen in Anspruch genommen, aber unternehmungslustig.

»Bosambo«, sagte der Distriktsgouverneur, nachdem er das junge Menschenkind vorsichtig in seinen Armen gehalten und sein Geburtstagsgeschenk gemacht hatte, »ich habe dir was zu erzählen.«

Sanders berichtete seine Geschichte, die Bosambo sehr unterhaltsam fand. Als sich Sanders fünf Tage später auf der Rückreise befand, landete Bosambo, der mit zehn ausgesuchten Leuten als Paddler den Strom abwärts gefegt kam, bei Kikostadt. Er wurde untertänigst bewillkommnet, und des Häuptlings beste Hütte wurde für ihn rein gefegt.

»Bosambo«, sagte der Häuptling nach Beendigung des Mahles, »mein Herz wird verwundet sein, wenn du uns diese Nacht verlassen haben wirst.«

»Ich bin ein gutherziger Mann«, antwortete Bosambo. »Deshalb werde ich diese Nacht noch nicht abreisen, denn der Gedanke an deinen Kummer ließe mich nicht schlafen.«

»Herr«, beeilte sich der Häuptling zu sagen, »Kummer findet an mir keinen Halt. Überdies werde ich sehr fest schlafen, und es wäre geradezu schändlich, wollte ich dich deinem Volke entziehen, das wie hungrige Menschen nach deiner Rückkehr seufzt.«

»Das ist wahr. Dennoch will ich noch eine Nacht hier bleiben, weil mein Herz voll freundlicher Gedanken für dich ist.«

»Falls du heute Nacht gehst, Bosambo«, sagte der Häuptling verlegen, »mache ich dir zwei Ziegen zum Geschenk.«

»Ziegen esse ich nicht«, antwortete Bosambo bedeutungsvoll, »meine Religion verbietet mir das...«

»Ich will dir auch Salz geben.«

»Ich bleibe über Nacht«, versetzte Bosambo nachdrücklich. »Morgen werde ich mir die Sache überlegen.«

Am nächsten Morgen ging Bosambo, um ein Bad im Flusse zu nehmen; bei seiner Rückkehr sah er den Häuptling finster vor seiner Hütte hocken.

»Hallo, Cetomati!« begrüßte Bosambo ihn, »ich habe Neuigkeiten für dich, die dein Herz froh machen werden.«

Ein Hoffnungsstrahl leuchtete in den Augen des Häuptlings auf. »Geht mein Bruder so bald?« fragte er anzüglich.

»Häuptling«, gab Bosambo säuerlich zurück, »wenn das gute Nachricht für dich bedeutet, dann gehe ich. Und wehe dir und deinem Stamme, denn ich bin stolz, und meine Leute sind es auch. Aber ebenso sind sie berüchtigt wegen ihrer Rachsucht.«

Der Kikohäuptling stand erregt auf. »Herr«, sagte er demütig, »meine Rede war sinnlos, denn siehe, vergangene Nacht habe ich in Trauer darüber zugebracht, daß ich dich verlieren soll. Und nun erzähle mir deine guten Nachrichten, damit ich mich mit dir freuen kann!«

Aber Bosambo zürnte fürchterlich, und es dauerte einige Zeit, ehe er beschwichtigt war.

»Das sind meine Neuigkeiten, Häuptling. Während ich badete, sah ich in der Ferne einige Ochorikanus. Und ich denke, sie bringen meine Ratgeber. Wenn das so sein sollte, dann bleibe ich vielleicht noch lange bei dir. Freue dich!«

Der Kikohäuptling stöhnte.

Er stöhnte noch mehr, als die Kanus ankamen, denn sie brachten Bosambo Verstärkung – zehn muntere Krieger, ungewöhnlich groß und muskulös.

Er stöhnte unverhohlen, als der nächste Morgen zehn weitere Krieger brachte und der Abend darauf weitere zwanzig.

Es sind Gerüchte am Fluß im Umlauf, die wenig schmeichelhaft für die Eßlust der Ochori sind. Zum Beispiel: »Die Menschen essen, um fett zu werden, aber die Ochori leben, um zu essen.« Und: »Ein Maisfeld ernährt ein Dorf für ein Jahr, zehn Ziegen für einen Monat und einen Ochori für einen Tag.«

Sicher waren Bosambos Leute ausgezeichnete Fresser. Sie aßen und aßen und aßen; von Sonnenaufgang bis zum Erscheinen der Sterne wechselten sie zwischen der Bereitung ihrer Mahlzeiten und deren Unterbringung.

Das naive Kikovolk umstand sie und beobachtete mit Erstaunen, wie ihre schönen Nahrungsmittel verschwanden.

»Ich merke schon, wir werden an Hunger sterben, wenn die Regenzeit kommt«, klagte ihr Häuptling in Verzweiflung. Er sandte ein Eilkanu zu Sanders, aber der hatte kein Mitleid.

»Geh zu deinem Herrn!« befahl er dem Boten, »und sage ihm, alles das sei sein Palaver! Wenn er diese Gäste nicht wünscht, soll er sie rauswerfen, denn das Land gehört ja ihm, und er ist der Häuptling.«

Das war ein schlechter Trost für Cetomati, denn die Ochori saßen in seinen besten Hütten, aßen seine besten Nahrungsmittel auf und fanden die besten Plätze an den Tanzfeuern.

Der Häuptling rief seine Vormänner zu geheimem Palaver zusammen.

»Diese elenden Ochori ruinieren uns noch!« begann er. »Sind wir denn Männer oder Hunde? Nun sage ich euch, Ratgeber und Volk, morgen sende ich Bosambo und seine Strauchgesellen heim, und wenn ich dabei zugrunde gehe.«

»Kwai!« riefen seine Räte einstimmig.

»Herr«, entgegnete einer, »in alten Zeiten war das Kikovolk sehr wild und blutdürstig; vielleicht, wenn es unserer Beredsamkeit gelingt, es aufzurütteln, wird es noch einmal wild und blutdürstig.«

Der Häuptling sah ungläubig drein. »Ich glaube nicht, daß das Kikovolk so wild und blutdürstig wie in vergangenen Zeiten ist, denn wir haben inszwischen viele fette Jahre gehabt. Was ich weiß, o Freund, ist, daß die Ochori in der Tat sehr wild sind und daß Bosambo schon viele erschlagen hat.«

Während der Nacht peitschte er seinen Mut hoch, und am Morgen unterwarf er diesen Mut einer Probe.

Bosambo hatte in der Weise, wie es ihm als Herrscher und Gebieter zukam, ein großes Jagdfest angesetzt, und er und seine Mannen versammelten sich gerade dazu in der Dorfstraße, als der Häuptling mit seinen Ratgebern herankam.

»Herr«, redete der Häuptling Bosambo im sanftesten Tone an, »ich muß dir etwas offenbaren.«

»Ich höre!« sagte Bosambo.

»Du weißt, daß ich dich gern habe, Bosambo, und der Gedanke, daß ich dich zur Heimkehr drängen muß – mit Geschenken –, ist sehr traurig für mich.«

»Noch trauriger für mich«, entgegnete Bosambo in Unheil kündendem Tone.

»Dennoch muß ich's, Herr«, antwortete der verzweifelte Häuptling, »denn mein Volk ist wütend auf mich, weil ich euch so lange in unsern Grenzen dulde. Ferner herrscht jetzt viel Krankheit hier, und ich muß fürchten, daß du und deine prächtigen Leute ebenfalls krank werden und sterben.«

»Nur ein Mann in der ganzen Welt, Häuptling«, sagte Bosambo mit Überlegung, »hat jemals solche Demütigung über mich gebracht, und, Häuptling, dieser Mann – wo ist er jetzt?«

Der Kikohäuptling antwortete nicht, weil er nicht wußte, was er antworten sollte. Er konnte es ahnen, oh, sehr wohl konnte er es ahnen, und Bosambos folgende Worte bestätigten ihm diese Ahnung.

»Er ist tot«, sagte Bosambo feierlich. »Ich will dir nicht erzählen, wie er starb, damit du nicht denken sollst, ich sei ein Prahler, noch will ich dir sagen, wer ihn erschlug, noch dir seine Todesart beschreiben, denn das würde dir Kummer bereiten.«

»Bosambo«, erwiderte der Häuptling aufgeregt, »das sind böse Worte.«

»Ich sage keine bösen Worte, denn ich bin, wie du weißt, Sandis Schwager, und das würde ihm großen Kummer bereiten. Ich sage nichts, du kleiner, kleiner Häuptling.«

Mit einer herablassenden Handbewegung schritt Bosambo von dannen, sammelte seine Leute und zog mit ihnen dem Flußufer zu.

Es war umsonst, daß der Kikohäuptling ungeheure Mengen Nahrungsmittel und Geschenke in jedem Kanu Bosambos aufgehäuft hatte und das Salz säckeweise sogar unter die Paddler verteilt worden war.

Es ist richtig, daß Bosambo alles dies nicht wieder auslud, aber offensichtlich verachtete er alles. Der Kikohäuptling stand in seiner Angst und Verlegenheit erst auf einem Bein, dann auf dem anderen und war bestrebt, dem Abschied ein heiteres Aussehen zu geben, aber Bosambo blieb schweigsam, abweisend und schaute unsagbar düster drein.

»Herr«, wandte sich der Kikohäuptling an ihn, »wann soll sich mein Herz wieder über den Anblick deines schönen Gesichtes freuen?«

»Wer weiß?« gab Bosambo geheimnisvoll zurück. »Wer kann sagen, wann ich oder meine Freunde zurückkommen? Denn viele Menschen lieben mich – Isisi, N'Gombi, Akasava, Bongindi und die Urwaldpygmäen.«

Er trat vorsichtig in sein Kanu.

»Ich sage euch«, er erhob feierlich seinen Zeigefinger, »daß das, was immer auch über euch kommen mag, nicht mein Palaver ist. Wer auch immer euch heimlich in der Nacht beschleichen mag, Bosambo wird es nicht sein. Ich rufe alle Menschen hierfür zu Zeugen an.«

Und damit fuhr er ab.

In dieser Nacht gab es ein Palaver, in dem alle Männer zugleich sprachen und der Häuptling nervös an seinen Fingernägeln kaute. Man erwartete bestimmt einen Angriff.

»Laßt uns ihnen kühn Widerstand leisten!« sagte der eine, der schon früher diesen Rat gegeben hatte, »denn Calacala – in längst vergangenen Zeiten – war das Kikovolk ein wilder und blutdürstiger Stamm.«

Was immer die Kikos gewesen sein mochten, jedenfalls herrschte kein Abenteurergeist mehr unter ihnen, und viele Stimmen vereinigten sich, um den Geist, der Widerstand empfohlen hatte, einen Narren und Schlimmeres zu nennen.

Während der ganzen Nacht befanden sich die Leute unter Waffen. Einmal ließ sie der Ruf eines Vogels mit Angstgeschrei nach ihren Hütten flüchten; ein anderes Mal stieß ein umherirrender Büffel auf prahlerische Vorposten und jagte sie auseinander. Nacht für Nacht hielten die verängstigten Kikoleute Wache und schliefen des Tages, so gut sie konnten.

Man bekam keinen Feind zu Gesicht. Die Spannung, in der sie gehalten wurden, war schlimmer, als es das Auftauchen bewaffneter Krieger gewesen wäre. Ein Bote ging ab, um Sanders von der Angst und den Befürchtungen der Leute zu benachrichtigen, aber Sanders war dickfellig.

»Wenn euch irgend jemand angreifen sollte, werde ich mit meinen Soldaten kommen. Und für jeden von euch, der getötet wird, werde ich wieder einen eurer Feinde töten.«

»Herr«, antwortete der Bote, des Häuptlings Sohn, »wenn wir

erst tot sind, soll es uns wenig kümmern, wer lebt oder stirbt. Ich bitte dich daher, Herr, schicke deine Soldaten mir mir, denn unser Volk ist müde und furchsam.«

»Begnügt euch damit, daß ich euch die Steuern erlassen habe! Das Palaver ist aus«, sagte Sanders.

Der Bote kehrte zu seinem niedergeschlagenen Stamm zurück. Sanders befand sich zu diesem Zeitpunkt nicht weiter als eine Tagereise entfernt von den Kikoleuten – und ein furchtkrankes, müdes Volk wartete in Verzweiflung auf die Verwirklichung seiner Ängste.

Sie hätten in alle Ewigkeit warten können, denn Bosambo war längst in seine Heimat zurückgekehrt und hatte sie beinahe vergessen, und Isisi und Akasava, die die Kikoleute aus irgendeinem Grunde als die besonderen Schützlinge Sanders' ansahen, dachten nicht mehr daran, sie anzugreifen, als sie an die Möglichkeiten dachten, Sanders selbst anzugreifen, und die N'Gombi hatten ihre Lektion weg.

So standen die Dinge, als das Lulunguvolk, das drei Tagesreisen hinter den Akasava hauste, den Fluß herunterkam, um nach Kampf und Beute zu spähen. Zwei Jahre lang waren sie ruhig gewesen, nun machten sie sich wie hungrige, wildernde Hunde auf den Flußweg – in sechs mit Schlamm und Binsen besudelten Kriegskanus.

Sie fanden Unterkommen in den Fischerdörfern, denn deren Bewohner, friedliebende Seelen, flohen bei der ersten Kunde ihrer Annäherung. Sie kamen an den Ochori vorüber, indem sie sich vorsichtig in der Mitte des Stromes hielten. Es gab eine Zeit, da die Ochori sie mit allem Nötigen versehen hätten, aber jetzt schnappten Bosambos Leute bissig um sich.

»Trotzdem«, meinte Gomora, der stellvertretende Häuptling der Lulungu, zu seinen Vormännern, »laßt zwei Kanus an Land paddeln, denn da wir so stark sind, werden sich uns die Ochori nicht widersetzen.«

Zwei Kanus lösten sich aus der Flottille und steuerten landwärts. Ein Hagel von Pfeilen fiel in ihrer Nähe nieder; da zogen sie sich zurück.

Das Isisiland ließen sie unbehelligt liegen, den Akasava gingen sie aus dem Wege, soweit sie nur konnten, denn die Lulungu waren grausamer als tapfer und geneigter zu kalter Metzelei als zu heißem

Kampfe.

So schwankten sie mit ihren Kanus stromabwärts und machten Beute, wie sie ihnen die unbeschützten Dörfer boten.

Es war ein recht uneinträgliches Unternehmen.

»Nun wollen wir zu den Kiko gehen«, sagte Gomora, »denn dieses Volk ist sehr reich und außerdem sehr furchtsam. Wir wollen sie aber nicht töten, denn dieser Teufel, Sandi, haßt uns, und er wird die Stämme gegen uns aufstacheln, wie er das zu den Zeiten unserer Väter getan hat.«

Sie warteten, bis die Nacht hereingebrochen war, und dann stürzten sie sich unter dem Schatten des Flußufers schweigend auf ihre Beute.

»Wir wollen sie erschrecken«, sagte Gomora, »dann werden sie uns geben, was wir fordern. Und dann werden wir sie zwingen, bei Iwa zu schwören, daß sie Sanders nichts davon verraten – es wird sehr einfach sein.«

Die Lulungu kannten das Kikovolk zu gut. Sie landeten an einem geeigneten Platz und verfolgten ihren Weg durch einen Waldstreifen, ohne jene Vorsicht zu beobachten, die für ihr Vorgehen nötig gewesen wäre, wenn es sich gegen einen kriegerischen Stamm gerichtet hätte.

Als Sanders in fliegender Fahrt stromabwärts fuhr, die Geschütze ausgeschwungen und klar zum Gefecht, seine bewaffneten Haussas am Bug des Dampfers, stieß er auf zwei Kanus, die unzweifelhaft mit Lungulu bemannt waren.

Er umkreiste sie und nahm sie gefangen. In einem dieser Kanus befand sich Gomora, etwas geschwächt vom Blutverlust, aber noch mehr vor den Kopf geschlagen.

»Herr«, klagte er bitter, »seit du gekommen bist, hat sich die ganze Welt verändert. Einst waren die Ochori ein gefundenes Fressen für mich und mein Volk, denn sie waren sehr furchtsam. Dann auf einmal wurden sie durch einen gewissen Zauber wilde Krieger. Und nun, Herr, sind auch die Kikoleute, die noch stromauf und -ab als sanftmütig bekannt sind, zu richtigen Satanen geworden.«

Sanders wartete, und der Häuptling fuhr fort.

»Vergangene Nacht kamen wir zu den Kiko, um dort zu übernachten, und in der Dunkelheit des Waldes überfielen sie uns mit großem Geschrei. Und siehe, Herr, von zehn Kanus sind diese Leute alles, was übrig geblieben ist, denn die Kikoleute warteten auf unser Kommen.«

Er sah Sanders ernst an.

»Sage mir nur, Herr, welchen Zauber gebrauchen die Weißen, um aus Feiglingen Männer zu machen?«

»Das brauchst du nicht zu wissen«, antwortete Sanders diplomatisch, »aber du kannst das getrost zu einem Sprichwort deines Volkes machen: ›Jede Ratte kämpft in ihrem eigenen Loch, und Furcht kämpft grimmiger als Haß.‹«

Sanders fuhr nach Kikostadt; er kam gerade rechtzeitig, um einen Kriegszug zu verhindern, denn die Kikoleute, ganz erfüllt von der Anmaßung über ihr eigenes Können, sammelten einen Heerhaufen, um die Ochori anzugreifen.

»Ich habe dir oft gesagt«, prahlte der Häuptling voll Stolz, »daß die Kikoleute fürchterlich und blutdürstig seien, und nun, sieh her, Herr! – In der Nacht haben wir unsere Unterdrücker erschlagen, denn der Geist unserer Väter kam über uns, und unsere Feinde konnten uns nicht widerstehen.«

»Ausgezeichnet!« antwortete Sanders in der Landessprache. »Nun sehe ich ein Ende aller Steuerpalaver, denn in der Tat, meine Soldaten und der Puck-a-Puck werden nicht mehr von euch gewünscht. Dennoch, für den Fall, daß die Lulunguleute zurückkehren sollten – denn ihrer sind so viele wie Sandkörner im Fluß –, werde ich euch Krieger zu Hilfe senden.«

»Herr, du bist wie unser Vater und unsere Mutter«, sagte der Häuptling angenehm berührt.

»Darum will ich Bosambo bestimmen, dessen Herz mit euch fühlt, daß er mit seinen Kriegern hierher kommt, um eine Zeitlang in eurer Stadt zu bleiben.«

In des Häuptlings Gesicht arbeitete es krampfhaft. Er sah aus, als ob er eine bittere Medizin verschlucke.

»Herr«, bat er bewegt, »wir sind ein armes Volk. Dennoch wollen wir dir unsere vollen Steuern bezahlen, denn am Ende dürfte uns das billiger kommen als Bosambo und seine verfressenen Teufel.«

»Das glaube ich auch«, sagte Sanders.

# *Der Aufstieg des Kaisers*

Tobolaka, der König der Isisi, wurde, da er ein Christ war, wegen seiner Vorzüge zum Bakkalaureus der schönen Künste ernannt. Eine Zeitlang regierte er sein Land weise, und er hätte in allen Ehren grau werden können, aber ein allzu großer Ehrgeiz gewann die Oberhand über ihn.

Denn Tobolaka war, als er noch ein Knabe war, von einem allzu eifrigen Baptisten mit nach Amerika genommen worden; er wurde auf einem College erzogen und hatte sogar Vorträge in Amerika und England gehalten. Er machte, wie man mir berichtete, ganz leidliche lateinische Verse, erklärte gewandt die freie Silberwährung Mr. Bryans und trug Lacklederschuhe mit breiten seidenen Schnürsenkeln.

In London zog er die Aufmerksamkeit eines neugebackenen Unterstaatssekretärs für die Kolonien auf sich. Dieser Unterstaatssekretär war ein Neffe des Ministerpräsidenten, ein Vetter des Kriegsministers und Schwiegersohn des Großkanzlers; aus diesem Grunde hatte er Verbindungen, die die meisten Unterstaatssekretäre für gewöhnlich nicht besitzen.

»Was für Pläne haben Sie, Mr. Tobolaka?« fragte ihn der Unterstaatssekretär.

Herr Tobolaka war etwas zurückhaltend. »Ich fühle, Mr. Cardow«, sagte er, »daß meine Lebensaufgaben in meinem Lande liegen – nein, ich will damit nicht etwa sagen, daß ich irgendwelche Neigung für den Missionarsberuf habe. Für die Verwaltung fühle ich mich schon eher berufen. Ich bin, wie Sie ja wissen, ein Isisi, also reiner Bantuschlag, soweit die Sage diese Streitfrage unterstützt, und ich habe oft daran gedacht, daß hier außergewöhnliche Möglichkeiten für eine Verbindung von Interessen liegen, da die Isisi eine herrschende Rasse sind. In der Tat...«

»Eine glänzende Idee...! Eine großartige Idee!« rief der Unterstaatssekretär begeistert.

Dieser junge Mr. Cardow suchte schon seit Jahren nach irgendeinem Plan, den er zu seinem eigenen Nutzen fördern könne. Nach Art aller sich entfaltenden Parlamentarier suchte er sehnlichst nach einem Unternehmen, das Zeitungsartikel und Abhandlungen nach sich zöge und ihm den Beifall oder die Mißbilligung der Presse eintrüge, je nach den besonderen politischen Schattierungen, die die einzelnen Zeitungen vertraten.

Deshalb entwickelte er in der Stille seines Zimmers in Whitehall Court einen Plan, den er seinem Vorgesetzten unterbreitete. Dieser große Geist versprach, die Arbeit an einem bestimmten Tage zu lesen, und war bestürzt, als er sich einer Schrift von vierzig Folioseiten in Maschinenschrift gegenübersah, gerade in dem Augenblicke, als er den 10 Uhr 35 Minuten abgehenden Zuge nach den Cotswold-Golf-Feldern zu erreichen eilte.

Er stopfte das Manuskript in seine Aktenmappe und vergaß es gänzlich. Bei seiner Rückkehr in die Stadt entdeckte er, daß er durch irgendwelchen unglücklichen Zufall den Entwurf zu dem großen Plan irgendwo liegengelassen hatte.

Da er indessen nicht umsonst Politiker war und sich also zu helfen wußte, schrieb er an seinen Untergebenen.

»Lieber Cardow, ich habe Ihr wertvolles Dokument mit mehr als gewöhnlichem Interesse gelesen. Ich halte es für eine ausgezeichnete Idee.« – Er wußte, es war eine Idee, weil Cardow ihm das gesagt hatte. – »Aber ich sehe viele Schwierigkeiten. Schicken Sie mir doch eine Abschrift davon! Ich möchte es einem Freunde senden, der mir sein Sachverständigenurteil darüber abgeben soll.«

Es war ein schlauer, aber ein unvorsichtiger Brief, denn auf Grund dieses Briefes erwarb der Unterstaatssekretär die Sympathien und den tatkräftigen Beistand der Kollegen seines Vorgesetzten.

»Hier haben wir einen Eingeborenen, und zwar einen Eingeborenen von Erziehung, der patriotisch gesinnt und intelligent ist und voller Pläne steckt. Es ist das eine seltene Gelegenheit, eine glänzende Gelegenheit. Lassen Sie ihn in sein Vaterland zurückkehren und dort seinen Faden spinnen!«

Diese Unterhaltung fand im Zimmer des Ministerpräsidenten statt; es waren drei Minister der Krone anwesend, einschließlich eines Unterstaatssekretärs des Innern, der sich offensichtlich langweilte, denn er verfolgte seine eigenen Pläne und hätte viel lieber ein von ihm entworfenes Handwerker-Grundstücksgesetz erörtert.

»Befindet sich nicht ein Distriktsgouverneur Sanders in jener Gegend?« warf er matt ein. »Ich glaube, mich eines solchen Namens erinnern zu können. Und sind nicht Unzuträglichkeiten mit den kleineren Häuptlingen wahrscheinlich, wenn wir so eine Sorte von ›Zentralafrikanischem Kaiser‹ einsetzen?«

»Darüber kommen wir schon hinweg«, meinte Cardow eifrig, »und was Sanders anbetrifft, so erwarte ich dessen Unterstützung. Eine am Isisifluß eingesetzte Dynastie könnte allen Unruhen ein Ende bereiten, die wir dort gehabt haben.«

»Es könnte auch anderen Dingen ein Ende bereiten«, sagte der ungeduldige Staatssekretär des Innern. »Zum Beispiel, wegen des Grundstücksgesetzes sollten wir, denke ich, Cronks Verbesserungsvorschlag annehmen.«

Einige Wochen später wurde Mr. Tobolaka nach Whitehall Court gerufen.

»Ich glaube, Mr. Tobolaka«, begann Cardow zuvorkommend, »ich habe alles so weit, um einen Versuch mit unserem Plan zu machen. Die Regierung hat zugestimmt – nach einem harten Kampf mit den maßgebenden Stellen, gebe ich zu –, Sie am Isisi als König und obersten Herrscher über die Isisi, Ochori, N'Gombi und Akasava einzusetzen. Man wird Ihnen eine jährliche Apanage zubilligen und Ihnen eine Residenz in der Isisistadt bauen. Sie werden Mr. Sanders etwas – äh – schwierig finden, aber Sie müssen eben große Geduld haben.«

»Herr«, antwortete Tobolaka mit tiefer Bewegung, »ich bin Ihnen ewig zu Dank verpflichtet. Sie waren wahrhaftig gütig gegen mich, und ich hoffe, ich werde alles zum besten lenken.«

Während der Fahrt Tobolakas nach seinem Reich befahl Sanders alle Häuptlinge zu einem Palaver, und sie kamen, um ihn in der Isisistadt zu treffen.

»Häuptlinge und Älteste«, redete Sanders sie an, »ihr wißt, daß das Isisivolk sich vor vielen Monaten in einem unglücklichen Augenblick erhob, um vom Gesetz verbotene Opfer zu bringen. Deshalb kam ich damals mit meinen Soldaten und nahm den König mit mir in die Stadt der Ketten, wo er sich noch befindet. Weil nun die Isisileute ein unzuverlässiges Volk sind, setzt meine Regierung einen neuen König ein. Dieser neue König ist Tobolaka, der Sohn Yoka 'n'kemas, des Sohnes Ichulomos, des Sohnes Tibilinos.«

»Herr«, schnappte ein Isisiältester, »diesen Tobolaka kenne ich. Die Missionare nahmen ihn mit sich in ihr eigenes Land, wo er lernte, ein Weißer zu werden.«

»Dennoch verspreche ich euch, daß er schwarz ist«, entgegnete Sanders trocken, »und er wird noch schwärzer werden. Außerdem, ihr Häuptlinge von Ochori, N'Gombi und Akasava, dieser neue König wird auch euch regieren, da er als Oberherrscher dieser Gegenden eingesetzt ist. Und ihr sollt ihm Geschenke bringen und Tribut zahlen, wie das Sitte ist.«

Verhängnisvolles Schweigen trat ein.

Darauf sprach O'kara, der Häuptling der Akasava, ein alter und anmaßender Mann:

»Herr«, sagte er, »ich habe viele Dinge gelernt, so zum Beispiel geheimnisvolle Dinge und Teufelszauber. Aber noch niemals in meinem Leben habe ich gehört, daß die Akasava an die Isisi Tribut zahlten. Denn, Herr, im Jahr der großen Überschwemmungen fochten die Akasava mit den Isisi und schlugen sie in die Flucht; auch zur Zeit, als es noch Elefanten gab, besiegten wir die Isisi zu Lande und zu Wasser, ja, wir säßen heute in ihrem eigenen Lande, wenn Eure Lordschaft nicht mit Soldaten und Geschützen gekommen wäre und uns zur Rückkehr veranlaßt hätte.«

Die Akasavaältesten murmelten Beifall.

»Auch wir N'Gombileute«, sagte einer ihrer Häuptlinge, »sind wackere Kämpfer, und oft haben die Isisileute vor unseren mächtigen Schlachtrufen gezittert. Ich für meinen Teil schäme mich, wenn ich Tobolaka Tribut zahlen müßte.«

Nun wartete man darauf, daß Bosambo von den Ochori in diesem Palaver das Wort ergriffe, aber dieser schwieg, weil er noch nicht sicher war, worauf der Distriktsgouverneur hinaus wollte. Andere Männer ergingen sich in weitschweifigen Reden, indem sie das von ihren Häuptlingen hingeworfene Stichwort aufnahmen. Nur die Ochorileute sagten nichts.

»Denn, wie sollte ich reden?« sagte Bosambo nach dem Palaver. »Niemand weiß, wie Eure Lordschaft denkt.«

»Ihr habt doch Ohren«, antwortete Sanders etwas unwirsch.

»Groß genug sind sie«, gab Bosambo zu. »So groß, daß sie Eurer Herrlichkeit schöne Stimme hören, dennoch sind sie nicht so lang, um Eurer Herrlichkeit liebevolle Gedanken zu erraten.«

Sanders' Gedanken waren durchaus nicht liebevoller Natur, und sie büßten an Liebesfülle von Tag zu Tag um so mehr ein, je näher das Schiff kam, das Tobolaka nach seinem Reiche trug.

Sanders ging nicht an den Strand, um ihn zu empfangen. Er erwartete Tobolaka auf der Veranda seines Wohnhauses, und als dieser ankam, von Kopf bis Fuß in fleckenlosem Weiß und einen

Tropenhelm genau nach kolonialem Muster auf dem Schädel, fluchte Sanders geläufig auf alle sich dreinmischenden und experimentierenden Regierungen.

»Ah, Mr. Sanders, ich darf mir wohl erlauben?« sagte Tobolaka auf englisch und streckte ihm seine Hand entgegen.

»Häuptling«, antwortete Sanders im Isisidialekt, »du weißt, daß ich Sandi bin, deshalb rede nicht wie ein Affe, sondern sprich lieber die Sprache deines Volkes, dann werde ich dich besser verstehen und du mich auch.«

Tobolaka hatte sich nämlich eine würdevolle kleine Rede ausgedacht, in deren Verlauf er beabsichtigte, Sanders zu der glänzenden Verfassung, in der sich dessen Bezirk befand, zu beglückwünschen und ihn seiner eigenen freudigsten Mitarbeit zu versichern, und die er in einer Versicherung seiner Wünsche ausklingen zu lassen gedachte, daß immer herzlichstes Einvernehmen zwischen ihm und dem Staate bestehen möge.

Diese Rede war nach dem Vorbild einer ähnlichen Rede entworfen, die König Peter von Serbien gehalten hatte, als er die Krone annahm. Aber unglücklicherweise war diese Rede englisch abgefaßt, und der am nächsten kommende Ausdruck für Beglückwünschung im Isisidialekt ist eine landläufige Phrase, die wörtlich meint: »Hoher Mann sieht freundlich auf Hund von einem Sklaven, der zu seinen Füßen liegt.« Und das, empfand Tobolaka, wäre natürlich verfehlt gewesen, denn er war doch gekommen, um den Distriktsgouverneur auf seinen Platz zu verweisen.

Sanders ließ sich später herbei, englisch zu sprechen, als Tobolaka sich über die Minister seines zukünftigen Kabinetts unterhielt.

»Ich werde – auf den Vorschlag des Premierministers hin – bemüht sein, Bezirksräte einzusetzen«, sagte Tobolaka. »Ich glaube, es ist möglich, den Eingeborenen zu einem Verständnis seiner Verantwortlichkeit zu bringen. Wie Cicero sagte...«

»Kümmere dich doch nicht um Cicero!« sagte Sanders kalt. »Es handelt sich nicht darum, was Cicero sagte, sondern darum, was Bosambo sagen wird. Es gibt Philosophen an diesem Fluß, die die Alten weit hinter sich lassen.«

Tobolaka fuhr in einem ihm von den Isisileuten gesandten Kanu nach seinem neuen Heim. Er winkte mit dem Zaunpfahl, daß ein feierlicher Einzug an Bord der »Zaire« recht angebracht wäre.

»Und ein Salut mit zehn Geschützen!« knurrte Sanders in der

Isisisprache. »Mach, daß du in dein Land kommst, Häuptling, ehe ich meine Geduld verliere, denn ich bin nicht in Stimmung, mit dir zu palavern.«

Tobolaka hielt sich lange genug am Bezirksamtssitz auf, um privatim an den bewundernswerten Herrn Cardow zu schreiben; er klagte, daß das Verhalten des Distriktsgouverneurs ihm gegenüber wenig entgegenkommend gewesen sei. Dieser habe ihm gegenüber eine beklagenswerte Abneigung gezeigt. Der Brief schloß mit achtungsvollen Wünschen für Mr. Cardows Gesundheit und einem Nachsatz, der sich bezeichnend und unheilvoll in der Richtung bewegte, daß der Schreiber hoffe, die guten Beziehungen, die bereits zwischen Großbritannien und den Vereinigten Staaten beständen, durch Mittel, die er nicht angab, weiter zu festigen.

Der ausgezeichnete Mr. Cardow war offensichtlich durch diese rätselhafte Nachschrift vor eine schwieriege Frage gestellt, aber er war zu beschäftigt, um Tobolaka zu antworten.

Tobolaka kam in seiner Stadt an und wurde stürmisch von einem Volke bewillkommnet, das jederzeit bereit war, über etwas zu jubeln, das Tänze und Feste versprach.

Er saß in seinem weißen Tropenanzug und weißen Tropenhelm im Palaverhaus, einen Kavalleriepallasch (den Sanders nicht gesehen hatte) zwischen den Knien und die weiß behandschuhte Hand auf dem Degenkorb.

Er hielt eine Ansprache in der Isisisprache, die sie verstanden, und sprach dann auf englisch zu ihnen, das sie nicht verstanden, aber für wundervoll hielten. Er rezitierte auch so viel aus der »Ilias«, wie er sich zu erinnern vermochte; dann wurde er im Triumph und ein wenig heiser zu dem Häuplingshaus geleitet, wo junge Mädchen ihn bedienten und zu seiner Unterhaltung vor ihm tanzten.

Sanders erfuhr von diesen Dingen, und nicht nur davon. Er erfuhr, daß die Isisi nach europäischer Art regiert werden sollten. Eines Tages kam Cala zu Tobolaka, ein verleumderischer Ältester aus dem Dorfe Toroli, mit glatten schmeichlerischen Worten. Tobolaka ernannte ihn zum Justizminister, obwohl der Kerl ein berüchtigter Dieb war. Mijilini, den Häuptling eines Fischerdorfes, machte er zu seinem Kriegsminister; er hatte einen Minister des Innern, einen Landwirtschaftsminister und einen Fischereikommissar.

Sanders, der flußaufwärts dampfte, stieß auf das Kanu Limibolos, des Akasavamannes, und es war mit Zeug und Speeren geschmückt, wie zu einer Hochzeit.

»Herr«, sagte Limibolo würdevoll, »ich fahre nach meinem Dorf, um da ein Palaver zu halten, denn mein Herr und König hat mich mit einem gewissen Namen bezeichnet, den ich zwar nicht verstehe, aber der mit dem Aufhängen von Bösewichtern zu tun hat, und, bei Iwa! ich kenne zwei Leute in meinem Dorfe, die mir Salz schulden, und, beim Tode! sie sollen sofort hängen!«

»Dann werde ich kommen, und du sollst auch hängen«, sagte Sanders mißgestimmt. »Darauf kannst du dich verlassen!«

Es sickerte durch, daß der lustige Limibolo zum Sheriff ernannt worden war. Tobolaka war im Begriff, zur Erhöhung seines Ansehens eine Armee zu schaffen, als Sanders auf der Szene erschien. Er kam ohne Ankündigung, und Tobolaka hatte keine Gelegenheit, ihn mit jener Pracht zu empfangen, zu der der König sich selbst sowie dem Vertreter des Governments gegenüber sich für verpflichtet hielt.

Aber er hätte reichlich Zeit gehabt, um an das Ufer hinunterzugehen und den Distriktsgouverneur zu begrüßen, wie es Sitte war. Statt dessen blieb er vor seiner Hütte sitzen und sandte seinen diensttuenden Minister, den Lumpen Cala.

»O Cala«, sagte Sanders, als er über die schmale Laufplanke von der »Zaire« an Land trat, »was stellst du in diesem Lande vor?«

»Herr, ich bin ein großer Diebfänger auf Befehl meines Königs. Auch halte ich das Böse in Schach, wo immer es auftritt.«

»O Ko!« klang es in beleidigendem Ton von Sanders, »da du der größte Dieb von allen bist, halte ich es für das beste, du fängst erst dich selbst, ehe ich dich fange.«

Sanders ging durch die Stadt.

Der König war geschäftig gewesen. Rohe Tafeln waren an jeder Straßenecke errichtet worden. Es gab da eine »Downing Street«, eine »Fifth Avenue«, eine »Sacramentostraße«, ein »Piccadilly« und einen »Broadway«. »Das hier«, erklärte Cala, »sind gewisse Teufelszeichen, die mein König aufgestellt hat, um Hexen und böse Geister zu warnen, und sie müssen eine große Zauberkraft haben, denn, Herr, mein Sohn, der an Magenkrämpfen litt, wurde hier« – er zeigte auf »Broadway« – »von seinen Schmerzen befreit.«

»So, so«, sagte Sanders.

Tobolaka erhob sich von seinem Thron und bot Sanders die Hand.

»Es tut mir leid, Mr. Sanders«, begann er, »daß Sie mir Ihre Ankunft nicht vorher angekündigt haben.«

»Wenn ich ein anderes Mal komme, Tobolaka«, Sanders starrte mit seinen durchdringenden grauen Augen auf die weißgekleidete Gestalt, »dann hast du ans Ufer zu kommen und mich dort zu erwarten, wie das Sitte ist.«

»Aber nicht Gesetz«, lächelte der König.

»Meine Gepflogenheiten werden hier Gesetz«, sagte Sanders. Er ließ seine Stimme sinken, bis sie wenig über ein Flüstern ging.

»Tobolaka«, sagte er, »ich habe deinen Vater gehängt und, wenn ich nicht irre, auch dessen Vater. Nun höre auf mich! Du magst dieses Königsspiel so lange spielen, als es deinem Volke Spaß macht, aber du spielst es ohne Soldaten. Solltest du ein Heer, zu welchem Zweck es auch immer sein mag, aufstellen wollen, dann werde ich kommen, euere Stadt verbrennen und dich auf den Weg deiner Vorfahren senden, denn in diesem Lande gibt es nur einen König, und ich bin sein erster Minister.«

Im Gesicht des Königs arbeitete es, und er schlug die Augen zu Boden.

»Herr«, antwortete er, indem er das landläufige »Iwa« seines Stammes anwandte, »ich beabsichtigte damit nichts Böses. Ich wünschte damit nur, mein Weib zu ehren.«

»Du wirst es am besten ehren, wenn du mich ehrst«, gab Sanders zurück.

»Cicero sagt...«, begann Tobolaka auf englisch.

»Zum Teufel mit Cicero!« antwortete Sanders bissig in derselben Sprache.

Er blieb an diesem Tage da, und Tobolaka machte seine Unhöflichkeit wieder gut. Gegen Abend hörte sich Sanders Tobolakas Klagen an, denn dieser hatte seine Nöte.

»Ich habe alle Häuptlinge zu einem Palaver laden lassen«, sagte er, »da ich wünschte, ein System entsprechend den Grafschaftsräten einzurichten. Darum sandte ich zu den Akasava-, zu den N'Gombi-, zu den Ochorihäuptlingen. Nun, Herr«, fuhr der verletzte Tobolaka fort, indem er ins Englische zurückfiel, »keiner dieser unhöflichen Kerle...«

»Rede in der Landessprache, Tobolaka!« befahl Sanders gelangweilt.

»Herr, kein Mann kam«, antwortete der König. »Auch Tribut haben sie mir nicht gesandt. Und ich wollte sie gern bei meinem Hochzeitsfeste haben, damit mein Weib einen guten Eindruck empfängt. Und da ich christlich getraut werde, wäre es gut, wenn diese kleinen Häuptlinge einmal mit ihren eigenen Augen die Gebräuche der Gottesmänner kennenlernten.«

»Dennoch kann ich die Häuptlinge nicht zu deinem Palaver zwingen, Tobolaka«, antwortete Sanders.

»Herr«, fuhr der Häuptling fort, einer dieser Leute ist Mohammedaner und hat eine böse Zunge. Und als ich ihm sagen ließ, er solle mir huldigen, antwortete er mir mit so entsetzlichen Worten, daß ich sie nicht wiederholen kann.«

»Du mußt dir deine Häuptlinge warmhalten, König«, riet Sanders und gab dem niedergeschlagenen Häuptling keine herzlichere Ermunterung.

Sanders reiste am nächsten Tage an seinen Sitz zurück und vergaß in der Eile, danach zu fragen, wann das Hochzeitsfest stattfände.

»Und je eher er heiratet, desto besser«, sagte er zu dem Hauptmann der Haussatruppe. »Nichts fällt einem so auf die Nerven wie ein europäisierter und amerikanisierter Eingeborener. Es ist ein ebenso abstoßender Anblick wie ein vernegerter Weißer.«

»Er wird sich schon beruhigen, es geht nichts über ein Weib«, sagte der Haussa. »Es soll mich nicht wundern, wenn er darüber sogar den alten Cicero vergißt. Wessen Häuptlings Tochter soll denn die Ehre haben?«

Sanders schüttelte den Kopf. »Ich weiß nicht; es ist mir auch gleichgültig. Er könnte vielleicht einen guten Häuptling abgeben – ich gebe zu, daß ich gegen ihn voreingenommen bin. Es ist ebenso leicht möglich wie nicht, daß er in Jahresfrist seine Arbeit hinwerfen wird, wenn sie ihn inzwischen nicht ›auffressen‹. Diese Akasava sind unsichere Teufel. Die Zivilisation übt eine mächtige Anziehungskraft auf ihn aus. Er erhält fortwährend Briefe aus England und Amerika.«

Der Schutztruppenhauptmann biß seiner Zigarre die Spitze ab. »Ich hoffe, er wird Cicero nicht auf Bosambo anwenden«, sagte er anzüglich.

Der nächste Tag brachte die Post – ein Ereignis. Gewöhnlich war Sanders dann unten am Strand, um das Boot abzufangen, das die Post brachte. Aber an diesem Tage tat er es nicht, weil er gerade zwei Kundschafter anhörte, die mit wichtigen Nachrichten gekommen waren. Aus diesem Grunde sah er auch den weiblichen Fahrgast nicht, bis er auf der Schwelle seines Wohnhauses stand. Sanders sah auf, als ein Schatten über die hölzerne Schwelle fiel, erhob sich und entließ vorläufig die beiden Leute mit einer Handbewegung. Dann ging er der Dame langsam entgegen.

Sie war klein und in gewisser Beziehung hübsch, das Gesicht durch den Gang vom Strand zum Hause etwas gerötet. Ihre Züge waren regelmäßig, ihr Mund klein, das Kinn trat etwas zurück. Es schien ihr nicht ganz behaglich zumute zu sein.

»Guten Morgen«, begrüßte Sanders sie, durch die unerwartete Erscheinung etwas unsicher. Er zog einen Stuhl für sie heran, und sie ließ sich mit einem dankbaren Lächeln darauf nieder, beherrschte sich aber sofort, als ob sie sich selbst eine unangenehme Aufgabe gestellt habe, und als ob sie sich durch eine höfliche Handlung seinerseits nicht beeinflussen lassen wolle.

»Und was bringt Sie gerade hierher an diesen wenig einladenden Ort?« fragte er sie.

»Ich bin Millie Tavish«, sagte sie. »Ich nehme an, daß Sie von mir gehört haben.« Sie sprach mit einem sonderbaren Akzent. Als sie ihm ihren Namen nannte, erkannte er es als Schottisch mit amerikanischem Einschlag.

»Nein, ich habe nichts von Ihnen gehört«, antwortete Sanders. »Ich nehme an, daß Sie auf eine Missionsstation in den Busch wollen. Es tut mir leid – ich sehe nicht gern weibliche Missionare im Lande.«

Sie lachte ein etwas schrilles, aber nicht unmelodisches Lachen.

»Soviel ich weiß, bin ich keine Missionarin«, antwortete sie artig. »Ich bin die Königin.«

Sanders sah sie erwartungsvoll an. Gegen weiße Frauen in seinem Bezirk hatte er eine wohlbegründete Abneigung. Verrückte Frauenzimmer schloß er davon aus.

»Ich bin die Königin«, wiederholte sie, augenscheinlich geschmeichelt von der Sensation, die sie hervorrief. »Du lieber Gott! Ich habe mir's nicht träumen lassen, daß ich jemals eine Königin werden sollte. Mein Großvater war nämlich Gärtner bei der Königin Viktoria, ehe er nach New York kam.«

»Aber...«, stammelte der Distriktsgouverneur wie vor den Kopf geschlagen.

»Es war so«, rasselte sie weiter. »Als Tobiaschen am theologischen Seminar in Philadelphia studierte, war ich als Stütze bei Miß Van Houten – es war 'ne Pension –, und Tobiaschen erwies mir 'ne höllische Menge Aufmerksamkeiten. Ich dachte zuerst, er mache mir was vor, als er mir sagte, er würde ein König werden, aber er hat es doch schließlich fertiggebracht. Und ich habe ihm jede Woche geschrieben, und er sandte mir das Reisegeld, um hierherzukommen.«

»Tobiaschen?« fragte Sanders. »Wer ist Tobiaschen?«

»Mr. Tobolaka – König Tobolaka«, antwortete sie.

Ein Ausdruck des Erschreckens, den zu verbergen er sich nicht die Mühe nahm, kroch über das Gesicht des Distriktsgouverneurs

»Sie – sind hierhergekommen, um ihn – zu heiraten? – Einen Schwarzen?« fragte Sanders mühsam, nach Atem ringend.

Das junge Mädchen errötete tief. »Das ist meine Absicht«, entgegnete sie förmlich. »Ich bin nicht hierhergekommen, um mir Ihren Rat zu holen. Nebenbei – ich habe bereits von Ihnen gehört. Ihr Name ist Dreck an dieser alten Küste, aber ich fürchte mich nicht vor Ihnen. Ich habe einen Erlaubnisschein, nach Isisi zu gehen, und nach Isisi gehe ich.«

Sie war aufgestanden und hatte beide Arme in die Hüften gestemmt. Ihre Augen funkelten vor Zorn; denn mit echt weiblichem Instinkt fühlte sie dieses Mannes heimliche Gegnerschaft.

»Meine Name mag Dreck sein«, gab Sanders ruhig zurück, »und was die Leute über mich sagen, stört mich nicht im Schlaf. Aber was die Leute sagen würden, wenn ich Ihnen erlaubte, ins Innere zu gehen und einen Schwarzen zu heiraten, das nähme mir meine Nachtruhe. Miß Tavish, der Postdampfer geht in einer Stunde nach Sierra Leone. Dort werden Sie einen Dampfer finden, der Sie nach England bringt. Ich werde für Ihre Überfahrt sorgen und darauf sehen, daß man Sie in Southampton abholt und für ihre Überfahrt nach New York sorgt.«

»Ich gehe nicht«, rief sie heftig. »Mit dieser Sorte Bluff kriegen Sie mich nicht! Ich bin amerikanische Bürgerin, und kein aufgeblasener britischer Beamter wird mich unterkriegen. So! Da haben Sie's!«

Sanders lächelte.

Er war bereit, die Dinge nicht zu überstürzen, Verträge zu verletzen, Krisen heraufzubeschwören, aber er war nicht bereit, etwas zuzulassen, was er als eine Schmach empfand.

Sie bettelte und drohte abwechselnd, sie brach sogar in Tränen aus. Um die Lage noch zu erschweren, war ein prächtiges Isisikanu mit zwanzig Paddlern angekommen, um sie nach der Isisistadt zu bringen. Und der Führer des Kanus hatte einen Brief ihres zukünftigen Gebieters gebracht, in dem dieser sie in geschraubtem Englisch willkommen hieß. Sanders gestattete, daß der Bote ihr diesen Brief ablieferte.

Schließlich begleitete Sanders, nachdem er sich schnell brieflich mit dem Kapitän des Dampfers verständigt hatte, Millie Tavish an den Strand.

Sie rief jegliches Unglück auf seinen Kopf herab, das sich in ihrem Wortschatz vorfand. Sie warf ihm mit bezaubernder Unparteilichkeit die Schlacht von Bannockburn und Bunkers Hill an seinen dummen britischen Schädel. Ja, sie rief die Schatten Washingtons und William Wallaces aus der Unterwelt an.

»Sie werden noch von mir hören«, rief sie, als sie in das Brandungsboot kletterte. »Ich werde diese Geschichte jeder Zeitungsredaktion erzählen.«

»Danke!« sagte Sanders, seinen Tropenhelm in der Hand. »Ich fühle, daß ich's nicht anders verdiene.«

Er beobachtete das Boot, wie es langsam zum Dampfer hinkroch, und kehrte in seinen Bungalow zurück.

## *Der Sturz des Kaisers*

»Ärmster!« sagte der Schutztruppenhauptmann.

Er sah auf den Liegestuhl herunter, auf dem Sanders seine lahmen Glieder rekelte.

»Und ist diese kriegerische Jungfrau fort?« fragte der Soldat.

»Fort ist sie«, antwortete Sanders.

Der Haussa klatschte in seine Hände, nicht um seinen Beifall kundzutun, sondern um seine Ordonnanz herbeizurufen.

»Achmet«, wandte er sich ernst an diesen auf arabisch, »mische für den Gebieter Sandi den Saft der Limonen mit gewissen verschmitzten Zutaten, wie du sie sehr wohl kennst; laß das Getränk kühl sein wie die Hand Azraels, des Todesengels, und süß wie das Wasser von Nir und erfrischend wie die Küsse der Houris! Gehe mit Gott!«

»Ich wünschte, Sie trieben keinen Unsinn«, bemerkte Sanders gereizt.

»Wir befinden uns in einer ernsten Krise«, sagte Hamilton, der Haussa. »Sie bedürfen eines Stärkungsmittels. Was mich betrifft, wenn das mir zugestoßen wäre, läge ich mit einer ordentlichen Fiebertemperatur im Bett. War sie sehr wütend?«

Sanders nickte. »Sie nannte mich im selben Atem einen britischen Faulenzer und einen Juden. Sie warf mir jeden britischen Aristokraten vor, der jemals eine amerikanische Erbin geheiratet hat. Sie sprach fünf Minuten lang wie der New Yorker Berichterstatter einer irischen Zeitung. Sie drohte mir mit der gesamten diplomatischen Rüstkammer Amerikas und der vollen Stärke ihrer schottischen Ansichten; wenn sie sich entschlossen hätten, entweder Schottin oder Philadelphierin zu sein, hätte ich ihr Rede stehen können. Aber als sie mich zu einer Erwiderung über amerikanische Einrichtungen aufgestachelt hatte, eröffneten die Batterien ihres Küchenjargons das Feuer und brachten mich zum Schweigen.«

Der Haussa schritt auf der langen Veranda hin und her.

»Es war natürlich unmöglich«, bemerkte er ernst, »absolut unmöglich. Sie wird in Sierra Leone an Land gehen und Tullerton interviewen. Er ist der Vereinigte-Staaten-Konsul dort. Ich glaube, sie wird überrascht sein, wenn sie Tullertons Standpunkt kennenlernt.«

Sanders ging zum Frühstück, und das Gespräch über Millie Tavish wurde mit Unterbrechungen während des Mahles fortgesetzt.

»Wenn ich nicht Yoka Erlaubnis zum Ausbessern der Maschinen der ›Zaire‹ gegeben hätte«, sagte Sanders, »würde ich sofort nach Isisi fahren und Tobolaka zur Rede stellen. Aber zur Zeit wird Yoka ihre Zylinder auseinandergenommen haben. Doch da fällt mir etwas ein«, fügte er plötzlich hinzu.

Er klatschte in die Hände, und Hamiltons Ordonnanz kam.

»Achmet«, befahl Sanders, »geh schnell zum Sergeanten Abiboo und sage ihm, er soll den Isisikanuleuten, die heute morgen ankamen, Essen geben und ihnen mitteilen, sie möchten warten, denn ich hätte ein ›Buch‹ an den König zu schreiben.«

»Bei meinem Leben!« sagte Achmet gewohnheitsgemäß und ging.

»Ich werde ihm das, was ich zu sagen habe, in einem Brief schreiben«, erklärte der Distriktsgouverneur, nachdem der Mann im Laufschritt das Gehöft durchschritten hatte. »Und da der König ein schnelles Kanu hat, wird er die Beweise meines Mißfallens früher erhalten, als sie ihn sonst erreichen würden.«

Achmet kam innerhalb von fünf Minuten zurück, begleitet von Abiboo.

»Herr«, begann dieser, »ich konnte deinen Befehl nicht ausführen, denn die Isisi sind fort.«

»Fort?«

»Ja, Herr! Denn als die Dame vom Dampfer zurückkam, ging sie geradewegs zu dem Kanu und...«

Sanders war aufgesprungen; er war blaß. »Als die Dame vom Schiff zurückkam?« wiederholte er langsam. »Sie kam also zurück?«

»Vor einer Stunde, Herr. Ich habe sie nicht gesehen, denn sie ging auf dem kurzen Weg vom Seestrand zum Landungsplatz an den Fluß. Aber viele andere haben sie gesehen.«

Sanders nickte. »Geh zu Yoka, er soll Dampf aufhaben, wenn ich komme...«

Das Gesicht des Sergeanten war einzige Trauer. »Herr, Yoka hat vieles auseinandergenommen. So hat er den Sch-Sch von der Maschine genommen...«

Sanders stöhnte. »Dennoch will ich zu ihm gehen und wegen des Dampfers mit ihm reden. Wenn er die Zylinder auseinandergenommen hat, dann dauert es mehrere Stunden, bis die ›Zaire‹ fertig ist, und ich habe kein Kanu, um die Isisi einzuholen.«

Ein Haussa kam an die Tür.

»Telegramm für Sie!« sagte Hamilton, indem er dem Mann den Umschlag abnahm.

Sanders riß es auf und las. Es kam aus London.

»Washington drahtet: ›Wir erfahren, amerikanisches Mädchen nach Isisi, Westafrika, gegangen, um Eingeborenen-König zu heiraten. Regierung bittet, Behörden anzuweisen, sie unter allen Umständen zurückzuweisen. Wir entschädigen Sie für jede Handlung, die sie hindert, ihre Absicht auszuführen. – Stellen alles Ihrem eigenen Ermessen anheim. Haben alle Behörden angewiesen. Mädchens Name Tavish. – Kolonialamt.‹«

Er hatte zu Ende gelesen, als Abiboo zurückkehrte.

»Morgen, zwei Stunden vor Sonnenaufgang, sagte Yoka, wird er Dampf aufhaben, Herr.«

»Das hilft nichts mehr«, meinte Sanders, »dann müssen wir einen anderen Weg einschlagen.«

Mit einem schnellen Kanu fährt man vom Sitz des Gouverneurs bis Isisi drei Tage. Von Isisi bis nach Ochoristadt ist es eine Tagesreise. Tobolaka hatte Zeit genug zu einem letzten Versuch, seinem Hochzeitsfest einen glänzenden Anstrich zu geben.

Er ließ seinen Ratgeber Cala holen, damit er dem Ochorihäuptling Bosambo schmeichelhafte Worte ausrichten und Geschenke überbringen sollte.

»Wenn er sich weigert, mir zu Ehren zu kommen«, sagte Tobolaka, »dann melde ihm, daß ich ein Mann sei, der niemals vergibt und daß ich eines Tages mit einem Heer zu ihm kommen würde, und dann gäbe es Krieg.«

»Gebieter und König«, erwiderte der alte Mann, »du bist wie ein Elefant, die Welt zittert unter deinen Füßen.«

»So ist es!« sagte der König. »Außerdem weißt du, daß mein neues Weib eine Weiße und eine angesehene Person in ihrem eigenen Lande ist.«

»Hab keine Angst, Gebieter!« sagte Cala schlau. »Ich werde ihm schon etwas vorlügen.«

»Wenn du mir sagst, daß ich lüge, schlage ich dich tot, du alter Affe«, rief Tobolaka wütend. »Was ich dir sage, ist wahr.«

Der Alte war wie vor den Kopf geschlagen. »Ein weißes Weib?« sagte er ungläubig. »Herr, das ist eine Schande!«

Tobolaka schnappte nach Atem. Denn darüber war der Schmeichler aller Schmeichler so überrascht, daß er sich zur Äußerung einer der Ansicht seines Herrn entgegengesetzten Meinung hinreißen ließ.

»Herr!« stammelte Cala, indem er seine lebenslange Schlauheit außer acht ließ, »Sandi will das nicht haben. Ebensowenig wir, das Volk. Wenn du schwarz bist und sie weiß ist, welche Farbe werden dann die Kinder Eurer Herrlichkeit haben? Beim Tode! Sie werden weder schwarz noch weiß sein, sondern ein Volk für sich.«

Tobolakas Philosophie ging zum Teufel.

Er war sprachlos vor Wut. Er, ein Bakkalaureus der freien Künste, der Günstling von Ministern, ein großer Lateiner, einer, der wie die Weißen gekleidet ging, kritisiert von einem Barbaren, von einem Wilden, von einem, der nackt herumlief und überdies ein Anbeter von Teufeln war!

Auf seinen Befehl wurde Cala ergriffen und gepeitscht. Gepeitscht mit Riemen aus roher Haut. Und da Cala ein alter Mann war, starb er.

Tobolaka, der noch niemals einen Menschen eines gewalttätigen Todes hatte sterben sehen, empfand bei diesem Anblick ein außerordentliches Vergnügen. In seiner Brust regte sich ein Jauchzen wilder Freude, das er bisher noch nie gekannt hatte. In ihm unbewußt schlummerndes Unkraut grundlosen Hasses und wilder Grausamkeit wucherte innerhalb einiger Sekunden zum Leben empor. Der Kragen seines weißen Drelljacketts wurde ihm zu eng; er riß ihn auf, als die blutende, an Pflöcken auf die Erde gefesselte Gestalt sich krümmte und stöhnte.

Dann riß er sich, als ob er einer inneren Gewalt gehorchen müsse, zuerst die Jacke, dann die seidene Weste vom Leibe. Er zerrte und riß an beiden und warf sie, ein zerlumptes kleines Bündel, in die Hütte hinter sich.

So stand er da, barhäuptig und nackt bis an die Hüften. Seine Ältesten sahen ihn an, Furcht in den Augen. Tobolaka fühlte, wie sein Herz vor Freude über die neu entdeckte Macht höher schlug. Niemals zuvor hatten sie ihn so gesehen. Er befahl einen Mann zu sich.

»Du gehst zu Bosambo, dem Ochori«, befahl er, »und befiehlst ihm, bei Gefahr seines Lebens zu mir zu kommen. Nimm Geschenke mit zu ihm, aber vergiß unsern Stolz nicht, wenn du sie ihm gibst.« – »Ich bin dein Hund«, sagte der Mann und kniete zu seinen Füßen.

Tobolaka stieß ihn mit den Füßen fort und ging in sein Weiberhaus, um dort ein Akasavamädchen zu peitschen, das sich an diesem Morgen hatte hinreißen lassen, ihn zu verspotten, als er sich wie ein Weißer gebärdete.

Bosambo hielt gerade Gericht, als der Bote des Königs gemeldet wurde.

»Herr, da kommt ein Kanu, beladen mit frechen Isisileuten!« lautete die Meldung.

»Bringt mir den Vormann!« befahl Bosambo.

Man brachte den Boten zu Bosambo, und dieser sah an der Pracht seines Gewandes, an den vier roten Federn, die nach verschiedenen Richtungen aus seinem Haar ragten, daß es sich um eine wichtige Angelegenheit handelte.

»Ich komme vom König aller dieser Länder«, sagte der Bote, »von Tobolaka, dem unstillbar durstigen Trinker der Flüsse, dem Zerstörer allen Übels und der Unbotmäßigen.«

»Mann, du langweilst meine Ohren!« erwiderte Bosambo.

»Und folgendes ist meines Königs Botschaft«, fuhr der Bote fort. »Bosambo soll zur Zeit des Sonnenuntergangs zu mir kommen, um mir und dem Weibe zu huldigen, das ich zu meiner Gattin mache. Denn ich dulde weder Widersetzlichkeit noch Spott. Und über die Widersetzlichen und über die Spötter werde ich kommen mit Feuer und Speer.«

Bosambo war sichtlich erheitert.

»Sieh dich mal um, Kilimini!« sagte er. »Sieh dir meine Krieger an und meine Ochoristadt und da drüben, bei den kleinen Hügeln, die Felder, auf denen alles wohl gedeiht. Besonders sieh dir jene Felder an den kleinen Hügeln genau an!«

»Herr, ich sehe sie«, gab der Bote zurück.

»Dann gehe zu Tobolaka, dem schwarzen Mann, zurück und sage ihm, du habest diese Felder gesehen, die fruchtbarer als alle Felder der Welt sind – und zwar aus einem ganz bestimmten Grunde.«

Bosambo betrachtete lächelnd den Königsboten, der ein wenig dumm dreinblickte.

»Der Grund ist der, Kilimini: Auf jenen Feldern verscharrten wir viele Hunderte von Isisikriegern, die in ihrem Wahnsinn gegen meine Stadt zogen – damals, als es noch Elefanten gab. Sage deinem König: Ich hätte noch andere Felder, die darauf warteten, gedüngt zu werden. – Das Palaver ist aus.«

Ein Vogel, dessen Gefieder ganz blau und weiß war, senkte sich aus der Luft in weiten Kreisen zur Erde. Bosambo blickte aufwärts und sah den Vogel seine Flugbahn verengen, bis er sich ermüdet auf dem Rande eines roh gezimmerten Taubenschlages hinter Bosambos Hause niederließ.

»Gebt dem Königsboten zu essen!« befahl Bosambo und ging, um den geflügelten Boten einer Prüfung zu unterwerfen. Dieser trank durstig aus einem kleinen Trog, der aus getrocknetem Lehm gefertigt war. Bosambo störte seinen kleinen Diener bei der Beschäftigung nur so lange, um von dessen roten Beinchen ein Papier zu lösen, das zweimal so groß und von der gleichen Beschaffenheit war wie die Hülse einer Zigarette. Bosambo war kein großer Kenner des Arabischen, aber er las den Inhalt geläufig, da Sanders sehr klare Buchstaben schrieb.

»An den Diener Gottes, Bosambo. Friede sei mit deinem Hause. Nimm ein Kanu und fahre sofort stromabwärts. Hier wirst du auf ein Kanu Tobolakas, des Isisikönigs, stoßen. Ein weißes Weib fährt darin. Du mußt das weiße Weib gefangennehmen, auch wenn es sich weigert, mit dir zu gehen. Trotzdem mußt du es mit dir nehmen und zu meiner und meines Königs Verfügung halten. Sorge dafür, daß niemand dem Mädchen zu nahe tritt. Bei deinem Kopfe! Sanders vom Strom und vom Volke, dein Freund, schreibt dir dieses. Im Namen Gottes, gehorche!«

Bosambo kam zu des Königs Boten zurück.

»Erzähle mir doch, Kilimini, was ist das für ein großes Palaver, das dein König vorhat?«

»Herr, es ist ein Hochzeitspalaver«, antwortete der Mann, »er schickt dir auch Geschenke.«

»Die nehme ich an«, antwortete Bosambo, »aber sage mir, was für ein Weib heiratet er denn?«

Der Bote zögerte. »Herr«, antwortete er widerstrebend, »man erzählt sich, es sei ein weißes Weib, das mein Gebieter geliebt hat, als er die Gebräuche der Weißen lernte.«

»Mag er in der Hölle braten«, antwortete Bosambo, erschrocken bis zur Gottlosigkeit.

»Aber zu welcher Hundesorte gehört denn dein Herr, daß er solche Schamlosigkeit tut?«

»Herr«, antwortete Kilimini furchtsam, »das eine weiß ich, obwohl ich mich fürchte, darüber zu sprechen: Unser König ist neuerdings fürchterlich. Wir Isisileute haben große Angst, daß er nicht ganz richtig im Kopf ist.«

Bosambo drehte sich hastig um. »Geh nun, Kilimini! Später sehe ich dich noch.« Er winkte dem Königsboten, sich zu entfernen.

Bosambo ging in sein Haus, und zwar in dessen innersten Raum.

Sein Weib saß da auf dem mit einem Teppich belegten Fußboden des Frauengemachs und hatte ihr braunes Baby auf dem Schoß.

»Herz von Gold«, begrüßte Bosambo sie, »ich muß zu einem Kriegspalaver gehen, da es Sandi so will. Alle Götter seien mir dir und meinem trefflichen Sohne!«

»Und sie seien mit dir, Bosambo, Gemahl und Gebieter!« antwortete sie ruhig. »Denn wenn das Sandis Palaver ist, dann ist es ein gutes Palaver.«

Bosambo verließ sie und sandte nach dem Anführer seiner Krieger, dem einäugigen Tembidini, auf den er sich verlassen konnte.

»Ich werde mit einem Kriegskanu nach dem Unteren Fluß fahren«, sagte Bosambo zu ihm. »Nun siehe zu, daß mir fünfzig Krieger folgen. Du selbst rufst das Volk auf und kommst mit einem Heer dorthin, wo sich der Isisifluß zweimal windet wie eine sterbende Schlange!«

»Herr, das heißt Krieg«, sagte der Anführer.

»Das werden wir sehen.«

»Herr, geht es gegen die Isisi?«

»Gegen ihren König. Ob gegen das Volk, wird sich später herausstellen.«

Miß Millie Tavish dehnte sich üppig auf weichen Kissen unter ihrem Strohdach, träumte Träume von Königtum und von einem höflichen Neger, der seinen Hut vor ihr gezogen hatte. Sie beobachtete die schweißtriefenden Paddler, die mit rhythmischen Schlägen das Wasser schaufelten und ein kleines Lied dazu sangen; sie empfand bereits die Freuden des Herrschens.

Sie hatte nur einen höchst nebelhaften Begriff von der Stellung, die sie einnehmen sollte. Wenn man ihr gesagt hätte, daß sie ihren Ehemann mit einem halben Dutzend anderer Weiber teilen müßte – mit Weibern, die dazu noch von Zeit zu Zeit ausgewechselt wurden –, wäre sie entsetzt gewesen.

Sanders hatte ihr diese Zukunft nicht vor Augen geführt; teils, weil er ein Mann von zartem Empfinden war, teils, weil er glaubte, er hätte diese Aufgabe auch ohne diese Erklärung gelöst.

Sie lächelte ein leises, triumphierendes Lächeln, sobald sie an ihn und an die Art dachte, wie sie ihn überlistet hatte. Es war leichter gegangen, als sie es sich vorgestellt hatte.

Sie hatte den Distriktsgouverneur beobachtet, bis er außer Sicht war, dann hatte sie dem Kapitän der Barkasse befohlen, mit ihr an den Strand zurückzukehren. Denn dort befand sich, als untätiger Zeuge ihrer Einschiffung, der von Tobolaka gesandte Vertrauensmann. Überdies standen in dem Brief des Königs ein paar einfache Worte in der Isisisprache und daneben ihre englische Übersetzung. Sie dachte an viele Dinge: an die geschäftige Stadt, die sie hinter sich gelassen hatte, an das traurige Boardinghaus, an ihre Verwandten, die sich ihrer Abreise widersetzt hatten, an das kleine Vermächtnis, das ihr zugefallen war, gerade als sie sich zur Abfahrt anschickte, und das sie veranlaßt hatte, zu zögern, da ihr dieses Vermächtnis erlaubte, in angenehmer Behaglichkeit zu leben. Aber der Glanz eines Thrones – wenn auch nur eines zentralafrikanischen Thrones – blendete sie, Miß Tavish, die sich um Lohn hatte verdingen müssen.

Und hier war die Wirklichkeit. Ein breiter Fluß, mit Bäumen bestandene Ufer, hohe Binsen am Strand, die gefiederten Palmen ihrer Träume, und die königlichen Ruderer mit ihrem leise klagenden Gesang.

Sie kehrte in die Wirklichkeit zurück, als die Paddler aufhörten zu paddeln. Nicht auf einmal und auf ein Kommandowort, sondern einer nach dem andern, sowie er des auftauchenden Hindernisses ansichtig wurde.

Vor ihnen befanden sich nämlich zwei Kanus, und die aneinandergereihten Schilde auf der dem Königskanu zugekehrten Seite leuchteten in roter N'golafarbe – und rote N'gola heißt Krieg.

Des Königs Vormann langte nur mit halbem Mut nach seinem Speer. Das Mädchenherz schlug schneller.

»Ho, Soka!«

Bosambo, am Heck seines Kanus stehend, rief's.

»Daß mir kein Mann nach seinem Speere langt! Sonst stirbt er!« rief Bosambo.

»Herr, das ist des Königs Kanu!« sprudelte Soka heraus, sich den Schweiß von der Stirn wischend. »Und du tust etwas Schändliches! Denn es herrscht Friede im Lande.«

»So sagt man«, wich Bosambo aus.

Er brachte sein Fahrzeug längsseits des anderen Kanus.

»Lady«, sagte er in seinem besten Küstenenglisch, »du liebst zu gehn mit mich, etwas plötzlich. Ich sein gutem Kerl. Ich sein großem Mann. Nicht weh tun dich. Nicht fechten.«

Das junge Ding war krank vor Schrecken. Denn soweit sie wußte und soweit sie sehen konnte, war dieser Mann ein grausames und tückisches Ungeheuer. Sie fuhr zurück und schrie laut auf.

»Ich nicht weh tun«, sagte Bosambo. »Ich sein verdammt guten Kerl! Ich sein Christ, Markus, Lukas, Johannes! Du kennen diese Burschen? Ich sein wie diese Burschen.«

Sie fiel in Ohnmacht und sank in einem formlosen Etwas auf den Boden des Kanus. Sofort hatte Bosambo einen Arm um sie gelegt. Er hob sie in sein Kanu, als ob sie ein kleines Kind wäre. Dann stieß in großer Fahrt ein Kanu aus den Binsen zu ihnen, und darin befanden sich zwei Ochoriweiber. Millie Tavish lag in Bosambos Kanu, als sie ihr Bewußtsein wiedererlangte; ein schwarzes Weib netzte ihr die Stirn mit dem Wasser des Flusses. Bosambo beobachtete den Vorgang von einem anderen Kanu aus mit Interesse.

»Geh nun«, sagte er zu dem Vormann der Paddler, »bringe dieses Weib zu Sandi! Und wenn ihr Schlimmes zustößt, werde ich deine Weiber und Kinder bei lebendigem Leibe verbrennen. Und nun spute dich! Los!«

Schnell genug fuhren sie ab, denn der Fluß ging hoch, und an der Flußmündung lief Ebbe.

»Was dich betrifft«, wandte sich Bosambo an den Kanuführer des Königs, »so bring deinem Herrn die Nachricht, daß ich so gehandelt habe, weil es mir so beliebte.«

»Herr«, antwortete der Kanuführer, »wir fürchten für unser Leben. Dennoch werden wir zu unserem König zurückkehren und ihm deine Botschaft bringen. Und wenn er uns mißhandelt, werden wir zu dir zurückkehren.«

Auf diese Abmachung ging Bosambo ein.

König Tobolaka hatte Vorbereitungen getroffen, um seine Braut zu begrüßen, die der Feier des Unabhängigkeitstages würdig gewesen wären. Er hatte auf Kosten der spärlichen Garderobe seines Volkes Flaggen improvisiert. In Streifen gerissene Gewänder hingen über die Straßen. Aber unter denselben Streifen stand in kleinen Gruppen das Volk, mit finsteren Gesichtern, und sie sprachen hinter der vorgehaltenen Hand Dinge, die Tobolaka verborgen blieben.

Denn er hatte ihre heiligste Überlieferung entweiht, entheiligt trotz allem Protest. Ein zerissenes Gewand, im Winde flatternd, das war das Zeichen von Tod und Gräbern. Wo immer ein kleiner Friedhof liegt, dort kann man diese armseligen Zeugstreifen traurig im Winde flattern sehen, um die bösen Geister abzuhalten.

Daran dachte Tobolaka nicht. Oder wenn er daran dachte, dann mißachtete er es. Bei einer ähnlichen Gelegenheit hatte er seinen Räten gesagt, daß er keine Achtung vor dem Aberglauben der eingeborenen Bewohner hege. Und hatte dabei einen gelehrten Satz aus Cicero zitiert, der sagen sollte, daß Althergebrachtes und Tradition nur da wären, um beiseite geschoben zu werden.

Im Augenblick stand er in einem Übermaß von Pracht da, denn ein Lokoli hatte ihm in der Nacht die Nachricht von der bevorstehenden Ankunft seiner Braut gebracht.

Es ist richtig, daß er ein Haar in der Suppe fand. Seine an die Missionare gesandte Einladung, die er in gewähltestes Englisch gekleidet hatte, war abgelehnt worden. Weder Baptisten noch die Missionare der englischen Hochkirche, noch die Jesuitenpatres wollten teilnehmen an einem Vorgang, den sie, obwohl ihre sonstigen Ansichten auseinandergingen, einstimmig als etwas Ungehöriges ansahen.

Aber diese Tatsache drückte Tobolaka nicht allzusehr nieder. Er sah, in fleckenloses Weiß gekleidet, blendend aus. Über seinem Anzug trug er das breite blaue Band eines Ordens, wozu er in keiner Hinsicht berechtigt war. An günstigen Plätzen hatte er Späher aufgestellt und erwartete mit wachsender Ungeduld die Nachricht vom Näherkommen des Kanus. Er sprang von seinem Thron auf, als einer der Beobachtungsposten auf der Straße herangeeilt kam.

»Herr«, rief der Mann, nach Atem ringend, »zwei Kanus sind eben vorbeigefahren.«

»Narr«, antwortete Tobolaka, was gehen mich Kriegskanus an!«

»Aber, Herr, es sind Ochorikanus, und Bosambo ist in einem von ihnen; er war schrecklich anzusehen in seiner Kriegsmalerei, und die Ochori haben ihre Schilde mit dem Rot des Krieges bemalt.«

»Woher kommen sie?« fragte Tobolaka, fast gegen seinen Willen.

»Herr, sie kamen von unten und fuhren flußaufwärts.«

»Und mein Kanu?«

»Das haben wir nicht gesehen«, gab der Mann zurück.

»Dann geh und paß auf!«

Tobolaka war nicht in der gleichen Unruhe wie seine Räte; denn er hatte niemals kriegsrot bemalte Schilde gesehen, noch das, was sie im Gefolge hatten. Er wartete eine halbe Stunde und erhielt dann die Nachricht, daß das Kanu um die Landzunge biege, aber kein Weib darin sei.

Halb wahnsinnig vor Wut und Kummer schlug Tobolaka den Boten, der ihm diese Nachricht gebracht hatte, zu Boden und begab sich ans Flußufer. Dort traf er den völlig entmutigten Kanuführer, dessen Bericht er schweigend anhörte.

»Nehmt diesen Mann«, rief er, »und alle, die mit ihm waren! Bindet sie! Beim Tode! Ich will ein Fest haben und Tanz! Und Blut will ich sehen!«

In dieser Nacht rasselten die Trommeln der Isisi von einer Grenze bis zur anderen. Und Kanus mit Bewaffneten schossen aus jedem kleinen Creek und paddelten nach der Hauptstadt.

Tobolaka, nackt bis auf ein Fell und seine Knöchelringe aus Federn, tanzte den Tanz des schnellen Mordens, und die Paddler des Königskanus wurden hingerichtet.

In den dunklen Stunden, die dem Tagesanbruch vorangehen, zogen die Isisi gegen die Ochori. Beim ersten Aufflammen des Tageslichts landeten sie, zwölftausend Mann stark, im Ochorilande.

Bosambo hatte eine starke Stellung inne, und seine ausgewählten Heerhaufen stießen in die rechte Flanke der Isisi und rollten sie auf. Dann machte Bosambo eine scharfe Wendung und fiel über das Gros der Isisileute her. Es war ein verzweifeltes Wagnis, aber es glückte. Tobolaka, wütend wie ein leibhaftiger Satan, versuchte seine Leibgarde zu sammeln, aber die Leute aus Isisistadt, die sie bildeten, waren nicht bei der Sache. Sie brachen nach dem Fluß zu auf. Tobolaka hieb sich eine Bahn in die Vorhut der Ochori, indem er eine langgestielte Axt schwang – er war bereits ein berühmter Keulenschwinger gewesen, als er noch das Seminar in Philadelphia besuchte.

»He, Bosambo!« rief er, und seine Stimme war dick von Haß. »Du hast mir mein Weib gestohlen! Erst will ich deinen Kopf haben. Dann werde ich Sandi töten, Sandi, deinen Herrn!«

Bosambos Antwort war kurz und sachlich. Auf englisch rief er: »Verdammter Nigger!«

Es hatte nur dessen bedurft. Mit einem gellenden Schrei, der wie ein Wolfsgeheul klang, stürzte sich Tobolaka, seine Axt schwingend, auf Bosambo.

Aber Bosambo drehte und wandte sich, wie es nur ein Krumann vermag. Man sah einen braunen Körper blitzartig durch die Luft schießen, dann kam der Zusammenstoß. Tobolaka stürzte, den Griff einer stählernen Faust an der Gurgel und ein Knie wie eine Ramme im Magen, zur Erde.

Die »Zaire« kam lärmend stromauf, ihre Decks schwarz von Haussas, die glänzenden Läufe ihrer Maschinengewehre auswärts geschwungen. Sanders interviewte König Tobolaka den Ersten – und Letzten. Dieser hätte gern die Angelegenheit von oben herab erledigt.

»Kriegsglück, Mr. Sanders!« redete er diesen hochnäsig an. »Ich fürchte, Sie haben diese Entwicklung durch Ihr unverantwortliches und herausforderndes Verhalten unterstützt. Wie Cicero irgendwo sagt...«

»Still!« befahl Sanders. »Ich verhafte dich, erstens wegen des Mordes an Cala. Du hast dich unter aller Kritik betragen.«

»Ich bin ein König und stehe daher über der Kritik«, bemerkte Tobolaka philosophisch.

»Ich sende dich zur Aburteilung an die Küste«, sagte Sanders kurz. »Später, wenn du Glück hast, wirst du wahrscheinlich nach Hause geschickt werden – wohin Miß Tavish bereits abgereist ist.«

## *Die Ermordung Olandis*

Hauptkundschafter Sandis in diesem wilden Lande war Kambara, der N'Gombimann: entschlossen, furchtlos und höchst eifrig im Dienste seines Herrn. Er lebte im tiefsten N'Gombiwald, in einem jener unvermuteten Dörfer auf einem kleinen Hügel, um dessen Fuß sich ein Nebenfluß des großen Stromes halb herumschlängelte.

Sein Volk kannte ihn als einen klugen und schweigsamen Häuptling, der ein gerechtes Urteil fällte und um seinen Hals eine Kette mit einer Münze, dem Zeichen seines Amtes, trug. (Es war eine wundertätige Münze mit einem bärtigen Gesicht in erhabener

Arbeit darauf und gewissen Teufelszeichen.)

Er unternahm lange Reisen, verließ sein Dorf, ohne daß jemand davon Kenntnis hatte, und kehrte ebenso unbemerkt zurück. Nachts konnte man ihn stumm und nachdenklich vor seinem Feuer sitzen sehen; am Morgen fehlte er. Manche sagten von ihm, daß er ein Zauberdoktor sei und daß er seiner Zauberei an verborgenen Plätzen des Urwaldes nachgehe, andere, daß er sich in einen Leoparden verwandele und Menschen jage. Bildlich gesprochen, kam das zweite der Wahrheit nahe, denn Kambara war ein großer Aufspürer von Verbrechern, und keiner von ihnen war so schlau, daß er Kambaras unerbittlicher Verfolgung hätte entrinnen können.

So brachte sein Wort Sanders und seine Soldaten zur Stelle, als Bolobo, der Häuptling, einen Aufstand plante; zur grenzenlosen Bestürzung Bolobos, der von diesem Geheimnis glaubte, es sei nur ihm und seinen beiden Brüdern bekannt.

Ebenso vollbrachte Kambara die Vernichtung des großen Königs Sesikmi; ebenso verteidigte Kambara die nur ungenau bestimmte Grenzlinie des N'Gombilandes gegen Beutesüchtige und gegen arabische Sklavenhändler wirksamer als eine Brigade Infanterie.

Sanders überließ Kambara seinem Plänemachen, sandte ihm Belohnungen, wie es seine Leistungen verdienten, und empfing im Austausch hierfür Nachrichten von besonders wertvoller Art.

Kambara war ein kluger Mann. Als Olandi, der Akasavamann, in den N'Gombiwald kam, brachte Kambara ihn in königlicher Weise unter, obwohl Olandi gegen das Gesetz verstieß, als er die Grenze überschritt. Aber Olandi war ein mächtiger Häuptling und im allgemeinen ein das Gesetz achtender Mann; und es gab Vergehen, denen gegenüber es Kambara vorzog, die Augen zu schließen. So bewirtete er Olandi zwei Tage lang – er wußte nicht, daß sich irgendwo am kleinen Fluß, in Olandis Lager, ein geraubtes Weib befand, das wehklagend ihre Hände rang und den Tod herbeisehnte.

Um Olandi zu unterhalten, feierte man Feste in dem kleinen Dorf, und Tisini, Kambaras Weib, tanzte den Zwei-Büffel-Tanz – eine Vorstellung, die genügt hätte, um die Türen irgendeines Variétés in London, das dergleichen gewagt hätte, zu schließen und dessen Geschäftsführer ins Zuchthaus zu senden.

Um die gleiche Zeit, als Olandi aufbrach, verschwand auch Kambara, denn es liefen Gerüchte von Beutezügen an der Grenze um, und Kambara wollte im Interesse des Governments gern Näheres wissen.

Drei Wochen danach kam ein Mann schnell und auf heimlichen Wegen zur Akasavagrenze, und mit ihm kamen die seiner Sippe, die ihm nahe genug standen, um wie er als Demütigungen zu empfinden, was Olandi getan hatte.

Denn Olandi, der Akasava, hatte das Lieblingsweib dieses Mannes, wenn auch nicht gegen ihren Willen, geraubt. Dieser Olandi war ein stattlicher Bursche, groß und mit breiten Schultern; mit Muskeln wie ein Büffel, anmaßend und erbarmungslos. In der Eingeborenensprache nannte man ihn den Leoparden, weil er Kleider aus dem Fell eines Tieres trug, und zwar zwei Felle, die so geschickt aneinandergefügt waren, daß ein zähnefletschender Kopf über jeder seiner breiten Schultern lag.

Olandi war Jäger und Krieger. Sein Schild war aus Flechtwerk, geschmackvoll gemustert und mit Kopallack überstrichen. Seine Speere waren von den geschicktesten N'Gombiwaffenschmieden gemacht und poliert, bis sie wie Silber glänzten. Um seinen Kopf trug er einen Ring von Silber.

Manche sagten, daß er nach dem Königsthron der Akasava trachte und daß Tomilis Tod ihm zur Last gelegt werden müsse. Aber darüber bestand keine Gewißheit, denn Tomili war bereits tot, als man ihn im Urwald fand.

Die Menschen mochten seine Tyrannei ertragen, demütig seine harten Urteile über sich ergeben lassen, ohne Klagen das Todesurteil aus seinen Händen empfangen, aber kein Mann ist so schwach, daß er den Verlust seines Lieblingsweibes hinnähme, ohne zu kämpfen. Und so kam es, daß jene Männer in wahnsinniger Hast durch die finstere Nacht paddelten. Außer dem Flip-Flap, das die Paddeln verursachten, wenn sie das Wasser brührten, und außer dem leisen Laut, der jedes Ausholen begleitete, war alles still.

Sie kamen zu dem Dorf, in dem Olandi herrschte, gerade als der Mond über die federartigen Wipfel des N'Gombiwaldes stieg.

Weiß und schweigend lag Bondondo im Mondenschein da; zwei Reihen mit gelbem Stroh gedeckter Dächer und in der Mitte das geräumige Haus des Häuptlings mit einer Veranda, die zusammengedrehte junge Baumstämmchen stützten.

Der Geheimnisvolle und seine Brüder machten ihr Kanu fest und schwangen sich geschmeidig an Land. Sie gaben keinen Laut von sich; ihr Führer ging ihnen voraus; sie glitten durch die Straßen wie geisterhafte Schatten.

Vor der Hütte des Häuptlings glühten die Überreste eines niedergebrannten Feuers. An der Tür zögerte der Führer. Drei Hütten, die in der Form eines Dreiecks zueinander standen, bildeten das Gehöft des Häuptlings. Rechts und links befand sich ein Eingang, der mit Fellen verhängt war. Es war möglich, daß Olandi in der dritten Hütte schlief, zu der man durch jeden dieser beiden Eingänge gelangte.

Der Führer überlegte einen Augenblick. Dann schob er den Vorhang der Tür rechts beseite und trat ein; sein Bruder, sein Onkel und seine beiden Vettern folgten.

Eine schläfrige Stimme fragte, wer da sei.

»Ich komme, um den Gebieter Olandi zu sprechen«, sagte der Eindringling.

Er vernahm ein Geräusch im entlegensten Winkel der Hütte und das Knacken eines mit Fellen bespannten Bettes.

»Was suchst du hier?« fragte eine Stimme, der man anhören konnte, daß sie einem Manne gehörte, der das Befehlen gewöhnt war.

»Bist du das, Herr?« fragte der Besucher. Er hielt in der Faust ein breitklingiges Messer fest umschlungen, wie es auf der Elefantenjagd gebraucht wird und dessen Schneide so scharf war, daß ein Mann damit die Haare von seinem Handrücken hätte rasieren können.

»Ich bin Olandi«, antwortete der Mann aus dem Dunkeln und kam näher.

Lautlose Stille herrschte. Die, die warteten, konnten das ruhige Atmen der Schläfer ringsum vernehmen. Dann hörten sie ein leises »Whish«, wie es eine Hutnadel verursacht, die durch einen weichen Strohhut gestoßen wird. Wieder gespanntes Schweigen, dann:

»Es ist so, wie es sein soll«, sagte der Mörder ruhig und rief leise einen Namen. Jemand kam unter erstickten Seufzern und Weinen aus dem Innenraum gestolpert.

»Komm!« sagte der Mann, dann: »Ist das fremde Weib auch hier? Sie muß uns ebenfalls begleiten!«

Das Mädchen rief leise ein anderes; auch dieses kam. Olandi war nicht wählerisch in seinem Geschmack und raubte unterschiedslos. Das erste Weib fuhr zurück, als ihr Ehemann seine Hand auf ihren Arm legte.

»Wo ist mein Herr?« wimmerte sie.

»Ich bin dein Herr«, gab der Mann trocken zurück, »und was den anderen betrifft, der hat keine Weiber mehr nötig, es sei denn, daß es auch in der Hölle Weiber gibt, was sehr wohl möglich ist.«

Niemand versuchte, die Eindringlinge aufzuhalten, als sie durch die Straße zu ihren Kanus zurückgingen, obwohl in Olandis Hütte Klagen und Seufzen herrschte und es in den Dörfern unruhig zu werden begann. Männer riefen die Kanuleute scharf an, als sie vorübergingen und fragten: »Oilo?«, das heißt, »Wer geht da?«; aber sie erhielten keine Antwort.

Dann, als sie den Fluß vor sich sahen und sich bereits in Sicherheit wähnten, stand der Dorfwächter auf und rief die Gesellschaft an. Er hatte den schwachen Todesschrei aus Olandis Hütte gehört und hielt seinen schrecklichen Schlachtspeer vor sich, um seinem Anruf Nachdruck zu verleihen. Der Führer warf sich auf ihn, aber der Wächter parierte geschickt den Streich und hieb mit seinem Speer abwärts, wie ein Mann in früheren Jahren seine Streitaxt schwingen mochte.

Den andern wurde das Schwert aus der Hand geschlagen, und er hielt seinen unbewaffneten Arm in Abwehr, um dem Streich zu entgehen. Zweimal zerfleischte die Schneide des Speeres seine Hand, denn in dem ungewissen Licht des Mondes irrte sich der Wachmann in der Entfernung. Als der Wächter dann zu einem entscheidenden Streich ausholte, trieb ihm einer der Verwandten des Führers sein Messer in die Kehle, und der Mann brach mit schwach zuckenden Gliedern zusammen.

Der Verletzte wartete gerade so lange, bis seine blutende Handfläche verbunden war; dann führte er sein Weib, das zitternd, wie in wahnsinniger Furcht, mit sich selbst sprach, zum Kanu, zu dem ihm das zweite Weib folgte.

In den Dunkelstunden vor der Morgendämmerung brachten vier schnelle Paddler die Nachricht zu Sanders. Dieser schlief an Bord der »Zaire«, die am Ufer von Akasavastadt festgemacht hatte.

Sanders saß auf dem Rand seines kleinen Feldbetts, seine mit dem Pyjama bekleideten Beine über die Bettkante baumelnd, und hörte aufmerksam zu, und zwar mit einer Art Aufmerksamkeit, die nicht nur der Erzählung an sich galt, sondern ebenso den Gefühlsäußerungen, mit denen der Erzähler seinen Bericht begleitete.

»Ich verstehe also«, sagte Sanders, als der Mann geendet hatte, – denn alle vier wollten zugleich erzählen und fielen einer dem andern ins Wort, um etwas, was der andere ausgelassen hatte, zu ergänzen –, »ich verstehe, daß Olandi von einem getötet wurde, dessen Weib er geraubt hatte, daß der Wächter ebenfalls getötet, aber sonst niemand verletzt wurde.«

»Sonst niemand, Herr«, antwortete einer der Männer, »denn wir fürchteten uns sehr vor den Brüdern des Mörders. Aber wenn wir versucht hätten, ihn aufzuhalten, wären viele andere getötet worden.«

»Wenn die Sonne im Fluß unterginge«, sagte Sanders, »würde das Wasser die Fische kochen. Ich werde diesen Mann herausfinden, und er soll sich wegen dieses Verbrechens verantworten.«

Er erreichte die Mordstelle und stellte schnell eine eingehende Untersuchung an. Niemand hatte das Gesicht des Unbekannten gesehen, außer dem Wächter, und der war tot. Und was die beiden Weiber anlangte – die Dörfler zuckten hoffnungslos die Schultern –, wer hatte sagen können, von welchem Volk, von welchem Stamm Olandi seine Weiber raubte?

Eine, so sagten andere Mitbewohner von Olandis Hütte, sei unzweifelhaft eine Ochori gewesen. Und was die zweite anbetraf, die hätte nie gesprochen, denn sie hätte den Toten geliebt und sei gern seine Gefangene gewesen. Olandi hatte also weit und breit gewildert, er war ein stürmischer Liebhaber gewesen und einer, der die Weiber zahm kriegte; wie zahm, sollte Sanders noch gewahr werden, denn wie eine Redensart bei den Isisi ging: Der Mann, der eines Weibes Zunge überreden kann, kann eine Schlange Mais mahlen machen.

Eingehendes Absuchen des Flußufers hatte keinen Erfolg. Der Fluß hatte die Spuren, wo die Kanus an Land gezogen worden waren, fortgewaschen. Sanders unterwarf die Leichen der beiden Ermordeten einer genauen Besichtigung und wurde daraus nicht klüger. Kurz ehe er den Ort verließ, machte Sergeant Abiboo eine Entdeckung.

Es gibt dort gewisse Bäume am Flußufer, deren Blättern außergewöhnliche Heilkraft zugeschrieben wird. Einige Schritte von dem Platz, wo der Wächter zusammengebrochen war, wuchs ein solcher Baum. Abiboo fand unter seinen untersten Zweigen eine Anzahl Blätter, die frisch gepflückt waren. Einige davon waren mit Blut befleckt, und eins davon zeigte den deutlichen Abdruck der Innenfläche einer Hand.

Sanders prüfte alles aufmerksam. Die Linien der Innenhand hoben sich deutlich auf der glänzenden Oberfläche des Blattes ab, und in der Mitte dieser Handinnenfläche zeigte sich ein unregelmäßiger Schnitt, der aussah wie ein roh gezeichnetes St.-Andreas-Kreuz. Sanders verwahrte das Blatt sorgsam in seinem Schrank und stellte weitere Nachforschungen an.

Nun bietet von allen Verbrechen, die schwierig aufzuklären sind, keins solche Hindernisse wie ein aus Blutrache begangenes, hinter dem ein Weiberpalaver steckt. Die Menschen sprechen offen über andere Verbrechen, sagen alles darüber, was darüber zu sagen ist; sind willens, ja sogar darauf bedacht, ihren Stammesgenossen dem Henker auszuliefern, vorausgesetzt, daß der Mord nach ihrem Eingeborenenmaßstab ein Mord ist. Aber wenn dieser Mord ihnen als ein Akt der Gerechtigkeit erscheint, ist nichts aus ihnen herauszubringen. Denn wäre es nicht möglich, daß der Angeber eines Tages selbst in einem ähnlichen Falle in die Lage kommen könnte, sich auf die Schweigsamkeit seiner Freunde zu verlassen, um sein Leben zu retten?

Sanders suchte fleißig nach den Mördern, aber niemand hatte sie gesehen. Keiner wußte, in welcher Richtung sie geflohen waren. Denn sobald jemandem das Motiv zur Tat bekanntwurde, wollte er nichts mehr gesehen haben. Da erinnerte sich Sanders Kambaras und schickte nach ihm. Aber Kambara, hieß es, sei in einer wichtigen Angelegenheit an der Grenze.

Sanders begab sich zu den Ochori.

»Eins dieser beiden Weiber war von deinem Volk«, sagte er zu Bosambo, dem Häuptling. »Nun fordere ich dich hiermit auf, mir ihren Ehemann aufzufinden.«

Bosambo stand verlegen bald auf dem einen Bein, bald auf dem anderen.

»Herr«, antwortete er, kein Mann aus meinem Stamm hat das getan. Und was das Weib angeht, so werden viele Weiber von entfernter liegenden Dörfern gestohlen, ohne daß ich etwas davon weiß. Und in allen diesen Weiberpalavern verhält sich mein Volk so stumm wie das Vieh.«

Bosambo hatte ein Weib, das ihn vollständig beherrschte. Als Sanders gegangen war, wand er sich hilflos unter ihrer scharfen Zunge.

»Herr und Häuptling«, sagte sie zu ihm, »warum hast du Sandi belogen? Du weißt doch sehr genau, daß das Ochoriweib, das gestohlen wurde, Michimi aus Tasali am Fluß war. Du selbst warst auf der Suche nach ihr, als uns die Nachricht von Olandis Ermordung erreichte.«

»Das sind keine Weiberangelegenheiten«, gab Bosambo zurück. »Darum, Freude meines Daseins, laß uns von anderen Dingen reden!«

»Vater meines Kindes«, beharrte das Weib, »hat diese Michimi keinen Liebhaber oder einen Mann, der diesen Mord vollbracht haben kann? Willst du nicht den Unterhäuptling von Tasali am Fluß vorladen und ihn fragen?«

Sie war interessiert daran – mehr interessiert als Bosambo.

»Gott ist allsehend und barmherzig«, sagte Bosambo fromm. »Verlasse mich nun, denn ich habe heilige Gedanken und gewisse Zauberideen, um den Mörder Olandis aufzufinden, obwohl ich ihm nichts Böses wünsche.«

Sanders hatte die Eigenheit, besorgniserregende Nachrichten mit einer den Berichterstatter aus der Ruhe bringenden Fassung aufzunehmen.

Leute, die sich die Aufgabe stellten, ihn schaudern zu machen, sahen ihre Mühe unbelohnt; sein höfliches, aber ungläubiges »O, ko«, das, mit einer gewissen Betonung geäußert, soviel hieß wie: »Oh, wirklich?«, brachte den Überbringer solcher Nachrichten zur Verzweiflung. Komo, bis zu einem gewissen Grade protzenhaft und von dem Gedanken beseelt, seinem Gebieter beizubringen, daß er kein gewöhnlicher Häuptling, sondern ein wachsamer, eifriger und gewissenhafter Herrscher sei, kam lärmend den Fluß herunter, in frohem Übereifer, seine Kenntnis von den Vorgängen an der Grenze seines Landes an den Mann zu bringen. Sanders gewährte dem Mann eine sofortige Unterredung, obwohl dieser mitten in der Nacht ankam.

Man stelle sich die Szene vor: Sanders im Pyjama im Bette sitzend, davor stehend zwei regendurchweichte Haussas – denn draußen wütete ein Gewitter –, von denen einer eine brennende Laterne hält, deren Licht gerade genügt, um einen dampfenden, glänzenden, nassen Komo zu beleuchten, der auf dem Boden hockt und geschwätzig seine unheilvollen Nachrichten vorbringt.

»Wie es meine Gepflogenheit ist, Herr«, sagte Komo, »beobachte ich Menschen und Dinge im Interesse von deiner Ehren Bequemlichkeit, da ich dir dienen möchte. Und auf diese Weise habe ich von gewissen Vorkommnissen, von Tänzen und bösem Zauber erfahren, die bei den Ochori an der Tagesordnung sind.«

»Bei den Ochori?« Sanders war überrascht. »Bei den Ochori, denen ich mein Vertrauen schenkte?«

Die schalkhafte Wendung, die seine Rede annahm, ließ kein Mißverstehen zu; die letzten Worte waren voll leiser Ironie.

»Ist Bosambo tot, daß solche Dinge vor sich gehen?« fragte Sanders trocken. »Oder tanzt er vielleicht gar selber mit?«

»Herr, Bosambo tanzt sogar selber mit«, antwortete Komo mit Nachdruck. »Denn, da er Häuptling ist, ist er der erste, der den Takt mit dem Fuße stampft und dabei ›Ho‹ ruft. Er wohnt auch den Opfern bei und ist auf dem besten Wege zu verabscheuungswürdigem Verrat.«

»O wirklich!« gab Sanders, innerlich erlöst, zurück. »Ich will dir mal was erzählen, Komo. Da war einmal ein großer Gebieter, der traute keinem Menschen, auch seinem ganzen Gefolge nicht, weder seinen Weibern noch seinen Sklaven. Und er ging immer mit dem Rücken der Sonne zugewendet, so daß er seinen eigenen Schatten stets vor sich sah, denn er traute selbst seinem Schatten nicht. Eines Tages kam er an einen Fluß, der zum reißenden Strom geworden war. Und nun paß auf! Sein Schatten lag also vor ihm. Und da er fürchtete, seinem eigenen Schatten den Rücken zuzukehren, stürzte er sich in den Fluß und ertrank.«

»Herr, ich habe diese Geschichte gehört. Es war ein König, und zwar ein großer«, bemerkte Komo.

Sanders nickte. »Darum, Komo, beachte: Ich traue allen Menschen – etwas. Ich traue Bosambo viel, denn er war mir in guten und bösen Tagen treu ergeben.« Er wandte sich an die schweigenden Haussas. »Sorgt für Komos Unterkommen, entsprechend seiner Würde, und gebt ihm ein Geschenk an Zeug! Das Palaver ist aus.«

Sanders zog sich die Bettdecke bis über die Ohren, denn die

Nacht war kalt, wandte sich auf die Seite und schlief bereits, noch ehe der Häuptling und sein Gefolge die Veranda verlassen hatten.

»Ein Wichtigtuer«, war Sanders' Urteil über Komo. Dennoch, weil da, wo Rauch ist, auch Feuer ist, hielt er es für ratsam, sich selbst zu überzeugen.

Zwei Tage nachdem der Häuptling seinen Heimweg angetreten hatte, lief die »Zaire«, in derselben Richtung fahrend, in der Mitte des Stromes an seinem Kanu vorbei, und der Anblick ihres weißen Schiffsrumpfes und ihrer beiden Schornsteine war ein Trost für Komo.

»Mein Gebieter hat also doch meine Worte beachtet«, sagte er zu seinem Kanuführer, »denn in seiner Stadt sagte man, daß der Puck-a-Puck bis zum Neumond nicht abfahren würde. Und hier kommt er, obwohl der alte Mond noch immer an seiner Rinde sägt.«

»Häuptling«, antwortete der Kanusteurer, »du bist groß im Rat, und sogar Sandi hört auf dich und gehorcht. Du bist klüger als die Eule, schnell und fürchterlich wie ein Habicht, und deine Stimme ist wie der Stoß eines Sturmes.«

»Du redest wahr«, gab der Häuptling zurück, der nicht an falscher Bescheidenheit litt. »Ich bin auch sehr listig, das wirst du noch sehen.«

Sanders fuhr in der Tat zum Ochoriland. Er war beunruhigt; nicht durch Komos düstere Anspielung, sondern weil sich seine eigenen Späher nicht meldeten. Wenn man im Ochoriland große Tänze abhielt, hätte ihm das hinterbracht werden müssen, wie unschuldig diese Tänze auch sein mochten.

Brieftauben waren ihm vorausgeflogen, um seine bevorstehende Reise zu melden, und er fand den ersten seiner Geheimagenten bei dem Zusammenfluß des Ikeli mit dem Iksisi.

»Herr, es ist wahr, daß die Ochori tanzen«, meldete der Mann. »Aber da ich wußte, daß deine Lordschaft dem Bosambo traut, habe ich nichts berichtet.«

»Darin hast du unrecht gehandelt«, sagte Sanders. »Selbst wenn ein Habicht einen Papageien umbringt oder wenn die Krokodile sich einen neuen Brutplatz suchen, will ich darüber wissen, was ich darüber wissen muß.«

Je mehr er sich dem Ochoriland näherte, desto mehr Nachrichten sammelte er über die geheimnisvollen Lustbarkeiten, die Bosambo im Walde abhielt, und war betroffener denn je.

»Herr«, sagte der Häuptling eines N'Gombidorfes, »viel Volk geht hin zu diesen Ochoritänzen, denn Bosambo, der Häuptling, macht einen großen Zauber.«

»Was für eine Art Zauber?«

»Herr, es ist ein weißer Zauber.« Der Häuptling zeigte stolz seine Hand. Quer über das rötliche Braun seines Handtellers zog sich ein unregelmäßiger Strich weißer Farbe.

»Das hat mir Mr. Bosambo gemacht«, sagte er, »und jeder Tag, solange dieser Zauber anhält, wird glücklich für mich sein.«

Sanders betrachtete das Zeichen mit allen Anzeichen einer starken Bewegung.

Zwei Monate früher hatte Sanders viele Büchsen mit weißer Ölfarbe an Bosambo geschickt mit der Anweisung, die Leute des Ochorihäuptlings sollten die Grenzpfosten seines Landes und besonders die, die gegen das Ausland abgrenzten, mit einem neuen Anstrich versehen.

»Viele Isisi-, N'Gombi- und Akasavaleute gehen zu Bosambo«, plauderte der Häuptling weiter, »denn, siehe, dieser Zauber Bosambos wischt allen Schmutz fort. Und wenn ein Mann etwas Böses getan hat, dann wird er damit frei von der Strafe. Ich«, fügte er stolz hinzu, »habe einmal Calacala – vor langer Zeit –, den Vater meines Weibes, getötet, und ich habe mich oft darüber gegrämt, weil mein Weib mich häufig daran erinnert. Aber nun, Herr, bin ich ein entsühnter Mann, so rein, daß, als heute morgen mein Weib wieder von diesem alten Vergehen anfing, ich sie mit meinem Speerschaft verprügelt habe. So rein weiß ich mich jetzt.«

Sanders kombinierte rasend schnell.

»Und was bezahlt ihr Bosambo dafür?«

»Nichts, Herr.«

»Nichts?« fragte Sanders ungläubig.

»Herr, Bosambo gibt seinen Zauber umsonst. Er sagt, er habe fremden Göttern ein Gelübde getan, so zu handeln. Und da es umsonst geschieht, gehen viele Leute zu diesem Reinigungstanz. Sogar Kambara selbst, der Schweigsame, kam zu diesem Zwecke heute bei Sonnenaufgang hier durch.«

Sanders lachte im stillen. Kambara hatte natürlich ein Interesse an fremden Schuldbekenntnissen...

Das war es! Blitzartig durchzuckte ihn das Verständnis für Bosambos Vorgehen. Das Anmalen der inneren Handflächen, der Köder der Entsühnung – Bosambo wartete auf den Mann mit der Narbe in der Hand.

Sanders setzte seine Reise fort, machte fünf Meilen vor der Ochoristadt fest und ging zu Fuß durch den Wald zum Treffplatz.

Es war dunkel, ehe er noch die Hälfte des Weges zurückgelegt hatte. Aber er brauchte keinen Kompaß, auch wenn der Weg selbst schwieriger gewesen wäre. Vor ihm zeigte sich ein düsterer, roter Schein am Himmel. Da brannten Bosambos Feuer.

Vier Feuer waren angezündet, an jeder Ecke eines gedachten Vierecks eins. In der Mitte ein Kreis von Steinen und im Mittelpunkt dieses Kreises drei Speere mit roten Schäften.

Bosambo hatte augenscheinlich einmal der Einweihungszeremonie eines monrovianischen Geheimbundes als Zeuge beigewohnt oder daran teilgenommen.

Inmitten des Kreises bewegte sich Bosambo, und außerhalb des Kreises bewegten sich, zwei oder drei Glieder tief, die, die seine barmherzigen Dienste in Anspruch nehmen wollten.

Er bewegte sich langsam. In einer Hand hielt er eine blinkende Dose mit der von der Regierung gelieferten Farbe, in der anderen Hand einen dem Government gehörenden Pinsel.

Sanders grinste von seinem Beobachtungsplatz aus beifällig über die Feierlichkeit, in die Bosambo die Zeremonie kleidete.

Einen nach dem anderen strich er die Leute an – ein Klecks mit dem Pinsel, eine gemurmelte Beschwörung, und der Zauber war ausgeführt.

Sanders bemerkte Kambara in der vordersten Reihe und war betroffen, denn der Mann meinte es offenbar ernst. Wenn er gekommen sein mochte, um sich lustig zu machen, hatte er sich bald in einen Andächtigen verwandelt. Große Schweißperlen glitzerten auf Kambaras Stirn, und die ausgestreckten Hände zitterten.

Bosambo näherte sich ihm, erhob seinen Pinsel, schoß einen Blick auf Kambaras Handflächen, dann zog er mit einer Armbewegung den N'Gombihäuptling zu sich heran. »Bruder«, sagte er artig, »ich brauche dich.«

Sanders verstand, was er meinte, und sprang durch das krachende Unterholz an Bosambos Seite. Der schreiende Haufen, der sich um das ringende Paar gebildet hatte, machte Platz.

»Herr, hier ist der Mann, den du suchst!« rief Bosambo und zog mit Gewalt Kambaras Handfläche zu sich heran.

Sanders nahm seinen Gefangenen mit an Bord der »Zaire«. Von da an gab es, soweit es das Verbrechen betraf, keine weiteren Schwierigkeiten, denn Kambara gestand.

»Herr«, sagte er, »meine Hand allein ist im Spiel. Denn obwohl meine Leute mich begleiteten, habe ich allein Olandi getötet. Nun mach mit mir, was du willst, denn mein Weib haßt mich, und ich bin krank aus Mangel an Schlaf.«

»Das ist ein schlimmes Palaver«, sagte Sanders ernst, »denn dir habe ich getraut.«

»Herr«, antwortete Kambara, »wo ein Weib im Spiele ist, darfst du keinem Menschen trauen. Ich bin froh, daß ich sterbe, denn ich war ihr Hund. Und Olandi kam und blieb eine Nacht in meinem Dorfe; und alles, was ich ihr war, und alles, was ich ihr gab, war nichts. Und nun weint sie alle Tage um ihn, ebenso das Ochoriweib, das ich mit ihr nahm. Und, Herr, wenn Weiber nur die Toten lieben... Mach ein Ende mit mir, denn ich bin krank von ihrer Verachtung.«

Sanders neigte den Kopf vornüber, faltete die Hände auf dem Rücken und pfiff, die Augen auf den Fußboden seiner Kabine gerichtet – sie befanden sich an Bord der »Zaire« – eine Melodie; diesen Kunstgriff wandte er an, wenn er sich mit etwas abquälte.

»Geh in dein Dorf zurück!« befahl er. Du zahlst an Olandis Familie dreißig Ziegen und zehn Säcke Salz als Sühne für sein Blut.«

»Herr«, sagte Bosambo, »ich habe eine große Freude im Herzen darüber, daß du diesen Mann nicht gehängt hast, denn, wie mir scheint, Olandi ist nicht einen Augenblick zu früh gestorben, und was das Ochorimädchen anbetrifft«, fuhr er fort, »so hätte ich Olandi ihretwegen ermordet – nur kam mir Kambara zuvor. Das vertraue ich dir unter dem Siegel der Verschwiegenheit, Herr, denn – das Mädchen gehörte mir.«

Sanders sah Bosambo scharf an. »Man sagt mir, Bosambo, du habest nur ein Weib.«

»Ich habe eins«, antwortete Bosambo ausweichend, »aber auf meinem Lebenswege liegen viele Versuchungen, von denen mein Weib nichts weiß, denn es steht geschrieben in der Sure des Djinn: ›Die Männer wissen am besten, die am meisten wissen, aber eines Weibes Glück liegt darin, daß sie nichts weiß.‹«

# *Der Schrittzähler*

Bosambo, der Häuptling der Ochori, war gewohnt, sich in Augenblicken, wenn seine Einbildung den höchsten Stand erreichte, »König der Ochori, Lordoberherr des Elebiflusses, Oberhirt der unzähmbaren Büffel und aller Ziegen« zu betiteln.

Er legte sich auch noch andere Titel bei, die ich vergessen habe. Aber ich erwähne seine Ansprüche nur, um zu bemerken, daß sie sich nicht allein auf die Ziegen seines Landes bezogen. Dafür gab es einen besonderen Grund. Hikilari, der weise alte Häuptling der Akasava, jagte einst auf fremdem Gebiet. Das geschah in dem Jahre, als alles Wild sich in unerklärlicher Weise nach Westen verzog; einige sagten, durch den Zauber M'Shimba Shambas, aber Sanders wußte, es war dazu durch die Überschwemmung gekommen.

Hikilari und seine Jäger fuhren drei Tage lang auf dem Fluß und durchquerten hierauf einen Sumpf, ehe sie auf Elefanten stießen. Dann hatten sie eine gute Jagd, und Hikilaris Träger kamen jauchzend nach Akasavastadt zurück, beladen mit gewaltigen Elefantenzähnen, von denen manche zweihundert Kilo wogen.

Es war ein großer Erfolg, aber Hikilari mußte furchtbar dafür büßen. Denn als er zurückzukehren verlangte, packte ihn eine ungewöhnliche Schlaftrunkenheit, und er hatte sonderbare Schmerzen in seinem Kopf. Er wandte deshalb ein beliebtes Eingeborenenmittel an, das heißt, er band sich ein Stück Draht straff um seinen Kopf. Aber trotzdem wurde es nicht besser mit ihm, und so kam eine Zeit, wo Hikilari, der Weise, mitten in der Nacht aufstand, auf die Hauptstraße des Dorfes hinausging, dort närrische Gesänge und Tänze aufführte und mit seinen Fingern dazu schnappte. Seine Söhne, Neffen und Brüder hielten ein Palaver, und der älteste seiner Söhne, M'Kovo, ein übler Gesell, sagte:

»Mein Vater scheint an der Mongokrankheit zu leiden, denn er ist übergeschnappt und wird bald tot sein. Dennoch wünsche ich, daß Sandi kein Wort davon erfährt. Bringen wir daher meinen Vater an einen sicheren Ort, verkünden wir, er habe eine lange Reise unternommen. In seiner Abwesenheit können wir dann manches unternehmen und uns vieler unserer Feinde entledigen. Und wenn Sandi mit seinen Soldaten kommt und fragt: ›Warum habt ihr das alles getan?‹ werden wir antworten: ›Herr, wer ist Häuptling? Ein

Wahnsinniger! Wir taten, wie er uns befahl! Die Folgen kommen auf sein Haupt!‹«

Der Bruder des kranken Häuptlings dachte, es wäre am besten, ihn heimlich zu töten, aber dagegen widersetzte sich der Sohn des Häuptlings.

»Solange er lebt, ist er Häuptling«, sagte er. »Wenn er tot ist, seid sicher, daß Sanders einen Schuldigen finden wird, und das wäre wahrscheinlich ich.«

Drei Tage lang hielten sie den Häuptling in seiner Hütte; während dieser Zeit beschmierten Zauberdoktoren ihn mit rotem Lehm und Ingolafarbe und legten nassen Lehm auf seine Augen. Nach Verlauf dieser Zeit brachten sie ihn in der Nacht in eine hastig mit Stroh gedeckte Hütte im Urwald, und dort überließ man ihn M'Kovos gefügigen Handlangern.

Sanders wußte über viele Dinge Bescheid, von denen man annahm, er wisse sie nicht. Das aber war ihm fremd. Er wußte wohl, daß Hikilari ein kluger Mann sei, daß er auf einer Reise sei und also kein Grund vorliege, warum er, Sanders, nicht auf eine Inspektionsreise ins Akasavaland gehen solle.

Er war gerade im Begriff, die Hüttensteuer im N'Gombiland einzutreiben, von einem einfachen Hirtenvolk, das sich aus Grundsatz weigerte, etwas zu zahlen, als die Nachricht kam, daß eine Anzahl Akasavaleute die Ochorigrenze überschritten habe. Sie hatten ein Dorf überfallen, die Männer getötet und schnell die Weiber und Ziegen mit sich geschleppt.

Sanders befand sich inmitten eines endlosen Palavers, als diese Nachricht kam, und das N'Gombivolk, das zu seinen Füßen hockte, betrachtete ihn mit abwartender Hoffnung, mit einer Hoffnung, der ein unbedeutender Häuptling Ausdruck gab, der gerade im Augenblick das Ohr der Versammlung besaß.

»Herr, das sind böse Nachrichten«, sagte er in der freundlichen Art seines Stammes, »und wir wollen Eure Lordschaft nicht länger mit unseren unbedeutenden Angelegenheiten behelligen. Deshalb, wenn du uns unserer schlechten Ernte halber die Hälfte der Steuer erlassen wolltest, dann würden wir friedlich in unsere Dörfer zurückkehren und viel Freundliches über deine Gerechtigkeit sagen.«

»Ihr werdet eure Steuer voll entrichten«, antwortete Sanders kurz. »Ich verliere nur meine Zeit, wenn ich länger mit euch rede.«

»Erlasse uns ein Drittel«, murmelte der Sprecher schweren Herzens. »Wir sind ganz arme Leute, und der Fluß gab wenig Fische her.«

Sanders erhob sich müde von seinem Sitz. »Ich werde mit Neumond zurückkommen«, sagte er, »und wenn dann die Steuern nicht voll bezahlt sind, wird es in diesem Dorf traurige Herzen und wunde Rücken geben! Das könnt ihr mir glauben. Das Palaver ist aus!«

Er sandte einen Boten an die Akasavaleute, und er selbst ging auf kürzestem Wege quer durch den Urwald nach Ochoristadt, denn in diesem lebenswichtigen Augenblick war ein Zylinderdekkel der »Zaire« geplatzt.

Er erreichte Ochoriland auf dem Wege des Elebiflusses, durch Tunberi hindurch, das dank dem unerwarteten, unzeitgemäßen und hartnäckigen Regen ein Sumpf war. Drei Tage watete er, bald bis an die Knie, bald bis an die Hüften; schließlich schmerzten ihn seine Arme wahnsinnig, weil er ständig seine Büchse über die schwarze Brühe und den Schlamm halten mußte.

»Er stieß auf Flußpferde und Wasserschlangen. Einmal schrie sein »Boy«, der vor ihm marschierte, gellend auf und verschwand. Und Sanders selbst wurde durch das Davonrasen eines Alligators beinahe umgerissen, der seine Beute nach dem nahen Flusse trug.

Am Ende des dritten Tages erreichte Sanders höher gelegenes Land, wo man nicht in den Bäumen zu schlafen brauchte und wo es überdies möglich war, sich in Quellwasser zu baden, die Hemden aus dem auf den Köpfen getragenen Bündel auszupacken und seine Leute zu zählen. Er war nun einen Tagesmarsch von den Ochori entfernt, aber bedeutend weniger als einen Tagesmarsch von dem Heer der Ochori. Denn zwei Stunden nachdem er seinen Marsch wieder aufgenommen hatte, stieß er auf Bosambo und mit ihm auf tausend Speere.

Bosambo war nackt, bis auf einen Lendenschurz aus Affenschwänzen, und in seinem Arm hielt er gleichzeitig mit einem geflochtenen Schild fünf Schlachtspeere. Beim Anblick Sanders' ließ er sein Heer haltmachen und ging Sanders entgegen.

»Bosambo«, sagte Sanders würdevoll, »du tust mir Ehre dadurch an, daß du mir die Elite deiner Kampftruppen zuführst, um meine Wache zu bilden.«

»Herr«, antwortete Bosambo mit löblichem Freimut, »das sollte keine Ehrung für deine Person sein, denn ich habe eine Rechnung mit dem Akasavakönig zu begleichen.«

»Sanders stand ihm gegenüber, den Kopf wie ein Vogel nach einer Seite geneigt, während er seinen biegsamen Spazierstock wie abwesend gegen sein Bein klatschen ließ. »Sieh«, sagte er, »ich bin der, der alle Rechnungen zwischen Häuptling und Häuptling und zwischen Männern und Männern in Ordnung bringt. Und ich befehle dir, in deine Stadt zurückzumarschieren und dort in Geduld zu warten, während ich die Aufgaben erledige, für die mich mein König bestimmt hat.«

Bosambo zögerte. Er war begreiflicherweise unzufrieden.

»Geh in deine Stadt zurück, Bosambo!« befahl Sanders in sanftem Tone.

Der Häuptling zuckte seine breiten Schultern. »Ich bin dein Untertan«, antwortete er und wandte sich von dannen, ohne einen Ton zu sagen.

Sanders rief ihn zurück, ehe er ein halbes Dutzend Schritte gegangen war.

»Laß mir zwanzig Mann hier und zwei Kanus. Dann sollst du deine Leute zurückhalten, während ich in meines Königs Angelegenheit zu tun habe.«

Eine Stunde später fuhr Sanders so schnell flußabwärts, wie ihn ein Strom von fünf Seemeilen Geschwindigkeit die Stunde und seine schnellen Paddler nur bringen konnten. Um die Mittagszeit des folgenden Tages kam er in Akasavastadt an und fand sie friedlich genug vor.

M'Kovo, des Häuptlings Sohn, kam ihm am Strande entgegen. »Sandi, Gebieter«, sagte er mit einer Gebärde außergewöhnlicher Überraschung, »ich sehe, der Sommer kommt zweimal in dieser Jahreszeit, denn du...«

Sanders befand sich nicht in Stimmung, Komplimente entgegenzunehmen.

»Wo ist der alte Häuptling, dein Vater?« fragte er.

»Herr«, entgegnete M'Kovo ernst, »ich will dich nicht belügen. Mein Vater hat seine Krieger mit in den Busch genommen, und ich fürchte, er wird Übles tun.«

Und er erzählte eine lange und umständliche Geschichte von dem Aufflammen des Hasses und von Feindseligkeiten eines alten Mannes. Sanders hörte geduldig zu.

Ein niemals irrender Instinkt, den er bis zu einem gewissen Grade entwickelt hatte, sagte ihm, der Mann log. Der Glaube an sein eigenes Urteil war auch nicht erschüttert, als M'Kovo seine Ältesten und Zeugen von seines Vaters plötzlicher Verworfenheit herbeirief.

Aber Sanders war ein listiger Mann und voller Ränke. Er ließ seine Hand auf die Schultern M'Kovos fallen. »M'Kovo«, sagte er sanft, »mir scheint dein Vater und Häuptling nichts mehr zu taugen. Darum sollst du im Häuptlingshause sitzen. Dennoch mußt du den Häuptling Hikilari vor mich bringen. Und zwar mußt du ihn mir unverletzt bringen, und er muß seine Augen haben. Bring ihn mir schnell, M'Kovo!«

»Herr«, antwortete M'Kovo mürrisch, »er will nicht kommen, und wie kann ich ihn zwingen, da er viele Krieger mit sich hat?«

Sanders überlegte sich die Sache.

»Geh nur«, sagte er nach einer Pause, »und rede mit ihm und sage ihm, daß ich ihn erwarte.«

»Herr, das will ich tun«, sagte M'Kovo. »Aber nicht eher als heute nacht, denn ich fürchte, deine Leute werden mir folgen, und sobald mein Vater sie sieht, wird er mich töten.«

Sanders nickte.

In dieser Nacht kam M'Kovo reisefertig zu ihm, und Sanders nahm aus seiner Tasche ein rundes silbernes Kästchen.

»Hänge das um deinen Hals, damit dein Vater sieht, daß du in meinem Auftrage kommst!« befahl Sanders.

M'Kovo hing die runde Kapsel mit einem Stück Bindfaden um seinen Hals und ging schnell in den Wald.

Zwei Meilen im Busch traf er auf dem Wege seine Vettern und Brüder: eine höchst besorgte Versammlung.

»Mein Magen ist krank vor Furcht«, sagte sein älterer Vetter, »denn Sandi hat ein Auge, das durch Bäume hindurchsieht.«

»Du bist ein Narr«, knurrte M'Kovo. »Sandi ist eine Fledermaus, die nichts sieht. Und was ist's mit Hikilari, meinem Vater?«

Sein jüngerer Bruder wies ihm seine Speerspitze, auf der geronnenes Blut klebte.

»Das war das beste«, sagte M'Kovo. »Und jetzt wollen wir schlafen gehen. Morgen früh werde ich zu Sandi zurückkehren und ihm etwas vorlügen.«

Am nächsten Morgen kratzten ihn seine Verwandten mit Dornen und warfen Staub über ihn, und eine Stunde später stolperte er, künstlich erschöpft, zu der Hütte hin, vor der Distriktsgouverneur Sanders sein Frühstück einnahm.

Sanders blickte auf die wegmüde Gestalt. »Mein Freund«, bemerkte er sanft, »du hast einen langen Weg hinter dir?«

»Herr«, antwortete M'Kovo mit schwacher Stimme, »seit ich dich verließ, habe ich nicht gerastet, außer bei meinem Vater, der mich mit bösen Worten zu Deiner Ehren zurückgesandt hat.«

Sanders beugte sich nieder und nahm die kleine silberne Kapsel, die auf der schweratmenden Brust M'Kovos lag.

»Und das hast du deinem Vater gezeigt?« fragte er.

»Herr, ich habe es ihm gezeigt«, wiederholte der Mann.

»Und du bist die ganze Nacht gewandert? Viele Meilen?«

»Herr, ich tat, wie ich dir berichtet habe.«

Sanders berührte eine Feder, und die Kapsel sprang auf. Ein Zifferblatt, wie das einer Uhr, war zu sehen, nur daß es viele kleine Zeiger aufwies. M'Kovo beobachtete neugierig, wie Sanders das Instrument prüfte.

»Sieh mal genau hierher«, sagte Sanders trocken, »denn das ist ein kleiner Teufel, der die Wahrheit redet, und er sagt mir, daß du nicht weiter gegangen bist, als ein Mann in einer Zeit gehen kann, die der Vollmond braucht, um die Höhe eines Baumwipfels zu erreichen.«

Die »Zaire« war während der Nacht angekommen, und Haussaposten standen wartend da.

Sanders ließ den Schrittzähler in die Tasche gleiten, warf seinen Kopf in charakteristischer Weise zurück, und Sergeant Abiboo bemächtigte sich des Gefangenen.

»Legt ihn in Eisen!« befahl Sanders auf arabisch, »und nimm sechs Mann mit dir auf den Urwaldpfad! Bringt mir alle Leute, die ihr dort findet!«

Abiboo kam nach einer Stunde mit vier Gefangenen zurück, und alle waren sehr gesprächig, zu gesprächig für die Sicherheit M'Kovos und dessen jüngeren Bruder; denn in der Nacht hatte Sanders ein Urwaldgrab entdeckt, in dem der weise Häuptling lag. Es lag unter einem Baum mit sich weit ausspannenden Ästen, und dieser Baum sollte außerordentlich bedeutungsvoll werden für den Ausgang dieses Dramas.

Bosambo war nicht für jedes Verbrechen zu tadeln, das man ihm zur Last legte. Er hatte eine Fehde mit den Akasava, und das nicht ohne Grund. Der Tod M'Kovos genügte ihm nicht, um die Schmach zu tilgen, denn die Akasava hatten Blut vergossen, und das nagte weiter an seinem Herzen, viele Monde lang.

Daher hatte Sanders, als alle Schwierigkeiten zwischen den Akasava und Ochori beigelegt schienen, Veranlassung, in aller Eile zu den Ochori zu gehen, und der Wasserstand des Flusses war sehr niedrig.

Es gab keine Karte des großen Flusses, die während der Trokkenzeit zwei Cents wert gewesen wäre. Denn Sandbänke tauchten unerwartet mitten im Fahrwasser auf, und der Fluß hatte weite Strecken mit weniger als einem Faden Tiefe. Manchmal rief der Mann, der vorn am Bug der »Zaire« saß und mit einer biegsamen Stange lotete, in nasalem Ton aus: »Zwei Faden«, während an der Stelle nur ein Faden Wasser vorhanden war.

Der Mann war, wie ich früher schon sagte, ein Kanomann und etwas religiös angehaucht. Er träumte von einer Pilgerfahrt nach Mekka und von einem grünen Band um seinen Tarbusch.

»Ich erkläre dir zum Ruhme Gottes, ein Faden und etwas darüber«, rief er aus.

Bump!

»Mach, daß du über Bord kommst, du geschwätziger Teufel!« schrie ihn Sanders an, der immer verdrießlicher wurde, da das bereits die vierzehnte Sandbank war, auf die er aufgelaufen war, seitdem er sein Hauptquartier verlassen hatte. Daher sprang die gesamte Mannschaft bis an die Hüften ins Wasser und schob, indem sie ein Lied zu ihrer Arbeit sang, den Dampfer wieder flott.

Sanders rannte auf die neununddreißigste Sandbank auf, kurz ehe er zur Ochoristadt kam, und ging in einer höchst unliebenswürdigen Stimmung an Land.

»Bosambo«, grüßte er, »ich beabsichtige zweierlei mit dir. Das eine ist, dich für deine vielen Missetaten zu hängen, das andere, dich peitschen zu lassen.«

»Master«, antwortete Bosambo mit ernster Frömmigkeit, »alle Dinge kommen so, wie sie vorbestimmt sind.«

»Hab keine Angst, das eine oder das andere wird es sicher sein«, warnte der Distriktsgouverneur. »Ich bin doch kein Hund, um von einem Ende des Bezirks zum andern Ende zu hetzen, weil ein diebischer Schwarzer in verbotenen Gebieten auf Raub ausgeht!«

Bosambo, dessen schuldbeladenes Gewissen viele Gründe für den unerwarteten Besuch des Distriktsgouverneurs erriet, schien weniger tief betroffen.

»Herr, ich bin kein Nigger«, entgegnete er, »ich bin durch Geburt und frühere Heiraten mit mehreren Königen verwandt, auch...«

»Du bist ein Lügner«, schäumte Sanders, »und durch Geburt und Heirat mit dem Vater aller Lügner verwandt. Und ich bin nicht gekommen, um über deine mir durchaus gleichgültige Familie, sondern über nächtliche Raubzüge zu reden.«

»Was nächtliche Raubzüge anlangt«, erklärte Bosambo freimütig, »so weiß ich davon nichts. Ich ging mit meinen Ratgebern zu den Akasava, um den neuen Häuptling zu besuchen und ihn meiner Hochachtung zu versichern. Ebenso«, fügte er fromm hinzu, »um gewisse christliche Gebete am Grabe meines Feindes zu verrichten, denn, wie du weißt, Herr, unser Glauben lehrt uns das.«

»Nachts bist du gegangen!« sagte Sanders, der die Herausforderung, die in den Worten »unser Glauben« lag, überging. »Und nach Akasava kann man leicht bei hellichtem Tage gelangen. Und überdies, als die Akasava dich überfielen, hattest du viele Ziegen in deinen Kanus gefesselt.«

»Das waren meine Ziegen«, antwortete Bosambo mit Würde. »Ich hatte sie mitgebracht als Geschenk für den neuen Häuptling.«

In seinem Zorn fluchte Sanders lange und geläufig.

»Blut hat für Blut gezahlt«, sagte er grimmig. »Es dürfen keine Überfälle mehr stattfinden. Außerdem wirst du in dieser Stadt bleiben und sie nicht verlassen, bis ich dir die Erlaubnis dazu gebe!«

»Lord Sandi«, antwortete Bosambo, »ich höre und werde gehorchen.«

Eine gottlose Freude stahl sich eine Sekunde lang in das Auge des Distriktsgouverneurs, flackerte dort einen Augenblick auf, war verschwunden und ließ sein Gesicht undurchdringlich.

»Du weißt, Bosambo«, kam es verhältnismäßig sanft aus seinem Mund, »daß ich sehr großes Vertrauen in dich setze. Darum lasse ich dir einen mächtigen Fetisch zurück, der mich in meiner Abwesenheit vertreten soll.«

Damit nahm er aus der Tasche seines Uniformjacketts eine unfehlbare silberne runde Kapsel, die sehr hübsch anzusehen und einem flachgedrückten Ei nicht unähnlich war.

Sanders hatte an diesem Morgen seinen Schrittzähler gestellt.

»Nimm das und trage es um meinetwillen!« befahl er.

Bosambo fädelte einen Bindfaden durch die Öse und hing sich das Ding um den Hals.

»Herr«, antwortete er dankbar, »du hast mir das Ding vor den Augen meines Volkes zum Geschenk gemacht. Nun werden sie mir alles glauben, was ich ihnen über deine Liebe zu mir gesagt habe.«

Sanders verließ am nächsten Morgen die Ochoristadt.

»Nimm dich in acht und gehe nicht über deine Stadtgrenze hinaus!« warnte er Bosambo nochmals.

»Herr, ich werde fasten und stillsitzen, bis du wiederkommst.«

Bosambo beobachtete die »Zaire«, bis sie nur noch ein weißer Fleck auf dem ruhigen Wasser war; dann ging er in seine Hütte.

Er nahm die Silberkapsel sehr vorsichtig von seinem Halse und legte sie in seine Hand.

»Nun, du kleiner Satan«, redete er die Kapsel an, »der du das Kommen und Gehen der Menschen beobachtest, nun hoffe ich, alles über dich zu erfahren, du Henker M'Kovos.«

Er drückte auf den Knopf – er hatte früher einmal eine Uhr besessen und hatte Erfahrung darin, wie man sie öffnete –. Die Kapsel sprang auf und zeigte ihm die kleinen Zifferblätter.

Bosambo schüttelte das Instrument heftig und hörte ein schwaches Ticken. Er sah einen großen Zeiger von einem Strich des Kreises zum andern wandern. Er schritt hierauf, den Schrittzähler in seiner Hand, die Länge der Dorfstraße entlang. Und bei jedem Schritt tickte das Instrument, und dessen Zeiger bewegte sich. Wenn er stillstand, stand das Instrument ebenfalls.

»Allen Göttern sei Lob!« sagte Bosambo. »Nun kenne ich dich, du Schwätzer! Denn ich habe deine böse Zunge zappeln sehen, und jetzt kenne ich auch die Art, wie du redest.«

Langsam kehrte er nach seiner Hütte zurück.

Vor der Tür krabbelte sein jüngstgeborenes Kind, das Licht seiner Augen, auf dem Fellteppich und krallte sich im Haar der Lieblingsziege, eines ruhigen alten Tieres, fest, das alle ihm gestellten Zumutungen eines kleinen braunen Menschenkindes ertrug. Bosambo blieb stehen, um des Kindes braunen Kopf zu liebkosen und den glatten Hals der Ziege zu klopfen.

Danach ging er in seine Hütte, nahm das verräterische Instrument von seinem Halse und verbarg es mit anderen häuslichen Schätzen in einem unter seinem Bett befindlichen Loch.

Um die Zeit des Sonnenuntergangs rief der Lokoli, die Sprechtrommel, die Krieger zusammen.

»Wir gehen zu den Akasava«, redete Bosambo die Krieger kurz an. »Denn ich weiß ein Dorf, das platzt vor Überfluß an Mais und von den Ochori gestohlenen Ziegen. Auch das Blut unserer erschlagenen Brüder ruft, wenn auch nicht so laut wie die Ziegen.«

Bosambo marschierte und war drei Tage fort. Nach Verlauf dieser Zeit kehrte er zurück – er hatte drei Mann verloren, denn das Akasavadorf hatte seinen Bemühungen heftigen Widerstand geleistet. Aber er hatte beträchtliche Beute mitgebracht.

Neuigkeiten wandern schnell den Fluß entlang, besonders üble Nachrichten. Und diese erreichten Sanders, der das Eintreiben der Hüttensteuer bei den N'Gombi fortsetzte.

Zum Überfluß kam noch ein Bote des Akasavahäuptlings an, und Sanders begab sich, so schnell ihn die »Zaire« tragen konnte, nach Ochoristadt.

Bosambo hörte von seiner Ankunft.

»Bring mir, o mein Leben und mein Stolz«, wandte er sich an seine Frau, »ein gewisses Silberkästchen, das sich unter meinem Bett befindet; es ist so groß und hat diese Gestalt.«

»Herr«, antwortete sein Weib, »ich kenne das Ding sehr gut.«

Er legte sich das Band, das die Kapsel hielt, um den Nacken und erwartete in aller Ruhe Sanders' Ankunft. Sanders war außerordentlich ärgerlich; so ärgerlich, daß er seinem schuldbeladenen Häuptling gegenüber fast höflich war.

»Herr«, antwortete Bosambo, als die betreffende Frage an ihn gestellt wurde, »ich habe die Stadt weder bei Tag noch bei Nacht verlassen. So wie du mich hier siehst, habe ich vor meiner Hütte gesessen, nur an heilige Dinge gedacht und an die Güte deiner Herrlichkeit.«

»Gib mir das Kästchen!« befahl Sanders.

Er nahm es zur Hand und schnappte es auf. Er sah lange auf das Zifferblatt; dann sah er Bosambo an. Und dieser Werte erwiderte seinen Blick ohne Verlegenheit.

»Bosambo«, sagte Sanders, »mein kleiner Teufel erzählt mir, daß du viele Meilen gewandert bist.«

»Herr«, antwortete der Häuptling aufs höchste betroffen, »wenn er das sagt, dann lügt er.«

»Mir genügt seine Wahrheitsliebe«, antwortete Sanders, »du bist zu weit gegangen! Und deshalb haben du und dein Volk fünfzig Ziegen Strafe zu zahlen. Ebenso erhöhe ich eure Steuern und ziehe die euch gegebene Erlaubnis, im Isisiwald zu jagen, hiermit zurück. Außerdem habt ihr mir jeden Tag fünfzig Arbeiter zu stellen, die im Dienste des Governments arbeiten.«

»O Ko!« stöhnte Bosambo; er stand in seiner Not auf einem Bein. »Das ist gerecht, aber hart, denn ich sage dir, Herr, daß ich die Akasava überfiel, aber wie dein Teufelskästchen das wissen kann, kann ich nicht begreifen, denn ich habe es in Zeug eingewikkelt und unter meinem Bett verborgen.«

»Du hast es nicht bei dir getragen?« fragte Sanders.

»Ich rede die Wahrheit, und mein Weib wird mir's bezeugen.«

Bosambo rief sein Weib, und das anmutige Kanomädchen, das ihn unterm Pantoffel hatte, kam an die Tür seiner Hütte.

»Herr, es ist wahr!« sagte sie. »Denn ich habe es gesehen, und alle Leute haben es gesehen, gerade während mein Gebieter abwesend war.«

Sie bückte sich und hob ihr wohlgenährtes Baby aus dem Staub.

»Der sah es auch«, sagte sie, während ihr Auge vor Stolz aufleuchtete, »und um dem Söhnchen meines Herrn und Gebieters eine Freude zu machen, hing ich das Kästchen Neta, der Ziege, um den Hals. War das unrecht?«

»Mein Sonnenlicht«, erwiderte Bosambo, »du kannst kein Unrecht tun. Aber sage mir, ist Neta weit aus der Stadt gelaufen?«

Das Weib nickte. »Nur einmal. Sie war einen Tag und eine Nacht fort, und ich hatte Angst wegen des Silberkästchens, denn um diese Jahreszeit sind die Ziegen sehr unruhig.«

Bosambo wandte sich an seinen Gebieter. »Du hast es gehört, o Sandi. Ich habe schuld und werde die Strafe zahlen.«

»Das wirst du«, sagte Sanders, »denn die Ziege trifft keine Schuld.«

# Bosambos Bruder

Bosambo war ein Monrovianer.

An anderer Stelle habe ich die Geschichte von der Ankunft des Häuptlings in Sanders' Bezirk erzählt; von seiner gewagten Art und Weise, wie er sich den Thron, jenen verrückten Häuptlingssitz, anmaßte; und ich wies auf das plötzliche und unerwartete Ende hin, das damals, wenig ehrenvoll für Bosambo, die berechtigten Anwärter auf jene Häuptlingsschaft nahmen.

Bosambo war, an verschiedenem Maßstab gemessen, nach christlichem wie heidnischem, ein guter Mann. Er regierte seinen Stamm weise und zog in einem Jahre größere Einkünfte aus den faulen Ochori, als irgendein früherer Häuptling in zehn Jahren aus ihnen herausgeholt hatte. Bosambo verstand es ausgezeichnet, sich bedeutenden Gewinn zu sichern, denn es gehörte zu seinen Gepflogenheiten, daß er, wenn er eine Abgabe für die Regierung eintrieb, den doppelten Betrag für sich einsammelte.

In jener weit zurückliegenden Zeit war er, wenn ich mich recht erinnere, ein unbotsamer Untertan des Präsidenten von Liberia gewesen. In einer feierlichen Gerichtssitzung war er einst des Diebstahls einer Glockenboje überführt worden, die er aus dem Fahrwasser gestohlen hatte, wo sie die Seefahrer vor einem dort liegenden Wrack warnen sollte, und die er für seinen eigenen Zweck verwandt hatte. Er war damals der Gefangenschaft entronnen und nach monatelanger, mühevoller Wanderung im Ochoriland angekommen.

Sanders hatte ihn als zuverlässigen Mann befunden und traute ihm in allen Sachen, wo es sich um ein gutes Regieren handelte. Aber es gab andere, die Bosambo durchaus nicht trauten, besonders gewisse Häuptlinge der Isisi, der Akasava und der N'Gombi.

Diese Leute hatten sich mit dem Fremdling, dem Herrscher der Ochori, gemessen und waren unterlegen. Und wegen gewisser mutiger Handlungen bei der Verteidigung seines Landes war es von einem Ende des Landes bis zum andern bekannt, daß Bosambo »ein Liebling Sanders'« wäre und, wie das Gerücht in wenig schmeichelhafter Weise für diesen behauptete, mit dem Häuptling verwandt sei.

Wie dieses Gerücht entstehen konnte, wußte Bosambo am besten. Es ist eine einfache Tatsache, daß Nachrichten, die wandern, auf dieser Wanderung an Glaubwürdigkeit gewinnen.

So kam es, daß der Ruhm des ehemaligen Zuchthäuslers in Liberia und Monrovia selbst zusehends wuchs; man erhob ihn dort zu einer Stellung, die er niemals beansprucht hatte. Ich glaube, daß eine liberianische Zeitung, die ein Schwarzer oder einige Schwarze herausgaben, das verruchte Verbrechen, dessen Bosambo überführt war, soweit vergaß, daß sie von ihm als »unserem würdigen Mitbürger Mr. Bosambo, Oberkommissar der Ochoriländer« sprachen. Er wurde für sie zum reichen Fürsten, zum König. Er stand an Bedeutung über dem Distriktsgouverneur Sanders. Ja, man sagte ihm sogar nach, daß er das englische Kolonialamt beeinflusse, eine Tatsache, die nicht ihresgleichen in der Geschichte der afrikanischen Küste hatte.

Bosambo besaß Verwandte an der Küste, und diese fanden sich im Verhältnis zu seiner wachsenden Größe ein. Er hatte einen Bruder namens Siskolo, einen großen, knochigen und einflußreichen Mann.

Siskolo machte zunächst dadurch von sich reden, daß er an Bord eines Kriegsschiffes als Brandungsbootsruderer gedient hatte; dann, daß er eine oberflächliche Kenntnis des Englischen besaß und daß er während der Zeit, wo er mit Weißen in Berührung gekommen war, genügend viel zusammengestohlen hatte, um sich in Liberia als eingeborener Ladenbesitzer niederzulassen. Er wurde mit Mister Siskolo angeredet und hatte den Ehrgeiz, dereinst Mitglied der gesetzgebenden Körperschaft zu werden.

Es verstieße gegen die Wahrheit, wenn man behauptete, der Besitz eines Bruders wie Bosambo hätte ihm während der Zeit, als Bosambos Name in Liberia gleichbedeutend mit »Dreck« war, Anlaß zu Stolz oder gar Entzücken gegeben. Es ist sogar schriftlich niedergelegt, daß er, nachdem er jede Verwandtschaft mit Bosambo abgeleugnet hatte, obwohl diese Verwandtschaft über jeden Zweifel erhaben war, Bosambos nur als eines »gemeinen Niggers« gedachte, wenn er von ihm sprach.

Als das liberianische Government in seiner Großzügigkeit eine angemessene Belohnung für die Ergreifung dieses Verbrechers aussetzte, erbot sich Siskolo in seiner für das öffentliche Gemeinwohl begeisterten Art in der Presse, aus eigenen Mitteln eine persönliche Belohnung hinzuzufügen.

Später änderte sich die öffentliche Meinung Liberias Bosambo gegenüber, und mit diesem Umschwung änderten sich auch Siskolos Ansichten über seinen Bruder. Dann kam eine Zeit, wo Bosambo in seiner Heimat zu Ehren kam, die Leute auf ihn stolz waren und, wie ich bereits angedeutet habe, sogar die Presse in Ausdrücken der Anerkennung über ihn schrieb.

Nun versammelte Mr. Siskolo, wie erzählt wird, alle seine näheren und entfernteren Verwandten, von dem nackt gehenden Großvater an bis zu dem Rock tragenden Schwiegersohn, der eine Schuhfabrik in Liberia betrieb. »Freunde und Kameraden!« redete Mr. Siskolo sie orakelhaft an. »Ihr alle wißt, daß mein teurer Bruder Bosambo ein großes Reich besitzt und daß er mehr als irgendein anderer farbiger Mann an der Küste geehrt wird. Nun habe ich ja Bosambo immer geliebt und oft des Nachts in heißem Gebete um seine Sicherheit gerungen. Auch habe ich allen Weißen, denen ich begegnete, stets nur Gutes über ihn gesagt. Und ich habe ihm bei vielen Gelegenheiten durch Boten große Summen Geldes gesandt. Wenn er dieses Geld nicht erhalten hat«, fuhr Mr. Siskolo mutig fort, »dann lag es daran, daß die Boten Diebe waren oder daß Räuber sie unterwegs überfallen haben. Aber alle meine Angestellten und die Leute, die mich liebhaben, wissen, daß ich dieses Geld abgeschickt und ihm Briefe voller Lob und voll guter Wünsche für seinen Reichtum geschrieben habe.«

Mr. Siskolo machte hier eine Pause und steckte eine seiner knochigen Hände in die Hosentasche eines Gesellschaftsanzuges, den er von dem Diener des französischen Konsuls bekommen hatte.

»Ich habe euch zusammengerufen«, sagte er langsam, »weil ich eine Reise ins Innere machen und meinen geliebten Bruder von Angesicht zu Angesicht sehen will. Denn ich vernehme, daß er große Schätze in seinem Lande hat, und es ist nicht gut, daß er so reich ist und daß wir alle, die wir von seinem Blute sind, wir, die wir ihn geliebt haben und die wir so viele Jahre für ihn gebetet haben, daß wir arm sein sollen.«

Keiner der Verwandten, die da im Raum saßen, verneinte das. In der Tat erhob sich ein Murmeln des Beifalls, das jedoch nicht ganz frei war von Mißtrauen, dem ein gewisser Lakiro, bei dem man allgemein juristische Kenntnisse voraussetzte, Ausdruck gab.

»Das ist alles Schnickschnack, Siskolo!« erwiderte dieser. »Wie sollen wir erfahren, in welchem Verhältnis unser teurer Verwandter Bosambo seine Reichtümer unter die von uns, die ihn geliebt haben, verteilt wissen will?«

Dieses Mal war der Beifall nicht mißzuverstehen.

Mr. Siskolo antwortete von oben herab: »Nachdem ich den Schatz von meinem lieben Bruder Bosambo – meinem leiblichen Bruder, der mir blutsverwandt ist, versteht mich recht, und nicht nur ein Vetter, wie ihr seid –, nachdem mir also dieser, mein leibhaftiger Bruder, den ich so lange und so innig geliebt habe, seine Schätze gegeben hat, werde ich mir die Hälfte davon nehmen, und die andere Hälfte werde ich gleichmäßig unter euch verteilen.«

Lakiro nahm eine sehr kritische Miene an. »Es scheint mir«, sagte er, »daß wir alle Blutsverwandte sind, daß wir Geld für die Reise, die du, Siskolo, machen willst, gesammelt haben. Denn, soweit ich unterrichtet bin, hast du keinen einzigen Dollar dazu hergegeben. Und unser geliebter Freund und Verwandter Bosambo sähe es lieber, wenn seine großen Geschenke gleichmäßig verteilt würden.« – Er fixierte dabei die Brüder aus dem Hinterlande, die sich hier versammelt hatten und die verständnislos der Unterhaltung zuhörten, die halb auf englisch, halb auf monrovianisch geführt wurde. »Es wäre besser, denen weniger zu geben, die keines Geldes bedürfen, als uns, die wir durch unsere gute Erziehung kostspielige und schlemmerische Lebensgewohnheiten angenommen haben, wie Champagner und Wein zu trinken und ausgesuchte Speisen zu genießen.«

Zwei Tage lang und den größeren Teil zweier Nächte verhandelten sie über die Verteilung der Beute, die sie zuversichtlich erwarteten. Vierzehn Tage später reiste Siskolo mit einem Küstendampfer ab und kam im Laufe der Zeit im Standquartier Sanders' an.

Es mag hier erwähnt werden, daß der Eingeborene im Gehrock und mit hohem Hut der Gegenstand besonderer Abneigung von Distriktsgouverneur Sanders war. Er verabscheute ebenso alle Eingeborenen, die Englisch sprachen, wie schlecht sie es auch immer sprachen. Die einzige Ausnahme davon bildete Bosambo, dessen Sprachschatz sich in fünfzig Worten erschöpfte. Trotzdem hörte Sanders geduldig zu, als Siskolo ihm seinen Plan unterbreitete, und mit der Offenbarung dieses Unternehmens kroch so etwas wie eine heilige Freude in Sanders' Herz. Er lächelte sogar gnädigst auf diesen schwarzen Mann herab.

»Geh in Gottes Namen, Siskolo!« sagte er sanft. »Ich werde dir ein Kanu schicken, das dich zu deinem Bruder bringen soll. Es ist richtig, daß er, wie du sagst, ein großer Häuptling ist. Bosambos Reichtümer abzuschätzen fehlen mir die Mittel. Ich habe nicht deine scharfen Augen.«

Siskolo überging schweigend die Beleidigung.

»Mr. Sanders«, sagte er, in die Landessprache fallend, da er sich wenig ermutigt fühlte, in Sanders' eigener Sprache fortzufahren, »Mr. Sanders, ich bin im Innersten meines Herzens froh, daß ich meinen Bruder Bosambo sehen werde und daß ich ihm die Hand drücken darf. Was seinen Schatz anbelangt, so zweifle ich nicht, daß er mehr besitzt als die meisten Menschen; denn, wie ich weiß, ist Bosambo ein sehr schlauer Mann. Ich bringe ihm reiche Geschenke; darunter eine Uhr aus meinem eigenen Laden, die in keinem Hafen der Küste unter drei Dollar verkauft werden dürfte; außerdem ganze Stücke an Zeug von gehöriger Länge.«

Mr. Siskolo war früh an einem Julimorgen aufgestanden. Er begab sich mit Hut – seinen Gehrock hatte er sorgfältig zusammengelegt und in dem kleinen verdeckten Raum des Kanus untergebracht und sogar seine Beinkleider durch ein Stück Pappkarton gegen die Elemente geschützt – auf den langen Weg, der zwischen ihm und seinem geliebten Bruder lag.

In einem Land, wo die Zeit nichts wert ist und wo die Phantasie keine Rolle spielt, ist Reisen eine sehr angenehme, wenn auch etwas langwierige Beschäftigung. Es dauerte einen Monat und drei Tage, ehe Siskolo an die Grenze von Bosambos Reich kam. Zwei Meilen von Ochoristadt setzte er sich seinen Hut auf und warf sich in seinen Gehrock und in die Hosen der Zivilisation, damit er seinen Einzug in einer Weise hielte, die des Verwandten eines großen und reichen Fürsten würdig sei.

Bosambo nahm die Nachricht von seines Bruders Ankunft mit einem Gefühl auf, das dem der Bestürzung ziemlich nahe kam.

»Wenn dieser Mann wirklich mein Bruder sein sollte«, sagte er, »dann bin ich in der Tat ein glücklicher Mann, denn er schuldet mir noch vier Dollar, die er sich vor langer Zeit von mir geborgt und die er mir niemals wiederbezahlt hat.«

Dennoch befand er sich in Aufregung. Verwandte bringen stets das Kunststück fertig, bei ihren Gastgebern eine merkwürdige Unruhe hervorzurufen. Das beschränkt sich nicht auf einen Erdteil oder ein Volk; und so ging denn auch Bosambo mit einem Gefühl der Besorgnis in seinen Staatskleidern in feierlicher Prozession seinem Bruder entgegen.

In seinem Eifer stieg Siskolo aus dem Kanu, ehe dieses Grund unter sich hatte, und watete ans Ufer, um seinen Bruder zu begrüßen.

»Du bist tatsächlich mein Bruder – mein einziger Bruder, Bosambo!« begrüßte er diesen und umarmte ihn herzlich. »Das ist ein unvergeßlicher Tag für mich.«

»Für mich«, erwiderte Bosambo, »scheint die Sonne heute doppelt so hell, und die kleinen Vögel singen lauter denn je, und ich fühle mich so froh, daß ich in einem fort tanzen könnte. Nun sage mir, Siskolo«, fuhr er fort, indem er einen etwas nüchterneren Ton anschlug, »warum hast du dir den weiten Weg zu mir gemacht? Denn ich bin ein armer Mann und kann dir nichts geben.«

»Bosambo«, antwortete Siskolo vorwurfsvoll, »ich bringe dir Geschenke von großem Wert. Ich will dafür nicht einmal einen Dollar haben. Alles, was ich wünsche, ist, dein treffliches Antlitz zu sehen und deine weisen Worte zu vernehmen, die die Menschen von einem Ende des Landes bis zum andern wiederholen.«

Siskolo drückte von neuem Bosambos Hände.

Sie machten einen Augenblick halt, während Siskolo seine nassen Beinkleider auszog, »denn«, erklärte er, »sie haben mich drei Dollar gekostet.«

So gingen sie, Arm in Arm, ganz nach der Art der Weißen, in die Ochoristadt. Und alles Volk starrte wie verhext auf das Schauspiel, das ein großer, mächtiger Mann in einem Gehrock und in hohem Hut, mit dem Zipfel eines weißen Hemdes darbot, das um seine Beine schlug, während er in der Haltung herzlicher Zuneigung mit ihrem Häuptling Bosambo daherkam.

Bosambo stellte seinem Bruder seine beste Hütte zur Verfügung. Er ließ Mädchen von sechs verschiedenen Stämmen vor diesem davon sehr eingenommenen Mitglied der äthiopischen Kirche tanzen. Nichts, was er erdenken konnte, nichts, was von seinem Volk ohne Bezahlung erlangt werden konnte, blieb ungetan, um den Aufenthalt seines Bruders glücklich und unvergeßlich zu gestalten.

Dennoch war Siskolo nicht zufrieden. Trotz allem Vergnügen, das er in all diesen glücklichen Tagen hatte, in denen Bosambo bemüht war, ihm Beweise seiner Macht und seiner Beliebtheit zu geben, blieb der wichtige Nachweis von Bosambos Reichtum zu erbringen übrig, nach dem es Siskolo verlangte.

Er schnitt dieses Thema eines Nachts an, bei einem Fest, das Bosambo ihm zu Ehren gab, einem Fest, dessen Kosten – nebenbei bemerkt – von denen getragen wurden, die dabeisaßen und die eine solche Verschwendung ihrer kostbaren Güter grollend verfolgten.

»Bosambo, mein Bruder«, sagte Siskolo, »obwohl ich dich liebe, beneide ich dich. Du bist ein reicher Mann, und ich bin arm, und ich weiß, daß du viele schöne Schätze an geheimen Plätzen verborgen hast.«

»Beneide mich nicht, Siskolo«, kam es traurig von Bosambo, »denn obwohl ich ein Häuptling bin und ein Liebling Sandis, habe ich doch keine Reichtümer. Aber du, mein Bruder und Freund, hast mehr Dollars als Sandkörner. Nun weißt du ja, daß ich dich liebe«, fuhr Bosambo atemlos fort, denn der andere öffnete eben die Lippen zum Widerspruch, »und ich tue alles dieses ohne Hoffnung auf Belohnung. Ich würde in der Tat einen großen Schmerz in meinem Herzen empfinden, wenn ich daran denke, du könntest mir hierfür kleine Silbermünzen anbieten. Dennoch, wenn du es so haben willst, würde ich das annehmen, da ich weiß, wie niedrig ich vor deinem Antlitz bin, und nicht, weil ich mich nach Reichtümern sehne, sondern weil ich ein armer Mann bin.«

Siskolos Gesicht wurde lang und länger. »Bosambo«, erwiderte er, und es lag wenig Heiterkeit in seinem Ton, »auch ich bin ein armer Mann, da ich eine große Familie habe und viele Verwandte, die auch deine Verwandten sind. Und ich denke, es wäre eine gute Sache, wenn du mir ein feines Geschenk machtest, das ich mit zur Küste nehmen könnte. Ich würde dann alle Leute zusammenrufen und ihnen sagen: Seht, das habe ich von meinem Bruder Bosambo erhalten, der ein großer Häuptling in einem fernen Lande und sehr reich ist.«

Bosambos Gesicht zeigte nicht, daß er besonders dafür eingenommen sei. »Das ist richtig«, sagte er leise, »es wäre sehr schön, wenn man's tun könnte, aber mir ist ganz elend im Herzen, daß ich das nicht tun kann, denn ich bin furchtbar arm.«

So verlief die Unterhaltung, die die beiden Brüder in Anspruch nahm, sobald der Gang der Darbietungen einmal Zeit zum Reden gab.

Nach zehn Tagen war Bosambo ein müder Mann; er gab Winke,

die jeder andere als Bosambos Bruder beachtet hätte. So sagte er zum Beispiel: »Bruder, ich hatte einen Traum in der letzten Nacht. Deine Familie war erkrankt, und dein Geschäft ging zum Teufel. Nun denke ich, wenn du schnell in deine Heimat zurückkehrtest...« Oder: »Bruder, mich erfüllt bange Sorge, denn jetzt kommt die Zeit in unserem Lande, wo alle Fremden an Geschwüren leiden.«

Aber Siskolo entgegnete auf alle diese Anzapfungen gewandt und entschlossen, denn er war nicht umsonst Bosambos Bruder.

Der Häuptling war von düsteren Ahnungen erfüllt. Als die Wochen dahinflossen und sein Bruder noch immer keine Vorbereitungen zur Abreise traf, nahm Bosambo sein schnellstes Kanu und zehn Paddler und fuhr nach I'kan, wo Sanders gerade Steuern eintrieb.

»Herr«, sagte Bosambo, indem er sich auf Deck vor dem müden Distriktsgouverneur niederhockte, »ich habe dir eine Geschichte zu erzählen.«

»Dann laß es eine Geschichte sein, die man zwischen dem Sichniedersetzen eines Moskitos und seinem Stich erzählen kann«, antwortete Sanders.

»Herr, es ist eine kurze Geschichte«, kam es traurig von Bosambo, »aber es ist eine sehr üble Geschichte – wenigstens für mich.«

Und er erzählte die Geschichte vom unwillkommenen Bruder.

»Herr«, fuhr er fort, »ich habe alles getan, was ein Mann tun kann, denn ich habe ihm Dinge zu essen gegeben, die nicht mehr ganz genießbar waren; und eines Nachts spielten meine jungen Leute mir zuliebe ein Stück, in dem sie sich als gewisse wilde Isisileute aufführten, obwohl Deine Lordschaft weiß, daß sie durchaus nicht wild sind, aber...«

»Weiter, weiter!« knurrte Sanders, denn der Tag war heiß gewesen und das Steuereintreiben mehr als ermüdend.

»Nun komme ich zu dir, Herr, mein Gebieter und Herr«, sagte Bosambo, »da ich weiß, daß du sehr klug und weise bist und daß dir die Macht der Götter innewohnt. Sende meinen Bruder von mir weg, denn ich liebe ihn so sehr, daß ich fürchte, ich werde ihm eines Tages Schaden tun.«

Sanders war ein Mann, der alles der Beachtung wert fand, außer Zank mit Weibern. Denn er hatte den Anfang von Fehden in stecknadelkopfgroßen Meinungsverschiedenheiten gesehen und es erlebt, daß eine Expedition von achttausend Mann in den Busch ging, um eine Streitigkeit aus der Welt zu schaffen, die sich ursprünglich um einen Kochtopf drehte.

Er dachte eine Weile angestrengt nach. Dann sagte er: »Vor zwei Monaten kam ein jagender Akasavamann zu mir, der mir erzählte, im Ochoriwalde, gerade an der Isisigrenze, befinde sich eine Stelle, wo fünf große Bäume in der Form eines Halbmondes wüchsen...«

»Ehre sei Gott und seinem Propheten Mohammed!« unterbrach ihn Bosambo fromm und bekreuzigte sich dabei in recht unlogischer Weise.

»In Gestalt eines Halbmondes«, fuhr Sanders fort. »›Und am Fuße des mittelsten Baumes‹ – so sagte der junge Akasavamann, ›befindet sich ein großer Schatz von Elfenbein.‹« (Es handelte sich um »totes« Elfenbein, das heißt um Elfenbein, das vergraben oder aufgespeichert worden ist.)

Sanders hielt inne, und Bosambo sah ihn an.

»Solche Geschichten werden oft erzählt«, bemerkte Bosambo.

»Dann erzähl sie weiter!« sagte Sanders bedeutungsvoll. In Bosambos Augen leuchtete Verständnis auf.

Zwei Tage später war er wieder in seiner Stadt, und nachts rief er seinen Bruder zu einem geheimen Palaver. »Bruder«, begann er, »ich habe viele Tage über dich nachgedacht und darüber, wie ich dir am besten dienen könnte. Wie du weißt, bin ich ein armer Mann.«

»Ein König ist ein armer Mann, und ein Bettler ist noch ärmer«, zitierte Siskolo anmaßend und ungläubig.

Bosambo holte tief Atem. »Nun will ich dir etwas anvertrauen«, fuhr er mit leiser Stimme fort. »Für meine alten Tage und für den Fall, daß mich mein aufsässiges Volk verraten sollte, habe ich einen großen Schatz Elfenbein aufgehäuft. Ich habe dieses Elfenbein meinem Volke genommen. Ich habe es in blutigen Schlachten gewonnen. Ich habe viele Elefanten gejagt, Siskolo, mein Bruder«, fuhr er in erkünstelter Erregung fort, »alles dieses gebe ich dir, weil ich dich und meine trefflichen Verwandten liebe. Gehe nun in Frieden, aber kehre nicht hierher zurück, denn wenn mein Volk erfährt, daß du den Volksschatz suchst, wird es dir nicht verzeihen, und dann werde ich meine Leute nicht halten können, obwohl ich ihr Häuptling bin.«

Die ganze Nacht hindurch saßen sie, Bosambo traurig, aber dennoch Winke gebend; in Siskolo zitterte alles vor Aufregung.

Bei Tagesanbruch reiste der Bruder auf dem Wasserwege nach der Isisigrenze, dorthin, wo fünf Bäume in der Form eines Halbmondes wuchsen.

»Herr!« rief Bosambo bitter und verletzt, »ich bin einmal Christ gewesen, einmal ein Anbeter von Dämonen, ein Fetischmann, und nun bin ich ein Anhänger des wahren Glaubens – obwohl ich alle Ursache habe, daran zu zweifeln.«

Er stand vor Sanders in dessen Standquartier. Unten am kleinen Kai des Flusses lagen Bosambos erschöpfte Paddler, denn Bosambo war Tag und Nacht gerudert, um den Fluß herunterzukommen.

Sanders sprach nicht. Nur der Schalk saß in seinem Augenwinkel, und ein Lächeln zuckte um seine Lippen.

»Und es scheint mir«, sagte Bosambo mit tragischem Pathos, »daß mich keiner der Götter liebt.«

»Das ist dein Palaver«, sagte Sanders. »Und vergiß nicht, dein Bruder liebt dich mehr als jemals!«

»Herr«, rief Bosambo verzweifelt, indem er seine Arme ausstreckte, »wußte ich denn, daß unter dem mittelsten Baum von den fünfen tatsächlich zehn große Elefantenzähne begraben waren? Herr, bin ich denn verrückt, daß ich diesem Hund einen solchen unermeßlichen Schatz geben konnte?« –

»Ja, ich habe es auch für ein bloßes Gerücht gehalten«, sagte Sanders leise.

»Herr, darf ich einmal sehen?«

Sanders nickte, und Bosambo ging an das Ende der Veranda und sah auf die See hinaus.

Eine Rauchfahne war am Horizont sichtbar. Es war der Rauch des abfahrenden Postdampfers, der Siskolo und seinen wunderbaren Elfenbeinschatz zurück nach Monrovia brachte.

Bosambo erhob feierlich seine geballte Faust und verfluchte das verschwindende Schiff.

»O Bruder!« jammerte er, »o du Teufel! Du Schlange! Nigger! Nigger! Verdammter Nigger!«

Bosambo weinte.

# *Der Thron der N'Gombi*

Das N'Gombivolk achtete einen Thron höher als alle anderen Schätze, und zwar weil dieser aus Elfenbein und aus von Eingeborenen gefundenem Silber gefertigt war; darin waren die N'Gombi geschickte Arbeiter.

Auf diesem Thron hatten Könige, große Krieger und Häuptlinge ihres Stammes gesessen, ebenso werte Gäste des Landes.

Bosambo, der Ochori, begab sich einst zum König der N'Gombi, um ein freundschaftliches Palaver mit ihm zu halten, saß auf diesem Throne und bewunderte ihn. Nachdem er gegangen war, kamen nachts vier Männer und trugen den Thron weg; und obwohl der König von N'Gombi und seine Räte das Land von einem Ende bis zum anderen absuchten, wurde dieser Stuhl doch niemals gefunden.

Er würde auch niemals gefunden worden sein, wenn nicht Mr. Wooling, ein Händler und Mann von Fähigkeiten, gewesen wäre. Dieser war an der Küste von einem Ende bis zum anderen als ein Verkäufer wunderbarer Dinge bekannt und, nach allgemeinem Dafürhalten, ein reicher Mann.

Eines Tages nahm er sich vor, unbekannte Welten zu erobern, und kam in Sanders' Bezirk mit dem Glauben an diese Sendung, mit einer Ladung der mannigfaltigsten Dinge und einer unbezähmbaren Neugier.

Bis dato hatte sich sein Handel auf die am meisten zivilisierten Striche des Landes beschränkt – auf Plätze, wo der gebildete Eingeborene die Wechselkurse studierte und die Ernte auf dem Halm verkaufte. Er hatte schon lange gewünscht, ein Land zu betreten, in dem das Heidentum eine führende Rolle innehatte, wo Weiße als Götter angesehen wurden und wo ihnen gestattet war, in großem Maßstab zu betrügen.

Wooling erfuhr manchen Rückschlag; nicht der geringste darunter war die Entdeckung, daß Genever, auch wenn es deutscher Genever war, in vierkantigen Flaschen, prächtig etikettiert und in Strohhülsen gepackt, von Sanders nicht als eine marktfähige Ware angesehen wurde.

»Sie können sonst etwas handeln«, sagte Sanders, indem er lässig seinen Fliegenwedel handhabte, »aber der Schlagbaum ist zu, wenn es sich um die Einfuhr von Alkohol und Feuerwaffen handelt, denn beides ist dann im Besitz einer dafür begeisterten und zu Versuchen damit geneigten Bevölkerung.«

»Aber, Mr. Sanders«, protestierte der Mann, der sein Schäfchen zu scheren gedachte, mit dem zuversichtlichen Lächeln, das fünfundsiebzig Prozent seiner Habe darstellte, »ich bin keiner von jenen Neulingen, die eben von Mutters Schürzenband loskommen! Verdammt noch mal! Ich kenne die Eingeborenen! Ich spreche ihr Kauderwelsch vom Küstenenglisch bis zum Suaheli.«

»Aber Sie dürfen auf keinen Fall in Alkohol zu ihnen reden! Betrachten Sie das Palaver als beendet!« sagte Sanders.

Und alle Beredsamkeit Mr. Woolings war nicht imstande, den diamantharten Distriktsgouverneur zu überzeugen und dessen Sinn zu ändern. Der Händler ging mit einer höflichen Anspielung auf das Wetter weg und mit innerlichen Verwünschungen gegen einen zu diensteifrigen britischen Amtsnarren, die zu hören Sanders Gott weiß was gegeben hätte.

Wooling ging ins Innere und handelte nach bestem Können ohne jenes Lockmittel, welches das wirksamste auf seinem Beutezug war. Und wenn man die Wahrheit sagen soll, und es liegt keine dringende Veranlassung vor, das nicht zu tun, er machte ein gutes Geschäft, bis er eines Morgens bei Ochoristadt rastete und einen Häuptling interviewte, dessen Name Bosambo war.

Wooling landete dort um die Mittagszeit, und innerhalb einer Stunde hatte er seine schönen Waren am Flußufer ausgelegt. Diese umfaßten Manchester-Baumwollwaren aus Belgien, echtes indisches Salzfleisch aus Birmingham, Salz, das einen beträchtlichen Teil guten Flußsandes enthielt, und ähnliche reizende Kaufobjekte.

Sein Besuch bei dem Häuptling war ein Ereignis. Er traf Bosambo an, wie dieser in einem Gewand aus Leopardenfellen vor seiner Hütte saß.

»Häuptling!« redete er ihn in der blumenreichen Redeweise seines Schlages an, »ich habe eine lange, ermüdende Reise durch den Urwald und gegen die Strömung des Flusses gemacht, um alle Häuptlinge in ihrer Größe zu schauen. Und ich bringe dir ein Geschenk des Königs von England, der mein persönlicher Freund und ein entfernter Verwandter von mir ist.«

Damit übergab er seinem Wirt feierlichst eine kleine Heiligenstatue, die einen gelben heiligen Sebastian vorstellte, der von purpurroten Pfeilen durchbohrt war – eine Figur, wie man sie von einem Fabrikanten an der Ostsee für drei Cent en gros beziehen konnte.

Bosambo empfing das Geschenk mit großem Ernst.

»Herr!« sagte er, »ich werde das zu den anderen Geschenken legen, die mir der König von England gesandt hat und von denen einige von großem Werte sind, wie zum Beispiel das wundervolle Bett aus Gold, eine Uhr aus Silber und eine Krone so voll von Diamanten, daß sie noch kein Mann hat zählen können.«

Er sagte das sehr ruhig, und dem betroffenen Mr. Wooling blieb der Atem weg.

»Was dieses schöne Geschenk anbetrifft«, fuhr Bosambo fort, indem er nachlässig mit dem Heiligenbilde herumtändelte, als ob er seinen Entschluß, es seiner Sammlung hinzuzufügen, bereue, »sieh, um dir zu beweisen, wie sehr ich dich liebe – da ich alle weißen Herren liebe –, ich gebe es dir. Aber da es von böser Vorbedeutung ist, ein Geschenk zurückzugeben, so sollst du mir zehn Silberdollars geben; auf diese Weise wird keinen von uns beiden ein Unglück treffen.«

»Häuptling!« antwortete Mr. Wooling, der sich mit großer Anstrengung wieder erholt hatte, »das ist ein wunderbares Geschenk, und der König dürfte sehr ärgerlich werden, wenn er hört, daß du das Geschenk zurückgegeben hast, denn ein Sprichwort sagt: ›Gib nichts zurück, was dir gegeben worden ist!‹ Und dieses hier ist das Bild eines heiligen Mannes.«

Bosambo sah auf das kleine Standbild. »Es ist ein sehr heiliger Mann«, gab er zu, »denn ich sehe, das ist die Figur des heiligen Judas – darum sollst du es haben, bei meinem Haupte und bei meiner Seele!«

Schließlich gewährte Mr. Wooling zögernd fünf Dollar, wobei er ihm die Heiligenstatue außerdem als eine Art geweihter Zugabe überließ. Überdies kaufte Bosambo für genau zehn Dollar Waren, einschließlich eines Stückes Chiffon, und bezahlte in barem Gelde. Mr. Wooling ging befriedigt von dannen.

Viele Tage danach entdeckte er unter seinem Bargeld zehn auffallende, ganz verschiedene Dollarstücke, die – jeder Irrtum war ausgeschlossen – unecht und von jener Sorte waren, von denen gewissenlose Geschäftshäuser an der Küste ein Dutzend für einen Dollar an die Händler verkauften, die mit ahnungslosen Heiden

Handel trieben. Wooling kam mit einem Profit zur Küste zurück, der geradezu eine Selbsttäuschung gewesen wäre, wenn man nicht die gemachte Erfahrung auf die Kreditseite des Hauptbuches hätte buchen können.

Sechs Monate später unternahm er einen neuen Zug ins Innere; diesmal nahm er eine besondere Sorte Grammophone mit sich, die hauptsächlich deshalb bemerkenswert waren, weil das Muster, das er vorzuführen pflegte, ein brauchbareres Instrument war als das, das der Käufer dann erhielt.

Damit kam er auch nach der Ochoristadt.

Er hatte in seinem großen Warenkanu ein Grammophon und vierundzwanzig Dinger, die einem Grammophon ähnlich sahen. Es waren auch in der Tat Grammophone, nur mit dem Unterschiede, daß sie kein Gehwerk hatten. Und Grammophone ohne Mechanismus sind eine schlechte Ware auf dem afrikanischen Markt.

Nichtsdestoweniger erstand Bosambo eines zu einem lächerlich niedrigen Preise, und der Häuptling beobachtete mit gekränktem und vorwurfsvollem Ausdruck die erschöpfenden Versuche, die Mr. Wooling mit dem von Bosambo dafür bezahlten Gelde anstellte.

»Herr!« sagte Bosambo sanft, »dieses Geld ist gutes Geld, denn es wurde mir von meinem Halbbruder Sanders gesandt.«

»Geh zum Teufel mit deinem Halbbruder Sandi!« antwortete Wooling wütend auf englisch, und zu seinem Erstaunen antwortete der Häuptling in derselben Sprache.

»Du machst'm schwören? Du leben einem Tag für Hölle zu kommen! Du sagen verfluchtige Worte! Du nix sein gut für machen Engels.«

Wooling war, als er in der nächsten Stadt ankam, die zum N'Gombiland gehörte, sicherlich kein Engel, denn er hatte entdeckt, daß er auf irgendeine geheimnisvolle Weise Bosambo das echte, wirkliche Grammophon verkauft hatte und daß er nun keins hatte, mit dem er seine neuen Kunden zum Kauf verlocken konnte.

Er machte einen Gewaltmarsch nach Ochoristadt zurück und entdeckte Bosambo, wie dieser gerade eine große Zuhörerschaft mit einer kreischenden Vorführung der »Heiligen Stadt« unterhielt.

Als der wütende Händler seinen Weg durch die sich lang dahinwindende Straße stapfte, wehte ihm auf den Schwingen des Abendwindes die Stimme des weit entfernten Tenors entgegen:

»Jer-u-salem! Jer-u-salem!
Sing, denn die Nacht ist vorüber!«

»Häuptling!« sagte Mr. Wooling erregt, »das ist ein schlimmes Palaver, denn du hast meine beste Zauberkiste genommen, die ich dir gar nicht verkauft habe.«

»Letzte Nacht lag ich im Schlummer,
Da kam ein Traum so schön.«

sang das Grammophon seelenvoll.

»Herr«, antwortete Bosambo, »diese Zauberkiste habe ich gekauft – ich habe dich mit zehn Dollar bezahlt, in die Deine Lordschaft hineingebissen hat, in der Befürchtung, daß es schlechte Dollars seien.«

»Bei deinem Kopf, du Dieb!« fluchte Wooling. »Die hier habe ich dir verkauft.« Er zeigte einen Ersatz dafür, den er unter dem Arm trug.

»Herr«, sagte Bosambo ziemlich demütig, »das tut mir leid.« Er stellte das Grammophon ab. Er nahm das große Schallrohr aus Zinn ab – allerdings sehr zögernd. Er hüllte das Instrument höchst eigenhändig in ein Stück einheimische Grasmatte ein und übergab es dem Händler. Und Mr. Wooling, der Streit erwartet hatte, stiftete dem höflichen Wirt einen ganzen Dollar.

»So belohne ich die, die ehrlich sind«, sagte er großmütig.

»Herr!« entgegnete Bosambo, »damit wir immer mit freundlichen Gefühlen aneinander denken, hast du hier die Hälfte, und ich behalte die andere Hälfte.«

Mühelos brach er die Münze in zwei Hälften, denn sie war aus Metall gemacht, dessen Wert wesentlich geringer war als der eines echten Silberdollars.

Wooling war ein Mann, der nicht leicht in Verlegenheit zu setzen war, dennoch ist es erwiesen, daß er schließlich in seiner Aufregung Bosambo einen echten Dollar gab und daß er bereits die Hälfte des Weges nach Akasavastadt zurückgelegt hatte, ehe er seinen Irrtum bemerkte. Dann lachte er still vor sich hin, denn das Grammophon wog all die Mühe auf und das Geld obendrein.

In dieser Nacht versammelte er die Akasavaleute um sich, um sie die »Heilige Stadt« hören zu lassen, aber nur, um zu entdecken, daß er zum zweitenmal in Ochoristadt ein Grammophongehäuse ohne Werk eingetauscht hatte.

In der Ochoristadt aber jauchzte um dieselbe Zeit während der ganzen Nacht eine kreischende Stimme »Jerusalem« und erregte die Bewunderung und Ehrfurcht der Ochorileute. –

»Teilweise Ihre eigene Schuld!« sagte Sanders, als sich der Händler beklagte. »Bosambo wurde in einem zivilisierten Gemeinwesen erzogen und eignete sich dort eine Fingergewandtheit an, die weniger talentierte Leute nicht besitzen.«

»Mr. Sanders«, antwortete der Schäfchenscherer sehr ernst, »ich habe als junger Mensch und als Mann sechzehn Jahre lang hier an der Küste Handel getrieben und« – er sprach mit schmerzlicher Betonung – »da war niemals und wird auch niemals ein ewig verdammter eingeborener Nigger in diesem durch die Vorsehung unvermeidlich verfluchten Erdteil sein, der Will Wooling über das Ohr haut.«

Alles dieses sagte er, indem er in seiner verzeihlichen Aufregung verschiedene düstere Gleichnisse anwandte, die hier nicht wiedergegeben zu werden brauchen.

»Mir behagt Ihre Ausdrucksweise nicht, aber ich bewundere Ihre Entschlossenheit«, sagte Sanders.

Tatsächlich war die Entschlossenheit Mr. Woolings so groß, daß er einen Monat später mit einer dritten Ladung in den Busch ging; diesmal war es eine, die besonders lockte, denn sie bestand in der Hauptsache aus goldenen Ketten von überraschender Schwere, die in Zwischenräumen mit sehr seltenen und kostbaren Stücken farbigen Glases besetzt waren.

»Und diesmal«, bemerkte er zu dem unerschütterlichen Distriktsgouverneur, der aus Langeweile zur Landungsstelle heruntergekommen war, um den Händler abfahren zu sehen, »diesmal kriegt es Bosambo gehörig eingerieben.«

»Halten Sie sich von den N'Gombileuten fern!« riet Sanders. »Sie sind ein unruhiges Volk. In das Gebiet dürfen Sie mir nicht hinein!«

Mr. Wooling gab einen grollenden Laut von sich, denn er hatte sich seine Wegroute durch das N'Gombiland, das sehr reich an Gummi und Kopal ist, bereits zurechtgelegt. Er hatte eine angenehme Reise durch das Land, denn er war ein zungenfertiger Mann, der immer eine Erklärung für die bereit hatte, die sich bitter über die fehlerhaften Eigenschaften ihrer früheren Einkäufe beklagten.

Er ging geradewegs zum Ochoribezirk. Dort harrten seiner Gelegenheiten, seine Verschmitztheit und seine besonderen Anlagen unter Beweis zu stellen. Und er vergaß die äußere Würde seines Standes so weit, daß er geradewegs auf sein Ziel losging.

»Bosambo!« redete er den Häuptling an, »ich habe dir sehr kostbare und wundervolle Sachen mitgebracht. Nun schwöre ich dir bei...« – hier folgte mit der an ihm charakteristischen Zungenfertigkeit ein ganzes Bündel der verschiedensten Gottheiten und heiliger Dinge –, »daß diese Ketten«, – er breitete eine von besonderer Schönheit aus, um die Bewunderung des anderen zu reizen – »mir teurer sind als mein Leben. Dennoch sollst du sie haben – für einen Elfenbeinzahn.«

»Herr«, fragte Bosambo, der das Kleinod ehrfürchtig betastete, »welche Zauberkraft wohnt dieser Kette inne?«

»Sie ist ein großer Töter von Feinden«, sagte Wooling begeistert, »sie schützt vor Gefahr und gibt ihrem Träger Mut. Sie ist zwei Elfenbeinzähne wert, aber weil du's bist und weil Sanders dich schätzt, will ich dir sie für einen Elfenbeinzahn lassen.«

Bosambo grübelte. »Elfenbeinzähne kann ich dir nicht geben«, sagte er, »aber ich will dir einen Sessel aus Elfenbein geben, der wirklich wundervoll ist.« Damit holte er das Wunder aus einem Versteck in seiner Hütte hervor.

Es war in der Tat ein hübsches Ding und viele solcher Ketten wert.

»Diesen kannst du an die N'Gombi verkaufen! Die sind Liebhaber von solchen Sachen und werden dich gut bezahlen«, sagte Bosambo süß wie Zucker. –

Wooling kam im N'Gombigebiet mit dem Gefühl an, fünfzig Pfund Sterling Wert für einen Vierpence erstanden zu haben. Und er betrat dieses Land, denn er betrachtete amtliche Warnungen als den Ausdruck einer armseligen Form von Laune.

Er fand die N'Gombi – wie er erwartete – in einer sehr zugänglichen und entgegenkommenden Stimmung. Sie erstanden – das Geld hierfür wurde durch öffentliche Sammlung aufgebracht – eine seiner schönen Ketten, um den Hals ihres Häuptlings zu schmücken; sie feierten Wooling und ließen Tanzweiber von den umliegenden Dörfern kommen, um ihm Ehre zu erweisen. Sie drückten ihre Liebe und Bewunderung für Sanders sehr redselig aus, bis sie entdeckten, daß ihre Begeisterung für den Genannten bei dem Zuhörer auf keine Gegenliebe stieß; da wagten sie sich mit ihrer Meinung hervor, daß Sandi ein grausamer und tyrannischer Herr sei.

Hierauf bediente Wooling sie recht geläufig mit Flüchen, nannte sie Fischfresser und Liebhaber von Hunden; denn es ist gegen das streng beobachtete und eingewurzelte Glaubensbekenntnis der Küste, einem Neger zu erlauben, in Tönen der Mißachtung von einem Weißen zu sprechen, selbst wenn dieser Weiße ein Regierungsbeamter ist.

»Nun hört mir alle zu!« rief Wooling, »ich habe euch hier ein großartiges und entzückendes Ding zu verkaufen...«

Über die Baumwipfel wogte eine dicke gelbe Wolke, die sich in phantastischen Fetzen ballte und fortwirbelte.

Sanders ging an den Bug der »Zaire«, um die Stahltrosse zu besichtigen. Seine leichtsinnige Mannschaft hatte die Gewohnheit, am ersten besten dürren und faulenden Baumstumpf festzumachen, der einem vor die Augen kam. Diesmal aber hatten sie eine gute Festmachstelle gefunden. Die Vertäutrosse war am Stamm eines starken jungen Kopalbaumes festgemacht, der in der Nähe des Uferrandes wuchs. Eine Prüfung der Hecktrosse erwies sich als ebenso zufriedenstellend.

»Nun mögen die Elemente toben!« rief Sanders, und wirklich antworteten die Elemente auf der Stelle.

Ein zickzackgeformter blauer Flammenstreifen sprang aus den gelblichen Wolken hervor, ein ohrenbetäubender Donnerkrach ging los, und plötzlich traf ein orkanartiger Sturm den kleinen Dampfer in seinem geschützten Winkel und beugte die Wipfel der Bäume ohne Ausnahme bis zur Erde.

Sanders erreichte seine Kabine, schob die Tür zurück und zog sie wieder hinter sich zu.

In der Stille der Kabine beobachtete er den Tornado durch sein Fenster, denn die Kabine befand sich an Oberdeck, und er hatte von dort aus eine so ausgedehnte Fernsicht, wie das überhaupt von der kleinen Bucht aus möglich war.

Er sah die sonst ruhigen Wasser des breiten Flusses zu Wogen aufgepeitscht, sah einen Baum nach dem anderen wanken und brechen, als M'shimba M'shamba, der Herr der Hölle, mit furchtbarem Schritt durch den Urwald stampfte; er hörte das hohe, durchdringende Geheul des Sturmes, unterbrochen von dem zerreißenden Krachen des Donners, und war, nach Art der Philister, froh, daß er nicht dort war, wo sich andere Leute befanden.

Die Nacht brach mit beängstigender Schnelle herein.

Vor einer halben Stunde noch war er beim ersten Anzeichen des Tornados auf den ersten besten, Schutz versprechenden Halteplatz zugesteuert. Bei den letzten Strahlen eines blutroten Sonnenunterganges hatte er sein Fahrzeug an die Landungsstelle gebracht.

Schon als er die wilde Wut des Unwetters beobachtete, ging das Licht in bleiernes Grau, dann tintenartiges Blau über – dann verhinderte die hereinbrechende Wetternacht jeden Ausblick. Jetzt war es pechfinster.

Er tastete nach dem Schalter für das elektrische Licht, drehte ihn und die Kabine füllte sich mit mildem Schein. Er drückte auf den Knopf der Telephonverbindung zwischen Kabine und Soldatenraum und rief den Sergeanten Abiboo herbei.

»Laß die Leute auf die Vertäutrossen aufpassen!« befahl er. Ein tiefer Kehllaut antwortete ihm.

Sanders befand sich im oberen Bereich des Tesai, einem unbekannten Gebiete. Die Stämme ringsherum waren ihm offenkundig feindlich gesinnt, aber in einer Nacht wie dieser würden sie sich kaum herauswagen.

Draußen krachte der Donner, und die Blitze zuckten ohne Unterlaß. Sanders fand eine Nikotinrübe in seiner Kommode und zündete sie an; und bald war die Kabine blau von Rauch, denn er hatte den Ventilator schließen müssen. Essen war unter diesen Verhältnissen unmöglich geworden, denn das Feuer der Schiffskabine schien erloschen zu sein. Der Regen, der jetzt wild gegen die Fensterscheiben prasselte, hatte das Herdfeuer wohl längst ausgelöscht.

Sanders ging ans Fenster und spähte hinaus. Er drehte das Licht aus, um die Lage draußen besser übersehen zu können. Der Sturm brüllte noch immer. Blitze zuckten noch immer über die Baumwipfel, und neben dem Tosen des Windes und dem Rauschen des Wassers war das dumpfe Grollen des Donners hörbar. Aber die Wolken waren zerrissen, und zeitweise tanzten Mondstrahlen auf den mit weißem Schaum gekrönten Wellen.

Plötzlich ging Sanders zur Tür und schob sie zurück. Er sprang an Deck. Die ersterbende Gewalt des Orkanes packte ihn und warf ihn gegen die Kabinenwand, aber er klammerte sich an ein Geländer, das ihm in den Weg kam, und zog sich an die Schiffsseite heran. Draußen in der Strommitte hatte er ein Kanu gesehen und ein bleiches Gesicht bemerkt.

»Noka! Abiboo!« brüllte Sanders. Aber der Sturm verschlang seine Stimme. Seine Hand griff an seine Hüfte. Ein Revolver krachte. Leute kamen an Deck entlang und tasteten sich Hand über Hand an der Reling hin. Stumm wies Sanders auf das Kanu.

Eine Leine wurde ausgeworfen, und aus der wirbelnden Gewalt des Stromes zog man alles, was von Mr. Wooling übriggeblieben war.

Er konnte gerade noch so viel Atem schnappen, um ein einziges Wort zu flüstern, – ein Wort, das gehöriges Leben auf dem Deck der »Zaire« hervorbrachte. Sanders hatte Dampf auf – er hätte es nicht gewagt, die Feuer herausziehen zu lassen in einem Sturm, der imstande war, die Vertäutrossen zu brechen und sein Fahrzeug der Wut der Elemente zu überantworten.

»... sie waren auf dem Fluß hinter mir her ... einige habe ich erschossen ... aber sie kamen ... dann packte uns der Sturm ... sie sind nicht weit ab ...«

Eingehüllt in einen dicken Überzieher und zitternd trotz der Schwüle der Nacht saß er bei Sanders, als dieser in die wogenden Wasser des Flusses hinaussteuerte.

»Was ist denn eigentlich los?« fragte Sanders.

Der Sturm wehte seine Worte in Fetzen, aber die in sich zusammengekrochene Gestalt, die an seiner Seite hockte, hörte es doch und antwortete.

»Worum handelt sich's denn?« fragte Sanders, sich zu ihm hinabbeugend.

Wooling brüllte von neuem.

Sanders schüttelte den Kopf. Er fing zwei Worte auf: »Sessel« und »Bosambo«.

Aber in diesem Augenblick brachten sie keinerlei Aufklärung für Sanders.

## *Der Kichu*

Der Bote Sokolas, des Häuptlings des Zwergvolkes im Urwald, erhob sich. Er war ein häßlicher kleiner Kerl, vier Fuß lang und untersetzt und sehr dürftig bekleidet, nämlich nur mit einem kleinen Lendenschurz aus Gras. Sanders betrachtete ihn nachdenklich; der Distriktsgouverneur kannte das Buschvolk sehr wohl.

»Du wirst deinem Herrn sagen, daß ich, der ich dieses Land für meinen König regiere, ihm dessen Gnadenbeweis in Gestalt von Reis und Salz und Zeug gesandt habe und daß dein Herr bei seinem Tode geschworen hat, Frieden im Urwald zu halten. Ein weiteres Geschenk werde ich ihm nicht geben.«

»Herr«, unterbrach ihn der kleine Buschmann wütend, »er bittet Deine Lordschaft nur um ein Stück Zeug, um sich ein feines Gewand zu machen, und um zehntausend Glasperlen für seine Weiber, dann wird er dir für immer untertan sein.«

Sanders zeigte seine Zähne in einem Lächeln, in dem man kein Vergnügen entdecken konnte. »Er wird mir untertan sein«, sagte er bedeutungsvoll.

Die Füße des Buschmannes schaufelten nervös im Sande.

»Herr, es wird mein Tod sein, wenn ich deine stolze Botschaft zu unserer Stadt zurückbringe, denn wir selbst sind ein stolzes Volk, und Sokola besitzt größeren Stolz als irgendein anderer.«

»Das Palaver ist aus!« sagte Sanders, und der kleine Mann stieg die hölzernen Stufen hinab, die zu dem sandigen Gartenpfad führten. Er wandte sich, indem er seine Augen vor der allzuhellen Sonne nach Art der Buschvölker beschattete; denn diese Leute leben in dem feierlichen Halbdämmerlicht der Wälder und lieben die brennende Glut des Tagesgestirns nicht.

»Herr«, sagte er ängstlich, »Sokola ist ein schrecklicher Mann, und ich fürchte, daß er seine Speere zum Morden gebrauchen wird.«

Sanders seufzte gelangweilt und steckte beide Hände in die tiefen Taschen seines weißen Jacketts.

»Dann werde auch ich meine Speere zum Morden gebrauchen!« antwortete Sanders. »O, Ko! Bin ich ein Ochori, daß ich das Schnattern eines Waldmenschen fürchten soll?«

Noch immer zögerte der Mann. Er stand und wog einen leichten Speer auf der Fläche seiner Hand, wie einer, der mit seinen Gedanken beschäftigt ist, mit etwas spielt, das im Bereich seiner Hand liegt. Zuerst drehte er den Speer langsamer, dann wirbelte er ihn immer schneller zwischen Daumen und Finger.

»Ich bin der Diener Sokolas!« sagte er einfach.

Wie ein Blitz holte sein dünner brauner Arm weit aus, der Speer lag waagrecht und steif in der Luft.

Sanders feuerte dreimal mit seiner Selbstladepistole, und der Bote des stolzen Häuptlings Sokola taumelte seitwärts nieder wie ein Betrunkener.

Sergeant Abiboo sprang, einen Revolver in der Hand, durch das Fenster des Bungalow. Er fand seinen Herrn, wie dieser sein glimmendes Uniformjackett auszog – man kann nicht ungestraft durch seine Tasche hindurchschießen – und die zusammengesunkene Gestalt des gefallenen Waldmenschen mit nachdenklichem Stirnrunzeln betrachtete.

»Bringt ihn ins Krankenhaus! Ich glaube nicht, daß er tot ist.«

Sanders hob den Speer auf und prüfte die Spitze.

Auch nur die leiseste Verletzung damit hätte Genickstarre zur Folge gehabt, denn diese Leute sind sehr bewandert im Gebrauch von Tetanusgift.

Das Lager wurde alarmiert. Leute waren von den Haussabaracken herübergekommen und hatten eine rohe Bahre gefertigt, um das, was übrig war von dem Buschmann, wegzuschaffen.

Da Sanders auf diese Weise mit seinen eigenen Angelegenheiten beschäftigt war, hatte er keine Zeit, um auf die Ankunft des Postdampfers und auf das Landen Mr. Holds zu achten.

Dieser dicke Amerikaner füllte den einzigen bequemen Sitz des Brandungsbootes vollkommen aus, aber er rief seine Familiengötter an, die Gefährlichkeit seines Sitzes zu bezeugen.

Er war in einen weißen Anzug gekleidet, der mit großen grauen Flecken von Seewasser unregelmäßig bespritzt war, denn die Kruleute, die die Paddel handhabten, hatten weder die Erfahrung noch den federnden Strich einer Harvard-Achter-Mannschaft und arbeiteten auch nicht gleichmäßig. Im Gegensatz zu ihnen war er groß, breit und dick, sein Gesicht war glatt rasiert, und er hatte eine Zigarre fast quer im Mundwinkel.

Dennoch, alles in allem war er ein umgänglicher Mann, oder seine Gesichtszüge mußten schauderhaft lügen.

Als er sich dem langen gelben Strande näherte, wo die Wasser unaufhörlich mit dem fruchtlosen Versuch beschäftigt sind, eine Mauer aus Seewasser zu errichten, hörten seine Vergleiche mit seinen heimatlichen Verhältnissen auf, und er beschränkte sich auf ängstliche »Huhs«. »Huh!« grunzte er, als das Boot wie ein Spielzeug auf einer Sturzwelle in die Luft geschleudert wurde. »Huh!« sagte er, als eine andere gewaltige Welle von der Höhe eines neunten Stockwerkes bis auf ein wässeriges Untergeschoß zusammenfiel. »Huh – oh!« rief er aus, aber es ereignete sich kein Unglück, als das Boot von watenden Leuten vom Lande aus erfaßt und in Sicherheit gezogen wurde.

Der dicke Ben Hold rollte an Land, stand endlich auf festem Boden und sah grollend über die zwei Seemeilen Ozean, die ihn vom Dampfer trennten. »Müßten 'n Dock hier bauen!« knurrte er.

Er überwachte mit einem argwöhnischen Auge das Ausladen seines Eigentums, indem er die Gepäckstücke mit einem Stück grüner Kreide bezeichnete, das er aus seiner Westentasche ausgegraben hatte. Schließlich fand er, daß eins der Gepäckstücke fehlte. Das wichtigste von allen noch dazu!

»Ist es dieses? Nein! Ist es das: Nein! Ist es jenes? Ah, ja! Das ist es.«

Er saß darauf.

»He!« sagte ein höflicher Krumann, »Sie zu dem Sandi wollen? Ihr finden ihm?«

»Sprich«, sagte Mr. Hold, »ich hab' dich nicht ganz begriffen. Ich will zum Distriktsgouverneur! Zu dem Englishman! Verstehst du?«

Dann überschritt er das saubere und tadellose Gehöft des großen kühlen Bungalows, wo Distriktsgouverneur Sanders von seiner schattigen Veranda aus das Herannahen des Ankömmlings beobachtete, ohne gerade davon entzückt zu sein.

Denn Sanders hatte einen Abscheu vor weißen Fremden. Sie brachten immer einen Umsturz mit sich, hatten verrückte Ideen, wollten eine Eskorte durch Landstriche haben, in denen sich das natürliche Verlangen nach Krieg und eine unnatürliche Furcht vor etwaigen Maßregelungen des Governments scharf die Waage hielten.

»Freut mich, Sie zu sehen! Boy, schieb den Stuhl hier längs! Wollen Sie nicht Platz nehmen?«

Mr. Hold setzte sich vorsichtig.

»Wenn ein Mann zweihundertundachtunddreißig Pfund wiegt«, knurrte der dicke Benjamin vergnügt, »dann setzt er sich mit Vorsicht, wie einer meiner holländischen Freunde sagt.« Er stieß einen langen und tiefen Seufzer der Erlösung aus, als er sich in dem Stuhl zurechtgesetzt und herausgefunden hatte, daß dieser sein Gewicht ohne das leiseste Krachen aushielt.

Sanders wartete, mit einem vergnügten Zwinkern im Auge.

»Möchten Sie was zu trinken haben?«

Mr. Hold hielt feierlich seine Hand hoch. »Führen Sie mich nicht in Versuchung!« sagte er beschwörend. »Ich muß Diät halten – ich sehe doch nicht aus wie einer, der verrückt auf Futter ist. Oder doch?«

Er suchte mit Mühe etwas in der Innentasche seines Rockes. Sanders fühlte den unwiderstehlichen Trieb, ihm dabei zu helfen. Anscheinend hatte der Schneider Mr. Holds diesen in einer unverantwortlich unschönen Weise zum besten gehalten dadurch, daß er die Innentasche weit außerhalb des Bereiches seiner kurzen Arme angebracht hatte.

»Hier ist er!«

Der dicke Ben übergab Sanders einen Brief. Der Distriktsgouverneur öffnete ihn, las ihn sehr aufmerksam und gab ihn seinem Eigentümer zurück. Dabei lächelte Sanders ein an ihm ganz ungewohntes Lächeln; denn Sanders war nicht leicht zum Lächeln zu bringen.

»Sie erwarten, den Kichu hier zu finden?« fragte Sanders.

Mr. Hold nickte.

»Ich habe ihn niemals gesehen«, gestand Sanders. »Gehört habe ich von ihm; ich habe darüber gelesen, und ich habe Leute darüber angehört, die durch meinen Bezirk gereist sind und die mir erzählt haben, sie hätten ihn gesehen.«

Der dicke Ben beugte sich vornüber und legte seine große Hand ernst auf des anderen Knie. »Ich sage, Mr. Sanders, Sie haben wahrscheinlich von mir gehört. – Ich bin der dicke Ben Hold. – Jeder kennt mich, vom Stillen bis zum Atlantischen Ozean. Ich besitze das größte Unternehmen in Zirkussen und in Ausstellungen von wilden Bestien, das die Welt jemals gesehen hat. Mr. Sanders, ich habe Geld gemacht, und ich bin aus dem Zirkus- und Menagerieunternehmen für eine Million Jahre heraus, aber ich will den Monkey – den Affen Kichu – sehen.«

»Aber...«

»Halten Sie sich fest!« Des dicken Ben Hand hielt den anderen fest. »Mr. Sanders, ich habe Geld aus dem Kichu gemacht. Barnum machte seins aus Meerjungfrauen, aber mein Zugstück war der schwanzlose Kichu, der Affe, der dem Menschen so ähnlich ist, daß kein Ratsherr sich in die Nähe seines Käfigs wagen durfte, aus Furcht, die Leute könnten glauben, der Kichu sei entschlüpft. Ich bin auf den Kichu gereist von Seattle bis Portland, von Buffalo bis Arizonastadt. Ich habe eine Kompanie Militär gebraucht, um die Menge in Schach zu halten, die den Kichu sehen wollte. Ich habe eine Rotte Polizisten herbeigerufen, um mich vor einer wütenden Bevölkerung zu schützen, weil der Kichu nicht ganz mustergetreu ausgefallen war. Einige meiner früheren Kichus sind jetzt Familienoberhäupter und Hypothekengläubiger im mittleren Westen. Ferner gibt's Kichus, die Eastside-Gastwirtschaften mit Gewinn für sich selbst und ihre Gecken von Söhnen betreiben, ferner...«

»Ja, ja, freilich!« Sanders lächelte von neuem. »Aber warum...?«

»Lassen Sie mich Ihnen das erzählen, Herr!« Der dicke Ben hielt seine beringte Hand hoch. »Ich bin jetzt raus aus dem Geschäft – gut! Aber, Mr. Sanders, ich habe ein Gewissen.«

Er legte seine große Hand auf sein Herz und dämpfte seine Stimme.

»In neuerer Zeit habe ich mich wegen dieses alten Kichu gegrämt. Ich habe mir eine prächtige Villa in Boston gebaut. Ich habe mich mit allem erdenklichen Luxus umgeben; aber ich höre immer eine leise Stimme, die die gegen jedes Geräusch dichten Wände meines Schlafzimmers durchdringt; die in das Schweigen meines türkischen Bades Zugang findet – und diese Stimme spricht: ›Dikker Ben Hold – es gibt keine Kichus! Du bist ein Schwindler! Du bist ein Grünzeughändler! Du wälzt dich in Reichtümern, die du durch Betrug gewonnen hast.‹ – Mr. Sanders, ich muß den Kichu sehen; ich muß einen wirklichen Kichu haben, und wenn ich mein ganzes Vermögen opfern sollte, um einen zu kriegen.« Er ließ seine Stimme von neuem sinken: »Selbst wenn ich bei diesem Versuch mein Leben lassen sollte.«

Er starrte Sanders mit düsterem Ernst an. Der Distriktsgouverneur betrachtete ihn nachdenklich. Und von Mr. Hold wanderten seine Augen zu dem kiesbestreuten Pfad draußen, und der dicke

Amerikaner, der Sanders' Augen in der Richtung folgte, sah einen dunklen Flecken.

»Irgend jemand Farbe vergossen?« flüsterte er.

Sanders schüttelte den Kopf. »Das ist Blut!« sagte er einfach.

Mr. Hold fuhr zusammen. »Ich habe gerade vorhin einen Eingeborenen erschossen«, sagte Sanders im Tone der Unterhaltung. »Er war zu erpicht darauf, mich zu speeren, und ich war erpicht darauf, nicht gespeert zu werden. So erschoß ich ihn.«

»Tot?«

»Nicht ganz«, erwiderte der Distriktsgouverneur. »Die Sache ist die: Ich glaube, es war dicht daran. Jetzt ist er in Behandlung eines indoeuropäischen Doktors, und wenn es Sie interessiert, will ich Sie wissen lassen, wie es ihm geht.«

Der Zirkusmann holte tief Atem. »Das ist ja ein niedliches Land hier!« meinte er.

Sanders nickte. Er rief seine Diener und gab Anweisung, seinen Besuch gut unterzubringen.

Eine Woche später schiffte sich Hold nach dem Oberen Flusse ein, unter Äußerung lebhafter Mißbilligung, denn das Kanu, das ihm Sanders zur Verfügung gestellt hatte, erschien ihm, gelinde gesagt, seinen Körperverhältnissen nicht angemessen.

Um diese Zeit herum erfreuten sich die Ochori bei ihren Nachbarstämmen einer gewissen Unbeliebtheit, und eine kleine Epidemie von Aufstand und Fehde hatte das Interesse des Distriktsgouverneurs an seinen aufsässigen Völkern in Anspruch genommen.

Als erste fochten die N'Gombileute gegen die Ochori; dann zog das Isisivolk gegen die Akasava wegen eines Weiberpalavers, und die Ochori befehdeten die Isisileute.

Zwischendurch bekämpften die Zwerg-Buschleute jeden, indem sie sich auf den Umstand verließen, daß sie im Urwald wohnten und vergiftete Pfeile gebrauchten. Sie waren ein scheues, aber anmaßendes Volk; sie versahen ihre Pfeile mit Tetanusgift, so daß alle, die dadurch verwundet wurden, nach vielen qualvollen Stunden an Starrkrampf verschieden.

Sie waren damit beschäftigt, die Ochori einzuschüchtern, als Distriktsgouverneur Sanders, der nicht übermäßig beunruhigt war, mit fünfzig Haussa und einem Maximgeschütz anrückte; und obwohl die Leute des Zwergvolkes schnell waren, konnten sie doch nicht so schnell laufen, wie ein Maschinengewehr-Kugelregen dahinbraust, und sie erlitten einige Verluste.

Damals sprach Timbani, der kleine Häuptling der Kleineren Isisi, zu seinem versammelten Volke: »Laßt uns die Ochori bekämpfen, denn sie sind frech, ihr Häuptling ist ein Fremdling und verdient keine Achtung!«

Und die Krieger dieses Stammes erhoben ihre Hände und riefen: »Wa!«

Timbani führte tausend Speere ins Ochoriland und wünschte bald, er hätte eine andere Art gewählt, sich an jenem schwülen Morgen die Zeit zu vertreiben; denn während er das Kisidorf verbrannte, fiel ihm Sanders mit geradezu boshafter Behendigkeit vom Wald aus in die Flanke.

Zwei Kompanien Haussa schossen mit beträchtlicher Genauigkeit auf zweihundert Yard Entfernung, und als die Speere auf einen Haufen geschichtet lagen und die Gefangenen ergeben, aber neugierig in einem Kreise bewaffneter Wachen herumhockten, sah Timbani ein, daß dies ein schwarzer Tag in seiner Geschichte war.

»Ich sah nur das eine, Herr, daß Bosambo mich zu einem betrübten Mann gemacht hat. Denn wenn es nicht wegen seines Wohlstandes gewesen wäre, hätte ich niemals meine Leute gegen ihn geführt, und ich säße nicht hier vor Deiner Lordschaft und fragte mich nicht, welches von meinen Weibern am meisten um mich trauern wird.«

»Was das anbetrifft, Timbani«, sagte Sanders, »so habe ich kein Mittel, das in Erfahrung zu bringen. Aber später, wenn du in der Stadt der Ketten arbeiten wirst, werden Leute kommen und es dir sagen.«

Timbani holte tief Atem. »Dann wirst du mich also nicht hängen, Herr?«

»Ich hänge dich nicht, weil du ein Narr bist. Ich hänge wohl Bösewichter, aber Narren schicke ich ins Zuchthaus.«

Der Häuptling grübelte. »Ich bin der Meinung, Mr. Sandi, daß ich mich lieber für eine Schurkerei gehängt als für eine Torheit leben sehen möchte.«

»Hängt ihn!« befahl Sanders, der sich in einer entgegenkommenden Stimmung befand.

Aber als der Strick über den Ast eines Baumes geworfen wurde, änderte Timbani seine Ansicht und zog es vor, ein schimpfliches Dasein hinzuschleppen. Und darin tat er sehr klug, denn wo Leben ist, da ist auch Freiheit, wenn die Umkehrung des Sprichwortes einmal gestattet ist.

Timbani, der Titularhäuptling der Kleineren Isisi, marschierte also in die Stadt der Ketten und fand dort angenehme Gesellschaft und überdies mehrere Vorgänger im Amt, denn die Isisi sind berüchtigt dafür, daß sie in der Wahl ihrer Häuptlinge sehr unvorsichtig sind.

Diese – das heißt sie und ihre Weiber – bildeten ein kleines Gemeinwesen für sich. Und am Abend konnte man sie um einen brennenden Klotz Gummiholz herumsitzen sehen, mit ihren roten Decken um die Schultern, und hören, wie sie sich Geschichten ihrer früheren Größe erzählten; und wenn sie eine Bewegung machten, dann gaben die losen Eisenfesseln an ihren Füßen Töne wie von einem Glockenspiel von sich.

Als eines Nachts die Haussaposten, die auf erhöhten, das Gefangenenlager beherrschenden Gerüsten auf- und abpatrouillierten, ungewöhnlich nachlässig waren, bewerkstelligte Timbani seine Flucht und verfolgte, so gut er konnte, seinen Weg durch das Land bis zum Urwald. Die Reise nahm zwei Monate in Anspruch. Aber Eingeborene sind geduldige Arbeiter, und an einem Frühlingsmorgen stand Timbani, mager, aber muskulös, vor Sokola, dem Häuptling des Zwergvolkes.

»Herr!« redete er ihn an, obwohl er alle Buschleute verachtete, »ich bin viele Tage gereist, um dich zu sehen, da ich weiß, daß du der größte aller Häuptlinge bist.«

Sokola saß auf einem roh gezimmerten Stuhl, dessen Schnitzereien Schlangen vorstellen sollten. Sokola war weniger als einen Meter zwanzig groß und selbst nach den Begriffen des Zwergvolkes – und diese sind sehr nachsichtig – wenig von der Natur begünstigt. Sein riesiger Schädel, seine kleinen Augen, das Büschel grauer Barthaare unter dem Kinn, die hervorstehenden Backenknochen – alles trug dazu bei, einen Gipfel von Häßlichkeit zu schaffen. Er war von einer unangenehm auffallenden Beleibtheit und hatte die Gewohnheit, sich an der Wade zu kratzen, wenn er sprach.

Er blinzelte den Eindringling an, denn ein Eindringling war er, wie das die beiden Wächter bewiesen, die rechts und links neben ihm standen.

»Warum kommst du?« krächzte Sokola. Er drückte das mit zwei

kurzen Worten aus: »Warum – hier?«

»Herr des Urwalds!« erklärte Timbani schlagfertig. »Ich kam, weil ich dein Glück wünsche. Die Ochori sind sehr reich, denn Sandi liebt sie. Wenn du gegen die Ochori ziehst, wird es Sandi sehr leid tun.«

»Ich ging zu ihnen, und mir tat es sehr leid«, schnob der Waldmensch bedeutungsvoll.

»Ich habe einen Juju, einen Zauber«, sagte eifrig Timbani, der von dem Mangel an Begeisterung beunruhigt war. »Der wird euch helfen und wird euch Zeichen geben.«

Sokola maß ihn mit kaltem und berechnendem Blick. So starrten sie einander im Schweigen des Urwaldes an; der entwichene Gefangene mit der Brust voll Haß gegen seinen weißen Gebieter und die kauernde Gestalt auf dem Sessel.

Dann sprach Sokola: »Ich glaube an Teufel! Und ich will deinen Juju versuchen. Denn ich werde dich ein wenig schneiden und dich an meinen Opferbaum binden. Und wenn du bei Sonnenuntergang noch am Leben bist, sieh, dann will ich das für ein gutes Zeichen ansehen und noch einmal ins Ochoriland gehen. Aber wenn du tot bist, dann wird es ein schlechtes Zeichen sein, und dann werde ich nicht kämpfen.«

Als die Sonne hinter dem vergoldeten Grün der Baumwipfel unterging, sah die dumme Masse des Zwergvolkes, die mit gereckten Hälsen und nach oben gewandten Gesichtern dastand, das arme Wrack eines Menschen sich langsam winden.

»Das ist ein gutes Zeichen!« sagte Sokola und schickte Boten durch den Urwald, um seine Krieger zu versammeln. Zweimal warf er eine Wolke von Kriegern ins Ochoriland. Zweimal warfen die Ochorihäuptlinge die Eindringlinge zurück, erschlugen viele und machten Gefangene.

Wegen dieser Gefangenen hatte Sanders, der seine sanften Ochori kannte, endgültige Weisungen erteilt.

Als die Nachrichten von einem dritten Einfall kamen, gab Bosambo folgenden Befehl:

»Ihr marschiert mit Lebensmitteln für fünf Tage. Alle Gefangenen, die ihr macht, müßt ihr von dem Mais, den ihr habt, ernähren! Ihr müßt davon zwei Hände voll an jeden Gefangenen geben und eine Hand für euch selbst nehmen!«

»Aber, Herr«, protestierte der Häuptling, »das ist ja Wahnsinn!

Wenn wir viele Gefangene machen, dann werden wir selber verhungern.«

Bosambo winkte ihm zu gehen. »M'bilini«, sagte er mit Würde, »ich war einmal ein Christ! Genau wie mein Bruder Sandi einmal ein Christ war. Und wir Christen sind sehr freundlich gegen unsere Gefangenen!«

»Aber, Bosambo, wenn wir unsere Gefangenen töten und nicht zurückbringen, wird das doch besser für uns sein«, beharrte der andere.

»Diese Dinge stehen bei den Göttern«, sagte der fromme Bosambo weiter.

M'bilini zog also gegen das Zwergenvolk aus und schlug es. Er brachte ein wohlgenährtes Heer zurück, aber keine Gefangenen.

So lagen die Dinge, als der dicke Ben Hold gemütlich den Fluß heraufgepaddelt kam. Sein Kanu hielt dicht unter Land, denn da fließt der Strom weniger stark.

Es war eine lange Reise gewesen, und der große Mann in dem unsauberen Tropenanzug fühlte sich erlöst, als er am Ochorifluß an Land ging und seine Beine ausstrecken konnte.

Er brauchte nicht danach zu fragen, bei welchen von den Leuten, die auf ihn zukamen, sich Bosambo befinde. Denn der Häuptling trug sein rotes Plüschgewand, seinen Zylinderhut, seine Armringe aus Glas und alles übrige Zubehör seiner Würde.

Big Ben war in aller Gemütlichkeit den ganzen Fluß hinaufgefahren und hatte sich mittlerweile an den Verkehr mit den kleinen Häuptlingen gewöhnt.

Sein Dolmetscher begann mit einer unterhaltsamen Rede, aber Bosambo fiel ihm ins Wort.

»Nigger«, sagte er auf englisch. »Du nich snackst'm. Mir snakken'm fein englisch. Mir kennen Lukassen, Markussen, Johannessen, Judas – alle feine Kerle! – Du, Herr«, wandte er sich an den sichtlich überraschten Mr. Hold, »du kommen for mir? Sixpence – Vier Dollar, gud Nacht! Ick lieben dir, Mister!«

Er lieferte seinen ganzen Vorrat von Englisch atemlos ab.

»Fein!« sagte Mr. Hold, voller Ehrfurcht und sprachlos.

Er fühlte sich wie zu Hause in dem feierlichen Zug, der pomphaft auf die Hütte Bosambos zu marschierte; er glich aufs Haar einer Zirkusparade.

Bei einem Gericht Fische skizzierte Hold das Ziel seiner Forschung und den Grund seiner Anwesenheit. Es war eine mühevolle Arbeit, da er den verachteten und scheu gemachten Dolmetscher dazu nötig hatte, bis das Wort »Kichu« fiel. Daraufhin heiterte sich Bosambos Gesicht auf.

»Sah!« unterbrach Bosambo. »Mir kennen dem Snack. Mir machen dem Englisch früher mal gut.«

»Fein!« sagte Mr. Hold dankbar. »Ich krieg' dich schon, Steve.«

»Du sehn dich um nach Kichu«, fuhr Bosambo fort, »du nich finden ihm. Ick kieken ihm. Mir sein Missionar, Christ. Mir kennen Hänschen, den Täufer. Peter ihm haben Kopf abgeschlagen. Verflucht sleckten Kerl. Mir kennen Hölle un all dem feinen Kerls.«

»Sage ihm ...« begann Big Ben.

»Mir snacken Englisch selbe wie weißen Mann«, sagte Bosambo entrüstet. »Du nich können machen den Kerl snacken läufig – Mir kennen dem Kichu.«

Der dicke Ben seufzte hilflos. Den ganzen Fluß entlang war die Sage vom Kichu Gemeingut. Jeder wußte von dem Kichu – und mancher kannte jemanden, der ihn gesehen hatte. Ben war nicht begeistert davon, daß Bosambo zu diesen gezählt werden wollte. Denn der ehemalige Schaubudenbesitzer hatte um diese Zeit beinahe sein Gewissen eingeschläfert. Es genügte vielleicht schon, daß der Nachweis von der Existenz des Kichus erbracht wurde. Dennoch hätte er es sehr gern gesehen, wenn er eins dieser angeblichen Fabelwesen mit sich nach Amerika nehmen könnte.

Er sah Bilder vor sich von einem zahmen Kichu, der an einen auf seinem Bostoner Rasenplatz stehenden Pfahl gekettet war; von einem Kichu, der in einem vergoldeten Käfig als eine Art Anhang zu seiner Privatmenagerie saß.

»Ich nehme an«, sagte Mr. Hold, »du hast noch keinen Kichu – gesehen!«

Bosambo war im Begriff, zu behaupten, daß der Kichu ein bekanntes Zubehör der Landschaft sei, als ihm ein Gedanke kam.

»Wenn ick dir den Kichu bringe, du mich schenken viele Dollars?«

»Wenn du mir diesen Kichu bringst«, antwortete Mr. Hold langsam und mit ungeheurem Ernst, »dann bezahle ich dir tausend Dollar.«

Bosambo stand auf. Er war offensichtlich erregt.

»Tausend Dollar?« wiederholte er.

»Tausend Dollar«, sagte Big Ben mit der vergnügten Miene eines Menschen, dem der Besitz von tausend Dollar fast wie ein Stückchen Unglück vorkommt.

Bosambo streckte seine Hand aus und lehnte sich an die aus Mattengeflecht bestehende Wand seines Hauses.

»Du machst'm hundert Dollar zehnmal?« fragte er heiser, »du machst'm schriftlich? Buch?«

»Ich mach'm Buch – schriftlich«, antwortete Ben und folgte einer plötzlichen Eingebung, zog ein Notizbuch aus der Tasche und schrieb sorgsam den Inhalt seines Angebots nieder. Er übergab dem Häuptling das Schriftstück, und Bosambo starrte es verständnislos an.

»Und«, fügte der dicke Ben hinzu, indem er sich vorbeugte und das Knie des vor ihm stehenden Häuptlings mit dem goldenen Knopf seines Spazierstocks berührte, »wenn du...«

Bosambo erhob seine Hand, sein Gesicht lag in feierlichen Falten. »Herr«, er verfiel in seiner Aufregung in die Landessprache, »und wenn dieser Kichu in einem Dorf voll Teufel lebt und Geister um seine Hütte wandern, ich bring' ihn dir.«

Am nächsten Morgen verschwand Bosambo; er nahm drei geschickte Jäger mit sich, und wer ihm begegnete, fragte: »He, Bosambo! Wo willst du hin?«

Er antwortete nicht. Aber wer sein Gesicht sah, war erschrokken, denn Bosambo war ein Christ gewesen und kannte den Wert des Geldes.

Acht Tage war er abwesend, und Big Ben fand das Leben während dieser Zeit sehr angenehm, denn er wurde mit all der Förmlichkeit behandelt, die das Vorrecht der großen Häuptlinge ist.

Am Abend des achten Tages kehrte Bosambo zurück und brachte den »Kichu« mit.

Big Bens Herz schlug schneller, als er dieses Wunder sah. »Mein Gott!« rief er, und seine Gottlosigkeit war beinahe verzeihlich.

Denn der Kichu übertraf seine kühnsten Erwartungen. Er sah wie ein Mensch aus und doch wieder nicht. Sein Kopf war beinahe kahl; ein Stück Knüppel, das wie ein Gebiß zwischen seinen Zähnen hervorlugte und grün angestrichen war, vermehrte das wilde Aussehen der Bestie. Seine langen Arme, die ihm fast bis an die Knie reichten, hatten Ähnlichkeit mit Menschenarmen, und die großen krummen Füße, die einen unaufhörlichen Generalmarsch trommelten, sahen schlimmer aus als die eines Tieres.

»Herr«, erklärte Bosambo stolz, »ich habe den Kichu gefunden!«

Das Gesicht des Häuptlings trug Spuren eines scharfen Kampfes; es war zerbeult und zerkratzt. Auch seine Arme zeigten Merkmale von eilig angelegten Wundverbänden.

»Drei Jäger hatte ich mit mir genommen«, sagte Bosambo, »und nur einen habe ich zurückgebracht, denn ich fing den Kichu, als er auf einem Baum saß, und er war sehr wild.«

»Mein Gott!« rief Big Ben von neuem aus und atmete schwer.

Sie bauten einen Käfig für den Kichu: einen Käfig aus schweren hölzernen Stangen, und das seltene Tier wurde vor zudringlichen Blicken der Eingeborenen durch Vorhängen von Zeug geschützt.

Der Kichu stellte sich nicht freundlich zu seiner Gefangennahme. Er heulte und winselte und warf sich gegen die Käfigstangen, und Bosambo folgte seinen Wutausbrüchen mit Anteilnahme.

»Herr!« sagte er, »um das eine bitte ich dich: Nimm den Kichu bald von hier weg! Auch darfst du ihn nicht Sandi zeigen, sonst könnte er zornig werden, weil wir ein so seltenes Ding aus unserem Lande wegschicken.«

»Aber«, wandte Mr. Hold dem Dolmetscher gegenüber ein, »sage dem Häuptling, daß ja gerade Mr. Sanders haben will, daß ich den Kichu fange. Bosambo«, wandte er sich an diesen unmittelbar, »Sandi will Kichu sehn, verstehste?«

Es war am neunten Tage nach Ankunft des Amerikaners bei Bosambo. Beide saßen vor der Hütte des Häuptlings. Abendfrieden lag über der Stadt, und außer den gequälten Lauten des Gefangenen brach kein Geräusch die Sabbatstille des sinkenden Tages.

Bosambo saß stillvergnügt; an seinem Halse baumelte, von einem Bindfaden festgehalten, ein Bündel englischer Banknoten, und in seinem Gemüt herrschte himmlischer Frieden. Er hatte gerade den Mund geöffnet, um die Eigentümlichkeiten des Distriktsgouverneurs zu erläutern, da...

Wiff – Snick!

Etwas zischte an Big Bens Nase vorbei – etwas, das seinen Kopf mit einem weichen Laut in das Gras der Hütte bohrte.

Er sah den zitternden Pfeil, hörte den schrillen Alarmruf und das geifernde Rollen einer fellbedeckten Trommel. Dann packte eine

Hand wie Stahl seinen Arm und schleuderte ihn kopfüber in die Hütte, denn Sokolas Hauptmann war in Person gekommen, um gewisse schimpfliche Beleidigungen zu rächen, und die Ochoristadt war umringt von zwanzigtausend Waldmenschen.

Die Nacht brach herein, und die Lage war verzweifelt. Bosambo war nicht im unklaren darüber. Ein verwundeter Krieger des Pygmäenvolks fiel in seine Hände – ein wütender, kleiner Kerl, der heulte und spuckte und um sich biß wie ein wütendes, kleines Tier.

»Brennt ihn, bis er spricht!« befahl Bosambo. Aber als der kleine Mann das Feuer sah, gestand er alles – und Bosambo wußte, daß er die Wahrheit sprach.

Der Lokoli auf dem hohen Wachturm der Stadt schrie in abgerissenen Wirbeln nach Hilfe, und einige der Dörfler ringsherum antworteten. Bosambo stand am Fuß einer einfachen Leiter und horchte. Von Ost und Süd und Nord kam die Antwort. Vom Westen nichts. Das Zwergvolk war vom Westen her ins Land hereingefegt, und wo die Eindringlinge durchgezogen waren, schwiegen die Sprechtrommeln.

Der dicke Ben Hold nahm, eine Selbstladepistole in der Hand, an der Verteidigung der Stadt teil. Die ganze Nacht hindurch brach Angriff nach Angriff vor den Verhauen zusammen, und in der Zwischenzeit spuckte die einzige Feuerwaffe der Verteidiger laut in die Finsternis.

Mit der Morgendämmerung kam ein unrasierter Sanders. Er fegte um die Flußkrümmung, während zwei Hotchkißkanonen verderbenbringend dazwischenknallten. Und das Ende des Buschkrieges kam, als die gesammelten Ochori den Angreifern in die Flanke fielen und sie dem Feuer der »Zaire« zutrieben.

In diesem Augenblick warf Bosambo die gesamte Streitmacht der Stadt gegen den Feind. Sanders landete seine Haussas, um die Niederlage zu vervollständigen; er verfolgte seinen Weg unmittelbar in die Stadt und atmete erlöst auf, als er Big Ben am Leben fand; denn Big Ben war ein Weißer und obendrein der Bürger eines fremden Staates.

Der Dicke streckte ihm seine Riesenhand zum Willkommen entgegen.

»Erfreut, Sie zu sehen!« begrüßte er Sanders.

Dieser lächelte. »Den Kichu gefunden?« Es klang höhnisch und er blickte ungläubig auf, als der andere nickte.

»Hier«, sagte Mr. Hold triumphierend und zog den Vorhang des Käfigs beiseite.

Der Käfig war leer.

»Hölle!« brüllte Big Ben Hold und warf, sich vergessend, seinen Tropenhelm zu Boden.

»Dort ist er!« Er zeigte in die Richtung des freien Feldes, das die Stadt vom Walde trennte. Eine kleine Gestalt lief schnell dem Walde zu; auf einmal machte sie halt, hob etwas vom Erdboden auf und wandte sich der Gruppe zu. Als sie ihre Hände in die Luft erhob, legte Haussasergeant Abiboo an und feuerte. Die Gestalt brach zusammen.

»Mein Kichu!« jammerte der Zirkusmann, als er auf die stumme Gestalt hinuntersah.

Sanders schwieg. Er betrachtete zuerst den toten Sokola, den man auf die abscheulichste Weise mitten aus seinem Volke heraus entführt hatte; dann sah er sich nach Bosambo um. Aber Bosambo war verschwunden.

Der Ochorihäuptling war gerade in diesem Augenblick damit beschäftigt, in fieberhafter Eile ein Loch im Fußboden seiner Hütte zu graben, um seinen Sündenlohn darin zu deponieren.

## *Das Opferkind*

Mitten aus der Einöde kam ein langer, sanfter, klagender Laut von unendlicher Müdigkeit. Es klang wie der Schmerzensschrei eines Kindes.

Der Governmentsdampfer trieb in diesem Augenblick. Seine Maschine war auf Halt gestellt, während der Heizer ein Floß ausbesserte, das durch einen Zusammenstoß mit einem treibenden Baumstamm auseinandergerissen war.

Distriktsgouverneurs-Assistent Sanders – damals ein junger Mann – neigte horchend seinen Kopf. Wieder ließ sich der klagende Ruf hören; diesmal schloß er mit einem Seufzer. Er kam von einer Stelle nahe dem Ufer, die mit hohem, grobem Elefantengras bestanden war.

Sanders wandte sich an seine Ordonnanz. »Nimm ein Kanu, o Mann«, sagte er auf arabisch, »und nimm dein Gewehr mit!« Er deutete in die Richtung, woher das Klagen kam. »Dort wirst du einen verwundeten Affen finden. Erschieße ihn, damit er sich nicht länger zu quälen braucht, denn es steht geschrieben: ›Gesegnet ist der, der Schlaf gibt anstatt Schmerzen!‹«

Gehorsam dem Befehl seines Herrn sprang Abiboo in ein kleines Kanu, das längsseits der »Zaire« lag und paddelte zum Grase hin.

Er verschwand, und sie vernahmen das Rascheln des Elefantengrases, aber kein Schuß ließ sich hören.

Sie warteten, bis das Gras von neuem raschelte, und sahen, wie Abiboo mit einem nackten, tränenüberströmten kleinen Kinde männlichen Geschlechts im Arm wiedererschien.

Dieses Kind war ein Erstgeborener und auf der sandigen Landzunge ausgesetzt worden, damit ein Krokodil kommen und das Opfer vervollständigen solle.

Das war vor fast zwanzig Jahren geschehen, und die Erinnerung an die harte Strafe, die dem Vater dieses Erstgeborenen zugemessen wurde, war kaum noch wach.

»Wir wollen dieses Kind ›N'mika‹ nennen«, hatte Sanders damals gesagt.

N'mika wurde in der Hütte eines guten Mannes aufgezogen und erreichte seine Mannbarkeit.

Als die Affen plötzlich ihre Wohnplätze von dem kleinen Gehölz in der Nähe Bongangas am Isisi nach dem Walde hinter Akasava verlegten, sagten alle weisen Männer einstimmig, daß Unglück über die Isisi kommen werde.

N'mika lachte über diese Warnung, denn er war der Diener Sandis und wußte alles, was sich in dessen Bezirk ereignete. Er diente dem Government treu von Jugend auf. Treue war sein höchster Fetisch, und Sanders wußte das.

Der Distriktsgouverneur hätte diesen Mann zu einem mächtigen Häuptling machen können; und hätte N'mika nur den kleinen Finger gerührt, würde Sanders ihn über alle anderen seines Volkes gesetzt haben. Aber der Mann wußte, wo er Sanders am besten dienen konnte, und mit neunzehn Jahren hatte er drei Kriege hinter sich, zweimal Sanders das Leben gerettet und drei unternehmende Unterhäuptlinge an den Galgen gebracht.

Dann kam die Liebe über N'mika.

Er liebte ein Weib vom Stamme der Kleineren Isisi – ein hübsches, gerade gewachsenes Mädchen und, von gewissen Gesichtspunkten aus gesehen, sehr schön. Er heiratete sie, nahm sie in seine Hütte, machte sie zu seinem Lieblingsweibe und umgab sie mit allen Vorrechten und Würden dieses Standes.

Kira, wie sie genannt wurde, war in mancher Beziehung ein begehrenswertes Weib, und N'mika liebte sie, wie nur ein Mann von Verstand ein Weib lieben kann. Sie hatte Schmuck aus Messing und Glasperlen, die an Pracht den Besitz jedes anderen Weibes im Dorf übertrafen.

Nun unterscheiden sich die Wege, das Weib zu behandeln, auf der ganzen Welt nur sehr wenig voneinander, gleichgültig, ob es sich um ein weißes oder schwarzes, ein reiches oder armes Weib, um eine Kannibalin oder eine Vegetarierin handelt.

N'mika behandelte sein Weib zu gut. Er spähte in den Wald ihrer Wünsche, wie das Sprichwort sagt, und so eifrig bestrebt war dieser gute Gatte, seinem Weibe zu dienen, daß es eine harte Aufgabe für sie war, Bedürfnisse zu erfinden.

»Heller Stern im Teich der Erde«, sprach er eines Morgens zu ihr, »was wünschest du dir heute? Sage es mir, damit ich dir deinen Wunsch erfüllen kann!«

Sie lächelte. »Herr«, sagte sie, »ich wünsche mir den Schwanz einer weißen Antilope.«

»Ich werde diesen Schweif finden«, sagte er selbstsicher und ging auf die Jagd danach, etwas entmutigt, weil er wußte, daß die weiße Antilope nur einmal des Jahres sichtbar wird, und dann nur durch einen Glücksumstand. Nun hatte Kira, obwohl sie von vielen ihrer früheren Werber für ein kaltes Weib gehalten und zweifellos von ihrem Ehemann als solches erkannt wurde, einen Liebhaber aus ihrem eigenen Stamm. Und als der Sucher des weißen Antilopenschweifs gegangen war, sandte sie eine Botschaft an ihren Liebhaber.

An diesem Abend lag Sanders »vertäut« fünf Meilen vom Dorf entfernt. Er beobachtete, wie die Sonne in einen Sumpf sank, der südwestlich von seinem Ankerplatz lag. Da kam N'mika in seinem Kanu den Fluß herunter, die Gedanken auf sein Ziel gerichtet, aber doch nicht so ausschließlich, daß er an seinem Herrn vorbeigefahren wäre, ohne ihm die gebührende Huldigung zu zollen.

»He, N'mika!« rief Sanders, indem er sich über die Reling lehnte und freundlich auf den ernsten Mann im Kanu herunterblickte, »die Leute den Fluß auf- und abwärts reden von dir als von dem wunderbaren Liebhaber.«

»Das stimmt, Herr«, sagte N'mika einfach, »denn obwohl ich zweitausend Messingstangen für dieses Weib gegeben habe, denke ich, daß es mehr Messingstangen wert ist, als jemals gezählt wurden.«

Sanders nickte, indem er ihn nachdenklich betrachtete, denn wenn ein Weib in das Geschick eines Mannes eingriff, erwartete er das Ungewöhnliche und neigte zu der Überzeugung, daß der davon betroffene Mann verrückt sei.

»Ich gehe nun, Herr, um ihr den Willen zu tun« – er spielte in einiger Verlegenheit mit einem seiner Paddel – »denn mein Weib wünscht sich den Schweif einer weißen Antilope, und keine Antilope ist näher als das N'Gombiland. Und überdies, weiße Antilopen lassen sich sehr selten sehen.«

Sanders zog die Augenbrauen hoch.

»Ich muß also viele Monate lang nach diesem schönen weißen Ding suchen; aber das gefällt mir, denn ich finde mein Glück in der Schwierigkeit dieser Aufgabe, da ich damit meinem Weib diene.«

Sanders gab ihm einen Wink, und der Mann kletterte an Deck.

»Du hast einen mächtigen Zauber«, sagte Sanders, als N'mika vor ihm stand, »denn ich will dir alle Mühsal und Entbehrung ersparen. Vor drei Tagen schoß ich eine weiße Antilope am Rand der Trauerteiche, und du sollst den Schweif haben.«

Damit legte er die kostbare Jagdbeute in die Hand des Mannes, und N'mika seufzte beglückt auf.

»Herr«, sagte er dankbar, »du bist wie ein Gott zu mir – und warst es immer; denn du hast mich aufgefunden und hast mich das ›Opferkind‹ genannt, und ich hoffe, mein gütiger Herr, ich werde mein Leben in deinem Dienste dahingeben. Das wäre ein passendes Ende für mich.«

»Was ich dir gab, ist wenig, N'mika«, antwortete Sanders leise. »Aber was ich dir jetzt gebe, ist etwas viel Größeres, denn es ist Weisheit. Verschenke nicht dein ganzes Herz an ein Weib, denn das drückt es, bis das Leben daraus entweicht.«

»Auch das wäre ein passendes Ende«, antwortete N'mika und ging seines Weges.

Es war ein trauriger Weg, denn er führte zur Erkenntnis.

Sanders fuhr langsam den Fluß hinauf. Zwei Tage vorher hatte er ein schnelles Kanu gesandt, um alle Häuptlinge seines Bezirks zu einem Palaver am Schlangenplatz, nahe dem Elefantengrunde, am Zusammenfluß dreier kleiner Flüsse, zu laden. (Es war notwendig, sehr verständlich den Rendezvousplatz in einem Lande zu bestimmen, wo Treffpunkte von Elefanten und Lieblingsplätze von Schlangen sehr häufig waren und wo es unzählige Flüsse gab.)

Zu diesem Palaver am Schlangenplatz kamen die Häuptlinge, hohe und mächtige sowohl als auch alle die Unterhäuptlinge, groß und klein, in buntem Gepränge. Einige kamen in ihren Kriegskanus an, unter dem Gedröhne der Lokolis, der Sprechtrommeln, die den Rang und die Würde der Gestalt ankündigten, die träge im Heck des Kanus lehnte. Andere erschienen in geflickten Kanus, die dauernd leckten. Andere wieder hatten lange Wanderungen durch den Urwald hinter sich. So die Isisi, Ochori, Akasava, die Klein-N'Gombileute und die Groß-Isisileute. Sogar das scheue Zwergvolk kam den Fluß heruntergeschlichen, machte einen weiten Bogen um die anderen Stämme, in den kleinen Händen Speere und Bogen, die vorsichtigerweise mit Tetanusgift versehen waren.

Egili von den Akasava, Tombolo von den Isisi, N'Rambara von den N'Gombi und zuletzt, nicht der geringste, Bosambo von den Ochori, kamen. Dieser sah prächtig aus in seinem Gewand aus grünem Sammet, das ihm von der Küste gesandt worden war. Und von seinem Halse hing an seiner Kette, die mit unechten Pariser Diamanten besetzt war, eine große vergoldete Uhr mit blauem Emailzifferblatt, die Bosambo von Zeit zu Zeit mit sichtlicher Aufgeblasenheit zu Rate zog.

Sie saßen auf ihren geschnitzten Stühlen um den Distriktsgouverneur herum, und er sagte ihnen viele Dinge, die sie bereits wußten, und andere Dinge, von denen sie gehofft hatten, er wisse sie nicht.

»Und nun sage ich euch«, sprach Sanders, »ich habe euch zusammengerufen, weil Friede im Lande herrscht und keines Menschen Hand gegen die seines Bruders erhoben worden ist. Das hat nun fast zwölf Monate gedauert, und seht die Folgen! Ihr alle werdet reich und fett.«

»Kwai!« murmelten die Häuptlinge beifällig.

»Darum«, fuhr Sanders fort, »habe ich ein gutes Wort beim Government für euch eingelegt, und das Government ist sehr erfreut. Auch mein und euer König hat euch ein Zeichen seiner Geneigtheit gesandt, das er auf eine sehr geheimnisvolle und sehr kluge Weise angefertigt hat, damit ihr ihn immer bei euch sehen könnt, wie er euch beobachtet.«

Sanders hatte ein halbes Dutzend Öldruckbilder Seiner Majestät vom Government mitgebracht und verteilte diese nun feierlichst. Es war ein Kabinettbild des britischen Königs, wie dieser sich eine Zigarette anzündet, und war eine Gratisbeilage der Weihnachtsnummer eines englischen illustrierten Blattes.

»Nun seht ihr, Leute! Frieden ist etwas Wundervolles. Man kann in seiner Hütte liegen und braucht sich nicht zu fürchten, daß man darin überfallen wird. Oder man kann auf die Jagd gehen und braucht keine Angst zu haben, daß man heimkommt und kein fertiges Essen auf einen wartet, weil das Dorf niedergebrannt wurde.«

»Herr«, sagte ein kleiner N'Gombihäuptling, »sogar ich, ein blinder und unwissender Mann, sehe das ein. Nun schwöre ich beim Tode, daß ich des Königs Frieden mit meinen beiden Händen halten will. Ich werde niemand beleidigen; denn obwohl mein Dorf klein ist, habe ich doch Einfluß, den ich meines Weibes leiblichem Bruder – Bruder von demselben Vater und derselben Mutter – verdanke, denn er ist der Oberhäuptling der Fluß-N'Gombi.«

»Lord Sandi«, begann Bosambo, und aller Augen waren auf den so tapferen und prächtig gekleideten Häuptling gerichtet, der überdies, nach der Meinung aller, zu nahe mit dem Distriktsgouverneur verwandt war, um diesem bequem zu sein. »Lord Sandi«, sagte Bosambo, »daß ich dein getreuer Sklave bin, das, Herr, wissen alle. Einige haben Übles von mir gesprochen, aber, siehe, wo sind sie? In der Hölle sind sie, wie Deine Herrlichkeit weiß, denn du und ich, wir waren ja beide Christen, ehe ich den wahren Pfad fand und Gott und den Propheten anbetete. Nichtsdestoweniger, Herr, Muselmann und Christ sind gleich in dem einen, daß sie eine sehr schreckliche Hölle haben, in die ihre Feinde kommen...«

»Bosambo«, unterbrach Sanders, »du hast eine sehr angenehme Stimme; sie wirkt wie Regen nach langer Dürre, aber ich bin ein vielbeschäftigter Mann, und noch viele wollen reden.«

Bosambo neigte sein Haupt in tiefem Ernst. Die Versammlung sah ihn jetzt mit ehrfürchtiger Scheu an, denn er hatte eine Ermahnung von Sandi erhalten und lebte noch, ja, mehr, er behielt noch seine Würde.

»Lord«, sagte Bosambo, »ich sage jetzt nichts mehr, denn, wie du bemerktest, haben wir beide viel Privatpalaver, wo manches gesagt wird, was kein Mensch weiß. Darum ist es unziemlich, zwischen Deiner Ehren und anderen großen Rednern zu stehen.« Er setzte sich.

»Du sprichst wahr, Bosambo«, erwiderte Sanders ruhig. »Oft sprechen wir, du und ich, in geheimer Unterredung, denn wenn ich rauh zu den Häuptlingen rede, dann geschieht es stets im Schutze ihrer Hütten, damit ich sie in den Augen ihres Volkes nicht herabsetze.«

»O Ko!« sagte der bestürzte Bosambo halblaut, denn er sah den guten Eindruck seiner dunklen Äußerung schnell verschwinden.

Nachdem sich die Versammlung zerstreut hatte, verfügte sich Sanders müde an Bord der »Zaire«. Ein Bad erfrischte ihn, und er begab sich mit Appetit zu einem durch ein Moskitonetz geschützten Platz am Oberdeck und zu seinem Essen. Ein Hühnchen von zwergenhaften Dimensionen war monatelang jede Nacht seine Hauptmahlzeit gewesen.

Er aß sein Mahl allein, ein Buch an eine Flasche vor sich gelehnt, eine dampfende Tasse Tee an einer Seite und eine kleine elektrische Taschenlampe an der anderen.

Er hatte Sorgen. Neun Monate lang hatte er eine Abteilung Ochori an der Isisigrenze für alle Zwischenfälle bereitgehalten. Diese Truppe hatte er zurückgezogen. Sanders hatte die ungemütliche Empfindung, damit einen Fehler gemacht zu haben. Und es würde drei Wochen beanspruchen, die Grenze wieder zu besetzen.

Lange nachdem das Mahl vorüber war, saß er noch und grübelte. Eine bekannte Stimme, die mit Abiboo am Großdeck sprach, riß ihn aus seinem Nachdenken.

Er wandte sich an die Haussa-Ordonnanz, die unbeweglich außerhalb des Moskitonetzes hockte. »Wenn das die Stimme des Häuptlings Bosambo ist, soll er kommen.«

Eine Minute später erschien Bosambo und stand vor der aus Maschen gewebten Tür des mit dem Moskitonetz eingefriedeten Raumes.

»Tritt ein, Bosambo!« befahl Sanders, und als dieser das getan hatte, sagte er: »Bosambo, du bist ein kluger Mann, obwohl etwas prahlerisch. Dennoch habe ich Vertrauen in dein gesundes Urteil.

Nun hast du ja alle möglichen Leute vor mir sprechen gehört, und du weißt auch, daß Friede im Lande ist. Nun sage mir, bei deinem Kopfe und bei deiner Liebe: Was für Dinge könnten die Freundschaft zwischen Mann und Mann zerstören?«

»Herr«, antwortete Bosambo, bereit, eine längere Rede zu halten, »ich kenne zwei Ursachen, die Krieg bringen können. Die eine ist die Gier nach Land und nach wichtigen Dingen wie Fischereirecht und Jagdgründen, und die andere bilden die Weiber. Und, Herr, solange Weiber leben und jede Stunde des Tages in dieser Welt geboren werden, schneller – wie es mich dünkt –, als sie sterben, wird es immer Stimmen geben, die nach den Speeren unter dem Dach schreien werden.«

Sanders nickte. »Und nun...?«

Bosambo warf ihm einen hastigen Blick zu. »Herr«, sagte er sanft, »alle Leute leben heute in Frieden, wie Deine Lordschaft sagte, und wir lieben einander zu sehr, um des Königs Frieden zu brechen. Dennoch steht eine Abteilung Ochori an der Akasavagrenze, um den Frieden aufrechtzuerhalten.«

»Na, und weiter?« antwortete Sanders noch leiser.

Bosambo bewegte sich unruhig. »Ich bin dein Mann«, antwortete er. »Ich habe dein Salz gegessen und dir durch manche heldenhafte Tat und in schrecklichen Kämpfen gezeigt, wie sehr ich dich liebe, Lord Sandi.«

»Dennoch«, Sanders sprach mehr zu der schwankenden elektrischen Birne, die vom Sonnensegel niederhing, »dennoch habe ich den Häuptling der Klein-Isisi nicht bei meinem Palaver gesehen.«

Bosambo schwieg einen Augenblick. Dann holte er tief Atem. »Herr«, sagte er zögernd und voll Bewunderung, »du hast Augen am ganzen Körper. Du kannst die Worte sehen, ehe sie gesprochen werden, und bist sehr schnell im Gedankenlesen. Du bist ganz Auge!« fuhr er mit Übertreibung fort, »du hast Augen auf deinem Kopf und hinter deinen Ohren. Du hast Augen...«

»Genug!« unterbrach Sanders ruhig. »Genug, Bosambo!«

Eine lange Pause entstand.

»Und ich sage dir das, weil es zwischen dir und mir keine Geheimnisse gibt. Ich überredete den kleinen Häuptling, nicht zu kommen.«

»Ich weiß das«, nickte Sanders.

»Denn Herr, ich wünschte, daß das ein Tag voll ungetrübter

Freude für Deine Lordschaft sein sollte und daß du uns mit einem Herzen, erfüllt von Befriedigung verlassen solltest und unter dem Gesang trefflicher Lieder. Wie auch Deine Lordschaft weiß, hat die Ochoriwache die Akasavagrenze verlassen.«

Der Wink konnte nicht mißverstanden werden.

»Warum hätte Bimebibi meine Stimmung ändern können?« fragte Sanders, indem er den letzten Zusatz Bosambos überging.

»Herr«, erklärte Bosambo hochmütig, »ich bin, wie du weißt, ein Anhänger des wahren Glaubens und glaube weder an Dämonen noch an Zaubereien, außer an jene, die vom heiligen Propheten vorgeschrieben sind. Es ist wohlbekannt, daß Bimebibi ein Freund der Geister ist, daß er den bösen Blick hat, der verdorren und sterben macht. Darum, Herr, ist er ein Bösewicht, und alle Häuptlinge und Stämme deines Landes sind dafür, ihn aus der Welt zu schaffen – alle, mit Ausnahme der Klein-Isisileute, die ihn sehr liebhaben.«

Wieder nickte Sanders.

Die Klein-Isisileute waren die kriegerischen Isisi; sie bewohnten das Land zwischen den Ochori und den Akasava, waren zuzeiten sehr kriegerisch, zu anderen ziemlich friedlich. Trotzdem – er hatte keine Nachricht von N'mika, daß sich da etwas zusammenbraute. Das war sonderbar. Sanders schwieg fast zehn Minuten nachdenklich.

»Krieg ist sehr schrecklich«, sagte er schließlich, »denn wenn ein Wahnsinniger auf fünf Leute stößt, die nicht wahnsinnig sind, dann werden es die anderen auch. Ich sage dir, Bosambo, wenn du mir in dieser Angelegenheit Gutes erweisest, werde ich es dir in einer Weise vergelten, die deine Träume übertrifft.«

»Wie kann ein Mann in dieser Sache Gutes tun?« fragte Bosambo.

»Er muß den Krieg verhindern.«

Bosambo streckte seinen Arm aus. »Das würde ich tun, Herr«, versetzte er ernst, »aber es liegt nicht in meiner Macht. Denn Bimebibi wird sich mit den Akasava messen, sobald er weiß, daß die Ochori von der Grenze zurückgezogen sind.«

»Er darf das nicht eher wissen, als bis ich meine Soldaten dorthin gebracht habe«, sagte Sanders, »und niemand kann es ihm sagen.«

Sanders blickte auf und suchte des Häuptlings Auge. »Und niemand kann es ihm sagen?« fragte er herausfordernd.

Bosambo schüttelte den Kopf. »N'mika sitzt in seinem Dorfe,

Herr! Und N'mika liebt sein Weib im Übermaß, wie man sich überall erzählt.«

Sanders lächelte. »Wenn N'mika mich verrät, dann werde ich keinem Mann in der ganzen Welt mehr trauen.«

N'mika saß seinem Weibe gegenüber. Weder Zorn noch Lächeln ruhten auf seinem Gesicht, aber ihr Gesicht verriet Todesfurcht. Auf einem Hocker in der Mitte lag der weiße Antilopenschweif, aber sie achtete seiner nicht, denn ihr Gehirn arbeitete fieberhaft.

Sie saßen in tiefem Schweigen. Das Feuer in der Mitte der Hütte sprühte und knisterte und warf gespenstige Schatten an die geflochtenen Wände.

Als N'mika sprach, war seine Stimme ruhig und gemessen.

»Kira, mein Weib«, sagte er, »du hast mir das Herz aus dem Leibe gerissen und einen Stein statt dessen zurückgelassen, denn du liebst mich nicht.«

Sie netzte ihre trockenen Lippen und schwieg.

»Nun hätte ich das Recht, dich zu töten«, fuhr er fort, »wegen der Schande, wegen des Kummers und wegen der Einsamkeit, die du über mich gebracht hast.«

Sie öffnete den Mund, um zu sprechen. Zweimal setzte sie an, aber ihre Zunge versagte den Dienst. Dann stammelte sie schließlich: »Töte mich!« und starrte ihn an.

N'mika, der wunderbare Liebhaber, schüttelte den Kopf. »Du bist ein Weib und hast nicht meine Kraft«, sprach er, halb für sich. »Und du bist jung. Ich habe dir geglaubt. Ich bin entsetzt...«

Sie schwieg.

Wenn der Mann, ihr Liebhaber, das getan hätte, was sie ihm in einem wahnsinnigen Augenblick geboten hatte zu tun, als sie von der Rückkehr ihres Ehemannes erfuhr, hätte sie ihr Leben retten können und mehr als das. Er erriet zum Teil ihre Gedanken.

»Dir soll nichts Böses von mir widerfahren«, sagte er, »denn ich liebe dich über jedes Verstehen. Und selbst wenn ich für meine Güte an den Rand des Grabes kommen sollte, werde ich dir nichts Böses tun.«

Sie sprang auf. Die Angst in ihren Augen war verschwunden. Giftiger Haß blitzte darin. Er sah den Blick, und dieser Blick brannte ihm in tiefster Seele. Dann horchte er auf. Er hörte das schleichende Pad-Pad der Häuptlingswache. N'mika wandte sich um, um Bimebibis Oberhäuptling zu begrüßen.

Sein Weib war im Begriff, zur Wache hinüberzulaufen, aber N'mikas Hand stieß vor und hielt sie zurück.

»Packt ihn! Packt ihn!« rief sie heiser. »Er will mich töten! Er ist ein Verschwörer gegen unseren König! Er ist einer von Sandis Leuten!«

Chekolana, des Königs Vormann, beobachtete sie neugierig. Jetzt war ihr das Gesicht ihres Gatten nicht mehr leidenschaftslos zugewandt.

»Kira«, sagte er, »obwohl du mich hassest – ich liebe dich. Und wenn ich dafür von der Hand des Königs sterben müßte, ich liebe dich.«

Sie lachte laut auf. Sie war ja jetzt sicher vor ihm – und N'mika hatte Angst. Ihr ausgestreckter Finger berührte fast sein Gesicht.

»Sagt dies dem König«, schrie sie, »N'mika ist Sandis Spion und weiß dessen Geheimnisse.«

Chekolana, der Vormann, machte einen Schritt vorwärts und starrte in N'mikas Gesicht. »Wenn das wahr ist«, sagte er, »dann sollst du Bimebibi alles sagen, was er zu wissen wünscht. Sage mir, N'mika, wieviel Ochorileute bewachen die Grenze?«

N'mika lachte. »Frag das Sandi!«

»Herr, Herr!« Das Auge des Weibes leuchtete. »Das will ich dir sagen, wenn du meinen Mann umbringst. An der Grenze sind ...« Sie rang nach Atem und seufzte wie eine, die müde ist. Dann glitt sie auf den Boden der Hütte nieder – tot, denn N'mika tötete schnell, und sein Jagdmesser war scharf.

»Bringt mich zum König«, sagte er dann, die Augen auf die am Boden liegende Gestalt richtend, »und sagt ihm, N'mika hat das Weib, das er liebte, erschlagen. N'mika, der wunderbare Liebhaber, N'mika, das Opferkind, der sein Weib liebte, aber seine heilige Pflicht noch mehr.«

Es war das letzte Wort, das N'mika sprach.

Sie kreuzigten ihn an einem Pfahl vor des Häuptlings Hütte. Dort fand Sanders ihn drei Tage später. Bimebibi erklärte die näheren Umstände: »Herr, dieser Mann ermordete sein Weib. Deshalb tötete ich ihn.«

Er hätte seinen Atem sparen sollen, denn er hatte ihn bald sehr nötig.

# »Sie«

Im Akartilande verehrte man viele Dämonen und fürchtete keinen, außer einem sonderbaren Gott, der Wu genannt wurde, was in unserer Sprache »Sie« bedeutet.

»Denken Sie daran!« sagte Sanders vom Strom, als er die Hand Grayson Smith', seines Assistenten, drückte.

»Ich werde es nicht vergessen«, antwortete der heitere junge Mann. »Und was ich noch sagen wollte: Wenn mir was zustoßen sollte, könnten Sie vielleicht feststellen, wie sich's zugetragen hat, und 'ne Zeile an meine Leute schreiben und dabei alle häßlichen Einzelheiten unterdrücken.«

Sanders nickte.

»Ich werde eine fromme Lüge daraus machen«, antwortete Sanders, »und was auch geschieht, Ihr Tod soll so schnell und schmerzlos sein, wie mein Füllfederhalter ihn machen kann.«

»Sie sind 'n netter Kerl«, sagte Grayson Smith, wandte sich an seinen Kanuvormann und warf ihm eine Anzahl Flüche in der Suahelisprache an den Kopf, denn trotz seiner Jugend war Smith doch ein großer Sprachkenner. Sanders beobachtete das große Kanu, wie es in die gelben Wasser des Fasai hinausfuhr, verfolgte es, bis es hinter einer Sandbank verschwand, brachte die Nase seines Dampfers in eine Richtung mit dem Strom und steuerte heimwärts.

Um die volle Bedeutung der Unabhängigkeit des Akartivolkes und ihre Unangreifbarkeit zu würdigen, muß man sich daran erinnern, daß sich ihr Land vom »Urwald an den Wassern« bis zum »Urwald an den Bergen« erstreckte. Es war ein breiter Strich Weideland, umgeben von natürlichen Befestigungen. Urwald und Sumpf hielten das räuberische Volk des »Großen Königs« zurück, Berge und Urwald vereitelten Übergriffe der Ochori, Akasava und Isisi.

Die kühnsten N'Gombi hatten sich niemals über die sägeförmigen Häupter der großen Berge gewagt, obwohl Beute und Weiber lockten.

Der König der Akarti war unbestrittener Herr jener ausgedehnten Gebiete; er hatte zehn Heerhaufen von je tausend Mann und ein Amazonenregiment, das er seine »zornigen Jungfrauen« nannte. Diese weiblichen Krieger tranken starke einheimische Getränke und führten Ringkämpfe auf wie die Männer.

Da er als König vom Urwald an den Wassern bis zum Urwald an den Bergen herrschte, war er mächtig und erbarmungslos, und niemand wagte, N'rakis Ja ein Nein entgegenzusetzen, denn er war zu grausam und ein zu fürchterlicher Mann, wenn jemand seinen Unwillen erregte.

Einst kam Culuka von den Marschen mit tausend Speeren in N'rakis Gebiet. Nun liegen die Marschen viele Meilen von der Stadt des Königs entfernt, und der Beutezug, den Culuka plante, richtete kein Unheil an, denn das überfallene Land war arm und steinig.

Aber N'raki, der Töter, war an seiner empfindlichsten Stelle getroffen und führte seine Tausende durch die Sümpfe bis zur Hauptstadt Culukas, bekämpfte ihn bis unter die Wälle und darüber hinaus. Die Stadt verbrannte er. Die Männer und Kinder erschlug er auf der Stelle. Culuka wurde vor seiner brennenden Hütte gekreuzigt. Danach waren die Grenzen des Töters gefeit gegen jeden Angriff.

Das war eine besonders arge Lektion, und als das französische Gouvernement – denn Culuka wohnte in einem Gebiet, das, wenigstens auf der Karte, unter französischer Herrschaft stand – eine Gesandtschaft schickte, um nach der Ursache dieser Vorgänge zu forschen, schnitt N'raki dem Führer der Gesandtschaft den Kopf ab und sandte diesen mit Nachrichten zurück, die sich nicht drukken ließen und die den Gouverneur von Französisch-Westafrika und unter Umständen selbst den Quai d'Orsay hätten in Harnisch bringen müssen.

Aber N'raki lebte ungestört, denn diese Schmach fiel zeitlich mit den Feststellungen der Grenzkommission zusammen, die zwei Jahre lang getagt hatte, um gewisse Fragen wegen der Grenzlinie zu regeln. Durch die Feststellung der Kommission wurde das gesamte Akartiland über Nacht britisches Gebiet und N'raki ein Vasall des Königs von England – obwohl er keine blasse Ahnung von dieser Ehre hatte.

N'raki war der Ausbund eines Selbstherrschers, und von vielen Bataillonen geschulter Krieger, die alle sehr jung und schön waren mit ihren leuchtenden Gliedern und federgeschmückten Köpfen, liebte er am meisten sein erstes Regiment.

Dieses bestand aus den größten, stärksten, schnellsten und wildesten Kriegern. Er verbot ihnen zu heiraten, denn jedermann weiß, daß Weiber einen üblen Einfluß auf Krieger ausüben. Und kein verheirateter Mann ist tapfer, bis er Kinder zu verteidigen hat, aber bis zu diesem Zeitpunkt ist er auch fett geworden.

So kannte dieses Leibregiment weder die Sehnsucht noch die Freuden der Liebe, und diese Krieger waren sehr stolz darauf, daß ihr Gebieter sie von allen anderen Männern gesondert hielt und sie so auszeichnete. Sie taten sich immer bei den Spielen hervor, da sie die Stärksten und die Schnellsten waren und den Einfluß der Weiber nicht an sich gespürt hatten. Und der alte König, der ihre Tüchtigkeit sah, rief: »Wa!«

Bei diesem Regiment stand ein Mann mit Namen Taga'ka, ein stattlicher Bursche von zwanzig Jahren. Es gab aber auch in der Königsstadt ein Weib von fünfzehn Jahren, namens Lapai, das gerade gewachsen, hübsch und eine hervorragende Tänzerin war.

Lapai war ein hochmütiges Weib, da sie den Haupt-Zauberdoktor des Königs zum Onkel hatte, und besaß solch weitgehenden Einfluß, daß sie schon zwei Ehemänner beiseite gebracht hatte.

Eines Tages sah sie Taga'ka beim Wasserholen und verliebte sich in ihn. Und als sie ihn einmal im Gehölz allein traf, fiel sie vor ihm nieder und umklammerte seine Füße.

»Taga'ka, Gebieter«, sagte sie, »du bist der einzige Mann auf der Welt, den ich begehre.«

»Ich bin über allen Begehr erhaben«, antwortete Taga'ka aufgeblasen, »denn ich gehöre zum Königsregiment, und Weiber sind wie Gras zu unseren Füßen.«

Und selbst ihre eindringlichsten Lockungen konnten ihn nicht dazu bewegen, ihr auch nur das Gesicht zu streicheln. Das Herz des Weibes war wahnsinnig vor Liebeskummer.

Kurz darauf wurde der König krank; von Tag zu Tag ging es ihm schlechter. Die Zauberdoktoren opferten siebenmal und ersahen aus gräßlichen Anzeichen, die nicht im einzelnen beschrieben zu werden brauchen, daß der König eine lange Reise bis an die Grenzen seines Reiches machen müsse, wo er einen Mann mit einem Auge treffen sollte, der im Schatten der königlichen Hütte leben würde.

Der König folgte der erhaltenen Weissagung und unternahm eine Reise von drei Monaten, bis er zu dem angegebenen Platze kam und dort einen Mann traf, wie ihn die Zauberdoktoren beschrieben hatten. Und dieser Mann weilte im Schatten der königlichen Hütte.

Nun ist es eine Tatsache, die zu leugnen sich niemand die Mühe nehmen wird, daß die Nichte des Haupt-Zauberdoktors diese Behandlung des Königs geplant hatte. Sie hatte den Plan mit großer Geschicklichkeit ausgeheckt und dafür gesorgt, daß der verstümmelte Mann an des Königs Hütte wartete.

Denn sie liebte Taga'ka mit der ganzen Macht ihres Herzens, und als die langen Monate vergangen waren und der König immer noch weit weg blieb, flüsterte Lapai dem jungen Manne so lange in die Ohren, bis er sie zum Weibe nahm, obwohl Todesstrafe auf diesen Fehltritt stand.

Die anderen Leute des Leibregiments, die Taga'ka für ein Muster in allen ernsten Angelegenheiten hielten, sahen das und sagten: »Seht! Taga'ka, der Günstling des Königs, hat sich ein Weib genommen. Nun, wenn wir alle das tun, wird es besser für Taga'ka und besser für uns sein. Der König, der alte Mann, wird ihm vergeben und uns nicht bestrafen.«

Möglicherweise hätte N'raki, der König, seine Tage an jenem Orte beschlossen, an den ihn sein Medizinmann gesandt hatte; aber da stand in jenem Landstrich ein größerer Zauberer auf als irgendeiner – ein gewisser Fremder aus den Marschen, der Zauberkräfte besaß, die Schmerzen in des Königs Beinen durch kein schmerzlicheres Verfahren als durch Handauflegung heilte und den der König zu seinem Hauptzauberer machte. Und das war das Ende von Lapais Onkel, denn wenn schon zwei Könige nicht in ein und demselben Lande regieren können, so können zwei Zauberdoktoren erst recht nicht gleichzeitig nebeneinander tätig sein.

So wurde Lapais Onkel getötet und sein Blut zu Zauberzwecken verwendet.

Eines Morgens stand der neue Zauberdoktor vor N'raki, dem König.

»Herr und König«, sagte er, »ich habe einen Traum gehabt, und dieser Traum sagt mir, Deine Herrlichkeit muß zurück nach der Hauptstadt. Aber du mußt unerkannt reisen, damit die bösen Geister, die den Weg bewachen, nicht Hand an dich legen.«

König N'raki kehrte ohne Gefolge nach seiner Hauptstadt zurück; nur seine persönliche Wache war bei ihm; er kam unangekündigt an, sehr zum Leidwesen seines Leibregiments.

Und als er alles erfahren hatte, hielt er ein schnelles Gericht. Er ließ die verbotenen Weiber, sechshundert an der Zahl, auf den Gipfel eines hohen Berges bringen und von einem Felsen hinabstürzen.

Dieser Berg trägt bis heute den Namen »Berg der betrübten Weiber«. Eine einzige schonte er, Lapai, schonte sie vor dem zum Urteil versammelten Volke.

»Seht dieses Weib, Volk von Akarti!« rief er. »Sie hat Kummer und Tod über mein Leibregiment gebracht. Heute soll sie Taga'ka, ihren Mann, brennen sehen. Und fortan soll sie unter euch leben, um euch daran zu erinnern, daß ich ein sehr eifersüchtiger König bin und schrecklich im Zorn.«

Die Nachricht von diesem Massenmord sickerte langsam durch die Länder. Sie kam auch zum britischen Government, aber die britische Regierung ist sehr vorsichtig in Sachen, in denen es sich um innere Stammesangelegenheiten handelt.

Sanders, der zwischen Downing Street und den Distriktsgouverneuren vieler abgelegener und isolierter Punkte saß, vergegenwärtigte sich die Fruchtlosigkeit eines Straffeldzugs. Er sandte zwei Sonderbotschaften, eine an einen jungen Menschen namens Farquharson, der zur Zeit gerade an einem großen Sumpfe südlich von den Ambalinabergen Schnepfen jagte. Und dieser junge Mann fluchte wie ein Schotte, weil ihm der Sport unterbunden wurde; aber er gürtete seine Lenden und zog mit einer halben Kompanie von des Königs afrikanischen Jägern gegen die Stadt.

Auf dem Wege dorthin geriet er in einen Hinterhalt und fluchte noch mehr, denn er sah ein, daß ihn der Teufel holen würde, ehe er seinen jährlichen Urlaub genießen konnte.

Er rief nach seiner Ordonnanz.

»Hafiz«, sagte er zu dieser auf arabisch, »wenn du entkommen solltest, durchquere das Land bis zu den Ochori am Großen Fluß. Dort wirst du Sandi finden. Bring ihm meine herzlichsten Grüße und sage ihm, daß Fagazoni ihm gute Nachricht schickt! Der Töter von vielen mordet sein eigenes Volk.«

Eine Stunde später lag Farquharson oder Fagazoni, wie ihn die Eingeborenen nannten, vor dem König; seine erloschenen Augen starrten in den unbarmherzigen blauen Himmel, seine geöffneten Lippen zeigten die Spur eines Lächelns.

»Das ist ein schlimmes Palaver«, sagte der König, als er auf den

Toten niedersah. »Nun werden sie kommen, und ich weiß nicht, was geschieht.«

In seiner Aufregung vergaß er ganz, den Umstand in Rechnung zu ziehen, daß er in seiner Hauptstadt ein volles Tausend Männer hatte, die krank vor Trauer um ihre Weiber waren.

König N'raki war kein Feigling. Er hatte eine gute Witterung für alle verdächtigen Charaktere. Sogar die Räte um ihn herum nahm er davon nicht aus, denn der neue Zauberdoktor fand Spuren von Treulosigkeit bei jedermann. Mit Hilfe seines Amazonenregiments hielt er die Hauptstadt in Schach und entledigte sich erbarmunglos geheimer Nörgler. Dazu gehörten Leute seiner nächsten Umgebung, und es kam eine Zeit, wo er keinen fand, dem er seine Gedanken mit einem gewissen Gefühl der Sicherheit hätte anvertrauen mögen.

Da erreichte ihn die Nachricht, daß eine arabische Karawane seine Westgrenze überschritten hätte und mit seinem Volk Handel treibe. Und der Bericht, den er darüber erhielt, war schmeichelhaft für den Verstand und den Geist des Führers jener Karawane.

N'raki sandte dem Eindringling Boten mit Geschenken und freundlichen Worten, und eines Tages wurde der schlanke Araber Ussuf vor ihn gebracht.

»O Ussuf, ich habe von dir und deiner Weisheit gehört«, sagte der König, »du bist oft in meinem Lande herumgereist, und niemand hat dir etwas zuleide getan.«

»Herr und Gebieter, das stimmt!« bestätigte Ussuf.

Der König betrachtete ihn nachdenklich. N'raki hatte zu jener Zeit seine Reife erreicht. Er war ein kluger und schlauer Mann und trug sich nicht mit Hirngespinsten.

»Arabi«, sagte er, »das geht mir durch den Kopf: Du sollst bei mir bleiben und im Schatten meiner Hütte wohnen. Du sollst mein Häuptling sein, denn du bist sehr klug und kennst die Gewohnheiten fremder Völker. Du sollst Schätze haben, die deine kühnsten Träume übersteigen, denn in diesem Land gibt es viel Elfenbein, das das Volk meiner Ahnen vergraben hat.«

»Herr und König«, entgegnete Ussuf, »das ist eine große Ehre, und ich bin ein zu gewöhnlicher und zu unbedeutender Mann, um dir zu dienen. Allerdings ist es wahr, daß ich die Sitten fremder Völker kenne und daß ich erfahren im Regieren von Menschen bin.«

»Außerdem sage ich dir«, fuhr der König langsam fort, »daß ich weder Menschen noch Dämonen fürchte, dennoch fürchte ich ›Sie‹, wegen ihrer fürchterlichen Grausamkeit. Wenn du mir nun dazu behilflich sein willst, mich vor ihrem Zorn zu schützen, so sollst du hier in Frieden und Glück wohnen.«

Auf diese Weise brachte es Ussuf, der Araber, zum ersten Minister des Königs von Akarti, und zwei Tage nach seiner Ankunft wurde der neue Zauberdoktor schnell und entschlossen von einem König abgesetzt, der keine Verwendung mehr für ihn hatte.

Alles, was aus diesen Landstrichen an Nachrichten zu Sanders gelangte, war die Kunde, daß jenes Land mit einer gewissen Weisheit regiert wurde. Die Furcht vor »Sie« war dem König immer gegenwärtig. Lange Abende saß er mit seinem arabischen Ratgeber zusammen und dachte an die geheimnisvolle Macht, die jenseits des Sägerückengebirges ihr Wesen trieb.

»Ich sage dir, Ussuf«, sprach er, »daß mir mein Herz zu Wasser wird, wenn ich an ›Sie‹ denke, denn das ist ein furchtbarer Dämon, und ich bringe jeden Neumond Opfer, um seinen Zorn zu besänftigen«, sagte der König.

»Gebieter und König, ich kenne die Gewohnheiten von ›Sie‹, und ich sage dir, daß sie Opfer nicht liebt.«

Der König rückte unruhig auf seinem Sessel hin und her. »Das ist sonderbar«, sagte er, »denn die Götter befahlen mir im Traum, daß ich Lapai opfern müsse.«

Er warf einen schnellen Seitenblick zu Ussuf hinüber, denn dieser Araber war der einzige in der ganzen Stadt, der dieses einsame verworfene Weib, dem jeder Tag zur Hölle gemacht wurde, nicht verächtlich behandelte.

Auf des Königs Befehl mußte sie jeden Tag zweimal zwischen Sonnenaufgang und Sonnenuntergang durch die Stadt gehen, und nach einer Laune des Königs mußte jeder, der ihr begegnete, sie verfluchen. Und obwohl das Gedächtnis der Eingeborenen kurz ist und die Erinnerung an jene Tragödie im Schwinden war, fürchteten die Leute den König viel zu sehr, um sie ohne förmliche Verwünschung vorbeigehen zu lassen.

Ussuf allein war mit ihr gegangen, und den Leuten stand der Verstand still, als sie den freundlichen Araber an ihrer Seite sahen.

»Du kannst das Weib haben und sie zu dir in dein Haus nehmen«, sagte der König plötzlich.

Des Arabers ruhiges Auge wandte sich dem lauernden Gesicht des anderen zu. »Herr«, sagte er, »sie ist nicht meines Glaubens, da sie eine Ungläubige ist und eine Ketzerin und nach dem Gebot meiner Götter unwürdig.«

Er war sich der Gefahr bewußt, in die ihn seine undiplomatische Freundschaft gebracht hatte. Er wußte auch, die Herrschaft eines ersten Ministers war selten von langer Dauer.

Er war weniger unersetzlich geworden, als er es gewesen war, denn der König hatte etwas von seinem verlorenen Vertrauen in die Ergebenheit seines Volkes wiedergewonnen. Überdies hatte Ussuf bei den Akarti Verdacht erregt, und das war unheilvoll.

Der König entließ ihn, und Ussuf ging nach seiner Hütte zurück, in der er sein Gefolge von sechs Arabern antraf. »Ahmed«, sagte er zu einem von ihnen, »es steht geschrieben in der Schrift, daß das Leben des Menschen sehr kurz ist. Nun ist es mein höchst persönlicher Wunsch, daß es nicht kürzer sein soll als die Tage, die Gott mir geschenkt hat. Deshalb sei morgen bereit, diese Stadt zu verlassen, denn ich spüre das Ende meiner Macht.«

Er stand am nächsten Morgen früh auf und ging zu dem Palaver, mit dem der Tag gewöhnlich begann. Es beunruhigte ihn nicht, als er entdeckte, daß sein Sitz, der ihm für gewöhnlich zur Rechten des Königs vorbehalten war, von einem unbedeutenderen Häuptling besetzt und sein eigener Sessel vier Sitze weiter zur Linken aufgestellt war.

»Ich habe mit meinen weisen Ratgebern gesprochen«, sagte der König, »und mit meinen Zauberdoktoren. Und diese weisen Männer haben gesehen, daß die Ernte schlecht ist und daß kein Segen auf dem Lande ruht. Und darum wollen wir ein großes Opfer bringen.«

Ussuf neigte sein Haupt.

»Nun meine ich«, fuhr der König langsam fort, »da ich mein Volk liebhabe und ich nicht, wie es sonst Sitte ist, irgendwelche jungen Mädchen für den Scheiterhaufen und das Schlachten nehmen will, wäre es gut für alle, wenn ich das Weib, die Lapai, dazu bestimme.«

Aller Augen richteten sich auf Ussuf. Dessen Gesicht war ruhig und unbewegt.

»Auch höre ich«, sprach der König weiter, »schreckliche Dinge, die meinen Magen mit Kummer füllen.«

»Herr«, gab Ussuf ruhig zurück, »auch ich höre viele Dinge. Aber ich bin weder traurig noch froh darüber, denn solche Geschichten gehören zu den Weibern am Kochtopf und zu Männern, die infolge Erkrankung nicht ganz zurechnungsfähig sind.«

N'raki schnitt ein hämisches Gesicht. »Weiber oder Verrückte«, sagte er barsch, »man sagt, daß dich dieses Weib bezaubert hat und daß du etwas gegen dieses Land im Schilde führst; daß du heimlich Boten an ›Sie‹ gesandt hast und daß du große Heere gegen meine Krieger herbeiholen willst, die mein Land auffressen, wie das Sandi mit den Akasava und den Ländern des Großen Königs getan hat.«

Ussuf sagte nichts. Aus vielen Gründen wollte er das nicht abstreiten.

»Wenn der Mond aufgeht«, wandte sich der König ganz allgemein an die Versammlung, »werdet ihr die Lapai an den Pfahl vor meinem königlichen Hause binden, und alle jungen Mädchen sollen tanzen und Lieder singen, denn das Glück wird zu uns kommen, wie es in den Tagen unserer Väter gekommen ist, wenn ein böses Weib starb.«

Ussuf hielt seine Bewegungen an diesem Tage nicht geheim.

Zuerst ging er in seine Hütte am Ende der Stadt und redete zu den sechs Arabern, die mit ihm dieses Königreich betreten hatten.

Zu dem Vormann sprach er: »Ahmed, wir leben in einer Zeit, wo der Tod jedem von uns sehr nahe ist. Sei bereit, bei Mondaufgang zu sterben, wenn es sein muß! Aber da uns allen das Leben kostbar ist, sei bei Sonnenuntergang an der kleinen Pflanzung am Stadtrand, sobald die Nacht beginnt und das Volk zum Opferfest hereinkommt!«

Er verließ sie und ging durch die breite, von Palmen beschattete Straße der Akartistadt, bis er zu der einsamen Hütte kam, wo das ausgestoßene Weib wohnte. Es war eine Hütte von der Art, wie die Akartileute sie für die errichteten, die im Sterben lagen, damit kein Wohnplatz durch den Verwesungsgeruch belästigt würde. Das Weib war im Begriff, ihren täglichen Bußgang anzutreten.

Sie war ein stattliches, hübsches Weib und beobachtete das Näherkommen des Ministers ihres Königs, ohne in ihrem Gesicht die Qualen zu zeigen, die ihre Brust zerfleischten.

»Lapai«, sagte Ussuf, »in dieser Nacht veranstaltet der König ein Opferfest!«

Er gab keine weitere Erklärung, noch forderte das Mädchen eine solche.

»Wenn er sein Opfer früher gebracht hätte«, antwortete sie sehr gefaßt, »wäre er sehr gütig gewesen, denn ich bin ein sehr unglückliches Weib.«

»Das weiß ich«, sagte der Araber leise.

»Das weißt du nicht«, verbesserte sie ihn. »Ich hatte Kummer, weil ich einen Mann liebte und ihn ins Verderben riß. Ich hatte Kummer, weil ich mein Volk liebe und weil sie mich hassen. Und nun bin ich unglücklich, weil ich dich liebe, Ussuf, und weil diese Liebe mächtiger ist als sonst eine.«

Er sah sie an. Ein sonderbares Mitleid stand in seinen Augen, und seine dünnen braunen Hände berührten ihre Schultern.

»Alle Dinge liegen in Gottes Hand«, sagte er, »ich kann dich nicht lieben, Lapai, obwohl ich von Mitleid für dich erfüllt bin, denn du bist nicht von meiner Rasse, und auch noch aus anderen Gründen nicht. Aber weil du ein Weib bist, und gewisser Lehren halber, die ich in meiner Jugend erhalten habe, will ich dich aus der Stadt bringen und, wenn es erforderlich ist, auch für dich sterben.«

Er folgte ihr mit den Blicken, als sie langsam in der Richtung ging, wo das Volk von Akarti sie in krankhafter Neugier erwartete, denn des Königs Absicht war kein Geheimnis geblieben. – Dann zuckte er hilflos seine Schultern.

Als die Amazonenwache und der alte König gegen neun Uhr kamen, um sie zum Opfertod abzuholen, war sie verschwunden, ebenso Ussuf und seine sechs Araber. Wütend rasselte des Königs Lokoli einen Aufruf an das ganze Volk, ihm dieses Weib und diesen Mann in die Hände zu liefern.

Sanders war um diese Zeit hinter einem langen Mann her, der O'Fasa hieß. O'Fasa hatte seit zwölf Monaten die Schlafkrankheit und hatte sich aus einem sanften Ehemann und gütigen Vater in ein brutales Vieh verwandelt. Er hatte sein Weib gespeert, die Haussawache niedergemacht, die Sanders zur Aufrechterhaltung des Friedens im Dorf zurückgelassen hatte, und war in den Wald geflohen. Ein Wahnsinniger ist ein König, der seine Untertanen im Banne der Furcht hält, und da in diesem Gebiet für zwei Könige kein Raum war, kam der Distriktsgouverneur schleunigst den Fluß herauf, landete eine Kompanie schwarzer Infanterie und folgte den verheerenden Spuren des Wahnsinnigen.

Nach acht Tagen stieß er auf O'Fasa, den langen Mann. Der lehnte mit dem Rücken an einem Gummibaum, seine schön polierten Speere neben sich, und sang den Totensang der Isisi, einen langen, tiefen, klagenden, traurigen Sang, der folgendermaßen in Knüttelverse übersetzt werden könnte:

Leben ist ein Ding so klein,
Kann für viele nicht sichtbar sein.
Tod ist so weise eingericht',
Man kriegt ihn, wie sehr auch vermummt, zu Gesicht.
Ein Sohn des Lebens ist der Tod,
Sein Lieblingsweib ist Schmerz und Not.

Sanders schritt, seine Selbstladepistole in der Hand, langsam über die Lichtung.

O'Fasa sah ihn an und lachte.

»O'Fasa«, sagte Sanders leise, »ich besuche dich, weil mein König gehört hat, du seiest krank.«

»O Ko!« lachte der andere, »ich muß ein großer Mann sein, daß Könige ihre Boten zu mir senden.«

Sanders ging, die Augen ständig auf die Speere gerichtet, vorsichtig vorwärts.

»Komm mit mir, O'Fasa!« sagte er.

Der Mann sprang auf. Er versuchte nicht, die Speere zu ergreifen. Auf einmal bückte er sich, machte kehrt und lief schnell nach dem Inneren des Waldes zu. Sanders erhob seine Pistole und zauderte – gerade eine Sekunde zu lange. Er brachte es nicht über sich, den Mann zu töten, obwohl dieser das Leben seiner Mitmenschen und den Frieden des Landes in Gefahr bringen würde, wenn er ihn am Leben ließ.

Der Distriktsgouverneur befand sich in einer mißlichen Lage. Zehn Meilen entfernt lag der enge Paß, der in das Gebiet N'rakis führte. Wenn er eine bewaffnete Schar durch diese Öffnung führte, dann würde das Verwicklungen nach sich ziehen. Die einzige Hoffnung bestand darin, daß O'Fasa umkehren würde, denn die Spur, die sie verfolgten, ließ wenig Zweifel über die Richtung, in der er verschwunden war. Mit dem nicht irrenden Instinkt des gejagten Wildes hatte er die Richtung nach dem Passe eingeschlagen.

Sie kamen gegen Sonnenuntergang an die mit Palmen bestandene Schlucht, die feucht von rieselnden Wassern war, und lagerten. Sie fanden die Spur des verfolgten Mannes, verloren sie und nahmen sie von neuem auf. Bei Tagesanbruch stieß Sanders mit zwei Leuten durch den engen Paß vor und gelangte in das verbotene Gebiet. Aber nirgends fand er ein Zeichen des Flüchtlings.

Sanders' Lokoli rasselte vier dringende Botschaften in die Luft. Sie waren an einen gewissen Grayson Smith gerichtet, der möglicherweise dort in der Nähe sein konnte. Aber wenn dieser die Botschaft erhalten hatte, eine Antwort sandte er nicht.

Nun haben Wahnsinnige und Kinder eine tiefverwurzelte Abneigung gegen ihnen unbekannte Plätze, und Sanders baute darauf und legte seinen Hinterhalt in den engen Teil der Schlucht. Früher oder später würde O'Fasa zurückkehren. Auf jeden Fall wollte Sanders ihm vier Tage opfern.

So standen die Dinge, als der ehemalige Minister Ussuf mit einem Weibe und fünf Arabern auf die Schlucht zulief, mit den schnellen und unermüdlichen Wächtern des Königs auf ihren Fersen.

Dreimal hatte der Araber haltgemacht, um seine Verfolger abzuschlagen, und in einem dieser Scharmützel hatte er seinen einzigen Verlust erlitten und einen Araber seines Gefolges tot auf dem Platze gelassen.

Die Schlucht war in Sicht, als ein Kriegshaufen aus dem Norden, durch die Sprechtrommel herbeigerufen, auf seine Linke herunterfegte und seinen Rückzug wirkungsvoll abriegelte. Ussuf nahm seine Stellung auf einem kleinen felsigen Hügel ein. Seine rechte Flanke wurde durch sumpfiges Land geschützt, während linke Flanke und Rücken ungedeckt waren.

»Lapai«, sagte er, als er seine Lage übersehen hatte, »es scheint mir, daß der Tod, nach dem du dich sehnst, sehr nahe bevorsteht. Es tut mir zwar leid um dich, aber Gott weiß, daß mein Kummer wenig dazu tun kann, dich zu retten.«

Das Weib sah ihn mit festem Blick an.

»Herr«, sagte sie, »ich bin sehr froh, wenn wir, du und ich, zusammen in die Unterwelt fahren, denn in einer neuen fremden Welt könntest du mich vielleicht lieben, und ich wäre damit zufrieden.«

Ussuf lachte und ließ mit aufrichtigem Vergnügen zwei Reihen geradgewachsener weißer Zähne sehen.

»Das wird sich finden!« sagte er.

Der Angriff geschah fast gleichzeitig. Aber die Büchsen der sechs wiesen den Sturmangriff zurück. Nach Verlauf der nächsten zwei Stunden stand die kleine Abteilung unversehrt. Dann folgte ein zweiter Angriff. Einer von der arabischen Wache sank mit einem Pfeil in der Kehle nieder. Aber Ussufs Schießen wirkte, und wieder zog das nördliche Regiment ab.

Vor dem Hügel und in der Richtung auf Akartistadt befand sich die Leibwache des Königs. Von dort her erwartete Ussuf den letzten vernichtenden Angriff.

»Lapai«, sagte er, indem er sich nach ihr umwandte, »ich…«

Das Weib war verschwunden. In der Hitze der Verteidigung hatte er nicht bemerkt, wie sie von ihm wegglitt. Plötzlich tauchte sie auf halbem Wege hügelabwärts auf und wandte sich nach ihm um.

»Komm zurück!« rief er.

Sie hielt ihre beiden Hände in Form eines Sprachrohrs vor den Mund, damit ihre Stimme weiter trüge. In der stillen Abendluft kam jedes Wort deutlich heraus.

»Lord«, rief sie, »so ist's am besten, denn wenn sie mich haben, wird man dich laufen lassen. Und eines Tages wird der Tod auch zu dir kommen, und dann werde ich auf dich warten.«

Sie wandte sich um und lief schnell hügelabwärts auf die dicken Linien der unten befindlichen Krieger zu.

Da plötzlich erschien, wie aus dem Boden gezaubert, eine lange, schlanke Gestalt mitten im Weg. Lapai zögerte einen Augenblick. Der Mann warf sich auf sie und nahm sie ohne Anstrengung in seine Arme.

Ussuf erhob seine Büchse und zielte auf sie, aber er wagte nicht zu schießen.

Noch ein anderer interessierter Zuschauer hatte sich eingefunden. König N'raki, ein rachsüchtiger Mann und trotz seiner Jahre sehr behende, war so eifrig wie die jüngsten seiner Krieger gefolgt, stand jetzt inmitten seiner Ratgeber und beobachtete den Vorgang am Hügel. »Was ist das für ein Mann?« fragte er, »denn ich sehe, es ist keiner von unserem Volke.«

Ehe die Boten, die er absenden wollte, ihre Weisung erhalten konnten, kam der große Mann, der leicht mit seiner Bürde dahinschritt, auf ihn zugelaufen und legte ein totes Weib vor des Königs Füße.

»Mann!« sagte er frech, »ich bring' dir dieses Weib, das ich getötet habe, weil mir ein böser Geist das befohlen hat.«

»Wer bist du?« fragte N'raki, »ich sehe, du bist ein Fremder.«

»Ich bin ein König«, antwortete O'Fasa, der Lange, »größer als alle Könige, denn hinter mir kommt das Heer der Weißen.«

Der Humor, der in dieser verworrenen Wahrheit lag, dämmerte ihm plötzlich, denn er brach in einen Anfall unbezähmbaren Gelächters aus.

»Du hast die Heere der Weißen hinter dir?« wiederholte N'raki langsam und sah nervös von einer Seite zur anderen.

»Siehe!« antwortete O'Fasa, und streckte seine Hand aus. Des Königs Augen folgten der Richtung der Hand. Weit weg, über die nackte Ebene sah er schwarze Punkte von Männern in regelmäßigen Zwischenräumen vorrücken. Die sinkende Sonne ließ die Bajonette von Sanders' kleiner Macht erglänzen. Der Distriktsgouverneur hatte das Feuern gehört und das übrige erraten.

»Es ist ›Sie‹«, sagte der König N'raki und blickte wütend auf O'Fasa, den Langen.

Schnell drehte er sich nach seiner Leibwache um. »Tötet den Mann!« befahl er.

Sanders zog seine halbe Kompanie Haussas nach dem Hügel heran, und Ussuf begegnete ihm auf halbem Wege.

»Ich hörte Ihre Büchsen«, sagte er. »Haben Sie einen langen Kerl gesehen? Von wildem und kühnem Aussehn?«

Sanders sprach englisch, und Ussuf antwortete in derselben Sprache.

»Einen langen Kerl?« fragte er, und Sanders wunderte sich ein wenig, daß ein Mann, der so schwer aus der Ruhe zu bringen war wie Grayson Smith vom Kolonialen Nachrichten-Dienst – denn um diesen handelte es sich bei Ussuf – so beim Sprechen zittern konnte.

»Ich glaube, er ist hier«, sagte der Engländer in dem arabischen Gewand und ging den Weg hügelabwärts voran. N'rakis Kriegsheer war schnell abgezogen. Die Furcht vor »Sie« war in ihrer Wirkung größer als alle seine Legionen.

Die Engländer bahnten sich den Weg zu der Stelle, wo zwei Gestalten den stillen Schlaf des Todes schliefen.

»Wer ist das Weib?« fragte Sanders.

»Eine Eingeborene, die mich liebte«, sagte Grayson einfach. Er bückte sich und schloß die Augen des Mädchens, das ihn so geliebt hatte.

## *Die Gesandten*

Die Akasava kennen ein Sprichwort: »Der Isisi sieht mit seinen Augen, der N'Gombi mit seinen Ohren, aber der Ochori sieht nichts als sein Fleisch.«

Das ist schlecht übersetzt, aber in seiner ursprünglichen Fassung ist es unendlich fein ausgedrückt. In den alten Zeiten, ehe Bosambo Häuptling, König oder sonstwas bei den Ochori wurde, ertrugen diese gelassen und ohne Empfindlichkeit jede beleidigende Beschreibung ihrer Schlafmützigkeit.

Aber das war Calacala, lange her, und heute sind die Ochori ein stolzes Volk, und es ist nicht ratsam, beleidigende Sprichwörter gegen sie anzuwenden, ansonsten sie diese zurückwerfen, mit etwas Dauerhaftem und Schwerem an deren Ende.

Die Akasava wurden nicht früher gewahr, daß die Ochori nicht länger als Zielscheibe ihrer Witze dienen wollten, als bis jeder Stamm im Umkreise von dreihundert englischen Meilen einige deutliche Beweise von dem Wandel erhalten hatte, der über den Geist und den Charakter dieses einst so furchtsamen Volkes gekommen war.

Da lebte ein Unterhäuptling von den Isisi, der einen »großen« Bezirk regierte; denn obwohl »Isisi« »klein« bedeutet, darf dieser Name doch nicht wörtlich genommen werden. Dieser Häuptling hatte die Befugnis, im Auftrag seines Häuptlings Palaver über alle großen nationalen Fragen zusammenzurufen, zum Beispiel über Mißernten, Verlegung der Fischereigründe und über die Untreue hochgestellter Weiber.

Eines Tages rief er das Volk zusammen – seine Räte, die Vorleute und alle Häuptlingssöhne – und unterbreitete ihnen einen bemerkenswerten Vorschlag.

»In den Tagen meines Vaters«, begann Embiri, »waren die Ochori ein schwaches und feiges Volk. Letzte Woche überfielen sie die Akasava und stahlen ihnen Ziegen und brachten große Demütigungen über sie. Und siehe! die Akasava, die große Krieger sind, taten weiter nichts, als daß sie Sandi die Geschichte ihres Kummers berichteten. Nun meine ich, daß das alles daher kommt, weil Bosambo, der Häuptling, einen Fetisch von großer Macht besitzt, und ich habe zu unserem Oberhäuptling geschickt, um ihn zu bitten, diesen Bosambo zu beschwören, daß er uns sage, warum das alles so ist.«

Die versammelten Räte nickten weise mit ihren Köpfen. Es bestand durchaus kein Zweifel darüber, daß Bosambo den Vorzug des vertraulichen Umganges mit einem solchen Dämon genoß; und wenn das nicht zutraf, war er doch zum mindesten in einem geringeren Grade dadurch vom Schicksal gesegnet, daß er mit einem jener Geister, an denen der Ochoriwald Überfluß hatte, auf dem Grüßfuß stand.

»Und folgendes sagt mein Herr, der König der Akasava und aller Länder und der Flüsse und der unbekannten Gebiete jenseits des Urwaldes, so weit, wie das Auge reicht«, fuhr der Häuptling fort. »Er sendet mir seine Botschaft durch seinen Ratgeber und sagt: ›Es ist richtig, Bosambo hat einen Dämon, und um meines Volkes willen will ich zu ihm senden und ihn bitten, dessen Einfluß in unsere Hände zu legen, damit wir klug und kühn werden.«

Zu diesem Entschluß waren die sechs Stämme gleichzeitig gelangt, und obwohl die Gedanken ihrer Herrscher nicht offen dargelegt wurden, war der Glaube an Bosambos göttliche Eingebungen allgemein, und der Gedanke, daß man Bosambo auf solche Weise nähertreten müsse, war eine heftige und schamlose Anmaßung des Häuptlings Embiri.

Eines Morgens im verflossenen Frühling kamen die Gesandten der Mächte in zwölf Kanus, begleitet von ihren Ältesten, Kriegern, Trommlern und Trägern, nach Ochoristadt heraufgepaddelt. Bosambo, der nicht das geringste Vertrauen in die Menschheit setzte, war von ihrer Annäherung unterrichtet und setzte die Stadt in Verteidigungszustand. Er selbst empfing die Abordnung im Vorgelände. Ihr Sprecher war Embiri.

»Mr. Bosambo«, begann der Häuptling, »wir kommen in Frieden und im Auftrage der Häuptlinge und Könige und aller Völker dieses Landes.«

»Laß es so sein«, sagte Bosambo, »mein Herz ist voll Freude, euch zu sehen. Aber ich bitte, daß ihr eure Krieger, eure Speerleute und eure Trommler auf der anderen Seite des Flusses landet, denn ich bin ein ängstlicher Mann und fürchte, ich kann euch innerhalb dieser Stadt nicht die Ehre antun und die Liebe, die mir Sanders sogar dem gewöhnlichen Volke gegenüber zur Pflicht gemacht hat.«

»Aber Herr«, wandte der Häuptling ein, der, um ihm gerecht zu werden, keinerlei kriegerische oder beleidigende Absichten gegen seinen Gastgeber hegte, »auf der anderen Seite des Flusses sind nur Sand und Wasser und üble Geister.«

»Das mag wohl sein«, sagte Bosambo, »aber auf dieser Seite befinde ich mich und mein Volk. Und wir wünschen, noch viele Jahre glücklich zu leben. Ich sage dir, daß es besser ist, wenn ihr alle an Sand und Wasser und bösen Geistern sterbt, als daß ich von denen, die mich nicht lieben, erschlagen werden sollte.«

»Mein Herr ist ein großer König«, sagte Embiri aufgeblasen, »und liebt dich sehr.«

»Dein Herr«, antwortete Bosambo, »ist ein großer Lügner.«

»Er liebt dich«, wandte Embiri ein.

»Und dennoch ist er ein großer Lügner«, entgegnete Bosambo, »denn als ich ihn das letzte Mal traf, sagte er nicht nur, daß er kommen und mich auffressen würde, sondern er nannte mich mit üblen Namen, so zum Beispiel ›Fischfresser‹ und ›Küken‹ und ›fetter Köter‹.«

Bosambo sprach ohne Furcht vor den Folgen, denn er hatte hundert von seinen auserwählten Leuten hinter sich und außerdem den Vorteil des abschüssigen Flußufers. Er hätte die Abgesandten nach ihrer Heimat zurückgesandt, aber dem hartnäckigen und aufgeregten Embiri gelang es, ihn an seinen Verheißungen zu interessieren, und – was wichtiger als alles andere war – von einem der Kanus wurden reiche Geschenke gelandet, Ziegen und Reis und ein Spiegel inbegriffen, der, so erklärte Embiri, der wirkliche Kern von seines Gebieters Seele sei.

Schließlich ließ Bosambo seine hundert Leute zurück, um das Flußufer besetzt zu halten, und Embiri überredete sein zögerndes Gefolge, ihr Heim auf dem sandigen gegenüberliegenden Ufer des Flusses aufzuschlagen.

Aber erst dann gab Bosambo nach, und er veranstaltete eins seiner berühmten Feste, zu denen alle seine Häuptlinge des Landes in Gestalt von Fleisch und Getränken beitrugen – alle Häuptlinge, das heißt, ausgenommen Bosambo, der es sich zum Grundsatz machte, keinem, unter welcher Bedingung es auch sei, etwas zu schenken.

Das Palaver, das darauf stattfand, war wirklich sehr interessant, und zwar auch für den Häuptling der Ochori. Von neun Uhr morgens bis um vier Uhr am folgenden Morgen sprachen die Abgesandten einer nach dem anderen.

Viele dieser Reden beschäftigten sich mit den unübertrefflichen Eigenschaften Bosambos, mit seinem hervorragenden Mut, seiner edlen Freigebigkeit – Bosambos Blicke schweiften schnell zu den Räten, die widerstrebend das Fest hergerichtet hatten – und mit der Zukunft, die alle die Stämme erwartete, die diese seine Tugenden nachahmten.

»Gebieter, ich spreche die Wahrheit«, sagte Embiri, »und so geht das Gerücht um, daß alles Volk von der See, wo der Fluß endet, bis zur Leopardenhöhle, wo er seinen Anfang nimmt, weiß, daß du gut bekannt mit Geistern bist, die dir Mut und Schlauheit verleihen, die dich die Zauberei lehren, so daß du sogar aus Ratten Menschen machen kannst.«

Bosambo nickte ernst mit dem Kopfe. »Alles das stimmt«, sagte er, »ich habe mehrere Teufel, obwohl ich sie nicht immer gebrauche. Denn, wie ihr wißt, bin ich Anhänger eines besonderen Glaubens und war ein Leben lang Christ; damals glaubte ich an alle möglichen Geheimnisse, von denen ihr nichts wißt – an Marki, an Luki und an Hänschen, den Täufer – die aber nicht für euch sind.«

Er sah sich zwischen den erschrockenen Leuten um und schüttelte den Kopf.

»Ferner wißt ihr nichts von den Wundern, die sie vollbracht haben, wie zum Beispiel vom Brandwunden-Heilen und vom Totschlagen und vom Ohrenabschneiden. Nun, ich kenne diese Dinge«, fuhr er nachdrücklich fort, »daher liebt mich Sandi, denn er ist auch ein Gottesmann und kommt oft zu mir, um mit mir über diese weisen Männer zu sprechen.«

»Herr, was sind Teufel?« fragte ein ungeduldiger Gesandter.

»Oh, von Teufeln habe ich viele«, wiederholte Bosambo. Er schloß seine Augen halb und schwieg zwei Minuten lang. Er machte den Eindruck, als ob er seinen Vorrat daran zähle – und gerade diesen Eindruck wollte er bei seinen Besuchern hervorrufen.

»Oh, Ko!« sagte Embiri mit gedämpfter Stimme, »wenn das wahr ist, was du behauptest, dann wünscht unser Herr, daß du ihm einen oder zwei Teufel schickst, damit wir in der besonderen Art dieser wundervollen Geister unterrichtet werden.«

Bosambo hustete und blickte seinen Ratgebern in die nüchternen Gesichter.

»Ich habe viele Geister, die mir dienen«, begann er. »Einen kenne ich, der ist sehr klein und hat zwei Nasen – eine vorne und eine hinten – so daß er einen Feind, der ihn verfolgt, wittern kann. Ferner ist einer so groß, daß die höchsten Bäume wie Gras zu seinen Füßen erscheinen. Und ein anderer ist grün und läuft, den Kopf zuunterst.«

Eine Stunde lang verbreitete Bosambo sich über Dämonologie, obwohl er dieses Wort selbst wohl kaum gekannt haben dürfte. Er zapfte die nebelhaften Tiefen seiner Einbildung an. Er entledigte sich jeder Erinnerung, die mit der Wissenschaft etwas zu tun hatte. Er sprach von Geistern, die ihm traute Freunde seien und zu ihm in ungefähr derselben Weise kämen wie ein gut gezogener Hund auf seines Herrn Pfiff.

Die Abgeordneten zogen sich für diese Nacht in einer Art von Panik in ihre Hütten zurück, als Bosambo ihnen verkündete, daß er eine besondere Sorte von Teufeln pflichtgemäß beauftragt hätte, für die persönlichen Bedürfnisse jedes einzelnen besorgt zu sein und sie gegen die Übel zu beschützen, denen das Fleisch erblich unterworfen ist.

Nun waren allerdings die Hauptstadt der Ochori und der ganze Ochoristamm unter der wohltätigen und kräftigen Herrschaft Bosambos aus ihrem Zustand der Lethargie erwacht. Und es ist bekannt in der Geschichte der Völker, daß, wie ausgezeichnet auch die eingeführten Änderungen sein mögen, es stets eine kleine, aber dicht geschlossene Masse gibt, die den Reformator als eine überflüssige Last ansieht. Bosambo hatte in seinem eignen Volke eine kleine, aber mächtige Partei, die jede Änderung mit Abscheu betrachtete und die in dem neuen Geist, den der Häuptling den Ochori einflößte, den Anfang vom Ende sahen.

Es gab alte Häuptlinge und Älteste, die sich jener faulen und fetten Tage noch entsannen, die dem Aufstieg Bosambos vorangegangen waren; Häuptlinge, die sich erinnerten, wie leicht es damals gewesen war, sich Sklavenarbeit zu sichern. Und wenn sie daran dachten, sprachen sie von Bosambo mit Unfreundlichkeit. Der Häuptling hätte diese Geisterangelegenheit stracks auf eigene Faust erledigen können und hätte zweifellos die Abordnung hinreichend befriedigt von solchen Koranstellen heimgeschickt, wie er sich deren aus den Briefbogen entsann, mit denen Sanders ihn für amtliche Zwecke versehen hatte.

Aber das war nicht Bosambos Art, noch war es die Art der Leute, mit denen er es zu tun hatte, um wichtige Palaver zu erledigen. Für gewöhnlich dauerte ein solches Palaver wie das, zu dem sie jetzt versammelt waren, drei Tage und drei Nächte, aber diesmal schien es, als ob die Zusammenkunft längere Zeit beanspruchen sollte, denn Bosambo hatte zum Überfluß eigene Sorgen.

Bei Anbruch des auf die Ankunft der Abordnung folgenden Tages kam ein staubbedeckter Bote, nackt, wie er das Licht der Welt erblickt hatte, im Laufschritt und mit keuchendem Atem den Buschweg entlang, der zu den Elivileuten führte, und stand ohne viel Förmlichkeiten vor der Tür der Königshütte.

»Lord Bosambo«, sagte der Mann, »Ifikari, der Häuptling von Elivi, bringt seine Krieger und Ältesten in einer Stärke von tausend Mann hierher zu einem Palaver.«

»Was ist in seinem Herzen?« fragte Bosambo.

»Herr«, antwortete der Mann, »dies ist in seinem Herzen: Es sollen keine Wege ins Ochoriland führen, denn die Leute von Elivi begehren auf gegen die ihnen zugemutete Arbeit. Sie wollen in Frieden und Bequemlichkeit leben.«

Bosambo hatte – unter voller Billigung Sanders' – aus eigener Machtvollkommenheit ein Gesetz geschaffen, ein Gesetz, dem zufolge jeder Bezirk einen geraden und gut benutzbaren Weg durch den Urwald von einer Stadt zur anderen anlegen sollte und eine größere Straße, die unmittelbar von einem Bezirk nach dem seines Nachbarn führen sollte.

Unglücklicherweise nahm nicht jeder kleine Stamm diese Idee mit der Begeisterung auf, die Bosambo selber fühlte, noch mit dem Beifall, der diesem ausgezeichneten Plane vom Government des Königs gezollt wurde.

Denn Wege anlegen ist ein schlechtes Geschäft. Das wirft den

Menschen schon am frühen Morgen raus und hält ihn in der heißesten Tageszeit an der Arbeit, während einem der Schweiß vom nackten Rücken läuft. Und es gab Strafen und Abgaben, die einzuziehen Häuptling Bosambo eine gottlose Freude empfand, wenn irgendwie gegen seine Anordnungen gefehlt wurde.

Von allen widerspenstigen Stämmen machten die Elivi am wenigsten Hehl aus ihrer Abneigung.

Bosambo hätte rauh mit dem Feinde verfahren können, der außerhalb seines Tores stand. Aber es war eine weit bedenklichere Angelegenheit, wenn er mit einem Bezirk zu tun hatte, der passiven Widerstand leistete, und seine Wegeangelegenheit drohte sich unglücklicherweise nach dieser Richtung hin zu entwickeln.

Er hatte Kundschafter nach Elivi gesandt, und der soeben angelangte Mann war der erste von ihnen, der zurückkam.

»Es scheint mir«, sagte Bosambo halb für sich, »daß ich alle meine Teufel für mich selber brauchen werde, denn Ifikari ist ein Mann, mit dem schlecht Kirschen essen ist, und seine Söhne und Ratgeber sind nicht viel anders.«

Er sandte seinen Vormann zu seinen Gästen mit der Botschaft, daß er den ganzen Tag über mit sich selbst wegen dieser Geisterangelegenheit zu Rate gehen würde. Und als um den Abend herum die Vorhut der Eliviheerhaufen östlich von der Stadt gesichtet wurde, saß Bosambo in seinen Staatsgewändern im prächtigen Palaverhaus, angetan mit so viel Christbaumschmuck, als ihm in den Weg gekommen war, und erwartete Ifikaris und seiner Leute Ankunft.

Limberi, Bosambos Vormann, begab sich hinaus, um der unzufriedenen Schar entgegenzugehen.

»Herr«, sagte er, »es ist unseres Herrn Wunsch, daß ihr euere Speere außerhalb der Stadt laßt.«

»Limberi«, antwortete Ifikari, ein rauher Mann von vierzig Jahren, alles an ihm drahtige Muskeln und Sehnen, »wir sind doch von ein und demselben Stamm und mithin eure Brüder. Warum sollten wir unsere Speere draußen lassen? Wir, die wir Ochori sind?«

»Auf andere Weise kommt ihr nicht hier herein«, erklärte Limberi entschieden. »Denn drüben, über dem Fluß, befinden sich viele Feinde unseres Herrn, und er liebt dich so sehr, daß er deine Bewaffneten, deine Lanzenwerfer und Schwertträger seines eigenen Schutzes halber draußen wissen möchte. Auf diese Weise wird er zuversichtlich und glücklich sein.«

Weiter ließ sich an diesem Tage nichts tun, als zu gehorchen. Ifikari und seine Räte folgten dem Vormann Bosambos zum Palaver, und seine Frechheit war auffallend.

»Ich spreche für alle Elivi«, sagte er ohne irgendwelche vorhergegangene umständliche Einleitungen. »Wir sind ein unterdrücktes Volk, Lord Bosambo, und unsere jungen Leute wenden sich laut und vernehmlich gegen deine Grausamkeit.«

»Sie sollen noch lauter schreien«, antwortete Bosambo, und Häuptling Ifikari runzelte die Stirn.

»Herr«, antwortete er trotzig, »wenn es wahr ist, daß Sandi dich liebt, so liebt er doch auch uns. Und kein Mann ist so groß in seinem Lande, daß er es wagen dürfte, sein Volk bis zum offenen Aufstand zu treiben.«

Bosambo wußte, daß sich das so verhielt, wußte es, auch ohne das Beifallsgemurmel von Ifikaris Ältesten. Er ließ seine Augen über die kleine Versammlung schweifen. Sie waren alle hier, die Unzufriedenen. Tinif'si, der dicke Obmann, M'kera und Calasari, die kleineren Häuptlinge; und in ihren Ansichten drückte sich ein solcher Trotz aus, daß es Bosambo zuweilen erbitterte. Einen oder zwei von ihnen, die sich seiner Autorität widersetzten, hätte er wohl zu bestrafen vermocht, aber hier hatte er es mit einer organisierten Erhebung zu tun. Bestrafung bedeutete hier Kampf, und Kampf hätte seine Stellung bei Sanders geschwächt. Jetzt im Augenblick mußte er die Sache hinziehen.

Glücklicherweise war die Abordnung, die wegen Geisterangelegenheiten gekommen war, nicht anwesend. Es galt als gegen allen höfischen Brauch verstoßend, daß Leute, die einem anderen Stamm angehörten, bei Erörterung häuslicher Angelegenheiten an den Ratssitzungen ihrer Nachbarn teilnahmen. Sonst wäre wahrscheinlich ein Zweifel über die Wirksamkeit von Bosambos Teufeln in diesem besonderen Augenblick im Busen Embiris entstanden.

»Und das möchte ich dir noch gesagt haben, Lord«, sagte Ifikari – und Bosambo wußte, jetzt kam das dickste Ende der ganzen Sache –, »wir Elivi sind deine Hunde. Um an deinen großen Festen teilzunehmen, schickst du niemals zu uns, noch um dir in irgendeiner anderen Weise Ehre zu erweisen. Aber wenn's ans Kämpfen geht, dann rufst du nach unseren Speeren und nach unseren jungen

Leuten und schickst uns raus, damit wir zuerst von unseren schrecklichen Feinden aufgefressen werden. Ach«, fuhr er fort, »wenn du deine Häuptlinge und Räte aussuchst, um auf angenehme Reisen nach solchen Orten zu gehen, wo sie geehrt und gefeiert werden, dann schickst du nur immer Leute aus Ochoristadt.«

Es mag an dieser Stelle gesagt sein, daß, aus welcher Quelle Bosambo auch immer seine Eingebungen bezog, er sicher königliche Gewohnheiten angenommen hatte, die seinem einfachen Volke fremd waren. So ordnete er Gesandtschaften und Botschafter zu feierlichen Besuchen ab, mit Gaben und Geschenken, die diese Gesandten selbst liefern mußten. Und sie kehrten mit Geschenken heim, reicher, als sie Bosambo selbst bekommen hätte. Das war, um die Wahrheit zu sagen, eine neue und angenehme Art, Erpressungen auszuüben; angenehm, weil sie Bosambo wenig Mühe machte und seinen Untergebenen einen angenehmen Kitzel ihrer eigenen Wichtigkeit verursachte. Und kein einziger war aufgestanden, um sich zu beschweren, außer diesen unglücklichen Städten der Akasava, der Isisi und N'Gombi, die seine Vertreter zu unterhalten hatten.

»Es ist richtig«, gab Bosambo zu, »ich habe euch niemals zu einer solchen Mission verwandt. Und mein Herz wird wund bei dem Gedanken, ihr könntet Übles von mir denken, weil ich euch alle diese Mühe ersparen wollte. Denn mein Herz ist wie Wasser in meiner Brust, da es schon einen Monat her ist, seit ich Kili, meinen Obmann, mit Geschenken zum König des Zwergvolkes gesandt habe und diese ihn so zerstückelt haben, daß er gestorben ist; und nun fürchte ich mich, weitere Boten auszusenden.«

Ein nicht mißzuverstehendes Grinsen huschte über Ifikaris Gesicht.

»Herr«, sagte er rauh, »Kili war ein Narr! Und du hast ihn gehaßt. Denn er sprach schlecht von dir und machte dein Volk aufsässig. Darum hast du ihn zu dem Zwergvolk gesandt, von dem er nicht zurückkehrte.« Bedeutungsvoll fügte er hinzu: »Und das sage ich dir: Wenn du mich zu dem Zwergvolk senden wolltest, ich ginge nicht hin.«

Bosambo dachte einen Augenblick nach.

»Ich sehe jetzt«, antwortete Bosambo beinahe heiter, »daß Ifikari, den ich mehr liebe als meinen eigenen Bruder« – und das traf zu – »mit mir hadert, weil ich ihn nicht auf eine solche Reise geschickt habe. Nun werde ich euch zeigen, wie sehr ich euch zugetan bin, denn ich werde euch alle – jeden von euch – als Gast meines Hauses ausschicken. Ihr sollt mein Wort zu solchen mächtigen Völkern tragen, wie es die Akasava, die Isisi und die N'Gombi sind. Und auch zu dem Volke auf der anderen Seite des Flusses, das groß ist und reiche Geschenke gibt.«

Er sah, wie ihre Gesichter sich aufhellten, und nützte den psychologischen Vorteil.

»Das Palaver ist aus«, sagte Bosambo mit majestätischer Geste.

Er ordnete ein Fest außerhalb der Stadt für seine unwillkommenen Gäste an und lud die Teufel- oder Geisterabordnung zu sich.

»Meine Freunde«, begann er, »ich habe über diese Dämonen- und Geisterangelegenheit eingehend nachgedacht. Und da ich mit euch und euren Herren in Freundschaft leben möchte, habe ich letzte Nacht in Gesellschaft sechs großer Teufel zugebracht, die meine besten Freunde sind und die mir in allem beistehen. Nun sage ich das – und es ist nur mir und euch, denen ich traue, bekannt –, daß ich heute euren Herren sechs gewaltige Geister schikken werde, die mich mit ihren Eingebungen beglücken.«

Tiefes Schweigen. Das Gefühl der Verantwortlichkeit, das den Nervösen überkommt, der plötzlich mit der Ablieferung eines wütenden Bullen beauftragt wird, überkam die Männer der Gesandtschaft.

»Herr, das ist uns eine große Ehre«, sagte Embiri, »und unsere Herren werden viel mehr Geschenke senden, als deine Lordschaft je gesehen hat. Aber auf welche Weise können wir diese Dämonen mit uns nehmen? Denn wir sind furchtsam und wissen auch nicht, mit ihnen umzugehen.«

Bosambo neigte gnädig seinen Kopf. »Auch das hat mich beschäftigt«, antwortete er. »Und deshalb habe ich befohlen: Ich werde sechs meiner Räte und Häuptlinge nehmen, die mir die Sonne und die Blumen sind – und durch Zauber werde ich in das Innere jedes Herzens dieser Häuptlinge und Obmänner einen großen Teufel verpflanzen. Ihr aber sollt diese Leute mit euch nehmen, und ihr sollt auf alles hören, was sie sagen, nur nicht auf das.« Er hielt einen Augenblick inne. »Diese Teufel lieben mich, und sie werden dringend danach verlangen, nach meiner Stadt und in mein Land zurückkehren zu dürfen, wo sie sich so lange aufgehalten haben. Nun sage ich euch, daß ihr sie ja gut behandelt! Dennoch müßt ihr sie festhalten und eine Wache über sie setzen und sie an einem verborgenen Platze halten, so daß Sanders sie weder findet noch von ihnen hört. Dann werden sie Glück und Gedeihen über euch bringen und den Mut von Löwen.«

Sanders kam den Fluß herauf, um ein Weiberpalaver zu erledigen, als er plötzlich zwischen eine Flottille von solcher Ausrüstung und kriegerischer Erscheinung geriet, daß er sich keinen Augenblick besann.

Auf ein Wort von ihm wurden die Segeltuchbezüge von den Hotchkiß-Revolverkanonen genommen und diese auswärts geschwungen. Aber diese Vorbereitungen waren überflüssig; das sah er ein, als Embiris Kanu längsseits scherte.

»Sage mir, Embiri«, fragte Sanders, »was für ein Wunder erlebe ich da? Die Akasava und Isisi, N'Gombi und die Leute vom Unteren Wald segeln in brüderlicher Liebe und Eintracht vereint?«

»Herr«, gab Embiri zurück, »das ist Bosambos Werk!«

Sanders witterte Unrat. »Nun, ich weiß ja, daß Bosambo ein gescheiter Kerl ist«, sagte er, »aber daß er es fertigbekäme, alle Leute friedlich zu vereinen, wußte ich natürlich nicht. Eher hätte ich das Gegenteil angenommen.«

»Das hat er wegen der Geister getan«, antwortete Embiri wichtig. »Aber, Herr, es gibt gewisse Dinge, über die ich nicht reden darf, und dieses Palaver gehört auch dazu. Deshalb, Sandi, frage mich nicht weiter, denn ich habe einen Eid geschworen!«

Sanders sah nach der Seite und überflog die Flottille. Seine scharfen Augen musterten das Fahrzeug längsseits vom Bug zum Stern. Er bemerkte mit Interesse die Anwesenheit eines gewissen Ifikari, der ihm bekannt war. Und Ifikari in seinem Scharlachrock schien ein glücklicher und zufriedener Mann zu sein.

»He, Ifikari!« scherzte Sanders, »was wird aus meinen Wegen?«

Der Häuptling sah auf. »Herr, die sollen gebaut werden, und wenn meine jungen Leute dabei sterben! Ich bin eben im Begriff, für meinen Freund und Vater Bosambo zu dir über diese Wegeangelegenheit sprechen. Sage mir, mein Freund, wie lange gedenkst du, bei den Isisi zu bleiben?«

»Herr«, antwortete Ifikari, »ich bleibe einen Monat dort. Danach gehe ich nach Ochori zurück; mit reichen Geschenken, die ich diesmal – mein Herr Bosambo hat mich's ihm in seine Hand schwören lassen – für mich selbst behalten werde.«

»So, so! Einen Monat!« wiederholte Sanders.

Er wandte sich, um die Maschine auf »Vorwärts« zu stellen, und sah nicht, wie Embiri seine Hand vor sein Gesicht hielt, um ein Lächeln zu verbergen.

## *Hinterlader im Besitz der Akasava*

»Gott sei Dank!« bemerkte der Haussahauptmann aufrichtig. »Kein Krieg im Lande!«

»Faß Holz an!« rief Sanders, und die beiden Männer streckten gleichzeitig ihre Arme aus und legten feierlichst ihre Hände auf den Henkel der Kaffeekanne, die aus Hartgummi bestand.

Wenn sie tatsächlich »Holz angefaßt« hätten, wer weiß, was dann geschehen wäre – in erster Linie dem Häuptling Ofesi von Mc'Canti! Und wer weiß, was dann die beiden Goldschmuggler aus dem französischen Gebiet betroffen hätte! Bikilinis Weib wäre dann wahrscheinlich mit ihrem Schatz durch die Lappen gegangen, und Bikilini, geduldig und ergeben, hätte dann vielleicht ein anderes Weib genommen. Und die Todbringer Ofesis wären niemals auf ihre unliebenswürdige Sendung ausgegangen; oder sie wären ertrunken, sobald sie sich dazu anschickten; oder sie hätten den Mut dazu verloren.

Auf jeden Fall ist die Tatsache unbestritten, daß weder Sanders noch Hauptmann Hamilton bei dieser Gelegenheit »Holz anfaßten«.

Und was Bannister Fish anbetrifft...?

Dieser merkwürdige Mann handelte mit zweifelhaften Artikeln, denn er besaß jene zarten Gefühle nicht, die für gewöhnlich von dem Begriff eines Weißen unzertrennlich sind. Manche sagen, daß er Sklaven von Angola nach Orten brachte, wo man für einen Schwarzen oder eine Schwarze einen angemessenen Preis bezahlte, und daß er es mit dem Einverständnis der portugiesischen Regierung tue und dabei ein ganz ansehnliches Vermögen erwerbe. Ganz gewiß kaufte er mehr geschmuggeltes Elfenbein auf, als sonst irgend jemand in Afrika. Die größte Niederträchtigkeit aber, die alles krönte, war bis dahin, daß er so eine Art südsudanesischen Mahdi bewaffnete: mit Waffen, die gegen seine eigenen Landsleute Verwendung finden sollten. In den Staaten Mittelenglands gibt es gewisse Handwaffen-Fabrikanten, die Aufträge jeder Art ausführen, die moderne oder veraltete Waffen zu Preisen herstellen, die mit dem Grad der Sorgfalt wechseln, mit dem diese Waffen hergestellt sind. Diese Fabrikanten haben kein Gewissen, müssen aber hart kämpfen, um Dividenden zahlen zu können; denn es gibt Firmen in Lüttich, die im gleichen Geschäftszweig arbeiten und die ihre Erzeugnisse mit zehn bis fünfundzwanzig Prozent weniger Unkosten herstellen.

Mr. Bannister Fish, ein dürrer, drahtiger Mann von vierunddreißig, so gelb wie eine Guinee und mit dem Temperament eines Satans, war nicht beliebt an der Küste, am allerwenigsten bei den Beamten. Glücklicherweise besitzt Afrika eine sehr lange Küstenlinie, und da ganz Afrika der Jagdgrund des Mr. Fish war und nicht bloß ein bestimmter Teil, so wußten die Leute an der Küste – was wir hier unter Küste verstehen – sehr wenig von ihm.

Es gehörte zu Mr. Fishs Prahlereien, daß es nicht ein zwanzig Seemeilen langes Stück Küstenlinie von Dakar bis Kapstadt und von Lorenzo Marques bis Suez gäbe, das nicht zur Verschönerung seines herrschaftlichen Besitzes auf Highgate-Hill beigetragen habe.

Auffallen könnte es, daß er den Teil der Küste hiervon ausnahm, der die Kapkolonie einschließt. Und das tat er aus folgendem Grunde: Die Kapkolonie ist ungeheuer fortgeschritten, hat besoldete Bürgermeister und Stadträte und einen schaudererregenden Hafendamm, an dem Sträflinge in gelben Jacken um ihrer Sünden willen schuften. Und Mr. Fishs Sünden waren Legion. Er bearbeitete Sanders' Bezirk in demselben Geiste, wie ein Rennpferdzüchter das Züchten von Pekingpudeln unternimmt – nicht des Gewinnes halber, sondern als eine vergnügliche Nebenbeschäftigung.

Er brachte unhaltbare Verhältnisse in die Grenzbezirke des Akasavalandes, indem er von den angrenzenden fremden Gebieten aus vorstieß; und er fand eine gottlose Freude daran, Sanders, dem er einmal begegnet war, tüchtig zu ärgern.

Seine Abneigung gegen Sanders wurde bei ihrem nächsten Zusammentreffen noch vermehrt. Denn Sanders, der einen Gewaltmarsch quer durch Akasava machte, nahm die ganze Karawane des Mr. Bannister Fish gefangen, verbrannte dessen Waren auf der Stelle und unterwarf den Plutokraten vom Highgate-Hill der Demütigung, mit Handschellen gefesselt hinunter zum Government marschieren zu müssen. Mr. Fish wurde durch ein Bezirksgericht abgeurteilt und zur Zahlung von 500 £ Sterling oder im Nichteinbringungsfalle zu zwölf Monaten Zuchthaus und Zwangsarbeit verurteilt.

Die Strafe wurde gezahlt, und Mr. Fish reiste nach Hause und verbreitete unglaubliche Gerüchte über Distriktsgouverneur Sanders, mit deren Wiedergabe ich diese sauberen Seiten nicht beschmutzen will.

Highgate-Hill hat eine alltägliche Umgebung, und der Verkehr dort wird durch nüchterne Motoromnibusse vermittelt, und es ist nicht der Ort, von dem man annehmen möchte, daß dort Massenmord geplant wird. Dennoch gab Mr. Fish von seinem Herrschaftssitz aus gewisse telephonische und Kabelbefehle, und auf diese Befehle hin gingen Leute im geheimen in den Bezirk von Sanders, um sich nach dem für ihre Zwecke passenden Mann umzusehen.

Sie fanden Ofesi, und Highgate unterwies diesen Akasavamann in entsprechendem Sinne.

Im Februar eines gewissen Jahres fuhr Mr. Fish protzig in seinem elektrisch betriebenen Landauer von Highgate zur Waterloo-Station. Sieben Wochen später traf er an der Akasavagrenze ein, nicht weniger ärgerlich auf Sanders, als er es je gewesen war, aber voll Hoffnung, da er als Millionär sich alle möglichen Steckenpferde leisten konnte. Und sein gegenwärtiges war, einen Distriktsgouverneur zu ärgern, der in diesem Augenblicke Hartgummi anfaßte und sich einbildete, es sei Holz.

Ofesi, dem Sohn Malakas, des Sohnes von G'nani, war Glück vorherbestimmt. So war es wenigstens prophezeit worden von Komonobologo, dem berühmten Zauberdoktor der Akasava.

Denn es ereignete sich, daß in der Nacht, als Ofesi schreiend zur Welt kam, gewisse Himmelszeichen auftauchten, so zum Beispiel eine Mondfinsternis, ein wahrer Regen von Sternschnuppen, und alles das deutete Komonobologo als günstig für das glucksende, seufzende und schrill aufwimmernde bißchen weißbrauner Menschheit.

So sollte Ofesi bestimmt sein, alles Volk zu regieren, soweit die Sonne schien (ungefähr dreihundert englische Meilen in jeder Richtung nach Schätzung der Eingeborenen), und er sollte keines schimpflichen Todes von der Hand eines anderen Menschen sterben.

Ofesi, wörtlich »der Glücksgeborene«, sollte danach mächtig im Rat wie im Kriege sein; er würde die Erde von dem Schritt seiner Legionen zittern machen; er würde wagen und gewinnen, niemals wagen und verlieren; er war der Günstling der Götter und Geister und würde viele Söhne haben.

Das hohläugige Weib, das ausgestreckt auf dem Boden der Hütte lag, sprach mit schwacher Stimme von ihrem Glück; der Säugling, der mit gierigem Mund das Tier in sich zu sättigen suchte, war still, da er zu sehr mit seinen natürlichen Bedürfnissen und Trieben beschäftigt war.

Solche Weissagungen sind häufig; die einen erfüllen sich nicht, andere aber bleiben, aus keinem ersichtlichen Grunde, an denen hängen, denen sie gemacht worden sind.

Ofesi gehörte zu denen, an denen diese Weissagungen lebenslang hafteten. Als Sanders seinen Posten an diesem Fluß antrat, war Ofesi ein langer, schmächtiger und ungelenker Bengel, vor dem seine Kameraden Angst hatten. Sanders fürchtete niemand. Er horchte ruhig auf die Mär von üblen Vorbedeutungen, Vorzeichen und ähnlichem. Und als das zu Ende war, hielt er eine kleine Predigt über die Hinfälligkeit aller menschlichen Dinge, über die außerordentlich hohe Sterblichkeitsziffer dieses übel geleiteten Volkes, das sich außerhalb der festgesetzten Grenzen des Bezirks bewegte. Ofesi hatte Nachbarn, die stärker waren als Sanders, und von diesen wurde er aufgenommen wie einer, an dem die kommenden Jahre das große Wunder wirken sollten.

So wuchs Ofesi heran und gedieh und trieb viel Unfug auf seine Weise; Unfug, der weder unschuldig noch jungenhaft war, und die freundliche Hand, die sich über die kleinen Jungen der ganzen Welt drohend zu erheben pflegt, fiel niemals hart auf seine gut in Fett gebetteten Nerven, da ja Ofesi vom Glück ausgesucht und daher unverletzlich war.

Schließlich wurde er vom damaligen Oberhäuptling der Akasava für die Häuptlingsschaft des Dorfes Milanti bestimmt, und die Stadt Akasava atmete erlöst auf, wenn sie sein Kanu um die Biegung des Flusses außer Sicht gleiten sah.

Kein Bericht über die kleineren Ausschreitungen des Häuptlings gelangte zu Sanders, weil diese Legende von des Häuptlings Vorherbestimmung bei allen Stämmen, mit Ausnahme eines einzigen, verbreitet war.

Man erzählt sich, daß Ofesi mehr Huldigungen empfing und einen königlicheren Hofstaat hielt als sein Gebieter, der König; ferner, daß N'Gombi, Isisi und die Stämme um ihn herum doppelt so kostbare Geschenke an ihn sandten und daß er einen Harem von sechzig Weibern unterhielt, zu dem alle seine Verehrer beigesteuert hatten. Man erzählte sich weiter, daß er Mr. Fish den Vertrieb seiner berauschenden Getränke ermöglichte. Aber dafür hatte Sanders keinen Beweis.

Ofesi beutete seine Freunde ganz unparteiisch aus, trieb allen möglichen Unfug und führte ein Schreckensregiment den Fluß entlang von Klein-Isisi bis zur Ochorigrenze. Und die Fischerleute, die seine Kriegskanus lautlos durch die Nacht schleichen sahen, sagten: »Laßt keinen Mann den Gebieter Ofesi sehen, damit er sich nicht unser an kommenden Tagen erinnert und uns blendet!«

Ob wirklich aus Schlauheit oder aus jener Art Eingebung, die ein Teil des Genies ist: Ofesi wuchs ins kräftige Mannesalter hinein, ohne nur ein einziges Mal die Ochorigrenze verletzt zu haben.

Bis eines Tages...

Sanders kam in einer nassen Aprilnacht, als die Wolken so niedrig über dem Flusse hingen, daß man sie hätte mit einer Angelrute berühren können.

Es war eine Nacht von wogenden Nebeln, alles überflutenden Wolkenbrüchen, laut krachenden Donnern und so unaufhörlichem Zucken der Blitze, daß die Dunkelheit nur kleine Pausen andeutete.

Dennoch fuhr Sanders nach dem Akasavaland, so schnell wie sein Heckrad sich zu drehen vermochte, gegen den geschwollenen Strom, durchnäßt bis auf die Haut, das nasse Gesicht dem stechenden Regen ausgesetzt, indem er mit dem weißen Kegel seines Scheinwerfers die Dunkelheit durchdrang.

Er stieß auf das Dorf Milanti an einem grau und stürmisch heraufdämmernden Morgen, und die Hütten, die die Wasserfluten des Himmels verschont hatten, standen als vereinzelte Wachtposten zwischen rauchenden Ruinen. Er ging müde und außerordentlich verärgert an Land und fand viele Tote und einen oder zwei, die sich für tot hielten. Diese erzählten ihm eine traurige Geschichte von Raub und Mord, von einem unschuldigen Dorfe, das von den Ochori angegriffen und in seiner Wehrlosigkeit erstürmt worden sei.

»Das ist eine Lüge«, sagte Sanders schnell, »denn euere Verhaue sind nach Westen errichtet, und euere Toten zeigen die sorgfältige Kriegsmalerei derer, die sich langer Hand auf den Krieg vorbereiten. Die Ochori aber, soweit ich sie gesehen habe, sind nicht bemalt, und das beweist mir, daß sie in aller Eile gegen ein Volk aufgestanden sind, das sie angegriffen hat.«

Der Verwundete wandte Sanders sein erschöpftes Gesicht zu. »Es ist mein Glaube«, sagte er in der gebräuchlichen Ausdrucksweise seines Volkes, »daß du Augen wie eine große Katze hast.«

Sanders sah nach seinen Verletzungen und ließ ihn und seine bedauernswerten Genossen in einer trockenen Hütte zurück. Dann suchte er Bosambo auf und fand ihn geduldig zehn Meilen flußaufwärts. Der Ochorihäuptling saß vor einem steilen felsigen Hügel, der mit Unterholz bewachsen war. Auf der Spitze des Felsens befand sich der Häuptling von Milanti, und in seiner Begleitung waren diejenigen seiner Krieger, die sich in diesem Augenblicke noch nicht in einer besseren Welt befanden.

»Herr«, sagte Bosambo, »die Sache trug sich folgendermaßen zu: Dieser Hund griff meine Flußdörfer an, tötete meine Leute und schleppte meine Weiber in die Sklaverei. Darum kam ich hier herunter und wider ihn, denn es steht geschrieben in der Sure des Djinn, daß kein Mensch leben soll, um über ihm selbst widerfahrenes Böses zu lachen.«

»Ein Palaver wird alles aufklären!« sagte Sanders kurz und ersuchte den mutlos gewordenen Häuptling Ofesi, herunterzukommen und seine Speere auf einen Haufen zu legen. Da es nicht in der Natur des Schwarzen liegt, die Wahrheit zu sagen, wenn sein Fell in Gefahr ist, so versteht es sich ohne weiteres, daß beide Parteien fürchterlich logen. Sanders ging der Sache auf den Grund und wußte, welche Seite am wenigsten log.

»Ofesi«, sagte er am Ende eines mühsamen Verhörs, »was hast du vorzubringen, damit ich dich nicht hängen soll?«

Ofesi, ein kleiner, untersetzter Mann mit einem schwachen

Bartanflug, suchte fieberhaft nach einem Einfall.

»Herr«, sagte er nach einer Weile, »das weißt du doch, daß ich mein Lebtag ein guter Mensch gewesen bin, und in meinen Sternen steht geschrieben, daß ich ein Mann von einer hohen Bestimmung bin und daß ich nicht durch Grausamkeit sterben soll.«

»Der Mensch ist ewig, solange er lebt«, zitierte Sanders, »dennoch stirbt er früher oder später.«

Ofesi wandte sich nach Bosambo um und starrte diesen an, und Bosambo machte sich hier einer Unbedachtsamkeit schuldig – der größten Unbedachtsamkeit seines Lebens vielleicht. Erfüllt von Frohlocken und von dem Gefühl der Stärke des Gerechten, das den, der sich vor Gericht als unschuldig erwiesen hat, überkommt, sagte er in Gegenwart seines Herrn auf englisch, während er seinen Kopf mißbilligend schüttelte: »O du verdammter unartiger Teufel!«

Im Inneren hatte Sanders den Mann bereits zum Tode verdammt, hatte im Geiste bereits den Baum ausgesucht, an dem der plündernde Häuptling baumeln sollte, als Bosambo sprach.

Sanders besaß nach einer Richtung hin eine ungemein hohe Wertschätzung von der Unantastbarkeit des Lebens. Er hatte manchen mit anscheinender Gleichgültigkeit aufgehängt. Aber es mußte eine gewisse Schicklichkeit, eine gewisse feierliche Form von Anstand und Würde dabei gewahrt bleiben, wenn sich sein empfindlicher Gerechtigkeitssinn nicht vergewaltigt fühlen sollte.

Bosambos unverlangt hervorgestoßene, wunderliche, ja gänzlich lächerliche Worte retteten Ofesis, des Häuptlings, Leben.

Einen Augenblick lang zuckten Sanders' Lippen unbewußt, dann wandte er sich mit einer Grimasse gegen den fassungslosen Ochorihäuptling.

»Mach, daß du nach deinem Land zurückkommst, du Affenkerl!« fuhr er ihn an. Und, zu den anderen gewendet: »Dieser Mann hat sich gegen das Land versündigt. Dennoch soll er am Leben bleiben, denn er hat es aus Dummheit getan. Ich kenne einen noch Dümmeren.«

Sanders schickte Ofesi in sein Dorf zurück, wo er das wieder aufbauen sollte, was er in seiner Torheit zerstört hatte.

»Denke dran, Ofesi«, mahnte Sanders, »ich habe dir dein Leben geschenkt, obwohl du den Tod verdienst. Und ich tue das nur, weil mir plötzlich der Gedanke gekommen ist, daß ihr, du sowie Bosambo, eigentlich weiter nichts als große Kinder seid. Zeitig im Frühling werde ich zurückkommen, und wenn du's verdient hast, wirst du mit deiner Freiheit belohnt werden, wenn du aber schlecht gehandelt hast, dann gehst du in die Stadt der Ketten oder an einen noch schlimmeren Platz.«

Als Sanders nach seinem Standort zurückgekehrt war, erzählte er einem mitfühlenden Hauptmann der Haussas die Geschichte.

»Es war natürlich wahnsinnig schwächlich von mir«, gestand er, »aber als dieser Esel Bosambo anfing, sein höllisches Englisch runterzurasseln, hätte ich keinen Spatzen hängen können.«

»Sie hätten den Ofesi hierherbringen sollen«, antwortete der Hauptmann nachdenklich, »er genießt einen außergewöhnlich üblen Ruf.«

Sanders saß auf dem Tischrand, beide Hände in die Taschen seiner Breeches vergraben.

»Daran habe ich auch gedacht, und das hat mich auch beeinflußt. Sehen Sie, ich fürchtete gerade, ich könnte mich durch das Gerücht von der Vorherbestimmung dieses Kerls nach der falschen Seite hin beeinflussen lassen. Und das gerade hat mich etwas – boshaft gemacht.«

Der Haussahauptmann schnappte sein Zigarettenetui zu; er sah sehr nachdenklich aus. »Ich werde eine weitere Kompanie vom Government hierher beordern«, meinte er.

»Dann bestellen Sie nur gleich eine Maschinengewehr-Abteilung mit«, sagte Sanders, »ich spür's in meinen Knochen, es gibt was.«

Eine Woche später sah der Oberlauf des Flusses viele fremde Gesichter. Vereinzelte Fischer tauchten irgendwoher auf, um ihrem friedlichen Gewerbe in fremden Gewässern nachzugehen. Sie bauten ihre Hütten an einsamen Stellen des Waldes, und man hätte einen weiten Strich des Ufers auf- und abgehen können, ohne gewahr zu werden, daß sie da im dicken Gebüsch weiter zurück bescheiden Hütten verbargen.

Sie gingen auch nachts an ihre Arbeit mit Fischspeer und Feuer im Kanu, befuhren den Fluß kreuz und quer oder bewegten sich lautlos im Schatten der Uferbank oder näherten sich Dörfern und Städten mit auffallender Umsicht.

Sonderbare Fischer in der Tat, die hier mit Tauben fischten! In jedem Kanu schlummerten diese Vögel in einem Bauer aus geflochtenem Bambus, mit kleinen roten Papierstreifchen um die Beine, auf denen selbst ein ungelehrter Kundschafter ein rohes, aber bedeutungsvolles Zeichen mit einem unverlöschbaren Tintenstift hätte machen können.

Sanders setzte sich darin keinen Zufälligkeiten aus. Er ließ Ahmed Ali, den obersten seiner geheimen Kundschafter, zu sich kommen.

»Geh nach dem Akasavaland! Dort wirst du Ofesi, den Häuptling des Dorfes Milanti, finden. Beobachte ihn! Er ist ein Bösewicht. An dem Tage, an dem er wider mich und meine Leute aufsteht, mußt du dir klarwerden, ob ich mit meinen Soldaten noch zurechtkomme. Ist Zeit genug, schick nach mir! Aber wenn Ofesi zu schnell vorgeht, erschieße ihn, und kein Tadel wird auf dich fallen. Geh mit Gott!«

»Herr«, antwortete Ahmed, »Ofesi ist bereits in der Hölle.«

Wenn alle Berichte zutrafen, und jeder wurde beachtet, gab Ofesi, der Häuptling, der zu Besonderem vorherbestimmt war, keinen Anlaß zur Klage. Er baute sein Dorf wieder auf, indem er diesmal den Baugrund dafür höher wählte, und machte danach unerwartet einen langen Jagdausflug, der ihn bis zur Grenze des Akasavalandes brachte. Er plante einen Besuch bei Bosambo, um diesen seiner Zuneigung und Freundschaft zu versichern.

Er schickte sogar flinke Eilboten zu Sanders, um seine Erlaubnis für diesen förmlichen Besuch zu erbitten, obwohl eine Erlaubnis dafür gänzlich überflüssig war. Sanders gewährte diese Erlaubnis, nachdem er zuvor seine eigenen Boten an Bosambo geschickt hatte.

Ofesi begab sich also eines schönen Junimorgens auf diesen Zug. Seine zweiundzwanzig Kanus waren rot bemalt, und sogar die Paddel waren neu gebrannt und mit phantastischen und schmeichelhaften Mustern geschmückt. So kam er zu den Ochori und wurde von Bosambo, einem unentwegten Zweifler, aber äußerlich angenehmen Menschen, empfangen.

»Ich sehe dich«, sagte Ofesi, »ich sehe dich, Lord Bosambo, und auch dein tapferes und schönes Volk. Aber ich komme in friedlicher Absicht, und es betrübt mich, daß du mich mit so vielen Bewaffneten empfängst.«

Denn das Flußufer starrte tatsächlich von einem stählernen

Willkommen, und drei Regimenter Ochorikrieger, prächtig gekleidet, waren in einem offenen Viereck aufmarschiert; die letzte Seite des Vierecks bildete der Fluß.

»Lord Ofesi«, sagte Bosambo sanft, »das ist die Art, wie der Weiße jemand Ehre erweist, und, wie du weißt, habe ich viel weißes Blut in meinen Adern, da ich mit dem englischen Premierminister verwandt bin.«

Bosambos Blick überflog dabei die zweiundzwanzig Kanus mit ihrer Besatzung von zwanzig Paddlern, und er bemerkte befriedigt, daß jeder dieser Paddler seine Schlachtspeere bei sich hatte, als ob sich das von selbst verstehe.

Daß Ofesi irgend etwas Unheilvolles gegen die Ochorifeste im Schilde führte, kann als unwahrscheinlich gelten. Er war nicht aus dem Guß, aus dem man Helden macht, und verabscheute unnötige Gefahr, denn man muß dem Schicksal selbst auch etwas unter die Arme greifen.

Er hatte seine Speere mehr zum Prahlen als zum ernsten Gebrauch mitgebracht. Wohl oder übel mußte er sie nun auf einen Haufen zusammenlegen – ein unangenehmes Verfahren, das ihn an ein anderes Waffenniederlegen unter dem kalt beobachtenden Auge Sanders' erinnerte.

Man kann also sehr wohl behaupten, daß das »Rapprochement« zwischen den Ochori und dem Akasavahäuptling ungünstig begann. Bosambo übernahm die Führung zu dem Unterkunftshause für seine Gäste, das, wie es die Sitte erheischt, neu gedeckt war.

Ofesi zu Ehren gab es ein großes Fest und einen Tanz junger Mädchen; jedes Dorf mußte dazu seine beste Tänzerin abgeben. Am nächsten Tage fand ein Palaver statt, unter Opferung von Huhn und Haustier. Blutsbrüderschaft wurde im Handumdrehen geschlossen. Bosambo und Ofesi umarmten einander vor versammeltem Volke und aßen Salz aus derselben Schüssel.

»Nun werde ich dich alle meine Angelegenheiten wissen lassen, Bruder«, sagte Ofesi in dieser Nacht, »morgen kehre ich mit meinem Volke zurück, begleitet von deinen guten Wünschen, und ich werde Tag und Nacht von dir sprechen, weil du ein edles Herz hast.«

»Auch ich werde keine Ruhe haben«, antwortete Bosambo, »bis ich durch das ganze Land gezogen bin und überall von meinem bewundernswerten Bruder Ofesi gesprochen habe.«

Mit einem Wort entließ Ofesi seine Ratgeber; Bosambo nahm die Einladung an und sandte seine Ältesten ebenfalls weg.

»Nun werde ich dir was anvertrauen«, sagte Ofesi.

Und was er sagte, diese Flut von Eigenlob, von Versprechungen, von versteckten Drohungen, veranlaßte Bosambo noch lange Zeit nachher zum Nachdenken.

»Dennoch«, schloß Ofesi seine Rede, »obwohl alle Dinge dazu beigetragen haben, mich zu dem zu machen, was ich bin, habe ich doch noch vieles zu lernen, und von keinem kann ich so viel lernen wie von dir, mein Bruder!«

»Das ist sehr richtig«, antwortete Bosambo – und er meinte es so.

»Nun«, sagte Ofesi am Schluß seines Redeschwalls, »liegt der König der Akasava im Sterben, und alle Männer sind sich einig, daß ich an seiner Statt König sein soll, deshalb möchte ich alle Geheimnisse des Königsberufs bis aufs Tüpfelchen kennenlernen. Weil ich aber nicht bei dir bleiben kann, bitte ich dich, Lord Bosambo, meinem Obmann Tolinobo Aufenthalt bei dir zu gewähren, damit er ein Jahr lang im Schatten deiner Weisheit sitzen und mir die vielen schönen Dinge wiedersagen kann, die du sprichst.«

Bosambo betrachtete gedankenvoll Tolinobo, den Obmann, einen listigen Fischer, der zu dieser Würde befördert war, und der, nach Bosambos Urteil, nicht ganz zurechnungsfähig war.

»Er soll bei mir bleiben«, sagte Bosambo schließlich, »und soll wie mein eigener Sohn behandelt werden; er soll in einer Hütte neben meiner eigenen schlafen, und ich werde ihn behandeln wie meinen eigenen Bruder.«

Ein vorübergehender Schimmer der Genugtuung blitzte in Ofesis Auge auf, als er sich erhob, um seinen Blutsbruder zu umarmen, aber damals wußte er noch nicht, wie Bosambo seinen eigenen Bruder behandelte.

Der Akasavahäuptling und seine zweiundzwanzig Kanus paddelten bei Tagesanbruch heimwärts, und Bosambo sah sie abfahren.

Als sie weg waren, wandte er sich an seinen Obmann. »Sage mir, Solonkinini«, fragte er, »was haben wir mit diesem Tolinobo gemacht, der bei uns bleibt?«

»Herr, wir haben ihm heute morgen eine Hütte im Schatten deiner Lordschaft gebaut.«

Bosambo nickte.

»Zunächst«, befahl er, »nehme ihn mit euch zu dem geheimen Ort am Krokodilsteich und fesselt ihn an die Erde. Ich komme sofort hin, wir wollen einige Fragen an ihn richten.«

»Herr, er wird nicht antworten«, antwortete der Obmann, »ich selbst habe schon mit ihm gesprochen.«

»Mir wird er schon antworten«, sagte Bosambo anzüglich. »Macht ein Feuer und macht eure Speere nur ordentlich heiß, denn ich glaube, dieser Tolinobo weiß gewisse Dinge, die er froh sein wird, uns mitteilen zu können.«

Bosambos Vorhersage wurde durch die Tatsachen gerechtfertigt.

Ofesi war noch nicht halb zu Hause, glücklich über seinen vermeintlichen Erfolg, als ein jammernder Tolinobo, den man schändlicherweise auf den Boden gepflockt hatte, mit einem beklagenswerten Mangel an Zurückhaltung über die intimsten Dinge sprach; veranlaßt wurde er hierzu durch eine glühendrote Speerspitze, die Bosambo ihm viel zu nahe an sein Gesicht hielt, als daß sich Tolinobo dabei hätte wohl fühlen können.

Zu derselben Zeit kamen Jim Greel, ein amerikanischer Abenteurer, und Francis E. Coulson, ein Weltbürger, an. Sie gerieten etwas gegen ihren Willen in Sanders' Gebiet, denn sie wollten über den Französischen Fluß, der den Norden des N'Gombilandes umsäumte, nach Deutsch-Westafrika. Zu gewöhnlichen Zeiten gab es da eine kleine Wasserader, die den Großen Fluß mit dem Französischen Fluß verband. Nach einem witzig veranlagten Regierungsvermesser war dieses Gewässer schiffbar für Luftballons und Papierschiffchen, ausgenommen einmal in zehn Jahren, wenn ein milder Frühling in den tausend Meilen entfernten Bergen zeitlich zusammenfiel mit schweren Regenfällen an der Isisi-Wasserscheide. In diesem Ausnahmefall erlangte das winzige Rinnsal von Binsen erstickten Wassers das würdige Aussehen eines Flusses. Es war persönliches Pech, daß Jim und Coulson eine so außergewöhnliche Jahreszeit erwischten.

Die beiden Abenteurer folgten dem Lauf dieses Gewässers, das für gewöhnlich nicht auf der Karte verzeichnet war, indem sie sich an das linke Ufer hielten und nur des Nachts fuhren; sie befanden sich daher buchstäblich »auf hoher See«.

Zwei lange Nächte arbeiteten sie sich mit ihrem gebrechlichen kleinen Dampfer, dem »Grashopper«, durch vollkommen unerforschtes Land und wußten nicht einmal, daß es unerforschtes Land war. Sie vermieden es, die Aufmerksamkeit der Dörfer, an denen sie vorbeikamen, auf sich zu lenken, indem sie allen Dampf abließen und alle Lichter abblendeten, bis sie außer Sicht und Hörweite waren.

Endlich erreichte ihr Unternehmen ein Stadium, in dem jede weitere Geheimhaltung mit persönlicher Gefahr für sie selbst verbunden gewesen wäre. Deshalb sahen sie sich in der finsteren Nacht nach Beistand um.

»Sieht aus wie'n Dorf da drüben, Jim!« sagte Coulson, und der am Steuer nickte.

»Das Wasser ist hier seicht«, bemerkte er verdrießlich, »und der Vorderraum steht in einer Linie mit der Wasseroberfläche.«

»Leckt sie?«

»Das gerade nicht«, sagte Jim vorsichtig; »aber der Vorderteil dieses Zubers hat keinen Boden mehr.«

Coulson fluchte leise auf die afrikanische Nacht. Dieser dunkle Samtschleier war sehr plötzlich über sie gekommen, und es handelte sich hier um die Frage: Bleiben oder Weiterfahren? Jim entschied sich fürs Weiterfahren.

Sie waren auf einen unter Wasser befindlichen Baumstamm aufgelaufen, und dieser hatte den Boden des winzigen Abteils weggerissen, das großsprecherisch die Bezeichnung »Raum Nr. 1« führte. Das Schott von Nr. 1 und Nr. 2 war aus dünnstem Stahlblech und leckte wahrnehmbar. Coulson wußte das nicht, aber Jim.

Nun wandte er den Schnabel des vorsintflutlichen Dampfers nach dem dunklen Lande zu, und die beiden Paddelräder machten einen letzten ersterbenden Versuch, sich zu drehen.

Irgendwo am Ufer rief sie eine Stimme in der Akasavasprache an. Sie sahen die Dorffeuer, und schwarze Schatten zogen an ihnen vorüber; sie hörten Weiber lachen. Jim wandte seinen Kopf und gab einem seiner nackten Mannschaft einen Befehl. Der Mann sprang mit einer dünnen Hanfleine über Bord. Dann stieß der aufgerissene Kiel des kleinen Fahrzeugs auf Sand. Jim zündete sich seine Pfeife an der Laterne an, die in der Deckkabine hinter ihm brannte, wischte sich die schweißtriefende Stirn mit seinem Handrücken ab und sprach hastig in der Akasavasprache zu der kleinen Anzahl Leute, die sich am Ufer versammelt hatte. Er sprach automatenhaft, warnte all und jeden um der Sicherheit seiner unsterblichen Seele willen, seine Vertäuleine nicht entschlüpfen zu lassen, drohte ihnen, daß, wenn er auch nur soviel wie einen Deckbolzen verlöre, er den Häuptling bei lebendigem Leibe schinden würde, und schloß damit, daß er seine beifallsfreudige Zuhörerschaft M'shimba M'shamba, dem Obersten aller Teufel, und Bimbi, O'kili und solchen Lokalgötzen empfahl, deren Namen ihm gerade auf die Zunge kamen.

»Das hat mir den Rest gegeben«, sagte er und watete durch das seichte Wasser an Land wie einer, den die großen Tragödien des Daseins zu sehr überwältigt haben, um sich noch viel darum zu kümmern, ob er naß oder trocken sei.

Er schritt die Uferböschung hinauf und wurde von einer herumstreifenden Schar Dörfler zur Häuptlingshütte gebracht. Dort stellte er Nachforschungen an und kam mit unangenehmen Nachrichten zum Fahrzeug zurück.

Coulson hatte den Bug auf den Sand gezogen, und bei einem Reisigfeuer, das die Dörfler am Flußufer angezündet hatten, war der Schaden deutlich zu sehen.

Der schwache Schiffsrumpf war gerissen wie Packpapier, und ein starker Zweig Hartholz ragte noch aus dem Loch hervor.

»Wir befinden uns in Sanders' Bezirk, wenn's dir nichts ausmacht«, sagte Jim düster, »und wir sind etwa achtzig Meilen vom Wege abgekommen.«

Coulson, der an der Seite des Bootes kniete, hatte eine kurze, schwarzgerauchte Bruyèrepfeife zwischen seinen regelmäßigen weißen Zähnen und blickte mit einem Grinsen auf.

»Sandi fangen uns, er machen uns höllisch heiß«, äffte er. »Erinnern Sie sich des Halunken, der die Angolaweiber für Bannister Fish an den alten Häuptling verhandelte?«

Jim schwieg, nahm eine Rolle Kautabak aus seiner Tasche, biß ein gehöriges Stück davon ab und primte mit philosophischer Ruhe.

»In diesem Postdampfer gibt's keine Sklavenjägerausrüstung«, sagte er schließlich. »Ich glaube sogar, der alte Fish selber – mag der Teufel ihn für ein Knochengericht zermahlen – würde sich nicht in diesem Lande hier rumtreiben.«

Zwischen den liebenswürdigen Abenteurern und Mr. Bannister Fish bestand keine besondere Zuneigung. Und was diesen Gentleman selbst anlangte, so saß er in geheimnisvoller Unterredung mit Ofesi keine fünfzig englische Meilen von dem Platz, an dem der »Grashopper« lag und wäre außerordentlich froh gewesen, wenn er gewußt hätte, daß dessen Eigentümer dort waren, wo sie waren.

»Fish hält sich von diesen Gebieten immer fern«, sagte Jim, »aber davon haben wir nichts, da wir eben nicht Fish sind. Ich meine, wenn Sandi seine Nase hier herum reinsteckt, um auf Lizenzen für Händler Jagd zu machen... Jedenfalls möchte ich nicht, daß irgend jemand unsere Ladung durchschnüffelt.«

Coulson nickte, während er einen schweren Hammer auf die beschädigte Platte niedersausen ließ.

»Ich denke, der wird's schon wissen«, fuhr Jim fort. »Man kann diesen alten Lokolis nicht das Maul zustopfen. Horchen Sie bloß, wie diese freudige Nachricht sozusagen an die erwartungsvolle Welt weitergefunkt wird!«

Coulson hielt in seiner Arbeit inne. Klar und schrill kam das Gerassel der Lokoli, der Sprechtrommel, wie sie ihre Botschaft verzapfte: »Tom-te, Tom, Tom-te tom, Tom-mitty, tommitty, tommitty-tom!«

»Da, hören Sie's?« sagte der geschwätzige Jim artig. »Zwei weiße Männer von verdächtigem Äußeren sind im Dorf angekommen. Amtliche Blätter, bitte vervielfältigen!«

Coulson grinste von neuem. Er handhabte seinen Hammer gehörig, und der im Wege stehende Zweig war bereits verschwunden.

»'ne halbe Tonne Zement morgen früh, und 'ne königliche Jacht is nix dagegen«, sagte er.

Jim schnaubte.

»Es wird viele halbe Tonnen Zement erfordern, um nur eine halbwegs dichte Röhre daraus zu machen«, antwortete er. Er stützte seine Hand auf den Rand des Fahrzeuges und schwang sich an Bord. Hinter dem Deckhaus befanden sich zwei winzige Kabinchen in einer Ausdehnung von einer Mannslänge und zwei Mannsbreiten. In einer dieser Kabinen tauchte er unter und kam bald darauf mit einem kleinen, abgenutzten, geflickten und beschmutzten Handkoffer wieder. Er sprang über den Bug herab auf den Ufersand, nachdem er das Gepäckstück dem Maschinisten des kleinen Fahrzeugs hinuntergereicht hatte. Es war so schwer, daß der Mann es hätte beinahe fallen lassen.

»Was hast du vor?« Coulson wischte den Schweiß mit einem Taschentuch von seiner Stirn und starrte den anderen erstaunt an.

»Die Beute!« sagte Jim bedeutungsvoll, »wir müssen sie heut nacht verstecken, wenn nicht was Schlimmeres geschehen soll.«

»O Gott, dieser Mann!« stöhnte Coulson, die Augen flehend zum Himmel erhoben. »Da stapft er durch die Wildnis, die Klauen voll Gold und das Herz voll unschuldiger List, während die Augen des ganzen barbarischen Pöbels auf ihn gerichtet sind!«

Jim stopfte seine Pfeife gemächlich aus einem großen ledernen Tabaksbeutel, der ihm an der Hüfte hing, ehe er antwortete.

»Coulson«, sagte er zwischen den einzelnen Zügen, »in der Sprache jenes lächerlichen Vaudevilleartisten, den wir sahen, ehe wir London verließen, magst du Gehirn in deinem Schädel haben, aber du hast Karnickelblut in deinen Füßen. Es ist keine Veranlassung zur Furcht vorhanden, bloß vermute ich, daß einer deiner Landsleute hier herumschnüffeln wird, lange ehe der Bug dieses stattlichen Fahrzeuges das Wasser wie ein lebendes Wesen teilt. Und da der Kerl einem Mann die Taschen umzukehren vermag, ohne daß man nur einmal ›Hol' dich der Teufel!‹ sagen darf, bin ich dafür, daß wir alle Goldgräbereispuren vom Franzosenfluß entfernen.«

Coulson hatte in seiner Arbeit innegehalten, hockte auf seinen Absätzen und sah seinen Gefährten fest an. Er war ein siebenundzwanzigjähriger junger Mann von gutem Äußeren und ein paar Jahre jünger als der andere, dessen ledergegerbtes Gesicht lang und dünn, aber keineswegs unangenehm war.

»Was kann das ausmachen?« fragte Coulson nach einer Weile. »Er kann doch nur fragen, wo wir den Goldstaub her haben, und wir brauchen's ihm ja nicht zu sagen; und wenn wir's ihm sagen, es bleibt uns ja noch genug hier, um bequem bis an unser Lebensende damit auszukommen.«

Jim lächelte. »Nun, angenommen, er behält einstweilen das Gold«, fragte er ruhig, »angenommmen, er schickt seine Spione aus, um zu entdecken, wo der Goldfundplatz am Flusse ist – und angenommen, er findet heraus, daß er auf französischem Gebiet liegt und daß ein französischer Ausfuhrschutzzoll drauf liegt...! Oh, da gibt's hundert Möglichkeiten, und keine ist angenehm auszudenken.«

Coulson erhob sich ein wenig steif. »Ich denke, Jim, wir riskieren's, ob das Boot sinkt. Gib den Koffer wieder her!«

Jim zögerte. Dann warf er mit einem Schwung den Koffer an Bord und folgte selbst. Einige Minuten später lag er gekrümmt im Raum Nr. 1, der viel zu klein für ihn war, schwabberte das eingedrungene Flußwasser aus und sang in hohem Falsett das Liebeslied eines sagenhaften Beduinen.

Erst nach Mitternacht suchten die beiden Männer ermüdet, mit schmerzenden Gliedern, aber hoffnungsvoll ihr Lager auf.

»Falls Sanders auftauchen sollte«, rief Jim, als er sein Moskitonetz herunterzog – das Rufen erwies sich als notwendig, weil er seinen Gefährten durch eine Scheidewand aus Pappdeckeln, die die beiden Kabinen trennte, anreden mußte –, »falls Sanders auftauchen sollte, dann mußt du lügen, Coulson!«

»Ich hasse das Lügen«, knurrte Coulson vernehmlich, »aber ich glaube, es wird uns nichts anderes übrigbleiben.«

»Da kannst du wetten«, gähnte der andere und verrichtete sein Nachtgebet mit Blitzesschnelle.

Der neue Tag brachte den beiden Reisenden Bestürzung. Das Loch im Rumpf des Bootes war nicht allein verantwortlich für das Vollaufen des Rumpfes. In seinem Kiel befand sich eine große Scharte. Die Platte dort war durch irgendwelche unbekannte zahnartige Hindernisse weggerissen. Coulson sah Jim an, und Jim erwiderte den verzweifelten Blick.

»Gebt mir 'n Kanu! Und damit nach dem Deutschen Fluß und von da nach Hause! Das ist der Weg, den ich einschlagen wollte, und den schlage ich auch ein«, sagte Jim nach einer Weile.

Coulson schüttelte den Kopf. »Flucht!« sagte er kurz. »Du kannst unsere Anwesenheit in Sanders' Bezirk erklären, aber das Ausreißen kannst du nicht erklären. Das gib nur auf!«

An diesem ganzen Morgen arbeiteten die beiden Männner in der heißen Sonne, um den Schaden auszubessern. Glücklicherweise genügte der Zement, um das Leck am Boden zuzustopfen, und es blieb noch genug übrig, um eine Mischung aus Zweigen und aus in der Sonne getrocknetem Sande damit herzustellen, um das andere Loch zu stopfen. Aber die Tatsache konnte man sich nicht verhehlen, daß der Schutz, den das gewährte, durchaus unzureichend war. Ein bloßer Zweig, der in einer Sandbank steckte, genügte, um das dünne »Flechtwerk« zu durchbohren. Soviel sahen die Männer, als die Ausbesserungen am Ende dieses Tages fertig waren: Das Loch am Bug konnte nur wirksam dadurch beseitigt werden, daß man eine Platte entfernte und eine andere an ihrer Statt anbrachte. »Und das«, meinte Jim, »ist wohl kaum möglich.«

Der Deutsche Fluß lag achtzig Meilen stromaufwärts, und auf dem angeschwollenen Wasser war noch dazu eine Strömung von neun Knoten die Stunde zu überwinden. Nahm man eine Durchschnittsgeschwindigkeit von neun Knoten die Stunde für den »Grashopper« an, so ergab das mindestens eine Fahrt von zwanzig Stunden Dauer.

»Der Fluß ist voll von Treibholz«, sagte Jim wütend, während sein Auge den reißenden Lauf der schwarzen Wasser überflog. »Und wir haben keine bessere Gelegenheit, zu versaufen. Es heißt hier, entweder eine neue Eisenplatte, oder es wird nichts!«

So standen die Dinge: ein zerschlagener »Grashopper«, hoch und trocken auf dem abschüssigen Ufer des Akasavadorfes, und zwei furchtlose, aber unglückliche Goldschmuggler, die alle möglichen Wege und Mittel zu ihrer Rettung erörterten, als Verwicklungen eintraten, die viel dazu beitrugen, das Leben des Herrn Distriktsgouverneurs Sanders unerträglich zu machen.

Da lebte ein Akasavaweib, die Ufambi, das bedeutet »das schlimme Weib«, hieß. Sie hatte einen Liebhaber – tatsächlich besaß sie deren viele –, er war ihr Hauptliebhaber, ein Jäger namens Logi. Er war ein großer, schweigsamer Mann, und seine Zähne waren zu zwei Spitzen geschärft. Er war breitschultrig, sein Haar war mit Lehm bekleistert, und er trug einen Mantel aus Affenschwänzen. Aus diesem Grunde nannte man ihn Logi N'kemi, das heißt »Logi, der Affe«.

Er besaß eine Hütte weit drinnen im Urwald, drei Tagesreisen entfernt. Und in diesem Wald gab es mehrere böse Geister. Darum hatte er wenig Besucher.

Ufambi liebte diesen Mann außerordentlich, und ebenso glühend haßte sie ihren Ehemann, der ein Geschöpf Ofesis war. Auch scheute er sich nicht, ihr gegenüber den Stock zu gebrauchen.

Eines Tages ärgerte Ufambi ihn, und er schlug sie. Sie flog auf ihn zu wie eine Wildkatze und biß ihn. Er schüttelte sie ab und schlug sie nur um so mehr, bis sie aus der Hütte in die Kühle und

Einsamkeit der Wälder lief, denn sie hatte keine Bange vor Teufeln.

Hier fand sie ihr Liebhaber, wie sie geduldig am Rande des Urwaldpfades saß, ihre wohlgeformten Arme um ihre Knie geschlungen – ihr Kinn war auf die Brust gesunken – ein wachsames, beleidigtes, ränkespinnendes Weib. Sie saßen beisammen und sprachen, und das Weib sagte ihm alles, was nötig war, und Logi, der Affe, hörte schweigend zu.

»Außerdem«, fuhr sie fort, »hat er unter dem Fußboden der Hütte Schätze vergraben, die er von Weißen erhalten hat und die du dir nehmen kannst.«

Sie sagte das in beschwörendem Tone, denn er hatte keine große Lust bezeugt, sie in ihrem Vorhaben zu unterstützen.

»Trotzdem, wie kann ich deinen Mann töten?« antwortete Logi vorsichtig. »Und wenn ich ihn totmache und Sandi kommt hierher, wie fange ich es an, dessen grausamer Rache zu entgehen? Ich glaube, es wäre besser, wenn du ihm Gift ins Essen tust, denn dann dächte niemand von mir Übles.«

Sie fühlte sich von seinem offenbaren Egoismus nicht peinlich berührt. Es war verständlich, daß ein Mann seine Haut in Sicherheit zu bringen suchte, aber sie hatte nicht die Absicht, den Plan ihres Liebhabers auszuführen. Sie ging zu ihrem Ehemann zurück und fand ihn so weit liebenswürdig, daß sie einer weiteren Züchtigung entging. Überdies erwies er sich jetzt als mitteilsam.

»Weib«, sagte er, »morgen gehe ich auf eine lange Reise wegen gewisser Dinge, die ich gesehen habe. Und du gehst mit mir. An einem geheimen Platze habe ich, wie du weißt, mein neues Kanu verborgen. Wenn es dunkel ist, nimmst du viele Fische und meine beiden kleinen Hunde und setzt dich in das Kanu und wartest auf mich!«

»Ich werde alles tun, Herr!« antwortete sie unterwürfig.

Lange blickte er sie an. »Auch«, fuhr er nach einer Weile fort, »darfst du niemand verraten, daß ich verreise. Denn ich möchte nicht, daß es Sandi erfährt, obwohl er, auch wenn alles wahr sein sollte, was Ofesi erzählt, nichts erfahren wird.«

»Ich will alles tun, was du von mir verlangst, mein Herr und Gebieter«, sagte das Weib.

Er stand vom Fußboden der Hütte auf, wo er gehockt hatte, und ging hinaus.

»Komm!« befahl er gnädig, und sie folgte ihm hinunter zum

Flußufer. Sie gesellten sich der Menge der Dörfler bei, die zwei Weiße beobachteten, wie sie unter schwierigen Verhältnissen arbeiteten.

Dann sah sie, wie ihr Mann sich allmählich von der Gruppe losschälte und sich vorsichtig den Weißen näherte. Nun war Bikilari ein N'Gombimann. Und als Jim sich den Mann näher betrachtete, fühlte er einen kleinen Kitzel der Genugtuung, als er die seitlichen Gesichtsmarken sah, die dessen Stammeszugehörigkeit verrieten. »He, Mann!« rief Jim in der Landessprache, »was bist du, daß du mir so in der Sonne stehst?«

»Herr, ich bin ein armer Mann«, sagte Bikilari, »und ich bin der Sklave aller Weißen. Nun verstehe ich mich auf Dinge, die unwissende Männer nicht verstehen können, denn ich kann Eisen durch Hitze zum Biegen bringen. Ich kann es sogar biegen, wenn es nicht heiß ist, wie es meine Väter und mein Stamm getan haben von Anbeginn der Welt an.«

Coulson beobachtete den Mann scharf, denn er war kein Freund der N'Gombi. »Versuch's mit ihm, Jim!« sagte er.

Sie gaben Bikilari einen Hammer und Streifen von Stahl, und den ganzen Tag über arbeitete er daran, den morschen Bug des »Grashopper« wieder zu kräftigen.

Am Abend kehrte Bikilari müde und hungrig nach seiner Hütte zurück, um zu essen. Aber sein Weib hatte ihn zu aufmerksam beobachtet, als daß das gut für sein Behagen gewesen wäre, und der Kochtopf war kalt und leer. Bikilari schlug sie mit einem Stock, und zwei Stunden lang schluchzte sie und blies abwechselnd auf die Scheite des Feuers, während ihres Gebieters Fische brodelten und brutzelten.

Jim hatte einen guten, aber leichten Schlaf. Er wachte schon beim Schatten einer Gefahr auf. Er witterte sie. Und hier war etwas Greifbareres als das... ein hundeartiges Kratzen an seiner Tür. Beim schwachen Licht des Mondes sah er eine Gestalt in dem engen Gange herumkriechen; an gewissen Formen erkannte er, daß es ein Weib war und zog lieblose Schlüsse. Dennoch, da sie auf Geheimhaltung bestand, war er geneigt, ihr zu willfahren. Er schob die Gazenetztür zurück und schaltete eine elektrische Lampe ein – das war ein sehr kostbarer Besitz, der nur mit der größten Sparsamkeit und Schonung gebraucht werden durfte. Sie schrak bei diesem Beweis von Zauberkraft zurück und stammelte eine Bitte.

»Was willst du?« fragte er mit leiser Stimme.

»Herr«, antwortete sie mit verstellter Stimme, »wenn du dein Leben liebst, bleibe nicht hier!«

Jim brachte sein eigenes Gesicht näher an das des Weibes. »Was du sagen mußt, sag schnell!«

»Herr«, begann sie von neuem, »mein Ehemann ist Bikilari, der Schmied. Er ist das Werkzeug Ofesis, und heute nacht schickt Ofesi seine Mörder aus, damit sie ihr Werk an allen Weißen und an allen Häuptlingen tun, die wider ihn sind. Und auch an euch, weil ihr Weiße seid und weil ihr einen Schatz an Bord habt.«

»Warte!« sagte Jim und klopfte an Coulsons Türe. Das war nicht nötig. Coulson war beim ersten Ton draußen, denn die beiden flüsterten. Und nun stand er im Türrahmen; das Mondlicht spiegelte sich in einer kalten blauen Linie auf dem Revolver, den er in seiner Hand hielt.

»Es mag eine Falle sein, aber sie muß es nicht unbedingt sein«, sagte er, nachdem sie die Geschichte erzählt hatte, »wir riskieren das Loch im Bug.«

Jim lief voraus und weckte den schlafenden Maschinisten und kam zurück, sobald er das erste Knistern des brennenden Holzes im Feuerloch hörte.

Das Weib wartete immer noch.

»Wie heißt du?« fragte er.

Sie stand mit dem Rücken zu der winzigen Reling, ein leichtes Ziel für den Mann, der ihr gefolgt war und nun im Schatten des Schiffskörpers näher kroch. Schon konnte er sie erreichen und berühren. Er zog sein langes Jagdmesser aus der Tasche und prüfte dessen Spitze.

»Herr«, antwortete das Weib, »ich heiße...«

Damit glitt sie auf das Deck nieder.

Coulson feuerte zweimal auf den fliehenden Bikilari und verfehlte ihn. Logi, ihr Liebhaber, sprang auf ihn vom Flußufer aus, aber fiel unter einem schnellen Messerstich. Bikilari erreichte unbehelligt das Gebüsch und stürzte sich in die Finsternis – und in die Arme Ahmed Alis, eines schnellen, schweigsamen Menschen, der den mit einem Messer bewaffneten Arm mit einer Hand festhielt und das Genick des Mörders mit der anderen Hand brach, denn Ahmed Ali war ein berühmter Ringer im Kanolande.

Die Stadt wurde wach; nackte Füße patschten durch die Straße. Jim und Coulson hielten die Neugierigen im Zaum.

Zwei Stunden lagen sie so, während die kalten Kessel Kraft erzeugten. Dann schlugen die Radpaddler verzweifelt nach rückwärts, und der »Grashopper« schleppte sich in tiefes Wasser.

Eine Gestalt vom Ufer rief sie auf Suaheli an: »Lord, gehen Sie südwärts und treffen Sie Sanders! Nordwärts lauert der Tod. Denn die Isisi haben sich erhoben, und die Akasavadörfer sind in ihren Kanus. Auch alle Weißen in diesem Land sind tot – ausgenommmen Sandi.«

»Wer sind Sie?« brüllte Jim durch das Megaphon, und die Antwort kam schwach herübergeweht, da das Boot nach der Strommitte zu getrieben war.

»Ich bin Ahmed Ali, der Diener Sandis, den Gott erhalten möge.«

»Komm mit uns!« brüllte Jim.

Die Gestalt am Ufer, die deutlich in ihrem weißen Gewand zu erkennen war, formte die Hände zu einer Trompete: »Ich muß noch einen gewissen Ofesi töten, wie mir geheißen wurde. Sag das Sandi!«

Dann trieb das Boot außer Hörweite.

»Stromauf- oder abwärts?« fragte Jim vom Ruder her. »Unten treffen wir Sanders, und oben stoßen wir auf den Heiden in seinem Zorn.«

»Stromaufwärts!« sagte Coulson und ging achteraus, um einen Nicker zu halten.

In dieser Nacht wurden Iliki, der Häuptling der Isisi, und I'mini, sein Bruder, erdolcht, als sie beim Mahle saßen. Auch Bosomo von den Klein-Isisileuten und B'rama von den N'Gombis, alles Häuptlinge; Pater O'Leary von der Jesuitenmission auf Mosankuli, sein Laienbruder und der Reverend George Calley von der Wesleyanischen Mission in Bogori und der Reverend Septimus Keen und seine Gattin von der Baptistenmission in Michi. Bosambo starb nicht, denn er war unterrichtet. Auch ein gewisser Obmann Ofesis war unterrichtet – und starb trotzdem.

Ofesi hatte seinen Plan großzügig und geschickt angelegt. Krieg in schrecklichster Gestalt war über das Land gekommen.

Dennoch zögerte Bosambo nicht, obwohl er sich seiner geringen Stärke, sowohl was die Zahl als auch den wichtigeren Punkt der Bewaffnung anbetraf, bewußt war.

Denn etwas Fürcherliches hatte sich ereignet, und Brieftauben flogen von wohl einem Dutzend Punkten aus nach Süden und trugen die Nachricht zu Sanders: Zum ersten Male in der Geschichte war das aufständische Volk der Akasava mit Hinterladern bewaffnet, mit Hinterladern, die über die Grenze geschmuggelt und in die Hände der Krieger Ofesis gespielt worden waren.

Bei den Ochori rasselte die Kriegstrommel. Bei Tagesanbruch führte Bosambo vierzig Kriegskanus flußabwärts, eroberte die erste Stadt, die Widerstand leistete, und verbrannte sie. Dann ging es gegen Ofesis Feste, und Bosambo war auf dem halben Wege dahin, als er auf den winzigen »Grashopper« stieß, der stromauf fuhr.

Zuerst hielt er den »Grashopper« irrtümlich für die »Zaire« und machte wenig Anstrengung, die friedlichen Absichten seiner vierzig Kanus zu zeigen, bis eine vorüberpfeifende Büchsenkugel ihm zeigte, wie gefährlich es ist, Dinge als bekannt vorauszusetzen.

Er paddelte dem Fahrzeug in offensichtlich friedlicher Absicht allein entgegen, und Jim empfing ihn.

»Hinterlader?« Coulson glaubte nicht daran. »Häuptling, du bist wahnsinnig!«

»Herr«, antwortete Bosambo ernst, »laß Sandi dir sagen, ob ich verrückt bin, denn Sandi ist mein Bru – ist mein Herr und Freund«, verbesserte er sich.

Jim hatte von Bosambo gehört – der Häuptling hatte einen Ruf an der Küste – und glaubte ihm. Er wandte sich an seinen Gefährten. »Wenn alles, was Bosambo sagt, wahr ist, wird dieses Land eine Hölle sein«, sagte er ruhig. »Wir können nichts im Stiche lassen und auskneifen. Kannst du mit einer Büchse umgehen?« fragte er.

Bosambo warf sich in Positur. »Sah«, erwiderte er in gewöhnlichem Englisch, »ich mach'm schießen viel in Cape Coast Castel – ich schieße zweimal Zentrum raus.«

Coulson überlegte. »Wir wollen das Gold verbergen. Es wäre lächerlich, wenn wir es bei uns behalten wollten. Bosambo, wir haben einen großen Schatz bei uns, und diesen wollen wir in deiner Stadt zurücklassen.«

»Herr«, antwortete Bosambo gelassen, »er soll sein wie mein eigener Schatz.«

»Das möchte ich nun gerade nicht haben«, sagte Coulson.

Die Flottille wartete, während Bosambo mit den beiden Schmugglern nach Ochoristadt zurückkehrte. Dort wurde der Schatz in Bosambos Hütte in einem schlau angelegten Versteck unter dem Fußboden verborgen, und der »Grashopper« lief lustig mit dem Strom den Abenteuern entgegen, die ihn erwarteten, welcher Art sie auch sein mochten.

Der Mond lag in Streifen von Salbei- und Smaragdgrün – solchem Grün, wie es nur der Mond, den man durch die Flußnebel sieht, aufweisen kann. Salbeigrün für den Schatten, glänzendes Smaragdgrün auf dem jungen Grün des Frühlings in allen Schattierungen von hell zu dunkel und dunkel zu hell, je nachdem die lässige Brise das Unterholz bewegte. In dem Schimmer des Mondlichtes befand sich ein einziger glänzender, glühender roter Klecks – das Ende der Zigarre des Distriktsgouverneurs Sanders.

Er saß in dem tintendunklen Schatten, den das Sonnensegel auf das Vorderdeck der »Zaire« warf. Seine Füße staken in langen biegsamen Moskitostiefeln, die ihm bis an die Knie reichten, und lagen auf der Reling des Fahrzeuges; er war ein Bild von Zufriedenheit und heiterer Muße.

Ein müßiger Mensch kann trotzdem unruhig sein. Man hätte das Knacken des Rohrstuhles vernehmen können, sobald er die leiseste Bewegung machte. Dennoch war es eine befremdliche Tatsache, daß kein solcher Laut die angenehme Stille der Nacht unterbrach.

Sanders saß schweigend, bewegungslos. Nur die rote Spitze der Zigarre glühte in feuriger Helle und stumpfte zu roter Asche ab, wenn er lautlos an ihr sog.

Ein weicher Filzhut, der über seine Augen heruntergezogen war, hätte die Richtung seiner Blicke verborgen, selbst wenn das Sonnensegel entfernt gewesen wäre. Seine leicht verschlungenen Hände lagen auf einem Knie, und nur die ruhig glimmende Zigarre deutete an, daß Sandi nicht schlief.

Dennoch war »Sanders vom Strom« entsetzlich wach. Seine Augen beobachteten das zerzauste Gebüsch am Flußrand, schweiften von Punkt zu Punkt, suchten jeden nur irgend möglichen Ausweg.

Irgend jemand war in diesen Büschen verborgen; darüber hegte Sanders keinen Zweifel. Aber warum warteten sie – denn hier handelte es sich um »sie« – und warum griffen sie ihn nicht früher an, wenn sie ihm feindlich gesinnt waren?

Sanders hatte seine Warnungen empfangen. Einige der Tauben kamen an, ehe er seinen Sitz an der Küste verließ. Plump bekritzelte rote Zettelchen hatten die Hörner durch die Haussabaracken gellen lassen. Aber die schlimmste Botschaft hatte ihn verfehlt. Bosambos arabischer Hilferuf war in die Klauen eines aufmerksamen Habichts gefallen – der arme beschwingte Bote und alles mit ihm.

Sanders erhob sich schnell und schweigend. Hinter ihm lag die offene Tür seiner Kabine; er trat ein, ging in der Dunkelheit an das Telephon, das sich über dem Kopfende jener Koje befand, und drückte auf seinen Knopf.

Abiboo, der mit seinem Kopf am Hörer döste, antwortete sofort.

»Alle Mann aufwecken!« befahl Sanders im Flüsterton. »Sechs Büchsen decken den Busch zwischen den beiden dürren Bäumen!«

»Bei meinem Kopf!« flüsterte Abiboo und setzte sich den Tarbusch fester auf den genannten Teil seiner sterblichen Hülle.

Sanders stand neben der Tür seiner Kabine und wartete, eine Lee-Enfield-Pirschbüchse im Arm. Da hörte er aus sehr weiter Ferne einen schwachen Schrei, ein melancholisches, schrilles Wu-Wuing. Dieser Schrei ließ die Dörfler erzittern, denn ihn pflegten Gespenster auszustoßen. Aber auch Männer im Geheimdienst Sanders' und des Governments stießen ihn aus. Und Sanders nickte mit dem Kopf. Das mußte ein Mann sein, der ihm in aller Eile eine Botschaft bringen wollte.

Eine lange Pause, dann wieder das Wu-Wuing. Traurig, klagend – und diesmal näher. Der Mann, der den Schrei ausstieß, näherte sich im Laufschritt, und die am Flußufer warteten...

»Feuer!« befahl Sanders scharf.

Sechs Büchsen krachten wie ein Donnerschlag. Dann gab es ein kurzes Flickflack, als die Kugeln durch die Zweige peitschten, und zwei Angstschreie.

Aus dem Busch stolperte eine dunkle Gestalt, blickte sich betroffen und unsicher um, sah die »Zaire« und erhob ihre Hand.

Bang!

Eine Kugel klatschte tückisch an Sanders' Kopf vorbei.

»Hinterlader!« sagte Sanders und schnappte nach Atem. Und als der Mann am Ufer den Hebel seines Repetiergewehres zurückriß, erschoß ihn Sanders.

Bang! Bang! kam es, diesmal aus dem Gebüsch, und die Haussas antworteten. Vierzig Mann feuerten, ohne auf Kommando zu warten, auf den grünen Fleck, aus dem die Schüsse aufgeblitzt waren.

Vierzig Mann und mehr sprangen ins Wasser und wateten, Sanders an ihrer Spitze, an Land.

Der Hinterhalt hatte versagt. Sanders fand drei tote Isisi und einen Leichtverwundeten, der bereit war, sich zu ergeben.

»Mannlichergewehre«, murmelte Sanders und pfiff, als er die Büchsen prüfte.

»Herr«, sagte der Überlebende der vier, »wir haben getan, was uns befohlen wurde. Denn es besteht ein Befehl, daß kein Mann mit Nachrichten zu dir gelangen soll und daß wir dich in einer bestimmten Nacht erschießen sollen.«

»Auf wessen Befehl?« fragte Sanders.

»Auf unseres Herrn Ofesi Befehl«, gab der Mann zurück. »Außerdem geschieht es auch auf Befehl eines weißen Herrn, der mit seinen Leuten an der Grenze wohnt.«

Sie sprachen noch miteinander, als der Bote, der den Wu-Wuing-Schrei ausgestoßen hatte, im Laufschritt ankam. Er war zu erschöpft, um sich durch die Gewehrschüsse warnen zu lassen.

Er war ein müder Mann, bestaubt, fast nackt und trug einen Speer und einen gespaltenen Stock. Sanders las den Brief, der in diesem Stock eingeklemmt war. Er war in blumenreichem Arabisch geschrieben und kam von Ahmed Ali.

Sanders las den Brief sehr aufmerksam, dann sprach er: »Was weißt du hiervon?«

»Herr«, antwortete der müde Mann, flach auf den nackten Boden ausgestreckt und mühsam nach Atem ringend: »Hier im Lande ist ein Krieg, wie wir ihn noch niemals gesehen haben. Denn Ofesi besitzt Hinterlader und hat alle Häuptlinge durch List erschlagen. Da ist auch ein weißer Mann, den er heimlich im Urwald besucht.«

Sanders ging zur »Zaire« zurück, hundeelend. Alle diese Jahre über hatte er seine Länder frei von einer Strafexpedition gehalten, indem er sie langsam der Zivilisation näherbrachte, die das Ideal jedes Verwaltungsbeamten bildete. Was jetzt vor sich ging, erforderte eine Strafexpedition, die Einführung einer neuen Regierungsform und die Ankunft bewaffneter weißer Truppen gegen diese seine Kinder.

Wer hatte ihnen diese Hinterlader geliefert? Er konnte sich das nicht vorstellen. Niemals hatte er auch nur von der Möglichkeit ihrer Einfuhr geträumt. Seine Untertanen waren zu arm, hatten zu wenig dafür als Gegenleistung zu bieten.

»Herr«, rief der sich ausruhende Bote, als Sanders zurückkehrte, »da sind zwei weiße Männer in einem Puck-a-Puck, die sich bei Akasavastadt aufhalten.«

Sanders schüttelte sein Haupt. Diese Leute waren Goldschmuggler, die rein zufällig durch einen angeschwollenen Strom gekommen waren. (Seine Spione waren sehr tüchtig, wie man sieht.) Aber um wen immer es sich handelte, das Unheil war angerichtet.

»Dampf!« befahl er kurz dem wartenden Abiboo.

»Und dieser Mann hier?« fragte der Haussa, indem er auf den letzten der Mordgesellen deutete.

Sanders ging zu dem Mann hin.

»Sage mir, wie viele von euch haben hier gewartet, um mich zu töten?«

»Fünf, Herr«, antwortete der Mann.

»Fünf? Aber ich fand doch nur vier?«

In diesem Augenblick feuerte der fünfte vom Ufer aus.

Der »Grashopper«, der die vierzig Ochorikanus im Schlepptau hatte, kam um eine Biegung des Großen Flusses und fiel in einen Hinterhalt.

Die Ochoris waren ein tapferes Volk, aber ungewohnt der demoralisierenden Wirkung von Hinterladern, wie schlecht und wie hastig auch damit gefeuert wurde.

Bosambo schrie vom Heck des kleinen Dampfers aus Befehle an seine von Panik überwältigte Flotte, aber ohne Erfolg. Seine Leute machten kehrt und flohen, indem sie auf dem Wege, den sie gekommen waren, um ihr Leben zurückpaddelten.

Jim versuchte im buchstäblichen Sinne eine Wendung und stieß auf einen unter Wasser befindlichen Baumstumpf. Der unglückliche »Grashopper« ging, Bug zuerst, langsam unter. In einem letzten verzweifelten Versuch setzte man ihn unter einem Hagel von Kugeln auf Land. Vier Leute – Bosambos Führer der Krieger war der vierte Mann – sprangen an Land und flüchteten, jeden Widerstand niederschießend, in den Busch.

Aber sie befanden sich hier mitten in Feindesland – innerhalb Schußweite von Akasavastadt. Lange ehe sie den Wald durchquert hatten, rief die Sprechtrommel Verstärkungen gegen sie herbei, und sie wurden durch rein ziffernmäßige Überzahl an einem Platze namens Iffsimori, besiegt und kamen in derselben Nacht noch vor den großen König Ofesi, den vom Schicksal Erwählten.

Vier verwundete und geschlagene Männer, so kamen sie an; mit Grasstricken gefesselt und aufgehoben für des Königs Vergnügen.

»Oh, Bruder«, grüßte Ofesi Bosambo im Beisein alles Volkes, »betrachte mich und sage mir, was aus Tobolono, meinem lieben Obmann, geworden ist?«

Bosambo, dessen Gesicht von trocken gewordenem Blut wie gestreift war, starrte ihn frech an. »Er ist in der Hölle«, sagte er, »da er dafür vorherbestimmt war.«

»Auch du wirst in die Hölle kommen, da die Leute sagen, du seiest Sandis Bruder.«

Bosambo war im Augenblick perplex. »Es ist richtig«, sagte er, »daß ich Sandis Bruder bin, denn mir scheint jetzt nicht der Augenblick zu sein, um einen Mann wie Sandi zu verleugnen. Dennoch bin ich Sandis Bruder nur, weil alle Menschen Brüder sind, wie ich als Knabe nach einem gewissen Zauber gelernt habe.«

Ofesi saß vor der Tür seiner Hütte, und man konnte bemerken, daß ihm kein Mann näher als zwanzig Schritte saß oder stand.

Jim, der sich das herumstehende Volk ansah, bemerkte, daß jeder zweite Mann eine Büchse trug und über seine nackte Schulter einen Patronengurt aus Segeltuch. Er beobachtete ferner, wie der König seinen Kopf von Zeit zu Zeit umwandte und, wie es schien, in das dunkle Innere der Hütte hineinsprach.

Ofesi richtete seinen Blick auf die gefangenen Weißen. »Oh, Weiße«, sagte er, »ihr seht mich jetzt als großen Herrn. Größer, als irgendein weißer Mann jemals gewesen ist, denn alle kleinen Häuptlinge dieses Landes sind tot, und alles Volk sagt jetzt ›Wah, König!‹ zu Ofesi.«

»Mag schon sein«, sagte Coulson auf englisch.

»Heute nacht«, fuhr der König fort, »sterbt ihr den Opfertod. Denn ihr seid die letzten weißen Männer in diesem Lande – da Sandi tot ist.«

»Ofesi, du lügst!«

Bosambo rief's. Sein Gesicht verzog sich in Wut, seine Stimme wurde schrill.

»Kein Mensch kann Sandi töten«, schrie er, »denn Sandi allein steht über dem Tod. Und er wird zu dir kommen und Schrecken über euch bringen und Schlimmeres als Tod.«

Ofesi machte eine Geste der Verachtung. Er winkte mit der Hand nach rechts, und wie auf ein Signal ging die Menge zurück.

Bosambo hielt sich straff, er erwartete, die leblose Gestalt seines Herrn zu sehen. Aber was er sah, war etwas weniger Quälendes: einen nüchternen Haufen von hölzernen Kisten, sechs Fuß hoch und acht Fuß breit.

»Munition«, sagte Jim halblaut, »der Satan hat sich ziemlich gut eingedeckt.«

»Seht her!« rief Ofesi. »Da drin liegt Sanders' Tod. Hört ihr, Volk?«

Er hielt seine Hand, Schweigen gebietend, hoch.

Bosambo vernahm es – das schwache Gerassel der Lokolis. Von irgendeinem fernen Orte her brachte es Nachricht: »Sanders tot!« rollte es dumpf. »Entfernt – Mondschein Puck-a-Puck – Strom Mitte – Mann am Ufer – Boot an Land. Sandi tot auf dem Grunde – viele Wunden.«

Er reimte sich die Bruchstücke zusammen. Sandi war vom Ufer aus erschossen worden, und das Boot hatte seinen Leichnam gelandet. Der Ochori hörte die Nachricht und weinte.

»Nun sollt ihr den Tod riechen!« sagte Ofesi.

Er wandte sich plötzlich nach der Tür der Hütte und wechselte ein Dutzend hastiger Worte mit dem drinnen befindlichen Manne. Er sprach scharf, in befehlendem Tone.

»Ah, Mister Bannister Fish, du Ehrengast bei dieser denkwürdigen Gelegenheit, der Ofesi, mit dem du es jetzt zu tun hast, ist nicht der unterwürfige Ofesi, mit dem du deinen einseitigen Handel in der Tiefe des Akasavawaldes abschlossest. Kamellastzug und Boot haben Munition und Hinterlader Stück für Stück zur Vernichtung deines Feindes herbeigetragen. Ofesi verdankt seine Macht dir, aber wer Tyrannen schuf, war noch immer der Erbauer seines eigenen Gefängnisses.«

Mr. Fish empfand sehr lebhaft die ihm drohende Gefahr, zog zwei langläufige Selbstladepistolen aus seiner Tasche und erwog im Geiste, welchen Weg er zur Grenze wählen sollte. Er verfluchte seine eigene Dummheit, daß er nicht seine arabische Leibwache bis zu den letzten Etappen seiner Reise mitgenommen hatte.

»Ofesi«, murmelte er, »kein Morden, bis ich gegangen bin!«

»Fisi«, erwiderte der andere lauter, »du wirst alles sehen, was ich dich sehen lassen will.«

Ofesi gab ein Zeichen.

Sie zogen die Weißen so nackt aus, wie sie zur Welt gekommen waren, und pfählten sie an den Boden, wie man Adler ausspreitet. Mit dem Kopf an des weißen Mannes Füße legte man Bosambo und den Führer seiner Krieger.

Als alles fertig war, trat Ofesi vor sie hin und sprach: »Wenn die Sonne aufgeht, werdet ihr alle tot sein, aber bis dahin bleibt uns noch die halbe Nacht.«

»Nigger«, sagte Bosambo auf englisch, »dein Mutter sein mal gewesen altes Waschweib!«

Es war der beleidigendste Ausdruck, den sein Wortschatz aufwies, und er hatte sich ihn bis zuletzt aufbewahrt.

Sanders sah den Schein des großen Feuers lange, ehe er die Akasava erreichte. Sein eigener Lokoli schmetterte die Nachricht seines vorzeitigen Hinscheidens in die Luft – Sanders, mit dem roten Mal, das die Kugel über seine Wange gezogen hatte, und einem unfreundlichen Gefühl gegen Ofesi in seinem Herzen. Den ganzen Weg den Fluß hinauf sandte sein eigener Lokoli die freudlose Nachricht durch die Nacht. Dörfler hörten's und schauerten – aber schickten es weiter. Ein halbnackter Mann, der sich durch die Büsche bei Akasavastadt wand, hörte es und schluchzte sich krank, denn Ahmed Ali sah in sich selbst einen Mörder. Er, der geschworen hatte, beim Propheten geschworen hatte, Ofesis Leben ein Ende zu setzen, hatte damit zu lange gezögert.

In kalter Wut kroch er näher an die Menge heran, die um des Königs Hütte versammelt war – eine halsreckende, auf Zehenspitzen stehende Menge bösartiger Wesen, die Männer und Kinder zugleich waren. Der Augenblick des Marterns nahte heran. Zu Ofesis Füßen krochen zwei halb blödsinnige Akasavajünglinge, die einander in vergnügter Aufregung zukicherten und die wie Rasierklingen scharfen Schneiden ihrer Messer an ihren inneren Handflächen wetzten.

»Hört nun!« rief Ofesi frohlockend. »Ich bin es, der Geweissagte, der Herrscher über alle Menschen von den dunklen Wassern bis zu den weißen Bergen. So seht ihr mich, ihr alle meines Volkes, als euren Herrn und als Herrn der Weißen! Die Häute dieser Männer sollen Trommeln werden, um damit alle anderen Stämme zum Dienste für die Akasava herbeizurufen. Beginnt, Ginin und M'quasa!«

Die Jünglinge erhoben sich und betrachteten die schweigenden Opfer kritisch – Mr. Fish trat aus dem Innern der Hütte in das Licht des Feuers, eine Pistole in jeder Hand.

»Häuptling«, begann er, »hiermit endet die Geschichte. Laß die Männer los, oder du stirbst sehr bald!«

Ofesi lachte.

»Zu spät, Lord Fisi!« antwortete er und nickte mit dem Kopf.

Ein Schuß fiel aus der Menge – ein Mann, geübt im Gebrauch der Waffe, hatte auf das Auftauchen des Gewehrschmugglers gewartet.

Bannister Fish aus Highgate-Hill plumpste vornüber – tot.

»Nun?« sagte Ofesi.

Ahmed Ali kam durch die Menge wie ein Zyklon, aber weit schneller war die zweipfündige Granate aus dem Hotchkiss-Geschütz. Als Jim hinauf in das vom Mondlicht erleuchtete Himmelsgewölbe blickte, sah er ein sekundenlanges Aufblitzen, hörte das »Bang« des Geschützes, das Heulen der Granate, als sie niederging, hörte einen Krach, der lauter als sonstwas war, und wurde durch die scharfe Kante einer explodierten Patronenkiste bewußtlos hingestreckt.

»Ofesi«, sagte Sanders, »ich denke, jetzt bist du am Ende!«

»Herr, das denke ich auch«, antwortete Ofesi.

Sanders befahl, daß er zwei Stunden hängen sollte, ehe er ihn abschneiden ließ.

»Mr. Sanders«, sagte Jim, in einem Anzug des Distriktsgouverneurs, der ihm nicht allzugut paßte, »wir müßten Ihnen nun erklären...«

»Ich weiß«, antwortete Sanders lächelnd, »Goldschmuggel!«

Jim nickte.

»Und wo ist Ihr Gold? Auf dem Grund des Flußbettes?«

Es lag ursprünglich in der Absicht des Amerikaners, zu lügen. Aber er schüttelte den Kopf.

»Der Häuptling Bosambo bewahrt es für mich auf«, bekannte er.

»Hm!« meinte Sanders, »wissen Sie auch auf die Unze genau, wieviel es ist?«

Coulson schüttelte den Kopf.

»Wo ist Bosambo?« fragte Sanders seine Ordonnanz.

»Herr, er ist mit zwanzig Paddlern schnell nach seiner Stadt gefahren«, antwortete Abiboo.

Sanders sah Jim etwas merkwürdig an.

»Sie täten besser, ebenfalls schleunigst nach der Stadt zu fahren«, sagte er trocken. »Bosambo hat seine eigenen Anschauungen über bewegliches Eigentum.«

»Wir haben um Sie geweint«, sagte Jim, der etwas zur Sentimentalität neigte, entrüstet.

»Sie werden um sich selber weinen, wenn Sie nicht eilen«, sagte der Menschenkenner Sanders.

EDGAR WALLACE

Bones in Afrika · Leutnant Bones

EDGAR WALLACE

Afrika-Romane

# Bones in Afrika

Hesse Becker

im Weiss Verlag GmbH, Dreieich
August 1986
Gesamtherstellung: Presse-Druck Augsburg
Printed in Germany
ISBN 3-8036-4042-3

*Inhaltsverzeichnis*

## Bones in Afrika



## Leutnant Bones

# PROLOG

## *Sanders, Ritter des St.-Michael- und St.-Georg-Ordens*

### I

Wenn man nur die amtlichen Berichte durchliest, wird man nie erfahren, was sich im Frühling des Wunschjahres eigentlich in Ochoriland zugetragen hat. Auch weiß man nichts von den Einzelheiten, die mit dem Verschwinden Sr. Exzellenz des Kolonialministers Joseph Blowter zusammenhängen.

Wir wissen, allerdings nicht aus den Blaubüchern der Regierung, daß Bosambo alle seine Unterhäuptlinge und Ältesten von einem Ende seines Landes bis zum anderen zusammenrief. Die ganze Versammlung saß in einem großen Kreise am Fuß des kleinen Hügels, auf dem Bosambo in seinem Staatskleid thronte. Er war zwar nicht berechtigt, es zu tragen, aber er sah prächtig darin aus. Aller Blicke hingen an ihm mit stolzem Vertrauen, ein beredtes Zeichen für die Stellung, die dieser ehemalige Sträfling aus Liberia unter dem Ochorivolk einnahm, das früher schwach und furchtsam gewesen war und sich nicht mit den anderen Stämmen hatte messen können.

Nun ist es Regierungsvorschrift, daß niemand ein Palaver der Unterhäuptlinge zusammenrufen darf, wenn er nicht die vorgesetzten Behörden von seiner Absicht verständigt hat, denn die Regierung wacht eifersüchtig darüber, daß keine Versammlungen aus eigener Machtvollkommenheit eines Häuptlings stattfinden. Es ist eine alte Erfahrungstatsache am Großen Strom, daß das Gespräch der Männer, so unschuldig es auch zu Anfang sein mag, doch auf Krieg hinausläuft, wenn sie zusammenkommen, um über das öffentliche Wohl zu beraten. Wenn sie sich aber sonst treffen und vertraulich miteinander sprechen, so dreht sich ihre Unterhaltung nach kurzer Zeit sicherlich um die Weiber.

Da nun eine Million Quadratmeilen Land nur durch eine Handvoll einfacher, rauher Soldaten regiert wird und dies auch ausreicht, solange nicht eine plötzliche Verschwörung gegen die Regierung entsteht, so stehen solche plötzlichen, unvorhergesehenen Palaver beim Gouverneur in großer Ungnade.

Aber Bosambo war seiner guten Sache zu gewiß, und er war optimistisch. Er glaubte nicht im mindesten, daß seine Handlungsweise von seinem Oberherrn mißbilligt werden könnte. Auch war er so von seinen eigenen hochfliegenden Plänen eingenommen und von seinem Vorhaben so begeistert, daß ihm die Gesetzwidrigkeit dieser Versammlung gar nicht zum Bewußtsein kam. Und hätte er auch einen Augenblick daran gedacht, so wäre ihm in seiner Großzügigkeit ein solcher Einwand als viel zu kleinlich erschienen.

So waren nun von allen Waldpfaden, von dem Strom, von allen Fischerdörfern und den weiter entfernt liegenden Ackerländern, von der Nähe der großen Berge, von den Holzfällerplätzen in den niedrigen Waldungen die größeren und kleineren Häuptlinge, die Ältesten und alle Verantwortlichen zusammengekommen, bis sie eine große Menge bildeten. Die Ältesten in der Ochoristadt aber seufzten, weil sie für die Gäste Unterkunft und Nahrung schaffen mußten.

»O ihr edlen Häuptlinge der Ochori«, begann Bosambo seine Rede.

Notiki, ein alter, schmächtiger Mann, stieß seinen Nachbar heimlich mit dem Ellenbogen in die Seite. »Unser Herr will sicher wieder etwas von uns haben«, bemerkte er.

Notiki war unzufrieden und verbittert. Er gehörte der früheren Häuptlingsfamilie der Ochori an und war jetzt nur noch Oberhaupt von vier Dörfern.

»Wa!« erwiderte sein Nachbar, sah aber trotzdem Bosambo mit strahlenden Augen an.

Notiki brummte noch etwas Unverständliches.

»Ich habe euch hier zu einer großen Versammlung zusammengerufen«, sagte Bosambo, »weil ich es liebe, euch um mich zu sehen, und weil es gut ist, daß ich mit euch berate, die ihr unter mir die Macht habt, nach den Gesetzen zu regieren, welche mein Herr, der König, euch gegeben hat.«

Es war eigentlich eine genaue Wiederholung der Ansprache, die Distriktsgouverneur Sanders vor drei Monaten gehalten hatte. Seine Zuhörer hatten das wahrscheinlich vergessen, nur Notiki erinnerte sich daran und sagte verächtlich: »O ko!«, aber nur zu sich selbst.

»Ich muß euch verlassen!« fuhr Bosambo fort.

Man konnte Äußerungen des Bedauerns hören, aber die Betrübnis war nicht allzu groß, und Notiki blieb ganz ruhig dabei.

»Der König hat mich zu sich an die Küste gerufen, und für zwei Monate werde ich für euch wie tot sein. Aber mein Fetisch wird euch bewachen, und mein Geist wird diese Straßen jede Nacht entlangwandeln mit großen Ohren, um böses Gerede zu hören, und mit ungeheuren Augen, um in die Herzen der Männer zu sehen. So ist es gewiß, von dieser Stadt wird er wandern bis zu den Grenzen meines Gebietes bis nach Kalala hin.« Seine vorwurfsvollen Blicke ruhten auf Notiki, der sich unruhig hin und her bewegte.

»Und wenn ihr mich fragt, warum ich fortgehe«, sprach Bosambo weiter, »so verkündige ich euch dieses: Aber vorher lege ich euch allen den Eid auf über das, was ich euch jetzt sage, nicht außer euren Hütten zu sprechen.« Mehr als zweitausend Leute hörten diesem tiefsten Geheimnis zu. »Mein Herr Sandi braucht dringend meine Hilfe, denn wer von uns ist so weise, daß er in die Herzen schauen und den schmerzlichen Ruf verstehen könnte, den ein Bruder dem anderen zusendet. Ich sage nichts weiter, als daß mein Herr mich nötig hat. Da ich nun der König der Ochori bin, eines Volkes, das groß unter anderen Stämmen dasteht, soll ich da wie ein Hund zur Küste gehen oder wie der Häuptling eines kleinen, armen Fischerdorfes?«

Er machte eine Pause nach dieser theatralischen Rede. Ein

schwaches, allerdings sehr schwaches Murmeln ging durch die Reihen, und er mochte es als den Wunsch und den Ausdruck seines Volkes deuten, daß er mit großem Pomp reisen sollte, entsprechend der hohen Stellung der Ochori.

Die Begeisterung war deshalb nur so mäßig, weil alle ahnten, daß dies neue Steuern und Abgaben bedeutete. Und sie wußten, daß die Bevölkerung nur sehr ungern weitere Lasten tragen würde. Die Leute saßen lieber ruhig und zufrieden im Schatten ihrer Hütten, als daß sie in die Wälder eilten und dort im Schweiße ihres Angesichts Gummi und Harz und andere Dinge sammelten, um sie zu Füßen ihres Oberherrn niederzulegen.

Bosambo hörte sehr wohl, daß dieses Murmeln durchaus nicht liebenswürdig und freundlich war, aber er machte sich wenig daraus.

»Ganz wie ihr sagt – ich bin auch eurer Meinung, und es ist nur recht und billig, daß ich zu meinem Herrn und zu den fremden Völkern jenseits der Küste, zu Ländern, wo selbst die Sklaven Hosen tragen, mit wunderbaren Geschenken reise, so daß der Name des Ochorivolkes wie ein Donner über den Wassern ertönen soll und selbst große Könige mit Hochachtung von euch sprechen werden.« Wieder machte er eine bedeutungsvolle Pause.

Tiefes Stillschweigen herrschte, seine Rede hatte keinen Widerhall gefunden. Die Leute waren alles andere als begeistert. Sie spielten mit ihren Zehen und vermieden es sorgfältig, Bosambo in die Augen zu sehen. Schon vor zwei Monaten hatte Bosambo mehr Abgaben erhoben, als notwendig gewesen war. Diese Steuern sollten der Regierung abgeliefert werden.

Aber von den vierundzwanzig schweren Kanus, die nach der Ochoristadt gegangen waren, fuhren nur fünf, und auch die nicht einmal vollbeladen, zu Sanders' Residenz, um dem Oberherrn dieses Landes die Abgaben der Ochori zu bringen. Notiki sprach leise darüber mit seinem Nachbar.

»Ich werde neue Dinge mit nach Hause bringen«, sagte Bosambo lockend, »merkwürdige Teufelskisten und großen Zauber, der euch entzücken wird. Dinge, die noch niemand von euch gesehen hat und die nur Sandi und ich in diesem ganzen Lande kennen. Geht nur, wie ich euch sage, zu euren Dörfern und erzählt den Leuten alles, was ich gesagt habe. Und wenn der Mond im nächsten Viertel ist, dann werden sie freudig kommen und mit beiden Händen Geschenke bringen, die ihr dann zu mir senden sollt.«

»O Herr, was wird den Häuptlingen geschehen, die ohne Tribut und mit leeren Händen zu dir kommen und sagen müssen: ›Unser Volk ist aufsässig und will nichts mehr geben‹?« fragte Notiki.

»Wer kann das wissen?« war die ganze Antwort, die Bosambo gab. Aber er fügte noch bedeutungsvoll hinzu: »Ich werde euch nicht tadeln, da ich ja weiß, daß es nicht euer Fehler ist, sondern daß eure Leute euch nicht genügend lieben und sich einen anderen Häuptling wünschen. Das Palaver ist aus.«

Und es war auch zu Ende, soweit es Bosambo anging. In der Nacht noch hielt er in seiner Hütte einen engeren Rat mit seinen Ältesten und Ratgebern ab.

Bosambo traf nun in aller Ruhe die Vorbereitungen zu seinem Urlaub. Es mußte noch vieles erledigt werden, bevor er sein Volk auf einige Zeit verlassen konnte. Darunter fiel vor allem die Eintreibung der neuerlich auferlegten Abgaben, zu denen er gar nicht berechtigt war.

Seine größte Sorge aber war es, seine Reise vor Sanders und dessen Spähern geheimzuhalten.

Das Glück begünstigte ihn. Er hatte aber auch alle Einzelheiten seines Planes sorgfältig und eingehend überlegt. Sanders sammelte zu jener Zeit gerade die Hüttensteuer am Kisaifluß ein, und er mußte ein großes Mordpalaver in Ikan abhalten, was Bosambo wohl wußte. Einer der Dorfältesten dort stand in dem Verdacht, seine Hauptfrau ermordet zu haben. Die einzigen Zeugen, die gegen ihn auftreten konnten, waren seine Nebenfrauen, gegen die sich die Verstorbene immer hochfahrend und geringschätzig benommen hatte.

Die Ochori waren zwar sehr erschrocken über die außerordentlichen Forderungen, die ihr Gebieter an sie stellte, aber sie waren zu klug, um seine Wünsche nicht zu erfüllen. Es hatte eine Zeit in der Geschichte dieses Volkes gegeben, in der kriegerische Nachbarstämme in demütigender Weise noch viel größere und schwerere Abgaben von ihnen verlangt und einfach solche Tribute auferlegt hatten. Es war eine feststehende Redensart bei ihnen, wenn sie zuweilen mit größerer Freiheit über ihren Herrn sprachen, als ihm lieb war, daß die Herrschaft Bosambos eher zu ertragen wäre als die Tyrannei der Akasava.

Unter den Häuptlingen war nur einer, der seinem Herrn die gewünschten Steuern nicht brachte. Als alle Gaben auf Tüchern in einem großen Raum zu Bosambos Füßen niedergelegt wurden, fehlte Notikis Tuch. Er hatte seinen Sohn gesandt, um die Gründe zu erklären.

»O Herr«, sagte der junge, schlanke, urwüchsige Bursche, »mein Vater hat für dich früher viele schöne Dinge eingesammelt, wie Harz und Gummi und die Zähne von Elefanten. Und er hätte auch diese letzte Steuer gebracht und sie zu deinen erhabenen Füßen niedergelegt, aber die Wege durch den Wald waren so schlecht, und es gab Überschwemmungen im nördlichen Land, so daß er nicht über die Strömung kommen konnte. Auch waren die Pfade in den Wäldern zugewachsen, so daß mein Vater für seine Träger fürchten mußte.«

Bosambo sah ihn nachdenklich an. »Gehe zu deinem Vater zurück«, erwiderte er höflich, »und sage ihm, daß ich als sein Herr und Gebieter weiß, daß er mich liebt, obgleich keine Geschenke von ihm zu mir gekommen sind. Ich verstehe die Gründe sehr wohl.«

N'gobi strahlte vor Freude. Er hatte sich schon darauf eingerichtet, sofort davonzulaufen, denn er wußte, daß Bosambo sehr schnell mit dem Stock bei der Hand war. Er hatte befürchtet, daß er die Rache, die sein Vater heraufbeschworen hatte, an ihm auslassen würde.

»Die schlechten Straßen kenne ich sehr gut«, sprach Bosambo

weiter. »Nun sollst du deinem Vater dieses berichten: Der Häuptling Bosambo geht auf eine lange Reise, und seine Geschäfte halten ihn zwei Monate fern. Und wenn der große, schreckliche Herr Bim-bi von jetzt ab den dritten Mond einmal gebissen hat, werde ich zurückkommen und dann deinen Vater besuchen. Weil aber die Straßen so schlecht sind und sogar in der trockenen Zeit sich Überschwemmungen im Nordlande ereignen«, sagte er bedeutungsvoll, »und da die Wälder so verwachsen sind, daß er seine Geschenke nicht bringen und nur den Sohn seines Weibes zu mir schicken kann, so soll er, bis ich wiederkomme, eine Straße bauen, die so breit ist wie die Entfernung zwischen der Hütte des Königs von der seines Weibes. Und auf dieser Straße soll er alle Bäume niederschlagen und soll Brücken über die starken Ströme bauen, und er soll Staubecken anlegen für die Fluten. Er soll dazu alle Leute seines Königreiches nehmen und sie an diesem großen Werke arbeiten lassen. Und während sie ihre Arbeit tun, sollen sie ein Lied singen, das also lautet:

›Wir tun Notikis Werk,
Das Werk, das Notiki uns tun läßt,
Statt daß er dem König, seinem Herrn,
Geschenke sendet, wie Bosambo sie verlangt!‹

Das Palaver ist aus.«

Dies ist die Geschichte oder wenigstens der Beginn der Geschichte einer geraden Straße, die durch das Innere des Ochorilandes von den Stromschnellen des Großen Flusses bis zu dem Gebirge läuft, das die Grenze gegen den großen König bildet. Sie ist in ganz Afrika berühmt und für alle Zeiten mit dem Namen Bosambo verknüpft.

Am nächsten Tag fuhr Bosambo mit vier Kanus den Strom hinunter. Jedes war sehr schön mit roter Kamfarbe bemalt und mit vierundzwanzig Ruderern bemannt.

Es war ein glücklicher Zufall, daß er Sanders nicht begegnete, denn der Distriktsgouverneur kam gerade zum Großen Strom zurück, um das Zeugnis des Bruders der ermordeten Frau zu holen, der ein kleiner Häuptling in einem Isisifischerdorf war. Die »Zaire« erreichte den Strom gerade in dem Augenblick, als das letzte Kanu Bosambos um die Biegung gefahren und außer Sicht gekommen war. Und da eine Legende an dem Fluß verbreitet war, für deren Ursprung Bosambo persönlich die Verantwortung trug, daß er mit dem Distriktsgouverneur Sanders irgendwie verwandt sei, so sprach auch niemand von seiner Durchfahrt.

Der Häuptling kam drei Tage nach seiner Ausreise zur Residenz. Seine späteren Fahrten bleiben etwas im dunklen, selbst Sanders konnte sie trotz aller Mühe und Sorgfalt nicht vollständig aufklären. Bekannt ist allerdings, daß Bosambo hundertfünfzig Pfund in englischem Gold von Sanders' Lagerverwalter abhob. Er hatte nämlich während der Jahre seiner Herrschaft über die Ochori ein großes Guthaben in der Residenz für sich angelegt und viele Gelder darauf eingezahlt. Bekannt ist weiterhin, daß er sich mit einem seiner Ratgeber und seinem Weib auf einem Küstendampfer nach Sierra Leone einschiffte. Später kam von dieser Stadt noch ein Bote mit einem langatmigen arabischen Brief, in dem er eine Zahlung von weiteren hundert Pfund verlangte. Sanders hörte diese Neuigkeiten bei seiner Rückkehr und war darüber etwas bestürzt.

»Ich bin nur gespannt, ob dieser Teufel sein Volk im Stich lassen will«, sagte er.

Hamilton lachte. »Das wäre schon möglich. Aber vergessen Sie nicht, daß er noch ein Guthaben von vierhundert englischen Pfund hier bei uns hat. Bosambo hat einen Hauch der Zivilisation verspürt. Meiner Ansicht nach hätte er aber doch mindestens um Erlaubnis fragen müssen, wenn er das Land verlassen will.«

»Er hat den Leuten oben Arbeit gegeben, er läßt sie nicht zu Atem kommen«, sagte Sanders. »Ich habe schon einen leidenschaftlichen Protest von Notiki erhalten, das ist einer seiner Häuptlinge im Norden. Bosambo hat ihm den Befehl gegeben, eine Straße durch den Wald zu bauen, und er protestiert dagegen.«

Die beiden Männer gingen über den gelben, sandigen Exerzierplatz an den Hütten der Haussa vorbei zu dem Residenzgebäude.

»Wie ist das Mordpalaver verlaufen?« fragte Hamilton nach einer Weile, als sie die hölzerne Treppe zur Veranda emporstiegen.

Sanders schüttelte den Kopf. »Alle Leute haben gelogen«, sagte er kurz. »Ich kann den Mann, der meiner Meinung nach schuldig ist, nur in das Dorf der Ketten schicken. Ich hätte ihn bei einem klaren Beweis hängen können, aber die ermordete Frau scheint wenig beliebt gewesen zu sein. Dagegen hat der Mann großes Ansehen.« Er ließ sich in dem großen, bequemen Armsessel nieder. »Wenn ich ihn gehängt hätte, wäre es nicht notwendig gewesen, drei große, lange Aktenblätter Bericht über die Sache zu schreiben, was das Schlimmste ist. Diese heimlichen, häuslichen Morde hasse ich am meisten – am liebsten ist mir ein wütender Verbrecher, der das ganze Volk gegen sich hat.«

»Sie werden auch bald mit einem zu tun bekommen, wenn Sie nicht sofort Holz anfassen«, sagte Hamilton ernst. Er war nämlich Schotte, und die Schotten sind abergläubisch.

## 2

Nun sollen aber die Wahrheit über Bosambo berichtet und alle seine sonderbaren Reisen aufgeklärt werden. Er hatte in seinem Herzen einen seltsamen Plan gefaßt. In dem Schweigen seiner Hütte, in den dunklen Laubgängen der Wälder und unter sternenlosem Himmel waren ihm Gedanken gekommen, oder auch, wenn er mit seinen Leuten auf der Jagd war und sie so fest schliefen, wie es nur die Unschuldigen und die Bewohner der Wildnis können. Auch in Augenblicken, wenn er den Gerichtsverhandlungen nur halb zuhörte, in denen ihm Rechtsuchende mit monotoner Stimme ihre Anliegen vortrugen, beschäftigte sich sein Geist mit diesem Plan.

Es gab nur einen Menschen, den er ins Vertrauen zog, und das war sein Weib. Er offenbarte ihr all seine geheimen Gedanken, wenn er ihr in der Hütte gegenübersaß und eine Schüssel mit dampfenden Fischen zwischen ihnen stand. Denn so tolerant Bosambo auch sein mochte, sie war eine strenge Mohammedanerin und würde einen Greuel wie gebratenes Fleisch von Ziegen, deren Klauen gespalten sind, nicht geduldet haben.

Er sagte ihr viele Dinge. »O du Licht meines Herzens«, erklärte er, »unser Herr Sandi ist zu mir wie Vater und Mutter, er hat mir Reichtümer und Geld gegeben. Aber obgleich er ein gerechter und großer Mann ist, der seine Feinde nicht fürchtet und seinen Freunden keine süßen Worte gibt, so scheint es mir doch, daß die obersten Herren dieses Landes, die so weit weg über dem großen Meer wohnen, ihn nicht genügend ehren.«

»O Herr«, erwiderte sein Weib ruhig, »ist es denn keine Ehre, daß er wie ein König über uns gesetzt ist?«

Bosambo nickte zustimmend. »Du hast die Wahrheit gesprochen, meine Liebe«, sagte er im Übermaß der Bewunderung. »Aber ich kenne viele der Gewohnheiten der weißen Leute, denn ich habe an der Küste gelebt und bin in allen Städten von Dakka bis Mossamedes gewesen. Auch bin ich zu einem fernen Lande gefahren, das man Madagaskar nennt und das auf der anderen Seite der Welt liegt, und so ist mir die Art der weißen Leute vertraut. In Benguela residiert ein Gouverneur, der nicht so groß ist wie Sandi, und auf seiner Brust sind doch alle Arten von glänzenden Sternen zu sehen, die so schön in der Sonne blinken, und er trägt Bänder um seinen Bauch und eine große farbige Schärpe und Schwerter.« Dabei zeigte er mit dem Finger die verschiedenen Stellen. »Habe ich dir nicht gesagt, daß er nicht so groß wie Sandi ist? Wann hast du aber meinen Herrn mit Sternen oder Kreuzen oder Schärpen oder Schwertern gesehen? In Dakka, wo die Frenchi leben, und an einem gewissen Platz in Togo habe ich die Gouverneure mit ähnlichem Schmuck gesehen, denn damit ehren die Weißen verdiente Leute.« Er schwieg eine lange Zeit, und sein Weib schaute ihn mit dunkelbraunen Augen neugierig an.

»Was kannst du aber dazu tun, mein Herr?« fragte sie. »Obgleich du sehr mächtig bist und Sandi dich liebt, ist es doch sicher, daß keiner auf dich hören und Sandi ehren wird, wenn du es sagst. Ich kenne die Art und Weise der weißen Leute nicht, aber ich glaube doch, daß ich recht habe.«

Bosambos großer Mund zog sich nun von einem Ohr zum anderen in die Länge, und er lachte vergnügt, so daß die beiden Reihen seiner blendendweißen Zähne sichtbar wurden. »Du bist wie die Stimme der Weisheit und die Seele der Klugheit«, sagte er. »Denn was du sprichst, ist wahr. Aber ich weiß Wege, und ich bin schlau und klug, auch bin ich ein frommer Mann und bin bekannt mit den heiligen Aposteln wie Pauli und St. Peter, dem sie das Ohr abschlugen, weil eine Tänzerin es wünschte. Dann wurde es durch einen großen Zauber wieder angesetzt, damit er hören konnte, wie der Hahn kräht. All dies und viele andere Dinge habe ich hier!« Er zeigte mit seinem Finger auf die Stirn.

Als eine kluge Frau versuchte sie nicht, sich in die Angelegenheiten ihres Mannes einzumischen, sondern sie traf Vorbereitungen zu der langen Reise für sich und ihren wohlgenährten und munteren braunen Jungen, der Bosambos Augapfel war.

Bosambo war also den Strom hinuntergefahren. Vier Tage nach seiner Abreise verschwanden zehn seiner jüngeren Verwandten aus der Ochoristadt. Es waren ausgesuchte, starke, kräftige Jäger, die dem Tod in jeder Gestalt entgegentraten. Niemand kannte ihr Ziel, man wußte nur, daß sie nicht den Weg ihres Herrn einschlugen.

Tukili, der Häuptling der mächtigen östlichen Isisi, oder, wie sie verächtlich von dem Volk am Fluß genannt werden, der N'gombi-Isisi, kam eines Tages auf der Jagd unglücklicherweise an die Grenzen des Ochorilandes. Fimili, ein gerade gewachsenes, schönes Mädchen von vierzehn Jahren, ging eben in den Wald, um Wurzeln zu suchen, mit denen sie die Beulen des mürrischen Vaters heilen wollte.

Tukili sah das Mädchen, begehrte sie und nahm sich einfach das, was er wünschte. Sie leistete ihm wenig Widerstand, als sie sah, daß er sie nicht töten wollte. So brachte er sie zur Isisistadt, und sie lebte nicht schlechter in dem Harem Tukilis als in der Hütte des armen Fischers, dem ihr Vater sie versprochen hatte.

Ein paar Jahre früher wäre ein solcher Vorfall überhaupt nicht beachtet worden, denn damals wurden die Ochori gewöhnlich von anderen Stämmen ihrer Weiber und Ziegen beraubt, und sie waren so furchtsam, daß sie jede Demütigung ertrugen, wenn sie nur die blitzenden Speere ihrer Feinde sahen. Sie wären vielleicht obendrein noch dankbar gewesen, daß die Räuber sich damit begnügten, nur ein junges Mädchen zu stehlen. Aber als Bosambo Oberhäuptling der Ochori wurde, brachte er einen neuen Geist in diese Leute. Er machte sie zu tüchtigen Kriegern, sie lernten ihre Kraft und auch ihre Rechte kennen.

Der Vater des geraubten Mädchens eilte sofort zu seinem Häuptling Notiki. Er hatte sein Haupt mit Asche bestreut und Asche auf seine Brust gestrichen.

»Dies ist ein schlechtes Palaver«, sagte Notiki, »und seit Bosambo uns verlassen hat, ist unser Mark und unsere Kraft gleich Wasser, weil er uns befiehlt, eine Straße zu bauen. Und es ist niemand im Lande, den ich als Oberherrn anerkennen oder der anderen Befehle erteilen könnte. So scheint es mir nun, daß ich etwas tun muß, denn ich stehe in dem Alter und bin mit den alten Königen dieses Landes verwandt.«

Er sammelte zweitausend Krieger, die an dem Straßenbau arbeiteten und froh waren, statt schwerer Steine wieder leichte Waffen tragen zu können. Sie marschierten mit ihren Speeren in den Isisiwald und brannten und mordeten, wenn sie in ein kleines Dorf kamen, und niemand trat ihnen entgegen. So machte sich Notiki ohne weiteres zu einem Eroberer, wie es ja auch früher schließlich jeder ehrgeizige General tat.

Hätte sich dieser Raubzug in der Nähe des Flusses abgespielt, so wäre Sanders sicherlich darauf aufmerksam geworden, denn die natürliche große Straße dieses Gebietes ist der Wasserweg. Aber wenn es sich um Unternehmungen der inneren Stämme handelte, die im Busch wohnten und ihre Krieger im Dunkel der Wälder verbergen konnten, war Sanders sehr im Nachteil.

Tukili hörte erst von den Heerscharen, die gegen ihn heranzogen, als sie noch einen Tagesmarsch von seinen Toren entfernt waren. Eilig brach er mit seinen Männern auf, die im Kampf erfahren und in der Jagd geübt waren. Die Schlacht dauerte genau zehn Minuten, und alle die, die von Notikis Speerleuten übrigblieben, flohen wieder zurück in ihre Heimat. Aber sie vermieden dabei, soweit es ging, die Dörfer, denen sie auf ihrem Auszuge so viel Unglück und Schaden zugefügt hatten.

Nun wird ein Eroberer niemals der Vergessenheit anheimfallen, ohne daß sein Besieger seinen Ruhm für sich selbst in Anspruch nimmt. Tukili hatte seinen Gegner niedergekämpft, und auch er machte keine Ausnahme von dieser allgemeinen Regel. Während er früher ein gutmütiger, gerechter und gütiger Herrscher war, wurde er jetzt plötzlich eine drohende Gefahr für alle Gebiete Sanders' zwischen der französischen Grenze und dem Großen Fluß.

Die Lage war so gespannt, daß nur Bosambo mit ihr fertig werden konnte. Sanders verwünschte ihn aufrichtig und hätte ihn noch mehr verdammt, wenn er nur die leiseste Ahnung von der Aufgabe gehabt hätte, die Bosambo sich gestellt hatte.

## 3

Seine Exzellenz der Gouverneur residierte in einer großen, schönen Villa in einer glücklichen Stadt, in der es viele Steinhäuser gab. Wir wollen sie Kumbuli nennen, obgleich das nicht ihr richtiger Name ist.

Er stand im besten Alter, war kräftig und gesund und zeichnete sich durch Geduld und Klugheit aus. Man hatte ihm diesen Posten gegeben, um all die Fehler und Mißstände zu beseitigen, die zwei wenig begabte Gouverneure vor ihm geschaffen hatten. Sie waren nicht wegen ihrer Kenntnisse von Land und Leuten zu dieser Stellung gekommen, sondern weil ihre Freunde sich fast täglich in den verschiedenen Vorzimmern der hohen Regierungsstellen sehen ließen. Es spricht für den Ruf Sr. Exzellenz, daß er allen Distriktsgouverneuren und höheren Beamten der ganzen Küste entlang unter dem Vornamen »Bob« bekannt war, obwohl er ein Kommandeur des St.-Michael- und St.-Georg-Ordens, ein Ritter des Viktoria- und ein Kommandeur des Bath-Ordens war und aus einer vornehmen Familie stammte.

Bosambo fühlte sich nicht ganz wohl in seiner Haut, als er zum Gouverneur kam. Das Selbstvertrauen hatte den Häuptling bis zu einem gewissen Grade verlassen, denn er zweifelte nicht, daß Sanders allen Stellen seine schnelle Abreise und die merkwürdigen Umstände seines Verschwindens mitgeteilt hatte.

Die ersten Worte Sr. Exzellenz bestätigten Bosambos weitgehendste Befürchtungen.

»O Häuptling«, sagte Sir Robert und zwinkerte ihm ein wenig mit den Augen zu, »fürchtest du dein Volk so sehr, daß du vor ihm davonläufst?«

»Mächtiger Herr«, antwortete Bosambo, »Furcht kenne ich nicht, denn wie deine Hoheit gehört haben wird, bin ich ein sehr tapferer Mann, der nichts fürchtet als die Ungunst seines Herrn Sandi.«

Ein leichtes Lächeln spielte um die Mundwinkel Sir Roberts.

»Das hast du gut gesagt, mein Freund«, entgegnete er. »Erzähle mir jetzt aber, warum du heimlich gekommen bist und warum du dieses Palaver mit mir wünschst. Aber eins sage ich dir, Bosambo: Lüge nicht! Denn ich habe auf dem Hügel bei Grand Bassam drei Häuptlinge gehängt, weil sie mich belogen haben.«

Die einheimische Bevölkerung glaubte felsenfest an dieses Gerücht, das man an der Küste erzählte. Wie sich die Sache wirklich verhielt, wollen wir ein andermal berichten. Hier genügt es, festzustellen, daß Bosambo zu denen gehörte, die nicht den mindesten Zweifel an der Wahrheit dieser Legende hegten.

»Jetzt werde ich zu dir sprechen, o mein Herr!« sagte er feierlich und ernst. »Und ich spreche unter allen Eiden, sowohl denen meines eigenen Volkes...«

»Sprich mir nicht von den Schwüren des Kru-Volkes«, warnte Sir Robert.

»Dann will ich bei Marki und Luki schwören«, erwiderte Bosambo eifrig, »diesen feinen Kerlen, von denen auch deine Hoheit weiß. Ich saß lange in dem Lande der Ochori und habe klug regiert nach meinen Fähigkeiten. Und immer wachte Sandi über mir, der ein Vater seines Volkes war und ein schönes Herz besaß, daß selbst die Toten auferstanden, um mit ihm zu sprechen, als er zu uns kam. Dies ist ein Wunder«, sagte Bosambo mit geheimnisvoller Stimme, »von dem ich hörte – aber ich sah es nicht selbst. Nun frage ich dich, der alle Dinge sieht, und dies ist die schwierige Frage, die ich deiner Hoheit vorlegen will: Wenn Sandi so groß und so weise ist und sein König ihn so liebt, wie kommt es, daß er immer an dieser Stelle ist und keine schönen Sterne um seinen Hals hängen und daß er keine wundervollen Bänder um seinen Bauch legt – so wie es die großen Frenchi machen und die großen Allamandi und selbst die Portugiesi, die von ihren Königen geehrt werden?«

Das war wirklich eine schwere Frage für Sir Robert Sanleigh. Er richtete sich in seinem Stuhl auf und schaute in das feierliche Gesicht des Mannes, der vor ihm saß.

Bosambo war in seinen europäischen Hosen, seiner Jacke und seinem Hemd – einen Kragen trug er nicht – eine unromantische Figur. Er hatte die Hände tief in die Hosentaschen gesteckt, denn er wußte nicht, daß das unschicklich war. Mit großen Augen schaute er den Gouverneur wieder an.

»O Häuptling«, sagte Sir Robert erstaunt, »dies ist ein merkwürdiges Palaver, das du mit mir hältst. Woher hast du diese Ideen?«

»O Herr, niemand hat mir diese Gedanken gegeben, sie sind in meinem eigenen großen Herzen gewachsen«, erwiderte Bosambo. »Ja, ich habe viele Nächte gelegen und darüber nachgedacht, und ich bin gerecht und meinem Herrn treu.«

Der Gouverneur schaute den Häuptling unverwandt an. Er

hatte schon viel von Bosambo gehört und wußte, daß er ein Original war. Er war davon überzeugt, daß er es offen und ehrlich meinte. Ein Mann mit einem kleineren Gesichtskreis als er, wie zum Beispiel sein Vorgänger, hätte die unangenehme Frage einfach unter den Tisch fallen lassen und sie als eine Unverschämtheit empfunden und den Frager an die frische Luft gesetzt.

»Diese Dinge sind für mich zu hoch, Bosambo«, sagte er. »Was für ein Hund bin ich, daß ich es wagen könnte, meine Herren zu fragen. In ihrer Weisheit belohnen und strafen sie. Das steht geschrieben.«

Bosambo nickte. »Aber, o Herr«, sagte er hartnäckig, »mein eigener Vetter, der die Ställe deiner Hoheit kehrt, erzählte mir heute morgen, daß du an großen Palavertagen auch Sterne und schönen Schmuck auf deiner Brust hast und vornehme bunte Bänder um den Bauch bindest. Nun sollst du mir sagen, durch wessen Gunst diese Dinge kommen.«

Sir Robert mußte lachen. »Bosambo«, sagte er feierlich, »man gab mir diese Dinge, weil ich ein alter Mann bin. Wenn nun dein Herr Sandi alt wird, so wird er diese Ehrung auch empfangen.«

Er sah die Enttäuschung in Bosambos Gesicht und fuhr fort: »Es mag auch sonst manches geschehen, was die Augen des großen Königs auf Sandi lenkt, es kann eine hervorragende Tat sein, die er ausführt, oder ein großer Dienst, den er dem obersten König erweist, denn alle solche Begebenheiten bringen hohen Rang und Ehre. Gehe jetzt zu deinem Volk zurück und erinnere dich daran, daß ich immer an dich und an Sandi denken werde, und ich weiß, daß du hierher kamst, weil du ihn liebst. Sei gewiß, daß ich eines Tages ein Buch (Buch = Brief) an meinen Herrn schreiben werde, in dem ich gut von Sandi spreche zu seinen Gunsten und zugunsten des Volkes, das ihn liebt. Das Palaver ist aus.«

Bosambo entfernte sich und war mit dem Ergebnis dieser Unterredung nicht zufrieden. Er schritt durch die große Halle, wo viele Beamte und Häuptlinge auf eine Audienz warteten. Er wandte dem großen, weißen Gebäude den Rücken und kam zu seinem Vetter, der die Ställe des Gouverneurs ausfegte. Hier in der Kühle des steinernen Hauses erfuhr er viel von Sir Robert, allerhand kleine Informationen, die man nicht gut in einer Zeitung hätte veröffentlichen können. Auch erhielt er eine ganze Menge Angaben, wie solche Ehren verliehen wurden. Nachdem er seinen armen Vetter stundenlang examiniert hatte, ließ er ihn müde und zermürbt wie eine ausgepreßte Zitrone zurück. Aber der Mann war glücklich, denn Bosambo hatte ihm ein blankes, silbernes Fünfshillingstück in die Hand gedrückt. Später jedoch stellte sich heraus, daß es gefälscht war.

## 4

In der Nähe des Geisterflusses liegt ein tiefer Wald, der sich bis an die Grenze des Gebietes erstreckt, in dem die Zwergvölker hausen. Bäume und Sträucher bilden hier ein einziges großes Dickicht, durch das weder Weg noch Steg führt. Kein Mensch hat je die Tiefen dieses schrecklichen Waldes erforscht, denn hier hausen die wilden Tiere in ihren Zufluchtsstellen und Schlupfwinkeln und ziehen ihre Jungen auf. Moskitos schwärmen in dichten Wolken umher, und außerdem – das ist wichtiger – geht hier Bim-bi um, ein mächtiger, böser Geist. Er wandert ruhelos von dem einen Ende des Waldes zum andern. Bim-bi ist älter als die Sonne und fürchterlicher als irgendein anderer Dämon, denn er nährt sich von dem Mond, und in den Nächten kann man sehen, wie das große Gestirn langsam von ihm aufgefressen wird. In jeder Nacht schrumpft es mehr zusammen und wird immer kleiner und kleiner, bis schließlich überhaupt kein Mond mehr am Himmel steht. In den dunklen Nächten aber, wenn die Götter eilig ein neues Mahl für Bim-bi bereiten, verschlingt der wütende Teufel die Sterne. Wie jeder kleine Akasava-Junge, der seinen Vater ängstlich an der Hand faßt, kann man dann beobachten, wie die glänzenden Meteore über den schwarzen Sammethimmel in den gefräßigen Rachen Bim-bis fliegen.

Es war ein Geist, der von allen Stämmen gefürchtet wurde, von den Akasava, Ochori, Isisi, N'gombi und den Buschleuten, von den Bolengi, den Bomongo und selbst von den weit entfernten Stämmen am oberen Kongo. Auch sandten alle Häuptlinge seit unzähligen Generationen ein Opfer von Korn und Salz an den Rand des Waldes, um Bim-bi zu besänftigen. Einst lagen die Isisi mit den Akasava in schwerem Kampf, und es geht die Legende, daß der Gesandte der Isisi ohne Belästigung durch die Linien der Feinde gehen durfte, um seine Gaben Bim-bi zu Füßen zu legen. Nur einer auf der Welt, soweit die Leute am Fluß wissen, sprach geringschätzig von Bim-bi, und das war Bosambo von den Ochori. Er hatte keinen Respekt vor Geistern, es seien denn solche, die er selbst erfand.

Im Akasava-Distrikt ist es Sitte, ein Geisterpalaver abzuhalten, zu dem die erfahrenen Männer aller Stämme eingeladen wurden. Dieses Palaver findet in dem Dorfe Ookos an der Grenze des Waldes statt.

Eines Tages im Jahr der Fluten, als Bosambo schon einen Monat von seinem Dorfe abwesend war, kamen Boten, die voll Schrecken zu allen Hauptstädten und Dörfern der Akasava, Isisi und N'gombi-Isisi eilten und ihnen die folgende Nachricht brachten:

»Mimbimi, der Sohn des Simbo Saka, Sohn des Ogi, hat sein Haus für seine Freunde in der Nacht geöffnet, wenn Bim-bi den Mond verschlingt.«

Eine Aufforderung zu einem solchen Palaver im Auftrag Bimbis durfte man nicht übersehen, aber über eine Einladung von Mimbimi mußte man zum mindesten staunen und nachdenken, denn er war eine unbekannte Persönlichkeit. Einige Schwätzer wollten zwar wissen, daß er der Häuptling eines Nomadenstammes sei, der im Herzen des Waldes lebte und ohne Unterschied die Akasava und die Isisi beraubte, aber sie kannten weder seine Nationalität noch seine Hautfarbe. Sie gehörten zu den eifersüchtigen Seelen, die weder bestätigen konnten noch wollten, daß sie nichts darüber wußten.

Niemand konnte sagen, ob er ein Räuberhauptmann oder ein rechtmäßig eingesetzter Häuptling war. Mimbimi hatte zu einem geheimen Palaver eingeladen, und die edelsten Häuptlinge mußten gehorchen.

Tukili aber, ein siegreicher Führer, ließ sich das nicht ohne weiteres gefallen. Er hätte am liebsten die Aufforderung vollständig außer acht gelassen, aber seine älteren Ratgeber glaubten an Bim-bi und riefen ihn an. Sie waren sprachlos, als er den Gedanken äußerte, dieses Palaver zu übergehen.

»Wer darf den Besieger Bosambos zu einem Palaver rufen? Bin ich nicht der große Büffel des Waldes, und beugen sich nicht alle Männer vor mir in Furcht?« fragte Tukili mit einem gewissen Recht.

»O Herr, du sprichst die Wahrheit. Aber dies ist ein Geisterpalaver, und alles Unglück kommt auf jene, die dem Ruf nicht Folge leisten.«

Sanders hörte durch seine Spione von den Aufforderungen im Namen Bim-bis, und er war nicht froh darüber. In dem Lande, das er regierte, war nichts zu gering, um ernst genommen zu werden.

Zum Beispiel: Bei den unteren N'gombi herrschten Zweifel darüber, ob spitzgefeilte Zähne besser wären als natürliche. Tombini, ein Häuptling der N'gombi, hatte die Ansicht, daß die Zähne so, wie die Natur sie wachsen ließ, am besten seien, während sich B'limbini, sein Vetter, für zugespitzte Zähne entschied.

Zwei Bataillone der King Coast Rifles, eine halbe Batterie Artillerie und Sanders waren notwendig, um diese nationale Frage zu klären.

»Ich wünschte, Bosambo wäre zum Teufel gegangen, bevor er dieses Land verließ«, sagte Sanders gereizt. »Ich würde mich sicherer fühlen, wenn dieser aalglatte Strolch oben bei den Ochori säße.«

»Was macht Ihnen Sorge?« fragte Hamilton und sah von seiner Beschäftigung auf. Er drehte Zigaretten mit einer neuen Maschine, die ihm jemand von zu Hause geschickt hatte.

»Ein verteufeltes Bim-bi-Palaver«, sagte Sanders. »Als das letztemal ein solches abgehalten wurde, mußte ich zwanzig Meilen weit alle Ernten auf dem rechten Flußufer verbrennen, um die Isisi zur Erkenntnis ihrer Machtlosigkeit zu bringen.«

»Dann werden Sie diesmal die Ernten auf der linken Seite niederbrennen«, meinte Hamilton sorglos, und seine geschickten Finger drehten die Silberrollen der Zigarettenmaschine weiter.

»Ich dachte, ich hätte das Land befriedigt«, sagte Sanders etwas verbittert. »Und gerade jetzt brauchte ich so dringend Ruhe.«

»Warum denn?« fragte Hamilton erstaunt.

Sanders zog ein zusammengefaltetes Schreiben aus der Brusttasche seiner Uniform und reichte es ihm über den Tisch.

Hamilton las:

»Sehr geehrter Herr, ich habe die Ehre, Ihnen mitzuteilen, daß Mr. Joseph Blowter, Seiner Majestät Staatssekretär der Kolonien, voraussichtlich am 30. d. Mts. an Ihrer Station ankommen wird. Ich hoffe, daß Sie ihm alle Hilfe und Unterstützung zukommen lassen werden, damit er seine Spezialstudien, in denen er eine große Autorität ist, dort betreiben kann. Ich bitte Sie, alle nachgeordneten Beamten, Inspektoren und alle Offiziere, die Truppen in Ihrem Gebiet befehligen, anzuweisen, daß sie Mr. Blowter in gleicher Weise helfen und ihm ihren Schutz angedeihen lassen.

Ich habe die Ehre usw.«

Hamilton las den Brief zweimal.

»Damit er seine Spezialstudien betreiben kann, in denen er eine große Autorität ist«, wiederholte er. »Morgen haben wir schon den Dreißigsten«, fuhr Hamilton fort, »und vermutlich bin ich einer der Offiziere, die Truppen befehligen. Ich muß also schleunigst meine wüste Soldateska in der Kunst unterrichten, Seine Exzellenz zu unterstützen.«

»Genau gesagt, sind Sie der einzige Offizier, der Truppen in diesem Lande befehligt«, sagte Sanders. »Tun Sie, was in Ihren Kräften steht. – Sie werden es kaum glauben«, lächelte er verlegen, »aber ich habe um einen sechsmonatigen Urlaub gebeten, als ich diesen Brief bekam.«

»Lieber Himmel!« sagte Hamilton, denn Sanders und Urlaub erschienen ihm wie unvereinbare Gegensätze.

Hamilton machte sich seine Aufgabe leicht, denn er richtete es immer so ein, daß er möglichst wenig zu tun hatte. Ein kurzer Befehl an seine Ordonnanz quer über den Exerzierplatz ließ auch den Trompeter der Wache aus dem Schlaf auffahren. Lauthin tönte das Signal »Antreten!«.

Bald standen sechzig Haussa-Soldaten in Parade da, in der Annahme, daß sie zu einer plötzlichen Expedition ins Innere abmarschieren sollten.

»Meine Kinder!« sagte Hamilton, indem er seinen leichten Spazierstock hin und her pendeln ließ. »Es wird ein Mann der Regierung hierherkommen, der von nichts eine Ahnung hat. Es ist nun möglich, daß er durch die Wälder irrt und sich verläuft wie die Kuh des Bräutigams von dem Feld des Schwiegervaters, weil sie die neue Umgebung nicht kennt. Nun ist es eure Aufgabe, euch um seine Sicherheit zu kümmern. Ich, die Regierung und auch Sandi, euer Herr, werden dasselbe tun. Ihr dürft diesen Fremden nicht aus den Augen lassen, auch dürft ihr nicht erlauben, daß sich ihm irgendein böser Kerl nähert, ein N'gombi-Eisenhändler oder ein Fischer von den N'gar oder ein Verfertiger von hölzernen Amuletten, denn die Regierung hat gesagt, dieser Mann darf nicht beraubt werden, sondern man muß ihn sehr zuvorkommend behandeln. Und ihr von der Wache sollt ihn alle grüßen.«

Hamilton wollte durch seine drastische Redeweise keinerlei Mißachtung ausdrücken. Er hatte es mit einfachen Leuten zu tun und mußte sich einer lebendigen, bildreichen Sprache bedienen, um sich ihnen verständlich zu machen.

Die Haussa-Soldaten fanden auch nichts Unwürdiges an dem ehrenwerten Herrn, der am nächsten Morgen ankam. Er war über mittelgroß, etwas stark, genau und fein gekleidet und zwirbelte gern an seinem kleinen Schnurrbart, der schon etwas grau wurde. Er hatte schwere Augenlider und trat mit einer gewissen Feierlichkeit auf. Allen Leuten, die irgendwie in der Nähe waren, schüttelte er lebhaft und heftig die Hände. Er hieß alle Meinungen gut, die ihm vorgetragen wurden, um ihnen gleich darauf zu widersprechen. Dies berührte eigenartig, weil man fühlte, daß er unter allen Umständen populär sein wollte. Alles in allem war er ein langweiliger Schwätzer und fiel Sanders schwer auf die Nerven. Wenn er dem Distriktsgouverneur weniger lästig gewesen wäre, hätte dieser wohl einen schärferen Protest erhoben, als der Minister den Wunsch äußerte, das Innere zu besuchen. Sanders hatte seine Wohnung geräumt und sie mit allem Komfort dem Staatssekretär zur Verfügung gestellt, der hier seinen Urlaub zu verbringen gedachte.

»Ich muß ihn schon ins Innere gehen lassen«, sagte Sanders zu Hamilton, als sich Mr. Blowter zurückgezogen hatte.

»Wie steht es mit Mimbimi?« fragte Hamilton.

»Mimbimi macht mir große Sorge – ich kenne ihn ganz und gar nicht«, sagte Sanders mit einem Stirnrunzeln. »Mein Spion Ahmet hat einen der Häuptlinge gesehen, der bei dem Palaver zugegen war, das anscheinend sehr eindrucksvoll verlaufen ist. Bis jetzt hat sich nichts zugetragen, was Maßnahmen gegen ihn rechtfertigte. Es ist möglich, daß er von dem französischen Kongogebiet gekommen ist.«

»Haben Sie irgendwelche Nachrichten von Bosambo?«

Sanders schüttelte den Kopf. »Soweit ich unterrichtet bin«, sagte er böse, »ist er nach Cape Coast Castle gegangen. Er wird viele Unannehmlichkeiten haben, wenn er zurückkommt.«

»Was würde es für ein Segen sein«, seufzte Hamilton, »wenn wir den alten Blowter der Fürsorge Bosambos anvertrauen könnten!«

Die beiden mußten herzlich lachen.

## 5

Vor vielen Jahren richteten die Ochori einen großen Mast an der Grenze des Waldes bei dem Gebirge auf und bestrichen ihn mit einer Farbe aus rotem Kamholz und Kopalgummi.

Das war eine der wenigen vernünftigen Taten der Ochori in jenen traurigen Zeiten. Der Pfahl bezeichnete die Grenze des N'gombilandes, die kein Mann der Ochori überschreiten sollte.

Man hatte alles mit viel Überlegung vorbereitet. Ein Palaver darüber dauerte von Vollmond des einen Monats bis zum abnehmenden Mond des nächsten. Man brachte Ziegenopfer dar, sprengte Blut umher und nahm Beschwörungen und Zauberriten an den sandigen Ufern vor. Alle irgendwie geeigneten Zeremonien fanden statt, ehe die Ochori in einer hellen Mondnacht den Pfosten aufrichteten.

Dann schrieben sie diesem Mast Fähigkeiten und Eigenschaften zu, die er in Wirklichkeit gar nicht besaß, kehrten wieder zu ihren Hütten zurück und vergaßen die ganze Geschichte sehr schnell. Aber obgleich die Ochori nicht mehr daran dachten, so gab es doch andere Stämme, die dieses Teufelszeichen mit großer Ehrfurcht betrachteten. Sicher aber hielt Mimbimi diesen Mast in hohen Ehren und glaubte an seine Macht. Denn dieser eben aufgetauchte Räuberhauptmann des Waldes, der die Akasava, die Isisi und selbst die N'gombi-Isisi durch seine Streifzüge beunruhigte, kam niemals über dieses Grenzzeichen. Es geht auch die Legende, daß er einmal seine schrecklichen Krieger bis an die Grenze des Landes führte und einem einfachen hohen Pfahl seine Verehrung darbrachte. Dann zog er sich wieder zu seinem Lager im tiefen Wald zurück. Seine Züge riefen aber zuweilen Gegenmaßnahmen hervor, und mancher Häuptling zog mit seinen Kriegern gegen ihn aus. Die größte Streife aber unternahm Tukili, der Häuptling der Isisi. Er machte sich mit hundert Speerleuten auf, um die Schmach zu rächen, die dieser Eindringling ihm zugefügt hatte, als er ihn zu einem Palaver aufforderte.

Tukili war ein anmaßender Mann, denn er hatte das Heer Bosambos geschlagen. Daß Bosambo selbst dabei nicht den Befehl geführt hatte, machte für ihn keinen Unterschied aus und schmälerte den Ruhm in seinen Augen nicht. Obwohl Mimbimi seinem Gebiet keinen großen Schaden zufügte, zog dieser wilde Häuptling doch mit einer Anzahl erlesener Krieger aus, um den Kopf und die Füße des Mannes als Beute heimzubringen, der seine Hoheitsrechte zu verletzen wagte.

Was Tukilis Truppe widerfuhr, ist nicht genau bekannt. Alle Männer, die aus dem Hinterhalt Mimbimis entkamen, gaben später verschiedene Berichte darüber, und jeder war von der Wahrheit seiner Erzählung überzeugt. Es stand nur fest, daß sie ihr Leben retteten. Tukili selbst kehrte nicht zurück, und die Körperteile, die er vom Rumpfe seines Feindes hatte trennen wollen, wurden ihm selbst abgeschnitten. Eines Morgens fanden sie seine erschrockenen Untertanen vor den Toren ihrer Stadt.

Von Zeit zu Zeit entstanden Streitigkeiten, die leicht zu einem Kriege führen konnten. Die Stämme sandten dann gewöhnlich ihre Klagen zu Sanders und überließen es ihm, die Sache in Ordnung zu bringen. Man kann aber nicht eine Armee gegen ein Dutzend Häuptlinge ausschicken, die einen Guerrilla-Krieg führen. Diese Erfahrung machten die Engländer einige Jahre vorher in einem Land, das südlich von Sanders' Gebiet lag. Hätte Mimbimis Tätigkeitsfeld an den Fluß gegrenzt, so hätte ihn Sanders bald gefaßt, denn am Fluß kann man einen Räuber leicht fangen, weil er im Wald verhungern würde. Auch wenn er dorthin fliehen würde, müßte er doch zum Wasser zurückkehren, um sein Leben zu fristen.

Aber hier hatte man es anscheinend mit einem Häuptling zu tun, der im Walde lebte und keine Berührung mit dem Strom suchte. Er gab sich damit zufrieden, in den Schlupfwinkeln des Busches zu hausen.

Sanders sandte drei Späher aus, um seine Lager auszukundschaften. Er selbst aber widmete sich einer näherliegenden Aufgabe, nämlich seinem Gast, dem Kolonialminister. Mr. Joseph Blowter hatte sich dazu entschlossen, eine Reise in das Innere zu unternehmen, und man stellte ihm die »Zaire« zur Verfügung. Wie ein Geschenk des Himmels kam die Nachricht von einem Streitfall in dem Buschland, sechzig Meilen von der Residenz entfernt, so daß Sanders und Hamilton der Notwendigkeit enthoben wurden, ihren Besuch zu begleiten. Mr. Blowter reiste also nur in einer Begleitung von zwanzig Haussa-Soldaten ab. Das war in diesen friedlichen Zeiten mehr als genug.

»Was machen Sie nur mit Mimbimi?« fragte Hamilton leise, als sie an dem betonierten Anlegeplatz standen und beobachteten, wie die »Zaire« zur Mitte des Stromes fuhr.

»Er ist wahrscheinlich ein Buschmann«, sagte Sanders kurz. »Er wird nicht zum Strom kommen und hält sich außerdem vom Ochoriland fern. Und unser Freund Blowter sucht doch gerade die Ochori. Ich wüßte nicht, wie er deshalb in Ungelegenheiten kommen sollte.«

Trotzdem telegrafierte Sanders vorsichtigerweise dem Gouverneur nicht nur die Abfahrtszeit des Ministers, sondern auch alle Sicherheitsmaßnahmen, die er für ihn getroffen hatte. Auch teilte er ihm mit, warum weder er noch Hamilton ihn auf seiner Reise ins Innere begleiten konnten.

»Alles in Ordnung«, telegrafierte Bob zurück, und das genügte Sanders.

Es ist unnötig, von den Erlebnissen des Mr. Blowter im einzelnen zu berichten. Er hielt jedes Dorf für eine Stadt und jede Stadt für ein Land und legte überall an, wo es nur möglich war. Er sprach lange und geläufig zu den Eingeborenen über die Segnungen der Zivilisation und den Ruhm der britischen Flagge – er hatte einen Dolmetscher mit. Er kam auch auf das Korbflechten und auf den Fischfang zu sprechen und zeigte dann den Leuten am Strom, wie man Fische mit Fliegen fangen könne. Aber er hatte nicht den geringsten Erfolg.

Im Laufe der Zeit kam er glücklich bei dem Ochorivolk an und wurde von Notiki empfangen, der sich inzwischen die Würde eines Oberhäuptlings angeeignet hatte. Er übte sein Amt aus, war aber bereit, jeden Augenblick zu fliehen, wenn Bosambos Boot um die Flußbiegung kommen sollte. Sanders hatte Mr. Blowter besonders eingeschärft, unter keinen Umständen an Land zu schlafen. Er nannte ihm viele Gründe: Es bestehe die Gefahr, daß er sich Beriberi hole; die Schlafkrankheit sei weitverbreitet, und es gäbe viele Moskitos und andere Insekten, die man höflicherweise nicht beim Namen nennen könne.

Aber Notiki hatte eine neue Hütte gebaut, und zwar besonders für seinen Gast, wie er sagte. Mr. Blowter, der sich durch diese Aufmerksamkeit geehrt fühlte, übertrat zum erstenmal Sanders' Verbot, verließ die bequeme Kabine, in der er während seiner Reise wohnte, und schlief in der neuen Umgebung einer Eingeborenenhütte.

Wie lange er dort lag, kann nicht berichtet werden. Er wachte plötzlich auf, als er eine harte Hand an seiner Kehle fühlte, und eine wütende Stimme ihm etwas ins Ohr flüsterte, was er ganz richtig als eine Warnung und Drohung auffaßte.

Auf alle Fälle betrachtete er es als Aufforderung, sich ruhig zu verhalten, und gab in seiner Todesangst auch keinen Laut von sich. Drei Männer ergriffen ihn, banden ihn mit Stricken fest, steckten ihm einen Knebel in den Mund und zogen ihn dann vorsichtig durch ein Loch, das sie in die Wand der neuen Ehrenhütte Notikis gemacht hatten. Vor der Hütte war eine Haussa-Schildwache aufgestellt, aber sie wachte nicht auf, als Mr. Blowter entführt wurde.

Die Leute, die den Minister gefangengenommen hatten, brachten ihn auf Schleichwegen zum Fluß, legten ihn in ein Kanu und ruderten in großer Eile zum anderen Ufer. Sie brachten das Boot an Land, nahmen ihn mit sich und verschwanden im Wald. Auf ihrem Wege trafen sie einen Jäger, der über Nacht einem Leoparden aufgelauert hatte. In der Dunkelheit redete der Häuptling, der Mr. Blowter mit sich schleppte, den bestürzten Mann an.

»Gehe zur Stadt der Ochori und sage: Mimbimi, der große

Häuptling, der Herr des Waldes von Bim-bi, sendet Nachricht, daß er den dicken weißen Mann genommen hat, um ihn bei sich zu behalten und ihn zu seinem Vergnügen mit sich zu führen.«

## 6

Aus all den vielen Aktenstücken und Briefen, die später veröffentlicht wurden, ging hervor, daß Sanders Mr. Blowter davor gewarnt hatte, eine Reise ins Innere zu machen. Auch der zuvorkommende Sir Robert hatte diesbezüglich seine größten Bedenken geäußert. Selbst die Regierung sandte ein langes, teures Telegramm von Downing Street, in dem sie energisch darauf hinwies, im Augenblick wäre eine Reise in das Ochoriland nicht wünschenswert, da die öffentliche Meinung dagegen sei.

Die übereilten Bemühungen einiger Zeitungen, den Distriktsgouverneur Sanders und seinen direkten Vorgesetzten zu tadeln und dafür verantwortlich zu machen, daß eine so bedeutende Persönlichkeit wie Mr. Blowter geraubt worden war, konnten nur durch die vollständige Unkenntnis der näheren Umstände entschuldigt werden.

Sanders fühlte sich jedoch schuldig, wie es jeder gewissenhafte Mann tun wird, der die Macht hat, einen Unglücksfall zu verhindern.

Brieftauben, die kleinen, treuen Diener der Regierung, flatterten nach Osten, Süden und Norden. Ein Missionsdampfer wurde in aller Eile requiriert, und Sanders eilte zum Tatort.

Bevor er abfuhr, telegrafierte er nach allen nur irgendwie denkbaren Küstenplätzen an Bosambo.

»Wenn dieser vagabundierende Teufel sein Land nicht verlassen hätte, wäre das nie geschehen«, sagte Sanders gereizt. »Er muß unter allen Umständen zurückkommen und mir helfen, den Verlorenen wiederzufinden.«

Aber bevor eine Antwort auf seine Depeschen kommen konnte,

hatte er sich schon an Bord begeben. Er tat auch gut daran, auf keine Antwort zu warten, denn nicht eine war befriedigend. Bosambo blieb anscheinend unerreichbar. Von Sierra Leone kam sogar die aufsehenerregende Nachricht, daß er sich nach England eingeschifft und die Absicht ausgesprochen habe, dort eine hohe Persönlichkeit aufzusuchen.

Wenn Sanders in treuer Pflichterfüllung am Fieber oder unter der Folter der in solchen Dingen erfahrenen Akasavakrieger gestorben wäre, hätte die Londoner Presse ein paar Zeilen gebracht, die sein Lebenswerk würdigten oder von der schrecklichen Art berichteten, wie er ums Leben gekommen war.

Aber ein Kabinettsminister, der von einem wilden Stamm gefangengesetzt worden war, gab Zeitungsleuten die weitgehendsten Möglichkeiten für große, schreiende Überschriften. Sicher war dies eine aufregende Neuigkeit für den englischen Leser, der es liebt, schon beim Frühstück eine Sensation zu erleben. England wurde durch dieses unerwartete Ereignis bis in seine tiefsten Tiefen aufgerüttelt. Denn es war etwas ganz Ungewöhnliches, daß ein Kolonialminister in die Gefangenschaft der Kannibalen geriet, und außerdem war Mr. Blowter sehr populär in England und spielte da eine wichtige Rolle.

Zum erstenmal in der Geschichte waren die Augen der ganzen Welt auf Sanders' Gebiet gerichtet, und die Presse aller Länder widmete dem geraubten Minister ganze Spalten, weil man ihn so gut kannte. Etwas mehr oder weniger ungenau waren die Artikel, die sich mit dem Manne beschäftigten, der ihn wiederfinden sollte.

Auch Bosambo, der sich auf einer Reise nach England befinden sollte, wurde in den Zeitungen erwähnt. In Plymouth wartete sogar eine kleine Flotte von Motorbooten mit den Vertretern der Presse auf den ankommenden Postdampfer. Aber zu ihrem größten Bedauern mußten sie erkennen, daß er nicht an Bord war.

Glücklicherweise erfuhr Sanders zunächst nichts von dem Sturm, den das Verschwinden des Ministers hervorgerufen hatte. Natürlich wußte er, daß man darüber sprechen würde, und er sah in düsteren Visionen schon die langen Rapporte vor sich, die er würde schreiben müssen. Es wäre ihm wohler zumute gewesen, wenn Mimbimi irgendeiner der umherwandernden Häuptlinge gewesen wäre, die er von Zeit zu Zeit traf und die ihm bekannt waren. Mimbimi war wirklich ein Teufelskerl, dem nicht beizukommen war.

Auch in den Städten und Dörfern, die Mimbimi besucht hatte, konnte er nicht mehr erfahren, als er schon wußte. Einige erzählten ihm, daß der Häuptling groß und hager sei, geschwollene Knie und eine Wunde am Fuß habe, so daß er hinke. Andere berichteten wieder, daß er ein kleiner, häßlicher Mann sei mit einem großen Kopf und kleinen Augen und daß seine Stimme wie der Donner schalle.

Sanders verschwendete keine Zeit durch nutzloses Nachfragen. Er schickte einen ganzen Schwarm von Spähern und Treibern in den Wald von Bim-bi und begann eine regelrechte Treibjagd. Er gönnte sich tagsüber nur wenige Stunden Schlaf, wenn sich Gelegenheit dazu bot. Aber obgleich seine Streifen bis zu den Grenzen des Ochorigebietes auf der rechten Seite und des Isisilandes auf der linken vorstießen und obgleich er Gegenden durchwanderte, die man bisher als undurchdringlich angesehen hatte, weil gewisse Teufel die Gegend unsicher machten, fand er doch keine Spur von dem Menschenräuber. Denn dieser brach nachts durch Sanders' Linien. Er schleppte immer noch ein Mitglied der britischen Regierung mit sich herum; Mimbimis Leute hatten ein dickes Tau um Mr. Blowter gelegt und zogen ihn daran weiter.

Nach und nach erreichten Sanders Nachrichten, lange Telegramme, die man ihm von der Residenz aus mit schnellen Booten nachschickte oder durch Taubenpost übermittelte. Es waren aufgebrachte, leidenschaftliche und verärgerte Botschaften von der Regierung und den vielen Freunden und Verwandten des geraubten Mannes. Hamilton kam mit einer Verstärkung nach, aber auch dadurch konnte man keinen Erfolg erzielen.

»Er ist verschwunden, als ob ihn der Erdboden verschlungen

hätte! O Mimbimi, wenn ich dich jetzt fassen könnte!« sagte Sanders.

»Sie würden ihm sicher übel mitspielen«, meinte Hamilton beruhigend. »Aber unser guter Freund muß sich doch irgendwo aufhalten! Glauben Sie, daß er den armen, alten Mann ums Leben gebracht hat?«

Sanders schüttelte den Kopf.

»Der Himmel mag wissen, was er mit ihm angefangen hat!«

In diesem Augenblick erschien ein Bote. Die »Zaire« war an dem Ufer des oberen Isisilandes, an der Grenze des Bim-bi-Waldes, vertäut. Die Haussa hatten ein Biwak am Ufer aufgeschlagen. Ihre roten Feuer glühten in der hereinbrechenden Dunkelheit.

Der Bote kam kühn vom Walde her. Er zeigte nicht die geringste Furcht vor den Soldaten, ging mitten durch ihr Lager hindurch und winkte mit einem langen Stock wie ein Kapellmeister seinen Musikern. Als der Wachtposten an der Landungsbrücke sich von seinem Schrecken über die unerwartete Erscheinung erholt hatte, nahm er den Mann fest und führte ihn vor den Distriktsgouverneur.

»O Mann«, sagte Sanders, »woher bist du, und woher kommst du? Sage mir schnell deine Botschaft!«

»O Herr«, antwortete der Mann gewandt, »ich bin der Führer von Mimbimis Leuten.«

Sanders sprang von seinem Stuhl auf. »Mimbimi?« fragte er schnell. »Sage mir, welche Nachricht du von diesem Dieb und Räuber bringst!«

»O Herr, Mimbimi ist kein Dieb, er ist ein hoher Fürst!«

Sanders sah ihn durchbohrend an. »Es scheint mir, daß du ein Ochori bist!«

»O Herr«, sagte der Bote, »früher war ich ein Ochori, aber jetzt bin ich bei Mimbimi, und ich bin der Anführer seiner Leute. Ich folge ihm durch alle Gefahren, deshalb gehöre ich keinem Volk und keinem Stamm mehr an – wa! O Herr, höre meine Botschaft!«

Sanders nickte. »Sprich schnell, Bote Mimbimis, und laß deine

Nachricht gut für mich sein!«

»O Herr«, sagte der Mann, »ich komme von dem großen Fürsten der Wälder, der das Leben aller in seinen beiden Händen hält und nichts Lebendiges fürchtet, weder Teufel noch Bim-bi, noch die Geister, die in der Nacht umherstreifen, noch die großen Drachen in den Bäumen...«

»Sage mir rasch deine Botschaft«, unterbrach ihn Sanders böse, »denn ich habe eine Peitsche, die schärfer zubeißt als die Drachen in den Bäumen und sich schneller bewegt als M'shimbam'shamba!«

Der Mann nickte. »So spricht Mimbimi«, fuhr er fort. »Gehe zu der Stelle nahe dem Krokodilfluß, wo Sandi sitzt, und sage ihm, daß der Häuptling Mimbimi ihn liebt, und weil er ihn liebt, wird Mimbimi etwas Großes für ihn tun. Aber bevor ich nun seine größte Botschaft sage, mußt du ein Buch von meinen Worten machen.«

Sanders zog die Augenbrauen zusammen, denn es war eine ungewöhnliche Forderung von einem Eingeborenen, daß seine Botschaft niedergeschrieben werden sollte.

»Schreiben Sie es bitte auf«, wandte er sich an Hamilton. »Aber warum er das verlangt, kann ich mir nicht vorstellen. Also sprich weiter, Bote!« sagte er schon milder. »Denn du siehst, daß mein Herr Hamilton ein Buch macht.«

»So spricht mein Herr Mimbimi: Weil er Sandi liebt, wird er ihm den fetten weißen Mann geben, den er mit sich genommen hat, und er fordert dafür kein Elfenbein oder Salz als Bezahlung, sondern er tut dies, weil er Sandi liebt und weil er ein gerechter und vornehmer Häuptling ist. Deshalb übergebe ich nun den dicken Mann in deine Hände.«

Sanders staunte.

»Sprichst du die Wahrheit?« fragte er ungläubig.

Der Mann nickte.

»Wo ist denn der fette Mann?« fragte Sanders. Es war jetzt nicht der Augenblick, um höfliche und zeremonielle Phrasen über einen

Minister auszutauschen.

»O Herr, er ist im Walde und weniger von dir entfernt als das nächste Dorf. Dort habe ich ihn an einen Baum gebunden.«

Sanders eilte über die Landungsbrücke, durch die Reihen der erschreckten Haussa, und zog den Boten am Arm mit sich. Hamilton folgte mit den schnell alarmierten Soldaten.

Man fand Joseph Blowter nach allen Regeln der Kunst an einen Gummibaum gebunden, einen hölzernen Knebel im Mund, der ihn am Sprechen und Rufen hindern sollte. Er fühlte sich entsetzlich unglücklich. In größter Eile lösten sie seine Fesseln, nahmen ihm das Holzstück aus dem Munde und führten den stöhnenden Minister zur »Zaire«, indem sie ihn halb trugen.

Er erholte sich aber schnell und konnte schon am Abend an der Tafel erscheinen. Er erzählte von seinen vielen Abenteuern und neigte natürlich dazu, die Gefahren zu übertreiben. Es ist jedoch entschuldbar, daß er aufs höchste über den Häuptling empört war, der ihn durch so viele teils wirkliche, teils eingebildete Fährnisse geführt hatte. Aber vor allem war er Sanders dankbar.

Er gab sofort zu, daß er durch keinen Fehler des Distriktsgouverneurs in diese entsetzliche Lage gekommen war.

»Ich kann Ihnen nicht sagen, wie traurig ich über all diese Vorkommnisse bin«, sagte Sanders.

Nach dem Abendessen fühlte sich Mr. Blowter, der stark abgenommen hatte, bedeutend wohler. Er begann sein ganzes Abenteuer allmählich mit Humor zu betrachten. »Etwas habe ich erfahren, Mr. Sanders«, sagte er, »und das ist die außerordentliche Achtung, die diese Leute im Lande vor Ihnen haben. Jedesmal, wenn ich zu diesem Teufelskerl von Ihnen sprach, verneigte er sich tief, ebenso alle Männer, weil sie Sie so sehr verehren.«

Sanders blickte erstaunt auf. »Das ist mir eine große Neuigkeit«, sagte er trocken.

»Es ist nur Ihre Bescheidenheit, mein Freund.« Ein wohlwollendes Lächeln ging über die Züge des Ministers. »Ich weiß es sehr wohl zu würdigen, daß ich nur Ihrem großen Ansehen unter den

Eingeborenen meine Befreiung von dieser Mörderbande zu verdanken habe.«

Am nächsten Morgen fuhr er mit der »Zaire« stromabwärts. Der Dampfer konnte die vielen Haussa-Soldaten kaum mit sich führen.

»Wenn es nach mir gegangen wäre, hätte ich eine Abteilung in den Wäldern zurückgelassen«, sagte Sanders. »Ich werde nicht eher ruhen, bis ich diesen Räuber Mimbimi gefaßt habe!«

»Ich würde die Sache nicht auf die Spitze treiben«, meinte Hamilton trocken. »Der bloße Klang Ihres Namens scheint ja ebenso mächtig zu sein wie meine Haussa-Soldaten.«

»Bitte, werden Sie nicht ironisch!« sagte Sanders scharf. Er war sehr empfindlich in diesen Dingen. Trotzdem freute er sich, daß die Geschichte gut ausgegangen war. Er erhielt viele Glückwunschtelegramme, nicht nur vom Gouverneur, sondern auch aus allen Teilen Englands.

»Wenn ich wenigstens noch etwas dazu getan hätte, den Minister zu befreien, würde ich nichts dagegen sagen!«

»Aber das ist doch gerade das Schöne daran«, lächelte Hamilton. »Wenn Sie etwas brauchen, dann kriegen Sie es nicht – und wenn Sie es nicht brauchen, dann kommt es in Wagenladungen an. Sie müssen die Feste feiern, wie sie fallen!«

Sie verabschiedeten sich von Mr. Blowter an der Meeresküste. Das Landungsboot wartete schon, um ihn zu dem Postdampfer zu bringen, der bei dieser Gelegenheit geflaggt hatte.

»Ich habe noch eine Frage, die ich an Sie stellen möchte«, bemerkte Sanders. »Können Sie mir vielleicht Mimbimi so beschreiben, daß ich ihn wiedererkennen kann? Er ist mir bis jetzt vollkommen unbekannt.«

Mr. Blowter zog die Stirn in Falten und dachte nach.

»Das ist schwer, alle Eingeborenen sind für mich gleich«, sagte er langsam. »Aber er ist sehr groß, von annehmbarer Gestalt und sieht für einen Eingeborenen gut aus. Außerdem spricht er viel.«

»So, er spricht viel?« sagte Sanders schnell.

»Auch kann er etwas englisch reden«, sagte der Minister. »Anscheinend hat er auch Religionsunterricht gehabt, denn er sprach immer von Marki und Luki und den verschiedenen Aposteln – vielleicht ist er auf einer Missionsschule gewesen.«

»Marki und Luki?« murmelte Sanders. Ein Licht ging ihm auf. »Ich danke Ihnen vielmals. Sagten Sie nicht auch, daß er sich tief verneigte, wenn mein Name genannt wurde?«

»Das tat er stets«, lächelte der Minister.

»Vielen Dank!« Sanders drückte Mr. Blowter die Hand zum Abschied.

»Mr. Sanders!« Blowter wandte sich in dem Boot noch einmal um. »Ich vermute, daß Sie bereits wissen, daß Ihnen das Ritterkreuz des St.-Michael- und St.-Georg-Ordens verliehen worden ist?«

»Ritterkreuz des –?« stammelte Sanders und wurde rot.

»Diese Ehrung macht Ihnen sicherlich nicht viel aus, da Sie Ihrem Vaterland einen so großen Dienst erwiesen haben«, sagte Mr. Blowter selbstzufrieden und bedeutungsvoll. »Aber die Regierung fühlt, daß es das Wenigste ist, was sie für Sie tun muß, nachdem Sie sich so unendlich viel Mühe um mich gemacht haben. Man hat mich auch gebeten, Ihnen mitzuteilen, daß man sich Ihrer in Zukunft gern erinnern wird.«

Er ließ Sanders wie eine Salzsäule am Strande zurück. Hamilton gratulierte ihm zuerst.

»Mein lieber Freund, wenn jemals ein Mann den St.-Michael- und St.-Georg-Orden verdient hat, dann sind Sie es!«

Es würde nicht der Wahrheit entsprechen, zu sagen, daß Sanders sich nicht freute. Sicherlich war er nicht beglückt über die Art und Weise, wie er zu dem Orden gekommen war. Aber er wußte ja, wie Regierungen handelten, und nahm es als Belohnung für all seine bisherigen Dienste. Schweigend ging er zur Residenz zurück. Hamilton schritt an seiner Seite.

»Übrigens habe ich eben eine Taubenpost vom oberen Strom erhalten. Bosambo ist zu den Ochori zurückgekehrt. Haben Sie eine Ahnung, wie er dorthin gekommen ist?«

»Ja«, sagte Sanders und lächelte grimmig. »Ich glaube, ich muß Bosambo in kürzester Zeit sprechen.«

Aber diesen Plan führte er nicht aus, denn am selben Abend kam ein Telegramm von Bob.

»Ihr Urlaub ist genehmigt. Hamilton wird während Ihrer Abwesenheit als Stellvertretender Distriktsgouverneur die Geschäfte führen. Ich schicke Leutnant Francis Augustus Tibbetts, um den Befehl über die Haussa-Abteilung zu übernehmen.«

»Wer, zum Teufel, ist Francis Augustus Tibbetts?« fragten Sanders und Hamilton zu gleicher Zeit.

# *Captain Hamilton*

## I

Sanders wandte sich zur Reling und schaute nachdenklich auf die niedrige Küste. Er konnte eine Ecke der weißen Residenz sehen, die durch die dünnen Isisipalmen am Ende des großen Gartens lugte. Von hier aus erschien er ihm wie ein dunkelgrüner Fleck auf gelbem Untergrund.

»Ich gehe sehr ungern fort, wenn es auch nur für sechs Monate ist«, sagte er.

Hamilton hatte lachende blaue Augen und ein Gesicht, das die Farbe dunklen Eichenholzes zeigte. Er war schlank, gesund und lebensfroh. Aber jetzt pfiff er angestrengt, um seinen Schmerz über diesen Abschied zu verbergen.

»Aber ich komme schon wieder«, fuhr Sanders fort. »Ich hoffe, daß während meiner Abwesenheit alles gutgehen wird.«

»Wie kann es gutgehen?« fragte Hamilton höflich. »Wie können die Isisi leben oder die Akasava ihre schauderhaften Kartoffeln pflanzen oder die Sonne scheinen oder der Strom fließen, wenn Sandi Sitani nicht mehr im Lande ist?«

»Ich würde mich nicht beklagen«, sagte Sanders und überhörte die leise Ironie des andern, »wenn sie einen alten, erfahrenen Mann an meine Stelle gesetzt hätten, aber so einen Dickkopf von Soldaten –«

»Wir danken Ihnen«, sagte Hamilton mit einer Verbeugung.

»– mit wenig oder gar keiner Erfahrung –«

»Eine unverschämte Lüge, eine infame Verleumdung«, murmelte Hamilton.

»Einen solchen Mann an meine Stelle zu setzen!« Sanders schob den Tropenhelm in den Nacken, um besser zum Himmel emporschauen zu können.

»Schrecklich! Schrecklich!« sagte Hamilton. »Und ich scheine jetzt das strenge Auge meines Vorgesetzten auf mich gelenkt zu haben, da er wünscht, mich ein wenig in Bewegung zu bringen. Leben Sie wohl, mein Lieber!«

Seine kräftige Hand schüttelte Sanders' Rechte krampfhaft.

»Leben Sie wohl!« sagte Sanders leise. Er legte die Hand auf Hamiltons Schulter, als sie den Seitengang entlanggingen. »Achten Sie mir auf die Isisi und auf Bosambo – vor allem auf Bosambo, er ist ein tüchtiger, aber ein unzuverlässiger Teufel.«

»Ich werde schon mit ihm fertig werden«, sagte Hamilton fest, als er das Fallreep hinunterging, um in das Boot einzusteigen, das unten rollte und stampfte.

»Ich gehe nun wirklich fort!« Sanders lachte gequält.

Er sah, wie alle Haussa noch zu dem vorderen Ende des Bootes kamen, er sah die feierlichen Gesichter der Ruderer, die ihre nackten Rücken beugten, als sie kräftig in die schweren Riemen griffen. Der Gedanke, daß Hamilton nun mit ihnen zu dem vertrauten Leben zurückkehrte, zu diesen ihm so lieben Tagen voller Mühe und Arbeit für seine Eingeborenen, machte ihm das Herz schwer. Er hustete und schwor sich selbst einen heiligen Eid.

»O Sandi«, rief der Anführer der Bootsleute, als sie langsam über die klare, grüne Dünung fuhren, »denke an uns, deine Diener!«

»Mann, das werde ich tun!« Sanders konnte nicht mehr sprechen. Er ging schnell nach unten und schloß sich in seine Kabine ein.

Hamilton saß an der Spitze des Bootes und summte eine Melodie vor sich hin. Es war ihm feierlich zumute, denn in seiner Tasche steckte ein amtliches Schreiben mit großem, rotem Siegel, das so begann: »Unserem verdienstvollen Patrick George Hamilton, Leutnant unseres 133. Königlichen Hertford-Regiments, abkommandiert zum Dienst bei unserem 9. Haussa-Regiment, Gruß zuvor –« Es war sein Captain-Patent.

»Master«, sagte sein Kru-Diener, der ihn an Land erwartete, »du jetzt wohnen dem großen Haus?«

»Ja, ich wohne dort.«

»Dem großen Haus« war die Residenz, wo der Stellvertretende Distriktsgouverneur seinen Wohnsitz nehmen mußte, wenn er die Würde seines Amtes wahren wollte.

Hamilton betrachtete eine kleine Fotografie von Sanders, die auf dem Tisch stand.

»Wir wollen den Himmel bitten, daß diese schmählichen Eingeborenen sich ruhig verhalten, bis du zurückkommst, lieber Sanders«, sagte er ernst zu sich selbst, »denn Gott weiß, was für Mühe ich bis dahin haben werde!«

Der nächste Postdampfer brachte Francis Augustus Tibbetts, Leutnant der Haussa, munter wie der Teufel, lang und gerade aufgeschossen. Die Haare trug er aus der Stirn zurückgebürstet, und sein Gesicht war mit einer sonnverbrannten Nase geziert. Er kam mit einer großen Menge von Gepäckstücken an und hatte alle Untugenden eines jungen Londoners.

»Ich fürchte, Sie finden bald heraus, daß ich ein Esel bin, Sir«, sagte er zu Hamilton und grüßte militärisch. »Ich bin gerade erst hier an der Küste angekommen. Energie habe ich für drei, aber mit dem Verstand ist es noch nicht weit her.«

Hamilton, der seinen neuen Untergebenen durch das Monokel betrachtete, lächelte ihn wohlwollend und vergnügt an. »Seien Sie ruhig, ich bin auch kein Walfisch an Weisheit – wie ist Ihr Name?«

»Francis Augustus Tibbetts, Sir.«

»Ich werde Sie ›Bones‹ nennen«, sagte Hamilton entschieden.

Leutnant Tibbetts salutierte.

»Auf der Kriegsschule in Sandhurst hieß ich nur ›Conk‹«, versuchte er vorzuschlagen.

»Bones«, beharrte Hamilton, und dabei blieb es.

»Also dann, Bones, alter Schiffer«, sagte Leutnant Tibbetts. »Und nun ist diese ganze schreckliche Vorstellung vorüber, und wir wollen eine Flasche Wein trinken, um die Sache zu feiern.«

Und dann tranken sie eine Flasche.

Sie verbrachten einen sehr vergnügten Abend miteinander, aßen gebratenes Huhn und wohlschmeckende Kartoffeln, eine süße Kokosspeise und Reispudding. Hamilton sang mit seinem hohen Bariton: »Wer möchte nicht Soldat sein in dem Heer?«, und auf Aufforderung gab er noch »Mein Herz ist im Hochland« zu. Leutnant Tibbetts zeigte eine lebensechte Imitation des Komikers Frank Tinney, die nicht nur seinen Vorgesetzten, sondern auch zweiundvierzig Haussa zum Lachen brachte, die heimlich durch die verschiedenen Tür- und Fensterspalten schauten.

Bones war der Sohn eines Mannes, der eine bedeutende Stellung an der Küste eingenommen hatte. Obgleich er seine Erziehung in England genossen hatte, besaß er doch den unschätzbaren Vorteil, die Sprache der Eingeborenen gründlich zu kennen, und zwar nicht nur durch seinen Vater, sondern auch durch zwei eingeborene Diener, mit denen er aufgewachsen war.

»Ich hoffe, wir haben eine telegrafische Verbindung mit der Zentralverwaltung«, fragte Bones, bevor sie sich trennten.

»Sicher, mein Lieber«, antwortete Hamilton. »Wir haben sie extra legen lassen, als wir von Ihrer Ankunft hörten.«

»Reden Sie keinen Humbug«, lachte Bones. »Ich habe nämlich ein paar Dutzend Wetten auf Rennen abgeschlossen, und ein guter Kamerad von mir, er heißt Goldfinder, ein seltener und feiner Vogel, hat mir mit Eid versprochen, mir zu telegrafieren, wenn eines von meinen Pferden herauskommt. Glauben Sie, daß ich richtig getippt habe?«

»Ich glaube nicht einmal, daß Sie auf eine Kuh richtig tippen«, sagte Hamilton. »Gehen Sie schlafen!«

»Sehen Sie mal, Ham –«, begann Leutnant Bones.

»Zu Bett, Sie ungehorsamer Teufel!« befahl Hamilton entschieden.

Und währenddessen begannen bei den Akasava Unruhen.

## 2

Kaum hatte Sanders das Land verlassen, als die Lokoli der unteren Isisi diese Nachricht auch schon weitergaben. Stromauf und stromab, von Dorf zu Dorf, von Stadt zu Stadt, über den Fluß, selbst zu den ruhigen Tiefen des Waldes wurde die Botschaft getragen.

N'gori, der Häuptling der Akasava, hatte eine Klage gegen die Regierung wegen einer Geldstrafe, die ihm auferlegt war, weil er die gesetzmäßige Steuer nicht eingesammelt hatte. Er wartete nur auf die Kunde von Sanders' Abreise. Dann ließ er durch die Signaltrommeln sein Volk zu einem »Tanz von vielen Tagen« zusammenrufen. Aber ein »Tanz von vielen Tagen« bedeutete Speer, und Speer bedeutete Unruhe. Bosambo hörte die Nachricht in der Stille der hereinbrechenden Nacht, sammelte schleunigst fünfhundert seiner Krieger, fegte im Morgengrauen den Strom hinunter zur Akasavastadt und nahm dem schlaftrunkenen N'gori zweitausend Speere weg.

Ernüchtert wachten die Akasava am Morgen auf, rieben sich die Augen und fanden überall fremde Ochoriwachen in den Straßen verstreut. Bosambo, in ein königsblaues Tischtuch eingehüllt, das mit goldenen Fransen besetzt war, stolzierte majestätisch durch die Straßen der Stadt.

»Dieses tue ich«, sagte er zu dem erschrockenen N'gori, »weil mein Herr Sandi mich eingesetzt hat, um des Königs Frieden hier zu halten.«

»O Herr Bosambo«, sagte der traurige Häuptling, »was für einen Frieden breche ich denn, wenn ich meine jungen Leute und Mädchen zum Tanz zusammenrufe?«

»Deine jungen Männer sind Diebe, und es steht geschrieben, daß die Mädchen der Akasava in zehntausend Monaten einmal heiraten«, sagte Bosambo ruhig. »Und bedenke, N'gori, du sprichst zu einem weisen Mann, der genau weiß, daß deine Trommelsignale Krieg bedeuten.«

Ein langes, bedeutsames Schweigen folgte.

»Nun, Bosambo«, sagte N'gori nach einiger Zeit, »du hast meine Lanzen genommen, und deine jungen Leute halten die Straßen und den Fluß bewacht. Was hast du eigentlich vor – willst du so lange hier warten, bis Sandi zurückkehrt und es wieder ein Gesetz im Lande gibt?«

Aber diese Frage zu beantworten ging selbst über das Vermögen Bosambos. Er hatte ein kriegerisches Volk überfallen und in Überraschung und Verwirrung dessen bewaffnete Macht gebrochen. Aber was nun geschehen sollte, hatte er selbst noch nicht bedacht.

»Ich gehe in meine Stadt zurück«, sagte er schließlich.

»Und meine Speere?«

»Die gehen mit mir!«

Sie schauten einander in die Augen. Bosambo hatte eine große, schöne Gestalt, N'gori war zusammengeschrumpft, und viele Altersfalten durchzogen seine Stirn.

»O Herr«, sagte N'gori milde, »wenn du meine Speere nimmst, überantwortest du mich mit gebundenen Händen meinen Feinden. Wie kann ich meine Dörfer vor den Überfällen der bösen Isisi schützen?«

Bosambo sog den Atem durch die Nase ein – ein sicheres Zeichen, daß ihn diese Frage in Verlegenheit brachte. Denn alles, was N'gori sagte, entsprach der Wahrheit. Aber wenn er ihm die Speere zurückgab, bereitete er sich selbst Ungelegenheiten. Plötzlich kam ihm ein guter Gedanke.

»Wenn böse Leute dich angreifen, dann sollst du mich zu Hilfe rufen, und ich werde mit meinen jungen Kriegern kommen. Das Palaver ist aus.«

N'gori mußte sich wohl oder übel mit dieser Entscheidung zufriedengeben. Er stand am Ufer, als Bosambos Krieger abfuhren, und sah, wie die Ruderer auf Bündeln von gestohlenen Speeren saßen. Als Bosambo außer Sicht war, ließ er alle Dinge in seiner Stadt, die er im Tauschhandel verwerten konnte, sammeln und sandte zehn beladene Kanus zur Grenze des N'gombilandes. Denn die N'gombi sind berühmte Waffenschmiede und können besonders gute Speere verfertigen. Auch haben sie immer einen Vorrat zum Verkauf, der aber wohlverborgen ist gegen eventuelle Überfälle.

Einen Monat lang wurde nun eine Komödie aufgeführt, die Hamilton vollständig verborgen blieb. Drei Tage, nachdem Bosambo im Triumph in seine Stadt zurückgekehrt war, kam plötzlich ein dringender Hilferuf – dumpf und schrecklich tönten die Lokoli, und als der Wächter in der Ochoristadt die Nachricht erhielt, weckte er Bosambo mitten in der tiefsten Nacht auf.

»O Herr, eine schnelle Botschaft kam von den Akasava, sie werden von ihren Feinden bedrängt und haben keine Speere.«

Im nächsten Augenblick stand Bosambo auf der dunklen Hauptstraße und ließ seine große Kriegstrommel ertönen. Zwanzig mit Kriegern bemannte Kanus jagten in größter Eile den Strom hinab, den schutzlosen Akasava zu Hilfe zu kommen.

Im Morgengrauen traf N'gori seinen Bundesgenossen an dem Ufer vor seiner Stadt.

»Ich danke all meinen kleinen Göttern, daß du gekommen bist«, sagte er demütig. »Denn in der Nacht, o Herr, hat einer meiner jungen Leute gesehen, wie ein Isisiheer gegen uns auszog.«

»Wo sind denn deine Feinde?« fragte der müde Bosambo.

»O Herr, sie sind nicht gekommen«, erwiderte N'gori gewandt, »denn als sie hörten, daß du, großer Herr, mit deinen schnellen Kanus kamst, sind sie davongelaufen, wie ich glaube.«

Bosambos Streitkräfte ruderten am nächsten Tag wieder den Fluß hinauf zur Ochoristadt. Aber schon nach zwei Nächten wiederholte sich der Alarm, und diesmal wurden mehr Einzelheiten gemeldet. Eine N'gombimacht von zahllosen Speeren habe das Dorf Doozani überfallen und bedrohe die Hauptstadt. Wieder führte Bosambo seine Speerleute zur Schlacht, und wieder wurde er an der Küste von N'gori empfangen, der sich genau wie das erstemal entschuldigte.

»O Herr, es war eine Lüge, die ein verrücktes Mädchen aussprengte. Ich habe großen Kummer in meinem Bauch, daß ich den mächtigen Bosambo mitten in der Nacht von dem Bette seines Weibes aufgescheucht habe.« Denn im Dunkel der Nacht hatte es geregnet und gestürmt, und Bosambo hätte beinahe ein Kanu eingebüßt.

»O du Narr!« sagte Bosambo, »habe ich nichts anderes zu tun – ich, der ich Sandis erhabene und große Geschäfte verrichte –, als durch den Regen zu kommen, weil ein verrücktes Mädchen Gespenster sieht?«

»Bosambo, ich bin ein Narr!« gab N'gori demütig zu. Wieder mußte sein Retter unverrichteter Dinge nach Hause zurückkehren.

»Jetzt«, sagte N'gori, »wollen wir ein heimliches Palaver abhalten, und wir wollen Boten zu allen Dörfern senden, daß sich die Krieger beim nächsten Neumond versammeln. Denn die N'gombi haben mir neue Speere gesandt, und wenn der Hund Bosambo das nächstemal kommt, ermattet vom Rudern, dann wollen wir ihn überfallen, und es wird kein Bosambo mehr sein, denn Sandi ist fortgegangen, und es gibt kein Gesetz mehr im Land!«

## 3

Merkwürdigerweise erörterten zur selben Zeit zwei junge Haussa-Offiziere eingehend die Fragen des Gesetzes. Sie saßen zu beiden Seiten an Sanders' großem Eßtisch, hatten nasse Handtücher um ihre Köpfe gebunden und suchten in die letzten Geheimnisse und Feinheiten des Militärstrafgesetzbuches einzudringen. Denn Leutnant Tibbetts wollte ein Examen machen, und Hamilton, der gerade vor kurzem durch unerhörte Glücksfälle die Prüfung bestanden hatte, bot ihm übereilt an, ihn einzupauken.

»Ich hoffe, Sie werden das verstehen, Bones!« sagte Hamilton, schaute seinen Untergebenen an und verfolgte dann mit dem Finger die Zeilen in dem aufgeschlagenen Buch. »Jede dem Militärgesetz unterworfene Person«, las er mit Nachdruck vor, »die ihren vorgesetzten Offizier schlägt oder mißhandelt, soll, wenn sie Offiziersrang hat, erschossen werden oder eine geringere Strafe erhalten, die hier in späteren Abschnitten angeführt ist. Das heißt also«, erklärte er, »wenn Sie und ich im Dienst sind und Sie mich einen Lügner nennen und ich Ihnen darauf eine Ohrfeige gebe...«

»Dann werden Sie erschossen!« sagte Bones mit Bewunderung. »Das ist aber eine famose Idee!«

»Wenn ich aber andererseits Sie einen Lügner nenne«, fuhr Hamilton fort, »und dazu berechtigt wäre, und Sie geben mir eine Ohrfeige, dann würden Sie bereuen, jemals geboren zu sein!«

»Das ist Militärstrafgesetz?« fragte Bones neugierig.

»Ja!«

»Dann wollen wir lieber damit aufhören«, sagte Bones und schlug das Buch geräuschvoll zu. »Ich brauche kein Buch, um zu lernen, was ich zu tun habe, wenn mich jemand einen Lügner nennt. Jetzt wollen wir eine Partie Piquet um Nüsse spielen.«

»Sie sind dran«, sagte Hamilton. –

»Das sind meine Nüsse!«

Bones zählte sorgsam den Haufen, den sein Vorgesetzter ihm zuschob.

»Hallo, zum Teufel, was willst du?« fragte Bones.

Hamilton folgte dem Blick des andern. Ein Mann stand in der Türöffnung, der nur mit einem Lendentuch bekleidet war. Hamilton erhob sich rasch, denn er erkannte den Hauptspäher Sanders'.

»O Kelili«, sagte er in der wohltönenden Bomongosprache, »warum und woher kommst du?«

»Von der Insel, die der Ochoristadt gegenüberliegt, o Herr«, sagte der Mann heiser. »Zwei Tauben habe ich abgeschickt, aber sie sind von Habichten gefangen worden – ein Fischer sah, wie die eine ihr Ende fand, und die andere sah mein eigener Bruder, der als Wärter in dem Dorf der Ketten lebt.«

Hamiltons düsteres Gesicht erstarrte, denn er fühlte, daß es Unruhen geben würde.

»Du sendest gewöhnlich keine angenehmen Nachrichten durch Taubenpost – erzähle!«

»O Herr!« sagte Kelili, »es wird ein Kriegspalaver zwischen den Ochori und den Akasava geben beim nächsten Neumond, denn N'gori spricht schlecht von Bosambo und sagt, daß der Häuptling ihn überfallen hat. Wie es weitergehen wird«, fuhr Kelili fort mit der Beruhigung eines Mannes, der seine Pflicht getan hat, »kann ich nicht sagen, aber ich habe alle Leute der Regierung gewarnt, daß sie wachen sollen.«

Bones konnte der Unterhaltung ohne Schwierigkeiten folgen.

»Was sagen die Leute?« fragte Hamilton.

»O Herr, sie sagen, daß Sandi fortgegangen ist und es kein Gesetz mehr gibt.«

Hamilton lachte böse. »So, glauben sie das?« sagte er in Englisch.

»Also das glauben sie«, wiederholte Bones entrüstet. »Wir wollen diesem alten Kerl den Kopf mal zurechtsetzen!«

Zu Bosambo kam eine Botschaft von dem Häuptling der Akasava, die ihm Geschenke von zweifelhaftem Wert und die Botschaft überbrachte, daß N'gori die meiste Zeit in Bewunderung Bosambos zubringe und darüber nachdenke, wie er seinem Bruder am besten dienen könne. »Er, der der rechte Arm ist, auf den ich und mein Volk sich stützen, und das glänzende Auge, durch das wir die Schönheiten der Welt sehen«, waren seine Worte.

Bosambo schickte die Leute zurück und gab ihnen Geschenke von noch geringerem Wert und versicherte seine Freundschaft mit hochtrabenden Worten.

Als aber die Leute fortgegangen waren, zeigte Bosambo, wie sehr er die Zuneigung und Treue N'goris schätzte, indem er die Wachtposten um die Ochoristadt verdoppelte und eine starke Abteilung Speerleute unter dem ersten Dorfältesten zur Flußbiegung sandte. »Denn das Leben gleicht gewissen Wurzeln«, sagte Bosambo, dieser bewunderungswürdige Philosoph. »Manche von ihnen schmecken süß und sind am Schluß doch bitter, und manche haben einen faden Geschmack, tun aber dem Magen gut.«

In einer stürmischen Nacht im Regenmonat kam der Sturmgott M'shimba-m'shamba durch die großen Wälder, und Zerstörung und Vernichtung bezeichneten seinen Weg. Große Bäume riß er mit den Wurzeln aus und schleuderte sie zur Seite, als ob es dünne Zweige wären. Der Sturm heulte, und die Donner krachten und rollten, das bläulichweiße, blendende Licht der Blitze zuckte auf, beleuchtete die Baumriesen hell und zerriß in Zickzacklinien den schwarzen Wolkenhimmel. Die Leute in der Ochoristadt hörten das Unwetter über dem Flußbett wüten, die ohne Unterlaß aufzuckenden Blitze weckten sie auf – selbst die Webervögel, die ihre Nester in den Palmen an den Seiten der Straße hatten, wurden wach und zwitscherten laut.

M'shimba-m'shamba machte einen solchen Lärm, daß der Wachtposten an der Lokoli die Botschaft N'goris nicht hören konnte. Er wollte Bosambo in einen Hinterhalt locken, den er mit seinen neu erworbenen Speeren gelegt hatte.

Aber Bones hörte sie – Bones, der auf der Kommandobrücke der »Zaire« stand und das kleine Schiff unentwegt stromaufwärts dampfen ließ. Als er an der Akasavastadt vorbeifuhr, ging gerade ein furchtbarer Regen nieder.

»Ich möchte nur wissen, was der nette, alte Lärm bedeuten soll«, sprach er zu sich selbst und rief seinen Sergeanten. »Ali, was ist das für eine Botschaft?« fragte er in fließendem Arabisch.

»O Herr«, antwortete Ali, »ich weiß es nicht. Wahrscheinlich warnen sie uns, nicht zur Nachtzeit zu fahren. Ich bin dein Mann, o Herr«, sagte er ärgerlich, »aber ich bin noch niemals mit so großer Furcht auf dem Strom gefahren. Denn selbst unser Herr Sandi reist nicht zur Nachtzeit, obgleich der Strom ihm wie sein eigenes Kind ist.«

»Es steht geschrieben«, sagte Bones munter, und als der Sergeant salutierte und sich wegwandte, schnitt er eine Fratze im Dunkeln.

»Wenn mir der alte Ham einen oder zwei Monate Zeit ließe hier am Fluß«, sagte er zu sich selbst, »würde ich den ganzen Kram schon in Ordnung bringen!«

Durch den unerforschlichen Ratschluß der Vorsehung erreichte Bones die Ochoristadt in der grauen Morgendämmerung. Bosambo, der schon früh auf dem Posten war, begegnete dem schlanken jungen Offizier mit dem blitzenden Säbel und der langen Revolvertasche an der Seite. Bones hatte den Helm etwas zurückgeschoben und sah wie ein tapferer Krieger aus, der in den Kampf ziehen will.

»O Herr, ich habe von dir gehört«, sagte Bosambo höflich. »Hier in dem Lande der Ochori reden wir von nichts anderem als von dem neuen dünnen Herrn, dessen Nase so schön ist und den roten Blumen im Walde gleicht.«

»Laß meine Nase in Frieden«, sagte Bones unwirsch, »und sage mir, Häuptling, was ist das für ein Kriegspalaver, von dem mir berichtet worden ist? Ich komme von der Regierung, um alles Unrecht zu unterdrücken – dies hier ist wohl Bosambo!« Den letzten Satz sprach er in englisch, und Bosambo verneigte sich.

»Ja, Massah«, antwortete er im Küstenenglisch, »ich sein Bosambo, gutem Kerl, feinem Mensch, du Massah, du sehen ihm, du sehen ihm – Bosambo!« Dabei schlug er sich auf die Brust, und Bones wurde liebenswürdiger.

»Na, sieh mal her, alter Sportsmann«, sagte Bones freundlich, »was, zum Teufel, hat denn all der Spektakel hier herum zu bedeuten?«

»Nicht Spektakel, Massah«, sagte Bosambo selbstbewußt, denn alle Bewohner seiner Stadt standen in respektvoller Entfernung umher und waren vollkommen verblüfft, daß ihr Häuptling sich mit diesem neuen weißen Mann wie mit einem Gleichgestellten unterhielt. »Diesem Schuft, diesem Akasavakerl – Massah – er sein schlechtem Mensch, ich sein gutem Kerl, Massah, Christ, Mathäi, Marki, Luki, Johni – ich kennen dem allen fein.«

Bones führte die Unterhaltung nun in der Landessprache weiter. Dabei erfuhr er von dem Tanz, den Bosambo vereitelt hatte, auch, daß er die Speere und Waffen der Akasava fortgenommen hatte.

Er besichtigte die drei Hütten, in denen sie aufgestapelt waren.

Obgleich sich Bones manchmal lächerlich aufführte, war er doch kein Dummkopf, und außerdem wußte er ja, daß die N'gombi den Akasava Tag für Tag neue Speere sandten. Und als nun Bosambo von den mitternächtlichen Hilferufen erzählte, konnte er sich alles andere zusammenreimen.

Er schüttelte den Kopf, als Bosambo seinen Bericht beendet hatte. »Du bist ein netter alter Kerl, Bosambo«, sagte er ernst. »Du weißt gar nicht, wie sehr du in der Patsche sitzt. Aber vertraue nur dem alten Bones, er wird dir schon durchhelfen.«

Als Bosambo dies hörte, ohne es zu verstehen, war er zuerst bestürzt, aber dann antwortete er: »Ich sein feinem Kerl, Massah!«

»Es geht um dein Leben«, sagte Bones und klemmte das Monokel ins Auge, um seinen Schutzbefohlenen besser betrachten zu können.

## 4

Der Häuptling N'gori bereitete einen Überfall auf Bosambo vor und gab sich große Mühe, alles bis in die letzten Einzelheiten zu planen. Und er hätte eigentlich Erfolg haben müssen. Leute mit Lokoli-Trommeln waren im Gebüsch verborgen und warteten nur darauf, die Ankunft der Ochori zu melden. Als N'gori seinen Hilferuf in die Welt sandte, standen sechshundert Krieger mit ihren Speeren bereit, um sich in fünfzig Kanus einzuschiffen, und weitere fünfhundert Krieger warteten an jedem Ufer, um die überlebenden Ochori, die sich ans Land retteten, niederzumachen.

Aber die Ausführung der besten Pläne ist immer noch der Einschränkung unterworfen, daß das Wetter einem einen Strich durch die Rechnung machen kann. Die Signale, die N'gori aussandte, um Bosambo herbeizurufen und in seinen Untergang zu locken, wurden von dem Heulen des Sturmes verschlungen.

»Aber diese Nacht ist geeignet«, sagte N'gori am nächsten Abend und zeigte seine weißen Zähne. »Bosambo wird sicher kommen.«

Sein Hauptratgeber, der dem früheren königlichen Geschlecht entstammte, warnte plötzlich ganz wider Erwarten vor der Ausführung des Plans. Irgend jemand hatte gesehen, wie die »Zaire« in tiefer Nacht den Strom heraufgefahren war. War es da klug, sich in ein so großes Abenteuer einzulassen, wenn der Teufel Sandi auf der Lauer lag, um vernichtend zu strafen, und so nahe war?

»Alter Mann, für dich steht noch eine Hütte im Walde«, sagte N'gori bedeutungsvoll. Darauf schwieg der Ratgeber. Die Hütten im Walde sind für die Kranken, Alten und Verrückten bestimmt, und man bringt sie dorthin, damit sie sterben. »Alle wissen doch«, fuhr N'gori fort, »daß Sandi zu seinem Volk über die großen, schwarzen Wasser gegangen ist und daß Militini jetzt regiert. Auch gibt es Leute, die in stürmischen Nächten Teufel sehen.«

Mit außerordentlicher Umsicht traf er die letzten Vorkehrungen, um den Räuber Bosambo zu empfangen. Wahrscheinlich wurde er auch noch durch die anderen Häuptlinge des Landes ermutigt, die auf die Ochori eifersüchtig geworden waren und sich über ihren neuen, kriegerischen Charakter ärgerten. Mag dem sein, wie ihm wolle, jedenfalls waren alle Vorbereitungen getroffen, selbst die Opfermesser lagen schon bereit, und die jungen Bäume waren bereits zusammengebunden, die die Akasava seit dem Jahre, in dem so viele Leute aufgehängt wurden, nicht mehr für ihre gräßlichen Opfer angewandt hatten.

Eine Stunde vor Mitternacht meldeten die Lokoli drahtlos in alle Welt:

| | |
|---|---|
| »Wir von den Akasava« | (vier lange Wirbel mit einer Reihe schnell aufeinanderfolgender Schläge) |
| »Gefahr droht« | (ein langer Wirbel, ein kurzer Wirbel und dreimal tap-tap) |
| »Isisi kämpfen« | (Wirbel, durch kurze Schläge unterbrochen) |

»Kommt zu mir« (ein langer, stark anschwellender Wirbel mit einigen scharfen Schlägen)

»Ochori« (neun Wirbel, die sonderbare Ähnlichkeit mit Hundekläffen haben).

So wurde die Botschaft ausgesandt. Jedes Dorf hörte und wiederholte sie. Die Isisi sandten sie weiter nach Norden, die N'gombidörfer nach Westen, und gleich darauf hörten die Isisi und dann die N'gombi die schwache Antwort: »Ich komme – der Vernichter der Leben« und gaben die Botschaft an N'gori weiter.

»Jetzt aber werde ich Leben vernichten«, sagte N'gori und opferte eine schwarze Ziege, um sich den Sieg zu sichern.

Sechshundert Krieger warteten auf das Signal der versteckten Lokoli-Trommler an den weitentfernten Uferplätzen. Beim ersten Rasseln ließ N'gori sein Häuptlingskanu ausfahren.

»Tötet sie!« brüllte er. In dem hellen Licht des Morgengrauens stieß er auf zehn Ochorikanus, die in fächerförmiger Anordnung ruderten. In ihrer Mitte dampfte die weiße »Zaire«, deren Deck von Haussa-Soldaten wimmelte. Die Hotchkiß-Kanonen waren geladen, und große Mengen Munition standen neben den Geschützen.

»O ko«, sagte N'gori entsetzt, »dies ist ein böses Palaver!«

In der Mitte seiner Stadt stand der bestürzte N'gori vor einer Abteilung Haussa, die ihn beschimpften.

»Du bist ein ungezogener Kerl!« sagte Bones vorwurfsvoll, »und wenn der nette, gute, alte Sanders hier wäre – auf mein Wort, dann wäre es jetzt mit dir zu Ende!«

N'gori horchte auf die unbekannte Sprache und war durch dieses Wunder sehr beunruhigt.

»O Herr, was geschieht mit mir?« fragte er.

Bones blickte düster drein und kratzte sich den Kopf. Er sah den Häuptling an, dann Bosambo, dann schaute er auf den Strom, der in der Morgensonne aufglühte, auf die »Zaire« mit ihren glitzernden, düsteren Kanonen. Schließlich richtete er den Blick wieder auf N'gori. Er beherrschte den Dialekt der Akasava noch nicht genügend, und Bosambo mußte seine Worte verdolmetschen.

»Ein sehr schweres Verbrechen, alter Freund«, sagte Bones feierlich, »ein furchtbar schweres Verbrechen – mit Speeren herumfuhrwerken und all solchen Unfug –, zum Teufel, ich werde ein Exempel statuieren, ja, das werde ich!«

Bosambo hörte ihn, aber er verstand ihn nicht ganz. Er schaute sich schon nach einem geeigneten Baum um, an dem man den aufsässigen Häuptling zum Wohle der Allgemeinheit aufhängen könnte.

»Er ist ein ganz schlechter Kerl – übersetze ihm das!« sagte Bones und schüttelte den Kopf.

»Ja, Massah!«

»Sage ihm, daß ich ihn mit einer Geldbuße von zehn Dollar bestrafe!«

Aber Bosambo sprach nichts, denn es gibt Augenblicke, die zu groß für Worte sind, und dies war ein solcher.

## *Die Schwerverbrecher*

### I

Leutnant Tibbetts stand stramm und kerzengerade wie ein Ladestock vor seinem Vorgesetzten. Das Monokel hatte er ins Auge geklemmt.

Captain Hamilton schaute ärgerlich auf ihn. »Bones, Sie sind ein Esel!« sagte er schließlich.

»Jawohl, Sir!«

»Ich hatte Sie zu den Ochori hinaufgeschickt, um ein Blutbad zwischen den Eingeborenen zu vermeiden. Sie überraschen einen Häuptling, wie er seinem Feind einen Hinterhalt legt, und statt ihn ins Gefängnis zu stecken, legen Sie ihm die lächerliche Strafe von zehn Dollar auf!«

»Jawohl, Sir!«

Eine peinliche Pause entstand.

»Also, Sie sind ein Esel!« sagte Hamilton noch einmal, da ihm im Augenblick nichts Besseres einfiel.

»Jawohl, Sir! Aber ich denke, Sie wiederholen sich zu oft. Habe vorher schon dieselbe Bemerkung von Ihnen gehört.«

»Sie haben Bosambo und die Ochori schwer gekränkt und mich und die Regierung lächerlich gemacht!«

»Kaum meine Schuld, Sir!« entgegnete Bones höflich.

»Ich weiß überhaupt nicht, was ich mit Ihnen anfangen soll«, sagte Hamilton, zog seine Pfeife aus der Tasche und stopfte sie langsam. »Es ist ganz selbstverständlich, daß ich Sie nie wieder allein ins Land lassen kann!« Er steckte seine Pfeife an und rauchte nachdenklich. »Natürlich...«

»Verzeihen Sie die Frage, Sir«, entgegnete Bones, der noch militärisch stramm stand, »ist dies eine Art amtlichen, offiziellen Verhörs oder etwas dergleichen?«

»Jawohl!«

»Darf ich Sie dann bitten, nicht zu rauchen? Wenn Ehre und Ansehen eines Offiziers und all das auf dem Spiel stehen, darf dabei nicht geraucht werden! Wirklich, Sir, glauben Sie mir!«

Hamilton wurde rot vor Wut und sah sich nach einem Gegenstand um, den er dem kritischen Bones an den Kopf werfen könnte. Es kam ihm ein ziemlich schwerwiegender Band in die Hand, aber Bones wich aus und fing ihn gewandt auf.

»Und wenn Sie sich gezwungen fühlen, mir Gegenstände an den Kopf zu werfen«, sagte er, als er den Titel auf der Rückseite des Wurfgeschosses gelesen hatte, »wollen Sie es bitte nach Möglichkeit vermeiden, so heilige Bücher wie die Armeeliste zu gebrauchen. Es verletzt mich tief, daß ich Ihnen das sagen muß, Sir, aber ich bin hierüber tief empört.«

»Wieviel Uhr ist es jetzt?« fragte Hamilton, und sein Untergebener sah nach seiner Armbanduhr.

»Zehn Minuten vor Essenszeit!« sagte er. »Großer Gott, wir haben eine ganze Stunde vertrödelt! Haben Sie neue Nachrichten von Sanders?«

»Er ist in London. Das ist alles, was ich weiß. Aber bringen Sie mich nicht von der vorigen Sache ab, Bones. Alle sind furchtbar böse auf Sie. Sanders hätte N'gori mindestens zu langer Gefangenschaft verurteilt.«

»Ich konnte es nicht tun«, sagte Bones entschieden. »Der arme, alte Kerl! Er sah so furchtbar dumm aus, und obendrein erinnerte er mich noch so sehr an eine Tante, daß ich es einfach nicht übers Herz gebracht habe!«

Zweifellos hatte Leutnant Francis Augustus Tibbetts mit seiner sonnverbrannten Nase, seinen großen, runden Augen und seiner fast feierlichen Harmlosigkeit den Glauben der leicht beeinflußbaren Eingeborenen stark erschüttert. Dies sollte Hamilton noch große Schwierigkeiten machen. Tibbetts war mit einer Abteilung Haussa nach Norden geschickt worden, um auf jeden Fall die Anfänge eines Aufstandes bei den Akasava zu unterdrücken, hatte sich aber seiner Aufgabe in keiner Weise gewachsen gezeigt. So darf man sich nicht wundern, daß Hamilton eine militärische Untersuchung anstellte, deren letzte Phase soeben beschrieben wurde. Schließlich verurteilte er den seiner Meinung nach vollständig unfähigen Untergebenen zu sieben Tagen Felddienstübung im Dschungel mit einer halben Kompanie Haussa.

»Ach, zum Teufel, das ist doch nicht Ihr Ernst?« fragte der empörte Bones, als ihm dieser Urteilsspruch beim Mittagessen verkündet wurde.

»Das ist mein voller Ernst«, sagte Hamilton bestimmt. »Ich würde meinen Posten nicht richtig verwalten, wenn ich Ihnen hierdurch nicht nahebrächte, daß Sie vollkommen verrückt sind.«

»Vollkommen – ja«, widersprach Bones, »verrückt – nein! Die Wahrheit ist nur, mein Lieber, ich habe eben Gemüt. Aber Sie wollen mir doch nicht wirklich den Befehl geben, daß ich in diesen scheußlichen Dschungel gehen soll, um Schützenlöcher auszuheben, Zeltlager zu bauen und all solchen verdammten Unsinn. Es ist überhaupt viel zu gräßlich, so etwas auszudenken.«

»Ganz im Gegenteil«, sagte Hamilton. »Sie werden die Felddienstübung abhalten, während ich nach Norden gehe und all denen die Köpfe zurechtsetze, die aus Ihrer unangebrachten Großmut Vorteil schlagen wollen. Ich werde zeitig genug zurückkommen, um bei der Inspektion der Zentralverwaltung zugegen zu sein. Vergessen Sie um Himmels willen nicht, daß Seine Exzellenz...«

»Gott hab sie selig!« murmelte Bones.

»...daß Seine Exzellenz zu der jährlichen Inspektion am Einundzwanzigsten kommt.«

Ein Hoffnungsstrahl leuchtete in Leutnant Tibbetts auf.

»Wäre es unter diesen Umständen nicht besser, mein Lieber, die ganze verdammte Felddienstübung aufzugeben? Würde man nicht besser eine große Inschrifttafel aufstellen? Die könnten die Kerle doch anmalen mit einem schönen Spruch: ›Willkommen in den Vereinigten Gebieten‹ oder ›Gott segne unsere Heimat!‹ oder sonst irgend etwas!«

Hamilton sah ihn vernichtend an. Als er später oben auf der Brücke der »Zaire« stand und das Schaufelrad des Schiffes sich in Bewegung setzte, sagte er noch einmal zu Bones:

»Denken Sie an die Felddienstübung und drücken Sie sich nicht davon!«

»Honi soit qui mal y pense!« brüllte Bones zurück.

## 2

Hamilton sollte bald genug den Beweis dafür bekommen, welche Wirkungen die Sanftmut seines Untergebenen hervorgerufen hatte. Nachrichten werden in diesem Gebiet sehr schnell verbreitet, und die Akasava sind große Schwätzer. Als Hamilton auf seinem Wege stromaufwärts zu dem Isisistaat kam, fand er dort träge Eingeborene mit lässig verschränkten Armen, die am Ufer warteten, als der Dampfer vertäut wurde. Aber weder der Oberhäuptling noch sein Sohn, noch einer seiner Untergebenen oder Ältesten war gekommen, um den Regierungsbeamten ehrfurchtsvoll zu begrüßen.

Hamilton schickte nach ihnen. Trotzdem kamen sie nicht und ließen sich entschuldigen, daß sie krank wären. So blieb ihm nichts anderes übrig, als selbst zu ihnen zu gehen. Mit langen Schritten durchmaß er die Hauptstraßen der Ortschaft. Vier Haussa gingen in ihrem merkwürdigen Laufschritt schnell hinter ihm her. B'sano, der junge Häuptling der Isisi, kam nachlässig aus seiner Hütte, stellte sich breitbeinig hin, stemmte die Arme in die Hüften und wartete, bis Hamilton mit den Haussa näher kam. Er zeigte weder Achtung noch Furcht. Denn allgemein ging das Gerede, daß Sanders das Land verlassen habe und jetzt niemand so mächtig sei, andere Leute zu bestrafen.

Die Ratgeber, die hinter B'sano standen, hielten Bündel von Speeren in ihrer Rechten und den geflochtenen Schild in der Linken, ganz entgegen allen Gewohnheiten und den Vorschriften, die Sanders darüber erlassen hatte.

»O Häuptling«, sagte Hamilton mit dem schnellen Lächeln, das man an ihm kannte, »ich wartete auf dich, und du kamst nicht!«

»Krieger«, erwiderte B'sano unverschämt, »ich bin der König dieses Volkes und bin nur meinem Herrn Sandi verantwortlich, der ja, wie du weißt, uns verlassen hat.«

»Das weiß ich«, sagte Hamilton geduldig, »und weil ich es in meinem Herzen habe, allem Volk zu zeigen, was für ein Gesetz Sandi zurückgelassen hat, so lege ich dir und deiner Stadt eine Strafe von zehntausend Matakos auf, damit du daran denkst, daß das Gesetz noch lebt, obgleich Sandi im Monde ist, und obwohl alle Herrscher wechseln und sterben.«

Der Häuptling verzog sein Gesicht langsam zu einem verächtlichen Lächeln.

»Krieger, ich bezahle dir keine Matakos – wa!«

Er taumelte zurück und schnappte vor Furcht nach Luft, denn

Hamilton hatte ihm die Mündung seines langen Revolvers auf den bloßen Magen gesetzt.

»Wir wollen ein Feuer anmachen«, sagte Hamilton in arabisch zu dem Sergeanten. »Hier im Mittelpunkt der Stadt, um die stolzen Schilde und die ungesetzlichen Lanzen zu verbrennen!«

Einer der Ratgeber nach dem andern warf den geflochtenen Schild in das Feuer, das der Haussa-Sergeant angezündet hatte. Und während sie das taten, legte der in diesen Dingen geübte Ali ihnen Handschellen an. Er fesselte die Ältesten paarweise zusammen.

»Du wirst andere Ratgeber bekommen«, sagte Hamilton, als die Leute zur »Zaire« abgeführt wurden. »Nimm dich in acht, daß ich nicht einen anderen Häuptling an deine Stelle setze!«

»O Herr«, sagte B'sano unterwürfig, »ich bin dein Hund!«

Aber nicht nur B'sano war aufsässig, überall stromauf und stromab erwachten alte Beschwerden und Klagen, die geordnet werden mußten. Rechnungen sollten beglichen, Irrtümer beseitigt werden. Bei den meisten Mißverständnissen handelte es sich um Fragen der Oberhoheit unter den Stämmen, die wahrscheinlich endgültig nur durch blutigen Kampf entschieden werden konnten.

Dann wieder hörte man von dem Unwesen einer Geheimgesellschaft, die Sanders rücksichtslos unterdrückt hatte. Leute übten die Riten, mißtrauisch voreinander, trotzdem sie sich Treue geschworen hatten. Zu alledem kam noch die aufregende Botschaft, die sich schnell im Lande verbreitete: »Sandi ist fortgegangen, es gibt kein Gesetz mehr!«

Das war eine gute Zeit für ehrgeizige Machtträume, für Leute, die auf Vorzeichen achteten und es verstanden, mit Ju-Jus umzugehen.

Bemebibi, der Häuptling der kleineren Isisi, war zu dick, um sich phantastischen Träumen hinzugeben. Er war weder von hoher Gestalt, noch deutete irgend etwas in seiner Erscheinung auf eine überragende Persönlichkeit. Er hatte breite Schultern und einen dicken Specknacken, einen runden Schädel und schlaue kleine, listige Augen. Er war jähzornig und gewohnt, seine Ratgeber zu schlagen, wenn ihr Rat ihm mißfiel. Auch war er schnell bei der Hand, Menschen zu töten.

Man munkelte, daß er und die Mitglieder seines Bundes in den Wäldern Menschenopfer darbrächten, aber niemand sagte Bestimmtes darüber, denn Bemebibi war sowohl Häuptling eines Stammes als auch einer Geheimgesellschaft. Nur bei den kleineren Isisi hatte der Bund der Weißen Geister trotz aller Anstrengungen der Regierung, ihn zu vernichten, stets Macht und Ansehen besessen. Die Jugend der Isisi war begierig, in diese Gemeinschaft aufgenommen zu werden, denn die jungen Leute auf der ganzen Welt sind einander gleich, ob sie nun einfaches Tuch um ihre Lenden oder violettseidene Strümpfe an den Beinen tragen.

So kam es, daß etwa die Hälfte der erwachsenen männlichen Bevölkerung der kleineren Isisi einen Eid leistete, wobei sie sich blutig ritzten und mit Salz einrieben:

I. Eine Speerlänge weit jeden Morgen und Abend auf einem Fuß zu hüpfen,

II. alle Geister zu lieben und freundlich von Dämonen zu sprechen,

III. stumm und blind zu sein und die Speere schnell zu gebrauchen für die Weißen Geister.

Eines Abends ging Bemebibi mit sechs Ältesten seines Geheimbundes in den Wald. Sie kamen zu einem verborgenen Platz an einem Teich und setzten sich dort in einem Kreise nieder. Jeder legte in einer vorgeschriebenen Haltung die Hand auf die Fußsohle.

»Schlangen leben in ihren Löchern«, sagte Bemebibi in der herkömmlichen Weise, »Geister wohnen im Wasser, und alle Dämonen sitzen in den Körpern kleiner Vögel.«

Alle sprachen ihm das nach und bewegten ihre Köpfe dabei langsam von einer Seite zur anderen.

»Dies ist eine gute Nacht«, sagte der Häuptling, als das Ritual beendet war, »denn ich sehe jetzt das Ende unserer großen Gedanken. Sandi ist fortgegangen, und Militini befindet sich an dem Ort, wo sich die drei Ströme treffen. Furchtsam ist er dorthin gekommen. Auch habe ich durch meinen Zauber erfahren, daß er vor Angst zitterte, weil er weiß, daß ich ein Mann von schrecklicher Gewalt bin. Ich glaube, die Zeit ist da für alle Geister, schnell zuzuschlagen.«

Er sprach in großer Erregung und verlegte sein Gleichgewicht von einer Seite auf die andere, wie es große Redner tun. Die Größe seines Planes überkam ihn, und seine Stimme schwoll an.

»Es gibt kein Gesetz mehr in diesem Lande! Sandi ist fortgegangen, und ein kleiner, dünner Mann fürchtet sich davor zu strafen! Militini hat Blut wie Wasser – laßt uns opfern!«

Einer der Ältesten verschwand im Dunkel des Waldes und kam schnell wieder zurück. Er zog einen halbverrückten Jungen hinter sich her, der blöde lächelte, vor sich hin murmelte und mit sich und der Welt zufrieden war, bis das krumme N'gombimesser in der Hand des Häuptlings seinen Hals durchschnitt.

Zu spät kam Hamilton mit seinen zwanzig Haussa durch den Wald. Bemebibi und seine Genossen sahen ihr Ende vor sich, aber sie wollten kämpfend sterben.

»Stoßt sie mit den Bajonetten nieder!« befahl Hamilton kurz und zog schnell seinen langen, blitzenden Säbel. Bemebibi stieß mit seiner langen Lanze nach ihm. Hamilton konnte sie gerade noch mit dem Säbel zur Seite schlagen. Dann traf Bemebibi ein tödlicher Hieb.

»Begrabt alle diese Leute«, sagte Hamilton. Er brachte mit seinen Leuten eine böse Nacht im Walde zu.

So endete Bemebibi, und sein Volk versetzte ihn und seine Ältesten unter die Geister.

Aber es gab noch viele andere Dinge, die weniger tragisch waren und doch auch von Hamilton geregelt werden mußten. Der gekränkte Bosambo war zu trösten, den übermütigen N'gori mußte man ducken und ihm seine Machtlosigkeit klarmachen, größere und kleinere Häuptlinge sollten wieder gefügig gemacht werden. Hamilton fuhr stromauf und stromab, tauchte bald hier und bald dort auf. In diesen Tagen gaben ihm die Eingeborenen den Namen »Fliegender Drache«. Das Bild war nicht übel gewählt, denn die »Zaire« mit ihren schwarzen Rauchwolken schien zornig zu fauchen und war immer plötzlich an einer anderen Stelle, wo man sie nicht erwartete. Der Geist des Friedens und der Beruhigung, in dem Sanders das Land zurückgelassen hatte, wandelte sich in Furcht, wie in den ersten Tagen nach der Ankunft dieses Distriktsgouverneurs.

Hamilton sandte durch ein Boot einen Brief an seinen Untergebenen. Das Schreiben begann ganz einfach:

»Bones – ich will Sie nicht mein lieber Bones nennen« – man fühlte den Groll, den der Schreiber im Herzen hatte –, »denn Sie sind mir nicht lieb. Ich muß durch das Land fahren, um all die Verwirrung aufzuklären, die Sie hier angerichtet haben, damit ich Seiner Exzellenz zeigen kann, daß die Einwohner des Landes das Gesetz achten. Ich habe Sie an der Küste gelassen, Bones, aber wären Sie bei der einen oder anderen Gelegenheit dabeigewesen, so wäre es Ihnen übel ergangen. Haben Sie als Junge jemals ordentliche Prügel bekommen? Hat Sie schon irgendwann einmal ein mutiger Mensch am Kragen gepackt und Sie in eine schmutzige Pfütze gesteckt? Denken Sie einmal nach und schreiben Sie mir seinen Namen, ich werde ihm jetzt noch einen großen Dankbrief schicken. Weil Sie durch Ihre unerhörte Nachgiebigkeit die Leute aufsässig gemacht haben, muß ich nun tagelang umherhetzen. Bones, Bones, Sie wissen nicht, was Sie angestellt haben. Obendrein verpfuschen Sie mir noch die Disziplin meiner Haussa-Leute. Es fehlt nur noch, daß Sie den Alis und Ahmets und Mustafas unter meinen Soldaten eigenhändig Tee und Kuchen anbieten oder sie durch Imitationen des Komikers Frank Tinney ergötzen und ihnen die Fliegen wegwedeln, wenn sie schlafen!«

»So ein ungebildeter Mensch!« murmelte Bones, als er diesen Brief las. Es folgten noch sechs Seiten Vorwürfe und weitere sechs Seiten Instruktionen.

Als Bones das Schreiben erhielt, saß er im Dschungel, war unrasiert und müde und hatte allerhand Beschwerden. Er haßte die Arbeit, verabscheute Felddienstübungen und hielt Brückenbauten über imaginäre Flüsse und den ganzen teuflischen Drill für Dinge, die sich wohl für Pfadfinder eigneten, aber eines Haussa-Offiziers unwürdig waren.

Als er den Brief zu Ende gelesen hatte, fühlte er aber doch Gewissensbisse, denn am Abend vorher hatte er der ganzen Kompanie den Soldatenchor mit Banjobegleitung vorgetragen.

Er strich seine hübschen Locken aus der Stirn, stülpte den Helm auf, zog die Schultern hoch und schritt mit finsterem Gesichtsausdruck, der harte, unbeugsame Pflichterfüllung bedeuten sollte, aus seinem Zelt. Er faßte den festen Vorsatz, alle seine Missetaten wiedergutzumachen, und wenn er nicht die Zuneigung seiner Mannschaften erwerben konnte, so wollte er sich wenigstens fürchterlichen Respekt verschaffen.

## 3

Bei allen menschlichen Leistungen spielen Furcht und Hoffnung eine große Rolle. Es handelt sich dabei weniger um pekuniäre Erfolge als um den Wunsch, Fehlschläge zu vermeiden. Auch Hamilton war nur ein Mensch, und obgleich er Sanders seiner Verdienste wegen schätzte, hegte er doch die stille Hoffnung, das Werk dieses gottähnlichen Mannes zu einem guten Ende zu führen, ohne das Mitleid seiner Vorgesetzten zu erregen.

Es war natürlich, daß er den Lorbeer für seine vielen Bemühungen ernten und am Schluß sagen wollte: »Seht her, das hat der talentvolle Sanders geschaffen, aber durch meine Arbeit sind seine Erfolge verdoppelt worden.«

Er kam in großer Eile flußabwärts, nachdem er sein Beruhigungswerk vollendet hatte, und warf gerade noch frühzeitig genug Anker vor dem Dorf der Ketten, um dem Haussa-Gefangenenwärter vier unglückliche Ratgeber des Isisikönigs auszuhändigen.

»Laß diese Leute tüchtig arbeiten, bis unser Herr Sandi wiederkommt!«

In Bosinkusu gab es durch ein Unwetter eine Verspätung. Der rasende Sturm wühlte die Wasser des Flusses auf und setzte die »Zaire« breitseits ans Ufer. Die Bewohner von M'idibi hatten die Pflicht, Holz zu schlagen und es für die Regierungsdampfer zu stapeln. Aber als Hamilton ankam, waren sie in den Wald gegangen, um einen berühmten Zauberdoktor zu feiern. Zehn Meilen weiter stromab lag ein Dorf, das ebenfalls Holz liefern mußte, und sie hofften fest, daß Hamilton diese Ortschaft wählen würde, um seine Vorräte zu ergänzen.

Sie hatten aber an einer besonders sichtbaren Ecke des Stromes ein scheinbares Gerüst von Brennholz aufgebaut, um die Beamten, die gelegentlich vorbeifuhren, zu täuschen und Fleiß und Unterwürfigkeit zu heucheln. So kam es, daß Hamilton kein Brennholz vorfand und seine eigenen Leute dazu anstellen mußte, Holz zu schlagen.

Er hatte diese zeitraubende Arbeit vollendet, als die Dorfbewohner in einer großen Schar mit Gesang zurückkehrten. Sie waren mit Blumenketten geschmückt und scherzten und lachten.

»Wir kommen gerade von einem Palaver, das wir mit einem heiligen Mann abgehalten haben«, erklärte der Dorfälteste. »Er hat uns versprochen, daß wir eines Tages eine große Kornernte haben, die er durch seinen Zauber hervorbringt. Wir werden sie vor unseren Türen finden, wenn wir erwachen.«

»Und ich verspreche euch eine große Ernte von Peitschenschlägen«, sagte der zweifelnde Haussa-Offizier, »die über Nacht über euch kommen werden und euch einmal ordentlich aufwecken sollen!«

»O Herr, wir wußten nicht, daß du vorbeikommen würdest«, sagte der Dorfälteste demütig. »Auch haben wir die Botschaft gehört, daß du in dem Strom ertrunken seist und dein Puck-a-Puck gesunken ist. Darüber waren meine jungen Leute glücklich, weil sie nun kein Holz mehr zu schlagen brauchten.«

Nachdem die »Zaire« ihre Brennvorräte ergänzt hatte, fuhr sie den Strom hinunter. Hamilton lehnte am Geländer und versprach den aufsässigen, pflichtvergessenen Dorfbewohnern böse Dinge, als der Dampfer abfuhr. Er hatte alle Unruhen mit großer Umsicht unterdrückt und konnte nun hoffen, daß er die Residenz ungefähr eine Stunde eher erreichen würde, als Seine Exzellenz der Gouverneur im Postdampfer ankam. Wäre Bones zuverlässig gewesen, so hätte kein Grund zur Beunruhigung vorgelegen. Er hatte ihm den Befehl gegeben, das Quartier der Mannschaft mit weißer Farbe streichen, den Exerzierplatz kehren und aufschütten zu lassen. Die Vorräte sollten mustergültig geordnet sein, ebenfalls alle Bücher, um dem Intendanten eine schnelle Übersicht zu ermöglichen. Aber Bones!

Hamilton krümmte sich innerlich, wenn er an Francis Augustus Tibbetts und seine Talentlosigkeit dachte.

Er hatte seinem Untergebenen vollständig ausgearbeitete Instruktionen übersandt, aber wie er ihn kannte, würde er doch nichts anderes tun, als diese Aufträge seinem Korporal zur Ausführung zu überlassen.

Es war zehn Uhr morgens. Die »Zaire« kam in schneller Fahrt den Strom herab und hielt an dem kleinen Betonkai. Hamilton seufzte erleichtert auf, als er Leutnant Tibbetts sah, der ihn am Ufer erwartete.

Die tadellose Khaki-Uniform saß ihm wie angegossen, sein weißer Tropenhelm leuchtete schon aus weiter Entfernung, und sein Degen glitzerte.

»Alles in bester Ordnung, Sir!« meldete Bones und grüßte militärisch.

Hamilton wunderte sich über den barschen Ton.

»Postdampfer gerade angekommen, Sir!« fuhr Bones mit ungewöhnlicher Schneidigkeit fort. »Sie kommen eben zu rechter Zeit, um Seine Exzellenz zu begrüßen. Alle Vorräte tadellos geordnet, Bücher zur Einsicht bereit, Exerzierplatz und Mannschaftsquartiere angestrichen gemäß Ihrem netten, alten Befehl, Sir!«

Er grüßte wieder und ließ seine Augen hervortreten. Sein Gesicht hatte den Ausdruck kriegerischer Wildheit und Entschlossenheit. Er drehte sich scharf auf dem Absatz um und machte sich auf den Weg zum Ufer.

»Warten Sie doch einen Augenblick!« sagte Hamilton. »Was ist denn mit Ihnen los?«

»Irrtum eingesehen«, schnarrte Bones und salutierte wieder stramm militärisch. »War ein Esel, Sir – zu nachsichtig, Sir – habe Ihnen Masse Verdruß gemacht – soll nicht wieder vorkommen, Sir!«

Es war keine Zeit mehr, weitere Fragen an ihn zu richten. Sie mußten schnell ausschreiten, um den Landungsplatz noch zur Zeit zu erreichen, denn das Boot kam gerade ans Ufer.

Sir Robert Sanleigh in tadellos weißem Anzug wurde ans Ufer getragen, und ein Stab von Beamten folgte ihm.

»Ah, Hamilton!« sagte der große Mann. »Nun, ist alles in Ordnung?«

»Jawohl, Euer Exzellenz«, entgegnete Hamilton. »Es gab einige schwierige Mordpalaver, über die ich noch berichten werde.«

Sir Robert nickte mit dem Kopf. »Sie haben wohl einige Schwierigkeiten, seit Sanders fort ist.«

Er war großzügig und ging planmäßig vor, weil er nur wenig Zeit auf die Inspektion verwenden konnte. Das Postboot wartete schon, um ihn zur nächsten Station zu bringen. Bücher, Mannschaftsquartiere und Vorräte waren in ausgezeichnetem Zustand. Hamilton lobte innerlich den jungen Mann immer mehr, der schweigend und in bester Haltung an seiner Seite einherschritt. Seine Gesichtszüge waren finster und düster und zeigten einen Ingrimm, der Hamilton ganz neu war.

»Ist die Disziplin bei den Haussa gut – keine Verbrechen vorgekommen?« fragte Sir Robert.

»Die Disziplin ist ausgezeichnet«, erwiderte Hamilton herzlich. »Wir hatten kein einziges schweres Verbrechen seit Jahren.«

Sir Robert Sanleigh setzte seinen Klemmer auf und schaute über den Exerzierplatz. Ein Dutzend Haussa-Soldaten stand in zwei Reihen verlassen und einsam in der Mitte des Platzes.

»Wo sind denn Ihre anderen Leute?«

»Im Gefängnis, Sir!« beantwortete Bones die Frage.

Hamilton verging der Atem. »Im Gefängnis – es tut mir leid, aber ich weiß nichts von dieser Angelegenheit – ich bin gerade aus dem Innern angekommen, Euer Exzellenz –«

Sie schritten quer über den Platz zu der kleinen Gruppe.

»Wo ist der Sergeant Abibu?« fragte Hamilton plötzlich.

»Im Gefängnis, Sir! Zum Tode verurteilt, weil er sich trotz wiederholter Vorwarnung das Bein kratzte.«

»Wo ist der Korporal Ahmet, Bones?« Hamilton war wütend.

»Im Gefängnis, Sir! Ich verurteilte ihn zu zwanzig Jahren Gefängnis, weil er im Gliede sprach und unverschämt wurde, als ich ihm das Reden verbot. Eine ganze Anzahl solcher Fälle, Sir«, fuhr er sachlich fort. »Ich verurteilte zwei Kerle zum Tode, weil sie miteinander kämpften, nachdem sie angetreten waren. Ein anderer hat zehn Jahre bekommen, weil...«

»Ich denke, das genügt«, sagte Sir Robert taktvoll. »Eine vorzügliche Inspektion, Captain Hamilton. Ich werde jetzt auf das Schiff zurückkehren.«

Am Ufer nahm er Hamilton beiseite. »Wie nannten Sie doch den jungen Mann?« fragte er.

»Bones (Knochen), Euer Exzellenz«, sagte Hamilton, dem ganz elend zumute war.

»Ich würde ihn ›Blut und Knochen‹ nennen«, lächelte Sir Robert, als er Hamilton zum Abschied die Hand drückte.

»Wozu werde ich eigentlich immer ausgeschimpft, mein lieber, guter Captain?« fragte Bones entrüstet. »Lasse ich einen Kerl laufen, kriege ich einen Fußtritt, bestrafe ich ihn, kriege ich auch einen – dabei kann man wirklich den Verstand verlieren!«

»Bones, Sie sind ein Gup!« sagte Hamilton in hellster Verzweiflung.

»Ein Gup, Sir? Wollen Sie so liebenswürdig sein, mir zu erklären –?«

»Also, ein Esel«, sagte Hamilton und hob einen Finger hoch, »dann ein verrückter Esel«, dabei nahm er den zweiten Finger in die Höhe. »Dann ein verrückter Esel, der ein so verrückter Esel ist, daß er nicht einmal weiß, was für ein verrückter Esel er ist – das ist ein Gup!«

»Ich danke Ihnen, Sir«, sagte Bones, ohne empfindlich zu sein. »Und wer ist nun der Gup, Sie oder –?«

Hamilton faßte an seine Pistole, und einen Augenblick lang funkelte mörderische Wut in seinen Augen.

## *Bones in M'fa*

Hamilton traf Bosambo auf seiner Fahrt zur Residenz an dem Zusammenfluß der Ströme. Er hatte den Häuptling dorthin bestellt.

»O Bosambo, ich habe nach dir gesandt, um ein Likambo (Palaver) mit dir über gewisse Dinge zu halten, die meine anderen Augen gesehen und meine anderen Ohren gehört haben.«

Den übrigen Häuptlingen würde die Erwähnung der Regierungsspione sehr unangenehm gewesen sein und Furcht eingeflößt haben. Aber Bosambo hatte ein reines Gewissen, und diese Einleitung erweckte seine äußerste Neugierde.

»O Herr, ich bin dein Auge in dem Lande der Ochori«, sagte er aufrichtig. »Gott weiß, daß ich dir ehrlich berichte.«

Hamilton nickte. Sein Gesicht war gelb vom Fieber, und seine Hand, mit der er die kurze Pfeife stopfte, zitterte bedenklich. Bosambo entging das alles nicht.

»Ich spreche nicht von dir und deinem Volke, sondern von den Akasava und den N'gombi und den kleinen, üblen Menschen, die in den Wäldern wohnen. Nun will ich dich fragen – machen sie sich über meinen Herrn Tibbetti lustig?«

Bosambo zögerte. »O Herr, was sind das für Hunde, daß sie von einem so Mächtigen sprechen könnten. Aber Militini, ich will dich nicht belügen. Sie lachen im geheimen über Tibbetti, weil er jung ist und ein gutes Herz hat.«

Hamilton nickte wieder und faßte an sein Kinn. Er war tief in Gedanken.

»Ich bin krank«, sagte er schließlich, »und ich muß ausruhen. Deshalb werde ich Tibbetti senden, den Strom zu bewachen. Die Ernten sind gut geraten, und es gibt viele Fische. Weil aber die Leute Überfluß haben, Bosambo, rühmen sie sich, sind übermütig, und die einzelnen Stämme unternehmen törichte Dinge. Die Männer wollen vor den Frauen glänzen und sich zeigen.«

»All dieses weiß ich, Militini, und weil du krank bist, fühle ich Kummer in meinem Herzen und in meinem Bauch. Denn obgleich ich dich nicht so liebe wie Sandi, der viel klüger und schlauer ist als du, so liebe ich dich doch genug, um hierüber traurig zu sein – und auch Tibbetti...«

Er machte eine Pause.

»Er ist noch jung«, sagte Hamilton, »und ist sich seiner selbst noch nicht bewußt. Also Bosambo, höre: Du sollst alle Leute bestrafen, die ihm frech entgegentreten, und du sollst seine starke rechte Hand sein.«

»O Militini, bei meinem Kopf und bei meinem Leben, das werde ich tun! Ich glaube, daß auch Tibbettis Tag kommen wird. Denn es steht in der Sure Djin geschrieben, daß alle Menschen dreimal geboren werden, und auch Bonesi wird einst wiedergeboren werden.«

Bosambo saß in seinem Kanu, bevor Hamilton seine Worte verstanden hatte.

»Erzähle mir, Bosambo«, sagte er, als er sich über die Reling der »Zaire« beugte, »was für einen Namen hast du meinem Herrn Tibbetti gegeben?«

»Bonesi«, sagte Bosambo unschuldig. »Denn so habe ich immer gehört, daß du ihn nennst.«

»O du Dieb und Hund!« rief Hamilton aufgebracht. »Wenn du ohne Achtung von Tibbetti sprichst, dann will ich dir das Genick umdrehen.«

Bosambo schaute ihn mit seinen großen Augen von der Seite an.

»O Herr«, sagte er mild, »man sagt am Strom, ›sprich nur die Worte, die die großen Leute sprechen, und du kannst nichts falsch sagen‹. Und wenn du, der du doch klüger bist als andere, meinen Herrn Bonesi nennst – was für ein Ziegenbock bin ich, daß ich ihn nicht auch Bonesi nennen sollte?«

Hamilton sah, wie sich das Kanu herumdrehte und die Ruder sich im Gleichtakt in das Wasser senkten, und er hörte den Gesang der Ochorileute, der immer schwächer und schwächer wurde, als Bosambos Staatskanu seine lange Reise nach Norden antrat.

Hamilton erreichte die Residenz mit einer Fiebertemperatur von 41,5 Grad, und doch lehnte er Bones' wohlgemeintes Anerbieten ab, ihn zu betreuen.

»Sie brauchen sorgsamste Pflege, mein lieber, alter Offizier«, sagte Bones, der sich in Hamiltons Zimmer zu schaffen machte. »Verlassen Sie sich auf Ihren alten Kameraden, er wird Sie schon wieder gesundmachen. Haben Sie nur Mut! Ich werde Sie davon abbringen, von dem Tal des Schattens und des Todes zu sprechen. Gehen Sie zu Bett, und ich will Ihnen im Handumdrehen ein Senfpflaster auf die Brust legen.«

»Wenn Sie mir mit einem Senfpflaster auch nur in die Nähe kommen«, rief Hamilton aufgebracht, »schlage ich Ihnen den Schädel ein!«

»Meinen Sie nicht, daß Sie ein Fußbad in Senfwasser nehmen müßten?« fragte Bones ängstlich. »Ein wunderbares Mittel für einen Mann wie Sie – das bringt Sie wieder auf die Beine und all so was. Ein Onkel von mir, der leider zuviel trinkt...«

»Es gibt nur eine Möglichkeit für mich, wieder gesund zu werden: Gehen Sie jetzt sofort aus dem Zimmer und lassen Sie mich allein. Es ist ganz verrückt, Bones. Ich bin ein kranker Mann, und Sie haben jetzt alle Verantwortung. Fahren Sie den Strom bis zu den Isisi hinauf und sehen Sie zu, daß nichts passiert. Es fällt mir sehr schwer, Ihnen das zu sagen, aber ich bin jetzt leider von Ihnen abhängig.«

Bones antwortete nicht. Er schaute auf den vom Fieber geschüttelten Mann und steckte seine Hände in die Hosentaschen.

»Lieber Bones«, sagte Hamilton. Man konnte an seiner Stimme hören, wie schwach und krank er war. »Sanders hat diese Kerle in der Hand, ich aber habe lange nicht das Ansehen ... und ... Sie haben überhaupt kein Ansehen bei ihnen. Ich will Sie nicht verletzen, aber Sie sind noch zu jung, Bones, und diese Leute wissen ganz genau, was für ein gutes Herz Sie haben.«

»Ich bin ein Esel, Sir«, flüsterte Bones. »Ich verstehe jetzt, daß ich in dieser schweren Zeit, um in meiner netten kleinen Karriere vorwärtszukommen, kein Esel sein darf. Aber ich werde mich zusammennehmen.«

Hamilton lächelte, als er ihn ansah.

»Es ist nicht um Sanders' oder um meinet- – oder um Ihretwillen, Bones«, sagte er, »sondern für – ja – für uns alle, für England. Sie müssen alles tun, was in Ihren Kräften steht, alter Junge.«

Bones drückte die Hand seines Kameraden, schluckte ein wenig, machte aber trotzdem ein mutiges Gesicht. Dann ging er an Bord der »Zaire«.

»Erzählt allen Leuten«, sagte B'chumbiri zu seinen gefühllosen Verwandten, »daß ich zu einem großen Tage ausziehen und viele fremde Länder durchwandern werde.«

Der Mann war schlank, nur seine geschwollenen Kniegelenke fielen auf. Er sprach das Ende der Sätze, die er mit tiefer Stimme begann, in merkwürdig hohem Ton. Um seine müden Augen waren Kreise roter Kamholzfarbe gemalt. Ein Messingdraht lag eng um seinen Kopf, der tief ins Fleisch einschnitt. Aber dies erschien B'chumbiri notwendig, und deshalb hatte er Kopfschmerzen, die ihn weder bei Tag noch bei Nacht verließen.

Ein langes, wallendes Tuch umgab seine große Gestalt. Mit irrem Blick schaute er von einem zum andern.

»Ich sehe euch!« sagte er zum Schluß. Dann wiederholte er seinen Wahlspruch, der vom Affen handelte.

Sie beobachteten ihn, als er die Straße zum Ufer hinabging, wo das leichteste Kanu des Dorfes angebunden lag.

»Es ist besser, wir gehen hinter ihm her und stechen ihm die Augen aus«, sagte sein älterer Bruder. »Wer weiß, was er sonst noch für Schaden anrichtet, den wir bezahlen müssen.«

Nur B'chumbiris Mutter schaute ihm traurig nach, denn er war ihr einziger Sohn.

Sein Vater und sein Onkel standen beiseite und flüsterten miteinander, und als B'chumbiri mit einer großen Geste sein Boot bestiegen hatte, liefen sie den Waldpfad entlang, bis sie die Biegung des Flusses abgeschnitten hatten und wieder ans Ufer kamen.

»Hier wollen wir warten«, schlug der Onkel vor, »und wenn B'chumbiri kommt, rufen wir ihn ans Land, denn er hat die Krankheit Mongo.«

»Was wird aber Sandi sagen?« fragte der Vater, der kein schlechter Mensch war.

»Sandi ist außer Landes«, erwiderte der andere, »und es gibt kein Gesetz mehr.«

In diesem Augenblick kam B'chumbiri um die Biegung des Stromes. Er sang mit seiner absonderlichen Stimme von einem fernen, fernen Land, von einem glücklichen Volk und von großen Schätzen.

Als sein Vater ihn anrief, wandte er sein Boot zum Ufer und kam gehorsam zu ihm...

Der Himmel lag leuchtend blau über dem Lande der unteren Isisi, und das schnellfließende Wasser spiegelte seine herrliche Farbe wider, obgleich das dichtgewachsene, hohe Elefantengras am Ufer und die überhängenden Äste der Gummibäume tiefe Schatten warfen.

Eine leichte, kühle Brise kam von Süden. Es waren keine Fliegen und Moskitos in der Luft, so daß Bones, der unter dem rot-weißgestreiften Sonnensegel der »Zaire« saß, ungestört denken, lesen und träumen konnte. Das Leben erschien ihm wunderbar schön, und er war dankbar dafür.

Solche Tage sind selten auf dem Großen Strom, aber wenn sie kommen, enthüllt der Fluß gerade im Lande der Isisi alle seine Herrlichkeiten und Wunder. Hier ist sein Lauf sechs Meilen lang völlig gerade und die Strömung schneller und stärker als sonst. Die wenigen Felsen im Strom sind bekannt und auf der Karte verzeichnet. Das Flußbett ändert sich hier nicht, weil das schnelle Wasser keinen Sand mit sich führt. Da die Fahrstraße immer dieselbe bleibt, so ist die Navigation nur eine Sache der Maschinenkraft und des Steuermanns. Die »Zaire« machte nicht viel mehr als zwei Knoten in der Stunde und glich einem Vergnügungsdampfer. Kanevasüberzüge bedeckten die langen Rohre der Hotchkiß-Kanonen, auch die Maschinengewehre sah man nicht, weil sie zu beiden Seiten unter der Kommandobrücke befestigt waren.

Leutnant Augustus Tibbetts saß bequem in einem großen, geflochtenen Sessel und hatte eine illustrierte Zeitung auf den Knien. Ein Grammophon stand zu seinen Füßen und ein großes Glas Zitronenlimonade neben ihm. Er hatte wenig zu tun und konnte sich ganz seinen Liebhabereien hingeben. Emsig schrieb er an seinem Tagebuch, das bei späterer Gelegenheit veröffentlicht werden sollte.

Plötzlich brachte ihn ein schriller Schrei in die Höhe. Er folgte der ausgestreckten Hand des Wachtpostens und schaute auf das Wasser.

»Was, zum Teufel –?« fragte Bones und beugte sich über die Reling. Er sah etwas Entsetzliches, und sein zufriedenes Gesicht wurde hart.

»Verdammt!«

Die »Zaire« hielt an, ein kleines Boot wurde ausgesetzt.

Bones sprang hinein. Geschickt ergriff er einen Arm des Toten und zog ihn in das Boot.

»Wer kennt diesen Mann?« fragte er.

»O Herr«, sagte ein Heizer, »dies ist B'chumbiri, der verrückt war. Er lebte in dem Dorf hier in der Nähe.«

»Dorthin wollen wir gehen!« sagte Bones ernst.

Alle Leute in M'fa wußten, daß B'chumbiris Vater und Onkel den lästigen jungen Mann mit seinen Kopfschmerzen und seinen irren Reden beiseite geschafft hatten. Als nun die Nachricht kam, daß die »Zaire« ihren Weg zum Dorfe nahm, wurde in aller Eile ein Likambo von den älteren Leuten abgehalten.

»Es ist nicht Sandi, und es ist auch nicht Militini, der kommt«, sagte der Häuptling N'jeli (der Bringer), ein alter Mann. »Aber ›Mond im Auge‹ ist noch ein Kind, und wir wollen ihm sagen, daß B'chumbiri ins Wasser fiel und daß ein Krokodil ihn mit dem Schwanz schlug, so daß er starb. Wenn er uns fragt, wer B'chumbiri tötete – denn es ist ja möglich, daß er es weiß –, soll keiner etwas sagen, und nachher wollen wir Militini erzählen, daß wir ihn nicht verstanden haben.«

Alle waren sich einig: Dieses Palaver brauchte man nicht zu fürchten.

Bones kam mit seinen Haussa-Soldaten ins Dorf.

Von dem dunklen Innern der mit Palmblättern bedeckten Hütten aus beobachteten die Männer und Frauen den schlanken Mann, wie er die Straße herabkam, und lachten hinter ihm her.

Sie lachten nicht einmal leise, Bones hörte das Gekicher der unsichtbaren Zuschauer. Er merkte, daß man ihn nicht ernst nahm, und seine Lippen zitterten. Er fühlte sich unendlich verlassen und allein. Alle Verantwortung der Regierung lag auf seinen Schultern, und dieser Gedanke lastete schwer auf ihm.

Aber er riß sich mit ungeheurer Willensanstrengung zusammen und zeigte seine Erregung nicht.

Das Palaver hatte wenig Wert. Alle taten unschuldig, und niemand wußte etwas von dem Totschlag oder Mord. Überdies schwuren alle Männer Stein und Bein, daß der Leichnam, der am Ufer lag und jetzt identifiziert werden sollte, ihnen unbekannt war. Als er ihnen sagte, daß es B'chumbiri sei, lachten sie ihm offen ins Gesicht und erzählten, daß B'chumbiri eine weite Reise in den Wald gemacht habe.

Er merkte sehr wohl, daß sie sich über ihn lustig machten, als sie ihm an gewissen Zeichen beweisen wollten, daß der Tote kein Akasava, sondern ein Mann von den oberen Isisi sei.

Bones' Besuch brachte keine Ergebnisse. Er entließ die Leute vom Palaver und ging zu seinem Schiff zurück. Er fuhr von Dorf zu Dorf, aber er hatte überall den gleichen Mißerfolg.

An dem Abend hielten die Leute in M'fa einen großen Tanz ab und feierten in heller Freude das Ereignis, daß sie die Herren des Landes durch ihre Schlauheit übers Ohr gehauen und betrogen hatten. Am nächsten Tage aber kam Bosambo, der ein ganzes Netz von Spionen über das Land verbreitet hatte, das weiter reichte und wirkungsvoller war als der Dienst, den die Regierung unterhielt.

Bones gegenüber konnten sie sich allerhand Freiheiten herausnehmen, vor diesem fremden Häuptling aber saßen sie niedergeschlagen und eingeschüchtert. Bosambo trug ein Gewand aus Affenschwänzen und hielt den großen Schild in der einen und ein Bündel Speere in der anderen Hand.

»Ich kenne die Wahrheit genau«, sagte er, als sie ihm alles erzählt hatten, was sie vorbringen konnten, »und ich habe erfahren, daß ihr unverschämt von Tibbetti gesprochen habt, der mein Freund und Herr ist und den Sandi liebt. Auch hat man mir erzählt, daß ihr über ihn gelacht habt. Nun sage ich euch, es wird ein Tag kommen, wo euch das Lachen vergeht, und dieser Tag ist sehr nahe!«

»O Herr«, sagte der Häuptling, »Tibbetti hielt mit uns ein närrisches Palaver ab. Er glaubte nämlich, daß wir B'chumbiri beiseite gebracht hätten.«

»Und er wird zu diesem närrischen Palaver zurückkehren«, sagte Bosambo böse, »und wenn er unzufrieden wieder fortgeht, dann werde ich kommen und eure alten Leute mitnehmen und sie an Haken an den Bäumen aufhängen und ihnen die Füße ein wenig mit Feuer kitzeln. Denn wenn es keinen Sandi mehr gibt und kein

Gesetz, so bin ich Sandi, und ich bin das Gesetz. Ich handle nach dem Willen des mächtigen Königs Tigitani mit dem spitzen Bart.« (Gemeint war König Georg von England.)

Er verließ die Dorfleute von M'fa, die einen Tag lang sehr unglücklich waren. Aber nach Art der Eingeborenen vergaßen sie sehr bald, was Bosambo ihnen gesagt hatte.

In der Zwischenzeit fuhr Bones den Strom auf und ab und hielt Palaver ab, die von Sonnenaufgang bis Sonnenuntergang dauerten.

Er hatte sich fest vorgenommen, um der Ehre seiner Regierung willen, den Mann zur Verurteilung zu bringen, der den Toten ermordet hatte. Häuptlinge und Älteste begegneten ihm mit kaum verhehlter Wut und warteten darauf, seine fremde englische Sprache zu hören. Sie waren sehr erstaunt und unangenehm überrascht, als Bones ihre eigene Sprache sprach. Aber er machte nur wenig Worte. Verärgert und krank im Herzen, ging er am neunten Abend, nachdem er die Leiche gefunden hatte, an Bord der »Zaire«.

Ahmet, der Haussa-Sergeant, stand schweigend am Tisch, auf dem ein einfaches Abendessen serviert war.

»Es scheint, daß niemand in diesem verrückten Land die Wahrheit spricht und daß man mich nicht fürchtet, wie man Sandi fürchtet«, sagte Bones zu ihm.

»O Herr, das ist so. Denn Sandi war sehr streng zu ihnen, wie du weißt. Und dann, o Tibbetti, ist er ein älterer Mann, sehr weise und klug, und er kennt die Art dieses Volkes und kann die Gedanken ihrer Herzen erraten. Alle großen Bäume wachsen langsam, o Herr, und die Pflanzen, die in einer Nacht emporschießen, verwelken am nächsten Tage.«

Bones dachte über diese Worte nach.

»Wecke mich morgen früh bei Sonnenaufgang«, sagte er nach einer Weile. »Ich werde nach M'fa zurückgehen und dort ein letztes Palaver abhalten. Und wenn es schlecht ausgeht, so sei sicher, daß du mein Gesicht nicht wieder am Strom sehen wirst.«

Bones sprach die Wahrheit, denn sein Abschiedsgesuch lag bereits in verschlossenem Briefumschlag in seiner Kabine und war fertig zum Absenden. Er ließ seinen Dampfer sechs Meilen von M'fa entfernt halten und sandte eine Abteilung Haussa mit einer Botschaft zu dem Dorfe. Der Häuptling sollte alle Dorfältesten und alten Leute, die der Regierung verantwortlich waren, alle, die Medaillen trugen und Rechte verwalteten, alle Landleute und die Häuptlinge der Jäger und alle Befehlshaber der Speerleute zusammenrufen. Selbst die Medizinmänner und die Zauberdoktoren sollten kommen.

»O Krieger«, sagte der Häuptling zweifelnd, »was geschieht mir, wenn ich dem Befehl nicht gehorche? Denn meine Leute sind müde, weil sie im Walde gejagt haben, und meine Dorfältesten lieben keine langen Palaver über Recht und Gesetz.«

»Das mag sein«, sagte Ahmet ruhig, »aber wenn mein Herr dich zum Palaver ruft, mußt du gehorchen, sonst werde ich dich festnehmen, und meine starken Soldaten werden dich zu dem Dorf der Ketten bringen, damit du dort einige Zeit zum Vergnügen meines Herzens lebst.«

Das half. Der Häuptling sandte überallhin Boten aus und ließ seine Lokolis ertönen. Alle Ältesten, Unterhäuptlinge und Zauberdoktoren, kleine und große Vormänner, hervorragende Krieger rief er zu dem Palaverhaus auf dem kleinen Hügel im Osten des Dorfes zusammen.

Bones kam mit einer Eskorte von vier Haussas. Er stieg langsam die Stufen hinauf, die in den Hügel geschlagen waren, und setzte sich auf einen Stuhl zur Rechten des Häuptlings. Gleich nachdem er Platz genommen hatte, begann er ohne Einleitung zu sprechen. Er erzählte von Sanders, von seinem Glanz und von seiner Macht, von seiner Liebe zu allen Leuten in diesem Lande. Auch sprach er von Militini, vor dem diese Menschen wegen seiner teuflischen blauen Augen Achtung hatten.

Zuerst redete er langsam, weil ihm das Atmen schwerfiel, aber allmählich gewann er seine Selbstbeherrschung zurück und sprach fließend und laut.

»Und jetzt komme ich zu euch«, sagte er, »der ich noch jung und erst kurze Zeit im Regierungsdienst bin und unwürdig, die Stelle meines Herrn Sandi zu vertreten. Aber ich halte das Gesetz in meinen beiden Händen, ebenso wie Sandi es hielt, denn das Gesetz ändert sich nicht mit den Menschen, ebensowenig wie sich die Sonne ändert, ob das Land, auf das sie scheint, gut oder schlecht ist. Nun sage ich euch und allen Leuten, liefert mir den Mörder B'chumbiris aus, damit ich ihn nach dem Gesetz bestrafen kann.«

Bones wartete die Wirkung seiner Worte ab. Zuerst herrschte tiefes Schweigen, dann erhob sich ein Raunen und Flüstern, und schließlich hörte er jemanden lachen.

Er erhob sich, um seinen letzten Trumpf auszuspielen. »Komm her, komm her, o Mörder«, sagte er sanft, »denn wer bin ich, daß ich dich verletzen könnte? Habe ich nicht eben einige Stimmen gehört, die ›G'la‹ sagten? Und bedeutet nicht G'la einen Narren? O ihr weisen und tapferen Männer der Akasava, die ihr ruhig hier sitzt und nicht einmal einen Finger aufzuheben wagt vor einem, der ein Narr ist!«

Wieder wurde es ganz ruhig. Bones schob den Helm etwas zurück, steckte die Hände in die Taschen und ging einige Schritte den Hügel hinab, auf den Halbkreis der älteren Männer zu.

»O ihr Tapferen«, fuhr er fort, »ihr wundervollen Sucher der Gefahr, ich, ein Narr, stehe vor euch, und noch sitzt der Mörder B'chumbiris zitternd und will sich nicht vor mir erheben, weil er meine Rache fürchtet! Bin ich denn so schrecklich?«

Seine weitgeöffneten Augen richteten sich auf den Onkel B'chumbiris, und der alte Mann erwiderte den Blick mißtrauisch.

»Bin ich denn so schrecklich?« wiederholte Bones höflich. »Fürchten mich die Männer, wenn ich gehe, oder rennen sie zu ihren Hütten, wenn der Ton meines Puck-a-Puck ertönt? Falten die Frauen vielleicht die Hände, wenn sie mich sehen?«

Wieder erhob sich ein Flüstern. Aber N'gobo, der Onkel B'chumbiris, verzog wütend das Gesicht.

»Wo ist der Kühne, der B'chumbiri ermordete?«

N'gobo sprang auf. »O Herr«, sagte er mit rauher Stimme, »warum findest du ein Vergnügen daran, die Leute zu verspotten?«

»Dies ist kein Vergnügen«, antwortete Bones schnell. »Dies ist ein Palaver, und zwar ein Mordpalaver. War es denn eine Frau, die B'chumbiri tötete? Ist sie nicht bei diesem Palaver zugegen? Schön, dann werde ich einen Rat mit den Frauen abhalten!«

N'gobo schäumte vor Wut. »Tibbetti«, rief er, »ich habe B'chumbiri getötet, und zwar nach unserer Sitte – und ich werde mich vor Sandi verantworten, der ein Mann ist und solche Palaver versteht.«

»Überlege es dir wohl«, sagte Bones, blaß bis in die Lippen. »Überlege es dir noch einmal, bevor du so etwas sagst!«

»Ich tötete ihn, du Narr«, schrie N'gobo laut, »obwohl sein eigener Vater schließlich furchtsam wie ein Weib wurde – mit diesen Händen habe ich ihn umgebracht, mit zwei Messern.«

»Verdammter Hund!« rief Bones und streckte ihn mit einem Schuß zu Boden.

Hamilton hatte sich wieder soweit erholt, daß er eine Zigarette rauchen konnte. Er hörte Bones' Bericht ohne Unterbrechung bis zu Ende an.

»Das habe ich also getan, Sir, und dabei fühlte ich mich wie ein netter kleiner Mörder. Aber wie hätte ich sonst handeln sollen, mein Lieber?«

Hamilton sagte immer noch nichts.

Bones wurde unruhig. »Um alles in der Welt, sitzen Sie doch nicht da wie eine runde, alte Eule«, sagte er erschrocken. »Habe ich es falsch gemacht?«

Hamilton lächelte. »Sie haben gehandelt wie ein netter, alter Distriktsgouverneur selbst, Sir!« sagte er, indem er Bones' Sprechweise nachahmte.

## *Das sagenhafte N'bosini*

»Militini, im Lande N'bosini ist ein schlechtes Palaver«, sagte der geschwätzige Häuptling der kleinen Isisi und wiegte den Kopf gedankenvoll hin und her.

Hamilton erhob sich aus seinem Feldstuhl und reckte sich zu seiner ganzen Länge empor. Seine lachenden blauen Augen sahen den Häuptling scharf an, und seine glattrasierten Lippen zogen sich spöttisch zusammen.

Idigi schaute aufmerksam zu ihm empor. Er war dick und fett und ein kluger Mann, trotzdem aber ein Schwätzer; denn am Großen Strom sagt man: »Selbst die weißen Ochori sind Schwätzer!«

»O Herr, du lachst«, sagte Idigi gedemütigt und unterwürfig, denn blaue Augen in einem braunen Gesicht gelten als besonders teuflisch. »Dies ist kein Palaver, über das man lachen kann, denn man sagt...«

»Idigi«, unterbrach ihn Hamilton, »ich muß lachen, wenn du von der Stadt N'bosini sprichst, denn die gibt es überhaupt nicht. Selbst Sandi, der viel klüger ist als der gewaltigste Ju-Ju, sagt, daß es kein N'bosini gibt. Das ist nur ein närrisches Geschwätz von Leuten, die nicht wissen, woher ihre Sorgen kommen, und die deshalb ein Land, ein Volk und einen König in ihrem verrückten Kopf erfinden müssen. Gehe zu deinem Dorf zurück, Idigi, und sage allen, daß ich hier zur Vertretung auf dem Platz meines Herrn Sandi sitze. Und wenn es nicht nur einen König von N'bosini, sondern zwanzig gäbe und wenn er nicht nur eine Armee, sondern drei und drei und drei Heere hätte, würde ich ihm mit meinen Soldaten entgegentreten, und er wird denselben Weg gehen wie irgendein anderer böser König.«

Idigi war nicht überzeugt. Er schüttelte den Kopf und sagte zweifelnd: »Wa!«

Er wollte sein interessantes Gespräch fortsetzen, denn er liebte die Geister.

»Man erzählt«, sagte er überaus bedeutungsvoll, »daß in der

Nacht vor Neumond in der Gegend des Seewaldes zehn Krieger der N'bosini gesehen worden sind, die Speere von Feuer hatten und Bogen, die mit Sternen besät waren. Auch...«

»Scher dich zum Teufel!« sagte Hamilton. »Das Palaver ist aus.«

Später beobachtete er, wie Idigi langsam seinen Weg stromauf nahm. Der Häuptling war so bescheiden, daß er nur mit vier Ruderern reiste.

Hamilton lachte nicht mehr. Er ging zu seinem Kanevasstuhl zurück und saß dort eine halbe Stunde lang. In schweren, sorgenvollen Gedanken rieb er sich die Arme.

Leutnant Tibbetts kam von einem Nachmittagsausflug zurück. Er hatte geangelt und trug ein paar merkwürdig aussehende Fische, die seine einzige Beute waren. Als er Hamilton erblickte, wollte er mit einem militärischen Gruß an ihm vorbeigehen.

»Bones!« rief Hamilton liebenswürdig.

Leutnant Tibbetts wandte sich um. »Sir?« sagte er steif.

»Steigen Sie von Ihrem hohen Pferd runter, Bones!«

»Ich bin mit Ihnen fertig, mein Lieber. Als Offizier und Gentleman haben Sie mich niederträchtig behandelt – in der Tat. Geben Sie mir einen Befehl, so werde ich gehorchen! Kommandieren Sie mich auf einen verlorenen Posten oder befehlen Sie, daß ich um zehn Uhr zu Bett gehen soll, und ich werde Ihre Vorschriften dem Militärgesetz entsprechend ausführen! Aber außerhalb des Dienstes sind Sie für mich erledigt. Ich bin beleidigt, Ham, furchtbar beleidigt. Ich denke...«

»Nun seien Sie endlich still und setzen Sie sich her«, unterbrach ihn Hamilton böse. »Sie schimpfen dauernd, bis ich Kopfschmerzen bekomme.«

Widerstrebend kam Bones zurück und legte seine Beute mit der größten Sorgfalt auf den Boden.

»Was, in aller Welt, haben Sie denn da gefangen?« fragte Hamilton neugierig.

»Ich weiß nicht, ob es Kabeljaus oder Steinbutten sind«, sagte Bones vorsichtig, »aber ich will sie kochen lassen, dann erkenne ich es am Geschmack.«

Hamilton grinste. »Das sind Katzenfische – außerdem sind sie giftig!« sagte er und pfiff seiner Ordonnanz.

»O Ahmet«, befahl er auf arabisch, »nimm diese Fische und wirf sie fort!«

Bones klemmte sein Monokel ins Auge und verfolgte die Fische mit den Augen, solange er konnte. »Wenn es Ihnen Spaß macht, meinen Fischen Befehle zu geben«, sagte er dann resigniert, »ist es nicht an mir, weitere Fragen zu stellen.«

»Ich habe Sorgen, Bones«, begann Hamilton.

»Ein Gewissen, Sir, ist ein nettes, niederträchtiges Ding für einen Mann. Ich erinnere mich, vor Jahren...«

»Es stehen oben im Lande Unruhen bevor.« Hamilton zeigte mit der Hand nach den dunkelgrünen Wäldern hin, die im finsteren Abendschatten dalagen. »Es handelt sich um ein Palaver, dessen Zusammenhänge ich noch nicht durchschauen kann. Wenn ich mich nur auf Sie verlassen könnte, Bones!«

Leutnant Tibbetts erhob sich, rückte sein Monokel zurecht, stand stramm in heldenhafter Pose, die unzweideutig seinen Protest ausdrücken sollte.

»Aber ich muß mein Vertrauen auf Sie setzen«, sagte Hamilton, »ob ich will oder nicht. Machen Sie sich zu einer Reise fertig. Nehmen Sie zwanzig Mann mit und fahren Sie den Strom zwischen den Isisi und den Akasava auf und ab.«

So kurz wie möglich erklärte er Bones die Legende von der Stadt N'bosini. »Natürlich gibt es diesen Ort nicht, es ist ein Land, das nur in Sagen existiert, wie die versunkene Atlantis, die Heimat mysteriöser und wunderbarer Stämme, von Riesen bevölkert und voll der schönsten Dinge dieser Welt.«

»Ich verstehe, Sir«, sagte Bones und nickte. »Es ist wie eine von diesen Annoncen in den amerikanischen Zeitungen, die Bauland anpreisen: Junge Leute, geht westwärts und kauft Dudville-Corner-Blocks...«

»Sie haben eine ganz schreckliche Auffassung«, sagte Hamilton.

»Machen Sie sich schnell fertig. Ich werde den Befehl geben, daß die ›Zaire‹ Dampf aufmacht, damit Sie fahren können.«

»Ich möchte Sie noch etwas fragen«, brachte Bones zögernd hervor. Er stand erst auf dem einen Bein, dann auf dem andern. »Ich glaube, ich habe Ihnen früher einmal gesagt, daß ich in europäischen Rennen auf Pferde gesetzt habe. Ich würde Ihnen sehr zu Dank verpflichtet sein...«

»Lassen Sie mich damit in Ruhe!« sagte Hamilton wütend. Trotzdem war Bones vergnügt, als er abfuhr. Er liebte das Leben auf der »Zaire«, den Komfort in Sanders' Kabine, die elektrische Leselampe und das Hochgefühl der Kommandogewalt. Er konnte stundenlang mit verschränkten Armen und unbeweglichem Gesicht auf der Brücke stehen und nur nach vorn auf das dunkle Wasser schauen, das sich langsam in der Kielwelle hob. Ab und zu drehte er sich um und gab dem Steuermann oder dem geduldigen Yoka ein scharfes Kommando. Yoka, der dicke schwarze Kru-Mann, kannte jeden Zoll des Flusses und hatte immer die Hand am Griff des Maschinentelegrafen, um sofort abzustoppen, sobald das erste Zeichen einer neuen Sandbank sichtbar würde.

An manchen Stellen war der Fluß nicht einmal zwei oder drei Fuß tief, und die Fahrrinne änderte sich dauernd. Zwei Jungen standen dann am Bug des Dampfers, peilten mit ihren langen Stökken und riefen mit monotoner Stimme die Wassertiefe zur Kommandobrücke hinauf. Aber schon lange, bevor sie Yoka warnten, hatte dieser den Maschinentelegrafen auf »Stopp« gestellt. Seine Augen entdeckten auf weite Entfernung das Kräuseln der Wasseroberfläche, das neue Untiefen anzeigte.

Für Bones war der Strom nur eine tiefe, klare Fahrrinne. Er hatte keine Ahnung von den eigentlichen Verhältnissen und machte sich auch nie die Mühe, danach zu fragen. Von Zeit zu Zeit gab er Befehl, den Dampfer nach links oder nach rechts zu steuern, aber niemand kümmerte sich im mindesten darum. Selbst Bones würde sich sehr gewundert haben, wenn man es getan hätte. Er beobachtete, wie der Dampfer einen Zickzackkurs einschlug, einmal sich dieser, dann jener Küste näherte. Das schien ihm aber nicht der Würde eines Regierungsdampfers zu entsprechen, und er fragte nach dem Grund.

»O Herr«, sagte der Steuermann Ebibi, »es gibt hier viele Sandbänke, die in einer einzigen Nacht entstehen können. Deshalb müssen wir den Weg für den Puck-a-Puck wählen, indem wir bald an diesem, bald an jenem Ufer entlangfahren.«

»Du bist ein dummer Esel!« sagte Bones, und damit war es gut.

Trotz aller Verantwortungslosigkeit und all seiner unkontrollierbaren und unsachlichen Ansichten über das Land und seine Bewohner lebte in dem Herzen des Leutnants Tibbetts eine ungestillte Sehnsucht nach Abenteuern und düsterer Romantik, wie sie nur an diesen Küstenstrecken entstehen kann.

Sein Vater war früher selbst einmal Distriktsgouverneur in dieser Gegend gewesen und hatte sich später auf einem Landsitz bei Dorking angesiedelt. Bones verlebte seine Kindheit in dem großen, schönen Haus, und hier waren die Wünsche und Träume über ihn gekommen, die durch Vererbung naturgemäß in ihm lagen. Es beherrschte ihn ein unausgesprochenes Verlangen, das man am besten Lust am Entdecken nennen könnte. Dieser Trieb hat schon viele Männer in unbekannte, ferne Länder geführt. Sie opferten freudig Leben und Gesundheit, damit ihr Name in irgendeiner Form in Zusammenhang mit neuentdeckten Gegenden auf die Nachwelt käme und ihre Arbeit späteren Generationen nütze.

Bones hing gerne solchen Träumen nach. Auf der Kommandobrücke der »Zaire« war er Nelson, der sein Admiralsschiff befehligte, oder er war Stanley oder gar Kolumbus.

Es war daher nicht zu verwundern, daß er von Zeit zu Zeit dem Steuermann scharfe Kommandos zurief. Aber noch weniger verwunderlich war, daß der Steuermann seinen Dienst versah, als ob Leutnant Bones überhaupt nicht existiere.

Am Abend des vierten Tages nach seiner Abfahrt von der Residenz ließ Bones Mahomet Ali, den Sergeanten, der seine Soldaten befehligte, in seine Kabine kommen.

»O Mahomet«, sagte er, »erzähle mir von diesem N'bosini, von dem die Leute reden und an das alle Eingeborenen glauben, denn mein Herr Militini hat gesagt, daß es diese Stadt nicht gibt und daß nur Verrückte davon träumen und schwätzen.«

»O Herr, das ist auch meine Meinung«, sagte Mahomet Ali. »Die Leute hier am Fluß sind ungebildet, sie glauben an keinen Gott und sind seit undenklichen Zeiten dazu vorbestimmt, in die Hölle zu fahren. Das Gerede über N'bosini ist weiter nichts als das, was die Gläubigen vom Paradiese erzählen, und das haben diese Heiden gehört und es auf ihre Art verdreht.«

»Sage mir, wer spricht eigentlich von N'bosini?« Bones legte ein Bein über das andere, verschränkte die Hände hinter dem Kopf und lehnte sich in seinen Stuhl zurück. »Denke daran, Mahomet Ali, daß ich noch ein Fremder unter euch bin, der von einem weiten Lande hergekommen ist und viele Wunder gesehen hat wie ...« Er machte eine Pause und suchte arabische Worte für Grammophon, Autobus, fuhr dann aber fort: »... all solche Wunder, die du dir gar nicht vorstellen kannst.«

»Alle Leute hier am Strom glauben an N'bosini, mit Ausnahme von Bosambo, dem Häuptling der Ochori, der an gar nichts glaubt, denn er ist ein Anhänger des Propheten und des einigen Gottes.«

Mahomet machte einen ehrfurchtsvollen Salaam.

»Einige sagen, daß diese Stadt hinter dem Gebiet der N'gombi liegt, andere wieder behaupten, daß sie nahe bei dem Land des alten Königs ist, und wieder andere, daß sie sich weit entfernt, jenseits der französischen Kolonie, ausdehnt. Die Bewohner des Landes sollen Flügel an ihren Schultern haben, so daß sie fliegen können. Ihre Augen sollen so feurig sein, daß die Bäume verbrennen, wenn sie darauf schauen. Aber eines wissen wir sicher, o Herr, und die Erfahrung haben wir Soldaten gemacht, die wir Sandi bei all seinen großen Abenteuern folgten: Wenn die Leute von N'bosini sprechen, gibt es Unruhen, denn sie suchen dann nach einem Grund, um ihre eigene Niedertracht und Bosheit zu entschuldigen.«

Die ganze Nacht warf sich Bones auf seinem Lager hin und her. Er hörte das Summen und Surren der Fliegen und Insekten, die vergeblich versuchten, in das Innere der Kabine zu dringen, da die Fenster mit einem Gazenetz geschlossen waren. Die Nachrichten über N'bosini ließen ihn nicht zur Ruhe kommen.

Es ist unwahrscheinlich, dachte Bones, daß Menschen ein Land oder die Existenz eines Landes erfinden, selbst wenn es Leute sind, die etwas verbrochen haben und dafür eine Entschuldigung suchen. Sprachen nicht alle Erfahrungen für die Theorie, daß N'bosini doch vorhanden war? Konnte nicht ein geheimer Volksstamm mitten in dem rätselvollen Innern der unerforschten dichten Wälder leben, durch schnelle Ströme von der Verbindung mit der Außenwelt abgeschlossen und umgeben von unzugänglichen Sümpfen? Vielleicht war es gar ein Stamm weißer Menschen!

Bones hatte von solchen Dingen in Büchern gelesen. Wer konnte wissen, ob nicht ein geheimer Weg durch den Wald führte, den bewaffnete Krieger bewachten und der in das Gebirge ging, in das Land des alten Königs? Es wäre doch möglich, daß dort in den Schluchten und unzugänglichen Gebieten eine Stadt von Steingebäuden lag, die von ernsten Männern mit weißen Bärten bevölkert und regiert wurde. Und in den Straßen wandelten vielleicht die schönsten Mädchen, gekleidet wie die alten Griechinnen!

»Ach, das ist doch alles dummer Blödsinn«, sagte Bones zu sich selbst. Aber sein Protest war nur schwach, denn eigentlich war er überzeugt, daß hinter all diesen Gerüchten doch etwas stecken müsse. Wo Rauch ist, da ist auch Feuer!

Der Gedanke an N'bosini ließ ihn nicht mehr los und bekam immer größere Gewalt über ihn. Er nahm die kostbaren Karten von Sanders und studierte sie eingehend. Er durchstöberte alles andere Kartenmaterial, das er an Bord fand. Bei verschiedenen Dörfern machte er halt und hielt lange Palaver über N'bosini ab, wobei er eine Menge einander widersprechende Nachrichten sammelte.

Wenn man aber über Bones lacht, so lacht man über den unternehmungsfreudigen Geist, der viel zu der Herrschaft der weißen Rasse beigetragen hat. Aus Träumereien, wie sie jetzt Leutnant Tibbetts bedrängten, entstanden Nationen, von denen man früher nichts ahnen konnte, und große Reiche, die Cäsar niemals kennenlernte.

Sicherlich tat Bones bei all seinen Bemühungen und Nachforschungen über N'bosini ein brauchbares Stück Arbeit. Die Palaver, die er abhielt, hatten mehr als geographische Bedeutung für die Leute, die daran teilnahmen. Denn das Volk der Isisi hatte einen kleinen Überfall auf einige Akasavafischer geplant, die sich unrechtmäßigerweise auf dem Isisiufer niedergelassen hatten. Aber durch Bones' Palaver bewogen, legten sie ihre Speere wieder beiseite und falteten ihre Hände, als über N'bosini verhandelt wurde, denn Bones hatte ihnen, ohne daß er es wußte, damit ihre Entschuldigungsgründe genommen.

Idigi selbst, der Hamilton vorsichtig auf einen kleinen Streit zwischen seinem eigenen Stamm und den N'gombi, die im Innern wohnten, vorbereitet hatte, sah in den eifrigen Nachforschungen des Leutnants Tibbetts mehr als geduldiges Suchen und Prüfen.

Bones führte alles aus, was Hamilton ihm aufgetragen hatte, obgleich er selbst nichts davon wußte. Da alle Leute großen Widerwillen gegen die Ochori hatten, so endeten die Palaver über den Ursprung von N'bosini jedesmal mit dem Hinweis, daß der einzige, der Auskunft über dieses sagenhafte Land und über den merkwürdigen Volksstamm geben könne, Bosambo, der Häuptling der Ochori, sei. So hatte man geschickt Bosambo die volle Verantwortung für diese ganze Angelegenheit aufgebürdet.

Hamilton hatte Bones beim Abschied auf die Seele gebunden: »Seien Sie außerordentlich höflich zu Bosambo, denn er hat allen Grund, sich über Sie zu beklagen, und er ist ein sehr brauchbarer Mann für die Regierung.«

Nach allem, was Bones auf seiner Reise erfahren hatte, betrachtete er den Ochorihäuptling als die größte Autorität über N'bosini und traf aus diesem Grund weitgehende Vorbereitungen, um die

Befehle seines Vorgesetzten zu erfüllen. Als er um die Biegung des Stromes zur Ochoristadt fuhr, hatte er den weißen Mast mit vielen Fahnen beflaggt, seine Soldaten waren auf Deck in Parade aufgestellt, die Trompeter bliesen, was sie konnten, und die Sirenen des Dampfers heulten zum Himmel empor.

Bosambo, der bei jeder Gelegenheit annahm, daß er geehrt wurde, hatte sich diesmal nicht geirrt. Er erschien in einem smaragdgrünen Gewand und hatte zwölf Paar Strumpfhalter um seine Waden befestigt, deren blitzende Anhängsel herunterhingen. Er hatte sie bei seinem Besuch an der Küste gekauft. Ein großer Staatsschirm war über ihm aufgespannt, und sechs Männer trugen einen Baldachin über seiner erhabenen Person. So kam er zum Ufer, um den Regierungsvertreter zu begrüßen.

»O Herr«, sagte er untertänig, »ich bin sehr stolz, daß du mein Land mit deiner wunderbaren Gegenwart beehrst. All diese Monate saß ich in meiner Hütte und wunderte mich, warum du nicht zu den Ochori kamst, und ich habe keine Speise zu mir genommen viele Tage lang, weil ich traurig war und fürchtete, daß du nicht zu uns kommen würdest.«

Bones schritt unter dem Baldachin zu der Hütte des Häuptlings. Dann hielt er den ganzen Nachmittag ein Palaver mit Bosambo über die Frage der Abgaben an die Regierung. Er fühlte sich dabei auf sicherem Grunde, denn er hatte keine Vollmachten, die Steuern zu erlassen, sondern strikte Anweisung, sich auf keine Kompromisse einzulassen. Es war leicht für ihn, mit gutem Gewissen den Kopf zu schütteln. Immer wieder sagte er auf englisch: »Ganz unmöglich!«

Dieser Ausdruck wurde später in den Wortschatz der Ochori aufgenommen und bedeutete ebensoviel wie die strikte Verneinung eines Vorrechtes.

Erst am zweiten Tag schnitt Bones die Frage nach N'bosini an. Bosambo hatte schon auf der Zunge, die Existenz dieses Volkes abzustreiten und schickte sich an, dumme Leute, die daran glaubten, zu verhöhnen. Aber er fragte doch erst vorsichtig: »O Herr, warum sprichst du von diesem Lande, und warum willst du etwas darüber wissen?«

»Weil es in diesem Lande irgendwo solch ein Volk geben muß, Bosambo. Und da sich alle Leute darin einig sind, daß du weise bist, so bin ich zu dir gekommen, um von dir Aufschluß zu erhalten.«

»O ko!« sagte Bosambo zu sich selbst.

Er schaute Bones mit großen Augen an, befeuchtete seine Lippen ein wenig, spielte mit seinen Fingern und begann dann: »O Herr, es steht in einer gewissen Sure geschrieben, daß Weisheit vom Osten kommt, Kenntnis vom Westen, Mut vom Norden und Sünde vom Süden.«

»Halb so wild, Bosambo!« murmelte Bones vorwurfsvoll. »Ich komme gerade vom Süden her!«

Er sprach englisch, und Bosambo widerstand der Versuchung, ebenso zu antworten. Auch war ihm klar, daß er seinen großen Wortschatz entfalten mußte, um seinen Hörer zu überzeugen. Er fuhr feierlich in Bomongo fort. »O Herr, ich will dir dieses sagen. Wenn Sandi gekommen wäre, der mich liebt wie seinen Bruder und der meinen Vater kannte und viele Jahre mit ihm zusammen gelebt hat, und hätte zu mir gesagt: ›O Bosambo, erzähle mir, wo liegt N'bosini?‹, dann hätte ich geantwortet: ›O Herr, es gibt Dinge, die geschrieben stehen, und ich kenne sie, aber ich darf nicht darüber sprechen. Nicht einmal zu dir, den ich so sehr liebe.‹«

Er machte eine Pause.

Auf Bones hatten diese Worte großen Eindruck gemacht. Er schaute mit erstaunten Augen auf den Häuptling, schob den Helm ein wenig aus der heißen Stirn zurück, faltete die Hände über den Knien und saß mit offenem Munde da.

»Aber nun bist du es, o Herr«, fuhr Bosambo mit ungewöhnlichem Tonfall fort, »der diese Frage an mich richtet. Du, der du plötzlich unter uns getreten bist, der für uns so groß ist wie der Mond und teurer als die Erde, die uns das Korn heranreifen läßt.

Deshalb muß ich dir sagen, was mein Herz bewegt. Wenn ich lüge, so schlage mich nieder, denn ich bin bereit, zu deinen Füßen zu sterben.«

Er machte wieder eine Pause und breitete seine Arme einladend aus. Aber Bones schwieg.

»Nun aber sage ich dir, daß es eine Stadt N'bosini gibt!« Bosambo bewegte seine Hände bedeutungsvoll.

»Wo?« fragte Bones schnell.

Er sah sich bereits vor einer großen Zuhörerschar in der Königlich Geographischen Gesellschaft eine Vorlesung halten. Sein Name stand in allen Zeitungen. Vielleicht wurden die geographischen Kenntnisse der Gegenwart durch einen Tibbettsfluß oder sogar ein Francis-Augustus-Gebirge bereichert.

»Sie liegt an einer Stelle«, sagte Bosambo, »die nur ich kenne. Aber ich habe einen feierlichen Eid geschworen bei vielen heiligen Dingen, den ich nicht brechen darf. Ich habe mich blutig geritzt und mit Salz eingerieben, damit ich dieses Geheimnis nicht enthüllen werde.«

»Ach, sag es mir doch, Bosambo«, bat Bones. Er beugte sich vor und sprach schnell. »Was ist das für ein Volk, das in N'bosini-Stadt lebt?«

»Es sind Männer und Frauen«, sagte Bosambo nach einer Pause.

»Weiße oder Schwarze?« fragte Bones eifrig.

Bosambo dachte eine Weile nach. »Es sind weiße Menschen«, erklärte er dann ernst und war äußerst zufrieden mit dem Eindruck, den diese erschütternde Nachricht machte.

»Das habe ich mir gleich gedacht«, rief Bones begeistert und sprang auf. Seine Augen leuchteten vor Freude, und seine Hände zitterten, als er sein Notizbuch aus der Brusttasche hervorzog. »Ich will ein Buch hierüber machen, Bosambo«, sagte er unvermittelt. »Du mußt langsam sprechen und mir alles erzählen, denn ich muß es englisch niederschreiben.« Er nahm seinen Bleistift, legte das offene Buch auf seine Knie und schaute Bosambo begierig an.

»O Herr, ich kann es nicht tun«, sagte Bosambo mit düsterem Gesicht. »Denn habe ich deiner Hoheit nicht gesagt, daß ich einen fürchterlichen Eid geschworen habe? Wir alle, die wir in dieses Geheimnis eingeweiht sind, haben einen großen Ledersack mit Silber in der Erde verborgen, und der, der das Geheimnis preisgibt, soll seinen Anteil verlieren. Nun, beim Propheten, o Mond im Auge (dies war einer der Namen, die Bones seinem Monokel verdankte), ich kann deinen Wunsch nicht erfüllen.«

»Wie groß war dieser Lederbeutel, Bosambo?« fragte Bones und kaute an dem Ende seines Bleistiftes.

»O Herr, er war so groß.« Bosambo bewegte seine Hand langsam und beobachtete dabei scharf das Gesicht des Leutnants Tibbetts, bis er die richtige Größe daraus ablas.

»So groß«, sagte er noch einmal und gab dabei dem Silbersack einen solchen Umfang, daß Bones noch gerade nicht dagegen protestierte.

»O Herr, in dem Sack war so viel Silber, daß es mindestens hundert englische Pfund wert war.«

Bones setzte seine Mahlzeit von Bleistiftzedernholz fort und dachte über die Sache nach.

Das war die Nachricht wert.

»Ist es eine große Stadt?« fragte er plötzlich.

»Größer als das ganze Ochoriland!« antwortete Bosambo mit Nachdruck.

»Und was für Häuser stehen in dieser Stadt?«

»Sie sind größer als Königshütten.«

»Sind sie aus Stein gebaut?«

»O Herr, aus Felsen, so daß sie so groß sind wie die Berge.«

Bones schloß sein Buch und stand auf.

»Heute noch fahre ich zurück zu Militini und bringe ihm die Nachricht von N'bosini.«

Als er dies sagte, machte Bosambo ein langes Gesicht, aber Bones merkte es in seiner Begeisterung nicht.

»Ich komme dann sofort zurück und bringe so viel Silber mit

mir, daß es hundert englische Pfund wert ist. Dann wirst du uns zu dieser merkwürdigen Stadt führen.«

»O Herr, der Weg ist sehr weit«, stotterte Bosambo. »Er führt durch schauerliche Sümpfe und über hohe Gebirge – dort herrschen Krankheiten, und es lauert der Tod. Wilde Tiere sind in den Wäldern, und Schlangen winden sich auf den Bäumen, und fürchterliche Stürme und Unwetter toben in jener Gegend.«

»Trotzdem werde ich den Weg machen«, sagte Bones begeistert. »Und du wirst mitkommen.«

»O Herr«, sagte Bosambo in großer Unruhe, »sprich kein Wort davon zu Militini. Wenn du es doch tust, so sei sicher, daß meine Feinde es entdecken und mich töten.«

Bones zögerte, und Bosambo zog sofort seinen Vorteil daraus.

»Besser, o Herr, gibst du mir all das Silber, das du hast, und läßt mich allein gehen. Ich werde dann eine Botschaft an den mächtigen König von N'bosini überbringen und so schnell wie möglich wieder zurückkehren mit seltsamen Nachrichten, die noch kein weißer Mann, nicht einmal Sandi, gehört hat. Wertvolle Waffen werde ich mitbringen, wie sie nur die N'bosini machen und gebrauchen, und kräftige Zauberbeschwörungen. Auch will ich dir die Legenden von ihrem Strom berichten. Aber ich muß allein gehen, obgleich ich sterben werde. Denn was bin ich, daß ich dir meine Dienste verweigern dürfte?«

Zufällig hatte Bones etwa zwanzig Pfund Gold an Bord der »Zaire«. Bosambo kam mit und nahm sie mit ausgestreckten Händen als Handgeld in Empfang.

»O Herr«, sagte er feierlich, als er sich von seinem Wohltäter verabschiedete, »obwohl ich einen großen Sack mit Silber verliere und gewisse Leute betrogen habe, so weiß ich doch, daß der Tag kommen wird, wo du mir alles zahlst, was ich wünsche. Ziehe hin in Frieden!«

Bones fuhr in freudiger Begeisterung den Strom hinunter zur Residenz. Seine ganze Zeit war damit ausgefüllt, daß er auf große Blätter in Aktenformat in nicht weniger großen Schriftzügen all das aufschrieb, was Bosambo ihm erzählt hatte. Auch fügte er alle Schlüsse hinzu, die er aus den vertraulichen Mitteilungen des Ochorihäuptlings ziehen konnte.

Er war geladen mit Neuigkeiten. Aber zuerst wollte er seinen Chef durch einen ausführlichen Bericht des Inhalts, daß er all seine Befehle ausgeführt hatte, zufriedenstellen.

Glücklicherweise brauchte er Hamilton nicht erst zu überzeugen, denn dieser hatte schon durch seine eigenen Späher erfahren, daß sich gewisse wilde Distrikte seines schwer zu regierenden Gebietes beruhigt hatten. Er war mit den Leistungen seines Untergebenen in jeder Weise zufrieden.

Nach dem Abendessen, als sie ihren unvermeidlichen Reispudding verzehrt hatten und der Tisch abgedeckt war, steckten sie ihre Pfeifen an und bliesen blaue Tabakwolken zu der Decke des Speisezimmers empor. Bones konnte sich nicht mehr halten.

»Sir«, begann er, »Sie denken, ich bin ein Esel!«

»Im Augenblick dachte ich das gerade nicht«, entgegnete Hamilton. »Aber wenn Sie es als mein allgemeines Urteil betrachten, habe ich nichts dagegen einzuwenden.«

»Sie denken sogar, daß der arme alte Bones ein Gup ist«, sagte Leutnant Tibbetts mit einem mitleidigen Lächeln, »aber trotzdem wird sein Name der Nachwelt rühmlichst überliefert werden.«

»Das sind ja schöne Aussichten für die arme Nachwelt«, sagte Hamilton beleidigend.

Aber Bones überhörte es. »Sie bilden sich ein, daß es solch ein Land wie N'bosini nicht gibt?« Er sagte dies mit einer so herausfordernden Sicherheit, daß Hamilton verblüfft war.

»Das bilde ich mir nicht nur ein, sondern das weiß ich ganz bestimmt!«

Bones lachte ironisch und selbstbewußt. »Wir werden ja sehen«, sagte er geheimnisvoll. »Ich hoffe, Ihnen in ein paar Wochen Dokumente zu übergeben, die Sie nicht nur überraschen werden. Sie werden auch erfreut sein, wenn Sie erkennen, daß sich unter meinem etwas rauhen Äußeren ein goldenes Herz verbirgt.«

»Wollen Sie Ihren Abschied nehmen?« fragte Hamilton interessiert.

»Ich habe meinen Worten nichts mehr hinzuzufügen, Sir!«

Bones stand auf, nahm seinen Tropenhelm vom Haken, grüßte militärisch, ging hocherhobenen Hauptes aus der Residenz und verschwand in der Dunkelheit.

Eine Viertelstunde später klopfte es an der Tür, und der Sergeant Mahomet Ali kam herein.

»Nun, Mahomet«, sagte Hamilton und sah ihn lächelnd an. »Alle Dörfer und Stämme am Fluß sind ruhig, wie mir mein Herr Tibbetti erzählt.«

»Herr, alles ist in bester Ordnung«, erwiderte der Sergeant, »und alle Leute kamen untertänigst zu den Palavern.«

»Was willst du nun?«

»O Herr, Bosambo, der Häuptling der Ochori, gehört zu meinem Glauben, wie du weißt, und wir sind durch bestimmte Eide Blutsbrüder geworden. Dies ereignete sich nach einer Schlacht im Jahre der großen Dürre, als Bosambo mein Leben rettete.«

»Das weiß ich alles.«

»Nun, o Herr, bringe ich dir dieses.«

Er zog aus einer inneren Tasche seiner Uniform einen kleinen Kanevasbeutel, öffnete ihn langsam und schüttete den goldenen Inhalt auf den Tisch. Ein kleiner Haufen Pfundstücke und ein zusammengefalteter Brief kamen zum Vorschein. Das Papier übergab er Hamilton, der es schnell öffnete. Er erkannte die arabischen Schriftzüge Bosambos.

»Von Bosambo, dem Diener des Propheten, in der Stadt der Ochori, an Militini, seinen Herrn. Friede sei mit deinem Hause.

Im Namen Gottes sende ich dir diese Nachricht. Mein Herr mit dem Mondauge hat Nachforschungen über N'bosini angestellt und kam auch zu der Stadt der Ochori. Ich habe ihm vieles berichtet, was er alles in ein Buch schrieb. Nun sage ich dir, Militini, ich bin nicht zu tadeln, weil mein Herr mit dem Mondauge diese Dinge niederschrieb. Auch gab er mir zwanzig englische Pfund, weil ich ihm gewisse Geschichten erzählte. Diese Summe sende ich nun zu dir, damit du sie mit all meinen anderen Schätzen aufhebst und dir aufschreibst, daß dies das Geld Bosambos ist. Auch bitte ich dich, mir ein Buch zu senden, daß diese zwanzig Pfund sicher in deine Hände gekommen sind.

Friede und Glück sei mit deinem Hause. Geschrieben in der Stadt der Ochori und meinem Bruder Mahomet Ali übergeben, daß er es zu Militini bringen soll an der Mündung des Stromes.«

»Armer, alter Bones!« sagte Hamilton, als er das Geld langsam zählte. »Armer, alter Bones!«

Dann nahm er ein Rechnungsbuch aus seinem Pult und öffnete es auf der Seite, die für Bosambo reserviert war. Es war schon eine lange Liste von Einzahlungen eingetragen. Die letzten lauteten:

Erhalten 30 Pfund (Verkauf von Gummi)
Erhalten 25 Pfund (Verkauf von Harz)
Erhalten 130 Pfund (Verkauf von Elfenbein)

Jetzt fügte Hamilton hinzu:

Erhalten 20 Pfund (Autorhonorar).

## *Der Fetischmast*

### I

Der Häuptling N'gori hatte einen Sohn, der hinkte und trotzdem lebte. Dies war eine merkwürdige Tatsache in einem Lande, wo Krüppel so verachtet waren und offensichtliche körperliche Gebrechen die sicherste Anwartschaft auf die Abberufung zum Himmel bedeuteten.

M'fosa wurde in einem Fischerdorf geboren zu einer Zeit, da alle Kräfte des Akasava-Volkes angespannt waren, um die Überfälle der N'gombi abzuwehren. Die N'gombileute wurden damals von dem kriegerischen Häuptling Gosimalino geführt, der auch andere

Stämme zu Verteidigungskriegen zwang. Er besaß die Herrschaft über das Stromgebiet des Weißen Flusses vom Gebiet des Alten Königs bis südlich zu den Inseln der kleineren Isisi.

M'fosa war drei Monate alt, als Sanders mit seinen Soldaten kam und Gosimalino an einen hohen Baum hängte, seine Dörfer niederbrannte, seine Ernten zerstörte und die Überreste seines einst nahezu unbesieglichen Heeres in die wenig bekannten Schlupfwinkel des Itusiwaldes trieb.

Unter Sanders' wohltätigem Schutz wuchs M'fosa zum Mann heran, obgleich viele Versuche gemacht wurden, ihn in abgelegene Wasserstraßen zu locken, wo Krokodile den Krüppel hätten verschwinden lassen, ohne daß es großes Aufsehen erregt oder sich jemand darum gekümmert hätte.

Der Anführer der Leute, die M'fosa nach dem Leben trachteten, war Kobolo, ein Onkel des Knaben und N'goris eigener Bruder. Einst hatte dieser unzufriedene Mann mit mehreren Verwandten M'fosa in einen Hinterhalt gelockt. Als sie auf dem Wege zu den Inseln in der Mitte des breiten Stromes waren, um M'fosa die Augen auszustechen, traf es sich, daß Sanders des Weges kam.

Er ließ die gesamte männliche Bevölkerung des Dorfes, in dem M'fosa lebte, schwer arbeiten. Sie mußten eine große Fichte umhauen, die unheimlich weit entfernt von ihrem Dorfe stand. Es dauerte eine Woche, bis sie die Äste und Zweige abgehauen und die Oberfläche des Baumes geglättet hatten. Eine weitere Woche brauchten sie dazu, um den langen Stamm durch den Wald zu schleppen (Sanders war teuflisch genug, den Baum in einem möglichst unzugänglichen Teil des Waldes zu wählen). Die dritte Woche brachten sie damit zu, große Löcher zu graben und den Baum aufzurichten.

Aber Sanders war nicht leicht zufriedenzustellen. Über die breiten, braunen Rücken rann der Schweiß, als sie den großen Flaggenmast aufstellten. Kaum war diese Arbeit beendet, als der hohe Herr Sandi seine Meinung änderte und den Baum an einer anderen Stelle aufrichten ließ. Der Distriktsgouverneur kam in kurzen

Zwischenräumen, um sich von dem Fortgang der Arbeit zu überzeugen. Schließlich war der ungeheure Mast aufgestellt, und die Dorfbewohner atmeten erleichtert auf.

»O Herr, sage mir, warum errichtest du diesen großen Baumstamm?« hatte N'gori gefragt.

»Er ist für den errichtet«, sagte Sanders, »der M'fosa, deinem Sohn, etwas zuleide tut, denn er soll daran aufgehängt werden. Und wenn mehr als ein Mann an einem solchen Mord beteiligt ist, dann will ich noch einen anderen Baum abschlagen und durch den Wald bringen lassen, und ihn an einem zweiten Platz aufstellen, damit ich den nächsten daran aufknüpfen kann, und so fort. Alle Leute sollen wissen, daß dieser hohe Mast ein Fetisch ist. Er wird die bösen Herzen der Leute bewachen und mir all ihre Gedanken verraten, die guten und die bösen. Dann sage ich dir, dieser Fetisch besitzt Zauberkraft. Er wird mich, wenn es nötig ist, von dem äußersten Ende der Welt herbeiholen, um die Übeltäter zu bestrafen.«

Dies war die Geschichte des großen Fetischmastes in dem Lande der Akasava. Niemand rührte M'fosa an, und er wuchs zum Mann heran. Während dieser Zeit wurde sein Vater erster Ratgeber, später Unterhäuptling und zuletzt Oberhäuptling des ganzen Stammes. M'fosa nahm zu an Körpergröße und wurde um so erbitterter, je älter er wurde. Denn dieser große Mast, der vom Regen verwaschen und von der Sonne verbrannt war, erinnerte jeden weniger an die starke Hand, die ihn errichtet hatte, als an seine eigene Schwäche.

So kam es, daß er den Fetischmast haßte und merkwürdigerweise auch den Mann, der ihn aufgestellt hatte.

Am seltsamsten aber war es, daß er der erste war, der Mißgestaltete verurteilte und heimlich all die Unglücklichen tötete, die entweder verkrüppelt zur Welt kamen oder durch Unglück verstümmelt wurden und zu Kampf und Schlacht untauglich waren.

Er ertränkte Kibusi, den Holzfäller, der sich mit der Axt drei Finger abgeschlagen hatte. Er stiftete die jungen Leute an, die den

Knaben Sandilo-M'goma töteten, der durch Brandwunden entstellt war. Obgleich der Fetischmast als ein drohendes Warnungszeichen für alle emporragte, ihre Gedanken las und mit geheimnisvoller Macht ausgestattet war, trotzte M'fosa den Geistern und führte rücksichtslos seine bösen Taten aus, ohne die Folgen zu fürchten.

Als Sanders abgereist war und kein Gesetz mehr zu existieren schien, wurde N'gori plötzlich ein kühner und furchtloser Mann und nahm seine alten Klagen wieder auf. Beinahe hätte er Unruhe und Krieg über das Land gebracht, wenn nicht Bosambo auf der Hut gewesen wäre. Trotzdem war N'gori selbst ein gutmütiger Mann, und wenn seine Handlungen böse waren, so stand nur sein niederträchtiger Sohn hinter ihm, der ihn dauernd beeinflußte und ihm drohend seine Pläne ins Ohr flüsterte. M'fosa war eine große, düstere Erscheinung, hatte gewöhnlich ein Auge halb geschlossen und lief hinkend durch den Ort. Ein böses Lächeln lag auf seinem Gesicht. Eines Tages kamen Gesandte zu dem Lande der Ochori, die grüne Zweige von Isisipalmen trugen. Das war ein Zeichen friedlicher Absichten. M'fosa war ihr Anführer.

»O mein Herr Bosambo«, sagte der hinkende Mann, »der Häuptling N'gori, mein Vater, sendet mich, und er wünscht deine Freundschaft und Hilfe und bittet dich um deinen liebwerten Besuch zu einem großen Feste.«

»O ko!« sagte Bosambo trocken. »Was für ein herrliches Fest ist denn das?«

»O Herr«, fuhr der andere fort, »es ist kein Königsfest, aber ein großer Freudentanz. Denn unsere Ernten sind gut geraten, und unsere Ziegen haben sich so vermehrt, daß niemand sie zählen kann. Deshalb sagte mein Vater: Gehe hin zu Bosambo, dem Häuptling der Ochori, zu ihm, der einst mein Feind war, jetzt mein lieber Freund ist, und sprich zu ihm also: Komme zu mir in meine Stadt, damit ich dich ehren kann.«

Bosambo dachte lange nach. »Wie kann dein Herr und Vater die vielen Leute speisen, die ich mitbringen werde?« fragte er nachdenklich. »Denn sieh, M'fosa, ich habe tausend mit Speeren bewaffnete Krieger, alles junge Leute, die sehr hungrig sind.«

Man sah das Entsetzen in M'fosas Gesicht. »O Herr Bosambo, wenn du ohne deine Krieger kämest, nur mit deinen Ratgebern...«

Bosambo schaute den anderen mit zusammengekniffenen Augen an. »Zu einem Freudentanz bringe ich meine Krieger mit, sonst würde es weder eine Freude noch ein Tanz für mich sein.«

M'fosa zeigte seine Zähne, und aus seinen Augen leuchtete glühender Haß. Er verließ die Ochoristadt in schlechter Stimmung und war froh, als er wieder aus dem Lande war, denn er hatte verschiedene Ochori gefoltert, nachdem er sie beim unberechtigten Fischen ertappt hatte, und er mußte fürchten, daß sie ihn überfallen würden.

Mehr Glück hatte er bei seinen anderen Einladungen. Hamilton weilte gerade in der Isisistadt, als die Gesandtschaft zu ihm kam.

»Das ist etwas für Sie, Bones«, sagte er.

Leutnant Tibbetts hatte vergeblich einen Tag lang mit Angelruten und Netzen im Strom gefischt und saß nun bequem in seinem Deckstuhl unter dem Sonnendach der Kommandobrücke.

»Würden Sie als Ehrengast zu einem kleinen Erntedankfest N'goris gehen?«

Bones richtete sich in seinem Stuhl auf. »Muß ich dabei eine Rede halten?« fragte er vorsichtig.

»Sie müssen auf den Toast der jungen Damen antworten!« neckte ihn Hamilton. »Nein, mein Lieber, Sie haben nur ruhig zu sitzen und ein recht gescheites Gesicht zu machen.«

Bones dachte eine Weile nach. »Ich wette, Sie schicken mich wieder zu irgendeiner bösen Sache«, erklärte er. »Aber ich will trotzdem gehen.«

»Ich wünschte, Sie würden der Einladung Folge leisten«, sagte Hamilton ernst. »Ich weiß nicht, was ich von den Absichten N'goris denken soll, seit Sie ihn so milde behandelt haben.«

»Wenn Sie die böse Vergangenheit wieder ausgraben, mein Lieber«, erwiderte Bones vorwurfsvoll, »und wieder Vorgänge erwähnen, die vergessen sein sollten, dann gehe ich zu Bett!«

Er stand auf, klemmte das Monokel ins Auge und schaute seinen Vorgesetzten an.

»Setzen Sie sich einmal her und seien Sie still«, sagte Hamilton bestimmt. »Ich will Sie nicht tadeln, und ich will auch N'gori nicht tadeln. M'fosa ist sein Sohn. Hören Sie zu.« Er winkte die drei Leute herbei, die von den Akasava gesandt waren und die Einladung brachten.

»Sagt noch einmal, was euer Herr wünscht!«

»So sagte N'gori, und ich spreche mit seiner Stimme: Lasse den Teufelsbaum, den Sandi in unserem Orte aufgerichtet hat, umlegen, denn er beschämt uns und M'fosa, den Sohn unseres Häuptlings.«

»Wie kann ich das tun?« fragte Hamilton. »Ich, der ich doch nur Sandis Diener bin? Ich erinnere mich sehr wohl, daß er den Mast aufgepflanzt hat, um einen großen Zauber zu vollführen.«

»Nun ist der Zauber vollendet«, sagte der Sprecher der Gesandtschaft düster. »Denn niemand unseres Stammes ist des Todes gestorben, seit Sandi ihn aufgerichtet hat.«

»Da habt ihr verdammtes Glück gehabt«, murmelte Bones. »Gehe zu deinem Herrn zurück und bringe ihm diese Botschaft von Militini: Mein Herr Tibbetti wird zu deinem Feste kommen, und du sollst ihm Ehre erweisen. Was aber den Fetischmast angeht, so wird er so lange stehen, bis Sandi sagt, daß er weg soll. Das Palaver ist aus.«

Als sich die Gesandtschaft entfernt hatte, ging Hamilton auf dem Deck auf und ab, die Hand auf dem Rücken, die Stirn in tiefen Falten. »Viermal haben sie mich nun schon aufgefordert, den Mast umzulegen«, sagte er laut und belustigt. »Ich möchte nur wissen, warum.«

»Warum?« fragte Bones. »Der Grund, mein lieber, wenig begabter Freund? Das ist doch so klar wie Ihre alte Nase – sie wollen ihn einfach nicht haben!«

Hamilton sah ihn an. »Was für einen großartigen Verstand müssen Sie haben, Bones«, sagte er dann voll Bewunderung. »Ich frage mich öfter, warum Sie ihn nicht anwenden.«

## 2

Mitten im Walde steht ein blühender Baum, der wunderbare Kräfte hat. Im Lande ist er weit und breit unter dem Namen »Der Baum, der kein Echo hat und den Schall auffrißt« bekannt. Die Leute glauben, daß man sich an alles erinnern kann, was unter seinen verborgenen Zweigen und Ästen gesprochen wird, daß man es aber nicht wiederholen darf. Und wenn jemand unter seinem tödlichen Schatten ruft, vernehmen selbst die nichts davon, die nicht weiter als einen Schritt von dem äußersten Zweige oder Blatt entfernt stehen.

Deshalb werden unter dem schweigenden Baum gern heimliche Palaver abgehalten, wie N'gori und sein hinkender Sohn es beabsichtigten und wie sie die kleineren Isisi fürchteten.

Man nahm an, daß N'gori eine führende Rolle bei den Verhandlungen spielte, die auf die Zusammenkunft folgten, aber in Wirklichkeit war er der furchtsamste von allen, die im Schatten der ungeheuren Zeder saßen.

Er hatte Bedenken, Vorurteile, Zweifel und riet von allem ab, bis sein Sohn sich nach ihm umwandte und ihn in übelster Laune angrinste.

»O mein Vater«, sagte er sanft, »am Strom sagt man, daß Leute, die schnell sterben, mit ihrem letzten Atemzug nicht mehr sagen als ›Warte!‹. Nun sage ich dir, daß die jungen Leute, die sich geheim mit mir verschworen haben, dich niedermetzeln wollen, aber sie schonen dich, weil ich wie ein Gott zu ihnen bin.«

»Mein Sohn«, sagte N'gori unbehaglich, »das ist ein sehr bedeutendes Palaver; denn viele Häuptlinge haben sich gegen die Regierung erhoben, und immer ist Sandi mit seinen Soldaten gekommen. Dann gab es Rücken, die sich vor Schmerz krümmten und nicht heilten, bevor ein Monat um war, und Hälse, die nur so lange traurig waren« – er schnippte mit dem Finger –, »dann waren sie nicht mehr traurig.«

»Sandi ist fortgegangen«, sagte M'fosa.

»Aber sein Fetischmast steht noch«, sagte der alte Mann hartnäckig. »Alle Tage und Nächte beobachtet uns sein furchtbarer Geist, denn wir haben alle gesehen, daß die starken Blitze M'shimba-M'shambas in diesen Mast einschlugen und ihm nichts zuleide taten. Auch haben Militini und Mond im Auge...«

»Diese Narren!« fiel ein Ratgeber ein.

»Der Herr Militini ist kein Narr, das weiß ich«, widersprach ein anderer.

»Tibbetti kommt zu uns und bringt keine Soldaten mit sich. Nun sage ich dir: Sandis Fetisch ist tot, denn Sandi ist von uns gegangen. Das aber ist das Zeichen, das ich wünsche – ich und meine jungen Männer. Wir wollen ein Mordpalaver machen im Angesicht des Fetischmastes, und wenn Sandi lebt und uns nicht belogen hat, so soll er vom andern Ende der Welt kommen, wie er gesagt hat.«

M'fosa erhob sich. Nun wußte man zweifellos, wer die Akasava regierte.

»Das Palaver ist aus«, sagte M'fosa und ging zur Stadt zurück. Sein Vater folgte ihm demütig.

Zwei Tage später kam Bones in der Akasavastadt an und hatte keinen anderen Schutz bei sich als einen Haussa-Soldaten, der seine Ordonnanz war.

## 3

An einem Septemberabend war Distriktsgouverneur Sanders Gast des Staatssekretärs Lord Castleberry auf dessen Landsitz.

Sanders bewegte sich nicht gern in Gesellschaft. Er war es weder von Jugend an gewöhnt, noch hatte er Neigung dazu. Lieber wäre er sorglos durch die hellerleuchteten Straßen Londons gewandert. Aber er mußte dieser Verpflichtung nachkommen. In gewissem Sinn war er, wenn auch gegen seinen Willen, ein Löwe der Gesellschaft. Sein Name war allgemein bekannt, und die Zeitungen schrieben von seinem Charakter, seinen Ansichten und Aussprüchen. Zu seinem eigenen Erstaunen hatte er sogar einen Vortrag vor den Mitgliedern der Ethnographischen Gesellschaft über die Sagen der Eingeborenen gehalten und war aus der Diskussion glänzend hervorgegangen. Die Gäste des Lord Castleberry fanden, daß Sanders zurückhaltend und schweigsam sei. Man konnte ihn nicht bewegen, über das Land zu sprechen, das er so liebte. Man hätte ihn für einen langweiligen Menschen halten können, da er sich aber so vollständig im Hintergrund hielt, war es nicht möglich, sich ein abschließendes Urteil über ihn zu bilden.

Am zweiten Abend seines Besuches waren alle im Billardzimmer versammelt. Die schöne Tochter Lord Castleberrys hatte – bildlich gesprochen – mit der Kühnheit der Jugend Sanders in eine Ecke getrieben, aus der es kein Entrinnen gab.

»Wir sind sehr geduldig gewesen, Mr. Sanders!« sagte sie schmollend. »Wir möchten doch so gerne etwas von Ihrem wunderbaren Land hören – besonders von Bosambo, von Fetischen und anderen Dingen. Aber Sie haben uns noch nicht ein Wort davon erzählt.«

»Es ist wenig darüber zu sagen«, lächelte er. »Vielleicht – wollen Sie etwas über Fetische hören?«

Alle bejahten. Sanders hatte seit seinen Erfahrungen in der Ethnographischen Gesellschaft genug Mut und begann seinen Vortrag.

»Warten Sie einen Augenblick«, sagte Lady Betty. »Wir wollen alle diese brennenden Lichter ausmachen, um unserer Phantasie freien Spielraum zu geben.«

Ein kurzes Knipsen, und der Saal lag im Dunkeln. Nur ein Wandarm über Sanders brannte.

Sanders war der jungen Dame sehr dankbar. Die ganze Gesellschaft setzte sich im Kreis um ihn herum auf Sessel, Sofas, Stühle und Bänke und lauschte gespannt.

Er erzählte seltsame, kaum glaubliche Geschichten von Geisterpalavern, merkwürdigen Gebräuchen und geheimnisvollen Botschaften, die durch das große Gebiet und die unheimlichen Urwälder zu ihm gelangten.

»Nun etwas von Fetischen!« bat das Mädchen.

Sanders lächelte. Vor seinen Augen sah er die Eingeborenen im Schweiß ihres Angesichts müde einen Baumriesen durch den dichten Wald schleppen. Nur langsam kamen sie Schritt für Schritt vorwärts.

Und er erzählte ihnen die Geschichte von dem Fetischmast in der Stadt der Akasava.

»Und ich sagte«, schloß er seinen Bericht, »daß ich vom äußersten Ende der Welt kommen würde...«

Plötzlich hörte er auf zu sprechen und starrte vor sich hin. In dem schwachen Licht sah es aus, als ob er zu Stein geworden wäre.

»Was ist geschehen?«

Lord Castleberry sprang auf, jemand drehte das Licht an. Aber Sanders merkte es nicht. Sein Blick war auf das Ende des Raumes gerichtet, und seine Gesichtszüge waren hart und konzentriert.

»O M'fosa!« rief er. »Du Hund!«

Sie hörten die kurzen abgerissenen Worte der Bomongosprache und verwunderten sich sehr.

## 4

Leutnant Tibbetts leistete keinen Widerstand mehr. Seine Lippen bluteten, seine Uniform war vollständig zerrissen, und er hatte keinen Helm mehr, als sie ihn an den hohen, glatten Fetischmast banden. Dicht vor seinen Füßen lag der tote Haussa-Soldat, den er zu seinem Schutz mitgenommen hatte. M'fosa hatte ihn von hinten mit dem Speer durchbohrt.

In einem großen Kreise saßen die Eingeborenen. Das flackernde Feuer, das in der Mitte brannte, beleuchtete ihre Gesichter. Interessiert blickten die Akasava auf das Schauspiel, das sich ihnen hier bot.

Der Häuptling N'gori saß steif vor Schrecken mit zusammengezogenen Augenbrauen und hielt seine zitternden Hände an den Mund. Man sah ihm an, daß er sich fürchtete. Er war nur noch Zuschauer, denn sein mächtiger Sohn hinkte von einer Seite zur anderen und fragte seine Ratgeber.

Die Leute, die Bones gebunden hatten, traten beiseite, da sie ihre Arbeit vollendet hatten. M'fosa kam mitten durch den Kreis geschritten und stellte sich dicht vor seinen Gefangenen.

»Nun, der Fetischmast, den Sandi aufgerichtet hat, ist wohl ein wenig hart?« fragte er höhnisch.

»Du bist ein gemeiner Schuft!« sagte Bones, der in seiner Wut englisch sprach. »Du bist ein abscheulicher Hund!«

»Was sagt er?« fragten sie M'fosa.

»Er spricht zu seinen Göttern in seiner Muttersprache«, antwortete der Lahme. »Er hat große Furcht!«

»Höre mich!« sagte Bones in fließendem Bomongo. Seine Stimme klang hart und schneidend, denn er gebrauchte den Fischerdialekt, den er besser kannte als die wohltönende Sprache, die am oberen Fluß gebraucht wird. »Höre mich, du Fischesser, du lahmer Hund, du namenloses Kind eines Affen!«

M'fosa verzog den Mund vor Ärger und Wut. »O Herr«, sagte er sanft, »du sollst jetzt nichts mehr sprechen, denn ich werde dir die Zunge herausschneiden, damit du nicht mehr reden kannst ... später will ich dich dann mit dem Fetischmast zusammen verbrennen, so daß ihr beide zusammen umstürzt.«

»Sicher wirst du in die Hölle fahren, und zwar sehr bald, denn du hast Sandis Ju-Ju beleidigt, der große und fürchterliche Macht besitzt!«

Wenn er nur Zeit gewinnen könnte, damit Hamilton diese unglaubliche Nachricht erhalten könnte. Der ahnungslose Offizier schlief zu dieser Zeit zwanzig Meilen stromab, ohne das geringste von dem gemeinen Verrat an seinem Untergebenen zu ahnen. Er wußte auch nicht, daß eine Kanuflotte der Akasava den Fluß herunterkam, um ihn auf seinem kleinen Dampfer zu überfallen.

Vielleicht erriet M'fosa die Gedanken Bones'.

»Du stirbst allein, Tibbetti!« sagte er. »Es war eigentlich mein Plan, daß du einen großen Tod sterben solltest, mit Bosambo an deiner Seite. Was aber den Ju-Ju angeht, so magst du Sandi rufen, solange du noch eine Zunge hast!«

Er zog sein kurzes N'gombimesser aus seiner ungegerbten Lederscheide, die an seinem bloßen Bein befestigt war, und strich damit langsam über die innere Handfläche.

»Rufe Sandi, rufe ihn jetzt, du Mann mit dem Mond im Auge!« höhnte er.

Bones sah das Schreckliche kommen und nahm allen Mut zusammen, um es mannhaft zu ertragen.

»O Sandi!« rief M'fosa. »Errichter des großen Ju-Ju, komm schnell herbei!«

»O M'fosa, du Hund!«

M'fosa wandte sich schnell um, das Messer entfiel seiner Hand. Er erkannte die Stimme und war gelähmt. Ein halbes Dutzend Schritte von ihm entfernt stand Sandi vor ihm.

Ein Sandi in merkwürdiger schwarzer Kleidung, mit einer großen weißen Brust ... aber ein Sandi mit harten, durchbohrenden Blicken.

»O Herr, o Herr!« stammelte M'fosa und hielt die Hände vor

die Augen.

Als er wieder hinschaute, war die Gestalt verschwunden. »Zauber!« murmelte er und taumelte vor Schrecken vorwärts. Er wagte nicht, sein Werk zu vollenden.

Dann teilte sich die Menge, und ein schlanker Mann schritt durch die Gasse.

Ein Gewand aus Affenschwänzen bedeckte seine breiten Schultern, und seine linke Hand war hinter einem großen Schild verborgen.

In der Rechten hielt er einen dünnen, biegsamen Wurfspeer.

»Ich bin Bosambo von den Ochori«, sagte er selbstbewußt.

Aber das war nicht nötig, denn alle kannten ihn. »Du sandtest nach mir, und ich bin gekommen – mit tausend Kriegern.«

M'fosa blinzelte ihn an, aber er sagte nichts.

»Auf dem Fluß«, fuhr Bosambo fort, »traf ich viele Kanus, die zu einem mörderischen Überfall fuhren – sieh her!« Er warf den Kopf des Unterführers der Akasava, der den Überfall auf Hamilton befehligte, vor M'fosas Füße.

Einen Augenblick starrte M'fosa auf das Gräßliche, dann wandte er sich um und sprang auf. Bosambos Speer traf ihn in der Luft.

»Guter, alter Bosambo!« murmelte Bones, dann schwanden ihm die Sinne.

Viertausend Meilen davon entfernt entschuldigte sich Sanders vor einer erstaunten Gesellschaft.

»Ich hätte schwören können, daß ich eine Vision hatte«, sagte er.

An diesem Abend erzählte er keine Geschichte mehr.

## *Die Grenze und der Code*

Um diese Geschichte zu verstehen, muß man wissen, daß an einer Stelle der Ochorigrenze schmale Zungen des französischen und belgischen Kolonialgebietes wie Segmente eines Halbkreises vorstoßen. Ob sich nun das belgische Gebiet auch noch auf das andere Ufer des N'glili-Flusses ausdehnt, so daß es die Gestalt eines großen Bogens hat, dessen Sehne durch den Fluß gebildet wird, war eine strittige Frage. In Downing Street war man jedenfalls der Ansicht, daß das Gebiet bis zum Fluß englisch sei und daß das »Blutfeld«, wie man es nannte, unter dem Schutz der englischen Flagge stehe.

Als aber Downing Street jenes hitzige Telegramm mit dem Codewort »Banquo« an Hamilton schickte, konnte dieser dem Befehl, der darin lag, nicht nachkommen. Die Gründe hierfür sollen in dieser Geschichte erzählt werden. Der Code ist aber inzwischen vollständig geändert worden, wofür hauptsächlich Leutnant Tibbetts verantwortlich ist.

Hamilton schrieb in einer düsteren Stimmung einen Brief an Bones, der es wert ist, daß man ihn in seiner ganzen Länge wiedergibt.

Daß Bones nur einen Steinwurf weit von Captain Hamilton wohnte und sie sich jeden Tag bei allen Mahlzeiten am gemeinsamen Tisch sahen, erhöhte nur die Schwere des Mißverständnisses. Der Brief lautete:

»In der Residenz, am 24. September.

Von dem kommandierenden Offizier der Haussa-Abteilung in der Residenz an den kommandierenden Offizier der Haussa-Kompanie.

Mein Herr,

ich habe die Ehre, Sie auf den Abschnitt der Dienstvorschriften hinzuweisen, in dem festgehalten ist, daß ein Offizier seine ganze Aufmerksamkeit auf die Ausführung der gesetzlichen

Befehle seines Vorgesetzten zu richten hat.

Ich hatte leider neulich die Gelegenheit, Sie wegen Ihrer sonderbaren Neigung zu verwarnen, Eigentum des Kriegsministeriums und königlicher Soldaten für Ihre eigenen Zwecke zu benützen. Ich bemerke ausdrücklich, daß ein solches Verhalten Ihrerseits gegen die Disziplin verstößt und dem Geist und Sinn der Bestimmung direkt zuwiderläuft. Ganz besonders möchte ich feststellen, daß die private Benützung von Telegrafenlinien der Regierung zwecks Beschaffung von Informationen über Ihre Wetten und Hazardspiele unstatthaft ist. Alle diese Angelegenheiten haben sich bis zu einem solchen Grade zugespitzt, daß ich Ihnen dringend raten möchte, in Zukunft jedes Überschreiten der Vorschriften zu vermeiden.

Ich habe die Ehre usw. usw.

P. G. Hamilton, Captain.«

Wenn zwei Weiße auf einem einsamen Posten zusammen leben und es Hunderte von Meilen weit keine andere Ansiedlung von Weißen gibt, so hassen sie sich, oder sie dulden einander. Wenn aber zwei Leute, die den gleichen Dienst haben, unter solchen Umständen harmonieren, so ist es eine sehr große Ausnahme.

Leutnant Tibbetts erhielt diesen Brief, als er gerade beim Rasieren war. Unverzüglich lief er in seinem Pyjama, den Helm auf dem Kopf, über den Exerzierplatz. Mit ein paar großen Sätzen sprang er die Treppe hinauf und klapperte mit seinen Pantoffeln über die breite Veranda. So platzte er in das Schlafzimmer seines Vorgesetzten und unterbrach den gestrengen Captain Hamilton bei seinem ersten Morgenimbiß.

»Sagen Sie, alter Sportsmann«, sagte Bones beleidigt, indem er mit dem Rasierpinsel in der einen Hand heftig gestikulierte, »was hat dies zu bedeuten?«

In der anderen Hand hielt er den zerknitterten Brief.

»Leutnant Tibbetts«, sagte Hamilton ernst, »haben Sie denn gar kein Anstandsgefühl?«

»Anstandsgefühl, mein Lieber!« wiederholte Bones. »Ich bestehe überhaupt nur daraus. Deshalb bin ich ja hergekommen!«

Bones bot in dieser frühen Morgenstunde einen schreckenerregenden Anblick mit seiner offenen Pyjamajacke, die seinen mageren Hals entblößte. Mit schiefgezogenem Mund starrte er seinen Vorgesetzten aus großen Augen an. Seine Locken hingen unordentlich durcheinander, auf seinen Wangen zeigten sich rote Flekken.

Hamilton schaute ihn an. Aber Bones ließ sich durch eine Kleinigkeit wie einen eisigen Blick nicht aus der Fassung bringen.

»Es ist gar kein Grund vorhanden, Ihre böse Laune an mir auszulassen, alter Ham«, sagte er und ließ sich in den nächsten Sessel fallen. »Ich nenne so etwas nur einen dummen, offiziellen, unnötigen Brief. Wozu diese Aufgeblasenheit? Warum diese vernichtenden Anklagen? Diese beispiellose Unhöflichkeit gegen den armen, alten Bones?«

»Sie bringen zuviel Zeit in der Telegrafenstation zu!« erwiderte Hamilton, der die Situation erfaßte.

Bones richtete sich langsam auf. »Captain Hamilton – Sir!« sagte er vorwurfsvoll. »Das sagen Sie mir – nach allem, was ich für Sie getan habe?«

»Abgesehen davon, daß Sie mir eins Ihrer gräßlichen Rennlose für fünf Shilling angedreht haben«, gab Hamilton unwillig zurück, »das bestimmt eine Niete sein wird, weiß ich nicht, in welcher Weise Sie mir geholfen haben. Aber nun hören Sie, Sie müssen Ihrem Dienst mehr Aufmerksamkeit schenken. Es ist jetzt keine Zeit, die Hände in den Schoß zu legen; Sanders wird zurück sein, ehe wir wissen, wo wir sind. Und wenn er erst hier alles revidiert, werden wir eine Masse Unannehmlichkeiten haben. Außerdem scheinen Sie sich gern vom Dienst zu drücken!«

»Ich!« keuchte Bones vor Wut. »Ich – mich vom Dienst drükken? Sie wissen nicht, was Sie sagen, Sir!«

Aber man konnte Bones nicht ernst nehmen, mit einem Rasierpinsel in der Hand und mit einer halbrasierten Wange, die die übergroße Eile bewies, in der er hergekommen war.

»Ich möchte nur feststellen, daß ich während der Zeit, in der ich die Ehre hatte, unter Ihrem Kommando zu dienen, wahrscheinlich mehr Palaver von recht unangenehmem Charakter geregelt habe als ein durchschnittlicher Distriktsgouverneur im Laufe eines Jahres!«

»Da Sie gewöhnlich selbst die Ursache für diese Palaver waren«, sagte Hamilton unfreundlich, »so streite ich dies auch gar nicht ab. Mit anderen Worten: Sie haben sich selbst all die Unannehmlichkeiten zugezogen und mußten eben sehen, auch selbst wieder herauszukommen.«

»Es hat gar keinen Zweck, noch an Ihr besseres Selbst zu appellieren!«

Bones salutierte mit der Hand, in der er den Rasierpinsel hielt, ging steif hinaus und schritt über die Matte nach seinem Quartier zurück, in all der Würde, die man entwickeln kann, wenn man einen rosagestreiften Pyjama und einen Tropenhelm trägt. Auf halbem Wege erinnerte er sich aber an etwas, kam eilig wieder zu Hamiltons Zimmer und trat ohne alle Formalitäten ein.

»Ich habe noch etwas vergessen«, sagte er, »betreffend diese Rennlose. Es ist ja möglich, daß ich bei einer der nächsten Expeditionen in das Innere meinen Tod finde. Deshalb möchte ich Ihnen jetzt schon sagen, daß Sie der Erbe meiner ganzen beweglichen Habe sind. Außerdem möchte ich noch eins hinzufügen, Sir.« Er stand schon in der Türe und hielt sich mit einer Hand am Pfosten fest, um sofort eine strategische Rückzugsbewegung ausführen zu können und außer Schußweite zu kommen. »Ich vergebe Ihnen mit diesem Legat alles, was Sie mir angetan haben, auch daß Sie mein Leben hier so vergifteten. Guten Morgen, Sir!«

Um Mittag fand eine Besichtigung der Haussa statt. Bones schritt quer über den Exerzierplatz, klappte die Hacken zusammen und meldete die volle Stärke seiner Kompanie. Hamilton hatte ihn seit dem Morgen nicht wieder gesehen, und als der Dienst zu Ende war, ging Bones sofort wieder steif zu seinem Quartier.

Er war gekränkt.

Er fühlte sich beleidigt, daß man ihm gesagt hatte, er drücke sich vom Dienst, denn in diesem Punkt war er besonders empfindlich. Zwei Wochen lang hatte er seine Kompanie rücksichtslos gedrillt, da er einen Zug ins Innere erwartete. Vierzehn Tage lang hatte er bei jedem Wetter wie ein Eingeborener im Walde gearbeitet, hatte Scheingefechte mit Platzpatronen ausgeführt und Angriffe auf Scheinstellungen gemacht, Barrikaden gebaut – und nun mußte er sich am Ende noch sagen lassen, daß er sich vom Dienst drücke!

Sicherlich war er öfter zur Residenz gekommen, als es nötig war, denn er interessierte sich besonders dafür, ob eins seiner Rennlose gewonnen hatte. Unter Umständen hätte er bei einigem Glück ein großes Vermögen dadurch machen können.

Beim Mittagessen war Hamilton sehr liebenswürdig zu ihm, auch beim Abendbrot redete er ihm freundlich zu und meinte es auch wirklich aufrichtig.

Hamilton war in nicht geringen Schwierigkeiten. Das französisch-belgische Gebiet an der Ochorigrenze machte ihm große Sorge, denn alle schlechten Elemente dieser Gegenden fanden dort einen Schlupfwinkel. Leute, die ihre Steuern nicht bezahlten, Mörder, Verbrecher aller Art, die Hefe aller Stämme und Nationen zogen zu dem Land der drei Hügel jenseits von Bosambos Gebiet.

In letzter Zeit waren die Ansammlungen dort besonders stark geworden. Es wurde berichtet, daß eine zahlreiche Schar von aufrührerischen Eingeborenen einen Tagesmarsch weit von der Ochorigrenze lagerte. Hamilton war davon unterrichtet. Auch früher war das schon vorgekommen, man hatte viele vergebliche Züge ins Ochoriland unternommen.

Eilmärsche durch wenig bekanntes Gebiet und das lange, ermüdende Warten auf einen Feind, der die Grenzen überschreiten sollte und dann doch nicht kam, hatten die Befürchtungen bis zu einem gewissen Grad eingeschläfert. Man mußte es eben darauf ankommen lassen. Der Gouverneur warnte Hamilton von Zeit zu Zeit und bat ihn, alle möglichen Vorbereitungen zu treffen. Sanders hatte immer geantwortet, daß die Lage an der Ochorigrenze stets aufmerksam von ihm beobachtet werde.

»Welche Gründe liegen denn jetzt wieder zur Beunruhigung vor?« fragte Bones bei Tisch.

Hamilton schüttelte den Kopf.

»Sanders' Name wirkte wie ein Zauber.«

Bones' Lippen zogen sich zusammen.

»Mein Lieber«, sagte er, »auch mein Name wirkt mit fast übernatürlicher Gewalt.«

»Ich habe bis jetzt noch nichts davon bemerkt.«

»Ich werde schrecklich populär«, sagte Bones selbstbewußt. »Als ich das letztemal am oberen Lauf des Stromes war, kam Bosambo zehn Meilen weit herbei, um mich zu treffen und einen Tag mit mir zuzubringen.«

»Vermissen Sie nichts?« fragte Hamilton.

Bones dachte nach. »Doch«, gab er langsam zu. »Ich habe eine Menge Sachen verloren – aber der liebe, alte Bosambo würde mir doch das nicht antun – ich kenne ihn!«

»Wenn alles so klar wäre wie das! Sie haben Bosambo noch lange nicht durchschaut!«

Am nächsten Morgen wurde Hamilton um drei Uhr durch den Telegrafenbeamten geweckt. Es war ein Codetelegramm vom Hauptquartier angekommen. Noch halb im Schlaf ging er in Sanders' Büro, um es zu übersetzen.

»Hoffe, daß Sie die Ochorigrenze streng bewachen. Nachrichten von der französischen Regierung, daß die Überschreitung durch Banden unmittelbar bevorsteht.«

Hamilton zog die Moskitoschuhe über, schlüpfte schnell in einen Rock und ging zum Quartier des Leutnant Tibbetts hinüber.

Bones bewohnte eine große Hütte am Ende der Mannschaftslager. Hamilton leuchtete ihm mit seiner elektrischen Taschenlampe ins Gesicht.

»Hallo, ich habe ein Telegramm bekommen!«

Bones sprang mit beiden Beinen zugleich aus dem Bett und war sofort munter. »Ich wußte doch, daß eins meiner Pferde gewinnen würde«, brüllte er vor Vergnügen. »Ich hab' es auch geträumt...«

»Nehmen Sie sich zusammen, Sie leichtsinniges Huhn!«

Mit diesen Worten überreichte ihm Hamilton das Telegramm.

Bones las es sorgsam und wollte dem Text eine Bedeutung beilegen, die er gar nicht hatte. »Was werden Sie nun machen?« fragte er schließlich.

»Es ist nur eins zu tun«, sagte Hamilton. »Wir müssen mit allen Mannschaften, die wir nur irgendwie entbehren können, bei Tagesanbruch nach Norden aufbrechen.«

»Das haben Sie gesagt wie der gute, alte Hannibal«, rief Bones herzlich und klopfte Hamilton auf den Rücken.

Ein schrilles Trompetensignal weckte die schlafenden Soldaten. Hamilton ging zu seinem Quartier zurück, um Vorbereitungen für die Fahrt zu treffen. Beim ersten Morgenschimmer sandte er drei Tauben an Bosambo mit einer kurzen, inhaltsschweren Nachricht.

»Besetze mit all deinen Kriegern die Grenze von Frenchiland. Ich komme mit meinen Soldaten nach, um dir zu helfen. Du haftest mit deinem Kopf dafür, daß kein Fremder ins Land kommt.«

Als die aufgehende Sonne die Kronen der Palmen vergoldete und das Zwitschern der Vögel die Morgenluft erfüllte, begann die »Zaire« ihre lange Reise nach Norden. Alle Soldaten waren an Bord.

Kurz bevor der Dampfer auslief, bekam Hamilton noch ein weiteres Telegramm vom Gouverneur. Da es in offener Sprache gegeben war, zeugte es von der außerordentlichen Eile, in der Sir Robert Sanleigh es abgesandt hatte.

»Vertraulich. Angelegenheit an Ochorigrenze sehr heikel. Treffen Sie Vorkehrungen, immer mit mir in Fühlung zu bleiben.«

Einen Augenblick erwog Hamilton die Möglichkeit, Bones als Verbindungsoffizier in der Residenz zurückzulassen, um die Nachrichten nach oben weiterzubefördern. Aber nach kurzer Überlegung sah er die Nutzlosigkeit seines Planes ein. Er brauchte jede nur mögliche Hilfe, und wenn Bones auch seine Schattenseiten hatte, war er doch ein ausgezeichneter Soldat und ein treuer, braver Kamerad.

Es mochte notwendig sein, daß er seine Streitkräfte teilen mußte. In diesem Fall konnte er Leutnant Tibbetts überhaupt nicht entbehren. Aber unnötigerweise mußte er Bones noch eine Erklärung geben.

»Ich glaube, es ist viel besser, daß ich Sie im Auge behalte – dann weiß ich wenigstens, was Sie tun!«

»Sir«, sagte Bones sehr ernst, »es kommt nicht so sehr darauf an, was ich tue, als, was ich denke. Wenn Sie nur meinen Verstand an der Arbeit sehen könnten –«

Hamilton lachte laut auf.

Mindestens drei Tage lang waren die Beziehungen zwischen den beiden Offizieren gespannt. Bones gab in regelmäßigen Zwischenräumen selbst zu, daß er übertrieben empfindlich sei, und hatte dies Hamilton auch schon zu verschiedenen Malen erklärt. Törichterweise nahm der Captain aber keine Rücksicht darauf.

Die meiste Zeit stand Hamilton auf der Kommandobrücke und kümmerte sich um die Steuerung, denn er kannte den Strom sehr gut. Bones aber saß in seiner Kabine, die man auf dem hinteren Teil des Schiffes für ihn zurechtgemacht hatte, und legte Patience. Durch lange Übung hatte er es darin zu bewundernswürdiger Fertigkeit gebracht. Als sie zur Ochoristadt kamen, fanden sie die Ortschaft verlassen, nur eine starke Wache war zurückgeblieben. Bosambo war schon am vorhergehenden Tage mit seinen Kriegern abmarschiert, nachdem er den Kriegsruf durch sein ganzes Land hatte erschallen lassen.

Er war mit tausend Kriegern aufgebrochen, aber seine Streitkräfte wuchsen lawinenartig an, als er durch das Land zog. Die große Straße, die Notiki, der Häuptling des Nordens, zur Strafe hatte anlegen müssen, gewann allmählich Gestalt, und Bosambo kam daher mit unglaublicher Schnelligkeit vorwärts.

Er kam dem Räuberhauptmann aus Angola zuvor, der sich an die Spitze einer Schar von Spitzbuben gestellt hatte, um in ein Land einzudringen, in dem nach seinen Worten Milch und Honig flossen. Auch hatte dieser Mann seinen Leuten erzählt, daß nur furchtsame Männer das Land bewachten und daß es in der Hauptsache von schönen, schlanken Mädchen bewohnt werde. Die Akten geben seinen Namen als Kisini an, in Wirklichkeit stammte er aber aus der Kolonie Angola und hieß Bizaro – ein Name, der portugiesischen Einschlag verriet.

Schon öfter hatten die unruhigen und gesetzlosen Banden in den Wäldern jenseits der Ochorigrenze versucht, in britisches Gebiet einzubrechen. Aber die unbekannten Gefahren und die schrecklichen Gerüchte über einen gewissen weißen Distriktsgouverneur, der die Verbrechen sehr schnell räche und unglaublich viel nachforsche, hatten sie bisher abgeschreckt und zurückgehalten. Aber Jahr für Jahr mehrte sich die Anzahl, und sie schlossen sich zu bewaffneten Banden zusammen, die nur das gemeinsam hatten, daß sie außerhalb des Rechts standen, vor dem sie geflohen waren. Im Süden und im Osten standen starke französische und belgische Streitkräfte bereit, um sofort das Feuer auf sie zu eröffnen, sobald sie nur ihre platten Nasen zeigten.

Es hätte ein Napoleon dazu gehört, all die verschiedenen Gruppen zu vereinen und die Gegensätze zu überbrücken. Aber Bizaro hatte wie viele andere eitle und ehrgeizige Männer versucht, durch große Palaver so etwas wie eine Nation aus diesem Abschaum der Völker zu machen. Wenn ihm auch dieser große Plan nicht gelang, so brachte er doch vier oder fünf Banden zusammen. Diese Nachricht erhielt der französische Gouverneur durch seine Spione und gab sie nach Downing Street weiter. Von dort aus ging sie wieder zurück zur Küste und setzte Hamilton und seine Truppe in Bewegung. Sogar ein Regiment der Königlich Afrikanischen Schützen wurde zur Küste befördert und stand bereit, als Verstärkung der ersten Expedition ins Innere zu marschieren.

Bizaro hielt Heerschau über seine Krieger ab und zog dann fröhlich durch die schattigen Waldwege, auf denen die Sonnenstrahlen spielten. Er hatte sein Gesicht mit roter Farbe beschmiert und wirbelte seinen großen Elefantenspeer zwischen den Fingern. Hinter ihm marschierte seine zusammengewürfelte Kriegerschar.

Er hatte Leute aus Französisch- und aus Belgisch-Kongo, Eingeborene aus Angola und Männer aus dem fernen Barotseland, die auf dem schnellen, gelben Kasaistrom zum Kongo gekommen waren. Auch Jäger aus den fernen Wäldern von Bongindanga, wo das Okapi haust, waren darunter. Jeder einzelne wußte sehr wohl, warum er hier war. Dies waren keine Männer, die nur wegen der Steuer vor der Regierung Bula Matadis* flohen. Fast auf jeden von ihnen war ein Kopfpreis ausgesetzt. Die meisten waren aus den Gefängnissen von Boma, Brazzaville und Equatorville oder dem weiter südlich gelegenen St. Paul de Loanda entsprungen.

Der wichtigste Übergangsplatz war N'glili**. Hier fließt ein kleiner, seichter Fluß, der nicht mehr als zwölf Speerlängen breit ist, von einem Wald in den andern. Zwischen diesen beiden Wäldern liegt eine große Lichtung, die mit dichtem Gras und Sträuchern bestanden ist. Im Frühling sind die Ufer mit weißen Blumen bedeckt, und später blühen auf dem Feld dahinter rote, wilde Anemonen.

Bei den Flüchtlingen hatte sich die Legende gebildet, daß jeder Schutz in der britischen Kolonie finde, der das »Blutfeld« durchquere – so nannten sie den anemonenbedeckten Landstrich –, ohne eine Blume zu knicken.

Als Bizaro nun von weitem des Stromes ansichtig wurde und die beiden großen Bäume sah, die die Furt flankierten, sagte er: »Heute werden wir zwischen den Blumen wandeln.« Und damit bezeichnete er endgültig die Richtung seines Zuges.

»O Herr«, fragte ein furchtsamer Mann, als sie im Anblick des versprochenen Landes haltmachten, »was sollen wir tun, wenn wir in dieses fremde Gebiet kommen?«

»Wir werden alle fremden Männer totschlagen«, erwiderte Bi-

* Wörtlich: Der Streikbrecher. Dies ist der Name, den die Eingeborenen der Regierung des Kongostaates gegeben haben.

** Vermutlich eine Verstümmelung des Wortes »englisch«.

zaro wohlgemut. »Später werden sie uns um Frieden bitten, dann sollen sie uns große Landstriche geben, wo wir Hütten bauen und Korn säen. Sie werden uns Frauen geben, und wir werden in Lust und Freude leben, und ich werde euer Häuptling sein und euch zu einem großen Volke machen.«

Sie hätten an diesem Abend noch den Strom überschreiten können und wären dann in dem neuen Lande gewesen. Aber Bizaro war ein entsprungener Verbrecher und ein träger Mann, und so entschloß er sich, die Nacht an der Stelle zu verbringen, wo er sich gerade aufhielt. Das wurde aber für sein Unternehmen verhängnisvoll. Denn als er früh am nächsten Morgen mit seinen Horden zum N'glilifluß marschierte, fand er das jenseitige Ufer von zweitausend Speerleuten besetzt, die unter dem Befehl eines Häuptlings standen, der sich durch Worte nicht erweichen ließ und eine anmaßende Haltung einnahm.

»O Häuptling«, sagte Bosambo, »heute wirst du nicht durch mein schönes Blumenfeld gehen.«

»O Herr«, erwiderte Bizaro demütig, »wir sind arme Leute und suchen nach einem neuen Land.«

»Das sollst du auch haben«, sagte Bosambo grimmig, »denn ich habe meine Krieger ausgesandt, um große Gruben zu graben, damit du in dem Lande ausruhen kannst, das du begehrst.«

Bizaro war unglücklich über diese Wendung und führte langsam seine sechshundert Speerleute in das Gebiet zurück, von dem er ausgezogen war. Bei seiner Rückkehr zu den verschiedenen Banden fand er, daß er ganz unbewußt sein Ziel, alle Gruppen zu vereinigen, erreicht hatte. Denn die Nachricht, daß eine bewaffnete Macht am N'glilifluß stehe, brachte Schrecken und Verwirrung in die Reihen der Verbrecher. Sie standen nun zwischen zwei Feinden und schlossen sich natürlich dem Gegner an, den sie am meisten fürchteten.

Am vierten Tag nach seinem Gespräch mit Bosambo führte Bizaro fünftausend verzweifelte Männer neuerlich zu der Furt. Es entspann sich eine blutige Schlacht, die fast den ganzen Morgen andauerte und bei Sonnenaufgang wieder auflebte.

Hamilton kam gerade mit seinen Haussas an, als der eine Flügel der Streitkräfte Bosambos zurückgeschlagen wurde und die Abenteurer unter Bizaros Führung das Ochoriufer gewonnen hatten. Hamilton eilte über die Lichtung und stellte seine Leute schnell in Schlachtordnung auf.

Mit dem Säbel in der Hand raste Leutnant Bones seinen Soldaten voraus, die mit blitzenden Bajonetten über das rote Feld stürmten. Nach einem kurzen und ruhmreichen Nahkampf wurden die Eindringlinge zurückgeworfen. Ein Schnellfeuer der Haussas auf die Fliehenden vollendete den Zusammenbruch des Feindes.

»Das wäre erledigt!« sagte Hamilton.

Er schlug sein Lager auf dem Schlachtfeld auf, und die Biwakfeuer seiner Soldaten glühten rot zwischen den blühenden Anemonen.

»Haben Sie mich im Kampf gesehen?« fragte Bones ein wenig selbstbewußt.

»Nein, ich habe keine besonders hervorragende Heldentat auf Ihrer Seite bemerkt.«

»Vermutlich haben Sie nicht gesehen, wie ich mich auf einen großen, ungeschlachten Kongoneger warf«, sagte Bones nachlässig, als er eine Büchse Zunge öffnete, »zwei mit einemmal habe ich niedergestreckt!«

»Was erwarten Sie von mir?« fragte Hamilton unwirsch. »Soll ich vielleicht aufstehen und ein Hoch auf Sie ausbringen – oder soll ich Sie zum Viktoriakreuz oder einer hohen Dekoration vorschlagen?«

Bones spießte mit seiner Gabel langsam ein großes Stück Zunge aus der Büchse, bevor er antwortete. »Um Ihnen die Wahrheit zu sagen«, gab er zu, »ich habe nicht an das Viktoriakreuz gedacht, aber wenn Sie glauben, mich für die Verleihung einer Auszeichnung eingeben zu müssen wegen meines ›Mutes vor dem Feind‹, so lassen Sie Ihre Freundschaft keinen Hinderungsgrund sein!«

»Das werde ich nicht tun!« sagte Hamilton.

Eine kleine Pause entstand. Bones blickte nicht von seiner Beschäftigung auf, die augenblicklich darin bestand, ein großes Biskuit mit Marmelade zu bestreichen. Erst als er damit fertig war, fuhr er fort: »Ich habe einem der Unterhäuptlinge Bosambos das Leben gerettet – er lag auf der Erde, und drei Kerle waren über ihm. Als sie mich aber sahen, ließen sie ihre Speere fallen und flohen.«

»Vermutlich war es Ihre merkwürdig große Nase, die das fertigbrachte«, sagte Hamilton, auf den Bones' Heldentaten wenig Eindruck zu machen schienen.

»Ich stand dort«, sprach Bones weiter und überhörte die wenig schmeichelhafte Bemerkung, »und wartete auf irgendein Ereignis. Ich setzte mich den todbringenden Wurfgeschossen aus, mein Lieber, und leitete kaltblütig den Lauf der Schlacht, wenn ich so sagen darf. Es war eine der tapfersten Taten, die ich jemals sah«, fügte er bescheiden hinzu.

Er machte eine Pause, aber Hamilton hatte gerade ein großes Stück seines Zungenbrotes abgebissen und konnte deshalb nicht antworten.

»Wenn Sie mich in Ihrem Bericht erwähnen wollen«, regte Bones an, »so...«

»Machen Sie sich keine Sorge, das werde ich nicht tun!«

»Aber wenn Sie es doch täten«, bestand Leutnant Tibbetts hartnäckig und balancierte mit seinem dick mit Marmelade bestrichenen Biskuit, »so kann ich Ihnen sagen...«

»Passen Sie auf, die Marmelade läuft Ihnen in den Ärmel«, unterbrach ihn Hamilton. »Und nun seien Sie nett, Bones, und reden Sie nicht mehr davon.«

Bones seufzte.

»Die Sache ist die, Hamilton. Ich habe bis jetzt in der Armee gedient ohne Hoffnung auf eine Belohnung und habe die Ehren verachtet. Aber jetzt stehe ich in dem Alter und habe eine Position im Leben, und ich fühle, daß mir für meine Verdienste eine kleine Anerkennung zusteht als Trost für meine alten Tage.«

»Wie lange haben Sie denn in der Armee gedient?« fragte Hamilton neugierig.

»Achtzehn Monate«, erwiderte Bones, »nächste Woche werden es neunzehn – eine nette, lange Zeit, Sir!«

Hamilton verließ seinen unzufriedenen Untergebenen und machte die Runde um das Lager. Das rote Feld, wie er es nannte, war in Wirklichkeit eine tiefliegende Wiese, die sich steil nach dem Flußufer hin senkte, noch steiler aber auf der anderen Seite nach dem Ochoriwald zu hob. Er hatte einige Erfahrung in der Taktik der Eingeborenen, und obgleich seine Späher berichteten, daß der Feind tatsächlich auf dem Rückzug begriffen sei und der nächste Trupp fünf Meilen entfernt lagere, stellte er doch eine starke Feldwache an der anderen Seite des Flusses auf und zog eine weitere Linie von Wachtposten um das Lager. Den Sergeanten Abibu beauftragte er damit, den kleinen Fluß im Auge zu behalten, der schnell zwischen seinen Ufern dahinfloß. Zwei Tage lang wachte Abibu, aber er hatte nichts Besonderes zu melden.

Die Späher aber, die die Bewegungen Bizaros und seiner übriggebliebenen Leute beobachteten, brachten die Botschaft, daß der Hauptteil seines Heeres auf geheimnisvolle Weise verschwunden sei. Um Hamiltons unsicheres Gefühl noch zu erhöhen, kam über die Residenz und die Ochoristadt eine Nachricht vom Gouverneur zu ihm.

»Machen Sie sich bereit, auf meine erste dringende Botschaft sich auf Ochoristadt zurückzuziehen. Die belgische Regierung reklamiert das ganze Land zwei Meilen südlich vom N'glilifluß als zu ihrem Gebiet gehörig. Sehr heikle Lage. Internationale Komplikationen befürchtet. Ich vertraue Ihrem Taktgefühl. Aber ziehen Sie sich schnell zurück, wenn Sie meine Befehle erhalten.«

»Überlassen Sie das nur mir«, sagte Bones, als Hamilton ihm die Botschaft vorlas. »Habe ich Ihnen schon einmal erzählt, daß ich früher die Absicht hatte, in den diplomatischen Dienst zu treten?«

Die Wahrheit über die Lage an der Ochorigrenze ist niemals ganz preisgegeben worden. Man bedenke, daß drei starke, imperialistische Nationen den Bau einer Eisenbahn quer durch Afrika planten, um die Quellen des Innern zu erschließen. Aber jeder Staat dachte sich diese Eisenbahn natürlich nach seinem System. Einigkeit herrschte nur darüber, daß die Linie die Ochorigrenze berühren müsse. So kann man ungefähr verstehen, warum der Besitz dieses kleinen, nur zwei Meilen breiten Landfetzens von jeder beteiligten Nation mit so großem Nachdruck gefordert wurde.

Als die Nachricht nach Europa kam, daß eine Abteilung britischer Haussa die Ufer des N'gliliflusses besetzt und einer Schar von Verbrechern eine Niederlage zugefügt habe, hätte die zivilisierte Welt Captain Hamilton und seinem tapferen Leutnant eigentlich dankbar sein müssen. Aber die Gefühle wurden doch sehr beeinträchtigt durch die Frage, ob Captain Hamilton und seine Haussa denn überhaupt berechtigt waren, auf das »Rote Feld« vorzustoßen. Der Telegraf spielte zwischen Brüssel und Paris und Paris und London und London und Brüssel und gab in den merkwürdigen Redewendungen der Diplomatie heftige Feststellungen von Ansprüchen kund.

England konnte von seinem Standpunkt, den es einmal eingenommen hatte, nicht abgehen und betonte das sowohl Frankreich wie Belgien gegenüber. Es wurde mitgeteilt, daß man sich auf keinen Kompromiß einlassen würde, aber zu gleicher Zeit gab man heimlich Befehl, die Truppen, die Veranlassung zu diesem ganzen diplomatischen Streit waren, zurückzuziehen. Dieser Befehl wurde aber gleich darauf wieder zurückgenommen, denn die Rede eines zu gesprächigen belgischen Ministers gab dazu Veranlassung. Der Gouverneur der Gebiete erhielt um Mitternacht die offizielle Instruktion: »Teilen Sie Hamilton mit, daß er die Stellung unter allen Umständen halten und die Grenze gegen jedermann verteidigen soll.«

Diese Botschaft wurde weitergegeben.

Nun existiert beim britischen Kolonialdienst und allen Ämtern, die mit ihm in Verbindung stehen, für dringende Notfälle ein Code, der aus den Rollen verschiedener Shakespearescher Dramen zusammengestellt ist.

Ich sage »es existiert«, besser wäre zu sagen, »es existierte«, denn der Code ist inzwischen ja wesentlich geändert worden.

Jeder Beamte des Kolonialdienstes wußte, ohne daß er ein Buch aufzuschlagen brauchte, daß das Wort »Ophelia« bedeutete: »Unruhen bei Eingeborenen werden aus Ihrem Distrikt gemeldet, berichten Sie sofort!« »Polonius« hieß für ihn: »Sofort vorgehen!« »Mercutio« befahl: »Rückzug!« Erhielt er das Wort »Banquo«, so las er darin: »Halten Sie Ihre Position, bis weitere Befehle eintreffen.« Und »Banquo« war auch das Wort, das der Gouverneur durch den Telegrafen weitergab.

Sergeant Abibu hatte sich an den Ufern des N'gliliflusses festgesetzt und nicht bemerkt, daß der Fluß an Stärke nachließ und seine Tiefe änderte. Es wäre gut gewesen, wenn er sich darum gekümmert hätte.

Bizaro, der zehn Meilen weiter westlich im Wald lagerte und der die Taktik der Eingeborenen anwandte, fand, daß es unnötig war, den Fluß in ein ganz neues Bett zu leiten.

Die Natur kam ihm in wundervoller Weise zu Hilfe. Er war dem Fluß durch den Wald gefolgt, bis er eine Stelle erreichte, wo er eine Viertelmeile breit war.

Hier fand er überdies einen Damm, den hundert Mann in einem Tag durchstechen konnten, selbst wenn sie sich bei ihrer Arbeit nicht sehr anstrengten.

Bizaro war kein Ingenieur, aber er hatte den Instinkt der eingeborenen Waldbewohner für die Höhe des Wasserstandes und alles, was damit zusammenhängt. Wenn er diesen Damm durchstach, wurde das »Rote Feld« vollständig unter Wasser gesetzt.

»Wir wollen die Hunde ertränken«, sagte er zu seinen Unterhäuptlingen, »und nachher werden wir in das Land gehen und es uns nehmen.«

Hamilton sah diese Gefahr voraus. An den Anzeichen des Bodens erkannte er, daß die große Talsenke schon öfter überschwemmt worden war. Aber seit der letzten Überflutung waren anscheinend schon viele Jahre vergangen. Er konnte jedoch die Stellung, die er eingenommen hatte, nicht aufgeben, ohne seinen Vorgesetzten zu enttäuschen. Auch andere Gründe sprachen dagegen.

Bosambo erklärte ihm ganz offen, daß er dafür sei, sich wieder nach der Ochoristadt zurückzuziehen.

»Warum, o Herr, sitzen wir hier«, fragte er, »und schauen auf das Wasser dieses kleinen Stromes, in dem es keine Fische gibt, und auf das große, häßliche Land, wenn doch meine schöne Stadt da ist, wo ich dich, o Herr, empfangen kann? Wir wollen große Tänze und Feste dort abhalten.«

»Eine hervorragende Idee«, murmelte Bones.

»Ich warte auf ein Buch«, sagte Hamilton kurz. »Wenn du gehen willst, kannst du deine Krieger nehmen und mich verlassen.«

»O Herr«, sagte Bosambo, »du bringst mich in Schande.« Man sah ihm an, daß er sich selbst Vorwürfe machte.

»Ich bin sehr erstaunt über Sie, Hamilton«, murmelte Bones.

»Behalten Sie Ihre teuflischen Bemerkungen für sich. Ich sagte Ihnen doch, daß ich auf neue Befehle warten muß.«

Den Rest des Abends war er schweigsam. Er saß in seinem Kanevasstuhl, um die Nacht im Halbschlaf zuzubringen, als ein mit Staub bedeckter Bote aus der Ochoristadt kam und ihm ein Telegramm brachte, das nur ein Wort enthielt.

Hamilton las es und wußte nicht, was er dazu sagen sollte. »Was mag das wieder bedeuten?«

Das Wort war jedoch vollkommen klar und eindeutig. Ein Trompetensignal rief die Haussa in Reih und Glied, und die Trommeln versammelten die Krieger Bosambos.

Eine halbe Stunde nach dem Empfang des Telegramms befand sich die ganze Kolonne auf dem Rückmarsch.

Sie durchkreuzten die große Wiese in der Dunkelheit und kletterten an den Abhängen des Waldes in die Höhe, als sie plötzlich ein starkes Brausen hörten, das näher und näher kam.

Der Himmel war klar, und ein schneller Blick sagte Hamilton, daß kein Sturm zu fürchten war. Plötzlich wußte er, was ihnen bevorstand.

»Laufschritt, marsch, marsch!« rief er seiner Truppe zu.

Nackte Ochorikrieger und uniformierte Haussas flohen durch das Dunkel auf das höher gelegene Gelände.

»Gerade noch zu rechter Zeit!« sagte Hamilton grimmig. »Es scheint fast so, als ob der Gouverneur das gewußt hat!«

Sie kamen zur Ochoristadt zurück. Hamilton sandte ein langes Telegramm an die Regierung, das er durch einen Eilboten zur Residenz schickte.

Dieses Telegramm räumte viele Schwierigkeiten aus dem Weg, denn das strittige Gebiet war nun für immer unter Wasser gesetzt, und wo früher die roten Anemonen blühten, dehnte sich jetzt ein zwei Meilen breiter, ruhiger See aus.

In der Ochoristadt erwartete Hamilton eine unangenehme Überraschung. Es war ein anerkennendes Telegramm des Gouverneurs angekommen, mit dem sogar Bones zufrieden war. Aber es stand auch darin: Warum haben Sie sich zurückgezogen trotz dringenden Befehls, die Position zu halten? Ich sandte Ihnen doch das Codewort ›Banquo‹.«

Erst später erfuhr Hamilton, daß der Bote, der diese wichtige Nachricht brachte, ihn während des Rückmarsches durch den Wald verfehlt hatte.

»Banquo!« sagte Hamilton verwirrt. »Ich hatte aber doch den Befehl erhalten, mich zurückzuziehen!«

»Üble Sache«, tröstete ihn Bones mitfühlend. »Der lieben alten Exzellenz muß man nur einmal gut zureden. Sind Sie denn auch sicher, mein Lieber, daß Sie das Telegramm nicht falsch verstanden haben?«

»Hier ist es«, sagte Hamilton. »Aber ich muß gestehen, daß ich die Zahlen nicht begreife.«

Er überreichte es Bones.

»Mercutio 17178.«

Bones betrachtete es einen Augenblick, dann verging ihm fast der Atem. Feierlich streckte er die Hand aus und ergriff die Rechte seines erstaunten Vorgesetzten.

»Mein Lieber«, sagte er mit fast gebrochener Stimme, »gratulieren Sie mir, ich habe ein Rennlos gewonnen!«

»Ein Rennlos?«

»Jawohl, und zwar in Cambridgeshire! Wie Sie sehen, habe ich ein Los mit der Nummer 17178 in meiner Tasche, lieber Freund! Und da Mercutio gewonnen hat, lade ich Sie hiermit in unserem Urlaub zu dem opulentesten Diner im ›Ritz‹ ein!«

## *Die Seele der Eingeborenenfrau*

Die Ankunft des Postdampfers war immer ein Freudenfest für die jüngeren und selbst für die älteren Leute. Sanders aber haßte die Posttage, weil sie ihm einen ganzen Berg von Regierungskorrespondenzen brachten. Und die Regierung setzte sich nicht mit der Feder in der Hand hin, um ihm auf zartfarbenen Briefbogen Grüße zu schicken oder ihm nette Skandalgeschichten von seinen verschiedenen Freunden zu berichten.

Die Regierung erzählte ihm nur allerhand haarsträubende Dinge, die sich aber immer auf seine eigene Person oder auf seine Arbeit bezogen, die noch zu tun war, um Downing Street zufriedenzustellen.

Hamilton hatte eine Schwester, die ihm jede Woche schrieb. Dann gab es noch eine andere junge Dame... Aber seine Briefe waren ein bescheidener Anteil im Vergleich zu der großen Post, die Leutnant Tibbetts bekam.

Bones erhielt immer ein dickes Paket Briefe und unzählige Pakete und konnte dann stundenlang an dem großen Tisch sitzen. Dabei pfiff er eine kleine Melodie vor sich hin und murmelte unzusammenhängende Worte. Es war geradezu unerhört, wie er es verstand, seine Briefe mit lauten Randbemerkungen zu versehen. Das ärgerte Hamilton natürlich. Kaum hatte Bones seine Briefe geöffnet und war halb mit der Lektüre fertig, als er auch schon anfing, sich mit dem Schreiber zu unterhalten.

»...arme Seele... o meine Liebe... was für ein verrückter alter Esel... ach, sieh mal an... das würde ich nicht tun, Billy...«

Hamilton stellte fest, daß die Post seines Leutnants eher zu- als abnahm.

»Sie müssen eine Masse Schulden haben!« sagte er eines Tages zu ihm.

»Wie?«

»All diese Briefe!« Hamilton zeigte auf den Boden, der mit leeren Kuverts übersät war. »Vermutlich mahnt man Sie wegen Rückzahlung...«

»Mein lieber Freund«, sagte Bones strahlend, »diese Briefe sind nur ein Zeichen dafür, wie beliebt und populär ich bin – unglaublich populär, Sir!« Er schluckte ein wenig, als er zwei elegante Kuverts aus dem Haufen von Briefen herausfischte. »Sie haben wahrscheinlich dieses Hochgefühl noch nicht gekostet, aber ich versichere Ihnen, es belebt, es erfrischt, es tut wohl!«

»Ganz verrückt!« sagte Hamilton und wandte sich wieder seiner eigenen Korrespondenz zu.

Bones arbeitete seine Post systematisch durch. Hin und wieder schlug er ein kleines Notizbuch auf, das in Maroquinleder eingebunden war. (Man sah daraus, daß er sorgfältig über jeden Brief Buch führte, den er nach Hause schrieb, und daß er sich über den Inhalt, das Abgangsdatum und die Antwort Bemerkungen machte.) Briefeschreiben war eine Leidenschaft von ihm geworden. Fast jeden Abend schrieb er lange Briefe an seine Freunde – meistens junge Mädchen –, und er war plötzlich in seiner Heimat berühmt geworden wegen seiner eindrucksvollen und bildhaften

Erzählungsgabe.

Hamilton kam durch Zufall dahinter. Er erhielt einen Brief von seiner Schwester, der ihm die Augen öffnete. Sie erwähnte darin, daß sie gerade bei guten Freunden von Bones zu Besuch gewesen sei. Natürlich nannte sie ihn nicht Bones, sondern Mr. Tibbetts.

»Ich würde ihn gar zu gern kennenlernen«, schrieb sie. »Er muß ein sehr interessanter Mann sein. Aggie Vernon bekam gestern einen Brief von ihm, worin er seine schrecklichen Erlebnisse auf einer Löwenjagd schildert. Von einem Löwen verfolgt zu werden, der einen fängt und in sein Lager schleppt, muß doch fürchterlich sein! Mr. Tibbetts spricht aber sehr bescheiden darüber. Dann schrieb er Aggie noch, daß er nur dadurch entkommen konnte, daß er dem Löwen mit seinen Fingern die Augen ausstach. Aber von seinen späteren Erlebnissen berichtete er nichts mehr. Übrigens hat mir Aggie gesagt, daß du einen schweren Fieberanfall hattest und Mr. Tibbetts dich einige Meilen weit bis zum nächsten Doktor schleppte. Ich wünschte, du würdest mir diese Dinge nicht verheimlichen. Du mußt mir alles schreiben, auch wenn es noch so schlimm ist. Ich hoffe, daß dein interessanter Freund glücklich von seiner gefährlichen Expedition ins Innere zurückgekehrt ist. Er wollte gerade aufbrechen, als er seinen Brief abschickte, und schrieb von den geringen Aussichten, davon wieder gesund zurückzukehren...«

Hamilton las den Brief wieder und wieder und ließ endlich Bones zu sich rufen.

Fröhlich und glückstrahlend kam er daher.

»Ich habe eben einen Brief über Sie bekommen, Bones«, sagte Hamilton leichthin.

»Über mich, Sir? Wohl vom Kriegsministerium? Habe ich eine Auszeichnung bekommen oder etwas dergleichen?« fragte er besorgt.

»O nein, nichts so Tragisches. Es ist nur ein Brief von meiner Schwester, die bei der Familie Vernon zu Besuch ist.«

Bones wurde plötzlich feuerrot.

»Was für ein bescheidener Kerl Sie doch sind!« sagte Hamilton voll Bewunderung. »Sie haben ganz allein eine Löwenjagd erlebt und niemandem ein Wort davon verraten!«

Bones schickte sich an, sich zu entschuldigen.

»Ich habe bis jetzt nicht einmal gewußt, daß es in diesem Land überhaupt Löwen gibt«, fuhr Hamilton erbarmungslos fort. »Lügner wohl, aber Löwen nicht. Aber es ist ja möglich, daß Sie welche mitgebracht haben. Aber Sie sollten doch wissen, daß es bei Löwenjagden als ein Akt äußerster Rohheit gilt, den Tieren mit den Fingern die Augen auszustechen? Auch verrät es wenig Weidmannsgefühl, das zu sagen. Und außerdem muß der Löwe entsetzliche Qualen gelitten haben.«

Bones schnitt verzweifelte Grimassen.

»Was würden Sie dazu sagen, wenn ein Löwe seine Finger in Ihre Augen steckte?« fragte Hamilton ernst. »Übrigens, Bones – ich muß Ihnen noch meinen größten Dank aussprechen.«

Er erhob sich, nahm die Hand des widerstrebenden Bones in die seine und drückte sie herzlich.

»Ich danke Ihnen«, sagte er mit gebrochener Stimme, »daß Sie mir das Leben gerettet haben.«

»Aber ich bitte Sie –«, begann Bones schwach.

»Einen Mann achtzig Meilen weit auf dem Rücken fortzutragen, ist keine Kleinigkeit, Bones, besonders, wenn ich während der Zeit noch bewußtlos war –«

»Ich habe nicht behauptet, daß Sie das Bewußtsein verloren hatten, Sir.« Leutnant Tibbetts wußte nicht, was er weiter sagen sollte. Er war so rot wie eine Päonie.

»Und doch hatte ich kein Bewußtsein«, bestand Hamilton, »und auch jetzt weiß ich noch nichts von der Sache. Ich kann mich nicht an Ihre heroische Tat erinnern, Bones, aber ich danke Ihnen jedenfalls.«

»Lassen Sie mich doch aufklären –«

»Dann diese gefährliche Expedition, zu der Sie ausgezogen sind, eine Expedition, von der Sie nicht wieder zurückkehren wollten –«, sagte Hamilton. »Das ist die beste Geschichte, die ich seit Jahren gehört habe.«

»Sir«, erwiderte Bones in höchster Erregung, »ich bin erledigt. Die unterhaltsamen Märchenerzählungen, die ich schrieb, um sozusagen das Krankenbett eines unschuldigen Kindes zu erheitern, sind auf mein Haupt zurückgefallen.«

»O Bones, Bones!« lachte Hamilton.

»Sie müssen nicht denken, daß ich ein vollkommener Lügner bin«, begann Bones ernst.

»Das glaube ich ja auch gar nicht. Im Gegenteil, Sie sind der unvollkommenste, der mir jemals begegnet ist.«

»Ich bin ein Romancier, mein Herr!« Bones stand stramm und salutierte. Hamilton wußte nicht recht, ob dieser Gruß ihm oder dem romantischen Geist gelten sollte oder ob sich Bones diesen Salut in reiner Bewunderung eigener Größe selbst zudachte.

»Also, ich muß Ihnen sagen –«, erklärte Bones vertrauensvoll, »ich schreibe nämlich ein Buch!« Er trat einige Schritte zurück, um die Wirkung seiner Worte besser beobachten zu können.

»Worüber?« fragte Hamilton neugierig.

»Über Dinge, die ich erlebt und gesehen habe«, sagte Bones möglichst ausdrucksvoll.

»Ach so – eins von diesen kleinen Westentaschenbüchern?«

Bones schluckte die Beleidigung hinunter.

»Man hat bei mir angefragt, ob ich ein Buch schreiben wolle über meine Abenteuer und solche Dinge. Natürlich brauchen sie sich nicht wirklich ereignet zu haben –«

»Dann haben Sie recht, Bones. Wenn Sie ein Buch über Erlebnisse schreiben, die Sie nicht erlebt haben, dann sind dem Umfang und der Größe Ihres Werkes keine Schranken gesetzt.«

»Sie sind ein netter, grausamer alter Offizier, Sir«, sagte Bones, dem die kalte Ironie seines Chefs auf die Nerven fielen. »Ich meine es sehr ernst damit. Das ganze Land hier bietet unendlich reichen Stoff, und jeder sagt, daß ich ein Buch darüber schreiben müsse. Ich bin doch schon zwei Monate hier, zum Donnerwetter.«

»Mir scheinen es Jahre zu sein«, stöhnte Hamilton.

Bones meinte es wirklich so, wie er es sagte. Er sammelte Stoff zur Veröffentlichung eines Buches und träumte schon von einer großen literarischen Karriere und davon, daß man ihn schließlich zum Mitglied des Athenäumklubs machen würde. Es war wie eine Erleuchtung über ihn gekommen, daß er zu diesem Beruf ausersehen sei. Eine Woche, nachdem er sich endgültig dazu entschlossen hatte, seine Gaben als Schriftsteller zu nutzen, war die Post, die er absandte, schwerer denn je. Dreiundzwanzig englischen und amerikanischen Verlegern, deren Namen er einem kleinen Handbuch entnommen hatte, machte er den geschäftlichen Vorschlag, ein Buch von etwa 316 Seiten Umfang herauszugeben, Type und Satzspiegel wie beigefügtes Muster. Das Buch sollte den Titel führen:

Mein wildes Leben unter den Kannibalen
von
Augustus Tibbetts, Haussa-Leutnant,
Mitglied der Königlich Geographischen Gesellschaft, Mitglied der Königlich Asiatischen Gesellschaft, Mitglied der Ethnologischen Gesellschaft und des Klubs der jüngeren Armeeoffiziere

Bones bekleidete zwar alle diese Ehren nicht, mit Ausnahme der letzten, aber er sagte sich, daß es bald dazu kommen werde, wenn sein Buch erst ein großer Erfolg war. Kaum hatte er aber seine Briefe aufgegeben, so änderte er seine Absicht wieder und schrieb dreiundzwanzig weitere Briefe an dieselben Verleger mit einem neuen Titel:

Die Schreckensherrschaft der Wilden
Einige Beobachtungen der Gewohnheiten und Gebräuche wilder Stämme
von
Augustus Tibbetts, Leutnant

Es war unmöglich, Bones einzuschüchtern oder ihn von einem einmal gefaßten Vorsatz abzubringen. Er schrieb in jedem freien Augenblick unentwegt an seinem großen Buch. Seine gewöhnliche Korrespondenz litt schwer darunter, aber er war in dieser Beziehung rücksichtslos gegen sich und andere. Hamilton schickte ihn nach Norden, um die Hüttensteuer einzutreiben. Bones weigerte sich zuerst, den Befehl auszuführen, da er fest davon überzeugt war, daß Hamilton ihn nur an seiner Arbeit hindern wolle.

»Natürlich werde ich Ihnen gehorchen, wenn Sie mir einen Befehl in Übereinstimmung mit den Dienstvorschriften und all dem anderen Unsinn geben, aber glauben Sie mir, Sir, Sie begehen ein Unrecht an der Literatur. Ungeborene Generationen werden Rechenschaft von Ihnen fordern –«

»Nun aber Schluß!« sagte Hamilton ärgerlich.

Bones fand, daß ihm die Fahrt nach oben für das Schreiben seines Buches gut zustatten komme. Denn er brauchte Informationen aus erster Hand über viele interessante Dinge. Er nahm große Hefte auf seine Reise mit, auf die er Schilder geklebt hatte mit Aufschriften wie »Die Eingeborenengebräuche«, »Tänze«, »Ju-Jus«, »Alte Legenden«, »Mythologie« usw. Die Hefte waren fast alle leer und stellten beabsichtigte Kapitel seines großen Werkes dar. Es wäre wahrscheinlich alles gutgegangen mit Bones. Viele leere Seiten hätte er leicht mit seiner großen Handschrift füllen können, und wenn das Buch erst einmal gedruckt war, hätte es schon seinen Weg zu den billigen Buden des Farringdon-Marktes gefunden, wo es in beschmutzter Herrlichkeit neben den besten Werken unserer Zeit gelegen hätte. Aber Bones hatte plötzlich einen hervorragenden Einfall. Es gab ein Kapitel, das interessanter als alle anderen werden sollte. Er schrieb die verlockende Ankündigung in schönen Buchstaben und unterstrich sie zweimal:

»Die Seele der Eingeborenenfrau«.

Es war ein wunderbarer Titel. Er klang gut, entsprach dem ersten Thema und steckte voller Möglichkeiten. »Die Seele der Eingeborenenfrau«, wiederholte Bones in ekstatischer Begeisterung und Selbstbewunderung. Und nachdem er sich nun diesen Vorwurf gewählt hatte, wollte er auch etwas darüber herausfinden.

Bosambo hätte zu jener Zeit, wenn er es gewollt und literarische Fähigkeiten besessen hätte, viele Bücher über Frauen schreiben können. Sie hätten allerdings nur von einem Mädchen gehandelt, das D'riti hieß...

D'riti war fünfzehn Jahre alt, herrlich gewachsen, trug ihr Haupt stolz erhoben und war sehr hochmütig, denn sie war die Tochter von Bosambos Hauptratgeber und die Enkelin eines Ochorikönigs. Außerdem besaß sie den Ehrgeiz, Bosambos Frau zu werden.

»Dies ist ein schlechtes Palaver«, sagte Bosambo, als ihr Vater ihm diesen Vorschlag machte, »denn du weißt, meine Frau ist mir tausend Frauen wert.«

»O Herr, ich werde dir zehntausend Frauen wert sein«, entgegnete D'riti kühn, die bei der Unterredung zugegen war. »Auch ist es vorhergesagt bei meiner Geburt, daß ich einen König heiraten werde oder einen, der größer ist als ein König.«

»Das bin ich«, sagte Bosambo, der seine Verdienste selbst nicht schmälerte, »aber es kann nicht sein.«

So verheirateten sie D'riti an den Sohn eines Häuptlings, der sie schlug, bis sie ihm eines Tages einen Blechtopf an den Kopf warf, der davon zerbeult wurde. Darauf schickte er sie zu ihrem Vater zurück und verlangte seine Morgengabe wieder, außerdem den Preis für den Kochtopf.

D'riti hatte einen großen Anhang, denn sie war eine berühmte Tänzerin und hatte einen geschmeidigen und schönen Körper. Sie hätte sich leicht wieder verheiraten können, aber sie verachtete die gewöhnlichen Männer so sehr, daß keiner um sie anzuhalten wagte. Auch war die Geschichte mit dem eisernen Kochtopf noch in frischer Erinnerung. So lebte sie müßig in dem Dorf ihres Vaters. Wenn die hochgewachsene, mädchenhafte Frau durch die Straßen ging, schauten ihr alle nach, wie sie sich in den schönen Hüften wiegte. Viele begehrten sie, aber keiner fragte um ihre Hand.

Sie kannte die Männer zu gut, um ihnen zu trauen. Mit einer fast unheimlichen Intuition, die gewisse Frauen aller Rassen besitzen, hatte sie die Männer durchschaut. Sie sprach mit einer so bewußten Überlegenheit von ihnen, daß die Leute, die in Hörweite waren und ihre beißenden Bemerkungen vernahmen, böse über sie wurden und sie ein schamloses Weib nannten.

So standen die Dinge, als die »Zaire« nach Ochoristadt kam. Bones war von freudiger Hoffnung erfüllt.

Denn wer konnte ihm besser über das Problem der Seele der Eingeborenenfrau Auskunft geben als Bosambo, der bereits sein Vertrauter und Busenfreund geworden war und wunderbarerweise eine offene Zuneigung zu seinem neuen Herrn gefaßt hatte. Nach einer langen Verhandlung über die Abgaben konnte Bones endlich auf sein Ziel losgehen.

»Bosambo, die Leute sagen, daß du sehr weise bist. Erzähle mir etwas von den Frauen der Ochori.«

Bosambo schaute Bones etwas verdutzt an. »O Herr«, sagte er, »wer kennt die Weiber? Denn steht es nicht geschrieben in der heiligen Sure des Djin, daß die Weiber und der Tod jenseits jeglichen Verstehens sind?«

»Das mag wohl wahr sein«, erwiderte Bones, »aber sieh her, ich mache ein Buch von weisen und wundervollen Dingen, und es wäre weder weise noch wundervoll, wenn nicht ein Wort über die Frauen gesprochen würde.«

Er erklärte ernst, daß er die Seele der Eingeborenenfrau kennenlernen und etwas von ihren Gedanken, ihren Träumen und ihren letzten Wünschen erfahren müsse.

»O Herr«, sagte Bosambo, nachdem er lange und tief nachgedacht hatte, »gehe zu deinem Schiff zurück. Ich werde dir ein Mädchen senden, das mit großer Weisheit denkt und spricht, und wenn du dich mit ihm unterhältst, wirst du mehr erfahren, als ich dir jemals erzählen kann.«

Gegen Sonnenuntergang kam D'riti auf die »Zaire«. Sie war nackt bis zur Mitte und trug nur einen dünnen Rock aus feiner Seide, den ihr Vater von der Küste mitgebracht hatte. Sie hatte ihn eng um sich geschlungen, aber doch nicht so eng, daß er sie am Gehen hinderte. Plötzlich stand sie vor Bones, der durch ihren Anblick außer Fassung geriet. Eine ihrer schmalen Hände stützte sie auf die Hüfte, neigte den Kopf ein wenig zu ihm und schaute ihn aus dunklen, langbewimperten Augen fragend an.

Bones sah, daß sie viel schöner war als alle Eingeborenenfrauen. Sie hatte eine gerade, schmale Nase, volle Lippen, die aber nicht wulstig waren. Sie war eine Ochorifrau, und die Ochoris sind entfernt mit den Araberstämmen verwandt.

»O Herr, der König Bosambo sandte mich, um mit dir über Frauen zu sprechen«, sagte sie einfach.

»Das kann ja gut werden!« sagte Bones zu sich selbst und wurde rot.

»O D'riti«, begann er verlegen, »es ist wahr, ich wollte über Frauen sprechen, denn ich mache ein Buch, das alle weißen Leute lesen werden.«

»Deswegen bin ich gekommen. Nun höre, o mein Herr. Ich werde dir von Frauen erzählen und von all ihren Gedanken, von ihrer Liebe zu den Männern und von der sonderbaren Art, wie sie ihre Liebe zeigen. Auch von Kindern –«

»Meine Liebe«, sagte Bones laut, »ich wünsche keine vertraulichen Mitteilungen.«

An ihrem Stirnrunzeln sah er, daß sie ihn nicht verstand.

»O Herr, ich werde dir alles sagen«, sprach sie sanft. »Denn du hast ein freundliches Gesicht, und ich sehe, daß dein Herz rein ist.«

Und nun begann sie, und Bones hörte mit offenem Munde zu...

Später fühlte er, wie sich ihm die Haare sträubten. Er versuchte zu protestieren, aber sie ließ sich nicht stören. Mit rückhaltloser Eindeutigkeit sprach sie über Dinge, über die man niemals spricht. Es war unmöglich, ihr Einhalt zu gebieten.

»Gütiger Himmel!« stöhnte Bones.

Sie erzählte ihm, was Weiber von Männern denken und was sich die Männer über die Gedanken der Weiber einbilden. Und es lag ein ganz gewaltiger Unterschied darin, wenn man ihren Worten Glauben schenken durfte.

Er fragte sie, ob sie verheiratet sei.

»O Herr«, sagte sie schließlich und sah ihn nachdenklich an, »es steht geschrieben, daß ich einen Mann heiraten soll, der größer ist als die Häuptlinge.«

»Ich will auch wetten, daß dem so ist«, dachte Bones, und dabei kam ihm der Angstschweiß.

Als sie sich verabschiedete, nahm sie seine Hand und preßte sie an ihre Wange.

»O Herr«, sagte sie sanft, »morgen, wenn die Sonne am Untergehen ist, werde ich wiederkommen und dir mehr erzählen…«

Bones fuhr vor Tagesanbruch fort. Er hatte alles von ihr erfahren, was er für sein Buch brauchte, und noch viel mehr. Als er den Fluß hinunterfuhr, machte er an mehreren Plätzen halt.

Bei Ikan ließ er die »Zaire« für die Nacht festmachen. Während seine Leute das Feuerholz an Bord schafften, setzte er sich nieder, um das aufzuschreiben, was er gestern erfahren hatte. Er war noch eifrig an der Arbeit, als Abibu zu ihm kam.

»O Herr«, sagte er, »eben ist die Frau in einem schnellen Kanu gekommen, die gestern abend mit dir gesprochen hat.«

»Donnerwetter!« Bones wurde blaß. »Sage ihr, daß ich nicht da bin.«

Aber D'riti kam in diesem Augenblick schon um die Ecke des Deckhauses, scheu und bescheiden, aber doch mit einem gewissen Zutrauen.

»O Herr«, sagte sie, »siehe, ich bin hier, deine arme Sklavin. Es gibt noch viele wunderbare Dinge über Frauen, die ich dir nicht erzählt habe...«

»O D'riti«, sagte Bones verzweifelt, »ich weiß alles, und es ist nicht schicklich, daß du mir nachfolgst und dich so weit von zu Hause entfernst. Du setzt dich bösem Gerede aus.«

Er sandte sie zu der Hütte der Frau des Häuptlings M'linifobini von Ikan und gab Anweisung, daß sie am nächsten Morgen nach Hause zurückgeschickt werden sollte. Dann machte er sich wieder an die Arbeit, aber er fand sie jetzt sehr langweilig. Er traf alle Vorsichtsmaßregeln, daß sich das am folgenden Tag nicht wiederholen konnte.

Beim Morgengrauen fuhr er den Fluß in voller Fahrt hinunter und hielt bis zum Abend nirgends an, so daß er nur noch eine kurze Tagesreise von der Residenz entfernt war.

»Heute wird mich das arme, nette Ding nicht mehr einholen«, sagte er zufrieden und entdeckte gleich darauf, daß sich das arme, nette Ding in der Nacht hinter einem Stoß Feuerholz auf dem Dampfer versteckt hatte.

»Das ist aber schrecklich unangenehm«, sagte Hamilton und hustete.

Bones schaute seinen Vorgesetzten mit einem ergreifenden Blick an. »Es ist ganz verteufelt unangenehm, Sir«, gab er traurig zu.

»Sie will nicht zurückkehren?«

Bones schüttelte den Kopf. »Sie sagt, ich bin für sie der Mond und die Sonne, und all solche verrückten Dinge«, seufzte er und trocknete seine Stirn.

»Schicken Sie die Frau einmal zu mir«, sagte Hamilton.

»Seien Sie aber freundlich«, bat Bones, dem elend zumute war. »Nach allem scheint das arme Mädchen in mich verliebt zu sein. Sir – das menschliche Herz –, ich weiß nicht, warum sie eine Neigung zu mir gefaßt hat.«

»Ich weiß es auch nicht«, sagte Hamilton kurz. »Wenn sie verrückt ist, werde ich sie zum Missionskrankenhaus an die Küste schicken.«

»Sie haben ein hartes und kaltes Herz«, sagte Bones traurig.

D'riti kam, bereit, ihren ganzen Ärger und ihre Beredsamkeit auf Hamilton loszulassen. Sie drohte sogar in Feindseligkeiten auszuarten.

»D'riti«, sagte Hamilton, »morgen werde ich dich zu deinem Volk zurückschicken.«

»O Herr, ich bleibe bei Tibbetti, der die Frauen liebt und glücklich ist, wenn er von ihnen sprechen kann. Und eines Tages werde ich sein Weib sein, denn dies ist prophezeit worden.« Dabei schaute sie den armen Bones zärtlich an.

»Das ist unmöglich«, sagte Hamilton ruhig. »Denn Tibbetti hat drei Weiber. Sie sind alt und böse –«

»O Gott!« jammerte Bones.

»Und sie werden dich schlagen – auch mußt du Holz und Wasser tragen!« fuhr Hamilton fort. Er sah, wie D'ritis Gesicht einen Ausdruck der Furcht zeigte. »Und außerdem ist mein Herr Tibbetti verrückt, denn bei Vollmond tritt Schaum vor seinen Mund, dann beißt er und brüllt fürchterlich!«

»Gemeine Arglist!« seufzte Bones.

»Gehe deshalb, D'riti!« sagte Hamilton. »Und ich werde dir ein Stück feines Tuch schenken und Perlenketten in vielen Farben.«

Es ist eine geschichtliche Tatsache, daß D'riti wieder nach Hause ging.

»Ich weiß nicht, was Sie von mir denken«, sagte Bones bescheiden, »ich konnte sie aber nicht mehr loswerden –«

»Sie haben es wahrscheinlich gar nicht versucht«, sagte Hamilton und suchte in seiner Tasche nach der Pfeife. »Sie hätten sie schon loswerden können, wenn Sie nur gewollt hätten!«

»Wie hätte ich das machen sollen?«

»Sie hätten ihr nur mit Ihren Fingern die Augen auszustechen brauchen!«

Bones schluckte seinen Ärger hinunter.

## *Das Wegerecht*

I

Man kann die Grenzen von Ländern durch Verträge festsetzen, man kann sie mathematisch berechnen, man kann sie auch durch Schiedsgerichte bestimmen. In dem Gebiet, das Sanders verwaltete, wurden sie zwischen den einzelnen Stämmen von natürlichen Linien gebildet, durch einen Gebirgszug, einen Fluß oder einen Bach.

Zwischen den Ochori und den Lombobo aber bestanden seit alter Zeit Grenzstreitigkeiten, denn in diesem waldigen Gelände war die Jagd gut. Sanders hatte schon auf die verschiedenste Weise versucht, die Sache zu regeln, und war schließlich darauf verfallen, die roten Gummibäume als Grenzbezeichnung einzuführen, denn in dem nördlichen Teil des Waldes gab es etwa zehn Kilometer weit diese Bäume nicht. Sanders bestimmte, daß kein Ochori in dem Wald jagen durfte, wo rote Gummibäume standen, und hoffte, daß damit der Streit für immer entschieden sei.

Aber Bosambo verstand es, durch eine einfache Maßnahme die Grenzen seines Gebietes weiter hinauszuschieben. Wo immer seine Jäger auf einen roten Gummibaum stießen, schlugen sie ihn um. B'limi Saka, der Häuptling der aufgebrachten Lombobo, rächte sich dadurch, daß er rote Gummibäume zwischen den Wald und den Fluß pflanzte. Bosambo erfuhr davon nichts, bis er eines Tages entdeckte, daß auf seinem rechtmäßigen Boden ein großer Keil roter Gummibäume angepflanzt war, der einen bedeutenden Teil seines Gebietes abschnürte, denn dahinter lag das untere Ochoriland.

»Wie soll ich nun zu meinen Dörfern kommen?« fragte er Sanders, der von der Komödie erfahren hatte, die sie dort oben aufführten.

»Du mußt an der Stelle, wo die jungen Gummibäume stehen, Kähne benützen. Du kannst auf dem Fluß zu dem Gebiet rudern, das dahinter liegt«, sagte Sanders zu ihm. »Ich habe mein Wort gegeben, daß das Land, wo rote Gummibäume wachsen, B'limi Saka gehört. Da du deine Not nur deiner eigenen Schlauheit zu verdanken hast, du alter Baumfäller, so kann ich dir diesmal nicht helfen.«

Bosambo hätte kurze Arbeit mit den jungen Bäumen gemacht, aber B'limi Saka setzte einen Wachtposten dorthin, der nicht ohne Blutvergießen hätte überwältigt werden können. So konnte Bosambo nicht viel machen. Um sich aber wenigstens einigermaßen zu rächen, gab er seinen Leuten den Auftrag, beim Vorbeifahren an der verbotenen Stelle dem Wachtposten Schmähungen auf B'limi Saka zuzurufen.

Der Streifen Land, auf dem die roten Gummibäume standen, war noch nicht hundert Meter breit, und wenn Lomboboleute bei Nacht hinausgingen und ihn zu erweitern versuchten, büßten sie es mit ihrem Leben – denn auch Bosambo hatte eine Wache aufgestellt.

Von Zeit zu Zeit kamen die Hauptspäher der Regierung zur Residenz. Sie hatten ihre Nachrichten gewöhnlich auf ein kleines Stück Reispapier geschrieben, das sie in einer Metallkapsel verwahrten, die sie als Ohrring trugen. Das Papier war eng mit arabischen Schriftzügen bemalt und enthielt eine Menge Neuigkeiten, um die Regierungsbeamten auf dem laufenden zu halten.

Manchmal überbrachten sie ihre Botschaft auch mündlich, und eines Tages saß ein vom langen Weg ermüdeter Mann und erzählte seinen Bericht:

»Efobi von den Isisi hat Ziegen gestohlen, weil er aber der Bruder des Häuptlingsweibes ist, wird er nicht bestraft. T'mara von den Akasava hat einen Fluch auf das Weib des Ältesten Ofema gelegt, und sie hat seine Hütte niedergebrannt. N'kema von den Ochori will seine Abgabe nicht zahlen, er sagt, daß er kein Ochori, sondern ein N'gombi sei. Bosambos Leute haben einen Mann von B'limi Saka geschlagen, weil er Bäume auf dem Ochoriland gepflanzt hat. Das Brunnenvolk lagert an der Grenze des N'gombiwaldes, baut Hütten und singt.«

»Wie lange bleiben die Leute dort?« unterbrach ihn Hamilton.

»O Herr, wer kann das wissen?« antwortete der Mann. »Ogibo von den Akasava hat schlecht von seinem König gesprochen und sich gerühmt...«

»Machen Sie eine Notiz darüber, Bones!«

»Was soll ich aufschreiben, Sir?«

»Ogibo – er sah mir schon nach Schlafkrankheit aus, als ich das letztemal in seinem Dorf war – fahre fort!«

»Ogibo sagt auch, daß der Vater seines Vaters ein großer Häuptling war und der Oberherr über alle Akasava...«

»Das ist sicher Schlafkrankheit«, bemerkte Hamilton bitter.

»Warum wartet dieser verfluchte Teufel nicht mit seiner Verrücktheit, bis Sanders zurückkommt?«

»Schreiben Sie ihm ein paar Zeilen«, rief Bones. »Er ist ein bemerkenswerter Mann. Verdammt noch einmal, zu welchem Zweck sind Sie denn hier zur Verwaltung des Distrikts eingesetzt, wenn Sie nicht einmal eine solche Sache in Ordnung bringen können?«

»Warum sind kriegerische Verwicklungen zu befürchten?« fragte Hamilton den Späher.

»O Herr, es wird viel darüber gesprochen, daß es deshalb Krieg gibt. Ich weiß es, denn ich diene in der Gegend.«

»Gehe schnell zu Ogibo und fordere ihn auf, zu einem wichtigen Likambo zu mir zu kommen«, sagte Hamilton. »Meine Soldaten werden dich auf meinem neuen, kleinen Schiff, das Wasser brennt (Motorboot), nach oben bringen. Sende mir Botschaft durch Tauben!«

»Bei meinem Leben!« sagte der Späher, hob seine Hand zum Gruß und entfernte sich.

»Sie sprachen eben von einem Brunnenvolk – was sind das für Leute, Sir?« fragte Bones.

Aber Hamilton konnte keine befriedigende Antwort auf diese Frage geben. Er hätte schlauer sein müssen als irgendein anderer, um dazu fähig zu sein.

Die wilden Gebiete enthalten viele unlösbare Rätsel und verwirrende Tatsachen, die einander widersprechen. Oben im N'gombiland lebte ein Stamm, den man offiziell, um ihn in die heimischen Stämme einzureihen, die »inneren N'gombi« nannte. Aber er gehörte weder zu den N'gombi noch zu den Isisi, noch zu irgendeinem bekannten Zweig der Banturasse. Weit und breit im Land hießen die Leute das »Brunnenvolk«. Sie hatten einen bemerkenswerten Legendenschatz und Sagen, die sie einem mythischen I'dusi zuschrieben. Auch hatten sie einen Gesang, der so lautet:

»O Quelle im Walde!
Die die Häuptlinge gegraben haben,
Kein geringer Mann berührt die Erde,
Nur die Speere der Häuptlinge und die
Hände der Könige.«

Es besteht kein Zweifel, daß sowohl die Sagen von I'dusi als auch dieser Gesang von dem Brunnen aus uralten Zeiten stammen und daß I'dusi kein anderer ist als der Verfasser der verlorenen Bibelschrift, von dem geschrieben steht:

»Dies sind die Taten Salomos, die ersten und die letzten. Sind sie nicht geschrieben in der Geschichte Nathans des Propheten und in den Weissagungen von Ahija des Schiloniten und in den Gesichten Idus des Sehers?*«

Und ist nicht der Gesang von dem Brunnen identisch mit dem kurzen Zitat aus dem Buch der Kriege des Herrn, das für immer für uns verloren ist:

»Sprudle hervor, o Quelle, sagt ihr mit Singen: Die Quelle, welche die Fürsten gegraben haben, und die Edlen unter dem Volk mit dem Szepter... und mit ihren Stäben.**«

Einige behaupten, daß das Brunnenvolk einer der verlorenen Stämme Israels sei, aber das ist eine zu einfache Lösung, der man ihre Oberflächlichkeit und Ungenauigkeit schon von weitem ansieht. Andere behaupten, daß sie Abkommen irgendeines babylo-

* Chronika 9, 29.
** Numeri 21, 17.

nischen Volkes seien oder daß sie aus Ägypten auswanderten, als Ramses II. starb und dort eine neue Dynastie und ein Pharao auf den Thron kam, der nichts von dem weisen, obersten jüdischen Richter wußte, der so klug regierte und seine Opfer und Gebete in dem kleinen Tempel von Karnak darbrachte. Seine Statue kann man noch heute im Museum von Kairo sehen, aber unter einem fremden ägyptischen Namen. Wir kennen ihn nur als Joseph, der in Gefangenschaft nach Ägypten verkauft wurde.

Wer sie auch sein mochten, soviel ist jedenfalls von ihnen bekannt, daß sie große Geschicklichkeit im Brunnengraben besaßen und allen Leuten damit lästigfielen. Manchmal brachten sie unter der oberflächlichen Entschuldigung ganze Monate damit zu und wählten aus irgendeinem verrückten Grund die Spitze von Hügeln zu ihren Unternehmungen. Sie wühlten die Erde nach Wasser auf, obwohl der Fluß kaum hundert Meter von der Stelle entfernt war.

Von all den merkwürdigen Erklärungen, die man suchte, um dieses Brunnenvolk festzulegen, war keine so interessant wie die von Bones.

»Meiner Ansicht nach, mein Lieber«, sagte er ernst, »sind alle diese Kerle nur schlaue alte Nigger, die ihren Weibern in Timbuktu fortgelaufen sind und aus diesem Grunde...«

»Nun halten Sie aber Ihren Mund!« sagte Hamilton. –

Zwei Nächte darauf schmetterten die Trompeten über den Exerzierplatz, und Bones eilte mit seinem persönlichen Gepäck zu der »Zaire«, denn Ogibo von den Akasava hatte einen großen Anhang gefunden.

## 2

Der Häuptling Ogibo, der das Gesetz hielt und den Frieden für seinen Herrn, den König der Akasava, bewahrte, wurde auf einer Jagd in der Nähe des Uturwaldes von der Tsetsefliege gestochen. Zwei Jahre später war er plötzlich von der Wichtigkeit seiner Person überzeugt und ließ sich als Oberhäuptling der Akasava und aller umliegenden Gebiete ausrufen. Und da es ein Naturgesetz ist, daß selbst der verrückteste mondsüchtige Schwärmer seine Gefolgschaft findet, so sammelten sich viele Krieger um ihn, so daß er seine Pläne ausführen konnte. Er marschierte nach Iglili, der zweitgrößten und wichtigsten Stadt des Akasavareiches, überfiel die Streitmacht, die die Stadt verteidigte, zerstörte den Ort und ließ die Hälfte seiner Truppen dort zurück, um den eroberten Platz zu halten. Dann machte er sich auf den Weg nach der eigentlichen Akasavastadt. Er schlug ein Lager im Wald auf, und seine Leute brachten eine unruhige Nacht dort zu, denn es tobte ein Gewittersturm in dem Flußgebiet. Die Finsternis der Nacht wurde von grellen Blitzen zerrissen, und die Himmel donnerten furchtbar. Man hörte noch das Rollen des abziehenden Unwetters, als Ogibo im Morgengrauen seine Krieger versammelte und seinen Marsch fortsetzte. Er war noch keine halbe Stunde unterwegs, als einer seiner Unterhäuptlinge zu ihm eilte.

»O Herr, hörst du kein Geräusch?«

»Ich höre den Donner!«

»Lausche!« sagte der Mann.

Sie standen still, mit vorgebeugtem Kopf.

»Das ist der Donner«, sagte Ogibo. Aber trotz des fernen Rollens hörte man ein scharfes Geräusch.

»O Herr«, sagte der Häuptling, »das ist kein Donner – das ist das Feuergeschütz von Militini!«

Wütend wandte sich Ogibo zurück, um den weißen Mann zu zerschmettern, der es wagte, seine Leute anzugreifen, die er in Iglili zurückgelassen hatte.

Bones war mit einer kleinen Abteilung unterwegs, um ihn zu verfolgen, hatte aber keine Ahnung, wie groß die Streitkräfte Ogibos waren. Ein Späher brachte dem Häuptling Nachricht von der kleinen Schar, die sie verfolgte.

»Nun werde ich der ganzen Welt zeigen«, sagte Ogibo, »was für ein großer Häuptling ich bin. Denn durch meine Tapferkeit werde ich alle Soldaten vernichten, die gegen mich ausgesandt sind.«

Er wählte einen geeigneten Platz für einen Hinterhalt. Zu diesem Zweck mußte er aber erst ein halbes Hundert erschrockener Leute verjagen, die gerade auf der Spitze des Hügels, hinter dem sich Ogibo verbergen wollte, einen Brunnen gruben.

Bones und seine Haussa sahen, wie der Pfad einen mäßig steilen Hügel hinaufführte. Es war eine der wenigen Erhöhungen, die es überhaupt in dem Lande gab. Der junge Offizier seufzte laut, denn er haßte Hügel.

Als er an der Spitze seiner Leute ungefähr die halbe Höhe erreicht hatte, gab Ogibo oben den Befehl zum Angriff. »Boma!« sagte er, und das bedeutet »Tötet!« Die Feinde liefen mit erhobenen Schildern und Speeren zu dreien nebeneinander den Pfad hinunter. Bones sah sie kommen und zog seinen Revolver. Er hatte keinen Raum, seine Mannschaft in Schützenlinie ausschwärmen zu lassen. Der Pfad war schmal, das Unterholz zu beiden Seiten ganz dicht.

Er hörte den Kriegsruf der Gegner und sah über dem Gebüsch, das den herabführenden Weg verdeckte, ihren Kopfschmuck hin- und hertanzen. Er hob die Pistole. Das Geräusch nackter Füße drang zu ihm, dann vernahm er laute Aufschreie, dann herrschte tiefes Schweigen.

Bones wartete, aber der anstürmende Feind erschien nicht. Nur ein schwaches Wimmern erreichte sein Ohr.

»O Herr, sie ziehen sich zurück«, sagte der Sergeant. Zu seinem größten Erstaunen sah Bones eine kleine Abteilung eilig wieder den Hügel erklimmen.

Zuerst argwöhnte er einen doppelten Hinterhalt, aber das war nicht gut möglich. Er konnte in keine schlimmere Lage mehr kommen. Vorsichtig, einen Revolver in jeder Hand, folgte er dem Weg nach oben.

Er gelangte an eine scharfe Biegung des Pfades.

Eine große, viereckige Öffnung gähnte mitten im Weg, die Büsche an jeder Seite waren von der Erde begraben, die die Brunnenleute heraufgeholt und aufgehäuft hatten. In der Tiefe aber lagen die Krieger Ogibos, einer über dem andern, in einer gräßlichen Unordnung. Es mochten etwa hundert Mann sein. Ganz unten lag Ogibo. Er war gleichgültig gegen seine seltsame Umgebung, denn er hatte sich das Genick gebrochen.

Hamilton kam am Nachmittag und brachte Dorfbewohner mit, um bei dem Rettungswerk zu helfen. Später sprach er mit dem Häuptling des scheuen, furchtsamen Brunnenvolkes.

»O Häuptling«, sagte er, »Sandi hat einen Befehl erlassen, daß du keine Brunnen in der Nähe von Städten graben sollst, und doch hast du es getan.«

»O Herr, ich brach das Gesetz«, sagte der Mann schlicht, »auch breche ich alle Gewohnheiten, denn heute werde ich durch deine Gunst, wenn du es gestattest, den Fluß überschreiten, ich und mein Volk, und dies haben wir noch nie getan, solange es eine Zeit gibt.«

»Wohin willst du gehen?«

Der Häuptling der Wanderer stieß seinen Speer in die Erde. Er war ein alter Mann von hervorragender Begabung. Sein langer weißer Bart reichte bis zum Gürtel.

»O Herr, wir gehen zu einem Ort, wie es geschrieben steht. Denn Idusi hat gesagt: ›Ziehet weiter zu den Eingeborenen des Landes, die im Kriege sind, zu jenen, die bei dem Flusse kämpfen. Über das schnelle Wasser sollt ihr gehen, selbst gegen den Strom.‹ Sehr oft sind wir schon zum Strom gekommen, o Herr, aber immer mußten wir umkehren. Doch jetzt scheint sich die Weissagung erfüllt zu haben, denn in diesen Löchern liegen blutige Männer, und man hört die Donner rollen.«

Das Brunnenvolk ging an das andere Ufer zu den Isisi und benützte dazu die Kanus des Akasavahäuptlings. Langsam zogen die Leute durch das Land. Sie hatten keine Möglichkeit, ihre verrückte Tätigkeit fortzusetzen, denn selbst im trockensten Boden fand man einen Spaten tief Wasser.

»Armer alter Sanders«, sagte Hamilton traurig, als er wieder an Bord der »Zaire« war. »Ich habe deine Stämme so durcheinandergewürfelt, daß du dir eine neue Karte zeichnen mußt, um sie wiederzufinden.«

»Sie können mir ja den Befehl geben, daß ich ihm alles erkläre«, rief Bones, aber Hamilton beachtete dieses Angebot nicht weiter.

Er war sehr beunruhigt. Sanders sollte in einem Monat zurückkommen, und es verging kaum eine Woche, ohne daß sich neue Schwierigkeiten zeigten. Dabei war die Lage jetzt schon äußerst verwirrt.

»Hoffentlich ist das Land jetzt wenigstens für eine Woche ruhig«, sagte er und seufzte. Aber er hatte nicht mit dem Brunnenvolk gerechnet.

Das bunte Gemisch von Männern und Frauen zog weiter und sang seine seltsamen Lieder. Die Leute waren schwärmerisch veranlagt, sie hatten merkwürdig schmale Gesichter und lange schwarze Haare; sie nahmen ihren Weg weiter an dem Ufer des Flusses entlang.

Nachdem sie eine Woche lang gewandert waren, kamen sie zu dem Land der Ochori und zu Bosambo, der eben ein großes, wichtiges Palaver abhielt.

Es fand im Ochoriland statt, denn der verbotene Streifen war zu dieser Zeit schon so dicht mit roten Bäumen bepflanzt, daß kein Mann dort mehr Platz zum Sitzen hatte.

»O Herr«, sagte Bosambo, »wenn du mir das Land zurückgibst, das du mir gestohlen hast, so daß ich ungehindert von einem Teil meines Landes zum andern gelangen kann, so werde ich dir dafür viele Inseln auf dem Strom geben.«

»Das ist ein närrisches Palaver«, sagte B'limi Saka, »denn du hast keine Inseln, die du verschenken kannst!«

»Ich sage dir, B'limi Saka«, erklärte Bosambo, »meine jungen Leute sind furchtbar aufgebracht über dich, denn sie wissen, daß du die Bäume auf die Höhe gepflanzt hast, und wenn sie zu ihrem Boden wollen, müssen sie einen langen Weg zum Ufer machen, daß ihre Beine müde werden. Ich fürchte, daß ich sie bald nicht mehr halten kann, denn sie sind sehr kühn und voller Anmaßung.«

»O Herr«, erwiderte B'limi Saka bedeutungsvoll, »auch meine jungen Leute sind sehr kampfbegierig.«

Das Palaver war gescheitert, und als die letzten Ratgeber der Lombobo im Walde verschwanden, zog das Brunnenvolk über das verbotene Gelände zu Bosambos Wohnsitz.

»O mein Herr, wir sind die, von denen du gehört hast«, sagte der alte Mann, der sie führte. »Auch haben wir ein Buch für dich mitgebracht.«

Der Alte nahm das Tuch, das er um seine Hüften trug, faltete es sorgsam auseinander und holte ein Papier daraus hervor, das er Bosambo übergab.

»Von Militini, bei Ogibos Dorf, im Lande der Akasava.

An Bosambo – möge ihn Gott erhalten.

Ich gebe dieses Schreiben dem Häuptling des Brunnenvolkes, damit Du weißt, daß sie in meiner Gunst stehen. Sie sind ein einfaches Volk und sehr furchtsam. Laß sie in Frieden durch Dein Land ziehen, denn sie suchen einen heiligen Platz. Und gib ihnen Hügel, damit sie Löcher graben können, denn sie suchen Wahrheit. Friede sei mit Dir und Deinem Hause, Bosambo.

Auf meinem Schiff beim Kanal der Felsen.«

»O Herr«, sagte der alte Häuptling, »es ist wahr, wir suchen etwas, das Glanz hat, das weiß bleibt, wenn es weiß ist, und schwarz, wenn es schwarz ist. Der weise I'dusi hat gesagt ›Grabt in der Erde nach Wahrheit, sucht in den Tiefen der Erde, denn sie liegt an verborgenen Plätzen im Mittelpunkt der Welt‹.«

Bosambo überlegte. Plötzlich kam ihm eine große Erleuchtung.

»Was für Löcher grabt ihr, alter Mann?«

»O Herr, wir graben tiefe Löcher, denn wir sind kluge Werkleute und fürchten den Tod nicht, wie es die anderen gewöhnlichen Menschen tun. Auch graben wir sie – in das Innere von Hügeln.«

Bosambo schaute haßerfüllt auf die Höhe, die mit roten Gummibäumen bepflanzt war.

»Alter Mann«, sagte er dann freundlich, »hier sollt ihr graben, du und dein Volk, denn in dem Innern dieses Hügels ist eine solche Wahrheit, wie du sie suchst. Meine jungen Leute sollen dir Nahrung bringen und Hütten für dich bauen, und du sollst einen Ratgeber haben, der viel von Hügeln versteht und dir Weg und Richtung zeigen kann.«

Die Augen des alten Mannes leuchteten vor Freude auf, und er umklammerte die Fußgelenke seines großherzigen Gastfreundes.

»O Herr«, sagte er demütig, »nun ist die Weissagung erfüllt.«

Bosambo beobachtete sie, als sie das Lied des Brunnens sangen und sich an die Arbeit machten. Frauen, Männer und selbst kleine Kinder untergruben das Gebiet des Häuptlings B'limi Saka und schufen für Bosambo den Durchgang, nach dem sein Herz sich sehnte.

## *Das grüne Krokodil*

### I

Cala cala, vor langer Zeit, lebten sieben Brüder in der Bucht des grünen Krokodils. In jenen Tagen führte sie diesen Namen aber noch nicht, denn damals war das grüne Ungeheuer noch nicht vorhanden.

Die sieben Brüder hatten aber sieben Weiber, die Schwestern waren. Die Sage erzählt, daß diese sieben Frauen ihren Männern untreu waren. Als nun in einer Vollmondnacht die Brüder von einer Fahrt zurückkehrten, die sie durch die Wälder gemacht hatten, und von den bösen Taten ihrer Frauen erfuhren, banden sie die

Schwestern zusammen, die Hand der einen an den Fuß der anderen, und warfen sie in den Strom. Kaum waren sie in den schwarzen Fluten verschwunden, als das Wasser unheimlich wirbelte und brodelte. Und an der Stelle, wo die treulosen Weiber versunken waren, erschien ein schreckliches Ungeheuer, so daß die sieben Brüder vor Furcht entflohen.

Es war ein grünes Krokodil mit einer langen, häßlichen Schnauze, kalten, bösen Augen und großen Füßen mit Klauen. Man sagte, daß die Frauen durch einen Zauber in dieses Ungetüm verwandelt worden seien, das in der Bucht am Fluß lebte, und viele Leute glaubten daran.

Sicher ist nur, daß dieses schreckliche Ungetüm lange Zeit hindurch sich seines Lebens freute, ohne daß ihm jemand nachstellte. Es war in unangefochtenem Besitz der flachen Sandbank, wo es seine Eier ablegte, und niemand störte es, wenn es sich an der sandigen Küste herumtrieb.

Alle Leute betrachteten es ehrfurchtsvoll und brachten ihm lebende und tote Opfer dar. Manchmal erschlug man auch einen oder mehrere Krüppel am Ufer und ließ sie als Fraß für das grüne Krokodil liegen. Wenn irgendwo in den umliegenden Dörfern ein Mord geschah, schaffte man den Toten zu der Bucht des grünen Krokodils, um die Spuren des Verbrechens zu verwischen. Die Eingeborenen achteten deshalb das Tier, und man sagte: »Sandi spricht nicht die Sprache des grünen Krokodils.«

Zuweilen entfernte sich M'zuba aus der Ruhe ihres stillen Verstecks und beteiligte sich an dem abenteuerlichen Leben auf dem großen Fluß. Eines Tages lag sie wieder dort; ihr ganzer Körper war im Wasser verborgen, nur ihre bösen Augen waren auf der Oberfläche zu sehen. Ein furchtsamer junger Rehbock kam gerade auf seinem Weg durch den Wald quer über die Pflanzungen zum Wasser. Von Zeit zu Zeit stand er lauschend still und zitterte bei dem leisesten Geräusch. Er schaute auf seinen Weg, kam einige Schritte vorwärts und suchte dann wieder ängstlich nach den Gefahren der grausamen Welt. Endlich erreichte er das Ufer, sah sich noch einmal um und neigte dann den Kopf, um zu trinken.

Schnell wie der Blitz fuhr das grüne Krokodil aus dem Wasser, schnappte zu und faßte den Kopf des Rehbocks. Erbarmungslos zog es das zarte Tier, das sich mit allen Kräften wehrte, in die Tiefe.

In der Mitte des Stromes fuhr ein kleines weißes Motorboot, und ein empörter junger Mann beobachtete diese Tragödie von der Kommandobrücke aus. Das grüne Krokodil versteckte seine Beute unter einem vorspringenden Felsen, sechs Fuß unter der Wasseroberfläche. In diese Höhle brachte es das große Tier und schloß mit seinen mächtigen Pranken den Eingang wieder durch Sand und Steine. Überaus zufrieden mit dem Erfolg, kam das grüne Krokodil wieder an die Oberfläche, um sich in der Bruthitze der Morgensonne zu wärmen.

Es betrachtete die umliegende Welt, die niedrige Küste, den heißen, blauen Himmel, und es sah auf dem Fluß, der breit und ruhig dalag, ein merkwürdiges, weißes großes Ding, das vorher schon oft dampfend vorbeigefahren war.

Und das war das letzte, was seine Augen erblickten. Denn Bones zielte auf der Kommandobrücke der »Zaire« mit seinem Schnelladegewehr nach ihm und drückte ab. Von einem Explosivgeschoß in den Kopf getroffen, sank M'zuba in einem Wasserwirbel unter.

»So sollen alle bösen Krokodile zum Teufel gehen!« rief Bones, der sehr mit sich selbst zufrieden war, und stellte das Gewehr wieder auf den Ständer.

»Zum Kuckuck, was schießen Sie denn schon so früh am Morgen?« fragte Hamilton.

Er trat in seinem Pyjama heraus, einen Tropenhelm auf dem Kopf. Seine Moskitoschuhe reichten bis zu den Knien.

»Ein Krokodil, Sir!« sagte Bones.

»Warum verschwenden Sie gute Munition auf so gemeine Tiere? War es denn etwas Besonderes?«

»Ein unheimlich großes Ding!« sagte Bones begeistert. »Etwa fünfzig Fuß lang und so grün wie...«

»Grün?« wiederholte Hamilton schnell. »Wo sind wir denn eigentlich?« Er schaute schnell auf die Küste, um sich zu orientieren. »Hoffentlich haben Sie nicht M'zuba getötet!«

»Ich kenne Ihren Freund nicht beim Namen, aber warum sollte ich ihn denn nicht totschießen?«

»M'zuba ist eine Art heiliges Krokodil, Sie verrückter Esel!«

»Dann war sie niemals so heilig wie jetzt, Sir, denn sie fliegt augenblicklich im Krokodilhimmel umher«, sagte Bones redselig. »Denn ich bin einer von diesen todsicheren Schützen – wenn ich nur einen Blick auf ein Tier richte –«

»Setzt sofort das Kanu auf den Fluß und laßt den Heizer nach dem grünen Krokodil tauchen!« sagte Hamilton zu seiner Ordonnanz. Denn ein totes Krokodil sinkt unweigerlich auf den Grund, und man kann es nur entdecken, wenn man danach taucht.

Nach langen Anstrengungen brachten sie das Tier an die Oberfläche, und Hamilton seufzte.

»Es ist tatsächlich M'zuba!« sagte er verzweifelt. »O Bones, was haben Sie wieder angestellt!«

Bones sagte nichts. Er ging schweigend zum Achterdeck und zog die blaue Fahne auf halbmast. Glücklicherweise bemerkte Hamilton diese Unverschämtheit erst viel später.

Hamilton konnte seine Leute nicht zusammenrufen und ihnen über das grüne Krokodil und sein unzeitiges Ende Schweigen auferlegen, ohne dadurch die voreilige Tat des Leutnants Tibbetts noch zu verschlimmern. Der einzige Ausweg blieb nur, den Tod M'zubas als eine Sache zu behandeln, die jeden Tag vorkommen kann und über die man sich weiter nicht beunruhigt. Als er beim ersten Dorf anlegte, kam eine traurige Abordnung zu ihm, zu der auch ein Häuptling und ein beleidigter Zauberdoktor gehörten, und beklagte das Mißgeschick. Aber Hamilton tat die Sache großzügig ab.

»Was hat es zu sagen, ob in diesem großen Strom ein Krokodil mehr oder weniger lebt?« fragte er.

»Herr, dies war kein Krokodil«, begann der Zauberdoktor, »es war ein von uns verhexter Geist, und es war unser Ju-Ju seit vielen

Jahren. Es brachte uns große Ernten und ein gutes Wetter, weil wir es gut hielten. Und es hat alle Krankheiten und Teufel aufgefressen, die zu unseren Dörfern kamen. Jetzt aber werden wir großes Unglück erleiden.«

»Bugobo«, sagte Hamilton, »du sprichst wie ein Verrückter. Denn wie kann ein Krokodil, das nur im Wasser lebt und alt und böse ist, einem Volk Glück bringen? Es hat Frauen und Kinder gestohlen und war gefährlich für eure Ziegen.«

»Wie kann der Strom fließen, o Herr?« entgegnete der Mann. »Und er fließt doch!«

Hamilton dachte einen Augenblick nach.

»Ich sage euch dies, und ihr sollt es allen Leuten mitteilen, die euch fragen. Ich werde durch meinen Zauber ein anderes grünes Krokodil zu diesem Strom bringen, das größer und schöner ist als M'zuba, und es soll ein Ju-Ju für alle sein.«

»Nun ist es Ihre Pflicht, auf die Suche zu gehen«, sagte er zu Bones, als sich die Abordnung entfernt hatte, »und schnell ein schönes, ansehnliches Krokodil für das alte herbeizuschaffen, das Sie so leichtsinnig getötet haben!«

Bones verging der Atem. »Sir, lieber Sir«, sagte er schwach, »die Gebräuche und Gewohnheiten der hiesigen Fauna kenne ich durchaus nicht. Ich will Ihnen ein Krokodil fangen mit dem größten Vergnügen, obgleich, soviel ich weiß, in den Dienstvorschriften nichts davon steht, daß es zu den Pflichten eines Offiziers gehört, Krokodile zu fangen.«

Hamilton kümmerte sich wenig um einen Ersatz für den früheren Bewohner der Bucht, bis er erfuhr, daß man seine Worte sehr ernst nahm und daß man am ganzen Fluß davon sprach, daß bald ein neues Krokodil kommen werde.

Dies ist eine Tatsache, die durch offizielle Bestätigung erhärtet wird. Obwohl die »Berichte über die Territorien« keine Notiz von Geistern, Gespenstern und anderen okkulten Dingen nehmen, sondern sich mit weltlichen Angelegenheiten beschäftigen, z. B. ob die Ernte gut ausgefallen und die Disziplin unter den Stämmen gut sei, machten sie doch in jenem besonderen Jahr eine Ausnahme und waren für Hamilton und für den Gouverneur in seinem fernen Steinhaus eine böse Lektüre.

Die Ernten waren im ganzen Land gut geraten, so daß Hamilton schon die Folgen fürchtete, denn die Männer kämpften lieber mit vollen Speisekammern als ohne solche. Nur in der unmittelbaren Nähe der Bucht hatte es eine Mißernte gegeben. Auch die Fische, die sonst ihren Aufenthalt hier hatten, setzten es sich in den verrückten Kopf, in entfernte Gewässer abzuwandern. Hier zeigten sich also die Folgen von Bones' Mordtat in höchstem Grade. Die Kartoffeln waren schlecht, die Maisernte war aus irgendeinem Grunde mager ausgefallen, und es traten drei unerwartete Fälle von Schlafkrankheit in einem inneren Dorf auf, die von Wahnsinn begleitet waren. Um aber alles Unheil zu krönen, kam einer jener plötzlichen Stürme, die über den Strom dahinfegten, über das Dorf, und die Blitze schlugen in die Hütten ein.

»Mein Sohn«, sagte Hamilton zu Bones, als er diese Neuigkeiten erfuhr, »Sie müssen sich nun beeilen, ein neues grünes Krokodil zu finden.«

So zog denn Bones mit dem Motorboot aus und ließ Hamilton mit der schwierigen Aufgabe zurück, eine natürliche Erklärung für all die entsetzlichen Ereignisse zu geben, die über das unglückliche Volk gekommen waren.

Grüne Krokodile sind sogar in dem Großen Strom selten, obwohl er eine halbe Million anderer Arten aufweist. Denn die grüne Farbe ist nach allgemeiner Ansicht sowohl ein Anzeichen für Alter als auch für menschenfresserische Neigungen.

Wenn das grüne Krokodil auch an jener Bucht sehr verehrt werden mochte, so dehnte sich die Achtung doch nicht auf andere Gebiete aus, wo die grünen Tiere herausgesucht und schon in früher Jugend getötet wurden. Bones brachte sieben aufgeregte Tage mit Jagen und Lassowerfen zu. Manchmal mußte er auch auf große Reptile schießen, um sich selbst zu verteidigen. Aber seinem Ziel kam er nicht näher.

»Ahmet«, sagte er endlich verzweifelt, »anscheinend gibt es in diesem großen Fluß keine grünen Krokodile.«

»O Herr, es gibt schon einige«, gab der Mann zu, »denn die Leute töten sie wegen ihres bösen Einflusses.«

In jedem Dorf erfuhr Bones Neuigkeiten, die sein Herz erfreuten. Einige Leute hatten immer solch ein Ungeheuer gesehen. Es lebte entweder in einem Teich oder hauste in einer Bucht und war gewöhnlich nur im Kanu erreichbar. Bones wartete dann an dem angegebenen Platz, rauchte wütend, versteckte seine Köder in dem dichten Gebüsch oder ließ eine am Ufer angebundene Ziege einladend meckern. Aber niemals sah er auch nur einen Schimmer von einem grünen Krokodil. Es gab gelbe, graue, sandfarbene und dunkelbraune Tiere, aber es tauchte keine Färbung auf, die man auch nur annähernd als grün bezeichnen konnte.

Dringende Botschaften erreichten Bones. Die »Zaire« selbst kam mit Abibu den Strom herauf und brachte ihm einen Brief voller Schmähungen, denn Hamilton konnte sich nicht mehr retten vor den außerordentlichen Kundgebungen, die er jeden Tag über die Macht des getöteten Ungeheuers erhielt. Bones sandte den Sergeanten in dem Motorboot mit einer aufsässigen Antwort zurück und übernahm selbst die ihm viel angenehmere »Zaire«.

»Es gibt nur noch einen Ausweg«, sagte er zu sich selbst, »ich muß den guten alten Bosambo fragen.«

Er richtete die Spitze des Schiffes nach dem Ochoriland und erreichte am zweiten Tage die Stadt.

»O Herr«, sagte Bosambo leichthin, »ich habe Krokodile zu Tausenden.«

»Auch grüne?« fragte Bones ängstlich.

»Von jeder Farbe – blaue oder grüne oder rote, sogar goldene Krokodile habe ich in meinem herrlichen Fluß. Aber sie werden viel Geld kosten, denn sie sind sehr schlau, und meine Krokodiljäger sind unabhängige Leute, die es nicht nötig haben, zu arbeiten.«

Bones stoppte schnell die Flut seiner Beredsamkeit.

»O Bosambo«, sagte er, »es gibt kein Geld für dieses Palaver.

Aber ich muß ein grünes Krokodil haben, denn das böse Volk der unteren Isisi behauptet, ich hätte einen Zauber auf sein Land gelegt, weil ich das grüne Krokodil M'zuba erschoß. Solch ein Krokodil muß ich wieder haben, bevor der Monat zu Ende geht. Mein Herr Militini hat mir mächtige Botschaften deshalb gesandt.«

Das war eine andere Sache, und Bosambo schaute zweifelnd drein.

»O Herr, welche Art von Grün war es denn? Ich habe M'zuba nie gesehen.«

Bones sah sich um. Aber weder die Bäume im Umkreis noch der Rasen unter seinen Füßen, noch das Elefantengras, das an dem Flusse wuchs, noch die jungen Isisipalmen zeigten das richtige Grün. Und doch war es notwendig, genau denselben Farbton wieder herbeizuschaffen. Er sah alle seine Bücher, sein und Hamiltons Besitztum durch, um die Farbe zu finden. Unter Hamiltons Sachen entdeckte er einen Pyjama, dessen Streifen ungefähr dem Grün entsprachen, aber die gesuchte Tönung nicht ganz trafen.

»O Ahmet«, sagte Bones endlich verzweifelt, »gehe zu dem Lagerverwalter und lasse ihn alle Farben bringen, die er hat, damit ich Bosambo eine bestimmte Farbe zeigen kann.«

Sie fanden die genaue Nuance schließlich an einem Zehn-Pfund-Emailleeimer.

Bosambo dachte lange nach. »O Herr«, sagte er dann, »ich glaube, ich weiß, wo ich ein Krokodil finden kann, wie du es brauchst.«

Spät in der Nacht kam Bones zu einem langen und ernsten Palaver in Bosambos Hütte, und eine Stunde vor Tagesanbruch brach er mit Bosambo und seinen Jägern auf. Er wurde zu einer gewissen Bucht im Ochoriland gerudert, die wegen der Größe und Stärke ihrer Krokodile bekannt war.

## 2

Zweifellos hatte Hamilton eine schwierige Aufgabe zu lösen. Obwohl sich der Kummer, den er stillen mußte, auf dies eine Gebiet beschränkte, über dem der Geist M'zubas waltete, gab es doch viele Mitfühlende, die die Ereignisse ebenso bitter empfanden wie die Beteiligten selbst. Downing Street nannte das »lokale religiöse Gebräuche«.

Ein unerlaubtes Palaver wurde in dem Wald abgehalten, an dem sich die Akasava und die N'gombi beteiligten. Späher brachten die Nachricht zu Hamilton, daß die kleinen Zauberdoktoren durch die Dörfer gingen und Geschichten von Verwüstungen erzählten, die als Folge von M'zubas Tod auftraten.

Hamilton bereitete dem Palaver ein jähes Ende. Zwanzig Soldaten und ein Maschinengewehr waren ungebetene Gäste bei dieser Versammlung, und die Teilnehmer zogen sich verwirrt zurück. Die Haussa fingen zwei Zauberdoktoren. Einen ließ Hamilton vor aller Augen auspeitschen, den anderen schickte er für zwölf Monate in das Dorf der Ketten.

Die ganze Zeit über sprach er von dem neuen grünen Krokodil, welches er durch seine Zauberkraft herbeirufen würde und welches sicherlich in dem Teich erscheinen würde, mit einem Bein an einen Pfahl gebunden, damit es alle Leute sehen könnten.

Er gründete (ganz ohne sein Zutun) eine Sekte der Verehrer des neuen grünen Krokodils. Es bedurfte nur noch der körperlichen Gegenwart seiner neuen Gottheit, um die wenigen mißtrauischen Gefühle völlig auszutreiben, die noch vorhanden waren.

Tag um Tag verging, aber es kam keine Nachricht von Bones. Captain Hamilton verfluchte ihn und seine Verwandten und die ganze Grausamkeit des Geschicks, die Bones unter seinen Befehl gebracht hatte.

Aber eines Morgens, als Hamilton noch schlief, erschien der Müßiggänger wieder. Stolz und triumphierend kam er zurück. Er schlich sich so leise in das Dorf, daß ihn nicht einmal die Haussa-

Schildwache hörte, die vor Hamiltons Hütte schlummerte. Flüsternd gab er seine Anordnungen und landete seine ungewöhnliche Last. Eine große, mit einem Lasso zugebundene Schnauze und gefesselte Füße kamen zum Vorschein. Der mächtige Schwanz des Tieres war fest zwischen zwei Bretter geklemmt (für diese hervorragende Idee war Bones verantwortlich). Dann ging Leutnant Tibbetts zu der Hütte seines Vorgesetzten und weckte ihn auf.

»So, Sie sind hier?« sagte Hamilton.

»Ja, ich bin hier«, antwortete Bones zitternd vor Stolz, so daß Hamilton sofort wußte, daß er Erfolg gehabt hatte. »Gemäß Ihren Befehlen, Sir, habe ich das grüne Krokodil gefangen. Es ist von ungeheurer Größe und viel höher als Ihre verewigte Freundin. Nach Ihren Befehlen, die mir in einem Brief übersandt wurden, datiert vom 23. dieses Monats, habe ich es am rechten Bein in der Nähe des Teiches befestigt. Wenigstens war es befestigt«, fügte er vorsichtig hinzu, »aber infolge gewisser technischer Schwierigkeiten entschlüpfte es den Ketten und wälzt sich nun in seinem angeborenen Element.«

»Sie waren nicht faul, Bones – wie?« fragte Hamilton, der aufgestanden war und sich ankleidete.

»Vollkommen wahr und richtig, Sir, ich war nicht faul«, sagte Bones steif. »Geben Sie mir irgendeine Aufgabe, und mit Hilfe des netten, alten Bosambo –«

»Hat Bosambo Ihnen beigestanden?«

Bones zögerte. »Er hat mir viel geholfen«, sagte er, »aber die eigentliche Idee hatte sozusagen ich.«

Hamiltons Trommeln riefen die Bewohner der umliegenden Dörfer zu dem Palaverhaus zusammen. Die Neuigkeit war aber schon durch das kleine Gebiet gesickert, und es versammelte sich eine große Menge, die begierig auf die Botschaft wartete, die Hamilton zu verkünden hatte.

»O Volk«, sagte er, »alles, was ich euch versprochen habe, ist nun erfüllt. Schaut jetzt in den Teich, denn ihr sollt mit mir das Wunder sehen – ein größeres Krokodil als M'zuba wird nun hier wohnen, ein mächtiger, segensreicher Geist, der eure Ernten beschützen und so wie M'zuba sein wird, ja noch besser. All dies habe ich für euch getan.«

»Der Herr Tibbetti hat es für euch getan«, soufflierte Bones heiser.

»All dieses habe ich für euch getan«, wiederholte Hamilton, »weil ich euch liebe.«

Er führte sie den Weg durch die breite, weitläufige Pflanzung zu dem großen Teich, der in einer engen Bucht beginnt, die vom Fluß herführt und im Osten des Dorfes breiter wird.

Alle standen und beobachteten das stille Wasser, aber es ereignete sich nichts.

»Können Sie ihm pfeifen oder sonst etwas tun, damit es heraufkommt?« fragte Hamilton.

»Sir«, sagte Bones entrüstet, »ich bin kein Krokodilzähmer – ich erfreue Sie zwar gern und bin auch in Redekünsten erfahren, aber ich hatte noch nicht das Vergnügen, im Lauf einer Woche ein Krokodil zu veranlassen, mir auf den Füßen zu folgen.«

Aber Eingeborene sind geduldig.

Sie standen und schwatzten und betrachteten die unbewegte Wasserfläche eine halbe Stunde lang. Dann kam plötzlich freudige Bewegung in die Menge.

Das neue Krokodil wurde sichtbar. Es bewegte sich langsam auf eine Sandbank zu, die sich mitten im Teich über dem Wasser zeigte. Zuerst ragte seine Schnauze aus dem Wasser, dann kam der ganze, lange Körper zum Vorschein. Hamilton verging fast er Atem.

»Großer Gott, Bones!« flüsterte er verwirrt, und sein Erstaunen fand ein tausendfaches Echo.

Und es war auch Grund vorhanden, sich über dieses Schauspiel zu wundern, das der selbstzufriedene Bones ihm darbot.

Denn dieses große Reptil schillerte in einem so lebendigen Grün, daß es die Farben des Waldes in den Schatten stellte. Mitten über seinen breiten Rücken lief eine Zickzacklinie in Orange.

»Oho!« pfiff Hamilton, »das sieht nach etwas aus!«

Die Beifallsäußerungen des Volkes waren unverkennbar. Das Krokodil aber wandte seinen häßlichen Kopf, und Bones schien es einen Augenblick, als ob seine Augen ihn giftig anschauten. Später gab er zu, daß ihn ein panischer Schrecken erfaßte.

Mit einem bösen »Wuf!«, gleich dem hundertfach verstärkten grollenden Bellen eines Hundes, glitt es in das Wasser zurück und verschwand in der Bucht.

»Das haben Sie großartig gemacht, Bones – einfach großartig!« sagte Hamilton und klopfte ihm auf die Schulter. »Wirklich, Sie sind ein Teufelskerl!«

»Keineswegs, Sir!«

Bones speiste auf der »Zaire« und beantwortete nur einsilbig die Fragen, die Hamilton wegen der Suche und des Aufenthaltsortes dieses wunderbaren Tieres an ihn richtete. Nach dem Essen, als sie in der Dämmerung ihre Zigarren rauchten und die »Zaire« ihren Weg zur Küste nahm, gab Bones seinen Gedanken Ausdruck.

Aber merkwürdigerweise handelte das Gespräch weder direkt noch indirekt von seiner Entdeckung.

»Wann wurde eigentlich das Boot zuletzt neu gestrichen?« fragte er.

»Ungefähr sechs Monate vor Sanders' Abreise«, erwiderte Hamilton überrascht. »Wie kommen Sie darauf?«

»Ach, ich meinte nur so, Sir!« sagte Bones und pfiff eine flotte Melodie. Dann kehrte er wieder zu seinem Thema zurück.

»Ich fragte nur, weil sich doch die Emaillefarbe in den Kabinen und auch sonst sehr gut gehalten hat.«

»Ja, sie ist wirklich dauerhaft«, gab Hamilton zu.

»Wissen Sie, das Grün in dem Baderaum ist direkt schön – ob es auch haltbar ist?«

»Sie meinen die Emaillefarbe?« fragte Hamilton lächelnd.

»Sicher! Ich verstehe zwar nicht viel von solchen Dingen, Bones, aber ich glaube, daß sie noch ein weiteres Jahr hält, ohne daß man die geringste Abnutzung merkt.«

»Ist sie auch wasserbeständig?« fragte Bones nach einer langen Pause.

»Wie?«

»Ich meine, ob sie nicht verderben wird, wenn man viel Wasser darauf schüttet?«

»Deshalb hat man doch gerade das Badezimmer damit angestrichen«, sagte Hamilton. »Aber warum fragen Sie eigentlich?«

»Ach, es interessierte mich bloß.« Bones schaute gleichgültig zu den Sternen auf, die vom Himmel herableuchteten – aber innerlich grinste er.

## *Henry Hamilton Bones*

Leutnant Tibbetts und Captain Hamilton waren böse aufeinander.

Bones mochte eine noch so korrekte Haltung annehmen und bei jeder möglichen und unmöglichen Gelegenheit salutieren und die Hacken zusammenklappen nach Art der Deutschen, er mochte steif und formell sein – es änderte nichts daran, daß Hamilton ihn geringschätzig behandelte.

Bones war beleidigt. Hamilton hatte sich ihm gegenüber benommen, wie es ein Kamerad nicht tun soll. Er sprach abfällig und grob von der Ausführung eines Auftrages, den Bones unglücklicherweise nicht richtig erledigt hatte. Oben im Akasavaland hatte M'bisibi, ein weiser Mann, das Erscheinen eines Teufelskindes vorausgesagt. Nach seinen Worten sollte es in einer Nacht geboren werden, wenn der Mond dicht über dem Fluß stand und Regen in den Wäldern fiel.

Das Kind sollte »Iwa« genannt werden, das bedeutet Tod. Und zuerst sollte seine Mutter sterben, dann sein Vater, und es sollte eine Plage für sein Volk und eine Pestilenz für seinen Stamm sein. Die Ernten würden verdorren, wenn es über die Felder ging, die Fische des Flusses würden sterben und mit dem Bauch nach oben den Fluß hinuntertreiben, und bis zu dem Tode Iwa M'fabas sollten die N'gombi-Isisi nichts als Mißgeschick und Unglück erfahren.

Das war die Weissagung M'bisibis, und seine Worte verbreiteten sich stromauf und stromab, denn er war ein alter Prophet und sehr geachtet, selbst von Bosambo, dem Oberhäuptling der Ochori.

Auch Hamilton hörte früh genug von dem Gerücht und entsandte Bones in größter Eile, um die Ankunft eines solchen Teufelskindes abzuwarten, das taktlos genug sein könnte, in einem derartig unglückbringenden Augenblick auf der Welt zu erscheinen, um die Weissagungen des M'bisibi zu erfüllen.

Bones aber war zum falschen Dorf gegangen, obwohl ihn sein Steuermann und sein Sergeant auf den Irrtum aufmerksam machten. Glücklicherweise war kein Kind dort geboren worden, wie man ihm glaubwürdig berichtete, so daß die Weissagung unerfüllt blieb.

»Das junge Leben würde auf Ihr Haupt kommen, wenn es anders wäre«, sagte Hamilton zu ihm.

»Jawohl, Sir!«

»Ich erzählte Ihnen nicht, daß es zwei Dörfer gibt, die Inkau heißen«, gab Hamilton zu, »weil ich nicht ahnen konnte, daß Sie so wenig intelligent wären, zu dem falschen zu gehen!«

»Nein, Sir«, stimmte Bones geduldig bei.

»Ich dachte, daß die Aufgabe, unschuldige Kinder zu retten, Sie zu regerer Tätigkeit anspornen würde!«

»Natürlich, Sir!«

»Ich habe mir aber jetzt eine Meinung über Sie gebildet!«

»Jawohl – Sie meinen, daß ich ein Esel bin, nicht wahr?«

Hamilton nickte nur, es war zu heiß, um zu sprechen.

»Das ist ja ein interessanter Schluß, zu dem Sie da gekommen sind«, sagte Bones nachdenklich. »Nicht ganz ohne Originalität, als Sie zum erstenmal diesen Gedanken hatten, aber wenn Sie mich immer wieder einen Esel nennen, so ist das – verzeihen Sie meine Kritik, Sir – etwas gemein, abgesehen davon, daß es dem Geist und

Buchstaben der Armeevorschriften widerspricht.«

Dann verließ er seinen Vorgesetzten, ohne noch ein Wort hinzuzufügen. Drei Tage lang saßen sich die beiden beim Frühstück, Mittagessen und Abendbrot gegenüber, und keiner von ihnen sagte mehr als: »Darf ich Ihnen das Brot reichen, Sir?« – »Danke. Möchten Sie das Salz haben?«

Hamilton war so beschäftigt, daß er den ganzen Vorfall vergessen hätte, aber Bones ließ sich keine Gelegenheit entgehen, ihn daran zu erinnern, daß er sich tödlich beleidigt fühlte.

Eines Abends saßen sie nach dem Essen Seite an Seite auf der Veranda und tranken ihren Kaffee. Keiner sprach ein Wort, und die Sitzung hätte wahrscheinlich mit dem üblichen »Gute Nacht« geendet. Bones hätte vorschriftsmäßig gegrüßt und Hamilton ebenso vorschriftsmäßig gedankt. Aber es sollte anders kommen.

Eine Gestalt erschien im Dunkeln, überquerte zögernd den großen Exerzierplatz und kam schließlich mit schleppendem Gang durch den Garten zu der Veranda.

Es war ein kleiner, magerer Knabe, wie Hamilton in dem Halbdunkel erkennen konnte.

Der Junge war nackt wie ein Neugeborener und trug ein einzelnes Ruder in der Hand.

»O Knabe!« rief Hamilton. »Ich sehe dich!«

»Wanda!« antwortete der Junge, und es klang Furcht aus seiner Stimme. Er zögerte und besann sich, ob er davonlaufen oder sein verzweifeltes Unternehmen zum Abschluß bringen sollte.

»Komm zu mir herauf!« sagte Hamilton freundlich.

Er erkannte an dem Dialekt, daß der Besucher von weit kommen mußte. Der Knabe hatte sein altes Kanu eine Meile von der Residenz entfernt im Elefantengras am Ufer verborgen. Drei Tage und Nächte war er auf dem Strom unterwegs gewesen. Nun kam er in Furcht und Verwirrung auf die Veranda und stand auf dem glatten, ungewohnten Fußboden. Er war so verlegen, daß er mit den Zehen spielte.

»Woher und warum bist du gekommen?« fragte Hamilton.

»O Herr, ich komme von dem Dorf, in dem M'bisibi wohnt. Meine Mutter hat mich gesandt, weil sie für ihr Leben fürchtet, denn mein Vater ist auf einer großen Jagd. Ich heiße Tilimi-N'kema.«

»Erzähle weiter, Tilimi-N'kema, und sage mir, warum deine Mutter für ihr Leben fürchtet.«

Eine Zeitlang war der Junge ruhig. Offenbar versuchte er, sich wieder an seine Botschaft zu erinnern, die er wie ein kleiner Papagei gelernt hatte, um sie Wort für Wort zu wiederholen.

»So spricht die Frau, meine Mutter«, sagte er schließlich mit der monotonen Stimme aller kleiner Jungen, die etwas auswendig Gelerntes hersagen müssen. »An einem gewissen Tage, als es Vollmond war und in den Wäldern Regen fiel, so daß wir es alle in dem Dorfe hörten, hat meine Mutter ein Kind geboren, das mein eigener Bruder ist. Und, o Herr, weil sie sich wegen der Worte fürchtete, die der alte M'bisibi gesprochen hat, ging sie in den Wald zu einem Zauberdoktor. Dort kam das Kind zur Welt. Und es scheint mir besser«, sagte der Junge mit dem seltsamen Verständnis, das alle Eingeborenenkinder besitzen, denen die Geheimnisse des Lebens und des Todes nicht verborgen sind, »daß sie das tat, denn sonst hätte man das Kind geopfert. Als sie nun zurückkam und die Leute zu ihr sprachen, sagte sie, daß der Knabe tot sei. Das aber ist die Wahrheit, o Herr: Sie hat dieses Kind bei dem Zauberdoktor gelassen, und nun...« Er zögerte wieder.

»Und nun?« wiederholte Hamilton.

»Nun, o Herr, sagte der Zauberdoktor – er heißt Bogolono –, daß sie ihm am Vollmond reiche Geschenke bringen muß, weil ihr Sohn, mein Bruder, das Teufelskind ist, das M'bisibi vorhergesagt hat. Und wenn sie ihm keine reichen Geschenke bringt, so will er das Kind zu dem Dorfe bringen. Und dann wird es zu Ende mit ihm sein.«

Hamilton rief seine Ordonnanz.

»Gib diesem Jungen zu essen!« sagte er. »Morgen wollen wir ein längeres Palaver abhalten.«

Er wartete, bis der Mann und sein Schutzbefohlener außer Hörweite waren. Dann wandte er sich zu Leutnant Tibbetts.

»Bones«, sagte er ernst, »ich denke, es wäre das beste, wenn Sie ohne großen Widerspruch nach dem Dorfe M'bisibis führen, die Frau aufsuchten und sie in Sicherheit brächten. Sie werden das Dorf jetzt kennen«, fügte er unnötigerweise hinzu. »Es ist dasselbe, das Sie das letztemal nicht finden konnten.«

Widerwillig verließ Bones die Veranda, ohne eine Antwort zu geben.

Bosambo schaute mit gekreuzten Armen auf die Gesandtschaft, die zu ihm gekommen war.

»Dies ist ein böses Palaver«, sagte er. »Denn es ist schon ein schlechtes Ding, wenn kleine Häuptlinge unrecht tun. Wenn aber sogar große Könige wie euer Herr Iberi hinter solchen Übeltaten stehen, so ist das sehr schlimm. M'bisibi, der dieses Teufelskind prophezeit hat, ist ein weiser Mann, wie wir alle wissen. Wenn er ein Mordpalaver abhält, wird Militini sehr schnell mit seinen Soldaten kommen, und dann wird es zu Ende sein mit den kleinen Häuptlingen und mit den großen Häuptlingen.«

»O Herr, so wird es sein«, sagte der Wortführer, »wenn nicht alle Häuptlinge im Lande brüderlich zusammenstehen. Und weil wir wissen, daß Sandi dich liebt, und ebenso Militini, und daß Tibbetti so freundlich zu dir ist wie zu seinem Bruder, so sprach M'bisibi dieses Wort: ›Geht zu Bosambo und sagt ihm, M'bisibi, der weise Mann, bittet ihn, zu einem großen, schrecklichen Palaver zu kommen, das wegen verschiedener Teufel abgehalten werden soll. Sagt ihm auch, daß großes Unglück über sein Land und über unser Land kommen wird, über sein Weib und die Weiber seiner Ratgeber, und über seine Kinder, wenn wir mit gewissen Teufeln nicht ein Ende machen.‹«

Bosambo saß nachdenklich da und stützte das Kinn auf die gekreuzten Fäuste.

»Es kann nicht sein«, sagte er dann. »Denn mag ich auch sterben und mögen sich alle diese merkwürdigen Dinge ereignen, von denen du eben sprachst, so darf ich doch keine ungesetzliche Tat tun, die in den Augen von Sandi, meinem Herrn, böse ist, und mit den Augen der Männer, die er zurückgelassen hat, um das Gesetz zu erfüllen. Sage dies zu M'bisibi von mir: Ich glaube, daß er sehr weise ist und daß er die Geister versteht und Palaver über sie abhalten kann. Und sage ihm weiter: Wenn er Verwünschungen über meine Hütten ausspricht, dann werde ich mit meinen Speerleuten zu ihm kommen und ihn an seinen Ohren an einen hohen Baum hängen, obgleich er mit Geistern schläft und ganze Heere von Teufeln befehligt. Das Palaver ist aus.«

Der Bote brachte die Nachricht zu M'bisibi und ebenso zu den Häuptlingen und Ältesten, die im Palaverhaus versammelt waren. M'bisibi wußte, daß Bosambo das tun würde, was er sagte, und obgleich er alt und weise war, zitterte er, denn alte Leute schätzen das Leben mehr als junge. Dies ist allen Rassen und Farben gemeinsam.

»Bogolono, bringe das Kind herbei«, sagte er zu dem Mann, der an seiner Seite saß. Viele Ketten von Menschenzähnen hingen um seinen Hals, und um seine Augen hatte er Kreise aus weißer Asche gezogen. »Es soll nach dem alten Brauch geopfert werden, wie es in den Tagen unserer Väter und Vorväter war.«

Sie suchten einen Platz im Wald, wo vier junge Bäume an den Ecken eines ungefähren Quadrates standen. Mit kurzen Buschmessern schlugen die Leute alle jungen Zweige ab und ließen nur vier kahle Stämme übrig, von denen der Saft heruntertropfte. Mit großer Sorgfalt bogen sie die Spitzen der Bäume zur Erde, bis sie sich berührten. Dann schnitten sie die äußeren Spitzen ab, bis sie alle gleich waren. An den vier Enden befestigten sie Taue, eines für jeden Arm und für jedes Bein des Teufelskindes. Mit anderen Stricken wurden die Bäume in ihrer Lage festgehalten.

»Dieses ist der Zauber«, sagte M'bisibi. »Wenn der Mond diese Nacht voll ist, werden wir zuerst eine Ziege opfern, dann ein Huhn, und wir werden verschiedene Teile dieser Tiere in einem

Feuer von weißem Harz verbrennen. Dann will ich geheimnisvolle Zeichen auf das Gesicht des Kindes und auf seinen Bauch machen und diesen Strick durchschlagen, so daß wir diesen Teufel nach den vier Ecken der Erde fortschleudern, damit er uns nicht länger schaden kann!«

In der Nacht kamen viele Häuptlinge: Iberi von den Akasava, Tilini von den kleinen Isisi, Efele (der Sturm) von den N'gombi, Lisu (der Seher) aus den inneren Gebieten. Aber Lilongo*, wie sie Bosambo von den Ochori nannten, erschien nicht.

Zwei Stunden bevor das Opfer stattfinden sollte, erreichte Bones das Dorf und landete zwanzig Haussa-Soldaten mit einem kleinen Maschinengewehr. Das Dorf lag ruhig und friedlich da. Es waren keine Anzeichen irgendeiner Ungesetzlichkeit zu bemerken. Nur eins fiel ihm auf: Er sah nur alte Leute und Kinder. M'bisibi war eine Stunde weit – es mochten auch zwei oder vier sein – in den Wald gegangen, vielleicht nach Norden, Osten, Süden – niemand wußte es.

Die Lügen und Ausflüchte, mit denen die Leute seine Fragen beantworteten, machten ihn wütend. Er besichtigte die Wege und fand, daß das Volk alle drei Ausgangspfade aus dem Dorf benützt hatte.

Das Maschinengewehr sandte er an Bord der »Zaire« zurück, teilte seine Mannschaft in drei Abteilungen und schlug in Begleitung von zwölf Mann selbst den mittleren Weg ein. Eine Stunde lang marschierte er unter großen Anstrengungen vorwärts. Einmal verlor er den Pfad und fand ihn wieder. An einer Kreuzung mußte er seine kleine Schar noch einmal teilen.

Schließlich stolperte er ganz allein über den unebenen Boden in der Finsternis vorwärts, die er nur ab und zu durch seine elektrische Taschenlampe etwas erhellen konnte. Er ging auf einen schwachen Schein rötlichen Lichtes zu, das gerade vor ihm auf-

* »Lilongo« ist abgeleitet von dem Wort »balongo«-Blut und heißt wörtlich: »Der, welcher Blutsfreundschaft bricht.«

schimmerte.

M'bisibi hielt in seinen ausgestreckten Händen ein kleines, dikkes Kind, das mit großen, erstaunten Augen ernst in die züngelnden Flammen schaute und zufrieden an seinem kleinen braunen Daumen lutschte.

»Seht dieses Kind, o ihr Häuptlinge und du Volk, das geboren wurde, wie ich es voraussagte, und das von Teufeln besessen ist!« sagte M'bisibi.

Das Kind wandte den Kopf, so daß der kleine, fette Hals ganz faltig wurde, und sagte »Ah!« zu dem Feuer. Es schien ihm zu gefallen, denn es lachte.

»Jetzt sprechen die Teufel aus ihm!« fuhr M'bisibi fort. »Aber gleich werdet ihr sie schreien hören, weil ich sie vernichtet habe!« Und dann ging er zu den vier Bäumen.

Zerkratzt und blutend lief Bones schnell hinter ihm her. Seine Uniform war an vielen Stellen zerrissen.

»Das ist das gesuchte Kind!«

Ungeschickt griff er nach dem Opfer M'bisibis.

Man stelle sich Bones mit dem Baby unterm Arm vor, das sich ungemütlich fühlte und unter seinem harten Griff schließlich fürchterliches Geschrei anstimmte.

»O Herr«, sagte M'bisibi, und atmete schnell, »was suchst du?«

»Das, was ich habe!« erwiderte Bones und wehrte ihn mit der schwarzen Mündung seiner Browningpistole ab. »Morgen wirst du dich wegen vieler Verbrechen zu verantworten haben!«

Er eilte schnell dem schützenden Wald zu, denn er ahnte die kommende Gefahr.

Er hörte das Gebrüll des alten Mannes.

»O Volk, dieser weiße Mann wird den Teufel auf unser Land loslassen!«

Ein Speer fuhr in Bones' Nähe in den Stamm eines Baumes, ein anderer folgte. Er hatte keine Soldaten bei sich, und diese Versammlung von Teufelsbeschwörern war wahnsinnig in ihrer Wut auf Tibbetti.

»Snick!«

Ein Speer traf Bones' Absatz.

»Mach deine Augen zu, mein Kleiner!« sagte er und feuerte in den Haufen der Verfolger hinein. Dann rannte er vorwärts über Wurzeln und umgefallene Bäume. Es ging ums Leben. Er fiel und taumelte, und sein kleiner Begleiter brüllte, als wenn er am Spieße steckte.

»Halt doch den Schnabel!« sagte Bones ungehalten. »Zum Donnerwetter, warum schreist du eigentlich so? Habe ich dir nicht das Leben gerettet, du undankbares Teufelsbalg?«

Ab und zu machte er halt, um einen Blick auf seinen phosphoreszierenden Kompaß zu werfen. Daß man ihn weiter verfolgen würde, wußte er, aber er hatte die zweifelhafte Genugtuung, daß er den Weg verloren hatte und sich mitten im Dschungel befand.

Dann hörte er aus der Ferne einen Schuß, dem mehrere andere folgten. Er lachte. Seine Feinde waren mit einer Abteilung seiner Haussa zusammengeraten.

Das Kind war vor Ermüdung in Schlaf gefallen – Babies waren doch furchtbar schwer. Diese Tatsache war Bones vorher nie zu Bewußtsein gekommen. Aus seinem Degengurt machte er eine Schlinge, so daß ihm das Tragen etwas leichter wurde. Er war jetzt beruhigter, denn er wußte, daß M'bisibis Leute aufgehalten worden waren. Eine halbe Stunde lang setzte er sich nieder und ruhte aus. Ein Leopard kam geräuschlos durch den Wald, man konnte ihn nur an den beiden grünen Lichtern erkennen. Bones fuhr in die Höhe und leuchtete dem erschrockenen Tier mit seiner Taschenlampe ins Gesicht. Es heulte vor Furcht auf und lief durch den Wald davon. Das Geheul weckte aber Bones' Schützling wieder auf. Das Kind war hungrig, brüllte und wollte nicht wieder schlafen, ohne Nahrung bekommen zu haben. Sein Pflegevater konnte ihm aber nichts geben. Er wiegte das wimmernde Kind auf seinen Armen.

»Der böse alte Leopard ist gekommen und hat mein Kind in der Nacht aufgeweckt«, sagte er leise zu ihm.

Die Spitze von Bones' kleinem Finger beruhigte schließlich das Baby wieder, obgleich das nur ein schwacher Ersatz für die Nahrung war, auf die es doch ein Recht hatte. Langsam weinte es sich in Schlaf.

Leutnant Tibbetts schaute auf seinen Kompaß. Er hatte festgestellt, daß die Schüsse östlich von ihm gefallen waren. Er ging aber nicht auf diese Richtung zu, da er fürchten mußte, mit seinen Feinden zusammenzustoßen, die jetzt nach dem Fluß gehen würden.

Zwei Stunden vor Tagesanbruch schlief er ein wenig ein. Plötzlich wurde er durch ein Zerren an seiner Nase geweckt. Er fuhr auf und setzte das Baby auf den weichen Boden. Dann stemmte er die Arme in die Hüften, klemmte das Monokel ins Auge und besah sich seinen unruhigen Gefährten.

»Warum zum Teufel machst du all diesen Unsinn?« fragte er entrüstet. »Sei doch etwas ruhig, du kleiner Schlingel. Übe dich ein wenig in anständigem Betragen, alter Kerl!«

Aber das kleine, dicke Kind auf dem Boden schrie in einem fort. Es protestierte gegen diese ungewohnte und unsachliche Behandlung.

»Vermutlich hast du Hunger«, sagte Bones verdrießlich und schaute hilflos umher.

Er durchsuchte seine Taschen und fand glücklicherweise ein Biskuit. In der Feldflasche hatte er noch eine halbe Tasse warmen Tee. Er fütterte das Kind mit eingetauchtem Biskuit und trank den Tee selbst.

»Man müßte dich eigentlich baden«, sagte er streng. Aber erst eine Stunde später kam er zu einem kleinen Waldteich, in dem er diese Prozedur vornehmen konnte.

Um zwei Uhr nachmittags – er konnte nur schätzen, weil seine Uhr stehengeblieben war – fand er einen Weg, auf dem er das Dorf noch vor Sonnenuntergang hätte erreichen können. Aber er verfehlte den Pfad wieder und entdeckte gleichzeitig, daß er seinen Kompaß verloren hatte.

Verzweifelt schaute er auf das wache Kind.

»Lieber, alter Waffengefährte«, sagte er traurig, »jetzt sind wir verloren.«

Das Baby lächelte.

»Darüber gibt's nichts zu lachen, du verrückter alter Esel!«

»O Herr, von Tibbetti weiß ich nichts«, sagte M'bisibi grämlich und mißgestimmt.

»Dann wirst du es lernen, bevor die Sonne schwarz wird«, erwiderte Hamilton. »Deine jungen Leute werden ihn finden, oder ich werde einen Baum für dich aussuchen, alter Mann, und du wirst schnell sterben, bei Iwa!«

»Ich habe nach ihm gesucht, o Herr!« sagte M'bisibi. »Alle meine Jäger haben den Wald durchstreift, aber sie haben ihn nicht gefunden. Aber hier ist ein kleines Teufelsding.« Er holte unter seinem Kleide Bones' Kompaß hervor. »Dies haben wir auf dem Wege entdeckt, der nach Inilaki führt.«

»Und das Kind ist bei ihm?«

»So sagen die Leute«, antwortete M'bisibi. »Aber ich weiß durch meinen Zauber, daß das Kind sterben wird. Denn wie kann ein weißer Mann, der nichts von kleinen Kindern versteht, es ernähren und pflegen? Aber«, verbesserte er sich sorgfältig, da er den Charakter des beabsichtigten Opfers hüten mußte, »wenn dieses Kind wirklich ein Teufelsbalg ist, wie ich glaube, wird es meinen Herrn Tibbetti an schreckliche Orte führen und selbst unverletzt zurückkehren.«

»Es wird dich an einen noch schrecklicheren Ort bringen«, sagte Hamilton bedeutungsvoll und schickte einen gewandten Kletterer in die Bäume, um einen Block an einem dicken Ast festzumachen und ein Seil anzubinden.

Dieses Mittel war so wirksam, daß der alte M'bisibi plötzlich sehr lebendig wurde. Signaltrommeln ertönten, und schnelle Boten machten sich von allen Dörfern auf die Suche. Jede halbe Stunde feuerte das Hotchkiß-Geschütz der »Zaire« einen lauten Schuß ab. Hamilton ging selbst in den Wald, aber sein Mut sank, als Stunde auf Stunde verging, ohne daß Nachricht von seinem Kameraden kam. »Ich sage dir dies, o Herr«, sprach der Dorfälteste, der ihn begleitete. »Ich denke, Tibbetti ist tot und das Kind auch, denn dieser Wald ist voll von bösen Geistern und wilden Tieren. Auch leben hier große, giftige Schlangen.«

Er zeigte geradeaus.

Sie hatten eine Lichtung erreicht. Hohes Gras wucherte üppig, überhängende Äste bildeten ein lauschiges Plätzchen. Große weiße Orchideen blühten, Schlingpflanzen zogen sich von Ast zu Ast und hielten die grünen Zweige in ihren Windungen fest.

Hamilton folgte der Richtung des Fingers. In der Mitte der Lichtung sah er eine lange, dunkelbraune Schlange mit lebhaft grünen und roten Flecken. Sie bewegte sich hin und her und zischte wütend.

»Großer Gott!« rief Hamilton und faßte schnell nach seinem Revolver. Aber bevor er ihn aus der Ledertasche nehmen konnte, hörte er einen scharfen Knall. Die Schlange zuckte auf, fiel wie ein Stein zurück und rollte durch das Unterholz auf den Boden. Gleich darauf erschien Bones. Er war in Hemdsärmeln und ohne Helm, hatte seine große Pfeife im Mund und kam schnell zwischen den Bäumen hervor, die Pistole in der Hand.

»Unnützer Bengel!« sagte er vorwurfsvoll, neigte sich nieder und nahm ein braunes Paket vom Boden auf. »Hat dir Papa nicht gesagt, daß du nicht so nahe an eine so große Schlange krabbeln sollst? Papa wird dir Prügel geben –«

Plötzlich sah er den verwunderten Hamilton, packte das Baby mit der linken Hand und salutierte mit der rechten. »Das Kind zur Stelle und in guter Ordnung, Sir!« meldete er dienstlich.

»Was werden Sie damit anfangen?« fragte Hamilton, nachdem Bones ein Bad genommen und mit ihm zu Abend gespeist hatte.

»Womit?« fragte Bones.

»Damit!«

Hamilton zeigte auf ein herumkrabbelndes, kleines Kind, das in diesem Augenblick freundlich zu Bones emporschaute.

»Was erwarten Sie denn, daß ich tun soll?« fragte Bones steif. »Die Mutter ist tot, und es hat keinen Vater – ich fühle eine gewisse Verantwortung für Henry.«

»Wer, zum Teufel, ist denn Henry?«

Bones stellte das Kind mit einer großartigen Handbewegung vor.

»Henry Hamilton Bones, Sir«, sagte er feierlich. »Das Kind des Regiments! Von mir adoptiert. Es soll einmal die Stütze meiner alten Tage werden!«

»Himmeldonnerwetter!« sagte Hamilton.

Er ging fort, um sich von diesem Schrecken zu erholen. Als er wiederkam, wurde er unfreiwilliger und ungesehener Zeuge einer häuslichen Szene. Denn Bones hatte das kleine dicke Wesen in seine eigene Gummibadewanne gelegt und säuberte es behutsam mit einem großen Scheuerlappen.

## *Der nächtliche Wanderer*

### I

Leutnant Francis Augustus Tibbetts erholte sich allmählich von den Anstrengungen seiner Flucht mit dem kleinen schwarzen Baby, das er vor dem Opfertod errettet hatte. Er ließ das Kind Henry Hamilton Bones taufen, und seit dieser Zeit galt sein ganzes Interesse der Lösung des Erziehungsproblems. Was er von seiner haarsträubenden Flucht und seinen verzweifelten Abenteuern nach England berichtete – wer kann das wissen?

Unglücklicherweise hatte Hamiltons Schwester, die unschuldige Vermittlerin, keine Möglichkeit, etwas von seinen Briefen zu lesen, und die anderen Empfänger der Berichte Bones' stehen leider nicht in Berührung mit dem Verfasser dieser Zeilen. Was er alles erzählte, in welch glühenden Farben er seine Wanderungen durch den Wald schilderte, weiß niemand. Aber sicher hat er darüber geschrieben.

»Was, zum Teufel, sollen denn alle die Pakete, die hier angekommen sind?« fragte Hamilton und schaute böse auf einen ganzen Berg versiegelter und verschnürter Kartons in braunem Papier.

Bones rauchte gemächlich seine Pfeife und betrachtete eins nach dem anderen. »Ich weiß es nicht genau«, sagte er dann vorsichtig. »Aber ich würde nicht überrascht sein, wenn es Kleider wären, mein Lieber!«

»Kleider?«

»Für Henry«, erklärte Bones und schnitt die Schnur des ersten Paketes durch. Nachdem er die braune Hülle entfernt hatte, zog er einen kleinen Berg schneeweißer Kleidchen hervor. Er drehte Stück für Stück um.

»Für Henry!« wiederholte er. »Aber könnten Sie mir vielleicht sagen, wozu man diese Dinger benützt?« Er hielt ein weißes Kleidchen in die Höhe, das mit Spitzen und Plisseefältchen verziert war.

»Nein, Liebster, das kann ich Ihnen nicht sagen!« erwiderte Hamilton steif. »Aber vielleicht haben Sie in Ihrer großen Schlauheit vergessen, Ihren Freunden mitzuteilen, daß Henry männlichen Geschlechts ist!«

Bones schaute zum blauen Himmel empor und rieb sich das Kinn. »Das ist möglich, daß ich von dem Kind als einer ›sie‹ gesprochen habe!« gab er verdutzt zu.

Es waren sechzehn Pakete angekommen, und jedes enthielt mindestens ein solches Kleid und einen warmen, gestrickten Wollschal, der »sehr nützlich für Schneetreiben« sei, wie Hamilton sarkastisch bemerkte.

Mit Hilfe seiner Ordonnanz sortierte Bones den Inhalt der Pakete, legte die Kleider auf einen Haufen zusammen, das Spielzeug auf einen anderen. Es befanden sich auch viele Bücher darunter wie: »Morgen kommt der Weihnachtsmann« und »Das Märchen von der Katze und der Maus« usw. Würdevoll trug er diese Dinge dann zu seinem Quartier.

Am Abend besuchte Hamilton seinen Untergebenen. Der kleine Henry saß in einem wundervollen Mädchenkleid, ein großes Häubchen auf dem Kopf, vergnügt auf dem Boden und kaute an Bones' Taschenuhr. Bones selbst sang mit Banjobegleitung ein unmögliches Lied, dessen Text und Melodie er nicht ganz beherrschte.

Er sprang auf und grüßte Hamilton, als er eintrat.

»Nun sagen Sie mir bitte einmal, was geschehen soll, wenn Sanders zurückkommt?«

Bones machte ein langes Gesicht. »Was geschehen soll? Ich verstehe Sie nicht ganz, Sir. Was könnte sich denn ereignen?«

»Mit Henry!«

Henry schaute in diesem Augenblick mit einem engelgleichen Lächeln auf Bones.

»Ist es nicht ein hübsches Kind?« fragte Bones in höchster Ekstase. »Sie werden mir natürlich nicht glauben, was ich Ihnen jetzt erzähle, Sie netter alter Zweifler. Aber Henry kennt mich, wirklich, er kennt mich wieder, und wenn Sie bedenken, daß er erst sechs Monate alt ist –«

»Ich möchte wissen, was Sie tun, wenn Sanders zurückkommt – wirklich, Bones, ich weiß nicht, ob ich diese Zustände hier dulden darf!«

»Wenn Sie Henry entfernen wollen, Sir«, sagte Bones entschieden, »dann reiche ich sofort meinen Abschied ein. Wenn sich ein Offizier einen Hund halten kann, dann ist es ihm doch sicher auch erlaubt, sich ein Baby zu halten. Zwischen Henry und mir, Sir, existieren Bande, die stärker als Stahl und Eisen sind. Ich mag ein Esel sein – sogar ein Gup –, aber wenn Sie zwischen mich und mein Kind treten wollen, erwachen alle meine mütterlichen Instinkte – verzeihen Sie –, alle meine väterlichen, das ist das richtige Wort! Und ich werde kämpfen wie ein Tiger –«

»Zum Teufel, haben Sie eine gute Lunge!« sagte Hamilton.

»Aber immerhin, ich habe Sie gewarnt. Sanders ist in einem Monat hier.«

»Dann wird Henry sieben Monate alt sein«, murmelte Bones. »Dieser verfluchte Henry!«

Bones erhob sich und zeigte auf die Tür.

»Ich möchte Sie bitten, Sir, nicht derartige Worte vor dem Kind zu gebrauchen. Es tut mir leid, daß ich so zu Ihnen sprechen muß, aber ich trage eine schwere Verantwortung.«

Bones schlüpfte geschickt aus der Tür, und das Brot, mit dem Hamilton nach ihm warf, prallte am Türpfosten ab und rollte in die Mitte der Hütte, wo Henry es gierig in Empfang nahm.

Später gingen die beiden Offiziere auf dem Exerzierplatz auf und ab, während Fa'ma, die Frau des Sergeanten Ahmet, das Kind in ihre Hütte mitnahm, wo es schlief.

»Ich fürchte, ich muß Sie von Ihrem Henry trennen«, sagte Hamilton. »Bei den Lombobo ist eine geheimnisvolle Sache in Gang – es treibt sich dort nachts ein sonderbarer fremder Wanderer umher. Der Späher Ahmet schreibt etwas unklar darüber.«

Bones schaute sich argwöhnisch um.

»Tun Sie mir den Gefallen, alter Herr«, begann er, »und sprechen Sie von solchen Dingen nicht in Gegenwart Henrys – um die Welt möchte ich nicht, daß er erschreckt wird.«

## 2

Bosambo, der Häuptling der Ochori, war ein leichter Schläfer, und in der letzten Zeit war er besonders hellhörig, denn es hatten ihn Gerüchte erreicht über einen Fremden, der zur Nachtzeit wanderte. Einst um Mitternacht erwachte er plötzlich mit dem Gefühl, daß jemand in seiner Hütte war. Der Wachtposten mußte von dem Eindringen des Fremden nichts bemerkt haben.

Bosambo faßte nach seinem kurzen Speer, aber bevor er ihn erreichen konnte, war sein Handgelenk von einem stahlharten Griff umklammert. Starke Finger griffen nach seiner Kehle, und der Eindringling flüsterte ihm leidenschaftliche Worte ins Ohr. Er gebrauchte dabei Ausdrücke, die den Häuptling so in Verwunderung versetzten, daß er sich nicht zu helfen wußte.

»Ich bin M'gani, der Nachtwanderer«, sagte der Fremde hoheitsvoll. »Du hast von mir gehört, denn ich bin nur den Häuptlingen bekannt. Meine Macht ist so groß, daß die Häuptlinge gehorchen und selbst die Teufel mir schnell aus dem Wege gehen.«

»O M'gani, ich höre dich!« flüsterte Bosambo. »Welchen Dienst kann ich dir erweisen?«

»Gib mir zu essen!« sagte der mächtige Fremde. »Nachher sollst du mir ein Lager in deinem inneren Raum bereiten und vor dem Tor der Hütte Wache halten, daß mich niemand stört. Denn es gehört zu meinem großen Plan, daß kein Wort davon zu Militini kommt, daß ich in deinem Gebiet bin.«

»Ich bin dein Hund, M'gani«, sagte Bosambo und stahl sich wie ein Dieb von seiner Hütte, um ihm zu gehorchen.

Den ganzen Tag saß er vor der Tür und sandte sogar sein Lieblingsweib und sein Kind M'sambo fort, damit der Schlaf M'ganis nicht gestört werde.

In der Nacht, als die Dunkelheit gekommen war und das düstere Rot der Feuer brannte, trat M'gani aus der Hütte.

Bosambo hatte den Wachtposten weggeschickt und begleitete seinen Gast bis zum Ende des Dorfes.

M'gani war nur in einen Mantel von Leopardenfellen gehüllt und wirbelte zwei lange Speere in seiner Hand. Er sprach erst, als sie an die Grenze der Stadt kamen, wo er sich von seinem Gastfreund verabschiedete.

»Sage mir, Bosambo, wo sind Sandis Spione, damit ich ihnen ausweichen kann?«

Bosambo sagte es ihm, ohne zu zögern.

»M'gani«, fragte er beim Abschied, »wo wirst du jetzt hingehen? Sage es mir, damit ich schlaue Männer aussende, um dich zu beschützen. Denn in diesem Lande herrscht ein böser Geist, besonders unter dem Volk der Lombobo. Denn ich habe den Häuptling B'limi Saka beleidigt.«

»Ich brauche keine Krieger, Bosambo. Aber ich sage dir dies: Ich gehe zu stillen Plätzen, um zu erfahren, was das Beste für mein Volk ist.«

Dann wandte sich M'gani zum Gehen.

»M'gani, an dem Tage, an dem du unseren Herrn Sandi sehen wirst, so sprich zu ihm für mich und sage ihm, daß ich ihm treu ergeben bin. Denn es scheint mir, daß du ein so mächtiger Mann bist, daß er auf deine Worte hört, selbst wenn er andere nicht vor sein Angesicht läßt.«

»Ich höre dich!« sagte M'gani ernst und verschwand im Schatten des Waldes.

Bosambo stand lange Zeit und schaute dem fremden Wanderer nach. Dann kehrte er langsam zu seiner Hütte zurück.

Am nächsten Morgen kam er oberste seiner Ratgeber, um ein Palaver mit ihm abzuhalten.

»Bosambo«, sagte er geheimnisvoll, »der nächtliche Wanderer war in unserem Dorf!«

»Wer sagt das?«

»Fibini, der Fischer. Er hatte Zahnschmerzen und saß im Schatten seiner Hütte nahe an dem warmen Feuer. Da sah er, wie der Fremde durch das Dorf ging, und neben ihm, o Herr, erblickte er eine Gestalt, die wie ein Teufel aussah, dick und häßlich.«

»Gehe zu Fibini«, sagte der mit Recht verärgerte Bosambo, »und schlage ihn auf die Füße, bis er schreit, denn er ist ein Lügner, und er hetzt die Leute durch sein Geschwätz auf!«

Aber Fibini hatte schon alles getan, um die Nachricht zu verbreiten, ehe er die Prügel bekam, die ihn natürlich zur Ruhe brachten. Die Mütter in der Ochoristadt achteten mit größter Sorgfalt auf die Kleinen, als die Sonne an diesem Abend unterging, denn sie hatten Angst vor dem neuen Schrecken, der in ihr Land gekommen war, vor diesem schwarzen Geist, dessen Ruf sich wie ein Lauffeuer verbreitete und den sie als den größten und mächtigsten aller Teufel ansahen. Er war in einer Woche berühmt geworden. So schnell wandern die Nachrichten in diesem Gebiet.

Die Leute hatten ihn auf Waldwegen gesehen oder wie er mit unglaublicher Schnelligkeit den Strom entlangfuhr. Einige sagten, daß er überhaupt kein Boot habe, sondern über das Wasser gehe. Noch andere erzählten, daß er fliegen könne wie ein großer Vampyr und daß Millionen fliegender Hunde hinter ihm herzögen. Einer begegnete ihm von Angesicht zu Angesicht und war zu Boden gesunken vor diesen heißen, roten Augen, die kleine Blitze schossen.

Man hatte ihn an vielen Stellen im Ochoriland gesehen, in der N'gombistadt, in den Dörfern der Akasava; aber sein besonderer Aufenthaltsort war das Gebiet der Lombobo. B'limi Saka, der Häuptling des Landes, glaubte selbst an Teufel und war über diese Nachrichten besonders bestürzt, aus Furcht, der geheimnisvolle Wanderer könnte ein Spion der Regierung sein. Denn er hatte Gewohnheiten und Gebräuche, die das Gesetz der weißen Männer verletzten, die so schnell bei der Hand waren, grausam zu strafen.

»Aber niemand außer dir, Lamalana, kennt mein Herz!« sagte er zu seiner Tochter, die zu gleicher Zeit auch sein erster Ratgeber war. Sein Volk war darüber aufgebracht, weil es die Frauen verachtete.

Lamalana hatte breite Schultern wie ein Mann und ein flaches Gesicht. Sie schaute ihren grauhaarigen Vater von der Seite an. »Die Teufel kennen die Gedanken der Herzen«, sagte sie mit rauher Stimme. »Und wenn man über Mord und Opfer spricht, sind dann nicht alle Teufel froh? Nun sage ich dir, mein Vater, daß ich schon lange auf die Opfer warte, die du mir durch einen Schwur beim Tode versprochen hast!«

B'limi Saka schaute sich ängstlich um. Trotz der Grausamkeit dieses Häuptlings, die erst später ans Tageslicht kam, und trotz der fürchterlichen geheimen Opferhäuser im Walde war er ein furchtsamer Mann. Ein Augenleiden machte ihn völlig von seiner Tochter abhängig, einer kinderlosen Witwe, die ihn nun schon seit zwei Jahren leitete.

Die Lombobo waren der grausamste Stamm auf dem Territorium, das Sanders verwaltete, und ihre Häuptlinge waren Verräter. Sie waren auch nicht mit den anderen Stämmen verwandt, den N'gombi, den Isisi, den Akasava oder den Ochori. Und doch vereinigten sie die schlechtesten Eigenschaften aller in sich.

Selten traten sie in offenem Waffenwiderstand gegen die Regierung auf, aber immer gab es Klagen über sie wegen heimlicher Morde. Sie verstümmelten ihre Feinde und ließen sie mit dem Gesicht nach oben den Strom hinuntertreiben. Regierungstreue Männer verschwanden. Man hörte von Menschenfresserei, aber niemals konnte man die Täter überführen oder bestrafen.

Obgleich alle Stämme mit Ausnahme der Ochori früher Kannibalen waren, hatte es die Regierung doch durch Feuer und Schwert und durch kluge Maßnahmen erreicht, daß eine neue Zeit am oberen Strom anbrach.

Aber diese Reformen hatten sich bei den Lombobo noch nicht durchgesetzt. Ein Wort von Sanders hätte genügt, den ganzen Stamm auszurotten. Aber er regierte das Land nicht auf solche Art. Er war geduldig und noch einmal geduldig, obgleich er manchmal in Versuchung geriet, mit äußerster Strenge durchzugreifen.

Die Leute nannten Lamalana »das unfruchtbare Weib« und »die Trinkerin des Lebens«. Aber wenn sie Leben getrunken hatte, so war es im verborgenen geschehen, und wenn sie mit ihren langen, großen Händen ihre Opfer mordete oder Männer und Frauen aus reiner Lust an der Grausamkeit langsam zu Tode quälte, so konnte doch kein lebendiger Zeuge mehr gegen sie aufstehen.

Außerhalb der Stadt Lombobo* war ein kleiner Flecken Erde, der viel betreten wurde. Es wuchs kein Gras dort, und man nannte diesen Ort »wa boma«, den Ort des Todes.

* Die einzelnen Gebiete werden nach dem Namen der Hauptstädte genannt, was manchmal etwas irreführend ist.

Hier wurde öffentlich geopfert, bevor die Weißen kamen. Der Platz lag frei da, so daß man vor Horchern sicher sein konnte. Hier saß Lamalana neben ihrem Vater, und er erzählte ihr von früheren schrecklichen Dingen, die aber diesem Weibe noch nicht fürchterlich genug waren. Sie wand sich auf ihrem Sitz hin und her, als sie wie hypnotisiert den Worten ihres Vaters lauschte.

»O Herr«, sagte sie, »der nächtliche Wanderer kommt nicht nur nach Lombobo. Alle Leute stromauf und stromab haben ihn gesehen, und für mich ist es ein Zeichen großen Glückes, wenn wir erkennen, daß die Geister mit uns sind. Wenn du nun sehr tapfer bist, wollen wir jetzt ein größeres Opfer darbringen, als jemals zuvor. Hat Bosambo nicht zu deiner Schande ein Loch durch den Berg graben lassen, und sagen nicht die Ochori, daß sein Kind M'sambo das Licht seines Lebens ist? O ko, Bosambo soll sehr traurig werden!«

Später gingen sie in den Wald und berieten miteinander, denn sie fürchteten sich nicht vor den Geistern, die die letzten schrägen Strahlen der untergehenden Sonne von den Bäumen befreiten. Und sie gingen und sprachen, und die Jäger der Lombobo, die durch den Wald heimkehrten, machten einen weiten Bogen um sie, denn Lamalana besaß den bösen Blick.

»Wir wollen zur Stadt zurückgehen«, sagte Lamalana, »denn ich sehe jetzt, daß du nicht blind und alt, sondern tapfer und mutig bist.«

»Es wird ein großes Palaver geben, und wer weiß, ob nicht Militini mit seinen Soldaten kommt?«

Sie lachte laut und heiser, und der schweigende Wald hallte wider von ihrer häßlichen Stimme.

»O ko!« sagte sie plötzlich und hörte auf zu lachen.

Mitten auf dem Weg stand ein Mann. In dem Dämmerlicht sah sie das Leopardenfell und den merkwürdigen Metallgürtel um seine Hüften.

»O Lamalana«, sagte er milde, »lache leise, denn ich habe schnelle Ohren, und ich rieche Blut!«

Er zeigte den düsteren Waldweg hinab, den sie gekommen waren.

»Viele sind geopfert worden, und niemand hat sie gehört. Dieses weiß ich. Laß jetzt ein Ende des Mordens sein, denn ich bin M'gani, der nächtliche Wanderer, und ich bin sehr schrecklich.«

»Wa!« schrie Lamalana, sprang mit gekrallten Fingern auf ihn zu und zeigte mit wütendem Grinsen ihre weißen Zähne. Plötzlich fühlte sie eine weiche Flüssigkeit in ihrem Gesicht, die wie ein Wasserstrahl in ihren offenen Mund lief. Sie fiel nieder und rang nach Atem. Als sie sich mühsam wieder erhob, war der Fremde verschwunden.

## 3

Vor Bosambos Hütte saß Bones und war in eine lange, ernste Unterhaltung vertieft. Er sprach mit seinem Gastgeber über Kinder. Hamilton hatte die Verantwortung gescheut und es abgelehnt, für Henrys Wohlergehen während der Abwesenheit seines Adoptivvaters zu sorgen. Aber er hatte dem Ansuchen Bones' zugestimmt, daß Henry ihn auf der Reise nach Norden begleiten sollte.

Und nun hockten zwei kleine Kinder, die sich gegenseitig mit merklichem Mißtrauen betrachteten, auf einer großen, groben Wolldecke vor Bosambo und vor Bones.

»O Herr«, sagte Bosambo, »es ist wahr, daß dein Kind wundervoll ist, aber ich denke, daß M'sambo auch ein schönes Kind ist. Wenn deine Hoheit mit gnädigen Augen M'sambo betrachtet, so wirst du eine gewisse Klugheit bei ihm beobachten, die andere Kinder nicht haben. Auch kann er schon klar sprechen, so daß ich ihn verstehe.«

»Aber auch mein Kind ist sehr klug, denn sieh, wie es mich anschaut, wenn ich spreche, und seinen Daumen hebt.«

Bones machte mit seinem Mund ein merkwürdiges Geräusch. Henry drehte sich stirnrunzelnd und kühl nach seinem Beschützer um, dann wandte er sich wieder ab, um das fremde, braune Wesen zu erforschen, das ihm gegenübersaß.

»Welche Nachrichten hast du von dem nächtlichen Wanderer?« fragte Bones am Abend.

»O Herr, ich weiß von ihm, aber ich darf nicht über ihn sprechen, denn wir sind Blutsbrüder durch gewisse Zauberriten, Zeichen und Worte. Ich kann dir aber sagen, daß er ein guter Mann ist, und das kann ich auch Sandi bezeugen, wenn er zu seinem Volk zurückkehrt.«

»Du sitzt hier für die Regierung«, sagte Bones, »und wenn du nicht mit uns gehst, dann bist du ein netter alter Bösewicht, Bosambo!«

»Ich kennen um, ich nicht sprechen um, Massah«, erwiderte Bosambo in seiner Verlegenheit englisch, »ich sein gutem Kerl, Massah, keinem Yadasi Kerl, Massah – ich sein Peterkerl, dem abschneiden Ohr!«

»Du bist ein verdrehter alter Taugenichts!« sagte Bones. Er ging zur »Zaire« zurück und legte sich schlafen. Henry hatte er in der Obhut von Bosambos Weib zurückgelassen...

In der Dunkelheit, vor Sonnenaufgang, führte er mit dem Revolver in der Hand seine Haussa-Leute quer über das Ufer. Aber er kam etwas zu spät. Der Überfall war zu gut vorbereitet gewesen. Vor der Hütte Bosambos lag die Wache, von einem Speer durchbohrt, und Bosambos Gesicht war mit Blut bedeckt. Bones überschaute sofort die Lage.

»Feuert auf die Leute, die zum Walde fliehen!« befahl er. Aber Bosambo legte die Hand abwehrend auf seinen Arm.

»O Herr, laß nicht schießen, denn sie haben die Kinder gestohlen. Ich fürchte auch, daß sie meine Frau ermordet haben.«

Er ging in die andere Hütte, und Bones folgte ihm.

Bosambos Weib hatte eine größere Hütte als er selbst; sie war durch einen Gang aus Flechtwerk mit der seinen verbunden. Die Frau war mit einer Keule niedergeschlagen worden und lag bewußtlos auf dem Boden. Aber Bones hatte genügend medizinische

Kenntnisse, um sofort zu sehen, daß sie außer Gefahr war.

Zehn Minuten später eilten die Scharen der Ochorikrieger durch den Wald. Leute liefen ihnen voraus, die die Spur der Räuber verfolgten.

»O ihr Götter, hört mich!« stöhnte Bosambo, »und sendet M'gani schnell zu M'sambo, meinem Sohn!«

## 4

»Das ist herrlich!« sagte Lamalana. »Nun wollen wir kein kleines Opfer im geheimen darbringen, sondern ein großes, das alle Leute sehen sollen!«

Es war eine Stunde nach Sonnenaufgang, wenn die Welt am schönsten ist und die geschwätzigen Webervögel zu ihren hängenden Nestern ein- und ausfliegen und laut zwitschern. Zarte kleine Blumen, die sich des Morgens öffneten, schenkten der Luft wunderbare Süße.

Das ganze Volk von Lombobo, die Krieger, die Jäger, die Weiber, die Mädchen und selbst die Kinder umgaben die Steinstufen des Opferaltars. Lamalana, taub und blind für Verstandesgründe, wußte, daß sie nur wenig Zeit hatte und daß mit der Sonne ein Mann mit seinen Soldaten kommen würde, der schrecklich in seinem Zorn war und jeden Widerstand mit Feuer brechen würde.

»O Volk«, rief sie.

Sie war bis zur Mitte des Körpers nackt und stand hinter dem Stein des Todes, als ob es ein Ladentisch sei und die beiden weinenden Kinder unter ihren Händen verkäufliche Ware.

»Jetzt werden wir alle mit Schrecken schlagen, die uns hassen, denn eins von den Kindern ist das Herz von Bosambo, und das andere ist mehr als das Herz des Mannes, der an der Stelle Sandis steht –«

»O Weib!«

Unbemerkt, fast wie durch Zauber, war ein Fremder durch die

Leute geschritten und stand nun in dem freien Raum vor dem Opferaltar. Es war keiner unter der Menge, der noch nicht von dem Leopardenfell und dem Bronzegürtel gehört hatte. Der Mann war so schwarz wie die fremden Äthiopier, die manchmal mit den arabischen Händlern in das Land kamen.

Ein Geflüster des Schreckens verbreitete sich.

»Der nächtliche Wanderer!«

Alles Volk drängte zurück... eine Frau schrie auf und fiel ohnmächtig um.

»O Weib!« sagte M'gani, »gib mir diese beiden Kinder, die nichts Böses getan haben!«

Mit offenem Mund starrte ihn die halbverrückte Tochter B'limi Sakas an. Er ging auf sie zu, nahm die Kinder in die Arme und schritt dann langsam durch das Volk, das erschreckt vor ihm zurückwich. Er wandte sich zu der höchsten Stelle des Platzes, um zu sprechen.

»Tut nichts Böses«, sagte er. Dann bückte er sich behutsam, um die Kleinen auf die Erde zu setzen, denn Lamalana lief schreiend und sinnlos brüllend hinter ihm her. Ein langes, gebogenes Messer blitzte in ihrer Hand. M'gani steckte seine Hand in das Leopardenfell, um eine Waffe zu ergreifen. Aber bevor er sie ziehen konnte, fiel ein Mann der Lombobo über ihn her und hielt ihn fest.

»Boma!« brüllte das Weib und holte mit ihrem Messer zum tödlichen Schlag aus...

An der Grenze der Lichtung riß Bones sein Gewehr an die Schulter und feuerte.

»Wer ist dieser Mann?« fragte Bones.

Bosambo sah den Fremden an. »Dies ist M'gani«, sagte er, »der nächtliche Wanderer.«

»Zum Teufel auch!« Bones klemmte sein Monokel ins Auge und musterte den Fremden von Kopf bis Fuß. »Woher kommst du?« fragte er.

»O Herr, ich komme von der Küste«, sagte der Mann, »auf vielen sonderbaren Wegen bin ich gegangen. Ich wollte heimlich in diesem Lande ankommen, um die Herzen dieses Volkes kennen und verstehen zu lernen.« Und plötzlich fügte er in tadellosem Englisch hinzu:.»Ich glaube, wir sind einander früher noch nicht begegnet, Mr. Tibbetts – mein Name ist Sanders.«

# Leutnant Bones

## *Leutnant zur See Bones*

Auf einem bewaldeten Hügelrücken, am Zusammenfluß des B'suri und des Großen Flusses, lag eine unregelmäßige Gruppe von Dörfern. Man nannte sie nach dem größten von ihnen M'fumbini-falapa. Sie hatten auch noch einen anderen Namen, den ich aber nicht nennen will, denn es wäre immerhin möglich, daß meine Geschichte in die Hände eines unschuldigen Menschen fallen könnte, der die Bomongo-Sprache versteht. Selbst wenn man es salonfähig übersetzen wollte, würde man es »Ewiger Schmutz« bezeichnen müssen. Die Ortschaften an sich waren nicht sauber, auch boten sie keinen netten Anblick vom Fluß aus. Die Hütten standen ohne Ordnung und Plan durcheinander, waren alt und nur dürftig ausgebessert. Manche sahen sehr häßlich aus, weil man sie mit Stücken verrosteten Wellblechs geflickt hatte. Denn cala-cala, das heißt vor langer Zeit, errichtete eine optimistische britische Gesellschaft in der Nähe einmal ein Lagerhaus für Palmnüsse. Das Unternehmen rentierte sich aber nicht, und das Lagerhaus stand verlassen da. Mit der Zeit hüllte es der Dschungel vollständig ein. Die Leute von M'fumbini hatten in ihrer diebischen Art Teile davon genommen, und da sie nichts planmäßig oder ordentlich machten, häuften sie Unzier zu Unzier, bis ihr Dorf so häßlich war, daß es die Augen aller Leute beleidigte, die es ansahen.

Sanders ermahnte sie, erließ Verordnungen und hielt ein Palaver nach dem anderen ab, aber alles war umsonst. Sie wohnten ziemlich isoliert, denn die Strömung des Flusses war hier stark, so daß die Landung an dem Ufer mit Gefahren verknüpft war und ihre Nachbarn nur sehr selten zu ihnen kamen. Sie lebten allein mit ihren mageren Kindern und ihren unglaublich häßlichen Weibern und wurden weder von den Isisi noch von den N'gombi als gleichberechtigt anerkannt, mit denen sie doch nach ihrer Aussage stammverwandt waren.

Der Einfluß der Umgebung auf den Charakter der Menschen ist so oft beschrieben worden, daß es nicht nötig ist, auch in dieser Geschichte näher darauf einzugehen. Die M'fumbini-Leute waren Lügner und Diebe, hielten Zauberbeschwörungen ab und glaubten an schreckliche Ju-Jus. Einsame Fischer, die in diesen Wassern Fische speerten, verschwanden gewöhnlich und wurden zweifellos abgeschlachtet, denn die M'fumbini waren Kannibalen. Nur einmal wurden sie dabei gefaßt.

Distriktsgouverneur Sanders kam in einer bestimmten Nacht und überraschte die Dorfbewohner bei einer besonders grausigen Festlichkeit.

Im nächsten Morgengrauen banden seine Soldaten dem Häuptling Hände und Füße zusammen, legten einen Strick um seinen Hals und hängten ihn an einem sehr hohen Baum auf. Sanders hätte sich aber die Mühe sparen können, denn nach Verlauf eines Jahres hatte der neue Häuptling eine Geheimgesellschaft gegründet, die sich »Die drei Stöcke« nannte und Gewohnheiten annahm, die nicht in einem gedruckten Buch wiedergegeben werden können.

Wenn sie außer Verbindung mit anderen waren, sandten sie Späher und Spione aus, die als Vagabunden umherstreiften und von der Gastfreundschaft freundlicher oder gleichgültiger Stämme lebten, wobei sie die weniger freundlichen und unruhigen Völker mieden. Diese Wanderer erfuhren viele Dinge. Einer von ihnen war N'kema, ein gerissener junger Mann, der nur ein Auge hatte. Wenn er einem der großen gesunden Stämme angehört hätte, wäre er getötet worden, denn diese dulden keinerlei körperliche Entstellung. Eines Tages kehrte er mit allerhand Nachrichten zurück, und es wurde ein großes Palaver abgehalten.

»N'kema ist der Sohn meiner eigenen Schwester«, sagte der Häuptling und stellte ihn der umhersitzenden Versammlung vor. »Er hat viele wunderbare Dinge erfahren, und mein Ju-Ju hat mir gesagt, daß Wahrheit in seinen Worten liegt. So höre ihn nun an, mein Volk, S'ibi M'laka!«

Und N'kema sprach und berichtete von einem weißen Mann,

der in dieses Gebiet gekommen sei und mit Hilfe merkwürdiger Instrumente eine wunderbare Flüssigkeit hergestellt habe, die die Leute zu wilder Fröhlichkeit brachte. Er erzählte auch, wie die Menschen Gummi und Elfenbein und allerlei schöne Dinge gebracht hätten, um dafür dieses Wasser der Verrücktheit einzutauschen. Aber Sandi, der Fuchs, habe den Mann bald ausfindig gemacht und ihn getötet. Und nun schrien alle nach dem Zauberwasser.

»Und dies habe ich erfahren, o Häuptling und o Volk, daß es in fernen Ländern, wo der Strom mit nur einem Ufer* fließt, viel brennendes Wasser gibt, und die Feuerschiffe bringen es in großen Gefäßen und schaffen es an die Küste. Nun denke ich, daß es gut wäre, wenn wir unser Elfenbein ausgrüben und ich zu diesen wunderbaren Plätzen ginge und für die Zähne das Wasser einhandelte. Dann bringen wir es heimlich hierher, und wir werden reich sein.«

»Das ist ein törichtes Geschwätz«, sagte der Häuptling böse. »Denn was wird Sandi tun? Es ist doch ein Gesetz, daß alle Elfenbeinzähne und aller Gummi und die schönen Dinge, die wir finden, vor Sandi gebracht werden müssen und daß er sie in ein Buch einschreibt, bevor sie außer Landes gehen. Und ist es nicht ebenso Gesetz, daß alle Dinge, die in dieses Land kommen, erst vor Sandi niedergelegt werden müssen, und ist es nicht von Sandi mit großen Worten gesagt worden, daß das Wasser der Verrücktheit nicht in dieses Land kommen soll? O N'kema, ich glaube, du bist ein Narr!«

»O Herr«, sagte der einäugige Mann eifrig, »ich habe sehr schlaue Gedanken in meinem Kopf. In der Nacht, wenn Sandi schläft, will ich mit einem großen Boot, das ganz mit Schätzen gefüllt ist, hinter seinem schönen Hause vorbei an dem Gestade des Flusses, der nur ein Ufer hat, entlangfahren zu den Plätzen, wo ich handeln kann. Ich habe auch einen Mann der Akasava gefunden, der in diesen fernen Ländern gelebt hat und der mir als Führer dienen wird.«

* Gemeint ist das Meer.

Das Palaver dauerte bis in den frühen Morgen, und die ganze nächste Nacht hindurch grub der Häuptling in Begleitung seiner Ratgeber die alten Bergeplätze seines Stammes aus, wobei geheimnisvolle Riten ausgeführt wurden. In einer mondlosen Nacht, als das Geschick günstig war und ein weißer Nebel über der Flußmündung lag, kam N'kema mit seinem beladenen Boot an dem Posten vorbei, der unten an der Flußmündung aufgestellt war, und fuhr an der Küste des Flusses entlang nach Norden. Von seiner Ankunft in dem Hafen eines gewissen unabhängigen Staates, von seinem Feilschen, seinem Handeln und seinem schließlichen Erfolg braucht hier nicht ausführlich berichtet zu werden. Er kam in ein neues Land und in eine neue Welt und hörte vielleicht das erstemal von einem Krieg, der über all sein Verstehen groß war, und er war in dieser Zeit der Weltkatastrophe und dem Kriege näher als seine obersten Gebieter.

Der Atem des Weltkrieges wehte nur gelegentlich zu diesen Landstrichen – ein stürmischer Windstoß von kurzer Dauer, der beinahe den Blitz und Donner der Kanonen hierhergebracht hätte, die in Europa Tag und Nacht dröhnten. Dann hörte der Sturm auf, und es trat eine fast schmerzhafte Ruhe und Stille ein. Buchstäblich kam der Krieg manchmal nur durch Briefe hierher, manchmal durch Zeitungen und hin und wieder bei großen, ruhmreichen Ereignissen durch ein anderes, vertrauteres Mittel. Der eingeborene Beamte im Telegrafenbüro kam dann atemlos mit einem großen gelben Formular, das viele Fingerabdrücke zeigte, das aber in der schlechtentzifferten Botschaft der Zentralverwaltung des Gebietes von ergreifenden Heldentaten berichtete.

Für eine Stunde, für einen Tag lag dann eine sonderbare Ruhe über der Residenz. Die Wirkung dieser Nachrichten auf die drei Männer, die sie erhielten, war sehr verschieden. Zuerst versammelte die Botschaft vier Menschen an einer großen Landkarte, die auf dem Eßtisch ausgebreitet war. Die vierte Persönlichkeit war Patricia Hamilton, die Schwester des Haussa-Captains, die eine eifrige und begeisterte Strategin war. Nachher trennten sie sich, und jeder versank in die besondere Welt seiner Träume.

Patricia war traurig, sie sah nur eine Welt, die von leidenden Frauen bevölkert war. Distriktsgouverneur Sanders ging in den Wald, der zur Residenz gehörte, und niemand kannte seine Gedanken. Captain Hamilton wurde schweigsam, fast finster. Er war freiwillig in sein Regiment eingetreten und hatte das größere Opfer gebracht. Er war in den Gebieten Afrikas geblieben, um den Frieden unter einem Zweimillionenvolk, das noch Neigung zum Kannibalismus besaß, aufrechtzuerhalten.

Leutnant Tibbetts, genannt Bones, aber klagte laut über sein Mißgeschick, bis ihn sein Vorgesetzter böse fortschickte. Er marschierte dann im Feuer seiner Begeisterung mit einem Zug wenig erfreuter Soldaten ins Gelände, um neue Schützengrabensysteme zu erfinden.

Manchmal vergingen mehrere Tage, bevor die Aufregung abflaute und die Menschen wieder normal wurden. Sanders war stets der erste, der sein Gleichgewicht wiederfand. Denn wo seine Sympathien auch liegen mochten, und wie sehr er auch bedauerte, daß er sein Leben als politischer Beamter zubringen mußte, immer wartete dringende Arbeit auf ihn.

Nur einmal rückte der Weltkrieg in unmittelbare Nähe. Bones trieb sich eines Nachmittags an der Küste umher, als eine dicke, schwarze Rauchwolke über dem Horizont auftauchte. Er stürzte wie verrückt vom Strand fort, stapfte mitten durch die Blumenbeete und war mit einem kühnen Sprung über das Geländer auf der Veranda. Er brachte die drei Menschen in Aufregung, die dort saßen und geduldig auf seine Ankunft zum Tee warteten, die sie sich allerdings etwas würdevoller gedacht hatten.

»Wo, zum Teufel, haben Sie gesteckt, Bones?« fragte Hamilton. »Ich habe mich heiser geschrien, um Sie zum Tee zu rufen.«

Bones grüßte militärisch. »Die Post kommt auf hoher See!« sagte er.

»Die Post?« sagte Sanders stirnrunzelnd. »Sie war doch erst am Dienstag hier – vor vierzehn Tagen kommt sie nicht wieder.«

»Die Post kommt auf hoher See!« wiederholte Bones. »Gesichtet von mir um fünf Uhr fünfundzwanzig, Westnordwest nach Westen.«

Es begann ein hastiges Suchen nach Gläsern und Feldstechern, und vier Augenpaare richteten sich gespannt auf die Rauchfahne, von der sich jetzt ein stumpfer Mast löste und offenbar ein einzelner, großer, rauchender schwarzer Schornstein.

»Ich weiß nicht, was das ist«, sagte Sanders nach einer Weile, »aber auf keinen Fall ist es ein Postdampfer.«

»Ich denke, ein Zerstörer«, sagte Hamilton, der das näherkommende Schiff intensiv betrachtete.

Nun war ein Zerstörer ein Kriegsschiff, das man an der afrikanischen Küste sonst nicht zu sehen bekam. Es gab zwar kleine, zierliche Kanonenboote, auch manchmal einen blitzblanken Kreuzer, aber nicht mehr und nicht weniger. Weder Unterseeboote noch Zerstörer, weder Schlachtschiffe noch Panzerkreuzer nahmen ihren Weg zu diesen Breitengraden, und die drei Männer empfanden die Neuigkeit mit jenem angenehmen Gefühl, das die Wirklichkeit in der Welt des Scheines hervorruft.

»Er kommt direkt hierher«, sagte Bones, »und ich wäre durchaus nicht überrascht, wenn die Regierung nach mir schickte.«

»Was sollte sie denn mit Ihnen anfangen, Bones?« fragte Hamilton.

»Sie wissen ja noch gar nichts«, verwahrte sich Bones, »Sie haben jenen Artikel nicht gelesen, den ich im ›Wildford Chronicle‹ erscheinen ließ.«

Hamilton grinste. »Haben Sie wieder für Zeitungen geschrieben?« fragte er resigniert.

»Es war nur eine kleine Sache«, sagte Bones bescheiden, »tatsächlich nur ein Brief an meinen lieben, alten Onkel Henry. Ich habe darin gelegentlich erwähnt, daß ich einen neuen Weg wüßte, um die Berechnungen dieser hübschen kleinen Torpedos über den Haufen zu werfen. Der verrückte alte Herr sandte den Brief an die Zeitungen.«

Aber sein Ton ließ nicht erkennen, daß er seinen Verwandten für diese Indiskretion tadelte.

»Natürlich werden diese Dinge bekannt«, fuhr er ernst fort, »und ich würde gar nicht überrascht sein, wenn die Admiralität diesem Artikel Aufmerksamkeit geschenkt hätte. Meine Idee über Torpedos...«

»Es ist wirklich ein Zerstörer«, sagte Sanders, als das Schiff langsam vor Anker ging und seine vier niedrigen Schornsteine sich scharf von dem weißen westlichen Himmel abhoben. »Es ist ein großes Schiff – dort kommt eine Dampfpinasse von ihm an Land.«

»Natürlich«, sagte Bones und hustete, »es wird etwas unangenehm sein, Ham, mein Lieber, wenn ich Sie so plötzlich verlassen muß. Aber wenn das Vaterland die besten Männer und die besten Köpfe ruft –«, er zuckte mit den Schultern, »– was kann man machen? Natürlich, es tut mir furchtbar leid, daß ich nun von hier fort muß, aber ich muß dahin gehen, wo ich am besten dem netten, alten Reich dienen kann. Der Krieg«, schwatzte er weiter, »stellt alle vorgefaßten Meinungen betreffend Dienstalter, Beförderung und so weiter auf den Kopf. Napoleon war schon mit einundzwanzig Jahren General – oder es können auch vierundzwanzig gewesen sein. Nelson – Admiral mit sechsundzwanzig. Leute, die Leutnants waren, kommandierten ein Jahr später eine Division. Das ist Kriegsglück, mein lieber Freund.« Er klopfte Hamilton wohlwollend auf die Schulter. »Vergessen Sie bitte nicht, mein Lieber, Guter, zur Zeit noch Vorgesetzter«, sagte er heiter, »daß Sie in Ihrem alten Bones immer einen Freund bei Hofe haben werden. Genieren Sie sich nicht, Ihre Karte hereinzusenden – kommen Sie direkt in mein Büro. Und tun Sie nicht zeremoniell mit mir, alter Freund. Denken Sie dann nur nicht, daß ich der Admiral Sir Augustus Tibbetts bin, der Torpedoboot-Experte, sondern immer noch der einfache Bones. Ich würde Ihnen niemals vergeben, wenn...«

»Ich wünschte nur, Sie würden endlich den Mund halten, Bones«, sagte Hamilton. »Kommen Sie mit zum Strand und begrüßen Sie die Leute.«

Die starke Pinasse durchschnitt schnell die sich überschlagenden Wellen, kam gut durch die Brandung und fuhr an dem weichen Ufer auf Grund. Ein Marineoffizier in weißer Uniform und Tropenhelm sprang heraus, und die Offiziere begrüßten einander nach alter Gewohnheit.

»Hurra!« schrie Bones. »Wie steht die Sache?«

Der Offizier, der an Land kam, war ein großer, gutaussehender junger Mann von fünfundzwanzig Jahren. Beim Lächeln zeigte er seine weißen Zähne. Er ging den Strand hinauf und begrüßte die beiden anderen.

»Ich bin außerordentlich traurig, daß ich Sie hier in Ihrem Arkadien störe, aber ich vermute, daß Sie schon gehört haben, daß Krieg im Gange ist.«

Hamilton lächelte, Bones aber hielt das für unter seiner Würde.

»Mein lieber Seeoffizier«, sagte er ernst, »was bringen Sie uns für Nachrichten?«

Der Fremde mußte lachen. »Ich möchte Ihren Nachrichtenoffizier sehen«, sagte er.

»Unseren –?« fragte Hamilton verwirrt.

»Den Nachrichtenoffizier, der den Geheimdienst unter sich hat.« Der Seemann schaute vom einen zum anderen, und Bones ergriff sofort die Gelegenheit.

»Mein Lieber«, sagte er, indem er den Besucher vertraulich unter dem Arm faßte. »Wir verstehen uns, Sie wollen mich betreffend des guten alten Torpedofängers sprechen.«

»Nicht um die Welt«, sagte der Offizier. »Ich möchte...«

»Kommen Sie mit zum Verwaltungsgebäude«, sagte Hamilton lachend, »ich fürchte, wir sind alle Nachrichtenoffiziere.«

»Einer natürlich mehr als die anderen, mein lieber, alter Seehund«, unterbrach ihn Bones und ließ den Arm des Offiziers noch nicht los. »Einer von uns – aber es ist nicht an mir, zu sagen, wer – ist besonders geeignet zum Bewahren von Geheimnissen. Was nun aber die Sache mit den Torpedos angeht –«

Hamilton stellte Sanders den Offizier vor. Sein Name war Bagshott.

»Es wurde mir mitgeteilt, daß ich an den meisten unserer Hauptplätze an der Küste einen Nachrichtenoffizier vorfinden würde«, entschuldigte er sich und erklärte, daß er die Küste bisher noch nicht berührt habe, sondern direkt von einer Insel im

Atlantischen Ozean herübergekommen und mit den Zuständen in diesen Gewässern nicht vertraut sei.

»Also –« Er kam, wie Seeoffiziere das gewöhnlich machen, mit einer plötzlichen Redewendung auf eine ernste Angelegenheit zu sprechen. »In dieser Gegend treibt sich ein U-Boot herum, das in der letzten Zeit einen Angriff auf einen Postdampfer machte. Sein Torpedoschuß ging nur um Haaresbreite an der Schiffsschraube vorbei. Es ist unglaublich weit von seiner Basis entfernt, aber diese neuen Unterseeboote können erstaunliche Entfernungen zurücklegen. Vor zwei Tagen hat es einen Handelsdampfer versenkt. Wir erhielten noch gerade sein SOS zur rechten Zeit und kamen an, kurz bevor er unterging.«

»Ich glaube kaum, daß wir Ihnen helfen können«, sagte Sanders. »Aber selbstverständlich stehen wir ganz zu Ihrer Verfügung. Was können wir für Sie tun?«

»Haben Sie schon einmal versucht, die Unterseeboote mit Netzen zu fangen?« fragte Bones in plötzlicher Erregung. »Großer Gott, was für eine glänzende Idee – blitzartig überkam sie mich, lieber, alter Ham! Also, Sie machen ein nettes kleines Netz unter ein Unterseeboot und ziehen es einfach in die Höhe. Verstehen Sie, wie ich es meine, lieber Seeoffizier?«

Bagshott brachte es nicht einmal zu einem Lächeln. »Ich fürchte, es hat schon jemand vor Ihnen diese Idee gehabt«, sagte er ernst.

»Aber man könnte sie doch mit Magneten aus dem Wasser fischen«, fuhr Bones energisch fort und war in keiner Weise durch die Ablehnung eingeschüchtert. »Sie nehmen einfach ein halbes Dutzend starker Magnete ...«

»Bones, seien Sie jetzt endlich ruhig! Was können wir tun?« fragte Sanders.

»Sie können mir eine Information über die Tiefe des Stromes geben. Die Schiffskarten, die wir haben, sind nicht recht brauchbar. Die afrikanischen Ströme verschlammen, und die Wassertiefen ändern sich jede Woche.«

»An manchen Stellen hat er ganz nette Tiefen –« Bones wollte seine Stellung als Nachrichtenoffizier, zu dem er sich selbst ernannt hatte, nicht aufgeben. »Einfach furchtbar tief, lieber, alter Seeonkel.«

»Diese Informationen kann ich Ihnen geben«, sagte Sanders. »Was wollen Sie noch weiter wissen?«

»Es wäre mir lieb, wenn Sie einen Offizier oder einen äußerst vertrauenswürdigen Mann –«

»Alles in einer Person, mein Herr und Freund«, murmelte Bones, »wenn Sie den richtigen Soldaten nehmen.«

»Schlag ihm doch einmal auf den Kopf, Pat«, bat Hamilton seine Schwester ernstlich. »Fahren Sie fort, mein Herr. Was hat er zu tun, und was sind seine Pflichten?«

»Er soll nachts die Flußmündung bewachen. Das Unterseeboot könnte in die Flußmündung einlaufen und tagsüber unter Wasser bleiben. Ebenso müßte er ein Auge auf alle fremden Fahrzeuge haben, die in diesen Gewässern erscheinen. Es ist nämlich auch ein Versorgungsschiff irgendwo in dieser Gegend. Es wird gerade keine angenehme Aufgabe sein, denn es bedeutet eventuell, einen Monat lang Wache zu halten.«

»Sie brauchen kein Wort mehr zu sagen«, bemerkte Bones feierlich und drückte dem Besucher die Hand. »Es ist schon alles in bester Ordnung – betrachten Sie bereits alles als geschehen. Und wenn Sie oder Ihre nette, liebe Mannschaft einmal an dem schweigsamen Posten zur Nachtzeit vorbeikommen, das Paßwort ist ›Wachsamkeit‹, und der Seeoffizier, der die Wache befehligt, Leutnant Augustus Tibbetts.«

Er stand stramm und salutierte.

»Sie sind doch nicht etwa von der Königlichen Marine?« fragte der erstaunte Offizier.

»Ich will dafür sorgen, daß der Wachtposten aufgestellt wird«, sagte Hamilton, indem er das freiwillige Angebot Bones' ignorierte. »Es wird unserem Leben eine interessante Abwechslung geben.«

Eine Stunde später fuhr der große Zerstörer wieder ab, und bei Sonnenuntergang war er vollständig hinter dem Horizont verschwunden.

Der Dienst begann in derselben Nacht. Hamilton nahm das

Dampfboot, ließ es in die Mitte des einen schiffbaren Flußarmes fahren und warf dort für die Nacht Anker.

Um ein Uhr morgens hörte er ein leises Geräusch und wandte sein Nachtglas nach der Flußmündung, aber er sah nichts. Fünf Minuten später tauchte ein Boot aus der Finsternis auf, und jemand rief ihn mit einem heiseren Flüstern an.

»Haben Sie irgend etwas gesehen, lieber, guter Captain?«

»Sind Sie das, Bones? Was, zum Teufel, haben Sie denn hier zu tun?«

»Wachen und warten, mein lieber, alter Offizier. Wachen und warten. Haben Sie nicht irgendwelche Anzeichen von dem netten alten Seeräuber?«

»Machen Sie, daß Sie ins Bett kommen, alter Esel!«

Eine gedämpfte Stimme antwortete so etwas wie »Zu Befehl!«, und das Boot wurde wieder von der Finsternis verschlungen.

Um drei Uhr, als Hamilton vermutete, daß das Unterseeboot versuchen könnte, in die Flußmündung einzulaufen, hörte er einen heftigen Stoß gegen die Wand seines Bootes. Sofort sprang er zur Reling, den Revolver in der Hand.

»Gut Freund!« hörte er die Stimme von Bones. »Ich bin schrecklich traurig, Wachtkamerad, aber es war ein Schlag meines Ruders.«

»Zum Teufel, was treiben Sie sich immer noch hier herum – warum schlafen Sie nicht?« fragte Hamilton böse.

»Passieren Sie, Freund, und alles ist in Ordnung.« Bones sprach wohl zu sich selbst. Dann verschwand er wieder.

»Wenn Sie nicht schlafen, Bones, während ich auf Posten bin«, sagte Hamilton ernst, als sie beim Frühstück saßen, »wie wollen Sie dann Ihre Wache halten, wenn Sie dran sind?«

»Es ist der ganzen Küste entlang bekannt«, sagte der bescheidene Bones, »daß ich von den netten, lieben Eingeborenen einen besonderen Namen bekommen habe – ›Das Auge, das sich nimmer schließt‹.«

»Ich verstehe immer Auge«, unterbrach ihn Hamilton, indem er nach den Ölsardinen langte, »sind Sie auch sicher, daß es nicht

›Mund‹ heißen soll?«

»Auge!« sagte Bones wild. »Seien Sie gerecht, Ham, seien Sie ein Sportsmann, mein Lieber, und berauben Sie den alten Bones nicht seiner letzten Ehre!«

»Das Auge, das sich nimmer schließt«, murmelte Hamilton und schüttelte traurig den Kopf.

Bones übernahm seine Pflichten in der nächsten Nacht und schien sehr wachsam zu sein. Auf dem Motorboot war ein kleines Hotchkiß-Geschütz am Bugsprit eingebaut, welches er sofort lud. Mitten in der Nacht vergaß er aber, daß es geladen war, und da er nichts zu tun hatte, spielte er mit dem Abzug, und der Schuß ging los. Hamilton in Pyjama und Moskitoschuhen, Sanders mit einem Paletot bekleidet und Patricia in einem etwas seltsamen Anzug versammelten sich am Strand und hielten ein Palaver mit Bones ab, der aber wohlweislich auf seinem Posten in der Mitte des Stromes aushielt.

Die Unterhaltung bei dieser Konferenz wurde sehr laut geführt, und die Haussas, die hastig herbeiliefen und in Reih und Glied am Flußufer antraten, vergrößerten den Lärm nur, indem sie die Ereignisse untereinander besprachen.

»Furchtbar traurig!« brüllte Bones. »Reiner Zufall! – Hätte jedem passieren können! Soll nicht wieder vorkommen!«

»Das Geschoß hätte beinahe das Regierungsgebäude getroffen, Sie – Sie –«

»Nicht in Gegenwart der Kinder!« warnte Bones.

Während dieser Nacht ereignete sich kein weiteres Unheil, und die nächste Nachtwache, die wieder Hamilton traf, verlief ohne Zwischenfall, denn Bones schlief die ganze Zeit.

Erst in der vierten Nacht kam er wieder an die Reihe, obwohl Sanders freiwillig die Wache übernehmen wollte, um ihn abzulösen.

»Also, nun hören Sie zu, Bones«, sagte Hamilton, »und nehmen Sie Haltung an, wenn ich mit Ihnen spreche, Sie verfluchter saumseliger Teufel von einem Leutnant!«

»Immer zuwenig Gentleman!« murmelte Bones.

»Schlafen Sie nicht – laden Sie vor allen Dingen das Geschütz nicht – spielen Sie nicht den Verrückten – lassen Sie sich keinen Schreck einjagen – machen Sie keinen Lärm – und singen Sie nicht – das ist alles!«

»Sind Sie auch sicher, daß Sie nichts vergessen haben?« sagte Bones mit ironischer Besorgnis. »Sie haben nichts über Grammophone gesagt.«

Bones ging an Bord. Hamilton lauschte in die immer tiefer werdende Dunkelheit und hörte die unmusikalische Stimme seines Untergebenen, der versuchte, den Soldatenchor sehr laut zu singen. Bones wollte das Geräusch übertönen, das durch das Öffnen des Verschlusses hervorgerufen wurde, als er das Geschütz heimlich und leise lud.

Leutnant Tibbetts war außergewöhnlich wachsam in dieser Nacht, und als die erste Begeisterung verraucht war, die junge Leute in abenteuerlichen Augenblicken überkommt, wurde sein Kopf außerordentlich klar. Er legte sich neben das Geschütz auf den Boden, stützte das Kinn auf die gefalteten Arme und starrte auf das Meer hinaus. Er war überhaupt nicht schläfrig, obgleich der Maschinist und der Steuermann, die zusammen mit vier Haussas die Besatzung bildeten, laut schnarchten.

Die einzigen Laute, die er außerdem vernahm, waren das Plätschern des Flußwassers an der Bootswand und das Geräusch der langsam sich überschlagenden Wellen am fernen Ufer. Vampire flogen über ihn hinweg und kreisten über dem Schiff. Schnelle Nachtvögel stießen herunter und tauchten links und rechts von ihm. Im Wasser gab es heftige, geräuschvolle Bewegungen, Gestalten erschienen im funkelnden Sternenlicht, aber Bones ließ sich nicht von seiner Aufgabe ablenken. Um zwei Uhr siebzehn – der Augenblick ist genau in den offiziellen Akten festgehalten – fühlte er sein Herz heftig schlagen.

Ein Fahrzeug versuchte in die Flußmündung einzufahren. Er schaute angestrengt durch das Fernglas. Es war ein langes Boot – er beobachtete es genau – in der Mitte war ein niedriger Aufbau – Periskop konnte er allerdings keines sehen.

Seine Blicke saugten sich an der Erscheinung fest. Er zielte und feuerte den Schuß ab.

Dem scharfen Knall des Geschützes folgte ein Echo von einem Ufer zum anderen, aber Bones hörte nichts, er hatte nur Augen. Er sah, wie die Erhöhung zusammenbrach, ein gellender Schrei ertönte, aber er vernahm ihn nicht, denn er lud das Geschütz wieder...

N'kema hatte keine Zeit, den Verlust des großen Branntweinfasses zu beklagen, das er mit soviel Mühe und Arbeit von Monrovia hierhergebracht hatte. Er griff ein Ruder aus der Hand eines getroffenen Bootsmannes, und mit einem Stoß seiner Schulter warf er den Toten über Bord. Die schnelle Strömung trug das Boot in die See, und N'kema ruderte mit Hilfe aller, die noch am Leben waren, so schnell er konnte.

Ein anderes Geschoß sauste über seinen Kopf hinweg, und er hörte den Knall der Explosion draußen auf der See.

»Schneller, schneller!« rief der einäugige N'kema heiser, »o mein Ju-Ju beti, rette N'kema, o ko-ko!«

Plötzlich hörte er auf zu rudern und war völlig bestürzt, denn rechts vor ihm tauchten die dunklen Umrißlinien eines Schiffes auf.

Es war ein fremdartiges Fahrzeug – eine lange Linie mit einem großen Aufbau in der Mitte. Es war aber zu spät, sein Boot anzuhalten, es sauste gegen die Seitenwand des geheimnisvollen Schiffes. Es gab ein Krachen wie von zerbrochenen Töpferwaren. Drei Mündungsfeuer zuckten am unteren Deck des Schiffes auf, und N'kema rollte, von einem Geschoß mitten ins Herz getroffen, vom Boot ins Wasser.

Bones kam am anderen Morgen zum Frühstück, ein Bild beleidigten Stolzes. Hamiltons Zorn war verflogen, aber seine Zweifel nicht. Er selbst bemühte sich sogar, Erklärungen zu geben.

»Nein, verehrter Freund, ich habe nicht geträumt, und es war auch kein Krokodil oder Herr und Frau Nilpferd, die eine Vergnügungsreise machten – es war ein U-Boot, und ich habe es in Fetzen zerschossen! Haben Sie nicht den sonderbaren Geruch wahrgenommen?«

»Ich habe einen eigentümlichen Geruch bemerkt«, stimmte

Sanders bei, »aber es duftete mehr nach Branntwein...«

»Nun, meine Theorie ist...«

Bones' konnte aber seine Theorie nicht mehr darlegen, denn in diesem Augenblick kam Abibu eilig mit einem Telegramm herbei. Sanders las es laut vor:

»Vom Ersten Seeoffizier an Distriktsgouverneur Sanders: U-Boot diesen Morgen dreißig Meilen westlich der Flußmündung in schwerbeschädigtem Zustand aufgegriffen. Kapitän berichtet, daß er von Ihrer Station beschossen wurde. Havarie bestand aber durch Zusammenstoß mit Kanu.«

Bones verbeugte sich ringsum und strahlte auf die erstaunte Tafelrunde herab.

»Was habe ich Ihnen gesagt?« fragte er triumphierend.

»Aber beschädigt durch Zusammenstoß mit Kanu«, wiederholte der verblüffte Hamilton.

Bones zuckte die Schultern.

»Daß die Deutschen es anders darstellen, ist doch Kriegslist«, sagte Bones überlegen.

## *Die Falle*

Distriktsgouverneur Sanders saß im Palaverhaus eines N'gombidorfes, die halbnackten Eingeborenen hockten in weitem Kreis um ihn herum und waren in gedrückter Stimmung. Niemand im Dorf kümmerte sich um die Kochtöpfe, denn die Frauen und selbst die Kinder weilten bei der großen Menge in der Versammlung, um zu hören, wie Sandi die unangenehmen Nachrichten aufnehmen würde.

Den ganzen Morgen hatten der Häuptling und seine Ältesten gesprochen. Sie gingen in dem Halbkreis auf und ab und gestikulierten heftig mit den Armen. Das war ein beredtes Zeichen für den Ernst der Lage und für ihre Furcht. Als der letzte Sprecher geendet hatte, war die Reihe an Sanders selbst, der ihr höchster Gesetzgeber war.

»Den ganzen Morgen habe ich euch nun zugehört«, sagte er in tieftönender Bomongosprache, »bis meine Ohren müde geworden sind. Ich weiß es also jetzt: Nach Vollendung des sechsten Monats komme ich zu diesem Dorf, wie es alte Gewohnheit ist, um mit meinen Händen die Gaben entgegenzunehmen, die ihr der Regierung zahlen müßtet – soviel Fische, soviel Maniok, soviel Korn und Gummi und soviel Elfenbein. Nun erzählt ihr mir, daß eure Jagd nicht ergiebig war, daß eure Ernten schlecht und eure jungen Leute zu krank waren, um in den entlegenen Wald zu gehen und die Gummibäume anzuzapfen, und daß ich für meinen König nur die Hälfte von dem nehmen kann, was ihm gehört. Nun weiß ich aber – weil ich viele Späher habe –, daß ihr große Feste gabt und Tänze abhieltet und euren Gummi bei den Arabi für Getränke einhandeltet, die nichts wert sind und euch nur verrückt machen. Aber ich sage euch, ich will wieder zu euch kommen, wenn drei Monate vergangen sind, und ihr sollt mir all das geben, was sich gehört, und wenn wieder drei Monate vorüber sind, werde ich wiederkommen, und ihr werdet mir das volle Maß geben. Das Palaver ist aus.«

Er erhob sich etwas steif von seinem Stuhl und ging durch die Menge, die nur langsam und mit finsteren Blicken zurückwich, denn dieser Befehl verursachte viel Arbeit für die jungen Leute. Er ging durch das Dorf; vor der Hütte des Häuptlings M'liko stand dessen kleine Tochter, ein schwaches, unansehnliches Mädchen. Sanders hatte Kinder gern und legte die Hand auf ihren Kopf.

»Was fehlt dir denn, M'jibini?«

»O Herr«, sagte das Kind, »ich habe böse Schmerzen in meinem Kopf.«

»Geh zu meinem großen Schiff und sprich mit den Soldaten und laß dir gute Medizin geben.«

Das kleine Mädchen aber ging nicht dorthin, sondern lief aus Furcht in ihres Vaters Hütte, weil sie von einem so großen Mann angesprochen worden war.

Der Häuptling M'liko kam an das Ufer, um bei Sanders' Abfahrt zugegen zu sein.

»O Herr«, sagte er, »wir sind arme, schwache Leute. Welchen Zauber kannst du uns geben, daß wir die viele schwere Arbeit verrichten, die du uns auferlegt hast?«

Sanders sah ihn mit zusammengekniffenen Augen an. »Heute«, sagte er ruhig, »wird mein Zauber anfangen zu wirken, und du wirst sehen, daß ich sehr mächtig bin.«

Er fuhr den Strom hinunter und ließ eine schwarze Rauchfahne hinter sich. Am Ufer aber stand ein unbotmäßiger Häuptling, der finster auf die Kiellinie der weißen »Zaire« niederschaute.

In dieser Nacht starb die Tochter des Häuptlings plötzlich. Der rachsüchtige M'liko rief seine ganze Verwandtschaft zusammen, um ihr von dem Zauber zu erzählen, den Sandi vollbracht hatte.

»Wir wissen«, sagte M'liko, »daß Sandi sehr grausam zu den Leuten dieses Dorfes war. Und nun hat er das Schlechteste von allem getan, er hat seine Hand auf das Kind meiner zweiten Frau gelegt, und es ist gestorben!«

Er berührte den Erdboden zur Linken und dann zur Rechten, um den Geist des toten Kindes zu besänftigen, und alle, die ihm zugehört hatten, taten das gleiche.

»Wenn wir jetzt nichts tun, wird Sandi hierherkommen und unsere Kinder durch seinen Zauber töten, denn mit seinen eigenen Worten hat er es versprochen. Sollen wir nun warten, bis wir sterben?« Er blickte ringsum in die erschreckten Gesichter und bemerkte, daß seine Verwandten ihm recht gaben.

Leutnant Tibbetts ging an einem heißen Frühlingsabend der folgenden Woche mit großen Schritten quer über den Exerzierplatz. Er zog seine Augenbrauen zusammen, blieb ab und zu stehen und öffnete das große Buch, das er unter seinem Arm trug. Er las einen Satz und memorierte dann die Weisheit, die er eben gelesen hatte, dann hob er den Kopf, schloß die Augen und sah aus, als ob er betete.

Sein Vorgesetzter, Captain Hamilton, beobachtete ihn gelangweilt. Distriktsgouverneur Sanders schaute vergnügt und neugierig zu, und Patricia, die zwischen den beiden Männern auf der Veranda stand, unterdrückte mit Mühe ein Lachen.

»Was, zum Teufel, ist denn wieder mit ihm los?« fragte Hamilton ärgerlich. »Will er ein buddhistischer Priester oder so etwas Ähnliches werden?«

Bones kam näher und schrak heftig zusammen, als er bemerkte, daß man ihm zuhörte. Schnell setzte er sich in Positur, lächelte selbstbewußt, ging mit eiligen, trippelnden Schritten zur Veranda und summte laut, falsch und unmusikalisch ein Lied.

»Bones«, brummte Hamilton, »immer, wenn Sie zu singen anfangen, werde ich an das Geräusch erinnert, das ein Grammophon macht, bevor die Musik einsetzt.«

Bones schlug die Hacken zusammen und salutierte. Das war eine neue Errungenschaft, die Hamilton ganz besonders haßte.

»Wo haben Sie bloß diese schreckliche Angewohnheit her?« sagte er ärgerlich.

Die Temperatur war nur 40 Grad im Schatten, aber der Haussa-Captain zitterte, weil er über Nacht einen Malariaanfall gehabt hatte.

»Lieber alter Herr und beinahe Vater«, sagte Bones leichthin, »es gibt da verschiedene nette kleine Sachen, mit denen sich ein junger Mann wie ich, der sich für den Dienst vorbereitet, vertraut machen muß.«

»Was für Dienst? Wollen Sie etwa an die Front gehen?« fragte der ungläubige Vorgesetzte. »Und was ist das für ein Buch, das Sie da mit sich herumschleppen?«

Bones übergab ihm den Band, ohne ein Wort zu sagen. »Zwanzig Jahre im Geheimdienst – von einem früheren Spion«, las Hamilton und schaute seinen Untergebenen an, der sich nicht im mindesten aus der Fassung bringen ließ.

»O Bones«, rief Patricia in Bewunderung, »wollen Sie etwa zum Geheimdienst gehen? Das ist ja außerordentlich interessant.«

Bones warf sich stolz in die Brust, klemmte sein Monokel ins Auge, klappte die Hacken wieder zusammen und verneigte sich. »Die Armee ist eine etwas langweilige Angelegenheit, meine liebe Miß Patricia Hamilton, ein Mann mit Intelligenz und all solchen Dingen hat da wenig Aussicht. Ist ja alles gut und schön für einen lieben, netten Herrn wie Hamilton – ich will Sie durchaus nicht beleidigen, lieber, alter Seemann –, aber für einen begabten Menschen mit Weitblick und Urteilskraft...«

»Wollen Sie mir erzählen, daß Sie all diesen Kram lernen wollen?« fragte Hamilton und klopfte mit seinem Stock auf das Buch.

»Ich nehme nur ein paar Winke für mich daraus, das ist alles.« Bones klappte wieder seine Hacken zusammen, salutierte und verbeugte sich.

»Dazu obendrein noch schwedischen Drill«, sagte Hamilton, indem er sich absichtlich dumm stellte. »Was für eine Menge Dinge müssen Sie nicht alle im Geheimdienst lernen! Kennen Sie auch schon einige Beschwörungsformeln und sonstigen Zauberkram?«

Bones zuckte die Achseln, zog die Augenbrauen hoch und streckte seine Hände verzweifelt aus.

»Passen Sie jetzt alle gut auf ihn auf!« sagte Hamilton mit betonter Ironie. »Er will jetzt ein Kaninchen verschwinden lassen.«

Bones räusperte sich.

»Zwischen der diplomatischen und der militärischen Anschauungsweise, mein Lieber, liegt eine tiefe Kluft.«

»Essenszeit!« sagte Sanders rücksichtslos. »Bones, wir wollen von vornherein annehmen, daß Sie zum Höheren Dienst auf normalem Wege kommandiert werden. O Abibu, bring mir aus dem kalten Keller meines schönen Hauses eine Flasche Wein mit dem goldenen Ende und auch eine Flasche Wein, auf der der Staub vieler Tage liegt.«

Später saßen sie beim Kaffee, und Bones versuchte eine der schweren schwarzen Zigarren zu rauchen, die ihm Sanders angeboten hatte.

»Was mich auf die Idee brachte«, bemerkte er, »war eine Äußerung des Marineoffiziers – Sie erinnern sich doch an ihn –, die zu meiner kühnen Tat in der Nacht vom letzten 14. führte.«

Hamilton nickte.

»Natürlich, es ist ein sehr schwieriges und gefährliches Unternehmen, das ein gewisses Maß von Beobachtungs- und Kombinationsgabe voraussetzt. Aber mein nettes kleines Buch ist darin einfach unbezahlbar. Die Verkleidungen und Masken, die der Kerl gebraucht hat, alle die Listen und Tricks, die er anwandte! Das Buch ist voll nützlicher Winke, es ist eins der wertvollsten Werke meiner Bibliothek.«

»Wo ist denn Ihre Bibliothek?« fragte Hamilton unschuldig.

»Nun, mein lieber, alter Freund, um ganz genau zu sein«, erklärte Bones, »ich habe die Bibliothek jetzt noch nicht. Aber ich habe nach Hause geschrieben um eine Menge Bücher über Kriminalität, Physiognomie, alles, was Lombrosos Lehre angeht, dann habe ich mir ein vollständiges Handbuch kommen lassen, in dem das Fingerabdrucksystem beschrieben wird, und habe mir auch schon überlegt, daß ich ein neues Mikroskop brauche, um Blutflecke und ähnliche Dinge zu untersuchen.«

Sanders sah den jungen Mann gedankenvoll an. »Glauben Sie wirklich, daß Sie geeignet sind, eine Spur zu verfolgen?«

»Geeignet?« fragte Bones vorwurfsvoll. »Meine liebe Exzellenz, das ist eine Gabe. Als ich noch ein kleiner Kerl war...«

»Nehmen wir einmal an, daß eine wichtige Persönlichkeit aus der Residenz verschwindet, glauben Sie, daß Sie die Spur auffinden könnten?« fragte Sanders. »Ich stelle diese Frage an Sie, und zwar im Ernst, Bones. Wenn Sie sich wirklich mit diesen Dingen beschäftigen wollen, dann könnte ich Ihnen vielleicht etwas dabei helfen.«

»Geben Sie mir den Knopf vom Rock eines netten kleinen Verbrechers, etwas von seiner Zigarrenasche, ein Taschentuch, das er getragen hat, irgend etwas, was Sie wollen – und überlassen Sie mir alles Übrige!«

»Ich staune!« sagte Sanders.

Bones gab am nächsten Morgen eine Probe ab, daß er bereits große Fortschritte gemacht hatte in der Kunst, Schlußfolgerungen zu ziehen, als er Hamilton am Ende des Gehölzes traf, das zur Residenz gehörte. Der Captain war ziemlich beladen, denn er trug einen Fischkorb und unter seinem Arm ein ganzes Bündel Angelruten.

»Sie haben soeben Fische gefangen«, sagte Bones leichthin. »Und an gewissen Anzeichen sehe ich, daß Sie kein Glück hatten. Auf Ihrem Rückweg trafen Sie einen Mann aus dem Dorf, der Sie fragte, ob er in dem Gehölz, das zur Residenz gehört, jagen dürfe, worauf Sie antworteten...«

»Um alles in der Welt, woher wissen Sie das?«

»Ganz einfach, mein Lieber«, sagte Bones mit einem herablassenden Lächeln. »Erstens ist nämlich Ihr Fischkorb leer.«

»Tatsächlich ist er aber voll«, sagte Hamilton, öffnete den Deckel und zeigte eine große Menge Silberforellen. »Auch ist es nicht mein, sondern Sanders' Korb –«

»Nun wohl«, sagte Bones unbewegt. »Sie kommen vom Fischen.«

»Im Gegenteil, ich habe geschossen«, erwiderte Hamilton mit unerschütterlicher Ruhe. »Aber ich habe zufällig den Chef getroffen, und er bat mich um meine Flinte, er sah einen Habicht über dem Forellenteich. Ich nahm seine Angelgerätschaften und ging hierher.«

Bones bewegte seinen Kopf ungeduldig von einer Seite zur anderen.

»Aber nun sagen Sie mir, woher wissen Sie, daß ich einen Mann getroffen habe, der von mir die Erlaubnis haben wollte, im Gehölz zu schießen?«

»Ha!« triumphierte Bones. »Habe ich Sie jetzt, mein lieber alter Freund? Zuerst an dem Staub an Ihren Stiefeln...«

»Um ganz offen zu reden, ich habe den Mann nicht getroffen, aber Sanders traf ihn. Es war M'fufa von Besibi. Er erzählte nämlich, Sie hätten ihm gesagt, daß Sie selbst ihm die Erlaubnis nicht geben könnten und daß er mich fragen sollte – stimmt das nicht?«

Bones hustete. »Schlußfolgerungen zu ziehen, mein lieber Mann, ist eine von diesen netten kleinen Wissenschaften, die erst im Anfangsstadium stehen«, sagte er eilig. »Jetzt wollen wir uns aber wichtigeren Dingen zuwenden.«

Bang, bang!

»Ich bin gespannt, ob Sanders seinen Habicht bekommen hat«, sagte Hamilton. Er wandte sich nach der Richtung, aus der die Schüsse kamen.

»Ich persönlich würde nicht zweimal nach dem Habicht geschossen haben, ich hätte mich mit einem Schuß begnügt, mein lieber Sportsmann.«

»Dann wäre Ihr Habicht schon halbwegs wieder heimgeflogen. Was hatten Sie denn mit mir zu besprechen?«

Sie gingen zur Residenz zurück, und Bones erzählte eine Geschichte, die mit dem Verschwinden einiger Dinge im Vorratshaus zusammenhing. Offenbar hatte der letzte Mann, der dort gewesen war, vergessen, den Schlüssel abzuziehen. In den heftigsten Ausdrücken verdammte Bones die Dummheit, Fahrlässigkeit und geradezu verbrecherische Nachlässigkeit, ein Vorratshaus mitten unter den Kanoleuten unverschlossen zu lassen. Schließlich folgerte er, daß der letzte dort Anwesende vergaß, die Tür abzuschließen und den Schlüssel abzuziehen. Er forderte von Hamilton, daß er diesen Übeltäter herausfinden müsse und ihn so schwer bestrafe, wie es das Militärstrafgesetzbuch nur zuließe.

»Sie waren doch selbst gestern nach Tisch im Vorratshaus,« sagte Hamilton vorwurfsvoll.

»Ich?« fragte Bones entrüstet. »Richtig! Ich war im Store!«

»Haben Sie die Tür zugeschlossen?«

»Habe ich sie abgeschlossen?« stöhnte Bones und schlug sich vor die Stirne. »Habe ich abgeschlossen? Jetzt bin ich gespannt, ob ich abgeschlossen habe!«

»Natürlich haben Sie nicht abgeschlossen«, sagte Hamilton. »Sie verrücktes Huhn! Wer hätte es denn auch sonst sein können! Ich habe Ihnen doch den Schlüssel gegeben, und Sie haben ihn nicht zurückgebracht!«

»Das war entschieden ein Fehler«, sagte Bones milde, »den aber jeder andere ebensogut hätte machen können, jeder – es kommt ja auch schließlich nicht darauf an, wer es war, Sie können es ja auch selbst gewesen sein! Wenn Sie nicht einmal Ihren eigenen Leuten trauen können, wem können Sie dann trauen? Mein lieber, nachsichtiger alter Vorgesetzter, seien Sie nicht so strenge!«

Die Diskussion über das bestohlene Vorratshaus – es war ein ganzer Ballen Stoff verschwunden, den sie nur mit vieler Mühe von der Zentralverwaltung bekommen hatten – dauerte, bis der Gong zum Essen rief.

Patricia kam gerade zu ihnen auf die Veranda, als das Gespräch sehr erhitzt wurde. Es gelang ihr, die beiden zu besänftigen und zu versöhnen. Zehn Minuten vergingen, aber noch immer war nichts von Sanders zu sehen.

Weitere fünf Minuten verstrichen, und Hamilton wurde unruhig, als Sanders an der Ecke des Gehölzes erschien und langsam auf die Residenz zuschritt. Er hatte das Gewehr unter dem Arm, und man konnte in seinem Gesicht jenen abwesenden Blick beobachten, den er nur in sehr kritischen Augenblicken hatte. Er stieg die Stufen der Veranda hinauf und stellte langsam sein Gewehr beiseite. Nachdem er einen Augenblick nachgedacht hatte, nahm er es wieder auf und trug es hinein.

»Es tut mir leid, daß ich Sie habe warten lassen – wenn Sie nichts dagegen haben, möchte ich mir erst noch die Hände waschen.«

»Was haben Sie da?« fragte Hamilton, denn Sanders hielt sehr vorsichtig einen dünnen Pfeil in der Hand.

»Nehmen Sie sich in acht«, warnte der Distriktsgouverneur und hielt die Spitze nach oben. Die beiden Männer schauten hin, und Hamilton stieß einen Ausruf aus, denn die Spitze war mit einer dünnen Schicht braunen Harzes überzogen.

»Vergiftet! Wo haben Sie ihn gefunden?« fragte Hamilton.

»Beinahe hätte er *mich* gefunden!« sagte Sanders wütend. »Ich schaute gerade nach meinem Habicht aus, da schwirrte der Pfeil kaum einen Zoll breit an meiner Schulter vorbei.«

»Aber wer...«, begann Hamilton.

»Ich habe den Gentleman nicht gesehen.« Sanders lächelte leicht. »Ich feuerte zweimal in den Busch, woher der Pfeil kam, und suchte den Fußweg ab.«

Er ging in sein Zimmer, erschien wieder in heiterer Gemütsverfassung und kam gerade früh genug, um die verschiedenen Vermutungen zu hören, die Bones anstellte, um den Übeltäter vor das Gericht zu bringen.

»Überlassen Sie mir nur die ganze Sache, mein lieber, guter Sir«, sagte er, indem er sich erhob. »Ich habe bereits einen oder zwei Anhaltspunkte, die in meinem Unterbewußtsein weiterarbeiten.«

»Sie werden an Platzmangel sterben!« sagte Hamilton.

»Das sieht recht bedenklich aus«, meinte Patricia ernst. »Glauben Sie, daß die Leute noch einen weiteren Versuch machen werden?«

»Nein«, sagte Sanders leichthin. Er war aber ungeschickt im Lügen und überzeugte niemand.

Später rief er die beiden Männer zu sich.

»Ich weiß nicht, wer der Bursche ist, aber nach den Nachrichten, die ich diesen Morgen von den N'gombi erhielt, schließe ich, daß es M'liko ist. Ahmet ließ sagen, daß der Häuptling eine Geschichte aussprengt, ich hätte sein Kind durch Zauberei getötet. Das bedeutet immer ein Mordpalaver. Ich erwarte, daß er heute abend einen zweiten Versuch macht, aber ich möchte nicht, daß es Ihre Schwester erfährt.«

»Warum lassen Sie mich nicht das ganze Gelände der Residenz durch Wachtposten abriegeln?« sagte Hamilton.

Sanders schüttelte den Kopf. »Sie können es eine Nacht, vielleicht noch eine zweite Nacht tun, aber auf die Dauer läßt sich das mit Ihrer kleinen Truppe nicht durchführen. Nein, lassen Sie ihn doch nur kommen, sobald er mag – wenn es heute abend ist, um so besser.«

Bones erhob sich plötzlich. »Dieser nette kleine Schuft kann nicht von der Küste herkommen, auch nicht vom Flußufer – er muß den Buschpfad nehmen. Überlassen Sie das nur mir, ich habe eine gute Idee.« Er zeigte auf seine Stirn und zitterte schon vor Erregung. »Vertrauen Sie mir – ich will Sie retten!«

»Wo wollen Sie hin?« fragte Hamilton.

»Vertrauen Sie mir nur«, sagte Bones zusammenhanglos. »Ich habe eine der großartigsten Ideen!«

Er stürzte aus dem Raum, ging quer über die Veranda, erreichte den Boden in zwei großen Sätzen, und sie hörten seine laute Stimme nach Ali Abid rufen, als er über den Exerzierplatz eilte.

An diesem Tage sah man nichts mehr von ihm, aber spät am Nachmittag kam sein Diener in feierlichstem Ernst mit einer Bitte.

»O Herr«, sagte Ali, indem er sich an Hamilton wandte, »mein Herr braucht eine Rolle braunes Packpapier oder dementsprechend ein Paket alte Zeitungen.«

»Wozu braucht er denn das?« fragte Hamilton überrascht.

»O Herr«, sagte Ali ernst, »zur Entdeckung von Verbrechen durch Anwendung wissenschaftlicher Methoden.«

Man händigte ihm eine Rolle braunes Papier aus, und er kehrte zu seinem Herrn zurück.

Niemand wußte, was Bones vorhatte. Hinter seinem Haus stand ein kleines Gebüsch, und dorthin zog er sich mit seinem großen Kochtopf zurück. Man sah den Rauch seines Feuers, und Abibu und viele andere beklagten sich bitter über den scheußlichen Geruch, der aus dem Gebüsch kam und die Quartiere der verheirateten Leute verpestete, so daß man es dort nicht mehr aushalten konnte.

Bones ließ sich zum Essen entschuldigen, und auch am späten Abend erschien er nicht.

»Soweit ich die Sache beurteilen kann«, sagte Hamilton, »fabriziert er einen besonderen Klebstoff für Fliegenpapier mit einem Patentvogelleim, den er und sein teuflischer Diener zusammenbrauen.«

»Bones meint es doch schließlich gut«, verteidigte ihn Patricia.

»Im Grunde ist er ein guter Kerl«, sagte auch Sanders und lächelte. »Aber ich kann mir kaum denken, daß er hofft, M'liko auf solche Art zu fangen.«

Sie taten so, als ob sie um zehn Uhr zu Bett gingen. Patricia zog sich zuerst zurück.

»Legt Ihr Euch auch bald hin?« fragte sie.

»In ein paar Minuten«, entgegnete Hamilton.

Eine halbe Stunde saß er noch mit Sanders in leisem Gespräch zusammen, dann verschwand der Distriktsgouverneur in seinem

Raum und kam mit zwei Gewehren zurück, von denen er Hamilton das eine gab.

»Der Mond wird in einer Viertelstunde unter dem Horizont verschwinden«, sagte Sanders, »und das ist genau der Zeitpunkt, da wir unseren Freund im Gehölz finden werden.«

»Was für einen Plan haben Sie?« fragte Hamilton, indem er das Gewehr nahm und die Kammer leise öffnete.

»Ich will zuerst ins Gehölz gehen und mich etwas weiter hineinpirschen. Sie bleiben halbwegs zwischen der Residenz und dem Gehölz, um mir im Notfalle zu Hilfe zu kommen.«

Geräuschlos schlichen sie sich vom Hause fort. Der Mond war schon hinter den Bäumen verschwunden, und nur das Licht der Sterne leuchtete.

»Ich bin gespannt, was Bones unternimmt«, flüsterte Hamilton.

»Ich habe großes Zutrauen zu ihm«, erwiderte der Distriktsgouverneur.

Er verließ Hamilton an der bezeichneten Stelle und ging in das dunkle Gebüsch. Schweigend und vorsichtig bewegte er sich vorwärts, denn er war ein alter Jäger. Als er von Zeit zu Zeit stillstand, hörte er kein Geräusch, und so kam er an den engen Waldpfad, ohne irgendein Anzeichen von seinen Feinden zu finden. Am Eingang des Buschpfades blieb er einige Zeit stehen.

»O weißer Mann«, sagte plötzlich eine höhnende Stimme gerade vor ihm, »ich sehe dich!«

Etwas krachte hinter ihm, er duckte sich und riß das Gewehr an die Schulter. Er hörte wieder ein Schwirren, und diesmal flog der Pfeil über ihn hinweg. Er feuerte geradeaus, obwohl er wußte, daß die Leute, die ihn angriffen, Deckung hinter den Bäumen gesucht hatten. In dem plötzlichen Aufblitzen seines Gewehres glaubte er ein Gesicht zu sehen und feuerte noch einmal. Dann hörte er die Fußtritte fliehender Männer. Er sprang auf, machte zwei Schritte vorwärts, aber es faßte ihn etwas am Fuß und hielt ihn fest. Er stolperte, streckte die Hand aus und griff in eine weiche, klebrige Masse. Bevor er nachdenken konnte, was sich eigentlich ereignete, hatte er auch seine andere

Hand auf dem Boden, um sich wieder in die Höhe zu richten. Aber auch diese wurde festgehalten. Er zog stark, es klang so, als ob etwas zerrisse. Aber das Leimpapier haftete an ihm. In unglaublich kurzer Zeit war er von Kopf bis Fuß von klebrigen, viereckigen Papieren eingehüllt, die ihn buchstäblich am Grund festhielten. Er wollte mit allen Kräften vorwärtskommen, aber er fiel auf seinen Knien nur wieder in eine neue Falle geleimten Papiers. Bones hatte seine Arbeit sehr gründlich getan, das Papier war auf Stoff geklebt und dieser mit eingeschlagenen Pfählen auf dem Boden befestigt. Über das Ganze hatte er seine schreckliche, klebrige Masse ausgebreitet.

In diesem Moment sagte Sanders etwas über Bones, und er sprach wirklich nicht sehr schmeichelhaft von ihm. Auch erwähnte er dabei die hervorragenden Dienste nicht, die dieser begeisterte junge Mann dem Staate und hohen Persönlichkeiten geleistet hatte.

Hamilton hörte seinen Hilferuf und eilte herbei. Aber noch vor ihm erschien dort ein anderer.

»Sind Sie das, Exzellenz?« fragte eine Stimme aus dem Busch. »Haben Sie die Kerle gefaßt? Was denken Sie nun von Ihrem guten Bones?«

Sanders sagte einen Augenblick lang gar nichts.

»Das werde ich Ihnen später erzählen, Bones. Ich hoffte, Sie hätten gehört, was ich eben sagte.«

»Sicher«, keuchte Bones, »sicher, Sir. Sie sind doch nicht etwa hineingeraten? Ach nein, das ist ja fürchterlich – das kann ich mir nie verzeihen, Exzellenz!«

Es dauerte eine halbe Stunde, um das Fliegenpapier von Distriktsgouverneur Sanders zu entfernen. Glücklicherweise hatte Hamilton eine elektrische Taschenlampe bei sich, die dabei große Dienste leistete. Aber weder Sanders noch seine Gehilfen sahen gut aus, als das letzte Papier abgerissen und in den Busch geworfen war.

»Die Kerle sind entkommen, fürchte ich«, sagte Hamilton.

Sanders nickte. »Ich sah M'likos Gesicht, das war genug. Wenn ich noch zwei Schritte getan hätte, hätte ich sie gefaßt. Leihen Sie mir bitte einmal Ihre Lampe!«

Er leuchtete mit dem Licht geradeaus.

»Bones, es wird mir schwer sein...« Er hielt an. »Moment mal!« sagte er.

Behutsam ging er vorwärts, suchte mit seiner Lampe den Boden ab und stieß mit seiner Flinte vorsichtig auf den grasbedeckten Pfad vor sich. Als er das tat, stürzte die ganze Oberdecke des Weges in einer Länge von ein und einem halben Meter und in einer Breite von einem Meter ein und verschwand. Er leuchtete mit seiner Lampe in das Loch hinunter. Es war eine kleine Falle, wie sie die Eingeborenen machen, um Elefanten zu fangen – nur mit dem Unterschied, daß auf dem Boden zwanzig mit braunem Harz überzogene Speerspitzen aufgestellt waren.

Sanders stand starr. Er wußte, daß ein einziger kleiner Schnitt dieser Speerspitzen sicheren Tod bedeutete. Jetzt durchschaute er den ganzen Plan. Die Leute hatten das wilde Getrampel im Dunkel nur deshalb veranstaltet, um ihn in die Falle zu locken. Den ganzen Abend mußte M'liko an dem Loch gearbeitet haben, um seine vergifteten Speerspitzen aufzustellen. Mit dünnen Zweigen und Gras hatte er es bedeckt, damit sein Opfer nicht beim Schein einer Laterne die Falle entdecken sollte.

»Zwei Schritte weiter!« sagte Sanders gedankenvoll. »Wenn ich mich nicht in Ihrem Fliegenpapier gefangen hätte, Bones –«

»Sehen Sie, Exzellenz«, sagte Bones stolz, »Sie haben meine Idee verstanden?«

»Sie sind ein großer Mann, Bones«, sagte Sanders. »Wirklich ein großer Mann.«

»Das habe ich immer gesagt«, sagte Bones.

## *Regierungswechsel*

Leutnant Augustus Tibbetts vom Haussa-Regiment saß in seinem Kanevasstuhl unter dem weit vorspringenden, schattigen Dach. Diesen Platz benutzte er als sein Dienstzimmer. Vor ihm stand ein Tisch, auf dem alles Zubehör zu einer Gerichtssitzung ausgebreitet war. Drei gelbe Strafrapporte lagen dort, ein großes Blatt amtliches Schreibpapier, ein aufgeschlagener Band des Militärstrafgesetzes, das Hauptbuch der Kompanieberichte, die Straflisten und Personalbogen. Die Delinquenten warteten zwischen einer Eskorte von Soldaten mit aufgepflanztem Bajonett, um auf Befehl vorzutreten und das Gericht der Götter zu empfangen.

An Bones' Seite saß Patricia Hamilton in einem bequemen Stuhl aus Flechtwerk, nachlässig an ein Kissen gelehnt. Ihre Stimmung war nicht ganz in Einklang mit der Feierlichkeit der Handlung, die hier vor sich gehen sollte. Sie trug einen großen Panamahut und ein blendendweißes Kleid.

»Sind Sie auch sicher, daß ich Ihnen hier nicht im Wege bin?« fragte sie ängstlich.

Bones klemmte sein Monokel ins Auge und drehte sich langsam und gewichtig zu ihr um. »Meine liebe, gute Miß«, sagte er mit einer gewissen ernsten Ruhe, »ich habe Sie ja eingeladen, um Ihnen sozusagen einen Platz auf der Richterbank zu geben. Ich bitte Sie um nichts, als daß Sie –« Er hustete und sah sie bedeutungsvoll an. Dann wandte er sich den Leuten zu und schrie mit lauter Stimme: »Ruhe im Gerichtshof! Alle seid ruhig! Verdammt noch einmal!«

»Bones!« sagte das erschrockene Mädchen. »Sie müssen nicht so schimpfen.«

Er sah zu ihr hinüber.

»Ich muß die Leute erschrecken und einschüchtern, liebe, gute Miß Patricia«, flüsterte er heiser. »Eiserne Faust im Sammethandschuh und all solche Dinge – Ruhe!« brüllte er wieder zu der vollständig stillen Gruppe, die vor ihm stand.

Er winkte dem Sergeanten, und der erste Gefangene schritt

keck vorwärts, begleitet von einem Soldaten.

»O Herr!« sagte der Sergeant in fließendem Arabisch, »dieser Mann schuldet Mahmud Ali zwanzig Tassen Salz, und weil Mahmud Ali sein Eigentum zurückverlangte, hat er ihn geschlagen.«

Bones schaute auf den Delinquenten, der durchaus nicht eingeschüchtert wirkte.

»Lord Tibbetti«, sagte er geläufig, »es stimmt, daß ich Mahmud Ali zehn und zehn Tassen Salz schulde. Aber Mahmud Ali borgte meine schönen neuen Beinkleider, um sie auf der Hochzeit der Schwester seiner Frau zu tragen. Er hat aber in diesen Beinkleidern gekämpft, und er brachte sie mir in Fetzen zurück.«

Bones winkte dem Kläger.

»Herr, es ist wahr«, sagte dieser offen. »Aber ich habe diesem Mann nicht versprochen, in seinen Hosen nicht zu kämpfen, während er mir zusagte, das Salz zurückzugeben.«

Bones faßte an sein Kinn.

»Weil du Mahmud Ali geschlagen hast, wirst du zwei Tage zur Zeit der Nachmittagsruhe exerzieren. Was die Beinkleider betrifft, bezahlt dir Mahmud ihren Wert und behält sie, und du bezahlst ihm das Salz. Das Palaver ist aus.«

»Worum handelte es sich?« fragte Patricia ein wenig ängstlich, denn Arabisch war für sie dasselbe, was für Cicero Hebräisch gewesen war.

»Eine etwas unfeine Sache!« antwortete Bones.

»Das tut mir leid!« sagte sie hastig und lehnte sich wieder zurück.

»Der nächste Fall!«

Diesmal war es ein ernstes militärisches Vergehen, das man vom Oberen Fluß zur gerichtlichen Entscheidung hierher verwiesen hatte.

Im Gebiet des Alten Königs jenseits der Hügel waren die Masern ausgebrochen, und eine Quarantäne-Wache war an die Grenze der Ochori gesetzt worden. Es wurde behauptet, daß die drei Leute und ein Korporal, aus denen die Wache bestand, ihren Posten zwei Tage lang verlassen hätten. In einem europäischen

Heere wäre das ein sehr schweres Vergehen gewesen, aber es waren mildernde Umstände vorhanden, die es gestatteten, mit den Gefangenen nicht so streng ins Gericht zu gehen.

»O Herr«, sagte der Wortführer der Angeklagten, der beschuldigte Korporal, »es ist wahr, daß wir den Hügelpfad verließen und zurückgingen und mit dem Ochorihäuptling schmausten. Aber schon früher haben wir von ihm Befehle empfangen und sie befolgt. Und, o Herr, wir wußten, daß Bosambo einen sehr schlauen Plan hatte, die Feinde Sandis zu überwältigen, so daß wir weggingen, als er nach uns sandte und zehn Krieger der Ochori unsere Plätze einnahmen.«

»Hm!« sagte Bones mit tiefer Stimme. »Sehr schwerer Fall, sehr, sehr ernst!«

»Wirklich?« fragte Patricia bedrückt. »Was werden Sie tun?«

»Ich muß sie erschießen lassen«, sagte Bones und schüttelte den Kopf.

»Bones!«

»Ich muß es wirklich tun, auf mein Wort, ich muß! O Mann« – dies sagte er in Arabisch – »weil dieses Vergehen unter dem Befehl eines regierenden Häuptlings ausgeführt wurde, wird er zur Rechenschaft gezogen, und du gehst frei aus!«

Der dritte und letzte Fall stand merkwürdigerweise wieder im Zusammenhang mit Bosambo. Es war eine Klage, die ein Eingeborener gegen einen Haussa vorbrachte, der sich selbst Recht verschafft und zu diesem Zweck eine Rhinozerospeitsche ergriffen hatte. Es bestand kein Zweifel über den Tatbestand, denn ein Korporal war Zeuge des Vorgangs.

»Es ist wahr, o Herr«, sagte der Soldat, »aber dieser Kafir erzählte mir viele Lügen und sagte, daß Kulubu der richtige Häuptling der Ochori sei und daß alle Leute das wissen und daß Sandi Bosambo an seine Stelle setzte, weil sie Söhne desselben Vaters sind.«

»Mann, ist das wahr?« fragte Bones den Kläger.

»O Herr, es ist so, wie er sagte, aber ich meinte nichts Böses dabei. Denn so sprechen alle Leute den Fluß entlang. Und, o Herr, war nicht die Mutter Kulubus die Tochter des Alten Königs der Ochori? Und war nicht Bosambo ein Fremder, der aus einem fernen Lande kam, und gewann er die Ochoristadt nicht durch Bosheit und Sünde?«

Eine peinliche Frage für Bones, da Bosambo, Häuptling der Ochori, zweifellos ein entsprungener Flüchtling aus dem fernen Monrovia war.

Er war aus dem Gefängnis ausgebrochen, in dem er eine zwanzigjährige Strafe verbüßen sollte, und auf seinem Wege durch das Land zu der Stadt der feigen Ochori gekommen, die ihn gastlich aufnahmen. Als der schwache Häuptling des Stammes geheimnisvoll und unerwartet starb, hatte Bosambo die Zügel der Regierung ergriffen und aus den Ochori – deren Feigheit früher Vorwurf und Schande für sie war – ein erstklassiges Kriegervolk gemacht. Es stimmte auch, daß Bosambo die rechtmäßigen Erben beiseite brachte und daß Sanders, der in seiner Klugheit das Ende der alten Dynastie nur herbeigewünscht hatte, die Selbsternennung Bosambos bestätigte.

»Alle Leute sollen mich hören«, sagte Bones nach einer langen Pause. »Bosambo ist das wahre Oberhaupt der Ochori, denn Sandi hat ihn durch das Gesetz dazu gemacht. Aber die Leute werden immer schlecht von denen sprechen, die die Herrschaft haben und ihrem Volk das Gesetz geben. Deshalb tatest du unrecht, wenn du gegen Bosambo sprachst, und du, Mahmud, tatest unrecht, diesen Mann zu schlagen, denn es steht in der Sure der Spinne ›Streite nur in Güte‹. Deshalb wirst du an einem Tage zur Zeit des Nachmittagsschlafes exerzieren. Das Palaver ist aus.«

Er erklärte diesen letzten Fall Patricia, als sie zum Ufer gingen, um Sanders und Hamilton zu treffen, die mit ihren Angelgeräten unterwegs waren.

»Und wenn Sie nach meiner Meinung fragen, liebe, gute Miß«, sagte er, »so glaube ich, daß Kulubu ein verrückter alter Esel ist.«

Eine Feststellung, die sich auch als wahr erweisen sollte.

»Bosambo muß gewarnt werden, sich nicht mit den Leuten einzulassen«, sagte Sanders später. »Ich wünsche ganz besonders, diesem Lande ansteckende Krankheiten fernzuhalten. Und durch diese Dummheit kann eine Epidemie heraufbeschworen werden. Ich ärgere mich besonders deshalb, weil ich dem Burschen doch klar auseinandergesetzt habe, wie leicht sich eine solche Krankheit verbreitet. Es ist in Wirklichkeit nicht sehr gefährlich, denn die Eingeborenen sind selten einer solchen Ansteckung ausgesetzt.«

»Armer Bosambo!« sagte Patricia lächelnd. »Er steht in letzter Zeit immer unter Druck!«

Sanders nickte. »Er ist jetzt in schwerer Bedrängnis. Es hat sich eine große Verschwörung gegen ihn gebildet. Ich glaube, Kulubu hat einiges Erbrecht auf die Häuptlingswürde, und es könnte sehr unangenehm werden, wenn das Volk der Ochori eine Vereinigung der Gebiete forderte. Einige von Bosambos Ältesten haben Kulubu neulich besucht – das sieht sehr nach Unruhen aus.«

»Glauben Sie, daß wir Bosambo warnen sollten?« fragte Hamilton.

Ein Lächeln huschte über Sanders Züge. »Er hat mich bereits gewarnt«, sagte er. »Die Ochori sind ein armes Volk, ihre Ernten waren schlecht, und ihre Fischzüge gaben keine Beute. Kulubu ist ein reicher Mann – die Raufbolde sind immer reich –, und er hat die Ochori bestochen und verdorben, bis der arme Bosambo keinen Freund mehr hatte, dem er trauen konnte. Die Ochori haben sich undankbar gegen ihn gezeigt, denn er machte eine Nation aus ihnen. Wir werden ja weitersehen. Senden Sie einen Sergeanten mit zehn Mann nach Norden, der einen Tagesmarsch vor Wumbi Quartier machen soll, und lassen Sie Bosambo wissen, daß Sie dort sind.«

Zwischen Tag und Nacht, in der grauen Dämmerung, die das Ende des tropischen Tages ankündigt, fuhr ein Kanu aus Eisenholz in der Mitte des Oberen Stromes. An der Breitseite von einer schnellen Strömung ergriffen, wurde es in diagonalem Kurs zu dem gegenüberliegenden Ufer Wumbi getrieben. Der Mann, der in dem Boot saß, hatte die Entfernung richtig abgeschätzt. Er tauchte sein Ruder zuerst links, dann rechts, mit langen, starken Schlägen in das gurgelnde Wasser und richtete die Spitze des Kanus nach dem abfallenden Ufer. Wumbi lag nach Westen, wo die Sonne untergegangen war, ein Purpurfleck hoher Bäume, die von den Feuern des Dorfes erglänzten. Der träge blaue Rauch stieg zuerst in grauen Spiralen gegen den waldigen Hintergrund, bis er sich über die Baumkronen erhob und in schmalen Streifen schwarzen Dunstes zum glühenden Himmel aufstieg.

Der Mann in dem Kanu erhob sich langsam und bewegte sich in dem seichten Wasser mit jener besonderen Gewandtheit, die den Eingeborenen eigen ist. Er zog das Kanu höher auf das Ufer, neigte sich darüber, nahm aus dem Innern ein Bündel Speere, einen Sack mit Lebensmitteln und einen toten Affen. Diesen warf er sich über die Schulter und ging langsam zu dem Pfad, der in unregelmäßigem Verlauf zwischen den Bäumen die Küste mit der Hütte von N'guro, dem Fischer, verband. Jenseits war ein dichtes Gewirr von Sträuchern und Gras, das bis zum Wasser reichte. Dies durchsuchte er und fand ein langes Kanu im grünen Dickicht verborgen. Er war zufrieden.

Der Jäger war schlank und trug außer dem Leopardenfell keine Kleidung. Seine Schultern waren breit und muskulös, sein Hals kräftig, und aus den Bewegungen seines Körpers sprachen ungewöhnliche Kraft und Gewandtheit. Er hielt an der Spitze des Dorfes an, lehnte sich gegen seinen Speer, der ihn noch überragte, und hielt forschend Umschau, denn das Licht hatte stark abgenommen. Was er sah, schien ihn zu befriedigen, denn er ging weiter. Vor ihm lag eine Hütte, die größer als die anderen und anscheinend sein Ziel war. Vor der Tür standen zwei dicke Pfosten in solcher Entfernung voneinander, daß ein großer Mann mit ausgebreiteten Armen sie gerade mit den Fingerspitzen berühren konnte. Sie waren in seltsamen Zeichen geschnitzt und waren wirkliche Fetische, durch welche ein erleuchteter Mann unter Zeremonien mit Geistern und Ju-Jus verkehren konnte. Weiter vorne schwelte ein Holzfeuer, um das sich fünf Männer gruppiert hatten. Es war sonst niemand in der Nähe; denn dies war das große Haus Kulubus, des Häuptlings der kriegerischen Akasava, und es war ein großer, freier Platz um die Hütte, über welchen niemand ohne Einladung gehen mochte. Denn Kulubu, der die Führerschaft unter den versprechendsten Umständen angetreten hatte, war zu einer größeren Herrschaft gekommen, als sie die Akasava jemals gekannt hatten. »Alle Menschen werden meine Brüder sein, und ich werde der Diener meines Volkes sein«, hatte er in einem großen Palaver voreilig gesagt.

Der Ankömmling ging drei Schritte auf das Feuer zu, dann erst zeigte ihm das überraschte »Wa!« eines der leise sprechenden Männer an, daß man ihn bemerkt hatte. Eine Sekunde lang stand er nach diesem herausfordernden Ausruf still und wurde erkannt.

Schnell verschwanden zwei Leute in der Dunkelheit und ließen Kulubu, den König, und seine zwei knorrigen Ratgeber allein, um den Besucher zu begrüßen.

»Ich sehe dich!« sagte der Fremde konventionell.

»Ich sehe dich, Bosambo!« sagte Kulubu rasch. »Dies ist ein herrlicher Tag für mich, an dem der große Häuptling der Ochori in mein Dorf kommt und in meiner Hütte schläft. Meine jungen Leute sollen gleich deine Ruderer und Speerleute bewirten, und ich will eine fette Ziege für dich schlachten.«

Bosambo hatte sich an dem Feuer niedergesetzt, seine Speere lagen quer über seinen Knien. Er hielt sie mit seiner mächtigen Faust umspannt. Sein Kopf schaute zur Seite und in die Höhe; denn der König saß erhöht auf seinem feingeschnitzten Stuhl.

»O Kulubu«, sagte Bosambo, »du brauchst mich und meine Leute nicht zu bewirten, denn ich tötete Wild nahe dem Teich der Steine, und außerdem reiste ich allein.«

Die drei Leute sprachen nicht, aber Bosambo, der sie scharf unter gesenkten Lidern betrachtete, sah, wie sie schnelle Blicke untereinander wechselten.

»Herr«, sagte Kulubu schließlich, »wir drei Männer saßen zusammen und dachten große, wundervolle Dinge zum Heile unseres Volkes.«

»Manchmal gibt es eine Krankheit, die vom Strom heraufkommt«, unterbrach ihn Bosambo, »und die Leute sehen Dinge, die nicht vorhanden sind. Nun sage ich dir, Kulubu, daß ich nicht drei, sondern drei und zwei sah.«

»Sklaven sieht man nicht«, erklärte Kulubu aalglatt. »So sagen die Akasava – und diese Leute waren Sklaven, Bosambo, die Fische und Maniok brachten.«

»Zwischen einem Krieger und einem Sklaven ist die Länge eines Speeres«, erwiderte Bosambo, »und meine Torheit mag schuld daran sein, daß ich die Speere in den Händen deiner Sklaven sah. Und obwohl alle Leute wissen, daß du sehr reich bist und große Lager von Elfenbein unter deiner Hütte vergraben sind, werden doch selbst große Könige nicht von Speerleuten bedient.«

Kulubu hustete und blickte erst zu dem einen, dann zu dem anderen der alten, grimmig blickenden Leute, die an seiner Seite saßen; aber sie halfen ihm nicht, und Kulubu war voreilig, wo klügere Leute gezögert hätten.

»Es ist wahr, Bosambo, daß diese Leute Speere trugen«, sagte er, »aber sie waren die Brüder meiner zweiten Frau, und da sie Leute von niederem Rang sind, fühlte ich Scham, daß du sie bei meinem Palaver sahst. Nun, Bosambo, ich werde meinen Frauen sagen, daß sie eine große Hütte für dich kehren sollen.«

Bosambo blickte zu seinem Gastfreunde auf. »Ich schlafe diese Nacht im Walde, Kulubu«, sagte er. »Denn ich bin auf dem Wege, um Sandi, unseren Vater, zu besuchen. Er wünscht, heimlich mit mir zu sprechen.«

Kulubus Kopf beugte sich vorwärts. »Man erzählt sich manche Geschichten hier bei den Akasavas«, sagte Kulubu sanft, »denn schlechte Nachrichten kommen mit dem Strom herunter. Einige Leute erzählen, daß dein Volk dich bei unserem Herrn Sandi angeklagt hat und daß sie mit ihren Speeren zu deinem großen Hause kamen, weil du sie grausam behandelt hast. Auch bitten sie, daß sie einen anderen Häuptling bekommen.«

Er machte eine Pause, damit der andere antworten könnte. Aber der Häuptling der Ochori schaute ihn nur schweigend an.

»Nun denke ich«, fuhr Kulubu mit einer gewissen vertraulichen Anmaßung fort, die Bosambo wohl merkte, »daß die Ochori Narren sind; denn du bist ein guter König und, wie man allgemein weiß, sehr beliebt bei Sandi. Aber Leute müssen zur Herrschaft geboren sein und von Anfang an einen großen Ju-ju haben, der ihnen hilft. Wenn du diesen Ju-ju nicht hast, Bosambo, dann kannst du nicht regieren.«

Bosambo wechselte die Stellung. »Höre mich an, o Kulubu M'faga«, sagte er, »denn ich spreche mit weiser Zunge. Zwischen mir und meinem Volk ist ein böses Palaver; denn sie sind träge, und an dem Tage, an dem ich Sandi Gummi und Korn für seine Regierung geben muß, kommen sie mit leeren Händen zu mir, und ich stehe beschämt vor meinem Herrn. Deswegen habe ich sie schlagen lassen und sie angestellt, Straßen zu bauen. Dann kamen Männer, die sich gegen mich und Sandi verschworen. Kulubu, von woher kommen sie? Auch einige Häuptlinge der Stämme den Fluß hinunter halten Palaver mit meinem Feinde ab und sitzen an seinem Feuer und sprechen schlecht von mir. Wer ist dieser Feind? Wa! Kulubu, ich habe drei Könige der Akasava sterben sehen, zwei wurden an hohe Bäume gehängt, und einer starb unter meinem Speer. Soll ich drei und einen sehen?«

Kulubu stand auf und schaute auf das Bündel Speere, das auf Bosambos Knien lag. »All dies ist Wahnsinn, Bosambo«, sagte er milde. »Denn ist nicht Sandi mächtiger als der Teufel? Und wenn du dein Volk nicht in der Hand behalten kannst, ist es da nicht wahr, daß sie einer stärkeren Hand bedürfen? Nun habe ich einen Rat mit meinen Brüdern abgehalten, weil ich dich liebe, Bosambo, und ich will etwas Großes tun. An einem bestimmten Tage will ich zu deiner Stadt gehen und will als König an deiner Stelle herrschen. Und du sollst nach Wumbi kommen und an meiner Stelle sitzen, und am Vollmond des nächsten Monats will ich die Ochori fragen, wie du die Akasava fragen sollst: ›Wer soll König über euch sein, Bosambo oder Kulubu?‹ Dies will ich ebenso die Leute meines eigenen Landes fragen, indem ich mich an deine Stelle stelle. Und bei Iwa und dem Scheitel meines Hauptes und bei Salz und Blut und bei allen Geistern der Welt, ich will mich an ihr Wort halten. Aber dies sage ich, Bosambo, daß du in der Zeit des Wechsels nicht zu den Ochori gehen sollst, und ich werde nicht in mein Land kommen.«

Bosambo erhob sich. »Das ist eine große Sache«, sagte er, »und ich muß sie mir genau überlegen.«

Er schritt aus dem Lichtkreis heraus und wanderte den Pfad entlang, der zum Fluß führte. Am Ufer hielt er an und setzte sich nieder.

»Ich denke, Bosambo wird dich nach Ochoristadt gehen lassen«, sagte Kulubus erster Ratgeber. »Er ist nicht sehr schlau.«

»Dann wird kein Bosambo mehr bei den Ochori sein«, sagte Kulubu. »Denn nach einiger Zeit will ich zu Sandi gehen und ihm zeigen, wie ich dieses Volk regiert habe, und ihm große Gaben an Gummi und Fisch geben, mehr als die Steuer ausmacht, und dann wird Sandi Bosambo fallenlassen.«

»O großer Häuptling«, sagte der andere Ratgeber. »Was soll Bosambo hier tun? Denn wenn du ihn an deine Stelle setzest, kann er da nicht böse Dinge gegen dich unternehmen? Und, o Häuptling, ist nicht hinter deinem großen Hause, an einem verborgenen Platz, ein großer Schatz von Elfenbein und Gummi vergraben?«

Kulubu nickte. »Aber seid ihr nicht hier und ebenso meine Brüder? Und die kleinen Häuptlinge, die von den Dörfern ringsum kommen und gehen? Und werden nicht stets an seiner Seite Leute sein, die ihn überwachen können? Laßt alle Häuptlinge wissen, daß ich gegangen bin, um Bosambos Land zu stehlen, und daß sie sehr schlau gegen Bosambo sein sollen, während er hier ist.«

Am ersten Tag des neuen Monats wurde der Wechsel vorgenommen. Bosambo kam mit vier treuen Gefolgsleuten und mit seinem Hab und Gut in einem Kanu an. Er wurde in die große Hütte Kulubus eingesetzt, und alle Leute gehorchten ihm, jedenfalls nach außen hin. Die Häuptlinge brachten ihm Salz und Korn, die Krieger ihre Speere, daß er sie berühre, und obwohl sie ein falsches Spiel spielten, zeigten sie doch ihren Betrug nicht.

Besambo nahm ihre Huldigung sehr ernst. Er berief ein kleines Palaver für unbedeutende Häuptlinge und Älteste von Dörfern und besprach mit ihnen gewisse Verbesserungen des Gesetzes, zum Beispiel die Rechte der Ehemänner, einen Teil des Preises zurückzufordern, den sie für Frauen bezahlt hatten, mit denen sie nachher nicht zufrieden waren. Die Versammelten hörten ihm aufmerksam und höflich zu, stimmten allem bei, was er sagte, priesen seine Weisheit in wohlgesetzten Reden und verließen ihn, wobei sie sich heimlich über ihn lustig machten.

Sie hatten weniger Grund zu lachen, als sie entdeckten, daß Bosambo sie nicht zu ihren Beschäftigungen entließ, wie es gewöhnlich nach einem Palaver geschah, sondern sie in dem Dorfe festhielt und sie jeden Morgen und jeden Abend zusammenrief, um ihre Ansichten und ihren Rat über Fragen zu hören, die ihnen fremd waren und weitab lagen, wie zum Beispiel die Aufzucht von Krokodilen oder die Bereitung von Maniok. Bei der sechsten dieser Besprechungen erhob sich Gisivulu, ein Mann von einigem Einfluß, da er ein Gebiet von achtzig Quadratmeilen beherrschte. Er ließ alle Höflichkeit beiseite und sprach: »O Bosambo, wir sind Männer, die viele Aufgaben haben, und du hast uns nun sechs Tage und sechs Nächte lang hierbehalten, und wir haben über Fisch und Korn und über Gummi und Jagd gesprochen, während unsere Leute unsere Rückkehr erwarten. Unsere Weiber sind sehr traurig, und unsere Kinder schreien nach uns. Laß uns jetzt in unsere Heimat gehen!«

Bosambo sah ihn gedankenvoll an. »An einem gewissen Tag werdet ihr zu euren Dörfern gehen, aber der Tag ist noch nicht gekommen!« sagte er.

Bosambo berief ein Palaver aller Häuptlinge und Familienväter für diesen Abend, um den Einfluß des Mondes auf den Fischfang zu erörtern. Es war eine langwierige Versammlung, die von acht Uhr abends bis zum nächsten Morgengrauen dauerte. Darauf folgte ein Palaver, das am Nachmittag begann und erst nach Mitternacht beendet wurde. Bei dieser Versammlung rief er alle Laien zu sich, und es wurde über Geister gesprochen.

Am Ende der zweiten Woche hielten die Unterhäuptlinge ein Palaver für sich ab und sandten eine Abordnung an Kulubu, der die begeisterten Gehorsamsgelübde seiner neuen Untertanen durch eine ununterbrochene Folge glänzender Feste belohnte und alle Häuptlingsabgaben ablehnte.

Kulubu war sehr erstaunt. »Wie kann ich kommen, Gisivulu?« fragte er. »Habe ich nicht mit Bosambo zusammen einen Eid geleistet, daß weder ich zu den Akasava noch er zu den Ochori gehen soll während dieser festgesetzten Zeit? Und es muß noch eine Woche vorübergehen, bevor der Mond voll ist. Deshalb sage ich euch, geht zu den Palavern, die er zusammenruft, hört mit tauben Ohren zu und sprecht, was immer euer Bauch euch eingibt. Nachdem die Sonne drei- oder viermal untergegangen ist, will ich zu meinem Volk zurückkommen, und Bosambo wird weder Land noch Volk haben.«

»O Herr«, sagte der bekümmerte Gisivulu, »dieser Bosambo hat eine große Abgabe verlangt – wenn der Vollmond bis zu einer dünnen Rinde abgenommen hat, müssen wir ihm von jedem Dorf und von jedem Mann im Dorf soviel Gummi bringen, wie einer in vier Händen halten kann.«

Kulubu schlug seine Fäuste vor Freude zusammen. »O koko«, lachte er. »Zu der Zeit wird kein Bosambo mehr in meinem Hause sitzen; denn ich werde zurückkehren und der Häuptling von zwei großen Stämmen sein.«

Die Abordnung ging etwas getröstet fort, und Kulubu wandte sich wieder der Unterhaltung des Ochorivolkes zu. Er hatte für den Abend ein Fest von äußerstem Glanz geplant, das nichts Geringeres darstellte als den Tanz der Webervögel. Um drei Uhr morgens ging Kulubu zu seiner Hütte, um zu schlafen, und als er sich auf sein Bett niedersetzte, sprang er schnell wieder in die Höhe, denn es lag schon jemand auf seinem Büffelfell.

»Fsch!« sagt Kulubu. »Wer bist du, daß du in mein Haus kommst und auf meinem Bett schläfst?«

»Herr«, sagte eine zitternde Stimme, »jede Nacht habe ich auf deinem wundervollen Bett gelegen, während du beim Tanzen warst. Ebenso meine Schwester, die hier an meiner Seite liegt.«

Kulubu zog sie ins Licht des Feuers hinaus und sah einen jungen Mann und ein Mädchen, die anscheinend nicht dem Ochorivolk angehörten. Auf einen Schrei Kulubus kamen Bosambos verräterische Ratgeber zu ihm.

»Wer sind diese Leute?« fragte Kulubu.

»O Herr«, erwiderte der oberste Ratgeber, »es sind Fremde.«

Kulubu wandte sich zu den zitternden Eindringlingen, die ihn anstarrten.

»Herr«, sagte der junge Mann – er war von schlanker Gestalt und trug weiter nichts als einen Gürtel aus Eingeborenentuch –, »dies ist ein Zauber, denn ich dachte, ich läge in der Hütte des großen Häuptlings Bosambo.«

»Du sprichst die Wahrheit, kleine Schlange«, sagte Kulubu. »Denn dies ist die Hütte von Bosambo. Sprich und erzähle mir, wie kommst du hierher?«

Der junge Mann schaute auf das eingeschüchterte Mädchen an seiner Seite, dann setzte er sich Kulubu gegenüber nieder und begann in dem singenden Ton, der so bezeichnend ist für die Untertanen des Großen Königs, mit der Erzählung seiner sonderbaren Geschichte.

»O Herr«, sagte er, »ich komme von dem Dorf Lichi-lichi, das jenseits der Berge in dem Reich des Großen Königs liegt. Es war viel Krankheit in unserem Volk, auch schlug uns unser Herr und tötete einige, um die Teufel zu versöhnen, die Fieber in unsere Körper brachten. So flohen wir über die Grenze, dieses Weib und ich, und wir sahen die Krieger des Bosambo, und sie brachten uns zu ihm, und er sagte, daß er uns durch seinen Zauber heilen wolle. Er brachte uns zu einer verborgenen Stelle im Walde, gab uns Nahrung und ließ uns jede Nacht kommen und in seinem Bett schlafen, während er bei den Festen war. O Herr, er hat ein heimliches Tor in die Hütte gemacht, durch das wir hineinschlüpfen konnten, und wir sind jede Nacht gekommen, diese Frau und ich, und haben auf diesem Bett geschlafen, damit sein Zauber uns heilen sollte. Und jede Nacht, wenn wir seine Schritte hörten, sind wir fortgekrochen. Nur in dieser Nacht waren wir so müde, daß wir schliefen.«

Kulubu hörte ihnen verständnislos zu. »Das ist reine Verrücktheit von Bosambo«, sagte er schließlich. »Denn wenn ihr in seinem Bett schlieft, dann mußte er doch auch die Krankheit bekommen. Geht zurück in euren Wald, und wenn ihr wieder in diese Stadt zurückkommt, werde ich euch schlagen!«

In den Tagen, die nun folgten, sahen die Eingeborenen am unteren Strom viele Tauben nach Norden und nach Süden fliegen, und sie wußten, daß ein großes Buchpalaver zwischen Sandi und seinen Spionen abgehalten wurde. Ein Brief, der nach dem Hauptquartier kam, soll hier besonders angeführt werden:

»Von Ahmet Ali an der Gabel des Flusses mit zehn Soldaten.

An Sandi in seinem großen Hause an der See.

Im Namen Gottes des Allmächtigen und Gnädigen usw.

Friede sei in deinem Hause.

Eine neue Krankheit wütet unter den Ochori, die aus dem Lande des Alten Königs über die Grenze gekommen ist. Selbst Kulubu liegt krank. Deshalb habe ich eine Wache an dem Strom aufgestellt, und keiner kann das Ochoriland verlassen noch hineinkommen. Dies tat ich nach deinem Befehl für den Fall, daß die Krankheit zu irgendeinem Stamm kommen sollte. Bosambo ist jetzt der Oberhäuptling der kämpfenden Akasava. Es gibt viele Tänze, und das tut er, weil Kulubu nicht zurückgekommen ist. Er hat alle die kleinen Häuptlinge in ihre Dörfer zurückgesandt, und sie sind sehr froh, daß sie gehen konnten, denn sie waren müde von den langen Palavern, die Bosambo abhielt. Auch hat Bosambo die großen Schätze Kulubus ausgegraben und jedem Häuptling und Ältesten ein schönes Geschenk gemacht. Und er hält Tänze und Feste in der Stadt Wumbi ab, und alle Leute lieben ihn.«

Sanders las diese Botschaft beim Frühstück und war sehr belustigt.

»Das Ende des ganzen Abenteuers ist«, sagte er dann, »daß Bosambo ein neues Land und Kulubu die Masern hat. Lassen Sie die ›Zaire‹ fertigmachen, Hamilton. Das wird uns eine Menge Verhandlungen ersparen.«

»Gibt es nichts, was ich tun kann, liebe, gute Exzellenz?« fragte Bones eifrig. »Haben Sie nicht eine kleine Aufgabe für den armen, lieben Bones?«

»Sie können zu den Ochori gehen«, sagte Sanders, »und die Sache mit den Masern in Ordnung bringen.«

## *Der entscheidende Punkt*

Zweimal im Jahr nach der Ernte erwachte in den Herzen der Eingeborenen der Wunsch nach Freiheit und Unabhängigkeit. Diese beiden Worte rufen in dem Gemüt eines Idealisten in Europa einen ganz falschen Eindruck der Gefühle hervor, von denen die Menschen in Gebieten beherrscht werden, wo das Gesetz der Wildnis herrscht. Bei ihnen ist Freiheit etwa gleichbedeutend damit, daß sie ungestraft den Nachbarstaat überfallen können, und Unabhängigkeit bedeutet für sie, daß sie frei sind von all den unglücklichen Konsequenzen, die die Zivilisation ihnen in Gestalt eines ihnen unangenehmen Distriktsgouverneurs auferlegt.

Solche Wünsche wachsen über Nacht und bringen am nächsten Morgen Früchte, denn Eingeborene, obgleich sie große Schwätzer sind und eine unbegrenzte Redelust haben, »tragen ihre Leidenschaft nicht zum Palaver«, wie man am Großen Fluß sagt. Die Massensuggestion überkommt sie und diktiert ihnen gemeinsames Handeln. Sie taumeln in ihr Schicksal, ohne zu wissen, warum. Aber in jedem einzelnen von ihnen lebt ein gewisser Instinkt, der ihren Willen in eine bestimmte Richtung treibt. Ob überhaupt vorher ein klarer Vertrag zwischen den Akavasa, den Isisi und den äußeren N'gombi bestand, weiß niemand. Wahrscheinlich bestand einer. Sicher ist nur, daß sich in einer Nacht etwa zwanzigtausend Speerleute erhoben, und daß Bakuro, der Oberhäuptling der Isisi, der führende Kopf und der Oberbefehlshaber der Kriegsflotte war, die sich in einer mondlosen Nacht in jener Gegend des Großen Flusses sammelte, die unter dem Namen »die vielen, vielen Arme« bekannt ist. Denn hier vereinigen sich viele Nebenflüsse mit dem Großen Strom und verbargen so auf natürliche Weise die Zusammenziehung vieler Kriegskanus.

Mitten zwischen den Isisi und der Mündung des Stromes, wo die Residenz stand, sitzt der Stamm der Bulafa, der von dem einen Ende des Stromes bis zu dem anderen nur unter dem Namen »die kleinen Mäuse« bekannt ist. Am Großen Strom sagt man zu jemand, der eine unglaubwürdige Geschichte erzählt: »Ich sah einen Mann der Bulafa mit einem Speer«, was soviel heißt wie: »Ich sah etwas Unmögliches.« Die Wohnsitze der Bulafa lagen genügend weit von den kriegerischen Völkern entfernt und so nahe unter dem wohlwollenden Auge der Regierung, daß sie in großer Sicherheit leben konnten und sich eines Wohlstandes erfreuten, der selbst von den Akasava nicht erreicht wurde, die doch als Eisenschmiede einen gewissen Reichtum erlangten. Sie fischten, zogen ihre Ziegen groß, bebauten große Felder mit Mais und hatten unter Sanders' wohltuendem Schutz sogar schon mit dem Anbau von Reis begonnen. Aber am meisten zogen sie Hunde auf, deren Fleisch genießbar und im ganzen Lande wegen seines Wohlgeschmacks berühmt war.

Der Häuptling der Bulafa wurde mitten in der Nacht durch die Ankunft einer Abordnung geweckt, die der große Bakuro selbst anführte. Für den Bulafahäuptling war es ein aufregender Augenblick, denn diese Leute trugen Speere, und ihre Gesichter waren mit roter Kamholzfarbe bemalt. Das Holzfeuer, das Tag und Nacht vor der Hütte des Häuptlings brannte, wurde neu angefacht, und das Palaver der Leute, die darum hockten, war kurz, aber bedeutungsvoll.

»Alle Völker haben sich miteinander vereinigt«, sagt Bakuro, »und wir wollen ein Ende machen mit Sandi und seiner grausamen Regierung. Wenn wir das vollbracht haben, werden wir das Land wieder nach den alten Gebräuchen regieren. Es würde schmachvoll für dich sein, o Häuptling der Bulafa, wenn dein großer Stamm beiseite stände. Wenn wir gewinnen, wie soll ich dann meine jungen Leute davon abhalten, dein Land zu verwüsten? Deshalb rate ich dir, deine Krieger auch zu diesem großen Morden zu schicken.«

Der Häuptling der Bulafa, ein gewisser N'ko, war behäbig und schlotterte vor Furcht.

»O Herr und König«, sagte er zitternd, »wir sind ein friedliches Volk, wir lieben unsere Hunde und unsere Frauen und führen mit niemandem Krieg. Denn wir sind große Feiglinge, und unsere Herzen sind gleich Wasser. Wie könnten wir uns gegen Sandi und seine Soldaten erheben? Und dann, o Herr, wenn ich wirklich meine jungen Leute riefe, würden sie fortlaufen und sich in den Wäldern verbergen.«

Bakuro fragte um hundert Krieger an, dann um zwanzig, und schließlich um zehn. Die Bewegung war allgemein nur die Ochori hatten sich nicht daran beteiligt. Er war schlau genug, einzusehen, daß es vorteilhaft für ihn war, wenn er selbst Angehörige der kraftlosen Bulafa unter seinen Kriegern hatte. Denn wenn sein Unternehmen mißlang, konnte er doch damit den allgemeinen Charakter der Bewegung beweisen. Aber N'ko beharrte bei seinem zähen Protest.

Als Bakuro und seine Häuptlinge sich entfernt hatten, rief N'ko sein Volk zusammen, und noch lange vor der Morgendämmerung erhob sich von dem Land der Bulafa ein großes Heulen und Winseln; denn alle ihre Hunde wurden zu einem geheimen Platz im Walde geführt oder getragen.

»Sollen wir unsere Frauen nicht auch dorthin senden?« fragte ein ängstlicher Ratgeber.

»Frauen können wir immer wieder haben«, sagte N'ko, »und eine Frau ist so wie die andere. Aber nirgends auf der Welt gibt es Hunde, die den unseren gleichen.«

Unter all den beschwerlichen oder notwendigen Aufgaben, die man im Laufe eines Tages erledigen muß, ist gewöhnlich eine, der man sich besonders gern zuwendet. Die meisten Menschen behalten sich diesen Genuß bis zuallerletzt vor, und Leutnant Tibbetts von den Haussa machte darin keine Ausnahme. Erst als er alles, was ihm an seinem Tagewerk farblos und grau erschien, sorgfältig vermieden oder glücklich vergessen hatte, und als die zwei Stunden gekommen waren, die er dafür angesetzt hatte – sie waren auf seinem Stundenplan natürlich in roten Buchstaben markiert –, setzte er sich mit einem Gefühl des Behagens und der Genugtuung nieder, um den Plan der Pläne auszuarbeiten, nämlich die Schaffung einer panäthiopischen Armeegruppe. Wer in seinem Leben noch nichts mit dem Bleistift oder der Schreibfeder geschaffen hat, kann die Freude nicht nachfühlen, die Bones in der feuchten Hitze seiner Hütte empfand. Der Schweiß seiner bloßen Arme zeichnete sich auf dem weißen Papier in unheimlichen, geisterhaften Linien ab – Schriftsteller und Künstler kennen diese Befriedigung. Der Gesetzgeber der Regierung, der seine neue Vorlage ausarbeitet, der Schreiber von Bettelbriefen, der Kaufmann, der Prospekte aufsetzt, der Architekt und der Erfinder, alle, die mit der Phantasie arbeiten, haben dieses süße Betäubungsmittel kennengelernt und sind glücklich geworden in ihrer Träumerei.

Vierzig Millionen Eingeborene lebten in Britisch-Afrika. Zehn Prozent davon waren Leute im militärischen Alter – das machte eine Armee von vier Millionen! Bones stellte zweihundert Divisionen auf und versah sie mit der nötigen Artillerie. Er eröffnete Eisenminen und errichtete Munitionsfabriken auf seiner großen Karte. Er zeichnete Depots für Uniformen, Ausrüstung und Bewaffnung ein, er legte große Heerstraßen an, die mitten durch die Wildnis nach Ägypten führten, und an diesen Straßen errichtete er Städte mit Magazinen, bohrte Brunnen, richtete Kläranlagen für das Wasser ein, grub Kanäle und baute Eisenbahnen. Und alles das nur mit Hilfe von Lineal, Bleistift und Zirkel.

Gerade beriet er mit sich selbst die Notwendigkeit einer Wasserverbindung zwischen Nil und Kongo, als Hamilton in seine Hütte trat.

Bones wurde feuerrot und legte eine Zeitung über die Karte und seine verstreuten Zahlenangaben.

»Wie geht es Ihrer Armee, Bones?« fragte Hamilton, ließ sich in einen Stuhl nieder und steckte seine Pfeife an.

»Fein!« sagte Bones höflich. »Sie ist gut auf den Beinen und tüchtig, mein lieber, verehrter Sir!«

Er war auf der Höhe seines Traumes, wo er die Kritik der kalten Vernunft eines Fernstehenden fürchtete.

Hamilton blies gedankenvoll Rauchwolken von sich.

»Es ist schon was dran an Ihrem Plan, aber ich werde seine Vollendung nicht erleben«, sagte er ruhig. »Ist es nicht geradezu verrückt, daß alle alten Kulturvölker der Erde sich damit abmühen, einander barbarisch zu vernichten, während die wirklichen

Barbaren sich des Friedens und der Ruhe erfreuen können, die die kriegführenden Mächte ihnen bringen?«

»Sicher ist das eine ganz verrückte Idee, mein guter alter Seemann«, stimmte Bones bei, aber er war sehr vorsichtig, denn er hatte früher schon öfter die bittere Erfahrung gemacht, daß er in eine schlaue Falle geraten war, wenn er seinem Vorgesetzten beistimmte. Hamilton nagelte ihn dann auf eine Theorie fest, die er später erbarmungslos zerstörte. »Gleichzeitig möchte ich aber doch betonen, mein lieber guter Pazifist, daß Kriege die großen Antriebe unserer netten alten Zivilisation sind. Wo würden Sie denn sein, wenn Sie Ihre Existenz nicht dem Kriege verdankten?« fragte Bones. »Sie sprechen vom Frieden, aber so ein Ding wie Frieden gibt es überhaupt nicht. Man kann höchstens von einer Zeit zwischen den Kriegen reden. Stopfen Sie damit Ihre niederträchtige alte Pfeife und rauchen Sie sie auf!«

Merkwürdigerweise ließ sich Hamilton auf keine Diskussion ein, sondern setzte seinen Weg zu den Haussa-Quartieren fort; denn er wollte dem Feldwebel wichtige Instruktionen für die Kompanie geben. Später traf er sich mit Sanders auf dem Tennisplatz, der erst neu angelegt worden war und seine Entstehung hauptsächlich der Anwesenheit von Miß Patricia Hamilton verdankte. Als das Set beendet war und man beim Tee unter einer ausladenden Zeder saß, wiederholte Hamilton in großen Zügen die Ansichten, die Bones ihm gegenüber eben geäußert hatte.

Patricia lachte. »Armer Bones – er ist so blutdürstig!«

»Bones hat schon recht«, sagte Sanders ruhig. »Jeder Frieden hat nur die Dauer einer Zwischenzeit. Es mag ein häßlicher Gedanke sein, aber trotzdem ist er richtig. Frieden ist nur eine Periode, in der die Ernten reifen, die die Kriegszeiten gesät haben, und die Zeit neuer Saaten für eine noch schrecklichere Ernte. Die Leute reden soviel von einem status quo ante bellum, aber das ist eine leere Phrase; denn die Dinge können nie wieder so werden, wie sie vor einem Kriege waren.«

»Aber die Völker werden doch reich im Frieden«, widersprach Patricia.

Sanders schüttelte den Kopf. »Sie können weder reich noch

groß werden. Englands Größe wurde auf einer Reihe von Schlachtfeldern begründet. Die wundervolle, glückliche, wirtschaftliche Lage, deren sich die Vereinigten Staaten heute erfreuen, hat ihre Ursache in dem großen Bürgerkrieg. Die Nationen, die aufgehört haben zu kämpfen, sind zugunsten der kämpfenden Völker zu Mächten dritter Ordnung herabgesunken. Und was für die zivilisierten Völker gilt, ist auch für dieses Land maßgebend.« Dabei wies er mit dem Kopf zur Seite, um das große Hinterland zu bezeichnen, das er regierte. »Krieg ist natürlich, Friede unnatürlich.«

»Wenn das richtig wäre, würden selbst die Staaten dritter Ordnung kämpfen müssen«, sagte Patricia.

Er nickte. »Es gibt in diesem Fall einen entscheidenden Punkt, wo der Frieden nicht mehr wünschenswert erscheint. Selbst bei diesen Leuten hier. Ich habe nur einen Stamm kennengelernt, der es niemals für nötig hielt, für irgend etwas zu kämpfen, und das waren die Bulafa –«

Hamilton lachte leise. »Aber auch für sie mag es einen entscheidenden Punkt geben«, sagte er dann.

»Das bezweifle ich sehr«, meinte Sanders. Er zwinkerte mit den Augen und schaute Patricia an. »Ich glaube, es gibt Situationen, in denen selbst Sie, liebe Patricia, kämpfen würden.«

Sie zitterte. »Das kann ich mir nicht vorstellen«, sagte sie.

Sanders schaute zu Hamilton hinüber, und der Haussa-Captain nickte.

»Ich wünschte, Sie würden mich mitnehmen«, sagte er ernst.

»Und Bones sollte sein großes Abenteuer nicht erleben?« lachte Sanders. »Nein, ich denke, Bones und ich können die Sache schon in Ordnung bringen.«

»Gehen Sie fort?« fragte Patricia schnell.

»Für eine oder zwei Wochen«, sagte Sanders. »Mein Besuch bei den Stämmen ist fällig. Es werden ein paar große Palaver abgehalten, bei denen ich zugegen sein muß.«

Sie ließ sich nicht täuschen durch die oberflächliche Art, mit der er die beabsichtigte Reise abtat. Sie war nun schon lange genug hier, um die Anzeichen von Aufruhr und Unruhen zu kennen, und sie kannte auch den gewohnheitsmäßigen Gang des Lebens in diesem Bezirk gut genug, um plötzlich unbequeme und ganz erstaunliche Fragen stellen zu können.

»Wieviel Mann nehmen Sie mit, Mr. Sanders?«

Er zögerte. »Ungefähr fünfzig«, sagte er dann.

»Das sind vierzig zuviel für ein friedliches Palaver«, sagte sie vorwurfsvoll. Ihre grauen Augen fingen seinen Blick auf. »Wird es ernste Unruhen geben?«

»Aufrichtig gesagt, ich weiß es nicht. Die einzige Nachricht, die ich erhielt, kam gestern abend, nachdem Sie sich schon zurückgezogen hatten. Es haben Versammlungen zwischen den Akasava und den Isisi stattgefunden, aber weiter wissen wir nichts. Wenn sich das vor drei Monaten abgespielt hätte, würde ich es überhaupt nicht beachten, aber es hat eine gute Ernte gegeben, das Korn ist gemäht, und gute Ernten bedeuten immer Krieg. Ich sende Bones mit der ›Wiggle‹, ich glaube, er muß noch heute abend abfahren, Hamilton. Der Fluß ist im Dunkeln schiffbar. Ich will morgen früh mit der ›Zaire‹ aufbrechen. Die Unruhe ist zu weit verbreitet, als daß man sie mit einer einzigen Expedition meistern könnte.«

Er wandte sich an Hamilton.

»Sie würden gut tun, Bones zu benachrichtigen.«

Bones war gerade an jenem wunderbaren Punkt seines Planes angekommen, wo die Truppen aufgestellt waren und er nur noch seine Freunde und Bekannten mit den höchsten Kommandostellen seiner Papierarmee zu bedenken hatte, als Hamilton wieder in seine Hütte trat.

»Es tut mir leid, daß ich Sie unterbrechen muß«, sagte er barsch. »Aber Sanders will Sie heute abend noch sprechen. Bei den Akasava ist Unruhe, und er wünscht, daß Sie mit der ›Wiggle‹ den Strom hinauffahren. Sie sollen eine Aufklärungsfahrt bis zur südlichen Grenze des Akasavalandes machen. Wenn es dort irgendwelche Unruhen gibt, mischen Sie sich ja nicht ein, sondern ziehen Sie sich auf Sanders zurück. Hier sind Ihre schriftlichen Instruktionen.« Er reichte ihm ein Kuvert über den Tisch.

»In Übereinstimmung mit Ihren netten kleinen versiegelten

Befehlen werde ich aufbrechen«, sagte Bones. »Lassen Sie mir nur noch zwanzig Minuten Zeit, daß ich meine Leute sammle und meinen Kreuzer verproviantiere.«

»Das Boot ist mit Vorrat versehen, und die Leute sind zum Aufbruch bereit«, sagte Hamilton. »Sie haben nur noch Ihr Reisenecessaire und Ihre seidenen Pyjamas an Bord zu bringen.«

»Ganz herzlos«, murmelte Bones und rief mit seiner unmusikalischen Stimme nach seinem Diener.

Als die Sonne im Westen des Ozeans unterging, steuerte Bones die »Wiggle« den Strom hinauf. Seine persönliche weiße Flagge, die er nicht führen durfte, hatte er an dem einen kleinen Mast gehißt und stand nun mit verschränkten Armen vorn im Schiff. Patricia Hamilton vermutete nicht ganz mit Unrecht, daß er diese malerische Pose besonders ihretwegen angenommen hatte.

Als Bones um die große Biegung des Stromes herumgefahren war, wandte er sich praktischeren Dingen zu. Er konnte zur Nacht fahren, ohne Gefahr fürchten müssen; denn während der nächsten fünfzig Meilen fanden sich nur ein oder zwei flache Stellen im Strom, und hatte er erst einmal die zehn Meilen von der Mündung entfernte Inselgruppe passiert, lag eine glatte Fahrt vor ihm.

Trotz all seiner Träumereien und seiner vielen Pläne war er ein außerordentlich praktischer junger Mann. Er machte zwar merkwürdige Eintragungen in sein Logbuch, wie zum Beispiel: »Auffrischende Winde von Südsüdwest, ruhige See. Ich überholte ein unbekanntes Fahrzeug, das nach dem Innern fuhr«, aber er hatte doch eine umfassende Kenntnis des Stromes und seiner Tücken. Er nahm an, daß die »Wiggle« die Stadt der Bulafa um drei Uhr morgens passieren würde, und gab dem Steuermann Befehl, ihn um diese Zeit zu wecken, falls er eingeschlafen sein sollte. Sanders hatte ihm besonders ans Herz gelegt, daß er sich über die Lage in der Stadt informieren solle, wenn er an ihr vorbeifuhr.

Die Bulafa waren für Sanders dasselbe, was weiße Mäuse für die früheren Unterseeboote waren. Sie witterten die Gefahr und zwitscherten hörbar. Falls Bones zu dieser frühen Stunde brennende Feuer und aufgeregte Menschen fände, müsse er, hatte Sanders ihm aufgetragen, an Land gehen und Erkundigungen einziehen. Dies ist nämlich die einzige Stunde, die den Eingeborenen verhaßt ist, weil zu dieser Zeit Teufel und Dämonen am mächtigsten sind. Er befand sich jetzt noch nicht in der gefährlichen Zone und würde sie auch vor der nächsten Nacht nicht erreichen. So konnte er sich gestatten zu schlafen und stellte wie gewöhnlich nur einen Mann auf Posten, um dem Steuermann zu helfen. Diesen beiden konnte er ruhig die Kontrolle über das Schiff anvertrauen.

Bones zog sich in die kleine Kabine zurück, entkleidete sich langsam und schlüpfte in das bunte, seidene Pyjama, das den Zorn seines Vorgesetzten hervorgerufen hatte. Dann kam er wieder an Deck, lehnte sich an das Geländer und schaute ins schwarze Wasser, das die unzähligen hellen Funken widerspiegelte, die der Schornstein der »Wiggle« herausschleuderte. Er überlegte sich in seiner eigenen merkwürdigen Art, welche Möglichkeiten ihm diese Reise geben mochte, denn Bones witterte in jeder Aufgabe, die ihm gestellt wurde, günstige Gelegenheiten, sich auszuzeichnen. Selbst die alltäglichste Beschäftigung umgab er mit dem Hauch seiner Träume. Auch wenn es nur ein prosaischer Besuch bei der Zentralverwaltung war, hörte er im Geist schon eine Stimme sagen: »Ich habe auf Befehl seiner Majestät nach Ihnen gesandt, Mr. Tibbetts, um Ihnen für Ihre vielen Heldentaten und Ihre treuen Dienste den Orden der Krone von Indien mit Schwertern zu verleihen.« Oder er suchte nach alten Steinen und träumte von der Entdeckung von Gewölben, die mit den Schätzen einer untergegangenen Kultur gefüllt waren, wenn er zur Eintreibung der Hüttensteuer in die nahegelegenen Küstendörfer geschickt wurde. Mit einem tiefen Seufzer richtete er sich auf, ging in seine kleine Kabine zurück und legte seinen Revolver und seine Patronentasche nahe an sein Kopfkissen, denn er liebte eine malerische Aufmachung, auch wenn sie nicht mit den Dienstvorschriften übereinstimmte. Dann streckte er sich auf sein Bett, deckte sich mit einer dünnen Decke zu, fiel langsam in Schlaf und ging in das Wunderland der Träume ein.

Er sah ein schönes Mädchen, das er einer Horde von Wilden entriß. Die Angreifer trugen merkwürdigerweise die großen Hüte und die Kleidung amerikanischer Cowboys und ritten auf wilden Pferden – solche Pferde hatte man bisher in diesen Gebieten noch nie gesehen. Und dann brachte er sie in Sicherheit. Sie war sehr traurig, da sie weder Schuhe noch Strümpfe hatte, obgleich sie sonst hübsch und modern gekleidet war. Als es dann fürchterlich regnete, begann sie zu weinen. Aber sie gab sich damit nicht zufrieden, sondern sie heulte, und das durfte doch eine Lady nicht tun. Und die ganze Zeit über klatschte der Regen von dem Palmbaum herunter, unter dem sie standen – tap, tap, tap, tap!

»Das Beste, was ich für Sie tun kann , meine liebe, gute Miß«, sagte Bones gerade, »ist, daß ich einen Wagen für Sie hole.« Er war ganz aufgeregt durch ihr wildes Schreien und durch das dauernde Geräusch des niedergefallenen Regens. Und dann wachte er plötzlich auf.

Die wilden Rufe hörte er nun wirklich und ebenso das Aufschlagen der Pfeile an der Seite des Schiffes. Bones schlüpfte schnell in seine Moskitoschuhe, schnallte den Riemen mit dem Revolver um und stürzte an Deck. Der Fluß wimmelte von Kanus. Leute kletterten an der Seite des Schiffes hoch, und er hörte nur noch den Schrei des Steuermanns Yoka.

»O Tibbetti, schwimme!«

Von der Reling aus sprang ein Mann auf Bones zu. Er feuerte und hörte einen anderen Schuß vom hinteren Teil des Schiffes, wahrscheinlich war es einer der Haussa, der seine Angreifer abgewehrt hatte. Bones feuerte noch einmal und brachte einen Mann zur Strecke.

Gefühlsmäßig erkannte er schnell, daß es hoffnungslos war, Widerstand zu leisten. Wer diesen Überfall machte, konnte er nur vermuten. Die Akasava überzogen Sanders' Land mit Krieg, in großen Scharen waren sie heruntergekommen.

Mit einem Satz erreichte Bones das Geländer der Reling, und ohne sich auch nur eine Sekunde zu besinnen, sprang er ins Wasser und tauchte zwischen zwei Kanus unter. Er war ein glänzender Schwimmer, aber er wußte, daß er nur dann Hoffnung haben konnte zu entkommen, wenn er sich unter Wasser hielt. So schwamm er mit kräftigen, mächtigen Stößen unter dem Kiel der ›Wiggle‹ durch nach dem jenseitigen Ufer.

Als er sich nicht länger unter Wasser halten konnte, kam er für einen Augenblick an die Oberfläche, um Atem zu holen. Er war jetzt in einigem Abstand von dem Dampfer, der schutzlos und ohne Besatzung weiterfuhr, denn Yoka war in demselben Augenblick wie sein Herr in den Fluß gesprungen. Man hatte ihn nicht gesehen, obgleich zwischen ihm und der Küste noch zwei Kanus waren. Er tauchte wieder unter. Er war sehr befriedigt, daß er seinen Revolver in das wasserdichte Futteral gesteckt hatte, als er ins Wasser sprang. Aber er war noch keineswegs außer Gefahr. An dieser Stelle gab es viele Krokodile im Fluß, und auch der Wald bot wenig Sicherheit.

Er erreichte das abfallende Ufer und war gerade ans Ufer gekommen, als ein Kanu aus dem Dunkeln auftauchte. Lang hintönende Schreie erschollen – Bones wußte, daß er entdeckt war. Er tauchte im Dickicht unter, Dornen zerfetzten sein Pyjama. Seine Füße, die nur mit dünnen Schuhen bekleidet waren, wurden von den scharfen Zweigen und Spitzen des Unterholzes aufgerissen und verwundet. Er konnte diesen Leuten nicht entkommen, wenn er seinen Weg durchs Dickicht nahm. Glücklicherweise kam er auf den Fußpfad, der dem Ufer entlanglief. Seine Augen, die sich an das Dunkel gewöhnt hatten, sahen die Welt, und obgleich er einmal mit voller Geschwindigkeit in einen jungen Baum hineinrannte, erlitt er keinen weiteren Unfall. Er wußte, daß er verfolgt wurde, und hätte gern einen Kampf begonnen, aber der erste Knall seines Revolvers mußte ja das ganze Pack auf seine Spur hetzen. Es war ein glücklicher Zufall, daß die Hauptflotte nichts von seiner Entdeckung ahnte. Er fühlte mehr, als er wußte, daß sie ihn fangen wollten, und zog seinen Revolver. Da hörte der Pfad plötzlich auf. Er erkannte das erst, als er in einen Rohrzaun lief, der quer über den schmalen Fußpfad gezogen war.

Es war kein unüberwindliches Hindernis, denn der Zaun war

aus dicken Zweigen lose zusammengebunden. Bones konnte seine Hand hindurchstecken und eine Öffnung machen, die groß genug war, um hindurchzukriechen. Er hatte seine Schultern und ein langes Bein hindurchgezwängt, als er vor sich ein Winseln und Heulen hörte. Vor Schreck standen ihm die Haare zu Berge. Da seine Verfolger ihm dicht auf den Fersen waren, hatte er keine Zeit zu verlieren. Er stand schließlich außer Atem und schweißtriefend an der Innenseite des Zauns; durch die Öffnung beobachtete er den Weg, den er gekommen war. Plötzlich sah er eine dunkle Gestalt näherkommen und feuerte, dann nahm er seine Flucht wieder auf. Er war nur ein paar Schritte gelaufen, als er auf etwas Weiches trat, das vor Schrecken laut aufheulte, dann hörte er etwas rascheln und davonlaufen. Und jetzt roch er es auch: Es waren unweigerlich Hunde. Vorsichtig ging er weiter. Überall sah er die fortlaufenden Tiere. Es war fast, als ob er in eine Welt käme, die von Kaninchen bevölkert war. Er hörte sie winseln und bellen. Plötzlich wurde ihm klar, was das bedeutete. Er hatte schon oft von diesen Hundekrals gehört, in denen die Bulafa ihr kostbares Eigentum verwahrten, wenn Gefahr drohte. Offenbar hatte er jetzt einen solchen Platz erreicht. Hinter sich hörte er plötzlich schrille Freudenschreie. Wahrscheinlich hatten die Akasava, die ihn verfolgten, den Kral nun auch entdeckt. Er fand den vor Furcht zitternden Wächter, der ihn schon lange gesehen hatte, bevor Bones etwas von seiner Anwesenheit merkte. Er kroch zu Bones' Füßen und hatte eine elende Angst.

Bones riß ihn hoch. »O Mann«, sagte er zu ihm, »du brauchst keine Furcht zu haben, denn ich denke, diese Leute haben eure Hunde gefunden, und sie werden dich nicht niedermetzeln. Zeige mir schnell den Weg zum Dorf eures Häuptlings.«

»O Herr, o Herr!« wimmerte der Mann. »Was soll ich N'ko sagen und unserem Volk, wenn diese Leute unsere schönen Hunde nehmen?«

»Zum Teufel mit euren Hunden!« brüllte Bones in englisch. Eine Stunde später kam er in der Stadt der Bulafa an und fand Sanders' Vermutung bestätigt. Alle waren wach und schwatzten. Feuer brannten in den Straßen, und kleinere Gruppen saßen um jedes Feuer herum. Um das Haus des Häuptlings waren die Ältesten von zwanzig Dörfern versammelt.

Bones trat mitten unter die von Furcht geplagten Leute, zerrissen und zerlumpt, mit geschwollenen und blutenden Füßen, mit wildem Blick und ungekämmten Haaren. Er sah sich nach seinem Führer um, als er in den Ort kam, aber der zu Tode erschrockene Mann war verschwunden, denn er zog die einsame Ruhe des Waldes dem Sturm der Entrüstung vor, den seine Nachrichten hervorgerufen hätten.

»O Tibbetti«, keuchte N'ko, »ich sehe dich!«

Bones fiel auf einen Stuhl nieder, den sie ihm brachten, und wischte seine nasse Stirn ab.

»N'ko«, sagte er, nachdem er wieder zu Atem gekommen war, »dies ist ein böses Palaver, denn die kämpfenden Leute sind ausgezogen, und viele werden sterben, bevor die neue Sonne untergeht.«

»Ich denke, es wird Sandi sein«, sagte N'ko hoffnungsvoll, »denn wir sind ein friedliebendes Volk, und Bakuro wird uns niedermetzeln.«

»Sage mir alles«, rief ihm Bones schnell zu.

Aber der Häuptling, der zuerst auf einem Bein, dann auf dem anderen stand, gab ihm in seiner Verzweiflung keine Auskunft.

»Du sollst mir alles berichten!« sagte Bones zornig. »Oder ich werde dich zu Tode peitschen!«

Diese furchtbare Drohung erpreßte ein volles Geständnis. Nun befand sich in jedem zuverlässigen Dorf den Strom entlang ein Taubenhaus auf einer hohen Stange. Von Zeit zu Zeit kam ein Mann von der Regierung, um die Tauben freizulassen, die dann nach ihrem Heimatkäfig in der Residenz flogen, und neue Tauben an ihre Stelle zu setzen. Dieser schnelle Nachrichtendienst war die besondere Aufgabe von Sanders' Geheimagenten. Bones ging zu dem Taubenschlag, stieg die Leiter empor, zog aus dem schmalen Kasten, der an der Seite des Taubenhauses befestigt war, ein kleines Blockbuch aus dünnem Papier, an das ein Bleistift gebunden war. Er schrieb schnell seine Nachricht, fand die Gummischnüre, holte eine Taube heraus, befestigte das dünne Papier an dem Bein des Vogels, und mit dem ersten Schimmer des Frühlichts warf er die Botin in die Luft und beobachtete, wie sie über dem Dorf höher und höher kreiste, bis sie sich nach Süden wandte und außer Sicht kam.

Eine halbe Stunde, nachdem die Warnung zur Residenz gelangt war, kam schon das erste Kriegskanu in Sicht, und die Hotchkiß-Kanone der »Zaire« sandte platzende Granaten in den belebten Fluß.

In der Zwischenzeit war Bones nicht untätig. Die Bulafa konnten fünfzig Kanus mit tausend Mann besetzen, aber leider waren sie kein kriegerisches Volk. Bones redete, drängte, brachte tausend Gründe vor, er sprach in englisch und arabisch, dann wieder in Bomongo, aber alle seine Anstrengungen waren erfolglos. Die zitternden Leute saßen mit ihm um das Palaverhaus herum. Er machte eine lächerliche Figur in seinem zerrissenen Pyjama und den Strohschuhen, die sie ihm gegeben hatten.

»O Herr«, sagte der Älteste eines inneren Dorfes, »wir sind keine Krieger, und wenn wir hören, wie die Kriegstrommeln geschlagen werden, dann möchten wir am liebsten davonlaufen! Wir haben schon Ungemach erlitten, denn Bakuro hat einen Knaben von diesem Dorf genommen, um ein Opfer darzubringen, und wir hörten, daß er das Kind tötete und seinen Geist in einem Kanu zu Sandi schickte.«

Das einstimmige »Wa!«, mit dem diese Rede aufgenommen wurde, bewies zur Genüge die Wahrheit der Worte.

Bones stöhnte verzweifelt und fuhr sich mit den Händen durch die wirren Haare. Er wußte, daß sich Sanders einen Tag lang an der Küste halten konnte und daß die Zentralregierung sofort Verstärkungen senden würde, aber keine konnte die Residenz innerhalb von vierundzwanzig Stunden erreichen, und während der Nachtzeit würden die Verteidiger überrannt werden und – Bones erbleichte bei dem Gedanken.

Wenn er doch nur einen Ablenkungsangriff in den Rücken der Feinde ausführen, wenn er doch nur vierzig Kriegskanus den Strom herunterbringen und die Angreifer unerwartet von hinten fassen könnte. Er kannte die Eingeborenen gut genug, um zu wissen, daß sie sich sofort in panischem Schrecken zerstreuen würden. Er machte eine letzte Anstrengung.

»O Volk der Bulafa!« sagte er. »Ich weiß, daß ihr fürchterliche Feiglinge seid und daß eure Herzen erfüllt sind von gemeiner Furcht.«

Ein Beifallsgemurmel erscholl unter ihnen. Sie waren sehr froh, daß ihre innersten Gefühle so richtig wiedergegeben wurden.

»Aber ich werde euch das sagen«, erklärte Bones. »Wenn diese Leute Sandi vernichtet haben, werden sie zu euch kommen und eure Dörfer niederbrennen und eure Weiber rauben!«

»O Herr, das werden sie sicherlich tun«, sagte N'ko zuversichtlich. »Aber es gibt so viele Frauen in diesem Land, und wenn Bakuro grausam gegen uns ist, dann verbergen wir uns in den Wäldern. Und wenn er fort ist, kommen wir heraus und bauen uns neue Häuser.«

»Sie werden auch eure Ernten nehmen, wie sie eure Hunde genommen haben!«

»O Herr«, sagte N'ko, »wenn sie unsere Ernten nehmen – wird die Erde nicht neue Ernten hervorbringen? Und es ist viel besser, daß wir für eine kurze Zeit unglücklich, als für immer tot sind. Und was unsere schönen Hunde angeht, so sind sie in einem geheimen Kral sicher versteckt.«

Ein wütendes Lächeln ging über Bones' Züge. »O N'ko und Volk von Bulafa!« sagte er milde. »Eure Hunde sind gestohlen, denn als ich näher kam, hörte ich, wie die Akasava viele von ihnen töteten.«

Der Häuptling sprang auf seine Füße. Seine Augen zeigten Erstaunen und Schrecken. »O Herr«, begann er, »sie sind in dem großen Kral am Flußweg.«

»Dort habe ich sie gefunden«, sagte Bones, der wieder Hoffnung faßte, »und dort haben sie auch die Akasava gefunden.«

»O N'ko, das ist wahr!« Eine zitternde Stimme kam von dem letzten Ende der versammelten Menge, und Bones erkannte den furchtsamen Mann, der sein Begleiter in der vergangenen Nacht war.

Ganz gebrochen erzählte er die Geschichte des beraubten Krals.

»Und diesen Morgen bin ich zurückgeschlichen, und die Hunde sind alle gestohlen. Ich bin heimlich zu dem Fluß gegangen und sah viele Hunde in den Kanus der Isisi.«

Ein Schrei, in dem sich furchtbarer Zorn und unauslöschlicher Haß mischten, erhob sich von dem ganzen Volkshaufen. N'ko tanzte auf dem kleinen Hügel vor dem Palaverhaus, und es war ein Tanz der Wut.

»Sind wir Schlangen?« brüllte er. »Sind wir Fische, daß Bakuro diese schrecklichen Dinge tun darf?«

Er warf seine Hände in die Luft und stieß einen schrillen Schrei aus, den kein lebender Mann der Bulafa seit den letzten dreißig Jahren gehört hatte – den Kriegsschrei, der den unteren Isisi, den Bulafa und den kleinen Akasava gemeinsam ist.

Vierzig Kriegskanus fegten an diesem Tag den Strom hinunter. Wie ein Tornado kamen die Bulafa über die ungeschützte Nachhut des Feindes, und sie fochten erbittert, und der Kampf war entsetzlich blutig.

»Die Bulafa?« fragte Sanders ungläubig.

Er stand rauchgeschwärzt an dem linken Geschütz der »Zaire«. Auf dem Deck lagen viele leere Munitionskisten. Aus dem Gehölz am jenseitigen Ufer kamen die schrillen Rufe einer Schar Isisi, die Hals über Kopf an Land eilten und vor den Rächern der Hunde flohen.

»Die Bulafa, Herr und Exzellenz!« sagte Bones triumphierend, der wie ein abgerissener Landstreicher aussah. »Sie...«

Er hielt plötzlich inne, denn Patricia Hamilton erschien aus Sanders' Kabine. Auch sie sah seltsam aus. Ihr Gesicht und ihre Hände waren schwarz.

»Hallo, Bones!« sagte sie ruhig. »Ich bediente das Maschinengewehr... sie opferten ein kleines Kind... und ließen es in einem Boot den Strom hinuntertreiben... ich sah es... und das war dann für mich der entscheidende Punkt...«

## *Valentines verrückter Einfall*

Miß Valentine Decarron gehörte zu den Menschen, die ihre Meinung geradeheraus sagen. Eine solche Handlungsweise setzt entweder finanzielle Unabhängigkeit voraus oder eine ungewöhnliche geschäftliche Tüchtigkeit oder aber, bei Frauen, eine beachtenswerte persönliche Schönheit, Liebenswürdigkeit und Anziehungskraft. Denn nur reiche, fähige oder ungewöhnlich schöne Leute können sich den Luxus gestatten, frei zu äußern, was sie denken, und die Konsequenzen auf sich zu nehmen.

Miß Decarron hatte den unschätzbaren Vorteil, daß sie unabhängig war, ein eigenes Vermögen besaß, klug und anspruchslos und vor allen Dingen schön war. Ihre strahlenden großen grauen Augen wurden von dichten Wimpern beschattet. Sie hatte einen Teint wie Milch und Blut, eine gerade, schöne Nase, ein wundervoll modelliertes Kinn und einen schönen Mund.

Sie lebte mit einer unverheirateten, frommen Tante zusammen, die mit ihrer Nichte sehr wenig zufrieden war. Die Schwester dieser Tante war Valentines Mutter gewesen, und als Valentines Vater starb, hatte Miß Pennyworth ihre Abneigung gegen diesen auf die Waise und die Erbin von John Decarrons vierhunderttausend Dollar übertragen, denn Mr. Decarron war ein richtiger Amerikaner gewesen, obwohl er einen Landsitz in Heathside und ein schönes Haus in Bray am Themseufer besaß.

Valentine nahm die altjüngferlichen Vorwürfe und den Tadel der Tante niemals übel, und so merkwürdig es auch scheinen mag – sie schlug ihr immer ein Schnippchen. Bei ihr stand es fest, daß Tanten, ganz gleich, ob sie Engländerinnen oder Amerikanerinnen waren, sich immer bestimmte Vorrechte herausnahmen und überall nachschnüffelten, was die modernen jungen Mädchen taten. Unmöglich kann ich alles aufzählen, was Miß Pennyworth nicht gefiel. Ich will nur erwähnen, daß zu ihrer Jugendzeit junge Damen keine Pyjamas trugen, weder rauchten noch im Herrensattel ritten, auch keine burschikosen Ausdrücke gebrauchten oder junge Leute ohne Begleitung einer älteren Dame trafen. Hieraus ersieht man, daß die Jugend der Miß Pennyworth in die schlimmste Periode der britischen Geschichte fiel.

Valentine Decarron tat alle diese Dinge, was Miß Pennyworth jedesmal beinahe einen Nervenschock verursachte. Damals brach der große Krieg in Europa aus, der viele Änderungen im gesellschaftlichen Leben mit sich brachte. Tausende wurden reich, und Millionen verloren ihr Vermögen. Er war die Ursache vieler interessanter und bedeutsamer Neuerungen, angefangen von den Giftgasen bis zu dem einsamen Soldaten.

Valentine korrespondierte allein mit zehn solchen Einsamen, dann aber kamen die Behörden dazwischen und verboten solches, weil sich dahinter manchmal feindliche Spionage verbarg.

Valentines Liste schrumpfte zusammen, und schließlich hatte sie nur noch einen Korrespondenten, dessen tragisches Los, dessen mutige und haarsträubende Abenteuer, dessen Bescheidenheit und dessen ergreifende Schilderungen – abgesehen allerdings von seiner Orthographie – sie faszinierten. Denn dieser Mann gab ihr einen Einblick in eine für sie ganz neue Welt, die bevölkert war von grausamen Stämmen, von dunklen, düsteren Wäldern, von sonnigen Strömen, eine Welt geheimnisvoller Länder, welche der Fuß weißer Männer mit Ausnahme des Schreibers niemals betreten hatte – ein Land, in dem schreckliche Stürme wüteten, wunderbare Blumen blühten und bunte Vögel in den Lüften flogen.

Eines Morgens saß sie in ihrem schönen Wohnzimmer, von dem aus man einen herrlichen Blick auf einen grünen Rasenplatz hatte, der sich sanft bis zu dem Ufer hinabzog. Ein Brief lag auf ihrem Schoß. Sie hatte sich angekleidet, um einen Ausflug auf den Strom zu machen. Miß Pennyworth stand vor dem Fenster und war durchaus nicht einverstanden mit diesem ihrer Meinung nach frivolen Unternehmen, das Valentine vorhatte.

Die junge Dame las mit gekräuselten Lippen und zusammengezogenen Augenbrauen den Brief noch einmal.

»Liebe, gute, unbekannte Freundin«, hieß es in dem Schreiben. »Inmitten all der Aufregungen, die einem plötzlichen Ereignis folgen, das beinahe meinem jungen Leben ein Ende bereitet hätte, ergreife ich die Feder, um Ihnen ein paar Zeilen über die See zu senden. Wenig wissen Sie, liebe Miß, welche Freude ich fühle, wenn ich an meine unbekannte Freundin schreiben kann! Ich dachte kaum, als ich vor neun langen Monaten die Annonce in den ›Wildford Chronicle‹ einsetzte, daß ich ›ein mitfühlendes und verstehendes Herz‹ entdecken würde, wie unser lieber alter Shakespeare sagt. Stellen Sie sich vor, wie ich diese Zeilen mitten im Dschungel, im wilden Urwald schreibe! Und während ich meine Feder in die Tinte tauche, schleichen sich Tiger heran und schleichen sich wieder fort; aber mein braves Gewehr lehnt an meiner Seite. Elefanten, Krokodile usw. bevölkern den Wald ...«

Sie erhob ihre Augen von dem Brief und schaute wieder nach dem Fluß. Ein elektrisches Motorboot, in dem viele junge, lachende Mädchen und junge Offiziere saßen, kam langsam den Strom herauf. Sie seufzte. Es erschien ihr wirklich furchtbar, daß man lachen und glücklich sein konnte ...

»Eines Tages werde ich Sie vielleicht sehen, wenn ich jemals lebend zurückkehre, was allerdings äußerst zweifelhaft ist (die letzten Worte des Satzes waren dick unterstrichen). Aber es mag für Sie eine Genugtuung sein, zu wissen, daß es einen Menschen gibt, der an Sie denkt und der sich freuen würde, wenn er Sie auf Händen tragen könnte, der ein großes Haus für Sie bauen würde, das nach der See hinausschaut, und Sie zu einer Königin machen würde über eine Million netter Kannibalen, die mich – ich bin sicher, daß ich diesen Titel nicht verdiene – ›Das Auge, das sich nimmer schließt!‹ nennen.«

Miß Decarron faltete den Brief zusammen und steckte ihn in ihre kleine Handtasche. Sie dachte eine Weile nach, dann erhob sie sich mit Bestimmtheit.

»Ich werde nicht mit auf den Fluß hinausfahren, Tante«, sagte sie, »ich fahre nach London.«

Es war Mr. Sanders' Gewohnheit, die Post erst nach dem Frühstück zu verteilen. Der Postdampfer kam gewöhnlich kurz nach Sonnenaufgang an. Dann wurde der Postsack für die Residenz an die Küste gebracht. Erst wanderte der Beutel zu Sanders'

Büro, wo die amtliche Post von der privaten getrennt wurde. Weil das Frühstück und besonders das Frühstück in dieser kleinen Kolonie aber eine fröhliche und gesellschaftliche Zusammenkunft sein sollte, hatte es Sanders zu einer strengen Regel erhoben, die Verteilung der Post aufzuschieben, bis das Frühstück beendet war. Denn wenn drei Leute sagen »Bitte entschuldigen Sie mich« und ihre Briefe mit der einen Hand lesen und, ohne hinzusehen, mit der anderen Hand nach den Tassen greifen, fühlt sich der vierte, der keine Privatpost bekommen hat, ausgestoßen, es sei denn, daß er seine Zuflucht zu langen, amtlichen Dokumenten nimmt, die ihn mit »Mein Herr« und mit »Euer Hochwohlgeboren« anreden und damit schließen, daß »man die Ehre hat, ihn zu grüßen« und so weiter.

Sanders erhielt nur wenige Briefe von zu Hause. Er hatte wohl Freunde, die den in sich gekehrten schweigsamen Mann liebten, aber er ermutigte sie keineswegs, ihm zu schreiben. Briefschreiben war ihm unangenehm, und seine Freundschaft war solcher Art, daß sie keine Aufmunterung brauchte.

An einem Oktobermorgen kam wieder ein großer, schwerer Postsack an. Die Tätigkeit des Feindes war hauptsächlich für die unregelmäßigen Ankunftszeiten der Post verantwortlich, und als Sanders die Briefe sortierte, bemerkte er, daß er mehr als das doppelte der gewöhnlichen Anzahl zu verteilen hatte. Tatsächlich war die Post für drei Wochen mit diesem Dampfer gekommen.

Das Frühstück war vorüber, und er begann seine Arbeit. Hamilton bekam wie gewöhnlich zwei Briefe. Einer war von einem Freund aus Frankreich, der andere von einer geheimnisvollen Persönlichkeit, die er nur selten erwähnte. Nur Patricia sprach gelegentlich von ihr in allgemeinen Redewendungen, wie zum Beispiel: »Geht es Vera gut? Ist Vera noch in Schottland?« Sanders fragte ihn niemals danach, und Hamilton gab auch keine weitere Erklärung. Nur Bones, der wie immer alle verbotenen Wege ging, fragte manchmal nach der »netten, lieben, guten Vera«, eine Frage, die stets durch einen strengen, eisigen Blick beantwortet wurde, der neunundneunzig von hundert sofort hätte zu Stein erstarren lassen. Aber Bones war der hundertste, zuckte nur die Schultern, zog die Augenbrauen zusammen und wandte sich dann wieder seiner eigenen Korrespondenz zu. Oder, was noch dümmer von ihm war, entschuldigte sich in einer kleinen, wohlgesetzten Rede.

Patricias Anteil an diesen Briefen war stets sehr groß, aber den Löwenanteil hatte unweigerlich Bones, denn mindestens fünfzig Prozent aller ankommenden Post waren für ihn bestimmt. Bücher, Broschüren und Zirkulare, wie zum Beispiel »Wie verbessere ich mein Gedächtnis?« und »Wie verdiene ich 1500 Dollars im Jahr bei einer Kapitalsanlage von 5 Dollars?« kamen mit jeder Post. Bones las unentwegt alle Annoncen der Magazine und alle wohlwollenden Offerten über Konversationslexika, »die Ihnen sofort gehören, wenn Sie eine lächerlich kleine Summe anzahlen und später für den ganzen Rest Ihres Lebens regelmäßige monatliche Abzahlungen leisten«. Dazu kam dann noch mindestens ein Dutzend Briefe, die er niemals im Beisein der anderen las, sondern in seiner Brusttasche verbarg und sie mit sich zu den geheimen Plätzen in seiner Hütte nahm.

Man schätzte, daß Bones ungefähr die Hälfte seiner militärischen Einkünfte auf Post, Porto und auf Unterrichtsbriefe verwandte. Sie übten eine unwiderstehliche Anziehungskraft auf ihn aus, und mit jeder Post kamen entweder Prospekte oder Unterrichtsbriefe an. So hatte er Jura in zwölf Briefen studiert, er war durch schriftlichen Unterricht ein Flieger geworden, ebenso ein Elektroingenieur in vierundzwanzig Lektionen. Es gab nur wenig Unterrichtskurse, die Bones nicht durchgemacht hätte. In seiner Hütte hingen die eingerahmten Zeugnisse ungezählter Schulen, die schriftlichen Unterricht erteilten. Sie sprachen von der Vielseitigkeit und dem unverwüstlichen Optimismus dieses jungen Offiziers.

Er teilte seine Post auf dem Tisch in zwei Abteilungen. Rechts lagen die Privatbriefe, links die Prospekte und anderes. Hamilton schaute verstohlen hinüber und entdeckte unter den Postsachen den bekannten mauvefarbenen Briefumschlag. Er stellte eine unschuldige Frage.

»Sind alle zu Hause bei guter Gesundheit, Bones?«

»Danke Ihnen, mein Lieber«, sagte Bones fröhlich. »Es geht allen rosig.«

»Und was steht in dem Brief mit dem mauvefarbenen Umschlag?« fragte Hamilton schelmisch.

Bones wurde rot, nahm den Brief und steckte ihn schnell in die Tasche seiner Uniform. »Unter Gentlemen«, sagte er etwas steif, »sind solche Fragen wenig gebräuchlich. Es sei ferne von mir, mein Lieber, Sie zu tadeln oder...«

»Seien Sie kein Spielverderber«, sagte Hamilton. Dabei dachte er an die mögliche Frage nach Vera. »Machen Sie keinen Unsinn. – Er hat jede Woche ein halbes Dutzend Briefe«, wandte er sich an seine Schwester, »jeden von einem anderen Mädchen. Meiner Meinung nach erhält der junge Lothario Bones mehr, als ihm zukommt.«

Bones kicherte, wurde dann plötzlich selbstbewußt und sah lächelnd von Patricia zu Sanders.

»Wer ist sie, Bones?« fragte Patricia. »Auch ich habe diese mauvefarbenen Briefumschläge schon gesehen.«

»Tatsächlich, meine liebe gute Miß Hamilton«, sagte er, »habe ich eine gewisse Tante...«

»Na, na, Bones.« Patricia drohte schelmisch mit dem Finger. »Sie wissen ganz genau, daß das gelogen ist. Sie haben mir von allen Ihren Verwandten erzählt, von Ihrer Mutter, von der einen Tante mit der komischen Stimme – ich kenne auch alle die Mädchen, an die Sie schreiben, Grace, Middock, Ethel, Baymore –« zählte sie an den Fingern her. »Queenie, Mildred, Agnes, dieses Stallington-Mädel –«

»Ida«, sagte Bones selbstzufrieden.

»Ida, Gwenni, Magde, Irene – das ist eine ganze Menge, nicht wahr?«

»Billie Caslon, Mary March, Magde Broadward und Cissie Fairfax«, sagte Bones rasch, »Gertie Boyd, Phyllis Martinbourne...«

»Pfft!« sagte Hamilton und stand auf. Zum erstenmal in seinem Leben sah er Bones mit einer gewissen Bewunderung und

Achtung an.

»Aber ich kenne immer noch nicht Miß Mauve!« sagte Patricia hartnäckig.

»Nun gut«, sagte Bones und trank' seinen Kaffee schnell aus. »›Lebe und lerne!‹ meine liebe, gute Miß!«

Bones öffnete seinen Brief nicht gleich. Er liebte es, ihn mit sich herumzutragen, bis er in die richtige Gemütsverfassung gekommen war.

Am Nachmittag war er dann in Stimmung, als er in einem tiefen, bequemen Rohrsessel im Schatten seiner Hütte saß. Er hielt einen kleinen, hübschen Band vor sich, und der verkrampfte Griff seiner Hand bewies, wie sehr ihn der Inhalt fesselte und mitriß. Er war betitelt: »Saul Sure vom Geheimdienst.«

Immer wieder senkte er das Buch auf seinen Schoß und blickte verstohlen über die Öffnung seiner großen Pfeife, an der er eifrig zog, wenn er intensiv nachdachte. Seine Phantasie wurde lebendig. Er sah geheimnisvolle Männer, die sich an schauerlichen Orten trafen und einander Dokumente in die Hände gaben, die schreckliche Kriege verursachten oder abwendeten. Manchmal trugen sie Masken, und gelegentlich verwandelten sie sich in den Diener, der hinter dem Stuhl des fremden Spions stand und ihn fragte: »Weißwein oder Burgunder, mein Herr?« Dabei beugte er sich nach vorn und legte silberhelle Stahlfesseln um die Handgelenke des Übeltäters.

Durch den qualmenden Rauch seiner Pfeife sah er visionär mitternächtliche Begegnungen auf Kirchhöfen, er sah arme, unglückliche Mädchen unter falscher Anklage, die ihr Leben und ihre Freiheit am Ende dem schönen, jungen Detektiv verdankten – denn Bones war niemals ein gewöhnlicher Polizeibeamter.

Jetzt beendete er die Lektüre des Buches und zog einen Brief aus seiner Tasche, der für ihn mit Romantik umgeben war. Und diese Romantik breitete sich in einer großen Handschrift auf mauvefarbenem Papier aus, das schwach nach Rosen duftete.

Valentine Decarron und Leutnant Augustus Tibbetts hatten keine sehr schöne Handschrift und waren nach Bones Ansicht beide erhaben über gewisse orthographische Regeln. Dies hatte

Bones schon öfters schweres Mißvergnügen bereitet, obwohl die junge Dame natürlich richtig schrieb, was er aber nicht anerkannte.

Es gab schreckliche Augenblicke für ihn, in denen er zweifelte und sich selbst Vorwürfe machte – Augenblicke, in denen er seine Feder zur Hand nahm, um diese merkwürdige Freundschaft schroff abzubrechen. Aber es lag ein so merkwürdiger Reiz in dieser Korrespondenz, es sprach eine solche Frische und Ursprünglichkeit der Ansichten aus diesen Briefen, daß sie ihn immer wieder anzogen und ihn ihren Mangel an Orthographie übersehen ließen.

Zum zwanzigstenmal legte er das Buch hin und zog den Brief heraus.

»Mein süßes kleines Naturkind«, murmelte er, als er ihn öffnete. Der Brief war vor sechs Wochen datiert.

»Lieber Freund«, begann das Schreiben, »ich kann es einfach nicht mehr ertragen, wenn ich an Sie denke, zu lebhaft steht es vor mir, und zu sehr drückt es mich nieder, wenn ich weiß, daß Sie allein sind, nur unter den Sternen des Himmels, der Wut der Elemente und all diesen blöden Dingen ausgesetzt! So werde ich Sie nun einmal überraschen –«

Bones lächelte.

»Tante denkt, daß ich verrückt bin, aber ich habe es schon immer tun wollen. Ich führe meinen Plan aus!!!«

»Eine impulsive Natur«, murmelte Bones nachsichtig, als er die Seite umdrehte.

»Wenn Sie diese Zeile bekommen, bin ich schon auf dem Wege zu Ihnen –«

Bones hörte plötzlich auf zu lächeln.

»Ich schreibe dieses, damit es die schnellste Postverbindung erreicht. Ich verlasse Tilbury morgen früh.«

Ein kleiner zierlicher Vogel mit glänzendem blauen Gefieder flog zu Bones' Füßen nieder, legte den Kopf erst auf die eine, dann auf die andere Seite und schaute Bones an.

»Ich verlasse Tilbury morgen früh«, las Bones noch einmal langsam.

»Tchivitt, tchivitt!« piepte der kleine Vogel.

»Ja, singe nur, du kleiner Nichtsnutz!« sagte Bones bitter. »Da könnte man viel darüber singen!«

Er las den Brief wieder durch, dann erhob er sich unruhig.

»Hallo, Bones, sind Sie krank?«

Hamilton kam die Stufen der Veranda herunter, seinem Untergebenen entgegen. Der Ton seiner Frage zeigte, daß er aufrichtig besorgt war.

Bones schüttelte den Kopf, schwankte zu seinem Sitz und brach dort wie ein Häufchen Unglück zusammen.

Patricia reichte ihm eine Tasse Tee. »Hoffentlich haben Sie keine schlechten Nachrichten erhalten?«

Bones nickte traurig.

»Ist jemand krank?«

Er schüttelte den Kopf.

»Nun heraus damit, Bones«, sagte Hamilton bestimmt. »Sprechen Sie sich aus!«

Bones schluckte, ließ den Kopf hängen, sah dann wieder auf, blickte zuerst Sanders, dann Patricia, endlich ihren Bruder an, zog die Stirne kraus und seufzte tief.

»Meine lieben, guten Freunde«, begann er, »in dieser netten alten Welt begeht ein Mensch schreckliche, unnütze, böse Dinge, ohne daß er daran denkt, was für ein niederträchtiger, böser, schuftiger alter Offizier er ist. Jeder tut's mal – Ham hat's getan –«

»Wenn es Ihnen guttut, falsche Anschuldigungen gegen mich in die Welt zu setzen, dann fahren Sie nur fort«, sagte Hamilton. »Was ist es, Bones? Reden Sie endlich!«

»Natürlich schickt sich das nicht für einen Offizier und Gentleman. Ich muß wohl meine Entlassung einreichen, am Beginn einer glänzenden Laufbahn –«

Er schluckte wieder.

»– aber mein lieber, guter Ham, ich hatte nicht die leiseste Absicht, leichtsinnig mit den zarten Gefühlen eines Mädchens der arbeitenden Klasse zu spielen –«

»Ach so, Bruch des Heiratsversprechens«, rief Hamilton. »O

Sie vergnügungssüchtiger Hund!«

Bones hob die Hand in schwachem Protest. »Nein, Sir, nein – ›einsamer Offizier‹.«

Hamilton schaute ihn verdutzt an.

»Wollte niemandem etwas zuleide tun, Lieber, Guter«, fuhr Bones schnell fort, »es war doch nur ein Scherz.«

»Wollen Sie damit sagen«, fragte Patricia abgerissen, »daß Sie in eine Zeitung eine Annonce einsetzten, in der Sie sich selbst als einsamen Offizier beschrieben und nette Mädchen baten, Ihnen zu schreiben?«

Bones ließ den Kopf hängen.

Patricia lächelte. »Das ist doch aber gar nicht so schrecklich – wenn Sie ihr bloß nicht die Liebe erklärt haben!«

Der junge Mann händigte Patricia den Brief aus. »Lesen Sie«, sagte er mit zitternder Stimme. »Es sind keine Privatmitteilungen darin enthalten.«

Patricia las den Brief und staunte.

»Was, sie kommt hierher zu Ihnen – hierher!!!«

Nur Hamilton bewahrte seine Geistesgegenwart, als diese Bombe platzte. Er rief nach der Ordonnanz, obgleich er wußte, daß der Besuch erst am nächsten Tage ankommen konnte.

»O Abibu«, sagte er, »lege noch ein Gedeck auf und stelle einen weiteren Stuhl an den Tisch!«

Nach dem Mittagessen wurde ein Familienrat abgehalten.

»Es ist eine sehr gute Adresse«, sagte Patricia. »Ich kenne Riverwoodhouse –«

»Womöglich ist sie eine Kammerzofe«, seufzte Bones. »O Gott, o Gott!«

»Warum denken Sie das?« fragte Hamilton.

»Sehen Sie sich doch mal die Handschrift an, mein Guter – und dann diese Rechtschreibung!«

»Ich gebe zu, das ist etwas exzentrisch«, sagte Hamilton ironisch, »aber Schrift und Orthographie sind doch nicht alles, Bones. Die andere Frage ist nur, was sollen wir hier mit ihr machen?«

Sanders, der sein Lachen unterdrückte und eine ernste Miene

aufsetzte, hatte bis jetzt stillschweigend zugehört. Als sie ihn nun aber alle wie auf Kommando ansahen, als ob sie nur von ihm das Heil und die Lösung dieser Frage erwarten könnten, begann er zu sprechen.

»Es ist ganz klar, daß sie Bones nicht inmitten eines angenehmen, luxuriösen Lebens antreffen darf, wenn sie hierherkommt. Wir können dieses arme Mädchen doch nicht so furchtbar enttäuschen. Bones wird noch heute abend zu den unteren Isisi aufbrechen, wo die Lage genau so ist, wie er sie geschildert hat. Wenn wir die junge Dame nicht durch Überredung loswerden, dann können wir sie ja aussenden, ihn aufzusuchen.«

»Das leuchtet mir ein«, sagte Bones, und seine Züge hellten sich auf. »Soll ich die ›Zaire‹ nehmen oder die ›Wiggle‹?«

»Sie werden mit vier Ruderern im Kanu reisen«, sagte Sanders, »und werden ein Gewehr, Munition, einige Büchsen Fleischkonserven und wasserdichtes Zeug mitnehmen. Die Regenzeit hat eben begonnen, und ich glaube, die junge Dame kann Sie damit in einer Lage finden, die ihre schlimmsten Befürchtungen rechtfertigt, wenn sie darauf besteht, ins Land zu gehen.«

»Kann ich nicht wenigstens ein Zelt bekommen?«

»Allein unter den Sternen des Himmels, der Wut der Elemente und all diesen bösen Dingen ausgesetzt!« deklamierte Hamilton.

Bones war in niedergeschlagener Stimmung, als er beim nächsten Morgengrauen mit seinen Ruderern abfuhr. Ein feiner Nebelregen fiel nieder, der Morgenwind blies in kurzen, abgerissenen Stößen, als ob er nur darauf warte, seine volle Kraft einzusetzen, wenn sich Bones' Regenmantel hinten am Halse öffnete. Der Fluß hatte Wellen, und das Kanu stand schon halb voll Wasser, ehe Bones es überhaupt betreten hatte. Es war das älteste Boot, das sich auf der Station hatte auftreiben lassen, und Hamilton hatte mit großer Mühe die schlechtesten Ruderer ausgewählt, die er finden konnte.

Selbst den Luxus seines Dieners, des englischsprechenden Ali, versagte man ihm. Der dicke Mann saß zitternd am Ufer und fürchtete um seinen Herrn.

»Gut Glück, Bones!« sagte Hamilton, als er abfuhr. »Schießen

Sie ein paar Tiger für mich, ich sammle so etwas!«

Bones war nicht in der Verfassung, darauf die rechte Antwort zu geben.

Nachmittags um vier Uhr kam der Passagierdampfer an, hielt auf der See und signalisierte: Senden Sie ein Landungsboot.

Sanders, Hamilton und Patricia warteten am Ufer auf den Besuch.

»Ich hoffe, daß sie nicht zu schrecklich ist«, sagte das Mädchen. »Ich erwarte mir ein kleines, hübsches Londoner Mädel, das eine Hutnadel mit einem Uniformknopf von Bones trägt.«

»Ich glaube nicht, daß Sie sich irgendwelche Sorgen machen müssen«, lächelte Sanders. »Eine Kammerzofe lebt nicht in solchen Verhältnissen, daß sie sich auf ein so kostspieliges Unternehmen einlassen kann. Es besteht vielleicht eher die Gefahr, daß eine beherzte alte Jungfer ungewissen Alters ankommt, mit einem Papagei und mit einer persischen Katze, die alle Preise auf den heimischen Ausstellungen gewonnen haben.«

»Das wäre ja amüsant«, lächelte Hamilton. »Aber ich vermute, daß wir eine behäbige Witwe mit einer großen, runden Brosche zu Gesicht bekommen, die die Fotografie ihres verewigten Mannes stets bei sich trägt.«

Das Landungsboot tanzte auf den Wellen und näherte sich. Schließlich kam es in dem weißen Schaum der sich überschlagenden Wellen an Land. Einer der Ruderer hob eine junge Dame heraus und stellte sie auf den Sand. Sie hatte eine schlanke, elegante Gestalt und war ganz in Weiß gekleidet.

»Bones hat Glück!« murmelte Hamilton. »Das ist ja ein bildhübsches Mädchen!«

»Und eine Dame, wie ich sehe!« sagte Patricia.

Sanders war vorausgegangen, um den Besuch zu begrüßen. Sie nickte ein wenig und lächelte ihn freundlich an.

»Sie sind Distriktsgouverneur Sanders, nicht wahr?«

»Ja, das ist mein Name.« Er nahm ihre ausgestreckte Hand.

»Ich bin Miß Decarron«, sagte sie. »Wahrscheinlich sind Sie von meinem Kommen benachrichtigt.«

Sanders stellte die anderen vor, und die beiden Mädchen waren schnell miteinander bekannt, obwohl sie nur kurze Blicke wechselten. Sie gingen den Strand hinauf zur Residenz.

»Ich fürchte nur, Sie denken, daß ich schrecklich emanzipiert bin«, sagte Valentine und hörte plötzlich auf zu lachen. »Verzeihen Sie, ich mußte eben an meine Tante denken. Ich habe aber nur einen Plan ausgeführt, den ich mir in den Kopf gesetzt hatte, und ich machte mir gar nicht klar, wie entsetzlich unschicklich mein Vorhaben war, bis ich auf hoher See war. Mr. Tibbetts ist nicht hier?«

Sie schien es für selbstverständlich zu halten, daß alle über sie Bescheid wußten, und ebenso, daß Bones nicht in dieser hübschen Umgebung wohnte.

»O nein«, sagte Hamilton, »Bones ist im Lande.«

»Bones?«

»Wir nennen ihn so«, erklärte Hamilton schnell, »weil – hm – weil – ja, weil es eine gute Abkürzung für Tibbetts ist.«

Sie sah sich in dem schönen Garten der Residenz um. Dann betrachtete sie das große, weiße Haus mit der kühlen, dunkelroten, schattigen Veranda.

»Nein, hier hält er sich nicht auf«, sagte sie dann wieder.

Sie war ein sehr nettes, hübsches Mädchen – Hamilton zog seinen Vorwurf zurück. Sie hatte einen lebhaften Sinn für Humor – und Patricia vergab ihr schon aus diesem Grunde. Und was nun gar Sanders anbetraf, so war er überhaupt nicht beleidigt, denn weiße Menschen mit offenem Blick, die ihm gerade in die Augen sahen und das sagten, was sie dachten, waren ihm lieb.

»Sehen Sie«, erklärte sie beim Abendbrot, »ich fühlte, daß es ein großes Abenteuer wäre, wenn ich plötzlich aus heiterem Himmel jemand überfiele, mit dem ich nur in Korrespondenz gestanden hatte. Einen einsamen Offizier, der ganz weit draußen auf dem äußersten Vorposten ausharrt. Ich empfand, daß ich etwas Ungewöhnliches tat.«

»Ja, das stimmt«, sagte Sanders. »Es tut mir tausendfach leid, daß Sie ihn verfehlt haben. Ich vermute, Sie wollen mit dem nächsten Dampfer wieder abfahren?«

Sie sah ihn an.

»Wenn ich Mr. Tibbetts sehen kann, bevor der nächste Dampfer abfährt, werde ich wieder gehen. Aber ich vergaß ganz!«

Sie öffnete eine kleine, moiréseidene Tasche und zog daraus einen langen, blauen Briefumschlag hervor, der viermal gefaltet war. Ein amtliches Kuvert, gefaltet und gerollt, um es so klein zu machen, daß es in die Handtasche einer jungen Dame paßte, war es gerade kein erhebender Anblick. Es war an Sanders gerichtet, und er zog einen weißen Bogen daraus hervor, der ihm Miß Valentine Decarron besonders empfahl und ihn bat, für sie Sorge zu tragen und ihr behilflich zu sein.

»Was beabsichtigen Sie?« fragte er.

»Ich möchte ins Land gehen und Mr. Bones – Tibbetts« verbesserte sie sich schnell, »weil – glauben Sie – halten Sie mich für zu frei –«

»Gehen Sie nur ruhig zu ihm«, ermutigte sie Sanders.

»Sie sehen diese Sache nicht so wie andere Leute, Mr. Sanders. Sie stehen den Dingen zu nahe, und Sie sind mit den Umständen zu sehr vertraut. Aber Sie können sich gar nicht vorstellen, welcher große Unterschied zwischen dem Leben hier auf der Station besteht, wo Sie von einem gewissen Komfort umgeben sind, und dem einsamen Leben, das ein Mann im – im – –«

»Urwald«, ergänzte der Distriktsgouverneur.

»Wenn Sie das bedenken, und Sie müssen es doch aus Erfahrung wissen, wie es ist – von jeder Art von Gefahr bei Tag und Nacht umgeben, inmitten wilder Stämme und reißender Tiere, vollständig verzweifelt und das Herz voll schreiender Sehnsucht nach einem anderen verstehenden Wesen! Ich vermute, er kommt manchmal hierher?«

»Manchmal«, sagte Sanders ernst.

»Wie muß dieser arme Junge sich freuen, wie muß sein Herz aufgehen bei diesem Wechsel von Licht und Finsternis«, sagte sie mit Tränen in den Augen. »Ich möchte ein wenig Freude in sein Leben bringen. Ich weiß, es ist schrecklich anmaßend von mir, Ihnen all das zu erzählen, aber ich will niemand tadeln – ich bin davon überzeugt, daß Offiziere solche Posten verwalten müssen. Ich will nur mich und meine Handlungsweise rechtfertigen.«

Sanders streichelte ihre Hand. (Patricia Hamilton schaute durch das Fenster.)

»Mein liebes, junges Fräulein«, sagte er. »Ein gütiges Herz hat seine Rechtfertigung in sich selbst. Morgen werden wir auf die Suche nach Bones gehen und ihn aus seinen tödlichen Gefahren befreien.«

»Sie lachen mich aus«, schmollte das Mädchen.

»So sehen Sie recht hübsch aus«, sagte Sanders.

»Wir werden Bones am Strom überfallen«, erklärte er später, als die junge Dame in ihr Zimmer gegangen war. »Er muß recht unordentlich und ungekämmt sein, um auch so auszusehen, wie sie sich ihn vorstellt.«

»Bones ist wirklich eine Landplage«, sagte Patricia Hamilton kühl. »Sie ist ein viel zu liebes Mädchen, als daß wir sie zum besten haben dürfen. Halten Sie sie für sehr hübsch?«

Sanders machte kein Hehl aus seinem Erstaunen und lachte vergnügt. »Hübsch? Ich vermute, daß es so ist«, gab er zu. »Sie ist eine recht liebenswürdige junge Dame.«

»Aber ist sie nicht hübsch?« fragte Patricia hartnäckig.«

»Ja, ich möchte sagen, daß sie es ist. Aber ich habe ein gewisses Ideal – der Himmel mag wissen, woher.« Bei diesen Worten lächelte er. »Es gefällt mir, wenn ein Mädchen groß, schlank und anmutig ist. Ich liebe die Augen, die dunkelgrau und stets zum Lachen bereit sind, und –«

»Ich fürchte, Sie gehen zu sehr ins Detail, Mr. Sanders«, lachte sie.

»Ist es denn hier so heiß?« fragte Sanders, als sie hinausgeeilt war. »Ich glaube, Ihre Schwester sah etwas erhitzt aus –«

»Errötet ist das richtige Wort«, sagte Hamilton trocken.

»Sie beschrieben sie doch ganz genau.«

Hamilton hatte viel zu tun an diesem Tage, aber vor allem mußte er sich um die Vorbereitungen zu der Reise kümmern, denn es sollte eine Picknickpartie werden. Es mußten Hühner gebraten, Salate angerichtet und schmackhafte Speisen zubereitet und kaltgestellt werden.

Noch nie hatte die »Zaire« ihren Halteplatz zu einer Reise

stromauf mit einer so fröhlichen Gesellschaft an Bord verlassen. Die Fahrt begann eine Stunde nach Sonnenaufgang, und bei Einbruch der Dunkelheit wurde Anker geworfen.

Die Nachrichten von Bones waren dürftig. Sie fanden seinen Lagerplatz, wo er die vergangene Nacht zugebracht hatte. Aber als sie diese Stelle erreichten, war der Tag schon weit fortgeschritten. Die schweren Regen im Lande hatten den Strom anschwellen lassen, und die kleine »Zaire« kam in der Mitte des Flusses kaum schneller vorwärts als Bones' Kanu, das im seichten Wasser dicht am Ufer entlangfuhr.

Das gemeinsame Abendessen mit Bones konnte also leider noch nicht stattfinden. Valentine hatte auch kaum erwartet, daß man ihn gleich am ersten Tage treffen würde; sie war zufrieden mit ihrer überwältigenden neuen Umgebung.

Mit Patricia Hamilton teilte sie die beste Kabine, und es war ausgemacht, daß die Damen nicht eher gerufen werden sollten, als bis der Dampfer schon einige Zeit unterwegs war. Patricia lag wach und wartete darauf, das Geräusch des Schaufelrades zu hören, aber es waren nur Schritte oben an Deck zu vernehmen. Sie sah nach ihrer Uhr, es war schon acht. Sie erhob sich von dem Polstersofa und kleidete sich schnell an. Das Mädchen, das im Bett lag, drehte sich um.

»Ist irgend etwas passiert?« fragte sie.

»Ich glaube nicht, vielleicht kann man nicht gegen die Strömung fahren. Wir heizen mit Holz, und manchmal ist es schwierig, die nötige Hitze unter dem Kessel zu entwickeln. Ich werde einmal nachsehen und komme dann zurück, um es Ihnen zu sagen.«

Sie fand ihren Bruder und Sanders in ernster Unterhaltung mit einem Eingeborenen, und an ihren finsteren Mienen konnte sie sehen, daß etwas Außergewöhnliches vorgefallen war.

»Das ist eine recht unangenehme Entwicklung«, sagte Hamilton. »Komm einmal her.«

Er führte sie zur Seite an die Reling und zeigte über das Wasser. Der Große Strom ist an dieser Stelle über eine Meile breit; gewöhnlich sind die Ufer von hohem Gras eingefaßt, und dahinter liegt ein Dschungel von Sträuchern und Unterholz, der die Gestaltung des dahinterliegenden Landes vollkommen verbirgt. Aber hier war das Gras verschwunden, die braune Erde trat sichtbar zutage, und man konnte quer über eine parkähnliche Ebene zu einer Gruppe entfernter Bäume sehen.

»Nimm mein Glas«, sagte Hamilton, »und sieh nach links auf den großen, massigen Gummibaum. Kannst du dort etwas sehen?«

»Es bewegen sich dort Gestalten«, sagte sie.

»Wie viele?« fragte Hamilton.

»Ungefähr ein Dutzend!« antwortete Patricia. »Was ist es?«

»Schau genau hin«, ermahnte Hamilton, »dann wirst du nicht ein Dutzend, sondern zwei- bis dreihundert sehen.«

»Ach«, sagte das Mädchen erregt, »das sind Elefanten! Ich habe sie noch nie in der Wildnis gesehen. Werdet ihr Jagd auf sie machen?«

»Es wird schwierig sein und auch sehr gefährlich, zu ihnen hinzukommen. Der Boden sieht eben aus, ist aber sehr zerklüftet, und wir sind windwärts. Nun weiter nach links – dort siehst du einen großen Baum.«

»Ja, ein großer Vogel oder sonst etwas sitzt in den oberen Ästen!«

»Das ist Bones«, sagte er grimmig. »Soviel wir vermuten können, haben die Elefanten ein Dorf angegriffen und die Felder und Gärten niedergetrampelt. Bones kam gerade in die Gegend, die Einwohner riefen ihn zu Hilfe, und er ging mit einem Schnellfeuergewehr an Land. Mit ein paar minderwertigen Trägern griff er dann die Herde an. Wir hörten eben von diesem Mann hier, daß die Elefanten ihn ungefähr fünf Meilen weit jagten, bis er einen Baum fand, den sie nicht umlegen konnten.«

»Warum lief er denn nicht in den Wald?« fragte Patricia. »Konnte er sich dort nicht verbergen? Diese Wälder sind doch so dicht.«

»In den Wäldern«, sagte Hamilton fast schadenfroh, »leben viele kleine Kerle, die nur etwa so groß sind« – dabei zeigte er mit der Hand –, »die haben wir niemals ganz gezähmt. Sie haben

Blasrohre, aus denen sie Pfeile mit vergifteten Spitzen schießen. Und Bones tat ganz gut, daß er nicht in die Wälder ging.«

»Armer Bones«, sagte Patricia mitleidig, »es geht ihm wirklich schlecht.«

»Du würdest besser tun, zu frühstücken und Miß Decarron zu wecken«, meinte Hamilton. »In zehn Minuten werden wir abfahren, um etwas zu seiner Hilfe zu unternehmen.«

Valentine kam an Deck, und man erzählte ihr die Geschichte in einer für Bones sehr ehrenvollen Weise. Sie hatte den Eindruck, daß er die Herde gejagt hatte und nun auf den Baum geklettert war, um ihren Rückzug zu beobachten, daß aber gerade in dieser unglücklichen Situation die Elefanten große Verstärkung erhalten hatten.

Sie wurde blaß. »Wie furchtbar!« rief sie aus. »Können Sie denn nicht Leute ausschicken, um die Elefanten zu schießen?«

»Ich glaube, daß die Elefanten die Leute bald zurückjagen würden«, sagte Sanders höflich. »Sie sehen ja, dies sind keine zahmen Tiere. Wir können nur dadurch helfen, daß wir mit Schrapnells auf die Herde schießen und Bones so die Möglichkeit geben, zu entkommen.«

In der nächsten Viertelstunde war Miß Valentine Decarron Zeugin eines merkwürdigen Kampfes. In ihren Gedanken hatte sie sich schon daran gewöhnt, die Sache als einen täglichen Vorfall im Buschleben anzusehen. Die Geschütze krachten unheimlich, man sah, wie die Schrapnells über der Herde in kleinen weißen Wolken zerplatzten.

»Sie ziehen ab«, sagte Hamilton, der dauernd durch sein Glas beobachtete. »Jetzt schwenken sie nach rechts.« Er wandte das Glas auf den Baum. »Bones ist schon unten auf der Erde. Wenn sie nicht Wind von ihm bekommen und wenn wir sie beschäftigen können, dann kann er entkommen. Feuere weiter, Ahmet!«

Die Geschütze brüllten furchtbar, und die grauen Massen der dicken Tiere bewegten sich langsam nach Norden. Aber von Bones sah man in diesem Augenblick nichts. Plötzlich stockte die Bewegung der Herde.

»Sie haben ihn doch gewittert«, sagte Hamilton. »Lege Sperrfeuer zwischen Leutnant Tibbetts und die Herde, Ahmet!«

Der Knall der explodierenden Schrapnells wurde stärker, aber obgleich die Geschosse nun zwischen den Elefanten und Bones platzten, löste sich eine Gruppe von ungefähr zehn Bullen zu einem wütenden Angriff von den anderen ab. Sie schwangen ihre Rüssel, und man konnte ihre aufgeregten Trompetenstöße trotz des Krachens der Geschütze hören. Sie kamen näher und näher.

»Jetzt kommt er zum Ufer«, sagte Hamilton. »Dort ist er!«

Der vorderste Elefant war noch fünfzig Meter von Bones entfernt und der Zwischenraum zwischen ihnen wurde immer geringer. Es sah fast so aus, als ob Bones und der Elefant das Ufer zu gleicher Zeit erreichen würden. Bones sprang – der Rüsselschlag des riesigen Tieres traf nur um weniges zu kurz. Bones tauchte sofort im Strom unter.

»Kommt ihm mit dem Kanu zu Hilfe!« rief Sanders.

Eilig stürzten die Ruderer in das Boot, das an der Seite der »Zaire« mit Stricken festgebunden war.

»Jetzt ist er in Sicherheit«, sagte Hamilton beruhigt.

»Aber was ist das?« fragte das erschrockene Mädchen an seiner Seite.

»Ach, das –« sagte Hamilton. »Das ist nur ein Strudel. Es –«

Dicht bei ihm war ein Gewehrstand, er ergriff hastig eine Flinte, lud, riß die Waffe an die Schulter und feuerte. Denn neben Bones entstand ein unverkennbares Kräuseln der Wasserfläche.

»Ein Krokodil!« schrie Hamilton.

Das Kanu war jetzt mitten im Strom. Die Ruderer arbeiteten mit äußerster Anstrengung. Valentine sah, wie der Kopf des Krokodils aus dem Wasser ragte, wie es immer näher kam, den Rachen öffnete. – Dann verbarg sie ihr Gesicht an Patricias Brust.

»Geschnappt!« sagte Sanders.

Ein Explosivgeschoß traf den Kopf des großen Reptils, ein bläulicher Blitz leuchtete auf. Der Schädel des Krokodils wurde auseinandergerissen, und es sank unter. Man sah das Aufschäumen des Wassers an der Stelle.

Einige Minuten später holte man Bones an Bord. Er hatte einen Schuh verloren, und ein Hosenbein war ihm bis zum Knie abgerissen. Seinen Rock hatte er ausgezogen und fortgeworfen, sein Hemd hing in Fetzen herunter und war schwarz vor Schmutz. Eine lange Locke fiel ihm über die Stirn tief ins Gesicht, und Valentine Decarron blickte mit Ehrfurcht und Verwunderung auf ihn.

»Dies ist Mr. Tibbetts, unser einsamer Offizier«, stellte Hamilton ihn mit ernstem Gesicht vor.

Sie streckte ihre Hand aus und drückte seine nasse Pfote.

»Ich bin so froh«, sagte sie atemlos.

»Freue mich, Sie kennenzulernen«, sagte Bones vergnügt.

Es gehörte wirklich viel dazu, ihn aus der Fassung zu bringen. »Ich hoffe, Sie haben sich nicht aufgeregt – solche kleinen Dinge wie dies gehören nun einmal zu unserer netten Beschäftigung!«

»Jeden Tag?« fragte sie mit offenem Mund.

»Jeden Tag, mit Ausnahme von Sonnabend!« antwortete Bones.

## *Legenden*

»Mit Bones ist etwas nicht in Ordnung«, sagte Captain Hamilton kopfschüttelnd.

Patricia Hamilton schaukelte in ihrer Hängematte, die man auf der großen Veranda für sie angebracht hatte. Sie lachte beifällig und verscheuchte eine zudringliche Elefantenfliege mit dem Wedel. Dann ließ sie ihre Blicke lebhaft umherschweifen und suchte angestrengt nach dem jungen Mann, der ihrem Bruder soviel Kopfzerbrechen bereitete.

Aber Leutnant Tibbetts war nicht sichtbar. Heute war Post gekommen, und da er einen sehr umfangreichen Briefwechsel hatte, saß er in der brühheißen Atmosphäre seiner Hütte. Feierlich hockte sein Diener zu seinen Füßen und versah die Funktion eines Papierkorbes.

»Bei Bones ist immer eine kleine Schraube los«, sagte Patricia vergnügt. »Verrückte Ideen sind ihm so notwendig wie frische

Luft zum Atmen. Sie sind seine Beruhigungsmittel, ersetzen ihm Kinder und Familie. Was ist denn jetzt wieder mit ihm los?«

Aber Hamilton schüttelte nur den Kopf.

»Sprechen Sie von Bones?« fragte Sanders, der von Kopf bis zu Fuß, von der Spitze seines Tropenhutes bis zu seinen Tuchschuhen, tadellos weiß gekleidet war. Er trat auf die Veranda heraus.

»Er hat sicher wieder irgend etwas vor«, erklärte Hamilton. »Wann immer ich in letzter Zeit in seinen Raum trat, saß er und schrieb wie eine kleine Dampfmaschine. Sobald er mich aber sah, drehte er das Papier um, und zwar so auffällig, daß es höllisch beleidigend wirkte. Er überhört natürlich mit sanftem Gleichmut jede Frage nach seiner Beschäftigung.«

»Vielleicht schreibt er ein Buch?« warf Patricia ein.

»Natürlich«, sagte ihr Bruder. »Aber ich möchte gern wissen, was das für ein Buch werden soll.«

Sanders lächelte, als er sich in einem tiefen, bequemen Rohrsessel niederließ. »Darauf kommt es ja nicht an«, sagte er gleichgültig. »Es wird dasselbe Schicksal haben wie: ›Wer ist der Held der Küste?‹ oder ›Wilde Stämme, die ich unterwarf‹ oder ›Allein unter den Kannibalen Afrikas‹, um nur einige seiner berühmten Werke zu nennen. Soweit ich Bones kenne, hat er sein Thema in zehn Seiten erschöpft, und dann wendet er sich einem neuen Problem zu.«

»Fragen Sie ihn doch«, sagte Patricia und zeigte mit dem Kopf nach dem Exerzierplatz.

Bones kam mit langen Schritten über den freien Platz heran, eine große Mappe unter dem Arm und einen etwas kleineren schwarzen Flecken in der Gegend seiner linken Brust. Er hatte nämlich seinen Füllfederhalter in die Brusttasche seiner schneeweißen Uniform gesteckt, aber leider nicht auf die gedruckten Anweisungen geachtet, die jedem solchen Instrument beigefügt werden und den Inhaber ermahnen, a) stets die Deckhülse fest über der Feder zuzuschrauben und b) den Halter nicht verkehrt einzustecken.

Aber Bones hatte ein leichtes Gemüt, und sein Geist war eifrig bei der Arbeit. Er war mit sich selbst und der Welt sehr zufrieden, am meisten aber natürlich mit sich selbst. Soeben war nämlich mit der Post ein Brief eines Verlegers eingetroffen: »Die beiden Anfangskapitel Ihres beabsichtigten Werkes finden unseren vollsten Beifall, und wir würden uns sehr freuen, das Buch zu veröffentlichen. Die Bedingungen wollen Sie bitte aus dem beigefügten Vertragsentwurf entnehmen.« Dieser »beigefügte Vertragsentwurf« war ihm allerdings ein etwas unverständliches Dokument, in dem von seiner Person nur gesprochen wurde als »hierin später der Autor, auf Seite 1 genannt«.

Aber um bei der Wahrheit zu bleiben, die Sache hatte auch einen Haken; denn das Manuskript, das nach Bones' Meinung einen hübschen, starken Band ausmachte, enthielt nicht viel mehr Text als etwa vierzig Druckseiten. Glücklicherweise hatte er bereits einen zweiten ähnlichen Band begonnen, und das neue Thema konnte die bereits eingesandten Kapitel fortsetzen.

Aber da war noch ein zweiter Haken. Es fehlte ihm an Stoff, und er war schon gezwungen gewesen, eine Geschichte zum zweitenmal in anderer Aufmachung zu erzählen, und dann hatte er sich sogar genötigt gesehen, seine Zuflucht zu dem Werk eines anderen Autors zu nehmen, das einen ähnlichen Gegenstand behandelte.

Aber an diesem Morgen hatte Bones eine gute Idee – einen wirklichen genialen Gedankenblitz. Deshalb strahlte er auch vor Glück. Schließlich lag der Große Fluß ja weit ab von dem Gesichtskreis der Buchkritiker, und das Land und seine Bevölkerung waren wenig bekannt.

»Sie sind wohl sehr mit sich zufrieden?« fragte Hamilton.

»Mein lieber, guter Vorgesetzter«, sagte Bones gutmütig, »ich habe aber auch guten Grund dazu. Wenn es mir erlaubt ist, einige unmaßgebliche Bemerkungen meinem verehrten Captain gegenüber zu machen –«

»Sie haben wohl ein japanisches Buch über Höflichkeit gelesen?« fragte Hamilton ironisch.

Bones verneigte sich. »Sammle immer Tatsachen. Dafür habe ich eine Leidenschaft, mein Lieber, ob sie nun gediegen, gelungen, großartig, gesund...«

»Oder gestohlen!« vollendete Hamilton die dichterische Reihe, als Bones eine Pause machte.

»Tatsachen haben immer einen großen Eindruck auf mich gemacht«, fuhr Bones fort. Er lehnte in gnädiger Pose am Geländer der Veranda. »Ich erinnere mich, als ich noch ein kleiner Junge war...«

»Wenn Sie die Absicht haben, uns Ihre niederträchtige Lebensgeschichte zu erzählen, empfehle ich mich«, sagte Hamilton. »Aber da wir nun einmal darüber sprechen, Bones, wovon handelt denn Ihr großes Werk?«

Bones machte ein ganz unschuldiges Gesicht.

»Großes Werk, lieber Freund?« fragte er.

»Worüber schreiben Sie?«

»Ach so!«

»Spielen Sie doch nicht immer den Geheimnisvollen, Bones«, bat ihn Patricia. »Wir sterben doch alle vor Neugierde!«

»Mein liebes, gutes Fräulein«, sagte er herablassend. »Ihnen kann ich nichts abschlagen. Wenn Sie mir sagen, daß ich in diesen gräßlichen Fluß springen oder auf den höchsten Ast dieses Baumes klettern soll, dann würde ich Ihren Befehlen wie ein geölter Blitz nachkommen.«

»Nun reden Sie endlich«, sagte Hamilton gelangweilt.

»Ich schreibe ein Buch«, begann Bones, »über sonderbare Dinge, die Sie an diesem Großen Fluß erleben.«

»Ach, das ist es«, unterbrach ihn Hamilton enttäuscht. »Ich wußte nicht, daß es eine Autobiographie werden sollte.«

Bones verneigte sich vor Patricia und grüßte seinen Vorgesetzten durch Anlegen der Hand.

»Beleidigend und unhöflich bis zum äußersten, mein Herr und Gebieter!« sagte er und schüttelte vorwurfsvoll den Kopf. »Sie töten das warme Vertrauen, das Ihnen ein junges Herz entgegenbringt, durch eisige Kälte, Sie morden seine liebenswürdige Gutmütigkeit, mit der es Ihnen seine Geheimnisse enthüllt, Sie vernichten mit einem kalten Wasserstrahl den Enthusiasmus und die Begeisterung eines ringenden jungen Künstlers – ich habe meinen Worten nichts mehr hinzuzufügen, mein Herr. Zu gegebener Zeit werden Sie von meinem Verleger hören.«

Er grüßte wieder militärisch steif und ging in das Innere des Bungalows.

Für den Rest des Nachmittags begegnete er seinem Vorgesetzten mit eisiger Höflichkeit, aber gegen Abend taute er wieder auf, und Hamilton bemerkte zu seiner Überraschung, wie Bones versuchte, Distriktsgouverneur Sanders auszuhorchen.

Sanders war aber ein sehr verschlossener Mensch, und es war schwierig, etwas aus ihm herauszubringen. Obwohl er Bände mit den merkwürdigsten Erfahrungen hätte füllen können, sprach er doch nie von seinen Erlebnissen und erzählte nur selten von seiner bewegten, abenteuerlichen Karriere. Gewöhnlich respektierte man seine Zurückhaltung, aber an diesem Abend plagte ihn Bones aus irgendeinem Grund mit zahllosen Fragen. Ist es richtig, daß die Eingeborenen am oberen Lauf des Stroms nur mit der linken Hand Salz essen? Was ist das eigentlich für eine Geschichte mit den N'gombi und der Tigerkatze? Und warum wird dieses Tier nie von ihnen gejagt oder getötet? Besonders war er begierig, etwas von den Legenden zu erfahren, die bei den abergläubischen Akasava umgingen.

»Warum, zum Teufel, wollen Sie das alles wissen?« fragte Sanders, nachdem er eine Stunde lang den endlosen Fragen standgehalten hatte. »Für gewöhnlich sind Sie doch nicht so wißbegierig über diese Dinge, Bones!«

»Das kommt nur daher, daß er das Buch schreibt«, sagte Hamilton. »Bones, ich habe Sie durchschaut!«

Bones errötete, wurde ein wenig verwirrt und gestand schließlich mit einem verlegenen Lächeln die Sache ein.

»Tatsächlich, liebe, gute Exzellenz, obgleich ich eine ausgedehnte, umfassende Kenntnis der netten Gebräuche und Gewohnheiten der Flora und Fauna besitze, wie ich wohl sagen kann, so weiß ich doch«, gab er artigerweise zu, »daß es viele feine, kleine Geschichten gibt, die ich nicht kenne und die Sie, verehrte Exzellenz und väterlicher Freund, gesammelt haben.«

»Und deshalb zapfen Sie nun den Distriktsgouverneur dauernd an, Sie niederträchtiger Mensch!« sagte Hamilton rauh.

»Ich bin ein Historiker, lieber, alter Griesgram«, sagte Bones mit einer leichten Geste.

»Sie sind ein Räuber!« erwiderte Hamilton.

»Und Sie sind ein Gentleman!« sagte Bones mit außergewöhnlicher Höflichkeit.

Tatsächlich hatte Bones versucht, den richtigen Weg einzuschlagen. Er hatte selbst seine lebhafte Phantasie unterdrückt, um die Rolle eines echten Historikers zu spielen.

Als er zwei Tage später nach dem Gebiet der Akasava aufbrach, um die Hüttentaxe einzusammeln, wusch er seine Hände in Unschuld und wälzte ganz zu Unrecht alle Verantwortung für die Folgen seines leichtsinnigen Handelns auf Hamiltons Schultern.

Er war drei Wochen unterwegs und kehrte von seiner Reise vergnügter und in gehobenerer Stimmung zurück als jemals, und Hamilton konnte sehen, daß er eine dicke Mappe zurückbrachte, in der er allerhand Aufzeichnungen bewahrte.

Sanders erinnerte sich zu Bones' Nachteil daran, als einige Wochen später Klagen an ihn gelangten, daß der Steuereinnehmer sich Unregelmäßigkeiten habe zuschulden kommen lassen. Einige Dörfer hatte Bones nämlich in seiner Unachtsamkeit ganz und gar übersehen.

Glücklicherweise rief man Sanders zu einem eigenartigen Palaver nach Norden, so daß er die Fehler des Leutnants Tibbetts auf dem Wege leicht ausgleichen konnte.

Aber es war nicht allein das Bewußtsein seiner Unterlassungssünden oder die Erinnerung an Hamiltons Sarkasmus, was Bones so bedrückte, als er am Ufer stand und der »Zaire« nachschaute, die in das Innere des Landes abdampfte.

Der Sturm, der von den Bergen aus dem Lande des Alten Königs kam, war ganz außergewöhnlich heftig. Die ziegelroten Wolken hingen so niedrig, daß sie die Wipfel der Bäume zu berühren schienen, und wirbelten wild durcheinander. Die Blitze zuckten bläulich auf, und das Gepolter und Krachen des Donners war betäubend.

Distriktsgouverneur Sanders stand auf der Kommandobrücke der »Zaire« und beobachtete das herannahende Unwetter. Er hatte seine Vorbereitungen getroffen. Das kleine Schiff war am Bug und am Heck an dem mit Bäumen bestandenen Ufer mit Tauen befestigt, und er hatte die Stahltrossen vorsichtshalber verdoppeln lassen. Alle Sonnensegel waren eilig abgenommen und verpackt, die Deckstühle in leere Kabinen gebracht, die beiden Schnellfeuergeschütze mit wasserdichten Überzügen versehen worden, und auch die Munitionskästen waren festgemacht und mit Segeltuch überzogen.

Gleich würde M'shimba-m'shamba, dieser mächtige Sturmteufel, heranbrausen und eine Sintflut von Regen mit sich bringen.

Sanders stieg die Verbindungsleiter zum Stahldeck hinunter und nahm seinen Weg durch umherstehende Eingeborene zum Maschinenraum – das heißt zu einem offenen Platz, der gegen die Wucht der Elemente durch eine Kanevasdecke geschützt war. Er schaute nach dem Manometer und nickte befriedigt.

»O Yoka«, sagte er in Bomongo, »gleich kommt mein Herr M'shimba-m'shamba, und ich glaube, er wird recht stark wehen. Deswegen sollst du soviel Dampf im Kessel haben, daß du den Zug in den Stahltrossen mindern kannst.«

»Großer Herr«, erwiderte Yoka mit Schrecken und Entsetzen im Gesicht, »ich fühle in meinem Bauch, daß das kommende Unwetter das Ende der Welt sein wird.«

Sanders schaute seinen Maschinisten mit einem forschenden Blick an. Dieser zitternde Mann war nicht mehr der Yoka, den er von früher her kannte. Sein Kopf war herabgesunken, seine Schultern zusammengekrümmt, und über die Muskulatur seiner breiten, mächtigen Brust lief ein nervöses Zucken.

Für gewöhnlich kümmert sich der Eingeborene überhaupt nicht um Naturereignisse. Die Geschichte des Forschungsreisenden, der auf den einfachen Eingeborenen Eindruck macht, indem er eine Mondfinsternis benutzt, um seine Macht zu zeigen, ist erlogen und erfunden, weil die Eingeborenen seit Hunderten von Generationen Mondfinsternisse beobachten und ihre eigenen Erklärungen für diese Naturerscheinungen haben.

Was nun gar Gewitterstürme betrifft, die so häufig in der Regenzeit auftreten, so ist kein Eingeborener irgendwie besonders von ihnen überrascht, es sei denn, daß durch sie unwiderleglich die Existenz von M'shimba-m'shamba bewiesen wird. Und Yoka hatte schon viele solche Gewitterstürme erlebt und nie Interesse oder Aufregung bei ihrem Ausbruch gezeigt.

Sanders stellte keine weiteren Fragen, sondern kehrte zum oberen Deck zurück. Nachdem er noch einmal alles nachgesehen hatte, zog er sich in seine Kabine zurück und verriegelte die Schiebetür fest.

Durch das dicke Glas der Fensterscheiben beobachtete er, wie sich der Gewittersturm näherte. Er sah, wie sich die großen Bäume bogen, bis sie zusammenkrachten, wie der Strom sich mit wilden, weißen, wälzenden Wogen bedeckte und wie ein großer Vogel hilflos vom Wind einhergetrieben wurde. Er versuchte sich auf einen Sturm von ähnlicher Stärke zu besinnen, und er konnte leicht ein halbes Dutzend aufzählen. Da war das Unwetter im Jahr 1912, bei dem der Missionsdampfer kenterte. Dann der große Sturm im Hungerjahr, der die »Zaire« unvorbereitet überraschte. Die eine Stahltrosse, an der sie damals befestigt war, riß wie ein einfacher Bindfaden. Sanders konnte keine Erklärung für diesen Schrecken und diese Aufregung finden, die er nicht nur bei Yoka, sondern auch bei seiner ganzen Eingeborenenbesatzung beobachtet hatte. Der Regen schlug mit voller Gewalt auf, stürzte tosend gegen die Fenster der Kabine und kam in solchen Mengen aus allen Windrichtungen, daß die Welt draußen vollständig unsichtbar wurde und das Glas seine Durchsichtigkeit verlor. Das Heulen des Sturmes war entsetzlich und schrekkenerregend. Die »Zaire« rüttelte an ihren Stahltrossen, bäumte sich auf, stampfte und zitterte. Der Himmel war mit schwarzen Wolken bedeckt. Das kleine Schiff wurde von den unheimlich aufleuchtenden, fahlen Blitzen eingehüllt. Sanders sah im undeutlichen Licht einen großen Baum am Ufer, der plötzlich aufflammte, von einem Blitzstrahl getroffen, und krachend zusammenbrach. Aber solche Dinge hatte er früher oft genug beobachtet. Das Ungewitter erregte sein Interesse weniger als Yokas Furcht, von dessen Nerven so oft sein Leben abhing. Denn Yoka war nicht nur Maschinist, sondern auch Steuermann, der ohne jedwede Karte die »Zaire« wohl tausendmal nur durch sein instinktives Gefühl durch die gefährlichen Kanäle des Stromes gelenkt hatte.

Die Blitze wurden spärlicher, der Sturm legte sich wieder und stieß und rüttelte nicht mehr an seiner Kabinentür. Der Wolkenbruch ging in einen gleichmäßigen Landregen über, der senkrecht herabfiel. Sanders öffnete die Tür und ging hinaus. Er trug einen Südwester und war vom Hals bis zu den Füßen in einen Regenmantel eingehüllt.

Das Ankertau hatte gut gehalten, das Unwetter war vorübergegangen, ohne der »Zaire« auch nur den geringsten Schaden zuzufügen. Distriktsgouverneur Sanders schaute den Strom hinab und konnte ohne große Mühe die Richtung des Wirbelsturms verfolgen; denn er hatte eine Spur von mehr als vierzig Meter Breite durch den Urwald gezogen. Gestürzte und entwurzelte Bäume markierten den Weg, den M'shimba-m'shamba genommen hatte. Er ging auf das untere Deck, um nach Yoka zu sehen, der ein bedauernswertes Bild bot und zitterte, als ob er von einem schweren Fieber befallen wäre.

»O Yoka«, sagte Sanders freundlich, »dieses Unwetter ist vorüber, und die Welt besteht noch. Nun sage mir, warum hast du wie ein armes, altes Weib gejammert – oder muß ich mir einen anderen Maschinisten suchen?«

Yoka nahm die Hände vom Gesicht, erhob sich unsicher und sah Sanders betroffen an. »O Herr«, sagte er mit zitternder Stimme. »Es heißt, daß die Welt untergeht, wenn M'shimba-m'shamba neun Tage nach Vollmond kommt.«

»Wer hat das gesagt?« fragte Sanders neugierig.

Niemand hatte größere Kenntnisse von den Mythen und Legenden der Eingeborenen als er, aber von dieser Geschichte wußte er nichts.

Der Mann zögerte. »O Herr«, sagte er, »das ist eine alte Weissagung, die jedermann kennt, sogar Tibbetti, der sehr klug ist und mit allem Glauben und den Gewohnheiten der Leute am Großen Strom vertraut ist.«

Sanders war verdutzt und unangenehm berührt, denn die Gewohnheiten der Eingeborenen, ihre Mythen, Fabeln und Legenden hatte er zu seinem Lebensstudium gemacht. Er glaubte alle Geschichten, die M'shimba-m'shamba betrafen, zu kennen. Er wußte, daß der Sturmteufel niemals eine schwarze Ziege tötete und daß er eine sonderbare Achtung vor fliegenden Hunden hatte. Auch war der Gott linkshändig und bewegte sich deshalb immer von rechts nach links. Dörfer, deren Wohnhütten nicht näher als fünfzig Schritt vom Ufer lagen, verschonte er. Auch ging M'shimba-m'shamba an allen vorüber, die ihre Hände unter den Achselhöhlen verbargen. Aber eine Legende, die den Sturmgott M'shimba-m'shamba mit dem Untergang der Welt in Zusammenhang brachte, hatte Sanders noch nicht gehört.

Er beschäftigte sich in seinen Gedanken nicht mehr weiter mit diesem seltsamen Vorfall und widmete sich mit ungeteilter Aufmerksamkeit der Fortsetzung seiner Reise. Er wurde an diesem Abend in Busulu erwartet. Dieser Ort lag zwanzig Meilen stromaufwärts, und er hatte nur noch vier Stunden Tageslicht, um diese Entfernung zurückzulegen. Er konnte nicht warten, bis der Regen aufhörte, denn der Fluß hatte zu dieser Zeit eine Geschwindigkeit von sieben Knoten in der Stunde.

Er stellte sich neben den Mann, der Yoka am Steuerrad half. Ein Dutzend Leute schwammen zur Küste, lösten die Ankertaue, kamen platschend an Deck zurück, und Sanders stellte den Maschinentelegrafen auf »Vorwärts«. Später kam Yoka wieder, um seinen Gehilfen am Steuerrad abzulösen. Er hatte sich beruhigt und schämte sich nun. Sein Stillschweigen war das beste Zeichen für seine Zerknirschung. An der Stelle des Flusses, wo drei kleine Inseln die Fahrrinne teilten, lag das Dorf Busulu am äußersten Ende einer kleinen Bucht, die wahrscheinlich durch den Anprall der Strömung gebildet war und einige hundert Meter landeinwärts reichte. Es hatte eine ungewöhnliche Lage, denn es stand auf den Abhängen eines der wenigen Hügel, die man im

Stromlande antraf.

Busulu war eine musterhafte Niederlassung der Akasava und eine reiche Ortschaft; denn in dem Hügel befand sich eine kleine, aber reichhaltige Eisenader. Und die Akasava hatten ebenso wie die N'gombi den Ruf, daß sie tüchtige Schmiede seien.

Die »Zaire« bog in die kleine Bucht ein, landete, und Sanders stieg unmittelbar darauf an Land. Denn wenn er nicht gewußt hätte, daß das Palaver eine wichtige Angelegenheit war, so hätte ihm die Gegenwart des Dorfoberhauptes und der Zusammenlauf der schweigenden Menge, die sich hinter den Ältesten versammelt hatte, das bewiesen.

Er nahm Korn und Salz aus den ausgestreckten Händen des Häuptlings Katu entgegen und ging geradenwegs zu dem Palaverplatz unter den weitausladenden Ästen eines uralten Baumes. Die Menschenmenge folgte ihm langsam und verteilte sich ohne Lärm und Unruhe auf ihre Plätze, ihrem Range gemäß. Bevor der Häuptling seine unvermeidliche Ansprache begann, hockte sich die Bevölkerung des ganzen Dorfes in einem Halbkreis um ihn.

»O Herr«, sagte Katu, »wir sind einfache Leute, und weil diese Angelegenheit zu groß für uns ist, haben wir nach dir gesandt, da wir deine Weisheit kennen. Denn du machst Wege in das Dikkicht törichter Meinungen und zerstörst mit Feuer die Hütten, die Geheimnisse bergen. Es ist den ganzen Strom hinauf und hinab allgemein bekannt, daß ein Mann mit fünf Töchtern, der keine Söhne zwischen ihnen hat, ein großer Zauberer ist. Wenn er seine Augen auf die Ernte seines Nachbars richtet, so verdorrt sie, blickt er auf Hühner, so legen sie keine Eier, und Schweine werden zu Tode krank. So bleibt er ein Zauberer und verbreitet Unheil bis zu seinem Tode, oder bis seine fünf Töchter von derselben Mutter Sklavinnen eines Mannes werden von einem Neumond bis zum Schwarzmond und ihm dienen, indem sie sein Essen kochen und während dieser Zeit seinen Garten hüten. Wenn der Mann dann in diesem Monat weder liebevoll auf sie schaut, noch sie oder auch nur eine von ihnen zum Weibe nimmt, dann ist der Zauber gebrochen.«

Sanders horchte auf. Alle seine Sinne waren gespannt. Das

zweitemal hörte er von einem Aberglauben, der ihm vollständig unbekannt war. Das konnte kein Zufall sein, und trotzdem –

»Das ist etwas ganz Neues für mich, Katu«, sagte er ruhig. »Denn obgleich ich viele Jahre unter euch gelebt habe, hörte ich noch niemals von einer solchen Verzauberung. Aber erzähle mir das Ende dieser Geschichte.«

»O Herr«, sagte Katu nach einer Pause, »unter unseren Leuten haben wir einen Mann gefunden, der Fischer ist und bei dem Teich des Weißen Geistes wohnt. Dieser Mann hat fünf Töchter von einer Frau und keine Söhne zwischen ihnen. Das ist sehr seltsam, und ich habe so etwas vorher nie gehört, weder am einen Ende des Stromes, noch am anderen, und ich bin ein alter Mann. Meine Leute haben diesen Fubeli gefangengenommen und wollten ihn töten. Und da ich ein kleiner Häuptling bin, habe ich nicht genügend Ansehen über sie. Aber als ich nach dir sandte, haben sie ihre Hände von ihm genommen.«

»Ich will diesen Fubeli sehen«, sagte Sanders.

Sie brachten einen Mann vor ihn, dessen Handgelenke mit Stricken zusammengebunden waren, einen niedergeschlagenen, verwirrten Mann, der seinen Kopf hilflos hin und her bewegte und offenbar ein wenig schwachsinnig war, was ja manchmal bei einsamen Fischern vorkommt.

»Nehmt ihm die Fesseln ab«, sagte Sanders scharf.

Die Wächter des Mannes gehorchten nur widerwillig.

»Fubeli, du hast von dieser merkwürdigen Erzählung von Zauberei gehört.«

»O Herr«, sagte der Mann mit schwacher Stimme, »ich bin kein Zauberer, sondern ein Fischer.«

Eine alte Frau, die am äußersten Ende der Menge saß, erhob sich und zeigte anklagend mit dem Finger auf ihn. »Sandi«, schrie sie mit schriller Stimme, »ich habe ein Maisfeld, und dieser Mann schaute mit seinen Augen darauf, und es ist verdorrt!«

Ein anderer Ankläger, ein dicker und geschwätziger Mann, sprang in dem Kreise auf.

»Dieser Mann hat mein Schwein verzaubert, Sandi, und auch meine Ziege hustet, weil er sie angeblickt hat.«

»Ruhe!« sagte Sandi. »Laßt diesen Mann hier sprechen! Hast du fünf Töchter, Fubeli?«

»O Herr, ich habe fünf«, antwortete der Mann. Er schaute umher und rief laut. Etwas zur Seite stand eine Gruppe von fünf Mädchen. Die älteste mochte etwa achtzehn, die jüngste zwölf sein, soweit Sanders es beurteilen konnte.

»Zu diesem Palaver hättet ihr mich nicht von meinem schönen Haus fortrufen dürfen. Wenn sie einem Mann während der Zeit eines Monats dienen, sein Feld bestellen und für seinen Garten sorgen, dann ist doch der Zauber gebrochen.«

»O Herr«, sagte Katu stolz, »das habe ich auch gedacht, als ich beriet und ein Palaver mit allen jungen Männern abhielt. Aber keiner von ihnen wollte diese Mädchen zu sich nehmen; denn sie fürchten ihre bösen Augen, und da keiner sie haben wollte, wollten meine jungen Leute Fubeli schließlich umbringen.«

Sanders hatte das Kinn in die Hand gestützt und dachte scharf nach. Der Mann war jetzt in Sicherheit, und wenn notwendig, konnte er diese abergläubischen Dorfbewohner im Zaum halten. Aber das war nicht Sanders' Art.

»Alle Leute sollen hören, was ich spreche«, sagte er plötzlich. »All dieses Gerede von Zauberei ist Wahnsinn. Dieser Mann wird nicht sterben, denn ich bin das Gesetz. Und wenn Leute schlecht handeln, dann richte ich sie, und wenn sie große Verbrechen begehen, dann sterben sie von meiner Hand. Aber weil ihr mein Volk seid und eure eigenen törichten Sitten habt, so muß ich euch auch wie Törichte behandeln. Ich werde mit meinem Geist ein Palaver abhalten, und morgen früh sollt ihr zu mir kommen, und ich werde mein Urteil verkünden.«

Er sandte den angeklagten Mann und seine Töchter an Bord der »Zaire«. In der Nacht hielt er mit den Häuptlingen und Ältesten ein Palaver ab.

»Ich bin schon viele Jahre an diesem Großen Strom«, sagte Sanders, »und ich kenne die Gewohnheiten meines Volkes. Vieles habe ich gehört, was junge Leute und alte Frauen zwischen den Kochtöpfen und Lagerstätten erzählen. Aber ich habe noch niemals die Geschichte von dem Vater mit den fünf Töchtern vernommen.«

Katu rückte unruhig auf seinem Stuhl hin und her. »Ich sage dir, Sandi«, begann er offen, »und ich rede die Wahrheit, daß auch ich nichts davon wußte, bis Tibbetti es mir neulich bei einem Tanzpalaver erzählte, als er kam, um Gummi und Fische für die Regierung einzusammeln. Aber weil ich ein stolzer alter Mann bin und vor meinen Leuten nicht eingestehen wollte, daß ich es nicht wisse, so sagte ich Tibbetti, daß ich die Geschichte kenne.«

Plötzlich kam Klarheit über Sanders.

»Tibbetti?« sagte er. »Also Tibbetti hat euch das erzählt?«

»O Herr, er sagte uns viel Sonderbares«, bemerkte ein Häuptling. »Tibbetti weiß viele Geschichten.« Sanders mußte hinter seiner Hand lachen. »Er erzählte uns, daß es für jeden großes Glück bedeutet, wenn er drei Krokodile im Strom zusammenkommen sieht, die sich mit ihren Nasen berühren. Auch wird jemand den ganzen Tag glücklich sein, wenn er die Sonne durch seine gespreizten Finger aufgehen sieht, und es wird kein Kummer in seinen Bauch kommen. Das alles habe ich früher nicht gewußt.«

»Und dann, o Herr«, sagte ein anderer Teilnehmer der Versammlung, »wenn ein Mann von seinem Feinde verfolgt wird und dieser Feind eine Frau ist, muß er seinen Kopf in das Wasser des Großen Stromes stecken, dann wird sie fortlaufen.«

»Ich verstehe!« sagte Sanders.

Langsam ging er zu dem Schiff zurück und weckte Yoka aus dem Schlafe.

»Sag mir die Wahrheit, Yoka! Wer hat dir gesagt, daß das Ende der Welt da ist, wenn M'shimba-m'shamba am neunten Tag nach Neumond kommt?«

»O Herr«, sagte Yoka, »Tibbetti, der Weise, hat mir das erzählt.«

Das Palaver, das er am nächsten Morgen abhielt, befriedigte alle, die es anging. Denn er gab ein zuverlässiges Versprechen, und man sagte am Großen Fluß: Sandis Wort hat nur ein Gesicht.

Er erreichte die Residenz zeitig genug, um am Nachmittagstee teilnehmen zu können, den die kleine Gesellschaft im kühlen Schatten des Verwaltungsgebäudes einnahm.

»O ja, ich habe eine sehr nette Reise gehabt«, sagte er zu Miß Hamilton, als sie ihm eine Tasse reichte.

»War es wirklich ein schweres Palaver?« fragte Hamilton.

»Ach nein«, sagte Sanders leichthin.

»Das ist gut«, entgegnete Hamilton, »ich fürchtete schon, man würde den Mann umbringen, bevor Sie ankämen. Was hatte denn die ganze Sache zu bedeuten?«

»Das will ich Ihnen später erklären«, sagte Sanders.

Bones war ganz still und hörte gespannt zu.

»Was macht Ihr Buch, Bones?« fragte der Distriktsgouverneur.

»Damit geht es sehr gut«, sagte Bones mit erheuchelter Herzlichkeit.

»Wie heißt eigentlich der Titel?«

Bones zögerte. »Sagenschatz vom Großen Fluß.«

»Ach, wie äußerst interessant!« sagte Sanders und trank gedankenvoll seinen Tee. »Vermutlich beruhen die Geschichten, die Sie erzählen, doch auf Wahrheit?«

Bones räusperte sich. »O sicher!«

»Haben Sie nicht vielleicht einige davon doch frei erfunden?« fragte Sanders leicht.

Bones wurde sehr rot, und Patricia, deren lustige Augen die ganze Zeit seine Miene scharf beobachtet hatten, konnte sich vor Lachen kaum halten, denn Bones hatte sich dadurch verraten.

»Aber wenn Sie schon Geschichten erfinden, dann sollten Sie sich wenigstens Dinge ausdenken, die man nicht so leicht sieht, wie zum Beispiel drei Krokodile, die ihre Nasen aneinanderreiben«, sagte Sanders, ohne eine Miene zu verziehen.

Bones rückte unruhig auf seinem Stuhl hin und her. »Jawohl, Sir«, sagte er schwach.

»Manchmal hat ein Erfinder solcher Geschichten wenig Glück«, fuhr Sanders fort und langte nach den Gurkenbrötchen. »Zum Beispiel hätte man doch sicher die Fabel von dem schrecklichen Sturm am neunten Tag des zunehmenden Mondes nicht in die Welt setzen sollen, Bones.«

»Sie wollen doch nicht etwa sagen, daß sich das wirklich ereignet hat?« fragte Bones mit hohler Stimme.

Sanders nickte. »Ja doch, es hat sich wirklich ereignet. Und Sie haben sich natürlich auch nicht gedacht, daß zu gleicher Zeit ein Mann mit fünf Töchtern existiert, dessen Glück und Frieden Sie durch Ihr Märchen zerstörten.«

Bones wurde blaß. »Liebe, gute Exzellenz, Sie wollen mir doch nicht etwa erzählen...« Er klapperte mit den Zähnen. »Das ist eine ganz nette, kleine Erfindung... mein lieber Sir... ich habe doch nichts Böses beabsichtigt... nur so eine kleine dichterische Freiheit...«

Sanders pfiff leise, und Abibu, seine Ordonnanz, die im Schatten der Veranda hockte, erhob sich.

»Abibu, du sollst zu meinem Schiff gehen«, sagte Sanders, »und die fünf Mädchen bringen! Ich fürchte, Sie werden in einige Ungelegenheiten kommen«, wandte sich Sanders wieder an den jungen Mann, der sich schon höchst unbehaglich fühlte.

Bones konnte nichts mehr fragen, er schüttelte nur den Kopf und salutierte verlegen.

»Tatsächlich fuhr Bones, als er sah, daß er nicht genügend Stoff an Legenden und Aberglauben hatte«, erklärte Sanders Hamilton und Patricia, »den Strom hinauf und erfand aus eigener Machtvollkommenheit einige neue Geschichten. Er hat sie dann den einfachen Eingeborenen auf eine Art und Weise beigebracht, daß sie sich davon überzeugen ließen. Beinahe hätte er auch mich davon überzeugt, daß es alte Legenden seien, die ich in meiner tätigen Geschäftigkeit übersehen hatte. Eine davon war die Geschichte des Vaters mit den fünf Töchtern, der den bösen Blick hatte. Er konnte nur entzaubert werden, wenn er starb oder seine fünf Töchter einem Mann einen Monat lang dienten. Verbessern Sie mich, wenn ich es falsch mache, Bones.«

Bones schüttelte den Kopf. »Ganz richtig«, sagte er düster. »Sie erzählen die Geschichte so gut, als ob Sie sie selbst erfunden hätten.«

»Scheinbar war es dem Mann unmöglich, zu sterben«, sagte

Sanders beredt, »damit Bones ein größeres Honorar herausschlagen kann. Aber die andere Lösung hat sich als recht nützlich erwiesen.«

Er schaute in die Runde. Abibu führte quer über den Exerzierplatz fünf kräftige Mädchen daher, die in der einfachen Art der Leute vom Oberen Strom gekleidet waren. Sanders sagte nichts, bis Abibu sie in einer Reihe parallel zur Veranda aufgestellt hatte.

»O ihr Frauen«, sagte Sanders in der wohlklingenden Bomongosprache, »dies ist mein Herr Tibbetti, und für die Dauer eines Monats müßt ihr ihm folgen, wo er auch immer hingehen mag. Ihr werdet bei ihm sitzen, wenn er ißt, und ihr sollt ihm Wasser bringen, daß er sich waschen kann. Und wenn er bis zum Ende des Monats nicht in Liebe zu euch entbrannt ist, dann wird euer Vater von dem Zauber erlöst sein.«

»Um Himmels willen«, keuchte Bones. »Wollen Sie damit sagen, daß ich jeden Morgen diese schrecklichen Frauenzimmer sehen muß? Davon würde ich verrückt werden, Sir!«

»Ach, das glaube ich nicht«, sagte Sanders. »Sie brauchen doch nur durch Ihre gespreizten Finger den Aufgang der Sonne zu beobachten, um sich vollständig glücklich zu fühlen.«

»Aber es ist doch ganz unmöglich, daß sie mir überallhin folgen!« widersprach Bones. Er war so erregt, daß sich seine Stimme überschlug.

»Wenn Sie nicht wollen, daß sie Ihnen nachkommen sollen, dann müssen Sie Ihren Kopf jeden Morgen in das Flußwasser stecken, dann verschwinden sie!«

Bones schaute von einem zum andern, und da ihm niemand half und niemand ihn in Schutz nahm, erhob er sich, warf in seiner Aufregung den Stuhl um, ging die Veranda entlang, die Treppe hinunter, und ohne nach rechts oder nach links zu sehen, stolzierte er mit langen Schritten zu seiner Hütte. Fünf neugierige junge Mädchen vom Akasava-Stamm folgten ihm, und als sie sahen, daß sie mit seinen langen Beinen nicht Schritt halten konnten, setzten sie sich gemächlich in Trab.

## *Der große Fetisch*

Von der See aus erschien das Hauptquartier Sanders wie ein goldgelber Streifen, der von grünen Bäumen umsäumt wurde. Man konnte das weiße Verwaltungsgebäude mit dem roten Dach erkennen, und bei guter Sicht zeigte sich der kleine Flaggenmast, an dem die Nationalflagge schlaff herunterhing. Möglicherweise bemerkte man auch noch die langen Reihen der gelben Barakkenhütten, in denen die Haussas lebten, aber weiter war nichts zu sehen.

Die Offiziere vorüberfahrender Dampfer, die nahe genug an der westafrikanischen Küste vorbeikamen, zeigten ihren Passagieren die Flußmündung und die schmutziggelbe Bahn des Stromes, die weit in das blaue Meer hineinlief. Manchmal wurde auch von Bord eines Postdampfers ein kleiner Postsack in ein wartendes Landungsboot heruntergelassen. Aber von den Gebieten und den drei weißen Leuten, die sie regierten, kam keine Kunde zu den Passagieren der Ozeandampfer, bis eines schönen Tages eine wohlwollende Regierung dem Distriktsgouverneur ein Mittel in die Hand gab, durch das er und seine Leute sich anderen verständlich machen konnten.

Als Leutnant Tibbetts an einem glühendheißen Morgen zum Frühstück kam, entdeckte er einen gefalteten Bogen unter seinem Teller.

»Ha, Montag!« sagte er mit außerordentlicher Anstrengung, als ob ihn die Entdeckung, daß heute der erste Tag der Woche war, besonders erschütterte. »Und da sind ja auch die Befehle für die Woche – wie üblich.«

»Lesen Sie die Befehle, Sie fauler Mensch!« sagte Hamilton. Seine Schwester warf ihm einen tadelnden Blick zu.

»Das ist doch ganz unnötig, mein lieber, alter Tyrann«, erwiderte Bones sorglos. Er schlug seine Serviette auseinander und stieß dabei beinahe Sanders' Kaffeetasse um. »Ganz überflüssig – weiß ich alles auswendig:

1. Der Ordonnanzoffizier für die Woche ist der arme, gute Bones, der alle Tage alles tun muß.

2. Felddienstübung wird abgehalten am Dienstag, Donnerstag, Freitag und Sonnabend unter dem Befehl des armen, guten Bones.

3. Waffenrevision am Donnerstag – wird Bones abhalten. Auf Befehl.«

»Lesen Sie!« sagte Hamilton noch einmal.

Achselzuckend öffnete Bones das Papier und las.

»Der Ordonnanzoffizier für die Woche: Leutnant Tibbetts. Na – was habe ich gesagt? ›Felddienstübung nach § hm, hm: Leutnant Tibbetts‹ – wie vorausgesagt. – Hallo, lieber Herr, was ist das? ›Für die Errichtung des neuen Flaggenmastes und des Signalapparates wird Leutnant Tibbetts die Pflichten eines Signaloffiziers übernehmen. Er ist verantwortlich für die Unterhaltung der Schränke und Flaggen, der Codebücher‹ –«

»Sie schicken den Mast von der Verwaltung des Hauptquartiers«, klärte ihn Hamilton auf, »er wird etwa Ende der Woche ankommen. Verstehen Sie überhaupt etwas von Signalen, Bones?«

Bones lächelte. »Ich glaube, daß ich in aller Bescheidenheit sagen darf, lieber, guter Sir, daß es nur sehr wenig gibt, was ich von Signalen nicht kenne. Ich möchte mich nicht gern selbst loben, lieber, guter Ham, wie Sie öfter behaupten...«

»Ich habe nichts Derartiges behauptet, aber ich will Sie damit nicht entmutigt haben«, unterbrach ihn Hamilton. »Doch möchte ich Ihre Aufmerksamkeit wieder auf die Tatsache lenken, daß ich Ihnen eine ganz einfache Frage vorgelegt habe, die Sie mir bisher nicht beantwortet haben. Verstehen Sie etwas von Signalen?«

»Ich will Sie nicht täuschen«, sagte Bones feierlich. »Ja, ich verstehe das Signalisieren.«

Und hierfür erbrachte er auch bald den Beweis. Der große, neue Flaggenmast war aufgerichtet, und der Regierungsdampfer, der ihn zur Küste gebracht hatte, wandte sich gerade wieder zur Heimfahrt, als Bones mit Hilfe des Regierungscodebuches signalisierte: »Ich wünsche Ihnen eine gute Reise.« Hierauf kam der Dampfer sofort mit Volldampf zurück.

»Ihre Signalflaggen«, sagte der Kapitän zornig, »heißen nicht: Ich wünsche Ihnen eine gute Reise, sondern: Kehren Sie sofort um, die Eingeborenen befinden sich im Aufruhr.«

»Ach Gott, wie romantisch!« sagte Bones.

Und so dampfte das Regierungsboot wieder ab. Aber Bones ließ sich nicht verblüffen und hißte eine andere Gruppe flatternder Flaggen.

»Ich habe Mangel an Kohlen, können Sie mich ins Schlepptau nehmen?« entzifferte der Kapitän. Aber er hatte ganz recht, daß er es für einen höflichen Abschiedsgruß ansah.

Bones widmete sich nicht nur pflichtgemäß dieser neuen Beschäftigung, sondern sie wurde seine Leidenschaft. Er verwandte seine ganze freie Zeit darauf, die Regierungs- und Handelscodes genau zu studieren, und er erfand außerdem einen eigenen, neuen Code.

Er verfügte nicht nur über die Signalflaggen, sondern verwahrte in einem großen Kasten auch sämtliche Nationalflaggen, von denen jede in einem besonderen Kanevasbeutel verpackt war. »Bei Begrüßung von Kriegsschiffen, Gouverneuren, Kommissaren usw. fremder Mächte zu verwenden«, lautete die gedruckte Instruktion.

»Einige von ihnen sind vollständig überflüssig, guter Mann«, beklagte sich Bones, »es sei denn, wir erhalten einen Besuch der Schweizer Flotte oder trinken auf die Gesundheit des netten, alten Königs von Siam. Und wen zum Teufel soll ich denn mit der Kaiserlich Russischen Standarte begrüßen? Das ist doch unmöglich, mein lieber Vorgesetzter!«

Das Leben bekam plötzlich einen ganz neuen Inhalt, nicht nur für Bones, sondern auch für alle Eingeborenen im Umkreis von zehn Meilen. Besucher und Anwohner versammelten sich gleicherweise um den Flaggenmast und beobachteten Bones, wie er sich mit seinem neuen Spielzeug beschäftigte. Einer dieser Besucher war der Sohn der Schwester eines gewissen Buluta, der außerdem ein berüchtigter Dieb war. Aber diese kleine Tatsache übersah Bones in seiner Begeisterung für neue Entdeckungen. Denn er fand nun Freunde, die in früheren Tagen außerhalb seines Bereiches geblieben waren. Und er war stets erfreut, neue Freunde zu gewinnen.

Er sandte kleinen alten Trampdampfern, die es in jene Gegend des Meeres verschlug, staunenerregende Grüße, unterhielt lustige Zwiegespräche mit vorbeifahrenden Passagierdampfern, die nur kurz antworteten und oft nur kalt das Bestätigungszeichen gaben als Antwort auf eine Botschaft von sechzehn Flaggen, was Bones doch ein wenig kurz und unhöflich erschien. Aber als einmal ein nüchternes, graues, amerikanisches Kriegsschiff in jenes Gebiet kam, um nach Unterseebooten zu fahnden, übertraf Bones sich selbst durch eine herzliche Begrüßung, die folgendermaßen lautete:

»Y. D. ist in diesem Hafen angekommen. – Habe Kavalleriepferde an Bord. – Habe eine Ladung Federn und Hüte. – Bitte senden Sie mir Wein und Makkaroni für italienische Auswanderer.«

Der Kommandeur des amerikanischen Kriegsschiffes dachte sich aber glücklicherweise, daß eine Ruderregatta oder ein Nationalfeiertag an der Küste gefeiert würde, und begnügte sich deshalb damit, das einfache Signal »Leben Sie wohl!« zu setzen.

»Was zum Teufel wollten Sie denn eigentlich signalisieren?« fragte Hamilton, als sich Bones bitter über den Mangel an internationaler Höflichkeit beklagte.

»Liebe, verständnislose, alte Landratte«, sagte Bones ärgerlich, »es ist doch ganz klar, was das heißen soll. Wenn Sanders hier wäre, würde er es im Nu begreifen. Ich habe das verwünschte Ding doch nun durchaus studiert und ausgearbeitet.«

»Aber was sollte es denn heißen?« bestand Hamilton.

Bones sagte ungeduldig: »Das ist doch ein Vers des netten, kleinen Liedes:

›Yankee Doodle kam zur Stadt,
Reitet auf dem Pony,
Eine Feder an dem Hut...‹

Wenn Sie anfangen zu lachen«, sagte Bones aufgebracht, »dann brauche ich nichts mehr zu sagen, Sir.« Und er schloß das Codebuch mit einem lauten Knall.

Bones war ganz bestimmt schlechter Laune an diesem Morgen, denn zu all seinen anderen Plagen entdeckte er obendrein noch den Verlust einer bestimmten Nationalflagge, die trotz seiner persönlichen Achtsamkeit verschwunden war.

Um dieselbe Zeit wurde in dem Walddorf Kasanga ein Mann krank. Er litt an Kopfschmerzen und heftigen Stichen, die ihn Tag und Nacht nicht verließen.

Er hatte das Glück, daß in seinem Dorf ein sehr berühmter Zauberdoktor lebte, ein gewisser Buluta, an den sich alle Leute der Waldgegenden wandten, wenn es ihnen schlechtging. Sein Ruhm ging weit über die Grenzen seiner engeren Heimat hinaus, und man konnte keine Tagesreise in diesen Gebieten zurücklegen, ohne einem Mann oder einer Frau zu begegnen, die Zauberzeichen auf ihrer Brust trugen, die von der Behandlung durch Buluta zeugten. Wenn man einen Palmkern nimmt, ihn in eine Lösung aus Gummi und rotem Farbholz taucht und dann zwei Stahldrähte sauber darum wickelt, die freien Enden zusammenbiegt, bis sie die Form des lateinischen Buchstabens P annehmen, dann hat man die genaue Nachbildung dieser kräftigen Zauberamulette. Sie waren gut gegen den Husten und sicherten verheirateten Männern die Treue ihrer Weiber.

Der Kranke mußte Buluta für seine Bemühungen ein Huhn zahlen, und diese Gabe wurde an ein Bein des Patienten gebunden. Der Zauberdoktor kniete dann neben ihm nieder und knetete und drückte den Körper seines unglücklichen Opfers vom Kopf bis zu den Füßen. Diese Prozedur setzte er so lange fort, bis der böse Geist, von dem der Kranke besessen war, und der sein Leiden verursachte, mit einem lauten Schrei in den Körper des Huhnes entfloh. Diesen Schrei lieferte natürlich Buluta selbst. Hierauf schnitt er dem Huhn den Kopf ab und träufelte ein paar Tropfen des Blutes auf den befriedigten Kranken, der sich dann so erleichtert fühlte, daß er aufstand und seinem Arzt dankte.

In den meisten Fällen trat die Besserung plötzlich ein, und der

Kranke war vollständig geheilt. Manchmal hatte Buluta jedoch mit seiner Behandlung kein Glück, aber auch das wurde ausnahmslos zu seinen Gunsten erklärt. Buluta entdeckte in solchen Fällen, daß der Kranke behext war oder einen ganz außerordentlich starken Dämon beleidigt hatte. Er ging dann in den Wald und führte einen langen Kampf mit dem Teufel aus. Wenn er später ins Dorf zurückkehrte, um nachzusehen, was sein Patient machte, war dieser gewöhnlich inzwischen gestorben.

Nun war dieser schwerkranke Mann wohlhabend, und Buluta hatte ihn schon lange wegen seines Reichtums beneidet. Als er daher von der Hauptfrau des Kranken gerufen wurde, sah er gleich, daß sich ihm hier große Möglichkeiten boten. Er entkleidete ihn, ließ ihn auf einen hölzernen Rost legen und entzündete ein Feuer von Kräutern unter ihm, das einen dicken und beißenden Rauch entfaltete. Er bemalte alle Zehen des Kranken mit rotem Farbholz, damit die Teufel seinen Körper nicht angreifen könnten. Dann schnitt er mit einem kleinen, scharfen Messer Zeichen in die Brust Kofubus – so hieß der reiche Mann.

Welche Behandlung er sonst noch anwandte, kann man nur vermuten.

Es war anerkannt, daß niemand bedeutender und größer war als Buluta. Da er Kofubu nicht heilen konnte, würde auch kein anderer Zauberdoktor imstande sein, dieses Wunder zu vollbringen. Die philosophischen Dorfbewohner entschieden sich dafür, daß Kofubu dann eben nichts anderes übrigblieb, als zu sterben. Sein Tod wäre auch sicher eingetreten, wenn nicht Distriktsgouverneur Sanders gerade eine Reise durch die Walddörfer gemacht hätte und eines Abends angekommen wäre, als die sieben Weiber Kofubus eben die Teilung seines Eigentums besprachen.

Sanders führte immer eine kleine Medizinkiste mit sich, die in einer Segeltuchtasche verpackt war. Sie enthielt nur wenige, aber sehr stark wirkende Drogen gegen die sechs hauptsächlichsten Krankheiten, von denen die Eingeborenen in diesem Land befallen wurden. Gehörte die Krankheit nicht zu diesen sechs Übeln, für die Medizin vorhanden war, so behandelte er den Kranken, sei es Mann oder Frau, auf die Krankheit hin, die einer der sechs möglichst ähnlich war.

Sanders ging in die Hütte des Mannes, und als er den Kranken untersuchte, fand er, daß zwei Drähte eng um seinen Schädel befestigt waren. Diese Drähte trug der Mann schon etwa zwölf Jahre. Man konnte sie nur schwer abschneiden, und Kofubu litt einige Schmerzen bei dieser Prozedur. Aber als sie entfernt waren und er eine Nacht unter dem Einfluß einer der sechs Sandersschen Medizinen geschlafen hatte, waren seine Schmerzen verschwunden.

»Ich denke, du bist ein Narr, Kofubu«, sagte Sanders. »Denn nur ein Narr bindet sich Draht um seinen Kopf.«

»O Herr«, sagte Kofubu reuig, »das war ein starker Zauber, der Geister und böse Teufel von mir fernhielt.«

»Du warst näher an Geistern und bösen Teufeln, als du selbst wußtest«, sagte Sanders mit einem spöttischen Lächeln.

Sanders konnte Zauberdoktoren nicht gebrauchen, mochten sie sein, wer sie wollten. Er ließ den Medizinmann holen.

»Buluta«, sagte er zu ihm, »glaubst du an Teufel?«

»O Herr, das tue ich«, antwortete der Mann und schaute ängstlich nach dem Stock, den Sanders trug.

»Und glaubst du auch, daß deine Teufel dich vor Schmerz bewahren?«

Der Mann rückte langsam weiter fort und betrachtete immer noch ängstlich den Stock.

»Antworte mir!« sagte Sanders scharf.

»O Herr, man sagt, daß wir weisen Männer keinen Schmerz fühlen. – Au!« ––

»Und nun«, sagte Sanders, als er die Prügel beendet hatte, »höre meine Worte: Ich will keine Zauberdoktoren in diesem Lande haben, die Blut zapfen. Diesmal habe ich dich geschlagen, aber wenn ich das nächstemal nach dir schicken muß, weil du wieder dieses Unrecht begangen hast, dann kommst du in das Dorf der eisernen Ketten, und dort wirst du zehn Jahre lang bleiben!«

Der Distriktsgouverneur reiste am nächsten Tag weiter und

vergaß Buluta. Aber Buluta vergaß ihn nicht.

Vier bis fünf Wochen nach Sanders' Besuch in dem Dorf sandte er heimliche Botschaft zu allen Stämmen, den N'gombi, den inneren N'gombi, den Akasava, den kleinen Akasava, den Akasava bei den drei Strömen, den Isisi, den kleinen Isisi, den Ochori und den oberen Ochori und selbst zu dem vergessenen Lande des Alten Königs.

Seine Botschaften aber richteten sich nicht an die Häuptlinge und Dorfältesten, sondern an sonderbare alte Leute, die abseits von ihren Dörfern lebten. In der Nacht, in der sie seine Botschaft erreichte, verließen sie heimlich ihre Hütten und kamen auf verborgenen Pfaden zu dem Sammelplatz, den ihnen Buluta angegeben hatte. Es war eine der berühmten Inseln, auf der viele fliegende Hunde während des heißen Tages an den Ästen hingen und zu Tausenden während der Nachtzeit über den Strom flogen.

Solange man zurückdenken konnte, war keine solche Versammlung mehr gewesen, seitdem man den großen Zauberdoktor Gufufu begraben hatte. Alte und junge Männer waren herbeigeeilt, manche in phantastischem Schmuck von Fellen unbekannter Tiere, manche mit Ketten von Zähnen und Klauen gegürtet, einige in Federmänteln und mit bunten Strichen und Kreisen bemalt. Und alle kamen und setzten sich zu Füßen Bulutas, um seinen Willen zu erfahren.

»Weise Ziegenböcke«, sagte Buluta, »ich habe nach euch gesandt, um euch von Wundern zu erzählen, denn ich, der ich viel von Teufeln verstehe und mit schrecklichen Geistern gekämpft habe, bin von Sandi geschlagen worden, weil er mich haßt. Aber ich habe ein großes Wunder entdeckt. Alle Leute wissen, daß Sandi einen Ju-Ju hat, der ihm erzählt, wenn irgend jemand das Gesetz verletzt. Denn haben nicht die Leute am Strom geheime Palaver abgehalten, und ist Sandi nicht schnell heraufgekommen? Und als die Akasava heimlich zum Krieg auszogen und niemand, mit Ausnahme des Königs, wußte, wo die Ziegen bluten würden, erwartete sie Sandi da nicht auf dem Isisi-Strom?«

»Wa!« tönte es im Chor der Zuhörer. »Jedermann weiß das.«

Bulutas Augen blitzten.

»Nun habe ich das Geheimnis entdeckt«, rief er triumphierend. »Sandi hat einen wunderbaren Fetisch.«

»Das ist ein dummes Gerede«, sagte ein Zweifler im Kreis, »denn wir wissen alle, daß Sandi ein weißer Mann ist, und weiße Leute haben keine Fetische.«

»Wa! Das ist wahr!« sagte ein anderer. »Denn Sandi hat mich grausam geschlagen, weil ich den herausfand, der die Tochter von Kumulubu, dem obersten Häuptling der kleinen Isisi, behexte.«

»Alle Leute sollen es hören«, schrie Buluta. »Sandi, der in einem feinen Hause am Meer wohnt, hat eine große Stange aufgerichtet nahe an der Stelle, wo der Große Strom fließt, und das ist sein Fetisch. Der Sohn meiner Schwester, der neulich bei Sandis Wohnung war, hat mir das erzählt. Jeden Morgen geht der junge Tibbetti zu dieser Stange und verneigt sich vor ihr und nimmt Stücke farbigen Zeuges und hängt sie an diese Stange. Dann legt er seine Hand an sein Gesicht – so –« Er ahmte den militärischen Gruß nach.

Einer der alten Zauberdoktoren nickte. »Ich habe Bonesi auch gesehen, wie er seine Hand an das Gesicht legte, als er zu meinem Herrn Sandi und zu Militini sprach, und ein Soldat Sandis hat mir erzählt, daß er das tut, um Sandi und Militini Ehre zu erweisen, weil sie seine Häuptlinge sind. Nun sage uns, o Buluta, was sollen wir tun?«

Buluta erhob seine Hände, er sprach in der Aufregung unzusammenhängend.

»Wir wollen ein Tanz- und Teufelspalaver abhalten – ein Palaver, wie es noch niemals in diesem Lande gesehen wurde –, und wir wollen eine große Stange aufrichten, damit wir mit den Geistern sprechen können; denn der Sohn meiner Schwester hat ein wunderbares Stück Tuch gestohlen, so eines, wie Tibbetti es aufhängt, und das ist sicher ein großer Zauber und ein großer Bann gegen Krankheit. Wir werden dann ebensogroß sein wie Sandi, und er kann uns nichts mehr anhaben, wenn durch unsere Medizin ein Mann stirbt. Und weil er mich geschlagen hat, werde ich einen Fluch auf ihn legen, daß er verrückt wird. Wa!«

Sechs Tage lang wurden geheimnisvolle Dinge auf der Insel der fliegenden Hunde vollbracht. Fünfzig einzelne Feuer brannten und rauchten. Die Dorfbewohner auf dem Festland hockten von ehrfürchtiger Scheu ergriffen auf dem Boden, preßten die Handknöchel an die Zähne und beobachteten alles, was die Zauberdoktoren taten. Ziegen und Hühner wurden geopfert, und eine Menge Schlangen starben im Verlauf von zwanzig verschiedenen Zauberhandlungen. Man stampfte und mischte Medizinen, man tanzte und sang. Als nun eine Woche und drei Tage vergangen waren, fuhr Buluta mit fünf Abgesandten in einem Kanu den Strom hinab zu einer Stelle des Waldes, wo große Bäume standen, um die Zauberstange auszuwählen und sie durch eine Zeremonie zu weihen.

Die Nachricht von dieser Versammlung der Zauberdoktoren erreichte Sanders, und er handelte schnell. Bones wurde unter Protest von seinen in Unordnung geratenen Fahnenleinen und seinen Signalflaggen, die chaotisch in den Kästen umherlagen, weggeholt, um ins Land zu fahren und nach dem Rechten zu sehen.

In der Nähe des Waldes der Glücklichen Träume wird der Fluß breiter und bildet einen großen See, wo man an dunstigen Tagen kaum von einem Ufer zum anderen sehen kann. Den Steuerleuten war der breite Strom an dieser Stelle verhaßt, weil dort innerhalb einer Nacht Sandbänke entstehen können. Zeichnet man hier bei der Fahrt stromauf Inseln in die Karte, so findet man auf der Heimreise an ihrer Stelle fünf Faden tiefes Fahrwasser. Es gibt Stellen in diesem See, wo ein Dampfer seinen Weg in tiefem Fahrwasser zurücklegt und sich doch plötzlich von Sandbänken eingeschlossen findet, aus denen es kein Entkommen gibt. Bei solchen Gelegenheiten muß die ganze Besatzung ins Wasser steigen, um den Dampfer buchstäblich zu heben und über die seichte Stelle ins tiefe Wasser zu bringen.

An einem heißen Julitag fuhr ein kleiner, fleckenlos weißer Dampfer im Zickzack durch diesen See. Die beiden großen Schornsteine stießen dauernd schwarze Rauchwolken aus. Vorn am Bugspriet saßen zwei junge Leute, maßen mit langen Ruten das Wasser und riefen die Tiefe dem Steuermann mit gelangweilter Stimme zu.

Bones stand auf der Kommandobrücke der »Zaire«, das Fernglas unter dem Arm. Er runzelte übelgelaunt die Stirne und beobachtete den Kurs des Regierungsschiffes mit den Anzeichen größter Ungeduld.

»O Yoka«, sagte er schließlich zu dem Steuermann, »kannst du denn nicht geradeaus fahren? Als ich die ›Zaire‹ durch diesen breiten Fluß führte, wandte ich mich weder zur Linken noch zur Rechten.«

»O Herr«, sagte der Kanomann, der das Steuer bediente und unablässig auf die Wasserfläche vor sich schaute, »wer kann diesen Strom kennen? Jeden Tag findet das Wasser neue Wege.«

»Ach, Unsinn!« sagte Bones ärgerlich, und seine Gedanken eilten sehnsüchtig zu einem kühlen Strand und einem hohen, weißen Flaggenmast.

Plötzlich sprach er wieder arabisch. »Jetzt können meine großen Augen die Fahrstraße sehen, du mußt in die Mitte des Stromes steuern!«

»O Herr«, sagte Yoka ernst, »ich denke, mitten im Wasser sind Sandbänke.«

»Es ist ein Befehl«, sagte Bones mit Herrschermiene.

Das Steuerrad drehte sich unter den Händen des Lenkers, und die Spitze der »Zaire« wandte sich herum. Sie kamen in die starke Strömung des Flusses, und das schwarze Wasser des Flusses schäumte vor dem Bugspriet.

»Gut so!« sagte Bones zufrieden.

Plötzlich ließ die Geschwindigkeit des Schiffes erheblich nach, und Yoka, der aus Erfahrung wußte, daß sie jetzt an einer seichten Stelle waren, wandte das Steuerrad in fiebernder Hast herum. Plötzlich gab es einen Stoß, der das ganze Schiff erzittern ließ, dann noch einen, und eine ganze Reihe kleiner Erschütterungen, und obwohl sich das Rad am Heck heftig drehte, bewegte sich die »Zaire« weder vorwärts noch rückwärts.

»O Herr«, sagte Yoka schlicht, »dies ist eine Sandbank.«

Bones sagte gar nichts. Er zog seine dicke Pfeife aus der Tasche, stopfte sie umständlich mit Tabak, steckte ein Streichholz an und blies dicke Rauchwolken vor sich hin. Offenbar dachte er tief nach.

Schließlich öffnete er seinen Mund. »Wir müssen sie wieder loskriegen«, sagte er.

Unglücklicherweise hatte die »Zaire« auf dieser Reise nur eine kleine Besatzung. An Bord befanden sich nur ein Dutzend Haussas, ein paar Matrosen, ein einheimischer Maschinist und ein halbes Dutzend Eingeborene, die gebeten hatten, sie nach Youkombi mitzunehmen. Obendrein lag ein Teil der »Zaire« in tiefem Wasser, wo die Leute nicht aussteigen konnten. Bones gab mit dem Maschinentelegrafen das Zeichen, die Maschinen zu stoppen, und ließ sie dann rückwärts gehen, aber die »Zaire« rührte sich nicht.

»Aber der Strom wird steigen«, sagte er vertrauensvoll zu Yoka, »und das Wasser wird die Sandbank wegspülen.«

Yoka kratzte sich am Kinn. »Ich glaube, das Wasser fällt, o Herr«, sagte er, »denn der Strom war vor sechs Tagen hoch, und es ist seitdem kein Regen gefallen.«

»Du bist ein dummer alter Esel«, sagte Bones ärgerlich. Er suchte den Horizont ab, um Anzeichen einer Niederlassung zu entdecken, obgleich er doch genau wissen mußte, daß kein Dorf in der Nähe war, denn er hatte diesen Weg nun schon etwa fünfzigmal zurückgelegt. Bones' Motto war aber: »Man kann nie genau wissen.« Er war so optimistisch, daß er sich nicht gewundert hätte, wenn er eine hübsche große Stadt gesehen hätte, die seit seinem letzten Besuch hier entstanden und außer mit anderen schönen Dingen auch mit einem kompletten Bagger ausgerüstet gewesen wäre.

Es blieb nur eins zu tun übrig. Bones gab Befehl, das Kanu ins Wasser zu bringen. und machte sich in Begleitung von vier Ruderern und einem Haussa auf den Weg zum nächsten Dorf, das auf der großen mittleren Insel in dem nördlichen Teil des Sees lag. Wie er wußte, lief dort ein Fußpfad in der Nähe des Flußufers, und er brach nach dem Dorf Youkombi auf, das zwei Meilen entfernt war.

Als er eine Meile hinter sich hatte, teilte sich der Fußpfad, denn das Land bildete hier eine Halbinsel. Ein Pfad folgte natürlich dem Wasser, aber der andere schnitt den ganzen Umweg um die vorspringende Halbinsel ab und war ein Richtsteg für solche Leute, die sich nicht vor Geistern fürchteten. Bones nahm diesen kürzeren Weg und sah deshalb die beiden Wachtposten nicht, die am Ufer hockten und warteten, um einen Schimmer von der »Zaire« zu sehen.

Auch als er dort ankam, wo sich die beiden Pfade wieder vereinigten, ging er nicht auf dem breiten Pfad weiter, der zum Dorf führte, sondern auf dem Waldweg, der ihn mehr nach links brachte. Denn er wollte sich selbst davon überzeugen, ob gewisse Behauptungen und Beschuldigungen, die gegen das Volk von Youkombi vorgebracht wurden, begründet waren. Und so verfehlte er auch die zweite Gruppe von Wächtern, die man aus Vorsicht eine halbe Meile vor dem Dorf auf dem Weg aufgestellt hatte.

Bones forschte eifrig und mit Geduld, denn in allen Dingen der Pflichterfüllung war er fast zu gewissenhaft. Seine Nachforschungen wurden belohnt, denn unter einer Zwergmimose fand er wohlverborgen unter einer Blätterdecke ein Bündel, das in Tuch eingewickelt war, wie es Eingeborene webten. Als es geöffnet wurde, sah er kleine Holztöpfe darin, mit verschiedenfarbigem Ton gefüllt: rot, grün, lebhaft orange, blau und braun. Dabei lag eine Halskette von Menschenzähnen, eine Maske aus Federn und ein seltsam ausschauendes Instrument, das aus Elfenbein geschnitzt war. Bones traf keinen der Dorfbewohner auf seinem Weg, denn die ganze Bevölkerung von Youkombi saß in andächtigem Schweigen im Kreise und beobachtete einen Mann, der phantastisch gekleidet war. Er hatte große weiße Ringe um seine Augen gemalt, und blaue und grüne Farbstreifen liefen über seine eingesunkene Brust. Aller Augen hingen an Buluta. Sein Name war in jedem Hause des Landes bekannt, von den Grenzen des Großen Königs bis zu den Dörfern, die an der Meeresküste lagen. Aber seine Person erschien in diesem Moment noch wirkungsvoller, weil er in Gegenwart von fünfzig Zauberdoktoren gerade damit beschäftigt war, die Hauptfrau des Häuptlings von Youkombi zu heilen.

Die Kur selbst war ein einfacher Vorgang. Die Frau lag ausgestreckt auf dem Boden, ihre Fuß- und Handgelenke waren mit Tauen an Pfähle gebunden, die in den Boden eingeschlagen waren. Buluta war eben dabei, die neunundneunzig Teufel auszutreiben, von denen sie besessen war. Von Zeit zu Zeit hielt er seiner hingerissenen Zuhörerschaft einen Vortrag wie ein Anatomieprofessor.

»O Volk und ihr weisen Leute, seht meinen Zauber«, sagte er, schwang sein kleines Messer und rieb seine Nase mit dem Rükken seiner mageren Hand, »wegen der wunderbaren Dinge, die ich weiß, haßt mich Sandi und verfolgt mich mit seinen Schießwaffen. Aber jetzt bin ich größer als Sandi, weil ich einen mächtigen Zauber vollbracht habe und viele Dinge tun kann, die er verboten hat. Ich mache einen kleinen Einschnitt in diese Frau – so; was seht ihr nun, ihr weisen Brüder und du, o Volk von Youkombi? – ein ganz klein wenig Blut – seht ihr aber auch den kleinen Teufel mit Augen gleich Monden – nur Buluta sieht ihn – seht, hier geht er!«

Sein knöcherner Finger wies die Spur, die der geheimnisvolle Teufel verfolgte, und als er dem Kreise der Zuschauer näher und näher kam, sprangen die Leute, die in seinem Wege standen, zitternd zurück, um ihn nicht zu hindern.

»Hier geht er entlang«, krächzte Buluta, »er geht in den Wald, ich sehe ihn! Er ist fortgegangen! Jetzt aber kommt ein großes Wunder – niemand außer mir kann es sehen.« Er beugte seinen Kopf vor, als ob er horchte, und legte seine Hand ans Ohr.

»Mein Ju-Ju sagt mir, daß es kommt. Schaut hin, schaut hin!« Er zeigte mit dem Finger nach dem Walde. »Es kommt!«

Das war der geeignete Moment für Bones' Erscheinen, obwohl er gar nicht wissen konnte, wie gut sein Kommen in die Hellseherei Bulutas paßte. Die Leute waren wie vom Donner gerührt und preßten ihre Handknöchel an den Mund.

»Dies ist ein großes Wunder«, sagte der Häuptling von Youkombi, »denn dieser gute Teufel sieht aus wie Tibbetti.«

Der Zauberdoktor antwortete nicht, denn dieser Augenblick war zu groß für Worte. Seine fünfzig Amtsbrüder in ihren schrecklichen Aufzügen aber verschwanden im Wald.

Bones marschierte geradezu in den Kreis der Leute hinein. Er hatte seinen Tropenhelm schief aufs linke Auge gesetzt und sein Monokel in das rechte geklemmt. Er stand und schaute auf den Zauberdoktor und sein Opfer herunter. Dann berührte er den Häuptling mit seinem Stock leicht an der Schulter.

»Bringe diese Frau weg, Kabala«, sagte er. »Und rufe ein Palaver deiner Leute zusammen.« Dann wandte er Buluta seine Aufmerksamkeit zu. »O Buluta«, sagte er, »Sandi läßt dich verhaften.«

Der Zauberdoktor feuchtete seine trockenen Lippen an. Er sah schon im Geiste, daß er zu zehn Jahren Gefängnis verurteilt würde, und das war in seinen Augen die größte Ungerechtigkeit. Hilflos schaute er im Kreise umher.

»O Herr«, schrie er dann laut, und seine Augen leuchteten hoffnungsvoll auf, »durch meinen Zauber und meinen Ju-Ju kannst du mich nicht anrühren, denn ich habe einen Fetisch, der größer ist als der von Sandi. Sieh hin!«

Bones' Blick folgte dem ausgestreckten Finger Bulutas, und jetzt erst sah er den großen, roh behauenen Flaggenmast.

»O Herr«, fuhr Buluta stolz fort, »das ist ein ganz großer Teufel, schrecklicher als M'shimba-m'shamba, grimmig und grausam, und er frißt die Leute. Ich nenne ihn Iwa, das ist Tod!«

Bones beschattete sein Auge mit der Hand und schaute starr nach der Flagge, die dort oben an der Spitze des Mastes wehte, denn er sah einen großen schwarzen Doppeladler mit dreifacher Krone auf gelbem Grunde. Er nickte langsam. »Iwa! Das ist der Tod!« wiederholte er düster. »Ich glaube, du bist klüger, als du selber weißt, Buluta.«

Seine Repetierpistole krachte dreimal, und der dritte Schuß zerriß das Tau, das die Kaiserlich Russische Flagge hielt, und die Fahne fiel zu Boden.

## *Der Friedensstifter*

»Es muß doch etwas an mir sein«, sagte Leutnant Tibbetts. Tiefe Selbstbewunderung lag in seinen Worten. »Etwas Überwältigendes und Bezwingendes. Die Leute haben mir oft erzählt, mein Lieber, daß sie einen merkwürdigen Blick in meinen Augen entdeckt haben, ein Aufblitzen, das Schrecken einjagt. Sie wissen, was ich meine – so einen konzentrierten Blick wie...«

»Als ob Sie schielten«, ergänzte Hamilton boshaft.

»Halten Sie mehr auf guten Ton, mein lieber Herr und Vorgesetzter«, entgegnete Bones verstimmt. »Natürlich meine ich so etwas nicht. Hier war das viel besser beschrieben.«

Er holte eine kleine Ledertasche aus seiner Uniform und entnahm ihr einen Zeitungsausschnitt.

Er räusperte sich und las: »Leutnant Tibbetts, eine der angesehensten Stützen unseres Weltreiches, ein Sohn unserer Stadt Blackford – wir sind stolz, dies sagen zu können –, ist ein typischer Baumeister an dem großen Bau unserer Herrschaft. Gleich anderen großen Leuten ist er bescheiden, fast zu bescheiden, so daß man es als einen Fehler auslegen könnte. Ruhig, zurückgezogen und mutig –«

»Wo ist denn dieser Märchenbericht erschienen?« fragte Hamilton neugierig.

»Im ›Blackford Herald‹«, sagte Bones. Er nahm einen ungewöhnlich ernsten Gesichtsausdruck an, senkte den Kopf ein wenig und schaute tiefsinnig, als ob er unsichtbare Vorgänge beobachtete, auf seinen Vorgesetzten, der sich dadurch aber nicht im mindesten aus der Fassung bringen ließ.

»Lesen Sie doch weiter, lieber Freund«, ermunterte ihn Hamilton belustigt.

»Ruhig, zurückgezogen und mutig«, fuhr Bones fort. »Er hat das Auge eines solchen Reichsbaumeisters, grau, tiefliegend und unergründlich. Er hat eines Reichsbaumeisters...«

»Nase«, vollendete Hamilton, »lang, rot und unmöglich. Sagen Sie mal, Bones, wann haben Sie denn all dieses Theater zusammengebaut? Sie haben uns doch niemals davon erzählt, Sie

Geheimniskrämer! Fahren Sie fort!«

»Mehr ist nicht da«, sagte Bones kurz. »Unergründlich, das war das Wort, das ich suchte!«

»Aber was hat das alles zu bedeuten, Bones?« fragte Patricia Hamilton, die auf dem breiten Geländer der Veranda balancierte. »Niemand hat doch bisher daran gezweifelt, daß Sie überwältigend sind. Ich bin sicher, daß ich zittere, wenn Sie mich ansehen.«

»Wirklich?« fragte er erfreut. »Zittern Sie tatsächlich, meine nette, liebe, gute Schwester? Das ist der Zauber meiner Persönlichkeit, teure Prinzessin, meine Eigenart!«

»Donnerwetter!« sagte Hamilton.

»Warum kommen denn alle Leute mit ihren Anliegen zu mir?« fragte Bones schnell. »Warum bitten mich denn alle, als eine Art Vermittler für sie zu wirken, mein lieber, alter Ham – ich frage Sie, warum?«

»Soll ich Ihnen darauf antworten?«

»Ich frage Sie, lieber Herr und gute Exzellenz!« Bones war aufgeregt. Hamilton hatte durch seine aufreizenden Antworten diese Wirkung bei ihm hervorgerufen. »Warum, nette, alte Exzellenz – ist es nicht meine Persönlichkeit?«

Distriktsgouverneur Sanders senkte das blaue Buch, in dem er gerade las, und sah lächelnd auf den jungen Mann.

»Weil Sie ein kindliches Gemüt und ein reines Herz haben, Bones. Die Leute fühlen das.«

»Und weil ich klug und schlau bin«, sagte Bones etwas aufdringlich. »Und ich hab's weg, die Leute mit einem Wort zu beruhigen und zu versöhnen.«

»Auch möglich«, gab Sanders lächelnd hinter seinem Buch zu.

»Bones, sagen Sie einmal, wer hat denn eigentlich diesen ergreifenden Artikel über Leutnant Tibbetts, den Reichsbaumeister, den Sie uns eben vorgelesen haben, geschrieben?« fragte Hamilton.

Bones zog die Schultern hoch. »Mein lieber, alter Ham«, sagte er obenhin. »Diese Dinge kommen eben in die Presse.«

»Haben Sie ihn selbst geschrieben?«

»Bones sah ihn mit einem schmerzlichen Lächeln an. »Was für eine schreckliche Ansicht haben Sie von mir, mein Lieber«, sagte er vorwurfsvoll.

»Haben Sie es getan?«

»Es gibt Dinge, verehrter Captain, über die ich jede Diskussion ablehnen muß.«

»Also haben Sie es getan?«

Bones schüttelte den Kopf gereizt. »Wenn Sie darauf bestehen, sich in meine Angelegenheiten zu mischen, Sir – ich nenne das verflucht wenig höflich –, dann muß ich zugeben, daß ich einige Daten dazu geliefert habe.«

Die hohe Meinung, die Bones von sich selbst hatte, kam daher, daß er die wütende Frau des Sergeanten Ahmet Ali tatsächlich beruhigt hatte, die von dem Weib des Gemeinen Mahmud Kabbatt verleumdet worden war. Die Männer der Frauen waren damals von der Station abwesend, und Bones hatte sich selbst die Aufgabe gestellt, das gute Einvernehmen zwischen den Kanofrauen wiederherzustellen, deren Streit so ausartete, daß sie in ihren Hütten nach den Rasiermessern ihrer Männer suchten – und merkwürdigerweise hatte er vollen Erfolg.

»Sicher, Sie sind ein großer Friedensstifter, Bones«, rief Hamilton. »Sie sind zu schade für den Dienst an der Küste. Wenn es wieder ein Kriegspalaver gibt« – er wandte sich an Sanders –, »wollen wir Bones hinaufschicken, damit er seine Persönlichkeit auf die Kriegswütigen losläßt. Unglücklicherweise sind wir aber im tiefsten Frieden.«

»Fassen Sie Holz an«, sagte Sanders und berührte selbst das Verandageländer.

Bones winkte Patricia hinter dem Rücken seines Vorgesetzten und legte seinen Finger auf Hamiltons Tropenhelm. Das machte den beiden unheimlichen Spaß.

»Oh, Sie Reichsbaumeister«, sagte Hamilton ärgerlich.

Sanders hatte ganz recht, Holz zu berühren, denn am oberen Lauf des Stroms war Krieg im Anzug.

Bosambo, der Oberhäuptling der Ochori, war gewöhnlich geduldig und freundlich. Aber sobald eine gewisse Grenze überschritten war, wurde er schroff und grob. Vor kurzer Zeit hatte er sich über Gigini geärgert, und seine Geduld war nun zu Ende. Gigini, der älteste Sohn von M'furu, dem Oberhäuptling der inneren N'gombi, war ein Schwätzer, der seine Zuhörer mit seiner endlos bilderreichen Sprache zur Verzweiflung bringen konnte. Er gebrauchte alles, was man im Wald, am Strom und am Himmel sehen konnte, um seine Reden mit Vergleichen zu schmükken.

»Seitdem die Sonne aufging, habe ich dir nun zugehört, Gigini«, sagte der ermüdete Bosambo, »und du hast mich mit den starken Riesenbäumen des Urwaldes und den kleinen Webervögeln verglichen, auch mit Schlangen und Affen, aber ich bin nicht klüger geworden. Auch hast du von Königen, von Häuptlingen und von Leuten gesprochen, als wären sie Leoparden und Ameisen, und ich weiß immer noch nicht, was du willst.«

»O mein Herr Bosambo, ich bin ein großer Redner«, sagte der andere stolz, »und ich bin sehr schlau. Nur wenige verstehen mich, denn ich bin ein großes Geheimnis. Oft sitze ich tagelang im Wald und denke herrliche Reden aus, die allen Leuten außer mir rätselvoll sind. Deshalb nennt man mich O-Ko-churu, den wunderbaren Sprecher.«

Bosambo schaute Gigini an und hielt ihn offenbar für ein wenig verrückt. Aber seine Augen waren klar, und seine Haut glänzte. Und wenn er auch etwas abschweifend redete, so sprach er doch zusammenhängend.

»Gigini«, sagte Bosambo, »weil dein Vater ein großer Häuptling und mein Freund ist und weil cala-cala, vor sehr langer Zeit, du zu mir in den Wald deines Vaters kamst und mir zeigtest, wo das Okapi sich aufhielt, so will ich viel für dich tun. Erzähle mir jetzt bitte keine Rätsel, sondern sprich offen zu mir, denn ich habe nun seit Sonnenaufgang hier mit dir gesessen, und ich bin müde geworden.«

Aber geradeheraus zu sprechen war nicht die Art Giginis, und er erzählte wieder ein Rätsel, das allerdings einfacher als alle früheren war.

»Zehn Männer gingen im Dunkel der Nacht hinaus, um an einem kleinen Strom zu fischen. Und das, was sie mit sich nahmen, war so groß wie ein Boot. Als es aber regnete, blieb nichts davon übrig.«

»Salz«, sagte Bosambo.

»Ein Vater hatte einen guten Sohn, aber der Vater war grausam und schlug die Frucht, die von ihm kam, als der Sohn ihn bestahl. Aber es war gar kein Diebstahl. Denn eines Tages würde doch der Vater sterben, und alles, was er hat, gehört dann seinem Sohn. Aber noch mehr, es war eine Schande, daß die Stadt der inneren N'gombi sehen mußte, wie ihr zukünftiger Häuptling geschlagen wurde, weil er der Frau des Sklaven M'lamikosogo zehn Säcke Salz geschenkt hatte.«

»O Gigini, dein Vater wird dich schlagen, weil du ihm zehn Säcke Salz weggenommen und sie einer Frau geschenkt hast; aber ich will dir zehn Säcke Salz geben, und eines Tages, wenn du Häuptling bist, wirst du sie mir wieder zurückerstatten. O ko! – sitze ich hier von der Zeit, wo die Sonne unter den Bäumen scheint, bis zu der Zeit, da sie keinen Schatten mehr wirft, wegen Salz?«

»O Herr«, sagte der beschämte Gigini, »das ist noch nicht alles. Denn mein Vater hat viele Leute, die keine Männer sind, die frei, aber doch gebunden, lebendig und doch tot sind.«

»Also Sklaven!« sagte Bosambo verzweifelt. »O du Zunge, die läuft wie ein Strom, o du Affe, der dauernd Tschibitschi sagt, erzähle mir alles, was du mir sagen willst, bevor der Schatten meinen Fuß berührt – oder kehre heim!«

Der gesprächige Mann erzählte ihm von seinem Kummer. Sein Vater hatte einen Sklaven, dem zwei Finger an der rechten Hand fehlten, und deshalb hätte er eigentlich getötet werden müssen. Denn die Eingeborenen beseitigen heimlich die Verstümmelten und die Mißgestalteten. Und alle Gesetze der Europäer und der weißen Leute sind nicht imstande, sie an dieser schrecklichen Zuchtwahl zu hindern. Dieser Sklave nun hatte Gigini bei seinem Vater verraten und ihm von dem Salz erzählt, das er der Frau gegeben hatte. Und nun wollte Gigini ihn umbringen.

»Und weil du mein Freund bist, Bosambo, so bitte ich dich,

diesen Mann zu kaufen und ihn mir zu geben. Denn der Häuptling, mein Vater, will nicht, daß ich ihn nehme. Und wenn ich ihn töte, und er ist nicht mein Sklave…«

Bosambo erhob sich. »Gigini«, sagte er, »Salz magst du haben aus meinem großen Vorratshause, das Sandi mir gegeben hat, weil er mich liebt; aber ich kaufe keine Sklaven, und wenn ich sie kaufe, dann behalte ich sie für mich. Auch hat Sandi das Wort gesprochen, daß kein Mann sterben soll, es sei denn durch seine Hand, ob er nun Sklave oder ein Freier ist. Und ich bin Sandis Mann, ich halte das Gesetz vor ihm in diesem ganzen Lande, und ich sage dir, Gigini, wenn du diesen Sklaven tötest und mir das zu Ohren kommt, so werde ich dich nehmen und dich meinem Herrn bringen. Das Palaver ist aus.«

Gigini ging fort und nahm zehn Säcke Salz mit sich, und Bosambo hörte einen Monat lang nichts mehr von ihm. Dann brachten eines Tages die Kundschafter die Nachricht aus der Stadt der inneren N'gombi, daß M'furu seinen Sohn wieder in Gnaden aufgenommen und ihm zwei Sklaven geschenkt hatte; dem einen fehlten ein paar Finger der rechten Hand. An diesem Tage nahm Bosambo eine Taube aus dem großen Käfig, der im Schatten der Bäume errichtet war, und warf sie in die Luft. Er beobachtete sie, wie sie ihre Kreise immer höher und höher zog, bis sie sich nach Süden wandte und verschwand.

Zwei Tage darauf flatterte eine andere Taube zu Bosambos Käfig hernieder, die sehr müde und hungrig war. Er nahm sorgsam den kleinen Bogen dünnen Papiers, der an dem roten Bein des Vogels befestigt war, glättete ihn und las mit einiger Anstrengung die Antwort auf seine Botschaft.

»An Bosambo in der Ochoristadt.

Friede sei mit deinem Hause.

Sende Botschaft zu Gigini, dem Sohne des M'furu, daß ich kommen werde, wenn die Regenzeit zu Ende ist. Dann soll er diesen Sklaven ohne Finger zu mir bringen. Und später werde ich wiederkommen, und er soll mir den Sklaven wieder bringen, und wenn er sagt, daß er auf eine weite Reise gesandt oder gestorben oder krank ist, dann werde ich Gigini, den Sohn des

M'furu, mit mir nehmen zu dem Dorf der Eisenketten, und dort wird er so lange bleiben, bis sein Sklave zurückkehrt.

In meinem feinen Hause, wo der Strom sich ins Meer ergießt.«

Bosambo gab gerade seinen Boten vor der Hütte Anweisungen, als er einen schrillen Ausruf am Südende des Dorfes hörte. Sofort stand er auf. Viele Stimmen schrien: Salz! Salz! Er sah, wie die Menge sich teilte und einen von Schlamm bespritzten Mann durchließ, der schwankend auf ihn zulief. Eine Minute später warf sich der Ankömmling zu seinen Füßen nieder. Sein Atem ging schnell, seine Arme und Beine waren zerschunden und zerkratzt und bluteten. Der Mann hatte den ebenen Pfad verlassen und war durch das dornige Gebüsch geeilt. Bosambo sah interessiert auf die Hand, die sich bittend zu ihm erhob – es fehlten ihr zwei Finger.

»Salz –« rief der Mann mit heiserer Stimme.

Bosambo schaute auf ihn nieder und faßte an sein Kinn. Die Augen des Mannes starrten in Furcht auf ihn. Er sah Bosambo scharf und eindringlich an, denn sein Leben hing davon ab, was der Häuptling im nächsten Augenblick tat. Bosambo wandte sich zu einem seiner Ältesten, nickte ihm zu, und dieser verschwand in der Hütte.

Die scharfen Augen Bosambos schauten den Weg entlang, den der Mann gekommen war. Er sah einige Männer vom Walde aus die Dorfstraße im Laufe dahereilen, das Sonnenlicht glitzerte auf ihren Speerklingen.

Der Älteste kam inzwischen mit einem kleinen Haufen Salz in der Hand zurück, den er in Bosambos offene Hand schüttete. Der Häuptling neigte sich vor und reichte dem Mann das Salz. Mit zitternden Fingern nahm er eine Prise und strich sie vorsichtig und behutsam auf seine Lippe. Der Häuptling folgte seinem Beispiel, er netzte seine Finger leicht, berührte das Salz und dann seine Lippen. Dann schüttete er es in die Hand des wartenden Ältesten und lehnte sich erwartungsvoll zurück.

Gigini bahnte sich an der Spitze seiner vier Speerleute mit den Ellenbogen einen Weg durch das umherstehende Volk. »Dies ist mein Sklave, Bosambo!« sagte er.

Bosambo streckte seine Hand aus. Der weiße, glitzernde Salzstaub war noch an der Handfläche zu sehen. »Sieh her, Gigini!« sagte er. »Dieser Mann hat Salz gegessen!«

Das Gesicht des jungen Mannes war von Wut entstellt. »Er ist mein Sklave«, wiederholte er.

Man hörte ein Murmeln in der großen Menge, die herumstand. Denn Giginis Beharrlichkeit war unschicklich. Wenn ein Sklave seinem Häuptling entkommt und von einem anderen Salz empfängt, dann hat er durch diese Zeremonie seinen Herrn gewechselt. Das ist seit undenklichen Zeiten das Gesetz des Landes.*

»Salz ist Salz«, sagte Bosambo barsch, »und ich sage dir, Gigini, daß dieser Mann ein Sklave der Ochori ist und unter dem Schutz meiner Speere steht.«

»Bin ich so gering? Bin ich nicht der Sohn des M'furu, des großen Häuptlings?«

»Wer weiß?« antwortete der philosophische Bosambo. »Aber wenn du der Häuptling aller Häuptlinge wärest, dieser Mann ißt Salz.«

Gigini beherrschte sich mit äußerster Anstrengung. Er wußte sehr wohl, daß Drohungen ihm nichts nützen würden.

»Bosambo, du warst mein Freund und der Freund meines Vaters. Ich habe dir viel zu Gefallen getan, und wir waren wie Brüder.«

»Und ich habe dir zehn Sack Salz geliehen«, erwiderte Bosambo, »das ist das größte von allem. Ich dachte, du wärest nun gekommen, um sie mir zurückzubringen und einen Sack dazu als Zinsen, denn ich bin sehr arm.«

»Ich will dir zwanzig Säcke bringen«, sagte Gigini eifrig, »auch zehn Faden Tuch und zwei Schweine, und dann wirst du mir meinen Sklaven zurückgeben.«

Wieder erhob sich ein unwilliges Murmeln. Denn ein Sklave,

* In einigen Teilen Afrikas, besonders am unteren Kongo, wurde der Tausch durch gemeinsamen Genuß von Ziegenfleisch, in anderen durch das Brechen von Brot vollzogen. Die Sitte läßt sich leicht auf semitische Einflüsse zurückführen, die man in ganz Zentralafrika beobachten kann. Wahrscheinlich geht sie auf die frühe Blütezeit des babylonischen Reiches zurück. E. W.

der seine Freiheit dadurch erlangt, daß er sich der Gefahr unterzieht und um Salz bittet, kann nicht mehr verkauft werden. Er erhält durch diese sonderbare Zeremonie seine Freiheit, und nach dem Gefühl der Ochori war es selbstverständlich, daß dieser alte Brauch in Kraft bleiben mußte.

»Das Palaver ist aus«, sagte Bosambo.

»Du wirst dich an mich erinnern«, sagte Gigini und schlug seine Fäuste zusammen.

»Gigini, wenn ich in mein feines Vorratshaus gehe, dann sehe ich dort zehn Kreise, mit weißem Staub umgeben, wo einst zehn schöne Säcke Salz standen. Und wenn ich an diese schönen Säcke denke, dann will ich mich auch an dich erinnern.«

Gigini entfernte sich mit seinen vier Speerleuten. Der Sklave, der zwei Finger verloren hatte, wurde ein freier Mann unter den Ochori, und Bosambo erfuhr, daß er M'lamikosogo hieß und daß er derselbe war, dessen Weib Gigini zehn Säcke Salz geschenkt hatte.

Nach zwei Wochen kam M'furu mit dreihundert Speerleuten, den besten Kämpfern seines Stammes, in der dunkelsten Stunde der Nacht an die Grenze der Ochoristadt. Aber leider hatten sie keine Gelegenheit, ihre Stärke und Gewandtheit zu zeigen.

Unglücklicherweise führte M'furu selbst die Schar an. Sie gingen im Gänsemarsch, einer hinter dem andern, den Waldweg entlang, der in den Ort führte. Bosambo hatte aber eine große Elefantenfalle gerade in der Mitte des Weges angelegt, der zu dem königlichen Kral führte. M'furu und sein Sohn, die der Ehre gemäß an der Spitze marschierten, befanden sich plötzlich auf dem Grunde dieser über drei Meter tiefen Grube, bevor sie sich überhaupt überlegen konnten, daß der Boden, auf den sie traten, nicht fest war. Die Krieger aber, die ihnen folgten, liefen entsetzt davon.

Die Seiten der Grube waren fein geglättet – Bosambo hatte ihre Herstellung selbst beaufsichtigt. Weder M'furu noch sein Sohn konnten an den Wänden einen Halt finden. Oben an den Kanten waren alle langen Gräser und Sträucher sorgfältig entfernt. Selbst mit Hilfe ihrer Speere konnten sie nicht aus der Grube herauskommen, und wenn sie den Rand wirklich erreichten, wurden sie von den vier Wächtern wieder zurückgestoßen, die geduldig am Rande der Falle im Gebüsch hockten und das taten, was ihnen der Häuptling befohlen hatte.

Zu alledem regnete es noch, und ein Eingeborener, der eine Nacht unter solchen Umständen zubringen muß, befindet sich in einem sehr traurigen Zustande. Als es Morgen wurde, kam Bosambo mit gut gespieltem Erstaunen zu der Grube und half seinen beiden Opfern aus der Falle heraus. Seine Feinde, Vater und Sohn, waren entschieden unglücklich, um so mehr, als sie sich über Bosambo nicht im mindesten beklagen konnten. Denn auf seinem Gebiet hatte er das Recht, mit Speer und Bogen zu jagen, Fallen zu stellen, Netze auszulegen und Fische zu spießen.

Er behielt sie zwei Tage bei sich und bewirtete sie mit verdorbenem Fisch und schlechtem Maniokkuchen, so daß sie böse Leibschmerzen bekamen. Dann schickte er sie wieder zu ihrem Dorf. Aber die beiden schworen ihm fürchterliche Rache.

»O Herr Bosambo«, sagte Gigini, als er fortging, und seine Stimme überschlug sich dabei vor Wut und beleidigter Eitelkeit, »ich habe wunderbare Gedanken, und ich werde mich in den Wald setzen und Rätsel ausdenken, die niemand lösen kann.«

»Schaffe mir lieber durch deine Rätsel die zehn Säcke Salz wieder her«, sagte Bosambo kalt, »die du der Frau gabst, deren Mann du töten wolltest. Ist das nicht die Lösung deines Rätsels, Gigini?«

M'furu und sein Sohn hielten zusammen langen Rat, und sie riefen auch mehrere weise Leute zu ihrem Palaver, die schlau und verschlagen waren. Sie sprachen über alle denkbaren Arten, wie sie Bosambo erniedrigen könnten, aber nichts fand ihren Beifall.

»Wenn wir zu Sandi gehen«, sagte Gigini, der eine der Möglichkeiten besprach, »wie können wir ihm sagen, weshalb wir mit unseren Speeren zur Ochoristadt gegangen sind? Denn jedes Blatt im Walde ist ein Ohr für ihn und jede Blume ein Auge.«

»Und wenn du, o König, deine jungen Leute zu einem blutigen Überfall mitnimmst«, sagte einer der Weisen, die an der Zusammenkunft teilnahmen, »und du dem Lauf des Stromes folgst, wie kannst du Bosambos Wächtern entgehen, die bei Nacht den Strom bewachen? Mir scheint es doch das beste, daß Gigini, der Rätsel machen kann, zu Sandi geht und durch seine große Kühnheit und Schlauheit Sandi beeinflußt, Bosambo zu bestrafen.«

Die Leute im Palaver beschlossen es also so, nachdem dieser Ratgeber einen ganzen Tag lang die Sache auseinandergesetzt hatte. Es war aber bemerkenswert, daß keiner von der ersten Veranlassung des Streites sprach. Distriktsgouverneur Sanders hielt bei den Isisi Gericht ab, und die weiße »Zaire« war umgeben von den Booten der Recht Suchenden. Gigini, der Sohn eines regierenden Häuptlings, wurde sofort vorgelassen.

»O Herr«, sagte er, »ich habe ein großes Rätsel.« Er setzte sich zu Füßen des Distriktsgouverneurs auf dem sonnenbeschienenen Deck nieder und richtete sich häuslich ein, um einen schönen Morgen an Bord zu verbringen. »Mein größter Feind ist eine rote Schlange hinter einer Hecke von Dornen«, begann er dann.

Dieses erste Rätsel hatte nur den Zweck, den anderen zu verwirren oder wenigstens zu verblüffen. Aber Sanders wußte die Antwort, denn er kannte alle Sprichwörter der Eingeborenen, und die Lösung dieses Rätsels gründete sich auf ein solches.

»O Gigini«, sagte er, »du sprichst von eines Menschen Zunge, die hinter den Zähnen sitzt. Und du wolltest mir erzählen, daß deine Feinde schlecht von dir sprechen. Nun sage ich dir, daß keine Zunge gefährlicher ist als deine eigene. Und du sollst offen mit mir reden, denn ich bin hier, um das Gesetz in geraden, offenen Worten zu geben und die Klagen der Leute ohne Widerwillen zu hören. Ich sage dir, wenn du mir noch ein Rätsel erzählst, dann werde ich dir antworten: Gigini, gehe heim, denn es ist ein sehr schwieriges Palaver, und du mußt drei Monate warten, bis ich die Antwort auf das Rätsel gefunden habe.«

Gigini erfaßte die Lage richtig und erzählte nun von seinem Kummer.

»Bosambo hat ganz richtig gehandelt«, sagte Sanders, als Gigini geendet hatte. »Denn das Gesetz vom Salz ist nicht nur das Gesetz dieses Gebietes, sondern es gilt in dem ganzen großen weiten Lande. Dein Sklave ist von dir gegangen, und damit ist die Geschichte zu Ende.«

Er stand von seinem Segeltuchstuhl auf und schaute auf den Mann hinunter, der vor ihm saß.

»Du hast mir viel erzählt, Gigini, aber von einer Sache hast du nicht gesprochen.« Er machte eine Pause und blickte den Häuptling ruhig und sicher an. »Was ist das mit der Frau?«

»Die Frau, o Herr«, stammelte Gigini, »o ko, nun denke ich, daß du Ohren hast, die größer sind als die eines Elefanten. Denn niemand weiß von dieser Frau außer mir und dem Häuptling, meinem Vater.«

»Und dem Sklaven«, sagte Sanders sanft.

Gigini bewegte sich unruhig hin und her, ihm war nicht wohl zumute, er war sehr erregt.

»Eines Sklaven Weib ist auch eine Sklavin«, sagte Sanders. »Aber man hat mir berichtet, daß sie in einem deiner Dörfer wie eine Königin lebt und andere Weiber hat, die ihr aufwarten, und junge Männer, die vor ihr tanzen.«

»O Herr, du weißt alle Dinge«, sagte Gigini und schluckte bitter.

Sanders kehrte einige Tage später zu seinem Hauptquartier zurück und hielt am Abend seiner Rückkehr nach dem Essen einen Staatsrat ab, wie Leutnant Tibbetts es so schön nannte. Es stand zwar nicht in Übereinstimmung mit den Vorschriften, welche die Regierung für die Kronkolonien ausgegeben hatte, daß einer der vier Teilnehmer ein schlankes Mädchen mit lachenden grauen Augen war. Aber Patricia Hamilton hatte sich bei diesen »Frauenpalavern« unentbehrlich gemacht. Und selbst die Tatsache, daß man es hier mit den einfachsten Leidenschaften eines Volkes zu tun hatte, störte niemand außer Bones, der unnötigerweise an Stellen, die ihm anstößig erschienen, laut hustete.

»Es ist wahrscheinlich nur ein Salzpalaver«, sagte Sanders, »obgleich wir im letzten Jahr nicht viele solcher hatten. Aber Salzpalaver führen gewöhnlich zu Krieg, und wenn hinter der ganzen Geschichte eine Frau steckt, so sind die Anzeichen nicht sehr günstig. Offensichtlich beabsichtigt Gigini, den Mann um die Ecke zu bringen, nachdem er sie zu seiner Hauptfrau gemacht hat. Es wird ja keine weitere Unruhe aus der ganzen Sache entstehen, wenn die Frau nicht den Wunsch hat, daß ihr Mann getötet wird. Sie heißt übrigens M'seri, wie mir Ahmet erzählte. In diesem Lande gilt es für schlecht, daß eine Frau zur selben Zeit zwei lebende Ehemänner hat. Diese Tatsache hat Einfluß auf ihre Stellung und die Beurteilung ihres Verstandes, und deshalb erwarte ich Unruhen.«

»Warum lassen Sie die Frau nicht deportieren?« fragte Hamilton.

»Das hieße Verschleppung und würde die Unannehmlichkeiten nur vergrößern«, sagte Sanders.

»Natürlich! Ham, ich bin erstaunt über Sie«, sagte Bones tadelnd. »Wie oft habe ich Ihnen nun schon erzählt, daß es in solchen Fällen das beste ist, zu der netten alten Dame zu gehen und ihr zu sagen: Sehen Sie einmal, Mrs. – wie nun gerade der Name ist –, Sie machen uns verteufelt viel Schwierigkeiten –«

»Ich sehe keinen Grund, warum man mit der Frau verhandeln sollte«, sagte Sanders. »Wir können nur jemand mit der ›Wiggle‹ nach oben senden, damit er auf dem Fluß zwischen Ochoristadt und dem Gebiet der Isisi auf- und abfährt. Weder M'furu noch Gigini werden sich dann rühren, wenn sie wissen, daß wir auf dem Posten sind.«

»Ich weiß nicht, ob Bones unrecht hat«, sagte Patricia nachdenklich. »Er hat eine wunderbare Gabe, mit diesen Frauen zu sprechen und sie zu überreden. Warum lassen Sie ihn nicht nach oben gehen und mit ihr verhandeln?«

»Ich habe es!« sagte Bones. »Klarer Verstand!« Er schlug sich an die Stirn. »Ich weiß die richtige Lösung.«

»Was wollen Sie denn machen?« fragte Hamilton neugierig.

Bones schüttelte den Kopf. »Geben Sie mir die ›Wiggle‹ und freie Hand, Sir, und ich werde die verfahrene Geschichte wieder in Ordnung bringen. Liebe gute Schwester, ich werde nicht umsonst der große Friedensstifter genannt. Wenn ich erst mit ihnen gesprochen habe, werden sie in vierzehn Tagen ein girrendes Taubenpärchen sein. Verlassen Sie sich auf Ihren alten Bones.«

»Was ist denn Ihr Plan?« fragte Sanders.

»Geben Sie mir freie Hand«, sagte Bones majestätisch. »Geben Sie mir freie Hand, lieber, guter Sir, ich habe einen kleinen, feinen Plan, der Napoleon Ehre gemacht hätte.«

Am nächsten Morgen dampfte Bones mit großem Vertrauen auf das Gelingen seines Planes ab.

Er legte zuerst bei der Ochoristadt an und hatte dort mit dem Mann, dem zwei Finger fehlten, eine lange Unterredung.

»O Herr, ich bin von den inneren N'gombi«, sagte dieser, »cala-cala, vor langer Zeit, wurde ich zum Gefangenen gemacht, und seitdem bin ich immer Sklave gewesen. Auch M'seri, die Frau, ist von meinem Stamme. Ich baute eine Hütte und gab ihrem Vater zwei fette Hunde und eine Ziege als Kaufpreis für sie. Sie war eine wunderbare Tänzerin, und Gigini wollte sie als sein Weib zu seiner Hütte nehmen. Aber sein Vater ließ es nicht zu, daß sein Sohn ein Sklavenweib heiratete. Deshalb gab es ein großes Palaver, und M'furu schlug seinen Sohn. Auch schlug er mich, aber er tötete mich nicht, weil er Sandi fürchtete. Aber M'seri sprach jede Nacht in Giginis Ohr und weinte, weil ich nicht getötet war, denn sie haßte mich. Sie sagte auch, daß es eine Schande für sie sei, wenn ich lebte und sie Giginis Weib sei. Dann kaufte mich Gigini, und M'seri hielt ein geheimes Mordpalaver mit ihm im Walde. Aber eines seiner Weiber schnitt den Riemen durch, mit dem ich gefesselt war.«

»Das tut mir sehr leid, du Ärmster!«, sagte Bones mitfühlend. Er sprach englisch, denn Bosambo, der doch etwas von dieser Sprache verstand, war zugegen und liebte es, seine Kenntnisse zu zeigen, die er in der Missionsschule in Monrovia erlangt hatte.

»Dies Weib sie nicht sein gut«, sagte er. »Sie sein schlecht. Sie denken vor machen tot diesem Mensch eine Zeit. Dann sie heiraten diesem Giginilump.«

»Mein lieber Bosambo«, sagte Bones entsetzt. »Deine Sprache! Wo hast du nur wieder dieses Wort ›Lump‹ her?«

»Es sein feine Wort«, sagte Bosambo stolz. »Viel von Schiffskerle brauchen um.«

Bones hatte einen Plan und erklärte ihn nun in den schönsten Bomongoworten. Der Mann der M'seri hörte ihm hocherstaunt zu. Er verstand einiges davon, und seine Augen leuchteten, aber ein Teil des Planes ging weit über seinen Verstand hinaus.

Als nun der frühere Mann der M'seri allem zugestimmt hatte, was Bones tun wollte, obgleich er kaum einen der vielen Gründe begriff, die Bones ihm erklärte, schrieb der junge Offizier einen Brief an das Hauptquartier.

»Euer Excellenz, meine Damen und Herren, ich habe das Unmögliche fertiggebracht! Meine Idee war wie folgt. Versöhne den Ehemann mit seiner Frau, zeige ihr, wie niederträchtig sie sich benommen hat etc., mache, daß sie ihren Schritt bereut und daß sie sich sehr schämt, und dann laß sie sich still mit ihrem treuen Liebhaber entfernen. Gigini wird natürlich aufgebracht sein, aber ich werde zu ihm sprechen, denn ich habe einen wundervollen Grund, der die Sache schon in Ordnung bringt, in Ordnung bringt, meine liebe, alte Excellenz, verlassen Sie sich auf Ihren Bones!! Es wird keine Unruhe, kein Kriegspalaver geben. Alles wird ruhig vor sich gehen, und Sie werden nicht wissen, daß der Sammethandschuh von der eisernen Faust abgezogen wurde. Grüße für meine edle Freundin Patricia und meinen alten, netten Centurio Ham. Bones, P. B. (Pax Britannica).«

Am Ende einer langen, breiten Straße, die durch die stattlichen hohen Baumreihen des N'gombiwaldes führt, liegt auf einem Hügel das hübsche Dorf N'chu. An der Spitze dieser Ortschaft machte Bones mit seiner kleinen Begleitmannschaft halt und gab dem einen Mann nochmals genaue Anweisung.

»Du sollst im Walde verborgen bleiben«, sagte er. »Aber du mußt dich so aufstellen, daß du mich sehen kannst. Und wenn ich dir mit der Hand winke, dann gehst du heimlich zu der Hütte deines Weibes, und du sollst sehr lieb zu ihr sein, und dann nimmst du sie mit zur Stadt Bosambos.«

Bones selbst ging durch das Dorf und machte vor der größten Hütte halt. Er traf eine sitzende Frau, die in einem großen Behälter mit einer Keule Korn zerstieß, eine Frau mit geradem, aufrechtem Rücken und kleinem, stolzem Kopf, der zierlich auf ihrem geschmeidigen Körper saß. Sie schaute Bones neugierig und furchtlos an.

»Oh, M'seri«, sagte er, »Sandi hat mich geschickt, damit ich ein Palaver mit dir und auch mit Gigini abhalten soll.«

»Gigini ist im Walde, Herr«, sagte sie und fuhr fort, ihr Korn zu stampfen.

»Dann will ich ein Palaver mit dir abhalten, M'seri«, sagte Bones, »denn das Herz Sandis ist sehr traurig, weil du deinen Mann verlassen hast und zu der Hütte von M'furus Sohn gegangen bist.«

»Mein Mann war ein Sklave und ein Hund«, sagte sie ruhig, »und Gigini hat mir viele Stücke Tuch gegeben und Salz und andere Schätze.«

»Aber dieser Mann, dein Gatte, liebt dich, M'seri«, sagte Bones. »Jede Nacht weint er nach dir in seiner leeren Hütte.«

»Wenn er tot wäre, würde er nicht weinen«, antwortete die Frau und stampfte ihr Korn mit großer Energie.

»Oh, M'seri«, fuhr Bones fort, »wenn er nun zu dir käme, würdest du ihn bewillkommnen?«

Sie dachte nach. »Wenn er käme, Tibbetti? Ich wünschte, er würde kommen«, sagte sie.

Bones' Augen leuchteten auf. »Gehe zu deiner Hütte, M'seri«, sagte er, »und ich werde ein Palaver mit meinem Gast abhalten.«

Sie zögerte, aber dann gehorchte sie, hob den schweren Steintrog und die Keule auf und verschwand in der Hütte. Der Mann, der im Walde wartete, kam auf Bones' Signal schnell herbei.

»Gehe jetzt hinein«, sagte Bones leise. »Sie ist dort.«

Er sah, wie der Mann in die dunkle Öffnung eintrat, und nahm sein Notizbuch heraus.

»Mein lieber, guter Distriktsgouverneur«, schrieb er, »ich habe meine List ausgeführt. Ohne Umschweife und ohne Schwierigkeiten habe ich...«

Er hielt inne. Man hörte den Schrei eines Weibes in der Hütte, der mit einem Seufzer endete.

»Ich habe sie beruhigt, alles ist in Ordnung.«

Es war große Aufregung in der Hütte – Bones hörte den Mann ohne Finger scharfe Worte sagen. Dann erschien er. Er war außer

Atem und blutete aus einer langen Wunde in seiner Schulter.

»O Herr, es ist vorbei«, sagte er.

Bones staunte.

»Ich habe die Frau mit meinen Händen umgebracht«, sagte der Mann, »Gigini aber, der in der Hütte verborgen war, habe ich mit seinem eigenen Speer durchbohrt.«

Bones erhob sich sprachlos.

»Jetzt will ich M'furu, den Vater, töten und sein Dorf niederbrennen!«

Damit wandte sich der Mann und lief in den Wald.

Bosambo hörte die Nachricht und schickte durch Tauben einen Hilferuf zum Hauptquartier. Er nahm sechshundert Speerleute mit sich und schlug den Angriff M'furus, der von Norden kam, zurück, während der damals treu ergebene Häuptling der Isisi den Angriff im Süden aufhielt. Am siebenten Tag kam die »Zaire« den Strom herauf und kartätschte die letzte Widerstandskraft des wütenden Akasavahäuptlings nieder, bevor die Haussas den Palisadenzaun stürmten.

M'furu lag in den letzten Zügen, als Sanders zu ihm kam. Er lehnte mit seinem Rücken an dem Baum, an dem er den Mörder seines Sohnes gekreuzigt hatte. Denn sein früherer Sklave hatte versucht, ihn selbst zu töten.

»O Herr«, sagte er stöhnend, »es wäre besser gewesen, wenn du mir meinen Sklaven zurückgegeben hättest.«

»Es ist besser, daß du stirbst und dein ganzes Land leidet, als daß das Gesetz gebrochen wird«, sagte Sanders ernst.

Vorher hatte er einen sehr kleinlauten Bones getroffen, der auf der Flucht vor den Kriegskanus M'furus stromabwärts geflohen war und von der »Zaire« gerade noch rechtzeitig hatte gerettet werden können.

»Es war mein Fehler, Bones«, sagte Sanders. »Ich hätte nicht erlauben sollen, daß Sie ohne die nötige Ausrüstung ins Land gingen. Ein Friedensstifter, der nicht von einer Hotchkißkanone unterstützt wird, ist eben kein Friedensstifter. Er ist nur eine Herausforderung für die Leute.«

## *Sandis Sohn*

Tigibini, der Häuptling von Bulagongo, nahm sein siebentes Weib. Seine Wahl fiel auf die Tochter M'kurus, eines kleinen Akasavahäuptlings, aber er fragte das Mädchen nicht nach seiner Meinung. Tigibini lebte in einem kleinen Dorfe an dem »Strom, der aus dem Walde kommt«, und er war Herrscher, Gesetzgeber und Scharfrichter in einer Person. Er hatte vierzig junge Leute unter sich, die mit solcher Schlauheit und blitzartigen Geschwindigkeit Fische speeren konnten, daß es bewundernswert war. Aber auch Männer konnten sie mit derselben Geschicklichkeit durchbohren, und sie kümmerten sich wenig darum, ob es recht oder unrecht war.

M'kuru, der Vater des Mädchens, saß auf seinem Lager, einem langen, niedrigen Gestell aus Eschenholz, über das die Haut eines Antilopenbocks gespannt war. Er zupfte aufgeregt an seinen dünnen, grauen Barthaaren.

»Ich freue mich sehr, Tigibini, daß du eine Frau aus meinem Stamme zum Weibe begehrst«, sagte er furchtsam. »Aber ich denke, daß du eine bessere Frau finden wirst als K'misi, auch spricht man davon, daß in Bulagongo Geister umgehen. Du hattest schon sechs Weiber, Tigibini, und wo sind sie? Ihre Kochtöpfe sind zerbrochen, und sie sind tot.«

»Frauen sterben leicht, M'kuru«, sagte der Freier und zeigte seine weißen Zähne in einem schnellen, begierigen Lächeln. »Und wer bin ich, daß ich schlechte Worte über Geister und Teufel sagen kann, denn sind sie nicht gleich Fliegen und Gras an allen Orten?«

»Mein Herr Tigibini«, sagte M'kuru demütig, »ein junger Mann meines eigenen Volkes begehrt sie zur Frau.«

Tigibini unterbrach ihn. »Zehn Säcke Salz und tausend Ruten bringe ich dir. Welcher junge Mann wird dir soviel geben? Die Frau soll einen großen Messingring um ihren Hals haben, wie ihn noch keine meiner anderen Frauen besaß. Nun sage ich dir dieses, M'kuru.« Er erhob sich und stand mit gespreizten Beinen düster und befehlend vor dem anderen. Seine starken Arme waren vom Handgelenk bis zum Ellenbogen mit glänzenden Stahlringen geziert. »Ich wünsche diese Frau, und du sollst sie mir geben. Denn du bist ein einzelner Mann, du hast keinen großen Stamm, du lebst allein und speerst Fische. Und meine jungen Leute sagen, daß du einen bösen Fetisch hast, der die Fische vertreibt.«

»Herr«, erwiderte M'kuru beunruhigt, »ich habe keinen Fetisch!«

»Eines Tages werden sie tanzen«, sagte Tigibini bedeutungsvoll, »und wer soll sie an diesem Tage zu ihren Hütten zurückrufen?«

M'kuru fuhr mit der Hand über den trockenen Mund. »Tigibini«, sagte er zitternd, »die Frau soll dein sein.«

So nahm der Häuptling das Mädchen in seinem Kanu mit sich. Er fuhr unter den überhängenden Zweigen der Bäume durch, die den kleinen Strom einrahmten. M'kuru aber strich heimlich Staub auf seine Brust und summte leise den Totengesang der Akasava, der so beginnt: »Geist, hier ist eine Axt, um Bäume zu schlagen, hier ist ein Gefäß, um Wasser zu schöpfen.«

K'misi lernte ihre Pflichten in drei Lektionen, und jede Lektion endete mit Prügeln. Tigibini nahm dazu seine Nilpferdpeitsche, die aus dünnen Riemen bestand. Das Mädchen empfand den Schmerz und war tief gekränkt.

Am fünften Tage ihrer Ehe ging sie in den Wald, obwohl ihr Herr strengstens befohlen hatte, daß sie seine Hütte während seiner Abwesenheit nicht verlassen solle. Nach langem Suchen fand sie eine Pflanze mit leuchtendblauen Blüten. Sie nahm sie sorgfältig aus der Erde, brach die radieschenähnliche Wurzel ab und versteckte sie in ihrem Gewand. Dann suchte sie weiter. Als sie zu ihrer Hütte zurückkam, hatte sie ein halbes Dutzend Wurzeln und verbarg sie in einem Loch, das sie ausgrub.

Diesen Abend wurde sie mehr gepeitscht als zuvor, da die Fische ihren Standort geändert hatten und sich näher an der Mündung des großen Flusses aufhielten. Und da Tigibini gezwungen war, ihnen zu folgen und zwei Tage abwesend sein mußte, war es unumgänglich notwendig, der Frau Beschäftigung für ihre Gedanken zu geben.

»Weib«, sagte er atemlos, als er seine Augen schloß und die Riemen hinter sich warf, »wenn du deine Peitsche vor dich legst und sie ansiehst, so sei sicher, daß du sie eines Tages fühlen wirst. Ich gehe diese Nacht auf eine Reise, und du sollst an mich denken.«

Die zitternde Gestalt auf dem Boden seufzte und erhob sich. »O Herr«, sagte K'misi leise, »ich werde an dich denken.«

Die Frauen Tigibinis waren gestorben, weil sie kein Verlangen mehr nach dem Leben gehabt hatten. Obgleich er einen bösen Ruf hatte und in allen Fischerdörfern an dem Strom, der aus dem Walde kommt, verhaßt war, besaß er doch große Macht, und seine vierzig jungen Fischer mit ihren allzu schnellen Speeren waren so gefürchtet, daß niemand öffentlich von seinen Verbrechen sprach.

Einst hatte er einundvierzig junge Leute unter sich gehabt, aber der einundvierzigste war zu kühn gewesen.

»O Tigibini«, hatte er ihn gefragt, »warum schlägst du deine Weiber, bis sie sterben?«

Tigibini saß am Feuer und sah ihn böse von unten her an, aber er antwortete nicht. Am nächsten Morgen war der junge Mann verschwunden. Sein Körper wurde an das Ufer des Großen Flusses gespült, das war alles. Und von der Zeit an stellte niemand mehr eine Frage an Tigibini.

Der Häuptling ließ die zitternde K'misi mit ihren bösen Gedanken zurück, fuhr den Strom hinunter und kam am Morgen zu einem Fischfang seines Schwiegervaters. Dort setzte er sich nieder, um Fische zu speeren. Seine Leute nahmen von dem kleinen Dorf Besitz und vertrieben die furchtsamen Leute M'kurus aus ihren Hütten, ohne viel Umstände mit ihnen zu machen.

»Sie sollen im Wald schlafen«, sagte Tigibini zu seinen erschrockenen Verwandten, »denn sie sind ein gewöhnliches Volk, und viele von ihnen sind verrückt.«

»O Herr«, sagte der furchtsame M'kuru, »wenn du diesen Platz einnimmst, wo ich fische, wovon soll ich dann leben? Ist denn nicht Gesetz an diesem Strom, daß alles Wasser zehn

Speerlängen nach rechts und zehn Speerlängen nach links Fischgrund für die Dorfbewohner ist?«

»Es gibt an diesem Fluß kein Gesetz außer dem Gesetz des Speeres«, sagte Tigibini, »und dieses Gesetz bringe ich. Denn deine schlechten Fische haben meine guten Fische weggerufen, und ich speere sie jetzt für mich selbst.«

»O Herr«, erwiderte M'kuru, »es ist auch ein Gerede unter meinen Leuten, daß Sandi sich hinten in dem Walde aufhält.« Er zeigte mit der Hand auf das olivgrüne Hinterland. »Sie sagen, daß er mit vielen Trägern reist und ein Palaver mit den inneren N'gombi abhält, und wenn er hierher kommen sollte, würde es sehr beschämend für dich sein.«

»Sandi ist ein weißer Mann«, sagte Tigibini und spuckte verächtlich auf den Boden. »Ich bin zu groß für Sandi, weil ich das Geheimnis der weißen Leute kenne, die uns behexen und heimlich unsere Körper anstatt Tuch verkaufen.* Auch wissen alle Leute, daß Sandi niemals zu Fuß geht, sondern immer in seinem weißen Schiffe kommt. Deshalb glaube ich, daß du dich über mich lustig machen willst.«

Er wandte sich zu seinen anmaßenden Begleitern, die lachend hinter ihm standen.

»Fesselt M'kuru an den Baum!« sagte er.

Sie banden den nackten Häuptling an einen Gummibaum, und Tigibini schlug ihn mit seiner rechten Hand und mit seiner linken Hand, bis die Schreie und Seufzer des alten Mannes verstummten.

»Laßt alle dies sehen!« rief Tigibini und wandte sich an die erschrockenen Dorfbewohner, die sich ringsum versammelt hatten und sich in ihrer Furcht gegenseitig festhielten.

»Ich sehe es«, sagte eine Stimme.

* Es ist eine Legende bei den meisten Eingeborenen der Küste, daß Tuch oder Kaliko, bedruckte Baumwollstoffe usw., die in das Land eingeführt werden, aus den Leichen der Eingeborenen gemacht werden. Sie glauben, daß die Körper aus dem Lande hinausgeschmuggelt werden und daß man sie in eine tiefe Grube wirft, aus der das Tuch dann hervorkommt. Es wird ihrer Meinung nach herausgezogen und aufgerollt, bis eine genügende Länge vorhanden ist. Dann wird es abgeschnitten und wieder an die Eingeborenen verkauft. E. W.

Tigibini fuhr herum. Ein hagerer Mann von mittlerer Größe schaute ihn an. Er war in Khaki gekleidet, der große, weiße Tropenhut saß fest und gerade auf seinem Kopf, und seine braunen Hände wirbelten einen Ebenholzstock. Ein kalter Blick kam aus diesen grauen Augen, und der Häuptling bekam ein trockenes Gefühl im Munde.

»O Herr und Gebieter Sandi«, stammelte er, »ich hatte ein böses Palaver mit M'kuru.«

»Ein böses Palaver für dich, Mann! Alle deine Leute sollen ihre Speere in den Boden stecken!« Die jungen Krieger Tigibinis folgten widerstrebend diesem Befehl und wichen zurück.

Einer von Sanders' Haussa-Soldaten sammelte die Waffen ein und band sie zu einem Bündel zusammen. Zwei andere Leute befreiten M'kuru und banden Tigibini an seiner Stelle fest.

»Ich habe von dir gehört, Tigibini«, sagte Sanders, »auch von deinen vierzig jungen Leuten, die dir anhängen und böse Dinge tun.«

Er nahm die Rhinozerospeitsche und bezeichnete einen der Gefolgsleute Tigibinis.

»Schlage ihn einmal«, sagte er zu diesem, »und sei sicher, daß ich es sehe, wenn du ihn nur leise schlägst.«

Alle vierzig kamen an die Reihe und schwangen die Peitsche. Tigibini empfing die Strafe ohne einen Schmerzensschrei, denn er wußte, daß dies das Ende seiner Herrschaft war und daß die Männer, die ihn geschlagen hatten, aus Furcht nie wieder zu ihm kommen würden. Er war nun ein Häuptling ohne Gefolge. Als die Strafe beendet war und der kranke M'kuru zu seiner Hütte zurückgetragen wurde, ließ man Tigibini los.

»Geh zu deinem Dorf zurück. In zwei Monaten wird die Regenzeit eintreten, und einer meiner Offiziere wird zu dir kommen und die Abgaben einheben. Dann sollst du ihm nicht nur die einfache Steuer geben, sondern zweimal soviel, als du sonst geben mußt. Es scheint mir, daß viele Monate gekommen und gegangen sind, seitdem du zum letztenmal mit vollen Händen in der Residenz erschienst.«

»O Herr, ich bin dein Mann«, sagte Tigibini leise. Ohne weiter ein Wort zu verlieren, ging er zu dem Strom hinunter, stieg in sein Kanu und fuhr zu seinem Dorf zurück. Sein Weib erwartete ihn noch nicht, und er überraschte sie beinahe dabei, wie sie mit großer Anstrengung und Geduld ein gewisses Mehl zusammenknetete, das sie aus den heimlich gesammelten Wurzeln gezogen hatte. Sie schlug die Masse in ein paar grüne Blätter ein und schob sie gerade in ein Versteck, als Tigibini in die Hütte trat.

Sie faltete demütig ihre Arme und wartete, daß er sie schlagen würde, aber zu ihrem größten Erstaunen tat er dies nicht.

»Gib mir zu essen«, sagte er. Sie ging an ihm vorüber ins Freie.

Für gewöhnlich war Tigibini nach der Sitte der Eingeborenen bis zur Mitte nackt, und es kam ihr sonderbar vor, daß er eine Affenhaut um seinen Rücken geschlagen hatte, obgleich die Schweißtropfen auf seiner Stirne standen. Noch mehr wunderte sie sich darüber, daß er seufzte und stöhnte, wenn er eine unüberlegte Bewegung machte.

Aber das größte Wunder für sie war, daß er sie weder an diesem Abend noch am nächsten Morgen schlug.

Tigibini erhob sich in der ersten grauen Morgendämmerung und kroch aus seiner Hütte. Sein Weib hatte die ganze Nacht nicht geschlafen, sie beobachtete ihn und folgte ihm heimlich. An der Biegung des Flusses kühlte er seine Wunden mit Wasser, und sie sah die Striemen, die quer über seine Schultern liefen. Sie vermutete, woher sie kamen, und ihr Herz schlug in wilder Freude. Sie kroch wieder zurück und bereitete das Morgenmahl, das er schweigend einnahm. Als er es beendet hatte, stand er auf und sagte: »K'misi, ich glaube, du hast einen bösen Ju-Ju, denn seit ich dich gekauft habe, ist kein Glück mehr bei mir. Meine Fische sind fortgezogen, und meine jungen Leute haben mich verlassen. Und auch Sandi hat mich tief gedemütigt.«

Er schaute sie lange und nachdenklich an, und ihr feiner Instinkt sagte ihr, daß er sie umbringen wollte. Aber sie saß ruhig da und gab kein Zeichen von sich, daß sie wußte, was er dachte.

Diese Nacht brachte Tigibini in seinem Kanu zu. Er machte eine Fahrt den kleinen Fluß hinunter und besuchte die Fischerdörfer auf seinem Wege. Nirgends war er ein gern gesehener

Gast. In einigen Ortschaften hatte man schon davon gehört, daß er in Ungnade gefallen war, in anderen wußte man noch nichts davon. In einem solchen abseits gelegenen Dorf hörte Tigibini, daß Sanders die weiße »Zaire« hier getroffen hatte und nun nordwärts zu den Ochori gefahren war.

»O Mann«, sagte er zu dem Ältesten des Fischerdorfes, »wieviel Soldaten hatte Sandi?«

»Er hatte die Soldaten, um die Steuer einzutreiben – vier und vier. Ebenso ging Tibbetti mit ihm, der in dieser Nacht in dem Dorf der vier Teiche weilt. Denn morgen wird Ukusu, der N'gombimann, Tibbetti in einem großen Palaver bitten, sein Weib wegen ihrer Schlechtigkeit zu verbannen.«

Tigibini wollte ursprünglich zu seinem verlassenen Dorfe zurückkehren, wenn seine Nachforschungen beendet waren, aber nun änderte er seinen Sinn.

»Ich habe von Tibbetti gehört, aber ich habe ihn noch nie gesehen«, sagte er. »Man sagt, daß er Sandis Sohn ist.«

»Davon habe ich auch erfahren«, sagte der Dorfälteste.

Tigibini, der am Feuer saß, rauchte eine Eingeborenenpfeife und schien mit den Flammen zu beraten. Denn seine glänzenden Augen starrten unentwegt auf die brennenden Holzblöcke.

»Die Frau, die Tibbettis Mutter ist«, sagte er endlich, als er die Asche aus seiner Pfeife ausklopfte, »muß sehr schön gewesen sein in Sandis Augen, denn Tibbetti, sein Sohn, ist immer bei ihm. Und die Leute sagen: ›Den Sohn zärtlich behandeln ist soviel wie die Mutter lieben.‹« Er machte eine Pause. »Ich schlafe diese Nacht bei dir«, sagte er dann entschieden und legte sich auf der Lagerstatt des Dorfältesten zur Ruhe.

Acht Meilen davon entfernt schlief Leutnant Tibetti gesund und fest. Im Morgengrauen erhob er sich, um zu baden. Er wollte dabei vollkommen unbeobachtet sein, aber alle kleinen Jungen und Mädchen im Dorfe schauten ihm zu. Sie hatten sich um seine Hütte versammelt und bohrten mit ihren Fingern Löcher durch das Weidengeflecht der Umzäunung.

»Macht, daß ihr fortkommt!« brüllte Bones.

Er spritzte mit Wasser nach den Öffnungen, aber Wasser

schreckte die Kinder nicht, die in der Nähe des großen Flusses aufwuchsen. Bones versuchte eine andere List.

»Ich habe einen Ju-Ju«, sagte er geheimnisvoll. »Wenn ihr jetzt nicht gleich eure Gesichter zurückzieht, dann werden eure Augen am Zaun hängenbleiben!«

Diese fürchterliche Drohung wirkte. Bones hatte Zeit zu baden und sich zu waschen und dann seinen Morgenspaziergang zu machen. Er ging viermal die Dorfstraße auf und ab, mit einer Geschwindigkeit von sechs Meilen die Stunde. Die Dorfbewohner kannten diese Gewohnheit an ihm, und man glaubte allgemein, daß er dies tun müsse, weil seine Knie zusammenwachsen würden, wenn er stillstände – ein beunruhigendes Mißgeschick, dem weiße Männer nach dem Glauben der Eingeborenen unterworfen waren.

Sanders hatte ihn mit einem Begleitsoldaten zurückgelassen, um einen Ehestreit zu schlichten, der seit vier Monaten das Gerede des ganzen Landes bildete. Das Weib des Ukusu war nicht ohne Grund bei ihrem Ehemann in Ungnade gefallen, und Bones saß nun den ganzen Tag unter dem schattigen Dach des Palaverhauses und hörte alles an, was Ukusu zu sagen hatte, und alles, was seine Frau erzählte. Da gab es haarsträubende Klagen und Gegenklagen, die nicht alle aufgezählt werden können. Er hörte auch das Zeugnis von Ukusus Mutter, welche nach der Aussage von Ukusus Weib eigentlich alles verschuldet hatte. Dann vernahm er den Vater von Ukusus Weib, der bittere Klagen gegen Ukusu vorbrachte. Er beschwerte sich über die Güte der Ziegen, die den Kaufpreis seiner Tochter darstellten. Auch vernahm Bones die Aussagen vieler williger und gesprächiger Nachbarn, die Augenzeugen gewisser verdächtiger Vorfälle waren – Vorfälle, die sich ereignet hatten oder haben sollten, wenn die Zeugen eigentlich in ihren Betten schlafen mußten. Alle diese Angaben wurden mit einer Freiheit und Offenheit erzählt, daß Bones manchmal an die Decke des Palaverhauses schaute und wünschte, daß er nicht zugegen sein müßte.

Von neun Uhr morgens bis halb elf abends kam ein Zeuge nach dem anderen und ging wieder. Manchmal wollten sie mitten in ihrer Erzählung einhalten, um nach Hause zu gehen und ihre Familienmahlzeit zu kochen. Andere wurden gerufen, um ihre Plätze einzunehmen, aber um halb elf nach Bones Taschenuhr wurde das Urteil gefällt.

Ukusu erhielt durch ein bedingtes Urteil das Pfändungsrecht auf die Ziege, worauf alle Zeugen, besonders die, die sich zugunsten seines Weibes blaß gelogen hatten, zu ihm hinkamen und ihm in ihrer naiven Weise gratulierten. Bones ging mit der Überzeugung zu Bett, daß er diesen Tag gut zugebracht hatte.

Er rief seine Ordonnanz.

»Morgen in der Frühe, beim ersten Tageslicht, soll das Kanu des Häuptlings mit zwanzig Ruderern bemannt auf mich warten. Denn ich gehe zu meinem Herrn Sandi, der mich auf dem großen Schiff im Isisistrom erwartet.«

Er trank eine Tasse Tee, die die Ordonnanz für ihn zubereitet hatte, und ging zu Bett.

Die Gästehütte lag am Ende des Dorfes, ein Dutzend Schritte von dem Weg entfernt, der dem Flußufer folgte. Als Bones sich ausstreckte, hörte er das Gurgeln und Rauschen des schnell dahinfließenden Stromes, ein angenehmes Geräusch, das leicht in Schlaf und Träume einwiegt. Mitten in der Nacht erwachte er plötzlich und richtete sich auf. Er wußte nicht, warum, denn außer dem Rauschen des Wassers und dem regelmäßigen Schnarchen der schlafenden Wache vor seiner Hütte war nichts zu vernehmen. Bones sprang aus dem Bett, zog seine Moskitoschuhe an und ging zu dem Tor der Hütte.

Der Mond schien hell, und er konnte die Dorfstraße und die Hütten so klar wie im Tageslicht sehen. Das Dorf lag schweigend da. In ungleichen Zwischenräumen flackerte das glimmende Rot der erlöschenden Feuer auf. Er schaute auf seinen Wachtposten.

»Mein lieber Kerl«, sagte er sanft, »du machst einen Lärm wie ein altes Schwein.«

Er stieß den Mann leise an, aber der schlief so fest wie ein Soldat, der sich in Sicherheit weiß. Wenn sie im Walde geruht hätten, würde das leiseste Wort ihn aufgeweckt haben. »Ich muß auf meinem Rücken gelegen haben«, dachte Bones. Er hatte sich halb umgedreht, um wieder in die Hütte einzutreten, als er plötzlich das Bewußtsein verlor.

Er fühlte den Schlag nicht, der ihn im Nacken traf, und er fühlte auch keinen Schmerz. Nur die Welt um ihn wurde plötzlich dunkel, und er brach zusammen.

Tigibini fing ihn mit seinen Armen auf, hob ihn vorsichtig über den Rücken der Schildwache weg, nahm ihn auf seine Schulter und schritt den Fußpfad entlang ins Gebüsch. Sein Kanu wartete, er legte Bones auf den Boden, sprang hinten ins Boot und lenkte es in die Mitte des Stromes. Der Fluß hatte eine starke Strömung. Lange bevor das Morgengrauen kam und der Wachtposten in die Hütte seines Herrn ging, hatte Tigibini sein Dorf erreicht.

Bones erlangte das Bewußtsein im Boot allmählich zurück und kam wieder ganz zu sich in der Hütte des Mannes, der ihn gefangengenommen hatte. Seine Füße und Hände waren mit Stricken eng zusammengebunden. Seine heftigen Schmerzen im Kopf wurden erträglicher, als ihm jemand Wasser zu trinken gab. Er öffnete die Augen und schaute sich um. Zuerst glaubte er, in der Hütte zu sein, wo er sich niedergelegt hatte, aber langsam kam ihm seine neue Umgebung zum Bewußtsein. Er versuchte sich zu bewegen und erkannte nun, daß seine Hände und Füße gefesselt waren. An seiner Seite saß eine Frau. Sie hatte die Hände zwischen die Knie zusammengelegt und beobachtete ihn ohne Mitgefühl, aber mit Interesse.

»O Weib«, sagte Bones mit schwacher Stimme, »wo bin ich?«

Sie legte ihre Finger an die Lippen, richtete sich auf, ging leise zur Tür und schaute hinaus. Sie blieb noch an der Tür stehen, als sie sprach und schaute mit einem Auge den Pfad hinunter, den ihr Mann kommen mußte.

»Du bist in der Hütte Tigibinis von Bulagongo«, sagte sie leise. »Tigibini ist in den Wald gegangen, um junge Bäume für deine Tötung vorzubereiten.« Sie gebrauchte nicht das gewöhnliche Wort für »Tötung«, sondern sie sagte wörtlich »Töten durch in die Luft fliegen.«

Um diese Todesart auszuführen, biegen die Eingeborenen vier junge Baumstämme so weit herunter, daß sich ihre Spitzen berühren, und befestigen sie mit einem Tau am Boden. Der Mensch, den sie töten wollen, wird an Hand- und Fußgelenken an die jungen Stämme gebunden. Dann schlagen sie mit einem Hieb das Haupttau durch, so daß alle vier Spitzen der Bäume mit einemmal frei werden, in ihre natürliche Lage zurückschnellen und den Körper des Menschen in vier Teile zerreißen.

»O Gott!« sagte Bones bestürzt. »Wie lange wird Tigibini ausbleiben?«

Sie schüttelte den Kopf.

»Er ist sehr stark«, sagte sie, »aber die jungen Stämme sind noch stärker, und die Sonne wird in diese Hütte scheinen, bevor er seine Arbeit vollendet hat.«

Bones machte eine schnelle Berechnung und kam zu dem Schluß, daß er nur noch sechs Stunden zu leben hatte.

»Warum tut Tigibini das?« fragte er.

»O Herr«, sagte die Frau bitter, »wer kennt das Herz Tigibinis? Er erzählt mir nichts, weil ich sein Weib bin, aber ich weiß, daß er Sandi haßt. Auch sagt er, daß du der Sohn von Sandi bist.«

»O Gott!« sagte Bones wieder. Dann fuhr er in der Eingeborenensprache fort: »O Weib, wenn du dieses Tau durchschneidest und mich gehen läßt, werde ich dir reiche Geschenke geben, und Sandi wird ein Schild für dich sein in allen Dingen.«

Sie schüttelte den Kopf. »O Herr, wenn ich dies täte, würde Tigibini uns erkennen. Denn obgleich er jetzt nicht in die Hütte blicken kann, sieht er doch von seinem Standpunkt aus alle Leute, die die Hütte verlassen, und er hat seine Speere, die töten. Und du, o Herr, hast nichts. Und so denke ich, daß du besser warten sollst.«

Ihre Vorsicht war gerechtfertigt. Fünf Minuten später huschte sie leise durch den Raum und kniete in einer Ecke nieder. Gleich darauf füllte Tigibinis große Gestalt die Türöffnung. Er schaute auf Bones hinunter.

»Ich sehe dich, Tibbetti!« sagte er.

»Ich sehe dich, Tigibini!« erwiderte Bones. »Dies ist eine ganz schandbare Sache, du wirst sicher deshalb großes Ungemach haben und leiden.«

»Tibbetti, wenn ich leiden muß, wirst du doch nichts davon wissen, denn dann wirst du tot sein.«

Er schwang seine dicke Peitsche in der Hand, aber er machte keine Anstalten, den Gefangenen zu schlagen, sondern er schlug die nackten Schultern des Mädchens damit.

»Ich bin hungrig«, sagte er dann.

Sie eilte aus der Hütte und ließ sich vor dem Feuer und dem schwarzen Kochtopf, der darüber hing, auf ihre Knie nieder.

Tigibini sagte nichts mehr zu Bones, sondern ging hinaus und verspeiste ein reichliches Mahl.

»Bald werde ich wiederkommen«, versprach er und wischte den Mund mit der Hand ab, um die Vorbereitungen zu seiner grausigen Arbeit wieder aufzunehmen, »und dann, Tibbetti, wird Sandi keinen Sohn mehr haben.«

Die Frau saß nun mit untergeschlagenen Beinen in der Türöffnung, stützte die Ellenbogen auf ihre Knie und hielt das Kinn in den Händen. Nachdenklich schaute sie auf den Waldweg, wo sie hin und wieder ihren Mann sah. Von Zeit zu Zeit sprach sie über ihre Schulter zurück zu Bones.

»Jetzt ist er fertig«, flüsterte sie zuletzt ängstlich.

Tigibini kam herein, schaute auf seinen Gefangenen, packte ihn an seinem Rock und brachte ihn in sitzende Stellung. Bones wurde schwindlig, und er wäre vornüber gefallen, wenn Tigibini ihn nicht gestützt hätte.

»Tigibini!«

Der große Mann drehte sich verwundert um. Die Kühnheit, ihn anzureden, war ihm ganz neu. Denn eine Frau redet ihren Mann niemals mit seinem Namen an, es sei denn in liebevoller Zuneigung oder in unverschämter Anmaßung.

»O Tigibini!« sagte sie. »Wenn du Tibbetti umgebracht hast, was wird dann aus mir?«

»Du wirst warten, K'misi!« Er starrte sie aus zornigen und unentschlossenen Augen an.

»O du, der die Frauen auspeitschst, was wird aus mir?« fragte sie wieder.

Mit einem Wutgeheul sprang er auf und eilte aus der Hütte.

»Wo ist dein Mann hingegangen?« fragte Bones.

»O Herr, er ging, um seine Peitsche zu holen«, sagte sie.

Tigibini kam schwerfällig zurück, die Peitsche in der Hand. Drei Minuten lang zuckte Bones in grenzenloser Wut unter den Schlägen zusammen, die auf den ungeschützten Körper K'misis niederfielen.

Tigibini schlug sein Weib so lange, bis er vollständig ermüdet war. Dann warf er die Peitsche weg. Aber sie hob sich auf ihre Ellenbogen und lächelte ihn an.

»Der du die Frauen schlägst«, höhnte sie ihn, »wo ist deine feine Axt?«

»Sie ist im Wald, Weib, und ich werde gleich mit ihr zurückkommen«, sagte er heiser.

»Gehe schnell«, sagte K'misi immer noch lächelnd. »Oder fürchtest du dich, weil dieser weiße Mann es sehen wird?«

»Das sollst du erfahren!« schrie Tigibini und verließ die Hütte wieder.

Sie trat in die Tür und schaute hinaus. Bones konnte von seinem Sitz aus den Mann mit seinen Blicken verfolgen.

Er verschwand im Dickicht, und nach einer Weile sahen sie ihn wieder hervorkommen. Er kam nicht gleich zurück, einen Augenblick stand er still und stützte sich auf den langen Stiel seiner Axt. Als er sich wieder bewegte, schien er zu taumeln. K'misi warf sich über Bones.

»Schnell, Tibbetti!« zischte sie zwischen den Zähnen und schnitt mit einem Messer seine Fesseln durch.

Bones erhob sich mit einem Seufzer und schwankte zur Tür. K'misi stand vor ihm.

Tigibini kam zurück. Halb lief er, dann ging er wieder, aber er wankte immer von links nach rechts. Sie beobachteten ihn auf seinem Wege. Er kam näher und näher, einmal fiel er auf seine Knie, aber es gelang ihm, sich wieder aufzurichten. Dann riß er sich zusammen und starrte den Mann und das Weib an, die vor seiner Hütte standen.

»Ich sehe euch!« schrie er und begann zu laufen. Aber er stürzte auf seine Hände und Knie und fiel zur Seite. Die Axt entglitt seiner Hand.

K'misi ging zu ihm und schaute auf ihn nieder.

»Wir wollen jetzt gehen, Tibbetti!« sagte sie, »denn diesen Abend wird Tigibini sterben.«

Aber Tigibini war am nächsten Morgen noch nicht tot, als Sanders zu der Stelle kam. Denn Akonit, selbst wenn es aus wilden Wurzeln des Waldes gewonnen wird, tötet nur langsam, obgleich es schnell lähmt und bewußtlos macht.

»Es scheint unglaublich«, sagte Sanders, »aber es ist sicher wahr, was die Frau sagt. Sie hat ihn aufgestachelt, sie zu peitschen, damit das Gift Zeit hatte zu wirken. Jedem Schlag, den sie bekam, verdanken Sie Ihre Rettung.«

Das Verhör wurde auf dem Deck der »Zaire« abgehalten, und K'misi schaute von einem zum andern, da sie die fremde Sprache nicht verstehen konnte.

»Sage mir doch, Tibbetti«, fragte sie, »hat Sandi gesagt, daß ich etwas Schlechtes getan habe?«

Sanders schüttelte den Kopf. »Du hast Gutes getan, K'misi.« Er lächelte sie an. »Ich werde dir viele Geschenke geben.«

»O Herr«, sagte sie, »ich tat es nicht, um Belohnung zu bekommen, sondern weil Tibbetti dein Sohn ist.«

## *Bones und eine Dame*

Vor Jahren, als noch keine Regierung in den Ländern am Großen Strom eingesetzt war, lebte dort ein Missionar, der ein ungewöhnlicher Mann auf diesem Posten war, denn er besaß außer dem Eifer für das Heil seiner schwarzen Brüder auch große Reichtümer. Er war der Sohn eines reichen New Yorker Finanzmannes und konnte sich alle seine Wünsche erfüllen. Während seine Brüder es vorzogen, Fahrten im Freiballon zu machen, was man damals als den elegantesten Sport ansah, war es die feste Überzeugung Henry T. Fellins, daß der Unterschied zwischen schwarzen und weißen Menschen nur in der Hautfarbe und der Umgebung liege. Er brachte ein aufregendes Jahr im Akasava-Distrikt zu, mußte dann aber nach Hause aufbrechen, da sein Bruder in einem Fallschirm abgestürzt war, der sich nicht im richtigen Augenblick geöffnet hatte. Er kam in New York mit zwei kleinen Negerknaben an, von denen der eine dem Isisi-, der andere dem Akasava-Stamm angehörte. Einer der beiden Knaben starb im ersten kalten Winter, aber der andere wuchs heran, wurde größer und rechtfertigte den Versuch Henry T. Fellins in ganz hervorragender Weise. Im Alter von neunzehn Jahren hatte der junge Mann schon eine Stelle als Lektor an der Universität erlangt, und mit zwanzig Jahren gründete er die Panäthiopische Bewegung und eröffnete in allen Teilen der Vereinigten Staaten jene bemerkenswerten Schulen und Gymnasien, die später sehr in Verruf kamen, als man die Bouzier-Verschwörung aufdeckte. Sie wurden dann auf Befehl des Höchsten Gerichtshofes wieder aufgelöst. Professor Ceburn, wie Mr. Fellins Schützling hieß, war zweifellos ein großer Pädagoge und einer der größten farbigen Lehrer aller Zeiten.

Lange bevor diese Geschichte beginnt, verließ er Amerika »aus Gesundheitsrücksichten«.

Eines Morgens stand ein großer, schlanker, hagerer Eingeborener in einem Paar zerrissener Kniehosen vor Sanders auf der Veranda der Residenz und erklärte ihm zwischen heftigen Hustenanfällen, daß er in das Land zurückgekommen sei, um hier zu sterben.

»O Mann«, sagte Sanders höflich. »Das ist ein böses Ende. Aber du hast viele Wunderdinge in der weiten Welt gesehen, und du hast Erinnerungen.«

Ein schwaches Lächeln zeigte sich auf den Zügen des Heimgekehrten.

»O Herr«, sagte er schlicht. »So ist es. Und ich bin weise durch die Weisheit großer Völker. Ich habe große und kleine Schulen besucht, ich habe Medizin und viele Sprachen studiert. Aber nichts von alledem ist so wundervoll schön wie der Anblick des Elefantengrases am Ufer des Großen Stromes oder wie das Gezwitscher der Webervögel in den Palmen der Isisi.«

Sanders schaute mitfühlend auf ihn, denn er liebte dieses Volk und würdigte in diesem Augenblick die natürliche Vornehmheit des Mannes, der in seiner Heimat nicht englisch sprach. In einem Regierungskanu fuhr er nach oben ins Land. Es war mit den Vorräten und Büchern beladen, die er aus der großen Welt jenseits des Ozeans mitgebracht hatte. Sanders sah ihn in den folgenden Jahren nur selten, denn er suchte sich einen Wohnsitz am Ufer eines Waldstroms und nahm Sigibi zum Weibe, die Tochter eines klugen Häuptlings der unteren Isisi, bei denen Geister- und Aberglauben zu Hause sind.

Eines Nachmittags saß Sanders in der Veranda vor seinem Hause und hatte die Füße behaglich über das Geländer gelegt. Er verbrachte seine Zeit teils damit, Moskitos mit einer langen Klappe zu töten, teils damit, einen langweiligen Bericht über die Zustände seines Distriktes zu lesen, den ein Gouverneur geschrieben hatte, der sich vor dem Malariafieber mehr als vor dem Teufel fürchtete und seine Ansichten über die Isisi aus großer Entfernung zu Papier gebracht hatte.

Plötzlich sprang Sanders ohne ersichtlichen Grund auf. Keine Seele war zu sehen. Die heiße Nachmittagssonne glühte über dem großen Garten, der vor dem Bungalow lag; der breite, gelbe Pfad, der zu den Quartieren der Haussa-Soldaten führte, lag verlassen da, und zwischen den bedeckten Hütten, die in vier Reihen aufgebaut waren, regte sich nichts. Der Distriktsgouverneur lauschte mit gerunzelter Stirn und vorgebeugtem Kopf. Der heisere Schrei der Papageien, das entfernte Rollen der brandenden Seewogen, das dünne, schrille Zirpen der Zikaden – das alles war die gewöhnliche Musik des Tages. Aber durch alle Geräusche drang ein schwacher Ton, als ob in den nördlichen Wäldern ein Musikant seine Trommelstöcke auf einer umgekehrten Schüssel wirbeln ließe. Es war nur ein leises, metallisches Klingen, aber es war anhaltend und dringend. Ein kleiner Weckruf, den man nur halb hören konnte und der halb in den anderen Geräuschen unterging. Sanders pfiff auf einer schrillen Trillerpfeife. Der Sergeant Abibu, seine Ordonnanz, eilte sofort herbei.

»O Abibu«, sagte Sanders, »eine Lokoli tönt.«

Abibu hätte erwidern können, daß die hohlen Baumtrommeln, die die Signale von Dorf zu Dorf geben, nicht am Tage gerührt würden. Aber hier am Strom gab es ja nur wenig Vorgänge, die sich nicht von einem Tag zum andern geändert hätten. Er horchte angestrengt.

Seine Ohren, die schärfer als die seines Herrn waren, fingen die Töne auf, und er übersetzte sie.

»Männer kämpfen auf dem Fluß«, sagte er. »Sandis Mann flieht im Kanu vor Speeren.«

Sanders sah ihn mit zusammengekniffenen Augen an und runzelte die Stirn.

Dann hörte er näher und deutlicher das hohle Rasseln einer anderen Lokoli.

»O Herr, diese Lokoli sagt: ›Ein Mann flieht, und viele folgen, und er eilt zu dem Auge Sandis.‹ Ich denke, es ist Ahmet, unser Hauptspäher.«

Er wandte sich um, und seine hohe Stimme schallte über den Platz. Aus dem Wachthaus kamen zögernd sechs Mann, bis Abibu Leben und Bewegung in sie brachte. Dann liefen sie mit ihren Gewehren zu dem Wald vor der Residenz.

Plötzlich hörte man von dem Teil des Flusses, den die Bäume und das Gehölz verbargen, Schüsse von Mausergewehren. Dann kam ein langes, schmales Kanu in Sicht, und der Mann, der darin saß, ruderte mit letzter, verzweifelter Anstrengung.

Links und rechts vor ihm sprangen kleine Wasserfontänen in die Höhe, und die Gewehre knatterten unaufhörlich, bis –

Tak-tak-tak-tak-tak!

Von dem verdeckten Kai, wo die »Zaire« angetäut lag, kam jetzt das Staccato-Gelächter eines Maschinengewehrs. Sanders hörte das schrille Pfeifen der Geschosse.

»Bones!« sagte eine Stimme dicht neben ihm in Bewunderung. »Der gute, alte Bones!«

»Aber die Gewehre, die Gewehre!« rief Sanders erregt. »Um Himmels willen, wo haben die Eingeborenen die Gewehre her?«

Der Mann in dem Kanu hatte die Uferbank erreicht. Er sprang aus dem Boot und kümmerte sich nicht weiter um sein Fahrzeug, das wieder nach der Mitte des Stromes trieb. Mit gesenktem Kopf und zusammengesunkenen Schultern kam er quer über den Exerzierplatz.

Sanders eilte ihm entgegen.

»Friede deinem Hause, Sandi baba«, sagte der Mann heiser. »Es ist ein böses Palaver bei den unteren Isisi, und die Leute haben Gewehre.«

Er sank auf die Seite, und Captain Hamilton fing ihn auf. Er blutete aus drei Wunden, und die Geschicklichkeit seiner geheimnisvollen Verfolger im Schießen war nicht zu unterschätzen. Hamilton hob ihn auf und trug ihn in den kühlen Schatten der Veranda. Das Rattern der Gewehre im Walde hielt an, aber die Schüsse kamen langsamer und aus größerer Entfernung.

Abibu, der den Angriff abgewehrt hatte, kam zurück und erzählte, daß vier Kriegskanus, mit einer Besatzung von je zwanzig Ruderern und zwei Schützen, Ahmet verfolgt hätten, daß sie nun aber umgekehrt und in voller Geschwindigkeit stromauf verschwunden seien.

»Soll ich Dampf in der ›Zaire‹ aufmachen?« fragte Hamilton. »Ich könnte sie vor Abend noch einholen.«

Sanders schüttelte den Kopf. »Sie würden beim ersten Anblick des Dampfbootes in die Büsche laufen. Was es auch für eine Lösung geben mag, sie muß von unserem Freund kommen.«

Der Späher Ahmet saß mit dem Rücken gegen die Wand der Hütte gelehnt.

»O Ahmet«, sagte Sanders freundlich, »was bedeutet dieses böse Palaver bei den Isisi?«

Der Mann trank gierig das Glas Wasser, das Patricia Hamilton ihm reichte. Das Gewehrfeuer hatte auch sie herausgetrieben.

»O Herr«, sagte Ahmet. »Es ist eine Frau bei den Isisi, die ein geheimes Palaver mit dem Arabi* abgehalten und Gewehre für ihre jungen Leute gekauft hat. Dieses habe ich mit Hilfe Gottes herausgefunden, denn der Arabi kam über die Grenze aus dem

* Arabischer Händler. »Arab« ist ein Wort, das sehr unbestimmt gebraucht wird, sowohl um die wirklichen Araber als auch um die Sansibarleute zu bezeichnen. E. W.

Lande des Alten Königs, und sie traf ihn mit ihren Begleitern und gab Elfenbein und Gummi dafür. Tag für Tag hat sie in dem Walde der Teufel, wohin niemand geht, ihre jungen Leute eingeübt.«

Sanders zog die Augenbrauen zusammen.

»Was ist das für eine Frau, Ahmet? Ich kenne kein Weib am ganzen Strom, das eine solche Gewalt über die Männer hätte, seit Drona Bululu gestorben ist.«

»O Herr, sie ist die Tochter des Häuptlings M'soba und die Witwe des weisen Z'buri.«

Sanders begann zu verstehen. »Ach so«, sagte er. Dann gab er Abibu Befehl, für Ahmet zu sorgen. Er wandte sich schnell zum Haus und winkte Hamilton, ihm zu folgen.

Er ging durch den großen Speisesaal in sein kleines Bureau. Hamilton, der draußen wartete – denn Sanders' Bureau war das Allerheiligste vom Heiligen –, hörte das Einschnappen des Schlüssels im Geldschrank. Gleich darauf kam Sanders mit einem Blatt Papier in der Hand zurück.

»Sehen Sie sich das einmal an!«

Hamilton nahm den Bogen, der in schöner Handschrift mit vollendeter Sicherheit geschrieben war.

»Sehr geehrter Mr. Sanders,
mein Mann, Dr. Z'buri, bittet mich, Ihnen zu erklären, daß er infolge seiner langen Krankheit nicht in der Lage war, die festgesetzte Hüttentaxe einzusammeln. Er hofft, daß Sie darin einwilligen, gemäß § 38 des Territorialgesetzes die Steuer zu erlassen.

Ihre sehr ergebene

Sigibi Z'buri.«

Hamilton atmete hörbar. »Wann haben Sie dies bekommen?« fragte er.

»Kurz vor dem Tode Z'buris; es mag sechs Monate her sein. Ich bekam beinahe einen Anfall vor Schrecken.«

»Aber das ist doch gar nicht möglich!« erklärte der Haussa-Captain. »Eine Eingeborenenfrau – ich kann mich noch auf sie besinnen, wie sie ein ganz kleines Mädchen war!«

»Ich wunderte mich schon, wie Z'buri seine Zeit verbrachte, aber jetzt weiß ich es«, sagte Sanders. »Er war ein geborener Lehrer und hat das Mädchen wahrscheinlich unterrichtet. Man kann in fünf Jahren viel erreichen. Was werden wir aber jetzt tun?«

»Sie können natürlich nicht hinaufgehen«, sagte Hamilton. »Aber das ist ein Frauenpalaver, wir wollen Patricia fragen.« Er ging aus dem Zimmer und kehrte mit seiner Schwester zurück.

»Das ist der Krieg, und zwar die schlimmste Art von Krieg«, erklärte Sanders. »Wenn ich nach oben gehe, muß ich jeden Haussa-Soldaten mitnehmen, der Ihnen unterstellt ist.« Er sah auf Hamilton. »Das bedeutet, daß wir beim Hauptquartier um die Entsendung eines anderen Bataillons bitten müssen, und das möchte ich nicht gerne tun.«

»Senden Sie Bones!« schlug Patricia vor.

»Bones?« wiederholte ihr Bruder mißbilligend. »Mein liebes Kind, was soll denn Bones dabei tun?«

»Sie werden mich auslachen«, sagte Patricia ernst, »aber ich habe großes Zutrauen zu Bones, und er steht unter einem Glücksstern.«

»Aber Patricia!«

»Tu bitte nicht immer so erhaben!« sagte sie. »Ich fühle irgendwie, daß Bones die richtige Art zu verhandeln hat, und die unteren Isisi sind ihm sehr zugetan. Er ist jung, und man darf nicht vergessen, daß er mit einer Frau zu tun hat, selbst wenn sie eine Eingeborene ist.«

Die beiden Männer sahen sich nachdenklich an.

»Ich möchte es nicht tun«, sagte Sanders ruhig. »Es könnte Bones das Leben kosten, und das würde ich mir nie vergeben.«

»Glauben Sie, mir wäre das einerlei?« fragte Patricia. »Aber da kommt er selbst, wir wollen ihn fragen.«

Bones trat in das Speisezimmer und verneigte sich. Er klappte die Hacken zusammen und hielt sich stolz aufrecht.

»Es ist kein Grund vorhanden, sich zu fürchten, liebe Exzellenz, meine Damen und Herren«, sagte er. »Mit einer Hand habe ich bedeutende feindliche Kräfte, die unsere Linien erreichen wollten, durch Feuer vernichtet. Beim ersten Anzeichen der Gefahr eilte der liebe, gute Maschinengewehroffizier, der mit einem offenen Auge neben seiner Batterie schlief, zu den Waffen. Einige Männer, die in unseren vorgeschobenen Linien Fuß faßten, wurden erledigt. Von der übrigen Front ist nichts Wichtiges zu berichten.« Er salutierte wieder.

»Ich hörte Ihr Maschinengewehr in Tätigkeit«, sagte Hamilton. »Haben Sie etwas getroffen?«

Bones sah seinen Vorgesetzten mit Verachtung an.

»Getroffen? O nein«, sagte er ironisch, »nein, mein Lieber, nein, nein – sicherlich nicht!«

»Sie haben Ihre Sache glänzend gemacht, Bones!« sagte Patricia. »Ich bin sicher, daß Sie alles wieder wunderbar in Ordnung gebracht haben. Aber Mr. Sanders möchte Ihnen etwas sagen.«

Klipp und klar erklärte Sanders in ein paar Sätzen die Lage. Bones, der unnötigerweise die Hand ans Ohr hielt, hörte mit gespanntem Gesicht zu, um die Wichtigkeit der Nachrichten zu würdigen. Nur manchmal unterbrach er den Distriktsgouverneur mit Zwischenrufen, die die Situation seiner Meinung nach verlangte. Als Sanders zu Ende war, erhob er sich von seinem Stuhl, wischte sorgfältig das Innere seines Tropenhelmes mit einem seidenen Taschentuch, setzte ihn dann wieder auf und schaute gedankenvoll auf den Fußboden.

»Takt!« sagte er.

»Sicher«, erwiderte Hamilton. »Deswegen bin ich ja einigermaßen besorgt.«

»Takt ist seit alters meine starke Seite, mein lieber, alter Zweifler«, sagte Bones selbstzufrieden. »Ich werde dieser guten Dame bestimmt, aber liebenswürdig gegenübertreten und mir ins Gedächtnis rufen – wenn ich so sagen darf –, daß ich allein in der Lage bin, mit einer so verwickelten Situation fertig zu werden.«

»Brechen Sie morgen in der Frühe auf«, sagte Sanders, »und tun Sie Ihr Bestes, Bones. Wenn es Ihnen zu heiß wird, senden Sie mir Nachricht. Ich werde Tauben an Bord bringen lassen. Wenn möglich, entwaffnen Sie die Leute, sie haben acht Gewehre. Sie bringen die Frau zu meinem Hauptquartier.«

Bones machte sich am nächsten Morgen bei Tagesanbruch auf, nachdem er sich von allen verabschiedet hatte. Mit einer großen Ledermappe unter dem Arm machte er seine »offiziellen Visiten« – wie er es nannte – bei Patricia, Hamilton und Sanders.

»Ich bin sicher, Bones, daß Sie fabelhaft diplomatisch auftreten werden«, sagte Patricia.

»Wir werden unser Bestes tun«, erwiderte Bones.

Hamilton schrieb in seinem Dienstzimmer, als sein Untergebener erschien.

»Seine Exzellenz, Leutnant Tibbetts, Beauftragter Minister und Außerordentlicher Gesandter«, kündete Bones an.

»Viel Glück, Bones«, sagte der Captain und streckte seine große Hand aus. »Machen Sie sich nicht lächerlich.«

»Wir werden unser Bestes tun«, murmelte Bones und ging hinaus.

Sanders war am Ufer, als die »Zaire« abfuhr.

»Nur keinen Krieg, Bones«, sagte er.

Bones winkte erhaben mit der Hand. »Wir werden unser Bestes tun.«

Sanders beobachtete das Schiff, bis es außer Sicht kam, dann rief er seine Ordonnanz zu sich.

Einige Minuten später hielt Abibu eine zahme Taube sachkundig in seiner Hand, während der Distriktsgouverneur in dem verworrenen Arabisch, das man an der Küste sprach, schnell ein kleines Blatt beschrieb. Dies war die Botschaft, die der geflügelte Bote nach Norden trug:

»Im Namen des gnädigen und barmherzigen Gottes. Von Sandi, wo der Große Strom sich ins Meer ergießt. An Bosambo, den Oberhäuptling der Ochori, in seiner Stadt am Fluß.

Friede sei mit deinem Hause. An diesem Tag, dem dritten vor der Rinde des Mondes, zieht der Herr Tibbetti aus, um ein Palaver mit Sigibi abzuhalten, der Tochter von M'soba, dem Häuptling der Isisi, und der Witwe von Z'buri, dem Weisen. Nun ist Krieg im Anzug, wie ich höre, und es besteht eine Vereinigung aller Völker gegen meinen König. Die Ursache von allem aber ist diese Frau. Dieses sage ich dir nun, Bosambo, mein Freund:

Du sollst deine Speerleute mit dir nehmen und nahe zum Walde der Träume in die Nähe des Dorfes von M'soba gehen, wo sich diese Frau aufhält. Und wenn ein Ruf von Tibbetti kommt, dann sollst du sie ohne Mitleid schlagen, auch sollst du die Krieger M'sobas und das Weib Sigibi vernichten und sollst ihre Dörfer dem Feuer überantworten und ihre Weiber und Ziegen zu meiner Verfügung halten. Und ich werde stark für dich sein und bin dein Schild gegen alle Leute. Geschrieben in meinem großen Regierungshause.«

Die »Zaire« fuhr den Bogen des Stromes hinauf, wo der Isisi den N'gombi von den Ländern des Guten Häuptlings trennt. Trotz Bones' merkwürdigem Steuerungssystem stieß ihr kein Unglück zu. Er kam noch vor Tagesanbruch an. Dies war eine glückverheißende Ankunftsstunde, denn in diesem Halblicht sterben nach dem Glauben der Isisi alle Teufel und Dämonen und haben keine Kraft, so daß auch der Fremde keine bösen, verhängnisvollen Geister mit sich bringen kann.

Bones beriet sich mit seinem Wächter und Diener Ali, der seine Jugend in dem Laboratorium eines sonderbaren Wissenschaftlers an der Küste zugebracht hatte und dessen Sprache infolgedessen nicht bloß Englisch, sondern wissenschaftliches Englisch war.

»Takt«, sagte Bones, »ist die einzige Waffe in der netten, alten Rüstungskammer der Diplomatie. Ali, du wirst deinen Herrn und Beschützer in einem ganz neuen Lichte sehen.«

Der feierliche, dicke Mann wandte seine klaren Augen auf Leutnant Tibbetts. Er nannte sich selbst einen Araber, war aber in Wirklichkeit nur ein Mann von der Küste. »Taktvolle Anwendung der Philosophie stellt theoretische Syllogismen dar«, sagte er bedachtsam. »Wenn aber der Taktvolle durch heftige Demonstrationen gegen sich und seinen Takt am Wirken gehindert wird, so ist vorsichtiges Laden der Geschütze äußerst erwünscht.«

Bones schüttelte heftig den Kopf. »Keinen Krieg, Ali, du blutdürstiger alter Kerl. Takt und diplomatische Druckmittel.«

»Herr«, sagte Ali ernst, »wie ein Schwertfisch (Xiphias gladius) mit einer Verlängerung seiner oberen Maxilla ausgestattet ist, um den Haifisch (Carcharias vulgaris) zu bekämpfen, wenn diplomatische Beilegung non est, so muß die Regierungsartillerie –«

»Keinen Krieg«, sagte Bones laut.

Er kleidete sich mit äußerster Sorgfalt, nahm viele weiße Papierbogen und einen Füllfederhalter mit und brach vertrauensvoll mit einer Bedeckung von zwei Haussas auf, um eine Unterredung mit dieser geheimnisvollen Frau zu haben.

Ali traf ihn auf dem Gang des Dampfers.

»Nein, Ali«, sagte Bones ernst, »du bist ein nichtsnutziger Schlingel. Ich habe dir doch gesagt, daß dies ein diplomatischer…«

»O Herr«, sagte Ali und steckte die geladene Browningpistole, die er in der Hand hielt, in die Rocktasche seines Herrn. »In Zeiten des Friedens sind Vorbereitungen für den Krieg nicht nur bewunderungswürdig, sondern durchaus notwendig.«

Bones ging durch das Dorf und hatte wenig Grund, argwöhnisch zu sein. Die Frauen waren an ihren Kochtöpfen, die Kinder sammelten Holz für die Feuer, und die Männer, die man sah, waren mit Fischnetzen beschäftigt.

Aber wenn auch der Friede, der in dem Dorfe herrschte, ermutigend wirkte, so blieb es doch sonderbar, daß seine Ankunft keine ungewöhnliche Aufmerksamkeit hervorgerufen hatte. Die kleine Schar war nicht am Ufer, die sich sonst immer versammelte, um die »Zaire« zu bewillkommnen, zu welcher Stunde sie auch ankommen mochte. Das war sehr merkwürdig, und es lag auch sonst in allen Vorgängen eine so genau beachtete Zurückhaltung, daß Bones etwas unruhig wurde. Denn trotz all seiner dummen Streiche hatte er einen natürlichen Instinkt, der allen Menschen eigen ist, die in vorgesetzter Stellung bei Eingeborenen gelebt haben. Er ging über die breite Dorfstraße zu einem Mann, den er kannte. Der Eingeborene erhob die Augen nicht von dem Netz in seiner Hand.

»O N'lema«, sagte Bones zu ihm, »warum ist keiner von euch an das Ufer gekommen, um den Dampfer der Regierung zu begrüßen?«

»O Herr«, antwortete der Mann, ohne aufzuschauen, »die Frau Sigibi sagte, daß alle Dinge so sein sollten, wie sie sonst sind, und diese Frau spricht die Wahrheit, denn sie ist in einer stürmischen Nacht geboren und in einem bösen Herbst aufgezogen worden. Auch sind zwei große Isisigeister mit ihr verwandt.«

»Wo mag diese Frau sein?« fragte Bones. Er wußte nun, daß Sigibi von den Leuten für unfehlbar gehalten wurde, denn man sagt: »Wie der Jäger ohne Speer, so ist der Isisi ohne Gespenst.«

Der Mann zeigte mit dem Finger. »O Herr, sie wartet auf dich, ebenso ihre großen Krieger mit den Gewehren.«

Bones folgte dem ausgestreckten Finger.

Am äußersten Ende der Straße lagen die Hütten des Häuptlings. Rechts von ihnen waren die Bäume und das Gesträuch abgeschlagen, und eine große, neue Hütte stand allein in beherrschender Lage. Aber es war nicht der beschattete und bedachte Wohnsitz, der Bones' Aufmerksamkeit auf sich zog. Vor der Hütte stand ein schlankes, aufrechtes, junges Weib. Sie hatte ein langes, blaues Seidentuch bis zur Höhe der Brust umgeschlungen und trug einen Gürtel aus Leopardenschwänzen. Als er langsam näherkam, sah er, daß sie eine schönere Gestalt besaß als irgendeine eingeborene Frau, die er jemals gesehen hatte. Ihre Haut war schokoladenbraun, ihre Lippen voll, aber nicht negerhaft. Um ihre kurzen Haare lag ein Netz aus Messingketten, um ihren Hals hingen drei Reihen Perlen, die Bones für Imitationen hielt, wie sie die Händler verkauften.

Sie schaute ihn mit großen, traurigen Augen an und ging ihm entgegen.

»O Sigibi«, sagte Bones in der Bomongosprache, »wir hören von deiner Macht und von deinen guten Soldaten, und mein Herr Sandi wünscht, daß du zu ihm kommen sollst, damit er vieles von dir erfährt. Auch deine Krieger sollst du zu ihm bringen.«

Die Frau lächelte bezaubernd. Bones schaute sich unter halbgesenkten Lidern nach den Kriegern mit den Gewehren um, aber er konnte keine Spur von ihnen entdecken.

»Mein lieber Herr Tibbetti«, begann sie in englisch, »wie unendlich liebenswürdig ist es von Ihnen, uns zu besuchen. Ich hoffe, daß Mr. Sanders sich wie immer wohl befindet?«

Bones schaute sie in heller Bestürzung an. All sein Vertrauen, seine Sicherheit schwanden plötzlich dahin. Mit Sigibi, der Eingeborenenfrau, konnte er umgehen, selbst wenn sie eine Hexe oder ein Teufel sein mochte. Aber eine Anrede in den landläufigen Phrasen der höflichen Gesellschaft schlug ihn, bevor er seinen Plan zur Ausführung bringen konnte.

»Ich hoffe, Sie werden Ihr Frühstück hier einnehmen«, sagte Sigibi. »Finden Sie nicht, daß das Wetter sehr mißlich ist? Ich vermute, Sie haben schreckliche Geschichten über mich gehört.«

Sie fächelte sich mit einem dünnen Seidenfächer, den sie aus ihrem einfachen Gewande zog.

»Die Eingeborenen sind so interessant«, sagte sie lachend. »Sie übertreiben und sind so schrecklich abergläubisch, nicht wahr?«

Bones öffnete und schloß seinen Mund wie ein Fisch auf dem Trockenen.

»Mein unvergeßlicher Mann«, fuhr sie leichthin fort, als sie ihn auf die andere Seite der Hütte geleitete, »pflegte zu sagen, daß sie Kinder seien, die niemals erwachsen werden, und wirklich sind sie auch um nichts besser.«

Hinter der Hütte stand ein Tisch, was ganz ungewöhnlich war. Ein wundervoll weißes Tischtuch lag darauf, und man hatte ein ausgezeichnetes Frühstück aufgetragen – dampfenden Kaffee, gekochte Eier, Hühnerragout und weißes Brot.

Bones nahm wie im Traum Platz und war während der ganzen Mahlzeit schweigsam. Er nahm jede Schüssel, die Sigibi ihm anbot, ohne sich Gedanken darüber zu machen, ob ihn die Gewehre seines verborgenen Feindes bedrohten, wie es wirklich der Fall war.

»Ich hasse Browning«, sagte sie, »er spricht soviel durch die Blume, und Tennyson ist süßlich. Denken Sie nicht auch?«

»Himmel und Erde!« sagte Bones unwillkürlich.

Er wußte, daß Gefahr im Anzug war, als ob er es schriftlich vor Augen hätte. Er fühlte sie in der Luft und in den abgewandten Blicken dieser Frau, die ihm bei Tisch aufwartete – und doch war er hilflos. Ein- oder zweimal sah sie ihn durchdringend an, und einmal berührte sie den fraglichen Punkt mit einer solchen Offenheit, daß ihm beinahe der Atem verging.

»Glauben Sie, daß es einen Aufstand geben wird, Mr. Tibbetti? Es wäre doch eigentlich unmöglich, aber viele Leute denken es.«

Auf ihr Zeichen verschwand eine der Frauen in der Hütte und kam mit einem pausbäckigen kleinen Knaben zurück.

»Komm hierher, Harold«, sagte sie. Bones wurde fast ohnmächtig. »Sage das kleine Gedicht ›La Marguerite sans peur‹ auf!«

Aber diese Rezitation fand nicht statt.

Bones machte eine verzweifelte Anstrengung, die Verhandlung in die Hand zu bekommen.

»Sigibi«, sagte er in der Eingeborenensprache, denn es war seine einzige Hoffnung, so viel Abstand von ihr zu gewinnen, daß er mit ihr verhandeln konnte, »es ist viel gesprochen worden. Ich will dir nun sagen, daß ich den Häuptling, deinen Vater, sehen will, denn er ist ein guter Mann und ein ergebener Diener der Regierung.«

Sie lachte sanft.

»Er schläft in seiner Hütte«, entgegnete sie dann. »Du sollst ihn gleich sehen.«

Ein schriller Schrei durchzitterte die Luft – der Schrei eines zu Tode Getroffenen. Er kam von der Flußseite der Straße her.

Bones sprang auf, aber bevor er auf seinen Füßen stand, kam ein donnerndes Krachen, das den Himmel zu zerreißen schien.

Bones kannte diesen Ton – es war das Dröhnen der Hotchkißkanone auf der »Zaire«.

Er lief zur Mitte der Straße, seine beiden Haussas hinter ihm her, und er hörte, wie sie die Kammern aufrissen, als sie luden.

Die Straße wimmelte von bewaffneten Männern. Bones wandte sich um und sah ein Lächeln auf dem Gesicht Sigibis. Er schloß seine Augen fest, und dann öffnete er sie ganz weit.

»Mein lieber Mr. Tibbetts« – hörte er ihre spöttische Stimme. Im Nu hatte er seine Pistole gezogen und sah sie fallen.

»Laut Befehl!« brüllte er und lief zur Hütte des Häuptlings.

Es war eine Stätte des Todes. Der gute Mann war auf seiner

Lagerstatt gespeert worden, und mit ihm alle Leute seines Haushaltes.

»O Mahmut!« sagte Bones zu dem übriggebliebenen Haussa, denn der andere war von einem Wurfspeer durchbohrt, »feure, schieße sorgsam auf ihre Bäuche! Ich glaube, ich habe das Weib getötet!«

»O Herr, sie ist am Leben«, sagte der Mann, »ich sah sie fortlaufen, als Tipu fiel.«

Die »Zaire« war in den Händen des Feindes, dessen war Bones sicher. Er konnte das Schiff von seiner Verschanzung aus nicht sehen, die er in der Eile mit dem Haussa errichtet hatte. Es war sehr sonderbar, daß die Speerleute ihn nicht angriffen, aber die Erklärung kam bald, als er sah, wie sich die schlanke Gestalt Sigibis näherte. Sie trug eine Palme und zeigte nicht die mindeste Furcht. Sie kam näher, und Bones hob seine Pistole, als sie stillstand.

»Ich glaube, es geht Ihnen nicht gut«, sagte sie. »Bitte, heben Sie Ihren Revolver nicht. Denn wenn Sie das tun, werden meine Leute Sie töten. Mr. Tibbetts, ich fürchte, Sie sind in einer bösen Lage – meine Soldaten haben Ihr kleines Schiff genommen.«

Bones schaute die Frau an, seine Gedanken flogen. Wenn er jemals die Art von Diplomatie anwenden konnte, auf die er so stolz war, dann war der Augenblick jetzt gekommen.

»O Sigibi«, sagte er mild, »das ist ein schlechtes Palaver.«

»Sprechen Sie englisch«, lächelte sie.

Aber Bones überhörte diese Aufforderung. »Du kannst sicher sein, daß Sandi kommt und mit euch allen ein Ende macht, wenn du mich tötest, wie du meine Leute getötet hast.«

Sie lachte, nickte ihm aber zu fortzufahren. Bones hatte nur eine Möglichkeit, die in der schwachen Hoffnung bestand, seine Rede in der Eingeborenensprache fortzusetzen.

»Und sei sicher, Sigibi, daß ich einen fürchterlichen Ju-Ju habe, der mächtiger ist als M'shimba-m'shamba selbst!«

»Wie kindisch!« sagte sie, behielt ihn aber im Auge. »Mein lieber Mr. Tibbetts, wie können Sie sich so lächerlich machen?«

Aber es lag schon Unbehaglichkeit in ihrem Ton, und ihre

Stimme zitterte leicht vor Ärger.

Bones fuhr ermutigt fort: »Mein Ju-Ju hat Augen wie große Sonnen und einen Mund wie ein Teich, dessen Ufer von Felsen umsäumt sind. Wenn er spricht, dann läuft der Strom die Berge in die Höhe, und die großen Bäume zerbrechen und krachen zusammen, und Krankheit befällt das Land.«

Er sah, wie die Leute hinter ihr zurückschreckten und ihre Handknöchel an die Zähne drückten. Aber das Wunderbarste war, daß Sigibi ihre Augen vor Schrecken weit aufriß und ihre zitternde Hand auf das Herz legte.

»Tibbetti«, schrie sie heiser, »das ist eine Lüge. Mr. Tibbetts, das ist unmöglich! O Tibbetti baba –«

Bones' Stimme erhob sich zu einem schrillen Schrei.

»Iwa!« rief er laut. Bei diesem furchtbaren Namen des Todes zitterten Sigibis Knie. »Hunger und Krankheit soll mein Ju-Ju über euch bringen, Tod dem Kind, dem Weibe und dem Mann –«

Mit einem Schrei warf sie sich auf den Boden vor ihm nieder.

Als Bosambos Kriegskanus den Strom herunterfegten, um Bones zu retten oder zu rächen, fand der Häuptling der Ochori seinen Herrn, wie er auf dem eben gereinigten Deck der »Zaire« zufrieden seine Limonade trank. Acht Mausergewehre lagen vor ihm auf dem Boden, und ein wildblickendes Weib hätschelte ein nacktes Kind, das abwechselnd schrie oder mit monotoner Stimme Teile des Gedichts ›La Marguerite sans peur‹ aufsagte.

## *Das kleine Volk*

In einem Lande, in dem Gerüchte von Dorf zu Dorf so schnell um sich greifen wie Feuer von einem Strohhaufen zum anderen, kann man eine kleine Anzahl von Spähern unterhalten und doch selbst von den wichtigsten Ereignissen nichts erfahren, die direkt vor der eigenen Tür passieren. Denn obgleich die eingeborenen Männer und nicht weniger die eingeborenen Frauen Klatschweiber sind, gibt es doch gewisse geheime Dinge, über die sie unter keinen Umständen sprechen. Die Hälfte der Akasava lag einmal mit der Hälfte der Isisi im Kampf, und doch wußte niemand etwas davon, weil beide Parteien sich darüber verständigt hatten, daß die Flußdörfer, die unter den Augen der weißen Männer waren, das friedvolle Aussehen beibehalten sollten. Also handelten und tauschten die Akasava und die Isisi miteinander an den Ufern, und ihre Leute gingen friedlich und in vollkommener Sicherheit von einem Land in das andere. Aber zehn Meilen weiter im Innern fiel die Blüte ihrer Krieger in tödlichem Kampf.

Distriktsgouverneur Sanders hatte deshalb die Gewohnheit angenommen, auch die Waldgegenden zu kontrollieren, und schickte kleine Streifen der Haussas auf weite Reisen in diese Gebiete, um die Meinung der Leute auszukundschaften. Außerdem machte er in großen Palavern bekannt, daß er die Flußdörfer für die Sünden der inneren Bevölkerung haftbar machen und Gegenmaßregeln von ganz besonderer Strenge ergreifen würde, wenn die Eingeborenen sich weiterhin solche Täuschungsmanöver erlaubten, die ihrer Meinung nach ganz unschuldig waren.

Aber man glaubte ihm nicht, denn man konnte sich an die Denkweise der Europäer nicht gewöhnen. Erst als einige Dörfer am Fluß niedergebrannt und einige Häuptlinge ins Zuchthaus gewandert waren, änderte das Volk am Strom seine Ansicht. Trotzdem hörten die geheimen Kämpfe nicht auf, denn Krieg ist ein biologischer Prozeß, der durch Gesetzgebung ebensowenig ausgerottet werden kann wie der Wunsch des wilden Tieres, sein Weibchen und seine Jungen vor feindlichen Angriffen zu verteidigen. Wenn Männer teilnahmslos die Gefahr sehen können, in der ihre Frauen schweben, dann haben sie damit nicht einen hohen Grad der Zivilisation erreicht, sondern sind im Gegenteil geistig und moralisch degeneriert.

Am B'sumbifluß lagen zwei Dörfer. Eins war von den Akasava, das andere von den Isisi bevölkert. Augenscheinlich lebten sie in Freundschaft miteinander, obgleich sie weit vom Großen Fluß und den wachsamen Augen des Distriktsgouverneurs Sanders entfernt waren.

K'soga, der Häuptling des Akasavadorfes, schickte eine geheime Botschaft zu seinem Lande, daß der Geist seines Vaters ihn dazu bewogen habe, ein großes Fest abzuhalten. So sandte er denn Gaben von Hühnern, Ziegen und Hunden an seine Unterhäuptlinge, da dies die Art war, wie man wichtige Einladungen ergehen ließ. Und in einer bestimmten Nacht versammelte sich die Bevölkerung der ganzen Gegend in dem Dorfe und schaute dem Tanz der jungen Herzen zu, der von zweiundvierzig Knaben ausgeführt wurde. Es mag für einen weißen Mann etwas Belustigendes in dem Schauspiel liegen, wenn zweiundvierzig kecke Kobolde mit Bärten aus rotem Ziegenhaar auftreten, die sie an ihre dicken, kleinen Gesichter geklebt haben. Auch kann man über die ausgezeichnete Disziplin staunen, mit der diese Kinder einherstolzieren, mit den Füßen stampfen und in einem geheimnisvollen Takt sich in Linien und Kreisen bewegen.

Aber nachdem die Knaben ihren Tanz vollendet hatten, wurde ein großes Trinkgelage mit Palmwein abgehalten, auch wurde Bier getrunken, das aus Mais gebraut wird.

Sanders hatte aber diese Zeremonie zum verbotenen Fest erklärt.

Der sonderbare Tanz der Knaben, von denen jeder einen berühmten Dämon des Akasavavolkes darstellte, dauerte einen Tag und zwei Nächte, und beim Morgengrauen des zweiten Tages versammelte K'soga seine Speerleute, überfiel das Isisidorf, tötete einige Männer, raubte ein paar Frauen und viele Ziegen und kehrte im Triumph zurück. Der Erfolg war ihm leichtgemacht worden, weil der Häuptling des beraubten und ausgeplünderten Isisidorfes zur Zeit des Überfalls mit vielen Männern auf der Jagd war.

Zwei Tage darauf zog K'lavo-bolo, der Häuptling des Isisi-Dorfes, der von tapferen Kriegern abstammte, nach Süden durch den kleinen Wald, der bei dem großen liegt, und kam zu der Stelle, wo der B'sumbiwald in eine lange Spitze ausläuft. Mit ihm waren seine zwei eigenen Brüder und drei Brüder, die Söhne von anderen Weibern seines Vaters waren, und ein Vetter, mit Namen M'kema.

Sie gingen in langsamen, gleichmäßigen Schritten den Waldpfad entlang, einer hinter dem anderen. Jeder von ihnen trug einen geflochtenen großen Schild, der mit symbolischer Bemalung geziert war, und in den Armen, die sie durch die hölzernen Bügel ihrer Schilde gesteckt hatten, hielten sie viele Wurfspeere.

Beim Wunschwasser, einem grünen und sumpfigen Teich, dem Brutplatz der Tsetsefliegen, machte K'lavo-bolo halt, um einen Waffenzauber auszuführen.

»Daß K'soga von den Akasava uns ohne seine Brüder treffen und daß er schnell sterben möge«, beteten sie. »Und daß Sandi niemals etwas von K'sogas Tod hören und daß Militini, der Krieger, schlafen möge und kein Wort zu ihm komme, und daß Tibbetti vorbeigehe, ohne es zu sehen.«

Sein Bruder fuhr mit dem breiten Speer auf der Oberfläche des Teiches hin und her.

»Daß kein Späher von Sandi etwas von unserem großen Töten höre, noch eine Nachricht zu den Kriegern schicke, und daß K'sogas Geist nicht in den Wald gehe und uns erschrecke«, sagte er.

Jeder der Männer hatte noch seine eigenen Bitten, um sich zu rächen und sich vor den Folgen zu schützen.

»Laßt uns an dem Teich schlafen«, sagte K'lavo-bolo. »Morgen werden unsere jungen Krieger kommen, und wir werden K'soga treffen, denn seine Knaben werden in dieser Nacht tanzen, und wir fangen ihn, wenn er schläft.«

Am nächsten Morgen wurden sie durch eine Abteilung der Isisikämpfer verstärkt, und als sie die Akasava überfielen, wurden ihre Bitten mehr oder weniger erfüllt, denn sie kreuzigten K'soga vor seiner eigenen Hütte, trieben die Weiber in den Wald und brannten das Dorf nieder.

»Nun wollen wir auch mit diesen Knaben ein Ende machen«, sagte K'lavo-bolos Bruder, »denn sie werden Sandi die Geschichte verraten, und er wird mit seinen Soldaten kommen.«

K'lavo-bolo schaute auf die kleine Gruppe der Jungen, die zusammengedrängt in der Mitte seiner Krieger standen, und schüttelte den Kopf. »Wenn Sandi kommt«, sagte er, »wird er uns nicht hängen, weil wir dies alles in ehrlichem Krieg getan haben. Aber wenn wir diese Kinder töten, dann wird er uns aufhängen. Wir wollen sie in den B'sumbiwald treiben, dort werden sie alle sterben, und wir können Sandi erzählen, daß wir es nicht gesehen haben.«

Also wurden achtunddreißig kleine Jungen – vier waren schon davongelaufen – mit tränenüberströmten Gesichtern und roten Ziegenbärten aus dem Dorfe getrieben, und der große Wald nahm sie auf.

Captain Hamilton kam gerade mit langen Schritten über den Exerzierplatz. Bones sah, wie sein Vorgesetzter ärgerlich den Stock umherwirbelte, und fühlte plötzlich seinen Mut sinken. Schnell überdachte er alle seine Vergehen in der letzten Zeit.

Plötzlich fiel ihm etwas ein.

Er hatte vergessen, die monatliche Lohnliste – im Duplikat – an das Divisionshauptquartier einzusenden.

Er stand stramm und grüßte mit großem Eifer, als Hamilton die Stufen zur Veranda mit einem Satz emporsprang.

»Hallo, Bones!« Hamilton wandte sich mit einem Blick zu seinem Leutnant, der nichts Gutes ahnen ließ.

»Hallo und guten Morgen!« erwiderte Bones schnell. »Alles in Ordnung! Keine netten kleinen Fehler vorgekommen. Moralische Haltung der Truppe ausgezeichnet, Gesundheitszustand der Armee in bester Ordnung.«

»Hallo, Bones!« wiederholte Hamilton sanft, aber sein Stock wirbelte wilder als zuvor. »Ich muß Sie wegen einer gewissen Sache sprechen.«

»Gewiß, Captain Hamilton«, sagte Bones mit schlecht gespielter Überraschung. »Was in aller Welt könnte das denn sein – ich hatte letzthin einige Fieberattacken, und mein armer Kopf ist nicht ganz so, wie er sein sollte...«

»Schicken Sie Charakterskizzen Ihrer Vorgesetzten an den ›Reading County Star‹?« unterbrach ihn Hamilton düster und sprach jedes Wort mit Nachdruck aus.

Bones ging ein großes Licht auf. »Haben die es wirklich abgedruckt, mein lieber, guter Ham?« fragte er gespannt.

Captain Hamilton zog eine Zeitung aus seiner Tasche, die so gefaltet war, daß die betreffende Spalte zuerst zu sehen war.

»Hier ist ein Artikel«, sagte er mit erheuchelter Ruhe. »Überschriften: ›Typen, denen ich begegnete‹ – Nr. 2: ›Der strenge Vorgesetzte‹. Beides von einem Autor namens Senob.«

»Das heißt rückwärts gelesen Bones«, erklärte der junge Mann selbstzufrieden.

»Jeder Esel kann das sehen«, fuhr Hamilton auf. »Ich will jetzt von Ihnen wissen, ob Sie mich als einen ›Mann mittleren Alters von jähzornigem Temperament‹ beschrieben haben?«

»Ja«, gestand Bones, der sich schuldig fühlte, »jetzt weiß ich nicht – tat ich das wirklich, mein lieber, alter Offizier?«

»Weiter steht hier«, fuhr der unbarmherzige Vorgesetzte fort zu lesen: »›Die tropische Hitze untergräbt die Lebenskraft von Leuten, die nicht so leben, wie sie sollten. Ach, o Trunk, wie viele Männer mit vielversprechender Karriere hast du schon im Keime erstickt!‹«

Bones antwortete nicht. Er starrte mit großen Augen auf Hamiltons linkes Ohr und atmete schnell.

»Haben Sie das geschrieben?« fragte der erzürnte Captain.

»Es war nur – allegorisch gemeint«, sagte Bones zusammenhanglos. »Es war die Absicht, mein lieber, guter Offizier, eine moralische Nutzanwendung zu zeigen und eine Geschichte auszuschmücken – hat mir nichts ferner gelegen –, mißverstehen Sie mich nicht, mein Herr und Kommandeur.« Er schluckte, salutierte und eilte davon.

»Ich habe ihn mir einmal vorgenommen wegen dieser Sache«, sagte Hamilton, als er die Unterhaltung beschrieb.

Sanders lächelte. »Das war Nr. 2. Haben Sie auch Nr. 1 gelesen?« fragte er trocken.

»Nein in aller Welt! Wen hat er sich denn da vorgenommen, vielleicht auch mich?«

Sanders schüttelte den Kopf. »Nein, ich war sein Opfer. Bones beschrieb dieses Gebiet ganz gut, fuhr aber dann fort, zu beweisen, daß hier junge Beamte notwendig wären.«

»Ich bin...«

Sanders lachte, was nur sehr selten vorkam. »Man sollte jungen Leuten nicht erlauben, mit Dynamit oder mit einem Füllfederhalter umzugehen«, sagte er. »Aber: ›Wir schreiben, ob gelehrt oder ungelehrt!‹ Als mir dieser Erdteil noch fremd war, schrieb ich auch Bände voll. Neue Umgebung und ein feuriges Temperament haben mehr Literatur hervorgebracht als sonst irgendein bedeutender Lebensvorgang.«

Patricia Hamilton kam später zum Essen und bemerkte Bones' Abwesenheit.

»In Ungnade?« fragte sie erstaunt. »Was hat er denn verbrochen?«

»Er ist unter die Literaten gegangen«, sagte Sanders, »und hat Ihren Bruder liebenswürdig beschrieben. Zeigen Sie doch Ihrer Schwester die Zeitung, Hamilton.«

Patricia las den beleidigenden Artikel und mußte lachen. »Armer Bones!« sagte sie und wischte sich die Augen. »Er ist ja gar nicht so schlimm, und es ist doch wundervoll orthographisch geschrieben.«

»Ich war ein bißchen ärgerlich«, gab Hamilton zu, »und mein Ärger war um so größer, als ich entdeckte, daß dieser verrückte Kerl vergessen hat, die Lohnlisten an das Hauptquartier zu schicken.« Er mußte lachen.

»Ich will wetten, daß der Setzer eine schlimme Arbeit hatte, als er Bones' Artikel korrigieren mußte!«

Das Objekt seines Zornes saß in diesem Augenblick auf seiner Bettkante, vornübergebeugt, die Hände zwischen den Knien gefaltet, ein Bild der Reue und Verzweiflung.

»O Herr«, drängte ihn sein Faktotum, »die Aufnahme von Nahrung ist notwendig für das Subjekt. Wenn das Subjekt seine Gewebe nicht wieder belebt, indem es den Magen mit Proteiden beliefert, dann leidet das Subjekt in seinem Kopf an fieberhaften Symptomen.«

»Sprich mir nicht von Essen, mein lieber, alter Ali«, sagte

Bones traurig. »Dies ist ein Fall, bei dem ein Gentleman entweder den Dienst quittiert oder sich selbst erschießt. Was ist das?« fragte er.

Er roch den angenehmen Duft der Pfanne, die Ali hielt.

»Die Sauce von einem jungen Hahn, in kochendem Wasser gedünstet und geschmackvoll mit Zwiebeln zubereitet«, sagte Ali aufreizend.

»Ich werde ein wenig davon kosten«, sagte Bones melancholisch. »Und während ich das tue, holst du meinen Schreibkasten heraus.«

Dieses »ein wenig« fiel so aus, daß Ali nachdenklich wurde, als er der Haussa-Ordonnanz die letzte Platte zum Spülen übergab.

»Sicher ist Tibbetti der Sohn eines Wolfes und der Urgroßenkel eines Geiers«, sagte er bitter, »denn er hat mir nur ein Gerippe und den Duft übriggelassen!«

Bones setzte sich an seinen Schreibtisch und machte vier vergebliche Versuche, seinen Brief zu schreiben.

»Sehr geehrter Herr!« begann der Brief. »Ich habe die Ehre, Ihnen mein Entlassungsgesuch von der Armee zur gnädigen Kenntnis zu unterbreiten. Ich fühle, daß ich unter diesen Umständen nichts anderes tun kann, als Sie zu bitten, es an die geeignete Stelle weiterzuleiten. Geehrter Herr und Freund (früherer, früherer Tage), glauben Sie mir, daß ich traurig bin, daß ich für die niederträchtige Zeitung schrieb in einem wilden Augenblick, in einem mißleiteten Augenblick. Ich habe Sie nicht beschrieben, das war ferne von meinen Gedanken, ferne von meinen Gedanken, es war vielmehr eine Melange verschiedener Leute, die ich traf. Der Postdampfer fährt am Dienstag, und ich muß gleich mit Packen anfangen. Meine kummererfüllten Grüße an Ihre Schwester und erfürchtige Salaams an unseren lieben alten Sanders.

Für immer Ihr
Bones
Augustus Tibbetti, Leutnant.

P. S. – Ali macht einfach famose Hühnersuppen, lassen Sie Abibu Unterricht bei ihm nehmen. B.«

Hamilton erhielt den ungewöhnlichen Brief beim Nachmittagstee. Als er seine Tasse ausgetrunken hatte, ging er zu seinem Untergebenen hinüber. Lange bevor er die Hütte erreichte, konnte er Bones schon singen hören. Der Gesang brach plötzlich ab, als Hamilton an die Türe klopfte. Eine schwache Stimme bat ihn einzutreten. Bones saß in Hemdsärmeln schlaff auf seinem Bett. Hastig versteckte er sein Banjo unter dem Kissen und deckte es, wenn auch nur teilweise, mit einem großen Badetuch zu. Er erhob sich schwach auf seine Füße und grüßte militärisch.

»Fühlen Sie sich nicht wohl, Bones?« fragte Hamilton mit erheuchelter Sympathie.

»Ein Fieberanfall!« sagte Bones mit hohler Stimme. »Ich fürchte, ich habe mich überarbeitet. Sechs Monate England werden mich wieder in die Höhe bringen. Dann muß ich mir irgendeine Stelle suchen, um mich zu beschäftigen.«

»Warum gehen Sie nicht zur Redaktion des ›Reading County Star‹?« sagte Hamilton mild.

Bones machte eine abweisende Handbewegung und schüttelte melancholisch den Kopf. »Ich hab's verdient, mein lieber, guter Sir, sagen Sie mir nur die Wahrheit«, sagte er mit gebrochener Stimme. »Schlagen Sie einen Mann nieder, wenn er unten liegt. Haben Sie kein Erbarmen mit dem netten, kleinen Delinquenten!«

»Ich habe Ihren Brief bekommen«, sagte Hamilton nach einer Weile.

»Ja, richtig!« Bones zog die Schultern hoch in dem verzweifeltsten Achselzucken, das er zuwege bringen konnte. »Es blieb mir nichts anderes übrig, mein lieber, guter Captain. Ich mußte meine Entlassung einreichen oder mich selbst über den Haufen schießen, und ich möchte keine Regierungsmunition zu diesem reinen Privatunternehmen verwenden. Das würde nicht ehrenvoll sein, lieber, alter Sportsmann!«

»Ja, ich habe Ihr Entlassungsgesuch bekommen«, sagte Hamilton, »und habe mich entschlossen, es anzunehmen.«

Alle Niedergeschlagenheit und Müdigkeit, die Bones bis dahin zeigte, fielen wie ein Mantel von ihm ab, und er stand plötzlich kerzengerade aufrecht.

»Sie haben meine Entlassung – angenommen, lieber, alter Freund?« fragte er ungläubig. Er schaute seinen Vorgesetzten mit einem durchdringenden Blick an. »Mein lieber, guter Captain«, sagte er höflich, »Sie sind krank, Sie haben in der Sonne gestanden.«

Er faßte den beleidigten Hamilton am Handgelenk und begann schnell zu zählen.

»Eins – zwei – drei – vier – fünf – sechs – hohe Temperatur – Puls rast wie nettes, altes Dampfrad – Augen verschleiert. Gehen Sie sofort zu Bett, lieber Mann, Bones wird sich um Sie kümmern!«

Sein Ton war so überzeugend, daß sich Hamilton beinahe täuschen ließ.

»Was zum Teufel meinen Sie denn?« fragte er und fühlte sich selbst den Puls. »Es ist doch alles in Ordnung!«

»Der Patient leidet an Illusionen, an Wahnvorstellungen«, murmelte Bones. »Er hört merkwürdigen Gesang in seinem lieben, alten Kopf. Sehr schlecht, sehr schlecht, alter Offizier, legen Sie sich sofort zu Bett!«

Hamilton erholte sich. »Ich glaube, das kommt alles daher, daß ich Ihnen sagte, daß ich Ihr Entlassungsgesuch annehme!«

»Setzen Sie sich aufs Bett, mein lieber, alter Captain Hamilton«, beschwichtigte Bones und klopfte ihm auf die Hand. »Ist es wieder in Ordnung? Fühlen Sie sich besser? Soll ich Sie in Schlaf singen?«

»Nein«, sagte Hamilton schnell. »Nun aber in allem Ernst, Bones, Sie müssen es aufgeben, in den Zeitungen zu schreiben. Erstens ist es gegen die Dienstvorschrift, und zweitens schädigt es das Ansehen Ihrer Kameraden. Sie sind in der Armee, um zu kämpfen, nicht um zu schreiben.«

Sergeant Abibu stand im Eingang der Hütte und salutierte. »O Herr«, sagte er in seinem Küstenarabisch, »es ist ein Befehl von Sandi, daß die hohen Herren zu ihm kommen sollen, denn das Chikachik hat eine große Nachricht gebracht.«

Hamilton eilte sofort aus der Hütte, denn eine telegrafische

Botschaft vom Hauptquartier war ein Ereignis und deutete auf wichtige Vorgänge. Bevor er die Veranda erreichte, hüpfte und sprang Bones hinter ihm her, knöpfte seinen Rock im Laufen zu und rief ihm nach: »Langsamer gehen!«

Sanders saß in seinem großen, rohrgeflochtenen Stuhl. Zwei Telegrammformulare lagen auf seinem Schoß, die ganz von den Schriftzügen des Telegrafisten bedeckt waren. Er betrachtete sie mit düsterem Blick.

»Ist etwas nicht in Ordnung?« fragte Hamilton.

Sanders machte ein finsteres Gesicht. »Das Hauptquartier hat eine ethnologische Sektion eröffnet«, sagte er trocken und schaute auf. »Kennen Sie den B'sumbiwald?«

Nun war Hamilton an der Reihe, die Stirne kraus zu ziehen. Er kannte den B'sumbiwald zwar, aber was seine Tiefe verbarg, konnte er so wenig sagen wie ein anderer, der in dieser Gegend gelebt hatte.

Es war weniger ein Wald- als ein Sumpfgebiet, oder noch richtiger eine Reihe von Inseln, Halbinseln und Landengen, die von Urwald überzogen waren und durch Moore getrennt wurden. Es war viel schwieriger, sich dort zu bewegen als auf offenem Wasser.

Einige furchtlose Reisende, darunter auch Sanders, waren in den B'sumbiwald eingedrungen, aber sie hatten ihre Versuche nicht wiederholt. Die Grenzlinie zwischen diesen Gebieten und dem einer befreundeten Macht lief irgendwo in gerader Linie durch den Wald. Auf dem Papier lag diese Linie unabänderlich fest, aber weder die Regierung der Territorien noch die Regierung des befreundeten Nachbarreiches konnten genau sagen, ob dieses oder jenes Dorf auf der einen oder der anderen Seite der Grenze lag.

Der große Wald war noch nie vermessen worden. Es war äußerst schwierig, die einfachsten Beobachtungen zu machen, und an manchen Stellen, besonders in den dichteren Waldungen des inneren B'sumbi, war es einfach unmöglich.

»Ich weiß soviel wie die anderen Leute«, erwiderte Hamilton langsam. »Es ist ein schrecklich schmutziges Land, in dem wilde

Stämme leben.«

»Haben Sie jemals etwas von den Negritos gehört?« fragte Sanders.

Hamilton schüttelte den Kopf.

»Die netten, kleinen Negritos, meine liebe, gute Exzellenz«, begann Bones, der wie ein Wirbelwind in die Unterhaltung hineinstürzte, »ich habe Hunderte von ihnen geschossen, kleine, nette Dinger, ähnlich wie Eichhörnchen. Man kann sie sehr gut essen, wenn man weiß, wie sie zubereitet werden müssen.«

»Die Negritos«, sagte Sanders ruhig, »sind eine Zwergrasse, die gewisse Teile der Philippinen bewohnt.«

»Ach!« sagte Bones sehr erleichtert. »Die Negritos! Ich dachte, Sie sagten Negretos! Natürlich, jeder kennt doch den Negrito! Er lebt auf den Philippinen, lebt in Sümpfen und nährt sich von Kräutern . . .«

»Die Negritos«, sagte Sanders geduldig, »sind eine Rasse, die in gewissen Teilen der Philippinen lebt.«

»Dann ist es nicht die Sorte Negritos, die ich getroffen habe«, sagte Bones und ließ sich in keiner Weise aus der Fassung bringen.

»Nun seien Sie mal einen Augenblick ruhig, Bones!« warf Hamilton ein.

»Jedermann weiß, woher die Negritos kommen«, sagte Bones höflich.

»Sie haben alle charakteristischen Eigenschaften der Zwergvölker von Ituri und der Pygmäen von B'sumbi«, fuhr Sanders fort und tippte auf das Telegramm auf seinen Knien. »Die Verwaltung wünscht, daß jemand in den B'sumbiwald geht und einen Bericht über dieses Volk, seine Gebräuche und seine Gewohnheiten macht. Es wird eine schreckliche Aufgabe sein, aber es muß nun einmal gemacht werden.«

»Eine ganz niederträchtige Sache«, sagte Bones und warf einen forschenden Blick auf Hamilton. »Nun, mein lieber Ham, wann werden Sie aufbrechen?«

»Es kommt darauf an«, sagte Sanders und sah gedankenvoll zum Dach der Veranda hinauf, »daß ich einen wirklich guten Bericht bekomme. Er muß von jemandem verfaßt sein, der gewohnt ist, mit der Feder umzugehen, der flüssig schreibt und gut beobachten kann.«

Bones hustete. »Natürlich!« sagte er.

»Es müßte ein Mann sein, der einen eigenen Stil hat«, sprach Sanders weiter, »ein Mann, den die Eingeborenen achten, der schnell und gewandt ist, einer, der die neue Sprache schnell lernt. Außerdem müßte es jemand sein, der diesen kleinen, scheuen Leuten Vertrauen einflößen kann.«

»Warum sagen Sie nicht gleich ›Bones‹?« fragte Bones. »Natürlich werde ich gehen!«

»Es muß ein Mann von eiserner Gesundheit sein, der nicht weiß, was Krankheit ist, ein schneller Beobachter, ein Mann, der sich zu helfen weiß...«

»Sie haben ganz recht!« unterbrach ihn Bones und schüttelte den Kopf. »Unser alter, netter Ham würde sich niemals für diesen Posten eignen. Ich bin in zehn Minuten fertig!«

In Wirklichkeit macht sich aber S. M. Motorboot »Wiggle« erst zwei Tage später auf seine abenteuerliche Reise.

In einer grünen Talschlucht, weit im Innern des B'sumbiwaldes, saßen achtunddreißig traurige kleine Jungen ganz wie ihre Väter im Kreise herum und hielten ein Palaver ab. Mehr als eine Woche lebten sie schon von Affen, die sie in Fallen fingen, und von eßbaren Wurzeln.

Sie hatten schon viele Palaver abgehalten, aber dies war das schwierigste von allen. Denn ihr Instinkt sagte ihnen, daß sie sich einem unfreundlichen Volke näherten. Es war eine traurige Versammlung, und die Knaben waren auch nicht heiterer, als sie sich ihre rothaarigen Ziegenbärte wieder anklebten. Damals hatte jeder von ihnen einen heimischen Teufel von großer Macht dargestellt, und nun war es für ihr Heil auch notwendig, diese Rollen beizubehalten.

Einer von ihnen, Titu mit Namen, hatte geraten, diesen Gesichtsschmuck abzunehmen. Aber der Zorn gegen ihn war so groß gewesen, daß er beinahe aus dem Kreise ausgestoßen worden wäre.

»Titu ist ein Fisch«, sagte ein kleiner Junge beleidigt. »Solange wir Teufel sind, können uns keine anderen Geister angreifen.«

»Aber die Leute im B'sumbiwald sind keine Teufel«, widersprach Titu schwach, »und sie werden uns schlachten.«

»Wa!« sagte der ganze Chor mit einer solchen Einstimmigkeit, daß man leicht verstehen konnte, was die Gemüter dieser Jungen am meisten beschäftigte.

Bubu, der Knabe, der die Führerschaft an sich gerissen hatte, schüttelte den Kopf. »Wir werden ihnen mit unseren schrecklichen Gesichtern Furcht einjagen«, sagte er vertrauensvoll.

Einer aus dem Kreise sprang erschrocken auf. »Ich höre etwas!« flüsterte er aufgeregt.

Sie lagen alle auf den Knien und legten ihre Ohren auf den Boden. Zweifellos war das gleichmäßige Auftreten nackter Füße zu hören. Aber es war schwer zu erkennen, aus welcher Richtung die Töne kamen.

Titu richtete sich plötzlich auf. »Ein hölzerner Fuß* ist darunter!« sagte er.

»Vielleicht ist es Sandi!«

Sie horchten alle in tiefem Schweigen. Die geübten Ohren der Knaben erkannten rasch den Tritt von Stiefeln. Es mußte ein weißer Mann sein, denn kein anderer trug im Walde Schuhe.

»Wenn es Sandi ist, wird er uns schlagen, weil der Tanz der Knaben gegen das Gesetz ist. Und wenn wir ihm alles sagen, dann wird er unsere Väter schlagen, und sie werden uns wieder schlagen. Ich werde nicht sprechen, wenn Sandi kommt!«

Titu hatte sich heimlich von der Gruppe entfernt und bewegte sich schnell, aber geräuschlos den Waldweg entlang in der Richtung, aus der der Klang kam. Er war der erste, der Bones an der Spitze seiner Träger sah, und er brachte die Nachricht zu seinen Gefährten.

Bones, der plötzlich zu einem in Schweigen versunkenen Kreis kam, blieb stehen und staunte.

* Ein beschuhter Fuß, d. h. ein Mann in Schuhen.

Sanders las Bones' Bericht, hatte sich von Bogen zu Bogen durchgearbeitet. Endlich hatte er den Teil des Berichtes vor sich, der von dem eigentlichen Zweck der Reise handelte. Bones beschrieb seine Begegnung im Walde. Sechzig Meilen weiter westlich, als er erwartet hatte, fand er eine Spur des Volkes, zu dessen Studium er ausgesandt war. In der Aufzeichnung hieß es weiter: »Der Pygmäe des B'sumbiwaldes stellt nach meinem wohlüberlegten Urteil einen reinen Negritotyp dar. Die durchschnittliche Körperlänge dieses Volkes beträgt drei Fuß und sieben Zoll. Ganz anders wie die Eingeborenen dieses Gebietes nehmen sie alle Geschenke schnell an, mit Ausnahme von Seife.«

In einem weit entfernten Akasavadorf erzählte Buku seinen erstaunten Verwandten, die den großen Überfall überlebt hatten, von seinen Abenteuern.

»Tibbetti gab uns viele wunderbare Dinge«, sagte er großspurig, »die gut sind für den Magen. Ich habe davon gegessen, auch meine Freunde. Aber er war so grausam, uns zu befehlen, daß wir uns mit einem weißen Stein waschen sollten, von dem die Augen schmerzen.«

## *Die Nordleute*

Patricia Hamilton erwartete Bones an dem Tor im Drahtzaun, das zu dem Gehölz der Residenz führte. Sie saß auf einem Feldstuhl und fächelte sich mit dem Rand ihres weißen Tropenhutes Luft zu. Ihr Haar flatterte in der sanften Brise, die von der See kam.

Sie hatte sich seit dem Tag ihrer Ankunft, an dem sie Leutnant Tibbetts damals so unzeremoniell begrüßte, nur wenig verändert. Sie gehörte zu den Menschen, denen die Sonne nicht viel anhaben kann. Ihr Gesicht und ihre Arme waren brauner und ihre Gestalt schlanker geworden. So seltsam es war, sie hatte nichts von ihrer Kraft und Energie eingebüßt, die heißen Tage und die dunstigen Nebel des Abends hatten sie nicht willenlos und schlaff gemacht, wie ihre Freunde es ihr prophezeit hatten, wenn sie ein Jahr lang in einer afrikanischen Küstenstadt leben würde.

Diesen Morgen war sie etwas zerstreut, denn das Ende ihres Aufenthaltes stand nahe bevor. Obgleich ihr Besuch in England nur ein Ferienaufenthalt sein sollte und sie am Ende der sechs Monate bestimmt zurückkehren wollte, haßte sie doch diese hundertachzig leeren Tage, in denen sie bedeutungslos unter fünfzig Millionen anderen Menschen leben sollte.

In anderer Lage wäre sie ärgerlich auf Bones gewesen, daß er sie so lange warten ließ, aber heute war ihr diese Gelegenheit recht, um ihren melancholischen Gedanken nachzuhängen. Sie saß an der Ecke des kleinen Gehölzes, das sie Schritt für Schritt kannte. Die eckige Gestalt Bones' in weißer Uniform eilte über den Exerzierplatz. Den Tropenhelm hatte er in den Nacken geschoben, in der einen Hand hielt er eine Angelrute, in der anderen den Frühstückskorb. Aber auf seinem Gesicht lag ein schmerzlicher Ausdruck. Ab und zu hielt er an, um auf einem Bein zu hüpfen.

»Sie haben mich lange warten lassen, Bones!« sagte sie strenge.

Bones suchte eifrig in seinen Hosentaschen und schaute ganz verzweifelt drein.

»Angelhaken, meine liebe, gute Schwester«, sagte er atemlos. »Ich dachte, ich hätte sie vergessen, aber – au! – ich habe sie – heraus mit euch! O weh!«

Er zog einen nach dem anderen heraus.

»Das macht der Drang der Geschäfte, liebe, gute Miß«, erwiderte er auf ihren Vorwurf. »Schreckliche Formulare und Papiere muß ich ausfüllen, Zahlzettel und Rechnungen. Ali!« Er pfiff seinem würdevollen Diener, der ihm majestätisch folgte.

»Er soll alles tragen«, sagte Bones und ließ Korb und Angelhaken fallen, als ob es heiße Kohlen wären.

»Sie sind faul, Bones!«

»Es ist nicht Faulheit«, sagte Bones. Er ging an ihrer Seite. »Es ist – nun schön, es ist etwas anderes. Ich kann überhaupt nichts mehr tun, ich bin ganz verzweifelt, meine liebe, gute Schwester

Hamilton. Ich werde leichtsinnig, ich weiß nicht, was ich heute abend noch anstellen werde!«

»Was werden Sie denn anstellen?« fragte sie, ohne daß seine Worte Eindruck auf sie zu machen schienen.

Bones zuckte die Schultern. »Ich werde mich dem Trunk ergeben, ich werde Opium rauchen«, sagte er düster. »Ich werde spielen –«

»Seien Sie doch nicht verdreht, Bones«, lachte sie. »Hier gibt es doch außer Zitronenlimonade nichts zu trinken, und Mr. Sanders wird sich schwer hüten, Ihnen Opium zu geben – und mit wem wollen Sie denn spielen?«

Eine bedenkliche Frage für einen Mann, der sich eifrig dem Laster zuwenden wollte.

»Ali versteht eine Art von Bridgespiel mit zwei Strohmännern«, sagte er hoffnungsvoll.

»Sie treiben nicht genug Sport«, mahnte sie freundlich. »Ihre Leber ist nicht in Ordnung.«

»Werden Sie nicht unfein, liebe Freundin«, bat er und seufzte tief und schwer.

Er sprach kaum etwas, bis sie am Flußufer saßen. Die Angelleinen waren in die ruhige Oberfläche des Wassers gesenkt, denn hier sollte nach der Legende der genießbare Stromfisch häufig vorkommen. Nach einem ungewöhnlich langen Schweigen räusperte sich Bones.

»Liebe, gute Patricia, nun gehen Sie also fort!« sagte er heiser.

»Ja, Bones. Sind Sie denn nicht froh darüber?«

»Oh, sehr!« sagte er ruhig. »Haha! Hören Sie mich nur lachen.«

»Sie werden die Fische erschrecken!« warnte sie. »Ich bin für Sie alle eine schreckliche Plage gewesen.«

»Nun hören Sie aber auf, liebe, teure Miß Hamilton! Sie waren doch der liebe, nette Sonnenstrahl an dem trüben, regnerischen Tag, Sie waren doch die Frühlingsblume auf dem Schutthaufen!«

Er legte seine Angelrute nieder, langte tief in seine Tasche und holte einen Bogen blaues Amtspapier hervor. Er zögerte aber, bevor er ihn in ihre ausgestreckte Hand legte.

»Werden Sie mich auch nicht auslachen?« fragte er heiserer als jemals.

»O Bones, wie können Sie nur so etwas denken!«

»Es ist nur schnell hingehauen – ich bin nicht sicher, ob die Rechtschreibung ganz in Ordnung ist –, aber die Seele, die darin liegt, die Seele, meine teure, liebe –«

Er unterbrach sich und schluckte eine Träne hinunter. Dann drückte er ihr das Papier in die Hand, stand auf und ging weg.

Patricia öffnete den Bogen und las. Es war anscheinend ein Gedicht, denn jede Zeile begann mit einem großen Buchstaben

»Doch was ich leide, niemand, niemand kann es sagen,
Miß Hamilton, dein Abschied liegt mir schwer im Magen,
Magen.
In alle Weite über Meeres salzigen Schaum
Kehrst du nun heim, Miß Hamilton – es war ein Traum.
Den Sanders, Ham und Bones läßt einsam klagend du zurück
In Trauer, Tränen, Kummer, Jammer und Unglück.
Der Frühling kommt, die Blumen blühen – es ist kläglich,
Daß wir in Furcht vor deiner Abfahrtsstunde – täglich.
O Liebe, kommst du endlich in mein armes Leben –
Es ist zu schön, um wahr zu sein – das kann's nicht geben!
Der ich Verächter, Hasser von den Frauen bin –
Hat doch das Ungeheuer Lieb' betört jetzt meinen Sinn!
Leb wohl, doch nicht für immer, immer dich abwende –
Kehrst du zurück nicht, freudig ich mein Leben ende – ende!«

Das Mädchen las es durch, und ihre Augen waren feucht von Tränen.

»Haben Sie es zu Ende gelesen?« fragte Bones fast unvernehmlich. Er stand ungefähr ein Dutzend Meter von ihr entfernt, mit abgewandtem Gesicht.

»Ja, Bones«, sagte sie freundlich.

»Haben Sie über mich gelacht?«

»O Bones, Sie müssen nicht denken, daß ich so roh bin!«

Bones wandte ihr sein rotes Gesicht zu und ging langsam wieder zu seiner Angelrute.

»Ja«, sagte er bitter, »es ist kein Spaß, Gedichte zu schreiben und all so was – aber – aber ich weiß, Sie sind zu vernünftig, als daß man damit Ihren Sinn ändern könnte.«

Sie unterdrückte ein Lachen.

Es entstand eine lange Pause.

»Würden Sie nicht irgend jemand heiraten?« fragte er dann und sah starr ins Weite.

»Ich glaube nicht, Bones«, sagte sie weich.

»Sie würden keinen dummen Esel, keinen schrecklichen, häßlichen Esel heiraten oder so etwas Ähnliches, meine liebe, gute, nette Miß Hamilton, nicht wahr?«

»Ich würde selbst einen so tapferen und liebenswürdigen Gentleman wie Sie nicht heiraten, Bones.«

»Ich meinte eben mich selbst«, sagte Bones überrascht.

»Das vermutete ich auch«, sagte sie, ohne zu lächeln.

Wieder Schweigen.

»Ich bin nicht viel«, sagte Bones mit einem tiefen Seufzer, »ich bin ein ganz leidlicher Schütze. Ich kann viele Sprachen sprechen, bin so etwas wie ein Wissenschaftler, und ich kann schreiben – wenn ich auch sonst wenig verstehe –, schreiben kann ich!«

»Sie schreiben sehr nett, Bones«, sagte sie mild.

»In militärischen Dingen«, fuhr er mit einem gewissen Selbstbewußtsein fort, »könnte ich selbst den netten, alten Professoren von der Kriegsakademie noch Winke geben – ich habe Takt und Initiative, auch Kenntnisse in der Schiffahrt.«

»Sie haben alles, was Sie brauchen«, sagte Patricia und erhob sich.

Sie ging zu ihm hinüber und legte ihre beiden Hände auf seine Schultern.

»Sie sind ein lieber Kerl, Bones, und wenn Sie etwas älter sind, werden Sie einmal jemand sehr glücklich machen.«

»Mein Leben ist zu Ende«, sagte Bones traurig. »Und wenn ich nicht genau wüßte, daß der liebe, alte Sanders ohne mich nicht auskommen könnte, und wenn Ihr lieber Bruder nicht ohne mich ein unmündiges Kind wäre – verzeihen Sie mir diese Kritik, liebe, gute Freundin, – dann würde ich – dann würde ich –«

»Stehen Sie auf«, sagte sie. Bones erhob sich, wie er hoffte, mit einem müden, traurigen Lächeln, das aber in Wirklichkeit zu einem breiten Grinsen wurde.

»Das ist für all Ihre Liebe und Ritterlichkeit!« sagte Patricia Hamilton und küßte ihn leicht auf die Wange.

Man konnte Bones diesen ganzen Tag mit erhobenem Kopf umhergehen sehen, und er sprach mit Gleichgestellten und Vorgesetzten in einem etwas arroganten, herablassenden Ton.

Patricia Hamilton gegenüber spielte er die Rolle des ritterlichen Beschützers. Selbst Sanders, der vollauf mit den Vorbereitungen für die Abfahrt Patricias beschäftigt war, entging dieser stolze Ton nicht.

»Vielleicht hat er ein Geschwür im Nacken«, vermutete der praktische Hamilton.

Aber was auch immer die Ursache sein mochte, Bones hatte genug Humor, um sich mit ganzem Herzen an den Vorbereitungen zu Patricias »Vergnügungsreise« zu beteiligen.

Die »Zaire« sollte die ganze Reise zu den Ochori machen, und Sanders wollte die Gelegenheit benutzen, um drei Staatspalaver abzuhalten.

»Eigentlich sollten es vier sein«, erklärte er Hamilton. »Borbini, der Häuptling der nördlichen Ochori, hat Sklaven an den Großen König über das Gebirge verkauft. Bosambo war klug genug, sich diesem Palaver fernzuhalten, denn es konnte natürlich nur auf eine Weise enden. Eines Tages wird der Kampf zwischen den nördlichen und den südlichen Ochori ausbrechen. Die Sache muß einmal zum Austrag kommen, aber schließlich nicht auf dieser Reise. Wenn Ihre Schwester das Land verlassen hat, werden wir da oben im Norden einmal Großreinemachen halten.«

Eine vergnügte Gesellschaft verließ am nächsten Morgen in der Frühe die Küste, und der Streit im Norden störte ihre gute Stimmung nicht.

An dem Großen Strom gibt es eine merkwürdige Redensart,

die wörtlich übersetzt so lautet: Lange Sonne viel Süßigkeit; Sonnenweg süßer; kein Sonnenweg schlecht; sich hüten vor kurzem Sonnenweg. In einem für Europäer einigermaßen verständlichen Satz würde es heißen: Hüte dich vor den Nordleuten, denn der geringe Sonnenschein dort macht sie ungenießbar.

Der Landstrich, den Sanders regierte, lag teilweise auf dem, teilweise nördlich vom Äquator, und es ist ein sehr geringer Unterschied zwischen der Flußmündung und den fernen Grenzen des Großen Königs. Es muß Aufsehen erregen, daß ein ungebildetes Volk überhaupt irgendeinen Unterschied wahrnehmen kann. Aber dieser Spruch existiert und hat wahrscheinlich seit tausend Jahren bestanden.

Das nördlichste Volk dieser Territorien sind die Ochori, und wiederum im Norden ihres Landes sitzen die aufsässigen Elemente der Bevölkerung. Die Ochori waren einst ein Sklavenvolk und eine leichte Beute für die Akasava-, Bomongo- und Isisistämme. Aber der nördliche Teil ihres Landes war den feindlichen Einfällen nicht unterworfen. Ein Akasavahäuptling führte einmal eine Armee in das niedergebrochene Waldland und war froh, daß er überhaupt lebend zurückkam. Die Krieger seines geschlagenen Heeres schlichen einzeln nach Hause zurück. Dann erschien Bosambo auf der Bildfläche, ein ausgebrochener Sträfling, ein Krumann, der schlimmer als alle Kruleute war und die Rechte der Königswürde über die furchtsamen, südlichen Ochori für sich in Anspruch nahm. Von dem Tage an waren die Akasava zurückgedrängt worden, die Beutezüge auf die Ziegen und Frauen der Ochori hörten auf, und Bosambo machte aus seinem Volke den gefürchtetsten und bestgehaßten aller Stämme.

Die Nordleute fanden sich auf ihre Weise mit seiner Herrschaft ab. Sie machten sich über ihn lustig, aber sie duldeten ihn. Sie hatten ihm Tribut und Abgaben gesandt, manchmal schickten sie ihm aber auch gar nichts. Bei solchen Gelegenheiten hatte Bosambo dann seine eigene Methode, gegen sie vorzugehen.

Er war ein sehr taktvoller Mann, der die Schwierigkeiten der Lage genau übersah und wohl wußte, wie sehr bei Distriktsgouverneur Sanders alles in Ungnade stand, was nach Privatkrieg aussah.

Der Hauptverbindungsweg zwischen den oberen Ochori und der Außenwelt war der Machengombistrom, der in einem tiefen, aber engen Bett floß und sich zwanzig Meilen nördlich der Ochoristadt in den Großen Strom ergoß.

Wenn Bosambo Nachricht erhielt, daß ihm aus dem einen oder anderen Grunde oder mit der einen oder anderen Entschuldigung kein Tribut gesandt werden würde, so handelte er umgehend.

Dann fanden die Kanus der Nordleute, die mit Häuten, Gummi und Kautschuk beladen waren, den Weg auf ihrer Reise zu den Handelsplätzen der Regierung bei den unteren Isisi versperrt.

Nach einer langen Periode, in der kein Tribut geschickt worden war, kam eines Tages K'feri, ein Häuptling, in Ochoristadt an. Er war der Sohn des Borbini-M'shimi, des größten Häuptlings im Norden, und erschien mit einem Gefolge von Ratgebern.

Bosambo hielt ein großes Palaver ab, denn er erkannte die Wichtigkeit dieses Besuches.

»O Bosambo«, sagte K'feri, ein großer, düsterer Mann, der zu ihm wie zu einem Gleichgestellten sprach, »ich spreche für meinen Vater Borbini, den großen Häuptling, der über alle Länder herrscht von den Sümpfen bis zu den Grenzen des Großen Königs, der Freund von Häuptlingen und Königen.«

»Eine quiekende Ratte mag für einen Leoparden reden«, sagte Bosambo, »aber ich höre nicht mehr als ein Quieken.«

K'feri schaute finster auf das kichernde Volk, das um das Palaverhaus herumsaß. »O Herr!« sagte er. »Wenn ich eine Ratte bin, dann sollst du mein großes Gequieke hören, denn ich habe Scham in meinem Bauch über alles, was du getan hast. Beim letzten Vollmond hat mein Vater Borbini zwanzig Kanus zum Großen Fluß geschickt, und in der Mitte des Weges zwischen dem Dorfe K'name und Sugundi fanden sie gefällte Baumstämme, die quer über dem Fluß lagen, so daß sie ihren Weg nicht fortsetzen konnten.«

»M'shimba-m'shamba war unterwegs mit seinen furchtbaren Blitzen«, sagte Bosambo gewandt. »Wer kann diesen Starken aufhalten, der Bäume ausreißt wie Menschen Grashalme?«

K'feri hob hochmütig die Nase. »M'shimba-m'shamba ist sehr weise, aber er nimmt keine Axt, um Bäume zu fällen. Auch bindet er sie nicht mit Tauen zusammen. Bosambo, mein Vater weiß, daß du dies getan hast, weil er dir keine reichen Gaben sandte.«

Bosambo sprang auf und warf den geschnitzten Stuhl um, auf dem er gesessen hatte. K'feri zog sich furchtsam zurück, denn ein umgeworfener Stuhl hat eine besondere Bedeutung bei den Eingeborenen.

»K'feri«, sagte Bosambo liebenswürdig, »ich bin König dieses Landes, und ich nehme keine Geschenke von kleinen Häuptlingen... Ich kann Tribute einfordern und einiges für mich behalten und einen großen Teil meinem Herrn Sandi schicken, der mein König und Freund ist. Das werde ich so halten, solange ich lebe, und mein Nachfolger soll es ebenso machen, und so wird es immer sein.«

K'feri zog den Mantel aus Affenschwänzen enger um seine ragende Gestalt. »Häuptling«, sagte er kühn, »wir Leute aus dem Norden erkennen keinen König an und senden auch keine Tribute mehr. Das sagt der oberste Häuptling, mein Vater. Und auch das sagt er...«

Weiter kam er nicht, denn Bosambo ergriff das nächste Ding, das in seiner Reichweite war, den geschnitzten Stuhl, und warf ihn K'feri an die Brust. Mit einem Stöhnen sank der Mann zu Boden.

»Wer K'feri anrührt, stirbt sofort!« sagte Bosambo und wog seinen leichten Speer in der Hand.

Er stand jetzt mit seinem Rücken am Eingang seiner geräumigen Hütte, eine stattliche Erscheinung. Seine Muskeln spielten, er war stark wie ein Bulle.

Aus einer Hütte kam sein Weib, ein braunes Kanomädchen, mit seinem großen Schild heraus; der Fellgürtel seines schweren Elefantenschwerts hing über ihrer nackten Schulter. Sie streifte die düster blickenden Männer um ihn herum kaum mit einem Blick, als sie ihm den Schild und ein Bündel Speere übergab und flink den Gürtel um seine Hüfte band. Ein zärtlicher und liebevoller Blick leuchtete in seinen Augen, als er sie schnell ansah. Dann schaute er auf die Nordleute, die reif zum Tode waren, und auf sein eigenes von Scheu ergriffenes Volk.

K'feri lag keuchend auf der Erde, halb schuldbewußt und vollständig hilflos.

»Wer von euch nennt K'feri seinen besten Freund?« fragte Bosambo.

Ein unheimliches Schweigen entstand, dann trat der kleine Häuptling eines Norddorfes zögernd vor.

»O Herr«, sagte er langsam, »ich bin dieser Mann.«

Bosambo senkte seine linke Hand und zog das breite Elefantenschwert aus der Scheide. Er faßte die scharfe Klinge und reichte dem schaudernden Mann den Griff.

»Schlag zu!« sagte Bosambo.

Der andere feuchtete seine trockenen Lippen an, sah von links nach rechts, hob dann das Schwert und ließ es auf den Hals des hingestreckten K'feri niedersausen.

Bosambo nahm sein Schwert zurück; alle verharrten in tödlichem Schweigen.

»O Volk«, sagte er, »hier liegt K'feri, der übel gegen mein Antlitz sprach und böse handeln wollte, da er die Ochori zum Krieg aufhetzte. Wer folgt ihm? Sprecht jetzt!«

Aber keiner antwortete. Man trug den toten Mann fort und begrub ihn in einem flachen Grab. –

Innerhalb einer Woche sammelte Borbini, der Häuptling der nördlichen Ochori, ein Heer von tausend Speerleuten und wandte sich, rasend vor Wut, nach Süden, denn K'feri war sein Lieblingssohn.

»Es wird ein großes Morden geben«, versprach er seinen Unterhäuptlingen, »und Bosambo soll langsam sterben, denn er ist Sandis Spion und hat ihm die Geschichte von den Frauen hinterbracht, die wir an B'slanogoso von den Großen Hügeln verkauft haben.«

Er fuhr den Machengombistrom mit fünfzig großen Kriegskanus hinunter, mußte einen halben Tag haltmachen, um die Barriere von Baumstämmen aus dem Wege zu räumen, die den Fluß blockierte, und kam am Abend am Großen Strom an.

Es war ihm unmöglich, gleich vom Fluß her anzugreifen, da er einige Fischerdörfer passieren mußte, wo eine Alarmtrommel zur Warnung Bosambos geschlagen werden konnte. Borbini bezog ein Lager für die Nacht und brach am frühen Morgen auf.

Zu derselben Zeit kam einer der Wachtleute, die am Fluß aufgestellt waren, zu Bosambos Hütte, und auf seinen leisen Ruf trat der Häuptling in die kühle Morgenluft heraus.

»O Herr«, sagte der Wachtmann, »Sandis großes Puck-a-Puck-Boot ist nach Norden gefahren!«

»Du bist ein verrückter Ziegenbock«, sagte Bosambo. »Wenn Sandi kommt, hält er doch an meinem Ufer an.«

»Aber höre doch,« sagte der Wachtmann.

Bosambo neigte seinen Kopf vorwärts. Schwach, aber doch ganz klar, tönte das Puck-a-Puck, der Laut, den die breiten Schaufeln des Hinterrades der »Zaire« in dem stillen Flußwasser hervorriefen.

»Scha-a!« sagte Bosambo mißvergnügt. »Das ist aber böse. Denn wenn Borbini nicht mit seinen Speerleuten zu einem Überfall herunterkommt, will ich ein Narr sein! Gehe schnell und wecke meine Ruderer!«

»O Herr«, sagte der philosophische Wachtmann, »wer soll das Puck-a-Puck-Boot überholen, wenn es gegen den Strom fährt?«

»Ich bin in Sorge«, sagte Bosambo, und einige Minuten später hörte man das Dröhnen seiner großen Kriegstrommel, das die schlafenden Krieger der Ochori weckte.

Patricia Hamilton stand auf der Kommandobrücke der »Zaire« an Sanders' Seite und betrachtete staunend die Wunder des erwachenden Morgens. Die hohen Bäume, die die Uferbank umsäumten, standen dunkelblau gegen den perlgrauen, blassen Himmel. Sie hatte Morgen am unteren Strom erlebt, aber hier sah sie eine unbändige Wildnis, eine fast bedrohliche Freiheit und ein

Übermaß des Wachsens und Wucherns. Die Landschaft lag in satten Farben vor ihr. Hier offenbarte sich die Natur mit Leidenschaft. Kahle schwarze Felsen ragten aus dem Strombett hervor, üppige Sträucher und Pflanzen rankten sich um die Stämme der großen Baumriesen. Tödliches Schweigen herrschte, und die Welt war zu groß für die leisen Töne, die mit der Dämmerung kamen.

»Ist dies nicht majestätisch und erhaben?« sagte sie leise. »Denken Sie nicht, daß diese Leute auf Abenteuer ausgehen –«

»Welche Leute?« fragte Sanders schnell, und als er der Richtung ihres ausgestreckten Fingers folgte, sah er die Kriegskanus vor dem Dampfer.

Hamilton hörte das beschleunigte Klingeln des Maschinentelegraphen und fühlte das Zittern im Schiffskörper der »Zaire«, als sie mit Volldampf voraus fuhr. Bones, der gerade seine Morgentoilette vollendete, vernahm ein ihm vertrautes Geräusch und wurde blaß bis in die Lippen. Es war der letzte Seufzer eines zu Tode getroffenen Mannes, der vor der Tür seiner Kabine lag. Schnell nahm er seinen Revolvergürtel herunter, stieg über den toten eingeborenen Matrosen hinweg und eilte vorwärts.

Die Luft war voll schwirrender Pfeile. Patricia hatte sich in einer Ecke der Kommandobrücke zusammengekauert. Ihr weißes Kleid war von dem Blute des toten Steuermanns bespritzt.

Sanders allein stand aufrecht. Seine grimmigen Blicke starrten geradeaus. Aufs höchste angespannt, schaute er auf das Flußbett, ob er keine Anzeichen von Sandbänken entdecken könnte.

»Bleib, wo du bist, Pat!«

Bones hörte Hamiltons Stimme und drehte sich halb nach ihm um. Diese Bewegung rettete sein Leben, denn ein langer Pfeil mit einer Stahlspitze flog an seinem Gesicht vorbei und blieb in dem Holzwerk von Sanders' Kabine stecken.

»Bringen Sie das Maschinengewehr in Tätigkeit, Bones!«

Der junge Mann war an dem Geschütz, bevor der Befehl ausgesprochen war, und Patricia sah trotz ihrer Angst einen anderen Bones – einen schnellen und gewandten Mann mit einem leichten Lächeln in den blauen Augen und einem entschlossenen Zug um den Mund.

Tak-tak-tak-tak-tak! machte das Maschinengewehr –

»Verdammt!« rief Bones. »Eine Ladehemmung!«

Hamilton sprang zu und wollte ihm helfen, aber der Patronengurt bewegte sich nicht weiter.

Bum!

Die »Zaire« machte einen Satz und schlug auf.

»Wir sitzen fest«, sagte Sanders, als das Boot mit der Breitseite herumschwang. »Ich weiß nicht, warum das alles zusammenkommen muß. Das wird unser Waterloo.«

Er sah auf Patricia und lächelte, und sein Lächeln war unendlich zärtlich. Dann wandte er sich um, ging an die Seite des Bootes und hielt seine offenen Handflächen nach oben. Ein großes Kriegskanu löste sich aus dem Haufen, der Pfeilregen hörte auf, und Sanders schaute nach unten in das bemalte Gesicht Borbinis.

»O weißer Mann, ich sehe ich!« sagte der Häuptling anmaßend. »Dies ist ein guter Tag für mich. Siehe da! Ich kam, um den Hund zu schlagen, und ich habe seinen Herrn ergriffen!«

»Hier bin ich!« sagte Sanders ruhig. »Und es scheint so, daß du nichts anderes als mich haben willst. Deshalb lasse deine Leute mein Boot in das tiefe Wasser ziehen, daß ich meine Freunde fortschicke, und du kannst dann mit mir machen, was du willst!«

Borbini zitterte vor Aufregung.

»Das ist ein guter Tag für mich«, sagte er wieder. »O Sandi, ich habe dich immer gehaßt, da du Bosambo über mich gesetzt hast. Auch hast du mich gestraft und hast Tigili von B'fusumaro, meinen eigenen Vater, aufgehängt.«

»All das tat ich«, antwortete Sanders gelassen. »Und du sollst mich nun haben. Nimm mich also und sende meine Freunde wieder zurück.«

Borbini sprang auf das Deck der »Zaire« und stemmte die Arme in die Hüfte. Scharf beobachtete er seine Gefangenen. Patricia Hamilton stand in der Nähe ihres Bruders. Borbini kam heran und schaute sie an. Sein struppiger weißer Bart war nach vorn gestrichen.

»O ko«, sagte er, »ich habe eine Hütte in meinem Gehöft für dieses Weib.«

Jede Bewegung bedeutete Tod. Die breiten Schwertklingen der Wachtleute, die den Häuptling begleiteten, berührten die Brust der Männer, und diese Speere waren scharf wie Rasiermesser.

»Ich werde ein Palaver abhalten«, sagte Borbini ausgelassen vor Freude. »O Sandi, das ist das Palaver, das du mir versprochen hast!«

Er brachte seinen Gefangenen an Land. In einer großen Waldlichtung, die umehrliegende zerbrochene Bäume und niedergetrampeltes Unterholz als einen Elefantenspielplatz kennzeichneten, setzte er sich nieder, um Gericht abzuhalten. Seine fünfzig Kriegskanus bewegten sich und schwangen ans Ufer.

Unter einer großen Eiche saß Borbini, der Häuptling des Nordens. Sein gefurchtes Gesicht arbeitete und zuckte vor Erregung.

»O Volk«, rief er laut, »hier ist der gefürchtete Sandi! – Hier ist Sandi der Große! – Er bringt Soldaten mit sich, und die Männer zittern – er spricht ein Wort, und Häuptlinge sterben. Jetzt aber spreche ich – und er stirbt!«

Das war der Anfang einer langen Rede, die fast eine halbe Stunde lang dauerte, denn Zeit hat am Großen Fluß noch keinen Wert, und die Männer werden nach der Länge ihrer Reden beurteilt.

»Ich fürchte, das ist das Ende«, flüsterte Hamilton. »Pat – Sanders – ist es nicht möglich, etwas zu tun?«

Sanders nickte. Er saß zwischen dem Mädchen und ihrem Bruder. Plötzlich neigte er seinen Kopf halb zu ihr hinüber.

»Pat«, sagte er leise, »verstehen Sie?«

»Vollkommen«, sagte sie sanft. »Sie wollen mich diesem Kerl nicht ausliefern –«

»Nein, weder Borbini noch einem andern«, sagte er. »Aber da ist noch etwas anderes.«

Sie sah, wie er vergeblich nach Worten suchte, und es überlief sie heiß und kalt.

»Sie – Sie lieben mich?« flüsterte sie und lehnte sich an ihn.

Sie waren nicht gefesselt, denn die Spitzen der Speere umgaben sie. Sanders legte seinen Arm um sie.

Plötzlich endete die Rede des Häuptlings, und er stand auf.

»Jetzt!« murmelte Hamilton und biß die Zähne zusammen.

»O Häuptling!« Es war Bones, der sprach – hoch aufgerichtet und zitternd vor Erregung. Sein dünner Finger deutete auf den Fluß hinter ihm.

»Dies sage ich, o Borbini«, rief Bones mit schriller Stimme. »Mein mächtiger Ju-Ju ist heute in voller Kraft, denn die Felsen bewegen sich!«

Tausend Augenpaare starrten über den Fluß.

»Seht gut hin, ihr Leute!« schrie Bones. »Und sagt, ob ich lüge! Mein großer Ju-Ju ist mit mir, und zwei Felsblöcke bewegen sich!«

Richtig – dort waren zwei Felsblöcke an der fernen Küste, aber obgleich die Versammelten ihre Augen anstrengten, konnten sie nicht sehen, daß sie sich bewegten.

»O Tibbetti, du lügst«, sagte Borbini. »Dies ist...«

»Schaut genau hin – schaut hin, schaut hin!«

Wieder wandten sich die Köpfe. Borbini selbst machte einen Schritt vorwärts und hielt die Hand an die Augen.

Bosambo trat aus den Bäumen hervor, durch die er sich einen Weg gebahnt hatte, während Bones die Aufmerksamkeit aller ablenkte. Und das Schwert, das den Sohn erschlagen hatte, trennte den Kopf des Vaters vom Rumpf.

»Tötet sie!« brüllte Bosambo.

Der Saum des Waldes wimmelte plötzlich von seinen Kriegern.

Patricia erwachte in ihrer Kabine, und Sanders saß an ihrer Seite.

»Ich weiß nicht, wie lange Sie bewußtlos waren und wie lange Sie geschlafen haben«, sagte er.

»Ist – sind –«

»Alles ist in Ordnung«, lächelte er. »Sie haben geträumt.«

Sie seufzte tief auf.

»Wieviel war Traum?« fragte sie.

Er antwortete nicht gleich.
»Soviel Sie wünschen –«
Sie streckte ihre Hand aus und faßte die seine.
»Sie wissen, welchen Teil ich wirklich erleben möchte?« fragte sie leise.
»Ich hoffe«, sagte er und schaute ihr in die Augen.
Die »Zaire« war auf dem Heimweg und bewegte sich mit großer Geschwindigkeit stromabwärts.
Man hörte Bones Stimme.
»Was ich Ihnen klarmachen wollte, mein lieber, guter Ham«, sagte er. »Ich habe sofort die Situation überschaut. Ich sehe solche Dinge blitzartig – es ist eine – eine –«
»Krankheit?« sagte Hamilton lässig.
»Nein, eine Gabe – es liegt in der Familie. Natürlich wünsche ich keinen Dank, lieber, guter Freund. Die Genugtuung, daß die nette, liebe Gesellschaft ihr Leben mir verdankt, ist Belohnung genug. Aber wenn Sie mich zur Rettungsmedaille eingeben wollen, dann können Sie Ihren Bericht so abfassen…«
»Ich werfe Sie über Bord, wenn Sie noch weiter so faseln«, sagte Hamilton.
Eine Pause.
»Auf Kopf und Verstand kommt es an, lieber, alter Ham«, sagte Bones. »Der Sieg heute ist mir zuzuschreiben! Bekomme ich nun meine Rettungsmedaille oder eine gute Zigarre?«

EDGAR WALLACE

Sanders · Bones vom Strom

# EDGAR WALLACE

## Afrika-Romane

# Sanders

Hesse Becker

im Weiss Verlag GmbH, Dreieich
August 1986
Gesamtherstellung: Presse-Druck Augsburg
Printed in Germany
ISBN 3-8036-4042-3

# *Inhaltsverzeichnis*

## Sanders



## Bones vom Strom

# *Die Magie der Furcht*

## I

Alles dieses ereignete sich während des Amtswechsels zweier Gouverneure, sonst hätte es sich überhaupt nicht ereignen können.

Seine Exzellenz, der zurücktretende Gouverneur der »Reservierten Gebiete«, war abgereist unter dem Donner der Geschütze und unter den Klängen der Nationalhymne, die von einer kleinen Schar Musiker gespielt wurde, von denen besonders der Kornettbläser die Neigung hatte, einen halben Ton zu tief zu spielen. Die neue Exzellenz litt unterdessen in ihrem Hause in Budleigh Salterton in Devonshire an der Gicht, und ihre Abreise von England war auf unbestimmte Zeit verschoben worden.

Ein Wechsel in der Verwaltung machte wenig oder gar keinen Unterschied für das Volk vom Großen Fluß. Hauptmann Hamilton von den Königshaussa zum Beispiel war sich dieser Lücke kaum bewußt, als er wütend der Hütte zustrebte, die sein jugendlicher Leutnant bewohnte.

Sein Ärger war sehr gerechtfertigt, denn Leutnant Tibbetts hatte, eine Schwäche von ihm, das unsühnbare Verbrechen begangen, für Zeitungen zu schreiben. Hamilton triefte vor Wut, denn die Nachmittagssonne brannte die Welt zu Blasen, und als er die gelbe Ofenplatte querte, die man Exerzierplatz nannte, drang die Hitze durch seine Schuhsohlen und folterte ihn.

Die Baracken, die eine Seite des Vierecks bildeten, tanzten und zitterten in dem Flimmern der Hitze. Er sah die Kronen der Isisipalmen wie durch einen Nebel. Sogar die Webervögel waren still. Und wenn es den Webervögeln zu heiß zum Schwatzen wird, dann muß es in der Tat sehr heiß sein.

Hamilton stieß die Tür der Hütte seines Leutnants auf, trat ein und schnaubte sich seinen Verdruß von der Seele. Mr. Tibbetts, der sonst Bones (Knochen) hieß, lag, das Gesicht nach oben, auf seinem Bett – in einem unverzeihlichen Anzug, denn selbst Salomon in all seiner Pracht trug keine purpurroten Pyjamas mit abwechselnd grün- und ockergelben Streifen.

Hamilton schleuderte das Papier in seiner Hand auf den Tisch. Bones öffnete ein Auge.

»Morgen, Sir!« sagte er, leicht benommen. »Regnet's noch?«

»Morgen!« schnappte Hamilton. »Es ist eine Stunde vor dem Mittagessen, und ich habe Ihnen etwas zu sagen, Bones!«

Bones sank in seinen Schlaf zurück.

»Wachen Sie auf und verstecken Sie Ihre fürchterlichen Flossen!«

Die Augenlider des Schläfers zuckten, er murmelte etwas wie, er verstehe die Pointe nicht; schließlich hatte er die Zeitung bemerkt und die in gotischen Buchstaben gedruckte Überschrift erkannt.

»Die Pointe ist die, Bones«, sagte Hamilton erhaben, »niemand weiß besser als Sie, daß es für jeden x-beliebigen Offizier ein Vergehen ist, einen Artikel über ein x-beliebiges Thema für die Zeitung zu schreiben. Das hier«, er klatschte die zusammengefaltete Zeitung auf den Tisch, »das ist eine Schmach.«

»›Surrey Star‹ und ›Middlesex Plain Dealer‹, Sir«, murmelte Bones, die Augen geschlossen, ein Bild der Geduld, Verzeihung und Ergebung, »mit dem der ›Sunbury Herald‹ und ›Mosley Times‹ vereinigt ist, Sir.«

Sein langer Leib lag wollüstig ausgestreckt, seine Hände waren unter seinem Kopf gefaltet, seine großen roten Füße hingegen hingen über das Bettende hinaus. Er hatte das Aussehen und Gebaren eines Menschen, dem größtes Unrecht angetan worden war, und der seinen Feinden vergab.

»Es handelt sich nicht darum, für welche Zeitung Sie schreiben...«

»Mein lieber, alter Offizier...«

»Auf! Sie widersetzlicher Teufel, und stellen Sie sich auf Ihre großen Füße!« zischte der Haussahauptmann.

Leutnant Tibbetts öffnete nicht einmal seine Augen. »Ist das eine freundliche Erörterung oder nicht, lieber, alter Herr? Ist das ein freundschaftlicher Besuch oder ein Kriegsrat, lieber, alter Ham?«

Hamilton packte ihn an dem seidenen Kragen seiner Pyjamajacke und riß ihn auf seine Füße.

»Tätlicher Angriff!« sagte Bones ruhig. »Hauptmann, wütend vor Eifersucht, schlägt strebsamen, glänzenden jungen Offizier. Kriegsgericht spricht netten alten Hauptmann schuldig, dieser nimmt Gift!«

»Ein Zeitungsschreiber werden Sie niemals«, sagte Hamilton. (Hier verbeugte sich Bones feierlich.) »Schon weil Sie nicht orthographisch schreiben können.«

»Das konnte der liebe alte Napoleon ebensowenig«, sagte Bones selbstsicher, »wie der schneidige alte Washington. Richtig orthographisch schreiben ist Zeichen eines Schwachkopfs. Ich gebe zu, daß Sie richtig orthographisch schreiben können, lieber alter Demosthenes...«

»Die Pointe ist die – und ich meine es vollkommen ernst...« Hamilton schubste seinen Untergebenen auf das Bett, der dort zusammenfiel. »Sie dürfen keine politischen Artikel schreiben, in denen Sie fordern, der Staatssekretär solle kommen und ›mit seinen eigenen Augen‹...« Hamilton suchte nach der anstößigen Stelle und las sie vor – » ›die Arbeit ansehen, die von jungen, von niemandem (außer von den sie verehrenden einheimischen Eingeborenen) gekannten und geehrten jungen Offizieren geleistet wird...‹ und dergleichen Stuß mehr!«

Bones zuckte seine schmalen Achseln. Sein Schweigen war beleidigend respektvoll.

»Sie werden also keine dieser für Sie selbst Propaganda machenden Briefe mehr schreiben, Bones! Weder an den ›Stern‹ noch an den ›Komet‹, den ›Mond‹, die ›Sonne‹ oder an irgendein anderes Mitglied des Sonnensystems.«

»Bitte, schalten wir Religion aus der Erörterung aus!« sagte Bones mit gedämpfter Stimme.

Es ist zweifelhaft, ob Mr. Nickerson Haben überhaupt jemals von der Existenz solcher Organe des öffentlichen Gewissens wie dem »Surrey Star« oder dem »Middlesex Plain Dealer« gehört hatte. Er war keineswegs der Mann, der einer Zeitung Beachtung schenkte, die weniger als eine halbe Million Abonnenten zählte.

Und doch, das Auftauchen von Bones' erstem schriftstellerischem Versuch fiel zeitlich zusammen mit einem besonders kritischen Augenblick in Nickerson Habens Leben. Und die Folge entschuldigte beinahe den späteren Jubel des »Surrey Star« und trug wesentlich dazu bei, der Behauptung seines Schriftleiters: »Was der ›Star‹ heute denkt, tut die Regierung morgen«, eine Berechtigung zu geben.

Denn Nickerson Haben machte sich beinahe sofort daran, die Gebiete mit seinen eigenen Augen zu besichtigen. Er war Mitte der Dreißig und hatte den Erdball zu seinen Füßen. Wie das zuging, darüber gab sich niemand Rechenschaft.

Haben war ein engbrüstiger und bleicher Mann, mit rabenschwarzem Haar, von dem sich eine Locke in Augenblicken rednerischen Überschwanges über seine Stirn legte. Er hatte tiefliegende Augen, schmale Lippen, ein hageres Gesicht und lange, weiße Hände. Nickerson war durch einen rednerischen Wirbelwind in das Unterhaus gefegt worden, der eine Phalanx nüchterner Männer und konservativer Bürger niederwehte, die zwischen diesem und ihm gestanden hatten. Treuherzig oder aalglatt, je nach den politischen Vorurteilen, trug er die Macht seiner Überredungskunst und seiner Kritik in die keusche und bewegungslose Atmosphäre des Parlaments. Minister zuckten unruhig zusammen unter der Rasiermesserschärfe seines Spottes, und die Einpeitscher, die sich vorher im Foyer versammelten, wurden bei Erwähnung seines Namens nervös. Als Parteimann verfiel er nie in den Fehler, die Empfindlichkeit seiner eigenen Führer zu verwunden. Wenn er diese überhaupt kritisierte, wiederholte er lediglich in einem Ton von Bestimmtheit die von ihnen bereits halb eingestandenen Irrtümer.

Wenn eine Regierung stürzte, verließ Mr. Haben seinen sicheren

Sitz, bekämpfte West Monmouth Grafschaft, warf das diese augenblicklich vertretende Mitglied hinaus und kehrte im Triumph nach Westminster zurück. Die neue Regierung machte ihn zum Unterstaatssekretär, zuerst der Landwirtschaft, dann des Auswärtigen. Er hatte die Witwe Cornelius Beits geheiratet, eine amerikanische Dame, die fünfzehn Jahre älter war als er; eine kluge Frau mit einem sprühenden Temperament und einer umfassenden Kenntnis der Männerwelt. Obwohl sie in Carlton House Terrace wohnten, war ihr Eheleben nicht glücklich. Ihn kannte sie nur zu gut. Sein Temperament war keins von den besten. Er besaß alle Anmaßung eines Selfmademan, an dem sich dieser Prozeß nur etwas zu schnell vollzogen hatte. Einmal erzählte sie einem ihr nahestehenden Freunde, daß Nickerson einen Einschlag von Gemeinheit habe, den sie schwer ertragen könne, und es war sogar von Scheidung die Rede. Das war gerade vor ihrer Blinddarmoperation. Der beste Chirurg ganz Englands führte diese aus; ihre Wiederherstellung war niemals in Zweifel gezogen. Unter dem Eindruck ihrer Wiedergenesung ging Nickerson ins Parlament und hielt eine seiner besten Reden über Belutschistan.

Drei Tage später war sie tot. Einer jener sonderbaren Rückfälle hatte sich ereignet, die für den Laien so unerklärlich und von den Ärzten so gefürchtet sind.

Haben war wie zermalmt. Die, die ihn haßten – und ihrer waren viele – fragten sich, was er nun, da die Hauptquelle seines Einkommens versiegt war, beginnen würde. Man hatte nur für eine Vermutung von sehr kurzer Dauer Gelegenheit, da die Angelegenheit bei der Testamentseröffnung dahin erledigt wurde, daß ihm alles vermacht war, außer einem Legat für eine Zofe.

Diese Tragödie ereignete sich zwischen jenem Amtswechsel der Gouverneure. Nickerson Haben ging mit dem ersten fälligen Afrikadampfer hinaus, um Geschäft mit Erholung zu vereinen, Fehler zu finden und Vergessen.

Leutnant Tibbetts von den Königshaussa war der Nachrichtenbringer der Residenz des Distriktsgouverneurs Sanders. Die schlanken Beine dieses schmächtigen Burschen hatten schon viele, meist übertriebene Botschaften der Freude und des Unglücks übermittelt.

In diesem Augenblick flog er über den zitronenfarbigen Sand der Küste, einen Postbeutel in der Hand, seinen Tropenhelm im Genick, eine überraschende Neuigkeit auf den Lippen.

Er nahm die fünf Stufen der Treppe in einem einzigen Satz, flitzte in das große, kühle Eßzimmer, in dem Hamilton gerade beim Frühstück saß, und ließ den Beutel in dem Augenblick in Hamiltons Schoß fallen, als der Hauptmann seine Kaffeetasse zierlich auf seinen Fingerspitzen balancierte.

»Bones!« schnappte Hamilton bissig und tastete nach seinem Taschentuch, um den heißen Mokka von seinen weißen Drellbeinkleidern abzuwischen.

»Er kommt, Ham!« rief Bones, nach Atem ringend. »Sah meinen Brief, mein Lieber, packte seinen netten alten Koffer, nahm den ersten Zug...!«

»Wer kommt, Sie linkshändiger Wechselbalg?« fragte Hamilton zwischen Zorn und Neugier.

»Haben, alter Herr!... Unterstaatssekretär, lieber, guter Ham!« Bones redete ein wenig ohne Zusammenhang. »Sah meinen Brief in dem netten alten ›Star‹... Befindet sich eben beim Gouvernement. Das bedeutet eine Distriktsgouverneursssstelle für mich, Ham, alter Knabe! Aber ich nehme nichts an, außer sie geben dem alten Ham das gleiche...«

Hamilton deutete ernst auf seinen Stuhl. »Setzen Sie sich und beenden Sie Ihren Anfall von Hysterie! Wer hat Sie mit diesem Quatsch vollgestopft?«

»Der zweite Offizier der ›Bassam‹, der die Post an Land brachte. Haben war schon auf dem Wege zum Sitz des Gouvernements, da er mit demselben Schiff fuhr.«

Für einen Augenblick vergaß Hamilton seine kaffeebefleckten Beinkleider.

»Kommt mir verdammt ungelegen!« sagte Hamilton unruhig. »Gerade, wo Sanders im Busch ist... Was ist das für ein Typ, dieser Haben?«

Bones, der seine eigenen Ziele im Auge hatte, wünschte ein schmeichelhaftes Bild von dem Besuch zu entwerfen; er empfand, daß ein Mann, der so unmittelbar der mit seinem Namen gezeichneten Aufforderung einer Zeitung folgte, für ihn nur Gutes bringen konnte. Bones selbst hatte dieselbe Frage an den zweiten Offizier des Dampfers gerichtet, und der zweite Offizier hatte mit seemännischer Offenheit in zwei Worten geantwortet, von denen das eine von Rabelais stammte und das andere in Druck nicht wiederzugeben ist. Denn Mr. Haben glänzte nicht in den Augen von Leuten, die gesellschaftlich unter ihm standen. Seine Diener haßten ihn, seine Privatsekretäre wechselten jeden Monat, und ein Mitglied des Oberhauses, der Pferdeliebhaber war, faßte sein Urteil über ihn in den Worten zusammen: »Haben ist das Futter nicht wert.«

»Nicht so schlecht!« log Bones.

Am nächsten Morgen, in der Frühe, brachte Sergeant Ahmet Mahmed eine graue Taube zu Hamilton, und der Haussahauptmann schrieb eine Botschaft auf Zigarettenpapier:

»Haben vom Auswärtigen Amt unterwegs. Befindet sich Gouverneurssitz. Kehrt Unterstes zuoberst. Halte für besser, Sie kommen sofort zurück und beschäftigen sich mit ihm.«

Hamilton war in einem Brandungsboot zum Dampfer gefahren und hatte mit dem Kapitän gesprochen. Mr. Nickerson Habens Charakter war danach kein Geheimnis mehr für ihn.

Er befestigte das Papier an dem roten Beinchen der Taube und warf sie in die heiße Luft.

»Hüte dich vor Habichten, kleiner Soldatenfreund!« sagte er gewohnheitsmäßig.

## 2

Sehr innig verknüpft mit dem Leben und dem Schicksal des Unterstaatssekretärs Mr. Nickerson Haben war (obwohl er sich das nicht träumen ließ) das Leben und Schicksal Agasakas, des Chimbiriweibes. Mr. Haben war vom besten Schneider in Savile Row gekleidet; Agasaka war nackt, bis auf den Schurz aus getrocknetem Gras, der um ihre schöne Taille baumelte.

Sie war ein großgewachsenes Mädchen, von sehr schmächtigem Körperbau, mit sehr ernst dreinschauenden Augen. Männer existierten für sie nicht. Sie hatte eine große Leidenschaft für etwas Unwägbareres, als es ein Mann ist; sie war schrecklich klug, was Geister und Dämonen anging; gerade gewachsen, mit kleinen Brüsten, von Kindern geliebt, war sie so stark und geschickt, daß sie einen Speer weiter werfen konnte als irgendein junger Mann. Das war Agasaka, das Chimbiriweib, Tochter des N'kma-n'kimi, des toten Waldmenschen.

Für eine Jungfrau war sie schon etwas ältlich, da sie siebzehn Lenze zählte; sie war auf alle Arten von den Männern umworben worden; sie war freundlich zu allen gewesen und erhörte keinen.

Sie lebte mit M'suru, ihrem Bruder, dem Jäger, zusammen; dessen Weiber haßten sie, weil sie niemals log und offen zu ihrem Bruder über deren zahlreiche Liebhaber sprach. Sie hätten sie gern verprügelt, aber sie fürchteten die Stärke ihres Speerarmes. Was die Fäuste nicht wagten, wagten die Zungen, aber keiner ihrer Anwürfe haftete. Wenige Männer waren so dumm, daß sie zugaben, andere hätten Erfolg gehabt, wo sie selbst abgewiesen worden waren.

Sie hatte viele Jahre lang mit ihrem Vater im dichtesten Urwald gelebt; in der Gegend, wo M'shimba M'shamba, der fürchterliche, ungestüme Dämon, hauste, der die Bäume mit einer Hand ausreißt, während sein Maul von geschmolzenem Feuer trieft, und wo andere finstere Mächtige in der Nähe wohnten: N'guro, der kopflose Hund, zum Beispiel, und Chika-laka-m'bofunga, der den Mond auffrißt – tatsächlich alle, ausgenommen die Feuerechse, deren bloßer Blick tötet. Und N'kema hatte sie die Mysterien des Lebens gelehrt und den Ursprung alles Lebens und den Boden, auf dem es gesät wird. Sie kannte die Männer in ihrer Roheit und in ihrer Stärke. N'kema lehrte sie die Art, in der sie schöner werden könne als irgendein anderes Weib: die Magie, die von Mund zu

Mund gelehrt wurde – jene Magie, die schon uralt war, als man den ersten Grundstein zu den Pyramiden legte.

Die Männer fürchteten sie; sogar Oboro, der Zauberdoktor, mied sie.

Denn darin bestand ihr wirksamster Zauber, daß sie die Macht hatte, die Augen der Männer und Weiber Dinge sehen zu lassen, die sie am allerwenigsten zu sehen begehrten.

Einmal verfolgte ein kleiner Häuptling sie den Pfad am Fluß entlang, wo das Gras kinnhoch steht. Er hatte gewisse Absichten auf sie, und im rechten Augenblick schlich er, wo es recht einsam war, aus dem Versteck, ließ seine Speere ins Gras fallen und packte sie so fest an ihren Armen, daß sie sich nicht bewegen konnte, obwohl sie sehr stark war.

»Agasaka«, sagte er, »ich habe eine Hütte in diesem Walde, die noch niemals die Stimme eines Weibes vernommen hat…«

So weit war er in seiner Rede gekommen, dann sah er, über ihre seidige Schulter hinweg, drei schwarze Leoparden Seite an Seite den engen Pfad entlangkommen, ihre Köpfe geduckt, ihre goldbraunen Augen gierig nach Beute.

Sofort gab er sie frei und floh zu seinen Speeren.

Als er sich wieder umwandte, waren Weib und Leoparden fort.

Aliki war der Jäger ihres Dorfes, auf dessen Bekanntschaft man nichts gab, denn er war mit allen Arten Zauber vertraut und ging oft des Nachts in den Urwald, um mit Dämonen zu verkehren. Eines Nachts sah er eine Erscheinung im Feuer, eine mächtige rote Eidechse, die mit ihren großen schweren Augenlidern blinzelte. Aliki sah sich in seiner Familie um, auf der kaltblütigen Suche nach einem Opfer. Denn Calichi, der Feuerdrachen, ist der gutmütigste der Dämonen und nimmt einen Stellvertreter für den Mann oder das Weib an, dem er mit seinen roten, zwinkernden Augen die Todesbotschaft gesandt hat.

In diesem Lichte betrachtete Aliki seine drei Weiber, seinen Vater und einen Onkel, der viele Tagereisen weit zu einem Jagdzug hergekommen war; und keiner von diesen schien ihm gut genug für sein Vorhaben, denn Calichi ist ein gefräßiger Dämon, nur das

Schönste und Beste will ihm gefallen. Jenseits dieser Gruppe saßen andere Gruppen um das rote Feuer herum und aßen aus dem großen Topf, der in der heißen Asche stand. Die Dorfstraße von Chimbiri läuft vom Urwald zum Fluß als breiter Zugang, der mit Hütten umsäumt ist, und vor jeder Hütte brannte ein Feuer, und vor jedem Feuer hockten die Männer und Weiber des Hauses.

Die Nacht war gekommen. Über den riesigen Gummibäumen war der Himmel mit funkelnden Sternen besetzt, die wie Calichi, nur schneller, blinkten und winkten.

Aliki sah die Sterne und rieb die Flächen seiner Hand am Staub der Erde, damit er Glück hätte, und in diesem Augenblick kam ihm das zweite Weib seines Nachbarn zu Gesicht, ein großes Weib von achtzehn Jahren, eine Nymphe, aus Mahagoni geschnitzt, schlank wie eine Gerte, nackt bis zur Hüftlinie ihres Graslendenschurzes. Und Aliki fand, daß er in ihr einen geeigneten Ersatz gefunden habe, und murmelte ihren Namen, als er in die Augen der Feuerechse sah. Darauf wurde die Erscheinung des Ungeheuers schwächer und verschwand, und Aliki wußte, daß der Feuerdämon seine Wahl guthieß.

Später in der Nacht, als Loka, das Weib M'surus des Jägers, zum Flusse ging, um Wasser für den Bedarf des Hauptweibes zu holen, fing Aliki sie ab.

»Da ist niemand so schön wie du, Loka«, sagte er, »denn du hast die Beine eines Löwen und die Kehle einer jungen Antilope.«

Er zählte andere körperliche Vorzüge auf, und Loka hörte lachend zu. Sie hatte sich an diesem Tage mit dem ersten Weib ihres Gebieters in den Haaren gelegen, und M'suru hatte sie gezüchtigt. Sie war schrecklich empfänglich für Schmeicheleien und reif für solche Abenteuer, an denen Weiber Freude finden.

»Hast du keine Weiber, Aliki?« fragte sie angenehm berührt. »Nun, ich will dir Agasaka, die Schwester meines Mannes, zuführen; die ist sehr schön und hat niemals die Schulter eines Mannes berührt.«

Das sagte sie aus Ärger, denn sie haßte Agasaka, und es ist die Gewohnheit des Weibes, Fremden gegenüber die Vorzüge jener

Schwestern zu loben, die sie anwidern. »Was Agasaka – und andere Weiber anlangt...« – er machte eine Gebärde der Verachtung – »so gibt es kein anderes Weib wie dich – nicht einmal in der Hütte des alten Königs jenseits der Berge, die das Ende der Welt sind«, sagte Aliki, und Loka lachte von neuem.

»Nun weiß ich, daß du verrückt bist, wie M'suru sagt. Auch daß du fremde Gesichte siehst, die andere nicht sehen können«, sagte sie mit ihrer tiefen, glucksenden Stimme. »Und nicht nur M'suru allein, nein, alle Männer behaupten, daß du die Krankheit ›Mongo‹ hast.«

Es war richtig, daß Aliki krank war und blitzartige Schmerzen hatte. Er sah andere Dinge als Eidechsen.

»M'suru ist alt und ein Narr«, sagte er. »Ich habe ein Ju-Ju, der meine Augen Wunder sehen macht. Komm mit mir in den Urwald, Loka, und ich will dich Magie lehren und dir solche Liebe schenken, wie sie ein alter Mann nicht zu vergeben hat.«

Sie setzte ihre Kalabasse (Gefäß aus Kürbisschale) nieder, verbarg sie an einem mit Elefantengras bestandenen Flecken nahe am Flußufer und ging hinter ihm in den Wald. Und dort tötete er sie. Er zündete ein Feuer an und sah die Eidechse darin. Sie schien zufriedengestellt. Aliki reinigte sich im Fluß, ging in seine Hütte zurück und schlief.

Als er am Morgen aufwachte, tat es ihm leid, Loka ermordet zu haben, denn von allen Weibern der Welt war sie in seinen Augen die schönste gewesen. Das Dorf war halb leer, denn Lokas Kalabasse war gefunden worden, und Fährtenfinder waren ins Gehölz gegangen, um nach ihr zu suchen. Man fand sie, aber kein Mensch hatte sie in den Tod gehen sehen. Einige dachten, sie sei von Ochori-Fischersleuten geraubt worden, andere zogen es vor, an einen Dämon zu glauben, der für seine Bosheiten in Liebeshändeln berüchtigt war. Man brachte den Leichnam die Dorfstraße entlang zurück, und alle verheirateten Weiber machten sich Unterröcke aus grünen Blättern und tanzten den Tanz des Todes, wobei sie unheimliche Weisen sangen.

Aliki hockte an seinem Feuer und beobachtete neugierig den

Zug. Es tat ihm leid, dieses Etwas, das man da auf den Schultern trug, getötet zu haben, und als er in das glimmende Feuer stierte, wurde ihm noch mehr leid, denn der Feuerdrachen schielte ihn daraus an, und seine triefenden Augenlider blinzelten ihm zu.

Also hatte er das falsche Opfer gebracht.

Als er seine Augen vom Feuer erhob, blieben sie an der schmächtigen Gestalt eines Weibes haften, die sich mit einer Hand am Türpfosten der Hütte ihres Bruders festhielt. Und damit überkam Aliki eine fürchterliche Gewißheit.

Der Feuerdämon war aus dem Innern des Feuers verschwunden, als Aliki hinunterstarrte.

Da war keine Zeit zu verlieren. Er stand auf und ging auf das Mädchen von Chimbiri zu.

»Ich sehe, du bist hier, Agasaka«, sagte er. »Es ist schändlich, zu deines Bruders Haus zu kommen, denn die Leute sagen, daß dieses Weib, die Loka, einen Liebhaber besaß, der sie ermordet hat.«

Sie wandte ihm langsam ihre großen Augen zu; diese waren braun und erfüllt mit einem wundersamen Leuchten, das darin zu zittern schien, wenn sie jemand ansah. »Loka starb, weil sie eine Närrin war. Aber der sie tötete, war ein noch größerer Narr. Ihre Pein ist vorüber, seine kommt erst. Bald wird Sandi Malaka, der braune Würgervogel, kommen und wird dem Manne, der das getan hat, die Augen aushacken.«

Aliki haßte sie, aber er war klug genug, zustimmend mit dem Kopf zu nicken.

»Ich bin weise, Agasaka«, sagte er. »Ich sehe Wunder, welche kein anderer sehen kann. Nun, ehe Sandi mit seinen Soldaten kommt, will ich dir einen Zauber zeigen, der diesen Bösewicht an deines Bruders Tür bringen wird, sobald der Mond so steht und der Fluß so hoch ist.«

Ihre braunen Augen ruhten auf den seinen; der Klang der singenden Weiber dröhnte vom Dorfende her; ein Hund winselte im Dunkel einer Hütte, und alle Gesichter waren dem Flusse zugekehrt, wo man den Leichnam in ein Kanu legen würde, um ihn auf die kleine Insel inmitten des Flusses zu bringen, wo die Toten in ihren seichten Gräbern ruhen.

»Laß uns gehen!« sagte sie und ging hinter ihm durch ein holpriges Maisfeld; sie erreichten das schützende Gebüsch hinter dem Dorfe und, auf unbequemen Wegen, die Vorposten des Waldes, wo es keinen Mais gab. Denn dieser Platz war zu traurig für die Webervögel und den Behausungen der Menschen zu nahe für die kleinen Affen, die weiße Bärte haben. Noch immer ging er vor ihr weiter, bis sie einen Flecken gelber Blumen erreichten, die in einer Lichtung wuchsen. Hier waren die Bäume sehr hoch, und zehn Männer hätten, einer auf dem Kopf des andern, gegen die glatten Stämme gelehnt stehen können, und der oberste würde nur den untersten Ast erreicht haben.

Er blieb stehen und wandte sich um. In diesem Augenblick rauschte es unruhig in den Wipfeln; ein kalter Windstoß kam, und Donnergegroll ließ sich hören.

»Wir wollen uns setzen!« sagte er. »Zuerst will ich zu dir von Weibern reden, die mich geliebt haben, und wie ich nicht vor ihnen her gehen wollte, weil ich immer an dich gedacht habe. Und dann wollen wir zusammen eine Liebschaft haben...«

»Darin liegt kein Zauber, Aliki!« sagte sie. Er sah, daß sie ihm abgeneigt war, und erhob seinen Speer.

»Du stirbst, wie Loka starb; der Feuermann hat mir den Befehl erteilt«, sagte er und nahm seine Schulter zurück zum Speerwurf.

»Ich *bin* Loka!« sagte das Mädchen; er starrte sie an, seine Kinnlade sank herab. Denn es war wirklich Loka, das Weib, das er gemordet hatte. Loka mit ihren listigen Augen, Loka mit ihren schlanken Fingern. Und sie hatte Lokas Art, eine rote Blume hinter ihr Ohr zu stecken, und Lokas schlanke, wie Seide schimmernden Beine.

»O Ko!« sagte er voll Weh und ließ seinen Speer fallen. Agasaka bückte sich und hob ihn auf und wurde in diesem Augenblick wieder sie selbst. Die Blume war fort, und ihre Finger waren auch kürzer, und wo das listige Lächeln gewohnt hatte, thronte jetzt der Ernst des Todes.

»Dieses ist mein Zauber. Nun gehe du vor mir her, Aliki, Mörder Lokas, denn ich bin nicht geschaffen für Liebe, sondern für eine dunkle Macht!«

Ohne ein Wort ging der verwirrte Mann den Weg zurück, den er gekommen war; und Agasaka folgte und fühlte währenddessen die Schneide des breiten Speerblattes. Obwohl sie es nur leicht berührte, zeigte sich ein Blutstreifen an der Stelle des Daumens, wo Speerblatt und Haut miteinander in Berührung gekommen waren. Es wurde finster im Walde, der Wind war abwechselnd ein Schrei oder ein Wimmern.

In der Nähe des Sumpfes am Urwaldrand schwang sie den Speer rückwärts über ihre linke Schulter, wie ein Kavallerist seinen Säbel schwingt, und er drehte sich halb nach dem Geräusch um, das das verursachte...

Das Hauptweib ihres Bruders kam an den Sumpf, um die Cassada zu holen, wo sie sie zum Wässern ins Wasser gelegt hatte. – Alikis Kopf fiel vor ihre Füße, als der erste Blitz durch die finsternisverhängte Welt zuckte.

## 3

Die Sonne war vier Stunden alt, als ein Flußkanonenboot, ein weißes und schimmerndes Ding, um jenen Schroffen bog, der seiner Gestalt halber »der Fisch« genannt wurde. Die dunklen Wasser des Flusses stauten sich an seinem Bug zu einem an den Rändern rot gefärbten gläsernen Hügel, denn die »Zaire« lief gegen einen Sechsknoten-Strom an. Jeder Fluß von den Isisi bis zu den Mokalibi war ein Wirbel, und wo Tiefen gewesen waren, lagen jetzt Sandbänke, und an Stellen, wo die Krokodile mit weit geöffnetem Rachen geschlafen hatten, als Distriktsgouverneur Sanders das letztemal hier heraufkam, war jetzt tiefes Wasser.

Sanders stand neben dem Mann am Steuer, eine schmächtige, elastische Gestalt, in tadelloses Weiß gekleidet, seinen Tropenhelm nach hinten geschoben, denn eine Elefantenfliege hatte ihn in der letzten Nacht in die Stirn gestochen, und die dadurch verursachte Schwellung schmerzte bei der geringsten Berührung. Zwischen seinen regelmäßigen weißen Zähnen schaukelte ein langer schwarzer Nikotinstengel. Sanders hatte eben gefrühstückt, und eine Ordonnanz räumte gerade die silberne Kaffeekanne und den Fruchtteller weg. Der Himmel strahlte in leuchtendem Blau. Aber das Barometer fiel mit beunruhigender Schnelligkeit, und Sanders hätte gern den sicheren Ankerplatz unter hohem Ufer und den Schutz hoher Bäume erreicht, den ihm eine kleine Bucht südlich von Chimbiri versprach.

»Lo'ba, ko'lo ka! Ein Faden Wasser beim Erbarmen Gottes!«

Der mit schläfrigen Augen am Bug sitzende Schwarze zog seinen nassen Peilstock herauf.

Sanders' Hand schoß nach dem Griff des Maschinentelegraphen und zog daran, und Yoka, der Maschinist, schickte rasselnd seine Bestätigung herauf.

»Ein halber Faden!«

Bums!

Das Fahrzeug stoppte von selbst, sein Heckrad schlug rückwärts, aber die Nase steckte im Sande, und eine seitliche Strömung warf das Heck herum, bis es breitseit zu einer Sandbank lag. Dann, als das Steuer herumgeworfen wurde, fing die »Zaire« an, sich nach dem rechten Ufer des Flusses zu zu bewegen, und streifte die Untiefe, bis der Bug wieder tiefes Wasser fand.

»Herr!« sagte der Mann am Steuer mit würdevollem Unmut, »diese Sandbank ist aus der Hölle heraufgekommen, denn sie war nicht hier, solange ich nackt ging.«

»Paß nur auf den Fluß auf!« erwiderte Sanders, der zum Schwatzen nicht aufgelegt war.

Und jetzt sah Sanders über den vorragenden Baumwipfeln den heranrollenden Dunst von Wolken, gelben Wolken, die sich überwarfen und stürzten und lohfarbene Banner vor dem herannahenden Wind entfalteten. Das stille Gesicht des Flusses wurde in kleine weiße Fetzen zerrissen, die hoch liefen und zu Gischt zerstoben. Sanders schob seine Zigarre von einem Mundwinkel in den anderen, nahm sie aus dem Munde, betrachtete sie bedauernd und warf sie über Bord. Sein Diener stand hinter ihm und hielt ihm einladend den wasserdichten Mantel hin. Sanders fuhr hinein, reichte dem Boy den Tropenhelm und nahm dafür den Südwester, den er unterm Kinn festband. Die Hitze war unerträglich. Der Sturm trieb einen Glutofenhauch heißer Luft vor sich her, um seine Wut anzukündigen. Sanders war naß bis auf die Haut, seine Kleider klebten an ihm.

Ein Band blendenden Lichtes lief quer über das Firmament und spaltete sich in ein Netz von Armen. Das Krachen des Donners war betäubend; es schien Sanders, als drücke ein schweres Gewicht auf seinen Kopf; wieder ein Blitz und wieder und immer mehr. Bläulich fuhren die Blitze über beide Ufer hin, feurige blaue Schreie von Licht, die, zackig zerrissen, vom Himmel zur Erde liefen. Die gelben Wolken waren schwarz geworden. Nächtliche Finsternis lag über der Welt, eine Finsternis, die noch verdichtet wurde durch den unheimlichen schrägen Schein, der von einem entfernten Horizont kam, an dem sich die Wolken teilten.

»Backbord!« sagte Sanders kurz; »Steuerbord wieder – jetzt Backbord!«

Sie hatten den Schutz des Ufers erreicht, als der erste Regen fiel. Sanders schickte ein Dutzend Leute mit der Bug- und Hecktrosse über Bord und ließ an den riesigen Gummibäumen festmachen, die unten am Flußufer wuchsen.

Innerhalb einer Sekunde war das Deck mit Wasser überflutet, und die weißen Schuhe des Distriktsgouverneurs wurden erst taubengrau und dann schiefergrau. Er schickte nach Yoka, dem Maschinisten, der gleichzeitig sein Bootsmann war.

»Bringe noch eine andere Vertäutrosse raus und halte Volldampf auf!« Sanders sprach Küstenarabisch, eine Sprache, in der man sich gewählt ausdrücken konnte.

»Herr, soll ich die Hupa-Hupa (die Sirene) schreien lassen?« fragte Yoka. »Ich sehe, daß diese diebischen Akasavaleute zu bange sind, im Regen herauszukommen und Deine Lordschaft zu begrüßen.«

Sanders schüttelte den Kopf. »Sie werden schon kommen – das Dorf ist eine halbe Meile entfernt, und sie werden deine Hupa-Hupa nicht hören«, antwortete er und ging in seine Kabine, um Atem zu schöpfen. Ein Orkan, Windstärke neunzig Knoten die Stunde, hatte ihm zehn Minuten lang durch die Zähne geblasen, und zehn Minuten ist eine lange Zeit, wenn man nicht Atem holen kann.

Die Kabine hatte zwei lange Fenster, an jeder Seite eins. Das zur linken, über dem kleinen Sofa, auf das er sich fallen ließ, gestattete ihm eine Aussicht auf den Urwaldpfad, den entlang früher oder später ein Eingeborener kommen und hernach todsicher dem Häuptling eine Meldung bringen würde.

Es blitzte noch immer unaufhörlich; der Regen kam in solchen Massen herunter, daß Sanders versucht war zu glauben, er sei unter einem kleinen Wasserfall vor Anker gegangen. Aber die Beleuchtung hatte sich geändert, und die schwarzen Wolken vorn waren zu einem dichten Grau geworden.

Sanders riß die Türen auf, die er vorhin hinter sich geschlossen hatte. Der Wind wehte in Stößen, aber schwächer. Er langte nach einer anderen Zigarre, steckte sie sich an und faßte sich in Geduld.

Der Fluß hatte eine Stromgeschwindigkeit von acht Knoten die Stunde. Bis zum Dorfstrand würde man das Fahrzeug an Schleppleinen mit der Hand schleppen müssen. Er hoffte, daß man Holz für ihn aufgestapelt hatte. Das Chimbirivolk war faul, und das letztemal, als er hier oben gewesen war, hatte man ihm einen Stoß Holz gezeigt; grünes Zeug und wenig Brennbares.

Yoka und seine Mannschaft hörten den Teufelsschrei der Hupa-Hupa gern, aber Sanders wußte ganz genau, wieviel Dampf darauf verschwendet wurde.

Seine Augen suchten den Pfad längs des Flußufers ab – und das in einem sehr wichtigen Augenblick. Denn er erblickte acht Männer, die paarweise nebeneinander gingen und auf ihren Schultern eine zusammengebündelte Gestalt trugen.

Ein elektrisches Chrysanthemum entfaltete sich zu blendender Blüte, als Sanders ans Ufer sprang; die sprühenden Staubfäden wandten sich nach jeder Richtung und gaben Helle genug, so daß Sanders die Last, die man da trug, deutlich erkennen konnte, lange, ehe er den Pfad erreichte und breitspurig im Wege der acht finsteren Männer und des Gesindels stand, das dem Sturm getrotzt hatte, um in einiger Entfernung zu folgen.

»O Männer!« sagte Sanders sanft – er zeigte gewöhnlich seine Zähne, wenn er in dieser Weise sprach –, »wer seid ihr, daß ihr das Geisterzeichen auf dieses Weibes Gesicht gesetzt habt?«

Denn das Gesicht ihrer Last war mit weißer Kreide beschmiert. Niemand antwortete. Er sah, wie ihre Zehen sich nervös hin- und herbewegten, mit Ausnahme eines einzigen, und diesen redete er an.

»M'suru, Sohn des N'kemá! Was ist das für ein Weib?« M'suru räusperte sich. »Herr, dieses Weib ist die Tochter meiner eigenen Mutter, und sie tötete Aliki; auch tötete sie zuvor mein Weib Loka.«

»Wer hat das gesehen?«

»Herr, mein erstes Weib, die mir eine treue Gefährtin ist, seitdem ihr Liebhaber ertrunken ist; sie sah Alikis Kopf fallen. Sie hörte auch Agasaka sagen: ›Geh, Mann, wohin ich Loka gesandt habe, da du gesehen hast, wie ich sie erschlug, und du das am besten weißt‹.«

Sanders ließ sich dadurch nicht beeinflussen. »Laß das Weib los, damit sie vor meinen Augen stehe!« Man band das Mädchen los, und auf seinen Befehl wischten sie das Femezeichen von ihrem Gesicht.

»Erzähle!« befahl Sanders.

Sie sprach sehr natürlich, und ihre Erzählung war glaubhaft, dennoch...

»Holt mir das Weib, das die schlimmen Dinge reden hörte!«

Das Weib wurde unter den letzten des Zuges aufgestöbert und drängte sich, sehr wichtig tuend, durch; sie erschrak aber, denn die kalten Augen Sanders' konnten einen nervös machen, und wurde geschwätzig, als sie ihre Sprache wiedergefunden hatte.

Der Mann im Ölzeug, an dem das Wasser niederrann, hörte mit

geneigtem Kopfe zu. Agasaka, das schlanke Weib, stand ernst vor ihm. Scham kannte sie nicht – der Schurz von Gras war fort, und sie stand so da, wie ihre Mutter sie zuerst gesehen hatte. Bald darauf beendete M'surus Hauptweib ihre Erzählung.

»Sandi, das ist die Wahrheit, und wenn ich eine Lüge sage, dann sollen mich ›die Langen‹ zum Boden des Flusses holen und mich den Schlangen zum Fraße geben!«

Sanders beobachtete sie, er sah ihre braune Haut stumpf und grau werden, sah ihren Mund offen in starrem Schrecken.

Was er nicht sah, war ›der Lange‹, das gelbe Krokodil, das durch das Gras auf die Meineidige zukroch, seine kleinen Augen funkelten, und sein nasser Rachen war offen, um die grausamen weißen Spitzen der Zähne zu zeigen.

Nur das Hauptweib M'surus sah es und fiel schreiend und sich windend zu Füßen ihres Mannes nieder und umklammerte dessen Füße.

Sanders sagte nichts, aber er hörte viel, das im Widerspruch zu dem ersten Bericht stand.

»Komm mit mir, Agasaka! An Bord meines feinen Schiffes!«

Er wußte, daß Zwist entstehen konnte, wenn er das Mädchen bei ihren Leuten ließ. Schon um geringerer Ursachen willen waren Kriege entstanden.

Er nahm sie an Bord der »Zaire«; sie folgte ihm demütig.

In dieser Nacht kam eine müde Taube aus dem Hauptquartier, und Sanders, der die Botschaft las, war weder erfreut noch ärgerlich.

Hohe Beamte, besonders die, die in einem Lehnstuhl saßen, beunruhigten ihn ein wenig, aber er hatte solche entzückende und verständige Gentlemen unter ihnen angetroffen, daß er allmählich etwas von seiner Furcht vor ihnen verloren hatte. Weit mehr beunruhigten ihn die Berichte über die dunklen Kräfte Agasakas, die ihn aus zuverlässiger Quelle erreichten. Er hatte manche sonderbaren Dinge erlebt auf dem Fluß; die Wunder des Lokolis, dieses ausgehöhlten Baumstumpfes, durch den Botschaften über einen Erdteil weitergesandt werden konnten, waren immer noch so etwas wie ein Rätsel für ihn. Unerklärbare Magie, manchmal von umwälzender Natur, war eine alltägliche Erscheinung. Manches darunter war nur roher Hypnotismus, aber es gab höhere Dinge, die jenseits seines Verständnisses lagen. Viele davon waren im Laufe der Jahrhunderte, von Ägypten und weiterher, auf uns gekommen. Abraham hatte Gebräuche aus den wüsten Ländereien um Babylon herum mitgebracht, die zu religiösen Gebräuchen wurden bei einem Volk, das noch keine Schriftsprache hatte.

Die »Zaire« dampfte am nächsten Tage nach Hause, als Sanders Abibu, seine Ordonnanz, rufen ließ.

»Hol mir dieses Chimbiriweib her!« befahl er.

Man holte sie aus dem kleinen Proviantraum, wo sie Gefangene und gleichzeitig Gast war.

»Man erzählt mir dies und jenes von dir, Agasaka«, sagte er und erzählte ihr das ihm Berichtete und nannte ihr die Quellen, aus denen er es hatte.

»Herr, es ist wahr«, sagte Agasaka, sobald er geendet hatte. »Mein Vater lehrte mich diese Dinge, wie sein Vater sie ihn gelehrt hatte. Denn, Herr, er war der Sohn M'kufusus, des Sohnes Bongfongu-m'linis, des Sohnes N'sambis...«

Sie zählte dreißig Generationen her, ehe er ihr Einhalt gebot – oberflächlich gerechnet sechshundert Jahre. Darob war sogar Sanders verblüfft, obwohl er einmal einen alten N'Gombimann getroffen hatte, der ihm die genauesten Einzelheiten über einen Mann erzählte, der in den Tagen Saladins gelebt hatte.

»Laß mich deinen Zauber sehen, Weib!« befahl er.

Aber zu seinem Erstaunen schüttelte sie den Kopf. »Herr, dieser Zauber kommt nur, wenn ich mich fürchte.«

Sanders ließ seine Hand zum Browning hingleiten und zog ihn halb aus dem Lederfutteral. Er saß unter dem über die Brücke gespannten Sonnensegel. Der Steuermann war am Steuerrad, und am Bug befand sich der Kanujunge mit seinem langen Peilstock zum Messen der Wassertiefe. Absichtlich sah Sanders nicht auf das Weib, sondern richtete seinen Blick auf den Rücken des Mannes am Steuerrad.

Seine Hand hatte sich kaum um den braunen Griff geschlossen, als er, fast unmittelbar vor seinen Füßen, etwas sah, was er über alles in der Welt haßte – eine Puffotter, buntfleckig und geschwollen, den Kopf zurückgeworfen zum Biß.

Zweimal knallte sein Browning. Der Mann am Steuer sprang, um sich schreiend Schutz zu suchen, und ließ die »Zaire« gierend in der starken Strömung zurück.

Da war nichts zu sehen – nichts als zwei kleine Löcher im Deck, so dicht nebeneinander, daß sie sich zum Teil deckten. Sanders sprang an das Steuerrad und brachte das Fahrzeug auf den Kurs. Und dann, als der Rudersmann zurückgerufen war und der lotende Junge aus dem Schutze des Holzstoßes hervorkam, hinter dem er sich verkrochen hatte und zitterte, ging Sanders zu seinem Stuhl zurück und winkte Abibu ab, der, Gewehr in der Hand, zur Rettung seines Herrn herbeigeeilt war.

»Weib!« sagte Sanders ruhig, »du kannst wieder in dein kleines Haus gehen.«

Und Agasaka entfernte sich ohne ein Zeichen des Triumphes, das manches geringere Weib, als sie war, geäußert hätte. Sanders hatte sie nicht angesehen – hier war kein Hypnotismus im Spiel.

Er beugte sich nieder und untersuchte die Kugellöcher, zu verstört, um sich genarrt zu fühlen.

Am selben Nachmittag schickte er wieder nach ihr, gab ihr Schokolade zu essen und sprach über ihren Vater. Sie saß an Deck, zu seinen Füßen, und einmal, als er glaubte, ihr Zutrauen gewonnen zu haben, ließ er seine Hand leicht auf ihren Scheitel fallen, wie er seine Hand schon auf so viele junge Köpfe hatte fallen lassen.

Die Puffotter war da; so nah, daß sie beißen konnte; den dreieckigen Kopf zurückgeworfen, ihre Ringe starr.

Sanders stierte auf das Ding und bewegte seine Hand nicht, und dann sah er, durch den schimmernden Körper der Schlange hindurch, die Deckplanken und das weiche Harz, wo Planke an Planke stieß, und dann war die Viper verschwunden.

»Du fürchtest dich doch nicht?« fragte er sanft.

»Herr... ein wenig; aber jetzt fürchte ich mich nicht, denn ich weiß, daß du Frauen nicht weh tust.«

Am dritten Tage, zwei Stunden vor Sonnenaufgang, ging die »Zaire« mit ihrem sonderbaren Fahrgast längsseits der Regierungswerft. Hauptmann Hamilton, ärgerlich, vor Wut schäumend, wartete, denn er war der widerwillige Wirt eines Menschen, dem es an Manieren fehlte.

## 4

»Er ist ein richtiges Schwein«, sagte Hamilton. »Nichts ist ihm gut genug; er machte einen Höllenskandal, als er herausfand, Sie seien nicht zu seinem Empfang hier. Bones besänftigte ihn etwas. Dieser alberne Esel hatte eine Ehrenwache am Strand aufgestellt. Ich erfuhr das gerade erst, ehe das Boot landete, und es war zu spät, um die Leute in ihre Baracken zu schicken. Aber augenscheinlich war es das Richtige: Nickerson Esquire erwartete es – und noch mehr. Flaggen und ähnliches, einen roten Teppich für seine Hufe und eine Musikkapelle, die ›Treulich geführt‹ spielte!«

Alles das zwischen Werft und Distriktsgouverneurs Garten. Eine Gestalt in Weiß, lässig ausgestreckt in einem großen Stuhl, wandte den Kopf, aber gab sich nicht die Mühe aufzustehen. Noch weniger war sie geneigt, die Kühle der breiten Veranda mit dem Schmelzofen eines der heißen Sonne ausgesetzten Platzes zu vertauschen.

Sanders erblickte ein blasses Gesicht, das sonderbar schmutzig im Vergleich zu der fleckenlosen Reinheit seines Drell-Jacketts aussah. Zwei tiefliegende mißtrauische Augen, ein langes, unordentliches Büschel Haare lag dünn auf einer hohen Stirn – nelkenfarbene, fast blutlose Lippen.

»Sie sind Sanders?«

Mr. Haben sah zu der schmucken, stattlichen Erscheinung auf.

»Ich bin der Distriktsgouverneur, Sir«, sagte Sanders.

»Warum waren Sie nicht zu meinem Empfang hier? Sie wußten,

daß ich fällig war?«

Sanders war durch den Ton mehr betroffen als verärgert. Ein grobes Wort aus dem Munde eines Weibes hätte die gleiche Wirkung auf ihn gehabt. Staatssekretäre und Unterstaatssekretäre waren Herrgötter, hatten ihren eigenen Wortschatz und hüllten ihren Tadel in das Silbergewebe einer auf Stelzen schreitenden Ausdrucksweise, die den Stich ihres Verweises weniger empfindlich machte.

»Sie haben meine Frage gehört?« Der Mann im Stuhl richtete sich ungeduldig auf.

Hamilton, der in der Nähe stand, kam in Versuchung, ihn die Treppe hinunterzuwerfen.

»Ich habe gehört. Ich war auf einer Reise nach dem Chimbiriland. Keine Nachricht von Ihrer Ankunft oder auch nur Ihrer in Aussicht stehenden Ankunft wurde empfangen.«

Sanders sprach sehr vorsichtig; er starrte auf den finster blickenden Nickerson hinab.

Mr. Haben lag es auf der Zunge, ihn der Lüge zu beschuldigen. Denn es wohnte, wie die verstorbene Mrs. Haben gesagt hatte, eine gute Dosis Gemeinheit in ihm; aber seine Vorsicht war doch größer. Der Revolver hing noch an der Hüfte des Distriktsgouverneurs; der Griff der Waffe war blank vom Gebrauch.

»Hm!« sagte Herr Unterstaatssekretär Haben und gestattete sich, in seinen Stuhl zurückzufallen.

Klug genug war er, wie Sanders herausfand; er war gut beschlagen in der Geschichte der Gebiete und begierig nach Auskunft. Seiner Meinung nach war das Land nicht gut bewirtschaftet. Das System war falsch, die Steuern blieben weit hinter dem durchaus realistischen Voranschlag zurück. Nach jeder Richtung hin war seine Stellung die eines Gegners. Distriktsgouverneure seien faules Volk, die nur ein feines Leben und ihre Jagd haben wollten. Sanders, der nie ein wildes Tier in seinem Leben geschossen hatte, außer für die Küche oder aus Notwehr, antwortete nicht.

Ein scheußlicher Kerl, dachte Hamilton. Aber es war Bones, dessen Eigenliebe den schwersten Schlag versetzt erhielt.

Als Bones in der Stunde vor dem Essen mit dem Besuch allein gelassen war, lenkte er schlau das Gespräch auf den »Surrey Stern« und den »Middlesex Plain Dealer«.

»Ich glaube, Sir, als Sie meinen hübschen Brief lasen, müssen Sie gedacht haben, ich hätte 'ne fürchterliche Unverschämtheit an mir.«

»Ihren Brief?« Mr. Haben gestattete seinem Kopf, sich in der Richtung, in der Bones saß, zu senken.

»...betreffs Sehens dieses Platzes mit Ihren eigenen heiligen Augen.« Und Bones, des Schicksals, das ihn erwartete, gänzlich unbewußt, fuhr fort, und erklärte des langen und breiten den Grund, warum er den Brief geschrieben habe, den Gedanken, der ihn dabei geleitet, und den Vorfall, der diesen Gedanken angeregt habe.

»Mein lieber junger Mann, Sie bilden sich doch hoffentlich nicht ein, daß Seiner Majestät Staatsregierung einen Staatsminister nach Afrika fliegen läßt, weil ein hohlköpfiger Subalterner Briefe an das Käseblättchen einer Grafschaft geschrieben hat, wie?«

Bones öffnete und schloß seine Augen recht schnell.

»Ich bin gekommen..., aber warum sollte ich Ihnen das erzählen?« fragte Nickerson Haben gelangweilt. »Sie können versichert sein, daß Ihr Brief mit meinem Kommen nichts zu tun hat. Wie ich Ihnen schon früher sagte, ihr Offiziere habt zu viel faule Zeit. Das ist eine Angelegenheit, nach der einmal gesehen werden muß.«

Aber beim Mittagessen erreichte seine Ungeschliffenheit den Höhepunkt. Das Essen war ihm zu schlecht, er haßte Palmöl-Chop; süße Kartoffeln machten ihn krank; das Huhn sei zäh, der Kaffee sei unter aller Kritik. Glücklicherweise habe er seine eigenen Zigarren mitgebracht.

Bones verbrachte diese aufreibende Stunde mit der Frage, was ihm geschehen könne, wenn er sich über die Tafel beuge und den Staatssekretär mit dem geschliffenen Kristallsalzfaß eins über den Schädel gebe.

Sanders allein zeigte kein Zeichen von Ärger. Nicht ein Muskel seines Gesichtes bewegte sich, als Mr. Nickerson Haben die unverzeihlichste von allen Anspielungen machte. Er tat das aus reiner Unwissenheit und aus jener gemeinen Denkungsweise heraus, die sein hervorstechendster Charakterzug war.

»Ein eingeborenes Weib ist ein eingeborenes Weib«, sagte Sanders ruhig. »Glücklicherweise habe ich nur Gentlemen unter mir, und ein solch verwickelter Fall ist niemals eingetreten.«

Mr. Haben lachte skeptisch; er war am ungenießbarsten, wenn er lächelte. »Sehr edel«, bemerkte er trocken, »und doch hat man gehört, daß solche Sachen vorgekommen sind.«

Hamilton war blaß vor Wut. Bones starrte mit offenem Munde, wie ein Knabe, der schwachsinnig ist.

Der blasse Mann stellte eine Frage, und zum Erstaunen der anderen nickte Sanders.

»Ja, ich habe ein Mädchen von Chimbiri mit heruntergebracht. Sie befindet sich gegenwärtig in einer der Haussabaracken, bei dem Weibe des Sergeanten Abibu. Ich weiß nicht recht, was ich mit ihr anfangen soll.«

»Natürlich nicht!« Es kam noch trockener heraus. »Eine Gefangene, nehme ich an?«

»N – nein.« Sanders zögerte, schien in Habens Augen verwirrt. »Sie verfügt über eine Art Magie, die mich beinahe bestürzt macht...«

Hier lachte Mr. Nickerson Haben. »Ungereimtes Zeug!« sagte er verächtlich. »Lassen Sie mich Ihre Magierin mal sehen!«

Bones wurde geschickt, um sie herbeizuholen – und fluchte auf dem ganzen Wege über den im Dunkeln liegenden Platz.

»Darüber haben wir gerade zu klagen«, bemerkte Mr. Haben während dieser Zeit des Wartens, »Ihr Kerle seid so lange in diesem Lande, daß ihr verniggert.« (Sanders wand sich. »Nigger« ist ein Wort, das man in Afrika nicht gebrauchen darf.) »Ihr saugt ihre Philosophie und ihren Aberglauben auf. Magie... großer Gott!« Er wackelte hoffnungslos mit seinem langen Schädel. »Mein armes Weib glaubte an denselben Unsinn – sie kam aus den Südstaaten –, sie hatte eine schwarze Amme, die tolle Sachen ausführte – mit Hühnerknochen!«

Sanders hatte ihn nicht für verheiratet gehalten. Als er erfuhr, daß die arme Dame gestorben sei, dachte er, daß es schlimmere Dinge gebe, die einem Weib zustoßen konnten.

»Blinddarmentzündung – Operation – Narr von Doktor!« Mr. Haben ließ sich so weit herab, diese persönlichen Bemerkungen zum besten zu geben. »Wie ich schon sagte, ihr Leute... Hm...«

Agasaka stand im Türrahmen, »missionsmäßig gekleidet«, wie man an der Küste sagte. Ihre Gestalt war in blauem Baumwollzeug verborgen, das sie bis zur Brust umhüllte und das festgesteckt war.

»Das ist die Dame? He? Komm 'mal her!« Er winkte ihr, und sie ging zu ihm hin. »Sie soll uns ihren Zauber sehen lassen! Sprechen Sie zu ihr!«

Sanders nickte.

»Dieser Mann wünscht deinen Zauber zu sehen, Agasaka; er ist ein großer Häuptling in meinem Volke.«

Sie antwortete nicht.

»Sieht nicht übel aus«, sagte Nickerson und tat etwas, was die Männer bestürzt machte; denn er stand auf, faßte mit der Hand unter ihr Kinn und erhob ihr Gesicht zu seinem eigenen. Und da war etwas in seinen sonderbaren harten Augen, was sie las, wie wir ein gedrucktes Wort lesen mögen. Der Zug von Gemeinheit war verabscheuungswürdig.

»Du bist nicht so schlecht für ein Nig...«

Seine Hände sanken plötzlich herab; die Anwesenden sahen sein Gesicht in scheußlichen Zuckungen. Was er sah, war ein Weib, ein hübsches Weib mit tiefen Schatten unter den Augen. Es war das Gesicht, das er so oft sah und immer zu vergessen suchte. Ein totes, bleiches Gesicht! Sie trug ein seidenes Nachtgewand, fast bis zur Kehle geschlossen...

Und sie sprach: »Möchtest du nicht warten, bis die Nurse zurückkommt, Nick? Ich meine, ich sollte Eiswasser nicht trinken... Der Doktor sagt...«

»Hol der Teufel den Doktor!« antwortete ihr Nick Haben zwischen den Zähnen, und die drei Männer hörten ihn, sahen, wie er seine Hand erhob, wie um ein imaginäres Wasserglas zu ergreifen, sahen seine Augen sich auf ein imaginäres Kissen senken...

»Ich bin deiner überdrüssig! Überdrüssig! Deiner! Ein neues Testament willst du machen? Wie? Den Teufel wirst du!« Er stierte und stierte, und dann wandte er sein verstörtes Gesicht Sanders zu.

»Mein Weib...!« Er deutete mit dem Finger auf den leeren Raum vor sich und murmelte: »... Ich... Ich habe sie getötet...«

Und dann sah er, daß er Nickerson Haben war! Unterstaatssekretär! Und daß diese drei ganz unbedeutende Beamte waren – und die da vor ihm ein schwarzes Weib, das ihn sehr ernst betrachtete.

Aber diese Entdeckung kam für ihn um den Bruchteil einer Sekunde zu spät.

»Gehen Sie auf Ihr Zimmer, Sir!« befahl Sanders und verbrachte den größeren Teil dieser Nacht mit dem Abfassen eines Briefes, der an den Staatssekretär des Auswärtigen gerichtet war.

## *Der Platzmacher*

### I

Die Krieger des alten Königs, der jenseits der Berge lebte, kamen in das Ochoriland herunter und nahmen zehn Weiber und vierzig Ziegen mit sich – und das gerade im Jahre der Seuche, wo Ziegen sehr wertvoll waren. Und eine Woche später kamen sie noch einmal, und abermals nach einer Woche wiederholten sie den Beutezug.

Distriktsgouverneur Sanders schickte eine dringende Botschaft nach dem Lande des alten Königs und reiste zu den Ochori, um den Gesandten des alten Mannes zu treffen.

Eines schönen Tages kam Buliki, der erste Minister des alten Königs K'salugu-M'pobo, über die nördlichen Hügel; er tat recht aufgeblasen, kam mit vierundsechzig Speeren als Bedeckung, und jeder Krieger trug das Leopardenfell des königlichen Dienstes – das heißt, ein Leopardenfell mit drei Affenschwänzen, das die

Schnelligkeit, die Wildheit und die Behendigkeit dieser Männer ausdrücken sollte. Er prahlte, daß er der vierzigste seines Geschlechtes sei, der im Königskral sitze und Gesetze gebe.

Sanders wartete, von einer bescheideneren Bedeckung umgeben, in Ochoristadt auf die Ankunft dieser Gesandtschaft, die sich zwei Tage verspätet hatte und eben in diesem Augenblicke ankam; nicht in der Morgendämmerung, wie getreulich versprochen worden war, sondern in den heißen Stunden des Tages. Sanders saß, die Beine übereinandergeschlagen, auf seinem Segeltuchstuhl, kaute an einer nicht angezündeten Zigarre und zeichnete mit seinem Ebenholzstock kleine Muster in den Sand.

Hinter ihm stand, groß und gerade, – den nackten, braunen Rücken geschwellt von Muskeln, die bei jeder Bewegung spielten, – Bosambo, der Häuptling und König des Ochorivolkes im Norden wie im Süden.

Hinter dem Schutzdach, das man errichtet hatte, um als Palaverhaus zu dienen, befand sich eine Abteilung Haussa, Männer mit braunen Gesichtern in blauer Uniform, die ihre Büchsen mit einer gewissen Vertrautheit handhabten und so dem dichten Haufen von Ochorileuten, die dieser denkwürdigen Zusammenkunft als Zeuge beiwohnen wollten, ungeheuere Ehrfurcht einflößten.

Sanders sagte kein Wort; er sah ein, daß dieses kein Augenblick für den Austausch von Mitteilungen sei und daß Bosambo aller Wahrscheinlichkeit nach über die Verbrechen des großen Königs genau soviel wußte wie er selbst.

Denn nördlich von den Hügeln lag Gebiet, das noch unabhängig war und keine Regierung und keinen König anerkannte als seinen eigenen.

Ob das so bleiben würde, hing nicht gänzlich von dem Erfolg dieser Aussprache ab; denn niemand wußte besser als Sanders, daß nicht weniger als vier Bataillone nötig wären, um die Engpässe der großen Berge zu besetzen, und gerade damals war Krieg bei der Britischen Regierung sehr unbeliebt.

Die Königswache, die der König seinem Minister als Bedeckung mitgegeben hatte, schwenkte auf den großen Platz ein und stellte sich gegenüber Sanders in Front auf. Die Haussa betrachteten sie mit jenem besonderen Interesse, welches Soldaten für mögliche Zusammenstöße haben. Buliki war ein umfangreicher Herr, breit, groß und stämmig. Er schritt protzig zum Palaverhaus herauf, ohne jedes Verständnis für die Bedeutung des Mannes, den er hier treffen sollte.

»Ich sehe dich, weißer Mann!« sagte er auf Bomongo, das in einer Ausdehnung von sechshundert Meilen nördlich und westlich der Gebiete gesprochen wurde.

»Ich sehe dich, schwarzer Mann!« antwortete Sanders. »Welche Botschaft bringst du von deinem Herrn?«

»Herr!« klang es anmaßend aus des Mannes Mund, »mein Gebieter hat keinerlei Botschaft für dich außer der folgenden: Solange er sein Land regiert, kennt er keinen anderen König als seinen eigenen wunderbaren Willen und kein anderes Gesetz als jenes, das er selber vorschreibt.«

»O ko«, sagte Sanders, gezwungen lachend, »er muß einen sehr mächtigen Ju-Ju haben, um so kühn zu sprechen. Und du, Buliki, hast sicher den Magen eines Löwen. Denn hier herum bin ich Gesetz, und Männer, die im Herrenton zu mir sprechen, hänge ich kurzerhand.«

Sein Ton war frostig, schneidend kalt, und seine Augen schweiften unbewußt zu dem hohen Baume hinauf, der vor dem Palaverhause stand.

Buliki, der nichts von der Unantastbarkeit einer Gesandtschaft wußte, wurde grau unter seinem lohfarbenen Fell, und seine Füße bewegten sich in nervöser Unruhe.

»Herr!« verteidigte er sich mit gänzlich veränderter Stimme, »ich bin ein müder Mann; ich bin heute schon über den Berg mit dem kalten weißen Pulver gekommen, das in der Sonne vergeht. Darum spring sanft mit mir um; ich bin ein armer Häuptling und kenne nicht weißen Mannes Art.«

»Geh zurück zu deinem Herrn, Buliki, und sage ihm: Sandi, der an Stelle seines Königs am Großen Fluß sitzt, wünscht, daß keine Krieger mehr aus des Königs Land kommen, um Weiber und Ziegen der Ochori zu rauben. Denn ich bin sehr schnell mit dem Töten und achte weder Könige noch Häuptlinge. Ich habe kleine Könige unter die Erde gepflügt, und die Ernten meines Volkes gediehen auf Boden, den die Gebeine von Fürsten düngten. Wo ist M'balagini, der seine Speere gegen mich richtete? Er ist tot, und sein Haus ist im Regen verrottet. Wo ist Kobolo, der N'Gombikrieger, der seine jungen Männer in die Schlacht gegen mich führte? Ihr werdet den Wald umsonst nach seiner Stadt absuchen, und sein Geist weint auf dem Großen Berge. Kleine Könige sind mein tägliches Brot. Wie mächtig sind sie im Hause ihrer Weiber! Wie klein sind sie, wenn ich sie in Ketten auf mein großes Schiff bringe! Geh zurück zum alten König und sage: Die Häuptlinge oder Krieger, die auf diese Seite des Geisterberges kommen, sollen Sklaven meines Volkes werden und froh sein, wenn sie am Leben gelassen werden. Das Palaver ist aus!«

Nachdem die Gesandtschaft abgereist war, sagte Bosambo: »Verdammter Nigger! Alberner Esel!« – Er war selbst schwärzer als ein Pik-As, aber er besaß den Vorzug einer christlichen Erziehung. Und dann fügte er in seiner eigenen Sprache hinzu, denn Sanders hatte kein Verständnis für Küstenenglisch: »Lord! Dieser alte König ist sehr verschlagen, und im Schatten seiner Hütte sitzt ein weißer Mann, der die Wege der weißen Herren kennt.«

»Den Teufel tut er!« rief Sanders überrascht, denn das war neu für ihn, daß Joe dorthin gegangen war.

Oben, in des alten Königs Lande, lag Buliki, lang ausgestreckt, auf seinem Gesichte vor dem alten dürren Manne und erzählte die Geschichte seiner Gesandtschaft; und der König horchte zu und strich seinen dünnen gekräuselten Bart.

Joe, der Händler – er hatte keinen anderen Namen – hörte ebenfalls zu und ließ sich den Bericht übersetzen.

»Sag dem Alten«, befahl er seinem Dolmetscher, »das ganze Zeug ist Schwindel. Sag ihm, Sanders hat nicht mehr als fünfzig Soldaten! Sag ihm, wenn er runter zum Gouverneur schickt und sich über diese Drohungen beklagt, kriegen sie Sanders beim

Kanthaken! Sanders hat gar keine Berechtigung, so was zu tun.«

Wenn Joe seine halbwegs nüchternen Augenblicke hatte, galt er als eine Autorität in dem, was man das ungeschriebene Gesetz der Wildnis nennen konnte. Er war Afrika hinauf und herunter gewandert, vom Sambesi bis zum Lado, und wußte eine ganze Menge. Von Charter bis Dakkar gab es nicht ein einziges Gefängnis, dessen Insasse er nicht gewesen war. Er hatte schon zu Bula Matadis (Stanleys) Zeiten Hinterlader und Genever gegen Elfenbein eingetauscht und war jetzt nach der einzigen Freistatt verschlagen worden, wo der rechte Arm irgendeines Gesetzes ihn nicht erreichen konnte.

Von allen Menschen in der Welt haßte er Sanders am meisten; und er hatte allen Grund für seine Antipathie, denn Sanders ließ die Schnapshändler peitschen und ließ sogar weiße Gentlemen, die die gutgläubigen Eingeborenen mit Feuerwaffen versorgten, aufhängen.

»Höre...!« Joe war ganz aufgeregt bei diesem Gedanken. »Sag ihm, er soll Sanders zu einem großen Palaver auffordern – irgendwo auf den Geisterbergen – auf dem Wege dorthin ist Sanders leicht zu fassen...!«

Dieser Plan wurde pflichtgemäß übersetzt. Des alten Königs trübe Augen leuchteten auf, und er rieb sich die Hände; denn er hatte geschworen, daß er seine neue Kriegstrommel mit der Haut des Mannes, der ihn quälte, überziehen lassen würde – und das Gestell der Trommel hatte sich in den Jahren des Wartens schon ganz krumm gezogen und Risse bekommen.

»Das ist eine feine Rede«, sagte sein Ratgeber ungnädig zu des Königs weißem Gast. »Aber es ist bekannt, daß Sandi unverletzt aus den schrecklichsten Gefahren hervorgeht, weil ihn M'shimba M'shamba, der fürchterliche Dämon, schützt. Man sagt, daß ihm ganze Regimenter von bösen Geistern beistehen, die so fürchterliche Schreie ausstoßen, daß da, wo er vorübergeht, selbst die Leoparden vor Schrecken wie tot daliegen.«

Dies machte sichtlich Eindruck auf den alten König, und er leckte die vier Finger seiner rechten Hand ab, damit nichts Böses über ihn komme.

»Unsinn!« sagte Joe laut. »Geister – Blödsinn! Ihr werdet ihn schon richtig kriegen, und dann werden sich diese Vögel hüten, ihre Nase in Zukunft noch über die Berge zu stecken...«

Der König lauschte und wandte seinen Hals nach dem Dolmetscher hin.

»Das soll so sein!« sagte er und befahl Buliki aufzustehen.

## 2

Genauso, wie die Jahre des alten Ägyptens anhand der Perioden der Könige identifiziert werden, gab es eine Zeitrechnung am Fluß, die mit einem gewissen Leutnant Tibbetts von den Königshaussa in bezeichnende Verbindung gebracht wurde. Oben am Gouverneurssitz sprechen die kleineren Abteilungsvorsteher von dem zweiten Jahr von Bones' Dienstzeit wie vom Aufstieg eines Herrschergeschlechts.

Es war ein Annus mirabilis, ein wunderbares Jahr, das, in der Hauptsache, nicht das geringste mit »Bones« zu tun hatte, wie Hamilton von den Haussa seinen schmächtigen Untergebenen getauft hatte. Noch hatte es etwas mit den Wundertaten zu tun, die Bones zu Wasser und zu Lande verrichtete; noch konnte behauptet werden, wenn man genau bei der Wahrheit bleiben will, daß Bones einen bemerkenswerten Einfluß auf den fruchtbaren Boden ausgeübt hatte, der in diesem Jahre die erstaunlichste aller Ernten hervorbrachte. Noch hatte er den Fluß veranlaßt, über seine Ufer zu steigen (wie es tatsächlich geschehen war) und fünfunddreißig Fischerdörfer zu vernichten und Krokodile zehn Meilen weit in den Urwald hinein zu bringen, wo diese auf viehische Weise mit Leoparden und Büffeln kämpften. Noch war er, und das muß zu seiner Rechtfertigung gesagt und weit verbreitet werden, im geringsten verantwortlich für die Anwesenheit und das Wesen eines Mannes, der leichtfertig als »Lord« bezeichnet wurde.

Neue Besen mögen nicht immer gut kehren; aber, allgemein gesprochen, wirbeln sie Staub genug auf, um manche Menschen zu ersticken und anderen Tränen in die Augen zu bringen. Macalister Campbell-Cairns war der neueste Besen, der jemals in einem Brandungsboot an Land gekommen war, um die fieberverseuchten Hinterländer zu beunruhigen und den Drang zum Morden an die Oberfläche zu bringen, der dort draußen so dicht unter der Oberhaut auch der dem Gesetz am meisten Gehorchenden steckt.

Dieser Mann war eine Exzellenz und hatte an seinem Rockaufschlag Miniaturkreuze und Nichtse, die an verschiedenfarbigen Bändern glitzerten; er trug, wozu er bei solchen Gelegenheiten berechtigt war, einen strahlenden Stern über seiner Bauchspeicheldrüse und konnte seinem Namen eine Reihe von Buchstaben anfügen, die länger war als der Name selbst. Er fiel aus dem Brandungsboot in die Arme eines Sergeanten der Königshaussa, geriet von der prunkhaften kleinen Kutsche, die ihn zum Gouverneurshaus brachte, in die Hände eines zweiten und dritten Sekretärs, eines Offiziers des Stabes und dessen Haushofmeisters und fiel schließlich in den dick gepolsterten Stuhl, der ihm Rechtens und dank seines hohen Amtes zukam. Und fast im selben Augenblicke fing der neue Besen an, sich um die staubigen Stellen herum zu bewegen; und vom Hauptsitz der Verwaltung wurde eine Tagesordnung herausgegeben, die, in jeder Hinsicht eine Willkommensadresse für Sir Macalister Campbell-Cairns, von Sir Macalister Campbell-Cairns geschrieben und von seiner unleserlichen Klaue unterzeichnet war. Er sei – wie er sagte – gekommen, um Licht in das Dunkel zu bringen, um Weißen und Schwarzen gleichmäßig Gerechtigkeit widerfahren zu lassen, um den Niedergedrückten Begeisterung und Hoffnung zu bringen, um die Verwaltung zu zentralisieren und die unerwünschte Neigung der Beamten, das Gesetz in die eigene Hand zu nehmen, zu unterdrücken. (Er sagte das nicht gerade, aber er meinte es.) Und zuletzt, aber nicht zum wenigsten, beabsichtige er, jeden vorgeschobenen Posten der Zivilisation, für den er verantwortlich sei, selbst kennenzulernen. Und wenn irgend jemand Beschwerden habe, dann solle er sie freundlichst für sich behalten, bis er käme.

»O mein Gott!« stöhnten dreiunddreißig Distriktsgouverneure, Inspektoren und Schutztruppenoffiziere und dergleichen, als diese Botschaft sie erreichte.

Beigefügt war dieser Willkommensadresse ein »sehr geheimes und streng vertrauliches« Schreiben für die Bedeutenderen seiner Untergebenen:

»Es ist zur Kenntnis des Gouverneurs gelangt, daß Todesurteile häufig von untergeordneten Beamten, besonders in den reservierten Gebieten, verhängt und vollstreckt werden. Diese Gepflogenheit muß aufhören. Alle Untersuchungen von Fällen wie Mord, Hochverrat, Anstiftung zum Aufstand müssen der Zentralverwaltung übermittelt und von einem Tatbericht in dreifacher, einem Vernehmungsprotokoll in doppelter Ausfertigung und einem Bericht dessen, was der Gerichtshof herausgefunden hat, begleitet sein.«

Einen Monat nach dem Erlaß dieses Tagesbefehls verfolgte Leutnant Tibbetts, mit dem Beinamen Bones, einen Mann, der H'kema, den Waldmenschen, ermordet und dessen Weib geraubt hatte. Bones erwischte ihn an der Grenze des Landes, in dem der alte König regierte, und hängte ihn innerhalb einer Stunde nach seiner Gefangennahme.

Hierauf war bei der Zentralverwaltung der Teufel los, und der musikalischen Laufbahn Leutnant Tibbetts drohte der Untergang.

## 3

Das Jünglingsalter ist eine Krankheit, die durch scharf umrissene Perioden von Hitze und Erröten, Frostschauer des Körpers und Schädelsummen, gekennzeichnet ist. Das bezeichnende dieser Entwicklungsstufe sind merkwürdige Gelüste und Abneigungen und eine gewisse Sonderbarkeit bei der Wahl von Gewürzen. Denn das Brot der Jugend schmeckt besser, wenn es mit einer unverdaulichen Leckerei gewürzt wird, die den mehr kultivierten Geschmack sogar abstößt.

Das Kind, dessen Augen nicht sehnsüchtig auf einen Lokomotivführer gerichtet sind, ist kaum normal; der Jüngling, der nicht den Dirigenten eines Orchesters beneidet hat, hat kaum menschliche Empfindungen. Und bei dem jungen Mann, der es vermag, sich an ein Klavier zu setzen und mit gleichgültiger Miene seine Finger über die Tasten gleiten zu lassen, um darauf unvermittelt zu der schwierigsten musikalischen Komposition überzugehen, ist etwas nicht ganz richtig.

Bones war in dieses Entwicklungsstadium gelangt, als er leidenschaftlich begehrte, Musik zu machen. Er hatte ein tragbares Harmonium in einer Ecke seiner Hütte und eine Geige unter seinem Bett. Er konnte fast auf einen Blick den Unterschied zwischen einem tiefen B und einem hohen F auf irgendeinem Notendruck unterscheiden. Er hatte eine kleine Bibliothek über die Theorie der Musik, jedes Buch in Königsblau, mit seinem Monogramm in Gold in den Ecken. Eine Tambourausrüstung nahm einen Tisch ein, der gewöhnlich und passender für die Beschäftigung mit Clearys taktischen Abhandlungen und für das Studium des Kriegsrechts bestimmt war.

Bones begann die seiner unwürdige musikalische Laufbahn mit dem Ankauf einer Klarinette – eines langen Dinges aus Holz und glitzerndem Metall. Er kaufte sie, wie er meistens unnötige Dinge kaufte, weil er auf der Seite seines Lieblingsmagazins eine Anzeige gelesen hatte, die ihm sagte:

»Lernen Sie das Klarinettespiel! War Buchhalter, jetzt Dirigent der Tawoomba-Silber-Kapelle: Klarinettespiel machte diesen Mann zum Herrn seines eigenen Hauses und ließ ihn 10 Millionen Dollar in der ›Farmers Bank‹ anlegen.«

»Dieses Mannes« Bild war beigefügt, um die Glaubwürdigkeit der Aufforderung zu beweisen. Bones dachte, zehn Millionen Dollar seien zehn Millionen, und schickte fünfundzwanzig Dollar mit der nächsten Post. Er konnte niemals diesen vielversprechenden Anzeigen widerstehen, die einem befahlen, »den Abschnitt auszufüllen und das Geld sofort einzusenden«.

»Ich habe eben ein weiches Herz, lieber alter Offizier«, entschuldigte er die Klarinette, als diese schließlich ankam. »Sie ist für mich wie ein Getränk. In dem Augenblick, in dem ich einen dieser verdammten Abschnitte sehe, muß ich ihn unterzeichnen. Ich lasse mich sehr leicht leiten, geehrter Herr und Kamerad, aber treiben kann man den alten Bones nicht. Sie können ihn leiten, aber – Sie können ihn nicht treiben. Das liegt bei uns in der Familie.«

»Schwachsinnig?« deutete Hamilton an.

»Nein! Nicht schwachsinnig«, Bones schüttelte vorwurfsvoll den Kopf.

»Die Pointe ist die, Bones ...« Hauptmann Hamilton drehte sich auf seinem Stuhle herum, und seine Augen blickten kalt, sein Ton war geradezu unfreundlich: »Ich werde Ihnen nicht erlauben, dieses Teufelsinstrument innerhalb fünf Meilen von unserer Wohnung spielen zu lernen.«

»Ham, alter Herr«, sagte Bones sanft, »nennen Sie das Gerechtigkeit? Gerechtigkeit, Ham, alter Vorgesetzter, segnet, wie der alte Shakespeare so nett sagt, den, der gibt, und den, der nimmt.«

Hamilton machte sich oft Vorwürfe wegen seiner Nachgiebigkeit in dieser Klarinettenangelegenheit. Er hätte Bones ins Loch stecken oder vergiften sollen oder so was. Bones' Liebe für Musik wuchs in dem Maße, wie er sie ausübte. Das Harmonium wurde erst zum Unfug, als er es an einem warmen Abend ins Freie brachte und es vor hundertzwanzig begeisterten Haussasoldaten, deren unzähligen Weibern und Sprößlingen spielte. Das Glockenspiel, das das nächste Entwicklungsstadium seiner Krankheit kennzeichnete, war ein Fluch; zweimal lief Hamilton Hals über Kopf zum Essen, weil er dachte, er habe sich zum Lunch verspätet; nur um zu entdecken, daß Bones das Lied »Klingt weit, ihr wilden Glocken!« übte. Einmal wurde das ganze Lager um Mitternacht alarmiert, um Ali Ahmets Lieblingsschimpansen zu fangen, der seine Kette zerrissen hatte und auf der Suche nach Leckerbissen war.

Es nahm drei Tage in Anspruch, um ihn von einem hohen Kopalbaum herunter zu bekommen, auf den er sich mit einer hohen G-Glocke in der einen Hand und einer C-Dur-Glocke in der anderen zurückgezogen hatte, die er abwechselnd Tag und Nacht mit einem Ausdruck tiefsten Schmerzes erklingen ließ.

Das Kornett, das Bones auf Empfehlung von einem Händler in Sierra Leone bezogen hatte, wurde auf Sanders' Befehl zurückgesandt, weil es sich als demoralisierend für die bewaffnete Macht der Krone erwiesen hatte; denn die ersten Töne (wie Bones sie hervorbrachte) von »Ein Seemannsleben« glichen dem »Alarm- und Sammelsignal« so zum Verwechseln, daß sich die Station in einem Zustande dauernder Gärung befand, weil dauernd bewaffnete Männer herbeiliefen, um ihre Posten einzunehmen.

»Ich habe mit dem Distriktsgouverneur gesprochen«, sagte Hamilton, »und wir sind übereingekommen, daß Sie in Zukunft Ihre musikalischen Übungen auf eine stumme Mundharmonika zu beschränken haben...«

»Sehr niederträchtig, lieber, alter Offizier!« murmelte Bones. »Sehr Hoi polloi, lieber, alter Herr!«

»Oder auf eine Maultrommel oder auf eine Konzertina.«

Und als Hamilton die Augen Leutnant Tibbetts' aufleuchten sah, fügte er hinzu: »Eine sehr kleine natürlich, noch lieber eine auf Gummireifen.«

»Wer keine Musik in seiner netten alten Seele hat, ist reif für die Aschengrube«, antwortete Bones mit Würde.

»Ich möchte Sie nicht gerade gerne dort sehen, Bones, aber ich freue mich, daß Sie die Grenzen Ihrer musikalischen Fähigkeiten erkennen.«

Die Spannung wurde durch einen Befehl des Gouverneurs beseitigt, der nach dem Offizier verlangte, der die Hinrichtung des Untertans des alten Königs vollstreckt hatte.

Bones war ganz Erwartung. »Ich wußte, daß etwas danach kommen würde, lieber, alter Herr«, sagte er nachdenklich. »Passen Sie auf, Sie lieber, alter Streber...«

»Bones!« sagte sein Vorgesetzter mit schrecklichem Ernst.

»Ich meine, ich beabsichtige nicht, irgendwelche Ordensauszeichnungen anzunehmen, lieber alter Herr«, antwortete Bones bestimmt. »Ich werde einfach dieser netten alten Exzellenz sagen:

›Sir, ich würdige die Ehre, die das nette alte Government auf mich abzuladen wünscht, und ich verdiene sie. Ich habe wohl die ganze Arbeit getan, aber solange der nette alte Ham seinem Namen keinen Distriktsgouverneurstitel hinzufügen kann‹ ...«

»Ich wünsche, daß Sie überhaupt nicht von mir sprechen«, sagte Hamilton kalt. »Und wenn Sie denken, daß Sie zum Gouverneur befohlen werden, um dort Blumensträuße zu empfangen, so möchte ich Ihnen nur sagen, daß die einzigen Blumen, die man Ihnen wahrscheinlich verabreichen wird, die sein werden, die für Ihren Nachfolger bestimmt sind. Hier handelt es sich um einen Tritt. Haben Sie denn das ›Private und Vertrauliche‹ nicht gelesen?«

Mr. Tibbetts Gesicht wurde länger. Er befestigte sein Monokel im Auge und maß seinen Vorgesetzten mit strengem Blick.

»Wenn irgendein Tritt kommen sollte, lieber alter Vorgesetzter, warum für mich? Wer hatte damals den Oberbefehl am Ochori? Sie, lieber alter Ham! Na, nun versuchen Sie bloß nicht, sich da rauszureden. Uria der Hitiddly-hi-ti machte es ebenso, und was für einen schrecklichen Ruf hat er bekommen? Und was diesen Befehl vom Gouverneur anlangt, so hielt ich ihn für einen Scherz ...«

## 4

Jeder Besuch bei einem Gouverneur ist eine feierliche und auf die Nerven fallende Angelegenheit. Dem Ruf zu einem neuen Gouverneur muß man mit zitternden Knien Folge leisten.

Und Sir Macalister Campbell-Cairn war nicht nur neu, sondern unerfahren. Man nannte ihn bei verschiedenen Spitznamen – ein böses Zeichen. Der Mann mit einem Familiennamen kann sehr beliebt sein, mit zwei sehr bekannt, mit mehr als einem halben Dutzend ist er wahrscheinlich unbeliebt.

Er hatte sein Amt kaum länger als fünf Minuten inne, als er der Welt auch schon sein System der verantwortlichen Kontrolle schenkte, das ungefähr folgendermaßen aussah:

Jede Verwaltungseinheit wurde in so viele Bezirke eingeteilt, als es europäische Beamte gab. Jeder Beamte hatte einen Bezirk unter sich und sollte verantwortlich für dessen Wohlfahrt und Ruhe sein. Der Umstand, daß seine Wohnung dreihundert Meilen außerhalb des Bezirks lag, machte wenig oder gar keinen Unterschied. Es war gleichgültig, ob es ein Subalternoffizier war, dem die Ausbildung von Haussa-Rekruten oblag, die militärisch gedrillt werden sollten und die zum erstenmal lernten, daß ein Gewehr nicht ein Werkzeug sei, um Leute zu Tode zu erschrecken, sondern eine zuverlässige Waffe, die gewisse Verrichtungen mit mathematischer Genauigkeit ausübte: nämlich, daß tatsächlich die Kugel und nicht das »Bumm« die wirkliche Ursache allen Unglücks sei, das dem Abfeuern folgte.

»Zentralverwaltung« war die lange Bezeichnung für eine kleine Stadt und insofern bemerkenswert, als sie sich einer Stadtverwaltung, eines Kraftwerks, eines Wasserwerks und Staubeckens rühmte und überdies einer Anzahl flachdachiger, weißgekalkter Häuser, die in Gärten errichtet waren, in denen nur mehr oder weniger exotische Blumen blühten. Von Pferden gezogene Straßenbahnen rasselten die Boulevards entlang, und Eisenbahnen tauchten in unregelmäßigen Zwischenräumen in den Dschungeln des Hinterlandes unter. Auf den Hörnern der wie ein Halbmond geformten Küstenlinie gab es zwei Forts, die aussahen wie umgekehrte Pillenschachteln; aber jedes davon beherbergte einen Schnellfeuer-Vorderlader und zwei 4,7-Schnellfeuer-Geschütze modernerer Ausführung.

Die Bevölkerung bestand in der Hauptsache aus eingeborenen Damen und Herren, die Unterröcke und Hosen trugen. Es gab drei Kirchen, die für die drei Grade der Christenheit, die in jedem eingeborenen Gemeinwesen ihre Tätigkeit entfalten, Bekenner sammelten: die schmale und hoffnungslose, die breite und hoffnungsvolle und die amtliche, die regelmäßigen Besuch am Sonntagmorgen fordert und Tennis und andere passende Spiele für den übrigen Teil des Tages gestattet.

Alle Distriktsgouverneure hassen den Gouverneursitz, wo Eingeborene englisch reden, Mister genannt werden und am Sonntag Gehröcke, Zylinder und enge Lackschuhe tragen. Die Beamten des Gebietes betrachten eine Aufforderung, diesem gottlosen Orte ihren Besuch zu machen, mit demselben Gefühl, mit dem eine Familienmutter eine Einladung in das Weiße Haus zu Washington betrachten würde, wenn dieses wegen Masern unter Quarantäne stünde.

Bones, der in seiner Seele keine Furcht kannte, fuhr längs der Küste zum Hauptquartier; sein Geist war vollkommen in Anspruch genommen von einem eben geborenen Entschluß, alle seine 44 Musikinstrumente zugunsten des Saxophons zu verabschieden. Gelegentlich widmete er auch dem wütenden Gouverneur einen seiner Gedanken.

Macalister hielt es mit Maschinengewehren, Briefverkehr in dreifacher Ausfertigung und Vertrauen auf den »Mann im Amt«. Dieses entstand, als er herausfand, daß er dieser Mann war. Er haßte alle ausländischen Weine und ausländischen Gerichte, hatte eine Leidenschaft für schottischen Hammelbraten und Whisky und nicht das geringste Zutrauen zu der heranwachsenden Generation. Als er ein Junge war, war alles anders gewesen. Die Leute, die in die Diplomatenlaufbahn eintraten, waren Gentlemen, die Frauen waren bescheiden und wußten, wohin sie gehörten; Kinder sprachen niemals, außer wenn sie angeredet wurden. Er war ein großer, breiter Mann, mit Schultern wie ein Ochse und mit einem roten Gesicht, das viel harte Arbeit gesehen hatte. Es schien ursprünglich in rotem Wachs modelliert und leichtsinnig in der Sonne zurückgelassen worden zu sein.

»Seine Exzellenz wünscht, Sie sofort zu sehen!« sagte der Dritte Sekretär und sah auf seine Uhr. »Sie kommen zehn Minuten zu spät.« Er schüttelte den Kopf.

»Der Dampfer kam einen ganzen Tag zu spät, Sir!« antwortete Bones.

Der Dritte Sekretär schüttelte von neuem den Kopf, nahm seinen weißen Tropenhelm ab und starrte mit halbgeschlossenen Augen in dessen Tiefen; seine Lippen bewegten sich lautlos, er schien zu beten.

»Hier entlang, Mr. Tibbetts!« sagte er darauf und ging hastig den Gang entlang.

Bones, der den Widerwillen und die Verachtung des Soldaten gegen den Zivilberuf hatte, folgte in einem langsameren Tempo, um seine Unabhängigkeit auszudrücken. Sir Macalister schritt in seinem großen Zimmer auf und ab, die Hände auf dem Rücken gefaltet, Gewicht und Last eines Kaiserreiches auf seiner bewölkten Stirn. Er warf einen Blick auf den Ankömmling, aber hielt in seinem Spaziergang nicht inne.

»Mr. Tibbetts, Eure Exzellenz!« sagte der Dritte Sekretär im Tone eines Mannes, der des Besuchers nach anstrengender Jagd habhaft geworden ist.

»Ha!« antwortete seine Exzellenz.

Der Sekretär zog sich zögernd zurück; er hätte gern alles mit angehört, was der Gouverneur zu sagen hatte.

»So – Sie – sind – Mr. – Tibbetts!«

»Ja, Sir.«

»Eure Exzellenz!« verbesserte Sir Macalister bissig. »Mit dem letzten – äh – Sir John Tibbetts doch nicht verwandt?«

»Ja, Sir – mein Vater.«

»Oh!«

Der Gouverneur geriet ins Hintertreffen. Sir John war der höchste Beamte, der jemals an die Küste gekommen war.

»Wirklich? Nun, mein Lieber, wollen Sie mir sagen, warum ... wollen Sie mir, bitte, sagen, warum Sie einen gewissen Talaki ohne Richter oder Geschworene hingerichtet haben, als Sie in den Chimbiribezirk kamen? Sie werden mir sagen, daß Sie sich damals fünfhundert Meilen von der nächsten Behörde befanden. Sie werden mir sagen, daß Sie auf Präzedenzfälle zurückgreifen können. Sie werden mir sagen, daß der andere Bösewicht entwischte, weil Sie nicht genug Leute bei sich hatten.«

Er hielt inne und starrte Bones an.

»Nein, Sir!« antwortete Bones höflich. »Keiner dieser niedlichen kleinen Gedanken kam mir.«

»Nicht, mein Herr! Oh, in der Tat, Herr! Nun, Herr... Verstehen Sie, Herr! Von diesem Augenblick an, mein Herr...! Und Sie können das Ihrem Distriktsgouverneur sagen, mein Herr! Daß kein Mann in diesen Gebieten mehr sterben soll, bis sein Todesurteil von mir unterzeichnet und gesiegelt ist; von mir... dem Gouverneur, mein Herr! Oder meinem bevollmächtigten Vertreter! Sagen Sie das Mr. Sanders, mein Herr!«

Bones war nicht im geringsten aufgeregt. »Ja, Sir!« antwortete er. »Und wenn Mr. Sanders den Abschied nimmt, dann werden Eure Exzellenz das vielleicht seinem Nachfolger sagen?«

»Abschied nimmt?« Sir Macalister wurde purpurrot. Sanders hatte einen Ruf im Auswärtigen Amt. Das letztemal, als er den Abschied genommen hatte, war ein sehr bedeutender Gouverneur zurückberufen worden. Als dieser nach Hause kam, wurde ihm gesagt, daß es viel leichter sei, einen neuen Gouverneur zu finden, als einen Ersatz für den Distriktsgouverneur der Flußgebiete.

»Meinen Sie, daß er den Abschied nehmen wird, Mr. Tibbetts?«

»Gewiß, Sir! Ganz undienstlich, diese Art Botschaft durch einen netten, alten Untergebenen zu übersenden.« Bones schüttelte vorwurfsvoll den Kopf und fügte hinzu: »Ich müßte ebenfalls meinen Abschied nehmen.«

Die Wirkung dieser Drohung war nicht wahrnehmbar. Bones behauptete nachträglich, daß »Rudolfchen taumelte«. Jedenfalls nahm dieser seinen Spaziergang wieder auf.

»Ich werde hinuntergehen und ihn selber sprechen. Es ist tödlich ungesund, aber ich muß gehen. Warum haben Sie diesen Kerl denn gehängt?«

»Weil, Sir«, antwortete Bones, »weil er einen anderen Kerl ermordet hatte, Sir, und weil er dessen alte Dame nahm...«

Er erklärte, auf welche Weise. Mr. Macalister, der rauhen Seiten des Daseins ungewöhnt, schauderte und unterbrach Bones, ehe dieser noch halb mit seiner Erzählung zu Ende war.

»Fürchterlich... Besser, Sie kommen zum Essen, und dabei können wir's ja besprechen, Tibbetts... Sieben Uhr dreißig, genau! Lassen Sie mich nicht warten, oder ich werde Sie entlassen!

Beiläufig, ehe ich's vergesse, soweit ich's verstehe, gibt's Unruhe in dem Lande des alten Königs. Knifflige Sache... Fordert Takt. Sagen Sie Sanders, ich werde mit nächstem Dampfer runterkommen und ihn ersuchen, ein Palaver mit dem alten Mann anzusetzen. Eh? Nein, nein! Sanders will ich dabei nicht haben. Ich werde diese Grenzfrage erledigen... Sieben dreißig genau, und wenn Sie eine Minute zu spät kommen, ... dann schmeiße ich Sie aus der Armee, das tu' ich, zum Donnerwetter!«

Draußen auf dem Gange traf Bones einen Kameraden, mit dem er in Sandhurst zusammen gewesen war, einen gewissen Stewart Clay, ein Kind, in Weiß gekleidet, der die goldenen Achselschnüre eines Adjutanten trug. Nach dem ersten Begrüßungsgeheul von Freude und Frohsinn sagte der Adjutant nicht eben achtungsvoll: »Er ist kein schlechter alter Satan, aber er ißt zuviel und er trinkt zuviel... besonders trinkt er zuviel! Wenn du ihn wie einen Dundee-Müllerburschen reden hörst, weißt du, dann brauchst du ihn bloß zum Trinken aufzufordern. Er hat in der Liebe Pech gehabt«, fügte der Adjutant spöttisch hinzu. »Ich rate dir, heute nacht nicht auf das Thema Weiber und vor allem nicht auf das Thema ›schottische Weiber‹ zu kommen.«

Bones versprach ihm das.

Er kam rechtzeitig und fand Mr. Macalister in dem lustigen oder Cocktail-Stadium von Leutseligkeit. Bones durfte es sogar wagen, seinen Ankauf eines Saxophons zu erwähnen. Der Gouverneur lehnte Saxophone hohnlachend ab, aber gegen Ende der Tafel bekannte er seine eigene Schwäche für Musik.

»Mann!« sagte der Gouverneur, »Sie sind verrückt, wenn Sie nicht die Flöten jedem Saxophon-Galgengedudel vorziehen. Stewart, Jungchen, gib mir die Flöten aus meinem Koffer!«

Wenn Sir Macalister so sprach, war er glücklich; dann wurde aus dem strengen Gouverneur ein menschlich denkender Schotte.

Zwei Stunden lang saß Bones voll ehrfurchtsvoller Scheu auf dem Rande seines Stuhles, seine großen Hände auf seinen Knien und starrte, Monokel im Auge, mit allen Zeichen der Hochachtung auf einen großen Mann im Gesellschaftsanzug, dessen Brust voll glitzernder Orden war und der einen mit Tartan überdeckten Dudelsack mit vier aufrechtstehenden, bebänderten Pfeifen unter dem Arm, den langen Speisesaal elastisch auf und ab schritt.

Der Gouverneur spielte »Blumen des Waldes« und »Die Klage des Prinzen«... Die Pfeifen klagten geisterhaft, traurig, aber schön. Und mit seinen höchsteigenen Gouverneurshänden quetschte er den Dudelsack unter den Arm seine Gastes und lehrte ihn das sonderbare, verrückte Spiel der Dudelsackpfeifen. Bones schwebte in höheren Sphären...

»Sie machen das schön! Ich schenk' Ihnen einen alten Dudelsack, den ich für den Stewart runterbrachte. Aber der Junge hatte so gar kein Talent.«

Und um Mitternacht:

»Tibbetts, du nimmst den Dampfer und fährst morgen früh zurück. In deinem Alter war ich hinter Weiberröcken her. Maggie Brown war ein tolles Mädchen. Tochter von 'nem Bauern, nicht ganz mein Stand...«

Stewart Clay brachte den Besuch nach seinem Hotel zurück.

»Er ist kein unrechter alter Kerl, aber ich wünschte, Maggie Brown wäre gestorben, ehe er sie zu Gesicht bekam. Ich bekomme sie jede Woche zwei Nächte lang unverfälscht und unverwässert vorgesetzt!«

»Liebe alter Stewart!« bat Bones dringend. »Was für 'ne Pfeife ist das, die man um seinen Hals hängt? Ist das die, die das iii-Geräusch hervorbringt oder diesen netten, alten o-o-o-Ton?«

Bones kehrte als vollkommen verwandelter junger Mann auf seine eigene Station zurück, und der Ingenieur der kleinen »Bassam« war froh, als er das Ding sah. »Ich dachte, irgend etwas sei in die Leitung gekommen, Mac«, sagte er zum Kapitän, »und ich Esel überschwemmte die verdammte Maschine mit Öl, um das Quietschen zu stoppen. Und dabei war es diese Heringsseele von Offiziersschnösel, der in einem fort auf seinem Dudel-Dudel-Duliö spielte.«

Für Sanders machte das Kommen des Gouverneurs nichts aus. Die Anwesenheit eines Gouverneurs langweilte ihn damals eher, als daß sie ihn in Ehrfurcht versetzt hätte. Er ging zu dem kleinen Kai hinunter, um sich von Seiner Exzellenz zu verabschieden, und da er der Ausrüstung der »Zaire« fürsorglich gewisse Bequemlichkeiten zugefügt und den ärmlichen Getränkevorrat des großen, weißen Fahrzeuges auf seinen vollen Bestand ergänzt hatte, war Sir Macalister beinah liebenswürdig.

»Tut mir leid, Ihnen soviel Mühe gemacht zu haben, Mr. Sanders!« sagte er leutselig. »Aber ich werde diesen Besuch jedes Jahr machen. Die früheren Gouverneure sind ein bißchen zu lau gewesen.«

»Wenn ich Sie wäre«, sagte Sanders, »würde ich mich sehr vor dem alten König in acht nehmen, Sir. Ich persönlich hätte dieses Palaver nicht gehalten. Die bloße Tatsache, daß er so bald nach der kleinen Unterredung, die ich mit seinem Häuptling hatte, darum nachsuchte, sieht mir sehr verdächtig aus. Es ist Ihnen doch klar, daß dieses Palaver vom König und nicht von mir veranlaßt wurde. Er kam Ihrer Botschaft um vierundzwanzig Stunden zuvor.«

»Um so besser, Mr. Sanders!« strahlte seine Exzellenz. »Ich werde ihn dann in versöhnlicher Stimmung antreffen.«

Das Heckrad der »Zaire« fing an, rückwärts zu schlagen. Bones, in fleckenloses Weiß gekleidet, stand auf dem Vorderdeck und grüßte stolz und steif. Die »Zaire« drehte, langsam bis zur Strommitte rückwärtsgehend, ihre Nase nach den schwarzen Wassern und kam, unter dem aufgeregten Wirbeln ihres Heckrades, um die Flußkrümmung bald außer Sicht.

»Ich hoffe, er ersäuft«, sagte Hamilton tückisch, als sie zusammen zur Wohnung zurückgingen. »Und selbst Ertrinken ist zu gut für einen Menschen, der Bones' Bekanntschaft mit dem Dudelsack auf dem Gewissen hat.«

Bones war sehr froh, einmal in seinem Leben das Fahrzeug den bewährten Händen Yokas, des Hauptmaschinisten und Sandbank-Riechers, überlassen zu können.

»Ich bin hier, wenn ich gewünscht werde, Exzellenz«, erklärte er würdevoll. »Die bloße Tatsache, daß ich auf diesem netten, alten Deck stehe, gibt den Kerlen so 'ne Art Selbstvertrauen.«

Sir Macalister ging, seinen Tropenhelm im Nacken, die sonnensegelverdeckte Brücke auf und ab. »Sie müssen mir alle wichtigen Plätze, an denen wir vorbeikommen, nennen, Mr. Tibbetts!« war seine einzige Anweisung, und Bones redete den ganzen übrigen Teil des Tages.

»... Das hübsche Inselchen da, war das, wo ich aus dem Boot fiel und beinahe von einem unartigen Krokodil verschlungen wurde... Wenn Sie auf diese Seite herüberkommen, lieber, Sir, können Sie's sehen... Nein, Sie können es nicht...! Doch, Sie können. Das dort... das Dorf zwischen den Bäumen... dort wurde ich von einem elenden Moskito gestochen und mein netter Arm schwoll auf wie Ihr hübscher Kopf... einfach fürchterlich!... Sehen Sie die Sandbank, Sir? In der Mitte des Stromes, Sir? Es war einfach gräßlich... Nix als Wasser zu sehen... Das Dorf da, heißt... Verdammt, wenn ich's weiß, wie es heißt.«

Der zuhörende Yoka flüsterte leise den Namen: »Umbula...«

»Klingt doch komisch! Ha, ha! Nicht schlecht, was, Sir?«

»Nun, und was geschah in diesem Dorfe?«

»Hundebiß! Wurde von einem kochend wütenden Hund gebissen... einfach fürchterlich...! Hatte den ganzen Tag über im Bett zu bleiben... Dieses Gewässer heißt...« Yoka kam wieder zu Hilfe: »Libisini, richtig! Führt nach 'nem hübschen, alten See... alles voll Wasser und solchen Sachen... Wurde ganz naß...«

Bei der Ochoristadt erwartete Bosambo seine Gäste, und als er entdeckte, daß Sanders nicht mitgekommen war, machte er ein langes Gesicht.

»Herr, das ist ein sehr schlimmes Palaver!« sagte er, und für einen Bosambo war er sehr ernst. »Denn meine Späher haben mir gemeldet, daß zwei von des alten Königs Regimentern auf der anderen Seite der Berge warten. Und deshalb habe ich alle meine Speere versammelt und im ganzen Lande nach meinen jungen Kriegern herumgeschickt.«

Bones zog an seiner langen Nase und schnitt eine Grimasse – ein sicheres Zeichen seiner Beunruhigung.

»O ko! Du bringst mir schlechte Nachrichten«, sagte er traurig, »denn dieser Herr hier ist ein Königsmann, und ein sehr hoher.«

Bosambo betrachtete den dieses Umstandes sich nicht bewußten Macalister, der in diesem Augenblick damit beschäftigt war, durch seinen Dolmetscher zu den Vorleuten zu sprechen, die sich versammelt hatten, um mit ihm zusammenzutreffen.

»Mir sieht er aus wie eine fette Kuh!« sagte Bosambo ohne jede beleidigende Absicht. »Und das wundert mich, daß alle eure hohen Beamten fett und alt sind.«

Bones ärgerte sich verzeihlicherweise. »Du bist ein alberner Quatschkopf!« sagte er.

»Und Sie ebenso! Und nicht zu knapp!« erwiderte Bosambo liebenswürdig.

Diesen ganzen Abend verbrachte Bones vergebens damit, der großen Kanone von diesem Marsch abzuraten. Sie hatten eine Bedeckung von zwanzig Haussa bei sich, und der Weg zu den Bergen führte durch unwegsames Dickicht, in dem Scharfschützen nicht verwendungsfähig waren.

»Mr. Tibbetts!« sagte Seine Exzellenz donnernd, »ein britischer Beamter weicht niemals von seiner Pflicht ab. Dieses heilige Wort sollte in goldenen Lettern über seinem Kopfe angebracht sein, damit er es schlafend oder wachend stets vor Augen hat!«

»Persönlich, lieber, alter Herr, schlafe ich niemals mit offenen Augen. Die Pointe ist die... liebe, alte Exzellenz...«

»Mr. Tibbetts, Sie werden zu vertraulich!« sagte Macalister.

Bones erörterte die Angelegenheit mit dem Adjutanten des großen Mannes, und Leutnant Stewart Clay gewährte ihm wenig Trost.

»Er hat keine Phantasie«, sagte er, »ausgenommen, was schottische Weiber anbetrifft, die Brown heißen. Gib ihm noch ’nen Cocktail, und du wirst sehen, was er tut.«

Der weitere Cocktail löste in dem Gouverneur nur einen Wunsch nach Musik aus. Zehntausend Ochorikrieger – denn die Stadt war nun ein bewaffnetes Feldlager – lauschten atemlos dem

Liede »Die Campbells kommen« (einem berühmten schottischen Hochländermarsch).

»Herr!« flüsterte Bosambo hingerissen, »warum tut der große Herr auf und ab marschieren, wenn er diese sonderbaren Bauchgeräusche macht? Werden da noch schlimmere Töne kommen?«

Als Bones später seine eigenen buntbebänderten Dudelsackpfeifen hervorholte, erhielt Bosambo eine Antwort auf seine Frage.

Bei Tagesanbruch marschierten sie: zehn Haussa und hundertundfünfzig ausgewählte Lanzen. Sie kamen an den Fuß der Berge, als die letzten Sonnenstrahlen quer über den niedrigen, gesträuchartigen Baumbestand fielen.

»Wir wollen hier eine Stunde rasten und die Strecke in der Kühle der Nacht vollends zurücklegen«, befahl Macalister, der die letzten zwölf Meilen in der Hängematte getragen worden war.

Bones trocknete sich die nasse, schmierige Stirn.

»Bones, wir warten bis zum Morgen!« riet er. »Die Leute sind hundemüde.«

Sir Macalister lächelte.

»Halten Sie sich nur munter, Jungchen!« sagte er leutselig. »Ich weiß, die Musik wird ihnen Beine machen. Und Sie sollen sich ein wenig darin üben, Tibbetts; mein Junge... Sie sind noch nicht perfekt im Dudelsackblasen.«

In dieser großen Schlucht des Geistergebirges, die M'shimba M'shamba in einer fürchterlichen Sturmnacht in das Gestein gebissen hatte, warteten zwanzig feindliche Speere in der Dunkelheit.

Der alte König, in seine Felldecke gehüllt, kroch unter den Schutz der hohen Felsen; er hatte einen heißen Napf mit glühendem Holz unter seiner Bekleidung, der ihn erwärmen sollte. Zu seinen Füßen hockte Joe, der Händler, und sog an einer kurzen, stinkenden Pfeife.

»... Sage ihm, wenn Sanders zum Teufel geht, kann er runter zu den Ochoris gehen, sobald es ihm paßt...«

Einer der anwesenden Ratgeber hatte flach und bewegungslos, sein Ohr auf den Boden gedrückt, auf dem felsigen Wege gelegen. Jetzt stand er auf.

»Sie kommen!« sagte er und stieß ein zischendes Geräusch aus.

Aus den zwanzig Speeren wurden hundert. Eine Gestalt nach der anderen huschte vorüber, der schwindende Mond strahlte von ihren breiten Speerblättern zurück – die Gestalten huschten vorbei und verschwanden. In dieser Gegend ist die Erde besät mit Felsblöcken, und jeder Block gewährt Schutz für drei Mann.

»Kein Mann zuschlagen, bis sie nicht eine Speereslänge von mir entfernt sind!« hüstelte der König. »Den Sandi bringt ihr mir lebendig, und auch den jungen Mann mit dem glänzenden Auge...«

Des Königs Ratgeber an seiner Seite wurde unruhig.

»Wenn jene fürchterlichen Geister kommen...«, begann er, und Joe wußte, was der Mann meinte.

»Unsinn!« murmelte er. »Sag ihm, er kann sich an meine eigene Haut halten, wenn uns irgend etwas zustößt! Komm nur, Sanders, du Schönheit!«

Sie hörten ein Trapsen von Füßen, fingen das flüchtige Aufleuchten einer schwankenden Laterne auf. Die Männer hinter den Felsblöcken saßen auf dem Sprung und packten fieberhaft ihre Schlachtspeere.

Hinter dem Busch hervor, der die unteren Hänge des großen Hügels bedeckte, kam jetzt die Laterne in Sicht, um nicht wieder zu verschwinden.

»Tötet!« flüsterte der König.

Aber gerade als er sprach, kam aus dem vorrückenden Trupp ein höchst sonderbarer und fürchterlicher Ton. Es war der Schrei einer verwundeten Seele – der Schrei eines Mannes, der über alles, was ein Mensch ertragen kann, hinaus gemartert wird – ein wildes, frohlockendes Geheul zwischen dem höllischen Gekicher riesiger Fabelwesen der Unterwelt.

Einen Augenblick stand der König aufrecht, gelähmt wie vom Schlage getroffen; nur in seinem Gesicht arbeitete es furchtbar; und dann begannen die verborgenen Krieger, aufschreiend vor

Furcht, blind vor Schrecken, ein wildes Rennen und warfen auf ihrer Flucht Speer und Schild weg.

»Sag ihm... ist bloß ein Dudels...«

Joes Worte endeten in einem Seufzer, und er brach in die Knie, indem er vergeblich den Speer herauszuziehen versuchte, der ihn getroffen hatte; denn der Ratgeber des alten Königs hatte ihn durchbohrt, als er flüchtete.

5

»Ja, lieber, alter Herr!« sagte Bones, als sie bei Tageslicht nach Ochoristadt zurückmarschierten. »Schrecklich unhöflich und dergleichen. Wenn Hänschen ein Stelldichein verabredet, dann sollte Hänschen das auch halten.«

»Es war ein Hinterhalt, bei allen Göttern!« zitterte Seine Exzellenz, auf und nieder stoßend, wenn die Sänftenträger gerade eine recht holprige Stelle des Weges nahmen. »Es hat keinen Zweck, mein lieber Mann, mir weiszumachen, daß das keine Falle war... Dieser schreckliche weiße Mann, mit dem Speer in seinem Leichnam... Guter Gott... Fürchterlich!«

»Es kann ein Hinterhalt gewesen sein, liebe, gute Exzellenz!« gab Bones zu. »Aber wenn es einer war, warum liefen die netten Kerle denn dann weg? Das ist mir schleierhaft.«

Und Bones meinte das in tiefstem Ernst.

## *Der sehr gute Mann*

1

B'firi, die Christin, war jung und hübsch. Sie war die Eigentümerin dreier Ehemänner gewesen, deren jeder sie geliebt hatte und gestorben war. Nach dem dritten Todesfall hielt der Häuptling ihres

Dorfes sie für Sanders in Bereitschaft.

»Es ist nicht gut, daß alle jungen Männer so schnell sterben«, sagte er bei dem folgenden Palaver, »und in den Tagen des Vaters meines Vaters hätte man dieses Weib wegen ihrer Zauberkraft getötet; denn es ist klar, daß ihr Körper ein Gift birgt, das tödlich auf die Männer wirkt. Aber nun, Gebieter Sandi, sind diese guten Tage vorüber, und wir bringen sie dir, damit du ihr weise Worte sagst.«

Hierin lag Hohn, aber Sanders sah klugerweise über diese Entgleisung hinweg. Es war kein kitzlicheres oder verzwickteres Problem als hundert andere, die an ihn herantraten, aber in diesem Falle war er von seiner Rolle, das Orakel spielen zu müssen, befreit.

B'firi, die bisher geschwiegen hatte, sprach: »Gebieter, ich bin der Männer müde, die immer, wenn sie auf ein gutes Weib stoßen, ein noch besseres haben müssen und die, wenn immer sie auf ein schlechtes Weib stoßen, dieses noch schlechter zurücklassen müssen. Ich habe mit den Jesusmännern am Shagalifluß gesprochen, und dort werde ich im Fluß gewaschen werden und Zeug über meiner Brust tragen; denn durch diesen Zauber werden mir Flügel wachsen, wenn ich alt bin, und ich werde mit anderen Geistern in den Wolken wohnen.«

Das löste die Aufgabe, und B'firi zog dahin, wurde von ihren zwei Brüdern nach der Baptistenmission am Shagalifluß gerudert (der kaum ein Bach war, geschweige denn ein Fluß) und wurde dort getauft; sie lernte Tee brühen, »besorgte« die Wäsche der weiblichen Missionare und eignete sich andere christliche Tugenden an.

Sie begriff schnell. Sie lernte Englisch sprechen und las innerhalb eines Jahres die Bomongosprache; nach achtzehn Monaten war sie Laienpredigerin und ging in den Busch, um das heilige Wort zu verkünden. Einmal, als sie aus eigenem Antrieb einen Bekehrungszug zur Grenze des französischen Gebietes unternahm, geschah etwas Fürchterliches. Ein weißer Mann (von einer kränklichen Blässe) kam durch die Sümpfe geschwankt. Das Dorfvolk rief sie, und sie ging ihm entgegen. Seine Kleider waren alt und schmutzig, sein Tropenhelm verbeult, braun und an der Spitze zerrissen. Aus seinem unsteten Schritt schloß sie, daß er betrunken sei; das war er auch. Hinter ihm, in achtvoller Entfernung, ging sein einziger Träger, ein ältlicher Angolamann, der auf seinem Kopfe eine große Zuckerkiste mit dem Eigentum des Unbekannten trug.

Es bedurfte nicht B'firis Einfluß, ihm den Schutz einer neuen Hütte zu verschaffen. Der Mann war weiß – aber sein Weiß war nicht das gebräunte Weiß von Sanders, sondern das Weiß zertretener Kreide.

Am Morgen braute ihm B'firi mit eigener Hand den Tee und trug den dampfenden Napf nach seiner Hütte. Der Fremde setzte sich mit wildem Blick auf; sein Auge glühte ihr entgegen; er nahm den Napf mit Tee aus ihrer Hand.

»Wo bin ich hier?« fragte er heiser unter heftigem Schlucken. »Was für ein dreckiges Land! Ich wünschte, ich wäre tot! O Gott, ich wünschte, ich wäre tot!«

Sie sprach zu ihm; nüchtern, aber in gutem Englisch. Der Mann blinzelte sie an.

»Was ist das hier ... Missionsstation? Danke für den Tee.« Er fiel auf sein Kissen – seinen zusammengefalteten Rock – zurück, ein Schauer überlief ihn, er schloß die Augen. Als er sie von neuem öffnete, kniete das Weib noch immer an der Seite des mit Fell überspannten Bettes, den Napf mit Tee in ihrer Hand. Er hatte einmal bei Christies eine Ebenholzfigur wie diese gesehen – nur daß diese nicht schwarz war. Sie trug nicht das Zeug, das, knapp an den weiblichen Körper anliegend, fast bis an den Hals hinauf ihre christlichen Tugenden ankündigte, sondern nur den einfachen schmalen Lendenschurz aus Gras; alles übrige an ihr war brauner Satin.

»So, Missionarin sind Sie?« fragte er mit schwacher Stimme, als sie ihre Anwesenheit erklärte. »Versuchen Sie es mit mir! Ich habe alles verloren – alles! Ich habe alles aufgegeben, was das Leben lebenswert macht, als ich in dieses verfluchte Land kam – leider!«

Sie wiederholte das Wort mit ihren Lippen. B'firi war das, was Schauspieler eine »schnelle Rolle« nennen.

Sie verstand sich auf Männer, nachdem sie drei Männern das Leben untergraben hatte, und sie wußte, daß diese am glücklichsten waren, wenn sie über sich selber sprechen konnten. John Silwick Aliston tat sich selber ungeheuer leid – er bedauerte John Silwick Aliston mit einem so ungeheuren Mitleid, daß es ihm Tränen in die Augen trieb.

Nach Verlauf von vier Tagen Zuhörens kam er zu dem Schlusse, daß sie ein Wunder und auserlesen sei, ihm den Weg zum Heil zu zeigen.

Sie gingen nach der Hütte von B'firis Vater zurück, um dort zu wohnen.

Distriktsgouverneur Sanders erfuhr die bestürzende Nachricht von einem seiner Späher und schickte eine Brieftaube an Leutnant Tibbetts. Der drehte gerade das Akasavaland um, um nach einem Araber zu fahnden, der Waffen ins Land geschmuggelt hatte.

Die Brieftaubenbotschaft lautete:

»Jagt Aliston aus Land!«

Bones war auf dem Rückweg zu der Gasmotorbarkasse, die ihn den Fluß heraufgebracht hatte, und kam drei Tage später zu der Hütte, in der B'firi auf die genügende Ernüchterung Alistons von dem Delirium-tremens-Anfall wartete.

Bones fand Aliston, der vor seiner Hütte saß und den Kopf in seine Hände vergrub.

»Steh auf, lieber, alter Aliston!« redete Bones ihn an. »Gräm dich nicht, wie der nette, alte Dichter sagt, denn Scheiden bringt eine nette Art Gefühl. Laß uns Lebewohl sagen, bis wir in Ealin zusammentreffen!«

Bei dem Laut der bekannten Sprache sprang Aliston auf und starrte die unerwartete Erscheinung eines großen, schmächtigen jungen Mannes in Khakihemd mit offenem Munde an.

»Oh, bedaure...! Guten Morgen!« sagte er verlegen.

»Packen Sie Ihr Bündel, Aliston, lieber, alter Vogel! Sonnenstich sehr schlimme Sache für Sie, Herr und Wanderer! Burschen machen gewöhnlich dummes Zeug, wenn sie 'n Stich von der netten, alten Sonne kriegen...«

Bei dem Manne begann es langsam zu dämmern.

»Was soll das heißen, und wer zum Teufel sind Sie?« fragte Aliston ärgerlich.

»Stellvertretender Distriktsgouverneur, Sir.« Bones war sehr sanft.

Alles, was von einem Mann noch übrig war an John Aliston, vereinigte sich zu einer Gebärde des Trotzes. »Würden Sie es als Grobheit auffassen, wenn ich Ihnen sage, Sie sollen sich um sich selber kümmern?« fragte Aliston.

»Das werde ich, lieber, alter Aliston... ganz gewiß werde ich das«, erklärte Bones. »Ich werde einfach furchtbar aufgebracht sein. Nehmen Sie Ihren Kram auf, alter Herr!«

Aliston stand breitbeinig da, die Hände an seinen Hüften. »Ich werde nicht gehen, und Sie können mich nicht zwingen.«

Eine knochige Faust schnellte vorwärts und traf Aliston unter das Kinn. Der Mann fiel mit einem Knall der Länge lang hin und kam heulend und fluchend auf seine Füße. Zweimal traf Bones ihn, ehe er fiel und still lag.

»Auf, Sie alberner, alter Aliston!« Und als sich dieser nicht bewegte, bückte sich Bones, packte ihn und stellte ihn auf die Füße.

»Sie Schwein...!« schluchzte John Silwick. »Einen kranken Menschen zu schlagen... Sie Vieh!«

Er ging sanft genug zwischen den beiden Haussa, die ein schriller Pfiff von Bones zur Stelle gebracht hatte.

B'firi kam in fliegender Hast von dem einen Ende durch das Dorf gerast, als Aliston am anderen Ende verschwand.

»Was soll das?« schrie sie, grau vor Wut.

Bones antwortete ihr in der Sprache der Eingborenen. »Weib, dieser Mann muß heim in sein Land.«

Sie folgte ihm zum Boot hinunter, erörternd, flehend, drohend. Alle paar Schritte machte sie Halt, Bones' lange Arme in beredter Schwingung, Bones, seine mageren Achseln wiederholt schnell zuckend. Als die »Wiggle« vom Land abstieß, nahm das Weib ein

Kanu und sechs Paddler und folgte ihm flußabwärts. Zum Unglück lief die »Wiggle« auf eine Sandbank auf. Sie kletterte an Bord und wurde von den entrüsteten Soldaten in den Fluß geworfen, aber sie verankerte ihr Kanu am Heck der Barkasse und weigerte sich fortzugehen.

Während sie und ihre Paddler in der Nacht auf dem Boden des Kanus schliefen, glitt einer der Soldaten über Bord, schob sie an Land und befestigte dort das Grastau des Kanus mit vielen Knoten; unterdessen schoben und stießen seine Kameraden, knietief auf der Sandbank im Wasser, die »Wiggle« in das tiefe Fahrwasser. Als B'firi am Morgen erwachte, war Aliston fort, und B'firi ruderte wütend nach der Missionsstation. Auf halbem Wege dorthin landete sie bei einem Fischerdorf; dessen alter Häuptling war sehr reich, und alle seine Weiber trugen große Messing-Halsringe, um so seinen Reichtum zu bezeugen.

»Wenn du in meine Hütte kommen willst, mache ich dich zu meinem Hauptweibe und gebe dir sogar Messingringe für deine Beine. Auch will ich dir eine neue Hütte machen, und mein altes Weib soll deine Dienerin sein.«

B'firi überlegte sich die Sache.

»Willst du mich dich mit Wasser waschen und heilige Worte zu dir sagen lassen?« fragte sie.

»Ein Ju-Ju-Zauber ist wie der andere«, sagte der alte Philosoph, und B'firi feierte ihre vierte Hochzeit.

## 2

Sanders befand sich auf der einen Seite seines vielgebrauchten Pultes und ein finsterer, bärtiger Mann auf der anderen Seite.

»Die Sache ist die, Mr. Aliston!« Sanders' Stimme nahm bei solchen Gelegenheiten die Eigenschaften eines eisigkalten Rasiermessers an. »Ich werde Sie als mittellosen britischen Untertan mit dem ersten fälligen Dampfer zurücksenden«, antwortete Sanders.

Der Mann wurde rot und zornig. Der Stolz, den er besaß,

wehrte sich dagegen, in die Klasse eines mittellosen britischen Untertanen eingeordnet zu werden. Armut mit gesetzlichen Entschuldigungen würde er anerkennen können. Aber einen solchen Flecken auf die Scherben seiner zerbrochenen Existenz? Nein, unmöglich!

Am Ankunftstag des Dampfers war Aliston nicht aufzufinden. Er hatte sich landeinwärts geschlagen; und das nächste, was man über ihn hörte, war, daß er die Isisi Bier aus Getreide brauen lehrte. Bones verfolgte ihn mit zwei Fährtensuchern, aber Aliston bekam Wind von ihrem Kommen. Drei Monate lang verlor man ihn außer Sicht. Dann wurde Sanders eines Tages, als er flußaufwärts fuhr, mitten im Strom durch die Klage eines alten Häuptlings aufgehalten.

»Mein Weib B'firi ist mit einem weißen Manne in den Busch gelaufen«, sagte er mit zitternder Stimme. »Und, Gebieter, sie hat einen großen Halsring von Messing mit sich genommen, der hundert Ziegen wert ist...«

Sanders fluchte im stillen und schickte eine Brieftaube an die Küste zurück.

Diesmal nahm Hamilton mit Bones und einem halben Dutzend Haussa die Spur auf, die an die französische Grenze und zu der Entdeckung eines neuen Verbrechens führte. Ein Araberhändler war von einem halben Dutzend unabhängiger Stammesgenossen angegriffen worden, die ein Weißer anführte. Vier Kisten Genever waren ihm gestohlen und ein Mann getötet worden.

Hauptmann Hamilton machte nicht halt, um sich über die Gegenwart der Schnapsverkäufer so nahe dem verbotenen Gebiet zu vergewissern, sondern vollführte eine entschiedene Rechtswendung und stieß am späten Nachmittag auf das Lager der Räuber mit neun schnarchenden schnapsbetäubten Männern und einem toten Weibe. Die langen Finger John Silwick Alistons umschlossen noch ihre Kehle, und Bones mußte Alistons Finger mit Gewalt losmachen, als er sie fand.

»Armes Ding!« sagte Bones mit heiserer Stimme, als er auf die stumme Gestalt herunterblickte.

Und dann fesselte ein blitzendes Etwas an ihrem Handknöchel sein Auge. Es war ein kleines goldenes Armband, ein billiges, fast wertloses Dingelchen, das einmal mit drei kleinen Steinchen besetzt gewesen war. Eins davon war noch vorhanden: ein winziger, glanzloser Diamant. Bones bückte sich und zog das Armband ab.

»Hm!« murmelte Hamilton, als er das federleichte Schmuckstück in seiner Hand hielt. »Dieses kleine Armband könnte uns sicherlich eine Geschichte erzählen, Bones!« Er drehte es auf seinem Handteller um. »Amerikanisches Fabrikat – fünf Dollar netto. Wie kam das ins Akasavaland?«

Er gab Bones das Schmuckstück zurück, und dieser ließ es in seine Tasche gleiten.

Am nächsten Nachmittag um drei Uhr wurde sich Aliston dunkel eines Daseins bewußt, das im Begriff war, ihm schnell zu entgleisen.

»Hallo!« Er sah in das ernste Gesicht zweier Offiziere. »Mich erwischt, wie? Wo ist B'firi?«

Sie antworteten nicht.

»Hm... habe ich ihr weh getan?«

Der ältere der beiden Männer beugte sich zu ihm nieder und legte etwas in seine Hand. Es war ein Buch.

»Gebetbuch? – Was soll das?«

Hamiltons Blick begegnete dem seinen. »In einer halben Stunde hängen Sie!« antwortete der Offizier kurz. »Fünf Ihrer Freunde haben sich totgesoffen; die anderen beiden werden dieselbe Reise antreten wie Sie. Ich nehme an, daß Sie weder Richter noch Geschworene wünschen, um Sie zu richten... mit Ihrem Namen und mit Ihrem schmutzigen Verbrechen in den englischen Zeitungen?«

Kreidebleich, zitternd, sprachlos, schüttelte der Mann seinen Kopf. Sie ließen ihn allein, aber beobachteten ihn bis zu der festgesetzten Zeit. Einer der Soldaten kletterte auf einen Baum und befestigte den Strick; dann ging Bones zu dem Manne, der, den Kopf auf der Brust, dort hockte, wo sie ihn verlassen hatten.

»Komm!« sagte Leutnant Tibbetts eisig und legte seine Hand auf die Schulter des todgeweihten Mannes.

Aliston fuhr mit einem Schrei auf. Eine Sekunde lang schwankte er, dann stolperte er und brach zusammen. Er gewann sein Bewußtsein nicht wieder, sondern starb in der kühlen Abendstunde; man begrub ihn getrennt von den beiden Eingeborenen, die an den Bäumen hingen.

## 3

Im allgemeinen war man sich einig, daß man Bones nicht allein lassen konnte. Er war ein guter Offizier und ein tapferer Bursche, aber Einsamkeit und die Abwesenheit menschlicher Stützen schlugen ihm aufs Gemüt.

Und er war so gut wie allein auf der Station. Distriktsgouverneur Sanders befand sich beim Steuereintreiben im Hinterland, und Hauptmann Hamilton lag mit einem sehr gewöhnlichen und gewohnten Malariafieberanfall im Bett. Es ist richtig, daß Hamilton die sonderbare Vorstellung hatte, er fiele durch die Matratze auf die spitzigen Teile des Albert-Denkmals, aber das war nicht ernstlich gefährlich. Leute, die an die Malariasymptome gewöhnt sind, wissen, daß ein Fall erst dann gefährlich wird, wenn der Patient glaubt, daß er die Königin Viktoria sei und daß er mit Julius Cäsar Poker um die Fischgerechtsame des Rubikon spielte.

Bones dachte nicht im geringsten daran, daß sein Vorgesetzter sich in irgendwelcher Gefahr befände; Sanders glaubte das ebensowenig, und das gleiche tat Hamilton; und Hamilton hatte nur den einzigen Wunsch ausgesprochen, daß Bones ihn nicht pflegen solle.

Es traf sich sehr unglücklich, daß der Landtelegraf, der in ganz unregelmäßigen Zeitabständen die Flußgebiete mit dem Government verband, in dieser Woche ausgebessert wurde. Die Telegrafenlinie lief durch das Elefantenland, und wenn die Dickhäuter sich nicht an den hölzernen Telegrafenstangen kratzen, dann reißen sie den Draht herunter, um zu entdecken, ob er genießbar ist. Das Government hatte in einem Anfall von Energie die Leitung in dieser Woche ausbessern lassen.

»O. K.?« fragte das Government.

Bones kritzelte eine Antwort, und diese wurde, wie sie geschrieben war, von einem phantasielosen Mulattentelegrafisten weiter gemorst, der, um ihm Gerechtigkeit widerfahren zu lassen, glaubte, er sende eine Chiffredepesche von höchster Wichtigkeit und dürfe nichts auslassen.

> Alles wohl alles wohl stop Distriktsgouverneur in Isisi Isisi stop Hamilton hat Dusel von Malaria aber leite Geschäfte weiter stop Werde mein Bestes tun Hamiltons Leben retten aber fürchte Schlimmstes.

Und dann überkam Bones eine großartige Idee. In Fällen ernstlicher Erkrankung pflegte das Government manchmal Unterstützung zu senden. Das war ein Vorrecht, das Sanders beanspruchte, und warum sollte er das nicht auch?

»Schickt gute Krankenschwester!« fügte Bones der Drahtung hinzu.

Das sah lahm aus. Was Hamilton brauchte, war eine mütterliche Art fraulichen Wesens... Bones fügte ein Adjektivum, einen Fachausdruck, hinzu.

Er stelzte ernst zum Wohnhaus zurück, ging in Hamiltons Schlafzimmer und legte seine feuchte Hand auf die Stirn des schlafenden Offiziers.

»Was... (der Kranke stieß etwas Heftiges hervor)... wollen Sie? Sie?«... (Ein schlimmeres Schimpfwort folgte) fragte der wütende Kranke.

»Bones ist hier!« murmelte der Besucher beschwichtigend.

»Der gute alte Florence Nachtigall, lieber alter Offizier. Haben Sie einen Wunsch, lieber, guter Ham?«

»Ich wünsche, daß Sie sich zum Soundso rausscheren!« fluchte der kranke Mann.

»Delirium!« murmelte Bones und entfernte sich auf den Zehen, wobei er einen im Wege befindlichen Tisch umwarf.

»Hm, hm!« sagte der gekränkte junge Mann, als er die Tür zuwarf.

Diesen ganzen Tag und den größeren Teil des folgenden verbrachte Bones damit, daß er kleine Erleichterungen für den Patienten anordnete. Mammi Pape, die Stationsköchin, beobachtete ehrfurchtsvoll, wie Bones ein Fruchtgelee zubereitete. Bones machte es nach einem Rezept, das er in einem Kochbuch aufgestöbert hatte. Es war ein hübsches feines Gelee, nur war es kein Gelee.

»Nein! Ich will das nicht trinken!« wütete Hamilton.

»Ich weigere mich, vergiftet zu werden... Sie haben das gebraut? Nein...!«

Tasse und Inhalt flogen durch das offene Fenster.

»Unartig! Unartig!« sagte Bones im Tone einer Mutter, die zu ihrem Kinde spricht. »Lassen Sie den braven Bones mal die nette alte Temperatur messen!«

Hamilton deutete mit seiner gelben Hand zur Tür und funkelte ihn bösartig an, und sein Pfleger war kaum aus dem Zimmer, als er auch schon den Riegel vorschieben und Hamiltons unheildrohende Stimme ihn anrufen hörte.

»Ich habe einen Selbstlader hier und zehn Patronen und wenn Sie den Versuch machen, mich zu bemuttern, blase ich Ihnen Ihre Hirnschale weg.«

»Jetzt wird's gefährlich!« murmelte Bones und schüttelte sich jede Verantwortlichkeit von den Schultern.

Sobald sich der kranke Mann allein befand, schluckte er drei Chinintabletten, nahm einige Schlucke Gerstenschleim und fiel in einen gesunden Schlaf.

Am folgenden Nachmittag schlummerte Bones geräuschvoll auf der Veranda des Wohnhauses. Die Sonnenstrahlen krochen quer über die breite, weiße Treppe und nahmen das Hühnerauge, das Leutnant Tibbetts' kleine Zehe schmückte, aufs Korn. Er träumte dabei, er sollte auf dem Scheiterhaufen vor dem Trinity-College in Cambridge verbrannt werden, weil er verächtlich vom Jockeiklub gesprochen hatte. Die Flammen leckten an seinen Füßen – besonders an dem einen Fuße.

»Autsch!« rief Bones schmerzlich aus und wachte auf, um die Außenseite seines Moskitostiefels sanft zu reiben. Und nach und nach, in dem Maße, wie seine Sinne wach wurden, gewahrte er eine außerordentliche Erscheinung. Auf einem Deckstuhl, kaum einige Meter von ihm entfernt, saß die schönste Dame, die er jemals gesehen hatte. Sie war jung, und ihr Haar erschien gegen das grüne Futter ihres Tropenhelmes wie rotes Gold. Die Lippen in ihrem zarten Gesicht waren fast von einem Geraniumrot; in diesem Augenblick öffneten sie sich zu einem Lächeln, und ihre blaugrauen Augen sprühten vor Lachen.

»Segne meine nette alte Seele!« murmelte Bones und erlaubte seinem langen, ranken Körper, wieder in den Stuhl zurückzusinken. »Segne meine hübsche alte Seele... hätte nicht Speck essen sollen...!«

»Wachen Sie auf, bitte!«

Bones öffnete ein Auge und umfaßte sie gänzlich; er öffnete das andere Auge und setzte sich auf, den Mund weit offen.

»Ich habe geduldig eine geschlagene Viertelstunde hier gesessen«, sagte sie, und als er an ihr vorbeisah, bemerkte er zwei große Kabinenkoffer, einen Handkoffer, einen Beutel mit Golfschlägern und ein Tennisrakett.

»Ich bin eine Schwester vom Viktoriahospital«, sagte sie.

Bones stolperte auf seine Füße und brach in unartikulierte Laute aus.

»Segne mein Leben!« stammelte er. »Sie sind die junge Person... Wie sind Sie hierhergekommen, liebe Schwester?«

»Mit dem Dampfer. Ich bin mit dem ›Pegasus‹ gekommen.«

»Um den guten alten Ham zu pflegen? Segne meine Seele, wie sonderbar!«

Sie starrte ihn an. »Einen Mann!«

Bones nickte.

»Fieber?«

Wieder nickte Bones, und sie schien erlöst.

»Er braucht keine Pflege, liebe, alte Nurse!« begann er.

»Ist er tot?« fragte sie berufsmäßig.

Bones sperrte den Mund weit auf; erschrocken starrte er sie einen Augenblick an und war mit einem Sprung im Innern des

Wohnhauses wieder verschwunden. Nach zehn Sekunden stürzte er wieder heraus.

»Nein, junges Fräulein, er lebt. Was ich sagen wollte war, daß ich selbst ihn pflege.«

Sie sah ihn würdevoll an. »Und er lebt«, sagte sie halb für sich.

Bones fühlte sich gekränkt. »Und schlägt um sich«, erwiderte er vorwurfsvoll. »Das mag Sie überraschen, liebe Pflegeschwester, aber ich bin diplomierte Nurse.«

»Wirklich?« Sie war, wie er vorausgesetzt hatte, überrascht.

»Ja, das bin ich, meine Liebe. Ich hatte zehn Lektionen, und zwar brieflich, wissen Sie. Symptome, liebe Pflegeschwester sind meine Spezialität. Ich kann auf einen Blick sagen...« Er sah sie mit kritischen Stirnrunzeln an. »Sie haben den Sonnenstich; ein Auge ist größer als das andere.«

»Das stimmt nicht«, wandte sie ein, öffnete die Handtasche, die sie auf ihrem Schoß hatte, und holte einen ganz kleinen Spiegel hervor. »Das stimmt nicht!« wiederholte sie zornig. »Sie sind beide gleich groß. Wo ist der Kranke?«

Bones winkte mit seiner großen, sehnigen Hand nach der Tür, quetschte sein Monokel ins Auge und sah ernst drein. »Behandeln Sie ihn gütig!« bat er. »Im Falle eines Rückfalles senden Sie nach dem guten alten Bones. Achtung! Matte! Zweite Tür links. Wenn er gewalttätig wird, werde ich mit einem großen Hammer reinkommen und ihm einen Schlaftrunk geben.«

Er hörte Verhandlungen, die durch die geschlossene Tür hindurch geführt wurden, hörte den betroffenen Ausruf seines Vorgesetzten und wie der Riegel zurückgeschoben wurde.

»Wer, um Himmels willen, hat Sie geschickt, Schwester?«

Eine leise Antwort. Bones lächelte selbstgefällig. Er hatte etwas vollbracht... Er hätte gern gewußt, ob sie Tennis spielte oder bloß ein Rakett besaß.

An diesem Abend saß er und wartete auf das Erscheinen der Krankenschwester. Es war noch eine halbe Stunde bis zum Essen, und obwohl er ihrer einmal ansichtig geworden war, als sie von der Küche zum Krankenzimmer eilte, hatte sich keine Gelegenheit zum Gespräch und zum Austausch von Vertraulichkeiten geboten. Jedesmal, wenn er sie abfing, hatte sie irgendeine Entschuldigung, um einen Gedankenaustausch zu vermeiden.

Das erstemal:

»Was ich sagen wollte, liebes altes Fräulein...«

»Pst!« flüsterte sie, den Zeigefinger an ihren Lippen, »er schläft.«

Und das zweitemal:

»Ich habe Sie noch nicht nach Ihrem Namen gefragt, liebe alte Schwester des Erbarmens. Sie sehen, ich habe hier das Kommando...«

Herauf kam ihre warnende Hand. »Ssssch!« hauchte sie. »Er ist eben erwacht.«

Bones saß da und dachte voll düsterer Gedanken an die Vernachlässigung, die er erlitt, als er das Puk-a-Puk des Heckrades der »Zaire« in der stillen Nacht hörte und der Schleier ihres Rauches über den Baumwipfeln schwebte. Sofort raste er zum Kai hinunter, um den Distriktsgouverneur zu treffen.

»Ja... kam 'ne Woche früher zurück, als ich es erwartete. Die Akasavaleute werden ehrlich – oder wollten mich aus dem Lande haben. Wie geht es Hamilton? Die Taubenbotschaft habe ich erhalten. Nichts Ernstliches, hoffe ich!«

»Nein, Sir!« Bones hielt den Augenblick für günstig, um den neuen Ankömmling anzukündigen.

»Eine Krankenschwester?« wiederholte Sanders betroffen. »Aber warum in des Himmels Namen?«

Bones hüstelte: »Dem lieben, alten Ham ging es ziemlich schlecht, Sir«, sagte er würdevoll. »Wollte nicht einmal mich sehen. Als ich mal durch sein Fenster schielte, hatte er sein Gesicht gegen die Wand, und deshalb schickte ich nach der Schwester.«

»Kommt es darauf an, auf welcher Seite ein Mann schläft?« fragte Sanders unschuldig.

»Gesicht nach der Wand«, murmelte Bones und schüttelte seinen Kopf, »ist eins der schlimmsten Zeichen, Sir, nach dem netten, alten Arzneibuch Gesicht nach der Wand zu... Die Kerle schieben meistens in dieser Weise ab, Sir.«

»Kohl«, sagte Sanders mit dem Schein eines Lächelns. »Aber trotzdem... wenn die alte Dame einmal hier ist, müssen wir es ihr hier auch angenehm machen.«

Wieder hüstelte Bones: »Nicht alt, Sir, nicht so hübsch alt, Sir. Eher auf der jungen Seite, Exzellenz. Hübsch, Sir, in einer Beziehung«, fügte er unternehmend hinzu und sah Sanders' Gesicht lang werden.

»Das läßt sich nun nicht ändern... Hamilton wird sich schon aufkrabbeln. Beim Government werden sie jetzt ja recht lebendig; für gewöhnlich brauchen sie dort einen Monat, um ein derartiges Ersuchen zu beantworten.«

Sanders begrüßte das junge Mädchen freundlich – bewunderte sie auf seine von anderen so verschiedene Art.

»Ich glaube nicht, daß meine Anwesenheit hier lange erforderlich sein wird.« Mit weiblichem Instinkt hatte sie die Zurückhaltung in seiner Begrüßung herausgefunden. »Ihr Hauptmann Hamilton ist nicht schwer krank. Er ist verärgert, aber nicht krank.« Sie sah Bones fest an.

»Ärger ist Krankheit!« antwortete Bones bestimmt. »Ein häßliches Temperament ist ein Zeichen von Verrücktheit, liebe alte Hospitalmatrone.«

Als sich das junge Mädchen an diesem Abend zurückzog, nahm Sanders, der mit dem Kranken geplaudert hatte, um die wirkliche Ursache seines Ärgers zu entdecken, Bones auf die Veranda und redete leise mit ihm.

»Sie müssen sehr vorsichtig sein, Bones. Ich fürchte, Sie gebrauchen manchmal Worte, die etwas ganz anderes ausdrücken als das, was Sie wirklich sagen wollen. Zum Beispiel...« Er führte ein Wort an.

»Was? Das bedeutet so 'ne mütterliche Dame, Sir?« fragte Bones erstaunt. »Segne mein Leben, Sir...«

»Mutterschaftspflegerin bedeutet etwas ganz anderes«, sagte Sanders sehr ruhig für einen Mann, der innerlich vor Lachen platzte. »Und natürlich ist Hamilton etwas ärgerlich...«

Sanders benutzte den letzten Morgen der Anwesenheit des Mädchens, um ihr die Station zu zeigen. Ihr Name war Rosalie Marten, und sie gab zu, vierundzwanzig Jahre alt zu sein.

»Es muß reizend sein, weit weg von Leuten in hohen Hüten und von elektrischem Licht und Kinos zu sein«, sagte sie und holte tief Atem. »Ich kam nach Westafrika in der Annahme, ich würde ein Leben wie hier auf der Station führen... Aber das Government ist so 'ne Art Clapham plus Sonnenschein. Hier gibt es wohl keine Arbeit für mich, Mr. Sanders?«

Er schüttelte den Kopf.

»Wenn es keine indiskrete Frage ist, Miß Marten, warum sind Sie überhaupt an die Küste gekommen? Haben Sie Freunde hier draußen?«

»Nein«, gab sie kurz zurück. »Ich hasse die Küste, die ich kennengelernt habe. In mancher Hinsicht ist sie allerdings besser, als ich sie mir vorstellte, in mancher Hinsicht ist sie schlimmer. Ich schöpfte meine Ansichten über sie aus einer Handelszeitung, die von einem Mann geleitet wird, der niemals die andere Seite der Sierra-Leone-Berge gesehen hat... Mein Vater ist Journalist und sagte mir das. Ich hasse die Gegend. Ich hasse sie!«

Die Leidenschaft in ihrem Tone veranlaßte ihn, sie scharf anzusehen, und als er sie sich genau ansah, glaubte er den Grund erraten zu können – einen Mann.

Aber er brauchte gar nicht zu raten, denn fast unmittelbar darauf erzählte sie: »Der Mann, mit dem ich verlobt war, starb hier draußen.« Sie war von grausamer Offenheit. »Er kam vor zwei Jahren hierher.«

Nur für einen Augenblick verlor ihre Stimme die Selbstbeherrschung.

Sanders schwieg. Vertrauliche Mitteilungen wie diese taten ihm beinahe weh. Die Küste fraß diese jungen Leben erbarmungslos auf, und Miß Martens trauriges Erlebnis stand nicht allein da.

»Er war der allerbeste Mann der Welt... Er kam hierher, um genügend Geld zu verdienen und sich ein Heim zu gründen. Ich bin ziemlich reich, Mr. Sanders, und er geriet in meiner Familie in den

Verdacht, ein Glücksritter zu sein; einer, der auf der Jagd nach Vermögen war... Sie sagten ihm das ins Gesicht, obwohl ich davon erst später erfuhr.«

»War er... ein Missionar?«

Sie schüttelte den Kopf und lächelte schwach.

»Nein, er war ein sehr guter Mann, aber Missionar war er nicht. Er starb irgendwo im französischen Gebiet... Er schrieb mir, bald nachdem er an der Küste angelangt war... Es ist schrecklich...« Ihr Blick verdüsterte sich. »Ich komme jeden Tag an dem Hotel vorbei, in dem er wohnte, als er in der Residenz des Gouverneurs war... Ich kenne sogar das Fenster des Zimmers. Er sah von da aus auf die Straße, die ich benutze. Es ist nicht zu glauben, Mr. Sanders... Es ist einfach nicht zu glauben.«

Sanders empfand, daß sie sprach, wie sie niemals zuvor zu einem menschlichen Wesen gesprochen hatte; daß sie nun in Worten das lange zurückgedämmte Mitteilungsbedürfnis ausdrückte, nach dessen Äußerung gegen irgend jemand sie sich lange und schmerzlich gesehnt hatte. Er ließ sie ohne Unterbrechung reden, während sie langsam den dürren, öden Platz überschritten.

»Ich habe Sie fürchterlich angeödet, aber mir ist's jetzt besser«, sagte sie, halb lachend, halb weinend. »Ich habe mir oft gewünscht, ich wäre Katholikin, damit ich mich jemand offenbaren könnte. Ich glaube wohl, daß ich mich mit der Zeit davon erholen und irgendeinen armen Mann heiraten werde. Ich werde dann meinen Roman zwischen Lavendelkissen begraben; Herzen brechen nicht so leicht.«

Als sie auf ihr Zimmer ging, fand Sanders Gelegenheit, eine Warnung zu äußern. »Nehmt euch vor leichtsinnigem Geplauder in acht, das sich mit Tod und Verderben beschäftigt, Leute! Das arme Mädchen hat sehr unglückliche Erfahrungen hinter sich.«

Es war kein Mißbrauch ihres Vertrauens, daß Sanders die Umrisse der Tragödie andeutete, die dieses junge Mädchenleben überschattete.

»Wir müssen sehr vorsichtig und unterhaltsam sein, Exzellenz«, bemerkte Bones gerührt.

»Um Gottes willen, werden Sie *das* nicht!«

Sanders und Hamilton sprachen gleichzeitig.

»Vielleicht, Sie beleidigender alter Vorgesetzter, könnte ich ihr meine Raritäten zeigen«, schlug Bones gekränkt vor. »Aber natürlich, wenn Sie glauben, diese unschuldige Person könnte verdorben werden...«

»Ob sie verdorben wird, ist mir gleichgültig. Ich wende mich nur dagegen, daß ein Gast gelangweilt wird«, sagte Hamilton.

»Holen Sie Ihre Raritäten, Bones!« empfahl Sanders gutmütig. »Aber verbreiten Sie sich nicht darüber, wie Sie dazu gekommen sind.«

Bones eilte nach seinem Häuschen und sammelte hastig alles, womit er ihr die Zeit zu vertreiben hoffte. Rosalie Marten kam zurück, um drei übernatürlich feierliche Männer vorzufinden, die sich bei ihrem Anblick sofort in eine so steife, gekünstelte Lustigkeit stürzten, daß sie die Ursache erriet.

»Sie haben meine traurige Geschichte erzählt«, sagte sie, indem sie sich beinahe in der Rede überstürzte. »Ich bin froh darüber... aber bitte, tun Sie deshalb nicht geheimnisvoll! Ich habe das unangenehme Empfinden, daß Sie alle die Zartbesaiteten spielen, aus Furcht, meine Gefühle zu verletzen. Bitte, seien Sie nicht *zu* taktvoll!«

Bones sah für einen Augenblick sehr verlegen aus, denn er hatte alles in der Tat *sehr* taktvoll arrangiert. Seine Taschen standen weit ab; sie waren vollgestopft mit Raritäten, die er im Dunkeln aus der großen Kiste unter seinem Bett geholt hatte.

»Es wird uns sehr leid tun, Sie verlieren zu müssen, liebe Miß!« sagte er, als die Spannung vorbei war, welche die Bemühung, zu schweigen, verursacht hatte, während der Araberjunge den Kaffee herumreichte.

»Drei Stück Zucker oder vier? Segen auf mein nettes altes Leben. Sie nehmen keinen Zucker? Sie werden niemals fett werden wie der umfangreiche alte Bones!«

»Wie der ›unförmige‹ paßt besser«, sagte Sanders.

»Da fällt mir etwas ein!« Bones suchte in seinen Taschen. »Das hier wird Ihnen vielleicht ungeheures Vergnügen bereiten, liebes altes Hospitalgeistchen! Es ist ein Fingerring des fettesten Mannes im ganzen Gebiet, N'Perus, des Akasavamannes...«

Er holte eine Handvoll der verschiedensten Merkwürdigkeiten hervor, Arm- und Fußringe aus Draht, geschnitzte hölzerne Löffel, zwei Schnuren hölzerner Perlen und einen oder zwei Stahlkämme, und legte sie auf den Tisch. »Das hier ist der kleine Pompadour eines N'Gombi-Weibes...«

Er hörte ihren unterdrückten Schrei und sah sich erschrocken um. Sie war aufgestanden und starrte auf den kleinen Haufen Sachen, der auf dem Tischtuch lag. Ihr Gesicht war totenbleich, und ihre Hand wies zitternd auf etwas.

»Wo... wo haben Sie *das* her?«

Sie zeigte auf ein goldenes Armband, das seinen Glanz verloren hatte und in dem zwei Steine fehlten.

»Das... hm...« Bones vergaß für den Augenblick die Anweisung, die er erhalten hatte. »Nun, junges Fräulein, das wurde genommen...«

In diesem Augenblick begegnete er Sanders' kalten, befehlenden Augen, und er hielt inne.

»*Er*... er hatte das...« sagte sie mit gedämpfter Stimme und hob das Schmuckstück vorsichtig auf. »Ich habe es als Kind gekauft... Väterchen nahm mich mit nach New York, und ich bat ihn, es mir zu kaufen. Ich gab es meinem... meinem Schatz als ein Andenken.«

Sanders fand zuerst die Sprache wieder. »Wie hieß Ihr... Verlobter, Miß Marten?«

Sie liebkoste das verbogene kleine Armband, während ein Lächeln unendlicher Zärtlichkeit um ihre Lippen spielte.

»John Silwick Aliston«, hauchte sie, »der beste, liebste Mann der Welt.«

Schweigen, so tief, daß sie das tiefe Atemholen der drei Männer hätte hören müssen, wenn sie nicht so vertieft in den Anblick dieser ärmlichen Reliquie gewesen wäre, die sie in der Hand hielt.

»Ein sehr lieber Kerl! Einer der Besten!« sprang Bones in die

Bresche; seine Stimme war heiser, und er sprach in einer stoßweisen Art, als ob er atemlos sei. »Lieber, alter John...! Was für ein Kerl!«

Sie sah schnell zu ihm hin; die beiden anderen Männer vermochten kaum zu atmen.

»Sie haben ihn gekannt?«

Bones nickte; seine leuchtenden Augen behielten das Licht plötzlicher Eingebung.

»Ziemlich, liebe Schwester. Traf ihn oben an der französischen Grenze... wirklich netter Kerl... Fieber...«

»Sie waren bei ihm, als er starb?«

Bones' Kopf nickte auf und nieder wie ein Automat.

»Ja... mutig bis zum letzten...! Tapferer, alter Junge! Voller Mut, liebes Fräulein! Gab mir dieses Armband für sein Mädel... vergaß bloß, mir noch ihren Namen zu sagen...! Einer der Besten, der liebe alte John...!«

Er hielt inne, erschöpft von der Anstrengung.

Sie blickte lange Zeit nachdenklich auf den kleinen Schmuck; dann hielt sie ihm ihre Hand hin.

»Ich danke Ihnen«, sagte sie leise, »ich werde immer an Sie denken. Ich bin sicher, Sie waren sehr gut zu ihm... Gott segne Sie!«

Bones hätte weinen mögen.

## *Die Heilige*

### I

Von Zeit zu Zeit kamen durch Sanders' Station Männer und Frauen, die ihr Leben der Wohlfahrt der Eingeborenen gewidmet hatten. Sanders teilte nicht das in Regierungskreisen verbreitete Vorurteil gegen Missionare; auf der anderen Seite begünstigte er sie auch nicht, weil sie, ohne es zu wissen, eine neue Obrigkeit schufen.

»Herr«, sagte ihm einmal ein frisch Bekehrter, »da ist ein neuer Herr hier, der Gott Jesus heißt, und wenn wir das tun, was ihm gefällt, brauchen wir nicht mehr zu tun, was dir gefällt.«

»O Mann«, antwortete Sanders, »wenn ihr *mir* nicht gefallt, gefallt ihr *Ihm* nicht, und dann werde ich mit meinen Soldaten kommen, und das wird euch sehr leid tun; denn *Er* ist mein eigener Gott, und ich habe *Ihn* länger gekannt als ihr.«

Nach jedem sittlichen Maßstab war das eine abscheuliche Anmaßung. Aber in den Ländern der Schwarzen, die Sanders regierte, bilden achthundert Wörter einen ausgedehnten Sprachschatz und lassen keinen Spielraum für die feinen Unterschiede in der Ausdrucksweise.

Mrs. Albert kam eines schönen Morgens an, und zwar nicht ganz unerwartet. Das Government hatte über diese Dame ein umfangreiches Aktenstück gesandt; sie war die Tochter eines Peer of the Realm, eines reichsunmittelbaren, hohen Adligen, die sehr ehrenwerte Cynthia Perthwell Albert, und – sie hatte eine Vergangenheit hinter sich.

Cynthia war auf der Bühne gewesen; Cynthia war eine geschiedene Frau; Cynthia hatte ein mageres Bändchen skandalöser Memoiren geschrieben; und schließlich (die letzte Hoffnung aller, deren Bedürfnis die Öffentlichkeit ist) wurde angekündigt, daß sie den Schleier nähme. Unglücklicherweise entschied sich zu jener Zeit eine andere, in der Gesellschaft sehr bekannte Erscheinung dafür, in ein Kloster zu gehen, und Cynthia widersprach dem Bericht und veröffentlichte, daß sie in die Far-Afield-Missionsgesellschaft eingetreten sei und daß sie von nun an beabsichtige, ihr Leben dem Heiden in seiner Finsternis zu widmen.

»Ja, Sir«, erklärte Bones, »ich kenne die liebe, gute Lady. Sie hat ganze Töpfe voll Geld ... segne meine Seele! Was für ein verrücktes Frauenzimmer muß sie sein, um Missioneuse zu werden.«

Er stellte sich nicht vor (ebensowenig tat das Cynthia), daß in ihrem Innern eine große Sehnsucht entstanden war, die zu sieben Zehnteln aufrichtig war – ein brennender Wunsch nach Heiligkeit. Natürlich ließ sich eine so große innere Bewegung nicht immer auf ihrem höchsten Gipfel erhalten; aber in einzelnen Augenblicken gedachte Cynthia ein Niveau von Übermenschlichkeit zu erreichen, das über die Grenzen augenblicklichen Entschlusses hinaus dauern würde, und sah sich bereits gefolgt von einer Menge sie anbetender achtungswerter Eingeborener. Sie stellte sich vor, wie eingeborene Anbeter zu ihrem Schreine (den sie auf irgendeine Weise nach der Westminsterabtei zu verlegen gedachte) wallfahrten würden; und in ganz verzückten Augenblicken erörterte sie sogar die Möglichkeit, daß *ihre* Kirche nach Rom zurückkehre, sei es auch nur auf so lange, bis die Kanonisation der heiligen Cynthia erreicht sei. In diesen Perioden religiöser Anwandlungen war Cynthia tatsächlich sehr ernst, und sie wurde darin unterstützt durch den Charakter des Gründers und Präsidenten der Far-Afield-Mission, der ein sehr gütiger alter Herr war und die Fähigkeit hatte, die, mit denen er sprach, fast ebenso fromm empfinden zu lassen, wie er selbst empfand.

Cynthia hatte natürlich ihre Rückfälle.

Sie kam in der Station mit acht Koffern, vier Handkoffern und einem Toilettennecessaire aus Marokkoleder an; sie trug ein wunderbares weißes Kleid und ebensolchen Tropenhelm, in dem sie fotografiert worden war, ehe sie ihr palastartiges Heim in Sunningdale verließ. Aber der heilige Ausdruck, den sie in den illustrierten Wochenschriften zur Schau getragen hatte, war ihr abhanden gekommen, nachdem Bones, der tapfer in die See hinausgewatet war, um sie aus dem Brandungsboot zu tragen, stolperte und sie ins Wasser fallen ließ.

»Wie außerordentlich dumm von Ihnen! Sie haben mir mein Kleid verdorben«, sagte sie schnippisch. »Der Mann hätte mich mühelos an Land getragen. Warum, zur Hölle, mußten Sie sich dreinmischen?«

»Halten Sie mit Ihren Anrempelungen inne, liebe alte Missionsdame!« murmelte der erschreckte Bones. »Es befinden sich Kinder hier, liebe Johanna von Orléans!« Es waren keine Kinder anwesend außer Bones, aber, wie er später andeutete, es hätten welche anwesend sein können.

»Nun, warum sind Sie so ungeschickt?«

Die honorable Cynthia sah ein, daß sie nicht »in der Rolle« war und nahm einen sanfteren Ton an. Sie stand am Strande und schüttelte ihre triefenden Unterröcke, ein Bild unheiligen Ärgers. Und als sie zum Wohnhaus kamen, wetterte sie los:

»Ich meine, Mr. Sanders, daß Sie wenigstens einen Wagen oder so was Ähnliches hätten an den Strand schicken können, um mich hierher zu bringen. Es war schrecklich, über diesen elenden Sand zu gehen, und der böse Junge mit seinem ›liebe alte Lady‹ hier und ›liebe alte Missioneuse‹ da ist einfach unerträglich.«

Sanders blickte sie mit geduldiger Aufmerksamkeit an.

Sie war beinahe hübsch zu nennen, wenn sie auch gepudert war und ihre Lippen rot geschminkt hatte. Ihre Züge waren regelmäßig, ihre Augen schön; sie strömte einen schwachen, undefinierbaren Duft aus.

»Was für Pläne haben Sie, Mrs. Albert?« fragte Sanders.

»Ich vermute, daß Sie ins Hinterland gehen wollen, um die Arbeit Frau Kleines zu übernehmen.«

»Ich übernehme die Arbeit von niemandem. Ich will mich mit ihr vereinigen«, sagte Cynthia.

»Dann, fürchte ich, werden Sie sich schon in den Himmel begeben müssen«, sagte Sanders gutgelaunt. »Frau Kleine starb vor drei Monaten. Sie – sie starb durch einen Unfall.«

Cynthia wurde blaß. »*Das* hat man mir nicht gesagt«, antwortete sie atemlos. *»Unfall...?«*

»Um die Wahrheit zu sagen, sie wurde ermordet«, sagte Sanders ruhig, und die duftende Dame suchte einen Stützpunkt am Tisch.

»Ermordet?« klang es hohl.

Sanders nickte.

»Die Eingeborenen dort sind ein ziemlich einfältiges Volk. Sie liebten Frau Kleine so sehr, daß sie sie beim ersten Gerücht von ihrer Abreise töteten; wie sie später erklärten, um ihren heiligen Leib dort zu behalten.«

Die Missionarin aus den höchsten Kreisen war sprachlos. »Man erzählte mir... ganz sicher...« sagte sie zuletzt. »Großer Gott! Ich hätte nicht im Traum daran gedacht, an einen so schauderhaften Platz zu gehen.«

»Ich glaube, Sie täten besser, nach Hause zu fahren«, sagte Sanders geradezu. »Nächsten Montag läuft ein Dampfer hier an...«

»Auf keinen Fall!« erklärte die ehrenwerte Cynthia.

Nach Hause! Der Gegenstand des Gelächters für Leute wie Julia Hawthill zu sein, die in dem wundervollen Gewand einer Novizin fotografiert worden und wahrscheinlich noch im Kloster zum Heiligen Herzen (sie hatte es ermöglicht, daß sie wenigstens drei Monate dort bleiben durfte) war! Und den Fotografen und Artikelschreibern und den Leuten standhalten zu müssen, die sie beim Rennen in Ascot treffen und sagen würden: Hallo, Cynthia! Ich dachte, die Kannibalen hätten Sie aufgefressen? – Unmöglich!

»Es muß doch einen hübschen Platz geben, wo ich bleiben und – meinem Werke nachgehen kann? Mr. Billberry sagte, daß sie eine Station bei... wie heißt sie nur... sie fängt mit einem I an?«

»Isisi?« riet Sanders. »Kann sein! Ich glaube, Ihre Leute haben eine Nebenstation dort. Ich werde die Sache für Sie ins Lot bringen.«

Die Isisi waren um diese Zeit ein artiges Volk – ausgenommen, was die Gelben Geister anbetraf; und das nahm Sanders – für den Augenblick wenigstens – nicht zu tragisch. Er schickte Bones mit der »Wiggle« stromauf, und die Botschaft, die zurückkam, klang vertrauenerweckend.

Der Missionar war im Begriff, eine seiner langen Reisen in den Busch zu machen, und würde zusammen mit seinem Weibe drei Monate abwesend sein. Er stellte sein nettes kleines Haus zusammen mit Laienbrüdern und Dolmetschern Cynthia zur Verfügung. An Cynthia schickte er einen langen Brief, der voller Wörter war, die (im Englischen) mit großen Anfangsbuchstaben geschrieben werden, wie Glaube, Opfer, Gnade und Seligkeit. Cynthia las den Brief zweimal, um einen Hinweis zu entdecken, daß es im Hause eine Badegelegenheit gäbe.

Bones brachte sie zum Feld ihrer Tätigkeit.

»Was Sie zu tun haben, liebe gute Miß«, sagte er unter anderen

Dingen, »ist es, zu vermeiden, daß Ihre netten Beine von Moskitos gebissen werden. Nehmen Sie einen ordentlichen Whisky jeden Abend bei Sonnenuntergang und halten Sie Ihre gesegneten Ohren steif!«

»Ich wünschte, Sie redeten mich nicht immer mit ›liebes altes Fräulein‹ an«, sagte Cynthia streng. »Das ist sehr anmaßend.«

»Bedaure sehr, liebe alte Missioneuse!« murmelte der kluge Bones.

Cynthia mochte ihr neues Heim nicht, obwohl sie die neue Umgebung entzückend fand. Sie verbrachte zwei Tage beim Fotografieren des Dorfes und ließ sich selbst, umgeben von kleinen Kindern, die keine Kleider trugen und sonderbar rochen, von einem eingeborenen Laienmissionar fotografieren.

Die Nächte waren das schlimmste. Tagsüber konnte sie sich mit ihrer Kamera vergnügen und las die Bibel in der strohgedeckten Kirche, aber die Nächte waren fürchterlich finster und still. Und das Christenmädel im Zimmer nebenan schnarchte und erzählte im Traum von ihrem Liebhaber, einem gewissen M'Gara, einem Akasavafischer. Glücklicherweise verstand Cynthia nicht Bomongo, und so wußte sie nicht, daß die Skandale von Mayfair eine starke Ähnlichkeit mit denen des Isisiflusses hatten. Denn M'Gara war ein verheirateter Mann und kein Gentleman.

Dann kam ein neues Interesse in ihr Leben. Denn gerade als sie anfing, es langweilig zu finden, brachte Cynthia es zu einem ansehnlichen Bekehrten: Osaku, dem Sohn eines großen Zauberdoktors und selbst erfahren in aller Magie und Geisterbeschwörung. Er war ein großer Mensch. »Ein edel aussehender Wilder«, beschrieb Cynthia ihn in ihrem ersten Briefe nach Hause. »Und so schrecklich nett. Ich gab ihm ein Stück Seife – eins von denen, die wir bei Pinier in Paris gekauft haben –, und jetzt geistert er förmlich um die Missionsstation herum. Anscheinend hat dieser Sanders ihn abscheulich behandelt, drohte ihm, ihn zu hängen, und tötete tatsächlich den Vater des armen Osaku. Meine Teuere, diese Eingeborenen beten mich einfach an. Sie nennen mich ›Mama‹, und ich fühle mich einfach erhaben. Der Baderaum in diesem elenden kleinen Loch ist fürchterlich, aber das Bett ist bequem. Ich komme in drei Monaten auf Urlaub...«

Es war richtig, daß Sanders Osaku gedroht und Osakus Vater, der seinerzeit ein berüchtigter Zauberer gewesen war, übel behandelt hatte.

Die Stellung eines Zauberdoktors in den Isisiländern ist im großen ganzen keine Sinekure. Zu einer früheren Zeit von Sanders Amtstätigkeit gab es eine Art Bund dieser Teufelsmänner. Sie trafen sich beim Licht des Neumondes auf der Schädelinsel, die sich nahe am Teich der Schwarzen Wasser befindet, und sandten eine Botschaft an Sanders und forderten ein Tribut entsprechend ihrer Größe; denn zu jenen Zeiten waren sie sehr hochmütige Leute und hielten Häuptlinge und Könige in ihrer hohlen Hand. Sanders schickte einen Tribut: einen langen Strick mit einer Schlinge am Ende, der durch eine lederne Öse lief. Er gab durch seinen Boten Anweisung, daß der Strick über den Ast eines Baumes geworfen werden solle, bot das als den geforderten Tribut und befahl, sie sollten seine Ankunft um die erste Stunde in dieser Nacht erwarten. Als er ankam, war der Treffplatz verlassen, und der herunterbaumelnde Strick schwang im Nachtwind um die graue Asche ihrer Feuer.

Manchmal werden Leute durch Erbrecht Zauberdoktoren; manchmal ist es nur ein armes, verrücktes Volk, das fremde Stimmen hört. Und manchmal erreichen sie ihre Würde durch List – Chaku, der Isisimann, war einer von diesen. Er übte sonderbare Gebräuche im Urwald und gewann auf diese Weise Novizen für die »Leoparden«, den gefährlichsten aller Geheimbünde; und als dieser Orden vernichtet war, wurde er Vermittler für die »Gelben Geister«, einen Geheimbund, der seinen Ursprung in Nigeria hatte und sich von dem Leopardenbund nur durch die Art, wie er mordete, unterschied.

Bosambo, Häuptling der Ochori, hatte diese Geister durch seine rohe und brutale Art, wie er einmal in eine ihrer Séancen einbrach, beleidigt und war deshalb für den Tod ausersehen. Eines Nachts, um die mitternächtige Stunde, als er schlief, kamen zwei Isisileute vom Fluß heraufgeschlichen; sie trugen einen großen Klumpen nassen Lehm, den sie geknetet hatten, bis er eine feuchte Form war. Wie zwei Schatten schlichen sie in seine Hütte, und der Stärkere ließ den Lehmklumpen über Bosambos Gesicht fallen und legte sich selbst auf ihn, während sein Gefährte schwer über Bosambos Beinen lag. Nach aller menschlichen Voraussetzung hätte Bosambo innerhalb zwei Minuten tot sein müssen, aber er besaß die Stärke von zehn Männern...

Beim Lichte eines draußen brennenden Feuers, das man zu einer hellen Flamme geschürt hatte, verkündete der Ochorihäuptling sein Urteil über die beiden gelbgesichtigen Meuchelmörder.

»Laßt sie in ihr Land zurückgehen!« sagte er. Und vier seiner Wache nahmen die Gefangenen in ihr Kanu und paddelten sie zu einer tiefen Stelle des Flusses. Hier befestigten sie sehr schwere Steine an deren Knöchel und warfen die Gefangenen ins Wasser. In dieser Nacht gab es zwei neue Gestalten auf den Geisterbergen, auf denen die Seelen der Verstorbenen in Ewigkeit wohnen.

Sandi hörte davon und zog nach Norden, Tag und Nacht unterwegs. Seine Aussprache mit Bosambo war sehr kurz; sein Aufenthalt in Chekus Dorf war unangenehm verzögert.

Tag um Tag saß er im Palaverhaus und schnüffelte Geister aus; Nacht auf Nacht brannten die drei Palaverfeuer am Fuße des winzigen Hügels, auf dem das Palaverhaus errichtet war, bis beinahe zur Morgendämmerung, und am Ende bog Sanders in der Richtung des Zaubermannes seinen Finger krumm, und das war dessen Ende.

Zu Osaku, dessen Sohn und Nachfolger, sagte Sanders: »Ich gehe jetzt zu meinem feinen Hause am Ende des Flusses zurück, und du bleibst hier und am Leben. Nun gibt es am Fluß eine Redensart, die alle kennen und du am besten von allen: ›Männer, die still stehen, treten auf keine Dornen.‹ Sei vorsichtig, wenn du dich bewegst, Osaku, damit du nicht denselben Weg gehst wie dein Vater!«

Ein Jahr lang trat Osaku, Chekus Sohn, sehr vorsichtig auf. Er prophezeite, aber darin lag kein Unrecht. Sanders bekam Nachrichten von Wundern, die vorhergesagt worden waren und sich erfüllt hatten; von großen Fischschwärmen, die angekündigt und aufgefunden wurden; von Söhnen, die in Aussicht gestellt und geboren wurden; von Stürmen, die vorhergesagt wurden und zur gegebenen Zeit losbrachen; und nur, als Osaku den Tod prophezeit hatte und dieser Tod wirklich eintrat, mischte Sanders sich darein.

Er sandte nach Osaku; dieser solle in das Dorf K'Foris kommen, wo Sanders ein Palaver wegen einer Heirat abhielt; und als der große, gutaussehende Mensch vor ihm stand, sprach Sanders:

»O Prophet, ich sehe dich! Überlaß es Sanders, der euer Vater und eure Mutter ist, weise in das Morgen zu schauen! Und *das* sehe ich, Osaku: An einem gewissen Tage wirst du den Tod deines Feindes voraussagen, und siehe, am Morgen wird er tot sein. Aber vor Nachtanbruch desselben Tages kommt Tibbetti mit Soldaten, und sie nehmen Osaku in die Tiefe des Urwaldes, wo nur die Affen leben, und dort hängt man Osaku auf, wie man seinen Vater gehängt hat. Prophezeie ich gut, Osaku?«

Osaku schlürfte mit den Füßen hin und her und zuckte mit den Zehen und ging nach Hause, voll Haß gegen den Mann mit den schrecklichen blauen Augen. Zwei Monate lang grübelte er über seine Lage, und nach Verlauf dieser Zeit lieh er sich ein halbes Dutzend Paddler von seinem Häuptling und Freund und ging zum Distriktsgovernment hinunter. Er kam volle drei Tage vor der Ankunft Cynthias an.

»Gebieter«, sagte er, »ich habe viele sonderbare Gedanken gehabt. Du bist der Vater und die Mutter deines Volkes; du trägst uns auf deinen Händen und machst uns sehr glücklich. Nun, Herr, ich bin von den Teufeln mit Gaben beschenkt worden, die meine hellen Augen alles sehen lassen, was mit der Sonne kommen wird. Und weil ich dich liebe, Sandi, will ich zu allem Volke, das auf mich hört und an mich glaubt, sprechen und ihnen sagen, wie schön du bist. Und ich will ihnen sagen, daß sie, wenn sie gut sind und ihre Steuern bezahlen und nicht ihre Speere gegeneinander fällen, sehr glücklich sein werden, daß ihr Getreide wächst und es genug Fische in ihren Flüssen gibt.«

»Das wird ein sehr gutes Palaver sein!« sagte Sanders und wartete auf das, was nun folgen würde.

»Aber Herr, darin wird kein Nutzen für Osaku liegen«, fuhr der Seher fort, »da die Menschen keine reichen Geschenke für Freuden geben, an denen alle teilhaben. Nun bitte ich dich darum, Sandi, daß du mir meine Steuern wiedergibst, und daß du mir Geschenke an Zeug und anderen wundervollen Dingen machst...«

»Geh in dein Dorf zurück, Osaku!« unterbrach Sanders ihn ungnädig. »Ich belohne Menschen nicht durch Geben, sondern durch Nichtnehmen. Das ist eine Eigenart der Regierungen. Und dadurch, daß ich dir dein Leben gelassen habe und deine Füße frei von Ketten, habe ich dich hinlänglich belohnt. Dieses Palaver ist aus.«

Sanders erlaubt seinem zornerfüllten Besucher zwei Tage Aufenthalt, damit dessen Paddler sich ausruhen konnten, und während dieser Zeit war Osakus Gehirn mit dem Schmieden von Rachеplänen beschäftigt.

Besonders interessierte er sich für das merkwürdige Benehmen eines sehr langen Haussaleutnants, der ein schimmerndes Glas im Auge trug und der gerüchtweise Sanders' Sohn war.

Jeden Morgen nach seinem Bade ging Leutnant Tibbetts zum Strand hinunter, um den Fortschritt seines Pflegekindes zu beobachten. Das lag im heißen Sande, ein großes und merkwürdig geformtes Ei. Als er es an einem solchen Morgen wieder mit Sand bedecken wollte, sah er das Ei bersten und sich eine winzige, gelbe Schnauze heraus und in das offene Tageslicht drängen. Gespannt beobachtete er, wie die dünne Eidechsengestalt herauskroch und mit heftigem Herzklopfen in der Morgensonne lag. Sehr behutsam hob er das kleine Geschöpf in sein Taschentuch. Es wand sich schwach, aber Bones trug sein Kind die Stufen zum Wohnhaus hinauf und legte es vor seinen Vorgesetzten.

»Basil ist angekommen – es ist ein Junge!« sagte Bones.

Kapitän Hamilton sah auf und schauerte.

»Nehmen Sie das viehische Ding vom Tisch... guter Gott – Krokodile zum Frühstück!«

»Lieber, alter Ham«, bat Bones ernstlich, »verachten Sie nicht das niedrige, aber nötige Krokodil! Basil ist menschlich, lieber Ham, ebenso wie ich; er ist eine kleine, kunstvolle Laune der Natur, Ham... wie Sie selbst auch. Basil wird bei etwas sorgsamer und zarter Pflege beweisen, daß sich auch ein nettes kleines Krokodil mit seinem Eigentümer befreunden kann. Basil wird mir überall hin folgen und nachts vor meiner Tür schlafen, Ham. Du junger Bengel... hier, wach auf!«

Das kleine Reptil lag sehr bleich und still da; das Arbeiten seiner halb durchsichtigen Seiten war unmerklich geworden.

»Haben Sie irgendwelchen Brandy hier?« fragte Bones ängstlich.

»Ersäufen Sie's!« sagte der hartherzige Hamilton. »Wenn Sie's wieder beleben wollen... singen Sie ihm was vor! Eins jener alten Krokodilwiegenlieder!«

Bones ergriff den Milchkrug und goß dessen Inhalt in eine Untertasse. Er stieß die scharfe Schnauze des sterbenden Krokodils in die weiße Flüssigkeit. Das Krokodil strampelte krampfhaft, öffnete seinen Rachen, schnellte seinen Kopf herum und packte plötzlich Bones' Finger zwischen zwei Reihen nadelähnlicher Zähne.

»Autsch!« gellte Bones. »Du niederträchtige kleine Viper... rrrrrruut!«

Er schüttelte es ab, und das winzige Geschöpf fiel auf den Tisch; es wandte sich mit offenem Rachen gegen Bones, während seine Flanken kräftig auf- und niedergingen.

»Beim Himmel, lieber Ham... biß in die Hand, die ihn nährte! Du unartiges Insekt! In den Fluß werf' ich dich!«

Als Bones von seinem Enterbungsgange zurückkam, fragte Hamilton sanft: »Wenn Sie Krokodile herumzutragen wünschen, Bones, würden Sie die Liebenswürdigkeit haben, dazu nicht die Zuckerzange zu benützen?«

»Bis aufs Blut gebissen, lieber, alter Herr!« Bones zitterte vor Entrüstung. »Nach allem, was ich für ihn getan!«

»Ist er ertrunken?« fragte Hamilton, die Augen wie festgeleimt auf der einen Monat alten Zeitung, die er las.

»Nein, Sir. Der dreckige kleine Hund schwamm wie ein... Frosch, Sir. Ich hoffe, er gerät in ernsthafte Mißhelligkeiten.«

Osaku war Zeuge der Aussetzung des Pflegekindes gewesen. Als er mit seinen Paddlern am Uferrand des Flusses hockte, sah er die zappelnde Gestalt in den Fluß plumpsen, und sofort begann sich in seinem Hirn eine Idee zu bilden. Was ist Prophezeiung anderes als Eingebung? Und was ist Eingebung anderes als ein selbsttätiger Sinn von Ursache und Wirkung? Es war nur ein Krokodil mehr im Flusse, nur ein schleichendes Ungeheuer mehr, um Weiber, die am Morgen zum Wasserholen an den Fluß gingen, unter Wasser zu ziehen.

Lange Zeit später, nachdem Osaku abgefahren war, kamen beunruhigende Nachrichten den Fluß herunter. Osaku prophezeite unablässig, und die Gelben Geister waren in den Akasava- und Isisiländern erschienen.

Er prophezeite, daß eine große Regenflut kommen würde; die Wolken würden drei Tage lang Wasser spritzen, und danach würde der Regen aufhören. Und dann, um Neumond herum, gäbe es eine Sintflut; die Erde würde überschwemmt sein, und aus dem Wasser käme eine Unzahl Krokodile hervor; so viele, daß sie das ganze Land bedeckten; sogar die kleinen Affen auf den Bäumen würden ihnen nicht entrinnen noch die Vögel, die fliegen. Und das alles würde kommen, weil Sandi das Volk hasse und den Fluß mit dem gelben Schrecken gefüllt habe, der in den Nächten belle.

Sanders hörte das Gerücht, stapelte Holz auf das Vorderdeck der »Zaire« und hielt sie für sofortige Abfahrt unter Dampf.

»Das alles kommt bloß von Ihrem verfluchten Experiment, Krokodile auszubrüten«, bemerkte Hamilton bitter.

Bones schloß in Geduld seine Augen. »Seien Sie fair, lieber alter Ham!« flehte er. »Habe ich den Regen ausgebrütet, frage ich Sie, teurer Salomon? Seien Sie ehrlich, Ham! Laden Sie gefälligst nicht alles auf den armen alten Bones ab! Basil war eine Enttäuschung. Das kommt in den besten Familien vor, lieber alter Hauptmann und Adjutant!«

»Es sollte mich gar nicht wundern, wenn Ihr elendes kleines Krokodil die Ursache dieser Unruhen wäre, Bones!« sagte Sanders nachdenklich. »Das einzige, was wir tun können, ist, bereit zu sein und zu hoffen, daß kein Wunder geschieht; oder, wenn es geschieht, daß es nur eine örtliche Bedeutung hat, sich nicht ausdehnt. Und in der Zwischenzeit bereit zu sein, dieses unglückliche Frauenzimmer, die Albert aus Isisi herauszuholen.«

»Was für ein Wunder erwarten Sie denn, Herr?« fragte Hamilton überrascht.

»Krokodile!« sagte Sanders lakonisch. »Es ist ein merkwürdiges Zusammentreffen, daß Bosambo mich heute morgen benachrichtigte, jedes Gewässer in den Ochoriländern wimmele davon.«

Hamilton starrte ihn an. Bones klappte zusammen, sank in einen Stuhl. »Basil war's nicht!« murmelte er schwach. »Basil hatte keine Zeit, Nachkommen zu erzeugen...«

»Nach Berichten ist das schon einmal, vor zwölf Jahren, geschehen. Die Zoologen im Kolonialamt stützen sich auf die Theorie, daß es eine Art Krokodile gibt, die sich in Schlamm vergräbt und nur alle Jubeljahre zum Vorschein kommt... Ich selber habe diese Kerle ausgegraben; sie lagen vier Meter tief unter dem Flußbett und waren sehr ärgerlich, als man sie aus ihrem Schlaf weckte«, erzählte Sanders.

Noch in dieser Nacht erschien das von Sanders gefürchtete Phänomen unmittelbar vor den Türen der Stationshäuser. Es war zwei Uhr morgens, und der Mond zeigte sich launisch, als Abdulla, der Posten vor der Hütte der Wache, etwas leise über den Exerzierplatz heranschleichen sah und es anrief. Auf den Anruf des Postens verhielt sich das Wesen lange Zeit unbeweglich, und der Posten nahm an, er habe einen Mondschatten gesehen; bis er es sich von neuem und diesmal auf sich zu bewegen sah und seine empfindsamen Nasenlöcher einen schwachen Moschusgeruch gewahr wurden. Da ging seine Lee-Metford-Büchse sofort hoch.

Sanders hörte den Schuß und kam, seinen Revolver in der Hand, an die Treppe. Er hörte, wie Bones' übergeschnappte Stimme von der Türe seiner Hütte aus erklang, aber Sanders befand sich zu weit weg, um das Gespräch verstehen zu können.

»Was gibt's, Sir?«

Hamilton war an der Seite des Distriktsgouverneurs, die Büchse im Arm.

»Ich glaubte einen Schuß gehört zu haben. Irgend etwas stimmt nicht... Hören Sie Bones?«

In diesem Augenblick hörten sie Bones: ein heiserer Schrei der Furcht; dann kam, aus der Richtung seiner Hütte, das Stakkatogerassel seines Brownings.

»Großer Gott! Da!« stieß Sanders hervor.

Durch eine Lücke in den Wolken warf der Mond eine plötzliche Flut von Licht über den Exerzierplatz. Drei – vier – fünf, zählte er; große, eidechsenähnliche Wesen liefen schnell auf den Fluß zu.

Hamilton feuerte, und eines der Wesen zuckte krampfhaft, stieß ein bellendes Gebrüll des Schmerzes aus, kroch etwas weiter und lag still.

Als das geschah, fegte der größte der Flüchtlinge herum und raste unerwartet mit ungeheurer Schnelligkeit auf die Treppe des Wohnhauses zu. Hamilton und der Distriktgouverneur feuerten gleichzeitig, feuerten wieder, anscheinend ohne Erfolg. Erst als sich der lange Kopf zur Treppe heraufschob, tat der dritte Schuß seine Wirkung.

»Heiliges Donnerwetter!« keuchte Hamilton.

Jetzt zeigte sich in allen Hütten Licht. Die Wache feuerte auf etwas, was sie nicht sehen konnte. Hamilton schob eine andere Patrone in seine Büchse und sprang in weiten Sätzen über den Exerzierplatz auf Bones' Hütte zu.

Hamilton fand seinen Untergebenen ausgespreizt auf dem Erdboden; zuerst glaubte er, Bones sei tot, und dann, sein Bein sei gebrochen. Zwei Haussa trugen Bones in Sanders' Wohnhaus und legten ihn dort flach auf die Dielen.

»Der Satan muß ihn mit seinem Schweif getroffen haben!« bemerkte Hamilton, als er Bones Brandy durch die zusammengebissenen Zähne einflößte.

Bones öffnete die Augen. »Nicht Basil!« murmelte er. »Armer

kleiner Basil...!«

»Wachen Sie auf, Sie Geflügelzüchter!« schnappte Hamilton, und Bones setzte sich aufrecht, rieb sich das Bein und starrte rundum.

»Es war nicht Basil«, sagte er feierlich. »Ehe ich sterbe, möchte ich eine Erklärung abgeben, die den armen kleinen Basil freispricht von jeglicher Schuld...«

Es dauerte eine Viertelstunde, ehe er seine fünf Sinne wieder beisammen hatte, und er hatte wenig zu erzählen, was zur Aufklärung beitragen konnte. Er hatte den Schuß gehört, war aus seiner Hütte gestürzt, hatte zwei schrecklich glitzernde Augen auf sich gerichtet gesehen und gefeuert. Das war alles, dessen er sich erinnerte.

Als es Tag wurde, kamen drei Kanus mit Dörflern aus der Nachbarschaft mit Gerüchten von Unglück und Mord. In Hütten war man eingedrungen und hatte sie zerstört. Weiber und Kinder und alte Leute waren verschwunden. Aber das größte Unglück war in dem kleinen Lager geschehen, in dem das Dorf seine gemästeten Hunde hielt. Der unmittelbare Stationsbereich hatte glücklicherweise keinen Verlust zu verzeichnen.

»Wenn das schon hier geschieht«, sagte Sanders beunruhigt, »was mag dann erst am Oberen Fluß vor sich gehen?«

Sanders stand auf dem Deck der »Zaire« und sah über die schwarze geschwollene Flut. Der Fluß wimmelte von Krokodilen; bei jeder Wendung zeigte sich das durch sie verursachte Kräuseln im Wasser. Sanders las die Familien auf und brachte sie in die Walddickichte im Mittelpunkt der Halbinsel, auf der die Station stand.

»Lassen Sie heut nacht Feuer auf dem Exerzierplatz anzünden!« befahl er. »Hamilton, Sie bleiben lieber hier zur Aufsicht! Bones werde ich mit mir zum Oberen Fluß nehmen.«

An diesem Morgen ging die »Zaire« um elf Uhr auf ihre Fahrt. Der Fluß war verlassen, kein menschliches Fahrzeug in Sicht; das war weiter nicht auffällig, da die Strömung eine Geschwindigkeit von neun bis zehn Knoten hatte. Nur sehr langsam kam er vorwärts. Er dampfte die ganze Nacht durch und hielt nur, um sein Feuerungsmaterial bei Igebidorf wieder aufzufüllen. Dort fing er an, das Unglück in seiner ganzen Ausdehnung zu begreifen. Das Dorf war eine einzige Ruine. Kaum eine Hütte, die aufrecht auf ihrem Grund stand. In der vorherigen Nacht, erzählte ihm ein Vormann unter Schauern, seien »alle Krokodile der Welt« aus dem Wasser gekommen, und welchen Schaden sie angerichtet hätten, wäre er außerstande zu sagen, da seine Leute mit Ausnahme seines Sohnes in die Wälder geflüchtet seien. Das Unglück sei sehr groß gewesen. Er erzählte Geschichten, die einen Durchschnittsmenschen hätten erbleichen lassen; Sanders hörte mit anscheinender Gleichgültigkeit zu, lud sein Holz und setzte seine Reise fort.

Während der ganzen Fahrt flußaufwärts hatten sechs Haussascharfschützen vorn am Bug gesessen und auf jedes Krokodil geschossen, das sie sahen. Einmal, an einer Flußkrümmung, stießen sie auf eine lange, schmale Sandbank, die mit diesen Reptilen bedeckt war. Bones ließ die Hotchkiß-Revolverkanone in Tätigkeit treten und schickte zwei Schrapnellschüsse hinüber, die über der zappelnden Masse platzten. Innerhalb einer Sekunde war der Sandstreifen leer bis auf zwei lahme Massen.

Er machte an dem Dorfe der Kleineren Isisi fest und fand es verlassen. Die Straßen boten den unheimlichen Anblick des nächtlichen Verheerungszugs.

Sanders dachte an die Missionarin und erbleichte.

»Gebieter, die Mammi ist fort!« sagte der Mann. »Ich ging auf dem Waldweg zu ihrem Hause, und ich sah nichts als ein totes Weib, das gespeert worden war...«

*»Gespeert?«* fuhr Sanders auf.

»Jemand hat sie getötet«, berichtete der Mann zitternd. »Wer weiß, was für Teufel in solcher Nacht am Werke sind?«

Die Hütte der Missionarin lag eine Meile vom Dorf, und als Sanders dort angelangt war, fand er nichts als ein totes Mädchen an der Tür von Cynthias Zimmer. Ein mächtigerer Teufel als die Riesenechsen, die aus dem Wasser kamen, hatte hier sein Wesen getrieben.

## 2

Als der Regen andauernd weiter fiel, packte Osaku die Furcht, und er rief seine vier Jünger zusammen.

»Nun ist alles zu Ende«, sagte er; »denn Sandi wird erfahren, daß ich diesen Regen hervorgebracht habe. Und wenn ›die Schrecklichen‹ folgen, dann wird Sandi kommen und uns alle töten. Und wenn wir schon um einer solchen unbedeutenden Sache willen hängen sollen, was soll dann erst geschehen, wenn wir andere Taten ausführen? Denn kein Mensch hat mehr als ein Leben, und ob er einen mordet oder alle, das kommt dann auf eins heraus.«

In seiner langatmigen Art umschrieb er das Sprichwort, sie möchten ebensogut wegen eines Schafes wie wegen eines Lammes gehängt werden.

»Laßt uns die Jesus-Mammi auf eine gewisse Insel in dem See bringen, wo Sandi niemals hinkommt und wo es ihm nicht einfallen wird, nachzusehen. Denn dieses Weib liebt mich und hat mir wunderbare Sachen gegeben; aber aus Furcht vor Sandi wendet sie sich von mir ab. Und ihr bringt alle, die euch je auf eurem Lager erfreut haben, und wir werden glücklich leben und einer dem anderen Zauberkünste lehren.«

Sein Gefolge, selbst durch den Dauerregen beunruhigt, zog seines Weges.

Cynthia lag in ihrer Hütte, lauschte auf das endlose Trommeln des Regens und fragte sich, wie lange es noch dauern würde, bis Sanders die Barkasse nach ihr sandte. Da hörte sie Stimmen im Vorzimmer und einen Aufschrei. Sie stand hastig auf, als auch schon die Grastüre beiseite geschoben wurde. Osaku sagte etwas in einer Sprache, die sie nicht verstand, aber die Geste seiner Hand sprach alle Sprachen.

Als sie zitternd in den dunklen Vorraum kam, trat sie auf etwas, das unter ihrem Fuße nachgab, und sie schrie auf... Blut war an Osakus Speer, denn das schwarze Mädchen, das schnarchte, wenn sie von ihrem Liebhaber träumte, schnarchte nicht mehr.

Sie gingen in den strömenden Regen hinaus, Osakus Hand immer auf ihrem Arm. Sie wurde in ein schmales Kanu gestoßen, das fürchterlich schwankte. Der dampfende Paddler trieb sein Fahrzeug das Ufer entlang und bog, plötzlich wendend, in den schmalen Wasserarm ein, der zum See führt. Mit Tagesanbruch kamen sie in breiteres Wasser und zu einer kleinen Insel. Das war nicht der Bestimmungsort, den Osaku in Aussicht genommen hatte, aber das Kanu war halb voll Regenwasser, und obwohl zwei Männer andauernd das Wasser entfernten, konnten sie doch nicht mit dem herunterprasselnden Regen gleichen Schritt halten.

»Hier bleiben wir, Mammi!« sagte Osaku und zog die halbtote Frau aus dem Kanu an Land; sie war steif, wie betäubt und starr vor Furcht.

Unter den triefenden Bäumen flocht man ein rohes Schutzdach aus Gras für sie, und darunter brachte sie, duselnd und ohnmächtig, den letzten Regentag zu. Der See war gestiegen, und es traten gewisse Ereignisse ein, die Osaku und seine Gefährten stark beunruhigten. Denn die vom Regen durchlöcherte Seeoberfläche war von charakteristischem Gekräusel bedeckt, und einmal sah Osaku zwei schimmernde Krokodile aus dem See watscheln und sich an Land niederlegen. Nun pflegt ein Krokodil, wenn es an Land geht, seinen Rachen nach dem Wasser gerichtet zu halten, bereit, bei dem geringsten Alarm ins Wasser zu tauchen, aber diese zwei großen Reptile drehten ihre bösartigen Schnauzen nach dem Lande zu.

Da kam Osaku ein Gedanke.

»Diese Mammi scheint einen größeren Zauber zu besitzen als wir. Ich habe von den Gottesmännern über solche Sachen gehört, und jetzt weiß ich, daß es wahr ist. Die Gelben (Krokodile) sind Ju-Ju für sie; hat Tibbetti nicht eins von ihnen in seiner Hand gehalten? Wenn wir Mammi nichts Böses tun, werden sich diese Biester aus dem Staube machen. Jetzt wollen wir zu der großen Insel fahren, wo sie uns nicht erreichen können, und dann wollen wir tun, wozu wir Lust haben.«

Es befanden sich jetzt zehn Leute auf dieser Insel, die beim Steigen des Wassers immer kleiner wurde. Jeder der vier hatte seine Gefährtin mitgebracht, und von diesen war nur eine freiwillig gekommen. Durch den Nebel ihrer schreckhaften Träume hindurch hörte Cynthia die Klagen und das Jammern der übrigen Weiber und schauerte. Während der Nacht wurde sie durch einen fürchterlichen Laut aufgeschreckt und flüchtete ins Freie. Dämmerung war nahe, und der verblassende Halbmond hing niedrig. Schreie und hartes heiseres Bellen, das Peitschen von Gras und Gebüsch unter schrecklichen Schweifen.

## 3

Durch einen halb wahnsinnig gewordenen Fischer kam Sanders auf die Spur. Beim ersten Sonnenstrahl kam die »Zaire« zur Insel. Bones, das Gewehr in der Hand, sprang an Land. Er begegnete keinem Anzeichen des Fürchterlichen. Nichts als zertretenes Gebüsch, abgebrochene Stämme junger Bäume und ein Blutfleck hie und da. Cynthia allein stand da, die zarte Gestalt straff aufgerichtet, ein stilles Lächeln im Gesicht.

»...mich haben sie nicht angefaßt, weil ich eine Heilige bin... Sie begreifen das natürlich, Mr. Tibbetts. Es war beinahe schrecklich zu sehen, wie sie ins Wasser gezogen wurden, aber die bösen Dinger haben mich einfach überhaupt nicht angerührt. Ich wünschte, Sie würden einen Artikel an die ›Morning Post‹ senden... Überschrift: Die heilige Cynthia!«

Sie lächelte ihn an, mit einem schattenhaften Lächeln, ihre Lippen zitterten, ihre Augen verharrten in beängstigender Starre.

»Die Eingeborenen beten mich an... vergessen Sie das nicht, bitte! Und möchten Sie meinem Schofför sagen, daß ich durchaus bereit bin, nach Hause zu fahren?«

Und dann fiel sie in Bones' Arme, und er trug sie an Bord der »Zaire«.

Eine ganze Anzahl Leute denken, die ehrenwerte Cynthia befinde sich noch immer im dunklen Lande, und in einem Sinne haben sie recht. Aber es ist das dunkle Land, das die Menschen mit dem beschönigenden Namen »Heilanstalt« bezeichnen, und liegt im Norden Londons; dort sitzt Cynthia mit ihrem stillen Lächeln und plaudert zutraulich von Krokodilen und Heiligen.

## *Der Mann der Sheffield haßte*

### I

Jenseits des Waldes der Seligen Träume, der ein fieberverseuchtes Marschland ist, schön fürs Auge, aber todbringend, wenn man ihn durchschreitet, liegen die Jagdgründe des Isisivolkes, und weiter darüber hinaus sind die vorgeschobenen Posten der N'Gombi, eines Stammes, der manchmal die Kleineren N'Gombi genannt wird und manchmal die N'Gombi-Isisi, was so ziemlich dasselbe bedeutet.

Hier lebte in den Tiefen des Urwaldes, der noch von niemand erforscht ist, außer von Jägern und Kautschuksammlern, frei von jeder Berührung mit seinen Nachbarn und schrecklich eifersüchtig auf seine Unabhängigkeit bedacht, ein gewisser Nebenstamm, der die »kahlen Männer von l'Fubi« genannt wird. Sie führten keinen Krieg, stahlen weder Weiber noch Ziegen, lebten ohne Salz und führten ihr Dasein, ohne irgend jemandem zu nahe zu treten.

Einmal im Jahre kam Sanders, nach einem mühsamen Marsch durch den Urwald, auf seiner jährlichen Besuchsreise auch zu diesen eigentümlichsten seiner Schutzbefohlenen. Aber wenn er dort Palaver hielt, um die sich während eines Jahres angehäuften Beschwerden zu hören, erfuhr er nichts, außer, daß irgendein unglücklicher Mann der Isisi oder der Groß-N'Gombi auf ihr Reservat übergetreten sei oder ihre Affen getötet habe. Von Privatstreitigkeiten hörte er niemals; er stellte wenig Fragen und vermutete viel.

Ein Gerücht hatte ihn erreicht, daß ein Mann dieses Stammes sein Weib mit großer Grausamkeit geschlagen und seinem Häuptling getrotzt habe. Aber als Sanders diesem nachging und erwartete, Klagen wider den Rebellen zu hören, wurde keine Klage vorgebracht. Und als Sanders auf das vorsichtigste fragte, was diesem Manne zugestoßen sei, sagte man ihm lustig, er sei an der Krankheit »Mongo« gestorben, und zeigte dabei auf sein seichtes Grab, auf dem die zerrissenen Streifen seines Hüftentuches schwach im Winde flatterten und die zerbrochenen Kochtöpfe seines Haushaltes zerstreut herumlagen. Sie zeigten ihm auch den Platz, auf dem seine Hütte gestanden hatte; und alles, was Sanders jetzt davon sehen konnte, war ein heruntergebrochenes Dach, halb durch Elefantengras verborgen, und klüglicherweise betrieb er seine Nachforschungen nicht weiter. Die »Krankheit Mongo« konnte irgend etwas bedeuten, von Beriberi bis zu dem blitzenden gekrümmten Henkermesser, das dauernd an dem Eingang der Hütte des alten Häuptlings hing.

Diese kahlköpfigen Männer – und es ist eine merkwürdige Tatsache, daß sogar die Köpfe der Jugend dieses Stammes wie poliertes Ebenholz glänzten – verursachten niemals eine Störung; sie trugen niemals Speere, um ihre Nachbarn damit zu töten; sie bezahlten regelmäßig ihre Steuern; sie waren sauber und fleißig; und wenn sie geheime Gebräuche übten und sonderbare Heiltränke brauten, von denen kein anderes Volk am Fluß jemals gehört hatte, gab es doch bei ihnen, soviel man wußte, kein Zur-Ader-Lassen; und sie dienten einem höchst nützlichen Zweck, indem sie in ihrer Eifersucht als Wächter der »Pans« dastanden, die sich als unnatürlich anmutende Ebene, bar jedes Strauches oder Baumes, hinter dem Walde in einer Länge von vierzig Quadratmeilen ausdehnten. Unter den Europäern der Küste ging das Gerücht, daß die Pans reich an Alluvialgold seien. Gewiß unternahm es das Government niemals, die Wahrheit dieses Gerüchtes zu prüfen, weil es die Gewißheit eines Zuflusses ganz unerwünschter Leute, die jeder Entdeckung von Gold auf dem Fuße folgten, gegen eine solche Entdeckung in die Waagschale warf.

In dieses stille Land kam ein Weißer, der sich Odwall nannte. Sein Name war ursprünglich Obenwitsch gewesen. Aber aus Gründen, die nur er selber kannte, hatte er sich verengländert, hatte seinen Bart abgenommen, den er sonst zu tragen pflegte, und verlief sich, auf diese Weise äußerlich verändert, in die Gegend der Pans, die nur durch das Land der Kahlköpfe zugänglich war. Diese stillen Seelen, die glaubten, daß es nur drei weiße Männer in der Welt gäbe, nahmen Mr. Odwall mit der ergebenen Hochachtung der verwirrten Verwunderung auf, die eine Kirchengemeinde einem zweiten und bisher unvermuteten Erzbischof von Canterbury entgegenbringen würde.

Obenwitsch setzte sich und sprach in ihrer eigenen Sprache zu ihnen; und sie gaben ihm zu Ehren ein großes Fest und einen Tanz junger Mädchen; und sie erzählten ihm von ihrem Geheimnis und warum ihre Köpfe kahl seien. Aber das interessierte ihn weiter nicht, noch war er sonderlich ergriffen, als der alte Ch'uga, der Dorfhäuptling, ihm im geheimen, im Flüstertone und in der dunkelsten Ecke seiner Hütte, erzählte, daß ein neues Kraut aufgefunden worden sei, das den Wahnsinn heile. Denn die Kahlköpfe sind sehr erfahren im Gebrauche von Kräutern, und weil sie das sind, sind sie kahl, wie wir bald erfahren werden.

Geschickt und allmählich lenkte er das Gespräch auf die Pans und den gelben Staub, der aus der dunklen Erde gewaschen werden könne; aber beim ersten Worte darüber schüttelte Ch'uga den Kopf.

»Herr«, sagte er etwas betroffen, »über diese Dinge reden wir nicht, Sandis, unseres Vaters, wegen; noch graben wir in der Erde, denn auch das ist verboten. Und wenn fremde Männer kommen und kleine Löcher in den Boden graben, dann bekämpfen wir sie mit unseren Speeren, und sie laufen fort.«

Mr. Obenwitsch (wir nennen ihn besser Odwall) war schrecklich interessiert daran, stellte aber keine weiteren Fragen. Er brauchte nach seiner Berechnung wenigstens drei Monate, um besser mit dem Häuptling bekannt zu werden, und er hatte Zeit, das abzuwarten.

Es traf sich unglücklich für ihn, daß er am nächsten Morgen, als er durch die baumbestandene Dorfstraße schlenderte, einem anderen weißen Manne begegnete, der aus dem Walde kam und der von sechs Soldaten in rotem Tarbusch begleitet war. Mr. Odwall fiel nicht in Ohnmacht; er zog eine kleine Grimasse, die man hätte versucht sein können, für ein Lächeln zu halten, und faßte an den Rand seines nicht allzu feinen Tropenhelmes. »Guten Morgen, Herr Distriktsgouverneur! Mein Name ist Odwall...«

»Ihr Name ist Obenwitsch«, antwortete Sanders mit seinem harten Lächeln. »Vor drei Jahren hatte ich die Genugtuung, Sie mit einem Tritt aus diesem Lande hinauszubefördern, und ich habe die Idee, daß ich dieses Verfahren wiederholen werde; aber diesmal, denke ich, wird der Tritt etwas stärker ausfallen.«

Mr. Odwall war beinahe einen Kopf größer als der muntere Distriktsgouverneur, untersetzt und hatte etwas von einem rohen Boxer an sich. Aber er nahm die Drohung sanft auf, und nicht nur die Gegenwart der Soldaten hielt ihn zurück.

»Sie befinden sich ohne Erlaubnis in den reservierten Gebieten«, sagte Sanders, »und das wird wohl nicht das einzige sein... Darf ich Ihr Gepäck sehen?«

Das Gepäck, das aus einem abgenutzten Handkoffer bestand, wurde aus des Häuptlings Hütte gebracht (alle kahlköpfigen Männer standen umher, hielten ängstlich ihre Seiten und wunderten sich, was wohl käme). Sanders öffnete den Koffer und kehrte den Inhalt um. Darin befand sich eine Viertelflasche Kornschnaps; an dieser roch er und goß danach den Inhalt auf die Erde.

»Sie tragen Spirituosen bei sich, und das in einem verbotenen Bezirk«, sagte Sanders kurz, »und ich werde Sie bestrafen.«

»Hören Sie, Sanders! Sie verfahren etwas sehr willkürlich...«

»Sie können freiwillig mitgehen, oder Sie können in Fesseln mitgehen«, unterbrach Sanders. »Ich wünsche keine Auseinandersetzung mit Ihnen.«

Mr. Obenwitsch ging als Gefangener unter Bedeckung zum Fluß und wurde dem Gefängnis überwiesen.

Sanders erklärte den Kahlköpfen nicht, warum er seinen Landsmann mit sich genommen hatte, denn es war seine Aufgabe, die Flagge des Europäertums hochzuhalten, und Mr. Odwall kannte ihn genügend, um dieser Zurückhaltung sicher zu sein. Er saß seine sechs Monate ab und wurde nach England zurückgebracht, denn er war britischer Untertan. Aber in seinem Inneren blieb kein Haß gegen Sanders zurück, denn Walter Odwall war ein gewohnheitsmäßiger Übertreter des Gesetzes, und solche Leute respektieren die gesetzmäßige Gewalt.

Er kam mit gerade genug Geld nach London, um seine Wohnung in einem Erdgeschoß der Jermyn-Straße zu mieten und mit einem angesehenen Papierhändler ein Abkommen über gewisse Drucksachen zu treffen.

Sechs Monate hatte er im Gefängnis damit zugebracht, Pläne zu machen und wieder zu verwerfen, und sein Unternehmen war lückenlos in jeder Hinsicht bis auf eins, und diesem Mangel konnte leicht abgeholfen werden. Er rief einen Geldmann zu sich.

Er hatte Mr. Wilberry in einem jener gesellschaftlichen Kanäle kennengelernt, die man irrtümlicherweise als Nachtklubs bezeichnet. Kanäle in der Tat, denn hier mischt sich das Giftgas unechter Boheme mit dem guten roten Blut des Handels mit verheerender Wirkung. Mr. Wilberry war ein gutgestellter Fabrikant, dessen bedeutendste Eigenschaft sein Haß gegen Sheffield war. Sein Haß nahm derart Besitz von ihm, daß er einen Umweg von hundert Meilen gemacht hätte, um diese Stadt zu vermeiden. Wenn er an den Leiter seiner Fabrik (die unzweifelhaft in Sheffield lag) schrieb, mußte sein Sekretär die Adresse schreiben – das Wort war ihm so verhaßt, daß er es nicht schreiben konnte.

Er war nicht nur Fabrikant, sondern auch Versuchschemiker. Er besaß einen sehr hohen wissenschaftlichen Rang, und sein Steckenpferd war eine neue Sorte Stahl, die den ganzen Handel umwälzen sollte. Wenn man der Wahrheit die Ehre geben will, war er ein besserer Geschäftsmann als Wissenschaftler. Und als er, unter Kosten von hunderttausend Pfund, mit Siegesgeschrei einen Stahl herstellte, der gleichzeitig fleckenlos und hämmerbar war, und Sheffield das Vorrecht (gegen eine kleine Abfindung, die ein selbstloser Statistiker auf drei Millionen jährlich schätzte) anbot, diesen Überartikel herzustellen, verhielt sich Sheffield zuerst ganz teilnahmslos, später skeptisch. Sheffield stellte Prüfungen an und zwar mit unglücklichem Ergebnis; und das Ende vom Liede war, daß sich die Sheffield-Fabrikanten zu einem Rat versammelten und dabei, unterstützt und geleitet von ihren technischen Fachleuten, sehr geringschätzig über Wilberry-Stahl sprachen und sich weigerten, diesen zu kaufen oder herzustellen. Und hiermit endete diese Angelegenheit, soweit sie die Sheffielder betraf.

Mr. Wilberry vergab Sheffield niemals. Er haßte Sheffield mit einem Haß, der allen jenen unverständlich bleiben muß, die ihr Kind nicht von grausamen, erbarmungslosen Händen hingemeuchelt gesehen haben. Er verkaufte seinen Grundbesitz in der Nähe der verhaßten Stadt und er hätte selbst seine umfangreichen Werke geschlossen, nur – er war ein Geschäftsmann, und das wäre ganz ungeschäftsmännisch gewesen. Er ließ sich in Surrey nieder, mit einem großen Laboratorium, in dem er irgendwelche wissenschaftlich gebildeten jungen Herren anstellte, die dieselbe Ansicht über Wilberry-Stahl hatten wie er selbst.

Odwall hatte diesen Gentleman für seine großen Pläne ausersehen. Er selbst wußte wenig oder gar nichts über Stahl. Aber während er im Gefängnis war, hatte er den Vorteil gehabt, Band XIV des Sachwörterbuches der Gefängnisbibliothek zu lesen, und ein sorgfältiges Studium des Artikels über Eisen sagte ihm, daß jede Geschichte, die er über ein Erzlager in den Schutzgebieten erzählen könnte, nicht die geringste Begeisterung in Mr. Wilberrys Busen erwecken würde. Denn Eisen muß nahe bei Kohle gefunden werden, und es muß eine gute Beförderungsmöglichkeit vorhanden sein.

In seinem dumpfen kleinen Wohnraum, von dem aus man die Jermyn-Straße überblickte, legte er seinen Plan dar.

»Gold interessiert jeden«, sagte er, »es interessiert Sie, Mr. Wilberry, es interessiert den Jungen auf der Straße...« Er ging weiter und erzählte die Geschichte der Pans, und seine Zuhörerschaft war hingerissen.

Mr. Wilberry war ein zum Schwitzen neigender Mann mit einem roten Gesicht, der dicke Zigarren rauchte und weiße Gamaschen und einen Diamantring trug. Kleine Augen und kleiner schwarzer Schnurrbart vollenden die Beschreibung. Er war sehr reich und sehr skeptisch, bis Mr. Odwall ihm einen kleinen Beutel mit stumpfgelben Körnern zeigte.

»Es gelang mir, einen Eimer voll Erde auszuwaschen, und das habe ich daraus gewonnen«, sagte er ernst.

Der interessierte Geldmann fragte nicht, wie es Mr. Odwall gelungen war, seinen Fund durch die strengen Untersuchungen hindurchzuschmuggeln, die einen Teil der Gefängnisdisziplin bilden. Wenn er gefragt hätte, wäre ihm eine sorgfältig ausgearbeitete Lüge erzählt worden, denn das Gold war auf Odwalls Rückreise von einem Manne in Dakar gekauft worden.

»Es kommt mir nicht darauf an, ein paar Tausend hineinzustekken«, sagte Mr. Wilberry. »Diese dickköpfigen Sheffielder Schweine haben mich beinahe zugrunde gerichtet, und eines Tages, mein Junge, werde ich's ihnen zurückzahlen. Ich gäbe eine halbe Million darum, wenn ich diesen Gaunern den Hals umdrehen könnte.«

Sein Vermögensstand stimmte nicht zu dem Einwand, daß er arm sei; aber Odwall war nicht der Mann, der bei einer Inkonsequenz stutzte.

Sein Plan war einfach.

»Da ist so ein Schnösel von Offizier«, sagte er, »der auf alles reinfällt, was man ihm erzählt. Im Juni geht Sanders den Ochori rauf, zu seinen Palavern mit den nördlichen Häuptlingen, und er wird Hauptmann Hamilton mitnehmen.«

Odwall erläuterte Hamiltons Stellung und Persönlichkeit.

»Diesmal werde ich drei Monate freies Spiel im Gebiet haben, und wenn ich auf die richtige Seite dieses Knaben Tibbetts komme, werde ich meine Mutungen gesteckt und gebucht haben, ehe Sanders zurück ist.«

»Kennt dieser Tibbetts Sie?«

»Das ist nicht möglich! Er war nicht da, als Sanders mich den

Fluß hinunterbrachte, und er war nicht im Gebiet, als ich dort Handel trieb. Überlassen Sie das nur *mir*!«

2

Bones war von nichts so sehr überrascht wie von der Unfähigkeit seines vorgesetzten Offiziers, seine unzweifelhaften musikalischen Talente zu würdigen. Aber der Brief, den er von »Mr. Walter Bagen« erhielt, kam so unerwartet und war in seiner Art so ungewöhnlich, daß Leutnant Tibbetts von den Königshaussa eine ganze Nacht damit zubrachte, seine eigene Seele zu segnen. Nichtsdestoweniger verlor er keine Zeit und antwortete sofort.

»Geehrter Herr!« schrieb er. »Ich habe die Ehre, den Empfang Ihres Briefes zu bestätigen. Vom 15ten ultimus. Ich danke Ihnen auch, daß Sie auf mich Bezug nehmen als große Autorität über den Gegenstand der Archäologie. Ich werde Aufzeichnungen von irgend etwas Ungewöhnlichem in der Richtung Römischer Überbleibsel machen. Ich danke Ihnen dafür, daß Sie mich zum Mitglied der Central-Afrikanischen Archäologischen Gesellschaft gemacht haben, und Sie können sich darauf verlassen, daß ich alles tun werde, um dem Siegeslauf der Gesellschaft zu helfen.

Aufrichtigst
A. Tibbetts, Leutnant
M. d. C. A. A. G.

Beim Frühstück erwähnte Bones wie zufällig seine neue Ehrenstellung.

»Mitglied wovon?« fragte Hamilton, Spannung in seinem gebräunten Gesicht.

»Von der Central-Afrikanischen Archäologischen... nun, Sie wissen schon, lieber Offizier... Fossile und so was...« Bones hustete und sah ernst und innerlich von seiner Bedeutung überzeugt aus. »Ich würde nicht ein bißchen überrascht sein, wenn ich nicht einen von diesen netten alten Vögeln finden sollte, die in prähistorischen Tagen, Ham, sozusagen als Sie noch ein Kind waren, herumzufliegen pflegten. Und römische Überbleibsel...«

»Wollen Sie einen Haufen Mist über diese Sachen schreiben?« fragte Hauptmann Hamilton grob.

Bones hob seine Brauen und sah verletzt aus.

Der Essay über »Römische Fossilien« erblickte niemals das Licht der Öffentlichkeit, weil Mr. Bagen, alias Odwall, an Archäologie nicht wirklich interessiert war. Und weil diese Gesellschaft nur auf dem Briefpapier existierte, das Odwall lediglich zu dem Zwecke hatte drucken lassen, um Bones die Mitgliedschaft dieser Gesellschaft zu übertragen.

Der Brief, der darauf ankam, und der in tiefer Prägung den Briefkopf trug:

Institut der Central-Afrikanischen Archäologischen Gesellschaft

943 *Jermyn-Straße.*

Präsident: Der Herzog von...

Sekretär: Walter S. Bagen, F. C. A. A. S.,

bestätigte den Empfang von Bones' Essay, »der in den Veröffentlichungen der Gesellschaft gedruckt werden würde«, und unterrichtete Bones wie folgt:

»Es ist die Absicht der Gesellschaft, eine kleine Anzahl Wissenschaftler in nächster Zeit an die Küste zu senden. Gleichzeitig wird Seine Durchlaucht der Präsident oder der Schreiber dieses bemüht sein, vorzusprechen und Ihnen den Glückwunsch der Gesellschaft zu Ihrem bewunderungswürdigen Beitrag zu unserer Kenntnis eines verborgenen und fesselnden Gegenstandes übermitteln.«

An einem heißen Junitage schritt der Vertreter der Central-Afrikanischen Archäologischen Gesellschaft langsam den Strand hinauf, an dem er in einem Brandungsboot gelandet war. Er hatte ein Gebet auf seinen Lippen, daß nichts Herrn Sanders' Abreise verhindert haben möchte. Mr. Odwall trug einen weißen Drellanzug und einen weißen Tropenhelm, seine Schuhe waren weiß, kurz, er war eine Illustration wissenschaftlicher Unbeflecktheit in Person. Seine dicken horngefaßten Augengläser, nicht minder das dicke Buch, das er unter dem Arm trug, gaben ihm ein ernstes und gelehrtes Aussehen.

»Sandi ihm nich leben hier, Herr!« sagte der Haussasergeant, der ihn auf halbem Wege traf. Das befreite Mr. Odwall von einer schweren Sorge.

»Militini ihm nich leben hier, Herr, ihm gehn lange Zeit flußauf. Mistah Tibbetti Sie sehn ihm, Herr?«

Odwall sprach genügend Küstenarabisch, zog es im Augenblick aber vor, als unbekannt mit dem Lande und seiner vielen Mundarten zu erscheinen.

Bones lag auf einem Liegestuhl auf der Veranda, seine großen Füße erhöht auf dem Geländer. Beim Erblicken des Besuchers räkelte er sich auf.

»Segen auf meine Seele, lieber alter Sekretär!« japste er, als ihm die Ehre, die ihm widerfuhr, offenbar wurde. »Hatte niemals die geringste Idee, daß Sie kommen würden...«

Er sprach ein wenig unzusammenhängend. Mr. Odwall entnahm daraus, daß man ihn mit Musik empfangen hätte, wenn seine Ankunft vorher angekündigt worden wäre.

Beim Frühstück wurde Bones archäologisch.

»Niemand hat je zuvor diese netten alten Plätze in diesem Lande erforscht. Römische Ruinen! Da existiert so 'ne Sorte Viadukt oben im l'Fubilande... Sie wissen schon, Sir, eine Art Brücke, über die das Wasser läuft... schrecklich römisch! Und da gibt's noch 'ne endlose Menge von...« Bones gestikulierte krampfhaft mit seinen Händen... »eine Art von... Ich weiß nicht, was, der nette alte Schwibbogen... wie man ihn nennt... Es ist so 'ne Sorte Brunnenanlage... und doch is es kein Brunnen. Wenn Sie verstehen, lieber alter Herr... Es ist eine Art Wall... nicht grade 'ne Mauer...«

»Ich verstehe vollkommen«, sagte Mr. Odwall ernst, »es ist das, was wir einen Obelisken nennen.«

»Das ist's! Sie haben das Wort gefunden, das ich mir auszudenken versuchte.«

An diesem Abend lancierte Mr. Odwall versuchsweise einen Plan.

»Ja–a«, sagte Bones, nicht gerade entzückt. »Sie könnten raufgehen, natürlich... Ich müßte natürlich den Distriktsgouverneur fragen.«

»Ich habe einen Erlaubnisschein vom Kolonialamt«, deutete Mr. Odwall an.

Zwar besaß er etwas Derartiges nicht, aber er hatte ganz richtig vorausgesetzt, daß er unter diesen Umständen nicht dazu aufgefordert werden würde, dieses Dokument vorzuweisen.

Bones war erlöst.

»Wenn Sie *das* haben, lieber alter Archäologe... Hm... Warum... Natürlich können Sie dann gehen. Ich ginge gern mit Ihnen, aber ich sitze hier gewissermaßen fest, bis Mr. Sanders zurückkehrt.«

Odwall mietete am nächsten Morgen Paddler, lud seine Habe in die Mitte des Kanus und machte sich, höchstselbst bequem unter einem schirmenden Dach von Palmblättern untergebracht, auf seine Reise. Nach sieben Tagen landete er an einem den Pans am nächsten Ort und setzte seinen Marsch durch den Urwald fort. Am zwölften Tage erreichte er das Dorf der Kahlköpfigen und wurde überschwenglich bewillkommnet.

Den größeren Teil einer Woche hielt er sich im Dorfe auf, indem er die meiste Zeit dazu verwandte, in der Einsamkeit der Pans herumzuwandern. Aber überall, wohin er ging, begleitete ihn der alte Häuptling.

»Gebieter, an diesen Ort zu gehen, ist nicht gut!« sagte der alte Mann. »Denn dort sind Geister, und schreckliche Ju-Jus hausen in der Erde. Auch hat Sandi, unser Gebieter, befohlen, daß kein weißer Mann hierher gehen soll, wegen des Übels, das daraus entstehen wird. Komm mit mir in die grünen Wälder, und ich werde dir eine kleine Blume zeigen, die den Männern großen Mut gibt, wenn sie beim Mondschein gepflückt und in einem großen Topfe gekocht wird...«

Mr. Odwall hatte ein solches Reizmittel nicht nötig. Was er nötig hatte, lag in der schwarzen Erde.

Sein Aufenthalt hatte beinahe vierzehn Tage gedauert. Er hatte sich auf schlaue Weise einen Eimer voll Erde verschafft und diese gewaschen, ohne indessen die geringste Spur von Gold darin zu entdecken. Da kam eines Nachts der alte Häuptling zur Tür der Hütte, vor der Mr. Odwall saß und verdrießlich das häusliche Treiben des Dorfes beobachtete.

»Herr!« sagte dieser in seiner geheimnisvollen Weise, »weil du ein Freund Sandis bist, will ich dir einen großen Schatz geben.«

Der Häuptling sah sich um, um zu sehen, ob man ihn belauschen könnte, und Mr. Odwalls Herz hüpfte vor Freude.

»Dieses ist unser Geheimnis, wie du weißt. Es wurde mir von meinem Vater, dem großen Häuptling K'suro, anvertraut, und ich werde es auch meinem Sohne mitteilen, wenn die Hand des Todes auf meinem Gesichte liegt.« Er holte unter seiner Häuptlingskleidung aus schmutzigen Fellen einen kleinen Topf hervor, der bis zum Rande mit einer gelbgrünen, in ihrer Zusammensetzung der Butter ähnlichen Masse gefüllt war. Mr. Odwalls Gesicht wurde lang. In einem Augenblick wilden Jubels hatte er erwartet, die dürre Hand würde mit einem kleinen Beutel Gold unter dem Gewande hervorkommen.

»Dieses ist unser Wunder!« sagte der Häuptling mit gedämpfter Stimme. »Mit seiner Hilfe unterscheiden wir uns von allen anderen Männern.«

Er ergriff seines Gastes widerwillige Hand und schmierte etwas von der grünen Butter auf den haarigen Arm; dann wischte er mit dem Saum seines Gewandes darüber. Wo Haare gewesen waren, zeigte sich jetzt eine glatte Oberhaut.

»Durch diesen Zauber sind wir kahl«, sagte der alte Häuptling, der glücklicherweise von dem aufsteigenden Ärger des anderen nichts ahnte. »Dieses gebe ich dir, weil es wunderbarer ist als sonst etwas auf der Welt.«

Mr. Odwalls erster Gedanke war, dem alten Manne den Topf an den Kopf zu werfen, aber er beherrschte sich und stellte den kleinen Topf auf den Erdboden.

»Das ist gute Rede und feiner Zauber, Häuptling!« sagte er lebhaft. »Aber ich habe von anderen Wundern dieses Waldes gehört, zum Beispiel von dem gelben Staube, der aus der Erde kommt. Nun sage ich dir, daß ich in meinem Lande ein sehr großer Häuptling bin. Ich habe viele Sklaven und große Reichtümer, und ich schlafe jede Nacht auf einem feinen Fellbett. Und wenn du mir die Wahrheit sagst, wo dieser gelbe Staub liegt, dann will ich dich zum reichen Manne machen. Der Wald soll voll sein von deinen Ziegen und der Häuser deiner Weiber so viele, daß sie ein Dorf ausmachen.«

Ch'uga, der Häuptling, war sichtlich beunruhigt.

»Herr, ich weiß nichts vom gelben Staub«, sprach der Häuptling bedrückt, »noch darf ich von solchem sprechen, denn das ist Sandis Befehl. Einmal kam ein Mann an das dritte Loch und nahm Staub mit sich fort, und das war ein schlimmes Palaver, denn Sanders folgte ihm bis ans Ende der Welt und fing ihn. Laß mich dir von unserer sonderbaren Schmiere erzählen und wie wir sie herstellen! Zuerst nehmen wir Ziegenfett und kochen es in einem großen Topf, mit den roten Beeren...«

Mr. Odwall gähnte. »Erzähle mir das morgen, Häuptling!«

Er hatte alles in Erfahrung gebracht, was er zu wissen wünschte. Das dritte Loch, das war die dritte seichte Pfanne vier Meilen entfernt. Als in dieser Nacht das Dorf schlief, schlich er sich aus seiner Hütte fort. Er trug einen Segeltuchsack, der eine große Kelle enthielt. Odwall bewegte sich behutsam vorwärts, damit ihn der Wächter nicht sehen könne, ging durch einen Streifen Waldland und kam zu der Einöde. In einem großen Bogen gelangte er zum »dritten Loch«. Der Erdboden war weich und bröcklich und gab der Kelle ohne besonderen Kraftaufwand nach.

Er kam bald durch die Oberschicht hindurch und stieß auf das, was er für die Alluvialschicht hielt; er öffnete den Sack und füllte ihn halb. Dann prüfte er dessen Gewicht; er konnte ihn zurück ins Dorf tragen und dort die Erde nach seinem Belieben waschen. Er war aufgestanden, hatte schon den Hals des Sackes zugedreht, um sich ihn auf die Schultern zu schwingen, als er sich umwandte und im Mondenlicht eine Gestalt dastehn sah. Es war der alte Häuptling.

»O Ko!« sagte Ch'uga düster. »Das ist ein schlimmes Palaver, und ich werde Sandi diese traurige Neuigkeit senden. Herr, willst du deinen Sack leeren?«

»Nichts leeren!« knurrte Odwall. Dann versuchte er auf Bomongo seine Gegenwart zu entschuldigen. Aber als er am Wächter der Pfannen vorbei wollte, ergriff der alte Mann ihn sehr sanft, aber sehr fest am Arm.

»Herr, du gehst von hier nicht fort.«

Odwall versuchte, sich ihm zu entwinden, und da er das, beladen, wie er war, schwierig fand, ließ er seinen Sack fallen und stieß den alten Mann zurück. Er sah einen schimmernden Schlachtspeer warnend erhoben und schlug mit seiner scharfkantigen Kelle wild zu. Der Schlag traf, der alte Mann brach in die Knie und fiel als lebloses Bündel zusammen.

Odwall verfluchte seine Torheit, kniete nieder und legte den Häuptling auf den Rücken. Die Wunde blutete heftig, und beim Anblick des leblosen Gesichtes fühlte der Abenteurer, wie ein kalter Schauer über seinen Rücken lief. Wenn Sanders ihn jetzt erwischte, würde er erbarmungslos mit ihm verfahren. Ein Baum, ein Strick, und sein Name wäre ausgelöscht und vergessen.

Odwall nahm ein Taschentuch und verband die Wunde, so gut er konnte. Dann nahm er seinen Sack auf und ging, naß von Angstschweiß, zum Dorf zurück, packte seinen Koffer und schlug den Weg zur Küste ein.

Drei Tage plackte er sich ohne Träger in der glühenden Hitze der tropischen Sonne, jeden Augenblick gewärtig, das Patschen von Füßen hinter sich zu hören; er schlief im Gehen, wenn er unter der schweren Last seines Schatzes vorwärts stolperte.

Endlich gelangte er an den Ort, wo er seine Paddler zurückgelassen hatte. Kaum hatte er ohne viele Umstände Sack und Koffer auf den Boden des Kanus geworfen, als er selbst auch schon wie ein Klotz auf seinen Platz am Heck sank; noch ehe die Paddler ihren Singsang begonnen hatten, war er eingeschlafen. Als er aufwachte, war es früh am Morgen, und das Kanu war bei einem kleinen Gehölz festgemacht. Er sah den roten Schein des Feuers und streckte seine Hand nach dem Sacke aus, der ihn soviel gekostet hatte. Der Sack war fort.

Sein heiserer Wutschrei trieb den Vormann der Paddler zu ihm.

»Herr, es war doch nur Erde, und belastete das Kanu zu sehr; denn nahe dem Isisifluß sind die Wasser wild, darum warfen wir den Sack über Bord.«

Odwall wütete, lief das Ufer auf und nieder wie ein Wahnsinniger, verfluchte die Paddler, verfluchte Sanders, verfluchte alles außer seiner eigenen sinnlosen Torheit.

Bones ging hinunter, um das Kanu anzutreffen, sobald es in Sicht kam. Er war bestürzt von dem unheimlichen Aussehen des Mannes.

»Lieber alter Astrologe!« rief er aufs höchste beunruhigt. »Sie haben Fieber, lieber Sekretär! Lassen Sie mich Ihnen etwas Chinin geben...!«

»Wann fährt der nächste Dampfer ab?«

»Heute. Haben Sie die römischen Ruinen gefunden? Dieses...« Bones' Hände fuchtelten herum.

»Ja, ja ich hab's gefunden«, sagte der andere ungeduldig. Er atmete auf, als er erfuhr, daß Nachrichten über sein Verbrechen noch nicht an die Station gelangt waren. Vielleicht war Ch'uga gar nicht tot. Diese alten Eingeborenen waren zäh wie Draht.

»Wollen Sie nicht warten und den Distriktsgouverneur sprechen? Er kommt morgen zurück.«

»Morgen?« Odwall schrie das Wort beinahe. »Nein, nein, ich muß heute noch fort. Sie sagten doch, der Dampfer fährt heute ab?«

Mit dramatischer Geste deutete Bones auf die See. Ein großer deutscher Dampfer hatte Anker geworfen, und das Brandungsboot wurde zu Wasser gelassen.

Die Abreise Mr. Walter Bagens, des Sekretärs der Central-Afrikanischen Archäologischen Gesellschaft, war ihrer Natur nach etwas wie eine Enttäuschung für Bones, der eine Menge interessanter, aber ungenauer Nachrichten über eine unerwiesene griechische Besiedelung des Landes gesammelt hatte; diese waren hauptsächlich auf das Vorhandensein einer korinthischen Säule gegründet, die die Veranda des Wohnhauses der Station stützte und die, um bei der Wahrheit zu bleiben, von Sanders' Vorgänger ins Land gebracht worden war.

Nicht eher, als bis die flachen Ufer der Flußgebiete unter den Horizont des Ozeans gesunken waren, fühlte sich Mr. Odwall beruhigt.

Der Dampfer berührte keinen anderen britischen Hafen, bis er Plymouth anlief. Und nun konnte Odwall an die Erfindung einer Geschichte gehen, die seinen Geldgeber befriedigen sollte.

Mr. Wilberry kam zu dem wieder bewohnten Erdgeschoß in der Jermyn-Straße. Er war sich bewußt, daß er die Geschichte eines Fehlschlages hören würde, denn er war ein Geschäftsmann und durchaus befähigt, einen Brief zu deuten, der anfing: »Wie Sie sehen, bin ich zurückgekehrt; und obwohl die Ergebnisse meines Besuches nicht alle so waren, wie ich gern gewünscht hätte...«

»Ich werde Ihnen die Wahrheit sagen«, erklärte Odwall, als der Mann mit dem roten Gesicht sich bequem in dem einzigen, ziemlich geräumigen Lehnstuhl niedergelassen hatte.

Merkwürdig genug, die Geschichte, die der zurückgekehrte Wanderer erzählte, war inhaltlich wahr – es war die einfachste und glaubwürdigste Erklärung seines fruchtlosen Versuches.

»Pech!« sagte Mr. Wilberry, der schon früher Geld verloren hatte. »Aber ich hätte geglaubt, der alte Vogel würde Ihnen geholfen haben, wenn Sie ihm Geld genug gegeben hätten.«

Odwall schüttelte den Kopf. »Sie kennen den Einfluß nicht, den dieses Schwein, der Sanders, auf die Eingeborenen ausübt.« Und dann fiel ihm etwas ein. »Hier ist etwas, das Sie interessieren wird.«

Odwall ging in sein Schlafzimmer und kam mit einem kleinen

Krug eingeborener Machart zurück; er nahm das Ölpapier ab, mit dem er den Inhalt bedeckt hatte, und zeigte die gelbgrüne Salbe.

Mr. Wilberry runzelte die Stirn. »Ein Enthaarungsmittel? Ist es brauchbar?«

»Brauchbar?« Odwall lachte. »Es ist jetzt halb leer. Ich habe es auf der ganzen Rückreise von Afrika gebraucht, um mir das Rasieren zu ersparen.«

Wilberry streckte seine Hand aus, nahm den Topf, strich ein wenig auf das Haar neben seinem Ohre und wischte es mit seinem Taschentuch ab. Ein kahler Fleck zeigte, wo die Salbe gewirkt hatte.

Wilberry hielt seinen Atem an.

»Kennen Sie die... die Formel seiner chemischen Zusammenstellung?« stieß er atemlos hervor.

Odwall schüttelte den Kopf. »Nein...! Darum habe ich mich nicht gekümmert. Sie können's ja analysieren lassen...«

»Analysieren? Es ist ein Pflanzenerzeugnis, Sie Narr. Analytiker können uns gar nichts sagen. Hat er Ihnen die Zusammensetzung angeboten?«

»Ja. Aber damit konnte ich mich nicht befassen. Ich war hinter Gold her...«

Wilberry rang seine fleischigen Hände in Verzweiflung. »Mein Gott!« heulte er und wandte sich mit flammenden Augen zu dem Abenteurer. »Sie hirnloser Narr, Sie! Sie riesenhafter, hirnloser Narr!« schrie er. *Gold* wollten Sie? Und Sie hatten es!« Er hielt das Gefäß hoch. »Haben Sie eine Vorstellung von dem, was Sie hier haben? Was wir hätten haben können? Wenn ich die Zusammensetzung davon wüßte, könnte ich Sheffield zugrunde richten! Kein einziges Rasiermesser könnte mehr verkauft werden... O, Sie kurzsichtiger Narr!«

»Aber... aber...« stammelte der andere.

»Aber! Aber!« äffte sein Geldgeber wütend nach. »Dieser Topf war eine Million Pfund in Gold wert... Er war zehn Millionen wert... Ich hätte halb Sheffield um Gnade bettelnd zu meinen Füßen gehabt. Denn die Formel für dieses Mittel hätte jedes Rasiermesser aus dem Handel verdrängt und jede Sicherheitsrasiermesser-Gesellschaft der Welt! Gold? Das hier ist Gold! Unter Ihrer häßlichen Nase! Und *Sie* konnten's nicht sehn!«

### 3

Es ist eine sonderbare Tatsache, daß weder Bones noch Sanders den unzeitigen Tod des alten Häuptlings mit dem Besuch des Sekretärs der großen Archäologischen Gesellschaft in Verbindung brachten. Sanders ging auf die Suche nach dem weißen Mann und erfuhr nun aus den Beschreibungen, die man ihm machte, daß Mr. Odwall auf irgendeine Weise in das Gebiet zurückgekehrt und wiederum entwischt war.

»Ich weiß nicht, ob es ein Zeichen der Trauer oder ob es einer anderen Ursache zuzuschreiben ist, aber das kahlköpfige Volk ist nicht mehr kahlköpfig«, sagte Sanders nach dem Essen am Abend nach seiner Rückkehr. »Anscheinend gebrauchten sie 'ne Sorte Zeugs, das der alte Häuptling machte und dessen Geheimnis er seinen Leuten nicht weitergab. Nun ist der arme alte Kerl fort, die kahlen Kerle werden wieder ganz normal. Sie sollten das Ihrer Archäologischen Gesellschaft mitteilen, Bones!«

Ein Rat, dem Bones folgte, aber der Brief kam zurück mit dem Vermerk: »Abgereist, Adressat unbekannt.«

## *Die Freudensucher*

### I

Die »Zaire« hatte einmal den Inseln der Freude einen Besuch abgestattet, einer Gruppe von sechs Inseln, keine größer als eine Meile im Umfang und zwei von ihnen nur halb so groß. Sie waren unbewohnt. Denn obwohl dort Wasser und eine üppige Vegetation vorhanden waren, gab es da weder Affen noch Ratten, nicht einmal Schlangen. Vor langer Zeit hatten einst die Portugiesen dort einen Posten errichtet, die grauen Ruinen eines kleinen Forts waren noch sichtbar, und Anzeichen bebauter Felder waren auch da. Aber niemand zeigte Sehnsucht nach diesen Freudeninseln; ihre geographische Lage rechtfertigte nicht einmal die Errichtung einer Kabelstation. Bones hatte gedroht, vierzehn Tage auf eine botanische Exkursion zu gehen – das war um die Zeit, als er schwer am botanischen Fieber litt und ganze Massen ungenau benannter gepreßter Gräser und Blumen sammelte. Aber er machte sein Versprechen niemals wahr, und die Inseln der Freude galten nur als Landmarke und als ein die Schiffahrt bedrohendes Hindernis, obwohl tatsächlich keine planmäßige Dampferlinie innerhalb zwanzig Meilen von diesen lieblichen Felsen vorüberkam.

Sagen gingen um über sie, und zwar bis weit den Fluß hinauf. Nach Ansicht der einen war es der Sommeraufenthalt M'Shimba-M'Shambas und nach einer anderen Fassung bevölkert von einer Rasse von Sklaven, die Kleider für die weißen Menschen webten.

Das Kanovolk verzeichnete eine Legende, nach der Mohammed einmal auf der größten dieser Inseln gelandet war und dort einen Traum gehabt hatte, daß alle Welt zu seiner Lehre bekehrt werden würde. Aber das Kanovolk umkleidet den gewöhnlichsten Flecken mit einem heiligen Geheimnis.

Die Haussa sind in allen ihren Gewohnheiten und Gebräuchen Mohammedaner, nur mit der Ausnahme, daß sie ihre Weiber unverschleiert halten, obwohl Abibu dem Distriktsgouverneur Sanders einmal erzählt hatte, daß manche der Fulas, die unter dem Emir stehen und die die Herren von Kano sind, dieser Sitte huldigen. Aber wenn die Haussa ihr Weibervolk auch nicht abschließen, so haben sie doch strenge Ansichten über ihre Unantastbarkeit. Und als Benabdul, ein Soldat der Königshaussa, durch den Wald kam und sein junges und reizvolles Weib in den Armen Achmets, des Hornisten, sich wehrend fand und ihre fürchterlichen Schreie hörte, stürzte er sich auf den hübschen Burschen, der über jegliche Verzeihung hinaus gesündigt hatte, und es hätte Mord gegeben.

Zum Glück brachte der Lärm des Streites Sergeant Abibu auf die Szene, und Abibus bevorzugter Friedensvermittler war ein steifer Streifen Rhinozeroshaut, die sehr weh tut. Leutnant Tibbetts hielt sein Morgenpalaver um sieben Uhr. Der sündigende Hornist wurde vor ihn gebracht und die Geschichte seiner verabscheuungswürdigen Vergehen erzählt. Das Weib legte kein Zeugnis ab; ihr Ehemann tat das an ihrer Statt. Er war sehr zungengewandt. Als die Beweisführung beendet war, setzte Bones sein Monokel ein und gab sein Urteil ab.

»Du wirst sieben Tage lang in Dunkelhaft bleiben. Alle die Auszeichnungen auf deinem Arm, die sagen ›Dieser ist ein guter Soldat‹, sollen von deinem Arm genommen werden, und solange du im Gefängnis bist, wirst du keinen Sold erhalten.«

So wanderte Achmet zu den Zellen hinter dem Wachraum und zupfte bei spärlicher Kost Werg.

»Senden Sie lieber den jungen Narren zum Government!« riet Sanders, und Hauptmann Hamilton stimmte dem bei.

Aber die Überweisung einer einzelnen Person von einer Station zur anderen ist keine leichte Sache. Da waren Berichte in dreifacher Ausfertigung an das Government zu machen, Memoranda zu beantworten, und das alles kostet Zeit. Der unbeliebte Achmet kam aus dem Gefängnis und nahm seine Hornistenstellung wieder ein, und es sah aus, als ob die ganze Angelegenheit beigelegt wäre, denn Benabdul, der geschädigte Ehemann, war ein nachsichtiger Mensch und unfähig, eine Fehde zu unterhalten. Nicht so sein Weib, wie es schien. Ihr Name war Fahmeh, und sie war vom Araberschlag, braun und, vom Europäerstandpunkt aus gesehen, hübsch, denn ihre Nase war dünn und gerade und sie hatte schöne Augen.

Sie hielt Leutnant Tibbetts' Hütte rein und wusch seine Wäsche.

»Gebieter!« sagte sie eines Morgens während ihrer Arbeit, »dieser Mann Achmet sieht mich immer an, wenn ich an ihm vorbeigehe, und seine Augen sehen schrecklich verliebt aus. Ich fürchte mich.«

Bones' Gesicht war in diesem Augenblick fast gänzlich mit Seifenschaum bedeckt, und sein glänzendes Rasiermesser durchzuckte die Luft.

»Weib, wenn du ihn nicht ansähest, würdest du nicht beleidigt sein«, sagte er, »denn es steht geschrieben in der Sure des Djin, daß Beleidigung vom Wissen kommt.«

Sie runzelte ihre Stirn. »Alle Weiber zeigen mit Fingern auf mich, und manche fragen mich, warum mein Mann ihn nicht schlägt. Und ich werde nicht glücklich, bis dieser Mann geht, denn ich hasse ihn«, sagte sie.

»Alle Dinge geschehen«, antwortete der philosophisch veranlagte junge Offizier und beendete seine Toilette.

Bones arbeitete gerade damals zweifellos sehr viel und hatte seine eigenen Sorgen. Seine vielen musikalischen Besitztümer verstaubten an sonderbaren Orten; sein tragbares Harmonium war niemals geöffnet worden, die Dudelsackpfeifen, die ihm ein irregeführter Gouverneur geschenkt hatte, hingen vernachlässigt da (Fahmeh staubte sie nicht einmal ab, da sie glaubte, sie seien die getrockneten Überbleibsel eines Meerungeheuers von der Familie der Polypen).

Bones arbeitete fleißiger und andauernder als gewöhnlich an einem Rechtskursus. Vom Government war ein umfangreiches Rundschreiben gekommen, das die Notwendigkeit in den Vordergrund stellte, daß »alle Offiziere, die eine Stellung in der Verwaltung einnahmen, oder Assistenten solcher Offiziere, die eine administrative Stellung einnahmen, oder Offiziere, die zu irgendeiner Zeit berufen werden können, in Abwesenheit der eigentlichen Verwaltungsbehörden solche Ämter einzunehmen«, ihre Gedanken auf das Studium der Gesetze richten sollten. Als Anreiz für Fortschritte in diesem Fach wurde ihnen eine Zulage in Aussicht gestellt, die nur mit dem Mikroskop zu entdecken war.

Es bedurfte nur dessen, um Bones in die frohen und beglückenden Arme der Doktorhut-Schule des Rechts und der Jurisprudenz zu treiben, deren seitenlange Anpreisung jedes Magazin von Ruf füllte.

»Lerne Gesetzeskunde!« sagte die Ankündigung befehlend.

Bones schrieb um nähere Auskunft und erhielt eine Wagenladung Literatur, einen Brief, der anfing: »Teurer Freund!«, und ein Blankett, das durchaus nicht leer war und nur seiner Unterschrift auf der punktierten Linie bedurfte, um Bones die enthüllten Geheimnisse des Gesetzes auf seine Frühstückstafel zu bringen.

»Und welchen Wert die Gesetze der Vereinigten Staaten von Nordamerika für Sie haben werden, mag Gott wissen«, sagte Hamilton, als er seinen Untergebenen in das Studium des »Personenrechts« vertieft fand. »Sie sollten sich vielmehr an die Auslegung der Zehn Gebote machen.«

Bones legte sich müde in seinen Stuhl zurück und schloß die Augen. »Lieber alter Herr!« antwortete er mit beleidigender Geduld, »warum machen Sie sich über mich lustig? Diese Sorte Zeugs ist ein bißchen zu schwer für Sie. Ich wette, Sie wissen nicht, daß es gesetzwidrig ist, zu behaupten, Sie seien jemand anders.«

»Sie verblüffen mich, Bones!«

»Und ich wette, Sie wissen nicht, armer alter Ignoramus, daß, wenn ich zu Ihnen käme und sagte, ich sei Sanders, und ich wäre nicht Sanders, und Sie dächten, ich sei Sanders, und gäben mir einen Scheck, was wäre ich dann?«

»Ich weiß, was ich sein würde«, antwortete Hamilton. Etwas später am Tage drückte Hamilton Sanders gegenüber seine Beunruhigung aus.

»Ich habe Bones niemals ein Studium so ernsthaft aufnehmen sehen. Er wandelt einher wie ein Mann im Traum und nennt mich ›Euer Ehren‹. Würde es Ihnen was ausmachen, die Post durchzugehen und alle Korrespondenz, die mit ›Doktorhut-Schule aller Rechte‹ bezeichnet ist, zu entfernen?«

Sanders lächelte. »Ich fürchte, ich darf das nicht tun, aber ich will mit Bones reden.«

Ehe Sanders das tun konnte, geschah etwas Sonderbares. Der Korporal der Wache berichtete, er habe Bones um Mitternacht um den Exerzierplatz gehen sehen. Bones hatte seine Hütte auf der anderen Seite des Exerzierplatzes gerade gegenüber dem Wachraum, und es war in einer heißen Nacht, wenn der Schlaf sich suchen ließ, nicht ungewöhnlich, daß der Posten einen langen jungen Mann sah, der in stark gestreiftem Pyjama und Moskitostiefeln außerhalb des Hauses auf- und abging. Als der Posten die Gestalt im Pyjama quer hinüber zum Magazin, einer häßlichen kleinen Wellblechbaracke, gehen sah, in der die Soldatenuniformen aufbewahrt wurden, dachte er sich nichts dabei. Er erwähnte die Angelegenheit dem Korporal der Wache gegenüber, und dieser sagte es, wie beiläufig, Hamilton.

»Um welche Zeit war das?« fragte der Haussahauptmann interessiert.

»Gebieter, es war die dritte Stunde vor Tag.«

Als sie sich beim Frühstück trafen, fragte Hamilton: »Was, zum Teufel, machten Sie mitten in der Nacht?«

»Ich, Sir? Schlafen, Sir; das tue ich gewöhnlich, teuerer alter Ham.«

Hamilton sah ihn betroffen an. »Aber mein lieber Mann, Sie sind nachts um drei Uhr auf dem Exerzierplatz herumgestrolcht!«

Bones starrte ihn mit offenem Munde an.

»Ich, Sir? Gönnen Sie dem armen alten Hauptmann ein wenig frische Luft!« sagte Bones sanft. »Sonnenstich, lieber alter Herr ... Hitze, armer Hauptmann ...«

»Wollen Sie damit sagen, daß Sie nicht in Ihrem unmöglichen Pyjama heut um drei Uhr morgens herumgelaufen sind?«

»Nein, Sir, und was meinen Pyjama ...«

»Beim Frühstück wollen wir über den nicht sprechen«, antwortete Hamilton.

»Waren Sie jemals Schlafwandler?« fragte Sanders.

»Als Jüngling, Sir«, gab Leutnant Tibbetts zu. »Vor vielen, vielen Jahren.«

Als Hamilton und Sanders die Sache unter sich erörterten, nahm Sanders sie leicht.

»Er arbeitet hart, und das erklärt anscheinend sein Schlafwandeln. Er kann sich nicht viel schaden, aber Sie täten gut, dem Sergeanten der Wache zu sagen, daß er ihn im Auge behält.«

In dieser Nacht geschah nichts. Aber in der folgenden Nacht

fand es Hamilton zu heiß zum Schlafen und zog sein Feldbett auf die Veranda. Er hoffte, die Moskitos würden die Abwesenheit des schützenden Moskitonetzes nicht bemerken. Nachdem er eine Stunde mit Klatschen und Wischen verbracht hatte, stand er mit einer Verwünschung auf, ging in das Speisezimmer und machte sich ein laues Zitronensaft-Gemisch zurecht. Als er wieder zu seinem Bett herauskam, war er so wach wie jemals in seinem Leben. Er gab seinen Plan auf, das Moskitonetz wieder um sein Bett aufzustellen, setzte sich in einen der Liegestühle und zündete sich eine Zigarre an.

Es war Vollmond – fast so hell wie am Tage. Er sah das Glitzern des Bajonetts des Postens, als dieser lässig auf- und abwandelte, und den rötlichen Schein der unerlaubten Zigarette, die der Soldat rauchte. Hamilton grinste. Früher würde er den Mann herangeholt und ihn wegen Pflichtverletzung bestraft haben. Aber er hatte gelernt, daß es gewisse Vergehen gegen das Militärgesetz gab, die so menschlich verständlich waren, daß scharf gegen sie vorzugehen, sich der Unmenschlichkeit schuldig machen hieß.

Und dann sah er plötzlich eine Gestalt im Pyjama den Platz überqueren und in der von Bones bewohnten Hütte verschwinden. Er wartete fünf Minuten. Seine Neugier gewann die Oberhand, er stand auf, nahm seine elektrische Taschenlampe und ging quer über den Übungsplatz. Bones hatte beide Fenster und Türen weit offen gelassen, und als Hamilton seine Taschenlampe spielen ließ, sah er seinen Untergebenen unter dem Moskitonetz in tiefem Schlaf. Als der Lichtstrahl über Bones' Gesicht glitt, grunzte dieser und drehte sich auf die andere Seite...

»Mordbrennerei«, murmelte er, »ist eine Art Verbrechen, die von zivilisiertem Gemeinwesen hübsch verabscheut wird.«

Hamilton schritt quer über den Platz zu dem Posten hin, dessen Zigarette als stummer Zeuge seines Vergehens brennend am Boden lag.

»Nein, Gebieter, ich habe Tibbetti nicht aus seinem kleinen Haus herauskommen sehen«, sagte der Mann. »Aber das Haus hat eine Hintertür, die ich nicht sehen kann, und Tibbetti kommt und geht ... darum habe ich ihn nicht angerufen, denn er ist von hohem Rang.«

»Hat *er* die Zigarette weggeworfen?« fragte der Offizier spöttisch.

»Gebieter, er muß das wohl getan haben, denn wer sonst würde rauchen?«

Hamilton hielt es für unklug, diesen Punkt weiter zu verfolgen. Am folgenden Tag kam die europäische Post und die von der Küste an; und in der Sendung (die einige dicke Briefe der Doktorhut-Rechtsschule einschloß) befand sich der amtliche Befehl, den Hornisten Achmet zum Government zu schicken. Hamilton hatte gerade Zeit, die Papiere des Mannes in Ordnung zu bringen (denn ein Soldat ist an umfangreiche Aktenstücke gebunden) und den Mann an Bord des nach Norden bestimmten Dampfers zu verfrachten, und war dadurch so beschäftigt, daß er keine Zeit fand, den Schlafwandler zu befragen. In Zeiten einer Krisis wie dieser war Bones das schwankendste aller Rohre. Unabänderlich trug er die Vergehen eines Mannes auf der für den Gesundheitsbericht bestimmten Seite von dessen Paß ein und berichtete von dessen Halskrankheit auf der für militärische Vergehen vorbehaltenen Seite.

Die Gelegenheit, Bones zu fragen, fand sich erst spät am Abend.

»Segen auf meine nette alte Seele!« sagte Bones bestürzt. »Schlafwandeln! *Ich*! – Sie verkohlen mich, Ham!«

Bones schien über diese Enthüllung seiner Absonderlichkeit weniger beunruhigt als stolz auf seinen krankhaften Zustand. Er sprach von haarsträubenden Abenteuern in seiner Jugend und erzählte eine lange und schauerliche Geschichte, wie er einmal im Schlaf ein Geländer entlanggetänzelt sei.

»Vernichtung, lieber alter Herr, starrte mir ins Gesicht.«

»Vernichtung könnte mein Mitgefühl erregen«, sagte Hamilton kalt, »aber augenblicklich warne ich Sie. Sie werden sich in eine sehr böse Lage bringen. Es würde nicht nett aussehen, wenn ich Ihnen einen Wärter beigäbe.«

»Das würde es nicht! Das sage ich auch!« antwortete Bones bissig.

»Aber«, fuhr Hamilton fort, »Sie müssen ein Mittel finden, um Ihr nächtliches Herumstreichen zu verhindern. Ich möchte Ihnen raten, Ihren Fußboden mit Reißzwecken, die Spitzen nach oben, zu spicken.«

Bones murmelte einen Widerspruch.

»Oder Ihre große Zehe an den Bettpfosten zu binden. Sie wirken demoralisierend auf die Truppe, und das muß ein Ende nehmen.«

Bones zuckte die Achseln. »Ich werde mich darum kümmern, Sir«, sagte er verdrossen.

Als er nach seiner Hütte zurückging, rollte Fahmeh, das Kanoweib, gerade das Moskitonetz herunter und steckte die losen Enden unter die Matratze.

»Nun ist mein Herz glücklich, Tibbetti, denn Achmet ist auf das große Schiff gegangen, und ich werde ihn nicht mehr sehen«, sagte Fahmeh.

Bones befand sich nicht in der Stimmung, über Achmet und über das Wohl und Wehe der jungen Dame zu schwatzen. Dagegen war er begierig, Nachrichten von außerhalb über seine eigenen nächtlichen Gewohnheiten zu erlangen.

»Sage mir, Fahmeh, haben die Soldaten mich jemals in der Nacht herumgehen sehen?«

Zu seinem Erstaunen nickte sie. »Ja, Gebieter, ich habe dich in deinem feinen seidenen Bettanzug und in deinen hohen gelben Stiefeln gesehen. Einmal kamst du aus deiner Hütte und riefst meinen Mann; und ich kam zu dir hinaus, und du sagtest mir, du benötigtest ihn. Und weil du so sonderbar aussahst, dachte ich, du seist krank im Kopf.«

Bones ließ sich schwer in den nächsten Stuhl fallen. »Segen auf mein Leben!« sagte er schwach und wurde blaß. »Beim lebendigen Himmel und allen heiligen Schlangen!« fügte er hinzu und fuhr mit seinen Fingern durch sein dünnes strohgelbes Haar.

»Auch viele von den Soldaten haben dich in das Haus gehen sehen, in dem das Soldatenzeug aufbewahrt wird«, fuhr sie erbarmungslos fort. »Und letzte Nacht sah Militini dich.«

Bones winkte ihr, aus der Hütte zu gehen. War er auf dem Weg, wahnsinnig zu werden? Junge Leute – intelligente und lebensfrohe Männer – waren vor ihm in diesem Lande durch die brennende Sonne und die ewige Bläue dieses Himmels zum Wahnsinn getrieben worden.

Als er zum Essen ging, trug er ein Dokument bei sich, das er mit tragischer Gebärde vor Sanders' Blicken ausbreitete.

»Ich möchte gern, daß Sie das hier beglaubigen, lieber alter Herr und Exzellenz«, sagte er gedrückt. »Ich habe Ihnen meinen kleinen Bungalow bei Shoreham und dem alten Ham alle meine Gewehre und Sachen vermacht...«

»Was ist denn das?« fragte Sanders und überflog das Dokument, das folgendermaßen begann:

> »Ich, Augustus Tibbetts, Leutnant der Königshaussa, bei gesunder Vernunft und in vollem Besitz meiner geistigen Fähigkeiten...«

»Ein Testament? Was für ein Blech! Und außerdem, Bones«, lächelte Sanders, »ich könnte nicht gut ein Testament beglaubigen, das mir einen Shoreham-Bungalow vermachte. Sind Sie krank?«

»Nein, Sir, aber an der Grenze!« antwortete Bones in tiefstem Grabeston. »Klapsig, Sir.« Er klopfte mit dem Finger leise auf seinen Kopf. »Sehe Gesichter und höre Stimmen und Geschrei in der Luft, des Nachts und über den ganzen Platz.«

»Oh, Sie sind Schlafwandler? Well, das wird Sie nicht umbringen«, sagte Sanders und, als Achmets Nachfolger den Offiziersruf zum Essen blies: »Setzen Sie sich und essen Sie!«

## 2

Die Hütten der Haussa bilden zwei Linien, fast parallel mit dem Flußufer. Daneben, und näher der See, befinden sich ihre Gärten, in denen süße Kartoffeln und Zwiebeln und Mehlfrüchte in Menge wachsen. Zur Nachtzeit liegt eine gewisse Romantik über diesen Hütten, denn Feuer brennen dort, der Ton einer ungestimmten Banjogitarre läßt sich hören, das Klatschen von Händen und das

Tam-Tam der langen Tanztrommel.

Ehe Bones in dieser Nacht zu Bett ging, stellte er eine mühsam verfertigte Falle auf, die ihn aufwecken sollte, falls er unbewußt einen Spaziergang antrat. Die Falle bestand aus einem alten Schrotgewehr, das höchst gewagt auf der Kante der offenen Tür lag, und aus einem Besenstiel. Die erforderliche Höhe wurde dadurch gewonnen, daß man den Besenstiel in der Schwebe auf einen Stuhl legte.

Der Mann, der ihn gegen die Mitternachtsstunde wecken kam, mußte damit gerechnet haben – höchstwahrscheinlich –, da Mann, Weib und Kind in der Station gesehen hatten, wie Bones die Falle aufstellte.

»Tibbetti!« rief der Mann in dringlichstem Tonfall.

Als sein Name zum drittenmal wiederholt wurde, sprang Bones aus dem Bett, stieß die Tür auf und wurde von dem Schießeisen zu Boden geschlagen.

»Kerl, warum rufst du mich?« grollte Bones und rieb seinen Kopf.

»Gebieter, willst du kommen und sehen? Benabdul ist ermordet worden.«

Bones fuhr in seinen Rock, zog seine Stiefel an und trat in die schwarze Nacht hinaus.

»Wer hat diesen Mann getötet?« fragte er.

»Herr, niemand weiß. In der Nacht hörte sein Weib ihn schreien, und als sie aus ihrer Hütte kam, da lag, durch die Fügung Gottes, Benabdul.«

Jemand hatte ein Feuer zu lichter Flamme geschürt. Alle Haussahütten waren leer, und eine Menge halbnackter Männer und Weiber umringten das Etwas, das auf dem Boden lag.

Der Mann war durch das Herz gespeert worden und lag auf einer Seite, die Arme nach der Dorfstraße zu ausgestreckt. Benabduls Weib bettelte weinend, man möchte ihn in die Hütte tragen, aber die Haussa ließen ihn dort liegen, wo man ihn gefunden hatte.

Bones ging zum Wohnhaus und weckte den Distriktsgouverneur und Hamilton. Sie gingen zu den Hütten zurück.

Sanders stand vor einem Rätsel. Es herrschte kein Krieg in diesem Lande, und dieser Mann war so unbedeutend gewesen, daß er keinen Feind hatte, ausgenommen Achmet, und der befand sich auf einem Schiff und war hundert Meilen weg. Familienstreitigkeiten, durch die sich die meisten Familien auszeichnen, lagen ebensowenig vor. Er lebte glücklich mit seinem Weibe und prügelte sie nur selten. Die Sache war unerklärlich.

Später untersuchte Sanders die Waffe – einen kurzen Wurfspeer. Dutzende davon befanden sich auf der Station. Die Haussa kauften sie oder stahlen sie am Oberfluß – Bones hatte ein Dutzend in seiner eigenen Hütte.

»Das ist sehr sonderbar. Holt mir das Weib her!« befahl Sanders.

Ihren Freunden war es gelungen, das schluchzende Weib zu beruhigen, und sie wurde zu dem neben einem Feuer sitzenden Sanders gebracht.

»Nun erzähle mir, Weib!« sagte er freundlich. »Hast du kein Geräusch in der Nacht gehört?«

Sie zögerte. »Gebieter, ich hörte eine Stimme, die meinen Mann rief, und er ging aus der Hütte.« Sie schluchzte.

»Was für eine Stimme?« fragte Sanders sanft. »Denn du kennst doch alle Kameraden deines Mannes, Fahmeh.«

Sie schüttelte den Kopf. »Von diesen war es keiner.« Dann sah sie Bones sonderbar an, und dieser wurde bleich wie der Tod.

*»Meine?«* krächzte er.

Sie nickte. »Gebieter, es war deine Stimme, die ich gehört habe und die mit meinem Manne sprach«, sagte sie in gedämpftem Tone. »Und dann hörte ich nichts mehr, bis er aufschrie.«

Bones zuckte nicht mit der Wimper. Er wurde etwas steifer, richtete sich höher auf als gewöhnlich. Dann bückte er sich und hob den Speer auf, den man herausgezogen hatte, und untersuchte ihn beim Scheine des Feuers. An dem einen Ende war er abgekrazt, und dort befand sich ein Buchstabe.

»Der Speer gehört mir«, sagte er einfach. »Ich habe ihn vor drei Monaten von den N'Gombi mitgebracht.«

Hamilton nahm Bones' Hände und drehte sie um. Es haftete

Blut an ihnen, aber das mochte von dem Speere herrühren, den er in den Händen gehabt hatte und der noch feucht vom Blut war.

Und dann richtete Hamilton seine kalten Augen auf Fahmeh. »Weib, du kannst Tibbetti gar nicht gehört haben. Das ist närrisches Gerede. Ich saß im Schatten von Tibbettis Hütte, während dieser schlief, und wachte, da ich seine sonderbare Gewohnheit kannte, im Schlafe herumzuwandern.«

»Was das anbetrifft, Gebieter, so weiß ich nichts«, sagte das Weib einfach, »nur, es war Tibbettis Stimme, die Benabdul herausrief.«

Und davon ging sie nicht ab. Der Posten wurde gefragt. Er hatte Bones nicht über den Exerzierplatz gehen sehen. Aber es gab einen Pfad durch den Busch, der es Bones möglich gemacht haben konnte, die Hütte ungesehen zu erreichen.

»Wir werden das durchsprechen«, sagte Sanders ruhig. »Kommen Sie mit ins Haus rauf, Bones, und trinken Sie einen mit uns!«

Die drei Männer gingen schweigend über den Platz in das im Dunkeln liegende Haus. Hamilton zündete eine der Lampen an und setzte eine große Flasche Whisky auf den Tisch. Bones' Gesicht war bleich, seine Züge starr, mit Kopfschütteln schob er das Glas beiseite.

»Nein, danke, lieber alter Ham«, sagte er ein wenig heiser. Und dann: »Habe *ich* diesen unglücklichen Kerl getötet? Ich muß bekennen, daß ich vor dem Einschlafen an ihn gedacht habe.«

»Sie haben niemand getötet«, antwortete Hamilton wild. »Worüber quatschen Sie denn? Das Weib ist vor Angst halb verrückt, und morgen früh wird sie eine wesentlich abweichende Geschichte erzählen. Irgend jemand hatte einen Groll gegen Benabdul und erledigte ihn. Da ist doch nichts Seltsames daran?« Er sah Sanders herausfordernd an.

»Nichts, gar nichts«, antwortete Sanders ruhig.

»Denken Sie, daß ich ihn getötet habe?« fragte Bones, ganz Spannung im Gesicht.

Sanders' Hand griff nach seinem eigenen Kinn. »Ob ich denke, Sie haben ihn getötet?« wiederholte er langsam. »Nein, Bones, ich denke das nicht.«

Es wurde eine schlaflose Nacht für alle von ihnen, und als der Morgen anbrach, kam Sanders auf einen Gedanken, den er dem älteren Offizier mitteilte.

»Haben Sie daran gedacht, Ihr Magazin einmal daraufhin nachzusehen, ob dort etwas fehlt? Nach den Aussagen wurde Bones doch dabei gesehen, wie er bei zwei ganz verschiedenen Gelegenheiten das Magazin besuchte.«

Diese Idee war Hamilton nicht gekommen, und ohne weiteres nahm der den Schlüssel, ging in Begleitung des Sergeanten Abibu, des Schreibers, zu dem kleinen Bau hinunter und hielt dort kurze Umschau. Kurz war die Umschau deshalb, weil augenscheinlich jemand das Magazin in großer Eile besucht hatte. Ein Stapel brauner Decken war umgewühlt, und als man diese zählte, fehlten sechs. Im inneren Raum des Lagers, wo die Konserven aufbewahrt wurden, war eine Kiste aufgebrochen worden, und zehn Dosen Fleisch und Gemüse fehlten. Das war aber noch nicht alles. In einem kleineren Raum, es war wenig mehr als ein Verschlag, hatten zehn Gewehrständer neuer Lee-Enfield-Gewehre gestanden, die zu Übungszwecken an die Station geschickt worden waren, da die Truppen hier herum mit den alten Lee-Metford-Büchsen bewaffnet waren. Zwei Gewehre und eine Kiste Patronen waren verschwunden. Und was mehr bedeutete, ein Versuch war gemacht worden, den kleinen Geldschrank aufzubrechen, der jedoch nichts Wertvolleres enthielt als Protokolle und Lagerlisten.

Hamilton ging mit diesem eben gewonnenen Ergebnis zu Sanders.

»Ein Schlafwandler hätte unmöglich einen so systematisch verübten Raub ausgeführt«, sagte Sanders nachdenklich. »Ich werde ans Government drahten. Der letzte Dampfer hätte heute morgen dort sein müssen, und wenn der Landtelegraf instand ist...«

Daß dieser instand war, erwies sich, als der Eurasier, der als Obertelegrafist Dienst tat, mit einer gekritzelten Botschaft herüberkam. Das Telegramm kam vom Oberkommando der Truppe:

»Gemeiner Achmet war nicht an Bord, als Schiff ankam. Kapitän glaubt, Achmet sprang über Bord, ehe Schiff seinen Platz verließ.«

Sie sahen einander an.

»Achmet muß aufgefunden werden!« sagte Sanders kurz. »Er ist, wie ich mich erinnere, ein tüchtiger Schwimmer und kann leicht den Wald erreicht haben.«

Hinter dem Strande war ein Streifen Waldland, der sich fünfzig Meilen nach Norden erstreckte. Das Land war spärlich bewohnt, da es zu gewissen Zeiten unter einem schrecklichen Wind zu leiden hatte, der stets den Fluß selbst verschonte, und außer ein paar von Armut geplagten Stämmen, die ihr Leben durch Fischen fristeten, gab es keine nennenswerte Bevölkerung in diesem Strich.

»Er hat den Busch erreicht, ist während der Nacht zur Station gekommen und hat Benabdul erledigt«, bemerkte Hamilton.

»Aber Bones' Stimme?«

Sanders zuckte die Achseln. »Das ist ein alter Trick. Diese Haussakerle sind die geborenen Nachahmer, und Bones machten sie besonders gern nach.«

Hamilton selbst gab eine lebenswahre Nachahmung zum besten, wie Bones Benabdul auf arabisch beim Namen rief.

Ein Durchsuchen des Buschlandes ließ sich praktisch nicht ausführen. Aber Bones und zwei Fährtensucher gingen am Strand entlang auf der Suche nach Fußspuren, und zwei Meilen von der Station fanden sie solche: eine Folge von Fährten, die vom Rand der See bis zum Busch führten und dort verschwanden. Gerade dort lief ein seichter Fluß vom Busch in die See, und Bones ging im Fluß aufwärts, bis dieser zu tief wurde und zu verwachsen, um darin weiter waten zu können. Hier hatten die Krokodile ihren Brutplatz, und gerade als Bones durchs Wasser schritt, hörte er, wie ein großes Vieh von einem unbemerkten Baumstamm mit einem Klatsch ins Wasser fiel.

Bones ging zurück und berichtete über die Fährten. Alarm wurde geblasen. Jeder Soldat, gleichgültig, ob auf Posten oder nicht, kam auf den Exerzierplatz, und Hamilton fragte Mann für Mann. Aber niemand hatte Achmet, den Hornisten, gesehen. Hamilton wußte, sie logen nicht. Der Mann war nicht beliebt, und er würde keine Freunde finden, die ihm ein Versteck boten.

»Sie sollten heute nacht lieber oben in unserem Wohnhaus schlafen, Bones!« schlug Sanders am Abend vor.

Bones zögerte. »Ich möchte feststellen, wie weit ich in diese Sache verwickelt bin, Sir«, sagte er ruhig. »Wenn der alte Ham dem Posten Befehl gäbe, mich anzurufen, wo immer ich gesehen werde, wäre ich ruhiger, denke ich.«

Seine Augen waren schwer von Müdigkeit, und als er das Moskitonetz beiseite zog und sich aufs Bett legte, hatte sein Kopf kaum das Kissen berührt, als er auch schon in tiefen Schlaf sank.

Als Hamilton sicher war, daß Bones schlief, trug er einen Deckstuhl zu Bones' Hütte, stellte diesen vor dessen Tür, machte die Runde um die Hütte und stützte einen starken Pfahl gegen die Hintertür, so daß diese nicht geöffnet werden konnte. Hierauf kehrte er zur Vorderseite des Hauses zurück, setzte sich, eine Decke über die Knie, und fiel in einen unruhigen Schlaf. Der Stuhl stand vor dem Eingang der Hütte, so daß es unmöglich war, daß jemand die Hütte verlassen konnte, ohne ihn aufzuwecken.

Der Schrei, der ihn auf seine Füße jagte, kam nicht aus der Hütte. Er stand auf, sein Herz schlug etwas schneller, er horchte und hörte erregte Stimmen vom Wachraum herüberschallen. Sein erster Gedanke war Bones. Er stieß den Stuhl beiseite und lief in die Hütte.

Bones' Bett war leer.

Niedergeschlagen sprang er aus der Hütte und lief über den Platz, gerade als der Sergeant ihn wecken wollte.

»Gebieter!« sagte der Mann zitternd. »Sergeant Abibu...«

»Tot?« fragte Hamilton bestürzt.

»Nein, Herr, aber verwundet. Während er schlief, kam jemand in seine Hütte und speerte ihn, aber er lag auf seiner Seite...«

Hamilton wartete nicht auf weitere Nachrichten, sondern raste den Haussahäusern zu, stieß die Leute, die den Eingang von Abibus Hütte versperrten, beiseite und trat ein. Die Wunde war leicht. Abibu saß auf seinem Fellbett, während eine seiner beiden Frauen die Wunde vorsichtig verband.

»Ich weiß gar nichts, Gebieter«, sagte Abibu offen, »außer, daß ich einen scharfen Schmerz fühlte und aufwachte. Ehe ich von dem Bett springen konnte, war mein Feind fort.«

»Hast du irgend jemand sprechen gehört?« fragte Hamilton schnell.

Wenn Abibu das nicht hatte, ein Weib, das in der Hütte nebenan schlief, hatte jemand gehört, der Abibu beim Namen rief.

»Es war Tibbetti, Gebieter«, sagte sie.

»Urmutter aller Narren«, schnappte Hamilton, »wie konnte es Tibbetti sein, wenn Tibbetti in seinem Hause schläft?«

Fahmeh löste sich von der Gruppe, die herumstand.

»Gebieter, ich sah Tibbetti«, sagte sie, »wie er durch das Dorf ging wie ein Geist. Und er hatte einen Speer in der Hand, der war ganz rot von Blut, und diesen warf er vor meiner Hütte nieder, wo ich wachte. Und weil ich Angst hatte, habe ich den Speer nicht berührt.«

Sanders war um diese Zeit angekommen, und beide Männer gingen, um festzustellen, was sich feststellen ließ. Der Speer lag in der Mitte des Weges, der zwischen den beiden Hüttenreihen hindurchführte. Hamilton hob ihn auf, ließ den Strahl seiner Taschenlampe darauffallen und stöhnte. Ohne ein Wort zu sagen, reichte er Sanders die Waffe.

»Ist er in seiner Hütte?« fragte Sanders beunruhigt.

»Nein, Sir. Wie er da herausgekommen ist, mag der Himmel wissen.«

Der Hornist blies Alarm. Die Haussa eilten in ihre Hütten, um sich anzukleiden. In Patrouillen zu zwei und drei wurden sie ausgesandt, um zuallererst das Stationsgehölz abzusuchen, während eine stärkere Abteilung Hals über Kopf den Strand entlang geschickt wurde. Das Suchen wurde die ganze Nacht fortgesetzt, aber weder von Bones noch von dem Haussa Achmet war eine Spur zu entdecken.

»Ich verstehe das nicht«, sagte Sanders, als Hamilton beim ersten Schein der Morgendämmerung wiederkehrte und das Mißlingen der Suche berichtete. »Bones konnte doch nicht gut... pah! Es ist lächerlich!«

Hamilton stand, die Hände auf dem Rücken gefaltet, das Kinn auf der Brust, ein Bild tiefster Niedergeschlagenheit.

»Es ist fürchterlich«, sagte er in Verzweiflung. »Natürlich, es mag ein sonderbares...«

Aus dem Winkel eines seiner Augen heraus sah er einen Mann über das Viereck rasen. Es war der verwundete Abibu. Er setzte die vier Stufen der Treppe, die zur Veranda führten, mit einem einzigen Satz hinauf.

»Herr!« rief er atemlos. »Fahmeh, Benabduls Weib, ist fort!«

Tiefstes Schweigen.

»Fort?«

Der Mann nickte.

»Ja, Herr. Niemand sah sie fortgehen, aber Tibbetti wurde gesehen...«

*»Was?«* schrie Hamilton. »Wann wurde er gesehen?«

»Als alle Leute auf dem Exerzierplatz standen«, antwortete der Haussa. »Ein altes Weib, die wegen ihres geschwollenen Fußes zurückblieb... Sie war das Weib des Korporals Ali Fula, der gefallen ist...«

»Wo hat sie Tibbetti gesehen?« unterbrach Sanders.

»In seinem kleinen Schiff«, war die verblüffende Antwort. »Der Tschick-a-Tschick. Er glitt wie ein Geist den Strom hinunter zu den großen Wassern.«

»Ich will verdammt sein!« sagte Hamilton hilflos.

Er lief zum Kai hinunter, er hoffte, das Weib hätte sich getäuscht. Das Motorboot war fort.

Das versprach ja eine ganz geheimnisvolle Sache zu werden, und Sanders hatte einen drei Foliobogen langen Bericht an das Government geschrieben, als Hamilton ihn ganz aufgeregt an den Strand rief. Die kleine »Wiggle« kam von See herein, hinter sich im Tau ein langes Kanu, in dem zwei niedergeschlagene Menschen saßen.

## 3

Als Fahmeh, das Kanoweib, vor Sanders stand, erzählte sie folgendes:

»Herr, dieser Achmet war mein Liebhaber, weil er jung war und schön, und mein Mann war alt und albern. Und als Benabdul mich in seinen Armen fand, tat ich so, als ob ich Achmet haßte, denn ich wußte, daß die Zeit kommen würde, wo wir zu den Inseln der Freude gehen, eine Hütte bauen, unseren eigenen Garten bepflanzen und für immer dort leben würden. Und ich haßte Tibbetti, weil er meinen Liebhaber in ein finsteres Gefängnis steckte. Wir hatten ein Kanu in dem kleinen Bach, und da wir wußten, daß Tibbetti tief schläft, nahm Achmet den Schlüssel zu dem kleinen Haus, wo das Zeug aufbewahrt wird, und wir nahmen daraus alles, was wir für unsere lange Fahrt zu den Inseln brauchten. Auch einen Sack Reis nahmen wir mit und einen Sack Salz und Schnüre mit listigen Haken zum Fischen und Zeug, um uns zu kleiden. Ich tötete Benabdul, weil ich ihn haßte, und ich sprach böse von Tibbetti, weil ich ihn noch mehr haßte. Ich hätte Abibu getötet, weil er meinen Liebhaber in so grausamer Weise schlug, aber Abibu lag auf der Seite.«

Sanders machte keine Bemerkung. Es wäre Zeitverlust gewesen. Er überwies die beiden Gefangenen dem Gefängnis und gab Bones Gelegenheit, das Wunder zu erklären.

»Ich habe alles ausgeheckt, als ich im Bett lag, liebe alte Exzellenz«, sagte Bones, »während der arme alte Hamilton draußen schnarchte wie ein Schwein«, fügte er anmaßend hinzu. »Kriegte die Idee in einem Blitz! Schlüsse und Logik, Herr und Kamerad! Ich wußte, diese unartige alte Dame besorgte die Wirtschaft in meiner Hütte und war die einzige Person, die den Speer genommen haben konnte. Ich bin eine sehr nette methodische Person! Eine Menge Leute stellen sich das nicht vor. Ich wußte, ich hatte zehn oder, kann sein, zwölf Speere in meiner Hütte, und so stand ich auf, zündete Licht an und zählte sie, und da waren bloß noch sieben oder, kann sein, neun.«

»Oder, kann sein, zwölf«, ergänzte Hamilton grinsend.

»Da fehlten drei oder vielleicht fünf«, sagte Bones feierlich. »Auf jeden Fall fehlten einige. Ich dachte mir, was für eine nette, gute Idee es wäre, wenn ich hinunterginge und die Hütte dieser verruchten alten Person durchsuchte.«

»Mitten in der Nacht!« murmelte Hamilton.

»Ich trat über Sie hinweg, und Sie hörten nichts!« sagte Bones triumphierend. »Und, hören Sie, Ham! Ich bin *kein* Schlafwandler! Die verruchte Person, die in meinem Pyjama in meiner Hütte ein und aus ging, war Achmet selbst. Ich hätte mir niemals träumen lassen, jemand könnte ein so gemeiner Kerl sein, meinen Pyjama zu klauen. Das so nebenher. Ich ging also auf dem Buschweg zu den Haussahäusern runter und war kaum im Haussadorf angelangt, als ich Mrs. Benabdul aus Abibus Hütte herauskommen sah und das Gepolter hörte. Mich zu verbergen war ein Werk des Augenblicks. Ich erriet die ganze Geschichte in einer Sekunde. Mein Gehirn...«

»Wir können uns das alles vorstellen, Bones«, sagte Sanders gut gelaunt. »Was geschah nun?«

Anscheinend war Bones der Mörderin durch das Gehölz gefolgt, wo der Liebhaber mit seinem Kanu wartete, das verproviantiert und fertig zur Reise war. Das Kanu glitt über die Brandung, ehe Bones die Absicht der beiden erkannte. Er raste zum Kai zurück, an dem die kleine Motorbarkasse lag, und machte sich an die Verfolgung der beiden.

»Aber ich wandle *nicht* im Schlaf. Diesen Punkt möchte ich feststellen, lieber alter Offizier!« sagte Bones nachdrücklich. »Wenn ich gehe, dann bin ich wach, und wenn ich wach bin, dann bin ich fürchterlich scharf! Wenn Sie das ans Government berichten, Exzellenz«, er wandte sich an Sanders, »dann könnten Sie die Tatsache erwähnen, daß ich das alles ohne die geringste Unterstützung getan habe... In der Tat, wenn irgend etwas dann doch nicht klappte, dann war ich nur gehindert durch einen garstigen alten Vorgesetzten.«

Hamiltons Antwort läßt sich im Druck nicht wiedergeben.

## *Das Ballspiel*

Dora Campbell-Cairns war sehr freundlich gegen Tiere. Sie betete Schmetterlinge geradezu an und betrachtete die Entomologen, die diese Tiere sammelten, als schreckliche Menschen. Sie hätte niemals ihr zartes Füßchen auf einen unschuldigen und notwendigen Wurm gesetzt und wäre bei dem Gedanken, eine Fliege zu klatschen, in Ohnmacht gefallen. Sie war rank und schlank, hatte jene blasse, reine Gesichtsfarbe, die manche anbetungswürdig finden, schön geschwungene Augenbrauen und Augen, so hell und blau wie der Morgenhimmel.

Sie war die einzige Tochter des Gouverneurs und kam zu der gesündesten Zeit im Jahr an die Küste, ehe sie sich in Paris niederließ, um auf eine Schule zu gehen, in der junge Damen die Kunst, sich zu kleiden, einen gewählten Geschmack, die neuesten Tänze lernten, und wo sie gelehrt wurden, sich in den vornehmeren und teureren Restaurants zu bewegen.

Dem Leutnant Tibbetts schien sie nicht jung. Er meinte, sie befände sich geradezu in einem idealen Alter. Er hätte sie sich weder jünger noch älter vorstellen können. Sie hatte duftiges, goldblondes Haar und Lippen, die darauf berechnet waren, einen empfänglichen jungen Mann auf seinen Füßen zappeln zu lassen. Bones war empfänglich – und zappelte, und die vier Tage, die Seine Exzellenz auf der Station verbrachte, waren vier farbige Bilder in seinem grauen Alltagsleben, vier duftende Rosen in einem Zwiebelgarten, wenn ein so göttliches Erlebnis mit etwas so Lächerlichem verglichen werden darf.

»Bones!« sagte Sanders eines Morgens. »Der Gouverneur kommt Ende der Woche und bringt seine Tochter mit.«

»Segen auf ihr hübsches altes Herz!« murmelte Bones, im Augenblick in seine Post vertieft. »Wenn ich irgend etwas tun kann, es der lieben alten Dame angenehm zu machen …«

»Soweit ich mich erinnern kann«, unterbrach Hamilton, nachdenklich die Stirn in Falten legend, »ist sie noch ein Kind. Meine Schwester schrieb mir neulich über sie, sie hat eben erst die Schule hinter sich.«

»Ein paar eingeborene Puppen, denke ich...«, sagte Bones, aufblickend. »Überlassen Sie das nur mir, liebe Exzellenz! Ich werde das Kind schon unterhalten. Es ist spaßig, lieber alter Ham, aber Kinder haben eine Vorliebe für mich. Ich bin so was wie der Rattenfänger von – von irgendwoher. Den Augenblick, in dem er seine netten Pfeifen anstimmte... aber Sie haben jedenfalls die Novelle gelesen, lieber Ham. Warum langweilen Sie mich mit solchen Fragen?«

»Um bei der Wahrheit zu bleiben, ich habe keine Fragen an Sie gerichtet«, sagte Hamilton. »Wenn ich eine solche stellen wollte, dann geschähe es, um zu wissen, ob Sie ein so großer Esel sind, wie Sie scheinen, oder ob Ihre Überdämlichkeit bloß Maske ist.«

»Tut! Tut!« murmelte Bones, sich wieder seiner Korrespondenz zuwendend. »Tut! Tut! Alter Babyfänger!«

»Was Sie tun können, ist, das Tennisnetz instand zu setzen und Ihre Leute zu beauftragen, endlich die Eismaschine zu reparieren.«

Bones ging lustig pfeifend hinunter, um den Gouverneur zu empfangen. Er kam wie vor den Kopf geschlagen und, zum erstenmal in seinem Leben, schweigend wieder. Miss Dora hatte sich natürlich an ihn angeschlossen, weil er der einzige junge Mann unter den dreien war. Sie hatte den Eindruck, daß Sanders fürchterlich streng aussehe, und vertraute dem in Ehrfurcht ersterbenden Bones an, daß Hamilton einen grausamen Mund habe.

»Durch und durch fürchterlich, junges Fräulein!« antwortete Bones heiser vor Bewegung. »Was der nette, alte Mann alles zu mir sagt...«

»Ich meine, er sieht aus, als ob er... nun... als ob er verletzen könnte.«

Bones nickte feierlich mit dem Kopfe. »Einfach fürchterlich, liebe alte junge Dame!« stimmte er bei. »Schert sich etwa den Teufel um jemandes Gefühle.«

Ihre wunderbaren Lippen äußerten einen Laut der Ungeduld. »Sie sind sehr dumm, Mr. Bones!« sagte sie.

»Tibbetts heiße ich, aber Sie können ruhig Bones zu mir sagen, Fräulein Exzellenz.«

»Ich werde Sie nennen, wie ich will«, antwortete Fräulein Exzellenz scharf.

»Und mir soll's recht sein, wie immer Sie mich auch nennen, liebe alte Person!« sagte Bones und war so entzückt über diese Antwort, daß er ein wenig von seinem verlorenen Selbstvertrauen wiedergewann.

Vier Tage ihrer Gegenwart beim Frühstück, beim Dinner! Achtundvierzig Stunden mit ihr auf der »Zaire« zusammen, als sie mit ihrem Vater auf eine kleine Inspektionsreise ging! Und die Abende auf der Veranda, wenn sie in schimmerndem Weiß dasaß, ihre kleine Hand der seinen so nahe, daß er sie hätte berühren können, und in der Tat einmal auch berührte, wobei er dann hastig erklärte, er habe da einen Moskito weggejagt. Am vierten Morgen machte er ihr in einem wahren Delirium des Elends – denn ihr Dampfer fuhr am Nachmittag ab – eine Liebeserklärung.

»Die Sache ist die, junges Fräulein Dora!« sprach er mit einer ihm selbst fremden Stimme. »Ich bin einfach fürchterlich verrückt in Sie. Wirklich! Bin ich! Liebe alte Miss... Ich weiß, Sie sind sehr jung, und ich bin einfach fürchterlich alt, und ihr alter netter Vater ist ein vollkommenes Scheusal... obwohl wir ihn nicht oft zu Gesicht bekommen...«

»Wovon, um Himmels willen, reden Sie denn?«

Ihre Sternaugen hafteten an seinen.

Bones räusperte sich, wischte sich den Schweiß von der feuchten Stirne – mit einer kleinen seidenen britischen Flagge, einem seiner kostbarsten Besitztümer, das er ihr vor ihrer Abreise zu schenken beabsichtigte – hustete wieder, sah überall hin, nur nicht auf sie, und dann, in einem Augenblick höchster Verzweiflung:

»Die Sache ist die, liebe alte Dame, wovon?« fragte er heiser.

»Was wovon?«

»Nette alte Ehe«, krächzte Bones. »Tum-tum-ti-tum-tumtum...«

Sie erkannte darin nicht Mendelsohns Hochzeitsmarsch, aber es war seine gute Absicht.

»Ehe? Soll das ein Antrag sein?«

Ihre Augenbrauen hoben sich hochmütig.

Bones nickte. Er war stumm vor lauter Anbetung, Furcht, Hoffnung und Gefühl.

»Wie grenzenlos lächerlich!« antwortete die junge Dame, die auf keinen harmlosen und notwendigen Wurm trat, die keiner Fliege weh tun und keinen Schmetterling auf einen Korken aufspießen konnte. »Wie unerreicht schrecklich dumm! Ich kann Sie unmöglich heiraten! Sie sind doch so schrecklich alt! Wie alt sind Sie eigentlich?«

»Hundertundfünf!« antwortete Bones mit einem traurigen Versuch zu scherzen.

»Ich bin überzeugt, Sie sind vierundzwanzig«, sagte sie hart, »und Sie sind so schrecklich häßlich!«

»*Ich?* Ich häßlich? Machen Sie sich doch nicht lächerlich, liebe alte Albernheit!« antwortete Bones entrüstet.

»Natürlich sind Sie häßlich!« foppte sie. »Betrachten Sie doch Ihre Nase!«

Bones schielte auf das in Frage stehende Organ. Er konnte nichts Bemerkenswertes daran sehen, außer, daß es ziegelrot war, aber das war sein übriges Gesicht auch.

»Was soll mit meiner Nase los sein?« fragte er hitzig. »Und wenn es sich darum handelt, Sie haben ja auch keine Nase, über die es sich zu sprechen lohnte.«

Sie öffnete ihren Mund zu einem zornigen und schmerzvollen »Oh! Wie dürfen Sie sich erlauben, über meine Nase zu sprechen! Ich werde das meinem Vater sagen.«

»Und das sollten Sie auch hübsch tun, weil er teilweise dafür verantwortlich ist!« sagte Bones bitter.

»Oh«, sagte sie wieder, und dann boshaft: »Ich könnte unmöglich einen Mann heiraten, der kein Sportler ist. Und wenn Sie's durchaus wissen wollen, ich liebe Harry Gilde. Er ist einer der besten Stürmer in der Cambridge-Fußballmannschaft.«

»So, das ist die Sorte Kerl, die Sie lieb haben – ein Stürmer! Als ob Sie nicht stürmisch genug sind!«

»Lassen Sie uns zum Wohnhaus zurückgehen!« antwortete sie mit unheilvoller Ruhe.

Bones zuckte die Achseln und schritt neben ihr her.

»Nach allem, was ich für Sie getan habe...«, sagte er nach einer langen Pause.

Sie stand still und starrte ihn an. »Was haben Sie denn für mich getan?«

»Na, ich habe Ihnen doch alles gezeigt. Oder nicht?« sagte er entrüstet. »Wer hat das Tennisnetz für Sie aufgespannt? Ich hab's getan.«

»Und noch dazu ein elendes altes Netz!« antwortete sie.

»Es ist das beste, das wir haben«, erwiderte Bones ruhig.

»Was sonst haben Sie für mich getan? Bitte, sagen Sie mir das doch!«

Bones wußte im Augenblick nichts zu sagen, aber er wies mit seiner Hand rundum.

»Haben Sie die Erde geschaffen?« fragte sie sarkastisch. »Sind Sie unseres Herrgotts Gärtner?«

Die Reihe, verblüfft zu sein, war an Bones. »Lassen Sie uns nicht darüber streiten!« sagte er.

Mit aufeinandergepreßten Lippen gingen sie zum Wohnhaus der Station.

Der Gouverneur war im Begriff abzufahren.

»Wo um Himmels willen hast du denn gesteckt, Dora?« fragte er sehr sanft, denn er hatte etwas Scheu vor seiner schönen Tochter.

»Ich habe« – ihr Ton war sehr überlegen – »ein sonderbares Insekt gesehen und seine merkwürdigen Possen beobachtet«, sagte Dora, indem sie nach Bones schielte.

»Das habe ich auch. Eines der aufgeblasensten Insekten«, bemerkte Bones.

Sie nahm ihres Vaters Arm und verließ Bones so plötzlich, daß es auffiel.

»Kommen Sie mit hinunter zum Strand, Bones?« fragte Hamilton.

Sein Untergebener zog eine wunderliche Grimasse, in der Verachtung, Gleichgültigkeit, Mißvergnügen und Erhabenheit über das Weib zugleich um Ausdruck rangen. Nichtsdestoweniger standen Tränen in seinen Augen, als er das weiße Schiff langsam am Horizont verschwinden sah. Er fühlte es in seiner Kehle würgen, und an der Stelle, wo sein Herz war, empfand er einen dumpfen, zehrenden Schmerz. Er wünschte fast, er könnte sich dem Trunk ergeben, aber unglücklicherweise konnte er keinen Whisky vertragen, und beim zweiten Glas Portwein sank er unwiderruflich in Schlaf.

»Was halten Sie von ihr, Bones?« fragte Hamilton.

»Kein übles Mädchen«, sagte Bones gleichgültig. »Ziemlich frühreif, aber nicht schlecht.«

»Ich war der Meinung, sie sei schön«, sagte Sanders, ruhig aufblickend.

»Ja–a«, gab Bones zu, »aber das Aussehen macht's nicht. Intelligenz ist die Hauptsache, liebe alte Exzellenz. Und, wie der nette alte Kipling sagt: ›Ich habe dies getan und jenes getan und das andere, und ich habe von ihr über die Weiber gelernt‹.«

Bones zog sich frühzeitig zurück, weigerte sich hartnäckig, Hamiltons Einladung zum Pikett anzunehmen, und verbrachte den größten Teil der Nacht damit, ein melancholisches Gedicht zu machen, an dessen Ende er die Worte setzte:

»P.S. – Ich nehme alle Bemerkungen über Ihre Nase zurück.«

Dieser Brief mag Miss Dora Campbell-Cairns erreicht haben oder nicht. Wenn das Schreiben in ihre Hände gelangt ist, war sie jedenfalls von Reue so überwältigt, daß sie nicht den Mut hatte zu antworten. Aber was auch immer die Ursache gewesen sein mag, jedenfalls erhielt Bones keine Antwort. Bones wurde zynisch, was Frauen anlangte, und fing an, die Sportzeitungen zu lesen, bis sein Interesse am Rugby wieder auflebte.

Und dann ereignete sich jener Vorfall in dem Ugundidorfe, der ihn veranlaßte, ein lebhaftes Interesse an einem Spiele zu nehmen, das er seit seiner Schulzeit nicht mehr gespielt hatte.

Nahe bei dem Ugundidorfe ist ein Platz, den man »Die Zehn Leoparden« nennt. Ein Flecken, bar jedes Pflanzenwuchses und umringt von Haufen von faulenden, mit Schwämmen bedachten Baumstümpfen, die die großen Elefanten vor Generationen im Spiel herausgerissen und beiseite geworfen haben. Bis hinunter zum Flußrand liegen diese Wahrzeichen der Liebhaberei und der Stärke der Riesen, denn geschwärzte Stämme ruhen Schicht auf Schicht zwischen Sand und Schlamm, und der Fluß hat sie durch seine Rückstände verkittet, bis sie zu einer unbeweglichen Masse geworden sind.

Hunderte von Jahren lang kamen die Elefanten herbei, um auf diesem harten Boden zu spielen, zum Schein ihre Herausforderung hinauszutrompeten und in dieser Jahreszeit im Scherz miteinander zu kämpfen, wobei selbst die reizbarsten Bullen Kopf gegen Kopf miteinander fochten und niemals in Versuchung gerieten, ihre scharfen Stoßzähne zu benutzen. Hierher kamen die Elefantenkälber in Herden, um unter den Augen der schläfrigen Elefantenkühe einen Scheinkrieg zu führen, und an einem denkwürdigen Tage wurden hier die verstümmelten Überbleibsel von zehn Leoparden gefunden. Vielleicht hatten sie ein Elefantenkalb gejagt, denn damals war die große Hungerperiode (Sanders schätzte die Zeit um 1763 herum). Aber warum die zehn Leoparden auf einem Haufen gefunden wurden, ist, da die Leoparden von Natur aus ungesellig sind, ein Geheimnis, das die Jahrhunderte niemals aufklärten.

In dem in der Nähe liegenden Ugundidorfe fand ein Palaver statt, bei dem Distriktsgouverneur Sanders über den Wert Katabelis als Ehefrau zu Gericht saß, die das Weib des Akasavahäuptlings und die vierzehnte berüchtigte Tochter des Isisikönigs war.

M'laba, der Häuptling, hatte dieses Weib erstanden und hatte für sie drei Säcke Salz, zwei seltene kostbare Hunde und viertausend Messingstangen bezahlt. Das war ein sehr großer Preis für eine, die eine mittelmäßige Tänzerin war, und nun wollte M'laba diesen Kaufpreis zurückgezahlt haben, denn das Weib fand an anderen Gefallen. Sanders hörte mit Geduld die lange Reihe ihrer Liebhaber, bekannter oder vermuteter, aufzählen, warf ein beißendes Wort oder zwei über die Moral der Isisileute drein und erkannte dem Ehegatten bei der Dämmerung des dritten Tages zu, was ihm zukam, mit Ausnahme des Salzes.

Gewöhnlich wäre ein solches Palaver an einem Tage erledigt worden. Unglücklicherweise gab es in diesem Falle mehr als die gewöhnlichen Verwicklungen, den Katabeli war die Tochter eines Häuptlings und einer Frau, die beide drei Schnitte als Stammesabzeichen im Gesicht trugen, während M'laba nur zwei über Kreuz liegende Gesichtsschnitte besaß. Mit anderen Worten, ihre Gesichter waren in einem Falle verziert mit drei waagrechten Gesichtsschnitten und in dem anderen Falle mit zwei Schnitten in Gestalt eines Andreaskreuzes. Für den gelegentlichen Beobachter mag die Verwicklung nicht zutage treten, aber, auf eine praktische Formel gebracht, stellte diese Heirat zunächst die Verbindung zwischen zwei rivalisierenden Stämmen dar, und zweitens hatte sie – vorübergehend – sozusagen die widerstrebenden Interessen eines Bundes von Kneipenwirten mit Abstinenzlern verknüpft. Die Isisi und die Akasava waren tatsächlich, was sittliche Grundsätze und deren praktische Durchführung anbelangt, unverträgliche Gegensätze. Und die Scheidung stellte Streit in Aussicht.

»Herr!« sagte der Vater des Weibes, »das hier ist keine Gerechtigkeit, denn meine Tochter hat ihm einen Sohn geboren, und dieser Umstand allein berechtigt sie zu dem Salze. Auch werden mich diese zwei Kreuzschnittleute verspotten, und es wird mir schwerfallen, meine jungen Männer von Angriffen auf diese aufgeblasenen Akasava zurückzuhalten.«

»Wer immer dich verspottet, verspottet mich!« sagte Sanders. »Und, was das Salz und das Kind anbelangt, so sollst du jetzt so viel Salz zurückhaben, wie das Kind wiegt.«

Und feierlich wurde der kleine braungesichtige Sprößling auf der großen hölzernen Waage gegen so viel Salz abgewogen, bis sich die Schale zu senken anfing. Sanders hatte von dem kleinen Körper des Kindes einen Gürtel entfernt, von dem gewisse schwere Eisenstücke herunterhingen.

»Gebieter, wenn das weggenommen wird, wird er sein ganzes Leben lang Unglück haben«, sagte der mißvergnügte Großvater.

»Und wenn ich das nicht wegnehme«, antwortete Sanders, »erhältst du zuviel Salz, und das bedeutete in der Tat Unglück für M'laba.«

Sanders ließ zwei starke, mannbare und mordsüchtige Stämme zurück, die sich ganz und gar nicht mit seinem Urteil zufriedengaben. Es kam dazu, daß diese beiden, wie er sie nannte, »Schlüsselstämme« waren, die in vergangenen Generationen eine hervorragende Rolle im Anzetteln von Kriegen gespielt hatten. Zwischen dem blutdürstigen Akasavavolk und den wilden Grenzern der Isisi waren häufig zuerst die blutigen Streitigkeiten entstanden, die dann ganze Völkerschaften mit hineingezogen hatten. Sanders kehrte daher ziemlich beunruhigt zurück.

Die Ernten waren in diesem Jahr sehr gut gewesen, und gute Ernten waren ein Anlaß zum Kriege. Auch Fische gab es in diesem Teil des Flusses mehr als reichlich, und die Menschen waren zwischen einer Regenzeit und der anderen wohlhabend geworden. Sanders wurde unterwegs so besorgt, da er die »Zaire« halten und wenden ließ, weil er zurückfahren und auf der Stelle ein System für eine dauernde Versöhnung ersinnen wollte. Dann überlegte er es sich reiflicher und setzte seine Reise fort. Einmal wäre seine Rückkehr eine Schwäche gewesen, und weiter hätte sie möglicherweise die Bedeutung der Streitenden in ihren eigenen Augen erhöht.

Bones war mittlerweile der »Lehrkurse auf schriftlichem Wege« müde geworden und fühlte sich so geplagt, daß er sogar von der Zeitung geringschätzig sprach, die seine Beiträge über irgendwelchen Gegenstand in seiner Heimatstadt brachte. Und Bones ohne ein Steckenpferd, war ungefähr wie eine kranke Kuh. Er grübelte, langweilte sich und stieß glucksende Töne aus, die seinen Ekel vor dem Leben und allem, was das Leben ihm brachte, ausdrücken sollten. Aber Sanders war zu sehr mit der drohenden Kriegsgefahr beschäftigt, um sich wegen Bones zu ängstigen.

In Augenblicken wie diesen pflegte er einen Kriegsrat mit seinen beiden Offizieren zu halten, dem Ahmet, sein Hauptkundschafter, beiwohnte. Aber da er Ahmet zurückgelassen hatte, um sich Kenntnis der Vorgänge zu verschaffen, kam man zu keiner Entscheidung, bis der Späher mit seinem Kanu und den gemieteten Paddlern den Fluß herunterkam und dem Distriktsgouverneur einen beängstigenden Bericht über die Lage unterbreitete.

»Gebieter! Es wird Krieg kommen, denn das Weib und ihr Verwandter sind sehr aufgebracht gegen M'laba, und in den Augen ihres Volkes sind sie im Recht. Wie du weißt, Sandi, denkt das Isisivolk über solche Angelegenheiten so: Wenn ein Weib hierhin geht oder dorthin, machen sie darüber kein Aufheben, denn die Isisi halten das einfach für menschlich. Und, wie du weißt, Herr, pflegen die Isisi in solchen Fällen ihre Weiber nicht fortzujagen, es sei denn, sie wären faul oder kochten so schlecht, daß die Nahrung der Innenseite des Mannes weh tut. Ich habe neue Speere in beiden Dörfern gesehen, und M'laba hat seinen Vormann ins N'Gombiland geschickt, um mehr Speere zu kaufen.«

»Dieser Krieg muß verhindert werden«, sagte Sanders, »und zwar ohne Waffengewalt.« Er sah nachdenklich Bones an. »Ich hätte große Lust, Sie hinaufzusenden und dort oben zu lassen«, sagte er. »Ich glaube, ihre Gegenwart dort oben könnte viel dazu beitragen, Unruhen zu vermeiden. Wenn Sie sie ruhig halten können, bis Regen kommt, wird es keinen Krieg geben.«

Bones hatte sofort einen Plan fertig, und zu Hamiltons Überraschung billigte Sanders dessen Vorschlag ohne den geringsten Einwand, ja sogar mit einer gewissen Begeisterung.

»Es ist wenig wahrscheinlich, daß Sie diesen Teufeln beibringen werden, Rugby zu spielen... aber es sind Kinder. Versuchen können Sie's ja, Bones; aber, um möglichst sicherzugehen, werden Sie guttun, nach Bosambo zu schicken... Ich werde ruhiger sein, wenn Sie ein paar Dutzend Ochorispeere als Rückhalt haben.«

Bones fuhr mit der »Zaire« hinauf und wurde in der Nähe des Zehn-Leoparden-Platzes an Land gesetzt. Dieser Platz ist eine Art neutralen Gebietes zwischen den Akasava und den Isisi.

Er kam durchaus nicht zu früh an, wie er erfuhr, nachdem sein Zelt errichtet war. Denn während seine Leute einen rohen Verhau aus Dornen um das kleine Lager machten, schlenderte Bones in das Ugundidorf und fand die jungen Männer, wie sie unter den bewundernden Augen des Weibervolkes kriegerische Übungen veranstalteten.

Bones' Ankunft kam völlig unerwartet. M'laba, der Häuptling – er war ein großer Häuptling, denn sein Dorf faßte etwa zweitausend Seelen –, hatte von Bones' Kommen keine Ahnung, da der Platz der Zehn Leoparden nur selten besucht wurde.

»Das kommt vom Hochmut meines Weibes und ihres Vaters, Gebieter Tibbetti!« sagte M'laba. »Auch wir sind ein stolzes Volk, und Cala-Cala, vor langer Zeit, sagte man, haben wir Akasava die Berge bis zu dem großen Wasser beherrscht.«

Bones saß auf einem geschnitzten Stuhl vor des Häuptlings Hütte, und die jungen Männer, die herumgesprungen waren und getanzt hatten, standen mäuschenstill und sahen betreten drein.

»Ich habe dich zu gern, M'laba, um dich wegen einer solchen Verrücktheit an einem hohen Baum hängen zu sehen«, antwortete Bones. »Und ich habe einen großen Gedanken in meinem Magen, daß ich bald ein Palaver auf dem Leopardenplatze halten werde; dort werde ich sagen, was ich will.«

Er ging von da aus in das Isisidorf, das fünf Meilen entfernt war, aber dort hatte man seine Ankunft wahrgenommen. Die »Zaire« war auf ihrer Fahrt flußaufwärts an dem Dorfe vorbeigekommen und hatte keine Anzeichen kriegerischer Vorbereitungen bemerkt. Die Weiber mahlten ihren Mais, und die jungen Männer erzählten sich schauerliche Geschichten, aber nach einer anderen Richtung hin als vom Krieg. Aber gewisse Zeichen waren sehr bedeutungsvoll für Bones. Katabeli, das geschiedene Weib des Akasavahäuptlings, hatte einen ehrenvollen Platz innerhalb der Familie inne, was für ein geschiedenes Weib recht ungewöhnlich war; und sie trug gewisse Knöchelringe und Armringe an ihren hübschen Armen, die bewiesen, welche Hochachtung sie genoß.

»Wir denken gar nicht an Krieg«, sagte ihr alter Vater, der

Häuptling, »denn das wäre ein Vergehen gegen Sandis Befehl. Aber wenn uns diese Akasavahunde angreifen, müssen wir unser Dorf schon wegen der Weiber und Kinder verteidigen, die sie grausam behandeln werden. Und es wird erzählt, Tibbetti, daß die Isisi seit Cala-Cala, seit undenklichen Zeiten, das Land von den Geisterbergen an...«

Bones hörte geduldig zu, und zuletzt bestimmte er einen Tag für das Palaver. Er wählte dazu eine Zeit, die seinem wertvollsten Verbündeten gestatten würde, zur Stelle zu sein.

Bosambo erhielt die Aufforderung mit Taubenpost und brachte drei Kanus, jedes mit zwanzig Paddlern bemannt, die durch den einfachen Umtausch der Paddeln mit Speeren und Schilden im Augenblick ihrer Landung zu Kriegern wurden. Nach der ersten Begrüßung erklärte Bones seine hochfliegenden Pläne, und die beiden Dorfschaften wurden zu einem Palaver gerufen und ihnen bedeutet, Speere und Schilde zu Hause zu lassen.

Die Akasava saßen zu seiner Linken, die Isisi zu seiner Rechten, und zwischen ihnen befand sich die feste Phalanx der Lanzenleute der Ochori. Bosambo hockte an ihrer Spitze, ungefähr ein halbes Dutzend Meter von Bones entfernt.

Als Redner in der Eingeborenensprache hatte Leutnant Tibbetti wenige, die es ihm gleichtaten. Er sprach Bomongo fließender als Sanders und wußte in allen Redewendungen der vertrauteren Umgangssprache, wie sie am Fluß gang und gäbe ist, glänzend Bescheid.

»Hört alle zu!« sagte Bones. »Ich will euch von einem Zauber erzählen, der mein Heimatland groß gemacht hat. Denn mein Volk kämpft nicht im Zorn. Es kämpft dort einer gegen den anderen mit einem freundlich gesinnten Herzen; und wer in diesem Wettkampf gewinnt, empfängt eine hohe Belohnung. Nun wünsche ich von euch, ihr Akasavahäuptlinge, und von euch, ihr Isisihäuptlinge, fünfzehn starke Männer, die sehr geschmeidig sind und sehr schnell zu Fuß. Und dann wollen wir das so machen...«

Die Theorie und Praxis des Rugby-Fußballspieles ins Bomongo zu übersetzen war allein eine Tat. Und Bones gelang das so vollkommen, daß die Männer, die mit Mord in ihrem Herzen hergekommen waren, beim Fortgehen keinen anderen Gedanken hatten als diesen unblutigen Kampfzauber.

Es war ein großer Tag für Bones, denn gegen Abend kam ein Paddler von der Station und brachte einen Brief von Sanders und, Wunder über Wunder, einen großen viereckigen Briefumschlag, adressiert in riesigen Buchstaben: »Leutnant Tibbetts, Königshaussa«. Sein Instinkt hätte ihm den Namen der Absenderin verraten, wenn er auch nicht ihre Unterschrift in großen flammenden Lettern in seiner Autographensammlung gehabt hätte.

»Lieber Mr. Tibbetts! Ich bin einfach ergriffen von Ihrem Gedicht. Wie wunderbar gescheit Sie doch sein müssen! Ich fühle, daß ich sehr gemein und schlecht Ihnen gegenüber gewesen bin. Werden Sie mir jemals vergeben? Ich denke, Ihre Nase ist sehr hübsch. Schreiben Sie mir, bitte! Ich werde noch einen Monat hier bleiben.«

Bones schrieb. Er berichtete über sein Vorhaben in Umrissen. Er deutete dunkel auf die schreckliche Gefahr hin, in der er schwebte. Er sprach mit bitteren Selbstvorwürfen über seine »Tölpelhaftigkeit« und hoffte, sie sei so gesund wie er im Augenblicke.

Die Arbeit, die beiden Mannschaften einzuüben, ging Woche für Woche vor sich. Am Anfang gab es gewisse Schwierigkeiten, aber diese Schwierigkeiten lagen mehr in der Begeisterung der Spieler als in der Technik; denn beide, Isisi wie Akasava, widmeten sich dem Spiel mit Hingebung.

»Gestern«, sagte ein Akasavastürmer, »als wir unsere Köpfe zusammenlegten, um den kleinen Ball unter unsere Füße zu kriegen, zwickte mich so ein Isisihund von hinten. Aber heute nehm' ich mein kleines Messer...«

Glücklicherweise entdeckte Bones das kleine Messer, ehe das nächste Scrum (Haufen) gebildet wurde, und jagte den begeisterten Spieler rund um die Ebene der Zehn Leoparden, die ihr Übungsplatz war.

Das Ringen um den Ball führte zu einer weiteren Unannehmlichkeit.

»O Mann!« sagte der atemlose Trainer. »Wenn du noch einmal den Läufer mit dem Ball fängst und ihn ins Bein beißt, dann hau' ich dich, bis du blutest.«

»Gebieter!« verteidigte sich der Sünder. »Als ich diesen Mann niederwarf und über ihn fiel, lag es doch nahe, zuzubeißen.«

Bosambo von den Ochori gab einen sehr aufmerksamen Beobachter dieser sonderbaren Vorgänge ab.

»Herr, dieses Spiel ist wie Krieg ohne Speere«, sagte er. »Was wird nun das Ende davon sein?«

Bones' erklärte seinen Plan. Er wollte einen Wettkampf vor den Zuschauern aus beiden Dörfern aufführen lassen, denen vorläufig noch das Zusehen streng verboten war; und es sollte vereinbart werden, daß, welcher Stamm auch geschlagen würde, dieser sich mit der Niederlage abzufinden habe. Die Jahreszeit war im Vorrücken, die Regenzeit war bald zu erwarten, und das Gerede vom Krieg war so in den Hintergrund geraten, daß es nur noch einem leisen Geflüster glich und weder in dem einen noch in dem anderen Lager vernommen wurde.

Sanders' Beifall dünkte dem jungen Mann eine große Errungenschaft; aber eine noch größere Freude bereiteten ihm der Brief und das kleine Holzkästchen, das mit dem Distriktsgouverneur ankam. Dora Campbell-Cairns war gerade im Begriff, die Küste zu verlassen.

»Ich halte Sie einfach für wunderbar«, schrieb sie. »Schreiben Sie mir nach Paris (sie gab keine Adresse an). Papa hält Ihren Plan mit dem Fußballspiel einfach für wundervoll! Ich schicke Ihnen einen Becher, den ich von meinem eigenen Taschengeld erstanden habe. Es ist kein wirkliches Gold, aber Väterchen sagt, er wird sich lange halten. Bitte, verzeihen Sie mir alles, was ich über Ihre Nase gesagt habe!«

Bones hätte ihr sonst etwas vergeben, und als sie sich später mit dem Sohne einer hohen Adelsfamilie verlobte, vergab ihr Bones auch das.

Der Becher war prächtig.

»Er könnte Hunderte gekostet haben«, bemerkte Bones mit einer Stimme, die in Ehrfurcht erstarb.

Später fand er am Fuß des Bechers den Preis und war nicht wenig überrascht, daß ein so seltener und prächtiger Gegenstand so billig verkauft wurde.

Am Morgen des Fußballwettkampfes übernahm Sanders den Vorsitz, und die Stimmung war fast begeisternd.

»Sie sind tatsächlich ein großartiger Kerl!« sagte Sanders zu dem schmunzelnden jungen Mann. »Und, Gott sei Dank, das Barometer zeigt auf Regen«, fügte er ganz unlogisch hinzu.

Das gesamte Akasavavolk im Bereich von fünfzig Meilen und alle Isisi im Umkreis von achtzig Meilen waren auf der großen Ebene versammelt. Sie bevölkerten die Zweige der Bäume und hielten in dichten Haufen den sanften Abhang besetzt, der zu den Isisiwäldern hinaufsteigt; denn in diesem natürlichen Amphitheater hatte jeder Zuschauer einen guten Platz.

Sanders ließ seine Augen in die Runde gehen. »Mir sind es zu viele, und meistens Männer«, sagte er.

Er saß vor einem kleinen Zelt, das von dem übrigen Volke getrennt war, und vor ihm stand auf einem kleinen Tische der goldene Becher und schimmerte in den matten Strahlen einer Sonne, die durch regenschwere Wolken brach.

Er schickte seine Soldaten unter das Volk, um nachzusehen, ob sie Waffen bei sich trügen, aber anscheinend hatten sie keine lebensgefährlicheren Waffen bei sich als ihre langen Wanderstecken. Das Spiel begann bei tropischer Hitze. Und als Bones auf seiner Pfeife das Zeichen gab und die Isisimannschaft vorstürmte, entstand ein derartiger Lärm, eine solche Aufregung bei den Zuschauern, daß sich dieses Fieber auch Sanders mitteilte. Zu seinem Erstaunen wurde er gewahr, daß er einem sehr guten Durchschnittsballspiel beiwohnte. Die Stürmer arbeiteten außerordentlich geschickt. Die Scrums (Haufen) bildeten sich und zerstreuten sich hurtig.

Der richtige Unfug begann, als L'mo, ein großer Akasavamann, einen Isisistürmer angriff, ihn krachend zu Boden schleuderte und auf dessen Schultern kniete. Zwei würdevolle Zuschauer sprangen aus dem Gedränge und schlugen L'mo auf den Kopf. Aber sogar dieser Zwischenfall wurde beigelegt, und das Spiel ging weiter.

Das erste Strafgoal gegen die Isisimannschaft wurde unter dem Beifallsgebrüll der gedankenlosen Isisizuschauer gestoßen. Es war L'mo, der den zweiten Zwischenfall veranlaßte. Wieder griff er seinen Mann an, wieder brachte er ihn zu Fall; aber nicht zufrieden damit, daß er ihm den Ball entwand, packte er den unglücklichen Stürmer bei den Ohren und schleppte ihn in die Mitte des Feldes, als Bones dazwischensprang.

Das Spiel ging etwa zwei Minuten weiter, vielleicht auch weniger als das. Und dann warf sich ein Akasavaverteidiger auf einen unglücklichen Rivalen, der den Ball zwischen seinen Zähnen gepackt hielt, und begann ihn langsam nach allen Regeln der Kunst abzuwürgen. Nun waren die Zuschauer nicht mehr zu halten.

»Zurück!« brüllte Sanders.

Bones rannte zu der dünnen Linie der Haussa und zu dem festen Karree, das Bosambos Krieger bildeten.

»Gott sei Dank, sie haben keine Speere!« sagte Sanders.

Vor ihm befand sich ein Meer durcheinanderwirbelnder Stöcke. Überall auf dem ganzen Platz entwickelten sich kleine Gefechte. Gruppen von Akasavaleuten wurden mit Isisileuten handgemein.

»Bajonett aufpflanzen!« befahl Bones atemlos. Mitten durch die kämpfenden Massen bahnte sich das Bajonett seinen Weg, bis sich die heulende, fechtende Menge in zwei ungleiche Hälften teilte.

Und in diesem Augenblick begann der ersehnte Regen zu fallen, nicht in schwachen Schauern, sondern in reißenden Sturzbächen, die plötzlich aus dem grauen Himmel hervorbrachen. Bosambos Leute fegten den Platz zur Rechten und zur Linken rein, aber dafür bestand kaum noch eine Notwendigkeit. Die Dörfler strömten ihren Häusern zu, während sie ihre Wunden verbanden und schrien.

»Das macht uns Luft!« sagte Sanders.

Er sah sich nach dem Tisch um, auf dem der prächtige Becher gestanden hatte, aber der Tisch war ein einziger Trümmerhaufen und der Becher verschwunden.

»Ich hoffe nur, daß der Gewinner ihn hat«, sagte Sanders mit grimmigem Lächeln. »Beiläufig, wer hat denn eigentlich gewonnen?«

Bones war außerstande, ihm auf diese Frage Antwort zu geben. Aber wenn er in dem lecken Kanu Bosambos gewesen wäre, als es seinen Weg durch das niedrige Wasser nach dem Ochoriland zu machte, würde er nicht im Zweifel darüber gewesen sein. Bosambo brachte Fatima, der Sonne seiner Seele und seinem einzigen Weibe, einen reizenden goldenen Becher.

»Dieser gab mir Sandi für meine Stärke und Gewandtheit in einem Spiel, das Tibbetti die Völker gelehrt hat und in dem ich allein mich ausgezeichnet habe. Aus *diesem* will ich das Bier trinken, das du für mich braust, o Taube und Licht meiner Augen.«

## *Der weise Mann*

In großen Zeitabständen, vielleicht einmal in hundert Jahren, steigen aus einer Menge von Scharlatanen und Schwindlern Magier von solcher Macht hervor, daß man sich ihrer noch erinnert, wenn die Namen von Königen und Häuptlingen längst vergessen sind.

Manche von ihnen sterben infolge eines natürlichen Ereignisses in ihrer Jugend, und ihre Kräfte bleiben unbekannt. Andere erreichen das Mannesalter und finden keine Verwendung für ihre Gaben oder behüten ihre Geheimnisse eifersüchtig vor ihren Nachbarn. Wieder andere werden mißverstanden und ganz von selbst den Wahnsinnigen zugezählt.

Aber T'chala, der weise Mann der Ochori, steuerte in der Mitte zwischen diesen, denn er war der einzige Sohn eines Mannes, der reich an Vieh und Salz und Messingstangen war, die in jenem Lande statt baren Geldes dienen. Und da er seine Mitmenschen liebte und niemandem ein Leid tat und, wenn er nicht Gutes prophezeien konnte, überhaupt nicht prophezeite, näherte er sich einem Zustand der Heiligkeit. Und sogar Sanders, der jeden schief ansah, der übernatürliche Gaben für sich in Anspruch nahm, und der einen Strick oder Fesseln für jeden bereit hatte, der seinen Ruf zu Übeltaten benutzte, sogar Sanders sprach gut von ihm und kam niemals zum Oberlauf des Ochori, ohne daß er der Hütte des weisen Mannes einen Besuch abgestattet und seiner Philosophie zugehört hätte. »Nun, T'chala, was für sonderbare Dinge siehst du?« fragte er ihn eines Tages.

»Gebieter, in der Nacht sehe ich die Toten«, antwortete T'chala. »Sie wandeln von links nach rechts an mir vorüber, eine Menge Gesichter, schwarze und weiße und gelbe. Und ich habe Furcht. Denn sie sind wirklich. Und Tod ist Wirklichkeit, und Leben ist nur der Traum eines kranken Mannes.«

»Was sonst siehst du« fragte Sanders.

»Herr, gewisse Dinge kommen auf mein Gebot und reden zu mir. Aber das ist wahnwitziges Zeug, und wenn ich dir's sagte, würdest du mich zu den alten Leuten auf die Insel verbannen, wo sich mein Bruder schon aufhält.«

»Was reden diese Dinge zu dir?« fragte Sanders geduldig.

T'chala grübelte einen Augenblick, sein Kinn in die Hand gestützt.

»Sie sagen mir, das erste in der ganzen Welt sei Wahrheit und alles Übel wachse aus der Saat der Lüge: Kriege und Morde und Schmerz und Tod.«

»Und siehst du auch manchmal M'shimba M'shamba und die kleine grüne Eidechse?« fragte Sanders listig.

T'chala lächelte. »Das ist die große Torheit der Welt«, sagte er, »daß die Menschen ihre Götter in Menschengestalt machen oder in der Gestalt des Übels, das sie fürchten. Und dieses ist mein großer Gedanke, daß es weder Götter gibt auf der Erde noch solche, die in den Lüften hausen oder im tiefen Wasser, sondern daß die Erde in diesen Göttern lebt. Nun, Sandi, wirst du sagen, ich sei wirklich wahnsinnig.«

Sanders lachte leise. »Ich glaube, du bist sehr weise, T'chala, weiser als viele weise Menschen, die ich kenne.«

Sanders schenkte dem Manne Salz und eine Dose konservierter Früchte, die jener gern aß.

Bald danach verfiel T'chala in ein Fieber. Und wegen seiner großen Heiligkeit und seiner Verbindungen mit den Dämonen beschlossen die Dorfbewohner, die ihn liebten – aus Furcht, daß sie seine vielen Geister und Götter beleidigten, wenn sie ihn pflegten –, daß es das beste sei, ihn sterben zu lassen. Aus diesem Grunde ließen sie T'chala ohne Essen und Trinken, und er hätte sich sicher der Prozession angeschlossen, die jede Nacht an seinem geistigen Auge vorüberwandelte, wenn ihm nicht das Weib eines Häuptlings, eine gewisse M'lema, aus reinem Widerspruchsgeist und Hochmut Essen und Trinken gebracht und ihn vom Lande der Geister zurückgeholt hätte.

Diese M'lema war eine von zwei Schwestern im Ochorilande und die Tochter des ältesten Weibes eines gewöhnlichen Mannes, der N'kema hieß. N'kema hießen alle gewöhnlichen Männer. M'lema, die ältere Schwester, war schlank und schön nach dem besonderen Maßstab des Landes. O'fara, die jüngere, war weder schlank noch hübsch. Sie war daher froh, einen ältlichen Fischer zu heiraten, der eine einsame Hütte am Rande einer Lagune besaß, die wegen der Binsen und Gräser, die an ihrer Oberfläche wuchsen, »Der Bart« genannt wurde.

O'fara genügte allen Erfordernissen ihrer Ehe mit dem alten Manne. Sie trocknete und räucherte die Fische, die er fing, sie wässerte und stampfte den Maniok für sein Brot, sie versorgte das Feld, auf dem seine Mehlpflanzen wuchsen, und kochte für ihn Früh- und Abendmahl. Für die Liebe war er zu alt. Aber er war stark genug, um den Stock zu handhaben, wenn sie irgend etwas versah. Denn er dachte, nach kurzer Zeit würde sie zufrieden sein, wenn man sie in Ruhe ließe, und sie würde sich glücklich schätzen, wenn sie nicht seine Aufmerksamkeit auf sich lenkte.

O'fara dachte den größten Teil eines Jahres über diese Dinge nach, und dabei fand sie den Gegenstand ihrer Neigung in einem Mann aus den Wäldern, der jung und lebensfroh war.

Zur richtigen Zeit kam diese Angelegenheit dem Häuptling dieses Striches zu Ohren, der ein reicher Mann war und der O'faras Schwester geheiratet hatte. Eine Verteidigung gab es nicht. Denn

O'fara trug, als sie zum Palaver vor den Häuptling kam, alle nötigen Beweise auf ihren Hüften. Und der alte Fischer lieferte unter schallendem Gelächter der schwarzen Kriminalstudenten – denn das Ochorivolk ist ein Kannibalenvolk, und Kannibalen lachen sehr leicht – ins einzelne gehende Beweise. Am Ende des Palavers erkannte der Häuptling auf Scheidung, und da es sich hier nicht um Wiedererstattung eines Heiratskaufgeldes handelte, hatte niemand den Schaden als O'fara.

Als sie zu M'lema, ihrer reichen Schwester, kam, zeigte diese ihr, wie das Sprichwort sagt, den Weg am Feuer vorbei.

»Du hast große Schande über mich und meinen Mann gebracht!« sagte M'lema mit so lauter Stimme, daß der rittlings auf O'faras Hüften sitzende Scheidungsbeweis seine schläfrigen Augen öffnete und seine Tante ernst betrachtete. »Du bist ein böses Weib, und für dich gibt es keinen Platz in meiner Hütte.«

Deshalb ging O'fara in den Wald und schlief in einer Hütte, deren Eigentümer verstorben und die deshalb verlassen war. Und hier lebte sie, und ihr Kind lernte das Laufen. Sie wußte geschickt mit der Angel umzugehen, und sie fing in den Mitternachtsstunden Fische, bis die Fischer sie erwischten. Sie lief rasch genug davon, aber einer, der schneller als die übrigen war, hing sich an ihre Fersen, als sie bald hierhin, bald dorthin lief, und brachte sie am Flußufer zum Stehen.

»Nun weiß ich, Weib, daß der Satan die Fische aus dem Fluß gescheucht hat, so daß ich und meine Brüder bis zum Isisiland fahren müssen, um einen Fang zu machen«, sagte er zu ihr.

Er fesselte sie an Hand- und Fußknöcheln (sie war zu atemlos, um sich zu wehren), und dann kamen die anderen Fischer heran. Und nachdem jeder der Männer sie mit seinem Ledergürtel geschlagen hatte, hielten sie beim Morgendämmern Rat, was man mit ihr anfangen solle. Die Verzögerung erwies sich jenem Plan unheilvoll, denn um das steile Ufer herum kam der weiße Hulk der »Zaire«. Ihre blaue Flagge mit der goldenen Krone darin hing über das das Wasser peitschende Heckrad. Und Sanders, der über ein paar weitsehende Augen verfügte und über ein noch wunderbareres Prismenglas, sah die Gruppe und schickte ein flaches Boot ans Land.

»Herr, dieses Weib scheuchte die Fische aus dem Fluß. Und sie ist böse, denn als sie K'ravikis, des Fischers, Weib war, hat sie so und so gehandelt.«

»O ko!« sagte Sanders in höflichem Erstaunen.

O'fara erhob sich steif auf ihre Füßen, denn sie litt Schmerzen.

»Sage mir, Mann«, sprach Sanders zu dem ältesten Fischer, »wie oft hast du dieses Weib geschlagen?«

Verstört nannte der kleine Fischerhäuptling eine beliebige Zahl.

»Dieselbe Anzahl der Schläge sollst du erhalten und noch einmal soviel«, sagte Sanders sanft.

Er schnappte mit seinen Fingern, und Sergeant Abibu nahm seine Jacke ab und rollte seine Ärmel auf...

Sanders ging in den Wald, wo sich das Kind des Weibes befand, und nahm beide an Bord der »Zaire«. Eine Stunde später traf er den Häuptling des großen Dorfes, in dem sich O'faras Schwester befand, die so mit Fuß- und Armringen beladen war, daß bei jedem ihrer Schritte ein Rasseln von ihr ausging.

»Häuptling, ich sehe dich!« grüßte ihn Sanders und nahm und kostete das Salz, das der Mann in seinen Händen hielt. »Ich bringe dir dieses Weib und Kind. Sie sollen in deinem Dorfe wohnen, und keiner soll ihnen etwas tun.«

Der Häuptling war nicht entzückt davon. Sein Weib, das weniger Scheu vor einem Manne hatte, wurde laut.

»O'fara ist ein übel berüchtigtes Weib«, sagte sie, »und Sandi weiß nicht, daß sie, als sie das Weib K'ravikis, des Fischers, war...«

Sanders sah das beifällige Kopfnicken der Weiber.

»Bringt mir eine Schale Ziegenmilch!« sagte er. Und als diese gebracht war, fuhr er fort: »Jedes Weib soll davon trinken. Und wenn sie außer ihrem Ehemann keinen Liebhaber hat, wird die Milch weiß bleiben, aber wenn sie einen Liebhaber hat, wird die Milch schwarz werden.«

M'lema streckte ihre Hand halb aus, zog sie dann aber zurück.

»Gebieter, das ist ein Zauber, und ich fürchte mich«, winselte sie.

Sanders hielt der scheu dastehenden Zuhörerschaft den Napf hin, aber die Weiber zuckten zurück.

Ein gezwungenes Lächeln huschte über Sanders Gesicht. »O ihr tugendhaften Weiber!« spottete er. »Wer von euch ist tugendhaft?«

Das Kind auf O'faras Rücken gab einen schwachen Laut von sich, und Sanders hielt den Napf an den Mund des Kindes.

»Seht ihr? Die Milch bleibt weiß, denn dieses Kind ist sündenlos.«

Er sah dem Häuptling ins Gesicht. »Was soll ich mit O'fara machen?« fragte er.

Und M'lemas Ehemann sagte mit einem Donnerwettergesicht: »Laß sie hier bleiben, Sandi. Sie ist sicher, bei meinem Kopfe! Und was mein Weib anlangt, weiß ich, was ich weiß... Aber ich werde bald noch mehr wissen!«

Wieder trafen Sanders' kalte Augen die des Häuptlings. »In einem Monat komme ich zu dir, um Palaver zu halten, Häuptling. Ich würde dich da natürlich gern neben mir haben, aber wenn du *vor* mir sitzest, werde ich Gerechtigkeit üben...!«

Das war eine genügende Warnung für Sabaya. Er begnügte sich mit dem Gebrauch eines warnenden Prügels.

Als M'lemas Mann in dieser Nacht mit seinen Leuten in den Urwald gegangen war, um Affen zu schießen, traf M'lema mit ihrem Liebhaber zusammen, einem jungen Mann, dem sie wie eine Göttin erschien. Er war ein Akasavamann und vertraut mit heiligen Dingen, denn er war ein Missionszögling und M'lema als Laienprediger begegnet. Das geschah, ehe Pater Begelli herausfand, was für ein Mensch er war.

»Schleiche dich heute nacht«, sagte sie, »zu T'chala, dem weisen Mann, der ganz am Ende des Dorfes wohnt! Und da er mich gern mag – denn als er krank war, habe ich ihn immer besucht und ihm zu essen und Ziegenmilch gebracht –, wird er manches für mich tun. Sage ihm, daß Sanders mich wegen meiner Schwester O'fara gedemütigt hat, und er solle einen Bann auf O'fara legen, daß sie verwelkt und alt wird und stirbt, sie sowohl wie das Kind ihres Liebhabers.«

Bologa, der Akavasamann, war bestürzt.

»Das ist ein schlimmes Palaver«, sagte er. »Laß das Weib in Ruh', denn sie wird eines heiligen Tages hinweggenommen werden, wenn die Schafe und die Lämmer getrennt werden... wie uns der Gottesmann gesagt hat.«

Das Weib drängte ihn nicht, sie befahl, und gehorsam ging ihr Liebhaber zu T'chalas Hütte. Er fand ihn in der Abendkühle vor seiner Hütte sitzen, seine Augen blickten wie abwesend, denn er dachte an innere Wahrheiten.

T'chala hörte zu, während Bologa sich in Allgemeinheiten erging, und während dieser ganzen Zeit blieb T'chalas Gesicht unbeweglich und ausdruckslos. Da ging der Liebhaber dorthin zurück, wo er das Weib verlassen hatte.

»Dieser Mann ist verrückt«, sagte er, »denn er redete nur von Wahrheit und Lügen, und als ich ihn fragte, ob er das machen wolle, antwortete T'chala, das sei böse und das Böse sei nichts für einen Mann wie ihn.«

»Geh zu diesem alten Hunde zurück«, drängte M'lema, »und sage ihm, wenn Sandi kommt, dürfe er ihm kein Wort von dem erzählen, was du gesagt hast.«

Bologa kehrte zu der Hütte des weisen Mannes zurück und richtete seine Botschaft aus.

»Wenn er mich fragt, muß ich sprechen«, sagte T'chala offen. »Denn eine Lüge ist wie die kleine Schlange, die entzweibricht und zu zwei Schlangen wird, so daß, wenn sie nicht totgemacht werden, die ganze Welt mit ihnen kriecht.«

M'lema konnte sich in ihrem tödlichen Schrecken nur eine Lösung ihres Problems vorstellen. Mitten in der Nacht, als T'chala schlief, ging ihr Liebhaber, der ein Mitglied der »Gelben Geister« war, zum Fluß hinunter, zu einem Platze, wo es Lehm gab. Dort knetete er einen großen Klumpen und kroch in die Hütte des alten Mannes, drückte den Lehmklumpen auf das Gesicht des Schlafenden und lag eine beträchtliche Zeit mit seinem Gewicht auf ihm, bis des weisen Mannes krampfhafte Zuckungen aufhörten. Und das, dachte M'lema, wäre das Ende seiner Weisheit. Aber als sie am Morgen herauskam und erwartete, eine große Anzahl von Trauernden vor der Hütte des Weisen zu finden, da saß T'chala im Sonnenlicht, die Hände vor sich gefaltet und seine abwesenden Augen auf eine Wahrheit gerichtet.

Der Liebhaber hörte die Nachricht, ganz grau vor Furcht. Er wäre in den Wald geflüchtet, aber T'chala ließ ihm sagen, er bedürfe seiner, und der Liebhaber, voller Angst, ging zu ihm.

»Bologa, ich sehe dich«, sprach T'chala feierlich. »Aber wegen deines bösen Tuns soll dich von Stunde an kein Mensch mehr sehen!«

Bologa, außer sich vor Schrecken, ging die Dorfstraße zurück und kam zu einer Anzahl Verwandter, unter denen sich sein Bruder befand.

»O ko!« sagte er. »Ich habe eine fürchterliche Geschichte erlebt.«

Aber sein Bruder blickte weder auf, noch antwortete er. Niemand im Dorfe schien sich der Gegenwart Bologas bewußt zu sein. Er bückte sich und berührte die Schulter des Mannes, aber seine Hand schien weder Gewicht noch Fleisch zu haben. Er schrie in seiner Furcht laut auf, aber niemand hörte ihn.

»Oh, Leute, hört!« Er schrie es laut.

Nicht ein einziger Kopf wandte sich nach ihm um.

Wie wahnsinnig raste er die Dorfstraße entlang und sah M'lema, die allein vor ihrer Hütte saß und einen brodelnden Topf überwachte.

»M'lema«, wimmerte er, »der alte Mann hat seinen Zauber auf mich geworfen.«

Sie erhob weder ihre Augen zu ihm noch ihren Kopf, und als er sie mit Angstgeheul am Arme packte, griffen seine Hände leere Luft.

Das war die Geschichte, die er erzählte, als man ihn auf die kleine Insel brachte.

»Und das merkwürdige war«, sagte Sanders, als ihm diese Geschichte zu Ohren kam, »daß alle Leute, die Bologa sahen, schwören, er hätte sich nicht von der Vorderseite von T'chalas Hütte entfernt, sondern hätte fast eine geschlagene Stunde dort gesessen. Zweifellos war er wahnsinnig, als man ihn von dort wegführte. Suchen Sie ihn doch mal auf, Bones, wenn Sie das nächstemal zu den Ochori gehen, und sehen Sie zu, ob Sie was Gescheites aus ihm herausbekommen können!«

Wenn alte oder junge Leute wahnsinnig wurden, pflegte man ihnen, sofern sie nicht schon blind waren, seit undenklichen Zeiten die Augen auszustechen und sie an einem dafür passenden Platze den herumschleichenden Leoparden auszuliefern. Und als Distriktsgouverneur Sanders diesen Mißbrauch abstellte, gab es viele alte Leute, die scharf gegen diese unverantwortliche Einmischung Widerspruch erhoben, obwohl sie vielleicht selbst in wenigen Jahren die Opfer dieser Unsitte werden konnten.

Bosambo von Ochori regierte sein Land mit einem eisernen Besen, und wehe denen, die ein von ihm erlassenes Gesetz übertraten. Denn er war sehr rasch zu Fuß und vermochte selbst den langbeinigsten seiner Krieger zu überholen. Und stets hatte er seinen Bambusschild bei sich und sechs kleine Wurfspeere, die niemals ihr Ziel verfehlten. Und als er im Auftrag seines Gebieters verkündete, daß die alte Unsitte, so mit den Alten zu verfahren, tabu sei, murrten die jungen Männer und gehorchten.

Man hatte einen neuen Weg gefunden, um die betagten Verwandten loszuwerden. Auf einer breiten Halbinsel, die sich in den Fluß hinaus erstreckte und die durch einen schmalen Landstreifen mit dem Festland verbunden war, baute man ein kleines Dorf für diese Leute. Jeden Morgen brachten dazu bestimmte Leute dem umnachteten Volk Nahrungsmittel, und eine Wache wurde auf der Halbinsel aufgestellt, um die Altersverblödeten am Übertritt auf das Festland zu hindern. Das war ein ganz gutes System, das in dem fruchtbaren Gehirn Leutnant Tibbetts von den Königshaussa entstanden war. Aber das System hatte den Fehler, daß es diesen Verrückten Gelegenheit gab, miteinander zu verkehren und ihre verbrecherischen Ideen gegenseitig zu erörtern. Auf gemeinsame Zustimmung hin richteten sich diese Pläne gegen einen schmächtigen Jüngling, der immer, sogar im Schlaf, ein Monokel trug.

»Dieser Mann«, sagte Bologa, ein junger Bengel, aber auf Grund seiner Erfahrung im Zaubern eine Person von Bedeutung, »hat uns grausam behandelt, denn er hat uns ins Gefängnis gesteckt. Nun wurden zu meines Vaters Zeiten die betagten Männer in den Urwald gebracht, wo man sie laufen ließ und sie in einen Zustand brachte, daß sie die nachts umherschleichenden, schrecklichen, wilden Bestien nicht sehen konnten.«

Seine Zuhörer stimmten zu. Die sieben alten Männer und Bologa hatten ein gutes Mahl hinter sich und saßen nun im Halbkreis herum. Bis spät in die Nacht hinein schwatzten sie zwecklos über Bones. Zwei der Alten schliefen ein, zwei von ihnen waren in lebhafte Unterhaltung mit den Geistern verloren, die sie heimsuchten. Aber die anderen drei hörten aufmerksam zu.

»Ihr seid alt und schwach, er ist jung und stark. Aber bin ich nicht auch stark? Und kann die Kraft von acht kleinen Hunden nicht einen Leoparden überwältigen?«

Mit einiger Mühe weckten sie die zwei Schläfer auf und eröffneten ihnen ihr Vorhaben. Dieses bestand kurz darin, Bones bei einem seiner Besuche zu überfallen und danach mit ihm nach sechs verschiedenen Arten zu verfahren, denn jeder der Alten hatte darüber seine eigene Lieblingsidee. Das alles wäre vielleicht ihrem verrückten Hirn entfallen, aber unglücklicherweise kam Bones am folgenden Morgen an; er hatte ein Lächeln in seinem eckigen Gesicht, und sein großes Monokel warf das Licht der westlich wandernden Sonne zurück.

»Ah, da seid ihr ja, ihr netten alten Gemüter!« grüßte Bones, der die »Zaire« an einem Holzplatz, drei Meilen weiter, verlassen hatte und ganz allein kam. »Glücklich und zufrieden und den Bauch voll Bohnen!«

Die Wache an dem entfernten Ende der Halbinsel war nicht auf Posten gewesen, als er dort vorbeikam; tatsächlich befand sie sich auf einem Hochzeitsfest im Dorf und hatte daher den jungen Mann weder kommen noch gehen sehen.

Der erste Gedanke an Gefahr kam Bones, als sich ein dünner und sehniger Arm um seinen Nacken schlang und zwei knorrige Knie sich plötzlich in seinen Rücken gruben. Wäre der Überfall im Freien geschehen, hätte man den Vorgang bemerkt, so aber spielte er sich in der gemeinsamen Hütte ab, als Bones in diese eintrat, um die Vorkehrungen zu besichtigen, die er für die Bequemlichkeit dieser Leute getroffen hatte.

Dabei hätte Bones ein höchst unrühmliches Ende finden können. Aber das große Kriegskanu Bosambos, des Ochorikönigs, kam vorbei, und der Gesang seiner Paddler drang zu den Ohren der Wahnsinnigen. Wie die Kinder ließen diese ihre Beschäftigung im Stich und liefen bis an den Rand des Wassers, um das wunderbare Kanu mit seinen rollenden Trommeln und seinem scharlachroten Sonnensegel (es war früher einmal der Vorhang gewesen, der Sanders Schlafkabine von dessen Arbeitsraum trennte) zu sehen. Sie klatschten in die Hände zu dem prächtigen Rhythmus der vierundzwanzig Paddler, die ihre scharlachrot bemalten Paddeln zugleich, wie eine einzige Paddel, ins Wasser tauchten.

Bosambo wäre vorübergefahren, aber er bemerkte, daß sämtliche Wahnsinnige bewaffnet waren. Sein Kanu schwenkte ein, und behend sprang er an Land.

»Oh, Geisterleute, was ist das?« fragte er.

»Gebieter Bosambo, wir haben Tibbetti in jener Hütte, und wir wollen soundso mit ihm machen«, antwortete Bologa.

Und die anderen sieben nickten und wiederholten jeder sein eigenes Erledigungsverfahren.

Mit drei Schritten war Bosambo in der Hütte, hatte den Strick um den Hals des erstickenden jungen Mannes durchgeschnitten und ihn an das Tageslicht geholt.

»Gebieter, was soll ich mit diesen alten Narren und mit dem jungen Narren, der verrückter ist als alle anderen, anfangen? Sie sind verrückt und daher besser tot. Wenn du mir den Befehl gibst, werde ich sie auffordern, in die große Hütte zu kommen, und sobald einer von ihnen eintritt, wird er sterben und es nicht einmal wissen«, sagte Bosambo.

»Du bist doch ein böser alter Mörder!« sagte Bones entrüstet.

Bosambo ging hoch. »Ich sein christlicher Mann, selbe wie Marki-Luki-Johanni. Ich kommen einmal Himmel, du gehn einmal Himmel. Wie geht dersch?«

Er gab eine verständliche Darstellung, wie er Bones einmal in einer besseren Welt begrüßen würde.

Bones hatte doch einen Schrecken von der Geschichte davongetragen, einen der schlimmsten, der sich je seiner bemächtigte, denn diese Gefahr hatte etwas gespensterhaft Häßliches an sich gehabt, das einen tieferen Eindruck auf sein Gemüt hinterließ als andere und weit schlimmere Gefahren.

Den ganzen Weg zur Station über grübelte er über die angemessenste Belohnung, die er Bosambo anbieten könne, nach. Der Häuptling, den er deswegen um Rat gefragt, war die Offenheit selbst.

»Gib mir Geld, Gebieter! Denn jedesmal wenn ich das Bild deines großen Königs auf einer Silbermünze sehe, werde ich ihm mehr und mehr zugetan.«

Aber Bones war anderer Meinung.

»Warum überreichen Sie ihm nicht eine mit buntem Bildschmuck versehene Dankesadresse?« schlug sein zynischer Vorgesetzter (und Hauptmann Hamilton konnte in der Tat sehr zynisch sein) vor. »Oder einen Satz Fischbestecke? Oder eine Marmoruhr mit vergoldeten Engeln oder ohne solche?«

»Bitte, lassen Sie uns nicht die Religion hereinziehen, lieber alter Herr!« bat Bones feierlich. »Lassen Sie nur unsere schlimmen alten Gedanken gefälligst auf dem geraden und engen Pfade der lieben alten Agnostik bleiben! Bosambo ... bei allen Göttern!«

Er klatschte seine Handfläche mit seiner knochigen Hand, und eine Sekunde später war er die Stufen des Wohnhauses heruntergesprungen und lief über den sonnengedörrten Exerzierplatz. Nach einer kleinen Weile kehrte er zurück, ein Lachen im roten Gesicht. Unter jedem Arm trug er ein großes Bündel Zeitschriften, die er auf den Tisch legte.

»Ich weiß jetzt, was Sie ihm geben«, sagte Hamilton. »Ein Grammophon, fünf Schilling sofort und zehn Schilling jeden Monat, solange Sie leben.«

Bones schüttelte den Kopf.

»Einen schriftlichen Kursus in der Ausbildung als Geschäftsreisender... Unterzeichnen Sie das Formular und senden Sie Geld!...« schlug Hamilton vor.

»Falsch, alter Rater!«

»Warten Sie!« Hamilton schlug sich an die Stirn. »Vielleicht 'nen Anzug für Gentlemen, von der Stange...? Oder eine elektrische Taschenlampe... Knipse und hab Sonnenlicht?«

»Nee, lieber alter Offizier, Hauptmann und Freund!«

Sanders sah über seine »Times« zu ihm hinüber und versuchte es mit Raten.

»Hat es vielleicht was mit Farbe zu tun?«

Leutnant Tibbetts machte ein blödes Gesicht. »Wie konnten Sie das wissen, Exzellenz?«

Sanders lachte leise.

»Drei Wochen ehe Sie den Fluß hinaufgingen, hatten Sie mich doch wegen Anstreichens meines feinen Hauses ausgepumpt«, sagte Sanders trocken, »und seit drei Wochen hatte ich mich bemüht, dieses Unheil abzuwenden.«

»Malerfarbe?« wiederholte Hamilton ungläubig.

»Schablonenmalerei!« sagte Bones und watete durch die Drucksachen.

Es nahm ihn bis zur Essenszeit in Anspruch, die folgende Ankündigung aufzufinden:

»Verschönern Sie Ihr Heim!

Missourimann verdient in seiner freien Zeit hundert Dollar die Woche. Sie können das auch.«

Es war eine Ankündigung von »Malen leicht gemacht«.

»Nicht ein Spielzeug, sondern ein Geld-Verdiener!«

»Tatsächlich, Ham«, bekannte Bones, »ich habe bereits Ausrüstung Nr. 4 bestellt; ich hoffe, lieber alter Herr, Sie werden nichts gegen etwas Kunst haben.«

»Alles in allem halte ich es für klüger, Bosambo das ganze Zubehör dieser Schablonenmalerei zu übergeben.« Sanders sprach mit feierlichem Ernst. »Ich zweifle nicht, daß er einen guten Gebrauch davon machen wird. Und wenn Sie, auf Ihrem Wege dorthin, T'chala sehen, geben Sie ihm eine Dose Konserven! Denn das, bei allen Himmeln, ist der einzige weise Kopf im Ochorilande.«

»Kluge Hühner legen auch in die Nesseln«, bemerkte Hamilton.

»Mit T'chala verhält es sich anders. Selbst wenn er ein Weißer wäre, würde er ein bemerkenswerter Mann sein.«

»Sage mir, wovor ein Mensch Furcht hat, und ich werde den Wert seiner Philosophie ermessen«, antwortete der zynische Hamilton.

»T'chala hat vor nichts Furcht«, sagte Sanders.

»Gerade wie ich auch«, murmelte Bones.

Einen Monat später erklärte dieser dem gespannt aufmerkenden Oberhäuptling die Kunst und die Ausführung der Schablonenmalerei. Sie befanden sich auf der vordersten Kommandobrücke der »Zaire«, die Sanders bei Isisistadt ausgebootet hatte. So hatte Bones einen ganzen Tag für sich.

»Gebieter, das ist ein Wunder!« hauchte Bosambo. »Denn du legst diese kleinen Stücke gelben Papiers auf, und du tanzt ein paarmal mit diesem Pinsel drüber, und siehe, da steht ein Bild von einer schönen Blume, so leibhaftig, daß ein Mann dran riechen kann.«

»Und ein Mann zu Pferde«, murmelte Bones. »Vergiß ja nicht den netten alten Kerl auf dem netten alten Gaul, Bosambo! Und eine Windmühle, lieber alter Bosambo!«

Bosambo war zu sehr bezaubert, um sich zum Englischreden verleiten zu lassen.

»Nun wird das gesamte Ochorivolk sehen, was für ein großer Magier ich bin. Sogar T'chala, der weise Mann, kann keine Blume mit geschlossenen Augen malen«, sagte Bosambo.

Das geschah zu einer Zeit, da die Ochori ihrem Herrn ohne jede

Entschuldigung, die zu ihren Gunsten gesprochen hätte, die volle Steuerquote verweigerten. Eine Krankheit der Ziegen wurde vorgeschützt. Meltau sollte auf das Korn gefallen und die Fische sollten nach anderen Gewässern abgewandert sein. Aber in Wahrheit herrschte im Ochorilande eine Epidemie passiver Resistenz, und diese Bewegung wurde so allgemein, daß Bosambo zögerte, Gewalt anzuwenden, um das aus diesem geizigen Volke herauszuholen, was dem Government und ihm selbst – und das besonders – zukam.

Den größten Teil einer Woche verbrachte Bosambo mit seiner wunderbaren Kiste voller Schablonen, stellte Versuche an und grübelte. Und dann schickte eines Nachts sein Lokoli die Botschaft durch das Land, die die Häuptlinge und Unterhäuptlinge zu einem großen Staatspalaver zusammenrief.

Sie kamen, obwohl zögernd, und bereiteten sich vor, die unvermeidlichen Forderungen weiterer Steuererhebung zu bekämpfen. Sie waren überrascht und entzückt, als ihnen Bosambos Vertrauensmänner vertraulich mitteilten, daß keine Steuerfrage erörtert werden solle.

Am Morgen saß Bosambo in seinem Staatsstuhl unter dem Grasdach des Palaverhauses und redete die im Halbkreis um ihn herumhockenden Zuhörer an.

»Hört gut zu, alle Leute!« bellte er los. »Sandi, der mein Freund ist, und Tibbetti, der mir wie ein Bruder ist, haben ein Palaver mit mir gehalten. Und Sandi sagte das: ›Es gibt gute Menschen im Ochoriland, und es gibt schlechte Menschen. Mache ein Zeichen auf die guten Menschen, damit ich diese belohnen kann, wenn ich sie treffe! Denn so lautet der Befehl des großen Königs, der mein Vater ist.‹«

Die Ochoris waren argwöhnisch und betroffen, aber trotzdem verstanden sie den Zweck der Markierung. Trugen nicht alle kleinen Häuptlinge Silbermünzen an ihrem Halse zum Beweis ihrer Größe? Ein alter Kerl, ein berüchtigter Sünder, der bei zwei Gelegenheiten nur um Haaresbreite dem Stricke entgangen war, stand auf und grüßte.

»Bosambo, das ist eine gute Rede!« begann er. »Obwohl Leute übel von mir gesprochen haben, liebe ich Sandi dennoch, wie ihr alle wißt. Drücke mir das Zeichen auf, damit ich in meine Stadt zurückkehre und meinen Leuten das Wunder zeige!«

»Das will ich in der Tat, Osaku«, sagte Bosambo bereitwilligst, »und die vierhundert Matakos (Münzen), die du mir für diese Ehre bezahlen mußt und die ich an unseren Gebieter Sandi schicken werde, werden so gut wie nichts für einen Mann von deinem großen Reichtum sein.«

Osaku wand sich bei dieser Eröffnung, aber die Möglichkeiten waren zu verführerisch. Er vereinbarte dreihundert Matakos, legte sich flach auf den Bauch und gestattete Bosambo, eine wundervolle grüne Windmühle auf sein linkes Schulterblatt zu malen.

Den ganzen Tag hindurch redete Bosambo und malte. Einige der Männer hatten keine Messingstangen mitgebracht und baten um Stundung; aber der listige Herrscher der Ochori zeigte sich diamanthart gegen solche Bitten. Diese Verschönerungsfrage dürfe nur streng gegen Barzahlung erledigt werden, sagte er.

Es gab Zweifler unter ihnen, aber nachdem die größere Anzahl das Wunder ausgeführt sah und denen gefolgt war, die bereits gemalt und gesegnet waren, um die Rosen, die Windmühlen und die Holländer in ihren sackähnlichen Hosen besser bewundern zu können, die ihre Genossen schmückten, kehrte die Mehrzahl sofort nach Hause zurück, um sich ihre Schätze zu holen.

Viele kamen, die nicht bemalt wurden. T'chala, der weise Mann der Ochori, ging zehn Meilen durch den Urwald, um die Malerei anzusehen. Aber als er sie sah, schüttelte er den Kopf.

»Diese Malerei ist für dummes Volk, das keine Tugenden besitzt, Gebieter Bosambo! Ich aber bin erfahren und besitze Wissen über Leben und Tod, und ich weiß, daß Leben ein Traum ist und Tod Wirklichkeit. Ich strebe weder nach Belohnung noch nach Bestrafung.«

»Ich will das für dich tun, weil ich dich gern mag«, sagte Bosambo, der das Zeugnis des weisen Mannes als Beweis seiner Zustimmung brauchte, »auch wird dir dieser Zauber langes Leben geben und eine große Sicherheit.« Er wollte auf T'chala als seinen Schüler hinweisen können, wenn Sanders ihn eines Tages zur Rechenschaft dafür ziehen sollte.

Aber T'chala lächelte würdevoll und ging.

Am dritten Tage kam der Unterhäuptling, der Gatte M'lemas, und brachte diese mit sich. Im Austausch für hundert Matakos und einen kleinen Sack Salz hatte er das Vergnügen, eine glänzende rote Kuh auf seinem Bauch zu tragen. Aber als er sein davor zurückschreckendes Weib vorschob, wischte Bosambo sich den Schweiß von der Stirn und legte seinen abgenutzten Pinsel beiseite.

»Dieses Weib werde ich nicht bemalen«, sagte er, weil er wußte, wie sehr der Häuptling auf dieses Mädchen versessen war, »denn unser Gebieter Sandi hat gegen sie gesprochen.«

»Bosambo«, drängte der Häuptling, »sie ist ein Weib, und da sie ein Weib ist, hat sie keinen Verstand. Nun will ich dir tausend Matakos geben und zwei Ziegen obendrein, wenn du ihr dein schönes Zeichen aufmalst, damit Sandi freundlich zu ihr spricht, wenn er sie sieht.«

Bosambo feilschte um eine Ziege mehr, erhielt diese und schmückte das Weib auf eine ganz neue Art.

»Bosambo«, wandte der Häuptling ein, »wie kann man diese wunderbare Zeichnung sehen, denn sie ist kein schamloses N'Gombiweib, die ohne geziemende Kleidung herumläuft.«

Bosambo erkannte die Triftigkeit dieses Grundes an und wiederholte das Muster noch einmal auf dem Nacken des Weibes.

Später kam O'fara, die arme und freundlose. Aber Bosambo hatte kein Mitgefühl, und außerdem fing ihm an, Farbe zu fehlen. Hochmütig gab er ihr einen Wink zu verschwinden.

»Diese hohen Geheimnisse sind nicht für dich bestimmt, O'fara. Gehe zu deinem Buschmann und sage ihm, er soll mir einen Sack Salz oder solche Schätze bringen, wie sie die Waldleute in der Erde vergraben!«

Die bekümmerte O'fara ging zum Dorf und in ihre Einsamkeit zurück. Dort fand sie T'chala, den Weisen, über die Wahrheit grübelnd. Sie saß zu seinen Füßen nieder und erzählte ihm von ihrer

Armut. T'chala war ungewöhnlich zerstreut.

»Ich sah, wie Bosambo ein Zeichen auf die Brust eines alten Mannes malte, das aussah wie ein großer Baum und das dem Manne ein langes Leben gibt«, sagte T'chala sinnend und streifte das Mädchen mit seinem Blick. »Wessen bedarfst du, Weib, das Bosambo dir geben könnte? Du bist jung – damit besitzest du alles. Nun bin ich ein sehr alter Mann, und ich gehe niemals an einem Grab am Flußufer vorbei, ohne daß ich daran stillstehe, um zu fragen: Wo werden sie einen Platz für mich graben? – Und das Leben kommt und geht wie die Sonne. Es ist kaum Morgen, dann ist es auch schon Nacht... ein großer roter Baum mit Zweigen, der so aussah...«

Sie fuhr fort, ihren Mißerfolg zu beklagen, daß man sie nicht gezeichnet habe und sie so die Gunst Sandis nicht gewinnen könne.

»Das liegt nicht in meinem Begehr«, antwortete T'chala ein wenig ungeduldig für einen so heiligen Mann, »denn Sandi liebt mich um meiner Weisheit willen, und ich stehe hoch über dem gewöhnlichen Mann... Leben ist nur ein Traum, aber gar manche lieben es, zu träumen. Und Tod ist Wirklichkeit – aber wer will noch Wirklichkeit, wenn es Träume gibt?«

Das Gerücht von der Malerei Bosambos gelangte auch zu dem kleinen Landstreifen, auf dem die Wahnsinnigen wohnten. Und Bologa, der Akasava, aufgebracht über das ihm widerfahrene Unrecht, sah hier eine Erfüllung dessen, was der Missionar versprochen hatte. Ein großer Gedanke nahm in seinem Hirn feste Gestalt an, und Bologa führte einen Plan aus. Er kroch um die Mitternachtsstunden an der schlafenden Wache vorbei, ging zu einem Fischerdorf, stahl dort ein Kanu und fuhr den Fluß hinunter, bis er zu seinem eigenen Lande kam. Dort fand er, daß sich die Akasava von einem Ende des Landes bis zum anderen in einem Zustand der Gärung befanden. Er bemerkte nicht die »Zaire«, wie diese mit Volldampf nordwärts jagte, während ihr schwarzer Schornstein Schwärme von Funken spie. Ihr Deck wimmelte von Soldaten, und um ihre beiden Geschütze herum waren Kartätschen in Reihen aufgestapelt, denn die scharfe Nase des Distriktsgouverneurs Sanders witterte Krieg.

Die Geschichte von Bosambos Malerei war wie ein Lauffeuer den Fluß hinauf und hinunter geeilt, und jeder Stamm hatte der Begünstigung der Ochori seine eigene Auslegung gegeben. Bologa suchte den Akasavakönig auf und erklärte diesem seinen Plan.

»Der Gottesmann sagte, daß die einen als Schafe und die anderen als Ziegen gezeichnet werden sollen. Und wer anders sind die Schafe, wenn nicht die Ochori? Denn diese waren große Feiglinge, bis Bosambo kam, wie du wohl weißt. Und das ist das Geheimnis, daß alle, die so gezeichnet wurden, die Herren unseres Volkes sein sollen, und wir sollen ihre Sklaven sein, genau wie der Gottesmann das vorhergesagt hat.«

»Das ist ein schlechtes Palaver!« antwortete der Akasavakönig, indem sich sein Gesicht verfinsterte. »Laßt uns zu diesen Schafen gehen und ein Morden anstellen!«

Sanders war nur zwanzig Meilen entfernt, als der Akasavakönig tausend Speere aus seiner eigenen Stadt mit sich nahm und im Dunkel einer regnerischen Nacht zu der ersten großen Stadt der Ochori kam. Um Tagesanbruch rasselte der Lokoli Alarm, und Bosambo begab sich schnell an die Rettung seines verwüsteten Gebietes. Er warf seine beste Truppe gegen das rauchende Dorf und trieb die Akasavaspeere in wilder Flucht in ihre Kanus und der »Zaire« entgegen, als sie nach der Strommitte zu paddelten. In der Hitze der Nachmittagssonne begleitete Sanders einen ernüchterten Bosambo durch die Trümmer. Eine Hütte stand aufrecht, und vor dieser saß die ungezeichnete O'fara.

»Herr, sie haben mich nicht getötet, weil ich kein Zauberzeichen an mir trug. Aber M'lema haben sie erschlagen und ihren Mann, den Häuptling, denn sie kamen bei Tagesgrauen über uns, und unsere Leute waren im Schlaf.«

»Wo befindet sich T'chala, denn das ist seine Hütte?« sagte Sanders. »Und ich weiß wohl, daß dieser weise Mann dem Untergang entronnen ist.«

Ohne ein Wort zu sagen, wandte sie sich um und ging in die Hütte, und Sanders folgte ihr.

T'chala war tot. Der Messinggriff des breitklingigen Elefantenmessers, das ihn getötet hatte, ragte zwischen den Zweigen eines großen roten Baumes hervor, der roh auf seine Brust gemalt war.

»Diese Zaubermalerei habe ich ausgeführt, weil er mich darum bat und weil er mir Kambalholz und Öl brachte und mir zeigte, wie der Zauberbaum gemacht wird. Denn er fürchtete den Tod sehr«, sagte O'fara.

## *Der süße Sänger*

Wenn Leutnant Tibbetts eine große erzieherische Idee hatte, legte er diese gewöhnlich schriftlich nieder. Das Stationswohnhaus sah wenig von ihm und hörte gar nichts von ihm, denn Bones war sehr schweigsam und in sich gekehrt, um nicht zu sagen, reizbar. So war er es damals, als er seinen Plan ausarbeitete, die Wiegenlieder seiner Jugend in die Bomongosprache zu übersetzen. Denn Bones war ein rastloser Pädagoge, und wenn er nicht gerade selber Wissen sammelte, war er niemals so glücklich, als wenn er andere der Früchte seines Studiums teilhaftig werden ließ.

Seine Wiegenlieder hatten keinen zu großen Erfolg:

»Miri-miri hat eine kleine Geiß.
Mit Haar so weiß
Ging Miri-miri zum Fluß;
Die Geiß ging auch.
Sie ging zu allen Orten
hinter Miri-miri.«

lautete die buchstäbliche Übersetzung von »Mary had a little lamb«, und Bones machte heroische Anstrengungen, diese Legende den Isisi-, den Akasava- und den Ochorikindern beizubringen.

»Gebieter!« klagte einer der Isisi-Unterhäuptlinge, »Tibbetti kam hierher und rief die Kinder zu einem Palaver und brachte auf diese Weise Schande über uns Männer. Denn er ließ sie gewisse Dinge über eine weiße Ziege sagen, und, wie du weißt, Sandi, ist eine weiße Ziege ein schreckliches Tier, das Unglück bringt. Aus diesem Grunde schlachten wir sie sofort, wenn sie geboren sind. Und seitdem unsere Kinder diesen Zauberspruch gelernt haben, haben wir Mißernten, und die Kautschukbäume sind ausgetrocknet. Auch ist eins der kleinen Kinder am Husten gestorben, und ein anderes ist in den Fluß gefallen.«

Ebensowenig war Bones erfolgreich in seinen Bemühungen, die unreifen Gemüter der kleinen Akasavajungen zu einer Würdigung von »Tom, Tom, des Pfeifers Sohn« zu erziehen. Daraufhin gab es eine Klage, er lehre die Akasavakinder das Schweinestehlen.

»Ich glaube, Sie täten besser, ihre Erziehung in den Händen der Missionare zu lassen, Bones«, sagte Sanders.

»Der Übelstand bei diesen Leuten ist, daß sie die Dinge zu wörtlich auffassen.«

Die Übersetzungen in die Bomongosprache wurden daher in kleine Stücke zerrissen, und Bones suchte nach einer neuen Eingebung.

»Der Mann ist nicht totzukriegen!« sagte Hamilton. »Donnerwetter, wenn ich seine Energie hätte, würde ich eine Dampfmaschine treiben. Er hat mir den ganzen Morgen Witze aus dem ›Putzigen Zeug‹ vorgelesen, das, soviel ich weiß, in Amerika erscheint. Und Bones saugt sich Ideen aus diesen elenden amerikanischen Zeitschriften... gestern morgen nannte er mich ›sauberes Bündel‹... Ich lasse mir das noch gefallen, aber wenn er mich wieder ›Zicke‹ nennt, dann werde ich mich nach einem humanen Schlächter umsehen.«

Jene Artikel in den volkstümlichen Zeitschriften, die zu kurz sind, um wahr zu sein, üben eine unheimliche Anziehungskraft auf gewisse Leser aus. Bones behielt sich unabänderlich die Spalte mit der Überschrift: »Dinge, die man gewöhnlich nicht weiß«, bis zuletzt vor. Es war ihm Portwein und Zigarre nach dem Essen. Er hockte am Tisch, auf dem seine Studierlampe manchmal brannte und manchmal rauchte, und las:

Der Betrag der nationalen Schuld in Pennies aneinandergereiht, würde dreimal um die Erde reichen.

Oder: In Yorkshire gibt es mehr Morgen Land als Wörter in der Bibel.

Oder: 500000 Pfund Sterling werden im Jahr von englischen Dramatikern verdient.

Oder: Die Tinte wurde erfunden von... usw.

Vielleicht war es eine ihm eigene Eingebung, oder vielleicht hatte der Schriftleiter der Spalte »Dinge, die man gewöhnlich nicht weiß« ein Übereinkommen mit dem Schriftleiter der »Merkwürdigen Tatsachen, die selten als wirklich angesehen werden«, getroffen; oder vielleicht steckten beide unter einer Decke mit dem Gentleman, der die Spalte in einem anderen Blatte: »Nachrichten in einer Nußschale« redigierte, aber mit Sicherheit stieß Bones stets auf einen anregenden Artikel über Autorenhonorare.

An einem Sonntagnachmittag, als Sanders und die beiden Soldaten auf der Veranda faulenzten und um das unvermeidliche Gewitter baten, das den ganzen Tag über gedroht hatte, raffte sich Bones in seinem Stuhle auf.

»Ham, alter Schwächling, ich werde ein Stück schreiben.«

Bones pflegte sich gewöhnlich solche Augenblicke auszusuchen, um seine entsetzlichsten Ankündigungen zu machen. Die Hitze und die Windstille des schwülsten Tages setzten sein Denkvermögen niemals bis zum Kohlkopfniveau herab, noch saugten sie an seinem Lebenssaft.

Hamilton wandte sein feuchtes Antlitz und sein flehendes Auge in der Richtung nach Bones. »Warten Sie, bis es kühler wird, Bones!« bettelte er. »Seien Sie ein netter Kerl und halten Sie's Maul, bis der Regen da ist... Ich glaube, ich habe es eben donnern hören.«

»Weit ab? Entfernter Donner, lieber alter Dramatiker?«

Hamilton stöhnte.

»Warum nicht ein Stück über diese Gebiete?« fragte Bones. »Das hier ist die Story: Ein junger und gutaussehender, aber vollkommen netter alter Leutnant – der Held, Ham – wird fürchterlich von seinem unartigen alten Hauptmann gehaßt. Wenn die Dinge verkehrt gehen, ist es immer der nette alte Leutnant, der die Leute aus dem Schlamassel zieht, und immer der alte, böse Kapitän, der den Ruhm dafür einheimst. Folgen Sie mir, Hamilton?«

Hamilton schloß die Augen und ächzte.

»Dann kommt eine hübsche alte Dame auf die Station, Ham. Schöne Augen, schönes Haar, schöne Gestalt, und natürlich verliebt sie sich hoffnungslos in den netten alten Untergebenen. Hören Sie, Ham?«

Hamiltons Augen blieben geschlossen.

»Ob Sie hören, lieber alter Herr?«

Hamilton ächzte von neuem.

»Aber dieser nette alte Untergebene ist riesig ehrenhaft. Er weiß, daß... Oh, ich unterließ es, Ihnen zu sagen, Ham, daß der Vater dieser schönen alten Dame den netten alten Offizier nicht liebt und daß sie in Wirklichkeit gar nicht seine Tochter ist. Was ich meine, ist ein Schuft namens Hauptmann Finster. Nun, wie stellen Sie sich vor, Ham, alter Herr, auf welche Weise dieser nette junge Untergebene das Mädel rettet?«

»Welches Mädel?« fragte Hamilton schläfrig.

»Na, das Mädel, von dem ich spreche. Ein Geist warnt sie!« Bones schnippte mit den Fingern. »Das Stück wird ein Vermögen machen, Ham!«

Ein heller Blitz zuckte hinter dem Stationsgehölz auf, ein Rollen, das sich zu einem betäubenden, kopfspaltenden Krach steigerte, und Hamilton öffnete seine Augen.

»Da weht er!« sagte er munter. »Oh, riech den lieblichen Wind!«

Der Staub auf dem Exzerzierplatz wirbelte in kleinen Spiralen, das Brüllen des entfernten Regens drang zu ihnen herüber, ehe die ersten Tropfen fielen.

Sanders wachte von seinem Nicker auf, langte nach seiner Zigarrentasche und zündete sich eine schwarze Nikotinrübe an. Er hatte ein Lächeln in seinen müden Augen.

»Dieser häßliche alte Vater, Ham, will die Tochter dem andern Kerl geben, und natürlich, der hübsche alte Leutnant weiß das, und er will natürlich nichts mit ihr zu tun haben...«

»Kommen Sie herein, Sie geschwätziger Teufel!« sagte Hamilton und stand lässig auf, als der Regen herunterkam. »Und wenn Sie mich in Ihr Stück bringen, dann werde ich Ihnen Ihren Satansschädel zertrümmern.«

Bei Bones war Denken und Handeln eins. Ehe das Gewitter vorüber war, hatte er seine ungeheuere Idee zu Papier gebracht.

1. Szene.

Eine bekannte Station.

Leutnant Harold Darcey tritt ein.

Leutn. H. D.: Ah, niemand hier. Niemand hier. Der hübsche alte Platz ist verlassen. Jetzt 'n Whisky und Soda (schenkt einen Whisky und Soda ein). Ah! Ich darf keine Zeit verlieren. Mein Studium hat Vorrang.

Dorman Mackalyster, eine junge Dame, tritt ein. D. M.: ...Oh, ich wußte nicht, daß Sie da sind, Lt. Darcey. Oh, wie ich Sie liebe!

Leutn. H. D.: Das kann niemals sein, liebe Dorman! Unsere Wege liegen weit auseinander. Sie sind mit einem anderen verlobt. Leben Sie wohl! Ich weiß, es kann niemals sein.

D. M.: Oh, verlaß mich nicht, Harold! Da ist etwas, was Sie wissen müssen, mein Vater ist nicht mein Vater, sondern er hat mich adoptiert.

Hauptmann Finster tritt ein.

Hauptm. F.: He, was tust du hier allein mit diesem Mann? Zum Teufel mit Ihnen, Harold! Ich will Ihr Leben ruinieren.

Um Mitternacht herum, als Hamilton zu Bett ging, brachte Bones den ersten Akt.

»Lesen sie's alter Ham!« sagte Bones etwas nervös. »Sagen Sie mir nur, was Sie darüber denken! Lassen Sie mich offen Ihre Meinung hören, Ham! Was mich anlangt, halte ich es für das beste Stück, das ich jemals geschrieben habe.«

»Wie viele haben Sie denn geschrieben?« fragte sein erstaunter

Vorgesetzter.

»Es ist das erste, lieber alter Kritikaster«, antwortete Bones schamlos.

Hamilton drehte das mit Tintenklecksen bedeckte Manuskript um.

»Ich werde es im Bett lesen«, sagte der lügenhafte Mann. Am Morgen hatte er Zeit, den ersten Akt zu lesen.

»Es ist ein ganz faules Stück«, lautete seine Kritik beim Frühstück.

Bones lächelte höhnisch. »Aha! Sie haben sich wiedererkannt, lieber alter Hauptmann Finster! Natürlich, alter Lazarus, liebten Sie das nicht. Aber wenn Sie den zweiten Akt sehen...«

»Es wird keinen zweiten Akt geben«, sagte Hamilton bestimmt.

»Sie kennen den alten Bones nicht«, sagte Bones, der den alten Bones kannte.

Das Veto kam von einer ganz unerwarteten Richtung. Sanders widersprach mild und sanft der weiteren Entwicklung der Fabel.

»Wenn Sie darüber schreiben, wie einer Gesellschaft amerikanischer Gelehrter die Zulassung zum Schutzgebiet verweigert wurde, werde ich an die Luft befördert werden. Das mag hochdramatisch sein, aber es ist eine schlechte Geschichte.«

Bones begann den zweiten Akt umzuarbeiten, und ein junger Dramatiker, der damit beginnt, zweite Akte neu zu schreiben, schreibt gewöhnlich überhaupt nicht mehr. Und was die Angelegenheit mit der amerikanischen Expedition anlangte...

Alle britischen Beamten sind geneigt, ein wenig hochnäsig gegen Ausländer und ungefällig gegen ihre eigenen Landsleute zu sein.

Distriktsgouverneur Sanders war bei Outsidern nicht beliebt, weil er Einmischung jeder Art haßte und allen Fremden gegenüber ein strenges Gesicht zeigte. Quer über die Gebiete hätte in eine Meile langen Buchstaben geschrieben stehen müssen: »Kein Zutritt, außer in Geschäften!« Er hatte mehr Forschungsgesellschaften, mehr Prospektoren und mehr Händler zurückgeschickt als zehn andere Distriktsgouverneure in Afrika zusammengenommen. In Missionarskreisen wurden Predigten gegen ihn gehalten und in beleidigendster Weise für ihn gebetet. Man hatte ihn angezeigt, hatte in den Zeitungen über ihn geschrieben, und zwar sehr unangenehme Leitartikel. Aber seine Politik der Nichteinmischung fand die geheime Billigung seiner Vorgesetzten, obwohl er sich gelegentlich selbst im Streit mit diesen Mächten befand.

Das zeigte sich im Falle der Creß-Rainer-Expedition, die von den Vereinigten Staaten mit dem Segen des britischen Botschafters aufbrach. Es waren Artenjäger, und zweifellos war das Gebiet reich an Säugetieren und unbestimmten Wanzenarten. Aber Sanders hatte die Tür zugeschlagen, und mit Recht. Es war zur Zeit des großen Krieges, der die großen Völker vernichtete und sogar nach dem Süden, bis an die Tür des Stationshauses, kroch. Es gab großen Lärm darüber, aber schließlich siegte Sanders, und die Expedition ging nach Angola hinunter. Dennoch hatte Sanders die Amerikaner gern, und trotz all seiner sogenannten Abneigung gegen »das heilige Werk« liebte er eine Missionarin, die nicht nur Amerikanerin war, sondern von deutscher Herkunft obendrein. Er hätte sein halbes Gehalt gegeben, wenn er diese schlichte Frau in schon mittleren Jahren hätte unter seinen Augen behalten können. Aber das sollte nicht sein.

Als Mrs. Kleine aus Cincinnati das Isisivolk verließ, gab es laute Klagen, denn sie war als Gottes-Mammi so beliebt, daß ein ganzer Stamm sie die ersten dreißig Meilen auf ihrer Reise begleitete. Sie war eine praktische, hartköpfige Christin mit allen besseren Eigenschaften ihrer Vorfahren. Sie verließ die Isisi, weil ihr dort die Arbeit zu leicht war, und sie ging in das fürchterliche Ojubiland hinauf und zog es vor, an einem Orte zu leben und zu sterben, wohin weiße Männer nur selten kamen.

Und dort erlangte sie eine fast noch größere Verehrung ihrer Herde als im Isisilande. Sie war eine große Hymnensängerin, hatte einen wunderbaren Kontra-Alt und war bei den drei großen Stämmen berühmt. Als ihr Gesundheitszustand auf einem Tiefpunkt war und sie sich entschloß, nach den Vereinigten Staaten zurückzukehren, hielt das Ojubivolk einen Rat; und eines Morgens, als sie schlief, ging ihr Lieblings-Laienprediger mit von Tränen überströmtem Gesicht in ihre Hütte und speerte sie – so schnell und geschickt, daß nur ihre Augenlider ein wenig zuckten.

Sanders war achtzig Meilen entfernt, als er die Nachricht durch den Lokoli erfuhr; er machte einen Gewaltmarsch durch Urwald und Sumpf und kam beim ersten Morgenrot, als die wundervollen kleinen Blumen, die die Mammi vor ihrer Hütte gepflanzt hatte, in einer einzigen Pracht erblühten, in dem Ojubidorfe an.

Er setzte sich, ein müder Mann, und hielt das Palaver.

»Gebieter!« sagte der Mörder, »die Mammi galt uns allen als sehr schön, und darum töteten wir sie, damit ihr heiliger Leichnam immer bei uns bleiben solle.«

Das war nicht nur die Ansicht des Mörders, sondern die Ansicht des ganzen Volkes, bis hinauf zum Häuptling, der im Dorf und im angrenzenden Bezirk herrschte.

Sanders war nicht erschüttert; er war nicht zornig; er war ein wenig traurig bei dem Gedanken, daß das Leben einer so Guten so plötzlich enden mußte. Er henkte den Mörder kurzerhand, und der Mann ging, mit einer Trauerhymne auf den Lippen und gelobt von seinen schwarzen Mitmenschen, seinem Schicksal entgegen.

Sanders schickte den Dorfhäuptling nach der Strafniederlassung und ernannte einen Nachfolger. Andere Palaver mußten abgehalten, das Eigentum Frau Kleines gepackt und in ihre Heimatstadt gesandt werden; und am letzten Tage seines dortigen Aufenthaltes rief Sanders den neuen Häuptling beiseite und gab ihm einige Ratschläge.

»Was deine Leute begangen haben, Häuptling, ist geradezu fürchterlich. Und es ist um so schrecklicher, weil sie keine Sünde darin sehen. Und obwohl alle Welt weiß, daß die Ojubi ein dummes Volk sind, sind sie noch törichter, als die Menschen glauben.«

»Gebieter, darin, daß man Mammi zu den Geistern sandte, lag doch keine Torheit«, sagte der neue Häuptling mit Staunen im Blick. »Und das wissen wir wohl, denn in der letzten Nacht haben viele unserer jungen Männer sie ihre wunderbaren Lieder im Urwald singen hören. Und sie sagte uns, daß die Menschen nicht sterben, wie können sie dann getötet werden?«

Der Distriktsgouverneur hatte weder Zeit noch Lust, abstrakte Fragen der Theologie zu erörtern. Die Geschichte von der singenden Stimme legte er als unvermeidliche Erfindung beiseite und ging zu den Isisi, um diesem Volke die Neuigkeit mitzuteilen und jeden Plan von Maßregelungen bei ihnen im Keime zu ersticken. Und das war sehr gut, denn die Neuigkeit hatte die Isisi schon erreicht, und eine kleine, aber erlesene Strafexpedition bildete sich, um mit den Ojubi abzurechnen, obwohl dreihundert Meilen Flußlauf und Urwald zwischen den beiden Stämmen lagen.

Auch einige unangenehme Sachen gab es mit dem abgesetzten Ojubihäuptling zu erledigen. Eine davon war, ihn zur Schlangeninsel mitzunehmen, wo die wahnsinnigen Weiber hausten.

Wo der große Fluß mit den wirbelnden Wassern des Kasava zusammenfließt, befindet sich das kleine, birnenförmige Eiland, das »der Schlangenplatz« genannt wird. Und mit gutem Recht, denn dort führen gewisse große Schlangen ein beschauliches Dasein. Es gibt dort viele Bäume, in denen die fliegenden Hunde, die großen Vampir-Fledermäuse, tagsüber in großen Trauben hängen und schlafen – und Fledermäuse sind ein guter Bissen für die langen glitzernden Wesen, die so langsam die Bäume hinaufgleiten, daß es aussieht, als bewegten sie sich nicht.

Viele Jahre lang zählte die Insel einen einzigen Bewohner. Ein Weib lebte dort, das Schlangen und Fledermäuse und die merkwürdigen Wesen liebte, die nur sie verstand. Sie hieß Loboli und war eine Fremde und in dem Jahre ins Land gekommen, als Sanders sich auf Urlaub befand.

Sie war reich. Nicht an Vieh und Salz oder Messingstangen, an denen das Volk dieses Landes den Reichtum bemißt, sondern, nach allem, was man darüber hörte, an Geld. Es lag kein Grund vor für Sanders, sie zu besuchen, aber viele Gründe, warum er sie nicht besuchte. Die Insel lag in einer Gegend, wo starke Strömungen und Wirbel ein Ankern unmöglich machten. Er wußte, daß sie sich dort befand, nahm an, sie sei ein Weib von der Küste und aus irgendeinem Grunde in das Land ihrer Vorfahren zurückgekommen. Er begnügte sich mit den Berichten, die er von ihr benachbarten Häuptlingen und von seinen Kundschaftern, die beinahe alles wußten, über sie erhielt. Unter anderem hatte er erfahren, daß sie rauchte und daß ihr Haus eine hübsche Hütte sei, die ihr Isisiarbeiter errichteten, die sie bestochen hatte, sich an diesen schrecklichen Platz zu wagen. Ferner, daß sie ihre Steuern an den Häuptling bezahlte und daß gewisse Schlangen starben, sobald sie ihre Hand erhob. Er machte den gewöhnlichen Abzug von diesem Wunder, das man allen zuschrieb, die man für Meister der Zauberkraft hielt.

An dem Tage, als er sie sah, traf er auch mit ihr zusammen. Als die »Zaire« im Strom herumschwenkte, erblickte er von ihrem Deck aus eine grauhaarige Gestalt am Rande des Wassers, die angelte. Sie hatte eine Pfeife im Munde und erhob die Hand zum Gruß, als die »Zaire« an ihr vorüberfuhr.

Sanders war auf seiner Fahrt zur Isisistadt, die der Insel gegenüber liegt, um dort nach einigen Unregelmäßigkeiten zu sehen. Denn Obisi, der Sohn eines Unterhäuptlings, war mit einer großen Beule auf der Stirn halbtot aus dem Wasser gezogen worden. Der Mann war ein berüchtigter Tunichtgut, der nur jagte, wenn das Wild so nahe herankam, daß er seine Pfeile vom Bett aus abschießen konnte, auf dem er zu liegen liebte, und nur fischte, wenn er in seinem Kanu hocken und seinem Hauptweib befehlen konnte, wie sie die Fische speeren sollte. Energie bewies er nur bei einem Geschäft: Er war ein gewissenloser Dieb und hatte bereits ein Jahr in der Strafniederlassung zugebracht. Obisi befand sich in einer schlimmen Lage, denn auf seiner Stirn zeigte sich eine große Schwellung und eine winzige Wunde, die wie von einer Nadel gestochen aussah.

»Gebieter, ich ging zu der Insel, auf der das verrückte Frauenzimmer wohnt«, jammerte er, »und sie kam zu mir und sprach böse Worte, und als ich antwortete, streckte sie ihre Hand aus, und ich fühlte einen fürchterlichen Schmerz in meinem Kopf.«

»Um welche Stunde etwa gingst du auf die Insel?« fragte Sanders.

Der Mann zögerte. »Gebieter, es war im Dunkel der Nacht, denn ich schämte mich, daß einer meiner Freunde mich sehen sollte, wenn ich mit dem wahnsinnigen Weibe spräche.«

Sanders ging stets unmittelbar auf sein Ziel los.

»Du bist hingegangen, um zu stehlen!« beschuldigte er den Mann, und Obisi verneinte die Anklage gewohnheitsmäßig.

Sanders untersuchte die Wunde und war überrascht. Natürlich ließ er Zaubergeschichten nicht gelten, aber das hier war ganz gewiß ein geheimnisvolles Vorkommnis, das Aufklärung erforderte. Er landete mit einiger Schwierigkeit auf der Insel, ging vorsichtig den ausgetretenen Pfad entlang, immer seinen Browning in der Hand, denn er haßte Schlangen, und kam zuletzt zu der Hütte, wo das alte Weib saß – ein großes, breitschultriges Weib, das weder Isisi noch Akasava war.

Sie wartete geduldig, die Hände auf dem Schoß gefaltet.

»Lobili, ich sehe dich!« begrüßte er sie. »Man erzählt mir sonderbare Dinge von dir…«

Er wiederholte Obisis Geschichte, sie hörte schweigend zu.

Als er geendet hatte, sagte sie: »Gebieter, dieser Mann ist schlimmer als ein Dieb. In der vergangenen Nacht kam er auf die Insel, und ich glaube, eine von den Schlangen, die von den Bäumen herunterhängen, hat ihn verletzt.«

»Warum lebst du hier so ganz für dich allein, Lobili? Du bist doch ein Weib, und hier auf der Insel gibt es fürchterliche Geschöpfe.«

»Für mich sind sie nicht fürchterlich, Gebieter!« sagte sie und gab einen kleinen pfeifenden Laut von sich. Und dann sah Sanders, zu seinem Schrecken einen flachen spatenförmigen Kopf schief um die Türecke, hörte ein wütendes Zischen und schnellte herum, den Browning vorgestreckt.

»Gebieter, sie kann dir nichts tun, ich habe das Gift aus ihren Zähnen entfernt«, sagte sie mit dem Schatten eines Lächelns in ihren braunen Augen.

Sie machte ein schnalzendes Geräusch mit ihren Lippen, und die Schlange verschwand.

»Ich fürchte mich vor keinem dieser Geschöpfe«, sagte sie. »Es gibt schlimmere hier…« Sie zeigte auf das Isisiufer. »Denn an gewissen Plätzen im Walde gibt es große Schlangen, die einen Menschen zu Tode drücken und ihn mit einem Schlag ihrer großen Köpfe töten. Und dort wohnen auch Menschen, die das Böse aus Liebe zum Bösen tun.«

Sanders sah sie scharf an, denn dieses Gerücht war auch ihm zu Ohren gekommen. Er fragte sie nicht weiter danach, denn sie deutete auf etwas hin, worüber kein Eingeborener spricht.

Er ging zur »Zaire« und zum Dorf zurück und warf einige Fragen hin über gewisse Fremde in der Tiefe des Waldes.

Das Isisivolk beobachtete die »Zaire« in den nächsten Tagen besorgt. Sie lief ziellos den Fluß herauf und hinunter, besuchte kleine Fischerdörfer und lief unbewohnte Inseln im Strom an und einsame Niederlassungen. Und überall hörte er dieselbe Geschichte. Menschen waren auf geheimnisvolle Weise verschwunden; Fischer waren in ihren Fahrzeugen ausgefahren und niemals zurückgekehrt; in einem Falle war ein Weib in den Wald gegangen, und das war das letzte, was man von ihr gehört hatte.

Sanders war sich dessen bewußt, daß ihn nicht nur die sichtbaren Dörfer beobachteten, sondern daß auch unsichtbare Augen aus dem Walddunkel der »Zaire« von Ort zu Ort folgten.

Als schließlich sein Schiff außer Sicht stromabwärts paddelte, gab es manche im Isisilande, die erlöst aufatmeten.

Sanders legte die »Zaire« an den kleinen Kai und gab Befehl, daß Dampf auf und das Fahrzeug bereitgehalten würde, um jede Minute aufbrechen zu können. Und als er mit Hamilton sprach, erzählte er weder von dem verwundeten Obisi noch von dem Schlangenweib.

»Oben im Isisilande gibt's wieder Menschenfresserei, und ich habe doch erst vor sechs Monaten den D'firo-fusu gehängt«, sagte er in einem verzweifelten Tone.

Hamilton stieß einen Pfiff aus. »Die Schweine!« sagte er sanft.

Die Isisi, die N'Gombi und ein Teil der Akasava sind Kannibalenvölker. Sie behandelten die Sache ganz offen. Mensch war Fleisch, und das war alles. Die Krieger fochten auch besser, wenn ein solches Mahl auf den Sieg folgte.

Langsam, aber sicher hatte das neue Gesetz diesen Unfug ausgerottet. Viele Männer waren an hohen Bäumen gehängt worden; viele arbeiteten in Ketten für das Government. Die Peitsche und der Strick hatten die Gewohnheiten des Volkes geändert, aber ab und zu erschien doch wieder eine Bande solcher, die dem alten Brauch ergeben waren, und hinter ihnen kam ein starkes geschäftsmäßiges Ende.

»Bones muß mit der ›Zaire‹ scheinbar zu einem Heiratspalaver fahren – in Ochoristadt wartet eins auf Erledigung. Er darf nur so wenig Leute wie möglich mit sich nehmen, um diese Galgenvögel nicht zu erschrecken. Wir werden mit der ›Wiggle‹ und allen Leuten, die wir entbehren können, folgen. Und – was ich noch sagen wollte – die Maschinengewehre werden Sie brauchen können. Ich denke, ich weiß, wo ich die Kerle zu finden habe.«

Bones zog los und nahm sein unbeendetes Theaterstück mit, und an stillen Plätzen, an denen sie anlegten, um Holz zu laden, wurden die Abenteuer des Harold und des bösen Hauptmanns Finster so geisterhaft entwickelt, daß es Zeiten gab, zu denen Bones bei dem Knacken eines brechenden Zweiges aufsprang.

Schiffahrt war eine Kunst, die sich Leutnant Tibbetts niemals vollständig angeeignet hatte. Der Fluß war heimtückisch und niemals das, was er an der Oberfläche schien. Sandbänke hatten die Gewohnheit, zu kommen und zu verschwinden, so daß dort, wo in der Nacht eine Durchfahrt gewesen, am Morgen eine Falle für das Fahrzeug lauerte.

Die Hinfahrt war eine ziemlich einfache Aufgabe, denn der Fluß hatte eine Geschwindigkeit von fünf Seemeilen, und die »Zaire« machte deren zehn; das hieß, daß sie glänzend lief, wenn sie fünf Knoten gegen die schwarzen Wasser machte.

Aber diese Fahrt Bones' nahm einen Verlauf, der ungewöhnlich war. Jede zwanzig Meilen längs des Flusses befand sich ein Holzstapelplatz, wo große Haufen Spaltholz und geschlagene Stämme auf die Verfügung Sanders' warteten. Die Männer, die diese schlugen, boten ihre Dienste an und wurden dafür von jeder anderen Steuerleistung befreit. Oberflächlich gerechnet, erstreckte sich ihre Arbeit auf eine Woche im ganzen Jahre, denn die Holzplätze wechselten, und manchmal wurde das Brennholz nicht früher als ein Jahr, nachdem die Stangen abgeholzt waren, an Bord der »Zaire« gebracht.

Und am ersten Holzplatz, an dem Bones haltmachte und die Nacht zubringen wollte, gab es kein Holz. Das nächste Holzlager war zwanzig Meilen entfernt. Nacht war im Anrücken und die Schiffahrt hierherum im Finsteren kein leichtes Unterfangen. Bones sandte einen Haussa durch den dämmernden Forst und berief den Häuptling des kleinen Dorfes zu sich, der diese Arbeit liefern mußte.

Dieser Mann war sehr zungenfertig. »Gebieter, Sandi selbst nahm vor zwei Monden und noch einem unser Holz; und weil meine jungen Männer krank und schwach gewesen sind, haben wir keine Bäume schlagen können...«

Bones schnitt seine Erklärung ab. Auf der »Zaire« befand sich ein kleines Buch, in dem eine sehr genaue Kontrolle über die besuchten Holzplätze geführt wurde, und dieser Holzplatz war als Nr. 57 angeführt, und die »Zaire« hatte hier nachweislich seit achtzehn Monaten nicht an den steilen Ufern des Waldes festgemacht.

»Du bist ein ungezogener alter Geschichtenerzähler«, sagte Bones ärgerlich, und dann auf Bomongo: »Du wirst die doppelte Menge Holz, die ich nötig habe, vor meiner Rückkehr schlagen und aufspeichern, Kibili! Außerdem werde ich die Steuer von dir eintreiben... so viele Schnuren Fisch und so viel Salz. Ablieferungstermin, wenn ich zurückkehre!«

Der Häuptling war ein wenig erschrocken, kreuzte seine Arme über seiner mageren Brust und klatschte an seine Seiten, eine Geste äußerster Hilflosigkeit.

»Gebieter, den Fisch sollst du haben und auch das Salz, aber Holz kann ich dir nicht verschaffen, weil meine jungen Männer krank sind, und, Gebieter, wir fürchten uns sehr wegen der mächtigen Geister, die hier herum wohnen, wie Deine Herrlichkeit weiß.«

»O Narr!« antwortete der junge Mann in übler Stimmung. »Was

für Geister gibt es denn in der Welt?«

»Es gibt viele Geister hier, Tibbetti«, sagte der Häuptling mit gedämpfter Stimme. »Und deswegen haben meine jungen Männer Angst, in diesen Teil des Waldes zu kommen. Denn hier hört man die Stimme der singenden Mammi.«

»Der singenden...?«

Bones hatte die singende Mammi gekannt, und ein kalter Schauer kroch sein Rückgrat hinunter. Der kleine Häuptling sah die Wirkung und benutzte sie.

»Wir haben ihre schönen Gesänge oft gehört, wenn sie durch den finsteren Wald wandelt. Und manchmal fürchten wir um sie wegen der Schlächter...«

Er hatte sich verraten. Der junge Offizier sah, wie er sich in einem Übermaß von Furcht wand.

Nun war der Bones in seinen Mußestunden und Privatangelegenheiten gänzlich verschieden von dem Bones im Dienst. Seine blauen Augen verengten sich, bis sie fast ganz geschlossen schienen. Er hatte den Wendepunkt erreicht, an dem er alles hinter sich ließ, was nicht tödlicher Ernst war.

»Sprich, Mann«, befahl er leise, »und erzähle mir von den Schlächtern, die im Walde leben und Menschen fressen!«

Nun wußte er, warum es hier kein Holz gab, um ihn bis zum nächsten Posten zu bringen: Furcht vor den Menschenschlächtern, die alle einsamen Arbeiter fingen und auf die kleinen Gruppen der Holzschläger lauerten.

»O ko! Ich habe zuviel gesagt«, stammelte der Häuptling mit graugeflecktem Gesicht. »Laß mich mit meinen Leuten sprechen!«

Bones nickte. Er ging zur »Zaire« zurück und schickte eine Taube an Sanders, dann rief er Ali Mahmet, den Korporal seiner sechs Soldaten.

»Zwei Mann bleiben auf dem Puk-a-Puk und stehen fertig bei den Vertäutrossen. Yoka, der Maschinist, und sein Mann halten Dampf auf. Du und deine vier Leute kommen, mit fünfzig Patronen jeder, an Land und gehen, wohin ich gehe!«

Dann ging Bones an Land, und der Häuptling erwartete ihn, um mit ihm zu sprechen.

»Das ist die Wahrheit, Tibbetti. Die Schlächter befinden sich einen halben Nachtmarsch im Busch. Es sind ihrer zwei Hände voll« – der Häuptling hielt seine beiden Hände hoch und spreizte die Finger. »Nun meine ich, mit deinen feinen Soldaten wirst du sie schon fangen, denn es ist wahr, wir sind dazu zu furchtsam. Und früher einmal, als mein Vater noch lebte, nahmen sie meinen leibhaftigen Bruder mit sich …«

Bones hörte mit großer Geduld der tragischen Erzählung zu.

»Du wirst mir vorangehen, Häuptling. Und wenn du selbst einer dieser Schlächter bist und mich und meine Soldaten in Gefahr führst, sollst du noch diese Nacht in der Hölle lustwandeln.«

Es gab einen ganz bestimmten Pfad durch den Wald, wie es schien. Bones entsann sich, daß er einmal auf der ersten Hälfte davon gewandelt war, als er einen gewissen weißen Schwächling verfolgte, der die Gesetze übertreten hatte. Er verbrachte den übrigen Teil des Tages, um seine Leute anzustellen, und erwartete sehnsüchtig Nachrichten von Sanders. Wenn er diese Gelegenheit verlor, war es möglich, daß ihm sein Wild ganz aus dem Garn ging.

Er wartete, bis die Nacht kam, eine kühle Sternennacht, und setzte seinen kleinen Zug in Bewegung. Der Häuptling voran, hinter ihm Bones. Eine Stunde lang marschierten sie schweigend dahin, und dann befahl der Mann Halt. Bones zog seinen Kompaß aus der Tasche und sah nach der erleuchteten Kompaßrose. Es ist beinahe unmöglich, während des Marsches eine genaue Kompaßpeilung zu erhalten, aber Bones sah genug, um festzustellen, daß sie von dem nördlichen Pfade abgewichen waren und in einem Halbkreis nach Osten gingen. Anstatt daß sie den Wald betreten hätten, marschierten sie auf einem fast parallelen Kurse zum Fluß. Als sie haltmachten, bestätigte sich das. Sie bewegten sich auf Isisistadt zu. Er steckte den Kompaß wieder in die Tasche, nahm seinen Browning heraus und hielt seinen Daumen an der Sicherung.

Eine Minute lang überlegte er sich, ob es nicht geratener sei, zur »Zaire« zurückzukehren. Aber wenn der von ihnen gefaßte Plan in der Ausführung begriffen war, würde Sanders, der nur zehn

Stunden hinter ihm war, um diese Zeit nahe an seinem eigenen Halteplatz sein. Wenn Sanders an einem weiter unterhalb liegenden Stapelplatz haltgemacht hätte, würde er gewiß einen Läufer schicken, um Nachricht zu erhalten. Im Gehölz war es totenstill, und Bones dachte in einem kurzen, menschlich durchaus verständlichen Augenblick an Geister und schauerte.

»Vorwärts!« sagte er mit gedämpfter Stimme, und der kleine Zug setzte sich in Bewegung.

Wieder hielten sie nach Verlauf einer Stunde. Sie bewegten sich jetzt mehr nach dem Innern zu. Dennoch waren sie noch im nahen Bereich des Flusses. Die »Zaire« hätte mit ihnen Schritt halten können, wenn er nur die Richtung der Verfolgung gewußt hätte. Einen Augenblick lang war der Argwohn gegen den Führer mehr rein gewohnheitsmäßig als begründet. Der Mann mochte vielleicht den sicheren Pfad zu dem Lager der Roten Männer einschlagen.

Weitere zwei Stunden brachten sie an eine Bodenerhebung.

»Gebieter, auf der anderen Seite von diesem befindet sich der Platz der Roten Männer«, flüsterte der Führer. Er dampfte förmlich von Schweiß, der teilweise seiner Furcht zuzuschreiben war.

Bones rief Ali Ahmet zu sich.

»Laß die Leute die Bajonette aufpflanzen!« befahl er mit leiser Stimme. »Es darf nicht eher geschossen werden, als bis ich es befehle.«

Die Bajonette waren vorher, ehe sie von Bord gingen, in dem Rauche eines Öllampendochtes geschwärzt worden. Bones hörte das Klick-Klick, als sie die Bajonette in ihrem Sitz befestigten... Als er sich darauf wieder zum Führer wenden wollte, war dieser verschwunden. Lautlos, wie der Wald um sie herum, war er aus dem Gesichtskreis geglitten.

Bones drückte die Sicherung seiner Waffe nieder und grinste lustlos in die Nacht hinein.

»Schulter an Schulter im Kreise, Ahmet Ali!« befahl er und fühlte seinen Weg zu dem nächsten Mann. In diesem Augenblick vernahm er einen gurgelnden arabischen Fluch und den weichen Laut eines Bajonetts, das sein Ziel traf. Und gleichzeitig packte ihn jemand an den Knöcheln, und er stürzte mit einem Krach zur Erde, daß ihm der Atem wegblieb. Zweimal hatte er auf den Körper gefeuert, der auf ihn fiel, und er fühlte das krampfhafte Zucken, das darauf folgte. Und dann traf ihn etwas an die Schläfen, daß er bewußtlos wurde.

Als er wieder zu Sinnen kam, konnte er das warme Naß des Blutes fühlen, das langsam von seinen Wangen rann. Jemand hielt ihn fest, seine Waffe war fort, und er hörte einen Mann zu seinen Füßen vor Schmerz schluchzen.

»Wir wollen sie zum Schlachtort bringen!« sagte eine Stimme, und dann rief ein anderer Kilibi beim Namen, nur gebrauchten sie das N'Gombiwort »N'gosobo« dafür.

»Er ist tot!« sagte eine dritte Stimme. »Tibbetti fällte ihn mit dem kleinen Gewehr, das ›Ha-Ha‹ macht.«

Der erste Sprecher grunzte etwas, und die Gesellschaft bewegte sich vorwärts. Bones hörte auf die Fußtritte und unterschied jeden einzelnen.

Seine Leute befanden sich noch am Leben. Er stieß einen Seufzer der Erleichterung aus und grinste wiederum, dankbar für die kleine Erleichterung, die ihm dieses Bewußtsein gab. Seine Hände waren nach Eingeborenenart gefesselt; das hieß, sie waren so zusammengeschnürt, daß seine Hände zu schwellen anfingen. Wenn er die Kerls nur hätte bewegen können, seine Hände frei zu lassen; er hatte noch einen kleinen Browning in der Innentasche seines Hemdes.

»O Mann!« rief er aus. »Warum fesselt ihr mich? Ihr habt doch mein kleines Gewehr, das ›Ha-Ha‹ sagt, und ihr seid euer viele.«

»Ein gefesselter Mann schneidet sich nicht in die Hände«, war die unheilvolle Antwort – und das alte Kannibalensprichwort.

Er versuchte, seine Hemdentasche zu erreichen, aber das zähe Tau, das ihn knebelte, war zwischen seinen Schenkeln durchgezogen und von hinten an seinen Ellenbogen befestigt.

Als sie über eine Erhöhung mußten, gewann Bones einen vorübergehenden Ausblick auf den Fluß und sah, weit in der Ferne, das Aufblitzen eines Feuers.

»Tibbetti, in dieser Nacht stirbst du!« sagte eine Stimme. »Es gab einen kleinen Hund, der einem Leoparden in den Wald folgte, aber die ganze Zeit über folgte der Leopard *ihm.*«

Schweigen trat darauf ein, und alsdann befahl der unbekannte Anführer unerwartet Halt.

»Ich höre...«, sagte er, und sie standen und horchten...

Eine scharfe Stahlspitze berührte Bones' Kehle.

»Es ist nichts...«

Fast im gleichen Augenblick, als er sprach, drang eine Stimme aus dem Walde – eine Weiberstimme, die sang:

»Während die Hirten zur Nachtzeit ihre Herden hüteten
Und alle auf der Erde saßen,
Kam der Engel des Herrn herunter,
Und Glorienschein war weit und breit.«

Rein wie Glockenklang, dennoch weich und unaussprechlich süß schallte diese Stimme. Jetzt klang es nahe. Bones überlief es kalt. Er hatte niemals Mama Kleines Stimme gehört, aber diese hier sprach ein amerikanisches Englisch.

»O Ko! Was ist das?« fragte eine heisere Stimme.

»Es ist der Geist von Mammi-Jesu!« kam eine Antwort.

Man wartete, aber da war kein anderer Laut zu hören als der Schlag der Herzen, die wild gegen die Rippen schlugen.

»Wir sind da!« bemerkte jemand. »Laßt uns ein Feuer anzünden!«

Bones hörte den Laut, als ob nasse Blätter beiseite gefegt würden, und ein düster glühender Kreis erschien auf dem Erdboden. Ein Arm voll trockenen Strauchwerkes wurde auf das verborgen gewesene Feuer geworfen, rauchte dort aromatisch einen Augenblick lang und brach dann in lodernde Flammen aus.

Und nun sah Bones nicht zehn, nein, vierzig der »Roten Männer«, hauptsächlich N'Gombis. Einer, der eine gewisse Autorität zu haben schien, hatte eine große Beule an der Stirn, und die anderen nannten ihn Obisi.

Bones sah sich nach den Überlebenden seiner Leute um und fand sie mehr oder weniger unversehrt. Er wunderte sich, warum man sie am Leben gelassen hatte. Obisi gab ihm die Antwort, als ob er seinen fragenden Blick erraten hätte.

»Die lebendige Ziege läuft, aber die tote Ziege muß getragen werden«, sagte er.

»Sie verkaufen uns auf den Hufen!« sagte Bones auf englisch und lachte nervös über seinen schauerlichen Witz.

»Dich, Tibbetti, werden wir töten, weil du weiß bist und dich niemand kaufen mag«, bemerkte Obisi.

Er nahm aus der Hand eines seiner Leute eine sichelartig geformte Waffe, breit im Blatt und mit rohen Gravierungen versehen.

»Das...« sagte er und fiel zu Boden.

Bones hörte das »Ping« und den Klatsch des Dinges, das Obisi getroffen hatte, aber er war auf das Zusammenbrechen des Scharfrichters nicht vorbereitet gewesen. Ein Mann schrie vor Furcht gellend auf, lief zu dem der Länge lang hingestreckten Obisi und drehte ihn auf den Rücken.

»Das ist Zauber!« gellte er, und seine Hand suchte nach dem Sichelmesser. Da:

»Ping!«

Der Mann fiel auf die Knie, griff mit seiner Hand an die Seite und verzerrte sein Gesicht zur Grimasse.

Von irgendwoher längs des Waldweges ertönte der Knall von Schüssen, und in diesem Augenblick kamen drei nackte Gestalten in den Schein des Feuers gestürzt und schrien etwas über ihre Schulter zurück. Bones hörte die Worte und sank fast in Ohnmacht.

»Sprich gut für mich, Tibbetti!« stammelte atemlos ein Mann und hackte das Tau, das Tibbetti fesselte, entzwei – und er hatte Glück, denn die Kugel, die an ihm vorbeipfiff, fehlte ihn, als er sich bückte, um die letzten Fasern der Fesseln zu durchschneiden.

»All right, Sir!« gellte Bones, als Sanders' Browning erhoben war.

»Dem gütigen Gott sei Dank...!« begann Sanders.

Dann kam eine Unterbrechung, die sie erschauern ließ. Aus der Nacht des Waldes klang die Stimme des süßen Sängers:

»Nun danket alle Gott...«

Sanders starrte in die nächtlichen Schatten.

»Um des gütigen Himmels willen!« sagte er atemlos, und dann kam das überwältigendste Ereignis dieser Nacht.

Ganz langsam, gemessenen Schrittes erschien das grauhaarige Schlangenweib.

»O, Lobili...«, begann Sanders.

Sie lachte, ein leises glucksendes Lachen der Freude.

»Ich heiße nicht Lobili«, sagte sie, und Sanders hätte sich am liebsten hingelegt, denn diese alte Negerin sprach englisch. »Ich bin Dr. Selina Grant von der Gregorystadt-Universität, Kurator und Lektor der Biologie. Wir waren gezwungen, jemand in dieses Land hineinzuschmuggeln, Mr. Sanders. Meine Farbe half mir viel dabei, schätze ich, aber es erforderte ein gutes Teil Selbstüberwindung, ehe sich eine Frau meines Alters entschloß, die spärliche Kleidung einer Eingeborenen anzunehmen.«

»Du meine Güte, Sie sind eine Farbige?« sagte Sanders mit hohler Stimme und zwickte sich in das Ohrläppchen, um sich zu überzeugen, daß er nicht träume.

Sie nickte lachend.

»Sicher. So, wie mich der Herrgott geschaffen hat. Mein Vater war ein Doktor in Charlestown und meine Mutter eine reine Bantunegerin. Bomongo lernte ich von einer Missionarin, die zu Hause auf Urlaub war. Ich meine, das geschah alles ganz natürlich. Ein bißchen einsam war es ja – ich bin seit drei Jahren hier –, und wenn ich nicht auf meinen Wanderungen gesungen hätte, hätte ich vergessen, wie die amerikanische Sprache klingt. Und Mr. Sanders, ich habe die feinste Sammlung wissenschaftlich noch nicht bestimmter Schlangen, die man sich wünschen kann – Sie müssen auf meine Insel kommen und meinen Schlangenkäfig ansehen.«

Sanders nahm seinen Tropenhelm ab und streckte ihr seine Hand hin.

»Lassen Sie mich Ihre Hand drücken, Frau Doktor!«

»Entschuldigen Sie, liebe alte Madame!« Bones fand die Sprache wieder. »Waren Sie das, die da sang?«

»Gewiß!« antwortete Selina.

»Und Ihre nette alte Luftpistole...?«

»Luftpistole war meine einzige Waffe, aber sie war mächtig nützlich.«

»Entschuldigen Sie, Madame!« sagte Bones aufgeregt.

»Ich wette, keiner von euch Jungens hat das Zeug bei sich, um Zigaretten zu drehen?« fragte sie. »Dieses Pfeiferauchen ist zu primitiv für Selina.«

Bones fand eine Zigarette und reichte sie ihr. Als er ihr Feuer gab, bemerkte er: »Sie sind die erste eingeborene Dame, für die ich so was tue.«

Es war wirklich das ungewöhnlichste Erlebnis seines Lebens.

# Bones vom Strom

## *Das schreckliche Wort*

»Passen Sie auf die Hühner auf, schmeißen Sie die Katze raus, und vergessen Sie nicht, die Uhr aufzuziehen!« sagte Hamilton mit einem Lächeln, das mehr Grimasse war.

Leutnant Tibbetts neigte sein Haupt mit einem Ausdruck, den er für stille Würde hielt.

»Und tun Sie was für Ihren steifen Hals!« fügte Hamilton hinzu.

Hauptmann Hamilton kehrte vom Deck der »Zaire« noch einmal zu der kleinen festen Mole zurück, die vom Stationsland in den Fluß ragte.

Distriktsgouverneur Sanders war im Begriff, auf eine kurze Inspektionsreise zu gehen, und Hauptmann Hamilton und eine halbe Kompanie Haussa sollten ihn begleiten.

Mr. Tibbetts, bekannt unter dem Namen »Bones«, blieb als Oberbefehlshaber zurück und sollte sieben Tage lang stellvertretender Distriktsgouverneur, stellvertretender Oberstkommandierender der bewaffneten Macht, stellvertretender Oberzahlmeister und Stabschef sein. Außerdem waren ihm augenblicklich fünfundzwanzig Orpingtonhennen, drei junge Hähne und ein neues Hühnerhaus unterstellt, die sämtlich das Eigentum seines Vorgesetzten waren. Katze und Uhr waren Phantasiegebilde Hauptmann Hamiltons.

»Und – was ich noch sagen wollte –« Hamilton, einen Fuß auf dem Deck des kleinen Dampfers, den anderen auf der Mole, wandte sich um. »Lassen Sie das Märchenerzählen, Bones!«

Mr. Tibbetts hob seine Augenbrauen; er sah geduldig drein.

»Wenn Sie Besucher zu unterhalten haben, dann erzählen Sie Ihnen etwas Nützliches, wie: $a^2 + b^2 = c^2$. Ein wenig Algebra würde das sittliche Niveau vagabundierender Isisi heben.«

Einmal nämlich, als Bones die Station unterstellt gewesen war, kam ein Kanu mit einem kleinen Isisihäuptling, der sich mit einer Klage an den Distriktsgouverneur wenden wollte. Und Bones, unfähig, das Palaver zu regeln, benutzte die glänzende Gelegenheit, ihm ein Grimmsches Märchen in oberflächlicher Übersetzung zu verzapfen. Das hatte sich nicht gerade als ein sehr glücklicher Versuch erwiesen, denn als der kleine Häuptling in sein Dorf zurückkam, versuchte er diesen neuen Märchenzauber. Der Erfolg war verheerend gewesen, denn als es ihm nicht gelang, sein nörgelndes Weib in einen Baum zu verwandeln, hatte er sie in seinem Ärger so tüchtig verprügelt, daß sie daran starb.

»Gebieter«, hatte er sich damals entschuldigt, »ich hab' den Zauber genau nach Lord Tibbettis Worten ausgeführt, denn ich habe sie mit Wasser besprengt und dabei gesagt: ›Werde ein Baum!‹, aber da sie von einem bösen Geist besessen war, gehorchte sie Lord Tibbettis Zauberspruch nicht.«

Bones schnaubte. »Sarkasmus, mein verehrter Befehlshaber, ist an mir verschwendet. Ich werde mich einfach mit meinen netten alten Studien einschließen und mich weigern, irgend jemand zu empfangen. Und was Ihre unanständigen alten Hähne und Hennen anlangt, so weigere ich mich, das geringste mit ihnen zu tun zu haben. In den Dienstvorschriften steht nichts davon, daß ich mich um Hühner zu kümmern hätte. Ich hasse es geradezu, Sie zu belehren. Aber Sie sollten es wirklich wissen, lieber Offizier, daß es nicht zu meinen Aufgaben gehört, ihnen ihre Milch oder sonst irgendwelches Futter zu verabreichen, das diese unglücklichen Viecher nötig haben...«

»Leben Sie wohl, Bones!« rief Sanders von der Kommandobrücke. »Boy! Wirf das große Tau los!«

Die Vertäuleine klatschte ins Wasser. Mit munter schlagendem Heckrad glitt die »Zaire« in die Mitte des Fahrwassers und richtete ihre Nase gegen die lehmfarbene Strömung.

»Lehren Sie den neuen Twostep!« brüllte Hamilton lachend.

»Bringen Sie den Ihren Hühnchens gefälligst selbst bei!« kreischte Bones.

Leutnant Tibbetts hatte drei Wachträume. In Wirklichkeit hatte er deren nahe an dreihundert, aber drei davon bevorzugte er. Der erste beschäftigte sich mit der Rettung schöner weiblicher Wesen aus verschiedenen Gefahren. Bones hatte in seinem Traum ein brünettes Mädchen mit großen, leuchtenden Augen und schlanker, biegsamer Gestalt. Dann ein blondes Mädchen mit einem milchhellen Teint, das nicht ganz so schlank war. Und schließlich eine kecke, draufgängerische Person, die gegen seine ernstgemeinten Ratschläge immer in Unannehmlichkeiten geriet, die ihm trotzte und ihre eigenwilligen Wege verfolgte, die einen aufrichtigen jungen Liebhaber verließ, dessen Leid und Kummer niemand mit einem Blick auf sein bleiches, gemeißeltes Gesicht zu erraten vermocht hätte. Und wenn er sie dann rettete, pflegte sie ihm weinend in die Arme oder mit Tränen auf ihre Knie oder lang ausgestreckt vor die Füße zu fallen.

Aber unweigerlich fiel sie, so oder so, und erreichte seine Verzeihung oder auch nicht, je nach der Gemütsverfassung, in der sich Bones gerade befand.

Sein zweiter Traum war, daß er ungeheure Schätze entdeckte und eine wundervolle Jacht kaufte, die mit schweigsamen, uralten, geheimnisvollen Männern bemannt war. Damit pflegte er unbekannte Meere zu befahren und ganz unerwartet in Cowes wieder aufzutauchen. Und wenn es auch nicht immer Cowes war – unabänderlich geschah es vor einer riesigen, elegant gekleideten und begeisterten Menge. Und schöne Mädchen pflegten dann zuzusehen, wie die Jacht majestätisch auf ihren Ankerplatz segelte, und pflegten zueinander oder zu irgend jemandem, der zufällig dabei war, zu sagen: »Das ist der ›Gelbe Vampir‹, der eben von einer seiner geheimnisvollen Reisen zurückkehrt. Sehen Sie! Der Mann auf der Brücke ist Kapitän Tibbetts, der Millionär. Man erzählt sich von ihm, er sei ein Weiberfeind. Ich möchte ihn zu gern kennenlernen.«

Sein dritter Traum war ihm der liebste. Er träumte, daß die Hohen Behörden sein ungewöhnliches Organisationstalent, seine erstaunliche Kenntnis des Verbrechertums und die Furcht, die sein Name in der Brust der Bösewichter erweckte, entdeckt hätten. Dann würden sich die zarten und verwöhnten jungen Reiterinnen im Park nach ihm umdrehen, seiner düsteren Gestalt nachstarren und einander bezeichnende Blicke zuwerfen.

»Das ist Kommissar Tibbetts von der Kriminalabteilung. Kein Tag vergeht, an dem seine unerbittliche Hand nicht einen Mörder zum Galgen schleift. Wie schwarz und düster sein Leben sein muß! Ich wünschte, ich könnte eine Empfehlung an ihn bekommen!«

Bones hatte viele Streifzüge in das Gebiet der Aufklärung von Verbrechen gemacht. Sie waren aber nicht sehr erfolgreich gewesen. Er hatte Bücher über Kriminologie gelesen und gelehrte Fachbücher studiert, in denen Wissenschaftler mit fremdländisch klingenden Namen die Größe von Verbrecherohren tabellarisch geordnet und merkwürdige Schlüsse aus der Form ihrer Nasen gezogen hatten. Dieser Wissenszweig wurde in dem Augenblick unbeliebt, als Bones in der Form von Hauptmann Hamiltons Augenbrauen positive Beweise für Anlagen zum Mörder entdeckte.

Bones lag lang ausgestreckt auf der kleinen, mit Matten belegten Veranda vor seiner Hütte. Es war ein glühendheißer Tag ohne einen einzigen Hauch des Seewindes, um die Schmelzofenatmosphäre zu lindern, die um die Station herrschte.

Bones schlief nicht. Aber er wachte auch nicht. Er war gerade dabei, einen Kerl festzunehmen, der die Polizei der ganzen Welt zum Narren gehalten hatte – bis er, irregeführt, in den Aktionsradius dieses luchsäugigen Spürhundes, des Fährtenfinders Tibbetts von Scotland Yard, geriet.

Da, plötzlich das Patschen nackter Füße. Bones blinzelte.

Es war ein schlanker, barfüßiger Haussakorporal, der heraufkam und seine Hand an seinen scharlachroten Tarbusch legte.

»Da ist ein Kanu vom Oberland angekommen. Ich habe den Leuten gesagt, daß sie warten sollen, bis Sie gesprochen haben.«

»Ha?« fragte Bones dumpf. »Was ist das für ein Unsinn?! Nehmt den Kerl fest und bringt ihn zu mir!«

Er hätte ebensogut die Ilias vortragen können, der Korporal würde sie ebensowenig verstanden haben; denn Bones sprach englisch.

»Laßt sie hierherkommen!« befahl er schließlich. »Und – Mahmet – hast du den Gluck-Glucks Futter gegeben?«

»Gebieter, du hast doch gesagt, du selbst würdest den Gluck-Glucks Futter geben. Wasser habe ich ihnen gegeben, weil sie einen fürchterlichen Spektakel machten.«

Bones klemmte das Monokel ein und starrte den Mann an.

»Bring die Kerle her! Dann schaff das Futter zu den Vögeln, die Hamiltons Augapfel sind, weil sie seine eigenen Tanten sind, die in Hühner verzaubert wurden...«

Bones hielt inne. Er entsann sich Hamiltons Warnung, keine Märchen zu erzählen.

Darauf kam M'gula von den Oberen Ochori zu ihm, ein Mann von vierzig Jahren mit einem großen Schädel und runzeligem Gesicht.

»Ich sehe dich, Tibbetti«, platzte er los, als er sich im heißen Sonnenlicht niederhockte.

»Ich sehe dich, Mann«, antwortete Bones. »Nun, sage mir, warum bist du in deinem großen Kanu gekommen? Sandi ist nicht bei mir. Er ist nach dem Isisiland gefahren. Aber ich vertrete ihn und halte Gericht«, bemerkte Bones geschwollen.

»Gebieter, ich habe von dir und deiner Weisheit gehört. Von dem Wasser, das nur ein Ufer hat, bis zu den Bergen des alten Königs redet das Volk von dir und klatscht in die Hände. Man erzählt sich, daß du größer als Sandi selbst seiest, da du ein Zauberer bist. Denn du berührst Dinge mit deiner Hand, und sie verschwinden. Du holst Silberdollars aus der Luft. Und es geht das Gerücht, daß du schöne Dinge, wie Vögel und ganze Stücke Zeug und kleine Tiere, aus einem leeren Topf geholt hättest.«

Bones hustete ein wenig schuldbewußt. Er hatte einmal einige Taschenspieler-Kunststückchen vor einer gebannten Zuschauerschaft ausgeführt. Glücklicherweise wußte Hamilton davon nichts.

»Und weil ich wußte, daß der Gebieter Sandi zu den Isisi gegangen ist, kam ich zu dir, Gebieter. Denn ich habe viele Gedanken, die mich beunruhigen.«

In einem Land, in dem Menschen tausend Meilen wanderten, um die Antwort auf ein Rätsel zu erfahren, war es weiter nicht merkwürdig, daß jemand die lange Reise vom Ochoriland machte, um sich von einer, wenn auch geringen, Sorge befreit zu sehen. Und Bones wartete.

»Gebieter, ich bin ein Mann, der viele Jahre gelebt hat, der viel nachgedacht und wenig, wenig getan hat. Mein leiblicher Bruder ist Häuptling von K'mana; er trägt eine Medaille an seinem Hals, und die Menschen sagen ›Kwas‹ zu seinem Richterspruch. Und ich, der ich doch meiner Gedanken halber größer bin als er, stehe nur im Rang eines gemeinen Mannes. Nun sage mir, Tibbetti, müssen alle Menschen das bleiben, als das sie geboren sind?«

Bones begann interessiert zu werden.

»Wie heißt du, Mann?«

Und als sein Besuch ihm das gesagt hatte: »M'gula, viele Menschen wurden niedrig geboren und haben es zu Bedeutung gebracht. Das ist wohlbekannt.«

Je mehr Bones sich für den Gegenstand erwärmte, je mehr er sich des nützlichen Charakters seiner Vorlesung bewußt wurde, desto gesprächiger wurde er. Er erzählte die Geschichte eines jungen korsischen Artillerieoffiziers, der nach einem Thron gestrebt hatte. Er erzählte von einem armseligen Knaben in einer Walzmühle – ein eisernes Wunder nannte er ihn –, der reich geworden war. Er plünderte die Geschichte und legte sie falsch aus, um die Lehre von der Benutzung des Augenblicks zu predigen, und M'gula saß bewegungslos.

»Nun sehe ich, daß du weiser bist als M'shimba selbst und größer als die Dämonen«, sagte M'gula, als Bones sich sattgeredet hatte. »Und ich habe ein warmes Gefühl im Magen, denn nun weiß ich, daß Menschen groß werden aus ihren Gedanken heraus.«

Er kam am nächsten Morgen wieder, und Bones, der inzwischen einige weitere geschichtliche Daten zusammengeklaubt hatte, setzte seine Belehrung über Selbsthilfe fort.

»Der Leopard kommt einmal ans Netz.« Er umschrieb auf diese Weise das Sprichwort von der Gelegenheit, die einmal an die Tür klopft. »Und wenn das Netz dauerhaft ist, siehe, dann wird er deine Beute. Aber, wenn das Netz alt ist und die Fallgrube nicht tief genug, dann trollt er sich und kehrt nicht wieder.«

M'gula kehrte als ein belehrter Mann ins Ochoriland zurück.

Einen Monat nach seiner Rückkehr wurde sein Bruder, der Häuptling, von einem leidenschaftlichen Drang ergriffen, vor seinem Dorfvolk aufzustehen und das Gedicht, »M'sa« genannt, vorzutragen.

Den Namen »Gedicht« verdiente es vom weißen wie vom schwarzen Standpunkt aus, denn es behandelte den Tod in einer malerischen und phantasievollen Weise.

Es gab keinen Mann oder Knaben, von einem Ende des Gebietes bis zum anderen, der nicht »M'sa« hätte rezitieren können, *wenn* er es gewagt hätte, Teufeln und Ju-Ju-Zauber die Spitze zu bieten. Aber das Gesetz verlangte, daß ›M'sa‹ im Flüstern gelehrt wurde und an geheimen Plätzen, von denen alle Vögel verscheucht waren. Denn Vögel waren dafür berüchtigt, daß sie Mitglieder der Geisterwelt waren, die Neuigkeiten verbreiteten und auf ihre merkwürdige Weise über die Seelen der Menschen schwätzten.

Im Flüstern mußte das Gedicht gelehrt werden; im Flüstern mußte es vorgetragen werden. Und sein Schlußwort, das Wort ›M'sa‹ durfte niemals über die Lippen kommen. Kein Mensch hat jemals erklärt, was ›M'sa‹ bedeutet. Genug, daß es ein so fürchterliches Wort ist, daß es schon allein beim Darandenken die Menschen erzittern läßt.

Die Überlieferung sagt, daß kein Mensch, gesund oder wahnsinnig, in den letzten hundert Jahren das Wort ›M'sa‹ ausgesprochen habe. Und als Busubu, der kleine Ochorihäuptling, aufstand und beim Dorffeuer das große Gedicht mit einer fürchterlichen Stimme vortrug, saßen seine Leute zuerst starr vor Schrecken bei dieser

Gotteslästerung und deren fürchterlicher Bedeutung. Dann stoben sie auseinander und flohen, sich die Ohren zuhaltend, in ihre Hütten.

In der Nacht, als Busubu schlief, kamen seine beiden Söhne und sein Bruder in seine Hütte und weckten ihn sanft.

Er stand auf und ging mit ihnen in den Urwald. Sie marschierten die ganze Nacht, bis sie an einen großen Sumpf kamen, wo die Krokodile ihre Eier legten. Die Wasser des Teiches kräuselten und drehten sich unaufhörlich im grauen Licht der Dämmerung. Sie rasteten am Ufer eines kleinen Sees, und der Bruder sprach.

»Busubu! Du hast den schrecklichen Dämon auf unser Volk gehetzt, der uns alle zu Sklaven machen wird. Wir wissen das, denn unser Vater hat uns das gesagt. Dieser Dämon ist mit seinem Bein an den Grund dieses Sumpfes gefesselt und wartet darauf, bis er das Wort ›M'sa‹ hört. Denn dann soll er frei sein. Nun meine ich, Busubu, mußt du zu diesem Geist sprechen.«

»O Mann und Bruder!« wimmerte Busubu, der Häuptling. »Ich würde die fürchterlichen Worte nicht ausgesprochen haben, wenn ihr mir nicht gesagt hättet, es sei der Befehl Sandis, ich solle es tun. Denn, kamt ihr nicht heimlich in meine Hütte, und sagtet ihr mir nicht, Sandi hätte den Geist getötet, damit alle Männer das Wort ›M'sa‹ ohne Furcht aussprechen könnten?«

»Du bist wahnsinnig und ein Lügner!« sagte M'gula ruhig. »Laßt uns ein Ende machen!«

Und da sie sein Blut nicht an ihren Händen haben wollten, fesselten sie ihn an einen Baum, nahe der Stelle, wo sich das Wasser am häufigsten kräuselte, blendeten ihn und verließen ihn. Sie warteten eine Weile in Hörweite des Ortes, und als sie am Nachmittag gewisse Schmerzenslaute vernahmen, wußten sie, daß ihr Werk vollbracht sei, und kehrten in ihr Dorf zurück.

»Nun, ihr Söhne Busubus«, sagte der Onkel der jungen Männer, »wenn diese Angelegenheit zu Sandis Ohren kommt, werden seine Soldaten kommen, und wir werden baumeln. Laßt uns morgen ein ordentliches Palaver aller Dorfeinwohner und aller jener, die im Urwald wohnen, zusammenrufen und laßt uns ihnen sagen, daß Busubu wahnsinnig gewesen, in den Fluß gefallen und ertrunken sei.«

»Und daß eine der Schrecklichen ihn an den Beinen erwischt habe«, sprang sein Neffe hilfreich ein.

»Und, M'gula, ich will meines Vaters Stelle einnehmen und Recht sprechen. Wenn Sandi kommt und mich klug reden hört, wird er sagen: ›Dieser Sohn Busubus ist mein Häuptling‹.«

Sein Vorschlag erweckte keine Begeisterung.

»*Ich* will an meines Bruders Stelle sitzen, denn ich bin ein alter Mann, und alte Leute sind weise. Und wenn Sandi kommt, will ich für euch beide sprechen«, fügte Busubus Bruder M'gula hinzu.

Und so wurde es vereinbart. M'gula saß auf dem Staatssessel in dem strohgedeckten Palaverhaus und gab sein Urteil ab und hielt Reden. Eines Tages lud er seine beiden Neffen zu einem großen Mahl von Fisch und Maniok (kartoffelähnlich schmeckende lange Knolle). Nach dem Mahl erkrankten beide Neffen. Sie wurden am nächsten Morgen in der Mitte des Flusses begraben, und M'gula nahm ihre Weiber in sein Haus. Bosambo, oberster Häuptling der Ochori, hörte Gerüchte und schickte einen Monat oder etwas später eine Brieftaube an Sanders.

»M'gula? Wer zum Teufel ist M'gula?« fragte Hamilton.

Sie waren gerade beim Frühstück in dem großen, luftigen Eßzimmer des Stationshauses. Sanders hatte die an diesem Morgen angekommene Brieftaubenpost laut vorgelesen.

»Mein lieber alter Ham«, versetzte Bones, der diesem gegenüber saß, »mein lieber Hauptmann und Ehrwürden! Wollen Sie damit sagen, Sie kennen M'gula nicht?«

Leutnant Tibbetts saß, die erhobene Kaffeetasse in der Hand, und hatte einen Ausdruck von Ungläubigkeit und Verwunderung im rosigen Gesicht.

»Ich wünschte beim Himmel, Bones, Sie würden nicht immer mit vollem Mund sprechen. Wurden Ihnen als Junge denn gar keine Manieren gelehrt?«

Bones verschluckte irgend etwas sehr schnell und mühsam.

»Sie haben mich eben einen Pflaumenkern verschlucken lassen, Sie alter grausamer Präfekt«, sagte er vorwurfsvoll. »Ich behaupte nicht, jeden netten alten eingeborenen Schwarzen von Angesicht zu kennen. Aber M'gula kenne ich ... Er ist so ein Fischerkerl, noch ein ganz junger Bengel ... Isisifluß. Habe ich recht, Exzellenz?«

Sanders schüttelte den Kopf. »Sie sind im Irrtum. Er gehört zu den Nord-Ochori.«

»Wenn ich sagte Isisi«, fuhr Bones ohne jede Scham fort, »meinte ich natürlich die Ochori. Ich kenne seinen Vater. Hübscher, netter, liebenswürdiger alter Schuft.«

»Ich hängte seinen Vater vor zehn Jahren«, entgegnete der geduldige Sanders. »Und mir scheint, das Gehängtwerden ist in der Familie erblich.«

»Es scheint so«, murmelte Bones, noch immer nicht eingeschüchtert. »Nun, da Sie ihn erwähnen, entsinne ich mich seiner. M'gula, natürlich. Lieber alter Ham, ich bin wirklich überrascht, daß Sie einen Kerl wie M'gula vergessen können.«

»Was hat er denn ausgefressen?« fragte Hamilton.

»Gift – das ist sicher. Wahrscheinlich verblümter Mord, obwohl ich denke, daß das schwer nachweisbar sein wird. Busubu, der kleine Häuptling der Gegend, ist verschwunden. Ich glaube, er war etwas verrückt. Das letztemal, als ich durch die Gegend kam, entwickelte sich bei ihm die Schlafkrankheit. Die typischen Nackendrüsen. Nur glaubte ich, es würde länger dauern, ehe das Wahnsinnsstadium erreicht sein würde.«

Sanders klopfte mit seinen Fingerspitzen auf seine weißen Zähne. Das war immer ein Zeichen der Unruhe bei ihm.

»Ich habe halb und halb Lust, Sie in den Busch zu senden, Bones. Sie können den ›Wiggle‹ nehmen und unterwegs bei Bosambo anlaufen.«

»Sicher ist es eine ziemlich einfache Sache, M'gula zu stellen«, bemerkte Hamilton. »Es ist nichts Ungewöhnliches. Ein Häuptling verschwindet auf geheimnisvolle Weise, ein Verwandter springt auf den frei gewordenen Platz...«

Sanders schüttelte den Kopf. »Dieses Verbrechen weist einen merkwürdigen Zug auf – *wenn* es ein Verbrechen ist. Es findet sich keiner, der Angaben darüber machen *kann* oder machen *will*. Gewöhnlich, sogar in einem kleinen Dorf, kann man ein Dutzend Gerüchte hören, die ineinandergreifen. Bosambo sagt, daß M'gula vor zwei Monaten eine Reise hierher, nach der Station, gemacht habe. Ich kann mich aber seines Hierseins nicht entsinnen.«

Irgend etwas in Bones' Gesicht lenkte die Aufmerksamkeit seines Vorgesetzten auf sich.

»Bones! Sie haben ihn gesehen?«

»Ob ich ihn gesehen habe, lieber alter Ham? Der Herr segne mich, wenn ich mich darauf besinnen kann. Wenn man die ganze Nacht mit Ihren netten alten Hennen...«

»Sie haben ihn gesehen, und ich wette, Ihre verdammte Leidenschaft, die unglücklichen Eingeborenen erziehen zu wollen, ist dafür verantwortlich. Welchen Zweig der Wissenschaft haben Sie durchgenommen?«

Bones stand vom Tisch auf.

»Jedesmal, wenn ein ungezogener alter Häuptling verschwindet, legen Sie das mir zur Last, Sir«, meinte Bones bitter, »und jedesmal wenn...« Plötzlich hielt er inne, sein Ton wechselte. »Was sagten Sie eben, Exzellenz? Sie wollten mich hinaufschicken, um dort herumzuspüren? Ich will mich nicht selber loben, aber ich habe eine gute Witterung für die Sorte Arbeit. Dinge, die Sie gar nicht bemerken würden, lieber alter fledermäusiger Vorgesetzter, nagle ich in 'ner Minute fest. Sie kennen mich, Exzellenzchen... Wer fand Ihren Zigarettenhalter, als Sie ihn verloren hatten?«

»Ich«, erwiderte Hamilton.

»Aber wer hat Sie auf die Spur gebracht, lieber alter Ham? Wer hat Ihnen gesagt: ›Haben Sie schon in Ihrer Tasche nachgesehen?‹ *Ich.* – Ich wette, ich bringe dieses Geheimnis an den Tag, ehe Sie zweimal die Augen auf- und zumachen. Beobachtungsgabe macht's! Ein ganz wenig Zigarrenasche, ein zerrissener Brief, Dinge, die einem gewöhnlichen Sterblichen gar nicht in den Sinn kommen...«

»Ich fürchte, Sie werden weder Zigarettenasche noch Brief im Ochoriland finden«, versetzte Sanders trocken. »Aber ich habe die Empfindung, daß man dieser Sache nachgehen muß. Nehmen Sie den ›Wiggle‹ und fahren Sie zu dem Dorf! Sie könnten Bosambo auf Ihrem Weg dorthin mitnehmen. Überlassen Sie es ihm, einen neuen Häuptling zu ernennen! Und seien Sie vorsichtig! Diese Völker im Norden sind eigentümlich und hängen aneinander wie Kletten. Sogar Bosambo ist ihrer nie ganz Herr geworden. Vielleicht haben Sie Erfolg.«

Bones lächelte bei dem Wort ›vielleicht‹.

Bosambo, Oberhäuptling der Ochori, hielt ein Palaver mit allen seinen fünfzig Häuptlingen, denn das Land war unruhig. Ganz unerwartet hatte es eine Mißernte gegeben; eine geheimnisvolle und verheerende Seuche war unter den Ziegen aufgetreten, und drei ansehnliche Stämme hatten den Tribut verweigert und eine trotzige Botschaft an ihren Oberherrn gesandt. Es ging ein Gerücht, daß diese drei sich zu einem Bündnis zusammengetan hätten, und das konnte nur Krieg bedeuten. Außerdem, ein Steuereintreiber war zu Tode geprügelt und ein anderer, wie Bosambo vermutete, ertränkt worden. Bosambo, der seinen Mantel von Affenschwänzen trug und seine drei kurzen Schlachtspeere bei sich hatte, hörte Stunde auf Stunde zu, als Sprecher auf Sprecher aufstand und ihn anredete. Als letzter Sprecher redete M'febi, ein Häuptling, der im Verdacht stand, ein großer Zauberdoktor zu sein. Den ganzen Tag hatte Bosambo auf das Auftreten dieses Mannes, des mächtigsten seiner Untertanen und ihm am feindlichsten gesinnten, gewartet.

»Gebieter Bosambo, du hast gehört«, begann M'febi inmitten einer Totenstille, »Seuchen herrschen im ganzen Land, und keiner, der sich nachts niederlegt, weiß, was die Sonne des nächsten Tages beleuchten wird. Ich, als weiser Mann, der die Geheimnisse kennt, kenne die Veranlassung hierfür, und ich will sie dir nennen: Das fürchterliche Wort ist gesprochen worden, und der Dämon der Stillen Wasser ist los und geht um.«

Ein angstvolles Murmeln lief durch die Versammlung. Die Männer rieben ihre Finger im Staub und beschmierten in Eile ihre Arme damit.

»Darum«, fuhr M'febi, erfreut durch die Sensation, die er erregt hatte, fort, »verfault unsere Ernte. Aus *diesem* Grund legen sich unsere Ziegen hin und sterben, indem sie Geräusche mit ihren Kehlen machen. Und nun, Bosambo, sollst *du*, der du der Liebling Sandis und so ausnehmend klug bist, unser Getreide wieder aufstehen lassen und unsere Ziegen wieder munter machen.«

Bosambo erhob seine Hand. »M'febi, bin ich ein Zauberer? Kann ich die Toten wieder lebendig machen? Antworte!«

M'febi zögerte. Er witterte Gefahr. »Nein, Gebieter, das kannst du nicht.«

»Gut, daß du das zugibst«, bemerkte Bosambo unheilvoll. »Denn, wenn ich ein solcher Zauberer wäre, würde ich dich dort, wo du stehst, gespeert haben. Und das mit dem furchtbaren Wort, das ist deine Erfindung. Und ich sage dir, M'febi, ich verfahre sehr schnell mit Männern und Häuptlingen, die mir Geister bringen, wenn ich Gummi von ihnen fordere. Die machen dann auch Geräusche mit ihren Kehlen und schlafen auf ihren Gesichtern. Ich will meinen Tribut haben! Denn das kommt mir zu, mir und Sandi und dessen König! Und was diese Leute aus dem Norden anlangt, die sich wider mich verschwören, so werde ich ihnen Feuer und Speere bringen. Und sie sollen Blut zahlen anstatt Tribut! Das Palaver ist aus!«

An diesem Tag noch musterte Bosambo seine Kriegerscharen:

junge Männer, die über Geister spotteten und M'shimba M'shamba selber ins Gesicht lachten. Und sie kamen auf den Ruf seines Lokolis: in Haufen von zehn und wieder zehn, von jedem Dorf, zu dem der Ton seiner Trommel reichte. Und sie führten auf der Ebene, die jenseits der Stadt lag, ihre Kriegstänze auf.

Als Bones ankam, fand er die Stadt als ein einziges bewaffnetes Feldlager vor. Bosambo, der ihn am Ufer empfing, hielt es für klug, ihm nichts von der Unruhe in seinem Land zu sagen. Aber als Bones andeutete, daß der Häuptling ihn nach dem nördlichen Gebiet begleiten solle, wurde dieser sehr niedergeschlagen und fand es ziemlich schwierig, seine Unlust darüber zu erklären.

»Gebieter Tibbetti, ich würde für Sandi bis ans Ende der Welt gehen, aber für dich sogar bis in die Hölle. Nur ist es gerade jetzt eine schlimme Zeit. Denn ich habe viele Palaver abzuhalten, und es ist der Monat der Steuereintreibung. Darum, Tibbetti, geh du allein, und ich werde dir folgen, noch ehe es Vollmond ist.«

Das war ein Plan, der dem Amateurdetektiv paßte. Denn er wollte den Ruhm für die Entdeckungen, die er zu machen sich zutraute, für sich allein in Anspruch nehmen.

»Dieser Busubu war wahnsinnig«, sagte Bosambo beim Abschied. »Was diesen M'gula anbelangt, so weiß ich nichts über ihn, weil er ein gewöhnlicher Mann ohne Rang ist. Ich meine, wenn du seine Füße ein wenig ansengtest, würde er schon gestehen, Tibbetti. Denn die Fußsohlen alter Männer sind sehr empfindlich.«

Aber Bones wußte einen besseren Weg.

Am Morgen des Tages, an dem Bones dort im Dorf ankam, hielt M'gula eine geheime Konferenz mit den Häuptlingen der drei aufsässigen Stämme, deren Landschaften an die seinige grenzten.

»Meine Späher brachten mir Nachricht, daß Tibbetti mit Soldaten in seinem kleinen Schiff auf dem Weg hierher ist, um zu erfahren, auf welche Weise Busubu starb. Nun ist Tibbetti mein Freund, denn er hat mir den Weg zur Macht gezeigt. Und weil er mein Freund ist, darum werde ich ihn zu euch senden, damit er mit euch ein Palaver hält.«

»Aber wenn er kommt, wird er seine Soldaten mitbringen, und dann würde es ein schlimmes Palaver werden«, antwortete bedenklich einer der Rebellenhäuptlinge. »Wie können wir wissen, ob du nicht Böses über uns zu Tibbetti, dem Sohn Sandis, sprichst? Denn es ist klar, daß du für dein Dorf zu groß geworden bist. Und man sagt, daß du nach der Herrschaft über die drei nördlichen Stämme strebst, wie es Gubula tat.«

Gubula war ein Häuptling im grauen Altertum gewesen, der schon achthundert Jahre tot war. Aber achthundert Jahre sind beim Eingeborenen »gestern«, und »gestern« heißt für sie »vor Jahrhunderten«.

M'gula war bestürzt über die unverblümte Bloßstellung seiner geheimsten Gedanken und Bestrebungen.

»Sobald Tibbetti wieder fort ist, wollen wir weiterreden«, sagte er. »Und nun kommt in mein Haus! Wir wollen ein Mahl halten!«

»Besser, du kommst in mein feines Haus, M'gula, und wir halten dort ein Mahl«, versetzte der Sprecher der Nordstämme. »Denn ich möchte kein Bauchweh haben und auch nicht auf der Insel im Strom begraben werden.«

Der Tod der Neffen M'gulas schien nicht unbemerkt geblieben zu sein. Jedenfalls beschwichtigte M'gula die Leute, schickte sie mit gefestigtem Vertrauen in seine Aufrichtigkeit zurück und bereitete sich auf die Ankunft Bones' vor.

Leutnant Tibbetts war kaum länger als eine halbe Stunde im Dorf, als er auch schon, eine lange Pfeife im Mund und einen wütenden Ausdruck im Gesicht, seine Nachforschungen begann.

Willige, aber verlogene Männer und Weiber zeigten ihm genau die Stelle am Ufer, auf der Busubu gestanden hatte, als der Alligator ihn packte. Zur Bestätigung ihrer Angaben wiesen sie auf die angeschuldigte Echse, die sich in diesem Augenblick mit offenem Rachen auf einer niedrigen Sandbank in der Mitte des Stromes sonnte.

Bones empfand ein augenblickliches Verlangen, den Alligator zu erschießen und eine gründliche Untersuchung von dessen Innerem vorzunehmen. Aber er besann sich, daß es doch schon zu lange her sei, als daß das dort Aufgefundene noch von irgendwelchem Wert sein könnte. Mit Hilfe eines Bandmaßes und eines Bleistiftes machte er einen genauen Situationsplan, der die Entfernung von Busubus Haus zum Fluß aufwies. Darauf befragte er die Weiber des verstorbenen Busubu; störrische, dumme Frauenzimmer, die gänzlich von ihren häuslichen Beschäftigungen in Anspruch genommen waren. Diese konnten ihm nichts mitteilen, als daß Busubu seine Hütte verlassen habe und nicht zurückgekehrt sei. Die Veranlassung zu seinem Gang hatten sie, weil ihnen das bequemer schien, vergessen. Sie wußten nur, daß er nicht zurückkehrte und sie danach in das Haus

M'gulas gegangen waren.

»Sehr verwirrend«, meinte Bones, indem er ernst den Kopf schüttelte.

Nachts schlief er auf dem kleinen Dampfer, der nahe am Ufer festgemacht war. Seine Tage waren mit den Bemühungen, die Sache aufzuklären, ausgefüllt, seine Abende mit Erweiterung seiner Kenntnisse. Wenn er nur M'gula dafür interessieren könnte! M'gula würde ihm sicher viel Fesselndes mitteilen können! Bones hatte eine Leidenschaft für die Sagen der Eingeborenen und lernte neue Geschichten von Schlangen und eine nagelneue Legende über M'shimba M'shamba und ein geheimnisvolles Gedicht kennen.

»Herr, dieses Gedicht ist das größte Geheimnis meines Stammes«, berichtete ihm M'gula mit gedämpfter Stimme. »Denn jeder Mann, der dieses Gedicht weiß, hat Macht über alle in der Welt. Und wenn meine Leute eine Ahnung davon hätten, daß *ich* dich das Gedicht gelehrt habe, würde mein Volk mich sicher töten. Wenn ein weißer Gebieter dieses Wunder ausspricht, werden alle Menschen ihn anbeten. Und ich habe dich dieses gelehrt, weil ich dich liebe, Tibbetti. Nun wiederhole mir die Worte: ›Talaka m'sidi lulanga...‹«

Auf diese Weise lernte Bones es auswendig. Eine ganze Woche lang hatte er seine Nachforschungen angestellt, ohne etwas mehr zu entdecken, als er schon bei seiner Ankunft wußte. Am siebenten Tag kam eine Einladung aus Lusingi.

»Gebieter, die Leute hier sind aufsässig gegen Bosambo, der sie grausam behandelt hat. Ich glaube, es würde Sandi gefallen, wenn du zu ihnen in deiner netten Art sprächest. Denn sie sind ein sehr einfaches Volk. Auch wenn du das Gedicht vortrügst, das ich dich gelehrt habe, würden sie dich sehr verehren und dir den Tribut zahlen, den sie Bosambo verweigert haben.«

Das war eine Gelegenheit, auf die Bones gerade gewartet hatte. Jetzt handelte es sich darum, ob er zurückfahren und sein Versagen als Detektiv eingestehen sollte oder ob er die Befriedung eines aufsässigen Stammes erreichte. Sanders würde das letztere sogar mehr schätzen als die Aufklärung des Geheimnisses um Busubus Tod.

Die Stadt Lusingi lag fünf englische Meilen vom Fluß entfernt, und Bones marschierte munter und ohne Gefolge dorthin. M'gula begleitete ihn bis an das Ende der Dorfstraße und ging dann mit seinen Ratgebern zurück.

»Ich glaube, das Lusingivolk wird Tibbetti töten«, sagte er gut aufgelegt. »Dann werde ich Nachricht an Sanders schicken, und er wird begreifen, daß ich sein guter Freund bin, und wird mir die vier Stämme unterstellen. Auf diese Weise wird ein Mann groß, Osuru, genau wie der Gebieter Tibbetti das prophezeit hat.«

Der arglose Bones gelangte in die Stadt, in der der Häuptling ihn empfing und nach dem Palaverhaus begleitete. Als Bones auf die Menge unfreundlicher Gesichter niedersah, die sich ihm zuwandten, schmunzelte er innerlich.

Er kannte ihre Drangsale. Der Häuptling, der nicht wußte, welche militärischen Kräfte Tibbetts folgten, war beunruhigt und hatte ihm alles Mißgeschick kurz aufgezählt: Ein Teufel treibe im Land sein Unwesen, die Ziegen krepierten; und um das Unglück voll zu machen, habe Bosambo nach seinem Tribut gesandt – die alte bekannte Klage.

»O Leute, ich sehe euch«, begrüßte Bones sie.

Er sprach geläufig in dem weichen und seidigen Dialekt der Nord-Ochori, der sich wenig vom Bomongodialekt unterscheidet, der von einem Ende des Flusses bis zum anderen gesprochen wird.

»Sandi hat mich hergesandt, um in eure Herzen zu sehen...«

Seine Ansprache beschäftigte sich hauptsächlich mit Wirtschaftsfragen der Eingeborenen. Und darin sprach Bones als Sachverständiger, denn er hatte sich gründlich mit den Aufgaben befaßt, denen diese Buschfarmer gegenüberstanden.

Augenblicklich kam er zu seiner Schlußrede.

»O Leute, hört mich! Ich spreche an Stelle Sandis und der Regierung! Wenn die Ernte gut ist und wenn ihr viele Ziegen habt, und wenn die kleinen Bäume im Wald euch viel Gummi geben, legt ihr euch dann nicht einen Vorrat von Korn und Gummi an? So daß ihr, wenn schlimme Zeiten kommen, weder hungern noch mit leeren Händen zu eurem Oberhäuptling zu kommen braucht? Nun sind solche Tage gekommen! Nun müssen eure Vorratskammern geöffnet und das, was vergraben ist, muß ausgegraben werden. Das ist nun einmal so in der ganzen Welt, daß schlimme Tage und gute Tage einander folgen.«

Seine Zuhörerschaft starrte ihn regungslos an. Der geizige Charakter der Nord-Ochori ist berüchtigt.

»Und nun werde ich euch ein Gedicht von großer Gewalt und großem Zauber vortragen«, fuhr Bones fort und feuchtete seine Lippen im Vorgeschmack. »Hört alle zu, ihr Leute...!«

Grabesstille senkte sich auf seine Zuhörerschaft. Bones schloß seine Augen und begann.

Er amüsierte sich selber gründlichst dabei. Er hörte das Rauschen einer Bewegung und zog einen ganz falschen Schluß über deren Ursache. Als er seine Augen öffnete, befand er sich allein. Der kleine Hügel, der dicht mit Stadtvolk übersät gewesen war, war verlassen. Männer und Weiber flüchteten in den Schutz ihrer eigenen Häuser, damit ihre Ohren nicht vom Klang des fürchterlichen Wortes entsetzt würden.

»Großer Gott!« schnappte Bones und sah sich im Kreise um.

Der Häuptling und seine Ratgeber waren bereits verschwunden, er selbst war gänzlich allein. In wenigen Augenblicken war kein menschliches Wesen mehr in Sicht. Bones' Nackenhaare begannen sich aufzurichten. Er witterte die Gefahr sofort. Er zog seinen langläufigen Browning aus dem an seiner Seite hängenden Futteral, fühlte nach dem Rahmen mit den Reservepatronen und schob, indem er die Sicherung zurückzog, eine Patrone in die Kammer. Dann stieg er langsam den Hügel herunter. Sein Rückweg zum Fluß führte durch die endlose Hauptstraße der Stadt. Er hielt sich in der Straßenmitte und schritt ohne Hast. Wilde Augen folgten ihm aus dem Dunkel der Hütten. Und doch gab es keine Bewegung. Als er sich umwandte, gewahrte er einen Kopf, der sich aus einer offenen Tür schob, aber er wurde fast augenblicklich zurückgenommen.

Er wußte, daß ihm nichts geschehen würde, solange er sich in der Stadt selbst befand. Die Gefahr lag für ihn in dem dichten Gehölz außerhalb. Er hielt seine Hände hoch und maß die Entfernung der Sonne vom Horizont. Er hatte noch dreiviertel Stunden bis Sonnenuntergang, und er war fünf und eine halbe Meile von seinem Dampfer entfernt.

»Das Gedicht hat schuld«, dachte er und brachte auf irgendwelche Weise das Gedicht in Verbindung mit dem Verschwinden Busubus. Als er das Ende des Ortes erreicht hatte, ging er schnell durch das üppige Gras, das ihn vom Waldpfad trennte.

Wisss!

Ein Speer flog an ihm vorbei, grub sich zitternd in einen Baum. Bones wirbelte herum, mit schußbereitem Revolver. Niemand zu sehen. Dann fing er zu laufen an. Sofort begannen Speere um ihn herum zu schwirren. Er stellte den Ort fest, woher der Angriff kam. Aus dem hohen Gras zu seiner Linken. Er zielte, feuerte zweimal.

Eine dunkle Gestalt sprang auf und fiel wieder hin. Jetzt rannte Bones wirklich.

Der Pfad drehte und wand sich, keine zwölf Yards verlief er gerade. Und solange Bones nur *vor* seinen Verfolgern bleiben konnte, war er sicher, denn das Gehölz an beiden Seiten war zu undurchdringlich für Speere. Schnell trabte er los, aber der Laut trabender Füße hinter ihm kam näher und näher. Bones hielt inne und drehte sich um. Da hörten auch die hinter ihm zu laufen auf.

Bones konnte es sich nicht gestatten, zu warten. Denn er wußte, daß die Männer, die ihn verfolgten, sich in diesem Augenblick im Wald von Stamm zu Stamm arbeiteten, um ihn zu überflügeln. Wieder lief er, und diesmal kamen seine Verfolger in Sicht. Ein Speer flog so nahe an ihm vorbei, daß er die Gamasche seines Beines streifte.

Halb unbewußt wunderte er sich, warum sie ihn noch nicht getroffen hatten, denn die Ochori sind berühmte Speerwerfer. Erst später erfuhr er, daß der Sumpf ein lebendes Opfer haben wollte.

Er drehte sich um und feuerte dreimal mitten in den Haufen seiner Verfolger; das hielt sie eine Sekunde auf. Dann, als er dachte, er hätte eine Krümmung des Weges erreicht, geriet ihm ein Speer zwischen die Beine. Er stolperte und fiel, und ehe er sich noch erheben konnte, waren sie auf ihm.

In der Nähe stand die Sterbehütte eines Wahnsinnigen, eines jener Häuser, zu denen das Stadtvolk seine betagten Verwandten brachte, wenn sie nicht mehr arbeiten konnten und eine Last ihres Gemeinwesens wurden. Hier starben sie, und die wilden Tiere trugen sie in ihr Lager.

»Was ihr hier tut, Mann«, sagte Bones, als er wieder zu Atem kam, »ist eine schlimme Sache. Denn jetzt wird Sandi kommen, und dann, glaube ich, wird es ein großes Hängen geben.«

Er sprach zum Häuptling von Lusingi, der ihn vor weniger als einer Stunde bewillkommnet hatte.

»Tibbetti, und wenn wir alle hängen, sterben mußt du! Denn du hast das fürchterliche Wort gesprochen, das den Sumpfdämon befreit hat. Und nun wird Unheil über unser Land kommen, und unsere Kinder werden von Seuchen befallen werden, und Feuer wird auf unsere Hütten fallen. Da wir uns fürchten, werden wir dich zu dem Geistersumpf nehmen. Wir werden dich etwas blenden, und danach werden dich die Schrecklichen holen. Darum schlafe, Tibbetti, denn bei Mondaufgang müssen wir gehen!«

Sie hatten ihm die Waffen abgenommen, aber sie hatten ihn nicht gefesselt, und Bones setzte sich auf den Boden der Hütte nieder, den Kopf in die Hände gestützt, und erwog die Möglichkeiten einer Flucht.

Deren waren wenige, denn es schien, als ob jeder waffenfähige Mann die Stadt verlassen habe, um ihn zu fangen. Von dem Platz, auf dem er saß, konnte er wahrnehmen, daß das Gehölz von Menschenschwärmen bevölkert war. Die Aussicht war nicht ermunternd.

In diesem Augenblick sah er den Häuptling in die Hütte treten und rief ihn an.

»Sage mir, hat Busubu das fürchterliche Wort ausgesprochen?«

Der Häuptling nickte zur Bejahung mit dem Kopf.

»Und auf diese Weise starb er? An dem Teich beim Sumpf?«

»Gebieter, so starb er!« gab der andere zu.

»Gelöstes Geheimnis!« meinte Bones mit melancholischer Genugtuung.

Er war an diesem Morgen zeitig aufgestanden und hatte einen ermüdenden Tag hinter sich. Die Ermahnung des Häuptlings, zu schlafen, wirkte suggestiv. Bones war gesund und jung und lebte für den Augenblick. Er hatte sich kaum lang auf den Fußboden ausgestreckt, als er auch schon einschlief.

Als Bones aufwachte, war es heller Tag, und er setzte sich schnell auf. Durch die Türöffnung konnte er niemanden gewahr werden. Etwas, das von einem dünnen Dachsparren herunterhing, fesselte seine Aufmerksamkeit.

Er hielt den Atem an.

Es waren sein Ledergurt und sein Browning.

»Ich träume«, murmelte Bones.

Blinzelnd trat er ans Tageslicht. Am Rand des Waldweges standen zwei Bäume. Ein Mann saß da, der Bones den Rücken zuwandte und aufmerksam auf zwei elende Gestalten starrte, die sehr fest an die Stämme gebunden waren.

»Bosambo!« rief Bones scharf. Der Wächter stand auf.

»Herr, ich kam in der Nacht herauf. Ich und meine jungen Männer. Und M'gula zeigte mir den Weg, den du eingeschlagen hattest, und erzählte mir von dem fürchterlichen Wort, das er dich veranlaßt hatte auszusprechen.«

»Er sagte dir...?«

Bosambo vermied es, Bones anzusehen.

»Lord Tibbetti, du besitzest die Klugheit der Schlangen. Folgendes hat man mir im Dorf erzählt: Du hast viele Dinge mit deinem feinen Band gemessen und hast viele Dinge durch das Glas, das kleine Dinge zu großen Dingen verwandelt, angesehen.«

Bones errötete.

»Auch hast du dir viele Blätter und Kochtöpfe angesehen und hast im Sand gegraben. Und hast durch andere listige Methoden versucht herauszufinden, welchen Weg Busubu gegangen ist. Alles das ist sehr wundervoll. Aber ich bin nur ein einfacher Mann. Ich habe M'gula ein wenig geröstet, und die Fußsohlen alter Leute sind sehr empfindlich... und da hat er gesprochen.«

»Ich wußte die ganze Zeit, daß M'gula es war«, sagte Bones zu der bewundernden Zuhörerschaft. »In erster Linie war da ein Flecken von schwarzem Schlamm, am Fuß seines Bettes. Das bewies mir zwei Sachen – und hier ist es, wo die nette alte Kunst, Folgerungen zu ziehen, in Betracht kommt – er bewies mir, daß er von einer langen Wanderung kam – und – und...«

»Daß er im Schlamm gestanden hatte«, äußerte Hamilton hilfsbereit.

»Richtig!« sagte triumphierend Bones. »Woher kam der Schlamm?«

»Vom Schlamm natürlich«, deutete Hamilton an.

Ungeduldig schnappte Bones seine Lippen mit einem scharfen kurzen Laut zusammen.

»Lieber alter Offizier. Lassen Sie mich den Hergang erzählen, *bitte* – das heißt, wenn Sie ihn hören wollen!«

»Ich fürchte, man ist Ihnen zuvorgekommen, Bones – Bosambo hat mir zwei sehr lange und sehr eingehende Berichte geschickt«, lächelte Sanders. »Und nach seiner Darstellung bekannte M'gula unter Anwendung einer sehr primitiven Art von Folter.«

Nur für einen Augenblick gab sich Bones geschlagen.

»Aber *wer* hat sein nettes altes Gewissen in Bewegung gesetzt?« fragte er triumphierend.

## *Der Gesundheitsinspektor*

Für den Gebrauch von Mr. Augustus Tibbetts, Leutnant im Haussaregiment, von allen »Bones« genannt, war einmal eine Hütte errichtet worden.

Es war eine geräumige Hütte und in vieler Beziehung eine hübsche Hütte; sie würde neunhundertneunundneunzig jungen Offizieren von tausend gepaßt haben. Es befand sich sogar eine Dusche darin, die von einem in der Luft schwebenden Fäßchen aus in Tätigkeit gesetzt wurde. Aber die Interessen Tibbetts' waren sehr vielseitig. Seiner Steckenpferde waren viele. Sie kamen und gingen und hinterließen im Vorübergehen auf den Regalen, in den Schränken und unter Tisch und Bett deutliche Beweise ihres Vorhandenseins. Wie der Wissenschaftler durch Prüfung der geologischen Schichten die Geschichte der Erde verfolgen mag, so hätte ein Sachverständiger, der in Bones' häusliche Unordnung untergetaucht wäre, ihm anhand der Schichten abgelegten Krams seine jeweiligen Beschäftigungen der vergangenen Monate nachweisen können.

Eine andere Hütte war hinzugekommen, um seine Sammlung zu beherbergen, und auf ihren von den Eingeborenen hergestellten Regalen ruhten alte Radioapparate, die nicht mehr funktionierten, ganze Bände für den Selbstunterricht, Haufen von Drucksachen, Tausende von Mustern, vom Linoleum bis zu Eßwaren, Kästen mit wissenschaftlichen und halbwissenschaftlichen Instrumenten, unter anderem ein schriftlicher Kursus über den Bau von Gebirgsbahnen, obwohl es keine näheren Berge gab als die von Sierra Leone.

»Welch ein höllischer Alteisenladen!« bemerkte Hamilton bestürzt.

Hamilton war herübergekommen, um einige bissige Bemerkungen wegen des Schlüssels zum Warenlager zu machen; der war, wie gewöhnlich, wenn Bones ihn in Verwahrung hatte, während der ganzen Nacht in der Tür steckengeblieben. Eine Verlockung für Hamiltons Haussa, die zwar treu, aber unehrlich waren.

»Ja, in Ihren unwissenschaftlich geschulten Augen, mein lieber Hauptmann und Kamerad! Nicht in meinen scharfgeschliffenen alten Sehlöchern«, antwortete Bones ruhig auf des Hauptmanns letzte Bemerkung. »Alles hat hier seinen Wert, seine Raison d'être. – Das ist ein französischer Ausdruck, lieber Ham, der Ihnen wahrscheinlich spanisch vorkommt, und heißt, seine Notwendigkeit.«

»Was ist denn das?« fragte Hamilton, indem er einen sonderbar aussehenden Gegenstand aufhob.

»Das«, antwortete Bones, ohne zu zögern, »ist ein Instrument, das bei der drahtlosen Telegrafie gebraucht wird. Es würde zu lange Zeit in Anspruch nehmen, Ihnen das zu erklären, Ham. Solange Sie keine wissenschaftliche Grundlage haben, lieber Ignoramus, würde jede Erklärung für Sie unentzifferbar sein...«

»Unverständlich, sollten Sie sagen!« entgegnete Hamilton und las mühsam das Wort, das auf der Stahlseite des Instrumentes gestempelt war. »Robinsons Patent-Sicherheits-Rasiermesser-Streichriemen.«

»Ich wünschte beim Himmel, Sie würden nicht alles durcheinanderbringen«, antwortete Bones verdrossen, indem er sein Monokel einklemmte und auf den unschuldigen Streichriemen starrte.

»Um die Wahrheit zu sagen, Bones«, bemerkte Hamilton, als sie heraustraten und er mit beleidigender Auffälligkeit in langen Zügen Atem holte, »Sie sollten den ganzen Unrat verbrennen. Sie werden hier eine Seuche züchten.«

Bones schloß seine Augen und hob die Brauen. »Im Gegenteil, ich bekämpfe Seuchen, lieber alter Laie«, entgegnete er würdevoll. Er ging zur Hütte zurück und kam mit einem großen hölzernen Kasten wieder. Er öffnete den Deckel und enthüllte eine Anzahl langer, schmaler, hölzerner Hülsen, die zwischen Watteschichten lagen.

»Gütiger Gott! *Sie* sollen das machen?!« platzte Hamilton heraus.

Bones nickte, noch um einen Grad würdevoller.

»Wann ist das gekommen? – Sanders hat mir nichts darüber gesagt.«

Der Schatten eines mitleidigen Lächelns huschte über Bones' ekkiges Gesicht. »Es gibt Dinge, von denen unsere verehrte alte Exzellenz niemand Mitteilung macht«, sagte er leise. »Sie sind hinter unser Geheimnis gekommen, lieber Ham... Darf ich Sie bitten, als ein Mann von Ehre und Gefühl, lieber neugieriger Thomas, gegen niemand zu erwähnen, daß ich's Ihnen verraten habe? Ich vertraue Ihnen.«

Hamilton ging zum Wohnhaus zurück und erwähnte seine Entdeckung trotz der Forderung, die Sache geheimzuhalten.

Distriktsgouverneur Sanders sah von seiner Arbeit auf. »Impflymphe? Ja. Sie kam heute morgen, und ich habe sie rüber zu Bones geschickt. Möglich, daß wir sie nicht brauchen. Aber das Government hegt Befürchtungen, weil die Seuche im französischen Gebiet ausgebrochen ist. Vielleicht erweist es sich als notwendig, die Leute an der Grenze zu impfen. Am besten ist's, Bones besorgt das. – Einen Doktor können sie beim Government nicht entbehren.«

»Gott segne den Jüngling!« sagte Hamilton, sichtlich erlöst. »Ich fürchtete schon, *ich* sollte das Karnickel sein.«

Sanders kaute am Ende seines Federhalters. »Bones hat Phantasie. Und ich glaube, die wird er brauchen, wenn er den Stamm der Kleineren Isisi impfen soll.«

»Um Lügen ist er sicher nie verlegen«, gab Hamilton zu.

Die einzelnen Abteilungen bei der Verwaltungszentrale besitzen die Leidenschaft, jedem Mann, der, vorübergehend oder dauernd, eine Stelle unter ihrer Leitung bekleidet, ein Etikett anzuhängen. Es liegt auch ein gewisser Sinn in diesem Verfahren. Ein auf diese Weise charakterisierter Beamter kann von dem stumpfsinnigsten Schreiber in einer gewissen Rubrik untergebracht werden. Er kann ein besonderes Fach im Aktenschrank erhalten. Und durch die erhaltene Etikettierung können ihm Verantwortlichkeiten aufgebürdet werden, die mit seinem Aktenzeichen im Einklang stehen.

Sanders erhielt ein Telegramm vom Government. – Der Telegraf hätte während eines Monats ununterbrochen funktioniert. Dank den Elefanten, die normalerweise die spielerische Gewohnheit hatten, Telegrafenpfähle umzureißen, die sich aber zur Zeit, um Junge zu werfen, ins Innere zurückgezogen hatten.

Das Telegramm lautete:

»Nr. 79174. Government. Betr. Ihre Drahtung Nr. 531 T. Lt. A. Tibbetts, Königshaussa, wird zum zeitweiligen Sanitätsoffizier und Gesundheitsinspektor Ihrer Gebiete ernannt, mit Zulage drei Shilling pro Tag, vom vierten dieses Monats bis auf weiteres. Hat zu registrieren und zu berichten unter Buchstaben S. O. und G. I. Bestätigt!«

Sanders bestätigte den Empfang pflichtgemäß und teilte diese wichtige Neuigkeit seinem Untergebenen mit.

Bones nahm die Nachricht würdevoll entgegen.

»Natürlich, liebe alte Exzellenz, werde ich mein Bestes tun«, sagte er wichtig. »Die Verantwortlichkeit ist einfach fürchterlich.« Danach wurde das Leben dort, um Hamiltons eigene Worte zu gebrauchen, einfach zur Hölle.

Unabänderlich kam Bones zum Morgenfrühstück zu spät, er roch stark nach Desinfektionsmitteln, sein Verhalten war herrschsüchtig, seine Sprache streng fachmännisch.

»Guten Morgen, Exzellenz... Ham... *Ham*!«

»Was zum Teufel ist los mit Ihnen?« fragte Ham erschrocken.

»Haben Sie Ihre Hände gewaschen, lieber Offizier?«

»Das ist Sonnenbrand, Sie Esel!«

Bones schüttelte den Kopf. »Gebrauchen Sie eine schwache Karbollösung, lieber alter Aussätziger«, murmelte er. »Zu solchen Zeiten kann man nie vorsichtig genug sein.«

Unabänderlich trug er einen Bogen weißes Papier bei sich, den er auf den Stuhlsitz legte, ehe er sich setzte. Und er bestand auf einer Tasse kochendheißem Wasser auf dem Tisch, damit er Messer und Gabel sterilisieren könne.

Als Sanders eines Morgens zum Frühstück kam und das Eßzimmer dampfend von Karbol vorfand, streikte er.

»Bones, ich würdige Ihre gewissenhaften Bemühungen im Interesse der Hygiene. Aber wenn es Ihnen nichts ausmacht, werde ich lieber an einer Krankheit sterben, als diesen Gestank ertragen.«

»Bazillen, liebe Exzellenz!« murmelte Bones. »Und das hier, das ist der Stoff, um Satan höchstselbst rot werden zu lassen.«

»Ich ziehe es vor, wenn er blaß bleibt«, entgegnete Sanders und befahl seiner Ordonanz, die Fenster zu öffnen.

Noch verdrießlicher war der Brauch, den Bones einführte, den Schlafraum seines Vorgesetzten zu inspizieren. Hamilton fand ihn mit einem Bandmaß und einem Zug tiefsten Leids im Gesicht. »Ham, alter Schmierlapp, das geht auf keinen Fall«, sagte Bones, indem er seinen Kopf mißbilligend schüttelte. »Segne mein nettes altes Leben und meine Seele obendrein, Sie würden *tot* sein, wenn ich nicht hier hereingekommen wäre. Wie viele Kubikfüße haben Sie nach Ihrer Meinung?«

»Ich habe zwei Füße«, antwortete Hamilton wütend, »und wenn Sie nicht sofort draußen sind, werde ich einen davon gebrauchen.«

»Und was ist das alles?« Bones stocherte mit einem Stock in einem Haufen Anzügen herum. Röcke, Hüte... Werden Sie nicht verdrießlich, Ham. Wir Doktorsleute...«

»Wir«, höhnte Hamilton. »Sie ungebildeter Wauwau! Raus!«

Es ist quälend, in tägliche, ja stündliche Berührung mit einem Menschen zu kommen, der abwechselnd nach Naphthalin und Lysol riecht. Es konnte einen verrückt machen, wenn sich das Essen verzögerte, weil Bones in die Küche geraten war und die Kochvorrichtungen zum Teufel schickte. Aber den Höhepunkt seiner Boshaftigkeit erreichte er, als er einen neuen Filter erfand, der das Trinkwasser tief dunkelrot färbte und es nach Eisenfeilspänen schmecken ließ.

»Können Sie nicht an den Gouverneur drahten und ihn zum Gemeinen degradieren lassen, Sir?« fragte Hamilton wütend, nachdem er Kristalle reiner Karbolsäure in seinem Rasiernapf gefunden hatte. »Ich werde zu Tode ›saniert‹!«

Glücklicherweise stand eine Steuereintreibungsreise bevor. Sanders war nicht ärgerlich darüber. Bones ordnete natürlich die gründliche Durchräucherung der »Zaire« an, und drei Tage lang, nachdem der kleine Dampfer seine Reise angetreten hatte, atmete die unglückliche Besatzung noch Schwefeldämpfe, trank Schwefelwasser und aß geschwefelten Reis.

Bones kam runter zur Mole, ein sonderbar anzusehendes, furchteinflößendes Schauspiel: Ein dünner Schleier antiseptischer Gaze hing von den Rändern seines Tropenhelms herab. An seinen Händen trug er übelriechende Handschuhe.

»Heil der Braut!« rief Hamilton bissig von der Kommandobrücke. »Wo haben Sie Ihre Orangenblüte, mein Vögelchen?«

»Ich befehle Ihnen, sich von den Ochori fernzuhalten«, schrie Bones mit erstickter Stimme. »Dort grassieren die Masern! Trinken Sie nichts als Natronlösung...«

Hamilton antwortete mit einer Beleidigung.

Zwischen dem Sumpf der Schweigenden und den Kleineren Isisi erstreckt sich ein Stück Land, das weder Wald noch Sumpf ist und dennoch die Natur beider aufweist. Hier wachsen rauhe Bäume, die sogar die schmarotzerhafte Vegetation überleben, die in einer einzigen feuchten Nacht zu der Höhe eines großen Mannes aufschießt. Und hierher kommen »die Schweigenden«, um zwischen den Bäumen zu schlafen, in Sicherheit gewiegt durch die Sümpfe, die sie umgeben, und durch den Schutz der kleinen Vögel, die die Krokodile lieben und Wache bei ihnen halten, wenn sie schlafen. Von anderen Vögeln gibt es da nur wenige. Andere Tiere kommen nicht zum Wald an den Wassern, und der Spielplatz der Elefanten befindet sich auf dem festeren Ufer des Flusses. Dort haben sie Bäume gefällt und das Gelände flach gestampft, so daß sie spielen und Jagd aufeinander machen können. Und die Elefantenkälber fechten da bisweilen unter trompetendem Beifall und Schwingen der Rüssel.

Viele faulende Hütten gibt es im Wald am Wasser. Denn die Isisi schicken ihre Alten, Erblindeten und Wahnsinnigen hierher, damit sie hier sterben können, ohne das Gemeinwesen und die Gesunden zu belästigen. Manchmal bringen diese sich gegenseitig um. Aber gewöhnlich kommt eine schuppenbekleidete Gestalt aus dem Schlamm hervorgekrochen, schleudert sie mit ihrem schnellen Schweif ins Wasser, und das ist das Ende. Distriktsgouverneur Sanders war wahnsinnig. Aber man konnte ihn nicht gut totschlagen wegen seiner Soldaten, seiner langnasigen »Wung-wung«, so nannten sie seine Revolverkanone, und der mit Bronzemantel bekleideten Maschinengewehre, die Tak-tak-tak machten.

Denn niemand als ein Wahnsinniger würde durch den widerlichen Schlamm dieses Waldes waten, in stinkende Hütten schielen und den Boden nach Anzeichen von Gerippen untersuchen. Alles, was die Krokodile übrigließen, gehörte von Rechts wegen den kleinen roten Ameisen. Und doch tat Sanders alles dieses. Er ließ sein schönes Fahrzeug langsamer gleiten und am Ufer anlegen.

»Ich habe Lulaga eindrücklich auf die Ungehörigkeit, den Tod seiner Verwandten zu beschleunigen, hingewiesen«, sagte er zu Hauptmann Hamilton. »Und er hat mir bei M'shimba und seinem besonderen Teufel geschworen, daß es kein Blenden oder Pensionieren Altersschwacher mehr geben soll«, fügte er grimmig hinzu.

Hamilton lächelte müde. »Die Sitten des Landes sollen nicht leichtsinnig zu Boden getrampelt oder ihnen gewehrt werden«, zitierte er aus einer berühmten, aus früherer Zeit kommenden Vorschrift des Kolonialamtes. – Es gibt keinen Distriktsgouverneur von K'sala bis Tuli Drift, der das nicht auswendig hersagen könnte, besonders nach dem Dinner.

»Noch«, fuhr Hamilton fort, »dürfen seine religiösen Gebräuche oder uralten Sitten zu streng unterdrückt werden, indem wir uns erinnern, daß der Eingeborene durch Beschluß der göttlichen Vorsehung ein Mensch und unser Bruder ist.«

»Still!« schnappte Sanders bissig.

Aber der unerbittliche Haussa ließ sich nicht zum Schweigen bringen. »Man muß sich ihm (dem Eingeborenen) in sanfter Weise nähern«, zitierte er weiter. »Mit Beweisen und Erläuterungen, die seinem einfachen Sinn verständlich sind. Körperliche Züchtigung darf unter keinen Umständen verhängt werden, außer bei ungewöhnlich schweren Verbrechen, und dann nur auf Anordnung der höchsten Gerichtsstelle des Landes…«

»Das sieht mir wie eine neue Hütte aus«, sagte Sanders und trat über die hastig gelegte Laufplanke. Er drehte dabei einen Stock aus Mahagoni in seiner dünnen braunen Hand.

Er schlängelte sich durch eine grüne, magere Anpflanzung, kam zu der Hütte und fand dort B'saba, der früher Ältester des Dorfes M'fusu gewesen war. B'saba war wahnsinnig und blödsinnig und kicherte und wimmerte abwechselnd, da er sich im fortgeschrittenen Stadium der Schlafkrankheit befand, die Menschen zu Tieren wandelt. Er war blind, und zwar war er erst seit kurzem geblendet.

Die Nase Elaka Sandis zog sich in Falten.

»O Mann, ich sehe dich, aber du kannst mich nicht sehen. Ich bin Sandi, der Recht spricht. Nun sage mir, wer hat dich hierher gebracht?«

»Häuptling Lulaga«, antwortete der alte Mann weinerlich. »Er hat mir auch meine hübschen Augen genommen.«

Der Mann starb in dieser Nacht. Sanders hockte neben ihm auf der Erde und unterhielt das Feuer, das jenen wärmte. Sie gruben ihm ein tiefes Grab, und Sanders sprach gut von ihm, denn B'saba war dem Government lange Jahre ein treuer Diener gewesen.

Bei Tagesgrauen drehte Sanders den Bug seiner »Zaire« gegen den Strom der Schwarzen Wasser und kam zu dem Dorf des Häuptlings, sehr zu dessen Beunruhigung.

Die Lokolis rasselten die Aufforderung, zu einem großen Palaver zu erscheinen, und Sanders saß in der rotbedachten Hütte, um Recht zu sprechen.

»Gebieter«, sagte Lulaga zitternd, »ich tat das um eines meiner Weiber willen, das von dem alten Mann in seinem Wahn verspottet wurde.«

»Sie soll hierherkommen«, befahl Sanders.

Man führte ein schlankes Weib von sechzehn Jahren herbei, das sehr trotzig war.

»Gib mir deine Medaille, Lulaga!« befahl Sanders, und der Häuptling hob die Schnur in die Höhe, die die Silbermedaille seiner Häuptlingswürde hielt. Und als Sanders diese einem vertrauenswürdigen Mann umgehängt hatte, fesselten Soldaten Lulaga an einen Baum, und einer von ihnen peitschte ihn zwanzigmal über die

Schultern. Und die Peitsche hatte neun Schwänze, und jeder davon war knapp einen Meter lang.

»Alte Leute und Wahnsinnige sollen sterben, wenn ihre Zeit gekommen ist«, sagte Sanders. »Das ist das Gebot meines Königs! Und wenn dieses Gebot übertreten wird, dann werde ich mit einem Strick kommen. Hört ihr?! Das Palaver ist aus!«

Auf dem Rückweg zum Schiff kam ein älterer Mann zu ihm. An der sonderbaren Form seines Speeres erkannte Sanders, daß er vom Hinterland stammte.

»Gebieter«, begann dieser, »ich bin M'kema aus dem Dorf an der französischen Grenze. Ich bin Häuptling in dieser Gegend. Nun scheint es mir, daß du uns den Zauber weggenommen hast, den unsere Väter uns hinterlassen haben. Denn alle wissen, daß die Kranken und Alten Nester sind, in denen die Teufel hocken, und wenn wir sie nicht sachte totmachen, wird Krankheit im Land sein.«

Sanders war sofort auf der Hut.

»Wenn irgendwelche von den französischen Stämmen über den Fluß kommen, dann sollt ihr sie mit euren Speeren zurücktreiben«, befahl er. »Und wenn sie nicht zurückgehen, dann tötet sie und verbrennt ihre Leichen. Und ich werde euch Tibbetti hinaufschicken, der trägt viele Wunder in einem kleinen Kästchen, damit ihr nicht zu Schaden kommt.«

Auf seinem Weg flußabwärts war Sanders ungewöhnlich nachdenklich. Nicht weniger war es Hauptmann Hamilton. Denn wie der Älteste ihnen sagte, hatte jeder Stamm, ausgenommen die Ochori, seine alten Männer und Frauen in den Wald getragen und sie dort umkommen lassen. Sanders hatte gedroht, er hatte bei Gelegenheit Männer beim Fortschleppen ihrer unglücklichen Verwandten ergriffen. Aber niemals zuvor hatte er so nachdrücklich für eine Sitte gestraft, die Jahrtausende heiligten.

Sie rochen die Station, ehe sie den grauen Kai und die gefiederten Palmkronen sehen konnten, die die Station verbargen. Plötzlich schnüffelte Sanders in der Luft.

»Was in des Himmels Namen ist das...?« fragte er.

Ein sanfter Wind, der von der See her wehte, trug einen sonderbaren und durchdringenden Geruch zu ihm herüber. Es war nicht gerade der Geruch von Teer, noch war es der Geruch, den man mit einer brennenden Seifenfabrik in Verbindung bringt. Die aufdringlichen Eigenschaften beider lagen darin vereint. Später erfuhr Sanders, daß ein Trampdampfer in seiner Abwesenheit angelaufen sei und ein halbes Dutzend Behälter mit Kreosot für den Gesundheitsinspektor gelandet habe. Bones hatte in dieser Eigenschaft und in seinem Enthusiasmus den Versuch einer Generalausräucherung gemacht. Das Feuer, in dem das Kreosot in seinen natürlichen Gaszustand verwandelt worden war, rauchte noch im Mittelpunkt des Exerzierplatzes. Und Bones, ein gruseliger Gegenstand in einer Gasmaske – seine Leute hatten tatsächlich gemeutert und waren in ihre Hütten geflüchtet – war dabei, das Experiment fortzusetzen, als Sanders in schierer Verzweiflung die Sirene der »Zaire« heulen und ein so das Blut erstarrendes Gellen hinaussenden ließ, daß dieses durch den Schutz von Bones' Gasmaske drang.

»Um des Teufels Liebe willen, was machen Sie denn da?« rief Hamilton, nach Luft schnappend und hustend.

Bones machte Gesten. Nachdem seine Gasmaske entfernt war, zählte er die Ergebnisse seiner Versuche auf.

»Da ist keine nette alte Ratte am Leben geblieben«, meldete er triumphierend, »die Käfer haben sich in ihrer gesamten Anzahl auf den Rücken gelegt, und die Moskitos sind still verschieden.«

»Sind noch welche von der Kompanie am Leben?« fragte Hamilton. »Puuh!«

»Kreosot«, begann Bones in seiner dozierenden Weise, »ist einer von jenen netten Wanzenfeinden...«

»Bones«, sagte Sanders hastig, »ich habe ein Stück Arbeit für Sie. Lassen Sie den ›Wiggle‹ Dampf aufmachen! Fahren Sie rauf zu den Kleineren Isisi und gehen Sie zur französischen Grenze! In der Nähe eines Dorfes – soviel ich erfahren habe, ist es M'taka – grassieren die Pocken. Impfen Sie jeden im Umkreis von zehn Meilen und werden Sie glücklich!«

»Und halten Sie Distanz vom französischen Gebiet«, warnte Hamilton.

Bones lächelte verächtlich. »Bin ich ein rasender Esel?«

»Rasend nicht«, antwortete Hamilton.

Innerhalb von zwei Stunden war Bones unterwegs, eine riesige Pfeife zwischen die Zähne geklemmt, eine mit Horn eingefaßte Brille auf der Nase – »Gott mag wissen, wo er *die* aufgetrieben hat«, sagte Hamilton in Verzweiflung – und auf seinen Knien ein umfangreiches medizinisches Buch wiegend. Daß dieses ein chirurgisches Buch war, das von den Nervenzentren handelte, machte für Bones keinen Unterschied. Es war das einzige medizinische Werk, das er besaß. Es war ihm als Antwort auf sein schriftliches Ersuchen, ihm die augenblicklich am meisten Aufsehen erregende Novelle zu schicken, von einem Londoner Verleger zugesandt worden. Und wenn beim Lesen von Bones' fürchterlicher Klaue der Verleger die Bestellung auf »Walter Newman's Sister« (Walter Neumanns Schwester) in einen Auftrag auf »Watt's Diseases of the Nervous System« (Watts Erkrankungen des Nervensystems) gedeutet hatte, so war der Verleger kaum dafür zu tadeln.

Bones kam zu den Klein-Isisi-Leuten und wurde von dem neuen Häuptling mit großen Ehren empfangen. Es hatte den Anschein, als ob jede Menschenseele aus dem Dorf zu seinem Empfang herbeigeeilt sei. Aber es waren keine Anzeichen einer besonderen Begeisterung wahrzunehmen. Es lächelte auch niemand. Und das Klein-Isisi-Volk ist doch nur zu willig, zu lachen.

»Gebieter«, grüßte ihn der neue Häuptling, »alle Leute wissen, daß du einen großen Zauber in deinen beiden Händen bringst. Denn Sandi hat Gutes von dir gesprochen, und es ist bekannt, daß du ein Freund von Geistern und Dämonen bist. Darum ist mein Volk gekommen, damit es diesen Zauber sieht, der größer ist als der Zauber unserer Väter.«

Das waren die Worte, die er öffentlich sagte, damit alle Leute es hören konnten. In seiner Hütte redete er anders.

»Das Volk hat Zorn in seinem Magen, weil Sandi den Lulaga gepeitscht hat, und es haben darum geheime Palaver stattgefunden. Und, Herr, ich glaube, sie werden ein Ende mit mir machen. Es geht auch das Gerücht, daß Sandi den Tod liebe und daß er das Isisivolk haßt und daß er es gern sehen würde, wenn die Kochtöpfe zerbrochen wären und die Dächer des Dorfes zusammenfielen.«

Mit diesen Worten umschrieb er den Tod. Denn wenn ein Isisimann stirbt, werden die Töpfe, in denen er sein Essen gekocht hat, auf seinem Grab zerbrochen, und niemand kümmert sich um die Hütte des Toten, bis sie in Wind und Wetter zusammenbricht.

»Das ist dummes Geschwätz«, sagte Bones, »da Sandi mich ja gerade hierher geschickt hat, um alle Leute durch das Wunder in meinem kleinen Kästchen gesund zu machen. Siehe, ich werde in ihre Arme eine große Zaubermedizin reiben, damit sie alle Geister verlachen und die Teufel verspotten können. Denn ich werde in meinem Land wegen meiner großen Weisheit in Heilmitteln sehr verehrt«, fügte Bones unbescheiden hinzu.

Von vier Soldaten begleitet, marschierte er zwei Tagesreisen weit in den Wald und kam schließlich an das Dorf am Wasser. Er kam gerade zur richtigen Zeit, denn entgegen Sanders' Befehl waren drei Leute aus dem französischen Gebiet in der Nacht über die Grenze gekommen und vom Dorfältesten freundlich aufgenommen worden. Sie machten sich eiligst und lärmend aus dem Staub. Denn Bones jagte sie in ihr Kanu und bearbeitete sie mit seinem Spazierstock, solange er sie erreichen konnte. Dann kam er ins Dorf zurück und rief ein Palaver zusammen. Im Palaverhaus lagen auf einer umgekehrten Trommel, bedeckt mit einem seiner berühmten desinfizierten Taschentücher, unzählige kleine Röhrchen und eine funkelnde Lanzette.

»O Leute«, begann Bones in geläufigem Bomongo, »Sandi hat mich hergesandt, weil ich größer bin als die Zauberer und wundervoller als die Teufel. Und ich werde eine große Wunderkraft in eure Körper gießen, die die alten Männer jung machen wird und die jungen Männer wie Leoparden und eure Weiber schön und eure kleinen Kinder stärker als die Elefanten.«

Er hob eines der Glasröhrchen in die Höhe, so daß es im strahlenden Sonnenlicht glitzerte.

»Diesen Zauber fand ich durch meine großartigen Gedanken. Er wurde mir durch drei Vögel von M'shimba M'shamba selbst überbracht, denn er liebt mich.«

Er winkte dem Häuptling, und der alte Mann trat furchtsam vor.

»Hört mich, alle ihr Geister!« sagte Bones orakelhaft, und seine Singsangstimme nahm das Kreischen eines Papageis an. »Hör mich, M'shimba M'shamba! Bugulu, du Fresser des Mondes und Verschlinger der Flüsse, hör mich!«

Der alte Mann zuckte zusammen, als die Lanzette seinen Arm ritzte.

»Abrakadabra!« sagte Bones und träufelte das Gift in die Wunde.

»Gebieter, das schmerzt!« versetzte M'kema. »Es ist wie höllisches Feuer.«

»So werden auch eure Herzen wie Feuer sein und eure Knochen jung. Und ihr werdet über hohe Bäume springen, und ihr werdet viele junge Weiber nehmen«, versprach Bones überschwenglich.

Einer nach dem anderen defilierten sie an ihm vorbei, Männer, Weiber und Kinder. Furcht und Hoffnung arbeiteten in ihren Geichtern, während Bones seine geheimnisvolle Zauberformel murmelte.

Endlich waren sie alle geimpft, und Bones ging müde, aber befriedigt in die Hütte, die man für ihn zurechtgemacht hatte, nachdem er wütend das übliche Anerbieten des Häuptlings, dessen jüngste Tochter zum Weib zu nehmen, zurückgewiesen hatte. Sanders besaß stets eine höfliche und sanfte Art, in die er diese Absage kleidete, aber Bones errötete dabei stets und spuckte Wut. Er ging mit dem Gefühl zu Bett, der Zivilisation einen großen Dienst erwiesen zu haben. Denn zu dieser Zeit hatte Bones längst vergessen, daß eine Persönlichkeit wie Dr. Jenner, der Erfinder der Impfung, jemals existiert hatte, und nahm das Verdienst für jede von dessen Erfindungen für sich selbst in Anspruch.

Er verbrachte drei berauschende Tage im Dorf und wälzte sich in einer wahren Orgie von Desinfektion, die das kleine Städtchen auf drei Hütten vermindert haben würde, wenn man seine Anweisungen buchstäblich ausgeführt hätte. Dann kam eines Morgens M'kema.

»Gebieter«, begann er, »in meinem Arm steckt der Teufel, und dein Zauber brennt fürchterlich. Nun habe ich mir gedacht, ich will deinen Zauber lieber nicht haben, denn mir war viel wohler zumute ohne ihn. Auch meine Weiber schreien vor Schmerzen, und die kleinen Kinder machen einen ganz traurigen Spektakel.«

Als Bones die Dorfstraße hinunterging, begrüßten ihn finstere Gesichter, und von jeder Hütte ging, so schien es, ein Wehklagen aus. In seiner Selbstüberhebung rief Bones zu einem Palaver. Seine vier Soldaten standen währenddessen hinter ihm, die Gewehrkammer geladen, die Büchsen schußbereit in der Krümmung ihrer ungeimpften Arme.

Das Palaver erwies sich nicht als Erfolg für Bones. Er hatte kaum zu sprechen begonnen, als sich auch schon ein Wehklagen unter seiner unglücklichen Zuhörerschaft erhob. Die Unzufriedenen fanden einen Sprecher in der Person eines kleinen Häuptlings namens Busubu.

»Gebieter, ehe du kamst, waren wir glücklich. Und nun hast du uns feurige Schlangen in unsere Arme gesetzt, so daß diese geschwollen sind. Nun mache uns durch deinen Zauber wieder gesund!«

Das Geschrei, das diesen Worten folgte, übertönte alles, was

Bones zu sagen hatte. In dieser Nacht beschloß er, zum Fluß zurückzumarschieren.

Als er aus seiner Hütte trat, fand er Ahmet, der auf ihn wartete.

»Gebieter, hier gibt's Unruhe«, berichtete der Kanojunge mit seiner tiefen Stimme. »Die jungen Männer haben ihre Speere mit zum Waldweg genommen.«

Das waren beunruhigende Nachrichten, und ein Blick zeigte Bones, daß das Dorf vollständig wach war.

Seinen Weg durch den Urwald zu erzwingen wäre Selbstmord gewesen. Zu bleiben, wo er war, hieß um eine sechszeilige Todesanzeige im Guildford Herald bitten. Bones brachte seine Abteilung zum Kleinen Fluß, und sie hatten kaum die Hälfte des Weges dorthin zurückgelegt, als er auch schon in ein Rückzugsgefecht verwikkelt wurde. Mit einiger Mühe fanden sie ein Kanu und paddelten in die Mitte des Stromes. Ein Schauer von Speeren folgte ihm, der einen seiner Leute verwundete. Eine Viertelstunde später setzte Bones seinen Fuß bei dem französischen Dorf an Land. Die Einwohnerschaft ließ es sich nicht nehmen, Zeuge eines so ungewöhnlichen Schauspiels zu sein, wie es die Ankunft eines britischen Offiziers auf fremdem Boden war.

In dieser Nacht schlief er im Freien, und am Morgen kam der Häuptling des französischen Dorfes mit einer Klage zu ihm.

»Gebieter, als drei meiner Leute über den M'takifluß gingen, hast du sie so geschlagen, daß sie stehend oder auf ihrem Bauch schlafen mußten. Und das hast du wegen unserer berühmten Krankheit getan. Nun sage mir, warum du hierher gekommen bist, denn meine jungen Männer brennen darauf, dich zu fressen.«

»Mann«, antwortete Bones hochmütig, »ich kam mit einem Zauber für die Klein-Isisi-Leute.«

»Das scheint so«, meinte der Häuptling des französischen Dorfes bedeutsam, »denn ihr Zauber ist so groß, daß sie mir zehn Ziegen für deinen Kopf versprochen haben. Aber weil ich Angst vor Sandi habe, werde ich ihnen den Gefallen nicht tun«, fügte er hastig hinzu, als er den Browning in Leutnant Tibbetts' Hand sah.

Kurz, aber einleuchtend erklärte Bones den Zweck seines Besuches. Der Häuptling hörte zu, war aber nicht überzeugt.

»Gebieter«, sagte er schließlich, »es gibt zwei Wege, Krankheit zu heilen. Der eine ist der Tod, denn alle Toten befinden sich wohl. Der andere Weg ist der, daß man ein junges, jungfräuliches Mädchen tötet, wenn der Mond in einem bestimmten Viertel steht und der Fluß anschwillt. Nun fürchtet mein Volk, daß du gekommen bist, um sie durch Anschwellen ihres Armes zu heilen, und ich kann sie nicht zurückhalten.«

Bones verstand den Wink, bestieg sein Kanu wieder und fuhr den Fluß entlang, bis er zu einem anderen Isisidorf kam. Aber der Lokoli hatte die Geschichte seines Auftrages verbreitet, und man widersetzte sich seiner Landung mit Waffengewalt.

Der Häuptling dieses Dorfes ließ sich herbei, an das Ufer des Wassers zu kommen.

»Hier kannst du nicht landen, Tibbetti! Denn Sandis Befehl an M'kema lautet, daß kein Mensch vom französischen Gebiet zu uns herüberkommen darf wegen der Krankheit, die dort wütet.«

Sieben Tage und sieben Nächte trieb Bones obdachlos zwischen Ufer und Ufer, schlief in den Nächten ungesehen auf den Inseln in der Flußmitte, wenn er gerade solche antraf, und gelangte gegen das Ende dieser Zeit an den Ausgangspunkt seiner Reise zurück.

M'kema kam zum Flußufer herunter.

»Gebieter, hier darfst du nicht landen, denn seit deiner Abreise sind die Arme meiner jungen Männer, dank dem Zauber unserer Väter, gesund geworden.«

Als sich Bones in dieser Nacht bereits dafür entschieden hatte, die Durchfahrt zum Großen Fluß mit Waffengewalt zu erzwingen, erkämpfte die Hilfsexpedition von der »Wiggle« ihren Weg ins Dorf und machte Bones freie Bahn. Bones kehrte in Siegerstimmung zur Station zurück und berichtete seine Geschichte.

»Und dort war ich nun, liebes altes Geschöpf! Ein Märtyrer sozusagen! Ein Märtyrer der Wissenschaft, gegen die Wand gequetscht! Ich gedachte des netten alten Jenner...«

»Wo waren Sie, Bones? Ich kann den Ort Ihrer Verteidigung nicht feststellen«, bemerkte Hamilton und suchte auf der Karte des Schutzgebietes. »Waren Sie in M'kemas Dorf?«

»Nein, Sir. Ich kniff aus«, antwortete Bones triumphierend. »Ich querte den Fluß nach...«

»Ins französische Gebiet?« Hamilton sperrte den Mund auf.

»Es ist ein diplomatischer Zwischenfall, ich gebe das zu«, sagte Bones. »Aber ich kann dem französischen Präsidenten die Beweggründe genau angeben, die mich dazu geführt haben, das Gebiet einer befreundeten Macht zu verletzen – oder wenigstens, ganz so freundlich war sie auch nicht, wenn Sie die ›Petite Parisienne‹ gesehen hätten, die da aus dem Lehm herauskam...«

»Aber Sie waren in dem französischen Dorf? Das ist alles, was ich wissen will«, äußerte Hamilton mit unheimlicher Ruhe.

»Gewiß war ich das, mein lieber alter...«

»Kommen Sie mit!« befahl Hamilton.

Er ging voran zu Bones' Hütte und öffnete deren Tür.

»Hinein mit Ihnen! Und kommen Sie uns einen Monat lang nicht zu nahe! Sie sind hiermit *isoliert*!«

»Aber lieber alter Offizier, ich bin doch Gesundheitsinspektor!«

»Erzählen Sie das Ihren Bazillen!« riet Hamilton.

Und isoliert *blieb* Bones. Jeden Morgen kam Hamilton mit einer großen Gartenspritze und bespritzte den Fußboden und das Dach mit einer übelriechenden Mischung. Und um der Bosheit die Krone aufzusetzen, bestand er darauf, dem unglücklichen Bones dessen Mahlzeiten am Ende einer langen Bambusstange durch das Fenster hineinzureichen.

Als der Gesundheitsinspektor aus seiner Isolierhaft kam, hatte er aufgehört, auch nur das leiseste Interesse an der medizinischen Wissenschaft zu nehmen. Er widmete seine freie Zeit einem neuen schriftlichen Architektenkursus, als M'kema, der vor das Stationsgericht geladen war, unter Bewachung und in Ketten erschien, um sich wegen seiner Sünden zu verantworten.

»Gebieter, Tibbetti tat ein großes Unrecht, denn er nahm unsere Leute, die gesund waren, und machte sie krank. Und weil ihnen ihre Arme so weh taten, versuchten sie, ihn zu töten.«

Sanders saß auf seinem niedrigen Stuhl, das Kinn auf seine Faust gestützt, und hörte zu. »Du bist ein alter Mann und ein Narr«, sagte er. »Kam die Krankheit nicht zu den Isisi? Und haben nicht alle Dörfer mit Ausnahme des deinigen darum ihre Trauer gehabt?! Ausgenommen dein Dorf! Weil der Zauber, den Tibbetti in die Arme deiner Leute goß, das verhindert hat. Nun befinden sich deine Leute wohl, und die anderen Dörfer beklagen ihre Toten. Wie erklärst du dir das, M'kema?«

M'kema schüttelte den Kopf. »Gebieter, das geschah nicht durch Tibbettis Zauber, denn der gerade machte uns krank. Wir sind ein gesundes Volk, und die Krankheit ging an uns vorüber, weil wir dem Brauch unserer Väter folgten. Denn wir nahmen ein sehr altes und verrücktes Weib in den Wald und blendeten es und überließen es den wilden Tieren. Es gibt keinen anderen Zauber, der diesem an Wirksamkeit gleichkäme.«

»Wozu all diese Arbeit?« fragte Sanders verzweifelt.

Und M'kema, der diese auf englisch geäußerten Worte hörte, zitterte, denn er argwöhnte eine neue Art von Verzauberung.

## *Das schwarze Ei*

Es gibt eine neue Legende am Fluß. Das ist die Legende von einem Teufel, der einem schwarzen Ei entsprang und der seinen neuen Herrn so wütend haßte, daß er ihn erschlug.

Einmal, vor langer Zeit, hörten die Vögel mitten am Tag zu schwätzen auf; Ziegen und Hunde standen auf und sahen unruhig nach rechts und links; und in der Welt herrschte ein so plötzliches und unerklärliches Schweigen, daß die Menschen aus ihren Hütten gelaufen kamen, um zu entdecken, was los sei.

Und während sie so dastanden und in eine Stille horchten, die beinahe fühlbar war, zitterte die Welt. Und die lange Straße der Isisistadt herunter kam es wie eine Welle und wie ein Wiegen der Erde, so daß die Häuser wankten und die Menschen in ihrer Angst auf die Knie fielen.

Dann kam ein anderes Zittern und noch ein anderes Wogen des Erdbodens. Und das Wasser des Großen Flusses floß hoch wie ein Strom, überflutete die niedrigen Ufer und flutete sogar in den Urwald, der nie zuvor den Fluß zu Gesicht bekommen hatte.

Zwischen den ersten und zweiten Erdstößen des Bebens wurde N'shimba geboren und wurde mit einer Umänderung, die ihren Grund in der Furcht zu suchen hatte, nach diesem Geist der Geister genannt. M'shimba M'shamba hauste berüchtigterweise in den Eingeweiden der Erde und neigte dazu, sich im Schlaf umzudrehen.

Den Fluß herunter kamen drei Kanus, beladen mit weisen Männern und Häuptlingen. Feierlich traten sie vor Distriktsgouverneur Sanders. Nicht genug, daß dieser verantwortlich war für die Moral und die Wohlfahrt einiger Hunderttausend, die eine besondere Neigung zum Kannibalismus zeigten, man traute ihm auch zu, daß er Geister, Zauberer, den Regenfall und die Fruchtbarkeit der Ernte in seiner Hand hatte.

»O Sandi, ich sehe dich!« sagte M'kema, der Häuptling der Abordnung. »Wir sind arme Leute, die weit hergekommen sind, um dir von den schrecklichen Vorkommnissen zu erzählen. Denn du bist unser Vater und unsere Mutter, und du bist sehr weise.«

Das war die übliche Eröffnung. Und Sanders, der das Erdbeben gespürt hatte und wußte, daß es eine ungewöhnliche Erscheinung in diesen Gebieten war, wartete. Er wußte, was kommen würde.

»... und darauf, Gebieter, stieg der Fluß fürchterlich, spülte durch die Hütten Busubus, des Fischers, und fraß dessen Salz auf. Und das Dach Kusus, des Jägers, fiel herab, während er im Bett lag. Und zwei Kanus wurden mit fortgeschwemmt und von den diebischen Akasava aufgefischt, die sie uns nicht zurückgeben wollen. Nun sage uns, Sandi, was macht die Welt zittern? Die einen meiner Ratgeber denken dieses, die anderen jenes. Einer behauptet, es sei M'shimba M'shamba gewesen, der seine Knie angezogen hat, während er schlief. Menschen machen das manchmal im Schlaf. Ein anderer meint, es sei ein Kampf zwischen zwei mächtigen Geistern gewesen. Was war es? Erkläre du uns das, Sandi!«

Sanders war nicht darauf vorbereitet, eine Vorlesung über Erdbebenlehre zu halten. Aber er gab ihnen eine glaubhafte, annähernd zutreffende und nicht gänzlich phantastische Erklärung.

»M'kema«, begann er, »was siehst du in dieser Welt? Die Erde, die Bäume, die auf ihr wachsen, und die Flüsse, die auf der Erde sind. Und wenn du in die Erde gräbst, dann stößt du auf mehr Erde. Und wenn du tiefer gräbst, dann stößt du auf Felsen und immer mehr Felsen. Und unter diesen auf...? Wer vermag es zu sagen? – Und wenn die Flüsse die unteren Schichten fortwaschen, setzen sich die Felsen, und der Grund setzt sich, und dann gibt es sonderbare Störungen. Und was die Geister anlangt, so kenne ich M'shimba M'shamba, denn er ist mein Freund und beim Government wohl gelitten. Aber wenn er kommt, dann geschieht das mit mächtigem Wind und Regen und Feuerspeien. Er hebt große Bäume und kleine Bäume und trägt Hütten fort und brüllt mit lauter Stimme.«

»Cala Cala«, sagte ein alter weiser Mann, Foliti mit Namen, der im Ruf eines Zauberers stand, »dasselbe ereignete sich in den Tagen unserer Väter, und inmitten dieser Wunder wurde ein Mann geboren, dessen Name war Tod.«

Sanders kannte die Sage vom alten N'shimba und hatte die Zeit seines Auftretens in die Nähe des siebzehnten Jahrhunderts gelegt.

Dieser N'shimba, der auf so wundervolle Weise geboren wurde, war ein ganz gewöhnlicher Mann gewesen, der weder vor Königen noch Behörden Achtung gehabt und sich durch eigene Kraft zum Herrn des zwischen den Bergen und der See liegenden Gebietes aufgeschwungen hatte. Man erzählte sich, daß ein Geist ihm, als er noch ein Jüngling war, ein schwarzes Ei brachte; und aus diesem Ei wurde ein Teufel ausgebrütet, der N'shimba große Gewalt verlieh, so daß er mächtiger wurde als die Könige.

»Das weiß ich«, antwortete Sanders. »Warum erzählst du mir das, weiser Mann?«

»Gebieter, ein solches Kind wurde eben jetzt in unserem Dorf geboren, und seine Mutter, die wahnsinnig ist, hat ihn N'shimba genannt. Und während sie das tat, zog sie sonderbare Gesichter und starb, wie die Mutter des N'shimba unserer Väter starb. Aus diesem Grund haben wir ein Palaver gehalten, das drei Tage und drei Nächte dauerte. Und manche forderten, daß das Kind lebendig begraben werden müsse, ehe der Geist kommt, der ihm Macht gibt. Und andere verlangten, man müsse es am Teich der Schweigenden aussetzen. Und wieder andere forderten, daß es geschlachtet werden müsse; und alle von uns müßten unsere Finger in sein Blut tauchen und damit unsere Sohlen beschmieren, denn dieses sei der wahre Zauber dafür.«

Sanders runzelte seine Nase wie ein ärgerlicher Terrier. »Tut das nur«, sagte er grob, »und ihr könnt sicher sein, daß ich mit einem Zauberstrick kommen und den Mann hängen werde, der das Kind getötet hat. Geht in euer Dorf zurück, ihr Leute, und macht bekannt: Ich werde einen von den Jesusleuten zu diesem Kind schikken, und dieser wird alles Böse von dem Kind hinwegnehmen. Und dann werde ich selbst kommen und an seiner Stirn ein gewisses Teufelszeichen machen, das sehr sonderbar anzusehen sein wird. Danach laßt keinen Menschen es wagen, seine Hand gegen N'shimba zu erheben, denn mein Geist wird mit seiner ganzen Kraft bei ihm sein. *Elaka!*«

Zwei Tage danach hatte ein Missionar N'shimba in aller Form getauft. Sanders kam und drückte dem zappelnden Kind in Gegenwart des gesamten schweigenden Dorfes einen kleinen Gummistempel auf die Stirn. Es war der Stempel, den Sanders gebrauchte, wenn er Glasplatten mit mikroskopischen Präparaten an das Institut für Tropenkrankheiten zur Prüfung sandte. Und dieser Stempel besagte: »Vorsicht! Zerbrechlich!«

In einer Hinsicht eine ganz passende Inschrift.

»Leute, ich habe meinen Zauber an diesem Kind gemacht«, redete Sanders die Menge an. »Der Zauber wird schwächer werden und verschwinden, denn mit Hilfe meiner Magie wird er sich in die Glieder und in sein junges Herz hineinfressen. Aber durch die Macht dieses Zaubers werde ich erfahren, wer seine Hand an den Kleinen gelegt hat. Und dann werde ich schnell mit meinen Soldaten und mit meinem Gewehr, das Tak-tak-tak sagt, zur Stelle sein.«

Und so groß war die Gewalt dieses Zaubers, daß Jahre danach ein etwas verrücktes Weib, das den Kleinen geschlagen hatte, noch in derselben Nacht unter großer Pein starb.

Das alles geschah Cala Cala, in jenen Tagen, als Sanders das Geschick von fünf streitsüchtigen Völkern entschied. Von Zeit zu Zeit sah er den Jungen und entdeckte nichts Außergewöhnliches an ihm, außer, daß er ein wenig mürrisch und, wie dessen Vater sagte, sehr schweigsam war und einsame Spaziergänge liebte. Der Junge gab sich mit keinem seiner Familie ab, noch spielte er mit den anderen Jungen oder sprach offen zu den Mädchen. Die Leute sagten, er suche nach dem schwarzen Ei. Jedenfalls kletterte er auf viele Bäume, aber ohne Erfolg.

Eines Tages, als N'shimba am häuslichen Feuer hockte, trug er ein Rätsel vor:

»Ich fing einen jungen Leoparden und steckte ihn in das feine kleine Haus, in dem ich früher viele Vögel hielt. Hat mein Leopard gesungen? Flog er? Oder machte er ›Tschip-Tschip‹ wie die Hühner?«

»Junge, du bist närrisch!« antwortete sein phantasieloser Vater. »Denn du hast weder einen Leoparden gefangen, noch hast du ein hübsches Haus, in dem Vögel gehalten werden.«

»Das ist mein Geheimnis«, gab N'shimba zurück, ging in den Wald und wurde drei Tage lang nicht gesehen. Als er zurückkehrte, brachte er ein junges Mädchen von den Mittel-Isisi mit.

»Das ist mein Weib!« sagte er.

Der Vater sagte nichts dazu, denn der Junge war sechzehn Jahre alt und im heiratsfähigen Alter. Die junge Frau dagegen sagte sehr viel.

»Ich mag diesen Mann, deinen Sohn, nicht«, erklärte sie offen. »Ich bin eine große Tänzerin, und mein Preis sind zehn Bündel Matakos in zehn Haufen, zehnmal zehn wiederholt. Ein Mann meines Stammes würde so viel Salz geben, als nötig ist, eine Hütte damit zu füllen, wenn ich sein Weib sein wollte. Und trotzdem kommt dein Sohn zu mir und nimmt mich und gibt weder meinem Vater noch mir selbst etwas. Und als ich mich von ihm abwandte, da schlug er mich nieder. Hier seht ihr die Spur.«

Der Fleck war sehr deutlich zu sehen. N'shimbas Vater war beunruhigt und suchte seinen Sohn auf.

»Warum hast du dieses Weib genommen? Jetzt wird ihr Vater kommen und ihren Kaufpreis verlangen. Und Sandi wird kommen und mich dazu verurteilen. Laß sie laufen! Denn selbst wenn du verheiratet mit ihr bist, was macht es aus? Gibt es nicht ein Sprichwort: ›Weiber heiraten viele Male, aber haben nur einen Ehemann‹?«

»Ich bin dieser Mann«, antwortete N'shimba. »Und was Sandi anlangt, so bin ich das Kind seines Geistes, wie alles Volk weiß, und ich nehme mir, was ich brauche.«

An diesem Tag schlug er sein junges Weib. Und ihr Vater, der wütend ankam, um das Beste aus einem schlechten Geschäft zu machen, wurde zu seiner großen Schande ebenfalls verprügelt.

»Wer ist N'shimba?« fragte Hauptmann Hamilton neugierig, als diese Nachrichten zur Station gelangten. Sanders, sehr nachdenklich und beunruhigt, klärte ihn auf.

»Ich würde mir nicht die geringsten Gedanken darüber machen, aber dieser junge Satan hat die Redensart des alten N'shimba gebraucht: ›Ich nehme mir, was ich brauche‹. Und das ist ein sehr böses Zeichen. Und sobald ich nur von schwarzen Eiern etwas flüstern höre, werde ich N'shimba nehmen und ihn aufhängen.«

Er schickte eine Warnung zu ihm hinauf und notierte sich N'shimba in seinem Notizkalender für eine Unterredung bei seiner nächsten Reise ins nördliche Gebiet.

Dann traten eines Tages die »Blutsfreunde junger Herzen« in Erscheinung.

In Eingeborenengebieten schießen Geheimbünde und mit ihnen das ihnen eingehauchte Ritual in einer Nacht aus dem Boden. Wer sie ausgeheckt hat, weiß kein Mensch. Die Art, wie sie sich auflösen, ist ebenso geheimnisvoll; sie kommen und gehen, üben sonderbare Gebräuche aus und führen geheime Tänze ein. Menschen mögen einander begegnen und sinnlose, aber einem durch und durch gehende Worte sagen. Dem Leben wohnt ein Schauer inne, ein Auftrieb – und plötzlich ist beides wie weggeblasen.

Manchmal gibt es ein kleines Zur-Ader-Lassen, wie damals, als das N'gombivolk einen Geheimbund hatte, der den Namen führte: »Das Geheimnis der fünf geraden Striche«. Fünf Schnitte auf der linken Wange waren das Zeichen des Ordens. Sanders hörte nichts, sah nichts, sagte nichts. Im großen ganzen war er der Meinung, die persönliche Erscheinung des N'gombivolkes hätte durch diese Verunstaltung nur gewonnen. Aber als bei einem großen Palaver dieses Ordens ein Ochorimädchen enthauptet und ihre Haut zwischen die Mitglieder des Ordens verteilt wurde, war Sanders schnell zur Stelle, hängte die Führer, peitschte die Vormänner und verbrannte die Ortschaft.

Danach verschwanden »die fünf Zeichen« von der Bildfläche.

»Ahmet sagt, N'shimba stecke hinter dieser neuen Gesellschaft«, bemerkte Sanders, als er Hamilton in sein luftiges kleines Arbeitszimmer rief. »Ich wäre außer mir vor Schrecken, sollte N'shimba entdecken, daß sich die Würde seines berüchtigten Namensvetters auf ihn vererbt hat. Tritt das ein, stehen wir vor bösen Unruhen. Ich beabsichtige, Bones mit einer Abteilung junger Kerle zu den Isisi zu schicken. Die wohltuende Anwesenheit der Behörde ist vielleicht imstande, die Tätigkeit dieser ›Jungen Herzen‹ im Keim zu erstikken.«

»Junge Herzen? Wieso?« fragte Hamilton lässig.

»Es sind meistens junge Männer, und die Bewegung gewinnt an Ausdehnung. Bosambo berichtet, ein Zweig dieses interessanten Ordens habe sich mitten in der Ochoristadt gebildet«, erklärte Sanders.

»Schicken Sie Bones immerhin!« riet Hamilton. »Ich wüßte mir keinen deprimierenderen Einfluß.«

»Bones? Was ist los mit ihm?«

»Wenn wir uns hier in einem zivilisierten Land befänden und die dafür notwendigen Voraussetzungen gegeben wären, würde ich sagen, Bones sei verliebt«, bemerkte Hamilton. »Unter den herrschenden Umständen kann ich nur annehmen, er leidet an etwas.«

»Die Masern können es doch nicht sein«, bemerkte Sanders. »Er hat sie ja schon zweimal gehabt.«

Hamilton rümpfte die Nase. »Bones gehört zu der Sorte, die dreimal die Masern bekommen können. Aber es sind nicht die Masern. Ich hatte ihn erst gestern morgen bei mir und bestand darauf, er solle drei Pillen nehmen. Er schlug Radau, und ich mußte ihm erst die Armeeverfügung vorlesen. Und trotzdem ist er niedergeschlagen.«

Sanders starrte nachdenklich auf den Exerzierplatz. »Ich glaube, eine Fahrt nach Isisi täte ihm sehr gut.«

Es gab Augenblicke, in denen eine große Unruhe über die Seele des Leutnants Augustus Tibbetts kam, Zeiten, zu denen ihm selbst die Fortsetzung und Übung seines letzten Unterrichtskursus weder Frieden noch Trost brachten. Bones, wie er unter seinen Mitmenschen hieß, empfand eine melancholische Befriedigung in diesem rätselhaften Gemütsumschwung, denn diesem Zustand von Unruhe folgte gewöhnlich irgendeine sprühende Begeisterung. Es war, als ob die Natur auf ihre geheimnisvolle Weise es so angeordnet hätte, daß Bones sich erst nach einer ihm fürchterlich scheinenden Prüfung zu seinen glänzendsten Anstrengungen aufschwang. Ein solcher Anfall von Reizbarkeit überfiel ihn an einem sonnigen Apriltag, und zwar in einem Augenblick, da er alle Ursache hatte, vollkommen glücklich zu sein. Die Post hatte ihm ein Diplom gebracht, das ihm seine Befähigung als Buchhalter bescheinigte. Er war zum Mitglied der Buchhalter-Genossenschaft in Wabash gewählt worden. Das war das Ergebnis davon, daß er einen schriftlichen Kursus absolviert hatte, der von dem Institut für praktische und theoretische Buchhaltung, ebenfalls in Wabash, USA, abgehalten worden war.

Seine halbjährliche Inspektion war glänzend verlaufen bis auf den geringfügigen Umstand, daß seine Buchhaltung nicht in Ordnung war und daß die Summe von drei Pfund Sterling, ein Shilling in einer etwas geheimnisvollen Weise sich auf die Kreditseite verirrt hatte. Aber das war sofort durch die Entdeckung korrigiert worden, daß Bones das Monatsdatum hinzuaddiert hatte. Das passierte Bones jedesmal. Gewöhnlich addierte er das Geschäftsjahr hinzu. Manchmal fehlten £ 192,1 sh. Manchmal hatte er £ 19,2 sh, 1 d Überschuß. Sanders hatte einige seiner Arbeiten gelobt; sein unmittelbarer Vorgesetzter, Hauptmann Hamilton, war ungewöhnlich gnädig gewesen. Und doch fühlte Bones sich unglücklich.

Dafür gab es in der Tat einen hervorragenden Grund. Bones war einer jener unglücklichen Menschen, die ein leidenschaftliches Interesse an jeder Phase menschlicher Tätigkeit nehmen, die außerhalb ihres besonderen Pflichtenkreises liegt. Er war Offizier bei den Haussa; er erfreute sich des Zuschusses eines reichen Onkels; er lebte ein Leben, das er jedem anderen vorzog. Und doch war Bones dauernd bestrebt, sich in Berufen zu vervollkommnen, die auch nicht das geringste mit seinem militärischen Beruf zu tun hatten. Er nahm fast jeden Zweig des Studiums auf, der ihm durch die Inserate in den illustrierten »Magazinen« angeboten wurde. Er lernte Vortragskunst, freie Rede, Buchschmuck, Novellenschreiben, die Herstellung von Autos und Filmen, Ingenieurwesen und Säuglingspflege: alles mit Hilfe wöchentlicher Frage- und Prüfungsbogen, aber ohne die geringste Fähigkeit zur praktischen Ausführung auch nur eines dieser Berufszweige.

Und was las er nicht alles! – Er las die »Hundert besten Bücher«, die Geschichte Ägyptens, John Stuart Mill, Bücher über Einführung zur Logik, Reisewerke und Sozialwissenschaften. Wenn er sie auch nicht las, jedenfalls kaufte er sie. Manchmal las er fast das ganze erste Kapitel, aber gewöhnlich überflog er die Vorrede und stellte das Buch beiseite, um es zu gelegener Zeit zu lesen, »wenn ich mich ihm ganz überlassen kann«. Aber dieser Tag kam nie. Möglich, daß die Einleitung genügt hatte, um ihn zu überzeugen, daß es Bücher seien, deren Inhalt er nicht zu kennen wünschte.

Bones ging durch jene Phase geistiger Entwicklung, da sich ihm die Ungleichheit des Lebens zu auffällig aufdrängte. Er litt mit seinen Mitmenschen. Er verachtete Reichtum und sprach mit großer Zungenfertigkeit und verächtlich vom Kapitalismus. Wenn es nicht um Florence gewesen wäre, sein Leben würde ihm unerträglich erschienen sein. Florence war das Eigentum Hauptmann Hamiltons. Eine Henne! Vom Stamme der Plymouth-Rock-Hühner! Von ihrer Kükenzeit an hatte sie eine heftige Neigung für Bones gespürt, und Bones, der in allen lebenden Wesen eine Seele sah, erwiderte ihre Liebe.

Diese Freundschaft hatte eine Seite, die Bones manchmal in Verlegenheit setzte, denn Florence folgte ihm überall hin wie ein Schoßhund und revidierte stets den Posten unter Gewehr zusammen mit ihm. Und der Haussa hat einen sehr feinen Sinn für Humor.

Selbst Florence entschädigte nicht ganz für die soziale Lage, die Bones von Woche zu Woche durch die Seiten einer ihm zugesandten eleganten Wochenschrift aufgedeckt wurde. Bones wurde nachlässig in seinem Anzug und redete Abiboo, seinen Sergeanten, mit »Kamerad« an. Sergeant Abiboo berichtete das Hamilton.

»Es ist klar, daß der junge Gebieter Tibbetti Fieber hat. Denn heute morgen sprach er mit mir, als ob er ein gemeiner Soldat wäre.

Er sagte ferner, das Land gehöre nicht der Regierung, sondern mir und Seiner Lordschaft. Das berichte ich hiermit dienstlich.«

Da Hamilton nicht die Spur von Fieber an Bones fand, gab er seinem Untergebenen unter dessen lebhaftem Protest drei große Pillen.

Als Bones ins Stationsgebäude gerufen wurde, nahm er die Nachricht seiner bevorstehenden Reise ohne Begeisterung auf. Gewöhnlich versetzte ihn schon die bloße Aussicht, das Kommando auf dem »Wiggle« zu übernehmen, in den Zustand höchster Ekstase.

»Ich danke Ihnen, Herr und Exzellenz«, sagte er düster. »Ich gehe, weil es meine Pflicht fordert. Ich habe ein dunkles Vorgefühl, daß ich nicht zurückkehren werde. Instinkt, lieber alter Ham ... Das ist bei mir immer so.«

»Wovon haben Sie ein Vorgefühl, Bones?« fragte Sanders.

Bones schnitt eine Grimasse, hob seine eckigen Schultern und streckte hilflos seine Arme aus. Gesten, die seine Unfähigkeit andeuten sollten, auf eine einfache Frage eine klare Antwort zu geben.

»Ich möchte einen dunklen alten Schatten vorauswerfen oder ein hübscher alter Miesmacher sein. Ich möchte lieber nichts sagen ...«, antwortete er trübe, »aber ich habe das Gefühl, Kamerad ...«

»Wenn Sie etwas weniger häufig das Wort ›Kamerad‹ gebrauchen wollten, würde das angenehm empfunden werden«, warf Hamilton ein.

»Wir sind alle Kameraden, lieber Offizier!« versetzte Bones düster. »Wir haben unsere netten alten sozialen Begriffe etwas durcheinandergebracht. Der gesellschaftliche Zustand mit seinen ungezogenen alten künstlichen Unterschieden ist positiv entsetzlich. Das ist er in der Tat, lieber alter Ham. Schweinemacher (Schleiermacher?) sagt ...«

»Ob er das ist oder nicht, ist vollständig unwesentlich«, antwortete Hamilton. »Heute nachmittag fahren Sie nach Isisi! Und wenn Ihre dunkle Ahnung sich verwirklichen sollte, werde ich Ihnen die hübscheste Todesanzeige schreiben, die Ihnen jemals zu Gesicht gekommen ist.«

Bones neigte würdevoll sein Haupt. »Die habe ich selber schon aufgesetzt«, antwortete er. »Sie werden sie in meinem Pult finden. Sie können sie an die ›Times‹ senden. Ich bin auf Jahre hinaus auf dieses nette alte Großmaul abonniert, und sie werden froh sein, es veröffentlichen zu können. Annähernd zwanzigtausend Worte, schätze ich. Aber wenn Sie noch etwas hinzufügen, würde ich das als Freundlichkeit auffassen.«

Sanders kam an den Strand, um seinen Untergebenen abfahren zu sehen.

»Mit N'shimba machen Sie kurzen Prozeß! Vorläufig ist er noch nicht gefährlich. Diese Kerle klammern sich fest an die Überlieferung, und bis zum Auffinden des schwarzen Eies – meine Kundschafter sagen, er suche danach – wird es keinen allgemeinen Aufstand geben. Wenn notwendig, töten Sie N'shimba. – Sie nehmen Florence doch nicht mit?«

Florence hatte sich auf das Geländer des Fahrzeuges gesetzt. Sie sah schläfrig aus und schien vor sich hinzudösen. Sie blieb unbehelligt dort sitzen, als der »Wiggle« loswarf und seine stumpfe Nase in die schnelle Strömung des Großen Flusses grub.

Bones lief, seinem Plan entsprechend, am Isisiland vorbei. Sein erster Besuch galt Bosambo, dem Oberhäuptling aller Ochori, einem Pfahl im Fleisch aller Könige, Häuptlinge und Vorleute der Isisi, Akasava und N'gombi. Wie Bosambo das auch verdiente, denn er war ein Krumann von Geburt, Abenteurer aus natürlicher Veranlagung und ein Sammler fremden Eigentums aus Leidenschaft.

»Mir sehn dir sofort. Mir haben dir spitz gekriegt lange, lange, Bonesi. Du sein guten Keerl!«

So sprach Bosambo auf englisch, denn er war in einer englischen Missionsschule erzogen worden.

Bones kämpfte hart mit sich, ob er diese Intimität nicht scharf zurückweisen solle. Taktvoll antwortete er auf Bomongo: »Bosambo, Sandi hat mich heraufgeschickt, um mit deinen jungen Männern zu reden. Sandis Herz ist wegen dieser geheimen Gesellschaft beunruhigt.«

»Gebieter!« sagte Bosambo gelassen. »In meinem Land gibt es keine geheime Gesellschaft. Wenn sich die alten Männer beim Tanzen zusammentun und sich dabei spukhafte Namen beilegen, sage ich kein Wort. Denn alte Leute sind große Schwätzer, aber danach kommt nichts. Aber wenn sich meine jungen Männer in geheimnisvoller Weise treffen, dann weiß ich, daß es Radau gibt. Diese ›Jungen Herzen‹ redeten schlecht über mich. Und das habe ich entdeckt. Jetzt – gibt es keine ›Jungen Herzen‹ mehr im Ochoriland«, fügte er bedeutsam hinzu.

Bones erwog die Angelegenheit, indem er sich an der Nase kratzte.

»Bosambo«, fuhr er dann ruhig fort, »in diesem Land sind alle Menschen gleich.«

Der große Häuptling sah ihn frostig an. »Gebieter, alle Menschen sind gleich, wie einer dem anderen eben gleicht. Aber kein Mensch ist mir gleich, denn ich bin der Häuptling der Ochori. Und ich bin dir nicht gleich, noch bist du Sanders gleich. Wenn du meinst, daß du Sanders gleich bist, dann rede!«

Bones sah bescheiden davon ab, und Bosambo fuhr fort:

»Es ist gutes Recht, daß ich über die Ochori gesetzt bin. Denn *einer* muß hoch über dem Volk stehen, oder er würde es überhaupt nicht sehen können. Wenn sich zehntausend Ziegen auf einer Ebene befinden, was kann eine Ziege dann anderes sehen als gerade die nächste Ziege? Und wie können die Ziegen dann wissen, was am Rande ihrer Herde vorgeht, wenn die Leoparden schleichend und kriechend herankommen?«

»Alle Menschen...«, begann Bones wieder, aber er überlegte es sich doch. Bosambo war nicht der Mann, der leicht zu überzeugen war.

Bones verschaffte sich Nachrichten über die »Jungen Herzen«, Informationen, zu deren Erlangung Bosambo die drastischsten Mittel angewandt hatte.

»Es sind Isisi«, sagte Bosambo. »Und der Isisikönig ist kein Mann, sondern eine Kuh. Denn er sitzt da und hört diese Jungen schwätzen und verprügelt sie nicht. Gehst du nach Isisi, Gebieter?«

Bones zog seines Weges, und sein Wirt beobachtete ihn vom Flußufer aus, bis die weiße Hulk des kleinen »Wiggle« um den waldbestandenen Vorsprung verschwunden war. Darauf kehrte Bosambo in seine Hütte und zu seinem Weib zurück, das sein Ratgeber war.

»Licht meines Lebens!« sagte er auf küstenarabisch. »Tibbetti ist an vielen schlimmen Plätzen gewesen, aber ich denke, das Isisiland wird sich für ihn als noch schlimmer erweisen.«

Nach zwei Nächten und einem Tag kam Bones zur Isisistadt und wurde vom König selbst mit Pomp empfangen.

»Gebieter, ich weiß nichts von den ›Jungen Herzen‹«, sagte Bugulu nervös. »Kindernarrheiten gehören nicht vor mein Tribunal noch vor das meiner weisen alten Männer, sondern sind Sache ihrer Eltern. Und was diesen N'shimba anbelangt, was ist er denn anderes als ein Kind?«

Bones versuchte nicht, eine Antwort auf diese Frage zu finden. Bei seinem Gang durch die weit zerstreute Isisistadt des Königs drängte sich ihm die Wahrnehmung auf, daß er nirgends junge Männer sah, wohin er auch blickte. Die da um die Feuer hockten, waren alles alte Leute, und Weiber jeden Alters gingen ihren Pflichten nach. Er machte Bugulu auf diese Tatsache aufmerksam, und diesem wurde noch elender zumute.

»Gebieter, sie sind zu einem Palaver in den Urwald gegangen«, sagte er. »Denn diese Nachtschwätzer müssen zu jeder Zeit Palaver halten.«

Bones zögerte einen Augenblick. Dann ging er, begleitet vom König, die breite Straße der Stadt entlang. Bei der ersten Hütte machte er halt. Ein altes Weib war dort beschäftigt, den Mais zwischen zwei Steinen zu mahlen. Er sprach es an.

»O Weib, ich halte dich für eine Mutter von erwachsenen Söhnen. Nun sage mir, wo befindet sich dein feiner Sohn? Ich möchte ihn sprechen.«

Sie schielte von Bones zum Häuptling. Dann: »Gebieter, er ist zu einem Palaver in den Urwald gegangen!«

»*Was* ist dein Sohn?«

»Herr, er ist Fischer, und er ist sehr stark.«

Bones lauschte der Aufzählung der Tugenden des jungen Mannes und forderte dann: »Bring mir seinen Schild und seinen Speer, ich möchte beides gern sehen.«

Das Weib sah erst den König, dann Bones an, darauf wandte sie ihre Augen ab. »Gebieter, er hat Schild und Speer mitgenommen. Denn im Urwald gibt es Wild, und die Leoparden sind schrecklich gefräßig.«

Anscheinend hatte jeder junge Mann, der die Isisistadt verlassen hatte, mit einem Zusammenstoß mit schrecklichen Leoparden gerechnet.

»Diese jungen Männer bereden fürchterliche Dinge, Tibbetti«, sagte der alte Mann verstört. »Mein eigener Sohn, der Häuptling an meiner Statt zu sein verlangt, brachte mir Nachricht, daß du gesprochen habest, wie er auch denkt, und daß du in deinem Herzen wider alle Könige und Häuptlinge seiest. Und die jungen Männer glauben ihm. Sie glauben auch, daß das, was mein ist, allen Menschen gehöre und daß meine Ziegen dem Dorf gehören und meine Felder jedem meiner gewöhnlichen Leute.«

»Um des Himmels Güte willen!« rief Bones entsetzt. Zum ersten Mal dämmerte vor seinen Augen eine Vision des ungeheuren Hindernisses, das zwischen Utopie und täglichem Leben stand.

»Gebieter, Sie sagen auch, daß alle Menschen einander gleich sind wie N'shimba der Große, Cala Cala, vor langer Zeit, einmal gesagt hat. Und daß die Jungen die Welt regieren sollen.«

»Das wollen wir sehen!« sagte Bones. Aber da er englisch redete, glaubte der Häuptling, er fluche.

Bones ging zum »Wiggle« zurück. Seine erste Handlung war, daß er die gelehrte Abhandlung über Gleichheit, verfaßt von einem russischen Philosophen, der es niemals mit Kannibalen, die an Geister glaubten, zu tun gehabt hatte, ins Wasser warf. Das Buch wurde sofort von einem Alligator verschluckt, der vielleicht am fähigsten war, es zu verdauen.

Hierauf schnallte Bones einen Browning an jede seiner Hüften und rief den Sergeanten Ali Ahmet zu sich.

»Ali Ahmet, ich gehe zu den jungen Leuten von Isisi. Ich will Palaver mit ihnen halten.«

»Gebieter, Kamerad...!« begann der irregeführte Ahmet.

Bones fletschte die Zähne. »Wenn du mich ›Kamerad‹ nennst, dann lasse ich deine Fußsohlen prügeln, bis sie wund sind. Schick mir vier gute Schützen und vier Soldaten, die das kleine Gewehr tragen, das Tak-tak-tak sagt!«

Ahmet ging, um die Leute antreten zu lassen.

Eine Stunde Marsch auf dem engen Urwaldpfad brachte Bones zu einer Lichtung, wo der Boden sich zu der Gestalt eines Amphitheaters neigte.

N'shimba wartete auf ihn, denn die Nachricht von Bones' Ankunft hatte ihn erreicht. Lang und schlank, den Körper bedeckt von einem knapp sitzenden Gewand aus Leopardenfell – das zu tragen zu den Vorrechten der Häuptlinge gehörte –, lehnte N'shimba, der Begnadete, auf seinem Speer und beobachtete das Herannahen der Gestalt in Khaki.

»Ich sehe dich, Tibbetti!« rief er, aber erhob nicht die Hand zum Gruß.

»Ich sehe dich, N'shimba!« erwiderte Bones. »Ich bin gekommen, um mit dir wegen gewisser Gerüchte zu reden, die zu Ohren meines Gebieters Sandi gekommen sind. Denn diese Gerüchte sagen, hier existiere ein Orden, ›Junge Herzen‹ genannt.«

»Das stimmt«, sagte N'shimba herausfordernd. »Und ich, N'shimba, bin sein Oberhaupt und größer als alle Häuptlinge. Denn ich wurde von Geistern und Teufeln berufen, die Isisi zu einem freien Volk zu machen. Und ich werde der Größte im Land sein, wie es der große N'shimba vor mir war, denn sein Geist sitzt in meinem Bauch.«

Zu N'shimbas Erstaunen war Bones weder aufgeregt, noch zeigte er irgendwelche äußere Zeichen von Ärger.

»Das klingt alles sehr schön«, meinte Bones. »Aber die weisen Männer, die ich getroffen habe, erzählten mir, daß die Seele des großen N'shimba aus einem schwarzen Ei springe. Hast du das Ei schon gefunden?«

N'shimba überfiel Unruhe. »Das wird schon kommen, Tibbetti, sobald ich erst meine Größe bewiesen habe.«

»Führe mich zu den ›Jungen Herzen‹!« befahl Bones.

Zögernd und mit einem besorgten Seitenblick auf die Soldaten führte N'shimba Bones zu dem Amphitheater, das Bones jetzt zum ersten Mal sah. Die Abhänge des Beckens waren schwarz von Menschen, schwarz, mit Gelb gesprenkelt, wo ovale Schilde zu sehen waren, schwarz, das an tausend Stellen glitzerte, wo das Sonnenlicht sich auf den polierten Stahlblättern der Speere fing. Und Bones sprach ohne Einleitung, und neben ihm standen rotbefezte Soldaten und stellten den Dreifuß des Maschinengewehrs auf.

Bones sprach Bomongo so geläufig wie ein Eingeborener. Er verfügte über einen ausgedehnten Wortschatz der Bildersprache der Eingeborenen, der alle wachsenden und lebenden Wesen umfaßte. Er sprach schnell und überzeugend über das Eigentumsgesetz und über das Recht des Menschen, sich hervorzutun. Sie hörten ihm schweigend, N'shimba mit finsterem Gesicht, zu.

Sie erlaubten ihm, ohne Belästigung fortzugehen, nachdem er geendet hatte. Bones sandte in Siegerstimmung folgende Botschaft durch eine Brieftaube an das Distriktsamt:

»Erledigte Isisi-Palaver. Redete sie besoffen. Klopfte Ideen aus ihrem netten alten Gehirn.«

Er hatte eben die Botschaft abgeschickt, als Ahmet mit einer Neuigkeit zu ihm kam; dabei hielt er etwas in seiner Hand.

»Gebieter, während du mit diesen Jungen Palaver machtest, hat dich das Putt-putt im Dorf gesucht. Und *dss* hat es auf der Straße, gerade vor des Häuptlings Haus, gelegt.«

Bones sah auf das Ei in des Soldaten Hand und sprang auf. Seine Augen quollen aus ihren Höhlen.

Das Ei war schwarz wie Jett.

»Moses!« stammelte er und darauf arabisch: »Wer hat das gesehen?«

»Alles Volk, und sie waren alle sehr erschrocken.«

»Pfui!« sagte Bones und warf einen vorwurfsvollen Blick auf Florence, die sich auf einer Stuhllehne schaukelte. »Du bist ein sehr, sehr ungezogenes Mädchen. Jawohl, das bist du!«

Florence gab einen Laut von sich, der bei allen richtiggehenden Hühnchen gleichbedeutend mit »Bah!« ist.

Eine Stunde später kam N'shimba.

»Gebieter«, begann er ehrfurchtsvoll, »es geht das Gerücht von einem wunderbaren schwarzen Ei. Nun gib mir das, und ich werde dir mit meiner Kraft zur Verfügung stehen.«

»Mann, meine eigene Kraft genügt mir«, entgegnete Bones. »Und was das schwarze Ei anbetrifft, so weiß ich von keinem.«

N'shimba entfernte sich ohne weiteren Widerspruch.

Um drei Uhr, mitten in der Nacht, gewahrte der Wachposten auf dem »Wiggle«, wie sich eine Gestalt leise die Decksplanken entlangschlich. Er schoß sofort, ohne sie vorher anzurufen. Bones kam aus seiner Kabine gestürzt und sah beim Licht von Ahmets Laterne einen toten Mann daliegen. Das Messer, das er zwischen seinen Zähnen geklemmt hielt, verriet genug.

In Begleitung von vieren seiner Leute ging Bones ins Dorf. Glücklicherweise war er noch nicht weit gekommen, als der Überfall der »Jungen Herzen« stattfand. Bones kämpfte sich den Weg zum Fluß zurück und warf eben die beiden stählernen Vertäutrossen los, als die Spitze der »Jungen Herzen« das Ufer erreichte. Der »Wiggle« besaß keinen Scheinwerfer, aber zwei Maschinengewehre, die das Ufer fleißig bestreuten.

Bones ankerte in der Mitte des Fahrwassers, während Dampf aufgemacht wurde, und bei Tagesanbruch kam ein einsames Kanu an, das von einem zitternden Mann gepaddelt wurde. Der Mann reichte etwas in einem Bastsack von eingeborener Machart herauf, etwas, das schwer war und naß.

Bones erriet den Inhalt, noch ehe das Gesicht des ermordeten Königs Bugulu ihn anstarrte.

»Mann, wer schickt das?« fragte er den zitternden Boten.

»N'shimba, Gebieter!« antwortete der Mann mit klappernden Zähnen. »Und er befahl mir: ›Sage Tibbetti, daß ich N'shimba bin, der König der Isisi und Akasava und aller Bergvölker und der größte Mann im ganzen Land!‹ Bring mir das schwarze Ei, Tibbetti, und du sollst am Leben bleiben.«

Bones zögerte nicht einen Augenblick. »Ich gehe mit dir«, sprach er. Er wußte, daß die Isisi Nachtkämpfer waren. Kein Mann würde seinen Speer gegen ihn erheben, solange es Tag war.

Bones ging an Land. Der Leichnam des alten Königs lag steif auf der Dorfstraße, und Bones sah ein totes Weib liegen, wo sie gespeert worden war, und mit ihr zwei betagte Leute, deren Alter ihr Verbrechen war.

Kein Mensch hinderte ihn, als er langsam der Hütte des neuen Königs zuschritt, aber das Schweigen war unheilkündend.

N'shimba saß vor der Hütte des alten Königs; um seinen Hals hing das Zeichen der Königswürde.

»Ich sehe dich, weißer Mann. Gib mir mein hübsches Ei heraus, und du sollst am Leben bleiben.«

Bones holte etwas aus seiner Tasche und legte es in die Hand des neuen Königs.

»N'shimba, durch Zauber wurde dieses Ding geboren, und es ist ein Ei, wie ich es niemals gesehen habe. Halte es fest, König, und gleich wird dein Teufel aus ihm herauskommen und zu dir sprechen. Aber ich darf dann nicht hier sein, noch irgendein anderer.«

N'shimba nickte würdevoll. »Laßt diesen Mann gehen!« befahl er, und Bones ging schnell die Dorfstraße hinunter.

Er trat eben in das auf ihn wartende Kanu, als er den scharfen Knall einer Explosion hörte.

Der Teufel in dem schwarzen Ei hatte gesprochen, wie nur ein Teufel sprechen kann, als der unvorsichtige N'shimba die Mills-Granate fallen ließ, die ihm Bones in die Hand gedrückt hatte.

## *Ein nettes Mädchen*

Weil Terence Doughty ein ungeheures Vermögen besaß, unverheiratet war und weder Schwester noch Bruder hatte, war es eine heikle Sache, ihn auch nur sanft zu tadeln. Wenigstens dachten das seine

Tanten, Vettern und Basen und andere, die möglicherweise dafür in Frage kamen, in seinem Testament bedacht zu werden.

Er war dreißig Jahre alt, aufgeblasen in einer reservierten Art, ausnehmend hübsch und in einem so erschreckenden Grad gelehrt, daß sich gewöhnliche Leute erst einmal räusperten, ehe sie ihm gegenüber zu bemerken wagten, daß heute doch sehr schönes Wetter sei.

Er hatte ein Buch über die arabische Sprache geschrieben und sprach die meisten lebenden Sprachen. Eine ganz zufällige Bezugnahme auf die unregelmäßigen Verben der Bomongosprache, die er in »Bemerkungen und Fragen« gelesen hatte, veranlaßte ihn, das Studium von Eingeborenensprachen aufzunehmen. Zufällig befand sich um diese Zeit ein Missionar vom Großen Fluß auf Heimaturlaub, und von diesem Gentleman lernte Terence mit der bei ihm üblichen Leichtigkeit genug von dieser Sprache, um in ihm den Wunsch entstehen zu lassen, noch nähere Bekanntschaft damit zu machen.

Er eröffnete diese Absicht ausgerechnet *der* Tante, die am wenigsten vor dem Junggesellen-Millionär-Gelehrten in Ehrfurcht erstarb.

»Blech!« schnappte sie. »Hat man je solchen Unsinn gehört! Nach Zentralafrika gehen, um Verben zu lernen! Entweder du bist ein Poseur oder ein Narr, Terence! Such dir ein nettes Mädchen und laß dich irgendwo in England häuslich nieder!«

Mr. Doughty überlief es kalt. »Mädchen« ließ ihn jedesmal erschauern.

»Liebe Tante! Nettes Mädchen!« äffte er nach. »Seit den letzten zehn Jahren sehe ich mich nach diesem netten Mädchen um. Unglücklicherweise lastet auf mir der Fluch, daß ich hierin noch Ideale besitze. Diese Damen, die ihr, du und die ganze übrige Familie, die Güte hattet, für mich auszusuchen, gütiger Gott! Sie sind fürchterlich! Da ist auch nicht *eine* unter ihnen, die nicht mein ganzes Schönheitsgefühl verletzte.«

»Was für 'ne Sorte Mädchen verlangst du denn?« fragte Lady Morestel gespannt.

Mr. Terence Doughty lehnte sich in seinem tiefen Stuhl zurück, schloß halb die Augen, legte die Fingerspitzen der einen Hand gegen die Fingerspitzen der anderen Hand und zählte die erforderlichen Vorzüge auf.

»Sie muß hübsch sein, natürlich. Jene Sorte zarter, vergeistigter Schönheit, die das kostbarste Geheimnis um ein Weib webt. Sie muß geistig hochstehend und doch weiblich sein, was ihre innerste Sehnsucht betrifft. Ich muß imstande sein, ihre Gemütsart zu lieben. Verfeinerte Sprache und Gedanken, Unerschütterlichkeit ihrer Ideale – das sind einige von den Eigenschaften, die ich suche, aber nicht finde.«

»Nun, in Afrika wirst du sie sicher *nicht* finden«, sagte die Lady erbost.

Terence lächelte.

»In Afrika werde ich nach Verben suchen, Tante, und nicht nach netten Mädchen.«

Zwei Monate später schaukelte Terence Doughty sich, die eine Hand auf die nackte braune Schulter eines Ruderers gestützt, auf dem Rand eines Brandungsbootes, wartete den richtigen Augenblick ab und sprang, fast trockenen Fußes, auf den gelben, sandigen Strand. Einer der Bootsmannschaft warf ihm seinen neuen Koffer nach.

»Danke!« sagte Terence.

Er war von großer und ziemlich athletisch gebauter Gestalt, sein Gesicht mager und gebräunt; seine äußere Erscheinung ließ erraten, daß ein gutes Tropenausrüstungsgeschäft ihn beraten hatte. Er hielt nur einen Augenblick an, um sich eine Zigarette anzuzünden, nahm dann seinen Koffer auf und ging auf das Wohnhaus des Distriktsamtes zu.

Sanders kam ihm entgegen. »Mr. Doughty?« fragte er.

Doughty hob seinen Tropenhelm ein wenig. »Ich fürchte, Sie sehen mein Kommen nicht gern, Sir!« bemerkte er entschuldigend.

»Ich genieße darin einen schlechten Ruf an der Küste«, lächelte Distriktsgouverneur Sanders, »und ich fürchte, er ist gerechtfertigt. Ich liebe Händler nicht und bin in der Regel auch nicht gerade für wissenschaftliche Forscher begeistert.« Er schritt neben dem Besucher. »Und wohin wollen Sie?«

»Ich beabsichtige, bis zum Akasavaland zu gehen, von dort aus quer durch das französische Gebiet bis zum Kongo und dann den Strom hinauf bis zu den Stanleyfällen. Sobald ich die Stanleyfälle erreicht habe, werde ich mich entscheiden, ob ich mit der Bahn zum Tanganjika und weiter bis Rhodesia oder ob ich quer durch Uganda bis zur See gehe. Aber da ist *ein* Punkt, über den ich gern mit Ihnen sprechen wollte, Mr. Sanders, und das ist *der:* Ich habe mir keine Frist gestellt. Ich reise ganz, wie mir's paßt; und es ist wahrscheinlich, daß ich mich an gewissen Ortschaften monatelang aufhalten werde. Wenn ich dabei aus Ihrem Gesichtskreis gerate, hoffe ich, Sie damit nicht zu beunruhigen.«

»Doch! Das tun Sie«, antwortete Sanders sofort. »Ich glaube zwar nicht, daß augenblicklich Gefahr besteht, denn gerade jetzt verhalten sich die Stämme recht ruhig. Aber hierzulande ›ist morgen ein anderer Tag‹, wie das Sprichwort sagt.«

Mr. Doughty wurde Hamilton und Leutnant Tibbetts vorgestellt. Und während das Frühstück vorbereitet wurde, ging Doughty zum Kai hinunter, um nach seinem umfangreichen Gepäck zu sehen, das vor ihm angekommen war, und um sein Missionarsbomongo an der Besatzung des großen Kanus zu versuchen, das vom Akasavaland heruntergekommen war, um ihn flußaufwärts mitzunehmen.

»Verdammt netter Kerl!« bemerkte Bones nachdenklich. »Wie Sie mir bezeugen werden, lieber alter Offizier, habe ich mir schon oft gewünscht, mich mal in diese netten alten Verben zu vertiefen. Was meinen Sie dazu, wenn Sie mich mit diesem tapferen alten Doughty hinaufschickten, um ihn ein wenig unter meine Fittiche zu nehmen?«

»Lassen Sie mich Ihnen was sagen, Bones!« antwortete Hamilton. »Sie sind niemals um einen Grund zum Rumlungern verlegen. Sie bleiben *hier* und studieren die alten Verben und die Lohnliste und die Buchhaltung des Vorratsmagazins! Und dann könnten Sie mit den Leuten wieder mal 'ne Felddienstübung abhalten! Die Kerle lassen ganz fürchterlich nach.«

Bones seufzte und gab seinen Traum auf.

Mr. Terence ging darum allein und gelangte, nachdem er einen Monat lang verfaulenzt hatte, eines Abends beim Dunkelwerden an ein Ufer.

»Wir wollen hier über Nacht bleiben«, erklärte er, aber der Vormann seiner Kanubesatzung zeigte sich plötzlich beunruhigt. »Gebieter, wir wollen lieber bis zur Stadt weiterfahren; die erreichen wir um den Morgen herum. Denn obwohl meine starken Paddler müde sind, werden sie das lieber sehen.«

»Warum nicht hierbleiben?« fragte Terence überrascht.

Der Mann klopfte mit seinen Handknöcheln auf seine Vorderzähne. »Herr, das hier ist ein verhexter Platz. Denn hier wächst der Weltenbaum, und Teufel treiben sich hier im Überfluß herum. Man kann hier keinen Schritt gehen, ohne einem von ihnen auf den Schwanz zu treten. Laß uns weiterfahren, Herr, denn meine Leute haben Furcht im Magen!«

»Dann bringt mich und mein kleines Zelt allein an Land!« befahl Terence, jetzt wirklich interessiert.

Er trat allein an das flache Ufer und beobachtete, wie man hastig und ängstlich sein Zelt aufschlug. Sie zündeten – in wahnsinniger Hast – ein Feuer für ihn an und paddelten fort.

Terence hatte sich eine Tasse Tee gebrüht und war im Begriff, sich ein Mahl von Hühnerbrust in Dosen und Zwieback zurechtzumachen, als er plötzlich seine Augen hob und eine schmächtige Gestalt im Schein des Feuers stehen sah.

Eine Sekunde lang stutzte er.

»Ich bin M'mina vom Baum«, sagte das Mädchen schlicht, »und ich bin ein großer Freund der Geister.«

»O Weib«, antwortete Terence, »setz dich zu mir und iß!«

Sie gehorchte.

Im Wald der Seligen Träume, der im Akasavaland liegt, gibt es einen Baum, der dort seit Urzeiten gestanden hat. Das ist der »Baum der Welt«, der, nach der von den Jeanoleuten glänzend bestätigten Sage, auf den Gewässern schwamm und der Uranfang alles Seins war. An die bloßen Wurzeln des Baumes klammerte sich Erde und mehr Erde und Felsen, um die Erde an ihrem Platz zu halten; und auf diese Weise gestaltete sich die Welt. Es ist eine Zeder von ungeheurer Höhe. Ein Wunder an sich, denn im Akasavaland wachsen keine Zedern. Seine Zweige spreizen sich in erstaunlicher Breite. Unter ihm kann man die faulenden Stümpfe anderer Bäume sehen, die im Laufe von Jahrhunderten abgehauen wurden, damit der »Baum der Welt« wachsen konnte. Der Legende nach wird dieser Baum eines Tages verdorren, und an diesem Tag wird die Welt anfangen, wieder ins Wasser zu versinken. Erst werden die Berge zerbröckeln und in den Großen Fluß fallen; dann werden die Felsen zu Staub werden, und zuletzt wird die Erde sich im Wasser auflösen, und es wird keine Erde mehr sein.

In einer großen Hütte nahe bei diesem Baum wohnte Ogonobo, der Hüter des Baumes, ein weiser alter Mann, berüchtigt als Freund der Teufel und Genosse von Zauberern.

So groß war die geheimnisvolle Macht Ogonobos, daß sogar M'shimba M'shamba, der erbarmungsloseste und vor nichts haltmachende aller großen Dämonen, dessen Haus in den Nächten verschonte, in denen der Orkan ganze Dörfer und Städte dem Erdboden gleichmachte und große Gummibäume mitsamt den Wurzeln wie Maisstengel ausriß.

Trotz aller seiner Magie und Unnahbarkeit war Ogonobo kein Asket. Er nahm viele Weiber zu sich, und noch jede schickte er fort, weil sie ihm keine Kinder gebar. Dann hatte er ein Fischermädchen unbedeutender Herkunft zu sich genommen, und dieses gebar ihm M'mina, eine gerade gewachsene, ernst blickende Tochter. Es wurde viel hin und her geredet über das Wunder, daß Ogonobo in seinem hochbetagten Alter noch eine Tochter geboren wurde: So groß ist die Freude der Akasava an Skandalgeschichten. Daß sein Weib viele Liebhaber hatte, war zutreffend, aber welches Akasavaweib hat die *nicht*? Sagen sie dort nicht an jedem Hochzeitsfest: »Heute habe ich ein Weib geheiratet, das drei Männer hat?« Sei dem, wie dem wolle, M'mina war jedenfalls eine Tatsache. Und als der alte Ogonobo sein Weib an einen untergeordneten Häuptling verkaufte, wurde diese M'mina das vornehmste Weib seines Haushaltes, beaufsichtigte seinen kleinen Garten, mahlte sein Korn und kochte für ihn.

Männer, die sie zu Gesicht bekamen, Jäger, die, durch ihre Beute verlockt, im Geisterwald umherirrten, fürchteten sie. Einer erzählte eine Geschichte, er habe M'mina, umringt von Tausenden sie umkrächzenden, zu ihr schwatzenden Papageien auf dem Erdboden sitzen gesehen. Und ein anderer wollte sie gesehen haben, wie sie sich in der Gesellschaft von vielen kleinen Vögeln befand, die zu ihr kamen, wenn sie ihnen pfiff. Gewiß ist, daß M'mina einen großen Zauber auf die Vögel ausübte und daß sich sogar die wilden Habichte herbeiließen, sich mit flatternder Schwinge zu ihren Füßen niederzulassen. Das war ihr eigenster persönlicher Zauber.

Zufällig kam der Geist des Waldes zu ihr, und sie hatte eine Zwiesprache mit Teufeln. Eines Tages kam sie zu dem alten Mann und erzählte ihm davon.

»Ogonobo«, sagte sie, »ich habe einen kleinen gelben Teufel unter dem ›Baum der Welt‹ gesehen. Er hatte rote Augen, und aus seinen Knien wuchsen zwei Hände, die mich zwickten, als ich an ihm vorbeikam.«

Ogonobo sagte nichts. Er nahm einen langen, biegsamen Streifen Flußpferdhaut und prügelte sie damit, bis er nicht mehr konnte.

»Nun, Weib, sollst du keine Teufel mehr sehen!«

M'mina verbrachte den Tag, als ob nichts vorgefallen wäre. Sie schlief in einer kleinen Hütte hinter ihres Vaters Haus, und eines Nachts, als er Kopfschmerzen hatte, rief er sie, damit sie ihm heißes Wasser mache.

Er fand sie nicht im Bett, aber um die Dämmerstunde sah er sie aus dem Wald schleichen und geradewegs in ihre Hütte gehen. Er beobachtete sie drei Nächte hintereinander, und jede Nacht ging sie in den Wald und kam in der Morgendämmerung zurück. Da sprach er mit ihr. »Weib«, sagte er, »wenn du einen Liebhaber hast, laß ihn zu mir kommen. Aber wenn du in der Nacht fortgehst, um mit Teufeln zu verkehren, ist das schlimm. Denn ein Liebhaber kann dir nichts als Leben geben, aber Teufel bringen Unruhe. Gestehe mir jetzt die Wahrheit!«

»Herr, ich gehe, um mit Teufeln zu sprechen, und zwar mit einem, der größer ist als alle anderen. Denn er wohnt in einem Baum, und Feuer sprüht aus seinen Augen, und eines Tages wird er mich zu sich in seine Hütte nehmen, und wir werden zusammen glücklich sein.«

Ogonobo ging, um seinen Riemen zu suchen, und diesmal fiel die Züchtigung sehr stark aus.

»Du sollst mir keinen Teufelssohn ins Haus bringen, Weib!« sagte Ogonobo atemlos, den er war ein alter Mann.

M'mina erhob sich vom Fußboden und rieb sich ihre gestraften Lenden. Ihre dunklen, ernsten Augen forschten in dem Gesicht des alten Mannes.

»Heute nacht wird dein Arm sterben«, sprach sie.

»Aber jetzt ist mein Arm noch stark«, antwortete Ogonobo und schlug wieder auf sie ein. In seiner primitiven Art kämpfte er gegen die Illusionen, die Einsamkeit und eine zu lange anhaltende Härte in einem phantasiereichen Kopf aufkommen ließen. Er saß vor seiner Hütte und nahm sein Mahl ein, als die Sonne unterging. M'mina zerquetschte Korn in einem großen steinernen Mörser.

Als die Sonne die Äste der Bäume berührte, entfiel das Eßgefäß seinen Händen, und als er versuchte, es aufzuheben, versagte ihm der rechte Arm den Dienst. Von der Schulter bis zu den Fingern war er vom Schlag getroffen.

»Weib, komm her!« befahl er. Das Mädchen gehorchte, stand vor ihm, schweigend und auf der Hut.

»Mein Arm ist tot, wie du mir versprochen hast. Nun sehe ich, daß du eine große Hexe bist, und ich fürchte mich. Berühre meinen Arm und mache ihn wieder gesund!«

Als sie sich zu ihm niederbeugte, um ihm diesen Dienst zu leisten, schnellte seine gesunde Hand hervor. Er packte sie schnell bei der Kehle und warf sie rückwärts über seine Knie.

»Besser, ich habe einen Arm als keinen oder besser gar keine Arme als ganz tot. Ich bin zu alt, um mich zum Tod erschrecken zu lassen. Darum, M'mina, sollst du jetzt schnell ins Reich der Geister eingehen.«

Sie lag widerstandslos da, als der Druck seiner sehnigen Finger zunahm. Und als es ihm schien, daß sie sich in ihren Tod ergeben hatte, riß sie sich mit einer Kraft, die er ihr nicht zugetraut hätte, von ihm los und flüchtete in ihre Hütte. Ungelenk erhob er sich und folgte ihr. Als er sich bückte, um durch die niedrige Türöffnung einzutreten, schlug sie ihn zweimal mit ihrer langstieligen N'Gombi-Axt, die sie brauchte, um den Baum zu beschneiden. Ogonobo röchelte heiser, brach in die Knie und hielt sich mit der einen Hand am Türpfosten.

»Tot!« sagte M'mina und ließ die scharfe Schneide der Axt auf den ungeschützten Nacken mit all ihrer Kraft niedersausen.

Als sie ihn begraben und den Platz gereinigt hatte, ging sie zu ihrem Korn zurück, trug die Mörserkeule in die Hütte und legte sich auf ihre Matte zum Schlafen nieder. Sie nahm Ogonobos Platz ein, murmelte dem Baum beschwörende Worte zu und hielt Zwiesprache mit Teufeln jeglicher Farbe.

Eines Tages machte sie sich nach der Königsstadt auf und stand vor des Königs Hütte. Und Ofaba, der König, der von ihr gehört hatte, trat heraus.

»Ich sehe dich, M'mina, Tochter Ogonobos, des Hüters des Baumes. Wo ist dein Vater?«

»Herr, er ist tot, und ich habe sein Geheimnis geerbt. Und ich sitze im Wald der Träume, und viele nette Teufel werben um mich. Einen werde ich bald heiraten, und in dieser Nacht wird M'shimba M'shamba an meine Hütte kommen und mir meinen Hochzeitsgesang singen.«

Ofaba schauerte und spuckte. »Auf welche Weise ist Ogonobo

gestorben? – Einer meiner jungen Männer sah Blut an den Blättern, als er dort jagte.«

»Ein Teufel schlug ihn mit einer großen Axt tot, die größer war als der Baum der Welt. Und ich kämpfte mit meinem Zauber gegen diesen Teufel, und er ist auch tot. Ich zerstückelte ihn und warf eins seiner Beine in den Kleinen Fluß, und dieser trat über, wie jedermann weiß.«

Daß der Kleine Fluß übergetreten war, wußte Ofaba. Es hatte schwere Regenzeiten gegeben, aber niemals zuvor war der Kleine Fluß über die Ufer getreten. Das hier war also eine mit Ofabas bekannter Vorliebe für das Mystische und Magische mehr in Einklang stehende Erklärung.

»Um dir dieses zu sagen, kam ich zu dir, Herr. Auch habe ich einen Traum gehabt. Und in diesem Traum sah ich Bosambo, den Ochori, vor dir auf den Knien. Und du hattest deinen Fuß auf seinen Nacken gesetzt und sagtest ›Wa‹, und Bosambo zitterte vor Furcht.«

Ofaba selber zitterte, aber dieses Gefühl war nicht Furcht, denn sie hatte seinen eigenen Traum geträumt. Das sagte er ihr aber nicht, sondern entließ sie mit Geschenken, nachdem er sie unter wundervollen Zeremonien in ihrem Amt bestätigt hatte.

Es gibt ein Sprichwort im Akasavaland, das sagt: »Das Kind des aufgefressenen Mondes ist ein großer Vielfraß«, und Ofaba M'lama, der Sohn B'suris, König der Akasava und oberster Häuptling von den zehn kleinen Flüssen, war als solcher geboren. Denn der Mond stand im letzten Viertel, als Ofaba schreiend zur Welt kam, und B'suri sagte, da er einen Kummer hatte, in dem er auf den schwindenden Halbmond sah: »Dieses Kind will fressen! Es soll die Ochori auffressen.«

Das war ein weiser Spruch, der Ofaba so oft wiederholt wurde, lange nachdem er B'suris Häuptlingsstuhl innehatte und dessen große Silbermünze, das Zeichen seiner Häuptlingswürde, trug und lange, nachdem B'suri steif zum Mitteleiland gerudert worden war, wo tote Menschen in seichten Gräbern ruhen.

Es bedurfte wenig, um Ofaba zu erinnern, daß die Akasava die Ochori haßten, denn dieser Haß entsprach nur ihrer Überlieferung.

Cala Cala, vor langer Zeit, waren die Ochori ein sklavischer Stamm gewesen, ein furchtsames, niedriges Volk, das beim ersten Schimmer von Gefahr in die Wälder flüchtete mit Weibern und Kindern und den Ziegen, die sich gerade greifen ließen. Manchmal ließen sie ihre Weiber zurück, aber niemals wurde berichtet, daß sie ihre Ziegen sämtlich zurückließen.

So kam es, daß sich jeder Stamm das, was er brauchte, von den Ochori holte. Und wenn das ohne Blutvergießen geschah, gelangte auch niemals eine Anklage zum Ohr des Distriktsgouverneurs Sanders, der zwischen See und Fluß in einem großen überdachten Haus saß und unparteiisch Recht sprach.

Aber da kam eines Tages ein gewisser Bosambo von der Kruküste, ein entwischter Sträfling, der durch Anwendung fragwürdiger Methoden seine Wahl zur Königswürde gesichert hatte. Und mit dessen Ankunft war ein neuer Geist über die Ochori gekommen, so daß, als die Akasava oder die Isisi deren Land plündern wollten, diese auf eine Kette ununterbrochener Schilde und eine Phalanx von Speeren stießen, und daß es eine Leiche gab oder auch zwei.

Ofaba war jetzt ein Mann von zweiundzwanzig Jahren, und in dem Jahr, in dem M'mina Hüterin des Baumes wurde, hatten die Akasava ohne jeden besonderen und erklärlichen Grund eine Mißernte. Ofaba und seine weisen Männer versammelten sich in geheimem Rat. Und in den Mitternachtsstunden rissen sie einen jungen Menschen, der die Schlafkrankheit hatte und darum seines Verstandes nicht mächtig war, vom Lager, schleppten ihn in den Wald und schnitten ihm dort die Kehle mit dem Blatt von Ofabas rasiermesserscharfem Jagdspeer durch. Dann besprengten sie mit seinem Blut den alten und heiligen Baum, der seit uralten Zeiten dort stand. M'mina beobachtete die Zeremonie von der Hüttentür aus, und als alles vorüber war, trat sie hinzu.

»Ich sehe dich, Ofaba, und auch den Mann, den ihr getötet habt, weil das Getreide verdarb. Nun habe ich mit meinem Ehemann gesprochen, der jede Nacht in Gestalt einer Fledermaus zu mir kommt, und er sagt mir, daß Bosambo, der Ochorihäuptling, die Ursache dieser Mißernte ist. An dem Tag, an dem du Bosambo zu mir bringst, wird das Getreide wachsen und das Wild in die Jagdgründe zurückkommen. Denn ich will einen großen Zauber an Bosambo ausführen, der ein wunderbares Schauspiel sein wird. Du sollst ein Ende mit Bosambo machen, wie ich es mit seinen Kundschaftern gemacht habe. Komm!«

Bestürzt folgte ihr der König in den Wald und kam an das Ufer. Hier lagen, von Büschen verborgen, drei Gräber.

»O Weib«, stammelte er, »was für ein Unheil hast du angerichtet!

Denn wenn Sandi erfährt...«

»Soll Sandi erfahren, daß der *Baum* geblutet hat?« antwortete sie bedeutsam, und Ofaba schwitzte vor Angst. »Nun sage ich dir«, fuhr sie fort, »wenn Bosambo selbst kommt, und das wird er, dann bringe ihn hierher, und du wirst glücklich sein.«

In seiner Residenz war Distriktsgouverneur Sanders in einer besonders zufriedenen Gemütsstimmung. Zwei Monate lang hatte es nicht das geringste Anzeichen, nicht den geringsten Laut von Unruhe in seinem Bezirk gegeben. Mr. Terence Doughty, dieser eingebildete Sprachforscher, war zur französischen Grenze hinübergegangen, und Bosambo hatte eine lange Taubenbotschaft über dessen Durchmarsch geschickt. Die Ernte, ausgenommen die Mehlfrüchte bei den Akasava, war gut gewesen. Die Steuern waren willig gezahlt worden.

»In der Tat«, sagte Sanders eines Abends, als sie unter der kühlen Veranda saßen, »es ist alles zu schön, um wahr zu sein.«

In dieser Nacht wurde er durch einen Mordslärm geweckt, der ihn, Revolver in der Hand, ins Freie stürzen ließ. Irgendwo in der Finsternis kämpfte ein Menschenknäuel, und Hamilton, der sich ihm zugesellte, versuchte eine Erklärung.

»Einer meiner verdammten Haussa«, fluchte er. »Der Himmel mag wissen, wo diese Teufel den Gin her haben... Bones!«

Bones antwortete aus der Dunkelheit. »Ungezogener alter Dieb versuchte in das Stationshaus zu dringen, Ham, altes Geschöpf...«

Fünf Minuten später erstattete ein gänzlich aufgelöster Bones in Pyjama und Moskitostiefeln Rapport.

»Schmiß ihn in den Wachraum. Beim Herrgott, wen ich ihn nicht gesehen hätte, hätte er Sie möglicherweise beraubt, liebe alte Exzellenz! Gemordet, lieber, alter Ham! Wenn *das* nicht einen Sonderbericht und eine Dienstauszeichnungsmedaille wert ist, dann gibt es keine Gerechtigkeit auf dieser alten Welt.«

»Haben Sie ihn gestellt?« fragte Hamilton ungläubig.

»Ich habe ihn eigentlich nicht gestellt, Herr und Bruder Offizier«, antwortete Bones vorsichtig. »In der Theorie habe ich ihn gefaßt. Ahmet sah ihn über den Paradeplatz schleichen, und natürlich war ich zur Stelle, ehe eine Ente ihre netten Schwanzfedern zweimal schütteln konnte.«

Sergeant Ahmet vervollständigte den Bericht. Er hatte den Räuber gesehen und war auf ihn losgesprungen.

»Als wir den Gebieter Tibbetti weckten, befahl er, den schlechten Kerl ins Loch zu stecken.«

»Was willst du damit sagen, ›weckten‹?« fragte Bones entrüstet. »Oh Ahmet, war ich nicht da? Habe ich nicht...?«

»Warum diesen unglücklichen Menschen auffordern, wissentlich falsch zu schwören?« fragte Hamilton. »Geh zu Bett, Phyllis, du verlierst deinen Schönheitsschlaf!«

Die Trompeter bliesen Reveille, und die braunbeinige Wache stand steif vor dem Wachlokal, Gewehr bei Fuß. Ihre gewollt ausdruckslosen Gesichter starrten angestrengt in die leere Luft.

Leutnant Tibbetts, in Khaki, einen langen Säbel zwischen seinen Beinen nachschleifend, stapfte von seiner Hütte herüber. Er hatte den Tropenhelm schief über dem einen Auge nach der Art, wie ein bekannter Admiral ihn dereinst trug, und blickte, nachdem er vor der Wache haltgemacht hatte, auf die vier harmlosen Soldaten.

»Die Wache ist vollzählig, Gebieter!« meldete der Sergeant in seinen sonderbaren arabischen Kehllauten.

»Laß sie wegtreten, Ahmet!« befahl Bones. »Und holt mir den Gefangenen her!«

Da kam aus der dunklen Gefangenenhütte blinzelnd ein Mann ans Tageslicht getreten, bei dessen Anblick Leutnant Tibbetts Gesicht länger und länger wurde. – Und es erforderte – wie Bones oft sagte – einen ganzen Haufen, um es verdutzt zu machen.

»Bosambo!« quiekte er auf englisch. »Alle gütigen, gnädigen, lebendigen Himmel! Ich bin zerschmettert!«

Der gewaltige Mann grinste blöde. »Mir sein auch verdammt, ebenso! Gleichzeitig, Herr, ich spielen Narr ganzes Zeit, Bonesi.«

»Nicht soviel Bonesi!« sagte Bones streng. »Du unartiger alter Nachtschwärmer, du ekelhafter, rumsumpfender alter Sünder. Wirklich, wirklich, Bosambo, ich wundere mich, daß du dich nicht schämst!«

Bosambo sah gar nicht besonders beschämt aus, obwohl er, König und Oberhäuptling der Ochori, die Beschimpfung erlitten hatte, eine Nacht auf der Wache zubringen zu müssen, und in der Mitte der Nacht von vier starken Haussa gewaltsam dorthin geschleppt worden zu sein.

»Ich nich sein besoffen, Tibbetti«, protestierte er ernstlich. »Mir sein guter Matthei, Marki, Luki Christ...«

»Affengeschwätz!« antwortete Bones grob, und diesmal sprach er Bomongo.

»Gebieter«, erwiderte Bosambo in der gleichen Sprache, »ich kam nachts hierher wegen gewisser Nachrichten, die mir meine Kundschafter überbrachten. Und weil ich im geheimen kam, da ich nicht wünschte, daß mich deine Soldaten erkennen sollten, Gebieter, gab ich mich ihnen nicht zu erkennen, als sie mich beim Durchqueren des Exerzierplatzes überfielen. Und ich habe mich mit ihnen rumgeschlagen und schreckliche Wörter gebraucht, weil ich dachte, ich könnte so in der Nacht von dem kleinen Gefängnis loskommen und meine eigenen Wege gehen.«

Bones begab sich ins Wohnhaus und ließ den »Gefangenen« in seiner eigenen Hütte. Hamilton, in seinem Pyjama, rasierte sich soeben auf der Veranda. Er sah die kriegerische Gestalt – auf alle Fälle würde er das Rasseln des Säbels gehört haben – und unterbrach seine Beschäftigung.

»Morgen, Mars! – Irgendein Krieg in Sicht?« fragte er, indem er sein Grimassenschneiden im Spiegel und die Handhabung seines Rasierapparats wieder aufnahm.

»Lieber alter Offizier, es gibt gewisse Lagen im militärischen Dienst, über die kein Kommandeur von Selbstachtung scherzt«, antwortete Bones mürrisch. »Wenn ich mir erlaubt hätte, *nicht* in meiner Regimentsuniform zu kommen, würden Sie Spuk gemacht haben.«

»Nun, haben Sie den spektakelnden Teufel vor das Standgericht gestellt und erschossen?« fragte Hamilton. »Er hat Sanders aus dem Schlaf geweckt...! Wer war's denn? Und wer hat es getan? Abiboo sagte, jemand hätte hier einbrechen wollen.«

»Es war Bosambo«, berichtete Bones mit dramatischem Pathos.

Er genoß die Sensation, die seine Worte verursachten.

»*Bo–sambo?* Unsinn!«

Bones hob seine Brauen und schloß seine Augen. »Sehr gut, netter alter Herr. Ich habe jedenfalls meine Pflicht getan. Mehr kann ich nicht tun.«

»Bosambo!«

Sanders stand im Türrahmen, und Bones grüßte.

»Ja, Exzellenz, Bosambo! Ich hatte einen Verdacht, daß er es in der letzten Nacht war.«

»Sie sagten, Sie wüßten, es sei ein Fischer vom Untern Fluß, der eine Geneverflasche erwischt habe«, begann Hamilton, aber Sanders' Hand gebot Schweigen.

»Schicken Sie ihn her, Bones!« befahl er ruhig.

Bosambo kam in einer selbstbewußteren Haltung an, als Bones für anständig hielt.

»Gebieter, es ist wahr, ich kam wie ein Dieb, da ich im geheimen mit dir reden wollte«, sagte er offen. »Denn ich wollte über eine große Sache mit dir reden, und mein Magen war sehr beunruhigt.«

»Du hast mir früher auch wichtige Nachrichten gebracht und bist dennoch am Tag gekommen«, entgegnete Sanders streng, »und du hast mich beim Palaver aufgesucht. Und jetzt kommst du wie ein Isisiräuber! Und meine Soldaten haben dich und dadurch auch mich und meinen König gedemütigt. Hattest du keine grauen Vögel oder schnellen Boten?«

»Gewiß, Gebieter, gibt es das alles«, antwortete Bosambo ruhig. »Eine graue Taube kam letzte Woche zu mir, und um ihr kleines rotes Bein war ein Buch (Brief) befestigt, das befahl, ich solle nicht mehr nach Dotti (Doughty) suchen, da er auf eine längere Reise nach Niederisisi gegangen sei.«

Sanders richtete sich mit einem Ruck in seinem Stuhl auf. »Mensch, *was* sagst du? Ich habe dir nur eine Botschaft wegen der Steuern geschickt.«

Bosambo kramte in seinem Gewand aus Leopardenfell und nahm ein zusammengefaltetes Papier heraus, das er dem Distriktsgouverneur, ohne ein Wort zu sagen, überreichte.

Sanders las und runzelte die Stirn. »Den Brief habe ich dir nicht geschickt. Und was Dotti anlangt, so ist dieser vor zwei Monaten ins französische Gebiet gegangen, und du selbst hast mir das in deinem Brief gemeldet.«

»Gebieter, einen solchen Brief habe ich dir niemals geschrieben, noch habe ich Dotti zu Gesicht bekommen. Und wegen gewisser Gerüchte sandte ich Kundschafter ins Akasavaland, aber sie kehrten niemals zurück. Ich wäre selbst dorthin gegangen, aber meine jungen und schlauen Horcher meldeten mir, daß Ofaba nur darauf warte, mich abzufangen, und daß seine Kanus den Fluß überwachten. Und darum, Gebieter, kam ich im geheimen.«

Sanders rieb sein Kinn. Sein Gesicht nahm harte Züge an.

»Lassen Sie die ›Zaire‹ Dampf aufmachen, Hamilton! Sobald Sie fertig sind, werde ich nach dem Oberen Fluß fahren. Ich brauche zehn Soldaten – und einen Strick.«

Im dichtesten Dschungel des Traumwaldes und an einem versteckten Platz zwischen zwei sumpfigen Wiesen befand sich eine Hütte, vor deren Tür, auf einem Fellbett ausgestreckt, ein junger Mann lag; gelb im Gesicht, abgemagert und unrasiert. Das Fieber, das die Menschen in diesem Wald der Träume überfällt, tobte in ihm, und seine Zähne klapperten fürchterlich. Dennoch lächelte er, und seine Augen leuchteten auf, als das Mädchen unter den Bäumen hervortrat und in ihren Armen einen großen, dampfenden Topf trug.

»Bei Jupiter, M'mina, ich freue mich, dich zu sehen«, sagte er in englischer Sprache, während er seinen Arm ausstreckte und ihre Hand ergriff.

»Mein Ehemann und Liebhaber«, murmelte sie, indem sie seine dünnen Finger zwischen ihren Handflächen liebkoste. »Ich verstehe nicht, wenn du in dieser Sprache sprichst. Ich habe dir hier zu essen gebracht, und ich habe mit den Teufeln gesprochen, damit du gesund wirst.«

Terence kicherte schwach. »Die grauen Vögel sind noch nicht zurück?«

»Einer muß bald kommen ... mein Geist sagt mir das.« Sie kauerte sich auf den Erdboden neben ihn.

Er ließ seinen Arm auf ihre Schultern sinken und sah zärtlich in das hübsche Gesicht.

»Es gibt kein zweites Weib in der Welt wie du, M'mina. Du bist die schönste von allen. Und ich werde dich über das schwarze Wasser mit mir nehmen, und du sollst eine große Dame werden.«

»Gebieter, ich werde hierbleiben und du auch. Denn ich wußte sofort, als ich dich das erstemal sah, daß du der Gatte seist, von dem mir die Geister flüsternd erzählten.«

Entzückt sah er sie an. »O Weib«, sagte er auf Bomongo, »du bist sehr schön.«

Er hielt plötzlich inne, denn ihre Augen suchten den Horizont ab. Plötzlich sprang sie auf, ihre Lippen spitzten sich, sie stieß einen langen melodischen Triller aus. Es war kein richtiger Pfiff, eher ein hoher Ton aus ihrer Kehle, und obwohl dieser nicht sehr laut war, hielt der schnelle Vogel, der gerade diese Stelle überflog, in seinem Flug inne, wendete auf der Stelle, senkte sich in immer enger werdenden Kreisen niedriger, bis er zu ihren Füßen niederging.

Sie bückte sich, hob die graue Taube auf und glättete deren Gefieder. Darauf nahm sie mit geübten Fingern das Seidenpapier, das mit einem Gummibändchen um das Beinchen des geflügelten Boten befestigt war, und gab es dem Mann.

Dieser starrte auf die arabischen Buchstaben. »Es kommt von Sandi und ist an Bosambo gerichtet, und es sagt: ›Alles ist wohl‹.«

Sie nickte. »Dann kann dieser kleine Vogel gehen, und du, Gebieter, brauchst keine Botschaft zu schreiben, um den fetten Ochorimann zu täuschen. Gebieter, ich fürchte diesen Mann, und ich habe mit Ofaba gesprochen, daß er getötet wird.«

Terence fiel auf sein Kissen zurück und schloß die Augen. »Du bist ein wunderbares Mädchen!« murmelte er auf englisch, und sie versuchte, diese Worte nachzusprechen.

»Gescheites Mädchen ... Was für einen glänzenden Geist mußt du haben!« murmelte er.

Sie bückte sich und bedeckte ihn mit einer Felldecke. Darauf wandte sie sich schnell um. Sie hatte Fußtritte gehört. Ein magerer Mann in weißem Tropenanzug kam quer über die Lichtung geschritten, und hinter ihm sah sie den Glanz stählerner Bajonette und die roten Feze von Soldaten.

»O Sandi«, grüßte sie ohne Verlegenheit, »so hast du mich und meine Ehemann gefunden.«

»Und drei kleine Gräber, M'mina«, bemerkte Sanders mit ruhiger Stimme. »Und nun bist du mir für dein Leben verantwortlich.«

Sie schüttelte ihren Kopf. »Mich wirst du nicht töten, Sandi. Denn das tust du nicht. Niemals hast du ein Weib an einem Baum aufgehängt. Und ich weiß, ich werde am Leben bleiben, weil gewisse Geister und Teufel mich liebhaben und weil mein Zauber mir hilft. Mir und diesem Mann.«

Terence starrte Sanders an, einen düsteren Ausdruck auf seinem abgezehrten Gesicht.

»Morgen!« sagte er, ein wenig empfindlich. »Sie kennen meine Frau?«

»Ich kenne sie sehr gut«, antwortete Sanders sanft.

»Hoffe, Sie haben nichts dawider, daß ich mit Ihren Botschaften Unfug getrieben habe ...! Was ich sagen wollte ... schließlich habe ich doch das Bomongowort gefunden für ...«

Seine Stimme sank zu einem schläfrigen Murmeln herab.

Mr. Terence Doughty erlangte nicht eher sein volles Bewußtsein wieder, als bis er sich schon auf halbem Weg nach England befand. Und dann war es ihm, als ob er aus einem bösen Traum aufwache. In diesem Traum spielte eine fremdartige, anmutige Gestalt eine Rolle, deren er sich nicht erinnern konnte und die er nicht kannte. Und sein ganzes Leben lang, als er schon längst standesgemäß verheiratet und zufriedener Ehemann war, schwang in seinem Unterbewußtsein die Vorstellung eines größeren Glückes mit, dem er irgendwo, irgendwann einmal begegnet sei.

In dem Dorf der Ketten, in jener Abteilung, die für die Frauen bestimmt war, die sich gegen das Government vergangen hatten, saß M'mina und sagte oft zu ihren Leidensgefährtinnen:

»Sandi hat mir meinen Mann genommen, aber meine Seele, mein Geist und meine Erscheinung sind immer bei ihm, und mein Teufel soll ihm ins Ohr flüstern: M'mina wartet auf dich im Wald der Seligen Träume.«

In einem Sinn war das buchstäblich wahr, obwohl Terence Doughty entsetzt gewesen wäre, wenn er das Weib in Wirklichkeit wiedergesehen hätte, das als unbestimmte Vorstellung durch seine Gedanken zog und den Gegenstand seiner vielen Träume bildete.

Einmal wachte er mit einem Schrei auf, und seine Frau fragte ihn, ob er krank sei.

»Nein, nein ... ich dachte gerade ... ein hübsches Mädchen ... Ich quäle mich, wer sie war ...!«

Sie lächelte. Sie war klug genug, an ihres Mannes Vergangenheit nicht zu rühren; aber es gab Zeiten, in denen auch sie gern gewußt hätte, wer jenes »schöne Mädchen« eigentlich war.

## *Die Messingbettstelle*

Es gibt keinen Stamm am Fluß, der nicht sein ureigenstes Geheimnis hätte. Im Laufe der Jahre hatte Distriktsgouverneur Sanders praktisch Kenntnis von einigen Hunderten solcher Geheimnisse erlangt. Dennoch war er sich wohl bewußt, daß er damit nur einen kleinen Bruchteil erfaßt hatte. Denn innerhalb jedes Geheimnisses lag, eingekapselt, noch ein weiteres. Er wußte, daß zwischen den Hülsen einer wilden Erbsenart ein wohltätiger Geist namens »Cha« wohnte, der Glück und Wohlstand brachte. Und auch, daß, wenn diese Erbse in vier Teile gespalten und an vier Leute verteilt wurde, einer von ihnen innerhalb eines Monats sterben würde. Aber erst nach Jahren erfuhr Sanders, daß, wenn einer dieser vier Teile grün bliebe, es neun Monate lang keine Fische im Fluß geben würde.

Jede Pflanze, jeder blühende Baum hatte seinen eigenen Charakter, gut oder schlecht. Und einmal wurde Sanders hundertundfünfzig Meilen weit zum Palaver geholt; und alles nur, weil der Stamm einer Mehlfrucht nur einen einzigen Kolben getragen hatte und das ein Zeichen kommender Seuchen war. Manchmal wollte eine besondere üble Vorbedeutung sich überhaupt nicht zeigen. Und dann saßen hunderttausend Männer und Weiber und zitterten vor Furcht, daß sie kommen würde. Dann wurden Streifen ausgeschickt, um das sichtbare Zeichen zu suchen, an das sich diese Vorbedeutung knüpfte.

Schließlich brachte Sanders das auf eine Formel. In der Residenz befand sich ein massives Haus, das zur Zeit eines Krieges gebaut worden war, um Munition darin zu lagern. Das Magazin diente noch diesem Zweck, aber Sanders fand es noch zu etwas anderem gut. Es wurde ein Aufbewahrungsort von Zaubermitteln.

Wenn M'shimba M'shamba – so wird ein Tornado bezeichnet – ausblieb und die Isisi und N'gombi zusammenkamen, um in feierlicher Sitzung zu erörtern, welches Übel dem großen grünen Geist begegnet sein könne, da er nicht einherschritte, kam Sanders.

»Habt keine Angst! M'shimba M'shamba weilt bei mir, in meinem Geisterhaus, da er sehr müde ist.«

Als der berühmte »Baum der Welt« durch einen Sturm entwurzelt und vom Fluß außer Sicht geschwemmt wurde, konnte Sanders ein zitterndes Volk beruhigen. »Dieser große Baum ist. Er wohnt in meinem sonderbaren Geisterhaus, und kein anderer wird ihn sehen. Und dort bleibt er, um guten Zauber für die Isisi zu machen.«

Bones wurde auf ganz natürliche Weise Kustos des Geisterhauses. Da er herausfand, daß mit dieser Stellung ein gewisser Vorteil verbunden war, beanspruchte er diesen Posten für sich. Und als das Volk vom Unteren Fluß sein Ju-ju, seinen Zauberfetisch, verloren hatte – ein eingeborener Handwerker hatte ihn boshafterweise auf die »Zaire« gebracht und im Maschinenheizraum versteckt –, gab Sanders sich ein gewichtiges Ansehen.

»Dieser feine Zauberfetisch kam in mein Geisterhaus und wohnt jetzt dort. Und jeden Morgen spreche ich zu ihm, und er spricht zu mir.«

»Gebieter, wir möchten gern unseren schönen Zauberfetisch sehen, denn er wurde auf eine ganz wundervolle Weise aus einem Zauberbaum unserer Väter hergestellt«, erklärte einer der Ältesten beunruhigt.

»Den könnt ihr sehen«, sagte Bones bedeutungsvoll, »aber wenn ihr auf die anderen Geister seht, die mit ihm zusammenwohnen, fallen euch eure Augen aus.«

Man entschied sich, den Zauberfetisch seiner zarten Fürsorge zu überlassen.

Dieses System arbeitete außerordentlich gut, bis Bosambo mit den Akasava in Streit geriet.

Bosambo, oberster Häuptling der Ochori, der meistgefürchtete von allen Häuptlingen, hatte eine elementare aber wirkungsvolle Art, Recht zu üben. Für ihn galten keine Grenzen, kein Machtbereich war ihm heilig, obwohl er selber die Wahrung der Grenzen und die Unantastbarkeit des Ochorigebietes rücksichtslos erzwang. Eine Abteilung jagender Akasava kam in das Waldland am äußersten Südrand seines Landes auf der Suche nach Wild. Und diese setzten sich mit einer herrischen Gleichgültigkeit über die Unverletzlichkeit seiner Grenzen hinweg und speerten und schossen, ohne auch nur soviel wie »mit Ihrer gütigen Erlaubnis« zu sagen.

Sie waren hinter den kleinen Affen mit weißen Bärten her, die von den Akasava-Feinschmeckern als Delikatesse angesehen und nur im südlichen Ochorigebiet gefunden wurden.

Nun essen die Ochori selbst keine Affen. Sie fangen sie und zähmen sie zu Lieblingen des Haushalts, so daß man nicht durch ein Ochoridorf gehen kann, ohne auf die weißbärtigen kleinen Gestalten zu stoßen, die zufrieden auf den Hüttendächern hocken und hauptsächlich mit einer immerwährenden Flohjagd beschäftigt sind.

Boten brachten Nachricht von dem Eindringen der Akasava, und Bosambo machte sich schleunigst mit fünfzig Speermännern nach dem Süden auf. Sie stießen auf die Akasava-Jagdstreife, als diese beim Feuer saß, über dem zusammengeschrumpftes Affenfleisch röstete.

Was sich hierauf ereignete, braucht auf diesen Seiten nicht beschrieben zu werden. Bosambo hatte nicht das Recht, die Wilddiebe mit einem glühendheißen Speerblatt zu brennen, und sicherlich verirrte sich seine Behandlung nicht in die Richtung des Zartgefühls.

Zehn Tage später kam die müde Jagdstreife nach der Akasavastadt und trug ihre Klagen vor.

»Königlicher Gebieter, dieser Bosambo verprügelte uns und brannte uns mit glühenden Eisen. Und wenn wir von unserem König sprachen, schnitt er uns schreckliche Gesichter.«

Das war ein Grund zum Krieg. Aber die Ernte war noch nicht eingebracht. Darum sandte der König seine Ältesten zu Sanders. Es gab ein Palaver, und Sandi fällte sein Urteil.

»Wenn ein Mann in das Lager eines Leoparden geht, soll er dann zu mir kommen und sagen: ›Ich bin gekratzt worden‹? Denn die Leoparden haben ihren Platz, und der Jäger hat seinen Platz. Und wenn ein Mann seine Hand in den Kochtopf steckt, soll er dann das Weib am Feuer töten, weil er sich die Hand verbrannt hat? Es gibt einen Platz für die Hand und einen Platz für das kochende Fleisch. Nun gebe ich euch ein Rätsel auf: Wie kann ein Mann sich verbrennen, wenn er nicht an das Feuer geht? Sorgt, daß kein Akasava im Ochoriwald jagt! Und was den Oberhäuptling Bosambo anlangt, so werde ich ein Palaver mit ihm halten.«

»Gebieter!« bemerkte einer der beleidigten Jäger, »wir schämen uns vor unseren Weibern, denn wir können uns nicht setzen.«

»Dann steht!« antwortete Sanders lakonisch. »Und was eure Weiber anlangt, so sagt ein weises Sprichwort der Akasava: Kein Mann wendet sein Gesicht in die Sonne oder seinen Rücken seinem Weibe zu. Das Palaver ist aus.«

Sanders suchte Bosambo in seiner Hütte auf.

»Bosambo, du sollst weder verstümmeln noch töten. Noch sollst du ein anderes Volk demütigen. Wenn diese Männer in deinem Wald jagten, hast du nicht in ihren Gewässern gefischt? Man erzählt mir, daß du mit deinen Speeren ins Akasavaland gehst, um ihre Wälder vom Wild zu erleichtern. Das ist mein Befehl: Du sollst nicht wieder deren Jagdgründe betreten, solange sie nicht die deinigen betreten.«

»O Ko!« sagte Bosambo traurig, denn das Verbot, das ihm jetzt auferlegt worden war, war das letzte, was er ersehnt hatte.

Bosambo hatte eine Leidenschaft für Wildenten, die es nur in den Akasavamarschen gab, und diese Entbehrung kam ihm schwer an. »Gebieter, ich habe in meinem Herzen bereut, denn ich bin ein Christ genau wie du, und ich bin gut bekannt mit Marki, Luki und Johanni und anderen englischen Lords. Laß meinetwegen die Akasava in meine Wälder kommen, und ich will dafür in ihr Land gehen, um die kleinen Vögel zu fangen. Denn, Gebieter, ich habe diesen Akasavaleuten nicht wehe getan; ich habe sie doch nur zum Scherz gebrannt und geglaubt, sie würden darüber lachen.«

Sanders lachte nicht darüber. »Männer lachen nicht, wenn sie so gebrannt werden«, entgegnete er und weigerte sich, das Verbot aufzuheben.

»Wenn sie zu dir kommen, magst du zu ihnen gehen«, wiederholte er, als er fortging.

Fast drei Monate lang spielte Bosambo den Versucher. Er zog seine Kundschafter aus dem Wald zurück. Er sandte geheime Botschaft zum Akasavakönig und lud ihn zu großen Jagden ein. Er übermittelte ihm Beleidigungen und Drohungen, um alles in dessen Busen zu entfesseln, was zum Krieg führen konnte. Aber der Akasavakönig wies diese Eröffnungen zurück und erwiderte Beleidigung mit Beleidigung. Und Bosambo dachte an Entenbraten und wurde schlechter Laune.

Dann empfing Sanders eines Tages eine Botschaft von einem seiner Kundschafter, die ein wachsames Auge auf das Akasavavolk hatten. Und diese Wachsamkeit war höchst notwendig, denn abgesehen von dem Zwist mit Bosambo, hatte es eine ungewöhnlich gute Ernte gegeben. Und wenn die Ernte groß ist und die Ziegen sich bei den Akasava vermehren, so daß die Leute innerhalb einer Jahreszeit wohlhabend werden und für den Augenblick von dem Druck befreit sind, den gerecht angewandte Besteuerung und die Widerspenstigkeit des Bodens ihnen auferlegen, dann wenden sie ihre Gedanken den Speeren zu und den alten Sagen von Akasavatapferkeit, von denen die Alten erzählen und die jungen Mädchen singen. Und in ihrem Stolz sind sie dann geneigt, sich nach neuen Feinden umzusehen oder alte Zwiste auszugraben. Denn so ist es bei allen Völkern: Glück und Müßiggang sind die Ursachen allen Unheils.

Cala Cala, vor langen Zeiten, hatten die N'gombi, die äußerst geschickte Arbeiter in Eisen waren, eine Bettstelle aus solidem Messing gestohlen, die dem Akasavakönig von einem irregeleiteten Missionar vermacht worden war. Dieser wiederum hatte sie von einem ebenso irregeleiteten Gönner erhalten.

Und diese Bettstelle aus Messing war zwanzig Jahre lang ein Gegenstand der Verehrung und ehrfürchtiger Scheu gewesen. Darauf war die Akasavastadt in einem drei Monate dauernden kleinen Krieg zwischen den Akasava und den N'gombi erstürmt und geplündert worden. Und das Messingbett war quer über den Fluß in die Tiefen des Urwaldes geschleppt worden. Und dort war es unter geschickten N'gombihänden in Gestalt von Gefäßen und Ringen und dünnem Draht von fabelhaftem Wert wieder auferstanden. Denn ein Gegenstand aus Metall übt unwiderstehliche Anziehungskraft auf die Handwerker des Waldes aus – hatte Sanders nicht selbst einen Stahlamboß vom Unterdeck der »Zaire« verloren? Die Geschichte, wie zehn Mann, die dieses Metallgewicht mit sich führten, quer über den Fluß schwammen, ist heute noch eine Legende bei den N'gombi.

Die wahre Stadt dieses Volkes liegt zwei Tagesmärsche weit im Urwald. Und dorthin kamen eines schönen Morgens Boten des Akasavakönigs – vier hochmütige Männer, die Federn in ihrem Haar und Leopardenfelle um die Hüften trugen –, und jeder von ihnen besaß einen neuen Schild und ein Bündel von blitzenden Schlachtspeeren, die die N'gombi mit Kennerblicken beäugten.

»O König, ich sehe dich«, sagte der Führer der Gesandtschaft, ein gewisser M'guru. »Ich komme von eurem Herrn und König, dem Gebieter der Akasava, die, wie ihr wißt, das größte Volk in diesen Ländern sind, und die sogar von Sandi wegen ihrer Tapferkeit und ihres wunderbaren Mutes gefürchtet werden.«

»Ich habe wohl von solchem Volk gehört«, entgegnete der N'gombikönig, »obwohl ich es niemals gesehen habe, außer den Leuten, die Fische speeren und am Flußufer wohnen.«

Diese Worte waren als tödliche Beleidigung beabsichtigt und auch als solche aufgenommen worden. Denn die Akasava sind große Fischesser, und die N'gombi meiden Fische und ziehen Frösche und Schlangen vor, wie die Nachrede behauptet.

»Mein König wird sein Volk hierherbringen, um euch zu sehen«, sagte der Gesandte mit Nachdruck. »Und das wird er sehr bald tun, wenn ihr uns nicht die Bettstelle wiedergebt, die ihr uns vor langer Zeit gestohlen habt und die mein König haben will.«

Der N'gombikönig rauchte eine langstielige Pfeife mit einem winzigen Pfeifenkopf, und der beißende Geruch des Tabaks war eine Beleidigung für die Nase des Akasavaboten.

»Bin ich M'shimba M'shamba, daß ich aus nichts etwas machen kann?« fragte der N'gombi. »Und was eure Bettstelle anlangt, so existiert sie nicht. Noch wird sie jemals wieder da sein. Nimm dieses

Wort zu deinem kleinen Akasavakönig: Ich bin M'shulu M'shulu, der Sohn B'faros, Sohn des M'labo, Sohn des Egoro, der die Akasavastadt in Flammen setzte und das Bett mit sich nahm, das sein war von Rechts wegen. Und daß ich, der Mann, der jetzt spricht, die Akasava treffen werde. Und viele von ihnen werden dann schnell nach Hause laufen. Und die, die laufen werden, werden die Glücklichsten sein, denn sie werden am Leben sein. Das Palaver ist aus.«

Alle diese Nachrichten brachte die Gesandtschaft zu den Akasava zurück. Und die Lokolis rollten, die jungen Männer tanzten Freudentänze, wie junge Männer es tun, wenn der Wahnsinn des Krieges über ein Volk kommt. Und dann, als die geheimen Vorbereitungen getroffen waren und alles in Bereitschaft war, sah ein Akasavamann, der durch den Wald am Flußufer ging, einen Fremden eine Taube in die Luft werfen. Der Fremde wurde gefesselt vor den Akasavakönig gebracht und ein Kriegsrat gehalten.

»O Mann«, redete der König den Gefangenen an, »du bist einer von Sandis Kundschaftern. Und ich glaube, du hast übel von meinem Volk gesprochen. Darum sollst du sterben.«

Der Kanojunge nahm das Urteil mit stoischem Gleichmut auf.

»König, Gebieter«, sagte er, »ich habe einen großen Zauber in meinem kleinen Korb. Laß mich ein Wort zu ihm reden, ehe ich sterbe, und ich werde Gutes über euch zu den Geistern der Berge sprechen.«

Sie brachten ihm den Korb und die Taube, die er enthielt. Er liebkoste sie fünf Minuten lang und keiner sah, wie er ein Schnitzel Papier, kaum eine Daumenlänge groß, in das rote Band um das Bein der Taube steckte. Noch ehe sie gewahr wurden, was vor sich ging, hatte er die Taube in die Luft geworfen. Die flog mit langen stetigen Flügelschlägen und immer weiter werdenden Kreisen höher und höher, bis sie außerhalb der Reichweite der Pfeile war, die die jungen Männer auf sie abschossen.

Sechs junge Krieger schleppten Ali, den Kanojungen, in den Wald. Dort bogen sie einen jungen Baum herunter, befestigten einen Strick an dem Wipfel und das andere Ende des Strickes in einer Schlinge um den Nacken des Spähers. Seine Füße wurden an den Boden gefesselt, so daß er fast bis zum Erdrosseln durch die Spannung des Baumes langgestreckt wurde. Der König selber schlug ihm mit einem krummen N'gombimesser den Kopf ab, und das war das Ende Alis, des Spähers.

Drei Tage vergingen, ehe die letzten Vorbereitungen getroffen waren, und am Morgen des vierten Tages versammelte der Akasavakönig seine Krieger am Ufer des Flusses. Der Strand war schwarz von ihren mit den Kriegsfarben bemalten Kanus, ihre Speere glitzerten wunderbar in der Sonne.

»O Volk«, sprach der König, vor Überheblichkeit dem Wahnsinn nahe, »jetzt werden wir den N'gombi ein Ende machen...«

Seine Rede näherte sich ihrem Ende – denn er war ein berüchtigter Schwätzer –, als der weiße Bug der »Zaire« um den bewaldeten Vorsprung herumschoß, der dem Auge die Krümmung des Flusses verbirgt.

»Das ist wirklicher Krieg!« rief der König, und er hatte kaum ausgesprochen, als ein weißes Rauchwölkchen von dem kleinen Dampfer aufstieg; darauf gab es ein Heulen, eine krachende Explosion, und alles, was vom Akasavakönig übrig blieb, war ein häßlicher blutiger Haufen am Strand – es war ein ungewöhnlich glücklicher Schuß.

Sanders kam mit fünfzig Haussa und vier Maschinengewehren an Land. Es gab keinen Widerstand, und Kofaba, des Königs Neffe, regierte an dessen Statt.

Bei dem Palaver mit dem gesamten Volk erledigte Sanders, wie er hoffte, die Angelegenheit mit dem Messingbett für immer.

»Dieses Messingbett bleibt für immer in meinem Geisterhaus, zusammen mit Zauberju-jus und anderen wunderbaren Dingen. Denn Cala Cala, vor langer Zeit entführte ich es den N'gombi durch Zauberei und brachte es fort, damit es keine Kriege mehr darum geben sollte. Und Tibbetti, der der Hüter des Geisterhauses ist, sieht es jeden Morgen und jeden Abend und liebkost es. Denn es ist einzig in seiner Art in der Welt und bleibt das Eigentum der Akasava. Und kein anderer Stamm, weder die N'gombi noch die Isisi, weder die kleinen Buschmänner noch die Ochori sollen diesen großen Schatz je zu Gesicht bekommen.«

Der wachsame Bosambo, der seine Kriegerscharen in Bereitschaft gehalten hatte, um dazwischenzutreten, entließ diese ärgerlich, als er von der verhältnismäßig friedlichen Beilegung des Streites erfuhr. Bosambo hatte im Traum schon neue Verträge gesehen und die Aufhebung der alten Beschränkungen, und es war eine Enttäuschung für ihn, als er erfahren mußte, daß der Streit so unblutig geendet hatte.

Die Ursache des Zankes war ihm klar und machte eine Zeitlang gar keinen Eindruck auf ihn. Denn Geister und Ju-juzauber und okkulte Geheimnisse jeder Art hatten keinen Platz in seiner nüchternen Denkweise. Er trat in neue Verhandlungen mit dem neuernannten König der Akasava ein und schickte zwei von seinen Ratgebern als Gesandte zu ihm, um ihn zu beglückwünschen. Gleichzeitig ließ er ihm einen großen Sack Salz als Friedensgeschenk übermitteln.

Aber Kofaba erwies sich nicht zugänglicher als sein Vorgänger. »Geht zurück zu Bosambo, eurem kleinen Häuptling«, befahl er mit der Anmaßung des eben zur Würde Gelangten, »und sagt ihm, ich, Kofaba, bin ein Anhänger Sandis und werde Sandis Gebot halten. Und euer Salz ist schlechtes Salz, denn es ist in das Wasser gefallen und hart geworden.«

Das war richtig. Bosambo, der sehr sparsam veranlagt war, behielt diesen Sack Salz als Dauergeschenk. Es war bei den Häuptlingen und Königen Sitte, sich gegenseitig mit Geschenken zu begrüßen, obwohl diese Zeremonie mehr oder weniger nur zum Schein beobachtet wurde, denn das Geschenk wurde fast immer mit höflichem Dank zurückgegeben.

Es ist richtig, daß Bosambo selbst niemals etwas zurückgegeben hatte und daß er diesen Sack klumpigen Salzes zurückhielt, für den Fall, daß irgendein Würdenträger des Landes, der nicht genug Anstand besaß, das angebotene Geschenk zu erwidern, das Salz wirklich annehmen sollte.

Bosambo war erbost über die Botschaft. »Dieser Kofaba scheint mir ein ganz gewöhnlicher Kerl zu sein«, meinte er. »Und nun setzt euch her zum Palaver! Wir wollen große Gedanken aushecken.«

Dieses Palaver dauerte fast vier Tage, und jeder Plan, ein Eindringen in sein Königreich zu provozieren, wurde abgelehnt. Bosambo hätte seine eigenen Wilderer losschicken können, um seine gastronomischen Wünsche zu befriedigen. Aber in ihm mischten sich Gesetzlosigkeit und Gesetzesgehorsam auf eine seltsame Weise, und er würde sich nicht mehr Gedanken darüber gemacht haben, sein Wort Sandi gegenüber zu brechen, als darüber, sein eigenes Weib zu ermorden.

Am vierten Palavertag verfiel er auf eine großartige Idee. Abends schickte er ein Kanu mit sechs Paddlern zur Mündung des Flusses. Denn er erinnerte sich, daß um diese Jahreszeit der Händler Halley zum Fluß zu kommen pflegte.

Eines Tages nach Absendung dieser Mission kam ein verrückter alter Kasten, der das Äußere eines Bootes hatte, das einmal bessere Tage gesehen hatte, langsam die Küste entlanggekrochen. Das Fahrzeug hielt sich nahe am Strand, denn der Schiffer wollte keine Gefahr laufen.

Schute oder Leichter, so etwas was war es einmal gewesen. Das Heckrad, das bei jeder Umdrehung krachte, war augenscheinlich selbst gefertigt und selbst aufmontiert worden. Der Maschinenraum war weiter nichts als ein Baldachin aus rostigem, galvanisiertem Eisen, durch den ein undefinierbares Etwas, das früher einmal eine kleine Hilfsmaschine für eine Dampfwinde gewesen sein mochte, seine schwarze Schnauze steckte. Jetzt war sie die Hauptbewegungskraft des seltsamen Fahrzeuges, das den Namen »Komet« führte.

Mittschiffs befanden sich drei strohgedeckte Hütten, die Schlafräume der »Wachoffiziere«. Vor diesen Hütten spannte sich ein Sonnensegel aus, das eine erhöhte Plattform schützte, auf der ein Mann in einem zerbeulten, ehemals weißen Tropenhelm das Steuerrad handhabte.

Durch ein reines Wunder gelang es dem »Komet«, um die Landzunge herumzukommen und langsam in den Fluß einzulaufen. Gegenüber dem Anlegeplatz der Residenz schlug der Kapitän zweimal einen großen Messinggong, und vier triefende Eingeborene warfen einen Anker über Bord. Der Gong ertönte jetzt dreimal, und die Maschine stoppte. Der Kapitän ging zurück, um einen Blick auf das Manometer zu werfen, wusch seine Hände und zündete sich eine lange, dünne Zigarre an. Dann stieg er in ein Kanu, das für ihn heruntergelassen worden war, und wurde an Land gepaddelt.

Er war groß und mager, und sein Gesicht hatte die Farbe ägyptischer Tonwaren. Er mochte fünfundzwanzig bis fünfunddreißig Jahre alt sein.

Bones stand am Bollwerk und beobachtete das Einlaufen des Fahrzeuges. Das Manövrieren des »Komet« war für ihn von besonderem Interesse.

»Guter Halley, das nette alte Schipp schwimmt noch immer?!«

»Ja, sie schwimmt noch«, gab der andere würdevoll zu.

Er sprach sehr langsam, da er des Englischen entwöhnt war, denn er brauchte es nur sehr selten, obwohl es seine Muttersprache war.

»Mr. Sanders anwesend? Ich möchte die Erlaubnis haben, bis Lobosolo auf der Isisiseite hinaufzugehen. Ich habe was für Bosambo.«

»Was haben Sie für 'ne todbringende Ladung?« fragte Bones.

»Whisky und Maschinengewehre, wie gewöhnlich«, foppte der andere mit noch würdevollerem Ausdruck. »Nächste Reise gedenken wir Kokain und elektrische Pianos einzuführen.«

Halley und Halleys »Komet« waren bekannt von Dakar bis Mossamedes. Er besorgte seinen Handel ganz allein und trotzte den Gefahren der See zu seinem unmittelbaren und persönlichen Vorteil. Mit diesem verrückten Kasten drang er in die Flüsse vor, erforschte unbekannte Ströme und tauschte seine Glasperlen und Spiegel gegen Gummi und Elfenbein und weniger wertvolle Produkte der Eingeborenen ein. Er war stets fair in seinen Handlungen und genoß im Umkreis von Tausenden Quadratmeilen den Ruf eines ehrlichen Mannes.

Sanders bewillkommnete ihn mit einer Herzlichkeit, die er wenigen anderen Händlern entgegenbrachte. Er wußte, daß unter der Ladung des »Komet« keine billigen belgischen Hinterlader verborgen lagen, noch, kunstvoll unter Ballen von Manchesterwaren versteckt, Flaschen unerlaubten synthetischen Genevers. Halley war ein ehrlicher Mann in jedem Sinn und am unbescholtensten in seinen Handlungen den Weibern des Hinterlandes gegenüber.

»Das Land ist ziemlich ruhig und das Volk verhältnismäßig zufrieden«, bemerkte Sanders. »Meiden Sie den Tugesinifluß! Dort grassieren die Pocken... Die N'gombi haben Leoparden in Fallen gefangen. Sie sollten sich einige gut erhaltene Felle sichern.«

Sie schwatzten von den Eingeborenen, von ihren Idiosynkrasien und ihrem eigentümlichen Geschmack, etwa, daß die Akasava niemals Spiegel kauften, und über die besondere Vorliebe des Klein-Isisi-Stammes für Aluminiumbratpfannen.

An diesem Nachmittag setzte der »Komet« unter dem lärmenden Puffen seiner Maschine seine Schneckenfahrt fort.

»Komischer Vogel!« bemerkte Hamilton, der die Abfahrt des Bootes beobachtete. »Ich möchte gern wissen, was er mit den Ochoripaddlern will. Haben Sie die bemerkt, Sir?«

Sanders nickte. »Bosambo hat sie vor einem Monat die Küste hinaufgeschickt. Er ist ein großer Schacherer. Ich möchte gern wissen, was für 'ne Sorte Ladung Halley für unseren Freund hinaufnimmt. Ich hatte auch die Absicht, ihn danach zu fragen.«

Bosambo war der einzige Häuptling des gesamten Gebietes, der Beziehungen zur Außenwelt unterhielt. Er wartete geduldig auf die

Ankunft des »Komet«, und als der Kasten sich um den grünen Schroffen wälzte, der den unteren Bereich des Flusses verbarg, ging Bosambo in seinem Staatsgewand hinunter, um seinen Besuch zu empfangen. Drei Tage lang gab es ein großes Feilschen und Schachern, bei welchem Bosambo auf dem schmutzigen Deck hockte und Halley auf seinem Stuhl saß.

»Effendi«, sagte Bosambo (das war sein Ehrentitel für alle Fremden), »für alles, was ich kaufe, will ich in weißen Mannes Geld bezahlen.«

Halley war damit zufrieden, aber glaubte es nicht. Und als Bosambo ganze Beutel voll klingender Münzen hervorzog, war er angenehm überrascht. Und wenn Halley auch einzelne Stücke aus dem ersten Beutel mit seinen starken weißen Zähnen einer Prüfung unterzog, unterließ er doch diese Probe beim Inhalt des zweiten Beutels.

Halley brachte sein verrücktes Boot um die Mitternachtsstunden an die Flußmündung, und als Bones zum Strand ging, um sein Morgenbad zu nehmen, sah er den »Komet« längs an der Küste kriechen. Das war nichts Ungewöhnliches, denn der Händler hielt sich auf der Rückreise niemals hier auf, außer wenn eine schwere See lief. Aber wie die Umstände lagen, hatte Halley keinen Grund, sich aufzuhalten, da er kein ungewöhnliches Vorkommnis zu berichten hatte.

»Haben Sie jemals nachgedacht, lieber alter Herr, was für 'ne niedliche kleine Eismaschine Sie in diesem alten Einbaum errichten könnten?« fragte Bones, die Arme eingestemmt, vor der grauen Tür des Vorratsschuppens stehend. »Eine Gefriermaschine, lieber alter Ham. Wir könnten sogar Schlittschuhbahn haben.«

»Ich habe oft daran gedacht, daß es hier ein wenig sauberer aussehen könnte«, sagte Hamilton. »Lassen Sie hier ausräumen und kalken Sie die Wände, Bones! Aber um Himmels willen, lassen Sie die Leute das Ankalken besorgen!«

Trotzdem kam Bones am nächsten Tag mit über und über mit Kalk übergossenen Schuhen und einem langen weißen Klecks auf seiner Nase zum Frühstück.

»Was ich sagen wollte, Hamilton, haben wir viel Munition im Vorrat?« fragte Sanders, der sich während des Frühstücks sehr schweigsam verhalten hatte.

»Den vorgeschriebenen Bestand, Sir«, antwortete Hamilton.

»Tausend Patronen pro Mann – warum? Erwarten Sie Unruhen?«

»Nein«, gab Sanders kurz zurück, und Hamilton wußte aus dieser scharfen Antwort, daß des Distriksgouverneurs unheimlicher Instinkt an der Arbeit war.

»Möglich, daß die Kalkmilch in meinem Auge die liebe alte Exzellenz geärgert hat«, erlaubte sich Bones anzudeuten.

»Wahrscheinlich hat es das nicht«, gab Hamilton zurück.

»Ist das mit mir nicht komisch, lieber alter Ham«, begann Bones, aber sein Vorgesetzter befand sich nicht in der Stimmung, das häufig komische Aussehen von Bones, das ihm von Zeit zu Zeit aufgefallen war, einer Besprechung zu unterziehen. Sanders' Unruhe hatte sich ihm selbst mitgeteilt.

Und doch lag kein wahrnehmbarer Grund zur Beunruhigung vor. Nach den Nachrichten, die an die Residenz gelangten, waren Friede und Gedeihen an der Tagesordnung, von einem Ende des Flusses bis zum andern.

Aber Hamilton wie Sanders wußten, daß dieser Zustand unabänderlich die Einleitung zu allen Ausbrüchen und Störungen bildete. Die Schläge, die wirklichen Schläge, zuckten aus wolkenlosem Himmel. Im stillen zog Sanders einen Zustand vor, in dem kleine Zänkereien untereinander die Stämme vollständig beschäftigten. Sie waren nicht imstande, an zwei Dinge zu gleicher Zeit zu denken. »Gestern« war bei ihnen lange her und »morgen« die schleierhafte, geheimnisvolle Zukunft.

Und dann, an einem schläfrigen Nachmittag...

Nach allen Gesetzen des Zufalls und des Durchschnitts hätte Bones eigentlich tot sein müssen. So, wie es war, nieste er, und wenn Bones nieste, dann verfiel sein Körper in sonderbare und fürchterliche Zuckungen. Gewöhnlich nieste er nach vorn, aber diesmal hatte er sein krampfhaft zusammengezogenes Gesicht zum Himmel erhoben und nieste die blauen Wolken an. Und der Pfeil, der seine Kehle verfehlte, traf einen Verandapfosten und blieb dort zitternd stecken.

Leutnant Tibbetts starrte, einen Augenblick verdutzt, das tödliche Geschoß an. Dann stand er fix auf und sprang in seine Hütte. Im Handumdrehen war er wieder draußen, eine Lee-Metford-Jagdbüchse in seiner Hand. Ein Blick nach dem Pfeil zeigte ihm die Richtung. Er kam aus den Baumwollsträuchern auf der gegenüberliegenden Seite des Exerzierplatzes. Bones ging aufs Knie, hielt auf die Bodenlinie und feuerte.

Der Knall des Schusses ließ die Haussawache aus ihrer Hütte stolpern. Aber lange, ehe der Sergeant ihn erreichen konnte, flogen Bones' lange Beine über den Exerzierplatz in der Richtung auf den Wald zu. Er hörte einen Zuruf und sah aus seinem Augenwinkel, wie Hamilton über die Veranda setzte und hinter ihm her rannte. Aber Bones verlangsamte seinen Lauf nicht und brach schon durch das Gebüsch, ehe Hamilton die erste Fenz der Anpflanzung genommen hatte, bis er schließlich, geführt durch gewisse Wehlaute, mit seinem Untergebenen zusammentraf.

Bones stand mit gespreizten Beinen, die Arme in die Seiten gestemmt, da und stierte auf einen sich windenden, tödlich erschrokkenen Mann, der am Boden lag.

Der Mann wies keine bemerkbare Verletzung auf, und Hamilton runzelte fragend die Stirn.

»Kleine Zehe«, stieß Bones kurz hervor, und doch lag gerade in dieser Genauigkeit eine Beimischung von Ärger.

»Und ich hatte auf die große Zehe gezielt«, fügte er später hinzu. »Ich muß diese unartige alte Büchse einmal nachsehen lassen. Ein derartig unheimlicher Irrtum wie dieser sieht mir sonst nicht ähnlich. Sie kennen doch Bones!«

Hamilton überging diese Gesprächseröffnung. »Was ist denn passiert?« fragte er, und in diesem Augenblick kam Sanders durch die Bäume geschritten, ein Jagdgewehr unter dem Arm.

Er hörte zu, als Bones seine Stellung vor der Hütte, seine Beschäftigung, seine Neigung, nach vorn zu niesen und seine Empfindungen, als er den Pfeil sah, genau beschrieb. Er berichtete über seine ersten Gedanken, seine Fixigkeit, seine erstaunliche Geistesgegenwart und seine Schießkunst. Als er geendet hatte, sah Sanders auf den getroffenen Mann.

»Sprich! Warum hast du das getan?«

»Gebieter, das ist mein Geheimnis.«

Sanders betrachtete den Meuchelmörder mit seitwärts geneigtem Kopf unter halb geschlossenen Augenlidern.

»Wenn ich dich aufhänge, was wird dann mit deinem Geheimnis?«

Der Mann gab keine Antwort.

Man legte den Mordkandidaten in Eisen und sperrte ihn in den Wachraum.

»Das verstehe ich nicht«, sagte Sanders unruhig. »Der Kerl ist Akasava. Und die Akasava sind noch niemals hierhergekommen, um eine Mordtat hier auszuführen. Lassen Sie Dampf aufmachen auf der ›Zaire‹ und befehlen Sie Ihren Leuten, sich bereitzuhalten!«

»Vielleicht ein Freund der verflossenen Majestät«, vermutete Hamilton.

Aber Sanders schüttelte den Kopf. »Den Akasava ist ein König so gut wie ein anderer.«

»Aber warum gerade Bones?« fragte Hamilton, und Bones lächelte traurig.

»Vielleicht dämmert es Ihnen, lieber alter Ham, daß der einheimische Eingeborene langsam begreift, wer wichtig ist und wer unbedeutend ist. Er rüttelt jetzt an dem Grundstein der Verwaltung, lieber alter Vogel – nicht, daß ich die Bedeutung unserer gesegneten Exzellenz herabsetzen möchte ...«

»Es ist mir unangenehm, Sie zu enttäuschen«, sagte Sanders mit einem an ihm seltenen Lächeln. »Aber ich glaube kaum, daß es Ihre Bedeutung war, die Sie zum Ziel dieses Angriffs machte ... Sie waren zufällig in der Nähe, und so erwischte es Sie.«

Diesmal hatte Sanders ausnahmsweise nicht recht.

Bones ging an diesem Abend in seine Hütte, nachdem er die lokkere Postenkette, die er aufgestellt hatte, inspiziert hatte, fuhr in seinen Pyjama und ging zu Bett, ohne den geringsten Verdacht, daß sein Anspruch in irgendeiner Weise gerechtfertigt sei. Bones war für gewöhnlich nicht leicht aufzuwecken und pflegte zu schnarchen – eine Gewohnheit, die er eifrigst ableugnete.

Sein Bett hatte seinen Platz in der Mitte einer großen und luftigen Hütte. Zwei große Fenster befanden sich darin, die Tag und Nacht offenstanden, nur daß ein Rahmen mit dünnem Netz eingespannt war, um nachts die Insekten fernzuhalten.

Ein schmerzhaftes Brennen an seinem Handgelenk ließ ihn mit einem Schnauben aufwachen. Er rieb die wunde Stelle und stellte als Ursache Moskitos fest. Die Hütte war voll davon, und er konnte das leise Summen der Insekten hören. Sofort war er aus dem Bett und schlüpfte in seine langen Moskitostiefel.

Ein Blick auf das nächste Fenster enthüllte ihm die Tatsache, daß die Fenstergaze fort war, und gerade als er dorthinsah, bemerkte er gegen das schwache Licht, wie eine Hand sich leise hob und dann ein Kopf.

»Twing!«

Der Pfeil zischte an ihm vorbei, und er hörte den Ton, als das Geschoß das Bett traf.

Bones ging lautlos durch die Hütte und zog die Repetierpistole aus dem Futteral.

Zweimal feuerte er, warf die Tür auf und lief hinaus. Ein Schlachtspeer streifte ihn an der Schulter, und wieder feuerte er. Er sah einen Mann fallen und einen anderen in der Dunkelheit verschwinden. In diesem Augenblick knallte ein Schuß auf der anderen Seite des Vierecks – ein Posten hatte eine fliehende Gestalt gesehen und gefeuert. –

»Ein anderer Akasava«, sagte Sanders, der zuerst den Platz erreichte.

Er drehte die steife Gestalt um, die zusammengeknickt gegen einen Verandapfosten lag. Der zweite Mann zappelte auf dem Exerzierplatz, eine Revolverkugel in der Hüfte, und auch er war ein Akasava – der dritte Mann war entwischt.

Gegen Morgen stieß die »Zaire« in den Fluß. Tag und Nacht dampfte sie vorwärts und hielt nur, um Feuerholz für ihre Kessel aufzunehmen. Die Dörfler sahen sie in der Dunkelheit vorbeikommen. Ein Banner aus glühenden Funken wehte aus ihren beiden Schornsteinen, und die Lokolis schickten die Botschaft durch die Nacht, daß Krieg sei – denn die »Zaire« fuhr niemals des Nachts zwischen den tückischen Sandbänken, wenn nicht die Speere fertig zum Wurf waren.

Die hölzerne Trommel trug die Neuigkeit den Interessierten zu, und zehn Meilen vor Akasava, wo der Fluß sich zusammendrängt, um sich durch einen richtigen Engpaß zu zwängen, fiel eine Wolke von Pfeilen auf das Deck nieder, verwundete einen Soldaten und ging nur durch ein Wunder um Haaresbreite am Steuermann vorbei.

Die »Zaire« stöhnte vorwärts, denn hier läuft der Strom sieben Seemeilen, und während die Scharfschützen den Rand des Schroffens bestreuten, prüfte Sanders die Pfeilspitzen.

»Tetanus, glaube ich«, sagte er und wußte nun, wie ernst die Situation war, denn für gewöhnlich vergifteten die Akasava ihre Pfeilspitzen nicht.

Die Akasavastadt war bis auf Weiber und alte Männer verlassen.

»Gebieter«, berichtete ein zitternder Alter, »Kofaba ist zu den Ochori gegangen, um sein schönes Bett zu holen, das Tibbetti dem

Bosambo gegeben hat.«

»Du bist der Vater von zehn Narren«, entgegnete Sanders bissig, »denn das Bett der Akasava ist in meinem großen Geisterhaus.«

»Gebieter, ein Mann sah das Geisterhaus, und es war leer. Und ein Späher Kofabas hat das wundervolle und glänzende Bett vor der Hütte Bosambos gesehen.«

Die »Zaire« nahm einen neuen Vorrat an Holz und pflügte nordwärts. Nahe der Grenze des Ochorilandes bemerkte Sanders ein Kanu, das flußabwärts paddelte, und steuerte den Dampfer quer zum Fluß.

Im Kanu befand sich ein toter Mann.

»Es ist Kofaba, der König«, sagte der Vormann der Paddler. »Er wurde heute morgen in einem großen Kampf getötet, denn Bosambo wird von vielen Teufeln unterstützt. Wir fahren nach dem Mitteleiland, um Kofaba dort nach unserer Sitte zu begraben.«

Später stieß Sanders auf das Gros der geschlagenen Armee und hielt ihre Kanus auf, nur um ihnen ihre Speere abzunehmen und die Unterführer, die die Führung hatten, gefangenzunehmen.

Und jeder von ihnen erzählte Sanders die Geschichte von Bosambo und dessen Messingbett.

»Ich verstehe das nicht«, sagte Sanders ratlos. »Die Akasava würden doch auf das bloße von Bosambo in Umlauf gesetzte Gerücht, daß er ihr verwünschtes Bett besitze, keinen Krieg anfangen.«

Die Schatten wurden schon länger, als Sanders endlich zur Ochoristadt gelangte. Und so unerwartet war seine Ankunft, daß Bosambo völlig von seinem Kommen überrascht war, als Sanders die Hauptstraße entlangging.

Als er die Hütte des Königs in Sicht bekam, blieb er wie vom Schlag getroffen stehen. Vor der Hütte, umringt von seinem bewundernden Volk, saß Bosambo in vollem Staat. Sein Thron war ein Messingbett, über dessen Gurte Felle ausgebreitet waren.

Es war ein Bett von großer Schönheit. Es hatte vier blitzende Knöpfe, an jeder Ecke einen. Und am Kopfende waren schimmernde Medaillen angebracht, die das Licht der untergehenden Sonne auffingen und es in tausend leuchtenden Strahlen zurücksandten.

»O Bosambo, ich sehe dich!« begann Sanders, und der große Mann strampelte mit den Füßen.

»Gebieter«, antwortete er hastig, »diese Akasavaleute sind Diebe, denn sie kamen mit ihren Speeren in mein Land, um mir mein schönes Bett zu stehlen.«

»Das bemerke ich«, sagte Sanders grimmig. »Aber nun wirst du deinen Leuten sagen, daß sie dein Bett an Bord meines Schiffes bringen. Denn du hast den Akasava doch gesagt, daß du dieses Bett durch Zauber aus meinem Geisterhaus entführt hast.«

Die Aufregung Bosambos war zum Erbarmen.

»Gebieter, das habe ich ihnen im Scherz erzählt. Aber das Bett hier habe ich von Halli gekauft! Und, Gebieter, ich habe ein Vermögen dafür geopfert! Ich habe mit richtigen Silberdollars dafür bezahlt, die ich mir erspart hatte.«

»Du kannst ja dein Geld zurückhaben«, antwortete Sanders, und Bosambos Augen leuchteten auf, »denn wenn du ein Bett durch Zauber nehmen kannst, dann kannst du ja auch Geld durch Zauber nehmen.«

Bosambo breitete seine Hände in Resignation aus.

»Es steht geschrieben!« bemerkte er.

Er war ein guter Mohammedaner, und die meisten der von ihm bezahlten Silberdollars waren von zweifelhaftem Wert.

Mr. Halley entdeckte das später.

## *Ein Hundeliebhaber*

Der Postdampfer kam in Sicht, hatte einen Briefsack heruntergelassen und war bald nur noch eine Rauchfahne am Horizont. Sanders sortierte die Privatpost, indem er die Briefe neben jeden Teller auf den Frühstückstisch legte. Hauptmann Hamilton hatte drei Briefe gelesen, eine Abrechnung studiert und das Rundschreiben eines irregeführten Renntipgebers (dieses war von Hamiltons Rennklub geschickt worden). Er war gerade dabei, einen der Briefe zum zweiten Male zu lesen, als Sanders fragte: »Wo in aller Welt bleibt Bones?«

»Bones, Sir?« Hamilton sah fast gekränkt auf den leeren Stuhl.

»Sonderbar!« sagte Sanders. »Für gewöhnlich wartet er schon an der Schwelle auf die Post. Gerade jetzt lernt er Buchhaltung durch brieflichen Unterricht, und das macht ihn geweckter.«

Leutnant Tibbetts, bei allen und jedermann, von Seiner Exzellenz angefangen bis herunter zum letzten Distriktsbeamten, unter dem Namen »Bones« bekannt, nahm schriftliche Unterrichtskurse, wie ein Hypochonder Medizin nimmt. Diese schriftlichen Unterrichtskurse waren meistens amerikanischen Ursprungs, und sie gingen von Instituten aus, die, obwohl sie nur ein kleines Zimmer im neunzehnten Stock eines großen Gebäudes innehatten, nicht zögerten, Abbildungen des ganzen wichtigen Gebäudes auf ihren Briefbogen zu bringen. Sie verliehen auch Diplome und Titel, die imponierend und großartig waren. So wurde Bones nach drei Jahren wütenden Studierens Doktor juris (Universität von Tuxedo), Magister der Wissenschaft (der Universität Ippikosh), Mitglied der Eingeschriebenen Genossenschaft der Architekten (von Elma, Illinois) und Meister der Dramatischen und Kino-Kunst (von Spicys College der Dramaturgie, Sacramento, Kalifornien).

»Kann sein«, meinte Hamilton nachdenklich, »dieser Buchhaltungskurs wird ihm das Addieren beibringen. Die letzten Abrechnungen, die wir an das Government schickten, wurden uns zweimal zurückgeschickt, weil Bones die Hunderter mit den Tausendern verwechselte.«

»Ham, Ham! Lieber alter Offizier!«

Leutnant Tibbetts' Stimme, abwechselnd schrill vor Aufregung und heiser vor Stolz, wurde draußen hörbar. Hamilton erhob sich und ging zur Tür. Sanders folgte.

Bones stand vor den breiten Stufen, eine eckige Gestalt in Weiß, sein großer Tropenhelm aus seiner Stirn, über die der Schweiß in Strömen rann, nach hinten geschoben, einen mageren Arm steif ausgestreckt.

»Bockender Moses!« keuchte Hamilton. »Wo haben Sie den her?«

Die größte und häßlichste Bulldogge, die er je gesehen hatte, zerrte und riß an einer Leine, die Bones mehrfach um seine Hand gewickelt hatte. Der Hund war weiß, ausgenommen einen schwarzen Fleck, der quer über sein Gesicht lief. Seine Zähne lagen bloß, seine Vorderbeine hatte er entschlossen hingepflanzt, und der Stumpf seiner Rute zitterte ekstatisch.

»Gekauft, alter Junge! Wurde mir von 'nem netten alten Freund rausgesandt. Ah, schlimmer, unartiger Hektor!«

Hektor war plötzlich herumgesprungen, als ob er Bones annehmen wolle, die Lefzen über die Zähne zurückgezogen, ein sonderbares grünes Licht in den Augen.

»Hektor, Hektor!« tadelte Bones. »Ungezogener, ungezogener alter Wau-Wau! Ja, das bist du! Bist ein ungezogener alter Wau-Wau!«

Der ungezogene alte Wau-wau brach in drohendes Gebell aus.

»Nu, nu!« redete Bones und bückte sich, um den kugelrunden Kopf zu streicheln. Hektor verfolgte das Näherkommen der Hand mit argwöhnischen Blicken und mit Zweifel, schien sich aber die Liebkosung gefallen lassen zu wollen.

Dann: schnapp!

Bones fuhr mit einem gellenden Schrei zurück. »Ungezogen! Ungezogen!« quakte er. »Du schlechter, ungezogener, wilder Junge! Uff! Ich schäme mich über dich!«

Hektor entblößte seine Zähne und schien sich zum Ansprung fertigzumachen.

»Sie können doch nicht annehmen, lieber alter Ham«, sagte der stolze Eigentümer strahlend, aber doch in achtungsvoller Entfernung von dem Hund, »daß ein wilder alter Kerl wie Hektor so sanft wie ein hübsches junges Baby sein würde?«

»Ich werde mich hüten. Was wollen Sie denn mit ihm anfangen?« fragte Hamilton.

»Ihn trainieren. In drei Monaten wird Hektor meinen Spazierstock tragen und Männchen machen. Auf, Hektor! Sehen Sie, Ham! Wundervolle Intelligenz, lieber Ham! Da, sehen Sie, wie er auf den Hinterbeinen steht, lieber alter Herr? In fünf Minuten beigebracht! Hoch, Hektor!«

Bones schnappte eifrigst mit den Fingern über dem Kopf der jungen Bulldogge, aber Hektor schielte nur nach ihm und stellte im Geist eine Kalkulation auf, ob er wohl die Finger erwischen könne, wenn er danach springe. Zögernd entschied er, daß ihm das nicht möglich sei. Müde schloß er seine Augen.

Hamilton betrachtete den Hund. »Ich an Ihrer Stelle würde ihn nicht ›Hektor‹ nennen, Bones. ›Helena von Troja‹ würde angemessener sein.«

Bones sperrte den Mund auf.

»Ist er eine *Sie*, liebes altes Ding? Wahrhaftig, er ist eine Sie. He, Helena! Hoch mit dir, Helena!«

Aber nicht einmal ihr verändertes Geschlecht beeinflußte die dösende Helena, und schließlich band Bones sie am Verandageländer fest und ging ins Zimmer, um zu frühstücken.

»Ich habe mir ihn als eine Überraschung für Sie gedacht, lieber Ham! Ihr Geburtstag kommt allmählich ran – wie doch die lieben alten Jahre schnell vergehen!«

»Wenn Sie meinen, daß Sie mir das wilde Viech aufhalsen...! Überlegen Sie sich das noch einmal!« sagte Hamilton bestimmt. »Mein Geburtstag wurde, wie Sie wissen, vor zwei Monaten gefeiert.«

»Aber das Weihnachtsfest naht«, plädierte Bones. »Sie werden doch nicht den lieben heiligen Nikolaus übergehen, Ham?«

Sanders, der bis dahin den schweigenden und vergnügten Beobachter gespielt hatte, legte sich ins Mittel. »Beiläufig, Bones, die heutige Ankunft Ihrer vierbeinigen Freundin ist ein merkwürdiges Zusammentreffen. Ich würde Helena eingesperrt halten, solange Fobolo hier ist.«

Vom Großen Fluß zweigt ein Seitenarm ab, der so klein und so von Winden und Elefantengras verdeckt ist, daß nur wenige Menschen das Geheimnis seines Laufes kennen. Deshalb führt er den Namen: »Kein-Fluß-Ein-Fluß« oder verständlicher »N'ba«, das ist eine Abkürzung der Worte: »Der Fluß, den die N'gombi fanden und den die Isisi verloren haben.« Das ist der Ausdruck eines Vorwurfs. Denn die Isisi sind ein Flußvolk. Und die N'gombi sind ein Waldvolk und in allem, was Wasser anbetrifft, so unerfahren, daß sie, wenn sie ins Wasser fallen, Laute von sich geben, die sich wie »Gluck, Gluck« anhören, und ertrinken.

Cala Cala, vor langer Zeit, als Leutnant Tibbetts verhältnismäßig noch Neuling am Fluß war, wohnte am Ende jenes Flusses, der ein verborgenes Dasein führte, und an der Stelle, wo der Große See in ihn abläuft, ein Mann namens Fobolo. Ein Mann, der viele Hütten und viele Weiber hatte und zweiundzwanzig unerwachsene Kinder. Von allen N'gombileuten war er der geachtetste und gefürchtetste, denn sein Vater Kulaba war ein weiser Mann und sehr erfahren im Gebrauch von Giften. Und viele unbequeme Leute lagen in seichten Gräben auf den Inseln und beunruhigten niemand mehr, weil sie von den bitteren Speisen aßen, die sie aus ihrer Weiber Hände empfangen hatten. Sie hatten gegessen und waren gestorben, und ihre Weiber hatten ihre Lenden mit grünen Blättern gegürtet und waren feierlich im Totentanz durch das Dorf gestampft und einherstolziert.

Kulaba wurde reich und lehrte seinen Sohn Fobolo seine Geheimnisse, wie man zum Beispiel eine gewisse blaue Blume kochte und die Tropfen, die durch den Dampf entstanden, sammelte, und wie man die Knolle eines häßlichen Unkrauts zerquetschte und dessen Saft gebrauchte – und andere Dinge mehr.

Fobolo horchte aufmerksam zu, und eines Nachts ging er in den Wald und fand ein kleines, blühendes Kraut, das einen starken und unangenehmen Duft hatte. Er sammelte dessen Blüten und kochte sie so lange, bis alles Wasser verdampft war. Dann nahm er den Brei und formte daraus ein kleines Kügelchen. In dieser Nacht bekam sein Vater Magenschmerzen und starb. Und Fobolo nahm allen Reichtum seines Vaters und dessen jüngere Weiber und zog zum Seeufer, um den Lohn seines Versuches zu genießen. Dabei pries er die ganze Zeit über die Weisheit seines Vaters, der gesagt hatte: »Das Unkraut, das Blüten trägt, ist Tod Mongo.« Auf diese Weise wurde Fobolo im Lande mächtiger als Häuptlinge und Älteste, und sogar kleine Könige kamen heimlich zu ihm und nahmen die Erzeugnisse mit sich, die er zusammenbraute. Denn Könige haben Feinde.

Um Fobolos Hütte herum entstanden die Hütten seiner Verwandten und die von vereinzelten Fischern, die zu keinem Dorf gehörten.

Fobolo war mager und lang, und er war habsüchtig. Reichtum erzeugte in ihm den Wunsch nach neuen Reichtümern. Obwohl seine tief ausgeschachteten Vorratsräume mit Elfenbein und Gummi gefüllt waren und obwohl sich unter dem Boden seiner Hütte Tausende von Messingstangen befanden, war er stets auf der Suche nach neuen Mitteln, um reicher zu werden.

An einem klaren Morgen, als nur die Sterne am Himmel standen, trat ein Weib mit einer Decke um die Schultern aus dem Haus des Akasavakönigs zusammenschauernd ins Freie. Sie kniete vor einem niedergebrannten Feuer nieder und blies in die Asche, bis sich die Luft um sie herum mit grauen Flocken füllte. Und als sie das Feuer zu richtiger Glut entfacht hatte, setzte sie einen Topf darauf und füllte ihn mit Wasser und Korn. Darauf ging sie, um des Königs Hunde zu füttern. Sie grüßten sie heute nicht mit ihrem dünnen Gekläff, noch rissen sie wütend an ihrem Graswandzwinger, wie sie sonst taten, wenn sie sie kommen hörten. Befremdendes und beunruhigendes Schweigen herrschte im Zwinger. Als sie in den leeren Raum starrte, erloschen eben die Sterne am Firmament, und die

Sonne schoß herauf, und im Tageslicht sah sie: Die Hunde waren fort. Hustend und stöhnend vor Schreck ging sie ins Königshaus.

»O schändliches und häßliches Weib!« rief der König, der nakkend und blinzelnd im Tageslicht stand. »Habe ich dir nicht meine schönen Hunde anvertraut, und nun sind sie fort?!«

»Gebieter«, wimmerte das Weib, »letzte Nacht habe ich ihnen noch Wasser und getrockneten Fisch gegeben, und sie waren glücklich. Einer hat mir noch die Zunge herausgestreckt, und alle haben ihren Schweif von einer Seite nach der anderen bewegt, wie es Hunde tun, wenn sie reden wollen.«

Zehn Minuten später heulte ein arg verprügeltes Weib ihr Elend hinaus, und die Lokolis der Stadt rasselten die Kunde von dem großen Diebstahl in die Luft.

Es schien, daß N'kema, der König, nicht der einzige Geschädigte war. Denn der Häuptling des Isisidorfes, das am gegenüberliegenden Ufer des Flusses lag, kam wütend zum Akasavaufer gepaddelt und stapfte zum König.

»Gebieter, Sorge herrscht in meinem Magen, daß ich dir das sagen muß. Vergangene Nacht kamen deine jungen Leute in mein Dorf und stahlen mir zwei schöne, fette Hunde, die ich mir für die Hochzeit meines eigenen Sohnes aufgespart hatte. Und diese Hunde waren jeder vier bis fünf Säcke Salz wert.«

Heftig lehnte der König die Anklage ab: »Es scheint, kleiner Häuptling, daß du mir vorlügst, deine eigenen Hunde seien gestohlen, nachdem du mir meine Hunde gestohlen hast. Wenn ich zu Zeiten meines Vaters und vor der Ankunft Sandis gelebt hätte, würde ich dir die Zunge herausschneiden und deinen Leib den Geistern hinwerfen. Aber nun werde ich zu Sandi gehen und es ihm sagen. Und er soll dir eiserne Ringe und Ketten an die Beine legen, wie das nach seinem Gesetz ist.«

Sanders war um diese Zeit auf einer Inspektionsreise mit der »Zaire« begriffen. Sie gingen zu ihm und mit ihnen vier kleinere Häuptlinge der Nachbarschaft, die geschädigt waren. Sie erhielten wenig Trost.

Einige Monate später wurde das jüngste Weib N'kemas von seiner Lieblingstochter Militi, die wie des Königs Augapfel behütet wurde, gesehen. N'kemas Weib sprach gerade im Urwald zu ihrem Liebhaber. Militi brachte diese Nachricht ihrem Vater, denn sie haßte das Weib, das Militis Mutter als Favoritin abgelöst hatte.

»Dein jüngstes Weib hat einen sehr gutmütigen Mann«, sagte sie und erzählte ihrem Vater alles.

N'kema nahm sein jüngstes Weib beim Genick und verprügelte sie mit einem Streifen Flußpferdhaut. Das schmerzt.

Während er auf einem Jagdausflug abwesend war, fand das Weib ihren Weg durch den verborgenen Fluß und gelangte in Fobolos Dorf.

»Ich sehe dich, Weib N'kemas, des Königs!« begrüßte Fobolo sie, der am Ufer stand, als sie landete.

»Ich sehe dich, Fobolo. Ich habe ein Rätsel für dich.«

»Kein Mensch weiß Rätsel besser zu lösen als ich«, erwiderte Fobolo. »Erzähle es mir, und ich will dir eine Antwort darauf geben.«

»Wenn eine junge Leopardin mit ihren Krallen kratzt«, sagte das Weib und verriet ihm ihr Geheimnis, »mußt du dann warten, bis die Kratzer geheilt sind, und dann hingehen, um wieder gekratzt zu werden?«

»Meine Antwort auf dein Rätsel ist die«, antwortete Fobolo, der solche Rätsel schon früher gelöst hatte, »daß man besser täte, den Leoparden zu töten, denn dann kratzt er nicht mehr.«

Der kratzende Leopard war ein gemeinverständliches Bild in einem Land, in dem die Gunst der Männer durch Messingringe bezeugt und ihr Mißfallen tief auf den Schultern ihrer Weiber eingekerbt wird.

Während Fobolo in sein Haus ging, wanderte das Weib längs des Ufers. Und sie kam schließlich an einen Verhau auf dem bewaldeten Vorgebirge, in dem sich viele Hunde befanden. Zumindest zwei von ihnen erkannte sie wieder.

Sie ging zum Strand vor Fobolos Hütte zurück. Nach einer Weile kam er mit leeren Händen zu ihr heraus.

»Weib«, meinte er, »ich denke so. Kleine Leoparden können sterben, und niemand fragt danach. Aber wenn der Leopard groß ist, dann wird jeder reden und sagen: ›Letzte Nacht war dieser Leopard am Leben, heute ist er tot.‹ Und dann kommt Sandi, und dann gibt's ein Palaver. Und vielleicht ein Weib, das redet. Und Fobolos Hütte wird brennen und er selber ein Geist zwischen den Bäumen sein.«

Schamlos behielt er das Geschenk, das sie ihm gebracht hatte.

Das Weib des Königs ging krank vor Furcht nach Hause zurück. Und in der Nacht, in der ihr Mann zurückkehrte, erzählte sie ihm eine Lüge.

»Gebieter, heute ging ich fischend durch den Fluß, den die N'gombi entdeckten. Und dort sah ich Fobolo mit vielen Hunden. Und von diesen waren zwei, die so aussahen wie dein fetter Hund Cheepi, den du so liebtest.«

Das größte Pech für alle Beteiligten war, daß Bosambo, der Oberhäuptling der Ochori, sich in den Kopf gesetzt hatte, ausgerechnet in diesem Augenblick dem König der Isisi eine Staatsvisite zu machen. N'kema war mit zwei Kriegskanus abgefahren und unterwegs, um seine gestohlenen Hunde wiederzuerlangen, als Bosambos Flottille um die Flußmündung herum in Sicht kam. Bosambo hatte fünfzig Speerleute mit sich, denn der Häuptling der Ochori war durchaus nicht gewiß, daß die Einladung, die der Isisikönig auf ihn ausgedehnt hatte, gänzlich uneigennützig war.

Beim Anblick von Bosambos bemalten Kanus hielten N'kema und dessen Leute mit Paddeln inne, denn Bosambo war berüchtigt als eine Kreatur Sandis. Und es war ausschlaggebend für N'kemas seelischen Frieden, daß seine Angelegenheit mit dem Hundedieb ohne jedes Aufsehen erledigt wurde.

Er hatte gehofft, die Kanus würden vorbeifahren, aber Bosambo besaß sehr scharfe Augen.

»Ich sehe dich, N'kema!« platzte er los, als sein Kanu längsseit des anderen glitt. »Ist eigentlich Krieg in diesem Land oder Frieden, daß du mit deinen jungen Speermännern losgehst?«

»Bosambo, ich kam heraus, um dich zu treffen, denn, wie du weißt, liebt dich das Akasavavolk. Und außerdem gehe ich zum Großen See, um zu fischen.«

»Es scheint mir«, antwortete Bosambo, »ich sehe viele Schilde auf dem Boden deiner Kanus. Nun sage mir, N'kema, fischen die Menschen mit Schilden?«

N'kema, dem die natürliche Anlage zum Lügen fehlte, sprach darauf freimütig von dem Schimpf, den man ihm angetan hatte, und von seinem Verlangen, Gerechtigkeit an dem Räuber zu üben.

»Ich werde mir sofort diesen Fobolo ansehen. Und verlaß dich darauf, daß Gerechtigkeit geübt werden soll, denn, wie du weißt, essen wir Ochorileute keine Hunde. Darum ist es sicher, daß wir alle Hunde abliefern, die wir vorfinden.«

N'kema wußte, daß das seine Richtigkeit hatte. Denn aus irgendeinem ungewöhnlichen Grund war Hundefleisch für die Süd-Ochori tabu.

»Aber, Bosambo, wie willst du wissen, welches meine Hunde sind, wenn ich nicht dabei bin, um sie mit Koseworten heranzurufen, und um dir zu sagen, dieser Hund ist mein und dieser ist nicht mein?«

»Und wenn du behauptest, daß alle Hunde dein Eigentum seien, wie weiß ich, daß du die Wahrheit sprichst? N'kema, ich werde allein gehen und ein Palaver halten. Und schließlich wird Nachricht an Sanders gesandt werden, der über alles wie Gott selber Gericht hält.«

Bosambo, der eine ganz erstaunliche Kenntnis des Landes hatte, fand den Kleinen Fluß ohne Schwierigkeit, und um die Mittagsstunde, als Fobolo im Schatten seiner Hütte schlief, kam Bosambo zu ihm.

Darauf gab es ein langes Palaver.

Eine Brieftaube hatte zu Sanders einen abgekürzten Bericht über Bosambos summarisches Gerichtsverfahren getragen. Später kam Fobolo selbst aufgeregt mit einer Menge Klagen. Im heißen Sonnenlicht vor dem Bezirksamt kauernd, erzählte er seine Geschichte.

»Gebieter, dieser Bosambo kam und machte ein langes Palaver. Und sagte viele üble Dinge gegen mich.«

»Was für üble Dinge? Erzähle mir alles, Fobolo!« befahl Sanders.

»Gebieter, er nannte mich einen Hundedieb und einen Hundefresser. Und das war töricht, denn, wie du weißt, Gebieter, essen alle richtigen Männer Hundefleisch. Und dann, Gebieter, als das Palaver beendet war, begab Bosambo sich an einen gewissen Ort am Wasser, wo ich alle meine Hunde halte, und nahm sie alle mit sich. Und Gebieter, sie saßen in Bosambos Kanu und machten einen höchst traurigen Spektakel.«

Sanders hatte sein Kinn auf die Hand gestützt und sann einen Augenblick nach. Darauf hub er an: »Nun hör zu, Fobolo! Wegen dieser Hunde werde ich ein Buch an Bosambo senden, und er wird mir sagen, wo sie hingekommen sind. Nachher wirst du mir sagen, woher du sie hast.«

»Gebieter«, protestierte der Schwarze, »sie sind mein wohlerworbenes Eigentum. Ich hatte sie schon, als sie noch ganz klein waren...«

»Das wird sich herausstellen«, antwortete Sanders. »Nun noch etwas, Fobolo! Eigentümliche Geschichten höre ich vom Ober-Fluß: von Männern, die überraschend schnell und ohne sichtliche

Ursache sterben. Und meine Späher berichten mir von Weibern, die im geheimen, in der Stille der Nacht, zu dir kommen und mit kleinen Kürbisfläschchen, die den Tod enthalten, von dir scheiden. Sage mir, Fobolo, wie hoch waren die Bäume eigentlich bei dir da oben am Ufer des Großen Sees?«

Fobolo schauerte. »Gebieter, sie sind zu hoch für mich«, antwortete er heiser.

»Aber nicht so hoch, daß nicht einer meiner Soldaten sie erklimmen und an einem Ast einen Strick befestigen könnte, an dem ein Mann aufgehängt werden kann«, entgegnete Sanders bedeutungsvoll. »Mir scheint, Fobolo, deine Tage sind gezählt.«

In dieser Nacht saß Fobolo mit seinen Begleitern an dem Platz am Rande des Waldes nahe der Residenz, der für die Aufnahme solcher Gäste wie er bestimmt war. Am Morgen war er fort.

Das Verschwinden Helenas wurde erst bei Tagesanbruch bemerkt.

Bones hatte eine Hundehütte von ganz besonders sinnreicher Art konstruiert. Es war eine genaue Wiedergabe seiner eigenen Hütte, mit Verandastützen und Strohdach. Bones hatte sie mit Hilfe der halben Garnison angefertigt und hatte den Fußboden des Innenraumes mit einer dicken Lage von einheimischem Gras bedeckt. Und Helena schien zufriedengestellt und keinen anderen Wunsch zu haben, als zu schlafen.

Sie war an einen dicken Lederriemen gelegt worden, und dieser wiederum war an einem der Verandapfosten befestigt. Dort hatte Bones Helena mit einem großen Knochen und einer Schüssel voll Wasser zurückgelassen; sie war anscheinend mit ihrem Schicksal versöhnt und richtete die Gedanken auf den kommenden Morgen. Und am Morgen war sie fort.

»Nur ein Geistesschwacher würde eine Bulldogge an einer ledernen Leine befestigt haben«, bemerkte Hamilton. »Natürlich hat sie sie durchgebissen.«

»Aber liebes altes Geschöpf«, antwortete Bones trübe, »sie war so vollkommen glücklich, als ich ihr gute Nacht sagte. Und sie sah in meine Augen mit einer Art ergebenem, glücklichen Blick und trollte sich ohne ein Wort.«

»Mir kommen gleich die Tränen«, bemerkte Hamilton. »Und nun hat sie sich wieder ohne ein Wort getrollt. Wahrscheinlich werden Sie sie im Busch finden.«

Nachforschungen, die von der gesamten Bevölkerung angestellt wurden, erbrachten keine Spur des Flüchtlings. Bones fand nichts Greifbareres als einen seiner Morgenschuhe in der finsteren Ecke der Hundehütte. Der Schuh war halb aufgefressen.

Sonderbar genug, fiel es niemandem ein, das Verschwinden Helenas mit Fobolo in Verbindung zu bringen. Und von den Kundschaftern Sanders' kam kein Wort.

Drei Monate später rief Fobolo seine Verwandten zusammen und sprach zu ihnen.

»Ihr wißt, daß ich reich bin. Sogar Sandi, der Bosambo hierhergeschickt hat, um mir meine Hunde zu nehmen, die Bosambo an die Isisihäuptlinge verkauft hat, beneidet mich. Und nun höre ich, daß Sandi mit seinen Soldaten heraufkommt wegen des Todes eines gewissen Mannes, der von seinem Weib vergiftet worden ist. Jetzt muß ich mich schnell aus dem Staube machen, sonst hänge ich. Denn das betreffende Weib wurde vom König der Akasava der Feuerfolter unterworfen, und sie gestand, daß sie das Gift von mir hatte und daß sie mir tausend Messingmatakos dafür gegeben habe. Und das ist wahr, daß sie mir sagte, das Gift sei für den Leoparden, der in ihren Garten eindrang und sie mit seinen Krallen verwundet hatte. Aber da N'kema mich haßt, hat er Sandi Nachricht geschickt, und länger zu weilen wäre Torheit. Heute nacht werden wir in den Urwald gehen, alle unsere Weiber und Schätze mit uns nehmen und den Hund mit dem schönen Gesicht, den ich in Sandis Garten fand. Wir werden auch Militi mit uns nehmen, die Lieblingstochter des Königs und das schönste Weib im ganzen Land. Und sie soll vor uns tanzen, und der König wird traurig sein.«

In dieser Nacht, als die »Zaire« ihren Weg zwischen den Sandbänken hindurch pflügte und weniger als zehn Seemeilen von der Akasavastadt entfernt war, landete Fobolo mit seinen Angehörigen lautlos am Ufer. Und nachdem er die Wache vor der Hütte der Königstochter erschlagen hatte, schleppte er diese mit sich fort und kam zu dem Dorf am See.

»Nun, Weib, kannst du schreien. Aber keiner wird dich hören«, sagte Fobolo.

Das Mädchen, Gegenstand einigen Interesses von Fobolos Weibern, lag stöhnend am Boden. Sie war mehr tot als lebendig, denn Fobolo hatte sie gewürgt, bis sie schwieg, als er sie fortschleppte.

Seine Verwandten und Angehörigen waren fertig zum Abmarsch. Sie hatten ihre Kochtöpfe auf ihren Schultern, ihre jungen Ziegen und Hunde an den Leinen, und jeder von ihnen trug irgend etwas von seinen liebsten Habseligkeiten. Fobolo ging zu dem kleinen Kral auf der Landzunge und öffnete die Grastür.

»Komm, meine Hübsche!« sagte er.

Helena öffnete ihre Augen und blinzelte ins Licht. Dann streckte sie ihre Vorder- und Hinterläufe und gähnte. Drei Monate lang hatte sie in diesem geräumigen Pferch zugebracht, hatte sich von Zeit zu Zeit hinausgetrollt, um das Dorf zu besichtigen, und hatte nicht ein einziges Mal in all dieser Zeit auch nur die leiseste Andeutung über ihren wahren Charakter gemacht. Helena erschien Fobolo nichts weiter als ein Durchschnittshund, der einmal ein ausgezeichnetes Hauptgericht bei einem Fest abgeben würde. Und Helena hatte diese Vorstellung genährt, denn sie hatte sich nur auf Fressen und Schlafen beschränkt. Und da nach Eingeborenensitte sie niemand darin gestört hatte, war auch sie niemand zu nahe gekommen. Gehorsam und sanft trabte sie auf Fobolos Fersen zurück zur Dorfstraße, auf der die Träger warteten. Das Mädchen saß zusammengekauert am Boden, hatte ihre Knie umschlungen und verbarg ihr Gesicht.

»Komm, Weib«, befahl Fobolo, »denn du wirst einen langen Marsch machen müssen, ehe du schlafen darfst.«

So weit war er gekommen, als seine scharfen Ohren das Rasseln einer entfernten Sprechtrommel vernahmen. Nun pflegen Lokolis eigentlich in der Nacht zu sprechen und am frühen Morgen, wenn die Luft am stillsten ist und der Laut am weitesten wandert. Fobolo neigte seinen Kopf und lauschte. Plötzlich stieß er einen langen, klagenden Seufzer aus.

»Sandi ist unterwegs! Besser, wir machen, daß wir fortkommen.« In seiner Hand hatte er einen langen, biegsamen Lederriemen. Hart ließ er diesen jetzt auf die nackten Schultern des Mädchens fallen und riß sie auf die Füße. »Vorwärts!« herrschte er sie an.

In diesem Augenblick begann Helana ein ernsthaftes Interesse an den Vorgängen zu nehmen. Bei dem Schrei, den das Mädchen ausstieß, gab der Hund ein leises Knurren von sich. Und als ob die Wildheit, die in seiner eigenen Sprache lag, ihn dazu ermutigt hätte, wurde aus diesem Knurren ein Bellen, wie Fobolo desgleichen noch nie zuvor gehört hatte. Die gemästeten einheimischen Hunde blickten mit Schrecken auf Helena. Dieses Bellen hatte eine prähistorische Erinnerung in ihnen geweckt, und sie brachen als Antwort in ein wildes Heulen aus.

»Hund«, befahl Fobolo, »sei still!«

Hoch schwang der Riemen und fiel klatschend auf Helena nieder. Fobolo kannte nur eine Sorte Hunde: Hunde, die aufwimmerten und flohen, wenn sie geschlagen wurden.

Aber Helena tat keins von beiden. Sie stand, massiv, regungslos, mit wild stierendem Blick; die Lefzen über die Zähne heraufgezogen, in schweigend bissigem Hohn.

»Los!« befahl Fobolo.

Und dann sprang etwas, das etwa zwanzig Pfund schwer war, auf ihn zu. Er schlug es mit dem Bündel Speere nieder, das er in seinem Schildarm trug, aber der dadurch erzielte Aufschub dauerte nur einen Augenblick.

Als die »Zaire« ihre Nase durch das letzte Hindernis von Schlingpflanzen schob und das offene Wasser des Sees erreichte, sah Sanders eine Gestalt längs des sandigen Seeufers laufen. Der Mensch lief in einer Hast, die sofort auffiel und den Distriktsgouverneur stutzen ließ. Hinter der fliehenden Gestalt setzte ein kleiner weißer Punkt in Sprüngen her.

»Was ist das, Bones?«

Bones stellte sein Fernglas ein. »Sieht mir aus wie ein laufender Mann, Sir.«

In diesem Augenblick erblickte der fliehende Eingeborene die »Zaire«. Er wandte sich um, sprang ins Wasser und schwamm in wahnsinniger Hast auf das Fahrzeug zu. Hinter ihm tauchte ein plumper Kopf aus dem Wasser und, in kurzer Entfernung davon, der weiße Stumpen eines Schweifes.

Man holte die beiden gleichzeitig an Bord. Das erwies sich als notwendig, da Helena sich in dem Hüfttuch des Mannes verbissen hatte und nicht abzuschütteln war.

»Hunde kenne ich«, jappte Fobolo. »Die Menschen essen sie. Aber es ist nicht richtig, daß Hunde Menschen essen sollten. Ich glaube, sie ist ein Satan. Da ich ein weiser Mann bin, habe ich auch Teufel gesehen, aber einen wie diesen? Nein!«

»Mann«, antwortete Sanders, »es gibt auch noch andere Teufel. Und wenn ich in deinem Dorf Militi, die Tochter N'kemas, finden sollte, dann wirst du heute nacht bei den Geistern wohnen.«

## *Der »Fotograf«*

Tausend Jahre lang (was vielleicht nur einige Jahrhunderte bedeutet) war zwischen den »Leoparden« und den »Feuergeistern« Fehde gewesen. Als die »Leoparden« unter die Obhut britischer Verwaltung gerieten und als Soldaten aller Nationen das Hinterland mit Priestern, Richtern und Distriktsgouverneuren, die beides zugleich waren, besetzten und die »Leoparden«, diesen schlimmsten aller Geheimbünde, durch Peitsche und Hängestrick ausgerottet hatten, blieben die verhältnismäßig unschädlichen »Feuergeister« als höchster dieser Orden allein übrig. Denn diese jagten die jungen Mädchen nicht mit Handschuhen an ihren Händen, die Leopardenpranken glichen und kleine Stahlmesser anstelle der Klauen hatten. Noch hielten sie schreckliche Zusammenkünfte, bei denen Dinge vorkamen, die man nur in ausschließlich technischen Büchern beschreiben kann. Sie waren ein sanftes Volk, das an Geister und Teufel glaubte, und nur gelegentlich schlachteten sie einen Feind ab.

Aber gegenwärtig gerieten auch diese in Acht und Bann und schmolzen zusammen, bis all ihr Haß und ihre Feindseligkeiten, zusammen mit den Geheimnissen ihres Rituals, sich auf die Dorfschaften Labala und Busuri beschränkten. Und obwohl diese nur ein Dutzend Meilen voneinander entfernt lagen, hielten sie doch Frieden.

Dann ereignete sich etwas, das ohne Beispiel in der Geschichte war. Ein Weib aus Busuri heiratete Obaga, den Jäger aus Labala. Als Grund dieser ungeheuerlichen Verbindung gab man dieses und jenes an.

Zuerst trafen sich die beiden im Urwald, und jeder machte eine verächtliche Gebärde. Später trafen sie sich wieder und – unterließen diese Gebärde. Noch später lächelten sie einander zu. Und dann kam Obaga zum Häuptling von Busuri und zum Vater des Mädchens, und ein Geschäft wurde abgeschlossen. Auf diese Weise kam M'libi aus Busuri in die Hütte Obagas und lebte mit ihm zwei Jahre, aber sie schenkte ihm keine Kinder.

Darauf steckten alle alten Weiber des Dorfes ihre glattgeschorenen Köpfe zusammen und schnatterten erfreut, daß ihre Prophezeiung in Erfüllung gegangen sei, denn sie hatten vorausgesagt, daß einer so unnatürlichen Verbindung niemals Kinder entsprießen könnten.

Ähnlich sprachen auch die alten Weiber von Labala bei ihrer Hausarbeit und verfluchten den Tag, an dem ein so begehrenswertes Mädchen zu den »Feuergeistern« gegangen sei.

So liefen die Dinge. Obaga war immer geduldig, freundlich und klagte nie. Er brachte ihr die feinsten Felle, die edelsten Affenschwänze, sonst das Vorrecht der Häuptlinge, wurden gespalten, um ihr ein Nachtkleid zu machen. Einige spöttelten im geheimen darüber, daß er geliebt wurde. Aber jeder hütete sich, das öffentlich zu tun, denn er wurde gefürchtet, weil seine Speere niemals ihr Ziel verfehlten und weil er Menschenleben nicht schonte.

Darauf kehrte Obaga eines Tages sieben Tage früher von seiner Jagdstreife zurück, als er beabsichtigt hatte. Aber was noch wichtiger war, er wurde von seinem Weib nicht erwartet. Obaga fand seine Hütte leer, und als er aus ihr herauskam, runzelte er die Stirn. N'kema, der Fischer, schrie ihm einen Scherz zu, der auf das kurze Gedächtnis der Weiber im allgemeinen anspielte. Ohne ein Wort ging Obaga in seine Hütte zurück, sammelte seine kurzen Schlachtspeere, die er eben dort niedergelegt hatte, und putzte sie mit dem Staub, der vor seiner Hütte lag. Dann setzte er sich auf seinem Bett nieder, wetzte einen von diesen Speeren zwei Stunden lang, bis dessen Schneide die Schärfe eines Rasiermessers angenommen hatte. Darauf entfernte er sich, den Speer zwischen seinen Fingern drehend. Er strebte dem Ufer eines kleinen Flusses zu, der durch das Gehölz fließt, denn dieses war ein berüchtigter Treffpunkt für Liebende von einer gewissen Sorte. Aus diesem Grund wurde es auch das »Wäldchen der veränderten Herzen« genannt – wenn wir es so übersetzen dürfen, da bei den Eingeborenen doch der Magen vorzugsweise als der Sitz der Gefühle angesehen wird.

Irgend jemand war gegangen und hatte M'libi gewarnt. Und auf halbem Weg zum Gehölz, sehr nahe dem Platz, auf dem sich eine Anzahl seichter Gräber befindet (die Nord-Ochori halten es für unheilvoll, ihre Toten über das Wasser zu den Inseln in der Strommitte zu bringen), fand er sie auf einem von Schwämmen überwachsenen Baumstumpf, ihre Hände auf der Brust verschränkt. Der finstere Ausdruck in ihrem Gesicht sprach von allem anderen als von Unterwürfigkeit.

»O M'libi! Ich sehe dich!« sagte Obaga, der Jäger, leise.

Sie biß ihre weißen Zähne zusammen in Erwartung dessen, was

nun kommen mußte. Ihre Augen hefteten sich fest auf das blanke Speerblatt, das in der Nachmittagssonne funkelte und glitzerte. »Obaga, ich war im Busch, um Blätter für mein Trauerkleid zu sammeln. Mein Bruder ist heute in der Ochoristadt gestorben, und Bosambo hat mich davon unterrichten lassen.«

»Viele Dinge sind heute gestorben«, antwortete Obaga. Er hielt seinen Speer in voller Armeslänge ausgestreckt an seiner Hüfte und kreiselte ihn zwischen Daumen und Finger herum, daß das Speerblatt ein einziger leuchtender Fleck war. Das war eine seiner Eigenheiten, wenn er unschlüssig war, und sie kannte das und faßte wieder Mut.

»Als ich geboren wurde«, sagte sie langsam, während ihre Augen auf dem Speer hafteten, »wurde geweissagt, ich solle zwei Leben haben: eins, in dem Größe, und eins, in dem das Böse die Oberhand haben solle. Aus dem Schlamm wachsen die wundervollsten Blumen. Obaga, wer kann sagen, was aus diesem Schlamm entstehen soll?«

Der Jäger befeuchtete seine Lippen mit seiner Zungenspitze. »Wer ist dein Liebhaber?« fragte er, und zum ersten Mal ließ sie den Speer außer acht.

»Wenn es Mord geben soll, dann beginne!« antwortete sie und ließ ihre Hände auf den Baumstamm sinken.

»Es wird keinen Mord geben«, entgegnete Obaga. »Komm!«

Sie folgte ihm ins Dorf zurück, und zur Enttäuschung aller gab es weder Mord noch Prügel. Bei Tagesanbruch sammelte Obaga seine Speere, seine Bogen und die Pfeile mit den abnehmbaren Spitzen für die Affenjagd, gürtete sich ein breitblattiges Elefantenjagdmesser um die Hüften und nahm seinen Pirschgang wieder auf. Sein Weib beobachtete ihn, bis er außer Sicht war. Noch einer beobachtete ihn vom Waldrand aus: Tebeli, der Prahler. Und als dieser sicher war, daß der Ehemann fort war, eilte er zu M'libi.

Bones besaß fraglos eine Leidenschaft, alle Dinge zu untersuchen. Und für sein Interesse am Fotografieren und an allem,. was damit zusammenhing, lag im Augenblick ein besonderer Grund vor.

»Sie stecken Ihren verdammten Riecher in jeden verfluchten Quark, der Sie nichts angeht«, rief Hamilton erbost. Er hatte eine neue Kamera erhalten, und Bones hatte eine Platte mit einer wichtigen Aufnahme rettungslos ruiniert. »Ich habe wochenlang darauf gelauert, diese Wolkenbildung über der See festzuhalten, und Sie, wie ein heulender Esel...«

»Nicht heulender, lieber alter Ham, bitte...«, murmelte der geduldige Bones mit geschlossenen Augen, »ruhig, würdevoll, duldend, lieber alter Wilder, schweigend, wollen Sie wohl sagen, aber nicht heulend...«

»Ich habe Ihnen gesagt...«, sprudelte Hamilton los.

»Sie haben mir nichts gesagt«, antwortete Bones sanft, »und Jungens sollten belehrt werden. Das habe ich neulich in einem netten Buch gelesen. Einen Jungen sollte man unterweisen, wie der Verschluß und alles funktioniert. Eine gefüllte Kamera, lieber alter Tyrann, eine gefüllte Kamera ist schlimmer als ein geladenes Gewehr. Hören Sie auf die Stimme der Vernunft, lieber Ham! Auf die Vox Raisoni. Ich hab' das verrückte alte Ding aufgeklaubt und den Verschluß zugeschlagen...«

»Man soll niemals Sachen in Reichweite von Kindern liegenlassen«, bemerkte Hamilton bitter.

Bones zuckte die knochigen Schulern. »Lieber, aber platzender Offizier«, antwortete er ruhig, »in meiner netten alten Ungezogenheit dürfte Methode liegen. Es könnte Geld darin liegen, lieber alter Kurzsichtiger! Vielleicht hat der alte Bones einen großartigen Plan in seiner verzwickten Kokosnuß ausgeheckt, der uns alle reich machen wird.«

»Orangen züchten?« fragte Hamilton spitz.

Bones zuckte zusammen. Schon einmal hatte Bones ein Projekt zum schnellen Reichwerden ausgeklügelt, und Hamilton hatte sein Geld in ein Orangensyndikat gesteckt, das Bones ausfindig gemacht hatte. Sie hatten damals Bäume importiert und Bäume gepflanzt, die alles trugen, nur keine Orangen. Manche hatten Äpfel getragen, und einige hätten vielleicht, wenn sie nicht eingegangen wären, Walnüsse hervorgebracht. Bones hatte die jungen Bäume als Postsendungen von der Zeizermann-Postauftrag-Gesellschaft m. b. H. bezogen, deren Firmeninhaber heute noch in Sing-Sing sind.

»Da Sie mein vorgesetzter Offizier und Hauptmann sind, Sir, können Sie sich's ja erlauben, über mich zu spötteln«, bemerkte Bones steif, zuckte von neuem die Schultern, grüßte militärisch und zog sich in seine Räume zurück. Er hätte natürlich eine vollständige und genügende Erklärung geben können, aber wenn er das getan hätte, würde er die Überraschung, die er für jeden in Vorbereitung hatte, verdorben haben.

Und für Bones war Überraschung, die angenehme Überraschung anderer, höchste Daseinsfreude.

Die meisten seiner Wachträume beschäftigten sich damit, andere Leute zu überraschen. Bones war – in diesen Wachträumen natürlich nur – bei vielen Gelegenheiten Eigentümer eines voraussichtlichen Derbygewinners. Und an dem Morgen des Rennens hatte Bones, da sein Jockey sich als bestechlich erwiesen hatte, selber die Farben getragen und zum Erstaunen seiner Freunde und zur Verwirrung seiner bösen Feinde den Gaul in einem verzweifelten Finish zum Sieg gesteuert.

»Niemals gab es in der Geschichte dieses klassischen Rennens (so drückte sich das Sportblatt seines Wachtraumes aus) eine glänzendere Vorführung meisterhafter Reitkunst als die, die uns durch den berühmten Herrenreiter Hauptmann (oder Major) Tibbetts, gegeben wurde. Er ist ein vornehmer junger Mann mit ernsten blauen Augen und einem ausdrucksvollen Gesicht...«

An dieser Stelle pflegte Bones befriedigt zu seufzen und »das Mädchen« in seinen Wachtraum einzuführen. Ein Mädchen war immer dabei. Er sah sie am Sattelplatz, wie sie bleich, unruhig an ihrem Taschentuch (keinem kostbaren Taschentuch) riß oder nach ihrer Kehle griff. Und sie fiel ihm regelmäßig um den Hals, wenn er aus dem Sattel stieg.

Das Kriegsministerium hatte er überrascht, indem er ein neues Armeegewehr erfand, die Admiralität, indem er eine neue Seestrategie entwarf. Aber am häufigsten überraschte er, wie bereits früher bemerkt, junge Mädchen durch seine Stärke, seinen Geist, seine Kunst, seinen Herzenstakt, seinen Witz, seinen adligen Charakter und ein Sichauszeichnen auf jedem Gebiet.

Und das Motiv von Bones' Überraschungsplan in diesem Augenblick war eine Kamera für Filmaufnahmen, die er in einem amerikanischen Magazin angepriesen gesehen hatte und die sich bereits auf dem Weg zu ihm befand – sie würde sogar mit demselben Dampfer ankommen, der Pater Carrelli nach Hause trug.

Bones hatte ein ungeheures Vertrauen in die Redlichkeit der Magazinannoncen. Und als er las, daß Keißlers Königkamera zu 150 Dollar angeboten wurde, schrieb er nach dem Prospekt und erhielt als Antwort darauf eine Lawine von Drucksachen, die allein diese Summe wert war.

Aus diesem Grund war alles, was irgendwie mit Fotografieren in Verbindung stand, von großer Wichtigkeit für Bones. Er hätte seinen Irrtum mit einem Wort erklären können. Statt dessen verharrte er in Schweigen. Später würde es noch Zeit genug sein – und das Filmmanuskript mußte geschrieben werden. Denn zu jener Zeit begann der Film sich durchzusetzen. Und Bones war ein begeisterter Abonnent aller Filmzeitschriften, die herausgegeben wurden. Er hatte Stoff für viele Filme in seinem Kopf. Niemand zollte der Ankunft einer großen Kiste oder der verschiedenen umfangreichen Pakete besondere Aufmerksamkeit. Denn beide, Sanders wie Hamilton, hatten schon längst aufgehört, sich über das erstaunliche Ausmaß von Bones' Post zu wundern. Er hatte im Durchschnitt jeden Monat ein neues Steckenpferd, und die Einführung eines jeden wurde durch Postsendungen von geheimnisvollem Umfang angezeigt.

Der erste Wink, den Hamilton erhielt, daß etwas Ausgefallenes im Anzug war, überraschte ihn wie ein Schlag. Eines Nachmittags schlenderte er zu der Hütte hinüber, in der Bones sein Domizil hatte. Und wie gewöhnlich ging Hamilton gerade auf das große Fenster zu, das Zutritt zu Bones' Wohnzimmer gestattete. Und als Hamilton hineinsah, blieb ihm der Atem weg. Am Tisch saß wohl ein junger Mann, aber das war nicht Bones. Sein Gesicht war ein einziges glänzendes grelles Gelb. Seine Hände und Arme waren ähnlich geschminkt. Um seine Augen zogen sich zwei blaue Ringe.

Hamilton starrte ihn mit offenem Mund an und setzte dann mit einem Sprung durch die Tür in die Hütte.

»Um des Himmels willen, Bones, was ist denn mit Ihnen los? Fieber?«

Bones sah mit einem entsetzlichen Lächeln auf, denn seine Lippen waren mit einem Blau angemalt, das beinahe purpurn schien.

»Machen Sie sofort, daß Sie ins Bett kommen!« befahl Hamilton. »Ich werde an das Government drahten, sie sollen sofort 'nen Doktor herunterschicken – Sie armer junger Teufel, Sie!«

Bones sah ihn von oben herab an, als er einen dünnen, dunklen Schnurrbart an seiner Oberlippe befestigte. Und dann erst sah Hamilton den Schminkkasten und den Spiegel.

»Was treiben Sie da, Sie großer Esel?« fragte er beleidigend, sobald er sich von seiner Angst befreit fühlte.

»Bloß 'n bißchen schminken, liebes altes Theaterpublikum!«

»Schminken? Gelb? Was sollen Sie denn vorstellen? Den König von der Goldküste?«

»Das ist's, was ich vorstellen soll«, antwortete Bones lässig und übergab dem Besucher ein Stück Papier.

»Reginald de Cursy, ein Mann von düsterer, aber angenehmer Erscheinung. Ein Mann, der gelebt hat.«

»Sind Sie das?« fragte Hamilton.

Bones nickte.

»Sie sehen mehr aus wie ein Mann, der gestorben ist«, höhnte sein Vorgesetzter. »Was soll denn dieser verdammte Unsinn?«

Er gebrauchte wirklich das Wort »verdammt«. Bones verzog sein Gesicht zu einer Grimasse des Schmerzes, und diese Grimasse ließ sein Gesicht noch entsetzlicher aussehen.

»Proletenjargon, Geliebtester! Das ist eins von den Dingen, die ich nicht mag. Ich hasse es, Ihre Empfindungen zu verletzen, Ham, aber mein Atelier muß reingehalten werden.«

»Atelier?«

»Na ja. Einstweilen habe ich's ja noch nicht – das Atelier. Aber es kommt, lieber alter Felix... Sie sind nämlich Felix!«

»Was bin ich?« fragte der bestürzte Hamilton.

Bones suchte in dem Stoß Papiere neben der Schminkschachtel und fand einen anderen Papierstreifen, den er, ohne ein Wort zu sagen, seinem Vorgesetzten übergab. Darauf stand:

»Felix Harington, ein junger Bursche von 26. Seine Züge sind offen und ehrlich, und ein Lächeln steht in seinen Augen.«

Hamilton vermochte nur hilflos vom Papier zu Bones hinüberzublicken.

»Hier liegt ein Vermögen drin, lieber Offizier«, bemerkte er gelassen. »Tatsächlich liegen zwei Vermögen drin. Nun ist meine Idee die, ein Stück zu verfassen, in dem eine anscheinend verbrecherische Person sich am Ende als ein netter Held entpuppt. Und die anscheinend heldenhafte Person entpuppt sich als ein netter fauler Kopf... beraubt seinen alten Vater und ist im Begriff, ihn zu ermorden, als Reggie auftritt... und das bin ich.«

»Halten Sie 'nen Augenblick an!« bat Hamilton. »Verstehe ich recht, daß Sie mich für diese Rolle vorgesehen haben...? Und darf ich fragen, wer der Vater ist?«

»Der gute alte Distriktsgouverneur«, antwortete Bones selbstgefällig.

Hamiltons Gesicht wurde lang. Und als er seiner Stimme wieder mächtig wurde: »Bilden Sie sich ein, daß Sanders hier mit falschem Vollbart herumhüpfen wird, bloß um einen so kreuzdämlichen...«

»Über den Vollbart bin ich mir noch nicht ganz sicher«, antwortete Bones nachdenklich. »Ich habe es in meinem Hirn hin- und hergewälzt, lieber alter Ham, und ich bin nicht ganz sicher, daß er's mit dem Vollbart tun wird. Aber mit einem kleinen Bart vielleicht oder möglicherweise mit ein paar Koteletten.«

Dann kam Bones mit seinem Plan heraus. Er hatte ein großes Stück geschrieben, eins ohne jede weibliche Rolle. Er, Sanders und Hamilton sollten die Geschichte in ihrer freien Zeit aufführen, sich einarbeiten, um Bones' eignen Ausdruck zu brauchen, »'ne nette kleine Schlacht zwischen Wilden, wo ich dann hinzukomme und sie ganz allein überwinde...! Das wird 'ne Sensation, Hamilton! So was ist noch nie dagewesen und wird auch vielleicht nie wieder vorkommen, wenn ich es nicht mache. Sehen Sie sich bloß die Lebenswahrheit drin an, mein lieber alter Felix! Die wundervolle Szenerie...! 's wird 'ne Sensation, liebes altes Geschöpf!«

Sanders erfuhr alles über dieses neue Projekt Bones', ohne Anstoß daran zu nehmen oder beunruhigt zu sein.

»Aber Sie können ihm von mir sagen, Hamilton, daß ich unter keinen Umständen den Narren vor seiner elenden Kamera mimen werde. Was ich noch sagen wollte... haben Sie das neuartige Ding gesehen?«

Hamilton nickte. »Es ist keine übel aussehende Kamera«, gab er zu. »Und Bones kann die Kurbel schon ganz gut drehen. Er ist in der Küche gewesen und hat sich an der Messerputzmaschine geübt, und er sagt, er hätte die genaue Geschwindigkeit 'raus.«

Da ihm sein großer Versuch, ein Bild zu schaffen, das die Welt in Erstaunen setzen sollte, vereitelt wurde, entschied sich der anpassungsfähige Bones für ein großes Eingeborenendrama.

»Das war noch nicht da, lieber alter Ham!« meinte er eifrig eines Abends beim Essen, als er die Story entwarf – und es war merkwürdig, wie schnell er sich die Fachausdrücke aneignete –, »das ist das einzige, worauf Sie besonders achtzugeben haben beim Filmen, alter Junge! Etwas zu machen, was noch nie dagewesen ist! Augenblicklich arbeite ich die Szenerie aus...«

»Wohin verlegen Sie den Schauplatz?« fragte Sanders.

»Irgendwohin, Exzellenz«, sagte Bones unbestimmt.

»Meine Idee ist, Ahmet zum Helden zu machen. Er läuft mit der schönen Kalambala, der Favoritin des Sultans, weg. Und sie wird von einem hübschen jungen Engländer gerettet...«

»Müssen Sie noch weiter gehen?« fragte Hamilton.

»Auf jeden Fall wird sie gerettet.«

»Und dann...? Was machen Sie dann mit ihr?« wollte Hamilton wissen.

Aber so weit war Bones noch nicht. Er kurbelte die erste Szene dieses aufregenden Stückes, und Sanders und Hamilton kamen, um der Aufnahme beizuwohnen. Der Versuch war aus vielen Gründen ein Fehlschlag. Ahmet hatte über die Bühne zu gehen, seine Arme zu falten, seinen Kopf zu schütteln und zu lächeln. Dann hatte er seine Schultern zu zucken und abzugehen. Und er machte das auch merkwürdig gut, bis Bones anfing zu kurbeln.

»Roll deine Augen! Mit den Augen rollen!« schrie Bones.

»Gebieter, ich rolle meine Augen«, antwortete Ahmet, stand stramm und faßte grüßend an den Tarbusch.

Bones stöhnte und hielt mit Kurbeln inne. »O Mann«, sagte er bitter, »wenn ich zu dir spreche, mußt du deine großen Flossen nicht zusammennehmen und mich grüßen. Rührt euch!«

Er versuchte es nochmals, jedoch mit keinem größeren Erfolg. Denn jetzt stand Ahmt zwar, ohne zu grüßen, aber in der »Rührt-euch«-Stellung.

Als diese Szene richtig aufgenommen war, entstand eine neue Störung. Die entführte Sultana sollte vom Weib des Korporals Hafiz gemimt werden. Und Korporal Hafiz weigerte sich kategorisch unter vielem Füßestampfen und Zur-Erde-Spucken, zu erlauben, daß Ahmet Hafiz' Frau in seinen Armen trüge.

»Sie wirken demoralisierend auf die Abteilung, Bones«, bemerkte Hamilton streng und schickte die Darsteller zu ihren verschiedenen dienstlichen Pflichten zurück.

Bones sprach zwei Tage lang nicht mit seinem Kompanieoffizier. Nach Verlauf dieser Zeit hatte er einen neuen und verlockenderen Plan gefunden.

»Ich hab's, lieber alter Ham!« rief er eines Tages und stürzte ins Eßzimmer, in dem die beiden Vorgesetzten bei ihrer Mittagszigarre saßen und so viel Kühlung wie nur möglich zu finden versuchten. Denn die Sonne brannte heiß, und von der See wehte wenig oder gar keine Brise.

»Sie werden den Sonnenstich kriegen, wenn Sie ohne Tropenhelm rumlaufen«, äußerte Hamilton lässig. »Was haben Sie? Das Filmmanuskript?«

»Das Filmmanuskript!« antwortete Bones triumphierend. »Den größten Schlager, den es je gegeben hat! Und alles aus der Kokosnuß des netten alten Bones entstanden! Leben und Sitten der wilden Stämme!« Bones trat einen Schritt zurück, um die Wirkung seiner Worte zu beobachten.

»Leben und Sitten der wilden Stämme?« wiederholte Hamilton.

»Das ist meine Idee. Wo immer ich hingehe, nehme ich die Kamera mit mir. Und wenn ich nicht tausend Pfund Sterling die Woche mache, lieber alter Freudentöter, indem ich Vorträge über ein Thema halte, das jedem netten alten Patrioten am Herzen liegt, dann heiße ich Schlamm.«

»Wie Sie in Wirklichkeit heißen, dessen konnte ich mich niemals entsinnen, aber der eben erwähnte Name leuchtet mir mehr ein als die anderen«, bemerkte Hamilton.

Danach verbrachte Bones einen großen Teil seiner Zeit damit, Bilder von Eingeborenen aufzunehmen. Und diesmal schien System in seinem Steckenpferd zu liegen. Er hatte Ahmet beigebracht, die Kurbel zu drehen, und so war es Bones möglich, selbst in den meisten aufgenommenen Szenen aufzutreten. Manchmal stand er in lässiger Stellung da und sprach zu einem eingeborenen Weib, als dieses gerade ihre Abendmahlzeit kochte. Auf anderen Bildern liebkoste er den Kopf kleiner schwarzer Babies, nachdem er fürsorglich ein Taschentuch um ihre Hüften gebunden hatte, damit besonders empfindliche Gemüter nicht verletzt würden. Manchmal stand er mit verschränkten Armen am Bug der »Zaire«, einen melancholischen, aber entschlossenen Zug im Gesicht. Und zu allen Aufnahmen lieferte er die Titel und auch den Text. Einige dieser »Titel« zeigte er Hamilton.

»Oberdistriktsgouverneur überwacht Hüttenbau der Eingeborenen.« Oder flammender und mehr in Übereinstimmung mit dem Geist moderner Untertitel:

»Fern von dem geschäftigen Treiben der Welt geht der Eingeborene seinen täglichen Pflichten unter dem wachsamen aber wohlwollenden Auge des Oberdistriktsgouverneurs nach.«

»Wer ist denn dieser Oberdistriktsgouverneur, von dem Sie in diesen Filmtiteln sprechen?« fragte Hamilton gespannt. »Ich wußte nicht, daß Sanders Sie in Ihrem verruchten Unternehmen unterstützt, die niedrigen Instinkte des britischen Publikums zu streicheln.«

Bones hüstelte. »Nun, um vollkommen aufrichtig zu sein, der gute alte Sanders sprach zu mir davon, einmal runterzukommen, aber er bekam Lampenfieber. Sie wissen doch, wie es Neulingen geht, nicht?«

Bones konnte schelmisch sein, aber niemals so schelmisch, Hamilton von seinem Kriegspfad abzubringen.

»Sie wollen mir doch nicht sagen, daß Sie als Distriktsgouverneur auftreten? Sogar der kleinste Gassenjunge, der jemals einen Sixpence stahl, um ins Kino gehen zu können, würde Ihre Täuschung erkennen.«

Bones konnte sich gestatten, nachsichtig über die Kritik des anderen zu lächeln.

»Was wir jetzt brauchen, Ham«, sagte er am Abend beim Essen in ernsthaftestem Ton, »ist ein netter kleiner Krieg! Wenn wir bloß einen richtigen Radau zwischen den mächtigen N'gombi und dem guten alten Bosambo hätten, mit meiner Person im Vordergrund! Nur, um zu zeigen, daß Britannias wachsames Auge noch immer Wache hält, wenn unartige Eingeborene schlafen...! Da haben Sie ein feines Stückchen Dichtkunst. Aber, bitte, geben Sie das nicht als Ihr geistiges Eigentum aus!«

»Bones, wenn Sie Krieg herbeiwünschen, schlage ich Sie tot!« rief Sanders, der in diesem Augenblick eintrat. »Das Schutzgebiet ist ruhig, und wenn wir über den Herbst ohne ein ordentliches großes Blutvergießen hinwegkommen, werde ich sehr glücklich sein.«

Bones war still, aber nicht gänzlich hoffnungslos. –

Jemand mußte zum Ochoriland hinaufgehen, denn es kamen Nachrichten über das Wiederausbrechen der »Leoparden«-Unruhen, und Bones bediente sich dieser Gelegenheit gern.

In der ersten Nacht, nachdem sie abgefahren und die »Zaire« an einem Gehölz festgemacht hatten, suchte der Soldat Mahmud seinen Sergeanten auf.

»Effendi«, sagte er auf küstenarabisch, »was ist das für ein kleiner Kasten, den Tibbetti trägt und dessen Kurbel du drehst? Manche behaupten, es sei ein neues Geschütz, andere sagen, daß der Kasten Bilder macht. Nun, wir wissen, daß er keine Bilder machen kann. Denn wenn Hamiltini will, daß ein Glied Haussa auf dem Papier erscheinen soll – was gegen das Gesetz des Propheten ist –, dann sagt er: ›Stillgestandenverdammt!‹ Das ist ein englisches Wort und macht ein knackendes Geräusch. Aber Tibbetti sagt nicht ›Stillgestandenverdammt!‹, denn er will, daß man gehen soll, während er die Kurbel dreht. Nun sage mir, Effendi, warum diese Dinge geschehen.«

Sergeant Ahmet erklärte in aller Feierlichkeit so viel von der geheimnisvollen Kiste, als er selbst davon verstand:

»Wenn Tibbetti die Kurbel dreht, werden Bilder sichtbar, eins nach dem andern, so daß sie alle wie ein Bild erscheinen, das sich bewegt, wenn man hinblickt.«

»Das ist zuviel Geheimnis für mich«, gestand der Wißbegierige und verzichtete auf weitere Belehrung.

Da Ahmet sich seiner Verantwortlichkeit und Wichtigkeit nicht ganz unbewußt war, beabsichtigte er nicht, es bei dieser Erörterung bewenden zu lassen.

»An einem Tag, wenn Tibbetti nicht da ist, werde ich euch alle versammeln und ein besonderes Bild nur für euch aufnehmen, so daß eure Weiber es sehen können. Und dafür sollt ihr mir alle einen Silberdollar geben.«

Obwohl sie bei dem Dollar zauderten, waren sie im Prinzip einverstanden.

Die Gelegenheit, auf die Ahmet wartete, ergab sich, nachdem sie Ochoristadt verlassen hatten und jenen wilden Uferstrich hinaufmarschierten, über den die »Zaire« selten hinausfuhr. Bones hatten bestimmtere Nachrichten über die Leoparden erreicht – nicht über das saubere gelbe Geschöpf, das schleicht und schlägt, sondern über jenes gemeine und verabscheuungswürdige Etwas in Gestalt eines Menschen. Bones wurde sofort wieder Soldat und Vertreter des Gesetzes, und sein Innerstes wandte sich, für den Augenblick wenigstens, von Hollywood ab.

Obaga kam von seinem Jagdausflug zurück. Er war einen Monat fort gewesen und hatte zehn Waldleute als Träger mitgebracht, deren jeder eine Last Felle trug, denn Obaga war ein geduldiger Mann, der sein Handwerk verstand.

Sein Weib traf ihn außerhalb des Dorfes. Sie hatte zum Zeichen ihrer Unterwürfigkeit die Hände über die Brust gekreuzt, und er ging an ihr vorbei, ohne ein Wort zu ihr zu sagen. Denn wenn er alles gewußt hätte, was er noch erfahren sollte, würde er ohne sie zum Dorf zurückgekehrt sein. Sie bereitete ihm seine Mahlzeit und bot sie ihm auf den Flächen ihrer Hand.

»Ich bleibe nun drei Monde und noch drei Monde hier«, sagte Obaga, »denn die Tiere jungen jetzt, und viele haben nun schon ihre abgelegenen Lager aufgesucht.«

Das hatte sie erwartet, und nach ihrer Berechnung würde es einen Monat dauern, ehe er hinter die Wahrheit käme. In dieser Nacht, als ihr Mann den Schlaf tiefster Erschöpfung schlief, schlich sie aus der Hütte fort und eilte heimlich nach dem Gehölz, in dem der andere, nach dem sie geschickt hatte, schon auf sie wartete.

»Obaga ist zurück«, berichtete sie ihm. »Was soll ich nun tun, mein Freund? Denn sobald er darum weiß, wird er mich töten.«

»Wie soll er das erfahren?« tröstete sie der andere nach Mannesart. »Bist du denn nicht sein Weib? Und ist er nicht dein Mann? Ich halte es für das beste, wenn du ihm sagst: ›Mann, ich habe gute Nachrichten für dich! Du wirst einen Sohn haben.‹«

Sie gab einen Laut der Ungeduld von sich. »Er weiß, was er weiß«, bemerkte sie doppelsinnig, aber ihm verständlich. »Wenn ich ihm das sage, werde ich selbst seinen Schlachtspeer in meine Hand nehmen, damit es eher vorbei ist. Wenn du heute nacht in die Hütte kämst und ihn speertest oder ihm morgen auflauertest, sobald er in den Wald geht, wäre es am besten.«

»Für dich, Weib, nicht für mich! Alle Leute in diesem Dorf wissen, daß ich dein Liebhaber bin. Und Sandi wird kommen mit seinen Kanonen und seinen Soldaten, und meine Hütte wird in Flammen aufgehen. Außerdem ist Tibbetti schon hier. Er sitzt in Busuridorf, wo das Leopardenpalaver stattfindet. Man sagt, es sollen welche gehängt werden. Ich weiß das, weil die Schlauen unter ihnen ihre Leopardenpranken in der Erde vergraben haben.«

Ihr Atem kam und ging hastig. »Bring mir die Pranken!« flüsterte sie. »Morgen, wenn es finster ist, bringst du mir die Leopardenpranken.«

Er erschrak bei ihrem Verlangen, aber sie bestand darauf. Mit Zittern und Bangen verließ er sie.

Sie ging zurück und legte sich neben ihrem Mann zur Ruhe.

In der nächsten Nacht traf sie sich mit Tebeli, um dessentwillen sie so viel gewagt hatte. Er zitterte wie Espenlaub. In seinen Händen befanden sich zwei häßlich aussehende Formen mit kleinen Messern an Stelle von Klauen, und am Fell klebte noch Erde, als ob die Dinger erst kürzlich aus der Erde gegraben worden wären.

Er ließ die Dinger in ihre ausgestreckten Hände fallen, als ob sie glühend heiß wären. Darauf wandte er ihr hastig den Rücken und wollte in sein Dorf zurückfliehen, aber sie trat ihm in den Weg.

»Und nun, mein Einziger, gehe nach Busuri, wo sich Tibbetti aufhält, und sage ihm, ein Leopard nähere sich dem Dorf, und wenn sie ihm am Weg auflauerten, könnten sie ihn fangen.«

Er hatte keine Lust zu einem solchen Abenteuer, aber sie war stärker als er, und er gehorchte.

M'libi kehrte, die Pranken wie Handschuhe über ihre Hände gestreift, in ihre Hütte zurück.

Obaga war zu sehr mit seinen Speeren beschäftigt, um das sofort zu bemerken, aber als er sich umwandte, sah er beim flackernden Schein des Feuers die scheußlichen Dinger, die sie trug, ließ seinen Speer fallen und sprang mit einem Schrei auf.

»Schamloses Weib, was hast du da?«

»Ich fand sie in meinem kleinen Holzkästchen«, antwortete sie unverfänglich. Sie hob ihre Hände hoch, damit er sie bewundere, und die verrosteten Stahlklauen glitzerten tückisch.

»O Ko«, rief Obaga aufgeregt, »wem gehören die Dinger?«

»Sie gehören einem Mann aus Busuridorf: Lolaba, dem Fischer. Er gab sie mir, als ich ein kleines Mädchen war.«

»Her damit!« befahl ihr Mann und riß sie ihr aus der Hand.

Eine Sekunde später sah man ihn durch das Dorf in der Richtung des Waldweges gehen, der nach Busuri führte. Aber der Liebhaber des Weibes war schneller gewesen als er, und am Rand des Dorfes ergriffen drei Soldaten Obaga und schleppten ihn vor Bones.

Nun ist von allen unumstößlichen Dingen dieses das sicherste: Jeder Mensch, der die Wahrzeichen des Leoparden an sich trägt oder in seiner Hütte verbirgt, ist bereits ein toter Mann. Von einem Ende Afrikas bis zum anderen gibt es kein Mitleid für die Söhne des Leopardenordens.

Obaga wußte, daß sein Schicksal besiegelt war.

»Mann!« redete Bones ihn an, als er den Beweis betrachtete, der den Mann zum Tode verurteilte, »was sind das für fürchterliche Dinger?«

»Gebieter, sie wurden mir gegeben, damit ich sie hierherbringen sollte«, antwortete Obaga.

»Wer gab sie dir?« fragte Bones. Aber der Mann blieb stumm, da sein eigenes Weib sie ihm gegeben hatte.

»Gebieter, wenn ich hängen soll, werde ich hängen«, entgegnete Obaga. »Aber zuvor möchte ich dir sagen, daß die Leopardenleute meine Feinde sind. Denn mein Vater gehörte dem Feuergeistbund an, und wir Labalaleute haben die Leopardenbündler seit Menschengedenken bekämpft.«

Bones wußte, daß sich das so verhielt. Er konnte sich deshalb gar nicht vorstellen, wie ein Labalamann zu diesen Dingern kam. Darum wurde auch der Befehl zu schleunigster Hinrichtung verzögert. Am Morgen brachten Kundschafter Nachrichten aus Busuri, die die Wahrheit ans Licht brachten.

Als Obaga in seine Hütte zurückkehrte, sah er, daß sein Weib geflohen war.

Das war die Geschichte Obagas. Sie würde hiermit zu Ende sein, wenn es nicht um das Dorfgeschwätz gewesen wäre. Diese Leopardenangelegenheit klärte sich zur Genugtuung eines jeden auf, außer für eine regungslose Gestalt, die an einem drei Meilen vom Dorf entfernten Baume hing.

Bones wandte sein Interesse den Sitten und Gebräuchen der Eingeborenen zu. Der Künstler in ihm hatte einen Kampf herbeigewünscht, der Beamte in ihm war herzlich froh, daß der Streit ohne gewaltsame Auseinandersetzung beigelegt worden war.

Bones hatte eine glänzende Idee. Er schickte nach dem Busurihäuptling und zeigte ihm die Kamera.

»O Häuptling!« sagte Bones, »Das hier ist ein kleines Auge, das kann sehen und – vergißt nicht. Das Auge möchte gern die tapferen Ochori in der Schlacht sehen. Nun laß deine jungen Männer ein Spiel vor mir spielen! Sie sollen die Krieger zweier Feldlager darstellen, die sich gegenseitig bekämpfen. Aber das sage ich dir, wenn ein Mann den anderen dabei verwundet, dann lasse ich ihn peitschen«, fügte Bones hastig hinzu, denn er wußte, wie weit die Begeisterung manchmal die Teilnehmer an einem solchen Kriegsspiel fortriß.

Auf dem Unterdeck der »Zaire« beriet sich unterdessen Sergeant Ahmet aufgeregt mit einer Anzahl seiner Kameraden.

»Daß ja keiner von euch mit Tibbetti spricht und ihm verrät, daß ich die Kurbel der Kamera gedreht habe, um eure Gesichter in diesem Wunderkasten festzuhalten!« sprach er. Denn er hatte in Bones' Abwesenheit seine aufgeblasenen Landsknechte fotografiert.

»Morgen früh, sobald es Tag ist, werde ich selber die Bilder aus der Wunderkiste nehmen, denn Tibbetti hat mir gesagt, daß er alles herausnehmen will, was sich darin befindet. Und ich bin etatmäßiger Sergeant, und es ist dann möglich, daß Bones mich degradiert.«

Beim Strahl der frühen Morgensonne öffnete Ahmet unter den Augen seiner neugierigen und höchlichst interessierten Freunde die Kamera, rollte den Filmstreifen sorgfältig ab und prüfte ihn Fuß auf Fuß.

»Nun, Gott sei Dank!« sagte Ahmet erlöst. »Es scheint, daß ich euer Bild überhaupt nicht aufgenommen habe. Nichts ist hier als ein gelbes Band. Wir wollen es fix wieder aufrollen, damit Tibbetti nichts davon erfährt.«

Die Vorbereitungen für den großen Schlachtfilm wurden in einem noch niemals dagewesenen Maßstab getroffen.

Bones hielt Proben und immer wieder Proben ab, bis ihm das Hemd am Körper klebte. Und alle Dorfweiber und deren Kinder standen umher, die Finger an ihren Vorderzähnen, und beobachteten den Filmoperateur bei der Arbeit.

»Nicht dorthin, du blödsinniger alter Esel!« kreischte Bones in englischer Sprache. »Dort hinüber, du verrückter alter Döskopf! Nicht da! Dorthin! Nein! Nicht dorthin! O du schauderhaftes Kamel!«

Diese und ähnliche Zwischenrufe machten den bestürzten Eingeborenen noch etwas mehr verrückt, und ohne das Eintreten gewisser unvorhergesehener Ereignisse wäre der Schlachtfilm wahrscheinlich niemals aufgenommen worden.

»Nun geht ihr alle weg! Niemand darf zu sehen sein. Und dann kommt ihr von da und ihr von dort und fechtet miteinander. Und wenn ich dann zu euch gelaufen komme und ›Halt!‹ rufe, müßt ihr alle eure Speere hinlegen.«

In dem Augenblick, da die Schauspieler sich, fertig für die Theaterschlacht, zurückzogen, kam Obaga schnell den Buschpfad entlanggelaufen und mit ihm sein Bruder und zehn seiner Blutsverwandten und zehn ihm durch Heirat Versippte.

»Mann, wo ist mein Weib?« redete er den langen Liebhaber M'libis an.

»Wie soll ich das wissen, Jäger?« antwortete der Mann.

»In diesem Augenblick weißt du's, aber wie lange wirst du das noch wissen?« rief Obaga und schlug ihn mit seinem Speer.

Sein Feind zuckte leicht zusammen, fühlte eine Wunde auf der

Schulter und begann zu laufen. Obagas Speer warf ihn zu Boden. Und im Augenblick war der Krieg da.

Aus dem Busch hervor und ins offene Gelände stürzte die hauende, stechende, abwehrende Menge und stieß jene schrillen, gellenden, inhaltslosen, aber unheilverkündenden Schreie aus, die die Ochori seit Äonen ausgestoßen haben.

»Drauf! Halt fest!« gellte Bones. »Dreh die Kurbel, Ahmet! So ist's recht! Los, Jungens!« kreischte er, wie es nur der beste Filmregisseur konnte. »Gut so! Etwas mehr nach rechts! Aber tut euch nicht weh, ihr verrückten Einfaltspinsel!«

Und dann brüllte er auf Bomongo: »Ich komme!«

Er stapfte mit einem würdevollen und malerischen Schwung seiner Schultern in ihre Mitte und erhob seine Hand mit gebieterischer Gebärde.

»Stop!« rief er, aber sie hörten nicht auf. Ein Speer schlug ihm den Tropenhelm vom Kopf, ein Keulenschlag ließ ihn in die Knie sinken. Bones tastete nach seinem Revolver, aber er war unbewaffnet gekommen. Glücklicherweise hatte Ahmet...

»Ich dachte mir wohl, es sei ein bißchen zu realistisch, zu naturgetreu«, erklärte Bones, der diesen Morgen damit zugebracht hatte, seinen verbundenen Kopf im Spiegel zu bewundern. »Aber natürlich ließ ich mir nicht träumen, daß da ein netter Krieg losging. Und wenn Sie sich's überlegen, lieber Ham, es war gar nicht so übel – ich, zu Boden geschlagen. Das wird so wundervoll erschauernd wirken, daß die Leute wie festgeklemmt auf ihren Plätzen sitzen und heulen werden. Ich wette, es wird in allen Zeitungen stehen.«

Bones verbrachte die Nacht in einer dunklen, übelriechenden Hütte, die nur durch einen schwachen Schimmer seiner Entwicklungslampe erhellt war. Aber obwohl er sich von Kopf bis Fuß mit Entwicklerlösung bekleckste, obwohl er den Film immer und immer wieder in den Entwickler tauchte, bis sein Arm schmerzte, und gewissenhaft nach jeder Anweisung des Lehrbuches verfuhr, brachte er doch nichts zutage als eine Reihe kleiner, schiefer Kleckse.

»Außerordentlich sonderbar, alter Junge!« sagte er, niedergeschlagen. »Ganz erstaunlich! Absolut unverständlich! Ein Vermögen zum Teufel gegangen! Ab–so–lut zum Teufel gegangen!«

»Wer hat denn gekurbelt?« fragte Hamilton.

»Ahmet! Ich hab's ihm gezeigt. Hab's ihm gelehrt, und er tat, wie ihm geheißen ward. Das ist das schreckliche, scheußliche dabei!«

Trotz allen Vertrauens in Ahmet stellte er diesen Gentleman dann doch zur Rede.

»Du hast doch nicht etwa die kleine Klappe geöffnet, Ahmet! Die Tür, die niemals geöffnet werden darf?« fragte er.

»Gebieter, ich hab' sie geöffnet; aber bloß ganz kurze Zeit, während ich nach einigen Bildern sah, die ich ungehörigerweise und ohne das Wissen meines Gebieters aufgenommen hatte. Aber die Bilder waren nicht da.«

»Im Tageslicht hast du's geöffnet?« fragte Bones entsetzt.

»Nein, Gebieter, im Sonnenlicht«, versetzte Ahmet. »Aber da war kein Bild da. Nichts, wie ich dir schon sagte, Gebieter. Nur ein gelbes Band. Bilder nicht.«

## *Der Heilkünstler*

Die Menschen in den Ländern, die den Großen Fluß begrenzen, lügen mit einer gewissen durchsichtigen Naivität. Ihre Unwahrheiten werden leicht entdeckt und sind weniger Lügen als Erdichtungen.

Denn sie lügen über merkwürdige Dinge und Ereignisse, die unmöglich sind, so zum Beispiel über zweiköpfige Hunde, die Feuer speien, und Bäume, die herumspazieren, und kleine Bienen, die sich in schöne Mädchen verlieben. Wenn sie ihrer Sicherheit wegen lügen oder zu geschäftlichen Zwecken, dann lügen sie zögernd oder so trotzig, daß sie durch ein scharfes Wort veranlaßt werden können, die Wahrheit zu sprechen.

Ein Lügner wie Lujaga, der Unterhäuptling der Binnen-N'gombi, war eine Seltenheit. Und er war einer von den drei Leuten, die den Distriktsgouverneur Sanders während eines Zeitraumes von zwanzig Jahren vollständig zu hintergehen verstanden.

Und da wir gerade von Lügnern sprechen...

»Vieles an Ihnen, Bones, erinnert mich an die Isisi«, sagte Hamilton.

»Lieber alter Offizier!« murmelte Bones vorwurfsvoll, »warum müssen Sie einen netten Kameraden mit einem Eingeborenen vergleichen?«

»Ich dachte eigentlich mehr an Ihre interessanten Beiträge für die ›Guildford Times‹«, fuhr Hamilton fort.

Er saß nach dem Frühstück auf der Veranda und rauchte eine Zigarre. Und als er seinen Arm ausstreckte, hob er eine Zeitung vom Fußboden auf, die mit der Post angekommen war.

Bones schielte nach dem Kopf der Zeitung und bewegte nervös seine großen Füße.

»Lieber Offizier«, bettelte er, »wenn Sie mir vielleicht einen kleinen Irrtum in der Phantasie vorwerfen wollen...«

»Ich habe Ihren Bericht gelesen, wie Sie das wilde Okapi durch den Wald gejagt haben«, sagte Hamilton erbarmungslos, »und wie es sich umwandte und Sie anbrummte, als Sie es stellten. Jedenfalls lebt das Okapi nicht in diesem Land, und wenn es eines hier gäbe, würde es nicht brummen. Es würde wiehern, oder es würde schreien – wie ein Esel. Möglich daß es schreien würde wie ein Esel, da es Sie als Bruder erkennen würde. Aber keinesfalls würde es brummen oder seine Stoßzähne zeigen. Obwohl ich zugeben will, daß es einige Stoßzähne sammeln könnte, wenn es Anlagen zu einem Steuereinnehmer zeigte.«

Sanders kam in diesem Augenblick hinzu und blieb, interessiert aufhorchend, an der Türschwelle stehen.

»Hören Sie mal zu!« bemerkte Hamilton.

»Lieber Ham!« bettelte Bones aufgeregt. »Warum wollen Sie das Thema weiter verfolgen?«

»Hören Sie mal zu!« wiederholte Hamilton gefühllos. »›Als das Okapi sich umdrehte und mir gegenüberstand, langte ich nach meiner Jagdbüchse. Sie war nicht da. Mein bestürzter eingeborener Träger war davongelaufen. Ich befand mich mit einem wilden Okapi allein im Dschungel. Es sprang mir an die Gurgel. Ich wich aus. In diesem Augenblick schwamm mein ganzes vergangenes Leben vor meinen Augen. Ich riß meinen Revolver heraus und feuerte zweimal. Leblos fiel es vor meine Füße.‹«

Hamilton starrte Bones über die Zeitung hinweg an. »Lügner!« sagte er einfach.

»Lieber, alter, skeptischer Vorgesetzter!« begann Bones mit einer gewissen Würde. »Sie scheinen das farblose Leben zu vergessen, das die netten Guildforder leben. Die Tatsache ist, sie schrieben an mich und baten mich, ihnen eine kleine abenteuerliche Geschichte für ihre Weihnachtsnummer zu schreiben.«

»Das macht es verständlicher«, antwortete Hamilton. »Sie versuchten ein Märchen zu schreiben. Nun, das ist Ihnen auch gelungen. Aber Sie blamieren unseren Stand, Bones. Ein Offizier in diesen Gebieten müßte wissen, daß das Okapi ein Mitteldding zwischen einem Zebra und einem Esel ist und daß es nicht einmal gegen eine Maus kämpfen würde.«

Er nahm ein anderes Zeitungsblatt auf.

»Wer hat Ihnen diese niederträchtigen Dinger geschickt?« fragte Bones gereizt. »Segne mein nettes altes Leben«, fügte er etwas unzusammenhängend hinzu, »ist da denn nichts mehr heilig? Nichts Persönliches? Darf ein Mensch nicht...«

»Da ist nichts Heiliges an dem Zweipencestück, das ich für diese Zeitung bezahlt habe«, sagte Hamilton. Er öffnete die Seiten mit verzweifelter Umständlichkeit, und Bones wand sich verzweifelt, als er das sah.

»Hier ist der zweite Teil der Serie. Er ist überschrieben...« Er schielte nach der Überschrift der Spalte – »Gefecht mit Vampiren.«

»Bitte, nichts Unangenehmes«, meinte Bones, aber Hamilton war nicht davon abzubringen.

»Das Stück gefällt mir am besten. ›In dieser Nacht wachte ich...‹ Beiläufig, man hat Ihre Orthographie korrigiert, wie ich bemerke... ›...von einem schrillen, pfeifenden Laut und einer heftigen Schmerzempfindung in meiner Zehe auf. Als ich aufsah, sah ich eine riesige, schattenhafte Gestalt am Fuße meines Bettes schweben. Es war ein Vampir. Ich wagte nicht, mich zu regen. Gebannt beobachtete ich das scheußliche Tier...‹«

»Ich hätte auch sagen können ›Vogel‹«, murmelte Bones, »oder vielleicht ›Reptil‹.«

»Oder ›Fisch‹«, schlug Hamilton vor. »Aber bitte, unterbrechen Sie mich nicht! ›Seine unheimlichen Augen waren auf mich geheftet wie zwei grüne Monde! Ich streckte verstohlen meine Hand aus und griff nach meinem Pistol, das auf dem Nachttischchen lag. Es war nicht geladen. Was sollte ich tun? Mit meiner ganzen Gewalt warf ich mich gegen das schaurige Insekt...‹«

Ein lang anhaltendes, vergnügtes Lachen, das von Sanders kam, unterbrach das Vorlesen.

»Bones, Sie sind geradezu wonnig«, sagte Sanders, näher kommend. Er zog sich einen Stuhl heran. »Ich nehme an, unser Besuch auf der Fledermausinsel hat Sie zu dieser klassischen Leistung begeistert.«

Im Mittelfluß, vier Tage Dampferfahrt vom Bezirksamt entfernt, befindet sich eine lange Insel, wo die Fledermäuse tagsüber in großen Klumpen, nicht zu Tausenden, sondern zu Millionen, herumhängen. Und Bones und Sanders selbst hatten dort einen unheimlichen Abend zugebracht, indem sie das Erwachen dieser Nachtgeschöpfe zum Leben beobachteten.

»Die Frage ist die«, meinte Hamilton, indem er die Zeitung zusammenfaltete, »ist ein Mann, der diese Sorte Zeugs schreibt, ein geborener Lügner oder nicht? – Und: Hat Bones die charakteristischen Eigenschaften eines Isisi oder hat er sie nicht?«

»Der Isisicharakter weist Eigenschaften eines Dichters auf, Bones. Und wenn ich Sie wäre, würde ich mich schuldig bekennen«, sagte Sanders. »Und da wir nun einmal bei dem Thema lustiger Flausenmacher sind, darf ich erwähnen, daß ich vielleicht schon morgen Ihre Abreise nach Mittel-N'gombi sehen möchte. Vielleicht für eine Woche oder so ...? Dort ist ein ganz neuer Kult aufgeschossen, und ein gewisser Bobolara ist sein Verkünder.«

Hamilton schnellte auf. »Leoparden?«

Sanders schüttelte seinen Kopf. »Diesmal nicht. Steckt so 'ne kleine Zauberdoktorei dahinter, und ich möchte dem Einhalt getan sehen, ehe sich das weiterentwickelt. Die Krone aller Heilkünstler treibt sein Wesen unter uns und hat sich von allen Plätzen der Erde ausgerechnet Mittel-N'gombi zum Schauplatz ihres Auftretens ausgesucht.«

Es hatte eine Zeit gegeben, da die Mittel-N'gombi dem Government ein Dorn im Fleisch waren. Keinem untertan, nur sich selbst verantwortlich, erhoben sie nach Belieben und mit Gewalt Zoll von ihren Nachbarn. Dann hatte es ein oder zwei Hinrichtungen gegeben, ein paar Prügelstrafen, ein Häuptling war nach dem Dorf der Ketten deportiert worden, ein anderer in den Urwald gejagt, ehe Lujaga, der Sohn Lofurus, zum Häuptlingsrang erhoben wurde, und danach hatte jede Unruhe aufgehört. Es war richtig, seine Nachbarn klagten über mitternächtliche Beutezüge, die sich gegen ihr Eigentum richteten; einige Ochoriweiber waren verschleppt worden, und Bosambo hatte seine Speerkämpfer zur Grenze geschickt. Aber Lujaga hatte bei dem Palaver, zu dem er geladen worden war, eine sehr offene Erklärung abgegeben.

»Gebieter«, sagte er, »meine Leute sind ein sehr stolzes und kriegerisches Volk, das niemals unterjocht gewesen ist. Und es gibt kleine Häuptlinge, die mich als König sehr nebensächlich ansehen und sich sehr laut große Herren nennen. Die Ochori wurden von einem kleinen Häuptling beraubt, der sie in den Urwald geschleppt hat. Meine jungen Krieger sind ihm augenblicklich auf der Spur.«

In ähnlicher Weise hatte Lujaga sehr schnell die Schuldigen entdeckt, als sechs Kanus der Oberen Isisi mit ihrem Steuerbeitrag an Rohgummi auf dem Weg zum Bezirksamt verschwunden waren. Er kam persönlich zur Flußmündung und brachte mehr als die Hälfte des gestohlenen Gutes mit.

»Ich bringe dir keine abgeschlagenen Köpfe, Sandi, da du das nicht haben willst«, äußerte er bezeichnend. »Aber wenn Diebe zu den Speeren greifen, sollen wir da zusehen? Beifall klatschen oder lachen? Es gibt Bösewichter im Flußwald, und diese zogen aus, fingen die Isisikanus ab und ermordeten die Paddler.«

Lujaga gab Sanders einen Beweis nach dem anderen von seiner Ehrlichkeit. Einmal kam die Nachricht von einem Raubzug gegen die Isisi von Lujaga selbst. Und mit dieser Nachricht zugleich langten zwei Männer an, die von Lujagas Kriegern gefangengenommen worden waren – diese zwei Gefangenen waren sehr schweigsame, sich in Schmerzen windende Leute, sie sprachen nicht, weil man ihnen die Zunge abgeschnitten hatte, eine Übeltat, zu der Lujaga sich freimütig bekannte.

»Krieger haben ihre eigenen Gewohnheiten, Gebieter!« sagte er. »Ich kann meine jungen Krieger in der Hitze des Gefechts nicht zurückhalten. Aber die Männer, die das verübt haben, wurden gepeitscht und verbrannt.«

Lujaga zahlte regelmäßig seine Steuern. Seine Dörfer, die den Flußlauf säumten – denn obwohl der Hauptteil seines Gebietes im Waldinnern lag, erstreckte es sich doch bis zum Flußufer –, waren wahre Muster an Ordnung und Sauberkeit. Seine Kundschafter brachten wertvolle Nachrichten von der Grenze, und er brachte niemals Klagen gegen seine Grenznachbarn vor.

»Lujaga ist ein Muster von einem Häuptling, wie er sein soll«, meinte Sanders nicht einmal, sondern oft und erwies ihm gewisse Vergünstigungen. So erließ er ihm einen Teil seiner Steuern und gab ihm das Jagdrecht innerhalb »keines Mannes Land«, das sich bis an die Grenze des französischen Gebietes erstreckte.

Nur ein einziger Mann hatte den Versuch gemacht, Sanders' Glauben an diesen Häuptling zu erschüttern. Dieser Mann war Bosambo, der König der Ochori. Bosambo traute wenigen und achtete niemand.

Eines Tages kam er zum Bezirksamt mit einer langen Geschichte von Beutezügen, von verletztem Jagdrecht, von Weibern und Ziegen, die aus einem Grenzdorf verschwunden sein sollten. Sanders hörte geduldig zu, machte an verschiedenen Stellen des Berichts seine Abzüge und fällte sein Urteil.

»Ich werde Lujaga hiervon benachrichtigen«, sagte er. »Der Häuptling wird die Schuldigen herausfinden, und ihr sollt eure Weiber und Ziegen zurückerhalten.«

»Alle?« fragte Bosambo skeptisch. »Gebieter, ich zweifle nicht, daß Lujaga von je drei Weibern eins und von je sechs Ziegen eine zurückgeben wird, denn das pflegt er so zu halten. Die übrigen wirst du in seinem Kral in der verborgenen Stadt finden. Denn dieser Kerl ist ein Lügner.«

»Wer ist das nicht?«

Damit endete das Palaver.

Man nannte Lujagas Stadt »die verborgene«, weil sie mitten in einem dichten Wald versteckt und zwölf Wegstunden vom fließenden Gewässer entfernt lag und weil ihr aus diesen Gründen schlecht beizukommen war.

In Lujagas verborgener Stadt lebte Bobolara, ein Heilkundiger, ein Mensch, der über die Grenzen seiner eigenen Landschaft bekannt war.

Bobolara war ein schlanker Mann von besonders schönem Äußeren und gutem Charakter und hatte als Kind vielfach Wunder gewirkt. Denn er hatte Kranken den Rücken massiert, und sie waren gesund geworden. Und er hatte fürchterliche Kopfschmerzen geheilt, indem er den Kopf des Leidenden auf sonderbare und geheimnisvolle Weise herumgedreht hatte. Wenn ein Baum auf einen Holzfäller fiel und dieser sich eine Schulter ausgerenkt und ein Urteilsspruch der Dorfältesten ihn zum Tode verurteilt hatte, weil Mißgestaltete niemals geduldet wurden, hatte Bobolara durch seine Zauberkraft die ausgerenkte Schulter wieder eingerenkt, so daß der Holzfäller innerhalb einer Woche wieder seiner Arbeit nachgehen konnte.

Bobolara wohnte in einer kleinen Hütte am anderen Ende der

Hauptstraße des Dorfes und wurde allgemein für einen Sonderling gehalten, da er weder ein Weib hatte noch in Liebesgeschichten verwickelt war.

Wenn er am Abend an den Hütten vorüberging, sah er weder rechts noch links, und kein verheiratetes Weib sandte ihm ihre sündigen Blicke zu.

König Lujaga kannte ihn dem Namen nach und schickte in einer stürmischen, unheimlichen Nacht einen Boten zu ihm, er solle kommen.

Bobolara ging zum Königshaus und sah ein Mädchen auf dem Estrich der Hütte liegen, das aus einer Rückenwunde blutete und, halb wahnwitzig vor Angst, ihre Klageschreie ausstieß.

»Ich habe dieses Weib aus einer Ochorihütte geholt, und dabei hat einer meiner Krieger sie gespeert. Ich habe ihn töten lassen, aber dieses Weib muß gerettet werden, denn sie ist schön und ich will sie für meinen Harem haben. Darum nimm sie mit in deine Hütte und heile sie durch deine Zauberkraft, und in drei und nochmals drei Tagen hast du sie mir voll von Liebe und in gewisser Beziehung in dem gleichen Zustande, wie sie jetzt ist, zurückzuliefern.«

Bobolara ließ das Mädchen in seine Hütte tragen, behandelte ihre Wunde, und nach drei Tagen hatte sie ihre Gesundheit wiedererlangt. Bobolara hatte das Mitleid gepackt, das bei allen Menschen schon etwas wie halbe Liebe ist.

Am sechsten Tage schickte der König seinen Vertrauensmann, einen kleinen Mann, Ligi mit Namen, der seine Braut zu dem großen Fest holen sollte, das der König in der Mitte der Stadt vorbereitet hatte.

Hier, vor seiner Hütte, hatte der König seine Tanzmädchen und seine Krieger zur Verlobungszeremonie versammelt.

»Wo ist das Mädchen?« fragte Lujaga.

»Bei ihren Angehörigen«, antwortete Bobolara ruhig. »Denn, König, dieses Weib gehört nicht zu uns, und ich habe sie freigelassen. Ich selbst habe sie in der Nacht durch den Urwald geleitet.«

Es dauerte eine Weile, ehe Lujaga sich von dem Schrecken erholte, und dann schlug er Bobolara mit seiner Peitsche quer über das Gesicht.

»Du Hund«, heulte er wütend, »noch heute nacht sollst du bei den Geistern wohnen! Bringt diesen Mann zu dem Kleinen Volk!«

Man packte Bobolara und schleppte ihn in die Nähe der großen

Ameisenhaufen. Dort fesselte man ihn nackt, wie er geboren war, mit gespreizten Händen und Füßen auf den Erdboden. Dann ließ man von jedem Ameisenhaufen eine süße, sirupartige Spur in seiner Richtung laufen, die das Kleine Volk zu der am Boden ausgestreckten Gestalt führen mußte. Und in dieser Lage überließen sie ihn den Ameisen zur Beute, damit diese ihn holen sollten, Stück für Stück, bis nichts als seine Knochen übrigblieben. Am Morgen, als sie kamen, um zu sehen, was von Bobolara übrig war, fanden sie ihn schlafend. Der Boden um ihn herum war besät mit Ameisen, aber keine hatte ihn angerührt. Darum banden sie Bobolara los und brachten ihn zum König zurück.

»Biegt einen Baum herunter!« schnappte Lujaga.

Man befestigte ein Tau an dem Wipfel eines jungen Baumes und bog jenen herunter. Dann befestigte man das andere Ende des Taues am Hals des Mannes.

»Schlag zu!« befahl Lujaga, und der Henker erhob sein krummes Messer, um Bobolaras Kopf vom Körper zu trennen.

Aber ehe das Messer treffen konnte, war der Henker in einem krampfartigen Anfall zu Boden gestürzt, und niemand wagte das Henkersmesser aufzuheben, als der König dieses befahl.

»Es ist mir klar, daß Bobolara über einen mächtigen Zauber verfügt«, sagte der erste Ratgeber verwirrt zum König. »Laß ihn laufen, Lujaga, denn ich fürchte mich!«

Aus diesem Grund durfte Bobolara weiterleben, denn der König fürchtete den Unwillen seines Volkes. Nichtsdestoweniger schickte er seine Meuchelmörder zu Bobolaras Hütte.

»Bringt mir blutige Speere zurück«, sagte er, »und ich will euch zu Dorfhäuptlingen machen.«

Aber sie kamen mit sauberen Speeren zurück und erzählten von einem großen Dämon, der ein blaues Gesicht habe, und von einer Eule, die Feuer ausstrahle.

Während eines weiteren Monats erlaubte man dem Heilkundigen, ein ungestörtes Dasein zu führen. Man erzählt sich, daß er Tote erweckte, aber das war wahrscheinlich erfunden. Er heilte Kranke, kurierte sonderbare Krankheiten und erleichterte Frauen von ihrer schrecklichen Not.

Dann ereignete sich etwas Seltsames in der verborgenen Stadt. Der zweite Ratgeber des Königs starb unter fürchterlichen Schmerzen.

Bobolara besuchte den Mann und erriet die Ursache. Denn der zweite Ratgeber des Königs hatte bekannterweise in Feindschaft mit seinem Herrn gelebt.

Bobolara machte viele einsame Ausflüge in den Urwald, auf der Suche nach seltenen Kräutern, denn er besaß einen untrüglichen Instinkt für deren heilsame Eigenschaften.

Eines Tages – es war nach dem Tode des zweiten Ratgebers – sah er zwei Männer am Ende eines Sumpfes, die dort etwas zu suchen schienen. Es war ein Ort, an dem viele Krokodile hausten und fremdartige Kräuter wuchsen, die an keiner anderen Stelle des Landes gefunden werden konnten.

Bobolara beobachtete sie lässig, als sie auf ihn zukamen. Sie trugen in ihren Händen die dicken Zweige eines Strauches, der mit roten Beeren übersät war.

Bobolara erkannte Lujaga und dessen Vertrauten, und als Lujaga Bobolara bemerkte, wurde des Königs Gesicht dunkel vor Zorn.

»O Zauberer, ich sehe dich!« sagte der König.

»Ich sehe dich, Herr!« antwortete Bobolara. »Ist der König ein Doktor, daß er die kleinen Giftbeeren sammelt, die nicht einmal die großen Sumpftiere fressen mögen?«

»Ich sammle sie, weil ihnen Zauberkraft innewohnt und weil sie Gespenster und Geister fernhalten.«

Bobolara antwortete nicht, und der König haßte ihn dafür um so mehr.

Tag für Tag wartete Bobolara, aber kein neuer Ratgeber wurde von einer unbekannten Krankheit ergriffen.

Eines Nachts sagte der König vertraulich zu seinem Gefolgsmann: »Bring diese Botschaft zu Sandi in seinem feinen Haus am Fluß!«

Der König verbrachte die Nacht, indem er seinem Boten ins einzelne gehende Anweisungen gab.

Ehe der Morgen graute, befand sich der Königsbote mit einem kleinen Beutel weißen Pulvers in seinem Hüfttuch unterwegs.

»Ich habe eine Nachricht von Lujaga erhalten«, bemerkte Sanders eines Morgens beim Frühstück. »Dieser verdammte Bobolara soll Tote aufwecken. Lujaga gehört niemals zu denen, die unnütz Lärm schlagen, aber in diesem Fall nimmt er die Sache ernst. Eine Anzahl Männer und Weiber verschwindet, und er fürchtet, dieser Zauberdoktor verarbeitet sie zu ›Medizin‹.«

»Ich werde ihm was zu knacken geben, liebe alte Exzellenz«, antwortete Bones. »Ich glaube, Sie können mich ruhig beauftragen, mit solchen netten Vögeln dieser Sorte fertig zu werden. Ich werde ihn nächsten Mittwoch mit mir herunterbringen.«

»Und bringen Sie gleichzeitig ein Okapi mit!« schlug Hamilton vor. »Und nehmen Sie sich in acht, daß es Sie nicht sticht!«

Bones verließ das Bezirksamt voller Unternehmungslust. Ligi, des Königs Bote, begleitete ihn und versah ihn mit Nahrung.

Der Tag war wunderbar, der Himmel ein einziges wolkenloses Blau. Das lebhafte Grün der Blätter, das kristallklare Glitzern des Flusses, die kühlenden Brisen, die von den tausend Meilen entfernten Bergen herunterwehten, vermehrten noch die Lebenslust.

Am nächsten Morgen fühlte sich Bones nicht so wohl und unternehmend, obwohl der Tag schön und die Landschaft wunderbar war. Am dritten Tag hatte er ein sonderbares Ohrensausen, seine Augen fielen ihm zu, und es war ihm, als ob zwei Bleigewichte gegen seine Schädelwände drückten. Er nahm zehn Grains Chinin, riß sich zusammen und verfluchte alle Malariamücken.

Am Ufer auf der N'gombi-Seite stolperte er an Land. In seinem Kopf hämmerte es, als er, wie aus weiter Ferne, die Stimme des kleinen Häuptlings vernahm, der ihn begrüßte, aber er verstand kein Wort.

»Gebieter!« sagte Abiboo, sein Sergeant, beunruhigt. »Laß uns zu unserem schönen Schiff zurückgehen, und ich will dich zu Sandi zurückbringen, denn du bist ein kranker Mann.«

Bones grinste blöde. Während des zwölfstündigen Marsches durch den Urwald stießen sie auf genügend Beweise, daß im N'Gombi-Gebiet nicht alles stimmte. Alle drei Meilen fanden sie eine Leiche mit einem sonderbaren Zeichen auf der Brust.

»Die hat Bobolara getötet«, sagte Ligi, der Führer, »damit er sich eine gewisse Macht über das Volk verschafft.«

Bones nickte stumpfsinnig. »Das ist ein Hängepalaver!« antwortete er mit schwerer Zunge und stolperte weiter.

Nacht lag über einem zehn Meilen von der verborgenen Stadt entfernten Dorf. Man hatte die Feuer zu lichter Flamme geschürt, die Menschen gingen von einer Familiengruppe zur anderen und horchten von neuem auf schon hundertmal erzählte Geschichten von der Tapferkeit der Alten und von dem Mut der Jungen, während die Weiber sich angenehm über Krankheiten unterhielten.

Da kam ein Fremder den gewundenen Pfad hinunter, der vom Urwald herführt, und lenkte auf die Dorfstraße ein, wo er scharf beobachtet und bestaunt wurde.

Er war schlank, breitschultrig und von gefälligem Äußeren, denn sein Haar war mit Lehm beklebt, und über den Schultern trug er das neue Fell eines jungen Leoparden. Ein fünf Fuß hoher Schlachtschild hing an seinem linken Arm, und in der am Schild geschickt angebrachten Tasche trug er drei leichte Wurfspeere, deren polierte Spitzen im Feuer glitzerten. Außerdem hatte er einen langen Bogen auf seinen Rücken geschnürt. Das Holz dieses Bogens war zur Hälfte mit Affenfell umkleidet. Ein breiter Lederriemen gürtete seine Taille, und rechts und links hingen zwei kurze, breitklingige Schwerter. Er trug weder die Stammeszeichen der Isisi noch die der Akasava noch die der N'gombi im Gesicht. Ochori, das wußten sie, war er nicht, und für einen Mann vom Stamm des Unterflusses trug er sich zu stolz, denn dieser Stamm war ein unterwürfiges Volk.

Obwohl der Mann ein Fremder war, schien er doch seinen Weg zu kennen, denn er ging unbeirrt auf die Hütte des Dorfhäuptlings zu und rief diesen beim Namen.

»Kofo«, begann er, »laß uns ein wenig reden!«

Kofo trat blinzelnd aus dem Dunkel seiner Hütte heraus und sandte einen forschenden Blick über die tanzenden Flammen hinweg.

»O Mann«, sagte dieser, »wer kommt zu diesem großen Dorf und spricht zu Kofo, dem rechtmäßigen Häuptling und Gefolgsmann Lujagas?«

»Ich bin aus der Stadt«, antwortete der Fremde. »Die Leute nennen mich ›den Heiler‹.«

Kofos Kinnlade sank herab, er starrte den Fremden an.

»O Ko!« rief er schließlich. »Das ist schlechte Nachricht für mich, denn ich dachte, du wohntest in König Lujagas Hütte. Was ist dein Begehren?«

»Ein Kanu und zehn Paddler und einen Steuermann. Sie müssen mich über die Seen bringen, denn Sandi und seine Soldaten sind mir auf den Fersen.«

Kofo schöpfte tief Atem.

In diesem Augenblick kam ein Mann die Dorfstraße entlang gelaufen, und bei dem Geräusch, das dessen Füße verursachten, wandte sich Bobolara um.

»O Bobolara, ich sehe dich!« sagte der Läufer, indem er schwankend vor der Häuptlingshütte haltmachte. »Etwas Schlimmes hat sich ereignet, denn Tibbetti, der Sandis Sohn ist, stirbt an Gift in der verborgenen Stadt des Königs, und man redet, du hättest ihn verzaubert.«

Bobolara betrachtete den Boten lange und nachdenklich.

»Ich kehre in die verborgene Stadt zurück«, bemerkte er einfach, wandte sich und ging den Weg zurück, den er gekommen war.

Der Bote folgte ihm auf dem Fuß.

»Bobolara, wenn du zurückkehrst, stirbst du!« winselte er, denn das Stadtvolk liebte Bobolara.

Bones lag auf einem Feldbett vor dem Königshaus, und die züngelnden Flammen des Feuers beleuchteten das bleiche, krampfhaft verzogene Gesicht des Halbbewußtlosen.

Um ihn herum befand sich ein Dutzend befezter Soldaten, und weiter im Hintergrund beobachtete ein Halbkreis neugierig starrender Gesichter die Szene mit naivem Interesse.

Abiboo kniete an der Seite des Bettes; er versuchte seinem Gebieter Brandy einzuflößen, und, die ganze Sache überragend, sah man die lange Gestalt Lujagas.

»Nun können es alle sehen!« rief er. »Der Gebieter Tibbetti kam, um Bobolara gefangenzusetzen, und dieser hat den Weißen mit seinem Zauberbann zu Boden geworfen. Nun müßt ihr Sandi-Soldaten den verruchten Heiler finden und ihn wegen seiner Missetaten hängen. Denn Sandi hängt mit seinem Herzen an Tibbetti...«

In diesem Augenblick wurde er unterbrochen. Ein Mann schob sich durch die herumstehende Menge und schritt schnell auf das Feuer zu.

Das Volk starrte ihn erstaunt an, und des Königs Pupillen zogen sich zusammen.

»O Bobolara«, sagte Lujaga leise, »nun stirbst du, denn diese Soldaten werden dich wegen des Zaubers, den du über Tibbetti verhängt hast, töten.«

»Laß sie töten, Herr«, antwortete Bobolara, »aber erst laß mich den Gebieter sehen!«

Abiboos Hand senkte sich auf den Kolben des Revolvers in seinem Gürtel, und sein Gesicht zuckte vor Argwohn und Verdruß.

»O Mann«, äußerte er, »um dessentwillen wirst du sterben.«

Aber der Heiler nahm weder von der Drohung noch von der Gebärde Notiz. Er bückte sich, hob die reglose Gestalt wie ein Kind in die Höhe und trug, da niemand ihn daran hinderte, den bewußtlosen Bones durch die Menge. Abiboo folgte ihm, den Revolver in der Hand.

Die ganze Nacht lang knetete und massierte Bobolara den kranken Bones im Halbdunkel seiner Hütte. Abiboo hockte am Türeingang und beobachtete Bobolara.

Als das Frühlicht kam und der müde Heiler einmal aufsah, bemerkte er einen Baum und sah von dessen Ast einen langen Strick herunterhängen. Er starrte eine Weile auf diesen sonderbaren Anblick. Dann fragte er: »Soldat, was ist das?«

»Wenn Tibbetti stirbt, sollst du auch sterben«, antwortete Abiboo.

»Dann werde ich leben«, sagte Bobolara mit großer Zuversicht, »obwohl es eine Nacht und noch eine dauern wird, ehe Tibbetti spricht.«

Am dritten Morgen kam Sanders, herbeigerufen durch eine dringliche Taubenbotschaft. Er war die ganze Nacht durch die Sandbänke des Flusses gefahren und hatte einen Gewaltmarsch durch den Urwald nach der verborgenen Stadt zurückgelegt.

Lujaga war schnell von seinem Kommen unterrichtet worden und ging ihm entgegen.

»Gebieter, das ist ein schlimmes Palaver, denn es scheint, Tibbetti geriet unter den Zauberbann des Heilers und liegt nun todkrank in des Mannes Hütte. Und weil deine Soldaten ebenfalls von Bobolara behext sind, sitzen sie draußen vor seiner Tür und sehen zu, wie Bobolara die Teufel in den Bauch des Gebieters Tibbetti hineinknetet.«

Sanders starrte ihn betroffen an. »In Bobolaras Hütte? Was für eine Sorte Häuptling bist du denn, daß du Tibbetti in seinen Händen läßt?«

Der König gab keine Antwort.

Bones hatte an diesem Morgen sein Bewußtsein wiedererlangt und man stützte ihn, als Sanders mit seinem katzenartigen Schritt in die große Hütte trat.

»Hallo, liebe alte Exzellenz«, sagte Bones schwach, »bißchen Fieber, alter Herr. Konnte Bobolara nicht finden. Der Lump riß aus, ehe ich ankam. Tut mir fürchterlich leid, aber…« Bones lächelte schwach, »ich habe auch kein Okapi gesehen.«

»Pech, Bones!« versetzte Sanders ohne zu lachen. »So! Sie haben Bobolara verfehlt? Gelang es ihm, fortzukommen?«

»Ja, der Lump war gerade fort, ehe ich ankam. Aber dieser nette alte Doktor hat mich betreut; er ist wirklich ein guter Kerl.«

»So, so«, meinte Sanders und rief den »Heiler« vor die Tür. »Sag mir die Wahrheit, Bobolara, und ich werde dir das Leben leicht machen.«

Sanders' Blick schweifte von dem Mann zu dem baumelnden Strick und er lachte innerlich, denn er erriet dessen Bestimmung.

»Gebieter, was soll ich sagen? Ich bin ein Mensch, der heilt. Ich bin erfahren darin, den Grund der Schmerzen aufzufinden, und kenne das Verhalten fremdartiger Gifte, wie zum Beispiel das der kleinen roten Beeren, die in der Nähe von Sümpfen wachsen. Ich habe niemals einen Menschen getötet, aber viele geheilt. Und wenn Lujaga mich haßt, dann hat er seine Gründe dafür. Gebieter, ich glaube, dein Sohn wird am Leben bleiben.«

Sanders ließ den Kopf sinken. »Mann, wenn du die Wahrheit sprichst, dann lügt ein anderer Mann. Warum verfolgt dich Lujaga mit seinem Haß?«

Bobolara zögerte. »Wegen eines Weibes, das vom Ochoriland kam. Sie wurde bei einem Beutezug des Königs hierhergeschleppt.«

»Von Lujaga?« Sanders' Stimme wurde schneidend.

»Es finden viele Raubzüge statt«, fuhr Bobolara fort. »Manchmal werden Weiber angeschleppt, manchmal Ziegen. Jenes Weib schickte ich in ihre Heimat zurück, die sich an der Ochorigrenze befindet. Lujaga würde mich dafür getötet haben, aber er hatte Angst.«

»Erzähle mir etwas mehr von den kleinen roten Beeren!« befahl Sanders.

»Gebieter, ich weiß nichts von ihnen, außer, daß Menschen sterben müssen, die davon essen. Sie werden dann sehr schläfrig und haben schreckliche Kopfschmerzen.«

Sanders verließ ihn unter Kopfnicken und ging langsam die Dorfstraße entlang, den Kopf auf die Brust gesenkt und seine Hände auf dem Rücken um den langen Spazierstock geklammert.

Der König beobachtete ihn argwöhnisch, aber Sanders ging an seiner Hütte vorbei und blieb am Ende der Dorfstraße stehen. Er winkte einen Mann zu sich.

»Hol mir Ligi, den Königsmann!« befahl er.

Man holte Ligi aus dessen Hütte.

»Ligi, du bist doch mit dem Gebieter Tibbetti in seinem feinen Schiff angekommen?«

»Ja, Herr!«

»Und nach einem und noch einem Tag befiel ihn die Krankheit.« Sanders beobachtete den Mann scharf. »Die Krankheit, die die Menschen anfällt, die kleine rote Beeren vom Sumpf essen.«

Des Mannes nackte Zehen bohrten sich in den Staub, ein Zeichen innerer Aufregung, die dem Distriktsgouverneur nicht entging. Er wandte sich um und rief zwei Soldaten herbei.

»Bindet den Mann an einen Baum! Dann peitscht ihn, bis er alles sagt, was er zu sagen hat!«

Ligi wehrte sich nicht, als die großen Kanuleute ihn packten, noch empfand er eine Neigung, an einen Baum gefesselt zu werden.

»Gebieter, ich bin des Königs Mann. Ich habe nur das getan, was er mir befohlen hat. Ich will dir die Wahrheit sagen.«

Diese Wahrheit beanspruchte geraume Zeit, und am Schluß schickte Sanders ihn an Bord der »Zaire« und ließ ihn in Eisen legen. Dann rief er Lujaga, den König, zu sich.

»Lujaga, du gehst auf eine kurze Reise, und ich hoffe, sie wird dir wenig Schmerzen bereiten.«

»Ich will dir die Wahrheit sagen...« begann Lujaga.

Über Sanders' Gesicht kroch ein unangenehmes Lächeln.

»Erzähle das den Geistern!« antwortete er und sah bedeutungsvoll zu dem Baum und dem herabhängenden Strick hinüber.

## *Die Wazoos*

Wenn Bones sein Haar pflegte, war das eine Prozedur; die Haarpflege einer Primadonna war im Vergleich dazu karg zu nennen.

Unter dem breiten Fenster seiner Hütte befand sich eine Frisiertoilette, auf der, in genauer Abstufung, Reihen von Flaschen standen, die Haarstärkungsmittel jeglicher Art, Verschönerungsmittel, Pomaden zum Glätten der Haare, Klebemittel, Haarseifen und andere Lösungen und Essenzen zum Waschen, Baden und zur übrigen Körperpflege enthielten.

Er hatte zwei Haarbürsten mit silbernem Rücken, auf denen sich sein wundervoll eingraviertes Monogramm befand, und eine solche mit Holzrücken, die zu jeder Periode ihres Daseins ein nettes heißes Bad willkommen geheißen hätte; mit dieser und einem Kamm machte Bones unter gewissen Gesichtsverrenkungen und Kopfneigungen seine Krone fertig für den Tag.

An einem wundervollen Julitag hatte er einen triftigen Grund für besondere Sorgfalt, denn zwei Tage zuvor hatte der Dampfer die sehr ehrenwerte Muriel Witherspan gelandet. Und Bones verliebte sich in demselben Augenblick in sie, als ihr zierliches Füßchen den gelben Strand betrat.

Die sehr ehrenwerte Muriel war die Tochter eines Staatssekretärs und die Nichte eines anderen Staatssekretärs. Sie war Künstlerin und auf die Idee gekommen, eine Ausstellung von Eingeborenengemälden zu veranstalten. Und im Laufe der Zeit, der viele Telegramme, dringende Privatbriefe und ängstliche Anfragen vom Government vorangingen, war sie schließlich angekommen, um ein kaltes, steifes, amtlich-förmliches Willkommen bei Distriktsgouverneur Sanders, dagegen bei Leutnant Tibbetts gestammelte Anbetung zu finden.

Sie war hübsch und schlank und sehr befähigt. Bones hielt sie für das wunderbarste Weib der Welt. Sicher war sie das wunderbarste Weib im Schutzgebiet, denn es gab dort kein anderes.

Sanders und Hamilton saßen mit ihrem Gast beim Frühstück, als Bones nach beendeter Toilette herüberkam.

Das junge Mädchen sah von ihrem Teller auf und unterwarf den Ankömmling einer kühlen, fast peinlichen Musterung. Sie begann damit an seinem Hals, was Bones sehr unglücklich machte, denn gerade dieser war der Gegenstand dauernder Lästerung Hamiltons, und endete bei seinen geglätteten Locken.

»Guten Morgen, ehrenwerte Miß!« sagte Bones, dem es unbehaglich wurde. »Doch nichts los mit meiner netten alten Kokosnuß... Nix Beleidigendes für Ihr Künstlergemüt, meine junge Akademikerin?«

»Setzen Sie sich und essen Sie Ihr Frühstück, Bones – und halten Sie den Mund!« befahl Hamilton.

»Ich dachte gerade daran, wie hübsch Sie aussehen«, meinte Muriel, und Bones strahlte.

»Wirklich, liebe Miß? Ich galt immer als ein hübsches Baby... ›Wo bist du hergekommen, liebes Baby? Von nirgendwo besonders her...‹ – Sie kennen die nette alte Hymne, ehrenwerte Miß? ›Wer gab dir die Äuglein, so blau schau'n sie aus? Ein netter, alter Engel, als ich kam heraus.‹«

»Großer Gott!« stöhnte Hamilton leise vor sich hin. Wenn Bones Verse rezitierte, übte das immer die gleiche Wirkung auf ihn aus.

»Ich glaube, Sie sind reizend, Mr. Tibbetts«, bemerkte Muriel. Es klang überzeugt. Bones kicherte.

»Sie sind ein ungezogener alter Schmeichler«, gluckste er. »Und gleichzeitig, Ham, lieber alter Offizier, bin ich oft mit Henry Ainley verwechselt worden. Tatsache! Ich bin mir nicht ganz sicher, ob es Henry Ainley ist oder der nette Owen Nares, aber einer von diesen beiden Komödianten ist's.«

»Sind Sie sicher, daß Sie nicht die beiden dressierten Seehunde meinen?« fragte Hamilton, und Bones schloß die Augen ergebungsvoll.

»Ich nehme Sie beim Wort, Miß«, sagte er. »Ich behaupte nicht, daß ich hübsch bin, aber in der Masse geh' ich so mit durch...«

»Wenn Sie 'n Tritt kriegen«, ergänzte Hamilton.

»Und wenn Sie mich malen wollen, nun, hier haben Sie mich!« fuhr Bones, die Unterbrechung verächtlich übergehend, fort.

»Und wenn Sie ihn in einem unsichtbaren Blau malten, so daß niemand ihn sehen kann, würden Sie der Allgemeinheit und dem Government einen großen Dienst erweisen«, fügte Hamilton hinzu.

»Sie sind sehr unfreundlich!« bemerkte Muriel, indem sie ihren Toast zerbröckelte und ihre grauen anmaßenden Augen auf Bones gerichtet hielt. »Mr. Tibbetts hat ein vollkommen griechisches Antlitz.«

»Da haben Sie's!« versetzte Bones grinsend.

»Seine Nase ist ein wenig zu kurz für den vollkommenen Griechen, aber sein Kinn ist beinahe ein Traum, meinen Sie nicht, Hauptmann Hamilton?«

»Haben Sie seine Frechheit bemerkt?« fragte Hamilton, sardonisch lächelnd. »Die ist ein Alp.«

»An Bones ist eine ganze Masse sehr malerisch, lassen Sie das genügen!« unterbrach Sanders lächelnd. »Er ist ein bißchen zu dünn, und seine Gewohnheit, gebückt zu gehen, häßlich...«

»Und seine Füße sind ungeheuerlich«, murmelte Hamilton.

»Sie neidisches Ding«, sagte Bones gereizt. »Malen Sie mich lieber nicht, liebe, junge, ehrenwerte Miß!«

»Malen Sie ihn doch als eine Abnormität!« schlug Hamilton vor. »Und lassen Sie nachts ein Licht vor seinem Bild brennen. Das würde den hartgesottensten Einbrecher abhalten.«

Bones nahm die Besucherin ins Schlepptau, um ihr einige Lektionen in der Kunst malerischer Komposition zu geben.

Sie hatte den Garten des Bezirksamtes gewählt und den mit hohen Gummibäumen bestandenen Flecken am Rande des Wassers – eine gesuchte Zufluchtsstätte an heißen Tagen.

»Wenn Sie hier hübsch sitzen wollten, liebe Miß, werden Sie den Fluß und die nette kleine Dorfschaft sehen. Ist das nicht fein?«

»Glänzend!« erwiderte das Mädchen. »Stellen Sie meine Staffelei dorthin, Mr. Tibbetts! Und wollen Sie meinen Stuhl losmachen? Und, oh, ich habe meine Farben vergessen! Wollen Sie sie, bitte, holen?«

Ganz aufgelöst tat Bones eine Viertelstunde Botendienst, danach begann die Künstlerin Muriel zu malen.

Bones schlich sich nach vorn, bis er die Öffnung zwischen den Bäumen ausfüllte, stand zufällig gerade in der Mitte ihres Bildes, verschränkte seine Arme, nahm die Stellung eines Napoleons an und wartete. Er wartete eine halbe Stunde, und als sie dann sagte: »Würden Sie so gut sein und zur Seite treten, Mr. Tibbetts? Ich habe keine Aussicht«, war er begreiflicherweise verletzt.

Außer ihrem Beruf als Malerin hatte Miß Muriel Witherspan die Leidenschaft, sich über Leben und Sitten der Eingeborenen zu unterrichten. Im Laufe eines Nachmittags quetschte sie Sanders völlig aus, und im Laufe eines Abends machte sie Hamilton zu einem nervösen Wrack.

»Well, es ist gewissermaßen so, sehen Sie, die Isisi sind nicht genau dasselbe wie die Akasava... Nein, ich glaube nicht, daß sie besondere Sitten haben, verstehen Sie... Warum fragen Sie nicht Bones?«

Bones unterrichtete seinen Vorgesetzten, daß ihm nichts ein größeres Vergnügen machen würde.

»Natürlich, ich habe die eingeborenen Schwarzen eingehend studiert und...«

»Besser schwindeln können Sie, das ist alles«, antwortete Hamilton rauh. »Sie möchte Schreckensdinge über diese unschuldigen Eingeborenen hören, und Sie können welche erfinden.«

»Halten Sie mit Ihren Bluffs ein, lieber alter Ham!« murmelte Bones. »Halten Sie ein mit Ihren Bluffs!«

Hamilton verließ Bones im Zustand völliger Selbstbeweihräucherung.

Am nächsten Morgen hörte Muriel Witherspan von den Wazoos. Es gab keinen Stamm dieses Namens am Fluß. Aber Bones liebte es, seine Märchen an irgendein Volk zu knüpfen, und Miß Muriel hörte mit offenem Mund zu.

»Mr. Tibbetts hat mir erzählt, wie die Wazoos Selbstmord begehen, indem sie sich, Kopf zuunterst, begraben«, sagte sie beim Frühstück. Und dann: »Die Wazoos leben, wie Mr. Tibbetts sagt, im Sommer in den Bäumen, um sich gegen die Moskitos zu schützen.«

Um Sanders' Augen zuckte es verräterisch, aber er gab das zu.

Bones hielt sich mit seinen Phantasiegebilden an die unglücklichen Wazoos. Ihrethalben erdichtete er ein Königreich – er zeichnete es in den Meeressand – und ein Herrscherhaus, das mit Wog–Wog dem Ersten begann und mit Buh-Bah dem Neunten endete.

»Nun haben Sie's glücklich fertiggebracht, Bones«, sagte Hamilton eines Morgens, als er seinen Untergebenen auf dem Exerzierplatz traf. »Das Fräulein besteht darauf, nach Wazooland zu gehen, und Sanders mußte sie mit Gewalt abhalten, an ihren erlauchten Vater um Erlaubnis hierzu zu drahten. Das beweist nur, welches Unheil ein geborener Schwindler anrichten kann.«

»Sehe ich so aus?« antwortete Bones entrüstet.

»Natürlich tun Sie das... Sanders nimmt sie mit zu den Ochori und wird versuchen, ihr sachte die Tatsache beizubringen, daß es so was wie die Wazoos gar nicht gibt.«

»Aber warum denn, Sie verräterischer Kerl von einem Offizier?!« protestierte Bones. »Haben Sie mir nicht gesagt...?«

»Stehen Sie gefälligst stramm, wenn Sie mit Ihrem Vorgesetzten sprechen!« befahl Hamilton ernst.

»Verflucht unfair«, murmelte Bones. »Verdammt unsportsmäßig, lieber alter Judas.«

Sanders nahm das Fräulein auf der »Zaire« mit zum Ober-Fluß. Aber Bones' Kummer darüber, daß er des Vorrechtes, die schöne Besucherin zu begleiten, beraubt worden war, wurde gemildert, als am Tag nach der Abreise des Distriktsgouverneurs eine Taubenpost im Bezirksamt eintraf.

Als Hamilton das winzige Papier von dem Beinchen der Taube löste, sah er, daß die Botschaft von Sanders kam und als »dringend« bezeichnet war.

»Schicken Sie sofort Bones mit dem ›Wiggle‹ nach Lujamalababa! Soll Saka, den Zauberdoktor, festnehmen!«

»Ich meine, Sie sollten sich fix auf die Strümpfe machen!« rief Hamilton nachdenklich. »Die Unke hat wieder mal Gesichte gehabt.«

Im Akasavaland, jenseits Lujamalababas, auf der anderen Seite des Großen Sees, lebte Saka, der Zauberer, der der Sohn eines Zauberers und der Enkel zweier anderer Zauberer war. Dieser Magier besaß Macht über Leben und Tod. Wenn er Toten die Hand auflegte, öffneten sie sofort die Augen und redeten. Und wenn er einen Mann oder ein Weib anblickte, verschwanden sie auf Nimmerwiedersehen. So ging das Gerücht.

Einmal zog ein Unterhäuptling, der ein sehr reicher Mann war, mit seinem Stamm nach dem französischen Gebiet, um dort Felle und Elfenbein zu handeln. Und weil er seinen Verwandten nicht traute – denn wer täte das? –, ließ er alle seine bewegliche Habe in Sakas Verwahrung zurück. Saka vergrub die Schätze im Beisein des Mannes unter dem Estrich seiner eigenen Hütte. Er stieß dabei gewisse Verwünschungen aus, die böse Geschwüre auf dem Nacken dessen hervorbringen sollten, der es wagen würde, den Erdboden über dem Schatz aufzuwühlen.

Der kleine Häuptling entfernte sich mit dem beruhigenden Gefühl, daß seine Habe gesichert sei.

Nach sieben Monden kehrte er zurück und ging nach Sakas Hütte. Sie gruben gemeinschaftlich nach dem Schatz, aber der Schatz war fort.

»O Ko!« sagte Saka in erkünstelter Bestürzung, die eine Beimischung von Heiterkeit hatte. »Das kommt von meinem Zauber. Ich muß wohl zu scharf auf deine hübschen Wunder gestarrt haben, M'guru, daß sie so spurlos verschwinden konnten.«

M'guru war Händler und als solcher argwöhnisch von Natur. Er brachte seine Klagen vor Sanders, und der Distriktsgouverneur lud Saka vor.

»Mann!« redete er ihn an. »Man sagt mir, du seist ein großer Zauberer und daß alles, was du ansiehst, verschwindet. Auch ich bin ein Zauberer. Ich strecke meine Hand aus, und siehe, wo ist der freie Mann, der ohne Ketten an seinen Füßen herumläuft? Verschwunden ist er, in meinem Dorf der Ketten, wo Bösewichte lebenslänglich für das Government arbeiten und wo sogar große Häuptlinge nicht mehr bedeuten als ein einfacher Fischer. Nun gehe fort, Saka, und forsche mit deinen wundervollen Augen gehörig nach M'gurus Schatz. Und ich bin überzeugt, daß du ihn finden wirst, da du ein Zauberer bist.«

Saka ging und kehrte nach drei Tagen mit der Erzählung seiner Entdeckung zurück.

»Gebieter, durch die Zauberkraft meiner Augen habe ich M'gurus wundervolle Schätze entdeckt. Sie liegen unter den drei Bäumen am Wasser vergraben, und ich habe sie ausgegraben und M'guru übergeben.«

»Das ist gut!« sagte Sanders. »Saka, ich bin ein Mann von wenig Worten und vielen Pflichten. Laß mich nicht wieder zu diesem oder zu jenem Palaver hierherkommen, oder in deiner Hütte wird Wehklagen sein!«

Sanders fuchtelte dabei bezeichnend mit seinem Stock, und Saka, der Vorstellungsgabe besaß, fuhr zusammen. Danach unternahm er viel, um seinen Ruf bei seinem Stamm zu festigen, obwohl seine Versuche durchaus nicht überall einmütig bewillkommnet wurden.

Er sah so lange auf M'gurus, seines Widersachers, junges Weib, daß sie ebenfalls verschwand. Der schlaue M'guru vermutete, daß sie nicht bei den drei Bäumen am Wasser begraben worden war. Kraft seines Amtes sandte er nach dem Zauberer.

»Saka, entweder du bringst mir durch deinen Zauber mein Weib zurück, oder ich bringe dich gefesselt zu Sandi.«

»M'guru«, entgegnete Saka überrascht, »ich wußte nicht, daß du ein Weib hast. Aber mit meinen wunderbaren Augen werde ich sie dir finden und an deine Hütte bringen, und du wirst mir zwei Elfenbeinzähne geben, weil ich mit den hübschen Teufeln spreche, die jede Nacht um mein Bett herumsitzen und mir Geschichten erzählen.«

Zufällig befand Sanders sich in der Nähe, und das Palaver, das hierauf stattfand, war kurz und erwies sich als schmerzvoll für Saka. Danach traten des Zauberers Augen nicht mehr in Tätigkeit.

Nun war Saka ein verdrießlicher Mann mittleren Alters. Wie alle Zauberdoktoren war er ungemein eitel. Die Züchtigung hatte ihn, nicht weniger als der Verlust seines Rufes, verbittert gemacht. Und da er eine erfinderische Veranlagung hatte, entdeckte er eine Methode, seine Autorität wiederzugewinnen: eine Methode, die ihm selbst zwar keinen großen Nutzen brachte, aber die denen, die er als seine Widersacher ansah, großen Ärger verursachte. Männer und Weiber, die des Nachts verstohlen in seine Hütte kamen, um seine Vermittlung in ihren Angelegenheiten in Anspruch zu nehmen, hörten dort von einem neuen und mächtigeren Teufel als jene, die jemals in dem Land am See gehaust hatten. Der Name des Teufels war M'lo, er selbst von mikroskopischer Kleinheit. Und er übte einen Unfug von jeglichem Kleidungsstück aus, in dem er sich festgenistet hatte.

»Du hast Feuer in deinen Zähnen!« rief Saka einem Bittenden zu, dessen geschwollene Backe und schmerzlicher Gesichtsausdruck beredt von seiner Qual sprachen. »Mein Zauber sagt mir, daß M'lo mächtig gegen dich am Werke ist.« Saka schloß seine Augen in einer Enträtselungsekstase. »Er wohnt in dem blauen Tuch E'garas, M'gurus Weib. Dieses Stück Zeug mußt du verbrennen. Wenn du mich an M'guru verrätst und wenn er erfährt, daß ich dir das gesagt habe, dann wird er dich töten.«

Am nächsten Morgen verschwand das wunderbare blaue Stück Zeug, das die Gestalt E'garas, des Haupt- und Lieblingsweibes M'gurus, umgab, und wurde im Walddickicht ein Haufen schwarzer und rauchender Fasern.

Einem Mann, dessen Weib diesem – um ein mildes Wort zu brauchen – Ursache zur Beunruhigung gegeben hatte, verriet Saka, daß sich M'lo in dem wachsenden Mais auf dem Feld eines von Sakas Widersachern aufhielte. Und am Morgen stand kein Mais mehr dort, wo der Betroffene auf der Suche nach seinem verhaßten Quälgeist herumgestöbert hatte.

Saka entdeckte, wie M'lo das Dorf vom Feuer vor M'gurus Hütte boshaft beobachtete, und am nächsten Morgen war das Feuer erstickt. Und niemand verriet Saka aus Furcht vor diesem bazillenartigen Dämon. Niemand, außer einem Kundschafter Sandis, dessen Aufgabe es war, zu wissen und zu berichten.

Dieser hatte eine Aussprache mit Saka, bei der er sich als ein Mann ausgab, der einen Hund verloren hatte. Und Saka erzählte ihm von M'lo und wie dieser Teufel gebannt werden könne, wenn man M'gurus Hütte in Brand stecke. Das sagte er, weil der Kundschafter aus einem anderen Dorf stammte.

Dann kam eines Tages Leutnant Tibbetts mit vier Soldaten und brachte den Zauberer Saka an einen Platz, wo M'lo keinen Einfluß mehr hatte.

In dem blauen Dämmerschein, der unmittelbar nächtlicher Finsternis vorangeht, suchte ein kleiner weißer Dampfer seinen Weg durch die pestbringenden Sandbänke, die den Fluß gegenüber dem Dorf Lugala verseuchen. Und sämtliches Dorfvolk kam herunter ans Ufer; sie hofften, daß irgend etwas einträte, das einen willkommenen Gegenstand zum Klatschen während der noch verbleibenden Nachtstunden abgeben würde. Denn sie sind großartige Geschichtenerzähler und ungeheuer leichtgläubig. Schwere Regen waren gefallen; in dem seichten Bett hatte sich Schlamm abgelagert, neue Sandbänke tauchten auf, wo früher tiefe Fahrrinnen gewesen waren, und die Aussicht auf eine Sensation war nicht ungerechtfertigt.

Der Möglichkeiten, die schwere Regen und sich verändernde Sandbänke mit sich bringen, völlig unbewußt, kam der Führer des Dampfers mit Volldampf angefahren. In seinem Auge leuchtete das Licht eines energischen Entschlusses, und der größere Teil einer halben Banane füllte seine Mundhöhle.

Im Bug der »Wiggle« schwang ein Kanujunge einen langen Stock, stieß damit ins Wasser und berichtete seine Entdeckungen in klagender Einförmigkeit.

»Ein Faden und ein halber Faden« (Faden = sechs englische Fuß = 1,82 m), dröhnte er, und dann: »Ein Faden.«

Der »Wiggle« bumste in etwas Weiches, drehte sich dann, teilweise nachgebend, breitseits zum Strom und lag still.

»Wuuf... Umph... hggg!«

Bones' natürlicher Ausruf des Schreckens und der Betroffenheit wurde durch die Banane etwas entstellt. Er verschluckte sie hastig und wäre beinahe erstickt.

»Oh ihr zehnmal und noch zehnmal Narren!« wütete er und starrte auf den vollkommen unschuldigen Kanojungen. »Hast du nicht eben einen Faden und einen Faden und einen halben ausgerufen? Und hier liegt nun mein feines Boot auf den Sandbänken!«

»Gebieter, es ist kein Faden und ein Faden und ein halber hier«, antwortete der lotende Junge ruhig. »Als ich das aussang, waren wir in solchem Wasser. Nun liegen wir auf dem Sand. Es ist Gottes Wille.«

Bones stieß einen Laut der Ungeduld aus und sah sich in der Runde um. Die Nacht war plötzlich hereingebrochen. Vom Land sah er das Flackern der Feuer vor den Hütten herüberleuchten. Aber er wußte, von den Isisi würde kein Mann zur Rettung des Bootes kommen, denn man hätte bis an die Hüften in einem Fluß stehen müssen, der von Krokodilen bevölkert war, wenn man den »Wiggle« in tieferes Wasser bringen wollte.

Bis zum Morgen lag er sicher genug, denn der Druck des Stromes würde den »Wiggle« fest auf der Bank halten. Aber zwischen Sicherheit und Bequemlichkeit war ein weiter Spielraum. Der Fußboden seiner Schlafkabine neigte sich in einem Winkel von dreißig Grad. Es war unmöglich, bequem zu sitzen oder zu liegen. Bones befahl, das Boot fertig zu machen, und ließ sich an Land rudern.

Daß er erwartet wurde, wußte er, noch ehe die Wachfeuer am Strand aufzulodern begannen. Eine Volksmenge von fünfhundert Leuten wartete darauf, ihn zu empfangen. Lugala hatte fünfhundertsechs Einwohner, aber sechs davon waren zu alt oder zu krank, um den Weg zum Fluß zurückzulegen.

Borobo, der Häuptling, bot ihm Salz und Entschuldigungen an. »Gebieter, zu dieser Jahreszeit gibt es viele Alligatoren im Fluß. Gestern packten sie ein Weib aus dem Dorf Gobini, während sie ihr Baby am Flußufer wusch.«

»Habe keine Furcht, Häuptling! Ich komme mit Frieden in meinem Herzen«, sagte Bones herablassend und stelzte die Dorfstraße hinauf bis zum Gästehaus, das für ihn vorbereitet war. Der Häuptling hatte im stillen angeordnet, daß man seine kostbaren Hunde, die gewöhnlich darin eingesperrt waren, daraus entfernen sollte.

Leutnant Tibbetts' eigener Koch kam an Land und bereitete das Abendessen, das Bones vor einer Zuschauerschaft von fünfhundertdrei Personen einnahm, da drei von den Kranken und Betagten aus ihren Hütten getragen wurden, um dem erstaunlichen Schauspiel beizuwohnen, einen Mann in regelmäßigen Zeitabständen einen silbernen Speer in seinen Mund stecken zu sehen.

»Man sagt«, flüsterte eine Klatschbase erschrocken zur anderen, »daß Tibbetti seine Finger nicht gebrauchen kann, da er von einer Schlange in die Finger gebissen wurde, als er noch jung war.«

Als Bones im Laufe des Abends Nachricht erhielt, daß der »Wiggle« sich in noch beunruhigenderer Weise auf die Seite gelegt hätte, befahl er alle Mann an Land, und Saka wurde am Ende des Dorfes unter Bewachung gestellt.

Nun war Sakas Ruf nicht auf seine eigene Landschaft beschränkt. Er erfreute sich in Gegenden jenseits Lajumalababas (oder Lugalas, wie es zeitweilig genannt wurde) eines Rufes, um den ihn manche ortsbekannte medizinische Größe beneidete. Denn das ist einmal so in der Welt, daß kleine Leute ihren eigenen Ruf erhöhen, indem sie den Ruf über ihnen Stehender verkleinern. Und durch Bones wurde, je mehr die Nacht fortschritt, nicht die Hütte, in der er untergebracht war und schnarchend schlief, der Mittelpunkt des Interesses, sondern die größere Hütte, in der der schwarze Philosoph eines fremden Stammes Weisheit predigte und die Dorfbewohner von Lugala in die Geheimnisse und Verrücktheiten M'los, des Unsichtbaren, einweihte.

Und niemand war daran mehr interessiert als die Haussa-Schildwache, die ihn bewachte. Denn diese gehörte dem Kanovolk an und glaubte, daß seine Familie unter dem besonderen Schutz einer grünroten Schlange stände, von der die rote Hälfte männlich sei und die grüne Hälfte weiblich. Und dieser Kanomann ging des Abends niemals schlafen, ohne ein Gefäß mit Wasser in der Nähe seines Kopfes aufgestellt zu haben, damit der Schlangendämon nicht durstig würde.

»Bringt mir die Toten herbei«, prahlte Saka, »und ich will sie lebendig machen durch die Wunderkraft M'los, der so klein ist, daß sein Dorf unter dem Fuß einer Ameise Platz hat! Und keiner kann ihn sehen, außer Saka, der wundervollere Augen hat als die Krokodile und glänzendere als die Leoparden. Und dieser, mein kleiner Teufel, befindet sich hier im Dorf. Er sitzt auf dem Blatt eines Baumes und macht deinen Schädel brummen, o Mann, mit dem Draht um deinen Kopf! Und er sitzt auf einem Kochtopf und flüstert böse Worte in die Ohren eurer Weiber, wenn sie den Fisch kochen. Aber am schrecklichsten ist er, wenn er in den Kleidern der weißen Männer wohnt.«

»Meine Tochter hat Schmerzen in ihrem Magen«, sagte ein Mann, sich vordrängend. »Auch wächst auf meinem Feld kein Mais. Und die Affen haben meine wunderbaren gelben Früchte gefressen.«

»Das hat M'lo getan«, antwortete Saka selbstgefällig, und seine Augen wurden weit und starr. »Ich sehe ihn! Er befindet sich in dem Anzug des weißen Mannes. Nun wird Tibbetti morgen früh nach der Gewohnheit seines Volkes zum Fluß hinuntergehen und sich über den ganzen Körper waschen. Dann nimm seine gesamte Kleidung, auch das kleine seidene Hemd mit den Röhren für die Beine, das er während des Schlafes trägt – das wirst du am Flußufer finden.

Und lege Feuer unter alles und verbrenne es! Und dann will ich M'lo in ein anderes Dorf schicken.«

»Aber Saka, wenn wir das tun«, wandte ein Patient beunruhigt ein, »dann wird er uns peitschen, denn er ist ein grausamer Mann. Auch ist Sandi nur einen Tagesmarsch von hier entfernt, und er wird mit seinen Soldaten kommen und uns züchtigen, wie er es damals zur Zeit des Krieges getan hat, als er meinen leibhaftigen Vater aufhängte.«

»Wer wird euch am meisten züchtigen?« fragte Saka orakelhaft. »Dieser Sandi, der nur ein Mensch ist, oder M'lo, der ein Gott und ein Teufel, ein Zauberer und ein Geist, alles in einer Person ist? Wer wird euer Dorf vor Feuersbrunst bewahren und eure jungen Mädchen vor ernsthaftem Mißgeschick und eure Weiber vor Treulosigkeit? Einzig und allein M'lo, der so klein ist, daß er sein Mahl in dem Auge eines Moskitos kochen kann, ohne daß dieser schreckliche Vogel etwas davon merkt!«

»Herr«, versetzte ein betagter Mann und schüttelte furchtsam seinen Kopf, »wir waren ein glückliches Volk, bis du kamst, denn wir wußten nichts von M'lo, da wir unsere eigenen Teufel hatten, die aus unserer Väter Zeit stammten.«

»Wissen heißt leiden!« meinte Saka doppelsinnig. »Wenn ihr diese Dinge nicht für mich tun wollt, dann müßt ihr vergehen, wie viele Dörfer zugrunde gegangen sind. Denn, was sah ich auf dem anderen Ufer des Flusses? Nur ein Dorf, das einmal ein Dorf gewesen war. Und das Elefantengras wächst zwischen den Dachsparren. Und die Gräber der Toten? Wo sind sie?«

Zehn Meilen flußaufwärts war nämlich ein Dorf gewesen. Dort hatte Beriberi gehaust und die Einwohnerschaft ausgerottet, die nicht vor der Geißel fliehen wollte.

»Wer brach die Mauern nieder und ließ die Dächer verfaulen? – M'lo!« sang Saka. »Und nun ist er hierhergekommen, und ich fürchte, ihr werdet alle sterben!«

Bones hatte Auftrag gegeben, man solle ihn früh wecken. Er hatte die Entschuldigung für eine Unterbrechung seiner Reise mit Freude begrüßt, denn er war ungemein begierig, der ehrenwerten Miß Muriel unter Verhältnissen zu begegnen, die sehr schmeichelhaft für ihn selbst waren. Und die »Zaire« war an diesem Tag dort fällig; der Häuptling hatte ihm das gesagt – und er selbst wußte es, denn der

Lokoli hatte die Nachricht in dieser Nacht weitergetrommelt.

Bones, Untergebener, solange er im Bezirksamt war, war nicht der Bones, der an der Spitze einer wichtigen und besonderen Mission stand. Es war nur angebracht, daß Miß Muriel das zu Bewußtsein geführt wurde. Vielleicht würde sie dieser neue Eindruck von ihm sogar zu einem Bild begeistern.

Er stellte sich dieses Bild als das von der Königlichen Akademie preisgekrönte Gemälde vor: Ein ernster, hübscher junger Offizier, das Schwert an der Hüfte, den Tropenhelm zurückgeschoben, um die fast griechische Nase und das vollkommene Kinn eines geborenen Befehlshabers sehen zu lassen. Er stand im weißglühenden afrikanischen Sonnenlicht; die Hände ruhten leicht auf dem Lauf einer Hotchkiß-Revolverkanone; im Hintergrund ein wütender Mob eingeborener Schwarzer, deren bluttriefende Speere und das Blut gerinnenlassende gellende Schreie den Mut des spöttisch lächelnden jungen Mannes nicht zu erschüttern vermochten.

Und dieses Gemälde würde einfach mit »Der Gründer eines Kaiserreiches« oder »Die eiserne Faust und der Samthandschuh« oder mit etwas ähnlich Passendem bezeichnet sein.

Er hatte weder die Zeit noch die nötigen Utensilien bei sich, um sein Haar, wie er es gern gewollt hätte, zu frisieren, aber das Vergnügen hatte er ja noch vor sich. Abiboo hatte ihm Nachricht gebracht, daß der »Wiggle« wieder flott sei und im tiefen Wasser vor Anker liege.

»Nimm die Leute an Bord!« befahl Bones scharf. »Vor einer Stunde oder zwei werden wir nicht abfahren. Ich muß die Maschine überholen.«

Abiboo ging, sammelte seine Leute und seinen Gefangenen, ließ sie an Bord gehen, setzte sich nieder und wartete.

Bones rasierte sich aufs sorgfältigste mit einem Sicherheitsrasierapparat, warf einen Schlafrock über seinen Pyjama und schlurfte zu einer abgelegenen Stelle am Fluß, um sein Morgenbad zu nehmen.

Der Gedanke, sein Bild in der Akademie hängen zu sehen, war bestrickend. Die Tatsache, daß Miß Muriel Witherspan in der Akademie oder sonst an einer Stelle, die höchste Belohnung zum Anreiz der Ausstellung machte, nicht ausstellte, kam Bones nicht. Er sah sich selbst vor dem Clou der Jahresausstellung auf und ab gehen und das Bild mit einem stillen, rätselhaften, abwehrenden Lächeln betrachten und fortschlendern, während sich die Köpfe nach ihm umwandten und flüsterten: »Das ist er! Tibbetts, der Kaiserreichgründer!«

Er war so in diesen Gedanken vertieft, daß er längere Zeit brusttief im Wasser stand und feierlich nach dem in Stromesmitte ankernden »Wiggle« hinüberstarrte.

Der Clou der Jahresausstellung! Warum sollte sie das Bild nicht malen? Sie schien ein sehr intelligentes junges Weib zu sein; ihr Farbenkasten war beinahe neu und mußte eine Menge Geld gekostet haben. Und – auf jeden Fall war Malen nur eine Frage, wie man die richtigen Farben an der richtigen Stelle anbrachte.

Mit einem langen ekstatischen Seufzer drehte er sich um und kam, die Haut rosig und klatschnaß, zu der Stelle, an der er sein Zeug und das Badehandtuch zurückgelassen hatte.

Aber sogar das Badetuch war fort. Pyjama, Jacke, Beinkleider, alles verschwunden. Nur die Morgenschuhe fand er vor.

»Hiii!« gellte Bones wütend.

»Hiii!« kam das Echo vom Gehölz zurück und hatte den Klang eines Gelächters.

»Gnadenvolle Güte, lebendiger Himmel!« hauchte Bones.

Er befand sich nicht drei Minuten von seiner Hütte entfernt, aber um deren schützendes Dach zu erreichen, blieb kein anderer Weg als der durch die Dorfstraße.

Bones sah sich hilflos nach Blättern um. Er hatte eine unbestimmte, verschwommene Erinnerung, irgendwo über jemand gelesen zu haben, der sich ein Notkostüm aus diesem ärmlichen Stoff gefertigt habe. Aber die einzigen Blätter, die er entdecken konnte, waren die winzigen Blätter des Gummibaumes. Und Bones erinnerte sich, daß er weder Nadel noch Zwirn bei sich hatte.

*»Hiiii!«* gellte er von neuem, purpurrot im Gesicht. Aber keine Antwort kam.

Er kehrte um und sah nach dem »Wiggle« hin. Die Strömung lief schnell, aber er war ein guter Schwimmer und...

Er sah einen Wirbel im Wasser, den zackigen Rückenkamm, als ein Krokodil flußabwärts schwamm. Es zog vorüber, nur um in einem weiten Kreis zu wenden und wieder flußaufwärts zu schwimmen.

»O verflucht und hol dich der Teufel!« jammerte Bones. »Mach, daß du fortkommst, du ungezogene Krustazee!«

Er meinte Silurier, aber das tat nichts zur Sache.

Es blieb ihm nichts anderes übrig, als zu versuchen, seine Hütte zu erreichen. Behutsam schlich er sich auf dem engen Pfad nach dem Dorf zu und kam jetzt in Steinwurfweite von der nächsten Hütte. Ein Weib mit einem Tonkrug auf dem Kopf kam vorüber. Bones stierte neidisch auf den Graslendenschurz, den sie trug. Niemand sonst war zu sehen; er kroch näher an die Hütte heran, drückte sich gegen die Schilfwände und warf einen Blick ins Innere; die Hütte war leer. Er stürzte hinein.

Aber der Raum war nicht buchstäblich leer. Auf zwei Pflöcken ausgebreitet lag einer jener Graslendenschurze, den er eben sehnsüchtig begehrt hatte: ein Schurz, der aus langem biegsamem Gras angefertigt und an einer Schnur befestigt war. Augenscheinlich war die Arbeit soeben erst beendet, denn die letzte Strähne war noch nicht festgebunden. Bones riß den Schurz von der Wand und wikkelte ihn sich um. Er war offenbar für eine Dame von umfangreicheren Körperverhältnissen bestimmt, denn Bones mußte sich ihn zweimal um den Körper wickeln, ehe er paßte. Das erschrockene Lugalavolk sammelte sich vor den Türen seiner Hütten, um den sonderbaren und sogar beängstigenden Anblick zu bestaunen. Aber Bones, seiner Würde eingedenk, klemmte sich sein Monokel ins Auge – dem Himmel sei Dank, die Räuber hatten ihm wenigstens das gelassen – und ging majestätisch die Straße in ihrer ganzen Länge entlang, augenscheinlich vollkommen uneingedenk der betroffenen oder schuldigen Blicke, die auf ihn starrten, als er vorüberging.

Sein Diener war an Bord des »Wiggle« gegangen, sein Wirt nicht in Sicht. Bones tauchte in seiner Hütte unter und begann ein wahnsinniges Suchen nach seinen Sachen. Auch die waren fort. Sein Bettzeug war verschwunden, seine Breeches – in der Tat alles, ausgenommen ein kurzes seidenes Unterhemd, das sich nach jeder Richtung hin als unzulänglich erwies.

Bones steckte seinen Kopf aus der Tür und brüllte nach dem Häuptling, aber er erhielt keine Antwort. Nicht, daß Borobo ihn nicht gehört hätte. Tatsächlich nahm dieser sich die Mühe, seinen Weibern zu erklären, was der Radau bedeutete.

»Der Gebieter Tibbetti singt jeden Morgen, weil er ein junger und lustiger Mann ist. Da! Hört nur seine schöne Stimme. Sein Volk singt auf diese Weise.«

»Himmel und Moses!« stöhnte Bones, als keine Hilfe kam. Er war nahe daran, wieder aus der Hütte zu treten, denn sein Pech hatte ihn schamlos gemacht. Da traf ein ihm bekannter Ton sein Ohr. Es war das »Honk-Honk« der Sirene an Bord der »Zaire«. Bones setzte sich und trocknete seine Stirn. Sanders hier! Und Hamilton, den er an der Mündung des Isisiflusses abgesetzt hatte, um sich mit Sanders zu treffen. Und die ehrenwerte Muriel!

Füße trampelten hastig an der Hütte vorbei. Die gesamte Dorfschaft rannte zum Flußufer hinunter, um den Distriktsgouverneur zu begrüßen.

Bones wartete, bis er dachte, die Luft sei rein, dann trat er aus der Hütte. Das Mädchen, das auf den Kochtopf vor des Häuptlings Hütte aufpaßte, stieß einen Schrei aus. Bones ging wieder in die Hütte zurück. Er glaubte, er träume. Er zwickte sich in Fleisch, um sich zu überzeugen, daß er wach sei.

Er wartete. Jede Sekunde wurde ihm zur Stunde, jede Minute zu einer Ewigkeit.

Und dann drang Sanders' Stimme an sein Ohr.

»Das hier ist die Häuptlingshütte, Miß Witherspan. Und dieses hier ist das Gästehaus. Sie werden guttun, einen Blick ins Gästehaus zu werfen; es ist weniger zu verachten als die anderen.«

Dann kam das Trippeln leichter Füße, und Bones schrie: »Bleiben Sie draußen, ehrenwerte Miß! Liebe Muriel! Draußen bleiben!«

»Wer ist das? – Bones?« fragte Sanders erstaunt. »Was zum Teufel tun Sie denn hier?«

»Kommen Sie nicht herein!« quäkte Bones. »Ich habe nichts an!«

Er erzählte unzusammenhängend seine Geschichte. Draußen ließ sich unterdrücktes Lachen hören. Natürlich, Ham, der würde schon lachen.

»Lachen Sie nicht, Sie verrückter alter Esel!« rief Bones wütend. »Machen Sie, daß Sie fortkommen, und besorgen Sie mir ein paar Kleider, Sie ungezogener Hauptmann!«

»Ich mußte lachen«, antwortete Muriels musikalische Stimme.

»Gütiger Himmel, das waren Sie!« stammelte Bones.

»Ja, das war ich. Hauptmann Hamilton ist hinuntergegangen, um Ihnen ein paar Sachen zu besorgen. Darf ich nicht einen kleinen Blick hineinwerfen?«

»Nein, Sie dürfen nicht!« schrie Bones. »Haben Sie doch etwas Sinn für Anständigkeit, liebe Künstlerin!«

»Wer hat das getan? Die Wazoos?«

In ihrer girrenden Stimme lag eine Bosheit, die Bones schauern machte. Hamilton mußte es ihr verraten haben, dieser gemeine Kerl!

»Nun hören Sie mal, lieber alter Maler und Dekorateur...!« begann Bones.

»Mr. Tibbetts, Sie haben mich gefoppt!«

»Seien Sie nett!« drängte Bones.

»Sie haben mich zum Narren gehalten. Das werde ich Ihnen nie vergessen. Ich werde hineingehen und eine Skizze von Ihnen machen.«

»Ich habe nichts an!« brüllte Bones lügenhaft, »ausgenommen ein Paar Morgenschuhe und einen Schurz.«

Hamilton kam mit einem Mackintosh und einem Tropenhelm zurück, indem er erklärte, daß das alles sei, was sich hätte auftreiben lassen.

Der Mackintosh wäre sogar für Sanders etwas zu kurz gewesen. An der langen Gestalt von Bones wirkte er beinahe als Jackett.

Es vergingen drei Monate, ehe das illustrierte Blatt im Bezirksamt ankam. Und als Hamilton es nachlässig aufschlug, sah er ein Bild und schrie laut auf. Was er sah, war eine Skizze in Schwarz und Weiß, die in der einen Ecke die gekritzelte Unterschrift M. W. trug.

Die Skizze zeigte Bones in all der Glorie eines Unterhemdes und eines Graslendenschurzes, mit einem Tropenhelm auf dem Kopf und dem Monokel im Auge.

Und darunter der Bildtext: »Britischer Offizier im Eingeborenenkostüm der Wazoos.«

## *Die Panafrikaner*

Das Innere des Distriktsgouverneurs Sanders war wie zwei Bücher. Das eine lag offen zur Einsicht und schloß gerade durch seine leichte Zugänglichkeit den Verdacht aus, daß ein zweites Buch vorhanden sein könnte; das zweite war ein kleines Bändchen, in Stahl gebunden und mit vielen Schlössern verschlossen.

Einmal, als Hamilton die kürzlich von zu Hause angekommenen Zeitungen überflog, las er etwas, worüber er in Lachen ausbrach.

»Ich wünschte, lieber alter Offizier, Sie würden das unterlassen«, bat Bones aufblickend, gereizt von der Qual, die ihm eine einfache

Addition verursachte. »Ich war gerade im Begriff, die Lohnliste zusammenzuzählen. Nun muß ich damit von neuem anfangen.«

»Und Sie werden's falsch machen«, antwortete Hamilton. »Können Sie die verdammte Liste nicht woanders hinnehmen oder lernen, im Kopf zu addieren?«

Bones zuckte die Schultern. »Es gibt nur eine Art, lieber Ham, und das ist die richtige«, entgegnete er und begann seine Arbeit von vorn.

»Worüber lachen Sie eigentlich?« fragte Sanders, der nachdenklich eine Zigarette rauchte und auf den Exerzierplatz hinübersah.

»In einem der Blätter stand etwas über ein panafrikanisches Reich mit einer eigenen Armee, organisiert von amerikanischen Schwarzen und mit einem Generalinspekteur... Wo kriegen sie eigentlich solchen Mist her?«

»Es ist wahr«, sagte Sanders.

Hamilton setzte sich aufrecht. »Was...? – Aber nicht hier... in unserem Gebiet, meine ich?«

Sanders nickte. »Seit drei Jahren weiß ich's«, bemerkte er mit überraschender Ruhe. »Natürlich ist es unvermeidlich. Es war vorauszusehen, daß gescheite und reiche amerikanische Neger früher oder später Afrika erforschen würden.«

Bones hatte seine Abrechnung fallen lassen und horchte mit offenem Mund zu.

»Sie wollen mir doch nicht weismachen, Herr und Exzellenz, daß die netten alten Eingeborenen eine... eine... organisierte...«

»Gerade das wollte ich sagen«, entgegnete Sanders lächelnd. »Nächste Woche läuft ein französischer Dampfer hier ein, mit einem Mann namens Garfield an Bord und einer Dame, die Insektenforscherin ist. Sie will ins Innere gehen und Schmetterlinge jagen, und ich muß gestehen, gerade die Dame macht mir Sorge.«

Sanders schien auf ein anderes Gesprächsthema kommen zu wollen, aber es sah nur so aus.

»Bones und ich brechen heute abend auf«, sagte er unerwartet. »Und Sie, Hamilton, werden mir den Brief, den die Dame überbringt, nachsenden. Öffnen Sie ihn, dechiffrieren Sie ihn und senden Sie mir den Hauptinhalt mit Taubenpost. Beiläufig – sie ist ziemlich hübsch, und das jagt mir etwas Furcht ein. – Jawohl! Das allafrikanische Reich ist eine Tatsache – ich wünschte, es wäre nicht so. Beiläufig – sehen Sie sich Mr. Garfields Hände etwas genauer an! Besonders seine Fingernägel! Er hat Erlaubnis von Downing Street, das Land zu erforschen. Schmeißen Sie ihn raus und sagen Sie ihm, ich sei beim Steuereintreiben!«

Sanders stand auf und ging hinaus. Hamilton und Bones starrten einander an.

»Sonnenstich oder kann auch Fieber sein«, sagte Bones feierlich. »Und dennoch muß es in seinem Kopf richtig sein ... er nimmt mich mit.«

»Es ist unglaublich«, versetzte Hamilton. »Und doch, wenn Sanders so spricht und so aussieht. – Sie haben verdammtes Glück!«

Die »Zaire« fuhr bei Sonnenuntergang los. Das war ungewöhnlich, denn der Fluß ist voller Sandbänke und die Schiffahrt dort eine Gefahr.

In der dritten Nacht legte Sanders seinen Dampfer in einem Wasserarm in der Nähe des Dorfes Kafu an.

Und dann lief ein Geraune durch das Dorf. Und bei diesem Raunen klatschten sogar die alten Männer auf ihre mageren Hüften, wie sie das beim Herannahen von Unheil zu tun pflegten, und riefen bestürzt: »Ok, ok, ok, ok, a!«

Und das ist der Ausdruck tiefsten Elends am Großen Fluß.

Ein böses Wunder hatte sich vollzogen! Hatte sich unter ihren leibhaftigen Augen verwirklicht! Zu sichtbarer Gestalt und in einem Ausmaß, das sich den Kühnsten fühlbar machte. Die fürchterlichste der Legenden, die man sich am Großen Fluß erzählte, war Wahrheit geworden.

Sanders war in der Nacht gekommen. Und ein nächtlicher Sandi war eine besondere und tödlich wirkende Persönlichkeit! Aus dem Nichts war er aufgetaucht zwischen Sonnenuntergang und Mondaufgang. Und nun saß er vor der Hütte Molakas, des Fischers. Besonders Kühne, die furchtsam aus ihren kleinen Hütten einen Blick gewagt hatten, hatten ihn gesehen. Eine gebeugte Gestalt in einem graugrünen Anzug, der im verschwimmenden Mondlicht einen eigenartigen Glanz zu verbreiten schien. Sein Gesicht war in Dunkel getaucht, denn der Rand seines großen Tropenhelmes warf einen tiefen Schatten, und überdies hatte er dem majestätischen Gestirn, das die Wedel der Palmen mit einem Silberrand umgab, den Rücken zugewandt.

Woher er kam, wußte niemand, es fragte auch keiner danach.

Denn Sandi war dafür bekannt, daß in ihm Zauberkräfte wohnten, Kräfte, die ihn befähigten, durch die Luft zu fliegen oder in unglaublicher Eile mit seinen Füßen über das Wasser zu gleiten.

Und er war nicht zum Häuptlingshaus gegangen, sondern zu der niedrigen Hütte des beredten Fischers, der so schöne Geschichten erzählen konnte.

Sandi sprach in geläufigem Bomongo. »Es scheint auch, Molaka, daß du zum Waldvolk gesprochen hast.«

»Gebieter«, verteidigte sich der Mann, »sie hören meine hübschen Geschichten gern. Und da ich ein armseliger Fischspeerer bin und allen Leuten gern einen Gefallen tue, erzähle ich ihnen Geschichten, obwohl ich oft müde bin.«

Sanders lachte leise und weich. »Von welchem Stamm bist du eigentlich, Molaka? Denn ich sehe, du hast keine Schnitte im Gesicht, wie das Volk vom Mittelfluß sie an seinen Kindern macht.«

»Ich bin beim Laporifluß nahe Bongunda zu Hause«, antwortete Molaka.

Wieder lachte Sanders, der auf dem Stuhl hockte, den Molaka für ihn gebracht hatte.

»O Bantu, du lügst!« sagte Sandi. Und dann fuhr er auf englisch fort: »Ihr Name ist Meredith! Sie sind aus Kingston, Jamaika, in Westindien! Und Sie sind General in der panafrikanischen Armee!«

Eine Pause entstand.

»Sie sind einer der fünfhundert Sendlinge, die vom Schwarz-Afrika-Syndikat zu dem Zweck erzogen wurden, einen allgemeinen Aufstand der Eingeborenen zu organisieren«, meinte Sanders in beinah eintöniger Sprechweise. »Meine Leute haben Sie zwei Jahre lang beobachtet. Sie wurden im Louisville-College für Farbige zu diesem Zweck erzogen, und Sie erhalten zweihundert Dollar monatlich für Ihre Dienste.«

»Sic itur ad astra!« zitierte Molaka mit einer gewissen Aufgeblasenheit.

»Das ist in der Tat der Weg zur Unsterblichkeit!« sprach Sanders grimmig. »Nun sage mir, Mann, wann hast du zuletzt einen Obersten Rat deines verfluchten Ordens gesehen?«

Molaka gähnte sichtlich beflissen. »Ich fürchte, ich kann Ihnen keine Information darüber geben, Mister ... eh ... ich habe nicht die Ehre, Sie beim Namen zu kennen. Ich nehme an, Sie sind dieser Sanders, von dem die verdammten Nigger schwätzen. Bis jetzt habe ich ja das Glück gehabt, Ihnen aus dem Wege zu gehen.«

Sanders schwieg einen Augenblick. Dann: »Wann haben Sie einen Ihrer Bosse zuletzt gesprochen?«

»Ich kann Ihnen keine Auskunft geben«, antwortete Molaka – oder Meredith –, indem er aufzustehen versuchte. »Ich nehme an, Sie werden mich ausweisen. Das wird mir nicht leid tun. Ich habe hier zwei elende Jahre in der Wildnis zugebracht, und ich freue mich, nach meiner Heimat, in meine liebe Vaterstadt, zurückzukehren.«

Sanders erhob sich ebenfalls, und nun stand er über der vor ihm hockenden Gestalt.

»Kommen Sie!« befahl er und schritt mit seinem Gefangenen durch das Dorf.

Das Volk sah sie vorbeigehen und schlug vor Schrecken an die Zähne. Die beiden Männer verloren sich auf dem Pfad, der in den Wald führte. Um zwei Uhr morgens hörte der Dorfwachmann, der an einem Feuer vor sich hindöste, einen Schrei und sprang auf. Der Schrei wiederholte sich aber nicht, und der Wächter schlief wieder ein.

Am Morgen stießen sie außerhalb des Dorfes auf eine Stelle, wo allem Anschein nach ein Mann mit ausgespreizten Armen und Beinen an den Boden gepfählt worden war; denn die Fesseln, mit denen seine Hand- und Fußknöchel geknebelt worden waren, hingen noch an den Pflöcken. Auch die Überreste eines Feuers konnte man erkennen, und ebenso ein Stück Eisen, das man glühend gemacht hatte.

Aus diesen Anzeichen schlossen die Männer des Dorfes, daß man peinliche Fragen an Molaka gerichtet hatte.

Es steht fest, daß Molaka Sanders nichts von dem großen Palaver verriet, das im Land südlich vom Isisifluß stattfinden sollte. Denn der Bote, der Molaka die Vorladung zum Likambo brachte, kam erst an, nachdem Molaka verschwunden war. Wohin er verschwunden war, wußte kein Mensch, obwohl jene Sklaven, die im Dorf der Ketten für das Government fronen, Auskunft darüber hätten geben können.

Was das Palaver anbetraf und wo es stattfinden sollte, dahinter sollte Sanders auf andere Weise kommen.

In dem Landstrich hinter Bolibi lebte ein Mann, der sehr reich war. Er gestattete sich, jeden Tag Hundefleisch zu essen, und er brauchte siebzig Hütten, um seine Weiber unterzubringen. Deshalb nannte man ihn »Jomo-Nsambo«, das bedeutet »Zehn und sieben«. Seine Pflanzung von Mais und Maniok nahm große Striche des Landes ein, und auf diesen arbeiteten seine Weiber dauernd. Er war ein gerechter Mann und gebrauchte seine Flußpferdpeitsche nur sehr sparsam; niemals schlug er ein Weib, außer, wenn es eine Torheit begangen hatte.

Eines Tages ging er mit seinem jungen Mann auf die Jagd. Denn obwohl er weder Häuptling durch freie Wahl noch vom Government eingesetzt war, übte er doch tatsächlich vermöge seines Reichtums sogar über andere Häuptlinge die Herrschaft aus und brauchte um das, was er nötig hatte, nur den kleinen Finger krumm zu machen.

Während er sich im Wald aufhielt, traf sich sein zehntes Weib mit ihrem Liebhaber am Wolkenteich. Dieser ist im Sommer ein trockenes Becken und in der Regenzeit eine Marsch, und wird aus diesem Grund so bezeichnet.

Der Liebhaber war ein großer junger Mann und bekannt als Schürzenjäger. Aber da er das zehnte Weib Jomo-Nsambos tatsächlich liebte, war er ihr eine Jahreszeit lang treu. Er hieß Lolango, das heißt in der Bomongosprache »der Ersehnte«.

»Weib, ich habe sieben Nächte im Walde geschlafen, um dich zu erwarten«, sagte er, »und es ist sehr gut, dich zu berühren. Wie du weißt, habe ich zwei Monate nach dir verlangt, denn war ich nicht Gast in deines Mannes Hütte? Und habe ich dir nicht aufregende Dinge zugeflüstert, als er schlief? Aber du warst kalt wie ein toter Fisch, obwohl ich dir wunderbare Worte durch deine Dienerin M'saro sagen ließ.«

»Gebieter«, antwortete sie demütig, »ich konnte es nicht glauben, daß ›der Ersehnte‹ nach mir verlangen würde. Und ich hielt alle Geschichten, die M'saro mir erzählte, für Unsinn. Nun bin ich hier.«

Er bewies ihr seine Liebe auf seine Weise. Sie erschien ihm wunderbar, und er hatte nicht die Absicht, sie zu verlassen. Aber da war ein geheimes Likambo, eine geheime Beratung, im Urwald am Kasaifluß, und dorthin war es eine zweitägige Reise, deshalb mußte er sich von ihr trennen.

»Laß mich mit dir gehen, Lolango!« sagte sie. »Denn ich glaube, M'saro haßt mich und wird mich meinem Manne verraten, wenn er zurückkehrt.«

Lolango bekam einen tödlichen Schrecken und wollte das nicht tun.

»Weib«, entgegnete er mit gedämpfter Stimme, »dieses Likambo ist ›Ta‹.«

Er stieß einen pfeifenden Laut aus, um das Schreckliche der ganzen Angelegenheit auszudrücken, und öffnete seine Augen weit.

Das Weib hörte das verbotene Wort ohne jedes äußere Zeichen der Erregung.

»Dann werde ich dir einen schützenden Zauber mitgeben«, sagte sie und ging.

Er wartete zwei Stunden, während sie in ihr Dorf zurückkehrte und mit einem Beutel wiederkam, der mit kleinen roten Beeren gefüllt war, die es in diesem Landstrich nicht gab.

»Die habe ich von einem weißen Händler gekauft«, erklärte sie ihm, »und in jeder verbirgt sich ein mächtiger Teufel, der der ›Rückwärtsseher‹ heißt. Sobald du zu dem großen Walde am Kaisai kommst, der, wie alle wissen, voll von Geistern ist, mußt du jedesmal, wenn deine Füße ›Bonkama‹ (= hundert, d. h. hundert Schritte) sagen, eine rote Beere fallen lassen. Dann wird der rote Teufel herauskommen, und kein Geist wird dich verfolgen.« Er schauerte, aber betrachtete froh die Beeren, die er in seiner Hand hielt.

»In den Wäldern gibt es Geister von ungeheurer Größe und Häßlichkeit«, gestand er. »Nun liebe ich dich um dieses Zaubers willen, N'kama. Und wenn ich zurückkomme, werde ich dir ein wunderbares Stück Zeug mitbringen, wie es die Jesusfrauen tragen, um ihre Haut zu verbergen.«

Er ging, und sie sah ihm nach und spuckte auf den Erdboden. Dann badete sie ihren Körper im Fluß und ging mit wiegenden Hüften zu ihrer Hütte zurück. Sie hatte ihre Rolle gespielt und fühlte kein Bedauern, außer wegen des Beutels voll schöner roter Beeren. Sie hätte gar zu gern ein Halsband aus ihnen gemacht. Aber besser, er hatte sie mit sich genommen, anstatt daß sie zwei Tage mit ihm hätte wandern müssen.

An der Dorfgrenze traf sie mit einem Mann zusammen. Er hatte arabische Gesichtszüge und die den Arabern gleiche Schlankheit des Körpers, aber er trug sein Zeug auf die Weise der Eingeborenen.

»O N'kama, wo ist der Mann?« fragte er.

»Fort, Herr! Er hat auch die roten Beeren mit sich genommen.«

»Sage mir, N'kama, stammt dieser Lolango vom Fluß oder vom Waldvolk?«

»Gebieter, er stammt vom Waldvolk«, antwortete sie ohne Zögern. »Denn als er von dem geheimen Palaver sprach, sagte er das Wort ›Likambo‹, und wir Leute vom Fluß sagen ›Jikambo‹.«

Der Mann schnalzte mit der Zunge, um seine Zufriedenheit auszudrücken, steckte eine Hand in seinen Überwurf und holte eine lange dünne Kette aus Messing hervor, die mit glitzernden Steinen besetzt war.

»Das hier ist von Sandi«, sagte er und ließ die Kette in ihre Hand fallen. »Und wenn irgendein Mann oder Weib Böses von dir spricht, dann sage du ihnen, daß Sandi die Menschen sehr leicht zerbricht.«

Er stelzte von dem hingerissenen Mädchen fort und ließ sie, die mit offenem Mund und weit aufgerissenen Augen auf den Schatz in ihren Händen starrte, zurück.

Am Flußufer wartete ein Kanu auf den Araber, und vier Paddler brachten ihn schnell stromabwärts. Sie umfuhren die Flußkrümmung und richteten die Nase des Kanus auf eine anscheinend undurchdringliche Wand von Elefantengras.

In dieser Wand befand sich jedoch ein Durchlaß, der weit genug für ihre Einfahrt war, und sogar breiter. Denn an der entfernten Seite des schützenden Grases lag die »Zaire«, an deren Bug Sanders saß und rauchte.

Als der Araber an Bord kam, wandte Sanders sich um.

»Hallo, Bones!« begrüßte er den »Araber« auf englisch. »Ist das Weib mit Lolango gegangen?«

»Nein, aber er hat die netten alten Bohnen mitgenommen.«

Sanders nickte, die Stirn runzelnd. »Bones, mir gefällt das Ganze nicht! Ich habe niemals das Volk so unmitteilsam gefunden. Gewöhnlich konnte man, sogar wenn es sich um ein Zauberpalaver handelte, einen Kerl finden, der den Mund aufmacht. Aber diese Teufel sind stumm.«

Sanders stand plötzlich auf, als das Tuten einer Dampferpfeife vom Fluß her ertönte. Es war der kleine, flachgehende französische Küstendampfer, der gelegentlich den Fluß hinauf bis zu den Fällen vordrang. Sanders stand auf dem walfischartig gebogenen Deck seines Fahrzeugs, um über die Grasspitzen hinwegsehen zu können, und brachte sein Prismenglas an die Augen.

»Der französische Dampfer«, sagte er. »Und wenn ich mich nicht sehr irre, ist das unser Freund Garfield mit der Insektenforscherin dort auf dem Achterdeck.«

»Was macht sie denn hier in diesem Lande?« fragte Bones betroffen.

»Was machen Frauen sonstwo?« fragte Sanders fuchsteufelswild. Dann wandte er sich an den pfeiferauchenden Araber. »So, Lolango ist gegangen? – Und das Weib?«

Bones spreizte seine Hände.

»'s ist ein ungesundes Geschäft«, meinte Sanders mit einer Grimasse des Ekels.

Bones paffte hörbar. »Meine liebe alte Exzellenz, sie ist eine lose Dame, und jedenfalls hat sie 'ne Million ungezogener Bengel hinter sich herlaufen.«

»Ich glaube, das stimmt. Aber ich hasse es, Weiber anzustellen, um Männer in eine Falle zu locken.«

»Das ist keine Anstellung, alter Herr«, sagte Bones zynisch, »das ist eine Erholung.«

Als er dann seine Augen erhob, sah er eine Taube ihre Kreise ziehen und hörte die aufgeregten Rufe der grauen Vögel, die in dem Käfig über der Deckkabine untergebracht waren.

»Post für Sie, glaube ich!« sagte Bones und pfiff die Taube herunter.

Der Dampfer, der die ehrenwerte Miß Brent und ihren Begleiter an Bord hatte, hielt bei dem Dorfe Bofuru, das kein regelmäßiger Halteplatz ist.

Mr. Garfield war ein Mann von fünfzig Jahren. Er hatte ein vierschrötiges weißes Gesicht und steif in die Höhe stehendes Haar. Er selbst hatte diesen Halteplatz vorgeschlagen.

Das Mädchen, das mit ihm an Land ging, hatte ihre erste Jugend überschritten, aber sie war hübsch, und in ihrer Stimme und ihren Bewegungen lagen Anzeichen einer Begabung, die ihrem Begleiter zu raten aufgab, denn sie waren Fahrtgenossen von London bis nach Sierra Leone gewesen.

Bofuru konnte ihr zum Mittelpunkt des Interesses werden, denn der Zweck ihrer Reise nach dem Kongo war, wie sie sagte – ihre Schmetterlingssammlung zu vergrößern. Sonderbar genug hatte Garfield ihre Zustimmung zu diesem Halteplatz vorausgesetzt.

»Es ist ein wundervoller Platz hier für Schmetterlinge«, bemerkte er. »Ich habe welche gesehen, die zehn Zoll von Flügelspitze zu

Flügelspitze maßen.«

»Sie kennen also die Gegend?«

»Ich war drei- oder viermal hier«, antwortete er lässig. »Ich selbst bin am Palmölgeschäft interessiert.«

Sie landeten zu einer Zeit auf dem Uferzipfel, als das Bofurudorf voll von schreckhafter Verwunderung war.

Tagelang waren fremde Männer in ihren Kanus den Strom heruntergekommen, hatten ihre Fahrzeuge hoch und trocken auf das Ufer gesetzt, und die Dorfbewohner hatten sie in ehrfurchtsvollem Schweigen beobachtet. Denn, ging nicht »Ta« um? Und war nicht geheime Botschaft von Hütte zu Hütte gegangen, daß die Großen des Landes durch Bofuru kommen würden, auf ihrem Weg zu einem Jikambo von übergroßer Pracht?

Die Besucher langten gewöhnlich zwischen der Dämmerung und der Zeit an, wo die Sonne schräg auf den Bäumen lag, denn man mußte an einem Regierungsposten vorüber; und die Heimlichkeit und das Geheimnis, das über ihrer Ankunft lag, machte sie noch geheimnisvoller. Da waren einsame Paddler und Abgesandte, die in größeren Kanus und mit eigener Rudermannschaft anlangten. Da waren große und kleine Häuptlinge, bekannte und unbekannte, und alle, alle gingen sie in den großen Wald, und der Urwald verschluckte sie.

Die Ankunft von zwei weißen Besuchern war der Gipfelpunkt zweier aufregender Tage. Die Dörfler standen mit verschränkten Armen und verfolgten mit ungläubigen Gesichtern die Landung, bis Mr. Garfield mit seinem Finger einen Mann heranwinkte, der, nach der Medaille auf seiner Brust, der Häuptling zu sein schien.

»O Bantu«, sagte er, »mache eine Hütte für diese Dame zurecht, die eine Weile hier bleibt, denn sie ist ein sehr kluges Weib, das beschwingte Blumen sucht.«

»Gebieter, wir werden die Hütte von meines Weibes eigener Schwester nehmen«, entgegnete der Häuptling, »und wenn sie ein Gottesweib ist, werde ich alle meine Leute zu ihr schicken, um ihren schönen Worten zuzuhören.«

»Sie ist kein Gottesweib«, meinte Garfield in tadellosem Bomongo. »Nun halte sie bei dir und bewache sie und lasse sie nicht in den Wald, der, wie du weißt, voll böser Geister ist!«

Er erklärte Miß Brent, welche Anordnungen er in ihrem Interesse getroffen hatte. Sechs Träger, die den Bofuruleuten fremd waren, kamen aus dem Innern, um sein Gepäck zu tragen. Sie nahmen ihre Lasten auf und marschierten mit jenem tänzelnden Schritt ab, der eine Eigentümlichkeit der Eingeborenen ist. »Vielleicht begleiten Sie mich bis an das Ende des Dorfes«, sagte Garfield, und sie stimmte zu.

Sie sprachen Gleichgültiges von Leuten und Dingen, bis sie das Dickicht außerhalb des Dorfes erreicht hatten. Hier wand sich der Pfad ganz plötzlich durch einen Wald großer Kopalgummibäume.

»Ich möchte Ihnen hier Lebewohl sagen!«

Die junge Dame lächelte. »Ich möchte meine Hütte mal sehen. In vier Tagen werden Sie zurück sein, sagten Sie, Mr. Garfield?«

»Ich werde in vier Tagen zurück sein«, wiederholte Garfield und sah sie dabei sonderbar an.

Eine Ahnung von der Gefahr, in der sie schwebte, überkam sie. Aber sie änderte weder ihre Gesichtsfarbe im geringsten, noch zuckte ein Muskel in ihrem Gesicht, als sie ihm die Hand hinhielt.

Mr. Garfields schwere Hand schloß sich um ihren Arm. »Ich glaube nicht, Miß Brent, daß Sie Ihre Reise fortsetzen werden. Ich weiß nicht, ob das Ihr richtiger Name ist, aber ich bin nicht neugierig. Ihre Hütte ist für Sie bereitgestellt, und wenn Sie nicht dahin zurückkehren, werden die Eingeborenen wissen, was sie zu tun haben, denn dieser Wald ist voll von verräterischen Sümpfen.«

»Was wollen Sie damit sagen?« fragte sie und war jetzt bleich wie der Tod.

»Ehe ich New York verließ, wurde ich gewarnt, daß ein Agent des Britischen Geheimdienstes in Plymouth an Bord kommen würde«, sagte er – er sprach sehr langsam –, »und daß dieser Agent wahrscheinlich eine Frau sein würde. Jeder Zweifel, den ich in dieser Angelegenheit gehegt hatte, wurde zerstreut, als ich Ihre Kabine während des Balles, den wir vor Madeira hatten, durchsuchte. Ihre Anweisungen lauteten, sich in mein Vertrauen einzuschleichen und mich zu begleiten, soweit das Ihre eigene Sicherheit zuließe. Sie sind gerade ein wenig über diese Grenze hinausgegangen.« Er lächelte, und es war das erstemal, daß sie ihn lächeln sah. »Und nun, Miß Brent, da man Ihnen befohlen hat, den Generalinspekteur der allafrikanischen Armee zu beobachten, werde ich Ihnen die Vergünstigung gestatten, bei einem Kriegsrat gegenwärtig zu sein. Sollte es Ihnen einfallen, zu schreien, werde ich Sie würgen, bis Sie still sind. Und dann – werde ich Sie meinen Trägern überlassen.«

Ihr Atem ging schnell. »Wie lächerlich!« rief sie tapfer. »Das ist wohl eine kleine Komödie von Ihnen...«

»Tragödie, glaube ich«, verbesserte er sie.

Er nahm sie beim Arm, und da sie die Vergeblichkeit eines Widerstandes einsah, folgte sie ihm.

»Wir haben nicht weit zu gehen, obwohl unser Rendezvous-Platz für unseren Freund Mr. Sanders schwierig aufzufinden sein wird.«

»Ich habe keinen Freund... Mr. Sanders habe ich nie gesehen«, sagte sie.

Er kicherte. »Sie werden später schon noch mitteilsamer werden«, bemerkte er bedeutungsvoll. »Nach allem, was man hört, zögert Mr. Sanders nicht, Zwangsmittel anzuwenden, wenn er gern etwas von einem unserer Agenten erfahren möchte, der das Unglück hat, in seine Hände zu fallen.«

»Ich sage Ihnen, daß ich ihn nicht kenne«, schrie sie, denn das Schreckliche ihrer Lage begann ihr zu dämmern. »Ich schwöre, daß ich niemals mit ihm zusammengetroffen bin und daß ich keine Ahnung von seiner Existenz habe.«

»Das werden wir alles aufdecken!« meinte Garfield trocken.

Sie gingen eine Weile schweigend nebeneinander her, verließen dann den ausgetretenen Pfad und folgten einem eingeborenen Führer quer durch den Wald.

Dieser unbetretene Weg war außerordentlich mühsam, und Miß Brent wußte auch, warum, denn ab und zu sah sie das Wasser eines großen Sumpfes schimmern. Alle zwei Stunden machten sie halt, und beim zweiten Halt gab ihr der Mann Schokolade und ließ sie Wasser aus einem großen Ledersack trinken, der über die Schulter des Führers herabhing.

»Was werden Sie mit mir anfangen?« fragte sie schließlich, und brachte die Gedanken, die sie den ganzen Tag über beschäftigt hatten, zum Ausdruck.

»Nachher?« Zum zweiten Mal lächelte er. »Sie werden Ihrem Freund Sanders keine Mitteilungen machen, darauf können Sie sich verlassen!« sagte er bedeutungsvoll.

»Dann werden Sie mich also töten?« fragte sie, wild auffahrend.

»Oh, nichts so Unangenehmes!« erwiderte er, gab aber keine weitere Auskunft.

Schließlich kamen sie in das eigenartigste Dorf, das sie je gesehen hatte. Ein Kreis neuer Hütten war offenbar zum Zweck dieser Zusammenkunft gebaut worden.

Der Platz war voll von Männern – sie sah kein Weib –, die ihr verwundert nachstarrten, als sie vorüberkam, aber sie grüßten Mr. Garfield mit allen Zeichen der Achtung und Furcht.

Außerhalb des Dorfes trafen sie auf einen jungen Eingeborenen, der englisch sprach, bis Garfield ihn mit einem scharfen Wort zum Schweigen brachte.

Sie wurde zu einer Hütte geführt, und ein Eingeborener hockte vor der Tür, um jeden Fluchtversuch ihrerseits zu verhindern. Und dort saß sie, bis die Nacht kam und der volle Mond durch das Astwerk der Bäume schien.

Sie hörte, wie man sich hin- und herbewegte, nahm den Widerschein eines großen Feuers wahr, das vor einem kürzlich errichteten Palaverhaus brannte, und ab und zu hörte sie den Singsang eines Mannes, der »Kwa«, das heißt »Schweigen«, rief, und unterschied die Stimme Garfields, der im Bomongodialekt sprach. Und dann wurde sie hinausgeführt.

Der Mann, der dort auf einem geschnitzten Stuhl unter dem strohgedeckten Dach des Palaverhauses saß, war nicht mehr der zuvorkommende Mr. Garfield, als den sie ihn gekannt hatte. Außer einem Stück Zeug, das er um seine Lenden trug, und dessen lose Zipfel über seiner Schulter zusammengenäht waren, war er so unbekleidet wie nur irgendeiner seiner Zuhörerschaft. Mit seiner todbleichen Haut und seinem schwarzen borstigen Haar machte er einen unheimlichen, widerlichen Eindruck, und das Abstoßende seiner Erscheinung wurde noch dadurch gesteigert, daß er eine schwarz umränderte Brille trug.

Zu einer anderen Zeit wäre er ihr lächerlich erschienen, aber jetzt war sie sprachlos vor Furcht.

»Brent!« Er sprach englisch und redete sie mit ihrem Familiennamen an. »Meine Brüder verlangen, daß du reden und ihnen von Sanders und dem Brief erzählen sollst, den du dem englischen Offizier an der Flußmündung heimlich übergeben hast.«

Sie sah auf die drohenden Gesichter um sie her und blickte dann über sie hinweg in der Richtung, in der, wie sie meinte, Bofuru lag.

Er erriet ihre Gedanken.

»Es gibt kein Entrinnen für dich! Schlage dir das aus dem Kopf, meine Freundin! Kein menschliches Wesen könnte den Weg durch diese Sümpfe finden, selbst wenn dein Freund Sanders in der Nähe wäre. Nun gestehe«, sein Ton wurde rauh, sein Wesen änderte sich plötzlich, »wo befindet sich Sanders?«

»Ich weiß es nicht.« Ihre Stimme klang verschleiert.

»Dann werde ich einen Weg finden, dich zum Sprechen zu bringen«, antwortete er mit zusammengebissenen Zähnen. »Wie Sanders Molaka zum Sprechen brachte... Was stand in dem Brief? Du kennst seinen Inhalt.«

Die Antwort blieb aus.

Da! Durch die Reihen der hockenden Gestalten kam gebückt ein Mann gelaufen, ein Mann in einer graugrünen Uniform, der sich schnell näherte und der einen langläufigen Revolver in jeder Hand hatte.

Er war auf einmal da. Und als Garfield mit weit starrenden Augen über ihn hinwegsah, bemerkte er das Glitzern von Bajonetten und im Schein des Feuers die roten Feze der Regierungssoldaten. Da griff Garfield nach seinem Revolver, den er unter seinem Hüfttuch umgeschnallt trug.

Zweimal feuerte Sanders, einmal aus jedem Revolver.

Der Mann mit dem vierschrötigen Gesicht stand plötzlich aufrecht und bedeckte sein Gesicht mit seinen Händen – jenen Händen, deren Fingernägel mit den blauen Halbmonden seine Abstammung vom Neger verrieten. Dann stürzte er plötzlich zu Boden, und als Sanders ihn umdrehte, war kein Leben mehr in ihm.

»Ihr, die ihr Häuptlinge wart, sollt nicht länger Häuptlinge sein!« sprach Sanders, als er eine Stunde später im Palaverhaus saß und die verwirrte und niedergedrückte Versammlung anredete. »So will es das Government! Und der junge Mann, der ein Fremdling zwischen euch ist und englisch spricht und euch die listige Kampfweise lehrt, soll in eurer Gegenwart gehängt werden.«

Er schwieg einen Augenblick. »Lolango! Komm her!«

Der Eingeborene, der den Namen »der Ersehnte« führte, kam zitternd vor Furcht näher.

»O Lolango«, spottete Sanders, »weil du die roten Beeren auf den Boden gestreut hast, die eine so große Zauberkraft haben, sollst du frei von Strafe ausgehen.«

»Gebieter, ich habe das um eines Weibes willen getan«, stammelte Lolango.

»Das weiß ich«, erwiderte Sanders grimmig. Er wußte das nur zu gut, denn durch die in Zwischenräumen fallen gelassenen Beeren hatte er den Weg durch die Sümpfe gefunden.

Sanders wandte sich an die bleiche Frau an seiner Seite. »Ich meine, Miß Brent, daß das keine passende Aufgabe für Sie ist. Ich habe eine entschiedene Abneigung gegen die Verwendung von Frauen im Geheimdienst.«

»Ich erwartete nicht, daß es zu dem kommen würde«, antwortete sie niedergeschlagen. »Ich – ich habe an Bord mein Bestes getan, um Garfield zum Sprechen zu bringen, aber er war sehr verschlossen.«

»Ja, und nun ist er verschlossener denn je«, gab Sanders zurück.

## *Das Weib, das zu den Vögeln sprach*

Es gab einen Mann, der Pinto Fernandez hieß und der »Portugiese« genannt wurde. Er besaß unzweifelhaft Anspruch auf diese Bezeichnung, denn er war ein in Angola zur Welt gekommener Eingeborener und die Folge einer Verbindung zwischen einem kleinen Beamten aus Sao Paul de Loanda mit einer Mulattin, die die Zofe der Frau Seiner Exzellenz des Gouverneurs von Benguella war.

Selbst an portugiesischem Maßstab gemessen, war Pinto ein Farbiger. Es erübrigt sich, seine Laufbahn von Loanda bis Sierra Leone zu verfolgen oder mehr als den Umstand zu erwähnen, daß er sein Abgangszeugnis von einer der Schulen hatte, die zu Mariott Brothers Erziehungsanstalten gehörten.

Seine Frau war unzweifelhaft weiß. Sie war ein Fräulein Hermione de Vere-Biddiford gewesen und eine Zeitlang Kollegin von Professor Zoobola, dem berühmten Hypnotiseur und Zauberer, der die Küste zwischen Dakkar und Kapstadt »bereiste«. Sie sprach mit einem stark ausgeprägten »Cockney«-Akzent, und ihr Vater hieß Juggs, so daß man eher dazu neigte, den Namen Vere Biddiford für ein Pseudonym anzusehen, das sie angenommen hatte, um den Anforderungen eines Berufes zu genügen, der »Klasse« beanspruchte.

Pinto kannte die Küste wie seine Westentasche. Ehe er die Bekanntschaft seiner Frau machte, die von einem bankrotten Professor mittellos in Grand Bassam zurückgelassen worden war, hatte er Freiheitsstrafen wegen kleiner Diebstähle, falschen Namens und

Gaunereien in französischen, deutschen, portugiesischen und englisch-westafrikanischen Gefängnissen abgesessen. Seine Frau dagegen hatte nur zweimal vor dem Richter gestanden. In beiden Fällen lag Erpressung vor.

Mr. und Mrs. Pinto Fernandez trafen sich im Wartezimmer des Gerichtes in Lagos und wurden beide zusammen des Landes verwiesen. In Funchal auf Madeira wurden sie gesetzmäßig getraut und mieteten ein kleines Haus in einer jener steilen Straßen, die herunter Schlitten zu fahren zu den Vergnügungen der die Insel besuchenden Reisenden gehört.

Und dort begannen sie, durch Pintos Beherrschung des Englischen wesentlich unterstützt, ihre Operationen, indem jeder von beiden seine eigene Kenntnis von Land und Leuten an der Küste der des anderen zugesellte.

Es war fast zwölf Monate später.

Leutnant Tibbetts sah von der Kleiderliste seiner Kompanie auf: »Entweder ich bin ein schlechter Rechner...«

»Das möchte ich nicht sagen«, begütigte Hamilton. »Kann sein, Sie haben, wie gewöhnlich, das Monatsdatum hinzugerechnet oder das Rechnungsjahr abgezogen. Oder Sie haben vielleicht die Pfund Sterling in die Pennyspalte gesetzt... Versuchen Sie's noch einmal!«

Bones seufzte müde und strich sich mit der Hand über die Augen. Hamilton hatte keine Ahnung, welche dumpfe Verzweiflung sich seines Untergebenen bemächtigt hatte.

Der Tag war sengend heiß, und der Hauch, der vom Innern durch das offene Fenster von Bones' Hütte zog, hatte den Geruch und die Annehmlichkeit eines großen Holzfeuers an sich.

Bones zuckte mit einer gewissen Anstrengung die Schultern, stieß die Feder in die Tinte, machte einen großen Tintenklecks auf seine weißen Beinkleider und begann von neuem.

Hamilton glitt von der Kommode herunter, auf der er gesessen hatte, und ging auf die Tür zu.

»Ich werde mich nach dem Gabelfrühstück eingehender damit beschäftigen«, schnarrte er unheilverkündend. »Man verlangt von Ihnen, daß Sie das Vorratsmagazin verwalten...!«

»Gibt es irgend etwas, was man nicht von mir verlangt, lieber alter Ham«, antwortete Bones mit bemerkenswerter Geduld, »dann, bitte, sagen Sie mir das, liebe Seele! Ich bin Oberstkommandierender der Badezimmer, Generalkontrolleur der Müllkästen und Generalinspektor der Hühnerställe. Und überdies, Ham, bin ich Generalinspektor der Hemden und Militärinspizient von Hühnerfutter...«

»Ich werde Sie nach dem Frühstück in meiner militärischen Eigenschaft aufsuchen«, sagte sein Vorgesetzter. »Als Mensch werde ich Ihnen jetzt einen ordentlichen prickelnden Trunk geben, wenn Sie mit mir auf mein Zimmer kommen wollen.«

»Gerstenschleimwasser?« fragte Bones argwöhnisch.

»Whisky mit luftblasenhaltigem Wasser und mit großen runden Eisklumpen darin!«

»Führen Sie mich dorthin, Sie netter alter Satan!« rief Bones.

Auf dem Weg zum Wohnhaus fuhr Hamilton fort: »Sie müssen diese Abrechnungen nun aber wirklich mal rausschaffen, Bones. Ich habe deswegen einen scheußlichen Anhaucher vom Government erhalten. Außerdem ist die halbjährige Lieferung unterwegs, und es ist möglich, daß Sanders Sie jeden Augenblick mit in den Busch nimmt. Und – dämpfen Sie dieses unheilige Feuer der Begeisterung in Ihren Augen, Bones! – wenn diese Abrechnungen bis morgen nicht fertig sind, werde ich den Distriktsgouverneur begleiten, und Sie werden hierbleiben.«

»Haben Sie doch ein Herz für Ihre Mitgeschöpfe, lieber alter Kerl!« flehte Bones vorwurfsvoll. »Ich habe doch wahrhaftig genug Mühe gehabt. Lassen Sie mich die Abrechnungen mitnehmen...!«

»Und wenn Sie geradewegs in den Himmel gingen – nichts ist weniger wahrscheinlich als das –, würde ich Ihnen nicht erlauben, diese Abrechnungen mitzunehmen.«

»Kann sein, Sie haben recht, möglich, Sie haben recht. Ich sage ›wenn‹«, fügte Bones hinzu, als Hamilton eine Flasche entkorkte. »Und vergessen Sie nicht, Ham: Ein Baby ersäufen ist ein kleines Vergehen, aber guten Whisky ersäufen ist ein häßliches Kapitalverbrechen!«

Es war Tatsache. Bones war, wie er angab, genügend beunruhigt. Und diese Unruhe war von einer ganz besonderen Art. Diese Unruhe hatte ungefähr vor acht Monaten angefangen, als er einen duftenden Brief mit dem Poststempel Madeira erhielt.

»Lieber Unbekannter!« fing der Brief an, und Bones war lieblich errötet.

Der Brief enthielt die Geschichte einer jungen und schönen Frau, die ihn einmal gesehen hatte, als der Dampfer, mit dem sie fuhr, an der Flußmündung hielt, um die Post an Land zu werfen. Sie schickte ihm ihre Fotografie, sie erzählte ihm ihre Lebensgeschichte. Sie sei an einen Mann verheiratet, der vierzig Jahre älter sei als sie. Sie sehne sich nach Leben, nach Jugend, nach Freiheit. Sie habe im Augenblick einen Traum, und im Zentrum ihrer glänzenden und wohltuenden Visionen stehe ein schlanker großer Engländer, dessen blaue Augen wie Blumen in einer Wüste seien.

Bones verbrachte jenen Tag so erhaben und würdevoll, daß Hamilton annahm, Bones habe einen schlimmen Hals. Bones brachte eine ganze regnerische Nacht damit zu, einen Brief zu verfassen. Das Schreiben riet zu Geduld, zu Mut, es verkörperte geradezu weisen und väterlichen Rat und endete, soweit Bones sich in gewisser Weise entsinnen konnte, mit einem Gedicht, das ihm sehr passend erschien. Es war kein schönes Gedicht, aber die Gefühle darin waren gesund.

In der Antwort auf ihren zweiten Brief – ihr klangvoller Name war Anita Gonzalez –, der mit wendender Post ankam, war Bones nicht so väterlich. Er war nicht einmal brüderlich. Er war tatsächlich schon etwas leichtsinnig. Auf dieser Linie bewegte sich die Korrespondenz, bis ein düsterer Junimorgen kam, an dem Bones den von ihm sehnlichst erwarteten Brief nicht erhielt. Statt dessen kam ein förmlich gehaltenes Dokument in Schreibmaschinenschrift an, das von einem Alfonso Roderique y Trevisa y Gonzalez unterschrieben war.

Und dieses Schriftstück forderte die Angabe von Mr. Tibbetts' Rechtsanwalt und drohte mit Scheidungsverfahren und gesellschaftlichem Ruin.

Der Brief enthielt auch mehrere Anlagen und eine Nachschrift: »Schon die Überwachung meines Weibes, das Auffangen von Briefen und so weiter durch erstklassige Detektive, hat mich mehrere hundert Pfund Sterling gekostet. Soll ich nun die Angelegenheit nicht weiter verfolgen und die Unkosten opfern, in die ich mich gestürzt habe?«

Bones antwortete darauf nicht.

Einmal war er im Begriff, sich Hamilton anzuvertrauen, aber die Furcht, sich lächerlich zu machen – Mr. Gonzalez hatte eine Abschrift sämtlicher Briefe von Bones mitgeschickt –, hielt ihn davon zurück.

Bones ließ einen zweiten und dritten Brief unbeantwortet, und jeder von ihnen war schrecklicher als der vorhergegangene. Als er an diesem Abend triumphierend mit einer halbwegs richtigen Abrechnung ankam, äußerte Hamilton Anerkennung und sagte: »Sie fahren bei Tagesanbruch los, Bones! Lassen Sie den Distriktsgouverneur nicht wieder warten wie das letztemal!«

Da hatte Bones das Gefühl leicht getrübter Freude, wie sie ein Mann empfinden mag, dessen Todesurteil aufgeschoben worden ist.

Er bat Hamilton beiseite, ehe er in seine Hütte ging, und stellte eine Forderung an Hamilton, für die ihn der entrüstete Haussahauptmann beinahe mit einem Tritt bedacht hätte.

»Ihre Briefe öffnen? Natürlich werde ich Ihre Briefe nicht öffnen, Sie verdrehter Esel!«

Bones stotterte vor Verlegenheit und Verwirrung. »Es ist nämlich... ein Brief von einer Dame, alter Herr...«

Aber diesmal war Hamilton wirklich ärgerlich.

Einen Tag oder zwei Tage nachdem Sanders und Bones fort waren, lief ein direkter Postdampfer an, der wenig Post, aber eine Quelle beträchtlichen Verdrusses mit sich brachte.

Hamilton war an den Strand gegangen, um den Postsack von einem der Schiffsoffiziere in Empfang zu nehmen, als zu seiner Überraschung der Kutter des Dampfers seine Nase in den weichen Sand wühlte und ein elegant gekleideter Herr vorsichtig an Land trat. Ein einziger Blick verriet Hamilton sowohl die Nationalität wie den Charakter des Besuchers.

»Mr. Sanders, nehme ich an«, begrüßte ihn Senhor Pinto Fernandez mit einem breiten Lächeln auf seinem nicht gerade einnehmenden Gesicht.

Er hatte diese Gegend noch niemals bearbeitet, und er glaubte deshalb, daß er in diesem Gebiet unbekannt sei.

»Sie sind im Irrtum, mein Freund!« antwortete Hamilton, indem er den Besucher mit ungnädigen Blicken maß.

»Dann müssen Sie Hauptmann Hamilton sein!« bemerkte Mr. Pinto, gar nicht eingeschüchtert.

Er war nach den höchsten Anforderungen europäischer Mode gekleidet, trug einen Gehrock, gestreifte Beinkleider, weiße Gamaschen und einen grauen Zylinder, der an sich schon eine Beleidigung war.

»Ich bin Don Gonzalez aus Madeira.«

»Dann sollten Sie sich beeilen, denn Ihr Boot fährt ab«, entgegnete Hamilton.

Aber Mr. Pinto Fernandez drückte mit einer graziösen Bewegung seiner Hand und einem Lächeln, das, wenn möglich, noch heiterer ausfiel, seine Absicht zu bleiben aus.

Obwohl Sanders unberechtigte Besucher für nicht viel besser als Verbrecher ansah, gab es doch in Wirklichkeit nichts, um den freien Bürger irgendeiner Nation vom Landen am Strand vor dem Bezirksamt abzuhalten. Und niemand wußte das besser als Pinto Fernandez.

»Der Distriktsgouverneur ist nicht hier, und ich bin allein auf der Station«, sagte Hamilton. »Wenn ich Ihnen irgendeine Auskunft geben kann, will ich das gern tun, aber ich rate Ihnen ernstlich, Ihr Boot warten zu lassen.«

»Ich bleibe hier!« antwortete Pinto Fernandez mit Entschiedenheit. »Ich befinde mich hier in einer sehr delikaten Angelegenheit, und zwar in einer Ehrensache, wenn ich den Ausdruck brauchen darf.«

»Das dürfen Sie«, warf Hamilton ein, als der andere zögerte.

»...die Ehre eines Mannes, der Ihnen vielleicht ein lieber Freund ist... Leutnant Tibbetts.«

»Den Teufel tut's!« gab Hamilton betroffen zurück. »Well, Sie können Mr. Tibbetts ebensowenig sprechen, weil er sich im Busch befindet und kaum vor einer Woche zurückkehren dürfte.«

»Dann werde ich eine Woche hierbleiben«, versetzte Pinto kühl. »Vielleicht haben Sie die Güte, mir Ihr Hotel zu zeigen.«

»Im Garten des Distriktsamts steht eine Hütte. Die können Sie haben«, antwortete er kurz. »Oder...«, ein Gedanke schoß ihm durch den Kopf, »ich kann Ihnen ein Kanu und Paddler verschaffen, um Sie zum Isisifluß zu bringen. Dort werden Sie wahrscheinlich Mr. Tibbetts treffen.«

Zu seiner Überraschung ging der Mann bereitwillig auf diesen Vorschlag ein. Mit einem Gefühl der Erlösung, das nicht ganz frei von einer gewissen Furcht war, sah Hamilton ihn abfahren und beobachtete mit Spannung den großen grauen Zylinder und dessen Träger, bis diese an der Flußbiegung verschwanden.

Der Zweck von Pintos Besuch mag kurz erwähnt werden, obwohl Pinto in seiner Bescheidenheit von dessen Bekanntgabe absah. Er war gekommen, um sich fünfhundert Pfund Sterling zu sichern, und er war von vornherein gewillt, sich mit der Hälfte zu begnügen. Er hatte nicht den geringsten Zweifel, daß Bones lieber zahlen als sich einer Bloßstellung aussetzen würde. Andere Leute hatten auch gezahlt. So hatte ein junger Hauptbuchhalter in Lagos dreihundert Pfund Sterling gezahlt; ein Distriksgouverneur in Nigeria hatte sogar mehr gegeben, ehe er gewahr wurde, was für ein Narr er gewesen war, und ehe er ein Rundschreiben mit einer Beschreibung Mr. Fernandez', alias Gonzalez', die Küste hinauf- und herunterschickte. Über diese beunruhigende Tatsache befand sich Pinto in segensreicher Unkenntnis.

Mr. Pinto erschien in der Rolle des betrogenen Ehemannes unerwartet vor seinem im Busch befindlichen Opfer, das er dort fern vom Beistand eines beratenden Rechtsanwaltes und ebenso fern von dem Rat freundlich Gesinnter wußte, und hatte damit nach seiner Erfahrung immer den gewünschten Erfolg. In Lagos, wo er bekannt war, hätte es Schwierigkeiten geben können, aber sogar diese waren ausgeblieben. Menschen, die sich im Busch aufhielten – so glaubte er – müßten große Summen klingender Münze bei sich führen. Ihre Geldkatze ist ihre Bank, und Pinto zweifelte nicht, daß Bones aus dem ledernen Gürtel um seine dünne Taille genügend hervorholen konnte, um Pinto Fernandez und sein girrendes Weib während mancher langen und angenehmen Siesta mit allem Komfort zu umgeben. Als er den Fluß hinaufpaddelte, ließ er sich jedenfalls nichts von einem Mißerfolg träumen, und von der Existenz D'lamas war ihm auch nichts bekannt.

D'lama-m'popo war ein Waldmensch und schuldete wenig außer der nebelhaft unbestimmten Treue, die das Waldvolk dem nächsten Oberhäuptling entgegenbringt. Und wo der Begriff Treue hauptsächlich von dem Grad der Entfernung bestimmt wird, wäre es lächerlich, ein Wort wie Verrat anzuwenden. Und auf diese Weise hatte D'lama viele kleine Missetaten begangen und auch eine von größerem Ausmaß.

D'lama schuldete einem Fischer einen halben Sack Salz. Und der Fischer, in seinem verzweifelten Bestreben, zu einer angemessenen Regelung zu kommen, bot D'lama den Gegenwert des anderen halben Sackes Salz, zusammen mit einem fetten Hund, einem mythischen Elfenbeinschatz und der Freiheit, im Dorf zu gehen und zu kommen, wann er wollte, unter der einzigen Bedingung, daß D'lama, der Junggeselle war, Kobali, die einzige Tochter des Fischers, heiratete. Kobali war nach ihres Vaters Angaben eine Jungfrau, zweifellos unverheiratet, und nach dem Maßstab, den man am Fluß anlegte, alt, denn sie hatte achtzehn große Regenzeiten gesehen.

Wenn aber ein Weib vom Fluß das fortgeschrittene Alter von achtzehn Jahren erreicht, ohne für sich einen Mann, eine Hütte und die Hälfte des Essens zu finden, dann stimmt gewöhnlich etwas nicht mit ihr. Und was bei Kobali nicht stimmte, das war ihre Fähigkeit, mit den Vögeln zu sprechen. Solches war ein außer Fassung bringendes Talent, denn Vögel wissen um alle Geheimnisse, da sie an ganz unverdächtigen und sehr verborgenen Plätzen lauschen und unter sich selbst große Schwätzer sind.

Im fernen Ituriwald hatte es einen Mann gegeben, der ihr Gezwitscher verstand, König wurde und sehr geehrt starb. Und manche behaupten, daß an seinem Sterbetag auf hundert Meilen kein Vogel gesehen wurde.

Es gab noch einen andern Mann, der die Vögel verstand, dessen Laufbahn aber weniger glänzend war; dann war da noch das wahnsinnige Bolongoweib – und Kobali.

Ihr Vater hätte das Geheimnis gehütet, denn Menschen mit übernatürlichen Fähigkeiten sind unbeliebt, und manchmal werden sie heimlich in dunklen Nächten geschlachtet. Aber ein Dorfältester hatte sie belauscht, wie sie ernsthaft mit drei kleinen Vögeln sprach. Diese drei kleinen Vögel saßen auf einem Ast, hatten ihre Köpfe auf eine Seite geneigt und waren in einem derartigen Zustand der Aufregung, daß der Dorfälteste wußte, sie hatte ihnen von dem Weib erzählt, das er im Wald ließ, damit sie dort stürbe, weil sie alt und krank war.

Und, wahr genug, eine Woche später kam Distriktsgouverneur Sanders mit vier Soldaten und suchte nach dem Weib. Sie fanden, was die wilden Tiere von ihr übriggelassen hatten, und der Alte wanderte in das Dorf der Ketten und trug dort eine Kette, die sich von Knöchel zu Knöchel schlang.

D'lama-m'popo nahm den Vorschlag ohne Begeisterung auf, hockte vor seiner halb verfallenen Hütte und spielte mit dem Staub, von dem er niemals seine Augen erhob.

»O Mann«, sagte er schließlich, »es ist wahr, ich schulde dir an Salz einen Sack, der kein Sack ist. Und wenn die kleinen Affen von dem geheimnisvollen Platz zurückkehren, an dem sie jungen, werde ich viele von ihnen töten und an das Government verkaufen, und dann werde ich dir so viel Salz bringen! Aber dieses Weib Kobali ist eine Hexe, und wer eine Hexe heiratet, verliert seine Augen. Das ist wohlbekannt, denn Hexen müssen viele Augen haben, um ihren Weg im Finstern zu finden.«

»Das ist dummes Zeug, D'lama«, bemerkte Kobalis Vater – er war ein sanfter und magerer Mann und unfähig zu Gewalttaten. »Hat sie mir meine Augen genommen? Sie ist ein sehr gutes Mädchen...«

Er begann ihre körperlichen Reize mit einer Freimütigkeit aufzuzählen, die zwischen zivilisierten Vätern nicht Sitte ist, indem er eine Sprache anwandte, die sich in Superlativen bewegte. »Sie mag so sein, und sie mag so sein«, versetzte D'lama völlig unbewegt am Ende der langen Aufzählung. »Aber ich bin ein einsamer Mann und habe keine Sehnsucht nach Weibern.«

Darauf kam dem Vater des Mustermädchens die Eingebung zu lügen. »Die Vögel haben meinem kleinen Mädchen gesagt, daß du sie in deine Hütte nehmen wirst.«

Das Gesicht D'lamas wurde lang. »O Ko!« sagte er. »Das bedeutet, daß ich verrückt werde. Denn wer anders als ein Wahnsinniger würde eine Vogelhexe zum Weibe nehmen? Ko, Ko! Das ist mir schrecklich!«

Der Vater kehrte zu seinem Haus am Fluß zurück. Dort fand er Kobali unter einem Baume sitzen, in dessen Zweigen die Webervögel ihr Heim aufgeschlagen hatten. Sie starrte hinauf zu der aufgeregten Menge über ihr. Sie war so gefesselt von allem, was sie hörte, daß sie ihren Vater nicht beachtete, bis er sie zweimal gerufen hatte.

»Weib«, rief er, »du gehst zu der Hütte D'lamas, des Waldmannes. Er ist ein tüchtiger Jäger, und er schuldet mir Salz. In der letzten Mondnacht werde ich einen großen Tanz dir zu Ehren abhalten.«

»Für mich brauchst du keinen Hochzeitstanz zu machen, Mann meiner Mutter. Denn die Vögel haben mir gesagt, daß ich einen weißen Mann heiraten werde.«

Das Gesicht des Fischers wurde lang. »Weib«, stammelte er mühsam, »jetzt weiß ich, daß du wahnsinnig bist. Dieses Palaver muß ich vor Sandi bringen, damit ich für dein verrücktes Geschwätz nicht getadelt werde. Er ist in der Nähe.«

Seine Tochter jammerte nicht. »Die Vögel sprechen so, und so ist's!« entgegnete sie einfach. »Nun sage ich dir: Wenn ich innerhalb zweier Monde keinen Weißen heirate, will ich in D'lamas Hütte gehen, obwohl er keinem Stamme angehört und nur die Schwachen tötet. Denn die Vögel haben mir erzählt, daß er ein altes Weib getötet hat, um des Ringes willen, den sie um ihren Hals trug.«

Der aufgeregte Vater brachte D'lama diese Neuigkeit, und D'lama war ungeschliffen genug, seine Befriedigung zu zeigen.

»Wer weiß, ob ein solches Wunder nicht geschehen kann? Denn deine Tochter ist ein sehr schlaues Weib und versteht sich auf Zauber. Und mit ihrer Gescheitheit ist sie vielleicht imstande, einen weißen Mann aus der Erde wachsen zu lassen.«

Der alte Fischer blinzelte. »Es ist wahr, D'lama. Denn Kobali spricht mit den Vögeln und lernt so, um fremde Geheimnisse zu wissen. An diesem Tage erzählte sie mir, daß du einmal vor langer Zeit ein altes Weib um des Messingringes willen, den sie um ihren Hals trug, im Busch getötet hast.«

D'lama schwieg längere Zeit. »Wenn solche Sachen Sandi zu Ohren kommen«, sagte er mit ein wenig dumpfer Stimme, »dann gibt es ein Hängepalaver. Sieh zu, daß du dein Mädchen verheiratest, und ich will dir mehr als zwei Sack Salz dazu geben.«

Der alte Mann ging zu seiner Tochter zurück und zankte sich und stritt die ganze Nacht hindurch mit ihr, ohne sie von ihrem Vorhaben abzubringen. Am nächsten Morgen nahm er sein Kanu und paddelte drei Stunden in der stillen Seitenströmung zur Gabelung des Isisiflusses, wo ein weißes Heckrad-Kanonenboot vertäut lag, während Sanders Palaver hielt. Dieser hielt allein Gericht ab, denn Bones hatte er zum Isisifluß geschickt, um einen Unterhäuptling festzunehmen, der Zaubereien in seinem Bereich geduldet hatte.

Sanders saß unter dem gestreiften Sonnensegel auf dem Achterdeck der »Zaire«, hörte die Klagen an, entschied Ehestreitigkeiten und erteilte kurz und manchmal etwas brutal Rat und Ermahnungen. Da kam der Fischer mit seiner Leidensgeschichte.

Sanders hörte zu, ohne ihn zu unterbrechen, bis der Fischer, wie Kläger das so oft machen, die Erzählung von vorn begann.

»Fischer, geh zu deiner Tochter zurück! Und sage ihr, in meinem Gebiet heiraten weiße Männer keine schwarzen Frauen. Und wenn sie, wie du sagst, eine Hexe ist, dann gibt es, wie das ganze Land und alle Leute wissen, eine Strafe dafür.«

»Gebieter«, antwortete der Fischer, »sie spricht mit den Vögeln, und diese sagen ihr, daß ihr nichts geschehen könne.«

»Dann hat sie nicht mit dem richtigen Vogel gesprochen!« entgegnete Sanders rauh und entließ ihn.

Das Palaver war zu Ende, und Sanders erhob sich, etwas steif vom Sitzen, ging zum Bug, sah über die Reling und beobachtete gleichgültig, wie der breite Strom sich dem Meere zuwälzte. Dabei kam ein langes Kanu in seinen Gesichtskreis, das er an dem rhythmischen Takt seiner Paddler als das Distriktsamtskanu erkannte.

Er nahm sein Glas und ließ seine Blicke über das ankommende Fahrzeug wandern, da er annahm, Hamilton werde sich in der kleinen grasgedeckten Kajüte am Achtersteven befinden.

»Hopsender Moses!« sagte Sanders, setzte sein Doppelglas ab und wartete, bis das Kanu längsseits ging und Mr. Pinto Fernandez in grauem Zylinder und etwas beschmutzten Gamaschen an Bord stieg.

»Mr. Tibbetts, nehme ich an«, sagte Pinto mit strenger Miene.

Sanders lächelte. »Nein. Ich bin nicht Mr. Tibbetts. Ich bin der Distriktsgouverneur dieses Bezirks. Was kann ich für Sie tun?«

»Ich möchte Mr. Tibbetts in einer heiklen Ehrensache sprechen«, äußerte Pinto aalglatt.

Sanders kniff seine Augen zusammen.

»Nehmen Sie Ihren Hut ab! Sie brauchen keinen Sonnenstich zu fürchten. Ich sehe, Sie sind von hier.«

»Ich bin portugiesischer Untertan«, antwortete Pinto mit Würde. Aber er gehorchte.

Sanders betrachtete ihn sehr lange. »Wollen Sie mir nun bitte den Zweck Ihres Besuches mitteilen?« sagte Sanders sehr sanft.

»Das ist eine Angelegenheit, die lediglich für Mr. Tibbetts' Ohr bestimmt ist.«

»Es hat doch auf keinen Fall mit einem Briefwechsel zu tun, in den Mr. Tibbetts sich eingelassen hat?« fragte Sanders. Die Überraschung des anderen entging ihm nicht. »Ich frage, weil sich, wenn ich mich recht entsinne, ein Herr in Nigeria in eine unvorsichtige Korrespondenz mit einer Dame in Funchal eingelassen hatte und veranlaßt wurde, sich von einer beträchtlichen Geldsumme zu trennen. Wie heißen Sie?«

»Gonzalez«, antwortete Pinto.

Sanders rieb nachdenklich sein Kinn. »Der Name stimmt nicht... Aber ich glaube, mich Ihres Gesichtes entsinnen zu können. Irgendwo muß ich Ihre Fotografie gesehen haben... Jetzt hab' ich's. Sie heißen Pinto Fernandez, und die Polizei von Nigeria sucht Sie wegen Unterschlagung. Sonderbarerweise...« – Sanders schien mehr zu sich selbst zu sprechen – »...habe ich Sie niemals mit dem gerissenen Erpresser in Verbindung gebracht, und ich darf wohl sagen, auch niemand sonst hat das getan.«

»Ich möchte erwähnen, Mr. Sanders, daß Ihr Tibbetts sich mit meinem verrückten Weib in Briefwechsel eingelassen hat...« sagte Pinto laut und leicht erregt.

Sanders unterbrach ihn mit einer Gebärde. »Nach dem Polizeibericht, den ich aus Nigeria erhalten habe, war das auch der Grund Ihrer Auseinandersetzung mit einem anderen Herrn.«

Sanders winkte dem aufmerksamen Abiboo. »Wirf den Mann in Eisen!«

Pinto Fernandez hatte sich schon in vielen gefährlichen Lagen befunden, und er war ein Mann von beträchtlicher Entschlußfähigkeit. Ehe die Hand des Sergeanten ihn packte, sprang er an die Reling und setzte mit einem Sprung über den vier bis fünf Fuß breiten Spalt, der die »Zaire« vom Ufer trennte.

Ehe noch der Haussa seine Büchse anlegen konnte, war Pinto im Busch untergetaucht und hatte seine graue Esse und seinen mit einem fast echt goldenen Knopf versehenen Spazierstock, die äußeren Zeichen seiner Biederkeit, zurückgelassen.

Er hörte den Knall eines Schusses und das Pfeifen und Klatschen einer Kugel, als diese durch die Blätter der Bäume sauste, und sprang in langen Sätzen den schmalen Eingeborenenpfad entlang, der in den Urwald führte. Er war kein Fremdling in der Wildnis und besaß jenen tierhaften Instinkt, der ihn todsicher zu dem breiteren Eingeborenenweg führte, der parallel zum Flußufer lief. In den ganz frühen Morgenstunden kam er an eine kleine Waldblöße, und D'lamam'popo, der eben aus seiner Hütte trat, stand beim Anblick dieser beunruhigenden Erscheinung regungslos still.

»O Herr, ich sehe dich!« sagte D'lama ehrerbietig.

Pinto, der die meisten Flußdialekte kannte, antwortete schnell. »Gib mir zu essen, Mann! Ich gehe im Auftrage Sandis auf eine lange Reise. Ich muß auch schlafen, denn ich bin lange im Urwald gewandert und hatte die ganze Nacht mit wilden Tieren zu kämpfen. Und wenn jemand nach mir fragt, sollst du schweigen. Denn Sandi will nicht, daß jemand von meinem Aufenthalt hier erfährt.«

D'lama machte ein Mahl zurecht, brachte Wasser vom Urwaldquell und überließ seinen Gast dem Schlaf.

Am Abend wurde Pinto durch den Eintritt seines Gastgebers geweckt.

»Mann, Sandi sucht dich!« sagte D'lama. »Denn da geht das Gerücht zwischen den Dorfleuten, daß ein Gefangener Sandis entwischt sei und Sandi befohlen hat, ihn zu ergreifen.«

»Das ist dummes Geschwätz!« antwortete Pinto. »Siehst du nicht, daß ich ein Weißer bin, der Hosen trägt?«

D'lama maß ihn kritisch. »Das ist wahr, denn ganz schwarz bist du nicht. Und wenn du ein Weißer bist, kommt mir ein wunderbarer Gedanke. Hier herum wohnt nämlich eine Hexe, die mit Vögeln spricht. Und die Vögel haben ihr gesagt, sie würde einen weißen Mann heiraten, und danach würde das Land gedeihen.«

»Ich bin schon verheiratet«, bemerkte Pinto hastig.

»Wer ist das nicht?« fragte D'lama grob. »Dennoch mußt du sie heiraten, wenn ich schweigen soll. Und hier im Walde lebt niemand, der reden könnte, ausgenommen die Vögel. Aber wenn du nein sagst, dann nehme ich dich zu Sandi, und dann hat es ein Ende. Aber wenn du gewillt bist, das Mädchen zu heiraten, dann bringe ich das Mädchen zu dir.«

»Hol das Weib!« antwortete Pinto nach kurzer Überlegung.

Aber was für Pläne er auch gefaßt hatte, sie erwiesen sich als zwecklos.

»Zunächst werde ich dich an Händen und Füßen fesseln, damit in meiner Abwesenheit nicht ein böser Geist über dich kommt und du wegläufst«, sprach D'lama ruhig.

Obwohl Pinto protestierte, ließ er sich doch fesseln, denn D'lama-m'popo war ein großer Kerl und fürchterlich stark.

Das Weib, das mit den Vögeln sprechen konnte, befand sich an dem alten Fleck, unter den Nestern der Webervögel, als D'lama ankam.

»Du bist D'lama, der Mörder alter Weiber«, rief sie, ohne sich umzusehen, »und ein Vogel hat mir mitgeteilt, daß du einen weißen Mann gefunden hast.«

»Das stimmt, Kobali«, antwortete D'lama, während er vor Angst schwitzte. »Und was das alte Weib anbetrifft, so ist ein Baum auf sie gefallen...«

Kobali erhob sich schweigend und ging voran in den Urwald. D'lama folgte ihr. Nach einer Weile kamen sie zur Hütte, in der Pinto unter Schmerzen lag. Sie brachten ihn zusammen an das Licht des Mondes, und das Mädchen betrachtete ihn kritisch, während ihm die Fesseln abgenommen wurden.

»Er ist ein Weißer, der nicht schwarz ist, und ein Schwarzer, der nicht weiß ist«, erklärte sie. »Ich glaube, der Mann wird mir zusagen, denn er ist sehr hübsch.«

Automatisch hob Pinto seine Hand, um seinen dünnen Schnurrbart zu drehen.

»Ich kann tatsächlich nicht begreifen, was dem Kerl zugestoßen sein kann. Er muß einem Leoparden in den Weg gelaufen sein«, sagte Sanders.

»Oder der Leopard ihm«, bemerkte Hamilton. »Aber was wollte er denn von Bones?«

Sanders schüttelte den Kopf. Er war ein Muster an Verschwiegenheit. Und Bones, der doch oft den Fluß hinauf- und hinunterfuhr, erriet niemals, daß hinter dem Busch, der den Fluß bei Isisi umsäumte, ein Mann wohnte, der sich in seiner glücklicheren Zeit als Don Gonzalez bezeichnete und der ein entzückendes Weib in Funchal besaß – oder besessen hatte. Denn sie wurde schließlich des Wartens müde und ging mit dem Zweiten Offizier eines Cadizer Bananendampfers eine Ehe zur linken Hand ein.

## *Der Teufelssee*

M'suru, ein Akasavahäuptling von ziemlicher Bedeutung, jagte eines Tages auf der unrichtigen Seite der Ochorigrenze, als dort, gerade im ungeeignetsten Augenblick, ein Mann namens Mabidini auftauchte. Dieser Mann war weder ein Grenzer noch ein Jäger; dennoch war er ein wenig von beidem, denn er bewachte die Grenze für seinen Gebieter Bosambo und schmuggelte heimlich Felle in das Akasavaland.

Mabidini war ein junger Mann und nach dem Urteil der Weiber vom Oberfluß hübsch. Und beide Eigenschaften machten sein späteres Vergehen desto unverzeihlicher. Denn M'suru war ein Mann mittleren Alters, fett und über die Zeit hinaus, in der er Anziehungskraft ausübte. Darum gehörten ihm nur die Weiber, die er gekauft hatte, und aus Liebe tat kein Mensch etwas für ihn. Mabidini hingegen brauchte nur seinen kleinen Finger krumm zu machen, und wo blieb dann das Eheversprechen?

Unglücklicherweise häutete M'suru in diesem Augenblick einen großen Wasserbock, und seine vier Jäger hatten das Fell ausgestreckt, um es zu salzen.

»O Ko!« rief Mabidini. »Das wird mein Häuptling Bosambo sehr ungern vernehmen! Kein Mann außer ihm darf in diesem Strich jagen.«

M'suru wischte sich mit der Hand, in der er das Jagdmesser hielt, den Schweiß aus den Augen.

»Wer sieht, weiß«, sagte er bedeutungsvoll. »Du sollst den Vorderteil der Beute haben.«

Aber Mabidini begehrte weder Fleisch noch Fell, und der Bericht ging an Bosambo und darauf an Distriksgouverneur Sanders. M'suru bezahlte als Strafe zehn Säcke Salz. Aber schlimmer als das, er wurde zum Spott Mabidinis, eines Kerls, der zu keinem Dorf gehörte, sondern der in einer Hütte inmitten des Urwaldes wohnte und keine Verwandten hatte.

Eines Nachts schlichen sechs fremde Krieger in den Wald, holten Mabidini aus seiner Hütte, peitschten ihn mit Peitschen aus roher Haut und versengten seine Zehen dermaßen, daß er monatelang humpelte.

Er zweifelte keinen Augenblick, daß die Angreifer Akasava waren, und er hätte seine Hand ins Feuer legen mögen, daß M'suru die ganze Sache angezettelt hatte.

Eines Tages sandte Bosambo nach ihm.

»Mabidini, ich habe mit Sandi gesprochen, der mein Bruder ist. Und Sandi sagt, über die Prügel, die du weg hast, könnte kein Palaver gehalten werden, denn du habest keine Zeugen. Und M'suru, der darum weiß, lüge. Nun sagt man, daß M'suru einen Zauberspeer besitze und aus diesem Grunde so mächtig sei. Auch hat er ein junges Weib, das er um zehntausend Messingstangen erstanden hat. Nun bist du ein einsam wohnender Mann. Und mir scheint, wenn dich wieder einmal Leute des Nachts überfallen, würde dir ein solcher Speer viel nützen. Denn dein Weib würde dich aufwecken, und der Speer wäre unter deinem Bette.«

»Gebieter, ich besitze kein Weib«, entgegnete Mabidini, der nicht dümmer war als jeder andere Ochori.

»Noch einen Speer«, ergänzte Bosambo.

So nahm Mabidini sein Kanu und ließ sich den Strom bis eine

Meile oder zwei von dem Dorf entfernt hinuntertreiben, in dem sein Widersacher wohnte. Und eines Tages begegnete er im Wald einem Mädchen, das weinte und seine Schwielen rieb.

Er kannte sie als eine von M'surus Weibern und sprach sie an. Anfänglich hatte sie Angst...

Nacht senkte sich plötzlich auf das Dorf Kolobafa und wurde vom dritten Weibe M'surus willkommen geheißen. Denn es fehlte ihr ein Stück an ihrer häuslichen Ausrüstung, und ihr Gebieter würde das mit seinen Fuchsaugen bald bemerkt haben. Aber so kam er zu müde nach Hause und zu hungrig, um Argwohn zu schöpfen, und nachdem er sich, allein vor dem Feuer sitzend, das vor der Hütte schwelte, sattgegessen hatte, nickte er und döste, bis der kalte Nachthauch ihn schlaftrunken aufjagte, so daß er sein Fellbett aufsuchte.

Das dritte – und jüngste – Weib, das Kimi hieß, saß abseits und beobachtete ihn in einem krampfhaften Zustand unheilvoller Erwartung und griff, als er in die Hütte gegangen war, mit solcher Gewalt in ihre bloßen Lenden, daß diese schmerzten.

Aber kein wütendes Stiergebrüll kündete an, daß er seinen Verlust entdeckt hätte. Sie kroch an die Seite der Hütte, horchte, hörte sein Schnarchen und kroch zurück.

Sie erfreute sich einer eigenen Hütte. Und das eifersüchtige ältere Weib, das in der dunklen Türöffnung der Hütte, die sie mit der vertriebenen Zweiten teilte, Ränke schmiedete, sah, wie Kimi sich durch die Dorfstraße wegstahl; sie rief das mit schriller Stimme ihrer Gefährtin zu, denn wenn sie auch das zweite Weib haßte, haßte sie doch Kimi noch mehr, und in einer solchen Krisis erscheinen einem die weniger Gehaßten als Freunde.

»Kimi ist zum Fluß gegangen, um sich mit ihrem Liebhaber zu treffen. Laß uns M'suru wecken und es ihm mitteilen!«

Das zweite Weib schob seinen plumpen Schädel über die Schulter, die die Türöffnung ausfüllte, und spähte hinter dem verschwindenden Weibe her.

»M'suru schickte heute nacht seine Speere zu dem N'gombimanne, der sie mit einem Steine scharf macht. Wenn wir ihn mit einer dummen Geschichte aufwecken, wird er uns schlagen.«

»Sie trägt keine Speere«, sagte das erste Weib verächtlich. »Du hast Angst.« Plötzlich kam ihr ein Gedanke. »Wenn sie einen Speer mit sich genommen hat, dann ist das der Geisterspeer.«

Ein erschrockenes »Huh« kam vom zweiten Weib, denn der Geisterspeer stammte von M'surus Vater und von dessen Vaters Vater und von zahllosen Generationen von Vätern. Es war ein kurzer Schlachtspeer, dem Zauberkräfte innewohnten. Mit dessen Hilfe vermochte M'suru Wunder zu wirken. Wenn das breite Blatt des Speeres in das Flußwasser getaucht wurde, zwang es die Fische, die aus irgendeinem Grund die bekannten Fischgründe verlassen hatten, dorthin zurückzukehren. Und wenn der Speer in den Wald getragen wurde, dann bevölkerte er mit seiner Zauberkraft den Wald mit Jagdbeute. Aber seine wichtigste Eigenschaft war die: Wenn ein Mann sich im tiefen Urwald verlaufen hatte, brauchte er nur den Speer auf der Fingerspitze zu balancieren, dann zeigte das Speerblatt unweigerlich auf den richtigen Weg.

Der Speer hatte viele andere seltsame und furchteinflößende Eigenschaften. So hängten sich alle anderen Speere an den des Königs und konnten nur mit Mühe von ihm weggezogen werden. Sogar das ältere Weib konnte nicht so viel Mut aufbringen, um ihren Gebieter zu wecken. Erst als der Häuptling von Kolobafa blinzelnd ins Tageslicht trat und nach seinem Weib brüllte, wurde der Verlust entdeckt. Denn der Zauberspeer war tatsächlich fort.

Der Distriktsgouverneur hielt gerade ein Palaver am Krokodilsfluß in einer Steuereinziehungsangelegenheit, und M'suru wohnte diesem in voller Kriegsbemalung bei, um seine große Klage vorzubringen.

»Gebieter«, sagte er, »ein fürchterliches Unglück hat mich und mein Volk befallen. Mein Weib hat einen Liebhaber, einen Mann vom Ochoristamme und dir wohlbekannt, denn er schwur falsch gegen mich. Da mein Weib ihn gern hatte, ging sie zu ihm, während ich schlief, und nahm den Speer mit sich, der, wie du, Gebieter, weißt, der heiligste Speer der ganzen Welt ist. Darum komme ich, um dich um die Erlaubnis zu bitten, meine Speere ins Ochoriland tragen zu dürfen.«

»O Ko«, sagte Sanders spöttisch, »was für ein Mann bist du, daß du dich anmaßest, Strafen verhängen zu wollen? Denn anscheinend bin ich nichts in diesem Lande, und M'suru, der kleine Akasavahäuptling, ist imstande, mich zu ersetzen. Und was deinen Speer anbetrifft, so ist er von einer gewissen Sorte Eisen gemacht, die ich sehr wohl kenne.«

Sanders rief nach seiner Ordonnanz, gab auf arabisch einen Befehl, und Abiboo entfernte sich, um mit einem kleinen Magnetstahl zurückzukehren.

»Sieh dir dieses Ding genau an, M'suru! Denn wenn deinem Speer eine Zauberkraft innewohnt, dann wohnt sie genau so in diesem kleinen Dinge, das wie das Knie des ›Verlorenen Flusses‹ gebogen ist, der nach Bura Ladi fließt.«

Sanders nahm den Speer aus des Häuptlings Hand und hielt den Magneten daran.

»Nun zieh an deinem Speer!« befahl er, und es erforderte einen Ruck, um die Waffe von dem Einfluß des Magneten zu befreien.

»Es darf weder ein Töten noch ein die Speere-ins-Nachbarland-Tragen geben, M'suru«, sagte Sanders. »Mir scheint, du kennst das Ochoriland bereits so gut, daß deine jungen Krieger den Weg dorthin im Dunkeln zu finden wissen. Sobald ich in mein feines Haus an der See komme, werde ich dir einen anderen Speer machen lassen, und der soll ›der Speer von Sanders‹ genannt werden, und du sollst ihn in meinem Namen und im Namen meines Königs tragen. Und wenn dein Weib einen Liebhaber hat, dann tu sie fort, wie das Gesetz das vorschreibt. Ich werde zurückkehren, sobald der Mond neu ist, und dann sollst du die Angelegenheit vor mich bringen.«

M'suru ging in keiner Weise befriedigt in sein Dorf zurück und rief die Ältesten und die Freunde, die er hatte, zusammen, und ihrer waren wenige, denn er war wegen seiner Strenge berüchtigt und in keiner Weise beliebt.

»In zwei Tagen, von heute gerechnet, wird Sandi nach seinem schönen Hause am Fluß zurückkehren, und seine Kundschafter werden ihn begleiten. Denn es ist wohlbekannt, daß in den ersten Tagen nach dem Palaver die Späher weniger wachsam sind, denn alle Leute fürchten Sandi. Darum sendet eure jungen Speerleute in den ersten Stunden nach Mitternacht zu mir, und ich werde euch zur Hütte Mabidinis führen. Dort werden wir den Speer holen, der mir gehört, und die Ziegen und Weiber, die wir dort vorfinden.«

Der Weg zur Hütte war weit, denn das Ochorigebiet erstreckt sich in einer messergestaltigen Halbinsel tief ins Akasavaland, und zwar in Gestalt einer wirklichen Halbinsel, denn es ist begrenzt von einem Fluß, der aber nur zur Regenzeit vorhanden ist. Und diesen Fluß muß man meiden. Er enthält zu allen Zeiten Wasser genug, aber das Gras wuchert schnell, und alle Sorten Wassertiere haben darin ihren Wohnsitz. Dieser Fluß mündet in jenen stillen tiefen See, der der Kafaguri, das heißt »das Loch in der Welt« genannt wird.

Am vierten Tag gelangte M'suru an die verlassene Hütte seines Widersachers und erfuhr hier von einem wandernden Buschmann, daß Mabidini ostwärts zu dem stillen See gegangen sei.

»Dieser Mann hat keine Furcht, weil er meinen Speer hat, der sehr mächtig gegen die Geister ist«, sagte M'suru, als er diese Nachricht vernahm. Er folgte Mabidini, denn der versteckte Fluß war jetzt voll Wasser. Aber M'surus Krieger wußten nichts von dessen Plänen.

»Mir gefällt Bones nicht«, äußerte Hamilton und schielte unter dem Rand seines Tropenhelms nach der Gestalt, die sich dem Wohnhaus des Distriktsgouverneurs mit langen Schritten näherte.

Sanders strich die Asche von seinem Nikotinstengel und lächelte versonnen.

»Ich habe den Eindruck, daß Sie niemals von Bones' persönlicher Erscheinung begeistert waren.«

»Ich spielte nicht auf seine allgemeine Häßlichkeit an«, gab Hamilton zurück. »Meine konzentrierte Abneigung richtet sich gegen den besonderen Bones, wie er sich gegenwärtig dem nackten Auge zeigt. Ich mag Bones nicht, wenn er sich spreizt«, knurrte er, »denn wenn er sich spreizt, dann gefällt er sich. Und wenn Bones sich selbst schon gefällt, dann ist es Zeit für alle bescheidenen Menschen, Schutz zu suchen. Guten Morgen, Bones! Warum das dreckige Lachen?«

Bones salutierte ruckhaft. Er hatte die Gewohnheit, die Hand dabei zu erheben und sie etwa einen halben Zoll vom Helmrand entfernt »tremulieren« – kein anderes Wort drückt diese Bewegung besser aus – zu lassen.

»Ich wünschte, beim Himmel, Sie würden endlich lernen, wie sich's gehört, zu grüßen«, sagte Hamilton bissig. »Ich hätte wahrhaftig große Lust, Sie zwei Stunden lang Ehrenbezeigungen üben zu lassen.«

»Aber lieber alter Offizier, das ist die allerneuste Art«, antwortete Bones ruhig und wiederholte den Gruß. »Ich hab's einem schneidigen Sergeanten von der Garde abgesehen. Und was gut genug für die alten Grenadiere ist, ist gut genug für den armen alten Bones. Aber sagten Sie nicht was von ›dreckigem Lachen‹?«

Er hielt seine Hand ans Ohr, als ob er ängstlich darauf bedacht sei, kein Wort zu verlieren.

»Sie scheinen sehr mit sich zufrieden zu sein, Bones«, warf Sanders hastig ein.

»Nicht so sehr zufrieden als vielmehr gratifiziert, liebe alte Exzellenz.«

Bones zog sich einen Stuhl heran, setzte sich, stützte das Kinn auf eine seiner Hände und schielte zu Hamilton hinüber. »Haben Sie jemals daran gedacht, lieber Offizier«, fragte er mit hohler Stimme, die er unweigerlich annahm, wenn er unergründlich wurde, »daß wir hier sind, in diesem sonderbaren, beinah wilden Land? Wir kennen diesen Platz, wir kennen den Fluß – es ist Wasser. Wir kennen das Land – es ist Land. Wir kennen die Flora, und wir kennen die Fauna, und doch wissen wir vielleicht nichts von der wirklichen Länge und Breite unseres Geburtsheimes.«

Er hielt inne, klemmte sein Monokel ein und stierte triumphierend auf den wie betäubt dasitzenden Hamilton.

»Über was, zum Teufel, quasseln Sie?«

»Ist es Ihnen niemals aufgefallen, liebes altes Geschöpf, daß wir nicht hier sein würden, wenn die braven und furchtlosen Seelen nicht gewesen wären, die uns sozusagen einen Pfad durch die Wildnis gesprengt haben?«

Hamilton sah besorgt zu Sanders hinüber. »Haben Sie kein Chinin, Sanders?«

»Nein, nein, lieber Medizinmann, ich habe kein Fieber.«

Hamilton unterbrach ihn. »Was mir im Augenblick auffällt, Bones, ist, daß Sie einen getrunken haben.«

»Ich, Sir?« antwortete Bones entrüstet. »Das ist eine Unterstellung, derentwegen Sie verklagt werden können, lieber Offizier! Als Wissenschaftler möchte ich...«

»Soso! Sie sind ein Wissenschaftler? Ich wußte, daß irgend etwas mit Ihnen nicht stimmte. Welcher Zweig der Wissenschaft leidet unter Ihrer boshaften Verbindung mit ihr?«

Bones lächelte nachsichtig. »Ich wollte lediglich darauf hinweisen, liebes Mitglied des netten alten Publikums, daß... tatsächlich, ich bin Mitglied der Königlichen Geographischen Gesellschaft.«

Er lehnte sich in seinen Stuhl zurück, um die Wirkung zu beobachten.

»Famos!« sagte Sanders. »Herzlichen Glückwunsch! Wie sind Sie Mitglied geworden?«

»Indem er eine Guinee oder zwei bezahlt hat«, rief Hamilton verächtlich. »Jeder kann Mitglied werden, wenn er Beitrag bezahlt.«

»Sie befinden sich im Irrtum, mein Junge«, antwortete Bones. »Ich schrieb einen schneidigen kleinen Artikel über die etymologischen Eigentümlichkeiten der Eingeborenenstämme, mit anderen Worten über den Unterschied zwischen einer Sorte dieser eingeborenen Fritzen und einer anderen Sorte eingeborener Fritzen.«

»Gütiger Herrgott!« japste Hamilton.

Damit die Unterhaltung nicht auf unangenehme Gebiete abschweife, zeigte Bones einen Brief, den er an diesem Morgen erhalten hatte. Der Brief war von einem Mitglied der Gesellschaft, und obendrein von einem sehr gelehrten Mitglied.

»Lieber Mr. Tibbetts«, lautete der Brief, »ich war außerordentlich gefesselt von Ihrer interessanten Abhandlung über die ethnologischen Eigentümlichkeiten der Bantustämme, die ich das Vergnügen hatte, zum Zweck der Veröffentlichung durchzusehen. Es würde mich sehr interessieren, ob Sie wohl Gelegenheit haben, uns über die Seen Ihres Schutzgebietes mehr aufzuklären, von denen einige, wie ich glaube, noch nie erforscht sind. Besonders möchte ich gern etwas mehr über einen gewissen See Bura Ladi erfahren, über den so viele Gerüchte im Umlauf sind.«

Sanders blickte hastig auf. In seinem Bezirk gab es noch viele unerforschte Stellen, und Bura Ladi war eine von ihnen.

Dieser kleine stille See lag in einer Niederung, die allgemein für bodenlos gehalten wurde. Kein Fisch befand sich darin. Die Fischer mieden ihn. Sogar die wilden Tiere des Urwaldes kamen niemals an sein Ufer, um dort zu trinken, und der Erdboden war auf eine Viertelmeile im Umkreis entblößt von jeder Vegetation.

Sanders hatte den Ort zweimal gesehen. Es war ein einsamer, düsterer Fleck.

»Sie werden bald Gelegenheit haben, ihn kennenzulernen, Bones, und zwar in allernächster Zeit. Sie haben ihn noch niemals gesehen?«

»Was das anlangt, habe ich das auch nicht«, meinte Hamilton.

Und Bones gab ein ungeduldiges Tuttut von sich. »Lieber, alte Ham«, sagte er sanft, »der gute Distriktsgouverneur erörtert die Sache mit mir. Seien Sie nicht ärgerlich! Ich kann das vollständig verstehen, lieber Ham, aber das ist eine wissenschaftliche Angelegenheit.«

»Das war Ihr letzter Essay auch«, gab Hamilton nachdrücklich zurück.

Bones hüstelte. »Das, mein lieber Herr, war reine Phantasie. Ein kleines jeu d'esprit im Stile von ›Alice im Wunderland‹ des verstorbenen Lewis Carroll. Vielleicht haben Sie das Buch nicht gelesen. Wenn Sie's nicht gelesen haben, verschaffen Sie sich's sofort! Es ist schrecklich amüsant.«

»Soviel ich weiß, haben Sie dem irregeführten und leicht zu nasführenden Redakteur der ›Guildford Times‹ geschrieben, Sie hätten eine neue Art Okapi mit zwei Schwänzen entdeckt«, fuhr Hamilton erbarmungslos fort. »Und – berichtigen Sie mich, falls ich mich irre – Sie sagten ihm, Sie wären auf einen neuen Affenstamm gestoßen, der Kleider trüge. Da der nächste italienische Orgeldreher annähernd dreitausend Meilen entfernt ist, erlaube ich mir, Sie als einen erfinderischen Flausenmacher hinzustellen, der der Wahrheit geflissentlich aus dem Wege geht. Nun ist der springende Punkt der, Bones: Was werden Sie in Bura Ladi entdecken?«

»Es ist sonderbar«, mischte sich Sanders nachdenklich ein. »Wissen Sie, daß die Temperatur des Seewassers zwölf Grad höher ist als die des Flußwassers? Zur Regenzeit, wenn die Lufttemperatur vorübergehend kühl war, habe ich den See geradezu dampfen sehen. Kein Eingeborener wohnt innerhalb von zwanzig Meilen im Umkreis. Man sagt, es gäbe weder Fische noch Krokodile in seinen Wassern. Ich habe seit acht Jahren vor, eine gründliche Erforschung vorzunehmen. Und nun, Bones, haben Sie mir diese Arbeit aus der Hand gerissen«, sagte Sanders lächelnd.

Hamilton schnaubte. »Und Bones wird in zehn Minuten mehr finden als Darwin in zwanzig Jahren. Alles in allem – es geht nichts über eine blühende Phantasie.«

Bones ergriff die widerstrebende Hand seines Vorgesetzten. »Ich danke Ihnen, lieber Ham«, meinte er dankbar. »Gerade die besitze ich. Es hat lange bei Ihnen gedauert, meine guten Seiten herauszufinden. Aber besser spät als niemals, lieber Herr und Offizier! Besser spät als niemals!«

Einen Monat später, als Sanders auf seine Steuereintreibungsreise ging, setzte er Leutnant Tibbetts an der Stelle ab, an der der Fluß dem See am nächsten kommt. Hamilton beugte sich über die Reling der »Zaire«, als das Kanu abfuhr.

»Keine spaßhaften Geschichten, Bones! Keine Entdeckung von prähistorischen Tieren, die sich lustig in der Tiefe des Sees tummeln! Wissenschaft, Bones! Nur reine Wissenschaft!«

Bones lächelte mitleidig. Er fand es bequemer, mitleidig zu lächeln, als über eine passende Antwort nachzudenken.

An dem Tag, als er das Seeufer erreichte, kamen ein Mann und ein Weib über Land dorthin.

»Hier wollen wir bleiben, bis M'suru zurückkehrt, Kimi. Denn hierher wird er uns wegen der Geister nicht zu folgen wagen.«

Bones wußte davon nichts.

Mit einem Boten kam folgender Brief an das Distriktsamt:

»Lieber Herr und Exzellenz!« (schrieb Bones).

»Ich habe die Ehre zu berichten, daß ich den See Bura-Ladi um elf heute morgen erreicht habe. Ich habe ein Lager auf der Nordseite aufgeschlagen. Es hat eine vulkanische Eruption gegeben. Heute nacht um neun Uhr gab es einen höllischen Spektakel im See. Der Lärm kam aus der Richtung des Sees. Nachdem ich zu dem Fleck gegangen war, fand ich die Wasser in einem Zustand großen Aufruhrs, und beim Licht des Mondes sah ich, daß ein Eiland in der Mitte des Sees aufgetaucht war. Das Eiland rauchte dampfartig. Seine Länge betrug fast hundert Yards. Aus Mangel an geeignetem Transportmittel (Kanu, Floß etc.) war ich unfähig, eine eingehende Prüfung vorzunehmen. Heute morgen fand eine weitere Explosion statt, und das Eiland verschwand.«

»Aber in diesem Gebiet gibt es keine vulkanischen Schichten. Wenn wir nahe am Kilimandscharo wären...«, überlegte Sanders.

»Ich glaube, Bones macht diesen Bericht für seinen unseligen Kollegen von der wissenschaftlichen Fakultät«, sagte Hamilton leidend.

Aber in der Nacht wurde Sanders von dem Sergeanten der Wache geweckt.

»Gebieter, der Lokolitrommler sagt, am heißen See hätte es bösen Stunk gegeben. Tibbetti habe gegen M'suru gefochten und sei gefangengenommen worden.«

Wenige Minuten später klopfte Sanders an Hamiltons Schlafzimmertür. »Die ›Zaire‹ fährt beim Morgengrauen!« rief er.

Ein Kundschafter kam mit Nachrichten über die Flüchtlinge zu M'suru.

»Sie haben sich eine Hütte in der Nähe des Teufelssees gebaut«, meldete er. »Und, M'suru, dort sind schreckliche Dinge geschehen.

Denn Land ist aus dem Wasser heraufgestiegen und wieder untergetaucht.«

M'suru hatte Mühe, seine Begleiter zu überreden, mit ihm weiterzugehen, aber schließlich siegte der Schrecken, den er einzuflößen vermochte, über die Furcht vor dem Unbekannten, und sie zogen weiter, und als die Sonne unterging, ruhten ihre Augen auf der düsteren Szene.

In einer weiten Wüstenei gelber Erde lag der See blutrot in dem schwindenden Licht der Sonne. Der See war wie ein Ei gestaltet, und über dem schmaleren Ende lag es wie blauer Dunst.

»O Ko!« sagte M'suru mutlos und wies auf etwas hin.

Sein scharfes Auge hatte am entfernten Ufer das vertäute Kanu bemerkt und auf dem Abhang weiterhin das winzige grüne Zelt, das er als das Zelt Leutnant Tibbetts' bezeichnete.

»Sandi!« rief einer von M'surus Leuten.

Verbissen wandte sich der Häuptling nach ihm um. »Du bist ein Narr. Sandi befindet sich auf seinem großen Schiff. Deshalb kann das nur ein Händler sein. Zeig mir, wo Kimi und der Mann sich aufhalten.«

Der Kundschafter zeigte auf einen fernen Gürtel Grün hin, und M'suru grunzte befriedigt.

In der Stunde vor der Morgendämmerung erreichten sie die Hütte, und aller Zauber des Geisterspeers half Mabidini nichts. Sie kreuzigten ihn an einen Baum. Kimi starb vor ihm, aber einen leichteren Tod.

Bones in seinem Forschungseifer hörte die Schreie und ging, den Revolver in der Faust, um die Ursache zu entdecken.

»Ich sehe dich, Mabidini!«

M'suru hatte Schaum um den Mund, als er dem Sterbenden seinen ganzen Haß entgegenschleuderte. Er hörte einen Ruf hinter sich und wandte sich um, mit zum Angriff erhobenem Speer.

Bones feuerte und fehlte zweimal. Der nächste Schuß traf den gefolterten Mabidini und machte dessen Qualen ein Ende.

Dann warf einer von M'surus Leuten, von Angst getrieben, den Speer nach Bones. Der Speer traf den Zweig eines Strauches, aber sein Eisenholzschaft schlug im Herumwirbeln gegen Bones' Kehle, so daß dieser taumelte.

Eine Sekunde lang zögerte M'suru mit erhobenem Speer. Dann sagte er sich, daß der Weiße nicht allein hier sein würde. Er floh, seine Leute hinter ihm, dem See zu. In weiter Ferne sah er den roten Tarbusch zweier Haussa. Sie waren so weit entfernt, daß er in Sicherheit das Lager erreichen konnte, wo das Kanu befestigt war.

Er sah, wie die Soldaten liefen, hörte Bones' Wutschrei hinter sich und kam schnell zu einem Entschluß. Er befand sich in dem Kanu und zerhieb den Lianenstrick, der es festhielt, mit dem rasiermesserscharfen Blatt seines Speers.

»Schießt!« brüllte Bones.

Die Haussa gingen in Kniestellung, und zwei Kugeln trafen das Wasser rechts und links von dem davonschießenden Kanu.

M'suru steuerte auf das gegenüberliegende Seeufer los. Bones kannte die Treffsicherheit der Schwarzen genügend, um zu wissen, daß nur eine Zufallskugel den fliehenden Mörder erreichen würde.

»Aufhören mit Feuern!« befahl er, als ihn die atemlosen Soldaten erreichten. M'suru würden sie schon noch erwischen.

»Geht zu der kleinen Hütte unter den Bäumen zurück und begrabt dort das Weib! Dann nehmt Mabidini, den Ochorimann, von dem Baum, an dessen Stamm er mit einem Speer genagelt ist!« befahl er weiter.

Als die beiden Soldaten gegangen waren, verfolgte er das Kanu mit seinen Blicken. Das hatte die Mitte des Sees erreicht, und die Paddler nahmen sich jetzt mehr Zeit.

»Du scheußlicher Kerl!« rief Bones. Das Wort starb ihm auf der Zunge. Den Mund weit offen, starrte er auf das, was er jetzt sah.

Die Seeoberfläche war unheimlich bewegt. Große Wellen trieben auf das Ufer zu. In der Mitte des Sees tauchte eine dunkle Masse auf, die mindestens zweihundert Fuß lang sein mußte.

Die Leute im Kanu befanden sich westlich von dieser befremdlich auftauchenden Masse. Und M'suru, der das Ding sah, änderte den Kurs des Kanus.

Er sah mehr als Bones, denn plötzlich drehte das Kanu um und kam auf das Lager zu. Die Paddler arbeiteten mit einer wahnsinnigen Hast.

Und dann tauchte aus der Tiefe des Sees ein riesiger spatenförmiger Kopf empor. Höher und höher erhob er sich, auf einem Nacken, der im Vergleich zu ihm dünn schien, türmte er sich in der Luft über dem Kanu und schnalzte dann mit unglaublicher Schnelligkeit nieder.

Ein großer Klatsch ließ sich hören.

Bones, zur Salzsäule geworden vor Schrecken, sah, wie der Kopf sich in ähnlicher Weise auf der Wasseroberfläche bewegte wie der Schnabel einer Ente, während sie im Wasser frißt.

Noch einmal kam ein Laut. Dann war die Insel verschwunden.

Nur die beiden Hälften des Kanus trieben auf der glatten Wasserfläche.

»Ich wußte, Sie würden einen Ichthyosaurus sehen! Bones, Sie sind unverbesserlich! Sie hatten zwei Kerle dort, die Ihnen Ihr Gerede hätten bestätigen können! Und was taten Sie mit ihnen? Sie schickten sie fort! O Bones, Bones!«

Leutnant Tibbetts stöhnte in tiefster Seelenqual auf.

»Mein lieber Offizier... Ich hab's gesehen! Hundert Yards lang... Ich habe nicht geträumt!«

Bones war nahe am Weinen.

Die »Zaire‹ hatte ihren Weg durch den von Gerank überwachsenen Fluß erzwungen und lag unter dem überhängenden Ufer des Sees.

Sanders hatte dem Bericht seines Untergebenen schweigend zugehört.

»Bones, ich glaub's Ihnen«, sagte er zu Hamiltons Verwunderung.

»Das – glauben Sie, Sir?« fragte Hamilton.

Sanders nickte. »Solche Dinge sind in der vulkanischen Periode Ostafrikas vorgekommen. Möglich ist's schon.«

Nach der Entdeckung, daß die Erzählung von Bones' Gefangennahme nicht wahr sei, hatte Sanders beschlossen, sofort zurückzufahren... Welchem aufmerksamen Mitglied irgendeines Stammes er diese Warnung zu verdanken hatte, kam niemals ans Licht... Aber jetzt entschloß er sich zu warten und ließ zu Hamiltons Überraschung die »Zaire« zum Kleinen Fluß zurückgehen.

»Aber sicherlich, Sir...« begann Hamilton.

»Kein Mensch kann's wissen«, meinte Sanders.

Er brachte die Nacht zu, indem er mit Hamilton zusammen einen kleinen leeren, eisernen Wassertank mit verschiedenen Explosivkörpern füllte. Der Haussahauptmann wurde sehr eifrig bei dieser Beschäftigung.

Früh am Morgen befestigte Hamilton einen Zeitzünder, und als die »Zaire« langsam der Strommitte zulief, schwebte der Tank, fertig zum Fallen, über des Dampfers Bug.

»Nehmen Sie das Steuerbordgeschütz, Bones!« befahl Sanders.

Und Bones hockte an der Hotchkißkanone, die Hand am Abzug.

»Ich weiß nicht, ob ich träume«, sagte Hamilton. »Aber ich habe das sichere Gefühl, daß Bones uns später wird Abbitte leisten müssen.«

Sanders ließ die »Zaire« nach der Strommitte drehen. Dann warf er den Hebel des Maschinentelegrafen auf »Volle Kraft« und gab den Haussa am Bug ein Zeichen.

Der Tank klatschte ins Wasser, als die »Zaire« kehrtmachte und dem Fluß zusteuerte; ihr Heckrad drehte sich in wahnsinniger Hast.

Sie erreichten die grasüberwucherte Flußmündung und fuhren langsamer.

»Das wird genügen!« sagte Sanders, die Uhr in der Hand.

»Bones«, flüsterte dessen Vorgesetzter, »Sie haben den Distriktsgouverneur zum Narren gehalten.«

In diesem Augenblick gab es einen zitternden Laut – ein Geräusch. Eine Fontäne weißen Seewassers schoß aus der Mitte des Sees in die Luft und – das war alles.

»Nichts!« bemerkte Hamilton.

Das Wort hatte er kaum gesprochen, als das Wasser des Sees zu wogen und sich zu werfen begann und sich jenes fürchterliche spatenförmige Haupt aus der Tiefe erhob.

Höher und höher hob sich der Hals aus der Flut.

»Bang!«

Die Hotchkißkanone spuckte wütend, und irgendwo in der Nähe des fürchterlichen Hauptes stieg ein blauschwarzer Ball von Rauch in die Luft. Als er verschwunden war, war kein Haupt mehr zu sehen. Nichts als kochende Blasen werfendes Wasser und das Aufleuchten einer großen leblosen Oberfläche, die wie die Unterseite eines Riesenfisches aussah.

»Wenn ich Sie wäre, Bones«, sagte später Sanders, »würde ich hierüber nichts schreiben.«

»Lieber alter Herr«, gestand Bones, »meine Klaue zittert mir zuviel – ich halte mich lieber an die schneidigen, kleinen Affen mit Hosen.«

EDGAR WALLACE
Sanders der Königmacher
Hüter des Friedens

# EDGAR WALLACE

## Afrika-Romane

# Sanders der Königsmacher

Hesse Becker

im Weiss Verlag GmbH, Dreieich
August 1986
Gesamtherstellung: Presse-Druck Augsburg
Printed in Germany
ISBN 3-8036-4042-3

## *Inhaltsverzeichnis*

### Sanders der Königmacher



### Hüter des Friedens

## *Die Propheten des Großkönigs*

In P'pie, einem kleinen Dorf zu Füßen des Hungerbergs, des Limpisi oder auch Limbi, wie ihn die Eingeborenen nennen, lebte ein Jüngling, dessen Eltern um seinetwillen ein schauerliches Ende gefunden hatten, als er noch ein kleines Kind gewesen war. In jenen fernen Tagen forderte die »Teufelsmutter von Limbi«, der Schrekkensgeist des Felsenskeletts, dessen hagere Schattenzungen quer über den Hütten lagen, doppelte Opfer, und wenn ein Kind an dem ihr geheiligten Tage, dem neunten Tage des jungen Mondes, geboren wurde, so heischte die Sitte, daß seine beiden Eltern unter dem Opfermesser starben.

Das Schicksal der Eltern gab dem Kinde den Namen. Durch Zuruf wurde es M'sufu M'goba getauft, und das bedeutet: »der glückliche Knabe, der nicht sein eigener Vater war«. Alle Kinder, die mit ihm dieses Glück teilten, zeichneten sich von jeher durch besondere Klugheit aus, und M'sufu M'goba wurde sogar von den Gespenstern und Teufeln durch besondere Gunst geehrt. Man sagte ihm nach, daß er auf seinen schwachen Kindesbeinen die Höhle der »Heiligen Teufelsmutter« erklettert habe, ohne daß ihm die Garde der Jungfrauen, die den Höhlenzugang bewachte, auch nur ein Haar gekrümmt habe. Unbefangen sei er in die Felsenkammer gestolpert, aus der noch kein Lebender den Weg herausgefunden hatte, und er habe die Unholdin im tiefsten Schlafe gesehen. Er kam mit dem Leben davon und gelangte ungefährdet in sein Dorf zurück. So munkelte man, aber auch das nur in tiefster Heimlichkeit. Es sprach davon auf seiner Schlafmatte der Mann mit seinem Weibe, und im Schäferstündchen erzählte es der Liebhaber seiner Geliebten; denn diese beiden haben unbegrenztes Vertrauen zueinander. Laut oder offen sprach keiner von dieser entsetzenerregenden Wundertat, und keiner erwähnte je im Gespräch die Teufelsmutter. Ihrer gedachte man nur in dunklen Gleichnissen und furchtsamen Anspielungen.

Aber dieser Entdeckungsreise und dem geisterhaften Einfluß der Höhle schrieb man die wunderbaren Kräfte zu, die M'sufu

M'goba offenbarte, als er herangewachsen war.

So saß er einst beim Mahl mit einer der Familien, die sich in seine Pflege teilten, und plötzlich geschah es, daß er das vorgeschriebene Schweigen brach.

»K'lama und seine Ziege liegen tot bei den Tiefsteinen!«

Die Tiefsteine bildeten das zerklüftete Bett einer abgründigen Talsohle.

»Schweig, Knabe«, herrschte ihn sein entrüsteter Pflegevater an. »Schämst du dich nicht zu sprechen, während ich esse? Merke dir: Wenn der Sinn in die Irre geht, dringen die Teufel um so leichter in den unbewachten Körper des Menschen ein.«

Trotzdem wurde eine Rettungsmannschaft ausgesandt, die K'lama und seine Ziege an der von dem Knaben bezeichneten Stelle fanden. Aus beiden Körpern war das Leben entflohen, und ein alter Mann erzählte schaudernd, was er gesehen hatte. Die Sonne hatte den Scheitel des Hungerberges eben mit goldenem Geschmeide gekrönt, da hatte die toll gewordene Ziege den jähen Sprung getan und K'lama, der sie am Riemen zurückhalten wollte, mit sich in die Tiefe gerissen. Um die gleiche Stunde hatte M'sufu den Mund in der Hütte seines Pflegevaters aufgetan.

Ein zweites Wunder geschah. Ein Gärtner namens Doboba hatte M'sufu beim Bananendiebstahl ertappt und sich mit kräftigen Hieben für die entwendeten Früchte bezahlt gemacht.

»Mann«, sagte M'sufu und rieb sich das brennende Sitzfleisch, »in zwei Nächten wird dich ein Baum erschlagen und zu den Geistern gesellen!«

Genau zwei Nächte nach dieser Weissagung starb Doboba den Tod, den M'sufu ihm verkündet hatte.

M'sufus Ruhm breitete sich mit der Schnelligkeit eines Steppenfeuers aus. Selbst in den geheimen Winkeln der Königshütte raunte man sich seine Taten zu. Und dann kam der Erste Minister des Königs, der Seni-Seni, Oberhäuptling der Tofolaka, ein Mann von Macht und Ansehen, in höchsteigener Person.

»O M'sufu, künde mir die Zukunft«, sprach Kabalaka zu dem schwarzen Propheten, und vor dem ganzen erschauernden Dorf, das sich über die Ankunft des Würdenträgers und seines Gefolges von Speerträgern und Tanzweibern entsetzte, weissagte M'sufu: »Herr, deine Ernte wird gut sein und besser als gut. Aber die Saat der Fongini wird sterben, und die Erde wird aus Mangel an Regen aufbrechen.«

»Was noch?« fragte Kabalaka gnädig. Denn er haßte die Fongini und ihren Häuptling Lubomala, dessen Einfluß auf den Großkönig ihm im Wege war.

»Herr«, sagte der junge Seher, indem er beträchtlich schwitzte, »der Sohn deines Weibes ist krank und dem Tode nahe, aber wenn der Mond sich zur Schale formt, wird er wieder aufleben.«

Kabalaka senkte die Stirn, denn er liebte den Sohn seines Weibes. Dann trieb er sogleich zum Aufbruch und kehrte in Eilmärschen nach Rimi-Rimi zurück. Er fand das Kind auf ein Totenlager gestreckt, und nasser Lehm beschwerte ihm die Lider.

»Wartet, bis der Mond sich zur Schale formt, und das Kind wird leben«, verkündete Kabalaka in zuversichtlichem Ton, aber inwendig spürte er den schweren, dumpfen Schlag seines Herzens.

An jedem Morgen zogen die Weiber hinaus, um die grünen Blätter zu pflücken, in die sie ihre Leiber beim Totentanz hüllen. Aber als der Mond im ersten Viertel stand, öffnete das Kind die Augen und bat lächelnd um Milch.

Eine Woche später barg das Volk von Treuland – denn das ist die Bedeutung von Rimi-Rimi – mit großer Mühe die reiche Ernte, und an diesem Tag betrat Lubomala, der Häuptling der Fongini, die Hauptstadt und bat um Erlaß des Tributes.

»Meine Ernte ist vernichtet, o Großkönig«, klagte er. »Wir hatten keinen Regen, und die Erde ward rissig vor Dürre.«

In dieser Nacht sandte der Großkönig nach M'sufu, und der Prophet, den eine herrliche Messingkette, ein Geschenk des dankbaren Kabalaka, schmückte, traf in der Hauptstadt zur gleichen Stunde ein, als die Garde des Königs den Kommissar im Dienste der britischen Regierung mit ihren Speerschäften zu Boden stieß.

Hughes Lloyd Thomas war vor seinem Eintritt in den Kolonialdienst ein Laienprediger gewesen, dessen feurige Beredsamkeit sein keltisches Heimatdorf bis in die Tiefen aufgewühlt hatte. Ein Mystiker, seltsam gefeit wie alle Kelten, war er in keine der Fußangeln geraten, die auf jeden gewissenhaften Mann lauern, der in den britischen Kolonien Dienst tut.

Es war die unbesiegliche Geistigkeit dieses Mannes, seine todbereite Märtyrerseele, die das merkwürdige Lächeln in sein Gesicht zauberte, mit dem er in das finstere Antlitz K'saluga M'popos sah, des großen Königs und Oberherrn über viele tributpflichtige Völker.

Man hatte vor der Hütte des Großkönigs Pflöcke in den Boden gerammt und den Gefangenen daran gefesselt, so daß er mit schmerzhaft ausgerenkten Gliedern dalag. Dicht hinter ihm brannte des Königs Lagerfeuer und versengte ihm das Haar. Sein abgetragener Drillich war steif von seinem Blute, durch die Risse seiner Jacke schimmerten seine weiße, gewölbte Brust und das braune V, das die Sonne in seine Hemdöffnung gemalt hatte. Aber obwohl die ewige Finsternis bereits ihre düsteren Schatten über sein Haupt warf, schlug sein Herz mit großem, stolzem Schlag, und er lächelte und dankte Gott, daß keines Weibes Antlitz erbleichen, keiner Mutter Herz zerbrechen und keines Kindes Stirn sich trüben würde, wenn die Nachricht von seinem Ende in die Heimat gelangte.

»Ho, Tomini«, sagte der Großkönig spöttisch und blinzelte durch seine schmalen Augenschlitze auf den Gefangenen nieder, »du hast mich vor allem Volk zum Palaver gerufen. Hier bin ich.«

Lloyd Thomas war am Halse so gefesselt, daß er seinen Kopf zur Seite wenden konnte, und tat er es, so bot sich seinem Blick ein Ausschnitt der gewaltigen Menschenmasse, die gekommen war, um seinem Ende beizuwohnen. Die vorderen Reihen kauerten am Boden, dann kamen welche, die hockten und über ihre Vordermänner hinwegsahen, und dann kamen solche, die standen, Gesicht an Gesicht, eng aneinandergepreßt, Menschheit auch sie, und in aller Augen brannte die abgründige Begier, ihn auf schreckliche Weise sterben zu sehen. Selbst die Kinder drängten sich, zappelnd vor Ungeduld, herbei. Es war niemand in ganz Rimi-Rimi, der sich das spannende Schauspiel seines Todes entgehen lassen wollte.

»Ich kam in Frieden, K'saluga M'popo«, sagte Lloyd Thomas. »Ich kam, um Fergisi und seine Tochter zu sehen. Böse Nachrichten haben uns von ihnen erreicht, und Fergisis eigenes Weib beklagte sich bei unserem König und sprach von einem Todespalaver in Rimi-Rimi. Darum hat mein König mich gesandt, den Überbringer vieler schöner Geschenke, und fordert dich durch meinen Mund auf, alles zu sagen, was du von dem Schicksal des Gottesmannes weißt.«

Die Geschenke waren neben dem Königssitz zu einem stattlichen Haufen getürmt. Da waren Ballen aus Tuch und Seide, schimmernde Halsketten, Spiegel in vergoldeten Rahmen, so wie Könige sie lieben.

Der König zog seinen Blick von dem Gefangenen zurück und bückte sich, um ein Halsband aufzuheben. Er hielt es einen Augenblick in der Hand und ließ das geschliffene Glas aufblitzen. Dann warf er es wortlos ins Feuer. Auf einen Wink seines Herrn ergriff Kabalaka den Rest und schleuderte ihn in die aufflammende Glut.

Lloyd Thomas biß die Zähne zusammen, denn er wußte, was das zu bedeuten hatte.

»Wenn ich schon sterben muß, so laß mich rasch sterben, o König«, sagte er gelassen.

»Laßt Jububu und M'tara vor mein Angesicht kommen«, befahl der König, »und laßt sie zeigen, wie gut sie es verstehen, einen Menschen zu häuten.«

Zwei nackte Männer traten aus dem Vorhang von Qualm und Rauch hervor, und in ihren Händen funkelten die kleinen Messer.

»O König«, sagte Lloyd Thomas, in seiner Stimme schwang der Spott, in seinen Augen glühte ein Feuer, »o Schinder von Menschen und Schlächter unschuldiger Mädchen, einen Tag lang und einen anderen Tag lang wirst du noch leben. Doch dann wird einer an meine Stelle kommen, der wird dich unter Tausenden herauswittern, und euren Körper wird er den Fischen zum Futter vorwerfen.«

»Die Enthäuter sollen ihre Arbeit langsam verrichten«, sagte der König und rieb sich sein stoppliges Kinn.

Die beiden Männer, die zu Füßen des Gefangenen saßen, nickten und prüften die Schärfe ihrer Messer an ihren Handflächen.

»Kommen wird er. Ich sehe ihn mit den Augen meines Geistes«, rief der verurteilte Mann. »Sandi Ingonda, der Tiger, der Vertilger von Königen!«

»Ko!«

Der König erhob sich halb von seinem Stuhl, und es zuckte in seinem faltigen Gesicht.

»O Männer, laßt mich sprechen«, sagte er heiser. »Dieser Mann redet gottlose Worte. Denn Sandi ist tot. Aber selbst wenn er lebte, wie will er die Geisterberge überqueren? Meine Truppen hüten die Pässe. Oder wenn er den Strom befährt, wie will er mit seinem Puck-a-Puck die Strudel bezwingen?«

»Er wird kommen«, sagte der Gefangene feierlich, »und er wird dort stehen, wo ich liege, und in jener Stunde wirst du sterben, K'saluga M'popo.«

Der Großkönig blinzelte, als stäche ihm die Sonne in den Augball.

»Das sind böse Worte, und der sie spricht, ist ein Lügner. Denn Sandi ist nicht mehr unter den Lebenden. Sagte der Akasava nicht, daß Sandi auf die schwarzen Wasser ging und durch ein Loch aus der Welt fiel?«

»Großer König, es ist, wie du sagst«, bestätigte Kabalaka.

Der König lehnte sich in seinen Stuhl zurück. »Wenn Sandi kommt, stirbt er den Tod«, schwor er, aber während er sprach, spürte er in seinem Rücken eine unheimliche Kälte. »Ich, der ich die Tochter des Gottesmannes in die Erde sandte und ihn selber in die Arme der Unholdin von Limbi, ich kenne keine Furcht –! O M'sufu!«

Aus dem Kreise der Frauen, die hinter dem Königе saßen, trat ein Jüngling hervor, der eine glitzernde Kette trug.

»O M'sufu, sieh diesen Mann. Und nun künde uns: Wird Sandi dies Land betreten, das dereinst das Land der Allimini war? Und bedenke wohl, wir hielten ein großes Palaver ab, als die weißen Frentschis kamen. Wie dürfte da Sandi, der weder Frentschi noch Allimini, sonder Inegi ist, es wagen, seinen Fuß in dieses Land zu setzen?«

M'sufu fühlte den Glanz und die Bedeutung dieses einzigartigen Augenblicks, und er stolzierte mit zurückgeworfenem Kopf und ausgebreiteten Armen in die Mitte des Platzes.

»Höre mich an, großer König. Höre M'sufu, der über geheimnisvolle und wohltätige Kräfte verfügt. Er sagt dir, Sandi wird nie wieder in dieses Land kommen, er ist so gut wie tot.«

Der Großkönig sprang auf die Füße, und seine Knie bebten.

»Hört ihn«, brüllte er und griff nach seinem Speer, der neben ihm auf dem Boden lag. »Om Tomini, höre diesen Mann, denn er spricht die Wahrheit, und du bist ein Lügner – ein Lügner – ein

Lügner!«

Und bei jedem Schimpfwort stieß er zu, obgleich er sich die Mühe hätte sparen können, denn bereits der erste Speerstoß hatte Lloyd Thomas entseelt.

Der Großkönig blickte auf sein Werk, und der Kopf wackelte ihm.

»O ko«, sagte er. »Das Palaver hat böse geendet, denn ich habe ihn zu rasch getötet. M'sufu, deine Stimme klang meinen Ohren lieblich. Du sollst im Schatten meiner Hütte wohnen. Aber wenn der Teufel in deinem Herzen ist und deine Zunge falsch geredet hat, so sollst du liegen, wo der liegt, der jetzt erkaltet ist, und meine Enthäuter sollen deine Klageschreie hören.«

Es liegt etwas Bedrückendes und Schweigen Gebietendes in der Atmosphäre des Britischen Kolonialamtes, das ernüchternd und lähmend auf den Besucher wirkt. Die Feierlichkeit weiter Korridore und hoher, bleicher Fenster drängt sich als erstes dem Eintretenden auf. Aber wenn er den Korridor entlangwandert, und die düsteren Türen wollen kein Ende nehmen, so meint er unwillkürlich, in einem Gefängnis zu sein, in dem hinter jeder Zellentür ein Schwerverbrecher einsam und weltenfern haust. Zu gewissen Tagesstunden liegen diese Flure da wie die Gassen einer toten, verzauberten Stadt. Nur zuweilen taucht ein Schreiber auf und huscht wie ein Gespenst vorbei. Irgendwo dröhnt eine Tür mit nachhallendem Echo wie ein Kanonenschuß über dem Grabe eines betrauerten Beamten.

An einem Oktobernachmittag schritt ein hochgewachsener, von Wind und Sonne verbrannter Mann durch einen dieser verlassenen Korridore. Seine Schritte hallten dumpf wie in einem Klostergang oder in einem Grabgewölbe wider. Zuweilen blieb er stehen und prüfte die Nummer einer Tür, die er mit einem offenen Brief in seiner Hand verglich. Endlich hatte er die richtige Tür gefunden. Er zögerte einen Augenblick und hob dann die Hand. Eine unterwürfige Beamtenstimme beantwortete sein Klopfen. Zwei jüngere Beamte mit eingefrorenen Mienen saßen sich an zwei Schreibtischen so gegenüber, daß jeder von ihnen den gleichen Blick durchs Fenster hatte.

Bei Sanders' Eintreten erhob sich einer der jungen Leute mit einer Schwerfälligkeit, die auf ein vorzeitiges Altern schließen ließ. Auch das gehört zur Atmosphäre des Kolonialamtes.

»Mister Sanders?« Er flüsterte den Namen mehr, als er ihn sprach. »Jawohl, der Herr Unterstaatssekretär erwartet Sie!« Er schaute auf seine Uhr. »Ich denke, er wird Sie sofort empfangen können. Wollen Sie bitte einen Augenblick Platz nehmen!«

Sanders war zu ungeduldig und zu nervös, um sich zu setzen. Wie alle Menschen, die an ein Leben in freier Natur gewöhnt sind, hatte er ein Grauen vor den Büros, wo vom grünen Tisch aus regiert und dekretiert wurde, und nur selten und in langen Zwischenräumen hatte er die Zentrale seiner amtlichen Tätigkeit aufgesucht. Der junge Mann, der in einem anstoßenden Zimmer verschwunden war, kehrte zurück und ließ Sanders eintreten. Es war ein hoher Raum, dem ein breiter Marmorkamin und ein mächtiger Diplomatentisch eine steife Würde verliehen.

Ein Herr kam Sanders entgegen und begrüßte ihn, noch ehe er ihn erreicht hatte, mit einem bewillkommnenden Lächeln. Die freie Menschlichkeit, die aus diesem Lächeln sprach, erhellte sogar noch die katakombenhafte Düsterkeit des Raumes und verhalf dem Besucher zu einem Anflug seiner gewohnten Frische.

»Setzen Sie sich doch, bitte, Mister Sanders«, lautete die freundliche Aufforderung, und diesmal nahm Sanders bereitwillig den dargebotenen Platz.

Der Unterstaatssekretär war ein sehniger Herr mit magerem Gesicht und feinen Zügen, dessen kurzsichtige Augen einen überaus wohlwollenden Blick hatten. Unter diesem Blick gewann Sanders schnell seine Laune wieder. Der Unterstaatssekretär schien es nicht eilig zu haben, über die Frage zu beraten, die ihm am Herzen lag. Er sprach über Twickenham, über die dort veranstalteten Fußballspiele, über gesellschaftliche Ereignisse der jüngsten Zeit, und erst als Sanders sich bereits zu wundern begann, warum der Brief, der ihn ins Kolonialamt gerufen hatte, als eilig gekennzeichnet war, kam der Unterstaatssekretär plötzlich zur Sache.

»Nicht wahr, es ist Ihnen nicht unlieb, Mister Sanders, daß Sie Afrika mit der Heimat vertauschen konnten?«

»Nein, Herr Unterstaatssekretär«, sagte Sanders hellhörig.

»Und doch ist es ein einzigartiges Land«, gab Sir John Tell zu bedenken, »ein Land, das auch den mit tausend Banden festhält, der sich losgerissen zu haben glaubt. Außerdem bietet es – für den richtigen Mann – gerade heute die günstigsten Gelegenheiten zum Vorwärtskommen. Eine Karriere ist schnell gemacht – in Afrika, lieber Mister Sanders!«

Sanders fand, daß es weise war, zu schweigen und abzuwarten.

»Sie kennen natürlich das Gebiet der Tofolaka und das Land jenseits der Geisterberge«, hub der Unterstaatssekretär wieder an, wobei er angelegentlich mit seinem Federhalter spielte.

»Sie vermuten richtig«, lächelte Sanders. »Rein geographisch betrachtet, ist dies Land allerdings noch eine terra incognita.«

Sir John nickte eifrig. »Wie nannten Sie das Land?« wollte er wissen.

»Wir nannten es in unseren Berichten das Land des Großkönigs«, erwiderte Sanders lebhaft werdend. »Es grenzt an das Gebiet der Ochori und erstreckt sich über das ganze eine Flußufer. Auf der anderen Seite des Stromes hausen die Akasava. Aber ich bin nur einmal in meinem Leben dahin gekommen und mußte die Berührung mit den Negerstämmen aus politischen Rücksichten vermeiden. Es führt ein Bergpfad dorthin, aber er ist nur drei Monate im Jahr passierbar. Der Strom bildet allerdings eine Brücke, aber man braucht dazu einen ganz anderen Dampfdruck in den Kesseln, als ihn die ›Zaire‹ hergibt – Sie erinnern sich, das war der Name meines Schiffchens –, und hat man ihn nicht, so zerschellt man am Höllentor.«

»Am Höllentor?« fragte Sir John interessiert. Dann gab er sich selber die Antwort. »Ah – jetzt fällt mir ein, das ist die Felsenenge, die sich der Ochori durch das Massiv der Geisterberge gräbt. Ist diese Stelle nicht auch durch starke Stromschnellen gefährlich?«

»Zehn Meilen die Stunde«, warf Sanders ein. »Wenn diese Wirbel nicht wären, dann hätte vielleicht schon längst der eine oder der andere europäische Staat dem Großkönig die Klauen beschnitten. Selbst die Deutschen haben nicht viel ausrichten können, und soviel ich weiß, gehörte dies ganze Gebiet in ihre Machtsphäre!«

»Nicht eigentlich«, sagte Sir John nach kurzer Überlegung. »Zwei oder drei Nationen zeichneten es in ihre Kolonialkarten ein. Erobert oder gar besetzt hat es keine, und das ist eben der Grund, weswegen ich Sie zu mir gebeten habe, Mister Sanders. Keine der interessierten Großmächte wollte ihre Ansprüche aufgeben, und es blieb nur der übliche Ausweg. Das Land fiel an den... hm... Völkerbund!«

Sanders lächelte. »Das heißt, es ist noch immer Niemandsland!«

»Wenn Sie es so nennen wollen, ja«, gab der Unterstaatssekretär zu. »Inzwischen haben wir vom Völkerbund ein Mandat erhalten, das uns berechtigt, auch in diesem Gebiet mit allem aufzuräumen, was der Zivilisation widerstrebt oder gar den primitivsten Anschauungen von Recht und Ordnung Hohn spricht.«

Er hielt inne und schien auf eine Meinungsäußerung seines Besuchers zu warten, doch Sanders hütete sich, zu seinen Worten Stellung zu nehmen.

»Wir sind der Meinung«, fuhr Sir John endlich fort, sich taktvoll vorfühlend, »daß ein willensstarker, entschlossener Mann, der eine genaue, ich möchte sagen übernatürliche Kenntnis des Charakters und der Sinnesart der Eingeborenen besitzt, die fünf jetzt vom Großkönig beherrschten Gebiete in sechs bis sieben Monaten befrieden und einem Lande Gesetz und Recht geben könnte, in dem bisher Grausamkeit, Aberglauben und Tyrannei willkürlich wüteten.«

Wieder machte er eine Pause, und wieder wartete er vergebens. Er erhob sich, ging an die Wand und entrollte eine Landkarte. »Hier ist eine rohe Übersichtskarte des Landes, Mister Sanders«, sagte er mit leiser Aufforderung.

Sanders trat höflich an seine Seite.

»Hier sehen Sie die Geisterberge, an deren westlicher Flanke Ihre alten Freunde, die Ochori, ihren Wohnsitz haben; hier im Osten erstreckt sich das Land der Tofolaka, südlich davon am anderen Ufer beginnt das Gebiet der Bubujala. Hier beschreibt der Fluß eine Krümmung. Dort sehen Sie einen See, dessen Ufer nur angedeutet sind. Noch hat kein Weißer sie betreten.«

»Was ist das für eine Insel«, fragte Sanders plötzlich und wies auf einen kleinen dunklen Punkt in dem ausschraffierten See.

»Das ist das ›Eiland der goldenen Vögel‹ – ein hübscher Name für eine Insel, nicht wahr?«

Sanders nickte zustimmend, dann wurde sein Blick zum zweitenmal gefesselt. »Rimi-Rimi, die Residenz des Großkönigs«, sagte er kurz und deutete auf einen Kreis.

»Ganz recht – und dort oben im Norden von Rimi-Rimi sehen

Sie einen Berg, das ist der Limpisi. Neuland für Sie, Mister Sanders. Das ist etwas anderes als die sumpfige Küste. Berg und Hochfläche, von Großwild belebt, ein Klima, das die zerriebenen Nerven gesund macht.«

»Wohl möglich«, sagte Sanders ruhig und kehrte mit Sir John an dessen Schreibtisch zurück. »Aber ich weiß sehr wenig darüber, und wenn Sie sich an mich als an eine Fundgrube des Wissens gewandt haben, so muß ich Sie leider enttäuschen!«

Der Unterstaatssekretär lächelte. »Sie werden mich nie enttäuschen, Mister Sanders, und ich hoffe, am wenigsten in dem, was ich Ihnen zu unterbreiten habe. Ich deutete schon an, daß wir auf der Suche nach einem Mann sind, der die besten Führereigenschaften mit den hervorragendsten Kenntnissen der Denkweise der hier lebenden Menschen verbindet, nach einem Mann kurzum, der sich bei den Eingeborenen in Respekt zu setzen weiß.«

»Es tut mir leid«, begann Sanders hastig.

»Warten Sie nur ab!« Sir John unterbrach ihn mit einer schnellen Handbewegung, um einen unwiderruflichen Bescheid abzuwehren. »Der Regierung ist sehr viel daran gelegen, daß dieser Mann recht bald gefunden wird, weil...« Sir John zögerte – »Nun, vor Ihnen brauche ich nichts mehr zu verschleiern. Es ist uns etwas Böses da unten zugestoßen. Wir hatten einen Unterhändler zum Großkönig geschickt. Er hatte die Aufgabe, Nachforschungen über das Schicksal Fergusons, des verschollenen Missionars, und seiner Tochter anzustellen.«

»Er wurde getötet?« fragte Sanders leise. Er wußte, wie schwer es dem Unterstaatssekretär sein mußte, die Wahrheit zu gestehen. »Wer war es?«

»Lloyd Thomas!«

Sanders nickte vor sich hin. »Ich habe ihn gut gekannt. Armer Kerl! Aber war es nicht ein wenig – übereilt, ihn allein und ungeschützt in ein so gefährliches Gebiet zu entsenden?«

»Übereilt – hm – ja«, lautete die zögernde Zustimmung. »Ihr Nachfolger, Mister Sanders, hat da einen Irrtum begangen, für den allerdings die Regierung die volle Verantwortung tragen muß. Zur Erklärung möchte ich Ihnen folgendes sagen. Der Krieg ist an dem Gebiet des Großkönigs vorbeigegangen. Es bestand für keine der beiden Parteien die Notwendigkeit, bis dorthin vorzustoßen, so daß dem König die wertvolle Lektion eines Truppendurchmarsches leider erspart blieb. Andererseits waren die Deutschen ihren Gegnern gegenüber zu sehr in der Minderzahl, um noch eine nennenswerte Beaufsichtigung des Hinterlandes durchführen zu können. Die Folge ist Unbotmäßigkeit und wachsender Dünkel des Großkönigs. Es ist sogar nicht ausgeschlossen, daß er Ihren alten Bezirk angreift«, sagte Sir John sehr ernst. »Nach allem, was uns zugetragen wurde, ist Lloyd Thomas mit größter Nichtachtung empfangen worden. Die Geschenke, die er mitbrachte, wurden im Ratsfeuer verbrannt.«

Sanders hob den Kopf. »Das ist ein böses Zeichen. Es bedeutet soviel wie die Ansage einer Erzfehde. Alle Wirren bei den Nordochori und den Akasava haben so ihren Anfang genommen.«

Sanders schwieg eine Weile und überlegte mit gerunzelten Brauen. Dann war es, als schüttele er eine Last von seiner Schulter. »Ich würde mich der Regierung gern zur Verfügung stellen«, sagte er, »aber offen gestanden, das Kapitel Afrika ist für mich beendet, ich möchte es nicht wieder aufschlagen.«

Der Unterstaatssekretär rieb sich das Kinn und sah geflissentlich an seinem Gegenüber vorbei. »Wir haben ein sehr annehmbares Schiffchen nach dem Stromgebiet entsandt. Es stellt im Vergleich mit der ›Zaire‹ eine wesentliche Verbesserung dar und verfügt über die dreifache Maschinenkraft.«

Sanders schüttelte den Kopf. »Es tut mir leid«, beharrte er bei seiner Weigerung.

»Sie können sich Ihre Offiziere selbst auswählen, und wir würden Ihrer Wahl auch dann nicht widersprechen, wenn sie auf Herren fiele, die den Dienst inzwischen quittiert haben. Wir würden sie sogar beim Wiedereintritt in den Dienst entsprechend im Range erhöhen«, setzte Sir John bedeutungsvoll hinzu. »Ich höre zum Beispiel, Ihr Schwager, Hauptmann Hamilton...«

»Dem geht es wie mir«, fiel Sanders schnell ein, obwohl er in diesem besonderen Fall hätte zögern können. Denn Hamilton trug schwer an einem Liebeskummer. Er hatte sich heftig um eine Schönheit beworben, die ihm einen reicheren Freier vorgezogen hatte.

»Und wie steht es mit Tibbetts?« erkundigte sich Sir John.

»Oh, der sitzt jetzt auf dem Geldsack«, sagte Sanders lächelnd.

»Schwerlich würde er das Westend Londons mit den afrikanischen Dschungeln vertauschen wollen.«

Der Unterstaatssekretär zuckte bedauernd die Achseln und erhob sich. »Es tut mir leid, daß ich keine bessere Überredungskunst besitze. Überlegen Sie sich mein Angebot auf alle Fälle, Mister Sanders, und lassen Sie sich bis zur endgültigen Entscheidung noch ein paar Tage Zeit. Noch eine Frage, ehe wir uns trennen: Das St.-Michaels-, und das St.-Georgs-Kreuz ist Ihnen wohl schon verliehen, nicht wahr?«

»Jawohl, Herr Unterstaatssekretär«, sagte Sanders mit einem leichten Lächeln auf seinem sonnverbrannten Gesicht.

»Eine Aufgabe, die sechs Monate Zeit kostet, schwierig, aber interessant«, sagte der Unterstaatssekretär scheinbar ziellos und starrte geistesabwesend in die Luft. »Eine Aufgabe, deren glückliche Beendigung die Regierung nicht vergessen würde, Mister Sanders. Für einen Mann wie Sie« – er machte eine kleine schmeichelhafte Handbewegung und gestattete sich ein verbindliches Lächeln – »bedeutet natürlich der Baronet-Titel nichts. Aber die Damen lieben diesen kleinen Schmuck. Sie sind ja auch verheiratet, Mister Sanders? Nun – natürlich sind Sie es! Auf Wiedersehen also!« Er streckte die Hand aus, und Sanders schüttelte sie. »Übrigens«, fügte er rasch hinzu, »Fergusons Schicksal will mir nicht aus dem Sinn. Und noch Schlimmeres befürchte ich für die junge Tochter. Frau Ferguson kommt beinahe in jeder Woche und fragt händeringend, ob wir noch immer keine Nachricht haben.«

Sanders nickte. Die Frau des verschollenen Missionars hatte sich auch an ihn gewandt, und er wollte in diesem Augenblick lieber nicht an sie denken.

»Sie glaubt fest daran, daß ihre Tochter als Gefangene in der Hütte eines Unterhäuptlings lebt – wenn man das ›leben‹ nennen kann.«

»Tausendmal besser, sie ist tot«, sagte Sanders und verbarg sein Schaudern.

Er ging nach einem letzten Abschied. Der greisenhafte Jüngling, der seine Tage im Meldezimmer fristete, erschien wie aus dem Boden gezaubert und öffnete ihm die Tür.

Der Zufall wollte es, daß sich in Twickenham an dem gleichen Abend eine kleine Gesellschaft versammelte, die durch afrikanische Erinnerungen eng miteinander verknüpft war. Nur die anmutige junge Dame, deren Einladung Tibbetts bei der Hausfrau bewirkt hatte und die von ihm mit drolliger Ehrerbietung und wechselnden Ausdrücken der Verliebtheit angeredet wurde, stand noch ein wenig außerhalb dieses intimen Kreises. Außer Tibbetts, der vor kurzem noch in der City geglänzt hatte und der jetzt sein Heil in der Landwirtschaft versuchte, war noch Hamilton erschienen. Hamilton, der ehemalige Hauptmann einer Kompanie dunkelhäutiger Haussas, stand noch stark im Schatten seiner Enttäuschung, und auch die Dame des Hauses, Patricia Sanders, war nicht ganz so strahlend wie sonst. Tibbetts, den seine Kameraden ausschließlich Bones nannten, denn er bestehe nur aus Haut und Knochen (so sagten sie), Tibbetts kam natürlich zu spät, und da alle schon bei Tisch saßen, merkte er nicht, wie gedrückt die Stimmung war.

»Beeile dich, Bones«, knurrte ihn Hamilton an, »es scheint dir gar nicht aufgefallen zu sein, daß wir eine geschlagene halbe Stunde auf dich warten!«

Bones war ins Zimmer gestürmt. Er zupfte noch an seiner Krawatte, aber fast im gleichen Augenblick hatte er drei Verbeugungen gemacht, eine feierliche zu seiner Tischdame hin, eine respektvolle vor Sanders und eine herzliche vor Patricia. Hamilton schüttelte er die Hand, als er neben ihm Platz nahm. »Tag, alter Knabe! Es lebe die Tomatensuppe!«

»Tomatensuppe?« fragte Hamilton und schaute mit gekrauster Stirn auf seinen Teller. »Ich glaube, das ist Juliennesuppe!«

»Teurer Alter, wer wird gleich so genau sein!« sagte Bones mit erhabenem Vorwurf. »Ich meine die Tomatensuppe im allgemeinen; denn wenn sie nicht wäre, wer kaufte mir dann meine Tomaten ab. Schon der gute alte Shakespeare pflegte zu sagen...«

»Halt den Schnabel und iß deine Suppe«, wies Hamilton ihn zurecht.

»Es lebe die Landwirtschaft, es lebe die Tomatenzucht, es lebe der künstliche Dünger«, sagte Bones begeistert und hielt seinen Löffel in halber Höhe zwischen Mund und Teller, ohne in seinem Überschwang darauf zu achten, daß inzwischen die Juliennesuppe den nicht ungewöhnlichen Weg vom Löffel herab auf seine weiße Hemdbrust fand. »Man reiche mir auf der einen Hand die ganze

Industrie der Welt, auf der andern ein Beet mit Tomaten...«

»Man reiche ihm ein Mundtuch und ein Geiferlätzchen«, brauste Hamilton auf, »denn das hat er am nötigsten. Mensch, Bones, hast du denn gar kein Taktgefühl? Merkst du nicht, daß etwas Besonderes in der Luft liegt?«

»Haben Sie sich endlich entschlossen, Landwirt zu werden?« fragte Sanders über den Tisch herüber.

»Ja, Mister Sanders«, sagte Bones mit der Wärme einer schönen Überzeugung. »Es gibt nichts Herzigeres als rote Tomaten, und ich habe mir eine fabelhafte Methode ausgedacht, sie auch im Winter zu züchten. Man gebe einer jeden Tomatenpflanze eine Wärmflasche! Im Ernst«, ereiferte er sich, als Hamilton trocken und spöttisch auflachte, »wenn man neben jeder Wurzel eine tönerne Flasche vergrübe und sie von Zeit zu Zeit mit heißem Wasser füllte, warum sollten dann die Tomaten nicht auch im Winter gedeihen!«

»Ich freue mich, daß Sie mit so ehrlicher Begeisterung an Ihrem neuen Beruf hängen«, sagte Sanders, ein Lächeln unterdrückend, »denn nun wird das, was ich Ihnen zu sagen habe, Sie kaum aus der Fassung bringen. Man hat mir nämlich ein Angebot gemacht, nach Afrika zurückzugehen, das heißt, nicht ganz in unser altes Gebiet, sondern weiter landeinwärts, in die Wildnis, über die der Großkönig gebietet.«

Bones und Hamilton legten gleichzeitig den Löffel nieder.

»Du meine Güte!« sagte Bones sanft und ergeben.

»Ich habe das Angebot natürlich abgelehnt«, fuhr Sanders gelassen fort.

»Natürlich«, sagte Bones.

»Sehr richtig«, bestätigte Hamilton.

»Unsere Aufgabe war befristet, sie sollte sich über sechs Monate nicht hinausziehen...«

»Unsere Aufgabe?« fragte Bones. »Täuscht mich mein Ohr, oder sagten Sie wirklich: unsere Aufgabe, teuerster Kommandeur?«

»Ich sagte: unsere Aufgabe, Bones; denn darauf lief es hinaus«, lächelte Sanders. »Man legte mir nahe, auf meine alten Offiziere zurückzugreifen, und erklärte sich bereit, sie bei Übernahme der Aufgabe zu befördern. Das würde Hamilton zum Major machen, und Sie, Bones, würden die Würde eines Hauptmanns mit Fassung zu tragen haben.«

Bones räusperte sich, aber Sanders kam ihm zuvor. »Wie gesagt, ich habe abgelehnt. Selbst auf sechs oder sieben Monate möchte ich nicht nach Afrika zurück.«

»Hat man dir selbst irgendwelche Vorteile versprochen«, erkundigte sich Patricia.

Sanders lächelte. »Nun, ich denke, man würde sich auch mir gegenüber erkenntlich erweisen, aber das alles verlockt mich kaum. Außerdem hast du doch eben erst Bones' Geschäft übernommen, Hamilton, und selbst wenn du wolltest, könntest du dich nicht freimachen.«

»An sich wohl nicht«, meinte Hamilton bedächtig, »allerdings dürfte sich in den nächsten sechs Monaten kaum etwas ereignen, das meine Anwesenheit unbedingt notwendig machte.«

Sanders tat, als habe er diese Einschränkung nicht gehört. »Wir alle haben uns inzwischen seßhaft gemacht«, fuhr er fort. »Es ist viel von uns verlangt, daß wir nun alles das über den Haufen werfen sollten, und sei es auch nur für die Dauer eines halben Jahres. Außerdem erwartet uns da nicht etwa der gemütliche Dienst auf unserer alten Station. Es heißt Neuland erobern, wahrscheinlich sogar mit Waffengewalt. Der Großkönig scheint auf Macht- und Gebietserweiterung auszugehen. Ihn jetzt kleinzukriegen ist ein heißes Stück Arbeit.«

»Wirst du etwa in Gefahr sein, wenn du nach Afrika gehst?« Die junge Dame zu Bones' Linken sah angstvoll zu ihm auf.

»Was heißt Gefahr, geliebte Goldpuppe«, fragte Bones und warf sich in die Brust. »Gefahr ist mir ein Dreck an meiner Sohle... Verzeihung... äh... ich meine Sekt in meiner Bowle. Gefahr ist mir...« Er holte zu einem tiefen Atemzug aus, um sich mit voller Lungengewalt über sein geliebtes Thema zu stürzen, doch ein warnender Blick seines früheren Vorgesetzten gab ihm eine ganze Wendung nach links. »Gefahr, mein süßes Kind, laufe ich eher, wenn ich über die Oxford Street gehe, als im afrikanischen Dschungel. Gefahr! Ha! Ha! Ha!«

Bones verfügte über ein Lachen, das die Teller erklirren ließ.

»Was kann dir, mein Zuckerpüppchen, denn schon in einem solchen Dschungel begegnen? Vielleicht triffst du einen Löwen. Erschrick nicht! Der alte Kerl hat zumeist gar keine Zähne oder eben erst gefrühstückt. Oder du fällst so einem ollen, kannibalischen Großkönig in den Freßnapf. Ist auch nicht so schlimm, wie es sich anhört. Man muß alles mal durchgemacht haben.«

Es war gut, daß in diesem Augenblick das Hausmädchen ins Zimmer trat und Bones' Redestrom unterbrach. Das Mädchen beugte sich zur Hausherrin nieder und nannte flüsternd einen Namen.

»Frau Ferguson?« fragte Patricia erstaunt. »Ist das nicht die unglückliche Missionarsgattin, deren Mann in Afrika verschollen ist?«

Sanders nickte seufzend. Er erriet, daß der Unterstaatssekretär mit diesem Besuch seine Trumpfkarte ausspielte.

»Ich muß sie wohl empfangen.«

»Führen Sie die Dame herein, Marie«, sagte Patricia, noch ehe Sanders eine andere Anordnung treffen konnte.

Die Herren erhoben sich, als Frau Ferguson ins Zimmer trat. Sie war eine schlanke, zarte Frau in Trauerkleidung, und zwei tiefe, kummervolle Augen hefteten sich auf Sanders. Der Blick traf ihn ins Herz.

Sanders stellte ihr die Anwesenden vor. Sie nahm schüchtern den Stuhl, den er ihr anbot.

»Werden Sie nach Afrika gehen, Mister Sanders?« fragte sie flehend. »Sie sind meine letzte Hoffnung.«

Sanders stieg das Blut ins Gesicht. »Ich bitte Sie, mir glauben zu wollen, daß ich...«, begann er.

Aber Frau Ferguson hatte nicht die Geduld, ihn anzuhören. »Oh, Mrs. Sanders, lassen Sie Ihren Gatten nach Afrika gehen. Ich kenne die Größe des Opfers, das Sie bringen werden, aber versetzen Sie sich in meine Seele. Ich bange um das Schicksal meines einzigen Kindes!«

»Meine Frau hält mich nicht zurück«, sagte Sanders, und seine Stimme klang laut, so still war es im Zimmer.

Frau Ferguson starrte vor sich hin. Sie erschauerte.

»Das Unglück traf uns an einem Morgen beim Frühstück«, hob sie nach einer Weile wieder an. »Wir ahnten nichts Schlimmes, denn der Großkönig hatte mit meinem Manne Salz gegessen. Mofobolo, der Jäger des Königs, führte die Mordbande. Henry rief mir zu, ich sollte zum Fluß laufen, wo unser kleines Dampfboot verankert lag. Ich sah, wie man ihn blutüberströmt fortschleppte – und... sah... wie Mofobolo mein Kind in den Busch trieb. O mein Gott, Mister Sanders, sie ist in der Gewalt dieses Menschen, und sie war achtzehn Jahre alt. Sie wird zwanzig am Ersten des nächsten Monats!«

»Mrs. Ferguson... ich bitte Sie!«

Sanders' Gesicht war von Gram verzerrt, und in seinen Augen lag ein Ausdruck der Qual.

»Sie ist in seiner Gewalt... und jede Stunde, um die Sie Ihre Entscheidung verschieben, fügt der Rohling meinem Kinde eine neue Folterung zu.«

Die Damen führten die schluchzende Frau hinaus, und die Männer blieben in tiefem Schweigen zurück, jeder mit seinen eigenen Gedanken beschäftigt. Sie hörten, wie die Haustür dumpf ins Schloß fiel, wie Gummireifen auf dem Kies der Auffahrt knirschten. Dann kamen die Frauen zurück.

Patricia ging an ihrem Gatten vorbei und legte mit leiser Liebkosung die Hand auf seine Schulter. Er nahm ihre Hand und küßte sie.

»Ich fahre mit dem nächsten Dampfer nach Afrika«, sagte er schlicht. »Wer geht mit mir?«

Die Frage war überflüssig. Hamilton zeigte sein grimmigstes Lächeln. Bones hatte sich auf den Schaukelstuhl gesetzt und sang, während er hin und her schwang, ein Lied in seltsamem Rhythmus, das in seiner Kehle rauh und drohend klang. Es war der Kriegsgesang der Isisi, den sie in dröhnendem Chor anstimmten, wenn die ›Zaire‹, von ihren Expeditionen zurückkehrend, an der Flußkrümmung auftauchte und an dem kleinen Landungsplatz der Station anlegte.

Sandi, der Recht setzt vor Trug,
er, der des Nachts kommt gegangen,
er, der Usumbi erschlug
und der N'gombo gerichtet,
der die Kranken rettet von Schmerz und Tod,
der die Armen schützt vor Hunger und Not,
Sandi! Sandi! Sandi!

Über die Geisterberge, vom Tal zum Gipfel und wieder zum Tal herab, drang der schrille Wirbel eines Lokoli, und der Signaltrommler der Ochori, der als erster die Botschaft aussandte, legte seine ganze Liebe und seinen ganzen Stolz hinein.

»Sandi... der Würger... der schnelle Geber der Gesetze... Sandi... lebt!«

Man hörte die Botschaft in Rimi-Rimi und brachte sie vor den Großkönig. Schaum trat auf seine Lippen, keuchend flog der Atem aus seinem Munde, und seine Augen rollten in den Höhlen.

»Bringt mir M'sufu, den Propheten«, heulte er, »und ruft mir meine Enthäuter. Heute nacht gibt es einen Wundermann weniger im Lande.«

Sie brachten M'sufu, und sie folterten ihn, bis gegen Morgengrauen die Seele aus seinem blutenden Körper entfloh.

## *Sandi! Sandi!*

Wütend warfen sich die Strudel gegen den Bug des langgebauten Schiffs, das seinen Rauch trotzig aus zwei Schornsteinen stieß. Sein Anstrich war grellweiß, doch das offene Zwischendeck sah von weitem aus, als sei es mit Gewinden von hellroten Mohnblumen geschmückt. Die Mohnblumen waren die Fese der eingeborenen Soldaten, die träumend an der Reling des gepanzerten Decks standen oder reglos auf dem gescheuerten Boden kauerten, während das Schiff stöhnend mit den Stromschnellen rang. Über das Zwischendeck, das die Wasserlinie nur um wenige Fuß überragte, erhob sich das Oberdeck mit den Kabinen, etwa zwölf an der Zahl, deren Außenbordluken durch engmaschige Gitter gegen jeden Angriff geschützt waren. Ein ausgespanntes Sonnensegel warf seinen erquickenden Schatten auf das Hüttendeck, das mit seinen hellen Korbmöbeln und bunten Kissen zu Muße und Beschaulichkeit einlud. Aber die drei Offiziere, denen diese Annehmlichkeiten dienten, standen auf der Kommandobrücke und starrten mit sorgenvollen Mienen auf die Felsenenge, die näher und näher kam. Unaufhörlich klingelte der Maschinentelegraf, bewegte sich das Steuerruder in den Händen des eingeborenen Rudergängers, stieß das Schiff aus keuchenden Lungen den aus den Kohlen gesogenen Atem aus.

An seinem Bug lohte in funkelnden Bronzebuchstaben sein Name »Zaire II«. Am Topmast wehte die britische Kriegsflagge. Ein mächtiger Scheinwerfer überschaute die Kommandobrücke, backbords und steuerbords waren die Schnellfeuergeschütze ausgeschwungen. Kein Zweifel, die »Zaire II« war in Gefechtsbereitschaft. Aber noch waren es nicht menschliche Gegner, die sich zum Kampf stellten. Die Elemente selbst nahmen den Fehdehandschuh auf. Die Felsen drängten sich drohend zusammen, um den vorwitzigen Feind zu zermalmen. Die Wasser tobten mit vermehrter Gewalt, sie stiegen vor dem Bug des Schiffes zu meterhohen Bergen in die Höhe und spülten ihren glitzernden Schaum über die Back. Der Schiffsrumpf zitterte und ächzte bei jedem dumpfen Stoß der Maschine, aber er teilte nicht mehr mit stolzer Kraft die Wogen, er kroch mit nur fünf Knoten Geschwindigkeit vorwärts, obwohl ihn die Peitsche des höchsten Dampfdrucks wieder und wieder in die Flanken traf.

»Noch steht uns das Schlimmste bevor«, seufzte Sanders. »Wir erreichen das Höllentor erst an der nächsten Krümmung. Wir brauchen mehr Dampf in den Kesseln!«

»Aber liebste, beste Exzellenz, wenn ich noch mehr Dampf gebe, platzen die Kessel und mein Schädel dazu!« Bones trocknete sich das feuchte Gesicht mit einem grellfarbigen Taschentuch und bekam einen Leidenszug um den Mund. »Man muß zum alten Bones Vertrauen haben«, setzte er höchst überflüssig hinzu.

Major Hamilton lehnte rücklings gegen die Reling. Er hörte und sah nichts, denn er hing schon wieder seinen trüben Gedanken nach. Sein Blick fiel durch die offene Tür der Kommandantenkajüte. Sie war einfach, aber freundlich möbliert. Störend wirkte nur das Standbild, das neben dem blütenweißen Bett Wache hielt. Hamilton vergaß seinen Kummer, als er diesen eigenartigen Kajütenwächter wahrnahm.

»Guy Fawkes grinst schon wieder. Wahrhaftig, es scheint der Bestie zu gefallen, wenn wir in der Klemme sind«, bemerkte er trocken.

»Guy Fawkes?« Sanders' Gesicht entspannte sich plötzlich. Er wandte den Kopf und schaute lächelnd in seine Kabine.

Eine fürchterliche Fratze starrte ihm entgegen, das holzgeschnitzte Gesicht giftgrün bemalt, die wulstigen, scharlachroten Lippen zu einem hinterhältigen Lächeln verzogen, gierig und scharf die fletschenden Zähne, die Ohren weit abstehend, zu Henkeln gebogen, der birnenförmig zulaufende Rumpf in drei spindeldürren, zinnoberroten Beinen endend – eine Ausgeburt der Hölle, eine Schreckensvision tropisch erhitzter Phantasie.

Doch das merkwürdigste war, daß die Fratze unter der wechselnden Beleuchtung auch ihren Ausdruck änderte. Vom Fletschen des Hasses bis zum Grinsen des Hohns standen ihr alle mimischen Mittel zur Verfügung.

»Wahrhaftig, er grinst«, stellte Sanders kopfnickend fest, »ein entzückender Bursche, ein beneidenswertes Gemüt. Das Herz schmilzt einem zu Wachs, wenn man ihn ansieht!«

»Ich begreife«, sagte Hamilton bedachtsam, »daß das Scheusal einem Negerkönig gefällt, aber es war doch sonst nicht deine Art...«

Hamilton räusperte sich und schwieg verlegen.

»Sprich es nur ruhig aus, Schwager. Du meinst, es ist nicht meine Art, auf das Geschmacksniveau eines Negerkönigs herabzusteigen.«

»Nun ja, du hast es bisher wenigstens immer abgelehnt, einen Schwarzen bei seinem Aberglauben zu fassen!«

»Bedenke wohl, wir gehen in ein neues Land, da rechtfertigen sich auch neue Methoden. Außerdem habe ich das Zutrauen Guy Fawkes, daß er sich nicht verbrennen lassen wird, wenn der Großkönig ihn ins Feuer wirft. Er hat einen Leib aus Stahl. Er ist stärker als alle Götzen, zu denen Rimi-Rimi bisher gebetet hat.«

Sanders preßte die Lippen zusammen, und sein schmaler Mund verbarg mehr, als er ausgeplaudert hatte. Seine Blicke richteten sich wieder geradeaus.

»Unsere Lage wird kritisch«, stellte er grimmig fest. »Hamilton, lasse sofort deine Leute antreten und verteile die Bootsstangen. Ich fürchte, wir treiben an eine Felswand.«

Hamilton eilte wortlos die eiserne Treppe hinab, die steil in das Zwischendeck führte.

Der Befehl war zur rechten Zeit gegeben worden. Zehn Minuten später stampfte die Zaire langsam in die Mündung des »Höllentors«, die Strömung erfaßte sie und drängte sie so weit vom Mittellauf des Stromes ab, daß der überhängende Gipfel der Felsschroffen schließlich gerade über ihrem Mast stand. Schon geriet das Heck ins Schleudern. Im nächsten Augenblick mußte der Anprall erfolgen. Da stießen, von kräftigen Armen geführt, wohl ein Dutzend Stangen zu, fanden einen Halt an der Granitwand und drängten das Schiff Zoll um Zoll aus der gefährlichen Nähe fort, bis es wieder freie Fahrt gewann.

Der Wasserdruck, den der Strom jetzt aufbot, um der »Zaire« den Weg durch das Höllentor zu verlegen, übertraf alles, was Sanders je erlebt hatte. Der Steven schaufelte das Wasser wie ein Besen frisch gefallenen Schnee, aus den Schornsteinen lohten gewaltige Wolken sprühender Funken, die heulend ihrem Gefängnis entwichen.

Sanders ließ den Maschinentelegraf spielen. »Volldampf!« war sein lakonischer Befehl, aber die »Zaire« antwortete nur mit einem vermehrten Keuchen ihrer Lungen, ohne daß sie deswegen rascher vorwärts kam. Sie hatte jetzt verhältnismäßig langsames Wasser erreicht und sammelte Kraft für die nächsten Stromschnellen. Doch war die Gewalt der Strömung auch hier noch so mächtig, daß der Fluß buchstäblich eine schiefe Ebene bildete und vom rechten zum linken Ufer um volle drei Fuß seinen Spiegel senkte. »Ufer« war ein sehr unvollkommener Ausdruck für das, was die entfesselten Naturkräfte hier gestaltet hatten. Denn die Felsen stiegen zu beiden Seiten senkrecht in die Höhe. Manchmal hatte der Fluß eine Höhlung in das Gestein gegraben, dann verlor sich sein Saum in endlosem Dunkel. Obwohl die Sonne noch hoch am Westhimmel stand, drang keiner ihrer Strahlen in die graugrüne Dämmerung der Schlucht, nur ganz, ganz oben, wo die Felsschroffen in den blassen Himmel stachen, umspielte ein silbernes Leuchten ihre verwitterten Zinnen.

»Wir müssen den Scheinwerfer aus den Akkumulatoren speisen«, sagte Sanders. »Seien Sie sparsam, Bones! Ich kann nicht den geringsten Dampfdruck für den Dynamo hergeben, und ich fürchte, wir stecken noch bei Anbruch der Nacht in dieser verteufelten Klemme.«

Er sprach in mißmutigem Ton, aber im geheimen fühlte er doch zitternden Jubel über die Größe seines Kampfes. Noch niemals hatte ein Schiff das Höllentor stromaufwärts bezwungen, obschon manche mit der Strömung herabgekommen waren. Auch Mrs. Ferguson hatte in ihrem gebrechlichen Boot die Fahrt stromab gewagt und sie glücklich überstanden. Doch an sie mochte Sanders nicht denken. Er brauchte die ganze Härte seines Entschlusses.

»Die nächste Flußbiegung ist die gefahrvollste. Da geht es um Sein oder Nichtsein«, wandte sich Sanders an seinen Schwager. »Wenn wir heil hindurchkommen, werden wir heute nacht in Rimi-Rimi sein. Es ist kaum anzunehmen, daß der König den Strom bewacht. Seine Häscher erwarten uns an den Bergpässen. Wenn wir Glück haben, werden wir vor Anker gehen, ohne daß er dadurch in seinem ahnungslosen Schlummer gestört wird.«

Kaum hatte er ausgesprochen, da stießen die Sicherheitsventile der Schiffsmaschinen mit verdächtigem Zischen den Dampf aus. Bones kam die Treppe heraufgerannt. Seine weißen Hosen waren mit einer Schmutzkruste überzogen, Ölflecken zierten sein Gesicht. »Melde: Zylinder undicht«, sagte er kummervoll, und Sanders mußte die Zähne zusammenbeißen, so warf ihn die Meldung im ersten Augenblick nieder.

Auf den Kämmen der Geisterberge, die wie Katzenbuckel in den flimmernden Mondschein ragen, versammelten sich in gewissen Nächten die Seelen der abgeschiedenen Häuptlinge, um mit den vornehmsten der großen Geister, den »Juju«, Salz zu essen. Dahin kommt M'shimba M'shamba, der Feuergeist, der ganze Waldstreifen schmatzend zerkaut und Dörfer wie nichts verschlingt. Dort erscheint auch M'giba M'gibi, der sich in jedes Ding verwandeln kann, das seine Phantasie ihm vorgaukelt. Er ist es, der in dunklen Nächten dem tapferen Manne nachschleicht und verschwunden ist, mag dieser sich noch so schnell nach ihm umdrehen. Er ist das Gesicht, an das man sich erinnert und das man doch nicht kennt. Man begegnet ihm zuweilen zur Dämmerstunde auf der Landstraße. Sieh da, ein Bekannter, denkt man freudig, hemmt den Schritt und hebt die Hand zum Gruße. Aber plötzlich sieht man ein fremdes Gesicht, und dann muß man zweimal ausspukken, einmal nach rechts, einmal nach links. Denn das war M'giba M'gibi, »er, der nicht ist«.

Es soll Neugierige und Vorwitzige geben, die viele Meilen weit wandern und verlorene Pfade erklimmen, um zu sehen, wie unsichtbare Hände das kalte Salz auf die Bergketten streuen. Es fällt meist in der Nacht als dünnes Pulver, durch das die kahlen Flanken der Felsen in scheckigen Flecken durchscheinen. Trifft man es schlimm, so kann man von ferne der Versammlung der Unholde beiwohnen, und einige wenige Kühne haben gar das Salz aufgehoben, das nach der Geistermahlzeit übrigbleibt. Doch die Zauberkraft der Juju verwandelte das Salz in ihren Händen zu Wasser von beißender Kälte.

Durch diese Gespensterberge läuft ein einziger Saumpfad, der sich zu der Einsattelung des höchsten Kammes emporwindet. Hier häuft sich zu einer gewissen Jahreszeit das Geistersalz fußtief, und solange diese Zeit dauert, doch nie mehr als einen Monat, wagt sich kein Mensch über die große Gebirgsschranke hinüber.

Aber einmal geschah es, daß jemand seine Fußstapfen in das Geistersalz setzte. Es war ein hochgewachsener Mann, der weder vor den Juju noch vor ihren Salzen zurückwich; denn eine größere Furcht in seinem Herzen als die vor Gespenstern trieb ihn vorwärts. Er war nackt bis auf einen Schurz von Affenschwänzen, der über seine Lenden fiel, und besaß keinen Schutz gegen den Schneesturm als seinen geflochtenen Schild. Er trug drei kurze Schlachtspeere, und an seinem Gürtel hing in einer aus einem Begonienblatt gefertigten Scheide das breite Schwert. Er überschritt die Berge, allen Gefahren trotzend, und wandte das Antlitz dem Lande des Großkönigs zu. Doch die Späher des Königs erblickten ihn und gaben die Kunde auf ihren Signaltrommeln weiter. In der Nacht rasselte die große Trommel des Königs die Antwort: Niemand krümme ihm ein Haar! Er ist meine Beute!

So schritt der Fremde unbelästigt dahin; denn wer sich dem Alten von Rimi-Rimi widersetzte, der sah dem Tode ins Auge, und seine Familie desgleichen.

Der Wanderer erreichte das erste Dorf auf dem jenseitigen Abhang des Berges, gerade als die erste Röte des Morgens auf den kristallenen Schneefeldern lag. Die Dörfler hatten die Trommeln des Großkönigs gehört. Keiner schlief, jeder Mann, jedes Weib und sogar die kleinen Kinder hatten ihre Hütten verlassen.

»Ich sehe dich!« herrschte der Fremdling den Häuptling an. »Ich bin müde und hungrig. Gib mir Speise und Trank und eine Matte zum Schlafen!«

Der Häuptling erwiderte nichts. Er gab seinem Gast das Fleisch einer jungen Ziege und ein Gericht aus Mais und Fischen. Dann führte er ihn in seine eigene Hütte und gab ihm seine Matte.

Der Fremde schlief fünf Stunden lang wie ein Klotz, dann erhob er sich, trat an den kleinen Flußlauf hinab und stieg in das kühle Wasser. Er schwamm eine Zeitlang, dann ließ er sich von der Sonne trocknen. Wieder gab ihm der Häuptling zu essen. Aber niemand sprach mit ihm; denn jeder ehrte ihn als des Königs Beute.

Der Gast verwunderte sich nicht. Er bat um keine Auskunft und gab keine. Er winkte sein Lebewohl, und der Häuptling empfing seinen Gruß mit einem Kopfnicken. Dann beobachtete er ihn, wie er den schmalen Waldpfad einschlug, der in den dichten Wald führte. Als er verschwunden war, rief er alle seine Leute zu einem Palaver zusammen.

»Wer hat den Fremdling gesehen?« fragte er singend.

»Niemand hat ihn gesehen«, gab das ganze Dorf im Singsang zur Antwort.

»Ist er gekommen?«

»Er ist nicht gekommen!«

»Ist er gegangen?«

»Er ist nicht gekommen, er ist nicht gegangen, niemand hat ihn gesehen.«

So ging der Fremdling vorüber und verschwand ins – Nichts.

Zur selben Zeit stand in Rimi-Rimi der Abendhimmel in Glut, und auf den sieben Hügeln der Stadt drängten sich die Menschen Kopf an Kopf. Denn in der Niederung, die am Fuße der flachen Hügel lag, brannte das Königsfeuer, und der geschnitzte Sessel des mächtigen Despoten stand vor der Hütte seiner Hauptfrau. Hier in dem Schatten seines Palastes hatte der Alte seit zahllosen Jahren Gericht gehalten. Er selber war älter, als Menschengedenken es errechnen konnte, und einige sagten, daß er mit der Welt zugleich erschaffen worden sei. Aber alle stimmten darin überein, daß die Teufelsmutter von Limbi älter war als er; denn sie war immer gewesen, niemand hatte sie erschaffen.

Als die Sonnenscheibe mit ihrem Rand den Bergsaum berührte, begann das Dröhnen der Kriegstrommeln, und K'saluga M'popo, der König, bleckte seine Zähne. So lächelte er immer, wenn er das Wirbeln seiner beiden Trommeln hörte: Denn hatte nicht die Haut des Empörers Ufubili, seines leibhaftigen Bruders, das Fell zu der einen geliefert und die Haut M'gurus, des Akasavahäuptlings, der seine Tochter entführt hatte, das Fell der andern?

Aus den baufälligen Grashütten, die sechs von den Hügeln bedeckten – der siebente war unbebaut und den Gerichtshandlungen des Königs geheiligt –, strömten die Menschen zu Tausenden und Abertausenden. Es mochten wohl zuletzt an die fünfzigtausend sein. Dann kamen die Alten und die Jungen, die Männer und Frauen, sogar die Kranken kamen und die Sterbenden, an Stöcken humpelnd oder auf geflochtenen Bahren getragen. Wehe ihnen, wenn sie nicht kamen. Die Häscher der königlichen Leibwache erschlugen eine Stunde nach dem Erdröhnen der Kriegstrommeln alles, was sich noch in den Hütten aufhielt.

Als sie vor ihrem König saßen, bildeten ihre Gesichter einen großen Halbmond, der von fünf Pfaden geradlinig geteilt wurde. Die Pfade strahlten von dem Stuhl des Königs aus wie die Speichen eines Rades, so daß seine Minister und Diener freien Zugang zu jedem Übeltäter hatten und Zeugen sich ungehindert dem Throne nahen konnten. Und so saßen sie nun in feierlichem, ungebrochenem Schweigen.

Eine Stunde, zwei Stunden ließ der König sie warten, dann brach mit einem jähen Ruck der Trommelwirbel ab, und fünfzigtausend Hände erhoben sich zum Gruß, selbst die Hände der Aufgebahrten wurden von ihren Freunden und Anverwandten hochgehalten. Der Alte trat aus seiner Hütte und schritt langsam zu seinem Sessel. An seinem Kinn war ein Anflug von Grau, und auf seinem knochigen Schädel lag ein schwacher, weißer Schimmer. Seine zusammengeschrumpfte Gestalt verschwand in einem farbigen Mantel von handgewebter Seide.

Diener warfen große Klötze von Eukalyptusholz in die Glut, bis das Feuer flammend emporbrauste.

»Man soll meine Frauen zählen«, befahl der Alte in seiner rissigen Greisenstimme, und sein Minister Lubomala, der Häuptling der Fongini, Oberfeldherr seiner Heerscharen, trat hinter den Sessel des Königs und zählte dessen Frauen; denn auch sie mußten an der Versammlung teilnehmen.

»Herr, alle deine Frauen sind hier.«

Der König nickte. Er hatte einen Fuß auf einen Schemel gelegt, den Ellenbogen auf das Knie gestützt und ließ das Kinn auf der Innenfläche seiner Hand ruhen. So saß er lange, schaute verdrossen ins Feuer, und niemand wagte, ihn zu stören.

»Sie komme«, brach er endlich das Schweigen, und Lubomala gab ein Zeichen.

Durch die fünfte Gasse trabten vier Leute von des Königs Leibwache, und sie stießen eine Gefangene vor sich her. Als sie die königliche Majestät erreicht hatte, kniete sie vor ihr nieder. Sie war schmal und rassig gebaut, hatte eine gerade Nase, feine, hellrote Lippen und eine hellbraune Haut. Offenbar war sie eine Fremde.

Der König starrte durch den Schlitz seines Auges auf sie nieder. »O Weib«, sagte er mit der Gefühlskälte des Greises, »heute nacht stirbst du!«

»Herr, ich verdiene den Tod nicht. Ich habe dir und deinem Volke nichts Übles getan«, verteidigte sich das junge Weib. »Außerdem unterstehe ich nicht deiner Gerichtsbarkeit, denn ich bin nicht von deinem Reich.«

Der König kicherte in sich hinein und drehte sich in seinem Sessel um. »Schon vor dir hat es einen gegeben, der war nicht aus meinem Reich, und doch mußte er sterben.«

Die Gefangene folgte dem Blick des Alten und sah neben der Königshütte einen großen Pfahl stehen. An dem Pfahl hing etwas Lebloses, durch die Sonne eines langen Monats vertrocknet und verschrumpft, umflattert von zerrissenen Lumpen, ein erbarmungswürdiges Etwas, das noch vor kurzem ein lachender, liebender, denkender Mensch gewesen war. Sie erschauerte tief und senkte gequält den Blick.

»Er war nicht von meinem Volk, und doch kam er. Über den Saumpfad kam er geschritten, und ein Unterhäuptling zeigte ihm den Weg.« Gedankenvoll strich sich der Alte das Kinn. »Soll ich, Großkönig von Rimi-Rimi, es zulassen, daß ein kleiner fremder Häuptling mich betrügt und meinen Feinden den Weg in mein Land weist? Weib, ich habe meine Rache lange aufgespart, und auch meine Späher, die ich in dein Land sandte, damit sie dich festnehmen und vor meinen Thron bringen sollten, haben schlau und geduldig gewartet. Dann zog dein Herr, der Häuptling, auf die Jagd, und sie schlichen des Nachts zu dir und nahmen dich gefangen.«

Das junge Weib benetzte die trockenen Lippen mit der Zunge und schwieg. Denn die Geschichte ihrer Entführung brachte ihr Blut in Wallung, und sie getraute sich nicht zu sprechen, aus Furcht, sie könnte den König reizen.

»Höre mich an, Weib«, fuhr der Alte nach einer Weile fort, und seine Lippen verzogen sich zu einem Lächeln. »Diese beiden Pfähle ließ ich setzen für dich und deinen Häuptling, auf daß ihr dem weißen Mann auch dahin folgt, wo er euch als Führer nicht braucht.«

Wieder schlug die Gefangene die Augen auf, und zum erstenmal nahm sie im Düster die beiden Pfähle wahr, die den Richtpfahl des Weißen einrahmten.

Aber angesichts des Grauens, das sie erfassen wollte, wappnete die Gefangene ihr Herz mit Mut, und sie holte tief Atem.

»So töte mich, Herr, denn ich bin in deiner Gewalt«, sagte sie frei und kühn, »aber ihm, meinem Mann, mußt du das Leben wohl lassen. Denn alle deine Jungmannen reichen nicht aus, ihn gefangenzunehmen.«

Der Alte kicherte von neuem und streckte wie ein Zauberer die Hand aus. »Mein Wille liegt auf ihm«, sagte er triumphierend. »Er kommt! Er kommt!«

Das junge Weib wandte den Kopf, und ihr Blick wurde starr. Durch eine der freigelassenen Gassen schritt ein hochgewachsener Mann unangetastet auf sie zu. Er trug seinen geflochtenen Schild über dem Arm, und die Stahlspitzen seiner Schlachtspeere blitzten im Schein des Feuers.

»Herr, was tust du?« jammerte sie, und als er den freien Platz vor dem Thron des Königs erreichte, fiel sie zu seinen Füßen nieder und umschlang seine Knie.

Im selben Augenblick stürzten sich vier riesige Leibwächter auf ihn, doch so groß sie waren, er überragte sie doch noch um mehrere Zoll. Er leistete keinen Widerstand. Gelassen überlieferte er ihnen Schild und Speere. Er trat unbewaffnet vor das Antlitz des Königs und hielt sein Weib an der Hand.

»König«, sagte er kalt und stolz, und seine Stimme hatte einen herrischen Klang, »du hast große Schande über mich und meinen weißen König gebracht. Vergaßest du, daß hinter mir die Speere von einer Million Männer stehen, und Gewehre, die mit einem einzigen Tak-tak deine tapfersten Krieger tot zu Boden strecken?«

Die Augen des Königs waren jetzt kaum sichtbar, so eng kniff er die Lider zusammen. Er verdrehte den Nacken, um in das Gesicht des hochgewachsenen Mannes zu spähen. »Es gibt keinen König in diesem Lande als K'saluga M'popo«, sagte er.

Er schwieg eine Weile, dann begann er zu fragen.

»Wo ist M'siti?«

»Seine Hütte ist zerbrochen«, antworteten die Minister, die ihn umstanden, in singendem Ton.

»Wo ist Gubini, der Mächtige?«

»Seine Hütte ist zerbrochen.«

»Wo ist B'lili und sein ganzer Wald von Speeren?«

»Seine Hütte ist leer, seine Speere sind zerbrochen.«

Da öffnete der König die Augen weit, und in ihren Tiefen glühte ein kaltes Feuer.

»In dieser Nacht, o kleiner Häuptling, wirst du sterben! Denn du hast einen weißen Späher in mein Land gesandt, damit er mir und meinem Volke Unheil bringe. Um deinetwillen lauert Sandi mit seinen Soldaten vor den Toren meines Reiches. Doch du, o Häuptling, wirst ihn niemals sehen. Denn die schnellen Wasser sperren ihm den Weg in meine Stadt. Du aber bist über die Berge gekommen; an meiner Klugheit gingest du wie an einem Leitseil. O Häuptling, ich wußte, daß du kommen würdest, als ich dein Weib entführen ließ!«

Der Hochgewachsene nickte zu diesen Worten. »Herr, du sprichst wahr«, sagte er schlicht. »Denn dieses Weib ist das Licht meines Lebens, und ich will lieber diese Nacht an ihrer Seite sterben als mit meinem Volk leben und sie tot wissen. Aber fürchte Sandi, den schnellen Rächer. Ich hinterließ ihm ein ›Buch‹, in dem ich alles verzeichnet habe, was mir widerfahren ist. Besser für dich, o König, du siehst die Geschenke, die ich dir brachte, mit gnädigen Augen an.«

Er nahm aus seinem Hüftschurz einen schweren Beutel und schüttete, niederkniend, den Inhalt zu des Königs Füßen aus. Es waren Münzen aus Gold und Silber, und sie türmten sich zu einem kleinen Haufen.

Der König schaute mit habgierigen Augen auf die Münzen. Er wußte wohl, daß die Welt da draußen viel Begehrenswertes barg, das er mit diesen seltsamen runden Stücken erhandeln konnte. Ja, die Portugiesen würden nicht zögern, ihm dafür viele bauchige Flaschen zu verkaufen, in denen heiße Wonne war und taumelnde Lust. Doch sein Zaudern währte nur einen kurzen Augenblick. Dann gab er einen Wink, und Lubomala bückte sich, scharrte die Münzen zusammen, schritt bis an den Rand des Feuers und streute sie in die rote Glut. Der Hochgewachsene aber erstarrte. Der König hatte seine Geschenke vor seinen Augen verbrannt, nun stand nichts mehr zwischen ihm und dem Tod.

Er wandte sich seinem Weibe zu, schloß sie innig und fest in seine Arme und redete liebreich zu ihr in einer Sprache, die der König nicht verstand. Dann wurden sie auseinandergerissen und zu Boden geschleudert. Bewaffnete sperrten jetzt alle Durchgänge, und hinter der Königshütte war die Leibwache aufmarschiert.

Den Gefangenen wurden Hand- und Fußgelenke gefesselt. Dann legte man sie zu des Königs Füßen nieder, und der Henker hielt sein breites Messer drohend über sie gereckt.

Zweimal sprach der König die übliche Formel.

»Rede Gutes über mich zu den Geistern, den Seelen der Häuptlinge, den Göttern der Berge, sprich freundlich über mich zu M'shimba M'shamba und versöhnlich zu allen Juju –! Schlage zu, Henker!«

Der Henker maß die Entfernung, berührte die Kehle des verurteilten Mannes versuchsweise mit dem Messer wie der Golfspieler vor dem Abschlagen seinen Ball, dann erhob er die scharfe Schneide hoch über seinen Kopf.

Und dort blieb sie, denn ein durch Mark und Bein gehender Aufschrei, ein unirdischer Ton, der mit dem Aufheulen eines ganzen Gespensterheeres endete, lähmte ihn und alle, die in Hörweite waren. Der König fuhr von seinem geschnitzten Sessel empor, und der Mund stand ihm offen vor abergläubischem Schreck. Uneingedenk der Strafe, die alle erwartet, die ihre Blicke von dem Gesicht des Königs nehmen, wandten sich fünfzigtausend Köpfe mit einem jähen Ruck der Richtung zu, die den markerschütternden Schrei entsandte.

»O Lubomala, was ist das für ein Gekreisch?« fragte der König mit schriller Stimme, die nichts Gutes verhieß.

»Herr, ich weiß es nicht«, antwortete der zitternde Lubomala.

Der auf dem Boden liegende Gefangene hätte eine bessere Auskunft geben können, doch ehe er den Mund öffnen konnte, kam eine Unterbrechung von einer anderen Seite.

Vom Feuer hell erleuchtet, schritt eine Gruppe von Männern gelassen auf den Sessel des Königs zu, und die Wachen, die die Gasse besetzt hielten, verschwanden wie vom Boden verschluckt. Zwei waren eingeborene Soldaten. Sie gingen voran und schleppten schwer an einem scheußlichen Standbild, das sie zu Füßen des wie vom Donner gerührten Königs niedersetzten. Zwei Weiße folgten. Sie traten dicht vor den Königssitz, und der eine ergriff das Wort:

»O König«, sagte er, »erkenne mich!«

Der König schwieg, das Entsetzen lähmte ihm die Zunge, denn er erkannte ihn nur zu gut.

»Ich bin Sandi vom Strom und von heute an Oberherr dieser Länder, von meinem König entsandt, die Herrschaft zu ergreifen, und als Beweis meines guten Willens habe ich dir ein reiches Geschenk mitgebracht, das dir Glück bringen und dich vor allem Übel bewahren wird.«

Die Augen des Königs wanderten langsam von Sanders' schmalem, sonnenverbrannten Gesicht bis zu dem Geschenk, das so wundertätige Eigenschaften entfalten sollte. Es war eine seltsame, dreibeinige Gestalt mit einem Kopf, wie ihn sich nur M'giba M'gibi erdenken konnte. Er trug die aufgemalten Stammesmerkmale des Tofolakavolkes, und er hatte brezelförmige Ohren, die den Haussa beim Tragen als Henkel gedient hatten. Vier verschiedene Flaggen, deren Farben dem König nicht vertraut waren, stachen aus vier Öffnungen des Kopfes heraus, und der birnenförmige Rumpf war mit den merkwürdigsten Zeichnungen bedeckt. Es war wirklich ein ansehnliches Geschenk, das ihm da gemacht worden war, noch niemals hatte der alte König etwas Ähnliches gesehen.

»O Sandi«, hub er seine Rede an, und seine Stimme zitterte unter der Einwirkung des Sirenengeheuls und des Schreckens über den unerwarteten Besuch, »o Sandi... ich...«

Er kam nicht weiter. Wieder erhob sich der schrille, unheimliche Schrei, den die Felsen, die das Hochplateau von Rimi-Rimi einrahmen, verzehnfacht wiedergaben. Er endete in herzzerbrechendem Schluchzen.

Der König sank aschfarben in seinen Sessel zurück. »Was war das?« hauchte er, und seine Augen waren kreisrund vor Entsetzen.

»Das waren die Geister, die mir dienen, König«, sagte Sanders. »Denn ich bin zu dir gekommen, um als König zum König zu reden, und meine Macht ist gleich der deinen. Viele Dinge, die waren, dürfen nicht mehr sein, seit meine Geister zu dir gesprochen haben.«

Er hatte bemerkt, daß Gefangene zur Hinrichtung auf den Boden gestreckt waren, aber er hatte ihnen nicht ins Gesicht geblickt.

»Zuerst, o Großkönig, sei dir gesagt, daß kein unschuldiges Blut in diesem Lande mehr fließt.« Und er beugte sich nieder und schnitt blitzschnell die Grasstricke durch, mit denen die Verurteilten gefesselt waren.

»Herr!« flüsterte der Hochgewachsene, und Sanders, der ihn jetzt erst erkannte, hätte vor Schrecken fast das Messer fallen lassen.

»Bosambo... du?« stieß er hervor.

Sandis verwegene Tat gab dem König sein Gleichgewicht wieder.

»Sandi«, sagte er scharf, »du bist in meine Stadt gekommen, aber niemand weiß, wann du wieder gehen wirst!«

»Ich weiß es, König«, sagte Sanders kühl und ruhig, »ich gehe jetzt, und wenn du dich bewegst, so wird mein kleines Gewehr, das tak-tak sagt, nach deinem Magen speien, und du wirst viele Tage im Todeskampf liegen, bis du endlich stirbst.«

Der König bewegte sich nicht. Er heftete den Blick auf die schwarze Pistolenmündung, die ihm entgegenstarrte. Hätte der weiße Mann, dessen vertrocknete Haut rasselnd gegen den Todespfahl schlug, ebenso vor dem König gestanden, sein Schicksal hätte vielleicht eine andere Wendung genommen.

»O Sandi«, sagte der König mit sanfter Stimme, »ich will dir nicht übel. Du sollst eine Hütte in meiner Stadt bewohnen. Denn ich sehe, du bist ein großer Mann, und deine Schlauheit gefällt mir. Wer anders als ein mächtiger Zauberer hätte die schnellen Wasser des Stroms bezwingen können! Aber sieh – dieser Mann, dieses Weib haben meine Rache verwirkt...«

»Sie sind mein«, unterbrach ihn Sanders in entschiedenem Ton.

»Sie folgen mir!«

Der König zauderte. »Sei es, wie du sagst«, unterwarf er sich endlich, doch während er sprach, schloß er die unbewimperten Lider.

Sanders gab den Befehl, sich rückwärts schreitend zu entfernen, und Bosambo, der seinen Schild und seine Speere aufgenommen hatte, deckte sie als Nachhut.

»O König«, sagte Sanders in der gutturalen Bomongosprache, »sieh, ich gehe wie ein Krebs, und während ich gehe, schaut mein kleines Gewehr in dein Herz, und wenn du dich bewegst oder sprichst, so stirbst du.«

Der König schwieg, und die kleine Schar verließ ungehindert die Gasse. Als sie den Saum der Menschenmasse erreicht hatten, drehte Sanders sich um.

»Wir werden das Schiff nicht erreichen«, sagte er. »Der Alte wird sich jetzt in den Schutz seiner Hütte begeben und seine Leibwache auf uns hetzen!«

Er starrte zum Feuer hinüber.

Huschende Gestalten wandten sich dem Buschwald zu. Man sah deutlich ihre sich bewegenden Schatten.

»Sie schneiden uns den Weg ab. Es bleibt uns nur die Flucht auf den Hügel der Hinrichtung. Den können wir bestenfalls eine Stunde halten!«

»Und was geschieht dann?« fragte Hamilton trocken.

»Das liegt in Gottes Hand«, erwiderte Sanders ruhig.

Sie eilten jetzt durch eines der dünnbevölkerten Dörfer am Außenrand der Stadt dem unbebauten Hügel entgegen, den die Gebeine der Gemarterten in dichter Schicht bedeckten.

»Nachts werden sie sich kaum hierher wagen«, erklärte Sanders, als er atemlos die Spitze erreichte. »Selbst die Leibwache des Königs dürfte nicht mutig genug sein, um es mit den Geistern aufzunehmen, die hier ihr Wesen treiben.«

Von ihrem hochgelegenen Standort aus blickten sie in den Talkessel hinab, in dem jetzt die Menschen wie Ameisen durcheinanderwirbelten. Sanders schraubte sein Nachtfernglas ein und sah den Alten noch immer auf seinem Richterstuhl sitzen.

Er reichte das Glas Hamilton hinüber.

»Ich fürchte, wir haben uns in Guy Fawkes getäuscht. Er scheint dem alten Sünder nicht sehr zu imponieren«, sagte Hamilton, nachdem er eine Weile hindurchgeblickt hatte.

»Geduld! Geduld!« lächelte Sanders.

Ein ohrenbetäubender Lärm stieg aus dem Talkessel auf. Die Menschen zerstreuten sich, lange, wohlgeordnete Reihen von Kriegern marschierten vor dem König auf, der die Parade seiner Soldaten abzuhalten schien.

»Es sieht nicht danach aus, als ob der unverbrennbare Guy Fawkes woanders enden wird als im Feuer des Königs«, bemerkte Hamilton, als er seinem Schwager das Glas zurückgab.

»Nun, so habe ich wenigstens alles Menschenmögliche getan, um mir das Herz des Königs zu gewinnen. Wo Guy Fawkes versagt, da hätten auch Engelszungen nichts ausrichten können!«

»Ich möchte wohl wissen, wer bei Guy Fawkes' Taufe Pate gestanden hat«, meinte Hamilton lächelnd.

»Der Völkerbund«, erwiderte Sanders mit todernstem Gesicht.

Der König hatte sich jetzt erhoben. »O Volk«, sagte er, und die Erregung hatte seine Stimme so geschwächt, daß sie kaum noch vernehmlich war, »o Krieger, eine große Schande ist euch und meinem Hause zugefügt worden. An euch ist es, diese Schande zu tilgen, indem ihr die weißen Teufel ergreift und vor mein Gericht schleppt. Dann wollen wir ein Palaver abhalten, wie es dieses Land noch nicht erlebt hat. Und nun bringt mir Sandis Juju.«

Er deutete auf den dreibeinigen Götzen. Zwei seiner Leute ergriffen ihn an den Ohren und warfen ihn auf seinen Wink ins Feuer.

Bosambo konnte mit bloßem Auge erkennen, was am Thronsitz des Königs geschah.

»Herr«, flüsterte er, »sie haben dein Geschenk verbrannt, das bedeutet Krieg bis aufs Messer!«

»Und Tod!« nickte Sanders.

Kaum hatte er das Wort ausgesprochen, da schoß ein weißer Strahl blendenden Lichtes aus dem Feuer, ein ohrenbetäubendes Dröhnen und Krachen folgte, und ein Luftstoß von ungeheurer Gewalt warf sie beinahe zu Boden.

»Gott im Himmel«, keuchte Hamilton. »Was war denn das?«

»Das war Guy Fawkes! Eine Fliegerbombe stak in seinem Leibe«, war Sanders' gelassen-freundliche Erklärung. »Der Bursche sah von Anfang an nicht so aus, als ob er mit sich spaßen lassen würde...«

Er stand und schaute in das Flammenmeer nieder, das mit verheerender Gewalt um sich fraß und Tausende jammernder Menschen an den rettenden Fluß trieb.

»Sag mal, Hamilton«, fragte er plötzlich und krauste die Stirn, »mir ist da nachträglich ein Bedenken gekommen. Ich bin in Unruhe wegen der Flaggen, mit denen ich Guy Fawkes' würdiges Haupt geschmückt habe. Ist Amerika auch Mitglied des Völkerbundes...?«

## *Die Hilfsmittel der Zivilisation*

Von Rimi-Rimi bis zur Hauptstadt der Bubujala wandert man einen Tag und eine Nacht. Aber Balaba, einst Leibdiener des Großkönigs, legte den Weg in einer einzigen Nacht zurück und fiel staubbedeckt und halb verdurstet zu Füßen Fombas nieder, der inmitten seiner Räte und Vormänner im Palaverhause saß.

»O Balaba«, sagte Fomba, Oberhäuptling der Bubujala, aber dem Großkönig zinspflichtig, mit unsicherer Stimme, »wer erdreistet sich, mich bei dem Großkönig, meinem gnädigen Herrn, mit erstunkenen Lügen anzuschwärzen?«

Er hatte, wie es schien, Grund zu Befürchtungen, und er konnte sich nur vorstellen, der König riefe ihn vor sein Gericht.

Als der Bote, mit seinem Atem ringend, nicht gleich antworten konnte, fuhr er daher fort: »Alle meine Leute hier wissen, daß ich sehr demütig vor des Königs Antlitz gelebt habe. Ich habe ihm Gummi und Kautschuk gesandt, daß sich die Rücken meiner Träger krümmten, und wenn irgend jemand aufsteht und sagt, ich hätte etwas Übles über ihn gesprochen, so will ich ihm das Maul mit Nattern stopfen!«

Jetzt hatte Balaba seinen Atem wieder. »Herr«, brachte er mühsam hervor, »mein Herr, der Großkönig, ist tot!«

»Waaa...?« stammelte Fomba und ließ sich mit der ganzen Fülle seines Gewichts auf seinen Ratsstuhl fallen.

»In der Nacht vor dieser Nacht kamen zwei weiße Männer und

zwei schwarze Soldaten«, fuhr Balaba fort. »Sie brachten einen mächtigen Juju mit und setzten ihn vor den König nieder. Auf dem Fluß aber lag ihr Puck-a-Puck, und ein dritter weißer Mann stand darauf und befahl seinen Geistern zu heulen.«

»Der König schlug den Frevlern den Kopf ab?« fragte Fomba mit großer Teilnahme.

»Herr, wenn er es in seinem Herzen erwog, so konnte er es doch nicht tun, denn sie hielten in ihren Händen die kleinen Gewehre, die Tak-tak sagen!«

Fomba ließ seinen Blick über die Gesichter seiner Räte gleiten und belauerte eines jeden Ausdruck. »Der Großkönig ist tot – o ko!« sagte er leise. »Die weißen Teufel haben ihn getötet! Aber«, wollte er wissen, und er zeigte das Weiß seiner Augen, »ihr schlugt sie doch dafür auf der Stelle nieder, Balaba?«

»Herr«, sagte Balaba, »ehe wir sie erreichen konnten, waren sie auf und davon. Auch haben sie nicht den König getötet. Das tat der mächtige Juju, den sie als Geschenk mitgebracht hatten.«

Balaba hielt einen Augenblick inne und sammelte seine Kraft zu einer eindrucksvollen Schilderung.

»O Herr, es war ein Juju von schrecklichem Aussehen, und sie sagten, er würde dem König nur Gutes erweisen. Er aber achtete dessen nicht und gab den Befehl, den Juju zu verbrennen. Doch kaum hatte der König dem Juju die Schande angetan, im Feuer zu enden, da spie er einen weißen Blitz aus seinem Maul, und aus seinem Bauch kam ein Dröhnen, daß der König in die Luft flog und niemand mehr eine Spur von ihm sah. Auch wurden viele Soldaten seiner Leibwache niedergeworfen und getötet. Und ein gewaltiger Sturm fegte die Hütten des Königs fort und nahm allen Häusern die Dächer.«

Er erzählte nicht, daß der mächtige Juju eine Fliegerbombe gewesen war, die Distriktgouverneur Sanders den weiten Weg von London mitgeführt hatte, und daß ein kunstbegeisterter Offizier im Kriegsministerium den prächtigen Kopf geschnitzt, die Stahlbeine angenietet und die liebenswürdige Bemalung besorgt hatte – denn woher sollte er das wissen?

Aber auch ohne daß er seine Erzählung mit den nötigen Erklärungen abrundete, dauerte das bestürzte Schweigen des Häuptlings lange genug.

»O ko!« sagte er endlich. »Du bist der Bringer einer schlimmen Botschaft. Denn wenn die weißen Männer noch leben und über einen so mächtigen Juju gebieten...«

»Herr«, fiel ihm Balaba in die Rede, »da, wo der Juju stand und das Feuer des Königs brannte, ist jetzt nichts als ein großes Loch, in dem zwanzig Männer Platz finden.«

Der Häuptling wiegte bedenklich das kummervolle Haupt und dachte lange nach, denn er war ein Schlaukopf, wenn auch kein großer Krieger.

»Wie steht es mit Masaga, des Königs Sohn – flog auch er in die Luft?«

»Nein, Herr«, sagte Balaga. Er trat von einem bloßen Fuß auf den andern. Schließlich aber überwand er seine Verlegenheit und fiel mit der Tür ins Haus: »Wer soll jetzt Oberherr über des Königs Lande sein? Ich denke, du solltest es sein, o Häuptling. Denn du bist ein Mann, Masaga aber ist ein Narr!«

Ein Schweigen entstand, das anhielt und für den Boten nichts Gutes kündete.

»Gehe in meine Hütte, Balaba, und ruhe dich aus«, beschied ihn Fomba in gnädigem Ton. »Doch ehe du gehst, sage mir noch, wo sind jetzt die weißen Männer?«

Balaba stäubte seine Hände ab zum Zeichen, daß seine Sendung jetzt erfüllt sei, und damit schmeichelte er Fomba, denn das war ein Brauch des Bubujalavolkes.

»Die Soldaten sitzen in zwei tiefen Gräben nahe der Landungsstelle, und davor haben sie einen Zaun gezogen, der mit scharfen, stechenden Nadeln gespickt ist«, sagte er, »und sie haben auch viele große und dicke Gewehre, und die Leute, die sich vor ihnen fürchten, hüten sich, nahe an sie heran zu gehen.«

Fomba nickte und entließ Balaba mit einer huldvollen Handbewegung.

Doch als er außer Hörweite war, wandte sich der Häuptling seinem Leibjäger zu. »Geh ihm nach und schlag ihn nieder«, befahl er ihm leise. »Denn wenn er die Wahrheit gesprochen hat, so ist es besser, daß niemand in der Stadt sie erfährt. Wenn er aber gelogen hat, so kann ich zum Großkönig sagen: Sieh her, o Herr, ich tötete ihn in seiner Verruchtheit.«

Der Jäger schlich sich lautlos an den ahnungslosen Boten heran und erschlug ihn im Angesicht der Stadt und der Räte des Häuptlings. Balaba aber starb rasch, ohne zu wissen, durch wen und warum.

Sanders erfuhr erst einige Zeit später davon. Vorläufig kümmerte ihn das Trauerspiel, das sich in den Tiefen der Dschungel ereignet hatte, sehr wenig. Er hatte genug mit dem zu tun, was sich vor seinen Blicken abspielte. Er saß unter dem weiten Sonnensegel auf dem Hüttendeck der »Zaire II«, schlürfte eine Tasse kalten Kaffees und ließ kein Auge von den vierzig Haussas, die fünfzig- bis sechzigtausend Einwohner von Rimi-Rimi in Schach hielten.

Es war nicht schwer, das Gebiet des Großkönigs zu beherrschen, denn es lag auf einer Hochfläche, die ringsum von unerklimmbaren Felswänden eingeschlossen war. Die Grenze bildete der Strom, der hier einen weiten Bogen schlug. Nur von einer Stelle her war dies Plateau zugänglich, nämlich vom Landungsplatz aus, dem gegenüber die »Zaire« vor Anker lag. Hier fiel die unzugängliche gerade Linie der Felsen in einem stumpfwinkligen V ab.

Vor Sanders hockte ein gewisser N'kama, ein kleiner Häuptling, der zu dem Gefolge des Großkönigs gehört hatte. Obwohl seine Gelenke in Handschellen steckten, befleißigte er sich eines philosophischen Gleichmuts.

Sanders betrachtete mißmutig die gekrümmte Gestalt zu seinen Füßen.

»N'kama«, redete er ihn in der Sprache der Oberbomongo an, »seit zwölf Stunden beehrst du mein schönes Schiff mit deiner Gegenwart, und obwohl man mir gesagt hat, du seiest ein großer Schwätzer, hast du deinen Mund noch nicht aufgetan.«

»Herr«, sagte N'kama und rutschte unter Sanders' prüfendem Blick unbehaglich hin und her, »ich glaube nicht, daß du dieses Land lebendig verläßt, aber wenn ich zu dir von den Geheimnissen meines Volkes rede, so erwartet mich ein noch schlimmerer Tod, und meine Haut wird dort hängen, wo die Haut des weißen Mannes hing, ehe du, Herr, sie herabnahmst und in die Erde vergrubst, dabei gewisse Geheimsprüche aus einem Buche hersagend.«

»O ko«, sagte Sanders leise. »Dann sehe ich allerdings ein, daß du schlimmer daran bist als ich. Denn ich bin frei, und dem freien Manne winkt immer noch die Möglichkeit des Entkommens, du aber sitzt gefesselt zu meinen Füßen, und der Tod winkt dir, ob du mit mir redest oder ob du mit mir schweigst. Dennoch wirst du unter der Hand deines Volkes einen weniger schmerzhaften Tod erleiden als durch mich. Denn ich lasse dich an den Fersen aufhängen und ein Feuer unter deinem Kopf anzünden.«

Die kleine Grimasse im Gesicht des Gefangenen verriet, daß er die Drohung voll und ganz zu würdigen wußte.

Er schwieg lange, und als er dann endlich zu reden anhub, geschah es nur, um Bruchstücke aus dem Sagenschatz auszukramen, der sich um Sanders' Namen gesponnen hatte.

»Gefangene Akasavamänner haben mir erzählt, o Herr, daß du ausnehmend grausam seiest und daß kein Mitleid in deinem Magen wohne. Auch die Trommeln des Kleinen Volkes (Pygmäen) waren von deiner Bosheit voll. Später hieß es, du seiest durch ein Loch aus der Welt gefallen, aber es scheint, daß du durch das Loch wieder aufgestiegen bist, und mein Herz ist darüber voll Kummer.«

Sanders lächelte nicht. Er zweifelte daran, ob er je wieder lächeln würde, und wäre ihm ein Blick in die Zukunft vergönnt gewesen, er hätte Grund genug für seinen Zweifel gehabt.

»Sprich nicht über mich. Rede von dem, was du über dein Volk weißt«, herrschte er N'kama an.

»Herr, ich darf nicht reden – und doch wünsche ich sehr, in mein Haus zurückzukehren, denn ich habe eine kranke Frau. Und wäre ich hier, wenn einer deiner Soldaten mich nicht auf den Kopf geschlagen und einen Speer in den Rücken gestoßen hätte?« fügte er mit naiver Entrüstung hinzu.

Sanders kannte den Wert jener Redepausen, die in den Palavern der Eingeborenen so große Bedeutung haben, und er überließ daher N'kama seinen kummervollen Betrachtungen.

Sein Blick wanderte zu den Gräben zurück, in denen Hamilton und Bones die Haussa befehligten. Es war Sanders in der vorletzten Nacht nicht nur gelungen, sich mitten durch das von panischem Schrecken erfaßte Volk einen Weg zum Dampfer zu bahnen, er hatte auch noch vor Tagesanbruch einen Brückenkopf angelegt, durch den er die Stadt des Großkönigs beherrschte und überdies jede feindliche Annäherung an den Dampfer unterbinden konnte. Denn Rimi-Rimi verfügte über eine große Anzahl von Kanus, die jetzt zu beiden Seiten der Felsenlücke auf den Strand gezogen waren.

»Sandi«, sagte N'kama, der es augenscheinlich doch nicht liebte, an den Fersen aufgehängt zu werden, zumal wenn ein Feuer unter seinem Kopf brannte, »du bist ein weiser Mann, was könnte ich dir sagen, das du noch nicht wüßtest?«

»Sprich zuerst von dem weißen Mann, der vor fünf und noch mal fünf Monden hierherkam.«

»Herr«, erwiderte N'kama freimütig, »es ist nichts von ihm zu sagen. Er kam und wurde von der Hand des Großkönigs erschlagen. Danach hängten wir seine Haut an den Pfahl, wie es seit altersher Sitte bei uns ist, und wir hatten ein großes Fest und aßen und tanzten. Denn wir sind ein stolzes Volk und lieben den weißen Mann nicht, und selbst wenn wir ihn liebten, dürften wir ihn doch nicht schonen, hat doch die Teufelsmutter von Limbi, eine heilige Frau von großen Geheimnissen, den Tod aller weißen Männer gefordert, damals, als Fergisi noch am Leben war.«

»Fergisi?« fragte Sanders stirnrunzelnd.

»Fergisi«, bestätigte N'kama kopfnickend. »Er war ein Mann Gottes, weiß von Haut, und auch sein Weib und das kleine Weib waren weiß, und ihre Haare waren sehr häßlich. Denn sie hatten die Farbe von reifem Mais.«

Sanders fuhr auf. Er hatte den Schlüssel zu dem Schicksal des Missionars und seiner unglücklichen Tochter in der Hand. Sein Herz schlug schwer und heftig.

»Sie starben?« fragte er leise. »Weißt du, wie sie starben?«

»Herr, ich weiß es nicht. Denn an dem Tage befand ich mich auf der Jagd. Aber ich weiß, daß die Teufelsmutter von Limbi zum König kam und das Blut der Weißen von ihm forderte. Es war ein furchtbares Ereignis, denn die Teufelsmutter hatte seit zwanzig Jahren die Berge nicht mehr verlassen. Da schickte der König, um sie gnädig zu stimmen, seine Leibwache in das Haus des Gottesmannes, und das kleine Weib wurde getötet. Das Weib des Gottesmannes floh in ihrem Puck-a-Puck, und man sagt, sie sei in den schnellen Wassern elend umgekommen.«

»Und was geschah mit Fergisi?« fragte Sanders.

»Er wurde nach Limbi gebracht, und die Teufelsmutter legte ihr Schwert unter sein Kinn und schnitt ihm die Kehle durch.«

Er sagte es ruhig und nüchtern in einem freundlichen Plauderton, als spräche er von einer Hochzeit oder einer guten Ernte. Es überlief Sanders kalt.

»Wer ist die Teufelsmutter?« wollte er wissen.

N'kama warf einen scheuen Blick nach rechts und einen nach links. Die Stimme senkte er zum Flüsterton.

»Herr, sie ist älter als die Götter und weiser als die Jujus. Man sagt, sie sei tausend Jahre alt und habe ihre eigene Mutter unter dem Limbi begraben, indem sie die Felsen über ihren Körper aufhäufte, bis sie zum Himmel reichten. Herr, sie ist ein schreckliches Weib, und alle Menschen fürchten sie.«

Er spuckte rechts aus und links. Es war eine Art Sühneopfer.

»Darum sage ich, Herr, du wirst niemals dieses Land verlassen, denn sie wird ihre Tschu aussenden, um dich zu verderben!«

»Tschu?« wiederholte Sanders in verblüffter Frage. Das Wort war ihm neu.

»Herr, Tschu sind Geister, die umherwandern, ohne daß jemand sie schaut.«

»Ich möchte die Teufelsmutter einmal sehen«, erklärte Sanders mit voller Gemütsruhe.

»Du wirst sie sehen, denn sie wird kommen«, war die überraschende Antwort.

»Welch ein angenehmer Besuch!« sagte Sanders sanft und winkte der Wache.

»Führe diesen Mann nach unten, Achmed«, befahl er. »Du stehst mir dafür ein, daß niemand mit ihm spricht.«

»Bei meinem Kopf«, antwortete der Haussa in der herkömmlichen Art und führte den Gefangenen fort, der sich ergeben in sein Schicksal fügte.

Gegen Mittag zog Sanders seine Posten vom Ufer zurück. Seine Streitmacht war zu klein, als daß er sie noch hätte zersplittern dürfen, und Fomba konnte jeden Augenblick in beträchtlicher Stärke anrücken. Als sie auf dem Achterdeck der »Zaire« beim Tiffin saßen, berichtete Sanders von dem Ergebnis seines Verhörs.

»Wer mag diese mysteriöse Teufelsmutter sein, und wo liegt der Limbi?« fragte Hamilton.

»Ich möchte wetten, daß die Eingeborenen mit dem Limbi den Limpisi meinen, den höchsten der Berggipfel hier. Er wurde zeitweilig sichtbar, als wir den Fluß herauffuhren.«

Bones war mit einem Wolfshunger an Bord gekommen und hatte erst mal alle Löcher in seinem Magen gestopft, ehe er seine Weisheiten zum besten gab. Jetzt aber rollte er seine Serviette zusammen und schmunzelte unternehmend. Hamilton, der es sah, seufzte ahnungsvoll.

»Bones hat wieder eine Eingebung«, sagte er mit stiller Verzweiflung.

»Mein lieber, alter Freund Ham hat ausnahmsweise recht«, gab Bones großmütig zu. »Ein Ideechen ist Bones durch seinen ehrwürdigen Schädel geflitzt, das seinem Vater alle Ehre machen würde. Wie wär's, wenn wir diese alte Morchel einen Kopf kürzer machten?«

Sanders blickte auf. »Sie ist eine alte Frau«, gab er zu bedenken, »wir können sie nicht kaltblütig um die Ecke bringen. Vielleicht stellt sie sich auf unsere Seite. Bei einer Frau kann man nie wissen... Erst wenn sie sich als Unruhestifterin entlarvt und die schwarze Meute gegen uns aufhetzt, könnte man schärfere Maßnahmen erwägen.«

Eine harte Linie grub sich um seine Lippen, und Patricia Sanders hätte in diesem unbeugsamen Schiedsrichter des Schicksals nie und nimmer den Mann wiedererkannt, der mit zartestem Griff die Raupen aus seinen Rosen entfernte.

»Was uns einzig und allein aus der Patsche helfen kann«, sagte Sanders nach einer Weile, »wäre der innere Zerfall des kleinen Bundesstaates, dessen Kitt bisher nur der Großkönig war. Es ist eine ganze Reihe von Häuptlingen vorhanden, die sich vielleicht im Streit um die Herrscherwürde gegenseitig in die Haare geraten. Da ist Lubomala, der Häuptling der Fingini, da ist Fomba, der Häuptling der Bubujala, und da ist schließlich Freund Kabalaka, der wohl auch nicht ganz ohne Hoffnung auf die Nachfolge ist, rühmt er sich doch, ein Vetter des Großkönigs zu sein.«

»Wer rühmte sich dessen nicht, liebe alte Exzellenz?« fragte Bones. »Die Nachkommenschaft der alten Majestät war ja zahlreich wie Sand am Meer. Und vielleicht ist die ungemütliche alte Dame von Limbi gar die Urahne der ganzen Sippschaft. Man kann nie wissen. In der Genealogie passieren die merkwürdigsten Sachen. Ich erinnere mich da zum Beispiel an einen Busenfreund...«

»Wir wollen uns auf die ortseingesessenen Barbaren beschränken, Bones, wenn es dir recht ist«, unterbrach ihn Hamilton rechtzeitig.

»Du bist grob, wenn du es wissen willst, alter Ham«, beschwerte sich Bones kopfschüttelnd, »sehr grob, verteufelt grob, für einen alten Kriegskameradea einfach unerlaubt grob!«

Sanders hatte auf das Veplänkel gar nicht gehört. »Wir haben sechs Monate Zeit«, setzte er seine Betrachtungen fort, »wir werden alle Hände voll zu tun haben!«

Zwei Tage später erschien der erste der Prätendenten auf der Bildfläche, und es hat wohl nie einen Thronkandidaten gegeben, der in seinem Verhalten weniger feindselig und mehr respektvoll, freimütig und besonnen gewesen wäre als Fomba, Häuptling der Bubujala. Er kam mit seinen Anhängern in vierundzwanzig Kanus, die, zu je sechs ausgerichtet, rasch heranruderten. Es war am frühen Morgen, noch brütete Nebel über dem Strom, und die ganze Besatzung der »Zaire« stand unter Waffen. Sanders erwartete jeden Augenblick einen Schauer von Pfeilen und Speeren. Aber die Kanus drehten nach dem Ufer ab, ohne einen Angriff zu unternehmen, und um zehn Uhr stattete Fomba dem Kommandanten der »Zaire« einen Höflichkeitsbesuch ab.

Der Häuptling war ein hochgewachsener, breitschultriger, etwas zur Fülle neigender Mann. Er hatte ein rundes Gesicht und kluge Augen. Er erkannte in Sanders sofort den Führer und schritt geradeswegs auf ihn zu.

»Herr, ich sehe dich«, begrüßte er ihn nach der Landessitte.

»Ich sehe dich, Fomba«, erwiderte Sanders, der über Fomba und seine Absichten gut unterrichtet war.

»Ich komme mit Frieden in meinem Herzen«, sagte Fomba, »und ich bringe dir Salz!«

Er wandte sich an seinen Diener, der eine Schale mit Salz trug, und schaufelte einen großen Haufen der kristallenen Masse in seine Handflächen. Er bot sie Sanders an, der seine Fingerspitzen benetzte, das Salz berührte und es auf der Zunge zergehen ließ, worauf der Gast diese Zeremonie nachahmte.

»Herr, ich komme einen weiten Weg, um dich zu sehen«, sagte er. »Und ich komme versöhnlich, obwohl mein Herz um meinen Vetter trauert. Ich höre, dein Juju hat ihn erschlagen.«

Sanders' Augen wichen keine Sekunde von dem Gesicht des

Mannes.

»Es ist gut, daß du kommst, Fomba. Ich weiß, dein Magen ist voll Kummer, weil der Alte zur Hölle fuhr. Aber es mag dich trösten, daß sein Sohn und Erbe noch am Leben ist.«

Fombas Augen schmälerten sich.

»Herr, sein Sohn ist schwachsinnig, niemals wird er den König ersetzen können!«

»Es sind noch andere Verwandte da...«

»Herr, der nächste Verwandte bin ich!«

»Du erzählst mir etwas Neues, Fomba. Hat der Großkönig nicht einen Bruder hinterlassen, der Lubomala heißt, und außer ihm noch einen Vetter?«

Fomba schob den Einwand mit einer leichten Handbewegung beiseite. »Wer kennt seinen Vater? Und gibt es nicht Oheime zahlreich wie Ziegenböcke? Wer kann sagen, ich bin näher verwandt als du, da doch nichts auf dieser Erde ganz sicher ist. Mir aber scheint es, Herr, daß ich der nächste bin. Denn ich bin hier, die andern aber sind fern!«

»Du kannst das Recht mit einem Maß nicht messen«, antwortete Sanders mit einem Bomongosprichwort. »Ich kenne deine Pläne, Fomba, aber ich bin ihnen nicht geneigt. Denn wenn ich dich auf den Thron setze, so wirst du Feinde haben wie Sand am Meer. Lubomala, Kabalaka und die vielen Söhne des Großkönigs werden Anhänger gewinnen und sich gegen dich wenden. Außerdem erzählt man mir von einem Sohne des Königs, der bei dem ›Schlechten Volk‹ im ›Bösen Dorf‹ wohnt. Auch der wird dir deine Macht neiden.«

Fombas Augen schweiften zum Ufer hin und kehrten wieder zu Sanders zurück.

»Herr, warum kamst du in dieses Land?« fragte er freimütig.

»Ich kam, um das Gesetz zu bringen«, erwiderte Sanders.

Nun deckt in der Bomongosprache das Wort für »Gesetz« auch den Begriff der »Macht«, und »Gerechtigkeit« ist gleichbedeutend mit »Rache«. Also wählte Sanders für Gesetz das Wort »lobala«, das »recht« heißt im Gegensatz zu »unrecht«.

Fomba war ehrlich erstaunt. »Herr, was ist ›recht‹?« fragte er kopfschüttelnd. »Was du tust, oder was ich tue? Wenn zwei Völker Krieg führen, ist dann nicht der im Recht, der die meisten

Speere und die tapfersten jungen Männer hat?«

Jetzt war die Reihe des Erstaunens an Sanders. Wie seltsam, hier in der Wildnis Friedrichs des Großen berühmten Ausspruch, daß Gott immer bei den stärksten Bataillonen sei, dem Sinn nach von den Lippen eines Schwarzen zu hören.

»Was ist ›recht‹?« fragte Fomba noch einmal.

Um ihm darauf die richtige Antwort zu geben, mußte Sanders bis auf Rom zurückgreifen und den größten aller Rechtslehrer zitieren.

»Wer Treue hält, niemandem Böses zufügt und jedermann gibt, was er ihm schuldig ist, der tut das Rechte.«

Fomba grübelte lange nach. »Herr«, sagte er endlich, »wie kann ein Mann gleichzeitig Treue halten und doch niemandem Böses tun? Denn wenn ich den Söhnen des Königs die Treue halte, so begehe ich ein Unrecht an mir, und wenn ich Masaga gebe, was ich ihm schuldig bin, so beraube ich mich!«

Dabei blieb es, und Fomba stieg in sein Kanu zurück, ohne daß er und Sanders sich über diese Frage geeinigt hätten.

Sanders blickte ihm nach, und sein Gesicht war steinern. »Ich fürchte, dieser Mann wird uns noch manche böse Stunde bereiten«, wandte er sich an Hamilton, der neben ihm stand.

»Wir hätten ihn gleich festnehmen sollen«, sagte Hamilton ruhig.

Sanders rieb sich das Kinn, ein sicheres Zeichen, daß er sich mit starken Bedenken trug. »Der Großkönig hat vor dem versammelten Stammesrat seinen Sohn zum Nachfolger ernannt«, sagte er. »Am bequemsten wäre es natürlich, die Königswürde ganz zu beseitigen. Aber ich darf es nicht wagen; die Tradition ist zu tief im Volk verankert. Was ich nun aber auch tue, ob ich einen der Thronprätendenten begünstige oder ausschalte, ich habe alle anderen gegen mich. Noch niemals haben wir vor Problemen gestanden, die so schwer zu lösen sind. Ich sehe nur einen Ausweg. Masaga muß so schnell wie möglich gekrönt und gesalbt werden, denn sein Anspruch hat die größte Aussicht auf Erfolg, und die Mehrheit des Volkes wird für ihn sein.«

»Wann, meinst du, wird die Teufelsmutter von Limbi in Erscheinung treten?«

»Nicht vor einer Woche. Ich vermute, sie wird die Hüterin der

Krönungsinsignien sein. So wenigstens deute ich mir N'kamas dunkle Anspielung!«

»Eine Woche ist eine lange Zeit in den Tropen«, meinte Hamilton, »vieles kann sich in einer Woche ereignen, das der ganzen Lage eine neue Wendung gibt!«

Hamilton behielt recht. Der Tag sollte nicht vorübergehen, ohne ein neues Ereignis gebracht zu haben.

Fomba rüstete zu einem großen Fest zu Ehren des verstorbenen Königs. Es sollte ein Fest von tausend Töpfen sein.

»Jede Familie bringt ihren eigenen Kochtopf und ihr eigenes Brennholz mit«, erzählte Hamilton, »und der gastfreundliche Fomba sorgt für einen schmackhaften Inhalt der Töpfe. Seine Einladung erstreckt sich sogar auf uns. Er wünscht, daß wir im Kreise der königlichen Familie an dem Festessen teilnehmen!«

»Unmöglich«, sagte Sanders entschieden.

»Das habe ich ihm gesagt«, erwiderte Hamilton, »aber in seiner geschmeidigen Art hat er mir erwidert, daß wir nach der Sitte der Weißen essen und zum königlichen Kreise gehören könnten, auch wenn wir nicht in ihm säßen.«

Es wurde schließlich bestimmt, daß Hamilton allein zu dem Fest gehen sollte.

Aber in letzter Stunde änderte Sanders seinen Plan. »Bones«, sagte er, »ich werde Hamilton begleiten. Ist Gefahr im Verzuge, so können zwei sich besser vorsehen als einer. Leuchten Sie bei Einbruch der Dunkelheit das Ufer mit dem Scheinwerfer ab, und halten Sie das Schiff klar zum Gefecht.«

Bones schüttelte mißbilligend den Kopf. Das Fest hatte ihn bereits eine schlaflose Nacht gekostet. Er hatte eine ganze Rettungsaktion ersonnen und eine volle Stunde im Hellegatt verbracht, sicher vor Hamiltons Spott, da er sich hier in seinem eigenen Reich befand.

»Sie werden verzeihen, liebe, alte Exzellenz, wenn ich mich einmische und mir einen Wink erlaube, aber da ich mit dem Gedanken spiele, die diplomatische Laufbahn einzuschlagen, wie es meinem guten alten Ham seit langem bekannt ist...«

»Ich lehne jedes Mitwissen und jede Verantwortung ab«, unterbrach ihn Hamilton. »Aber fahre in deiner bescheidenen Erzählung fort.«

»Die Sache ist die, Ham. Meine staatsmännische Klugheit sagt mir, daß das ganze Fest eine Falle ist. Dieser durchtriebene Fettkloß hat womöglich einen billigen Spaß ausgeheckt, der uns teuer zu stehen kommen könnte.«

»Das kann ich mir nicht denken«, sagte Sanders. »Zuerst sind mir wohl auch Zweifel aufgestiegen, aber müssen wirklich überall Tücke und Verrat lauern? Der junge König sieht in uns seine Beschützer. Er und die Räte, die hinter ihm stehen, würden schwerlich gestatten, daß man sich an uns vergreift. Und das weiß Fomba natürlich.«

Bones zuckte die Achseln. »Ich bleibe bei meinen Bedenken, liebe alte Exzellenz. Aber sie sollen nur kommen! Bones nimmt es mit ihnen auf. Der gute Kerl ist nicht so blöd, wie er aussieht, wenn sein Gehirnkasten erst zu arbeiten beginnt. Und jetzt möcht' ich gehorsamst anfragen, ob ich in die Badewanne steigen darf. Ein Bad brauche ich nötiger als Fombas tausend Töpfe. Am liebsten möchte ich Ihnen meine zerstochene Kehrseite zeigen, beste alte Exzellenz.«

»Ich lege wirklich keinen Wert darauf«, lehnte Sanders eilig ab. »Steigen Sie ruhig in die Wanne. Alibu ist durchaus verläßlich. Er kann ebenso scharf Wache halten wie Sie!«

»Besser«, sagte Hamilton halblaut.

Bones verbeugte sich.

Das Fest ließ sich heiter und harmlos genug an. Auf dem sanft ansteigenden Platz am Ausgang des Dorfes brannten die Feuer der geladenen Gäste und warfen ihren roten Widerschein auf die Wolken, die tief ins Tal hingen. Ein roher Tisch, der mit seinem Kopfende die Hütte des Königs berührte, war für die beiden Weißen hergerichtet und der Form halber ein Mahl aufgetragen worden. Der königliche Kreis, der aus Masaga, Fomba, Kabalaka und zwei kleineren Häuptlingen bestand, saß Sanders so nahe, daß er sie mit einem Fußtritt hätte umwerfen können.

Sanders war auf der Hut. Nicht die kleinste Einzelheit entging seinen wachsamem Auge.

»Die Harmonie, die hier zu herrschen scheint, ist etwas zu gemacht, um echt zu sein«, flüsterte er Hamilton zu. »Ich weiß nicht, mir läuft ein eigenartiges Gefühl die Wirbelsäule entlang. Ist das nun das Alter oder eine Vorahnung der Nerven.«

»Das Alter ist es bestimmt nicht«, sagte Hamilton, »denn ich habe es auch. Hast du mit Bones ein Signal verabredet?«

Sanders nickte. »Ich habe ihm befohlen, beim ersten Schuß mit der Hälfte der Leute zu landen und Rimi-Rimi zu stürmen, unbekümmert darum, was für Folgen das hat.«

»Ich befürchte nur, er wird zu spät kommen«, erwiderte Hamilton gelassen.

»O Volk!« Plötzlich war Fomba aufgesprungen, und seine Stimme hallte donnernd über den Dorfplatz. »Seht Masaga, den König!«

Masaga, der an seiner Seite hockte, reckte den Kopf und stierte den Sprecher mit blödem Lächeln an.

»Seht den Sohn des Gewaltigen!« brüllte Fomba mit dem ganzen Aufwand seiner Stimme.

Der Chor wiederholte seine Worte, und es klang wie ein donnerndes Brausen.

»Alle Völker der Welt sind wie Hunde vor diesem König!«

Masaga kicherte geschmeichelt und tat einen kräftigen Schluck aus der Kürbisflasche.

»Alle sollen wissen, daß ich Masaga liebe«, rief Fomba von neuem, »und daß ich zwischen ihm und den weißen Zauberern stehe, die seine Feinde sind!« Er warf sich herum und sprühte Sanders aus wilden Augen an.

»Fomba«, sagte Sanders hart, und seine Stimme schnitt durch das Beifallsmurmeln des Volkes wie ein Messer, »mich dünkt, in dieser Nacht wird ein Weinen in deiner Hütte sein.«

»Mein Gott«, flüsterte Hamilton heiser, »sieh dir Masaga an.«

Der junge Mann wankte wie ein Betrunkener. Sein Gesicht war von Schmerz verzerrt, und seine Augen rollten in ihren Höhlen. Er tastete nach einem Halt, dann knickte er mit einem Schrei zusammen und stürzte zu Boden.

Auf diesen Augenblick hatte Fomba gewartet. Mit einem Satz sprang er ins Dunkel und verschwand hinter den roten Schleiern der knisternden Feuer. Er war außer Sicht, doch nicht außer Hörweite.

Plötzlich erklang seine Stimme wieder. »Der König ist tot!« hörte man ihn schreien. »Die weißen Männer haben ihn mit ihrem Zauber getötet!«

»In die Hütte!« stieß Sanders hervor. Den ersten Krieger, der auf ihn zusprang, schoß er über den Haufen. Ein zweiter fiel quer über die Schwelle der Tür.

»Bones hat doch recht gehabt«, sagte Sanders, während er sich bemühte, die beizenden Rauchschwaden aus der Hütte zu vertreiben.

Hauptmann Tibbetts saß in der Badewanne und betupfte die Insektenstiche auf seinem Rücken mit einem Salmiakschwamm. Sein Gesicht zeigte jene Grimasse, die sich einzustellen pflegt, wenn der Geruchssinn des Menschen gröblich beleidigt wird.

»Puuh – – paah!« stöhnte Bones. »Zum Teufel mit der gesamten Zoologie!«

Da hallte der Schuß.

Im gleichen Augenblick wurde die Tür zum Badezimmer geöffnet, und ein Individuum trat unangemeldet ein, das Bones nie zuvor gesehen hatte. Es schien geradeswegs aus dem Fluß gekommen zu sein, denn seine Haut schimmerte von Nässe, und das Wasser tropfte aus seinem Lendentuch. Es machte kein Geheimnis aus seinen Absichten, wenigstens gab es sich keine Mühe, das kurze, breite Messer, das es in der Hand trug, schonend zu verbergen.

»O weißer Mann«, sagte der ungebetene Besucher mit hohler Stimme, »dies ist dein Ende!«

So weit kam er, da klatschte schon ein dicker Schwamm, der mit Salmiakgeist durchtränkt war, auf seine platte Nase. Er schnappte wie ein Karpfen nach Luft und sackte in den Knien zusammen. Mit einem Satz sprang Bones aus der Badewanne, entriß ihm sein Messer und jagte durch den schmalen Schiffsgang in seine Kabine. Zwei Sekunden später erschien er an Deck nur mit seinen Schlafhosen bekleidet, bewaffnet mit einem zylinderförmigen Gegenstand und mit drei schwarzen Lappen, die von weitem wie Brotbeutel aussahen.

»O Alibu«, rief er dem Wachhabenden zu. »Im Badezimmer findest du einen Mordbuben, der nach deiner liebevollen Obhut schreit. Halte das Schiff mit der Hälfte der Besatzung und schicke die übrigen hinter mir her an Land.«

Er sprang in die Barkasse und setzte den Motor in Gang.

Die Krieger, die auf Fombas Befehl einen Landungsversuch verhüten sollten, sahen plötzlich einen weißen Geist vor sich, dem zwei furchtbar blitzende Augäpfel aus dem schwarzen Gesicht starrten. Sie erschraken tödlich vor dieser Erscheinung und liefen nach allen Himmelsrichtungen auseinander. Unbehelligt gelangte Bones durch die zurückweichende Menge bis zur Königshütte. Nur die nackten Sohlen hatte er sich verbrannt, als er quer über die verlöschenden Lagerfeuer setzte.

Fomba stand triumphierend vor Sanders' Zufluchtsstätte. »Komm heraus, weißer Mann, wenn du Mut hast«, schrie er voll Hohn. »Komm heraus und zeig uns, was Recht und Gesetz ist. Ich, Fomba, der Bubujala, rufe dich zum Palaver.«

Ein Körper prallte mit voller Wucht an seinen fetten Rücken. Eine weiße Gestalt verschwand wie ein Geist in der Hütte.

»Ich bringe dir Hilfsmittel der Zivilisation«, sagte Bones, nach Atem ringend, doch voll unbändigen Stolzes. »Hier etwas für dich, teurer Ham, und auch Sie, liebe alte Exzellenz, sollen nicht leer ausgehen. Ja, ja, wer hätte das dem guten Bones zugetraut, was, Ham, alter Knabe?«

»Menschenskind, Sie haben ja eine Gasmaske auf«, brachte der überraschte Sanders endlich hervor. »Guter Gott, das hätte ich mir nicht träumen lassen, daß wir die je noch gebrauchen würden.«

Aus dem Zylinder kam ein zischender Laut. Er streifte sich behend die Maske über. Die Leute, die sich an die Hüttentür drängten, sahen plötzlich, wie eine dicke gelbe Rauchwolke auf sie zukroch.

»Zurück! Sie haben die Hütte in Brand gesteckt«, rief Fomba, und dann fiel der erste Mann zu Boden, den die Rauchwolke ereilt hatte. Er fiel, als habe ihn ein tödlicher Schuß getroffen, und ringsum sanken seine Gefährten zusammen, wie vom Schnitter gemäht. Fomba aber entfloh.

Die Haussa faßten ihn am Ufer, als er zu seinem Kanu eilte.

Am nächsten Morgen ließ die einzige Kriegstrommel, die das Ende des alten Königs überlebt hatte, einen rollenden Wirbel erschallen. Sanders rief das Volk von Rimi-Rimi zu einem Palaver zusammen. Er saß auf einem Feldstuhl, und vor ihm stand Fomba, der Häuptling der Bubujala, mit auf dem Rücken gefesselten Händen.

»Fomba«, sagte Sanders, »du fragtest mich, was Recht sei, und ich sagte dir, Recht sei, niemandem etwas Böses zu tun. Du fragtest mich zum andern Mal, was Recht ist, und ich sage dir jetzt, es ist recht, wenn du den Tod erleidest, aber es wäre unrecht, wenn ich dir dein Leben ließe. Denn du hast nur Böses und nicht Gutes getan. Deinen Vetter hast du vergiftet und viele deiner Anhänger in den Tod geschickt. Wenn du stirbst, wird niemand mehr Schaden durch dich erleiden.«

»Herr, diese Dinge sind zu hoch für mich«, sagte Fomba.

»Sie werden nicht mehr zu hoch für dich sein, wenn du sie von jenem Baum aus betrachtest!«

Und sie hängten ihn an den höchsten Ast des höchsten Baumes auf dem höchsten Hügel in der Stadt Rimi-Rimi. Nun wußte er ganz genau, was recht und was unrecht war.

## *Das Haus des Erwählten*

In den Wäldern von Babujala hauste ein Mann namens M'seru. Er war ein Häuptling von geringer Bedeutung, denn seine Gemeinde zählte nur zwanzig Männer, fünfunddreißig Ziegen und ebenso viele Weiber. Eines Nachts, cala-cala (das heißt vor langer Zeit und kann eine Spanne von Wochen ebenso wie von Jahren sein), flüchtete sich seine Schwester aus der Stadt des Großkönigs in seinen Schlupfwinkel. Ihr Rücken war mit Peitschenstriemen übersät, und auf der Stirn trug sie drei leuchtende rote Striche, deren furchtbare Bedeutung jedem Eingeborenen dieses Gebiets bekannt war.

Denn mit diesem Zeichen wurden alle versehen, die der Teufelsmutter von Limbi zum Fraß vorgeworfen werden sollten. Wie es M'serus Schwester gelang, sich dem langen Arm ihres königlichen Gemahls zu entziehen und ihrem Schicksal zu entgehen, kann hier nicht erzählt werden. Kurze Zeit nach ihrem Verschwinden wurde ihr Liebhaber mit gebundenen Händen und um den Hals gehängtem Opferschwert in die Höhle der Unholdin gestoßen, aus der noch keiner lebend zurückgekehrt war. Vielleicht hatte er die Nebenfrau des Großkönigs vor der Rache ihres gekränkten Herrn geschützt und ihr zur Flucht verholfen, genug, sie schleppte sich zu ihrem Bruder, und er verbarg sie. Nach einiger Zeit gebar sie ein

Kind, in dessen zarten Arm sie zwei Reifen tätowierte, womit sie ihn als echten Sohn des Großkönigs legitimierte. Denn alle seine männlichen Nachkommen wurden so gezeichnet.

Aber wie tief auch M'seru die Frau in der Wildnis versteckt hatte, K'saluga M'popo hörte dennoch von ihr, und er sandte seine Truppen aus, um das Dorf zu vertilgen. Sie sollten alle den Tod finden, die Frau, das Kind und ihre ganze Sippschaft. Doch ehe noch die Heeresmacht des Großkönigs den Pfad in den Buschwald eingeschlagen hatte, war M'seru mit seiner Schwester, seinem Lieblingsweib und dem Königssohn entflohen, und die Häscher mußten mit leeren Händen zurückkehren. M'seru aber hatte das »Böse Dorf« erreicht, in dem das »Schlechte Volk« haust, und er war von ihnen mit offenen Armen aufgenommen worden. Hier war er vor dem Großkönig sicher, denn das Dorf lag hinter einem fünfzig Meilen breiten Streifen Sumpfland, durch den nur ein einziger leicht zu verteidigender Pfad führte, am Fuße der Gebirgskette, deren zahlreiche Höhlen überdies einen Rückzug auch nach dieser Seite offen ließen. »Schlecht« wurde das Volk des »Bösen Dorfes« von seinen Nachbarn genannt, weil es sich aus Banditen und Ausgestoßenen zusammensetzte. Fast jeder Stamm war hier durch einen Bösewicht vertreten. Ein kleiner Häuptling dieser hartgesottenen Sünder nahm das Nebenweib des Großkönigs in sein Haus, und sie schenkte ihm mehrere Söhne. Dieser Häuptling hielt seinen schützenden Arm auch über M'seru. In Frieden baute dieser seine Strohhütte und beackerte das Land, das er urbar gemacht hatte. Die Banditen brachten ihm eine gewisse Achtung entgegen, weil er ein Häuptling des Großkönigs gewesen war. Und da der Oberhäuptling des »Bösen Dorfes« die Schärfe seines Verstandes durch die Schlafkrankheit eingebüßt hatte, setzten sie M'seru zum Richter über ihre Streitigkeiten ein. Und sie taten wohl daran, denn ein gesundes Urteil verhalf ihm zu weisen Richtersprüchen.

Kofolaba nahm einen reichen Teil dieser Ehren für sich in Anspruch. Man war stolz, einen Sohn des Großkönigs in seiner Mitte aufwachsen zu sehen, und noch stolzer war man, als sich dieser königliche Sproß als gelehriger Schüler aller heimischen Künste erwies. Diese Künste bestanden in der Hauptsache darin, ein Mädchen so zu stehlen und wegzuschleppen, daß sie das Schreien vergaß, und das Genick eines Mannes durch fachmännisches Anlegen des rechten Daumens und der linken Hand zu knicken, als wäre es ein angefaulter Ast. Kofobala zählte noch nicht achtzehn Lenze, da hatte er bereits zwei Mädchen aus Bubujaladörfern geraubt und zweimal den Dorfwächtern das Genick gebrochen.

Dieser hoffnungsvolle Jüngling reifte zum Mann. Er stand kurz vor der Vollendung seines dreißigsten Lebensjahres, da drangen aus dem Nebel, der über dem Sumpf brütete, seltsame Nachrichten in das entlegene Dorf, und M'seru, der sich allmählich Häuptlingsrechte angemaßt hatte, rief alle Insassen des Dorfes zu einem Palaver zusammen.

»Wenn es wahr ist«, sagte er nach einer langen Rede, »daß der Großkönig tot ist, dann ist Kofolaba König und Herr über dieses ganze Land. Denn die Hauptfrau K'saluga M'popos wurde beseitigt, als sie ein Fischgericht anbrennen ließ, und sie starb ohne Kinder. Also sind alle Söhne der Nebenfrauen gleichberechtigt, und Kofobala ist der Sohn seiner Nebenfrau!«

»Du sprichst die Wahrheit«, riefen alle Zuhörer wie aus einem Munde.

»Der Großkönig«, keuchte M'seru, indem er lange asthmatische Pausen machte, »starb durch den Zauber Sandi Ingondas, ebenso starben Masaga und Fomba. Ich habe mir sagen lassen, daß Sandi, der weiße Oberherr der Akasava, ein grausamer Mann ist, der alle Künste der Hexerei übt.«

»Herr«, unterbrach ihn einer der Zuhörer, »meinen Bruder hat Sandi im Jahre der Regen einer Frau wegen hängen lassen. Er ist sehr ungnädig!«

»Ich sage euch nun, es gibt keinen König außer meinem Neffen Kofolaba«, fuhr M'seru fort, nachdem er ernst und würdevoll Schweigen geboten hatte. »Darum ist auch bisher kein König erkoren worden, und die weise Mutter von Limbi« – er hustete bei der Erwähnung der geheimnisvollen Frau, und die Krieger ahmten ihn nach – »hat noch über keinen Zauber gesprochen, der ihm Mut und Kraft gibt!«

»Wenn Kofolaba König ist, so sollte er nach Rimi-Rimi ziehen und in seine Rechte eintreten«, sagte einer, und ein allgemeines Beifallsgemurmel unterstützte seinen Vorschlag.

»So denke auch ich«, stimmte M'seru ihm bei, »außerdem werden wir reich und fett werden, wenn Sandi Kofolaba in Gnaden annimmt. Das ›Böse Dorf‹ wird das Land beherrschen, und die Ziegen unserer Feinde werden unsere Ziegen sein.«

M'seru hatte nicht umsonst ein Menschenalter unter Banditen gelebt, schon längst sprach und handelte er wie ein geborener Dieb.

Das Palaver dauerte bis in die frühe Morgendämmerung. Man beschloß, Kofolaba zwanzig Speermänner mitzugeben, von denen jeder, um den erforderlichen Eindruck hervorzurufen, Titel und Würde eines Häuptlings annehmen sollte. Nur die Beschaffung der prunkvollen Ausrüstung, ohne die ein Häuptling undenkbar ist, stieß auf Schwierigkeiten, denn das »Böse Dorf« war arm.

Schließlich fand ein Schlauberger einen Ausweg. Man brauchte nur einer gewissen Straße zu folgen, die durch unbeschützte Dörfer führte, um unter weiser Ausnützung der Kandidatur Kofolabas, die notwendigen Häuptlingsinsignien unterwegs einzusammeln. Auch sonst würde manche Annehmlichkeit dabei abfallen.

Kaum war die Gesandtschaft aufgebrochen, da hörte schon die Stadt Rimi-Rimi durch die geheimnisvolle Vermittlung des Urwalds von ihrem Herannahen. Wie Hagelkörner fielen die Neuigkeiten aus der Luft herab. Niemand konnte sagen, woher sie kamen, doch alle wußten davon. Immer mehr Einzelheiten wurden bekannt, plötzlich erzählten Leute, die nie zuvor den Namen M'serus oder den seiner Schwester gehört hatten, ausführlich von ihrer Flucht aus der Hütte des alten Königs.

»Einiges davon mag durch Lokolis verbreitet worden sein«, sagte Hamilton grübelnd, »aber woher sollen sie wissen, durch welche Furt sie in jener Fluchtnacht gewatet ist? Ein kleiner Häuptling zeigte mir mit aller Bestimmtheit die Stelle.«

Sanders nickte. »Ich habe es an dem Tag aufgegeben, mir über das Nachrichtensystem der Eingeborenen den Kopf zu zerbrechen, als Bosambo mir den Hergang der Schlacht in den Argonnen erzählte, vierundzwanzig Stunden nachdem sie geschlagen war«, sagte er.

Die beiden Männer standen im Talkessel vor dem Hause des Königs und beobachteten eine Anzahl von Leuten, die eine kleine achteckige Hütte errichteten. War die Hütte schon durch ihre Form auffallend, so stach das purpurrote Gras, dessen Flechtwerk die Stützbalken verband, noch mehr ins Auge. Hamilton hatte noch nie ein ähnliches Bauwerk gesehen und erkundigte sich bei Sanders nach seiner Bedeutung.

»Man nennt ein derartiges Haus hier Syaki m'molo«, erläuterte Sanders, der wie immer unterrichtet war, »das ›Haus des Erwählten‹! Heda, Kabalaka!« Er rief den hochgewachsenen Häuptling herbei, der den Platz am Ellbogen des Großkönigs gehabt hatte.

»Ich sehe dich«, grüßte ihn Sanders.

»Ich sehe dich, weißer Mann«, erwiderte Kabalaka.

»O Kabalaka«, sagte Sanders mit öliger Stimme, »heute morgen sandte ich von meinem schönen Schiff nach dir und ließ dir sagen, daß die Anrede ›Weißer Mann‹ dem Munde des schwarzen Mannes nicht wohl anstände. ›Herr‹ sollst du zu mir sagen, und so wird auch dein König mich nennen. Denn ich bin Herr über alle diese Länder und über jeden von euch!«

»Wir haben keinen König«, knurrte Kabalaka, »der dir diese Ehre antun könnte. Aber in kurzem wird einer kommen, den wir kennen. Dich kennen wir nicht – weißer Mann!«

Die Worte waren kaum über seine Lippen, als Sanders die Pistole zog. Der Mann zuckte zurück.

»Wie nennt man mich?« fragte Sanders so leise, daß sein »k'sao« wie ein Zischen klang.

»Herr!« stieß Kabalaka hervor.

»Siehst du, so ist es richtig!«

Sanders entfernte sich zwei Schritte, dann wandte er sich jäh auf dem Absatz um.

»Warum nennst du diese Hütte das ›Haus des Erwählten‹?«

»Herr«, erwiderte Kabalaka gehorsam, aber bebend vor Wut, »in diese Hütte, die Geister und Teufel zu ihrer Wohnstätte machen werden, wird die Teufelsmutter eingehen, und wen sie darin findet, der ist der Erwählte. Er wird unser König sein. So war es Brauch, seit die Welt begann.«

»O Kabalaka«, fragte Sanders, »angenommen, die Frau fände einen Menschen darin, der nicht Häuptling und nicht Königssohn ist, würde der auch König sein? Oder einen Häuptling, der schlimme Pläne in seiner Brust wälzt, würde er König sein?«

»Herr«, erwiderte der Minister finster, »ein Unwürdiger würde sterben, wenn er es wagte, die Hütte zu betreten, nur dem Erwählten krümmen die Geister kein Haar!«

»Fahre fort«, befahl Sanders. »Erzähle alles, was du von diesem Brauch weißt!«

Kabalaka blickte zu Boden.

»Herr, eine Frau wird die Hütte besuchen, die bei uns hohe Ehren genießt. Sie wird den Erwählten in ein Zaubergewand hüllen, und über seinen Arm wird sie zwei Reifen legen, und diese Frau ist mächtiger als alle schwarzen Männer, selbst die weißen Herren sind nicht so mächtig wie sie. Sie trägt den Tod in den Händen und die Vernichtung in den Augen, und besonders ist sie eine Trinkerin des Blutes der weißen« – er zögerte einen Augenblick –, »des Blutes der weißen Herren.«

»Fergisi«, flüsterte Sanders, und sein heller Blick bohrte sich stählern in das schwarze Auge des andern.

Kabalaka zuckte zusammen und preßte die Knöchel seiner Finger an den Mund. »O ko«, sagte er mit flackernder Stimme, »wer sprach jenes Wort?«

Sanders überhörte die Frage. »Vernimm, Kabalaka«, sagte er bestimmt, »und tue es allen kund: Ich, Sandi, der große Würger, der euern König und seine Mannen erschlug, der die Stadt zerschmetterte und groß an Zauber ist, ich sage euch, und ich sage es euch mit meinem eigenen Wort und nicht mit dem Wort der Spinne*: Es gibt keine Frau und keinen Mann in diesem Lande, dessen Leben nicht wie ein Staubkorn in meiner Hand ist, und niemand ist mächtiger als ich. Denn das Volk, das mich hergesandt hat, ist zahlreich wie die Blätter des Waldes. Nicht alle wachsen sie am selben Baum, sondern an vier großen Bäumen und vielen kleineren. Diese vielen Tapferen, sollen sie niederfallen, weil ein Weib, dem das Alter den Verstand nahm, mit dem zahnlosen Munde plappert und des Nachts ihre Tschu hinausschickt, um Säuglinge und Mummelgreise zu erschrecken?«

Kabalaka starrte den Weißen an, und die Zähne schlugen ihm zusammen. Da wußte Sanders, daß er ein verbotenes Wort gebraucht hatte, das ebenso tabu war wie das »Ewa« des Unteren Stromlaufs. Aber das kümmerte ihn wenig.

* Die Märchenerzähler der Negerstämme vermeiden den Vorwurf der Unwahrhaftigkeit, indem sie ihre Erfindungen mit den Worten einleiten: »Die Spinne (oder der Käfer) erzählte mir diese Geschichte.«

»Wenn das Weib, von dem du redest«, fuhr Sanders mit starker Stimme fort, »mein Gebot achtet, so will ich sie schützen, doch wenn sie mein Gesetz bricht, so sei sicher, daß ich sie erschlage, und hielte sie auch M'shimba M'shamba in der einen Hand und den Tod in der andern.«

»Herr...«, stammelte Kabalaka.

»Das Palaver ist aus«, beschied ihn Sanders und kehrte nach dem Ufer und seinem Schiff zurück, ohne sich umzusehen.

»Plant dieser Kofolaba gar einen Handstreich?« fragte Hamilton, als sie wieder an Bord waren.

»Abwarten«, erwiderte Sanders gelassen. »Er ist ehrgeizig und hochmütig. Andererseits verhalten sich die Leute erfreulich still. Das Interesse an Fombas Hinrichtung hat augenscheinlich die Nacht nicht überdauert.«

»Das Gedächtnis der Eingeborenen ist kurz«, bemerkte Hamilton.

»Gewiß«, pflichtete Sanders ihm bei, »aber sie sind eben nicht wie die Eingeborenen, mit denen wir es bisher zu tun hatten. Es ist ein ganz neuer Menschenschlag. Hast du die Disziplin und den strammen Exerzierschritt der Leibwache beobachtet? Ist dir nicht der seidene Mantel aufgefallen, den der König trug? Und ist es nicht merkwürdig, daß die Höhle der Teufelsmutter von Limbi unter der Obhut von zwölf Jungfrauen steht, die ein ewiges Feuer unterhalten und sein Erlöschen mit dem Tode büßen müssen? Läßt es nicht tiefste Rückschlüsse zu, daß das Abzeichen der Königsherrschaft ein Armreifen ist?«

Bones war auf das Hüttendeck der »Zaire« geschlendert und lauschte mit allen Zeichen der Anteilnahme und Erregung auf die in lapidaren Sätzen hingeschleuderten Fragen seines Vorgesetzten, die eine ganz neue Gedankenwelt erschlossen.

»Lieber alter Distriktgouverneur und Armeechef«, brach er ihm stürmisch in die Rede. »Ich verstehe Ihren kunstvollen Gedankengang und Ihre weise Einsicht. Man muß diesen entzückenden Armreifen finden und der reizenden alten Dame das Lebenslicht ausblasen, dann haben wir das Rennen gemacht!«

»Wirklich, Bones«, sagte Hamilton trocken, »es tut mir immer leid, dir die Wahrheit sagen zu müssen, aber du forderst sie ja förmlich heraus. Du bist ein Esel, Bones.«

Was Hauptmann Tibbetts nicht hören wollte, prallte an seinem Ohr wie ein Gummiball ab.

»Liebe alte Exzellenz«, fuhr er ungebremst fort. »Für diese löbliche Unternehmung bin ich der richtige Mann. Geben Sie mir ein paar zuverlässige Schwergewichte mit und...«

»Sie irren sich, Bones«, sagte Sanders freundlich. »Dieses eine Mal haben Sie mich mißverstanden.«

»Dieses eine Mal«, betonte Hamilton spöttisch.

Sanders schwebte wie immer über dem Streit der Meinungen. »Ich hatte keine praktische Lösung des uns gegenwärtig bedrohenden Konflikts vor Augen, Bones«, erklärte er. »Ich grüble über den Zusammenhang der Dinge nach, und da muß ich doch sagen, wir haben schon Spuren einer älteren Zivilisation im Dickicht von Afrika gefunden. Erinnern Sie sich an die ehernen Götzen der Akasava?«

»Jetzt verstehe ich dich«, sagte Hamilton langsam, »du meinst, dieser Negerstaat hier zeige Anklänge an Gebräuche und Riten des alten Rom?«

Sanders nickte. »Die Römer kamen nach meiner Schätzung unter den illyrischen Kaisern hierher, einige kamen über den Niger, andere durch Ägypten. Zur Zeit des Kaisers Decius standen römische Legionen in Oberägypten. Diese äußersten Zipfel des oströmischen Heeres waren es wohl, die südlich und westlich vordrangen. Was ist der Berg Limpisi oder Limbi anders als eine Umbildung des Wortes ›Olymp‹?«

»Der Olymp liegt in Griechenland, liebe alte Exzellenz«, berichtigte Bones mit sanftem Tadel, »dicht vor den Toren Athens. Verzeihen Sie den Einwurf, aber Geographie ist nun mal meine starke Seite.«

»Dafür scheint Geschichte Ihre schwache zu sein«, versetzte Sanders mit einem Lächeln, »sonst wüßten Sie, daß das oströmische Heer in der Mehrzahl aus Mazedoniern und Griechen bestand, denen der Olymp ein geläufiger Begriff war. Aber ganz abgesehen vom Limbi – erinnert nicht an Rom auch der Armreifen, das alte Insignium der konsularischen Würde, der Purpurmantel, den hier ein Negerkönig und dort die Cäsaren um ihre Schultern schlugen? Ja, sogar das Orakel in Gestalt dieses höllischen Weibes deutet auf den römischen Ursprung hin.«

»Auf den griechischen«, murmelte der unverbesserliche Bones. »Auch Delphi lag, soviel ich weiß, in Griechenland.«

»Willst du wohl deinen ungewaschenen Schnabel halten!« drohte Hamilton.

»Auch die Römer hatten ihre Sibyllen und schätzten die Weisheit dieser Seherinnen so hoch, daß sie wiederholt Orakelsprüche in allen Teilen der klassischen Welt sammelten und auf dem Kapitol niederlegten. Selbstverständlich war ihnen auch die Pythia von Delphi bekannt. Dann finden wir auch die Vestalinnen wieder, die das heilige Feuer hüten. Ich glaube sogar, Rimi-Rimi ist nur eine Verballhornung von ›Rom‹. Wie die Stadt der Römer ist Rimi-Rimi auf sieben Hügeln erbaut. Wie nennen doch die Eingeborenen den Justizminister des Großkönigs? Mir ist das Wort eben entfallen.«

»Seni-Seni«, half ihm Hamilton ein. »Die Bezeichnung war mir übrigens neu. Ich habe sie noch bei keinem Stamme gehört.«

»Sollte das nicht das römische ›Censor‹ sein?« fragte Sanders und stand lachend auf. »Die Hauptleute der Leibwache sind Senisuri-Centurionen. Es paßt ausgezeichnet zueinander. Der König wurde Ugusti angeredet, und es bedarf keiner großen geistigen Anstrengung, um das mit Augustus in Verbindung zu bringen.«

Hamilton schwieg. Seine müden Augen wanderten über die Landschaft. Er sah zerlumpte römische Abenteurer, Deserteure und Eroberer sich mit blankem Schwert einen Weg durchs Dikkicht bahnen. Er sah, wie sie ihre Feldzeichen in diesem heißen Lande aufpflanzten und dabei phantastische Träume von einer neuen Weltherrschaft in die fruchtbare Erde senkten.

»Die Insel der Goldenen Vögel!« rief er plötzlich aus.

»Ja«, nickte Sanders. »Es mag wohl sein. Die römischen Adler haben einst der geheimnisvollen Insel ihren Namen gegeben.«

Auf dem Oberdeck hin- und hergehend, entwarf er ein mutmaßliches Bild der Entwicklung. Hunderte von Jahren hindurch mußten sich diese herrischen Fremden bemüht haben, die Schwarzen in eine Form zu pressen, die den unbesieglichen Kriegern Roms ähnlich war. Bis durch die Vermischung mit schwarzen Weibern das Oliv der römischen Hautfarbe sich im Ebenholzschwarz der eingeborenen Rasse verlor.

Hamilton überlief es kalt. Er wechselte das Thema. »Was soll mit Kofolaba geschehen?« fragte er.

»Ich denke, wir werden einen Weg abkürzen«, sagte Sanders. »Abibu«, sagte er in arabischer Sprache. »Geh hinunter zu Yoka und sag ihm, er soll Dampf unter die Kessel machen. Und Sie, Bones« – er wandte sich an Hauptmann Tibbetts – »werden mit einer Maschinengewehrabteilung den Hügel der Hinrichtung halten. Ich glaube kaum, daß Sie Schwierigkeiten haben werden. Marschieren Sie um die Stadt herum. Ich möchte die Leute nicht unnötig in Unruhe versetzen.«

Eine halbe Stunde später wurden die Anker der »Zaire« gelichtet, und das Wasser kräuselte sich um ihren Bug. Die Neugierigen, die in dichten Scharen das Ufer säumten, schlugen sich vor Freude auf die Brust.

»Nun ist dieser böse Mann fortgezogen«, sagte einer, der die Gedanken aller zum Ausdruck brachte, »und es gibt auch keinen König, der uns hindern könnte, das zu tun, wonach unser Herz verlangt.«

Er seinerseits hatte mit einem gewissen Töpfer, der seine Schwester zur Frau hatte, einen lang anstehenden Zwist, und um diesen Zwist zu beenden, lenkte er den Schritt in seine Hütte und holte seine Speere.

Gleich ihm gab es viele in Rimi-Rimi, die es nach Gerechtigkeit dürstete. Die »Zaire« war kaum außer Sicht, als schon die erste Familienfehde auf dem Kampfplatz vor dem einstigen »Palast« des Großkönigs entbrannte.

Tack – tack – tack – tack!

Bones, der sich mit seiner Maschinengewehrabteilung auf dem Hügel der Hinrichtung festgesetzt hatte, war das Blitzen der Speere und das Geheul der Kämpfenden nicht entgangen, und befehlsgemäß fuhr er mit Donner und Blitz drein. Die Kugeln peitschten dicht vor den Streitern den Staub auf, und die Palaver kamen zu einem schnellen Ende.

»Dieser Sandi«, sagte ein in Schweiß geratener Kampfhahn, dem der Speerarm nach dem Blut des Gegners juckte, »ist ein Mann ohne Mitleid und Entgegenkommen für uns. Condinda war schon ein toter Mann, und mein Speer kitzelte ihm bereits den Bauch. O sa! Das ist kein Leben mehr, das wir hier führen!«

Sanders hatte das Knattern der Maschinengewehre gehört. Er

ahnte die Veranlassung, und über sein Gesicht huschte ein schwaches Lächeln. Die eine Hand hatte er am Hebel des Maschinentelegrafen, um die »Zaire« herumzuwerfen, wenn es nottat – denn dieses nette, kleine Schiff erfreute sich zweier Schrauben –, da hörte das Schießen auf.

»Vermutlich ein Sturm im Wasserglas«, sagte er sich und hielt den Vordersteven des Schiffes auf die Mitte der engen Fahrrinne gerichtet.

Sanders verließ sich nicht auf Berichte, die ihm aus zufälligen Quellen zuflossen. Gerade sein Späherdienst war ausgezeichnet organisiert. Manch ein Flüchtling hatte sein schwaches Kanu durch die kochenden Wirbel des Höllentors gelenkt und den unteren Isisi erreicht, dem Machtbereich des Großkönigs entrinnend. Ein Dutzend dieser Flüchtlinge, zuverlässige, ausgesuchte Leute, hatte Sanders zu Späherdiensten geworben und mit nach Rimi-Rimi gebracht. Unter der Leitung Achmeds, seines ersten Patrouillenführers, hatte er sie nach Norden, Osten und Westen gesandt, um Nachrichten zu sammeln. Auf Grund einer genauen Meldung legte er das Schiff in dem ruhigen Wasser des Fonginiflusses, der sich sechzig Meilen südlich von Rimi-Rimi in den Großen Strom ergießt, vor Anker.

Er wartete keine zwei Stunden, da kam eine kleine Kanuflotille in Sicht, die sich vorsichtig in der Nähe des Ufers hielt. Sanders ließ die Anker zum zweitenmal heben und dampfte ihr entgegen.

Die Kanus hatten nur wenig Insassen, aber diese wenigen gaben sich ein um so gewichtigeres Ansehen. Kofolabas Gesandtschaft strahlte in erborgtem Glanze. Kaum ein Dorf hatten sie unterwegs gestreift, das nicht dazu hätte beitragen müssen. Auf dem Kopf ihres Häuptlings saß ein zerdrückter Zylinder, der ihm über die Nase gefallen wäre, wenn ihn die gütige Natur nicht mit einem Paar großer, abstehender Ohren ausgestattet hätte, die der Zylinderkrempe als Stützpunkt dienten.

Sanders betrachtete ihn mit großem Interesse. Er war ein hochgewachsener, stämmiger Mann mit langen, kräftigen Armen, doch seine Augen waren verschlafen.

»O weißer Mann, ich sehe dich«, sagte Kofolaba.

»Ich sehe dich«, erwiderte Sanders, »aber ich höre dich nicht, wenn du sagst ›weißer Mann‹. In diesem Lande, Kofolaba, sind alle weißen Männer Herren, und wenn ein schwarzer Mann mich ›O weißer Mann‹ anredet, so verfällt mein Arm in Wahnsinn.«

»Herr«, sagte Kofolaba unterwürfig und eingeschüchtert, »ich kenne die Sitten der weißen Mä... Herren nicht, denn ich habe bisher noch nie jemand von deiner schrecklichen Farbe gesehen.«

»Wir wollen ein Palaver abhalten«, sagte Sanders und schob seinen Stuhl heran, während sich die Gesandtschaft im Halbkreis um ihn niederhockte. »Ich glaube, daß du Kofolaba und des Großkönigs echter Sohn bist. Und ich habe gehört, daß du dich aufgemacht hast, damit ich die Länder deines Vaters in deine Hand gebe.«

Kofolaba hatte inzwischen sein Selbstvertrauen wiedergewonnen und räusperte sich würdevoll.

»Herr«, sagte er laut, »ich bin der rechtmäßige König dieses Landes und nehme von niemandem eine Gabe an. Sieh diese Männer, sie alle wissen, daß ich ein stolzer Mann bin und fürchterlich in meinem Zorn.«

»Auch ich bin ein stolzer Mann«, sagte Sanders grimmig, »aber mich hat noch niemand in meinem Zorn gesehen, weil er schon vorher gestorben ist. Du, Kofolaba, bist ein Dieb und ein Freund von Dieben, du lebst im ›Bösen Dorf‹ unter Männern, die die Gesetze verachten, und du maßest dir an, ein König zu sein? Ein König ist ein Mann, der die Gesetze schützt. Schau dir deine Begleiter an! Das wollen Häuptlinge sein? Männer der Bosheit sind es und Häuptlinge nur von ihren eigenen Häusern und ihren eigenen Weibern, die sie in Nachbardörfern gestohlen haben. Dich aber frage ich, Kofolaba: Wessen Haut trägst du um deine Hüften? Gehörte sie nicht einst einem Manne im Dorf Mumusu?«

»O ko«, sagte Kofolaba entgeistert, »es scheint, du hast Augen, die für sich allein spazieren gehen.«

»Und Ohren«, ergänzte Sanders bedeutungsvoll. Er musterte die unsympathische Gesellschaft mit prüfenden Blicken und deutete plötzlich auf einen mageren, ungelenken Burschen, das einzige Mitglied der Gesandtschaft, das außer dem Führer einen europäischen Hut trug. »Was ist das für ein Knabe?« fragte er interessiert.

Kofolaba zog den verlegen grinsenden Burschen ohne Feierlichkeit in den Vordergrund. »Herr«, sagte er mit gewissem Stolz, »dies ist mein echter und schöner Sohn.«

»Echt mag er sein«, sagte Sanders, »das mußt du ja am besten wissen, aber schön ist er weniger.«

Er schaute auf den Arm des Knaben und bemerkte das eintätowierte Armband. Kofolaba, der sein Interesse falsch auslegte, fiel wortreich ein: »Dieser hoffnungsvolle Knabe ist der Sohn einer Bubujalafrau, die ihrerseits eine Häuptlingstochter war. Er ist durch und durch königlich, und darum wirst du, ein Vater von vielen Söhnen und ein Gatte von zahlreichen Frauen, wie ich weiß« – Sanders errötete, und dies Erröten war ihm neu – »meinem Sohn in deinem Magen ein liebevolles Gefühl entgegenbringen. Nun sage ich dir, daß ich ein stolzer Mann bin, nicht gewillt, um das zu bitten, was mir von Rechts wegen zukommt, aber um meines Sohnes willen werde ich Eurer Herrlichkeit zu Füßen kriechen und um das Königreich bitten, dessen Erbe ich bin.«

Sanders wandte sich an Hamilton.

»Wie findest du den Jungen?«

»Schwarz, aber häßlich«, war die lakonische Antwort.

»O Kofolaba und all ihr Häuptlinge, hört mich an«, begann Sanders mit feierlicher Stimme seinen Entschluß zu verkünden, »eben ist ein großer Gedanke in meinem Kopf entstanden, und mein Geist hat in meine beiden Ohren gesprochen. Wie nennst du deinen Sohn, Kofolaba?«

»Buru«, erwiderte Kofolaba ebenso feierlich.

»So höre mein Urteil. Du sagst, Buru ist durch und durch königlich. Wo fände ich also einen, der ihm gleicht? Darum will ich ihn auf den Thron setzen, und er soll König sein.«

Ein tiefes Schweigen entstand. Kofolaba warf einen Blick auf seinen Sohn, der von väterlicher Zärtlichkeit so weit entfernt war wie der Gipfel des Limbi von seinem Fuße. Doch plötzlich sah Sanders einen Hoffnungsstrahl in seinen schwarzen Augen aufleuchten.

»Herr«, sagte Kofolaba sanftmütig und mit geglätteter Stirn, »Eure Herrlichkeit spricht mit großer Weisheit. So soll es sein. Buru soll herrschen, und ich werde als sein ergebener Diener in seiner Nähe weilen, um ihn in allen klugen Dingen zu beraten, die Könige wissen müssen.«

»Buru soll König sein«, entgegnete Sanders ruhig und entschlossen, »aber dich, Kofolaba, braucht er nicht als Berater. Du wirst mit deinen Spießgesellen nach dem ›Bösen Dorf‹ zurückkehren und dort in Frieden leben. Und gehorchst du nicht, so falle ich mit meinen Soldaten über dich her, und mag auch Sumpfland dich umgeben und M'shimba M'shamba selbst in deiner Hütte sitzen. Ihr werdet meine Beute sein, und ich werde die Fische mit euern Leibern füttern – bei der Hölle!«

Kofolaba schlotterten die Glieder bei dieser Drohung. »Herr...« protestierte er.

»Das Palaver ist aus«, sagte Sanders.

Er kam nach Rimi-Rimi mit einem neuen König zurück, der die ganze Zeit mit sperrangelweitem Munde im Maschinenraum stand und an allem Freude hatte, was sich bewegte.

Erst um die Dämmerung warf die »Zaire« am Landungsplatz von Rimi-Rimi Anker. Die Sonne ging eben in purpurner Pracht am Himmel auf, als Sanders auf der Kommandobrücke erschien. Hamilton stand schon da und beobachtete den Hügel der Hinrichtung durch seinen Feldstecher.

»Der Posten beantwortet unsere Signale nicht«, sagte er beunruhigt. »Hoffentlich ist Bones nichts passiert.«

Sanders übersah das Ufer mit einem einzigen Blick. »Ich wußte wohl, daß wir hier sehr beliebt sind«, sagte er ironisch, »aber wer hätte ahnen können, daß wir es in der Volkstümlichkeit soweit gebracht haben!«

Das Ufer wimmelte von halbnackten schwarzen Leibern, die in der Sonne glänzten. Sie standen dichtgedrängt auf dem Abhang, über den der Weg in die Stadt führte, sie drängten sich am Ufer wie Schafe zusammen, und nur der »Zaire« gegenüber war ein kleiner Respektsraum gelassen.

Auf dieser schmalen Fläche stand ein Häufchen, das sich wie eine Kornmiete ausnahm.

»Was mögen sie da schon wieder für eine Teufelei ausgeheckt haben?« fragte Sanders kopfschüttelnd.

Die Aufklärung sollte ihm bald zuteil werden. Die Barkasse lag bereits am Fallreep, und mit zwei Booten voll Haussa stampfte sie nach dem Ufer hinüber. Allmählich formte sich die Kornmiete zu einem menschlichen Wesen. Es trug ein starres Gewand, mit phantastischen Mustern durchfärbt und durchwoben, das vom Nacken bis auf den Boden fiel. Die Arme steckten in strohgeflochtenen Ärmeln, der Kopf in einer Art Käfig, von dem dicke Strohtroddeln herabhingen. Ein breiter Ledergürtel schnürte die Hüften ein, und in seiner Scheide saß ein Schwert, dessen Anblick Sanders in der ersten Sekunde den Atem raubte. Es war unverkennbar das breite, kurze Schlachtschwert eines – römischen Centurionen. Handschuhe, die aus den Pranken eines Leoparden gefertigt waren, hielten in den weiß polierten Krallen einen Stab. Die Gestalt stand gebückt und regte sich nicht.

Als der Bug der Barkasse auf dem Ufersand knirschte, sprang Sanders mit einem Satz auf den Strand und schritt auf die seltsame Gestalt zu. »O Mann«, redete er sie an, »was tust du in diesem seltsamen Gewande?«

Die Zuschauer wichen zurück. Grauen und Neugier spiegelten sich in ihren Gesichtern, und von je zehn Männern hatten neun und von den Frauen alle die Fingerknöchel zwischen die Zähne geschoben.

»Ich bin kein Mann, o Sandi«, ertönte eine schrille Stimme, ohne daß auch nur eine Troddel des Helmkäfigs sich bewegte.

Da kam Sanders blitzhaft die Erleuchtung. Und obwohl er schon viel gesehen und noch mehr erlebt hatte, ging ihm der Atem schneller.

»O weise Frau von Limbi«, sagte er. »Du kommst zur rechten Zeit. Ich bringe dem Volk einen König, den du weihen sollst.«

Sie lachte. Es war ein wildes Kichern. »Du kommst zu spät«, sagte sie. »Der König ist gewählt. Er hat meinen Zauber empfangen.«

Sanders' Blick flog über die Menge hin. In jedem Gesicht las er den brennenden Wunsch, ihm eine welterschütternde Neuigkeit zu erzählen. Dann blickte er wieder auf die gekrümmte Gestalt des seltsamen Weibes.

»O Frau«, sagte er langsam, »kein Mann ist König in diesem Lande, es sei denn durch meinen Willen.«

»Herr«, krächzte das Weib. »Der König, den ich weihte, ist ein König nach deinem Herzen. Denn im Hause des Erwählten fand ich zwei Männer, einen lebenden und einen toten. Der Tote war

Kabalaka, der Häuptling. Der Lebende war der weiße Mann, dessen Auge von Glas ist.«

»Bones«, stieß Hamilton hervor. »König Bones!«

»Nur die Geistesgegenwart kann es machen, liebe alte Exzellenz«, sagte Bones, als er endlich unter großer Eskorte seiner neuen Untertanen an Bord kam. »Man hatte mir zugesteckt, daß dieser Satan in Weibesgestalt in Rimi-Rimi erwartet würde, und da nun einmal Neugierde meine stärkste Seite ist, ging ich hin, um mir den weiblichen Adonis zu beschauen. Als ich vor dem Hause des Erwählten eintreffe, sehe ich, wie gerade Kabalaka die Matte hebt und hineinschlüpft. Nun, denke ich, Bürschchen, dir werde ich das Handwerk legen, und ich krieche hinterdrein. Na, dem Gesicht möchte ich nicht zum zweitenmal begegnen, das Kabalaka schnitt, als er meiner ansichtig wurde. Alles, was dann kam, geschah mit der Schnelligkeit eines geölten Blitzes.«

Bones erzählte nichts von dem Kampf auf Leben und Tod, der in dem engen, dunklen Raum entbrannt war, nichts von Kabalakas Dolchschwert gegen seine Pistole, die im kritischen Augenblick versagte. Es war seine Art, sich nur der Dinge zu rühmen, die ohne Bedeutung waren.

»So bist du nun also der Erwählte«, sagte Hamilton mit feierlicher Ironie, und er verdarb Bones den Rest des Abends, indem er ihn beständig ›Majestät‹ titulierte.

## *Das Todeszeichen*

In Rimi-Rimi lebte ein Holzschnitzer und Strohdachdecker, der dem Großkönig in den Tagen seines Glanzes treu gedient hatte und reich belohnt worden war. Die Jahre hatten seine Schultern gekrümmt und seinen Verstand umdunkelt. Aber die Hand seines Königs hatte ihn geschirmt, und niemand wagte, ihn zu beseitigen, obwohl es von altersher geheiligter Brauch war, schwachsinnige und hinfällige Greise zu blenden und in das Walddickicht zu führen, wo Hunger und wilde Tiere ihnen bald den Garaus machten. Einmal hatte sich sein eigener Sohn, der Erbe seiner vergrabenen

Schätze, keck vor den König gestellt und das Leben seines Erzeugers gefordert. Aber das Schicksal, das er seinem Vater zugedacht hatte, war ihm zuteil geworden. Auf Anordnung des Königs legte man glühende Holzkohle auf sein Gesicht, und als zwei leere, versengte Augenhöhlen da starrten, wo früher der Spiegel der Welt geleuchtet hatte, stieß man ihn in den Dschungel, und die Leoparden zerrissen ihn.

Der Name des greisen Königslieblings war Somobolaka oder B'laka, und man sagte ihm nach, daß er das zweite Gesicht habe. In der Nacht, da Sanders Kofolabas Sohn nach Rimi-Rimi geleitete, erschien B'laka der tote König. Und gar schauerlich war er anzusehen; denn er hatte nur ein Bein und einen Arm, und da, wo früher ein Kopf gesessen hatte, thronte jetzt ein irdener Topf. Aber B'laka spürte es in seinen Eingeweiden, daß es sein König war, und er fiel platt auf den Bauch. Die Erscheinung neigte sich zu ihm nieder und flüsterte ihm ins Ohr:

»Nimm das Messer, B'laka, das unter deinem Bett liegt, und stoß es dem weißen Mann in den Magen!«

»Ja, Herr«, hauchte B'laka demütig, und als er die Augen hob, sah er den König auf der Rauchwolke, die sich über seiner Feuerstätte kräuselte, zur Dachluke entschweben.

Als er sich schweißgebadet und zähneklappernd aus den Fängen dieses Nachtmahrs löste, tastete er mit behender Hand nach dem Messer in seinem Bettstroh. Es war zweischneidig und so scharf, daß er sich damit trocken den schütteren Bart hätte abrasieren können. Er zog den Griff durch den Gürtel und mischte sich unauffällig unter die Gruppen, die am Ufer herumlungerten.

Er sah Sanders an Land gehen, und eine Stimme sprach in sein Ohr: »Da geht dein Fleisch, B'laka.«

Da stieß der alte Mann einen dünnen Schrei aus, und sein Messer blitzte in der geschwungenen Hand. Aber Sanders war schneller als er. Noch aus Hüfthöhe feuerte er seine Pistole ab, und B'laka stürzte zu Boden.

»Herr, warum tat ich es nur?« fragte er klagend, während er die Beine ächzend an den Leib zog, »in meinem Magen muß ein Teufel hausen. Nun, da ich am Rande des Grabes liege, sehe ich wieder klar, und ich weiß, daß ich ein böser Mensch bin.«

»Mann«, sagte Sanders mitleidig, »ich fürchte, mein kleines Gewehr hat dich zu Tode getroffen.«

»Ai«, hustete B'laka, »und nun werden meine Söhne die Schätze ausgraben, die ich unter dem Feuerloch verborgen habe – meine Zauberstäbe und die Frankis, die K'saluga M'popo mir gab, als er Fergisi niederhauen ließ, ai – und das Wunderhaar des kleinen Weibes, das Fergisi in einem Loch (Tasche) seines Gewandes trug. O Herr...! B'laka, der Strohdachdecker spricht...«

Mit diesen Worten starb er.

»Geh in die Hütte des Toten, Hamilton«, sagte Sanders, »und laß unter dem Feuerloch nachgraben. Ich... möchte wissen, wie die Fergusons eigentlich gestorben sind, und vielleicht finden wir einen Anhaltspunkt unter B'lakas Schätzen.«

Eine Anzahl Neugieriger war am Ufer zusammengeströmt und bildete eine interessierte, aber leidenschaftslose Zuschauergruppe.

Sanders riß seinen Blick von der Leiche des alten Mannes los und ließ ihn über die dunklen Gesichter der Lebenden schweifen.

»Wer von euch hat Fergisi sterben sehen?« fragte er langsam.

Eine Stille entstand, und dann schob eine unsichtbare Hand einen mageren Mann nach vorn. Er stand in mittlerem Alter, seine Gesichtszüge waren von der Schlafkrankheit erschlafft, und ein Häutchen zog sich über seine Augen.

»Herr, ich habe Fergisi sterben sehen«, sagte er zähneklappernd. »Wir stießen ihn mit unseren Speeren in die Höhle von Limbi, und die Teufelsmutter erschlug ihn in der Finsternis. Danach besprengte sie uns mit dem Blute, das von ihrem Schwert tropfte.«

»Und das kleine Weib?« fragte Sanders mit fester Stimme.

»Es lief in den Busch, und Mofobolo, der Leibjäger des Königs, eilte ihr nach. Als er zurückkam, lachte er und reinigte seine Speere im Grase.«

»Starb sie... schnell?« fragte Sanders mit belegter Stimme.

Von dieser Frage unbehaglich berührt, trat der Mann von einem Fuß auf den andern. »Wer weiß es, Herr? Mofobolo war lange Zeit fort.«

Es dauerte eine Weile, bis Sanders sich zu einer neuen Frage entschloß.

»Wo ist Mofobolo jetzt?«

Ein Chor von Stimmen antwortete ihm.

»Herr, als du Fomba besiegtest, kehrte er in seine Hütte zurück.« Sanders sagte nichts. Stumm wandte er sich ab und schritt in das Stadtinnere hinein. Zwei scharfe Falten zogen sich von seiner Nase bis zu seinem Kinn.

Sein Weg führte ihn durch eine breite Straße, die unter den Wirkungen der Explosion stark gelitten hatte. Überall wimmelte es von Hausbesitzern, die unter den Trümmern nach verlorenen Geräten und brauchbaren Resten suchten. Die Häuser von Rimi-Rimi mit ihren schwachen Stützbalken waren unter dem Luftdruck wie Kartenhäuser zusammengesunken. Die Männer warfen Sanders neugierige Blicke zu, als er an ihnen vorüberging, aber nichts Drohendes lag in ihren Mienen. Weit häufiger begegnete er einem gutmütigen Lächeln als finsterer Starre, und doch wußte er, daß das Teufelsweib von Limbi nur ein Wort zu sprechen brauchte, um diese geschwätzigen großen Kinder, deren lautes Lachen die Stille belebte, in eine Horde von Teufeln zu verwandeln.

Sanders hatte einem kleinen Häuptling namens Kusa die Aufsicht über die Hütte des Königs und dessen Familie übertragen. Kusa war ein Mann von sanftem Gemüt und natürlicher Schlauheit. Sanders fand ihn im Schatten einer Isisipalme, in der Nähe des zerschmetterten »Palastes«.

»O Kusa«, sagte Sanders, »wo ist das Teufelsweib von Limbi?«

Der kleine Häuptling erschauerte, als er den gefürchteten Namen hörte.

»Herr, sie ist im Dorf M'kiji, einen weiten Weg von hier, ihre Jungfrauen und die Leibwache des Königs sind dort um sie versammelt.«

»So rüste dich, Kusa, denn du sollst zu ihr gehen und der Überbringer vieler kostbarer Geschenke sein. Das aber sollst du ihr sagen: ›Sandi, der an der Stelle von Königen steht, um dieses Land weise und mit Gerechtigkeit zu regieren, ruft ein Palaver ein, damit Buru, der Sohn Kofolabas, den Thron besteige, auf dem der Vater seines Vaters saß. Und da die Wunderfrau von Limbi in allen Zaubereien bewandert ist, so bittet Sandi sie, morgen, wenn die Sonne am höchsten steht, zu seinem Palaver zu kommen, um Buru in den Königsmantel zu hüllen und ihn mit dem Armreif zu schmücken, der ihn mit der geheimen Kraft begabt, die Königen zu eigen ist.‹«

Kusa rückte unbehaglich hin und her, und seine Hände zitterten vor Aufregung. »Herr«, bettelte er, »ist es nicht genug an einem

König? Hat nicht die Teufelsmutter, vor deren Anblick mir das Herz bebt, den Zauberreif über Tibbettis schönen, weißen Arm...«

»Kusa, du redest wie ein Narr«, unterbrach Sanders ihn ungeduldig. »Denn als die geheimnisvolle Frau in das Haus des Erwählten trat, fand sie wohl Tibbetti vor, aber einen Armreif hat sie ihm nicht gegeben. Denn nur durch Zufall befand er sich in dem Hause – um den Kecken zu strafen, der es gewagt hat, dem Geist des purpurnen Hauses zu trotzen. Und wo ist er jetzt, der Frevler? Er liegt unter dem grünen Rasen, die Kochtöpfe seines Weibes sind zerschlagen, und das Dach seiner Hütte ist zerstört.

»Herr«, bat Kusa, »schicke mich nicht in den Tod! Weißt du, oder weiß ich, wie mich das entsetzliche Weib behandelt, wenn ich mit deiner Botschaft vor ihre Augen trete?«

»Wie sie dich behandeln wird, das weiß ich natürlich nicht«, sagte Sanders mit unangenehmem Lächeln, »wohl aber weiß ich, welche Behandlung du in meinen Händen finden wirst, wenn du nicht gehorchst.«

»Herr, ich denke, ich werde mich zum Gehen entschließen«, sagte Kusa ergeben.

Eine Stunde später wurde Buru unter sicherer Bedeckung an Land gebracht. Seine Haut glänzte förmlich vor Frische, denn Bones hatte ihn ins Bad gesteckt und ein Stück Karbolseife an ihn gewendet.

»Herr, ich mag diese Teufelsmilch nicht«, zeterte der Junge. »Sie brennt mir die Augen aus, daß ich sie nicht mehr aufmachen kann, sie kommt in meinen Mund und schmeckt abscheulich.«

»Dann klappe eben deinen Schnabel zu«, lachte Bones und hielt ihn höchst eigenhändig unter die Dusche.

Buru hatte, als er an Land ging, dieses erschütternde Erlebnis bereits vergessen, aber die Leute sogen den Seifenduft in die Nase und fanden, daß der künftige König einen wunderbaren Geruch habe.

Man brachte ihn in die Königshütte zu Sanders, und der Junge, der vor dem Distriktgouverneur mehr Respekt als vor jedem andern hatte, setzte sich ihm achtungsvoll mit gefalteten Händen gegenüber.

»Buru«, begann Sanders, »ich habe dich hierhergebracht, um

dich zum König zu erheben. Alles, was in meinen Augen gut ist, sollst du tun. Hast du noch einen Wunsch?«

»Herr«, bat der Junge, ohne zu zögern, »ich möchte meinen schönen Hut wiederhaben.«

Der »schöne« Hut war ein zerknitterter Strohhut mit dem hellblauen Bande der Eton-Schüler.

Sanders schüttelte den Kopf. »Du wirst König von Rimi-Rimi sein, Buru, und da ist es nicht gut, daß du auf deinem Kopf den Ju-Ju eines Stammes trägst, den du doch nie beherrschen kannst. Morgen kommt die heilige Frau von Limbi. Sie wird einen goldenen Reif auf deinen Kopf setzen. Ist das nicht viel schöner?«

»Herr«, fragte der Junge, »was wird Kofolaba, mein Vater, tun?«

Sanders schaute ihn scharf an. »Was soll er tun, mein Sohn? Hast du Sehnsucht nach ihm?«

»Nein, Herr«, erwiderte Buru freimütig, »aber ich glaube nicht, daß er im Bösen Dorf zusehen wird, wie ich mir in Rimi-Rimi den Bauch mit guten Dingen fülle. Darum halte ich es für das beste, daß ich meine Regimenter gleich morgen aussende, damit sie das Böse Dorf zerstören und meinen ›Baba‹ über die Klinge springen lassen.«

Sanders stockte der Atem. »Du bist ja ein reizender Sohn«, brach es aus ihm hervor. Er merkte gar nicht, daß er in seine Muttersprache gefallen war.

Den Rest des Morgens verbrachte er damit, Erkundigungen über Mofobolo einzuziehen. Er beherrschte als kleiner Häuptling das Dorf Sakalava im Fonginilande. Der Großkönig hatte offenbar seine Würdenträger aus allen fünf Provinzen an den Hof zitiert. Nach der Katastrophe, die dem König das Leben gekostet hatte, waren die Höflinge in ihre Heimatdörfer geflüchtet. Als Sanders nach seinem Erkundungsgange in die königliche Hütte zurückkehrte, fand er Hamilton, der dort auf ihn gewartet hatte.

»Ich habe in B'lakas Hütte nachgraben lassen«, sagte er und breitete eine Sammlung von Gegenständen aus, die nur in den Augen eines Negers Wert besaßen, darunter auch ein dünnes Notizbuch mit leeren Blättern.

»Ich glaube, hier ist, was du gesucht hast«, sagte Hamilton und deutete auf das schwarzgebundene Büchlein.

Sanders öffnete es und entdeckte in einem zusammengefalteten Stück Papier eine feine, goldene Haarlocke. Er legte es auf die Hand und strich mit zarten Fingern darüber hin. »Mofobolo«, sagte er, und seine Stimme war nur ein Hauch.

Aber Hamilton hatte ihn verstanden. »Man sagt, er halte eine Frau versteckt«, versetzte er leise.

»Versteckt?« fragte Sanders langsam.

»Man erzählt es. Mofobolo ist ein Fongini, der über eine beträchtliche Besitzung in Sakalava verfügt. Jeden Monat, so geht das Ortsgeschwätz, verschwindet er in dem Wald. Einsam, wie er gegangen ist, kehrt er wieder zurück, und niemand weiß, was sein Ziel ist. Bisher ist ihm niemand gefolgt, denn er ist ein strenger Häuptling, auch heißt es, der Wald sei von Gespenstern bewohnt.«

Ein langes Schweigen folgte.

»Gerüchte treffen meist niemals den Kern der Sache«, versuchte Sanders zu beruhigen. »Ich halte daran fest, daß das Mädchen tot ist.«

Er steckte das Notizbuch ein und blieb für den Rest des Tages düster und wortkarg. Am Nachmittag kam Kusa zurück. Er war in festlicher Stimmung, weil er gegen alle Erwartung mit heilen Gliedern und guter Kunde dem Machtbereich der Teufelsmutter entronnen war.

»Herr, die erhabene Frau von Limbi ist dir gnädig gesonnen und bereit, deinen Wunsch zu erfüllen. Aber sie verlangt...« Er senkte zögernd die Augen und bohrte die Zehen in den Sand.

»Sprich weiter«, ermunterte ihn Sanders.

»Sie verlangt ein Opfer, wie die Sitte es heischt.«

»Die Opfer sind abgeschafft«, sagte Sanders kurz; denn er erriet, daß ein Menschenopfer gemeint war. »Du mußt dieser blutdürstigen Hexe eine neue Botschaft...«

Allein Kusa ließ ihn nicht ausreden. Er hob ängstlich die Hände. »Das erlaßt mir, Herr. Denn diesmal würde ich sterben. Noch hat kein Mensch zweimal vor der Erhabenen gestanden und das Licht des nächsten Tages gesehen.«

»Dann bleib«, knurrte Sanders ärgerlich, »und laß dich mit dieser dummen Kuh begraben.«

Aber noch war der bittere Kelch dieses Tages nicht ganz geleert. Sanders saß gerade mit Hamilton in der Königshütte beim Essen, das sie in dem dürftigen Schein einer flackernden Kerze kaum erkennen konnten, als der Posten einen neuen Ankömmling anrief und das Losungswort in arabischer Sprache erhielt.

»Das ist Achmeds Stimme«, sagte Sanders, und im nächsten Augenblick trat sein Patrouillenführer in die Hütte. Eine Staubschicht bedeckte ihn, die Erschöpfung hatte tiefe Linien in sein bronzenes Gesicht gegraben.

»Jâ, Achmed«, begrüßte ihn Sanders.

»Assalamu aleikum«, erwiderte Achmed den Gruß. »Ich habe die kleinen Tauben ausgesetzt. Allah gebe, daß sie den Weg zum Schiff finden.«

Sanders hatte einen Flug Brieftauben mitgebracht, deren Orientierungssinn jetzt erprobt wurde.

»Herr«, fuhr Achmed fort. »Ich komme mit seltsamen Nachrichten. Sechs Stunden von hier liegt ein Dorf, das über eine große Anzahl von Kanus verfügt.«

»Ich weiß«, nickte Sanders, »ich habe es vom Dampfer aus gesehen. Es muß ein Fischerdorf sein.«

»Zur Zeit beschäftigen sich die Männer dieses Dorfes nicht mit Fischfang«, sagte Achmed mit einem gewissen grimmigen Ernst. »Ein Häuptling namens Mofobolo, der dort sehr angesehen ist, hat seine Krieger um sich versammelt, und seine Kanus tragen die rote Kriegsfarbe.«

»Mofobolo?« wiederholte Sanders ungläubig. »Du mußt dich irren, Achmed. Ich kenne den Mann, aber er ist ein Fongini, und sein Volk wohnt mindestens drei Tagereisen von hier.«

»Herr, es ist, wie ich sage. Er ist mit seinen Kriegern den Fluß heraufgekommen und hat sich in dem Dorf mit Kofolaba vereinigt.«

Diesmal war Sanders ehrlich überrascht. Da hatte sich hinter seinem Rücken eine feindliche Liga gebildet, die ihren Eindruck auf ihn nicht verfehle.

»Dieser Kofolaba – wieviel Speere hat er herangeführt?«

»Einmal hundert und noch einmal hundert«, antwortete der Späher.

Sanders sollte an diesem Abend nicht aus dem Staunen herauskommen. Wie hatte Kofolaba, der ein Mann ohne Stamm und ohne Ansehen war, ein Gesetzloser, eine so starke Gefolgschaft auf die

Beine bringen können?

Achmed erriet die Gedanken seines Herrn. Er zitierte ein arabisches Sprichwort: »Ein König wirbelt Heere zusammen wie ein Dieb den Staub.«

Sanders nickte.

»Und wahrlich, o Herr, dieser Mann sagt, er sei der rechte König. Das habe ich von einer Frau erfahren, mit der ich ein Liebesstündchen hatte, während ihr Mann auf die Jagd gegangen war.«

Achmed war nicht verlegen um die Wahl seiner Mittel, wenn es etwas zu erspähen oder zu erkunden gab.

Als der Araber entlassen worden war, lachte Hamilton leise und belustigt in sich hinein. »Es ist ein saures Geschäft, das Königmachen, lieber Schwager, es wird uns, fürchte ich, noch manche Nuß zu knacken geben.«

Sanders seufzte. »Es ist leicht, einen König vom Thron zu jagen, aber schwer, wieder einen hinaufzusetzen«, gab er zu. Dann verlor er sich in Gedanken. »Die Fongini sind tüchtige Kanumänner. Sie werden uns auf dem Fluß angreifen. Geh an Bord, Hamilton. Bones muß Bescheid wissen. Er soll den Fluß mit dem Scheinwerfer ableuchten und die Barkasse mit einem Sicherungsposten flußabwärts schicken. Hier kann die Wache auf zwei Mann vermindert werden. Bones wird alle verfügbaren Leute brauchen.«

»Ob es nicht besser ist, ich selber übernehme das Kommando an Bord?«

»Das stelle ich in dein Belieben. Ich glaube allerdings, man wird erst die Krönung des neuen Königs abwarten, ehe man zum Überfall schreitet.«

Hamilton ging, kam aber nach Verlauf einer Stunde mit erfreulichen Nachrichten wieder. Die Motorbarkasse hatte auf ihrer Erkundungsfahrt flußauf- und -abwärts kein feindliches Kriegskanu entdeckt.

»Also werden wir vermutlich eine ruhige Nacht haben«, sagte Sanders aufatmend.

Der »Palast« des Königs bestand aus fünf Hütten, die strahlenförmig miteinander in Verbindung standen. Die einzelnen Durchgänge waren mit Binsenmatten verhängt. Während in einer der Hütten für Sanders eine Feldbettstelle hergerichtet wurde, machte er seinen Spaziergang durch die Stadt.

Auf den sechs Hügeln flimmerten die Kochfeuer der Eingeborenen. Man begrüßte ihn freundlich. Unterwegs begegnete ihm ein Leichenzug. Die Toten wurden auf den kleinen Flußinseln begraben.

»Wer ist der Tote?« fragte er einen der Leidtragenden.

»Herr, es ist B'laka, der Irre, den du mit deinem kleinen Gewehr getötet hast.«

»O ko!« sagte Sanders und machte das Zeichen, mit dem die Eingeborenen Unheil von sich abwenden; denn es bringt Unglück, wenn man nach einem toten Widersacher fragt.

Dort, wo er stand, konnte er in der Ferne, von zwei Hügeln umrahmt, eine Reihe von Lichtpunkten sehen, die wie Nadelspitzen in die Finsternis stachen. Dort hatte, am Saume eines Mahagoniwaldes, das Teufelsweib von Limbi ihr Lager. Während er noch nach diesem Lager Ausschau hielt, kam ein Mann an ihm vorüber, den er sogleich an seinem Gange erkannte.

»O Kusa«, sprach er ihn an, »erzähle mir Näheres von der Frau und ihrem Lager dort drüben.«

Nun war Kusa nicht gerade darauf erpicht, von einer Angelegenheit zu reden, die so tabu war. Am Nachmittag hatte er bereits an Bauchschmerzen gelitten und zweifelte keinen Augenblick, daß sie die Folge seiner frevelhaften Worte am Morgen gewesen waren. Außerdem hatte seine Lieblingsfrau eine Schwellung an seinem Nacken bemerkt, gerade dort, wo der Blick der Schrecklichen geruht hatte.

»Herr«, sagte er mit unterdrückter Stimme, »warum zwingst du mich, von dem Verbotenen zu sprechen?«

Sanders besaß ein ungewöhnliches Verständnis für die Seele dessen, der in Furcht und Zittern vor Geistern und Teufeln lebte, und er lenkte sogleich ein.

»Von der Frau brauchst du nicht zu sprechen«, sagte er nachsichtig. »Ich will nicht, daß dir Übles widerfährt. Aber du kannst mir erzählen, wie das Lager aussieht.«

»Herr«, sagte Kusa, »man hat zwei Hütten erbaut, und in der einen wohnt sie, die ich nicht nenne. Zwischen der ersten und der zweiten Hütte lagern die Jungfrauen, und die Leibwache des Königs bildet um sie einen Kreis.«

»Und was hat es mit dem Opfer für eine Bewandtnis?« fragte

Sanders, der seinen Blick auf die fernen Lagerfeuer gerichtet hielt.

»Das ist eine alte Sitte«, erwiderte Kusa zögernd. »Denn es kommt vor, daß der Kampf mit den Geistern sie hungrig macht. Dann schickt sie eine Botschaft an den König, und gewisse Jungfrauen werden als ihr Opfer gezeichnet.«

»Wie werden sie gezeichnet?« fragte Sanders, der gewohnheitsmäßig jedem Brauch bis auf seine Wurzeln nachging.

»Mit zwei Kerzen von einer blutroten Farbe, die ihnen auf die Stirn gemalt werden. Wer so gezeichnet ist, der ist ihr Fleisch, und wenn es ihr gefällt, so sendet sie nach den Gezeichneten. Aber niemand darf die Opfer verletzen oder erschlagen. Es steht eine furchtbare Strafe darauf.«

»Dann sterben die Opfer wohl nicht allzu schnell?«

»Nein, Herr, sie sterben zu der Zeit, die sie ihnen bestimmt, und oft ist sie von einem Opfer lange gesättigt.«

Sehr nachdenklich kehrte Sanders in die Königshütten zurück. Dort erwartete ihn Hamilton.

»Das ist ja eine grauenhafte Sitte«, sagte Hamilton, als Sanders ihm kurz den Inhalt seiner Unterredung mit Kusa wiedergegeben hatte. »Ich fürchte, du wirst, so schwer es dich ankommen mag, diese Unholdin einen Kopf kürzer machen müssen.«

Sanders widersprach nicht, er hatte sich bereits mit diesem Gedanken vertraut gemacht.

Sie saßen bis elf Uhr abends beisammen und beobachteten den Scheinwerfer, der das Dunkel absuchte.

»Bones scheint einen Luftangriff abwehren zu wollen«, sagte Hamilton ärgerlich. »Sieh doch nur, wie er den Himmel anpinselt. Ich vermute, daß er eigenhändig den Richtkanonier macht.«

Die Uferhöhe, die den Flußspiegel um fünfzehn Meter überragte, verdeckte die Zaire, nichts war zu sehen als der breite Lichtkegel, der, hin und her zuckend, bald eine Wolke, bald eine Hügelspitze der finsteren Nacht entriß.

Das Zauberlicht hatte ganz Rimi-Rimi auf die Beine gebracht. Alle Hügel, die einen beherrschenden Blick auf den Dampfer boten, waren dicht mit ehrfurchtsvollen, stumm bewundernden Zuschauern besetzt. Und nur wenn, wie es gelegentlich vorkam, die Lichtbahn herumschwang und sie selbst in ihre Silberachse gerieten, gab es ein halb erschrecktes, halb entzücktes Gekreisch und ein wildes Wettrennen nach der nächsten Deckung.

Gegen elf Uhr schaltete Bones die Signalblende ein und schien eine Meldung erstatten zu wollen. In langen und kurzen Zwischenräumen zuckte das Licht zum Himmel empor.

»O ko«, buchstabierte Hamilton heraus, »liebe alte Exzellenz, wünsche wohl zu ruhen.«

»Was, zum Teufel, bedeute Echse Lenz?« fragte Sanders, der die Meldung mitgelesen hatte, stirnrunzelnd.

Augenscheinlich hatte Bones nach dieser Leistung die Bedienung des Scheinwerfers abgegeben, denn das Licht gab seine mutwilligen Sprünge auf und sank unter den Uferrand zurück. Hamilton stand auf und reckte sich.

»Ich gehe zu Bett«, sagte er. »Ich glaube, wir haben uns die Köpfe ganz umsonst heiß gemacht. Wir werden heute nacht in Frieden schlafen.«

Sanders aber blieb, und er warf den Stummel seiner Manila erst fort, als alle Geräusche in der Stadt verstummt und die Feuer erloschen waren.

Er trat auf die purpurgefärbte Hütte zu, in der der junge zukünftige König schlief.

Der Posten rief ihn an, und er nannte die Parole.

»Der junge König schläft«, berichtete der Soldat, »Eure Lordschaft kann ihn da drinnen schnarchen hören.«

Hamilton schlief schon, als Sanders sein Lager aufsuchte. Er setze die Laterne, die er trug, zu Boden, entkleidete sich rasch und stellte die Moskitostiefel zurecht. Die Pistole schob er unter sein Kopfkissen, und die Binsenmatte, die vor dem Türeingang hing, befestigte er mit einem Lederriemen am Pfosten. Dann sprach er sein Gebet und reckte sich zum Schlafe. Seit seiner frühesten Knabenzeit hatte er dies Gebet gesprochen, und noch heute war es ihm eine liebe, fromme Pflicht, die er als treuer Soldat erfüllte. Eine Weile noch lag er wach und dachte über die Ereignisse des Tages nach. Noch nie war er vor so schwere und schier unlösbare Probleme gestellt worden. Dabei hatte er es mit einem Volk von sanfter, freundlicher und nachgiebiger Sinnesart zu tun. Nur in den Herzen von wenigen wohnten Verrat und Tücke, und gerade diese wenigen waren die Führer, waren es vielleicht, weil sie die guten Eigenschaften der Volksmasse nicht teilten. Aber gerade darin lag die große Gefahr. Ein Volk wie dieses mußte allen finsteren, unheimlichen und dämonischen Mächten zum Opfer fallen, mußte urteilslos jedem Schurken erliegen. Er ahnte die Verschwörung, die in den entfernten Gebietsteilen am Werk war, und er wußte jetzt, daß er einen Gegner hatte, der ihm gewachsen war, jene geheimnisvolle Teufelin, deren Lagerfeuer in der Ferne trotzten. Sie konnte er nicht behandeln wie einen König oder einen Häuptling, er konnte sie weder absetzen noch in die Verbannung schicken. Er konnte sie nicht beiseite schieben oder mit Verachtung strafen, er konnte sie nur töten – oder er mußte sich ihren Launen fügen. Ein Mittelding gab es nicht. Bei diesen Gedanken und Erwägungen schlief er ein.

Er mochte ungefähr eine Stunde in traumlosem Schlaf gelegen haben, als er jählings emporschreckte.

Mechanisch glitt seine Hand unter das Kissen und zog die Pistole hervor. Dabei wachte er vollends auf, und es kam ihm zum Bewußtsein, daß irgend jemand ihn berührt haben mußte. Er spürte noch den hauchartigen Druck einer Hand auf seiner Stirn, seiner Wange. Er lauschte, aber nur der regelmäßige Atem von Hamilton traf sein Ohr. Und doch fühlte er eine fremde Anwesenheit in der Hütte. Er schalt sich einen Toren, daß er seine elektrische Taschenlampe an Bord gelassen hatte, und tastete verstohlen nach der Laterne und den Streichhölzern. Seine Finger hatten eben die Schachtel gefaßt, als er das weiche Geräusch nackter Fußsohlen hörte und die Luft an ihm vorbeistrich, als ob jemand sich in der Hütte bewegt hätte.

»Wer du auch bist, du stirbst, wenn du die Schwelle überschreitest!« rief er drohend in die Finsternis hinein.

»Was gibt's?« fragte Hamilton emporfahrend.

»Es ist jemand in der Hütte. Hast du eine Taschenlampe da?«

»Hier«, sagte Hamilton und fühlte um sich.

Im nächsten Augenblick erhellte ein Lichtkreis die gegenüberliegende Wand. Sie war leer.

Sanders sprang aus dem Bett, zog die Moskitostiefel über und eilte durch den engen Durchgang in die Wohnhütte. Der Lichtschein der Lampe traf sekundenlang eine flüchtende Gestalt. Er hob die Pistole – zu spät. Die Gestalt war entschwunden. Dann durchbrach der gutturale Anruf der Wache die Stille der Nacht. Er eilte ins Freie und sah, wie der Posten das Gewehr an die Schulter riß.

Das Feuer des Königs, das noch nie ausgegangen war, brannte auch jetzt noch vor der Hütte. Seine Erhaltung hatte Sanders aus den verschiedensten Gründen befohlen. Jetzt sah er, wie gut seine Anordnung gewesen war. In weitem Umkreis war das Dunkel erhellt, und im Schein der Flammen zeichnete sich der Eindringling ab. Im letzten Augenblick schlug Sanders das Gewehr des Wachtpostens nieder. Es war eine Frau.

Sie stand, schlank und geschmeidig, zwanzig Schritt von ihm entfernt, und nun richtete sie sich stolz auf, als sei sie sich der Gefahr nicht bewußt, in der sie schwebte. Es war ein Mädchen von ungefähr siebzehn Jahren, mit breiter Nase, dicken Lippen und kurzgeschnittenem Haar.

»O Weib«, sagte Sanders streng, »komm hierher!«

»O Mann«, spottete sie keck, »komm du doch hierher!«

Sanders zögerte einen Augenblick, dann schritt er auf sie zu, obwohl er dadurch in die Feuerlinie des Postens kam. Er hatte jedoch noch nicht zwei Schritte zurückgelegt, als das Mädchen mit einem wilden Lachen ins Dunkel sprang. Sanders hatte noch eine flüchtige Vision von einem halbnackten Körper, den ein breiter Hüftgürtel umschlang, dann war sie verschwunden. Noch stand er wie erstarrt, da hörte er einen Schrei. Er eilte dem Mädchen nach und stieß auf einen Menschen, der schluchzend am Boden lag. Er beugte sich zu ihm nieder. Es war ein Mann.

»Steh auf«, sagte Sanders rauh und versetzte ihm einen Stoß.

»O ko«, jammerte der Unbekannte. »Ich kann nicht. Ich bin tot!«

Sanders riß ihn auf die Füße. Er hörte Hamilton rufen und gab ihm die Richtung an. Er sah ihn nicht, aber er vernahm das Schlürfen seiner Pantoffeln.

»Wer ist denn das?« fragte Hamilton, als er näher kam und das Licht seiner Taschenlampe aufflammte.

»Nach seinem Stock und seiner Kleidung zu urteilen, ein Nachtwächter«, sagte Sanders und schüttelte die schlotternde Gestalt. »Rede, warum heulst du, was hat man dir getan?«

»O Herr«, jammerte der Mann. »Ich habe die Tschu gesehen, die Tote, und jetzt bin ich selber so gut wie tot.«

Mehr war aus ihm nicht herauszubekommen, und so überließen sie ihn seinem Schicksal. Er sank sogleich wieder zu Boden, und eine Zähne klapperten vor Angst.

Sanders durchsuchte die Hütte und fand, daß nichts angerührt oder entwendet worden war. Die Frau war durch den rückwärtigen Eingang in die Königshütte geschlüpft, die Schnur einer Türmatte war durchschnitten. Inzwischen begab sich Hamilton zu der Hütte, in der Buru schlief. Nichts war vorgefallen, das zur Beunruhigung Veranlassung bot.

Sanders sah nach der Uhr. Es war halb fünf. Der Morgen war frostig und kühl.

»Brr«, schauderte Sanders. »Ich gehe wieder zu Bett.«

Diesmal kam der Schlaf schnell und leicht, obwohl Sanders jetzt eher Grund gehabt hätte, seinen Gedanken nachzuhängen.

Das ohrenbetäubende Sirenengeheul der »Zaire« schrillte in seinen Schlaf. Dann brach ein Pandämonium heulender Stimmen aus.

»Herr, sie kommen«, überbrüllte der Wachtposten den Lärm.

»Wer kommt?« fragte Sanders, der schon in seinen Rock geschlüpft war und den Gürtel umschnallte.

Bumm! Das Geschütz auf der »Zaire« hatte gesprochen.

Ein vielhundertstimmiges Aufheulen erscholl. Dann dröhnte ein neuer Einschlag.

»Das ist Bones«, sagte Hamilton. »Sie greifen das Schiff an.«

Sie traten zur Hütte hinaus. Noch war es dunkel, doch die Szene hatte sich verwandelt. Wohin sie blickten, flammten Feuer auf. Bumm, bumm, bumm, donnerte das Schnellfeuergeschütz vom Schiff her, und sie sahen, wie eine Granate einen Hügelabhang im Süden der Stadt durchfurchte.

»Schlag dich zum Ufer durch«, sagte Sanders schnell. »Mofobolo ist nicht im Kanu gekommen. Er ist durch den Wald marschiert. Der Kerl ist schlau wie ein Teufel.«

Der Scheinwerfer gab ihm recht, er überglänzte den fernen Hügel mit Tageshelle. Hunderte von Speeren blitzten im Licht. In tiefen Reihen rückte der Feind heran.

»Hole den jungen König«, befahl Sanders dem Wachtposten.

Der Junge wurde halb verschlafen ins Freie gezerrt. Sanders nahm ihn an der einen, der Wachtposten an der anderen Hand. So strebten sie dem Ufer zu. Aber Mofobolo hatte ihnen diese Rückzugslinie abgeschnitten. Ein Schwarm von Kriegern strömte in das Tal hinab, das sie noch von der Uferhöhe trennte. Sanders feuerte zweimal in den dicksten Haufen hinein.

Eine Minute später umgab ihn ein Knäuel heulender, zähnebleckender schwarzer Menschen, die mit ihren Speeren nach ihm stießen, ohne ihn zu treffen, denn bei diesem Zusammenprall waren sie sich mit ihren langen und unhandlichen Stoßwaffen nur selbst im Wege.

Sanders hörte Hamilton in einiger Entfernung schießen, dann wurde ihm die Pistole aus der Hand geschlagen. Man warf ihn zu Boden und band ihm mit Stricken, die tief in seine Haut einschnitten, die Hände auf dem Rücken zusammen.

Es wäre wohl um ihn geschehen gewesen, wenn der Führer der Abteilung die Mordlust der Krieger nicht mit dem Hinweis gehemmt hätte, daß Mofobolo, der Jäger, die weißen Männer lebend haben wolle.

»Wo ist Buru?« fragte Sanders, als er wieder zu Atem gekommen war.

»Wir haben ihn niedergemacht, ihn und deinen schwarzen Soldaten«, war die kurze, unheilschwere Antwort.

Eine Unruhe entstand in der dichtgedrängten Menge. Die Krieger wichen zurück und öffneten zwei hochgewachsenen Männern eine Gasse. Im schwachen Licht der Morgendämmerung erkannte Sanders in dem einen Kofolaba. Der andere mußte Mofobolo sein. Er war stämmig gebaut und hatte einen Gesichtsausdruck von tierischer Wildheit. Inzwischen hatte die »Zaire« ihr Feuer eingestellt und den Scheinwerfer abgeblendet. Bones war mit fünfzig Haussa gelandet, von denen vier zwei Maschinengewehre zwischen sich trugen, und arbeitete sich die Uferhöhe empor.

»O weißer Mann«, sagte Kofolaba, und seine Anrede bereitete ihm sichtliches Vergnügen, »ich sehe dich. Ich begrüße diesen Tag, der den Mörder meines Vaters in meine Hände liefert. Jetzt bist du unser Fleisch, mein Fleisch und Mofobolos Fleisch, und wenn die Sonne aufgeht, wirst du im Geisterreich und dein schönes Schiff in unserer Gewalt sein.«

Sanders sagte nichts, sondern schaute Kofolaba gerade ins Auge, und so warteten sie beide, schweigend und starr, bis die Sonne über den Horizont stieg und den Abhang mit Licht überflutete.

»Nun tötet«, sagte Kofolaba.

Aber die Männer, die ihre Speere schon erhoben hatten, wichen voll Entsetzen vor Sanders zurück.

»Tötet!« brüllte Kofolaba und riß sein kurzes Schwert aus der Scheide.

Und dann zog auch er eine Grimasse, als hätte er einen bösen Geist gesehen und senkte die Spitze seiner Waffe.

»O ko«, sagte er verhalten, »es scheint, daß diese Männer nicht für uns bestimmt sind.«

In diesem Augenblick holte Bones zu seinem Schlage aus. Die beiden Maschinengewehre traten gleichzeitig in Tätigkeit und mähten die Männer nieder. Wer nicht getroffen war, floh, und die Gruppe um Sanders und Hamilton schmolz zu einem Häuflein Toter zusammen.

Die Krieger rannten am Ufer entlang, liefen in die Stadt zurück, nach jeder Richtung flüchteten sie, von panischem Schrecken gejagt. Aber es waren nicht die Maschinengewehre, die ihre Niederlage bestimmt hatten. Die Ursache lag allein in Sanders. Zweitausend Speermänner waren mit Kofolaba und Mofobolo gekommen, und nun eilten sie mit ihren Häuptlingen an der Spitze in den Wald zurück, den sie mit solcher Siegeszuversicht durchquert hatten. Überall erzählten sie, was mit Sanders geschehen war, und so wurde der Distriktgouverneur in eine Gloriole des Entsetzens gehüllt.

Keuchend schnitt unterdessen Bones die Stricke durch, die Sanders und Hamilton gefesselt hielten. Doch plötzlich erstarrte er.

»Gute alte Exzellenz«, kam es aus seinem entrüsteten Herzen, »wer hat Sie denn zum Narren gestempelt?«

»Was meinen Sie damit?« fragte Sanders.

»Wissen Sie denn nicht, daß Sie auf der Stirn zwei rote Kreuze tragen?«

»Es ist klar«, sagte Sanders später, als sie die jüngsten Ereignisse an sich vorüberziehen ließen, »daß die Kreuze von der Hand der jungen Dame stammen, die so keck war, mein Schlafzimmer zu betreten.«

»So bist du jetzt also das Fleisch der Teufelsfrau«, lachte Hamilton belustigt.

Aber Sanders stimmte nicht in sein Lachen ein. Statt dessen ließ er einen Soldaten kommen, dem er bei drei verschiedenen Gelegenheiten das Leben gerettet hatte und der die Sprache des Landes sprach.

»O Kufusa«, redete Sanders ihn an und ließ sich nicht anmerken, daß es ihn Überwindung kostete, den Befehl zu erteilen, »geh in das Lager des Teufelsweibes von Limbi und suche zu erfahren, wann ich sterben soll.«

## *Das Weib, das in der Hütte war*

Nicht der Teppich auf dem Grabe des Propheten, nicht der Zahn des Buddha, ja nicht einmal der Dalai Lama selber können sich an Heiligkeit mit einer Tschu messen. Das erfuhr Sanders am Morgen nach seinem Abenteuer, als er sich bereits das rote Siegel von der Stirn gewaschen hatte.

»Ein Rätsel der Sphinx«, sagte Bones kopfschüttelnd, als das Dreimännerkolleg beratschlagend beieinander saß. »Lassen Sie mich noch einmal alle Tatsachen aufzählen, liebe alte Exzellenz, und dir, lieber Ham, sei es gestattet, mich zu unterbrechen, wenn ich im Irrtum bin. Also.«

Er packte mit zwei Fingern der einen Hand den Daumen der andern und schüttelte ihn kräftig hin und her.

»Um elf Uhr zieht der liebe alte Ham die Bettdecke über die Ohren, zu welcher Zeit der gute alte Bones, pflichteifrig, wie er ist...«

»...mit dem Scheinwerfer spielt«, unterbrach ihn Hamilton trocken, von der ihm erteilten Erlaubnis ungroßmütig Gebrauch machend.

»Der gute alte Bones hielt die Augen offen und für einen Schläfer Wache«, verbesserte Tibbetts vorwurfsvoll. »Um elf Uhr also steigt der liebe alte Ham ins Bett. Um zwölf folgt unsere alte, würdige Exzellenz seinem Beispiel; beide waren, wie ich bemerken möchte, vollkommen nüchtern.«

»Bones!« entrüstete sich Sanders.

Bones war jetzt beim dritten Finger angelangt.

»Um vier Uhr morgens betritt eine junge Dame unangemeldet

das Schlafzimmer unserer Exzellenz, malt zwei Kreuze auf seine edle Denkerstirn und türmt.«

»Du hast beklagenswerte Ausdrücke«, tadelte Hamilton in komischer Verzweiflung.

Bones ließ sich nicht stören. »Und das Ergebnis aller dieser schönen Tatsachen?« fragte er triumphierend. »Ein unlösbares Rätsel.«

Befriedigt wie von einer Heldentat sank er in seinen Stuhl zurück.

»Ich habe Nachforschungen nach dem Wesen der Tschu angestellt«, sagte Hamilton jetzt, »und mancherlei Anhaltspunkte dafür gefunden, daß es die ehemaligen Mädchenopfer sind, die nun der Teufelsfrau als Botinnen dienen. Zwar beharren die Eingeborenen darauf, daß es nur die Geister der verstorbenen Opfer sind, aber in Wahrheit werden die Mädchen wohl nur einem Ritus unterworfen, der ihr Sterben symbolisch darstellt. Daß sie irdischen Gesetzen unterworfen sind, geht schon daraus hervor, daß eine von ihnen vor einigen Jahren verschwand, eine zweite nahm einen weltlichen Liebhaber und fand eine Strafe, die ich im kühlen Licht des Morgens unmöglich schildern kann. Diese Geister müssen also aus Fleisch und Blut sein. Aber sie gelten als so heilig, daß der Großkönig einmal ein ganzes Regiment seiner Leibwache vernichten ließ, weil einer seiner Soldaten nach einer Tschu, die er nicht als solche erkannt hatte, mit dem Stock schlug.«

Sanders nickte vor sich hin, dann aber erhob er sich. »Die Tschu kann warten, Mofobolo wartet nicht«, sagte er.

Mofobolo, der Fongini, war ein listiger und geschickter Jäger, der die Pfade des Waldes, der Tiere und so mancher Menschen kannte. Er hatte den Elefanten, den Löwen, den Leoparden und sogar den schnellen, kleinen Büffel, dessen Angriff den sicheren Tod bedeutet, mit dem Speere erlegt. Er kannte die Fährte aller Tiere, er las in ihren Spuren wie in einem offenen Buch. Der Abdruck einer Tatze sagte ihm nicht nur, daß hier der König aller Tiere aufgetreten war, er verriet ihm, ob der Löwe jung oder alt, mutig oder furchtsam, gesättigt oder hungrig gewesen war. Ein zerbrochener Zweig, ein geknickter Halm waren Wegweiser voll untrüglicher Zeitangaben, und wo ihn sein scharfes Auge im Stich ließ, da trug ihm seine breite Spürnase die rasche Warnung zu.

Er herrschte mit eiserner Rute über seinen Stamm, sein Dorf, seine Hütte. Er hatte vierzehn Weiber, die seine Felder bestellten und für jede Trägheit, für jeden Ungehorsam die Peitsche bekamen. Einst hatte er gar fünfzehn Frauen gehabt, und die fünfzehnte war die schönste und jüngste gewesen, ein Geschenk des Königs. Sie war eine Bubujala und eine Tänzerin von großem Ruf. Nach niedriger Schätzung war sie zwanzig Ziegen wert; denn diesen Preis hatte ein kleiner Häuptling der Bubujala für sie geboten. Aber sie war stolz und trotzig, und in der Nacht, als sie die erste Züchtigung durch ihren Herrn und Gebieter empfangen hatte, schlich sie zu dem Schlafenden und legte eine Schlinge um seinen Hals, nachdem sie das lose Ende durch die hölzerne Bettkante gezogen hatte. Dann riß sie mit aller Kraft an der Schnur, und Mofobolo hätte wohl nie wieder eine Peitsche erhoben, wenn der Strick nicht an der Bettlade zerrissen wäre.

Mofobolo wartete das Licht des Morgens ab. Dann ließ er die Wipfel von vier hohen Bäumen kahl schlagen und eine Plattform aus geflochtenen Palmfasern an den schwankenden Stämmen befestigen. Auf der Plattform lag sein fünfzehntes Weib, und die Stricke, die ihre Glieder umschnürten, rissen nicht. Sechs Tage lang hörten die Dorfleute ihr klägliches Wimmern, am siebenten kamen die Geier.

Monatelang hing die Plattform zwischen den entlaubten Bäumen. In dieser Zeit pflegten die Gatten, die daheim keinen Frieden oder gar Grund zur Eifersucht hatten, ihre Weiber dorthin zu führen, und ein zarter Hinweis auf diesen »Platz des Wartens« genügte, um die Innigkeit der ehelichen Beziehungen wiederherzustellen.

Mofobolo hatte Männer und Frauen gejagt. Wie ein Tiger blieb er auf ihrer Spur, bis er sie erreicht hatte. Und diese Jagd kitzelte seinen Appetit stärker als die Pirsch auf irgendein Tier. Aber das Gefühl des Gejagtseins war ihm bisher fremd geblieben. Er lernte es erst kennen, als er vor den weißen Zauberern aus Rimi-Rimi floh. Kalt, gesammelt und grimmig war das Innere des Jägers gewesen, doch in der Brust des Gehetzten sah es anders aus. Die gänzlich ungewohnte Lage, in der Mofobolo sich befand, peitschte ihn zu panischem Schrecken auf. In kurzen, wilden Stößen jagte das Blut durch seine Adern, trübte das Licht seines Auges, verstopfte sein überfeines Gehör. Die Augen vorquellend, blutunterlaufen, jeder Muskel des Leibes hervortretend, so trieb er seine Paddler zu unerhörter Eile und Anstrengung an, und als der vorderste vor Erschöpfung zusammenbrach, griff er nach seinem Ruder, stieß ihn über Bord und warf sich an seinen Platz. Der Gerichtete versank im Wasser wie ein Klotz. Niemand sah nach ihm hin. Bei jeder Biegung und Krümmung des Flusses stierte Mofobolo nach rückwärts. Jeden Augenblick erwartete er das Auftauchen eines weißen Bugs, das Rauschen von Maschinen und das Heulen und Pfeifen tödlicher Kugeln.

Bei Sonnenuntergang erreichte er den Landungsplatz eines kleinen Fischerdorfs. Mit keuchenden Seiten und zitternden Knien betrat er das feste Land und warf sich lang zu Boden. Seine Paddler hatten nicht mehr die Kraft, ihr Kanu zu verlassen. Mit dem Oberkörper sanken sie nach vorn, als sei das letzte Luftbläschen aus ihren Lungen gewichen. Sie wären vom Ufer ab- und den Strom hinuntergetrieben, wenn Mofobolo sich nicht mit letzter Kraft emporgerissen und sie mit seiner Peitsche zur Besinnung zurückgerufen hätte.

Die Dorfbewohner hatten sich zuerst versteckt gehalten, jetzt traten sie zitternd näher, und wie es sich für einen so großen Herrn geziemte, trugen sie das Beste herbei, um ihn und seine Leute zu sättigen, und fegten eine neue Hütte aus, die ihm zum Nachtlager dienen sollte. Aber Mofobolo spürte die Verfolger zu dicht auf seinen Fersen. Er ließ seine Leute, die sich kaum auf den Füßen halten konnten, in dem Dorf zurück und setzte die Flucht ohne Begleiter fort. Die Nacht war hereingebrochen, als der Wald ihn verschlang, eine dunkle Nacht ohne den wegweisenden Mondstrahl. Schattenhafte Gestalten umstrichen ihn, smaragdgrüne Augen blinkten ihn aus dem Dickicht an. Er sah, er hörte nichts. Gegen Morgen lichtete sich der Wald, und er sah seine Stadt und die Häuptlingshütte, die auf einer beherrschenden Anhöhe thronte, vor sich liegen. Es war die höchste Zeit gewesen. Jeder Muskel und Nerv in ihm zitterte nach Schlaf. Dennoch vermochte er in aufrechter Haltung durch die breite Straße zu gehen. Die Leute traten aus ihren Hütten heraus und kreuzten bei seinem Anblick die Arme auf der Brust, indem sie die Hände in den Achselhöhlen verbargen. Aber er sah so drohend aus, und die Peitsche in seiner Rechten schlenkerte so bedeutungsvoll, daß niemand ihn anzureden wagte, obwohl sie alle um das Schicksal der Männer bangten, die mit Mofobolo in den Krieg gezogen waren.

Der Häuptling betrat seine Hütte, warf die Peitsche in eine Ecke und stürzte auf sein Lager. Seine Hauptfrau näherte sich ihm auf geräuschlosen Sohlen.

»Herr, soll ich dir etwas zu essen bringen?« fragte sie, aber nur der tiefe Atem des Schläfers traf ihr wartendes Ohr.

Als der Schatten der Hütte länger wurde und das Licht sich rotgolden färbte, erwachte er. Nach kurzem Besinnen ließ er seinen Bruder Gini-Gini kommen. Er war der einzige Mann im Dorf, dem er traute. Gini-Gini kam mit pochendem Herzen.

»O Mofobolo«, grüßte er, »ich sehe dich. Wo sind unsere Krieger?«

»In der Hölle werden sie sein«, erwiderte Mofobolo mit grimmigem Lachen. »Sie sind tüchtige Läufer, und es heißt, daß der Langsame das Tor der Hölle erst erreicht, wenn es geschlossen ist. Das Los kann unsere Krieger nicht treffen.«

»Und der weiße Zauberer, lebt er noch?«

»Er ist unverletzlich. Die Heilige hat ihn zu ihrem Fleisch erklärt. Auf seiner Stirn standen die Zeichen, die wir kennen, und bevor wir kamen« – er hielt inne, und seine Stimme schwankte etwas – »war eine Tschu in der Stadt.«

Mofobolo senkte den Blick. Niemand durfte sehen, wie furchtbar es ihm war, den Namen nur auszusprechen.

»O ko«, sagte sein Bruder erschüttert, »das war ein unheilvolles Palaver. Aber ich verstehe nicht, warum du, groß in allen Geheimnissen und weise wie die Alte vom Berge, eine Tschu zu fürchten hast?«

Mofobolo erwiderte nichts.

Sein Bruder saß breitbeinig auf dem Bett, er war eine große Plaudertasche und begrüßte jede Gelegenheit, die ihm gestattete, geschwätzig zu werden.

»Ich habe nie eine – Tschu gesehen«, sagte er leise, mit dem charakteristischen Frösteln beim Aussprechen des Namens, »aber ich glaube wohl, daß ihr Anblick selbst dem Mutigen schrecklich sein muß. Viele sagen, daß man davon erblindet, weil sie die Geister der Opfer sind, deren Blut die Alte getrunken hat. Wer sie berührt, dem sollen Giftschlangen aus den Ohren springen und das Blut aus den Fingern tropfen. Ja, ich habe gehört, daß den Frevler ein Fluch trifft, unter dem er zusammenschrumpft, bis er nicht größer ist als ein kleiner Fisch. Wieviel schreckliche Dinge gibt es doch in dieser Welt.«

Gini-Gini seufzte tief auf, doch Mofobolo sah ihn nicht an. Er hatte beim Betreten der Hütte das Fell von seinen Hüften gestreift und hob es nun auf, um mit den Fingern auf der Innenseite zu wühlen. Bald fand er, was er suchte. Es war ein flaches Stück Holz, auf das schwarze Zeichen gemalt waren.

»Dies habe ich aus Rimi-Rimi mitgebracht«, sagte Mofobolo. »Was du hier siehst, sind Teufelszeichen des weißen Mannes. Vielleicht werden sie mir Glück bringen.«

Gini-Gini betrachtete sie voll Neugierde, doch ohne Verständnis. »Das ist mit dem schwarzgebrannten Ende eines Stockes gemalt«, sagte er endlich. »Es scheint ein wunderbarer Zauber zu sein.«

Mofobolo nickte schweigend und barg das Holz wieder im Fell, das er sich um die Hüften schwang. »Es ist Zeit, daß ich in den Wald gehe, um mich durch neue Geheimnisse stark zu machen«, sagte er nachdenklich.

Gini-Gini machte eine Gebärde des Unbehagens, aber die Scheu vor seinem Bruder versiegelte ihm die Lippen. Erst als der Häuptling zu den Speeren griff, wagte er die Frage. »O Mofobolo, was ist es mit dem Zauber im Walde? Seit der dich lockt, sieht man dich immer seltener im Dorf. Oft vermissen wir dein schönes Gesicht einen Neumond lang.«

»Ich habe im Wald einen mächtigen Ju-Ju«, erwiderte Mofobolo mit finsterem Lächeln.

»Man sagt...« begann Gini-Gini, aber er fand nicht den Mut, den Satz zu Ende zu bringen.

»Alle Frösche quaken im gleichen Ton«, sagte Mofobolo verächtlich. »Zu mir sagt man nichts, wenn einem das Leben lieb ist.«

Gini-Gini schob sich näher an seinen Bruder heran. »O Mofobolo«, sagte er mit gedämpfter Stimme, »auch das Quaken der Frösche kann die Stimme des Warnens sein. Man sagt, daß in der Tiefe des Waldes, dort, wo nur Teufel und Buschmänner hausen, eine große Hütte steht und daß du dort eine Frau verbirgst« – wieder zögerte er –, »die nicht von unserer Farbe ist, Mofobolo.«

Der Häuptling antwortete mit einem kalten, grimmigen Blick. »O Gini-Gini, was die Leute reden, höre ich nicht, was du redest, höre ich gut. Ich liebe dich, Gini-Gini, weil du mein leiblicher Bruder, meines eigenen Vaters Sohn bist, obwohl der daran zuweilen zweifelte. Aber hüte trotzdem deine Zunge. Sonst könnte mein Arm einmal in die Irre gehen.«

Da wurde Gini-Gini zum unterwürfigen Knecht. »Herr«, sagte er demütig, »wie du willst. Ich begrabe meine Worte in meinem Magen.«

»Daran tust du wohl«, erwiderte Mofobolo trocken. »Und nun wollen wir uns stärken.«

Es war dunkel geworden, als er zu seiner einsamen Streife in den Wald aufbrach. Er verließ die Stadt in östlicher Richtung, und Gini-Gini begleitete ihn bis an den Rand des Gestrüpps, das von Unholden und Geistern bewohnt wird.

Mofobolo hatte kaum einen Anhänger unter seinen Untertanen, und die ihm nachblickten, taten es mit Haß und dem erbitterten Gefühl ihrer ohnmächtigen Wut. Sie spien hinter ihm aus, und die Frauen, deren Männer aus dem Feldzug nicht heimgekehrt waren, hoben die Arme und ergingen sich in wilden Flüchen, obschon manche unter ihnen froh waren, der häuslichen Tyrannei ihrer Gebieter entronnen zu sein.

Als die Weiber sich heiser geschrien hatten, pilgerten sie unter die verfallene Plattform. Der Wind hatte die Knochen der Gerichteten auf den Boden geweht. Sie zerbröckelten unter den Schritten der Frauen, und ihr Haß bekam neue Nahrung. Aber in keinem Herzen loderte der Abscheu so tief und echt wie in dem Milinis, seines Lieblingsweibes. Sie wußte wohl, sie hätte das Los der fünfzehnten Frau geteilt, wenn Mofobolo in ihrem Inneren gelesen hätte. In den Tagen seiner Liebe hatte er sie die Künste der Jagd gelehrt. Sie war geübt im Anschleichen wie ein erfahrener Weidmann. Sie vermochte seitwärts auf den Sohlen zu gehen, so daß das dürre Laub unter ihren Füßen nicht raschelte.

Als ihr Herr seinen Kral verließ, schlich sie hinter ihm her, und als die Brüder Rast machten, hockte sie sich geduldig in den Schatten eines Urwaldriesen. Dort wartete sie, bis Gini-Gini von seinem Bruder Abschied nahm und den Heimweg unter dem Absingen von Beschwörungslitaneien antrat. Dann erhob sie sich und folgte geräuschlos der Spur ihres Gatten. Mofobolo gab sich keine Mühe, das Geräusch seiner Schritte zu verbergen. Er ging beschwingten Fußes, während seine Lippen den Takt dazu in Zaubergebeten sprachen. Einmal blieb er stehen und streckte seinen Arm gegen einen abgestorbenen Baum aus, den der Blitz zersplittert hatte.

»O M'shimba, M'shamba«, hörte sie ihn sagen, »künde mir deinen Zauber, solange du es aus freien Stücken kannst. Denn ich bin weise, und der Tag ist nah, da werde ich weiser sein als deine Dienerin, die Teufelin von Limbi. In ihrer Höhle der Wunder werde ich sitzen und die Welt beherrschen.«

Ein Schauder überfiel Milini bei diesen furchtbaren Worten. Erhob Mofobolo sich nicht selbst zum Gott, er, der nur ein sterblicher Mensch war? Der Atem stockte ihr, als ihr die ganze Größe seiner Vermessenheit zum Bewußtsein kam.

»O ihr Geister, die ihr diesen Wald bewohnt und jeden Lebenden daraus verjagt, seht mich, Mofobolo. Mich verjagt ihr nicht. Denn ich kenne Zaubersprüche, die mächtiger sind als ihr.«

Er hatte schon recht, wenn er sagte, daß kein Eingeborener sich in das Gestrüpp wagte, ja, es hieß sogar, die Raubtiere und Vögel mieden diesen verruchten Ort, und selbst die kleinen weißbärtigen Affen trauten sich nicht hierher. Nur Mofobolo in seiner Anmaßung wagte sich hierher, er fürchtete weder Tod noch Teufel. Das tat auch ganz gewiß Milini, sein Weib, nicht. Sie fürchtete nur ihren Gatten. Jedesmal wenn die Schritte vor ihr stockten, sank ihre Hand auf den Griff des Jagdmessers, das sie zwei Jahre lang geschliffen hatte, bis seine Schneide von der Schärfe einer Rasierklinge war.

Mofobolo ließ den Baumstumpf links liegen. Milini hörte das Rauschen der Blätter, das um ihn zusammenschlug, als er sich durch den Busch wand.

Sie folgte ihm mit der Geschmeidigkeit einer Katze, indem sie sich auf Hände und Füße niederließ und unter den Blättern hindurchkroch. So kam sie auf einen kleinen Hügel, auf dessen Mitte sich ein gerodeter Platz befand. Dort stand eine Hütte, auf die Mofobolo zuschritt. Milini näherte sich der Hütte, so weit sie es vermochte. Sie hielt inne, als das Rasseln einer Eisenkette zu ihr drang. Sie strengte ihr Gehör an. Eine Sekunde später war sie ihrer Sache sicher. Es war eine gern geübte Methode Mofobolos, einen Gefangenen an einer Beinfessel zu halten, die ihm eine gewisse körperliche Bewegung gestattete. Sie sah, wie er sich bückte und den Verschluß der Kette prüfte, die um einen Pfahl außerhalb der Hütte geschlungen war. Er behielt die losen Glieder einen Augenblick in der Hand. Dann ließ er sie mit mißtönendem Rasseln fallen und betrat das Innere der Hütte. Milini wartete eine gute Stunde. Sie sah nichts, aber sie hörte um so mehr. Schließlich schlüpfte sie auf den Waldpfad zurück. Kurze Zeit danach streckte sie sich befriedigt auf ihrer Lagerstatt aus.

Ihre Hütte trug deutliche Zeichen des Wohlgefallens ihres Gebieters. Grasmatten verdeckten die Wände, ein Leopardenfell lag vor ihrem Bett, das breit und bequem war.

Es war spät in der Nacht, als Mofobolo die Türmatte emporhob. Milini erwachte, als ein Hauch sie traf, und eine lähmende Angst kroch über ihr Herz. Hatte er sie im Walde entdeckt? War er gekommen, um sie zu strafen?

»Herr... Herr...« stammelte sie, »brauchst du mich?«

»Weib, gib mir alle Kleidung, die du entbehren kannst«, sagte er und fachte das Feuer in der Mitte der Hütte zu heller Glut an.

Milini erhob sich zitternd. Ein rascher Blick überzeugte sie von seiner ungewöhnlichen Erregung, und sie beeilte sich, seinem Befehl nachzukommen.

Dann beobachtete sie ihn, wie er mit dem Bündel das Dorf verließ. Ihre Ahnung täuschte sie nicht. Die Kleidungsstücke waren für seine Gefangene bestimmt.

Milini suchte zum zweitenmal ihr Lager auf. Aber sie sollte zu keinem erquickenden Schlaf kommen, denn im Morgengrauen erschütterten kräftige Schritte ihre Hütte. Sie fuhr jäh empor und wand hastig ein Tuch um ihren nackten Leib. Der vor ihr stand, war ein Weißer, und über seine Schulter hinweg starrten die Bajonette seiner Soldaten.

»Weib«, sagte Sanders, »gib Mofobolo heraus, den ich suche, man sagt mir, er soll in deiner Hütte sein.«

Milini sah dem Weißen ins Auge, und dann faßte sie Mut. Er erhob seine Peitsche nicht gegen sie, noch bohrte er ihr seinen Finger ins Auge, eine Methode, die man den Weißen nachsagte.

»Herr«, erwiderte sie. »Mofobolo war in meiner Hütte, aber er ist wieder gegangen. Er hat vielleicht eine andere Frau, die ihm besser gefällt als ich.«

Sanders verstand sie nicht.

»Wer ist die Frau?« fragte er weiter.

»Herr, Milini irrt sich«, quäkte eine Stimme an seiner Seite. »Er ist bei keiner Frau. Er ist in den Wald gegangen und beschwört die Geister.«

Der so sprach, war Gini-Gini. Die Ankunft der Soldaten hatte ihn aufgeschreckt, und nun bemühte er sich mit löblichem Eifer, die Sache seines Bruders zu führen.

»Ich habe gehört, daß Mofobolo des Zaubers kundig ist, und eben darum bestieg ich mein Schiff und durchquerte den Wald. Ich habe mit eurem Häuptling ein Palaver vor«, ließ sich Sanders vernehmen.

»Herr«, schlug Gini-Gini hoffnungsfreudig vor, »ich werde zu dem Dorftrommler gehen, damit er einen Wirbel für meinen Bruder schlägt.«

»Das wirst du nicht tun, wenn dir dein Rücken lieb ist. Denn euer Dorftrommler bekommt eben eine Tracht Prügel dafür.«

Da machte Milini eine Bewegung zu Sanders hin, eine Lohe schoß aus ihrem Auge zu ihm hinüber, und dann warf sie einen Blick auf Gini-Gini, der für Sanders deutlich genug war.

»Für dich«, sagte er rasch zu Mofobolos Bruder, »ist das Palaver zu Ende. Marsch! geh in deine Hütte.«

Gini-Gini wollte Einwendungen erheben, aber Sanders hob seinen Stock, und so vollzog er mit eingebogenem Rücken eine rasche Flucht, um den bedrohten Körperteil rechtzeitig in Sicherheit zu bringen.

Mit Milini allein geblieben, ließ Sanders jede Verschleierung fallen. »Ich bin sehr erzürnt gegen deinen Herrn«, sagte er. »Sprich ruhig alles aus, was du weißt.«

»Herr, er ist wirklich im Walde«, sagte Milini, Mofobolos Weib, »aber was er dort treibt, vermag Euch mein Mund nicht zu sagen, nur ist es kein Zauber.«

»O ko«, warf Sanders ironisch ein.

»Herr«, ereiferte sich Milini, »schätzt ihn nicht zu gering ein, denn er ist ein großer Zauberer. Aber schlimmer als all sein Zauberwissen ist seine Grausamkeit.«

Sie führte Sanders von der Hütte fort und deutete stumm auf die Plattform und die vier kahlgesägten Bäume. Sanders hatte bereits solche Marterstätten gesehen und kannte ihre Bedeutung. Plötzlich durchzuckte ihn eine furchtbare Ahnung.

»Weib«, sagte er mit heiserer Stimme, »erzähle mir, wer die Frau ist, die dort oben liegt.«

Milini schüttelte den Kopf. »Sie liegt nicht mehr dort oben, Herr. Nichts ist mehr von ihr übriggeblieben als diese Knochen.« Und sie deutete mit dem Fuß auf einen Haufen dürren Laubes, aus dem ein spitzer blankgenagter Rest eines Gerippes ragte. »Als sie noch lebte, war sie Mofobolos Weib.«

»Ein Weib seines Volkes?« fragte Sanders kaum hörbar. Er holte tief Atem, als Milini nickte. »Sag mir alles, was dich bekümmert«, bat er sie mit gütiger Stimme. »Ich verspreche dir, daß dir von Mofobolo kein Leid mehr zustoßen soll.«

Da öffnete sie ihr Herz und erzählte Sanders die Leidensgeschichte ihrer Ehe, die eine Kette von Grausamkeiten und Erniedrigungen war.

Sanders hörte mit starrer Miene zu.

»Es tut mir leid um dich, Milini«, sagte er, als sie geendet hatte. »Erzähle mir nun alles, was du von dem Zauber im Walde weißt.«

»Herr, von einem Zauber weiß ich nichts«, sagte sie. »Nur von einer Hütte im Walde. Dort liegt eine angekettete Frau, und die besucht Mofobolo.«

Sanders' Gesicht verzerrte sich. »Wie lange hält er die Frau schon gefangen?« fragte er mit stockendem Atem.

»Ich glaube, viele Monde«, antwortete Milini nachsinnend. »Denn seit dieser Zeit verschwindet Mofobolo im Walde. Daß er dort eine Hütte hat, habe ich erst in dieser Nacht erfahren.«

Sie blickte zu Boden. Plötzlich ging ein Schein des Erinnerns über ihr Gesicht.

»Herr, jetzt fällt es mir ein, wann es war, als er zum erstenmal in den Wald ging. Es war ein großes Palaver in der Stadt des Großkönigs gewesen, und Mofobolo und viele andere hatten einen weißen Mann Gottes niedergemacht...«

Da setzte Sanders sich auf einen Schemel und verbarg das Gesicht in den Händen. Als er endlich aufsah und dem verwunderten Blick Milinis begegnete, hatten sich tiefe Falten über seine Stirn gezogen.

»Sag mir, Milini, ist diese Frau... am Leben?«

Milini nickte. »Ja, Herr, sie ist am Leben. Ich hörte sie schreien vor Qual.«

Sanders stand auf und schnallte den Gürtel fester. Er nahm seinen langläufigen Selbstlader und streifte die Hüllen ab. Die Frau beobachtete ihn voll Interesse.

»Führe mich zu der Hütte, in der dein Gatte ist«, sagte er mit erloschener Stimme.

»Herr, ich tue es gern, denn ich hasse ihn«, sagte sie, und ihre Brust hob sich in dem übermächtigen Gefühl dieses Hasses.

»Bald wird er zu tot selbst für deinen Haß sein«, erwiderte Sanders mit ferner, fremder Stimme.

Milini übernahm die Führung. Sanders folgte, und auf seinen Fußtapfen schritten sechs schwerbewaffnete Soldaten. So kamen sie zu dem Baum, bei dem Mofobolo die Richtung geändert hatte. Milini sah sich um, ob der weiße Mann ihr auch folgen konnte.

»Weiter!« preßte Sanders ungeduldig durch die Zähne.

Der Weg durch das Dickicht war mühsam. Schlinggewächse klammerten sich von allen Seiten an ihnen fest. Endlich lag die Hütte vor ihnen.

»Du hast das Deinige getan«, sagte Sanders. »In dieser Nacht noch wirst du Staub auf deinen Leib streuen und grüne Blätter um deine Hüften winden, denn du wirst den Tanz der Abgeschiedenen tanzen.«

»Herr«, sagte sie mit tiefem Atemzug, »niemals wieder werde ich mit solcher Freude tanzen wie diese Nacht.«

In diesem Augenblick knisterten die Zweige hinter ihnen. Schwarze lugten neugierig durch den dichten Schleier der Blätter. Mofobolos Bruder und einige andere Wißbegierige waren ihnen heimlich gefolgt. Da sie waffenlos waren, verscheuchte sie Sanders nicht. Es war ihm lieb, daß Mofobolos Bestrafung nicht ohne Zeugen blieb.

Schnell durchmaß er die geringe Entfernung bis zur Hütte. Seine barfüßigen Soldaten flankierten ihn mit schußbereiten Gewehren. Die Tür der Hütte, die primitiv aus geflochtenem Stroh hergestellt war und an Angeln aus Fellstreifen hing, war geschlossen. Doch wand sich die Kette unter der Türkante hindurch.

Mofobolo sprach so eifrig auf die Bewohnerin der Hütte ein, daß er von der feindseligen Annäherung nichts gehört zu haben schien. Sanders wartete einen Augenblick und bog das Ohr lauschend vor.

»Weib, ich will mehr wissen«, hörte Sanders Mofobolo sagen. »Habe ich dir nicht warme Kleidung gebracht gegen die Kälte und das Röcheln in deiner Brust? Sollen die Brocken, die du mir vorwirfst, alles sein, was ich von deinem Zauber erfahre?«

Da stieß Sanders mit dem Fuß die Tür ein. »Heraus mit dir, du Hund«, keuchte er und faßte die Pistole fester.

Aus dem Innern der Hütte drang ein dumpfes Geräusch und das Klirren der Speerschäfte, und in der nächsten Sekunde sprang Mofobolo mit erhobenem Schild und wurfbereitem Speer ins Freie. Einen Atemzug lang sank sein wild glühender Blick in Sanders' drohendes Auge, dann durchschnitt ein heftiger Knall die Luft, und der große schwarze Krieger, der eben noch wie ein Baum ragte, wälzte sich in Todeszuckungen am Boden.

Sanders hatte die Augen geschlossen. Er mußte seinen ganzen Mut zusammenraffen, um in die Hütte zu gehen. Dann überwand der sich und schritt über die Schwelle.

Auf dem Bett saß eine zusammengekauerte Gestalt. Ein Hustenkrampf bog ihren Körper wie einen Bogen zusammen, und trotz der warmen Kleidung bebte sie wie im Fieberfrost.

Sanders stand erstarrt. Denn das Mädchen vor ihm war dunkelhäutig. Plötzlich ließ der Hustenreiz nach, der sie schüttelte, und sie blickte den Weißen an.

»O Mann«, sagte sie mit schwacher Stimme, »hilf mir. Ich sterbe vor Hunger, und die Hitze brennt mir im Blut.«

»Wer bist du«, fragte Sanders, dessen Atem jetzt freier kam und ging.

»Ich bin die Gefangene Mofobolos. Er wollte die Geheimnisse unserer Altmutter von Limbi ergründen, darum hielt er mich hier gefangen.«

Sie erhob sich und kam auf ihn zu.

Sanders verließ rückwärts schreitend die Hütte. Draußen hatten sich die Neugierigen um Mofobolos Leiche gedrängt. Jetzt wandten sie sich um. Doch kaum hatten sie das fremde Weib erblickt, da brachen sie in furchtbares Heulen aus, und im nächsten Augenblick lagen sie flach auf der Erde und berührten mit ihren Lippen den Boden. Sanders packte den Unterhäuptling am Arm und riß ihn empor.

»Narr«, herrschte er ihn an, »warum fällst du beim Anblick dieses Mädchens nieder. Ist sie etwa ein Geist?«

»Herr, sie ist mehr als ein Geist«, stammelte Gini-Gini, »sie ist eine Tschu!«

Sanders heftete den erstaunten Blick auf das Mädchen. Jetzt erst nahm er das Zeichen auf ihrer Stirn wahr.

»Du bist eine Tschu?« fragte er langsam.

Sie senkte bejahend den Kopf.

»Herr, ich bin eine Tschu, und du siehst, wie die Menschen mich fürchten. Alle fürchteten mich bis auf Mofobolo. In der Nacht, in der Fergisi getötet wurde, ergriff er mich und schleppte mich mit sich. Denn er hatte nichts Geringeres vor, als der Altmutter das Geheimnis ihrer Herrschaft zu entreißen und in ihrer Höhle zu sitzen und ein Gott zu sein.«

Sanders schaute auf den Toten nieder, und ein Gefühl des Bedauerns wollte ihm kommen. Denn war er nicht im Grunde sein bester Verbündeter gewesen?

»O Mofobolo«, sagte er, »nach den Gesetzen deines Landes hast du den Tod verdient, auch meine Gesetze sprechen dich nicht frei, denn du zogst mit Kofolaba aus, um mich zu erschlagen. Dennoch wünsche ich jetzt, ich hätte dich nicht getötet.«

»Herr, sag das nicht«, wandte sich einer der Zuschauer an ihn. »Dieser hier hat tausendfach den Tod verdient. Schon wer eine Tschu anrührt, hat sein Leben verwirkt. Was verdient der nicht, der sie mißhandelt und schändet!«

Da erhob die Tschu ihre Stimme und klagte den Toten aller Verbrechen an, die er an ihr begangen hatte. Es war eine Geschichte ähnlich der, die Sanders bereits von Milinis Lippen gehört hatte, und sein Bedauern verstummte.

Man sandte nunmehr nach dem Dorf, um Werkzeuge zu beschaffen, mit denen die Klammer um den Knöchel der Gefangenen aufgebrochen werden konnte.

»Mofobolo besaß auch einen weißen Zauber«, erzählte die Tschu und zog unter ihrem Bett ein flaches Holzstück hervor. Sie ließ es ins Feuer fallen und rieb sich die Hände ab.

»Einen weißen Zauber?« fragte Sanders kopfschüttelnd. Er hatte nichts Weißes an dem Holzstück entdeckt.

»Herr, es standen Teufelszeichen darauf«, erwiderte wichtigtuerisch die Tschu. »Mofobolo brachte es gestern aus der Stadt des Großkönigs mit.«

Sanders beugte sich nieder und riß das Holzstück aus der Glut. Es war schon von den Flammen beleckt und geschwärzt, aber an einigen Stellen war die Schrift noch zu lesen, die mit Ruß geschrieben war.

Er trug das Holz ans Licht, und als er die Buchstaben entziffert hatte, schien sich der Raum um ihn zu drehen.

S . . der .<br>
. . . . . . . . . iana . . rguson . . . . . . . ,<br>
schre . l . ch . . G . f . . . . . aben Sie . . . . . .<br>
. . . . . . . . . au von Limb . . . . . hört J . . . . .<br>
Tag de . Schauens als O . f . r . . . . . geb . . . . w . . .

Diana Ferguson lebte! Die Botschaft mußte in den letzten sieben Tagen geschrieben worden sein.

»Herr«, fragte die Tschu, die ihn neugierig beobachtet hatte, »hast du ein Geheimnis entdeckt?«

»Das größte«, sagte Sanders schwer atmend und steckte das Holzstück zu sich.

## *Bofaba, das Weib*

Jeder der sieben Hügel Rimi-Rimis unterstand dem Machtgebot eines Häuptlings. Ein solcher Häuptling war Dobolimi. Er herrschte über neuntausend Einwohner, aber in seiner eigenen Hütte herrschte er nicht. Da gebot Bofaba, seine liebreizende Ehehälfte. Früher hatte sie ihn zwischen vier Wänden ausgezankt, jetzt kanzelte sie ihn öffentlich ab.

»Seit der Altkönig tot ist und der Weiße regiert, fürchte ich niemand«, sagte sie zu ihrem Liebhaber, einem stattlichen Krieger der Leibgarde, der die Frauen ebensosehr durch seinen Wuchs wie durch seine Weiberverachtung anzog.

»Frau«, erwiderte der Liebhaber, »sei froh, daß du mich hast.

Denn wenn Dobolimi, dein Mann, mich noch einmal gehässig anredet, zerquetsche ich ihm den Kopf zu Mus, und dann bist du seine glückliche Witwe.«

Da warf sie das letzte Mäntelchen des Anstandes ab, das sie bisher um ihre Buhlerei gehängt hatte, und als ihr Gatte, ein milder Mann, der sie seltsamerweise liebte, ihr deswegen Vorwürfe machte, schleuderte sie vor versammeltem Volk einen Topf nach ihm.

»Weib«, sagte Dobolimi traurig, »wenn der Großkönig noch lebte, würdest du diese Missetat mit dem Tode büßen. Aber jetzt herrschen hier andere Gesetze. Dennoch will ich heute zu Sandis Palaver gehen und für mich sprechen.«

Sie antwortete ihm, er möge in die Hölle fahren. Denn diesen frommen Wunsch kennt der ungebildete Schwarze ebenso wie sein kultivierter weißer Bruder.

»O Mann«, spottete sie weiter. »Wer geht zu Sandis Palaver? K'luba, der Geschichtenerzähler, und Bofumasi, der Rätselmacher, so daß sich die Leute ins Fäustchen lachen werden. Aber sage mir, was für ein Rätsel willst du Sandi zu raten aufgeben?«

»Dein Rätsel, Weib«, sagte Dobolimi schwer, »und wenn er es nicht rät, nun, so will ich mit meinen beiden Brüdern, die dich hassen, zu dir zurückkehren, und es wird mit all deiner Keckheit zu Ende sein.«

Im ersten Augenblick entfärbte sich Bofaba, dann aber erinnerte sie sich der Armmuskeln ihres Herzensfreundes, und sie lächelte nur.

An jenem Tage berief Sanders die sieben Häuptlinge – man nannte sie Meister der Hügel –, die eine beratende Stimme in allen Steuerangelegenheiten hatten, zu einem großen Palaver zu sich. Sie kamen und taten außerordentlich wichtig, denn seit Menschengedenken hatte niemand ihren Rat begehrt. In ihrer Begleitung waren ihre Trommler und Feldwächter sowie eine Anzahl kleinerer Unterbeamter.

»Häuptlinge«, redete Sanders diese illustre, wenn auch unkriegerische Versammlung an, »Häuptlinge, ihr seid weise Männer, darum wünsche ich, daß ihr mich beratet.«

»O ko«, seufzte ein fetter Häuptling, »dieser weiße Mann will etwas von uns.«

Sanders war diplomatisch genug, diesen Einwurf zu überhören.

»Jeder von euch soll unter seinen Leuten die besten Hüttenbauer, Strohflechter und Strohdachdecker auswählen, dazu Stroh und Holz bereitstellen, soviel ich brauche. Denn ich werde eine neue, große Königshütte erbauen, in der ich und der neue König, den ich ernennen werde, zu Rate sitzen und Gesetze geben werden, damit alle in Frieden und Behagen leben können.«

»Herr«, wandte einer der Hügelhäuptlinge verdrießlich ein, »es hieß, du würdest von uns gehen, und unsere Herzen waren dessen froh.«

»Ich werde bei euch bleiben«, sagte Sanders, ohne zu lächeln, »und der Kummer eurer Herzen wird nichts sein, verglichen mit dem schmerzlichen Gefühl auf eurem Rücken.«

Zwei Stunden später waren die besten Handwerker von Rimi-Rimi vor Sanders versammelt, und er zeichnete mit der Spitze seines Stockes den Grundriß der neuen Königshütte auf den Boden.

»Dort, wo ich ein Blatt hinlege, sollt ihr eine Türe machen, jeder Bambusstock aber bedeutet ein Fenster«, wies Sanders sie an.

Die Bauleute und Strohflechter berieten miteinander, und einer von ihnen kam als Wortführer zu Sanders.

»Herr, wir können dein Haus nicht bauen«, sagte er. »Denn wenn du erst ein Haus hast, wirst du bei uns bleiben. Darum haben meine Freunde und Brüder gesagt: Es ist besser, wir bauen ihm dieses Haus nicht, sondern wir kehren heim.«

»Nimm diesen Bambuspfahl, Mann«, erwiderte Sanders, »und stelle dich hierher. Und jetzt halte ihn senkrecht über deinem Kopf.«

Der Mann gehorchte verwundert. Es war nicht leicht, den langen Pfahl in gestreckten Armen zu halten.

»Hier sollst du stehen bleiben bis zum Abend«, sagte Sanders. »Dann wird ein Tuch über den Pfahl gebreitet werden, und ich werde mich darunter stellen und Recht sprechen. Wehe dir aber, wenn du zitterst oder deine Arme sich krümmen. Meine Soldaten würden dich schlagen, bis der Magen sich dir umkehrt. Denn ich liebe es nicht, wenn das Dach über meinem Kopf wackelt.«

»Herr«, entgegnete der Mann betreten, »ich denke, es wird doch angenehmer sein, dir ein Haus zu bauen.«

»Das denke ich auch«, sagte Sanders trocken, und damit war der

Streik beendet.

Gegen Abend sollte das erste Gerichtspalaver stattfinden, und zu dem Zweck waren drei Stühle vor die Königshütte gestellt worden. Zahlreiche Parteien und neugierige Zuschauer umlagerten den Platz. Vom Schiff her kamen Bones und Hamilton in neuen, prächtigen Uniformen, und Sanders ging ihnen bis zum Ufer entgegen. Er hatte Hauptmann Tibbetts, dessen Scharfsinn er bei anderen Gelegenheiten genügend schätzen gelernt hatte, am Abend vorher das Holztäfelchen ausgehändigt, das sich im Besitze Mofobolos befunden hatte. Vielleicht gelang es dessen Kombinationsfähigkeit, die Botschaft zu entziffern.

»Nun?« fragte Sanders voller Spannung. »Haben Sie etwas daraus machen können?«

»Hm«, meinte Bones mit gewichtiger Miene, »leicht war es nicht, teure alte Exzellenz, aber ich glaube, Sie haben sich nicht an den Unrichtigen gewandt. Schauen Sie her...«

Er wickelte das Taschentuch auf, das er behutsam um das Täfelchen geschlagen hatte.

Sanders entzifferte die kaum leserlichen Buchstaben noch einmal:

S . . der .
. . . . . . . . iana . . rguson . . . . . . . ,
schre . l . ch . . . G . f . . . . aben Sie . . . . .
. . . . . . . . . au von Limb . . . . hört J . . . .
Tag de . Schauens als O . f . r . . . . . . geb . . . . w . . .

»Ich nehme an«, sagte Bones, »daß das ganze Täfelchen beschrieben war. Ich ersetze alle Lücken durch Buchstaben und komme dabei zu folgender Version:

Sanders.
Ich bin Diana Ferguson und befinde mich in schrecklicher Gefahr. Haben Sie schon von der Teufelsfrau von Limbi gehört? Ich soll ihr am Tag des Schauens als Opfer dargebracht werden.«

Sanders nickte langsam. »Ich fürchte, Sie haben recht. Mein Gott, welche Rätsel uns von allen Seiten umdrängen. Ich setze meine ganze Hoffnung auf das Palaver. Vielleicht kommt das eine oder andere Bruchstück der Wahrheit ans Licht. Ist Kufusa zurück?«

Die Frage war an Hamilton gerichtet.

Sie wurde verneint.

»Sie haben Kufusa ins Lager der Teufelsfrau geschickt?« erkundigte sich Bones interessiert.

»Ja, Tibbetts. Ich empfand den begreiflichen Wunsch, den Tag zu erfahren, an dem ich als Opfer geschlachtet werden soll.«

Sanders führte seine Gäste auf den Palaverplatz, den die Menge in breitem Gürtel umdrängte. Da waren viele ehrlichen Herzens gekommen, die wirklichen Grund zur Beschwerde hatten, es waren aber auch etliche da, die sich über ihren neuen Herrn lustig machen und seine Geduld auf die Probe stellen wollten. Kaum hatten die drei Weißen Platz genommen, da erhob sich ein Mann, der berühmt war wegen seiner Rätsel.

»Herr«, sagte er, »folgende Frage liegt mir sehr im Magen, und da du so weise bist, wirst du sie mir gewiß beantworten können. So höre denn: In dem Garten des Altkönigs standen einst neun Bäume. An jedem Baum hingen neun Tannenzapfen. Nun kam ein Affe zu jedem Baum...«

Es war eines jener Rätsel, die Kinder in Verlegenheit setzen.

»O Mann«, sagte Sanders mit gerunzelter Stirn, »es scheint, du bist des Glaubens, daß du Hochzeitsgäste zu unterhalten hast. He, Abibu! Nimm diesen Narren und strecke ihn aus.«

Der Rätselmann wurde auf den Bauch gelegt und begann in Erwartung dessen, was ihm bevorstand, erbärmlich zu heulen.

In der Tat hatte sich der Haussasergeant die Ärmelaufschläge bereits zurückgestreift, und sein Rohrstock pfiff unternehmend durch die Luft.

»Waren es neun Affen, oder waren es mehr?« fragte Sanders den Rätselmacher, als der neunte Schlag gefallen war.

»Herr, es waren neun! Ach – wären es doch weniger gewesen«, stöhnte der reuige Witzbold.

»Sei froh, daß es nur neun waren, es werden mehr für den sein, der dein Beispiel nachahmt und sich ohne Manneswürde benimmt«, sagte Sanders.

Da verkrümelten sich der Märchenerzähler und einige andere Spaßmacher in der Menge.

Eine Flut von echten Fragen und Beschwerden folgte. Sanders lauschte geduldig und fällte seine Urteile mit außerordentlicher

Schnelligkeit. Wo ein Redestrom sich ins Uferlose entfesselte, schnitt er ihn ab, drang entschlossen zum Kern der Sache vor und kam rasch zur Entscheidung. Die Leute, die an stunden-, ja tagelange Gerichtspalaver gewöhnt waren, standen starr vor Staunen.

Dann erhob sich Dobolimi, der Gatte Bofabas. Er trug sein Häuptlingsabzeichen, Schwänze von Halbaffen, obwohl er nicht ein Kriegshäuptling, sondern nur das Haupt der Verwaltung war und nicht über Truppen, sondern nur über eine kleine Polizeimacht verfügte, mit deren Hilfe er Steuern eintrieb und lokale Streitigkeiten schlichtete. Seine Stellung war am besten der eines Bürgermeisters in einer zivilisierten Gemeinde vergleichbar. Sanders war diesem Amt in diesem Teil Afrikas zum erstenmal in Rimi-Rimi begegnet.

»Sprich, was führt dich zu mir«, fragte er Dobolimi, dessen zugleich würdevolle und bescheidene Haltung ihm gefiel.

»Sandi, ich stehe vor dir«, sagte der Häuptling, und Sanders gab seine Billigung mit einem Zeichen seiner Hand zu erkennen. »Die Gesetze der weißen Herren sind mir fremd«, fuhr Dobolimi fort, »aber die Gesetze des Großkönigs habe ich gekannt und oft danach Recht gesprochen. Nun ist er tot, und nur dein Gesetz gilt. Darum bitte ich, gib mir dein Gesetz, damit ich weiß, was recht ist und was nicht. Denn ich war ein ehrlicher Mann und möchte es bleiben.«

»Du sollst es bleiben, Häuptling«, erwiderte Sanders gütig, denn die innere Rechtlichkeit dieses Mannes rührte ihn. »Es gibt nur ein Gesetz für die ganze Welt, und das heischt Sühne für jeden Frevel.«

»Dann machst du mich glücklich«, sagte Dobolimi einfach, »denn es wird ein Frevel an mir begangen, und du sollst ihn richten.«

Er erzählte seine Geschichte. Es war eine Geschichte, wie sie tausendfach vorkommt: ein gütiges Herz in der Gewalt eines herzlosen Menschen, ein Mann, gekettet an ein buhlerisches Weib, das ihn dem Gespött seiner Nachbarn preisgab und ihm in Augenblicken der Wut die Rache ihres herkulischen Liebhabers androhte.

»Er ist groß und stark wie ein Elefant«, klagte Dobolimi, »und er ist auch beliebt, weil er zur Leibwache des Königs gehörte. Außerdem ist er der Sohn des Bruders von Kabalaka, den der weiße Herr mit dem Glasauge in der Hütte des Erwählten erschlug.«

»Das ist ein böses Palaver, Dobolimi«, sagte Sanders. »Es scheint, daß deinem Weib jedes Gefühl für Anstand und Sitte fehlt, und was den Mann angeht, der dein Ansehen herabsetzt, so soll er sich hüten. Mag er so groß sein wie ein Berg und so stark wie das schnelle Wasser, das durch die Hände des Teufels fließt, ich werde ihn finden und zerbrechen. Wo ist dieser gewaltige Krieger?«

»Herr, er ist hier!«

Dobolimi wies auf den Mann, der sich keck in die erste Reihe gepflanzt hatte, sei es aus träger Neugier oder zu dem Zweck, dem Weibe Dobolimis Geschichten zuzutragen, oder auch nur, um den Häuptling durch sein Erscheinen einzuschüchtern.

»Mann, komm hierher«, sagte Sanders.

Der Krieger stolzierte herbei, und als er steif und aufrecht vor Sanders stand, hielt die Menge den Atem an, denn er überragte den Bezirksamtmann um mehr als Haupteslänge. Wülste aus rotem Ton starrten auf seinem Kopf, sein breiter, nackter Rumpf schimmerte von Öl. Wirklich, er bot einen majestätischen Anblick, und niemand hätte mit ihm anzubinden gewagt.

Sanders erhob sich, und ehe der Mann sich dessen versehen hatte, entriß er ihm den glänzenden Speer, das Abzeichen seines Ranges und seiner Ehre, der so poliert war, daß er wie Silber leuchtete. Sanders nahm ihn in beide Hände, und mit einem gewaltigen Ruck zerbrach er ihn über seinem Knie, was von jeher das Zeichen der Degradation in allen militärischen Kasten gewesen ist.

Ein Ah des Erstaunens lief durch die versammelte Menge.

»Gehe hinweg«, herrschte Sanders den vor Verblüffung starren Krieger an, »und geselle dich zu jenen, die meine Hütte bauen. Da sollst du den Werkleuten Wasser zutragen, und sehe ich morgen wieder Öl auf deinem Körper, so bekommst du die Peitsche, bis deine Haut trocken ist.«

Der Riese erwiderte nichts, gesenkten Hauptes schlich er von dannen. Sandi aber befahl, daß man Bofaba, Dobolimis hoffärtiges Weib, herbeihole.

»Ich sehe dich, Bofaba«, redete Sanders sie an, als sie vor ihm erschien. »Du hast die Liebe deines Mannes verhöhnt und dich unwürdig deines Ranges gezeigt. Darum sollen dir alle Abzeichen deines Standes genommen werden. Deine Armreifen, deine Ohrgehänge und deine Halsketten sollst du ablegen und für die Zeit eines Mondes meine Hütte ausfegen wie eine einfache Frau. So wirst du die Schande fühlen, mit der du bisher Dobolimi, deinen Gatten, überhäuft hast.«

Das Weib erwiderte nichts, aber die Augen, die sie groß und schwarz auf Sanders gerichtet hatte, funkelten vor Haß wie geschliffene Kohle.

Das Palaver war beendet. Sanders' Hoffnungen hatten sich nicht erfüllt. Er brach sogleich auf und schlenderte mit bewölkter Stirn durch eine der Vorstädte. Hamilton folgte ihm nicht, er erriet, daß der Schwager mit seinen Gedanken allein zu bleiben wünschte.

»Weißt du, was ich denke?« fragte ihn Bones, der seinem Vorgesetzten mit besorgter Miene nachblickte.

»Ich weiß es nicht und habe nie gewußt, ob du überhaupt zu denken imstande bist«, erwiderte Hamilton, der in gereizten Stimmungen mit Vorliebe über Bones herzufallen pflegte.

»Eines schönen Tages, lieber alter Major, wirst du dich doch mal zu der Entdeckung bequemen müssen, daß ich einen gut geölten Verstandesapparat besitze, und dann wirst du nicht wenig überrascht sein!«

»Du sprichst ein großes Wort gelassen aus, mein lieber Bones«, lachte Hamilton. »Also schieß los! Was hat dein gut geölter Verstandesapparat zurechtgeklügelt?«

»Zunächst mal glaube ich, daß unserer betrübten alten Exzellenz die Geschichte der kleinen Diana auf die Nerven geht. Und hier liegt des Pudels Kern.« Er tippte Hamilton dabei auf die Brust. »Als die Fergusons von dem scheußlichen alten Barbaren, dem Großkönig, umgebracht wurden, war Sanders noch – soviel ich weiß – bei den Ochori.«

»Ja«, sagte Hamilton nach kurzer Überlegung, »das stimmt.«

»Ist es nicht denkbar«, fragte Bones weiter, »daß die Botschaft nicht jetzt, sondern damals geschrieben und einem treu gebliebenen Eingeborenen anvertraut wurde, vielleicht noch ehe das Mädchen gefangengenommen und getötet wurde?«

Hamilton starrte zu Boden. »Dann wäre die Botschaft vor zwei Jahren geschrieben?«

»Und ist das nicht wahrscheinlicher, als daß sich das Mädchen all diese Zeit in den Händen der Teufelin befunden haben und noch leben soll?«

»Wahrscheinlicher wäre es, da hast du recht«, sagte Hamilton schweren Herzens, »aber unsere letzten Hoffnungen werden damit begraben.«

Später fand Hamilton Gelegenheit, Sanders von Bones' Theorie in Kenntnis zu setzen. Sie schritten nebeneinander her. Ein Schwarzer führte sie. Der Distriktgouverneur hatte sich entschlossen, den Ort aufzusuchen, an dem einst Fergusons Hütte gestanden hatte. Sanders gab sogleich zu, daß Bones' Erklärung auf stichhaltigen Gründen fuße. Die Fergusons mochten von seiner Anwesenheit bei den Ochori gehört haben. »Aber«, meinte er dann, »die Schrift schien noch ganz frisch zu sein. Als ich die Buchstaben berührte, wurden meine Fingerspitzen schwarz.«

»Vielleicht ist die Tafel einem Eingeborenen in die Hände gefallen, der sie in seiner Hütte als wunderkräftiges Juju bewahrt hat.«

Sanders antwortete nicht. Nur einmal hob und senkte sich seine Brust in tiefem Atmen.

Der Weg führte an der Nordseite aus Rimi-Rimi heraus und mündete in eine baumlose Ebene, die wie die Tummelstätte wilder Elefanten aussah, in Wirklichkeit aber, wie Sanders erklärte, der königlichen Garde als Lager- und Übungsplatz gedient hatte. Nach einstündigem Marsch gelangten sie auf den Kamm einer Hügelkette, die den Blick auf die jenseitige Ebene freigab. Eine Strecke ununterbrochenen Waldlandes schob sich bis an den Fuß eines kahlen, skelettartigen Berges heran. Sanders schaute lange und ernst hinüber.

»Das ist der Limpisi«, sagte er, »dort haust die angenehme alte Dame, die eines Tages ...« Er vollendete den Satz nicht, aber Hamilton wußte wohl, er hatte sagen wollen: »die eines Tages von der höchsten Spitze des höchsten Baumes von Rimi-Rimi baumeln wird«.

Sie setzten ihren Weg fort und folgten einem Pfad, der sich durch verkrüppeltes Wacholdergestrüpp hindurchwand.

Unterwegs vertraute Sanders dem Schwager seine geheimen Befürchtungen an.

»Der Nachschub macht mir Sorge«, sagte er. »Wir haben nicht

genug Munition. Ich hatte gehofft, wir könnten dieses Landes ohne kriegerische Verwicklung Herr werden, aber das scheint ganz unmöglich zu sein. Wenn nur erst der König gewählt ist und auf festen Füßen steht, dann habe ich die Hände frei. Ich würde dann befestigte Posten auf der Gebirgsstraße einrichten. Unglücklicherweise führt nur dieser eine Weg aus dem Lande heraus. Denn mit der Wasserstraße läßt sich als gewöhnlichem Verbindungsweg nicht rechnen.«

»Nein«, sagte Hamilton, und er fügte bedeutungsvoll hinzu, »der Weg in das Gebirge führt durch Tofolakagebiet.«

Ohne es auszusprechen, teilte er damit Sanders mit, daß er dessen stärkste Befürchtung kannte. Die Tofolaka waren die unbotmäßigsten von allen Stämmen des Altkönigs gewesen, und sie hatten sich bisher verdächtig still verhalten. Auch hatte ihr Häuptling keine Gesandtschaft nach Rimi-Rimi geschickt. Hingegen schwirrten unkontrollierbare Gerüchte durchs Land, die von heimlichen Kriegspalavern zu erzählen wußten.

Der Pfad, dem sie folgten, wich jetzt zum Fluß hin ab. Sein breites silbernes Band schimmerte bereits hie und da durch die Waldlichtungen.

Plötzlich blieb der Führer stehen und wies auf den Boden. »Herr, hier hat die Hütte gestanden«, sagte er.

Sanders starrte in das hohe Elefantengras. Nicht eine Spur war von der Hütte zu sehen. Mit seinem Stock bog er die Halme auseinander.

»Ja, hier war es«, sagte er langsam.

Er hatte einen morschen Dachbalken entdeckt, den die Gräser verbargen. Nun watete er durch die Halme, die ihm bis über die Knie reichten, und traf endlich auf einen Haufen zerbröckelter Steine. Der Eingeborene reichte ihm das Beil, das er in seiner Ledertasche am Hüftgurt trug, und Sanders schob die Steine beiseite und hackte den Boden auf. Hamilton half ihm wacker. Der Schwarze stand untätig daneben. Er hatte zitternd vor Angst jede Mithilfe abgelehnt. Er fürchtete die Geister des verrufenen Ortes. Die beiden Weißen hatten Jacken und Hemden abgelegt und arbeiteten mit entblößtem Oberkörper. Die glühende Sonne zerstach ihre Haut. Die Arbeit war schwer und beinahe fruchtlos. Sie fanden Reste zertrümmerter Möbel, einen zerbeulten Kessel, ein vermodertes Buch und Porzellanscherben, die von den Plünderern übersehen oder mißachtet worden waren. Sanders grub in der Nähe des Steinhaufens nach, der einst als Herd gedient hatte, und fand eine rostige Geldkassette, deren Deckel ohne Mühe aufgerissen werden konnte. In der Kassette lagen Briefe, deren Schrift nicht mehr leserlich war, ein paar englische Banknoten und drei Lichtbilder, von denen das eine Frau Ferguson, das zweite eine Gruppe Unbekannter, das dritte die Tochter darstellte.

Das also war das »kleine Weib mit dem Haar wie Mais«, ein schlankes Mädchen, dessen feines Haupt wie in Gold gerahmt war. Schweigend gab Sanders das Bild seinem Schwager, der es lange und wie in Verzückung ansah. Selbst der Amateurfotograf hatte nicht vermocht, die engelhafte Lieblichkeit dieses Antlitzes zu vergröbern. Nur zögernd und mit einem tiefen Seufzer trennte sich Hamilton von dem Bilde. Sanders barg die Papiere und Bilder in seiner Jackentasche, dann gruben sie weiter, ohne noch einen nennenswerten Fund zu machen.

Auf dem Heimweg war Sanders ungewöhnlich still. Endlich brach er das Schweigen.

»Wenn die Teufelsfrau von Limbi wirklich so mächtig ist, wie es den Anschein hat, und die Zeichen, mit denen mich ihre Huld schmückte, mehr zu bedeuten haben als bloße Spielerei, so wirst du dich an den Gedanken gewöhnen müssen, eines Tages die Leitung der Expedition zu übernehmen.«

Hamilton starrte seinen Vorgesetzten in tiefem Erschrecken an. »Du meinst doch nicht im Ernst, daß dich die Hexe als Opfer schlachten wird.«

Sanders lachte kurz und hart auf. »Man muß mit jeder Möglichkeit rechnen!«

»Mit dieser nicht.«

»Gerade mit dieser! Bedenke, selbst Kufusa ist nicht zurückgekehrt, und wer sich am Gesandten vergreift, wird auch den Herrn nicht verschonen!«

Sie hatten noch nicht den Königsplatz erreicht, da drang ihnen bereits der Lärm von klirrenden Speeren entgegen, und eine ungewöhnliche Bewegung auf den Gassen verriet, daß etwas im Gange war.

Vor der Tür der Königshütte wartete eine Schar Bewaffneter auf

Sanders. Neugierige Stadtbewohner bildeten um sie einen respektvollen Kreis. Sanders bahnte sich einen Weg durch die Menge. Er musterte die Neuankömmlinge mit scharfem Blick. Bei seinem Erscheinen richtete sich einer der Krieger zu stolzerer Haltung auf. Der Lehm, mit dem sein Schopf bedeckt war, das Öl, von dem sein Körper triefte, und der silberne Speer in seiner Hand zeugten von seinem Beruf, der Gürtel von Halbaffenschwänzen und das breitschneidige Elefantenschwert an der Hüfte für seinen hohen Rang.

»O Kriegshauptmann«, redete Sanders ihn an, »warum trägst du deine Speere vor meine Hütte?«

»Mann«, sagte der Krieger stolz, »ich bin der Hauptmann der Hundertschaft, die an der Höhle der Altmutter die Wache hat.« Er trug einen runden Gegenstand in einem viereckigen Tuch aus einheimischem Gewebe. Sanders sah ihn und flüsterte Hamilton zwei Worte zu.

Dann wandte er sich an den Hauptmann. »Daß du die Höhle der Altmutter bewachst, ist das ein Grund, so hoffärtig vor mir zu stehen, der ich Herr dieses Landes bin?«

Die dunklen Augen des Kriegers blitzten Sanders an. »Die Herrin, der ich diene, ist größer als du, und wir, die sie bewachen, sagen dir: Hüte dich davor, Spione zu schicken, die böse Fragen stellen!«

Er ließ die Ecke des Tuches fallen, und ein Menschenhaupt rollte auf den Boden vor Sanders' Füße. Es war das Haupt Kufusas, des Mannes, den Sanders in das Lager der Teufelin entsandt hatte, um den Tag seines Opfertodes zu erkunden.

»Wir haben ihn festgenommen und über das Feuer gehalten, bis seine Lippen sich auftaten«, sagte der Hauptmann mit unbewegter Miene. »Und dann haben wir ihm den Kopf abgeschlagen.«

»Ich sehe es«, sagte Sanders nicht minder kalt. »Und du bist also ein Hauptmann von hundert Leuten?«

»Ich bin es – und ein großer Häuptling im Kriege. Schau her!« Er ließ seinen Finger über eine lange Reihe von Kerben herabgleiten, die in seinen Speer geschnitten waren. »Diese alle habe ich im Kampf erschlagen!«

Mit diesem letzten Pfeil des Triumphs glaubte der Hauptmann, sich einen guten Abgang gesichert zu haben, und er wandte sich seinen fünf Trabanten zu, um ihnen den Befehl zum Abmarsch zu geben.

Noch nie war Sanders die außerordentliche Macht und Gefährlichkeit der alten Frau von Limbi so bewußt geworden wie in diesem Augenblick; denn noch nie war man ihm mit solcher Kaltblütigkeit und Herablassung begegnet. Was für ein Weib mußte das sein, das eine solche Sicherheit des Auftretens einzuflößen verstand!

Schon hob der Hauptmann den Arm mit dem glänzenden Speer, da riß Sanders seine Pistole hervor.

»Seht ihr das kleine Gewehr in meiner Hand? Es schleudert einen Blitz, schnell wie der Funke aus M'shimba M'shambas Auge, es speit einen Tod, dem keiner entrinnt. Legt die Speere nieder, ehe es mit euch spricht!«

Der Hauptmann starrte in die dunkle Mündung der unscheinbaren Waffe.

»Ich habe von diesen kleinen Gewehren gehört«, sagte er schwer und ließ seinen Speer fallen, ein Beispiel, dem seine Leute sogleich folgten. »Aber warum drohst du mir? Ich bin der Bote der Heiligen Frau. Weißt du nicht, daß ich unverletzlich bin?«

Sanders gab seinen Haussas einen Wink, und sie banden den stolzen Hauptmann mit geübter Hand.

»Mann«, knirschte der Krieger, »wie darfst du es wagen, mich auf meinem stolzen Wege aufzuhalten!«

»Ich halte dich nicht auf«, erwiderte Sanders. »Ich will dich nur noch rascher an dein Ziel befördern – nur daß es nicht die Höhle von Limbi ist, sondern die Spitze eines gewissen Baumes, an den ich schon vor dir einen großen Häuptling hängen ließ, und dort stirbst du noch heute, damit man wisse, daß meine Boten heiliger sind als die Hauptleute einer Hundertschaft. Und an den gleichen Baum, an dem du hängst – hört es, ihr Krieger, die ihr nicht hängen werdet –, knüpfe ich eines Tages die Teufelin von Limbi selber auf, sei sie Mann, Weib oder Geist – hängen soll sie, bei Ewa!«

Die Kriegstrommeln des Altkönigs rollten mit dumpfem Ton, und vor den entsetzten Augen von Rimi-Rimi baumelte der entseelte Körper des Mannes, auf dem die schützende Hand der Frau von Limbi geruht hatte. Erst nach Sonnenuntergang nahm man ihn herab und schaffte ihn zu den Inseln der Toten, wo er mit allen

Ehren bestattet wurde. Denn so hart auch Sanders zu strafen wußte, vor den Toten schwieg seine Feindschaft.

Es war am Abend, als eine finstere Frau in schmucklosem Gewande, stumm und verbissen, die Hütte ausfegte, die Sanders jetzt bewohnte. Sanders hatte die beiden Frauen, die diese Arbeit bisher verrichtet hatten, kurz vorher entlassen, teils hatte ihn ihr Geschwätz gestört, teils wollte er es Bofaba ersparen, sich ihrer Demütigung unter den höhnischen Blicken ihrer Geschlechtsgenossinnen zu unterziehen.

Als um acht Uhr die Ordonnanz das Essen auf den Tisch stellte, ließ er Bofaba kommen.

»Frau«, redete Sanders sie an. »Du darfst jetzt zu deinem Gatten zurückkehren und in seiner Hütte schlafen. Aber bei Sonnenaufgang mußt du wieder hier sein.«

Sie warf ihm einen haßerfüllten Blick zu, dann senkte sie die Lider. »Herr, es ist besser, daß ich gehängt werde wie der große Krieger«, sagte sie, »denn jetzt werden die Leute auf meinem Hügel mit Fingern nach mir weisen.«

»Lange genug haben sie auf deinen Gatten mit Fingern gezeigt, gute Frau«, sagte Sanders.

Obwohl Bofaba entlassen war, traf sie keine Anstalten zu gehen. Irgend etwas beschwerte ihren Sinn. »Herr«, platzte sie schließlich heraus, »wenn ich dich tötete, würde mich dann der andere Herr aufhängen?«

»Da kannst du ganz sicher sein, daß er das tun würde«, erwiderte Sanders. »Noch wahrscheinlicher ist, daß dich der Blitz aus meinem kleinen Gewehr vorher zu finden weiß.«

Da ging sie hinaus und erstieg langsam den Hügel. Jetzt haßte sie Sanders noch mehr als ihren Gatten, und sie fühlte, sie würde keine Ruhe haben, ehe sie nicht ihr Messer in seine Brust gestoßen hatte.

Sie suchte ihren Liebhaber auf, denn sie bedurfte des Trostes. Aber statt zärtlicher Worte bekam sie Prügel von ihm. Sie gab Sanders auch dafür die Schuld und haßte ihn mehr denn je.

Sanders und Hamilton weilten beide auf dem Schiff, als sich Bofaba in die Königshütte zurückschlich. Niemand sah sie, noch das Schwert, das sie unter ihrem Gewand verbarg. Um Mitternacht hörte sie Schritte im Vorraum. Sicher war das der weiße Herr, der sein Lager aufsuchte. Aber als sie durch die Matte blickte, gewahrte sie eine Frau. Sie zog einen naheliegenden Schluß, und ihre Lippen verzogen sich höhnisch, da sie aber nicht wünschte, verraten zu werden, fragte sie mit rauher, verstellter Stimme: »Wer ist da?«

Wie wenn der Flügel einer Fledermaus sie streifte, berührte eine Hand ihr Gesicht, etwas Feuchtes strich zweimal über ihre Stirn, und dann hörte sie das Geräusch enteilender Füße. Eine furchtbare Ahnung krallte sich eiskalt in ihr Herz. Mit dem Handrücken befühlte sie ihre Stirn. Im nächsten Augenblick entfuhr ihren Lippen ein herzzerreißender Schrei. Sie stürzte aus der Hütte, unbekümmert um die Wache, die ihre Rufe vergeblich hinter ihr hersandte.

Sie keuchte den Hügel hinab und stürzte in die Hütte ihres Gatten. Als er das Schwert in ihrer Hand erblickte, griff er nach seinem Speer. Sie sah seine Geste gar nicht. Sie warf sich vor ihm auf die Knie.

»Herr, Herr«, jammerte sie, »was ist mit meiner Stirn?«

Er schaute sie an und heulte vor Schreck laut auf. »Frau«, klagte er, »Unselige! Du bist von der Teufelin von Limbi zum Tode gezeichnet worden!«

Sie starrte ihn offenen Mundes an, dann riß sie das Schwert empor, stemmte den Griff auf den Boden und die Spitze auf ihr Herz, und sie war lautlos vornüber gefallen, noch ehe er eine Bewegung machen konnte. Ein Blutstrahl quoll empor. Sie war dem Beispiel vieler Gezeichneter gefolgt. Sie hatte einen jähen Tod der langen Qual des Wartens vorgezogen.

## *Der König aus dem Süden*

»Herr«, sagte Dobolimi, noch zitternd von dem überstandenen Schrecken, »sie starb, weil sie das Opferzeichen auf der Stirn trug. Sie mochte wohl nicht auf den Tag des Schauens warten.«

»Den Tag des Schauens?« fragte Sanders schnell. »Wann ist der?«

»Herr, am neunten Tag nach dem Neumond.«

Sanders zog den Atem tief ein und ließ ihn langsam entströmen.

»Wie kommt es, daß deine Frau gezeichnet wurde?«

»Herr, ich weiß es nicht, aber eine Frau, die die Verstorbene gut kannte, hat mir erzählt, daß Bofaba gegen Abend zu dir zurückkehrte, um dich zu töten. Während sie in deiner Hütte auf dich wartete, muß das Schreckliche geschehen sein.«

Sanders sann nach. Die Wache hatte ihm berichtet, daß eine laut kreischende Frau wie eine Rasende in die Nacht geflüchtet war.

»In Zukunft werden wir auf der ›Zaire‹ schlafen«, sagte Sanders zu Hamilton. »Ich fürchte, daß sich die Tschu in ihrem Opfer getäuscht hat. Diesmal warst du es, der daran glauben sollte.«

»Der Teufel soll die Teufelsmutter reiten«, brummte Hamilton.

Beim Lunch, der an Bord des Schiffes eingenommen wurde, nahm man die Ereignisse des verflossenen Tages noch einmal unter die Lupe.

»Komisch bleibt es immerhin, daß mich niemand zu zeichnen wünscht«, ließ Bones sich hören.

»Selbst die Teufelsmutter dreht dir eine lange Nase«, sagte Hamilton, wobei er eine Essiggurke aufspießte.

Aber Bones war viel zu eifrig bei der Sache, um die zarte Anspielung zu verstehen. »Ich habe eine unheimliche Entdeckung gemacht«, verkündete er strahlend.

»Wann tätest du das nicht«, fragte Hamilton trocken. »Besonders beim Essen pflegt dir das zu passieren.«

Bones blickte Hamilton mit einem Wohlwollen an, das das härteste Herz hätte zum Schmelzen bringen müssen.

»In diesem Lande gibt es viele seltsame Dinge. Andere, überlegenere Gehirne, lieber Hamilton, übersehen sie, aber meiner jugendlichen Weisheit fallen sie auf.«

»Sehr richtig, Bones«, meinte Sanders lächelnd. »Es gibt viel Seltsames hier, und Ihre jugendliche Weisheit ist nicht das wenigst Seltsame davon.«

Bones verbeugte sich.

»Das sollte kein Kompliment sein«, erläuterte Hamilton, und Bones verbeugte sich zum zweitenmal.

»Lassen Sie sich nicht unterbrechen, Bones«, ermunterte ihn Sanders.

»In diesem Lande gibt es viele seltsame Dinge«, hub Bones von neuem an. »Aber es gibt keine Zauberer!«

Die beiden Männer schauten einander an.

»Er hat recht«, sagte Sanders langsam. »Solange ich hier bin, habe ich weder von einem Zauberer-Palaver gehört noch einen dieser sympathischen Herren getroffen.« Er sah anerkennend zu Bones hinüber. »Die Beobachtung legt für Ihren Scharfsinn wirklich ein gutes Zeugnis ab.«

»Ich wußte es, liebe alte Exzellenz«, sagte Bones bescheiden.

Sanders lächelte nur.

»Ganz gewiß läßt die Wahrnehmung, daß sich in keinem Stamm ein Zauberer findet, merkwürdige Schlüsse zu. Vielleicht liegt auch darin das Geheimnis der Macht, die von der Teufelsfrau ausgeht. In ihrer Person sind alle Zauberer des Landes vereinigt, und der Nimbus, der früher von unzähligen ausging, hat sich um ihr Haupt verdichtet. Wahrscheinlich wacht sie voll Eifersucht über ihrem Monopol!«

Sanders ließ eine der Geiseln herbeiholen, die auf dem Schiff eine beschränkte Bewegungsfreiheit besaßen. Es war ein Häuptling niederen Ranges.

»Es ist wahr, Herr«, gab der Häuptling unumwunden zu. »Wir haben keine Zauberer. Nur einmal erhob sich ein Mann namens Gigini, um Magie zu treiben. Aber die Frau von Limbi« – er schauderte bei der Nennung des Namens – »entbrannte in Zorn gegen ihn. Da ließ der alte König, um ihr gefällig zu sein, den Mann herbeiholen. Eine bissige kleine Schlange wurde in seinen Mund gelegt, und man nähte ihm die Lippen zusammen. Daran starb er.«

»Gemütsmensch«, murmelte Hauptmann Tibbetts.

Damit hätte das Palaver füglich enden können, aber die Neugierde legte dem Gefangenen eine Frage auf die Lippen, die Sanders in den letzten vierundzwanzig Stunden wohl hundertmal an sich selbst gerichtet hatte.

»Herr«, fragte er, »wo wirst du den König hernehmen?«

»Vielleicht von den Tofolaka«, sagte Sanders, obwohl er durchaus noch nicht sicher war, damit den richtigen Griff zu tun. »Ihr Häuptling ist ein großer Krieger, außerdem war seine Schwester des Königs Weib!«

»Herr«, sagte der Mann warnend, »wenn du das tust, wird Krieg im Lande sein. Die Tofolaka sind bei den Fongini wegen ihrer Grausamkeit verhaßt, und es heißt, daß die Schlange und die Tofolaka zusammen im Grase leben und daß die Schlange darüber vor Scham stirbt. Auch fürchten wir Leute von Rimi-Rimi die Tofolaka seit Jahren; denn eine alte Prophezeiung sagt, daß der nächste König aus dem Süden kommen wird.«

»Die Bubujala haben einen neuen König eingesetzt«, sagte Sanders, in dem ein Gedanke Gestalt gewann.

Doch der Häuptling spie auf den Boden. »Die Bubujala sind große Diebe«, sagte er verächtlich. »Außerdem verspeisen sie ihre Gefangenen. O Herr, wie kannst du in deinem Sinn auch nur erwägen, einen König dieses schändlichen Stammes über das stolze Volk von Rimi-Rimi zu setzen?«

»O Mann«, erwiderte Sanders spöttisch, »welchen Grund zum Stolz habt ihr in Rimi-Rimi?«

»Herr, wir sind stolz darauf, daß wir nicht sind wie andere Leute«, brüstete sich der Pharisäer.

Zu der gleichen Zeit, da man auf der »Zaire« das Fehlen der Zauberer in diesem sonst von Zauberei ganz eingesponnenen Lande besprach, war bei den Tofolaka ein Mann zu Ansehen gekommen, der sich rühmte, die totesten Toten erwecken zu können. Vielleicht hatte er seine Künste schon zu Lebzeiten des Altkönigs ausgeübt; denn es ging das Gerücht, daß er cala-cala – das heißt vor langer Zeit – einen sehr toten Mann erweckt habe, indem er ihm den furchtbaren Namen einer gewissen Teufelsfrau ins Ohr flüsterte, worauf jener zweimal nieste und heftig nach Speise verlangte.

Damals war es also immerhin noch die alte Dame von Limbi gewesen, die ihm ihre Wunderkräfte geliehen hatte.

Nun aber hatten sich die Dinge geändert. Der Altkönig war tot, und die einzige Staatsautorität, die noch bestand, ruhte in den Händen von drei weißen Männern, die mit der Behauptung in das Land gekommen waren, die Diener eines mächtigen Völkerbundes zu sein, wofür der Name der Eingeborenen lautete: »Viele, die wie einer reden«. Aber Reden ist nicht Handeln, und drei weiße Männer, die man nur vom Hörensagen kennt, brauchen einen Totenerwecker nicht einzuschüchtern. So also hielt Lobi die Zeit für gekommen, sich als Zauberer zu etablieren und, wenn es anging, der Teufelsmutter die Macht zu entreißen. Mit diesem Plan trat er vorerst noch nicht an die Öffentlichkeit. Vielmehr ließ er durchblikken, daß er seine Inspirationen aus einer Weisheitsquelle schöpfe, die beiden gemeinsam sei. Er behauptete, daß die Altmutter, in deren Belieben es stehe, bis zur Däumlingsgröße zusammenzuschrumpfen, in den Nachtstunden auf dem Rücken einer Fledermaus zu ihm geritten käme, worauf sie sich mit ihm ohne Stolz und Überhebung in lange Unterhaltungen einließe.

Um den Nimbus des Geheimnisvollen zu erhöhen, gab Lobi als nächstes seine Weiber auf und zog sich in eine Höhle der Nachbarschaft zurück, womit er ganz gewiß ein unverschämtes Plagiat an der Teufelsmutter beging, das aber dennoch nicht seinen Eindruck verfehlte. Um nun vollends der beneideten Konkurrentin gleichgestellt zu sein, forderte er eine Leibwache von Jungfrauen. Doch diese wurde ihm zunächst noch verweigert, zumal nicht genügend Jungfrauen verfügbar waren. Da aber starb sein Bruder, ein Unterhäuptling, oder er tat wenigstens so, als ob er gestorben wäre, indem er sich lang und steif ausstreckte und das Weiß seiner Augen zeigte. Man sandte nach Lobi, der eilends herbeikam. Er legte die Hand auf das Herz seines »toten« Bruders, blies ihm in die Nasenlöcher und murmelte unverständliche Worte. Der Bruder erwachte und verspürte einen Mordshunger.

Man möchte es nicht aussprechen, aber es muß doch gesagt werden, daß es auch angesichts dieser Wundertat noch Zweifler gab, die es lieber gesehen hätten, wenn der »Tote« nicht gar so eng mit seinem »Erwecker« verwandt gewesen wäre. Ja, einige, denen die Häuptlingsfrau nicht gestattet hatte, den Toten zu betasten, um festzustellen, ob er auch wirklich mausetot war, gaben ihren Bedenken laut und mißfällig Ausdruck.

Zur Strafe belegte Lobi den ungläubigsten Thomas mit seinem Bannfluch, und man fand ihn am nächsten Morgen mit durchschnittener Kehle. Es mußte also doch in dem Fluche Lobis eine tötende Kraft gelegen haben. Und wer mit seinem Fluche töten konnte, sollte der nicht auch vom Tode auferwecken können? So war Lobis Ruhm in seinem Heimatdorf begründet. Bald sollte er über dessen Grenzen hinaus zu Ansehen und Bedeutung kommen.

Das ging so zu.

Der Oberhäuptling der Tofolaka ließ seinem ganzen Volk, seinen Häuptlingen und Dorfobersten, seinen Jägern und Verwaltern verkünden, daß Palaver über die Nachfolgeschaft des Altkönigs abzuhalten seien. Es sollte der »größte und ruhmvollste Häuptling der ganzen Welt« gewählt werden, »einer, der sein Volk und sein Land über alles liebt, der kriegsgeübt ist und die weißen Männer haßte«.

Es war klar, daß der Oberhäuptling der Tofolaka damit niemand anders meinte als sich selbst, und so fiel die Wahl in jenem Palaver auf ihn. Da legte sich Lobi eine Kette von ausgefallenen Zähnen um den Hals, band an den Gürtel eine Teufelsmaske und trat die Reise in die Stammeshauptstadt an, wo er sich dem Oberhäuptling vorstellte.

»Ich sehe dich, Lobi«, sagte M'ndi. »Wenn ich erst in Rimi-Rimi sitze und die heilige Frau mir ein Palaver wegen deiner schamlosen Anmaßungen machen sollte, werde ich dich wohl den Abhäutern übergeben müssen.«

Lobi fühlte, wie alles Blut seine Wangen verließ, aber er trug seine keckste Miene zur Schau.

»Herr«, sagte er, »noch in der letzten Nacht sprach ich sehr freundschaftlich mit dem Geist des Altweibes, der mir wie einem Bruder zugetan ist. Er saß auf dem Rücken einer Fledermaus und hatte sich so klein gemacht, daß er auf meinem Finger hocken konnte.« Zum Beweise hielt er dem Häuptling den Finger unter die Nase, und es ward M'ndi recht unbehaglich zumute. »›Schwester Teufelin‹, redete ich das Geistlein an – denn so verkehren wir miteinander –, ›Schwester Teufelin, wenn es dir recht ist, wollen wir M'ndi an die Stelle des Altkönigs setzen. Er ist Kabalakas Bruder und der Erbe seiner Rache an den weißen Männern. Außerdem ist kein Häuptling im Lande so königlich wie er!‹«

»O ko«, sagte M'ndi entzückt. »Da sprachst du ein gewaltiges Wort. Was sagte darauf das Geistlein?«

Lobi ließ ein mächtiges Räuspern vernehmen, mit dem er sich Mut machen wollte. »Herr, es zeterte laut und sagte: ›M'ndi ist nicht der König meiner Wahl.‹«

Lobi hatte wie ein Besessener gesprochen. Er wußte, er setzte sein Leben auf eine Karte, aber eine unheimliche Macht in seinem Innern zwang ihn, seinen Trumpf auszuspielen.

M'ndi zog die Brauen zusammen. »Tod und Teufel!« zischte er. Es klang wie das Fauchen einer Katze.

»Herr«, fiel Lobi rasch ein. »Trage deswegen keinen Kummer.

Denn sieh, ich habe das Geistlein von meinem Finger geschüttelt. ›Frau‹, rief ich ihm zu, ›setze dich wieder auf eine Fledermaus und kehre heim in deine große Höhle. Denn ich, Lobi N'kema, der ich ein weithin berühmter Zauberer bin und ein wunderbarer Erwekker der Toten, werde M'ndis Freund sein.‹«

Der König tat den Mund sperrangelweit auf. »Das hast du gesagt – und lebst?«

»Du siehst es, Herr«, sagte Lobi mit bescheidener Würde.

»Und die Altmutter hat dich nicht zu Boden gestreckt?«

»Wohl hob sie ihre Hand und schleuderte einen Blitz, aber ich deckte mich mit dem Schild, der von drei blinden Geistern für mich erzaubert wurde. Als der Blitz den Schild traf, verwandelte er sich in Wasser, glitt ab und grub ein tiefes Loch in den Boden. Du kannst es sehen, wenn du mit mir in meine Höhle kommst.«

Der Häuptling faltete die Stirn und dachte angestrengt nach. »Bleibe bei mir, Lobi«, sagte er endlich, »ich sehe, du bist größer als die alte Frau!«

Da kam Lobis erhabenster Augenblick. Triumph und Siegesrausch rissen ihn mit, daß er ausrief: »Herr, die Teufelsfrau von Limbi wird sterben. Aber ich werde niemals sterben. Der Tod ist nicht so stark wie ich!«

Ein Stillschweigen entstand.

Hätten Neugier, Laune oder die reine Lust am Morden ihn getrieben, Lobi beim Wort zu nehmen, es wäre um den »Unsterblichen« geschehen gewesen. Das wußte Lobi wohl. Er stand wie ein Erzbild da. Er fühlte, wie sein Blut zu Eis gerann und der Boden sich unter ihm öffnete. Aber als die Todesangst ihm eben den Magen umkehren wollte, redete M'ndi ihn an, und schon beim ersten Wort erkannte er, daß das Spiel gewonnen war.

»Höchstheiliger, du sollst von heute ab in meiner Hütte schlafen«, sagte der Oberhäuptling.

Der Ort, an dem diese bedeutsame Entscheidung fiel, lag etwa zweihundert Meilen von der Königsresidenz der Ochori entfernt. Das Massiv der Geisterberge schiebt sich als himmelhochragende Schranke dazwischen, unüberschreitbar bis auf einen schmalen Paß, der ihren Kamm überquert und sich an einer tiefen Schlucht entlangwindet. Es war ein Pfad, wie ihn die Ziegen treten. Nur ein geübtes Menschenauge fand sich hier zurecht.

In der Ochoristadt residierte ein Häuptling, der ein Fremdling unter seinem Volke war. Bosambo stammte aus Liberia. Er war ein Kruneger, der aus einer Strafanstalt Monrovias entwichen war und Hunderte von Meilen über ödes, gefährliches Land zurückgelegt hatte, bis er sich unter den Ochori niederließ. Die Ochori wurden damals als Feiglinge verachtet. Er hatte aus ihnen ein kriegerisches Volk gemacht. Er hatte die Akasava, die N'gombi, die Isisi und schließlich auch die Widersacher in seinem eigenen Lager besiegt, und er war ein treuer Diener der britischen Regierung geworden, wenn er auch in kleinen Dingen nicht immer ganz ehrlich und aufrichtig war. Bereits einmal war er in das Land des Großkönigs eingedrungen, um sein gefangenes Weib zu befreien. Sanders hatte sie durch sein Dazwischenkommen vor einem grausamen Tod bewahrt, und nun hing Bosambo ihm mit noch größerer Treue an. Sein eigenes Leben achtete er zwar gering, aber die Frau war der Sonnenstrahl seines Daseins geworden. Er liebte sie mehr als seinen Augapfel. Sie war eine anmutige, zierlich gebaute braunhäutige Araberin, die dem rechtmäßigen islamischen Glauben angehörte. Sie hieß Fatima, aber die Leute hatten ihren Namen in Fitema umgewandelt.

Fitema saß an der Tür ihrer Hütte und wiegte ihren zweiten Sohn auf den Knien. Dabei beobachtete sie Bosambo, dessen Augen besorgt den Himmel absuchten, der in glasklarer Bläue strahlte.

Die Hütte des Häuptlings lag hoch, wie alle Königshütten in diesem Teil Afrikas. Von ihrem Eingang aus beherrschte der Blick die ganze Hauptstraße. Von ihrem Platz aus konnte Fitema sehen, wie die Ochorifrauen an ihren Feuern die Abendmahlzeit bereiteten.

»Herr«, fragte sie ihren Gatten mit weicher, wohlklingender Stimme, »ist der kleine Vogel noch immer nicht zu sehen?«

Bosambo schüttelte den Kopf. »Alle Dinge sind bei Allah«, sagte er ergeben.

Seit zwanzig Tagen wartete er auf seinen kleinen gefiederten Liebling, und noch immer wollte er nicht kommen. Doch als das Abendlicht eben verblutet war, tauchte in dämmerferner Höhe ein zarter Punkt auf, der sich zusehends vergrößerte. Es war ein müder

Vogel, der sich auf ausgebreiteten Schwingen herabgleiten ließ. Bosambo stieß einen schrillen Pfiff aus, und die Taube setzte sich auf seine ausgestreckte Hand.

»O Kuku«, sagte er mit leisem, vergnügtem Lachen, indem er zärtlich über das schimmernde Gefieder strich, »was für Sorge habe ich deinetwegen gehabt.«

Er streifte die beiden Gummiringe von den Beinchen ab und entrollte das dünne, eng beschriebene Stück Papier, das dazwischengeklemmt war. Aber ehe er die Botschaft las, ließ er der Taube Wasser und Körnerfutter reichen. Sie saß auf seiner Schulter, während er die Schrift zu entziffern versuchte.

Dann legte er dem jungen Weibe, das ihn angstvoll beobachtete, die gewaltige Kriegertatze aufs Haupt.

»Oh, du Mutter meiner Kinder«, sagte er, »Sandi ruft mich zu einem großen Palaver!«

Die Frau befeuchtete ihre trockenen Lippen.

»Du gehst – allein?«

»Mit meinen Speerleuten – doch ein Weib nehme ich nicht mit«, sagte Bosambo. »Die Stadt des Altkönigs birgt böse Erinnerungen.«

»So gehe denn, Herr, wenn du mußt«, sagte sie nach einer bangen Pause. »Ich werde das Ochoriland in deinem Namen regieren!«

Zehn Minuten später ertönte das dumpfe Trommeln der Lokoli. Sandi berief die »Häuptlinge des Sonnenaufgangs« zu sich, so genannt, weil sie die Ochoristadt bei Sonnenaufgang erreichten, wenn sie des Abends aus ihren verschiedenen Heimstätten aufbrachen.

Gegen Morgen hielt Bosambo sein Palaver ab. Er beschränkte sich auf wenige Worte.

»Ich gehe über die Berge in das Land des Großkönigs«, sagte er, »und mein Weib Fitema sitzt an meiner Statt. Jeder gehorche ihr, dem sein Leben und seine Würde lieb sind. So will es Sandi!«

»Bosambo«, bemerkte ein Schalk aus der Versammlung, »mußten wir deswegen die Nacht durcheilen, daß du uns das verkündest? Wer weiß denn, ob du bleibst oder ob du gehst – außer an den Tagen der Steuererhebung. Da wissen wir ohnehin alle, daß du da bist!«

Ein unterdrücktes Lachen erscholl. Dann erhob sich ein Unterhäuptling und gelobte Fitema für sich und sein Dorf Gefolgschaft. Die anderen ahmten sein Beispiel nach, und das Palaver endete in einem Austausch von Höflichkeiten. Als die Nacht hereinbrach, war Bosambo bereits unterwegs, und noch stundenlang später sandten seine Lokoli eine lange Botschaft nach Norden aus, die in Windeseile das Land durchlief und schließlich auch von den Trommlern der Tofolaka wiederholt wurde, obgleich sie die Ochorisprache nicht verstanden. Aber es konnten ja auch Geister sein, die sich auf diese Weise den Sterblichen verständlich zu machen suchten.

M'ndis Trommler aber war ein kluger Mann. Er fand eine Deutung und brachte sie vor den Häuptling, der mit sieben weisen Männern eine Ratssitzung abhielt.

»Herr, ein Langruf kommt von den Bergen herab. Niemand versteht ihn, nur ich schaue in sein Geheimnis!«

»Was sagt er?« fragte M'ndi neugierig.

»Herr, er sagt: ›Ich komme! Halte dich bereit.‹«

Lobi, der mit im Königsrat saß, räusperte sich. »Ein Geisterspruch«, sagte er wichtigtuerisch. »Man will dir wohl im Reich der Unsterblichen. Denn wie sollte die Botschaft von einem Menschen sein. Ein jeder weiß, daß es jenseits der Berge nur eine Schar elender Räuber und das Ende der Welt gibt.«

Der Häuptling zupfte in einer nachdenklichen, aber nicht unangenehmen Geistesverfassung an dem schütteren Bart, der ihm das Kinn umrahmte. »In diesem Lande ist seit Beginn der Welt immer gesagt worden, daß der König eines Tages aus dem Süden käme«, sagte er. Das heißt, er gebrauchte nicht das Wort »Süden«, sondern einen Ausdruck, der soviel wie »zur Linken der sinkenden Sonne« bedeutet. »Wenn du wahr sprichst, Lobi, und jenseits der Berge kein Königreich mehr liegt, dann bin ich der Verheißene; denn kein Land liegt den Bergen näher als das meine.«

Da kam Lobi der größte Gedanke seines Lebens. »Herr«, sagte er, »könnte nicht ein Mensch aufstehen und sich brüsten, er sei der wahre König, weil sein Misthaufen noch südlicher liegt als die Stadt M'ndis? Darum rate ich, daß wir in die Berge hinaufziehen, um ein Palaver mit den Geistern zu machen.«

»O ko«, brach es von den Lippen des bestürzten Häuptlings,

»ich liebe keine Geister. Wie kann ich sie anschauen, ohne zu erblinden? Geh du hinauf. Ich warte am Fuße der Berge. Zudem«, fügte er mit einem Blick auf sein Bäuchlein hinzu, »bin ich zu fett zum Klettern!«

Am nächsten Morgen wurde Lobis Ratschlag zur Tat. Der König in spe, seine Räte und zwei Regimenter zu je tausend Speeren brachen zur Attacke gegen die Geister auf. Am dritten Tage ließen sie sich in einem Dorfe nieder, um eine befriedigende Lösung für das Problem des Nachschubs zu finden. Zweitausend hungrige Mägen zu füllen war keine Kleinigkeit. Das ganze Land hallte vom Wehklagen der betroffenen Häuptlinge wider. Da sich M'ndi nicht dazu entschließen konnte, ihre Kornspeicher gewaltsam zu plündern, blieb nichts weiter übrig, als die militärische Eskorte bis auf seine Leibwache von achtzig Mann nach Hause zu schicken.

Die zweite längere Rast wurde gehalten, als der König Wohlgefallen an einem Tanzmädchen fand. Endlich, am fünften Tage, wurden die Ausläufer des Gebirges erreicht. Die höchsten Spitzen des Bergmassivs waren von Wolken verhüllt, ein sicheres Zeichen, daß sich die Geister in voller Armeestärke versammelt hatten und ungestört zu bleiben wünschten. Lobi riet von einer Fortsetzung des Marsches ab. Erst am nächsten Tage, als sich die Wolken verzogen hatten und die Berge in lichter Klarheit erstrahlten, wurde das Lager auf die halbe Höhe eines Bergabhanges vorgeschoben.

Eine ganze Nacht hindurch wälzte M'ndi die Frage in seinem Kopf, ob seine Interessen auch sicher in den Händen seines neugebackenen Hofzauberers ruhten, und er kam zu der Vermutung, Lobi könne möglicherweise die Besprechung mit den Geistern zu seinem Vorteil ausnutzen oder ihm gar wichtige Bruchstücke der Verhandlung unterschlagen.

»Ich will mit dir kommen bis an die Grenze des Teufelslandes«, verkündete er daher seinem Hofzauberer am andern Morgen. »Ich glaube nicht, daß die Geister es böse mit mir meinen!«

»Herr, in deiner Weisheit findest du stets das Richtige«, sagte sein Genosse, der Seher, bereitwillig. »Du mußt dich wappnen für die Zeiten, da du König bist; denn ich sagte dir schon, daß am Ende der Welt noch elende Räuber hausen, und wenn du ihnen einst entgegenziehen mußt, so ist es gut, daß sich die Geister an deinen Anblick bereits gewöhnt haben.«

Diese Rede gefiel M'ndi wohl, und so brachen sie selbander am frühen Morgen auf und keuchten den steilen, durch loses Geröll fast unwegsam gemachten Pfad zum Kamm des Gebirges hinauf.

»Ich sehe keine Geister«, sagte M'ndi und zog schnüffelnd die Luft ein.

»Herr, für dich sind sie unsichtbar«, beeilte sich Lobi zu erwidern. »Ich aber sehe mit meinen begnadeten Augen unzählige. Schau, da ist einer in gebrechlichen Jahren. Er schreitet quer über den Weg!«

»Ich sehe nichts«, sagte M'ndi, der Wahrheit gemäß. »O ko, Lobi, nun weiß ich, daß du ein großer Zauberer bist!«

Bei diesem Lob fühlte der Seher seine Einbildungskraft merklich wachsen.

»Und da«, rief er erregt, »der Geist des alten Königs in eigener Person. Bei deinem Anblick hat er voll Freude die Hand gehoben, die ihm geblieben ist.«

M'ndi sah noch immer nichts. Seine Augen quollen fast aus den Höhlen. Er bohrte den Blick in die Schründe der Felsenzinnen, Schatten nahmen hie und da Form und Gestalt an. Waren das Geister? Er wußte es nicht. Fast demütig wanderte sein Auge zu Lobi zurück, dem der Kamm mehr und mehr schwoll.

»Nun werde ich mit ihnen sprechen«, verkündete Lobi feierlich. Er richtete seinen Blick auf eine Stelle, die für den Häuptling absolut leer war.

»O Geist«, rief Lobi laut, »ich sehe dich!«

Er hielt inne und hob die Hand als Schalltrichter ans Ohr.

»Herr und Häuptling«, sagte er endlich, »dieser Geist begrüßt dich als den wahren König und wünscht dir eine gesegnete Regierung!«

»Ich höre nichts«, sagte M'ndi verdutzt.

»Das glaube ich gern«, erwiderte Lobi unverfroren. »Du bist kein Zauberer. Deine Ohren sind zu grob für Geisterlaute. Oh, ihr Geister und Teufel«, rief er und streckte die hageren Arme ekstatisch aus, den Bergen entgegen, während M'ndi, dem der Mut dahinschwand, heftig zu zittern begann, »seht Lobi, euren Diener und Freund, seht M'ndi, der euch liebt, mit gnädigen Augen an.«

Lauschend senkte er wieder das Haupt. Über M'ndis Gesicht rannen Schweißperlen der Angst.

»Herr«, sagte Lobi nach einer geraumen Weile, »die Geister sprechen also: ›O König vom Süden, ich sehe dich!‹«

»Ich sehe dich!«

Lobi fuhr mit einem Kreischen des Entsetzens in die Höhe. Scheinbar aus der Tiefe der Schlucht trat ein hochgewachsener Mann, der einen Dolchspeer kreisen ließ, als sei er ein wirbelndes Rad.

»Ich sehe dich!« wiederholte der Fremdling.

»Wer bist du, daß du diese heilige Stätte mit deinem Fuße entweihst?« fragte Lobi, mit den Zähnen klappernd.

»Ich bin der, von dem du gesprochen hast, Bosambo, der König vom Süden!«

Da schüttelte M'ndi den starren Schrecken ab, der ihn lähmte. »Stirb!« brüllte er, daß die Felsen ringsum von seiner Drohung widerhallten. Dann schleuderte er seinen Speer gegen den Usurpator.

Eine unmerkliche Drehung des Schildes, und der Speer prallte wirkungslos ab.

»O Mann«, sagte Bosambo, »jetzt sollst du die Geister sehen!« Plötzlich kam der Dolchspeer zur Ruhe. Dann schoß er durch die Luft. Im nächsten Augenblick nagelte er M'ndi an den Boden. Ein gurgelnder Laut entfloh den Lippen des Getroffenen, dann streckten sich die Glieder, nur die gekrampften Hände öffneten sich nicht mehr.

»Wer war das?« fragte Bosambo.

Lobi war es eiskalt vor Entsetzen geworden. Er spürte den Speer, den Bosambo jetzt zurückriß, in seinem eigenen Leibe.

»Herr, es war der Häuptling der Tofolaka und vom Rat dazu bestimmt, König zu werden an des Alten Statt.«

»Die Geister wollten mir wohl, als ich ihn traf«, sagte Bosambo zufrieden. Dann schaute er neugierig auf Lobi. »Du bist ein großer Zauberer, wie ich sehe.« Er deutete auf die Kette und auf die Teufelsmaske, die Lobi am Gürtel trug.

Lobi hielt Bescheidenheit für angemessen. »Ich bin, was ich bin und wozu die Geister mich gemacht haben.«

»Wie viele Speere sind euch in die Berge gefolgt?«

»Viermal zwanzig Speere, die unten am Bergpfad warten«, sagte Lobi und riß die Augen auf.

Hinter jedem Felsbrocken hatte ein schwerbewaffneter Ochori

gehockt, und jetzt, auf den Wink Bosambos, tauchten die Krieger auf.

Er gab ihnen heimliche Anweisungen. Dann wandte er sich an Lobi.

»Du wirst mit mir gehen, Zauberer, und wenn du nicht tust, was ich sage, breche ich dir das Genick.«

Sie stiegen zusammen den Pfad hinab und kamen an eine Krümmung.

»Herr, wenn du um diese Ecke biegst, siehst du M'ndis tapfere Krieger.«

»So werde ich nicht um diese Ecke biegen. Du aber, Lobi wirst dich deinen Leuten zeigen und zehn von ihnen herbeirufen. Zu ihnen wirst du sagen: ›Legt eure Waffen nieder und begebt euch zu der heiligen Stelle an der Schlucht, wo euer Häuptling auf euch wartet.‹«

Lobi warf einen raschen Blick auf Bosambos Speer, an dem M'ndis Blut noch nicht trocken war. Da fügte er sich in den Willen des Stärkeren.

Die Tofolaka legten auf Lobis Geheiß ihre Waffen ab und schritten an dem versteckten Bosambo vorbei in die gestellte Falle. Oben wurden sie von den Ochori erwartet, gefesselt und abgeführt. Achtmal wiederholte Bosambo diese List. Als die gesamte Leibwache M'ndis gefangengenommen war, ließ er sie abtransportieren. Er hatte am Südabhang des Gebirges eine Truppe von tausend Speeren zurückgelassen, die sich für den Ernstfall bereithielt. Gegen Abend kamen achtzig seiner Leute waffenlos herauf und hoben die zurückgelassenen Waffen der Tofolaka, ihre Speere, Schilder, Schwerter und Dolchmesser auf. Dann ordneten sie sich unter Bosambos anerkennenden Blicken zu zwei straffen Reihen.

»Du hast nach Bosambo gesandt?« fragte Hamilton ungläubig.

»Und warum nicht«, entgegnete Sanders ruhig.

»Der gute alte Bosambo«, brummte Bones. »Der Teufel soll mich holen, aber vom Süden kommt er, und König ist er auch. So trifft ja die Prophezeiung der alten Leute auf ihn zu.«

»Die Ochori und die Tofolaka sind rasseverwandt«, verteidigte sich Sanders gegenüber Hamilton, der nicht ganz einverstanden schien. »Warum nicht Bosambo?«

»Es werden Unruhen entstehen! Man wird sich nicht fügen!«

»Hat man sich denn unseren bisherigen Kandidaten gefügt? Müssen schon Kämpfe sein, dann will ich wenigstens einen König neben mir haben, dem ich trauen kann.«

»Aber wie soll er hierher gelangen?« fragte Hamilton unüberzeugt. »Der Flußweg ist ausgeschlossen, und den Gebirgspfad verrammeln die Tofolaka, deren jetziger Häuptling M'ndi ein sehr ehrgeiziger und aufsässiger Bursche sein soll.«

»Zu Wasser oder zu Land – Bosambo wird kommen«, beharrte Sanders in zuversichtlichem Ton.

Er hatte die Worte kaum ausgesprochen, als drei Kanus in Sicht kamen. Ein aus Gras geflochtenes Sonnendach überragte das mittlere Kanu, und darunter stand ein großer, breit gebauter Mann, der einen Zylinder trug, in dessen vordere Hälfte als besonderer Schmuck eine dicke Zigarre gebohrt war.

»Man soll den Teufel nicht an die Wand malen«, sagte Bones, der die schärferen Augen von den dreien hatte. »Bosambo!«

## *Das Verschwinden des Major Hamilton*

Schon mehr als eine Frau hat mit rächender Hand die Kriegsfackel entzündet und nicht eher geruht, als bis sich eine Hekatombe von Opfern über dem Grab ihres Liebsten häufte. Eine Frau dieser Art war Egeni. Sie war fünfzehn Jahre alt, als sie ihr Herz an M'ndi verlor. Auch ihm gefiel sie wohl, aber er konnte sich mit ihrem Vater, dem Häuptling Rimilaka, nicht über ihren Preis einigen. Ihr Vater verlangte zwanzig Ziegen für die Tochter, doch M'ndi wollte über sechs nicht hinausgehen. Es wurde ein langes Feilschen und Handeln, das damit endete, daß Rimilaka sie schließlich einem Bewerber gab, dem kein Preis zu teuer war.

Doch Egenis Herz hing noch immer an M'ndi. Sie haßte den Mann, der in seine Rechte trat, und bereits am ersten Abend schlug sie mit einem Eisentopf nach ihm, daß das Blut ihm über die Schläfen strömte. Ihr Gatte war ein ruhiger Mann, und so vermied er einen Streit mit Egeni und wandte sich klageführend an seinen Schwiegervater.

»Wer nicht Herr über sein Weib sein kann, ist auch kein tauglicher Führer«, beschied ihn Rimilaka.

»Was soll ich tun?« jammerte der Unglückliche, der um seine Stellung zitterte; denn er war ein Vormann unter Rimilakas Befehl.

»Gib ihr eine Tracht Prügel«, war der bündige Rat des Häuptlings.

Da schnitt sich der junge Ehegatte einen Stock ab, ging heim, ergriff sein Weib und züchtigte es unter dem Beifallsgemurmel des ganzen Dorfes, bis es ihm weinend Gehorsam gelobte.

Egeni beugte sich dem ungeliebten Joch, aber ihr Herz war heiß von Gedanken an M'ndi, und als die Lokoli sieben Monate später seinen Tod verkündeten, war es ihr, als müsse sie vor Gram und Kummer vergehen.

Ihr Schmerz hatte nichts von seiner Tiefe eingebüßt, als Bosambo mit seinen Kriegern in dem Dorf Rast machte. Er hatte einen Gewaltmarsch hinter sich, denn die Hauptmacht von M'ndis Heer war nur acht Marschstunden von ihm entfernt. Seinem Range gemäß wurde ihm die Hütte des Vormannes eingeräumt, und Egeni bediente ihn mit eigener Hand. Noch wußte sie nicht, daß es sein Speer gewesen war, der M'ndis Lebensfaden durchschnitten hatte.

Bosambo glich nicht den Eingeborenen des Landes. Er war breiter gebaut, hatte einen längeren Hals, eine dunklere Farbe und ein angenehmeres Lächeln.

Dennoch betrachtete ihn Egeni mit heimlicher Feindschaft.

»Du nennst dich König«, fragte sie ihn, »weißt du denn nicht, daß ein Mächtigerer als du zum König bestimmt war?«

»Wenn du M'ndi meinst«, erwiderte Bosambo verächtlich, »wo ist seine Macht? Er fiel von meiner Hand!«

Doch kaum hatte er die Worte gesprochen, da hätte er sie gern wieder zurückgenommen. Egeni starrte ihn wie ein Gespenst an. Dann gab sie einen kleinen, seltsamen Laut von sich, halb Schluchzen, halb Fauchen, und sprang von ihm fort, als sei er mit Aussatz behaftet. Die ganze Nacht ließ sie sich nicht mehr bei ihm sehen.

Kaum war Bosambo am nächsten Morgen mit seinen Kriegern aufgebrochen, da klagte ihn bereits Egenis Gatte bei Rimilaka des Mordes an M'ndi an.

Ein Palaver wurde berufen, ein Rachefeldzug beschlossen und

eine Kriegerschar in aller Eile ausgerüstet und in den Wald geschickt, um Bosambo und den Seinen den Weg abzuschneiden. Stolz und siegesbewußt marschierte die Truppe ab. Sie marschierte lange, ohne Bosambo je zu Gesicht zu bekommen. Denn die Ochori stolzierten nicht wie die Pfauen, wenn sie auf Kriegspfaden gingen, sondern schlugen jenen leichten Trab an, mit dem man bequem sechs Meilen in der Stunde zurücklegt, und so hatten sie den Fluß erreicht und die Boote bestiegen, als ihre Verfolger noch zwanzig Meilen von ihnen entfernt waren.

Jetzt saß Bosambo auf dem Hüttendeck der »Zaire« und schnalzte mit der Zunge, denn Sanders hatte ein großes Glas Bier für ihn kommen lassen.

Bosambo wischte sich mit behaglichem Grinsen den Mund und spürte voll Wonne dem Biergeschmack auf seiner Zunge nach. »Herr«, sagte er gemütlich, »ich glaube, wir stehen vor einem Krieg mit den Tofolaka. Auf den Feldern waren nur wenige junge Leute zu sehen. An den Hütten arbeiteten die Frauen.«

Das war allerdings ein bezeichnender Vorgang. Denn der Häuserbau ist ein Vorrecht des Mannes, das in friedfertigen Zeiten eifersüchtig von ihm gehütet wird.

»Wieviel Speere bringen sie auf?« fragte Sanders.

»Herr, ich denke, sie können es auf drei Stämme bringen. Ein Tofolaka brüstete sich mit der doppelten Anzahl, aber man weiß ja, daß diese Burschen Prahlhänse sind.«

Drei Stämme waren gleichbedeutend mit vierundzwanzigtausend Speeren, eine Anzahl, die zu ernsten Befürchtungen Anlaß genug gab.

Sanders überlegte und fand, daß Bosambo mit seinen Mutmaßungen recht haben mochte.

Er hatte alle Häuptlinge zu einem Staatspalaver nach Rimi-Rimi zitiert. Die Bubujala, die Fongini und die Kasala waren seinem Rufe gefolgt, doch von den Tofolaka war bisher kein einziger Führer von Bedeutung erschienen, nur unbedeutende Dorfobersten kleiner Fischereiplätze, die sich durch die »Zaire« bedroht fühlten und um gut Wetter bitten wollten.

Wieder hatte sich die Einwohnerschaft von Rimi-Rimi auf dem Beratungsplatz versammelt, wobei die Gesandten der entlegenen

Länder den inneren Ring dieses mächtigen Kreises bildeten.

»O Söhne dieses Landes«, sagte Sanders, »seht mich!«

»Ich sehe dich«, erscholl es im Chor zurück.

»Wer mich sieht, der kennt mich«, fuhr Sanders fort. »Denn ich habe diesem Lande und allem Lande jenseits der Berge das Gesetz gegeben und Recht gesprochen danach. Wer aber wider mich war, der hat sein Leben verloren. Wo ist der große Häuptling K'saluga M'popo? Er ist tot! Mein Blitz hat ihn erschlagen! Wo ist Fomba? Wo ist Mofobolo? Wo ist Lubomala? Und wo ist M'ndi? Sie sind tot, weil sie meine Feinde waren. Ich habe unter euren Häuptlingen nach einem König gesucht, aber wen ich auch auf den Thron hob, der wurde erschlagen, und wer sich zum Thron drängte, tat es mit bösem Trachten in seinem Herzen. Darum habe ich nach Bosambo, dem Oberhäuptling der Ochori, geschickt. Er ist ein gewaltiger Krieger voll Tatkraft und voll Mut, bewährt im Krieg und im Rat. Er ist der einzige, den ich für würdig befand, König zu sein über K'saluga M'popos Reich.«

Sanders sah, als er geendet hatte, nur finstere Mienen, erstaunte Blicke und bestürzte Gesichter.

Über das eisige Schweigen der Versammlung hob sich eine vereinzelte Stimme: »Herr, wie konntest du nur einen Fremdling über uns, das stolze Volk von Rimi-Rimi, zum König einsetzen?«

»Es hat schon mancher Fremdling ein Volk besser regiert als ein Mann seines eigenen Volkes«, erwiderte Sanders kurz und winkte Bosambo.

Der Kruneger trat so neben Sanders hin, daß er dicht vor dem geschnitzten Königsstuhl stand. Ein Haussa reichte dem Bezirksamtmann den Krönungsmantel aus grobgewebtem Purpur. Sanders warf Bosambo den Mantel um die Schultern und gürtete ihn mit dem Infanteriedegen, den Hauptmann Tibbetts für diese feierliche Gelegenheit gestiftet hatte.

»O Bosambo«, redete er ihn an, »im Namen der ›Vielen, die wie einer reden‹ ernenne ich dich hiermit zum Herrscher über die Gebiete des alten Königs. Regiere sie gerecht nach den neuen Gesetzen und miß jeden Menschen mit dem gleichen Maß.«

Bosambo senkte feierlich das Haupt. In seinem Mantel, den blitzenden Degen an der Seite, war er eine wahrhaft königliche Gestalt. Sanders war neugierig auf seine Ansprache. Wie würde er sich mit seinem neuen Range und seinen widerstrebenden Untertanen auseinandersetzen?

Jetzt streckte er die Hand aus, hob zwei Finger empor und erteilte der verständnislosen Versammlung und den drei verblüfften Weißen salbungsvoll, wenn auch gebrochen, den Segen.

Bevor sich jedoch die Menge zerstreuen konnte, ließ er einen Menschen herausgreifen, der ihn seiner Meinung nach spöttisch angeschaut hatte.

»O Mann«, fragte er ihn, »wer bist du, daß du es wagen darfst, mir ins Gesicht zu lachen?«

»Herr, ich habe nicht gelacht«, verteidigte sich der Unglückliche zitternd. »Ich habe schreckliche Schmerzen in den Zähnen, und deshalb geht mein Kopf in die Breite.«

»Was ist dein Beruf? Ein Krieger bist du nicht, wie ich sehe!«

»Herr, ich bin ein Holzschnitzer!«

»Das höre ich gern«, sagte Bosambo mit erfreutem Grinsen. »Du sollst mir zwanzig Trommeln schnitzen von dem Ausmaß der größten Trommel des alten Königs. Aber bespannen sollst du sie nicht. Denn ich will sie mit den Häuten meiner Feinde bespannen, und es ist der Wunsch meines Herzens, daß jeder Feind von einem andern Stamme sein soll. Das Palaver ist aus.«

»Eine vortreffliche Einführung«, sagte Sanders anerkennend zu Hamilton. »Wenn das Finish dem Start entspricht, können wir uns gratulieren.«

In der Tat verliefen die ersten Tage nach Bosambos Thronbesteigung verhältnismäßig ruhig. Die Frauen arbeiteten in den Feldern. Vor den Türen der Hütten wurde des Abends noch lange geschwatzt. Es schien, als sei man mit dem neuen König ganz zufrieden.

Da näherte sich Bosambo, der eben mit einem Dutzend bewaffneter Ochori ein neues Viertel besichtigte, ein Mensch, der ihm als Zeichen seiner besonderen Loyalität zwei getrocknete Fische anbot. Bosambo sah das Blinken einer Messerklinge und griff zu. Unter seinem furchtbaren Druck ließ der Mann das mit wahrer Taschenspielerkunst verborgen gehaltene N'gombimesser fallen. Er wurde zu Boden geschlagen und gebunden, obwohl er von dem Ölüberzug, mit dem er den ganzen Körper geschützt hatte, schlüpfrig wie ein Aal war.

»Wer hat dich gesandt?« fragte ihn Bosambo.

»Rimilaka, der Häuptling der Tofolaka«, antwortete der Mann gleichmütig. Er war ein berufsmäßiger Totschläger.

»O ko«, sagte Bosambo betroffen. »Dies ist ein Staatspalaver, das vor Sandi gebracht werden muß.«

Aber der Bezirksamtmann sollte niemals dazu kommen, den Gefangenen abzuurteilen. Auf dem Wege zum Ufer streifte der Tofolaka seine öligen Gelenke aus den Fesseln und rannte auf den Busch zu. Bosambo schwang seine Lanze über dem Kopf und sandte sie in sausendem Fluge hinter dem Flüchtling her.

»Nun wird er nicht mehr reden können«, sagte Bosambo bedauernd. Er ahnte, daß eine geheime Verschwörung sein und seiner weißen Beschützer Leben bedrohte.

Er machte sich nun auf den Weg, um Hamilton von dem Vorfall in Kenntnis zu setzen. Der Major besichtigte die neuen Verteidigungsanlagen im Norden der Stadt, und Bosambo hielt es für besser, wenn er gewarnt war.

Aber dort, wo er ihn vermutet hatte, fand er ihn nicht.

»Ich habe den weißen Herrn gesehen«, berichtete ein Feldarbeiter. »Er schaute durch seine Zauberröhre. Dann schlug er den Pfad zu dem kleinen Hügel ein, von dem aus man den Limbi sieht.«

»War Hamatini allein, oder hatte er Soldaten bei sich?«

»Er war allein, o König, aber er trug ein großes Gewehr unter dem Arm und zwei kleine am Gürtel.«

Seiner kleinen Truppe voraus eilte Bosambo in den Busch. Bald fand er eine halbausgebrannte Zigarette. Also mußte der Major hier vorübergekommen sein. Angst im Herzen, setzte Bosambo seinen Weg fort. Hatten Rimilakas Mordbuben Hamatini überrascht? Er hielt sich nur auf dem Hügel auf, um einen suchenden Blick durchs Buschland zu schicken. Nichts Auffälliges war zu sehen. Doch seine dumpfen Befürchtungen erhielten neue Nahrung, als er quer über dem Pfad einen Verwundeten fand, dem eine Kugel die Schulter durchschlagen hatte. Auch sein Körper war eingeölt, und neben ihm lag das Gegenstück zu dem Messer, das Bosambo dem ihm bestimmten Mörder aus der Hand gewunden hatte. Der Mann war ohne Besinnung. Etwa hundert Meter davon entfernt stieß Bosambo auf den zweiten Zeugen eines blutigen Kampfes. Er war tot. Offenbar hatte er mit dem Rücken gegen einen Baum gelehnt und war dann in seine gegenwärtige Lage herabgeglitten. Bosambo schenkte ihm nur einen kurzen Blick und eilte weiter. In einer kleinen Lichtung fand er Hamiltons verbeulten, blutbefleckten Helm. Nahe dabei lag der dritte Verwundete. Doch dies war kein Totschläger in Rimilakas Dienst, sondern ein Soldat der Leibwache des alten Königs im vollen Waffenschmuck seiner Stellung. Er blutete aus einer Brustwunde und hatte offenbar den Schuß aus nächster Nähe erhalten; denn das Fleisch war versengt. Er schien nicht lebensgefährlich verletzt zu sein, und sein Stöhnen mochte mehr der Furcht als einem unerträglichen Schmerz entspringen.

Bosambo riß ihn schonungslos auf die Füße und hielt ihm die Spitze seines Kampfspeers unter das Kinn.

»Rede, du Hund«, herrschte er ihn an, »oder ich durchbohre dir die Zunge, und du wirst deinen Mund nie wieder auftun. Wo ist der weiße Herr?«

»Häuptling«, erwiderte der Krieger, der augenscheinlich Bosambo zum erstenmal sah und nichts von seiner neuen Würde wußte. »Der weiße Herr wurde genommen und gezeichnet!«

»Genommen und gezeichnet?« fragte Bosambo, der in vielem noch ein Neuling war, verständnislos. »Was meinst du damit, du Narr?«

»Er wurde genommen und gezeichnet als Fleisch der Alten Frau«, war die ebenso unverständliche Antwort. »Wir waren in den Büschen versteckt, als er hier vorbeilief. Einige Leute niederen Standes verfolgten ihn, aber er tötete sie mit seinem Gewehr, das tak-tak sagt. Dann fielen wir über ihn her und schlugen ihn nieder, aber bevor er auf den Boden sank, richtete er sein kleines Gewehr auf mich, und ich dachte, ich sollte sterben.«

Bosambos Herz bebte vor Zorn und vor Kummer. »Wie lange ist das her?« wollte er wissen.

Der verwundete Krieger öffnete mit Mühe die Augen. »Herr, der Schatten der Bäume lag über jenem Stein.«

Bosambo stellte eine rasche Berechnung an. Eine Stunde mochte seit dem Überfall verstrichen sein. Es war Wahnsinn, die Verfolgung mit seiner kleinen Streitmacht aufzunehmen.

»Dies ist ein böses Palaver«, sagte er zu dem Krieger. »Du wirst jetzt mitkommen zu Sandi und ihm wiederholen, was du mir gesagt hast!«

»Herr, wie kann ich gehen«, klagte der Mann, »ich bin schon jetzt eine Leiche!«

»Noch bist du keine, aber du kannst eine werden«, verhieß ihm Bosambo unfreundlich.

Diese Drohung wirkte wie ein Lebenselixier. Der Mann lief wie ein Wiesel. Nur seine Zähne schlugen wie im Frost zusammen.

Zwei Stunden später hatte Bosambo als Sanders' Stellvertreter das Kommando der »Zaire« übernommen, während der Bezirksamtmann, bleich und in sich gekehrt, den Pfad entlangeilte, der in unzähligen Windungen durch Gestrüpp und Unterholz zum Limbi führte. Bones schritt finster und verbissen neben ihm. Ein Dutzens Haussa und einige Ochori als Träger folgten. Sanders traute den Eingeborenen nicht mehr über den Weg. Die kleine Kolonne führte reichlich Gewehre und eine Kiste Handgranaten mit.

Während die Halme unter seinen Stiefeln hinsanken und die Zweige ihm ins Gesicht schlugen, suchte Sanders aus seinem Gedächtnis alle Bruchstücke seines Wissens über die Teufelin von Limbi zusammen.

Sie hauste in einer geräumigen Höhle mit einer weiten, aber niedrigen Öffnung. Niemand wußte, woher sie kam oder wer ihre Sippe war, es sei denn, daß sie Leopardenblut in ihren Adern gehabt hätte. Diese großen, gefleckten Katzen waren ihr noch am ähnlichsten. Sie töteten wie sie, nicht nur aus Hunger, sondern aus unstillbarem Blutdurst.

Im allgemeinen hielt sich die Unholdin in ihrer Höhle verborgen, aber bereits bei dem Tode Fergusons sollte sie, so ging das Gerücht, von ihrem Berge herabgekommen sein, um sich an seinem Untergang und an der Zerstörung seiner Hütte zu weiden. Bei der Gelegenheit hatte sie, so erzählte man, mit Mofobolo gesprochen.

»Ich sehe dich, Häuptling«, hatte sie zu ihm gesagt, »ich weiß, daß dein Vater Dabobo war, und der war der Sohn Kafus. Kafu war der Sohn Tifilinis. Tifilini war der Sohn N'kemas. N'kema aber habe ich gut gekannt, ihn und seine Mutter.«

Wenn das keine eitle Prahlerei war, zählte die seltsame Frau mehr als hundert Lebensjahre.

Kein lebender Mensch hatte je ihr Gesicht gesehen. In ihrer großen Höhle lebte sie ganz allein. Ihre Kraft aber wuchs mit dem

Blute jedes ihrer unglücklichen Opfer. Immer wenn sie danach Verlangen trug, brachte man ihr einen der Gezeichneten, Mädchen oder Jüngling, mit auf dem Rücken gebundenen Händen, das Opferschwert an einem Gurt um die Hüften geschlungen, am Hals einen Strick, dessen anderes Ende das zweite Opfer, eine junge Ziege, gefesselt hielt, das dazu bestimmt war, die Ju-jus zu versöhnen, die mit der Altmutter in der Höhle hausten. War der dem Tode Geweihte erst in der Höhle verschwunden, so sah man ihn nie wieder.

Statt seiner trat die Teufelin selber, eine greisenhaft zitternde Frau im starren Gewand aus Stroh, vor dem Gesicht eine schauerlich grinsende Fratze, aus der Höhle heraus und bespritzte die schaudernde Menge mit dem noch warmen Blut der Opfer, das in dicken Tropfen von dem breiten Schwert fiel.

Nur an solchen Festtagen war es dem gewöhnlichen Volke erlaubt, die Speere zu überschreiten, die die Jungfrauen sonst in weitem Umkreis um den Limbi legten. Wer diese Jungfrauen eigentlich waren, wußte Sanders nicht. Ebenso seltsam wie diese Amazonenleibwache waren die Tschu, die die Befehle und Botschaften der Teufelsfrau austrugen und ihre Opfer zeichneten. Sie gehörten nicht zur Leibwache, und ein noch undurchdringlicheres Geheimnis umgab sie. Vielleicht waren sie Opfer gewesen, die die Teufelin verschont hatte, um sich ihrer Dienste zu versichern. Dafür sprach schon, daß sie selber das Opferzeichen auf der Stirn trugen.

Sanders setzte den Marsch bis zum späten Nachmittag fort. In der Nähe eines kleinen Dorfes am Ufer eines schmalen Wasserlaufs schlug er sein Lager auf. Obwohl er im Staub der Dorfstraße deutlich den Abdruck eines gestiefelten Fußes fand, stritten die Dorfleute ab, daß Hamilton hier durchgebracht worden sei, auch wollten sie die Soldaten von des Königs Leibwache nicht gesehen haben. Als gar der gefürchtete Name der Frau von Limbi fiel, verstummten sie völlig, und keine Drohung öffnete ihnen den Mund.

Um Mitternacht brach Sanders sein Lager ab. Einer der Dorfbewohner folgte ihm als Führer. Damit er ihm nicht in der Dunkelheit entschlüpfen konnte, hatte der Bezirksamtmann eine Laterne angezündet, die er in Hauptes Höhe hielt. Einmal kreuzte ein männlicher Löwe den Weg der Expedition – eine unerwartete Begegnung, denn nur selten ließ sich der König der Tiere in dieser Gegend sehen. Er stand einige Sekunden vollkommen still. Seine Augen blinkten im Licht der Laterne. Dann peitschte sein Schweif den Boden. Er stieß ein kurzes Gebrüll aus und entwich dem unbekannten Feinde, indem er mit mächtigem Satz in den Busch sprang. Auch ein Leopard ließ sich einmal sehen. Doch das huschende Licht verscheuchte ihn rasch. Nur einen Atemzug lang trat die herrliche Schönheit seines gefleckten Fells aus der umhüllenden Finsternis hervor.

Bei Tagesanbruch wurde P'pie erreicht, ein Dorf, das bereits am Abhang des Limbi liegt. Schon die letzten drei Wegstunden hatten bergauf geführt. Sie befanden sich jetzt im nördlichen Zipfel von Rimi-Rimi.

Ein kleines Scharmützel mit der Leibwache des alten Königs verlief unentschieden, da sich die Angreifer zurückzogen. Sanders hätte dies Zusammentreffen gern vermieden, denn er wollte zunächst versuchen, die Teufelin von Limbi zur freiwilligen Herausgabe ihres Gefangenen zu bewegen, einem offenen Kampf war er mit seiner kleinen Leibwache nicht gewachsen.

Noch vor Sonnenaufgang hatte Bones sich entfernt, um das Gelände zu erkunden. Er kehrte todmüde und erschöpft zurück. Das Terrain stieg steil bis zu einer terrassenartigen Hochfläche empor, die von einem zweiten Felsplateau überragt war. Und dort oben lag anscheinend unerreichbar die Höhle der alten Frau. Etwa zwölf Meilen zur Linken erhob sich ein Hügel, von dem aus sich der Eingang zur Höhle überblicken ließ. Aber sie im Sturm zu nehmen war unmöglich. Die Leibwache und die Amazonentruppe lagerten auf dem Plateau, dessen Wände zudem steil in die Tiefe abfielen. Ein geheimer Weg mußte natürlich hinaufführen, aber vom Hügel aus konnte man ihn nicht sehen.

Sanders nickte zu diesem Bericht.

»Ich habe einen der Dorfbewohner als Unterhändler zur Leibwache geschickt. Obwohl er der Überbringer einer durchaus friedlich gehaltenen Botschaft war, kam er verstümmelt zurück. Wir müssen uns auf das Schlimmste gefaßt machen. Und morgen schon soll der Tag des Schauens sein!«

Bones preßte die Lippen zusammen. Eine harte Linie legte sich um seinen Mund.

»Wir werden um Mitternacht aufbrechen«, sagte er kurz. »Weit haben wir es nicht, aber der Weg ist schwierig!«

Über das Schicksal ihres fehlenden Kameraden sprachen die beiden Männer nicht. Bones trank seine Tasse Tee mit gesenkten Augen, und auch Sanders mied seinen Blick. In beider Herzen wühlte die gleiche Angst.

Zu der nämlichen Zeit stieg Hamilton langsam einen steilen Zickzackweg empor, der tief in den harten Felsen gehauen war. Seine Glieder waren zerschunden, seine Füße schwer wie Blei. Er atmete auf, als er endlich die Anhöhe erreicht hatte. Man hatte ihn unterwegs nicht grausam oder boshaft behandelt, ja, man war ihm sogar mit seltsamer Höflichkeit begegnet, aber der lange, ununterbrochene Marsch hatte seine Kräfte aufgezehrt. Der steinharte Boden, auf den er jetzt sank, dünkte ihn ein Labsal.

Oben trat ihm Okaso, der Hauptmann der Leibwache entgegen.

»O Amatini, ich sehe dich!«

Als Hamilton die Umformung seines Namens hörte, mußte er lächeln, obwohl sein Sinn nicht nach Heiterkeit stand. So war er also auch schon hier bekannt geworden.

»Ich sehe dich, Okaso«, erwiderte er. »Das ist ein böses Palaver. Was will die Frau von mir?«

»Herr, weiß ich es?« fragte Okaso achselzuckend, indem er sich ihm gegenüber niederkauerte. »Wer kennt die Geheimnisse der alten Frau? Aber sage, bist du nicht gezeichnet worden?«

Hamilton schüttelte verneinend den Kopf.

»So wurde ein anderer für dich gezeichnet. Auch das kommt vor. Jedenfalls bist du ihr Fleisch. Das ist ihr eigenes Wort. Es kam jemand zu mir mit dem Befehl, dich, die beiden weißen Herren und Bosambo, den neuen König, durch meine Soldaten festnehmen und hierher bringen zu lassen. Denn wenn die Sonne wiederkehrt, Amatini, dann ist der Tag des Schauens, dann verlangt die Alte nach ihren Opfern.«

»Also morgen schon«, sagte Hamilton gedankenvoll. »Vielleicht ist auch das gut!«

»Es muß gut sein, weil es sein wird«, versetzte der philosophische Okaso. »Jedes Jahr geht ein Opfer in die Höhle des alten Weibes. Dafür gedeiht unser Korn, und unser Vieh ist fruchtbar.

In den letzten Jahren hat die Altmutter allerdings kein Menschenopfer mehr begehrt. Sie wollte nur Milchziegen haben. Vielleicht ist sie zu alt, um Blut zu trinken. Doch es scheint, als sei jetzt ihr Durst danach wieder erwacht.«

Hamilton dachte noch lange über das Gespräch nach, aber schließlich überwältigte ihn die Müdigkeit und hüllte ihn in tiefen Schlaf. Die Sterne waren noch nicht verblaßt, da wurde er geweckt. Er badete das Gesicht in einem kleinen Teich. Dann führten ihn seine Häscher bis an den Rand der Felsenmauer, die auf ihrem Scheitel die Höhle der Altmutter trug. Wieder tat sich vor Hamilton ein künstlicher Pfad auf, nur daß dieser weniger steil war als der Engpaß, den er am Abend vorher aufwärts gekeucht war.

Das Hochplateau, das nach einer Stunde erreicht wurde, maß eine Breite von höchstens einer Viertelmeile, die Höhle, ein länglicher Schlitz, klaffte auf der Vorderwand des Felsens wie ein boshaft verzerrter Mund. Man band Hamilton die Hände auf dem Rücken zusammen, und dann kam Okaso, der ihm den Gürtel mit den beiden langläufigen Selbstladepistolen um die Hüfte schnallte. Selbst die Magazine fehlten nicht. Sie bauschten ihm die Tasche.

»Du läßt mir meine Waffen, Okaso?« fragte Hamilton verwundert.

»Ja, Herr! Das ist so Brauch bei der Alten. Wenn ein Krieger gezeichnet wird, trägt er bei seinem Opfergang stets sein eigenes, schönes, blankgeschliffenes Schwert an der Seite. ›Laß den weißen Mann mit seinen kleinen Gewehren kommen‹, sprach die Alte zu mir, als ich vor der Höhle auf dem Bauch lag, um ihre Stimme zu hören. ›Man erzählt mir, sie speien Tod und Hölle. Ich möchte sie gerne sehen.‹ Du siehst, ich gehorche ihr nur, wenn ich dir diesen Gürtel zurückgebe.« Er warf einen scheuen Blick auf den schwarzen Schlitz der Höhle. »O Herr«, bat er plötzlich eindringlich. »Sprich gut über mich zu M'shimba M'shamba und zu Bimbis furchtbaren Brüdern, die den Mond verzehren.«

Dann trat er einen Schritt zurück und ließ die Schlinge eines Stricks über Hamiltons Hals gleiten. Am andern Ende war das Zicklein befestigt, das Hamiltons Schicksalsgefährte auf dem Weg in die Höhle war.

»Ich denke, Amatini«, sagte Okaso, »du gehst, auch ohne daß es eines Speerstoßes bedarf.«

»Du sprichst ein wahres Wort«, sagte Hamilton ernst und gelassen. »Auch ich bin ein Krieger!«

Steten Schrittes ging er auf die Höhle zu. Einen Atemzug lang zögerte er am Eingang und versuchte, mit seinem Blick das gähnende Dunkel zu durchdringen. Er konnte nichts erkennen. Da bückte er sich und schritt in die Felsenöffnung hinein. Hinter ihm zerrte die Ziege an seinem Strick.

Als er sich jetzt aufrichtete, nahmen seine mehr an die Finsternis gewöhnten Augen eine Gestalt in einem Strohgewand wahr. Eine Schwertklinge leuchtete auf, erst tief am Boden, dann hoch über seinem Kopf. Er reckte sich stolz auf und schloß die Augen. Der letzte Ton, den sein Bewußtsein auffing, war das klägliche Blöken der Ziege und das Mark und Bein durchschneidende Sausen des Schwertes. Dann kam das Dunkel, das alle Sinneswahrnehmungen auslöscht...

Oben auf dem Gipfel des Hügels, der dem Felsplateau am nächsten lag, hielten zwei Männer Wache. Sie sahen Hamilton in der Höhle verschwinden. Der Atem stockte ihnen. Sie warteten. Sie konnten später nicht sagen, wie lange sie gewartet hatten. Dann erschien am Eingang der Höhle eine unförmige Gestalt, unheimlich und hexenartig in ihr Strohgehäuse vermummt. In der Hand schwang sie ein Schwert, das in der Morgensonne wie Silber blinkte. Aber auf dem leuchtenden Silber schwammen dunkle Flecke. Sanders sah sie durch sein Fernglas und stöhnte auf. Bones umklammerte ächzend den Kolbenhals seines Gewehres. Seine Mündung richtete sich fest auf jene ferne Gestalt, die eben jetzt die vor ihr hingestreckte Leibwache mit dem Blut bespritzte, das ihr das Schwert befleckte. Bones' Hand lag am Drücker. Aber ehe er abfeuern konnte, drehte Sanders das Gewehr aus seiner Hand.

»Wir haben noch manche Arbeit in diesem Leben zu leisten, Bones«, sagte er ruhig. »Wenn Sie schießen, wird die Leibwache uns den Weg abschneiden, noch lange bevor wir den Fuß des Hügels erreicht haben.«

Bones starrte Sanders aus leeren, übernächtigen Augen an. Sein Blick ging noch einmal, flackernd vor Schmerz, zur Höhle zurück. Dann preßte er sein Gesicht in die Beuge seines Arms und erstickte die bitteren Tränen, die ihm die Kehle abwürgten.

## *Der Zaubervogel*

An Bord der »Zaire« zurückgekehrt, erfuhr Sanders als erstes, daß sich die Gesamtlage inzwischen verschärft hatte. Späher berichteten über fortschreitende Kriegsvorbereitungen bei den Tofolaka und von geheimen Bündnissen, die zwischen ihnen und ihren Nachbarstämmen geschlossen worden waren. Nur die Fongini hatten sich noch nicht gerührt und verhielten sich abwartend. Sie waren, das hatte Sanders schon früher erkannt, bei allen ausbrechenden Krisen dieses Landes das Zünglein an der Waage. Bei aller Zurückhaltung waren sie ein stolzes und kriegerisches Volk, das sich mehrfach in seinen Kämpfen ausgezeichnet hatte. Sie hatten als einziger Stamm dem Großkönig mit Erfolg Trotz geboten, so daß er einen sehr demütigenden Frieden mit ihnen schließen mußte. Seit jener Zeit zahlten sie nur die Hälfte der Abgaben, zu denen die anderen Stämme verpflichtet waren. In einer großen, blutigen Schlacht – etwa um 1860 – hatten sie die Tofolaka besiegt, und als der Großkönig versuchte, selbst ihre Häuptlinge einzusetzen, hatten sie sich diese Einmischung in ihre staatlichen Hoheitsrechte ganz energisch verbeten.

Gleichwohl waren die Fongini bei aller kriegerischen Gesinnung ein durchaus gutgeartetes Volk, anderen gegenüber höflich und gerecht. Grausame und herrschsüchtige Häuptlinge waren bei ihnen selten und wurden stets bald beseitigt. Die Erschießung Mofobolos hatte daher nicht den von Sanders gefürchteten Sturm aufgewirbelt, vielmehr war sein vorzeitiges Ende von seinen Untertanen mit Genugtuung hingenommen worden.

Die Fongini waren geschickte Jäger und Schmiede, auch in der Kunst der Stahlbearbeitung waren sie bewandert. Ihre Äcker waren fruchtbar und ertragreich, die Jahre der Dürre selten. Sie besaßen außer den landesüblichen Ziegen zahlreiche Rinder, eine Kostbarkeit, um die alle Nachbarstämme sie beneideten.

So geschah es denn in jeder Generation, daß einer dieser Stämme ein großes Palaver berief und einen Einfall in das Korn- und Herdenland der Fongini beschloß. Etwas später pflegten die kampfeslustigen Krieger dann mit blutigen Köpfen heimzukehren, soweit sie nicht die Rückkehr ganz aufgaben.

Rimilaka, zu dessen Truppen bereits sechs Scharen der Bubujala gestoßen waren und der ebenso auf die Hilfe der königlichen Leibwache und der Kasala zählen durfte, bemerkte mit Mißbilligung, daß von den Fongini weder Speere noch Korn gesandt waren. Selbst ein Bündnisangebot war nicht eingelaufen.

»Herr, wir wollen ohne sie zu Feld ziehen«, riet ein weißhaariger Ratgeber des Häuptlings. »Die Fongini sind boshafte und unberechenbare Menschen. In den Tagen meines Vaters führten die Tofolaka Krieg gegen sie, doch leider waren es unsere Hütten, die schließlich zerbrochen wurden.«

»O ko«, entrüstete sich ein jüngeres Mitglied des Rates, »die Fongini sind Feiglinge. Man sagt, daß die Männer bei ihnen aussterben, so daß bereits auf einen Mann vier Frauen kommen, und diese wenigen Männer sind Schwächlinge.«

»So sprach man auch in den Tagen meines Vaters«, beschied ihn der greise Ratgeber mit bitterem Lachen, »doch die schönen Scharen, die auszogen, um diese Schwächlinge zu besiegen, kehrten nicht wieder zurück.«

»Du redest wie ein zahnloser Greis«, warf ihm der Jüngling unhöflich ins Gesicht. »Wir Jungen dürsten nach Taten. Unser Magen ist von Mut geschwellt. Was kümmert uns die Vergangenheit und die Niederlage unserer Väter? Wenn die Fongini in diesem Kampf nicht auf unserer Seite stehen wollen, so werden wir ein Sklavenvolk aus ihnen machen und einen Häuptling unseres Blutes auf ihren Thron setzen. Wenn Rimilaka mich zu ihrem Oberhäuptling entsenden will, so soll er aus meinem Munde hören, was den Fongini bevorsteht, und er wird froh sein, mit uns ein Bündnis schließen zu dürfen.«

Diese Rede gefiel der Versammlung wohl. M'jibi wurde zum Unterhändler ernannt. Er bestieg sein Kanu und betrat beim ersten Fischerdorf der Fongini das Land. Nach einem zwölfstündigen Marsch erreichte er ihre Hauptstadt.

Auch die Fongini hatten inzwischen unruhige Zeiten durchlebt. Gleich nach dem Tode Mofobolos hatte Bufali, ein Sohn des noch immer beim Volke in Ehren stehenden Lubomala, mit einer großzügigen Wahlpropaganda für seine Person begonnen. Teils ließ er das Andenken seines gepriesenen Vaters wiederaufleben, teils versprach er den Wahlberechtigten das Blaue vom Himmel. Er hatte sich selbst zu allen Unterhäuptlingen bemüht und sich eines so entgegenkommenden, fast demütigenden Wesens befleißigt, daß er schließlich alle Stimmen auf sich vereinigte. So wurde er denn zum Oberherrn des Stammes gekürt und feierlich mit dem Blute eines Affen, einer Ziege und eines jungen Hahns bespritzt, damit er weise, behende und fruchtbar werde. Weise wurde er indessen nicht, und seine Behendigkeit in der Verstellungskunst nahm eher ab als zu. Hingegen entwickelte er Laster, die einen Nero hätten erblassen machen können. Er war ein Vielfraß, ein Übeltäter und Lüstling, wie ihn das Land noch nicht gesehen hatte. Er gestattete sich die Launen eines Heliogabal und die blutigen Scherze eines Caracalla. Entsetzt, wie von einem Schlangenblick hypnotisiert, ertrug das Volk diesen Herrn. M'jibi hörte vieles auf dem Wege zur Hauptstadt, und sein Herz hüpfte ihm im Leibe; denn das war der Mann, den er brauchte.

Bufali empfing ihn freundlich und fand in ihm eine verwandte Seele.

»Sage Rimilaka«, sprach Bufali, »daß ich die weißen Männer hasse, die meinen Vater erschlugen. Alle waffenfähigen Fongini werden an diesem gerechten Kampfe teilnehmen. Es sind die tapfersten Krieger der Welt; denn sie können ohne Herz leben und sterben langsamer als irgendein Mensch auf der Welt.«

M'jibi entgegnete hierauf, daß die Tofolaka den Fongini an Tapferkeit nicht nachstünden.

Da ließ Bufali, um seine Behauptung zu bekräftigen, einen Soldaten seiner Leibwache auseinandergespreizt auf den Boden legen, während Bufalis Vertraute ihn gräßlich verstümmelten. Zwei Stunden vor Sonnenuntergang wurde Bufali es müde, auf das Sterben des Gemarterten noch länger zu warten, und er zog sich mit M'jibi in seine eigene prächtige Hütte zurück.

Kaum hatte sich ihrer der Schlaf bemächtigt, da betrat ein Kriegshäuptling der Fongini namens M'lapa in Begleitung von drei Anhängern die Hütte, ergriff Bufali und erwürgte ihn langsam vor M'jibis entsetzten Blicken.

Der Tofolaka öffnete die Lippen zu einem Schrei.

»Schweig«, herrschte ihn der Kriegshäuptling an, »wenn dir dein Leben lieb ist.«

Da verhielt M'jibi sich mäuschenstill, nur in den Gliedern hatte er ein kaltes Zittern. Als Bufali tot war, wurde ihm die Schlinge über den Hals geworfen.

»O Häuptling«, zeterte er, »du hast mir verprochen, mich am Leben zu lassen.«

»Das tat ich nicht«, hohnlachte M'lapa. »Ich verhieß dir nur einen Aufschub, und jetzt kommt die Reihe an dich.«

So blieb M'jibi nichts anderes übrig, als sich in das Sterben zu schicken, und er tat es mit weniger heroischem Mut als der junge Krieger, an dessen Qualen er sich am Tage vorher geweidet hatte.

M'lapa ließ die beiden Leichen in die Dunggrube werfen und trommelte ein Palaver zusammen, das ihn zum Oberhäuptling ausrief.

»Es wird Krieg geben«, verkündete der neu gewählte Herr, »darum sollen sich alle jungen Männer fleißig im Springen, Tanzen und Speerwerfen üben, bis ich wiederkehre.«

»Herr, wohin gehst du?« fragte ihn die Versammlung.

»Ich gehe zu Sandi«, sagte der Häuptling, »denn nach meiner Berechnung ist er der Stärkere in dem bevorstehenden Kampf.«

Mit Windeseile verbreitete sich die Nachricht von Bufalis jämmerlichem Ende. Rimilaka vernahm sie mit Bestürzung. Er erriet richtig, daß es den Entschluß, sich der Tofolaka anzuschließen, gewesen war, der seinen Tod herbeigeführt hatte.

»M'lapa haßt mich, ich weiß es«, sagte er gedankenvoll. »In den alten Tagen, als wir beide in Rimi-Rimi waren, ich als der Häuptling einer Hundertschaft, er als kleiner Höfling, schlug ich ihn ins Gesicht. Ich wünschte, ich hätte ihn damals getötet.«

Wieder waren zwei Wochen vergangen. Sanders fühlte, daß er die unerträgliche Spannung des Wartens nicht mehr länger ertragen konnte. Die Tofolaka hatten die Feindseligkeiten noch immer nicht eröffnet. Endlose Kriegspalaver füllten ihre Zeit aus. Krieg lag wie ein elektrischer Funke in der Luft. Jeden Augenblick mußte er zünden. Sanders wußte, ein Geplänkel würde es diesmal nicht werden, sondern ein Kampf auf Leben und Tod, der nur mit der Zerschmetterung der aufrührerischen Kräfte oder der eigenen Vernichtung enden konnte.

An Hamilton wagte er nicht zu denken. Immer wenn ihm das Schicksal des treuen Kameraden einfiel, schloß er mit einem eiskalten Grauen die Augen. Noch wußte er nicht, wie er seiner Frau den Tod ihres geliebten Bruders mitteilen sollte.

Wie es seine Art war, tadelte er sein eigenes Verhalten und maß sich ein gut Teil Schuld bei. Aber wie er sich auch in schlaflosen Nächten das Hirn mit nutzlosen Fragen zerquälen mochte, er hielt mit eiserner Energie an seinen einmal gefaßten Entschlüssen fest. Nichts Persönliches durfte an den politischen Zielen rütteln, die er sich gesteckt hatte. Auch das war Sanders' Art.

Eines Nachmittags ging er mit Bones an Land, um einem Gerichtspalaver Bosambos beizuwohnen. Sie überschritten das Feld, das Hamilton den »Paradeplatz« genannt hatte.

Da sagte Sanders plötzlich: »Wir haben lange nicht mehr von der kleinen Ferguson gesprochen, und doch will mir auch das nicht aus dem Sinn. Nur ist so viel geschehen, seit wir ihre geheimnisvolle Botschaft fanden, daß mir diese kurze Spanne wie eine Ewigkeit vorkommt.«

Bosambo saß auf seinem Richtstuhl, das Instrument des Strafvollzugs, ein aus Rhinozeroshaut gefertigter Stock, lag quer über seinen Knien. Er, der selbst einmal ein Sträfling gewesen war, machte weder mit streitsüchtigen Klägern noch mit schuldigen Beklagten viel Federlesens. Er liebte vor allen Dingen die Kürze des Vortrags, und ein Griff zum Stock genügte schon, um allzu beredten Parteien das Wort abzuschneiden. Der Benachteiligte kam rasch zu seinem Recht, der Übervorteiler schnell zu seiner Strafe. Wer am Morgen ein Unrecht beging, legte sich abends unter Schmerzen schlafen. Ein Streit, der mittags entstand, wurde bei Sonnenuntergang geschlichtet. Diese Gerichte hatten außerdem noch einen bildenden Zweck. Dorfoberste und kleine Häuptlinge kamen nach Rimi-Rimi, um von Bosambo zu lernen, wie man am eindringlichsten Recht spricht, ja es waren sogar schon etliche Bubujalahäuptlinge dagewesen, die mit sichtlichem Nutzen an den Gerichtssitzungen teilgenommen hatten.

Es kamen auch andere, die nach besonderen Einzelheiten der neuen Regierungsform forschten und Gesuche aller Art vortrugen. Sanders behandelte alle diese Gäste mit gleicher Freundlichkeit, bewies ihm doch ihr Kommen, daß die lähmende Furcht, die der alte, grausame König rings um seinen Herrschersitz verbreitet hatte, im Schwinden begriffen war.

Aber noch niemals war ihm eine ähnliche Bitte vorgetragen

worden, wie sie heute am Schlusse des Palavers an ihn gerichtet wurde. Eben hatte sich Bosambo im Schweiße seines Angesichts bemüht, einem Wißbegierigen die Frage zu beantworten: Wie viele Seiten hat diese Welt? – da erhob sich ein Mann, den sein Affenschwanzschmuck und das Schwert an der Seite als Häuptling kennzeichneten. Er trug eine Binde von geflochtenem Stroh um den Kopf, die in Rimi-Rimi gar nicht, im Norden des Landes häufig anzutreffen ist – ein fremder Kriegshäuptling!

»Herr«, sagte er. »Wir haben auch in unserem Dorf von den Wundern der weißen Herren gehört, besonders aber von den klagenden Vögeln, die sich auf die Hand setzen, wenn man ihnen pfeift. Meine Leute glauben daher, daß es die Geister abgeschiedener Menschen sind, und sie haben beschlossen, einen solchen Vogel zu besitzen, um ihn anzubeten und zum Schutzgeist des Dorfes zu erhöhen. Darum bitte ich dich, gib mir einen solchen Vogel, damit er sich auf meine Hand setzt und ich froh werden kann.«

Er hatte sich an Bosambo gewandt, aber diesmal antwortete Sanders für ihn. Er hatte es schon früher im Mündungsgebiet des Stromes erlebt, daß den Brieftauben von den Eingeborenen göttliche Ehren erwiesen wurden. Ja, man hatte sich sogar erzählt, sie seien die Geister toter Haussa, die noch nach ihrem Ableben ihren weißen Herren dienten, indem sie auf geheimnisvolle Weise von Station zu Station flogen.

»Vieles würde ich dir geben, Häuptling«, erwiderte Sanders, »doch die grauen Vögel sind mir um keinen Preis feil. Sie sind Diener der ›Vielen, die wie einer reden‹. Doch einem anderen Herrn folgen sie nie.«

»Herr«, bat der Häuptling dringend, »schlage mir meinen Wunsch nicht ab. Ich komme nicht mit leeren Händen, nicht mit geringer Gabe; denn das wäre eine Schande für mich und mein Dorf. Ich habe als Kaufpreis für den kleinen grauen Vogel einen großen Elfenbeinzahn mitgebracht.«

Sanders war ehrlich überrascht. So einfältig die Eingeborenen auch in vielen Dingen sein mochten, der Wert des Elfenbeins war ihnen genau bekannt. Der Mann bot zwanzig Pfund für einen Vogel, der in England für fünf Shilling zu haben war.

Sanders versuchte, ihm seinen Wunsch auszureden, aber er bestand weiter darauf.

»In meinem Hause ist nichts, das ich dir nicht geben würde«, sagte er erregt. »Ich habe zehn Ziegen, das ist der Preis für eine gute Ehefrau. Ich will auf die Ehefrau verzichten und dir die Ziegen geben.«

Sanders lächelte über die Hartnäckigkeit des Bittstellers. Er hätte ihm gerne eine Brieftaube geschenkt, aber vorläufig konnte er nicht eine entbehren.

»Freund«, sagte er beschwichtigend, »heißt es nicht, daß eine gute Ehefrau alles kann außer Fliegen? Der klagende Vogel kann außer Fliegen – nichts. Daher meine ich, es ist besser, du kaufst dir mit deinen Ziegen eine Frau!«

Damit endete der kleine Zwischenfall – oder schien damit beendigt. Sanders dachte noch einmal daran, als er auf seinem Liegestuhl an Bord der »Zaire« lag und am Mast emporschaute, der an seiner Spitze den hölzernen Taubenschlag trug. Einer der so sehr begehrten Vögel saß auf dem Dach seines Heims und putzte sich sorgsam sein schimmerndes Gefieder, ein anderer kreiste hoch droben im blauen Äther.

Sanders schloß ermüdet die Augen, doch er hatte kaum ein halbes Stündchen Mittagsrast gehalten, da meldete ihm ein Späher, daß vier große Fongini-Kanus im Anzug seien. Sanders bereitete alles zum Empfang vor, aber erst gegen Abend traten die Boote in das Gesichtsfeld seines Fernglases.

Immer näher und näher kamen die Kanus. Jetzt erkannte der Bezirksamtmann ein helles Sonnensegel, ein Zeichen, daß ein Führer von Rang die Flottille befehligte.

»Vermutlich der Häuptling der Fongini in höchsteigener Person«, sagte Sanders und atmete erleichtert auf, »das gibt den Dingen eine neue Wendung!«

»Wer mag es sein?« forschte Bones. »Mofolobo wird doch sicher einen Nachfolger erhalten haben.«

»Der Himmel weiß es, nicht ich«, seufzte Sanders. »In diesem Lande steigen und stürzen die Häuptlinge schneller, als ich sie zählen kann.«

Das Führerboot legte am Fallreep an, und ein Mann kam an Bord, der in edler Haltung ein weißes Gewand trug, dessen Saum purpurn gefärbt war.

Sanders erwartete ihn am Podest. »O Häuptling, ich sehe dich«, begrüßte er ihn freundlich, »dein Besuch erfreut mein Herz, denn du bist kein gewöhnlicher Mann. Du gehörtest zum Kriegsrat des Großkönigs.«

»Herr«, sagte M'lapa, »deine Ohren müssen größer sein als die des Elefanten, da du auch das gehört hast. Es ist wahr, ich habe bei manchen Palavern des alten Königs gesessen, und oft fiel mein Rat zu seinem Nutzen aus. Darum wurde mir dies Gewand mit der schönen Farbe verliehen, das dem Rock des Alten gleicht.«

Sanders unterdrückte mühsam ein Lächeln über diesen Schwarzen, der so stolz in einer Drapierung einherschritt, die vor zweitausend Jahren modern gewesen war. Mit der Höflichkeit des Gastgebers führte er ihn auf das Oberdeck.

»Du bist ein Häuptling«, sagte er zu ihm. »Führst du den Oberbefehl über die Fongini?«

»Ja, Herr«, gab M'lapa zu und ließ sich auf einen Wink des Bezirksamtmanns auf Deck nieder. »Ich bin es jetzt, denn Bufali wurde zu den Geistern versammelt. Herr, ich will keine erdichteten Geschichten erzählen, sondern dir freimütig offenbaren, daß ich ihn selber mit eigenen Händen erwürgte.«

Er blickte auf seine schlanken, dunklen Finger nieder und runzelte in der Rückerinnerung seiner Tat die Brauen.

»Herr, er war ein Mensch, der sich verstellen konnte wie kein zweiter, aber unter seinem glatten Lächeln barg er eine ganze Schlangenbrut von Lastern.«

M'lapa begann an den Fingern alle die Verbrechen aufzuzählen, deren sich Bufali in der kurzen Zeit seiner Herrschaft schuldig gemacht hatte.

»Da gingen wir des Nachts in sein schönes Haus«, fuhr der Häuptling mit tiefem Atemzug fort. »Ich legte ihm einen starken Riemen um den Hals. Er sagte Uff und starb. Ein Abgesandter Rimilakas war bei ihm, und ihn töteten wir auch, denn er wollte den Krieg mit dir, wir aber wollten ihn nicht!«

»Das sind gute Nachrichten für mich«, sagte Sanders. »Aber so sehr ich auch verstehe, daß euer König euch verhaßt war, in Zukunft darf in diesem Lande niemand getötet werden ohne Urteilsspruch des Gerichts!«

»Herr, du sprichst nur meine Meinung aus. Ich bin kein Mann, der am Töten Gefallen findet, und ich liebe das Gesetz. Aber nicht nur dazu kam ich, dir das zu sagen. Was du wissen sollst, Sandi, ist dies: Ich und mein Volk, wir halten zu dir. Wenn die Tofolaka gegen dich ziehen, so findest du uns an deiner Seite.«

Sandi mußte sich Gewalt antun, um die Freude zu verbergen, die ihm die Brust zu sprengen drohte. Das Wunder, auf das er bisher vergeblich gehofft hatte, war geschehen. Das Zünglein an der Waage hatte sich für ihn entschieden. Nun konnte er der Zukunft voll Ruhe entgegensehen.

»O M'lapa«, sagte er. »Du hast mir eine große Kunde überbracht. Gestatte, daß ich zu diesem Palaver den König hinzuziehe!«

Er sandte nach Bosambo und hatte seine heimliche Freude an der Begegnung der beiden Riesen. Sie sahen prächtig aus, wie sie voreinander standen und sich die Hände reichten.

»Dieser Mann ist dein Freund, Bosambo«, sagte Sanders. »Nimm ihn auf, wie er es verdient, und gemäß seinem Range. Denn er soll der Zweite nach dir sein und das Volk der Fongini nach seiner Weisheit beherrschen!«

»Was für einen Tribut sendet dein Volk dem König?« fragte Bosambo, der sehr praktisch veranlagt war.

»Herr, seit Anbeginn der Welt«, entgegnete der nicht minder praktische M'lapa, »haben die Fongini nur die Hälfte des Tributes entrichtet, den andere Länder zahlen. Außerdem stellt es fünf Trupps in allen großen Kriegen. Dafür haben wir das Recht, im Nordgebiet der Tofolaka zu fischen, da sie träge sind und sich schlecht darauf verstehen!«

Auf einen Wink des Bezirksamtmanns bestätigte Bosambo sogleich dies alte Vorrecht und manches andere noch. Dann aßen die beiden Männer Salz miteinander, schnitten sich in den Vorderarm und rieben die Wundränder aneinander, damit ihr Blut sich vermische. Als Gastgeschenk gab Bosambo dem Häuptling einen Pelzrock und ein Fernrohr, das ihm Sanders zu diesem Zweck überlassen hatte. Doch als der Häuptling sich später verabschiedete, waren diese Gegenstände auf unerklärliche Weise abhanden gekommen.

»Ich werde sie suchen und dir zusenden, zugleich mit vielen anderen schönen Geschenken, die ich in meinem Hause für dich habe«, vertröstete ihn Bosambo.

Die Nacht war hereingebrochen, und der Halbmond stand am Himmel, als Bones mit seinem Vorgesetzten allein war.

»Woher wußten Sie, daß M'lapa im Rat des Großkönigs gesessen hat?« erkundigte sich Bones neugierig bei Sanders.

Der Distriktgouverneur lächelte. »Ich habe eben noch meinen Geschichtsunterricht im Kopfe und erinnerte mich an die Bedeutung, die der Purpursaum im alten Rom hatte!«

»Bei der römischen Geschichte habe ich wegen Masern gefehlt, liebe alte Exzellenz«, entschuldigte sich Bones mit einem Anflug seines alten Humors. Doch da niemand da war, der ihn mit trockenen Bemerkungen zu weiteren Späßen aufstachelte, versank er bald wieder in Schweigen.

Um ein halb zwölf Uhr suchte er seine Kabine auf und warf sich halb angekleidet auf das Bett. Seit Hamiltons Verschwinden hatte er keine Ruhe zum Schlaf mehr. Er lag im unruhigen Halbschlummer, als jemand anhaltend an seine Tür klopfte. Im Nu war er auf den Beinen.

»Abibu klopft«, erwiderte eine leise Stimme auf seine Frage, und die Tür wurde zurückgeschoben. »Dies habe ich am Fallreep gefunden«, sagte der Haussa-Unteroffizier.

Er hielt ein feuchtes Kleidungsstück in die Höhe.

»Was ist das?« fragte Bones und blinzelte mit den Augen.

»Herr, es ist ein Hüfttuch, und es trieft von Wasser.«

»Dann hat sich jemand an Bord geschlichen«, erwiderte Bones und nahm Pistole und Taschenlampe an sich.

»Die Wachen haben nichts gehört, und es sind vertrauenswürdige Leute«, verteidigte der Unteroffizier seine Stammesgenossen.

Bones wollte den Kabinengang durcheilen, da stand er still, wie an den Boden genagelt. Hamiltons Kabine, die bestimmt geschlossen gewesen war, stand jetzt offen. Niemand außer Hamilton selber hatte den Schlüssel dazu besessen. Ein Rätsel!

Bones trat ein und drehte das Licht an.

Ein Kasten war aufgebrochen worden, und sein Inhalt lag auf dem Boden verstreut.

»O ko«, sagte Abibu erschrocken. »Ein Einbrecher! Doch ich schwöre dir, Herr, daß meine Leute ehrliche Kerle sind!«

Bones strengte sein Gedächtnis an: Was war in der Kiste gewesen? Er hatte eine Liste über das gesamte Kabineninventar aufgestellt, aber an die Einzelheiten vermochte er sich nicht mehr zu erinnern. Er weckte zunächst Sanders. Dann ging er, um die Liste zu holen.

»Da haben wir es«, sagte er, auf eine Eintragung deutend. »Schwarze Kiste.« Und er zählte ihren Inhalt auf, während er Stück für Stück die verstreuten Gegenstände vom Boden aufhob. Eine kleine braune, verschlossene Schatulle fehlte. Doch was sie enthielt, ging aus der Liste nicht hervor.

Inzwischen hatte Sanders das Kabinenschloß untersucht. Ein Ruf des Erstaunens entschlüpfte seinen Lippen. Es war anscheinend ohne Anwendung von Gewalt geöffnet worden. Aber Einbrecher, die mit einem Dietrich zu arbeiten verstanden, gab es bestimmt in ganz Rimi-Rimi nicht.

Bones zog Schubladen auf, öffnete Kästen und Schränke, aber nichts fehlte außer der Schatulle.

Abibu, der auf Deck gegangen war, um ein Verhör mit der Schiffswache anzustellen, kam jetzt eilig zurück.

»Herr, einer deiner Vögel ist fort«, meldete er erregt. »Die Tür zum Verschlag, die wir des Nachts der Habichte wegen schließen, ist erbrochen, und Mimi, die so schön Eier legte, ist verschwunden. Am Mast sieht man deutlich Spuren eines nackten Fußes.«

Sanders und Bones tauschten einen Blick des Erstaunens.

»Und die Wache will nichts gehört haben?«

»Herr, die grauen Vögel haben eine Zeitlang ärgerlich miteinander geschwatzt, aber die Leute glaubten, eine Nachtschwalbe hätte die Tiere beunruhigt.«

Eine sorgfältige Durchsuchung des Schiffes erbrachte keinen neuen Anhaltspunkt. Yoka, der Maschinist, der bei seiner Maschine schlief, war nicht gestört worden, und außer dem Lendentuch am Fallreep und den feuchten Spuren am Mast wurde nichts gefunden, was auf einen nächtlichen Besucher schließen ließ.

»Meine Ansicht, liebe alte Exzellenz, geht dahin«, ließ sich Bones mit einem Anflug seiner alten Lebhaftigkeit hören, »irgend so ein schwarzer Bursche hat vom Wasser aus das Deck erklommen und den Mast erklettert...«

»O Bones«, unterbrach ihn Sanders und legte seine Hand liebevoll auf die Schulter seines jungen Kameraden. »Nur Hamilton hätte darauf die richtige Antwort geben können!«

Da verstummte Hauptmann Tibbetts, und ein Schatten so tiefer Schwermut lagerte sich auf seiner Stirn, daß Sanders seine voreiligen Worte bereute.

Am nächsten Morgen sandte er nach dem Häuptling, der bei Bosambos Palaver seinem Wunsche, einen der »klagenden Vögel« zu besitzen, so dringenden Ausdruck gegeben hatte. Er war über Nacht verschwunden, niemand wußte wohin. Selbst in den umliegenden Dörfern wollte man ihn nicht gesehen haben.

Sanders nahm das zur Kenntnis, ohne den Meldungen den geringsten Glauben zu schenken. Schon längst war es ihm aufgefallen, daß über das ganze Land ein wohlausgeklügeltes Schweigesystem wie ein feinmaschiges Netz ausgebreitet war. Ereignete sich etwas, dessen Geheimhaltung im Interesse des Häuptlings lag, so versammelte er seine Dorfleute zu einem Palaver um sich.

»Wer hat dies gesehen?« fragte er mit drohender Stimme.

»Keine Augen!« antwortete man ihm im Chor.

»Wer hat dies gehört?«

»Keine Ohren!«

»Was ist geschehen?«

»Nichts!«

So wurden selbst tiefgreifende Geschehnisse aus der Geschichtstafel dieses Landes gelöscht.

Drei dunkle Regentage folgten der Ankunft des Häuptlings M'lapa. Die Zeit dehnte sich endlos, die Spannung war kaum noch zu ertragen. Jede Stunde brachte ihre Drohung, und jede floß mit gleichmäßigem Geplätscher dahin. Am vierten Tage endlich klärte sich der Himmel auf. Die Sonne drang durch die Wolken und verscheuchte die Nebelbank, die auf dem Flusse lag. Der Tag begann mit demselben einförmigen Gleichmaß wie seine Vorgänger, aber am Nachmittag traf eine Meldung ein, die alle Signalpfeifen ertönen ließ. »Klaaar Schiff zum Gefecht«, ratterten die Trommeln, gellten die Hörner, und im Bauch der »Zaire« wurden alle Kessel unter Dampf gesetzt. Kohlen wurden geschleppt, Laufkatzen geschoben und aus dem Artilleriehellegatt Munition für die Handfeuerwaffen an die Haussa verteilt. Dann kam der Befehl »Volldampf voraus«, und die »Zaire« steuerte mit dicker Rauchfahne und fliegendem blauen Wimpel dem Feinde entgegen.

Fünf Meilen weiter südlich wurde die Kanuflotte gesichtet.

Sechshundert Tofolakakanus hatten sich in voller Kriegsbemalung aufgemacht, um die weißen Männer zu überfallen. Nun sahen sie sich verraten, und ihre Gefechtslinie geriet in Unordnung. Jetzt bedeckten die Boote den ganzen Fluß wie unzählige rote Flecke, die in der Sonne wie Feuerfunken glühten.

»Meine Herren«, sagte Bones, die Schulter an den Bremsklötzen der Kanone, die Augen am Visier, »die Parole lautet: Für das, was wir lieben! Los!«

Der erste Schuß krachte.

»Elfhundert! Salve! Feuern!«

»Gut! Schnell! Wirkung! Feuern! Feuern!«

Die beiden Hotchkißgeschütze spien Feuer und Tod, die Luft erbebte unter dem lang nachhallenden Donner des Abschusses und dem Heulen der auf ihrer Flugbahn befindlichen Geschosse. Es war ein wildes Lärmen und Toben, dem das unheimliche »Tak-tak-tak« der Maschinengewehre den Takt gab.

Chaos herrschte auf dem Strom. Überall schwammen gekenterte und durchschossene Boote. Verletzte und Sterbende verschwanden mit emporgeworfenen Armen in den aufgewirbelten Fluten. Das Toben des Geschützfeuers deckte die Schreie der Besiegten zu, die mit ihren unversehrten Booten dem rettenden Ufer entgegenpaddelten. Aber als sie den Fuß an den Strand setzten, empfing sie ein Sperrfeuer von Granaten. Sie rannten verzweifelt hierhin und dorthin, bis das Feuer schwieg. Die »Zaire« hatte ihren Kiel mitten unter die treibenden Boote gesetzt. Dann stoppte sie. Eine Landungsabteilung setzte in der Barkasse ab und begann, die am Ufer zurückgelassenen Boote zu zerstören.

Schneller als Sanders hoffen durfte, war der Aufstand der Tofolaka niedergeschlagen worden. Hätten sie anstatt des Flußwegs den Landweg gewählt und einen konzentrischen Angriff auf Rimi-Rimi unternommen, wer weiß, wer dann schließlich der Sieger gewesen wäre...

Noch während die »Zaire« beigedreht lag, ereignete sich ein kleiner Vorfall, der die größten Folgen haben sollte.

Sanders beobachtete eben das Ufer durch sein Fernglas, als Abibu ihm aufgeregt ein paar Worte zurief.

Sanders setzte das Glas ab und folgte der ausgestreckten Hand des Haussa.

Ein dunkler Punkt, der schnell größer wurde, schwebte in langer Spirale aus der Höhe hernieder.

»O Herr«, schrie der Sergeant, außer sich vor Freude. »Es ist unsere Mimi!«

»Mimi?« fragte Sanders erstaunt.

Der Name der Taube war ihm ganz entfallen.

Nun aber sah er sie. Müde fiel sie auf den Rand des Taubenschlags nieder. Abibu kletterte sofort am Mast hinauf und kam mit dem zahmen Tierchen wieder.

»Herr, sie ist es«, rief er jubelnd. Denn es gibt keinen Mohammedaner auf der Welt, der die Tauben nicht liebt und hegt. »Schau, sie ist dem bösen Häuptling entflohen und zu ihren Vätern zurückgekehrt.«

Sanders nahm den Vogel in seine Hand und stieß einen Ruf des Erstaunens aus. Ein feines Stück Papier war mit einem dünnen Hautstreifen am Fuße des Tierchens befestigt.

»Von Bosambo?« fragte Bones in atemloser Spannung.

Sanders gab keine Antwort. Mit zitternder Hand öffnete er das gefaltete Blatt und starrte mit weit aufgerissenen Augen auf die verwischte Schrift: »Rendezvous Tonkinifischerdorf siebzig Meilen südlich von Rimi-Rimi!«

Eine Unterschrift fehlte.

Bones schaute seinem Vorgesetzten über die Schulter und las mit.

»Hamilton!« schrie er plötzlich und stieß ein Freudengebrüll aus.

»Hamilton?« fragte Sanders mit klopfendem Herzen. »Unmöglich! Ich erkenne seine Handschrift nicht!«

»Hamilton! Hamilton!« jauchzte Bones und brach in einen wilden Kriegstanz aus. »Hamilton, liebe alte Exzellenz! Ich weiß es! Ich weiß es!«

## *Die Schlacht an den Geisterbergen*

Wenn ein Fongini oder ein Tofolaka im Geruche stand, ein unverbesserlicher Schmutzfink zu sein, so sagte man von ihm, er habe sich in der Mala gewaschen. Die Mala war ein meist unsichtbares Flüßchen, das selbst nach Regenperioden nur einen Kochtopf voll Wasser führte. Aber ihr Bett war breit und mit Geröll bedeckt, zweifellos war sie in ihren stürmischen Jugendtagen ein reißender Strom gewesen. Wahrscheinlich wurde im Laufe der Zeit ihr Gewässer hoch droben in den Bergen von Felsgeröll und Sand abgefangen und eingedämmt, wodurch ein Stausee entstand, dessen überschüssige Fluten zwei sprudelnde Flüsse bildeten, von denen der eine am Höllentor in den großen Fluß mündete, der andere im Kasalalande. Einmal vielleicht in hundert Jahren bricht dieser von Natur gebaute Damm unter dem Druck eines Wolkenbruches, und die Wasser ergießen sich in die Mala, die eine Wiederverjüngung erlebt und zum wirklichen Strom wird, bis einige Jahre später die Lücke im Damm sich wieder geschlossen hat. Aber kein Lebender hat dieses Wunder gesehen, es sei denn die hundertjährige Frau von Limbi.

Als der Häuptling der Fongini von seinem Besuch in Rimi-Rimi zurückkehrte, fand er seine Kriegerscharen kriegsbereit. Er berief die Führer der Hundert- und Tausendschaften zu einem Palaver, dem ein Tanz von hundert Mädchen und ein üppiger Festschmaus vorangingen.

»Wir ziehen gegen die Tofolaka. So will es der König, der ein wahrer Mann ist«, verkündete M'lapa den Erschienenen.

Stille herrschte. Dann erhob sich die krähende Stimme eines skeptischen Greises.

»Ist dieser König auch ein König?« fragte er. »Ich habe noch nichts davon gehört, daß die Heilige Frau vom Berge herabgestiegen ist, um ihn mit ihren Zaubern zu weihen!«

»Mir genügt, daß Sandi Ingondi ihn König und seinen Freund nennt«, versetzte M'lapa kühl.

»Herr«, entgegnete der greise Ratgeber von oben herab, »ich weiß nichts anderes von diesem Sandi, als was die jungen Leute mir erzählen, und das ist schlimm genug. Auch Bosambo kenne ich nicht. Wohl aber kenne ich die Sitten meiner Väter und ihre heiligen Bräuche, und ich sehe keinen König, der diesen Bräuchen gemäß geweiht ist!«

»Dann siehst du auch deinen Häuptling nicht«, war M'lapas drohende Antwort. »Und willst du etwa an diesem Feuer aufstehen und sagen, du sähest mich nicht?«

Der alte Mann verstummte, denn er liebte das Leben, und unter dem Blick des Häuptlings kroch ihm ein Frösteln über die Glieder.

»Ich werde die Krieger an die Mala führen«, erklärte der Häuptling, als er die Opposition niedergekämpft hatte. »Dort lagern wir und warten, bis von Sandi Nachricht kommt oder die Hunde von Tofolaka kriegswütig werden.«

Beim ersten Schein des dämmernden Morgens marschierten die langen Heeressäulen westwärts. Die Nachricht erreichte Rimilaka durch Dorfbewohner, die vor den herannahenden Truppen geflüchtet waren.

»Dies ist ein böses Palaver«, sagte Rimilaka zu seiner Tochter Egeni, »ich werde zu Sandi gehen und ihm mein kummervolles Herz ausschütten!«

»Warte lieber«, riet die ränkesüchtige Tochter, »wer weiß, welcher Zauber sich noch gegen unsere Feinde auswirken wird. Vergiß auch nicht, daß Sandi von der Alten gezeichnet wurde und daß sie ihn haßt!«

»O ko«, entgegnete ihr Vater mit beißendem Spott, »dieser gleiche Sandi, der von der Alten gehaßt wird, hat alle meine schönen Boote versenkt und meine Leute getötet. Es scheint, daß die Teufel dieses Landes einen sehr merkwürdigen Zauber ausüben.«

Rimilaka hatte Grund zu seiner Bitterkeit. Die Überreste der Streitmacht, die er gegen Sandi ausgeschickt hatte, waren noch immer im Rückmarsch begriffen. In ihren vorausgesandten Berichten verringerten sie weder die ausgestandenen Gefahren noch die Zauberkraft der Vernichtung, die von den Waffen der weißen Männer ausging.

Das gesamte Volk der Tofolaka hatte sich inzwischen erhoben. Zu den Truppensammelplätzen strömten mehr Speere, als die Geschichte des Landes je verzeichnet hatte. Auch die Kampfscharen der Bubujala waren zu den Tofolaka gestoßen. Sie kamen allerdings nicht aus Sympathie für ihre Nachbarn, sondern nach dem alten afrikanischen Grundsatz der Klugheit und Zweckmäßigkeit, der da lautet: »Wenn dein Nachbar in Waffen geht, dann nimm auch du deine Waffen und bereichere dich mit ihm gemeinsam an deinem dritten Nachbarn!«

Die Lage war also nicht ganz hoffnungslos für die Tofolaka. Aber so laut sie auch die Fongini angeifern und Feiglinge schelten mochten, in den geheimen Winkeln ihres Herzens hockte die blasse Furcht.

»Laß mich allein, Weib«, sagte Rimilaka schließlich zu seiner Tochter, »damit ich mich mit den Geistern der toten Häuptlinge beraten kann.«

Egeni ging widerwillig, während Rimilaka dasaß und Sandi zu allen Teufeln wünschte.

Sanders selber beschäftigte sich weniger mit Rimilaka und der Gefahr, die ihm von dieser Seite drohte. Während die Fongini sich auf dem Marsche an die Mala befanden, gab er der Stadt Rimi-Rimi zur Feier seines Sieges ein großes Fest. Bones trug viel zum allgemeinen Vergnügen bei. Die Tatsache, daß Hamilton am Leben war und bald in ihrer Mitte weilen würde, hatte einen neuen Menschen aus ihm gemacht. Emsig war er damit beschäftigt gewesen, das Schiff mit einer Menge bunter Wimpel und Nationalitätenflaggen in einen schwimmenden Basar umzuwandeln. Sogar ein paar Lampions hatte er ausgegraben, und jetzt, da die Dunkelheit hereingebrochen war, veranstaltete er eine stimmungsvolle »italienische« Nacht. Doch das staunende Ah der Zuschauer wollte kein Ende nehmen, als er abwechselnd Signalraketen abbrannte und den Scheinwerfer spielen ließ.

Die Festtafel war auf dem Oberdeck aufgestellt. Bones setzte sich mit trockenen Lippen und ausgedörrter Kehle an den Tisch und trug Sorge dafür, Sanders seinen beklagenswerten Zustand merken zu lassen.

»Schon gut, Bones«, winkte Sanders beschwichtigend, »heute wollen wir uns mal einen guten Tropfen leisten!«

Bones' Augen leuchteten auf. Seine Zungenspitze erschien und befeuchtete die Oberlippe. »Wir haben – einen – guten Tropfen –?« stammelte er.

»Einen guten Tropfen Ingwerbier«, ergänzte der unbarmherzige Sanders.

»O ko«, sagte Bones mit langem Gesicht, »ich dachte, Sie würden heute mal etwas draufgehen lassen, liebe alte Exzellenz. Könnten wir uns nicht aus den medizinischen Vorräten irgend etwas Herzstärkendes zusammenbrauen?«

»Es bleibt bei Ingwer«, beschied ihn Sanders. »Auch das wird zur Fidelitas beitragen!«

Bei Tisch erhob Sanders sein Glas. »Auf Hamiltons Wohl«, toastete er, »wo er auch sein mag! Möge er bald zurückkehren!«

»Heil ihm«, sagte Bones, »das Gesöff ist zwar scheußlich, aber dennoch: Heil ihm!«

»Mir ist die ganze Sache ein Rätsel«, meinte Sanders. »Warum zum Beispiel hat der Kerl, der die Taube stahl, Hamiltons Botschaft nicht gleich mitgebracht? Wozu der Umweg? Das Risiko? Der Diebstahl?«

Bones nickte und machte ein Gesicht wie eine alte Eule. »Natürlich muß Ihnen das ein Rätsel sein, liebe alte Exzellenz«, begann er gönnerhaft. »Ich hingegen – hupp! – O Verzeihung!« Er führte seine Hand krampfhaft an den Mund. »Ingwerbier ist nichts für meinen Magen«, entschuldigte er sich und errötete wie ein kleines Mädchen. »Ich hingegen kann Ihnen im Handumdrehen eine Erklärung geben. Mein Gott, wer so viele Kreuzworträtsel geraten hat – hupp – o Verzeihung! Ham ist natürlich aus der Höhle entkommen und sitzt jetzt in einem Negerdorf als Gefangener. Da hat er den alten Wackelköpfen von Ratsmännern eingeredet, daß die Tauben große Ju-ju wären und daß er mit ihnen einen ganz faulen Zauber treiben könnte. Da hat sich denn einer von den Idioten – hupp – hupp –! O Verzeihung! einer von den Idioten auf den Weg gemacht – hupp – hupp – hupp! O Pardon! Verzeihung! Entschuldigung – hupp!«

Aber Bones sollte nie seine Erklärung zu Ende führen. Es ging ihm wie immer, das Schicksal kam dazwischen und schnitt ihm den lang ausgesponnenen Faden durch.

Das Schicksal war diesmal Bosambo. Er hatte sein Gesicht mit einem breiten Lächeln und seine Schultern mit einem kostbaren roten Brokatmantel geschmückt.

»O Sandi«, sagte er, »ich bringe erfreuliche Nachrichten. Dein Herz wird lachen!«

»Setze dich, Bosambo. Mein Herz lacht schon beim Anblick deines Mantels, denn der gleicht aufs Haar einem schönen Vorhang, der an der Tür meiner Kabine hing und seit ein paar Tagen spurlos verschwunden ist!«

»Herr«, erwiderte Bosambo seelenruhig und drapierte den Mantel so, daß man die Ösen nicht sehen konnte, an denen noch vor kurzem die Ringe des Vorhangs befestigt gewesen waren, »diese Leute von Rimi-Rimi sind große Diebe. Erst gestern habe ich ein schönes Seidentuch vermißt, das abwechselnd rot und blau gefärbt war – ein Geschenk von Mister Tibbetti«, fügte er in einiger Verwirrung hinzu, als er den vorwurfsvollen Blick auffing, den Bones ihm zuwarf.

»Lügen kannst du wie gedruckt, mein guter Bosambo«, sagte Bones auf englisch.

»Ich nicht lügen, ich sein immer wahr und wahrhaftig so wie Matti, Marki, Luki, Hansi«, verteidigte sich Bosambo in derselben Sprache.

»O du unverbesserlicher Lümmel«, murmelte Bones kopfschüttelnd.

Sanders klatschte in die Hände und befahl dem Diener: »Bier für den König!«

»Aber in einem großen Glas«, setzte Bosambo eilig hinzu. »Meine Hände sind so groß und ungeschickt, daß mir die kleinen Gläser aus den Fingern gleiten und zerbrechen.«

Bones lachte hell auf, und Bosambo stimmte gutmütig ein.

»Herr«, sagte er zu Sanders, plötzlich ernst werdend, »die Alte hat wieder von sich hören lassen!«

»Die Teufelin von Limbi?« fragte Sanders interessiert. »Was ist mit ihr, Bosambo?«

»In den Tagen des Großkönigs«, holte Bosambo weitschweifig aus, »gab es drei Kriegerscharen, die die Hütte des Königs bewachten und in Rimi-Rimi lebten. Als dein Zauber den alten Bösewicht vernichtete, zogen sich die Krieger zurück und ließen sich auf den Hängen des Limbi nieder; denn sie hatten ebenso wie dem König auch der Teufelsfrau gedient und betrachteten sich als ihre Leibwache.«

»All das ist mir bekannt«, sagte Sanders ungeduldig. »Was weiter?«

Bosambo konnte nicht gleich antworten. Man hatte ihm sein Bier gebracht, und er ließ es sogleich zur Hälfte in seine durstige

Kehle gleiten. Dann wischte er sich behaglich den Mund.

»Diese Krieger ziehen gegen die Stadt, Herr«, sagte er, »und sie sind in voller Kriegsbemalung, denn sie haben sich ihre Gesichter rot gefärbt und ihre Schilde angeräuchert!«

»Und das nennst du erfreuliche Nachrichten?« fragte Sanders stirnrunzelnd.

Mit der Einmischung der Leibwache hatte er bisher nicht gerechnet. Da erwuchsen ihm neue Feinde, gegen siebentausend Speere stark, deren Kampfkraft der aller anderen weit überlegen war. Ein niederschmetternder Gedanke!

Plötzlich kam ihm ein neuer Einfall. »Vielleicht hat Hamilton die Teufelsfrau getötet, und sie kommen, um sich Genugtuung zu holen?«

Bosambo schüttelte den Kopf. »Nein, Herr, die Alte lebt! Sie selber ist es, die die Regimenter entsandt hat!«

»Sie hat die Leute gesandt?«

Bosambo nickte. »Sie stehen unter dem Befehl Okasos, der ein kluger Häuptling und ein tapferer Krieger sein soll!«

»Glaubst du, daß du Rimi-Rimi gegen eine solche Übermacht halten kannst?«

Bosambos Gesicht wurde ernst. »Herr, du hast mein Weib aus den Händen des Großkönigs befreit. Ich halte die Stadt für dich, bis ich falle. Aber ich habe nur achtzig Mann, auf die ich mich verlassen kann. Meine Ochori!»

Sanders blickte zu Boden.

Bosambo beugte sich vor. »Herr, ich ahnte, daß es zu einem sehr ernsten Treffen kommen würde. Darum habe ich Fitema Nachricht gesandt!«

»Nachricht – an Fitema?« Er sah Bosambo verständnislos an.

»Auch ich besitze Tauben, Herr. Eine davon habe ich mitgeführt, als ich über die Berge kam, und diese habe ich mit einer Botschaft fliegen lassen!«

»Wie lautete die Botschaft?« fragte Sanders erregt, denn er sah ungeheure Verwirrungen voraus.

Bosambo wurde verlegen. »Herr, ich habe ihr geschrieben, daß uns ein großer und blutiger Krieg bevorstünde. Denn damals wußte ich noch nicht, für wen sich die Fongini entscheiden würden!«

Sanders warf Bones einen beunruhigten Blick zu. Im Mündungsland des Stroms fehlte im Augenblick eine zielbewußte Leitung. Ein Windhauch konnte da leicht zum Orkan werden.

Er war zum Orkan geworden, doch in anderem Sinne, als Sanders befürchtete.

Kaum hatte Fitema den Brief ihres Gatten »an die Frau mit den Augen der Taube und der Stimme freundlicher Winde« erhalten, da erdröhnten bereits die Lokoli der Ochori, und bald brannten im ganzen Lande die Beratungsfeuer. Jetzt zeigte es sich, was Sanders wert war. Es gab kein Dorf, das nicht seine besten Krieger aufgeboten hätte, um Sandi Ingonda in der größten Gefahr seines Lebens beizustehen. Kanus kamen und gingen, Bewaffnete zogen durch den Wald, und das Land erzitterte von wilden Kriegstänzen und Schlachtliedern. Die Akasava, die Isisi und N'gombi marschierten in breiter Front den Geisterbergen entgegen, um sich mit den Ochori zu vereinigen. Nun trat an ihre Spitze Fitema selbst, die zarte junge Frau mit dem Herzen des Mannes. Auf einer Sänfte ruhend, die von acht starken Männern getragen wurde, erteilte sie ihre knappen, aber wohlüberlegten Befehle, und die Männer, die gewohnt waren, ein Weib wie ein Stück Herdenvieh zu behandeln, unterwarfen sich blindlings ihrer Führung. Den Häuptlingsspeer ihres Gatten in der Faust, hatte sie die Blicke auf die fernen Höhen gerichtet und wünschte sich Flügel.

In der Nacht nach dem Fest tat Sanders kein Auge zu. Die Nachrichten, die Bosambo ihm überbracht hatte, füllten sein Hirn mit bedrückenden Vorstellungen. Er war wach, als um Mitternacht eine neue Hiobspost eintraf.

Der andauernde Regen der letzten Zeit hatte das Wunder bewirkt, das nur alle hundert Jahre einmal wiederkehrte. Die Mala führte Hochwasser und war zu einem breiten Strom angeschwollen, der die Fongini von Rimi-Rimi abschnitt und ihrem Weitermarsch in das Tofolakagebiet ein vorläufiges Ziel setzte.

Sanders klopfte bei Bones an und setzte ihn von dieser Neuigkeit in Kenntnis.

Der Hauptmann kratzte sich mißmutig den harten Schädel. »Der Teufel soll die Regenrinne holen! Jetzt wird Rimilaka natürlich auftrumpfen!«

»Das hat er schon getan«, erwiderte Sanders grimmig. »Seine Kriegsfeuer brennen, und er sammelt eine neue Flotte, um von zwei Seiten her in Rimi-Rimi einzufallen!«

Sanders instruierte eben einen Haussa-Unteroffizier, der Bosambo zu einer eiligen Besprechung an Bord holen sollte, da erschien, wie durch einen Zauber gerufen, der König in höchsteigener Person, und nach ihm erstieg ein Mann im Waffenschmuck der königlichen Leibwache das Fallreep.

»Herr«, sagte Bosambo und deutete auf seinen Gefährten, »dieser Mann suchte mich um Mitternacht auf, und wir hatten ein langes Palaver miteinander.«

»Wer ist es?« fragte Sanders mit wohlgefälligem Blick auf die schöne, schlanke Gestalt mit den ungewöhnlich klugen und feinen Gesichtszügen.

»Es ist Okaso, Herr, der Befehlshaber der königlichen Leibwache. Er wünscht dir zu dienen.«

Um Sanders' Lippen zuckte der Spott. »Um mir zu dienen, wie er Amatini gedient hat, als er ihn in die Höhle des alten Weibes hineinstieß?«

»Herr«, sagte Okaso, »kannst du einem Soldaten vorwerfen, daß er dem Befehle folgt, der ihm zuteil wird? Hat ein Krieger zu überlegen, ob er recht oder unrecht tut? Er hat zu gehorchen. Das ist seine einzige Pflicht. Ich gehorche auch jetzt. Denn ich stehe hier auf Befehl der Heiligen Frau, der wir dienen!«

»Auf Befehl der Frau von Limbi?« wiederholte Sanders ungläubig. »O ko! Ich habe ihre Gunst nicht begehrt! Doch in welcher Weise willst du mir dienen?«

»Herr, ich führe dir meine Krieger zu, die unter ausgesuchten Hauptleuten stehen und vor Kampfbegier brennen.«

»Woher soll ich wissen, daß dies nicht eine Kriegslist ist, Okaso? Wenn ich deine Leute in Rimi-Rimi hereinlasse, wer bürgt mir dafür, daß sie sich nicht gegen mich wenden und meine Soldaten vernichten?«

»Ich habe deinen Einwurf vorausgesehen, Herr«, antwortete Okaso ruhig und stolz. »Daher habe ich meine Lieblingsfrau und meine drei Kinder mitgebracht. Sie sollen auf deinem schönen Schiff sitzen und dein Fleisch sein, wenn du mich für unehrlich befindest!«

Der Mann meinte es offenbar aufrichtig mit seinem Bündnisangebot. Selbst der mißtrauische Bones, der sonst in allem eine Falle sah, konnte sich dem günstigen Eindruck nicht entziehen, den Okaso auf ihn machte.

»Ich begreife nicht«, sagte Sanders kopfschüttelnd. »Die Alte haßt mich, sie hat mich zum Tode gezeichnet, und jetzt schickt sie mir ihre Krieger?«

»Herr, die Tofolaka haßt sie noch mehr. Sie haben eine Hexe zu Amt und Würden erhoben und einen Zauberer anerkannt, der sich in unehrerbietigster Weise über ›Ihre Heiligkeit‹ geäußert hat!«

Sanders überlegte. Wenn Hamilton noch am Leben war, konnte die Frau von Limbi nicht ganz so teuflisch sein, wie die Phantasie der Eingeborenen sie hinstellte. Vorläufig war es wenigstens gut, sich ihren Beistand zu sichern.

»Ich will dir Vertrauen schenken, Okaso«, sagte er endlich. »Aber deine Frau und deine drei Kinder sollst du mir bringen. Sei gewiß, du siehst sie nie wieder, wenn du mich betrügst. Binde deine Kanus aneinander, so daß sie eine lange Kette bilden. Mein Schiff nimmt sie ins Schlepptau. Morgen verlasse ich Rimi-Rimi!«

»Wir fahren wieder den Tofolaka entgegen?« wollte Bones wissen. Er benutzte die englische Sprache.

»Ja«, erwiderte Sanders ebenso. »Wir steuern Tonkini an, das kleine Fischerdorf, in dem Hamilton uns erwartet. Der Ort könnte für unsere Zwecke nicht besser gewählt werden. Von dort aus kann ich eine Streitmacht in das Herz des Tofolakalandes werfen, die das Gros der feindlichen Kräfte zurückdrücken wird. Außerdem wird dieser Schachzug den Fongini die erforderliche Zeit geben, über den Fluß zu setzen.«

Der von Sanders entworfene Schlachtplan begann programmgemäß. Zeitig am andern Morgen dampfte die »Zaire« ab und schleppte mehr Kanus in ihrem Kielwasser hinter sich her, als selbst der älteste Einwohner von Rimi-Rimi je beieinander gesehen hatte. In jedem Boot saßen zwölf grinsende Krieger, die an dieser bequemen Fahrt den größten Spaß hatten.

Tonkini wurde gegen Mittag erreicht. Ohne jeden Widerstand seitens der Bevölkerung ging die Landung vonstatten. Okaso schob als kriegserfahrener Häuptling einen Schützenschleier vor.

Es kam zu keiner Gefechtsberührung mit dem Gegner. Das Land war vom Feinde geräumt. Nur ein Dorf zeigte Kampfbereitschaft und wurde niedergebrannt.

Sie befanden sich jetzt in dem Hügelland, das dem Geistergebirge vorgelagert ist. Etwa zwanzig englische Meilen trennten sie von dem Paß, der in das Ochoriland führte. Mit einem Drittel seiner Streitmacht sicherte Sanders den wichtigen Gebirgsübergang. Mit den übrigen beiden Dritteln deckte er seine Rückzugslinie zum Landungsplatz.

Aber Rimilaka war durch seine Späher von dem Aufmarsch des Gegners unterrichtet worden, und kaum hatte die königliche Leibwache die ihr zugewiesenen Gefechtsposten erreicht, da griff er kräftig mit fünftausend Speeren an und schlug die Eindringlinge bis zur Hälfte des gewonnenen Geländes zurück. Bosambo erkannte die Gefahr und ging gedeckt vor, um den rechten Flügel des Feindes zum Stehen zu bringen. Das Umgehungsmanöver hatte aber nur einen Teilerfolg. Wohl gelang es ihm zunächst, in die gegnerische Flanke vorzustoßen und dort Verwirrung anzurichten. Dann aber wandte sich sein Schlachtglück. Rimilakas Gros hatte sich inzwischen in Marsch gesetzt, griff ihn mit weit überlegenen Kräften an und zwang ihn unter blutigen Verlusten zum Rückzug.

»Herr, unsere Sache steht schlecht«, sagte Bosambo zu Sanders. In seinen Armen trug er Okaso, der aus einer schweren Brustwunde blutete. Seine eigene Schulter war von einer Schwertspitze aufgerissen, aber seine Augen leuchteten.

»Sie haben mich König genannt, als sie in das Gefecht zogen, das wiegt alle Schmerzen und alle Mühen auf. Auch Okaso nannte mich König, sonst hätte ich ihn liegen lassen, damit ihm der Feind den Garaus macht«, fügte er mit naiver Aufrichtigkeit hinzu.

Sanders verband erst Bosambos Schulter. Dann widmete er sich Okaso. Der Mann war lebensgefährlich, aber nicht tödlich verletzt.

»Ich werde dich sogleich aufs Schiff zurückbringen lassen. Ich hoffe, du bleibst am Leben, Okaso!«

»Du tust Seltsames, Herr«, staunte der Kriegshäuptling, »du nimmst dich derer an, die zu Tode verwundet sind.«

»Das ist der Segen des neuen Gesetzes, das mit dem König ins

Land gekommen ist«, sagte Sanders.

Das war die letzte Atempause in dem Gefecht dieses Tages. Bald danach griff Rimilaka an der Spitze seiner Hauptmacht mit solcher Wut und solchem Glück an, daß er durch die Sperrlinie des Gegners brach. Das Leben der beiden Weißen und ihrer Verbündeten hing an einem Haar. Da brachte Bones, der in solchen Augenblikken der Höchstspannung sich selbst übertraf, zwei seiner Maschinengewehre in so günstige Stellungen, daß die Angreifer reihenweise niedergemäht wurden und zurückwichen.

Spät am Nachmittag führte Rimilaka seinen dritten und heftigsten Schlag. Er hatte seine letzten Reserven herangeführt und zwang Sanders, sich in breiter Front zu entwickeln, eine Taktik, die seine dünne Verteidigungslinie noch mehr schwächte. Heroisch warfen sich die wenigen Ochori wieder und wieder in die entstehenden Lücken. Doch das Ende schien nah.

Sanders sandte nach Bones. Der Hauptmann stellte seine Maschinengewehrabteilung unter den Befehl eines Haussa-Unteroffiziers und erstattete von seinem Frontabschnitt Meldung.

Die Dinge sahen düster genug aus. Sanders sah stirnrunzelnd zu Boden. »Wenn wir jetzt auskneifen, ist das Prestige der weißen Rasse in diesem Lande für lange Zeit erschüttert. Versuchen wir, uns zu behaupten, so wird das unser Untergang sein. Halten Sie für alle Fälle die Barkasse bereit und die Kessel der »Zaire« unter Dampfdruck!«

Der Geländestreifen, den seine Streitmacht hielt, war kaum noch eine Meile breit, und im Rücken hatte er den Strom. Das Spiel stand böse für ihn, und der einzige Trumpf, den er noch in Händen hielt, waren die Kanonen seines Schiffes.

Rimilaka hatte seinen Feldherrnstand auf einen nahen Hügel verlegt. Er folgte dem Kampf mit glühender Spannung.

»Jetzt ist mein Tag gekommen«, jubelte er. »Bald werde ich König sein und in der Hütte des Alten wohnen!« Er rief einen grauhaarigen Kriegshäuptling zu sich. »Meine Hauptleute sollen ein Ende machen. Lasse alle Trommeln ertönen. Sandis Soldaten verteidigen sich nur noch schwach. Ein neuer Angriff wird sie in die Flucht treiben. Dann schicke deine schnellsten Läufer voraus, daß sie ihnen den Rückweg zum Schiff abschneiden!«

Rimilaka hatte keine schlechte Taktik befolgt, als er diesen Befehl gab. Sandis Kampflinie begann in ihrer ganzen Breite zu wanken. Die stolze Leibwache des Königs war zu kläglichen Trümmern zusammengeschmolzen und kämpfte nur noch um ihr nacktes Leben.

Schon wollte Rimilaka in ein lautes Freudengeheul ausbrechen, da riß ihn jemand am Arm und deutete nach rückwärts. Vom Gebirgspaß her strömte wie ein Wanderzug schwarzer Ameisen, schmal an seiner Ursprungsstelle, und breit an der Mündung, ein unabsehbares Heer ebenholzfarbiger Krieger, Akasava, N'gombi, Isisi und Ochori, mit blitzenden Speerspitzen und einem Wald gelber Schilde, in das umstrittene Kampfgelände herab.

»Meine Tochter«, rief er, zitternd wie Espenlaub, »kannst du mir erklären, was das bedeutet?«

»Das Ende«, sagte Egeni mit dem Stolz und der Ruhe der geborenen Amazone.

»Du hast mich zu einem toten Manne gemacht«, sagte Rimilaka, heiser vor Haß und Enttäuschung. Dann griff er den Speer fester und stieß ihn ihr in die Brust.

Egeni empfing den Todesstoß mit freier Stirn und verachtungsvollem Lächeln. Sie folgte nur dem Manne, den sie geliebt hatte, ins Geisterreich.

Rimilaka stürzte dem Feinde entgegen und fand den Tod, den er suchte.

Von seinem Standort aus beobachtete Sanders, wie der siegreiche Feind ihm plötzlich den Rücken zukehrte und verschwand. Dann hörte er aus der Ferne das Zusammenkrachen von Schilden und die gellenden Kriegsrufe der Kämpfenden. Da er weder den Engpaß überblicken noch den Aufmarsch der Bundesgenossen verfolgen konnte, stand er vor einem Rätsel. »Bosambo«, rief er, »weißt du, was das zu bedeuten hat?«

»Gott allein weiß es«, erwiderte Bosambo salbungsvoll. »Vielleicht ist das die Antwort auf die vielen Gebete, die ich an die verschiedenen Götter gerichtet habe.«

Er eilte trotz seiner Wunde vor, stieß aber auf keinen Feind mehr. Doch dann blieb er wie angewurzelt stehen und ließ ein Freudengeheul vernehmen, das einen Löwen hätte mit blassem Neid erfüllen können. Er hatte die Schilde der Truppe erkannt, die im Laufschritt auf ihn zueilte. Als er sich gefaßt hatte, hob er grüßend die Arme. Da öffnete sich die Front und ließ eine Frau durch, die in Bosambos Augen an Schönheit jedes Weib der Erde weit übertraf.

Blutend und bestaubt kehrte er zu Sanders zurück. Seiner Wunde nicht achtend, trug er in seinen Armen Fitema.

»Herr«, rief er glücklich, »sieh hier den obersten Kriegshäuptling von zehn herrlichen Kriegerscharen. Sie hat die Leute des ganzen Stromlaufs zu den Waffen gerufen und führt sie zu uns.«

Bosambo ließ die strahlende Frau auf die Füße gleiten. Lächelnd streckte Sanders die Hände aus, um ihr beizustehen.

»Allah hat dich zur Königin geschaffen, Fitema! Du wirst deinen Platz ebenso gut ausfüllen wie Bosambo den seinen.«

Fitema zeigte das lieblichste Lächeln über dieses wohlverdiente Lob.

»Herr, ich will nichts, als meinem Gatten dienen und an seiner Seite stehen in guten und bösen Tagen. Bald werden meine schönen Söhne uns folgen, und dann erst werden wir vollkommen glücklich sein! – O Bosambo, was tust du?«

Der König hatte seine Speerspitze in den Boden gestoßen und umging sie mit tänzelnden Schritten, wobei er rhythmisch mit den Füßen scharrte und den Takt klatschend auf seine Schenkel schlug. Es war der Siegestanz der Kruneger. Dabei sang er im Ton einer Litanei.

»Seht mich, ich bin ein großer König, und ich habe das beste Weib auf Erden. Seht mich, der ich ein treuer Anhänger des Propheten und aller Heiligen und Apostel bin!«

Sanders überließ ihn seinem Siegesjubel und kehrte auf die »Zaire« zurück.

Er saß lange schweigend auf dem Oberdeck.

»Heute haben wir den Schlußstein zu unserem Werk gelegt, Bones«, sagte er unvermittelt. »Aber es bekümmert mich sehr, daß von Hamilton noch immer keine Nachricht vorliegt.«

Bones nickte stumm. Er hatte die ganze Zeit mit angestrengten Augen auf den Flußlauf gestarrt, der bis zur nächsten Krümmung ziemlich weit zu überblicken war.

Sanders zernagte sich die Lippen.

»Wir müssen Geduld haben. Hamilton hat uns nur den Ort des Zusammentreffens angegeben, einen genauen Zeitpunkt hat er nicht genannt. Ein paar Stunden mögen vielleicht noch vergehen!«

»Natürlich, liebe alte Exzellenz. Wir können nicht erwarten, daß er fahrplanmäßig einläuft!«

Bones versuchte ein Lächeln. Aber es fiel kläglich aus. Sein Herz schlug wie ein Hammer. Nach einer Weile wechselte er den Gesprächsgegenstand.

»Es müssen noch irgendwo feindliche Krieger stehen!«

Sanders schüttelte den Kopf. »Sie meinen die Krieger, die gegen Mala Front machten? Auch die werden um diese Zeit vernichtet sein. Als ich an Bord kam, berichteten meine Späher, daß die Fongini bereits über den Fluß setzen. Nein, ich glaube, die Tofolaka werden uns niemals mehr beunruhigen!«

Dann sprach Sanders von der Heimat und daß sie dahin zurückkehren würden, sobald nur Bosambo fest im Sattel säße. Eine tiefe Sehnsucht sprach aus seinen Worten. Bones hörte zu. Seine Gedanken waren bei Hamilton.

Die Nacht brach herein, ohne daß auch nur eine Spur des Vermißten sich gezeigt hätte. Die Scheinwerfer spielten ununterbrochen, die beiden Männer verließen ihre Posten nicht. Mit jeder Stunde, die ereignislos verstrich, bröckelte ein Stück ihrer Hoffnung ab. Die graue Dämmerung fand sie übernächtig, zerschlagen, der Verzweiflung nahe. Es war gut, daß neue Meldungen sie etwas ablenkten. Die Fongini hatten den Fluß überschritten, die Krieger, die sich ihrem Vordringen entgegengestellt hattten, waren nicht mehr. Sanders sandte M'lapa sofort eine Botschaft, die ihn zum Stehen bringen sollte. Er wünschte kein Gemetzel von Frauen und Kindern, keine Zerstörung von Feldern und Hütten.

Als die Sonne sich über den Waldessaum erhob, ließ Bosambo sich hinüberrudern. Er hatte seinen Siegesrausch ausgeschlafen und die feindlichen Verluste abschätzen lassen. Sie waren erschreckend. Auch Rimilakas und Egenis Leichen hatten sie gefunden.

Nicht minder hatten die Sieger gelitten. Es war höchste Zeit, daß Frieden ins Land kam. Er würde kommen – Sanders fühlte instinktiv, daß die so schmerzlich und unter so großen Opfern gesuchte Lösung gefunden und seine Mission beendet war.

Er stand noch im Gespräch mit Bosambo, als dieser plötzlich und unzeremoniell seinen Arm packte. »Da! Da!« schrie er mit vor

Erregung heiserer Stimme. Er deutete flußaufwärts. Um die Krümmung schoß ein Kanu, das ein Mann in zerfetzten Kleidern aus Leibeskräften vorwärtstrieb, als flöhe er vor unsichtbaren Verfolgern.

Sanders riß sein Fernglas an die Augen. »Hamilton!« keuchte er.

Es war Hamilton. Wie ein Wahnsinniger stieß er sein Paddelruder ins Wasser. Von Zeit zu Zeit blickte er über die Schulter.

Sanders stürmte zum Fallreep. Jemand rief nach der Barkasse. Aber ehe es zur Ausführung auch nur eines einzigen Befehles kam, hatte Hamilton mit mächtigen Ruderstreichen das Boot längsseit des Schiffes getrieben. Er fing das Tau auf. Sanders packte ihn an den Armen und riß ihn an Bord.

»Du lieber Kerl...«, brachte er mühsam hervor. Seine Stimme versagte.

Hamilton lag einen Augenblick an seiner Brust, ohne zu sprechen, dann faßte er Sanders am Arm und schob ihn freundlich beiseite.

»Geschütze!« keuchte er. Allen anderen voraus jagte er zur Hotchkißkanone, riß das Verschlußstück auf und schob eine Granate hinein.

Sanders starrte ihn an. Hatte sein Verstand gelitten? Nirgends war ein Gegner zu sehen. Doch als er schon die Lippen zur Frage öffnete, fegte ein einzelnes Kanu um die Flußkrümmung, dem in einem Abstand von fünfzig Metern zwanzig weitere Kanus staffelförmig folgten. Sanders schraubte sein Fernglas ein und hätte es vor Schreck und Staunen beinahe fallen lassen. Der Ruderer des ersten Kanus trug eine Vermummung aus Stroh und einen Kopfputz, der einem Vogelkäfig am meisten ähnelte.

Mit einem halblauten Fluch griff Sanders nach einem Lee-Matford, das neben ihm in den Gewehrstützen stand. »Die Teufelsfrau!« rief er und schob hastig die Patrone in den Lauf.

»Mein Gott, was willst du tun?« schrie Hamilton auf.

»Das Land von seiner letzten Seuche befreien!«

Sanders hob den Lauf.

»Auf wen schießt du?« brüllte Hamilton und sprang zu ihm hin.

»Auf die Frau von Limbi«, sagte Sanders, den Finger am Drükker. Er feuerte, doch im gleichen Augenblick traf Hamiltons Faustschlag den Gewehrlauf, daß er hoch in die Luft flog.

»Sanders«, keuchte er zwischen zwei Atemstößen, »Sanders – sie ist meine Frau! Wenn du durchaus schießen mußt, dann triff die schwarzen Teufel, die sie verfolgen!«

## *Die Teufelshöhle*

Als Hamilton das Aufblitzen des Schwertes gesehen hatte und mit schwindenden Sinnen in die Knie zusammengebrochen war, fing statt seiner das Zicklein den Todesstreich auf. Der Sterbeschrei des Tieres war das letzte, was er in seine Ohnmacht mit hinübernahm. Dann kam das seltsam traumhafte Durcheilen eines schier endlosen Tunnels, jenseits dessen in blendendem Licht Leben und Bewußtsein lag. Als er die Mündung des Tunnels erreichte, hatte er sich wiedergefunden und schlug die Augen auf. Vor dem Eingang der Höhle stand die Teufelsfrau und schwang ekstatisch ihr blutbeflecktes Schwert. Dann kehrte sie langsam zu ihm zurück und blieb wartend vor ihm stehen.

»Mach ein Ende mit mir«, stieß Hamilton hervor. Er bediente sich der Bomongosprache.

Die vermummte Gestalt antwortete nicht. Sie schaute jetzt zur Höhle hinaus, und Hamilton, der ihrem Blick folgte, sah die Leibwache abziehen. Erst als der letzte Mann verschwunden war, bückte sich die Frau zu ihm nieder. Hamilton biß die Zähne zusammen, um dem Tod würdig zu begegnen. Da fühlte er eine plötzliche Befreiung seiner Gelenke. Seine Fesseln waren durchschnitten. Instinktiv zuckte seine Hand nach dem Gürtel, der seine Pistolen hielt.

»Es tut mir so unendlich leid, daß ich Sie so erschreckt habe«, sagte eine melodische junge Stimme in englischer Sprache.

Hamilton sprang auf die Füße und starrte in fassungslosem Erstaunen die Erscheinung an.

Die Gestalt hob die Hände, die in Leopardentatzen steckten, zum Kopf empor und nahm das Gehäuse ab, das ihr Antlitz verbarg. Schneeweiße Haut leuchtete auf, ein schmales, rundes Kinn, ein junger, lieblicher Mund, eine feine Nase, edel gezeichnete Brauen über herrlich strahlenden Augen und Haar von der Farbe reifer, sonnenbeglänzter Ähren.

»Diana Ferguson«, schrie Hamilton auf. Er hatte sie nach ihrem Bilde wiedererkannt. Sie streifte die grotesken Handschuhe ab und legte warnend den Finger auf den Mund.

»Nicht so laut«, bat sie. »Ich bringe Sie an einen sicheren Ort. Da können wir ungestört über alles sprechen.«

Sie band jetzt die Strohhülle ab, die ihr bis zu den Füßen reichte und so steif war, daß sie aufrecht stehen blieb, als Diana sie in eine Ecke niedersetzte. Das junge Mädchen war nur mit einem hals- und armfreien Hemd und einem kaum knietiefen Röckchen bekleidet. Doch nun löste sie den Knoten ihres prachtvollen Haares, und es strömte wie eine goldene Woge herab, Schultern und Brust bedeckend. Sie winkte Hamilton, der wie verzaubert dastand und sich fragte, ob er denn wirklich bei Sinnen sei. Sie lächelte und ergriff seine Hand, um ihn zu führen. Er folgte willenlos wie ein Schäflein dem Hirten. Der Weg führte über den unebenen Boden der Höhle durch einen gewundenen Stollen, der völlig im Dunkel lag.

Das Mädchen ging sicher wie eine Schlafwandelnde, Hamilton hingegen stolperte recht kläglich vorwärts. Endlich brach ein trübes Licht durch die ferne Öffnung des Stollens. Eine zweite, größere Höhle tat sich auf, deren Höhe in der schwachen Beleuchtung nur schwer abzuschätzen war, aber sie mochte mindestens dreißig Meter betragen. Die Bodenfläche, die ein unregelmäßiges Oval bildete, erreichte, wie er später berechnete, einen Durchmesser von dreizehn Metern. Die Wände stiegen fast lotrecht empor. Roh behauene Treppenstufen führten auf der anderen Seite zu einem unsichtbaren Ziel. Der Rauch des Feuers stieg merkwürdigerweise steil in die Höhe, und entgegen aller Voraussetzung war die Luft gut und rein. Die eine Felsenwand war zu zwei tiefen Nischen ausgehöhlt, und in eine dieser Nischen war eine strohgedeckte Hütte gebaut, deren Zweck in dieser Höhle Hamilton ein Rätsel war.

Diana Ferguson war stehengeblieben. Ihre Augen hafteten mit kühnem, ehrlichem Interesse auf seinem Gesicht.

»Sie sind der erste weiße Mann, den ich seit fünf Jahren sehe«, sagte sie mit stockender Stimme, als müsse sie erst nach Worten suchen. »Der erste fremde weiße Mann«, ergänzte sie hastig.

»Und ich«, erwiderte Hamilton mit glücklichem Lächeln, »kann noch immer nicht meinen Augen trauen. Ich hoffe, ich träume nicht.«

Sie antwortete mit einem Lächeln. Doch dann wurde sie plötzlich ernst und umklammerte seine Hand: »Sagen Sie mir eines: Lebt meine Mutter noch?«

Hamilton nickte. »Sie lebt, sie ist in London. Nur ihren flehentlichen Bitten verdanken Sie das Zustandekommen der Expedition!«

Diana lächelte unter Tränen. »Daran erkenne ich Mutter«, sagte sie leise. »Ich wußte, sie würde uns nicht im Stich lassen.«

Sie atmete auf, halb schluchzend, halb schon beschwichtigt. Dann deutete sie auf die grobe Decke, die neben dem Feuer lag. Sie gab das Beispiel und kauerte sich nieder. Hamilton streckte sich neben sie.

»Ich habe mir solche Mühe gegeben, Sie alle drei gefangenzunehmen«, sagte sie mit einem tapferen Versuch, ihre furchtbare Lage durch Schelmerei vergessen zu machen. »Sogar Herrn Sanders habe ich gezeichnet...«

»Sie selbst?«

Sie schüttelte den Kopf. »Lazai hat es für mich getan. Bei den abergläubischen Eingeborenen hieß sie Tschu. Sie war vor Jahren zum Todesopfer gezeichnet worden. Aber ich rede und rede«, unterbrach sich das junge Mädchen, »und ich frage Sie gar nicht, ob Sie Hunger haben!«

»Ich hungere nach Aufklärung«, sagte er lächelnd und hielt ihre Hand fest, denn sie hatte eine Bewegung gemacht, als ob sie aufstehen wollte. »Ich weiß ja nun, wer Sie sind. Aber alles übrige ist mir ein Rätsel. Wo zum Beispiel steckt denn die Teufelsfrau?«

»Ich bin selbst die Teufelsfrau«, erklärte sie einfach.

Hamilton war verblüfft. *»Sie?«*

»Diana!« rief in diesem Augenblick eine schwache Stimme.

Hamilton sprang auf. »Wer –?«

»Mein Vater«, erwiderte sie und legte ihm beschwichtigend die Hand auf den Arm. Dann ging sie in die Hütte.

Nach einer Weile kam sie wieder. Ihr Gesicht hatte sich verdüstert. Ihre Augen zeigten einen Ausdruck der Qual. »Vater ist seit einiger Zeit so hinfällig«, sagte sie leise, indem sie sich neben Hamilton niederließ. »Ich habe solche Angst um ihn!«

»Ihr Vater?« fragte Hamilton staunend. »Also wurde er nicht getötet?«

»Nein«, erwiderte sie, »er blieb am Leben, und das Schicksal führte uns wieder zusammen. Ohne ihn hätte ich sicher diese grauenvolle Einsamkeit nicht ertragen. Aber ich werde Ihnen alles der Reihe nach erzählen.«

Sie zog erschauernd das dünne Röckchen über die Knie und warf ein paar Holzscheite ins Feuer.

»Wir hatten eine Missionsstation in der Nähe von Rimi-Rimi, das wissen Sie ja. Der König legte uns damals keine Hindernisse in den Weg, und wir hatten gute Erfolge. Aber je größer der Einfluß meines Vaters wurde, desto mehr stiegen der Neid und die Eifersucht der Teufelsfrau von Limbi. Sie ließ das Opferzeichen auf unsere Stirn malen und forderte vom König unser Leben. Wir hatten keine Ahnung, was das Zeichen zu bedeuten hatte, wenn auch einer unserer Diener, der sehr an uns hing, geheimnisvolle Anspielungen machte. Eines Morgens trat plötzlich Mofobolo, der Jäger des Königs, mit geschwungenem Schwert in die Hütte und führte gegen meinen Vater einen heimtückischen Streich. Doch gelang es Vater, der sehr gewandt war, dem Hieb auszuweichen. Er sprang Mofobolo an und packte seinen Arm, um ihm die Waffe aus der Hand zu ringen. Mutter flüchtete laut schreiend zum Fluß. Was dann folgte, weiß ich nicht mehr. Ich erinnere mich nur noch, daß Mofobolo plötzlich aus dem Dunkel der Hütte kam mit einem Ausdruck im Gesicht, der mir das Blut zu Eis erstarren ließ. Ich hatte mich nicht entschließen können zu fliehen, solange Vater in so tödlicher Gefahr war. Nun aber rannte ich, so schnell ich konnte. Ich wollte zum Strom hinab, doch Mofobolo verlegte mir den Weg. Da wandte ich mich dem Walde zu. Ich war damals ein wildes Ding und kletterte für mein Leben gern auf Bäume. Ich war darin wie eine Eichkatze. Als mich der verschlungene Waldpfad für kurze Zeit den Blicken meines Verfolgers entzog, ergriff ich den nächsten Zweig und schnellte mich mit einem kühnen Klimmzug in die Höhe. Dann schmiegte ich mich eng an den Stamm. Es war an jenem Tag ein leichter Wind, und so durfte ich hoffen, daß Mofobolo nicht durch die Bewegung der Blätter auf mein Versteck aufmerksam gemacht würde. Und da kam er schon mit offenem Munde und schrecklichen Augen. Ich kauerte auf meinem Ast in

Todesangst. Gott erhörte mein Gebet und machte seine Augen blind für mich. Er rannte weiter. Ich regte kein Glied und wagte kaum, den Atem auszustoßen. Nach einigen Minuten kam er jedoch zurück. Er kniete auf den Boden nieder und verfolgte meine Spur. Ich weiß nicht, warum er keinen Augenblick an den Baum dachte, dessen Äste quer über den Pfad hingen. Aber nicht einmal sandte er den Blick nach oben. Er richtete sich dann auf und stieß mit beiden Speeren in die Büsche. Plötzlich erfüllte ein so jammervolles Gekreisch die Luft, daß mir der Herzschlag stockte. Er hatte einen Affen getroffen.«

Hamilton nickte mit dem Kopf.

»Also deswegen säuberte er seinen Speer!«

»Als es Nacht war«, fuhr Diana Ferguson fort, »ließ ich mich aus meinem Versteck herab und suchte meinen Weg durch den Wald. Ich hoffte, das Flußufer zu erreichen und mich in den Besitz eines Kanus zu setzen, mit dem ich durch das Höllentor in das Ochoriland zu entkommen dachte. Dort war, wie ich wußte, Mr. Sanders. An ihn klammerten sich daher alle meine Gedanken. Aber in dem Dunkel verlor ich die Richtung, und beinahe hätte ich mich in ein Dorf verirrt. Menschenansiedlungen mußte ich aber vermeiden, denn längst hatten die Lokoli des Königs mein Todesurteil über das ganze Land verbreitet. So wanderte ich drei Tage und drei Nächte, bis ich mich eines Morgens an den Nordabhängen des Limpisi befand. Ich wußte, daß dort die Teufelsfrau hauste und litt Todesangst. Den ganzen Tag hielt ich mich im Gebüsch verborgen. In der folgenden Nacht gelang es mir, den Berg zu umgehen, und damit war ich in ein Gebiet gelangt, das als Geisterland und unfruchtbare Wüste von Menschen gemieden wurde. Dafür wimmelte es von reißenden Tieren, und nur mit knapper Not entrann ich einer Leopardenmutter, die zum Sprunge angesetzt hatte. Am schwersten war es für mich, etwas Eßbares zu finden. Quellen gab es auf den Hügeln am Rand der Wüste genug, aber meine feste Nahrung bestand nur aus den Nüssen, die ich im Wald in meine Schürze gesammelt hatte, und einem Bündel Bananen aus einer weit in die Wildnis vorgeschobenen Negerpflanzung. Mein ganzes Bestreben war nun, ein nahes Versteck zu finden, das mir einen sicheren Unterschlupf böte. Denn einmal wöchentlich wenigstens mußte ich in das flache Land herab, um mir Nahrungsmittel zu verschaffen. Der Berg selbst trug nur einen dünnen Bestand von Fichten und Wacholderbüschen. Nach meiner Schätzung befand ich mich etwa in einer Höhe von dreihundert Metern über der Wüste, als ich den Eingang einer Höhle entdeckte, der so überwachsen war, daß er nur bei sorgfältigem Forschen zu entdecken war. Ich kroch hinein, nachdem ich mich vorher durch den Geruch überzeugt hatte, daß keine wilden Tiere darin hausten. Ich befand mich in einer Felsenkammer, von der ein Stollen in das Innere des Berges lief. Mit klopfendem Herzen tastete ich mich in das Dunkel. Ich ging mit kleinen Schritten zuerst gradeaus, dann in langsamen Windungen bergab. Die Finsternis wurde so unheimlich, daß ich schon wieder umkehren wollte, als meine Ohren einen schwachen Laut auffingen. Es hörte sich an, als ob jemand mit einem Stock gegen die Felsenwand schlüge. Nun trieb mich die Neugier vorwärts, obwohl mein Herz wie rasend hämmerte. Ich tat ein halb Dutzend Schritte, da trat mein Fuß ins Leere.

Ich legte mich flach auf den Boden nieder und fühlte mit der Hand. Das, was ich für einen Abgrund gehalten hatte, war nur eine Treppenstufe gewesen. Allmählich wich das Entsetzen, das mich umkrallt hielt, und ich konnte meinen Weg fortsetzen. Sehr langsam zwar, denn ich mußte vorsichtig tasten, ehe ich einen sicheren Halt fand. Dabei entdeckte ich, daß jede einzelne Stufe in einer scharfen Kante endete. Menschenhände hatten die Treppe in den Felsen gehauen. Dort ist sie!«

Sie deutete nach rückwärts, wo Hamilton bereits einzelne mächtig gequaderte Stufen wahrgenommen hatte.

»Vater glaubt«, erzählte Diana mit leisem Schauder, »daß hier vor Tausenden von Jahren eine Minenanlage bestanden hat. Splitter von Granatsteinen und Diamanten finden sich noch jetzt. Aber hören Sie nun, was weiter geschah. Die Treppe hat fünfhundert Stufen, und je tiefer ich stieg, desto weniger Aussicht hatte ich, die nötigen Kräfte für den Rückweg aufzubringen. Endlich – ich verzweifelte fast – sah ich ein schwaches Licht, das den Umriß der Stufen aus dem Dunkel hob und einen schnelleren Abstieg gestattete. Ich ging so leise wie möglich. Glücklicherweise hatte ich Gummisohlen an den Schuhen. Aber manchmal kam es doch vor, daß ich ein Steinchen in die Tiefe stieß, und dann blieb mir jedesmal vor Angst das Herz stehen.

Endlich blickte ich in diese Höhle hinab, und vor Entsetzen hätte ich beinahe aufgeschrien. Denn an dem Feuer, von dem das kümmerliche Licht ausging, saß ein uraltes Weib von schauerlichem Aussehen – die Teufelsfrau von Limbi!

Sie muß weit über hundert Jahre alt gewesen sein. Ihr Körper war so klapperdürr, daß ich noch aus der Entfernung jede Rippe zählen konnte, ihr Gesicht runzlig wie verschrumpeltes Leder. Sie wiegte sich wie ein Derwisch in den Hüften und sang dazu mit krähender Stimme eine eintönige Litanei. Sicher war sie geistesgestört, war es schon seit vielen Jahren, und gerade dadurch hatte sie Macht über die Eingeborenen gewonnen. Ich wagte kaum, Atem zu holen, und preßte mich schaudernd an die Wand, deren Schatten mir Schutz bot. In diesem Augenblick stand ich unter dem Eindruck, daß sie wirklich ein Wesen von übernatürlichen Kräften war. Endlich erhob sie sich und verschwand in dem Stollen, der zu der äußeren Höhle führte. Sie hatte sich ein Huhn gebraten, der Geruch des Fleisches stieg einladend in meine Nase. Allmählich betäubte der Hunger das hämmernde Angstgefühl. Ich wußte, daß meine Kräfte dieser schwächlichen Greisin weit überlegen waren. Die einzige Gefahr für mich bestand darin, daß sich ihre Dienerschaft in Rufweite befand. Aber diese Erwägung hielt meinem Hunger gegenüber nicht stand. Ich huschte die letzten Stufen hinab, riß das noch unberührte Fleisch an mich und verschlang es gierig. Ich fürchte, ich habe mich wie ein Ferkel benommen«, setzte sie kindlich verschämt hinzu.

Hamilton lächelte.

»Nachdem ich meinen Hunger gestillt hatte, ließ ich meine Blicke umherschweifen und entdeckte an einer Wand eine Sammlung rostiger Schwerter. Sie wissen ja, daß jedes Opfer sein Richtschwert selber in die Höhle trug.«

Hamilton bejahte. Er erinnerte sich, daß Sanders es einmal erzählt hatte.

»Ich faßte Mut, griff nach dem leichtesten und zückte es zur Probe.« Sie schauderte in der grauenvollen Erinnerung. »Die Klinge war rostig von Blut, aber ich achtete nicht darauf. Kein Laut drang zu mir. Ringsum war die Stille des Grabes. Da schlich ich durch den Stollen, in den die Teufelsfrau verschwunden war. Unbemerkt gelangte ich in die äußere Höhle. Schon von weitem hörte ich die blecherne Stimme des alten Weibes. Ich spähte um die Felsenkante und sah die Frau am Eingang der Höhle stehen, wo sie den Kriegern der Leibwache mit wilden Gesten eine Ansprache hielt. Eben war ihr ein Opfer zugeführt worden.

Es war ein Mädchen, fast noch ein Kind, das jämmerlich schluchzte. Man hatte ihm die Hände auf dem Rücken festgebunden. An der Hüfte baumelte das Schwert, und an dem Strick, dessen Schlinge dem Mädchen fast die Kehle abwürgte, zerrte eine kleine Ziege. Nun, Sie kennen das ja aus eigener bitterer Erfahrung! Ich weiß nicht, was über mich kam, aber beim Anblick dieses unglücklichen Mädchens kochte der Grimm in mir über. Ich dachte an meinen Vater, an meine Mutter. Es flimmerte rot vor meinem Gesicht. Ich umklammerte das mitgebrachte Schwert. Jetzt trat die grausige alte Hexe in die Höhle zurück und stieß ihr Opfer mit sich. Dann band sie mit schadenfrohem Kichern das Schwert los. Das Mädchen schrie vor Schreck laut auf. Ihr Schrei war für mich wie eine Fanfare. Ich sprang in die Höhle hinein und schlug die Hexe mit aller Kraft nieder.«

Diana hielt inne und bedeckte ihr Gesicht mit den Händen. Ihre Augen waren von Schatten umringt, als sie wieder aufsah. »Es war der fürchterlichste Augenblick meines Lebens, und immer wenn meine Gedanken dahin zurückkehren wollen, zwinge ich sie in eine andere Richtung.

Gott sei Dank war mein Hieb tödlich. Die Frau stürzte wie ein Stein und regte sich nicht mehr. Ich nahm Lazai bei der Hand und zerrte sie in den rettenden Stollen. Doch dann fiel mir eine alte Sitte ein, von der mein Vater mir erzählt hatte. Wenn das Opfer getötet war, pflegte die Alte vor die Höhle zu treten und die wartenden Krieger mit Blut zu bespritzen. Ich war wie gelähmt vor Schreck bei diesem Gedanken. Wenn die Frau nicht erschien, wurde sie vielleicht von ihren Jungfrauen oder den Soldaten der Leibwache gesucht. Ich wußte, sie hielten jeden Blutspritzer für glückbringend. Was blieb mir übrig, als mich der Sitte zu fügen? Mit widerstrebenden Händen nahm ich den Kopfputz, das Strohgehäuse auf, in dem die Hexe gestorben war. Alles klebte vor Schmutz. Aber es mußte sein, ich überwand meinen Ekel. Niemand konnte mich in dieser Vermummung erkennen. Selbst das Weiß meiner Hände war durch die Leopardenhandschuhe verdeckt. Ich nahm das

Schwert auf, biß die Zähne zusammen und trat in die Höhlenöffnung. Sofort fielen die Leute auf ihre Gesichter. Das erleichterte mir meine Aufgabe.

Ich spritzte das Blut über ihre Köpfe und fand noch die Kraft, das rettende Dunkel der Höhle zu erreichen. Dann aber fiel ich in eine tiefe Ohnmacht. Als ich endlich zu mir kam, befreite ich mich zunächst von der übelriechenden Vermummung. Dann suchte ich das Opfer. Lazai saß, vor Angst bebend, am Feuer. Es dauerte Stunden, bis sie zu fassen vermochte, daß sie am Leben bleiben durfte. Nun erzählte ich ihr, daß ich die Teufelsfrau umgebracht hatte. Vor Entsetzen bekam sie Krämpfe, und es vergingen Tage, ja Wochen, bis sie sich völlig beruhigte und einsah, daß die böse Macht der Alten mit ihrem Leben verflackert war.«

»Lazai war Ihre Tschu?« fragte Hamilton, dem plötzlich die Zusammenhänge klar wurden.

Diana nickte.

Die Alte hatte bereits früher das eine oder das andere Opfer verschont und zu Botendiensten verwandt, bis sie der Genossin überdrüssig wurde und rie mit einem heimtückisch geführten Hieb ums Leben brachte.

»Ich gewann allmählich Lazais Vertrauen«, erzählte Diana, »sie hing mit rührender Dankbarkeit an mir und war immer willig und gutgelaunt. Sogar als sie schwer krank wurde, wollte sie durchaus nicht zulassen, daß ich ihre Pflichten übernahm...« Das junge Mädchen schwieg. Tränen stiegen in ihre Augen. »Vorige Woche ist sie gestorben«, setzte sie still hinzu.

»Sie also hat uns gezeichnet?« fragte Hamilton.

»Ja, Mr. Hamilton. Ich hoffe, Sie sind mir nicht böse. Ich wußte keinen anderen Weg, um Sie gegen die Machenschaften der Häuptlinge zu schützen und Ihnen sicheres Geleit zu meiner Höhle zu geben. Als Lazai zu Ihnen kam, legte sie übrigens eine Botschaft auf den Tisch, deren versteckten Sinn Sie, wie ich hoffte, verstehen würden. Offenbar hat diese Botschaft Sie nie erreicht.«

»Mofobolo hat sie an sich genommen, als er mit seinen Kriegern die Stadt überfiel«, erklärte Hamilton. »Als sie endlich in unsere Hände gelangte, war sie kaum noch zu entziffern!«

»Ist es nicht um so seltsamer«, fragte Diana mit einem sinnenden

Blick ins Feuer, »daß Sie nun doch unversehrt bei mir sitzen und daß ich einen Freund gewonnen habe, der eine ganze schwarze Leibwache aufwiegt?«

Sie lächelte ihn schelmisch an. Ganz sacht legte Hamilton seine Hand auf die ihre und drückte sie sanft.

»Und nun erzählen Sie mir, wie Ihr Vater hierherfand«, bat er sie nach einer Weile. »Das scheint mir noch das größte aller Wunder zu sein!«

Diana schüttelte den Kopf. »Das Wunder erklärt sich auf die natürlichste Weise der Welt, wenn es auch für mich ein Erlebnis war, von dem ich meine Gedanken lieber abwende. Hören Sie: Es mochten zwei Tage nach meinem Eindringen in die Höhle verflossen sein. Ich reinigte gerade das Strohgehäuse der alten Hexe. Da hörte ich Rufe an der Höhlenöffnung. Rasch warf ich mir das schützende Strohgewand über, vermummte meinen Kopf und trat hinaus. Diese schwarzen Teufel, Mr. Hamilton, brachten ein neues Opfer, meinen armen, schwerleidenden Vater. Es brach mir das Herz, daß ich unbeweglich vor ihm stehenbleiben mußte, ohne durch eine Geste verraten zu dürfen, wer ich war. Wieder mußte ich töten, um Blut für die gräßliche Opferzeremonie zu gewinnen, und ich erschlug mit geschlossenen Augen die arme kleine Ziege. Mein Gott – was habe ich alles durchgemacht...!«

Sie barg das Gesicht schaudernd in die Hände.

»Das war das allerschwerste, Mr. Hamilton. Hätte die Hexe jedesmal von neuem vor mir gestanden, ich hätte den Streich mit leichterem Herzen geführt! – Vater war wie irre von dem Wundfieber, das ihn schüttelte, und von den Mißhandlungen, unter denen er zu leiden gehabt hatte. Er verstand nichts von dem, was um ihn vorging, und erst viel später erwachte er unter meiner Pflege zu vollem Bewußtsein.«

Hamilton fragte sie nach Kufusa, Sanders' Boten, den die Leibwache geköpft hatte.

Sie wußte nichts von seinem Schicksal, noch hatte sie je von ihm gehört.

»Das machen die Leute im Interesse der Teufelsfrau unter sich ab«, sagte sie fröstelnd.

Plötzlich sprang sie hastig auf und eilte zur Hütte hinüber, von woher ihr Name erklang. Ein grauhaariger Mann stand in zerlumpten Kleidern und blickte mit einem erschütternden Ausdruck in dem blassen Leidensgesicht zu Hamilton hinüber.

»Major Hamilton?« fragte Ferguson. »Ich glaube, ich habe Sie schon einmal vor Jahren gesehen.«

Hamilton bestätigte die Begegnung. Was hatte das Schicksal in dieser verhältnismäßig kurzen Zeit aus dem Manne gemacht!

»Ich höre von meiner Tochter, daß meine Frau sich gerettet hat«, sagte er mit tiefer Wärme im Ton. »Das ist die erste Freude, die ich seit Jahren habe. Es geht ihr gut?«

Hamilton erzählte alles, was er von Mrs. Ferguson wußte. Er schilderte ihren Besuch in Sanders' Haus und den Einfluß, den dieser Besuch auf die Entschließung des Distriktgouverneurs gehabt hatte.

»Woher beschaffen Sie Ihr Essen?« fragte Hamilton, nachdem alle Ereignisse der letzten Zeit besprochen worden waren.

»Ein Mann der Leibwache setzt es täglich vor den Eingang der Höhle. Aber wer weiß, ob es Ihnen munden wird«, fügte Diana zweifelnd hinzu.

»Gibt es keine Möglichkeit, den Limpisi zu verlassen? Sie gelangten doch unbemerkt in die Höhle?«

Das Mädchen schüttelte traurig den Kopf. »Der Stollen ist noch vorhanden, ich habe ihn mehrmals betreten, wenn das ewige Dunkel der Höhle mich an die Sonne trieb. Aber inzwischen sind am Nordabhang die Dörfer der Leibwache entstanden, und es ist nicht ganz ungefährlich, sich ins Freie zu wagen. Ein Fluchtversuch würde nur mit unserer Gefangenschaft enden, zumal mein Vater sehr gebrechlich ist!« Die Nacht verbrachte Hamilton am Feuer. Als er nach erquickendem Schlaf erwachte, erstieg er die Felsentreppe. Auf dem schier endlosen, mühevollen Weg dachte er an Diana, wie sie zum erstenmal das schauerliche Dunkel des Bergesinnern betreten hatte. Er atmete auf, als er die Mündung des Stollens erreichte. Einen Wacholderbusch als Deckung wählend, schaute er mit sehnsüchtigen Augen ins Land. Eine niedrige Bergkette setzte der Wüste in einer Entfernung von achtzig Kilometern eine scharf gezeichnete Grenze. In der klaren Luft war sie mit allen Schründen und Kuppen deutlich zu sehen.

Vorsichtig umging Hamilton den Berg und kam bald in Sicht eines Dorfes, jenseits dessen der Strom sein silbernes Band durch üppige Vegetation zog.

Am nächsten Tag erkundete er die andere Seite des Berges, aber auch hier fand er die gesuchte Lösung nicht. Allein hätte er sich mit Hilfe seiner beiden Pistolen vielleicht durchschlagen können, mit seinen beiden Freunden nicht. Da er sich nicht dazu entschließen konnte, sie zurückzulassen, gab er seinen Fluchtplan vorläufig auf.

Eine Woche mochte seit Hamiltons Opfergang verstrichen sein, da erlitt Ferguson einen schweren Anfall von Herzschwäche, und seine beiden Gefährten bereiteten sich auf das Schlimmste vor. Aber der Kranke erholte sich wie durch ein Wunder. Diana pflegte ihn mit einem Zartsinn und einer Liebe, die Hamiltons tiefste Bewunderung erregten.

Aber auch sie brach eines Abends am Feuer zusammen.

»Wenn wir nur Medizin hätten«, klagte sie verzweifelt.

»Ich habe eine Reiseapotheke in meiner Kabine«, sagte Hamilton mit zusammengebissenen Zähnen. »Es ist zum Wahnsinnigwerden, daß man hier untätig hocken muß!«

Er hätte das Mädchen, das ihm in seinem Kindesschmerz doppelt und dreifach als Heldin erschien, am liebsten in seine Arme genommen und mit den zärtlichsten Liebesworten getröstet.

Am nächsten Tag erkletterte Hamilton zum drittenmal die Steintreppe. Auf einem Felsbrocken sitzend, beobachtete er lange Zeit zwei junge Leoparden, die einander in munterem Spiel jagten. Dabei kam ihm eine Erleuchtung. Eilends trat er wieder den Weg in die dunkle Höhle an.

»Wer vermittelt Ihre Befehle, Diana?« fragte er das junge Mädchen, noch atemlos von seinem raschen Gange.

»O Mann«, erwiderte sie mit einem schwachen Versuch zu scherzen, »alle Männer dienen mir!«

»Aber angenommen, Sie hätten einen besonderen, schwierigen Befehl zu übermitteln, zum Beispiel den, daß Sanders gefangengenommen werden soll...«

»Dann lasse ich durch die Jungfrauenwache, die ständig vor der Höhle Dienst tut, Okaso herbeirufen. Aber was versprechen Sie sich von Sanders' Gefangennahme?«

»Würde Okaso die Anweisungen, die Sie ihm geben, wortgetreu ausführen?« lautete Hamiltons Gegenfrage.

»Solange er nicht Zweifel in meine Identität setzt – ja!« antwortete Diana mit großer Bestimmtheit.

»Nun, dann hören Sie, was ich ausgedacht habe!«

Hamilton entwickelte seinen Plan. Sie lauschte aufmerksam, in ihrem Gesicht drückten sich abwechselnd Hoffnung und Zweifel aus.

»Es ist eine schwierige Aufgabe für ihn«, sagte sie nach einer Weile des Nachdenkens. »Wenn etwas über ihr Verstehen hinausgeht, versagen sie in den meisten Fällen. Also dies ist der Schlüssel zu Ihrer Kabine? Mein Gott, wie lange ist es her, daß ich einen Schlüssel gesehen habe!«

Sie ging mit Hamilton in die äußere Höhle, verkleidete sich und trat hinaus, während er im Schatten wartete.

Eines von den Mädchen, die auf der Hochfläche lagerten, eilte auf sie zu und warf sich vor ihr aufs Gesicht.

»Sende nach Okaso!« befahl Diana kurz und mit hohlklingender Stimme.

Der Hauptmann der Leibwache erschien noch vor Sonnenuntergang.

»O Okaso, Hauptmann meiner Leibwache«, sprach ihn das Mädchen in den schrillen Lauten der Bomongosprache an, während er die Stirn in den Staub legte, »nimm dieses Teufelsding und gib es einem, der sehr gewandt ist. Er soll damit nach Rimi-Rimi gehen. Zuerst soll er einen der klagenden grauen Vögel von dem weißen Manne Sandi kaufen und jeden Preis bieten. Will Sandi den Vogel nicht hergeben, so soll er ihn stehlen; denn mein Geist befiehlt mir, einen grauen Vogel zu opfern.«

»O heilige Frau«, schwur Okaso, »dein Wille soll geschehen!«

»Wohl dir, Okaso«, sagte Diana königlich. »Ich wußte, daß du mein treuer Diener bist. Doch das Schwerste hast du noch nicht gehört. Auf dem großen Kanu, das die weißen Männer bewohnen, sind drei kleine Häuser aus Holz. In ein Loch der mittleren Tür paßt dieses Teufelsding.«

Sie warf den Schlüssel neben sich auf den Boden.

»Wenn man es hineinstößt und umdreht, geht die Tür auf. Nun soll dein Bote in das Häuschen hineinschlüpfen und einen großen Kasten suchen. Den soll er aufbrechen. In dem großen Kasten befindet sich ein kleinerer, der von der Farbe einer überreifen Banane ist. Diesen Kasten und den grauen Vogel sollst du mir bringen, Okaso!«

»Herrin, dein Wille ist mein Wille! Aber deine Worte summen in meinem Kopf wie wilde Bienen. Darum, o Heilige, wiederhole deine Befehle!« bat Okaso demütig.

Diana wiederholte sie zwei-, dreimal. Endlich konnte Okaso sie wie eine Litanei nachleiern.

Noch während er sprach, kam Diana ein neuer Einfall. Es war eine tolle und zugleich kühne Idee, die sie allein nie auszuführen gewagt hätte. Aber Hamiltons Gegenwart flößte ihr Sicherheit und Mut ein.

»Höre nun meinen letzten Befehl, Okaso! Lasse die Trommeln durch deine Dörfer gehen und sammle die Soldaten, um mit ihnen nach Rimi-Rimi zu marschieren!«

»Herrin, es gibt Krieg?« fragte Okaso in zitternder Erregung. »Meine jungen Leute werden sich freuen. Denn sie hassen ihre Untätigkeit!«

»Es gibt Krieg«, verkündete Diana feierlich, »aber diesmal ist es des weißen Mannes Krieg!«

Okaso lag wie versteinert vor Entsetzen. Seine Rippen hoben und senkten sich.

»Herrin, wir sollen für unsere Feinde kämpfen?«

»Ihr sollt gegen die Tofolaka kämpfen, die ich hasse, denn sie haben einem Zauberer mehr Glauben geschenkt als mir«, beschied ihn Diana kaltblütig. »Geh, es ist mein Befehl!«

Okaso wagte keine Frage, keinen Widerspruch. Wortlos erhob er sich und eilte von dannen.

Diana kam langsam in die Höhle zurück.

Hamilton erwartete sie ungeduldig. »Was für eine geniale Idee, Diana!« rief er strahlend. »Ich danke Ihnen im Namen meines Vorgesetzten.« Er küßte ihre Hand. Sie kehrten wieder an ihr Feuer zurück.

»O Diana«, fragte der Major, dessen Blicke immer wieder heimlich zu ihr zurückkehrten. »Warum sind Sie nicht damals, als Sie in Rimi-Rimi waren, auf unser Schiff gekommen, oder warum haben Sie sich nicht Tibbetts offenbart?«

»Ich war ja gar nicht in Rimi-Rimi!«

»Sie waren nicht da? Aber ich habe Sie doch gesehen. Sie standen am Strand und trugen das Kostüm der alten Frau?«

»Nicht ich«, sagte Diana kopfschüttelnd. »Lazai hat mich vertreten. Als Okaso mir eröffnete, daß ich den neuen König weihen müßte, packte mich große Angst. Weder mochte ich meinen Vater allein lassen, noch wagte ich mich auf eine größere Reise. Wie leicht konnte mich meine Hautfarbe verraten, wenn meine Vermummung sich auch nur ein wenig verschob. Ich überredete Lazai, meine Rolle zu spielen. Sie war gefeit, ihr drohte keine Gefahr. Es gelang ihr vorzüglich, aber sie war doch nur eine arme Schwarze. Die weißen Männer flößten ihr Furcht und Grauen ein. Und dann hatte sie die schwarze Meute im Rücken. Eine stumme Überbringerin meiner Botschaften konnte sie sein, doch sich offen für Sie zu erklären oder Ihnen gar ihr furchtbares Geheimnis zu verraten, das hätte sie nie gewagt!«

Es verging ein Tag. Fergusons Zustand verschlimmerte sich wieder. Als er nach einem neuen Anfall sein Ende nahen fühlte, sandte er Diana fort und blieb mit Hamilton allein.

Er sah ihn lange Zeit stumm und ernst an, als wollte er in den Tiefen seines Herzens lesen.

»Was ich Ihnen zu sagen habe, ist schwer in Worte zu fassen. Meine Stunden sind gezählt, Hamilton – und wenn ich sterbe, lasse ich Sie mit meiner Tochter allein. Ich weiß, Sie sind ein Ehrenmann«, setzte er hastig hinzu, als er die Erwiderung auf Hamiltons Lippen treten sah. »Aber bedenken Sie, es kann Jahre dauern, ehe Sie diese Höhle verlassen können!«

»Sie sehen zu schwarz«, versuchte Hamilton den alten Mann zu beruhigen. »Unsere Gefangenschaft hier kann höchstens noch Tage dauern!«

»Das habe ich auch gedacht, als ich hierherkam – und jetzt sind es zwei Jahre, daß wir in diesem Verlies schmachten«, seufzte Ferguson. »Ich habe Sie in all den Tagen beobachtet, lieber Hamilton, und ich habe wohl die Blicke gesehen, mit denen Sie jedem Schritt meiner Tochter folgten. Eines Tages wird aus Ihrer Freundschaft Liebe werden, und Diana wird sie erwidern. Das Kind hat ein warmes Herz. Wenn sie liebt, wird sie es mit ganzer Seele tun!«

Hamilton erwiderte nichts. Sein Herz schlug so stürmisch, daß er nicht sprechen konnte.

»Und wenn Sie selbst nur Freunde blieben, lieber Hamilton,

niemand würde es Ihnen glauben, wenn man hört, wie lange und in welcher Einsamkeit Sie miteinander gelebt haben!«

Da fand der Major seine Sprache wieder. »Sie sind Geistlicher«, sagte er leise. »Könnten Sie uns nicht trauen?«

»Das ist mein Herzenswunsch«, erwiderte Ferguson schlicht.

Diana wurde gerufen. Sie sank stumm an Hamiltons Brust, und er küßte sanft ihre Stirn.

Gegen Mitternacht, als am fernen, nicht sichtbaren Himmel die ganze goldene Pracht der Sterne aufgegangen war, traute der alte Missionar in dunkler Höhle sein einziges Kind, während das flakkernde Feuer gespenstische Schatten an die Wand warf. So waren sie denn Mann und Weib, Hamilton, der Haussamajor, und Diana, die Teufelsfrau von Limbi. Sie saßen Hand in Hand, nachdem sich der Vater in der Hütte zum Schlaf niedergelegt hatte. Als Diana ein wenig später zu ihm ging, hörte Hamilton ihren schwachen Aufschrei. Er eilte zu ihr und fand sie neben dem Lager des Vaters knien. Er lag in starrer Ruhe. Ein halb entsagendes, halb friedliches Lächeln spielte um seine Lippen. Der Tod hatte seine Hand im Schlaf ergriffen und ihn sanft über die Schwelle der Ewigkeit geführt.

Sie begruben ihn neben der Hütte, rostige Schwerter dienten ihnen als Grabschaufeln. Dann trugen sie viele Steine zusammen und legten sie in Form eines Kreuzes auf seine letzte Ruhestätte.

Zwei Tage später hörten sie Okasos Stimme am Eingang zur Höhle. Diana zeigte sich ihm und empfing aus seiner Hand die entwendete Taube und die Reiseapotheke. Sie nannte ihn ihren lieben Sohn, und Okaso bebte vor Freude.

Als sie später die Reiseapotheke öffnete, flossen ihre Tränen von neuem. Die Hilfe war zu spät gekommen.

Hamilton streichelte das hübsche Köpfchen des Vogels, der sich zärtlich an ihn schmiegte.

»Du kennst dieses Land besser als ich, Diana«, sagte er, um sie abzulenken. »Welche Aussicht bietet sich für unser Entkommen, vorausgesetzt, daß wir den Fluß erreichen?«

Sie überlegte. »Wenn es nur gelänge, an Tonkini vorbeizukommen, wären wir geborgen. Vor Tonkini patrouillieren die Kanus der Leibwache, und ihnen zu entrinnen dürfte nicht leicht sein.«

Hamilton nickte vor sich hin. Dann entriß er einem kleinen Taschenkalender, den er bei sich trug, ein leeres Blatt und warf ein paar Zeilen darauf. Da er nur das kleine Büchlein als Unterlage hatte, fielen die Buchstaben ungelenk aus. Aber sie waren leserlich. Seinen Namen vergaß er unter die Botschaft zu setzen. Erst später fiel ihm das ein, aber da hatte er die Taube schon aus dem rückwärtigen Höhlenausgang fliegen lassen. Das Tierchen zog erst unruhige Kreise, schien sich dann über die Richtung sicher zu werden und hob sich hoch in die Luft. Hamilton kehrte in die Höhle zurück und erzählte Diana jetzt erst, was für eine Botschaft er gesandt hatte.

»In vier Tagen verlassen wir diesen Ort«, sagte er mit unerschütterlichem Entschluß.

Diana starrte ihn fassungslos an. »Das ist doch ganz unmöglich«, stieß sie hervor.

Er schüttelte den Kopf. Dann teilte er ihr seinen Fluchtplan in knappen Worten mit.

Mit den kleinen Gewehren, deren Wirkungskraft jetzt im ganzen Lande bekannt war, konnte er sich den Weg durch das Dorf der Leibwache erzwingen. Dann wollte er das erste beste Kanu am Landungsplatz losbinden und davonrudern. Später sollte ihm Diana im Kostüm der Teufelsfrau folgen und der Wache, die Okaso sicher zu ihrem Schutz zurücklassen würde, befehlen, in einem gewissen Abstand nachzukommen.

»Schon aus Angst vor dir«, erläuterte Hamilton, »wird man sich in respektvoller Entfernung halten. Sobald du an den Fluß gelangt bist, steigst du in ein zweites Kanu und ruderst mir nach. Man wird glauben, daß du dein Opfer wieder einfangen wollest, und dir nichts in den Weg legen. Fliehen wir zusammen, so geben wir womöglich dein Geheimnis preis, und dann ist unser beider Leben verwirkt.«

Sie sah ein, daß er recht hatte. Vor dem Unabwendbaren gewann sie ihre Ruhe wieder. Als sie sich trennten, hatte sie nur ein tapferes Lächeln und hoffnungsvolle Worte für ihn.

Hamilton brach als erster gegen Abend auf. Er begegnete im Dorf nur schwachem Widerstand, da alle jüngeren Männer sich auf dem Kriegszug befanden. Unbehelligt sprang er in ein Kanu und war längst zur Mitte des Stromes hinausgerudert, als seine Widersacher ans Ufer herabliefen. Nach einer Weile sah er Diana auftauchen. Trotz des unbequemen Kostüms kam sie rasch vorwärts. Schon glaubte er sie und sich in Sicherheit, da wehte ein Windstoß ihre Strohmaske beiseite. Die Leute, die sie in ihren Kriegskanus begleiteten, sahen staunend ihre weiße Haut und ihre goldenen Haare. Sie stutzten einen Augenblick. Dann aber fiel ihnen ein, daß die Teufelsfrau die Gabe besaß, sich nach Belieben zu verwandeln. Erst als sie die Schornsteine der »Zaire« erblickten, wurde ihnen klar, daß man sie geprellt hatte. Vielstimmige Schreie der Wut erschollen, und die zurückgebliebenen Kanus nahmen mit aller Energie die Verfolgung auf. Es wäre um Diana geschehen gewesen, wenn Hamilton nicht rechtzeitig die »Zaire« erreicht hätte. Er feuerte nur einen Schuß ab, doch der genügte, um die Verfolger mit verwirrender Plötzlichkeit zur Umkehr zu zwingen.

Zwei Monate später frühstückte eine aus vier Köpfen bestehende muntere Reisegesellschaft in dem auf Pfählen erbauten Patio des »Reads' Hotel«. Tief unter dem Fußboden plätscherte das Wasser. Vor der offenen Fensterwölbung dehnte sich in paradiesischer Bläue die Bai von Funchal. Glyzinien und Kletterrosen rahmten in verschwenderischer Fülle die Aussicht ein und erfüllten den ganzen Raum mit ihrem süßen Duft. In den Gärten blühte Heliotrop.

Man hatte den köstlichen einheimischen Wein getrunken und freute sich der Stunden, die man noch bis zur Abfahrt des Dampfers den Naturschönheiten Madeiras widmen konnte.

Merkwürdigerweise ging Bones' Ausgelassenheit allmählich in eine recht merkwürdige Stimmung über.

»Ham«, fragte er endlich mit heroischem Entschluß, »könntest du nicht deine Höhlenabenteuer und den ganzen damit zusammenhängenden Kram zu Papier bringen?«

»Der Himmel behüte mich, Bones, ich bin kein Federfuchser!«

Bones' Augen leuchteten auf. Das eben hatte er hören wollen. »Dann bist du wohl damit einverstanden, daß ich es für dich tue, Ham, altes Haus?«

»Einverstanden? Untersteh dich, Bones! Wenn ich meinen Namen in irgendeinem deiner Elaborate finde, ziehe ich dir deine langen Ohren noch länger.«

»Du alter Brausekopf! Ich habe ja gar nicht die Absicht, dich zu erwähnen. Ich will ja nur meine eigenen Abenteuer in der Höhle beschreiben!«

»Deine ei...« Hamilton machte große Augen. »Mann Gottes, du hast ja mit keinem Schritt die Höhle betreten!«

Bones winkte gnädig ab. »Ist ja auch gar nicht nötig, alter Freund. Aber ich muß mich ehrlich wundern. Du hast eine lange Leitung – Ham! Damit kann man ja ein Kabel nach Amerika legen! Was ich mich bemühe, dir klarzumachen, ist dies: Ich will deine Abenteuer als meine eigenen niederschreiben. Das hat schon mancher Reiseschriftsteller so gemacht. Warum nicht ich?«

»Und wie wollen Sie sich mit meiner Person abfinden?« fragte Diana neckend. »Wollen Sie etwa behaupten, daß Sie mein Mann sind?«

Bones blieb der Mund offen stehen. Er sandte Hamilton einen raschen Blick zu. »Hm!« räusperte er sich und brachte seinen Fuß aus Hamiltons Reichweite. »Diese Frage dürfte allerdings zu Komplikationen führen, verehrte Teufelsdame!«

Sanders, der bisher belustigter Zuschauer geblieben war, mischte sich jetzt ein.

»Wie wäre es, Bones, wenn Sie den Bericht an den Völkerbund verfaßten? Denken Sie, wie viele Nationen ihn da zu lesen bekommen!«

Bones strahlte. »Ein Gedanke, der Ihrer würdig ist, geliebte alte Exzellenz!«

# Hüter des Friedens

## *Bones, Sanders und noch jemand*

Nach Isongo, dem Hauptort des gleichnamigen Distriktes, kam eine Frau der Isisi, die ihren Mann verloren hatte. Durch eine Vorsehung des Schicksals war er von einem Baum erschlagen worden. Ich sage »durch eine Vorsehung des Schicksals«, denn es war allgemein bekannt, daß er einen bösen Charakter gehabt hatte. Er war ein Trinker und ein Freund schlechter Menschen gewesen. Auch hatte er Zauberei im Walde ausgeübt, und es ging das Gerücht, daß er ein Vertrauter Baschunbis, des Bruders des großen Teufels M'shimba-M'shamba, gewesen war. Er schlug seine Frauen, und einmal steckte er aus reiner Bosheit seine Hütte in Brand.

Als er nun auf einer aus Gras geflochtenen Totenbahre zum Dorf zurückgetragen wurde und die Frauen seines Hauses sich mit grünen Blättern bedeckten und Arm in Arm die Dorfstraße entlang den Totentanz tanzten, klang ihr Gesang nicht sehr traurig, und ihr Schritt war fröhlicher und lustiger, als er bei dieser Gelegenheit hätte sein sollen.

D'wiri, ein alter Mann, der alle Tanzschritte genau kannte, sah es von seiner Hütte aus und sagte entrüstet, daß die Frauen schamlos seien. Aber er war alt und fürchtete außerdem, daß bei seinem eigenen Tode die guten Sitten außer acht gelassen werden könnten, wenn man derartigen Ausschreitungen nicht beizeiten entgegenträte.

Als M'lama, das Weib des G'mami, sah, daß ihr Herr und Gebieter in einem Boot zu den Inseln in der Mitte des Stromes gerudert wurde, wo er begraben werden sollte, klagte sie noch während der vorgeschriebenen Zeit um ihn, dann wusch sie am Flußufer den Staub von ihrem Körper und ging in ihre Hütte zurück. Und alle Trauer um den Toten war mit dem Staub und der Asche weggewaschen worden.

Viele Monde wechselten am Himmel, ehe M'lama ihre außerordentlichen Gaben zeigte. Man sagte, daß ihre Kräfte sich zum ersten Male in einer Nacht nach einem großen Sturm kundtaten, als die Blitze wie Schloßen auf den Strom niederfuhren. Selbst der alte D'wiri konnte sich nicht an ein ähnliches Unwetter erinnern. In dieser Nacht brachte die Frau eines Jägers ihr sterbendes Kind in die Hütte der Witwe. Es hatte eine Fischgräte verschluckt, die ihm im Halse steckengeblieben war, und es war schon beinahe erstickt. M'lama streckte ihre Hand aus, legte sie auf den Kopf des Kindes, und sofort flog die große Gräte heraus.

»Dabei erscholl ein Schrei, der so schrecklich und furchtbar war wie das Geschrei eines Leoparden, der in den Wäldern von Geistern verfolgt wird.« (Nach dem Bericht Ahmets.)

Eine Woche später fiel ein kleines Kind in Krämpfe. M'lama legte ihre Hand auf seine Stirn, und siehe, die Krämpfe wichen, es wurde ruhig und schlief ein.

Ahmet, der Hauptspäher der Regierung, hörte von diesen Dingen und kam während einer dreitägigen Reise auf dem Strom zu dem Orte Isongo.

»Was sind das alles für Wundergeschichten?« fragte er.

»Capita«, sagte der Häuptling, indem er die ehrende Anrede gebrauchte, die in dem belgischen Kongogebiet üblich ist, »dieses Weib M'lama ist wirklich eine Hexe, sie hat übernatürliche Gaben, denn durch die Berührung ihrer Hand weckt sie die Toten auf. Das habe ich selbst mit meinen eigenen Augen gesehen. Auch sagt man, daß sie Ugomis schwere Wunden heilte, als er beim Holzfällen sich mit der Axt in den Fuß schlug.«

»Ich will M'lama sehen«, erwiderte Ahmet ernst.

Er fand sie in ihrer Hütte. Sie warf müßig vier Ziegenknochen auf den Boden, und jedesmal fielen sie anders. »O Ahmet«, sagte sie, als er eintrat, »du hast ein krankes Weib, und dein erstgeborener Sohn kann nicht sprechen, obgleich er sechs Jahre alt ist.«

Ahmet setzte sich an ihrer Seite nieder. »Weib, sage mir etwas, worüber nicht am ganzen Fluß geredet wird, und ich werde deinen Zauber glauben.«

»Morgen wird dein Herr, der große Sandi, dir ein Buch (Brief) senden, worüber du sehr glücklich sein wirst.«

»Mein Herr schickt mir jeden Tag ein Buch«, entgegnete Ahmet zweifelnd, »und jedesmal bin ich glücklich, wenn ich es empfange. Auch weiß man am Fluß, daß um diese Zeit Boten kommen mit Beuteln voll Silber und Säcken voll Salz, um die Leute nach ihrem Verdienst zu bezahlen.«

Sie ließ sich nicht verblüffen. »Du hast einen kranken Finger, den niemand gerade machen kann – aber sieh her!«

Bei diesen Worten nahm sie seine Hand in die ihre und drückte auf das aus dem Gelenk gesprungene Glied. Ahmet fühlte einen heftigen Schmerz im ganzen Arm und stöhnte. Als er aber seine Hand wieder zurückzog, war sein Finger wieder in Ordnung, denn er konnte ihn biegen. Der Militärarzt an der Küste hatte vergeblich versucht, ihn wieder einzurenken.

»Ich sehe, du bist wirklich eine Zauberin«, sagte er bewundernd, denn die Eingeborenen haben eine Abscheu gegen Krankheit und Mißbildung jeder Art.

Ahmet sandte einen langen Bericht an Sanders über alles, was er gesehen und gehört hatte.

Distriktsgouverneur Sanders saß in der schönen Residenz an der Küste und erhielt auch viele andere Nachrichten. Manche von ihnen erfreuten ihn, andere verursachten ihm Sorge und Kummer. Die überseeische Post war gerade von einem schnellen Dampfboot zur Küste gebracht worden.

Captain Hamilton, der die Haussa befehligte, hatte einen dicken Brief bekommen, der von einer Frauenhand geschrieben war, und brachte Sanders, wie er dachte, frohe Nachricht. Der Distriktsgouverneur war allerdings im Zweifel, ob diese Nachricht gut oder böse sei.

»Es wird Ihr sicher in diesem Lande gefallen«, meinte er, »besonders in dieser Gegend – aber was wird Bones dazu sagen?«

»Bones!« wiederholte Captain Hamilton ein wenig verächtlich. »Kommt es darauf an, was Bones dazu sagt?« Trotzdem ging er zum Ende der Veranda, die dem Meere zu lag und rief mit lauter Stimme, so daß er die Brandung übertönte. »Bones!«

Aber es kam keine Antwort, was auch seinen guten Grund hatte.

Sanders trat aus dem Hause. Er hatte den Tropenhelm in den Nacken geschoben und rauchte eine große Zigarre.

»Wo ist er denn?«

Hamilton wandte sich um. »Ich gab ihm den Auftrag – das heißt, er bot sich eigentlich freiwillig dazu an –, einen Schützengraben auszuheben.«

»Erwarten Sie denn einen Angriff?«

Hamilton grinste. »Bones erwartet ihn. Er ist ganz begeistert von der Idee und hat mir schon erzählt, wie der Schützengraben ausgehoben werden müsse. Er fühlt sich sehr niedergeschlagen ... Sie wissen, was ich meine. Sein Regiment war bei Mons dabei.«

Sanders nickte. »Ja, das verstehe ich«, sagte er ruhig. »Und Sie ... Sie sind auch ein alter Soldat, Hamilton – wie ertragen Sie es denn?«

Hamilton zuckte die Schultern. »Man hätte mich beinahe den Truppen in Kamerun zugeteilt, aber jemand muß doch hierbleiben«, erwiderte er resigniert. »Es ist nun einmal mein Los, hier auszuhalten und die Pflicht zu tun, die mir das Schicksal auferlegt hat. Meine Aufgabe... ist hier...«

Sanders legte ihm die Hand auf die Schulter. »Das ist recht«, sagte er und sah ihn so sanft und mild wie eine Mutter an. »Hier haben wir keinen Krieg... wir sind hier die Hüter des Friedens.«

»Es ist schrecklich schwer...«

»Ich weiß es, ich fühle es selbst. Wir haben keinen Teil an dem Ruhm, an den Möglichkeiten... an dem Schicksal. Aber nicht wir allein müssen aushalten. Denken Sie an die Leute in Indien, die sich vor Gram verzehren... die auf Befehl warten, der sie aus einem schönen Leben in Elend und Tod schickt... sie aber auch an dem Glanz und Ruhm des Krieges teilhaben läßt.«

Er seufzte und schaute sinnend auf das blaue Meer hinaus.

Hamilton winkte einen Haussa-Korporal heran, der gerade durch den Garten der Residenz ging. »Hallo, Mustaf«, sagte er in dem eigentümlichen Küstenarabisch, »wo kann ich meinen Herrn Tibbetti finden?«

Der Mann wandte sich um und zeigte auf das Gehölz, das hinter dem Gebäude lag und sich dreihundert Meilen weit ohne Unterbrechung hinzog. »Herr, er ging dorthin und nahm viele seltsame Dinge mit sich – auch sein Diener Ali Abid war bei ihm.«

Hamilton reichte mit seinem Spazierstock durch das offene Fenster und angelte seinen Tropenhelm vom Tisch. »Wir werden Bones aufsuchen«, sagte er grimmig. »Er ist schon drei Stunden fort, und er hat Zeit genug gehabt, die ganzen Schützengräben von Verdun auszuheben.«

Es dauerte einige Zeit, bis sie die Arbeitskolonne entdeckten.

Bones lag in einem bequemen Klappstuhl im Schatten einer großen Isisi-Palme. Er hatte seinen Tropenhelm über das Gesicht gestülpt, so daß der vordere Schirmrand auf der Nasenspitze ruhte. Seine dünnen braunen Arme waren auf der Brust verschränkt, und seine regelmäßigen Atemzüge deuteten an, daß er sanft eingeschlafen war. Nur zwei Pfähle waren in die Erde geschlagen, und zwischen ihnen hing eine Schnur, die sich traurig im Winde hin und her bewegte.

Unter einem nahen Gebüsch lag zusammengerollt vermutlich Ali Abid. Man muß sagen vermutlich, denn es war weiter nichts zu sehen als ein Stück seidigglänzender, brauner Haut, das zwischen dem Hosengurt und einer enganliegenden Segeltuchjacke hervorlugte.

Sanders und Hamilton schauten lange Zeit schweigend auf den schlafenden Bones.

»Was wird er wohl sagen, wenn ich ihn durch einen Stoß aufwecke?« fragte Hamilton. »Was vermuten Sie?«

Sanders runzelte nachdenklich die Stirn. »Er wird erklären, daß er ein neues Schützengrabensystem ausgedacht hat«, meinte er. »Er hat mich neulich fast zum Sterben gelangweilt, als er mir immer wieder von Schützengräben und ähnlichen albernen Dingen erzählte.«

Hamilton schüttelte den Kopf. »Diese Lüge wird er Ihnen nicht auftischen. Meiner Ansicht nach wird er als Entschuldigung vorbringen, daß er letzte Nacht so lange aufbleiben mußte, weil ich ihm die Besoldungslisten zur Ausarbeitung gegeben habe, und daß er deshalb heute nicht wachbleiben kann.«

Bones schlief ruhig weiter.

»Vielleicht erklärt er auch, daß der Kaffee nach dem Essen eine einschläfernde Wirkung auf ihn hat«, sagte Sanders nach einer Weile. »Neulich behauptete er, daß Kaffee ihn müde mache.«

»Er sagte sogar ohnmächtig«, verbesserte ihn Hamilton. »Aber ich glaube nicht, daß er jetzt so etwas vorbringt. Höchstens führt er an, daß er die unregelmäßigen Verben der Bomongo-Sprache wiederholt. Bones!« Keine Antwort.

Hamilton bückte sich, brach einen langen Grashalm ab und kitzelte Leutnant Tibbetts damit am Ohr. Bones schlug im Schlaf mit der Hand danach, aber er öffnete die Augen nicht.

»Bones«, rief Hamilton laut und stieß ihn heftig mit dem Fuß an. »Stehen Sie auf, Sie fauler Teufel – der Feind greift an!«

Bones sprang auf, schwankte ein wenig hin und her, blinzelte seinen Vorgesetzten an, riß sich dann zusammen und grüßte stramm militärisch. »Feindlicher Angriff von der linken Flanke her«, meldete er. »Werden wir jetzt zum Abendbrot gehen oder ein Auto nehmen?«

»Wachen Sie auf, Napoleon«, rief Hamilton. »Sie sind hier mitten in der Schlacht von Waterloo!«

Bones fand allmählich zur Wirklichkeit zurück.

»Ich fürchte, ich lag bewußtlos da, mein lieber guter Offizier«, bekannte er. »Tatsächlich...«

»Passen Sie auf, was jetzt kommt!« sagte Hamilton zu Sanders.

»Tatsächlich bin ich eingeschlafen«, erklärte Bones mit Würde. »Dieser niederträchtige Kaffee, den ich nach Tisch getrunken habe! Außerdem war ich übermüdet, denn ich saß die halbe Nacht bei den Soldlisten. Ich dachte gerade dieses hervorragende Schützengrabensystem aus – es sind nämlich Verbindungsgräben, in denen man nicht naß wird, wenn es regnet –, als ich ohnmächtig wurde.«

Hamilton sah ihn enttäuscht an. »Hatten Sie denn nicht die Bomongo-Verben vor?«

Bones Augen leuchteten auf. »Aber natürlich!« rief er froh. »Natürlich – ich habe die ganzen unregelmäßigen Verben für mich wiederholt...«

»Wecken Sie Ihren Diener auf und kommen Sie mit nach Hause«, unterbrach ihn Hamilton. »Es gibt Arbeit für Sie, mein Junge.«

Bones ging zu dem Busch hinüber und weckte den Schläfer durch einen sanften Fußtritt.

Ali Abid fuhr in die Höhe.

Er hatte ein viereckiges Gesicht, einen großen Mund und braune, unschuldige Augen. Außerdem war er ungeheuer dick. Obgleich er sich den arabischen Namen »Ali« zugelegt hatte, war er seiner Abstammung nach doch ein Küstenneger, was ihm deutlich anzusehen war. Er stand langsam auf, grüßte erst seinen Herrn, dann Sanders und Hamilton.

Bones hatte ihn einst auf einer Erholungsreise in Cape Coast Castle gefunden. Ali Abid war der richtige Diener für ihn, er schien ihm vom Himmel gesandt zu sein. Sanders graute es sonst vor Eingeborenen, die englisch sprachen, aber Ali beherrschte diese Sprache vollkommen, denn er war fünf Jahre lang der Diener des Professor Garrileigh gewesen, der ein bedeutender Bakteriologe war und dessen Forschungsergebnisse auf dem Gebiet der tropischen Medizin acht starke Bände füllten.

Sie gingen zusammen zur Residenz zurück. Ali Abid bildete die Nachhut.

»Sie müssen nach Isongo gehen, Bones«, sagte Sanders. »Es ist möglich, daß es Unruhen gibt – eine Frau tut dort Wunder. Gehen Sie taktvoll vor, kommen Sie aber vor dem Siebzehnten zu unserem Fest zurück.«

»Wie?« fragte Bones.

Bones hatte die merkwürdige Gewohnheit, etwas nicht verstehen zu wollen, was er sehr wohl gehört hatte. Er neigte dann den Kopf mit fragendem Gesichtsausdruck vor, legte die Stirn in Falten, die Hand ans Ohr und wartete auf eine Wiederholung.

»Sie haben doch gehört, was der Distriktsgouverneur gesagt hat«, brummte Hamilton. »Fest – F-E-S-T.«

»Mein Geburtstag ist erst im April, Exzellenz«, erklärte Bones.

»Es handelt sich nicht um ein Geburtstagsfest, sondern um eine kleine Empfangsfeier für Miß Hamilton«, erwiderte Sanders.

Bones staunte und sah seinen Vorgesetzten ungläubig an.

»Was, Sie haben eine Schwester, mein lieber alter Offizier?« fragte er.

»Warum, zum Teufel, soll ich keine Schwester haben?«

Bones zuckte die Schultern. »Das ist eine ganz einfache, logische Schlußfolgerung. Augenscheinlich hatten Sie in Ihrer Jugend keine begütigende und liebevolle Behandlung. Ich schließe das aus Ihrer Hartherzigkeit und Ihrem Hang, dauernd zu nörgeln, und aus Ihrem rauhen und unliebenswürdigen Charakter – eine Schwester, großer Gott!«

»Trotzdem kommt sie hierher«, entgegnete Hamilton. »Und sie ist sehr erpicht, Sie kennenzulernen. Ich habe ihr schon sehr viel von Ihnen berichtet.«

Bones lächelte. »Natürlich haben Sie übertrieben – Frauen wollen nicht gern enttäuscht sein. Wissen Sie, was Sie eigentlich hätten tun müssen? Sie hätten mich als einen dummen Esel beschreiben müssen, zwar begabt und so, aber doch als einen ganz gewöhnlichen, dummen Kerl.«

»Genau das habe ich auch getan, Bones. Ich habe ihr mitgeteilt, wie Bosambo Sie um zwanzig Pfund betrog; wie Sie hereinfielen und sich hinters Licht führen ließen, als Sie vergrabene Schätze heben wollten; wie die Isisi versuchten, Ihnen ein fliegendes Krokodil zu verkaufen und es Ihnen auch tatsächlich verkauft hätten, wenn ich nicht rechtzeitig dazugekommen wäre. Dann habe ich ihr noch ...«

»Ich denke, das ist schon genug, Sir!« Bones war rot geworden. »Es sei ferne von mir, mich auf Ihre gemeinen Verleumdungen einzulassen«, erwiderte er hochmütig. »Miß Hamilton wird ja nicht viel von mir zu sehen bekommen. Ein unerschütterliches Pflichtgefühl wird mich von den frivolen Zirkeln menschlicher Gesellschaft fernhalten. Stets tätig und ohne zu schlafen ...«

»Schützengräben«, sagte Hamilton nur.

Bones seufzte, sah seinen Vorgesetzten einen Augenblick schmerzlich an, grüßte dann, machte kurzum kehrt und ging fort. Ali Abid folgte ihm.

Am nächsten Morgen brach er auf, und sowohl Sanders als auch Hamilton kamen zu dem festen Betonkai, um bei der Abfahrt der »Zaire« zugegen zu sein. Sanders gab ihm letzte Instruktionen:

»Wenn die Frau das Volk aufrührerisch macht, verhaften Sie sie; wenn sie einen zu großen Anhang hat, verhaften Sie sie; wenn sie aber harmlos ist und nur den Leuten hilft, lassen Sie sie gehen und kommen zurück.«

»Und vergessen Sie nicht den Siebzehnten«, fügte Hamilton hinzu.

»Ich werde wahrscheinlich nicht zu diesem Zeitpunkt zurückkehren können«, erwiderte Bones ernst. »Ich möchte nicht der steinerne Gast auf Ihrem netten Fest sein, mein alter Sportsmann und Vorgesetzter. Sie werden wohl schon so liebenswürdig sein und meine Abwesenheit Miß Hamilton gegenüber entschuldigen. Ich werde wahrscheinlich Kopfschmerzen oder so etwas Ähnliches haben.«

Er winkte traurig zum Abschied, als die »Zaire« in weitem Bogen zur Mitte des Stromes fuhr, und stand melancholisch und in schwermütige Gedanken versunken da, solange Sanders und Hamilton ihn noch sehen konnten.

Aber kaum war er außer Sicht, so war er wieder der alte, lustige Bones.

»Leutnant Ali«, sagte er, »gehen Sie und holen Sie mein Logbuch. Bringen Sie es in die Kabine des alten Sanders. Dann machen Sie mir eine Tasse Tee und steuern Sie das Schiff nach Ost-Nord-Ost.«

»Jawohl, Sir«, entgegnete Ali in fließendem Englisch.

Das Logbuch, das Bones führte, war ein Geheimdokument, das seinen Vorgesetzten niemals zu Gesicht kam. Darin standen etwa folgende Eintragungen:

> Wind NNW. See ruhig. Feindliches Fahrzeug gesichtet an Backbord um 10.31 vormittags. Hauptquartier durch Funkspruch benachrichtigt um 10.32. Kapitän des feindlichen Schiffes angerufen und ihn gewarnt, nicht im Fahrwasser zu fischen.

12.17 kommt Cape M'Gooboori in Sicht. Anker geworfen, um Mittag zu essen und Feuerholz einzunehmen.

Cape M'Gooboori war ein Dorf gleichen Namens, und die »ruhige See« war weiter nichts als der Strom. Das »feindliche Schiff« war ein armseliges Kanu, in dem ein alter Isisi-Mann saß, der Fische speerte. Bones umgab alle Dinge mit seiner Phantasie, denn seinem nach Abenteuer lechzenden jugendlichen Gemüt war die graue Wirklichkeit viel zu dürftig.

Bei Sonnenuntergang fuhr die »Zaire« langsam zwischen den Sandbänken durch, die vor dem Ufer von Isongo liegen. Bones ging an Land, um seine Nachforschungen anzustellen.

Zufällig hatte die Hexe M'lama gerade diesen Abend gewählt, um einige wunderbare Handlungen vorzuführen, und das ganze Dorf lag fast verlassen da.

An einer Waldlichtung saß M'lama unter hohen Bäumen und warf Ziegenknochen in die Luft. Männer und Frauen hockten im Kreise vor ihr oder gingen ängstlich und vorsichtig auf Zehenspitzen um sie herum. Sie ließen ihr einen weiteren Spielraum. Ein helles, großes Feuer brannte zu ihrer Seite, von Zeit zu Zeit hielt sie kleine, roh zusammengeflochtene Stäbchen hinein, zog sie brennend heraus, blies die Flamme aus und betrachtete die übriggebliebene Asche.

»Hört mich an, ihr Leute«, sagte sie, »und schweiget, damit nicht mein großer Ju-ju euch schlägt, daß ihr sterbt. Wer hat mir dies gegeben?«

»Ich war es, M'lama«, sagte eine hagere Frau, deren Gesicht vor Erregung zuckte, als sie ihre braune Hand aufhielt.

Die Hexe schaute auf die Sprecherin.

»O F'sela«, sagte die Zauberin in singendem Tonfall, »dir wird ein männliches Kind geboren, das größer sein wird als Häuptlinge, aber dann wird dich eine Krankheit befallen, so daß du wahnsinnig wirst.«

»O ko!«

Die Frau war teils entsetzt über das Geschick, das ihr drohte, teils vor Freude außer sich über die glänzende Zukunft ihres noch ungeborenen Sohnes. Sie starrte ungläubig und furchtsam auf M'lama.

Wieder wurde ein geflochtenes Strohstöckchen ins Feuer gehalten, herausgezogen und ausgeblasen, und wieder prophezeite M'lama.

Manchmal waren es Ehren und Reichtümer, die sie verhieß, viel öfter aber sah sie Tod und Unglück voraus.

Mitten unter diese zitternde Gruppe von Menschen trat plötzlich Bones. Er trug eine tadellos weiße Uniform, aber er war müde, denn die Nacht war nahe und er hatte einen langen und mühseligen Marsch hinter sich.

Die Leute, die umhergesessen hatten, sprangen plötzlich auf und hielten die Handknöchel an die Zähne. Sie waren erschrocken und verwirrt.

»O M'lama«, sagte Bones liebenswürdig in dem weichen Dialekt der Isisi, die am Strome wohnen, »weissage auch mir!«

Sie sah traurig aus, denn sie fürchtete Unannehmlichkeiten für sich selbst.

»O Herr«, entgegnete sie mit geheimem Groll und versteckter Tücke, »du wirst sehr krank im Herzen werden – du wirst in ferne Gegenden gehen und dort sterben, und niemand wird dich vermissen.«

Bones wurde dunkelrot und drohte der Prophetin mit dem Finger. »Du bist eine unnütze alte Märchenerzählerin«, erwiderte er etwas verwirrt. »Deine Reden drücken das Volk nieder, du nichtsnutziges Frauenzimmer. Ich hasse dich!«

Da er englisch sprach, machte es keinen Eindruck auf sie.

»Du gehst im Lande umher und hältst die Leute von ihrer Beschäftigung ab«, rief er wütend, »erzählst ihnen dumme Geschichten – verdammt noch einmal, ich werde sehr strenge mit dir sein!«

Und er war wirklich strenge, denn er verhaftete sie zur Erleichterung der Zuhörer, die lange warteten, ob nicht ihr Ju-ju ihn totschlagen würde. Als dieses Ereignis nicht eintrat, zerstreuten sie sich allmählich.

Dicht vor dem Landungssteg der »Zaire« überredete sie einen der Haussa, die sie festhielten, sie freizulassen. Ihre Überredungskunst war sehr einfach, denn sie biß ihn einfach in den Arm und stürzte davon.

Sie ergriffen sie wieder und brachten sie an Bord. Aber sie war halb wahnsinnig vor Schrecken und Furcht vor ihrem kommenden Schicksal.

Bones, der zu nahe an die kämpfende Gruppe herankam und aufgeregt zusah, erhielt eine ehrenhafte Verwundung, da seine

Nase von einer der wild umherschlagenden Fäuste getroffen wurde.

»Sperrt sie in die Vorratskammer ein«, befahl er zornig. »Was ist das doch für eine schlechte Frau!«

Am nächsten Morgen war die »Zaire« in voller Fahrt, als Ali mit einer betrübenden Meldung zu Bones kam. »Euer Exzellenz wird sehr traurig sein zu erfahren, daß der weibliche Gefangene seine Kleider vernichtet hat.«

»Vernichtet...?« wiederholte der erstaunte Bones und strich vorsichtig mit der Hand über das Pflaster auf seiner Nase.

»Während der Nacht hat dieses Subjekt Symptome von Wahnsinn gezeigt. Sie hat sich völlig ihrer Kleider begeben, das heißt, sie hat sie zerrissen.«

»Sie hat ihre Kleider zerrissen?« fragte Bones atemlos. Sein Haar sträubte sich.

Ali nickte.

Die Kleidung der Eingeborenenfrauen variiert je nach dem Grade, den der Einfluß der Missionare auf sie erreicht hat. Isongo lag dicht bei der Missionsstation am Fluß, deshalb bestand M'lamas Kostüm aus einem Stück bedruckten Kattun, das sie eng um den Körper geschlungen hatte. Es sah aus wie ein Rock und hüllte sie von den Achselhöhlen bis zu den Füßen ein.

Bones trat an das offene Schiebefenster der Gefängniszelle, schaute aber nicht hinein.

»M'lama!«

Es kam keine Antwort. Er rief noch einmal.

»M'lama, was wird Sandi sagen, wenn du so böse Dinge tust?« Er sprach freundlich zu ihr in der Eingeborenensprache.

Es war nur ein seufzender Schmerzenslaut zu hören.

»Oh, ai!« schluchzte sie.

»M'lama, wir werden bald an die Missionsstation kommen, wo die Gottesmänner wohnen. Dort werde ich dir ein Kleid besorgen, und das wirst du anziehen.«

Bones starrte immer noch an dem Fenster vorbei auf das Wasser hinaus, das durch die Schiffsschrauben aufgewühlt wurde. »Denn wenn mein Herr Sandi dich sieht, wie ich dich sehe – das heißt, wie ich dich nicht sehe, du unverschämte Weibsperson«, verbesserte er sich schnell in englisch – »wenn mein Herr Sandi dich sieht, dann würde er große Scham empfinden, ebenso«, fügte er hinzu, als ihm plötzlich ein schrecklicher Gedanke kam und es ihm kalt über den Nacken lief, »wird sich die Dame für dich schämen, die zu meinem Herrn Militini zu Besuch kommt...«

Glücklicherweise war eine Jesuitenniederlassung in der Nähe. Bones hielt dort an und besuchte den untersetzten, gutmütigen Pater, der die Station leitete.

»Es ist merkwürdig, daß sie alle dasselbe tun«, meinte der Pater nachdenklich, als er mit Bones zu dem Vorratshaus ging. »Ich habe erlebt, daß Frauen in den Polizeigefängnissen im Osten Londons ihre Kleider zerrissen – Frauen unserer eigenen Rasse.«

Er kramte in einer großen Schachtel herum und holte verschiedene Kleidungsstücke hervor. »Das ist meine letzte Sendung, die ich von einer wohlmeinenden Londoner Gesellschaft erhalten habe«, sagte er lächelnd und legte einen Haufen Kleider, Hüte, Schuhe und Strümpfe auf den Tisch. »Eine oder zwei Rollen bedruckten Kattun hätte ich sehr gut brauchen können, aber die letzten Pariser Modelle lassen sich nicht recht in Einklang mit strengen religiösen Überzeugungen bringen.«

Bones wurde rot, fühlte sich unbehaglich, packte einen Armvoll Kleider und bedankte sich unter vielen Entschuldigungen bei dem liebenswürdigen Pater.

Er eilte mit seinen Kleidern zur »Zaire« zurück.

»Sieh, M'lama«, sagte er und schob das ganze Paket durch das kleine Guckfenster in der Tür der Zelle. »Hier sind viele schöne, gute Dinge, wie sie die großen Damen tragen, nun wirst du vor meinem Herrn Sandi erscheinen und schön aussehen.«

Er trug die Ereignisse in seiner blumenreichen Sprache in das Logbuch ein und war gerade mitten in dieser literarischen Übung, als der kleine Dampfer auf eine Sandbank auflief, bevor der Gang der Maschinen verlangsamt oder Rücklauf eingestellt werden konnte. Das Schiff hatte sich festgefahren.

Bones ging an Deck, überschaute wehmütig die Situation, kehrte dann wieder in seine Kabine zurück und trug in das Logbuch ein:

> 12.19 auf ein Felsenriff in der B'lidi Bay aufgelaufen.
> Fürchte, Schiff vollständig verloren. Alle Boote klar
> zum Niederlassen.

In Wirklichkeit gab es überhaupt keine Rettungsboote an Bord der »Zaire«. Auch war nicht die geringste Notwendigkeit vorhanden, sie niederzulassen, denn die ganze Schiffsbesatzung war schon in den Strom gesprungen, stand bis zu den Hüften im Wasser und versuchte mit allen Kräften, die »Zaire« wieder in Fahrt zu bringen.

Aber alle Versuche mißlangen. Erst sechsunddreißig Stunden später schwoll der Fluß an, weil im Gebiet der Ochori schwerer Regen niedergegangen war, und bei dem höheren Wasserstand wurde die »Zaire« wieder flott.

Bones freute sich, daß er eine schöne Geschichte über seine glückliche Rettung in das Logbuch eintragen konnte.

M'lama hatte sich in der letzten Zeit sehr gut betragen, und Bones erlaubte ihr infolgedessen, an Deck zu gehen. Sie konnte sich dort frei bewegen, und außer einem heftigen Wortwechsel mit dem Korporal, den sie in den Arm gebissen hatte, gab es keine Rückfälle. Sie trug einen weißen Rock und eine weiße Bluse, auf ihrem Kopf balancierte sie geschickt einen wunderschönen gelben Strohhut mit lang herabfallenden heliotropfarbenen Samtbändern, die sie abwechselnd vorne oder hinten herunterhängen ließ.

»Ein schrecklicher Anblick«, sagte Bones und schüttelte sich vor Mißbehagen, als er sie zum erstenmal in diesem Aufzug sah.

Der Rest der Reise verlief ohne Zwischenfall, bis die »Zaire« die äußerste Nordgrenze des Gebietes erreicht hatte, das für die Residenz vorbehalten war.

Sanders hatte vier Quadratmeilen Land der kleinen Halbinsel, auf der die Gebäude standen, abholzen und trockenlegen lassen. Durch einen Zaun, der eng mit Stacheldraht umwunden war, und durch einen tiefen Graben waren die Regierungsgebäude von den wilden Wäldern im Norden abgetrennt.

An dieser Stelle zeigt der Fluß in der Mitte viele Sandbänke, und es gibt nur zwei tiefe Fahrrinnen, die dicht am östlichen und westlichen Ufer entlanglaufen.

Bones hatte sein Logbuch weggeschlossen und stand nun auf der Brücke. Er wiederholte im Geist noch einmal die Geschichte, mit der er seinem Vorgesetzten imponieren und seine Tätigkeit ins rechte Licht setzen wollte. Nebenbei würde er sich dadurch auch bei der neu angekommenen Dame von der besten Seite zeigen.

Er hatte auf der Reise ab und zu an Hamiltons Schwester gedacht.

Die »Zaire« fuhr dicht am westlichen Ufer, und zwar so nahe, daß eine kühne und gewandte Person an Land springen konnte.

Und die Hexe M'lama war kühn und sehr gewandt.

Bones wandte sich erstaunt um und sah irgend etwas Weibliches in einem weißen Gewand von Deck springen. Zwei heliotropfarbene Seidenbänder wehten lustig im Winde.

»Zum Donnerwetter! Was machst du denn? Das ist garstig – das ist unartig!« schrie Bones entsetzt.

Aber sie war im Unterholz verschwunden, bevor das große Schaufelrad der »Zaire« sich rückwärts drehte.

Bones bewies größte Geistesgegenwart. Ein gewöhnlicher Mann wäre natürlich sofort über Bord gsprungen, um den Flüchtling zu verfolgen, aber Bones war eben kein gewöhnlicher Mann. Er erinnerte sich in diesem kurzen kritischen Augenblick an die Neigung der Gefangenen, ihre Kleider zu vernichten. Mit ein paar Schritten war er in der Kabine, riß den Bezug des Deckbettes ab, sprang dann kurz entschlossen an Land und rannte in der Richtung vorwärts, in der M'lama entflohen war.

Einige Zeit konnte er sie nicht sehen, aber dann sah er durch die Zweige ein weißes Kleid leuchten und stürzte mit einem Schrei darauf zu.

Die Gestalt blieb einen Augenblick stehen und wandte sich dann zur Flucht. Aber er hatte sie eingeholt, bevor sie auch nur zwanzig Meter weit laufen konnte. Im Nu hatte er den Bettbezug über sie geworfen. Obwohl sie sich heftig wehrte und unterdrückte Schreie ausstieß, hob er sie auf und schwankte mit seiner Last an Bord zurück. Die »Zaire« hatte angehalten, und man hatte einen Landungssteg ans Ufer gelegt.

»Schließe die Fenster, öffne die Tür – so, du altes, nichtsnutziges Weibsbild!«

Er zog sie in die verdunkelte Zelle. Der Bettüberzug hüllte sie vollkommen ein, und sie taumelte hilflos zu Boden. Bones warf die Tür krachend ins Schloß, lehnte erschöpft und schweratmend an der Wand und wischte sich den Schweiß von der Stirn.

Alles dies trug sich in der Nähe des Landungskais zu, auf dem Sanders und Hamilton warteten, Bones kam sich ungeheuer wichtig vor und grüßte strahlend.

»Alles in bester Ordnung«, meldete er und stand stramm und gerade wie ein General. »Keine feindlichen Zwischenfälle – außer der Verwundung an meiner Nase, die ich in meinem Rapport noch erwähnen werde – einen weiblichen Gefangenen gemacht nach anstrengender Verfolgung. Ich hoffe, daß Sie meinen Diensteifer und meinen Erfolg Ihrer vorgesetzten Behörde melden werden...«

»Schwätzen Sie nicht so viel, Bones«, sagte Hamilton. »Kommen Sie lieber an Land, damit ich Sie meiner Schwester vorstellen kann. Hallo, was ist denn das?«

Zwei eingeborene Polizisten kamen auf sie zu und führten die widerstrebende M'lama zwischen sich. Sie war beschmutzt, ihre Kleider saßen verkehrt, und der schöne Hut hing in einem schiefen Winkel vom Kopf nach hinten.

»Um Himmelswillen!« rief Bones. »Wer sitzt dann in der Zelle?... Das ist mein Gefangener, mein guter, alter Vorgesetzter.«

Hamilton zog die Stirn in Falten. »Ich hoffe, daß Patricia nicht erschrocken ist, sie ging gerade dort am Ufer spazieren.«

Bones wurde nicht ohnmächtig, aber die Knie wankten unter ihm. Er nahm sich jedoch sofort wieder zusammen und stützte sich auf den Arm seines treuen Ali. »Mein lieber, alter Freund«, stammelte er gebrochen, »schreckliche Ereignisse... ein Justizirrtum... die größte Tragödie meines Lebens...«

»Was ist denn mit Ihnen los?« fragte Sanders erschrocken, denn Bones war kreidebleich geworden.

Leutnant Tibbetts antwortete nicht, sondern eilte mit unsicheren Schritten zu der Gefangenenzelle und schloß sie auf.

Eine wütende und etwas in Unordnung geratene junge Dame trat heraus. Bones hatte noch nie eine so schöne und graziöse Gestalt gesehen.

Sie sah von ihrem verstörten Bruder auf Sanders und von Sanders auf ihren Gefängniswärter, der sich sehr elend fühlte.

»Aber was in aller Welt...«, begann Hamilton.

Plötzlich zuckten ihre Lippen, und sie brach in ein fröhliches Lachen aus.

»Wenn ich Sie in meinem Übereifer verwechselte«, sagte Bones heiser, »in der Dämmerung, Sie werden verstehen, gnädige Frau... das weiße Kleid...« Er streckte die Arme mit verzweifelter Gebärde aus. »Ich kann als Gentleman nicht anders handeln... ich habe einen geladenen Revolver in meiner Kabine... leben Sie wohl!«

Er machte eine tiefe Verbeugung vor der jungen Dame, grüßte seinen bestürzten Vorgesetzten militärisch, machte linksum kehrt und wäre über einen Eimer gefallen, wenn ihn Hamilton nicht gepackt hätte.

»Sie sind wirklich ein Esel«, rief Hamilton, indem er seine Empörung unterdrückte. »Patricia, darf ich dir Leutnant Tibbetts vorstellen, von dem ich dir schon so viel geschrieben habe?«

Sie schaute Bones mit lachenden Augen an. »Ich habe mir gleich gedacht, daß er es war.«

## *Bones ändert seine Religion*

Captain Hamilton mußte sich in seinem Leben um zwei Menschen kümmern: um seine Schwester und um seinen Untergebenen.

Seine Schwester hieß Patricia Agatha, sein Untergebener führte den Familiennamen Tibbetts und den Vornamen Augustus, aber Hamilton hatte ihn in seiner willkürlichen Art »Bones« getauft.

Solange Patricia noch in Bradlesham Thorpe in der Grafschaft Hampshire weilte und Bones etwa dreitausend Meilen davon entfernt an der Westküste Afrikas lebte, empfand Captain Hamilton seine Verantwortlichkeit nicht als eine große Last.

Als Patricia Hamilton den Entschluß faßte, ihrem Bruder einen Besuch zu machen, geschah es mit seiner vollen Zustimmung, denn er wußte nicht, daß das Zusammentreffen seiner beiden Sorgenkinder Veranlassung zu Schwierigkeiten geben könnte.

Patricia war an einem glühendheißen Tropenmorgen angekommen und herzlich von ihrem Bruder empfangen worden. Die Haussa standen in ihren Alltagsuniformen am Ufer und schauten feierlich zu, wie Militini seine Schwester begrüßte.

Distriktsgouverneur Sanders, Ritter des Michael- und Georg-Ordens, war ihr etwas formeller gegenübergetreten, denn er hatte eine gewisse Scheu vor Frauen. Und Bones war damals, wie wir ja wissen, nicht zugegen – was in mehr als einer Beziehung unangenehm war.

Auch die Tatsache, daß Miß Hamilton außerordentlich hübsch war, machte die Lage für den unglücklichen Bones nicht leichter. Männer, die unter Eingeborenen leben und außer schönen Gestalten, die aber nicht auf europäische Art gekleidet sind, nichts sehen, sind geneigt, jede weiße Frau, die ihnen nach langer Zeit zu Gesicht kommt, für eine Schönheit zu halten. Aber es bedurfte weder des Kontrastes noch des Vergleichs mit den Eingeborenen, um Patricia zu bewundern.

Sie war von keltischem Typus und etwas über mittelgroß. Ihre Haltung war aufrecht, und sie hatte einen wunderbaren Gang. Ihr Gesicht bildete ein vollkommenes Oval, ihre schöne, glatte Haut war leicht gebräunt.

Ihre Augen strahlten, und sie war immer zum Lachen bereit. Trotzdem war sie ein ernster Charakter, und aus ihren Blicken und Zügen sprachen angeborene Güte und Zartheit. Drei Menschen verehrten sie an der Küste.

Ihr Bruder bewunderte sie natürlich, sah sie aber etwas kritisch an; Sanders bewunderte sie und fürchtete sie ein wenig; Leutnant Tibbetts bewunderte sie und hielt sich von ihr fern.

Nach jener peinlichen Entdeckung warf Bones die Tür seiner Hütte hinter sich zu und lehnte standhaft alle Nahrung ab. Er hatte sich selbst aus dem Kreis seiner Landsleute ausgeschlossen.

Am nächsten Morgen traf er Hamilton bei den Exerzierübungen. Er sah hohläugig aus (wie er hoffte), denn er hatte eine schlaflose Nacht hinter sich. Aber seine Haltung zeigte nichts von der tiefen Hochachtung und Verehrung seinem Vorgesetzten gegenüber, wie sie eigentlich die Paragraphen der Dienstvorschriften forderten.

»Wie geht es eigentlich Ihrem Kopf, Bones?« fragte Hamilton, nachdem er die Soldaten hatte wegtreten lassen.

»Ich danke Ihnen, Sir«, sagte Bones bitter, obwohl gar kein Grund vorhanden war, über diese freundliche Nachfrage beleidigt zu sein. »Ich danke Ihnen, es ist immer dasselbe. Meine Temperatur ist oder war etwa vierzig Grad Fieber, ich lag im Delirium, und ich kann auch gerade nicht behaupten, daß ich im Moment frei von Wahnvorstellungen bin.«

»Kommen Sie mit zum Mittagessen«, lud ihn Hamilton ein.

Bones salutierte – das war das sichere Vorzeichen, daß er eine größere, dramatische Rede halten würde.

»Sir«, sagte er fest, »Sie sind immer ein netter, alter Offizier mir gegenüber gewesen, bevor dieses schreckliche Ereignis mein junges Leben vernichtete – aber ich werde niemals wieder derselbe werden, der ich früher war.«

»Seien Sie doch kein Esel, Bones!«

»Schmähen Sie mich nicht!« rief Bones entrüstet. »Geben Sie mir lieber einen gefährlichen Auftrag! Einen abenteuerlichen Auftrag, bei dem ein Mann wie ich sein Leben in die eine und den Revolver in die andere Hand nimmt. Aber fragen Sie mich nicht…«

»Meine Schwester möchte Sie gerne sehen«, unterbrach Hamilton den Strom seiner Beredsamkeit.

»Haha«, lachte Bones hohl und schritt zu seiner Hütte.

»Der Himmel mag wissen, was ich mit ihm anfangen soll«, seufzte Hamilton bei Tisch. »Deine Ankunft hat ihn völlig durcheinander gebracht, Patricia!«

Sie faltete die Serviette zusammen, trat ans Fenster und schaute über den gelben Exerzierplatz hin, der jetzt verlassen dalag.

»Ich werde ihn einmal besuchen«, erklärte sie plötzlich.

»Armer Bones«, murmelte Sanders.

»Das ist recht herzlos von Ihnen!« Sie nahm ihren Tropenhut vom Regal neben der Tür, setzte ihn sorgfältig auf, ging dann durch die offene Tür und pfiff vergnügt.

»Ich hoffe, Sie nehmen das Pfeifen nicht übel«, entschuldigte Hamilton seine Schwester. »Wir haben es Ihr niemals abgewöhnen können.«

Sanders lachte.

»Es wäre ungewöhnlich, wenn sie nicht pfeifen würde«, meinte er geheimnisvoll.

Bones lag auf dem Rücken, hatte die Hände unter dem Kopf verschränkt und dachte nach. Eine halbleere Keksdose und die Überbleibsel einer Pralinenpackung ließen erkennen, daß der Einsiedler nicht die Absicht hatte zu verhungern.

An seinem Geist zog eine lange Folge trauriger, melancholischer Bilder vorüber. Vielleicht würde er fortgehen, weit, weit fort in das Innere. Sogar in das Gebiet des großen Königs, wo das Leben eines Mannes nicht mehr wert war als fünf Pfennige. Wenn dann Tag um Tag dahinging, ohne daß Nachricht von ihm eintraf – wie sollte das auch möglich sein, wenn er unter einem Steinhügel ruhte –, dann würden sie ängstlich werden und sich um ihn sorgen. Und dann würden Boten kommen, die ihr die paar Wertstücke überbrachten, die er ihr vermacht hatte – eine Armbanduhr, einen zerbrochenen Säbel und ein silbernes Zigarettenetui, das die Eindruckstelle des Pfeiles zeigte, der ihn durchbohrt hatte. Und sie würde um ihn trauern und ihn in der Einsamkeit ihres Zimmers beweinen.

Vielleicht auch würde seine Kraft noch reichen, ihr ein paar Worte zu schreiben und sie um Verzeihung zu bitten. Dann würden Tränen in ihre schönen grauen Augen kommen – wie sie jetzt in seinen eigenen Augen standen, als er sich dieses Bild ausmalte. Und sie würde alles wissen und ihm verzeihen.

Draußen pfiff jemand.

Oder er würde von einem schweren Fieber heimgesucht werden

und todkrank auf seinem Lager liegen, dann würde sie kommen und ihn pflegen wollen, aber er würde es ablehnen. »Sag ihr, Ali«, würde er mit schwacher, ersterbender, aber tapferer Stimme flüstern, »sag ihr… ich bitte sie nur um Verzeihung.«

Wieder wurde gepfiffen.

Bones hörte es wohl. Der Pfiff kam von dem offenen Fenster unmittelbar über seinem Kopf. Singvögel waren in diesem Teil des Landes selten, aber er war zu träge und zu sehr in seine traurigen Phantasien vertieft, um aufzustehen.

Aber vielleicht würde sie ihn nie wiedersehen, und vielleicht würde sie niemals die tiefe Ungerechtigkeit…

Jetzt pfiff man aber sehr laut und sehr lange. Bones hörte es genau und deutlich, wandte den Kopf halb um und schaute nach oben –

Im nächsten Augenblick sprang er auf und wischte sich mit der Hand die feuchte Stirn ab. Sie, bei der alle seine Gedanken weilten, lehnte mit gespitzten Lippen an der Fensterbank.

Patricia schaute ihm fest in die Augen. »Kommen Sie heraus, Sie Unglücksrabe.«

Bones schaute sie bestürzt an, aber er gehorchte.

»Was soll das heißen, daß Sie hier in Ihrer häßlichen, kleinen Hütte Trübsal blasen, während Sie doch auf Händen und Füßen herbeikriechen müßten, um mich um Verzeihung zu bitten?«

Er erwiderte nichts.

»Bones«, fuhr das energische Mädchen fort und schüttelte vorwurfsvoll den Kopf, »Sie verdienen eine gehörige Tracht Prügel!«

Bones hielt sein knochiges Handgelenk hin. »Schlagen Sie mich nur«, trotzte er.

Aber kaum hatte er das gesagt, als ihre fest kleine Hand ihm auf die Finger klopfte. Bones stöhnte.

»Aber Haltung, meine liebe, gute Miß Hamilton«, sagte er und rieb sein Handgelenk.

»Ja, Haltung, mein lieber, alter Bones«, ahmte sie ihn nach, »Sie sollten sich wirklich schämen…«

»Lassen Sie die Vergangenheit vergessen sein, meine liebe, gute Miß Hamilton«, bat Bones jetzt großzügig. »Ich sehe, daß Sie eine tüchtige junge Sportsdame sind – geben Sie mir Ihre Hand, selbst wenn sie eine Tonne schwer ist.«

Er streckte seine sehnige Hand aus und schüttelte die ihre, daß Patricia ihr Gesicht verzog.

Fünf Minuten später ging er neben ihr her, zeigte ihr die Quartiere der verheirateten Haussa-Soldaten und erzählte ihr die Geschichte seiner ersten Liebe. Sie verstand es ausgezeichnet, zuzuhören, und unterbrach ihn nur durch ein paar Fragen, ob irgendwie Verrücktheit in seiner Familie erblich oder ob die junge Dame kurzsichtig gewesen sei. Es hätte Hamilton selber sein können, der Bones so hänselte.

»Was reden die beiden nur so viel miteinander?« wunderte sich Sanders, der sie von seinem tiefen, bequemen Segeltuchstuhl aus beobachtete.

»Bones erzählt ihr sicher seine Lebensgeschichte«, meinte Hamilton gleichgültig, »und wie er diese Kolonie vor einem Aufstand bewahrt hat. Er bittet sie natürlich auch, weder Ihnen noch mir ein Wort davon zu sagen, denn er fürchtet, daß wir dadurch verletzt sein könnten.«

In demselben Augenblick erzählte Bones tatsächlich recht unbescheiden von seinen Verdiensten und machte am Schluß eine kleine Randbemerkung.

»Natürlich möchte ich nicht haben, meine liebe, gute Miß Hamilton«, sagte er leise, »daß Sie hiervon ein Wort zu Ihrem netten Bruder sagen. Er ist ein sehr feiner Mensch, aber im Vergleich mit einem so tüchtigen und umsichtigen Manne wie mir, der die Seele der Eingeborenen so gut versteht...«

»Warum schreiben Sie eigentlich nicht ein Buch über Ihre Abenteuer? Das würde sich doch wie warme Semmeln verkaufen.«

Bones war hingerissen vor Dankbarkeit.

»Das ist ganz meine Meinung! Was für ein klares Urteil haben Sie doch! Es ist wirklich schade, daß dieser gerechte Sinn nicht in Ihrer ganzen Familie vertreten ist! Ich will Ihnen einmal ein Geheimnis verraten, aber Sie dürfen niemand etwas davon sagen – auf Ehre!«

»Auf Ehre!«

Bones schaute sich um.

»Das Manuskript liegt schon fertig für den Verleger da«, flüsterte er und trat einen Schritt zurück, um den Eindruck seiner Worte auf Patricia zu beobachten.

In ihren Augen lag Bewunderung, und Bones erkannte, daß er endlich eine mitfühlende Seele gefunden hatte.

»Es muß schrecklich interessant sein, Bücher zu schreiben«, sagte sie seufzend. »Ich habe es auch versucht – aber ich kann keine

Geschichten erfinden.«

»Natürlich – aber in meinem Fall...«

»Ich nehme an, Sie setzen sich mit der Feder in der Hand hin und denken sich allerhand aus«, fuhr sie belustigt fort. Dann lenkte sie ihre Schritte wieder zur Residenz.

»Dies ist die Geschichte meines Lebens«, erklärte Bones ernst, »das sind keine Erfindungen und keine Phantasien... diese Abenteuer haben sich wirklich zugetragen.«

»Wer hat sie denn erlebt?«

»Selbstverständlich ich«, rief Bones lauter als nötig.

»Oh!« erwiderte sie nur.

»Sagen Sie bloß nicht ›Oh‹!« entgegnete Bones etwas gereizt. »Wenn wir beide gute Freunde sein wollen, meine liebe, gute Miß Hamilton, dann dürfen Sie meine Worte nicht in Zweifel ziehen.«

»Nun renommieren Sie doch nicht so stark, Bones«, wandte sie sich so energisch an ihn, daß er kleinlaut wurde.

Sie führte ihn als Gefangenen zur Veranda und setzte ihn dort in den bequemsten und weichsten Stuhl, den sie finden konnte.

Von diesem Tage an war er ihr Sklave, nur in einem Punkte behauptete er sich selbst.

Bei Tisch drehte sich die Unterhaltung um die Mission, und Miß Hamilton erwähnte, daß sie zur Hochkirche gehöre.

Bones bekannte, daß er Wesleyaner sei.

»Sie wollen doch nicht sagen, daß Sie ein Dissident sind?« fragte sie ungläubig.

»Ja, doch, das ist meine nette, feine Religion, meine gute Miß Hamilton«, erklärte er. »Ich hätte selbst die geistliche Laufbahn eingeschlagen, aber ich hatte nicht genug – nicht genug...«

»Verstand«, sagte Hamilton.

»Nein, ich fühlte mich nicht davon durchdrungen, zum Wort Gottes berufen zu sein.«

Patricia hielt ein langes Verhör mit ihm ab, um festzustellen, wie weit seine religiösen Überzeugungen gingen.

Bones verteidigte sich bis aufs Äußerste. Er hatte nur eine sehr schwache Vorstellung von der Lehre, die er verfocht, und lehnte in Bausch und Bogen verschiedene Glaubenssätze ab, die Miß Hamilton sehr teuer waren.

»Aber Bones«, rief sie im Eifer, »Wenn ich Sie nun bäte, Ihren Glauben zu wechseln...«

Bones schüttelte den Kopf. »Meine liebe, gute Freundin«, sagte er feierlich, »es gibt zwei Dinge auf der Welt, die ich niemals tun werde. Ich ändere meinen Glauben nicht, zu dem ich mich seit meiner glücklichen und ach so fernen Jugend bekenne, und ich höre nicht auf irgendwelche Worte, die Sie, meine liebste, beste Schwester, irgendwie heruntersetzen könnten...«

»Ich verstehe, Bones«, sagte sie etwas reserviert. »Ich sehe, daß Sie mich nicht so gern haben, wie ich dachte – was meinen Sie, Mr. Sanders?«

Der Distriktsgouverneur lächelte. »Ich kann kaum darüber urteilen«, entschuldigte er sich, »ich bin nämlich selbst Wesleyaner.«

»Oh!« sagte Patricia und verließ die Veranda verwirrt.

Bones erhob sich schweigend, ging zu seinem Vorgesetzten hinüber und streckte seine Hand aus.

»Bruder«, sagte er mit gebrochener Stimme.

»Was, zum Teufel, machen Sie da?« fuhr ihn Sanders an.

»Sie haben gesprochen wie ein treuer Christ, meine liebe, alte Exzellenz. Wir werden unser Bestes tun, Patricia wieder zur rechten Herde zurückzuführen.«

Am Abend hatte Sanders eine freudige Nachricht zu verkünden.

Bones war unter Anleitung Patricias damit beschäftigt, die Strickkunst zu erlernen. Aber Sanders unterbrach dessen künstlerische Tätigkeit.

Was würden Sie zu einer Erholungsfahrt den Strom hinauf in das Land der Isisi sagen?«

Hamilton sprang auf. »Erholungsfahrt?« fragte er bestürzt.

Sanders nickte. »Wir fahren morgen dorthin, um ein Religionspalaver abzuhalten – Bucongo, der Häuptling der unteren Isisi, ist ein etwas zu begeisterter Christ geworden. Ahmet hat mir verschiedene Berichte über ihn geschickt. Ich habe das Palaver schon seit Wochen immer verschoben, aber die Zentralverwaltung hat mir mitgeteilt, daß sie nichts dagegen hat, wenn ich einmal eine Erholungsreise ins Innere mache. So paßt es ganz gut, wir können alle zusammen fahren.«

»Bravo!« rief Hamilton. »Bones, lassen Sie sofort die Strickerei und ordnen Sie das Packen der Vorräte an.«

Bones kniete auf dem Stuhl, stützte die Ellbogen auf den Tisch und schaute seinen Vorgesetzten unwillig an.

»Wie der gute alte Francis Drake sagte, als die spanische Armada...«

»Machen Sie, daß Sie in den Vorratsraum kommen, Sie ungehorsamer Mensch!« befahl Hamilton, und Bones machte, daß er fortkam.

Der Raum auf der »Zaire« war beschränkt. Aber zusätzlich war noch das kleine Dampfboot da, das außer zur Einziehung des Tributs in den verschiedenen Dörfern selten benützt wurde.

»Ich könnte Bones mit der ›Wiggle‹ fahren lassen«, sagte Sanders. »Ich fürchte nur, er läßt sie dann irgendwie auf eine Sandbank auflaufen. Miß Hamilton wird in meiner Kabine wohnen, und wir beide nehmen die kleineren Kabinen.«

Bones wurde das alles mitgeteilt. Er sprang auf vor Freude, daß er sein eigenes Schiff haben sollte, und widerlegte sofort alle Einwände. Ja, er hatte sie schon alle beantwortet, bevor sie überhaupt ausgesprochen wurden.

Patricia war entzückt über die bevorstehende Fahrt. »Wird es auch Kämpfe geben?« fragte sie atemlos. »Wird man uns angreifen?«

Sanders schüttelte lächelnd den Kopf.

»Halten Sie sich nur an mich«, sagte Bones zuversichtlich. »Vertrauen Sie nur Ihrem alten Bones. Wenn Sie in der Schlacht mein Banner sehen, dann wissen Sie, wohin Sie sich zu wenden haben.«

»Du mußt dich aber erst vergewissern, ob es auch wirklich ein Banner ist«, unterbrach ihn Hamilton. »Du mußt gut aufpassen, daß du es nicht mit seinen großen Füßen verwechselst, mit denen er in der Luft umherstrampelt. Als wir das letztemal einen Zusammenstoß hatten...« Und er erzählte eine Geschichte, die für Bones nicht gerade sehr ehrenvoll war. Aber Bones widersprach dauernd.

Es war kurz vor der Abfahrt, als Hamilton seinen Untergebenen beiseite nahm.

»Bones«, sagte er freundlich, »ich weiß, Sie sind ein großer Navigator, und meine Schwester, die viel Sinn für Humor hat, würde Sie ja sehr gern am Steuer der ›Wiggle‹ sehen. Da der Distriktsgouverneur aber eine Vergnügungsfahrt machen will, wäre es das beste, wenn Sie einen der Leute steuern ließen.«

Bones richtete sich beleidigt zu voller Größe auf. »Mein lieber, alter Offizier«, erwiderte er ernst, »ich kann nicht annehmen, daß Sie abfällig von meiner Intelligenz und meinen Fähigkeiten sprechen wollen...«

»Schlagen Sie sich bloß diesen dummen Gedanken aus dem Kopf«, sagte Hamilton, »deswegen rede ich doch gerade mit Ihnen.«

»Ich stehe unter Ihrem Befehl«, entgegnete Bones mit dem Gesicht eines christlichen Märtyrers, »und gemäß Paragraph 156 der Dienstvorschriften...«

»Nun hören Sie doch mit dem Unsinn auf! Ich gebe Ihnen im Augenblick gar keine Befehle, ich wollte Ihnen nur einen vernünftigen Rat erteilen. Wenn Sie natürlich selbst einen Hanswurst aus sich machen...«

»Ich habe nicht die leiseste Absicht, das zu tun, mein lieber Vorgesetzter – und ich lasse mich auch nicht durch meine Umgebung beeinflussen.«

Er stand stramm, grüßte militärisch und ging dann zu den Baracken.

Bones hatte Schwierigkeiten, die Vorräte zu packen. In Wirklichkeit war schon alles gepackt, als er zur »Wiggle« kam, und ein anderer wäre sehr zufrieden darüber gewesen. Aber Bones ließ alles wieder ausladen und packte dann nach seiner eigenen Weise. Als er damit fertig war, konnte auch der Dümmste erkennen, daß das Dampfboot nach der einen Seite überhing und große Gefahr bestand, daß es umschlug, bevor es überhaupt die Fahrt antrat. Alle Vorräte mußten also wieder ausgeladen werden. Hamilton übernahm nun selbst die Aufsicht über die Arbeiten und fluchte heftig auf seinen Untergebenen.

Als alle zur Abfahrt fertig waren, erinnerte sich Bones daran, daß er sein Logbuch vergessen hatte, und es gab eine neuerliche Verzögerung.

»Haben Sie jetzt alles?« Sanders lehnte sich müde und ärgerlich über die Reling.

»Es ist alles in Ordnung«, entgegnete Bones und grüßte seinen Vorgesetzten militärisch, lachte dabei aber Patricia an.

»Haben Sie auch Ihre Heißwasserflasche und Ihre Lockenwikkel nicht vergessen?« fragte Hamilton ironisch.

Bones würdigte ihn keines Blickes, gab seinem Ingenieur ein Zeichen, und die »Wiggle« fuhr, wie es auch sonst ihre Gewohnheit war, im großen Bogen vom Kai ab. Bones war aber nicht darauf gefaßt gewesen, er stolperte und wäre beinahe ins Wasser gefallen, wenn er sich nicht an den heißen Schornstein geklammert hätte. Mit einer eleganten Bewegung fand er seine Balance gerade noch zur rechten Zeit, um die kleine Flagge der »Zaire« zu grüßen, als er an ihr vorbeifuhr. Unter den Augen Hamiltons nahm er mit der größten Seelenruhe das Steuer in die Hand und lenkte die

»Wiggle«, bis sie am Ufer festsaß.

Dies ereignete sich alles in dem kurzen Zeitraum von drei Minuten.

»Wenn Sie sich bloß Ihren verrückten Schädel dabei eingeschlagen hätten«, fuhr ihn Hamilton an, der nicht zu Unrecht sehr böse war, »dann hätte der Unfall doch wenigstens einen gewissen Wert gehabt.«

Es dauerte eine halbe Stunde, bis die »Wiggle« wieder flott war, denn um das zu erreichen, mußten alle Vorräte ausgepackt, zum Betonkai getragen und nachher aufs neue zum Schiff gebracht werden.

»Sind Sie jetzt fertig?« fragte Sanders.

»Jawohl, zu Befehl, Sir!« antwortete Bones kleinlaut.

Bucongo, der Häuptling der unteren Isisi, hatte einen Streit mit seinem Schwager über eine gewisse Sache, die seine Ehre verletzte. Er brachte sein Leben in Gefahr, denn eines Morgens fand man seinen Verwandten tot auf, von einem Speer durchbohrt. Dies entdeckte Sanders aber erst nach der großen Untersuchung, die den Ereignissen folgte, die hier erzählt werden sollen.

Der Schwager hatte boshaft geschworen, daß Bucongo in Verbindung mit Teufeln stehe. Bucongo war in seiner frühen Jugend von katholischen Missionaren aufgegriffen worden und hatte lange Zeit in der Station zugebracht, um geheimnisvolle Riten und Zeremonien zu erlernen. Er selbst hatte sich dabei nie recht wohl gefühlt. Sein Schwager war in einer andern Missionsstation aufgezogen worden, und man hatte ihn gelehrt, daß Gott im Strom lebe und daß es notwendig sei, in die Fluten des Stromes einzutauchen, um seines Ju-jus ganz teilhaftig zu werden.

Zwischen den Wassergott-Leuten und den Kreuzgott-Leuten gab es immer Streitigkeiten. Sie sprachen verächtlich voneinander, obwohl keiner von ihnen seinen Glauben richtig verstand. Die zu dem katholischen Glauben Bekehrten waren allerdings im Vorteil, denn sie hatten von den Geistlichen eine Zinnmedaille erhalten, auf der Herzen und sonnenähnliche Strahlen zu sehen waren. (Diese Medaillen waren das beste Heilmittel gegen Zahn- und Leibschmerzen.) Die Protestanten hatten ihren Anhängern nur ein geheimnisvolles Etwas mit auf den Weg gegeben, das in der Eingeborenensprache als A'lamo bezeichnet wurde – was Gnade bedeutet.

Als sie nun aber von ihren mit den Medaillen prunkenden Rivalen aufgefordert wurden, diese Gnade zu zeigen, waren sie sehr niedergeschlagen und beschämt, denn sie mußten zugeben, daß A'lamo ein unsichtbarer Zauber war, der aber trotzdem nach ihren Angaben ein wirksamer Zauber war, denn er schützte vor dem Ertrinken und heilte Warzen und Furunkel.

Bucongo, der einflußreichste und stärkste Anhänger der Kreuzgott-Leute, der sogar ein neues Ritual erfunden hatte, vergnügte sich daran, den Missionaren der Baptisten zuzusehen, die knietief im Wasser standen und damit beschäftigt waren, die Seelen der Bekehrten reinzuwaschen.

Er war sogar gegen den jungen Ferguson unverschämt geworden, der der Leiter der amerikanischen Baptisten-Mission war. Aber zu seiner größten Verwirrung hatte ihn dieser mit einem linken Schwinger zu Boden gestreckt, denn Ferguson war früher ein guter Boxer im Mittelgewicht gewesen, als er noch auf der Harvard-Universität studierte.

Er brachte seine Beschwerde vor Sanders, der an der Vereinigung der Isisi- und N'gombi-Stromes angekommen war und dort sein Palaver abhielt. Bucongo war mit verbundenem Gesicht vor dem Distriktsgouverneur erschienen und sehr unfreundlich empfangen worden.

»Gehe und verehre deinen Gott in Frieden und lasse alle andern Leute auch ihre Götter verehren. Sage den weißen Leuten keine schlechten Worte, denn sie sind sehr schnell, wenn sie ärgerlich werden. Auch ist es ungehörig, daß ein schwarzer Mann zornig zu seinen Herren spricht.«

»O Herr«, erwiderte Bucongo, »im Himmel sind alle Menschen gleich, die weißen und die schwarzen.«

»Wir sind aber nicht im Himmel, und hier am großen Strom hat jeder seinen Rang und seine Stellung nach seinem eigenen Verdienst. Morgen werde ich in dein Dorf kommen und mich nach gewissen geheimen Feiern und Festen erkundigen, die du abhältst und von denen die Gottesmänner nichts wissen – das Palaver ist aus.«

Nun war Bucongo in gewisser Beziehung mehr als ein gewöhnlicher Bekehrter. Er war ein Mann von hervorragender Intelligenz und hatte überraschend originelle Einfälle. In der römischen Kirche war er Laien-Missionar gewesen und hatte viele Leute zu einer merkwürdigen Religion bekehrt, deren Ritual den guten Jesuitenpatres allerdings nur halb enthüllt wurde. Es wurde ein großes Palaver abgehalten, wobei er seine ganze Gemeinde vorstellen mußte. Der Gottesdienst fand auch statt, wurde aber von einem Ziegenopfer, einer Zauberprozession und einem Beschwörungstanz unterbrochen. Die Vertreter der katholischen Mission waren sprachlos. Bucongo wurde vor eine Missionskonferenz berufen und erhielt einen energischen Verweis.

Er entschuldigte sich und tat Buße, aber die Sache hatte damit kein Ende. Es fanden sich auch genügend Beweise, daß dieser begeisterte Christ gründlich zu Werke gegangen war und auf eigene Faust eine neue Religion gegründet hatte.

Die Lage war schwierig, und andere Religionsgemeinschaften hätten wahrscheinlich gezögert, eine Reform in Angriff zu nehmen, durch die sie eine große Anzahl von Anhängern verloren.

Das Schicksal der Bucongo-Gemeinde war besiegelt, als er in seinem Ärger eine halbe Tagesreise in seinem Boot den Strom entlangfuhr und zu der Hauptmissionsstation kam. Pater Carpentier, ein Mann mit langem, wallendem Bart, gutmütigem roten Gesicht und braunen Armen, hörte ihm im Schatten seiner Hütte zu und rauchte dabei nachdenklich eine lange Pfeife.

»Und Pentini«, schloß Bucongo, »selbst Sanders tut mir Schande an, weil ich ein Kreuzgott-Mann bin. Er ist, soweit ich weiß, ein Anhänger des Wassergottes.«

Der Pater betrachtete sinnend dieses verirrte Schaf seiner Herde. »O Bucongo«, sagte er liebenswürdig, »in den Ländern am Strom leben viele wilde Tiere. Einige fliegen und einige schwimmen, einige laufen schnell und einige verbergen sich in der Erde. Sage mir, welche von ihnen tun das Richtige?«

»O Herr, sie tun auf verschiedene Weise alle das Richtige.«

Pater Carpentier nickte. »Auch gibt es in den Wäldern zwei Arten von Ameisen – die einen leben in Nestern auf dem Baum, die andern graben ihren Bau tief in die Erde. Sie sind von derselben Gattung und nähren sich in gleicher Weise. Aber Gott hat ihnen in ihre kleinen Köpfe gegeben, daß die einen auf die Bäume klettern und die andern in die Erde graben sollen. Sie haben beide recht. Wenn sich aber die Baumameisen und die Erdameisen treffen und einander bekämpfen, dann haben beide unrecht.«

Bucongo, der vor dem Pater auf der Erde gehockt hatte, erhob sich traurig. »O Herr, diese Geheimnisse sind zu hoch für einen armen Mann. Ich kenne einen besseren Ju-ju, und zu dem werde ich gehen.«

»Da hast du keine weite Reise, Häuptling«, sagte der Pater streng. »Ich habe Geschichten von Geistertänzen im Walde gehört und von einem gewissen Bucongo, der dabei der Anführer ist – auch spricht man von einem Menschenopfer, das stattfand, und von Bekehrten, denen ein Kreuz mit einem glühenden Eisen eingebrannt wird.«

Der Häuptling sah seinen früheren Lehrer wütend an, wandte sich um und ging, ohne ein Wort zu verlieren, zu seinem Boot zurück.

Am nächsten Morgen schickte Pater Carpentier durch einen Boten einen dringlichen Brief an Sanders. Der Distriktsgouverneur las das Schreiben und runzelte die Stirn. Er ließ den Brief sinken und kam an Deck, wo Hamilton mit seiner Angelrute saß.

»Was gibt es?« fragte dieser schnell, als er sich nach Sanders umschaute.

»Bucongo von den unteren Isisi macht Dummheiten. Ich habe von seinen religiösen Versammlungen gehört und bin ein wenig beunruhigt. Das wird ein großes Ju-ju-Palaver geben, wenn ich mich nicht sehr täusche. Wo ist Bones?«

»Er ist mit meiner Schwester zu der Bucht gegangen – er sagt, daß dort viele kleine weiße Reiher nisten, und ich glaube, er hat recht.«

Sanders wurde unruhig.

»Schicken Sie sofort ein Kanu aus, um die beiden zurückzuholen. Das ist Bucongos Gebiet, und ich traue diesem Teufel nicht.«

»Wem? Bones oder Bucongo?« fragte Hamilton unschuldig.

Aber Sanders war nicht zum Scherzen aufgelegt.

Zur selben Zeit saß Bones vor der phantastischsten religiösen Versammlung, an der jemals ein Geistlicher oder ein Laie teilgenommen hatte.

Das Schicksal und Bones hatten Patricia durch eine schöne Waldlichtung geführt – sie hatten die »Wiggle« eine halbe Meile weiter unten am Strom verlassen, weil dort viele Untiefen waren, so daß sie nicht weiterfahren konnten, und Bucongo in einem großen Augenblick getroffen.

Bones glaubte auf eine der üblichen Versammlungen zu stoßen, die dieser bekehrungstüchtige Häuptling der unteren Isisi so häufig abhielt. Er stand an der äußeren Peripherie des großen Zuhörerkreises. Die Leute beobachteten schweigend, wie ein junges

Mädchen ganz gegen ihren Willen mit Bucongos Gott bekannt gemacht werden sollte.

Sie lag vor dem großen Steinaltar, auf dem ein schrecklicher Götze stand, der mit einem Auge auf die Andächtigen herniederschaute. An Händen und Füßen war sie an Pfähle gebunden, die in den Grund getrieben waren.

Vor dem Altar selbst loderte ein Holzfeuer, in dem zwei Eisen glühend gemacht wurden.

Bones sah dies nicht, denn er starrte mit offenem Munde auf Bucongo. Auf dem Kopf des Häuptlings saß zweifellos eine Mitra, aber es war eine geflochtene Schnur aus Lederriemen darum gebunden, von der ein Kranz von Affenschwänzen herabhing. Als Chorrock trug er ein Leopardenfell. Sein Gesicht war mit roter Camholzfarbe bestrichen, und um seine Augen hatte er zwei weiße Kreise gemalt.

Bucongo war gerade dabei, eine aufreizende Ansprache zu halten, als die beiden weißen Menschen auf der Bildfläche erschienen. Seine Hand war schon ausgestreckt, um das eine glühende Eisen zu ergreifen, als Patricia außer sich vor Schrecken plötzlich in den Kreis lief und Bucongo das Marterwerkzeug aus der Hand riß. Sie warf es in weitem Bogen mitten unter die Zuschauer, die auseinanderstoben.

»Wie darfst du das tun! Das ist ja unmenschlich!« rief sie atemlos. »Du schrecklicher Kerl!«

Bucongo starrte sie an, sagte aber nichts, sondern wandte sich an Bones.

Er hatte in diesem Augenblick einen großen Entschluß zu fassen und mußte mit den Gewohnheiten seines ganzen Landes brechen. Seine Erziehung veranlaßte ihn, halb die Hand zum Gruß vor dem weißen Mann zu erheben, aber plötzlich kochte und siedete etwas in seinem wahnsinnigen Gehirn und stachelte ihn auf. Ein wilder, unvernünftiger, brutaler Trieb, den er von seinen Vorfahren geerbt hatte, zwang ihn zu einem andern Handeln. Bones hatte seinen Revolver erst halb gezogen, als ihn der Schaft des Häuptlingsspeers zwischen die Augen traf.

So kam es, daß er bald darauf mit Patricia vor Bucongo saß. Seine Füße und seine Hände waren mit Grasstricken zusammengebunden, und das Mädchen an seiner Seite war in keiner besseren Lage als er.

Sie war sehr erschrocken, aber sie zeigte es nicht. Sie war auch unfähig, den Wortwechsel zu verstehen.

»O Tibbetti«, sagte Bucongo, »du siehst mich als einen Gott vor dir stehen – ich habe jetzt mit allen weißen Leuten Schluß gemacht.«

»Es wird nicht lange dauern, bis wir mit dir Schluß machen, Bucongo.«

»Ich kann nicht sterben, Tibbetti«, erwiderte der Häuptling zuversichtlich, »das ist etwas Wunderbares.«

»Auch andere Leute haben das gesagt, und ihre Witwen sind wieder Frauen geworden und haben vergessen, daß sie Witwen waren.«

»Dies ist ein neuer Ju-ju, Tibbetti.« Bucongo zeigte auf den Götzen, und seine Augen leuchteten seltsam auf. »Ich bin der größte von allen Kreuzgott-Männern, und es ist mir enthüllt worden, daß ich viele Nachfolger haben werde. Und ihr, du und die Frau, werdet die ersten von allen weißen Leuten sein, die das Zeichen des gesegneten Bucongo tragen werden. Und in zukünftigen Tagen werdet ihr eure Brust entblößen und sagen: Dies tat Bucongo, der Gnadenreiche und Wundervolle, mit seinen herrlichen Händen.«

Bones trat der kalte Schweiß auf die Stirn, und sein Mund war trocken. Er wagte kaum, Patricia anzusehen.

»Was sagt er?« fragte sie leise.

Bones zögerte, aber dann übersetzte er ihr die Drohung des Schwarzen.

Sie nickte.

»O Bucongo«, sagte Bones, dem plötzlich ein Gedanke kam. »Obgleich du Böses tust, ich will es doch ertragen, aber dann sollst du wenigstens diesen meinen Wunsch erfüllen. Brenne mich allein auf der Brust, denn wenn jeder von uns gebrannt wird, dann sind wir für Lebenszeit aneinander gebunden, und du siehst doch, wie häßlich diese Frau ist mit ihrer dünnen Nase und ihren blassen Augen. Auch hat sie lange Haare wie das Gras, aus dem die Webervögel ihre Nester bauen.«

Er sprach laut und eindringlich, und seine Worte schienen überzeugend zu sein, denn Bucongo zögerte und sah Patricia an. Sicherlich war die Frau in jeder Hinsicht häßlich. Ihr Gesicht war weiß, sie hatte dünne Lippen und war so mager, als ob sie nicht genügend zu essen bekommen hätte.

»Das sollst du für mich tun, Bucongo«, sagte Bones drängend,

»denn Götter tun keine bösen Dinge, und es wäre eine schlechte Tat, wenn du mich mit dieser häßlichen Frau verheiraten würdest, die nur schmale Hüften und eine böse Zunge hat.«

Bucongo war unentschlossen. »Ein Gott tut nichts Böses«, erwiderte er dann, »aber ich kenne die Gedanken der weißen Männer nicht. Wenn es wahr ist, werde ich dich zweimal brennen, Tibbetti. Du sollst dann mein Anhänger für immer sein, und ich will die Frau nicht anrühren.«

»Es ist gut so«, sagte Bones.

»Was meint er? Will er uns gehen lassen?« fragte Patricia.

»Ich erklärte ihm, daß es eine böse Strafexpedition geben wird«, log Bones, »und er entgegnete, daß er nicht daran denke, ein so hübsches Mädchen wie Sie anzurühren. Schließen Sie die Augen, meine liebe, gute Miß Hamilton.«

Sie tat es schnell, halb ohnmächtig vor Entsetzen, denn Bucongo kam mit einem glühenden Eisen in der Hand auf sie zu. Auf seinen Zügen lag ein wohlwollendes Lächeln.

»Dies soll ein immerwährender Segen für dich sein, Tibbetti«, sagte er väterlich.

Das Eisen versengte schon Bones' seidenes Hemd, als der Oberpriester des neuen Kultes plötzlich angerufen wurde.

»O Bucongo«, sagte eine Stimme.

Der Häuptling wandte sich mit furchtverzerrtem Gesicht um und wich vor der Mündung eines Revolvers zurück.

»Sage mir jetzt«, sprach Sanders in ruhigem Ton, »können Leute wie du sterben? Denke schnell nach, Bucongo!«

»O Herr«, erwiderte Bucongo heiser. »Ich glaube, ich kann sterben.«

»Wir werden es sehen«, sagte Sanders.

Erst nach dem Abendessen hatte sich Patricia wieder so weit erholt, daß sie über die aufregenden Vorgänge am Morgen sprechen konnte.

»Es war sehr schlecht von dir«, sagte sie zu ihrem Bruder, der sich wenig um ihren Vorwurf kümmerte, »daß du in der Nähe unter den Bäumen standest, alles hörtest und sahest, und erst im allerletzten Augenblick kamst.«

»Das war mein Fehler«, unterbrach sie Sanders, »ich wollte sehen, wie weit dieser Bucongo gehen würde.«

»Verdammt gedankenlos«, brummte Bones halblaut, aber doch hörbar.

Sie sah ihn ernst an, dann wandte sie sich wieder an Hamilton.

»Ich muß wissen, was Bones gesagt hat, als er zu diesem schrecklichen Mann sprach. Hast du gesehen, daß Bones mich ansah, als ob ich... ich weiß kaum, wie ich es ausdrücken soll. Was hat er denn über mich gesagt?«

Hamilton sah zur Decke, dann räusperte er sich.

»Also, mein lieber, alter Kamerad, benehmen Sie sich!« stieß Bones heiser hervor.

»Ja, er sagte...« begann Hamilton.

»Leben und leben lassen«, bat Bones erregt. »Corpsgeist und Diskretion, mein lieber Captain!«

Hamilton sah ihn fest an.

»Er sagte zu dem Häuptling, daß er zweimal gebrannt werden wolle, damit dir nichts geschähe.«

Patricia starrte Bones groß an, und ihre Augen füllten sich mit Tränen.

»O Bones«, sagte sie mit unterdrücktem Schluchzen. »Sie sind... wirklich ein feiner Kerl.«

»Sprechen Sie nur weiter«, erwiderte Bones zusammenhanglos und zerdrückte selbst eine Träne in diesem großen Augenblick.

## *Der mächtige Ju-ju*

Jedermann weiß, daß das Wasser des Stromes schlecht ist, denn die Flüsse sind die Wege des Todes in den Nächten. Wenn der schmale, silberklare Neumond am Himmel steht und mit zwei hellen Sternen ein Dreieck bildet, dessen Spitze auf die Erde zeigt, kommen die Toten aus ihren Gräbern hervor, singen Totengesänge und steigen zu dem unteren Stern auf, der die Quelle aller Wasser ist. Wenn du – was Gott verhüten möge – auf einer dieser einsamen Inseln, auf denen die Eingeborenen ihre Toten begraben, in einer solchen Nacht weilst, dann wirst du dort seltsame Dinge sehen.

Die zerbrochenen Kochtöpfe, die verstreut auf den Grabhügeln liegen, und die zerrissenen Leinen, die über die Gräber flattern, werden wieder ganz und neu. Die Töpfe werden rot und heiß, als ob sie gerade vom Feuer kämen, und die armseligen Kleider bekommen ein frisches Aussehen und falten sich von selbst als Gewänder um unsichtbare Körper. Denn niemand kann die Toten erblicken, obwohl man sagt, daß die kleinen Kinder zu sehen seien.

Weise Leute haben die Kleinen beobachtet, die am Ufer saßen, in ihrer Art miteinander sprachen und sich unterhielten und mit unsicheren Schritten und ausgebreiteten Armen auf dem abschüssigen Ufer einherschritten, um das Gleichgewicht zu bewahren. In solchen Nächten, wenn M'sa die Toten zu der Quelle der Wasser ruft, sind die Inseln im Strom von kleinen Kindern belebt – den Kindern, die seit Tausenden von Jahren gestorben sind. Ihre Geister steigen aus den unergründlichen Tiefen des großen Stromes und beklagen ihren frühen Tod.

»Wie kann man nur die Wasser des Stromes trinken?« fragten die zitternden N'gombi-Mütter.

Deshalb sammeln die N'gombi auch das Regenwasser in merkwürdigen großen Behältern, die aus Weidenruten und Zweigen geflochten sind und die innen mit den undurchlässigen Blättern einer bestimmten Pflanze abgedichtet werden. Ja, sie nehmen sogar ihr Trinkwasser in Bambusröhren mit sich, wenn sie zum Fluß hinuntersteigen.

An einen gewissen Monat in jenem Jahre werden sich alle erinnern, die den Kasai-Wald durchqueren wollten, um in den Süden des N'gombi-Landes zu gelangen. Denn die Teiche und kleinen Bäche trockneten plötzlich aus – so plötzlich, daß sogar die Krokodile, die einen feinen Instinkt für kommende Wassernot haben, unerwartet auf dem Trockenen saßen. Die Sonne stieg an einem wolkenlosen Himmel auf, und nachts strahlte der Sternenhimmel so leuchtend und in so drohend klarer und beängstigender Nähe, daß die Menschen verrückt wurden.

Am Ende dieses Monats, als der Vollmond klar und weiß schien und anzeigte, daß die Trockenheit und Dürre anhalten würden, rief der Häuptling Muchini einen Rat seiner alten Männer zusammen. Sie schlichen sich herbei mit ausgetrockneten Kehlen und mit Todesfurcht im Herzen.

»Alle wissen«, sagte Muchini, »welcher Kummer über uns gekommen ist. Es ist ein mächtiger Ju-ju im Lande, der stärker ist als irgendeiner, auf den ich mich besinnen kann. Er hat M'shimba-M'shamba in Furcht versetzt, so daß er das Land verlassen hat und nicht mehr mit seinen furchtbaren Blitzen durch den Wald wandert. Ebenso ist K'li, der Vater der Teiche, mit seinen vielen kleinen Kindern in der Erde verschwunden, und wir werden sterben, es wird keiner von uns übrigbleiben.«

Ein alter, runzeliger Mann, dessen Haut wie vertrocknetes Ziegenleder aussah, erhob sich. »O Muchini«, erwiderte er, »als ich jung war, gab es ein Mittel, um M'shimba-M'shamba, den Wundervollen, wieder ins Land zu bringen. Damals nahmen wir ein junges Mädchen und hängten es an einen Baum.«

»Ja, das war ein guter und wirksamer Brauch«, unterbrach ihn Muchini, »aber, M'bonio, das können wir nicht mehr tun. Wir dürfen M'shimba-M'shamba nicht mehr in der alten Weise versöhnen, seit Sandi hergekommen ist. Er ist ein grausamer Mann, er hat den Bruder meiner eigenen Mutter erhängt, weil er diese lobenswerte Sitte befolgte. Aber wir können nicht hier sitzen und sterben, weil der Steinbrecher (gemeint ist die Regierung des Kongo-Staates) einen Zauber gegen uns gemacht hat.«

In jenen Tagen war Bula Matadi (der Steinbrecher) der Todfeind der N'gombi. Ihm schrieben sie all ihr Unglück zu. Bula Matadi war ihrer Meinung nach dauernd bemüht, irgend etwas Böses gegen sie zu unternehmen. Bula Matadi hatte die Leoparden dazu angestachelt, einsame Wanderer zu überfallen, ja man glaubte sogar, daß Bula Matadi die Jahreszeiten ändern könne, damit die N'gombi-Gärten vertrockneten.

»Es ist von dem einen Ende der Erde bis zum andern bekannt, daß ich ein sehr kluger Mann bin«, fuhr Muchini fort. Er schlug auf die Muskeln seiner Arme und war mit sich selbst sehr zufrieden. »Während sogar die Alten schliefen, bin ich, Muchini, der Sohn des schrecklichen G'sombo und der Bruder des Eleni-N'gombi, mit meinen weisen Männern und meinen Spähern außer Landes gegangen, um Teufel und Geister an Orten aufzusuchen, wo selbst die tapfersten Leute noch nie gewesen sind.« Er sprach jetzt ganz leise in einem heiseren Flüsterton. »Ich ging zu Ewa-Ewa-Mongo, dem Wohnsitz des Todes.«

Er war befriedigt, als er die Furcht sah, die in den Blicken seiner Zuhörer lag. Jetzt schien ihm der Augenblick gekommen, sein Geheimnis preiszugeben, um ihre Ehrfurcht vor ihm noch mehr zu steigern.

»Seht her!« schrie er.

An seiner Seite stand ein Gegenstand, der mit einem Stück Eingeborenentuch bedeckt war. Mit blitzenden Augen riß er die Hülle fort, unter der sich ein kleiner gelber Kasten zeigte.

Es war keine einheimische Arbeit, denn die Ecken waren mit

Messingblech eingefaßt, und das Holz war schön und glänzend poliert.

Die Ratgeber saßen im Kreis und beobachteten ihren Häuptling, als er den Deckel öffnete.

In dem Kasten waren zwanzig kleine Fächer, und jedes Fach enthielt ein dünnes Glasröhrchen, das verkorkt, wohlversiegelt und mit einem kleinen weißen Etikett versehen war, auf dem Teufelszeichen standen.

Muchini wartete stolz, bis diese Sensation ihre volle Wirkung erreicht hatte.

»Am großen Strome, der nach Allamdani* fließt«, sagte er langsam und gewichtig, »waren weiße Männer, die von Bula Matadi ausgeschickt wurden, um Geister zu fangen, denn ich und meine klugen Leute haben sie gesehen in den Nächten, wenn der Mond die Geister der Toten ruft. Sie saßen am Fluß beisammen mit kleinen Netzen und Flaschen und haben das Wasser gefangen. Auch haben sie kleine Fliegen und andere närrische Dinge gesammelt und in ihre Zelte gebracht. Dann habe ich mit meinen Männern gewartet, und als alle fort waren, gingen wir zu ihren Zelten und fanden diesen Zauberkasten, darin sind viele Teufel von großer Gewalt – Ro!«

Er sprang auf, und seine Augen glänzten, denn hinten am Horizont leuchtete ein Blitz auf.

Die Blätter zitterten unruhig, und es ging ein Flüstern durch den Wald, als ob die Natur plötzlich aus dem Schlaf erwache.

Dann kam ein eisigkalter Windhauch, und als sie aufwärts schauten, sahen sie, wie sich die Sterne am westlichen Himmel verdunkelten und hinter großen, schweren Wolkenmassen verschwanden.

»M'shimba-M'shamba lebt!« brüllte der Häuptling, und das Krachen der Donner im Walde antwortete ihm.

Bosambo, der Häuptling der Ochori, befand sich in der äußersten Ecke dieses großen Waldes, denn er folgte einer Neigung seiner einfachen Natur und jagte im Lande, in dem er kein Recht hatte, sich aufzuhalten. Er fluchte auf diesen Sturm, der mit aller Macht über sein Lager hereinbrach, denn er hatte keine Furcht vor Flüssen und Wasser und glaubte nicht an Geister. Zwei Abende später saß er vor der roten Hütte, die seine Leute für ihn gebaut

* Offensichtlich der Sanga-Fluß

hatten und unterhielt sich mit ihnen über die Eigentümlichkeit der Antilope und ihre Lebensart, als er plötzlich mitten im Sprechen anhielt und lauschte. Dann neigte er den Kopf, bis sein Ohr beinahe den Erdboden berührte.

Er konnte deutlich das Rasseln der entfernten Lokoli hören (Trommeln, mit denen Botschaften von Dorf zu Dorf und von Stamm zu Stamm gesandt wurden).

»O Secundi«, sagte Bosambo ernst, »ich habe diesen Ruf seit vielen Monden nicht gehört – es ist der Kriegsruf der N'gombi.«

»O Herr, das ist nicht der Kriegsruf«, erwiderte der alte Mann und streckte seine Füße bequem und faul aus, »aber es ist ein Ruf, der leicht Krieg bedeuten kann, denn er ruft die Speerleute zu einem Tanz. Und das ist merkwürdig, denn die N'gombi haben keine Feinde.«

»Alle Männer sind die Feinde der N'gombi.« Bosambo zitierte ein altes Sprichwort.

Er horchte wieder, dann erhob er sich.

»Geh und hebe in den nächsten Dörfern eine Mannschaft von Speerleuten aus – und bringe sie in das Grenzland, in die Nähe der Straße, die über den Fluß führt«, sagte er.

»Bei meinem Leben«, erwiderte der andere.

Muchini, der Häuptling der N'gombi, war ein hochfahrender, aufgeblasener Mann, der viel mit Geistern verkehrte und dadurch großen Zauber bewirken konnte. Er versammelte seine Krieger zu irgendeinem Zweck – denn nach zwei Tagen traf ihn Bosambo an der Grenze seines Landes. Die beiden Häuptlinge grüßten einander zwischen zwei kleinen Heeren.

»Wohin willst du gehen, Muchini?« fragte Bosambo.

Zwischen Muchini und dem Häuptling der Ochori bestand eine alte Feindschaft, die noch aus dem Kriege herrührte, in dem Bosambo den früheren Häuptling der N'gombi mit seinen eigenen Händen erschlagen hatte.

»Ich gehe zum Strom, um ein Palaver aller freien Männer einzuberufen«, erklärte Muchini, »denn ich sage dir, Bosambo, daß ich einen großen Zauber gefunden habe, der uns größer machen wird als Sandi. Und es ist prophezeit worden, daß ich ein König werde über tausend mal tausend Speere, denn ich habe einen mächtigen Ju-ju in einem kleinen Kasten, durch dessen Kräfte ich selbst M'shimba-M'shamba zwingen kann.«

Bosambo, der einen Kopf größer war als Muchini und breitere

Schultern besaß, zeigte mit der Hand nach dem Waldweg, der zu der Ochori-Stadt führte.

»Hier ist eine gute Gelegenheit für dich, Muchini. Du kannst deinen großen Zauber an mir und meinen Kriegern versuchen, denn ich sage dir, du wirst diesen Weg hier nicht weitergehen, weder du noch einer von deinen Kriegern. Denn ich bin der Diener Sandis und seines Königs, er hat mich hierhergesetzt, daß ich den Frieden hüte. Geh zu deinem Dorf zurück, denn hier ist der Weg des Todes.«

Muchini starrte auf seinen Feind. »Aber ich gehe diesen Weg doch, Bosambo«, sagte er heiser und sah sich über die Schulter nach seinen Kriegern um.

Bosambo schwang blitzschnell seinen Speer. Muchini riß seinen geflochtenen Schild in die Höhe und wollte seine Waffe ebenfalls erheben, aber es war zu spät, und er sank tot um.

So endete dieses Treffen, und das N'gombi-Volk zog nach Hause. Die Leute wagten nicht, ihre Speere und Schwerter für den gelben Kasten zu erheben, den Bosambo für sich als persönliche Beute in Anspruch nahm.

Distriktsgouverneur Sanders saß zu jener Zeit ahnungslos auf der Veranda des großen, schönen Residenzgebäudes. Er wußte glücklicherweise nichts von all den Vorgängen, die eben berichtet wurden. Die Gegenwart Patricia Hamiltons hatte eine große Änderung in dem ganzen Leben dort hervorgerufen, denn niemals vorher hatte eine weiße Frau in dem Hause gewohnt.

Manchmal kam man ihretwegen in Verlegenheit.

Als Fubini, der Zauberdoktor der Akasava, Sandis böses Herz besänftigen wollte, sandte er zu diesem Zwecke fünf hübsche junge Mädchen. Sanders hatte nämlich Fubini auf sechs Monate in das Dorf der Ketten geschickt, weil er verbotenen Zauber lehrte. Die fünf jungen Mädchen kamen an und waren »verteufelt ungezogen«, wie Bones sich ausdrückte. Patricia war Hals über Kopf von der Veranda geflohen.

Und manchmal kam man ihretwegen sehr in Sorge, wie früher erzählt wurde. Aber sie war niemals lästig. Sie brachte in die Residenz des kleinen Territoriums einen Hauch des englischen Frühlings und einen reinen Duft, der Sanders und ihren Bruder erfrischte, aber auf Bones wenig Eindruck machte.

Dieser junge Offizier rief eines Morgens nach ihr, und Hamilton, der auf einem großen, bequemen Kanevasstuhl in dem schattigen Teil der Veranda saß, wo die leichte Brise von der See her am schönsten wehte, beobachtete, daß Bones einen hölzernen Kasten, ein Zeichenbrett, Papier, zwei Bleifedern hinter dem Ohr und obendrein noch eine Wasserflasche trug.

»Nun, Mr. Bones«, fragte Hamilton nachlässig, »was können wir heute für Sie tun?«

Bones bedeckte seine Augen mit der Hand und schaute in die kühle Ecke hinüber.

»Sie sprechen wohl im Schlaf, mein lieber, alter Kommandeur«, sagte er liebenswürdig, »und träumen von den alten Tagen, die vorüber sind und nicht wiederkehren?«

Er begann zu singen.

Patricia trat erschreckt auf die Veranda. »Ach, bitte, macht doch nicht solchen Lärm«, bat sie ihren Bruder, »ich schreibe gerade.«

»Laß dich nicht verblüffen«, sagte Hamilton, »es war nur Bones, der eben sang. Singen Sie noch einmal, Bones, meine Schwester hat Sie nicht gehört.«

Bones stand stramm und legte die Hand grüßend an seinen weißen Helm. »Kommen Sie mit, meine Dame«, sagte er.

»Ich komme im Augenblick, Bones.« Sie verschwand wieder im Hause.

»Was haben Sie denn vor?« fragte Hamilton, der mit verzeihlicher Neugierde den Kasten und das Zeichenbrett betrachtete.

»Ich werde meine militärischen Kenntnisse mit der gütigen Unterstützung Miß Hamiltons in die Höhe bringen – Botanik und angewandte Wissenschaft, mein Herr«, erwiderte Bones dienstlich. »Feldbefestigungen, Entfernungschätzen, Strategie, Bomongogrammatik, Feldküche und tropische Medizin.«

»Wie steht es denn mit den Abschlüssen der Kompanie-Rechnungen?«

Bones wurde rot. »Mein lieber, alter Vorgesetzter, ich werde die kleine Sache schon in Ordnung bringen, sobald ich wieder zurückkomme. Ich habe versucht, heute morgen daran zu arbeiten, es fehlen vier Schilling – die Rechnungen der Regimentskasse stimmen nicht. Die Leute zahlen ein und nehmen sich Geld, wenn sie es brauchen, und ich kann natürlich nicht wissen, wo es geblieben ist.«

»Da ich der einzige bin, der den Schlüssel zu der Regimentskasse hat, meinen Sie wohl mich damit...«

Bones hob abwehrend die Hand. »Ich will niemanden beschuldigen, lieber, alter Kamerad – es ist eine peinliche Sache. Wir alle haben ja Augenblicke, in denen wir versucht werden. Aber ich werde die Rechnungen heute abend schon in Ordnung bringen. Sie müssen mir verzeihen, wenn mein Temperament manchmal mit mir durchgeht, ich bin nicht so gefühllos wie Sie alter Holzklotz...«

»Halten Sie Ihren unverschämten Mund!« rief Hamilton ärgerlich. »Solange Sie etwas studieren und lernen, habe ich nichts dagegen.«

»Bones, haben Sie auch an die Butterbrote gedacht?« fragte Patricia, die in diesem Augenblick wieder erschien.

Bones verzog sein Gesicht zu einer Grimasse, um anzudeuten, daß sie davon schweigen solle.

»Haben Sie auch das Brett, um das Tischtuch darauf zu legen, und die nötigen Papiere, Schokolade und kalten Tee mitgenommen?«

Bones runzelte die Stirn, schüttelte verzweifelt den Kopf und blinzelte sie mit den Augen an.

»Wir wollen jetzt gehen«, sagte Patricia, die nicht wußte, daß sie Leutnant Tibbets verraten hatte. »Lebe wohl.«

»Warum sagen Sie denn so feierlich Lebewohl, meine liebe kleine, gute Hamilton-Schwester?« fragte Bones.

Sie sah ihn böse an und ging voraus.

»Vergessen Sie aber ja nicht die Feldbefestigungen!« rief Hamilton hinter ihm her. »Die kann man auch zum Frühstück verzehren – es macht sich auch schön, wenn man beim Picknick über Strategie spricht!«

Die Sonne warf lange Schatten nach Osten, als sie zurückkehrten. Sie hatten keinen weiten Weg, denn die Stelle, die sie sich zu ihrem Picknick ausgesucht hatten, lag noch innerhalb der Ländereien der Residenz. Aber Bones hatte ihr auf dem Rückweg von einer seiner persönlichen Gaben erzählt. Er konnte nämlich aus aufsässigen und schuldigen Eingeborenen alle Geständnisse herausholen. Und jedesmal, wenn er etwas besonders betonen wollte, hielt er an, stellte das ganze Gepäck auf den Boden und besäte die Landschaft mit dem Picknickkasten, dem Zeichenbrett, den Skizzenbüchern und vielem anderen. Auch einen Strauß wilder Blumen legte er nieder, den er auf Patricias Wunsch gepflückt hatte, und suchte seinen Worten durch heftiges Gestikulieren mehr

Nachdruck zu verschaffen.

Zum letztenmal hielt er an der Ecke des Exerzierplatzes an, um Zweifel zu beseitigen, die Patricia an seinen Erzählungen hegte.

»In der Beziehung haben Sie eine ganz falsche Vorstellung von mir, meine liebe, gute Schwester«, sagte er zu ihr. »Bei den Eingeborenen stromauf und stromab heiße ich nur ›der Mann, den man nicht täuscht‹. Fahren Sie zu den Bomongo, gehen Sie zu den Isisi, fragen Sie die Akasava – alle werden Ihnen antworten: ›Nein, den netten alten Bones kann man nicht hinters Licht führen – nicht um Ihr Leben, Patricia!‹ «

»Das würde sehr unverschämt von den Kerlen sein«, erwiderte sie lächelnd.

»Fragen Sie Sanders, fragen Sie Hamilton«, fuhr er begeistert fort.

»Sagen Sie mal, Bones, wollen Sie hier Ihre Zelte aufschlagen oder wollen Sie wieder mit zur Residenz kommen?«

Bones sammelte seine Gepäckstücke wieder auf, aber sein Redestrom war noch nicht zu Ende.

»Leute wie ich, meine liebe junge Freundin, gründen eigentlich das Reich – sie malen den ganzen Globus rot, weiß und blau an, aber das tun sie still und schweigend, ihrer Pflicht gehorchend, ungeehrt und unbesungen. ›Das sind die Jungens von der Marine‹!« Er sang den Refrain eines bekannten Liedes.

»Aber Bones, Sie haben mir doch hoch und heilig versprochen, nicht zu singen«, sagte sie vorwurfsvoll. »Außerdem sind Sie doch nicht von der Marine!«

»Das gehört ja auch gar nicht zur Sache«, protestierte er und war wieder dabei, sein ganzes Gepäck hinzustellen, um ihr eine neue Rede zu halten. Sie ließ ihn aber stehen und ging auf Sanders zu, der ihnen über den Exerzierplatz entgegenkam.

Bones bückte sich schnell, um alles wieder aufzuheben, und stolzierte ihr dann nach.

»Ich habe gerade Miß Hamilton gesagt, Exzellenz, daß niemand geheime Dinge so schnell herausbringen kann wie der gute alte Bones – Sie erinnern sich doch daran, daß das Beinkleid Ihres Pyjamas verlorengegangen war – wer hat es gefunden?«

»Sie«, erwiderte Sanders. »Sie hatten es doch mit Ihrer Wäsche fortgeschickt. Aber da Sie gerade darüber sprechen, Dinge herauszufinden, so lesen Sie einmal dies.« Er reichte ihm ein Telegramm.

Bones starrte auf das Papier und hielt es so nahe an die Augen, daß er beinahe mit der Nase darauf stieß.

> Sehr dringend. Alle Linien frei machen. Zentralverwaltung. An Sanders, Distriktsgouverneur des Stromgebietes. Botschaft beginnt. Regierung des belgischen Kongo berichtet von Leopoldville: Träger der bakteriologischen Expedition an der Grenze Ihres Gebietes durch die inneren N'gombi überfallen. Alle Vorräte geplündert. Einen Kasten mit zwanzig Tuben gestohlen. Alle Tuben enthalten Reinkulturen von Bakterien ansteckender Krankheiten. Impfen Sie die inneren N'gombi, bis Kasten mit Tuben unverletzt entdeckt ist. Ende der Mitteilung.

Bones las das Telegramm zweimal, und sein Gesichtsausdruck ließ auf Unruhe und Gedankenleere schließen. Er beabsichtigte allerdings, so auszusehen, als ob er schnell und tief nachdächte.

»Ich verstehe – Sie wollen mich zu der netten alten Kongo-Regierung schicken, damit ich uns entschuldige – ich werde in zehn Minuten zur Abfahrt fertig sein.«

»Ich hatte etwas anderes vor«, sagte Sanders geduldig. »Fahren Sie mit der ›Wiggle‹ den Strom hinauf und suchen Sie den Kasten.«

»Ich verstehe vollkommen, Sir«, erwiderte Bones und nickte mit dem Kopf. »Heute ist der Achte, morgen der Neunte, der Kasten wird am Fünfzehnten um halb acht Uhr in Ihren Händen sein.«

Er grüßte militärisch und schaute Patricia unglücklich an.

»Das ist leider eiserne Pflicht, Miß Hamilton. Vergeben Sie dem alten Bones, daß er plötzlich die Maske des Dolcefarniente fallen läßt – ich gehe!«

Er grüßte wieder, schlug die Hacken zusammen, ging zu seinem Quartier und sah so vornehm und diensteifrig aus, wie es eine leere Frühstückskiste, eine herunterhängende Wasserflasche und all sein anderes Gepäck zuließen.

Am nächsten Morgen war sich Bones der Wichtigkeit seiner Aufgabe voll bewußt, als er nach der Ochoristadt abdampfte. Er hatte gewissermaßen den Befehl erhalten, die rechte Flanke des N'gombi-Landes zu besetzen, um es strategisch auszudrücken.

»Sie werden sehr vorsichtig vorgehen müssen«, sagte Sanders bei der Abfahrt. »Und halten Sie die Augen offen! Wenn Sie nur die leiseste Vermutung haben und die geringsten Anzeichen dafür spüren, daß der Kasten in der Nähe ist, dann packen Sie ihn.«

»Ich denke, Exzellenz, daß ich schon Aufgaben gelöst habe, die ebenso schwierig waren wie diese. Beobachtungsgabe liegt in unserer Familie.«

»Um so auffälliger, daß manche Mitglieder Ihrer Familie nicht damit bedacht sind«, brummte Hamilton.

Bones erwiderte nichts, grüßte nur militärisch und sah seinen Vorgesetzten von oben herab an. Er war durch diese Bemerkung im Innersten beleidigt.

Freudestrahlend dampfte er nach Norden und machte Pläne. Bei jedem Dorf hielt er an, stellte Nachforschungen an und versetzte die Bewohner in beträchtliche Unruhe, denn er bestand auf einer Durchsuchung aller Orte von Hütte zu Hütte. Schließlich kam er, etwas ermüdet durch seinen eigenen Übereifer, bei den Ochori an.

Häuptling Bosambo hörte von seinem Kommen und rief seine Ratgeber zusammen.

»Sicherlich hat mein Herr Sandi hundert Ohren«, sagte er und fühlte sich unbehaglich. »Er hat anscheinend gehört, daß ich Muchini niedergeschlagen habe. Alle Männer, die mir treu ergeben sind, werden also dem Herrn Tibbetti schwören, daß wir nichts von einem Mord-Palaver wissen. Auch sagt ihr, daß wir das Land nicht verlassen haben, sondern immer hier im Dorf geblieben sind. Dies werdet ihr natürlich sagen, weil ihr mich so sehr liebt. Wenn jemand etwas anderes sagen sollte, dann werde ich ihn verprügeln, bis er krank ist.«

Bones wurde von dem Häuptling begrüßt – Bosambo ließ sich dazu in seiner Sänfte ans Ufer tragen.

»O Herr«, sagte er mit schwacher Stimme, »schon der Anblick deines Gesichtes wird mich wieder gesund machen, denn ich habe mein Bett nicht verlassen können, seitdem der große Regen kam, und meine Hände und meine Füße haben keine Kraft mehr.«

»Armer, alter Kerl«, meinte Bones mitleidig, »du hast sicher Zug bekommen.«

»Dies aber sage ich dir, Tibbetti«, fuhr Bosambo fort, der doch nicht recht wußte, welche Stellung sein Vorgesetzter einnehmen würde, da Bones in diesem kritischen Moment englisch gesprochen hatte. »Seit dem letzten Neumond habe ich ganz still in meiner Hütte gelegen, konnte mich nicht rechts und nicht links bewegen, habe nichts gesehen und nichts gehört. Ich lag wie ein toter Mann – alle meine Ältesten und Ratgeber werden dir das bezeugen.«

Bones machte ein langes Gesicht, denn er hatte sehr gehofft, hier eine Nachricht über den verschwundenen Kasten zu erhalten.

Bosambo beobachtete Bones scharf durch zusammengekniffene Augen und sah die Enttäuschung, die seine Worte hervorriefen. Da er auch sonst keine Anzeichen von Wut und Ärger bemerkte, kam er zu dem Schluß, daß Bones nicht hierhergekommen war, um den Ochori oder ihrem Häuptling wegen irgendwelcher Missetaten Vorwürfe zu machen.

»O Bosambo«, sagte Bones in der Eingeborenensprache, »das ist eine traurige Nachricht, denn ich hoffte, daß du mir gewisse Dinge sagen könntest, für die dir Sandi Salz und Ruten geschenkt hätte...«

Der Ochori-Häuptling richtet sich in seiner Tragsänfte auf und stellte einen Fuß auf die Erde.

»O Herr«, erwiderte er herzlich, »der Klang deiner lieblichen Stimme richtet mich vom Grabe auf und gibt mir Stärke. Frage, o Bonesi, denn du bist mir so wert wie mein Vater und meine Mutter, und obwohl ich nichts gesehen und nichts gehört habe, so hatte ich während meiner Krankheit wunderbare Träume und Visionen, so daß ich alles erkennen konnte, was außerhalb meiner Hütte und um die Ochoristadt vorging. Das erkläre ich dir hier feierlich, Bonesi, vor allen diesen Leuten.«

»Nenne mich nicht immer Bonesi«, sagte Bones ärgerlich.

»O Herr«, entgegnete Bosambo unterwürfig, »obwohl ich diese Ochori regiere, bin ich doch ein Fremder in diesem Land. In der Sprache meines Volkes heißt Bonesi ›der Mann mit dem vornehmen Gesicht, der gerechtes Gericht hält‹!«

»Das klingt schon besser.« Bones war wieder beruhigt. »Du mußt mir hierin helfen – es handelt sich um die inneren N'gombi...«

Bosambo fiel wieder vollkommen kraftlos zusammen und rollte die Augen, als ob er die größten Schmerzen hätte. »Das tut mir furchtbar leid, Bo – Tibbetti«, stöhnte er mit schwacher Stimme. »Ich bin ein todkranker Mann.«

»Ich suche nach einem hölzernen Kasten, der voll von schlimmen Giften ist...«

Bones erklärte Bosambo, so gut er konnte, die Eigentümlichkeiten von Bakterienkulturen.

»O ko«, sagte Bosambo nur, schloß die Augen und war allem Anschein nach so krank, daß jede menschliche Hilfe vergebens war.

»O Herr«, erklärte Bosambo, als Bones wieder zur ›Wiggle‹ zurückkehrte, »du hast mich neu zum Leben erweckt, und jeder Mann dieses Stammes soll wissen, daß du der große Heiler der Menschen bist. Zu allen entfernten und stillen Plätzen des Waldes werde ich meine jungen Leute schicken, und sie werden überall ausrufen, daß du ein wunderbarer Arzt bist.«

»Aber das bin ich doch nicht«, meinte Bones bescheiden

»Master«, sprach Bosambo weiter, diesmal auf englisch. Er war in bezug auf Sprachen überhaupt nicht zu übertreffen, denn er war in einer großen Missionsschule in Monrovia erzogen worden. »Master, du sein feiner Kerl, du aussehen hübscher Kerl, du nicht finden Kasten, du gleich sein Moses und Judi Ischarioth, große, feine Kerle.«

Bones hatte sich sehr um seinen Patienten gekümmert, ihn mehrmals am Tage besucht, ihm den Puls gefühlt und eine Medizin verschrieben, die er aus Kognak und Milch herstellte. Aber während der Nacht war Bosambo sehr tätig.

»Secundi«, sagte er zu seinem Hauptmann, »bleibe du hier an der Türe stehen und schicke einen von den Leuten ans Ufer, damit ich gewarnt werde, wenn mein Herr Tibbetti kommt, denn ich habe eine wichtige Arbeit zu tun. Es scheint, daß dieser mächtige Ju-ju, der Erreger des Sturmes, besser in Sandis Besitz ist als in meinem.«

»Tibbetti ist ein Narr«, erwiderte Secundi.

Bosambo, der neben verschiedenen Farbtöpfen auf einer rohen Matte kniete und mit einem einheimischen Meißel an einem Holzkästchen schnitzte, schaute auf.

»Ich habe schon ältere Leute um geringerer Ursachen willen mit einem Stock geschlagen, bis sie schrien. Hüte dich! Dies ist eine reine Wahrheit, Secundi: Ein Kind kann kein Narr sein, aber ein alter Mann kann eine Schande sein. Das ist das Wort des erhabenen Propheten. Tibbetti hat ein reines und liebevolles Herz.«

Mit einemmal flüsterte ihm der Hauptmann etwas durch die Türe zu.

Der Kasten und alle Werkzeuge wurden schnell unter ein Fell

versteckt, und Bosambo sank wieder ganz erschöpft auf sein Lager hin.

Am nächsten Morgen verabschiedete sich Bosambo, und Bones lauschte mit offensichtlichem Vergnügen und Wohlwollen auf alle Lobsprüche, die sein Patient auf ihn ausschüttete.

»Und dies sage ich dir, o Tibetti«, erklärte Bosambo, der bis zu den Hüften neben dem Dampfboot im Wasser stand. »Ich wußte, daß du ein weiser Mann bist, der Gelehrsamkeit in sich angehäuft hat, und ich habe zu den äußersten Enden und Grenzen meines Landes geschickt, um ein seltenes und schönes Ding aufzutreiben, das du mit dir fortnehmen sollst.«

Er gab einem Mann am Ufer ein Zeichen, und dieser brachte einen merkwürdigen Gegenstand herbei.

Es war, wie Bones sah, ein viereckiger Kasten, offensichtlich eine Eingeborenenarbeit, denn er war in der phantastischsten Art geschnitzt und bemalt. Bones sah gräßliche Köpfe und schreckenerregende Gestalten, die weder zu Wasser noch zu Lande vorkamen. Die farbenfrohe Bemalung schillerte in Rot, Gelb und Grün. »Dies ist uralt und ist von gewissen Waldleuten zu meinem Lande gebracht worden. Dieser Kasten ist ein Sturmerreger und ein übermächtiger Ju-ju, der Gewalt über gute und böse Teufel besitzt.«

Bones, der eine Sammlung von Eingeborenenarbeiten besaß, war hocherfreut. Diese Gabe tröstete ihn über den Fehlschlag seiner Sendung hinweg.

Er kehrte zum Hauptquartier zurück, ohne seine Aufgabe gelöst zu haben, und saß inmitten einer Gruppe, die ihn mit Ausnahme Patricias nicht gerade wohlwollend betrachtete. Er aber war bestrebt, nach Art mancher erfolgreichen Advokaten seinen Mißerfolg durch einen Redestrom gewandt zu bemänteln.

Er erzählte gerade, wie er den todkranken Bosambo getroffen habe. Aber niemand war von seinen Worten besonders berührt, nur Sanders kniff die Augen ein wenig zusammen und lauschte interessierter.

»Der gute, alte Bosambo lag vollständig kraftlos danieder, es war ganz und gar aus mit ihm – glücklicherweise habe ich nicht den Mut verloren, ich weiß, was ich in solchen kritischen Fällen zu tun habe. Mein lieber, alter Offizier, Sie wissen doch, wie ich mich in Augenblicken der größten Gefahr verhalte?«

»O, ich kann mir schon vorstellen, daß Sie sich wie ein tanzender Derwisch benommen haben«, sagte Hamilton grimmig.

»Aber bitte fahren Sie doch fort, Bones«, bat Patricia.

»Ich eilte spornstreichs an Bord der ›Wiggle‹ zurück«, sagte Bones atemlos, »und suchte nach meinem Medizinkasten – aber ich fand ihn nicht – nicht ein einziges englisches Pflaster war zu entdecken. Was hätten Sie da getan, meine liebe gute Miß Hamilton?« fragte er dramatisch.

»Sage es ihm nicht, Patricia, er wird es schon allein gewußt haben.«

»Was sollte ich tun? In meiner Not nahm ich eine Flasche Kognak«, rief er strahlend, »ich stürzte ins Dorf zurück, eilte zu Bosambo, der in den letzten Zügen lag, und goß ein Glas...«

»Das ist ja alles ganz gut und schön«, sagte Sanders ungeduldig, »aber was geschah denn nun nach allem Eilen und Stürzen?«

Bones stand auf und streckte die Hand aus. »Bosambo lebt!« erklärte er schlicht und einfach, »und lobt und preist Bones als den größten Arzt aller Zeiten. Das sage ich aber, ohne mich im mindesten rühmen zu wollen. Sehen Sie einmal her!«

Er hob ein Paket vom Boden auf, das mit einem Stück Eingeborenentuch umwickelt war, packte es umständlich aus und enthüllte das geschnitzte und bemalte Werk eines Künstlers, der anscheinend nicht genau gewußt hatte, ob die Augen einer Figur in der Mitte der Nase sitzen oder mehr ein Attribut der Ohren sind. »Dies ist eins der schönsten und interessantesten Kunstwerke der Eingeborenen, das ich jemals gesehen habe«, erklärte Bones bedeutsam. »Es ist ein Geschenk, das mir Bosambo verehrte, als er seinem alten, lieben Arzt dankte, der ihn von den Schatten des Todes zum Leben zurückrief.«

Bones machte eine dramatische Pause.

Sanders bückte sich über den Kasten, nahm ein Taschenmesser und kratzte die Farbe auf einer flachen Stelle in der Mitte des Dekkels ab.

Mit Ausnahme von Bones, der erst noch von seinen weiteren wunderbaren Abenteuern berichten mußte, sahen alle, daß eine Messingplatte zum Vorschein kam, als die Farbe ganz abgekratzt war. Darauf stand:

›Staatliches Sanitäts-Department Kongostaat‹.

Sanders und Hamilton starrten erstaunt und sprachlos auf das kleine Schild.

»Ich habe schon immer geahnt, daß ich ein großer Arzt bin«, sagte Bones gerade, »Sie sehen...«

»Einen Augenblick, Bones«, unterbrach ihn Sanders, »haben Sie den Kasten eigentlich geöffnet?«

»Nein, Sir!«

»Was, Sie haben nicht einmal nachgesehen, was drin ist?«

»Nein, Exzellenz«, erklärte Bones entschieden. »Das ist ja das interessanteste an dem Kasten, es sind Zauberdinge drin – und Sie wissen doch selbst, daß alles nur alter Plunder ist.«

Sanders klemmte sein Taschenmesser zwischen den Deckel und den Kasten und hatte ihn bald geöffnet. Er prüfte rasch den Inhalt und fand, daß alle Glasröhren noch wohl versiegelt waren. Er atmete erleichtert auf.

»Bones, haben Sie denn wirklich nichts von den verschwundenen Bakterienkulturen gefunden?« fragte er milde.

Bones schüttelte den Kopf, zuckte die Schultern und sah seinen Vorgesetzten verzweifelt an.

»Sie denken wohl, ich lasse mich durch diesen Mißerfolg entmutigen? Aber nein, Sir, ich habe die Hoffnung nicht verloren«, sagte er entschlossen. »Wenn Sie mir gestatten, in das Innere zu gehen, natürlich in Verkleidung, vielleicht als dummer, törichter Eingeborener, so habe ich das Gefühl...«

»Sie haben es wirklich nicht mehr nötig, sich noch zu verkleiden!« sagte Hamilton.

## *Bones und die drahtlose Telegrafie*

Ko-boru, der Häuptling von Bingini, rief alle seine Verwandten zu einem Familienrat zusammen.

Die Stämme am Unterlauf des großen Stromes spielen keine allzu erhebliche Rolle in der Politik der Territorien. Sie sitzen zu nahe an der Residenz, um Gelegenheit zu jenen heimlichen Vorbereitungen zu haben, die allen großen oder kleinen Eingeborenenkriegen vorauszugehen pflegen. Außerdem sind sie zu weit entfernt von den aufrührerischen Elementen des Nordens, so daß sie nicht von den leicht erregten Isisi, den kaltblütigen und mordlustigen Akasava oder den schnell entschlossenen äußeren N'gombi beeinflußt werden.

Aber auch bei ihnen gab es Krisen.

Alle Vornehmen des Bezirkes, die mit Ko-boru verwandt waren, kamen nach Bingini, saßen in einem großen Kreis um die Hütte des Häuptlings und sahen den alten Mann und seine neben ihm sitzende Tochter an.

»Alle meine Verwandten sollen dies wissen«, begann Ko-boru, nachdem Okmini, der Zauberdoktor, alle Teufel und Geister ausgeräuchert hatte, die heimtückisch alle Versammlungen umlauern. »Es ist große Schande auf jeden von uns gekommen durch Yoka-m'furi, denn dieser Mann ist wie ein Bruder zu Sandi. Er führt sein kleines Schiff den Strom hinauf und hinunter, und weil er diese große Stellung hat, gab ich ihm meine Tochter, die meine erste Frau mir geboren hat.«

»S'm-m!« murmelten die Verwandten zustimmend.

»Auch habe ich ihm eine Hütte gebaut und ihm einen Garten geschenkt, in dem seine Frau arbeiten kann, und er hat an den Familien-Palavern teilgenommen. Nun sage ich euch aber, daß Yoka-m'furi ein schlechter Mann ist, denn er hat meine Tochter verlassen und ein anderes Weib am Oberlauf des Stromes genommen. Er kommt nicht mehr zu diesem Dorfe, und meine Tochter weint den ganzen Tag. Während dreier Jahreszeiten ist er nicht mehr hier gewesen, beim nächsten Neumond werden es vier sein.« Er sagte dies mit besonderer Betonung. Das flache Gesicht seiner Tochter zuckte und verzog sich, bevor sie ihren Mund öffnete, um ihre Klage und ihr Wehgeschrei zu erheben.

Denn ein Mann, der seine Frau absichtlich für vier Jahreszeiten verläßt und während dieser Zeit keine vierundzwanzig Stunden – von Sonnenaufgang bis Monduntergang – bei ihr zubringt, ist dadurch geschieden und von allen Verpflichtungen befreit. So ist es Sitte bei allen Stämmen von den Ländern des großen Königs bis ans Meer.

»Nun hatte ich einen Traum«, fuhr Ko-boru fort, »und in diesem Traum wurde mir gesagt, daß ich euch alle zusammenrufen solle und daß ich und die ersten meiner Ratgeber zu Sandi gehen sollten, um ihm die Wahrheit zu berichten.«

»Mein Bruder und Onkel«, sagte Bechimi von G-lara, »ich will mit dir gehen, denn ich habe einmal mit Sandi gesprochen, und weil er ein so gutes Gedächtnis hat, wird er sich an Bechimi erinnern, der ihm seinen kleinen, schönen schwarzen Stock aufgehoben hat, als er hinfiel.«

Fünf Männer wurden ausgewählt, um Ko-boru zu begleiten. Sie setzten sich in ein Kanu und ruderten den kurzen Weg von fünf

Meilen zur Residenz.

Sanders erzählte Patricia Hamilton gerade Geschichten über Eingeborenenkämpfe, als diese unerwartete Abordnung sich plötzlich vor der Veranda niederhockte. »O Ko-boru«, rief Sanders, »warum kommst du zu mir?«

Ko-boru hatte auf ein langes und eindrucksvolles Palaver gehofft, aber er erkannte an der Unaufmerksamkeit des Distriktsgouverneurs und an dem Ton, daß Sandi nicht dazu aufgelegt war. Deshalb kam er gleich zur Sache.

»O Sandi, du bist unser Vater und unsere Mutter, und wenn du sprichst und deinen großen Mund auftust, so geschehen Wunder. Auch hast du sehr schöne Freunde wie Miltini, auf dessen Wort hin sich seine schrecklichen Soldaten in Bewegung setzen und sich wie Leoparden auf die Leute stürzen und sie töten. Und du hast den jungen Tibbetti, der unschuldig und harmlos ist. So sage ich dir, Sandi, wenn du ein Wort zu Yoka sprichst, so wird er zu meiner Tochter, seinem Weibe, zurückkehren.«

Sanders lehnte an dem Geländer der Veranda und schaute auf den Sprecher hinunter.

»Ich habe merkwürdige Dinge gehört, Ko-boru«, sagte er ruhig. »Man erzählt sich Geschichten von einer Frau, die viele Liebhaber und eine böse Zunge hat. Und einst kam Yoka zu mir mit einer Wunde am Kopf, denn deine Tochter scheint sehr schnell mit der Hand zu sein, wenn sie ärgerlich ist.«

»O Herr«, erwiderte Ko-boru verwirrt, »solche Dinge geschehen manchmal aus Liebe.«

»Alle Dinge geschehen aus Liebe«, sagte Sanders und lächelte. »Vielleicht wird Yoka zurückkehren, vielleicht auch nicht – dann ist deine Tochter frei. Das Palaver ist aus.«

»O Herr«, bat Ko-boru, »die Frau wird nichts Böses mehr tun, lasse ihn doch von Sonnenuntergang bis Mondaufgang zu ihr kommen...«

»Das Palaver ist aus«, wiederholte Sanders streng.

Auf ihrem Rückweg nach Bingini zettelten die Verwandten Ko-borus eine Verschwörung an. Das war das erste Komplott, das seit zwanzig Jahren in der Nähe des Hauptquartiers geschmiedet wurde.

»Ist es indiskret, wenn ich frage, was Ihre Besucher wollten?« fragte Patricia, als die Leute niedergeschlagen über den Exerzierplatz gingen und zu ihrem Boot zurückkehrten.

»Es war eine Ehe-Palaver«, entgegnete Sanders und machte ein böses Gesicht. »Ich sollte einen Mann zu seiner temperamentvollen Frau zurückschicken, die ihm gerne Kochtöpfe an den Kopf wirft, wenn sie zornig ist.«

Sie sah ihn lachend an. »Armer Mr. Sanders!«

»Bemitleiden Sie mich nicht.« Sanders lächelte. »Ich bin wirklich sehr häuslich veranlagt, und außerdem bin ich an diesem Fall interessiert, weil der Mann, der hier in Betracht kommt, mein Steuermann ist – der beste, den es hier am Strom gibt. Er ist ein sehr tüchtiger Mann und weiß in allen Dingen Bescheid. Außerdem betrachte ich sie alle als meine Kinder«, fügte er ernst hinzu. »Und es ist schließlich gerecht, daß ein Mann, der selbst keine Familie hat, in anderer Weise eine Familie findet, die er betreuen kann.«

»Warum tun Sie das eigentlich?« fragte sie dann.

»Was meinen Sie – ich verstehe Sie nicht.«

»Dies hier ist doch ein gesundes und entzückendes Fleckchen Erde, und eine Frau könnte hier sehr glücklich werden.«

Ein peinliches Schweigen folgte.

»Ich fürchte, ich war entsetzlich unverschämt«, sagte Patricia und erhob sich schnell. »Aber eine Frau macht hinter jeden Junggesellen ein Fragezeichen, besonders wenn er hübsch ist. Und je eingefleischter er ist, desto größer wird das Fragezeichen.«

Sanders trat zu ihr. »Womöglich lasse ich mich nächstens noch zu einer übereilten Handlung hinreißen«, drohte er und lachte verlegen. »Sehen Sie, hier kommt Ihre kleine Familie an.«

Bones und Hamilton disputierten sehr hitzig über ein Thema, und Leutnant Tibbetts schien im Recht zu sein, denn er blieb häufig stehen und gestikulierte heftig.

»Es ist doch wirklich zu schlimm«, sagte Hamilton ärgerlich, als er die Treppe zur Veranda emporstieg.

Bones kam hinter ihm her, hatte aber keineswegs das Aussehen eines Delinquenten, sondern war im Gegenteil die beleidigte Unschuld selbst.

»Was ist denn so schlimm, mein Lieber?« fragte Patricia teilnehmend.

»Vor vierzehn Tagen habe ich doch diesem verdammten Esel gesagt...«

»Ihr lieber Bruder spricht von mir«, erklärte Bones.

»Wen sollte ich denn sonst meinen?« fragte Hamilton aufgeregt.

»Ich sagte ihm, er solle alle Kompanierechnungen bis morgen fertig machen. Sie wissen, Sir«, wandte er sich an Sanders, »daß der Zahlmeister von der Verwaltung kommt, um sie zu prüfen. Und glauben Sie mir«, er schaute wieder auf Bones, der resigniert die Augen schloß, »daß gar nichts stimmte, als ich seine Aufstellung durchsah!«

»Es ist ja nur eine Kleinigkeit«, sagte Bones, der plötzlich die Augen wieder auftat, »es fehlen neununddreißig Schilling, und ich bot großmütig an, sie aus meiner Tasche zu ersetzen.« Er sah sich strahlend um, als ob er von den andern Applaus erwarte.

»Und um allem die Krone aufzusetzen, redete er noch davon, daß er morgen früh mit Patricia eine Picknick-Partie machen wolle«, schäumte Hamilton. »Er will zu dem Inseldorf fahren.«

»Sie vergessen«, erwiderte Bones, »daß ich diese alten, netten Rechnungen auf den Ausflug mitnehmen will. Seien Sie gerecht zu mir, alter Kamerad! Ich habe Ihnen doch gesagt, daß ich während der Fahrt eine klare und überzeugende Abrechnung machen werde.«

»Das ist doch zum Lachen«, rief Hamilton ärgerlich und ging ins Haus.

»Ist er nicht ganz niederträchtig zu mir?«

»Hören Sie, Bones.« Patricia drohte ihm mit dem Finger. »Ich gehe morgen nicht mit, wenn Sie nicht Ihr Versprechen halten.«

Bones stand stramm und grüßte militärisch. »Meine liebe, gute Freundin«, sagte er stolz, »verlassen Sie sich auf Ihren Bones!«

»S. M. Dampfboot Nr. 36«, wie es in den offiziellen amtlichen Listen genannt wurde, führte noch einen anderen Namen. Während der ersten Fahrten hatte sich gezeigt, daß das Schiff kopflastig gebaut war, und wegen dieses Konstruktionsfehlers wurde es »Wiggle« (Die Schwankende) genannt. Später wurde dieser Fehler durch einen Umbau behoben, aber trotzdem erhielt sich den ganzen Strom entlang diese Bezeichnung. Sogar die Eingeborenen nannten es »Komfuru«. Das heißt: »Das Boot, das nicht gerade fahren kann.«

Gewöhnlich stand die »Wiggle« unter dem Kommando von Leutnant Tibbetts. Bones selbst hatte dieses Recht für sich beansprucht. Er leitete es vor allem aus der Tatsache ab, daß die »Wiggle« zu gleicher Zeit mit ihm in der Residenz ankam.

Es war ein hübsches, kleines Dampfboot mit einem offenen

Speisezimmer und zwei kleinen Kabinen mittschiffs.

Die »Wiggle« hatte aber auch verschiedene andere Einrichtungen, die gewöhnlich solche kleinen Dampfer nicht besitzen. Auf ihrem schmalen Vorderdeck befand sich zum Beispiel ein Maxim-Schnellfeuergeschütz, auch hatte sie eine ungewöhnlich starke Sirene, die geradezu teuflisch heulen konnte. Ferner war sie mit einem großen Motorhorn ausgestattet. Die Sirene und das Motorhorn hatte Bones selbst für sein eigenes Flaggschiff gestiftet. Das Motorhorn schien neben einer Sirene eigentlich überflüssig zu sein, aber wenn man die Sache genauer erklärt, wird es verständlich, warum dieses etwas weniger geräuschvolle Instrument vorhanden war.

Als Bones die Sirene zum erstenmal benutzte, fuhr er gerade durch den sogenannten »Kanal«. An dieser Stelle ist der Fluß sehr eng und tief, und die Geschwindigkeit der Strömung beträgt etwa fünf bis sieben Knoten die Stunde. Bones dampfte gerade stromauf und begegnete dem Missionsdampfer der Bolalo-Station, der die kleine blaue Schiffsflagge der »Wiggle« grüßte. Auf diese Ehrung antwortete Bones mit zweimaligem, lang anhaltendem Tuten seiner Sirene.

Aber nach dieser außerordentlichen Kraftanstrengung trieb die »Wiggle« wieder stromabwärts, und zwar unangenehmerweise breitseits, denn Bones hatte durch das Ziehen der Sirene die ganze Dampfreserve des kleinen Kessels verbraucht.

Das Schiff war auch mit drahtloser Telegrafie ausgerüstet. An Bord war eine Antenne gespannt, und ein Apparat befand sich da, den Bones aus England für den Preis von zwölf Pfund hatte kommen lassen. Er hatte eine schriftliche Garantie, daß er damit Nachrichten auf eine Entfernung von zweihundert Meilen senden und empfangen könne. Ein Buch mit Erklärungen und Instruktionen war gratis mitgeliefert worden. Bones war damals mit dem Buch in seine Hütte gegangen und hatte es gelesen. Am nächsten Morgen fand ihn sein treuer Diener Ali im Bett. Er schlief ruhig wie ein Kind, und seine Hand lag auf der zweiten Seite des Buches.

Sanders und Hamilton hatten sich mit großem Interesse an der Errichtung der drahtlosen Station an Bord der »Wiggle« beteiligt. Das einzige, worüber man sich einig wurde, war, daß irgendwo ein Draht gespannt werden müsse. Also hingen sie ihre Antenne zwischen Schornstein und Flaggenmast auf. Nachdem diese Frage so glänzend gelöst war, wandten sie sich der schwierigen Aufgabe zu, die Sache auch in Gang zu bringen.

Nachdem sie sich aber eine Woche lang vergeblich damit abgemüht hatten, gaben sie es verzweifelt auf.

»Da sind Sie schön hereingelegt worden, Bones«, sagte Hamilton. »Ihr Apparat arbeitet überhaupt nicht. Armer Kerl!«

»Ihr Mitleid ist einfach beleidigend«, erwiderte Bones steif, »und ich sollte es Ihnen eigentlich gar nicht sagen, aber ich habe die feste Überzeugung – obwohl ich es Ihnen natürlich nicht näher erklären kann –, daß diese gute Maschine sich eines Tages noch als sehr nützlich erweisen wird.«

Aber obwohl Bones Tag und Nacht arbeitete, sogar das Instruktionsbuch wirklich von Anfang bis zu Ende durchlas, den ganzen Apparat auseinandernahm und jedes Stück durch ein Vergrößerungsglas betrachtete, gelang es ihm nicht, eine Botschaft zu senden oder zu empfangen. Schließlich wurde der Apparat wieder schön verpackt und in einer Kabine untergebracht. Man sprach auch nicht mehr darüber, höchstens Hamilton erwähnte die peinliche Angelegenheit, wenn er auf seinen Untergebenen nicht gut zu sprechen war.

Bones war begeistert von der »Wiggle« und wandte ihr die größte Aufmerksamkeit zu, denn sie war ja sein Schiff. Er ließ sich von London besonderes Briefpapier schicken mit der Kopfprägung »S. M. Komfuru« – der Eingeborenenname klang noch besser als »Wiggle« und war auch viel interessanter als »Dampfboot Nr. 36«. Er baute auch kleine Dynamomaschinen ein, die – wenn sie arbeiteten – die beiden Kabinen erhellten und sogar Licht für einen Miniaturscheinwerfer lieferten. Bones ließ seinen Dampfer dunkelgrau anstreichen wie ein Kriegsschiff und hätte auch noch einen andern Schornstein errichten lassen, wenn Hamilton nicht dahintergekommen wäre und diese Verschönerung verhindert hätte.

Bones behauptete felsenfest, daß sein Schiff staub- und wasserdicht sei und auch von Torpedos nicht in die Luft gesprengt werden könne.

Am nächsten Morgen trat Bones um fünf Uhr aus seiner Hütte. Die Sterne glänzten noch am Himmel, die ganze Welt lag in tiefer Dunkelheit, der Strom rauschte, und die Brandung des Meeres tönte herüber. Bones überquerte den Exerzierplatz, schritt mit seiner Laterne zu dem Betonkai, der die Breite eines Durchschnittstisches hatte, ging an Deck der »Wiggle« und weckte den Wächter durch einen Fußtritt.

Ali Abid, der verschiedentlich als Maure, Ägypter, Tripolitaner oder Beduine bezeichnet wurde, war in Wirklichkeit ein Kanomann, der lange bei einem Professor der Bakteriologie gedient hatte. Durch den Umgang mit diesem Gelehrten hatte Ali Abid die elementaren Kenntnisse, die er auf der Missionsschule in Cape Coast Castle erworben hatte, erweitern und vertiefen können, und zeigte jetzt ein Betragen und eine Haltung, um die ihn mancher beneidete.

»Steh auf«, sagte Bones in tiefem Baß.

Ali erhob sich, blinzelte und zitterte, denn es war sehr kalt, und er hatte unter einem alten Mantel geschlafen, den Bones ihm geschenkt hatte.

»Wo ist die Schiffsmannschaft?« fragte Bones und setzte seine Laterne an Deck nieder.

»O Herr«, sagte Ali feierlich und langsam, »die Subjekte sind nicht zu unserer Disposition.«

Bones fuhr sich mit der Hand über die Stirn. »Verflucht!« rief er böse. »Habe ich dir nicht gesagt, daß ich die ehrenwerte Miß Hamilton zu einer Vergnügungsfahrt eingeladen habe? Habe ich dir nicht gesagt, du alter Faulpelz, daß bei Tagesanbruch alles bereit sein soll? Habe ich dir nicht ausdrücklich gesagt, welche Speisen wir mitnehmen wollen?«

»O Herr«, erwiderte Ali, »das haben Sie nicht getan.«

»Zum Donnerwetter, dann habe ich es mir wenigstens vorgenommen.«

»Herr, manche Subjekte leiden unter dem Einfluß eines gewissen Comas, an Delirium, an Halluzinationen und entwickeln phantastische Vorstellungen. Alle diese Krankheitserscheinungen verschwinden, wenn das Subjekt das Bewußtsein wiedererlangt. Aber es bleiben gewisse Eindrücke im Gehirn und im Unterbewußtsein zurück.«

Bones sah ihn argwöhnisch an. »Willst du etwa sagen, daß ich geträumt habe?«

»Herr, die Selbstbeherrschung zwingt zu vollkommener Ruhe bei Beurteilung Ihres Krankheitszustandes.«

»Du schwatzest wieder Unsinn!«

Bones gab ein paar allgemeine Anordnungen, wie er immer tat, und schlich sich dann zu dem großen Gebäude zurück, das noch vollständig im Dunkeln lag. Er hatte Sanders feierlich versprochen, Patricia zu wecken, ohne den Schlaf der andern zu stören.

Sie wollten heute den Strom hinauffahren, bis sie zu dem Inseldorf kamen, wo die Eisenarbeiter der Akasava viel interessante Dinge herstellten. Das Frühstück sollte an Bord eingenommen werden, zum Abendessen wollten sie wieder zurück sein.

Patricia hatte Bones am Abend noch einmal ausdrücklich das Fenster ihres Zimmers gezeigt, und Hamilton hatte sich bereit erklärt, der Sicherheit halber ein Kreuz mit Kreide daran zu machen.

»Wenn Sie mich vor Sonnenaufgang wecken, dann soll es Ihnen schlecht ergehen!« warnte Hamilton Bones. »Und wenn Sie zurückkommen, ohne die Kompanie-Abrechnungen in Ordnung zu haben, dann wird es Ihnen noch schlechter gehen!«

Bones dachte an diese Verheißungen, als er sich zur Veranda emporstahl. Um doppelt sicher zu sein, zog er seine Schuhe aus und ließ sie dann mit großem Gepolter fallen.

»Pst, Bones, nicht soviel Lärm«, sagte er laut. »Pst, du verrückter alter Esel.«

Er schlich sich an der Holzwand entlang und suchte sich zu orientieren. Hinter dem mittleren Fenster schlief Hamilton, hinter dem linken Sanders und hinter dem rechten Patricia. Er ging also leise an das rechte Fenster und klopfte. Es kam keine Antwort. Er klopfte noch einmal, aber es rührte sich nichts. Nun klopfte er ganz laut mit der Faust.

»Sind Sie das, Bones?« brummte Sanders.

Bones war starr vor Schrecken. »Tut mir entsetzlich leid, Sir!« entschuldigte er sich flüsternd. »Das war wirklich ein unverzeihlicher Irrtum.« Er schlich auf Zehenspitzen zum linken Fenster, klopfte leise, pfiff und klopfte dann wieder.

Er hörte eine Bettstelle im Zimmer knarren und wandte sittsam den Kopf beiseite. »Hier ist Bones, meine liebe gute Schwester«, flüsterte er, so laut er konnte. »Erheben Sie sich von Ihrem Lager, die Morgensonne wartet, und ihre Strahlen...«

Hamiltons wütende Stimme unterbrach ihn.

»Ich dachte mir doch gleich, daß Sie es waren, Sie...«

»Mein lieber alter Offizier, tut mir entsetzlich leid – schlafen Sie nur ruhig weiter – Gute Nacht!«

»Scheren Sie sich zum Teufel!«

Bones ging nun auf das mittlere Fenster los, er konnte ja jetzt nicht mehr fehlgehen. Er klopfte energisch.

»Stehen Sie auf, mein Fräulein«, sagte er, »die Zeit eilt auf ihren Fittichen dahin.«

Das Fenster öffnete sich plötzlich, und Bones stand dem wütenden Hamilton gegenüber.

»Aber Sir, wie zum Teufel, kommen Sie denn in dieses Zimmer?« fragte Bones aufgeregt.

»Wissen Sie denn nicht, daß mein Zimmer zwei Fenster hat? Ich habe es Ihnen doch gestern abend noch gesagt, Sie Quadratesel! Patricias Zimmer liegt am andern Ende des Gebäudes! Sie haben ein Gedächtnis wie ein Sieb!«

»Ich bin Ihnen für Ihre Informationen sehr zu Dank verbunden, Sir!« sagte Bones korrekt. »Ich will Sie jetzt nicht länger aufhalten.«

Hamilton griff zu seiner Haarbürste.

»Legen Sie sich wieder nieder, Sir, und vergessen Sie Ihr Abendgebet nicht.«

Bones suchte nach dem richtigen Fenster in dem andern Flügel des Hauses, als Patricia, die längst aufgestanden und schon seit einer Viertelstunde fertig war, sich leise hinter ihm herschlich und ihm plötzlich auf die Schulter klopfte.

»Oh!« rief Bones. »Mein Gott, liebe, gute Dame, haben Sie mich erschreckt! Nun, dann können wir ja gehen. Gott sei Dank haben wir sonst niemand gestört!«

Als er nun zum Boot ging, folgten ihm die Verwünschungen zweier Gestalten, die in Pyjamas auf der Veranda standen und beobachteten, wie seine große Gestalt im Dunkel verschwand.

»Schicken Sie uns eine drahtlose Nachricht, wenn Sie zurückkommen!« brüllte Hamilton ihm nach.

»Dieser Mensch kann sich doch nie benehmen!« sagte Bones leise vor sich hin.

In der Zwischenzeit war Ali Abid nicht untätig gewesen. Er hatte Yoka, den Steuermann, und Boosobi, den Heizer, geweckt. Diese beiden waren dem unerwarteten Ruf auch mit der Schnelligkeit gefolgt, wie sie nur Eingeborene bei solchen Gelegenheiten zeigen. Man möchte fast annehmen, sie wußten im voraus, daß man sie brauchte und warteten nur darauf.

In einer der kleinen Kabinen hatte Ali die vielfach erwähnten Kompanie-Abrechnungen für seinen Herrn auf den Tisch gelegt, und es schien ein schöner, interessanter Tag zu werden, als Yoka den Maschinentelegrafen auf »Vorwärts« stellte. Die »Wiggle« fuhr mitten auf dem Strom.

Im Osten graute der Himmel, an den Ufern und in den Wäldern

regte es sich, das Zwitschern eines Vogels ertönte, der Rauch verbrannten Kiefernholzes kam von den Fischerdörfern herüber, wo die Frauen an den Ufern die Feuer bedienten.

Am Großen Flusse ist der Übergang von Dunkelheit zu hellem Tageslicht nur kurz. Die Sterne verlieren plötzlich ihren Glanz, und der schwarze Himmel ändert seine Farbe in ein strahlendes Blau. Die Schatten verschwinden immer mehr im Walde, und die Umrisse der starken Stämme treten deutlich hervor. Das Zwielicht dauert nur kurze Zeit. Dann brechen helle Sonnenstrahlen durch die Blätter der Baumkronen, die grauen Schleier, die die Inseln als formlose Gebilde erscheinen lassen, lösen sich in ein Nichts auf, und das schöne saftige Grün der Inseln leuchtet aus den goldüberglänzten Fluten.

»Sonnenaufgang!« sagte Bones mit einer Armbewegung nach Osten, als ob er selbst für dieses Wunder verantwortlich sei.

Patricia saß in einem tiefen geflochtenen Stuhl und atmete die frische, würzige Morgenluft ein. Die Natur um sie herum leuchtete in den herrlichsten Farben. Am jenseitigen Ufer zog ein Schwarm farbiger Papageien vorüber, die fröhlich schrien. Die Sonne spielte auf ihren schillernden Federn.

»Ist das nicht wundervoll?« fragte sie leise.

Bones sah zu den Vögeln hinüber und beschattete die Augen. »Es sieht aus wie eine bunte Flickendecke. Es ist doch wirklich schade, daß sie nicht sprechen können, bevor man sie dazu abrichtet. Sie schmecken auch scheußlich, obgleich manche Leute sagen, daß man sie mit Curry gut machen kann.«

»Ach, sehen Sie doch dort!«

Die »Wiggle« näherte sich dem südlichen Ufer des Stromes, wo zwei prachtvolle Flamingos ruhig im seichten Wasser standen.

»Die schmecken auch entsetzlich«, sagte Bones. »Ihr Fleisch erinnert mich zu sehr an Fisch, und außerdem ist es zu fett. Dasselbe trifft für die Reiher zu.«

»Bones, haben Sie denn überhaupt keine Seele?« fragte sie ernst.

»Eine Seele, meine liebe, gute Schwester?« fragte Bones erstaunt. »Das ist doch meine größte Spezialität.«

Es war ein herrlicher Morgen für Patricia, denn Bones hatte sich endlich auf ihre dringende Vorstellung hin in seine Kabine zu den Rechnungen zurückgezogen. Sie genoß die Schönheit des Tropentages. Sie sah, wie die Wellen des rostroten Stromes am Bug der »Wiggle« hoch aufschäumten, sie fühlte die kühle Brise, die ihr von den fernen nördlichen Gebirgen entgegenwehte, und sie freute sich, daß sie sich jetzt nicht mit Bones unterhalten mußte.

Bones verbrachte keinen weniger angenehmen Morgen, denn Ali Abid war ein methodischer Mann, der wohl zu rechnen und zu schreiben verstand und den Fehler bald gefunden hatte.

»Gott sei Dank!« rief Bones erleichtert. »Du bist ein netter alter Zahlmeister, Ali. Ich hätte das niemals aufgespürt.«

»Herr, manche Subjekte vergessen bei ihren heftigen Anstrengungen die verschlungenen Schwierigkeiten der Einzelheiten. Das kommt meistens daher, daß sich die Subjekte nicht konzentrieren können.«

»Schon gut!« sagte Bones. »Aber mach alles fertig, daß ich es nachher abschreiben kann.«

Er weckte Patricia aus tiefer Träumerei. Sie dachte gerade an schüchterne und doch so tüchtige Junggesellen, die ganze Völker mörderischer Kinder väterlich betreuten.

Bones erteilte laut Befehle, die aber niemand ausführte. Er hatte ein großes Fernglas, mit dem er abwechselnd ängstlich zum Himmel emporschaute oder kritisch das Fahrwasser prüfte. Er ging von einer Seite zur andern und trug dabei immer das Fernglas unter dem Arm. Er mußte dauernd über Patricias Füße steigen, und da ihm das manchmal nicht gelang, ohne anzustoßen, machte sie schließlich seinen nautischen Wanderungen auf der »Kommandobrücke« ein Ende.

»Bones, Sie machen mich schwindlig. Und ist das nicht die Insel, die wir besuchen wollten?«

In den frühen Nachmittagsstunden gingen sie wieder an Bord. Der Häuptling des Dorfes kam ans Ufer, um sich von ihnen zu verabschieden.

Sie hatten eine ganze Sammlung von Speerklingen, grausamen Hinrichtungswaffen, Dolchen, Messern, Elefantenschwertern und zauberkräftigen Eisenfiguren erworben.

»Bones, dieser Ausflug war einfach großartig«, sagte Patricia auf der Rückfahrt. »Sie können wirklich manchmal sehr vernünftig und geschickt sein.«

»Meine liebe, gute Miß Hamilton, Sie haben mich heute so gesehen, wie ich wirklich bin. Die Maske war gefallen, und der eigentliche Bones kam zum Vorschein, freundlich, vernünftig, überlegt und – wenn ich dieses Wort gebrauchen darf, ohne daß Sie sich große Hoffnungen machen – zärtlich. Sie sahen mich frei von Sorgen, gewandt, stets auf dem Posten...«

»Nun seien Sie ein guter Junge und machen Sie Ihre Rechnungen fertig. Ich werde ein wenig schlafen.«

Und das tat sie auch, denn es war warm, und sie fühlte sich müde. Die »Wiggle« fuhr schnell und glatt mit dem Strom. Bones gähnte und schrieb Alis detaillierte und sorgfältige Aufstellung ab, während Ali selbstzufrieden an Deck lag und ebenfalls schlummerte. Selbst der Heizer hatte die Augen geschlossen. Nur der Steuermann Yoka war wach und aufmerksam, und seine dunklen Augen waren stets auf das Fahrwasser gerichtet, unter dessen Oberfläche sich Untiefen, Sandbänke, Steine und Baumwurzeln verbargen.

Zwei Meilen von der Residenz entfernt liegen drei Inseln mitten im Strom, bevor er breiter wird und sich in das Meer ergießt. Die Durchfahrt zwischen ihnen ist nur schmal und eng, und um diese Jahreszeit ist nur die mittlere sicher befahrbar, die den Namen »Durchfahrt des Baumes« führt. Denn alle Boote, selbst die »Zaire«, müssen hier so dicht unter den überhängenden Ästen eines großen Zitronenbaumes durchfahren, daß die Zweige den Schornstein berühren. Glücklicherweise ist die Strömung hier niemals sehr stark.

Yoka merkte, daß der Kiel des Bootes eine seichte Stelle streifte, und steuerte das Boot näher zum Ufer der Insel. Er war gerade unter dem großen Baum angekommen, als eine Schlinge über ihn fiel und sich um seine Arme legte. Er konnte gerade noch das Steuer feststellen, bevor er aus dem Boot gezogen wurde und nun zwischen dem Laub der Bäume und dem Wasser in der Luft schwebte.

»O Yoka«, hörte er eine spöttische Stimme aus den Ästen über sich, »von Sonnenaufgang bis Monduntergang ist keine lange Zeit für einen Mann, der zu seiner Frau geht.«

Bones war mit seinen Rechnungen fertig und dachte tief nach. Dazu mußte er aber den Kopf auf die Hände legen und die Augen schließen. Später stand auch sein Mund offen, und seine Gedanken wurden von wunderbaren Geräuschen begleitet.

Patricia weilte auch im Traumland, ebenso war der Heizer Boosoobi eingenickt. Manchmal wachte er auf und blinzelte zu dem Manometer hinüber, manchmal warf er ein Stück Holz ins Feuer, aber zwischendurch hörte er nur das melodische, einschläfernde Geräusch seiner gutgeölten Maschine.

Bones gähnte laut, streckte und reckte sich und kam dann an Deck. Die Sonne war nahe am Untergehen.

»Zum Donnerwetter«, sagte Bones und starrte um sich. Die »Wiggle« war aus der Strommündung in das offene Meer hinausgefahren, und weit und breit war kein Land zu sehen.

Bones legte die Hand auf die Schulter der schlafenden Patricia, und sie fuhr erschrocken auf.

»Meine liebe, gute Schiffsgenossin«, sagte er mit zitternder Stimme, »jetzt sind wir allein auf dem netten, alten Ozean! Wir haben den Steuermann verloren!«

Sie überschaute den Ernst der Lage sofort. Auch der Heizer wurde sofort wach, als Bones ihn rief. Die Nachricht von dem Verschwinden des Steuermannes machte keinen großen Eindruck auf ihn.

»Wir müssen umkehren«, erklärte Bones und drehte das Steuerrad. »Ich glaube nicht, daß ich mich irre, wenn ich behaupte, daß Westen gerade entgegengesetzt von Osten liegt. Wenn das wahr ist, sind wir zum Abendessen zu Hause.«

»Master«, sagte Boosoobi, der es als Bewohner der Küste vorzog, englisch zu sprechen, »Holz is nix.«

»Was?« fragte Bones atemlos und wurde bleich.

»Dem Holz is nix, ich nix sehen, ich suchen, nix finden!«

Bones hielt sich an der Reling an.

»Was sagt er?« fragte Patricia ängstlich.

»Er sagt, daß kein Feuerholz mehr da ist«, erklärte er ihr. »Die verdammten alten Bunker sind leer, und wir sind nun der Unbill des Sturmes ausgeliefert!«

»O Bones!« schrie sie bestürzt auf.

Aber er hatte seine Fassung wiedergewonnen. »Wie wäre es, wenn wir zurückschwimmen? Vielleicht mit Korkgürteln, es können doch nicht mehr als zehn Meilen bis zum Ufer sein?«

Ali Abid erhob Einspruch gegen diesen Vorschlag. »Herr«, sagte er, »das Subjekt sollte bei solchen Gelegenheiten mit Ruhe und Besonnenheit, mit größter Zurückhaltung handeln. Die Nähe des Landes läßt Rettung vermuten. Das Subjekt sollte die Rettung nicht durch ungeeignete Handlungen verzögern, es sollte leicht und gleichmäßig atmen und im allgemeinen eine normale Temperatur behalten.«

»Was soviel heißt, meine liebe, gute Miß Hamilton, daß Sie Ihre Kleider anbehalten können«, erklärte Bones.

Was noch alles hätte geschehen können, läßt sich kaum ausdenken, aber in diesem Augenblick sah Bones am Horizont den Dampfer »Paretta«.

Es war noch Dampf im Kessel der »Wiggle«.

Bones wußte nicht recht, was er tun sollte, aber wieder kam ihm Ali zur Hilfe.

»Herr«, sagte er, »um SOS-Rufe auszusenden, befindet sich an Bord ein gewisser wissenschaftlicher Apparat, der aber vermutlich nicht geht.«

»Die drahtlose Anlage!« rief Bones. »Großer Gott, die habe ich ganz vergessen.«

Dreiviertel Stunden später legte die »Wiggle« am Fallreep des Dampfers »Paretta« an. Eine halbe Stunde später kam die »Zaire« in Sicht.

Der Dampfer hatte Anker geworfen, als Sanders mit der »Zaire« erschien.

Sanders sah die kleine »Wiggle«, die in den Wellen an der Seite des großen Schiffes schaukelte. Sie war anzusehen wie ein kleiner Kolibri neben einem großen Strauß. Sanders schickte ein Dankgebet zum Himmel. »Sie sind in Sicherheit«, wandte er sich an Hamilton. Dann: »O Yoka, lenke die ›Zaire‹ auf die andere Seite des mächtigen Schiffes.«

»Herr, werden wir heute abend noch zurückfahren und Koboru aufsuchen?« fragte Yoka, der einige Beulen und Schrammen bei seinem Abenteuer davongetragen hatte. Er war den Leuten, die ihn gefangengenommen hatten, entwischt und mit dem Strom zur Residenz geschwommen.

»Morgen ist auch ein Tag!« erwiderte Sanders begütigend.

Hamilton war als erster an Deck der »Paretta« und fand seine Schwester neben dem fröhlich dreinschauenden und mit sich selbst sehr zufriedenen Bones. Es stand noch ein Offizier bei ihnen, den Hamilton sofort erkannte.

»Kompanieabrechnung vollständig in Ordnung!« meldete Bones grüßend. »Soeben geprüft und richtig befunden von diesem netten Zahlmeister« – er wandte sich an den andern Offizier, den er ebenfalls militärisch grüßte. »Hierdurch sind alle Ihre mürrischen und niederträchtigen Vorwürfe erledigt!«

Hamilton ergriff seine Hand, drückte sie und lachte.

»Bones war wirklich wundervoll!« sagte Patricia. »Man hätte uns wahrscheinlich vom Dampfer aus nicht gesehen, wenn er nicht eine gute Idee gehabt hätte.«

»Gerettet durch drahtlose Telegrafie!« erklärte er triumphierend. »Es war eigentlich weiter nichts als ein genialer Gedanke.«

»Was – Sie haben den Apparat in Ordnung gebracht?« fragte Hamilton ungläubig.

»Nein, aber ich brauchte noch ein wenig mehr Dampf, um näher an das nette alte Schiff heranzukommen, und da habe ich das verfluchte Ding verbrannt. Sehen Sie, ich wußte doch, daß es früher oder später noch einmal in Aktion treten würde!«

## *Der Arzt*

Zur Zeit des Hochwassers, bevor die kleinen, ungestümen Nebenflüsse des Isisi-Flusses wieder ihren gewöhnlichen Umfang angenommen hatten, kam Sanders zur Residenz zurück. Er war sehr müde, denn er hatte eine Woche oben im Lande bei den Eingeborenen zugebracht. Nach vielen Bemühungen war es ihm schließlich gelungen, diese gleichgültigen Leute davon zu überzeugen, daß die Überschwemmung und Versumpfung ihrer Dörfer weniger den bösen Geistern als der Vernachlässigung der einfachsten Vorsichtsmaßregeln zuzuschreiben war.

»Ich habe dir doch gesagt, Rabanini«, sagte Sanders verzweifelt, »daß du den oberen Kanal sauber und von Bäumen und Sträuchern freihalten sollst, und ich habe dir für diese Arbeit doch schon viele Säcke Salz bezahlt.«

»Herr, es ist so«, erwiderte Rabanini und kratzte nachdenklich an seinen langen, braunen Beinen.

»Habe ich dich nicht beim letzten Vollmond, bevor die Regenzeit kam, gefragt, ob der Kanal sauber und in Ordnung ist, und hast du mir nicht geantwortet, er sehe aus wie eine Dorfstraße?« fragte Sanders ärgerlich. »O Herr«, bekannte Rabanini offen, »ich habe dich angelogen, denn ich dachte, du wärest verrückt. Denn welcher andere Mann könnte mit seinen wunderbaren Augen voraussehen, daß der Regen so bald und so heftig kommen würde? Deshalb, o Herr, habe ich nicht an den oberen Kanal gedacht. Viele Bäume sind mit dem Hochwasser gekommen, haben ihn verstopft, und so ist ein kleiner Damm entstanden. Ich bin ein unwissender Mann, und meine Gedanken sind ganz erfüllt von meinem eigenen

Bruder, der von weither zu mir zu Besuch kam, denn er ist sehr krank.«

Sanders hatte keine Zeit, an Rabaninis kranken Bruder zu denken, als die schlanke, weiße »Zaire« ihren Weg den Strom hinunter nahm. Er war selbst sehr müde und brauchte Ruhe, denn seine fürchterlichen Kopfschmerzen zeigten ihm an, daß ihn ein Malariaanfall packen werde. Er hatte ein Gefühl, als ob sein ganzes Gehirn aus Jalousien bestände, die sich schnell hintereinander öffneten und schlossen und ihn bei jedem Aufblitzen eines Lichtstrahls einen Augenblick bewußtlos werden ließen.

Captain Hamilton holte ihn am Kai ab. Sanders stieg an Land, schwankte ein wenig und erzählte eine merkwürdige Geschichte von Abenteuern, die er auf einem norwegischen Salmfluß erlebt hatte. Hamilton nahm ihn besorgt am Arm und führte ihn zum Hause.

Zehn Minuten später hatte er Sanders zu Bett gebracht, der sich nur schwach dagegen wehrte. Er gab ihm eine erstaunliche Menge Chinin und Arsen und trat dann aus dem kühlen, dunklen Bungalow in den grellen, weißen Sonnenschein, der über dem Exerzierplatz lag. Er war ernst und nachdenklich.

»Eine eurer Frauen soll am Bett unseres Herrn Sandi wachen«, sagte er zu dem Sergeanten Abibu. »Sie soll mich rufen, wenn es ihm schlechter geht.«

»Bei meinem Leben«, erwiderte Abibu und wandte sich zum Gehen.

»Wo ist Tibetti?« fragte Hamilton.

Der Sergeant kam wieder zurück und schien verlegen zu sein. »O Herr, Tibbetti ist mit der weißen Dame, deiner Schwester, fortgegangen. Sie wollten ein Palaver mit Jimbujini, dem Zauberdoktor der Akasava, abhalten. Sie sitzen im Walde in einem magischen Kreise und, o Herr, Tibbetti wird sehr weise.«

Hamilton fluchte. Er hatte Leutnant Tibbetts, seiner Stütze und seinem Adjutanten, den Befehl gegeben, das Einexerzieren einiger neuer Kanorekruten zu überwachen, die vor einigen Tagen hier eingetroffen waren.

»Gehe und sage Mr. Tibbetti, er soll zu mir kommen«, befahl er. »Aber erst schicke eine Frau zu Sandi.«

Leutnant Tibbetti mit dem glatten, jungenhaften Gesicht, heiß vor Aufregung, aber doch höchst befriedigt, kam eiligst herbei. »Sir«, sagte er, salutierte ernst und umständlich und sah seinen

Vorgesetzten mit merkwürdiger Feierlichkeit an.

»Bones, wo zum Teufel, haben Sie gesteckt?«

Bones atmete tief. »Wissenschaft!« sagte er kurz.

Hamilton sah seinen Untergebenen beunruhigt an. »Verdammt noch einmal, sind Sie nicht mehr bei Verstand?«

Bones schüttelte heftig den Kopf. »Geheimwissenschaft, mein Herr und Kamerad. Man ist niemals zu alt zum Lernen in dieser netten, schönen Welt.«

»Da haben Sie recht, ich bin ganz sicher, daß Ihr Leben nicht lang genug ist, um alles zu lernen.«

»Ich danke Ihnen, Sir.«

Patricia, die weniger Gewissensbisse empfand als Bones, kehrte langsamer zur Residenz zurück.

»Sanders hat sich mit Fieber legen müssen«, sagte Hamilton zu ihr.

»Fieber?« rief sie bestürzt. »Es ist doch nicht etwa – gefährlich?«

Bones lächelte nachsichtig und beruhigte sie. »Es ist nichts Ansteckendes, meine liebe Miß Hamilton.«

»Machen Sie nicht so dumme Scherze«, sagte sie so scharf, daß Bones zurückschreckte. »Glauben Sie etwa, daß ich mich vor ansteckenden Krankheiten fürchte? Ist es gefährlich für Mr. Sanders?« fragte sie ihren Bruder wieder.

»Nicht gefährlicher als ein tüchtiger Schnupfen«, antwortete er scheinbar sorglos. »Mein liebes Kind, wir haben alle Fieber. Du wirst es auch noch bekommen, wenn du bei Sonnenuntergang ohne Moskitoschuhe ausgehst.«

Er erklärte ihr mit der Gleichgültigkeit des alten Tropenmannes, der gegen Malaria abgehärtet und abgestumpft ist, welche Rolle die Moskitos bei dieser Erkrankung spielen, daß sie besonders gern an den Hand- und Fußgelenken stechen, weil die großen Blutgefäße und Arterien an diesen Stellen mehr an der Oberfläche der Haut liegen. Aber er konnte Patricia nicht beruhigen. Sie wollte bei Sanders wachen, aber Hamilton widersprach so heftig, daß sie schließlich ihre Absicht aufgab.

»Er würde es mir niemals verzeihen, wenn ich das zuließe. Morgen früh wird es ihm wieder gut gehen.«

Sie zweifelte daran, aber zu ihrem größten Erstaunen erschien Sanders zum Frühstück, als ob nichts vorgefallen wäre. Nur seine Augen sahen müde aus, und seine Hand zitterte ein wenig, als er die Kaffeetasse zum Munde hob. Ein Wunder, dachte Patricia, und äußerte dies auch.

»Nicht im mindesten, meine liebe Miß«, sagte Bones, der wie stets die Verantwortung für alle ungewöhnlichen Erscheinungen, die sie lobte, für sich in Anspruch nahm, mochten sie natürlich oder unnatürlich sein. »Das ist noch gar nichts im Vergleich zu dem, was mir einmal passiert ist. Ham, mein lieber, alter Freund, erinnern Sie sich daran, wie ich damals vom Machenombi-Strom heruntergebracht wurde? Ich sprach nur noch im Delirium – ich raste und tobte und war ganz von Sinnen. Wenn Sie mich damals gesehen hätten«, fuhr er fort und zeigte feierlich mit seinem knochigen Finger auf Patricia, »dann hätten Sie gesagt, Bones pfeift auf dem letzten Loch.«

»So etwas Vulgäres hätte ich nicht gesagt, Bones«, protestierte sie. »Hatten Sie denn damals auch Malaria?«

»Oh«, sagte Hamilton triumphierend, »ich war damals zu höflich, es zu bezweifeln. Aber wir wollen diese Frage lieber unbeantwortet lassen, Patricia.«

Bones zuckte die Schultern und sah seinen Vorgesetzten mit einem Blick vernichtender Verachtung an.

»Wenn ein tapferer Mann in der Ausübung seiner Pflicht fällt, meine teure Miß Patricia, dann ist die Größe des Geschosses nicht von Belang, das ihn auf dem Schlachtfeld getötet und seine Verwandten und Gläubiger in Trauer versetzt hat.«

»Nun sagen Sie doch einmal wirklich, was Ihnen gefehlt hat?«

»Masern«, erwiderte Hamilton brutal.

»Das war schlecht von Ihnen, mein alter Offizier. Trotzdem ist es richtig. Aber wenn erst mein Laboratorium fertig ist, dann werde ich glühende Kohlen auf Ihr Haupt sammeln. Miß Patricia, es wird ein vollständiger Umschwung aller Dinge hier kommen, es wird kein Fieber, keine Masern mehr geben – nur noch Gesundheit, Reichtum und Weisheit, das schwöre ich Ihnen!«

»Er scheint einen Sonnenstich zu haben«, sagte Hamilton. »Nehmen Sie sich doch zusammen, Bones. Sie sind hier unter guten Freunden.«

Aber Bones war über Spötteleien erhaben.

Er hatte sich eine große, viereckige Hütte an der Küste bauen lassen. Er war nächtelang aufgeblieben und hatte mit Schiene und Winkel einen komplizierten Plan gezeichnet, in dem gewisse blaue Rechtecke Fenster und große, rote Kegel Türen andeuteten. Obendrein hatte er auch noch eine Fassade in dem ernsten Stil entworfen, der zur Zeit des Königs Georg üblich war.

Nachdem dieser wundervolle, nach Maßstab gezeichnete Plan, auf dem Schnitte, Fassaden und Grundrisse prangten, fertig war, hatte Bones Mojeri von den unteren Isisi kommen lassen, der im ganzen Land berühmt war als Erbauer großer Häuser, und ihm die Ausführung anvertraut.

»Mojeri, dieses sollst du für mich bauen«, sagte Bones, der an dem Ende eines Bleistiftes kaute und entzückt auf seinen eigenen Plan sah, der vor ihm ausgebreitet lag. »Und du wirst berühmt werden in der ganzen Welt. Sieh einmal her. Dieser Raum soll zweimal so groß werden wie dieser, und du sollst einen künstlichen Gang ausdenken, daß ich von dem einen in den anderen Raum gehen kann, ohne daß jemand sieht, daß ich komme oder gehe. Dies hier soll mein Schlafzimmer werden, und in diesem großen Zimmer will ich Magie betreiben.«

Mojeri nahm den Plan in die Hand und sah ihn an. Er hielt ihn zuerst verkehrt, dann seitlich.

»O Herr«, sagte er schließlich und legte das Blatt ehrerbietig wieder fort, »ich werde mich an all diese großen Wunderdinge erinnern.«

»Hat er es denn auch getan?« fragte Hamilton, als Bones von dieser Unterredung berichtete.

Bones blinzelte und schluckte verlegen. »Ja, er ist hingegangen und hat mir eine viereckige Hütte gebaut – denken Sie nur, eine ganz einfache Hütte mit einem Raum. Dieser Mojeri ist ein großer Schwindler – ein Esel...«

»Lassen Sie mich doch einmal Ihren Plan sehen«, sagte Hamilton. Bones reichte ihm die Zeichnung.

»Hm«, meinte Hamilton, nachdem er sich alles genau betrachtet hatte. »Es ist sehr nett gezeichnet, aber wie wollten Sie denn eigentlich in ihr Zimmer kommen?«

»Natürlich durch die Tür, mein lieber, alter Offizier«, erwiderte Bones sarkastisch.

»Ich dachte, durch das Dach oder vielleicht auch durch eine Versenklappe, wie man sie auf den Bühnen findet.«

Plötzlich dämmerte es Bones. »Ach, ich habe doch nicht etwa die Tür vergessen?« fragte er ungläubig und sah über die Schulter seines Vorgesetzten.

»Natürlich! Wo führt denn eigentlich dieser Gang hin?«

»Direkt von meinem Schlafzimmer zu dem Raum, der mit ›L‹

bezeichnet ist.«

»Dann scheinen Sie ja ein Geisterkönig zu sein«, sagte Hamilton bewundernd. »Es ist nämlich gar nicht so leicht, zu dem Raum ›L‹ zu kommen, da Sie mitten in den Gang eine Querwand eingezeichnet haben –«

»›L‹ bedeutet Laboratorium«, erklärte der Architekt schnell. »Aber wo ist denn die Wand? Richtig, hier steht sie – aber die können wir ja nachher wieder herausbrechen – das ist eine Augenblickssache!«

»Großzügig gesprochen, Bones«, erwiderte Hamilton, nachdem er den Plan noch einmal betrachtet hatte. »Ich glaube, Mojeri hat ganz gut gehandelt. Sie müssen eben mit dem einen Zimmer zufrieden sein. Was wollten Sie denn eigentlich mit dem großen Haus anfangen?«

»Der Wissenschaft dienen und den menschlichen Geist erleuchten«, entgegnete Bones großartig.

»Oh, ich verstehe – Sie wollen dort Feuerwerk machen? Eine glänzende Idee.«

»Ich muß Sie leider eines Besseren belehren, mein lieber alter Herr«, erklärte Bones mit bewunderungswürdiger Geduld. »Ich werde nämlich meine alten medizinischen Studien wiederaufnehmen. In letzter Zeit habe ich leider viele wertvolle Stunden durch meine frivole Vergnügungssucht versäumt. Die Zeit entflieht – das Leben ist kurz –, und ich möchte noch hinzufügen –«

»Lassen Sie es lieber«, bat Hamilton. »Ich bekomme sonst Kopfschmerzen.«

Bones sah ihn interessiert an. »Darf ich Ihnen etwas verschreiben, Sir«, begann er.

»Nein, nein, danke, danke, ich möchte lieber die Kopfschmerzen aushalten«, sagte Hamilton schnell.

Es dauerte noch eine ganze Woche, bis das Laboratorium eingerichtet war. Dann veranstaltete Bones bei einem Nachmittagstee eine Einweihungsfeier.

Er selbst erschien dabei in einem langen weißen Operationskittel und trug eine schreckliche Leinenmaske, die an einer Schutzbrille aus Glimmer befestigt war. Durch diese betrachtete er tiefsinnig die Welt, als er Sanders, Hamilton und Patricia hereinbat. Sein Willkommensgruß wurde durch die Maske etwas unverständlich. Das Innere des Raumes war ungemütlich. Glasretorten, Reagenzgläser, Flaschen und all die wissenschaftlichen Instrumente bedeckten den großen Tisch und verschiedene Regale, ebenso die drei im Raum vorhandenen Stühle.

»Ich begrüße Sie in meiner kleinen wissenschaftlichen Werkstätte«, sagte Bones mit hohler Stimme hinter seiner Maske. »Ich möchte – ach, treten Sie, bitte, nicht in das eiserne Untergestell, mein lieber alter Offizier. Miß Patricia, Sie setzen sich ja in eine Schale mit Medizinalalkohol!«

Bones nahm seine Maske ab und sah ganz rot und aufgeregt aus.

»Behalten Sie das Ding nur auf, Bones«, meinte Hamilton, »Sie sehen so viel besser aus.«

Sanders trat an das Mikroskop, das unter einer großen Glasglocke stand. »Sie sind ja recht gut eingerichtet, Bones«, sagte er lobend. »Mit welchem Zweig der Medizin wollen Sie sich denn näher befassen?«

»Mit Tropenkrankheiten, Sir«, erwiderte Bones und nahm die Glasglocke von dem Mikroskop ab. »Ich hoffe, daß Sie mir gestatten, nach dem Tee eine Blutprobe von Ihnen zu nehmen.«

»Danke sehr«, entgegnete Sanders. »Ich glaube, Hamilton eignet sich für solche Versuche besser.«

»Kommen Sie mir nicht in die Nähe!« drohte Hamilton.

Als das Teegeschirr abgeräumt war, bot sich Patricia heldenmütig als Opfer an. »Nehmen Sie eine Blutprobe von mir«, sagte sie und streckte die Hand aus.

Bones nahm eine Nadel und sterilisierte sie in einer Spiritusflamme. »Ich verletze Sie nicht«, sagte er etwas nervös und näherte die Spitze ihrer weißen Haut. Aber plötzlich zog er sie schnell wieder zurück. »Also, Sie brauchen keine Angst zu haben – ich tue Ihnen wirklich nichts, meine teure, gute Miß Patricia«, wiederholte er etwas unsicher und nahm ihren Arm in seine Hand. Dann richtete er sich wieder auf und wischte sich den Schweiß von der Stirn. »Nein, ich habe nicht den Mut, es zu tun«, gestand er.

»Sie sind ja ein schöner Doktor«, sagte sie vorwurfsvoll, nahm ihm die Nadel aus der Hand und stach sich. »Hier!«

Bones nahm den kleinen roten Tropfen, preßte ihn zwischen seine Gläser, tupfte einen Öltropfen darauf und stellte das Mikroskop ein.

Er schaute lange durch das Okular, und als er wieder aufblickte, sah er verstört aus. »Schlafkrankheit, meine liebe, arme Miß Hamilton!« rief er atemlos. »Ihr Blut ist vollständig mit Trypanosomen verseucht! Großer Gott! Was für ein Segen für Sie, daß ich es noch rechtzeitig entdeckt habe!«

Sanders stieß den jungen Wissenschaftler beiseite und schaute selbst durch das Mikroskop. Als er sich umwandte, sah auch er bleich und eingefallen aus. Ein furchtbarer Schrecken befiel Patricia.

»Sie verrückter Mensch«, grollte Sanders böse, »das sind doch keine Trypanosomen – Sie haben das Okularglas nicht abgestaubt!«

»Keine Trypanosomen?« fragte Bones bestürzt.

»Sie scheinen ja obendrein noch enttäuscht zu sein, Bones?« sagte Hamilton.

»Rein menschlich bin ich natürlich überglücklich«, erwiderte Bones düster, »aber als Wissenschaftler fühle ich mich direkt blamiert.«

Die Einweihungsfeier war von viel kürzerer Dauer, als der Gastgeber beabsichtigt hatte. Er hatte einen kleinen wissenschaftlichen Vortrag vorbereitet und wollte am Schluß ein schönes Experiment vorführen. Damit die Sache mehr Eindruck mache, hatte Bones den Raum künstlich verdunkelt, und seine Gäste saßen nun in der heißen, stickigen Finsternis, während er seine Gerätschaften nicht finden konnte und leise fluchte. Als das Experiment endlich beginnen sollte, fielen einige Flaschen auf den Boden und zerbrachen, und es breitete sich ein pestilenzartiger Gestank aus. Das Auditorium versuchte so schnell wie möglich die Türe zu erreichen.

»Die Frauen und Kinder zuerst!« rief Hamilton und öffnete die Türe.

Sie verabschiedeten sich aus respektvoller Entfernung von Bones.

Hamilton ging zu den Baracken der Haussa, und Sanders kehrte mit Patricia zur Residenz zurück.

Sie sprachen von Bones und seinem neuesten Steckenpferd.

»Glauben Sie wirklich nicht, daß ich diese schrecklichen Bakterien in meinem Blut habe?«

Sanders schaute geradeaus. »Ich dachte es – Sie verstehen, wir wissen, die Trypanosomen sind kleine Tierchen, die die Schlafkrankheit verursachen. Jeder, der einige Zeit hier in dieser Gegend gelebt hat, kann sich damit infizieren. Bones ist natürlich viel zu oberflächlich, er macht nichts ordentlich – ich hätte gleich daran denken sollen.«

Sie sagte nichts, bis sie zur Veranda kam und sich ihrem Zimmer zuwandte.

»Es war heute nicht schön bei Bones, nicht wahr?«

»Es war höllisch ungemütlich«, gab Sanders zu.

Sie seufzte tief und lang und klopfte ihm leise auf den Arm, bevor ihr klarwurde, was sie tat.

Bones kam von seiner Hütte und begegnete Sanders, der über den Exerzierplatz eilte.

»Bones, Sie müssen zu den Isisi hinauffahren«, sagte er. »Dort oben ist eine böse Krankheit ausgebrochen. Wahrscheinlich ist diese verdammte Überschwemmung daran schuld. Dieser niederträchtige Rabanini hat seinen Fluß nicht saubergehalten. Die unteren Wälder sind völlig überflutet.«

»Ich danke Ihnen vielmals, Exzellenz, daß Sie meinen wissenschaftlichen Fähigkeiten soviel zutrauen –«

»Machen Sie sich nicht lächerlich«, erwiderte Sanders gereizt. »Ich schicke Sie hinauf, damit Sie diese faulen Schlingel an die Arbeit bringen sollen. Wenn man die Kerle sich selbst überläßt, setzen sie sich einfach ruhig hin und sterben eher, als daß sie einen Entwässerungsgraben ziehen. Sorgen Sie dafür, daß ein paar kleine Kanäle mit einem gewissen Gefälle zum Strom hin angelegt werden. Rabanini versetzen Sie von mir aus einen Fußtritt. Nehmen Sie auch noch ein paar Kilo Chinin mit und verteilen Sie es, wenn es notwendig ist.«

Trotzdem schmuggelte Bones eine große Anzahl seiner medizinischen Instrumente mit an Bord und kam begeistert für seine neue Aufgabe bei den unteren Isisi an.

Drei Wochen später saß Sanders schweigsam und in Gedanken versunken am Tisch.

Patricia hatte schon mehrere Male erfolglos versucht, ihn in die Unterhaltung zu ziehen, aber er hatte ihr nur einsilbig geantwortet. Zuerst war sie etwas verletzt und ärgerlich gewesen, dann aber erkannte sie, daß ihn schwere Sorgen drücken mußten. Als sie aber gelegentlich den Namen Bones erwähnte, wurde er plötzlich lebhaft.

»Ja, Bones hat einige medizinische Kenntnisse«, beantwortete er ihre Frage. »Er hatte sich schon zwei Jahre als Student damit befaßt, bevor er einsah, daß Chirurgie und Medizin nicht seine Stärke seien.«

»Finden Sie nicht auch, daß hier ein Arzt fehlt?« fragte sie.

Sanders lächelte.

»Der ist hier unnötig. Ab und zu kommt der Militärarzt vom Hauptquartier, und außerdem haben wir eine Apotheke für die Eingeborenen. Glücklicherweise sind Epidemien hier sehr selten, allerdings haben wir auch einige schwere Krankheiten, die ja augenblicklich von den medizinischen Expeditionen genau untersucht werden – Schlafkrankheit, Beriberi und so weiter. Manchmal breitet sich natürlich auch eine Epidemie aus. Hamilton, bleiben Sie, bitte, ich möchte mit Ihnen reden.«

Hamilton hatte sich erhoben und wollte in sein Zimmer gehen, nachdem er seiner Schwester kurz zugenickt hatte. Er wandte sich wieder um.

»Gehen Sie ein wenig mit mir auf und ab«, sagte Sanders, nachdem er sich bei Patricia entschuldigt hatte.

»Was gibt es?« fragte Hamilton, als sie nicht mehr auf der Veranda gehört werden konnten.

Sanders schien sehr beunruhigt zu sein. »Haben Sie schon daran gedacht, daß wir keine Nachricht von Bones haben, seitdem er uns verlassen hat?«

Hamilton lächelte. »Er ist ein exzentrischer Mensch. Wenn ihm wirklich etwas Schlimmes zugestoßen wäre, hätten wir schon von ihm gehört.«

Sanders antwortete nicht gleich. Sie gingen auf dem kiesbestreuten Weg vor dem Haus auf und ab.

»Von Rabaninis Dorf sind aus dem einfachen Grund keine Nachrichten mehr gekommen, weil seit Bones' Ankunft niemand mehr hinein- oder herauskam. Es liegt, wie Sie wissen, auf der schmalen Landzunge an dem Zusammenfluß der beiden Ströme. Kein Boot hat die Ufer verlassen, und ein Versuch, auf dem Landwege dorthinzukommen, ist durch den Einsatz von Gewalt verhindert worden.«

»Durch Gewalt?« fragte Hamilton verwundert.

Sanders nickte. »Ich habe heute morgen einen längeren Bericht darüber erhalten. Zwei Männer der Isisi aus einem anderen Dorfe fuhren dorthin, um Verwandte zu besuchen. Als sie sich dem Ufer näherten, wurde mit Pfeilen auf sie geschossen, und sie kehrten schnell wieder um. Auch der Häuptling des Dorfes, M'gomo, ist in derselben Weise empfangen worden. Mein Späher Ahmet hat auch davon gehört und versucht, selbst nach der Halbinsel zu rudern. Auf eine Entfernung von zweihundert Metern wurde mit

Feuerwaffen auf ihn geschossen.«

»Man hat doch nicht etwa Bones überfallen?« rief Hamilton bestürzt.

»Im Gegenteil, Bones hat Ahmet überfallen, denn Bones war der Schütze.«

Die beiden gingen schweigend weiter.

»Entweder ist er tatsächlich verrückt geworden«, sagte Hamilton, »oder...«

»Oder?«

Hamilton lachte verlegen und hilflos.

»Ich kann dieses Geheimnis nicht enträtseln. Dr. McMasters kommt ja morgen hierher, um ein paar kranke Haussas zu besuchen. Am besten nehmen wir ihn mit nach oben, damit er sich Bones einmal ansieht.«

Bedrückt und schweigsam fuhren sie am nächsten Morgen mit der »Zaire« nach Norden. Patricia hatte sie bis zum Kai begleitet und sah dem kleinen Dampfer besorgt nach.

Nur Dr. McMasters war guten Mutes, denn für ihn bedeutete die Exkursion eine willkommene Unterbrechung seiner sonst so eintönigen Praxis.

»Es ist möglich, daß er unvorsichtigerweise in die Sonne gegangen ist«, meinte er. »Ich habe verschiedene solcher Fälle gekannt, in denen die Leute den Verstand verloren haben. Ich besinne mich auf einen Mann in Grand Bassam, der einen anderen erschossen hat...«

»Nun seien Sie aber ruhig, Sie verfluchter Teufel!« rief Hamilton nervös. »Wir wollen lieber über Schmetterlinge sprechen.«

Die »Zaire« fuhr um die Flußbiegung, hinter der Rabaninis Dorf lag. Aber kaum war sie dort in Sicht gekommen, als von drüben schon ein Schuß fiel.

Sanders sah, wie die Kugel vor dem Dampfer ins Wasser einschlug und wie eine kleine Fontäne aufspritzte. Er schaute durch das Glas und beobachtete das Ufer.

»Es ist Bones«, sagte er grimmig. »Wir wollen beidrehen, Abibu.«

Der Steuermann drehte das Rad.

Ping! Wieder fiel ein Schuß. Diesmal schlug das Geschoß rechts ein. Die drei Männer drehten sich um.

»Die Leute sollen alle Deckung nehmen!« befahl Sanders dann ruhig. »Wir werden an dieses Ufer gehen, selbst wenn Bones eine ganze Batterie von 75er-Geschützen dort hat!«

Ein Ausruf Hamiltons lenkte plötzlich seine Aufmerksamkeit ab.

»Er signalisiert«, sagte Hamilton.

Bones gab mit seinen langen Armen Flaggensignale. Es schien offenbar eine Warnung zu sein.

Hamilton öffnete sein Notizbuch und schrieb mit.

»Tut mir furchtbar leid, lieber alter Offizier«, schrieb er Buchstabe für Buchstabe hin und lächelte kopfschüttelnd über die unnötig lange Einleitung. »Muß Sie fernhalten, schwerer Ausbruch der Pocken...«

Sanders nickte ernst und signalisierte zum Maschinenraum: »Stoppen«.

»Mein Gott«, sagte Hamilton entsetzt, denn er hatte schon einmal eine solche Epidemie erlebt. Es überkam ihn eine Gänsehaut, und er schüttelte sich vor Schrecken. Große Landstrecken waren damals in kürzester Zeit verödet. Ein ganzer Volksstamm war ausgestorben, die Überreste der eingefallenen Hütten konnte man noch unter dem hohen Elefantengras des Dschungels sehen.

Er wischte sich die Stirne und las besorgt die folgende Botschaft, denn er dachte an seine Schwester.

»Hatte entsetzlich zu kämpfen, verlor zwanzig Mann, bin aber Herr der Lage. Krankheit im Abnehmen. Holen Sie mich nach drei Wochen hier ab. Mußte hierbleiben, da sonst die unvorsichtigen Leute die Epidemie verbreitet hätten.«

Sanders schaute auf Hamilton. Mr. McMasters lachte. »So bekomme ich doch wenigstens schnell einmal Urlaub!« sagte er und rief seinen Diener.

Hamilton sprang nach vorn aufs Geländer, lehnte sich gegen einen Messingpfosten und signalisierte Antwort. »Wir schicken Ihnen einen Arzt.«

Von drüben wurde heftig gegensignalisiert: »Sprenge Doktor in die Luft! Was bin ich denn?!«

»Was soll ich ihm antworten?« fragte Hamilton, als er Sanders die Botschaft übermittelt hatte.

»Signalisieren Sie ihm: ›Sie sind ein Held‹ «, sagte Sanders heiser.

## *Bones gründet eine Dynastie*

Patricia Hamilton, eine aufmerksame junge Dame, hatte beobachtet, daß Bones täglich zu einer gewissen Stunde von der Bildfläche verschwand.

»Wo ist denn Bones?« erkundigte sie sich eines Morgens, als er ungewöhnlich lange fort blieb.

»Bei seinem Kind«, erwiderte ihr Bruder.

»Nun sei doch nicht komisch, mein Lieber! Sag mir doch, wo er steckt. Ich glaube, ich sah ihn vorhin beim Schiffsarzt.«

Der Postdampfer war an diesem Morgen angekommen, und der Kapitän und der Schiffsarzt waren zum Frühstück Gäste der Residenz gewesen.

Hamilton schaute von seinem Buch auf und nahm die Pfeife aus dem Mund. »Hat Bones dir während dieser ganzen Zeit noch nichts von seinem süßen Geheimnis erzählt?« fragte er erstaunt.

Sie setzte sich neben ihn.

»Ah, bitte, erzähle mir doch. Sicherlich ist es ein Scherz. Es ist nicht das erstemal, daß ihr Bones wegen des Babys auszankt. Sogar Mr. Sanders hat das getan.«

Sie schaute zu dem Distriktsgouverneur hinüber und schüttelte vorwurfsvoll den Kopf.

»Habe ich Bones Vorwürfe gemacht?« fragte Sanders erstaunt. »Ich dachte nicht, daß ich überhaupt fähig sei, jemandem etwas Böses zu sagen.«

»Es ist nichts Böses an der ganzen Sache, Patricia. Er hat ein Negerkind adoptiert.«

»Ein Kind?«

»Ja, ein Kind, das damals nur einen Monat alt war. Die Mutter war tot, und irgendein Zauberdoktor wollte es zerstückeln, als Bones dazwischenkam.«

Patricia lachte vergnügt und klatschte in die Hände.

»Ach, bitte, erzählen Sie mir doch alles.«

Sanders kam denn auch ihrem Wunsche nach und berichtete die ganze Geschichte von Henry Hamilton Bones, der in Gefahr war, geopfert zu werden, und von Bones gerettet wurde. Hamilton gab dann noch zum besten, wie er Bones dabei überraschte, als er den Kleinen zum erstenmal badete.

»Er hat ihn einfach in einen großen Kübel gesteckt und mit einem Scheuerlappen bearbeitet.«

Bald darauf kam Bones vom Ufer her. Er hatte die Pfeife im Munde und wirbelte mit seinem Spazierstock. Hamilton beobachtete ihn von der Veranda aus und rief nach Patricia.

Es war ein sorgenvoller Vormittag für Bones gewesen, und selbst Hamilton war ausnahmsweise so taktvoll, seiner Schwester gegenüber nichts von den Vorgängen zu erwähnen.

Draußen auf See hatte der Dampfer »Boma Queen« Anker geworfen und wartete auf die Rückkehr des Schiffsarztes und des Kapitäns. Bones hatte die beiden soeben zur Küste begleitet. Es war wirklich ein sehr wichtiger Tag, denn Henry Hamilton Bones war heute geimpft worden.

»Ich glaube, die Dinger gehen an«, sagte Bones ernst, als die andern ihn fragten. »Ich muß schon sagen, daß sich Henry wie ein Gentleman benommen hat.«

»Was sagte denn Fitz?«

Fitzgerald war der Doktor, der früher versprochen hatte, die kleine Operation auszuführen, und heute sein Versprechen eingelöst hatte.

»Fitz?« sagte Bones erregt. »Fitz ist ein böser Mensch.«

Hamilton grinste.

»Er wollte mir doch einreden, daß das kleine Kind nichts davon fühle. Und Henry hat sich doch beinahe zu Tode geschrien – es war schrecklich!«

Bones tupfte sich die Stirne mit einem großen buntseidenen Taschentuch und sah sich vorsichtig um.

»Aber Patricia dürfen Sie nichts sagen, Ham«, flüsterte er so laut, daß sie es unbedingt hören mußte.

»Das tut mir leid – sie weiß es schon.«

»Großer Gott!« rief Bones verzweifelt und wandte sich zu der jungen Dame um.

»O Bones!« sagte sie vorwurfsvoll, »Sie haben mir nie etwas davon gesagt!«

Bones zuckte die Schultern, nahm seine Pfeife aus dem Mund, wollte sprechen, schaute zu ihr hinüber, streckte dann aber abwehrend seine Hände aus und steckte die Pfeife wieder in den Mund.

Aus all diesen Anzeichen war zu entnehmen, daß er aufgeregt war.

»Meine liebe, gute Miß Hamilton«, erwiderte er schließlich mit zitternder Stimme, »ich wäre ein verruchter Missetäter, wenn ich

Henry Hamilton Bones verleugnen wollte – dieser arme, kleine Kerl –, wenn ich es Ihnen niemals gesagt habe, meine liebe, gute Schwester, dann ist das – dann ist das, weil – nun, Sie würden es nie verstanden haben.«

Er zuckte wieder verzweifelt die Schultern.

»Also Bones, nun seien Sie doch nicht töricht! Warum, zum Teufel, machen Sie denn ein so schreckliches Brimborium aus dieser Sache?« fragte Hamilton. »Ich kann Ihnen das Zeugnis ausstellen, daß Sie dem Stöpsel ein sehr guter Vater sind.«

»Nicht Stöpsel, mein lieber alter Herr«, bat Bones, »Henry ist ein menschliches Wesen mit einem menschlichen Herzen. Der Junge kennt mich, sobald ich nur in die Hütte komme. Es ist wundervoll zu sehen, wie er sich aufrichtet und ›Da‹ sagt, meine liebe, gute Schwester Hamilton«, fuhr er dann fort, »wie er lächelt und dabei den Mund aufmacht – ein Zahn ist schon durch, und mit dem kleinen Finger können Sie einen andern fühlen. Es ist einfach großartig, meine liebe, gute Miß Hamilton. Verdammt noch mal, es ist prächtig!«

»Aber Bones!« rief Patricia.

»Der Doktor hat nun in seinen kleinen, armen, netten, lieben, fetten Arm geschnitten. Dieser Fitz ist doch ein Barbar! Erbarmungslos hat er mit dem Messer hineingestochen, direkt brutal! Und der verdammte kleine Schlingel hat nicht einmal nach der Polizei gerufen! Großer Gott, es war schrecklich!«

Er wischte sich heimlich eine Träne aus dem Auge.

»Es war sicher fürchterlich«, suchte sie ihn zu trösten. »Kann ich mir den kleinen Jungen nicht einmal ansehen?«

Bones machte eine abwehrende Geste, und obgleich die Wohnung dieses Wunderkindes sicher einige hundert Meter weit entfernt lag, sprach er doch ganz leise. »Er schläft, zwar unruhig, aber er schläft doch. Ich habe den Wärterinnen gesagt, sie sollen mich sofort holen, wenn er Fieber bekommt oder wenn es ihm schlechter geht. Nach Tisch werde ich mit dem Grammophon hingehen, falls er aufsässig werden und schreien sollte. Aber jetzt schläft er. Ich danke Ihnen für Ihre große Liebenswürdigkeit und Teilnahme in einem so schweren Augenblick, meine liebe, gute Miß.«

Er nahm ihre Hand und drückte sie herzlich, wollte etwas sagen, schluckte, wandte sich dann kurz um und ging ohne ein Wort von der Veranda nach seiner Hütte zu.

Das Mädchen lächelte, aber auch in ihren Augen standen Tränen. »Ein guter Junge!« sagte sie halb zu sich selbst.

Sanders nickte. »Bones hat ein gutes Herz«, stimmte er zu.

Sie schaute zu ihm hinüber. »Das spricht für ihn«, sagte sie ruhig.

»Ich schätze ihn sehr. Nur wenige Menschen können Bones wirklich verstehen. Als ich ihn zuerst sah, glaubte ich, er sei ein wenig verrückt, aber ich hatte unrecht. Dann dachte ich, er sei verweichlicht, aber ich hatte wieder nicht recht, denn er zeigte sich stets als ein braver, tapferer Mann, wenn es darauf ankam. Bones ist einer der seltenen Menschen – ein tatkräftiger Mann mit einem weichen Gemüt und einem warmen Herzen, wie es eine edle Frau haben könnte.«

Ihre Augen trafen die seinen, und sie schauten einander an. Dann senkte sie schnell den Blick und wurde plötzlich rot.

»Ich glaube, Sie haben ihn genau erkannt«, sagte sie und blätterte verlegen in ihrem Buch.

Am nächsten Morgen wurde Patricia eine Audienz bei Henry Hamilton Bones, dem Musterbild aller Knaben, bewilligt.

Er war in der größten der Haussahütten am äußersten Ende der ganzen Reihe untergebracht und wurde von zwei Eingeborenenfrauen betreut. Bones hatte feste und unumstößliche Vorschriften für seine Behandlung aufgestellt. Patricia blieb vor der Türe stehen und las diese Bestimmungen, die mit Maschine geschrieben und auf einem Anschlagbrett mit Reißnägeln befestigt waren.

Sie waren sowohl in englisch als auch in küstenarabisch verfaßt, das Bones meisterlich beherrschte. Patricia wunderte sich, warum sie auch in englisch geschrieben waren.

»Das ist absolut nötig, meine liebe, gute Freundin«, erklärte Bones ernst. »Sie haben keine Ahnung, welche Angst ich schon manchmal ausgestanden habe. Zum Beispiel ist Ihr netter Bruder zwar ein hervorragender Sportsmann, aber mit Kindern kann man nicht vorsichtig genug umgehen, und Hamilton ist einfach schrecklich gedankenlos!«

Der englische Teil der Vorschriften war kurz, und sie las ihn durch.

Henry Hamilton Bones.

1. Die Besucher werden gebeten, möglichst wenig Geräusch zu machen. Denken Sie daran, wie Ihnen zumute wäre, wenn Sie plötzlich rücksichtslos aus erfrischendem Schlaf gerissen würden! Seien Sie mitfühlend und versetzen Sie sich in die Lage des Kindes!

2. Es ist streng verboten, das Kind zu füttern. Höchstens dürfen ihm Nahrungsmittel zugeführt werden, die auf einer Liste enthalten sind, die man auf Wunsch einsehen kann. Nüsse und Schokolade dürfen ihm unter keinen Umständen gereicht werden.
3. Der Unterzeichnete ist nicht verantwortlich für Dinge, die von dem Kind zerbrochen werden, z. B. Taschenuhren. Wenn solche Objekte zur Belustigung des Kindes verwendet werden, so kann man sie ihm ans Ohr halten, man wird dann einen interessierten Ausdruck auf seinem Gesicht wahrnehmen. Niemals sollte man aber dem Kinde gestatten, die Taschenuhr in den Mund zu nehmen und darauf zu beißen – das Kind weiß es nicht besser –, denn das Glas und die Zeiger gefährden seine Gesundheit in hohem Maße.
4. Beim Aufheben des Kindes sind folgende Vorsichtsmaßregeln zu berücksichtigen: Man fasse das Kind oberhalb der Taille unter den Armen, hebe es langsam auf und achte ja darauf, daß der Kopf nicht nach hinten zurückfällt. Man halte dann das Kind dicht am eigenen Körper, nehme den linken Arm unter das Kind, den rechten darüber. Man sollte das Kind nicht ermutigen, sich aufzusetzen – obgleich es dazu schon in der Lage ist, denn es ist für ein Alter von acht Monaten weit fortgeschritten –, weil es der Erstarkung seines Rückens schaden könnte. Auf keinen Fall ist es zulässig, das Kind in die Luft zu werfen und dann wieder aufzufangen.
Alle weiteren Informationen können auf Verlangen in Hütte 7 eingesehen werden.

(gez.) Augustus Tibbetts, Leutnant.

»Alle diese Vorschriften sind auf Grund persönlicher Erfahrung und Beobachtung erlassen worden«, sagte Bones begeistert. »Ich habe keine Ratschläge von anderen dabei bekommen.«

»Das ist ganz hervorragend, Bones!« erwiderte Patricia und meinte es ehrlich.

Henry Hamilton Bones saß aufrecht in einem kleinen Kinderbettchen. Er war kräftig, rund und gesund, hatte einen dicken Kopf und große Augen, lutschte an seinem Daumen und starrte auf die fremde Dame und von ihr auf Bones, den er sehr aufmerksam und interessiert betrachtete. Dann lachte er und krähte laut vor Freude.

»Ist das nicht – ist das nicht ganz außerordentlich?« fragte Bones entzückt. »Während Ihres ganzen langen Lebens, meine liebe Freundin und Mitarbeiterin, haben Sie doch dergleichen noch nicht gesehen? Wenn Sie einmal berücksichtigen, daß kleine Kinder die Augen erst drei Monate nach der Geburt öffnen...«

»Da«, sagte Henry Hamilton Bones.

»Da!« antwortete der Pflegevater, indem er die Stimme des Kleinen nachzuahmen versuchte.

»Do da«, fuhr Henry fort.

Das Lächeln verschwand von Bones' Gesicht, und er schaute nachdenklich drein. »Do da«, wiederholte er. »Wenn ich nur wüßte, was ›do da‹ bedeutet?«

»Do da!« brüllte Henry jetzt.

»Meine liebe, gute Miß Hamilton, ich weiß nicht, ob Henry trinken will oder ob er Leibschmerzen hat. Aber ich glaube, wir überlassen ihn jetzt besser den Frauen. Die wissen, was ihm nottut.«

Er winkte der Amme und ging hinaus.

Draußen hörte sie, wie Henry lustig krähte. Bones legte die Hand ans Ohr und horchte angestrengt. Dann lächelte er.

»Er wollte trinken! Entschuldigen Sie mich einen Augenblick, ich muß mir das notieren.« Er nahm sein Notizbuch heraus und schrieb: »Do da bedeutet: Kind will trinken.«

Sie kehrten zur Residenz zurück, und Bones erzählte ihr noch viel von Henrys besonderer Mundart. Die kleinen Kinder schienen ihre eigene Sprache zu haben, und Bones erklärte, sie beinahe zu beherrschen.

Als sich Patricia abends zur Ruhe legte, war sie noch lange Zeit wach und dachte an Bones, an sein einfaches und doch so liebes Wesen. Und sie dachte auch an Sanders, diesen ernsten, zurückhaltenden, scheuen Mann... Spät in der Nacht wachte sie plötzlich auf und hörte die Stimme von Bones draußen vor dem Fenster. Sie glaubte, Henry sei etwas zugestoßen. Aber auch Sanders und ihr Bruder waren zugegen, und sie überzeugte sich davon, daß sie nicht über Henry redeten. Sie schaute auf die Uhr. – Es war drei.

»Ich hätte diesem Menschen nicht trauen sollen«, sagte Sanders. »Ich weiß, daß man Bosambo keinen Vorwurf machen kann, denn er hat dem Stamm der Kulumbini weiten Spielraum gelassen, obgleich sie an seiner Grenze wohnen.«

Dann wandte er sich in einer fremden Sprache an einen Unbekannten, und Patricia vermutete, daß über Nacht ein Späher der Regierung gekommen war.

»Wir werden so schnell wie möglich aufbrechen, Bones«, sagte

Sanders. »Den Unterlauf des Stromes können wir auch im Dunkeln hinauffahren. Es wird Tag sein, bevor wir die seichten Stellen erreichen. Hamilton, Sie brauchen nicht mitzukommen.«

»Glauben Sie, daß Bones in der Lage ist, alles auszuführen, was nötig ist?« fragte Hamilton zweifelnd.

»Aber nehmen Sie sich doch zusammen, lieber, alter Offizier«, rief Bones mit lauter Stimme, die sich für einen Untergebenen eigentlich nicht recht schickte.

Die drei entfernten sich von der Veranda. Patricia fragte sich, wer der Mann sein könnte, von dem sie gesprochen hatten, und welches Unheil er angestiftet hatte, aber dann fiel sie wieder in Schlaf.

An einem kleinen Nebenstrom, dessen Mündung hinter der Insel der Fliegenden Hunde liegt, lag das Dorf der Kulumbini. Hohes Elefantengras verbarg die armseligen Hütten, so daß selbst die Eingeborenen, die auf der Mitte des Stromes fuhren, sie nicht sehen konnten. An dem abschüssigen Ufer gab nur ein altes, morsches Kanu aus Eichenholz davon Kunde, daß menschliche Wohnungen in der Nähe waren.

Bei den Stämmen, die an den Ufern des großen Stromes saßen, bei den Akasava, den Isisi und den N'gombi, ja selbst bei den duldsamen Ochori, standen die Kulumbini in Verruf. Sie waren noch unkultiviert, wild, unerhört tapfer, schrecklich im Kampf und noch schrecklicher nach ihrem Siege.

Das Dorf war zugleich auch der Hauptort und die am äußersten vorgeschobene Niederlassung eines ziemlich zahlreichen und bedeutenden Stammes, der die hinteren Wälder bis an das Ochoriland bewohnte. Die Kulumbini bestimmten die Grenzen ihres Gebietes je nach Laune und Willkür. Sie fühlten sich kaum als ein zusammengehöriges Volk und hatten auch keinen nationalen Ehrgeiz. Am Fluß sagte man, daß sie ihre Speere für ein paar Fische verkauften. Sie hatten nur einen merkwürdigen Hang: sie wollten nicht beaufsichtigt werden, und solange man dieser Neigung Rechnung trug, kamen sie auch niemand zu nahe.

Wie dieser Unabhängigkeitsdrang entstand, weiß niemand. Einmal wurden sie auch von einem König regiert, der ihren Wünschen in dieser Beziehung so weit entgegenkam, daß er sich niemals unter ihnen aufhielt, sondern an einem besonderen Platz im Walde wohnte, der noch bis heute S'furi-S'foosi genannt wird:

»Die Bäume (oder die Waldlichtung) des fernen Königs«. Sie hatten sich den Eingriffen der Regierung und den Inspektionen der Beamten widersetzt. Sanders war bei seinem ersten Besuch von einem Pfeilregen empfangen worden, und als er hatte landen wollen, traten ihm die Krieger mit Lanzen und Schilden bewaffnet entgegen. Es gibt viele Arten, Widerstand zu brechen, und ein sicherer Weg war es, die zwei Bronzegeschütze, die zu beiden Seiten der Kommandobrücke der »Zaire« aufgestellt waren, in Tätigkeit zu setzen. Aber man konnte auch friedliche Überredung wählen. Sanders entschied sich damals für einen Kompromiß und ging mit einem Revolver in jeder Hand zum Ufer, um ein friedliches Palaver mit den Kulumbini abzuhalten.

Er war mit der Denkweise der Eingeborenen gut vertraut und wußte viele kleine, lustige Geschichten, die er in der Bogmongo-Sprache erzählte. Die meisten könnte man nicht drucken, aber bei den Leuten am Großen Strom fanden sie viel Beifall. Sanders arbeitete mit Fabeln, Märchen und Witzen, er rief Ju-jus, Geister und Teufel an, er nahm die ganze Schatzkammer des einheimischen Aberglaubens zu Hilfe, und schließlich trug er den Sieg davon. Es gelang ihm nicht nur, in Zukunft friedliche Aufnahme bei ihnen zu finden, sondern, Wunder über Wunder, er überredete sie auch dazu, an gewissen Zeiten, wenn Mond und Gezeiten in bestimmter Stellung zueinander standen, eine Abgabe zu zahlen, was im Englischen so viel heißt, daß sie alle sechs Monate eine Steuer oder Taxe zu zahlen hatten, die in Gummi, Elfenbein, Fisch oder Maniok gegeben werden konnte, je nach Möglichkeit.

Er besiegelte sogar einen feierlichen Vertrag, der in ein altes Wäschebuch geschrieben worden war, das auf irgendeine unverständliche Weise in den Besitz des Häuptlings gekommen war. Dann hängte Sanders Gulabala, der diesen merkwürdigen Stamm beherrschte, die Kette und die Medaille um, die den Häuptlingen von der Regierung verliehen werden.

Gulabala wollte auch höflich sein und bot Sanders an, sich unter allen Mädchen der Kulumbini eine Frau auszusuchen. Solche Anerbieten waren dem Distriktsgouverneur nichts Neues, und er zog sich wie gewöhnlich aus dieser etwas peinlichen Situation, indem er sich auf Zauberei ausredete. Er sagte feierlich im Flüsterton, daß ihm von einem berühmten Zauberdoktor am unteren Strom vorausgesagt worden sei, daß das nächste Weib, das er zu sich nehmen werde, an der Krankheit Mongo sterben werde.

»Ich liebe dein Volk zu sehr, o Häuptling«, fügte er hinzu, »um eine seiner schönen Töchter dem sicheren Tode zu überantworten.«

»O Sandi«, erwiderte Gulabala froh, »ich habe viele Töchter, und auf eine kommt es mir nicht an. Wäre es denn nicht eine gute Sache für sie, in deiner Hütte zu sterben?«

»Wir beide, du und ich, sehen die Dinge verschieden an. Nach unserer Religion sitzt der Geist einer Frau, die durch Zauberei stirbt, später immer am Fußende meines Bettes und ist schrecklich anzuschauen.«

So hatte Sanders diese Gefahr abgewendet, und er erhielt auch tatsächlich in bestimmten Zwischenräumen den Tribut dieses so fern wohnenden Volkes.

Jahrelang hatten die Kulumbini nun still und ruhig gelebt, ohne daß sich ein Zwischenfall ereignet hätte. Denn es war eine böse Sache, mit ihnen in Streit zu geraten, und selbst als Gulabala bei einigen Gelegenheiten fremdes Gebiet betreten hatte, wurden deswegen keine Klagen erhoben. Da sie sich aber eines ziemlichen Wohhlstandes erfreuten, war es nur natürlich, daß sie allmählich übermütig wurden und kriegerische Gelüste entwickelten. Denn heißt es nicht am Großen Strom: »Das letzte Maß einer vollen Kornkammer ist ein Maß Blut«?

In einer dunklen Nacht nahm Gulabala dreihundert Krieger mit sich, überschritt die Grenze und marschierte zu dem Ochoridorf Natcka. Als er mit seiner Schar am nächsten Morgen zurückkam, waren die Klingen ihrer Speere von Blut gerötet, und er brachte zwanzig Frauen mit sich, die den Totengesang hätten singen können, weil Gulabala und seine Krieger ihre Männer erschlagen hatten.

Gulabala schlief den ganzen nächsten Tag, ebenso seine Leute. Und als er erwachte, fühlte er sich nicht sehr wohl, denn es dämmerte ihm die Erkenntnis, daß seine Tat böse Folgen haben würde.

Er rief also sein Volk zu einem Palaver zusammen.

»Bald wird Sandi mit seinen Soldaten kommen«, sagte er, »und wenn wir hier sind, werden sie viele von uns hängen, denn Sandi ist ein grausamer Mann. Deswegen wollen wir in einen abgelegenen Teil des Waldes gehen und alle unsere Vorräte und Schätze mitnehmen. Und wenn Sandi uns vergeben hat, wollen wir wieder zurückkehren.«

Das wäre auch ein sehr guter Plan gewesen, wenn nicht Bosambo, der Oberhäuptling der Ochori, am Morgen dieses schicksalsschweren Tages kaum fünfzig Meilen von ihnen entfernt gewesen wäre. Er hatte Nachricht von dem Überfall erhalten und war schnell mit seinen Kriegern herbeigekommen, um die Schandtat zu rächen. Denn Gulabala hatte nicht nur Frauen genommen, sondern auch sechzig Ziegen, und das war unverzeihlich.

Die Späher Gulabalas kamen mit der Nachricht zurück, daß der Weg zu der Zufluchtsstätte durch Bosambo und seine Leute versperrt sei. Der Häuptling der Ochori war den Kulumbini am meisten von allen Leuten verhaßt, denn er allein machte sich nichts daraus, ihnen bei jeder Gelegenheit auf die Finger zu sehen, und wagte es, die Kulumbini zu prügeln, die seine Grenze überschritten und auf verbotenem Gebiet jagten oder fischten.

»Ko«, sagte Gulabala sehr beunruhigt, »dieser Bosambo ist Sandis Hund. Wir wollen zu unserem Dorf zurückkehren und sagen, daß wir auf der Jagd waren, denn Bosambo wird nicht in unser Land kommen, weil er nicht Sandis Zorn erregen will.«

Sie erreichten ihr Dorf wieder und waren gerade dabei, den letzten Beweis ihres Verbrechens zu beseitigen. Denn eine Ziege sieht aus wie die andere, Frauen aber können reden, und Gulabala hatte deshalb beschlossen, sie zu töten. Er stand mit seinem gebogenen Henkermesser neben einer der Frauen, die er ermordet hatte, als Sanders die Dorfstraße herunterkam.

»O Gulabala«, sagte er milde, »das ist eine böse Tat.«

Der Häuptling sah hilflos von rechts nach links. »O Herr«, erwiderte er heiser, »Bosambo und sein Volk haben mir Schmach angetan, denn sie haben mich ausspioniert und sich über mich stellen wollen. Und wir sind ein stolzes Volk, das seine Unabhängigkeit liebt. So ist es seit erdenklichen Zeiten.«

Sanders runzelte die Stirn und sah Gulabala an.

»Ich sehe hier einen Baum, der ist so hoch, daß niemand, der dort oben hängt, sagen könnte, es stellt sich einer über ihn. Dort werde ich dich aufhängen, Gulabala, damit deine stolzen Leute dich sehen, bevor sie für ihr ganzes Leben in das Dorf der Ketten gehen, um für meinen König zu arbeiten.«

»O Herr«, entgegnete Gulabala mit philosophischer Ruhe, »ich habe gelebt.«

Zehn Minuten später hatte er die Strafe empfangen, die bösen Häuptlingen gebührt. Die Leute seines Stammes waren teilnahmslose Zuschauer dieses Schauspiels.

»Das ist nun schon das zehntemal, daß ich einen neuen Häuptling für dieses Gebiet wählen muß«, sagte Sanders, als er auf dem Deck der »Zaire« auf und ab ging. »Wem in aller Welt könnte ich nun diesen Posten übertragen? Offen gestanden, ich muß sagen, daß ich es selbst nicht weiß.«

Die Lokoli der Kulumbini riefen bereits alle Ältesten zum großen Palaver zusammen. Der Signaltrommler bearbeitete in dem rohrgedeckten Trommelhaus mit erstaunlicher Geschicklichkeit den großen, hohlen Baumstamm mit seinen flachen Stöcken aus Eichenholz. Die Nachricht wurde in Wirbeln und einzelnen abgehackten Schlägen übermittelt. Das Rollen stieg und fiel, bald waren es leichte Schläge, bald ein tiefes Donnern.

Bosambo erschien mit seinem großen Staatsboot, um diesem großen Palaver beizuwohnen, als Sanders gerade die »Zaire« verließ.

»Sage mir, Bosambo, welcher Mann des Kulumbini-Volkes könnte den Stamm in Ordnung halten?«

Bosambo setzte sich zu den Füßen seines Herrn nieder und stieß seinen Speerschaft in den Boden.

»O Herr, ich kenne keinen, denn sie sind sonderbare und schlechte Leute. Welchen König du auch immer über sie setzen wirst, sie werden ihn verachten. Sie verehren keine Götter und keine Geister, sie haben auch keinen Ju-ju oder Fetisch. Und wenn ein Mann nichts glaubt, wie soll man ihm dann glauben? O Herr, dieses sage ich dir – setze mich über die Kulumbini, ich werde ihre Herzen ändern.«

Aber Sanders schüttelte den Kopf. »Nein, Bosambo, das kann nicht sein.«

Es war ein langes und ermüdendes Palaver, denn zwölf Männer des Stammes machten ihr Anrecht auf die Herrschaft geltend. Und jeder von ihnen hatte Verwandte und Anhänger, die bereit waren, für das Oberhaupt ihrer Sippe mit der Waffe zu kämpfen.

Von Sonnenuntergang bis nahe an Sonnenaufgang besprachen sie die Sache miteinander. Sanders saß während der ganzen Zeit geduldig dabei und hörte zu. Nichts entging seiner Aufmerksamkeit.

Von Bones hätte man nicht dasselbe behaupten können, obgleich er hoch und heilig versicherte, daß er nicht geschlafen, sondern die ganze Nacht mit dem Kinn in der Hand das Problem überdacht habe. Jedenfalls aber war er vollständig wach, als Sanders am Schlusse seine Meinung abgab.

»O ihr Leute dieses Landes«, sagte Sanders, »viele Feuer sind niedergebrannt, seit wir zusammengekommen sind, und ich habe auf alle eure Worte gelauscht. Nun wißt ihr alle, wie gut es ist, wenn ihr einen Häuptling bekommt. Aber ich kann dich, M'loomo, nicht nehmen«, wandte er sich an einen düster dreinschauenden Prätendenten, »denn wenn du hier Häuptling wirst, so wird es Krieg geben. Und wenn ich dich wähle, B'songi, werde ich bald von Mord und Totschlag hören. Ich bin deshalb zu dem Entschluß gekommen, einen König über euch zu setzen, der weder bei euch wohnen, noch euch beaufsichtigen soll.«

Hunderte von Augen waren auf ihn gerichtet, und er sah den Ausdruck der Befriedigung darin, daß er die altüberlieferte und besondere Eigenart des Stammes berücksichtigt hatte.

»Euer König soll in weiter Ferne wohnen«, fuhr er beruhigt fort, als er erkannte, daß er das Richtige getroffen hatte. »Und ihr, die zwölf Verwandten Gulabalas, sollt an seiner Stelle regieren, jeder einen Monat im Jahr. Ihr sollt auf dem Häuptlingsstuhl sitzen und das Land für euren König verwalten, der bei mir wohnen wird.«

Einer der in Aussicht genommenen Regenten erhob sich. »O Herr«, sagte er, »das ist ein guter Spruch, denn Sakalaba, der große König, den wir hatten, tat desgleichen. Er lebte in S'furi-S'foosi, und wir waren in jenen Zeiten sehr glücklich. Sage uns nun, wen du über uns setzen wirst.«

Sanders war in die Enge getrieben. Blitzschnell überdachte er die Eigenschaften all der kleinen Häuptlinge, Ältesten, Führer der Fischer und Jäger, die ihm unterstanden, aber keiner schien dieser Aufgabe gewachsen zu sein.

In dieser peinlichen Pause flüsterte ihm jemand etwas aufgeregt ins Ohr. Es war Bones, der sich vornüberlehnte und ihn am Ärmel packte.

»Herr und Exzellenz, Sie müssen nicht denken, daß ich einen Vorteil aus meiner Stellung ziehen will, aber auf eine solche Gelegenheit habe ich schon lange gewartet. Sie würden mir eine außerordentliche Gunst erweisen – Sie sehen, ich muß doch an seine Karriere, an sein späteres Leben denken –«

»Was, in aller Welt, wollen Sie denn?«

»Henry Hamilton Bones, Sir«, entgegnete Leutnant Bones mit zitternder Stimme. »Sie könnten ihn für sein ganzes Leben glücklich machen. Ich muß doch für ihn sorgen! Ich weiß, daß es nicht recht von mir ist, Sie so zu unterbrechen –«

Sanders befreite sich freundlich aus dem heftigen Griff und richtete seine Blicke auf die Versammelten, die verwundert diesen Zwischenfall beobachtet hatten.

»Nun hört, ihr Leute, dies ist der Tag, an dem ich euch einen König gebe, und ihr sollt ihn M'songuri nennen, was in eurer Sprache ›Der Junge und der Weise‹ heißt. In meiner Sprache führt er den Namen N'risu Militani Tibbetti. Er ist noch ein Kind und wird geliebt von meinem Herrn Tibbetti, der ihn wie seinen Sohn hält, von Militani und von mir, Sandi.« Er hob seine Hand auffordernd. »Wa! Wessen Leute seid ihr?« rief er.

»M'songuris!«

Die Antwort kam in einem tiefen Brausen, und die Kulumbini sprangen auf die Füße.

»Wa! Wer regiert dieses Land?«

»M'songuri!«

Sie verschränkten die Arme über der Brust und stampften zuerst mit dem rechten, dann mit dem linken Fuß auf den Boden. Dies war das Zeichen, daß sie die Entscheidung annahmen.

»Er ist euer König«, sagte Sanders. »Baut ihm eine schöne Hütte, und sein Geist wird bei euch sein. Dieses Palaver ist aus.«

Während der ganzen Fahrt stromabwärts sagte Bones nichts, denn er war erfüllt von seinen Gedanken. In unregelmäßigen Zwischenräumen drückte er Sanders die Hand, aber er konnte nicht sprechen.

Hamilton und Patricia holten die beiden am Kai ab.

»Sie sind schneller zurückgekommen, als ich erwartete«, meinte Hamilton. »Wie hat sich Bones benommen?«

»Wie ein Gentleman«, erwiderte Sanders.

»Bones«, unterbrach ihn Patricia eifrig, »Henry hat einen zweiten Zahn bekommen.«

Bones nickte ernst und erhaben.

»Ich werde seiner Majestät jetzt meine Aufwartung machen«, sagte er dann und wandte seine Schritte zu dem »Palast« des jungen Königs.

## *Der Tierbändiger*

Eingeborene sind eigentlich nichts weiter als große Kinder. Wenn man ihre Schandtaten und Vergehen unter diesem Gesichtswinkel betrachtet, wird man finden, daß es eben Unarten sind. Sie tun Böses, sind leidenschaftlich und haben einen Hang, alle Dinge zu zerstören, um das Geheimnis zu entdecken, das dahinter steckt. Ein Stamm, dem es sehr gut geht, ist für weniger vom Glück Begünstigte ein Geheimnis. Diese Leute kommen dann zusammen und befragen ihre Ältesten und Häuptlinge, warum ihre Rivalen soviel Erfolg haben. Die Häuptlinge können natürlich die nötige Erklärung auch nicht geben und rufen ihre Krieger zusammen, um die Frage zu lösen. Aber manchmal kommt dabei mehr heraus, als ihrem Glück und Wohlbefinden zuträglich ist.

Das Dorf Jumburu liegt am Rande des Buschlandes, wo die gesetzlosen Leute aller Nationen wohnen. Sie haben sich zusammengetan gegen einen gemeinsamen Feind – das Gesetz. Die Eingeborenen nennen dieses Gebiet B'wigini, das heißt: das Land, wo die Leute wohnen, die keinem Volke angehören. Die Bedeutung von Jumburu liegt darin, daß dort trotz seiner vorgeschobenen Lage noch Recht und Ordnung herrschen.

In Jumburu lebten zwei Brüder, O'ka und B'suru, die die Häuptlingswürde ihres Onkels, des berühmten K'sungasa, an sich gerissen hatten. Er war deshalb so berühmt, weil er seinerzeit bewundernswerte Gaben gezeigt hatte, die ihm bis zu einem gewissen Grade geblieben waren. Deshalb erfreute er sich auch noch des Lebens.

Er war nach allem, was man von ihm hörte, vollständig verrückt, und wenn nicht ganz besondere Umstände zu seinen Gunsten gesprochen hätten, wäre er von seinen Verwandten in die Wälder mitgenommen worden, die er so sehr liebte. Sie hätten ihm dort die Augen ausgestochen und ihn als Fraß für die wilden Tiere zurückgelassen. Denn so behandelte man Wahnsinnige und Verrückte bei einem Volk, das selbst nicht wußte, was es tat, indem es die strengsten und unerbittlichsten Maßregeln der Eugenik ausübte.

Hätten sie aber K'sungasa den reißenden Tieren ausgesetzt, so wäre das nichts anderes gewesen, als wenn sie ihn zu seinen liebsten Freunden gebracht hätten, denn er hatte eine merkwürdige Vorliebe für die wilden Bewohner des Waldes und sein ganzes Leben lang unter ihnen gelebt und sie geliebt.

Man erzählte sich, daß er durch ein Zungenschnalzen den Papagei mitten im Fluge anhalten konnte und daß sich der Vogel dann schreiend und flatternd auf seine Hand niederließ. Er konnte die kleinen Affen aus den höchsten Ästen herbeilocken, wo sie sich verborgen hielten, und selbst der wildeste Büffel wäre auf seinen Ruf zu ihm gekommen und hätte seinen braunen Arm beschnuppert.

Als dieser Mann den Verstand verlor, beschlossen seine Verwandten nach einem langen Palaver, in diesem Fall einmal die seit alten Zeiten geltende Regel außer acht zu lassen. Und da sie keine andere Methode für die Behandlung geistig Umnachteter kannten als die oben beschriebene, so erlaubte man ihm, mit all seinen Vögeln, Schlangen und Wildkatzen in einer großen Hütte am Ende des Dorfes zu wohnen. Die Verwaltung der Stammesangelegenheiten übernahmen seine beiden Neffen.

Distriktsgouverneur Sanders wußte das alles sehr wohl, aber er unternahm nichts. Er hatte das Land zu regieren, und er versuchte seine Aufgabe so zu lösen, daß sich das Land möglichst von selbst regierte. Als das Schicksal K'sungasas noch unentschieden war, sandte er den beiden Neffen des Häuptlings eine Nachricht, daß er in der Nähe sei und sie aufhängen werde, falls es ihnen einfallen sollte, den alten Mann zu blenden. Aber diese Tatsache hatte wenig Einfluß auf die Entscheidung der Verwandten gehabt, denn die beiden Neffen hatten ihnen die Botschaft gar nicht übermittelt. Ausschlaggebend für den Beschluß war nur K'sungasas Vorliebe für die wilden Tiere gewesen.

Es wäre auch alles gut gegangen, die Neffen hätten das Dorf regiert, ihren Tribut regelmäßig bezahlt, die Fischereirechte unter die Dorfbewohner verteilt und in kleinen und großen Dingen Recht gesprochen, wenn nicht eine Hungersnot gekommen wäre. Das Dorf hatte eine fürchterliche Mißernte, und es gab wenig Fische. Das Dorf L'bini aber, das man von Jumburu aus mit dem Boot in ein paar Stunden erreichen konnte, hatte eine so reiche Ernte, wie sie seit Menschengedenken noch nicht vorgekommen war, und in seinen Gewässern wimmelte es von Fischen.

So kam es denn zu dem unvermeidlichen großen Palaver und dem unvermeidlichen Beschluß. O'ka und B'suru führten zehn große Kanus gegen das Dorf L'bini, durch dessen Glück sich die Einwohner von Jumburu beleidigt fühlten, töteten ein paar Männer und brannten einige Hütten nieder. Zwei Stunden lang hallte der Wald wider von den Angstrufen der furchtsamen Frauen und dem Kriegsgeschrei der Kämpfenden, die Speere warfen und aufeinander einstachen. Aber plötzlich erschien Leutnant Tibbetts so unerwartet auf der Bildfläche, als ob er mit seinen Haussas vom Himmel herabgefallen wäre.

Und dann begann das große Gericht. Sanders sprach auf der Insel Recht, die mitten im Strom in der Nähe der Residenz lag. B'suru wurde auf Lebenszeit in das Dorf der Ketten geschickt, O'ka war nicht gefaßt worden, denn es war ihm gelungen, mit einem seiner Ältesten und einigen Gefolgsleuten in den Busch zu entkommen.

Leutnant Tibbetts, der zwei Tage im Dorfe von Jumburu zugebracht und dort viel gesehen und gelernt hatte, kam nachdenklich zur Residenz zurück.

»Was ist denn wieder mit Bones los?« fragte Captain Hamilton.

Seine Schwester lachte über ihrem Buch, sagte aber nichts.

»Weißt du es nicht, Patricia?«

Sanders schaute auch zu ihr hinüber, und es lag ein Lächeln in seinen grauen Augen. Die Beziehungen zwischen Patricia und Bones waren für ihn stets eine Quelle der Heiterkeit. Patricia hätte niemals ahnen können, daß der wortkarge und nach außen hin harte Mann sich innerlich vor Lachen manchmal ausschütten wollte, obwohl kein Muskel seines braunen Gesichtes in solchen Augenblicken zuckte und er vollständig gleichgültig aussah.

»Bones und ich liegen miteinander in Fehde«, erklärte sie schließlich.

»Hoffentlich ist Ihr Streit nicht so heftig wie der, den ich mit O'ka ausfechten muß?«

Sie zog die Stirn in Falten und schaute ihn ängstlich an.

»Aber im allgemeinen kümmern Sie sich doch nicht um die Drohungen der Leute, die Sie bestraft haben?«

»Leider habe ich O'ka nicht bestrafen können. Und eine Expedition in den Busch würde zu kostspielig werden. Er hat sich anscheinend zu den B'wigini-Leuten geschlagen, und wenn diese seinen Streitfall zu dem ihren machen, kann es böse Unruhen geben. Aber sagen Sie doch, warum sind Sie mit Bones böse?«

»Da müssen Sie ihn selbst fragen.«

Hamilton hatte am nächsten Tage Gelegenheit, sich nach der Ursache des Zerwürfnisses zu erkundigen, als Bones um einige

Tage Urlaub bat.

»Aber Bones, warum wollen Sie denn Urlaub haben?« fragte Captain Hamilton ungläubig. »Zum Teufel, wozu brauchen Sie denn Urlaub?«

Bones stand kerzengerade wie ein Lineal vor dem Tisch in dem Büro seines Vorgesetzten und salutierte. »Eine dringende Privatangelegenheit, mein Herr«, erwiderte er in dienstlichem Ton.

»Aber Sie haben doch keine privaten Angelegenheiten«, widersprach Hamilton. »Ihr ganzes Leben ist ein offenes Buch – mit dieser Tatsache haben Sie doch noch gestern geprahlt.«

»Mein Herr und Kamerad«, erwiderte Bones fest, »eine furchtbare Krisis ist in meinem Leben ausgebrochen. Mein Wort ist in Zweifel gezogen worden, und zwar von Ihrer netten, lieben Schwester. Ich wünsche meine Ehre, meinen guten Ruf und den Glauben an meine Aufrichtigkeit wiederherzustellen.«

»Patricia hat Ihnen wohl ein Bein gestellt?« meinte Hamilton.

Aber Bones schüttelte abwehrend den Kopf. »So etwas Unfeines macht man nicht, mein Herr. Aber Ihre verehrte und liebe Verwandte – Gott segne ihr nettes altes Herz! – hat Zweifel an meinen Aussagen betreffend Leoparden und Büffel geäußert. Ich muß jetzt hingehen in die Wildnis – mitten in die größten Todesgefahren –, Hamilton, alter Kamerad, Gefahren, wie sie nur so alte, erprobte Veteranen wie Sie und ich kennen, um zu beweisen, daß ich nicht nur ein Sportsmann, sondern auch ein Gentleman bin, der absolut die Wahrheit spricht.«

In diesem Augenblick kam Miß Patricia Hamilton in einem hübschen weißen Kleid daher. Sie hatte den Tropenhut ein wenig schief aufgesetzt. Durch diesen Anblick wurde Bones so weit besänftigt, daß er im Augenblick nichts weiter sagte.

»Was hast du denn dem armen Bones getan?« fragte Hamilton.

»Sie sagte...«

»Ich sagte...«

Sie sprachen beide zugleich.

»Bones, Sie sind ein Fabulant«, erklärte sie dann vorwurfsvoll.

»Fahren Sie nur fort«, erwiderte er dramatisch, »schonen Sie mich nicht – ich bin ein Lügner, ein Dieb, ein Mörder –, sagen Sie es doch!«

»Ich habe nur bezweifelt, daß er den Leoparden geschossen hat, dessen Fell in seiner Hütte hängt!«

»O nein!« rief Bones ironisch, »ich habe ihn nicht geschossen!

Ich habe ihn zu Tode frieren lassen – ich habe ihn vergiftet!«

»Haben Sie ihn geschossen?«

»Habe ich ihn geschossen, mein lieber alter Ham?« fragte Bones ruhig.

»Nun haben Sie es getan?« fragte nun auch Hamilton unschuldig.

»Habe ich den Leoparden geschossen?« fuhr Bones pathetisch fort. »Wurde er am nächsten Morgen kalt und tot mit einem Lächeln auf seinem nichtsnutzigen Gesicht aufgefunden?«

Hamilton nickte, und Bones sah Patricia erwartungsvoll an.

»Entschuldigen Sie sich, mein Kind«, sagte er.

»Ich werde nichts Derartiges tun«, erklärte sie etwas hitzig. »Hat Bones den Leoparden wirklich geschossen?«

Hamilton schaute vom einen zum andern. »Als der Leopard gefunden wurde...« begann er.

»Nun hören Sie gut zu, meine liebe, gute Schwester«, murmelte Bones.

»Als der Leopard aufgefunden wurde, mit einem Speer in seiner Seite...«

»Der offenbar nach seinem Tode von irgendeinem herumwandernden Eingeborenen geschleudert wurde«, unterbrach ihn Bones hastig.

»Seien Sie ruhig«, befahl Patricia, und er gehorchte achselzukkend.

»Als der Leopard gefunden wurde, konnte man ihm nicht mehr helfen, und obgleich bei der Untersuchung keine Schußwunde gefunden wurde, hat Bones doch folgerichtig bewiesen...«

»Einen Augenblick, mein lieber alter Offizier!« Bones hatte eben einen großen, dicken Mann über den Exerzierplatz gehen sehen. »Gestatten Sie mir, daß ich einen wissenschaftlichen und erfahrenen Zeugen herbeirufe?«

Hamilton nickte ernst.

Bones ging zur Tür des Ordonnanzimmers und brüllte einen Namen.

»Ich werde jetzt das Zeugnis eines Mannes für mich geltend machen, der das Vertrauen des berühmten alten Professors – seinen Namen habe ich vergessen – in vollstem Maße besessen hat. O Ali!«

Ali Abid erschien in der Tür und begrüßte die Anwesenden durch einen feierlichen Salam.

Nicht umsonst war er der Diener eines großen Bakteriologen gewesen, bevor er nach dessen Tod in die Dienste des Haussa-Leutnants getreten war. Sein Wortschatz war reich an wissenschaftlichen Ausdrücken, und er sprach ein reiches und ungewöhnliches Englisch.

»Ali, erinnerst du dich an meinen Leoparden?«

»O Herr«, sagte Ali kopfschüttelnd, »wer könnte das vergessen?!«

»Habe ich ihn getötet, Ali? Erzähle dieser Dame alles!«

Ali machte eine tiefe Verbeugung vor Patricia.

»Mein hochverehrtes Fräulein, der Leopard – *Felis pardus* – ein wildes Tier aus der Familie der Katzen, lebt gewöhnlich in waldigen Gegenden. Das hier in Frage kommende Subjekt – dasselbe, dessen wunderschönes Fell später in der Wohnung von Sir Bones aufgehängt wurde – war ganz besonders wild und gefährlich, er hat sein Leben infolge einer Jagd verloren, die von dem Vorhergenannten ausgeführt wurde. Es wurde mit wissenschaftlicher Genauigkeit eine Prüfung und Untersuchung des Subjekts nach dessen Tod durchgeführt, wobei sich herausstellte, daß besagter Leopard – *Felis pardus* – an Herzschwäche litt, was als unmittelbare Todesursache anzusehen ist. Die Diagnose hat festgestellt, daß er infolge der großen Detonation einem Herzschlag erlegen ist. Diese Detonation rührte von dem Gewehr des besagten Sir Bones her.«

»Was habe ich gesagt?« fragte Bones selbstzufrieden.

»Sie wollen mir doch nicht erzählen«, sagte sie atemlos, »daß Sie dem Leoparden so Angst gemacht haben, daß er starb?«

Bones streckte die Hände verzweifelt aus. »Sie haben doch soeben das einwandfreie Zeugnis gehört, liebe, gute Schwester. Ich habe meinen Worten nichts mehr hinzuzufügen.«

Sie warf den Kopf zurück und lachte, bis ihr die Tränen kamen. »O Bones, Sie sind ein Nichtsnutz!«

Bones war verletzter denn je, klemmte das Monokel ins Auge und wandte sich steif an seinen Vorgesetzten. »Darf ich unter diesen Umständen annehmen, mein Herr, daß mein Urlaub bewilligt ist?«

»Sieben Tage«, stimmte Hamilton zu.

Bones drehte sich auf dem Absatz um, warf mit der Hand Hamiltons Briefpapierständer um, stolperte über einen Stuhl und ging düsteren Blicks über den Exerzierplatz.

Als Patricia am nächsten Morgen erwachte, fand sie einen Zettel, der an ihr Kissen gesteckt war.

Wir wollen den Mantel der Nächstenliebe darüber breiten, wie es Bones gelungen war, dies zu bewerkstelligen. Bones war ein großer Geist und über so kleine Dinge wie Anstandsregeln erhaben.

Patricia richtete sich in ihrem Bett auf und las den Brief.

> »Meine liebe Freundin und ungläubiger Thomas!
> Wenn Sie diese Zeilen lesen, werde ich weit, weit fort sein auf meiner langen, gefährlichen Reise. Es ist möglich, daß ich nicht wieder zurückkehre, nicht wieder zu Ihnen zurückkehre, denn ich und mein treuer Diener sind im Begriff, die Höhlen der wilden Tiere des Waldes aufzusuchen, in den düsteren Forsten. Ich bin fest entschlossen, die Schande auszulöschen, die Sie auf mich gehäuft haben, und ich werde nicht nur einen toten Leoparden, sondern einen lebendigen als Jagdbeute heimbringen, den ich mit meinen eigenen Händen fange. Kann sein, daß ich mein Leben bei diesem kühnen und waghalsigen Unternehmen einbüße, aber ich werde dadurch meine Ehre wiederherstellen. – Leben Sie wohl, meine liebe, gute Patricia. Ihr Freund B.«

Hamilton lachte, als sie ihm den Brief zeigte. »Sag einmal, wie hast du ihn denn bekommen?«

»Er war heute an meine Tür gesteckt«, erwiderte Patricia taktvoll.

Bones eilte auf dem kürzesten Weg nach Jumburu und wurde dort nicht sehr begeistert empfangen. Er hatte einen neuen Häuptling eingesetzt, aber die Leute waren aufgebracht gegen ihn, und die Nähe der B'wigini-Leute machte sie noch aufsässiger. Aber diesmal kümmerte er sich nicht um den neuen Häuptling und die andern Dorfbewohner, er wollte nur K'sungasa besuchen. Bei seinem damaligen zweitägigen Aufenthalt hatte er so viel von dem alten Tierfreund erfahren, daß er den Mut fand, Patricia Hamilton dieses so kühne Versprechen zu geben.

Er kam in einem kritischen Augenblick, denn der hagere, knochige alte Mann mit den trüben Augen, der immer so blöde lachte, war seinem Ende nahe. Er ruhte auf einem schönen, erhöhten Lager. Eine große Wildkatze mit gelben Augen lag zu seinen Füßen, zwei Affen saßen zitternd an seiner Seite, und eine Menge kleiner Katzen spielte auf dem Boden. Die alte Katze sprang in einem plötzlichen Wutanfall auf die kleinen Tiere, als Bones in die Hütte trat.

»Mein Herr Tibbetti«, sagte der alte Mann krächzend, »ich sehe dich. Dies ist eine gute Zeit, denn morgen werde ich tot sein.«

»K'sungasa«, erwiderte Bones und setzte sich bedächtig auf einen Stuhl, nachdem er sich vorher genau vergewissert hatte, daß sich keine Schlange oder anderes Getier darum wand oder auf dem Sitz lag. »Das sind törichte Worte, denn du wirst noch manches Hochwasser sehen.«

»Das ist eine feine Rede für die Leute, die am Strom wohnen«, entgegnete der alte K'sungasa grinsend, »aber nicht für uns, die wir hier in den Wäldern sitzen. Wir sehen niemals die Flut und das Hochwasser, bei uns gibt es nur kleine Bäche. Nun sage ich dir, daß ich froh bin, daß ich jetzt sterbe, denn ich bin lange Zeit voll von verrückten Gedanken gewesen, aber jetzt ist mein Kopf wieder klar. Warum bist du zu mir gekommen, o Herr?«

Bones erklärte ihm den Zweck seiner Reise, und die Augen des Greises leuchteten auf.

»O Herr, wenn ich mit dir in den Wald gehen könnte, würde ich viele schöne Leoparden durch meine Zauberkraft zu dir bringen. Aber jetzt werde ich, weil ich Sandi liebe, dieses für dich tun, so daß du siehst wie klug und weise ich bin.«

In den Wäldern in der Nähe des Dorfes wuchs eine wilde Pflanze. Wenn man deren Samen zerstieß und in einem irdenen Gefäß kochte, erhielt man durch eine Art Destillation eine stark duftende Flüssigkeit. Ali Abid sprach in seiner gelehrten Weise von *»Pimpinella anisum«*, und wahrscheinlich hatte er recht*.

Bones und sein Diener machten viele Exkursionen in den Wald, bevor sie die richtige Pflanze fanden. Glücklicherweise wurden um diese Zeit gerade die Früchte reif, und als er erst auf der richtigen Fährte war, hatte er bald die nötigen Mengen gesammelt und kochte sie unter der Anleitung und Aufsicht K'sungasas ab. Ein

* Beide Sorten, Anis und Sternanis *(Illicium anisatum)* findet man in den Gebieten am Großen Strom. Es gibt auch eine kleine Pflanze, die alle Eigenschaften von *Pimpinella anisum*, sogar in verstärktem Maße, besitzt. Um diese Pflanze handelt es sich wahrscheinlich. E. W.

helles Feuer brannte in der Mitte der Hütte, und als die Tropfen aus dem engen Hals einer Flasche in den Kessel tropften, verbreitete sich ein schwacher, aber sehr süßer Duft im Raum. Zuerst gerieten die Katzen und dann die Affen in ungewöhnliche Erregung. Die großen und die kleinen Katzen krochen so nahe an das Feuer, wie sie nur irgend konnten, und hoben die Köpfe zu dem braunen Kessel. Dabei miauten und winselten sie. Dann kamen auch die Affen herzu, ihre Augen leuchteten, und sie waren sehr lebhaft. Der Geruch lockte die unglaublichsten Tiere aus allen Ecken und Winkeln der Hütte hervor – Ratten, Eichhörnchen, eine lange schwarze Schlange mit flachem Kopf und viereckiger Zeichnung, und kleine Buschhasen. Sogar ein junger Rehbock kam aus dem Wald und äugte furchtsam nach der Tür der Hütte. Der alte Mann auf dem Bett rief sie alle beim Namen und schnappte mit schwachen Fingern nach ihnen, aber ihre Blicke hingen an der Flasche und den kristallenen Tropfen, die zitternd aus der engen Öffnung in den Kessel fielen.

Als der siebentägige Urlaub zu Ende war, den Bones erhalten hatte, stand eine Gruppe sprachloser Menschen vor der Residenz und starrte staunend auf das Wunder. Bones stand da wie ein Held und hielt an einer Kette einen halbwüchsigen jungen Leoparden mit schöngezeichnetem Fell. Das Tier trug einen grobgefertigten Maulkorb und einen eisernen Ring um den Hals, an dem die Kette befestigt war.

»Aber wie – wie ist es Ihnen nur gelungen, das Tier zu fangen?« fragte Patricia.

Bones zuckte die Schultern. »Es ist nicht an mir, meine liebe, gute Freundin, Ihnen von den Nächten zu erzählen, die ich in unheimlichen Wäldern zubrachte, in denen das Gebrüll und das Geheul der wilden Tiere erscholl«, sagte er aufgeregt. »Ich werde nicht von mir selbst sprechen. Wenn Sie glauben, daß ich Ihnen erzählen werde, wie ich diesen netten alten Leoparden verfolgt habe, wie ich durch die Schrecken des Waldes bis zu seiner Höhle kam, und wie ich allein mit ihm einen Kampf ausfocht, dann werden Sie sich irren.«

»Haben Sie ihn wirklich bis zu seinem Lager verfolgt?« fragte Hamilton, der endlich die Sprache wiederfand.

»Mein lieber alter Offizier, ich bitte Sie, jetzt über andere Dinge zu sprechen«, erwiderte Bones taktvoll und entging damit der Beantwortung der peinlichen Frage. »Hier sind die verlangten Waren, von mir abgeliefert am 14. currentis.«

Er steckte mechanisch seine Hand in die Tasche, und der junge Leopard sah plötzlich erregt auf.

»Bones, das haben Sie gut gemacht«, sagte Sanders ruhig.

Bones verneigte sich strahlend.

»Und jetzt entschuldigen Sie mich, bitte, denn ich will meinen kleinen Freund zu seiner Behausung bringen.«

Bevor sie recht wußten, was er tat, hatte er den Leoparden von der Kette losgemacht. Sogar Sanders trat einige Schritte zurück und legte seine Hand auf die Pistole, die er stets in der Hüftentasche bei sich trug.

Aber auf Bones machte dies alles keinen Eindruck. Er pfiff leise und marschierte zu seiner Hütte. Das große Tier folgte ihm wie ein treues Hündchen.

Am selben Abend ging Bones von seiner Hütte über den Exerzierplatz zur Residenz. Er plante noch weit größere Dinge. Er wollte unter den bewundernden Augen Patricias in den Wald hinausziehen und dann wie ein richtiger Orpheus mit einem ganzen Gefolge wilder Waldbewohner zurückkehren.

In der Tasche trug er eine kleine Flasche, und sein Rock roch nach Anis. Sein Geheimnis wäre in dem Augenblick preisgegeben gewesen, in dem er das Speisezimmer betreten hätte. Aber zu seinem Glück ereignete sich etwas Unvorhergesehenes, so daß er seine Pläne nicht zur Ausführung bringen konnte.

Er war halbwegs zur Veranda gekommen, als sich eine Gestalt vom Boden erhob und eine heisere Stimme rief: »Töte ihn!«

Er sah eine Speerspitze im unsicheren Licht der Sterne aufblitzen und sprang zur Seite. Eine Hand packte ihn an seinem Rock, aber er riß sich los und ließ das Kleidungsstück in den Händen des Angreifers. Er hatte keine Waffe bei sich, und es blieb ihm nur übrig zu fliehen.

Sanders hörte seinen Ruf und sprang auf die dunkle Veranda hinaus, als Bones die Stufen hinaufeilte.

Er sah zwei Männer, die Bones dicht auf den Fersen waren, und feuerte zweimal. Der eine fiel, der andere verschwand in der Finsternis.

Die Haussa-Schildwache auf der andern Seite des Exerzierplatzes schoß auch. Wieder sah Sanders einen Mann über den Platz laufen und feuerte, aber er verfehlte auch diesmal sein Ziel.

In der Dunkelheit tauchte plötzlich Ali Abid auf.

»Herr«, rief er atemlos und verstört, »das wilde Tier – *Felis pardus* – hat sich losgemacht, seinen Maulkorb abgerissen und jagt verschiedene Subjekte in schrecklicher Wut.«

Während er noch sprach, rannte ein Mann über den Platz vor der Residenz, diesmal so nahe, daß sie das Bündel sehen konnten, das er unter dem Arm trug.

»Mein Rock!« brüllte Bones. »Haltet ihn! Großer Gott!«

Dem Flüchtling war ein großes, gelbes Tier dicht auf den Fersen.

Ob O'ka von Jumburu dem Leoparden entkam oder ob der Leopard O'ka zerriß, ist nicht bekannt. Aber Bones durfte sein Quartier des Nachts erst wieder verlassen, als die Regenzeit kam und den Anisduft fortwusch. Denn vorher kamen die wilden Tiere zu seiner Wohnung, sogen den Duft ein, saßen erwartungsvoll vor seiner Tür und heulten fürchterlich.

## *Das Söldnerheer*

In Sanders' Arbeitszimmer stand ein großer brauner Schreibtisch, dessen Ecken von dem beständigen Reiben schon gelb geworden waren. Es herrschte peinliche Ordnung auf diesem Schreibtisch. Rechts und links stand je eine Reihe Bücher, die von Messingstangen gehalten wurden. Drei Körbe für Telegramme und Briefe waren übereinander aufgebaut, ein großer Bogen weißen Löschpapiers prangte in der Mitte vor dem Sessel, und ein silbernes Schreibzeug mit vier Federhaltern vervollständigte das Inventar. In letzter Zeit war allerdings noch eine Glasvase dazugekommen, die jeden Tag mit frischen Blumen gefüllt wurde.

Nur bei gewissen feierlichen Gelegenheiten durfte dieses Heiligtum von andern betreten werden. Die Ankunft Patricia Hamiltons brachte allerdings eine Änderung, denn diese junge Dame erhielt die Erlaubnis, den Raum zu benützen, wann sie wollte. Und sie war es auch, die den Blumenschmuck eingeführt hatte.

Aber in Captain Hamilton, ihrem Bruder, und Bones, ihrem Diener und Sklaven, lebte die alte Tradition weiter, und sie wagten niemals, in das Arbeitszimmer einzudringen, selbst wenn sie Patricia suchten. Und wenn sie zufällig an die Tür kamen und mit ihr sprachen, taten sie es ehrerbietig mit leiser Stimme.

An einem Sommermorgen saß Hamilton düster und ernst an dem Schreibtisch, und Bones saß in einiger Entfernung vor ihm auf der Kante eines Stuhls. Er war sehr verwirrt und schwitzte vor Aufregung.

Es war ein sehr feierlicher Anlaß, denn Bones sollte seine Prüfung in den Gegenständen X und Y ablegen, um seine Qualifikation als Captain zu erlangen. Heute stand Kartenlesen und Skizzieren auf dem Programm, und Captain Hamilton begnügte sich damit, ihn mündlich zu prüfen.

»Leutnant Tibbetts«, sagte er mit der nötigen Würde, »bitte, erklären Sie mir, was eine Standlinie bedeutet.«

Bones strich sich die Haare aus der Stirn und verzog das Gesicht, zum Zeichen, daß er tief nachdachte.

»Eine Standlinie, mein lieber, guter alter Offizier?« wiederholte er. »Ja, eine Standlinie, mein lieber, guter alter Ham...«

»Sparen Sie sich Ausreden. Sie bekommen dafür doch keine besondere Zensur.«

»Eine Standlinie?« sagte Bones zum drittenmal. »Ja, jetzt habe ich es! Gott sei Dank! Ich fürchtete schon, daß ich die Sache verpfuschen würde. Also eine Standlinie«, fuhr er laut fort, »ist der Unterschied zwischen zwei benachbarten Höhenkurven! Was sagen Sie nun, mein hoher Examinator?«

»Falsch! Was Sie da beschreiben, ist doch der Höhenunterschied.«

Bones starrte ihn entsetzt an. »Sind Sie Ihrer Sache auch ganz gewiß, mein alter Kamerad?« fragte er vorwurfsvoll. »Sehen Sie erst einmal in Ihrem Buch nach, lieber Freund. Vielleicht haben Ihre guten alten Augen Sie im Stich gelassen.«

»Leutnant Tibbetts«, erwiderte Hamilton abweisend, »Sie benehmen sich sehr schlecht.«

»Also nun sehen Sie einmal her, mein lieber alter Ham«, rief Bones aufgeregt, »können Sie denn nicht wenigstens annehmen, daß Sie gefragt haben, was der Höhenunterschied ist?«

Hamilton sah sich nach einem Gegenstand um, den er Bones an den Kopf werfen könnte, aber dann besann er sich darauf, daß sie beide in Sanders' heiligem Arbeitszimmer waren.

»Bones, Sie sind ein Verbrecher!« stöhnte er hilflos. »Wir wollen die Prüfung jetzt fortsetzen. Was sind ›Hachures‹?«

»Hachures?« Bones schloß die Augen. »Hachures? Oh, jetzt weiß ich, was das ist. Viele Leute würden glauben, daß es eine

Hühnerart sei, aber ich weiß es... es ist eine Art von Linien... wenn Sie so einen netten alten Berg oder Hügel zeichnen wollen... dann machen Sie solche Wickel-Wackel-Linien – Sie wissen doch, was ich meine... eine Art von...« Bones gestikulierte wild. »Schatten... Wasser... mein lieber, alter Freund.«

»Werden Sie ohnmächtig?« fragte Hamilton bestürzt und sprang auf.

»Nein, Schattierungen... die Richtung vom Wasser – ich habe bestimmt recht.«

»Ich bin zwar kein Gedankenleser und kann auch nicht recht verstehen, was Sie sich da in Ihrem verdrehten Verstandskasten vorstellen«, sagte Hamilton, »aber Hachures bedeutet Bergschraffur, das ist die gewöhnliche Art, eine Hügelkette oder ein Gebirge darzustellen, indem man mit vertikalen Linien schraffiert und damit anzeigt, nach welcher Richtung die Berge abfallen und das Wasser abfließt. Ich vermute, daß Sie eine ungefähre Idee davon haben, was Sie eigentlich hätten antworten sollen.«

»Ich danke Ihnen für diese großzügige Anerkennung meiner Kenntnisse in den militärischen Wissenschaften. Nun lassen Sie die nächste Folter auf mich los. Was wird es sein, Streckleiter oder Daumenschrauben?«

»Lassen Sie doch endlich Ihre Selbstgespräche«, brummte Hamilton. »Sagen Sie mir lieber, was man unter ›eine Karte orientieren‹ versteht.«

»Man dreht sie nach Osten«, erwiderte Bones prompt. »Nächste Frage, mein Herr.«

»Was bedeutet es, eine Karte zu orientieren?« fragte Hamilton geduldig.

»Die Antwort habe ich Ihnen doch schon gegeben!« erklärte Bones herausfordernd.

»Eine Karte orientieren heißt – wie ich Ihnen nun schon tausendmal gesagt habe – eine Karte so zu legen, daß die Nordlinie genau nach Norden zeigt.«

»In diesem Fall«, bemerkte Bones, der sich nicht verblüffen ließ, »würde doch die Ostlinie genau nach Osten zeigen, und ich behaupte, daß ich diese Frage zu Ihrer vollsten Zufriedenheit beantwortet habe!«

»Behaupten Sie nur ruhig weiter, wenn es Ihnen Spaß macht. Ich werde Ihnen eine Vier für diese Frage geben.«

»Machen Sie eine Eins«, bat Bones. »Seien Sie doch nett, mein lieber alter Ham, ich habe auch einen schönen neuen Fischteich gefunden.«

Hamilton zögerte. »Es sind zwar niemals Fische in den Teichen, die Sie finden«, sagte er zweifelnd, »aber immerhin werde ich mit meiner Entscheidung warten, bis ich zweimal meine Angel in Ihren Fischteich geworfen habe.«

Gleich darauf wurde zu Tisch gerufen.

»Nun, wie ist es mit der Prüfung gegangen, Bones?« fragte Patricia.

»Fein!« entgegnete Bones begeistert. »Ich habe alle Fragen, die mir Ihr lieber alter Bruder gestellt hat, spielend gelöst!«

»Ich muß gestehen«, verbesserte Hamilton, »daß mir Ihre Ansichten über gewisse Dinge so neu waren, daß ich Zweifel hege, ob die Militärakademie Ihre Auffassung teilt.«

»Aber das ist doch dasselbe«, sagte Bones.

»Ich glaube, Sie müßten ihn mal in der Geschichte der Kriegskunst prüfen«, meinte Sanders in seiner nüchternen Art. »Ich habe soeben von Bosambo gehört...«

Bones hustete und wurde rot. »Teure Exzellenz«, gestand er, »ich habe mich mit Bosambo eingeübt und vorbereitet. Sie wissen es vielleicht nicht, aber ich höre mich selbst gerne sprechen.«

»Aber Bones, Sie tun sich ja selbst unrecht«, sagte Hamilton belustigt.

»Ich meine das ganz anders, Sir!« erklärte Bones würdevoll. »Wenn ich jemand einen Vortrag über einen Gegenstand halte, dann kann ich selbst alles viel besser behalten.«

»Dabei ist aber Voraussetzung, daß Sie auch verstanden haben, was Sie sagen. Immerhin« – Sanders lächelte – »ist Bosambo nach dem Vortrag von Bones von dem sehnlichsten Wunsch erfüllt, Napoleon nachzueifern, und hat mich mit allen möglichen Fragen gequält, was man tun muß, um eine Garde aufzustellen oder ein Söldnerheer unter die Fahne zu rufen.«

»Ich schmeichle mir...«, begann Bones.

»Warum auch nicht?« fragte Hamilton und erhob sich. »Das ist die einzige Möglichkeit für Sie, etwas Angenehmes über sich zu hören.«

»Ich glaube Ihnen, Bones«, sagte Patricia lächelnd. »Ich glaube, Sie haben Ihre Sache ganz gut gemacht, mein Bruder ist ein böser Mensch.«

»Ich werde Ihnen niemals widersprechen, meine teure Miß Patricia. Und wenn erst der nette, gute alte Distriktsgouverneur weggefahren ist...«

»Sie werden doch nicht fortgehen?« fragte sie und wandte sich an Sanders. »Sie sind doch eben erst aus dem Innern zurückgekehrt.«

Sanders sah die Bestürzung in ihren Blicken, und es überkam ihn ein wundervolles Gefühl, das er bisher noch nicht gekannt hatte.

»Ja, ich muß ins Innere. Im Morjaba-Land werde ich das merkwürdigste Palaver abhalten, das mir jemals untergekommen ist.«

Und er hatte recht.

An den Grenzen des Akasava-Landes, abgeschlossen von allen andern Gebieten, lag das Reich der Morjaba hinter einer Kette von Wäldern, die sich an dieser Seite in einer Länge von siebzig Meilen hinzogen. Dieses Volk lebte ganz für sich und abgeschnitten von den übrigen Stämmen. Sanders kam nur einmal im Jahr zu ihnen, denn sie waren schwer zu erreichen. Es war aber nicht notwendig, daß er sich weiter um sie kümmerte, denn sie zahlten regelmäßig ihre Abgaben, gehorchten den Gesetzen und hatten mit keinem der Stämme Schwierigkeiten oder Fehden. Die Wälder, die die Grenze ihres Gebietes bildeten, waren nur an einer Stelle passierbar, ansonsten undurchdringlich, und es ging die Sage, daß dort böse Geister hausten. Im Norden waren sie durch einen hohen Gebirgszug und im Westen durch weite Sumpfgebiete geschützt.

Die leidenschaftlichen Ausbrüche des Neides und Hasses, die sich in Kriegen äußerten und Tausende von Speerleuten am Großen Strom zu blutigen Kämpfen gegeneinander aufstachelten, fanden kaum Widerhall in diesem geschützten Lande. Die plündernden Heerhaufen des Großen Königs, der nördlich von ihrem Gebiete regierte, kamen niemals über die Grenzgebirge. Und das feindliche Volk, das im Lande jenseits der großen Sümpfe wohnte, hielt sich scheu zurück, denn cala-cala, das heißt vor langer Zeit, sollte einmal eine ganze Armee in den Sümpfen umgekommen sein.

So blieben die Morjaba unbehelligt und wurden mächtig und reich. Die Natur hatte ihr Land reich gesegnet, und das Wort »Hunger« gab es in ihrer Sprache überhaupt nicht*.

Aber trotzdem stellten sich auch bei ihnen Krisen ein.

* Ebenso ist es eine merkwürdige Tatsache, daß die meisten Völker in Afrika kein Wort haben, das unserem »Danke« entspricht. E. W.

S'kobi, der wohlbeleibte Häuptling dieses Gebietes, hielt großartig Hof, und in seiner Hauptstadt, die zehntausend Einwohner zählte, sollte nun der Streit zwischen den zwei Kasten seines Stammes, den M'gimis und den M'joros, entschieden werden, der sich schon über fünfzig Jahre hinzog.

Die M'gimis waren Krieger nach alter Tradition. Sie trugen Waffen, und wie schon ihr Name andeutet (»Die Stolzblickenden«), waren sie hochmütig und exklusiv. Denn jeder, der ihnen angehörte, mußte der Sohn eines Häuptlings sein, und es war für einen Fisch leichter, auf dem Lande zu gehen, als für einen Mann der M'joros (der »Grabenden«), in den Verband der M'gimis aufgenommen zu werden.

Drei horizontale Stichnarben auf jeder Backe waren das Kennzeichen der M'gimis. Sie stammten von den Wunden her, die man den Kriegern mit den rasiermesserscharfen Klingen der Schlachtspeere bei der Aufnahme beigebracht hatte. Sie lebten getrennt von dem andern Volk, den M'joros, in drei Lagern. Ihre Zahl betrug sechstausend, und sie mußten ein Gelübde ablegen, fünf Jahre lang, von der Stunde ihrer Aufnahme an gerechnet, nicht zu heiraten oder sich eine Frau zu nehmen. Die M'gimis wandten den Frauen den Rücken zu und duldeten nicht, daß ein weibliches Wesen in ihr Lager kam. Geschah es aber doch einmal, daß ein M'gimi gegen diese strenge Regel verstieß, dann wurde er zu einem bestimmten Baum geführt und dort gerädert. Arme und Beine wurden ihm gebrochen, und er wurde dann an den untersten Ästen in die Höhe gewunden. Die Leute der Kriegerschar, der er angehörte, saßen unter dem Baum und aßen, tranken und schliefen nicht, bis er gestorben war, was manchmal tagelang dauerte. Auch die Frau, mit der er sich vergangen hatte, mußte dabei zugegen sein.

So hielten die M'gimis auf alte Überlieferungen und strenge Zucht. Sie waren berühmt als guttrainierte Krieger und konnten weit gehen und vorzüglich springen. Sie trugen schwere Speere und fochten Kämpfe mit großen Steinen aus. Sie übten sich dauernd und stählten ihre Körper, aber niemals taten sie andere Arbeit.

Und das war der Grund zu den Klagen der andern Angehörigen des Stammes, die nun schließlich von dem Häuptling entschieden werden sollte.

S'gono, der Sprecher der M'joros, war ein Häuptling aus dem Innern und eiferte sehr gegen die M'gimis. Aber er war nicht vorurteilsfrei, denn sein eigener Sohn war von den Führern der M'gimis als unwürdig zurückgewiesen worden.

»Sollen wir andern Männer graben und säen für solche Leute?« fragte er. »O König, gib jetzt ein gerechtes Urteil. Bedenke, daß wir jeden Monat das Beste, was unsere Felder an Früchten hervorbringen, und die größten und besten Fische, viele Ziegen und viel Salz herbeitragen müssen, damit diese Nichtstuer es aufessen.«

»Wenn ich nun aber die Krieger fortschicke«, erwiderte S'kobi, »wer soll dann dieses Land gegen die Akasava und die bösen Leute verteidigen, die jenseits der Sümpfe wohnen? Denke auch daran, daß die Ochori nur vier Tagemärsche von uns entfernt wohnen und daß es leicht für sie ist, zu uns zu kommen. Die Wege sind gut.«

»Mein Herr und König«, sagte S'gono, »es leben aber noch viele M'gimis unter uns, die aus der Kaste ausgeschieden sind und nun Frauen und Kinder haben. Die können doch wieder die Speere schwingen – und sind denn die M'joros nicht auch Männer? Bei meinem Leben, ich will Krieger sammeln und ihnen Führer geben – das kann ich in einer Zeit von vier Wochen, und niemand darf sagen, daß du nicht geschützt wirst, denn auch wir sind tapfere und kühne Männer.«

Der König sah wohl, daß die Kriegerkaste in der Minderzahl war. Außerdem hegte er selbst wenig Sympathie für sie, denn er stammte aus niederen Verhältnissen, und zwei seiner Söhne hatten vergeblich versucht, in die Kriegerkaste aufgenommen zu werden.

»S'gonos Vorschlag soll ausgeführt werden«, entschied der König, und die Beifallrufe, die den kleinen Hügel umtosten, belohnten ihn für diesen Urteilsspruch.

Sanders, der sofort Nachricht von diesen Vorgängen erhielt, kam in größter Eile herbei, indem er durch das Gebiet der unteren Akasava marschierte. Er benutzte diesen kürzeren Weg selbst auf die Gefahr hin, daß sich ein paar befreundete Häuptlinge dadurch verletzt fühlten, die einen Anspruch darauf erhoben, bei seinen Reisen persönlich und feierlich von ihm begrüßt zu werden. Aber die Zeit drängte, sonst wäre er nicht auf dem Nobolama gefahren, ein nur zeitweise fließendes kleines Gewässer.

Er hatte Glück, daß der Fluß Hochwasser hatte, so daß er mit der »Wiggle« in die Nähe des Landes der Morjaba kommen konnte. Zwei Tagesmärsche durch den Wald brachten ihn dann zu der großen Stadt. In dem ganzen Gebiet, das er verwaltete, gab es nicht ihresgleichen, denn sie dehnte sich mehrere Kilometer weit aus und war eine der volkreichsten Städte im Umkreis von fünfhundert Meilen.

S'kobi kam eilig die große Straße entlanggewackelt, um Distriktsgouverneur Sanders mit Salz und Reis zu begrüßen, den er eilig im Vorbeilaufen aus den Gärten gepflückt hatte. Das Salz hatte er bei der ersten Nachricht von Sanders' Ankunft in aller Eile von zu Hause in seinen dicken Händen mitgenommen. Keuchend erschien er vor Sanders und reichte ihm die gebräuchlichen Gaben als Zeichen seiner Unterwürfigkeit.

»O Herr«, sagte er ganz außer Atem. »Ich habe erst jetzt Botschaft von der großen Ehre erhalten, daß du unser Land besuchst, sonst würden meine jungen Leute dir entgegengegangen sein, und die Töchter meines Volkes hätten im Tanzschritt den Weg glattgetreten, damit du angenehmer und leichter gehen konntest.«

Sanders nahm die Gaben mit beiden Händen und überreichte sie feierlich der hinter ihm wartenden Ordonnanz.

»O S'kobi, ich kam schnell zu deinem Land, um geheimes Palaver mit dir abzuhalten, und ich habe nicht viel Zeit.«

»O Herr, ich bin dein Mann«, erwiderte S'kobi und winkte seinen Räten und Ältesten, sich zu entfernen.

Es fiel Sanders schwer, einen Anfang zu finden.

»S'kobi, du weißt, daß ich dich und dein Volk liebe wie meine Kinder, denn ihr seid gute Leute und der Regierung treu ergeben. Auch tut ihr niemandem etwas zuleide.«

»Wa!«

»Auch weißt du, daß ich Krieger und Speerleute nicht liebe, denn Speere bedeuten Krieg, und Krieger lieben den Kampf.«

»O Herr, du sprichst die Wahrheit!« sagte der Häuptling und nickte bejahend. »Deshalb werde ich in meinem Lande ein Gesetz erlassen, daß es keine Speere mehr geben soll außer jenen, die ich im Schatten meiner Hütte aufbewahre. Nun verstehe ich auch, warum du zu mir gekommen bist und dieses Palaver abgehalten hast. Denn du hast mit deinen schönen langen Ohren gehört, daß ich meine Krieger fortgeschickt habe.«

Sanders nickte. »So ist es, mein Freund.«

S'kobi strahlte. »Sechstausend Krieger hatte ich, o Herr, aber aus Speeren wächst kein Korn. Im Gegenteil, diese Leute sind furchtbare Esser. Ich habe sie jetzt zu ihren Dörfern zurückgeschickt, und im nächsten Monat hätten sie ihre schönen Kriegsmesser verbrennen sollen, aber dazu ist es nicht gekommen. Wir Morjaba haben keine Feinde, wir sind gegen alle unsere Nachbarn gut und gerecht. Außerdem leben, wie du wohl weißt, o Herr, viele Isisi, Akasava und N'gombi unter uns, auch Leute aus dem Lande des Großen Königs und aus dem Gebiet jenseits der Sümpfe. Wer sollte uns deshalb angreifen, da wir doch mit allen verschwägert und verwandt sind?«

Sanders sah den friedlichen König mit einem traurigen Lächeln an. »Habe nicht auch ich allen Gutes getan?« fragte er. »Habe ich nicht das Land so regiert, daß diejenigen, die gegen das Gesetz sprachen, schnelle Strafe ereilte? Und greifen nicht trotzdem die Akasava, die Isisi, die N'gombi und die Leute an den Ufern des Stromes zu den Waffen und kämpfen gegen mich? Nun will ich dir eine Weisheit sagen, die ich herausgefunden habe. Bei allen Tieren, den großen und den kleinen, gibt es Weibchen, die Junge haben, und Männchen, die kämpfen, damit niemand ihre Weibchen und Jungen schädigt.«

»O Herr, so ist das Leben.«

»Und so ist es auch bei den Menschen. Denn die Frauen gebären Kinder, und die Männer halten die Speere bereit, um alle zu bekämpfen, die ihre Frauen und Kinder bedrohen. Und solange Menschen auf Erden leben, S'kobi, werden die Frauen gebären, und die Männer werden sie beschützen. Das liegt in der Natur begründet. Und du sollst den Männern nicht den Wunsch nehmen zu töten, bevor du nicht aus den Herzen der Frauen die Sehnsucht nach Kindern entfernt hast.«

»O Herr«, erwiderte S'kobi verwirrt, »was soll ich auf dieses seltsame Rätsel antworten, das du mir eben gestellt hast.«

»Ich will es dir sagen. Ich möchte, daß Frieden in diesem Lande herrscht. Aber zwischen dem Leoparden, der Zähne und Krallen hat, und dem Hasen, der diese Waffen nicht besitzt, kann es keinen Frieden geben. Aber ich frage dich: Kämpft der Leopard gegen den Löwen oder der Löwe gegen den Leoparden? Sie leben in Frieden, denn jeder von ihnen ist schrecklich auf seine Weise, und einer fürchtet den andern. Und ich sage dir dies: Du lebst in Frieden und Freundschaft mit deinen Nachbarn, nicht weil du gut und freundlich zu ihnen bist, sondern weil du Krieger hast. Rufe deine Speerleute wieder zu deiner Stadt zurück, S'kobi.«

Der Häuptling runzelte die Stirn. »O Herr«, sagte er, »das kann nicht geschehen, denn diese Leute sind fortgegangen aus meinem

Lande. Sie suchen ein Volk, das sie nährt, denn sie sind zu stolz, das Land umzugraben.«

»Verdammt!« sagte Sanders verzweifelt und kehrte wieder heim, denn er wußte im Augenblick auch keine Hilfe.

Die Irrfahrten der entlassenen Krieger von Morjaba könnten einen Band füllen. Sie zogen friedlich aus, aber sie fanden die Grenzen der Akasava und die Flußufer der Isisi versperrt. Sie wandten sich nach Norden, um Dienste bei dem Großen König zu nehmen, aber auch hier wurden sie trotz ihrer friedlichen Absichten mit Gewalt zurückgetrieben. Dann schlugen die M'gimis ein Lager auf, das einen Tag weit von der Grenze der Ochori entfernt war. Und es bestand die Gefahr, daß sie meuterten und das Land verheerten, als Bosambo, der Häuptling der Ochori, bei ihnen auftauchte, der durch seine Späher von allen ihren Schicksalen Kenntnis erhalten hatte.

Bosambo war der geborene Diplomat. Er verstand es, eine günstige Gelegenheit für sich auszunutzen, und hatte ein gewisses Gefühl für vorteilhafte und aussichtsreiche Möglichkeiten, ohne genau zu wissen, wie die Sache ausgehen würde. Das ist eine Begabung, die sonst nur Dichtern und hervorragenden Staatsmännern eigen ist.

Bones, der das Land der Ochori besuchte, fand eine neue Stadt, die in den Wäldern in der Nähe des Hauptortes entstanden war. Es entging ihm auch nicht, daß Bosambos Untertanen unzufrieden waren, denn man hatte von ihnen verlangt, für sechstausend Krieger, die zu stolz zur Arbeit waren, Nahrung herbeizuschaffen.

»O Herr«, sagte Bosambo, »ich habe mir schon oft eine Armee wie diese gewünscht, denn ich habe nur wenig Krieger unter den Ochori. Mit diesen vielen Speerleuten kann ich das Gebiet am oberen Strom für deinen König und für Sandi halten, und niemand wird es wagen, ein Wort gegen ihn zu sprechen. Das würde auch N'poloyani getan haben, dein großer Freund.«

»Aber wer soll denn diese vielen Menschen ernähren?«

»Alle Dinge geschehen nach Gottes Willen«, entgegnete Bosambo ruhig.

Bones berichtete über alle diese Dinge bei seiner Rückkehr.

»Hm«, sagte Sanders, als Bones zu Ende war, »wenn es nicht Bosambo wäre... dann würden Sie noch ein ganzes Bataillon Haussas brauchen, Hamilton.«

»Was hat Bosambo getan?« fragte Patricia, die zu den allgemeinen Beratungen zugelassen war.

»Er spielt jetzt Napoleon«, erwiderte Sanders und warf Bones, dieser jugendlichen Autorität auf dem Gebiet der Kriegsgeschichte, einen Blick zu.

Bones fühlte sich sehr unbehaglich und rutschte auf seinem Stuhl hin und her.

»Wir werden ja sehen, wie die Sache ausgeht. Wer soll denn die vielen Krieger unterhalten?« fragte Sanders.

»Das habe ich Bosambo auch gefragt, hochverehrte Exzellenz«, entgegnete Bones triumphierend. »Warum, du verdammter alter Esel...«

»Ich möchte mir es aber doch ausbitten...« rief Sanders aufgebracht.

»Das habe ich doch zu Bosambo gesagt«, erklärte Bones hastig. »Ich sagte also: ›Du verrückter alter Esel, wie willst du denn das Essen für die Kerle herbeibringen?‹ – ›O Herr‹, antwortete er mir darauf, ›darüber denke ich ja gerade nach.‹«

Wie Bosambo dieses Problem löste, konnte man nur vermuten.

»Man spricht von einem Aufstand der Akasava«, sagte Sanders eines Morgens beim Frühstück. »Ich wüßte keinen Grund dafür – nach allen Informationen, die ich erhalten habe, sind die Akasava jetzt ganz friedlich.«

»Woher kommt diese Neuigkeit?« fragte Hamilton.

»Vom König der Isisi. Der Kerl ist ein großer Angstmeier und hat Bosambo gebeten, ihm zu Hilfe zu kommen.«

Tatsächlich schickte Bosambo ihm auch Hilfe, und zwar seine ganze neue Armee, die vor der Isisi-Stadt lagerte und es sich dort einen Monat gut gehen ließ. Als diese Zeit verflossen war, kamen die Isisi zu ihrem König und machten ihm Vorstellungen. Sie sagten, sie würden lieber in den Krieg ziehen, als diesen Frieden noch länger ertragen, der ihnen nur erlaubte, die Hälfte von dem zu essen, was sie gewohnt waren, damit zehntausend andere stolze Krieger in Hülle und Fülle leben konnten.

Daraufhin marschierten die M'gimi-Krieger wieder zu der Ochori-Stadt zurück, aber jeder von ihnen trug für einen ganzen Monat Vorrat an Mais und Salz mit sich, den sie den widerstrebenden Isisi abgenommen hatten.

Drei Wochen später schickte Bosambo einen geheimen Boten an den König der Akasava.

»O Gubara, lasse niemand etwas von dieser Botschaft wissen,

damit es nicht Sandi zu Ohren kommt und damit du, der doch vollständig unschuldig ist, nicht fälschlicherweise getadelt wirst«, sagte der Bote feierlich. »Dieses spricht Bosambo: Es ist mir zu Ohren gekommen, daß die N'gombi sich heimlich rüsten und sehr bald einen ganzen Wald von Speeren gegen die Akasava aussenden werden. Sage dies dem Häuptling Gubara. Weil ich hierüber Trauer in meinem Bauch fühle, so werde ich ihm helfen. Denn ich bin sehr stark und mächtig. Der große weiße Mann Bonesi ist mein Freund, ebenso sein Vetter N'poloyani, der mit der Tante von Bonesi verheiratet ist. Ich habe eine große, unüberwindliche Armee, die ich in das Land der Akasava senden will. Wenn die N'gombi davon hören, werden sie ihre Krieger wieder nach Hause schicken, und es wird Friede sein.«

Der Häuptling der Akasava, der etwas nervös war und an all die Unannehmlichkeiten dachte, die ein Krieg zwischen zwei so mächtigen Stämmen hervorrufen würde, stimmte gern und freudig diesem Vorschlag zu. Zwei Monate lang saßen die M'gimi wie ein Heuschreckenschwarm im Lande der Akasava und aßen alles auf, so daß beinahe eine Hungersnot entstanden wäre.

Und danach marschierten sie in das Land der N'gombi. Es war nämlich Nachricht durch Bosambos Botschafter dorthin gekommen, daß der Große König die Absicht habe, das Gebirge im Westen mit einem großen, schrecklichen Heer zu überschreiten und das N'gombi-Land mit Krieg zu überziehen.

Wie lange Bosambo diese Methode, seine Armee auf Kosten anderer zu unterhalten, noch fortgesetzt hätte, läßt sich nur vermuten, denn inzwischen trat ein großes Ereignis im Lande der Morjaba ein. Dem fetten Häuptling war der Abmarsch seiner Krieger eine Erleichterung gewesen. Außerdem hatte er sich, nach Art der Eingeborenen, darüber gefreut, daß er Sanders dadurch in Verlegenheit gebracht hatte. Aber als der Distriktsgouverneur gegangen war, dachte er über alles nach, was dieser ihm gesagt hatte, und große Zweifel befielen seine Seele. Drei Tage lang saß er in sich zusammengesunken auf dem großen, schöngeschnitzten Staatsstuhl vor seinem Hause, und nach dieser Zeit rief er S'gono, den M'joro, zu sich.

»O S'gono«, sagte er, »ich habe Kummer in meinem Bauch über gewisse Dinge, die mir unser Herr Sandi gesagt hat.«

Und er erzählte seinem Ratgeber alles, was er von dem Distriktsgouverneur gehört hatte.

»Und nun sind meine M'gimis bei Bosambo, und er verkauft sie allen Stämmen, damit sie sie ernähren müssen, und er hat viel Vorteil davon.«

»O Herr«, erwiderte S'gono, »ist denn mein Wort nichts? Habe ich es dir nicht gesagt, daß ich herrlichere Krieger als die M'gimis versammeln würde? Gib mir Urlaub, o König, und du wirst eine Armee finden, die über Nacht aus der Erde gestampft wurde. Ich, S'gono, der Sohn des Mochorlabili Yoka, sage dir dieses!«

Es eilten also Boten zu allen Dörfern der Morjaba und riefen die jungen Männer zum Hause des Königs. Drei Wochen später stand eine großartige Heerschar auf einer Ebene in der Nähe des Palaverhauses.

»Laß sie über die Ebene marschieren und den Kriegstanz aufführen«, sagte der König befriedigt.

Aber S'gono zögerte. »O mein Herr und König«, bat er, »dies sind neue Soldaten, sie sind noch nicht so weise wie die alten Krieger. Auch wollen sie nicht den Führern gehorchen, die ich über sie gesetzt habe, sondern sie haben ihre eigenen Leute gewählt, so daß jeder Heerhaufen zwei Führer hat, die Übles voneinander sprechen.«

S'kobi riß die runden Augen weit auf. »Die M'gimis haben so etwas nie gemacht«, sagte er zweifelnd. »Wenn ihre Anführer ein Wort sagten, so sprangen sie erst mit dem einen Bein hoch, dann mit dem andern. Und das war sehr schön anzusehen und sehr schrecklich für unsere Feinde.«

»O Herr«, erwiderte S'gono aufgeregt, »gib mir noch einen Monat Zeit, dann werden sie mit beiden Beinen zu gleicher Zeit springen und sehr schöne Kriegstänze tanzen.«

Ein Späher berichtete dieses Versprechen einem gewissen mächtigen Häuptling des Großen Königs, der viertausend Speerleute unter sich hatte und auf den Abhängen des Gebirges wohnte, das die Grenze gegen das Land der Morjaba bildete. Er hatte schon seit langem auf einen günstigen Augenblick gewartet, um den Fluß zu überschreiten, und er hörte diese Neuigkeit mit großem Interesse.

»Wenn ich komme, werden sie auch ohne Köpfe tanzen«, sagte er, »denn die M'gimi-Krieger sind fort, und ohne sie sind die Morjaba kleine Kinder. Zwanzig Jahre lang haben wir gewartet, jetzt aber kommt die herrliche Nacht. Gehe du, B'furo, zu dem Häuptling des Stammes jenseits der Sümpfe und sage ihm, daß er den Sumpf überschreiten soll, wenn er drei Feuer auf diesem Berge sieht. Er soll auf dem Wege kommen, den nur er allein kennt.«

Es war ein wohlvorbereiteter Überfall, den die Feldherren des Großen Königs und der Häuptling jenseits der Sümpfe verabredet hatten. Seitdem die Kriegerkaste abmarschiert war, hatten die Feinde der Morjaba schnell gehandelt. Der Weg durch die Sümpfe war schon seit Jahren bekannt, aber die M'gimis hatten eins ihrer Lager so angelegt, daß kein Feind auf dieser Seite das Land überfallen konnte, und ihre Anordnungen so getroffen, daß auch die nördliche Grenze stets geschützt gewesen war.

S'gono war ein Ackerbauer, der Mais baute und Ziegen zog. Er stellte seine neue Armee ungefähr in der Art auf, wie er etwa einen Garten angelegt hätte. Er glaubte, je näher das Heer der Stadt sei, um so leichter könne man es unterhalten. Infolgedessen wurde die Furt über den Fluß nicht geschützt, und eine Armee von zweitausend Kriegern hatte die Sumpfländereien überschritten, bevor der neue Kriegsminister auch nur eine Ahnung hatte, daß von dort Gefahr drohte.

Er warf seine Truppen gegen die Hauptführer des Großen Königs, und in verzweifelter Gegenwehr machten sie den Versuch, diesen schrecklichen Eindringling zurückzuhalten. Zu gleicher Zeit schlug er mehr durch Glück als Verstand und gute Führung die bösen Leute von jenseits der Sümpfe zurück und zwang sie, wieder in ihr Land zurückzukehren.

In einer zweitägigen Schlacht fochten die Morjaba tapfer, aber des Kampfes unkundig gegen die erprobten Truppen des Großen Königs, während Boten nach Osten und Süden eilten, um Hilfe herbeizuholen.

Es war möglich, daß Bosambos Nachrichtendienst so gut arbeitete, daß er von dem Plan, der gegen den Frieden und die Sicherheit des Morjaba-Volkes angezettelt war, wußte. Aber es mag auch sein, daß er sich zu den Morjaba aufgemacht hatte, wie Sanders vermutete, um ihnen ein Ammenmärchen aufzubinden, daß ihr Land in großer Gefahr schwebe. Wie dem auch sein mag, jedenfalls befand er sich schon an der Grenze, als der Bote des Königs kam. Eilig kehrte Bosambo mit dem Mann zurück, um persönlich zu handeln.

»Ich werde dir fünftausend Traglasten Korn geben, Bosambo«, sagte der König, »hundert Säcke Salz und zweihundert schöne, dicke Frauen, die dir in deinem Hause dienen sollen.«

Bosambo feilschte erst noch eine Weile, um soviel als möglich für sich herauszuschlagen, denn die Frauen brauchte er nicht und hätte lieber Ziegen dafür gehabt. Schließlich wurden sie einig, und die Krieger Bosambos marschierten in ihr altes Heimatland. Und die Einwohner der Stadt fielen ihnen buchstäblich um den Hals, als sie zurückkehrten.

Der Feind hatte die gegen ihn ausgesandten Truppen geschlagen und war nun schon halbwegs zur Hauptstadt gekommen, als die M'gimi-Krieger ihm in die Flanken fielen.

Der gewaltige Häuptling der Armee des Großen Königs sah, wie die geordneten Reihen gegen ihn anstürmten, und sandte nach einem seiner Unterführer.

»Eile schnell zu unserem Herrn, dem König, und sag ihm, daß ich ein toter Mann bin.«

Und er sagte die Wahrheit, denn er fiel in Bosambos Hand, der sich hierfür eine Extraprämie zahlen ließ und infolgedessen noch einige Ziegen mehr aus der Herde S'kobis fortführte. Für den größeren Teil eines Monats war Bosambo ein willkommener Gast, dann traf er Anstalten zur Abreise.

Träger und Hirten trugen und trieben seine Schätze zum Land der Ochori und marschierten eine Tagereise vor dem Hauptheer ab.

Bosambo hatte den Befehl gegeben, daß sich die M'gimi-Krieger in der Dämmerung des nächsten Tages versammeln sollten, aber zur Zeit des Aufbruchs fand sich Bosambo allein auf dem großen Platz. Nur die Häuptlinge der Ochori, die ihn auf diesem Zug begleitet hatten, waren zur Stelle.

»O Herr«, sagte S'kobi, »meine feinen Soldaten gehen nicht wieder mit dir, denn ich habe gesehen, wie weise Sandi gesprochen hat, der mein Vater und meine Mutter ist.«

Bosambo wäre beinahe vor Wut erstickt. Wie gewöhnlich nahm er in solchen Augenblicken höchster Erregung seine Zuflucht zur englischen Sprache.

»O Herr«, erwiderte der König, der ihn nicht verstand. »Ich sehe, daß du Sandi gleichst, denn du sprichst in seiner Sprache. Er sagt auch ›Verdammt!‹ sehr laut, und ich glaube, dieses Wort sagen alle weisen Leute, wenn sie sich sehr freuen.«

Auf seinem Rückmarsch traf Bosambo Bones. Bones war den Strom hinaufgeeilt, als die Nachricht von dem großen Kampf die Residenz erreichte.

Bosambo beklagte sich bitter bei ihm und erzählte ihm alles. »O

Herr«, sagte er zum Schluß, »was soll ich tun? Du hast mir nichts darüber gesagt, was der große N'poloyani tat, wenn man ihm ein Heer stahl. Sag mir jetzt, Tibbetti, was er unter Umständen getan hätte.«

Aber Bones schüttelte ernst den Kopf. »Das kann ich nicht tun, Bosambo, denn du sagst es doch nur den andern weiter – und das würde mir mein Herr N'poloyani nie verzeihen.«

## *Das Wasser der Verrücktheit*

Unerwartete Vorfälle ereigneten sich häufig in dem Gebiet, das Distriktsgouverneur Sanders verwaltete. So ging Bones eines Tages ans Ufer, um die »Post abzuholen«. Das geschah gewöhnlich in der Weise, daß er den Postsack in Empfang nahm, der in weitem Bogen aus einem auf den Wellen tanzenden Boot ans Land geworfen wurde. Diesmal war er erstaunt, als er sah, daß das Boot zum Ufer fuhr und nicht nur die Post, sondern auch einen Fremden samt seinem Gepäck absetzte.

Er war glattrasiert, untersetzt, trug einen tadellosen weißen Anzug und begrüßte Bones mit einem freundlichen Nicken.

»Morgen«, sagte er, »ich habe Ihnen die Post mitgebracht.«

Bones streckte die Hand aus und nahm den Postbeutel ohne Anzeichen großer Begeisterung entgegen.

»Ist Sanders in der Residenz?«

»Mr. Sanders ist nicht anwesend«, erwiderte Bones reserviert.

Der andere lachte. »Zeigen Sie mir den Weg«, sagte er barsch. Bones betrachtete ihn von oben bis unten. »Entschuldigen Sie, mein netter alter Herr, habe ich die Ehre, mit dem Herrn Kriegsminister zu sprechen?«

»Nein«, erwiderte der Fremde überrascht. »Wie kommen Sie auf diese Idee?«

»Weil er der einzige Mensch ist, der nicht das kleine Wörtchen ›bitte‹ seinen Aufforderungen mir gegenüber hinzuzufügen brauchte«, sagte Bones mit steigendem Ärger.

Der Mann wollte sich vor Lachen ausschütten.

»Entschuldigen Sie. Bitte, zeigen Sie mir den Weg.«

»Folgen Sie mir, Sir.«

Sanders war nicht in der Residenz. Er inspizierte gerade die von eingeborenen Schmieden reparierte Kesselanlage der »Zaire«.

Der Fremde nahm sich ohne Einladung oder Aufforderung einen Stuhl auf der Veranda, setzte sich und schaute sich dreist um. Patricia Hamilton saß am andern Ende und las ein Buch. Sie hatte nur einen Augenblick aufgesehen und sich über den neuen Ankömmling gewundert.

»Ein verflucht hübsches Mädel«, sagte der Fremde und steckte sich eine Zigarette an.

»Wie meinen Sie?« fragte Bones.

»Ein verflucht hübsches Mädel!«

»Und Sie sind ein verflucht ruppiger Mensch! Ich habe bis jetzt nur zu dieser Tatsache geschwiegen.«

Der Mann blickte schnell auf. »Was sind Sie eigentlich hier?« fragte er. »Ein Schreiber oder so etwas Ähnliches?«

Bones blieb ganz ruhig. »O nein«, sagte er mit der liebenswürdigsten Stimme. »Ich bin ein Offizier der König-Haussa hier, Rang: Leutnant. Meine Aufgabe ist es, die Eingeborenen hier an Ordnung und Gesetz zu gewöhnen und die zivilisierten Schweine mit hervorragender Musik zu unterhalten. Wollen Sie ein Stück auf dem Grammophon hören?«

Der Fremde runzelte die Stirn. Aber in diesem Augenblick erschien Sanders.

Der Ankömmling zog die Brieftasche heraus und entnahm ihr ein Schreiben und eine Karte.

»Guten Morgen, Mr. Sanders. Mein Name ist Corklan – P. T. Corklan von der Firma Corklan, Besset & Lyon.«

»So?« erwiderte Sanders.

»Ich habe einen Brief für Sie.«

Sanders nahm ihn in Empfang, öffnete und las ihn. Er trug die saubere Unterschrift eines Unterstaatssekretärs, zeigte den schön geprägten Briefkopf des Auswärtigen Amtes und empfahl Mr. P. T. Corklan dem Distriktsgouverneur Sanders mit der Bitte, den Überbringer ohne Behinderung durch die Gebiete am Großen Strom reisen und ihm jegliche Unterstützung zukommen zu lassen, die mit dem Dienst zu vereinbaren war, damit er seine Studien über Zuckergewinnung aus der süßen Kartoffel fördern könne.

»Das hätten Sie zur Zentralverwaltung mitnehmen sollen. Es muß die Unterschrift des Gouverneurs tragen.«

»Diesen Brief habe ich«, entgegnete der Mann kurz.

»Und wenn Ihnen die Unterschrift eines Staatssekretärs nicht genügt, dann werde ich sofort nach England zurückfahren und mich persönlich an ihn wenden.«

»Meinetwegen können Sie sich auch an den Teufel persönlich wenden! Sie reisen jedenfalls nicht eher in das Innere, bis ich von meinem Vorgesetzten telegrafisch Anweisung dazu erhalten habe. Bones, nehmen Sie den Herrn mit zu Ihrem Quartier. Ihre Leute sollen für ihn tun, was in ihren Kräften steht.«

Damit drehte er sich kurz um und ging ins Haus.

»Sie werden noch darüber hören«, sagte Mr. Corklan.

»Hier hinaus, mein lieber alter Pilgersmann!«

»Wer trägt mein Gepäck?«

»Ihr Name ist mir entfallen, aber wenn Sie einmal auf Ihrer Visitenkarte nachschauen, dann finden Sie den netten Namen des Gepäckträgers dort sehr deutlich verzeichnet.«

Sanders berichtete über den Vorfall in seinem knappen, energischen Stil und sandte ein Telegramm von hundert Worten an die Zentralverwaltung.

Zufällig war der Gouverneur auf einem kurzen Jagdausflug, deshalb antwortete sein Sekretär.

> Zentralverwaltung an Sanders – Duplikat des Empfehlungsschreibens hier. Lassen Sie Corklan auf eigene Gefahr reisen. Warnen Sie vor Gefahren.

»Sie können es ihm mitteilen«, sagte Sanders zu Bones. »Er kann sofort losziehen, je eher, desto besser.«

Bones überbrachte die Botschaft Mr. Corklan, der auf dem Bett seines Gastgebers saß. Der ganze Boden war mit Zigarettenasche bedeckt. Aber das Schlimmste war in Bones' Augen die große Flasche Whisky, die der Mann aus einem seiner Koffer genommen hatte. Obendrein hatte er sich selbst aus Bones' Schrank ein Glas geholt.

»Dann kann ich also heute abend schon fort? Die Sache wäre also in Ordnung. Wie komme ich denn am besten ins Innere?«

Bones war schon in das Stadium gekommen, in dem er sich nicht über die Menschen ärgerte, sondern sich sogar für die Situation interessierte.

»Wie denken Sie sich denn Ihre Reise?« fragte er neugierig.

»Haben Sie denn keinen Dampfer für mich? Hat Sanders kein Regierungsboot?«

»Verzeihen Sie, wenn mir etwas schwach wird!« Bones ließ sich in einen Stuhl fallen.

»Nun, wie kann ich denn fortkommen?«

»Können Sie gut schwimmen?« fragte Bones unschuldig.

»Hören Sie doch einmal zu. Sie sind doch ein netter Kerl – ich mag Sie.«

»Das tut mir aber leid.«

»Ich mag Sie wirklich«, wiederholte Mr. Corklan. »Sie könnten mir doch ein wenig helfen.«

»Das werde ich wahrscheinlich nicht tun«, sagte Bones.

»Aber erklären Sie mir nur ruhig die Sache, mein lieber alter Abenteurer.«

»Da haben Sie recht, das bin ich.« Corklan biß das Ende einer neuen Zigarre ab und steckte sie mit dem glühenden Rest der alten in Brand. »Ich bin überall in der Welt herumgekommen und habe mich mit verschiedenen Dingen befaßt. Ich habe nun die Möglichkeit, ein Vermögen zu gewinnen. In diesem Lande gibt es einen Stamm, den man die N'gombi nennt. Sie leben in einem wunderbaren Gebiet, in dem viel Gummi wächst. Und ich habe gehört, daß sie unheimliche Mengen von Elfenbein und geheime Gummivorräte vergraben haben.«

Es war eine Tatsache – Bones war überrascht, daß der Fremde davon wußte –, daß die N'gombi sehr sparsame, vorsichtige und geizige Leute waren und ihre wohlverborgenen Schätze von Elefantenzähnen hüteten. Seit Hunderten von Jahren trieben sie mit Elfenbein und Gummi Handel, und jedes einzelne Dorf besaß seine geheime Vorratskammer. Die Regierung hatte seit langem versucht, die N'gombi zu überreden, ihren Reichtum in staatlichen Gewahrsam zu geben, denn derart kostbare Vorräte bedeuten früher oder später Krieg. Der Stamm lebte im Innern der großen Wälder – das Wort N'gombi heißt soviel wie »innen«. In ihren Wäldern gab es viele Elefanten und Gummibäume.

»Sie sind ja das reinste Informationsbüro«, sagte Bones bewundernd. »Aber was hat denn dies mit Ihren wissenschaftlichen Untersuchungen der süßen Kartoffel zu tun?«

Der Mann rauchte eine Weile schweigend, dann nahm er eine große Karte aus seiner Tasche. Bones war wieder erstaunt, denn es war die amtliche Geheimkarte.

Mr. Corklan verfolgte den großen Strom mit seinem dicken Zeigefinger.

»Von hier erstreckt sich das N'gombi-Land, von dem östlichen Ufer des Isisi-Flusses ab. Dies ist alles Wald, und ungefähr alle zehn Quadratmeter findet man einen Gummibaum.«

»Ich habe sie noch nicht gezählt, aber ich will Ihre Angabe gelten lassen.«

»Was hat aber dies hier zu bedeuten?« Mr. Corklan zeigte auf eine gewundene Linie von Strichen und Pünktchen, die an dem Einfluß des Isisi in den Großen Strom begann und sich in vielen kleinen Windungen fünfhundert Meilen hinzog, bis sie den Sigifluß traf, der durch spanisches Gebiet floß. »Was ist das?«

»Das scheinen die Fußspuren des großen Vogels Roch zu sein, der mit den Augen bellt und nur von Buttertoast und Eisenzeug lebt.«

»Ich will Ihnen sagen, was es ist.« Mr. Corklan schaute Bones vielsagend an. »Dies ist einer jener geheimen Ströme, die man immer in diesen ›nassen‹ Ländern antrifft. Die Eingeborenen können einem viel davon erzählen. Aber man findet sie niemals. Es sind Flüsse, die in vielen Jahren nur einmal mit Wasser gefüllt sind, wenn der Große Strom Hochwasser hat und es andauernd heftig regnet. Nun hat man mir in dem spanischen Gebiet erzählt, daß die Mündung des geheimen Stromes Wasser führt.« Er stieß Bones nachdrücklich ans Knie.

»In dem spanischen Gebiet erzählt man allerhand Märchen«, erwiderte Bones höflich. »Dort sagen Ihnen die Leute alles, was Ihnen angenehm sein kann, wenn Sie ihnen nur das nötige Silbergeld in die Hand drücken.«

»Wie steht es denn mit dem Teil des geheimen Stromes, der auf Ihrem Gebiet liegt?« fragte Mr. Corklan, der Bones' Abneigung, über diesen Gegenstand zu sprechen, ganz übersah.

»Das werden Sie ja selbst herausbekommen – ich möchte Sie nicht gern vorher schon entmutigen.«

»Wie komme ich denn nun aber ins Innere?« fragte Mr. Corklan nach einer Pause.

»Sie können ein Kanu mieten und im Lande leben, wenn Sie sich nicht Konserven und Nahrungsmittel mitgebracht haben.«

Der Mann lachte. »Selbstverständlich habe ich keine Vorräte mitgebracht. Ich will Ihnen einmal etwas zeigen. Sie sind ein netter Kerl.«

Er öffnete seinen Koffer und zog ein dickes Paket heraus. Es schienen dünne Häute zu sein, mindestens zwei- bis dreihundert

Stück. »Das ist meine Spezialität.« Er löste das Band, das sie zusammenhielt, nahm ein Stück heraus und blies es auf. Die Haut blähte sich wie ein Kinderballon. »Wissen Sie, was das ist?«

»Nein, das kann ich Ihnen nicht sagen.«

»Sie haben doch sicher einmal von Soemmerings Methode gehört?«

Bones schüttelte den Kopf.

Mr. Corklan lachte, legte die Häute wieder in seinen Koffer zurück und schloß ihn ab.

»Das ist mein kleiner Scherz. Alle meine Freunde haben mir gesagt, daß ich eines Tages dabei mein Leben riskieren werde. Aber ich liebe es, den Leuten Rätsel aufzugeben.« Er lächelte liebenswürdig und selbstbewußt. »Ich sage ihnen gern die Wahrheit in einer Form, die sie nicht verstehen. Wenn sie sie verständen, würde es einen schrecklichen Aufruhr geben.«

»Sie sind ein kluger Kerl, aber ich kann Ihr Gesicht nicht leiden. Verzeihen Sie mir, wenn ich Ihnen das ganz unumwunden sage, mein lieber alter Freund.«

»Auf das Gesicht kommt es weniger an als auf das Geld, das man hat«, erwiderte Mr. Corklan selbstzufrieden. »Und ich sage Ihnen nur eines: Wenn ich wieder aus diesem Lande gehe, dann habe ich ein Vermögen gemacht.«

»Es tut mir für Sie leid«, meinte Bones kopfschüttelnd, »Ich sehe nicht gern Leute, die sich falschen Hoffnungen hingeben.«

Bones berichtete alles dem Distriktsgouverneur, der darüber sehr beunruhigt war.

»Wenn ich nur wüßte, was er vorhat. Am liebsten möchte ich ihn überhaupt nicht ins Land gehen lassen, aber angesichts der Anweisung der Zentralverwaltung kann ich ihn nicht gut zurückschicken. Aus den N'gombi wird er nichts herausholen. Ich habe schon alle Methoden angewandt, gute und böse, um diese Kerle zu veranlassen, ihre Ersparnisse der Regierung zur Verwahrung zu übergeben, und bis jetzt keinen Erfolg gehabt.«

»Er muß ja unter allen Umständen hierher zurückkommen. Ich glaube nicht, daß er viel Unheil anrichten kann«, sagte Hamilton.

»Was hat er denn eigentlich für Gepäck?«

»Eine Kiste mit Dingen, die wie gebogene Kupferplatten aussehen«, berichtete Bones. »Es ist sehr dünnes Kupfer, aber es ist Kupfer. Auch habe ich mehrere Kupferröhren in seinem Gepäck gesehen. Das ist so ungefähr seine ganze Ausrüstung.«

Mr. Corklan war anscheinend an der Küste kein Fremder. Bones beobachtete, wie das Kanu des Mannes am andern Tag geladen wurde, und hörte, wie er in der Eingeborenensprache über die Trägheit seiner Ruderer schimpfte. Bones entnahm daraus, daß Mr. Corklans Bekanntschaft mit Zentralafrika schon ziemlich eingehend sein mußte, denn er konnte in Suaheli und portugiesisch fluchen, und seine Ausdrücke waren deftig und roh.

»Nun werde ich abfahren«, sagte er schließlich. »Ich will sehen, daß ich heute abend noch zu einem Fischerdorf komme. In einer Woche hoffe ich mein Reiseziel erreicht zu haben. Ich werde Sie nicht wiedersehen, deswegen will ich mich gleich verabschieden.«

»Wie wollen Sie denn wieder außer Landes kommen?« fragte Bones neugierig.

Mr. Corklan lachte. »Auf Wiedersehen!«

»Einen Augenblick, mein lieber alter Entdecker. Ich muß noch eine kleine Formalität erledigen – öffnen Sie noch einmal Ihre Koffer.«

Ein argwöhnischer Zug erschien auf Mr. Corklans Gesicht.

»Warum soll ich das?«

»Nur eine kleine Formalität, mein netter alter Held.«

»Warum haben Sie das nicht früher gesagt?« brummte der andere und ließ seine beiden Koffer wieder an Land bringen. »Vermutlich wissen Sie, daß Sie damit Ihre Amtsbefugnisse bei weitem überschreiten.«

»Nein, das wußte ich nicht – ich danke Ihnen für die Mitteilung. Ich bin nämlich hier der Zollbeamte, mein Herr und Landsmann.«

Mr. Corklan öffnete seine Koffer, und Bones durchsuchte sie. Er fand drei Flaschen Whisky und nahm sie heraus.

»Was soll das bedeuten?« fragte Mr. Corklan.

Bones antwortete nicht, sondern nahm die Flaschen und zerschmetterte sie am nächsten Stein.

»Aber, was zum Teufel...«

»Der Wein ist ein Betrüger, und scharfe Getränke bringen die Leute in Wut – dies ist hier sozusagen ein Land, in dem die Prohibition gilt. Ich könnte Ihnen auch noch fünfhundert Pfund abnehmen. Das ist die höchste Strafe dafür, daß Sie den Versuch machten, Alkohol in unser unschuldiges Land einzuführen.«

Bones erwartete einen Wutanfall Mr. Corklans, aber der Mann kicherte nur.

»Sie sind verrückt!«

»Das sagen meine Freunde auch«, gab Bones zu, »aber wegen dieser Getränke kann man nicht von Verrücktheit sprechen. Da Sie das Land kennen und mit der Denkungsart der Eingeborenen vertraut sind, mein lieber Herr, werden Sie die Begierde dieser Leute nach berauschenden Getränken verstehen. Selbst wenn wir Europäer trinken, tun wir es nur auf Kosten unseres Verstandes. Im übrigen wünsche ich Ihnen eine gute Reise.«

»Also auf Wiedersehen!« sagte Mr. Corklan.

Bones ging zur Residenz zurück, machte seinen Bericht, und damit endete diese Episode vorläufig.

Es war nicht ungewöhnlich, daß Wissenschaftler, Fabrikanten und Vertreter von Schiffsgesellschaften mit Empfehlungsbriefen ankamen und ins Innere reisen wollten. Glücklicherweise waren solche Besuche nicht allzu häufig und fanden in verhältnismäßig großen Zwischenräumen statt. Diesmal war Sanders ganz besonders mißtrauisch und sandte einen seiner geheimen Späher aus, um dem Abenteuerer zu folgen. Er hatte ihm den Auftrag gegeben, jedes außergewöhnliche Ereignis zu melden. Diese Maßregel war notwendig, denn die N'gombi, und besonders die inneren N'gombi, sind ein geheimnisvolles Volk, und es ist schwer, ja fast unmöglich, Nachrichten von ihnen zu erhalten.

»Ich wäre gar nicht erstaunt, wenn ich erführe, daß bei den N'gombi seit zwei Monaten ein Krieg im Gange ist, ohne daß ich auch nur ein Wort davon zu hören bekommen hätte.«

»Wenn sie untereinander Krieg führen – dann ist das selbstverständlich«, sagte Captain Hamilton. »Wenn sie aber gegen Fremde Krieg führen, dann werden wir schon davon hören, denn das geht nicht ohne Geschrei und Lärm ab. Warum senden Sie denn nicht Bones ins Land, um die Zuckerexperimente dieses Mannes zu beaufsichtigen?«

»Wir wollen über etwas Angenehmeres sprechen«, entgegnete Bones hastig.

Aber nach drei Monaten unternahm er doch die Reise.

»Fahren Sie mit der ›Zaire‹ bis zur Flußbiegung bei den Isisi«, sagte Sanders eines Morgens beim Frühstück zu ihm, »und suchen Sie herauszubekommen, was Ali Kano macht – der nachlässige Kerl hätte längst Berichte schicken sollen.«

»Sind Nachrichten von den N'gombi gekommen?« fragte Hamilton.

»Ich habe nur Allgemeines über sie erfahren. Sie sollen mit einem Male sehr fleißig geworden sein. Anscheinend macht der Zuckerkaufmann große Experimente. Das halbe Volk gräbt nach Wurzeln für ihn.«

»Wird es eine gefährliche Fahrt werden?« fragte Patricia ängstlich.

»Nein. Warum fragen Sie?« lächelte Sanders.

»Weil ich gerne mitfahren würde. Ach, bitte, schauen Sie doch nicht so düster drein. Bones ist immer sehr nett zu mir.«

»Hm!« Sanders schüttelte den Kopf.

Patricia wandte sich an Hamilton.

»Ich würde nichts gegen deine Reise haben – es handelt sich nur um Bones.«

»Aber...«, sagte Bones vorwurfsvoll.

»Wenn du so gern mitfahren möchtest, kannst du es natürlich tun – wenn du eine Anstandsdame hast.«

»Anstandsdame!« Bones war außer sich. »Großer Himmel, Hamilton, nehmen Sie sich doch zusammen. Patricia, öffnen Sie mal schnell das Fenster, damit er frische Luft bekommt! So – fühlen Sie sich jetzt besser?«

»Anstandsdame!« rief auch Patricia entrüstet. »Ich bin alt genug, um Bones' Mutter zu sein! Ich bin beinahe einundzwanzig – auf jeden Fall älter als Bones, und ich kann auf mich selbst aufpassen.«

Schließlich fuhr sie mit Bones ab und nahm ihr Kanomädchen mit, das sie bediente, und Abibus Frau, die für sie kochen sollte. Nach zwei Tagen kamen sie zu der großen Biegung des Flusses. Bones forschte nach dem vermißten Späher, hatte aber keinen Erfolg.

»Aber das sage ich dir, Herr«, erklärte ihm der kleine Häuptling, der ein Agent von Sanders war, »im Lande der N'gombi geschehen merkwürdige Dinge. Alle Leute sind dort verrückt geworden und graben ihre Elefantenzähne aus, um sie zu einem weißen Mann zu bringen.«

»Das muß Sandi erfahren«, erwiderte Bones, dem die Wichtigkeit dieser Nachricht sofort klarwurde. Noch am selben Abend fuhr er mit der »Zaire« wieder stromabwärts.

Wafa, ein Mischling, halb Araber und halb N'gombi, der die Schlauheit und Verschlagenheit beider Stämme in sich vereinigte, sprach zu seinen Begleitern:

»Wir werden bald das Dampfboot der Regierung sehen, wenn es den gewundenen Fluß herunterkommt. Und ich will hinausfahren und mit unserem Herrn Tibbetti sprechen, der ein einfacher Mann ist und ein Herz wie ein Kind hat.«

»O Wafa«, sagte einer der bewaffneten Leute, die fröstelnd und zitternd in den kalten Morgenstunden am Ufer standen. »Wenn die Sache nur gut ausgeht – ich weiß nicht, ob dies ein gutes Palaver wird. Mein Bauch ist von Furcht erfüllt. Wir wollen alle vorher dieses Zauberwasser trinken, denn das gibt uns Mut.«

»Das werdet ihr tun, wenn ihr alle Befehle unseres Herrn genau ausgeführt habt«, erwiderte Wafa. »Habt keine Furcht, denn bald werdet ihr große Wunderdinge sehen.«

Sie hörten das tiefe Tuten einer Sirene, das einen einsamen Fischer mahnte, die schmale Fahrrinne zu verlassen, und plötzlich sahen sie den Regierungsdampfer um die Flußbiegung herumfahren. Das Boot sah glänzend weiß aus, die Schornsteine spien einen Feuerregen von Funken aus, und zwei graue Rauchwolken zogen hinter dem Dampfer her.

Wafa sprang in ein Kanu, und als er sah, daß die andern sich anschickten, ihm zu folgen, ruderte er schnell und kam in die Fahrrinne, aus der sich der erschrockene Fischer eben entfernt hatte.

»Gehe nicht dahin, o Fremder!« schrie der Isisimann, »Denn es ist unser Herr Sandi, und sein Dampfboot hat schon schrecklich gebrüllt.«

»Stirb, du unverschämter Schreihals«, brüllte Wafa, »du sollst ertrinken und auf dem Boden des Flusses liegen, du Sohn eines Fisches, du Vater einer giftigen Schlange!«

»Du fremder Frosch«, kam die schrille Antwort, »du armer Mann mit den Frauen zweier anderer Männer! Du hergelaufener Bursche, der keine Ziegen hat...«

Aber Wafa war zu begierig, seinen Plan auszuführen, um noch weiter auf die Schimpferei des andern zu achten. Er schlug das Wasser kräftig mit seinen breiten Rudern und erreichte die Mitte der Fahrrinne.

Bones stand auf der Kommandobrücke und zog persönlich die Leine zur Dampfsirene.

Zwei langgezogene, tiefe Rufe ertönten.

»Dieser verdammte Kerl!« sagte Bones vorwurfsvoll. »Wir werden ihn noch in Grund und Boden fahren.«

Patricia war gerade damit beschäftigt, in Bones' Kabine Staub zu fegen, und schaute heraus.

»Was ist denn los?« fragte sie.

Bones antwortete nicht. Er stellte den Maschinentelegrafen gerade in dem Augenblick auf rückwärts, als Yoka, der Steuermann, das Rad zurückdrehte.

Der Dampfer verlangsamte seine Fahrt und stand dann plötzlich still. Patricia kam besorgt auf die Brücke. Die »Zaire« war auf eine Sandbank aufgefahren und saß mit dem Vorderteil im Trockenen.

»Bringt den Mann an Bord«, befahl Bones wütend.

Gleich darauf stand Wafa vor ihm.

»O Mann«, sagte Bones und sah den Bösewicht durch sein Monokel an. »Welcher böse Geist hat dich geschickt, daß du hier mein feines Schiff anhältst?«

Er redete in der Isisisprache und war sehr erstaunt, eine Antwort in Küstenarabisch zu erhalten.

»Herr«, sagte der Mann, der sich anscheinend wenig um den Zorn seines Herrn kümmerte, »ich bin gekommen, um ein großes Palaver über Geister und Teufel mit dir zu halten, denn ich habe einen ganz großen Zauber gefunden.«

Bones grinste. Er hatte jenen Sinn für Humor, der über alle Aufregungen hinweghilft.

»Also, dann versuche einmal deinen großen Zauber, mein Lieber, und bringe dieses Schiff wieder ins tiefe Fahrwasser!«

Wafa war nicht im mindesten verlegen.

»Herr, es ist ein viel größerer Zauber. Es handelt sich dabei um Menschen. Ich kann dadurch die Toten wieder zum Leben zurückbringen, denn in diesem Walde gibt es einen wunderbaren Baum. Sieh, Herr!«

Er zog aus einem lose gerollten Gürtel ein Stück Holz. Bones nahm es in die Hand. Es hatte die Größe und Gestalt eines Maiskolbens, und man sah, daß es eben erst abgeschnitten worden war, denn es war noch feucht vom Saft. Bones roch daran. Es duftete schwach nach Rosinen und Kampfer. Patricia Hamilton lächelte. Das sah Bones wieder so ganz ähnlich, sich durch solche Kleinigkeiten von seiner großen Aufgabe abbringen zu lassen.

»Wo ist denn nun aber das Wunder, daß du es wagen darfst, mir in den Weg zu fahren, so daß mein schönes Schiff auf eine Sandbank gerät? Und was sind das für Leute?« Er zeigte auf sechs bemannte Kanus, die sich der »Zaire« näherten.

Der Mann antwortete nicht, nahm das Holz wieder aus Bones'

Hand, zog ein Messer aus seinem Gürtel und strich damit über seinen bloßen Arm, als ob er es wetzen wollte.

»Hier ist ein feiner Zauber, o Herr. Mit diesem Holz kann ich viele Wunder tun. Ich kann kranke Leute stark und gesund machen und starke Leute schwach.«

Bones hörte, wie die Kanus an der Seite des Dampfers anstießen, aber er war im Augenblick zu neugierig, um darauf zu achten.

»So vollbringe ich meinen Zauber, Tibetti«, sprach Wafa mit eintöniger Stimme.

Er hielt den Griff des großen, scharfen Messers in seiner rechten Hand, das Holz in der Linken. Die Spitze des Messers war gerade auf das Herz des weißen Mannes gerichtet.

»Bones!« schrie Patricia.

Bones wich zur Seite und schlug mit der Rechten einen kräftigen Schwinger in das Gesicht des Mannes, der auf ihn zusprang. Er traf Wafa mit der Faust gerade unter das Kinn, so daß dieser nach rückwärts taumelte und zu Boden stürzte. Vom unteren Deck her erschollen Schreie, dann fiel ein Schuß.

Bones schob Patricia rasch in die Kabine und schloß die Tür hinter ihr. Im nächsten Augenblick zog er seine beiden Revolver aus dem Gürtel, vergewisserte sich mit einem Blick, daß sie geladen waren, und sprang vorwärts. Das Brückendeck war leer, und er raste die Leiter zu dem Vorderdeck hinunter. Zwei Haussas und ein halbes Dutzend Eingeborene lagen hier tot oder in den letzten Zügen. Die übrigen Soldaten kämpften verzweifelt mit irgendwelchen Waffen, die sie gefunden hatten, denn mit bezeichnender Sorglosigkeit hatten sie ihre Gewehre in Öl gelegt, damit sie in der feuchten Luft an Bord nicht rosteten. Nur die Schildwache hatte ihr Gewehr, und dieses wanderte von Hand zu Hand.

»O ihr Hunde!« brüllte Bones.

Die Angreifer wandten sich um und sahen sich den Mündungen der beiden Pistolen gegenüber. Damit war der Kampf zu Ende.

Später wurde Wafa in Ketten zur Brücke zurückgebracht, und seine Begleiter, die sich mit ihm auf dieses wahnsinnige Abenteuer eingelassen hatten, hockten vorn auf dem unteren Deck und waren mit den Beinen aneinander gebunden. Mit philosophischer Ruhe lauschten sie den Worten der Haussa-Wache, die ihnen in den buntesten Farben ihr kommendes Schicksal schilderte.

Bones saß in einem tiefen, bequemen Sessel, und Wafa kauerte vor ihm.

»Du sollst deinem Herrn Sandi sagen, warum du diese schlechte Tat getan hast, Wafa. Welche bösen Gedanken waren denn in deinem Herzen?«

»O Herr«, erwiderte der Gefangene, der sich nicht im mindesten fürchtete. »Welchen Vorteil habe ich, wenn ich spreche und dir antworte?«

Das Betragen dieses Mannes kam Bones sonderbar vor. Er wurde argwöhnisch, stand auf und trat nahe an ihn heran.

»Aha!« sagte er dann und biß sich auf die Lippen. »Das Palaver ist aus.«

Sie führten Wafa fort.

»Was ist los, Bones?« fragte Patricia ängstlich, die die Szene mitverfolgt hatte.

Bones schüttelte den Kopf. »Alles, was Sanders so mühsam aufgebaut hat, scheint zusammenzubrechen«, sagte er bitter.

Der düstere Ernst dieses sonst so fröhlichen jungen Menschen machte einen tieferen Eindruck auf Patricia als die Kriegsgeschreie der kämpfenden N'gombi, denn Sanders nahm eine große Stellung in ihrem Leben ein.

Nach einer Stunde war die »Zaire« wieder flott und fuhr mit Volldampf stromabwärts.

Sanders hielt die Gerichtssitzung in dem strohgedeckten Palaverhaus ab, das zwischen der Wache und dem kleinen, mit einem Palisadenzaun umgebenen Gefängnis in der Nähe des Flusses lag. Das Gefängnis selbst war durch blühende Sträucher und schöne, hohe Akazienbäume verdeckt, so daß man es von der Residenz aus nicht sehen konnte.

Wafa war der erste, der verhört wurde.

»O Herr«, sagte er, ohne im mindesten eingeschüchtert zu sein, »ich sage dir, daß ich nicht von den großen Wundern sprechen werde, die in meinem Herzen verborgen sind, wenn du mir nicht ein Buch* gibst, daß ich freigelassen werde.«

Sanders lächelte bitter. »Beim Propheten, ich sage die Wahrheit«, begann er ernst, und Wafa wand sich bei dem Eide, denn er wußte, daß er jetzt die Wahrheit hören würde – eine schreckliche Wahrheit. »In diesem Lande herrsche ich über Millionen von Männern«, sagte Sanders bedeutsam, »ich und zwei weise Herren.

*Ein schriftliches Versprechen

Ich regiere durch Furcht, Wafa, denn diese einfachen Männer kennen keine Liebe, es sei denn, daß sie sich selbst oder ihre eigenen Bäuche lieben.«

»O Herr, du sprichst die Wahrheit!«

»Wenn du nun den Herrn Tibbetti ermorden und diese böse Tat aus geheimen Gründen tun wolltest, so muß ich entdecken, welches Geheimnis dahinter steckt, damit ich das Land, das ich regiere, in der Hand behalte.«

»O Herr, das ist wahr.«

»Denn was bedeutet ein Leben mehr oder weniger oder ein größeres oder kleineres Leid für einen einzelnen Menschen, wenn das Wohl und Wehe von Millionen davon abhängt?«

»O Herr, du bist so weise wie Suleiman«, sagte Wafa, »laß mich deshalb gehen – denn es kommt ja nicht darauf an.«

Aber Sanders lachte grimmig. »Du könntest ja lügen, und wenn ich dich gehen lasse, habe ich weder die Wahrheit noch deinen Körper. Nein, Wafa, du sollst sprechen.« Sanders erhob sich von seinem Stuhl. »Heute noch wirst du in das Dorf der Ketten gebracht, und morgen werde ich zu dir kommen. Und wenn du dann nicht sprechen willst, werde ich ein kleines Feuer auf deiner Brust anzünden, und das Feuer wird nicht ausgehen, bis du stirbst. Das Palaver ist aus.«

So brachten die Haussa-Soldaten Wafa in das Dorf der Ketten, wo die Verbrecher für ihre Missetaten arbeiten. Am nächsten Morgen kam Sanders.

»Sprich jetzt!« sagte er.

Wafa starrte ihn mißtrauisch an, aber sein Gesicht zuckte, als er sah, daß die Soldaten Holzpfähle in den Boden trieben, an die er gefesselt werden sollte.

»Ich will die Wahrheit sprechen!« erwiderte er.

Er wurde in eine Hütte geführt. Sanders blieb wohl eine halbe Stunde allein mit ihm, und als er zurückkam, sah sein Gesicht eingefallen und grau aus. Er winkte Hamilton zu sich.

»Wir werden sofort zur Residenz zurückkehren«, sagte er kurz.

Zwei Stunden später waren sie dort.

Sanders saß in dem kleinen Telegrafenbüro, und der Morse-Apparat rasselte eine halbe Stunde lang. Zu gleicher Zeit summten und klapperten auch andere Apparate in andern Büros. Ein Unterstaatssekretär wurde aus dem Parlament gerufen, um Auskunft über gewisse Dinge zu geben.

Am selben Nachmittag um vier Uhr kam die Antwort, die Sanders erwartet hatte.

> London sagt, Passierschein für Corklan gefälscht. Verhaften. Äußerste Maßnahmen ergreifen. Sofort rücksichtslos und durchgreifend vorgehen. Drei Kompanien afrikanischer Schützen, eine Gebirgsbatterie stehen zur Unterstützung bereit. Guten Erfolg. Zentralverwaltung.

Sanders kam aus dem Büro und traf auf Bones.

»Alle Mann an Bord, mein Herr«, berichtete Bones. »Wir wollen sofort abfahren.«

Auf dem Wege zum Kai begegnete er Patricia.

»Ich weiß, daß die Lage sehr ernst ist«, sagte sie ruhig. »Ich werde an Sie denken.«

Sie reichte ihm beide Hände, und er drückte sie. Dann verließ er sie ohne ein weiteres Wort.

Mr. P. T. Corklan saß vor seiner neuen Hütte in dem Dorfe Fimini. Es war die größte Hütte, die die N'gombi jemals gesehen hatten. Hunderte von Paketen waren darin aufgestapelt, alle sauber verpackt und in Eingeborenentuch eingenäht.

Er rauchte keine Zigarre, denn seine Vorräte wurden knapp. Dafür kaute er einen Zahnstocher, denn diese sind billig, und man kann sie im Walde umsonst haben. Er rief seinen Vormann. »Wo ist Wafa?« fragte er.

»O Herr, er wird kommen, denn er ist sehr gewandt und schlau.«

Mr. Corklan fluchte. Er ging zum Ende des Dorfes, wo sich der Boden bis zu einem Streifen grüner Binsen niedersenkte.

»Sage mir, wie lange wird dieser Fluß noch Wasser führen?« fragte er.

»Herr, noch einen Monat.«

Corklan nickte. Solange der geheime Fluß Wasser hatte, konnte er entkommen, denn dieser sich in vielen Windungen hinschlängelnde Strom brachte ihn und seine reiche Fracht in spanisches Gebiet, wo er tiefes Wasser haben würde.

Sein Vormann wartete, als ob er ihm noch etwas zu sagen hätte. »O Herr«, begann er schließlich, »der Häuptling des N'coro-Dorfes schickt heute abend zehn große Zähne und ein Gefäß.«

»Wenn wir noch hier sind, werden wir sie in Empfang nehmen. Ich hoffe, daß wir schon fort sind.«

Aber dann nahte sich das unerwartete Verhängnis. Ein Mann, ganz in Weiß gekleidet, trat aus den Bäumen hervor und ging auf ihn zu, hinter ihm erschien noch ein weißer Mann und ein ganzer Zug eingeborener Soldaten.

»Schlimm!« sagte Corklan zu sich selbst. Er hielt den Augenblick für geeignet, sich eine der letzten Zigarren anzustecken.

»Guten Morgen, Mr. Sanders«, sagte er in anscheinend bester Laune.

Sanders sah ihn schweigend an.

»Das ist ein ganz unerwartetes Vergnügen«, fuhr Corklan fort.

»Wo haben Sie Ihre Schnapsbrennerei?« fragte Sanders.

Der dicke Mann lachte. »Die finden Sie da hinten im Wald, dazu noch einen so großen Vorrat an süßen Kartoffeln, daß man fünfzig Gallonen Alkohol daraus destillieren kann, alles nach Soemmerings Methode. Qualität ebensogut wie in England.«

Sanders nickte. »Ich besinne mich jetzt – Sie sind der Mann, der damals auch die Brennerei im Aschanti-Land betrieben hat. Damals gelang es Ihnen, zu entkommen.«

»Jawohl, das war ich«, entgegnete der andere selbstzufrieden. »P. T. Corklan – ich arbeite niemals unter einem angenommenen Namen.«

»Ich kam durch Dörfer, in denen alle Männer und die meisten Frauen betrunken waren – ich kam durch verwüstete Ortschaften, in denen Männer und Frauen erschlagen waren, denn diese Leute sind nicht daran gewöhnt Alkohol zu trinken. Ich habe ein Jahr harter Arbeit vor mir, um diese traurigen Zustände wieder zu ändern. Sie haben eine ganze Provinz in kürzester Zeit verdorben, und soweit ich es beurteilen kann, wollten Sie ein Regierungsboot stehlen und auf neutrales Gebiet entfliehen mit den Schätzen, die Sie durch Ihr...«

»Unternehmen verdient haben«, fuhr Mr. Corklan verbindlich fort. »Sie haben das, was Sie da vom Schiff sagen, zu beweisen. Ich bin bereit, mich jeder Untersuchung zu unterwerfen. Es gibt kein Gesetz, das die Einfuhr von Alkohol verbietet. Diese Vorschrift haben Sie selbst erlassen. Ich habe die Gerätschaften für die Brennerei ins Land gebracht, das ist wahr – sie waren in Teile zerlegt, und ich habe sie nachher zusammengesetzt. Ich habe auch Alkohol hergestellt – das gebe ich alles zu.«

»Ich habe auf meinem Weg hierher auch einen treuen Angestellten der Regierung, einen gewissen Ali Kano, gefunden«, sagte Sanders leise. »Er lag am Ufer dieses geheimen Stromes, und ich sah die zwei tödlichen Schußwunden, die Sie ihm beigebracht haben.«

»Der Nigger spürte hinter mir her, deshalb habe ich ihn niedergeknallt«, erklärte Corklan.

»Das weiß ich. Ich lasse Ihnen die Wahl zwischen Erhängen und Erschießen«, fügte er nach einer kleinen Pause hinzu.

Mr. Corklan ließ die Zigarre fallen. »Wie?« fragte er heiser. »Das – können Sie doch nicht tun – weil ich ein bißchen Alkohol für – Nigger fabriziert habe!«

»Sie haben einen Beamten ermordet«, erwiderte Sanders kurz. »Aber wenn es Sie trösten kann, so will ich Ihnen sagen, daß ich Sie auf alle Fälle zum Tode verurteilt hätte.«

Es dauerte eine Stunde, bis Mr. Corklan seine Gedanken so weit sammeln konnte, daß er sich für das Erschießen entschied.

Noch heute zeigen die N'gombi einen Hügel in der Nähe des Dorfes Fimini, den sie »Das Wasser der Verrücktheit« nennen, und sie glauben, daß an dieser Stelle böse Teufel ihr Wesen treiben.

## *Von Auge zu Auge*

»Bones«, sagte Captain Hamilton verzweifelt, »Sie werden niemals ein Napoleon werden!«

»Lieber alter Herr und Kamerad, Sie sind ein schrecklicher Pessimist.«

Bones wurde nämlich gerade in den Gegenständen C und D geprüft, um seine Qualifikation zur Beförderung zum Captain nachzuweisen. Da niemand anders zugegen war, leitete Hamilton das Examen. Nach allen Regeln und Gesetzen, die für militärische Prüfungen gelten, war Bones nicht nur durchgefallen, sondern hatte eigentlich auch sein Offizierspatent als Leutnant aufs Spiel gesetzt – aber glücklicherweise wurde es in den Kolonien nicht so genau genommen.

»Nun will ich Ihnen noch einen Fall vorlegen«, sagte Hamilton. »Angenommen, Sie hätten eine Kompanie Soldaten und Sie würden von drei Seiten angegriffen. Hinter Ihnen auf der vierten Seite würde ein Fluß liegen und Sie müßten erkennen, daß Sie sich nicht mehr lange halten können – was würden Sie dann tun?«

»Mein lieber alter Herr«, erwiderte Bones nachdenklich und legte die Stirn in Falten bei der unerhörten Anstrengung, die richtige Antwort zu geben. »Ich würde ans Ufer eilen, mir den Kopf mit Wasser kühlen, dann mit mir zu Rate gehen und einen Entschluß fassen.«

»Dann wären Sie verloren«, seufzte Hamilton, »Sie sind doch der letzte in der Welt, den Sie um Rat fragen könnten, Bones. Nun hören Sie einmal zu«, Hamilton machte einen letzten verzweifelten Versuch, einen Schimmer militärischen Verständnisses bei seinem Leutnant zu erwecken. »Nehmen Sie einmal an, Sie zögen mit hundert Schützen durch den Wald, und Sie fänden Ihren Weg durch eine Armee von tausend Bewaffneten versperrt – was würden Sie tun?«

»Ich würde zurückgehen – und zwar sehr schnell.«

»Zurückgehen? Zu welchem Zweck wollen Sie denn zurückgehen?« fragte Hamilton erstaunt.

»Das ist doch ganz einfach«, erklärte Bones. »Ich würde umkehren, um mein Testament zu machen und schnell noch ein paar Briefe an meine lieben alten Freunde in der Heimat zu schreiben. Sie müssen nämlich wissen, ich habe Freunde, Ham«, sagte er mit Würde. »wirklich liebe, nette Freunde, die auf jeden meiner Fußtritte achten und denen meine Stimme Musik bedeutet.«

»An welchen Geistesstörungen leiden denn diese Herrschaften sonst noch?« fragte Hamilton etwas beleidigend und schlug sein Buch mit einem Knall zu. »Nun werden Sie sehr traurig sein, daß ich Sie nicht für die Beförderung zum Captain in Vorschlag bringen kann.«

»Das ist doch nicht Ihr Ernst?« fragte Bones heiser.

»O ja, das ist mein Ernst.«

»Ich dachte, wenn mich ein Kamerad prüfte, würde ich das Examen mit fliegenden Fahnen bestehen.«

»Dann bin ich eben nicht Ihr Kamerad. Sie wollen mir doch nicht etwa zumuten, daß ich die Öffentlichkeit betrüge und Ihnen Fähigkeiten zuschreibe, die Sie gar nicht besitzen?«

»O doch, dieser Meinung bin ich!« Bones nickte heftig. »Tun Sie es doch um meinet – und um meines Kindes willen.« Mit dem »Kind« meinte er den schwarzen, kleinen Buben, den er gerettet und adoptiert hatte.

»Nicht einmal um des Kindes willen – Sie sind durchgefallen!«

Bones sagte nichts, und Hamilton las die Papiere, Formulare und all die andern Dinge zusammen, die zu einem Examen notwendig sind.

Er schaute plötzlich auf und entdeckte, daß Bones ihn anstarrte, jedoch nicht in der Art, wie er es gewöhnlich tat. Es lag diesmal etwas Unheimliches in seinem Blick.

»Zum Teufel, was glotzen Sie mich so an?«

Bones sprach nicht, nur seine runden, großen Augen waren unbeweglich auf seinen Vorgesetzten gerichtet.

»Wenn ich gesagt habe, daß Sie das Examen nicht bestanden haben«, meinte Hamilton freundlich, »dann sollte das natürlich heißen...«

»Daß ich es bestanden habe«, rief Bones aufgeregt.

»Sagen Sie es doch, sagen Sie es: ›Bones, ich gratuliere Ihnen, alter Kamerad‹...«

»Es sollte heißen«, erklärte Hamilton kühl, »daß Sie nach vier Wochen wieder eine Chance haben.«

Leutnant Tibbetts' Gesicht zuckte, und er sah sehr traurig aus.

»Es hat nicht geklappt«, sagte er bitter und verließ das Zimmer.

»Ein verrückter Kerl«, sagte Hamilton und lächelte.

»Fällt dir an Bones nicht etwas auf?« fragte Patricia ihren Bruder am nächsten Morgen.

Hamilton schaute über die Zeitung zu ihr hinüber. »An Bones fällt einem eigentlich nur Bones auf. An diese Tatsache werde ich täglich erinnert.«

Sie schaute zu Sanders hin, der auf der Veranda auf und ab ging.

»Haben Sie nicht etwas an ihm bemerkt, Mr. Sanders?«

»Ich habe nur beobachtet, daß er jetzt immer in Gedanken versunken ist und einen anstarrt«, sagte er nach einer Pause.

»Das meine ich ja gerade«, erwiderte Patricia. »Er starrt einen so entsetzlich an – das tut er nun schon eine Woche lang –, glauben Sie, daß ihm irgend etwas fehlt – daß er krank ist?«

»In der letzten Woche hat er sich ganz still in seiner Hütte gehalten«, meinte Hamilton nachdenklich. »Ich dachte allerdings, daß er für sein Examen büffelt. Aber jetzt entsinne ich mich, daß er auch mich so merkwürdig angesehen hat.«

Der Gegenstand ihrer Unterhaltung erschien plötzlich am andern Ende des Exerzierplatzes. Sie sahen alle zu ihm hinüber. Zuerst ging Bones langsam zu der Haussa-Schildwache hinüber, die das Gewehr schulterte.

Bones blieb vor dem Soldaten stehen und schaute ihn groß und fest an. Jedenfalls wußten die Beobachter auf der Veranda, daß er das tat, es war aus seiner ganzen Haltung zu schließen. Dann hob sich plötzlich die Hand des Soldaten, und er präsentierte, ohne daß irgendein Wort gesprochen wurde.

»Was macht denn der Mann?« fragte Hamilton aufgebracht. »Schildwachen präsentieren doch nicht vor Subaltern-Offizieren!«

Bones ging weiter, blieb vor einer der Hütten stehen, in denen die verheirateten Haussas wohnten, und sah zu dem Weib des Sergeanten Abibu hinüber. Er starrte lange und ernst auf die Frau. Sie kicherte zuerst, rückte dann unruhig hin und her, während sie seine Blicke erwiderte und plötzlich begann sie zu tanzen.

»Um Himmelswillen...«, sagte Sanders atemlos, als Bones weiterging.

»Bones!« rief Hamilton laut.

Leutnant Tibbetts wandte sich nach der Veranda um und kam langsam auf das Haus zu.

»Was ist denn mit Ihnen los?« fragte Hamilton.

Bones sah rot und erregt aus, und seine Augen blitzten. Obgleich er sich den Anschein der Gleichgültigkeit geben wollte, war ihm doch anzusehen, wie er triumphierte und mit sich zufrieden war.

»Was gibt es, mein lieber alter Offizier?« fragte er möglichst unschuldig und fixierte Hamilton.

»Warum verdrehen Sie denn Ihre Augen so? Und erklären Sie mir einmal, warum Sie der Schildwache gesagt haben, daß sie vor Ihnen präsentieren soll?«

»Das habe ich dem Mann nicht gesagt, mein lieber alter Kommandeur und Vorgesetzter«, antwortete Bones. Er sah Hamilton fest und eindringlich, beinahe drohend an.

»Sagen Sie mal, ist Ihnen nicht ganz wohl, daß Sie so blöd dreinschauen?«

Bones blinzelte. »Ich fühle mich sehr wohl, mein Herr und Kamerad«, erwiderte er ernst. »Verzeihen Sie eine Frage – hatten Sie nicht die merkwürdige und unerklärliche Neigung, Ihre rechte Hand zu erheben und mich zu grüßen?«

»Was – was?« fragte sein Vorgesetzter erstaunt.

»Ich meine, ob Sie nicht eben ein Zucken im rechten Arm gefühlt haben, eine unwiderstehliche Neigung, Ihre Mütze zu berühren?«

Hamilton holte tief Atem. »Ich fühlte eine unüberwindliche Neigung, meinen Fuß zu erheben«, sagte er bedeutungsvoll.

»Sehen Sie mich einmal an«, bat Bones. »Sehen Sie mir genau ins Auge und denken Sie an gar nichts. So, nun schließen Sie Ihre Augen. Und nun sage ich Ihnen, daß Sie Ihre Augen nicht wieder öffnen können.«

»Aber natürlich kann ich sie wieder öffnen! Sind Sie eigentlich betrunken, Bones?«

Plötzlich lachte Patricia laut auf. »Jetzt weiß ich, was er will!« rief sie und klatschte in die Hände. »Bones will dich hypnotisieren!«

Bones verriet sich durch sein rotes Gesicht. »Das ist die Kraft des menschlichen Auges, mein lieber alter Hamilton«, sagte er schnell. »Manche Leute haben das – es ist eine Gabe. Ich habe sie neulich an mir entdeckt, nachdem ich einen Artikel in der neuen Zeitschrift für Naturheilwesen gelesen hatte.«

»Ach so!« Hamilton pfiff. »Darauf ist all Ihr Glotzen und Starren in der letzten Zeit zurückzuführen! Ich kann mich jetzt auch auf verschiedenes besinnen. Neulich während der Prüfung haben Sie mich auch so angeguckt – da wollten Sie mich wohl auch hypnotisieren?«

»Lassen wir Vergangenes vergessen sein, mein lieber alter Freund.«

»Und als ich Ihnen befahl, die Soldlisten für die Kompanie abzuliefern, die Sie natürlich wieder einmal nicht in Ordnung gebracht hatten, haben Sie mich auch so angesehen.«

»Es ist eine Gabe«, sagte Bones leise.

»Bones, Bones«, rief Patricia, »mich haben Sie auch mit Ihren Blicken durchbohrt, als ich Ihre Einladung zum Picknick am Ufer nicht annehmen wollte.«

»In der Liebe und im Krieg ist alles erlaubt!« sagte Bones sorglos. »Es ist eine wundervolle Gabe.«

»Haben Sie denn überhaupt schon einmal jemand hypnotisiert?« fragte Hamilton neugierig.

Bones strahlte. »Aber selbstverständlich, mein lieber alter Herr! Meinen Sekretär, den netten alten Ali Abid. Wenn ich den nur von der Seite ansehe, fällt er sofort in Trance. Tatsache, alter Ham!«

Hamilton klatschte in die Hände, und die Ordonnanz, die im

Schatten der Veranda geschlafen hatte, sprang auf.

»Gehe hin und bringe Ali Abid her!« befahl Hamilton. Und als sich der Mann entfernt hatte, fuhr er fort: »Sie bilden sich wohl auch ein, daß Sie durch die Kraft Ihres Blickes der Schildwache suggeriert haben, zu präsentieren, und daß Sie die Frau beeinflußt haben, zu tanzen?«

»Sie haben es doch selbst gesehen«, erwiderte Bones selbstzufrieden. »Ich kann nur immer wiederholen, es ist eine wunderbare Gabe. Sobald ich den Artikel gelesen hatte, versuchte ich mich an Ali, und ich hatte gleich beim ersten Versuch Erfolg!«

Patricia konnte ihr Lachen nicht unterdrücken, auch Sanders zwinkerte lustig mit den Augen.

»Ich erinnere mich jetzt, daß Sie sich auch an mir erproben wollten, als Sie mich baten, Ihnen Urlaub für einen kleinen Jagdausflug zu den N'gombi zu geben.«

»Ja, das stimmt, Exzellenz«, gab Bones kleinlaut zu.

»Und ich sage Ihnen, daß es nicht ratsam sei, weil Sie mir da oben zuviel Spektakel mit Ihrer Schießerei machen.«

»Jawohl, Exzellenz«, pflichtete Bones bei.

»Und daraufhin haben Sie mich angestarrt.«

»Habe ich das wirklich getan – wirklich?«

Als Ali auf der Veranda erschien, atmete Bones erleichtert auf. Er war wieder selbstbewußt und von sich überzeugt.

»Miß Patricia, meine Damen und Herren!« begann er in dem Tone eines Vortragsredners. »Sie sehen hier Ali Abid vor sich, meinen vertrauten Diener und Anhänger des Propheten. Ich werde Ihnen nun an ihm die Macht des menschlichen Auges demonstrieren.«

Er sah den schläfrigen Ali an. Er starrte ihn schrecklich und drohend an, und Ali, der seinen Herrn befriedigen wollte, erwiderte seinen Blick.

»Schließe deine Augen«, befahl Bones. »So, du kannst sie jetzt nicht wieder öffnen. Sage, stimmt das?«

»Mein Herr, die optischen Instrumente des menschlichen Gesichtes sind hermetisch versiegelt.«

»Ich werde ihn jetzt in Trancezustand versetzen!« erklärte Bones und bewegte geheimnisvoll seine Hände in der Luft hin und her. Ali schwankte und wäre umgefallen, wenn Bones ihn nicht gestützt hätte. »Er ist jetzt in tiefster Trance und unempfindlich gegen jeden Schmerz!«

»Leihe mir doch schnell einmal eine Nadel, Patricia!« rief Hamilton.

»Und jetzt, meine Herrschaften«, fuhr Bones hastig fort, »erwecke ich ihn wieder zu vollem, klarem Bewußtsein.« Er schnappte mit den Fingern.

Ali erhob sich, öffnete die Augen und nahm Haltung an.

»Ich danke dir, Ali, du kannst jetzt gehen!« Bones wandte sich zu den andern, um ihre Glückwünsche entgegenzunehmen.

»Glauben Sie wirklich, daß Sie ihn hypnotisiert haben?«

Bones richtete sich zu voller Größe auf. »Mein Herr und Vorgesetzter«, erwiderte er steif, »wollen Sie etwa damit sagen, daß ich ein netter alter Betrüger bin? Sie haben doch die Schildwache gesehen und die Frau!«

»Und ich habe Ali gesehen!« Hamilton nickte. »Und ich möchte wetten, daß Ali der Schildwache und der Frau etwas gegeben hat, damit sie sich von Ihnen zum Narren halten lassen!«

Bones machte eine kurze, korrekte Verbeugung. »Über meine persönlichen Gaben, mein Herr, kann ich nicht sprechen. Auch Sie wissen, daß es Dinge gibt, die so zart und delikat sind, daß man nicht darüber diskutieren kann, es sei denn mit Leuten, die einem freundlich und sympathisch gegenübertreten. Ich werde meine Studien der psychischen Geheimnisse unentwegt fortsetzen, unbekümmert um den kalten, eisigen Hauch der Kritik und des Zweifels.«

Er grüßte jeden einzelnen, drehte sich um und verschwand hocherhobenen Hauptes, ein Bild beleidigten Stolzes.

Am Abend lag Sanders in seinem Bett und hatte sich gerade auf die rechte Seite gelegt. Er befand sich im dritten Stadium des Wohlbefindens, das aus dem gewöhnlichen Leben hinüber in die Gefilde des Schlafes und des Traumes führt. Halbwach hörte er noch den Regen vom Dach der Veranda hinuntertropfen und nahm sich vor, am nächsten Morgen Abibu einmal ins Gebet zu nehmen. Er sollte ihm erklären, warum die Regenröhre wieder verstopft war, denn Abibu hatte beim Bart des Propheten einen feierlichen Eid geleistet, daß die Dachrinnen und Abfallrohre der Residenz von allen Vogelnestern und allem Unrat gereinigt seien.

Der Regen tropfte, und Sanders versank in das Nichts der Nacht.

Aber plötzlich öffnete er die Augen wieder, denn von draußen klopfte es an die Fensterläden. Er stand auf, schlüpfte in seine leichten Schuhe, zog den seidenen Schlafrock an und machte Licht. Dann ging er in das Speisezimmer, in dem über Nacht die Stühle zusammengestellt waren. Die große Wanduhr tickte. Er zögerte einen Augenblick, bevor er den Schalter andrehte, ging zur Tür und öffnete.

»Komm herein«, sagte er auf arabisch.

Ein schlanker, fast unbekleideter Mann trat ein. Er trug nur einen Fez auf dem Kopf und ein kleines Tuch um die Hüften. Er war platschnaß, und unter seinen Füßen bildeten sich zwei kleine Wasserlachen auf der weißen Matte. Aber er hatte diese merkwürdig stolze Haltung, die die Mohammedaner von allen andern Eingeborenen auszeichnet.

»Friede sei mit diesem Hause!« sagte der Mann und hob seine Hand.

»Sprich, Ahmet!« Sanders setzte sich in einen großen Stuhl und lehnte sich zurück. Er faltete die Hände hinter dem Kopf und sah den Mann ernst an, denn er wußte genau, daß keiner seiner Späher nachts ans Fenster klopfen würde, wenn er nicht eine dringende Nachricht zu überbringen hatte.

»Herr, es ist schamvoll, daß ich dich aus deinen schönen Träumen geweckt habe, aber ich kam mit dem Strom*.« Er schaute auf seinen Herrn nieder und sprach dann in der Art der Kanoleute weiter, die über eine gewisse Beredsamkeit verfügen. »O Herr, es steht geschrieben in der Sure des Ya-Sin ›Es ist der Sonne nicht gegeben, den Mond auf seiner Bahn zu überholen‹...«

»Noch der Nacht, den Tag zu übertreffen, sondern jedes Gestirn wandert den Weg, der ihm vorgeschrieben ist«, beendete Sanders ungeduldig den Koranspruch. »Und so beginnt die Sure der Höhle: ›Preis sei Gott, dem Erhabenen, der seinem Knechte das Buch gesandt hat, in dem kein Falsch steht.‹ Deshalb, Ahmet, sprich vernünftig und verständlich zu mir und spare deine guten Sprüche.«

Ahmet kauerte sich nieder.

»Herr«, sagte er dann, »von der Biegung des Stromes, wo der Isisifluß das Land in das Gebiet der N'gombi und das des Guten Häuptlings teilt, kam ich. Ich reiste Tag und Nacht, denn es sind viele merkwürdige Dinge geschehen, die zu wunderbar für mich sind. Dieser Häuptling Busesi, den alle Menschen gut nennen, hat

* Das heißt: Ich kam so schnell als möglich.

eine Tochter von seinem zweiten Weibe. In dem Jahre, als die große Ernte war, wurde sie an einen Fremden verheiratet, der im Walde wohnt. Er heißt Gufuri-Bululu, und er nahm sie mit sich in seine Hütte.«

Sanders hörte interessiert zu. »Sprich weiter.«

»Und nun, o Herr, ist sie zurückgekehrt und vollführt jetzt wunderbare Zauber. Durch das Wunder ihrer Augen kann sie Tote zum Leben erwecken und Lebende sterben lassen, und alle Leute sind sehr in Furcht. Auch lebte dort ein blinder weiser Mann in dem Walde, der von seiner Tochter geführt wurde. Und weil er so klug war und diese Frau D'rona Gufuri alle haßt, die ihr den Rang streitig machen, hat sie gewisse Leute dazu angestiftet, das Mädchen zu fangen und sie so lange unter Wasser zu halten, bis sie starb.«

»Das ist ein böses Palaver. Aber erkläre mir, was du mit dem ›Wunder ihrer Augen‹ sagen willst.«

»Herr, sie sieht die Männer an, und dann müssen sie nach ihrem Willen handeln. Nun ist es jetzt ihr Wille, beim nächsten Neumond ein großes Tanzfest aufzuführen, und danach will sie die Krieger des Volkes von Busesi ausschicken, damit sie gegen die N'gombi ziehen sollen. Der Häuptling, ihr Vater, ist alt und etwas verrückt, und aus diesem Grunde wird er gut genannt.«

Sanders preßte nachdenklich die Lippen aufeinander. »Durch das Wunder ihrer Augen!«

»Herr, ich selbst habe es gesehen. Sie hat Männer durch ihre Blicke zu Boden gestreckt, andere hat sie wild und verrückt gemacht.«

Sanders wandte sich um, als er ein Geräusch hörte. Hamilton erschien und blinzelte schlaftrunken ins Licht.

»Ich hörte sie sprechen«, entschuldigte er sich. »Was gibt es denn?«

Sanders wiederholte kurz die Geschichte, die Ahmet ihm berichtet hatte.

»Das trifft sich ja gut«, meinte Hamilton, der gegen alles Erwarten erfreut zu sein schien.

»Wieso denn?«

»Bones!« rief Hamilton. »Bones eignet sich doch vorzüglich für diese Aufgabe. Er soll die Frau durch seine Blicke bändigen. Ich werde in sein Quartier gehen und ihn holen.«

Hamilton zog sich schnell an, schlüpfte in seinen Regenmantel und ging über den großen, dunklen, viereckigen Platz zu der Wohnung von Tibbetts.

Als er die Tür geöffnet hatte, drehte er seine elektrische Taschenlampe an und beleuchtete den Schläfer. Bones lag schnarchend auf dem Rücken, sein Mund stand weit offen, und ein langes, sehniges Bein schaute weit unter der Bettdecke hervor.

Hamilton fand die Petroleumlampe und steckte sie an. Dann machte er sich an die schwierige Aufgabe, seinen Untergebenen zu wecken. »Stehen Sie auf, Sie schläfriger Teufel!« rief er Bones an und schüttelte ihn heftig an den Schultern.

Bones öffnete die Augen und sah ihn schnell an.

»Auf das Wort Eins«, sagte er heiser, »setzt man den linken Fuß etwa eine Spanne weit nach links, gleichzeitig bringt man das Gewehr rechts in eine horizontale Lage – Eins!«

»Wachen Sie auf, wachen Sie auf, Bones!«

Bones stieß einen unterdrückten Schrei aus, etwa wie ein Pantherweibchen, das zum Lager zurückkehrt und entdeckt, daß die Jungen von wilden Schweinen gefressen worden sind. Und dann legte er sich auf die rechte Seite.

Hamilton hob Bones in die Höhe und ließ ihn wieder auf das Bett fallen.

»Meine Herren Geschworenen«, sagte Bones, »ich stehe vor Ihnen als ein ruinierter Mann. Der Trunk hat mich so heruntergebracht, wie der gute alte Richter schon sagte. Ich habe Wilfred Morgan umgebracht, aber ich bitte um Ihre Gnade.« Er grüßte steif, sank auf sein Kissen und fiel gleich darauf wieder in tiefen Schlaf.

Hamilton seufzte. Er hatte Bones schon manchmal geweckt, aber es war niemals so schwierig gewesen wie diesmal. Er nahm eine Selterwasserflasche, öffnete sie und hielt ihm die Öffnung vor das Gesicht.

Bones fuhr mit Gebrüll in die Höhe.

»Hallo, Ham, mein lieber alter Offizier, das ist das Ende! Sie bleiben bei dem Rettungsboot stehen und schießen jeden erbarmungslos nieder, wenn er auch nur den Versuch macht, das Schiff zu verlassen, bevor die Torpedos in Sicherheit sind. Ich gehe indessen nach unten und sehe nach den Frauen und Kindern.« Er machte kurzum kehrt und war im Begriff, in die regnerische Nacht hinauszuwandern, als Hamilton ihn am Arm ergriff.

»Halt! Ziehen Sie sich erst an! Sanders muß Sie sprechen!«

Bones nickte.

»Ich werde gleich hinüberkommen und ihn aufsuchen«, sagte er, kroch ins Bett zurück und schlief im nächsten Augenblick wieder.

Hamilton machte das Licht aus und ging zu der Residenz zurück.

»Ich hatte nicht das Herz, ihm das Ohr abzuschneiden«, erklärte er bedauernd. »Ich fürchte, wir werden nicht vor morgen früh in der Lage sein, ihn zu Rate zu ziehen.«

»Es ist ja schließlich auch Zeit bis morgen. Ich habe Abibu schon Befehl gegeben, Vorräte und Feuerholz an Bord zu bringen und die Kessel der ›Zaire‹ zu heizen. Wir wollen uns jetzt wieder hinlegen und es ebenso machen wie Bones.«

»Das soll der Himmel verhüten!«

Bones erschien in bester Stimmung zum Frühstück. Er hörte die Nachrichten von den unangenehmen Vorgängen bei den N'gombi und setzte die ernste Miene auf, über die sich Hamilton gewöhnlich ärgerte.

»Es wäre besser gewesen, wenn Sie mich in der Nacht geweckt hätten«, sagte er gewichtig. »Das wären Sie mir schuldig gewesen, mein lieber alter Offizier.«

»Was, wir hätten Sie wecken sollen?« brach Hamilton los.

»Wir haben den Versuch gemacht, Bones, aber wir hatten keinen Erfolg«, begütigte Sanders.

Staunen und Verwunderung zeigten sich auf den jugendlichen Zügen des Leutnants Tibbetts.

»Wie, Sie haben mich geweckt?« fragte er ungläubig.

»Jawohl! Ich habe Sie nicht nur gerufen, ich habe Sie auch geschüttelt, gestoßen – ich habe Ihnen Wasser ins Gesicht gegossen!«

Ein schwaches, verzweifeltes Lächeln ging über Bones' Gesicht.

»Sind Sie denn auch wirklich sicher, daß ich das war, mein lieber, alter Offizier?«

Hamilton erstickte beinahe vor Wut.

»Ich frage Sie ja nur!« Bones wandte sich liebenswürdig an Patricia. »Ich bin nämlich, wie alle wissen, ein leichter Schläfer. Das leiseste Geräusch weckt mich auf, und ich bin sofort bei Bewußtsein. Bosambo nennt mich ›Das Auge, das sich nimmer schließt‹...«

»Bosambo macht sich bekanntlich gern einen Spaß mit dummen Leuten!« unterbrach ihn Hamilton. »Tatsächlich, Bones.«

»Wenn ich draußen im Walde kampierte und in einen tiefen

Schlaf fiel, meine liebe Schwester, wie das meine Jugend und mein gutes Gewissen mit sich bringen, wurde ich sofort von dem kleinsten Geräusch geweckt und sprang sofort auf die Füße. Gleich darauf hatte ich die Pistole zur Hand. – Und was war es?«

»Wahrscheinlich ist Ihnen eine Elefantenherde über die Hühneraugen getrampelt!« meinte Hamilton.

»Was war es, meine liebe, gute Patricia?« fragte Bones noch einmal. »In einer Entfernung von hundert Metern hatte ein Fußgänger einen kleinen Zweig zertreten.«

»Großartig!« höhnte Hamilton, indem er seinen Kaffee umrührte.

»Bones, Sie müssen in das Land hinauf und die wunderbare Kraft Ihrer Augen an D'rona Gufuri erproben«, sagte Sanders.

Patricia fühlte sich immer besonders von Sanders angezogen, wenn er so liebenswürdig und geduldig war.

Bones lehnte sich in seinem Stuhl zurück und sprach pathetisch und mit großem Nachdruck, denn er war davon überzeugt, daß nur er allein die Schwierigkeiten seiner Vorgesetzten lösen könne.

»Wenn die Kraft des menschlichen Auges von einem wirklichen Wissenschaftler einem Eingeborenen gegenüber angewandt wird, ist sie unwiderstehlich. Sie können bestimmt damit rechnen, daß ich nach vier Tagen mit der Gefangenen wieder hier eintreffe.«

»Sie macht Ihnen vielleicht mehr Schwierigkeiten, als Sie erwarten«, erwiderte Sanders ernst. »Je länger man mit diesen Eingeborenen zusammen lebt, desto weniger Selbstvertrauen hat man. Es sind schon sonderbare Fälle in dieser Beziehung vorgekommen. Manchmal besaßen schon Männer die Gabe dieser Frau...«

»Vergessen Sie nicht, daß auch ich über diese wunderbare Kraft verfüge, Exzellenz!« unterbrach ihn Bones.

»Fürchten Sie nichts, verlassen Sie sich nur auf Ihren alten Bones!«

Sechsunddreißig Stunden später stand Bones vor D'rona Gufuri.

»Herr«, sagte die Frau, »die Leute sprechen Böses über mich zu Sandi, und du bist gekommen, um mich in das Dorf der Ketten mitzunehmen!«

»Du hast recht, D'rona«, entgegnete Bones und schaute ihr starr in die Augen.

»Herr«, sprach die Frau langsam weiter, »du sollst zu Sandi zurückgehen und ihm sagen: ›Ich habe dieses Weib D'rona nicht gesehen‹ – denn ist dies nicht wahr?«

»Iwa! Iwa!« flüsterte Bones heiser.

»Du kannst mich nicht sehen, Tibbetti, ich bin nicht hier.« Die Frau sprach vor den versammelten Dorfbewohnern, die mit ihren Fingerknöcheln die Zähne berührten und entsetzt und furchtsam zusahen.

»Ich kann dich nicht sehen«, sagte Bones schlaftrunken.

»Und jetzt kannst du mich auch nicht mehr hören, Herr.«

Bones antwortete nicht mehr.

Die Frau nahm ihn am Arm und führte ihn durch die Sträucher, die am Fluß standen und das Dorf vom Ufer trennen. Keiner folgte ihnen, selbst die beiden Haussas, die Leutnant Tibbetts als Bedekkung gefolgt waren, standen wie angewurzelt.

Die Frau hatte ihre Hand nur leicht auf seinen Arm gelegt, und Bones tat alles, was sie wollte. Er trat in den Schatten der Bäume, als sich plötzlich vom Boden eine hagere Gestalt erhob und D'rona eine knochige Hand an ihrer Kehle fühlte. Aber sie lachte.

»O Mann, wer du auch immer sein magst, sieh mir ins Auge, und deine Kraft wird dahinschwinden.«

Sie wandte sich schnell um und wollte das Gesicht des Mannes sehen, der sie angefallen hatte.

Sie schrie laut auf, denn er war blind.

Bones stand regungslos daneben, ohne etwas zu sehen oder zu hören, als der blinde Zauberdoktor D'rona Gufuri erwürgte, die seine Tochter umgebracht hatte.

»Natürlich denken Sie«, erklärte Bones, »daß sie mich hypnotisiert hat, aber andererseits ist es doch möglich, daß sie überhaupt unter meinem Einfluß gehandelt hat. Die Sache ist zumindest strittig, Exzellenz, durchaus strittig!«

## *Der verhüllte König*

In jenen Tagen, als Colhemos Kolonialminister war, regierte in Portugiesisch-Guinea ein gewisser Gouverneur, der nur ein geringes offizielles Einkommen, aber eine sehr vergnügungssüchtige Frau hatte. Diese vornehme Dame hatte eine Villa in Cintra, eine Loge im Theater in Sao Carlos, ein Auto, und sie gab für die Stadt-

und Landaristokratie der ganzen Gegend Fünfuhrtees im Hotel Nunes.

Da das Gehalt ihres Mannes sich nur auf 66,50 Dollar wöchentlich belief, die Unterhaltung der Villa aber allein das Doppelte dieser Summe kostete, kann man leicht verstehen, daß Senor Bonaventura ein bemerkenswerter Mann war.

Eines Tages kam Kolonialminister Colhemos in das Auswärtige Amt und ließ Dr. Sarabesta rufen. Dieser Mann war sowohl ein Republikaner als auch ein Intrigant. Er besaß großen Ehrgeiz oder er hatte vielleicht auch idealistische Pläne. Aber das sind gefährliche Eigenschaften für einen Politiker, denn sie führen fast immer zu Revolutionen.

»Colhemos«, sagte Dr. Sarabesta dramatisch, »Sie ruinieren mich! Sie ziehen mich in den Staub hinunter und setzen mich dem Haß und der Verachtung der Mächte aus!«

Er verschränkte seine Arme und erhob sich von dem Stuhl. Seine Barthaare sträubten sich, und seine tiefliegenden Augen glänzten unheimlich.

»Was gibt es denn, Baptisa?« fragte Colhemos.

»Wir stehen vor dem Untergang!« rief Dr. Sarabesta aufgeregt und öffnete seine Ledermappe, die auf dem Tisch lag. Er nahm ein Aktenstück heraus. »Lesen Sie!« sagte er und sank wieder in seinen Armstuhl zurück.

Die Bogen trugen oben das englische Wappen. Colhemos hielt sich nicht damit auf, die vielen schönen heraldischen Tiere zu bewundern, sondern las das in französischer Sprache abgefaßte Schriftstück, das von den verwahrlosten Zuständen in Portugiesisch-Zentralafrika handelte, die eine dauernde und schwere Gefahr für die englischen Kolonien bedeuteten. Es wurde angedeutet, daß der Sklavenhandel in der portugiesischen Kolonie floriere und daß die Regierung Sr. Majestät des Königs von England Nachrichten erhalten habe, daß Kopfjagden von dem portugiesischen Gebiet aus in das englische unternommen würden, die sich wenig von Sklavenjagden unterschieden.

Dieses Schriftstück gründete sich auf eingehende Berichte des Distriktsgouverneurs Sanders, der die Territorien am Großen Strom verwaltete.

Colhemos las den Bericht von Anfang bis Ende durch und legte ihn dann nachdenklich wieder auf den Schreibtisch.

»Pinto hat die Sache wieder etwas übertrieben«, gab er zu. »Ich werde an ihn schreiben.«

»Was Sie an Pinto schreiben, mag ja sehr interessant sein, wenn man es gedruckt in der Zeitung liest«, sagte Dr. Sarabesta heftig. »Aber was soll ich denn nach London schreiben? Dieser Sanders ist ein glaubwürdiger Mann, und die englische Regierung wird auf Grund seiner Berichte handeln.«

Colhemos, der wirklich ein großzügiger Mann war – sein Vaterland erlitt einen Verlust, als er in den Revolutionstagen des Jahres 1910 bei den Straßenkämpfen umkam –, legte den Federhalter an die Nase. »Schreiben Sie, daß wir einen besonderen Kommissar nach dem M'fusi-Gebiet schicken werden, um über die Zustände zu berichten, und daß er dauernd dort bleiben wird, um den gesetzlosen Sklavenhandel zu unterdrücken.«

Dr. Sarabesta sah verwundert auf. »Pinto wird das sehr unangenehm sein. Außerdem sind die M'fusi sehr schwer zu behandeln. Als wir das letztemal eine Strafexpedition dorthin schickten, kostete das – Heilige Mutter Gottes! Und wieviel Soldaten sind bei der Sache gefallen...«

Colhemos nickte. »Der Herzog von Sargosta«, sagte der Minister langsam, »ist ein begeisterter junger Mann. Er gehört zu den Royalisten und ist mit Dr. Ceillo verwandt, dem bekannten freisinnigen Abgeordneten. Ferner ist er ein Freund der Engländer, obwohl seine Mutter eine Amerikanerin war. Den werden wir als Kommissar dorthin schicken, mein lieber Baptisa.«

Der liebe Baptisa richtete sich empört auf. »Einen Royalisten!« rief er atemlos. »Wollen Sie denn Portugal in eine neue Revolution stürzen?«

»Es gäbe Augenblicke, wo ich Ihre Frage glatt bejahen würde, aber im Moment wird es kein Feuerwerk geben. Es wird alles ruhig bleiben, wenn wir den jungen Mann in die Kolonien schicken. Einerseits wird die Linke im Parlament beruhigt, der Kirche wird damit ein Gefallen getan – außerdem ist es ein Zeichen von Großzügigkeit und liberaler Anschauung. Der junge Mann wird entweder umgebracht werden, oder er wird auch ein Opfer dieser unheimlichen, korrupten Zustände, die nun einmal in unserem Kolonialdienst eingerissen sind.«

So wurde denn Manuel Herzog von Sargosta nahegelegt, einen Besuch im Ministerium zu machen. Er kam spornstreichs herbei und eilte die Treppe hinauf, indem er immer zwei Stufen auf einmal nahm. Als er in das Büro des Ministers trat, war er außer Atem.

»Sie werden verstehen, mein Herr«, sagte Colhemos, »daß ich mich mit ihrer Ernennung zum Kommissar sehr unpopulär mache. Aber darum kümmere ich mich nicht! Ich denke nur an das Wohl meines Vaterlandes, an die Ehre und den Ruhm unserer Flagge. Möglicherweise werden Sie später einmal Minister an meiner Stelle im Kabinett sein, und es ist sehr gut, wenn Sie dann genügend praktische Erfahrungen sammeln und für Ihre spätere Laufbahn mitbringen.«

Dann sprachen sie noch weiter und gestikulirten in der ausgiebigsten Weise.

Colhemos begleitete den jungen Mann selbst an den portugiesischen Dampfer, der zur afrikanischen Küste abfuhr.

»Ich nehme an, daß die Regierung nichts dagegen hat, wenn ich auf der Hinreise einen britischen Hafen anlaufe? Ich habe nämlich einen Freund in der englischen Armee – wir waren zusammen in Cliffton...«

»Mein Freund«, erwiderte Colhemos und drückte die Hand des jungen Mannes, »Sie müssen England stets als einen möglichen Verbündeten betrachten. Lassen Sie keine Gelegenheit außer acht, unseren englischen Freunden den Eindruck zu geben, daß hinter England unentwegt, ungebrochen und mit steter Bundestreue die bewaffnete Macht Portugals steht. Mögen die Heiligen Sie auf Ihren Wegen beschützen!«

Dann umarmte er ihn und küßte ihn auf beide Wangen.

Bones drillte gerade Rekruten auf dem Exerzierplatz, als Hamilton ihn von der Ecke der Veranda aus anrief. »Einer Ihrer Freunde ist hier angekommen, um Ihnen einen Besuch zu machen, Bones!«

Bones ging ruhig zu ihm hin und legte die Hand an den Helm. »Sir!«

»Einer Ihrer Freunde ist eben mit dem portugiesischen Dampfer angekommen.«

Bones wußte nicht, wer das sein könnte. Als er zur Veranda hinaufkam, fand er dort einen tadellos gekleideten jungen Mann, der sich mit Patricia Hamilton und Sanders unterhielt. Sanders sah sehr nachdenklich drein.

Der Herzog von Sargosta sprang auf, als er Bones sah. »Hallo, Conk!« rief er vergnügt.

Bones starrte ihn zuerst an. »Donnerwetter!« stammelte er dann, »das ist ja Mug!«

Die beiden schüttelten sich heftig die Hände, stellten einander viele Fragen, die nicht beantwortet wurden, und lachten herzlich. Jeder klopfte dem andern auf den Rücken und beschuldigte ihn, daß er dick geworden sei.

Sanders beobachtete die beiden jungen Leute mit großer Teilnahme.

»Das hier ist der alte Hamilton!« rief Bones. »Sie müssen vor allen Dingen Ham kennenlernen. Captain Hamilton, Sir, dies ist mein Freund, der Herzog von Sargosta – aber Sie können ihn ruhig ›Mug‹ nennen –, Miß Hamilton, dies ist Mug.«

»Wir sind einander bereits vorgestellt worden«, sagte sie lachend. »Aber warum gestatten Sie ihm denn, Sie ›Mug‹ zu nennen?«

»Oh, ich liebe diesen Namen. Er erinnert mich an frohe Tage, die ich einst in England verlebte.«

Er wurde zum Mittagessen eingeladen, denn der portugiesische Dampfer ankerte bis zum Nachmittag auf der Reede. Bones nahm seinen Freund mit zu seinem Quartier.

»Ein fröhliches Paar«, meinte Hamilton fast neidisch. »Gott, wenn ich doch auch noch einmal so jung sein könnte!«

Sanders schüttelte den Kopf.

»Haben Sie nicht auch diesen Wunsch?« fragte Patricia.

»Daran dachte ich eben nicht – ich dachte nur an den liebenswürdigen jungen Mann. Die Zustände im M'fusi-Gebiet sind keineswegs erfreulich, und ich kann mir gar nicht denken, warum die portugiesische Regierung ihn hierhergeschickt hat. Ihr Gebiet grenzt an das Land der Akasava, und deren Häuptling ist einer der größten Schufte auf Gottes Erdboden.«

»Aber er sagte doch, daß er mit dem ausdrücklichen Auftrag hierhergeschickt wurde, Reformen durchzuführen?« meinte Patricia.

Sanders lächelte. »Ich würde mich nicht scheuen, diese Aufgabe zu übernehmen – und doch...«

»Und doch...?«

»Ich könnte die Leute reformieren – auch Bones könnte es tun. Aber wenn diese schlimmen Verhältnisse bei den M'fusi tatsächlich geändert werden sollten, so würde das Bonaventura das Genick brechen, denn er kann sich hauptsächlich nur durch die Niedertracht ihres Häuptlings halten.«

Beim Mittagessen war Sanders ungewöhnlich still. Aber nur Patricia bemerkte es. Bones und sein Freund brauchten keine weitere Anregung, sie unterhielten sich laut und fröhlich. Als die Abfahrtszeit herbeigekommen war, begleiteten alle den jungen Herzog zum Strand, um ihm Lebewohl zu sagen.

»Also, laß es dir gut gehen, alter Mug!« brüllte Bones, als das Boot abfuhr. »Hollahio!«

»Sie machen ja einen teuflischen Lärm!« sagte Hamilton bewundernd.

Bones schwenkte noch lange seinen Helm.

Am Abend hatte er einen unerwarteten Besuch in seiner Wohnung. Denn als er sich gerade zum Essen ankleidete, kam Sanders zu ihm. Das war ein ganz außergewöhnliches Ereignis.

Was Sanders mit ihm zu besprechen hatte, soll nicht besonders erzählt werden, denn es war ganz inoffiziell. Aber während des Abendessens verhielt sich Bones so ruhig und reserviert und zeigte einen so ernsten Gesichtsausdruck, daß Hamilton wirklich den Eindruck hatte, er sei krank.

Der Herzog setzte seine Reise fort und kam bald zu einem Hafen, der nur aus einem kleinen Küstenstrich, einem Landungsplatz, einem großen weißen Haus und dem Ende der Straße nach Moanda bestand. Moanda selbst erreichte er mit der schlechtesten Eisenbahn, die es überhaupt auf der Welt gibt – er war nicht weniger als vier Tage unterwegs –, und begab sich sofort zum Gouverneur.

Dieser Mann war bereits auf die Ankunft und die Mission des jungen Mannes vorbereitet, denn die Post war durch einen Eilboten einen Tag früher als der Herzog angekommen, und Pinto Bonaventura hatte Zeit genug gehabt, sich alles zu überlegen.

»Ich werde Ihnen jede mögliche Unterstützung angedeihen lassen«, sagte er, als sie beim Frühstück saßen. »Aber ich kann natürlich nicht für Ihre persönliche Sicherheit auf diesem exponierten Posten garantieren.«

»Persönliche Sicherheit?« fragte der Herzog erstaunt.

Senor Bonaventura nickte ernst. »Nichts widerstrebt mir mehr als der Sklavenhandel, höchstens noch das Laster des Trunks. Wenn ich diese beiden Übel in der Kolonie beseitigen könnte, würde ich es lieber heute als morgen tun, glauben Sie mir das. Aber ich kann auch keine Wunder wirken, und die Regierung gibt mir nicht genügend Truppen, um diese schrecklichen Laster zu unterdrücken, die wir beide aufs tiefste verabscheuen.«

»Aber ich soll doch zu dem Distrikt der M'fusi gehen, um dort die nötigen Reformen durchzuführen«, widersprach der Herzog ein wenig beunruhigt.

Der Gouverneur verschluckte sich beim Kaffee und entschuldigte sich. Er lachte nicht, sein langer Aufenthalt in Zentralafrika hatte ihm das abgewöhnt. Er besaß viel Selbstkontrolle in allen Dingen, nur trank er zu viel Marsala. »Bitte, fahren Sie nur fort«, sagte er und zeigte ein vollkommen gelassenes Gesicht.

»Es liegt doch im Interesse Portugals ebenso wie in dem Ihren«, sagte der junge Mann ernst und lehnte sich über den Tisch, »wenn ich durch meine Tätigkeit dort die Bedingungen zu Frieden, Wohlfahrt und Nüchternheit schaffen und in diesem verwilderten Gebiet dem portugiesischen Gesetz wieder zu Ansehen verhelfen kann.«

»Zweifellos«, gab der ältere Mann mit wichtiger Miene zu.

Im Gegensatz zu den Worten des Herzogs muß aber gesagt werden, daß eine Reform der M'fusi keineswegs im Interesse des Gouverneurs lag. Denn er erhielt acht Schillinge für jeden Mann, der ›zur Arbeit ausgehoben‹ wurde, ebenso bekam er von denselben interessierten Syndikaten, die kräftige Arbieter exportierten, eine Provision von sechs Schilling für jede Kiste mit viereckigen Kognakflaschen und eine noch größere Summe für jedes Faß Rum, das ins Land eingeführt wurde.

Wenn die Trunksucht in der Kolonie unterdrückt und dem Gesetz Achtung verschafft worden wäre, dann hätte das die Liebhabereien der eleganten Dame beeinträchtigt, die eine schöne Villa in Cintra bewohnte. Auch das Bankguthaben des Senor Bonaventura auf der Bank von Brasilien hätte sich dann bedeutend vermindert. Ebenso wären gewisse portugiesische Minister betroffen worden, die ihren teuren Pinto nur insoweit kontrollierten, als sie von ihm Zahlungen an die Parteikasse erwarteten. In Wirklichkeit floß dieses Geld natürlich in ihre eigenen Taschen.

Aber der Herzog von Sargosta begab sich mit den besten Absichten in die wilden Gegenden. Er war für seine Mission begeistert, er wollte für den Fortschritt und die Zivilisation eintreten und hatte einen vollkommenen Glauben an sich und seine Vorgesetzten. Er nahm wirklich an, daß er die ganze moralische und physische Unterstützung des hochherzigen und patriotischen Gouverneurs genieße. Dieser Mann aber sah der Karawane seines neuen Assistenten nach, als sie in den Wäldern verschwand, die

Moanda umgeben. Er gab in seiner blumenreichen Sprache und in vielen Verwünschungen seiner glühenden Hoffnung Ausdruck, daß der Schmutz, die Sümpfe, die Wälder und die Wildnis des M'fusi-Landes diesen jungen Mann für immer verschlingen möchten. Amen. Die Unbeliebtheit des neuen Kommissars war besiegelt, als der Gouverneur von seinem Besuch bei Sanders erfuhr, denn der Name des englischen Distriktsgouverneurs genügte, um bei Pinto Bonaventura einen Wutanfall hervorzurufen.

Der Vorgänger des Herzogs von Sargosta war gestorben. Sein Grab lag in dem Garten vor seiner Wohnung und war ganz mit Gras und Unkraut bewachsen. Der neue Ankömmling fand die Korrespondenz des Büros in vollkommener Ordnung, wie ihm ein gelblicher eingeborener Schreiber nachwies. Er entdeckte hundertdrei leere Kognakflaschen hinter dem Hause und verstand nun auch, daß dieses Grab in dem Garten lag. Er stellte fest, daß die letzte Indexnummer der Korrespondenz 951 war.

Es war bemerkenswert, daß der Mann, dessen Nachfolger er war, 951 Veranlassungen zum Schreiben gehabt hatte, aber diese Tatsache blieb bestehen. Wahrscheinlich hatten neunhundert Briefe mit dem schrecklichen Zustand der Residenz in Uango-Bozeri zu tun. Das Dach leckte, die Fundamente hatten sich gesenkt, und man konnte nicht eine einzige Tür im Hause schließen.

Am Tage seiner Ankunft fand der Herzog eine Mambaschlange in seinem Armsessel, die es sich dort bequem gemacht hatte. Diese Entdeckung ließ vermuten, daß eine ganze Kolonie dieser giftigen Tiere in der Nähe war. (Der Biß der Mambaschlange tötet in genau neunzig Sekunden.)

Die andern fünfzig Schreiben hatten wahrscheinlich mit dem ausgebliebenen Gehalt des Kommissars zu tun, denn Portugal befand sich in jener Zeit gerade wieder einmal in Unruhen, und die Minister wechselten in Lissabon so schnell, daß ein Scheck, der vom Auswärtigen Amt zur Bank gebracht wurde, unterwegs schon wieder ungültig wurde, weil inzwischen eine neue Regierung eingesetzt war.

Uango-Bozeri lag zweihundertzwanzig Meilen weit von der Küste entfernt und war das Zentrum des unschuldigen Volkes der M'fusi. Hier wohnte der Herzog als Regent über zweitausend Quadratmeilen Land und als Herrscher über einige Millionen Menschen, die noch Kannibalen waren und eine Leidenschaft für das feurige Getränk hatten, das die Händler als Rum bezeichneten.

In Wirklichkeit war es etwas anderes, aber für den etwas rauhen Geschmack dieser Leute konnte es ja als Rum gelten.

Das ist alles, was von dem Herzog von Sargosta zu berichten ist. Die Häuptlinge beschwindelten ihn, seine Soldaten, mit denen er die Ordnung in dem Gebiet aufrechterhalten sollte, waren gewissenlose Eingeborene, die in seinem Namen plünderten und raubten, ohne daß er etwas davon wußte. Und sein Vorgesetzter, der Gouverneur in Moanda, war ein Schuft, der alle Regierungsgelder unterschlug, die in seinen Machtbereich kamen.

Der Herzog erfuhr nach einiger Zeit, daß das Leben auch bitter und demütigend sein kann.

In jenen Tagen, als es schon so weit gekommen war, daß er sich manchmal auf das Grab seines Vorgängers setzte, um Gesellschaft zu haben, überschritt eine kleine Gesellschaft vom englischen Territorium her die Grenze, um auf Abenteuer auszugehen.

Das Gebiet an der Grenze wurde von dem Häuptling der großen M'fusi beherrscht, der ein Kannibale und Trinker war und zwei Regimenter befehligte.

Der Herzog hatte Anweisung erhalten, sich nicht in die Angelegenheiten dieses Mannes zu mischen, und nachdem er einmal einen unangenehmen Fehlschlag in dieser Beziehung erlebt hatte, folgte er dem Rat seiner Vorgesetzten und war mit der gesandten Hüttentaxe zufrieden, obgleich sie im Verhältnis zu dem großen Gebiet lächerlich klein war.

Kein weißer Mann reist ohne Einladung des Häuptlings nach der Stadt der M'fusi, und da Karata niemals eine Einladung ergehen ließ, so war das Gebiet der Großen M'fusi eine *Terra incognita*, selbst für Seine Exzellenz den Generalgouverneur der mittleren und westlichen Provinzen.

Karata war durch sein vieles Trinken schon fast um den Verstand gekommen. Er hatte ganz merkwürdige Launen. Wochenlang war es seine Schrulle gewesen, eine Ziegenmaske zu tragen, ein andermal hatte er sich zum Zeichen, daß er an Teufel glaubte, hinter einem geflochtenen Strohpanzer verborgen, der ihn von Kopf bis zu Fuß bedeckte. Er hatte auch noch andere Lebensgewohnheiten, die hier nicht geschildert werden können, aber vor allem hielt er daran fest, niemals Fremde zu empfangen.

Unglücklicherweise führte nun die Straße von den englischen Gebieten durch eine Talsenke der M'fusi. Eines Tages kam ein keuchender Bote in den Kral des Häuptlings und warf sich zu dessen Füßen nieder.

»O König«, sagte er, »ein weißer Mann ist auf dem Wege hierher, und mit ihm kommt ein gewisser Häuptling mit seinen Leuten.«

»Nehmt den Mann gefangen und bringt ihn mit all seinen Leuten gebunden hierher«, befahl Karata, der den Boten mit glasigen Augen anschaute und dem die Zunge schon schwer wurde, denn er hatte eben die zweite Flasche ausgetrunken.

Der Bote kehrte zurück und traf die Gesellschaft auf dem Wege. Wie er sich ihr gegenüber verhielt, läßt sich nicht sagen. Vielleicht wurde er beleidigend und anmaßend, da er sich als Vertreter eines so großen Königs sicher fühlte. Es mag auch sein, daß er sich auf einen Kampf einließ in der falschen Ansicht, daß die sechs Krieger, die ihm beigegeben waren, genügten, um den Willen Karatas durchzusetzen. Sicher ist nur, daß er niemals zurückkehrte.

An seiner Stelle kam eine kleine, aber furchtbare Schar unter Führung eines weißen Mannes in den Kral des Königs. Und sie kamen im richtigen Augenblick, denn auf dem Boden vor der großen Hütte standen viele viereckige Flaschen, und der große Raum vor dem »Palast« war voll von unglücklichen Leuten, die eiserne Ringe um den Hals trugen und mit Ketten aneinandergefesselt waren. Sie sollten nach der Küste gebracht und in die Sklaverei verkauft werden.

Der weiße Mann schob seinen Tropenhelm in den Nacken. »Zum Donnerwetter!« rief er, »das ist ja schrecklich, Bosambo. Das verstößt gegen jedes Gesetz.«

Der Häuptling der Ochori schaute sich um. »Diesen Kerl, verdammter Hund!« sagte er auf englisch.

Bones schritt gemächlich zu dem schattigen Baldachin, unter dem der König saß und böse auf diese unerwartete Erscheinung schaute.

»O König«, sagte Bones in der Akasava-Sprache, die man von Dacca bis zum Kongo spricht, »das ist etwas entsetzlich Böses, was du da tust! Das verstößt gegen jedes Gesetz!«

Karata antwortete nicht, sondern starrte ihn nur mit offenem Munde an.

In dem Kral waren viele Menschen, Gefangene, Krieger, Ratgeber und Tanzmädchen. Aber als Bones gesprochen hatte, herrschte Totenstille.

Alle hörten diese Worte in der ihnen geläufigen Sprache und

wunderten sich, daß ein weißer Mann so reden konnte. Bones trug einen Stock und zielte in aller Ruhe. Nachdem er zweimal ausgeholt hatte, schlug er zu.

Eine viereckige Flasche splitterte in tausend Stücke, und die dicke heiße Luft wurde von dem Geruch schlechten Alkohols durchtränkt. König Karata, der nicht ohne Grund »Der Schreckliche« hieß, saß verdutzt, schweigend und bewegungslos da und beobachtete, wie Bones eine Flasche nach der anderen zertrümmerte.

Aber plötzlich wurde ihm in seinem umnebelten Hirn klar, daß das eine tiefe Verletzung seiner Würde sei. Er erhob sich und brüllte wie ein wildes Tier. Bones wandte sich schnell nach ihm um. Aber Bosambo war noch schneller, mit einigen Schritten war er an der Seite des Königs.

»Setze dich sofort nieder, du Hund!« fuhr er ihn an. »Karata, du bist der mit bunten Farben gezierten Hütte sehr nahe, in der die toten Könige liegen.«

Karata setzte sich wieder und sah von einem zum anderen. Sein Instinkt sagte ihm, daß er in großer Gefahr schwebte. Er fürchtete den Tod, der in dem erbarmungslosen Lächeln dieses weißen Mannes lag, und er fühlte sich von der Nähe dieses großen Eingeborenen bedroht, der die Affenschwänze als Zeichen seiner Häuptlingswürde trug. Wären diese Leute nur außer seiner Reichweite gewesen, so hätte ein kurzer Ruf, ein Befehl genügt, um sie blutend zur Erde sinken zu lassen, durchbohrt von den scharfen Speeren seiner Krieger. Ihre Leiber hätten noch krampfhaft gezuckt, während ihr Blut bereits die Erde tränkte.

Aber sie standen zu nahe bei ihm, und ein solcher Befehl hätte seinen eigenen Tod bedeutet.

»O weißer Mann«, begann er.

»Du sollst mich ›Herr‹ nennen«, sagte Bones zu Karata.

»Herr«, sagte der König düster, »das ist eine merkwürdige Sache – denn ich sehe, daß du ein Engländer bist, und wir sind die Diener eines anderen Königs. Es ist auch verboten, daß ein Weißer – daß irgendein Herr in meinen Kral kommt, ohne mein Wort zu haben, und ich habe selbst Igselensi fortgetrieben.«

»Das ist ein törichtes Geschwätz, Karata«, erwiderte Bones, »aber das ist eine gute Rede: Soll Karata leben oder soll er sterben? Auf diese Frage sollst du mir antworten. Wenn du die Leute fortschickst, und wenn du ihnen sagst, daß wir im Schatten deiner Königshütte wohnen werden, dann sollst du leben. Wenn er aber etwas anderes sagt, Bosambo, dann töte ihn schnell.«

Der König sah wieder von einem zum anderen. Bones hatte seine Hand in die Uniformtasche vergraben, und Bosambo balancierte seinen kurzen Wurfspeer in der Hand. Der Häuptling schielte zu ihm hinüber und sah sofort, daß die Spitze haarscharf war.

Dann wandte er sich zu den Umstehenden, die vor Bones zurückgewichen waren, als er zuerst zum König sprach.

»Dieses Palaver ist aus, und der weiße Herr wird in meiner Hütte für diese Nacht wohnen.«

»Gott sei Dank!« sagte Bones, als sich die Menge allmählich zerstreute.

Senor Bonaventura hörte von der Ankunft eines Weißen im Kral des Königs der M'fusi. Aber er legte der Nachricht keine weitere Bedeutung bei, denn es gab gewisse bevorzugte Händler, die von Zeit zu Zeit Karata besuchten. Er war nur besorgt, weil eine Sendung von achthundert Arbeitern, die ihm Karata versprochen hatte, noch nicht in Moanda eingetroffen war. Aber plötzlich kam panischer Schrecken über ihn, als ein Brief seines Kommissars eintraf, der über das ungewöhnliche Verhalten Karatas berichtete.

Das Schreiben des Herzogs lautete:

Exzellenz,
ich freue mich, von der Besserung des Königs Karata berichten zu können. Ich habe Nachricht erhalten, daß er eine Anzahl Besucher empfing, deren Besuch keinen offiziellen Charakter hatte. Und obwohl ich, wie ich schon in meinem früheren Brief erwähnte, die unangenehmsten Erfahrungen machte, als ich die Stadt der Großen M'fusi betreten wollte, hielt ich es doch für ratsam, dorthin zu gehen und mich einmal persönlich umzusehen.

Ich stellte fest, daß tatsächlich Fremde dorthin gekommen waren, daß sie aber gerade an dem Morgen meiner Ankunft wieder abgereist waren. Sie mußten einen ihrer Leute mit sich forttragen, weil er krank war. Bei der Expedition befand sich auch ein Weißer. Das merkwürdigste an der ganzen Sache aber war, daß der König um Mitternacht ein Palaver der Ratgeber und Ersten seines Volkes einberief und ihnen erklärte, daß er von dem Fremden so traurige Nachrichten erhalten hätte, daß es für vier Wochen verboten sein solle, sein Gesicht zu sehen. Am Ende dieser Zeit wolle er von der Erde verschwinden und als Gott unter die Sterne versetzt werden.

Bei diesen Worten nahm der König zögernd aus der Hand eines Fremden einen Sack, in den zwei Löcher geschnitten waren, zog ihn über den Kopf und ging so in seine Hütte zurück.

Seitdem hat er manche merkwürdigen Dinge ausgeführt. Er hat die Einfuhr von alkoholischen Getränken verboten, hat alle Hörigen und Sklaven befreit und zu ihren Hütten zurückgeschickt und Zifingini, einen der ältesten Häuptlinge der M'fusi, dazu bestimmt, an seiner Stelle König zu sein, wenn er gegangen sei. Außerdem hat er ein neues Regiment von Kriegern aufgestellt.

Er hat seine Lebensgewohnheiten völlig geändert. Und obwohl die M'fusi sein Gesicht nicht sehen können und er alle Weiber, Verwandten und Ratgeber in ein entferntes Dorf verbannt hat, ist er doch bei seinen Leuten beliebter als je zuvor.

Erhabene Exzellenz, ich sehe, daß die alten Zustände sich nun ändern und daß das Volk der M'fusi bald einer glücklicheren Zeit entgegengehen wird.

Genehmigen Sie, erhabene Exzellenz, den Ausdruck meiner außerordentlichen Verehrung.

Der Gouverneur wurde dunkelrot, dann kreidebleich. »Heilige Muttergottes!« stieß er hervor, beinahe vom Schlage gerührt. »Das ist unser Untergang.«

Mit zitternder Hand schrieb er ein Telegramm. In gewöhnlicher Sprache übersetzt hatte es folgenden Sinn:

›Sofort de Sargosta abberufen oder kein Geld am nächsten Zahltag.‹

Er überwachte persönlich die Absendung der Depesche, dann ging er in sein Büro zurück, nahm den Brief des Herzogs in die Hand und las ihn noch einmal durch. Plötzlich entdeckte er auf der anderen Seite des Schreibens noch eine Nachschrift.

P. S. I. – Mit Bezug auf die Fremden, die den König besuchten, muß noch erwähnt werden, daß der Mann, den sie in der Sänfte forttrugen, nach allen Berichten der Holzfäller, die die Expedition beobachteten, sehr krank gewesen sein muß, denn er brüllte den ganzen Weg furchtbar, aber der weiße Mann sang noch lauter.«

P. S. II. Ich höre soeben, Exzellenz, daß »Der verhüllte König«, wie sein Volk ihn jetzt nennt, alle seine Schätze und Reichtümer und noch viele andere Dinge, die er aus den Hütten seiner verbannten Verwandten genommen hat, einem gewissen Bosambo, der Häuptling der Ochori ist, geschickt hat. Er regiert in der benachbarten englischen Kolonie und ist weitläufig mit Senor Sanders verwandt, dem Distriktsgouverneur des englischen Gebietes.«

EDGAR WALLACE

Bones in London · Der Diamantenfluß

# EDGAR WALLACE

## Afrika-Romane

### Bones in London

Hesse Becker

im Weiss Verlag GmbH, Dreieich
August 1986
Gesamtherstellung: Presse-Druck Augsburg
Printed in Germany
ISBN 3-8036-4042-3

# *Inhaltsverzeichnis*

## Bones in London



## Der Diamantenfluß

## I

## Bones und ein großes Geschäft

Das Geschäft am Schiffsmarkt lag vollständig darnieder, und selbst Leute, die sonst friedliche Bürger waren, sehnten sich in dieser Zeit nach einer Stunde des siegreichen Krieges, als die Aktien der Kenyon Line auf 88½ standen und sogar eine so armselige Gesellschaft wie die Siddons Steam Packets Line mit 3⅜ notiert wurde.

Zwei tadellos frisierte Herren kamen ohne Hut die belebte Straße entlang. Sie hatten die Hände tief in die Taschen vergraben und die Köpfe mißmutig gesenkt.

Sie sprachen kein Wort und gingen wie Soldaten im Gleichschritt nebeneinander. Sie marschierten zusammen durch das offene Tor des Commercial Trust-Hauses. Gleichzeitig wandten sie sich nach links zum Aufzug, gleichzeitig schauten sie auf die Decke der Fahrstuhlkabine, als ob auf ihrer Vertäfelung irgendein delphisches Orakel stände, das ihnen den Ausweg aus ihren geschäftlichen Schwierigkeiten zeigen könne.

Dann ließen sie wieder die Köpfe sinken und schauten betrübt auf den Fahrstuhlführer, der langsam die Tür öffnete. Sie traten hinaus und marschierten einer hinter dem anderen zu den Büroräumen der Firma Gebr. Pole, Schiffsmakler. Auf dem Schild stand noch eine andere Firma: United Merchant Shippers Corporation. Sie schritten durch eine Türe, die die Aufschrift „Privateingang" trug.

Hier trennten sie sich. Der eine trat auf die eine Seite, der andere auf die andere Seite eines großen Schreibtisches. Und während sie immer noch die Hände tief in ihren Taschen vergraben hatten, setzten sie sich wie auf Kommando in die weichen Polsterstühle und schauten einander über den Tisch an.

Es waren kräftige junge Leute, Mitte der Dreißiger, glatt rasiert und von gesunder Gesichtsfarbe. Im Weltkrieg hatten sie ihrem Vaterlande gedient und der Allgemeinheit große Opfer gebracht. Der eine von ihnen trug damals Uniform, der andere nicht. Joe bekleidete irgendein geheimnisvolles Amt und trug deshalb Hauptmanns-Uniform. Dadurch war er aber an London gebunden und hatte sein Heimatland nicht verlassen. Der andere erhielt im Kriege eine kleine Auszeichnung und einen pompösen Titel als Aufkäufer von Militärstiefeln für die verbündeten Nationen. Beide hatten in großem Maßstab Kriegsanleihen gezeichnet und erhielten jetzt noch halbjährlich die Zinsen dafür.

Aber der Krieg mit seinen schrecklichen Ereignissen war vorüber. Man dachte nicht mehr an die aufreibende Nachtarbeit und an die nächtlichen Eisenbahnfahrten, bei denen man weder für Geld noch gute Worte Schlafwagenkarten erhalten konnte. Auch Lebensmittelkarten gab es nicht mehr, und die Anschuldigungen wegen zu großer Kriegsgewinne gehörten ebenfalls der Vergangenheit an. Jetzt erlebten sie die bittere Tragödie, daß der Friedensschluß sie und die Firma gerade in dem Augenblick überraschte, als sie den Verkauf der Fee-Frachtlinie noch nicht abgeschlossen hatten. Die Verträge waren noch nicht unterzeichnet, und der Preis für Schiffe, der während des Krieges himmelhoch stand, erreichte plötzlich einen Tiefstand wie nie zuvor.

Die Fee-Linie war nicht sehr groß. Es war nur eine kleine Schiffsgesellschaft. Man hätte sie früher für zweihunderttausend Pfund verkaufen können, heute konnte man nur noch hundertfünfzigtausend dafür bekommen, aber bis jetzt war der Verkauf nicht geglückt.

„Joe", sagte der ältere Mr. Pole mit einer Stimme, die aus der Gegend seiner blankgeputzten Schuhe zu kommen schien, „wir müssen irgend etwas mit den ‚Feen' anfangen."

„Dieser verfluchte Krieg!" sagte Joe ärgerlich und verbissen. „Dieser Kaiser! Hätte er nicht wenigstens noch einen weiteren Monat aushalten können? Er ist verantwortlich dafür, daß Amerika Schiffe gebaut hat – verantwortlich dafür –"

„Joe", erwiderte der junge Mann auf der anderen Seite des Schreibtisches und schüttelte traurig den Kopf. „Das Fluchen hat keinen Zweck. Wir wußten, daß sie Schiffe bauen, und das Geschäft sah auch gar nicht schlecht aus. Wenn die Türkei nicht zusammengebrochen wäre und all die beschlagnahmten Schiffe freigegeben hätte–"

„Verdammte Türkei!" sagte der andere diesmal ganz ruhig. „Dieser niederträchtige Sultan und Enver und Taalat. Dieses verfluchte Bulgarien, dieser Ferdinand –"

„Jetzt mußt du auch noch die Bolschewiken verfluchen, Joe!" fiel sein Bruder schnell ein. „Meiner Meinung nach sind die zuallererst an der jetzigen Lage schuld. Aber verfluche nicht auch noch Österreich, sonst müßtest du sogar Jugoslawien verdammen und – –"

Er seufzte tief, zog die Lippen zusammen und schaute angestrengt auf das Löschpapier, das vor ihm lag.

Joe und Fred Pole hatten allerhand Fehler, die sie auch ganz offen zugaben, z. B. ihre Freigebigkeit, ihre rückhaltlose Herzensgüte und ihre Bereitwilligkeit, selbst ihren schlimmsten Feinden einmal etwas Gutes zukommen zu lassen. Sie hatten aber auch andere Fehler, die sie nicht eingestanden, die ihre Mitmenschen aber trotzdem kannten.

Und dann besaßen sie bewunderungswürdige Vorzüge. So waren sie z. B. einander sehr zugetan, und nichts konnte sie von ihrer gegenseitigen Hochachtung abbringen. Sie halfen sich durch dick und dünn. Machte Joe ein schlechtes Geschäft, so ruhte Fred nicht eher, als bis er die Sache wieder in Ordnung gebracht hatte, und wenn Fred in einem schwachen Augenblick einen zu hohen Preis gezahlt hatte, lud Joe den eleganten Verkäufer zum Essen ein, redete ihm so lange zu und versicherte ihm so offenherzig seine Zuneigung, bis der gute Mann wieder einen großen Teil seines schnell erworbenen Verdienstes aufgab.

„Ich vermute", sagte Joe am Schluß einer etwas düsteren Auseinandersetzung, „daß wir Billing nicht zwingen können, seinen Vertrag einzuhalten." Er nahm sich eine Zigarre aus dem silbernen Kasten, der auf dem Schreibtisch zwischen den beiden stand. „Hast du den Rechtsanwalt deshalb gesprochen, Fred?"

Der andere nickte langsam.

„Cole hat mir erklärt, daß der Vertrag vom juristischen Standpunkt aus nicht perfekt ist. Billing hat sich zwar erboten, die Schiffe zu kaufen, und er hat es auch zweifellos ernst gemeint, aber Cole erklärt, daß der Richter dir mit der Feder in die Augen stechen wird, wenn du Billing vors Gericht bringst."

„Glaubst du das wirklich?" fragte Joe, der Freds Äußerung zu wörtlich genommen hatte. „Könntest du Billing nicht zu einem netten Essen einladen –"

„Billing ist Vegetarier, Joe!" Er nahm sich auch eine Zigarre, biß das Ende ab und steckte sie an. „Und außerdem ist er taub. Das geht also nicht. Wir müssen uns nach einem anderen umschauen, der noch so jung und unerfahren ist, daß er auf die Sache anbeißt. Ich kann die beiden Dampfer, die Fee May und die Fee Bell verkaufen. Es sind verhältnismäßig kleine Kähne, und solche Schiffe werden im offenen Markt immer verlangt. Ich kann die Werften verkaufen, die Büros und die Firma mit den Kunden –"

„Was ist denn schon die Firma wert, Fred?"

„Fünfzig Cents netto", sagte der andere düster. „Alles das kann ich verkaufen, aber die Fee Mary und die Fee Tilda bringen mich um. Man findet zwei solche Dampfer mit ihrer merkwürdigen Tonnage auf dem ganzen Markt nicht wieder. Wenn du zwei Schiffe von genau derselben Größe bekommen wolltest, könntest du sie nicht einmal für eine Million haben – ganz ausgeschlossen. Sie sind vermutlich schlecht gebaut."

Joe wußte das schon lange.

„Ich habe sie Saddler von der White Anchor Line angeboten", fuhr Fred fort, „und er sagte, wenn er einmal eine Sammlung von Kuriositäten anlege, werde er an mich denken. Dann habe ich versucht, sie an die Coastal Cargo Line zu verkaufen – es sind doch die geeigneten Schiffe für Fahrten nach New Castle und auch auf der Themse. Sie redeten sich damit heraus, daß die Gefahr von Seeminen und Unterseebooten noch nicht vollständig beseitigt sei. Dann sprach ich den jungen Topping darüber, der eine Linie nach der Westküste eröffnen will. Aber der gab mir zur Antwort, daß er an Feen und den heiligen Nikolaus und ähnliche Dinge nicht glaube."

„Wer kam denn auch nur auf die verrückte Idee, sie Fee Mary und Fee Tilda zu nennen?"

„Wir wollen nicht schlecht von den Toten sprechen", antwortete Fred. „Der Mann, der sie erbaut hat, weilt nicht mehr unter den Lebenden. Man sagt zwar, daß man vor Freude nicht stirbt, aber das ist nicht wahr, denn er starb zwei Tage, nachdem wir sie ihm abgekauft hatten, und hinterließ all sein Geld – all unser Geld – seinem Neffen."

„Das ist mir ganz neu", sagte Joe und richtete sich auf.

„Ich habe es auch nicht gewußt, bis ich gestern die Verkaufsurkunde mit zu Cole nahm, um nachzuprüfen, ob sich nicht irgendein Formfehler finden ließe, damit der Kauf rückgängig gemacht werden kann. Ich habe ihm telegrafiert."

„Wem? Cole?"

„Nein, dem jungen Neffen. Wenn wir den nur –"

Er vollendete seinen Satz nicht, aber die beiden schauten sich groß an und verstanden sich.

„Wer ist das eigentlich? Ist es überhaupt jemand?" fragte Joe ungewiß.

Fred strich die Asche seiner Zigarre ab und nickte.

„Jemand, der eine halbe Million Pfund hat, ist schon jemand, Joe", sagte er ernst. „Der junge Mensch war früher in der Armee. Er hat den Dienst quittiert und besitzt jetzt ein Geschäft in der City. Schemes Ltd. nennt es sich, viele Leute kennen ihn – besonders die Seeleute von der Westküste. Er hat einen seltsamen Beinamen."

„Na, und –?"

„Bones", sagte Fred mit Grabesstimme, „‚Knochen' nennt man ihn. Aber er ist einer von den Knochen, die ich brauchen kann."

In der großen sorgenvollen City lag auch ein anderes Büro. Es hatte aber weniger das Ansehen eines Geschäftsraumes als das eines eleganten Salons, denn es war nach den wohldurchdachten Plänen einer berühmten Firma für Innenausstattung möbliert, deren Geschäftsanzeigen man in den vornehmsten Zeitschriften finden konnte und deren ganzseitige Annoncen außer einem königlichen Wappen nur noch einen Stuhl aus der Queen-Ann-Zeit und den berühmten Namen der Firma zeigten. Die Räume waren mit erlesenem Geschmack ausgestattet, so daß man selbst an den kleinsten Kissen oder dem purpurroten Vorhang nicht das mindeste aussetzen konnte.

Das große, oxydierte Silbergitter vor dem Kamin, die persischen Teppiche und die Möbel aus Rosenholz, die venezianischen Blumenvasen waren fein abgestimmt zu den getäfelten Wänden und der vornehmen Standuhr, die so ruhig über dem prachtvollen Kamin tickte. Nicht vergessen darf man die wundervollen bequemen Sessel, die silbernen Armleuchter und die dezente Tischlampe mit ihrem herrlich gerafften purpurseidenen Schirm. Alle diese Dinge zeugten für die vornehme Erziehung und künstlerische Veranlagung des jungen Mannes, dessen Einrichtung ein Beweis für die Leistungsfähigkeit des Hoflieferanten Worrow war.

Der junge Mann selbst saß in einem äußerst bequemen Sessel und hatte seine Füße auf das olivgrüne Leder des Rosenholzschreibtisches gelegt. Er war schon längst mit seiner luxuriösen Umgebung vertraut und fühlte sich wohl darin. Aus Langeweile, nicht weil er Hunger hatte, kaute er an einem kostbar geschnitzten Messer aus Elfenbein. Er war im Vertrauen auf sein gutes Glück und sein großes Bankkonto von Hunderttausenden von Pfunden bei der Midland- und Somerset-Bank nach England zurückgekommen. Er hatte ein Buch in blauem Ledereinband und mit Messingbeschlägen mitgebracht, auf dessen Vorderseite das Wort „Schemes“ in Goldbuchstaben geprägt war.

Die Seiten des Buches waren mit merkwürdigen und verrückten Berechnungen bedeckt, die quer über die Seiten geschrieben waren. So z. B. folgender Kostenanschlag:

| | | | |
|---|---|---|---|
| Alte Häuser aufkaufen . . . . . . . . | ungefähr | 20 000 | Pfund |
| Abreißen . . . . . . . . . . . . . . . | „ | 5 000 | „ |
| Dafür 50 große Wohnungen . . . . . | „ | 10 000 | „ |
| Tapezieren, Farbe, Fenster usw. . . . | „ | 5 000 | „ |
| | Summa | 40 000 | Pfund |

50 Wohnungen ergeben bei einer Miete von 80 Pfund im Jahr 40 000 Pfund. Verdienst netto ungefähr 100 Prozent.

Bemerkung: Für Familien des besseren Mittelstandes, anständige Leute. Auf diese Weise könnte man eine gute Tat vollbringen, indem man der Arbeiterbevölkerung Wohnungen verschafft und Geld verdient, das unter die Armen verteilt werden kann.

Mr. Augustus Tibbetts, früher Offizier bei Sr. Majestät Haussa-Schützen, war der geschäftsführende Direktor der Firma „Schemes Ltd.“, wie das große Messingschild an der Türe bekundete. Der ernst dreinschauende junge Mann trug ein goldgefaßtes Monokel, das auf seine graugewürfelte Weste herabhing und das er gelegentlich auch in das linke Auge klemmte. Seine braunrote Gesichtsfarbe zeigte, daß er sich lange in den Tropen aufgehalten hatte. Wenn er sich aufrichtete, hatte man den Eindruck, daß man es mit einem früheren Militär zu tun hatte.

Er nahm seine Füße von der Tischplatte, griff nach einem Brief, las ihn laut, das heißt, er las nur bestimmte Wörter, ließ andere aus und setzte für einige andere usw. usw. ein, wenn es ihm zu langweilig war, den ganzen Satz zu lesen.

„Sehr geehrter Herr, als alte Freunde Ihres verehrten Onkels usw. und dergleichen, ergreifen wir die ernste Gelegenheit usw. usw. . . . unser Mr. Fred Pole wird Ihnen seine Aufwartung machen und, na usw. Ihre hochachtungsvoll Ergebenen.“

Mr. Tibbetts zog die Augenbrauen zusammen und läutete unnötig heftig die silberne Glocke. In der Türöffnung erschien eine sonderbare Gestalt in roten Hosen, einer grünen Zuavenjacke, einem phantastischen Fes und purpurroten Lederpantoffeln. Als Gürtel war kühn eine orientalische Seidenschärpe umgeschlungen. Das große sanfte Gesicht war schwarz, trotz dieser glänzenden arabischen Kleidung war es zweifellos ein Neger.

Dieses Gewand war eigens nach den Plänen von Mr. Tibbetts angefertigt worden. Er hatte es genau nach der Kleidung des farbigen Kellners kopieren lassen, der den türkischen Kaffee im Wistaria-Restaurant servierte. Es gab keinen Grund, weshalb ein Geschäftsmann wie Bones eine Leibwache nötig gehabt hätte, und noch viel weniger Ursache war vorhanden, einen Leibdiener in dem farbenfreudigen Gewand eines Othellos auftreten zu lassen. Aber obwohl Mr. Tibbetts Geschäftsmann war, hatte er doch seine Besonderheiten.

Er hob den ernsten Blick.

„Ali", fragte er, „hast du die Posten im Hauptbuch nachgetragen?"

„O Herr", sagte Ali mit tiefer Ergebenheit, „der Gegenstand war zu umfangreich, um in die Öffnung des Briefkastens hineinzugehen. So habe ich ihn dem weiblichen Beamten hinter dem Postschalter persönlich überreicht."

Bones sprang auf und sah ihn entsetzt an.

„Zum Donnerwetter, du alter verrückter Esel, du hast das Hauptbuch doch nicht etwa zur Post getragen?"

„O Herr", entgegnete Ali vorwurfsvoll, „du hast mir den ausdrücklichen Befehl gegeben, die ‚Post nachzutragen'. Deshalb habe ich das Geschäftsbuch sorgfältig in Packpapier eingewickelt, mit Bindfäden verschnürt und es nach der Post getragen."

Bones fiel in seinen Sessel zurück.

„Es hat wirklich keinen Zweck, Ali", sagte er traurig, „mein armer unzivilisierter Wilder, du kannst wahrhaftig nichts dafür. Ich werde dich niemals soweit bringen, mein armer alter verrückter Kerl! Wenn ich dir sage, die ‚Posten nachtragen', dann meine ich doch, du sollst das Geld, das du für Wagen, Autobus usw. ausgegeben hast, in das Buch einschreiben. Ohne Vernunft kann man natürlich kein Geschäft führen, Ali. Weißt du denn das nicht, du alter Götze? Wie sollen denn nachher die Rechnungsrevisoren sich auskennen, wie ich das Geld meines Onkels ausgegeben habe, wenn du es nicht einmal aufschreibst! Die Posten nachtragen, heißt aufschreiben. Aber um alles in der Welt –“, plötzlich kam ihm ein schrecklicher Gedanke – „an wen hast du es denn adressiert?“

„O Herr“, sagte Ali ruhig, „ich habe das Buch an die Privatadresse deiner Hoheit gesandt.“

Ali hatte sein Englisch im Laboratorium eines britischen Gelehrten in Sierra Leone erlernt, und durch sein langes Zusammenleben mit diesem gelehrten Mann enthielt sein Wortschatz viele ungebräuchliche und hochtönende Ausdrücke.

Bones seufzte resigniert.

„Ich erwarte –“

In diesem Augenblick ertönte die Glocke.

Auch diese Glocke war aus Silber. Bones schaute auf, zog seine Weste herunter, strich noch einmal über das Haar, klemmte das Monokel ein und nahm einen großen Federkiel mit einer lebhaft roten Feder in die Hand.

„Laß ihn herein“, sagte er geschäftsmäßig.

Ein wohlgekleideter junger Mann betrat das innere Heiligtum. Er hatte einen glänzenden Zylinder in der Hand und kam mit leichten Schritten quer durch den Raum.

„Ah, Mr. Fred Pole!“ las Bones auf der Karte des Besuchers mit einem düsteren Blick, den er sich für die Geschäftsstunden angewöhnt hatte.

„O ja.“

„Nehmen Sie, bitte, Platz, Mr. Pole. Ich stehe gleich zu Ihrer Verfügung.“

Den ganzen Morgen hatte er nun auf Mr. Pole gewartet, und der Firmenaufdruck auf dem Brief, den Mr. Pole ihm geschrieben hatte, war Veranlassung zu kühnsten Träumen gewesen.

Schiffe ... Dampfer ... Hausflagge ... die goldenen Uniformknöpfe der Schiffsoffiziere ...

Mit einer Handbewegung lud er Fred zum Sitzen ein, und als dieser Platz genommen hatte, schrieb er wie besessen. Diese plötzliche, eilige Tätigkeit war eine Erscheinung, die mit der Ankunft seines Besuches zusammenfiel. Daran war teils seine Nervosität, teils auch der Umstand schuld, daß ihm Fremde unsympathisch waren. Mit großer Eile beendete er seine Arbeit, löschte das Papier ab und steckte es in einen Briefumschlag, fügte die Adresse hinzu und legte den Brief auf den Schreibtisch. Dann nahm er wieder die Visitenkarte in die Hand und sah sie an.

„Mr. Pole?"

„Mr. Pole!" wiederholte der fremde Herr.

„Mr. Fred Pole?" fragte Bones mit einigem Erstaunen.

„Mr. Fred Pole!" bestätigte der andere.

Bones schaute von der Visitenkarte zu dem Besucher, als ob er seinen Augen nicht trauen könne.

„Ich habe von Ihnen einen Brief bekommen", sagte er und suchte auf dem Schreibtisch. „Ah, hier ist er." Es lag nur das eine Papier auf dem großen Tisch. „Ja, ich freue mich sehr, Sie zu sehen."

Er stand auf und schüttelte dem anderen feierlich die Hand. Darauf setzte er sich wieder und hustete. Dann nahm er seinen Elfenbeinbrieföffner, kaute daran, hustete wieder, als er entdeckte, daß er etwas Unschickliches tat, und legte den Brieföffner geräuschvoll auf den Tisch.

„Ich hatte mir vorgenommen, Sie zu besuchen, Mr. Tibbetts", sagte Fred liebenswürdig. „Wir stehen, wenn ich so sagen darf, in geschäftlicher Verbindung."

„So – tatsächlich?"

„Sehen Sie, Mr. Tibbetts", fuhr Fred mit einem traurigen Lächeln fort. „Ihr verehrter verstorbener Onkel verkaufte uns seine Schiffe, bevor er sich vom Geschäft zurückzog. Einen Monat später starb er."

Er seufzte und Bones seufzte auch.

„Ihr Onkel war ein großer Mann, Mr. Tibbetts, einer der größten Geschäftsleute in dieser kleinen City – was für ein Mann!"

„Ja!" sagte Bones und schüttelte traurig den Kopf.

Er hatte seinen Onkel niemals gesehen und nur selten von ihm gehört. Saul Tibbetts war als Geizhals bekannt, und seine Sprache war derartig rauh gewesen, daß man den Knaben Augustus unweigerlich und eilig in das Kinderzimmer brachte, wenn der alte Onkel Saul die Familie besuchte, was allerdings nur selten vorkam. Bones hatte nun das ganze große Erbe angetreten und wußte selbst nicht, wie. Es erschien ihm alles wie ein Traum, aus dem er noch nicht ganz erwacht war.

„Ich muß gestehen, Mr. Tibbetts, daß ich mir oft Gewissensbisse wegen Ihres Onkels gemacht habe. Schon öfters wollte ich zu Ihnen kommen, um mit Ihnen zu sprechen. Heute morgen sagte ich zu meinem Bruder: ‚Joe, ich werde hingehen und Tibbetts besuchen' – verzeihen Sie mir diese Freiheit – aber wir sprechen immer so, wenn wir von den Rothschilds und den Morgans sprechen, ohne daß wir Titulaturen hinzufügen."

„Natürlich, selbstverständlich!" murmelte Bones.

„... ich werde Tibbetts besuchen und werde mir einmal die Sache vom Herzen reden", sagte ich. „Wenn er diese Schiffe zu dem Preise zurückhaben will, den wir dafür gezahlt haben, und selbst für weniger, dann soll er sie bekommen. ‚Fred', sagte er, ‚für einen Geschäftsmann bist du zu feinfühlig.' ‚Joe', entgegnete ich, ‚mein Gewissen arbeitet auch während der Geschäftsstunden.'"

Bones schien zu verstehen und strahlte.

„O ja, mein lieber, alter Pole", sagte er munter. „Ich verstehe, Sie haben meinen lieben, alten Onkel beschwindelt, Sie haben ihm Geld abgenommen und das wollen Sie jetzt zurückzahlen."

Bones erhob sich und streckte seine knochige Hand aus.

„Sie sind ein netter, alter Sportsmann, Sie können das Geld hier auf den Tisch legen."

„Was ich sagen wollte" – begann Fred etwas erregt.

„Kein Wort weiter – wir wollen eine Flasche zusammen trinken. Was darf ich Ihnen anbieten, Ginger-Ale oder Apfelwein?"

Fred unterdrückte mühsam ein Lachen.

„Warten Sie, warten Sie, Mr. Tibbetts", bat er. „Ich muß Ihnen doch alles erst erklären. Natürlich haben wir Ihren Onkel nicht wissentlich beraubt –"

„Nein, natürlich nicht", sagte Bones und verzog einen Augenblick lang das Gesicht. „Wir Geschäftsleute berauben niemals jemand! Ali, bringe die Getränke!"

„Wir beraubten ihn nicht bewußt", fuhr Mr. Fred verzweifelt fort, „aber wir – hören Sie mein Geständnis!"

„Sie haben etwas von ihm geborgt und haben es nicht zurückgezahlt – wie leichtfertig! Her mit dem Korkenzieher, Ali! Was darf es sein – Sodawasser oder was Alkoholisches?"

Mr. Fred betrachtete den jungen Mann ernst und lange.

„Mr. Tibbetts", sagte er und ergriff schnell Bones' Hand. „Ich hoffe, daß wir Freunde werden. Ich mag Sie. Das ist meine Besonderheit – ich mag die Leute, oder ich mag sie nicht. Um aber wieder auf die Sache zurückzukommen. Wir kauften von Ihrem Onkel zwei

Schiffe für hundertvierzigtausend Pfund, als wir wußten – ja, wir wußten es ganz bestimmt, daß sie mindestens zwanzigtausend Pfund mehr wert waren – jetzt, nachdem ich Ihnen das gesagt habe, fühle ich mich glücklicher.“

„Zwanzigtausend Pfund mehr wert“, sagte Bones nachdenklich.

Die Vorsehung arbeitete für ihn.

„Wenn es das Geld eines andern gewesen wäre, hätte ich mich nicht darum gekümmert“, sagte Fred kühn. „Aber fragen Sie Cole – er ist der beste Rechtsanwalt in dieser Stadt in Schiffsangelegenheiten –, fragen Sie meinen Bruder, der vermutlich die größte Schiffsautorität auf der ganzen Welt ist, oder – wozu andere fragen – fragen Sie sich selbst. Wenn Sie nicht der zweite Saul Tibbetts sind, wenn Sie nicht den Instinkt und das Auge und den Verstand eines Reeders haben – dann will ich nicht Fred Pole heißen!“

Er nahm seinen Hut auf und preßte die Lippen zusammen. Diese Grimasse und diese Geste sollten seine tiefste Überzeugung ausdrücken.

„Was sind sie heute wert?“ fragte Bones nach einerPause.

„Was sie heute wert sind?“ Mr. Fred runzelte die Stirn und schaute nachdenklich an die Decke. „Nun, was werden sie heute wert sein? Ich vergaß, wieviel ich auf sie verwandt habe – sie liegen jetzt im Dock.“

Nun zog auch Bones die Lippen zusammen.

„Sie liegen jetzt im Dock?“ sagte er. „Lieber, alter Fred Pole, Sie sind ein nettes, altes Idol! Beim Himmel, das ist nicht schlecht! ‚Pole‘ und ‚Idol‘; das reimt sich – haben Sie es bemerkt?“

Fred hatte es bemerkt.

„Es ist ausgezeichnet“, sagte Bones und schüttelte den Kopf. „Es ist ausgezeichnet, wie sich die Dinge entwickeln. Woher haben Sie gewußt, alter Landsmann, daß ich in das Schiffsgeschäft steigen wollte?“

Mr. Fred wußte nicht, daß Bones das beabsichtigte, aber er lächelte.

„Er ereignen sich wenig Dinge in der City, von denen ich nichts weiß“, gab er bescheiden zu.

„Die Tibbetts-Linie“, sagte Bones entschieden, „wird eine Hausflagge von roten und grünen Diagonalen haben – von Ecke zu Ecke. Ein gelber Anker in einer blauen Girlande in einer Ecke und der große Buchstabe T in der anderen.“

„Originell, sehr originell", sagte Fred bewundernd. „Woher haben Sie diese gute Idee?"

„Ich habe immer Ideen", gestand Bones errötend, „manchmal nachts, manchmal am Tage. Die Flotte" – Bones betonte das Wort und wiederholte es –, „die Flotte wird bestehen aus dem ‚Augustus' dem ‚Sanders', einem lieben, alten Freund von mir, der in Hindhead wohnt, der ‚Patricia', auch einer lieben, alten Freundin von mir, die auch in Hindhead wohnt, sogar in demselben Hause. Um die Wahrheit zu sagen, lieber, alter Fred, sie ist mit dem andern Schiff verheiratet. Und dann wird es den ‚Hamilton' geben, eine wertvolle, treue Seele, ein sehr, sehr, sehr alter, lieber Freund von mir, der in kurzer Zeit zurückkommt –"

„Wie wollen wir die Sache nun regeln, Mr. Tibbetts?" fragte Fred, der eine Verabredung zum Lunch hatte. „Würden Sie die beiden Schiffe zu dem Preise übernehmen, den wir Ihrem Onkel gegeben haben?"

Bones läutete.

„Ich bin ein Geschäftsmann, mein lieber, alter Fred", sagte er korrekt. „Die Zeit kehrt nicht wieder, wir wollen die Sache jetzt in Ordnung bringen!"

Mit dem „Jetzt" wollte er den Charakter des harten, unbeugsamen Geschäftsmannes zum Ausdruck bringen.

Fred kam in das Privatbüro von Pole & Pole, nachdem er in Gesellschaft gegessen hatte. Er strahlte vor Freude, und seine Züge waren von einem wunderbaren Frieden verklärt.

Aber Freds strahlende Miene war nichts gegen das Hochgefühl, das sich in Joes Gesicht spiegelte. Er wartete auf seinen Bruder und hatte sich so weit in seinem Sessel zurückgelehnt, daß die Spitze seiner Zigarre zur Decke zeigte.

„Nun, Fred, wie geht es dir?" Es war fast so wie der Wechselgesang in der Kirche.

„Sehr gut, Joe." Fred hängte seinen Regenschirm auf, den er unnötigerweise mitgenommen hatte.

„Ich habe die Feen verkauft."

Joe sagte es und Fred sagte es auch. Sie sagten es beide zusammen, und es war dasselbe siegesbewußte Trällern in ihren Stimmen. Und beide hörten im selben Augenblick auf, zu lächeln. „Du hast die beiden Schiffe verkauft?" sagten beide wieder zusammen. Es sah fast aus, als ob sie diese Szene seit Monaten eingeübt hätten, so genau sprachen sie im Chor.

„Warte ein wenig, Joe. Wollen wir die Sache einmal gründlich erörtern? Soviel ich verstanden habe, hast du mir die Angelegenheit überlassen?"

„Das stimmt, Fred. Aber ich war so versessen auf meine Idee, nämlich die Sache vor dir zu regeln, und dann bin ich ja auch gar nicht als Vertreter der Firma Pole & Pole zu ihm gegangen –"

„Zu ihm – zu wem?" fragte Fred und atmete schnell.

„Na, wie ist doch gleich sein Name – Bones!"

Fred nahm sein blauseidenes Taschentuch heraus und tupfte seine Stirne.

„Erzähle weiter, Joe!" sagte er traurig.

„Ich erwischte ihn gerade noch in dem Moment, als er zum Essen gehen wollte. Ich hatte die Firmenkarte von der United Merchant Shippers in sein Büro geschickt. Das ist ja auch unsere Firma, und ich habe kein Wort von Pole & Pole erwähnt."

„O nein, sicherlich nicht", sagte Fred.

„Und, mein Junge" – das war scheinbar Joes größter Trumpf, denn er sagte es mit großem Pathos –, „ich habe kein Wort über die Namen der beiden Schiffe in den Vertrag aufgenommen. Ich habe nur zwei Dampfer verkauft von so und so großer Tonnage und der und der Klasse –"

„Für wieviel hast du verkauft?"

Fred war doch etwas neugierig.

„Hundertzwanzigtausend!" rief Joe freudig. „Er gründet eine Flotte, wie er sagt, mit der er die Tibbetts-Linie eröffnen wird. Auch erzählte er mir, daß er diesen Morgen schon zwei Schiffe gekauft hätte."

Fred schaute nachdenklich zur Decke empor, bevor er sprach. „Joe, ist es ein fester Abschluß? Hast du die Sache schriftlich gemacht?"

„Ganz selbstverständlich", sagte Joe, wütend bei dem Gedanken, daß der andere ihm zutraute, einen so wichtigen Teil eines Kaufabschlusses unterlassen zu haben.

„Das habe ich auch getan. Jene beiden Schiffe, von denen er erzählte, daß er sie gekauft hat, waren die beiden Feen."

Es herrschte Totenstille im Büro.

„Nun wohl", meinte Joe nach einer Weile unbehaglich, „dann müssen wir eben noch ein paar Schiffe dazu besorgen –"

„Wo sollten wir die wohl herbekommen? Gestern hast du noch zugegeben, daß zwei solche Boote in der ganzen Welt nicht mehr aufzutreiben sind."

Wieder herrschte tiefes Schweigen.

„Ich glaubte, mein Bestes zu tun, Fred."

Der andere nickte.

„Aber wir müssen etwas unternehmen, wir können einem Mann nicht etwas verkaufen, was wir nicht haben. Joe, könntest du heute nachmittag nicht Golf spielen gehen, während ich versuchen will, die Sache in Ordnung zu bringen?"

Joe nickte und erhob sich feierlich, nahm seinen Regenschirm vom Ständer und seinen glänzenden Zylinder und verließ leise das Zimmer.

Von drei bis vier Uhr saß Mr. Fred Pole in tiefen Gedanken versunken, und schließlich schloß er mit einem schweren Seufzer seinen Kassenschrank auf, nahm sein Scheckbuch heraus und steckte es in die Tasche.

Bones war gerade dabei, fortzugehen, nachdem er mit dem Erfolg des heutigen Tages sehr zufrieden war, als Fred Pole gemeldet wurde.

Bones begrüßte ihn so herzlich wie einen Bruder, faßte ihn gleich beim Eingang an der Hand und führte ihn zu einem der bequemen Sessel.

„Das ist aber nett von Ihnen, lieber, alter Fred!" sagte er vergnügt. „Wirklich zu liebenswürdig. Man muß das Eisen schmieden, solange es warm ist, mein lieber, alter Schiffseigentümer. Ali, bringe mein Scheckbuch!"

„Nur einen kurzen Augenblick, Mr. Bones. Seien Sie nicht böse, daß ich Sie mit Ihrem Spitznamen nenne, der schon einen guten Klang in der City hat."

Bones schaute ihn zweifelnd von der Seite an.

„Persönlich ziehe ich allerdings Tibbetts vor", verbesserte sich Fred.

„Persönlich tue ich das auch", fügte Bones hinzu.

„Ich komme wegen eines merkwürdigen Irrtums", sagte Fred

mit so beschlagener Stimme, daß Bones aufschaute. „Tatsächlich, mein lieber Freund, ich –“

Er ließ den Kopf hängen, und Bones legte ihm voll Mitgefühl die Hand auf die Schulter.

„Jeder ist gezwungen, einmal den Weg zu gehen, mein lieber, alter Fred“, sagte Bones. „Was mich betrifft, so bin ich dem Alkohol nicht ergeben. Und ich habe Nerven wie Stahl und Eisen.“

„Ich muß mich tatsächlich vor Ihnen schämen“, gab Fred zu.

„Sie brauchen sich gar nicht vor mir zu schämen, mein armer, alter Trinker. Ich kann mich darauf besinnen, daß einmal –“

„Als ein ehrlicher Geschäftsmann, Mr. Tibbetts“, sagte Fred tapfer, „können Sie mir vergeben, wenn ich Gefühl habe?“

„Gefühl? Sie verrückter, alter Kerl. Ich bin ganz Gefühl, mein lieber, alter Freund. Ich weine mich jeden Abend in Schlaf, wenn ich die Bücher des alten Charles Dickens lese.“

„Ich tue es nur aus Gefühl“, sagte Fred gebrochen. „Ich kann es einfach nicht – ich kann mich von diesen beiden Schiffen nicht trennen, die ich Ihnen verkauft habe.“

„Wie?“

„Sie gehörten Ihrem Onkel. Aber mein Bruder und ich haben eine solche Anhänglichkeit an diese Schiffe, daß es profan wäre, darüber zu sprechen. Mr. Tibbetts, wir wollen das Geschäft annullieren.“ – Bones atmete schnell und rieb sich die Nase.

„Geschäft, mein lieber, alter Freund“, erwiderte er höflich, „bleibt Geschäft. Tragen Sie es standhaft wie ein Mann. So sagte der alte, ehrwürdige Francis Drake, als sie ihn beim Kricketspiel störten. – Aber Geschäft ist Geschäft, mein lieber Freund. Es würde mir ja ein großes Vergnügen sein, Sie mir zu Dank zu verpflichten, aber es geht nicht –“ Er schüttelte heftig den Kopf.

Mr. Fred holte langsam sein Scheckbuch heraus und legte es mit einem Seufzer auf den Tisch, wie jemand, der sein Testament machen will.

„Sie sollen nichts verlieren“, sagte er und schluckte, denn er war tatsächlich sehr betrübt. „Ich muß für meine Schwäche zahlen. Was meinen Sie zu fünfhundert Pfund?“

„Nun, was meinen Sie zu tausend, wenn die Sache so geregelt werden soll, Freddy? Ich bin wirklich sehr ärgerlich, daß Sie das Geschäft rückgängig machen wollen!“

„Siebenhundertfünzig!“ Er blinzelte Bones an.

„Also, nun schreiben Sie tausend, mein lieber Fred, ich kann die Fünfziger nicht so gut zusammenzählen!“

So wurde „in Anbetracht“, wie Fred schnell zu Papier brachte und Bones noch schneller unterschrieb, „gegen eine Abstandssumme von tausend Pfund der Vertrag zwischen usw. usw. annulliert“, und Fred wurde wieder Eigentümer der beiden Schiffe.

„Mein lieber, alter Fred“, sagte Bones, als er den Scheck in die Tasche steckte, „ich verstehe nicht – Offenheit ist von je ein Fehler von mir gewesen – viel von dem ganzen Schiffsgeschäft. Aber sagen Sie mir doch, mein netter, alter Geschäftsmann, warum verkaufen die Leute einem die Schiffe am Morgen und kaufen sie am Nachmittag wieder zurück?“

„Das ist eben das Geschäft, Mr. Tibbetts“, sagte Fred lächelnd. „Nichts weiter als Geschäft.“

Bones hatte sich den Finger mit Tinte beschmutzt und versuchte ihn mit dem Löscher zu reinigen.

„Ein ganz hübsches Geschäft für mich, mein lieber, alter Freund. Ich habe tausend Pfund von Ihnen bekommen und tausend Pfund von einem andern Herrn, der mir auch zwei Schiffe verkauft hat.“

„Ein anderer Herr?“ fragte Fred schwach. „Vielleicht jemand von der Firma United Merchant Shippers?“

„Ja, ja, diese Firma vertrat er.“

„Hat der auch sein Geschäft mit Ihnen aufgegeben?“

„Gewiß! Er war übrigens ein sehr netter, lieber Mensch! Er sagte, ich könnte ihn ruhig bei seinem Vornamen nennen! Der nette, alte Joe!“

„Der nette, alte Joe“, wiederholte Fred mechanisch, als er aus dem Büro ging. Und den ganzen Weg nach Hause sagte er noch: „Der nette, alte Joe!“

## II

### Der verborgene Schatz

Mrs. Staleybornes erster Gatte war ein Universitätsprofessor und ein Träumer. Ihr zweiter Mann hatte aber sein Leben als Zauberkünstler begonnen und sich allmählich durch natürliche Veranlagung zum Teilhaber einer kleinen Winkelbank heraufgearbeitet.

Als Mrs. Staleyborne noch Miss Clara Smith hieß, war sie die Haushälterin des Mr. Whitland, eines Gelehrten der Biologie, der eines Tages ihre Unentbehrlichkeit entdeckte und nur wenig an die gesellschaftliche Kluft dachte, die zwischen dem jüngsten Sohn des verstorbenen Lord Bortelydine und der einzigen Tochter des Mechanikers Albert Edward Smith lag. Für den Professor war sie Miss Homo sapiens, ein hübscher, federnloser Zweisohlengänger des Geschlechtes Homo. Sie hatte ein häusliches Wesen und konnte kochen wie ein Engel. Die hübsche Frau wußte offenbar niemals, wie ihr Gatte mit Vornamen hieß, denn sie nannte ihn bis zu seinem Todestage Mr. Whitland.

Nach ihrer Verheiratung wurden ihre Beziehungen zueinander enger, als sie einem kleinen Töchterchen das Leben schenkte, und sie steigerten sich noch, als diese Tochter heranwuchs. Marguerite Whitland hatte die geistige Veranlagung ihres Vaters und jene Anmut und wunderbare Schönheit geerbt, die von jeher die Frauen des Hauses Bortelydine auszeichneten. Als Professor Whitland starb, betrauerte ihn seine Frau in aller Anhänglichkeit, aber sie fühlte sich doch erleichtert. Die Hälfte der Last, die auf ihr ruhte, war von ihr genommen. Ihre Tochter war damals Schülerin des bekannten Cheltenham College und mühte sich ab, den binomischen Lehrsatz zu lernen.

Als Mrs. Whitland zwölf Monate Witwe war, machte sie in einem Sanatorium in Harrogate die Bekanntschaft des Mr. Cresta Morris. Und wenn man die Wahrheit sagen soll, so erfüllte er ihre Vorstellung von einem liebenswürdigen Mann mehr als der verstorbene Professor. Mr. Cresta Morris trug weiße Kragen und wunderschöne Krawatten, und eine goldene Uhrkette hing über seiner Phantasieweste. Er rauchte große Zigarren, hatte ein offenes und herzliches Wesen und sprach mit der Witwe in einer Sprache, die sie verstand. Es kam ihr dunkel zum Bewußtsein, daß der Professor niemals so zu ihr gesprochen hatte.

Mr. Cresta Morris verfügte über einen Wortschatz von etwa tausend Worten, mit denen Mrs. Whitland gut vertraut war. Auch war er ein Mann, der Einkommen und Vermögen hatte, wie er ihr erklärte. Sie gab Vertrauen gegen Vertrauen und erzählte von ihrem Haus in Cambridge, von ihrer Einrichtung, der großen Bibliothek und der jährlichen Rente von dreihundert Pfund, die von Professor Whitland für die Erziehung seiner Tochter bestimmt war und zu diesem Zweck an die Witwe ausgezahlt wurde. Auch teilte sie ihm mit, daß sie ein Vermögen von viertausenddreihundert Pfund besaß, das in Kriegsanleihe angelegt war und über das sie ohne Einschränkung verfügen konnte.

Mr. Cresta Morris wurde noch freundlicher als vorher. Nach drei Monaten heirateten sie, und sechs Monate später war das alte Haus in Cambridge verkauft und die Bibliothek in alle Winde zerstoben. Alles, was Mr. Morris für altmodisch hielt, wurde veräußert, und der Rest der Einrichtung in ein schönes, ansehnliches Haus in Brockley gebracht, das in mancher Beziehung nach der Ansicht der Mrs. Morris hübscher als das planlos gebaute, alte Gebäude in Cambridge war. Sie fühlte sich glücklich und lebte, obwohl sie nicht wußte, wie ihr Mann seinen Lebensunterhalt verdiente, zufrieden, ohne um eine Aufklärung zu bitten.

Sie holte Marguerite von Cheltenham zurück, damit sie ihr in dem neuen Haushalt helfen sollte. Aber ihre Tochter teilte ihre Ansicht über Mr. Cresta in keiner Weise.

An einem Sonnabend saß Mr. Morris mit zwei Freunden im Speisezimmer vor einem knisternden Kaminfeuer. Mrs. Morris war schon zu Bett gegangen, und Marguerite wusch das Geschirr, denn ihre Mutter konnte keinen Dienstboten um sich leiden.

Geschirrklappern unterbrach Mr. Morris gerade bei einem wichtigen Punkt seiner Erzählung. Er wandte den Kopf.

„Das ist das Mädchen – sie ist schon ziemlich erwachsen."

„Das beste wäre, wenn du sie verheiratetest", sagte Job Martin. Er hatte ein scharfgeschnittenes Gesicht und war dafür bekannt, daß er praktisch und klug handelte. Er stand auch noch in einem anderen Ruf, der hier aber nicht näher erwähnt werden soll.

„Verheiraten?" sagte Mr. Morris ärgerlich, „ach nein." Er blies die dicken Rauchwolken seiner Zigarre zur Decke. „Sie ist nicht zum Abendbrot gekommen, habt ihr das bemerkt? Wir sind ihr nicht gut genug. Sie treibt sich im ganzen Haus herum – überall steckt sie ihre Nase hinein und schnüffelt uns nach."

„Schicke sie doch wieder in die Schule zurück", meinte Mr. Timothy Webber, ein Mann von fünfundfünfzig Jahren mit breiten Schultern und glattrasiertem Kinn. Er hatte sich schon in vielen Berufen betätigt und war der Kriminalpolizei nicht unbekannt. Mr. Morris hatte ihn in einer Reisegesellschaft kennengelernt.

„Wir hätten sie gut brauchen können", fuhr Mr. Morris bedauernd fort, „sehr schade. Sie ist bildhübsch, das gebe ich gerne zu. Nun nehmen wir einmal an, sie –"

Webber schüttelte den Kopf.

„Wir machen es, wie ich vorgeschlagen habe, oder gar nicht. Ich habe diesen Menschen nun einen ganzen Monat lang studiert, und ich sage euch, ich kenne ihn in- und auswendig!"

„Hast du ihn aufgesucht?" fragte der zweite.

„Bin ich denn verrückt?" fragte Webber. „Ich habe ihn natürlich nicht besucht – es gibt doch noch andere Wege, etwas ausfindig zu machen. Er gehört nicht zu den Leuten, die man mit einer Frau fangen kann, selbst wenn sie noch so hübsch ist."

„Wie nennen Sie ihn doch gleich?" fragte Morris.

„Bones!" Webber grinste. „Wenigstens bekommt er Briefe mit der Überschrift: ‚Mein lieber Bones!', so daß ich vermute, daß er diesen Spitznamen hat."

„Er hat sehr viel Geld und steckt voll von verrückten Plänen. Außerdem ist er romantisch."

„Was wollen wir mit Romantik anfangen?" fragte Job Martin.

Webber wandte sich mit einem verzweifelten Achselzucken an Morris.

„Na, wenn ein Mann nur ein Körnchen Verstand hat –"

Job Martin brauste auf, aber Morris brachte ihn mit einer Handbewegung zum Schweigen.

„Ich verstehe den Plan – das genügt."

Er verfiel wieder in Grübeln und kaute an seiner Zigarre.

„Ich wünschte, das Mädchen wäre dabei", sagte er und schüttelte den Kopf. – „Warum?" fragte Webber neugierig.

„Weil sie" – er zögerte –, „ich weiß nicht, was sie über mich erfahren hat. Ich vermute wohl, was sie von mir denkt, ich würde sie aber gerne in eine solche Sache verwickelt sehen, hm – hm –“ Es fehlte ihm das Wort.

„Um sie zu kompromittieren?“ ergänzte der belesene Webber.

„Ja, das meine ich. Ich möchte, daß es so weit kommt.“ Dabei setzte er seinen Daumen mit einer ausdrucksvollen Geste auf den Tisch.

Marguerite stand draußen vor der Tür, hielt den Griff in der Hand und überlegte, ob sie den heißen Kessel mit Grog hineinbringen sollte, den Mr. Morris bestellt hatte. Sie stand still und horchte.

Die Häuser in Brockley waren schnell gebaut worden und deshalb besonders hellhörig. Sie stand eine ganze Viertelstunde, während sich die drei Männer drinnen unterhielten, und alle Zweifel, die sie noch über die Art der Geschäfte ihres Stiefvaters hegte, wurden dadurch zerstreut.

Der alte Kampf zwischen der Anhänglichkeit an ihre Mutter und ihrem eigenen Lebensplan und ihren eigenen Ideen begann wieder. Sie hatte in den letzten zwölf Monaten eine Hölle durchgemacht und sich immer wieder vorgenommen, ein solches Leben nicht weiterzuführen. Nur das Mitleid, das sie für ihre hilflose Mutter empfand, hielt sie davon ab, das Haus zu verlassen. Sie hatte sich schon hundertmal gesagt, daß ihre Mutter in ihrer ruhigen, stillen Weise mit ihrem Los zufrieden sei und daß es eher eine Erleichterung als einen Kummer für sie bedeuten würde, wenn die Tochter wegginge. Jetzt zögerte sie nicht länger. Sie eilte zur Küche zurück, nahm ihre Schürze ab, ging dann die Treppe zu ihrem Zimmer hoch und packte ihre Sachen.

Ihrer Mutter standen Unglück und herbe Enttäuschung bevor. Dieser Mann hatte ihr den letzten Shilling, den sie besaß, abgenommen und ihn in seine eigenen nichtswürdigen Geschäfte gesteckt. Marguerite hatte eine unklare Vorstellung, die später greifbare Gestalt annahm, daß sie wenigstens etwas von ihrem eigenen kleinen Vermögen retten müsse, wenn sie ihre Mutter nicht vor dem unvermeidlichen Zusammenbruch bewahren konnte. Deshalb kümmerte sie sich um alles und entdeckte, daß ihr Stiefvater schon jahrelang nur mit knapper Not dem Zugriff der Polizei entgangen war. Eines Tages würde man ihn doch fassen, und er mußte dann auch ihre Mutter in seinen Sturz mitreißen.

Mr. Cresta Morris war mit einem großen Plan beschäftigt, aber das Ausbleiben der Getränke erinnerte ihn daran, daß eine seiner Anordnungen nicht ausgeführt worden war.

„Wartet einmal einen Augenblick! Ich habe dem Mädchen doch gesagt, daß sie den Kessel mit Grog um halb zehn bringen soll. Ich werde hinausgehen und ihn holen. Wie ich vermute, will sich Ihre Königliche Hoheit nicht herablassen, ihn selbst zu bringen."

Er fand den Kessel auf dem Küchentisch, aber Marguerite war nicht da. Das war der Höhepunkt all ihrer Vernachlässigungen, die sie ihm angetan hatte. In seinem Ärger lief er den Gang entlang und rief mit lauter Stimme ihren Namen die Treppe hinauf.

Es kam keine Antwort, und er eilte in ihr Zimmer. Es war leer. Noch augenfälliger war es, daß ihre Kleider und alle Kleinigkeiten, die sonst ihren Toilettentisch zierten, verschwunden waren.

Als er wieder herunterkam, war er in Gedanken versunken.

„Sie ist fortgegangen", sagte er einsilbig. „Das habe ich schon immer befürchtet."

Es dauerte eine ganze Stunde, bis er wieder so weit war, daß er sich auf den faszinierenden Plan konzentrieren konnte und selbst die Flucht seiner Stieftochter im Augenblick vergaß.

Am folgenden Morgen erhielt Mr. Tibbetts Besuch.

Er saß in seinem prachtvoll ausgestatteten Privatbüro und mühte sich ab, einen Brief an die bedeutende Firma Timmins & Timmins, Agenten für Makler und Jachten, zu verfassen. Das Schreiben betraf einen unglücklichen Kauf, den er gemacht hatte.

„Sehr geehrte Herren", begann der Brief, „ich habe Ihnen doch tausendmal gesagt, daß der Verkauf der Jacht Luana, die ich von Ihrem Klienten übernommen habe (ein netter Klient, muß ich schon sagen!), Betrug und Schwindel ist. Sie ist viel zu schwerfällig. Zweitausend Pfund für so ein Ding zu verlangen, ist eine ausgekochte Schiebung. Nun gut, ich habe sie jetzt, und es hat keinen Zweck, über saure Milch ein großes Geschrei zu erheben. Aber ich möchte Sie doch bitten, als Verkäufer von Jachten dafür zu sorgen, daß ich sie wieder loswerde. Verkaufen Sie sie an irgend jemand, selbst für tausend Pfund. Ich war nicht ganz bei Verstand, als ich die Jacht übernahm, aber der Mensch hat mir alles so überzeugend eingeredet . . ."

Dies und mehr schrieb er, als die silberne Glocke einen Besuch meldete. Es hatte schon sehr lange geklingelt, als ihm zum Bewußtsein kam, daß er seinen Diener Ali zur Erholung an die Südküste geschickt hatte, um die Nachwirkungen einer heftigen Erkältung auszukurieren. Die Trennung war für beide sehr unangenehm. Viermal läutete die Glocke, und viermal hob Bones den Kopf, blickte schmollend zu der Tür und murmelte heftige Worte gegen Ali, der augenblicklich hundertfünfzig Kilometer von ihm entfernt war.

Dann erhob er sich plötzlich, eilte zur Tür, riß sie weit auf und rief ärgerlich:

„Herein! Was zum Teufel stehen Sie da draußen?“

Dann starrte er auf den Besuch, erschrak, wurde sehr rot, erschrak noch einmal und klemmte sein Monokel ins Auge.

„Treten Sie, bitte, näher, meine Dame –“, sagte er verwirrt. „Die nette, alte Glocke ist nicht in Ordnung. Es tut mir furchtbar leid und so weiter. Wollen Sie, bitte, Platz nehmen?“

Im äußeren Büro war kein Stuhl sichtbar. Ali zog es immer vor, auf dem Fußboden zu sitzen, und die Besucher wurden auf diese Weise nicht ermutigt zu bleiben.

„Bitte, kommen Sie in mein Privatbüro“, sagte Bones. „In mein Privatbüro.“

Die junge Dame musterte ihn mit einem schnellen Blick, und ein flüchtiges Lächeln zitterte noch auf ihren Lippen, als sie dem bestürzten Bones in sein Allerheiligstes folgte.

„Das ist meine kleine Höhle – bitte, nehmen Sie doch Platz, mein nettes, altes – Verzeihung, junges Fräulein. Setzen Sie sich, bitte, in meinen Sessel – er ist der beste. Geben Sie aber acht, wenn Sie über den Telefondraht steigen.“

Sie hatte aber glücklich ihre Füße schon in den Draht verwickelt, und er eilte ihr zu Hilfe.

„Hoppla, meine liebe, alte – junge Dame, meine ich!“

Es war eine etwas atemlose Begrüßung. Sie war sehr erstaunt über den warmen Empfang. Aber er sah nur ihre grauen Augen, ihren wunderschönen Mund und fühlte nichts als den zarten Duft ihrer feenhaften Gegenwart.

„Ich bin gekommen, um Sie zu sprechen“, begann sie.

„Das ist äußerst liebenswürdig von Ihnen“, sagte Bones begeistert. „Sie glauben gar nicht, wie fürchterlich einsam ich mich fühle.

Ich sage öfters zu den Leuten: Besuchen Sie mich doch einmal in der Zeit zwischen zehn und zwölf oder zwei und vier – genieren Sie sich nicht –"

„Also ich bin gekommen, um Sie zu sprechen."

„Sie sind eine liebenswürdige, junge Dame", lächelte Bones. „Sie sind nicht gewöhnt, Damenbesuch in diesem Hause zu empfangen?"

„Sie sind die erste, die jemals hierher kam", sagte er mit pathetischer Geste.

Sie glaubte, daß ihr Besuch falsch aufgefaßt werde, und das vergrößerte ihre Verlegenheit noch.

„Ich bin gekommen, um eine Stellung zu suchen", sagte sie verzweifelt.

Er schaute sie groß an und klemmte sein Monokel ins Auge.

„Sie sind gekommen, um eine Stellung zu suchen, mein liebes, nettes, junges Fräulein?"

„Ja – deshalb bin ich gekommen."

Bones' Gesicht wurde sehr ernst.

„Sie wollten eine Stellung annehmen?" Er dachte einen Augenblick nach. „Was für eine Stellung? Aber natürlich", fuhr er dann aufgeregt fort, „hier gibt es furchtbar viel Arbeit, glauben Sie mir. Sie wissen gar nicht, was ich alles hier in meinem Sanktum erledigen muß – das ist nämlich der lateinische Name für Privatbüro. Und das verdammte alte Büro ist niemals sauber – niemals! Ich denke schon ernstlich daran" – er legte die Stirn in Falten –, „ich denke sehr ernst darüber nach, die Frau, die hier Staub wischt, zu entlassen. Also heute morgen –"

Ein Lächeln blitzte in ihren Augen auf. So erschien sie Bones übermenschlich schön.

„Aber ich bin wirklich nicht hierhergekommen, um Staub zu wischen!"

„Natürlich sind Sie nicht deswegen gekommen." – Bones bekam einen Schreck. „Meine liebe, alte Dame – meine hochverehrte, junge – Dame – natürlich sind Sie nicht deshalb gekommen. Sie sind gekommen, damit ich Ihnen eine Stellung gebe – Sie sind gekommen, um hier zu arbeiten! Nun wohl, Sie sollen Arbeit haben. Fangen Sie nur gleich an!"

Sie schaute ihn groß an. „Was soll ich denn tun?"

„Ja, was würden Sie denn gerne tun? Was denken Sie über Pläne ausarbeiten? Dazu braucht man Verstand, Initiative und klare, kluge Gedanken –“ Er hörte sofort auf, als er sah, daß sie den Kopf schüttelte.

„Brauchen Sie nicht eine Sekretärin?“ fragte sie. Bones' Begeisterung stieg auf den Siedepunkt.

„Ja, das ist das Richtige – ich habe heute morgen eine Annonce in der Times – haben Sie die vielleicht gelesen?“

„Sie sagen nicht die Wahrheit!“ Sie sah ihn bei diesen Worten ruhig an. „Ich habe alle Anzeigen in der Times heute morgen durchgelesen, und ich bin sicher, daß Sie keine eingesetzt haben.“

„Aber ich wollte eine einsetzen!“ behauptete Bones. „Gestern abend hatte ich wenigstens die feste Absicht. Hier ist das Papier, auf das ich die Annonce schreiben wollte.“ Er zeigte auf ein Blatt, das vor ihm auf der Tischplatte lag. „Eine Sekretärin – ja, richtig – lassen Sie mich einmal nachdenken!“

Er stützte das Kinn in die Hand und legte den Ellbogen in die andere.

„Da brauchen Sie also Papier, Federn und Tinte – das haben wir alles – wir haben sogar einen großen Vorrat im Schrank. Dann brauchen Sie auch noch einen Gummi – ich bin nicht sicher, ob wir einen Gummi haben, aber den können wir leicht besorgen. Und ein Lineal“, sagte er, „um gerade Linien zu ziehen, und all so was –“

„Und eine Schreibmaschine –“

Bones schlug sich unnötig heftig auf die Stirne.

„Eine Schreibmaschine! Ich wußte doch, daß in diesem Büro noch etwas fehlt. Ich habe Ali gestern gesagt –“

„Ach, Sie haben schon ein Mädchen engagiert?“ fragte sie enttäuscht.

„Ali ist der Name eines eingeborenen Dieners, der mir mit Leib und Seele ergeben ist. Er ist sozusagen schon seit Jahren in der Familie.“

„Oh, es ist ein Mann?“

Bones nickte.

„Ali, A-l-i – es ist nämlich Arabisch!“

„Ein Eingeborener?“

Bones nickte wieder.

„Aber er wird Ihnen nicht im Wege sein“, beeilte er sich zu erklären. „Er ist augenblicklich in Bournemouth, er ist schwer erkältet. Und dann pflegt er zu schlafen und zu schnarchen. Ich hasse Leute, die schnarchen. Sie nicht auch?"

Sie mußte lachen. Das war der netteste und lustigste Chef, den sie sich vorstellen konnte.

„Natürlich schnarche ich auch etwas – alle großen Denker tun das – ich meine, alle Kopfarbeiter. Schnarchen Sie nicht auch ein wenig?"

„Danke, nein."

Andere Firmeninhaber und deren Angestellte, die das palastähnliche Gebäude bevölkerten, in dem das Büro von Bones lag, sahen einige Minuten später einen jungen Mann ohne Hut die Treppe hinuntersausen. Er nahm drei Stufen auf einmal. Nach einer halben Stunde keuchte er dieselbe Treppe wieder empor und schleppte in der einen Hand eine teure Schreibmaschine und in der anderen einen kostbaren Louis XV.-Stuhl.

„Ich muß Ihnen gestehen, daß ich noch nicht sehr schnell stenografieren kann."

„Stenografieren ist ganz unnötig, meine liebe, nette Stenografin", sagte Bones entschieden. „Ich bin im Prinzip überhaupt gegen Stenografieren und werde immer dagegen sein."

„Einen Augenblick, Mr. Tibbetts", sagte sie. „Ich kann auch noch nicht sehr viel Maschine schreiben."

„Da kann ich Ihnen helfen." Bones strahlte. „Selbstverständlich ist es nicht notwendig, daß Sie alles wissen, was das Maschineschreiben angeht, aber ich kann Ihnen einige Winke geben. Wenn Sie dieses Ding auf und ab drücken, dann läuft das Ding da oben entlang. Und jedesmal, wenn Sie auf diese Buchstaben tippen – ich will es Ihnen mal zeigen ... Nehmen wir einmal an, ich will ‚Sehr geehrter Herr' schreiben, dann muß ich mit einem großen ‚S' anfangen. Nun, wo ist denn dieses nette große S?" Er schaute düster auf die Tastatur, schüttelte den Kopf und zuckte die Schultern. „Ich dachte es mir ja, auf der Schreibmaschine gibt es kein großes S. Ich dachte mir schon gleich, daß diese böse, alte Schreibmaschine –"

„Hier ist das große S!" Sie zeigte es ihm.

Bones verbrachte einen angenehmen Vor- und Nachmittag. Er war schon fast bei seiner Wohnung in der Curzon Street angekommen, als ihm plötzlich einfiel, daß er die wichtigste Frage, ihr

Gehalt, nicht geregelt hatte. Aber er freute sich auf den nächsten schönen Morgen, wo er diesen Fehler wieder gutmachen konnte.

Bones hatte die Gewohnheit, mindestens an drei Abenden in der Woche lange im Büro zu bleiben, denn er war begeistert von seinem neuen Beruf.

„Schemes Ltd." war kein leerer Titel. Bones hatte wirklich Pläne, die jedes Gebiet der Industrie, philantropische Dinge und soziale Tätigkeit betrafen. Er hatte Pläne, Häuser zu errichten und Rosenhecken den Eisenbahnstrecken entlang zu pflanzen, er wollte Automobile bauen, Arbeiterkolonien gründen, die Energie von Flut und Ebbe ausnützen. Er wollte ein Theater schaffen, wo das ganze Auditorium auf einer großen Drehscheibe saß, die man am Ende eines Aktes, ohne die Besucher des Theaters zu belästigen, herumdrehte, so daß sie auf die hinter ihnen aufgebaute zweite Bühne sehen konnten. Der letzte Verkehrsstreik hatte ihn geärgert, weil er ihm viele Unannehmlichkeiten verursachte, und er saß nun eine ganze Nacht und arbeitete einen Plan aus, wie die Stadt von sich aus diesen Mißständen abhelfen könnte.

Er war so in seine Pläne und Berechnungen vertieft, daß er lange Zeit die erregten Stimmen vor seinem Privatbüro gar nicht hörte.

Aber plötzlich wurde der Lärm draußen derartig laut, daß selbst er ihn bemerkte. Ärgerlich schaute er von seiner Arbeit auf.

„Zu dieser Nachtstunde ... Das ist doch unglaublich ... In einem so vornehmen Hause!"

Seine abgerissenen Ausrufe wurden von der Schlägerei unterbrochen. Er hörte Flüche, dann polterte etwas, und es gab ein furchtbares Krachen an seiner Tür. Er vernahm ein Seufzen, sprang hoch und riß die Tür auf.

Dabei fiel ein Mann, der von außen dagegen lehnte, in das Zimmer herein.

„Schließen Sie schnell!" keuchte er, und Bones gehorchte.

Der Besucher, der unter so merkwürdigen Umständen in Bones' Büro gekommen war, trug rauhe Seemannskleidung. Er war ein Mann mittleren Alters, seine Mütze war mit Staub bedeckt.

Der Fremde griff nach seinem linken Arm, als ob er große Schmerzen fühlte. Eine dünne rote Spur lief auf dem Rücken seiner dicken Hand herunter.

„Setzen Sie sich, mein netter, alter Seemann!" sagte Bones besorgt. „Was ist mit Ihnen los? Was bedeutet denn der ganze Spektakel, Sie alter Seebär?"

Der Mann schaute ihn mit einem breiten Grinsen an.

„Sie hätten mich beinahe gekriegt, die Schweine!"

Er schlug seinen Ärmel zurück und band sein Taschentuch um einen roten Flecken. Dann lachte er in sich hinein.

„Es ist nur ein Kratzer – sie sind zwei Tage hinter mir her gewesen, Harry Weatherall und Jim Curtis. Aber Recht bleibt Recht auf der ganzen Welt. Ich habe gerade genug ausgehalten, um endlich das zu bekommen, was mir zusteht. Habe auf der hohen See gehungert – und habe auf Lomo Island gehungert – und ich soll noch mit denen teilen?"

Bones schüttelte den Kopf.

„Setzen Sie sich erst einmal, mein netter, alter Kerl", sagte er mitleidig.

Der Mann steckte die Hand umständlich in seine innere Tasche und zog einen flachen, in Öltuch eingeschlagenen Kasten heraus, aus dem er ein altes, oft gefaltetes Stück Papier nahm.

„Ich kam in dieses großes Gebäude, um einen Gentleman aufzusuchen – einen Gentleman mit Namen Tibbetts."

Bones wollte seinen Mund schon öffnen und sprechen, aber er schwieg still.

„Ich und Jim Curtis und der junge Harry, wir waren zusammen auf der ‚Serpent Queen'. Ich heiße Dibbs. Da haben wir zuerst Wind von Lomo Island bekommen, obwohl wir nicht glaubten, daß etwas Wahres an der Geschichte sei. Aber als Dago starb –"

„Welcher Dago?" fragte Bones.

„Dago, der alles darüber wußte", sagte Mr. Dibbs ungeduldig. „Als wir seine Sachen durchsuchten, fand ich das." Er schüttelte den Kasten vor Bones' Gesicht. „Nun gut, wir kamen nach Sidney, ich desertierte und überredete einen Mann aus Wellington, mir Geld zu borgen. Ich mietete ein Boot nach Lomo – und dann hatten wir Schiffbruch auf Lomo."

„So, sind Sie dorthin gegangen?" sagte Bones mitfühlend.

„Sechs Wochen war ich auf Lomo. Hatte nichts zu essen als Krabben und nichts zu trinken als Regenwasser. Aber es hatte schon seine Richtigkeit, nur" – er sprach zu theatralisch für einen einfachen Seemann – „war es nicht unter dem dritten, sondern unter dem vierten Baum. Ich stieg in die erste Grube hinunter, und es war so viel, daß ich zu tun hatte, es herauszuheben. Ich konnte keinem der Kanaka-Leute trauen, die bei mir waren.“

„Natürlich – und ich will wetten, daß sie Ihnen auch nicht getraut haben, die nichtswürdigen, alten Kanakas.“

„Sehen Sie.“ Mr. Dibbs nahm aus seinem Kasten eine Handvoll Goldmünzen, die die Porträts fremder Königinnen und Könige trugen. „Das ist spanisches Gold, davon waren viertausend in dem Kasten. Ich füllte meine beiden Taschen und nahm sie nach Sidney mit, als wir von einem dort landenden Schiff aufgenommen wurden. Ich machte in Australien keinen Versuch, das nötige Geld zur Hebung des Schatzes zusammenzubringen. ‚Das Gold wird dableiben‘, sagte ich zu mir. ‚Ich will nach England gehen und einen Mann suchen, der eine Expedition ausrüstet‘ – einen Gentleman, verstehen Sie?“

„Ich verstehe vollkommen.“ Bones zitterte vor Aufregung.

„Und dann traf ich Harry und Jim. Sie sagten, sie hätten jemand, der das Geld gebe – einen Amerikaner, Rockefeller. Haben Sie schon von dem gehört?“

„Ja – er hat ein Paraffinbergwerk.“

„Mag sein, mag auch nicht sein.“ Mr. Dibbs erhob sich. „Nun, mein Herr, ich bin Ihnen sehr verbunden für Ihre Liebenswürdigkeit. Wenn Sie mir jetzt vielleicht noch das Büro von Mr. Tibbets zeigen könnten –“

Es war ein dramatischer Augenblick.

„Ich bin selbst Mr. Tibbetts“, sagte Bones schlicht.

Mr. Dibbs sah ihn ungläubig an.

„Sie? Ich dachte, Mr. Tibbetts sei ein älterer Herr?“

„Mein lieber Schatzfinder, seien Sie überzeugt, ich bin Mr. Tibbetts. Dies ist mein Büro und dies ist mein Schreibtisch. Die Leute denken, daß ich älter bin, weil –“ Er lächelte ein wenig traurig, dann fuhr er fort: „Setzen Sie sich, wir wollen die Sache in aller Ruhe besprechen.“

Bones ging gleich auf seinen Plan los, und die Glocken der City schlugen eins, als er seinen neuen Freund auf die Straße brachte. Er kam am nächsten Morgen spät ins Büro, weil er jung und gesund war und tief in Morpheus’ Armen geruht hatte.

Das Mädchen mit den schönen grauen Augen tippte mit beachtenswerter Schnelligkeit die Briefe, die Bones ihr am vorigen Abend diktiert hatte. Ein Telegramm wartete auf ihn, und er las es mit großer Befriedigung.

„Unterbrechen Sie einmal Ihre Arbeit, meine liebe Sekretärin", sagte er bedeutungsvoll. „Ich habe eine Sache von größter Wichtigkeit mit Ihnen zu besprechen. Sehen Sie nach, ob alle Türen geschlossen sind. Schließen Sie alles zu."

„Ich glaube kaum, daß das notwendig ist. Bedenken Sie, wenn jemand kommt und alle Türen geschlossen findet –"

„Idiot!" platzte Bones heraus und wurde sehr rot.

„Ich bitte um Verzeihung!" sagte sie verwirrt.

„Ich sprach von mir selbst", entschuldigte sich Bones schnell. „Es ist eine große Vertrauenssache, meine liebe, gute Marguerite –" Er machte eine Pause und schüttelte den Kopf über seine Verwegenheit, denn er hatte erst am Tage vorher ihren Vornamen erfahren. „Es ist eine Sache, die Takt und Verschwiegenheit verlangt, meine junge Marguerite –"

„Das brauchen Sie nicht zweimal zu sagen", entgegnete sie.

„Also gut, nur einmal." Bones' Züge hellten sich auf. „Das ist ein Geschäft – ich werde Sie also nur einmal am Tage Marguerite nennen. Nun, meine liebe Marguerite, hören Sie zu."

Sie hörte mit dem größten Interesse zu und notierte dabei die vorläufigen Kosten: Kauf eines Dampfers fünftausend Pfund, Ausrüstung desselben dreitausend Pfund, usw. usw. Sie wollte sogar eine Kopie des Plans machen, den Mr. Dibbs ihm zur Aufbewahrung gegeben hatte. Bones hatte ihr erzählt, daß er ihn Tag und Nacht bei sich gehabt habe.

„Ich steckte ihn in die Tasche meines Pyjamas, als ich zu Bett ging", erklärte er unnötigerweise, „und –" Er begann alle seine Taschen zu durchsuchen, und man sah die Erregung auf seinem Gesicht.

„Sie haben ihn in Ihrer Pyjamatasche steckenlassen – ich will in Ihre Wohnung telefonieren."

„Aber! Das ist unerhört! Ich bin beraubt worden!"

„Das glaube ich nicht. Wahrscheinlich liegt das Blatt unter Ihrem Kissen. Verwahren Sie Ihren Pyjama unter Ihrem Kissen?"

„Das ist eine Sache, die ich niemals öffentlich diskutiere. Ich möchte Sie nicht in Verlegenheit bringen, meine liebe, gute Marguerite –"

„Es tut mir leid." Das Mädchen heuchelte so natürliches Bedauern, daß Bones vollständig zerknirscht war.

Ein Bote in einem Auto brachte den Plan, der dort entdeckt wurde, wo die verständige Marguerite ihn vermutet hatte.

„Ich bin noch nicht sicher, wieviel Geld ich dabei verdienen werde", sagte Bones. „Nach einer eingehenden Prüfung des Objektes sind es ungefähr dreitausend Pfund – es kann aber auch eine Million oder zwei sein. Und das ist gut für Sie, meine liebe Sekretärin."

Sie schaute ihn an.

„Ich habe mich entschlossen", sagte Bones und spielte mit seinem Brieföffner, „Ihnen eine Provision von siebeneinhalb Prozent auf alle Verdienste einzuräumen. Siebeneinhalb Prozent von zwei Millionen macht roh gerechnet fünfzigtausend Pfund –"

Sie lehnte es lachend ab.

„Aber ich möchte Ihnen gegenüber fair handeln."

„Sie möchten großmütig sein", verbesserte sie ihn. „Und weil ich ein hübsches, junges Mädchen bin –"

„Oh", sagte Bones schwach, „o wirklich, Sie sind überhaupt nicht hübsch. Ich bin nicht beeinflußt von Ihrem vollkommen häßlichen, alten Gesicht. Glauben Sie mir, liebe, alte Marguerite, ich habe einen Sinn für faires Betragen und Gerechtigkeit."

„Nun hören Sie mich einmal an, Mr. Tibbetts." Sie drehte ihren Stuhl um und schaute ihm direkt ins Gesicht. „Ich muß Ihnen eine kleine Geschichte erzählen."

Bones hörte mit zusammengepreßten Lippen und verschränkten Armen zu. Marguerite wunderte sich, daß er weder bestürzt noch überrascht war.

„Nun warten Sie einmal, junges Fräulein", sagte er ruhig. „Wenn das ein netter, alter Schwindel ist und wenn der niederträchtige Seemann –"

„Er heißt Webber und spielt Ihnen etwas vor", unterbrach sie ihn schnell.

„Donnerwetter, der spielt seine Rolle aber gut", gab Bones zu. „Nun, wenn es so ist, was ist denn der andere Kerl, der zehntausend Pfund hergibt, wenn ich fünfzehn gebe?"

Dies war dem Mädchen ein Schlag ins Gesicht, und Bones sah sie triumphierend an. – „Das hat mir doch der alte Seemann selbst gesagt. Er zeigte mir das Geld. Er sagte, daß er an der Börse einen hat, mit Namen Morris."

„Morris?" seufzte das Mädchen. „Das ist mein Stiefvater."

Bones sprang auf. Ein glänzender Gedanke kam ihm.

„Dieser alte, nichtswürdige Kerl, der Ihre verehrte Mutter geheiratet hat, meine junge, hübsche Marguerite?"

Er setzte sich an den Schreibtisch, zog eine Schublade auf und nahm sein Scheckbuch heraus.

„Dreitausend Pfund", sagte er schnell, als er den Scheck ausfüllte. „Es ist besser, wenn Sie es für Ihre Mutter in Verwahrung nehmen, meine liebe Freundin."

„Ich verstehe den Zusammenhang nicht", sagte sie verstört.

„Lesen Sie das Telegramm."

Sie nahm das Formular und las. Es war in Cowes aufgegeben.

„Gemäß Auftrag habe ich Schonerjacht an Mr. Morris und Mr. Dibbs verkauft, die dreitausend Pfund bar gezahlt haben. Ihren Namen habe ich nicht genannt. Käufer besichtigten Schiff nicht, sie wollten nur Quittung über gezahlte Summe."

„Heute nachmittag wollen sie kommen und sich ihre fünfzehntausend Pfund holen", sagte Bones zufrieden. „Läuten Sie das nette Polizeipräsidium an und bitten Sie, daß man mir alle verfügbaren Polizeimannschaften schickt, um die beiden festzunehmen."

## III

## Bones und die Werfteigentümer

Der Falke schwebt unsichtbar am blauen Himmel, der Geier erscheint dem erschrockenen Rehbock geheimnisvoll von irgendwoher. Beide besitzen Eigenschaften, die von einigen bevorzugten Menschen geteilt werden. Keine Zeitung verkündete die Tatsache, daß ein junger Mann von ungeheurem Reichtum und ebenso ungeheurer Unerfahrenheit in der City Londons angekommen war.

Es gab keine Versammlungen organisierter Räuberbanden, bei denen maskierte Männer ruchlose Pläne und Komplotte schmiedeten, aber der Instinkt, der den Falken zu seiner Beute und den Mörder zu seinem Opfer lockt, brachte viele Fremde zu Bones, die sowohl ihm als auch einander selbst fremd waren. Sie kamen in sein schönes Büro, das er für sich und das Gedeihen seines Geschäftes ausgestattet hatte.

Eines Tages brachte ein stattlicher Mann Mr. Tibbetts den Plan eines Warenspeichers. Er kam wie ein Sturmwind herein, als Bones noch nicht einmal die Karte entziffert hatte, auf der sein Name und sein Beruf standen.

Der Fremde hatte ein rotes Gesicht, war groß und mußte in Abständen von wenigen Minuten sein Taschentuch benutzen, um Stirne und Hals abzutrocknen. Aber sein Humor war unverwüstlich.

Bevor der verwunderte Bones nach seinem Anliegen fragen konnte, hatte er schon seinen Hut auf einen Stuhl gelegt, seinen Schirm an einen anderen gehängt und entfaltete mit der gewerbsmäßigen Geschicklichkeit von Leuten, die oft steife Pläne auseinandernehmen, ein großes, farbiges Blatt. Den größeren Teil nahm darauf die Themse ein, wie Bones mit einem Blick sah.

Er wußte, daß Blau Wasser bedeutete, und als er seinen Kopf neigte, las er „Themse". Er folgerte daraus, daß dies der Plan eines Grundstücks war, das an der Themse lag.

„Sie sind ein Geschäftsmann und ich bin ein Geschäftsmann", sagte der Besucher atemlos. „Ich habe soeben dieses Grundstück gekauft – und wenn es Sie nicht interessiert, will ich meinen Hut aufessen. Mein Motto ist: Wenig Verdienst und schneller Umsatz! Sie müssen Ihr Geld immer arbeiten lassen, dann werden Sie Geschäfte machen! Verstehen Sie, was ich damit meine?"

„Lieber, alter Wirbelwind", sagte Bones schwach, „das ist schrecklich interessant. Aber würden Sie nicht so freundlich sein, mir zu erklären, warum Sie in einer so inkorrekten Weise in mein Büro dringen? Gegen alle Regeln des Anstandes – mein Lieber, wenn Sie nichts dagegen haben, daß ich Sie ein wenig zurechtweise. Sie sind doch nicht verletzt?"

„Kein bißchen, kein bißchen", brüllte der andere. „Ich bin ein anständiger Mann – ich bin John Staines. Sie haben von mir gehört?"

„Ja", sagte Bones.

Der andere war so überrascht, daß er es unverhohlen zeigte. „So?" sagte er zweifelnd.

„Ja", sagte Bones ruhig. „Ich habe eben gehört, wie Sie John Staines sagten."

Der Besucher schaute scharf auf.

„Haha", sagte er. Aber sein Lachen klang unmelodisch und gewöhnlich. „Sie treiben Ihren Scherz mit mir, Mr. Tibbetts! Nun, was sagen Sie hierzu – das ist Stivvins Werft und Warenspeicher. Sie kam am Sonnabend auf den Markt, und ich kaufte sie noch am selben Tage. Das ist das einzige Ufergrundstück, das zwischen Greenwich und Gravesend zu haben ist. Die wohlbekannte Stivvinsche Metallraffinerie machte im Kriege Konkurs, wie Sie wohl gehört haben. Nun bin ich ein Mann, der nicht viele Worte macht. Ich gebe gern zu, daß ich spekuliere. Ich kaufte dieses Grundstück für fünfzehntausend Pfund. Wenn Sie mir einen Profit von fünftausend Pfund geben, so ist es das Ihre."

Bevor Bones sprechen konnte, brachte Staines ihn durch eine Handbewegung zum Schweigen.

„Ich muß Ihnen noch etwas sagen. Wenn Sie es einen Monat lang halten, dann können Sie einen Verdienst von zwanzigtausend Pfund damit machen. Sie können sich das ja leisten, ich kann es nicht. Ich sagte Ihnen, es gibt keine freie Werft zwischen Greenwich und Gravesend. Und hier haben Sie einen Warenspeicher mit dreißigtausend Quadratfuß Grundfläche, mit allem Zubehör, Laderäumen, Kranen, Aufzügen usw. Ich gebe gern zu, daß Sie die Sache nicht ganz umsonst kriegen, nicht für einen Apfel und ein Ei, aber es ist nicht weit davon entfernt. Was sagen Sie nun?"

„Entschuldigen Sie, Sie alter Dauerredner, ich habe eben an etwas anderes gedacht. Würden Sie so gut sein, mir das noch einmal zu wiederholen?"

Der ehrbare John Staines schluckte etwas und wiederholte seinen Vorschlag.

Bones schüttelte den Kopf energisch.

„Nein, damit will ich nichts zu tun haben!" sagte er. „Werften und Schiffe – nein!"

Aber der ehrbare John gehörte nicht zu den Leuten, die sich einfach abweisen lassen.

„Ich übergebe Ihnen die Sache für vierundzwanzig Stunden", sagte er vertraulich.

„Nein, gehen Sie, mein vertrauenswürdiger Werftverkäufer. Ich werde mich niemals am Fluß niederlassen, unter gar keinen Umständen – zum Donnerwetter, jetzt kommt mir aber eine glänzende Idee!"

Er klopfte mit seiner knöchernen Faust auf seinen unschuldigen Schreibtisch. Der ehrenwerte John beobachtete ihn hoffnungsfreudig.

„Das ist ja eine blendende Idee!"

Bones nahm einen Bogen Papier, und seine lange Schreibfeder quietschte heftig, als sie über das Papier fegte.

„Also das ist der Plan – tausend Mitglieder zu zehn Pfund jährlich, vierhundert Schlafzimmer zu – sagen wir mal zehn Shilling die Nacht – wieviel ist vierhundert mal zehn, multipliziert mit dreihundertfünfundsechzig? Nun, wollen wir schnell sagen, zwanzigtausend Pfund. Da haben wir das Geschäft – ein Klub!"

„Ein Klub?" sagte John etwas ernüchtert.

„Ein Klub am Fluß! Sie sagten doch Greenhithe – das liegt doch in der Nähe von Henley? Nicht wahr?"

Der ehrbare John seufzte tief.

„Nein, mein Herr", sagte er höflich. „Das ist in einer anderen Richtung, nach der See zu."

Bones legte seine Feder hin, kniff die Lippen zusammen und versuchte, sich die Lage ins Gedächtnis zurückzurufen.

„So, liegt es dort? Nun, was denken Sie von dem Plan? Ich kenne Maidenhead – es liegt doch in der Nähe von Maidenhead?"

„Nein, es liegt gerade entgegengesetzt", sagte Staines und schwitzte vor Aufregung und Enttäuschung.

„Oh!"

Bones' Interesse war plötzlich wieder verschwunden.

„Nein, dann kann ich es nicht gebrauchen, alter Spekulant. Werften – gar kein Interesse!"

Er schüttelte heftig den Kopf, und Mr. Staines erhob sich.

„Ich werde Ihnen sagen, was ich tue, Mr. Tibbetts", erklärte er einfach. „Ich werde Ihnen die Pläne hierlassen – ich gehe einen Tag aufs Land, überlegen Sie sich die Sache, ich werde morgen nachmittag wiederkommen."

Bones schüttelte noch immer den Kopf.

„Geht nicht, ich will nichts damit zu tun haben. Nun machen Sie Schluß mit diesem Palaver, mein lieber, alter, ehrenwerter John!“

„Na, dabei kann man sich doch kein Bein verstauchen!“ sagte Mr. Staines grimmig. „Was kann Ihnen denn passieren? Sie haben die Option auf das Grundstück für vierundzwanzig Stunden. So, ich rolle die Pläne zusammen, damit sie niemandem im Wege sind. Guten Morgen!“

Er hatte das Büro verlassen, bevor Bones die Einleitung zu einer scharfen Absage vorbringen konnte.

Am selben Nachmittag um drei Uhr kamen zwei Besucher. Sie schickten eine Karte herein, die den Namen der berühmten Firma Woking trug. Agenten und Makler für Land- und Hauskäufe. Sie traten mit einer gewissen Vornehmheit auf.

Der eine Herr war stark, der andere schmächtig. Sie gingen leise in das Büro und näherten sich Bones höflich und zuvorkommend.

„Wir kommen in einer sehr wichtigen Sache“, begann der Dünne. „Wir haben erfahren, daß Sie heute Stivvins Werft gekauft haben –“

„Staines hat kein Recht, sie zu verkaufen“, warf der dicke Herr dazwischen. „Es ist ein gemeiner Trick – nach allem, was er uns versprochen hat – das Grundstück an einen Fremden zu verkaufen!“

„Mr. Sole“ – die Stimme des Dünnen klang vorwurfsvoll, „bitte nehmen Sie sich zusammen. – Mein Partner ist sehr ärgerlich“, erklärte er Bones, „und mit Recht. Wir boten fünfzigtausend Pfund für Stivvins, und Staines hat aus reiner Bosheit das Grundstück hinter unserem Rücken verkauft, das einer unserer Kunden notwendig braucht. Mr. Tibbetts, sind Sie geneigt, es mit einem kleinen Verdienst wieder an uns zu verkaufen?“

„Aber –“, begann Bones.

„Wir werden Ihnen sechzigtausend geben“, sagte der impulsive Herr. „Letztes Wort – sechzigtausend.“

„Aber mein lieber, alter Bonifazius“, widersprach Bones. „Ich habe das Grundstück wirklich und wahrhaftig nicht gekauft! Der nette, alte Staines wollte mich durchaus dazu zwingen, daß ich es kaufen sollte. Aber ich versichere Ihnen, ich habe es nicht getan.“

Der dicke Herr schaute ihn entsetzt an, nahm sich aber gleich wieder zusammen und sagte dann mit heiserer Stimme:

„Vielleicht werden Sie es zu seinem Angebot kaufen – dann können Sie es uns ja weiterverkaufen!"

„Aber warum denn – ich will nichts mit der Sache zu tun haben, mein lieber, alter Landagent und Auktionator! Kaufen Sie es doch selbst. Auf Wiedersehen! Auf Wiedersehen!"

Und damit komplimentierte er die beiden mit vielen höflichen Phrasen zum Zimmer hinaus.

Unten auf der Straße schauten sie einander an, und dann winkten sie Mr. Staines, der auf der anderen Seite auf sie wartete.

„Dieser Kerl hat entweder einen ganz hellen Verstand, oder er ist ein Wickelkind in Geschäftsdingen!" sagte der Impulsive.

„Ist er nicht darauf hereingefallen?" fragte Staines ängstlich.

„Nicht, daß wir wüßten!" schimpfte der Dünne. „Das ist dein Plan, Jack, und du bist schuld, daß ich viertausend in dieses Werftgeschäft hineingesteckt habe. Wir werden noch bösen Ärger damit bekommen!" – Mr. Staines schaute ernst drein.

„Gebt ihm noch einen Tag Zeit", sagte er. „Ich werde morgen wieder zu ihm gehen und die Sache noch einmal versuchen – ich habe den Glauben an dieses Geschäft noch nicht verloren."

Bones aber saß in seinem Büro und machte eine Eintragung in sein geheimes Tagebuch.

„Ein Mensch mit Namen Staines und zwei andere Personen, die sich Gebrüder Soles nannten, haben mich aufgesucht. Die Brüder versuchten, mich mit dem alten Fiedelbogen hereinzulegen. Man nimmt eine Geige, geht zu einem Leihhaus, läßt sie zur Abschätzung dort, ein anderer kommt, sieht die Geige, sagt begeistert, das ist eine Stradivari, ein kostbares Ding, und bietet eine fabelhafte Summe. Der Besitzer des Leihhauses sagt, er wird sehen, was er tun kann. Wenn der erste Kerl zurückkommt, um nach seiner Geige zu fragen, kauft er sie für eine fabelhafte Summe, um sie an den zweiten Kerl zu verkaufen. Aber der zweite Kerl läßt sich nicht wieder sehen.

P. S. Der erste Kerl hat sich den ehrbaren John genannt! Ich wäre zu einer solchen Gemeinheit nicht imstande."

Als Bones seine Eintragung beendet hatte, schloß er sein Tagebuch ein und ging quer durch den Raum zu der Tür des äußeren Büros. Er klopfte respektvoll an, und eine Stimme bot ihm ein freundliches „Herein!"

Es ist nicht üblich, daß der Chef einer Firma behutsam an die Tür seines äußeren Büros klopft, aber ebensowenig ist es gebräuchlich, daß die Sekretärin eines Büros so hervorragende Eigenschaften besitzt und so schön ist wie Miss Marguerite Whitland.

Das Mädchen wandte sich halb zur Türe um und lächelte ihn vorwurfsvoll an.

„Bitte, Mr. Tibbetts“, sagte sie, „klopfen Sie doch nicht an meine Türe. Wissen Sie denn nicht, daß das nicht Sitte ist?“

„Meine liebe, gute Marguerite“, erwiderte Bones feierlich, „eine neue Zeit ist für die City hereingebrochen, wie ein netter, alter Konfuzius sagt. Gestatten Sie gütigst, daß ich Sie auffordere, in mein Büro zu kommen? Darf ich Sie vielleicht darum bitten“ – er legte seine Hand auf den reich ornamentierten, kostbaren Schreibtisch, den er extra für sie gekauft hatte, und sah auf sie nieder.

„Darf ich Sie vielleicht noch einmal bitten, Ihren Aufenthalt in meinem Büro zu nehmen? Es ist nur eine Kleinigkeit, ich werde Sie nie wieder fragen, ob Sie mit mir speisen wollen. Es ist eine ganz andere Sache. Ich bin nicht in meinem Element, wenn ich nicht in meinem Büro bin.“ Er zeigte höflich nach der Tür seines Heiligtums. „Ich bin ein roher, alter Abenteurer und bin gewöhnt, im Schnee – auf der harten Schiffsplanke zu schlafen, irgendwo –“

„Aber Sie schlafen doch nicht etwa in Ihrem Büro?“ fragte Marguerite und erhob sich.

Bones stieß die Tür für sie auf, verbeugte sich, als sie vorüberging und folgte ihr dann. Er setzte einen Stuhl für sie am Schreibpult zurecht, und sie nahm ohne weiteren Protest Platz. Sie hatte allmählich erkannt, daß all seine Aufmerksamkeiten und seine übergroße Höflichkeit nur seiner vornehmen Gesinnung und seinem guten Herzen entsprangen.

„Ich muß es Ihnen mitteilen“, sagte er ernst. „Es wurde heute morgen der Versuch gemacht, mich um eine große Summe, um viele tausend Pfund, zu berauben.“

„Sie zu berauben?“ fragte Marguerite erschreckt.

„Ja, mich zu berauben“, sagte Bones selbstgefällig. „Es war ein schuftiger, feiger Plan, aber er ist glücklicherweise durch die Klugheit des beabsichtigten Opfers zuschanden gemacht worden. Ich will mich nicht selbst rühmen, mein liebes, gutes Fräulein, nichts liegt meinen Gedanken und Wünschen ferner, aber was ist natürlicher, wenn einem Menschen ein Angebot gemacht wird –"

Er hielt plötzlich an und zog die Stirne kraus.

„Ja?"

„Eine wertvolle Metallraffinerie? Das ist doch eine Sache!"

„Was für eine Sache?" wiederholte Marguerite schnell. „Was meinen Sie damit?"

„Nun hören Sie", sagte Bones mit unterdrückter Begeisterung. „Denken Sie, gerade diesen Morgen las ich die kleine, famose Zeitung Twiddly Bits – da ist eine Spalte mit der Überschrift: ‚Dinge, die Sie wissen müssen.' Dies ist allein Geld wert."

„Ich kenne sie", sagte das Mädchen neugierig. „Aber was haben Sie denn da gelesen?"

„Es ist ein Artikel mit der Überschrift: ‚Vermögen in altem Eisen'", sagte Bones. „Nun angenommen, dieser nichtsnutzige alte Metallmann – Donnerwetter, ist das eine glänzende Idee!" Er ging mit heftigen Schritten durch den Raum, und sein Gesichtsausdruck wechselte mit derselben Schnelligkeit, als ihm neue Gedanken kamen. Ungeheuerliche Möglichkeiten entrollten ihre verlockenden bunten Banner vor seiner Phantasie. Aber plötzlich riß er sich zusammen, öffnete und schloß alle Schubladen seines Schreibtisches, als ob er irgend etwas suchte. Schließlich fand er den Hut da, wo er ihn gelassen hatte, nämlich an einem Haken hinter der Tür. Er setzte ihn auf und sagte mit großer Bestimmtheit und Kürze:

„Stivvins Werft, Greenhithe. Sie werden mich begleiten. Nehmen Sie Ihr Stenogrammheft mit, die Schreibmaschine ist nicht notwendig. Ich werde ein Taxi besorgen – wir können in zwei Stunden dort sein."

„Aber wo wollen Sie hin?" fragte das verdutzte Mädchen.

„Zu Stivvins – ich will den Platz besichtigen. Es ist möglich, daß gewisse Dinge übersehen worden sind, man darf keine günstige Gelegenheit außer acht lassen, liebes Fräulein. Wir Großkaufleute machen unser Vermögen, indem wir selbst die kleinsten Details beachten."

Aber sie hatte Bedenken. Sie war nämlich ein kluges und vernünftiges Mädchen und stellte sich schon vor, wie alles kommen würde. Eine kalte und zugige Fahrt, ein noch kälterer und zugigerer Weg durch die verlassene und zerfallene Fabrik und die entsetzlichen Gebäude, und dann kamen noch solche Kleinigkeiten wie ein versäumtes Mittagessen in Betracht.

Aber Bones war schon auf der Straße, hatte sich auf einen widerstrebenden Chauffeur gestürzt und suchte ihn durch Schreien und Überreden dahinzubringen, eine lange und unmögliche Fahrt zu übernehmen. Der Mann erklärte ihm, daß er nur soviel Treibstoff im Wagen habe, daß er gerade nach Hause fahren könne. Als Marguerite unten ankam, sah sie Bones durch das offene Fenster der Wagentür winken. Er gab dem Chauffeur eingehende Instruktionen, wo Stivvins Werft lag.

Um halb sieben kam Bones allein in sein Büro zurück. Er war sehr ruhig und nachdenklich und schloß die Tür hinter sich zu, setzte sich an seinen Schreibtisch nieder, legte den Kopf in die Hand und blieb so eine lange Zeit sitzen.

Dann rollte er den Plan der Werft auf und hoffte, daß ihn sein Gedächtnis nicht im Stich ließ. Und glücklicherweise erkannte er alles wieder. Am Rande rechter Hand las er die Adresse, die Staines aufgeschrieben hatte. „Stamford Hotel, Blackfriars."

Er nahm ein Formular aus dem Ständer und gab ein dringendes Telegramm auf.

Als Mr. Staines dieses Telegramm erhielt, saß er in der Bar des Hotels an einem kleinen runden Tisch und hörte schweigend die verschiedenen Meinungen seiner beiden Spießgesellen an. Ihre Reden befaßten sich hauptsächlich mit der fehlenden Vorsicht und den mangelnden Fähigkeiten eines Menschen, der sich in überschwenglichen Momenten als der ehrbare John Staines bezeichnete.

Der impulsive Herr hatte gerade ein phantastisches Bild entworfen, was geschehen würde, wenn der ehrenwerte John in Wettbewerb mit einem pfiffigen kleinen Jungen aus London träte.

Da nahm der ehrbare John das Telegramm und öffnete es. Er las und staunte. Er stand auf und ging zum Licht, las es noch einmal und kam dann mit glänzenden Augen zurück.

„Ihr seid schlau", sagte er. „Ihr seid die Klugen. Ich habe den Plan ausgedacht, seht einmal hierher!"

Er gab das Telegramm dem Nächststehenden seiner Freunde, und der gab es ohne ein Wort weiter.

„Soll das etwa heißen, daß er kaufen will?"

„Na, das steht doch ganz klar drin", sagte Staines triumphierend.

„Das ist eine Falle", rief der Impulsive argwöhnisch.

„In keiner Weise", sagte Staines verächtlich. „Wo soll denn die Falle stecken? Wir haben doch nichts Ungesetzliches getan, daß er uns hineinlegen könnte!"

„Wir wollen das Telegramm noch einmal genau durchlesen", sagte der dünne Herr. „Er wartet auf dich bis neun Uhr in seinem Büro. Also los, Jack, gehe hin und mache die Sache perfekt. Nimm gleich alle Schriftstücke und Urkunden mit dir. Wenn du das Geschäft abgeschlossen hast, lasse dir sofort den Scheck geben. Nimm jede Summe, die er dir geben will, und richte es so ein, daß du dir den Scheck morgen früh auszahlen lassen kannst. Ich sehe gar keine Falle, das Geschäft geht glatt."

John Staines atmete schwer durch die Nase und schwankte davon. Mr. Staines stand unter dem Einfluß schwerer geistiger Erregung. – Er fand Bones schweigsam und einsilbig an seinem Schreibtisch. Er grüßte ihn nur durch ein Kopfnicken.

„Nehmen Sie, bitte, Platz", sagte Bones. „Ich will das Grundstück übernehmen – hier ist mein Scheck."

Mit zitternden Fingern fertigte Mr. Staines die Urkunden aus. Dann lief er auf allen Gängen umher und entdeckte endlich zwei Dienstmädchen, die bereit waren, gegen ein Trinkgeld als Zeugen den Vertrag zu unterzeichnen. Er faltete den Scheck über zwanzigtausend Pfund höflich zusammen und steckte ihn in die Tasche. Er war so schnell wieder im Stamford Hotel, daß seine beiden Freunde ihren Augen nicht trauten, als er eintrat.

„Das ist das sonderbarste Geschäft, von dem ich jemals gehört habe", sagte der Impulsive mit tiefem Ernst. „Glaubst du nicht, er erwartet, daß wir morgen früh erscheinen und zurückkaufen?"

Staines schüttelte den Kopf.

„Das tut er nicht. Er hat mir sogar gesagt, daß die Rückgängigmachung eines Kaufes in seinen Augen nahe an Schwindel und Betrug grenzt."

Der dünne Herr pfiff vor sich hin.

„Der Teufel mag wissen, was er beabsichtigt! Warum hat er es denn überhaupt gekauft?"

„Er erwähnte, daß er dort gewesen sei und sich die Gebäude angesehen habe", sagte Staines.

Und plötzlich kam ihnen gleichzeitig ein Gedanke. Sie sahen sich entsetzt an.

Der dicke Mr. Sole zog seine Uhr.

„Auf Stivvins Werft ist ein Wachtmann?" fragte er. „Wir wollen hingehen und zu erfahren suchen, was sich zugetragen hat."

Es war schwer, in der Nacht Einlaß in Stivvins Werft zu erhalten. Sie lag hinter der Woolwich Road in einem großen Block von Industriegebäuden. Und wenn man zu den zerfallenen Eingangstoren kommen wollte, mußte man einen abenteuerlichen Weg um eine Anzahl kleiner Bombenlöcher machen. Die Nacht war jedoch gnädig und verbarg den schrecklichen Zustand, in dem sich die sogenannte Stivvins Werft befand. Mr. Sole, der keineswegs ein Schöngeist war oder poetische Anwandlungen hatte, gab zu, daß ihm das alles gräßlich vorkomme.

Es war schon zehn Uhr abends, als sie ankamen, und es dauerte eine halbe Stunde, bis sie durch ihr Klopfen an der Tür die Aufmerksamkeit des Wächters erregt hatten. Er wohnte in dem früheren Wiegehaus, das er in eine wasserdichte Wohnung verwandelt hatte. – „Hallo!" rief er heiser. „Ich lag schon im Bett."

Er erkannte Mr. Sole wieder und führte ihn in sein Quartier.

„Hören Sie, Tester", begann Mr. Sole, der den Mann angestellt hatte, „kam heute ein junger, gutgekleideter Herr hierher?"

„O ja", sagte Tester. „Er brachte auch eine junge Dame mit. Sie gaben Mr. Staines' Namen an und baten mich, ihnen alle Gebäude zu zeigen. Ich habe sie auch überall herumgeführt."

„Nun, und was ist dann geschehen?" fragte Staines.

„Ich habe ihnen die Fabrik und das große Gebäude gezeigt. Dann wollte der junge Mann die Lagerräume sehen, wo das Metall aufbewahrt wurde."

„Welches Metall?" fragten die drei zu gleicher Zeit.

„Das habe ich ihn auch gefragt!" sagte Mr. Tester mit Befriedigung. „Ich sagte ihm, daß Stivvins mit allen möglichen Metallsorten gehandelt habe. Darauf fragte er mich: ‚Haben sie auch mit Gold gehandelt?' "

„Mit Gold?" wiederholte Mr. Staines nachdenklich. „Und was haben Sie darauf geantwortet?"

„Zufällig kannte ich die Örtlichkeit – hier ganz in der Nähe –, ich habe früher acht Jahre bei Stivvins gearbeitet. Da habe ich sie denn in die Gewölbe hinuntergeführt."

„In die Gewölbe?" fragte Mr. Staines. „Ich habe niemals gewußt, daß hier Gewölbe sind."

„Sie liegen unter dem Hauptbüro, Sie müssen sie schon gesehen haben", sagte Tester. „Eine große verschlossene Stahltür ist der Zugang, bis jetzt war immer ein Schlüssel drin. Aber der junge Mann hat ihn abgezogen und mit sich genommen."

Staines hielt sich an seinem Freunde, der ihm am nächsten stand, fest und fragte heiser: „Haben sie irgend etwas in dem Gewölbe gefunden?"

„Na, ich will verdammt sein, wenn ich das weiß", sagte Tester vergnügt, und er ließ sich nicht träumen, daß er die Erwartungen enttäuschte, die in diesem Moment, aber auch nur in diesem Moment, auf ihn gesetzt waren. „Sie sind hineingegangen – ich selbst bin niemals drin gewesen."

„Sie haben draußen gestanden wie ein – ein –"

„Wie ein bronzenes Götzenbild!" sagte der impulsive Herr.

„Sie haben wie ein Holzklotz draußen gestanden und haben nicht einmal den Versuch gemacht, auch hineinzugehen und sich zu überzeugen, was sie dort gesehen haben?" fragte Mr. Staines hitzig. „Wie lang sind sie denn dringeblieben?"

„Ungefähr zehn Minuten!"

„Und kamen sie dann heraus?"

Tester nickte. – „Haben Sie irgend etwas mitgebracht?"

„Nichts", sagte Mr. Tester nachdrücklich.

„Wie sahen sie denn aus? Wie ist doch gleich der Name dieses Burschen? Sahen sie erstaunt aus oder aufgeregt?" fragte John Staines.

„Er war ein wenig aufgeregt", sagte Tester. „Jetzt, da Sie mich darauf bringen, fällt es mir ein. Ja, er war aufgeregt." Tester erschienen die Vorgänge jetzt in einem ganz anderen Licht. „Und ich besinne mich jetzt auch, daß seine Hand zitterte."

„Donnerwetter!" sagte Mr. Staines. „Und dann hat er den Schlüssel abgezogen, sagen Sie? Weshalb sind Sie denn eigentlich hier? Sie erlauben diesem Burschen, einfach unser Eigentum wegzunehmen! Wo liegen die Gewölbe?"

Tester führte sie über einen verlassenen Hof und erklärte unterwegs, was er getan und warum er es getan habe und was die beiden in der Zeit hätten tun können, in der sie allein waren. Er schloß ein rostiges Schloß nach dem anderen auf. Sie gingen durch dunkle verlassene Büroräume, voll von Spinnweben und Schmutz, stiegen dann eine Steintreppe hinab und kamen vor ein Stahltor, das sie nur mit großen Augen betrachten konnten.

Bones war am nächsten Morgen frühzeitig in seinem Büro, aber er kam gerade mit Mr. Staines zusammen an, der ihm buchstäblich auf dem Fuße folgte, vor seinen erstaunten Augen ein Stück Papier herauszog und es auf den Tisch legte.

„Nun, was ist los?“ fragte Bones gereizt. „Was zum Teufel soll das bedeuten, mein böser, alter Bursche?“

„Hier ist Ihr Scheck“, sagte Mr. Staines fest, „und ich verlange von Ihnen vor allen Dingen den Schlüssel unserer Stahlkammer.“

„Den Schlüssel Ihrer Stahlkammer?“ wiederholte Bones. „Habe ich denn nicht das Grundstück gekauft?“

„Das haben Sie und haben es auch nicht. Um also die Sache kurz zu machen, Mr. Tibbetts. Ich habe mich entschlossen, die Sache nicht zu verkaufen. Ich habe herausgefunden, daß ich nicht dazu berechtigt war, die Werft zu veräußern.“

Bones zuckte die Schultern. Man bedenke, daß er neun Stunden geschlafen oder doch halb geschlafen hatte und seine Ansichten sich möglicherweise geändert hatten. Was er normalerweise getan haben würde, ist zweifelhaft; denn in diesem Augenblick betrat die strahlendschöne Miss Whitland ihr Büro, und Bones' scharfes Ohr vernahm das Einschnappen der Tür.

„Einen Augenblick“, sagte er barsch, „einen Augenblick.“

Er ging durch die Tür, die sein Privatbüro vom äußeren Zimmer trennte, und Mr. Staines lauschte. Er horchte in verschiedenen Abständen von der Tür, und in seiner letzten Stellung hätte man die feinsten Meßinstrumente anwenden müssen, um den Zwischenraum zwischen seinem Ohr und dem Schlüsselloch festzustellen. Er hörte nichts außer den Klagen des verstörten Bones und dem festen „Nein“ einer selbstbewußten Frauenstimme.

Dann kam Bones nach einem herzzerbrechenden Schweigen zurück. Mr. Staines machte schnell einen Sprung, so daß er in einer gleichgültigen und dennoch nachdenklichen Haltung am Schreibtisch lehnte, als Bones eintrat. Bones preßte die Lippen zusammen, zog die Schublade auf, nahm die Verkaufsurkunden heraus und stieß sie über den Tisch.

„Da ist der Schlüssel“, sagte er und schob ihn hinter den Dokumenten her.

Dann nahm er den Scheck und riß ihn in zwanzig kleine Stücke.

„Das ist alles“, sagte er, und Mr. Staines ging zitternd vor Aufregung aus dem Büro.

Als er fort war, ging Bones zu dem Mädchen zurück, das am Schreibtisch vor der Maschine saß. Es war merkwürdig, daß auch sie die Lippen zusammenpreßte.

„Meine liebe, junge Miss Whitland“, sagte Bones, und seine Stimme war noch etwas heiserer als sonst, „ich werde mir das niemals in meinem Leben vergeben.“

„O bitte, Mr. Tibbetts“, erwiderte sie ein wenig verstimmt, „ich habe Ihnen doch schon gesagt, daß ich Ihnen vergeben habe. Ich bin sicher, daß Sie keine bösen Absichten hatten, als Sie so impulsiv handelten.“

Bones verneigte sich, und das war zugleich das Zeichen, daß er ihr recht gab und sich schämte.

„Die Tatsache bleibt aber bestehen, meine liebe, gute Miss Whitland“, sagte er dann mit gebrochener Stimme. „Ich habe Sie in diesem schrecklichen, alten Gewölbe geküßt. Ich weiß nicht, wie ich dazu kam“, stieß er hervor, „aber ich tat es. Glauben Sie mir, der Platz war heilig. Ich wollte deshalb das Gebäude kaufen, um es für alle Zeiten zu bewahren. Kein frevelhafter Fuß sollte jemals diesen geweihten Boden betreten. Und Sie denken, das sei Unsinn?“

„Mr. Tibbetts!“

„Unsinn, sage ich – es ist romantisch und dergleichen.“ Er streckte seine Arme aus. „Ich muß Ihnen recht geben. Aber glauben Sie mir, Stivvins Werft ist heiliger Grund, und ich bedauere es tief, daß Sie es nicht zuließen, daß ich es für immer kaufte und so dem öffentlichen Verkehr entziehen konnte. Diese niederträchtigen Kerle . . . Vergeben Sie mir?“

Sie lachte ihn an, und dann lachte Bones sie an, und dann lachten sie zusammen.

## IV

### Das kleine Kiebitz-Auto

Die Tür zum Privatbüro öffnete sich und wurde einen Augenblick später wieder geschlossen. Sie war ausschließlich für den geschäftsführenden Direktor der Firma Schemes Ltd. reserviert. Trotzdem hatte auch eine andere Persönlichkeit das Vorrecht, durch diese heilige Pforte aus und ein zu gehen.

Mr. Tibbetts saß über seinen Schreibtisch gebeugt. Er war heftig beschäftigt, und das strenge Aussehen seiner Züge wurde noch durch das Monokel erhöht, das er ins Auge geklemmt hatte. Man konnte sehen, daß er wichtige Briefe schrieb. Seine Locken hingen wirr durcheinander, und seine rote Zunge folgte dauernd den Bewegungen seiner Feder. Er schaute nicht auf.

„Legen Sie es irgendwohin, mein liebes Fräulein", sagte er halblaut. „Auf den Tisch, oder auf den Fußboden – ganz gleichgültig!"

Es kam keine Antwort. Plötzlich machte Bones eine Pause und blickte düster auf den halbbeschriebenen Bogen, der vor ihm lag. Dann sah er auf.

Er bemerkte einen Herrn mit braunem Gesicht und lachenden blauen Augen. Er war groß und stattlich, trug einen langen Überrock und hielt einen grauen Zylinder in der Hand.

„Ach, verzeihen Sie, mein lieber, alter Einbrecher", sagte Bones würdevoll, „dies ist ein Privat –" Plötzlich machte er ein ganz verdutztes Gesicht und mußte sich am Schreibtisch festhalten, um sich zu stützen.

„Um Himmels willen", rief er. Dann sprang er quer durch den Raum und verstrickte sich dabei in der elektrischen Schnur der Tischlampe, die mit einem Donnergepolter auf den Boden fiel.

„Ham, Sie liebes, altes Krokodil!" Er ergriff die Hand des anderen mit seiner knochigen Rechten, schüttelte sie heftig und stieß unzusammenhängende Worte aus.

„Setzen Sie sich, mein lieber, alter Kapitän, ich werde Ihnen Ihren Überzieher abnehmen. – Gut, sehr gut – das ist aber schön! Geben Sie mir Ihren Hut, Sie netter, alter Kerl – das ist aber großartig! Das ist eins der schönsten Ereignisse meines Lebens, mein lieber Sportsmann und Offizier. Wie lange sind Sie schon in England? Wie haben Sie die Gebiete verlassen? Also darauf müssen wir eine Flasche trinken!"

„Nun setzen Sie sich mal erst, Sie Lärmteufel!" sagte Hamilton, drückte seinen früheren Leutnant in einen Sessel und setzte sich in einen anderen ihm gegenüber. „Das ist also Ihr Salon!" Er sah sich bewundernd um. „Es sieht direkt aus wie der Empfangsraum einer Couturière."

„Aber mein lieber, alter Freund!" Bones war beleidigt. „Ich bitte Sie, erinnern Sie sich doch." Er dämpfte seine Stimme und deutete mit dem Kopf nach der Tür, die von dem inneren zum äußeren Büro führte. „Dort draußen sitzt doch noch jemand, Sie alter Weltmann, eine wohlerzogene junge Dame –"

„Was –", begann Hamilton.

„Seien Sie nicht böse!" Bones' französische Kenntnisse standen auf schwachen Füßen. „Bedenken Sie, mein lieber, alter Freund", sagte er feierlich und drohte mit dem tintenbekleckten Finger, „daß ich als Arbeitgeber das junge, unschuldige Mädchen in Schutz nehmen muß – mein netter, alter Seemann."

Hamilton sah sich nach einem Wurfgeschoß um, konnte aber außer einem kristallenen Briefbeschwerer, der ihm zu wertvoll für diesen Zweck erschien, nichts entdecken.

„Couturière", sagte er spöttisch, „ist ein französisches Wort und heißt Modistin."

„Französisch ist eine Sprache, der ich immer sorgfältig aus dem Weg gegangen bin – ich sage auch nichts mehr –, Sie haben es ganz gut gemeint, Ham."

Dann folgte ein Sturm von Fragen, manchmal unterbrochen durch eine feierliche Zeremonie, denn Bones erhob sich von seinem Stuhl, ging mit gemessenen Schritten um seinen Schreibtisch herum und schüttelte Hamilton begeistert die Hand.

„Nun, mein lieber Bones, erzählen Sie mir, was Sie hier machen."

Bones zuckte die Achseln.

„Geschäfte", sagte er kurz. „Ab und zu einen Kauf oder einen Verkauf, mein lieber, alter Kriegsmann. Ich verdiene tausend Pfund in einer Woche und verliere hundert in der nächsten."

„Und was für Geschäfte treiben Sie im besonderen?" fragte Hamilton hartnäckig.

Aber Bones zuckte nur wieder die Schultern.

„Wissen Sie", gestand er mit einem gewissen Selbstvorwurf, dem sein ehrliches Gesicht indessen widersprach, „ich bin eine von diesen netten, alten Spinnen, die in der Mitte ihres Netzes sitzen, oder eines dieser vollkommen bösartigen Raubtiere, die in ihren Höhlen liegen und auf Opfer lauern. Ah, ich sage Ihnen, es ist ein grausamer Sport!" Bones spielte mit seinem Elfenbeinbrieföffner. „Aber man muß leben! In der City beutet einer den andern aus."

„Machen es die andern auch so?" fragte Hamilton.

Bones zog die Augenbrauen hoch.

„Sie versuchen es wenigstens", sagte er kurz mit zusammengekniffenen Lippen. „Letzte Woche wollte mir ein Mensch sein Grammophon verkaufen, aber ich sah es mir erst an, und wie ich vermutet hatte, fehlte die Nadel. Ein Grammophon ohne Nadel! Wie Sie wissen werden, mein lieber Musikant, ist das vollständig unbrauchbar."

„Aber für einen Shilling können Sie doch eine ganze Schachtel voll kaufen."

Bones machte ein langes Gesicht.

„Kann man das wirklich?" fragte er. „Wollen Sie mich nicht zum besten halten? Das hat mir nämlich der andere auch gesagt. – Dann spiele ich ein wenig", fuhr Bones fort, „nicht auf der Börse oder auf den Rennen, verstehen Sie, aber in Devisenkursen."

„Geldwechselgeschäfte?"

Bones neigte den Kopf.

„Zum Beispiel", sagte er, „heute ist das Pfund zweiunddreißig Frank wert, morgen vierunddreißig. Heute ist das Pfund 3 Dollar 77 –"

„Tatsächlich steht es aber auf 3 Dollar 97", unterbrach ihn Hamilton.

„97 oder 77", sagte Bones gereizt, „was bedeuten denn vier Shilling für einen Mann wie Sie oder mich, Hamilton?"

Ein leises Klopfen tönte von der Tür herüber, und Bones erhob sich aufgeregt.

„Schauen Sie nicht hin, mein lieber, alter Freund", flüsterte er. „Beachten Sie sie nicht, mein alter Ham, werden Sie nicht nervös – eine wundervolle junge Dame –"

Nachdem er sich geräuspert hatte, rief er laut: „Herein!" In solchem Ton hätte wohl in früheren Zeiten ein hungriger Löwe geantwortet, wenn aus Versehen ein christlicher Märtyrer an seine Käfigtür geklopft hätte.

Trotz aller Ermahnungen sah Hamilton doch hin. Er war verwundert und machte große Augen. Das Mädchen, das hereinkam, war wohl wert, daß man es anschaute. Er schätzte ihr Alter auf einundzwanzig Jahre. Hübsch wäre ein viel zu schwaches Wort gewesen, um damit ihre Erscheinung zu beschreiben. Ihr dunkelbraunes Haar, das in leichten Wellen über ihre Stirne fiel, hob die Lieblichkeit ihrer Augen noch, in denen der ganze Zauber und Charme weiblicher Schönheit lag.

Sie war sehr gewählt gekleidet, trug ein offenes Stenogrammheft unter dem Arm und hielt einen Bleistift in der Hand. Langsam wurde Hamilton klar, daß diese feenhaft schöne Gestalt – Bones' Sekretärin war!

Bones' Sekretärin!

Er sah Bones groß an. Der junge Mann wurde sehr rot und vermied es, seinen Blick zu erwidern. Er stand am Schreibtisch in der Haltung eines Tischredners, der steckengeblieben ist und nach dem richtigen Wort sucht. In Augenblicken höchster Erregung hatte er entweder eine tiefe oder eine hohe quiekende Stimme. Jetzt hatte er das tiefe Register gezogen.

„Brauchen Sie mich, mein junges Fräulein?“ fragte er rauh.

Marguerite zögerte.

„Entschuldigen Sie, bitte, ich wußte nicht, daß Sie Besuch haben. Ich wollte Sie wegen der abessinischen –“

„Kommen Sie herein, gewiß!“ sagte Bones noch rauher als vorher. „Ist irgendeine neue Komplikation eingetreten?“

Sie legte ein Blatt Papier auf den Tisch. Von Hamilton nahm sie so wenig Notiz, als ob er irgendein Ornament am Kamin wäre.

„Die erste Rate des Kaufpreises ist heute fällig.“

„So? Ist sie fällig?“ sagte Bones mit ungewöhnlichem Erstaunen. „Sind Sie auch sicher, mein liebes Fräulein? Ausgerechnet heute, und außerdem ist es ein Donnerstag!“ fügte er hinzu.

Die junge Dame lächelte und zog die Lippen zusammen.

„Nun ja, es ist eine Sache von größter Wichtigkeit. Wir werden den Scheck unterschreiben, mein liebes, gutes, junges Fräulein, und Sie werden ihn absenden. Schreiben Sie ihn in voller Höhe aus –“

Dreitausend Pfund?“

„Dreitausend Pfund", wiederholte Bones korrekt. Er klemmte das Monokel ein und schaute sie an. „Dreitausend Pfund", sagte er noch einmal.

Sie stand und wartete, und Bones stand auch und wartete. Er war etwas verlegen, wie er diese Unterredung beenden und seine Sekretärin, ohne sie zu verletzen, aus dem Zimmer hinauskomplimentieren sollte.

„Glauben Sie nicht, daß wir den Scheck auch morgen absenden könnten?" fragte sie.

„Sicher, sicher, morgen ist Freitag – das stimmt doch?"

Sie neigte den Kopf und ging aus dem Raum. Bones räusperte sich wieder.

„Bones –"

Der junge Mann drehte sich um und sah, wie Hamilton ihn vorwurfsvoll anschaute.

„Bones", sagte Hamilton höflich, „wer ist diese junge Dame?"

„Wer ist diese junge Dame?" wiederholte Bones und hustete. „Diese junge Dame ist meine Sekretärin, Sie netter, alter Inquisitor."

„Das habe ich vermutet."

„Sie ist meine Sekretärin. Eine außerordentlich gefühlvolle junge Dame, kolossal gefühlvoll."

„Seien Sie nicht verdreht. Viele Leute sind gefühlvoll. Wenn Sie von gefühlvollen Damen sprechen, meinen Sie doch nur junge Damen?"

„Das stimmt. Daran habe ich noch nie gedacht. Was für einen alten, nichtsnutzigen Verstand haben Sie doch, Ham!"

Man merkte, daß er das Thema gern verlassen hätte.

„Und nun, mein lieber, alter Sohn", sagte er, indem er plötzlich eine Geschäftsmiene aufsetzte, „was kann ich für Sie tun? Sie sind doch gekommen, um mich um Rat zu fragen?"

„Erstaunlicherweise haben Sie recht!"

„Schon gut!" Bones versuchte hintereinander drei Schubladen seines Schreibtisches aufzuziehen, bevor er eine fand, die sich sofort öffnete. „Nehmen Sie etwas zu rauchen – dann wollen wir miteinander reden!"

Hamilton nahm eine der angebotenen Zigarren und betrachtete sie mißtrauisch.

„Ist das eine Zigarre, die man Ihnen geschenkt hat, oder eine, die Sie gekauft haben?"

„Sie ist von einem Quantum, mein lieber Kamerad, das ich sehr preiswert gekauft habe. Ich habe nämlich eine feine Nase für ein gutes Geschäft –"

„Haben Sie denn auch eine feine Nase für Zigarren? Das ist hier die Frage", bemerkte Hamilton, als er das Ende der Zigarre abschnitt und sie bedächtig anzündete.

„Glauben Sie, ich würde Ihnen eine schlechte Zigarre anbieten?" fragte Bones beleidigt. „Mein tapferer, alter Kriegsoffizier und so weiter – mein lieber, guter Ham!"

„Ich werde es Ihnen gleich verraten können", sagte Hamilton und tat zwei tiefe Züge.

Bones, der nur Pfeife rauchte, beobachtete diesen Vorgang etwas ängstlich. Hamilton legte die Zigarre sehr höflich wieder auf die Kante des Aschenbechers.

„Sind Sie mir böse, wenn ich sie nicht zu Ende rauche?" fragte er.

„Ist sie nicht gut? Um Himmels willen – ich habe fünfzig Shilling für das Hundert bezahlt. Ich bin doch nicht etwa beschwindelt worden?"

„Ich verstehe nicht, wie Sie solches Zeug kaufen konnten", sagte Hamilton und warf die Zigarre in den Kamin. „Es stimmt, ich bin hierhergekommen, um Sie um Rat zu fragen, Bones", fuhr er dann fort. „Erinnern Sie sich, daß ich Ihnen vor einigen Monaten einen Brief schrieb und Ihnen mitteilte, daß mir ein Aktienpaket von einer Automobilgesellschaft angeboten wurde?"

Bones hatte eine dunkle Erinnerung, daß sich so etwas ereignet hatte, und nickte ernst.

„Es schien mir ein ganz gutes Angebot zu sein", sagte Hamilton nachdenklich. „Sie besinnen sich doch darauf, daß ein Direktorenposten mit dem Kauf der Aktien verknüpft war?"

Bones rutschte unruhig auf seinem Stuhl hin und her und fühlte sich nicht recht wohl.

„Mein lieber, alter Freund", begann er schwach.

„Nun warten Sie doch einen Augenblick. Ich bat Sie in einem Brief um Ihren Rat, und Sie antworteten mir, daß ich mich mit der Kiebitz Company unter keinen Umständen einlassen sollte."

„Habe ich das getan? Nun ja, mein Eindruck war damals, daß

ich Ihnen raten sollte, möglichst umgehend das Geschäft zu machen. Haben Sie meinen Brief noch?"

„Nein, den habe ich nicht!"

„Ah, sehen Sie", triumphierte Bones, „jetzt habe ich Sie, Sie netter, alter Ham! Sie machen mir hier bittere Vorwürfe, daß ich Sie abgehalten habe –"

„Wollen Sie wohl warten, Sie verfluchter Schwätzer! Ich habe Ihnen damals geschrieben, daß die Aussichten mir sehr verlockend erschienen. Die Company war mit einem kleinen Kapital gegründet –"

Wieder unterbrach ihn Bones. Diesmal sprang er auf und ging feierlich um den Tisch herum, um ihm die Hand zu drücken.

„Hamilton, mein lieber, alter Krieger", entschuldigte er sich, „ich war damals mit Geschäften überhäuft. Ich gebe zu, daß ich einen Fehler gemacht und Sie möglicherweise um ein Vermögen gebracht habe. Aber ich wollte Ihnen eigentlich raten, die Sache anzunehmen. Wie ich dazu kam, Ihnen das Gegenteil zu schreiben, mein lieber Spekulant, weiß ich jetzt nicht mehr!"

„Die Gesellschaft –"

„Ich weiß, ich weiß." Bones schüttelte traurig den Kopf und klemmte sein Monokel ein. „Es war ein Irrtum von mir, mein Lieber. Ich kenne die Gesellschaft gut. Sie macht einen ungeheuren Profit! Sie können den Wagen überall in der Stadt sehen. Ich denke, der hübsche, kleine Elsterwagen –"

„Kiebitzwagen!"

„Kiebitz meine ich natürlich. Es ist einer der besten Wagen auf dem Markt. Ich wollte mir selbst schon einen kaufen. Und der Gedanke, daß ich Sie von diesem Geschäft abgehalten habe, ist mir schrecklich!"

„Warten Sie doch – wollen Sie mich einmal einen Augenblick zu Wort kommen lassen?" Hamilton war verzweifelt. „Ich wollte Ihnen von meinen Erfahrungen erzählen. Ich legte das Geld – viertausend Pfund – bei dieser verteufelten Gesellschaft an."

„Wie?"

„Ich steckte gegen Ihren Rat das Geld in die Gesellschaft. Die ganze Geschichte ist mehr oder weniger Schwindel."

Bones setzte sich langsam in seinen Sessel und machte ein feierliches Gesicht, was er immer tat, wenn es sich um Geschäfte handelte.

„Mit dem Staatsanwalt ist nichts zu machen, die Geschäftsführung hält sich in den Grenzen des Gesetzes. Aber mehr oder weniger ist alles ein großer Betrug. Die Gesellschaft hat eine zerfallene, verkommene Fabrik irgendwo im Norden, und der einzige, jemals hergestellte Kiebitzwagen wurde von einem schottischen Unternehmer für doppelt soviel Geld gebaut, als man dem Publikum als Kaufpreis abnehmen dürfte."

„Was habe ich gesagt?" sagte Bones ruhig. „Arme alte Seele, ich gebe meinen besten Freunden keinen Rat, ohne die Dinge zu kennen. Die Kiebitz-Gesellschaft ist ein aufgelegter Schwindel. Sie können bei dem Anblick der Wagen sehen –"

„Es ist nur einer fertig geworden", unterbrach ihn Hamilton.

„Ich hätte des Wagens sagen sollen", fuhr Bones unbeirrt fort. „Sein Aussehen zeigte schon, daß die ganze Sache von Anfang bis zum Ende Schwindel ist. Ach, warum haben Sie nicht auf mich gehört, Hamilton? Warum?"

„Sie Wetterfahne!" sagte Hamilton wütend. „Vor einer Minute haben Sie sich entschuldigt, daß Sie mir diesen Rat gegeben haben!"

„Da hatte ich Ihre Geschichte noch nicht gehört!" sagte Bones munter. „Ja, Ham, Sie sind beschwindelt worden." Er dachte einen Augenblick nach. „Viertausend Pfund!"

Bones war in der letzten Zeit mit großen Summen umgegangen und hatte beinahe die Bedeutung vergessen, die viertausend Pfund für einen armen Offizier hatten. Er war zu feinfühlend, um seine Gedanken in Worte zu kleiden, aber es überkam ihn plötzlich die Erkenntnis, daß es das ganze Geld war, das Hamilton besaß.

„Ham", sagte er mit hohler Stimme, „ich bin doch ein netter, alter Bösewicht! Hier habe ich nun mit Ihnen geschwätzt und Schwänke erzählt, anstatt darüber nachzudenken, wie man die Sache wieder in Ordnung bringen kann!"

Hamilton lachte.

„Ich fürchte nur, Sie können hier nichts in Ordnung bringen, Bones. Ich wollte nur etwas Genaueres über die Firma von Ihnen erfahren."

Bei jeder anderen Gelegenheit hätte Bones behauptet, eine möglichst eingehende Kenntnis der Firma, ihrer Arbeitsweise, ihrer Geschäftsverbindungen usw. zu besitzen, aber jetzt schüttelte er nur den Kopf. Hamilton seufzte.

„Sanders riet mir, zu Ihnen zu gehen. Er hat großes Vertrauen zu Ihnen, Bones."

Bones wurde rot, hustete, nahm seine lange, schöne Feder auf und legte sie dann wieder auf den Tisch.

„Aber immerhin wissen Sie doch genug und kennen die City, um mir zu sagen, ob ich irgendeine Aussicht habe, mein Geld wiederzubekommen."

Bones erhob sich mit einem Ruck.

„Ham!" Hamilton hörte, daß er gerührt war. „Das Geld bekommen Sie zurück – oder der Name Augustus Tibbetts taugt nichts mehr!"

Einen Augenblick später verabschiedete sich Hamilton mit einem kräftigen Händedruck.

Das war eine Gelegenheit für Bones. Er stützte beide Ellenbogen auf das Pult, fuhr mit den Händen durch das Haar und dachte eifrig und angestrengt über diese Sache nach. Später sagte er, daß es das schwerste Problem war, dem er jemals begegnet sei.

Nachdem er sich eine halbe Stunde lang die Haare zerzaust hatte, ging er langsam durch seinen schönen Raum und klopfte leise an die Tür, die zum äußeren Büro führte.

Miss Marguerite Whitland bat ihn nicht mehr, ohne Klopfen einzutreten. Sie sagte nur noch „Herein!" Bones trat näher, schloß die Tür hinter sich und stand in einer achtungsvollen Haltung zwei Schritte von der Tür entfernt.

„Mein junges Fräulein", sagte er ruhig, „darf ich Sie um Ihren Rat fragen?"

„Sie können mich auch um meinen Rat fragen", sagte sie ebenso ernst.

„Es ist ein merkwürdiges Problem, meine liebe, gute Marguerite", fuhr er mit leiser Stimme fort. „Es betrifft die Zukunft meines besten Freundes – des besten Freundes auf der ganzen Welt", sagte er bedeutungsvoll. „Freundschaft zwischen zwei netten, alten Offizieren ist etwas ganz anderes – ich hoffe, daß Sie mich verstehen – als die Freundschaft zwischen – ich möchte Ihnen nämlich sagen, mein liebes Fräulein, daß ich nicht persönlich werden oder Vergleiche zu den Gefühlen ziehen will, die ich für Sie hege –" Hier gingen ihm die Worte aus.

Sie kannte ihn nun schon gut genug und ließ sich nicht mehr in

Verwirrung bringen, wenn er plötzlich von seinen persönlichen Gefühlen und Stimmungen erzählte. Auch war sie nicht weiter böse darüber. Ruhig und besonnen brachte sie die Unterhaltung wieder in das richtige Geleise.

„Es ist also eine Angelegenheit, die einen guten Freund von Ihnen betrifft", sagte sie aufmunternd. Bones nickte und strahlte.

„Sie haben es erraten", sagte er voll Bewunderung. „Sie sind die netteste Sekretärin, die jemals lebte. Ich vermute, keine andere junge Dame in London hätte das –"

„O ja, das hätte sie schon. Sie haben mir die Sache doch eben erzählt – haben Sie das schon wieder vergessen?"

„Also, um die Sache kurz zu machen, meine liebe Miss Marguerite", sagte Bones und lehnte sich vertrauensvoll an den Tisch. „Ich muß alle Einzelheiten über einen bestimmten Schuft oder über mehrere Schufte herausbekommen –" Er hielt an und zog die Stirne kraus. „Nun, wie zum Teufel hieß doch dieser Vogel? Fasan, Rebhuhn, Strauß, Vampir, Sperling – es hat irgend etwas mit Eiern zu tun! Was für Eier essen Sie eigentlich?"

„Ich esse nur selten Eier, aber wenn ich welche esse, sind es ganz gewöhnliche Hühnereier."

„Nein, nein, Huhn ist der Name nicht." Bones schüttelte den Kopf. „Warten Sie einmal – jetzt habe ich es – Kiebitz – Kiebitzwagen-Gesellschaft!" – Marguerite notierte es auf ihrem Block.

„Also, nun hören Sie gut zu. Sie müssen die besten Leute in London engagieren, um diese Gesellschaft ausfindig zu machen. Wenn nötig, nehmen Sie zwei gute Privatdetektive oder auch drei. Setzen Sie sie sofort an die Arbeit und sparen Sie keine Ausgaben. Ich will wissen, wer der Direktor der Gesellschaft ist. Ich würde ja die Sache selbst in die Hand nehmen, aber ich habe so furchtbar viel zu tun. Und dann will ich auch wissen, wo die Büros der Gesellschaft liegen – sagen Sie den Detektiven auch, daß sie in den Automobilgeschäften in Westend nachfragen sollen, dort werden sie vielleicht hier und dort eine Bemerkung auffangen und –"

„Ich verstehe schon", sagte Marguerite. Bones streckte seine magere Hand aus und reichte sie der jungen Dame.

„Wenn eine Sekretärin in ganz London zu finden ist, die mehr weiß als Sie", sagte er, und seine Stimme zitterte vor Begeisterung, „dann will ich nicht mehr Tibbetts heißen!"

Nach dieser bedeutsamen Feststellung verließ er ihr Büro.

Fünf Minuten später trat Miss Whitland in sein Büro und hielt einen kleinen Zettel in der Hand.

„Die Büros der Kiebitz-Gesellschaft befinden sich in der Grace-Church Street 604. Sie ist mit einem Kapital von achtzigtausend Pfund gegründet, von denen vierzigtausend eingezahlt sind. Sie besitzt eine Fabrik in Kenwood im Nordwesten Londons, und der geschäftsführende Direktor heißt Charles O. Soames."

Bones starrte sie mit offenem Munde an.

„Woher haben Sie denn diese überraschenden Informationen, mein liebes Fräulein?" fragte er erstaunt.

Marguerite lachte ihn an. „Ich kann Ihnen auch die Telefonnummer verraten", sagte sie, „denn ich habe sie im Telefonbuch gefunden. Die übrigen Angaben stammen aus dem Börsenjahrbuch."

Bones schüttelte den Kopf in schweigender Bewunderung.

„Wenn es eine Sekretärin in London gibt", begann er wieder. Aber sie war seinem Redeschwall schon entflohen.

Eine Stunde später hatte Bones eine glänzende Idee ausgearbeitet, die seinem großmütigen Herzen und seinem erstaunlichen Optimismus alle Ehre machte.

Mr. Charles O. Soames saß in Hemdsärmeln an seinem Schreibtisch, der mit Schriftstücken übersät war. Er hatte dichtes, schwarzes Haar, einen stattlichen, schwarzen Schnurrbart, ein dunkles Kinn, und er rauchte eine große, schwere Pfeife. Als Bones angemeldet wurde, schrieb er eben mit Bleistift einen Prospekt für eine neue Gesellschaft, die er ins Leben rufen wollte. Er versprach darin reichen jungen Leuten glänzende Aussichten auf ungeheure Verdienste.

Seine Stenotypistin reichte ihm die Karte, und er unterdrückte einen Freudenschrei, als er den Namen las. Denn Bones war in der City bekannt, und es war der stille Traum eines Charles O. Soames, daß Mr. Augustus Tibbetts eines Tages mit großen Paketen von Banknoten unter jedem Arm in sein Büro träte. Er sprang vom Stuhl auf, schlüpfte schnell in seinen Rock und steckte den Prospekt, an dem er schrieb, unter einen Stoß anderer Dokumente. Eins von ihnen hatte eine sonderbare Ähnlichkeit mit einer Gerichtsvorladung. – Dann begrüßte er begeistert seinen Besuch.

„In Sachen Kiebitz-Auto", sagte Bones rauh. Er war stolz darauf, daß er in denkbar kürzester Weise und ohne jede Verzögerung auf den Gegenstand seiner Unterredung kam.

Mr. Soames machte ein langes Gesicht und war sehr enttäuscht. „Ach, Sie wollen einen Wagen kaufen?“ fragte er. Wenn er ehrlich gewesen wäre, hätte er sagen müssen: „Sie wollen den Wagen kaufen?“ Aber unter den gegebenen Umständen hielt er diese Form für taktlos.

„Nein, mein lieber, alter Gesellschaftsgründer“, sagte Bones, „ich will Ihren Wagen nicht kaufen, denn ich bin ganz genau informiert, daß Sie keinen Wagen zu verkaufen haben.“

„Wir hatten sehr viele Hindernisse zu überwinden“, gab Mr. Soames schnell zu. „Sie haben ja keine Ahnung, wie schwer es ist, heute eine Fabrikation einzurichten. Alle die vielen Vorschriften der Regierung wegen Rohstofflieferungen usw. – aber in ein paar Monaten –“

„Ich bin ganz genau im Bilde – außerdem bin ich ein Geschäftsmann.“

Er sagte das so bestimmt, daß es beinahe wie eine Drohung klang.

„Ich spreche jetzt zu Ihnen wie ein Geschäftsmann in der City von London zu einem andern. Ist es möglich, in Ihrer Fabrik Wagen herzustellen?“

Mr. Soames nahm die Gelegenheit wahr.

„Gewiß, Mr. Tibbetts“, sagte er ernst. „Das ist möglich. Wir müssen nur etwas mehr Kapital haben, als bis jetzt eingezahlt worden ist.“

Das war die Schwierigkeit, die sich bei allen Gesellschaftsgründungen Mr. Soames’, die in einer langen Liste auf einem Messingschild an der Tür des Büros aufgezählt waren, herausstellte. Keine von ihnen hatte genügend Kapital, um überhaupt etwas zu unternehmen, es sei denn, daß sie Mr. Soames, dem geschäftsführenden Direktor, Gehalt auszahlten.

Bones holte ein hübsches kleines Notizbuch aus seiner Westentasche und las seine Notizen – oder vielmehr, er machte einen Versuch, sie zu lesen. Dann gab er es auf und verließ sich ganz auf sein Gedächtnis.

„Also, vierzigtausend Pfund sind bei Ihrer Gesellschaft gezeichnet worden. Ich will Ihre Aktien zu einem gewissen Preis übernehmen.“

Mr. Soames schluckte schwer. Hier zeigte sich die Erfüllung eines seiner Träume, auf die er sein ganzes Leben gehofft hatte.

„Es sind vier Millionen Aktien ausgegeben", fuhr Bones fort und sah wieder in seinem Notizbuch nach.

„Wie?" fragte Mr. Soames.

Bones schaute genauer hin.

„Nein, nein – vierhunderttausend sind es."

„Vierzigtausend!" sagte Mr. Soames höflich.

„Auf diese Kleinigkeit kommt es nicht an: Es fragt sich nur, ob Sie verkaufen wollen?"

Der geschäftsführende Direktor der Kiebitz-Gesellschaft biß sich auf die Lippen.

„Natürlich!" sagte er. „Die Aktien sind gestiegen – nicht, daß sie an der Börse gehandelt würden – wir haben uns nicht die Mühe gegeben, sie anzumelden – aber ich versichere Ihnen, mein lieber Herr, die Aktien stehen über pari."

Bones sagte nichts.

„Sie haben allerdings nur einen geringen Überpreis", fuhr Mr. Soames hoffnungsvoll fort. Bones erwiderte immer noch nichts. „Zweieinhalb Shilling stehen sie über Kurs", erklärte Mr. Soames.

„Zum Nennwert", sagte Bones fest und geschäftsmäßig.

Der Kauf wurde nicht gleich abgeschlossen, weil große Geschäfte in der City niemals hastig erledigt werden. Bones ging mit einem großen Stoß von Prospekten und Katalogen in sein Büro zurück. Er telegrafierte an Hamilton und bat ihn, am nächsten Tag zu ihm zu kommen.

Er arbeitete am Abend mit Hilfe der wenig überzeugten Miss Whitland einen großartigen Plan aus. Der Schreibtisch war mit dicken Stößen technischer Publikationen aus der Automobilindustrie bedeckt. Die Tatsache, daß er die Gesellschaft kaufte, um das Geld seines Freundes zu retten, war vollkommen vergessen. Seine etwas zweifelhaften Berechnungen beschworen einen glänzenden Traum herauf. Das Kiebitz-Auto sollte auf allen Straßen der ganzen Erde zu finden sein. Er las in einem Aufsatz über Massenproduktion, wie ein berühmter Amerikaner tausend oder hunderttausend Wagen am Tage fabrizierte und wie das Auto auf dem endlos langen Fließband zusammengestellt wurde. Arbeiter warteten in Reihen, und jeder brachte eine Schraube an oder nahm auch etwas ab, so daß der Wagen schließlich mit eigener Kraft die Halle verließ.

Bones entwarf aber einen runden Fabrikationstisch. Wenn ein Arbeiter vergaß, eine Schraube oder eine Stange anzubringen, konnte der Irrtum dann in Ordnung gebracht werden, wenn der Wagen an der Stelle wieder vorbeikam. Der Name Kiebitz-Automobil sollte ein Begriff auf der ganzen Welt werden. Die Fabriken, die den Wagen herstellten, mußten allmählich über Nord-London hinauswachsen, und jedes Jahr sollte ein Festessen abgehalten werden. Bones saß dann im Direktorsessel und seine schöne Sekretärin an seiner Rechten. Bones hielt die Tischrede und kündigte an, wieviel Verdienst auf die Aktien an Tausende von Arbeitern in Gestalt von Gutscheinen verteilt werden sollte. –

Hamilton war pünktlich um zehn Uhr da. Er flog geradezu in das Büro und warf mit einem Knall ein großes Papier auf Bones' Schreibtisch. Er zeigte die Begeisterung eines Mannes, der plötzlich Geld bekommt, das er nicht verdient hat.

„Mein lieber, alter Freund", sagte Bones empfindlich, „erinnern Sie sich doch und wahren Sie den Anstand, mein lieber Ham. Sie sind hier nicht in Afrika!" – „Bones, Sie sind ein Engel!" rief Hamilton. „Wissen Sie, was sich ereignet hat?"

„Reden Sie doch etwas leiser und brüllen Sie nicht so, mein alter Freund", protestierte Bones. „Meine Sekretärin denkt sonst, wir schlagen uns die Köpfe ein."

„Er kam gestern abend", erzählte Hamilton, „als ich gerade zu Bett gehen wollte." Er sprach fast zusammenhanglos in seiner Freude. „Er bot mir dreitausendfünfhundert Pfund für meine Aktien an – und ich habe sie sofort genommen."

Bones musterte ihn erstaunt.

„Er hat Ihnen dreitausendfünfhundert Pfund geboten? Großer Gott, Sie wollen doch nicht etwa sagen –"

Man stelle sich die Tragödie dieses Augenblicks vor. Da stand Bones und wälzte die größten und stolzesten Probleme in seinem Kopf. Er wollte eine Automobil-Gesellschaft gründen, die den Weltmarkt eroberte. In seinem Kopf hatte er schon große Fabriken entworfen, vor seinem Auge sah er lange, weißgedeckte Festtafeln, und er hörte schon die begeisterten Zurufe, wenn er aufstand, um seine Rede zu halten und von dem guten Geschäftsgang der Firma zu berichten. Man denke auch, daß er schon den Scheck ausgeschrieben hatte, der auf seinem Schreibtisch vor ihm lag, denn er erwartete die Ankunft von Mr. Soames. Und man denke sich, wie in dieser Situation Mr. Charles O. Soames durch die Türe des äußeren Büros trat und wie vom Blitz getroffen dastand, als er Bones und Hamilton in freundschaftlichem Gespräch miteinander sah.

„Guten Morgen", sagte Bones.

Mr. Soames stieß einen unterdrückten Schrei aus und ging schnell in die Mitte des Zimmers. Höchste Erregung stand auf seinem Gesicht geschrieben.

„So war die ganze Sache nur eine Prellerei, ein Schwindel, wie? Sie haben alles nur angezettelt, um Ihren Freund aus der Patsche zu ziehen?" – „Mein lieber, alter –", begann Bones verdutzt.

„Ich sehe schon, wie alles zugegangen ist. Nun gut, Sie haben mich um dreitausendfünfhundert Pfund geneppt, und Ihr Freund kann lachen. Das ist alles, was ich zu sagen habe. Es ist das erstemal, daß mich jemand hereingelegt hat. Noch dazu so ein Grünhorn wie Sie!" – „Mein lieber, alter Kerl, mäßigen Sie doch Ihre Sprache!" sagte Bones.

Mr. Soames atmete schwer, stülpte seinen Hut auf den Kopf und ging aus dem Büro, ohne ein weiteres Wort zu verlieren. Sie hörten, wie er die Tür hinter sich ins Schloß schmetterte.

Bones und Hamilton sahen sich lang an. Dann nahm Bones den Scheck vom Tisch und zerriß ihn langsam. Es hatte fast den Anschein, als ob er sein Leben damit zubringen sollte, große Schecks zu zerreißen.

„Was bedeutet diese ganze Sache, Bones? Was, zum Teufel haben Sie angestellt?" fragte Hamilton verwundert.

„Mein lieber, alter Ham", sagte Bones feierlich, „es war ein kleiner, gut ausgearbeiteter Plan, wirklich so ein kleiner, netter Plan. Nehmen Sie Platz, mein alter Offizier", fuhr er nach einer feierlichen Pause fort, „und lassen Sie dies eine Warnung für Sie sein. Legen Sie Ihr Geld nie wieder in Industriepapieren an. Der Arbeitsmarkt steht derartig schlecht, die verfluchte Undankbarkeit der arbeitenden Klassen – es ist tatsächlich herzzerbrechend – wirklich, mein lieber Ham!"

Und dann änderte auch Bones seinen großen Plan, legte ihn beiseite und beteiligte sich nie wieder an Industrieunternehmungen.

## V

## Eine Filmaufnahme

Mr. Augustus Tibbetts kam zu Geld durch reines Glück – aber mehr noch durch seine künstlerischen Fähigkeiten. Das sollte ein alter Freund von ihm erfahren, nachdem er seine Bekanntschaft mit ihm erneuert hatte. Es war niemand anders als sein früherer Vorgesetzter, Kapitän Hamilton.

Bones hatte eine sonderbare Art, sein Geld auf ganz andere Weise zu verdienen als gewöhnliche Leute, und manchmal verdiente er es auch noch auf ganz andere Weise, als er es sich selbst vorgenommen hatte. Ein Beispiel war die Fusion der großen Erdölgesellschaften. In unseren Tagen reisen große Geschäftsleute im Flugzeug, und man kann unmöglich die Ankunft oder Abfahrt wichtiger Persönlichkeiten überwachen. Die Direktoren der Gesellschaften treffen sich, ohne daß jemand etwas davon weiß, und die Kurse in der City steigen und fallen schnell und reagieren auf die wildesten Gerüchte, so daß es den konservativen Finanzleuten auf die Nerven fällt.

Hartnäckig hielten sich Nachrichten von einer Fusion der Französisch-Persischen Erdölgesellschaft und der Petrol Consolidated. Infolgedessen stiegen und fielen die Kurse der Aktien beider Gesellschaften dauernd. Die Direktoren drückten wiederholt ihr Erstaunen aus, daß das leichtgläubige Publikum auf solche Gerüchte reagiere. Und sowohl M. Jorris, der Beherrscher der französisch-persischen Gruppe, als auch Mr. George Y. Walters, der Fürst der Petrol, stellten jede Absicht auf Fusion in Abrede.

Schon bevor diese Dementis bekannt wurden, hatte Bones eine Menge Erdölaktien gekauft, und das war ein Fehler, der als großes Fragezeichen neben seiner sonstigen Geschäftstüchtigkeit stand. Trotzdem hatte er keine Verluste, sondern gewann bei diesem Abenteuer. Die Größe seiner unheimlichen Verdienste kann man aus seinem Hauptbuch ersehen.

Hamilton war bei dem ehemaligen Amtmann Sanders zu Besuch, der früher ein afrikanisches Gebiet an der Westküste verwaltet hatte. Beide unterhielten sich über Bones, sowohl morgens beim Frühstück als auch später beim Mittagessen.

Die dritte Persönlichkeit bei Tisch war eine äußerst hübsche, junge

Dame, die von dem Mädchen ‚Gnädige Frau' angeredet wurde und einige Briefe öffnete, die an Mrs. Sanders adressiert waren. Vor nicht allzu langer Zeit trug sie noch den Namen Patricia Hamilton.

„Bones ist wirklich zu bewundern", sagte Sanders. „Ich erkenne ihn kaum wieder. Ein Bekannter aus der City hat mir gerade berichtet, daß alle Geschäfte, die er nur anrührt, zu seinen Gunsten ausschlagen. Und das ist nicht nur zufälliges Glück. Bones entwikkelt einen unglaublich feinen Geschäftssinn."

Hamilton nickte.

„Merkwürdigerweise folgt er immer seiner romantischen Veranlagung. Bones wird kein Geschäft anrühren, das nicht irgendeinen phantastischen Hintergrund hat. Er versteht noch nicht sehr viel vom Geschäft, aber er ist geradezu groß in Abenteuern. Ich habe ihn in den letzten vier Wochen genau beobachtet, und ich glaube, seine Methode jetzt zu kennen. Wenn er bei irgendeinem romantischen Geschäft einen vernünftigen und glücklichen Schluß vorausahnt, dann stürzt er sich sofort darauf. Die größten Geschäfte macht er fast wie im Traum."

Patricia sah auf.

„Hast du dich nun entschlossen, mein Lieber?"

„Du meinst, ob ich in Bones' Geschäft eintreten will?" fragte Hamilton lächelnd. „Nein, noch nicht. Er bestürmt mich dauernd – er hat schon einen wunderschönen, kostbaren Schreibtisch in seinem Büro aufgestellt und sagt, daß er meinen Einfluß braucht. Aber –" Er schüttelte den Kopf.

„Ich glaube, ich verstehe dich", sagte Sanders. „Du fühlst, daß er alles nur aus reiner Freundschaft und Güte tut. Das sieht Bones allerdings ganz ähnlich. Aber glaubst du nicht auch, daß er einen guten Ratgeber braucht?"

„Das stimmt", gab Hamilton zu. „Aber da ist der andere Grund: das Geld. Mir kommt es wirklich nicht darauf an, mein kleines Vermögen einzuzahlen, aber es würde mir unangenehm sein, wenn Bones alle Verluste auf sein Konto schreiben und alle großen Gewinne mit mir teilen wollte."

„Darüber würde ich mir keine Kopfschmerzen machen", sagte Patricia ruhig. „Bones denkt viel zu vornehm, als daß er das tun würde. Dein kleines Vermögen kann sich natürlich nicht mit Bones' Reichtum messen. Aber gründe doch ein Geschäft mit ihm auf folgender Basis: Das Kapital der Gesellschaft wird – wieviel wolltest du eigentlich einzahlen?"

„Viertausend."

„Nun gut, dann macht das Gesellschaftskapital achttausend Pfund. Bones kann dem Geschäft dann immer Geld leihen. Betriebskapital – ist das nicht der Ausdruck, den man dafür braucht?"

Sanders lächelte sie an.

„Du bist doch eine tüchtige Frau", sagte er. „Woher weißt du denn so viel von Finanzdingen?"

Sie wurde rot.

„Ich habe gestern mit Bones zu Mittag gespeist", sagte sie.

„Hier kommt die Post."

Das Dienstmädchen verteilte die Briefe. Einer war an Kapitän Hamilton, V. S. O., gerichtet.

„Von Bones", sagte Hamilton unnötigerweise. Alle waren natürlich auf den Brief gespannt. Es war ein begeistertes Schreiben mit vielen Unterstreichungen und Ausrufungszeichen.

„Mein lieber, alter Ham", begann es, „Sie müssen sofort bei mir eintreten. Ich habe einen ganz hervorragenden, neuen Plan. Großartige Verdienste, außerordentliche Aussichten."

„Um Himmels willen, was ist das?" fragte Hamilton, reichte den Brief seiner Schwester und zeigte auf eine Stelle, die er nicht lesen konnte. – „Das soll heißen ‚Das Erbteil des schlechten Mädchens'" antwortete Patricia.

„‚Das Erbteil des schlechten Mädchens' ist der Titel eines Films. Es steht ein großes Atelier mit zwei Kameras in Tinbreach, und ein sehr netter Mensch, der unglaublich viel versteht, ist auch da. Wir können mit der Geschichte einen großen Sack Geld verdienen. Mein lieber, alter Kamerad, kommen Sie sofort hierher. Wir haben außerordentlich gute Verdienstmöglichkeiten. Besuchen Sie mich in meinem Büro, sobald es Ihre Zeit erlaubt.

Ihr Künstler Bones"

„Bones will sich im Filmgeschäft betätigen", sagte Sanders. „Was sagst du dazu?"

Hamilton dachte eine Weile nach.

„Ich werde ihn aufsuchen.“ Und damit ging er.

Kurz nach zehn war er in der Stadt, aber Bones saß schon zwei Stunden vorher in seinem Büro, denn das Fieber der neuen Unternehmung war über ihn gekommen, und sein Schreibtisch war mit Katalogen, Preislisten und Kalkulationen über Filme bedeckt. Als Hamilton ins Büro kam, schaute er auf.

„Setzen Sie sich schnell hin“, sagte Bones entschieden. „Wir dürfen keine Zeit verlieren, mein lieber, alter Künstler. Die Zeit enteilt in schnellem Fluge. Ham, ich hatte eine kleine Aussprache mit Ihrer hochverehrten, liebenswürdigen Schwester. Wir haben die ganze Sache besprochen. Sind Sie im Bilde?“ – „Vollkommen.“

Und nun ereignete sich eine Filmszene im kleinen. Bones erhob sich majestätisch und reichte ihm die Hand.

„Dort steht Ihr wundervoller Schreibtisch, mein lieber, alter Kamerad“, sagte er mit gebrochener Stimme und zeigte auf das schwere Möbelstück, das seinem Tisch gegenüberstand. „Wir haben nur noch eine Sache zu regeln –“

Es war ihm sichtlich nicht wohl zumute. Hamilton wollte schon nach seinem Scheckbuch greifen, aber er kannte doch seinen Bones besser, als daß eine so geringfügige Sache wie Geld ihn in Aufregung bringen könnte.

„Ham“, nickte Bones, räusperte sich und sprach mit Anstrengung, „mein alter Kamerad in hundert galanten Abenteuern, mein lieber Freund!“

„Was wollen Sie denn damit sagen?“ fragte Hamilton argwöhnisch.

„Wir kommen jetzt zu einer sehr ernsten, geschäftlichen Angelegenheit, mein lieber, alter Kamerad“, bestätigte Bones. „Als mein hochverehrter Partner sind Sie berechtigt, dieses Büro zu jeder Stunde, die Ihnen beliebt, zu betreten. Kommen Sie, wann Sie wollen, gehen Sie heim, wann Sie wollen. Wenn Sie Schmerzen in Ihrem netten, alten Schädel haben, gehen Sie nach Hause und legen Sie sich zu Bett. Gehen Sie ruhig nach Hause und vertrauen Sie Ihrem alten Bones, er wird das Geschäft schon hochhalten. Alles, was im Büro ist, steht zu Ihren Diensten. Wenn Sie etwas trinken wollen, finden Sie es in jenem netten Schrank. Tun Sie alles, was Ihnen beliebt, aber –“

„Aber?“ wiederholte Hamilton.

„Nur eins, mein lieber, alter Kerl“, sagte Bones traurig, aber mutig entschlossen, „teilen wir nicht miteinander.“

„Was ist denn das?“ fragte Hamilton, der durch Bones’ lange Einleitung neugierig geworden war.

„Was meine Schreibmaschine –“

Hamilton lachte.

„Sie verrückter Mensch, ich will doch nicht mit Ihrer Schreibmaschine spielen!“

„Das ist gerade, was ich meine“, sagte Bones. „Ich danke Ihnen!“

Er schritt feierlich durch den Raum, ergriff Hamiltons Hand und schüttelte sie herzlich.

„Das liebe, nette Ding, sie ist zu jung“, flüsterte er mit zitternder Stimme. „Das Leben ist zu hart . . . furchtbare Erfahrungen . . . Mit den Gefühlen eines so jungen, empfindsamen Herzens zu spielen – nein!“

„Wovon sprechen Sie denn eigentlich?“ Hamilton ging ein großes Licht auf. „Meinen Sie etwa Ihre Sekretärin?“

„Ja, die meine ich.“

„Um Himmels willen, der werde ich nichts zuleide tun. Sie ist Ihre Privatsekretärin – selbstverständlich werde ich ihr keine Arbeit geben.“

„Auch keine Aufträge!“ sagte Bones höflich. „Sie müssen mich verstehen, mein Lieber, ich könnte es einfach nicht aushalten, wenn ich hören müßte, wie Sie ihr Befehle geben. Ich weiß, daß ich mich ganz und gar auf Sie verlassen kann, mein lieber Ham. Ich weiß, wie Sie den Mädchen gegenüberstehen. Aber es gab Zeiten –“

„Sie wissen, wie ich mit Mädchen stehe?“ fragte Hamilton ärgerlich. „Was zum Teufel wissen Sie denn überhaupt von mir, Sie junger Dachs, daß Sie mir ehrenrührige Vorwürfe machen?“

Bones hob seine Hand.

„Wir wollen die Vergangenheit ruhen lassen“, sagte er bedeutungsvoll und war dabei so ernst, daß Hamilton plötzlich seine Vergangenheit nach irgendeiner vergessenen Untat durchforschte. „Wir haben nun alles zu unserer gegenseitigen Zufriedenheit abgemacht, mein lieber Partner“, schloß Bones zufrieden. „Gestatten Sie, daß ich Sie vorstelle.“

Er ging zur Tür, die in das äußere Büro führte, und klopfte bescheiden an. Hamilton beobachtete ihn erstaunt. Er sah, wie er verschwand, die Tür hinter sich zufallen ließ und gleich darauf wieder hinter der Dame herauskam, der er den Vortritt gönnte.

„Mein liebes Fräulein", sagte Bones und wurde sehr verlegen, „gestatten Sie, daß ich Ihnen meinen Partner, meinen früheren Kommandeur, den liebenswürdigen, alten Kapitän Hamilton, V.S.O., vorstelle. V.S.O. bedeutet Verflucht Schneidiger Offizier."

Hamilton sah ihn erstaunt an.

Lächelnd reichte das Mädchen Hamilton die Hand, und er sah zum erstenmal in ihr Gesicht. Früher hatte er schon ihre klassische Schönheit bewundert, aber nun blickte er in kluge Augen, in denen lustige Schalkheit aufleuchtete.

Und das freute ihn am meisten.

„Bones und ich sind alte Freunde", erklärte er.

„Ham!" sagte Bones ernst.

„Bones?" fragte Marguerite.

„Natürlich", sagte Bones. „Ham, nun seien Sie vernünftig. Sie können nicht erwarten, daß eine Sekretärin ihren Chef sich unter dem Namen Bones vorstellt!"

„Tut mir furchtbar leid", entschuldigte sich Hamilton schnell, „aber Sie sehen, Bones und ich – "

„Hamilton", flüsterte Bones, „nehmen Sie sich doch in acht, Sie alter, indiskreter Mensch! Mr. Tibbetts heiße ich! Mr. Tibbetts!"

„Darf ich Ihnen den netten, alten Filmexperten vorstellen?" sagte er plötzlich in einem anderen Ton und beeilte sich, einen eleganten jungen Mann mit langen, schwarzen Locken zu begrüßen, der soeben eingetreten war. Er hatte einige Ähnlichkeit mit alten Bildern von Ludwig XV. und hieß merkwürdigerweise auch Ludwig mit Vornamen.

„Nehmen Sie Platz, Mr. Beckstein", bat Bones. „Dies ist mein Partner, Kapitän Hamilton, V.S.O. – ein netter, alter Kriegskamerad von mir. Meine Privatsekretärin kennen Sie ja, es ist aber auch gar nicht notwendig, daß Sie sie kennen – ich meine, sie macht sich nichts daraus, Sie kennenzulernen", fügte er hastig hinzu. „Aber seien Sie deshalb nicht ärgerlich, mein lieber Beckstein. Ham, Sie setzen sich dorthin, Beckstein wird auf diesem Stuhl Platz nehmen und Sie, mein junges, liebes Fräulein, werden neben mir sitzen. Bitte, schreiben Sie auf, wenn ich einen guten Einfall habe!"

Bones war eifrig bei der Sache. In einer Schublade seines Schreibtisches lag ein Filmmanuskript. Endlich hatte er den Schlüssel gefunden. Er nahm es heraus und legte es vor sich auf den Tisch. Nachdem er noch andere Aufzeichnungen aus dem Fach genommen und Miss Whitland einen noch bequemeren Stuhl geholt hatte, begann er mit seiner Erklärung.

In einem technischen Journal hatte er eine Annonce gelesen, in der eine Filmgesellschaft angeboten wurde. Kurz entschlossen kaufte er die ganze Firma mit allem Inventar und allen Vorräten an Film und Manuskripten für zweitausend Pfund. Auch hatten ihm die letzten Eigentümer gnädig erlaubt, den Vertrag des begabten und liebenswürdigen Mr. Ludwig Beckstein zu übernehmen.

Nebenbei bemerkt war diese Lösung für die Leute sehr vorteilhaft, denn sie waren Mr. Beckstein gegenüber noch zwölf Monate lang durch einen festen Vertrag verpflichtet, und die Lösung desselben hätte sie den größten Teil der Kaufsumme gekostet.

„Dies ist also das Manuskript", sagte Bones bedeutungsvoll. „Mein lieber Ham, ich habe schon viele, viele Geschichten in meinem Leben gelesen, aber niemals hat mich eine so ergriffen wie diese. Es ist wirklich herzzerreißende Tragik, mein lieber Ham. Selbst so ein hartgesottener alter Sünder wie Sie wird butterweich werden. Wirklich, glauben Sie mir, das können Sie nicht bestreiten."

Er stand auf und schüttelte Hamilton die Hand, obgleich dies vollständig unnötig war.

„Nun denkt der kluge, alte Beckstein, daß dies eine recht scharfe Sache wird."

„Ein Haupttreffer", murmelte Beckstein, schloß die Augen und schüttelte den Kopf. Er sprach sehr sanft, aber sonst konnte er auch fürchterlich schreien. „Sie können sicher sein – es wird ein Haupttreffer. Ich bin nun schon seit siebenundzwanzig Jahren beim Film, und noch nie habe ich ein Drama gelesen, das so zu Herzen spricht –"

„Da hören Sie es", sagte Bones gerührt.

„Und eine so genial aufgebaute Handlung –"

Bones nickte.

„Ich möchte ohne Übertreibung behaupten, daß das dem großen Publikum ans Herz greift –"

„Wer hat denn das Stück geschrieben?" fragte Hamilton.

Mr. Beckstein hustete bescheiden.

„Der nette, alte Beckstein!“ sagte Bones. „Der Mann, Ham, ist eines der größten Genies in dieser und in anderen Welten. Sind Sie es nicht? – Sprechen Sie doch, Sie alter Künstler. Seien Sie nicht so bescheiden!“

Mr. Beckstein hustete wieder.

„Die anderen Welten kenne ich nicht“, gab er dann zu.

„Ich habe nun eine Idee“, sagte Bones und hinderte Mr. Beckstein daran, sich frei zu seinem Genie zu bekennen. „Ich habe die ganze Sache durchgearbeitet, und es ist mir ganz klar, wie wir Geld sparen können. Die größten Ausgaben sind immer die Gagen für die Künstler. Sie glauben gar nicht, mein lieber, alter Ham, was man den Leuten bei so einer Sache an Gehalt zahlen muß.“

„Ich kann aber nicht sehen, wie Sie um die Gagen der Schauspieler herumkommen wollen – vermutlich müssen doch auch die Schauspieler leben!“

„Oh“, sagte Mr. Beckstein und schüttelte den Kopf.

„Natürlich, mein alter Freund! Aber warum wollen wir denn fremden Schauspielern das Geld zahlen?“ fragte Bones triumphierend. Er schaute einen nach dem andern bedeutungsvoll an. „Warum kann das Geld nicht in der Familie bleiben, mein lieber, alter Ham? Ich frage Sie – geben Sie mir doch eine Antwort.“ Er lehnte sich in seinen Sessel zurück, steckte die Hände in die Taschen und sah freundlich auf seine wenig befriedigten Zuhörer.

„Aber Sie müssen doch Schauspieler engagieren, mein lieber Bones“, sagte Hamilton.

„Selbstverständlich – wir haben ja schon welche. Wer ist Jasper Brown, der Schuft, der das arme Mädchen um ihr Erbteil zu bringen sucht und sie auf das schwärzeste verleumdet?“

„Wer denn?“ fragte Hamilton unschuldig.

„Das sind Sie!“ sagte Bones.

Hamilton verging fast der Atem.

„Wer ist aber Frank Ohnefurcht, der junge, schöne Leutnant – nun ja, es ist nicht notwendig, daß er gerade sehr schön ist, aber er sieht hübsch aus und befreit das Mädchen aus ihrer traurigen Lage.“

„Wenn ich schon eine Rolle spielen soll, könnte ich doch die übernehmen“, meinte Hamilton.

„O nein“, sagte Bones, „die spiele ich! Wer ist nun aber das wunderbar schöne, so traurige und unschuldige Mädchen, das von Ihnen" – er wandte sich an Hamilton – „verfolgt wird, bis die arme Seele nicht mehr weiß, wo sie sich hinwenden soll? Bis dann endlich der junge Offizier heldenhaft in die Handlung eingreift, seinen Arm um sie schlingt und das liebe, arme Ding vor einem fürchterlichen Schicksal rettet?"

„Wer ist sie?" fragte Hamilton.

Bones sah sich um und wandte sich langsam Marguerite zu.

„Mein liebes, nettes Fräulein – was denken Sie?"

„Was soll ich denken?" fragte sie bestürzt. „Worüber soll ich nachdenken?"

„Das ist eine Rolle", sagte Bones. „Das ist die größte Rolle, die jemals geschrieben wurde, seitdem Shakespeare die Augen schloß."

„Sie meinen doch nicht etwa, daß ich sie spielen soll?" fragte sie erstaunt.

„Sie ist Ihnen direkt auf den Leib geschrieben, meine liebe Sekretärin – niemand anders würde so dazu passen wie Sie."

„Aber ich werde so etwas Verrücktes nie tun!" sagte Marguerite lachend. „Mr. Tibbetts, Sie haben sich doch nicht im Ernst eingebildet, daß ich –" Sie vollendete den Satz nicht.

Es folgte eine lange Aussprache, in der die zukünftigen Schauspieler solidarisch und einzeln ihre Rollen ablehnten. Marguerite Whitland wollte das schlechte Mädchen nicht spielen, selbst als Bones versprach, den Titel in das ‚gute' Mädchen umzuändern. Obgleich er sich Mühe gab, sie zu überreden, den Zusammenbruch der Firma in düsteren Farben an die Wand malte und auch Mr. Ludwig Beckstein all sein Redetalent aufwandte, blieb sie fest. Ebenso entschieden wies Hamilton die Rolle des bösen Mannes zurück. Schließlich rettete Mr. Beckstein die Situation und versprach, die notwendigen Schauspieler und Schauspielerinnen für möglichst billiges Geld zu engagieren. Es werde sicherlich nicht schwerfallen, geeignete Schauspieler ausfindig zu machen.

„Sie werden nun doch auch nicht mehr spielen wollen, Bones?" fragte Hamilton.

„Ich weiß es noch nicht. Ich bin mir darüber noch nicht im klaren, mein alter Kamerad. Ich fühle große Begabung zum Schauspieler in mir, und ich weiß, daß ich für diese Rolle geschaffen bin – sie liegt mir."

„Aber Mr. Tibbetts", sagte Marguerite vorwurfsvoll, „Sie werden sich doch nicht fotografieren lassen, während Sie ein ganz fremdes Mädchen umarmen?"

Bones zuckte die Schultern.

„Das ist Kunst, meine liebe, nette Sekretärin", sagte er düster. „Sie wird für mich nicht mehr als ein Stück Holz sein. Ich werde sie umarmen und in der nächsten Sekunde wieder alles vergessen haben. Sie haben wirklich keinen Grund, sich deshalb zu fürchten – wirklich nicht."

„Wer sagt Ihnen denn, daß ich mich fürchte?" fragte Miss Whitland kühl.

Bones folgte ihr in ihr Büro und gab ihr noch allerhand Erklärungen, wie er es gemeint habe.

Am dritten Tag ging Hamilton nach Twickenham und war ziemlich bedrückt.

„Bones ist wirklich unermüdlich", sagte er resigniert, aber doch voll Bewunderung zu Sanders. „Er übt mit diesen unglücklichen Schauspielern auf freiem Feld, in Haupt- und Nebenstraßen – wirklich, der alte Bones kennt keine Rücksicht. Eine große Szene will er durchaus in einem Privatpark aufnehmen. Ich bin jetzt schon unruhig, wenn ich daran denke, was geschieht, wenn der Eigentümer kommt und Bones mit seiner ganzen Gesellschaft abfängt."

Sanders lachte still vor sich hin.

„Was will er denn mit dem Film anfangen?"

„Oh, den verkauft er. Ich sage dir, Bones ist erstaunlich. Er hat auch schon einen Citymann gefunden, der sich für Filmindustrie interessiert, einen Börsenmakler oder so etwas. Der hat ihm versprochen, sich jeden Filmstreifen anzusehen und ihm gute Ratschläge zu geben. Und so unglaublich es klingen mag, die ersten sechs Szenen, die Bones aufgenommen hat, sind wirklich brauchbar."

„Wer bedient denn die Kamera?" fragte Patricia.

„Bones", erwiderte Hamilton und versuchte, ernst zu bleiben. „Er hat vorher das Kurbeln an einer Messerputzmaschine geübt!"

Am vierten Tage regnete es, aber am fünften mietete Bones einen großen Autobus und fuhr mit seiner ganzen Gesellschaft aufs Land. Mit dem ruhigsten Gewissen mißachtete er alle Warnungstafeln, die ankündigten, daß auf Leute, die unrechtmäßig das Gelände betreten, geschossen werden würde. Er stieg mit seinen Schauspielern über eine Mauer in das heilige Privateigentum eines Engländers. Er brauchte die Parklandschaft, weil eine seiner Szenen an der Ecke eines Waldes spielte. Es war der Auftritt, in dem die Heldin des Stückes aus Verzweiflung, daß sie niemand von ihrer Herzensgüte überzeugen könnte, von dieser Welt und dem bösen Leben, das nur Trübsal und Kummer für sie hat, Abschied nimmt.

Bones fand auch schnell den richtigen Hintergrund, baute den Apparat auf, holte das junge Mädchen mit dem gelbgeschminkten Gesicht herbei und begann seine Anordnungen zu treffen.

„Nun kommen Sie einmal mit, mein liebes Fräulein. Sie gehen hier entlang. Sie kommen von dem Baum dort mit schleppenden Schritten, wie ich es Ihnen jetzt zeige. Also passen Sie auf und machen Sie es mir dann nach!"

Bones schritt mit gerunzelter Stirn über die Wiese, sank auf die Knie, faltete die Arme über die Brust und schaute betrübt und erschüttert zum Himmel empor. Hamilton wollte sich vor Lachen ausschütten. – „Benehmen Sie sich doch, Sie nichtsnutziger, alter Zweifler", sagte Bones ernst.

Nachdem sie eine halbe Stunde geprobt hatten, wurde die Szene aufgenommen, und Bones wollte eben aufbrechen, als Mr. Beckstein Einspruch erhob.

„Entschuldigen Sie, Mr. Tibbetts", sagte er mit der traurigen Stimme eines Künstlers, der gezwungen ist, die minderwertigen Leistungen eines anderen mit anzusehen. „Vor derselben Szenerie müssen die beiden Advokaten aufgenommen werden, die durch den Wald wandern und nicht wissen, welches unglückliche Schicksal die Erbin hat, nach der sie suchen."

„Da haben Sie recht", meinte Bones und rieb sich die Nase.

Er hielt sofort Umschau nach den beiden Anwälten. Hamilton stahl sich heimlich beiseite.

„Warum, zum Teufel, haben Sie mir denn das nicht vorher gesagt, Sie alter, fahrlässiger Regisseur? Ich hätte doch leicht zwei Rechtsanwälte mitbringen können. Hier ist auch wirklich niemand unter der Gesellschaft, der wie ein Rechtsanwalt aussieht. Können wir denn die Szene nicht irgendwo anders aufnehmen?"

Aber Mr. Beckstein ließ sich nicht erweichen.

„Das ist ganz unmöglich", protestierte er. „Wir müssen genau dieselbe Szenerie haben. Die Kamera kann nicht lügen."

Bones hielt noch einmal unter seiner kleinen Gesellschaft Umschau, aber er fand niemand.

„Vielleicht finde ich ein paar Leute auf der Straße."

„Es ist schwer möglich", sagte Mr. Beckstein, „daß Sie in dieser entlegenen Gegend zwei Herren in gleicher Kleidung mit Zylinder finden."

„Ich bin nicht so ganz Ihrer Meinung", sagte Bones optimistisch und unternahm eine kleine Streife. Er wußte, daß der Park eine scharfe Biegung an der Stelle machte, wo er an die Hauptstraße angrenzte.

Er hatte sich halbwegs durch das Gebüsch hindurchgearbeitet, als er stehenblieb. Bones glaubte an Wunder, aber sie mußten greifbar sein. Er traute seinen Augen kaum, denn mitten auf dem großen Weg, der durch den Park führte, standen zwei vornehme Herren mittleren Alters in tadellosen Anzügen und Zylindern. Bones war überglücklich – das war wirklich ein erstklassiges Wunder. Er entfernte sich leise und kam atemlos zu der Stelle zurück, wo die kleine Gesellschaft wartete.

„Kamera!" rief er außer Atem. „Bringen Sie sie schnell her. Aber machen Sie keinen Lärm, Ham, alter Knabe! Helfen Sie mir doch. Die anderen bleiben alle hier!"

Hamilton nahm den Apparat über die Schulter. Auf dem Weg erklärte ihm Bones seinen Kriegsplan.

„Es ist gar nicht nötig, daß wir diesen alten, verrückten Götzen erst lang und breit erklären, was wir vorhaben. Sie wissen doch, was ich meine, Ham. Wir werden schnell eine Aufnahme von ihnen machen, wenn sie den Weg entlangkommen. Das tut niemand weh, und wir haben unsere Szenen. Wir brauchen dann nur noch die Worte dazuzugeben." Unterdessen hatte er den Apparat schon aufgebaut und auf einen Baum eingestellt, der in der Nähe des Weges stand. Es war interessant zu beobachten, wie schnell Bones die technischen Dinge einer neuen Sache meisterte.

Hamilton versteckte sich im Gebüsch, aber er konnte doch die ganze Szene noch überschauen. Er hatte Herzklopfen bei dem Gedanken, daß mindestens einer der beiden Herren Eigentümer des Grundstücks sein mußte, das sie widerrechtlich betreten hatten. Als korrekter Engländer empfand er davor die größte Scheu. Die beiden Herren waren imposante Erscheinungen. Sie sprachen gerade miteinander, als Bones mit der Aufnahme begann. Sie mußten über einen von der Sonne hell beschienenen Teil des Weges gehen und auf diese Stelle hatte Bones den Apparat gerichtet. Plötzlich schaute sich einer der beiden um, als er das Surren des Apparates vernahm. Doch in diesem Augenblick hatte Bones die Aufnahme schon beendet.

„Wir haben eine gute Tagesleistung hinter uns“, sagte er zu Hamilton, als sie den Park verlassen hatten.

Ihr Wagen wartete auf der Hauptstraße, die am Park vorbeiführte. Als sie zu der Hecke kamen, sah Hamilton zu seiner Überraschung, daß die beiden vornehmen Herren sie beobachteten. Sie standen auf einer hohen Bank hinter der Mauer, von wo aus sie die ganze Straße überschauen konnten. Einer von ihnen sah die Kamera, neigte sich zu dem anderen und sagte etwas zu ihm. Dann stieg der eine Herr von der Bank herunter, öffnete ein kleines Tor in der Mauer und kam heraus.

Er war sehr höflich und taktvoll.

„Haben Sie Filmaufnahmen gemacht?“ fragte er.

„Mein lieber, alter Herr, ich will Sie nicht betrügen“, sagte Bones. „Das haben wir getan.“

Es folgte ein Schweigen.

„Haben Sie auch im Park Aufnahmen gemacht?“ fragte der Herr scheinbar sorglos.

Bones suchte auszuweichen. Er hatte kein gutes Gewissen, wenn die Wahrheit herauskommen sollte.

„Die Sache verhält sich so“, begann er. Und nun mußte der ältere Herr die ganze Geschichte des Films anhören. Bones schilderte in bewegten Worten die Entstehung des Films, seine hervorragenden literarischen und künstlerischen Qualitäten und die bisher glänzend gelungenen Aufnahmen. Der Fremde schien allerhand von der Sache zu verstehen, denn er stellte einige verständnisvolle Fragen.

„Sie haben also einen Sachverständigen, der die gedrehten Szenen durchsieht und kritisiert? Wer ist denn das?“

„Mr. Tim Lewis“, sagte Bones. „Er ist von der –“

„Lewis?“ fragte der ältere Herr schnell. „Ist das etwa der Börsenmakler?“

Bones war müde, all seine Fragen zu beantworten.

„Mein lieber, alter Herr und Parkeigentümer“, sagte er, „wir haben Ihren Park betreten, und ich bitte Sie um Verzeihung, wenn wir unschuldigerweise irgendeinen Schaden verursacht haben sollten und, ohne es zu wissen, die alten, netten Vorschriften verletzt haben. Wenn wir von Ihnen und dem anderen Herrn Aufnahmen machten, ohne ihm unseren Dank auszusprechen, so tut mir das sehr leid."

„Haben Sie mich und meinen Freund aufgenommen?" fragte der andere schnell.

„Ja, sehr verehrter Herr und Inquisitor, ich habe Sie aufgenommen – in der Rolle eines Advokaten."

„Wollen Sie mir eine Gefälligkeit erweisen? Kann ich den Film sehen, bevor ihn Mr. Lewis sieht? Als dem verehrten Parkbesitzer", fügte er lächelnd hinzu, „sind Sie mir das wohl schuldig."

„Aber natürlich, mein lieber, hochverehrter Freund", antwortete Bones. Er gab ihm die Adresse des kleinen Laboratoriums in der Wardour Street, wo der Film entwickelt und kopiert wurde, und setzte den nächsten Morgen für die Vorführung fest.

„Ich würde ihn gern noch heute abend sehen, wenn es Sie nicht zu sehr belästigt."

„Wir wollen unser Bestes tun", sagte Hamilton, der sich verpflichtet fühlte, in die Unterhaltung einzugreifen. – „Natürlich will ich Ihnen alle Extraausgaben ersetzen", erklärte der ältere Herr.

An demselben Abend um neun Uhr wartete der alte Herr auf Bones und Hamilton in dem kleinen, schmucken Privattheater, das sie unter großen Opfern zu diesem Zweck gemietet hatten. Das Entwickeln und Kopieren des Filmstreifens war mit größter Geschwindigkeit vorgenommen worden, aber man konnte doch die Personen sehr gut erkennen, obgleich einige Flecken auf der Kopie waren.

Der ältere Herr saß tief in seinem Sessel vergraben und beobachtete mit höchstem Interesse die Vorführung. Als das Licht wieder angedreht wurde, wandte er sich lächelnd an Bones.

„Ich bin selbst sehr interessiert an Filmgesellschaften", sagte er. „Ich möchte gerne Ihre Firma aufkaufen, um sie einem größeren Konzern anzugliedern. Ich würde Ihnen ein gutes Angebot machen, wenn Sie mir ganz offen sagen, wieviel Sie bisher in das Unternehmen gesteckt haben."

„Mein lieber, alter Filmmagnat", sagte Bones vorwurfsvoll, „soll das ein Geschäft sein?"

„Es kann ein gutes Geschäft für Sie werden."

Bones schaute Hamilton an und dieser nickte.

„Gut", sagte Bones, „Geschäft, mein lieber, alter Herr, ist meine Schwäche. Kaufen und verkaufen ist meine Passion. Von Anfang bis jetzt, nachdem ich den netten, alten Regisseur Mr. Beckstein ausbezahlt habe, kostet mich die Sache mehr als dreitausend Pfund, sagen wir dreitausendfünfhundert."

Der ältere Herr nickte.

„Wir wollen schnell einig werden. Ich will Ihnen sechstausend Pfund für die ganze Gesellschaft geben, einschließlich der Aufnahmen, die Sie gemacht haben, der Negative, der Kameras usw. Ist das ein annehmbares Geschäft für Sie?"

Bones besiegelte den Verkauf durch Handschlag.

An diesem Abend dinierten Bones und Hamilton zusammen in einem kleinen Restaurant in Soho und waren vor Freude übermütig.

„Mein lieber, alter Ham, nun sehen Sie einmal, wie sich Geschäfte entwickeln können. Es würde eine großartige Woche für mich sein, wenn nun noch diese alten, verfluchten Erdölaktien steigen wollten. Ich habe sie übernommen, damit sie in die Höhe gehen sollen."

Er schlug eine Zeitung auf, die er im Vorübergehen gekauft hatte.

„Eben lese ich wieder, daß Jorris und Walters, die beiden Direktoren der Erdölgesellschaften, absolut in Abrede stellen, sich jemals getroffen zu haben oder ihre Gesellschaften fusionieren zu wollen. Aber können Sie diesen Leuten Glauben schenken? Diese alten, durchtriebenen Finanzleute lügen das Blaue vom Himmel herunter –"

„Haben Sie die beiden jemals gesehen?" fragte Hamilton, der die Namen Jorris und Walters ebenso gut kannte wie alle Leute, die täglich ihre Zeitung lasen.

„Sie gesehen? Mein lieber, alter Kamerad, ich habe sie von Zeit zu Zeit getroffen. Es sind zwei nette, alte Kerle. In Erdölaktien kann man noch einmal sein Glück machen!"

In demselben Augenblick saßen Mr. Walters und Mr. Jorris zusammen in der Bibliothek eines Hauses in Berkeley Square. Die Vorhänge waren dicht zugezogen und die Fensterläden herabgelassen.

„Am nächsten Mittwoch werden wir die Fusionierung veröffentlichen", sagte Mr. Walters. „Ich wäre beinahe in Ohnmacht gefallen, als ich hörte, daß dieser unmögliche junge Mann uns zusammen fotografiert hat. Wann werden Sie nach Paris zurückkehren?"

„Ich glaube, ich bleibe besser hier. Hat der junge Mann Ihnen viel Geld abgenommen?"

„Nur sechstausend Pfund", sagte Mr. Walters vergnügt. „Ich hoffe, der Anfänger hat sich genügend mit Erdölaktien eingedeckt", sagte er spöttisch. – Bones hatte sich, wie wir wissen, tatsächlich genügend damit versehen.

## VI

## Bones macht in Jute

Es ist eine begründete Theorie, daß jedes Genie eigentlich aus zwei Seelen besteht, einer sichtbaren und einer unsichtbaren. Und oft bekämpfen beide einander. Napoleon sprach von den Sternen, stammte aus Korsika und war mystisch veranlagt. Die Leute aber, die ihn in seinen letzten Tagen sahen, merkten, daß der andere Napoleon auf den Schlachtfeldern von Waterloo gestorben war und nur seinen Bruder zurückließ, einen dicken, gewöhnlichen Mann, der jähzornig, theatralisch, aber nie mehr wirklich groß war.

Bemerkenswert ist der Einfluß der zweiten Seele beim Geldverdienen. Manchen Menschen ist es unmöglich, glücklich zu sein. Sie können Reichtümer aufhäufen, indem sie körperlich und geistig hart arbeiten, aber wenn sie versuchen, auf einem kürzeren Weg zu Reichtum zu gelangen, kann man sicher sein, daß dieser kürzere Weg in einer Sackgasse endet, in der eine Phalanx von Gläubigern mit steinharten Gesichtern sitzt und daneben der Richter, der sie wegen Bankerotts verurteilt. Glück gibt es für sie nicht, die Glücklichen werden nur selten geboren.

Bei anderen liegt die Lebensführung vollständig in den Händen der zweiten Seele, die die ganze Welt durchwandert, um günstige Chancen für ihren Partner herauszufinden.

So kommt es, daß gewissen Menschen, zu denen auch Augustus Tibbetts gehörte, die Glücksgüter wunderbarerweise in den Schoß fallen. Anders werden sie nicht erworben, mögen die Leute auch noch so klug und erfahren sein.

Eine größere Weltkenntnis würde sogar ihren Geist behindern

und mit der Zeit ihre Macht zerstören, ebenso wie die Erziehung die feineren Naturinstinkte vernichtet. Während der studierte Professor, der Direktor der Erdbebenwarte, glücklich und ohne Vorahnung der kommenden Erdstöße bei Tisch sitzt, zittert sein Hund schon furchtsam unter dem Tisch.

Durch diese kurze Vorrede soll nicht behauptet werden, daß Bones ein Narr war. Er war klug, unheimlich klug in mancher Beziehung. Seine Erfolge waren zu neun Zehntel seiner natürlichen Begabung zuzuschreiben, und seine zweite Seele vollbrachte das übrige.

Man kann die Wirksamkeit dieser verborgenen Kraft nicht besser illustrieren, als dadurch, daß man die Geschichte des großen Jutehandels und von Miss Bertha Stegg erzählt.

Die Wahrheit über die große Jutespekulation der Regierung ist schnell erzählt. Ein Beamter an hervorragender Stelle hatte plötzlich mitten im Krieg die glänzende Idee, enorme Mengen Jute für die Herstellung von Sandsäcken aufzukaufen. Er hatte aber nicht einkalkuliert, daß er dadurch die Juteleute in Dundee zum Wahnsinn trieb. Es war ihm nicht klar, daß die günstige Lage, in die er seine Abteilung zu bringen hoffte, doch voraussetzte, daß die Dundee-Kaufleute ganz und gar mit Blindheit geschlagen und nicht fähig waren, die Entwicklung der Dinge zu beurteilen.

Wie vorauszusehen war, hatten sich die großen Herren in Dundee gut und klug eingedeckt, und ihre Vorräte waren groß genug, um alle Aufträge der Regierung auszuführen. Und als nach dem Kriege das Materialbeschaffungsamt die eingekauften Waren zu einem Preis anbot, der für die Regierung noch einen annehmbaren Profit übrigließ, lachten die Großkaufleute in Dundee lang und laut.

So kam es, daß bei Kriegsende eine große Menge Jute in den Händen der Regierung war, die niemand brauchte. Sie stand zu einem Preis in den Büchern, den niemand bezahlen wollte und konnte. Dann stellte eines Tages ein Mitglied des Unterhauses eine unangenehme Frage an die Regierung. Es wurde dem verantwortlichen Staatssekretär heiß, und er formulierte die Beantwortung in solchen Ausdrücken, daß das Land glauben konnte, die abnorm hoch eingekauften Jutevorräte bedeuteten für die Regierung noch ein gutes Geschäft. Man hoffte, sie eines Tages mit gutem Verdienst abzustoßen.

Mr. Augustus Tibbetts wußte nichts von Jute, aber er las fast jeden Morgen in den Tageszeitungen, daß Leute große Quantitäten Leinen oder Tuch oder Automobilchassis kauften, ungeheure Summen zahlten und gleich darauf ungeheure Gewinne einsteckten. Jedesmal, wenn er einen solchen Bericht las, rückte er unruhig auf seinem Stuhl hin und her und war unglücklich, daß er das Geschäft nicht gemacht hatte.

Aber eines Nachmittags kam ein gewandter Herr im Gehrock in sein Büro. Auf seiner Karte stand: Materialbeschaffungsamt. Das Ergebnis der Unterredung war, daß Bones zitternd vor Aufregung zu einem düsteren Büro nach Whitehall fuhr, wo er mit einem sehr hohen Beamten sprach.

Hamilton hatte die Vorgänge mit Interesse und Argwohn beobachtet. Wenn Bones geheimnisvoll war, dann war er gleich sehr geheimnisvoll. Und er kehrte an diesem Abend in einer so rätselvollen Verfassung zurück, daß niemand außer einem gedankenlesenden Detektiv etwas aus ihm hätte herausbringen können.

„Sie scheinen ja höllisch mit sich zufrieden zu sein!" sagte Hamilton. „Was für einen beklagenswerten Irrtum haben Sie wieder begangen?"

„Lieber, alter Ham", erwiderte Bones mit dem hilflosen, kleinen Lächeln, das seine Gemütsverfassung charakterisierte, „warten Sie bis morgen. Ich will den Eindruck nicht zerstören. Lesen Sie Ihre nette, alte Zeitung, mein lieber, alter Inquisitor."

„Waren Sie auf dem Polizeigericht?" fragte Hamilton.

„Polizeigericht? Polizeigericht?" fragte Bones aufgebracht. „Großer Gott, mein Junge, warum werden Sie so vulgär? Lerne und lebe, mein lieber Freund!"

Hamilton lebte auch bis zum nächsten Morgen und lernte dann. Er sah die Überschriften, als er die Zeitung öffnete.

Großes Geschäft in Jute

Bedeutender Geschäftsmann der City
kauft Jutevorräte der Regierung für eine Million.

Hamilton war auf dem Weg zum Büro und sank mit einem unterdrückten Stöhnen in die Ecke des Abteils zurück. Er rannte beinahe zu Bones, der im Zimmer auf und ab ging und einem Reporter ein Interview diktierte.

„Eine Minute, eine Minute, alter Ham!“ sagte er warnend. Dann wandte er sich wieder zu dem eifrigen Journalisten und fuhr dann fort, wo Hamilton ihn unterbrochen hatte. „Sie können sagen, daß ich einen großen Teil meines Lebens in schrecklich gefährlichen Situationen zugebracht habe. Sie brauchen nicht mitzuteilen, wo, aber sagen Sie ‚in schrecklich gefährlichen Situationen‘.“

„Was soll ich nun über die Jute berichten?“ fragte der junge Mann.

„Jute“, sagte Bones mit Wohlgefallen, „oder, wie wir es nennen, Corcharis capsilaris, kommt von dem berühmten Jutebaum. Ich habe mich immer für die Jute interessiert und für all solche Dinge – aber Sie können das weit besser sagen als ich. Sie können auch noch schreiben, daß ich jung bin – aber nein, tun Sie das lieber nicht. Schreiben Sie so: Mr. Tibbetts trägt, obgleich er jung aussieht, auf seinen harten, alten Gesichtszügen die Zeichen der Jahre, die er im Dienste seines Vaterlandes in den Tropen zubrachte. Ein gewisser Zug melancholischer Traurigkeit lebt in seinen lustigen, alten Augen. Sie wissen ja, wie Sie das sagen müssen!“

„Ich weiß“, sagte der Journalist und erhob sich.

„Sie werden das Interview in der nächsten Ausgabe sehen, Mr. Tibbetts.“

Als er gegangen war, schwankte Hamilton auf Bones zu.

„Bones“, sagte er mit schwacher Stimme. „Sie haben doch nicht etwa diese Jute für eine Million gekauft?“

„Eine Million ist etwas übertrieben, mein lieber, alter Sportsmann. Es ist wahrscheinlich nur die Hälfte der Summe, und sie braucht erst in einem Monat bezahlt zu werden. Hier ist der Kontrakt. Lassen Sie sich nicht beunruhigen, werden Sie nicht böse und erschrecken Sie nicht, Ham, mein lieber, alter Knabe! Ich habe mir alles überlegt und wohl durchgerechnet. In der nächsten Woche werde ich fünfzigtausend Pfund daran verdient haben.“

„Aber was zahlen Sie denn dafür?“ fragte Hamilton mit gebrochener Stimme. „Ich meine den Durchschnittspreis für die Tonne?“

Bones nannte eine Zahl, und Hamilton notierte sie. Er hatte zufällig einen Freund im Jutehandel, der in Dundee eine große Mühle besaß. An diesen sandte er ein eiliges Telegramm. Danach sah er den Vertrag in Muße durch. Auf der vierten Seite des interessanten Dokumentes fand sich § 7, der folgendermaßen lautete:

Jede der beiden Parteien, die den Kontrakt unterschrieben haben, kann aus irgendeinem Grunde der anderen Partei innerhalb vierundzwanzig Stunden nach Zeichnung des Vertrages eine Kündigung schicken, wonach dieser Vertrag aufgelöst ist.

Er las Bones diesen Paragraphen vor.

„Das ist doch eigentlich widersinnig. Was soll denn das bedeuten?"

„Mein lieber, alter Kapitän, wie soll ich das wissen? Vermutlich ist das für den Fall vorgesehen, daß die Regierung eine bessere Offerte erhält. Immerhin, mein lieber, alter Furchthase, ist es ein Vertrag, den ich nicht kündigen werde – das können Sie mir glauben!"

Am nächsten Nachmittag kehrten Bones und Hamilton von ihrem einfachen Mittagessen zurück und erreichten den pompösen Eingang des Gebäudes, in dem die Firma Schemes Ltd. ihre Büros hatte, fast gleichzeitig mit einer prächtigen Limousine. Sie war ihnen aber so weit voraus, daß der Chauffeur Zeit genug hatte, abzusteigen, den Verschlag zu öffnen und einer schönen Dame herauszuhelfen, die in einen großen Pelzmantel gehüllt war und eine kleine Mappe unter dem Arm trug.

Sie hatte einen schwungvollen Gang, und ihr ganzes Auftreten zeugte davon, daß sie mit sich und der Welt zufrieden war.

Bones, der in gewisser Hinsicht ein Kenner und den Freuden dieser Welt nicht abgeneigt war, zog die Lippen zusammen und unterbrach plötzlich die Unterhaltung mit Hamilton, die sich um die vermutlichen Gewinne im Jutehandel drehte.

„Ham, mein lieber, alter Kerl, das ist ein echter Chinchillapelz, der mindestens seine zwölfhundert Pfund wert ist!"

Hamilton, dem Frauenkleider ehrbare Geheimnisse waren, zweifelte nicht an dieser sensationellen Feststellung.

„Wo Sie diese detaillierten Kenntnisse herbekommen, ist mir ein Geheimnis, Bones. Sie gehen doch nicht viel in Gesellschaft, und die Frauen sind auch nicht so hinter Ihnen her und geben sich nicht viel mit Ihnen ab."

Bones hustete.

„Mein Privatleben, lieber, alter Freund, ist eine Sache, die nur A. Tibbetts Esq. etwas angeht. Verzeihen Sie mir, wenn ich Sie zurechtweise. Es gibt trotzdem viele Dinge, die Sie wissen, mein alter Ham. Ich dachte schon daran, ein Buch darüber zu schreiben, aber das würde zuviel Zeit kosten."

In diesem Augenblick erreichten sie den Aufzug, der eben herabkam, um die schöne Dame im braunen Mantel hinaufzufahren. Bones nahm den Hut ab, strich mit der Hand über das glatte Haar und sagte: „Nach Ihnen, mein alter Freund – dem Alter muß man immer den Vortritt lassen." Damit schob er Hamilton voran und folgte ihm.

Der Lift hielt im dritten Stockwerk, und die Dame ging hinaus. Bones, dessen Neugierde die Achtung vor dem Alter Hamiltons besiegte, folgte ihr auf dem Fuß und war überrascht, als er entdeckte, daß sie direkt auf sein Büro zuschritt. Sie zögerte einen Augenblick vor der Türe, auf der das Wort „Privat" prangte, und trat durch den anderen Eingang in das äußere Büro.

Es konnte zu der Zeit eigentlich nicht mehr behauptet werden, daß das innere Büro das Allerheiligste darstellte. Auf diesen Titel konnte eher das äußere Büro Anspruch erheben, in dem ein Wesen saß, dessen fähige kleine Finger über komplizierte Tastenreihen glitten.

Die Verbindungstür öffnete sich und dieses Wesen erschien. Hamilton sah nicht hin, eingedenk einer gewissen Abmachung mit seinem Partner.

„Es ist eine Dame da, die eine private Unterredung mit Mr. Tibbetts wünscht." – Bones richtete sich übertrieben plötzlich auf.

„Eine Dame?" sagte er ungläubig. „Großer Gott! Das ist mir aber etwas ganz Neues, mein liebes, gutes Fräulein. Lassen Sie sie, bitte, herein! Sie will ein Privatgespräch mit mir haben?"

Er schaute bedeutungsvoll auf Hamilton. Aber dieser blickte immer noch nicht auf. „Eine Privatbesprechung?" sagte Bones lauter. „Wünscht die Dame mich in meinem Büro zu sehen?"

„Vielleicht möchten Sie sie in meinem Zimmer sehen?" fragte Marguerite. „Ich kann ja solange hier bei Mr. Hamilton bleiben."

Bones schaute wütend auf den harmlosen Hamilton.

„Das ist nicht notwendig, meine liebe, nette Sekretärin", sagte er steif. „Bitte, führen Sie die junge Dame herein!"

Und die ‚junge Dame' erschien, das heißt, sie wippte und tänzelte und wiegte sich in den Hüften vom äußeren Büro bis zum Stuhl von Bones. Er erhob sich feierlich und begrüßte sie.

Miss Marguerite Whitland, das schöne Wesen, das das Trippeln und Schwingen und Hüftenwiegen mit demselben Interesse beobachtete, wie Kleopatra sich die Vorführung eines dressierten Seehundes angesehen hätte, ging in ihr Zimmer zurück und schloß die Tür hinter sich. – „Nehmen Sie, bitte, Platz", ersuchte Bones. „Was kann ich für Sie tun?"

Die Dame lächelte. Sie hatte das wunderbare Lächeln, das empfängliche Männer aufschauen läßt. Und Bones war empfänglich. Noch niemals war er von einem Paar so großer, sanfter, brauner Augen so liebevoll angesehen worden. Niemals hatten Wangen so prächtig geleuchtet, und selten war ein so sonderbar verwirrendes Gefühl über ihn gekommen – aber es war ihm nicht unangenehm.

„Sicher störe ich Sie sehr, Mr. Tibbetts", sagte sie. „Sie kennen meinen Namen nicht, hier ist meine Karte." Sie hielt sie schon in der Hand und streckte sie Bones entgegen. Er klemmte umständlich sein Monokel ins Auge und las:

Miss Bertha Stegg

In Wirklichkeit hatte er die Karte schon längst gelesen, ehe er sein Monokel aufsetzte. Aber erst nach dieser Zeremonie war die offizielle Bekanntschaft geschlossen.

„O ja", sagte er. Er war gewöhnt, bei solchen Gelegenheiten die Rolle eines strengen, schweigsamen Mannes zu spielen.

„Was können wir für Sie tun, meine liebe Miss Stegg?"

„Ich komme in einer wohltätigen Angelegenheit!" begann die junge Dame und lehnte sich zurück, um den Eindruck zu beobachten, den ihre Worte machten. „Oh, ich weiß genau, wie Geschäftsleute sind. Sie hassen gewöhnlich die Menschen, die sie in den Geschäftsstunden stören, um Subskriptionen vorzulegen. Und wirklich, Mr. Tibbetts, wenn ich Sie um Geld angehen sollte, wäre ich niemals zu Ihnen gekommen. Ich halte es für unfein, daß junge Damen die Herren in ihren Büros gerade während der beschäftigsten Zeit stören, um von ihnen Summen für wohltätige Zwecke zu verlangen."

Bones hustete. Er war noch niemals auf solche Weise gestört worden und freute sich jetzt, einmal diese Erfahrung zu machen.

„Ich komme in einer viel angenehmeren Angelegenheit. Wir halten einen Basar für die Kleinkinderbewahranstalten in West Kensington ab."

„Das ist ein wunderbarer Plan", sagte Bones überzeugt.

Hamilton hatte als interessierter Zuhörer aufs neue Gelegenheit, das erstaunliche Selbstbewußtsein seines Partners zu bewundern.

„Das ist eine der besten Institutionen, die ich kenne", fuhr Bones nachdenklich fort. „Gewiß, es ist schon viele Jahre her, daß ich ein kleiner Bursche war, aber ich fühle mich noch immer sympathisch berührt, wenn ich an die netten, kleinen Kerle denke, mein liebes, junges Fräulein."

Sie nahm ihre Mappe, die sie bis dahin noch unter dem Arm gehalten hatte, und legte sie auf den Schreibtisch. Sie war in zartem Stahlblau und Silber gebunden und wurde durch eine blaue Schnur mit Silberquasten zusammengehalten. Bones schaute mit verzeihlicher Neugierde darauf.

„Ich bitte Sie nicht um Geld, Mr. Tibbetts", fuhr Miss Stegg in ihrer sanften, süßen Stimme fort. „Ich hoffe, daß wir all das Geld, das wir brauchen, auf dem Basar erhalten. Aber wir brauchen Dinge, die wir dort verkaufen können."

„Das sehe ich vollkommen ein, mein liebes, nettes Fräulein", sagte Bones eifrig. „Sie brauchen alte Kleider. Ich habe noch ein paar alte Anzüge zu Hause, die allerdings recht ausgebeulte Knie haben – aber Sie wissen doch, wie wir jungen Leute sind. Wir tragen sie, bis sie in Fetzen herunterfallen!"

Hamilton bekam einen großen Schreck und wandte sich eifrig wieder seinen Papieren zu.

„Ich vermute, daß Unterwäsche – wenn Sie die Erwähnung so indiskreter Sachen erlauben, meine liebe Menschenfreundin –", nickte Bones. Aber er schwieg, als sie leicht den Kopf schüttelte.

„Nein, Mr. Tibbetts, es ist unendlich gütig von Ihnen, aber wir brauchen derartige Dinge nicht. Der Weg, auf dem wir hoffen, zu Geld zu kommen, ist der Verkauf von Fotografien berühmter Leute."

„Fotografien berühmter Leute?" wiederholte Bones. „Aber, mein liebes Fräulein, ich habe mich seit Jahren nicht mehr fotografieren lassen."

Hamilton war schon so weit, daß er überhaupt nicht mehr staunte.

Die junge Dame öffnete ihre Mappe, nahm etwas heraus und legte es auf den Schreibtisch vor Bones.

„Wie klug von Ihnen!“ sagte sie. „Hier ist ein Porträt von Ihnen, das wir verkaufen wollen.“

Bones starrte wie vom Donner gerührt auf sein eigenes Bild. Es war offenbar eine Momentaufnahme, mit einer Pressekamera aufgenommen, als er sein Büro verließ. Und noch mehr – es war ein Bild, das ihm schmeichelte. Denn sein Gesicht zeigte einen ernsten, entschlossenen Zug, der ihm sehr gefiel. Das Bild war eher in als auf einen Karton montiert, denn es war vertieft eingelegt, und unter dem Porträt lag ein kleiner länglicher Streifen von blaßblauem Papier.

Bones sah glühend vor Erregung auf das Bild. In feinem sauberem Golddruck standen darüber die Worte: Die führenden Köpfe der Handelswelt. III: Augustus Tibbetts Esq. (Schemes Ltd.)

Bones las dies mit ungeheurer Genugtuung. Er war allerdings neugierig, wer die beiden anderen Männer sein konnten, die vor ihm rangierten, doch er war so großzügig, daß er zugab, unter den Handelsfürsten Londons an dritter Stelle aufgeführt zu werden.

„Verflucht schmeichelhaft, mein liebes Fräulein. Hamilton, alter Knabe, kommen Sie doch und sehen Sie sich diese Sache einmal an.“

Hamilton kam von seinem Pult her, betrachtete das Bild und bewunderte es.

„Nicht so schlecht“, sagte Bones, neigte den Kopf auf die eine Seite und betrachtete die Fotografie mit kritischen Blicken. „Gar nicht so schlecht, mein lieber Freund. Sie haben mich doch in dieser Stimmung schon öfter gesehen, alter Ham!“

„Was soll denn diese Haltung ausdrücken?“ fragte Hamilton unschuldig. „Leiden Sie etwa an Verdauungsstörungen?“

Die junge Dame lachte.

„Wir wollen es einmal bei Licht genauer betrachten“, sagte Bones. „Ham, drehen Sie doch einmal das elektrische Licht an!“

„Ach nein“, sagte sie schnell, „das würde ich nicht empfehlen. Wenn Sie das Bild in hellem Licht sehen, denken Sie vielleicht, daß es nicht gut genug ist, und dann hätte ich meinen Weg umsonst gemacht. Lassen Sie das lieber, Mr. Tibbetts!“

Bones kicherte. In diesem Augenblick erschien Miss Whitland wieder auf der Bildfläche, und Bones winkte sie heran.

„Werfen Sie einmal einen Blick hierher, mein junges Fräulein.

Was denken Sie davon?"

Das Mädchen kam zu der Gruppe, schaute auf das Bild und nickte.

„Sehr hübsch", sagte sie, und dann betrachtete sie die Dame.

„Es soll für wohltätige Zwecke verkauft werden", sagte Bones sorglos. „Irgendein verrückter Götze wird es vermutlich in seinem Wohnzimmer aufhängen. Sie wissen, Ham, ich kann diese Heldenverehrung überhaupt nicht verstehen. Und nun, meine junge Menschenfreundin, was soll ich nun tun? Was wünschen Sie von mir? Soll ich Ihnen meine Erlaubnis geben? Die haben Sie schon!"

„Ich möchte gerne Ihre Unterschrift unter das Bild haben, zeichnen Sie, bitte, hier!" Sie zeigte auf eine kleine Stelle unter dem Bild. „Und geben Sie mir, bitte, die Genehmigung, daß ich es so teuer verkaufen darf, wie ich kann."

„Mit dem größten Vergnügen", antwortete Bones.

Er nahm seine große, lange Feder und malte seine charakteristische Unterschrift auf die Stelle, die sie ihm angegeben hatte.

Miss Marguerite Whitland machte plötzlich etwas ganz Merkwürdiges. Ihre Tat war so kühn und erstaunlich, daß Bones' Herz mit Schrecken und Entsetzen erfüllt wurde.

Bevor er den Löscher vom Pult nehmen konnte, hatte sie ihren Zeigefinger auf die Unterschrift gelegt und wischte die nasse Tintenschrift aus, so daß nur noch ein unentzifferbarer Schmutzfleck an der Stelle stand.

„Meine liebe, alte Sekretärin", stöhnte Bones, „zum Teufel noch mal!"

„Sie können dieses Bild hier lassen, Madam!"

„Fräulein!" murmelte Bones gewohnheitsmäßig. Selbst in seiner Erregung konnte er der Versuchung nicht widerstehen, zu unterbrechen.

„Lassen Sie das Bild ruhig hier, Miss Stegg", sagte Marguerite kühl. „Mr. Tibbetts wird es seiner Sammlung einverleiben."

Miss Stegg sagte nichts.

Sie erhob sich, schaute das Mädchen fest an, wandte sich ohne ein Wort der Widerrede oder Erklärung um und verließ schnell das Büro. Hamilton öffnete ihr die Tür und beobachtete, daß sie plötzlich nicht mehr tänzelte und sich nicht mehr in den Hüften wiegte.

Als sie fortgegangen war, schauten sie sich gegenseitig an oder vielmehr, sie schauten erstaunt auf Marguerite, die die Fotografie untersuchte. Sie nahm ein kleines Messer vom Tisch, führte es in die dicke Pappumrahmung ein und hob eine Lage Karton ab. Bones' Bild war bald von allen Umhüllungen und Rahmen befreit. Unter der Fotografie zeigte sich ein Scheck der III. Nationalbank. Es war ein Blankoscheck, der Bones' unleugbare Unterschrift auf dem Rande rechts unten in der Ecke trug. Man konnte sie selbst durch den Schmutzfleck noch entzifferten. – Bones sah starr auf das Blatt.

„Das ist doch das merkwürdigste Ding, das ich jemals in meinem Leben gesehen habe, meine liebe, nette Sekretärin", sagte er. „Das ist ja dieselbe Bank, bei der ich meine Depots habe."

„Das vermutete ich auch", sagte Marguerite.

Plötzlich ging Bones ein Licht auf. Er atmete schnell.

„Donnerwetter", brüllte er. „Diese verrückte, unnütze Frau – wie hieß sie doch – hat mich einen Blankoscheck unterzeichnen lassen! Mein Autogramm! Auf einem Scheck . . .!"

Bones schwätzte weiter, als sich dieser schurkische Plan mehr und mehr vor seinen Blicken entfaltete.

Die Erklärung folgte schnell. Marguerite hatte in einer Zeitung gelesen, daß die Leute davor gewarnt wurden, ihre Unterschriften zu geben, und die Polizei hatte eine oberflächliche Beschreibung von zwei „gutgekleideten Damen" veröffentlicht, die unter diesem oder jenem Vorwand von reichen, aber unklugen Leuten Unterschriften sammelten.

„Meine liebe, geschickte Sekretärin", sagte Bones bewegt, „Sie haben mich vor dem Ruin bewahrt! Gott allein weiß, was sich ereignet und wo ich heute nacht geschlafen hätte, meine liebe, teure Retterin, wenn Ihre kleinen Perlenaugen nicht wie ein Korkenzieher durch den Rücken dieser alten, nichtswürdigen Lady gedrungen wären und ihre Absichten enthüllt haben würden!"

„Ich denke, daß dies weniger eine Sache meiner Perlenaugen war", sagte Marguerite ohne große Begeisterung für diese Beschreibung, „als meines Gedächtnisses."

„Ich verstehe es nicht", sagte Bones verblüfft. „Sie kam in einem wunderschönen Wagen –"

„Den sie auf zwei Stunden für fünfundzwanzig Shilling gemietet hatte!"

„Aber sie war so elegant gekleidet, sie hatte einen Chinchillapelz –"

„Imitation!" sagte Miss Marguerite Whitland, die wenig Illusionen hatte. „Den können Sie für fünfzehn Pfund in jedem Laden in Westend kaufen!"

Miss Bertha Stegg war entsetzlich wütend, als sie eilig nach Pimlico zurückkehrte. Sie teilte mit ihrer Schwester eine Wohnung in der ersten Etage. Vollständig aufgelöst kam sie zu der älteren Miss Stegg, die sofort sah, daß sich etwas ereignet hatte.

„Was ist geschehen?" fragte sie.

Sie war eine große, knochige Frau mit harten, müden Zügen, und der Charme ihrer jüngeren Schwester fehlte ihr vollkommen.

„Vollständig vorbeigelungen", sagte Bertha kurz. „Ich war schon so weit, daß er das Bild unterzeichnet hatte – und dann hat eine (ich unterdrücke die wenig schmeichelhafte Bezeichnung, die sie Miss Marguerite Whitland gab) den Namenszug mit dem Finger ausgewischt."

„Hat sie die Sache gemerkt?" fragte Clara. „Hat man dich angehalten und verhört?"

„Nein." Bertha zog ihren Mantel aus, legte ihren Hut ab und brachte ihre Frisur in Ordnung. „Ich bin schnell fortgegangen und mit dem Auto zurückgefahren." – „Wird er es der Polizei melden?"

„Ich glaube kaum", sagte Bertha. „Er ist nicht von der Art. Macht dich der Gedanke nicht verrückt, Clara, daß dieser Narr Millionen hat, die er ausgeben kann? Wissen wir, was er alles macht? In ein paar Tagen verdient dieser Kerl Hunderttausende. Ärgerst du dich nicht auch darüber?"

Sie unterhielten sich über Bones und belegten ihn mit wenig schönen Namen. Sie verglichen ihn mit allen möglichen Vertretern der Tierwelt. Aber schließlich kamen sie zu einer vernünftigeren und ruhigeren Auffassung der Sache.

Miss Clara Stegg setzte sich auf ein wenig sauberes Sofa, das nun einmal zu einer möblierten Pimlico-Wohnung gehört. Und während sie ihren Ellenbogen auf die eine Hand stützte und das Kinn in die andere legte, dachte sie über die Lage nach. Sie war die geistige Leiterin des kleinen Planes, der schon verschiedenen leichtgläubigen Finanzleuten in der City Londons viel Kummer und Verdruß gebracht hatte.

Die Steggs spezialisierten sich auf die Finanz und arbeiteten ausschließlich in höchsten Kreisen. Es gab keine Bewegung auf dem Markt, die Miss Clara Stegg nicht bemerkte. Sie wußte es genau, wenn Gummi himmelhoch stieg oder Stahl schwach wurde, und sie wußte auch, welche Leute davon in Mitleidenschaft gezogen wurden und wie man sich ihnen nähern konnte. Während des Krieges eröffneten die Schwestern Stegg sozusagen eine neue Abteilung, indem sie mit Regierungsverträgen handelten. Die Dinge, die sie über die Einkünfte von Regierungslieferanten wußten, hätten manchem Steuerbeamten zu denken gegeben.

„Es war mein Fehler, Bertha“, sagte Clara schließlich, „obgleich es auch in einer Beziehung nicht mein Fehler war. Ich versuchte es einfach, weil er eben ein einfacher Mensch ist. Wenn man bei einem solchen Kerl kompliziert anfängt, schöpft er gleich Verdacht.“

Sie ging aus dem Zimmer und kam sofort wieder mit vier gewöhnlichen Heften zurück. Eins davon öffnete sie auf einer Seite, die mit feinen Schriftzügen bedeckt war. Es war ein Blatt Briefpapier darüber geklebt, das den Briefkopf der Schemes Ltd. trug. Der Brief hatte Bezug auf eine Bitte um ein Autogramm, die Bones gnädig gewährt hatte.

Die ältere Frau blickte auf die Unterschrift und biß sich auf die Lippen.

„Es ist fast zu spät – wieviel Uhr haben wir?“ fragte sie.

„Halb vier“, erwiderte ihre Schwester.

Miss Stegg schüttelte den Kopf.

„Die Banken sind geschlossen und trotzdem ...“

Sie trug das Heft zum Tisch und nahm ein Blatt Papier und eine Feder. Nach einem eifrigen Studium von Bones’ Handschrift machte sie ungefähr ein Dutzend Versuche und brachte dann eine Kopie zuwege, die schwer vom Original zu unterscheiden war.

„Wirklich meisterhaft“, sagte ihre Schwester anerkennend.

Clara gab keine Antwort. Sie kaute an ihrem Federhalter.

„Mir ist der Gedanke unerträglich, daß wir London verlassen müssen und er all das Geld behalten soll, Bertha“, sagte sie.

„Ich überlege“ – sie wandte sich an ihre Schwester –, „hole doch alle Abendzeitungen. Es steht sicher etwas über ihn darin. Ich habe eine Idee.“

Es stand viel von Bones in den Zeitungen, die Bertha brachte.

In einem der Journale fanden sie ein sehr wichtiges Interview, das einen Überblick über Bones' Leben gab und seinen Charakter und seine allgemeine Erscheinung beschrieb. Clara las diesen Bericht sehr sorgfältig.

„Hier steht, daß er eine Million ausgibt, aber ich glaube, das ist eine Lüge", sagte sie. „Ich habe den Jutehandel seit langer Zeit verfolgt. Die Hälfte der Summe könnte eher stimmen." Sie runzelte die Stirn. „Ich wundere mich –"

„Worüber?" fragte Bertha ungeduldig. „Worüber wunderst du dich? Das einzige, was wir tun können, ist verschwinden."

Wieder ging Clara aus dem Zimmer und kam mit Dokumenten zurück. Sie legte die Papiere auf den Tisch. Bertha sah, daß es meistens Blankoverträge waren. Clara wandte einen nach dem anderen um, bis sie schließlich zu einem Formular kam, auf dem ‚Heereslieferung' stand.

„Das ist das Richtige", sagte sie.

Sie las die Paragraphen durch und dann warf sie den Vertrag verärgert fort.

„Es steht leider nichts darin, daß er eine Kaution stellen muß", sagte sie. „Und selbst, wenn dies sein sollte, bezweifle ich doch sehr, daß ich sie selbst gegen seine Unterschrift herausbekommen würde."

Eine Viertelstunde später nahm Miss Clara Stegg den Kontrakt wieder auf und las die enggedruckten Paragraphen noch einmal sorgfältig durch.

„Ich ärgere mich doch zu sehr, daß dieser Kerl ungezählte Gelder verdienen soll", sagte sie, als sie am Ende war.

„Das hast du schon einmal gesagt", bemerkte ihre Schwester.

An diesem Abend kam Bones um sechs Uhr nach Hause. Um neun Uhr saß er im Wohnzimmer seiner wunderschönen Behausung, die mit indischen und persischen Vorhängen reich geschmückt war. Die Lichter waren dezent abgeblendet. Als Hamilton plötzlich zu ihm eintrat, verbarg er hastig das Gedicht, an dem er gerade schrieb, und steckte es unter das Löschpapier.

Es war ein schönes Gedicht, das so begann:

„O Marguerite, du süßes Wesen,
Hilfreich bist du heute mir gewesen!"

Bones war nicht mit Unrecht über diese Störung seiner Mußestunde verärgert.

Hamilton sah sehr schlecht aus.

„Bones", sagte er ruhig, „ich habe ein Telegramm von meinem Freund in Dundee bekommen – soll ich es vorlesen?"

„Mein lieber, alter Kerl", sagte Bones erregt, „wirklich, zu dieser Nachtzeit – Ihre Freunde in Dundee – wirklich, mein lieber, alter –"

„Soll ich lesen?" fragte Hamilton mit düsterer Ruhe.

„Meinetwegen, meinetwegen", gewährte Bones. Auf seinen Gesichtszügen stand Resignation.

„Hier ist es. Es beginnt mit ‚Dringend'."

„Das heißt, daß dieser Teufel es eilig hatte, mein lieber, alter Freund", nickte Bones.

„Und es heißt weiter", sagte Hamilton, ohne die Unterbrechung zu beachten, „Ihr Kauf ist bei dem jetzigen Preis von Jute katastrophal. Jute wird nie wieder den Preis erreichen, den Ihr Freund dafür gezahlt hat. Ministerium versucht seit Jahren, dummen Käufer für Jute zu finden. Hälfte der Regierungsvorräte ist durch schlechte Lagerung verdorben. Ich schätze, daß Sie die halbe Summe, die Sie bezahlt haben, verlieren."

Bones riß die Augen weit auf und erhob sich.

„Gebe Ihnen dringend den Rat, Ihren Kauf auf Grund des § 7 des Ministerialvertrages zu annullieren. – Das ist alles", sagte Hamilton.

„O ja", erwiderte Bones schwach und steckte seinen Finger in den Kragen. „Das ist alles!"

„Was denken Sie nun, Bones?" fragte Hamilton freundlich.

„Nun, meine liebe Wolke am Horizont" – Bones schlug auf seine knochigen Knie –, „das sieht sehr bedenklich für Bones Esq. aus. Tatsächlich. Natürlich sind Sie nicht an diesem Geschäft beteiligt, alter Ham. Das war eine Privatspekulation von mir –"

„Zum Teufel!" sagte Hamilton verächtlich. „Sie werden doch nicht einen so hinterlistigen Trick mit mir versuchen? Natürlich bin ich daran beteiligt! Wenn Sie in dem Geschäft sind, bin ich es auch!"

Bones wollte widersprechen, aber es wurde ihm schwach, und er hielt den Mund. Dann schaute er auf seine Uhr, seufzte und schlug die Augen nieder. „Es ist leider zu spät, den Vertrag jetzt aufzuheben."

Hamilton nickte.

„Vierundzwanzig Stunden, mein liebes, altes Opfer", sagte Bones zu sich selbst. „Die Zeit ist um fünf Uhr heute nachmittag abgelaufen."

„Ja, das ist nun einmal so", bestätigte Hamilton. Er ging zu Bones, klopfte ihm auf die Schulter. „Bones, man kann nichts daran ändern. Vielleicht sieht mein Freund in Dundee die Sache zu schwarz."

„O nein, o nein, mein lieber, mutiger Tröster. Wir werden unsere Ausgaben jetzt einschränken müssen. Wir werden kleinere Büroräume nehmen und wieder von vorn anfangen, mein lieber, alter Ham."

„Es wird schon nicht so schlimm!"

„Nicht ganz so schlimm", gab Bones zu. „Aber da ist etwas, etwas", sagte er mit plötzlich erwachender Energie. „Von etwas werde ich mich nie trennen, was auch immer geschehen mag. Regen oder Sonnenschein, Sonne oder Mond, Sterne oder irgend etwas von diesen netten, alten Dingen –", er sprach schon etwas zusammenhanglos, „ich werde niemals meine Sekretärin im Stich lassen, nie – niemals, niemals, niemals!"

Am nächsten Morgen stand er auf und schaute vergnügt drein. Hamilton, der eine schlaflose Nacht verbracht hatte, glaubte, daß es Bones ebenso gegangen sei.

Miss Marguerite Whitland brachte ihm die Post, und er sah sie schweigend durch, bis er zu einem großen Kuvert kam, das auf der hinteren Klappe das ihm nur allzu vertraute Siegel des Ministeriums trug. Er schaute es an und verzog das Gesicht.

„Vom Ministerium!" sagte Marguerite.

Bones nickte.

„Ja, meine liebe Sekretärin, mein armes, junges, verstoßenes" – seine Stimme wurde plötzlich weich – „durch die räuberischen und nichtswürdigen alten Spekulationen eines Menschen, der Ihre netten, alten Interessen hätte wahrnehmen sollen – ja, der Brief kommt vom Ministerium."

„Wollen Sie ihn nicht öffnen?" fragte sie.

„Nein, meine liebe, junge Sekretärin, das will ich nicht tun", sagte Bones fest entschlossen. „Da steht doch bloß etwas von der verfluchten Jute drin. Ich soll sie natürlich aus den Depots fortholen – wo zum Teufel soll ich diese großen Mengen nur unterbringen? Sprechen Sie mir nie wieder von Jute!“ sagte er heftig. „Ich will nichts mehr davon hören und sehen.“

Sie sah ihn erstaunt an.

„Warum – ist etwas passiert?“ fragte sie ängstlich.

„Nichts – gar nichts – nicht das mindeste, meine Liebe!“

Sie stand zögernd da, nahm dann den Brief und öffnete ihn.

Sie wußte nur, daß Bones einen großen Kauf in Jute gemacht hatte. Sie war hoffnungsfreudig, denn sie vertraute ihm in allen Dingen und glaubte, daß er eine große Summe bei diesem Geschäft verdienen würde.

Man kann sich daher ihre Bestürzung vorstellen, als sie den Inhalt des Briefes las.

„Warum haben Sie das getan?“ stammelte sie. „Welchen Grund hatten Sie denn?“

„Was soll ich getan haben?“ fragte Bones mit hohler Stimme. „Was soll ich für Gründe gehabt haben? Geldgier, meine liebe, alte Schwester, nichts als verrückte, böse Geldgier!“

„Aber ich dachte, Sie würden ein gutes Geschäft damit machen“, sagte sie verstört.

„Haha!“ lachte Bones ohne Freude.

„Aber warum tun Sie es nicht?“

„Ich denke nicht daran“, sagte Bones freundlich.

„Aber warum haben Sie den Vertrag annulliert?“

Hamilton sprang auf. „Den Vertrag annulliert?“ fragte er ungläubig.

„Was meinen Sie damit?“ rief Bones. „Was für ein unnützer, alter Märchenerzähler Sie sind!“

„Aber Sie haben doch gekündigt!“ antwortete sie. „Hier ist eine Nachricht vom Ministerium, in der das Bedauern ausgesprochen wird, daß Sie Ihre Meinung geändert haben und sich des § 7 bedienten. Der Kontrakt wurde um 16.49 Uhr aufgehoben.“

Bones schluckte.

„Das geht nicht mit rechten Dingen zu“, sagte er feierlich. „Nach all dem will ich nie wieder etwas gegen den Spiritismus sagen!“

Zu etwa der gleichen Zeit waren zwei Damen in Paris angekommen. Ihre Stimmung war etwas gedrückt, und sie waren müde und staubig von der Reise, als sie beim Morgenkaffee vor dem Café de la Paix saßen.

„Trotzdem, meine Liebe“, sagte Clara gehässig, „haben wir dem jungen Teufel doch einige Unannehmlichkeiten bereitet. Es ist sehr leicht möglich, daß sie den Vertrag erneuern wollen, und der Beweis, daß er den Kündigungsbrief, den ich einsandte, nicht selbst geschrieben hat, wird ihm viel Mühe kosten.“

Aber Bones machte niemals den Versuch, diesen Beweis zu erbringen.

## VII

### Detektiv Bones

Mr. Harold de Vinne war ein großer, breitschultriger Mann, der an einer umfangreichen Zigarre rauchte. Er war nicht mehr schlank und hatte gute Umgangsformen. Zwischen sechs Uhr nachmittags und zwei Uhr nachts war er der liebenswürdigste Mensch der Welt, aber untertags, von zehn bis vier Uhr tat er alles, um diesen guten Ruf wieder zu zerstören.

Er war einer der vier großen Cityleute, die die Vermögen bedeutender Gesellschaften kontrollierten.

Er war so reich, daß er alles Geld, das nicht ihm gehörte, als unrechtmäßigen Besitz ansah, und als Mr. Augustus Tibbetts bei einer Gelegenheit ihm durch ein Geschäft 17 500 Pfund abnahm, mußte schleunigst der Familiendoktor de Vinnes herbeigerufen werden, da er beinahe im Sterben lag (das ist nur symbolisch gesprochen, denn de Vinne hatte weder Familie, noch brauchte er einen Doktor – er kurierte sich stets mit einigen Patentmedizinen).

Captain Hamilton, der früher bei den Haussas in Afrika als Offizier gedient hatte und jetzt der Partner der Firma Tibbetts & Hamilton Ltd. war, zog sich nach einem heftigen Anfall von Malaria nach Brighton zurück, um sich zu erholen. Aber nach einigen Tagen kam eines Morgens ein Sonderbote zu ihm. Es war Ali, der dem Kanostamm in Afrika angehörte, sich aber als Araber ausgab. Außerdem war er auch noch ein Hadschi und durfte demzufolge den grünen Turban der Mekkapilger tragen. Hamilton war nicht gut gelaunt. Er schaute erstaunt auf den Mann, der in einer roten Uniform mit goldenen Tressen vor ihm stand.

„O Mann", sagte er mürrisch in Küstenarabisch zu ihm, „warum läufst du in einem solchen Anzug herum?"

„O Herr", sagte Ali, „meine Kleider sind nach den Zeichnungen Tibbetts' angefertigt, und goldene Verzierungen geben der Erscheinung des Subjekts ein wohlhabendes Aussehen, aber sie ziehen die Aufmerksamkeit der Jugend auf sich."

Hamilton schaute durch das Fenster auf der Vorderseite des Gebäudes und sah dort eine Menge Jungen stehen, die sehnlichst auf das Wiedererscheinen des phantastisch gekleideten Mannes warteten, den sie den Radscha von Bong nannten.

Hamilton nahm den Brief und öffnete ihn. Er war natürlich von Bones. Auf dem Umschlag stand, viermal unterstrichen, ‚Eilt sehr'.

„Mein lieber, alter Partner Ham, ich habe eine Offerte von Browns, Sie kennen doch das große Schuhgeschäft, das so viele Filialen in London hat. Der alte Browns will sich vom Geschäft zurückziehen. Das Syndikat hat versucht, die Firma aufzukaufen. Deshalb habe ich die ganzen Läden und alle Vorräte für 105 000 Pfund übernommen. Das Syndikat ist furchtbar aufgebracht. Hier ist alles wohlauf, mit Ausnahme meiner netten, armen, jungen Sekretärin, die sich beim Brotschneiden den Finger verletzt hat. Der Doktor sagt aber, die Sache sei nicht gefährlich."

Hamilton atmete schnell. Es stand fest, daß Bones einen Schuhladen oder eine ganze Sammlung von Schuhläden gekauft hatte, und es kam ihm die schreckliche Gewißheit, daß Bones überhaupt keine Ahnung von Schuhen hatte.

Er seufzte. Er seufzte immer und hatte doch selten Grund dazu. Bones befaßte sich gerade mit Aufkäufen. Gerade vor einer Woche hatte er die Wochenschrift ‚Der Sonnenfleck' gekauft, eine satirische Wochenrevue menschlicher Schwächen. Die Möglichkeiten dieses Objektes hatten Hamilton krank und schwach gemacht. Er war nach Hause gegangen und hatte Bones im Büro zurückgelassen, als er einen Leitartikel diktierte, der einen heftigen Angriff auf die Regierung enthielt. Als er am nächsten Morgen wieder ins Geschäft kam, entdeckte er zu seiner Freude, daß die Zeitung mit tausend Pfund

Verdienst an die Besitzer eines Konkurrenzunternehmens verkauft war.

Aber jetzt diese 105 000 Pfund ...!

Das war ernst. Und trotzdem hatte er keinen Grund zu seufzen und sich zu fürchten, denn gerade als Hamilton den Brief las, schüttelte Bones heftig den Kopf, während Mr. de Vinne, der Eigentümer des Phit-Phine-Schuh-Syndikats, ihm ein Angebot machte, bei dem er fünfzehntausend Pfund verdiente. Und gerade in dem Augenblick, als Hamilton ein Billett nach London kaufte, drückte Bones dem Sekretär des Syndikats feierlich die Hände, das heißt nur die eine, denn in der anderen hielt er den Scheck, der einen Verdienst von 17 500 Pfund für ihn bedeutete. Dies war einer von Bones' großen Erfolgen, der Hamilton dazu brachte, seinem Partner blindlings zu vertrauen ... Und trotzdem ...

Eine Woche später las Bones die Morgenzeitung. Er fand aber nichts Besonderes dabei, als er die Todesanzeige Mr. John Sikers las, eines bekannten Privatdetektivs, der in seiner Wohnung in Clapham Common gestorben war. Er schaute sich nach Geschäften um und verfolgte deshalb jeden Morgen die Zeitung, denn das Kauffieber hatte ihn noch immer nicht verlassen.

Hamilton saß an seinem Tisch und brachte die Geschäftsbücher in Ordnung. Er verglich die Einnahmen, die Ausgaben und die Scheckbücher, in denen die Abschnitte nur gelegentlich ausgefüllt waren. Da hörte er, wie Bones „Schwindel, Schwindel!" sagte, und dem entnahm er, daß Bones den Teil der Zeitungen erreicht hatte, in dem die neuen Gesellschaften ihre Prospekte veröffentlichten und zur Subskription ihrer Aktien einluden. Bones hatte die feste Überzeugung, daß alle neuen Gesellschaftsgründungen auf Betrug aufgebaut waren und von Schwerverbrechern ausgingen. Wenn für Schuldverschreibungen sieben Prozent angeboten wurden, so konnte er nur ironisch lachen. Die Gutachten hervorragender Finanzleute entlockten ihm nur Mitleid.

„Diese Leute tun alles für Geld", erklärte er Hamilton.

Bones legte die Zeitung weg.

„Nichts, aber auch gar nichts", sagte er, ging zur Tür des äußeren Büros, klopfte an und verschwand im Zimmer der jungen Dame, von der er nicht anders als in Ausdrücken größter Hochachtung sprach, und die er seine junge Sekretärin nannte.

„Liebes Fräulein“, sagte er, als er auf der Schwelle stehenblieb, „darf ich näher treten?“

Sie lächelte ihn an, und das genügte schon, um Bones in einen bemitleidenswerten Zustand zu versetzen. Aber an diesem Morgen mußte er seine Augen schließen, um nicht eine Vision vor sich erstehen zu lassen, die zu schön war, um wahr zu sein.

„Ist Ihnen nicht wohl, Mr. Tibbetts?“ fragte sie schnell und ängstlich.

„Es ist nichts, mein liebes Fräulein“, sagte er und fuhr sich scheinheilig mit der Hand über die Stirn. „Ich habe einen Schwindelanfall, ich bin zu lange aufgeblieben“, sagte er heiser. „Ich habe einer bösen Leidenschaft gefrönt – ach, es ist ganz schlimm!“

„Oh, Mr. Tibbetts!“ Sie war wirklich sehr erschrocken. „Ich bin sehr traurig. Sie sollten nicht trinken, Sie sind doch noch so jung!“

„Trinken?“ wiederholte Bones beleidigt und erstaunt. „Sie alter Schwätzer! Schriftstellerei!“

Er hatte tatsächlich schon genügend Gedichte geschrieben, um einen ganzen Band damit zu füllen. In diesen Versen kehrten immer neue Reime auf Marguerite wieder, aber davon wußte sie noch nichts.

Marguerite war indessen schon daran gewöhnt, daß Bones von Zeit zu Zeit solche Anfälle bekam, und lenkte geschickt das Gespräch aufs Geschäft.

„Hier ist ein Brief von Mr. de Vinne“, sagte sie.

Bones rieb sich die Nase und sagte „Oh!“

Er mußte noch an das Geschäft denken, das er mit diesem Mann abgeschlossen hatte. Aber es belastete sein Gewissen nicht im mindesten. Mr. de Vinne hingegen war wütend auf Bones, der ihm das Schuhgeschäft vor der Nase weggekauft hatte, so daß er 17 500 Pfund zusetzen mußte.

„Der Brief ist nicht sehr erfreulich!“ sagte das junge Mädchen.

„Lassen Sie mich ihn lesen, meine liebe, junge Miss“, bat Bones. Über dem Schreiben stand als Anrede „Mein Herr“, und dann sprach der Verfasser von seiner vieljährigen Erfahrung als Kaufmann in der City von London und schrieb, daß ihm noch nie eine solche Gemeinheit wie die von Augustus Tibbetts Esq. vorgekommen sei.

„Ich erinnere mich jetzt“, schrieb der mißvergnügte Mr. de Vinne,

„daß ich an dem Tage, an dem Sie die Firma Browns aufkauften, im Kinway-Restaurant zu Abend speiste und daß Sie an dem Tisch direkt hinter mir saßen. Ich kann nur vermuten, daß Sie ein vollständig vertrauliches Gespräch (dick unterstrichen) zwischen mir und einem meiner Direktoren belauschten und die Kenntnis davon aufs gröblichste mißbrauchten."

„Sprechen Sie niemals bei Tisch, meine liebe Sekretärin", sagte Bones, „das ist nicht gut, auch nicht für den Magen."

Der Brief drückte ferner noch die Absicht des Schreibers aus, fürchterliche Rache für dieses unehrenhafte Betragen zu nehmen, dessen Opfer er geworden war.

Bones schaute ängstlich auf seine Sekretärin. Das Urteil Mr. de Vinnes kümmerte ihn nicht im mindesten, aber es war ja möglich, daß die junge Dame seine Handlungsweise nicht billigte, und das erfüllte ihn mit Furcht.

„Es ist kein guter Brief", sagte Marguerite. „Wollen Sie etwas erwidern?"

„Muß ich denn darauf antworten?" fragte Bones, der Mut faßte. „Ich werde Ihnen diktieren."

Er ging im Raum auf und ab und legte die Stirne in fürchterliche Falten.

„Mein liebes, altes Ding", begann er.

„Soll ich wirklich schreiben ‚Mein liebes, altes Ding'?" fragte sie.

„Nein – beginnen Sie so: ‚Mein lieber Griesgram' –"

Sie zögerte und schrieb dann: „Sehr geehrter Herr!"

„‚Sie lassen sich jetzt zu sehr gehen und zeigen Ihren niederträchtigen Charakter', diktierte er, ‚und ich lehne es ab, überhaupt noch etwas mit Ihnen zu tun zu haben. Sie fallen mir furchtbar auf die Nerven.' – Muß ich noch mehr sagen?" fragte Bones.

Die junge Dame schrieb: „Sehr geehrter Herr, es würde keinen Zweck haben, Ihren heutigen Brief zu beantworten oder die Diskussion über Ihre Beschwerden noch fortzusetzen."

Bones ging in sein Büro zurück und fühlte sich bedeutend wohler.

Hamilton verließ an diesem Nachmittag schon früh das Geschäft. Nachdem sich auch die Sekretärin mit einem freundlichen gute Nacht verabschiedet hatte, war Bones allein und gähnte über seiner Zeitung. Plötzlich klopfte es an der Tür des äußeren Büros.

„Herein!" rief er laut.

Ein junger Mann in Trauerkleidung trat ein.

„Ich fürchte, ich komme etwas spät!“

„Das meine ich auch, mein Lieber!“ sagte Bones. „Aber kommen Sie nur herein und nehmen Sie Platz mit Ihrem schwarzen Anzug. Mein tiefstes Beileid und so weiter.“

Der junge Mann mochte vierundzwanzig Jahre alt sein und sah ungesund aus, denn er war als Halbinvalide vom Kriege zurückgekehrt.

„Es ist heute allerdings sehr spät, um diese Sache zu besprechen. Aber ich erfuhr Ihren Namen erst vor einer Stunde.“

Bones nickte. Man muß sich vergegenwärtigen, daß er immer auf etwas Wunderbares gefaßt war, selbst wenn die Geschäftszeit zu Ende war.

„Mein Name ist Siker.“

„Ein netter, guter Name.“ Bones erinnerte sich undeutlich, diesem Namen schon vorher begegnet zu sein.

„Wahrscheinlich haben Sie die Todesanzeige meines Vaters gelesen? Sie stand heute in der Morgenzeitung, obwohl er schon vorige Woche starb.“

Bones legte die Stirn in Falten.

„Ich kann mich nicht auf den Mann besinnen. Lassen Sie mich einen Augenblick nachdenken – natürlich, das Detektivbüro!“

Der junge Mann nickte bestätigend. – „Ja. John Siker war mein Vater, ich bin sein einziger Sohn.“ Bones wartete.

„Ich habe gehört, Mr. Tibbetts, oder es ist mir wenigstens berichtet worden, daß Sie einträgliche Geschäfte kaufen, die einen guten Gewinn abwerfen.“

„Das ist richtig!“ stimmte Bones zu. „Aber sie müssen einen sehr großen Gewinn abwerfen!“

„Sikers Detektivbüro hat zwanzig Jahre lang zweitausend Pfund jährlich abgeworfen. Wir haben eine der besten Kundenlisten im ganzen Reich, fast jeder bessere Geschäftsmann steht mit uns in Verbindung. Wenn man der Sache ein wenig mehr Aufmerksamkeit schenkt, als mein Vater es in den letzten beiden Jahren tun konnte, ist viel Geld damit zu machen.“

Bones richtete sich mit strahlenden Augen in seinem Stuhl auf. Die glänzenden Aussichten eines solchen Kaufs standen plötzlich vor seinem romantischen Gemüt.

„Wollen Sie das Geschäft verkaufen, mein lieber, alter Sherlock Holmes?“ fragte er. Aber dann überlegte er sich, welche Rolle er dabei spielen sollte, und schüttelte den Kopf. „Nein, nein, mein Lieber, ich bin furchtbar traurig und dergleichen mehr, aber das kann ich nicht tun. Das schlägt nicht in meine Branche. Ganz und gar nicht. Daß ich etwas mehr von Detektivbüros als die meisten anderen verstehe, stimmt schon, aber ich kann mich nicht damit abgeben. Was verlangen Sie denn dafür?“

„Ich dachte, drei Jahreseinkommen wären angemessen“, sagte der junge Mann zögernd.

„Also sechstausend Pfund?“

„Ja. Aber ich möchte nicht, daß Sie das Geschäft ohne weiteres kaufen. Sie können die Bücher von Ihrem Rechtsanwalt oder von Ihrem Bücherrevisor prüfen lassen. Dann werden Sie finden, daß alles stimmt, was ich Ihnen berichtet habe. Mein Vater hat jährlich zweitausend Pfund aus dem Geschäft ziehen können, aber man kann die Einnahmen auf viertausend steigern. Um das Büro in Gang zu halten, sind nur drei Leute nötig, die die ganze Arbeit tun. Eigentlich brauchten Sie nur den Geschäftsführer Hilton, der die anderen instruiert.“

„Aber warum wollen Sie denn verkaufen, Sie alter, unvorsichtiger, junger Mann? Warum wollen Sie ein Geschäft, das zweitausend Pfund im Jahr einbringt, für sechstausend Pfund verkaufen?“

„Weil ich mich nicht gesund genug fühle, es weiterzuführen. Es stört auch in meinem anderen Beruf – ich bin nämlich Musiker.“

„Das ist ein hübscher, netter Beruf“, sagte Bones und reichte ihm die Hand über den Tisch. „Nun hören Sie. Ich werde mir die Sache heute nacht überlegen. Geben Sie mir Ihre Adresse und die Adresse Ihrer Rechnungsführer. Ich werde Sie morgen früh aufsuchen.“

Hamilton saß am nächsten Morgen um zehn Uhr an seinem Schreibtisch. Bones kam in tiefen Gedanken erst um elf. Als Hamilton ihn mit einem frischen ‚Guten Morgen‘ begrüßte, nickte er nur düster und ernst und war vollständig geistesabwesend. Hamilton fuhr in seiner Arbeit fort, bis er merkte, daß jemand ihn dauernd anstarrte. Als er aufschaute, sah er, daß es Bones war.

„Was, zum Teufel, gucken Sie mich denn immer an?“ fragte er gereizt.

„Ihre Schuhe!“ war die überraschende Antwort.

„Meine Schuhe?“ Hamilton zog sie schnell unter dem Schreibtisch an sich und betrachtete sie. „Was ist denn mit meinen Schuhen?“

„Sie sind mit Schmutz bespritzt, Sie alter, leichtfertiger Mensch“, sagte Bones entschieden. „Sie sind diesen Morgen von Twickenham gekommen.“

„Natürlich, da wohne ich doch. Ich dachte, das wüßten Sie.“

„Ich weiß es wohl. Aber auch, wenn ich es nicht gewußt hätte, würde ich es gesagt haben. Ist Ihnen noch nicht aufgefallen, mein lieber Hamilton, daß der Schmutz in London ganz verschieden ist? Der Twickenham-Schmutz unterscheidet sich wesentlich von dem Schmutz von Balham. Sie glauben wahrscheinlich, diese Unterschiede kommen gar nicht in Betracht, mein lieber, alter Partner, Sie alter Bursche! Und Sie können sich auch gar nicht denken, daß das etwas ausmacht. Nun nehmen wir einmal den Schmutz von Peckham an. Er unterscheidet sich von allen Schmutzsorten dadurch, daß er dunkler ist –“

„Warten Sie einen Augenblick – haben Sie ein Geschäft gekauft, in dem Straßenschmutz gehandelt wird?“

„Nein“, sagte Bones fast beleidigt. „Meine Beweisführung ist die: Sie haben Twickenham-Schmutz an Ihren Füßen, deshalb kommen Sie von Twickenham. Auf dem Weg zur Eisenbahnstation haben Sie angehalten, um eine Zeitung zu kaufen, dann dachten Sie aber über etwas nach, was Ihre ganze Aufmerksamkeit in Anspruch nahm – vielleicht haben Sie ein böses Gewissen – ich wette sogar darauf!“

„Woher wollen Sie denn das wissen?“

„Dort liegt Ihre Zeitung auf dem Tisch – und Sie haben sie noch nicht einmal aufgeschlagen!“

„Stimmt“, gab Hamilton zu, „ich habe sie nämlich eben erst gekauft, bevor ich ins Büro kam!“

„Hm“, sagte Bones, „ich will Sie nicht hinters Licht führen, mein lieber, alter Partner – ich habe Sikers Geschäft gekauft.“ Hamilton legte seine Feder hin und lehnte sich in seinen Stuhl zurück.

„Was ist denn das für ein Geschäft?“

„Sikers Detektivbüro! Es ist bekannt von einem Ende des Landes bis –“

„Ach so! O weh!“ rief Hamilton. „Sie wollen ein wenig Detektiv spielen!“

Bones schmunzelte.

„Ich habe es sofort genommen, mein lieber Freund. Sie kennen doch meine Art und Weise –"

Hamilton sah ihn vorwurfsvoll an. Bones hustete und lächelte etwas verlegen.

„Aber was in aller Welt wollen Sie denn mit einem Detektivbüro anfangen?" Hamilton stand auf, ging zu Bones hinüber und steckte sich eine Zigarette an. „Das ist ein Geschäft, nach dem gerade keine große Nachfrage ist. Und wie stellen Sie sich persönlich zu der Sache? Sie können doch unmöglich Ihren Namen mit einer solchen Firma verknüpfen?"

Aber Bones erklärte, daß er schon immer auf eine solche Gelegenheit gewartet habe. Die Sache sei so gut organisiert, daß sie von selbst laufe. Er brauche weiter nichts zu tun, als die Gewinne einzustreichen. Die Schwierigkeit des Namens habe er sehr schlau gelöst.

„Ich habe alles schon mit den Rechtsanwälten besprochen – die Kaufverträge zeichne ich unter dem Namen Mr. Senob. Ich wette, mein lieber, alter Ham, Sie wissen nicht, wie ich auf den Namen gekommen bin."

„Das ist doch einfach Bones von rückwärts gelesen", sagte Hamilton geduldig. „Sie haben schon vor mehreren Jahren diesen Trick mir gegenüber angewandt." – Bones räusperte sich unzufrieden.

Es klang alles sehr logisch und überzeugend, aber Hamilton ließ sich nicht überzeugen. Er wartete auf ein unvermeidliches Aber und hatte sich auch nicht getäuscht, denn jetzt kam es.

„Aber natürlich werde ich das Geschäft nicht lange sich selbst überlassen", sagte Bones und zuckte die Schultern. „Die Einkünfte lassen sich verdoppeln, wenn ein fähiger Mann an der Spitze steht, der mit allen modernen Verbrechen vertraut ist."

Hamilton lächelte spöttisch und beleidigend.

„Meinen Sie sich damit?"

„Jawohl, ich meine mich, Ham, mein wohlgenährter, alter Zweifler", sagte Bones höflich. „Ich glaube nicht, daß Ihnen schon voll bewußt ist, was ich alles über das Aufspüren von Verbrechen weiß."

„Sie verrückter Esel! Detektivbüros beschäftigen sich doch meistens nicht mit schweren Verbrechen, dafür ist die Polizei da. Sie werden hauptsächlich von eifersüchtigen Frauen aufgesucht, die ihre Männer beobachten lassen wollen."

„Das ist doch ganz klar", sagte Bones zustimmend. „Und dafür eigne ich mich ja auch besonders. Ich habe gestern abend schon ein kleines Probestück geliefert." Er zog einen Zettel aus der Tasche. „Sehen Sie einmal, Sie haben gestern um 1/29 im Criterium zu Abend gespeist – und zwar mit einer Dame, einer großen, hübschen Dame. Sie war auch wirklich nett und lieb, mein alter Knabe, und ich kann Ihnen nur herzlich gratulieren – sie heißt nämlich Vera."

Hamilton wurde rot.

„Sie haben das Restaurant zehn Minuten nach neun verlassen und eine Autodroschke Nr. 667 432 benützt – habe ich nicht recht?"

„Soll das etwa heißen, daß Sie mich beobachtet haben?" fuhr Hamilton ihn unsanft an.

Bones nickte.

„Ich bin Ihnen vor der Piccadilly-U-Bahnstation begegnet, dann habe ich Sie zum Theater und dann nach Hause verfolgt. Sie haben das Auto Nr. 297 431 genommen – und es hat eine furchtbar lange Zeit gedauert, bis Sie wieder aus der Wohnung der Dame kamen, eine furchtbar lange Zeit", sagte Bones eindringlich. „Was hatten Sie bloß so lange zu reden in Veras Elternhaus?"

„Bones", sagte Hamilton entsetzt, „ich denke, Sie sind jetzt weit genug gegangen!"

„Und ich denke, Sie sind etwas zu weit gegangen, mein lieber, alter Freund. Das habe ich mir wirklich gedacht." Er schüttelte mißbilligend den Kopf. „Ich habe Sie ganz genau beobachtet." Dann schritt er tänzelnd in das Büro seiner schönen Sekretärin. Hamilton saß mit rotem Kopf an seinem Schreibtisch und war nicht gerade erfreut über das, was er gehört hatte.

Bones fuhr am nächsten Morgen zu dem Detektivbüro. Er trug seinen dunkelsten Anzug und einen schwarzen Schlapphut und schlich sich wie ein Dieb von der Autodroschke in das Haus, so daß er fast den Eindruck eines Bankräubers machte. Aber es nahm sich niemand die Mühe, ihn zu beobachten.

Die Firma Siker hatte große Büroräume und wenige Angestellte. Nur Hilton, der Geschäftsführer, und ein Schreiber waren zugegen, als Bones seine Karte überreichte. Er wurde sogleich von Mr. Hilton in einen sehr einfachen Raum geführt. An den Wänden waren große Regale mit unzähligen Aktenkästchen aufgestellt.

Mr. Hilton war ungefähr fünfundfünfzig Jahre alt und hatte

einen nüchternen Gesichtsausdruck. Er war blaß und offenbar nicht sehr glücklich. Er sprach fast wie ein Leichenbitter und überlegte sich jedes Wort, aber sein Blick war ruhig und durchdringend.

„Nehmen Sie, bitte, Platz, Mr. Senob", sagte er. „Ich habe bereits eine Mitteilung von den Rechtsanwälten bekommen und nehme an, daß ich in Ihnen den neuen Eigentümer der Firma begrüßen kann, der die Stelle meines hochverehrten Chefs einnimmt, dem ich neunundzwanzig Jahre treu gedient habe."

Bones schloß die Augen und hörte diese Begrüßungsrede feierlich an.

„Persönlich bin ich davon überzeugt", sprach Mr. Hilton weiter, „daß der Verkauf dieses Geschäftes ein großer Fehler der Familie Siker ist. Die Sikers waren schon seit vier Generationen Detektive." Er sagte das wie ein Altertumsforscher. „George Siker gründete das Geschäft im Jahre 1814 in diesem Gebäude. Zweiundvierzig Jahre lang führte er die Firma unter dem Titel ‚Sikers vertrauliches Auskunftsbureau'. Dann folgte ihm sein Sohn James, das war der Großvater des verstorbenen John Siker. George hatte dreiundzwanzig Jahre lang –"

„Ja, das stimmt alles, das stimmt alles", sagte Bones. „Der liebe, alte George – nun, niemand kann ewig leben, mein lieber, alter Geschäftsführer. Es dreht sich jetzt darum, wie können wir dieses nette, alte Geschäft heben?"

Er sah sich nicht gerade begeistert in dem kahlen Raum um.

Bones empfing an diesem Morgen viele Besucher, aber es waren keine verschleierten Damen oder in Mäntel gehüllte Herzöge, auch vertrauten sie ihm nicht ihre tiefsten Geheimnisse an, und er erfuhr nichts von schauerlichen Geschichten und Schicksalen.

Zuerst kam Mr. Carlow Borker von der Firma ‚Borkers Auskunftei', ein großer Mann mit einem Zylinder, der sich bitter darüber beklagte, daß der alter Siker ihm schon vor vielen Jahren eine Option auf sein Geschäft gegeben habe.

Es war eine äußerst einseitige Unterhaltung.

„Also, ich sage Ihnen, Siker, wenn Sie jemals verkaufen wollen ... Dann sagte er zu mir: Borker, mein Junge, Sie brauchen mir nur einen annehmbaren Kaufpreis zu nennen ... Ich sagte zu ihm: Siker, lassen Sie niemand anders dieses Geschäft kaufen ..."

Dann kam ein früherer Polizeiinspektor Stellingsworth von der

Firma Stellingsworth' Detektivagentur, ein düsterer Mann, der die Schwierigkeiten und Tragödien des Detektivlebens in den schwärzesten Farben ausmalte, aber trotzdem Sikers Agentur kaufen und Bones tausend Pfund dabei verdienen lassen wollte. Bones brachte drei glückliche Tage damit zu, das Geschäft zu reorganisieren. Er kaufte von einem Büchsenschmied in der Nähe eine Menge Handfesseln, die er in dekorativer Anordnung hinter seinem Sitz an der Wand aufhängen ließ. Auch besorgte er sich heimlich, da er wohl ahnte, daß der melancholische Mr. Hilton damit wenig zufrieden sein würde, einen großen Kasten, der bis zum Rand mit künstlichen Bärten in allen möglichen Farben gefüllt war.

Dem staunenden und kritischen Hamilton erzählte er dann von seinen neuesten Errungenschaften.

„Heute war ein wunderbarer Fall da", sagte er am dritten Abend begeistert. „Eine niederträchtige alte Dame hat sich mit einem niederträchtigen alten Offizier in ein Verhältnis eingelassen. Der Ehemann ist schrecklich eifersüchtig – wie der Mann die Frau liebt!"

„Welcher Mann?" fragte Hamilton zynisch.

„Ich spreche doch von meinem Klienten!" sagte Bones würdevoll.

„Glauben Sie denn, Bones, daß es ein nettes Geschäft ist, mit dem Sie sich da abplagen? Persönlich halte ich es für unmoralisch."

„Was meinen Sie mit unmoralisch?" fragte Bones beleidigt.

„Ich meine, daß es nicht anständig ist, sich in das Privatleben anderer Leute einzumischen."

„Das Leben anderer Leute ist eben dazu da, daß man sich darum kümmert", sagte Bones geheimnisvoll, indem er den Vorwurf Hamiltons zurückwies. „Eine Untersuchung der netten, alten Motive fördert die moderne Wissenschaft. Ich fühle, daß ich eine Pflicht der Allgemeinheit gegenüber erfülle, wenn ich die bösen Menschen an den Pranger stelle und die Sünden der Mitwelt ans Tageslicht bringe."

„Aber das ist doch nicht ehrenwert", sagte Hamilton hartnäckig. „Glauben Sie denn, daß es eine anständige Beschäftigung ist, überall herumzurennen und Details über das Privatleben anderer Leute zu sammeln?"

„Sicher ist das ehrenhaft, sicher, lieber, alter Freund. Das ist eine öffentliche Pflicht. Niemals soll der Nachwelt berichtet werden, daß

Tibbetts zurückschreckte, als das Vaterland ihn rief. Sie verstehen doch, was ich meine?"

„Nicht im mindesten."

„Sie wollen aber auch gar nichts zulernen!" Bones schlug mit seiner knochigen Hand auf den Tisch. „Wie sagt der römische Dichter? ‚Alles Menschliche ist furchtbar interessant!'"

Am nächsten Morgen fuhr Bones wieder mit großem Eifer in sein Büro. Gleich nach seiner Ankunft kam Hilton zu ihm.

„Heute bringen wir eine Sache zu Ende", sagte er mit großer Befriedigung. „Es war sehr schwierig, den Mann zu beobachten, aber ich hatte den Fall einem tüchtigen Detektiv übergeben. Hier sind seine Berichte."

Er hielt ein umfangreiches Aktenstück in der Hand.

„Das ist ja sehr gut, ausgezeichnet! Ich hoffe, wir werden den Übeltäter vor Gericht bringen!"

„Er ist gerade kein Übeltäter", bemerkte Hilton. „Wir haben die Untersuchung für einen unserer besten Kunden angestellt."

„Das ist wirklich außerordentlich interessant. Ich freue mich, daß wir einen solchen Erfolg hatten." Bones lehnte sich mit halbgeschlossenen Augen in seinen Stuhl zurück. „Sagen Sie mir doch, was haben Sie entdeckt?"

„Der Mann ist etwas verrückt", sagte Hilton.

„Wer? Unser Kunde?"

„Nein, der Mann, dessen Leben wir ausgekundschaftet haben."

„So? Nun erzählen Sie aber!"

„Ich wundere mich, daß Mr. de Vinne sich so über ihn geärgert hat."

„De Vinne?" fragte Bones und richtete sich auf. „Harold de Vinne, der Geldmann?"

„Ja, er ist einer unserer ältesten und besten Kunden."

„So, so", sagte Bones, aber er war nicht mehr so begeistert.

„Sie müssen verstehen, der Mann hat ihn furchtbar geärgert, beschwindelt und ihm allerhand Mögliches angetan. Ich glaube aber, daß wir jetzt genügend Material zusammengebracht haben, um ihn zu erledigen."

„O ja", sagte Bones höflich. „Was haben Sie denn herausgebracht?"

„Er ist furchtbar verliebt in seine Sekretärin."

„Wer?" fragte Bones.

„Na, der Mann, der Mr. de Vinne geärgert hat. Früher war er Offizier an der Westküste Afrikas, ist bekannt unter dem Namen Bones. Aber sein wirklicher Name ist Tibbetts."

„Ach so", sagte Bones tonlos.

„Wir haben alles über ihn ausgekundschaftet. Er hat eine Wohnung in Jermyn Street, und sein Mädchen, diese Sekretärin, speist mit ihm zu Abend. Sie sieht ganz hübsch aus."

Bones sprang auf und ging wütend auf und ab.

„Hilton, Sie haben einen vollständig unschuldigen Mann beobachtet und eine liebenswürdige, nette Sekretärin, die niemand etwas zuleide tut!"

Man kann sich denken, wie empört Bones war.

„Sie behaupten also, daß dieses Büro sich so weit erniedrigt, im Privatleben anständiger Leute herumzuschnüffeln und unschuldige Sekretärinnen zu verdächtigen? Schämen Sie sich!" Seine Stimme überschlug sich. „Geben Sie mir die Berichte!"

Er riß sie Hilton aus der Hand und warf sie ins Feuer.

„Nun rufen Sie Mr. Borker an und sagen Sie ihm, daß ich ihn geschäftlich sprechen möchte. Und stören Sie mich nicht, denn ich muß einen wichtigen Brief schreiben."

Er nahm einen Geschäftsbogen vom Ständer, und seine Feder kratzte zornig auf dem Papier. Der Brief war an Mr. de Vinne adressiert, und als Mr. Borker am nächsten Morgen Sikers Detektivbüro übernahm, hatte diese berühmte Auskunftei einen guten Kunden verloren.

## VIII

## Ein Urteil über Dichtkunst

Manchmal wurde Mr. Cresta Morris bei seinem richtigen Namen genannt, aber manchmal hieß er auch Mr. Staleyborne. Seine Frau sah hübsch aus und traute ihm. Sie kannte beide Namen und glaubte ihm alle Erklärungen, die er ihr dafür gab. Er hatte ihr erzählt, daß Geschäftsleute selten unter ihrem eigenen Namen bekannt sind.

So hieß der Inhaber der berühmten, großen Dekorationsfirma Lavender & Rosemary in seinem Privatleben Isidor Ruhl. Auch wußte man, daß der Fabrikant von Morgans Vollfettseife ein Mitglied des Oberhauses war, das nicht den Namen Morgan trug.

Mrs. Staleyborne oder Morris hatte eine Stieftochter, die von Hause fortlief und Sekretärin des geschäftsführenden Direktors der Firma Schemes Ltd. wurde. Es gab Augenblicke, in denen Mrs. Staleyborne sehr unglücklich über die Zukunft ihres Kindes war, und oft vergoß sie in der Zeit zwischen fünf und sieben nachmittags Tränen darüber. Jedermann weiß ja, daß diese Tageszeit besonders melancholisch stimmt.

Sie gehörte aber zu den Leuten, die sich selbst zu trösten wissen, indem sie uralte Sprichwörter wiederholen, die immer wieder neu sind. Sie ließ sich von dem Wort trösten: ‚Alle Dinge wenden sich zum besten.' Sie glaubte an Wunder und hatte auch allen Grund dazu, denn sie erhielt pünktlich jeden Sonnabendmorgen ihr Wochengeld von ihrem etwas sonderbaren Ehemann.

Mr. Morris war sogar unter mehreren Namen bekannt. Man nannte ihn ‚Cress' oder ‚Ike' oder ‚Tubby' oder auch ‚Staley', je nach der Gesellschaft, in der er sich gerade befand.

An einem Juniabend saß er mit Freunden zusammen, unter denen auch ein Mr. Webber war, der mehr Schwindeleien mit Morris ausgeführt hatte als irgendein anderer seiner Spießgesellen. Der Dritte im Bunde war ein Herr Seepidge von der Firma Seepidge & Soomes, Druckerei.

Mr. Seepidge war ein Mann von fünfundfünfzig Jahren, sprach viel und hatte ein Durchschnittsgesicht, das aber von jeder Seite anders aussah. Auch wechselte seine Gesichtsfarbe häufig. Als er jetzt Mr. Morris anredete, schwankte sie zwischen Dunkelrot und Blau.

„Warte einen Augenblick, Lew“, sagte Morris, „wir wollen uns nicht streiten. Das kann in den besten Familien vorkommen.“

„Dazu gehörst du aber nicht“, erwiderte der wütende Seepidge ausfallend. „Ich gebe dir zweihundert, um bei dem Drei-Uhr-Rennen auf ‚Morning Glory' zu setzen, und du gehst mit meinem Geld nach Newbury, kommst zurück und erzählst mir, daß du keinen Buchmacher gefunden hättest!“

„Ich gebe dir doch das Geld zurück!“

„Das hast du ja getan", sagte Seepidge. „Und ich war sehr überrascht, daß ich in dem Paket keine eingerissene Banknote fand. Nein, Ike, du hast mich betrogen! Du hast auf das Pferd gesetzt und den Gewinn eingesteckt, und jetzt willst du mir den Bären aufbinden, daß es dir nicht gelungen sei, einen Buchmacher aufzutreiben!"

Mr. Morris wandte sich gelangweilt Mr. Webber zu.

„Jim, hast du jemals gehört, daß ein Kamerad sich so gegen einen anderen verhält, nach all der Arbeit, die wir zusammen getan haben in all diesen Jahren – ich und der Lew – du bist wie eine Buschschlange, ja, das bist du!"

Es dauerte eine lange Zeit, und es wurden viele Gläser geleert und über die bleibeschlagene Theke geschoben, bis Mr. Seepidge sich beruhigte. Die Zusammenkunft fand in einer Privatbar in Camdentown statt. Aber kaum hörte er mit seinen Vorwürfen auf, so begann er sich schwer über das Geschäft und über die schlechten Zeiten zu beklagen und jammerte darüber, wieviel Steuern und Abgaben er zu zahlen habe. Schließlich deutete er sogar an, daß ihm der Bankerott bevorstände.

Tatsächlich befand sich seine Firma in einer bösen Lage. Die Polizei hatte vor kurzem die Geschäftsräume durchsucht und dabei die Ausführung eines Druckauftrages über fünfhunderttausend Lose entdeckt, die heimlich nachgedruckt wurden, denn Mr. Seepidge tat das, was in der Gaunersprache als ‚Schwarzdruck' bekannt ist.

Ob Mr. Cresta Morris wirklich den Gefährten seiner vielen Schandtaten beschwindelt und auf ‚Morning Glory' gesetzt hatte, um für sich selbst einen Gewinn zu erzielen, war eine peinliche Frage, die man nicht näher untersuchen durfte. Aber Seepidge befand sich in einer unangenehmen Situation, und Mr. Morris stellte mit bewunderungswürdiger Ruhe fest, daß selbst ein großer Gewinn von tausend Pfund und mehr nicht genügt hätte, ihm aus der Patsche zu helfen.

„Es muß etwas unternommen werden", sagte Mr. Cresta bestimmt.

„Irgend jemand muß etwas unternehmen", verbesserte der schweigsame Webber. „Die Frage ist nur, wer?"

„Ich sage euch, Jungens, es geht mir sehr schlecht", wiederholte Seepidge ernst. „Selbst wenn ich das Geld gewonnen hätte, wäre ich nicht aus den Sorgen heraus. Das Geschäft ist praktisch verpfändet. Vor einer Woche hatte ich eine Polizeiinspektion. Ich habe jetzt damit zu tun, persönlich aus der Sache herauszukommen – dieser schöne Auftrag des Hamburger Lotteriehauses! Und ich brauche das Geld, es ist wie verhext! Ich habe ungefähr dreitausend Pfund Schulden."

„Ich weiß, woher man Geld bekommen kann", sagte Webber. Sie schauten ihn alle an. Aber sie konnten nicht gleich auf seine interessante Enthüllung eingehen, denn das Lokal wurde geschlossen.

„Kommt zu mir in meinen Klub!" sagte Mr. Seepidge.

Das Gebäude lag in der Nähe der Tottenham Court Road, und die Mitglieder waren Künstler. Der Klub hatte seinen Namen nach jeder Razzia geändert, und es war eine Tatsache, daß die in Haft genommenen Leute sich selbst als Künstler und Künstlerinnen ausgaben.

„Nun, wo ist das Geld zu machen?" fragte Seepidge, als sie um einen runden Tisch saßen.

„Es gibt einen Burschen, der Bones heißt", begann Mr. Webber.

„Ach der!" unterbrach ihn Mr. Morris verächtlich. „Großer Gott! Den wirst du nicht wieder kriegen!"

„Ich habe ihn gekriegt, bevor du so schlau warst", erwiderte Webber. „Ich sage euch, der schwimmt im Geld! Er hat eine neue Wohnung in Devonshire Street bezogen, die ihn nicht weniger als sechshundert Pfund im Jahr kostet."

„Woher weißt du das?" fragte Morris interessiert.

„Ich hatte mir die Sache vorgenommen und glaubte, sie allein durchführen zu können", gestand Webber kaltblütig ein.

„Das ist ein wenig selbstsüchtig", sagte Mr. Morris vorwurfsvoll und schüttelte den Kopf. „Das habe ich nicht von dir erwartet, Webbie."

„Was du erwartest, hat gar nichts zu sagen", entgegnete Webber gelassen. „Ich versuchte es. Ich ging um den Platz herum und holte mir Informationen von seinen Dienstboten. Ich habe auch eine Menge von ihnen erfahren. Ich bin noch nicht ganz gewiß, wie man Geld aus ihm machen kann. Wenn ich das wüßte, hätte ich euch beiden nichts davon erzählt! Aber ich habe das Gefühl, daß dieser Bones in einem gewissen Punkt etwas empfindlich ist. Und wenn man erst weiß, wo man den Hebel ansetzen muß, kann man ihn ordentlich zahlen lassen. Nun sind drei Köpfe besser als einer, und ich denke, wir machen die Sache zusammen. Ich glaube, wir werden von ihm so viel bekommen, daß wir uns sechs Monate lang nach Monte Carlo zurückziehen können."

„Dann wollen wir also beraten", sagte Mr. Seepidge.

Bones war wirklich in die vornehme Devonshire Street gezogen. Er hatte eine große, prächtige Wohnung gemietet. Die Räume waren luftig, die Tapeten fein abgestimmt. Und Marmorkamine schmückten die Zimmer, wie sie alle Welt gern in den Katalogen der Möbelhändler und Innendekorateure bewundert.

„Mein lieber, alter Kamerad", sagte Bones, als er Hamilton seine neue, prächtige Wohnung beschrieb. „Sie müßten nur mein nettes, altes Badezimmer sehen!"

„Wozu brauchen Sie denn eigentlich ein solches Luxusbad?" fragte Hamilton unschuldig. „Sie sind doch Junggeselle!"

„Seien Sie doch nicht komisch", mahnte Bones ernst.

„Es ist überhaupt eine Frage, warum Sie schon wieder eine neue Wohnung brauchen. Ihre bisherige war ja schon beinahe ein Palast. Denken Sie etwa daran, einen eigenen Hausstand zu gründen?"

Bones wurde sehr rot. In seiner Verlegenheit stand er zuerst auf dem einen Bein, dann auf dem andern, zog die Augenbrauen hoch, klemmte das Monokel ins Auge und ließ es dann mit einer heftigen Bewegung wieder fallen.

„Stecken Sie doch nicht Ihre Nase in meine Privatangelegenheiten, mein lieber, alter Ham", bat er mürrisch. „Warum soll ich denn keine Wohnung nehmen, die mir gefällt, mit allem Komfort, im vornehmsten Teil von Westend, und so weiter? Ich bin sehr erstaunt über Sie, Ham!"

„Aber was wollen Sie denn damit?" fragte Hamilton hartnäckig.

„Ein Geschäft! Mein lieber, alter Haudegen", sagte Bones und wandte sich eilig seinem Schreibtisch zu.

Es waren verschiedene sehr aussichtsreiche Offerten abzulehnen, die von verschiedenen Gesellschaftsdirektoren und anderen Leuten eingelaufen waren. Bones war nun als ein reicher Geldmann bekannt geworden, und Leute, die Kapital benötigten, wandten sich an ihn. Gesellschaften brauchten zehntausend Pfund, um ihre Gebäude zu erweitern und die Aufträge auszuführen, die sicher im nächsten

Jahr kommen würden. Sie ließen durch ihre Sekretariate die wundervollsten Briefe aufsetzen und boten Bones einen, manchmal sogar zwei Sitze in ihrem Aufsichtsrat an, wenn er nur seinen Namen rechts unten auf einen möglichst großen Scheck zu ihren Gunsten schreiben wollte. Diese Briefe begannen meistens folgendermaßen:

„In dem Augenblick, in dem die Augen der ganzen Welt auf Großbritannien gerichtet sind und in dem sein Welthandel bedroht ist, sind wir alle verpflichtet, die Produktion zu steigern ..."

Und gewöhnlich wurde dann noch an die Pflichten des Kapitals dem Vaterland gegenüber appelliert.

Früher gab es einmal eine Zeit, in der ein solcher Appell Bones zu den größten Extravaganzen hingerissen hätte. Aber glücklicherweise hatte er damals noch nicht über Geld verfügt.

Bones wuchs mit der Zeit an Verstand und Klugheit. Als er seine Korrespondenz durcharbeitete, kam er auf einen Brief, den er sorgfältig durchlas. Er las ihn noch einmal, ehe er den Hörer vom Telefon abnahm und eine Nummer nannte. Er war bei einer Auskunftei abonniert, die ihn auf alle seine Fragen informierte.

„Was ist das eigentlich für eine Firma – Seepidge & Soomes?" fragte er dort an.

Er wartete einige Zeit mit dem Hörer am Ohr und schaute in die Ferne. Dann kam die Antwort:

„Ein übler Mensch, namens Seepidge, betreibt unter dieser Firma eine Druckerei. Er war schon zweimal bankerott und ist augenblicklich zahlungsunfähig. Die Polizei hat schon mehrere Haussuchungen bei ihm vorgenommen, weil er verbotene Dinge druckte. Die Firma ist in einer so mißlichen Lage, daß es ihr schwerfällt, die Pfandzinsen aufzubringen."

„Danke bestens", sagte Bones. „Was ist denn das Geschäft wert?"

„Es ist so viel wert, daß Sie besser die Finger davon lassen", war die etwas humoristische Antwort. Bones hängte den Hörer wieder ein.

„Mein lieber, alter Ham!"

Sein Partner schaute auf.

Bones streckte seine langen Beine aus und klemmte das Monokel ins Auge.

„Mein alter Rechnungsführer und Teilhaber, nehmen wir einmal an, es würde Ihnen ein Geschäft angeboten, das ungefähr so viel wert ist, daß Sie besser die Finger davon lassen – ist das nicht ein hübscher Ausdruck?"

„Sie haben ein so laut tönendes Telefon, daß ich die ganze Unterhaltung schon mit angehört habe", sagte Hamilton ruhig.

„So? Haben Sie es verstanden?" Bones war in keiner Weise erstaunt. „Aber es ist doch ein netter Ausdruck. Also nehmen wir einmal an, es würde Ihnen die ganze Druckerei für fünfzehntausend Pfund angeboten – was würden Sie dazu sagen?"

„Das hängt ganz davon ab, wer dabei ist und wo ich mich gerade befinde", sagte Hamilton. „Wenn ich mich zum Beispiel in dem fürstlichen Wohnzimmer Ihrer neuen Behausung aufhalte und mich in der glänzenden Gegenwart Ihrer liebenswürdigen Gattin –"

Bones erhob sich und drohte mit dem Finger.

„Ist Ihnen denn nichts mehr heilig?" fragte er vorwurfsvoll. „Können Sie denn nicht die zartesten Gefühle, die jemals ein menschliches Wesen empfand –"

„Ach, seien Sie schon ruhig! Um was handelt es sich also?"

Bones war ganz außer Fassung, schaute verwirrt umher, und es dauerte eine geraume Zeit, bevor er wieder zu den gewöhnlichen Geschäftsdingen zurückfinden konnte.

„Also gut – dieser nette, alte Räuber böte Ihnen sein verlottertes Geschäft für fünfzehntausend Pfund an – was würden Sie dann tun?" – „Ich würde nach der Polizei schicken!"

„Würden Sie das tatsächlich tun?" fragte Bones, als ob ihm dieser Gedanke das erstemal käme. „Ich habe noch niemals zur Polizei geschickt, wie Sie wissen. Ich habe noch ganz andere Angebote, die mir gemacht wurden, einfach beiseite gelegt."

„Na, dann werfen Sie es doch auch in den Papierkorb! Warum stellen Sie denn eigentlich diese Frage an mich?"

„Warum ich diese Frage an Sie stelle?" wiederholte Bones. „Es muß doch etwas dahinterstecken." Er klopfte feierlich mit seinem Finger auf die Tischplatte. „Es steckt irgendein Plan dahinter – irgendein Schwindel, irgendeine Gemeinheit. Es kann sich doch niemand einbilden, daß ein Mann meines Ansehens auf einen solchen Betrug hereinfällt. Ich glaube, daß ich in der City schon einen gewissen Ruf besitze."

„Das stimmt", sagte Hamilton. „Sie stehen in dem Ruf, daß Sie der glücklichste Teufel sind, der jemals über Broad Street ging."

„Ich bin niemals zu Fuß über Broad Street gegangen", sagte Bones beinahe gekränkt. „Es ist eine schreckliche Straße, ein ganz verrückter, alter Weg – und ich würde lieber darüber fahren – und in ein oder zwei Tagen –"

„Wollen Sie ein Automobil kaufen?" fragte Hamilton interessiert.

„Darüber werde ich später mit Ihnen sprechen", sagte Bones leichthin.

Er brach mit einem Achselzucken die Unterhaltung ab und nahm seine Korrespondenz mit in das äußere Büro. Vorher klopfte er wie gewöhnlich an und wartete, bis die Sekretärin ‚Herein' rief. Dann schloß er die Tür hinter sich und ging vorsichtig zu Marguerite.

Sie schaute von dem Brief auf, an dem sie schrieb, und hörte ihrem Chef aufmerksam zu.

„Darf ich Platz nehmen, meine liebe, junge Sekretärin?" fragte Bones ehrerbietig.

„Aber Sie können sich doch hinsetzen oder stehen, wo Sie wollen", sagte sie lachend. „Wirklich, Mr. Tibbetts, ich weiß nicht, warum Sie manchmal so förmlich sind."

„Ich bin stets förmlich", versicherte Bones und setzte sich in respektvoller Entfernung von ihr nieder.

Sie wartete darauf, daß er anfangen sollte, aber er war merkwürdigerweise befangen.

„Miss Marguerite", begann er schließlich ein wenig heiser, „ein netter, alter Dichter ist als solcher geboren, oder er ist kein Dichter –"

„Ach, haben Sie die Gedichte hier?" fragte sie interessiert und streckte die Hand aus. „Zeigen Sie doch, bitte!"

Bones schüttelte den Kopf.

„Nein, ich habe sie nicht mitgebracht – es geht noch nicht."

Sie war enttäuscht.

„Schon vor einer Woche haben Sie mir versprochen, sie zu bringen!"

„Die Gedichte sind einfach schrecklich", murmelte Bones verzweifelt. „Einfach schrecklich – ganz entsetzlicher Kohl!"

„Kohl?" fragte sie verwirrt.

„Ich meine allerhand Unsinn und so weiter."

„Aber ich bin fest davon überzeugt, daß sie gut sind. Sie würden nicht über Ihre Gedichte sprechen, wenn sie nichts taugten."

„Nun ja“, gab Bones zu. „Ich bin nicht so sicher, mein lieber, alter Kritiker, ich bin wirklich nicht so sicher – vielleicht haben Sie doch recht. Eines guten Tages werden die Gedichte doch der Öffentlichkeit übergeben – und dann werden wir ja sehen.“

„Wovon handeln sie denn?“ fragte sie ihn schon mindestens zum zwanzigsten Male.

„Wovon sie handeln?“ wiederholte Bones langsam und nachdrücklich. „Sie handeln von diesem und jenem – aber meistens von meinen – hm – Freunden. Ich nehme irgendeinen Gegenstand und mache einen Vers darauf.“ Er zeigte mit der Hand nach Throgmorton Street. „Ich nehme einen Autobus, eine Nuß, eine Bahn, einen Hahn, eine Kuh, einen Schuh, einen Sonnenuntergang, einen Walfischfang, eine Muhme, eine kleine Blume, die am Uferrande blüht, und all so was – irgendeinen Gegenstand, meine Liebe, der mir in die Augen springt – Sie verstehen doch?“

„Natürlich“, sagte sie bereitwillig. „Das Gebiet des Dichters ist allumfassend. Und ich verstehe auch, daß er es manchmal nicht so meint, wenn er nette Dinge über seine Freunde sagt.“

„Tut er das wirklich?“ fragte Bones aufgebracht. „Unsere Unterhaltung zeigt mir, daß Sie sehr viel davon verstehen, meine liebe Miss Marguerite.“

„Schreiben Sie auch über Mädchen?“ fragte sie ein wenig kühl.

„Über ein bestimmtes Mädchen.“ Bones wurde so verlegen, daß sich seine Verwirrung sofort auf sie übertrug.

„Sie bedeuten natürlich nichts“, sagte sie tapfer.

„Mein liebes, junges Fräulein!“ Er erhob sich. Seine Stimme zitterte, als er seine Hand auf die Schreibmaschine legte. „Mein liebes, gutes Fräulein“, sagte er und spielte mit den beiden Tasten ‚a‘ und ‚e‘, als ob er seine Hand nur ausgestreckt hätte, um die Tasten zu berühren, und in keiner Weise entmutigt worden wäre, weil sich die kleine Hand, die darauf lag, so schnell zurückgezogen hatte. „Ich kann Ihnen nur sagen –“

„Das Telefon läutet“, sagte sie schnell. „Soll ich antworten?“ Und bevor er etwas sagen konnte, war sie schon aus dem Zimmer.

Diesen Abend ging Bones mit einem festen Entschluß in seine Wohnung. Er wollte ihr diese schönen Verse zeigen. Er war schon oft zu diesem Entschluß gekommen, aber er hatte noch nicht den Mut gefunden, ihn auszuführen. Jetzt wollte er rücksichtslos sein. Sie sollte sie sehen, seine erhabenen Verse, die in ein teures Buch geschrieben waren, auf dessen vorderem Deckel die goldenen Buchstaben M. W. prangten. Und als er schnell zur Devonshire Street ging, deklamierte er unterwegs:

„O Marguerite, du liebliche Blume,
Denk' stündlich an dich zu deinem Ruhme,
An deine Augen, die grauen und blauen,
Die in wechselndem Scheine auf mich schauen.
Wie lieblich schreibst du mit rosigem Finger,
Du lieber, alter Maschinenbezwinger!"

Er glaubte nur für sich zu sprechen, aber das war nicht der Fall. Die Leute drehten sich um, hörten ihm zu, und als er an dem grünen Tor von Dr. Harkley Bawkley, dem berühmten Irrenarzt, achtlos vorbeiging, waren sie sichtlich enttäuscht.

Er schloß die Rosenholztür seiner Wohnung nicht auf, sondern setzte die silberne Klingel in Bewegung.

Es war so schön, wenn Ali, sein Diener, in einer hellblausilbernen Livree die Tür öffnete. Es sah so malerisch und feierlich aus, als ob das Parlament eröffnet würde. Heute reizte es ihn besonders, Ali auftreten zu lassen, weil zwei oder drei junge Damen auf der Treppe standen, die auf der anderen Seite auf Einlaß warteten.

Ali öffnete die Tür. Er hatte eine blausilberne Hose an, aber oben trug er eine Khakijacke, denn er war gerade dabei, Silber zu putzen. „Was soll denn das heißen?" fragte Bones aufgebracht. „Habe ich dir nicht eine schöne Uniform gegeben, du nichtsnutziger Esel? Was denkst du dir eigentlich, wenn du die Tür in Gegenwart fremder Leute öffnest und so verflucht schlecht gekleidet daherkommst, du verdammter, unnützer Strolch?" – „Silberne Gabeln erfordern Reinigung für die Abendmahlzeit", erwiderte Ali vorwurfsvoll.

Bones ging in sein Arbeitszimmer. Es war ein wunderbar eingerichteter Raum mit einem herrlichen blauen Teppich. Bones konnte stolz darauf sein. Die Gardinen und Portieren waren gleichfalls von blauer Seide. Auch die Polstermöbel waren mit blauem Stoff überzogen. Er setzte sich an einen Louis XVI.-Tisch, nahm ein reines Blatt und begann sofort zu schreiben. Er war inspiriert und arbeitete mit großer Geschwindigkeit.

‚Ich sah einen kleinen Vogel – einen kleinen Vogel – einen kleinen Vogel – in den Lüften', schrieb er. ‚Voll von süßen Blumendüften!

Sein Lied kam hernieder
Zu der Laube von Flieder.
Ich lauschte den Klängen
Von seinen Gesängen.
Seine Stimme klang süß
Wie im Paradies.
Sie klang so wie deine,
Wie ich es meine,
Beim Nachmittagstee,
Wo ich wieder dich seh',
Und ich dachte der Nacht,
Da du kamst sacht.'

Er machte eine Pause, da Marguerite Whitland noch niemals zu ihm gekommen war, vor allem nicht während der Nachtzeit. Er hatte immer den Anstand gewahrt, und er änderte die letzten Zeilen:

‚Und ich dachte der Zeit,
Da wir wanderten weit,
An der tiefblauen See –
In dem Herzen das Weh . . .'

Er hatte sein Buch eine ganze Woche lang nicht in der Hand gehabt, aber er besann sich darauf, daß noch eine leere Seite am Schluß war, auf der dieses letzte, wahrscheinlich größte und bedeutendste Gedicht eingetragen werden sollte. Er zog die Schublade auf, sie war leer. Er konnte sich nicht irren, es war die richtige Schublade. Er hatte ein ausgezeichnetes Gedächtnis dafür.

Er läutete, und Ali kam herbei. Sein Sporthemd und seine Hosenträger wurden nicht ganz von einer Wolljacke verdeckt, die auch schon bessere Tage gesehen hatte.

„Ali – in dieser Schublade lag ein schönes Buch, in das ich viele Dinge geschrieben hatte." Bones sprach sehr schnell mit ihm in Küstenarabisch.

Ali nickte.

„O Herr, ich weiß, daß du ein großer Dichter bist. Ich verkünde dein Lob immer, wenn ich ins Café gehe, denn Hafis schrieb nicht schönere Gedichte als du."

„Was zum Teufel", polterte Bones in englisch, „meinst du damit, daß du den Leuten von mir erzählst, du Bösewicht? Was soll das heißen, du nichtsnutziger, alter Ebenholzklotz?"

„O Herr", sagte Ali, „rühmende Nachrede schafft Bewunderung in den Seelen gewöhnlicher Leute."

Er war dabei so bestimmt, ruhig, zufrieden und begeistert, daß Bones ihn nur verwundert anschauen konnte. Ali blickte so selbstbewußt drein wie jemand, der bei einer guten Tat überrascht worden war.

„O Herr, es sollte nur zu deinem Heil sein, daß ich entgegen den bescheidenen Wünschen demütiger Dichter das Lob deiner Dichtkunst anderen Leuten erzählt habe, die sich in dem erstklassigen Café ‚Königswappen' aufhalten. Dort erhole ich mich stets des Abends. Und da ich wünschte, dir angenehmes Vergnügen und Überraschung zu bereiten, so habe ich aus eigenen Mitteln Vorbereitungen getroffen, daß deine Gedichte in wirklichem Druckwerk erscheinen sollen."

Bones verging der Atem.

„Du hast meine Gedichte in Druck gegeben . . . o du . . . du . . ."

Aber Ali fühlte sich keineswegs schuldbewußt.

„Morgen wird zu deiner Überraschung und zu deiner Freude ein wunderschöner Brief zu dir kommen, und ich selbst werde die Rechnung von meinen Ersparnissen zur Zufriedenheit begleichen."

Bones setzte sich hin und schüttelte hilflos den Kopf. Aber dann wurde er ruhiger. Es war trotz allem ein angenehmer Gedanke. Früher oder später mußten diese Gedichte ja doch in die Öffentlichkeit kommen und einem größeren Auditorium unterbreitet werden. Er sah das blinde Schicksal in der Handlung seines Dieners walten.

Die Sache war ihm aus der Hand genommen.

„Warum hast du das getan, du verrückter, alter Spaßvogel?"

„O Herr, ein Gentlemanfreund hat den Rat gegeben, der selbst ein Drucker ist. Er besitzt Maschinen –"

Ein schrecklicher Gedanke tauchte in Bones auf.

„Wie heißt er denn?"

Ali suchte eifrig in den unergründlichen Tiefen seiner Hosentaschen und zog eine schmutzige Karte hervor, die er Bones überreichte.

Messrs. Seepidge & Soomes

Druckerei für Handel und Gewerbe

las Bones und sank in die Tiefen seines Sessels zurück.

„Da hast du etwas Schönes angerichtet", sagte er dann mit hohler Stimme und warf die Karte hin.

Bones brachte eine schlaflose Nacht zu und war am nächsten Morgen schon früh im Büro. Mit der ersten Post schlug der Blitz ein, den er erwartet hatte. Es war ein dicker Umschlag, der auf der Rückseite die Firma Seepidge & Soomes trug. Der Brief wiederholte die Offerte, die ganze Druckerei um fünfzehntausend Pfund zu verkaufen – außerdem lag eine Satzprobe bei.

„In diesem Preis ist auch eine große Anzahl nicht ausgeführter Aufträge eingeschlossen, darunter befindet sich die Drucklegung eines Bandes äußerst reizender Gedichte, die sich in unserem Besitz befinden und wovon wir einen Probebogen beifügen."

Bones las die Gedichte, aber sie nahmen sich im Druck doch nicht so schön aus wie in seinem Manuskript. Und plötzlich überkam ihn ein großer Schrecken. Er wurde blaß bei dem Gedanken. Sie sprachen zweifellos wenig respektvoll von Miss Marguerite Whitland! Es waren Liebesgedichte, und sie enthüllten Bones' Leidenschaft für seine Dame in einer Sprache, die man nicht mißverstehen konnte. Sie erzählten von ihrem unvergleichlichen Haar, von ihren Augen, mit denen nur noch der blaue Himmel konkurrieren konnte, und von ihren Lippen, die purpurne Streifen für ihn waren.

Bones vergrub den Kopf in die Hände und saß noch in derselben Haltung an seinem Schreibtisch, als sich die Tür öffnete und Miss Whitland eintrat. Sie hatte die Nacht wunderbar geschlafen und sah so lieblich aus, daß die Gedichte, in denen er ihre Schönheit beschrieb, verblaßten und zu grauen Schatten wurden.

„Fühlen Sie sich krank, Mr. Tibbetts?" fragte sie besorgt.

„O nein, ich bin ganz wohl", sagte Bones tapfer. „Ich fühle mich ganz – trallala, meine liebe, alte Sekretärin."

„Kann ich die Korrespondenz bekommen?"

Sie streckte ihre Hand aus, aber Bones ließ den Brief von Messrs. Seepidge & Soomes mit allen Beilagen schnell in seiner Tasche verschwinden.

„Nein, nein – ja doch!“ sagte er zusammenhanglos. „Gewiß, warum nicht – dies ist ein Brief, meine liebe, gute Sekretärin, über eine Patentmedizin, die ich eben genommen habe. Ich bin nicht mehr so elastisch wie in früheren Jahren, das Alter kommt und all dergleichen. Machen Sie doch die Tür zu, wenn Sie hineingehen.“

Er sagte dies alles ohne Komma und Punkt und in solcher Aufregung, daß sie sich ganz bestürzt entfernte. Hamilton kam ein wenig später, und Bones legte ihm ein volles Geständnis ab.

„Lassen Sie mich die Gedichte einmal sehen“, sagte Hamilton ernst.

„Sie werden nicht lachen?“

„Seien Sie kein Esel – natürlich werde ich nicht lachen, vorausgesetzt, daß sie nicht komisch sind“, sagte Hamilton. Und um ihm Gerechtigkeit widerfahren zu lassen, kniff er beim Lesen nur die Lippen zusammen, obwohl Bones eifersüchtig sein Gesicht beobachtete. Hamiltons Gesichtsausdruck war sogar so gelassen, daß Bones mutig wurde.

„Nun, mein Lieber, nicht so ganz schlecht? Natürlich reichen sie nicht an Kipling heran – aber ich kann nicht behaupten, daß ich gerade Kipling sehr liebe, mein alter Kamerad. Dieses kleine Gedicht über den Sonnenuntergang ist geradezu ein Kleinod!“

„Ich glaube, Sie sind selbst ein Kleinod!“ sagte Hamilton und gab ihm die Reime zurück. „Bones, Sie haben sich abscheulich betragen, Verse solcher Art zu schreiben und sie herumliegen zu lassen. Wenn sie herauskommen, wird sich ganz London über das arme Mädel lustig machen und über sie lachen.“

„Sich lustig machen und über sie lachen?“ schnaubte Bones beleidigt. „Was, zum Teufel, meinen Sie damit? Ich sagte Ihnen doch, daß es keine lustigen Gedichte sind! Sie sind alle so!“

„Gerade das fürchte ich. Aber Gedichte brauchen auch gar nicht lustig zu sein, um die Lachmuskeln der Leute zu erregen“, fügte er etwas taktvoller hinzu, als er sah, daß Bones rot wurde. „Die feierlichsten und heiligsten Dinge, die schönsten Gedanken und die wunderbarsten Gefühle erregen das Gelächter der Menge.“

„Das ist sicher wahr“, sagte Bones dankbar. „Ich bilde mir ein, daß sie für diese Leute zu gut sind. Sie verstehen alle Herzensergüsse – aber nein, ganz verstehen auch Sie mich nicht. Nun, in den nächsten Tagen werden kompetente Richter die Gedichte lesen

– um Mitternacht beim Schein der trüben Öllampe. Ach, wenn Sie wüßten, ich habe sie meistens nach dem Essen geschrieben."

„Wahrscheinlich, wenn Sie zuviel gegessen hatten", sagte Hamilton rauh. „Was werden Sie nun anfangen?"

Bones rieb sich die Nase.

„Ich wäre glücklich, wenn ich es selbst wüßte", antwortete er.

„Soll ich Ihnen einmal sagen, was Sie jetzt tun müssen?" fragte Hamilton ruhig.

„Ja, sagen Sie es mir, Ham, mein kluger, alter Berater."

„Sie müssen zu Miss Whitland gehen und ihr alles erzählen."

Bones machte ein langes Gesicht.

„Großer Gott, das kann ich nicht", seufzte er. „Seien Sie doch nicht gar zu hart, Ham. Denken Sie doch, das würde sie mir niemals vergeben. Es könnte sogar sein, daß sie zornig ihr Zimmer verließe und nicht wiederkäme. Dieser Gedanke ist so schrecklich, daß ich ihn nicht zu Ende denken kann."

„Sie müssen es ihr sagen", sagte Hamilton fest. „Das sind Sie dem Mädchen schuldig. Sie müssen ihr mitteilen, welche Gefahren ihr drohen!"

Bones verteidigte sich und bot viele andere Lösungen an, von denen aber keine dem unbarmherzigen Hamilton annehmbar erschien.

„Wenn Sie wollen, werde ich es ihr sagen", schlug Hamilton vor. „Ich kann es ihr leichter erklären, daß das Dinge sind, die ein so verrückter Esel wie Sie ganz allgemein tut. Ich kann ihr sagen, daß Sie nicht beabsichtigen, sie zu beleidigen, nicht einmal durch das Gedicht, in dem Sie ihre Lippen mit Strippen vergleichen. Was für Strippen meinen Sie eigentlich? Teppichstrippen?"

„Zerpflücken Sie doch nicht diese himmlische Poesie", bat Bones. „Gedichte sind wie Gemälde, mein alter Freund – sie müssen aus der Entfernung betrachtet werden."

„Ich leide etwas unter Kurzsichtigkeit", sagte Hamilton und las die Gedichte wieder durch.

„Sie sind doch nicht schlecht, alter Freund?" fragte Bones ängstlich.

„Schlecht ist nicht das richtige Wort, mit dem man sie bezeichnen kann", sagte Hamilton aufrichtig.

Bones' Züge erhellten sich zusehends.

„Das denke ich doch auch, mein lieber, alter Offizier", sagte er selbstzufrieden. „Man ist natürlich scheu und zurückhaltend, wenn es sich um die ersten Arbeiten eines Dichters handelt. Aber zum Donnerwetter, ich habe schon schlechtere Gedichte gesehen als diese, mein Freund!"

„Ich auch", sagte Hamilton und las das erste Gedicht noch einmal.

„Nach allem bin ich doch nicht sicher, ob es nicht das beste war, was passieren konnte. Sollen sie doch in Druck gehen! Was sagen Sie dazu? Stellen Sie sich vor, das eine Gedicht, das die junge Miss Marguerite mit einer Perle vergleicht, die in einem Schmutzhaufen entdeckt wurde, kommt vor kompetente Richter – was würden die wohl sagen?"

„Zehn Jahre Zuchthaus!" sagte Hamilton. „Und da würden Sie noch gut wegkommen!"

Bones lächelte mit bewunderungswürdiger Nachsicht, und damit war für den Augenblick die Aussprache zu Ende.

Es war wirklich eine Art Erpressung. Aber als der Tag weiter vorschritt, sah Bones das Vergehen seiner Feinde schon in etwas hellerem Licht. Am Nachmittag war er sogar wieder ganz auf der Höhe und konnte Witze machen. Und in Augenblicken, in denen er mit Marguerite allein war, brachte er das Gespräch auf Dichtkunst und erregte ihre Neugierde.

„Es gibt soviel schlechte Gedichte auf der Welt", sagte Marguerite bei einer solchen Gelegenheit, „daß ich denke, es müßte eine Todeskammer für solche Dichter eingerichtet werden!"

„Gemacht, meine liebe, alte Sekretärin", stimmte Bones bei und lächelte lustig. „Was notwendig ist, nun – ich weiß es, mein liebes Fräulein. Es mag Sie in Erstaunen setzen, daß ich früher einmal Fernunterricht im Dichten genommen habe."

„Mr. Tibbetts, bei Ihnen bin ich über nichts mehr erstaunt", sagte sie lachend.

Er kam noch einmal in ihr Büro, bevor sie nach Hause ging. Hamilton hatte sich schon mit einem düsteren Kopfnicken verabschiedet. Bones, der eifrig über die Sache nachgedacht hatte, entschloß sich, diese günstige Gelegenheit zu benützen, um ihr von dem amüsanten Versuch zu erzählen, den die Druckerei gemacht hatte, um Geld von ihm zu erpressen.

Miss Whitland hatte ihre Arbeit beendet, die Schreibmaschine zugedeckt und ihren Mantel angezogen. Aber sie saß vor ihrem Schreibtisch, runzelte die Stirn und las eine Abendzeitung. Als er sie sah, verlor er plötzlich den Mut. Waren die Gedichte vielleicht schon veröffentlicht?

„Haben Sie beim Rennen gewonnen, mein liebes Fräulein?" fragte er und zwang sich zu erheuchelter Lustigkeit.

Sie sah ihn groß an.

„Nein", sagte sie. „Im Gegenteil, ich bin sehr beunruhigt, Mr. Tibbetts. Ein guter Bekannter meines Stiefvaters ist in große Bedrängnis gekommen, und ich fürchte, daß meine Mutter dadurch Sorgen haben wird."

„Schade, schade", sagte Bones teilnehmend. „Wie furchtbar unangenehm das ist. Wer ist denn der liebe, alte Freund?"

„Er heißt Seepidge." Bones faßte nach der Stuhllehne, um sich zu stützen. „Die Polizei hat herausgebracht, daß er verbotene Dinge druckte. Ich verstehe den Zusammenhang nicht ganz, aber man hat falsche Lose gefunden und Einladungen, sich an ausländischen Lotterien zu beteiligen."

„Das ist sehr nichtsnutzig und wenig patriotisch", murmelte Bones zitternd, so daß sie lachen mußte.

„Es hat aber auch eine spaßhafte Seite. Mr. Seepidge hat vor Gericht angegeben, daß er auch anständige Arbeit ausführte, daß er ein Gedichtbuch druckte – ist das nicht zum Lachen?"

„Haha!"

„Hören Sie, bitte, zu!" sagte sie und las vor. „Der Gerichtshof hat Seepidge zu sechs Monaten Zuchthaus verurteilt, weil er zweifellos gesetzwidrige Geschäfte betrieben hat. Er hatte sogar die Kühnheit, zu behaupten, daß er einen Gedichtband drucke. Der Gerichtshof hat Auszüge aus diesem köstlichen Band vorlesen lassen, die offenbar von dem Laufburschen in Mr. Seepidges Geschäft geschrieben worden sind. Die Richter hatten noch nie so verworrenes und konfuses Zeug gehört. Der oberste Richter ordnete an, daß die gedruckten Einladungen für ausländische Lotterien beschlagnahmt und vernichtet werden. Und weil er der Mitwelt einen guten Dienst leisten wollte, gab er noch die Anweisung, daß diese Sammlung von Knittelversen ebenfalls vernichtet werde."

Marguerite schaute zu Bones auf.

„Es ist doch merkwürdig, daß wir heute soviel über Gedichte gesprochen haben. Aber jetzt bestehe ich wirklich darauf, Mr. Tibbetts, daß Sie morgen Ihren Band bringen!"

Bones wurde furchtbar rot und schüttelte energisch den Kopf.

„Meine liebe, alte Sekretärin", sagte er heiser, „später ... später einmal ... Gedichte sollte man jahrelang aufheben ... wie alten Wein ..."

## IX

## Die Lampe, die niemals ausging

„Haben Sie sie gesehen?" fragte Bones.

Er wandte sich mit solchem Nachdruck an Hamilton, daß dieser seine Feder niederlegte und seinen Partner mißtrauisch anschaute.

„Sie ist wirklich eine Schönheit", fuhr Bones fort und spielte mit seinem elfenbeingeschnitzten Papiermesser. „Sie hat eine so wunderbare Kappe, mein alter Freund, daß Ihnen das Herz im Leibe lacht!"

Hamilton wußte nicht, was er sagen sollte. Er hatte die hübsche Miss Whitland vor einer halben Stunde ins Büro kommen sehen, aber er hatte sich nicht weiter um ihre Kopfbedeckung gekümmert.

„Ihr Körper ist dunkelblau mit dünnen roten Streifen", sagte Bones traumhaft, „und all ihre Beschläge sind schwer vernickelt –"

„Halt!" Hamiltons Stimme klang hohl. „Von welcher unglücklichen Frau sprechen Sie denn in so wüsten Ausdrücken?"

„Frau!" rief Bones verletzt. „Ich spreche von meiner Limousine." –

„Ach so!"

„Von meinem Auto!" sagte Bones so großartig, wie ein plötzlich zum Präsidenten gemachter Bürger sagen könnte: „Mein Land!"

„Sie haben sich also einen Wagen gekauft?"

Bones nickte. „Es ist ein ganz netter, alter Omnibus. Ich dachte schon daran, nächsten Sonntag einen Ausflug nach Brighton zu machen."

Hamilton stand auf und ging langsam durch den Raum.

„Nach Brighton wollen Sie fahren? Lenken Sie etwa den Wagen selbst?"

Bones erhob sich mit einem nachsichtigen Lächeln ebenfalls von seinem Sitz und trat ans Fenster.

„Mein Wagen!" Er deutete erhaben auf die Straße.

Als sich Hamilton vorbeugte, sah er eine große, lange, glänzende Maschine, die in der Morgensonne glitzerte und blinkte. „Was ist denn das für ein lachsrotes Kissen auf dem Sitz?"

„Das ist doch kein Kissen, mein lieber, alter Blinder", erwiderte Bones ruhig. „Das ist mein Chauffeur Ali."

„Großer Gott!" sagte Hamilton, auf den das Eindruck machte. „Haben Sie tatsächlich den Mut, mit einem lachsroten Chauffeur in die City zu fahren?"

Bones zuckte die Schultern.

„Wir haben schon allerhand Aufsehen erregt", gab er nicht ohne Befriedigung zu.

„Das kann ich mir denken." Hamilton ging zu seinem Schreibtisch zurück. „Die Leute glaubten, daß Sie ein Reklameauto fahren für irgendeine Medizin – vielleicht Blutpillen für blasse Leute! Wann haben Sie denn diese Höllenmaschine gekauft?"

Bones kreuzte die Beine und legte die Fingerspitzen zusammen.

„Die Verhandlungen darüber haben vor etwa einem Monat begonnen, mein lieber, alter Ham. Ich habe in der Stille Unterricht im Fahren genommen und heute meinen Führerschein erhalten." Er zog ein Papier aus seiner Brieftasche heraus und reichte es seinem Partner mit großartiger Gebärde. Dabei ließ er es aber auf die Erde fallen.

„Machen Sie sich nicht die Mühe, es aufzuheben", sagte Hamilton. „Ich verstehe schon, das ist Ihr Führerschein. Aber das beweist noch lange nicht, daß Sie fahren können."

Bones begann, den Wagen genau zu erklären. Mit tönenden Worten pries er seinen Sechszylinder Carter Crispley an. Er holte Kataloge herbei, die auf beiden Seiten mit wunderbaren Bildern geschmückt waren und Unterweisungen über die elektrische Anlage und dergleichen.

„Oh", sagte Hamilton, als er damit zu Ende war, „das klingt alles ganz gut."

„Klingt gut!" rief Bones vorwurfsvoll. „Mein lieber, alter Zweifler, dieser Wagen ", und er zählte aufs neue alle Vorzüge auf.

Alle Extravaganzen tragen ihre Strafe in sich selbst. Zwei Tage später sollte Bones eine unerwünschte Bekanntschaft erneuern müssen. In den ersten Tagen der Firma Schemes Ltd. hatte Mr. Tibbetts eine kleine Wochenzeitung gekauft, die ‚Die Flamme' hieß. Abgesehen von den Verlusten, die er während der kurzen Lebensdauer dieser Zeitung erlitt, machte er dabei die bemerkenswerte Bekanntschaft von Mr. Jelf, einem jungen und ungeheuer selbstbewußten Menschen, der einen Klemmer trug und sehr ungnädig über die höheren Geistlichen sprach. Wenn er von Mitgliedern der Regierung redete, so bekamen zartbesaitete Menschen stets eine Gänsehaut.

Die Mitglieder der Regierung rächten sich dadurch, daß sie von Mr. Jelf überhaupt nicht sprachen. Es existierte wahrscheinlich zwischen ihnen und Mr. Jelf eine rein private Fehde. Jelf war mit allem unzufrieden. Er war erst vierundzwanzig Jahre alt, hatte aber schon Bekanntschaft mit dem Schützengraben gemacht.

Bones hatte ‚Die Flamme' mit der Absicht gekauft, Personen und Zustände zu brandmarken. Er schrieb Artikel gegen die Schweden, die Polen und Türken und gegen allerhand andere Leute. Dabei konnte es ihm nicht schlecht gehen. Er griff einen Möbelhändler an, der ihn eine Lieferung zweimal bezahlen ließ, weil er die Quittung verloren hatte, und das kostete Geld. Er stellte einen Mann bloß, der sich ihm gegenüber häßlich betragen hatte. Nachdem alle seine persönlichen Beschwerden abgehandelt waren, machte er sich daran, hervorragende Mitglieder der Aristokratie und der Börse anzugreifen. Wenn ihm ein Gesicht nicht paßte, dann wurde geschrieben. Er hatte eine Spalte in der Zeitung eingerichtet ‚Was ich wissen muß', und er zeichnete seine Artikel mit Senob. Dort erschienen solche Bemerkungen wie:

‚Wann wird endlich dieser nichtsnutzige, alte Lord, der ein himmelblaues Automobil mit hellroter Bemalung besitzt, begreifen, daß die Art und Weise, in der er sich seinen Mietern gegenüber aufführt, eine Befleckung seines alten Stammbaumes darstellt?'

James Jacobus Jelf hatte diesen Artikel geschrieben, und der Zufall wollte es, daß es nur einen Lord gab, der einen himmelblauen Wagen mit roten Ornamenten besaß. Es kostete Bones zweihundert Pfund, den aufgebrachten Lord zu beruhigen.

Kurz darauf verkaufte er die Zeitung und gab Mr. Jelf die Anweisung, sich nicht wieder sehen zu lassen oder gleich einen Krankenwagen mitzubringen. Später tat ihm diese Instruktion leid, weil er wußte, daß James Jacobus Jelf den Krankenwagen seiner Firma in Rechnung stellen würde.

So standen die Dinge zwei Tage, nachdem sich Bones mit seinem Automobil in der Öffentlichkeit gezeigt hatte. Er saß im Büro und studierte eine große Rechnung, die er von seiner Garage bekommen hatte.

Er ließ sich das Essen ins Zimmer bringen und machte gerade die schwierigsten Berechnungen, als jemand draußen an der Tür klopfte.

„Treten Sie näher!“ rief er. Als sich nichts rührte, erhob er sich und öffnete.

Ein junger Mann mit ernster und geheimnisvoller Miene stand im Gang. Es war niemand anders als James Jacobus Jelf.

„So, Sie sind es?“ fragte Bones ungnädig. „Ich dachte, es wäre ein wichtiger Besuch.“

Jelf ging leise in den Raum und schloß die Tür sorgfältig hinter sich.

„Mein lieber Herr!“ sagte er im Flüsterton, „ich habe ein Vermögen für Sie.“

„Sie alter Lästerer, schenken Sie das Vermögen dem Mann, der den Lift bedient! Er hat eine Frau und drei Kinder zu versorgen!“

Mr. Jelf sah nach der Uhr.

„Ich muß um drei Uhr wieder gehen.“

„Ich will Sie nicht aufhalten, alter Federfuchser!“

Jelf lächelte. Dann sprach er von einem Mr. G. und einem Mister L. und erzählte eine Geschichte, daß G. sich mit L.'s Tochter verlobt habe und daß die Verlobung wieder auseinandergegangen sei.

Bones wurde ungemütlich und sah nach der Uhr.

„Ich habe keine Zeit für Sie, wenn Sie mir nicht schnell erzählen, was Sie wollen.“

Darauf nahm Jelfs Bericht verständlichere Formen an.

L. bedeutete Lansing, der eine Lampe erfunden hatte. Diese Lampe war irgendwie in den Besitz von Jelf gekommen, der diese Erfindung für die Tochter Lansings verwerten wollte.

„Ich habe die Lampe die ‚Tibbetts-Jelf-Motorlampe‘ genannt“, sagte Jacobus mit außerordentlichem Pathos.

Bones gab sich den Anschein, als ob er nichts davon hören wollte, aber er interessierte sich doch dafür.

Die Tibbetts-Jelf-Lampe war eine neue Automobillampe, die alle Vorzüge der alten Systeme in sich vereinigte und Eigenschaften hatte, die keine frühere Lampe besaß. Sie hatte überhaupt keine Fehler, erzählte Jelf mit dem größten Ernst.

„Sie kennen mich, Tibbetts", sagte er. „Ich spreche niemals über mich selbst, und ich habe immer die Tendenz, mit meiner eigenen Meinung zurückzustehen."

„Das habe ich früher nie bemerkt!"

Und nun erklärte Jelf, wie er Nacht für Nacht gesessen habe, um einen Konstruktionsfehler in der Tibbetts-Jelf-Lampe zu finden, und wie er dann morgens um fünf erschöpft auf sein Lager gesunken sei.

„Ich konnte auch nicht die geringste Idee eines Fehlers entdecken – der geniale Erfinder hat einfach alle Fragen gelöst."

Mit Hilfe eines Bleistifts malte er die Vorderansicht der Lampe auf Bones' kostbares Briefpapier. Dann folgte eine lange Erklärung über Strahlen, besonders über ultraviolette Strahlen.

„Dieses Licht kann niemals ausgehen", erklärte Jelf leidenschaftlich. „Wenn Sie es heute anzünden, dann wird es morgen und übermorgen noch brennen. Alle Leuchtbojen und Leuchttürme an der englischen Küste werden in kürzester Zeit mit diesen Lampen ausgerüstet sein, und sie werden der Schiffahrt neue Wege zeigen."

Wenn man Mr. Jelf Glauben schenken konnte, so mußten sich alle Seeleute auf der Heimfahrt auf dem Hinterdeck oder auf dem Vorderdeck versammeln und ein großes Loblied anstimmen, in dem die Zeile

‚Gott segne die Tibbetts-Jelf-Lampe'

als Refrain immer wiederkehren würde.

Als er seine Lobrede auf die Lampe beendet hatte und sich müde von seiner eigenen Beredsamkeit in den Sessel zurücklehnte, sah ihn Bones an.

„Was hat das nun alles zu bedeuten?" fragte er.

Jelf hätte ihn ermorden können.

Unter anderen Umständen hätte Bones seinen Besucher entlassen und ihm einen kleinen Vortrag über die Nutzlosigkeit des Versuches gehalten, Geld unter Vorspiegelung falscher Tatsachen von ihm herausholen zu wollen. Aber man muß sich vergegenwärtigen, daß Bones der Eigentümer eines neuen Automobils war, nur an Automobile dachte und bei Tag und Nacht davon träumte. Trotzdem sann er gerade über einen Ausdruck nach, wie er Mr. Jelf gegenüber sein Bedauern erklären könne, daß er nicht an der Sache interessiert sei. Und plötzlich kam ihm der Gedanke, welche Möglichkeiten sich eröffnen würden, wenn er diese wunderbare Lampe an seinem Wagen hätte. Er fing selber Feuer.

„Immerhin wird es noch mindestens ein Jahr dauern, bis die Lampe hergestellt werden kann."

Mr. Jelf verneigte sich.

„Vollkommen verkehrt!" rief er triumphierend. „Zwei Lampen sind schon vollendet und stehen morgen zu Ihrer Verfügung."

Bones zögerte.

„Also, mein lieber, alter Jelf, ich werde einen Versuch machen und sie auf meinen Wagen montieren."

„Auf Ihren Wagen?" Jelf trat einen Schritt zurück und betrachtete ihn mit zweifelnder Bewunderung. „Doch nicht auf Ihren Wagen? Haben Sie denn einen Wagen?"

Bones erklärte, daß er ein Auto besitze, und redete sich in ebensolche Begeisterung über seinen Wagen wie vorher Mr. Jelf über seine Lampe. Jelf stimmte Bones in allem bei. Anscheinend war er persönlich mit dem Carter-Crispley-Wagen bekannt, denn er wußte alle seine guten Seiten – schlechte gab es an dem Wagen überhaupt nicht. Der Mann, der sich ein solches Auto anschaffte, mußte außerordentlich talentiert sein. Bones gab ihm darin vollkommen recht. Allmählich kam er zu der Überzeugung, daß er sich in seinem Urteil über Jelf vielleicht doch getäuscht habe und der Redakteur sich gebessert hatte. Jedenfalls schieden sie als die besten Freunde, und Bones versprach, am nächsten Morgen zu einer Vorführung der Lampe in die Werkstätte zu kommen. Jelf, der mit zehn Prozent Provision arbeitete, wollte auch zugegen sein.

Es war wirklich eine vorzügliche Lampe. Ihr bemerkenswertester Vorteil bestand darin, daß sie ihren eigenen Akkumulator hatte, der wöchentlich geladen werden mußte, wenn sie ihrem Namen nicht Unehre machen sollte.

Mr. Jelf erklärte mit der Geläufigkeit eines Spezialisten, wie man die Lampe vom Führersitz aus kontrollieren konnte, und wie unendlich wertvoll es war, Lampen zu besitzen, die unabhängig vom Motor des Wagens oder von fehlerhafter Konstruktion waren. Bones versprach, die Lampen eine Woche lang auszuprobieren. Ja, er ging noch weiter und gab halb und halb das Versprechen, eine Gesellschaft zu gründen, die diese Lampe herstellen sollte. Dann überreichte er Mr. Jelf fünfzig Pfund à conto späterer Tantiemen. Mr. Jelf verschwand von der Bildfläche und zeigte von da ab nicht mehr das geringste Interesse an der wertvollen Erfindung, die doch noch um so wertvoller war, als sie seinen eigenen Namen trug.

Drei Tage später wurde Hamilton auf seinem Weg zum Büro von einem schönen, blauen Carter-Crispley-Wagen überholt, der, wie aus der Entfernung schien, als Schmuck zwei wunderbare, große, silberne Scheiben trug. Bei näherer Betrachtung zeigte es sich, daß es zwei Tibbetts-Jelf-Lampen waren.

„Ja“, sagte Bones froh, „das ist eine Lampe, mein lieber, alter Ham, die ich in freien Stunden mit Jelf erfunden habe. Steigen Sie ein – ich will Ihnen alles erklären.“

„Wo soll ich einsteigen?“ fragte Hamilton, der sich absichtlich dumm stellte. „In den Wagen oder in die Lampe?“

Bones lächelte geduldig und forderte ihn mit einer Handbewegung auf, an seiner Seite Platz zu nehmen. Aber aus seinen Erklärungen konnte Hamilton nicht viel entnehmen, denn Bones mußte erst selbst noch die letzten Feinheiten des Autofahrens lernen. Es war vor allem störend, daß er laut dachte.

„Diese Lampe, lieber, alter Freund, geht niemals aus – Sie verrückter, alter Esel, warum springen Sie gerade mir vor den Wagen? Um Himmels willen, beinahe hätte ich Ihr niederträchtiges, unnützes Leben vernichtet!“ Die letzte Bemerkung war einem Fußgänger zugedacht, der auf der falschen Seite der Straße ging. „Sie geht niemals aus, mein alter Ham. Natürlich brennt sie jetzt nicht, das gebe ich zu, aber sie ist noch nicht – das war aber um Haaresbreite, nur ein genialer Autofahrer, mein lieber, alter Ham, konnte an diesem Laternenpfahl so glatt vorbeikommen! Übrigens wird es eine Sensation werden, etwas Ähnliches gibt es auf dem ganzen Markt überhaupt noch nicht! – Wupp!“

Er brachte den Wagen einen halben Zoll vor einem Verkehrspolizisten plötzlich zum Stehen. Der Mann drehte ihm gerade den Rücken zu und merkte glücklicherweise nichts von der Gefahr, in der er geschwebt hatte.

„Ich fahre wirklich gern mit Ihnen", sagte Hamilton, als sie das Büro erreicht hatten und er sich allmählich wieder von seinem Schrecken erholte. „Außer einem Kampf mit wilden Buschleuten in den Wäldern weiß ich nichts, was die Nerven mehr kitzeln könnte, als mit Ihnen zu fahren."

„Danke bestens", sagte Bones gnädig, „ich bin kein schlechter Fahrer – oder meinen Sie etwa doch?"

„Schlecht ist nicht das Wort, das Ihre Eigenschaften als Automobilist voll und ganz wiedergibt", bemerkte Hamilton bissig. Trotz der Auseinandersetzung, die jetzt folgte, erhielt er am nächsten Tag eine Einladung von Bones, am kommenden Sonntag eine Autofahrt mit ihm zu machen, um die landschaftlichen Schönheiten kennenzulernen.

„Eine Absage nehme ich überhaupt nicht an!" sagte er und drohte mit dem Zeigefinger. „Wir werden um elf Uhr vormittags abfahren, mein lieber, alter Ham, werden essen und uns dann am Seeufer die Brise um die Nase wehen lassen."

„Danke", sagte Hamilton kurz. „Fahren Sie, wohin Sie wollen, wenn ich nicht dabei bin. Ich habe noch eine zu hohe Meinung von meinem eigenen Leben!"

„Unnützer Kerl! Ich bin anständig und sage das nicht, was ich beinahe gesagt hätte! Ich will Ihnen aber noch etwas anderes vorschlagen", meinte er geheimnisvoll. „Es gibt da noch eine nette, liebe Dame – mit Namen Vera, haha!"

Hamilton wurde rot.

„Hören Sie, Bones, wir wollen über niemand anders als uns selbst sprechen!"

„Was würden Sie zu einem Tagesausflug aufs Land sagen, wenn Miss Vera –"

„Miss Vera Sackwell", erwiderte Hamilton ein wenig von oben herab, „wenn das die Dame ist, die Sie meinen. Ich bin zwar mit ihr befreundet, aber ich habe keinen Einfluß auf ihre Entschlüsse. Sie langweilen mich, wenn –"

„Ei der Tausend!" sagte Bones. „Haben Sie denn kein Zutrauen zu Bones, Ihrem alten Bones? Wozu denn dieses Versteckspiel?"

Er übersah die ablehnende Haltung seines Partners. „Ich vermute, daß ich eine derjenigen Persönlichkeiten in London bin, denen man am meisten Vertrauen entgegenbringt. Ich bin ein alter Beichtvater, lieber Ham, jeder kommt und beichtet mir seine Sorgen. Warum hat mir denn heute morgen das Mädchen, das den Fahrstuhl bedient, erzählt, daß sie schon zweimal die Masern hatte?"

Wenn Hamilton zarte Zuneigung zu Miss Vera Sackwell fühlte, so war er doch nicht in der Stimmung, darüber zu sprechen.

„Sie sind ein Esel, Bones", sagte er ärgerlich. „Sie sind nicht nur ein Esel, sondern sogar ein gemeiner Esel. Ich wäre Ihnen sehr zu Dank verbunden, wenn Sie jetzt den Mund hielten."

Bones schloß die Augen, lächelte vor sich hin und streckte die Hand aus.

„Wenn ich jemals Zweifel hatte, sind sie jetzt beseitigt! Ich gratuliere Ihnen!"

An diesem Abend speiste Hamilton mit einer hübschen, jungen Dame. Sie war schön an Geist und Körper und hieß Vera. Im Lauf des Abends erwähnte er auch Bones und seine Einladung, aber er sagte nicht alles, was Bones geäußert hatte.

Die Einladung für einen Tagesausflug mit dem Auto wurde nicht ungnädig aufgenommen.

„Aber er kann nicht fahren", klagte Hamilton. „Er hat es eben erst gelernt."

„Ich möchte Bones gerne einmal kennenlernen", sagte die junge Dame. „Ich denke, das wäre eine ausgezeichnete Gelegenheit."

„Aber, meine Liebe, es könnte doch sein, daß dieser Kerl uns in irgendeinen Graben fährt – ich möchte wirklich nicht dein Leben riskieren."

„Sage Bones, daß ich annehme", entschied sie und beendete damit die Unterhaltung über diesen Punkt.

Am nächsten Morgen überbrachte Hamilton die Nachricht.

„Miss Sackwell dankt Ihnen für Ihre Einladung, Bones!"

„Und nimmt natürlich an?" fragte Bones selbstzufrieden. „Sieh mal an, die nette, liebe Vera!"

„Ich möchte Sie darum bitten", entgegnete Hamilton ernst, „diese Dame nicht eher Vera zu nennen, als sie Ihnen selbst die Erlaubnis dazu gibt!"

„Seien Sie nicht gleich beleidigt, und seien Sie nicht eifersüchtig, mein alter Kamerad und so weiter! Glauben Sie mir, Sie können sich auf Ihren alten, guten Bones verlassen!"

„Ich würde mich aber lieber auf den guten Takt einer Dame verlassen", sagte Hamilton mit einer gewissen Schärfe. „Wird es denn für Sie nicht ein wenig einsam werden?"

„Was meinen Sie damit, mein Othello?"

„Ich meine nur so: drei auf einer Fahrt ist nicht gerade angenehm. Könnten Sie nicht noch jemand finden, der den vierten macht?"

Bones hustete und wurde verlegen.

„Nun wohl, mein lieber, alter Athlet", erwiderte er unnötig laut, „ich dachte, ich könnte eventuell – meine – hm – hm –"

„Ihre was – hm? Wer ist es denn?"

„Meine nette, alte Sekretärin, Sie frivoler Kerl", sagte Bones aufgebracht. „Haben Sie etwas dagegen einzuwenden?"

„Nein, durchaus nicht", erwiderte Hamilton ruhig. „Miss Whitland ist ein sehr liebenswürdiges, nettes Mädchen, und Miss Vera wird sich freuen, mit ihr zusammenzukommen."

Bones zeigte seine Dankbarkeit, indem er Hamilton zwei Minuten lang die Rechte schüttelte.

Den Rest der Woche über erklärte er seinem Partner sein Verhältnis zu Miss Whitland. Immer, wenn er nichts zu tun hatte – und es schien, daß er fast den ganzen Tag nichts zu tun hatte –, kam er zu Hamiltons Tisch hinüber und sprach mit ihm über die Achtung, die alle rechtlich denkenden Offiziere gegenüber netten, alten Sekretärinnen haben sollten. Am Ende der Woche hatte Hamilton die etwas wirre Vorstellung, daß das hübsche Mädchen die Eigenschaften einer altjüngferlichen Tante und die Tugenden einer Großmutter hatte und daß Bones keine anderen Gefühle als ehrfurchtsvolle Bewunderung für sie hegte, sonst aber vollständig uninteressiert war. Bei der vierundsechzigsten Instruktionsstunde riß Hamilton die Geduld, er streikte.

„Natürlich, mein lieber, alter Kerl", sagte Bones, „für einen netten, alten Seeräuber wie Sie, der einfach verrückt von seiner Gebirgshöhle aufbricht und das erste beste junge Mädchen nimmt, das ihm in den Weg kommt –"

Hamilton widersprach energisch, und Bones brachte ihn mit einer großartigen Geste zum Schweigen.

„Ich sage ja, für einen so netten, alten Schlingel wie Sie möchte es ja – wie heißt doch das Wort –“

„Unerklärlich ist vermutlich das Wort, das Sie suchen!“

„Ganz gewiß, Sie haben es mir direkt aus dem Mund genommen – scheint es unerklärlich, daß ich in einer platonischen, väterlichen Art an der Zukunft dieser liebenswürdigen Sekretärin interessiert bin!“

„Ach, die Sache ist ganz verständlich“, sagte Hamilton kurz, „Sie sind einfach in das Mädel verschossen!“

„Um Himmels willen!“ Bones schnappte nach Luft und wurde blaß vor Schrecken. „Ham, mein lieber, alter Ham, da tun Sie mir unrecht! Das ist nicht wahr!“

Am Sonntagmorgen trafen sich vier Personen höchst feierlich. Die beiden Herren waren sehr verlegen, während sich die beiden Damen so benahmen, als ob sie sich schon ihr Leben lang kannten. Bones, der abwechselnd auf seinen verschiedenen Beinen stand, war sehr erstaunt, daß diese Begegnung ohne irgendein sensationelles Ereignis vorüberging. Vera bewunderte den Wagen, und Bones war hingerissen. Er suchte seinen Dank durch außerordentliche Liebenswürdigkeit auszudrücken.

„Es ist kein schlechter Autobus, meine liebe, alte Miss Vera“, sagte er. Er war verwirrt über seine Entgleisung und atmete hörbar. „Es ist kein schlechter Bus, meine liebe, junge Freundin. Nun werde ich Ihnen die Krone des Ganzen zeigen!“

„Die sind aber sehr groß“, sagte Vera, auf die die Lampen einen überwältigenden Eindruck machten.

„Und sie gehen niemals aus“, erklärte Bones feierlich. „Ich versichere Sie, ich freue mich schon auf die Heimfahrt. Das soll natürlich nicht heißen, daß ich mich nicht auch auf die Ausfahrt freue. Ich will damit nicht sagen, daß ich froh sein würde, wenn der Tag schon zu Ende wäre oder dergleichen. Aber ich glaube, meine liebe, alte Miss Vera, wir wollen jetzt losfahren.“

Er öffnete die Tür, stieg auf den Führersitz und lud Marguerite ein, neben ihm Platz zu nehmen. Es wäre viel besser gewesen, wenn er nichts weiter gesagt hätte, aber er mußte immer eine Erklärung abgeben. So lehnte er sich denn zurück und schaute Hamilton groß an.

„Ich glaube, Sie wünschen allein zu sein, mein lieber, alter

Freund. Ich habe doch recht? Kümmern Sie sich nicht um mich, mein lieber, alter Kerl. Viele Leute sagen, alles, was hinten im Wagen vorgeht, spiegelt sich vorne im Glas. Aber ich bin so in Anspruch genommen durch das Lenken des Wagens –"

„Fahren Sie endlich los", brummte Hamilton.

Trotzdem war es ein wunderschöner Tag, und Bones führte seinen Wagen meisterhaft. Alle waren darüber erstaunt, am meisten er selbst. Es war seine heimliche Absicht, nach Brighton zu fahren, aber niemand vermutete seinen Plan oder machte sich große Sorgen darüber, was er eigentlich vorhatte. Der Wagen fuhr glatt über die Ebene von Salisbury. Als sie haltmachten, um den Nachmittagstee einzunehmen, erwähnte Hamilton, daß Bones etwas von Brighton gesagt habe, aber Bones lächelte nur.

Sie verließen Andover in der Dämmerung. Doch lange bevor der Tag zu Ende ging, strahlte schon das weiße Licht in den Lampen, die niemals ausgingen. Und als die Dunkelheit vollends hereinbrach, war Bones außer sich vor Freude, denn seine Lampen brannten außerordentlich hell. Sie überstrahlten die Straßen vor ihm und erhellten weithin die Landschaft.

„Mein lieber, alter Ham", sagte Bones über die Schulter, „was sagen Sie nun zu meinen Lampen?"

„Sie sind einfach wundervoll", gab Hamilton zu. „Ich habe so etwas Staunenerregendes noch nicht gesehen. Ich stelle sogar fest, daß Sie nur eine Hand am Steuer haben!"

Bones brachte sofort auch die andere Hand ans Rad und hustete. Marguerite Whitland lachte leise vor sich hin, aber niemand hörte es.

Sie erreichten gerade eine Landstraße, die von Bäumen beschattet und von hohen Hecken umgeben war, und Bones sang vergnügt ein Lied vor sich hin – als plötzlich die Lampen ausgingen.

Sie gingen so unerwartet aus, ohne auch nur im mindesten vorher zu flackern oder dunkler zu brennen, daß er geblendet war und den Wagen sogleich zum Stehen brachte.

„Was ist los, Bones?" fragte Hamilton.

„Das Licht ist aus! Ich denke, die liebe, nette Sekretärin hat mit ihrem Knie den Schalter berührt!"

„Wirklich?" meinte Ham höflich. – Dann entstand eine Pause.

Bones hustete, als er sich darauf besann, daß der Schalter an seiner Seite angebracht war.

Er drehte ihn von links nach rechts und von rechts nach links, aber es ereignete sich nichts.

„Ganz merkwürdig!“ sagte Bones.

„Wirklich!“ gab Hamilton zurück.

„Ich glaube, die Straße zweigt bald ab, ich werde einmal aussteigen und sehen, welches der Weg ist, den wir nehmen müssen“, sagte Bones mit einem plötzlichen Entschluß. „Ich erinnere mich, daß ich den Wegweiser noch sah, kurz bevor die eine – hm – Lampe ausging. Vielleicht haben Sie Lust, Miss Whitland, eine Strecke mitzukommen?“

Marguerite sagte, daß sie gern mitkomme, und sie stiegen zusammen aus, um Umschau zu halten. Hamilton machte sich schon die ernstesten Sorgen, ob sie diesen Abend überhaupt nach Hause kommen würden. Bones ging mit Marguerite vorwärts, und unwillkürlich suchten und fanden sich ihre Hände.

Sie entdeckten die abzweigende Straße, aber Bones machte sich nicht die Mühe, ein Streichholz anzustecken. Sein Herz schlug heftig, seine Lippen waren trocken und er konnte nur mit Mühe sprechen.

„Miss Marguerite“, sagte er heiser, „denken Sie, bitte, nicht, daß ich ein vollständig verdorbener Kerl bin. Meine liebe, gute Sekretärin –“

„Das denke ich doch nicht“, erwiderte sie ein wenig schwach, denn Bones hatte seinen Arm um sie gelegt.

„Glauben Sie nicht“, sagte Bones mit zitternder Stimme, „daß ich nur ein nichtsnutziger Flaneur bin. Aber da ich nun einmal mit Ihnen hier bin und so weiter –“

Und dann beugte er sich zu ihr und küßte sie. In diesem Moment besannen sich die Lampen plötzlich wieder darauf, daß sie niemals ausgehen sollten und strahlten in Tageshelligkeit, um die Ruhepause wieder gutzumachen, die sie sich gegönnt hatten.

Im Brennkegel der Lampen aber standen die beiden jungen Leute, als ob es sich um eine Filmaufnahme handelte. Man konnte sie nicht nur vom Automobil aus, sondern meilenweit im Umkreis sehen.

„Donnerwetter!“ sagte Bones.

Marguerite schwieg. Sie bedeckte nur ihre Augen mit der Hand, um sich gegen das Licht zu schützen, als sie zurückgingen.

Bones stieg auf den Führersitz mit der vornehmen Ruhe und Gelassenheit, mit der sich ein alter Gentleman im Park auf einen Mietstuhl setzt.

„Es ist die Straße zur linken Seite", wandte er sich zurück.

„Da bin ich aber froh", sagte Hamilton und machte nicht einmal eine Bemerkung, als Bones in die Straße zur Rechten einbog.

Als sie eine Viertelstunde weitergefahren waren, gingen die Lampen wieder aus, ebenso unerwartet und ohne Warnung wie das erstemal. Bones drehte wieder an den Schaltern.

„Würden Sie nicht einmal so gut sein und aussteigen?" wandte er sich an Hamilton.

„Nein, Bones", sagte Hamilton kurz und trocken, „wir sitzen hier ganz bequem."

„Würden Sie noch einmal mit mir ... meine liebe Sekretärin ...?"

„Nein", erwiderte Miss Whitland sehr bestimmt.

„Hm, unter diesen Umständen ist es dann wohl besser, wenn wir alle zusammen hier warten, bis –"

In diesem Augenblick gingen die Lampen wieder an. Sie fluteten hell über die Straße und waren wie ein Wandschirm, von dem sich Bones' zur Seite geneigter Kopf abhob.

Der Motor sprang an, und in regelmäßigen Zwischenräumen streikte immer wieder das Licht, das niemals ausging, und ruhte sich aus. Mit der Zeit betrachteten die Insassen des Wagens diese Launen mit philosophischer Ruhe, selbst als es langsam zu regnen anfing und sie kein Schutzdach mehr über ihrem Kopf hatten.

Bei der Einfahrt nach Guildford wurde Bones von einem Polizisten aufgeschrieben, weil seine Lampen zu stark brannten, und als sie aus Guildford herausfuhren, schrieb ihn ein anderer Polizist auf, weil er überhaupt keine Lichter am Wagen hatte. In Kingston fingen die Lampen an zu flackern, und dieser Zustand dauerte an, bis sie nach Pelston Common kamen, wo eine Abteilung Pfadfinder schlief, die das Flackern der Lampen für ein Lichtsignal hielt.

„Ein wundervoller Tag", sagte Hamilton, als sie sich um Mitternacht trennten. „Es tut mir nur leid, daß Sie soviel Unannehmlichkeiten mit den Lampen hatten, Bones. Wie nannten Sie sie doch?"

„Nun, mein lieber, alter Freund", erwiderte Bones und überhörte die Frage, „ich hoffe, daß Sie gesehen haben, wie ich eine

Spinne von der Schulter der lieben, guten Miss Marguerite wegnahm? Sie haben sich doch sonst nichts dabei gedacht?“

„Das einzige, was ich nicht sah, war die Spinne!“

„Versteifen Sie sich nicht auf Kleinigkeiten, lieber, alter Patron“, sagte er eigensinnig, „es kann auch eine Raupe gewesen sein! Glauben Sie, als Mann von Welt, mein lieber, alter, blasierter Ham, daß ich eine unschuldige Sekretärin kompromittieren würde? Glauben Sie, ich müßte –“ Dann machte er eine Pause.

„Das ist vornehmlich eine Frage, die die Dame selbst angeht“, meinte Hamilton. „Aber was wollen Sie mit den Lampen machen? Werden Sie die Gesellschaft wirklich gründen, um die Fabrikation aufzunehmen?“

Bones schaute düster auf die hell brennenden Lampen und schwieg.

## X

## Die Kleinbahn

Nicht alle Geschäfte, die Bones unternahm, rentierten sich. Manche kosteten ihn Geld, manche Zeit, und einige kosteten ihn beides.

Irgendwo auf einer Werft in London liegen die zerbeulten Überbleibsel vernickelter Automobillampen, an die sich Bones nicht gern erinnerte. Das war nun alles, was von dem großen industriellen Plan übriggeblieben war. Bones wollte damals eine Gesellschaft zur Herstellung und zum Vertrieb einer Lampe gründen, die niemals ausging.

An einem kritischen Tag gingen die Lampen aber doch aus, und das war schlimm. In einem unerwünschten Augenblick flammten sie wieder auf, und das war noch schlimmer, denn sie beleuchteten ihn plötzlich in einer zärtlichen Umarmung mit seiner Sekretärin. Bones hatte sich bemüht, die Sache wieder in Ordnung zu bringen, aber die betreffende Dame begegnete ihm seit dieser Zeit nur noch mit kalter Höflichkeit.

Es war schauerlich, wie Bones sich seiner unschätzbaren Sekretärin gegenüber das Ansehen gab, als ob er in den letzten Zügen läge. Sooft Miss Marguerite Whitland in sein Büro kam, war sein Kopf in den Händen vergraben. Nur einmal, als sie vergessen hatte, anzuklopfen, fand Bones nicht mehr die Zeit, sich ausdrucksvoll und malerisch hinzusetzen.

Die ganze Woche seufzte er nur, wenn er sie sah, oder er schwankte mit schwachen Schritten durch den Raum, oder er hielt sich an einem Stuhl fest. Wenn sie zu ihm sprach, antwortete er mit einer müden Stimme und lächelte schmerzlich, so daß das arme Mädchen ängstlich um ihn besorgt wurde. Sie glaubte, daß sein Verstand gelitten habe, und fragte Hamilton um Rat.

„Sehen Sie einmal, Bones, Sie elender Teufel!" sagte Hamilton. „Sie beunruhigen das arme Mädchen. Was beabsichtigen Sie denn eigentlich mit diesem Getue?"

„Wen beunruhige ich?" fragte Bones offensichtlich befriedigt. „Tue ich das wirklich? Ist sie sehr besorgt, mein lieber, alter Freund?"

„Ja", sagte Hamilton bestimmt, „sie glaubt, daß Sie den Verstand verlieren."

„Das ist aber gemein!" Bones war entrüstet.

„Ich habe ihr gesagt, Sie seien früher öfters so gewesen", fuhr Hamilton schadenfroh fort. „Ich sagte ihr, daß Sie seelisch etwas aus dem Gleichgewicht seien seit Ihrer letzten Liebesaffäre –"

„Um Himmels willen!" Bones hätte beinahe laut aufgeschrien. „Sie haben ihr doch nichts von Ihrer netten Schwester Patricia erzählt?"

„Das habe ich nicht getan", beteuerte Hamilton. „Ich habe ihr nur die Tatsache berichtet, daß man nicht recht weiß, ob Sie es im Magen haben, oder ob Sie an Verrücktheiten leiden, wenn Sie verliebt sind." – „Sie sind ein verflucht nichtswürdiger Schlingel! Ich muß mich sehr über Sie wundern! Es ist doch immerhin möglich, daß ich schwer herzleidend bin –"

„Herzleidend? Ach, nein!" sagte Hamilton verächtlich.

„Jawohl, schwer herzleidend", wiederholte Bones. „Ich hatte immer ein schwaches Herz!"

„Und einen schwachen Kopf! Nun nehmen Sie sich aber zusammen, Bones, und erschrecken Sie die junge Dame nicht noch mehr. Ich weiß ganz genau, daß sie Sie gern hat – aber nur mütterlich!" fügte er hinzu, als er sah, daß Bones' Augen zu hell aufleuchteten.

„Sie ist tatsächlich eine so vorzügliche Sekretärin, daß es eine Sünde und Schande wäre, sie aus dem Büro wegzutreiben!"

An diese Möglichkeit hatte Bones nicht gedacht, und das hatte einen größeren Einfluß auf ihn als irgendein anderer Einwand Hamiltons. Er begann wieder Interesse am Leben zu zeigen, ging frohen Mutes im Büro umher und betrat vergnügt den Raum seiner Sekretärin. Er machte Witze und erlaubte sich, sie zum Tee einzuladen. Als diese Einladung kurzerhand abgelehnt wurde, war er überzeugt, daß Tee zum täglichen Leben absolut unnötig sei.

Das Geschäft der Firma Schemes Ltd. entwickelte sich günstig, wenn auch nicht sprungweise und schnell, so doch ständig und dauernd. Und vermutlich lag es an Hamiltons wohltuendem Einfluß, daß sich Bones nicht zu Extravaganzen hinreißen ließ und sich in Grenzen hielt. Schemes Ltd. kaufte den Theaterfundus und die Theater des verstorbenen Mr. Liggeinstein und verkaufte sie nach achtundvierzig Stunden mit einem guten Verdienst weiter. Bones hatte gekauft und Hamilton hatte verkauft. Bones war sehr betrübt darüber, denn er hatte die ganze Nacht aufgesessen, um ein vieraktiges Stück zu schreiben, und als er am nächsten Morgen spät ins Büro kam, entdeckte er, daß die Gelegenheit, sein eigenes Stück aufzuführen, für immer entschwunden war.

„Und ich hatte doch eine so schöne Rolle für Sie, mein liebes Fräulein", sagte er traurig zu seiner Sekretärin. „Im dritten Akt starben Sie, es war so schön, aber auch so traurig, daß ich weinen mußte, als ich es schrieb."

„Ich glaube, es war ganz klug von Captain Hamilton, die Theater zu verkaufen", sagte die junge Dame kühl.

In seinen Mußestunden fand Bones noch Zeit zu anderen Erholungen, als zu dichten. Was Hamilton von ihm gesagt hatte, entsprach der Wahrheit. Er hatte eine außerordentlich feine Nase für Geschäfte und verdiente sein Geld auf eine Art und Weise, die andere Leute kaum für möglich hielten. Man lernte ihn kennen. Er begegnete hervorragenden Männern, die Millionengeschäfte leiteten, wie Julius Bohea, und bekannten, wichtigen Persönlichkeiten wie dem Minister George Parkinson Chenney.

Bones traf dieses einflußreiche Mitglied des Kabinetts bei einem vornehmen Essen, wo die Leute Kiebitzeier verspeisten, als ob das zu den Alltäglichkeiten des Lebens gehörte.

Mr. Parkinson Chenney sprach großzügig über sein Lieblingsthema – die chinesischen Konzessionen. Nach seinem Bericht hatten alle Völker mit Ausnahme der Engländer Konzessionen in China, bis einer der geschicktesten Diplomaten auf der Bildfläche erschien und die wundervollen, reichen Kohlenfelder von Wei-hai-tai für England erwarb. Der Umsicht und der genialen Veranlagung dieses Diplomaten verdankte man diese Konzession. China wollte in Kürze eine Sondergesandtschaft nach England schicken, um diesen Vertrag zu unterzeichnen. Mr. Parkinson sprach mit großer Begeisterung davon, denn er selbst war dieser geschickte Diplomat gewesen. Alle Leute hörten ehrfurchtsvoll zu; er war ein berühmter Mann.

„Ich spreche nicht für mich", sagte er, während er mit dem Stiel seines Champagnerglases spielte und seine Augen bescheiden schloß. „Ich sagte schon, daß ich es nicht für mich getan habe, und ich will mich auch nicht weiter rühmen und die Sache vergrößern, weil ich sie als eine patriotische Tat ansehe. Jeder Bürger dieses Landes hätte es unter diesen Umständen getan. Aber ich kann darauf stolz sein, daß ich in jenem Moment den nötigen Scharfsinn entwickelte und die Lage vollständig überblickte."

„Hört! Hört!" sagte Bones in der Pause, die auf die Rede folgte. Mr. Parkinson Chenney verneigte sich geschmeichelt.

Als das Essen vorüber war und sich die Gäste in den Rauchsalon zurückzogen, faßte Bones den Minister am Knopf.

„Meine verehrungswürdige Exzellenz", sagte er, „darf ich einige Worte mit Ihnen über die chinesischen Kohlenfelder sprechen?"

Der Staatsminister hörte freundlich zu oder tat wenigstens so. Dann lächelte er einem anderen bedeutenden Mann zu, nickte verbindlich und ließ Bones mit seiner Rede allein.

An jenem Abend war Bones Gast von Mr. Harold Pyeburt, den er in der City kennengelernt hatte.

„Mein lieber Tibbetts", sagte Pyeburt und klopfte ihm auf die Schulter. „Sie haben sich ja so gut mit Chenney verstanden – worüber haben Sie denn mit ihm gesprochen?"

„Wir haben uns über Kohle unterhalten", sagte Bones vornehm.

Er wußte selbst nicht mehr, was er gesagt hatte, er konnte sich nur noch darauf besinnen, daß ihm während des Essens eine gute

Idee gekommen war. Konnte Mr. Pyeburt Gedanken lesen? Es mußte wohl so sein.

„Minister Chenney muß man kennen", sagte Pyeburt. „Er ist eines der mächtigsten Mitglieder des Kabinetts. Sie müssen sich gut mit ihm stellen, dann können Sie auch noch den Adel bekommen."

Bones wurde rot.

„Adel, mein lieber, alter Geschäftsfreund!" sagte er und zuckte verächtlich die Schultern. „So was kann ich nicht brauchen, mein lieber, alter Mann. Lord Bones – Lord Tibbetts – mag ja ganz nett klingen, aber was soll ich denn damit anfangen – sagen Sie mir das doch, bitte!"

„Oh, das weiß ich auch nicht", sagte Mr. Pyeburt. „Es ist ja möglich, daß es Ihnen nichts ausmacht, aber Ihre Frau Gemahlin –"

„Ich bin nicht verheiratet – ich habe keine Frau Gemahlin – wirklich, ich bin nicht verheiratet!"

„Nun gut", sagte Mr. Pyeburt, „ich verstehe, daß es nichts für Sie bedeutet. Wir wollen nicht weiter über den Adel reden. Nebenbei bemerkt, wird man nicht sofort Lord, es sei denn, daß Sie den Wunsch haben. – Ich habe oft darüber nachgedacht", fuhr er fort und runzelte die Stirn, als ob er tief nachdächte, „ob nicht in diesen Tagen irgendein Glückspilz Chenney die Lynhaven-Eisenbahn abkauft und sich ihm dadurch für Lebenszeit zu größtem Dank verpflichtet."

„Lynhaven?" fragte Bones. „Ist dort eine Eisenbahn?"

Mr. Pyeburt nickte.

„Kommen Sie mit auf den Balkon, ich will Ihnen davon erzählen."

Bones, der sich stets über alle möglichen Dinge unterhielt und genauso wenig der Versuchung der Neugierde widerstehen konnte wie ein Trinker dem Alkohol, wurde in alle Geheimnisse der Lynhavener Kleinbahn eingeweiht. Mr. Parkinson Chenneys Vater hatte die Stadt Lynhaven gegründet und auch die Kleinbahn gebaut, die Lynhaven mit der Hauptstrecke verband. Mit der Gründung der Stadt hatte er ein großes Geschäft gemacht, aber die Kleinbahn rentierte sich nicht, weil man bessere Verbindung mit der Straßenbahn hatte. – Die Eisenbahn war infolgedessen in einem ziemlich vernachlässigten Zustand.

„Es ist eine wunderbare Kleinbahn, großartig gebaut und gut geschottert", versicherte Mr. Pyeburt und schüttelte den Kopf in melancholischer Bewunderung. „Es fehlt nur eine kräftige Hand, die die Sache leitet. Im Moment ist sie ziemlich abgewirtschaftet. Der Tarif für Frachten und Personen ist zu hoch, die Wagen müßten einmal erneuert werden, aber die Lokomotiven sind in ausgezeichnetem Zustand."

„Will er denn die Eisenbahn verkaufen?" fragte Bones interessiert.

„Das weiß ich noch nicht so genau." Mr. Pyeburt spitzte die Lippen. „Es ist möglich, wenn man ihm einmal die Sache richtig auseinandersetzte. Wenn er verkaufen will und Sie der glückliche Käufer sind –"

Er zog die Augenbrauen hoch und machte einige Handbewegungen, die ausdrücken sollten, daß Bones' Zukunft dann gesichert sei.

Bones erklärte ihm, daß er sich die Sache überlegen wolle, und das tat er denn auch mit lauten Worten in Hamiltons Gegenwart.

„Das ist eine sonderbare Sache", entgegnete sein Partner. „Aber immerhin ist es möglich, abgewirtschaftete Eisenbahnen wieder rentabel zu machen."

„Ich würde Generaldirektor werden", sagte Bones noch ganz in Gedanken. „Mein Name würde auf allen Plakaten gedruckt sein, und dann gibt es doch so eine Bestimmung oder ein Abkommen, daß alle Eisenbahndirektoren Freifahrt im ganzen Lande haben?"

„Ich glaube, da haben Sie recht. Aber es wird billiger für Sie sein, Ihre Eisenbahnfahrkarten selbst zu bezahlen, als zu diesem Zweck eine Kleinbahn zu kaufen!"

„Es ist aber auch eine Lokomotive da", sagte Bones hocherfreut. „Sie hat den Namen ‚Mary Louisa'. Pyeburt erzählte mir davon, als ich fortging. Und man würde doch auch in einem gewissen Grade bekannt werden."

Er rieb sein Kinn und ging nachdenklich in das Büro von Miss Marguerite Whitland.

Sie drehte sich in ihrem Stuhl und langte nach dem Stenogrammheft. Aber Bones hatte nicht die Absicht, ihr etwas zu diktieren.

„Wie gefällt Ihnen Sir Augustus, mein liebes Fräulein?"

„Welcher Sir?" fragte sie erstaunt.

„Sir Augustus!" wiederholte Bones.

„Ach, das ist sehr drollig", sagte sie.

Das war aber nicht die Antwort, die er erwartete, und sie merkte gefühlsmäßig, daß sie einen Fehler gemacht hatte.

„Ach so, Sie denken an sich selbst", sagte sie schnell. „Werden Sie geadelt, Mr. Tibbetts? Das ist aber glänzend!"

„Ja", sagte Bones und tat so, als ob es ihn gar nichts anginge. „Das ist doch nicht schlecht, mein liebes, gutes Fräulein. Ich bin allerdings noch sehr jung, aber Napoleon wurde schon mit zweiundzwanzig Jahren General."

„Werden Sie wieder in die Armee eintreten?" fragte sie verwundert und sah Bones schon im Kriegsministerium.

„Ich wollte mit Ihnen über Eisenbahnen sprechen", begann Bones entschieden. „Sir Augustus Tibbetts – jetzt habe ich es gesagt!"

„Das ist wundervoll", rief Marguerite begeistert. Die Freude leuchtete ihr aus den Augen. „Ich habe es noch nicht in der Zeitung gelesen, sonst hätte ich Ihnen natürlich schon gratuliert!"

Bones wurde es ungemütlich.

„Mein liebes, gutes Fräulein, es ist noch nicht in den Zeitungen erschienen – ich spreche nur von der Zukunft, meine liebe, hitzige Sekretärin, in Zukunft Sekretärin der Lynhaven-Eisenbahngesellschaft und möglicherweise meine liebe, gute Lady –"

Aber dann machte er doch halt, weil er selbst einen Schreck bekam.

Glücklicherweise hatte sie nicht genau hingehört und wußte nicht, was er damit meinte.

Bones besuchte Mr. Harold Pyeburt in seinem Büro. Mr. Pyeburt hatte zuvor den Minister Parkinson Chenney aufgesucht, und seine Exzellenz hatte zugestimmt, die Eisenbahn mit allem rollenden und festen Inventar für sechzigtausend Pfund zu verkaufen.

„Ich gebe Ihnen als Freund den Rat", sagte Mr. Pyeburt, „den Vertrag zu unterzeichnen. Parkinson Chenney sprach in den besten Ausdrücken von Ihnen – Sie haben anscheinend einen tiefen Eindruck auf ihn gemacht."

„Wer ist denn der nette, alte Vertreter von Parkinson?" fragte Bones.

Mr. Harold Pyeburt gab ohne Verlegenheit zu, daß er den Minister in dieser Angelegenheit vertrete. Schließlich fand sich Bones dazu bereit, zehn Prozent der Kaufsumme anzuzahlen. Der Rest sollte fällig sein, nachdem Bones die Eisenbahn einen Monat lang in Betrieb genommen und das Geschäft ihn befriedigt hatte.

„Das ist nun schon der achte, der zehn Prozent der Ankaufsumme deponiert“, sagte Mr. Chenney zu seinem Agenten.

„Es würde mir leid tun, wenn er die Eisenbahn wirklich übernähme.“

Drei Wochen später ereigneten sich zwei wichtige Dinge. Der Ministerpräsident von England rief eine Stunde vor seiner Abreise nach Westengland, wo er einen wohlverdienten Urlaub zubringen wollte, seinen tatkräftigen Freund zu sich.

„Chenney“, sagte er, „ich muß tatsächlich auf Urlaub gehen, und es tut mir leid, daß ich die chinesische Kommission nicht persönlich begrüßen kann. Ich bitte Sie also, daran zu denken und die Gesandtschaft auf der Charing-Cross-Station bei ihrer Ankunft vom Festland zu empfangen. Soweit ich unterrichtet bin, reisen die Herren morgen von Paris ab.“

„Ich werde bestimmt dort sein“, sagte Parkinson Chenney lächelnd. „Ich habe doch die Kohlenkonzession mit den Chinesen zum Abschluß gebracht.“

„Ja, ja“, sagte der Ministerpräsident, der augenblicklich nicht in der Stimmung war, lange Lobreden zu halten. „Und dann noch eins. Würden Sie so gut sein und an die Küste fahren, um diese niederträchtige Anfrage zu erledigen? Sie haben im Unterhaus recht unbequeme Fragen gestellt, und ich kann noch keine definitive Antwort geben. Vielleicht gelingt es Ihnen, die Sache so weit zu klären, daß Sie den Fragestellern eine einigermaßen befriedigende Antwort geben können.“

„Verlassen Sie sich nur auf mich“, sagte Parkinson Chenney und fuhr am Nachmittag im Sonderzug zur Küste.

Am selben Tage stand Bones in einem Arbeitsanzug, den er über seine andere Kleidung gezogen hatte, begeistert auf der Lokomotive. Seine Hand lag an den Dampfhebeln der ‚Mary Louisa‘. Er erklärte der Sekretärin der Gesellschaft, wie leicht es sei, eine Maschine zu führen. Sie trug auch Überkleider und saß auf dem Führerstand der Lokomotive.

Zwei ruhmreiche Tage schon hatte Bones den Posten eines Lokomotivführers zwischen Lynhaven und Bayham versehen, wo sich die Kleinbahn mit der Hauptlinie vereinigte. Er kannte alle Biegungen und Wendungen der Strecke und alle Eigenheiten der eintönigen Landschaft auswendig. Ebenso kannte er die vier Passagiere, die täglich, mit Ausnahme des Sonntags, die Bahn benützten. Am Sonntag fuhr die Kleinbahn sowieso nicht. Die Leute waren ihm bereits so vertraut, daß er ihre Fahrkarten überhaupt nicht mehr kontrollierte.

Der Dienst auf der Lynhaven-Eisenbahn war nicht so kompliziert, wie er anfangs gedacht hatte. Zuerst hatten die vielen Wagen, die auf einem Nebengleis der Endstation standen, großen Eindruck auf ihn gemacht. Aber nachher erfuhr er, daß sie nicht der Gesellschaft gehörten. Der ganze Wagenpark bestand aus der ‚Mary Louisa', einer alten, etwas asthmatischen Lokomotive, die in ihren jungen Tagen einmal ganz schmuck ausgesehen haben mochte, und vier vom Wetter stark mitgenommenen Wagen. Das übrige Eigentum der Gesellschaft setzte sich aus dem halben Anteil eines Bahnsteigs in Bayham Junction und dem vollständig zerfallenen und verwahrlosten Haus in Lynhaven zusammen. Das Stationsgebäude lag außerdem noch zwei Meilen von der Stadt entfernt.

Niemand benutzte die Eisenbahn. Das war die niederschmetternde Wahrheit, die Marguerite sofort klarwurde. Sie durchschaute augenblicklich die vollständige Wertlosigkeit des Geschäftes, das Bones abgeschlossen hatte. Aber Bones hatte die Möglichkeit, mit einer Lokomotive zu spielen, und hatte deshalb auch dem alten Lokomotivführer eine Woche Ferien gegeben. Er war begeistert von dem Sport und freute sich, wenn er den Dampfhebel der Lokomotive herumlegen konnte, so daß der alte, verrostete Zug sich fauchend und stöhnend in Bewegung setzte.

„Viele Leute denken ...", sagte Bones und ließ bei diesen Worten die Dampfpfeife ungewöhnlich lang ertönen. Dann steckte er plötzlich die Finger in den Mund, weil er sich an dem heißen Dampf verbrannt hatte. „Viele Leute denken, daß die ‚Mary Louisa' vollständig verbraucht ist. Aber glauben Sie mir, mein liebes, gutes Fräulein, man muß diese Maschine erst wieder in die Höhe bringen, dann läuft sie auch ordentlich. Ich habe sie noch nicht auf Volldampf gestellt, mein lieber, alter Heizer!" Der liebe, alte Heizer, der gerade siebzehn Jahre alt war, schüttelte böse den Kopf.

„Versuchen Sie es ja nicht", sagte er warnend. „Der alte Georg läßt sie auch nur mit dem vierten Teil der Höchstgeschwindigkeit laufen!"

„Hören Sie, mein liebes Fräulein?" fragte Bones triumphierend. „Nicht mehr als den vierten Teil der Höchstgeschwindigkeit! Ich sage Ihnen, allein diese Maschine ist so viel wert, daß ich damit die ganze Eisenbahn bezahlen kann. Jetzt kommt mir aber eine gute Idee! Man könnte doch den Leuten Stunden geben im Lokomotivfahren, und dann könnte man Filmgesellschaften die Eisenbahn zur Verfügung stellen – das ist eine andere großartige Idee! Wunderbare Rettungen auf der Eisenbahn! Man könnte die Helden auf dem Dach der Wagen wie verrückt in voller Fahrt kämpfen sehen. Denken Sie mal, die wunderbaren Eisenbahnzusammenstöße und so weiter!"

„Aber Sie können doch Zusammenstöße nur arrangieren, wenn Sie zwei Maschinen haben!" sagte Marguerite.

„Nun ja, wir könnten uns ja zu diesem Zweck von der Great Northern Company eine Maschine borgen."

Er schaute auf das Mädchen, dann auf seine Taschenuhr.

„Zeit zur Abfahrt!" sagte er und sah sich nach dem kleinen Zug um. Der bejahrte Schaffner saß seitlich auf einem kleinen Hügel und war halb eingeschlafen. Bones zog die Pfeife, ein unmöglicher Pfiff ertönte, der Schaffner wachte auf, schaute auch auf die Uhr, gähnte und suchte dann den Zug nach Passagieren ab. Schließlich winkte er mit seiner Fahne und stieg in sein kleines Abteil.

Mit einem Kreischen fuhr die Maschine an. Bones legte den Dampfhebel ganz herum und war stolz, als das Puff-Puff der Lokomotive ertönte. Er lächelte auf Marguerite herab.

„Das ist so leicht, als ob man Bohnen verkauft, meine Liebe", sagte er, „und jetzt werde ich Ihnen einmal zeigen, wie schnell sie fahren kann."

„Der alte Georg läßt sie nur mit Viertelgeschwindigkeit laufen", bemerkte der kleine Heizer wieder.

„Ach was, der alte Georg!" sagte Bones verächtlich. „Er ist ein netter, alter Lokomotivführer, der keinen Unternehmungsgeist mehr hat – deshalb kann sich auch die Eisenbahn nicht rentieren. Was für ein verrückter Gedanke, die ‚Mary Louisa' nur mit Viertelgeschwindigkeit laufen zu lassen!"

Er wandte sich an Marguerite, um ihre Zustimmung zu erhalten, aber sie fühlte sich nicht in der Lage, überhaupt eine Meinung zu äußern, da sie nur die oberflächlichsten Kenntnisse über die Maschine besaß.

Bones drehte den Dampfhebel ein klein wenig weiter herum, und die ‚Mary Louisa' setzte sich in schnellere Bewegung.

„In Sachen des Adels, mein liebes Fräulein", sagte Bones vertraulich. Er konnte aber nur abgerissen sprechen, denn die Plattform einer alten ausgeleierten Lokomotive, die mit außergewöhnlicher Geschwindigkeit vorwärts getrieben wird, ist kein geeignetes Rednerpult für längere, zusammenhängende Ansprachen.

„Wenn ich dem alten, netten Land einen Dienst erweise – dem Kabinett helfe – der nette, alte Chenney kann mich sehr gut leiden –"

„Fahren wir nicht furchtbar schnell?" fragte Marguerite und hielt sich am Griff fest.

„Durchaus nicht! Gar nicht! Ich will den Leuten nur zeigen, wie diese Lokomotive –"

Plötzlich fühlte er, daß ihn jemand am Arm berührte. Es war der kleine Heizer. – „Wir fahren hier gerade durch eine sandige Gegend", erinnerte er. „Wenn Sie hier abspringen, werden Sie sich nicht verletzten – ich tue es auch!"

„Abspringen?" fragte Bones verwundert. „Wie meinen Sie denn das? Springen Sie ja nicht, Sie verrückter Junge!"

Aber sein kleiner Helfer mit dem schwarzen Gesicht stand schon balancierend auf der Treppe der Maschine. Bones sah zurück und erkannte noch, wie er in Purzelbäumen den sandigen Abhang hinunterrollte. Er schaute verwirrt auf das Mädchen.

„Selbstmord, liebes, gutes Fräulein!" sagte er mit düsterer Stimme. „Fürchterlich."

„Ist das nicht eine Station?" fragte sie, denn es war ihr im Augenblick mehr um ihre eigene Zukunft zu tun.

Bones blickte durch das Fenster.

„Das ist eine Station, meine Liebe. Hier wollen wir halten."

Er drehte verzweifelt an dem Hebel, aber der Stahlgriff rührte sich nicht im mindesten. Die ‚Mary Louisa' sauste mit unglaublicher Schnelligkeit über die Schienen. Es waren nicht mehr als fünfhundert Meter bis zum Prellbock der Bayham-Station, in die der Lynhaven-Zug einfahren mußte.

Bones wurde blaß und sah Marguerite erschrocken an. Schnell schaute er nach links und nach rechts, aber sie hatten das sandige Gelände längst verlassen, und jeder Versuch, jetzt vom Zug abzuspringen, wäre sicherer Tod gewesen.

Mr. Parkinson Chenney war sehr zufrieden mit seinen Erfolgen an der Küste. Er hatte alle nötigen Informationen bekommen, um die Anfrage im Unterhaus beantworten zu können.

Er nahm gerade das Essen mit den Offizieren der Garnison ein, als ihm eine Telefonnachricht überbracht wurde. Er las sie und lächelte.

„Gut", sagte er dann. „Meine Herren, es tut mir leid, ich muß etwas früher aufbrechen, als ich erwartete. Oberst Wraggle, würden Sie die Liebenswürdigkeit haben, nachzusehen, ob mein Extrazug bereitsteht? In zehn Minuten muß ich fort. Die chinesische Kommission ist nämlich angekommen", sagte er nachdrücklich, „oder vielmehr, sie wird diesen Nachmittag in London ankommen, und ich habe den besonderen Auftrag vom Ministerpräsidenten –"

Er erklärte seinen andächtig lauschenden Zuhörern gerade wieder alle Einzelheiten über die Kohlenkonzessionen in China und sprach von dem unendlichen Wert, den sie für das Reich im einzelnen und für die Welt im besonderen hätten. Nur durch den Scharfsinn, das Genie und die Weitsicht eines Kabinettsministers seien sie errungen worden.

In diesem Augenblick wurde gemeldet, daß sein Zug bereitstehe. Es war wirklich wichtig, daß er nach London fuhr, um die Kommission zu treffen. Sie hatte viel Widerwillen gezeigt, sich überhaupt mit fremden Teufeln in Geschäfte einzulassen und hielt genau darauf, daß man sie überall mit den ihr zukommenden Ehren empfing. Er zweifelte auch nicht im mindesten daran, daß er London erreichen würde, bevor ihr Zug vom Kontinent ankommen würde. Es waren noch zweieinhalb Stunden, und das war reichlich Zeit.

Kurz bevor der Extrazug um die große Kurve kam, von der aus man die Station Bayham Junction sehen konnte, war der Lynhaven-Expreß einige hundert Meter von seinem Untergang entfernt. Der Weichensteller in Bayham Junction sah, wie Bones' Zug mit außerordentlicher Geschwindigkeit heranbrauste. Er erkannte die ‚Mary Louisa' und dachte sich, was vorgefallen war. Er konnte schon den

Rauch des Extrazuges sehen, der über dem Hügel in einer Entfernung von zwei Meilen auftauchte. Es blieb nur eins übrig. Er legte zwei Hebel um. Die erste Weiche ließ den Lynhaven-Expreß auf das Hauptgeleise fahren und brachte ihn so von dem toten Schienenstrang ab, auf dem er am Prellbock in tausend Trümmer zerschellt wäre. Der zweite Hebel bediente das Haltesignal für den Extrazug. Er war allerdings nicht sicher, ob der Extrazug nicht bereits an dem in weiter Ferne stehenden Signal vorbeigefahren war.

Bones hatte seinen Arm um Marguerite gelegt und erwartete einen heftigen Zusammenstoß und dann das Ende. Plötzlich bemerkte er, daß die ‚Mary Louisa' nach rechts abbog. Er hörte, wie der Zug über die Weiche fuhr und holte tief Atem, als er sich auf einer langen, freien Strecke sah. Es dauerte aber doch einige Zeit, bevor er wieder sprechen konnte.

„Wir fahren nach London, mein liebes, altes Fräulein", sagte er zitternd.

Marguerite lächelte, obgleich sie totenblaß war.

„Ich dachte, es würde das Ende sein", sagte sie ernst.

„Ach nein", erwiderte Bones, der sich wieder erholte, als die Gefahr vorüber war, „der alte Bones hätte das nicht zugelassen!"

Aber trotzdem war es noch unheimlich genug. Die ‚Mary Louisa' sauste davon wie der Fliegende Holländer. Aus allen Öffnungen strömte der Dampf, und als Bones zurücksah, bemerkte er das verzweifelte Gesicht des alten Schaffners durch das Fenster.

Er winkte Bones heftig, und Bones winkte wieder zurück. Dann wandte er sich um und versuchte nochmals, den Hebel herumzulegen. Als er nach dem Schaffner zurücksah, stockte plötzlich sein Herz, denn hinter ihm erschien fauchend und unter ungeheuerer Dampfentwicklung eine riesige Lokomotive. Bones vermutete, daß ein Zug dahinter war, aber die Strecke war zu gerade, um das feststellen zu können.

„Großer Gott!" seufzte er, „wir werden verfolgt!"

Er mühte sich an dem Hebel ab, obgleich er in diesem Moment besser nichts getan hätte. Aber zu seiner größten Freude bewegte er sich. Die beiden Züge kamen zehn Meilen von Bayham Junction entfernt zu gleicher Zeit zum Stehen. Bones kletterte von der Maschine herunter, sprang auf den sechs Fuß tiefen Weg und ging an der Strecke zurück.

Der erste, dem er begegnete, war ein älterer Herr in einem Gehrock und mit gerötetem Gesicht, der ihn für den Lokomotivführer hielt, ihn auf der Stelle entließ und ihm mit Gefängnis oder sogar mit Zuchthaus drohte. Er fragte, was zum Teufel er denn damit beabsichtige, einen Kabinettsminister auf seinem Weg aufzuhalten?

„Aber was denn", rief Bones überrascht, „das ist ja mein lieber, alter Freund, Mr. Chenney!"

„Wer sind Sie denn?" fragte Mr. Chenney ärgerlich. „Wie können Sie mich Ihren alten, lieben Freund nennen? Ich werde dafür sorgen, daß Sie sofort Ihre Stelle verlieren!"

„Kennen Sie denn Ihren alten Tibbetts nicht wieder – welch ein schönes Zusammentreffen!"

Er streckte seine Hand aus, aber der andere nahm sie nicht.

„Tibbetts", grollte der Minister, „ach, Sie sind der Narr – der Herr, der die Lynhaven-Linie kaufte, nicht wahr?"

„Gewiß", sagte Bones, „gewiß!"

„Aber was sucht Ihr Zug denn hier auf dieser Strecke?" fragte Mr. Chenney heftig. „Bilden Sie sich vielleicht ein, daß Sie einen Extrazug aufhalten können? Sie stören die wichtigsten Geschäfte des Landes!"

Der Maschinenführer der großen Lokomotive kam auf eine Lösung.

„Eine halbe Meile weiter haben wir eine Weiche", sagte er, „und vor einer Stunde ist kein Zug fällig. Ich will sie umstellen auf die andere Linie, und wenn wir durchgefahren sind, können Sie nachkommen."

„Aber ich will ja gar nicht nachkommen, mein lieber Freund", sagte Bones, „ich möchte zurückfahren."

„Nun gut, das ist einfacher", erwiderte der Zugführer.

Er brachte den Lynhaven-Expreß eine halbe Meile weiter, fand die Weiche, stellte sie um, telegrafierte der nächsten Station, alle Züge anzuhalten, und führte die ‚Mary Louisa' bis zum unteren Geleise.

Dann versagte die ‚Mary Louisa' jeden weiteren Dienst. Die Lage war so: Die ‚Mary Louisa' stand auf dem unteren Geleise, zwei Personenwagen waren auf der Weiche, und der Wagen des Schaffners befand sich noch auf dem Hauptgeleise.

Weder der erfahrene Maschinenführer noch Bones, noch der

Heizer des Extrazuges, noch Mr. Chenney, noch der alte Zugführer konnten die ‚Mary Louisa' dazu bringen, irgendeine Bewegung zu machen. Der Lynhaven-Expreß sperrte zwei Linien und machte jeden weiteren Zugverkehr unmöglich.

Drei Stunden später erschien eine Abteilung Eisenbahnarbeiter, die die ‚Mary Louisa' und ihre Anhänger nach Bayham Junction zurückzog.

Bones und Marguerite kehrten mit dem letzten Zug nach London zurück, und Bones war sehr nachdenklich und schweigsam. Aber er war Optimist. Am nächsten Morgen sah er eine große Zeitungsüberschrift: „Verleihung von Ehren anläßlich des Geburtstags Seiner Majestät. Zweiundzwanzig neue Ritter." Er hielt sofort seinen Wagen an, kaufte eine Zeitung und durchsuchte die Liste nach seinem Namen. Aber er war nicht darunter.

## XI

### Der Menschenkenner

Mr. Jackson Hyane war einer jener älter aussehenden jungen Leute, auf die die Bezeichnung ‚Stadtherr' vorzüglich paßte. Er war immer gut und vollständig korrekt gekleidet. Bei den Rennen in Ascot hatte er stets einen Sattelplatz. Es war jedoch sehr befremdlich, daß er nicht das Mitgliedszeichen des Königlichen Rennklubs im Knopfloch trug. Bei fast allen großen gesellschaftlichen Veranstaltungen konnte man ihn treffen, seine Gegenwart bedeutete jedoch nicht notwendigerweise, daß er mit den Spitzen der Gesellschaft eng befreundet war. Immerhin hinterließ er den Eindruck, daß er irgendwie zu den maßgebenden Kreisen gehöre und sogar eine hervorragende Rolle dort spiele.

Er wohnte in der Nähe der Albemarle Street in einer kleinen Wohnung und hatte keine bestimmte Beschäftigung. Seine Freunde glaubten, daß er ein kleines Vermögen besitze und noch einige Erbschaften in Aussicht habe. Die meisten von ihnen verließen ihn ärmer an Geld, denn Mr. Hyane konnte wunderbar Pikett spielen und schien dabei sehr viel Glück zu haben.

Seine Mutter war eine geborene Whitland und sein Vater der berüchtigte Colonel Hyane, der sich rühmen konnte, daß seine Bibliothek mit Schriftsätzen des höchsten Gerichtshofes tapeziert war. Auch hatte man ihn unter polizeilicher Bedeckung über die Grenze von Monte Carlo abgeschoben.

Mr. Jackson Hyane war ein Kenner von Menschen und Dingen. Seiner scharfen Beobachtungsgabe entging kaum etwas. Er merkte sich alles genau, sparte aber seine Kenntnisse bis zu dem Augenblick auf, in dem er Nutzen daraus ziehen konnte. Er war eine schöne Erscheinung und von hohem Wuchs. Sein Lächeln war allein fünftausend Pfund im Jahre wert, denn es war kindlich unschuldig und voller Begeisterung, obwohl er niemals einen kindlichen Charakter gehabt hatte noch begeisterungsfähig war.

An einem grauen Oktobertag legte er seinen Reisepaß in eine Schublade seines Schreibtisches und schloß sie ab. Dann nahm er das ganze Material eines allerdings noch nicht vollständigen Planes, kleidete sich sehr sauber und korrekt, begab sich nach Piccadilly, bestellte ein Taxi und fuhr zu dem großen Geschäftsgebäude, in dem die Firma Tibbetts & Hamilton ihre Büros hatte.

Er hatte diesen kühnen Streifzug sorgfältig vorbereitet. ‚Zufällig' hatte er Miss Marguerite Whitland vor einer Woche getroffen, sie in ihrer Wohnung besucht und ihr eine alte Fotografie ihres Vaters mitgebracht, die er ebenso ‚zufällig' in seinen Briefschaften entdeckt hatte. Sie gab ihm mit großem Widerwillen die Zusage, einmal mit ihm speisen zu wollen. – Bones schaute von seinem Schreibtisch auf, als der junge Mann in den Raum trat.

„Sie kennen mich nicht, Mr. Tibbetts!" sagte Jackson Hyane, und dabei spielte sein allbekanntes berühmtes Lächeln auf seinem Gesicht. „Mein Name ist Hyane."

Es war seine erste Zusammenkunft mit Bones, aber es war durchaus nicht das erstemal, daß er ihn sah.

„Mein lieber, alter Hyane, nehmen Sie, bitte, Platz!" sagte Bones gutgelaunt. „Was kann ich für Sie tun?"

Mr. Hyane lachte.

„Sie können nichts Besonderes für mich tun, es sei denn, daß Sie Ihrer Sekretärin eine Stunde länger als gewöhnlich freigeben."

„Meiner Sekretärin?" fragte Bones schnell und sah den Besucher mißtrauisch von der Seite an.

„Ich meine Miss Whitland“, sagte Hyane leichthin. „Sie ist meine Cousine, wie Sie wissen. Der Bruder meiner Mutter war ihr Vater.“

„O ja“, erwiderte Bones ein wenig steif.

In diesem Augenblick fühlte er einen großen Widerwillen gegen den verstorbenen Professor Whitland. Er war davon überzeugt, daß Mr. Whitland ihm einen bösen Streich gespielt hatte, weil er überhaupt eine Schwester besaß. Mr. Hyane war ein zu guter Menschenkenner, um Bones' Abneigung zu übersehen.

„Marguerite und ich sind gute, alte Bekannte“, fuhr er sorglos fort, „Sie können sich gar nicht denken, wie froh ich bin, daß sie hier eine so ausgezeichnete Stellung gefunden hat.“

„O ja“, sagte Bones und räusperte sich. „Sie ist eine sehr nette, gute Sekretärin, Mr. Hyane, eine nette, liebe ... hm!“ Dann hustete er wieder verlegen.

Marguerite kam in diesem Augenblick aus ihrem Büro und grüßte ihren Cousin mit einem leichten Kopfnicken, was auf den verstörten Bones den Eindruck machte, daß sie schon lebenslängliche Freunde seien.

„Ich habe soeben Mr. Tibbetts gefragt“, sagte Hyane, „ob er dir nicht noch eine Stunde länger freigeben könne.“

„Ich fürchte, das geht nicht –“, begann das Mädchen.

„Doch, doch“, sagte Bones mit erhobener Stimme. „Sicher geht es, meine liebe, alte – hm – meine liebe, junge – hm – sicher, Miss Marguerite, gehen Sie mit Ihrem Vetter in den Zoo ... ich meine, zeigen Sie ihm die Sehenswürdigkeiten.“

Er war sehr aufgeregt und beobachtete die beiden jungen Leute, als sie aus der Türe gingen, mit so augenfälliger Unruhe, daß Hamilton für sich lachen mußte.

Bones ging langsam zu seinem Schreibtisch zurück, als Hamilton seinen Hut nahm.

„Kommen Sie mit, Bones“, sagte er kurz. „Es ist Mittagszeit. Ich dachte nicht, daß es schon so spät sei.“

Aber Bones schüttelte den Kopf.

„Nein, ich danke Ihnen, mein Lieber“, sagte er traurig. „Ich möchte nicht mitkommen, wenn Sie nichts dagegen haben.“

„Wollen Sie denn heute nicht zu Mittag essen?“ fragte Hamilton erstaunt.

Aber Bones schüttelte den Kopf.

„Nein, mein lieber Junge", antwortete er mit hohler Stimme. „Sagen Sie, bitte, der Bedienung, daß sie mir ein großes Glas Sodawasser und ein Biskuit heraufschickt, aber ich vermute, daß ich das Biskuit nicht esse."

„Ach, Unsinn! Vor einer halben Stunde haben Sie mir noch gesagt, Sie wären so hungrig, daß Sie eine ganze Wagenladung vertilgen könnten!"

„Jetzt nicht mehr, mein lieber Ham. Wenn Sie das Essen bestellt haben, so senden Sie es zurück. Ich mag überhaupt nicht so viel essen."

„Also nun kommen Sie schon mit!" Hamilton legte ihm die Hand auf die Schulter. „Kommen Sie mit und essen Sie etwas. Wer war eigentlich der hübsche junge Mann?"

„Hübsche junge Mann?" lachte Bones bitter. „Ein Geck, mein lieber, alter Ham! Ein eitler Fant, ein netter, alter Kleiderfex – das war er! Ich hasse solche Leute, die nur in der City herumlaufen können – so etwas gehört sich nicht, mein lieber, alter Freund! Was zum Teufel mußte denn auch ihr Vater eine Schwester haben? Ich hatte noch nie davon gehört!"

„Das hätte sie Ihnen wirklich mitteilen müssen!" sagte Hamilton mitleidig. „Nun kommen Sie aber, und essen Sie endlich einmal etwas!"

Bones weigerte sich standhaft. Er blieb hart wie ein Diamant. Er wollte sitzen bleiben und Hungers sterben. Das sagte er zwar nicht, aber er machte eine kleine Andeutung, daß Hamilton ihn bei seiner Rückkehr verhungert und leblos über seinen Schreibtisch geneigt finden würde. Hamilton mußte also allein zu Tisch gehen. Er aß schnell und kam bald wieder. Bones war noch am Leben, aber er war sehr unglücklich.

Er saß am Tisch und schnitt Gesichter, murmelte unzusammenhängende Worte, gestikulierte von Zeit zu Zeit in schrecklicher Weise und ließ sich schließlich in seinen Stuhl zurückfallen, vergrub die Hände tief in den Taschen – ein Bild tiefster Verzweiflung und trostlosen Elends.

Um drei Uhr kam Miss Marguerite Whitland atemlos zurück, und Bones' Augen bemerkten eifersüchtig, daß sie unnötig erregt war.

„Kommen Sie, kommen Sie, mein liebes Fräulein", sagte er eigensinnig, „bringen Sie Ihr Heft, ich muß Ihnen einen wichtigen Brief diktieren! Haben Sie sich beim Essen gut amüsiert?"

Die letzte Frage wurde in einem so bedrohlichen Ton gestellt, daß Marguerite zusammenschrak.

„Ja – nein – nicht sehr – wirklich!"

„Aha!" sagte Bones fast beleidigend. Sie wurde rot, verschwand in ihrem Zimmer und kam erst nach fünf Minuten wieder zurück. Sie war empört und sehr zurückhaltend gegen ihn.

„Ich glaube, ich werde heute nicht diktieren, meine liebe, junge Sekretärin", sagte er unglücklich, „bitte lassen Sie mich allein!"

„Aber mein lieber Bones", protestierte Hamilton, als das Mädchen mit einem feuerroten Gesicht in ihr Zimmer zurückgegangen war, „spielen Sie sich doch nicht auf wie ein alter Esel. Wenn ein Mädchen nicht einmal mehr mit seinem Vetter zu Tisch gehen darf –"

Bones sprang von seinem Stuhl auf, zuckte schnell die Schultern und zwang sich zu einem schrecklichen Grinsen.

„Was geht mich die ganze Sache an, mein lieber, alter Ham? Glauben Sie doch ja nicht, daß ich mich von so einer Stenotypistin aus der Fassung bringen lasse – nur weil sie einmal zum Essen geht. Das ist doch ganz ausgeschlossen! Nein, mein lieber Partner, darum kümmere ich mich gar nicht!"

„Halt!" sagte Hamilton mit der Würde eines beleidigten Bischofs.

„Aber natürlich nicht!" rief Bones wild, „was geht mich denn das an? Ich freue mich überhaupt, daß sie einen Vetter hat und so weiter!"

„Was, zum Teufel, ist denn mit Ihnen los?" fragte Hamilton.

„Nichts!" erwiderte Bones und lachte noch lauter als vorher.

Die Beziehungen zwischen Mr. Augustus Tibbetts, dem geschäftsführenden Direktor der Firma Schemes Ltd., und Miss Marguerite Whitland, seiner ihm vom Himmel gesandten Sekretärin, wurden an diesem Nachmittag beinahe gelöst. Sie verließ am Abend das Büro, ohne ihm Lebewohl zu sagen. Bones ging in einer fürchterlich verzweifelten Stimmung zu seiner Wohnung in der Devonshire Street, als ihm plötzlich einfiel, daß er sein Auto in der City zurückgelassen hatte. Er mußte ein Mietauto nehmen, um es abzuholen.

„Bones", sagte Hamilton am nächsten Morgen, „bemerken Sie denn nicht die schrecklich düstere Stimmung, die in unser Büro gekommen ist?"

„Düstere Stimmung!“ sagte Bones hohläugig. Er hatte die ganze Nacht damit verbracht, Briefe an Marguerite zu schreiben und dabei seinen ganzen Papiervorrat verbraucht. „Düstere Stimmung – nein, das sehe ich nicht. Niemand ist hier in düsterer Stimmung!“

„Ich kann aber jemand nennen, der in solcher Stimmung ist“, sagte Hamilton bissig. „Das unglückliche Mädchen, das Sie so angebellt haben –“

„Angebellt?“ keuchte Bones. „Habe ich doch meine düstere Gemütsstimmung verraten, alter Freund? Ich dachte, daß ich sie vollkommen verborgen hätte!“

„Was für Kummer haben Sie denn?“ fragte Hamilton.

Bones zuckte die Achseln.

„Oh, es ist nichts, wirklich nichts. Ein bißchen Fieber, mein lieber, alter Kamerad, das ich mir im Dienst des Königs und des Vaterlandes zugezogen habe.“

Hamiltons Worte hatten aber doch den Erfolg, daß sich seine Züge sichtlich aufheiterten, und für den Rest des Vormittags war er wieder normal. Seine Stimmung änderte sich indessen sofort wieder, als fünf Minuten vor eins Mr. Hyane, der nette junge Mann, ganz unerwartet abermals auf der Bildfläche erschien.

„Ich fürchte, ich bin ein großer Störenfried für Sie, Mr. Tibbetts. Es gibt so viele Dinge, die ich dringend mit meiner Cousine besprechen muß – es handelt sich nämlich um Familienangelegenheiten –“

„Sie brauchen sich doch nicht zu entschuldigen“, sagte Bones beinahe grob.

„Ich will sie nicht länger als über die Mittagspause aufhalten“, lächelte Mr. Hyane. „Ich habe schon bemerkt, daß Sie sehr viel zu tun haben.“

Bones sagte nichts mehr, und als Marguerite Whitland im Zimmer erschien, hatte er sich wieder so weit in der Gewalt, daß er sogar versuchte, einen Witz zu machen. Das Gesicht des Mädchens war ein Problem für sich, als sie ihren Vetter sah. Hamilton, den die Sache ja eigentlich nichts anging und der nur ein unparteiischer Beobachter war, las Erstaunen, Ärger und Widerwillen in ihren weitgeöffneten Augen. Bones aber, der sich doch rühmte, eine umfassende Kenntnis der Physiognomie zu besitzen, deutete dieselben Symptome ganz anders. Er sah tiefe Bewunderung und Wiedererwachen einer Jugendliebe darin.

„Hallo, Jackson", sagte sie kühl, „ich habe nicht erwartet, dich hier zu sehen."

„Ich sagte dir doch, daß ich herkommen würde", erwiderte er lächelnd. „Ich muß dich sehen, Marguerite. Mr. Tibbetts war so liebenswürdig, daß ich annehmen darf, er hat nichts dagegen –"

„Mr. Tibbetts ist nicht interessiert, wie ich meine Mittagspause zubringe", sagte sie steif. Bones seufzte innerlich.

Ein tiefes Stillschweigen trat ein, als die beiden gegangen waren. Hamilton hatte nicht den Mut, etwas zu sagen.

„Ja, das ist nun einmal so", äußerte Bones, und seine Stimme war so ruhig und normal, daß Hamilton ihn ganz erstaunt anschaute. „Wir wollen jetzt zu Tisch gehen."

Er änderte sogar sein Betragen nicht, als Miss Whitland am Nachmittag zu ihm kam und um zwei Tage Urlaub bat. Mit einer Höflichkeit, die ganz frei von den ihr so vertrauten Überschwenglichkeiten war, willfahrte er ihrer Bitte. Sie wollte ihm die Gründe sagen, warum sie so unerwartet um Urlaub bat, aber die Erinnerung an sein früheres Betragen hielt sie davon ab. Die Erklärung war sehr einfach. Marguerite hatte schon manches von ihrem merkwürdigen Vetter gehört, aber sie fand die unvorteilhaften Beschreibungen seines Betragens nicht bestätigt. Mr. Jackson Hyane konnte sehr überzeugend sprechen und bat sie im Namen ihrer Verwandten, eine Reise nach Aberdeen zu machen, um Urkunden über Grundbesitz einzusehen. Er sagte ihr, daß wertvolles Besitztum der Familie Whitland in Gefahr sei, an die Krone zu fallen. Sie könne es mit seiner Unterstützung retten. Und sie hatte ihm ihre Bereitwilligkeit erklärt.

Tatsächlich war in der Familie immer über diese Ländereien gesprochen worden, aber niemand wußte besser als Jackson Hyane, daß die Forderungen der Whitlands nicht berechtigt waren. Dennoch hatte er die Grundstücke in Schottland in seinen Plan einbezogen, und sie versprachen ihm nützlicher zu werden, als er jemals dachte.

Am Nachmittag packte er seinen Koffer, steckte seinen Paß und sein Eisenbahnbillett in seine innere Rocktasche und traf endgültige Vorbereitungen zur Abreise. Ein alter Freund besuchte ihn, als er gerade beim Tee saß. Er erfaßte die Situation sofort, als er den Koffer und die verbrannten Papiere im Kamin sah.

„Hallo, mein Junge", fragte er, „willst du fort?"

Jackson nickte. Er hatte keine Ursache, vor seinen besten Freunden Theater zu spielen.

„Kannst du die Bank nicht mehr halten?"

Jackson schüttelte den Kopf.

„Nein, Billy", sagte er ruhig, „das kann ich leider nicht mehr. In diesem Moment werden verschiedene angesehene Leute in Westend Anzeige gegen mich erstatten."

„Hast du Schecks gefälscht?" fragte der andere nachdenklich. „Ja, das mußte so kommen, mein lieber Kerl. Du hast immer Pech gehabt."

„Schrecklich!" gab Jackson Hyane zu. „Es ist soviel Geld in der Stadt, aber es ist unmöglich, daranzukommen. Ich habe seit zwei Monaten keine Karte mehr angerührt und mehr Wechsel zurückgehen lassen, als ich überhaupt ausdenken kann. Trotzdem habe ich noch eine Chance!"

Sein Freund nickte. In ihren Kreisen gab es noch immer eine Chance. Aber er konnte nicht ahnen, daß die Chance, von der der Menschenkenner Hyane sprach, mit dem Namen Tibbetts zusammenhing.

Um halb neun abends begleitete er seine Cousine zur Station King's Cross. Er hatte ein Schlafwagenbillett für sie gelöst und spielte den aufmerksamen Verwandten. Er kaufte ihr eine Menge Zeitschriften, die sie während der schlaflosen Stunden auf der Reise unterhalten sollten.

„Ich fühle mich sehr unruhig", sagte Marguerite aufgeregt. „Mr. Tibbetts könnte mir für immer Urlaub geben, selbst wenn er bis über beide Ohren in der Arbeit steckte. Ich habe das unsichere Gefühl, daß ich ihm alles hätte erklären sollen – aber ich tat es nicht."

„Ein seltsamer Vogel, dieser Tibbetts!" sagte ihr Cousin. „Man nennt ihn doch Bones?"

„Ich nenne ihn niemals so", sagte sie ruhig. „Nur seine intimsten Freunde haben dieses Vorrecht. Er ist einer der besten Menschen, die ich jemals traf."

„Er ist sentimental und extravagant, nicht wahr?" fragte Jackson. Sie wurde rot.

„Er ist niemals sentimental zu mir gewesen", behauptete sie. Aber sie konnte den Menschenkenner nicht täuschen.

Als der Zug die Station verlassen hatte, ging Hyane geradewegs in die Devonshire Street. Bones war in seinem Arbeitszimmer und las, oder er gab wenigstens vor, zu lesen. Der letzte, den er an diesem Abend sehen wollte, war Jackson Hyane. Doch der Willkommgruß, den er dem unliebsamen Besucher bot, verriet nichts von der Abneigung, die er dem jungen, elegant gekleideten Mann entgegenbrachte. Hyane reichte ihm die Hand, als ob sie alte Freunde wären.

„Nehmen Sie Platz, Mr. –“, sagte Bones.

Es war ein eiskaltes Gefühl in seinem Herzen, und es überkam ihn eine Ahnung, daß ein Unglück hereinbrechen würde. Aber er schaute den Schicksalsschlägen und Schrecknissen des Lebens kühn ins Gesicht. Er war ein anderer geworden – er war nicht mehr der Bones, der bei jeder Kleinigkeit aufgeregt und wild wurde.

„Ich vermute, daß Sie über meinen Besuch erstaunt sind, Mr. Tibbetts“, begann Hyane und nahm eine Zigarette aus der silbernen Dose, die auf dem Tisch stand. „Ich bin selbst verwundert, daß ich den Mut und die Kraft habe, Sie aufzusuchen. Ich komme in einer sehr delikaten Angelegenheit.“

Tiefes Schweigen trat ein.

„So?“ sagte Bones nach einiger Zeit etwas heiser. Er wußte gefühlsmäßig, was diese delikate Angelegenheit zu bedeuten hatte.

„Ich komme wegen Marguerite“, sagte Mr. Hyane.

Bones neigte den Kopf.

„Sehen Sie, wir sind unser ganzes Leben lang gute Freunde gewesen“, fuhr Jackson fort, „wir waren heimlich verlobt.“ Er beobachtete den andern scharf und las alles in seinem Gesicht, was er wissen wollte. „Ich liebe Marguerite über alles, und ich glaube, sie erwidert meine Liebe ebenso. Ich war nie vom Glück begünstigt, und ich hatte nicht das Geld, um Marguerite ein Leben bieten zu können, wie es ein Mädchen von guter Erziehung haben sollte.“

„Vortrefflich“, sagte Bones, und seine Stimme erschien ihm wie die eines Fremden.

„Vor einigen Tagen“, sprach Mr. Hyane weiter, „wurde mir aber eine Teeplantage für vierzehntausend Pfund angeboten. Die Aussichten waren so glänzend, daß ich zu einem befreundeten Bankmann ging. Er versprach auch, mir das Geld zu borgen, wofür ich ihm natürlich eine gute Verzinsung garantierte. Die ganze Zukunft, die so düster vor uns lag, lichtete sich auf und wurde plötzlich taghell. Ich besuchte Marguerite, wie Sie wohl sahen, erzählte ihr von dem großen Glück und fragte sie, ob sie mich jetzt heiraten wolle."

Bones sagte nichts. Sein Gesicht war zu einer Maske erstarrt.

„Und nun komme ich zu der schwierigen Lage, in der ich mich befinde", sagte Mr. Hyane. „Heute nachmittag haben Marguerite und ich Sie ein wenig hinters Licht geführt – ich hoffe, Sie werden uns das vergeben."

„Bestimmt, ganz gewiß!" murmelte Bones und krampfte die Hände in die Lehne seines Stuhls.

„Ich habe Marguerite heute nachmittag zum Standesamt abgeholt – wir sind verheiratet –!"

„Verheiratet?" wiederholte Bones schwermütig. Mr. Hyane nickte.

„Ja, wir haben heute nachmittag um halb zwei geheiratet, und zwar vor dem Maryleboner Standesamt. Ich hoffte, daß Marguerite Ihnen diese Neuigkeit selbst überbringen würde – aber dann ist ein furchtbares Unglück über uns hereingebrochen."

Er legte die Zigarette weg, stand auf und ging mit aufgeregten Schritten im Zimmer umher. Er hatte diese Haltung schon am Morgen eingeübt, denn er überließ nichts dem blinden Zufall.

„Um drei Uhr besuchte ich meinen Finanzmann und entdeckte, daß er unmöglich sein Versprechen halten konnte, da er unerwartet große Verluste an der Börse erlitten hat. Meine Lage ist fürchterlich, Mr. Tibbetts, denn ich fühle, daß ich Marguerite verführt habe, mich unter falschen Voraussetzungen zu heiraten. Ich hoffte, morgen früh zum Agenten zu gehen, die Farm zu kaufen und ihm vierzehntausend Pfund einzuzahlen. Mit dem nächsten Postdampfer wollten wir dann nach Indien abfahren –"

Er sank in seinen Sessel zurück und verbarg das Gesicht in den Händen. Bones betrachtete ihn. Mit Anstrengung fand er seine Stimme wieder.

„Weiß – Ihre – Ihre – Frau davon?" fragte er.

Jackson schüttelte den Kopf.

„Nein", seufzte er, „das ist ja das Schreckliche an der Geschichte. Sie hat nicht die geringste Ahnung. Was soll ich ihr nur sagen?"

„Das ist eine sehr böse Lage, mein alter Mr. Hyane", sagte Bones nach einer Pause. „Eine verflucht schlimme Lage für die arme junge Miss – für Mrs. – für sie."

Er erhob sich weder von seinem Stuhl, noch änderte er seinen starren Ausdruck. Er war weit schwerer getroffen, als er jemals fassen konnte. Und doch wußte er nicht recht, wie er diese Unterredung zu Ende bringen sollte. Er war um eine Ausrede verlegen, bis seine Augen plötzlich auf die Uhr am Kamin fielen.

„Kommen Sie um neun Uhr zurück, Mr. Hyane, ich bin furchtbar beschäftigt jetzt – also um neun!"

Mr. Hyane verabschiedete sich geschickt und entfernte sich. Er ließ Bones mit den Trümmern eines großen, romantischen Traumes zurück.

Deshalb war sie also so schnell fortgegangen – und sie hatte es ihm nicht einmal gesagt. Und warum hatte sie es ihm nicht gesagt? Er war ihr nichts gewesen . . . er würde sie nie wiedersehen! Bei diesem Gedanken wurde es ihm eiskalt. Nie wieder! – Nie wieder! Er versuchte, alle seine geschäftliche Tüchtigkeit zusammenzunehmen, auf die er so stolz war. Er brauchte irgend etwas, irgendeine Hilfe, einen moralischen Beistand in diesem niederschmetternden Augenblick. Er hätte laut aufschreien mögen, aber er tat es nicht.

Sie hätte ihm eine Woche vorher kündigen müssen, sagte er sich, und dann lachte er hysterisch bei diesem Gedanken.

Er betrachtete die Sache von allen möglichen Seiten und hatte seine Fassung noch nicht wiedergefunden, als Mr. Jackson Hyane um neun Uhr zurückkehrte.

Aber Bones war zu einem Entschluß gekommen. Er hatte sich vorgenommen zu helfen. Als Mr. Hyane in das Büro kam, sah er das Scheckbuch auf dem Tisch liegen und geriet dadurch in beste Stimmung. Bones hingegen mußte sich erst verschiedene Male räuspern, bevor er sprechen konnte.

„Mr. Hyane", sagte er heiser, „ich habe mir die Sache überlegt. Ich bewundere Ihre – ich bewundere Sie aufrichtig, Mr. Hyane. Alles, was sie glücklich machen kann, mein alter Mr. Hyane, macht mich auch glücklich. Verstehen Sie mich?"

„O ja", sagte Mr. Hyane und hatte als Menschenkenner die Genugtuung, sein Opfer nicht falsch beurteilt zu haben.

„Vierzehntausend Pfund", murmelte Bones, wandte sich plötzlich zum Schreibtisch und ergriff die Feder. „Soll ich den Scheck auf Ihren Namen ausschreiben?"

„Sie sind zu liebenswürdig", flüsterte Hyane. „Geben Sie mir einen Barscheck, Mr. Tibbetts – ich muß die Agenten bar bezahlen, diese indischen Kaufleute sind argwöhnisch."

Bones schrieb in äußerster Eile, dann riß er das Blatt aus dem Buch und überreichte es Jackson.

„Mr. Tibbetts", sagte Hyane dankbar, „ich betrachte dies halb als eine Anleihe für mich, halb für meine Frau. Wir werden Ihnen Ihre außerordentliche Güte nie vergessen."

„Unsinn! Ich hoffe, Sie werden glücklich werden. Wollen Sie ihr, bitte, sagen –" Er schluckte.

Ein schwaches Klingeln ertönte im Vorzimmer. Ali, sein Diener, steckte das schwarze Gesicht zur Tür herein.

„O Herr", sagte er, „der Telefonapparat verlangt Konversation."

Bones war über diese Unterbrechung sehr froh, stammelte eine Entschuldigung und ging in den Vorraum.

Ali hatte sich schon angewöhnt, telefonische Anfragen selbst zu beantworten, aber diesmal hatte er die Fragen vom Amt nicht richtig verstanden.

„Hallo", rief Bones, „wer ist dort?"

Als er die Stimme hörte, die ihm antwortete, ließ er beinahe den Hörer fallen.

„Ist dort Mr. Tibbetts?"

„Ja", sagte Bones heiser, und sein Herz schlug wild.

„Ich spreche von York aus, Mr. Tibbetts. Ich wollte Ihnen noch sagen, daß der Schlüssel zum Geldschrank in der obersten Schublade meines Schreibtisches liegt."

„Es ist gut, meine liebe Mrs. Hyane!"

„Was sagen Sie da?" fragte die Stimme scharf.

„Ich gratuliere Ihnen, meine liebe, alte Mrs.!" sagte Bones. „Ich hoffe, daß Sie sehr glücklich werden – auf Ihrer Plantage."

„Was sagen Sie?" fragte die Stimme. „Nannten Sie mich nicht eben Mrs. Hyane?"

Ja", sagte Bones heiser. Er hörte sie lachen.

„Wie merkwürdig sind Sie doch! Dachten Sie wirklich, daß ich jemals meinen Vetter heiraten würde?"

„Haben Sie ihn denn nicht geheiratet?" fragte Bones.

„Geheiratet? Das ist doch absurd! Ich fahre wegen einer Familienangelegenheit nach Schottland!"

„Sie sind nicht verheiratet?" fragte Bones in Ekstase.

„Ich werde mich auch nicht verheiraten“, sagte sie. „Was hat denn das alles zu bedeuten? Erzählen Sie mir, bitte!“

Bones holte tief Atem.

„Kommen Sie mit dem nächsten Zug zurück, mein junges, liebes Fräulein“, sagte er. „Lassen Sie die ganze Familienangelegenheit zum Teufel gehen. Ich werde Sie auf der Station abholen und Ihnen alles erzählen!“

„Aber – aber –“

„Tun Sie nur, was ich Ihnen gesagt habe, meine liebe Miss“, rief Bones und hängte den Hörer mit einem seraphischen Lächeln an.

Die Tür seines Arbeitszimmers war dick, und außerdem war sie gegen Geräusche durch ein besonderes Polster abgedichtet. Der Menschenkenner hatte nichts von der Unterhaltung gehört. Bones ging in das Zimmer zurück. Mr. Hyane sah seinen veränderten Gesichtsausdruck und vermutete, daß sich etwas Bedeutendes zugetragen hatte.

„Ich fürchte, ich halte Sie auf, Mr. Tibbetts“, sagte er.

„Nicht im mindesten“, erwiderte Bones vergnügt. „Lassen Sie mich doch noch einmal den Scheck sehen, den ich Ihnen gab.“

Der andere zögerte.

„Lassen Sie mich noch einmal sehen!“

Mr. Hyane nahm ihn lächelnd aus seiner Tasche und reichte ihn Bones.

„Halb für Sie – und halb für sie, mein lieber, alter Bursche!“ Bones riß den Scheck entzwei. „Das ist Ihre Hälfte“, sagte er und gab Mr. Hyane den einen Teil.

„Was, zum Teufel, tun Sie?“ fragte der andere entsetzt.

Aber Bones faßte ihn am Kragen und stieß ihn den Korridor entlang, der leider viel zu kurz war.

„Öffne die Tür, Ali! Mache sie recht weit auf, du alter Heide! Raus!“

Um Mitternacht saß Bones auf dem Bahnsteig des Bahnhofs King's Cross. Er rauchte abwechselnd seine Pfeife und sang. Man hatte ihm gesagt, daß der Zug von York nicht vor drei Uhr morgens ankommen würde.

# XII

## Bones wird gefährlich

Bones lebte in der City, aber er gehörte nicht zu ihr. Nie wurde er von den großen, ehrfurchtgebietenden Finanzmännern eingeladen, an einer der abenteuerlichen Unternehmungen teilzunehmen, die so märchenhafte Gewinne abwerfen und über die schon so viel geschrieben worden ist. Es gab Zeiten, in denen Bones überhaupt daran zweifelte, daß die Cityleute von seiner Existenz etwas wußten.

Niemals wurde ihm seine eigene Bedeutungslosigkeit klarer, als wenn er zur größten Geschäftszeit durch die Straßen der City ging und nicht einmal die Sekretäre, die mit wichtigen Schriftstücken hin- und hereilten, ihn erkannten.

Aber es schien nur so, als ob sich die City nicht um Mr. Tibbetts und seinen Partner kümmerte. In Wirklichkeit kannte man ihn sehr gut. Zwar wußten die großen Direktoren, die um die grünen Konferenztische der Bank von England saßen und den Diskontsatz bestimmten, nichts von ihm und seinem Geschäft. Auch die großen Kaufherren, deren Büroräume in der Lombard Street lagen, kannten ihn nicht. Aber es gab doch einflußreiche Leute mit großen Namen, die Bones mit unverwaschbarer Tinte in die Seiten ihres Gedächtnisses eingetragen hatten.

Die Gebr. Pole waren Schiffsmakler und hatten in ihren täglichen Geschäften wenig mit Mr. Harold de Vinne zu tun, der Spezialist für Warenlager war. Er wiederum wußte nicht mehr von Schiffen, als man auf einer Ferienreise nach Madeira lernen konnte. Es gab keine Verbindungsbrücken zwischen ihren Interessensphären. Und doch hatten sie in ihrem gewöhnlichen Leben viel Gemeinsames. Das entdeckten sie eines Tages, als Mr. Fred Pole mit Harold de Vinne zusammen zu Mittag speiste. Sie besprachen eine Angelegenheit, die weder mit Warenlagern noch mit der Handelsmarine etwas zu tun hatte. Mr. de Vinne wollte nämlich für sechs Monate das schöne Landhaus mit Park mieten, das Mr. Pole gehörte.

Sie wären sich selbst unter diesen Umständen nicht nähergekommen, wenn nicht die Frage aufgetaucht wäre, wer während der fraglichen Zeit den Gärtner zu bezahlen hätte. Als auch das freundschaftlich geregelt war und die beiden beim Kaffee angelangt waren, erzählte Mr. de Vinne, daß er schlechte Erfahrungen dabei gemacht habe, Geschäfte bei Tisch zu besprechen. Ein interessierter Herr vom Nebentisch habe einst auf diese Weise von wichtigen geschäftlichen Transaktionen erfahren, die er plante, und habe gewissenlos aus dieser Kenntnis seinen Vorteil gezogen.

„Aber in den nächsten Tagen", sagte Mr. de Vinne böse, „werde ich mir diesen Gentleman kaufen! Ich werde Tibbetts die Sache schon eintränken! Er wird bedauern, daß er jemals geboren ist."

„Tibbetts?" fragte Mr. Fred Pole erstaunt und richtete sich auf. „Sie meinen doch nicht etwa Bones?"

Der andere nickte und schien äußerst verwundert.

„Kennen Sie ihn auch?"

„Ihn kennen?" Fred atmete tief. „Ich kann wohl sagen, daß ich ihn kenne – mein Bruder Joe kennt ihn auch. Dieser Kerl –"

„Dieser Kerl –", begann Mr. de Vinne, und dann unterhielten sie sich einige Minuten in Ausdrücken, die nicht sehr schmeichelhaft für Augustus Tibbetts waren. – Es zeigte sich, daß sie beide einmal geplant hatten, Bones auszuplündern, und daß bei Ausführung dieser Pläne Bones ihnen Geld abgenommen hatte.

Mr. de Vinne bestellte eine weitere Portion Kaffee und richtete sich ein, diesem interessanten Thema den Nachmittag zu widmen. Sie besprachen den Fall Bones von verschiedenen Gesichtspunkten aus, und keiner ihrer Pläne war vom moralischen Standpunkt aus einwandfrei.

„Glauben Sie mir", sagte Mr. de Vinne schließlich, „aus dem kann man noch Geld machen. Der hat sechshunderttausend Pfund."

„Sechshundertvierzigtausend", behauptete Fred, der genauer im Bilde war.

„Ein tüchtiger, gerissener Geschäftsmann könnte ihm das alles abnehmen", versicherte Harold de Vinne aus innerster Überzeugung. „Wenn ich sage, ein tüchtiger Geschäftsmann, dann meine ich natürlich damit uns beide. Ich wußte nicht, daß er außer mir noch jemand hineingelegt hat. Es ist doch merkwürdig, daß ich noch nie etwas von Ihrem Fall gehört habe. Das muß in den ersten Tagen seiner Niederlassung gewesen sein."

„Ich war sogar sein erstes Opfer." Fred schluckte.

Mr. de Vinne rauchte nachdenklich seine schwarze Zigarre und schaute wie abwesend zur Decke des Restaurants empor.

„In der City gibt es niemand, der besser über Tibbetts Bescheid weiß als ich", sagte er dann. „Mit seinen klassischen Studien ist es nicht weit her, aber er war ein guter Mathematiker. Ich habe jedes Geschäft, an dem er beteiligt war, genau beobachtet, und ich glaube, daß ich jetzt so weit bin, ihn kleinzukriegen."

„Sehen Sie sich vor", warnte Fred, „ich halte ihn für schlau."

„Schlau?" sagte der andere verächtlich. „Er hat nur unverschämtes Glück, mein lieber Freund – alle Erfolge sind ihm direkt in den Schoß gefallen!"

Mr. Fred nickte.

„Er hat nur Glück – reines Glück", fuhr Mr. de Vinne fort, „und wenn wir es richtig anfangen, können wir ihn einmal ordentlich zur Ader lassen." Er strich nachdenklich über sein Kinn. „Aber wir müssen sehr klug vorgehen, direkt wissenschaftlich und systematisch – allzu plötzlich geht es nicht. Darf ich Sie einladen, mit mir am Freitag im Ritz zu speisen?"

Mr. Fred war einverstanden.

„Ich will Ihnen etwas von Bones verraten", sagte de Vinne, als sie das Restaurant verließen. „Er war Offizier an der Westküste Afrikas, und sein Chef war ein Mann, namens Sanders, der den Dienst quittierte und jetzt in Twickenham lebt. Soviel ich gehört habe, verehrt dieser Tibbetts den Boden, auf dem Sanders geht. Der Mann war offenbar eine Größe in Westafrika."

Am Freitag setzten sie ihre Unterhaltung fort. Mr. de Vinne hatte sich inzwischen einen Plan ausgedacht und war nicht wenig stolz darauf.

Er war ein Mann, der viele Firmen besaß, gute, schlechte und mittelmäßige, und wenn er die Unternehmen durchging, mit denen sein Name verbunden war, so fand er, daß die Mazeppa Trading Company die schlechteste und hoffnungsloseste war.

Vor Zeiten war die Mazeppa Trading Company ein vorzügliches Unternehmen gewesen, denn ihre Lager hatten das afrikanische Hinterland versorgt. Sie führte Manchester- und Birmingham-Erzeugnisse aus und bekam im Austausch unbegrenzte Mengen Gummi und Elfenbein herein. Aber das war in jenen guten, alten Tagen, bevor die Behörden kamen und die Eingeborenen den wirklichen Wert eines Sixpencespiegels kennenlernten.

Es war nicht länger möglich, Elfenbein im Wert von zwanzig

Pfund Sterling gegen eine Zehnpfennig-Glasperlenkette einzutauschen, und die blühende Mazeppa Trading Company kam darüber in Verfall und ging allmählich ganz zugrunde. Ihre Direktoren hatten ungeheuren Reichtum aus dem Unternehmen und ihren Privatgeschäften gezogen. Sie kamen heim und bauten herrliche Villen in Wimbledon, während die jungen Leute, die ihre Stellen einnehmen sollten, so unerfahren waren, daß sie keinen Profit machten. Das war in Kürze die Geschichte der Gesellschaft, die nur noch ein paar leere Lager unterhielt.

„Ich habe die meisten Aktien für eine Kleinigkeit übernommen", gestand Mr. de Vinne. „Zufällig bin ich einer der Inhaber der Obligationen und ging hinein, als die Geschichte unsicher wurde. Wir waren dabei, die Sache abzuschließen – sie ist stark überkapitalisiert –, aber ich hielt sie noch, in der Hoffnung, daß sich alles noch einmal drehen kann."

„Was haben Sie denn für einen Plan?" fragte Mr. Fred Pole interessiert.

„Wir wollen einen Direktor ernennen", sagte Mr. de Vinne feierlich. „Einen Mann, der an der Westküste bekannt ist, der mit den Eingeborenen umgehen und organisieren kann."

„Bones!" schlug Mr. Fred vor.

„Bones? Wo denken Sie hin!" rief de Vinne verächtlich. „Ich denke nicht an Bones! Aber er hat diesen Kameraden – den Sanders. Ich habe Ihnen doch neulich von ihm erzählt. Er war Amtmann oder so etwas an der Westküste und hat sich jetzt zurückgezogen. Nun weiß ich aus Erfahrung, daß solche Leute, die sich zur Ruhe gesetzt haben, vor Langeweile umkommen, wenn sie nichts zu tun haben. Was meinen Sie, wenn wir zu ihm gehen und ihn überzeugen, daß er einen Direktorposten annehmen sollte? Jährlich sechs Monate Aufenthalt an der Küste – Gehalt zweitausend Pfund im Jahr mit der Bedingung, für sechs- oder siebentausend Pfund Aktien zu übernehmen?"

Mr. Freds Phantasie wälzte das Problem, und er schüttelte den Kopf.

„Ich will Ihnen sagen, was sich dann ereignen wird", fuhr Mr. de Vinne fort. „Es geschah schon einmal, als ein anderer Kamerad von Bones in eine Automobilgesellschaft eintrat. Bones kaufte die Aktien, um die Gesellschaft zu kontrollieren. Und, glauben Sie, die

‚Mazeppa‘ sieht gut aus. Das ist ein Vorschlag, der einem jungen, energischen Mann einleuchten wird.“

„Was sind die Aktien wert?“ fragte Fred.

„Ungefähr zwei Penny netto“, erwiderte der andere brutal. „Ich will Ihnen offen sagen, daß ich dieses Geschäft allein gemacht hätte, wenn dabei Aussicht auf Erfolg vorhanden wäre. Aber wenn Bones alle Aktien in einer Hand sieht, schreckt er zurück. Ich will folgendes machen. Diese Aktien sind zwei Penny wert. Ich werde Ihnen und ein paar anderen Freunden Anteile zu einem Shilling das Stück verkaufen. Wenn sich nichts ereignet, nehme ich sie zum selben Preis zurück.“

Eine Woche später brachte Hamilton eine Neuigkeit in das Büro der Firma Tibbetts und Hamilton Ltd.

„Sanders geht wieder an die Küste zurück!“

Bones riß vor Erstaunen den Mund weit auf.

„Zur Küste zurück?“ wiederholte er ungläubig. „Er will sein liebes, altes Twickenham verlassen?“

Hamilton nickte.

„Er hat ein ausgezeichnetes Angebot von einigen Herren der City, die Leitung einer Handelsfirma zu übernehmen. Haben Sie übrigens jemals etwas von der Mazeppa Company gehört?“

Bones schüttelte den Kopf.

„Ich habe nur von Mazeppa gehört. Das war der leichtfertige, alte Herr, der unbekleidet durch die Straßen Birminghams ging.“

Hamilton seufzte.

„Ihre geschichtlichen Kenntnisse sind überwältigend“, sagte er verzweifelt, „Sie verwechseln das schon wieder mit Lady Godiva, aber diese Kleinigkeit macht Ihnen ja nichts aus! Ich glaube nicht, daß Sie von der Mazeppa Company etwas läuten hörten. Sie arbeitete nicht in unseren Gebieten.“

Bones schüttelte den Kopf und zog die Stirne kraus.

„Aber die liebe, alte Exzellenz hat doch keine Stelle angenommen, ohne mich um Rat zu fragen?“

Hamilton grinste höhnisch.

„Er hat schon vor ein paar Tagen seinen Vertrag unterzeichnet“, versicherte er nach einiger Zeit. „Er wird aber nicht die ganze Zeit an der Küste leben, sondern nur einige Monate im Jahr dort sein. Das Gehalt ist gut, es beträgt zweitausend Pfund im Jahr.

Ich glaube, Sanders muß ein Paket Aktien übernehmen, wenn er die Direktorstelle bekommen will, aber er ist sehr begeistert von dieser neuen Stellung, ebenso Patricia. Die Sache hat schon ihre Richtigkeit. Sanders ist das Anerbieten durch eine Advokatenfirma gemacht worden."

„Nun, das ist auch schon was", meinte Bones. „Advokaten schätze ich nicht sehr hoch."

Am Nachmittag sollte er noch viel mehr über diese Gesellschaft erfahren, denn Sanders besuchte ihn und entwickelte ihm seine Zukunftspläne.

„Es ist mir tatsächlich hier zu langweilig, und es scheint mir doch ein ganz vorzüglicher und aussichtsreicher Posten zu sein."

„Wie haben Sie denn davon gehört, Exzellenz?" fragte Bones.

Er machte aus seinem Mißtrauen keinen Hehl. Außerdem fühlte er sich etwas verletzt, daß Sanders dieses Angebot nicht durch ihn, sondern von einer anderen Firma erhalten hatte.

„Ich bekam von einigen Anwälten einen Brief, in dem sie mich fragten, ob ich nicht wieder zur Küste zurückkehren und dort einen Posten annehmen würde. Von der Mazeppa-Gesellschaft weiß ich natürlich sehr wenig, aber in früheren Jahren habe ich öfters von ihr gehört und erfahren, daß sie große Gewinne abgeworfen hat. Die Rechtsanwälte haben mir ganz offen gesagt, daß das Geschäft stark zurückgegangen ist, weil unerfahrene Direktoren die Firma heruntergewirtschaftet haben. Sie zeigten mir die großen Chancen und Möglichkeiten, neue Faktoreien zu eröffnen. Ich muß gestehen, daß ich von der Sache überzeugt bin. Ich werde allerdings hart zu arbeiten haben – aber das Gehalt ist gut."

„Warten Sie einen Augenblick, Exzellenz", bat Bones. „Welche Summe müssen Sie in Aktien anlegen?"

Sanders errötete leicht. Er war ein scheuer Mann und sprach nicht gern über seine Geldangelegenheiten.

„Ungefähr fünftausend Pfund", sagte er verlegen. „Natürlich ist das viel Geld, aber selbst wenn die Gesellschaft keine Profite macht, habe ich doch einen Vertrag auf fünf Jahre und bekomme dabei mehr an Gehalt, als ich an Aktien übernommen habe."

Bones blieb an diesem Abend länger im Büro. Hamilton war schon gegangen, und nur Miss Marguerite Whitland leistete ihm dabei Gesellschaft. Sie hatte viel zu schreiben, und er hörte das rhythmische Klappern ihrer Maschine schwach durch die Verbindungstür.

Bones saß an seinem Schreibtisch, hatte das Kinn in die Hand gestützt und war tief in Gedanken versunken. Vor ihm lag der Börsenbericht einer Abendzeitung. Am Markt der Handelsaktien waren beträchtliche Steigerungen zu verzeichnen, die dem Redakteur des Handelsteils so wichtig erschienen, daß er einige besondere Ausführungen dazu geschrieben hatte.

„Der Markt der Handelsaktien stand unter dem Zeichen der Hausse in Mazeppa Trading, die ständig gefragt wurden. Die Börse schloß mit 19 Shilling 9 Pence. Das ist um so bemerkenswerter, als Mazeppa-Aktien an der hiesigen Börse seit mehreren Jahren nicht mehr notiert wurden. Man nahm allgemein an, daß die Gesellschaft in Liquidation gehen würde, und man konnte die Aktien für den Preis des Papiers kaufen, auf dem sie gedruckt waren. Man erzählt in der City, daß die Gesellschaft neu organisiert wird. Es sollen sich neuerdings Kapitalgeber gefunden haben, und man beabsichtigt, das Geschäft wieder auszudehnen."

Bones las den Abschnitt mehrere Male und verfiel jedesmal in Träumereien, wenn er damit fertig war. Plötzlich erhob er sich und ging in das Büro seiner Sekretärin. Sie lächelte ihn an, als er sich auf die Ecke ihres Tisches setzte.

„Liebes Fräulein", sagte er ernst, „haben Sie schon einmal gehört, daß man in dieser netten City von mir spricht?"

„O ja", sagte sie erstaunt.

„Hat man gut von mir gesprochen, meine liebe, alte Miss?" fragte er nachlässig. Sie wurde dunkelrot.

„Ich glaube, ja – aber es macht doch nichts aus, was die Leute über einen sagen."

„Mir macht es wirklich nichts aus, solange meine liebe, gute Sekretärin noch ein gutes Wort für den armen, alten Bones übrig hat." Er legte seine Hand auf die ihre, und sie duldete es ohne Widerspruch. „Man denkt, ich sei ein verrückter, alter Esel, nicht wahr?"

„O nein", sagte sie schnell, „das denken die Leute nicht. Sie sagen nur, daß Sie ganz außergewöhnlich seien."

„Das ist genau dasselbe. Wer in Geschäftsdingen außergewöhnlich ist, der ist eben ein verrückter, alter Esel."

Er drückte ihre Hand. Sie duldete es wieder und zog sie nicht fort.

„Mein süßer Liebling“, begann Bones. Aber da drohte sie ihm mit dem Finger.

„Meine liebe, alte Sekretärin“, sagte er und ließ sich nicht einschüchtern, „nehmen wir einmal an, es würde dem schlauen, alten Kerl, der dieses Büro leitet, etwas passieren – dem Gehirn dieses Geschäftes, wenn ich mich so ausdrücken darf –“

„Was, dem Hauptmann Hamilton?“ fragte das Mädchen erstaunt.

„Nein, mir“, sagte Bones ärgerlich. „Großer Gott, meine liebe, alte Klapperschlange, habe ich nicht gesagt, daß ich mich damit meine?“

„Daß Ihnen etwas zustößt?“ fragte sie erschreckt. „Warum sagen Sie das? Was könnte Ihnen denn passieren?“

„Nehmen Sie einmal an, mein Geschäft würde zusammenbrechen“, nickte Bones und sah dabei so zufrieden und ruhig aus, als ob alles andere eher möglich wäre, „denken Sie einmal, ich hätte ungeheure, katastrophale Verluste –“

„Aber Sie haben doch gar keine Verluste – oder haben Sie wirklich welche?“

„Nein – wir wollen es nur einmal annehmen.“

Sie erkannte plötzlich, daß seine Gedanken irgendwo anders weilten und nahm ihre Hand unter der seinen fort. Er merkte es nicht einmal.

„Armer, alter Bones, armer, alter Kerl!“ sagte er sanft. „Du bist ein verrückter Teufel.“

Das Mädchen lachte.

„Ich weiß nicht, woran Sie im Augenblick denken, aber Sie sehen gerade nicht so aus, als ob Sie arm oder alt oder verrückt wären“, sagte sie vergnügt.

Bones neigte sich zu dem Tisch, legte seine große Hand auf ihren Kopf und streichelte ihr Haar.

„Sie sind eine liebe, alte Marguerite“, sagte er ruhig. „Aber ich bin nicht so ein Schwätzer, wie Sie wohl annehmen könnten. Achten Sie einmal auf den alten Bones, was er jetzt tun wird.“

Und mit dieser geheimnisvollen Bemerkung ging er zu seinem Schreibtisch zurück.

Zwei Tage später setzte er Hamilton in Erstaunen.

„Ich erwarte heute einen Besuch, mein alter Ham“, sagte er, „einen Menschen mit Namen de Vinne.“

„De Vinne?“ fragte Hamilton stirnrunzelnd. „Den Namen kenne ich doch. Ist das nicht der Gentleman, mit dem Sie wegen der Schuhe Verdruß hatten?“

„Ja, das ist der alte Räuber“, sagte Bones lustig. „Ich habe ihm telegrafiert und ihn gebeten, mich zu besuchen.“

„Um wieviel Uhr?“

„Ungefähr um zwei. Sie können hierbleiben und mir bei der Sache helfen, oder Sie können uns auch allein lassen.“

„Ich werde hierbleiben, aber ich glaube nicht, daß er kommt!“

„Doch – er kommt bestimmt!“ sagte Bones zuversichtlich, und sein Vertrauen wurde nicht getäuscht, denn pünktlich um zwei Uhr erschien Mr. de Vinne. – Er war in guter Stimmung, und Bones überbot sich direkt an Liebenswürdigkeit bei seiner Begrüßung.

„Bitte, nehmen Sie dort in dem bequemsten und schönsten Stuhl Platz, mein glücklicher, alter Finanzmann“, sagte er. „Schütten Sie dem alten Bones Ihr junges Herz wegen der Mazeppa-Gesellschaft aus!“

Mr. de Vinne hatte einen so direkten Angriff nicht erwartet, aber er ließ sich nichts von seiner Überraschung merken.

„Ach so, Sie wissen, daß ich hinter der Sache stecke? Wie, zum Teufel, haben Sie das herausbekommen?“

„Aus dem Börsenjahrbuch, mein lieber Herr. Kostet nur vierzehn Shilling, und Sie können alles erfahren, was Sie über Direktoren und Gesellschaften wissen wollen.“

„Das haben Sie allerdings schlau angestellt“, sagte de Vinne und amüsierte sich heimlich, denn jedermann in der City gebrauchte das Börsenjahrbuch.

„Was ist nun eigentlich los, mein lieber, alter Finanzmann?“ fragte Bones. „Warum bieten Sie unserem Freund Sanders dieses fabelhafte Gehalt an und verkaufen ihm Aktien für mehrere Tausend Pfund?“

Der andere zuckte die Schultern.

„Mein lieber Herr, ich bin Geschäftsmann. Wenn ich gewußt hätte, daß Sie mich darüber ausfragen wollen, wäre ich überhaupt nicht gekommen. Ist Mr. Sanders ein Freund von Ihnen?“ fragte er möglichst unschuldig.

„Sie wissen ganz genau, daß er mein Freund ist. Was ist also der Zweck der ganzen Geschichte, mein lieber Gesellschaftsgründer?“

„Das ist doch ganz klar", erwiderte de Vinne und nahm eine der kostbaren Zigarren, die Bones zu solchen Zwecken im Büro hielt. „Sanders' Position ist doch äußerst gut –"

„Warten Sie einen Augenblick", sagte Bones. „Garantieren Sie persönlich Mr. Sanders das Gehalt für fünf Jahre?"

Der andere lachte.

„Natürlich nicht! Das ist eine Sache, die die Gesellschaft angeht", erklärte er, „ich brauche keine persönliche Garantie für Gehaltszahlungen anzubieten."

„Das heißt also, wenn die Gesellschaft in sechs Monaten in die Binsen geht, verliert Mr. Sanders das Geld, das er für die Aktien gezahlt hat, und sein Gehalt obendrein?"

De Vinne hob die Schultern und lächelte verächtlich.

„Er kann sich doch wegen seines Gehalts an die Gesellschaft halten!"

„Na, da wird er ja viel herausbekommen!"

„Hören Sie einmal zu, Mr. Tibbetts!" De Vinne lehnte sich vertraulich nach vorn. Er hatte die Zigarre noch nicht angesteckt, aber schon zwischen den Zähnen. „Es ist doch gar kein Grund vorhanden, warum die Mazeppa keinen Erfolg haben sollte, wenn der richtige Mann in der Leitung sitzt. Der Gesellschaft fehlen doch nur frisches Blut und eine fähige Leitung. Ich sage Ihnen ganz offen, daß ich leider nicht die Zeit habe, mich dieser Gesellschaft zu widmen, sonst würde ich persönlich sieben Prozent Dividende auf die Stammaktien garantieren. Sehen Sie sich doch einmal den Preis der Aktien von heute an –"

Bones unterbrach ihn.

„Na, jeder verrückte Kerl kann an der Börse die Aktien auf irgendeinen Preis treiben, wenn er sie alle in der Hand hat."

„Was sagen Sie da?" rief de Vinne aufgebracht. „Meinen Sie etwa, daß ich die Börse unrechtmäßig beeinflußt habe – und außerdem sind die Aktien doch gar nicht in einer Hand – sie sind sogar sehr verteilt –"

„Wer hat sie denn?" fragte Bones neugierig.

„Ich habe ein Paket, und Gebrüder Pole haben ein Paket –"

„Ach, Gebrüder Pole – sehen Sie einmal an!" sagte Bones und nickte. „Gut, gut!"

„Nun seien Sie vernünftig und nicht so argwöhnisch, Mr. Tibbetts. Die Interessen Ihres Freundes sind vollkommen gewahrt, auch die Interessen der Aktionäre. Sie würden gar nicht übel tun, sich die Kontrolle über die Gesellschaft zu sichern."

„Daran habe ich auch schon gedacht."

„Ich versichere Sie", sagte Mr. de Vinne ernst, „daß die Entwicklungsmöglichkeiten der Mazeppa-Gesellschaft unbeschränkt sind. Wir besitzen Konzessionen vom Großen Fluß bis an die Nordgrenze des französischen Gebietes."

„Die Konzessionen sind das Papier nicht wert, auf das sie geschrieben wurden, mein lieber, alter Spaßvogel", sagte Bones und schüttelte den Kopf. „Solche Häuptlingskonzessionen ohne Garantien des Kolonialministeriums haben gar keinen Wert."

„Aber die Handelskonzessionen sind doch in Ordnung", behauptete der andere hartnäckig. „Das können Sie nicht bestreiten. Sie wissen mehr von den Dingen an der Küste als ich. Handelsgebräuche bestehen auch ohne Garantien des Kolonialministeriums."

Das mußte Bones auch zugeben.

„Ich will mir die Sache überlegen. Ich habe einiges Zutrauen dazu, mein lieber, alter de Vinne. Wirklich, der Plan sagt mir zu. Wer ist denn jetzt im Besitz der Aktien?"

„Ich kann Ihnen eine Liste aufschreiben", sagte Mr. de Vinne mit bewunderungswürdiger Ruhe. Und ich würde Ihnen den guten Rat geben, sich privatim mit diesen Herren in Verbindung zu setzen. Sie werden diese Aktien wahrscheinlich für achtzehn Shilling bekommen." Er nahm einen goldenen Bleistift aus der Tasche und schrieb schnell eine Liste von Namen.

Bones nahm das Papier und überflog es.

Hamilton, der schweigend und amüsiert den Verhandlungen zugehört hatte, wartete, bis de Vinne gegangen war, und stürzte dann auf seinen Partner los.

„Sie werden doch nicht ein so vollkommen verrückter Esel sein", begann er. Aber Bones' würdevolle Handbewegung brachte seinen Redestrom sofort zum Stillstand.

„Mein lieber, guter Ham, alter Kriegskamerad, lassen Sie doch Ihren Bones auch mal einen Spaß haben!"

„Denken Sie denn wirklich daran, eine Viertelmillion zu riskieren?! Sie sind verrückt, Bones!"

Bones lachte vergnügt.

„Gehen Sie zu unserem Bankier und kaufen Sie zehntausend Aktien der alten Mazeppa, Ham", schlug er vor. „Sie werden sie auf dem Markt für neunzehn Shilling bekommen – und ich weiß ganz genau, daß sie nicht einmal den neunzehnten Teil eines Penny wert sind."

„Aber –", stammelte Hamilton.

„Es ist ein Befehl!" sagte Bones in der afrikanischen Bomongo-Sprache.

„Pfoch!" erwiderte Hamilton. „Das bringt mich plötzlich zweitausend Meilen weit fort. Ich möchte bloß wissen, was die Leute von N'gombi jetzt machen!"

„Ich will Ihnen sagen, was sie sicherlich nicht tun! Sie kaufen bestimmt keine Mazeppa-Aktien!"

Hamilton und Miss Marguerite Whitland waren sehr in Sorge. Hamilton erschreckte erstens die extravagante Handlungsweise von Bones und zweitens die Aussicht, Sanders darüber aufklären zu müssen, daß er beschwindelt worden war. Denn darüber bestand nicht mehr der leiseste Zweifel. Hamilton hatte eine ganze Stunde lang fieberhaft in der City Erkundigungen darüber eingezogen, was man von der Mazeppa-Gesellschaft dachte, und was er dabei erfahren hatte, war alles andere als ermutigend. Sehr gegen seinen Willen erledigte er den Auftrag von Bones und kaufte auf dem offenen Markt zehntausend Aktien. Dieser Vorgang wurde von Mr. de Vinne und seinem interessierten Teilhaber entsprechend zur Kenntnis genommen. „Er beißt an", telefonierte er in höchster Freude. „Wir haben jetzt weiter nichts zu tun als still zu sitzen, dann wird er schon den Köder mit dem Haken schlucken!"

Marguerite Whitland kannte die Geschäfte und die Ausdehnungsmöglichkeiten ihres Chefs ungefähr. Sie war ein kluges Mädchen und hatte sich in kurzer Zeit einige Kenntnisse in den Geschäften der City angeeignet. Sie besaß auch ein unfehlbares Gefühl dafür, ob es sich um Schwindel handelte. Sie war fast gelähmt vor Schrecken bei dem Gedanken, daß Bones geradewegs auf den finanziellen Ruin zusteuerte. Als Hamilton fortgegangen war, um seine wenig dankbare Aufgabe zu erfüllen, kam sie aus ihrem Büro und stand plötzlich vor ihrem Chef. Sie hatte die Hände auf dem Rükken verschränkt.

Bones sah sie gespannt an.

„Nun, was gibt es, mein liebes Fräulein?“ fragte er ruhig.

„Mr. Tibbetts“, begann sie ein wenig ungewiß. „Ich fürchte, ich bin unverschämt, aber –“

„Keineswegs“, murmelte Bones.

„Ich bin nun eine ziemlich lange Zeit in Ihrem Büro“, sagte sie sehr schnell, „und ich fühle, daß ich ein besseres Recht habe, zu Ihnen zu sprechen, als –“

„Als irgend jemand sonst in der großen, weiten Welt – das stimmt, meine liebe, junge Marguerite!“

„Ja, ja“, sagte sie eilig, „aber ich habe etwas Geschäftliches mit Ihnen zu besprechen, und zwar – den Plan, den Sie jetzt ausführen wollen. Diesen Nachmittag habe ich mit Hauptmann Hamilton schon darüber gesprochen, während Sie fort waren. Ich weiß ganz genau, daß es Schwindel ist.“

„Das weiß ich auch“, sagte Bones ruhig.

„Aber Sie riskieren doch all Ihr Geld, Ihr ganzes Vermögen bei dem Geschäft! Und Mr. Hamilton sagte, daß Sie ruiniert seien, wenn die Sache schiefginge!“

Bones nickte. Äußerlich war er gefaßt, aber in seinen Augen blitzte Kampfbegierde.

„Es ist ein Glücksspiel, meine liebe, junge Sekretärin – ein schreckliches Spiel –, aber es wird gut ausgehen für den alten Bones!“

„Mr. Hamilton sagte doch, daß Sie nicht das Geringste aus dem Besitzstand der Gesellschaft herausschlagen könnten, daß alle Niederlassungen verfallen und nichts mehr wert seien. Nur noch der zehnte Teil der Faktoreien sei geöffnet und der Handel –“

Bones lächelte.

„Ich will ja gar kein Geschäft mit dem Vermögen der Gesellschaft machen“, unterbrach er milde. „Meine liebe Marguerite, ich spekuliere nicht auf das Vermögen der Gesellschaft.“

„Aber dann sagen Sie mir doch, bitte, um alles in der Welt, wobei wollen Sie denn ein Geschäft machen?“ fragte sie unruhig.

„Ich mache ein Geschäft mit mir“, sagte Bones in demselben Ton. „Ich spekuliere auf den armen, alten, verrückten Esel Bones. Und ich komme zum Ziel!“

Er stand auf, ging quer durch das Büro zu ihr und legte ihr freundlich die Hand auf die Schulter.

„Und wenn ich nicht damit durchkomme, dann werde ich immer

noch kein Bettler sein. Dann habe ich immer noch genug, um ein nettes, kleines Häuschen für uns zu bauen, wo wir Kühe und Pferde und allerhand Gemüse ziehen können, meine liebe, gute Miss – und wenn ich durchkomme, dann werden wir vielleicht dasselbe Häuschen bauen, und dann werden wir vielleicht einige Kühe mehr im Stall haben und ein Schwein oder auch zwei."

Sie lachte, und er hob ihren Kopf mit den lächelnden Lippen zu sich und küßte sie herzhaft . . .

Mr. de Vinne hatte opulent zu Abend gespeist und sich nach Tisch noch gut amüsiert. Er war im Hippodrom gewesen, und seine Freude war um so größer in dem Bewußtsein, daß Mr. Augustus Tibbetts zehntausend Pfund an ihn abgegeben hatte. Als er nach Sloane Square zurückkehrte, war er sehr erstaunt, daß sein Wohltäter wider Willen ihn dort erwartete.

„Mr. Tibbetts, es ist für mich eine große Überraschung!"

„Das glaube ich, mein alter Mr. de Vinne." Bones hustete feierlich, als ob er ein großes Geheimnis zu enthüllen hätte.

„Treten Sie, bitte, näher", sagte Mr. de Vinne noch liebenswürdiger als vorher. „Dies ist meine kleine Höhle", fuhr er fort, als er Bones in einen Raum führte, mit dem selbst der verwöhnteste Löwe zufrieden gewesen wäre. „Nehmen Sie, bitte, Platz und stecken Sie sich eine Zigarre an, mein alter Freund! Welches Geschäft treibt Sie noch so spät am Abend zu mir?"

„Die Aktien", sagte Bones ernst. „Ich habe keine Ruhe mehr wegen dieser Aktien."

„Ach so", sagte Mr. de Vinne leichthin, „warum machen Sie sich deshalb Kopfschmerzen, mein alter Junge?"

„Ich dachte, ich würde die Gelegenheit verpassen, sie zu kaufen. Ich bin davon überzeugt, daß man aus der Sache etwas machen kann. Ich bin gewiß, daß ich eine ganze Menge Geld mit der Gesellschaft verdienen kann, wenn ich die Majorität in der Hand habe."

„Ich bin ganz Ihrer Meinung", sagte der ernste Mr. de Vinne.

„Der springende Punkt ist nun der. Ich habe Ihre Liste der Aktien-Eigentümer gelesen, und es scheint mir, daß die Mehrzahl der 250 000 Aktien entweder in Ihrem oder in Poles Besitz ist. Entweder beim netten, alten Joe oder beim netten, alten Fred, ich weiß nicht, welcher der beiden Poles die Aktien hat."

„Fred!" sagte Mr. de Vinne.

„Nun hören Sie. Es gibt einen Menschen, den ich heute abend nicht sehen möchte, oder auch morgen oder an irgendeinem anderen Tag nicht, und das ist Fred Pole."

„Es ist doch auch gar nicht nötig, daß Sie den treffen müssen!" lächelte Mr. de Vinne.

„Also, ich erkläre Ihnen auf das bestimmteste", sagte Bones, „daß ich von Fred Pole keine Aktien kaufen will. Ich will Ihre kaufen, aber ich will keine einzige von dem andern haben."

Mr. de Vinnes Gedanken arbeiteten schnell.

„Deswegen brauchen Sie nicht besorgt zu sein, ich habe nämlich die Aktien von Fred heute abend übernommen, oder wenigstens den Hauptteil. Sie können von mir", er machte eine schnelle Berechnung – „Sie können von mir hundertachtzigtausend Aktien zum Kurse von 19,9 haben."

„Zu achtzehn Shilling", sagte Bones entschieden, „nicht mehr!"

Fünf Minuten lang feilschten sie noch um den Preis, und dann gab Mr. de Vinne plötzlich großzügig nach.

„Also, achtzehn Shilling, abgemacht. Sie sind aber ein verflucht harter Teufel. Wollen wir die Sache morgen zu Papier bringen?"

„Wir wollen die Sache gleich perfekt machen. Ich habe ein Vertragsformular und mein Scheckbuch dabei."

„Ich bin einverstanden", sagte de Vinne.

Bones nahm ein Formular aus der Tasche, entfaltete es, setzte sich feierlich an de Vinnes Schreibtisch und schrieb den Vertrag und den Scheck aus.

De Vinne hatte mit einer so glücklichen Erledigung der Angelegenheit nicht gerechnet. Er hatte wohl gehofft, daß er Bones überzeugen könnte, aber doch nicht, daß sich die Sache so glatt abwickelte.

„Gute Nacht!" sagte Bones todernst.

Alter Freund, dachte Mr. de Vinne, du wirst noch feierlicher und ernster aussehen, ehe der Monat zu Ende ist . . .

Er begleitete Bones zur Tür, klopfte ihm auf den Rücken und bot ihm noch eine Zigarre an. Dann stand er draußen auf der Straße und beobachtete das rote Schlußlicht von Bones' Automobil, das sich schnell entfernte und außer Sicht kam. Er ging in sein Arbeitszimmer zurück, nahm den Hörer vom Telefon und verband sich mit Fred Pole.

Sein Geschäftsfreund antwortete selbst auf den Anruf.

„Sind Sie es, Pole?"

„Ich bin es selbst", sagte der andere mit einer freudig erregten Stimme.

„Also, Pole, hören Sie. Ich habe Ihnen eine Menge Arbeit erspart."

„Was meinen Sie?"

„Ich habe Bones meine Aktien und Ihre dazu verkauft."

Ein tiefes Schweigen folgte.

„Haben Sie mich verstanden?" fragte de Vinne.

„Jawohl, ich habe Sie gehört." Poles Stimme kam de Vinne so seltsam vor, daß er sie kaum wiedererkannte.

„Wieviel Aktien haben Sie ihm verkauft?"

De Vinne dachte einen Augenblick nach.

„Hundertachtzigtausend; ich dachte, ich könnte die Sache leicht mit Ihnen arrangieren."

Wieder tiefes Schweigen.

„Was hat Ihnen denn Bones gesagt?"

„Daß er mit Ihnen nichts mehr zu schaffen haben will."

„Um Himmels willen", seufzte Pole. „Um Himmels willen!"

„Was haben Sie denn bloß?" fragte de Vinne schnell. Die Sache wurde ihm unheimlich.

„Alles das hat Bones mir auch erzählt", hörte er jetzt Freds Stimme. „Hängen Sie schnell ein – ich bin in einer Viertelstunde bei Ihnen!"

Mr. Fred Pole kam noch schneller an und erzählte eine fast unglaubliche Geschichte. Am selben Abend war Bones zu ihm gekommen und hatte ihm angeboten, seine Aktien zu übernehmen.

„Aber Bones sagte, er würde unter gar keinen Umständen –"

„Meine Aktien kaufen", sagte de Vinne schnell.

„Er hat es zwar nicht mit denselben Worten gesagt, aber er ließ durchblicken, daß er die Aktien lieber von mir als von irgend jemand sonst erwerben würde. Ich dachte, es wäre ein feines Geschäft und ich könnte die Sache telefonisch mit Ihnen arrangieren – und da habe ich ihm die Aktien verkauft –"

„Wieviel?" fragte de Vinne kläglich.

„Hundertfünfzigtausend!" sagte Mr. Fred.

Die beiden Männer sahen sich entsetzt in die Augen.

De Vinne feuchtete seine trockenen Lippen an.

„Wir haben ihm also zusammen dreihundertdreißigtausend Aktien verkauft – es sind aber nur zweihundertfünfzigtausend ausgegeben worden – wir haben uns also verpflichtet, ihm achtzigtausend Aktien zu liefern, die nicht existieren – wir können wegen Betrugs belangt werden –"

Wieder entstand eine lange Pause und dann sagten beide plötzlich, als ob der Gedanke gleichzeitig über sie gekommen wäre: „Dieser Kerl ist ein Schuft!"

Am nächsten Morgen suchten sie Bones auf. Die Unterredung dauerte eine halbe Stunde, und als sie aus seinem Büro gingen, hatten sie nicht nur die beiden Schecks zurückgelassen, die Bones ihnen am Abend zuvor ausgestellt hatte, sondern noch einen anderen Scheck über einen bedeutenden Betrag als Abstandssumme. Außerdem hatten sie sich verpflichtet, die Aktien von Mr. Sanders zu dem von ihm bezahlten Preis zurückzunehmen.

An diesem Abend gab Bones ein prachtvolles Diner im teuersten und vornehmsten Hotel Londons. Sanders und Patricia Sanders, Hamilton und eine gewisse Vera waren zugegen. Aber die hübscheste der anwesenden Damen saß an seiner rechten Seite und hörte der großen Rede, die er hielt, mit Spannung und freudiger Erregung zu.

„Die Rede dieses Abends, meine lieben Freunde, halte ich auf Geschäft und Liebe. Die beiden Begriffe sind verknüpft mit den beiden ehrenwerten Namen des Mr. de Vinne und meiner jungen, liebwerten Sekretärin, meiner Freundin und Gefährtin in Sturm und Trübsal. Die einzige nette, liebe Dame – wenn es mir vergönnt ist, es zu sagen, die mein Herz bewegt hat –", er fing einen vorwurfsvollen Blick von Patricia Sanders auf, hustete und fügte schnell hinzu: „In Europa!"

ENDE

# Der Diamantenfluß

## 1

Der Weg nach dem Alebi-Land führt durch den Busch. Er windet sich durch Wälder und Sümpfe, geht quer durch dichtes Gestrüpp und über üppig bewachsene Hügel; es ist ein kaum erkennbarer Pfad. Kein Nebenfluß des großen Stroms zeigt den Weg in das Alebi-Land, wo, wie die Kunde geht, wilde und unbekannte Stämme hausen, bei denen seltsame Zauber und absonderliche Bräuche zu finden sind. Durch dieses Land fließt der Diamantenfluß.

Einst brach in dieses schlimme Land eine Expedition auf. Sie war an einem Oktobermorgen mit einem Küstendampfer angekommen und hatte Träger und schwere Lasten mit Vorräten aller Art bei sich. Vier weiße Männer waren es, von denen einer höchstes Ansehen genoß, ein Mann mittleren Alters, hochgewachsen, breitschulterig, mit heiteren, freundlichen Mienen.

Einer der vier Männer machte kein Hehl daraus, daß er an der Expedition nicht teilzunehmen beabsichtigte. Auch er war ein großer Mensch, aber von schwererem Körperbau, und er hatte ein plumpes Gesicht. Während die Karawane mit Zurüstungen für den Marsch beschäftigt war, vertrieb er sich die Zeit damit, daß er riesige Zigarren rauchte und das Klima verfluchte.

Ein paar Tage vor dem Aufbruch der Expedition nahm er den Führer beiseite:

»Nun, Sutton«, sagte er, »die Sache hat mich einen Haufen Geld gekostet, und ich wünsche nicht, es durch eine Ihrer Torheiten zu verlieren – ich sage Ihnen das ganz offen, und Sie haben keinen Grund, zornig zu werden. Wenn Sie die Mine ausfindig gemacht haben, müssen Sie mit Proben zurückkehren, aber vor allem müssen Sie an Ort und Stelle genaue Messungen vornehmen. Wo sich der Fluß befindet, weiß ich nicht genau. Sie haben ja den skizzierten Plan erhalten, den uns der Portugiese gegeben hat –«

Der andere unterbrach ihn mit einem nervösen Lachen.

»Er fließt natürlich nicht auf portugiesischem Gebiet.«

»Um Himmels willen, Sutton«, sagte der große, starke Mann in einem aufgebrachten und flehenden Ton, erzürnt und bittend zugleich, »schlagen Sie sich doch diese portugiesische Grille aus dem Kopf! Ich habe Ihnen hundertmal gesagt, daß von portugiesischem Gebiet keine Rede sein kann. Der Fluß läuft durch britischen Grund und Boden –«

»Wissen Sie, daß das Kolonialamt –«

»Ich weiß alles«, unterbrach ihn der Mann rauh, »ich weiß, daß das Kolonialamt ein Verbot erlassen hat, und ich weiß, daß es eine schlimme Gegend ist, durch die man sich mit äußerster Anstrengung hindurchkämpfen muß ... Übrigens ... hier!« Er zog aus seiner Tasche ein flaches, rundes Gehäuse und öffnete es. »Benutzen Sie diesen Kompaß, wenn Sie auf die erste Hügelkette gestoßen sind – haben Sie noch andere Kompasse?«

»Ich habe zwei«, antwortete Sutton verwundert.

»Geben Sie sie mir.«

»Aber –«

»Geben Sie sie her, mein Lieber«, sagte der Stämmige gereizt.

Sutton ging mit einem gutmütigen Achselzucken weg und kehrte einige Minuten darauf mit den beiden Instrumenten wieder. Er tauschte sie gegen den Kompaß ein, den der andere in der Hand hielt, und öffnete ihn.

Es war ein schönes Instrument, das ohne Nadel arbeitete; die ganze Skala geriet in Bewegung, wenn man den Kompaß drehte.

Das überraschte den Führer, und er erwiderte mit allen Zeichen des Unbehagens:

»Merkwürdig – sind Sie sicher, daß der Kompaß richtig eingestellt ist? Norden muß genau über dem Flaggenmast auf dem Regierungsgebäude sein; erst gestern habe ich das von hier aus festgestellt –«

»Dummes Zeug!« unterbrach ihn der andere laut. »Dieser Kompaß ist auf seine Zuverlässigkeit geprüft; glauben Sie, ich wollte Sie täuschen – bei dem Geld, das ich investiert habe?«

An dem Morgen, an dem die Expedition aufbrechen wollte, gerade als die Träger ihre Lasten auf ihre Schultern genommen hatten, fand sich plötzlich ein sonnengebräunter Mann von kleinem Wuchs auf dem Sammelplatz ein. Er trug eine kurze Peitsche in der Hand. Sein Haar bedeckte ein großer weißer Helm, den er etwas zurückgeschoben hatte.

»Sanders, Regierungsamtmann«, stellte er sich lakonisch vor. »Ich komme gerade aus dem Innern; tut mir leid, daß ich nicht früher angekommen bin: Sie wollen in den Busch?«

»Ja.«

»Diamanten, nicht wahr?«

Sutton, der Führer, nickte.

»Sie werden auf Ihrem Marsch verteufelt viele Hindernisse antreffen, Hindernisse primitivster Art. Die Alebi-Männer werden mit Ihnen kämpfen, und das Otaki-Volk wird Sie in Stücke reißen.« Er stand nachdenklich da und fuchtelte mit seiner Peitsche hin und her.

»Vermeiden Sie Zusammenstöße«, fuhr er fort, »ich möchte keine bewaffneten Konflikte in meinem Gebiet haben – und halten Sie sich von der portugiesischen Grenze fern.«

Sutton, der Führer, lächelte.

»Wir werden dieser geheiligten Grenze weit aus dem Wege gehen – das Kolonialamt hat unsere Reiseroute gesehen und gebilligt.«

Der Amtmann nickte wieder und sah Sutton ernst an.

»Viel Glück«, sagte er.

Am nächsten Tage brach die Expedition in der Morgendämmerung auf und verschwand in den Wäldern jenseits des Isisi-Flusses.

Eine Woche später fuhr der Stämmige nach England.

Monate vergingen, und keiner kehrte zurück; weder durch einen Boten noch durch einen Missionsbericht traf irgendwelche Nachricht von der Expedition ein. Ein Jahr ging vorüber, und noch immer kam keine Kunde.

Jenseits der Meere regten sich die Leute auf und wurden unruhig; Kabeltelegramme, Briefe, amtliche Depeschen liefen beim Regierungsamtmann ein und drängten ihn, nach der verlorengegangenen Expedition der weißen Männer, die den Diamantenfluß hatten finden wollen, zu suchen. Sanders von Bofabi schüttelte den Kopf.

In welcher Weise sollten die Nachforschungen angestellt werden? In anderen Gegenden konnte ein flinker kleiner Dampfer in die von europäischem Einfluß unberührten Regionen eindringen, besonders, wenn ein dickes Kanonenrohr über seinen Bug hinausragte; aber das Alebi-Land gehörte zum Busch. Zur Erkundung eines solchen Landstrichs war eine bewaffnete Truppe nötig, und eine bewaffnete Truppe kostete Geld – der Regierungsamtmann schüttelte den Kopf.

Nichtsdestoweniger schickte er insgeheim zwei Späher in den Busch, zwei erfahrene und geschickte Jäger.

Sie waren drei Monate abwesend, und als sie zurückkehrten, führte der eine den andern.

»Die Wilden von Alebi fingen ihn und stachen ihm die Augen aus«, sagte der Führer ohne Erregung, »aber in der Nacht, in der sie ihn verbrennen wollten, tötete ich seinen Wächter und trug ihn in den Busch.«

Sanders stand im Mondlicht vor seinem einstöckigen Landhaus und blickte ernst von dem Sprecher zu dem geblendeten Mann, der geduldig und ohne zu klagen dastand und mit seinen Fingern spielte.

»Bringt ihr Nachricht von den weißen Männern?« fragte er schließlich, und der Sprecher, der sich auf seinen Speer stützte, wandte sich an den des Augenlichts Beraubten neben ihm.

»Was hast du gesehen, Messambi?« fragte er ihn in seiner Eingeborenensprache.

»Knochen«, jammerte der Blinde, »Knochen habe ich gesehen; Knochen, nichts als Knochen. Sie haben die weißen Männer auf einem großen Platz vor dem Haus des Häuptlings gekreuzigt, und keiner ist am Leben geblieben, so sagten die Männer.«

»Ich hatte es mir gedacht«, erwiderte Sanders und machte seinen Bericht nach England.

Monate vergingen, die Regenzeit kam und dann die grüne Jahreszeit, die auf die Regenzeit folgt. Sanders war so tätig, wie er es als Regierungsamtmann in einem Land, wo Schlafkrankheit und Stammesfehden ständig zum Prozentsatz der Sterblichkeit beitragen, zu sein hatte.

Er war in den Busch gerufen worden, um den geheimen Künsten eines Zauberdoktors ein Ende zu machen. Er legte auf den verschlungenen Pfaden, die in das Alebi-Land führen, sechzig

Meilen Wegs zurück und errichtete in einem Flecken namens M'Saga sein Tribunal. Zwanzig Haussas begleiteten ihn, sonst hätte er nicht ungestraft so weit gehen können. Er saß in dem strohgedeckten Geisterhaus zu Gericht und mußte die unglaublichsten Geschichten anhören: von Zauberkräften und Zauberformeln und allerlei bösen Krankheiten als Folge des Hokuspokus, der zwischen Monduntergang und Sonnenaufgang betrieben wurde.

Der Zauberdoktor war ein alter Mann, aber Sanders hatte keinen Respekt vor grauen Haaren.

»Es ist ganz offenbar, daß du ein böser Mensch bist«, sagte er »und –«

»Herr!« unterbrach ihn der Kläger, ein Mann, dessen Körper von Krankheit und ausgestandenen Schrecken ganz abgezehrt war; er trat in den Kreis, den die Soldaten und die abergläubische Bevölkerung des Ortes bildeten. »Herr, er ist ein böser Mensch –«

»Sei ruhig«, befahl Sanders.

»Er übt Teufelszauber aus mit dem Blut weißer Männer«, schrie der Mann, als ihn zwei Soldaten auf einen Wink des Regierungsamtmanns ergriffen. »Er hält einen weißen Mann im Wald gefangen –«

Sanders wurde munter und horchte auf. Er kannte die Eingeborenen besser als jeder andere; er konnte eine Lüge aufdecken – und er konnte, was noch schwieriger war, die Wahrheit aufdecken. Er winkte jetzt das Opfer aus der dem Zauberer feindlichen Gruppe zu sich.

»Was sprichst du da von weißen Männern?« fragte er.

Der alte Doktor sagte wütend etwas in leisem Ton, und der Kläger zögerte.

»Fahr fort«, sagte Sanders.

»Er sagt –«

»Weiter!«

Der Mann zitterte am ganzen Körper.

»Im Wald ist ein weißer Mann – er kam vom Diamantenfluß –, der Alte dort fand ihn und brachte ihn in eine Hütte, weil er sein Blut für Zaubereien braucht . . .«

»Zeige uns die Hütte!«

Der Mann ging auf einem Waldpfad voran, hinter ihm schritten Sanders, und mit zusammengebundenen Händen und von sechs Soldaten begleitet, der alte Zauberdoktor.

Zwei Meilen vom Dorf entfernt war eine Hütte. Das Elefantengras stand so hoch um sie herum, daß sie kaum zu sehen war. Ihr Dach war verfault und hatte sich in der Mitte gesenkt, das Innere war ekelerregend ...

Sanders fand einen Mann auf dem Boden liegen, der mit den Beinen an einen schweren Klotz gekettet war; er lachte leise vor sich hin und redete wie ein gebildeter Mensch.

Die Soldaten trugen ihn ins Freie und legten ihn behutsam auf den Boden.

Seine Kleider waren zerfetzt, Haar und Bart lang, und an den Armen hatte er viele kleine Narben von Wunden, die ihm der Zauberdoktor beigebracht hatte, um ihm Blut zu entziehen.

»Hm«, sagte Sanders und schüttelte den Kopf.

»... der Diamantenfluß«, sagte das Menschenwrack mit einem Kichern, »hübscher Name – was? Kimberley? Ei was, Kimberley ist damit verglichen nichts ... Ich glaubte es nicht, bis ich es mit meinen eigenen Augen sah ... Das Bett des Flusses ist mit Diamanten besetzt, und du hättest es niemals gefunden, Lambaire, mit deiner Karte und deinem Höllenkompaß ... Ich habe ein Versteck mit Werkzeugen und Proviant für ein paar Jahre zurückgelassen ...« Er steckte seine Hand in sein zerlumptes Hemd und brachte ein Stück Papier zum Vorschein.

Sanders beugte sich hinab, um es an sich zu nehmen, aber der Mann steckte es mit seiner dünnen Hand wieder ein.

»Nein, nein, nein«, hauchte er. »Du nimmst mir Blut, das ist dein Geschäft – ich bin stark genug, dir standzuhalten – aber eines Tages werde ich weggehen ...«

Zehn Minuten später verfiel er in einen festen Schlaf.

Sanders fand das schmutzige Papier und steckte es in eine Tasche seiner Uniform.

Er schickte einige Männer zurück, und sie brachten zwei Zelte mit, die sie in der Nähe der Hütte in einer Lichtung aufschlugen. Der Mann war in einem so erbarmungswürdigen Zustand, daß Sanders es nicht wagte, ihn fortzubringen.

Nachts, als das ganze Lager schlief und die beiden Negerweiber, denen der Amtmann befohlen hatte, bei dem kranken Mann zu wachen, schnarchten, erwachte das Menschenwrack. Verstohlen schlich es aus dem Bett und kroch in die sternenhelle Nacht hinaus.

Sanders wachte auf und fand eine leere Hütte und eine Handvoll Lumpen, die einst die Kleidung eines weißen Mannes gewesen waren. Sie lagen am Ufer des winzigen Waldstroms, etwa hundert Meter von dem Lager entfernt.

Der Zauberdoktor, der frühmorgens zu einem Verhör geladen wurde, kam in Fesseln. Er konnte über die Strafe, die ihn erwartete, nicht im Zweifel sein, denn im nahen Wald hatten die Haussas viele Todesopfer seiner Zauberei als Schuldbeweise ausgegraben.

»Herr«, sagte der Mann, als er dem starren Blick der grauen Augen des Amtmanns begegnete, »ich lese Tod auf deinem Gesicht.«

»Das ist Gottes Wahrspruch«, sagte Sanders und ließ ihn aufhängen.

## 2

Amber saß in seiner Zelle im Wellboro-Gefängnis und pfiff leise ein Liedchen; mit seinen Füßen, die nur in Strümpfen staken, trommelte er auf dem Boden den Takt dazu. Er hatte seinen Stuhl so nahe an die rauhe Wand gerückt, daß er ihn nach hinten kippen und auf zweien seiner drei Beine im Gleichgewicht halten konnte.

Seine Augen wanderten kritisch in dem kleinen Raum umher. Löffel und Schüssel auf dem Brett, vorschriftsmäßig dunkelgelber Gefängnisanstrich; das Bett sauber und ordentlich gemacht ... er nickte mehrmals langsam mit dem Kopf und pfiff immer noch.

Über dem Bett, etwas nach links, befand sich ein kleines Fenster von derbem Glas, dessen unregelmäßige Struktur wohl das

Tageslicht hereinließ, aber keinen Blick in die Außenwelt gestattete. Auf einem Brett über dem Bett lagen eine Bibel, ein Gebetbuch und ein schmutziges Bibliotheksbuch.

Er schnitt dem Buch eine Grimasse; es war eine überaus langweilige Erzählung einer ganz besonders langweiligen Missionarin, die zwanzig Jahre im Norden Borneos zugebracht hatte, ohne etwas anderes beobachtet zu haben, als daß es dort »sehr heiß« war und daß die eingeborene Dienerschaft bei Gelegenheit »sehr schwierig« sein konnte.

Amber hatte nie Glück mit seinen Bibliotheksbüchern. Vor fünf Jahren, als er zum erstenmal Seiner Majestät Gefängnisse von innen sah, hatte er vorgehabt, Staatswirtschaftslehre und das Drama der Hellenen zu studieren, und er hatte um die einschlägige Literatur gebeten, um seinen Studien obliegen zu können. Man hatte ihm ein Elementarbuch der griechischen Grammatik und einen schweizerischen Robinson, Familienlektüre, gegeben, die ihm beide nicht viel nützen konnten. Glücklicherweise endete seine Gefangenschaft früher als erwartet; aber er hatte sich damit vergnügt, die Abenteuer des tugendhaften Schweizers in lateinische Verse zu bringen, obgleich ihn die Aufgabe wenig befriedigte und er sie deshalb beiseite legte.

Während seiner vierten Gefangenschaftsperiode hatte er ein langes Gesuch aufgesetzt, Chemie studieren zu dürfen; aber auch hierin hatte er kein Glück. Er kam nicht zu seinem Studium; ebensogut hätte er sich das Darlehen eines Landedelmannes sichern können.

Amber war jetzt achtundzwanzig oder dreißig Jahre alt. Er war etwas über mittelgroß und kräftig gebaut, obgleich er sehr schlank wirkte. Sein Haar war rötlich-blond, seine Augen grau, seine Nase gerade, Mund und Kinn fest; beim Lachen zeigte er zwei Reihen weißer Zähne, und er lachte gern. Der untere Teil seines Gesichts war jetzt unrasiert, was seiner Erscheinung Abbruch tat, aber nichtsdestoweniger sah er sogar in der häßlichen Gefängniskleidung wie der gebildete feine junge Mann aus, den er nicht verleugnen konnte.

Er hörte das Geräusch eines Schlüssels an der Tür und erhob sich; nach kurzer Zeit öffnete sich die Tür nach außen.

»75«, sagte eine befehlende Stimme, und er trat aus der Zelle auf den langen Flur, wo er stehenblieb.

Der Wärter, der die Schlüssel an einer blinkenden Kette trug, deutete auf die Schuhe des Gefangenen, die sauber nebeneinander vor der Zelle standen.

»Zieh sie an!«

Amber gehorchte, der Wärter beobachtete ihn.

»Warum diese Zudringlichkeit bei einer Sache so privater Natur, mein lieber Augustus«, fragte der kniende Amber.

Der Wärter, der gar nicht Augustus hieß, erwiderte nichts. Früher würde er ihn wegen Unverschämtheit angezeigt haben, aber man kannte jetzt die Überspanntheiten dieses musterhaften Gefangenen, der außerdem auch ein wenig Anspruch auf rücksichtsvollere Behandlung erheben konnte, denn er war es gewesen, der den Hilfswärter Beit vor der Wut des Londoner Mobs gerettet hatte. Dies hatte sich seinerzeit vor dem Gefängnis von Devizes ereignet; aber die Welt der Gefängnisse ist klein, und der Ruhm Ambers lief von Exeter nach Chelmsford, von Lewes nach Strangeways.

Er schritt mit seinem Wärter durch den Flur, eine polierte Stahltreppe hinab bis zur großen Halle und einen engen, gepflasterten Gang entlang bis zum Büro des Gefängnisdirektors. Er wartete eine Weile, bis ihm das Heiligtum geöffnet wurde.

Major Bliss saß an seinem Schreibtisch; er war ein gebräunter Mann mit einem kleinen schwarzen Schnurrbart und schwarzem Haar, das an den Schläfen ergraut war.

Er entließ den Wärter mit einem Kopfnicken.

»75«, sagte er kurz, »Sie werden auf einen Befehl des Ministeriums des Innern morgen entlassen.«

»Wie Sie wünschen, Direktor«, sagte Amber.

Der Direktor saß einen Augenblick schweigend wie in Gedanken und trommelte mit seinen Fingern geräuschlos auf seiner Schreibunterlage.

»Was werden Sie anfangen?« fragte er plötzlich.

Amber lächelte. »Ich werde meine Verbrecherkarriere weiter verfolgen«, sagte er heiter, und der Direktor runzelte die Stirn und schüttelte den Kopf.

»Ich kann Sie nicht verstehen – haben Sie keine Freunde?«

Wieder das vergnügte Lächeln. »Nein, mein Herr.« Amber wurde noch heiterer als zuvor. »Niemand ist an meiner Entdekkung schuld als ich selbst.«

Der Major blätterte in den Aktenbogen, die vor ihm lagen, las darin und runzelte wieder die Stirn.

»Zehn Vergehen!« sagte er. »Ein Mann mit Ihrer Veranlagung – ich meine, mit Ihren Fähigkeiten könnten Sie –«

»O nein, ich könnte nicht«, unterbrach ihn der Verbrecher, »die Richter extemporieren gern so, aber es ist nicht wahr. Daraus, daß einer ein geistvoller Verbrecher ist, folgt nicht, daß er als Architekt Bombenerfolge haben würde oder daß er, weil er einen Scheck fälschen kann, sein Glück bei einer Gründer-Gesellschaft gemacht hätte. Ein durchschnittlich begabter junger Mann kann immer als Verbrecher vorwärtskommen, weil er mit den wirklich schwachköpfigen und unwissenden Kollegen vom Handwerk im Wettbewerb steht.«

Er machte einen Schritt vorwärts und lehnte sich an den Rand des Schreibtisches.

»Sehen Sie, mein Herr, Sie erinnern sich meiner von Sandhurst her; Sie waren in meinem Alter. Sie wissen, daß ich pekuniär von einem Onkel abhängig war, der unerwartet starb. Was sollte ich machen, als ich nach London kam? Die erste Woche schien es recht hübsch zu gehen, denn ich hatte eine Zehnpfundnote, mit der ich weiterleben konnte; aber nach einem Monat litt ich Hunger. So verfiel ich auf den Betrug spanischer Gefangener, ich spekulierte auf die Begierde der Leute, die meinen, sie könnten ein ungeheures Vermögen erwerben, wenn sie nur eine kleine Auslage machten – so kam ich leicht zu Geld.«

Der Direktor schüttelte wieder den Kopf.

»Ich habe seitdem allerhand Betrügereien verübt«, fuhr 75 zu lügen fort. »Ich habe die verschiedensten Kunststückchen fertiggebracht«, sagte er lächelnd wie jemand, der sich einer heiteren Erinnerung überläßt. »Es gibt beim Spiel keinen Kniff, den ich nicht kenne; es gibt in London keinen Bösewicht, dessen Biographie ich nicht schreiben könnte, wenn ich wollte. Ich habe keine Freunde, keine Verwandten, niemanden auf der Welt, um den ich mich auch nur einen Deut zu scheren brauchte, und ich bin ganz glücklich; und wenn Sie sagen, ich sei zehnmal im Gefängnis gewesen, so sollten Sie richtiger sagen: vierzehnmal.«

»Sie sind ein Narr«, sagte der Direktor und drückte auf eine Klingel.

»Ich bin ein abenteuernder Philosoph«, sagte 75 behaglich scherzend, als der Wärter hereinkam, um ihn zu seiner Zelle zurückzuführen ...

Gerade ehe die Gefängnisglocke den Gefangenen das Zeichen gab, zu Bett zu gehen, brachte ihm ein Wärter ein sauberes Bündel Kleider.

»Sehen Sie nach, 75, und kontrollieren Sie alles«, sagte der Beamte freundlich. Er händigte dem Gefangenen eine gedruckte Liste aus.

»Werd' mich plagen«, sagte Amber, als er die Liste nahm. »Ich traue eurer Ehrlichkeit.«

»Kontrollieren Sie's!«

Amber knotete das Bündel auf, entfaltete seine Kleider, schüttelte sie aus und legte sie auf das Bett.

»Ihr hebt den ganzen Plunder besser auf als die in Walton«, sagte er beifällig, »keine Brüche im Rock, die Hosen hübsch in die Falten gelegt – hallo, wo ist mein Monokel?«

Er fand es in der Westentasche, sorgfältig in Seidenpapier eingewickelt, und war voll des Lobes für die Gefängnisverwaltung.

»Ich werde morgen früh einen Mann hereinschicken, der Sie rasiert«, sagte der Wärter zögernd. Er erhielt keine Antwort.

»75«, setzte er nach einer Pause hinzu, »kommen Sie nicht mehr hierher zurück!«

»Warum nicht?« Amber blickte auf und zog die Augenbrauen in die Höhe.

»Weil es wie ein Possenspiel ist«, sagte der Wärter. »Ein Herr wie Sie! Sie könnten sich sicher von diesem Ort fernhalten!«

Amber betrachtete den anderen, und in seinen Augen blitzte es schelmisch.

»Sie sind undankbar, mein lieber Aufseher«, sagte er beruhigend. »Männer wie ich können dem Ort nur zur Zierde gereichen; außerdem können sich die verdorbeneren und zügelloseren unter den Kostgängern an Männern wie mir ein Beispiel nehmen.«

Es war eine der Überspanntheiten Ambers, daß er beständig das Possessivpronomen bei seiner Anrede gebrauchte.

Der Wärter zögerte noch.

»Es gibt eine Menge Beschäftigungen, die ein Mann wie Sie ergreifen könnte«, sagte er fast vorwurfsvoll, »wenn Sie nur Ihre Fähigkeiten in der richtigen Weise anwenden wollten –«

75 hob seine Hand in würdevoller Abwehr.

»Mein lieber Aufseher«, sagte er ernst, »Sie zitieren das Sonntagsblatt, und das will ich gerade bei Ihnen nicht dulden.«

Später sagte Mr. Scrutton am Speisetisch der Wärter, daß er für sein Teil 75 aufgebe, er sei unverbesserlich. Und er gestand: »So nette Kerle wie ihn trifft man nicht allzuoft.«

»Wie kam er hierher?« fragte ein Hilfswärter.

»Er war Pfarrer im Londoner West-End, geriet in Schulden und verpfändete die silbernen Kirchengefäße – er hat es mir selbst erzählt.«

In dem Speisezimmer befanden sich mehrere Beamte. Einer, ein älterer Mann, nahm seine Pfeife aus dem Mund, ehe er sprach.

»Ich sah ihn vor zwei Jahren in Lewes; wenn ich mich recht erinnere, wurde er aus der Marine hinausgeworfen, weil er einen Zerstörer zum Stranden gebracht hatte.«

Auch in dem kleinen Speisezimmer der Wohnung des Direktors, wo dieser mit seinem Stellvertreter zu Mittag aß, war Amber das Thema der Unterhaltung.

»Ich mag noch so sehr nachdenken«, sagte der Direktor verwirrt, »ich kann mich dieses Amber in Sandhurst nicht erinnern – er sagte, er erinnere sich meiner, aber ich kann mich mit dem besten Willen nicht auf ihn besinnen . . .«

Amber, der nicht ahnte, welches Interesse er erregte, schlummerte sanft auf der dünnen Matratze und lächelte im Schlaf.

Am folgenden Morgen wartete draußen vor dem Gefängnis eine kleine Gruppe von Leuten auf die Entlassung ihrer Angehörigen; es waren in der Hauptsache ärmlich gekleidete Männer und Frauen.

Einer nach dem andern kamen sie durch das kleine Pförtchen, grinsten ihre Freunde stumpfsinnig an, duldeten gleichgültig die Umarmungen der weinenden Frauen und empfingen mit mehr Behagen die rohen Späße ihrer männlichen Bewunderer.

Amber kam lebhaft angeschritten. Mit seinem sauberen schottischen Anzug, seinem weichen Filzhut und seinem Einglas hielten ihn die Wartenden für einen Gefängnisbeamten und machten ihm respektvoll Platz. Selbst die entlassenen Gefangenen, die ihn sahen, erkannten ihn nicht, denn er war frisch rasiert und sah gegen sie vornehm aus; aber ein schwarzgekleideter junger Mann, bleich und sehr ernst aussehend, hatte auf ihn gewartet und ging mit ausgestreckter Hand auf ihn zu.

»Amber?« fragte er zögernd.

»Mr. Amber«, verbesserte ihn der andere und blickte ihn wie ein neugieriges Huhn schief an.

»Mr. Amber.« Der Missionar nahm die Zurechtweisung mit ernsthafter Miene auf. »Mein Name ist Dowles. Ich bin Helfer bei der Regenerationsliga, die sich der entlassenen Gefangenen annimmt.«

»Sehr interessant – in der Tat, sehr interessant«, murmelte Amber und schüttelte lebhaft die Hand des jungen Mannes. »Da tun Sie ein gutes Werk oder gar ein Liebeswerk, aber saure Arbeit, junger Mann.«

Er schüttelte lustig-verzweifelt den Kopf, nickte dem jungen Mann zu und wollte weitergehen.

»Einen Augenblick, Mr. Amber.« Der junge Mann hielt ihn am Arm zurück. »Ich kenne Sie und Ihr Mißgeschick – wir wollen Ihnen doch helfen.«

Amber sah freundlich auf ihn hinab, und eine Hand ruhte auf des anderen Schulter.

»Mein Junge«, sagte er sanft, »ich bin die verkehrte Welt: Sie könnten mich nicht zwingen, meinen Lebensunterhalt mit Holzhacken zu verdienen. Ehrliche Arbeit hat für mich dieselbe Anziehungskraft, wie sie die Erde für den Mond hat, ich laufe innerhalb vierundzwanzig Stunden einmal rund um sie herum, ohne ihr im geringsten näher zu kommen – hier!«

Er langte mit der Hand in seine Hosentasche und zog etwas

Geld heraus. Ein paar Banknoten – sie waren in seinem Besitz gewesen, als er verhaftet worden war – und etwas Silbergeld. Er wählte eine halbe Krone.

»Für die gute Sache«, sagte er freigebig, ließ das Geldstück in die Hand des Missionars gleiten und ging mit langen Schritten fort.

## 3

In Nummer 46 der Curefax Street, im westlichen Zentrum, befindet sich ein Etablissement, das nur ein paar Auserlesenen unter dem Namen ›Die Whistlers‹ (d. i. Pfeiferklub) bekannt ist. Sein offizieller Titel ist Pinnocks Klub. Dieser wurde zu Beginn des neunzehnten Jahrhunderts von einem gewissen Charles Pinnock gegründet und war seinerzeit ein berühmter Treffpunkt.

Daß er von dem Wechsel der Zeiten in Mitleidenschaft gezogen wurde, war unvermeidlich; und wie es derartigen Klubs zu gehen pflegt: sein Ruf hob sich und sank; der Klub wurde in mancherlei Beziehung verdächtigt und mehr als einmal von der Polizei heimgesucht. Doch alle derartigen Razzien verliefen ergebnislos.

Es ist unbestreitbar, daß die Stammgäste der Whistlers eine kuriose Gesellschaft bildeten und daß die Mitgliederliste nur wenige Namen von Rang aufzuweisen hatte, wenn überhaupt Leute mit gesellschaftlicher Stellung dem Klub angehörten. Der Klub genoß jedoch in einer Hinsicht eine gewisse Volkstümlichkeit, die sich aber nur schüchtern bemerkbar machte. Die vornehmen jungen Leute von London flüsterten sich zu, daß sie eine Nacht bei den Whistlers zugebracht hätten, und brüsteten sich entzückt. Einige gaben zu verstehen, daß um hohe Summen gespielt würde. Aber die vermögenden jungen Herren, die am besten wissen mußten, daß das Spiel in der Tat hoch war, schwiegen sich über die Sache aus, zweifellos weil sie wußten, daß die Welt mit einem Narren, der seine Narrheit bekennt, wenig Sympathie hat; und so kam nie das heraus, was die Polizei, wenn sie dem Klub ins Gehege kam, aufzudecken wünschte.

Eines Abends im Oktober erfreute sich der Klub eines ungewöhnlichen Zuspruchs. Autos über Autos fuhren vor dem geschmückten Portal in der Curefax Street vor, und es entstiegen ihnen gutgekleidete Herren, Herren in tadellosem Anzug; andere übertrieben vornehm gekleidet, kamen allein, zu zweien, auch zu dreien in kurzen Zwischenräumen an.

Einige verließen bald wieder das Haus und fuhren weg, aber die Mehrzahl schien sich länger aufhalten zu wollen. Kurz vor Mitternacht kam eine Taxe und setzte drei Fahrgäste ab. Sei es nun Zufall oder Absicht: außen vor dem Klublokal brannte keine Lampe. Die nächste Laterne befand sich meterweit entfernt. Ein Besucher konnte daher im Halbdunkel ankommen oder fortgehen, ohne fürchten zu müssen, erkannt zu werden.

Dem Schofför war diese Eigentümlichkeit des Klublokals offenbar nicht bekannt; er schoß an dem Portal vorbei und bremste unweit der Straßenlaterne. Einer der Fahrgäste war hochgewachsen, seine Erscheinung hatte etwas Soldatisches. Er trug einen dicken schwarzen Schnurrbart, und die Breite seiner Schultern ließ auf herkulische Kraft schließen. Im Licht der Laterne büßte er allerdings viel von seinem militärischen Schmiß ein, denn sein Gesicht war aufgedunsen, und unter seinen Augen traten kleine Säcke hervor. Ihm folgte ein kleinerer Mann, der viel älter aussah, als er war, denn sein Haar, seine Augenbrauen und der Anflug seines Schnurrbarts waren fast weiß. Nase und Kinn waren so geformt, daß man in Ermangelung einer treffenderen Kennzeichnung von einem »Nußknackergesicht« sprechen konnte, und von der Schläfe bis zum Kinn hinab lief eine lange rote Narbe über sein Gesicht.

Alphonse Lambaire war der erste dieser Männer, ein merkwürdiger und finsterer Mensch. Ob Lambaire sein wirklicher Name war oder nicht, sei dahingestellt: alles andere war englisch an ihm. Man hätte vergebens die schottische Verbrecherchronik durchsucht, um seinen Namen zu finden, ausgenommen die Abteilung, welche »verdächtigen Personen« gewidmet ist. Er war wegen seines Charakters berüchtigt.

Es sei hier etwas näher auf ihn eingegangen, weil er in dieser Geschichte eine Rolle spielt. Er war ein schöner Mann, aber seine Schönheit hatte etwas geradezu Ungesundes, und der große Diamantring an seinem kleinen Finger wollte zu seiner ganzen Erscheinung nicht recht passen.

Der zweite Mann war Whitey; seinen wirklichen Namen hatte noch niemand herausgefunden. Für jedermann war er Whitey; »Mr. Whitey« für die Klubdiener, und »George Whitey« hatte er sich auch unterschrieben, als die Polizei den erfolglosen Versuch gemacht hatte, ihn in ihr Netz zu ziehen.

Der dritte Mann war ein blühender Mensch von achtzehn Jahren mit einem schönen Gesicht, wenn auch mit etwas mädchenhaftem Ausdruck. Als er das Auto verließ, taumelte er leicht, und Lambaire hielt ihn am Arm fest.

»Standhaft, alter Junge«, sagte er. Lambaires Stimme war tief und voll und klang in ein leichtes Kichern aus. »Bezahl den alten Ratterkasten, Whitey – bezahl nur die Taxe, keinen Penny mehr – hier, Sutton, mein Junge, halt dich aufrecht.«

Der Jüngling stolperte wieder und lachte komisch.

»Wir werden ihn in einer Minute wieder in der Reihe haben, nicht wahr, Major?« Whitey hatte eine hohe, dünne Stimme und sprach rasch.

»Nimm seinen Arm, Whitey«, sagte Lambaire, »ein paar Gläser guter Schnaps werden einen neuen Menschen aus ihm machen . . .«

Sie verschwanden durch die Drehtür des Klubs; das Taxi setzte sich wieder in Bewegung.

Für einige Minuten lag die Straße fast verlassen da, als ein Auto um die Ecke des St. James Square bog. Auch dieser Schofför war mit der Örtlichkeit wenig vertraut, denn er mäßigte sein Tempo, kam langsam die Straße entlang und suchte alle erkennbaren Hausnummern ab. Vor Nr. 46 hielt er mit einem Ruck an, sprang von seinem Sitz herunter und öffnete den Schlag.

»Hier ist es, mein Fräulein«, sagte er respektvoll, und eine junge Dame stieg aus. Sie war sehr mädchenhaft und sehr hübsch. Sie hatte wahrscheinlich den Abend in einem Theater verbracht, denn sie war in Abendtoilette, und ihre bloßen Schultern hatte sie in einen Theaterschal gehüllt.

Sie zögerte einen Augenblick, dann stieg sie die zwei Stufen, die zu dem Klub führten, empor und stutzte wieder. Darauf kam sie zu dem Wagen zurück.

»Soll ich fragen, mein Fräulein?«

»Bitte, John.«

Sie stand auf dem Bürgersteig und beobachtete den Schofför, wie er an die Glastür klopfte. Ein Diener kam und sah den Schofför unfreundlich an.

»Mr. Sutton? – Nein, ein solches Mitglied haben wir nicht.«

»Sagen Sie ihm, daß er als Gast hier ist«, erwiderte das Mädchen; der Diener, der über den Kopf des Schofförs wegblickte, sah sie und runzelte die Stirn.

»Er ist nicht hier, Madam«, sagte er. Sie kam näher.

»Er ist hier – ich weiß, daß er hier ist.« Ihre Stimme klang ruhig, und doch zwang sie eine gewisse Erregung nieder. »Sie müssen ihm sagen, daß ich ihn brauche – auf der Stelle.«

»Er ist nicht hier, Madam«, sagte der Mann mürrisch.

Die Szene hatte einen Zuschauer. Er war gemächlich die Straße entlanggeschlendert und im Schatten des Autos stehengeblieben.

»Er ist hier!« Sie stampfte mit dem Fuß auf. »In diesem elenden, verrufenen Klub – er ist entführt worden – es ist gottlos – gottlos!«

Der Diener machte ihr die Tür vor der Nase zu.

»Verzeihung!«

Ein junger Mann, sauber rasiert, ein Einglas im Auge, in einem hübschen schottischen Anzug, stand neben ihr und zog den Hut.

Ein glückliches Lächeln umspielte seine Lippen; auf dem Pflaster lag eine halb aufgerauchte Zigarette.

»Kann ich Ihnen irgendwie helfen?«

Sein Benehmen war vollendet. Seine Haltung drückte Achtung und Ehrerbietung aus. Und das junge Mädchen vergaß in seiner Not, sich vor dem Fremden, den ihm die Vorsehung geschickt, zu fürchten.

»Mein Bruder – er ist hier.« Sie deutete mit ihrem Finger ängstlich nach der Tür, die in den Klub führte. »Er ist in schlechten Händen – ich habe versucht . . .« Die Stimme versagte ihr, und ihre Augen standen voll Tränen.

Amber nickte höflich. Ohne ein Wort führte er sie zu ihrem

Wagen, und sie folgte, ohne eine Frage zu tun. Sie stieg ein, als er sie aufforderte.

»Wie ist Ihre Adresse? – Ich werde Ihren Bruder bringen.«

Mit zitternden Händen öffnete sie einen kleinen Beutel aus Goldstoff, der an ihrem Handgelenk hing, machte ein winziges Etui auf und entnahm ihm eine Karte.

Er nahm sie, las und verbeugte sich leicht.

»Nach Hause«, sagte er zu dem Schofför und blieb stehen, um zu beobachten, wie die großen Lichter des Wagens verschwanden.

Er wartete und überlegte. Das kleine Abenteuer war ganz nach seinem Herzen.

Er war an diesem Tage der glücklichste Mensch in London gewesen und hatte sich eben auf dem Heimweg zu seinem bescheidenen Wohn- und Schlafzimmer in Bloomsbury befunden, als ein glücklicher Zufall seine Schritte in die Curefax Street gelenkt hatte.

Der Wagen verschwand um eine Ecke, und er stieg langsam die Stufen zu dem Klub hinauf.

Er schritt durch die Tür, trat in die kleine Vorhalle und nickte sorglos einem dicken Pförtner zu, der nahe der Treppe in einer kleinen Loge saß. Der Mann sah ihn argwöhnisch an.

»Mitglied, Sir?« fragte er, und der Angeredete quittierte mit einem abweisenden Blick.

»Ich bitte Sie um Verzeihung, Sir«, sagte der beschämte Pförtner. »Wir haben so viele Mitglieder neu hinzubekommen, daß es schwer ist, sie alle zu kennen.«

»Ich will es annehmen«, sagte Amber kalt. Er ging mit langsamen Schritten die Treppe hinauf, auf halbem Wege drehte er sich um.

»Ist Kapitän Lawn im Klub?«

»Nein, Sir«, sagte der Mann.

»Oder Mr. Augustus Breet?«

»Nein, Sir, keiner der Herren ist drinnen.«

Amber nickte und setzte seinen Weg fort. Daß er von keinem je etwas gehört hatte und doch wußte, daß beide jetzt nicht da waren, zeugte von seiner ausgezeichneten Beobachtungsgabe. In der Halle stand nämlich ein Gestell, wo Briefe der Mitglieder zum Mitnehmen ausgelegt waren, und er hatte, als er an dem Brett vorüberging, einen kurzen Blick darauf geworfen. Er hätte, wenn es notwendig gewesen wäre, ein halbes Dutzend andere Mitgliedernamen nennen können, aber des Pförtners Verdacht war auch ohnedies entkräftet.

Im ersten Stock befanden sich die Speise- und Schreibzimmer. Amber lächelte innerlich.

»Hier«, dachte er, »zeichnen die Betrüger ihre kleinen Bankanweisungen – eine höchst sinngemäße Einrichtung.«

Er stieg noch eine Treppe höher und trat in ein Rauchzimmer, wo eine Anzahl Männer saßen, die schäbig-elegant gekleidet waren. Ihren neugierigen Blicken trat er mit unbefangenem Kopfnicken entgegen, und einer Gruppe, die in einer Ecke des Zimmers saß, lächelte er zu; er schloß die Tür und ging eine noch steilere Treppe hinauf. Er erreichte das Vorderzimmer des oberen Stocks; vor der polierten Tür des nächsten Zimmers hielt ein Klubdiener Wache.

Er war kurz und breit gebaut und hatte unverkennbar das Gesicht eines Preisboxers. Er stand auf und stellte sich Amber entgegen.

»Nun, Sir?« Der Ton war feindselig und unbedingt abweisend.

»Schon gut«, sagte Amber und wollte auf die Tür zugehen.

»Einen Augenblick, Sir, Sie sind kein Mitglied.«

Amber blickte den Mann starr an.

»Mein Lieber«, sagte er steif, »Sie haben ein schlechtes Gedächtnis für Physiognomien.«

»Ich erinnere mich der Ihrigen in keiner Weise.«

Der Mann wurde unverschämt, und Amber sah sich am Ende seines Unternehmens, bevor er es noch begonnen hatte. Er steckte die Hände in die Taschen und lachte gelassen.

»Ich werde in dieses Zimmer gehen«, sagte er.

»Sie werden es nicht tun.«

Amber streckte die Hand aus und griff nach dem Knopf der Tür, und nun packte ihn der Mann an der Schulter. Aber nur für eine Sekunde, denn der Eindringling fuhr wie der Blitz herum.

Der Pförtner sah den Schlag kommen und ließ die Schulter

des andern los, um sich schnell in Boxerstellung zur Wehr zu setzen – aber zu spät. Eine harte Faust, geführt von einem Arm aus Stahl, fuhr ihm unter den Kinnbacken, daß er zurücktaumelte, das Gleichgewicht verlor und krachend die Treppe hinabfiel – denn es war die oberste Flucht – eng und steil wie eine Leiter.

Amber drehte den Türknopf um und trat ein.

Die Spieler saßen nicht mehr, sondern waren aufgestanden und blickten mit entsetzten Gesichtern nach der Tür. Der Krach auf der Treppe, die der Pförtner heruntergefallen war, hatte sie aufgeschreckt. Sie hatten keine Zeit mehr gehabt, das Spiel wegzuräumen. Die Karten lagen zerstreut auf dem Boden und auf den Tischen, und Geld und Zahlbretter bildeten ein wirres Durcheinander . . .

Einen Augenblick starrten sie einander an – der unbefangen dreinschauende Eindringling im Türrahmen und die scheu um sich blickenden Spieler an den Tischen. Dann schloß der Neuling leise die Tür hinter sich und kam herein. Er sah sich um, als überlegte er, wo er seinen Hut aufhängen könne. Ehe er näher befragt werden konnte, kehrte der Pförtner zurück; seinen Rock hatte er abgelegt, und seine Augen blickten kampfeswütig.

»Wo ist er?« brüllte er. »Ich will ihm zeigen . . .« Seine Sprache klang bedrohlich, was man ihm jedoch nicht verdenken konnte.

Amber stand mit dem Rücken gegen die Wand gelehnt und sagte gelassen: »Meine Herren, Sie können eine wüste Schlägerei heraufbeschwören und die Polizei als Gast im Hause sehen, oder Sie können erlauben, daß ich hierbleibe!«

»Werft ihn hinaus!«

Lambaire schien hier zu befehlen. Sein Gesicht war vor Wut entstellt, und er deutete auf den Eindringling.

»Werft ihn hinaus, George –«

Amber hatte die Hände in den Taschen.

»Ich werde schießen«, sagte er seelenruhig; da wurde es still, und die Gegner wichen zurück. Sogar der boxbereite Pförtner zauderte.

»Ich bin gekommen, um hier ruhig einen amüsanten Abend zu verbringen«, fuhr Amber fort. »Ich bin ein altes Mitglied des

Klubs, und ich werde behandelt wie ein Detektiv; höchst unliebenswürdig!«

Er schüttelte mißbilligend den Kopf, und seine Augen wanderten im Kreise herum; er kannte viele von denen, die da waren, obgleich sie ihn kaum kennen konnten.

Er sah auch den jungen Mann; dieser lag mit weißem Gesicht, schlaff und schläfrig, lang ausgestreckt in einem Sessel an Lambaires Tisch.

»Sutton«, sagte er laut, »Sutton, du Schlingel, wach auf, und bezeuge, daß ich dein alter Freund bin.«

Allmählich legte sich die Erregung. Lambaire bedeutete dem Pförtner, sich zurückzuziehen; er folgte widerwillig.

»Wir wollen keinen Lärm«, sagte der robuste Mensch mürrisch; er blickte scheu nach dem unentwegt ausharrenden Fremden. »Wir kennen Sie nicht; Sie haben sich den Eintritt hier erzwungen, und wenn Sie ein Gentleman sind, so ziehen Sie sich zurück.«

»Ich bin kein Gentleman«, sagte Amber ruhig, »ich gehöre zu Ihnen.« Er ging auf den jungen Mann zu und schüttelte ihn. »Ich wollte meinen Freund treffen«, fuhr er fort, »und muß nun sehen, was ihr aus ihm gemacht habt.«

Er drehte sich um und sah die zweifelhaften Gestalten voll an.

»Pfui, welch eine Versündigung! Ich werde ihn mit mir nehmen«, sagte er plötzlich.

Seine Kraft war erstaunlich, denn mit einem Arm stellte er den Jungen auf die Füße.

»Halt!«

Lambaire trat zwischen ihn und die Tür.

»Sie lassen den Jüngling hier – und verschwinden!«

Ambers Antwort war charakteristisch: Mit seiner freien Hand hob er einen Sessel auf, schwang ihn über seinem Kopf einmal herum und schickte ihn krachend durch das Fenster.

Sie hörten, wie er unten auf der Straße zerschmetterte und das Glas klirrend auf das Pflaster fiel; und dann hörten sie die Polizei Pfiffe signalisieren.

Lambaire riß die Tür auf.

»Sie können gehen«, stieß er zwischen den Zähnen hervor. »Aber ich werde mich Ihrer erinnern.«

»Wenn Sie es nicht tun«, sagte Amber und schlang seinen Arm um den Jungen, »dann haben Sie ein verdammt schlechtes Gedächtnis.«

## 4

Amber besaß 86 Pfund und 10 Schilling – eine stattliche Summe.

Er war um fünf Uhr nachmittags bei Cynthia Sutton zum Tee eingeladen. Zuerst hatte er beabsichtigt, ihr das Geld für ihren Bruder auszuhändigen – dann entschied er sich dafür, dem jungen Mann sein verlorenes Geld anonym zuzusenden. Zuletzt kam er mit sich überein, die Angelegenheit im Verlaufe des näheren Bekanntwerdens zu regeln. Er hatte ein nettes Zimmer im Bloomsbury-Hotel, saß augenblicklich in einem behaglichen Lehnstuhl, rauchte eine lange, dünne, milde Zigarre und las ein unterhaltendes Buch; er war glücklich. Seine Füße ruhten auf einem Stuhl, eine Uhr tickte – es klang fast wie Musik. Die Situation war ganz dazu angetan, am hellen Tag zu träumen und schließlich einzuschlafen. Um seinen Seelenzustand konnte ihn manch nützlicheres Mitglied der menschlichen Gesellschaft beneiden, denn er drückte vollständige Gleichgültigkeit aus.

Da klopfte es an die Tür, und er rief: »Herein!«

Ein niedliches Zimmermädchen brachte auf einem Tablett eine Karte; Amber nahm sie sorglos auf und las: ›Mr. George Whitey‹.

»Führ ihn herauf.«

Whitey war sorgfältig gekleidet. Ein seidener Zylinder und glänzende Lackschuhe sollten ihm dazu verhelfen, wie ein Gentleman auszusehen. Er lächelte Amber an, stellte seinen Zylinder vorsichtig auf den Tisch und streifte seine gelben Handschuhe ab.

Amber, der die Karte an einer Ecke hielt, betrachtete ihn wohlwollend.

»Und was kann ich für Sie tun, mein lieber Whitey?« fragte er, als die Tür sich geschlossen hatte.

Whitey setzte sich, knöpfte langsam seinen Mantel auf und schob seine Manschetten vor.

»Sie sind Mr. Amber?« Er hatte eine sehr hohe Stimme, die pfeifend und schrill war.

Amber nickte.

»Die Sache ist die, lieber Freund«, sagte der andere mit einem Anflug von Vertraulichkeit, »Lambaire wünscht ein Einvernehmen, ein Mitmachen, und ein – na –«

»Und wer ist Lambaire?« fragte Amber unschuldig.

»Lassen Sie uns miteinander reden, mein Lieber.« Whitey beugte sich vor und tätschelte Ambers Knie. »Wir wollen offen und aufrichtig sein. Wir haben herausbekommen, daß Sie – daß Sie ein alter Zuchthäusler sind – daß Sie seit drei Tagen aus dem Gefängnis entlassen sind – habe ich recht?«

Er lehnte sich mit triumphierender Miene zurück, wie einer, der ein wohlgehütetes Geheimnis enthüllt hat.

»Ins Schwarze getroffen«, sagte Amber ruhig. »Wollen Sie eine Zigarre haben oder ein Butterbrot?«

»Und dann – wir haben herausbekommen, daß Sie zur letzten Zuflucht gegriffen haben ... Wir hegen keinen Groll, wir nehmen es Ihnen nicht übel, wir wollen uns auch nicht rächen. Sehen Sie, wir kennen Ihnen.«

»Sie«, verbesserte Amber. »Ja –?«

»Das ist unsere Absicht.« Whitey beugte sich vor und zeichnete mit einem Finger seiner rechten Hand seinen linken Handteller nach. »Sie kamen in den Klub der Whistlers – wie Sie sich Eingang verschafften, war verblüffend – sehr gescheit, sehr gescheit – selbst Lambaire gibt das zu – wir wollen darüber hinwegsehen; wir wollen noch weiter gehen und wollen auch über das Geld hinwegsehen.«

Er machte eine bezeichnende Pause und lächelte vielsagend.

»Sogar über das Geld«, wiederholte er, und Amber zog die Augenbrauen in die Höhe.

»Geld?« sagte er. »Ich werde davon absehen, auf diese Spitzfindigkeit einzugehen.«

»Das Geld«, betonte Whitey, langsam und nachdrücklich. »An die hundert Pfund lagen allein auf Lambaires Tisch, von den anderen Tischen ganz zu schweigen. Das Geld war da, als Sie hereinkamen – es war fort, als Sie gegangen waren.«

Ambers Lächeln war engelgleich in seiner Duldsamkeit.

»Darf ich daran erinnern, daß ich nicht der einzige schlechte Charakter unter den Anwesenden war?«

»Nun, die Sache mit dem Geld soll erledigt sein«, fuhr Whitey fort. »Lambaire will Sie nicht weiter verfolgen.«

»Ha! Ha!« lachte Amber höflich.

»Er will Sie nicht weiter verfolgen. Alles, was er von Ihnen verlangt, ist, daß Sie von dem jungen Sutton ablassen; Lambaire sagt, daß nicht daran zu denken sei, aus Sutton Geld herauszubekommen, es handle sich um etwas Größeres als das, Lambaire sagt –«

»Oh, dieser aufgeblasene Lambaire!« versetzte Amber empört. »Setz diesem Lambaire einen Dämpfer auf, lieber Whitey! Er spricht wie der Hauptmann der vierzig Räuber. Geh zu deinem Herrn zurück, mein Sklave, und sage ihm, daß der junge Ali Baba Amber nicht in der Gemütsverfassung ist, ein Arbeitsübereinkommen zu erörtern –«

Whitey sprang auf seine Füße, sein Gesicht war ungewöhnlich bleich, seine Augen schlossen sich zu einem Spalt, so daß sie kaum noch sichtbar waren, seine Hände zuckten.

»Oh, Sie – Sie wissen darum, nicht wahr?« stotterte er aufgeregt. »Ich sagte Lambaire, daß Sie darum wüßten – es ist Ihr Plan, nicht wahr? Nun, sehen Sie sich vor!«

Er erhob zum Erstaunen Ambers warnend einen Finger.

»Sehen Sie sich vor, Amber! Die vierzig Räuber und Ali Baba, ah? So wissen Sie alles – wer hat es Ihnen erzählt? Ich sagte Lambaire, daß Sie der Mann danach wären, der ein Geschäft wie dieses festhalten würde!«

Er war erregt, und Amber drehte sich schweigend und wachsam auf seinem Sitz herum, um ihn besser beobachten und jede seiner Bewegungen überwachen zu können. Whitey nahm seinen Hut auf, glättete ihn mechanisch mit dem Ärmel seines Mantels und bewegte die Lippen, als spräche er mit sich selbst. Er ging um den Tisch herum, der in der Mitte des Zimmers stand, und auf die Tür zu.

Hier blieb er einige Sekunden stehen, als überlegte er einen letzten Schachzug.

»Das eine möchte ich Ihnen nur noch raten«, sagte er schließlich, »und das ist dies: Wenn Sie aus diesem Geschäft lebendig herauskommen wollen, vereinigen Sie sich mit Lambaire – er wird redlich mit Ihnen teilen; wenn Sie die Karte kriegen, nehmen Sie sie mit zu Lambaire. Sie wird Ihnen von keinem Nutzen sein ohne den Kompaß – Sie müssen wissen, daß ein Lambaire den Kompaß erhalten hat, und Lambaire sagt –«

»Geh, und laß mich in Ruh'«, schnitt ihm Amber das Wort ab, und Whitey ging und schlug die Tür hinter sich zu.

Amber ging zum Fenster, und hinter dem Vorhang konnte er das Verschwinden des Besuchers beobachten.

Ein Auto wartete auf ihn, und er stieg ein.

»Keine Weisung für den Schofför«, bemerkte Amber. »Wie abgemacht, fährt er heim.«

Er schellte, und ein Zimmermädchen erschien.

»Jungfer«, sagte er und sah sie ungemein wohlgefällig an, »wir möchten unsere Rechnung haben – du brauchst dich nicht umzusehen, denn außer uns ist niemand da. Wenn wir sagten ›wir‹, so redeten wir nur wie Industriebarone oder Könige. Auch mußt du den Hausknecht wissen lassen«, fuhr er heiter fort, »daß er unsere Sachen packt, denn wir gehen weg.«

Das Mädchen lächelte.

»Sie sind nicht lange bei uns gewesen«, sagte sie.

»Ein Bote des Königs«, sagte Amber ernst, »bleibt niemals längere Zeit an einem Platz; immer des dringenden Rufes Seiner Majestät gewärtig, auf den Schultern die Last der Verantwortung für die Staatsklugheit; der Merkur der Diplomatie ist der Nomade der Zivilisation.«

Er gab sich sehr gern eine Pose, und so schritt er jetzt vor den Augen des Hotelmädchens mit auf dem Rücken gefalteten Händen im Zimmer auf und ab, das Haupt bis auf die Brust gesenkt.

»Eine Nacht in London, die nächste in Paris, die dritte in Albanien im Kampf mit Straßenräubern, in der nächsten wieder die angeschwollenen Fluten der Donau durchschwimmend, zwischen meinen Zähnen die Depeschen, und auf jeder Seite des dunklen Wassers schlagen die Kugeln ein –«

»Gott!« sagte das Mädchen, »führen Sie ein Leben!«

»Führ' ich auch«, gab Amber zu. »Bring die Rechnung, mein liebes Kind.«

Sie kehrte mit der Rechnung zurück, Amber bezahlte und gab ihr ein großartiges Trinkgeld und einen Kuß, denn ihre Lenze hatten die Zahl fünfundzwanzig noch nicht erreicht.

Sein kleiner Koffer war gepackt, und ein Auto wartete unten.

Er stand mit einem Fuß auf der Gummimatte des Trittbretts, in Gedanken vertieft, dann wandte er sich zu dem wartenden Mädchen.

»Wenn ein Mann nach mir fragen sollte, dessen Erscheinung von vornherein Zweifel erregt, ein Mann mit weißlichem Haar und bleichem Gesicht, dessen Blässe mehr an eine übertünchte Gruft als an eine dunkelfarbene Lilie erinnert – kurz, wenn der Johnny, der vor einer Stunde da war, nach mir fragen sollte, so sag ihm, ich sei abgereist.«

Er blickte über die Schulter zurück, als er mit dem wartenden Hausmädchen sprach.

»Ja, Sir«, sagte sie ein wenig verwirrt.

»Sag ihm, ich sei abberufen worden nach – nach Teheran.«

»Ja, Sir.«

»Wegen einer diplomatischen Mission«, fügte er hinzu.

Er stieg ein und zog die Tür hinter sich zu.

Ein Laufbursche mit einem Korb am Arm stand wie angewurzelt auf der Mitte des Bürgersteigs und hörte mit offenem Munde zu.

»Ich hoffe«, fuhr er fort und überlegte mit gesenktem Kopf, »ich hoffe im August oder September zurück zu sein, 1943 – willst du das behalten?«

»Ja, Sir«, sagte das Mädchen sichtlich bedrückt, und Amber lächelte und nickte, als er sich an den Schofför wandte.

»Nach Hause«, sagte er.

»Verzeihung, Sir?«

»Borough High Street«, verbesserte sich Amber, und der Wagen schoß davon.

Er fuhr in östlicher Richtung, kreuzte die Themse an der Londoner Brücke und hielt an der St. George's Kirche, denn Amber wollte aussteigen. Er fertigte den Fahrer ab und ging, seinen kleinen Lederkoffer, der seine spärliche Garderobe enthielt, in der Hand, mit munteren Schritten eine breite Straße hinauf, bis er an eine enge Durchfahrt kam, die von einer noch engeren und niedrigeren gekreuzt wurde. Er hielt sich sofort links, wie jemand, der seinen Weg kennt, und kam zu dem allerschmutzigsten Haus in dieser unglückseligen Gasse.

Nr. 19, Redcow Court, war nicht besonders einladend. Der Tür fehlte ein Teil ihrer Füllung, der Eingang war eng und schmutzig, und eine gewundene und zerbrochene Treppenflucht führte mit ihren unebenen Stufen zu den oberen Stockwerken.

Das Haus war erfüllt von dem dauernden Lärm gellender Stimmen, den Stimmen keifender Weiber und zorniger Säuglinge. Nachts kam in das Babel eine tiefere Note: Männer mit rauhen Stimmen brummten. Mitunter schrien sie wütend, und dann setzte es Hiebe, und man hörte das Gekreisch der Weiber; und vor der Tür von Nr. 19 gab es eine kleine Ansammlung schmutzig gekleideter Leute, die auf eine blutige Szene begierig waren.

Amber nahm zwei Stufen auf einmal und pfiff dabei fröhlich vor sich hin. Auf der halben Treppe des zweiten Stocks mußte er einhalten, denn zwei Babys spielten höchst gefährlich auf der läuferlosen Treppe.

Er setzte sie auf dem sicheren Treppenabsatz ab, blieb ein paar Augenblicke bei ihnen stehen, um mit ihnen zu schwatzen, und erklomm erst dann die nächste Treppe.

Im obersten Stockwerk klopfte er an eine Tür. Es kam keine Antwort, und er klopfte noch einmal.

»Herein«, sagte eine ernste Stimme, und Amber trat ein.

Das Zimmer war viel besser ausgestattet, als ein Fremder es erwartet hätte. Es war ein Wohnzimmer, das mit einem kleinen Zimmer durch eine unscheinbare Tür in Verbindung stand.

Der Boden war weiß gescheuert, in der Mitte lag ein sauberer, heller Teppich, auf dem ein kleiner Tisch mit geschweiften Beinen und polierter Platte stand. An den Wänden hingen zwei oder drei Bilder, alte, unmoderne Drucke, die mythologische Motive darstellten. Die »Heimkehr des Odysseus« war das eine, »Perseus und die Gorgo« das andere. Das unvermeidliche dritte war ein »Gefesselter Prometheus«.

Amber hörte ein Dutzend Vögel singen, als er die Tür leise hinter sich zumachte. Ihre Käfige hingen zu beiden Seiten des offenen Fensters übereinander an der Mauer, und der Fenstersims war mit scharlachroten Geranien zum Ersticken voll besetzt.

Am Tisch saß auf einem hölzernen, polierten Stuhl ein Mann in mittleren Jahren. Er war kahlköpfig, sein Schnurrbart und Backenbart waren brennend rot, und doch hatte seine ganze Erscheinung, obgleich er buschige Augenbrauen besaß und sehr ernst blickte, etwas ungemein Wohlwollendes. Seine Beschäftigung war bemerkenswert, denn er nähte mit kleinen Stichen einen Kissenüberzug.

Als Amber eintrat, ließ er die Arbeit auf die Knie sinken.

»Hallo!« sagte er und schüttelte mißbilligend den Kopf. »Schlechtes Subjekt, schlechtes Subjekt – ah! Komm nur herein; ich mache dir eine Tasse Tee.«

Mit fast weiblicher Sorgfalt legte er seine Arbeit zusammen, tat sie in einen kleinen Arbeitskorb und ging geschäftig im Zimmer herum. Er trug Straminpantoffeln, die ihm ein bißchen zu groß waren, und plauderte die ganze Zeit.

»Wie lange bist du heraus? – Willst du wieder hinein? Laß deine Hände sauber! Was brauchst du zu klauen und zu stehlen? Und halte deinen Mund, und laß deine boshaften Reden. – Pfui, pfui!«

»Mein Sokrates«, sagte Amber vorwurfsvoll.

»Nein, nein, nein!« Der kleine Kerl zündete ein Holzfeuer an. »Niemand hat dich jemals boshafter Reden beschuldigt, wie Wild Cloud sagt – du hast die Geschichte nicht gelesen, nicht wahr? Dann hast du dich um einen Hochgenuß gebracht. ›Denver Dads Befehl an Fortuna‹ oder ›Der König der Sioux‹ – ›Su‹ ausgesprochen. Sehr lesenswert! Die vierundzwanzigste Fortsetzung kommt heute heraus.«

Er plapperte weiter, und den Inhalt seines Geschwätzes bildeten die verzweifelten und romantischen Heldentaten des Wildwest. Peter Musk, so hieß er, war ein Heldenanbeter, ein Liebhaber von Abenteuern und ein eifriger Leser jener Romane, die eine allzu voreilige Kritik mit »Schund« abtut. Hinter hellen Leinenvorhängen verborgen, lagen auf seinen Bücherregalen viele Hunderte dieser Hefte, von denen jedes dazu beigetragen hatte, die Atmosphäre zu schaffen, in der Peter lebte.

»Und was hat mein Peter die ganze Zeit über getrieben?« fragte Amber.

Peter setzte die Tassen hin und lächelte etwas geheimnisvoll. »Das alte Leben«, sagte er, »meine Studien, meine Vögel, ein bißchen Näherei – einem gebrochenen Menschen, der das Leben bescheiden studiert, fließen die Tage ruhig dahin.« Er lächelte, als ob er einen geheimen Gedanken hegte.

Amber war durch die Geheimnistuerei des kleinen Kerls weder pikiert noch belustigt, sondern betrachtete ihn mit liebevollem Interesse.

Peter war ein Träumer. Er träumte von heroischen Taten, z. B. von der Befreiung grauäugiger Dämchen aus den Händen robuster Bösewichter im Frack. Diese Schurken rauchten Zigaretten und spotteten über die Verzweiflung ihrer Opfer, bis Peter des Wegs kam und mit einem wohlgezielten Schlag die blassen Schufte zu Boden streckte.

Peter war nur etwa ein Meter fünfzig groß, aber stämmig. Er trug große, runde, hornumränderte Brillengläser und besaß einen falschen Zahn – ein Besitztum, das gewöhnlich den, der zum Boxen neigt, nötigt, in Augenblicken, wo der Heroismus nach Taten schreit, die Vorsicht als den besseren Teil der Tapferkeit anzusehen.

Ferner führte Peter verlorene Posten zum Sieg; in undurchdringlicher Rüstung stürmte er unter einem Schwarm von Geschossen Festungen, in die schon Breschen geschlagen worden waren; er pflanzte zerfetzte, von Kugeln durchlöcherte Fahnen auf stachelige Wälle; und dazwischen, wenn sein Geist ruhiger geworden war, wurde er um seines Landes willen gemartert – auf gewissen kriegerischen Expeditionen in Zentral-Afrika.

Da er von Natur aus ordentlich veranlagt war, so brachte er etwas von seiner Lebensweise in seine Träume.

So machte er morgens an der Spitze seiner Mannen einen Angriff zwischen Redcow Court Nr. 19 und dem Fischladen, wenn er seinen Schellfisch kaufen ging. Er wurde zwischen der Borough Street und dem Marshalsea-Erholungspark gemartert, wenn er einen Spaziergang machte; oder er begab sich auf der Rückreise unter nationalen Wehklagen an ein Soldatengrab. Die meisten seiner waghalsigen Befreiungen unternahm er nach Geschäftsschluß.

Peter war vor Jahren Kontorist in einem Geschäft der City gewesen; ein ruhiger, achtbarer Mensch, der eine Vorliebe für Gartenbau hatte. Eines Tages fehlte auf dem Tisch des Kassierers Geld, und Peter wurde der Unterschlagung verdächtigt. Er war durch die Beschuldigung wie hypnotisiert, erlaubte ohne Protest, daß man ihn zur Polizei abführte, hörte wie im Traum die Beweise an, die gegen ihn sprachen – es war ein wunderschöner Indizienbeweis –, und ging von der Anklagebank herunter, ohne ganz zu begreifen, daß ihm ein grauhaariger alter Herr auf dem Richterstuhl mit ruhiger, unbewegter Stimme sechs Monate Zwangsarbeit zuerkannt hatte.

Peter hatte von seiner Strafe vier Monate abgesessen, als der wirkliche Dieb entdeckt wurde und sich zu seinem früheren Vergehen bekannte. Peters Arbeitgeber waren entsetzt; sie waren gute, aufrichtige Christen, und der Direktor der Gesellschaft war – wie er Peter später sagte – so betrübt, daß er beinahe auf seine jährlichen Ferien im Engadin verzichtet hätte.

Die Firma tat ein gutes Werk; sie setzte Peter ein Ruhegehalt aus, und Peter zog nach der Borough Street, weil er überspannte Ansichten hatte, deren eine die war, daß er den Makel seiner Verurteilung mit sich herumtrage.

Er wurde allmählich fast stolz auf die seltsamen Erfahrungen, die er gemacht hatte, brüstete sich wohl etwas stark und gewann in Verbrecherkreisen einen unverdienten Ruf. Wenn er in der sommerlichen Abendkühle ausging, deuteten sie mit Fingern auf ihn und bezeichneten ihn als den Mann, der wie der berühmte Falschmünzer, der Dingsda, nächtlicherweile in eine Bank eingebrochen sei. Sie hatten großen Respekt vor ihm.

»Wie ist es dir gegangen?«

Amber dachte gerade an die vielen liebenswerten Eigenschaften des kleinen Kerls, als die Frage an ihn gerichtet wurde.

»Ich – oh, immer dasselbe, mein Peter«, sagte er lächelnd.

Peter sah sich nach allen Seiten vorsichtig um.

»Hat sich, seit ich dort war, etwas geändert?« flüsterte er.

»Ich glaube, Saal C ist wieder gestrichen worden«, erwiderte Amber ernst.

Peter schüttelte den Kopf wie beklommen.

»Ich glaube nicht, daß ich den Ort jetzt wiedererkennen würde«, sagte er mit Bedauern. »Ist das Zimmer des Direktors noch weit weg vom Saal A?«

Amber erwiderte nichts, sondern nickte nur.

Der kleine Kerl goß den Tee ein und reichte seinem Besucher eine Tasse.

»Peter«, sagte Amber, als er den Tee langsam umrührte, »wo kann ich bleiben?«

»Hier?« Peters Gesicht leuchtete auf, und seine Stimme wurde lebhaft.

Amber nickte.

»Sie sind hinter dir her, nicht wahr?« fragte der andere erwartungsvoll. »Du bleibst hier, lieber Junge. Ich werde dich in die schönste Verkleidung stecken, die du je gesehen hast: Backenbart und Perücke; ich schmuggle dich an den Fluß hinunter, und wir werden dich an Bord bekommen –«

Amber lachte.

»Oh, mein Peter!« lächelte er. »Oh, du Unverbesserlicher! Nein, nicht der Polizei – schau nicht so traurig aus, du herzloser, kleiner Kerl – nein, nicht der Polizei gehe ich aus dem Wege, sondern Verbrechern, wirklich bösartigen Verbrechern, mein Peter, nicht unbedeutenden Dieben wie ich oder Indizienopfern wie du, sondern Männern des aufgeblasenen Pöbels, hohlsten Tollköpfen, mein Peter, schlimmer als Denver Dick oder Michigan Mike oder Settler Sam oder irgendein anderer dieser verwegenen Burschen.«

Peter streckte anklagend seinen Finger aus.

»Du verrietest sie, und sie sind hinter dir her«, sagte er feierlich. »Sie haben dir blutige Rache geschworen –«

Amber schüttelte den Kopf.

»Ich bin hinter ihnen her«, verbesserte er, »und der Racheschwur ist auf meiner Seite. Nein, mein Peter, ich bin Virtuous Mike – ich bin der große Detektiv von der Baker Street, N. W. Ich will jemand beobachten, ohne dadurch belästigt zu werden, daß er mich beobachtet.«

Peter horchte auf.

Seine Augen glänzten hinter seinen Brillengläsern, und seine Hände zitterten vor Erregung.

»Ich verstehe, ich verstehe«, nickte er nachdrücklich, »du willst ihre Pläne vereiteln.«

»›Vereiteln‹ ist wirklich das Wort, das ich hätte gebrauchen sollen«, sagte Amber.

## 5

Lambaire hatte in der City ein Büro, in dem er ein Geschäft leitete. Kein Mensch wußte, was für ein Geschäft das war. An der Tür blinkte ein Messingschild, das keinen anderen Aufschluß gab, als daß

J. Lambaire
(auch in Paris)

drinnen angetroffen werden könne. Er empfing Besuche, schrieb und erhielt Briefe und verschwand in willkürlichen Zeitabständen; niemand wußte wohin, obgleich der Zusatz »auch in Paris« eine einleuchtende Erklärung hätte abgeben können.

Einige sagten, er sei Agent; eine unbestimmte Bezeichnung, bei der man sich denken konnte, was man wollte. Andere hielten ihn für einen Finanzier, obgleich Leute mit himmelstürmenden Plänen, die wegen des erforderlichen Kapitals an ihn herantraten, sehr enttäuscht waren, wenn sie hörten, er habe kein Geld, um kindischen und abenteuerlichen »Gründungen« Vorschub zu leisten.

Da aber viele Fremde in der City zu keinem sichtlichen Zweck Büros unterhielten, bildete auch Lambaires Geschäft nicht den Gegenstand einer allzu genauen Untersuchung.

Es war bekannt geworden, daß er vor Zeiten eine Expedition

nach Zentral-Afrika finanziert hatte, und wenn das wahr war, so war dies Grund genug, daß er in Flair Lane Nr. 1, E. C., ein Geschäftslokal besaß. Andere Leute hatten ähnliche Expeditionen finanziert, hatten sich ähnliche Büros eingerichtet und hatten durch Jahre auf die Rückkehr des Geldes, das sie hineingesteckt, gewartet. Das war Geschäftsbrauch.

Doch Lambaire hatte ein Geschäft, und zwar ein sehr einträgliches Geschäft. Er war bei seinen Bankiers als Silbermakler bekannt, bei einem anderen jedoch als Teilhaber der Firma Flithenstein & Borris, einer Druckerei; er war an einer Dampferlinie beteiligt, die durch Rundreisen einen wenig beneidenswerten Ruf erlangt hatte; er war, wenn wahr ist, was gesagt wird, an hundertundein Geschäften interessiert, kleinen und großen, gesetzlichen und zweifelhaften.

Er war Besitzer eines oder zweier Rennpferde; Pferde, die ihm den Gefallen taten, zu gewinnen, wenn er sie bestieg, oder im Rennen zu versagen, wenn er es nicht tat.

Zwei Tage nach dem eiligen Abgang Ambers war er in seinem Büro.

Es war die Lunchstunde, und er zog langsam seine Handschuhe an. Ein Lächeln spielte um seine Mundwinkel, und in seinen Augen war ein zufriedenes Blinzeln zu erkennen.

Sein Sekretär stand wartend am Schreibtisch und sortierte mechanisch ein Bündel Banknoten.

Mr. Lambaire ging langsam auf die schwere Tür des Privatzimmers zu und blieb dann unentschlossen stehen.

»Vielleicht ist es doch besser, heute abend zu schreiben«, sagte er, noch nicht mit sich einig. Der Sekretär nickte, legte seine Papiere auf den Tisch und öffnete ein Notizbuch.

»Vielleicht auch nicht«, sagte Lambaire, als stellte er sich selbst die Frage. »Doch, es ist gut, wenn es heute abend geschieht.«

»Sehr geehrter Herr« (er begann, und der Sekretär kritzelte wütend) – »Sehr geehrter Herr, ich bestätige den Empfang Ihres Briefes, die Great-Forest-Diamant-Grube betreffend. Ich begreife Ihre – hm – Beschwerde –«

»Ungeduld?« warf der Sekretär ein.

»Ungeduld«, griff der Chef zustimmend dieses Wort auf,

»aber das Werk geht voran. Punkt. Was Ihr Anerbieten betrifft, weitere Anteilscheine aufzunehmen – Komma –, so habe ich Sie zu benachrichtigen, daß meine Aufsichtsräte –«

»– Rat«, verbesserte der Sekretär.

»Rat«, fuhr Lambaire fort, »bereit ist, Ihnen das Vorrecht zu genehmigen, vorausgesetzt, daß unsere –«

»Seine«, warf der Sekretär ein.

»Seine Makler es billigen. Hochachtungsvoll.«

»Wie ist das?« fragte er jovial.

»Sehr gut, Sir«, sagte der Sekretär und rieb sich die Hände, »ein gutes Geschäft für den Aufsichtsrat –«

»Für mich«, erwiderte Mr. Lambaire ohne Verlegenheit.

»Ich sagte Aufsichtsrat«, wiederholte der bleiche Sekretär und amüsierte sich über die Schlauheit seines Einfalls.

Lambaire war heute gut gelaunt, und der Sekretär nahm den Vorteil der guten Stimmung wahr.

»Gerade wegen dieses Briefes sind heute allerhand Leute hier gewesen«, sagte er unvermittelt, und Lambaire, der wieder auf dem Weg zur Tür war, fuhr hastig herum.

»Was, zum Teufel, meinen Sie, Grene?« fragte er, und alle Jovialität war aus seinem Gesicht verschwunden.

Der Angestellte wich unbehaglich aus; er war bei einem delikaten Thema. Lambaire vertraute ihm bis zu einem gewissen Punkte; daß er um Lambaires Geschäfte wußte, durfte er bekennen – bis zu jenem gewissen Punkt.

»Es ist diese afrikanische Sache«, sagte der Schreiber.

Lambaire stand an der Tür, den Kopf nachdenklich gesenkt. »Ich nehme an, Sie haben ihnen gesagt –?«

»Ich erzählte ihnen die gewöhnliche Geschichte – daß unser Inspektor das Besitztum besichtige und daß wir bald von ihm zu hören hofften. Ein einziger – der Schreiber von Buxteds – wurde ein bißchen unverschämt, und ich –« Er zögerte.

»Ja, und –?«

»Er sagte, er glaube, daß wir selbst nicht wüßten, wo die Diamantenmine sei.«

Lambaires Lächeln war ein wenig gezwungen.

»Lächerlich«, meinte er ohne allzu große Aufrichtigkeit. »Als ob einer wirklich eine Diamantengruben-Gesellschaft gründen könnte, ohne zu wissen, wo das Grundstück liegt – absurd, nicht wahr, Grene?«

»Absolut, Sir«, sagte der Sekretär höflich.

Lambaire stand noch an der Tür.

»Die Karte war in dem Prospekt, die Grube ist gerade an dem Rande – Etruri-Forest – ist das nicht der Name?«

Der Sekretär nickte und beobachtete ihn.

»Der Mann von Buxteds, ah?« Lambaire war beunruhigt, denn Buxteds waren die anrüchigsten und schärfsten Anwälte in London, sie liebten ihn nicht.

»Wenn Buxteds zu wissen kriegen«, er hielt inne – »was ich meine, ist, daß wenn Buxteds dächten, sie könnten von mir eine Entschädigung erpressen –«

Er ging weg, in tiefes Nachdenken versunken.

Nichts ist so närrisch, wie wenn jemand eine Gesellschaft gründet, durch plausible Anzeigen das Geld des spekulierenden Publikums an sich reißt und der Beweis für die Existenz dieser Gesellschaft alsdann von ihm nicht erbracht werden kann. Wenn etwas in der Welt zum Betrieb einer Diamantengruben-Gesellschaft notwendig ist, so ist es eine Diamantengrube, und es waren Gründe vorhanden, anzunehmen, daß eine solche in dem Vermögen der Gesellschaft nicht nachzuweisen war. Verdächtig zum Beispiel war, daß Lambaire innerhalb des Spielraums von hundert Meilen nicht wußte, wo das Grundstück gelegen war; der zweite Verdacht – und er war von besonderer Wichtigkeit –: Lambaire besaß nicht die geringste Kenntnis darüber, ob er ein Recht habe, über das Grundstück zu verfügen, selbst wenn er gewußt hätte, wo es lag.

Doch Lambaire gehörte nicht zu den Enthusiasten, die es für notwendig hielten, Diamantengruben auf einer soliden Basis zu finanzieren. Sein Optimismus genügte ihm durchaus als Basis. Um ganz aufrichtig zu sein, die Great-Forest-Diamantengruben-Gesellschaft wurde zu einer Zeit ins Leben gerufen, als es um seine Vermögensverhältnisse äußerst schlecht bestellt war. Trotz der Vielfältigkeit seiner Beteiligungen hatte er solche Perioden finanziellen Tiefstandes durchzumachen. Es darf, wie schon betont, von ihm gesagt werden, daß er so lange nicht zur Zuteilung von Aktien schritt, bis er wirklich wußte, daß über die Möglichkeit, die Mine aufzufinden, Zweifel bestanden.

Daß diese Mine ein Luftschloß war, durch nichts bestätigt als durch den Wahnsinn eines sterbenden Menschen und durch eine Karte, die er nicht besaß und sich auf keine Weise beschaffen konnte, verschwieg er. Er verschwieg es auch in dem überladenen kleinen Prospekt, der an Private verteilt wurde, und zwar durchweg an solche Leute in ganz Großbritannien, die leicht bereit waren, auf so bequeme Weise ihr Geld anzulegen. Vielmehr gab er an, daß die Mine festgestellt und die Rechte an ihr erworben wären. Der Prospekt erwähnte noch ganz unbestimmt »gewisse Schwierigkeiten des Transports, wegen welcher die Gesellschaft noch Rat schaffen müsse«, und am Ende kam ein gelehrter und technischer Bericht des »an Ort und Stelle seßhaften Ingenieurs« (kein Name), der von Edelsteinen und »Schatzgewölben« sprach und die ganze übliche Terminologie solcher Berichte enthielt.

Zwecklos wäre es, die Tatsache zu verschleiern, daß Lambaire ohne jeden Skrupel war. Wenige Menschen sind ganz schlecht, aber wenn man dieses Mannes Lebenslauf überdenkt, ist man geneigt, anzunehmen, daß der gute Same, den die Natur in ihn gepflanzt hatte, niemals aufgegangen war.

Er war in die kleine Vorhalle des Gebäudes hinabgestiegen und auf die Straße hinausgetreten, als ein Auto vorfuhr und den kleinen Whitey absetzte.

»Ich brauche dich«, pfiff er.

Lambaire runzelte die Stirn.

»Ich habe gar keine Zeit –« fing er an.

»Komm zurück«, nötigte ihn Whitey und packte ihn am Arm, »komm ins Büro zurück; ich habe dir etwas Wichtiges zu sagen.«

Widerstrebend ging der Dicke wieder zurück.

Sekretär Grene entging mit knapper Not dem Ertapptwerden. Er untersuchte gerade eine Privatschublade seines Prinzipals, als die Tritte der Männer draußen auf den Steinfliesen des Korridors erklangen.

Mit einer Behendigkeit und Gewandtheit, die Lambaire entzückt haben würde, wären diese Talente zu seinem Vorteil anstatt zu seinem Schaden ausgeübt worden, schloß und verschloß der Sekretär die Schublade mit einer einzigen Bewegung, ließ den Schlüssel in seine Tasche gleiten und war emsig mit dem Lesen seiner Notizen beschäftigt, als die beiden eintraten.

»Sie können gehen, Grene«, sagte Lambaire. »Ich habe mit Mr. Whitey ein kleines Geschäft abzuwickeln – gehen Sie essen und kommen Sie in einer halben Stunde zurück.«

Als sich die Tür hinter dem Sekretär geschlossen hatte, wandte sich Lambaire an seinen Begleiter.

»Nun?« fragte er.

Whitey hatte sich den bequemsten Sessel im Zimmer ausgesucht und seine elegant bekleideten Beine übereinander geschlagen. Er hatte die gefällige Art eines Menschen, der sich im Bewußtsein seiner geistigen Überlegenheit als Herr der Situation fühlt.

»Wenn du aufgehört hast, wie ein grinsender Esel auszusehen, so sagst du mir vielleicht endlich, warum du mich meinen Lunch hast aufschieben lassen«, murrte Lambaire.

Whitey brachte seine Beine in die natürliche Lage und setzte sich aufrecht hin.

»Es ist eine Neuigkeit, Lambaire!« Seine erhobene Hand betonte nachdrücklich die Wichtigkeit der folgenden Mitteilung.

»Es ist eine Idee und Neuigkeit zugleich«, sagte er. »Ich habe die Suttons gesehen.«

Lambaire nickte. Die Kühnheit Whiteys war eine beständige Überraschung für ihn, aber es war des Dicken Eigenart, diese Überraschung niemals zu verraten.

Whitey war sichtlich enttäuscht, daß seine große Neuigkeit so lau aufgenommen wurde.

»Du hältst solch einen Glücksfall für die selbstverständlichste Sache der Welt«, knurrte er. »Ich habe die Suttons besucht, Lambaire – sie nach dem Vorfall bei den Whistlers besucht; es wollte immerhin unternommen sein.«

»Du bist ein guter Junge, Whitey«, beschwichtigte ihn Lambaire, »ein wundervoller Junge; nun?«

»Nun«, sagte der Kleine in dem Sessel gereizt, »ich sprach mit dem Knaben – er benahm sich sehr mürrisch, sehr mürrisch, Lambaire; anmaßend, wollte mit mir durchaus nicht verhandeln; und seine Schwester – puh!«

Er erhob beide Hände, die Innenflächen nach außen, als er sich die schwierige Zusammenkunft ins Gedächtnis rief.

»Sie behandelte mich eisig«, sagte er ernst, »sie war die Kälte selbst; mit ihr sprechen, Lambaire, heißt in der Zugluft sitzen! Br-r!« Ihn fröstelte.

»Nun, was ist mit dem Knaben?«

Whitey lächelte schlau.

»Aufgeblasen, hochfahrend, geh zum – du weißt wohin – aber vernünftig. Er hat begriffen, was die Whistler zu bedeuten haben. Eine getretene Katze fangen ist leichter, als ihn zurückzugewinnen. Er kehrte den Etonschüler und Oxfordstudenten heraus – ha – ha! Du kennst den Ton. Es tue ihm schrecklich leid, aber die Bekanntschaft wäre besser unterblieben – er habe einen Fehler gemacht . . . ›Aber bitte, lassen wir das Thema fallen; guten Morgen. Dort ist die Treppe!‹«

Whitey konnte nicht besonders gut nachahmen, er vermittelte nur den Sinn der Unterredung. »Aber er konnte mich nicht abschütteln – ich blieb fest, ich war der Unentwegte auf dem brennenden Deck; er öffnete die Tür, um mich hinauszulassen, und ich bewunderte seine Geranien; er klingelte nach einem Diener, und ich sagte, ich wüßte nicht, daß ich ihn darum gebeten hätte. Er schnaubte und knirschte vor Wut, ging mit den Händen in den Taschen im Zimmer auf und ab, ja genierte sich nicht einmal, auszusprechen, was er von mir und von dir hält.«

»Was denkt er von mir?« fragte Lambaire rasch.

»Ich sage es lieber nicht«, sagte Whitey. »Ich glaube kaum, daß du sehr entzückt wärst. Er glaubt, du seist ein Gentleman – nein! Nimm solche Kinderei nicht übel! Ich setzte mich und disputierte mit ihm. Er sagte, du seist offenbar ein Verschwender, und zwar einer der schlimmsten Art.«

»Was sagtest du darauf?« fragte Lambaire mit Stirnrunzeln.

»Ich leugnete es«, entgegnete Whitey tugendhaft; »nicht der schlimmsten Art, sagte ich. Immerhin endete die Zusammenkunft mit seinem festen Versprechen, heute nachmittag hierherzukommen.«

»Wozu ist das nütze?« fragte Lambaire.

Whitey erhob die Augen flehend zum Himmel.

»Man höre«, sagte er, als rede er eine unsichtbare Gottheit an. »Man höre! Einen ganzen Morgen lang plage ich mich für ihn, und nun will er wissen, wozu das nütze ist.« Er stand langsam auf und glättete seinen Hut mit seinem Ärmel.

»Halt«, rief Lambaire, »bleib da, ich will noch viel mehr – hören. Nun, was kann er tun?«

»Sieh her, Lambaire.« Whitey ließ allen Anspruch auf Ehrerbietung und Liebenswürdigkeit fallen und wandte sich knurrend an den andern. »Dieses Kind kann sich in den Besitz der Karte setzen. Unsere Diamantengrube muß greifbarer werden, als sie jetzt ist, oder es setzt Verdruß, die Sache wird faul werden, und du weißt es.«

»Und angenommen, er will sie nicht hergeben?«

»Die Frage ist gar nicht, ob er sie hergeben will«, sagte Whitey, »er hat sie gar nicht, seine Schwester hat sie. Er ist seines Vaters Sohn, das mußt du dir ins Gedächtnis rufen. Du kannst wetten, daß irgendwo versteckt in ihm das alte Abenteurerblut rumort; diese Art Erbteile sterben nicht aus. Betrachte mich; mein Vater war –«

»Laß das Thema«, sagte Lambaire ungeduldig. »Worauf zielst du ab, Whitey? Was geht es uns an, ob er Abenteurerblut oder Somnambulenblut oder was weiß ich für Blut in den Adern hat – er hat die Karte erhalten, die sein Vater gemacht hat und die bei ihm gefunden wurde, als er starb, und die von irgend so einem Narren von Regierungsamtmann der Tochter gesandt wurde – ha? Das brauchen wir!«

Er stand mit einem Ruck auf, versenkte seine Hände in seinen Hosentaschen und streckte seinen Kopf weit nach vorn, eine Angewohnheit, die seine Erregung verriet.

Obgleich Whitey zweifellos Lambaires Bote und Mann für alles war, wirtschaftlich somit von ihm abhängig, war doch leicht zu erkennen, daß Lambaire in Furcht vor Whitey lebte und daß es Augenblicke gab, in denen Whitey die Oberhand hatte und nicht leicht ignoriert werden konnte. Eben in diesem Augenblick war er derjenige, der einschüchterte, der unterjochte, der den Verlauf der Dinge nach seinem Willen lenkte. Mit seiner hohen, dünnen Stimme, der Heftigkeit, mit der er zischte und polterte, war er ein wenig boshaft und konnte quälen. Er besaß ein merkwürdiges Vokabular und seltsame, ungewohnte Redewendungen. Um seine Meinung zu erläutern, nahm er lebhaft auch sprachwidrig angewandte Wortbilder zu Hilfe. Manchmal waren es unverhüllte Ausdrücke der Gaunersprache, die er in anderen Ländern aufgelesen – Whitey hatte etwas von einem Vielgereisten an sich und Geschmack am Weltbürgertum.

Er ging erregt auf und ab.

»Du bist ein leuchtendes rotes Licht, Lambaire«, fuhr er in einem wütenden Wortschwall fort. »Die Leute gehen dir aus dem Weg; das Diamantengeschäft muß auf der Stelle in Ordnung gebracht werden. Laß die Leute dahinterkommen, und sie werden toben, wenn sie entdecken, daß die Grube minus ist; sie werden Aufschluß haben wollen über das Silbergeschäft und das Druckereigeschäft, und sie werden sich zwei und zwei zusammentun – siehst du das nicht ein? Du warst ein Narr, jemals den Diamantenplan gestartet zu haben. Es war der einzige rechtschaffene Handel, auf den du dich eingelassen hast, aber du bist nicht rechtschaffen zu Werke gegangen. Wäre das der Fall gewesen, so hättest du Sutton lebendig zurückgebracht; aber nein, du mußtest einen komischen Kompaß haben, so daß die Wegekarte, die er gemacht hat, für niemanden als für dich von irgendwelchem Wert ist. Oh, du bist ein superkluger Narr, aber du hast den Bogen überspannt!«

Er wurde etwas ruhiger.

»Nun gib acht«, fuhr er fort, »der junge Sutton kommt heute hierher, und da hast du liebenswürdig zu sein; du hast ehrlich zu sein; du mußt ihm entgegenkommen; du mußt von deinem Sitz aufspringen und sagen: ›Ah, sieh da, Sutton, alter Freund, laß uns alle unsere Karten auf dem Tisch ausbreiten –‹«

»Ich will zur Hölle fahren, wenn ich das tue«, fuhr ihn Lambaire an. »Bist du verrückt, Whitey? Was denkst du, ich soll –«

»Alle Karten auf den Tisch«, wiederholte Whitey langsam und

schlug bei jedem Wort mit den Fingerknöcheln auf den Tisch, »deine eigenen Karten, Lambaire; du mußt sagen: ›Sieh her, mein Sohn, wir wollen uns verständigen; die Sache ist die, usw. usw.‹«

Welche »usw. usw.« das waren, setzte Whitey in fünf Minuten hitzig und lärmend auseinander.

Am Ende dieser fünf Minuten erschien Grene auf der Bildfläche, und die Unterhaltung kam zu einem plötzlichen Abbruch.

»Um drei Uhr«, sagte Whitey unten an der Treppe, »spiel deine Karten gut aus, und du reißt dich aus einer schmutzigen Geschichte heraus.«

Lambaire grunzte ungnädig, und sie trennten sich.

Es war ein anderer Whitey, der zur festgesetzten Stunde erschien. Ein höflicher, ehrerbietiger, stiller Mensch, der einen Jüngling nach dem Büro von J. Lambaire führte.

Francis Sutton war ein hübscher Junge, obgleich das saure Gesicht, das zur Schau zu tragen er bei dieser Gelegenheit für nötig hielt, ihn entstellte. Er fühlte sich bedrückt, denn er hatte das unbehagliche Gefühl, überlistet, zum Narren gehalten und im allgemeinen schlecht behandelt worden zu sein.

Es war ihm klar gemacht worden, daß, wenn dieser Allerweltsmann Lambaire eine Vorliebe für seine Gesellschaft gezeigt, ihn zum Mittagessen eingeladen und ihn mehr als einmal zu den Whistlers mitgenommen hatte, es nicht deshalb geschehen sei, weil der »Finanzier« plötzlich Gefallen an ihm gefunden – auch nicht, weil Lambaire seinen Vater in etwas fernen Zeiten gekannt hätte –, sondern deshalb, weil Lambaire etwas von ihm haben wollte.

Auf welche Weise ihm das beigebracht worden war, braucht nicht erörtert zu werden. Mag sein, daß die liebste, süßeste, zärtlichste Frau, die bei all ihrer Feenhaftigkeit doch ein Mensch ist, in privaten Augenblicken menschlich genug gewesen war, um in hinreichend überzeugender Sprache einen törichten jungen Mann zur Vernunft zu bringen.

Mit mißmutigem Gesicht betrat er Lambaires Privatbüro. Lambaire saß an seinem großen Schreibtisch, auf dem Geschäftsbücher und Briefschaften sich stark angehäuft hatten, und sein Sekretär saß mit offenem Notizblock neben ihm.

Ein imponierendes Scheckbuch lag auffällig da, und Lambaire war in der Tat sehr beschäftigt, als Whitey seinen Schützling in diesem Bienenstock von Betriebsamkeit anmeldete.

»Ah, Mr. Sutton!« sagte er und erwiderte das kurze Nicken Suttons mit einem heiteren Lächeln. »Es freut mich, Sie zu sehen. Whitey, mach es Mr. Sutton bequem – ich habe noch ein oder zwei Dinge zu erledigen.«

»Vielleicht«, sagte der junge Mann etwas erleichtert, »wenn ich etwas später käme –«

»Durchaus nicht, durchaus nicht.«

Lambaire verscheuchte den Verdacht, daß er zu sehr beschäftigt sei, um sich ihm sogleich widmen zu können, mit einer bezeichnenden Handbewegung.

»Nur einen Augenblick«, entschuldigte er sich, »nehmen Sie, bitte, Platz. Grene, sind Sie bereit?«

»Ja, Sir.«

»Sehr geehrter Herr«, diktierte Lambaire und lehnte sich in seinem Polstersessel zurück, »wir übersenden Ihnen hiermit einen Scheck über viertausendsechshundertfünfundzwanzig Pfund sieben Schilling vier Pence zum Ausgleich der halbjährlichen Dividende. Punkt. Wir bedauern, daß wir Ihnen keine Aktien unserer neuen Ausgabe zuteilen können; das Unternehmen war zwanzigmal überzeichnet. Hochachtungsvoll, usw. Haben Sie das?«

»Ja, Sir«, sagte der unbewegliche Grene.

War es möglich, daß dies der Abenteurer war, den ihm seine Schwester geschildert hatte? dachte der junge Mann. Sollte sich dieser Mann herabgelassen haben, ihn für eine Spielhölle zu ködern, um seine paar Hunderter zu gewinnen?

»Sende Cautts einen Scheck – wie hoch?« fragte Lambaire.

»Etwa sechstausend«, erwiderte Grene aufs Geratewohl.

»Und bezahl' diese kleine Rechnung für mich bei Fells – so etwa vierhundert – diese elenden kleinen Weinrechnungen steigen.«

Der letzte Teil des Satzes war an Sutton gerichtet, der sich dabei entdeckte, daß er teilnehmend lächelte. Was Whitey betrifft, so war er ein einziges gütiges Grinsen.

»Nun, denke ich, ist alles erledigt«, sagte Lambaire und kramte in den Papieren. »Oh, hier ist noch ein Brief von S–.«

Was er in der Hand hielt, war aber in Wirklichkeit eine dringende Aufforderung, die Weinrechnung endlich zu bezahlen, auf die er Grene gegenüber Bezug genommen hatte.

»Sag ihm, es tue mir leid, daß ich nicht mit ihm nach Cowes gehen könnte – ich hasse fremde Jachten, und unglücklicherweise« – er wandte sich mit einem beteuernden Lächeln an den jungen Mann –, »kann ich mir nicht mehr, wie vor einigen Jahren, eine eigene Jacht leisten. Nun ...« Er warf sich auf seinem Sitz herum, als sich die Tür hinter Grene geschlossen hatte.

»Nun, Mr. Sutton, ich möchte aufrichtig mit Ihnen sprechen; Sie nehmen es nicht übel, daß Whitey anwesend ist, nicht wahr? Er ist in den meisten Angelegenheiten mein Vertrauter.«

»Ich nehme niemandes Anwesenheit übel«, sagte der junge Mann, obgleich ihm offenbar unbehaglich zumute war, weil er nicht genau wußte, welchen Zweck die Unterredung verfolgen sollte.

Lambaire spielte mit einem Zelluloidlineal, ehe er anfing.

»Mr. Sutton«, sagte er langsam, »ich glaube, Sie waren auf der Schule, als Ihr Vater nach West-Afrika ging?«

»Ich stellte mich in Oxford zum Examen«, sagte der Jüngling rasch.

»Sie wissen, daß ich die Expedition ausrüstete, die ein so unglückliches Ende nahm?« sagte Lambaire nickend.

»Ich hörte, Sie hätten irgend etwas mit ihr zu tun.«

»Ja«, sagte Lambaire, »es kostete mich – aber das hat mit der Sache nichts zu tun. Nun, Mr. Sutton, ich will offen zu Ihnen sein. Sie stehen unter dem Eindruck, ich hätte Ihre Bekanntschaft gesucht, weil ich einen anderweitigen Zweck verfolgte. Sie brauchen es nicht zu leugnen; es gab mir ein – einen –«

»Stoß«, sagte der schweigsame Whitey plötzlich.

»Es gab mir das, was Mr. Whitey einen ›Stoß‹ nennt. Ich kenne die menschliche Natur sehr genau, Mr. Sutton; und wenn ein Mensch schlecht von mir denkt, so wittere ich das instinktiv.«

Es muß hierzu erwähnt werden, daß diese Wahrnehmung Mr. Lambaires weniger auf seiner eigenen Beobachtung beruhte, als auf Informationen, die Whitey ihm zu verschaffen gewußt hatte.

»Mr. Sutton, ich will nicht leugnen, daß ich einen anderweitigen Zweck verfolgte, als ich Ihre Gesellschaft suchte.« Lambaire beugte sich vor, die Hände auf den Knien, und war sehr ernst. »Als Ihr Vater –«

»Armer Vater«, murmelte Whitey.

»Als Ihr armer Vater starb, wurde eine Karte, die den Reiseweg, den er eingeschlagen hatte, zeigt, an Sie oder vielmehr an Ihre Schwester, da sie die ältere war, geschickt. Vergangenes Jahr hörte ich durch Zufall von der Existenz dieser Karte, und ich schrieb deswegen an Ihre Schwester.«

»Wie ich es verstehe, Mr. Lambaire«, sagte Sutton, »haben Sie keinen Versuch gemacht, uns nach dem Tode meines Vaters aufzusuchen. Natürlich waren Sie in keiner Hinsicht für sein Schicksal verantwortlich. Trotzdem hätten Sie sich darum kümmern müssen, wie es mit der Versorgung derjenigen bestellt war, die durch die Expedition Waisen geworden waren.«

Dieser schlanke Jüngling mit seinem scharfgeschnittenen, weibischen Gesicht hatte einen Mund, der etwas schlaff herabhing. Er sprach jetzt mit einer Sicherheit, als ob er seit Jahren mit allen Tatsachen bekannt wäre, über die er sprach. Und doch hatte er bis zu dem Morgen, an dem ihn seine Schwester über den Charakter dieses von ihr mit Argwohn verfolgten Menschen so gründlich aufgeklärt hatte, nichts von den näheren Umständen gewußt, die seines Vaters Tod herbeigeführt hatten.

Solange er sprach, schüttelte Lambaire wie in melancholischer Abwehr gegen die Ungerechtigkeit langsam seinen Kopf.

»Nein, nein, nein«, sagte er, als der andere zu Ende war, »Sie haben Unrecht, Mr. Sutton, ich war damals krank; ich wußte, daß Sie alle in guten Verhältnissen lebten –«

»Ahem!« hustete Whitey, und Lambaire begriff, daß er einen Fehler gemacht hatte.

»Ganz im Gegenteil; erst letztes Jahr beerbten wir einen Onkel – aber ob reich oder arm, das ist gar nicht die Frage.«

»In der Tat«, sagte Lambaire herzlich. Er wünschte sehnlich, sich von dem Boden zu entfernen, der ihm so fühlbar heiß unter den Füßen wurde. »Ich möchte mit dem, was ich zu sagen habe, zu Ende kommen. Ihre Schwester verweigert uns die Karte, nun gut, wir streiten nicht mit ihr, wir wollen auch nicht gerichtlich vorgehen, wir sagen: ›Gut – wir wollen die Sache aufgeben‹, obgleich« – er bewegte seinen Finger feierlich vor dem jungen Menschen –, »obgleich es für mich eine sehr ernste Angelegenheit ist, da ich eine Gesellschaft gegründet habe –«

». . . gründen wolltest«, sagte Whitey leise.

»Ich wollte sagen, da ich vermöge der Karte eine Gesellschaft gründen wollte; dennoch sage ich, wenn die junge Dame so denkt, dann tut es mir leid – ich will ihr nicht lästig fallen. Aber da kommt mir ein Gedanke!« Er hielt dramatisch inne. »Ein Gedanke kommt mir – die Grube, die Ihr Vater suchen ging, ist noch nicht entdeckt; sogar mit Ihrer Karte, der ich keine große Wichtigkeit beimesse –«

»Sie ist praktisch nur für den Eigentümer von Wert«, unterbrach Whitey.

»Anderen Wert hat sie nicht«, gab Lambaire zu. »Selbst mit der Karte in der Hand würde man meine Grube nicht finden, wenn man sich aufmachte, sie zu suchen. Was erforderlich ist – ist –«

»Der Forschergeist«, warf Whitey ein.

»Der Forschergeist, der angeboren sein und demjenigen, der sich aufmacht, die Grube zu suchen, im Blute liegen muß. Mr. Sutton«, Lambaire stand schwerfällig auf, denn er war ein starker Mensch, »wenn ich sagte, ich hätte aus anderen Gründen Fühlung mit Ihnen nehmen wollen, so sprach ich die Wahrheit. Ich wollte sehen, ob Sie der Mann wären, Ihres Vaters Werk fortzusetzen – Mr. Sutton, Sie sind es!«

Er sagte es wirkungsvoll, dramatisch, und der junge Mann errötete vor Freude.

Er müßte kein Mensch gewesen sein, wenn nicht die Aussicht auf eine Forschungsreise, wie sie Lambaires Worte eröffneten, ihn gepackt hätte. Körperlich und geistig hatte er keine Ähnlichkeit mit Sutton, dem Forscher, dem Mann der vielen Expeditionen, aber in seiner Veranlagung hatte er etwas von dem unendlichen Wissensdrang seines Vaters, dem Wissensdrang, der allen derartigen Unternehmungen zugrunde liegt.

In diesem Augenblick waren alle Warnungen seiner Schwester verpufft, vergessen. Das Bild, das sie von jenem Mann entworfen, war seinem Gedächtnis entschwunden, und das, was er in Lambaire jetzt sah, war der Wohltäter, der Schutzherr, der weitdenkende Geschäftsmann. Er sah die Dinge klarer (so sagte er sich), ohne Vorurteile (so konnte er seiner Schwester sagen); und zweifellos, die Dinge mußten gerecht und mit Gelassenheit beurteilt werden. Die Vergangenheit mit den Entbehrungen, die er dank der fast mütterlichen Fürsorge und Selbstaufopferung seiner Schwester weder gekannt noch empfunden hatte, war mit einem Schlage vergessen.

»Ich – ich weiß kaum, was ich dazu sagen soll«, stotterte er, »natürlich würde ich gern das Werk meines Vaters fortführen, schrecklich gern – ich war immer auf derlei Dinge erpicht, auf Forschungsabenteuer und was damit zusammenhängt ...«

Die Aussicht, die ihm so unerwartet eröffnet worden war, versetzte ihm den Atem. Als Lambaire seine große, weiße Hand ausstreckte, ergriff und schüttelte er sie dankbar – er, der mit dem festen Entschluß hergekommen war, der Bekanntschaft ein für allemal ein Ende zu machen.

»Er ist wie Butter«, sagte Whitey nachher, »halt ihn von dem ›Eis‹ fern, und du bist seiner todsicher ... Das ›Eis‹, das ist die Schwierigkeit.«

Er schüttelte zweifelnd den Kopf.

## 6

Francis Sutton hatte seinen Bericht beendet und versuchte jetzt, seine Schwester mit ungeheurer Ruhe eines Besseren zu belehren.

Sie stand am Fenster und zeichnete mit den Fingerspitzen Figuren auf die polierte Oberfläche eines kleinen Tisches; sie sah unverwandt auf die Straße hinaus.

Francis war bei seinen Überzeugungsversuchen unlogisch und

unnötig laut gewesen, und sie war durch die hochgehenden und übersprudelnden Wogen seiner Beredsamkeit überwältigt worden. Sie hatte sich bis jetzt völlig ruhig verhalten, und als er zum fünften Male mit Reden fertig war, machte er ihr grollend Vorhaltungen über ihr trotziges Schweigen.

»Du hast mir ja gar keine Gelegenheit zum Sprechen gegeben, Francis, und ich bin vollständig verwirrt, weil du deine Ansichten geändert hast –«

»Sieh, Cynthia«, unterbrach er sie ungeduldig, »es hat gar keinen Zweck, daß du dieses Thema wieder aufrollst – Lambaire ist ein Mann von Welt, wir können ihn nicht mit dem Maßstab, den Nonnenklöster oder Schulmädchen anlegen, messen; und wenn du stundenlang mit mir strittest, du würdest mich doch nicht herumkriegen. Ich setze es durch. Es ist eine Gelegenheit, die niemals wiederkehrt. Vater hätte sicher seine Einwilligung gegeben.«

Er machte vorwurfsvoll eine Pause, aber sie betrachtete sie nicht als Gelegenheit, etwas zu erwidern.

»Nun, um Gottes willen, Cynthia, tu mir das nicht an, daß du schmollst.«

Sie wandte ihren Blick von der Straße ab und richtete ihn ins Zimmer.

»Erinnerst du dich, wie du neulich nachts nach Hause kamst?« fragte sie plötzlich, und der Jüngling errötete.

»Das ist häßlich«, sagte er hastig, »ein Mann kann einmal eine Torheit begehen –«

»Davon wollte ich nicht sprechen«, sagte sie. »Ich wollte dich nur daran erinnern, daß dich ein Herr nach Hause brachte – er kannte Lambaire besser, als du und ich ihn kennen – ja? – Du wolltest etwas sagen?«

»Fahr fort«, sagte der Jüngling; es war etwas Triumphierendes in seiner Stimme. »Ich habe dazu etwas zu sagen.«

»Er sagte, daß Lambaire noch etwas Schlimmeres sei als ein Lebemann – daß er ein Verbrecher sei, ein Mann ohne Skrupel und ohne Mitleid.«

Über Suttons Gesicht glitt ein Lächeln, als sie zu Ende gekommen war.

»Und weißt du, wer dieser Herr war?« fragte er und freute sich. »Ein gewisser Amber – hast du von Amber gehört?«

Sie schüttelte den Kopf.

»Er ist ein Dieb, ein ganz gemeiner Dieb – du magst noch so sehr den Kopf schütteln, Cynthia, aber er ist ein Bursche, der von seiner Schlauheit lebt; er ist gerade eine Woche aus dem Gefängnis heraus – das ist dein Mr. Amber.«

»Mr. Amber«, wiederholte eine Stimme an der Tür, als ein Mädchen diesen Herrn, der eben den unerschütterlichen Gegenstand der Unterhaltung bildete, auch schon hereinließ.

Amber war wie ein zivilisierter Mensch nach den herkömmlichen Vorschriften gekleidet. Sein fest zugeknöpfter Mantel war nach dem neuesten Schnitt gearbeitet, seine Wäsche blendend weiß. Der Hut, den er in der Hand hielt, glänzte, wie nur ein neuer Zylinderhut glänzen kann, und so fleckenlos weiß, wie die Gamaschen über seinen blanken Schuhen leuchteten, war die Farbe seiner tadellos sitzenden Glacéhandschuhe.

Er sah so elegant aus, als wäre er aus dem Modejournal herausgeschnitten worden.

Er lächelte den durchaus nicht erfreuten Jüngling an und streckte dem Mädchen seine Hand hin.

»Eingeladen«, sagte er lässig, »kam des Wegs: Autobusse fahren an der Tür vorüber – sehr gelegen; was mir an London so gefällt, ist die Leichtigkeit, mit der man von einem Ende zum anderen kommt – darf ich meinen Hut ablegen? – Danke sehr. Wenn ich einmal Geld in Hülle und Fülle habe, werde ich in Park Lane wohnen; es ist so schön dicht am Kanal. Und wie geht es Ihnen?«

Sutton murmelte irgend etwas Ungnädiges und begab sich zur Tür.

»Einen Augenblick, Francis.«

Das Mädchen war abwechselnd rot und blaß geworden; ihre Hand, die Figuren auf den Tisch gezeichnet hatte, zitterte, als Amber hereinkam; aber nun hatte sie sich wieder ganz in der Gewalt, obwohl sie bleicher als gewöhnlich war.

Der Jüngling blieb stehen, die Hand auf der Türklinke, und sah seine Schwester warnend und drohend zugleich an.

»Mr. Amber«, sagte sie und ignorierte Francis' Signal, »ich glaube, es ist nur aufrichtig an Ihnen gehandelt, wenn ich wiederhole, was ich soeben gehört habe.«

»Cynthia, ich bitte dich!« sagte Sutton zornig.

»Es ist gesagt worden«, fuhr sie fort, »daß Sie – daß Sie in einem schlechten Rufe stünden.«

»Meine Gnädige«, sagte Amber mit ernstem Antlitz, »ich stehe in einem schlechten Rufe.«

»Und – und Sie sind erst unlängst aus dem Gefängnis entlassen worden?« stammelte sie und vermied, seinen Augen zu begegnen.

»Wenn Sie«, sagte Amber mit Bedacht, »mit ›erst unlängst‹ vor beinahe einer Woche meinen – auch das ist wahr.«

»Was habe ich dir gesagt«, rief Sutton und lachte frohlockend.

Amber fuhr herum.

»Mein Demokrit, mein Abderite«, sagte er vorwurfsvoll, »wozu der Spaß? Es ist nicht so spaßig, dieses Gefängnis – was lachst du, mein Sutton?« Er zog die Augenbrauen fragend in die Höhe.

Irgend etwas veranlaßte das Mädchen, nach ihm hinzusehen. Sie mochte erwartet haben, daß er sich schäme; statt dessen bemerkte sie nur, daß es ihm mit seinem Vorwurf wirklich ernst war.

»Mein vergangenes Mißgeschick kann Sie wenig interessieren, meine Gnädigste«, sagte er ein bißchen traurig. »Als ich in einer denkwürdigen Nacht auf Ihren Wunsch Janus ins Gesicht sah, nämlich durch die Tür eines gewissen Lokals ging, in das ich nicht einmal Leute von untergeordneter Stellung, falls sie etwas Selbstachtung haben, einladen würde – zum Beispiel das uniformierte Werkzeug des Strafvollzugs, den Gefangenenwärter –, da erinnerte ich mich nicht, daß Sie von mir verlangten, mich auszuweisen, oder daß Sie mich aufforderten, Ihnen einen Beweis für meinen guten Ruf zu erbringen.«

Dann wandte er sich wieder an den Jüngling.

»Mr. Sutton«, sagte er sanft, »mich dünkt, Sie sind ein wenig ungnädig, ein wenig vorschnell: ich kam hierher, um mit der Schonung, die die Angelegenheit erfordert, die notwendige

Beichte früherer Verbrechen, Kniffe, Listen, Bestechungsakte, Schuldigerklärungen, Verhaftungen zusammen mit einer Appendix abzulegen, die ein Licht darauf wirft, mit welcher Leichtigkeit ein junger, eigensinniger Subalternoffizier der Kavallerie in den Abgrund geraten kann – in den Abgrund, der den Tollkühnen erwartet, wenn er auf wenig leistungsfähige Pferde ungleiche Wetten einging.«

Das alles sagte er, ohne Atem zu holen, und er war sichtlich zufrieden mit sich und der Skizze, die er von seinem früheren Leben entworfen hatte. Er reckte seinen Körper in die Höhe, straffte seine Schultern und klemmte sein Monokel fester ins Auge. Darauf wandte er sich mit einer Verbeugung gegen das junge Mädchen und warf einen belustigten Blick auf den jungen Mann an der Tür.

»Einen Augenblick, Mr. Amber.« Sie hatte die Sprache wiedergefunden. »Ich kann nicht zugeben, daß Sie so weggehen, wir sind doch in Ihrer Schuld, Francis und ich . . .«

»Gedenken Sie meiner«, sagte Amber mit leiser Stimme, »das würde ein schöner Lohn sein, Miss Sutton.«

Impulsiv ging sie auf ihn zu und hielt ihm ihre Hand hin, und er nahm sie.

»Es tut mir so leid«, war alles, was sie sagte, aber sie merkte am Druck seiner Hand, daß er sie verstand.

In dem kurzen Augenblick, während sie Hand in Hand voreinander standen, war Sutton aus dem Zimmer geschlüpft, denn er erwartete Besuch und hatte das ferne Schrillen einer Klingel gehört. Sie merkten nicht, daß sie allein waren. Das Mädchen sah zu Amber auf, und ihre Augen blickten unendlich mitleidsvoll.

»Sie sind zu gut – zu gut für dieses Leben«, sagte sie.

Amber schüttelte den Kopf, und sie sah in seinen Augen ein Lächeln.

»Sie wissen nicht«, sagte er höflich, »ob Sie nicht vielleicht Ihr Mitleid verschwenden – ich komme mir wie ein Schurke vor, wenn Sie mich bemitleiden.«

Ehe sie antworten konnte, wurde die Tür aufgerissen, und Sutton platzte ins Zimmer; hinter ihm kam Lambaire, ehrbar gekleidet, geschniegelt und gestriegelt, und nicht weniger geziemend in der Erscheinung war der unvermeidliche Whitey, der den Nachtrab bildete.

Cynthia Sutton sah bestürzt auf die Neuankömmlinge. Diese Männer in ihr Haus zu bringen, war von ihrem Bruder wirklich verwegen. Sie hätte sie ohnedies nur gezwungen empfangen; nun sie aber erriet, daß sie nur deshalb hierherbugsiert worden waren, um Ambers Verwirrung vollständig zu machen, bemächtigte sich ihrer eine verhaltene Wut.

Die ersten Worte des jungen Sutton lieferten den Beweis.

»Cynthia«, sagte er mit einer Genugtuung, die er nicht zu verbergen suchte, »dies sind die Herren, die Mr. Amber verdächtigt hat – vielleicht hat er Lust, seine Aussagen zu wiederholen –«

»Jung, sehr jung«, sagte Amber duldsam. Er nahm dem Mädchen die Regie in der nun folgenden Auseinandersetzung ab, und für die ganze übrige Zeit blieb sie Zuschauerin. »Ne puero gladium ... (Daß nicht dem Knaben das Schwert ...) – wie?«

Er war der vortreffliche Schulmeister, der der Jugend zum Vorwurf macht, daß sie jung ist.

»Und hier haben wir den Beweis«, er deutete mit einer kühnen Handbewegung auf Lambaire und seinen Genossen, diesen Männern gegenüberstehend, die er so tief gekränkt hatte. »Und nun, mein Lambaire, was haben Sie noch über uns zu sagen?«

»Ich weiß, daß Sie ein Dieb sind«, sagte Lambaire.

»Wahr, o König!« gab Amber heiter zu.

»Ich weiß, daß Sie drei- oder viermal verschiedener Verbrechen überführt worden sind.«

»Klingt wie ein Kinderlied«, sagte Amber bewundernd. »Fahre fort, mein Lambaire.«

»Ich denke, das genügt, Sie von anständiger Gesellschaft fernzuhalten.«

»Das ist genug – mehr als genug«, bekannte der unbeschämte junge Mann mit einem melancholischen Lächeln, »und was sagt mein Whitey, was? Was sagt mein bleicher Whitey?«

»Sie, Amber«, begann Whitey.

»Ich hatte schon einmal Gelegenheit«, unterbrach ihn Amber streng, »Sie zu belehren, daß Sie sich unter keinen Umständen mit meinem Namen Freiheiten herausnehmen sollen; ich bin für Sie Mr. Amber, mein Whitey.«

»Mr. oder nicht Mr., Sie sind ein Gauner«, sagte der andere.

»Ein was?«

Der entsetzte Ausdruck auf Ambers Gesicht führte sogar einen so erfahrenen Mann wie Whitey irre.

»Ich meine, Sie sind ein ganz bekannter Dieb«, sagte er.

»Das ist besser«, sagte Amber, »das andere ist ein gemeiner Ausdruck, dessen ein Gentleman mit gesellschaftlichen Formen sich niemals bedienen sollte; und was sind wir noch?«

»Das ist genug, denke ich«, sagte der Mann.

»Nun, da Sie die Tatsache erwähnen, glaube ich, daß ›genug‹ das Wort ist.« Er sah sich im Kreise um und betrachtete jeden der Männer mit dem spöttischen Lächeln, das man selten an ihm vermißte. »Mehr als genug«, wiederholte er. »Wir sind entdeckt, zu Schanden gemacht, ver-nich-tet, wie ein lieber Freund von mir sagen würde.«

Er knöpfte langsam seinen elegant sitzenden Mantel auf und steckte seine Hände in eine der inneren Taschen. Mit einem Anschein von reiflicher Überlegung brachte er eine auffallend geschmacklose Brieftasche aus rotem Saffianleder zum Vorschein. Mit ihrer silbernen Ausstaffierung zog sie genugsam die Aufmerksamkeit auf sich, sogar derjenigen, die sie niemals zuvor gesehen hatten. Aber einer war da, der sie kannte, und Lambaire machte einen schnellen Schritt vorwärts und schnappte nach ihr.

»Die gehört mir!« schrie er, aber Amber war schneller.

»Nein, nein, mein Lambie«, sagte er, »es ist eine Dame anwesend; laß uns unsere derben Späße bis auf eine andere Gelegenheit verschieben.«

»Die gehört mir«, schrie Lambaire zornig, »sie wurde mir in der Nacht gestohlen, als Sie bei den Whistlers gewaltsam eindrangen. Mr. Sutton, ich werde mit diesem Burschen ein Beispiel statuieren. Er hat letzte Woche das Gefängnis verlassen, er kehrt heute dahin zurück; wollen Sie nach einem Schutzmann schicken?«

Der Jüngling zögerte.

»Sparen Sie sich die Mühe – sparen Sie sich den Skandal –

eine Klub-Razzia und noch andere derartige Dinge«, sagte Amber lässig. »Hier ist Ihre Tasche – Sie werden das Geld intakt finden.« Er überreichte ihm die Brieftasche mit einem spaßhaften kurzen Kopfnicken.

»Ich habe mir«, fuhr er fort, »sei es als Belohnung für meine Ehrlichkeit, sei es als Andenken an einen Gelegenheitsscherz, einen kleinen Fünfer zurückbehalten – Provision – wie?«

Er hielt zwischen seinen Fingern eine Banknote und ließ sie munter knistern, und Cynthia, die in ihrer Verwirrung von einem zum andern blickte, sah, wie Lambaires Gesicht aschfahl wurde vor Furcht.

## 7

Kein Wort wurde zwischen Lambaire und Whitey gewechselt, als ein Auto sie durch die City nach dem Büro des Dicken brachte. Sie hatten sich schnell und unvermittelt von Sutton verabschiedet und waren gleich nach Amber gegangen.

Es war nach Geschäftsschluß, und Grene war nicht mehr da, als Lambaire seine Privatzimmer hinter sich abschloß und sich in seinen weichen, hohen Sessel fallen ließ.

»Nun, was denkst du?« Whitey sah durchdringend auf ihn hinab, als er die Frage stellte.

»Puh!« Lambaire wischte sich die Stirn ab.

»Nun?« fragte Whitey scharf.

»Whitey, dieser Bursche hat uns erwischt.«

Ein verächtliches Lächeln kräuselte Whiteys dünne Lippen.

»Du bist mit Leichtigkeit zu schlagen, Lambaire«, sagte er in seiner schrillen Weise, »du bist ein Waschlappen! Du bist schleimig wie eine Qualle!«

Er redete sich in einen seiner Wutanfälle hinein, und Lambaire fürchtete Whitey in solchen Gemütszuständen mehr als alles andere auf der Welt.

»Sieh, Whitey, sei verständig; wir müssen uns auf Dinge gefaßt machen; wir müssen mit ihm ein Abkommen treffen; bestich ihn!«

»Bestich ihn!« In Whiteys pfeifendem Lachen war Verachtung und Hohn. »Amber bestechen – du Narr! Siehst du denn nicht, daß er ehrlich ist! Er ist ehrlich, dieser Bursche, und das vergiß nicht!«

»Ehrlich – wieso –«

»Ehrlich, ehrlich, ehrlich!« Whitey schlug bei jedem Wort mit seiner geballten Faust auf den Tisch. »Kannst du denn nicht sehen, Lambaire, bist du denn blind? Siehst du nicht, daß dieser Bursche ein Zuchthäusler und doch ehrlich sein kann – daß er ein Dieb sein und doch rechtschaffen handeln kann –, er ist von der Art.«

Ein langes Stillschweigen folgte, als er geendigt hatte.

Whitey ging zu dem Fenster hinüber und sah hinaus; Lambaire saß und schnitt an seinen Nägeln.

Nach einer Weile drehte sich Whitey um.

»Wie stehen die Dinge?« fragte er.

Der andere zuckte die Schultern.

»Die Dinge stehen sehr schlecht; wir müssen dieses Diamantengeschäft durchsetzen: du bist ein Genie, Whitey, den Knaben beredet zu haben; wenn wir ihn hinschicken, das Werk zu vollbringen, wird uns das retten.«

»Nichts kann uns retten«, fuhr ihn Whitey an. »Wir stecken in der Klemme, Lambaire; das Beschwätzen der Aktionäre und das Vergehen mit der Gründungsurkunde ist nichts, das kommt gar nicht in Frage – es handelt sich um ein Kriminalverbrechen, Lambaire.«

Er sah, wie der starke Mann zitterte, und er nickte.

»Wir wollen uns nichts vormachen« – Whitey nickte immer weiter mit dem Kopf und erinnerte dadurch an ein groteskes chinesisches Spielzeug –, »es handelt sich um zwanzig Jahre für dich und um zwanzig Jahre für mich; die Polizei hat die Welt abgesucht nach dem Mann, der solche Banknoten machen kann – und Amber kann sie auf die Fährte bringen.«

Wieder ein langes Stillschweigen. Ein Schweigen, über dem eine geraume Weile verstrich; die beiden Männer saßen in der zunehmenden Dunkelheit, jeder mit seinen eigenen Gedanken beschäftigt.

Eine halbe Stunde mochten die beiden Schuldbewußten so zugebracht haben, wobei der eine den andern beargwöhnte. In ihrem Brüten folterte sie weder die Gewissensangst, noch störte sie die Reue. Pläne, wie sie sich retten könnten um jeden Preis – auf wessen Kosten, das kümmerte sie nicht –, gingen ihnen unfertig und willkürlich einer nach dem anderen durch den Kopf.

»Du hast hier nichts davon da, nehme ich an?« brach Whitey endlich das lange Schweigen.

Lambaire antwortete nicht sogleich, und sein Gefährte wiederholte die Frage gereizter.

»Nein – ja«, zögerte Lambaire, »ich habe ein paar Platten –«

»Du Narr!« zischte der andere. »Du einfältige Kreatur! Hier! Hier, wo sie zuallererst suchen –«

»In meinem Safe, Whitey«, sagte der andere, wie sich verteidigend, »in meinem persönlichen Safe; niemand außer mir hat einen Schlüssel.«

Wieder ein langes Stillschweigen, nur von zusammenhanglosen Zischlauten Whiteys unterbrochen.

»Morgen – schaffen wir sie fort, hörst du, Lambaire; ich will lieber in der Gewalt eines Amber sein, als mein Leben in den Händen eines Narren wissen, wie du einer bist. Und wie hast du die Platten aufbewahrt? Eingewickelt in eine mit vollem Namenszug unterzeichnete Beichte – ich will einen Eid darauf schwören! Kleine Leckerbissen von dem Silbergeschäft, wie? Und die Druckerei in Hookley, was? Genaue Anweisungen und ein Plan, um den Detektiven zu helfen – oh, du possierlicher Narr!«

Lambaire war bei dem Wortschwall still. Es war beinahe dunkel, als Whitey sich herbeiließ, wieder zu sprechen.

»Hier zu sitzen hat keinen Zweck«, sagte er barsch. »Komm, wir wollen essen gehen; am Ende ist es gar nicht so schlimm.«

Er glitt wieder in seine alte, untergeordnete Stellung zurück, seine Stimme verriet es. Nur in den Augenblicken seiner Wut erhob er sich zur Herrschaft über seinen Herrn. In all den Jahren ihrer Geschäftsgemeinschaft war dieser seltsame Wechsel für ihr Verhältnis charakteristisch gewesen.

Lambaire gewann jetzt wieder seine alte Stellung als Führer zurück.

»Du schimpfst zuviel, Whitey«, sagte er, als er die Tür abschloß und die dunkle Treppe hinabstieg. »Du glaubst alles zu leicht, und überdies bist du, wenn du schimpfst, unangenehm.«

»Vielleicht bin ich es«, sagte Whitey kraftlos. »Ich bin eine brennende Jutefabrik, wenn ich aufgebracht bin.«

»So will ich in Zukunft mehr zur Rettungsmannschaft gehören«, sagte Lambaire humorvoll.

Sie speisten in einem kleinen Gasthaus in der Fleet Street, das ihnen auf ihrem Weg in westlicher Richtung zuerst in den Weg kam.

»Einerlei«, sagte Whitey, als sie sich zum Essen niedersetzten, »wir müssen diese Platten loswerden – wegen der Banknote können wir uns herausreden; die Tatsache, daß Amber sie in seinem Besitz hat, gereicht ihm viel mehr zum Nachteil als uns – er ist eine ›verdächtige Person‹, und er steht in den Akten.«

»Das ist wahr«, gab Lambaire zu. »Wir wollen die Platten morgen fortschaffen; ich kenne einen Ort –«

»Heute abend!« sagte Whitey bestimmt. »Es hat keinen Zweck, bis morgen zu warten; wir können morgen verhaftet werden – wir können morgen im Zuchthaus sein. Ich liebe Amber nicht. Er ist kein Polizist, Lambaire – er ist ein Kopf – er hat Erziehung – wenn er sich den Hauptspaß leistet, wollen wir einander aus den Zellen SOS-Botschaften schicken.«

»Heute abend also«, stimmte Lambaire hastig zu; er merkte, daß Whiteys Zorn, der so leicht zu erregen war, wieder erwachte, »wenn wir gegessen haben. Und was weißt du von Amber – wer ist er? Ein aufgeblasener Kerl in Geldklemme oder was sonst?«

Im Laufe dieser Erzählung mögen viele Ansichten über das Auf und Ab in Ambers Leben hervorgetreten sein, die meisten aber, tatsächlich alle außer einer einzigen, stammen aus Ambers Mund. Ob Whiteys Geschichte der Wahrheit näher kommt als irgendeine andere, wird sich mit der Zeit herausstellen.

»Amber? Er ist ein närrischer Kauz. Er ist alles gewesen vom Cowboy bis zum Schauspieler. Ich habe früher von ihm gehört. Er ist ein Gauner, weil er gern lange Finger macht. Das ist das Wesentliche an ihm. Er hat die Schule besucht.«

»Schule«, das war für Whitey ein unbestimmter Begriff, der eine finstere Tätigkeit bezeichnete, durch die dem menschlichen Geist Wissen aufgezwungen wird. »Schule«, das war ein Ort, wo Kenntnisse erworben wurden, die nirgendwo verwertet werden konnten. Er hatte vor der Erziehung den Respekt des halberzogenen Menschen.

»Er wurde wegen einer Spekulation, die er zum Spaß anfing, gerichtlich belangt; etwa von der Sorte: ›Du schickst mir fünf Schilling, und ich werde das übrige erledigen.‹ Es wurde Brauch bei ihm, daß er, wenn er das Gefängnis verließ, dieselbe Sache auf etwas andere Art von neuem betrieb. Er verlegte sich auf die Gaunerei gerade so, wie sich ein anderer aufs Briefmarkensammeln stürzt.«

Sie verweilten bei Tisch, und die Zeiger der vielen Uhren der Fleet Street zeigten auf halb zehn, noch bevor sie fertig waren.

»Wir wollen zurückgehen«, sagte Lambaire. »Glücklicherweise ist in Flair Court kein Pförtner anzutreffen.«

»Du hast den Schlüssel zum Haustor?« fragte Whitey, und Lambaire nickte.

Sie gingen langsam den Ludgate Hill hinauf, Arm in Arm, zwei eminent achtbare Bürger der Stadt in Zylinderhut und kurzem Überrock und anscheinend mit der ganzen Welt und sich selbst zufrieden.

Die Flair Court Street läuft mit der Lothbury Street parallel und ist zu dieser nächtlichen Stunde verödet. Sie kamen an einem einsamen Schutzmann vorüber, der die Türen der Gebäude untersuchte, und er wünschte ihnen höflich einen guten Abend.

Als sie vor der geschlossenen Tür des Hauses standen, in dem sich das Büro befand, ließ Whitey seinen Genossen aus seinen Ansichten über die geplante Expedition Vorteil ziehen.

»Es ist unser Glück, Lambaire«, sagte er, »und je mehr ich darüber nachdenke, um so größer erscheint das Glück: Ei, wenn es dahin käme, daß wir geradewegs hingehen könnten, um das Geld zu holen – wir könnten die ganzen Betrügereien zudecken – sie vergessen, Lambaire.«

»Das dachte ich auch«, sagte der andere, »das war mein Gedanke seinerzeit – ich wollte nur zu gescheit sein, sonst hätte ich es durchgesetzt.« Er blies in den Schlüssel.

»Was ist los?« fragte Whitey, der plötzlich eine Schwierigkeit bemerkte.

»Dieses Schloß da – ich bin nicht an die Haustür gewöhnt – oh, jetzt geht es.«

Der Hausschlüssel drehte sich im Schloß, und die Tür ging auf. Sie schlossen sie hinter sich ab, und Lambaire steckte ein Streichholz an, um den Weg über die dunkle Treppe zu beleuchten. Auf dem ersten Treppenabsatz zündete er noch eins an, und so fanden sie ihren Weg bis in das oberste Stockwerk.

Hier blieben sie stehen.

»Steck ein Streichholz an, Whitey«, sagte Lambaire und nahm einen Schlüssel aus seiner Tasche.

Aus irgendeinem Grund wollte sich der Schlüssel nicht drehen lassen.

»Das ist seltsam«, murmelte Lambaire und wollte es mit Drükken zustande bringen. Aber immer noch drehte sich der Schlüssel nicht.

Whitey tastete an der Streichholzschachtel herum und strich ein neues Hölzchen an.

»Komm, laß mich versuchen«, sagte er.

Er drückte mit Gewalt an dem Schlüssel, aber ohne Erfolg; dann probierte er die Klinke.

»Es ist nicht zugeschlossen«, bemerkte er, und Lambaire fluchte.

»Verwünscht«, sagte er, »dieser Dummkopf, der Grene! Ich habe ihm schon hundertmal gesagt, daß er sich vergewissern soll, wenn er abends fortgeht, daß die Tür zugeschnappt und verschlossen ist.«

Er trat in das äußere Büro. In dem Zimmer war kein elektrisches Licht, und er gebrauchte noch mehr Streichhölzer, als er auf sein Privatzimmer zuschritt.

Er nahm einen anderen Schlüssel und ließ das Patentschloß aufschnappen.

»Komm herein, Whitey«, sagte er, »wir wollen die Sachen aus dem Safe nehmen – wer ist da?«

Es war jemand im Zimmer. Er fühlte die Anwesenheit mehr, als daß er jemand sehen konnte. Es war pechfinster in dem Raum; von der Laterne draußen auf der Straße fiel nur ein ganz schwacher Schimmer herein.

»Halt die Tür, Whitey«, schrie Lambaire, und ein Streichholz flammte in seiner Hand auf. Für die Dauer eines Augenblicks sah er nichts; dann, als er in das Dunkel stierte und seine Augen sich an die Schatten gewöhnt hatten, stieß er einen Fluch aus.

Der Safe – sein Privat-Safe stand weit offen.

Dann erblickte er am Schreibtisch die geduckte Gestalt eines Mannes; er stürzte auf ihn zu, und das Streichholz entfiel ihm.

In dem verlöschenden Flackern des Zündhölzchens sah er, wie die Gestalt sich aufrichtete, und in diesem Augenblick schlug ihm auch schon eine Faust, so hart wie Eichenholz und geführt von einem Arm von Stahl, ins Gesicht, daß er mit einem Krachen hintenüberfiel.

Whitey, der in der Tür stand, kam gesprungen, aber eine Hand packte ihn an der Kehle, hob ihn wie eine hilflose Katze auf und schleuderte ihn mit einem dumpfen Schlag gegen die Wand ...

»Steck ein Streichholz an, wird's bald!« Lambaire erholte sich zuerst, und er brüllte wie ein toller Stier. »Licht – mach doch Licht!«

Whiteys Hand war unsicher, als er die Schachtel suchte.

»Dicht beim Feuer ist ein Gasarm – zum Teufel mit ihm! – er hätte mich beinahe abgetan.«

Der Schein eines weißglühenden Lichtes beleuchtete Lambaire; seine Kleider waren in Unordnung, und über sein todbleiches Gesicht strömte Blut. Er war mit dem Kopf auf die scharfe Kante des Schreibtisches aufgeschlagen.

Er lief zum Safe. Es war keine auffallende Unordnung zu sehen, kein Zeichen, daß er gewaltsam geöffnet worden war; er stöberte in den Papieren, warf sie mit fiebernder Hast auf den Boden, um in seiner Angst etwas zu finden.

Er wandte sich, krank vor Angst, an Whitey.

»Fort!« keuchte er. »Die Platten – sind fort!«

Whitey stand bewegungslos an der Tür.

»Sie sind fort, nicht wahr?« Er sagte es kaum hörbar. »Das macht Amber den Garaus! Ich habe ihn gesehen – du weißt, was das bedeutet, nicht wahr?«

»Amber«, wiederholte der andere wie betäubt.

»Amber – Amber!« Whitey schrie den Namen fast. »Hörst du nicht, was ich sage – es ist Amber, der Gauner.«

»Was sollen wir tun?«

Der schwerfällige Mensch war wie ein Kind in seinem jämmerlichen Schrecken.

»Tun!« Whitey lachte; es war ein seltsames kurzes Lachen, und es offenbarte den glühenden Haß, den er im Herzen hegte. »Wir müssen Amber finden, wir müssen Amber stellen, und wir müssen Amber töten; in die Hölle mit ihm!«

## 8

Peter Musk hatte den obersten Stock im Hause Nr. 19 der Redcow Court Street inne und wurde von seinem Hauswirt für einen Idealmieter gehalten, denn er bezahlte regelmäßig seine Miete. Von den drei Zimmern beanspruchte Peter das eine, Amber (›Mein Neffe vom Lande‹, pflegte Peter zu sagen) das andere, und das dritte war Peters Wohnzimmer.

Peter war bis zu dem aufregendsten Kapitel in der bunten Laufbahn des »Schönen Hike, des Schreckens von Texas« gekommen, als Amber eintrat.

Er stürzte hastig, nach Atem ringend, herein und lachte laut, als er die Tür hinter sich schloß.

Peter sah über seine Brille hinweg und ließ den Roman auf seinen Schoß sinken.

»In Schwulitäten?« fragte er begierig, und als Amber lächelnd den Kopf schüttelte, verzog der alte Mann enttäuscht sein Gesicht.

»Nein, mein Peter«, sagte Amber und hängte seinen Hut auf, »ich bin nicht in Schwulitäten – nicht im geringsten.« Er zog aus seiner Tasche zwei flache Pakete heraus und legte sie behutsam auf den Tisch. Sie waren in Zeitungspapier eingewickelt, und der Inhalt schien nicht leicht zu sein. Amber ging zum Kaminsims hinüber und untersuchte seinen Anzug aufs genaueste.

»Was ist los, Amber? Was suchst du?«

»Blut, mein Peter«, sagte Amber, »geronnenes Blut – Menschenblut. Ich war gezwungen, einen Gentleman hart anzufassen mit der Waffe des Unbewaffneten – nämlich mit der Faust.«

»Hei!« Peter sprang auf seine Füße, ganz Eifer, aber Amber lächelte immer noch.

»Lies weiter«, sagte er, »es gibt für dich nichts weiter zu hören.«

Das war schroff und abweisend gesprochen, und Peter war wie erstarrt, aber Ambers Lächeln milderte die scharfen Worte.

Amber setzte seine Unterhaltung fort, zog seinen Rock aus und besichtigte das Kleidungsstück sorgfältig.

»Es sind keine verräterischen Flecken da«, ergänzte er flüchtig und ging an den Tisch, wo seine Pakete lagen. Er hatte seinen Rock wieder angezogen, griff in eine der Taschen und brachte ein flaches, rundes ledernes Gehäuse zum Vorschein. Er drückte auf eine Feder, und der Deckel schnappte zurück wie der Sprungdeckel einer Uhr.

Peter schaute interessiert zu. »Das ist ein Kompaß«, sagte er.

»Richtig, mein Peter, es ist ein Kompaß – aber er hat den Nachteil, daß er kein verläßlicher Wegweiser ist: mit anderen Worten, es ist ein Kompaß, der auf die schamloseste Weise lügt, der die Menschen irreführt, mein Peter; es ist ein teuflisches Ding, ein Instrument, das den Fuß auf falsche Fährte lockt; kurz und gut, ein ganz unglaublicher Plunder.«

Er schüttelte ihn ein wenig, drehte ihn einigemal hin und her und wiegte mit ernster Miene den Kopf. Dann ließ er ihn zuschnappen und stellte ihn neben sich auf den Tisch, um seine Aufmerksamkeit den anderen Paketen zuzuwenden. Er wickelte sie behutsam aus. Zwei flache Stahlplatten mit seltsamer Gravierung kamen zum Vorschein. Er beugte sich über sie und lächelte, und sein Lächeln schlug schließlich in ein triumphierendes Hallo um. Er blickte auf, begegnete Peters beunruhigtem und verwirrtem Blick und lachte laut auf.

»Amber, da geht etwas vor«, sagte Peter düster, »du heckst etwas aus, und ich weiß es nicht; sonst wußte ich alles!«

Das war nicht ganz richtig, aber Peter gefiel sich in dem Gedanken, er habe an Ambers schändlichen Ränken Anteil.

»Ja, es geht etwas vor, und ich führe etwas im Schilde, Peter«, sagte Amber und wickelte die Platten sorgfältig ein. »Was ich aushecke, ist sogar ziemlich brenzlig; wenn die Polizei plötzlich erschiene und dies hier in meinem Besitz fände, käme ich sieben lange Jahre hinter Schloß und Riegel, und du würdest kaum glimpflicher davonkommen.«

Es mag sein, daß die Beleuchtung des Zimmers schlecht war, aber es schien, als ob Peter, dieser »gewiegte Verbrecher«, ein wenig blaß wurde angesichts einer so grauenhaften Perspektive.

»Es ist ein bißchen gefährlich, nicht wahr?« fragte er unbehaglich. »Wenn so viel auf dem Spiele steht – was ist es?«

»Fälschung«, sagte Amber ruhig, »Fälschung von Banknoten, von Noten der Bank von England.«

»Gut, vergraben«, stammelte Peter, nach Atem ringend; er mußte sich stützen und klammerte sich an die Kante des Tisches.

»Es ist mir geradeso«, bemerkte Amber und stand auf. »Ich werde diese kostbaren Beweise von Tugend und Frömmigkeit an einen sicheren Platz bringen.«

»Wohin? – Gib acht, mein Junge – bring dich nicht in Schwierigkeiten und mich auch nicht, nachdem ich mich all die Jahre vom Gefängnis ferngehalten habe. Wirf sie in den Fluß; leih dir ein Boot, unten am Waterloo-Platz.«

Er erteilte seine Ratschläge heiser und im Flüsterton, während Amber das Zimmer schon verließ, und nickte dabei, und er nickte immer noch, als er, sich über das gebrechliche Treppengeländer beugend, Amber flink die Treppe hinuntereilen sah.

Amber bog in die Borough Street ein und eilte in Richtung London Bridge weiter. Er kam an einem Schutzmann vorüber, und das Unglück wollte es, daß ihn dieser kannte; der Mann sah scharf nach ihm hin und winkte ihn zu sich heran.

Amber wünschte sich manches; was er sich aber um alles in der Welt nicht wünschte, war ein Zusammentreffen mit einem neugierigen Schutzmann.

Weitergehen und so tun, als habe er die Aufforderung nicht bemerkt, würde den Mann ärgern; so blieb Amber stehen und lächelte.

»Nun, Mr. Amber«, neckte der Konstabler, »ich sehe, Sie sind wieder draußen – werden wir jetzt ehrlich werden?«

»So ehrlich, mein Konstabler«, sagte Amber ernst, »daß Ihnen mein unsträflicher Wandel als Richtschnur dienen könnte.«

Er bemerkte das schnelle Zeichen »Vorgesehen!«, das der Mann ihm gab. Er wußte, daß die Platten aus seiner Tasche heraussahen; die nächste Bemerkung würde wahrscheinlich eine erkundigende Frage nach dem Inhalt des flachen Pakets sein. Sein Auge schweifte umher, wie um zu sehen, ob ein Entkommen möglich sei, und er erblickte ein langsam daherfahrendes Auto. Er erhob seine Hand und pfiff.

»Sie wollen mit etwas Schwierigem beginnen, nicht wahr?« fragte der Konstabler mißbilligend.

»Das habe ich gerade vor«, erwiderte Amber, und ohne den Hut zu rücken, redete er den Schofför an, der seinen Wagen zum Stehen gebracht hatte.

»Nach Scotland Yard«, bestimmte er; dann wandte er sich an den Polizisten und fragte ihn: »Glauben Sie, daß Inspektor Fells Dienst hat?«

»Inspektor Fells?« Des Konstablers Stimme klang plötzlich respektvoll. »Ich kann es nicht sagen, wir wissen um die Yard-Leute nicht Bescheid – warum wollen Sie zu ihm?«

»Es tut mir leid, daß ich Ihre Neugierde nicht befriedigen kann, Sergeant«, sagte Amber beim Einsteigen, »aber ich werde den Inspektor wissen lassen, daß Sie sehr begierig wären, es zu erfahren.«

»Hören Sie, Amber, lassen Sie das«, fiel ihm der bestürzte Schutzmann ins Wort, trat an den Rand des Bürgersteiges und legte seine Hand auf die Tür des Autos. »Sie werden das nicht sagen, nicht wahr?«

»Ganz und gar nicht«, grinste Amber, »ein kleiner Scherz von mir; Ehrensache unter Polizisten, was?«

Der Wagen beschrieb einen weiten Bogen, und Amber, der durch das kleine Fenster hinten im Wagen zurückblickte, sah, wie der Schutzmann ihm nachschaute und sein Gesicht halb Zweifel, halb Argwohn ausdrückte.

Amber war mit knapper Not entkommen und stieß einen Seufzer der Erleichterung aus; diese Gefahr war also vorüber! Es blieben ihm zehn Minuten, um sich seinen Plan zu überlegen. Überraschend schnell war sein Entschluß gefaßt, schon ehe der Wagen über die Westminster-Brücke glitt und nach Scotland Yard einbog.

Hinter einem Schreibtisch saß ein Inspektor; er blickte von den Akten, in denen er schrieb, auf.

»Ich möchte Mr. Fells sprechen«, sagte Amber.

»Name?«

»Amber.«

»Glaube ihn zu kennen. In welcher Angelegenheit?«

Statt aller Antwort legte Amber eine Hand auf den polierten Tisch, der ihn von dem Beamten trennte, und hielt zwei Finger diagonal übereinander.

Der Inspektor knurrte etwas, was wie Bereitwilligkeit klang, und langte nach dem Telefon.

»Einer von draußen – will Mr. Fells sprechen . . . Ja.«

Er legte den Hörer auf.

»Siebenundvierzig«, sagte er. »Sie kennen wohl den Weg nach oben.«

Zufällig besaß Amber diese Kenntnis nicht, aber er fand keine Schwierigkeit darin, Nummer siebenundvierzig ausfindig zu machen; es war ein Wartezimmer.

Er mußte einige Minuten warten, ehe ein Bote kam und ihn in ein einfach möbliertes Büro führte.

Josiah Fells war dafür bekannt, daß er in jedem schwierigen Kriminalfall der letzten zwanzig Jahre eine Rolle gespielt hatte. Er war von kurzer, untersetzter Gestalt und trug einen braunen Spitzbart. Darüber sah man eine kurze Stülpnase, eine hohe, kahle Stirn, und – um die sanften, blauen Augen – eine Menge Fältchen vom vielen Lächeln. Der Uneingeweihte würde nicht im mindesten erraten haben, daß er einen Detektiv vor sich hatte.

»Amber, beim Himmel!« sagte der Detektiv. Es war seine Gewohnheit, sich einer starken und schwülstigen Ausdrucksweise zu bedienen. »Mein Junge, komm herein und schließ die Tür. Nun –?«

Er schloß eine Schublade auf und nahm eine Kiste Zigarren heraus. Er freute sich immer, seinen »Klienten« zu begegnen, und Amber war sein besonderer Liebling. Obschon er ihm – seiner Überzeugung nach – beruflich noch nicht begegnet war!

»Wollen Sie eine Zigarre?«

Amber wählte vorsichtig eine Sumatra und steckte sie an.

»Was wünschen Sie? Beichte? Frischer Anlauf ins Leben – oh! Natürlich, Sie wollen jemand ins Kittchen bringen. Man telefonierte herauf, daß Sie draußen arbeiteten.«

Amber schüttelte den Kopf.

»Ich habe das nur gesagt, weil ich wußte, daß ich dann ohne weiteres vorgelassen würde – ein alter Verbrecher, den ich im Gefängnis traf, machte mich mit dem Zeichen bekannt.«

Er nahm die Pakete und legte sie auf den Tisch.

»Für mich?« fragte der Beamte etwas zweifelnd.

»Für Sie, mein Habichtsauge«, sagte Amber.

Der Detektiv streifte das Papier ab, und ein Ausruf der Verwunderung entfuhr ihm, als er sah, was die Pakete enthielten.

»Ja – mein Gott!« Er pfiff leise vor sich hin. »Nicht Ihre Arbeit, Amber? Schlägt schwerlich in Ihr Fach, was?«

»Schwerlich.«

»Wo haben Sie die Dinger her?« Fells blickte rasch auf, als er die Frage stellte.

»Das ist das einzige, was ich Ihnen nicht sagen werde«, sagte Amber ruhig, »aber wenn Sie wissen wollen, wie ich zu ihnen gekommen bin: ich verübte einen Hauseinbruch und fand sie in dem Kassenschrank eines Büros.«

»Wann?«

»Heute nacht.«

Der Inspektor drückte auf eine Klingel, und ein Polizist kam in das Zimmer.

»An alle Stationen durchgeben: Falls von einem Einbruch in ein Büro berichtet wird, den Kläger unter Beobachtung stellen.«

Der Mann kritzelte den Auftrag in sein Notizbuch und verließ das Zimmer.

»Ich habe diese Anweisung nur für den Fall gegeben, daß Sie Ihre Meinung nicht ändern und mir die gewünschte Auskunft tatsächlich nicht geben wollen.«

»Ich werde es Ihnen nicht sagen«, erwiderte Amber entschlossen. »Es würde Ihnen auch nicht viel helfen, zu wissen, woher die Sachen kommen, wenn Sie die Werkstatt nicht finden können.«

Der Inspektor nickte.

»Wenn eine Bande so etwas fertigbringt, besitzt sie mehr als die gewöhnlichen Hilfsquellen. Wenn Sie sie ausheben wollten, würden Sie nur das Schwanzende abbeißen, und der ganze übrige Körper der Bande würde sich schneller verflüchtigen, als Geld einem Verschwender unter den Händen wegschmilzt.«

»Ich könnte sie beobachten lassen –« begann der Inspektor.

»Bah!« sagte Amber höhnisch. »Mein Inspektor! Die Beobachtung würde verpuffen! Sie entdecken den Beobachter im Handumdrehen; sie erkennen ihn an seinen Stiefeln und an seinem Schnurrbart und an seinem rasierten Kinn. Ich kenne Ihre Beobachter. Ich kann sie unter der Menge herausfinden. Nein, das ist nicht mein Gedanke.« Amber zögerte und schaute etwas unbehaglich drein.

»Weiter! Nehmen Sie noch eine Zigarre, die wird Ihnen helfen«, ermutigte ihn Fells und öffnete den Kasten.

»Ich danke Ihnen, aber nein«, sagte Amber fest. »Ich kann wirklich ohne die Anregung des Nikotins sprechen. Was ich zu sagen habe, ist dies: Sie kennen meinen Akt?«

»Ja«, sagte Fells, »oder ich glaube ihn zu kennen, was auf dasselbe hinauskommt.«

»Mein Inspektor«, versetzte Amber ernsthaft, »ich bitte Sie, Ihren scharfen Verstand einer Sache zuzuwenden, die sowohl Sie als auch mich betrifft. Ein nur oberflächliches und nachlässiges Interesse an dem Problem, das ich zu fördern mich bemühe, könnte sehr leicht das Gegenteil der gewünschten Wirkung erzeugen. Mit anderen Worten, ich bin verwirrt.«

Er schwieg eine Weile; dann stand er von dem Platz an Fells' Schreibtisch auf, wohin er sich auf des Detektivs Einladung gesetzt hatte, und begann, im Zimmer auf und ab zu gehen.

»Es ist allgemeines Gespräch in den Gefängnissen Englands, daß eine Bande, eine wirkliche, große Bande, Banknoten in Umlauf setzt; nicht nur englische, auch fremde Noten.«

»Es ist auch das allgemeine Gespräch in weniger exklusiven Kreisen, Amber, mein teurer Junge«, sagte Fells trocken. »Wir möchten der Bande gar zu gern habhaft werden.« Er nahm eine Platte hoch und hielt sie unter das Licht. »Sie sieht gut aus, aber wenn wir sie nicht abziehen, kann ich nicht sagen, wie gut sie ist.«

»Angenommen« – Amber lehnte sich über den Tisch und sprach ernst –, »angenommen, sie ist das Werk der großen Bande – angenommen, ich kann auf ihre Spur leiten –«

»Nun?«

»Würden Sie mir hier ein Quartier hinter schwedischen Gardinen verschaffen?«

Sie sahen einige Augenblicke einander an, dann fingen die Fältchen um des Inspektors Augen an zu zittern, und er brach in ein schallendes Gelächter aus.

»Mein Oberdetektiv – Inspektor«, sagte Amber vorwurfsvoll, »Sie verletzen mich.«

Aber Ambers komischer Protest konnte den Detektiv nicht aus dem Lachen bringen. Er lachte, bis ihm die Tränen über die Wangen liefen, und Amber beobachtete ihn scharf.

»Oh, Himmel!« Der Detektiv rang nach Luft und wischte sich die Augen. »Hol Sie der Teufel, haben Sie mich lachen gemacht! – Hier!« Er stand auf, holte einen Schlüsselbund aus seiner Tasche und öffnete einen Wandschrank. Aus einer Schublade nahm er einen Bogen Propatriapapier, legte ihn auf den Schreibtisch und setzte sich.

»Ihre Missetaten!« spottete er.

Das Papier war sorgfältig liniert. Links – worauf der Detektiv deutete – waren zwei Eintragungen. Rechts war jede Linie mit steifer Handschrift beschrieben.

»Ihr Strafregister«, versetzte der Detektiv.

Amber sagte nichts, er strich sich nur gedankenvoll das Kinn.

»Nach meiner Schätzung«, fuhr der Detektiv langsam fort, »sind Sie in Ihrer kurzen, aber düsteren Laufbahn zu etwa achtzig Jahren Zuchthaus verurteilt gewesen.«

»Es scheint eine ganze Menge«, sagte Amber.

»In der Tat«, sagte der Detektiv und faltete das Papier. »Wenn Sie also kommen und mir zu verstehen geben, Sie wollten sich bessern und sich sogar der Kriminal-Untersuchungsabteilung anschließen, so muß ich lachen. Aber im Ernst, Amber«, fuhr er fort, und seine Stimme wurde leiser, »können Sie irgend etwas für uns in dieser Fälschungsangelegenheit tun? – Der Chef befaßt sich gerade sehr mit der Sache.«

Amber nickte.

»Ich glaube, ich kann es«, sagte er.

»Versuchen Sie es«, sagte Fells mit einem Lächeln.

»Ich will es versuchen«, entgegnete Amber heiter.

## 9

London schläft nie. Von der Totenstille, die sich über die Welt breitet, von der schweigsamen Ruhe alles Lebendigen weiß London nichts.

Wenn sich das lärmende Getöse der Arbeit längst gelegt hat, klingt das stoßweise Rumpeln der Straßenbahnen, das Schellen und Hupen noch weit in die Nacht hinein. Immer noch rattern verspätete Taxis durch die einsamen Straßen, poltern eilige Lastautos – aber dann tritt für einige Augenblicke tiefe Stille ein.

Wenige Minuten ruht das geräuschvolle Treiben, dann ertönt in der Ferne der schrille Pfiff einer Lokomotive und das Gerassel der Waggons. Irgendwo auf einem entfernten Rangierbahnhof mit seinen Lichtsignale gebenden und empfangenden Weichenstellern hat das Getriebe eines neuen Tages schon wieder begonnen.

Noch weit weg das Rattern eines fahrenden Wagens. Dann, immer näher kommend, ein Marktwagen auf seinem Weg nach Covent Garden. Gleichmäßig feste Tritte – Schutzleute beginnen ihre gleichförmige Runde. Immer mehr Räder rollen durch die Straßen. Der Lärm wird stärker und stärker, eine Turmuhr schlägt dazwischen. Auf dem Pflaster eilige Schritte.

Lambaire, der sich in seinem Bett hin und her warf, hörte das alles. Und noch mehr, es drangen Laute an sein Ohr, die ihren Ursprung nur in seiner Phantasie hatten. Tritte machten vor seiner Tür halt, Stimmen flüsterten erregt. Er hörte Stahl klirren, einen Schlüssel knarren, mit dem eine Handschelle geöffnet wurde. Zwischendurch verfiel er in Halbschlummer, um sich dann plötzlich wieder im Bett aufzurichten; der Schweiß drang ihm aus allen Poren, und sein Ohr horchte gespannt nach den Lauten, die ihn seine Einbildungskraft hören ließ. Die kleine Uhr auf dem Kaminsims tickte erbarmungslos »zehn Jahre, zehn Jahre«, bis er aus dem Bett schlüpfte und, nach dem fruchtlosen Versuch, die Uhr zum Stehen zu bringen, sie in ein Handtuch und außerdem in einen Schlafrock wickelte, um ihre ominöse Prophezeiung zum Schweigen zu bringen.

Die ganze Nacht über lag er wach und wälzte in seinem Kopf Pläne, Projekte, Fluchtmöglichkeiten, wenn die Flucht nötig würde. Sein bandagierter Kopf hämmerte unaufhörlich, und doch überlegte er; er überlegte und überlegte.

Wenn Amber die Platten hatte, was würde er mit ihnen anfangen? Es war kaum anzunehmen, daß er sie zur Polizei bringen würde. Vielleicht benutzte er sie zur Erpressung; das war ihm eher zuzutrauen. Ein wöchentliches Einkommen für die Verpflichtung, reinen Mund zu halten ... Wenn er das bezweckte, so war es eine leichte Aufgabe. Whitey würde etwas tun. Whitey war ein skrupelloser Halunke ohne Erbarmen ... Lambaire schauderte – man mußte doch nicht gleich an Mord denken!

Er hatte dieser Tage einen Artikel gelesen, in welchem nachgewiesen wurde, daß nur vier Prozent aller Mörder in England der Entdeckung entgingen ... Wenn er diesmal wie durch ein Wunder durchkam, wollte er einen ehrlichen Lebenswandel versuchen. Wollte das »Silbergeschäft« und das »Druckereigeschäft« fallenlassen und sich nur noch mit dem Diamantenfluß befassen. Das wäre einwandfrei. Wenn bei der Gründung der Gesellschaft etwas dunkel oder anrüchig gewesen war, so würde das alles vergessen sein, wenn das Geschäft glänzend zu Ende geführt würde ... De Beers würde auf der Bildfläche erscheinen und sich als Teilhaber anbieten; er würde Millionär werden ... Schon andere Leute hatten Millionen gemacht und ihre dunkle Vergangenheit dadurch in Vergessenheit geraten lassen. Zum Beispiel Jack Jarach, der einen Palast in Park Lane besaß und ursprünglich ein notorischer Verbrecher gewesen war. Ein anderer ... wie hieß er nur gleich ...?

Er fiel in einen unruhigen Schlummer, gerade als es anfangen wollte zu dämmern. Ein Klopfen an der Tür weckte ihn, und er sprang aus dem Bett. Die wildeste Furcht packte ihn, und seine Augen irrten nach dem Pult, in dem ein geladener Revolver lag.

»Mach auf, Lambaire.«

Es war Whiteys Stimme, die ungeduldig Einlaß begehrte, und mit zitternder Hand schob Lambaire den Türriegel zurück.

Whitey trat mürrisch in das Zimmer. Daß auch er eine schlaflose Nacht verbracht hatte, war ihm kaum anzumerken.

»Es ist doch gut, daß du im Hotel wohnst«, sagte er. »Ich hätte klopfen und klopfen können, ohne eingelassen zu werden. Doch was sehe ich! Du bist ein Wrack.«

Whitey schüttelte mißbilligend den Kopf.

»Sei still, Whitey!« Lambaire goß das Waschbecken voll Wasser und tauchte sein Gesicht hinein. »Ich habe eine schlechte Nacht gehabt.«

»Ich habe überhaupt keine Nacht gehabt«, sagte Whitey, »überhaupt keine Nacht«, wiederholte er schrill. »Sehe ich aus wie ein seekranker Fisch? Ich hoffe nicht. Du hübsch im Bett – ich – in den Straßen herumgewandert, um Amber zu suchen – und endlich habe ich ihn gefunden.«

Lambaire, der gerade mit dem Handtuch sein Gesicht abtrocknete, hörte auf zu reiben und starrte den Sprecher an.

»Du hast ihn doch nicht –« flüsterte er voller Angst.

»Ich habe ihn nicht umgebracht, wenn du das meinst«, sagte er kurz. »Zieh keine übereilten Schlüsse, Lambaire, denn darin bist du groß – nein, ich habe ihn nicht getötet –, er wohnt in der Borough Street«, fügte er wie nebensächlich hinzu.

»Wie hast du es denn herausbekommen?« fragte Lambaire.

»Schwätze nicht«, sagte der andere mürrisch. »Frage nicht tausendmal – zieh dich an –, wir wollen Amber in Ruhe lassen.«

»Warum?«

Whitey steckte zwei seiner langen weißen Finger in seine Westentasche und zog einen goldenen Zahnstocher hervor; er beschäftigte sich zerstreut damit und sah dabei zum Fenster hinaus, als ob seine Gedanken ganz woanders wären.

»Lambaire«, sagte er wie mit sich selbst sprechend, »laß Amber fallen – befaß dich nicht mit ihm. Befaß dich mit den Diamanten.«

»Dasselbe dachte ich«, sagte Lambaire eifrig. »Wenn wir vielleicht selbst hinausführen und uns umschauten –«

»Ausreisen, um zu – zum Kuckuck damit«, fuhr ihn Whitey an. »Wenn du mich nach Zentral-Afrika gehen siehst ... die Hitze ... das Fieber ... Unsinn! Nein, ich werde die junge Dame besuchen, ihr die Geschichte erzählen; ich werde alles so darstellen, daß sie den Glauben hat, wir seien von ihrer Barmherzigkeit abhängig – ich habe mit dem jungen Sutton eine Zusammenkunft verabredet.«

»Schon?«

»Gewiß«, sagte Whitey, »telefonisch.«

»Und was wird mit Amber und den Platten?«

»Erpressung«, sagte Whitey, und Lambaire lächelte vergnügt.

»Das dachte ich auch, natürlich ist das die Absicht – was ist mit Sutton?«

»Er kommt zum Frühstück hierher; beeile dich ruhig etwas mit dem Anziehen.«

Eine halbe Stunde später traf sich Lambaire mit Whitey in der großen Halle des Hotels. Ein Bad und ein Besuch beim Hotelfriseur hatten ihn äußerlich hergerichtet; doch die Spuren seiner nächtlichen Gewissensangst waren noch nicht ganz verwischt, und mit dem schwarzen seidenen Band um seinen Kopf sah er ungewöhnlich schlecht aus.

Schlag neun Uhr kam Francis Sutton; sein Auftreten war etwas wichtig, als fühle er sich schon als der zukünftige Forscher. Später gingen die drei in den Speisesaal.

Es gibt Charaktere, die sich nur schlecht skizzieren lassen, und ein solcher war Francis Sutton. Er war so unberechenbar, so unbestimmt und reizbar, daß die Skizze, die man heute von ihm entworfen hätte, morgen falsch sein würde. Leichter wäre es, einen Nebelfleck zu malen oder mit einem Gemisch von Schwarz und Weiß die wechselnde Gestalt des Rauches festzuhalten, als dieser gestaltlosen Seele gerecht zu werden.

Gut und Böse waren zu gleichen Teilen in ihm, so daß er recht unzuverlässig war. Es ist überhaupt schwer, jemand zu beurteilen, wenn nicht überwiegende Eigenschaften vorhanden sind. Die Waagschale muß auf der einen oder anderen Seite hinuntergehen. Wenn das Gleichgewicht von Tugend und Verderbtheit aber so auf des Messers Schneide steht, daß das Zünglein an der Waage zwischen beiden zögernd hin und her schwankt, so kann man versichert sein, daß die in Widersprüchen sich verzehrende Seele farblos, formlos und unstet ist.

Francis Sutton besaß einen sehr schwankenden Willen, und nur der Augenblick konnte ihn bestimmen. Er konnte von Hause weggehen mit der festen Absicht, einen bestimmten Plan durchzuführen, und eine Stunde darauf mit einem völlig entgegengesetzten Plan nach Hause zurückkehren, ohne sich – merkwürdig genug – der Änderung seiner Absichten bewußt zu sein.

Einst war er zu Lambaire gekommen, um eine unangenehme Erinnerung aus seinem Leben zu tilgen (für gewöhnlich erachtete er dieses Verfahren als leicht) und seine Unabhängigkeit zu sichern, über die er, wie er sich einbildete, eifersüchtig wachte. Jetzt kam er in einer völlig veränderten Seelenverfassung; er kam als der erwählte Günstling eines großmütigen Gönners.

»Wir haben allerhand zu erledigen«, sagte Lambaire, als sie sich zum Frühstück niedersetzten. »Die Unverschämtheit jenes Lumpenkerls, der sich als Ihr Freund bezeichnet, hatte die Angelegenheit gestern völlig aus meinem Gedächtnis verdrängt –«

»Ich möchte furchtbar gern wegen der Sache verhandeln«, beeilte sich Sutton mit seiner Antwort. »Es sieht Cynthia ähnlich, sich mit einem Schurken wie Amber abzugeben. Ich versichere –«

Lambaire wehrte die eifrigen Beteuerungen mit einem breiten Lächeln ab.

»Mein Junge«, sagte er großmütig, »reden Sie nicht mehr davon. Ich spreche Sie von jedem Tadel frei – nicht wahr, Whitey?«

Whitey nickte bekräftigend.

»Ich kenne Amber.« Lambaire wies auf sein bandagiertes Haupt. »Das ist Amber!«

»Großer Gott!« sagte der Jüngling mit weit aufgerissenen Augen, »Sie meinen doch nicht, daß –?«

»Doch«, sagte der andere. »Vergangene Nacht, als ich ins Hotel zurückkam, wurde ich von Amber und einem halben Dutzend Rohlingen angefallen – nicht wahr, Whitey?«

»Es war so«, beteuerte Whitey.

»Aber die Polizei?« protestierte der junge Mann energisch. »Sicherlich konnten sie ihn einsperren?«

Lambaire schüttelte mit einem schmerzhaften Lächeln den Kopf.

»Die Polizei ist nichts wert«, sagte er, »sie sind alle zusammen Mitschuldige – mein lieber Junge, Sie haben keine Ahnung von der Bestechlichkeit der Schutzmannschaft, ich könnte Ihnen Geschichten erzählen, daß Ihnen die Haare zu Berge stünden.«

Er verbreitete sich noch des weiteren über die Unzuverlässigkeit der Polizei.

»Nun laßt uns zu unserem Geschäft übergehen«, sagte er. »Haben Sie über meinen Vorschlag nachgedacht?«

»Ich habe über die Angelegenheit sehr viel nachgedacht«, erwiderte Sutton. »Ich nehme an, daß ein Vertrag oder etwas Ähnliches aufgesetzt werden muß.«

»O gewiß – ich bin froh, daß Sie fragen. Wir sprachen gerade heute morgen darüber, nicht wahr, Whitey?«

Whitey nickte und gähnte verstohlen.

»Ich fürchte, Ihre Schwester ist gegen uns voreingenommen«, fuhr Lambaire fort. »Ich bedaure das; ja, es schmerzt mich sogar ein wenig. Sie steht unter dem Eindruck, als wollten wir in den Besitz des Planes, den sie hat, gelangen. Nichts dergleichen! Wir wollten ihn gar nicht sehen. Soviel wir wissen, soll der Fluß im Nordwesten des Alebi-Landes fließen. Wir glauben deshalb auch nicht, daß der Plan Ihnen viel nützen wird – nicht wahr, Whitey?«

»Ja«, sagte Whitey zerstreut – »nein, wollte ich sagen.«

»Unser Projekt ist, Sie hinzusenden und Ihnen Gelegenheit zu geben, die Richtigkeit dieser Ansicht zu bestätigen.«

In dieser Weise besprachen sie sich nahezu eine Stunde lang, erörterten die Ausrüstung und die Kosten, und der junge Mensch, den die Flügel der Phantasie in ein anderes Leben und in eine andere Sphäre trugen, sprach so ins Blaue hinein, daß er nicht merkte, wie er mitunter falsche Schlüsse zog.

Aber noch war der Widerstand von Cynthia zu überwinden.

»Das ist eine Kleinigkeit«, meinte der Junge leichthin, und die beiden Männer bestanden nicht weiter auf diesem Punkt. Immerhin wußten sie, daß dieses junge Mädchen kein bloßer Kieselstein auf dem Wege war, den man einfach beiseite schieben konnte; sie waren sich im Gegenteil klar darüber, daß man mit einem Felsen zu rechnen hatte, besonders bei der gesunden Urteilskraft dieses Mädchens.

Als sie sich später dem Hause in Warwick Gardens näherten, teilten sie die Zuversicht des schwatzhaften jungen Mannes, der ihnen voranging und Cynthias Widerstand bereits überwunden glaubte, nicht im mindesten.

Francis Sutton hatte gerade auf den Knopf der elektrischen Klingel gedrückt, als er sich plötzlich umdrehte.

»Nebenbei«, sagte er, »wem gehört diese Mine? – Ihnen oder meinem Vater?«

Die Unbefangenheit der Frage machte Lambaire unvorsichtig.

»Ihr Vater hat sie entdeckt«, sagte er gedankenlos, und als er gleich darauf stutzte, sprang Whitey schnell für ihn ein.

»Aber wir haben sie gegründet«, fiel er Lambaire ins Wort, mit einem Ton, der merken ließ, daß wegen des Eigentumsrechtes jede weitere Unterhaltung überflüssig war.

## 10

Cynthia Sutton war dreiundzwanzig Jahre alt und von geradezu klassischer Schönheit. Sie hatte volles, kastanienbraunes Haar, ihre Augen waren groß und von jener Schattierung, die entweder ins Blaue oder Graue spielt, je nach der Lichtstimmung, in der sie gesehen werden. Ihre Nase war gerade, ihre Haut weich und rein.

»Sie hat die Gestalt einer Frau und die Augen eines Kindes«, sagte Amber, als er sie beschrieb, »und sie bat mich, zum Tee zu kommen.«

»Und du gingst nicht«, sagte Peter und nickte billigend mit dem Kopf. »Fühltest, daß deine Gesellschaft diese unschuldige Blume bloßstellen könnte. ›Nein‹, so sagtest du wohl zu dir selbst, ›nein, ich will fernbleiben und ihr nur ein zartes Gedenken bewahren –‹«

»Um es genau zu sagen, mein Peter«, sagte Amber, »ich vergaß die ganze Verabredung über der Hast und Unruhe, mit der ich Lambaire aus dem Wege ging.«

Sie saßen in dem kleinen Zimmer unter dem Dach des Hauses Nr. 19 der Redcow Court Street, und der liebliche Gesang der Vögel in den Käfigen erfüllte das Gemach.

»Nein«, fuhr Amber gedankenvoll fort, »ich muß dir gestehen, mein Peter, daß ich so interessante Unterhaltungen, wie sie dir deine romantische Seele eingibt, mit mir nicht führe.«

Er sah auf seine Uhr. Es war zehn Uhr vormittags, und er starrte durch das offene Fenster; sein Geist war mit einem Problem beschäftigt.

»Ich muß sie besuchen«, sagte er halb zu sich selbst; er suchte nach Entschuldigungen. »Dieses Geschäft des jungen Sutton ... Kompaß und Karte ... verborgene Schätze und derlei Dinge, wie, mein Peter?«

Peters Augen glänzten hinter seiner horngeränderten Brille hervor, und seine Hand zitterte vor Erregung, als er aufstand und nach den Regalen mit den Leinenvorhängen ging.

»Ich habe hier eine Geschichte«, sagte er und kramte eifrig in seinen literarischen Schätzen, »die wird dir zu ein paar Ideen verhelfen: Geld und Münzen mit Achtern – was ist eine Münze mit einem Achter?« Er wandte sich plötzlich um.

»Ein Sovereign«, sagte Amber prompt, »acht halbe Kronen.« Er war in der Stimmung, das erste, was ihm gerade durch den Kopf schoß, herauszusagen.

»Hm!« Peter suchte weiter, und Amber beobachtete ihn mit stiller Freude, als sähe er begeistert spielenden Kindern zu.

»Hier ist es«, sagte Peter.

Er zog aus einem Haufen von Büchern eins hervor, buntfarbig und tollkühn in der Zeichnung.

»Das ist es.« Er staubte den papierenen Deckel zärtlich ab.

»Der schwarzäugige Nick oder des Tollkopfs Dukatentraum. Wie ist das?«

Amber nahm dem alten Mann das Buch ab und untersuchte es, indem er die Seiten rasch durchblätterte.

»Fein«, sagte er mit Überzeugung. »Leg es zu meinem Pyjama, ich will es lesen, um damit einzuschlafen« – er redete ein wenig zerstreut, denn seine Gedanken waren woanders.

Es war ihm eine Erleichterung, wenn Peter ihn allein ließ, um »einkaufen« zu gehen. »Einkaufen« war Peters Lebensfreude, und seinem Einkauf ging gewöhnlich ein sehr sorgfältiges Aufzählen vorauf.

»Für ein paar Pence Kanariensamen, ein Viertel Tee, zwei Viertel Zucker, vier Bündel Holz, ein Schoppen Paraffinöl, dem Krämer sagen, daß er mir einen halben Zentner Kohlen schickt, Eier, ein bißchen Speck – du mochtest heute morgen keinen Speck, nicht wahr, Amber? –, etwas gedörrten Lachs, ein Rippchen – hast du Lust auf ein Rippchen? – und ein Pfund neue Kartoffeln; ich denke, das ist alles.«

Amber lehnte sich zum Fenster hinaus und sah ihn die Straße hinaufgehen, die große Binsentasche fest in der Hand, den bejahrten Zylinderhut ins Genick geschoben. Amber wartete, bis er außer Sicht war, dann begab er sich in sein Schlafzimmer und fing an, seine Kleider zu wechseln.

Bald darauf war er auf dem Weg nach Warwick Gardens.

Das Mädchen, das ihm öffnete, sagte ihm, daß ihre Herrin augenblicklich nicht zu sprechen sei, führte ihn aber in ein kleines Lesezimmer.

»Einen Augenblick«, sagte Amber; er kritzelte in sein Notizbuch eine Mitteilung, riß das Blatt heraus und gab es dem Mädchen. »Bring ihr dies.«

Als ihr das zusammengerollte Zettelchen gebracht wurde, war Cynthia in eine fruchtlose und, soweit es Lambaire betraf, nutzlose Erörterung über die geplante Expedition ihres Bruders verwickelt. Sie öffnete den Zettel und errötete.

»Ja«, sagte sie dem Mädchen mit einem Kopfnicken und zerknüllte den Zettel in ihrer Hand.

»Ich glaube kaum, daß es Wert hat, diese Unterhaltung fortzusetzen«, sagte sie. »Nach meiner Billigung oder Mißbilligung wird nicht gefragt; wenn mein Bruder gewillt ist, das Risiko auf sich zu nehmen, so kann er gehen, gleichgültig, was meine Meinung darüber ist.«

»Aber, mein liebes gnädiges Fräulein«, sagte Lambaire eifrig. »Sie haben unrecht; es handelt sich nicht nur um die Karte, die Sie uns zur Verfügung gestellt haben –«

»– die ich meinem Bruder zur Verfügung gestellt habe«, verbesserte sie.

»Es handelt sich nicht nur darum«, fuhr er fort. »Wir hätten gern, daß Sie mit unserem großen Projekt sympathisieren. Es bedeutet unendlich viel für uns, Miss Cynthia –«

»Miss Sutton«, verbesserte sie wieder.

»Es bedeutet mehr für uns, als Sie sich vorstellen können; ich habe über meine Lage die volle Wahrheit bekannt. Gestützt auf Ihres Vaters Aussage über diese Mine, habe ich eine Gesellschaft gegründet; ich habe auf die Expedition einen Haufen Geld verwandt. Ich sandte ihn mit einer der besten Karawanen, die zusammenzubringen war, nach Afrika – und nun belästigen mich die Aktionäre. ›Wo ist Ihre Mine?‹ sagen sie. Und nun« – seine Stimme sank zu einem nachdrücklichen Flüstern herab –, »sprechen sie davon, daß sie mich verklagen wollen, nicht wahr, Whitey?«

»Tatsächlich«, antwortete sein Gefährte und log nicht.

»So mußte ich zu schönen und unschönen Mitteln greifen«, fuhr er fort. »Ich mußte den Plan haben, und Sie wollten ihn mir nicht geben. Ich konnte doch nicht so einfach bei Ihnen einbrechen!«

Er lächelte verlegen über die Abgeschmacktheit, einen solchen Gedanken auszusprechen, und sie sah ihn merkwürdig an.

»Es ist seltsam, daß Sie das sagen«, erwiderte sie langsam, »denn, merkwürdig genug, in dieses Haus wurde zweimal eingebrochen nach meiner Weigerung, mich von der kleinen Karte zu trennen.«

»Merkwürdig!« sagte Lambaire.

»Sonderbar!« sagte Whitey, nicht weniger überrascht.

Sie stand von ihrem Stuhl auf.

»Bis die Angelegenheit erledigt ist, soweit ich irgend etwas mit ihr zu tun habe«, sagte sie, »wollen Sie mich bitte entschuldigen, meine Herren!«

Sie verließ das Zimmer, und Amber, der in dem kleinen Lesezimmer saß, hörte das Rascheln ihres Kleides und erhob sich, um ihr entgegenzugehen.

Ein leichtes Rot stieg in ihre Wangen, aber sie war sehr ernst und voller Selbstbeherrschung, als sie ihn einer leichten Verbeugung würdigte und durch eine Handbewegung einlud, Platz zu nehmen.

»Sehr liebenswürdig von Ihnen, Miss Sutton, mich zu empfangen«, sagte Amber.

Es gab ihr einen Stich, daß er ein so ganz ungezwungenes Benehmen zeigte. Es konnten wenig Aussichten für einen Mann bestehen, der sich nicht schämte, sich seines zweifelhaften Vorlebens zu rühmen, anstatt Verlegenheit zu zeigen – besonders gegenüber einer Frau, die ihn kannte.

»Ich fühlte, daß ich Ihnen die Zusammenkunft schließlich schuldete«, erwiderte sie standhaft. »Ich wünsche –« Sie hielt inne.

»Ja?« Amber blickte sie forschend an. »Sie wollten sagen, Sie wünschten –?«

»Nichts von Bedeutung«, erwiderte sie. Sie fühlte, daß sie rot wurde.

»Sie wünschen, Sie könnten etwas für mich tun«, meinte er mit einem halben Lächeln. »Aber meine Gnädige, die halbe Welt versucht, etwas für mich zu tun; ich bin hoffnungslos; betrachten Sie mich als unverbesserlich.«

So leicht er auch über die Frage seiner Rehabilitierung hinwegging, beobachtete er sie nichtsdestoweniger scharf, um zu sehen, wie sie die Ablehnung ihrer Hilfe aufnehmen würde. Es erleichterte ihn und, es sei zugestanden, störte ihn auch etwas, als er erkannte, daß sie seine Selbstbewertung sehr bereitwillig annahm.

»Ich komme heute«, fuhr er fort, »im Zusammenhang mit einer

Angelegenheit, die für Sie von höchster Bedeutung ist. Wollen Sie mir ein paar Fragen beantworten?«

»Ich habe nichts dagegen«, sagte sie.

»Ihr Vater war ein Forscher, nicht wahr?«

»Ja.«

»Er kannte Zentral-Afrika sehr gut?«

»Ja – sehr gut.«

»Er entdeckte eine Mine – eine Diamantenmine oder etwas Ähnliches?«

Sie schüttelte lächelnd den Kopf.

»Das ist noch zu beweisen«, sagte sie. »Er hatte von den Eingeborenen von einem wundervollen Fluß gehört – den Diamantenfluß nannten sie ihn, weil in seinem Bett Steine waren, von denen viele durch die Tätigkeit des Wassers geschliffen worden waren, bis sie glänzten – es waren zweifellos Diamanten, denn mein Vater erwarb eine Anzahl davon von der dortigen Bevölkerung.«

Amber nickte.

»Und dann, vermute ich, kam er heim und geriet in Berührung mit Lambaire?«

»So ist es«, sagte sie und wunderte sich über den Verlauf, den die Unterredung nahm.

Amber nickte gedankenvoll.

»Den Rest der Geschichte kenne ich«, sagte er. »Ich gab mir Mühe, die Umstände, die Ihres Vaters Tod begleiteten, zu erfahren. Sie empfingen von dem Regierungsamtmann des Distrikts eine Karte?«

Sie zögerte.

»Ja.«

Er lächelte.

»Ich habe keine Absichten auf die Mine, aber ich bin begierig, die Karte zu sehen – und ehe Sie sie mir verweigern, Miss Sutton, lassen Sie mich Ihnen sagen, daß mich nicht eitle Neugierde dazu treibt.«

»Ich glaube Ihnen das, Mr. Amber«, sagte sie. »Wenn Sie warten, will ich sie Ihnen holen. Ich habe sie gleich hier im Zimmer nebenan.«

Sie blieb zehn Minuten und kehrte mit einer langen Hülle zurück. Aus dieser zog sie einen schmutzigen Bogen Papier heraus und händigte ihn dem ehemaligen Gefängnisinsassen aus.

Er nahm ihn ans Fenster, um ihn sorgfältig zu untersuchen.

»Ich sehe, die Route ist von einem Chengli genannten Punkt aus markiert – wo ist das?«

»Im Alebi-Wald«, entgegnete sie. »Bis nach Chengli ist das Land bekannt; von hier aus zeichnete mein Vater die Gegend auf, indem er sich bei den Eingeborenen, die ihm begegneten, nach dem Weg erkundigte – und dies ist der Plan, den er angefertigt hat.«

»Ich verstehe.«

Er sah sich wieder die Karte an, dann nahm er aus seiner Tasche den Kompaß, den er in Lambaires Safe gefunden hatte. Er legte ihn auf den Tisch neben die Karte, holte einen zweiten Kompaß hervor und legte die beiden Instrumente nebeneinander.

»Bemerken Sie irgendeinen Unterschied, Miss Sutton?« fragte er, und das Mädchen sah aufmerksam hin.

»Der eine ist ein Nadelkompaß, und an dem andern ist keine Nadel«, sagte sie.

»So ist es; die ganze Skala dreht sich.« Amber nickte. »Sonst nichts?« fragte er.

»Ich kann sonst keinen Unterschied entdecken«, bemerkte sie und schüttelte den Kopf.

»Wo ist Norden auf der Skala?«

Sie suchte den Buchstaben N und deutete darauf.

»Und wo ist bei der Nadel Norden?«

Sie runzelte nachdenklich die Stirn, denn die dünne, empfindliche Nadel des kleineren Kompasses zeigte bei weitem nicht so weit westlich wie die des großen.

»Was bedeutet das?« fragte sie, und ihre Blicke trafen sich über dem Tisch.

Lambaire und sein Gastgeber hatten ihr Geschäft abgeschlossen. Francis Sutton frohlockte und kam mit seinem Gönner in die Diele.

»Sie dürfen sich nicht über meine Schwester ärgern«, sagte er; »wenn noch eine Zeit vergangen ist, denkt sie wie ich – sie ist eine Frau, müssen Sie wissen«, fügte er beiläufig hinzu.

»Ich verstehe, mein Junge«, sagte der massive Lambaire. »Wir beide verstehen, nicht wahr, Whitey?« Und Whitey nickte.

»Trotz allem wird sie sich wahrscheinlich beschweren, wenn Sie weggehen, ohne ihr Lebewohl zu sagen. – Wo ist Ihre Herrin, Susanne?« wollte er von dem Mädchen wissen, das auf sein Klingeln erschienen war.

»Im Lesezimmer, Mr. Sutton.«

»Kommen Sie mit.« Er ging zum Lesezimmer voran und öffnete die Tür. »Cynthia –« fing er an.

Sie lehnten über dem Tisch; zwischen ihnen lagen die Karte und die beiden Kompasse. Was Sutton sah, sahen die beiden andern; und Lambaire, an dem Jüngling vorbeifegend, raffte schnell sein Eigentum an sich.

»So, das führen Sie im Schilde?« zischte er. Er bebte vor Zorn. »Das also sind Ihre Pläne, Amber?«

Er fühlte, wie Whiteys Hand nach seinem Arm griff, und gewann seine Selbstbeherrschung ein wenig wieder.

»Dieser Mann ist mit Erpressungsversuchen nicht zufrieden«, sagte er, »nicht damit zufrieden, in mein Büro einzubrechen und wertvolle Zeichnungen zu stehlen –«

»Was soll das heißen, Cynthia?« Suttons Stimme war streng und sein Gesicht weiß vor Zorn.

Zum zweiten Male kam Amber zu Hilfe.

»Erlauben Sie mir«, sagte er.

»Ich werde Ihnen nichts erlauben«, wütete der Jüngling. »Wenn Sie sich nicht aus dem Hause entfernen, werde ich Sie hinauswerfen. Ich dulde keine Zuchthäusler hier.«

»Es ist Geschmackssache, mein Francis«, sagte der unerschütterliche Amber. »Wenn Sie sich einen Lambaire gefallen lassen, so müssen Sie sich jedermann gefallen lassen.«

»Mit Ihnen rechne ich noch ab«, sagte Lambaire finster.

»Worauf warten Sie?« erwiderte Amber in seiner leutseligsten Weise. »Mr. Sutton, dieser Mann hat Ihren Vater getötet, und er wird Sie gleichfalls töten.«

»Ich will Ihre Lügen nicht hören«, sagte Sutton. »Hier ist die Tür.«

»Und dazu eine sehr hübsche Tür«, bemerkte Amber. »Aber ich bin nicht hierher gekommen, um Ihre Paneele zu bewundern; fordern Sie Lambaire auf, Ihnen den Kompaß zu zeigen oder einen gleichen, den er für Ihres Vaters Expedition anschaffte. Senden Sie ihn nach Greenwich und ersuchen Sie die Astronomen, Ihnen zu sagen, wieviel Striche er von der Normalskala abweicht – sie werden eine hübsche Strecke errechnen, die ein Mann irre geht, wenn er sich auf seinem Weg danach richtet und versucht, seinen Rückweg durch den Busch durch Abschneiden zu verkürzen.«

»Francis, hörst du das?« sagte das Mädchen.

»Unsinn!« sagte der Jüngling verächtlich. »Welchen Zweck konnte Lambaire gehabt haben? Er wendete nicht Tausende von Pfunden daran, meinen Vater im Busch zu verlieren! Die Geschichte ist nicht einleuchtend, denn wenn mein Vater nicht mit dem Plan zurückkehrte, war die ganze Expedition ein Mißerfolg.«

»Sehr richtig!« applaudierte Lambaire und lächelte triumphierend.

Amber beantwortete Lächeln mit Lächeln.

»Es handelte sich, wie ich die Sache verstehe, nicht um seine Rückkehr«, sagte er. »Es handelte sich darum, ob, nachdem die Mine festgestellt und die Rückkehr mit Karte und Kompaß bewerkstelligt war, sonst noch jemand imstande sein würde, den Weg zu ihr ohne Lambaires Patentkompaß zu finden.«

Die verschlungenen Fäden des Komplotts entwirrten sich vor den Augen des Mädchens, und es blickte von Amber nach dem robusten Lambaire hinüber.

»Ich begreife, ich begreife«, flüsterte sie. »Francis«, rief sie, »begreifst du nicht, was das alles bedeutet –«

»Ich begreife, daß du eine Närrin bist«, sagte er grob. »Wenn Sie mit Ihren Lügen fertig sind, können Sie gehen, Amber.«

»Ich habe nur noch ein Wort hinzuzufügen.« Amber nahm seinen Hut. »Wenn Sie nicht einsehen, daß Lambaire der größte Bösewicht außerhalb der Gefängnisse ist, möchte ich zu Ihrer

Aufklärung hinzufügen, daß er ein berüchtigtes Mitglied der Big-Five-Bande ist; ein Fälscher von Banknoten und kontinentalen Wertpapieren; er hat auch einen bedeutenden Anteil an einer spanischen Münzanstalt -- Sie dachten nicht, daß ich das wüßte, he, mein Lambie? –, wo wirkliche halbe Kronen aus Silber nutzbringend fabriziert werden, dank der Tatsache, daß Silber ein begehrter Artikel ist. Sonst weiß ich nichts gegen ihn vorzubringen.«

»Hier ist die Tür«, sagte Sutton wieder.

»Ihre Unterhaltung ist entschieden recht eintönig«, versetzte Amber, und mit einem Lächeln und einem freundlichen Nicken zu dem Mädchen hin verließ er das Zimmer.

## 11

Alphonse Lambaire war ein Mann, der viele Geschäftsanteile besaß. In den zweiundvierzig Jahren seines Lebens hatte er sie gesammelt, wie ein anderer alte Drucke aufstapelt. Daß er sich gleich von Anfang an damit abgegeben und auf seinem Lebensweg die dunkleren Pfade gewählt hatte, ist eine Vermutung, die nicht ernstlich bezweifelt zu werden braucht. Tatsächlich war er ein Mann, der sich mit Überlegung in Widerspruch zu den Gesetzen gebracht hatte.

Alles, was Amber von ihm gesagt hatte, war nur zu wahr.

Er war ein Falschmünzer insofern, als er zusammen mit dem berüchtigten Señor Villitissi und den nicht weniger berüchtigten Genossen dieses ehemaligen Senators mit der beunruhigenden Zunahme des Silbermünzenumlaufs zu tun hatte, unter dem die Weltmärkte litten.

Es ist eine bekannte Tatsache, daß eine einzige Anfertigung von Münzen, die in Spanien in Verkehr gebracht wurde, den Wechselkurs von achtundzwanzig Pesetas zehn Centimos innerhalb eines Monats auf einunddreißig Pesetas erhöhte.

Lambaire hatte nichts an sich, was in ihm den großsprecherischen Schurken eines Schauerdramas hätte vermuten lassen, und doch war er der nicht zu verkennende Typ eines Verbrechers.

Whitey – Cornelius J. White, um ihm den Namen zu geben, der unter denen, die er sich gab, allein Ähnlichkeit mit einem wirklichen Namen hatte – war, vom Gesichtspunkt der Originalität aus betrachtet, ein unscheinbarer Mensch, doch wenn es sich darum handelte, ihn mit abgefeimten Gaunern in Vergleich zu stellen, ein Halunke.

Ungefähr eine Woche nach der Zusammenkunft sagte Whitey eines Nachmittags:

»Was dir fehlt, Lambaire, ist der gewisse Schneid; wenn die allergeringste Schwierigkeit an dich herantritt, klappst du zusammen, anstatt den Tatsachen ins Auge zu sehen.«

Lambaire knurrte irgend etwas. Er war zu psychologischen Betrachtungen nicht aufgelegt.

Sie waren auf dem Weg nach Warwick Gardens wegen einer endgültigen Besprechung mit Sutton und seiner Schwester.

»Nach der Auseinandersetzung mit Amber«, fuhr Whitey fort, »hättest du am liebsten das ganze Geschäft aufgegeben; du hättest es getan, Lambaire! Du hättest wegen eines Gauners wie Amber aufgegeben ... deine großen Pläne, ich nenne sie gigantisch ... Stößt dir ein Bursche auf, frisch aus dem Gefängnis entlassen, ein geschulter Spitzbube, dann fängst du an, dir zu überlegen, ob du im Notfall von der Bildfläche verschwinden kannst.«

»Ich hatte Angst, Sutton würde mich beiseite schieben.«

»Unsinn!« sagte Whitey ohne Mitleid. »Er konnte dich nicht beiseite schieben, ohne sich selbst zu schaden. Weißt du nicht, daß Laffen seines Alters irgend etwas tun wollen, nur um zu beweisen, daß sie erwachsen sind?«

»Aber das Mädchen ist nicht überzeugt«, warf Lambaire ein.

»Und wird es nie werden«, sagte Whitey, »du bist für sie der Satan.«

Lambaires Gesicht wurde seltsam finster bei dieser freimütigen Äußerung, und Whitey, der von der menschlichen Natur mehr verstand, als Lambaire wahrscheinlich je gelernt hätte, war klug genug, dieses Thema nicht weiterzuspinnen.

Vor dem Hause angekommen, wurden sie hereingelassen und in Suttons Zimmer geführt.

Der junge Mann saß inmitten herumliegender Kataloge, Karten und Ausrüstungsgegenstände. Er war in Hemdsärmeln, rauchte eine Pfeife und schien, höchst absurd, sehr zufrieden mit sich selbst.

Er begrüßte seinen Besuch mit einem fröhlichen Lächeln und strahlendem Gesicht.

»Kommen Sie herein und suchen Sie sich einen Platz zum Setzen, wenn Sie können«, lud er sie ein. »Ich will es Cynthia wissen lassen, daß Sie hier sind.« Er lehnte sich zurück und drückte auf eine Klingel neben dem Kamin.

»Wir täten gut daran, die Kartenfrage zu erledigen«, fuhr er fort. »Dieser infame Amber hat uns einen üblen Streich gespielt; Sie wissen, wie argwöhnisch Frauen sind, und das gute Mädchen verdächtigt selbst so biedere Leute wie Sie, als hätten Sie allerhand böse Dinge im Sinn.« Er lachte herzlich wie über einen Spaß.

Ein Mädchen erschien in der Tür, und er gab ihr einen Auftrag für seine Schwester.

»Es ist mir gelungen, sie zu überreden«, sagte er dann, »mir die Karte zu überlassen.«

Lambaire stieß unhörbar einen Seufzer der Erleichterung aus, und die blinzelnden Augen Whiteys leuchteten vor Freude.

»Es wird Sie überraschen, das zu erfahren; ich selbst kenne sie übrigens noch nicht, von einem flüchtigen Einblick abgesehen«, sagte er, »und wirklich, nach all dem Lärm, der um das Ding gemacht worden ist, würde es mich wundern, wenn es nicht das wertvollste Dokument wäre.«

In diesem Augenblick kam Cynthia Sutton in das Zimmer. Sie beehrte Lambaire mit einer kaum merklichen Verbeugung und sah über die devote Höflichkeit Whiteys, der der einzige in der Gruppe war, welcher stand, verächtlich hinweg.

Lambaire, der Verständnis für alles Schöne hatte, bemerkte mit einem Gefühl der Überraschung, daß sie ungewöhnlich hübsch war; er hatte zum erstenmal Muße, sie zu beobachten. Sie hatte vollendet ausgeglichene Gesichtszüge, ihre Augen waren groß und grau, ihre Figur wirkte schlank und groß, und jede ihrer Bewegungen war graziös.

Zum erstenmal war sie in Lambaires Augen eine Frau und kein Widersacher, und diese Wahrnehmung machte ihm Freude.

Sie stand, die Hände auf dem Rücken, an dem Tisch, an dem ihr Bruder saß, und sah ernst auf ihn herab.

Whitey, der von seinem Platz aus beobachtete, daß sie in ihrer einen Hand eine Hülle von beträchtlicher Größe hielt, quittierte diese Tatsache mit nicht geringer Befriedigung. Er erriet, daß die Karte, die der Gegenstand so mancher Erörterung gewesen war, darin enthalten sein müsse.

Die Annahme erwies sich als richtig, denn ohne weitere Umschweife brachte sie zwei Bogen Papier zum Vorschein. Der erste stellte eine mehrfarbige kleine Karte dar, die auf rauhen, starken Karton gezeichnet war.

Sie hatte von der Hitze Blasen gezogen und wies unverkennbare Merkmale einer unsanften Behandlung auf; der zweite Bogen jedoch war sauber, und diesen breitete sie vor ihrem Bruder aus.

Er betrachtete ihn verwundert und sah dann seiner Schwester fragend ins Gesicht.

»Ja«, sagte sie, wie in Beantwortung seiner unausgesprochenen Frage, »das ist eine Kopie, aber ich habe das Original mitgebracht, damit du vergleichen kannst.« Sie legte den beschädigten Plan daneben. »Die Kopie ist genau«, sagte sie.

»Aber wozu in aller Welt brauchst du eine Kopie?«

Als Antwort ließ sie das Original wieder in die Hülle gleiten.

»Die Kopie ist für dich«, sagte sie, »das Original werde ich behalten.«

Sutton war viel zu froh, den Plan zu besitzen, als daß er viel danach gefragt hätte, ob es eine Kopie oder das Original war. Als er sich immer mehr darüber beugte, kamen die beiden Männer an den Tisch heran.

»Die Karte sieht sonderbar aus – Vater scheint in einem Halbkreis gegangen zu sein«, sagte der junge Mann. »Was ich aber gar nicht verstehen kann, das ist diese punktierte Linie«, fuhr er fort und deutete auf eine gerade Linie, die die Basis eines stumpfwinkligen Dreiecks bildete, dessen andere beiden Seiten von dem Weg des Reisenden gebildet wurden.

»Ich glaube, der Augenblick ist günstig, eine Erklärung abzugeben«, sagte Lambaire mit seiner sanftesten Stimme. Er wandte sich an das Fräulein, das sein Gesicht von dem ihres Bruders ab- und ihm voll zukehrte.

»Bei Gelegenheit meines letzten Besuchs hier«, fuhr er fort, »ereignete sich eine peinliche Szene, die ich gewiß nicht heraufbeschworen hatte. Ein Mann, ich kann ihn nur bezeichnen als einen – einen –«

»Gefährlichen Kerl«, half Whitey aus.

»Ein gefährlicher Kerl«, wiederholte Lambaire, »der wilde und tollkühne Beschuldigungen gegen meine Ehrlichkeit erhob. Jener Mann, der in jedem Gefängnis gesessen hat –«

»Ich glaube, es ist nicht nötig, auf Einzelheiten in Mr. Ambers Laufbahn einzugehen«, unterbrach ihn Miss Sutton, in deren Wangen eine feine Röte gestiegen war.

»Wie Sie wünschen.« Lambaire war aufgeregt, denn er war kein Mann, dem die Worte zuflossen, und er hatte sich für seine Erklärung vorbereitet. »Ich möchte nur dies sagen, daß der Mann, dieser Amber, die Wahrheit sprach – obgleich seine –«

»Schlüsse!« soufflierte Whitey.

»Obgleich seine Schlüsse falsch waren: der Kompaß, den Ihr Vater benutzte, war wirklich falsch.«

Des Mädchens Augen wichen nicht von seinem Gesicht.

»Er war falsch«, fuhr Lambaire fort, »und leider habe ich das erst gestern entdeckt. Vier Kompasse waren gemacht worden; zwei davon hatte Ihr Vater, und zwei verwahrte ich in meinem Safe.«

»Warum geschah das?« fragte das Mädchen.

»Das ist leicht zu erklären«, entgegnete der andere eifrig. »Ich wußte, daß, selbst wenn Mr. Sutton Glück hatte, noch eine zweite Expedition nötig sein werde, und als Geschäftsmann kaufte ich natürlich geschäftsmäßig – man kauft diese Instrumente billiger –«

»Wenn man eine größere Anzahl nimmt«, murmelte Whitey.

»Gewissermaßen«, fuhr Lambaire mit Nachdruck fort, »hat diese meine Vorsicht die Expedition Ihres Bruders möglich gemacht. Wir sind nun imstande, der Spur Ihres Vaters zu folgen

– denn wir werden uns mit dem Kompaß, den er benutzt hat, durcharbeiten.«

Er hatte das Gefühl, mit seiner Erklärung alles gesagt zu haben, was notwendig war. Mehr als das, er glaubte zur Hälfte sogar, was er hervorgebracht hatte, und empfand ein unerklärliches Gefühl der Befriedigung bei dem Gedanken, daß sich sein Plan endlich verwirklichen werde.

Cynthia sagte nichts. War sie von dem Gedanken erfüllt, sich ihres Bruders Willen zu widersetzen, oder beschäftigte sie das schon nicht mehr ausschließlich? Es konnte nicht geleugnet werden, daß ihr Bruder und sein Projekt in den Hintergrund getreten waren. Ein neues Interesse war in ihr Leben getreten, und ihre ganze Seele wandte sich diesem zu.

Sie wollte es sich nicht gestehen. Es war die schlimmste Art von Verrücktheit.

Ein Verbrecher, der noch nicht einmal durch ein großes Verbrechen zu einem romantischen Interesse herausforderte! Ein gemeiner Dieb trotz seines feinen Benehmens und des Humors seiner so ehrlichen Augen!

Ihr Bruder würde nach Afrika gehen, um sich auf die Suche nach dem Diamantenfluß zu machen. Es konnte möglich sein, daß er ihn fand; aber sie war mit den Gütern dieser Welt hinreichend gesegnet, um sich nicht sorgen zu müssen, ob er ihn fand oder nicht. Sie wünschte schon, daß ihres Vaters Behauptung gerechtfertigt würde, aber auch von diesem Wunsche war sie wiederum nicht glühend beseelt.

Ihr Vater existierte in ihrer Vorstellung nur als der unbestimmte Schatten eines Mannes, der mit seiner Familie wenig oder gar keinen Zusammenhang gehabt hatte. Seine Kinder waren bei den seltenen Gelegenheiten, die er mit ihnen zu Hause verbrachte, stets als »Störenfriede« behandelt worden, deren fröhliches Lärmen auf der Stelle verboten wurde.

Ihre ganze Liebe hatte sie an ihren Bruder verschwendet; ihre Sorge in den Tagen, ehe das glückliche Vermächtnis sie der Notwendigkeit enthob, den Lebenskampf aufnehmen zu müssen, hatte seiner Behaglichkeit, seinem Wohlergehen gegolten. Sie war gegen seine Torheiten absichtlich blind gewesen, aber unermüdlich in ihrer Anstrengung, zu verhüten, daß diese Torheiten in Laster ausarteten ... Sie erinnerte sich, daß sie bei der ersten Begegnung mit Amber nahe daran gewesen war, in Tränen auszubrechen, und mußte darüber heute beinahe lächeln. Francis würde fortgehen und lebend wiederkommen; daran zweifelte sie nicht. Wenn sie also etwas quälte, so war gewiß nicht die Ungewißheit, ob ihr Bruder heil wiederkehren würde, daran schuld.

Das alles ging ihr durch den Kopf; sie stand an dem Tisch und hörte der Unterhaltung zu, die sie in Wirklichkeit schon gar nicht mehr interessierte.

Sie wurde jedoch aufmerksam, als Lambaire zu einem heiklen Thema zurückkehrte.

»Ich weiß nicht, warum er sich eingemischt hat«, sagte er, um eine Frage, die Sutton an ihn gerichtet hatte, zu beantworten, »in jener Nacht, als er zu den Whistlers hereinkam –« Ein warnender Husten Whiteys ließ ihn abbrechen und anders fortfahren. »Nun, nun«, sagte er wohlwollend, »es ist nicht an uns, den armen Teufel zu richten; man kann ja nicht wissen, welche Versuchungen einen Mann bestürmen: er glaubte vielleicht eine günstige Gelegenheit zu finden, leicht zu Geld zu kommen.« Whitey hustete wieder, und Lambaire zog seine Uhr heraus. »Ich darf mich nicht länger aufhalten«, sagte er, »ich muß in Paddington jemand treffen; hätten Sie Lust, mitzukommen? Ich muß mit Ihnen noch ein paar andere Dinge besprechen.«

Sutton nahm die Einladung mit Freude an.

Was Cynthia Sutton veranlaßte, sich zu dem Schritt, den sie nun tat, zu entschließen, ist schwer zu sagen. Es mochte bloße weibliche Neugier gewesen sein; vielleicht hatte es sie aber auch gereizt, weiteren Auseinandersetzungen den Boden zu entziehen. Es ist indessen nicht ausgeschlossen, daß sich eventuell auch noch eine andere Erklärung für ihr Verhalten finden läßt.

Als Sutton das Zimmer verließ, um sich umzukleiden, wandte sie sich an Lambaire mit der Frage:

»Was können Sie mir über Mr. Amber berichten?«

Lambaire lächelte und blickte schnell und bedeutungsvoll zu Whitey hinüber.

»Nicht viel Erbauliches – was, Whitey?«

Whitey schüttelte den Kopf.

»Ich habe ein wenig Interesse«, erklärte Cynthia. »Würde es Sie stören, wenn ich mit nach Paddington ginge? Es ist ein so schöner Nachmittag!«

»Meine Gnädige«, sagte Lambaire erfreut, »ich werde entzückt sein. Ich fühle, wenn ich Ihr Vertrauen nur gewinnen kann – sagte ich das nicht schon heute morgen, Whitey?«

»Jawohl«, fiel der andere ein.

»Ich sagte: Wenn ich nur Miss Cynthia gewinnen könnte–«

»Miss Sutton«, sagte Cynthia.

»Verzeihung, Miss Sutton, daß ich die Sache von meinem Gesichtspunkt aus –«

»Ich will nichts versprechen«, sagte sie mit einem Lächeln, als ihr Bruder zurückkehrte.

Sutton fühlte etwas wie Eifersucht, als Cynthia mit seinem Gönner vorausging, aber Lambaire teilte durchaus nicht sein Empfinden, denn er schritt in gehobener Stimmung dahin.

». . . ja, ich fürchte, Amber ist ein Schuft – ein Spitzbube, wissen Sie. Aber kein großer.«

Ihr Herz krampfte sich zusammen, als sie das Echo ihrer eigenen Gedanken vernahm. Es war absurd, daß die Mittelmäßigkeit der verbrecherischen Talente Ambers ihr Herz mit so dumpfer Verzweiflung erfüllen sollte; und doch war es so.

»Nein, er gehört nicht zu den großen –« sagte Lambaire hastig, »obgleich ich keine Sympathien für die schweren Jungen habe.«

»Für wen –« Sie war sichtlich verwirrt.

»Für die schweren Jungen – die abgefeimten Spitzbuben – Sie wissen, ich meine – die –« Er sah sich hilflos nach Whitey um.

»Ich glaube, ich verstehe«, sagte sie.

Sie gingen fünf Minuten schweigend nebeneinander her.

»Glauben Sie, daß es möglich wäre, einen guten Einfluß auf einen Mann wie Mr. Amber auszuüben –«

»Nein, absolut nein«, sagte Lambaire mit Nachdruck. »Amber gehört zu denen, die nur das Zuchthaus bessern kann. Ein Freund von mir, der Direktor des Clemstead-Zuchthauses, sagte mir, daß Amber einer der hartgesottensten Spitzbuben sei, die er je gehabt habe – es gibt keine Hoffnung für ihn.«

Cynthia seufzte. Aber sie fragte sich verwundert, wie es möglich war, daß ein Mann wie Lambaire, so wie sie ihn einschätzte, einen Freund unter den Gefängnisbeamten hatte.

»Ein schlechter Kerl«, begann Lambaire von neuem, als sie in den Bahnhof einbogen.

Am Eingang nahm Cynthia ihren Bruder beiseite, während die beiden andern sich nach der Ankunft eines Zuges erkundigten.

»Ich werde nach Hause gehen – vermutlich bist du entschlossen, diese Expedition durchzusetzen?«

»Natürlich«, antwortete er gereizt. »Um Himmels willen, Cynthia, fang nicht wieder mit der Sache an.«

Sie zuckte die Schultern und war im Begriff, eine Bemerkung zu machen, als Lambaire herbeigeeilt kam; sein ganzes Gesicht triumphierte.

»Schaut her«, sagte er und winkte.

Sie wunderte sich, was diesen tollen Menschen so lebhaft werden ließ, und folgte ihm mit ihrem Bruder.

Sie ging um die Ecke des Stationsgebäudes herum und blieb dann plötzlich stehen, weiß wie Kalk – bis in die Lippen.

Unter der Obhut zweier bewaffneter Polizisten kam ein Dutzend Sträflinge in der abstoßenden Tracht ihres Knechtsdaseins. Sie waren an den Handgelenken gefesselt, und jede Handschelle war mit einer stählernen Kette an der des Nachbarn befestigt.

In der vordersten Reihe war Amber zu sehen, strahlend, heiter, unberührt durch das Schimpfliche der Situation.

Dann sah er das Mädchen; er schlug die Augen nieder, und eine dunkle Röte stieg in seine gebräunten Wangen.

»Mein Lambaire«, murmelte er, »das zahle ich dir einmal heim.«

## 12

»Du sollst zum Direktor kommen, 634«, meldete der Aufseher.

»Du überraschst mich, mein Aufseher«, sagte Amber ironisch.

»Keine Unverschämtheiten«, antwortete der Mann kurz. »Sie haben sich in diesem Monat schon genug zuschulden kommen lassen und brauchen das Maß nicht voll zu machen.«

Amber erwiderte nichts. Er trat aus der Zelle und schritt dem Aufseher voran die eiserne Treppe hinab, die ins Erdgeschoß führte.

Captain Cardeen saß hinter seinem Tisch und empfing Amber unwillig.

Daß er gerade diesen Gefangenen auf dem Strich hatte, war durchaus kein Zufall.

»634«, herrschte ihn der Direktor an, »es ist mir wieder einmal gemeldet worden, daß Sie gegen einen Beamten des Gefängnisses unverschämt waren.«

Amber erwiderte immer noch nichts.

»Da Sie Ihr halbes Leben im Gefängnis zugebracht haben, sind Sie auf den Gedanken gekommen, sich hier eine Art Hausrecht anzumaßen, was?«

Amber erwiderte immer noch nichts.

»Ich bin schon mit anderen Widerspenstigen fertig geworden«, fuhr der Direktor fort, »und ich zweifle nicht, daß ich auch Sie zähmen werde.«

Amber sah ihn kritisch an.

»Mein Direktor«, sagte er, »ich bin auch so etwas wie ein Bändiger.«

Das Gesicht des Direktors wurde purpurrot, denn in dem Ton des Sträflings lag eine unbeschreibliche Frechheit.

»Sie unverschämter Kerl«, fing er an, aber Amber unterbrach ihn.

»Ich habe das Gefängnisleben satt«, fiel er ihm brüsk ins Wort. »Ich wette hundert gegen eins, Sie wissen nicht, was ich meine: Ich habe dieses Gefängnis satt, diese Hölle!«

»Führt ihn zurück in seine Zelle«, brüllte der Gefängnisdirektor; er war aufgesprungen und konnte seinen Zorn kaum meistern. »Ich werde Ihnen Respekt beibringen lassen, Mensch! Ich werde schon mit Ihnen fertig! Peitschen werde ich Sie lassen.«

Zwei Aufseher mit Knütteln in den Händen drängten Amber zur Tür hinaus. Sie stießen ihn nicht – sie schleuderten ihn in seine Zelle. Eine Viertelstunde darauf öffnete sich die Tür wieder, und zwei Aufseher kamen herein. Der vorderste trug ein Paar blanke stählerne Handschellen.

Amber war darauf vorbereitet; er drehte sich resigniert herum, die Eisen wurden ihm um die Handgelenke gelegt und die Hände auf dem Rücken zusammengeschlossen. Captain Cardeen wandte diese Strafe mit Vorliebe an.

Die Tür wurde zugeschlagen, und Amber war mit seinen Gedanken allein, doch im Gegensatz zu seinem zur Schau getragenen Gleichmut waren es höchst mißvergnügte Gedanken.

»Ich werde es ihm schon zeigen«, bemerkte der Direktor zu seinem Oberaufseher. »Ich kenne diesen Mann. Kürzlich bekam ich von einem Mitglied der Whistlers -- von einem aus meinem Klub, einem gewissen Mr. Rice – einen Brief, worin er mir einiges von diesem Mann erzählte.«

»Wenn ihn irgend jemand mürbe machen kann, so sind Sie es, Sir«, sagte sein Untergebener mit Bewunderung.

»Das glaube ich auch«, schmunzelte der Direktor geschmeichelt.

Ein Aufseher unterbrach durch sein Eintreten einen weiteren Meinungsaustausch. Er salutierte und händigte dem Oberaufseher einen Brief aus; dieser warf einen Blick auf die Anschrift und gab ihn an seinen Vorgesetzten weiter.

Captain Cardeen riß den Umschlag mit dem Finger auf und zog einen Bogen blaues Propatriapapier heraus. Der Brief mußte schwer verständlich sein, denn Cardeen las ihn dreimal.

»Die Überbringerin dieses Schreibens, Miss Cynthia Sutton, hat die Erlaubnis zu einer Zusammenkunft mit Nr. 634, John Amber. Die Zusammenkunft soll privat sein; kein Aufseher hat zugegen zu sein.«

Der Brief war von dem Minister des Innern eigenhändig unterzeichnet und trug den Stempel des Ministeriums des Innern.

Der Direktor blickte auf, sein Gesicht drückte Bestürzung aus.

»Was in aller Welt soll das heißen?« fragte er und gab das Blatt dem Oberaufseher. Dieser las es und warf den Kopf zurück.

»Es ist gegen alle Vorschrift –« fing er an, doch der Direktor unterbrach ihn ungeduldig.

»Reden Sie keinen Unsinn von Vorschriften«, fuhr er ihn an. »Es handelt sich um einen Befehl vom Ministerium des Innern;

über diese Tatsache kommen Sie nicht hinweg. Hat sie jemanden bei sich?«

Er wandte sich mit der Frage an den wartenden Aufseher.

»Ja, Sir, einen Herrn von Scotland Yard – ich habe Ihnen seine Karte gegeben.«

Die Karte war auf den Fußboden gefallen, und der Direktor hob sie auf.

»Inspektor Fells«, las er. »Er möchte zuerst hereinkommen.«

Ein paar Sekunden darauf trat Fells in das Zimmer und lächelte heiter, als er den Direktor des Gefängnisses begrüßte.

»Vielleicht können Sie uns erklären, was das bedeuten soll, Mr. Fells«, erwiderte der Direktor, der den Brief noch in der Hand hielt.

Fells schüttelte den Kopf.

»Ich erkläre nie etwas«, sagte er. »Es wäre die reinste Energievergeudung, die Handlungen von Vorgesetzten erklären zu wollen – ich habe auch nur einen Befehl erhalten.«

»Den Sträfling zu besuchen?«

»Ja, Sir.«

Er griff tief in eine seiner Taschen und brachte ein amtliches Schreiben zum Vorschein.

»Ich habe mit der jungen Dame gesprochen, und sie hat nichts dagegen, wenn ich Mr. Amber zuerst besuche«, bemerkte er.

Es war das Prädikat »Mister«, was den Direktor störte.

»Ich kann manches begreifen«, erwiderte er gereizt, »aber ich kann wirklich nicht verstehen, was Sie auf den Einfall gebracht hat, einen Verbrecher mit ›Mr. Amber‹ zu bezeichnen – ein Mann mit Ihrer Erfahrung in Kriminalsachen, Inspektor.«

»Gewohnheit, Sir, Gewohnheit«, sagte Fells obenhin, »es ist meiner Zunge entschlüpft.«

Der Direktor las den anderen Befehl, der ähnlich abgefaßt war wie der, den er schon gelesen hatte.

»Sie besuchen ihn besser zuerst.« Er gab dem Oberaufseher eine entsprechende Weisung. »Dieser Mensch ist derartig unverschämt gewesen, daß er jetzt eine ganz gelinde Strafe deswegen verbüßt.«

»M–m–ja«, zögerte der Detektiv. »Sie verzeihen die Frage,

aber ist das hier nicht das Gefängnis, in dem dieser Gallers gestorben ist?«

»Jawohl«, erwiderte der Direktor kalt. »Er bekam so was wie einen Anfall.«

»Er war bestraft worden«, fuhr Fells fort, und er sah dabei nachdenklich aus wie jemand, der sich bemüht, einen Vorgang in sein Gedächtnis zurückzurufen.

»Es ist unverantwortlicherweise so gesagt worden«, sagte der Direktor barsch. Er nahm seinen Hut von einem Haken und setzte ihn auf. »Man erzählte, er sei auf dieselbe Weise wie jetzt Amber bestraft worden – er sei krank geworden und unfähig gewesen, an die Klingel zu gelangen –, aber es ist gelogen.«

»Selbstverständlich«, erwiderte der Detektiv höflich.

Der Direktor ging voraus. Sie schritten die sauberen Korridore entlang und die eiserne Treppe hinauf bis zu dem Flur, auf dem Ambers Zelle lag. Er drehte den Schlüssel um und trat ein; der Detektiv folgte ihm. Amber saß auf einem hölzernen Stuhl, als sich die Tür der Zelle öffnete. Er gab sich erst Mühe, aufzustehen, als er Fells erkannte. Unbeholfen erhob er sich.

»Nun, Mr. Fells, wenn Sie diesem Mann etwas zu sagen haben, so können Sie dies jetzt tun«, bemerkte der Direktor.

»Ich hoffe«, Fells sprach zögernd, ehrerbietig, aber nichtsdestoweniger nachdrücklich, »ich hoffe, ich darf die Zusammenkunft mit ihm unter vier Augen haben – ja?«

Der Direktor gab ungern nach.

»Wenn Sie es vorziehen, natürlich«, sagte er widerstrebend und wandte sich zum Gehen.

»Entschuldigen Sie«, Fells legte seine Hand auf den Arm des Direktors, »aber ich hätte gern, daß man dem Mann die Handschellen abnimmt.«

»Kümmern Sie sich um das, was Ihnen von Amts wegen zusteht, und erlauben Sie, daß ich meine Befugnisse selbst ausübe, Inspektor«, erwiderte der Direktor pikiert. »Das Gesetz gestattet mir das Recht der Bestrafung.«

»Gut, Sir«, erwiderte Fells. Er wartete ab, bis die Tür ins Schloß fiel, und wandte sich dann an Amber.

»Mr. Amber«, sagte er, »ich bin vom Ministerium des Innern

mit einem sonderbaren Auftrag hierhergeschickt worden – Sie sind der Gefängnishaft doch wohl überdrüssig?«

»Mein Fells«, bekannte Amber müde, »ich habe das Kerkerleben niemals so langweilig empfunden wie gerade diesmal.«

Fells lächelte. Er zog aus seiner Tasche einen Bogen Papier, der eng beschrieben war.

»Ich habe das Geheimnis Ihrer Bestrafungen herausbekommen.« Er fuchtelte mit dem Papier vor den Augen des Sträflings herum. »Eine Liste Ihrer Missetaten, mein Amber«, spottete er, aber Amber sagte nichts.

»Niemals, soweit ich es verfolgen kann, haben Sie vor einem Richter oder vor Geschworenen gestanden.«

Er sah auf, aber der Mann vor ihm schwieg, und sein Gesicht war ohne Ausdruck.

»Und doch«, fuhr der Detektiv fort, »sind Sie meines Wissens in siebzehn Gefängnissen eingesperrt gewesen, und zwar auf siebzehn ausdrückliche und gesonderte Haftbefehle hin, von denen jeder von einem Richter unterzeichnet und vom Ministerium des Innern gegengezeichnet war ...« Er erwartete eine Erläuterung, aber Amber bemerkte nichts dazu.

»Im Jahre 19.. wurden Sie in das Chengford-Gefängnis eingeliefert, und zwar auf einen Befehl hin, der in Devizes unterzeichnet worden war. Ich kann aber keine Akten darüber finden, daß Sie vor irgendeinem Gericht in Devizes gestanden hätten.«

Amber erwiderte immer noch nichts, und der Inspektor fuhr langsam und nachdenklich fort:

»Zur Zeit Ihrer Inhaftierung in Chengford liefen allerhand Gerüchte über die Zustände in dem Gefängnis um. Die Gefangenen hatten gemeutert, und man beschuldigte den Gefängnisdirektor und die Wächter der Grausamkeit an ihren Schutzbefohlenen.«

»Ich erinnere mich so ungefähr«, sagte Amber gleichgültig.

»Am 10. Mai waren Sie eingeliefert worden. Am 1. August wurden Sie auf ministeriellen Befehl entlassen. Am 3. August wurden der Gefängnisdirektor, sein Assistent und der Oberaufseher summarisch ihrer Ämter enthoben und bis auf weiteres aus dem Gefängnisdienst entlassen.«

Er sah Amber wieder an.

»Sie überraschen mich«, sagte Amber.

»Obgleich Sie im August auf freien Fuß gesetzt und offenbar wieder Ihr eigener Herr waren, wurden Sie bereits am 9. September unter polizeilicher Bewachung in die Preston-Strafanstalt eingeliefert. In Preston war etwas nicht in Ordnung, glaube ich.«

»Ich glaube es auch«, erwiderte Amber überzeugt.

»Diesmal«, fuhr der Detektiv fort, »erging ein Befehl des Ministeriums des Innern, das Urteil zu vollziehen. Sie saßen sechs Monate im Preston-Gefängnis, und nachdem Sie entlassen waren, wurden drei Aufseher suspendiert, weil sie Botschaften zu den Gefangenen geschmuggelt hatten.«

Er trommelte mit dem Finger unter dem Papierbogen.

»Sie waren für diese Strafanstalten nicht gerade ein Stern des Glücks, Mr. Amber«, fuhr er ironisch fort, »sondern hinterließen im Gegenteil die Spuren einer rätselhaften Unglückserscheinung, und niemand scheint für Ihre Anwesenheit eine Erklärung gefunden zu haben.«

Über Ambers Gesicht huschte ein Lächeln.

»Und hat sich mein Inspektor eigens von London hierher bemüht, um mir hier diese erstaunlichen und höchst geheimnisvollen Mitteilungen zu machen?«

Der Detektiv hörte auf zu scherzen.

»Nicht gerade deshalb, Mr. Amber«, erwiderte er, und der gleiche überzeugende Tonfall, der den Direktor der Anstalt so seltsam gereizt hatte, verlieh seinen Worten Nachdruck. »Die Sache ist die, Sie sind abkommandiert worden.«

»Abkommandiert?« Amber zog die Augenbrauen in die Höhe.

»Sie sind abkommandiert worden«, wiederholte der Detektiv. »Das Ministerium des Innern hat Sie zum Kolonialamt abkommandiert, und ich bin hier, um die Überführung zu vollziehen.«

Amber drehte unaufhörlich seine gefesselten Hände.

»Ich möchte jetzt nicht von England fortgehen«, begann er.

»O ja, Sie werden es tun, Mr. Amber; es gibt irgendwo auf der Welt einen ›Diamantenfluß‹, und ein Schiff mit einer Anzahl Spitzbuben hat sich auf den Weg gemacht, ihn festzustellen.«

»Sie haben sich also tatsächlich auf den Weg gemacht?« Er war enttäuscht und gab sich keine Mühe, es zu verbergen. »Ich hoffte, daß ich beizeiten draußen sein würde, um sie zurückzuhalten, aber dieser Schurkenstreich hat doch mit dem Kolonialamt nichts zu tun.«

»Nicht?«

Fells ging an die Wand, wo sich die Zellenklingel befand und schellte. Zwei Minuten später ging die Tür auf.

»Es ist noch ein Besucher da, der Sie aufklären wird«, sagte er und verließ Amber, der ziemlich aufgebracht war und über die regierenden Ministerien im allgemeinen und das Ministerium des Innern im besonderen in verhaltenem Tonfall heftig schimpfte.

Nach zehn Minuten öffnete sich die Tür wieder.

Amber war auf diesen Besuch nicht vorbereitet, und als er polternd aufsprang, wurde er abwechselnd rot und blaß.

Das junge Mädchen, das eintrat, war bleich und sprach nicht eher, als bis sich die Tür hinter den Wärtern geschlossen hatte. Amber gewann in dieser kurzen Spanne seine Selbstbeherrschung wieder.

»Ich fürchte, daß ich nicht so zuvorkommend sein kann, wie ich müßte«, stammelte er. »Die Freiheit meiner Bewegung ist im Augenblick etwas beschränkt.«

Sie vermutete, er habe auf seine Anwesenheit im Gefängnis anspielen wollen, und lächelte über die Höflichkeit einer Redensart, die mit der schrecklichen Umgebung so gar nicht im Einklang stand.

»Sie sind wahrscheinlich überrascht, mich zu sehen, Mr. Amber«, begann sie. »Ich wandte mich in meiner Verzweiflung an das Ministerium des Innern, damit es mir behilflich sei, mir eine Zusammenkunft mit Ihnen zu ermöglichen – es kennt sich ja sonst niemand auf der Welt mit dieser Expedition und den Männern, die sie ins Werk gesetzt haben, aus.«

»Hatten Sie Schwierigkeiten, die Erlaubnis zu erlangen?« In Ambers Auge war ein seltsames Zwinkern, was sie jedoch nicht bemerkte.

»Keine – oder fast keine«, sagte sie. »Es war wirklich wundervoll.«

»Nicht so wundervoll, meine Gnädige«, sagte Amber. »Ich bin ein alter Klient: Einem regelmäßigen Kunden gegenüber fühlt man sich verpflichtet.«

Ihre Augen blickten ihn wehmütig an.

»Bitte – bitte, sprechen Sie nicht so«, sagte sie mit leiser Stimme. »Sie tun mir fast weh. Ich möchte gern, daß Sie mir – helfen, und wenn Sie so leichtsinnig reden und Ihr – Mißgeschick so leicht nehmen, so schmerzt mich das, wirklich.«

Er schlug die Augen nieder, und weil er das tat, senkte sie die ihren gleichfalls.

»Es tut mir leid«, erwiderte er in einem ruhigeren Ton, »wenn ich Ihnen weh getan habe. Aber Sie grämen sich unnötig. Nicht«, fügte er, ein klein bißchen wieder der alte Amber, hinzu, »nicht, daß man keinen Kummer haben sollte, aber Sie haben die Umstände nicht ganz begriffen. Jetzt, bitte, erzählen Sie mir, weshalb Sie mich zu sprechen wünschen; hier ist ein Stuhl – er ist nicht sehr bequem, aber er ist der einzige, den ich Ihnen anbieten kann.«

Sie lehnte den Platz lächelnd ab und begann in großen Zügen zu berichten.

Ihr Bruder war abgereist, auch Lambaire und Whitey, und sie hatten eine Kopie der Karte mitgenommen.

»Ich hatte mich um die Expedition nicht sonderlich gekümmert«, sagte sie, »weil ich dachte, meines Vaters Karte sei hinreichend genau, sie an den fabelhaften Fluß zu führen. Die Beamten des Kolonialamtes, die mein Bruder aufsuchte, waren derselben Meinung.«

»Warum suchte er sie auf?« fragte Amber.

»Um die Erlaubnis zu erlangen, auf britischem Gebiet nach Diamanten suchen zu dürfen – es ist Besitz der Krone, wie Sie vielleicht wissen. Nach der Ankunft meines Bruders in Afrika bekam ich nun eine dringende Aufforderung vom Kolonialamt, die Karte nach Downing Street zu bringen. Ich tat es, und sie untersuchten die Karte genau, maßen die Entfernungen und verglichen sie mit den Maßstäben einer anderen Karte.«

»Und?«

»Nun, sie zuckten die Schultern. Die Expedition sei unnütz, sagten sie; wenn sich der Diamantenfluß nicht noch auf portugiesischem Gebiet befinde, existiere er überhaupt nicht.«

»Ist er nicht auf britischem Gebiet?«

»Nein, er ist jenseits der Linie, die die Grenze zwischen Britisch- und Portugiesisch-Westafrika bezeichnet.«

Amber zerbrach sich den Kopf.

»Was kann ich tun?« fragte er.

»Warten Sie«, fuhr sie schnell fort, »ich habe Ihnen noch nicht alles gesagt. Wenn meines Vaters Karte richtig ist, ist der Diamantenfluß eine Fabel, denn sie haben den Fleck, der in seine Karte eingezeichnet war, genau festgestellt, und es befindet sich dort weder ein Wald noch ein Fluß, sondern nur ein großes ausgetrocknetes Plateau.«

»Sie erzählten ihnen wohl die Geschichte von dem falschen Kompaß?«

»Lambaire war, ehe Francis abreiste, sehr offen zu mir; er zeigte mir den falschen und den echten, und ich sah selbst deutlich die Abweichung; und was noch wichtiger ist, ich merkte mir sorgfältig den Unterschied, und dadurch konnte das Kolonialamt seine Berechnungen anstellen. Sie schickten meinem Bruder ein Telegramm, aber er hatte die Küste schon mit den beiden andern verlassen.«

»Haben Sie die Karte bei sich?«

Sie nahm die schmutzige Karte aus ihrer Tasche und hielt sie ihm hin. Er griff nicht danach, denn er hatte die Hände noch auf dem Rücken; plötzlich erkannte sie, warum, und errötete.

»Machen Sie sie auf und lassen Sie mich hineinsehen, bitte.« Er studierte sie aufmerksam, dann meinte er: »Nebenbei, wer hat dem Kolonialamt erzählt, daß ich um die ganze Angelegenheit wüßte – o natürlich, Sie taten es.« Sie nickte.

»Ich wußte nicht, was tun. Ich habe meinen Vater in jenem Lande verloren – zum erstenmal fange ich an, für meinen Bruder zu bangen –, ich habe niemanden, an den ich mich wegen eines Rates wenden könnte . . .«

Sie hielt plötzlich ein, denn sie erschrak vor sich selbst; dieser

Mensch mit den geschorenen Haaren und den gefesselten Händen hätte ja merken können, welch großen Raum der Gedanke an ihn in ihrer Seele beanspruchte.

»Etwas ist falsch oder rätselhaft und bedarf noch der Aufklärung. Mein Vater war ein vorsichtiger Mann und gehörte nicht zu denen, welche leichtfertig Fehler machen. Wir wußten es nicht anders, als daß sich der Fluß auf britischem Gebiet befand.«

»Die Grenze kann sich geändert haben«, meinte Amber.

»Nein, ich habe die gleiche Frage gestellt. Die Grenze wurde 1875 festgelegt und ist seitdem so geblieben.«

Amber blickte auf die Karte und sah darauf das Mädchen an.

»Ich werde Sie morgen besuchen«, sagte er.

»Aber –« Sie blickte ihn erstaunt an.

»Ich könnte für morgen Urlaub bekommen.«

Ein Schlüssel wurde in dem Schloß umgedreht, und die schwere Tür ging langsam auf. Draußen stand mit finsterem, unheildrohendem Gesicht der Direktor, der von dem Oberaufseher und Fells begleitet war.

»Die Zeit ist um«, sagte der Direktor mürrisch.

Amber sah auf den Detektiv und nickte. Dann befahl er dem Gefängnischef gebieterisch, hereinzukommen.

»Nehmen Sie mir die Handschellen ab, Cardeen«, sagte er.

»Was –!«

»Zeigen Sie ihm den Befehl, Fells«, begann Amber von neuem, und der Detektiv händigte dem bestürzten Direktor gehorsam ein Papier aus.

»Sie sind Ihres Amtes enthoben«, fuhr Amber kurz fort. »Es schwebt eine Untersuchung wegen Ihrer Amtstätigkeit in diesem Gefängnis. Ich bin Captain Ambrose Grey, einer der Gefängnis-Inspektoren Seiner Majestät.«

Die Hände des Oberaufsehers zitterten, als er mit dem Schlüssel hantierte, der das Schloß der Handschellen öffnete.

## 13

Amber fuhr an einem trüben Dezembertag nach Southampton. Ein schwerer grauer Nebel lag auf dem Wasser; man sehnte sich nach Gemütlichkeit, nach warmen, behaglichen Kaminecken hinter geschlossenen Vorhängen, denn das Meer hatte nichts zu bieten als Öde und Einsamkeit.

Er hatte nicht erwartet, Cynthia auf dem Waterloo-Platz zu treffen, denn er hatte sich am Abend vorher ganz unbestimmt verabschiedet. Sie war so unbeirrt ruhig und gefaßt gewesen, hatte sich so sachlich benommen, daß er die Worte, die er sich vorher zurechtgelegt hatte, einfach nicht hatte aussprechen können. Er war gerade damit beschäftigt gewesen, einen Brief an sie aufzusetzen – den er, ehe das Schiff in See stach, aufgeben wollte –, als sie plötzlich den Zug entlanggekommen war und ihn gefunden hatte.

Darauf war er nicht gefaßt gewesen – ganz verlegen pries er das herrliche Wetter und vergaß dabei, daß der Regen gegen das Wagenfenster klatschte. Er dankte ihr dann in aller Form, daß sie gekommen sei, um ihn abfahren zu sehen.

Sie mußte ihn in diesem Augenblick nicht gerade für intelligent oder sehr geistreich gehalten haben, denn er bemerkte, daß sie lächelte – aber was soll ein Mann sagen, dessen Herz so voll ist, daß er nicht reden kann, und den die Höflichkeit trotzdem zu reden zwingt.

Allzu schnell verflogen die letzten Augenblicke, und schon ertönte die Pfeife des Schaffners.

»Oh, daß Sie –!« Amber sprang auf. »Schade – ich wollte sagen – oh, zum Henker!«

Sie lächelte wieder.

»Sie werden eine Menge Zeit haben«, sagte sie ruhig. »Ich fahre nämlich bis Southampton mit.«

Überglücklich und dankbar sank Amber in seinen Sitz zurück, als der Zug aus dem Bahnhof hinausfuhr. Was er gern gesagt hätte, kann man sich leicht denken. Die Gelegenheit war da und kehrte vielleicht nie wieder.

Und was sagte er? Er meinte, es sei heute ein herrlicher Tag –

sie konnte annehmen, sein Verstand habe einen Knacks bekommen. Er vergeudete eine halbe Stunde damit, ihr zu erklären, daß die Hutmacher ihm einen Tropenhelm geschickt hätten, der zwei Nummern zu groß ausgefallen sei, und er malte ihr aus, wie er darin ausgesehen habe.

Sie war höflich interessiert . . .

Nur zu schnell erreichte der Zug die Endstation Southampton. Es regnete – ein feiner, kalter Staubregen war es, dessen Tropfen sich an die Fensterscheiben setzten und die Umrisse der Gebäude verzerrten, an denen der Zug auf seinem Weg zu den Docks langsam vorbeifuhr.

Amber seufzte tief auf, und als er darauf in die schalkhaften Augen des Mädchens blickte, lächelte er auch.

»Wirklich schlechtes Wetter, meine Gnädige«, wiederholte er traurig. »Der Himmel weint, England trauert über den Verlust seines Sohnes . . .«

»Es muß den Schmerz eben tragen«, spottete das Mädchen, und Amber wunderte sich, daß sie unter so traurigen Umständen so heiter sein konnte – denn Amber schien ein Egoist zu sein.

Am Kai verließen sie den Zug unter der großen, schuppenähnlichen Halle, um über die Schiffslände sogleich zum Fallreep zu gehen.

»Wir wollen einen trockenen Platz suchen«, sagte Amber. »Ich möchte Ihnen ein behagliches Eckchen verschaffen und zuvor dem Steward ein gutes Wort geben.« Er verließ sie in dem großen Salon und begab sich auf die Suche nach seiner Kabine.

Er mußte sich um andere Dinge kümmern – er mußte überlegen, unendlich Wichtiges überlegen; sein Leben, seine Zukunft, sein Glück hingen davon ab. Wenn er jetzt nur einen Anlaß finden könnte! Sie könnte ihm aber auch so etwas wie einen Anlaß geben, damit er all das, was er auf dem Herzen hatte, sagen konnte. Amber, ein junger Mann, den sonst noch so schwierige Situationen nicht aus dem Gleichgewicht bringen konnten, trieb auf einem höchst stürmischen Meer von Empfindungen umher, das Land vor Augen, die Rettungsleine zur Hand, mit deren Hilfe er wirklich sicher in den Hafen gelangen konnte, jedoch ohne den Mut, die Leine zu erfassen oder sein Boot gar aus eigener Kraft ans Ufer zu steuern.

»Denn«, so redete er sich ein, »auf dem Wege dahin könnten Felsen sein, und besser unbehaglich auf See als am Gestade stranden.«

Während er das alles in seinem Kopf höchst ernsthaft erwog, war er zweimal an seiner Kabine vorübergegangen, hatte seinen Steward verfehlt und war in die Kabinen zweiter Klasse geraten, wo sich die Zwischendeckspassagiere fröstelnd drängten. Endlich kam ihm zum Bewußtsein, daß seine Angelegenheit noch nicht erledigt war.

Er kehrte in den Salon zurück und fand ihn leer; eine wilde Angst bemächtigte sich seiner. Sie war des Wartens müde geworden – und hatte einen früheren Zug zur Rückfahrt benutzt.

Er raste auf das Deck, rannte unzählige Kajütentreppen hinauf und hinunter, lief auf dem breiten Promenadendeck zum Erstaunen der ahnungslos dreinschauenden Quartiermeister hin und her, war mit zwei Schritten das Fallreep hinuntergeeilt und stand suchend auf dem nassen Kai, war dann ebenso schnell wieder auf Deck, um seine Nachforschung auf dem Schiff von neuem aufzunehmen.

Was für ein hoffnungsloser Esel war er! Ein vollkommenes Mondkalb! Er kam zurück in den Salon, ein Bild tragischer Verzweiflung, und fand sie, sehr kühl, sehr wortkarg – was man von ihm nicht behaupten konnte.

»Ei, Sie sind ja ganz naß«, begrüßte sie ihn.

Amber lächelte dumm.

»Ja, einen Koffer verloren, wissen Sie, auf dem Kai zurückgelassen – es fiel gerade ein wenig Regen –, jetzt will ich Ihnen etwas sagen –« Er war außer Atem, aber fest entschlossen, als er sich neben sie setzte.

»Sie gehen sofort in Ihre Kabine und ziehen sich um«, befahl sie.

»Das schadet nichts, ich –«

Sie schüttelte den Kopf.

»Sie müssen«, sagte sie fest. »Sie können sich sonst etwas holen, außerdem sehen Sie komisch aus.«

Das war die Höhe; denn ein richtiger Mann trotzt den Gefahren und unterdrückt die heißesten Wünsche heroisch, aber Lächerlichkeit ist der Feind, den er flieht.

Er verbrachte eine unruhige und leidenschaftlich erregte halbe Stunde damit, Koffer aufzuschließen und die zum Umkleiden nötigen Stücke ans Tageslicht zu befördern. In der Regel ist das, was man sucht, am tiefsten verstaut und hält sich dem Auge verborgen. Er sah daher erhitzt und zerzaust aus, als er mit Fingern, die vor Erregung zitterten, den letzten Knopf zuknöpfte und die Tür hinter dem Chaos in seiner Kabine schloß.

Eine kostbare halbe Stunde war vorüber – eine weitere mußte für den Lunch zur Verfügung gehalten werden, denn das Schiff sah eine ausgezeichnete Mahlzeit für die Freunde der Passagiere vor, und seine Schutzbefohlene war ein Mensch und hatte Hunger.

Als er auf das Promenadendeck kam, wurde die Post an Bord gebracht, was bedeutete, daß in einer halben Stunde die Glocke läuten würde, um allen, die nicht mitreisten, das Zeichen zu geben, daß sie von Bord gehen müßten. Dann würde die Gelegenheit, die ihm das Schicksal geboten hatte, vorüber sein.

Cynthia selbst schien begierig zu sein, über die Möglichkeiten, ihren Bruder zu erreichen, lange Erörterungen anzubahnen – eine verzeihliche Besorgnis ihrerseits, wegen der er ihr aber unvernünftigerweise grollte. Doch bezwang er sich, hörte zu und gab mehr oder weniger geistreiche Antworten.

Er verzweifelte innerlich, als die Minuten verstrichen, und als die Schiffsglocke das bekannte Zeichen gab, stöhnte er wie ein Unglücksrabe leise vor sich hin und erhob sich, ein wenig bleich.

»Ich fürchte, wir müssen uns trennen«, bemerkte er unsicher, »und ich hätte Ihnen noch das eine und andere zu sagen.«

Sie sprang auf, etwas bestürzt, wie er meinte – oder sicherlich verwirrt, wie er aus ihrem Gesichtsausdruck schloß, denn Röte und Blässe überzogen ihre Wangen abwechselnd.

»Ich wollte sagen – Sie fragen –, ich bin nicht ganz so wie die anderen Menschen, und ich glaube, Sie denken, ich –«

Er hatte sich zu viele Einleitungen ausgedacht und versuchte, sie nun alle anzubringen.

»Vielleicht warten Sie lieber«, sagte sie sanft.

»Ich beabsichtigte, Ihnen zu schreiben«, fuhr er fort, »sobald wir anliefen – in der Tat, ich wollte Ihnen von hier schreiben.«

Ein Quartiermeister kam längs des Decks daher.

»Will noch jemand ans Ufer zurück?« Er blickte fragend nach dem Paar hin. »Das letzte Fallreep wird weggenommen, meine Dame.«

Amber blickte hoffnungslos auf sie hinab. Dann seufzte er.

»Ich fürchte, ich werde doch schreiben müssen«, sagte er kläglich und grinste.

Sie lächelte statt einer Antwort, schickte sich aber nicht an, wegzugehen. Die Glocke läutete wieder.

»Wenn Sie nicht mitgenommen werden wollen an die Alebi-Küste«, sagte er halb scherzend, »so müssen Sie jetzt von Bord gehen.«

Sie lächelte wieder.

»Ich will an die Alebi-Küste mitgenommen werden«, bemerkte sie tapfer. »Ich wüßte sonst nicht, wofür ich mein Reisegeld bezahlt hätte.«

Amber war beinahe sprachlos.

»Aber – wie können Sie denn – Ihr Gepäck?«

»Mein Gepäck ist in meiner Kabine«, meinte sie unschuldig, »wußten Sie nicht, daß ich mit Ihnen reisen würde?«

Amber sagte nichts, sein übervolles Herz fand keine Worte.

Als sie fünf Tage unterwegs waren und der Bergkegel von Teneriffa hinter ihnen versank, machte sich Amber den Ernst der Situation klar.

»Ich bin unverantwortlich selbstsüchtig gewesen«, sagte er. »Ich hätte Sie in Santa Cruz überreden sollen, das Schiff zu verlassen, aber ich hatte nicht den Mut dazu – Sie hätten nicht kommen dürfen.«

»J'y suis – j'y reste!« sagte sie lässig. »Hier bin ich, hier bleibe ich.« Sie lag in einem bequemen Rohrsessel, von der Spitze ihrer weißen Schuhe bis zum Scheitel ihres hübschen Kopfes ein reizendes Bild.

»Ich bin die Tochter eines Forschers«, fuhr sie fast ernsthaft fort. »Sie werden gut tun, sich dessen zu erinnern, Captain Grey.«

»Wollen Sie mich nicht lieber Amber nennen?« sagte er.

»Nun, Mr. Amber«, verbesserte sie sich, »obgleich es ein bißchen familiär klingt, wovon sprach ich?«

»Sie rühmten sich Ihrer Herkunft«, erwiderte er. Er zog einen Stuhl an ihre Seite. »Und wir hörten respektvoll zu.«

Eine Weile sagte sie nichts, ihre Augen folgten den tanzenden Wogen, die über das Heck des Schiffes glitten.

»Es ist wirklich eine höchst ernsthafte Angelegenheit für mich, nicht wahr?« sagte sie plötzlich. »Dieses Land tötete meinen Vater – es hat mir meinen Bruder genommen.«

»Und es soll Sie nicht nehmen«, preßte er zwischen den Zähnen hervor. »Eine derartige Torheit gebe ich nicht zu; Sie müssen zurückgehen. Wir treffen in Grand Bassam das Kongo-Schiff, das auf der Heimreise begriffen ist, und ich werde veranlassen, daß Sie –«

Sie lachte laut auf.

»Wir müssen uns auf das Schlimmste gefaßt machen«, sagte er. »Lambaire mag glauben oder nicht glauben, daß sich der Diamantenfluß auf portugiesischem Gebiet befindet. Als er den Kompaß fälschte, mag er den Zweck verfolgt haben, der britischen Regierung vorzuspiegeln, er habe in gutem Glauben gehandelt – Sie sehen, wir hätten Ihrem Vater glauben und seine Behauptung ohne weiteres annehmen sollen.«

»Glauben Sie, daß das Lambaires Absicht war?« fragte sie.

Amber schüttelte den Kopf.

»Offen gestanden, nein. Ich denke mir, daß der Kompaß deshalb gefälscht wurde, damit Ihr Vater nicht imstande sein sollte, die Mine ein zweites Mal zu finden. Ich bin überzeugt, daß Lambaire beabsichtigte, zu verhindern, daß die Pläne irgend jemand anderem als ihm von Nutzen sein könnten – wenn sie zufällig in andere Hände fallen sollten.«

»Aber warum kaperte er Francis?« fragte sie verblüfft.

»Der einzige Weg, in den Besitz des Planes zu gelangen – und irgendwie verstärkte es ihre Position, den Sohn des toten Forschers mitgenommen zu haben.«

Das war die einzige Unterhaltung, die sie über den Gegenstand führten. Bei Sierra Leone übergaben sie ihr Gepäck dem »Pinto Colo«, einem kleinen portugiesischen Küstendampfer, und dann folgte für sie ein gemächliches Dahingleiten an der Küste entlang, wobei, wie es schien, das Schiff alle paar Meilen vor Anker ging, um Fässer deutschen Rums auszuschiffen.

Und dann gingen sie eines Morgens, als ein dicker weißer Nebel über dem öligen Wasser lag, unweit einer niedrig gelegenen Küste, die vom Schiff aus nicht sichtbar war, vor Anker. Hier war der Anfang des verbotenen Gebiets.

»Da wären wir nun«, sagte Amber eine Stunde später, als das Landungsboot das Gestade anlief. Er wandte sich an einen großen, hageren Eingeborenen, der abseits von der Menge der Ruderer, die bei der Landung zugegen waren, stand.

»Dem Consul, he lib . . .?«

»Massa«, sagte der Schwarze nachdrücklich, »him lib for bush one time – dem white man him lib for bush, bat dem bush feller he chop um one time, so Consul him lib for bush to hang um bush feller.«

Dem jungen Mädchen war das Kauderwelsch vollkommen unverständlich, und sie blickte von dem Eingeborenen zu Amber hin, der wachsam, mit halbgeschlossenen Augenlidern und gespanntem Gesichtsausdruck, dastand.

»Wie nennst du um them weißen Mann, der totging?« fragte er. Ehe der Schwarze antworten konnte, wurde seine Aufmerksamkeit durch etwas in Anspruch genommen, und er blickte empor. Über ihm kreiste langsam ein Vogel.

Er streckte seine Arme aus und pfiff sanft, und der Vogel fiel wie ein Stein auf das sandige Gestade herab, stand mit Anstrengung auf, watschelte einige Schritte und fiel um.

Der Eingeborene hob ihn zärtlich auf – es war eine Taube. Um ihr eines Bein war mit einem Gummiband ein dünner Papierstreifen befestigt. Amber zog das Papier sorgfältig heraus und glättete es.

›An O. C. Haussas.
Die Herren Lambaire und White haben die Alebi-Missions-Sta-

tion erreicht. Sie berichten, daß sie ein Diamantenlager entdeckt haben, und behaupten, Sutton sei vor einem Monat am Fieber gestorben.‹ H. Sanders

Sehr langsam las er noch einmal; das Mädchen beobachtete ihn mit beunruhigtem Gesichtsausdruck.

»Was steht darin?« fragte sie.

Amber faltete das Papier sorgfältig.

»Es war nicht für uns bestimmt«, sagte er ausweichend.

## 14

Im K'hassi-Hinterland saßen drei Männer beim Mahl. Die Sonne war untergegangen, und ein Blockfeuer, wie es die Eingeborenen zur heißen Tageszeit zu unterhalten pflegen, sandte eine dünne, gerade Rauchsäule in die Höhe.

Der stämmige Mann in dem schmutzigen Drell war Lambaire, die blöde Gestalt mit dem gelben, unrasierten Gesicht Whitey. Er hatte seinen zweiten Fieberanfall überstanden, und die Hand, die er zum Mund erhob, zitterte noch verdächtig. Der junge Sutton war der mürrische Dritte. Sie sprachen nicht, als sie den unschmackhaften Flußfisch verzehrten, den ihr Führer für sie gefangen hatte. Erst als sie fertig und an den Rand des Flusses hinuntergegangen waren, brachen sie das Stillschweigen.

»Das ist also das Ende«, bemerkte Lambaire trübe.

Whitey sagte nichts.

»Dreitausend Pfund hat mich diese Expedition gekostet, und ich weiß nicht wieviel Jahre meines Lebens«, fuhr Lambaire fort, »und wir befinden uns tausend Meilen von der Küste.«

»Vierhundert«, unterbrach ihn Whitey ungeduldig, »aber es können ebensogut viertausend sein.«

Es trat eine lange Pause ein.

»Wohin führt dieser Fluß?« fragte Lambaire schließlich. »Er muß doch irgendwo hinfließen.«

»Er fließt durch ein schönes Kannibalenland«, sagte Whitey grimmig. »Wenn du denkst, ein Stück bis zum Meer abzuschneiden, so gib den Fluß auf.«

»Und es gibt gar keinen Diamantenfluß – keine Diamanten; ein verflucht tüchtiger Forscher, Ihr Vater, das muß man sagen, Sutton.«

Aber der Knabe, den Kopf auf den Knien, sah nachdenklich auf den Fluß und schwieg.

»Ein verflucht tüchtiger Forscher«, wiederholte Lambaire.

Sutton drehte den Kopf nach ihm hin.

»Fangen Sie keinen Streit mit mir an«, sagte er traurig, »denn wenn Sie das tun –«

»He! Wenn ich das tue?« Lambaire war in der Verfassung, mit jedermann Streit anzufangen.

»Wenn Sie es tun, schieße ich Sie tot«, sagte der Knabe und drehte seinen Kopf wieder herum, um auf den Fluß zu sehen.

In Lambaires Gesicht zuckte es, und er erhob sich halb – sie saßen am Ufer des Flusses.

»Keine solche Rede, keine solche Rede, Sutton«, knurrte er mit bebender Stimme. »Das ist nicht die Art, mit –«

»Oh, halt's Maul!« brummte Whitey. »Wir brauchen dein Gewäsch nicht, Lambaire – wir brauchen einen Ausweg!«

Ein Ausweg! Dabei war die Suche nach dem Fluß angelangt, und das war das Ergebnis der viermonatigen Wanderung, auf der jeder Tag sie nur immer tiefer in den Busch geführt, jede Woche ein Glied der Kette, die sie mit der Zivilisation verband, zerrissen hatte. Sie hatten die portugiesische Grenze nicht erreicht, denn als sie noch mehr als hundert Meilen von ihr entfernt waren, hatte sich bereits herausgestellt, daß die Karte ganz falsch war. Kleine Dörfer waren auf ihr eingezeichnet, an denen sie nie vorbeigekommen waren. Einmal, als ein Dorf eingezeichnet gewesen war, nebst Quartier eines Stammeshäuptlings, hatten sie, wie andere Afrikareisende auch, entdeckt, daß zwanzig Dörfer im Umkreis weniger Meilen denselben Namen führten.

Und immer tiefer geriet die kleine Gesellschaft in den Busch und verlor die Träger einen nach dem anderen. Sie hatten mit dem Alebi-Volk verhandelt, ein Rückzugsgefecht mit dem Buschvolk des mittleren Waldes ausgefochten, ihr Lager gegen einen dreitägigen Angriff der bemalten K'hassi behauptet und die zweifelhafte Hilfe erhalten, die das mutlose Sklavenvolk des

Innern bieten konnte. Und das Ende war, daß die Expedition zurückkehren und ihren Weg durch dieselben Gebiete nehmen mußte, die sie bereits durchdrungen hatte.

»Es gibt keinen anderen Weg«, beharrte Lambaire. Whitey schüttelte den Kopf.

Ein sonderbar ergebnisloses Ende einer großen Expedition.

Was mögen Suttons Gedanken gewesen sein, als er düster in den langsam dahinfließenden Strom stierte? In den Büchern endeten so große Expeditionen mit anderem Erfolg! Cynthia würde lachen. Ihm graute schon jetzt davor. Vielleicht würde sie weinen und überdies Ursache dazu haben.

Und jener Mann, jener Dieb, dieser Amber! Ein sonderbarer Name. Amber – Gold, Diamanten. Keine Diamanten, kein Diamantenfluß: Der Traum war dahin. Hier war ein Fluß. Er schlich träge durch ein Kannibalenland, bildete auf weite Strecken, Hunderte von Meilen lang, Katarakte, und kam endlich an das Meer … wo Schiffe waren, die einen nach England brachten … nach London.

Er sprang auf.

»Wann reisen wir ab?« fragte er etwas dumm.

»Abreisen?« Lambaire sah auf.

»Wir müssen den Weg zurückgehen, den wir gekommen sind«, sagte der junge Mann. »Wir brechen am besten gleich auf – die Träger laufen uns davon – zwei sind in der letzten Nacht gegangen. Wir haben keine Konserven mehr und jeder nur noch ungefähr hundert Patronen.«

»Ich schlage vor, wir brechen morgen auf«, entgegnete Lambaire verdrossen.

Vor Sonnenaufgang begann eine kleine Expedition müde ihren Marsch zur Küste.

Drei Tage blieben sie unbehelligt; am vierten Tag stießen sie auf eine Abteilung Jäger der K'hassi – ein verhängnisvolles Vorzeichen; denn sie hatten gehofft, durch das K'hassi-Land ohne irgendein ernstes Gefecht hindurchzukommen. Die Jägertruppe gab ihre Jagd auf Elefanten auf und ging zur amüsanteren Jagd auf Menschen über. Glücklicherweise erreichte die kleine Gesellschaft aber noch rechtzeitig die offene Ebene, die westlich von dem eigentlichen K'hassi-Land liegt, und in dem offenen Gelände konnte sie sich des Feindes erwehren.

Am fünften Tage brach ihr Führer, der bei der Nachhut der schweißtriefenden Jäger marschierte, in einen wilden, irrsinnigen Gesang aus. Sutton und Whitey gingen nach hinten, um die Ursache dieses Tobens zu ergründen, und der Mann erzählte ihnen kichernd, er habe mehrere Teufel gesehen. In der Nacht ergriff dieser Führer eine Keule, kroch heimlich zu einem Träger hin, mit dem er sonst auf freundschaftlichem Fuß gestanden hatte, und zerschmetterte ihm den Schädel.

»Die Schlafkrankheit«, stellte Sutton fest.

Die drei weißen Männer standen nebeneinander in der Nähe des Baumes, an den der wahnsinnig gewordene Führer gebunden worden war – wobei die Träger, die ihn überwältigt hatten, nicht ohne Verletzungen davongekommen waren.

»Was sollen wir tun?« knirschte Lambaire. »Wir können ihn nicht allein lassen – er würde verhungern, oder er würde sich losmachen, und das wäre noch schlimmer.«

Sie ließen die Frage bis zum nächsten Morgen offen und stellten während der Nacht eine Wache auf.

Am Morgen wurden die Träger unter einem neuen Führer versammelt, und die Karawane marschierte. Whitey blieb hinten. Lambaire, der in der Mitte der Kolonne marschierte, hörte plötzlich den scharfen Knall eines Revolvers, und dann nach einer Pause einen zweiten Knall. Er schauderte und wischte seine feuchte Stirn mit dem Rücken der Hand ab. Bald holte Whitey die Gesellschaft ein. Sein Gesicht war bleich, sein Mund zitterte.

Lambaire sah ihn furchtsam an.

»Was hast du getan?« flüsterte er.

»Weiter, weiter«, knurrte der andere. »Du fragst zuviel, Lambaire; du steckst deine Nase zu tief in allerhand Dinge – weißt verdammt genau, was ich getan habe. Kann ich einen Nigger Hungers sterben lassen – he? Mußte ich nicht etwas tun?« Seine Stimme wurde zuletzt ganz heiser, und Lambaire schüttelte hilflos seinen Kopf und fragte nichts mehr.

In Romanen ist ein Schurke gemeinhin ein Schurke und nichts

sonst. Verdienstvolle Taten, die man ihm zuschrieb, würden seinem Ansehen nur schaden. Im wirklichen Leben dagegen können große Bösewichter sich manchmal durchaus heldenhaft zeigen. Lambaire war von Natur ein Feigling – aber er war insofern ein Held, als er, ohne zu klagen, die Widerwärtigkeiten des Marsches ertrug und den Gefahren, die jeder neue Tag brachte, mutig trotzte.

Sie waren im Alebi-Land angekommen und hatten sich zur letzten langen Rast niedergelassen. Da kam Lambaire ein großer Gedanke. Er vertraute ihn niemandem an, und es gehörten zwei volle Tage dazu, ihn in seinem Kopf reifen zu lassen.

Sie befanden sich in einem Eingeborenendorf, dessen Bewohner sich nicht feindselig gegen die fremden, weißen Männer verhielten, und aus diesem Grund sahen sie hier eine dreitägige Rast vor. Am Abend des zweiten Tages, als sie vor einem lodernden Feuer saßen – denn selbst in den heißesten Gegenden Afrikas sind die Nächte kühl –, eröffnete Lambaire den anderen seine Pläne.

»Habt ihr schon einmal darüber nachgedacht, Reisegenossen, auf was wir eigentlich losmarschieren?« fragte er.

Keiner antwortete ihm. Sutton beteiligte sich nur widerwillig an der Unterhaltung, aber Whitey kniff die Augen lauernd zusammen.

»Zum Teufel gehen wir«, sagte Lambaire nachdrücklich. »Ich marschiere hier zum Bankrott und du gleichfalls, Whitey. Sutton marschiert, um in London der Gegenstand allgemeinen Gelächters zu werden – und«, fügte er langsam hinzu und beobachtete die Wirkung seiner Worte, »um den Namen seines Vaters zum Gespött zu machen.«

Er sah, wie der Jüngling sich wand, und fuhr fort:

»Ich und Whitey, wir haben eine Gesellschaft gegründet – aus dem Publikum Geld herausgelockt – Diamantenmine – glänzende Prospekte und dergleichen – alles gut durchdacht – seht!«

Er merkte, wie Whitey nachdenklich nickte und Sutton verwirrt dreinsah.

»Wir kehren zurück –«

»Wenn wir zurückkehren«, murmelte Whitey.

»Sprich nicht wie ein Narr«, fuhr ihn Lambaire an. »Mein Gott, du machst mich krank, Whitey; du verdirbst alles! Zurückkehren! Natürlich kehren wir zurück – das Schlimmste ist vorüber, wir brauchen uns ja schon nicht mehr zur Wehr zu setzen. Wir kommen in den Bereich der Zivilisation –«

»Weiter – weiter«, sagte Whitey ungeduldig, »und was geschieht, wenn wir zurück sind?«

»Ja«, sagte Lambaire, »wenn wir zurück sind, müssen wir sagen: ›Hört, ihr Leute – die Sache ist die –‹«

»Um es offen herauszusagen«, murmelte Whitey.

»Um es offen herauszusagen – es existiert nicht eine einzige Mine.«

Lambaire machte eine Pause, mehr um sich selbst als um seinen Zuhörern die Bedeutsamkeit der Situation zu Gemüte zu führen.

»Nun?« fragte Whitey.

»Nun«, wiederholte der andere, »warum sollten wir? Hört!« Er lehnte sich vor und sprach schnell und mit großem Ernst. »Was hindert uns zu sagen, wir hätten das Diamantenfeld festgestellt, wie? Wir können den Fluß erfinden – ein trockenes Flußbett aus ihm machen –, wir haben Hunderte von Stellen gesehen, die in der nassen Jahreszeit Flußläufe sind. Wenn wir heil und gesund zurückkehren, wie wär's, wenn wir unsere Taschen voll Granaten und noch nicht geschliffenen Diamanten hätten – ich kann welche in London bekommen –«

Whiteys Augen leuchteten auf; man brauchte ihn nicht zu fragen, wie ihm der geistreiche Plan gefalle.

Aber Sutton machte Einwände. Sein Gesicht hatte etwas Starres, als er barsch erwiderte:

»Sie sind toll, Lambaire. Glauben Sie, ich würde zurückkehren und lügen? Bilden Sie sich ja nicht ein, daß ich an einem solchen Betrug teilhaben will – und meines Vaters Namen und Andenken dazu opfere! Sie sind wohl vollkommen verrückt!«

Keiner von den beiden andern hatte während der Expedition und im Hinblick auf ihren Zweck den Jüngling ernst genommen. Sie hatten ihn mehr oder weniger als eine Kreatur betrachtet, um deren abweichende Ansichten man sich nicht zu kümmern brauchte. Aber einem solchen Widerspruch mußten sie entgegentreten, zumal er mit jedem Beweisgrund, den sie ins Feld führten, an Hartnäckigkeit zunahm.

Männer, die die Fühlung mit der Zivilisation verloren haben, nehmen leicht eine verderbte Moral an; ehe sie noch das freundliche Dorf verlassen hatten, mußten sie beide, Whitey sowohl wie Lambaire, sagen, daß sie grausam geworden waren.

Suttons lächerliche Skrupel standen ihrem Vorhaben im Wege; dieser Grillenfänger hinderte sie mit seinem Widerstand daran, die Früchte ihrer Anstrengungen zu ernten. Als eine Woche herum war – eine Woche, in der sich keine äußeren Gefahren gezeigt hatten, die ihre Gemüter vielleicht zur Klarheit der Gedanken aufgerüttelt hätten –, war Sutton aus ihrer geistigen Gemeinschaft ausgestoßen. Verschärft wurde die Lage noch dadurch, daß bei Sutton eine bösartige Malaria zum Ausbruch kam und die Reisegesellschaft auf einer großen Waldlichtung haltmachen mußte. In der Nähe eines ausgetrockneten Wasserlaufs schlugen sie ihr kleines Lager auf; sie wählten den Platz deshalb, weil ein paar Fuß unter der Oberfläche eine Wasserader vorhanden war.

Lambaire und Whitey gingen im Wald spazieren. Keiner von ihnen sprach ein Wort, und doch wußte jeder, was der andere dachte.

»Nun?« sagte Whitey schließlich.

Lambaire vermied es, ihn anzusehen.

»Es bedeutet für uns den Ruin – wenn er vernünftig wäre, könnten wir uns jedoch retten und unser Glück machen.«

Wieder ein langes Stillschweigen.

»Geht es ihm schlecht?« fragte Lambaire plötzlich, und der andere zuckte die Schultern.

»Nicht schlechter, als es mir ein dutzendmal gegangen ist. Es ist sein erster Fieberanfall.«

Dann wieder eine lange Pause, die Whitey unterbrach.

»Wir können ihn nicht tragen – wir haben nur zwei Träger und noch fünfzig Meilen zu gehen, ehe wir eine Missionsstation erreichen.«

Sie wanderten ziellos hin und her, jeder hing seinen eigenen

Gedanken nach. Schließlich kehrten sie zu ihrem kleinen Lager zurück, wo ein phantasierender Jüngling stöhnte und jämmerlich ächzte und in der Hauptsache mit sich selber redete.

Lambaire stand neben ihm und sah auf die ruhelose Gestalt hinab; dann ging er auf die Suche nach Whitey.

»Er muß regelrecht erledigt werden«, sagte er und zog ein Notizbuch heraus. »Ich traue dir, Whitey, und du traust mir – aber wir wollen es schwarz auf weiß besitzen.«

Die beiden Anweisungen wurden mit denselben Worten aufgesetzt. Whitey war unschlüssig, unterzeichnete dann aber doch. –

Vor der gewohnten Stunde weckte Whitey den einen der beiden übriggebliebenen Träger; es war der, der dolmetschte.

»Steh auf«, sagte er verdrießlich, »nimm die Flinten auf deinen Kopf und mach schnell.«

Der Eingeborene stand schläfrig auf. Das Feuer war am Erlöschen, und er stocherte mit seinem bloßen Fuß darin herum, um die Flamme zu entfachen.

»Laß das!« schrie Whitey zornig – er war in ungewöhnlicher Gemütsverfassung. »Hol den anderen Mann, und dann marsch.«

Die kleine Gesellschaft ging schweigsam den dunklen Waldpfad entlang, an der Spitze der Eingeborene mit seiner Laterne zum Schutz gegen Angriffe wilder Tiere.

Plötzlich blieb er stehen und wandte sich nach Lambaire um, der die Nachhut bildete.

»Den jungen Massa, ich seh ihn nicht.«

»Weiter«, sagte Whitey ungehalten. »Der Massa, er stirbt doch bald.«

Der Schwarze knurrte und setzte seinen Weg fort. Der Tod war in diesem Lande, wo Menschen morgens heil und gesund aufstanden und am Abend beerdigt wurden, eine unbedeutende Angelegenheit.

Bei Tagesanbruch machten sie halt, um dem Mahl zuzusprechen, das sie gewöhnlich vor dem Marsch einnahmen.

Die zwei Männer aßen schweigend – keiner sah den andern an. Erst als das Licht der aufgehenden Sonne den Wald durchflutete, nahm Whitey auf die Ereignisse der Nacht Bezug.

»Wir konnten keinen Nigger zurücklassen, damit er Hungers sterbe – und ich will verflucht sein, wenn wir keinen weißen Mann zurückgelassen haben«, sagte er und fluchte schrecklich.

»Hör auf – sag so etwas nicht«, flehte Lambaire und erhob wie protestierend seine große Hand. »Wir konnten doch nicht – wir konnten doch nicht tun, was wir ... du weißt ... was wir mit dem verrückten Führer gemacht haben ... Sei vernünftig, Whitey ... er ist tot.«

Drei Tage später erreichten sie die Missionsstation an der Grenze, und eine Heliograph-Botschaft trug die Nachricht ihrer Ankunft zu einem wandernden Distrikts-Kommissar, der ein Land »regierte«, von dem aus keine heliographische Verbindung mit der Küste möglich war.

Aber er hatte einen Korb voll Brieftauben.

Drei Wochen ruhen, in weichen Betten schlafen, Missionskost zu sich nehmen und ein Rasiermesser gebrauchen dürfen, das alles machte für einen Mann wie Lambaire den ganzen Unterschied zweier Welten aus. Aber er hatte ein bequemes Gedächtnis. Er vergaß manche Dinge sehr leicht.

Ein kleiner, scharfblickender Mann in Khakiuniform kam auf die Missionsstation, der gefürchtete Regierungsamtmann Sanders; er stellte Fragen. Im Hinblick auf den geschwächten Körperzustand der Missionsgäste drängte er sie jedoch nicht zu einem ausführlichen Bericht. Er hörte ohne Überraschung, daß der Diamantenfluß entdeckt worden war, und aus der ungenauen Beschreibung, die ihm die Expeditionsteilnehmer gaben, schloß er, daß das neue Diamantenfeld auf britischem Gebiet lag.

Er war enttäuscht, zeigte es aber nicht.

Kein Mann, der über die Wohlfahrt von Eingeborenenvölkern zu wachen hat, begrüßt die Entdeckung kostbarer Minen oder Metallvorkommen auf seinem Gebiet. Solche Reichtümer bedeuten nämlich Kriege und die Bereitstellung neuer Streitkräfte. Sie bedeuteten das Ende eines ordnungsmäßigen Naturzustandes und Belastung mit einer oberflächlichen Zivilisation.

Kritische Leute haben gefragt, warum der Amtmann sich damals nicht sofort habe Proben zeigen lassen, die Lambaire und sein Genosse von der mysteriösen Mine mitgebracht hatten. Aber Sanders war, wie schon anderswo erwähnt, ein einfacher Mann, der niemals mit der Verwaltung einer Mineralien-Region beauftragt gewesen war und der, offen gesagt, gar nicht wußte, was er unter den obwaltenden Umständen zu tun hatte.

»Wann starb Sutton?« fragte er, und sie sagten es ihm.

»Wo?«

Hier irrten sie sich, denn die bezeichnete Stelle lag hundert Meilen landeinwärts.

Sanders stellte eine schnelle Berechnung an.

»Es muß näher gewesen sein«, sagte er. »Sie können in der Zeit nicht bis zur Missionsstation marschiert sein.«

Sie gaben die Möglichkeit eines Irrtums zu, und Sanders ließ die Ungenauigkeiten, in die sie sich verstrickten, gelten; hatte er doch einige Erfahrung darin, daß das Gedächtnis ausgehungerter Männer nicht ganz verläßlich war.

Er fragte die Träger aus, und sie wußten keineswegs besser Bescheid.

»Master«, sagte der Führer im Dialekt der Flußgegend, »es war an einem Platz, wo vier Bäume ganz dicht beieinander standen, zwei waren Rotholzbäume, und einer war ein Kopalgummibaum.«

Da die Wälder des Alebi-Landes hauptsächlich aus Rothölzern und Gummibäumen bestehen, war der Amtmann nicht klüger.

Vierzehn Tage nach dieser Unterhaltung erreichten Lambaire und Whitey die kleine Küstenstadt, wo Sanders sein Hauptquartier hatte.

## 15

Im westlichen Zentralafrika eine Enttäuschung nach der anderen erleben, dann in das Zimmer einer Europäerwohnung treten mit Gedanken im Kopf, wie sie einen Lambaire und Whitey beschäftigten, und plötzlich auf einen Mann stoßen, von dem man glaubt, daß er in einem Provinzialgefängnis Englands Werg zupft – das kann einen schon aus der Fassung bringen. Diese Erfahrung machten die beiden Forscher. Es gab eine dramatische Pause, als Amber sich aus dem bequemen Sessel im Zimmer des Regierungsamtmannes erhob.

Sie sahen einander schweigend an. In Ambers Gesichtszügen vermißten die beiden das schelmische, überlegene Lächeln, das sie so gut an ihm kannten. Er war vollkommen ernst.

»Hallo«, knurrte Lambaire. »Was bedeutet das?«

Die Frage war nicht überraschend. Amber sagte im Augenblick nichts. Die drei waren allein in dem Landhaus des Amtmanns. Amber lud seinen Besuch mit einer Handbewegung zum Sitzen ein, und wie hypnotisiert durch das unerwartete Zusammentreffen nahmen die Reisenden auch augenblicklich Platz.

»Was haben Sie mit Sutton gemacht?« fragte Amber ruhig.

Sie antworteten ihm nicht, und er wiederholte die Frage.

»Er ist tot«, sagte Whitey. Seine Stimme war unnötig laut. »Er ist tot – auf dem Marsch am Fieber gestorben. Es war sehr traurig; er starb . . . am Fieber.«

Whitey hatte zum erstenmal in seinem Leben schreckliche Angst. In Ambers Stimme lag ein sonderbarer Kommandoton, der schwer zu erklären war. Es hatte den Anschein, als habe dieser Verbrecher plötzlich die Funktionen eines Richters übernommen. Weder Whitey noch Lambaire konnten sich im Augenblick vorstellen, daß der Mann, der Aufklärung von ihnen verlangte, derselbe war, den sie auf dem Paddington-Bahnhof, durch Handschellen mit anderen Verbrechern zusammengekettet, gesehen hatten.

»Wann ist er gestorben?«

Sie gaben ihm Auskunft und sprachen beide gleichzeitig und übertrieben eifrig.

»Wer hat ihn beerdigt?«

Wieder das Zusammensprechen.

»Sie hatten doch zwei Eingeborene bei sich – und denen haben Sie nichts gesagt. Sie haben sie nicht einmal gebeten, ein Grab zu graben.« Seine Stimme war grimmig, seine Augen, die die beiden beobachteten, verengten sich, bis sie fast geschlossen erschienen.

»Wir haben ihn selbst begraben«, Lambaire hatte die Sprache

wiedergefunden, »weil er ein Weißer war und wir gleichfalls Weiße waren – verstehen Sie?«

»Ich verstehe.«

Er ging an den Tisch und holte von dort einen Bogen Papier. Sie erkannten die flüchtige Skizze eines Landes und errieten, daß sie den Schauplatz ihres Forschungsgebietes darstellte.

»Zeigt die Stelle, wo er begraben wurde.« Und Amber legte die Karte auf Whiteys Knie.

»Nichts zeigen!« Lambaire gewann seine Selbstbeherrschung langsam wieder. »Amber, was maßen Sie sich an? Wer zum Teufel sind Sie, daß Sie herumgehen und dies fragen und jenes wissen wollen – ein alter Zuchthäusler noch dazu!«

Da sein Mut erwacht war, fing er auch noch an zu fluchen.

»... Nachdem wir dies alles durchgemacht haben«, polterte er, »Hunger und Durst und Kämpfe – fehlt es gerade noch, von einem Spitzbuben ausgefragt zu werden.«

Er fühlte, wie Whitey sein Handgelenk packte, und hielt ein.

»Schweig – und sag nicht mehr, als du mußt«, murmelte Whitey. Lambaire schluckte seinen Zorn hinunter und gehorchte.

»Was ist das für ein Gerede von einem Diamantenfeld?« fuhr Amber mit derselben, sich immer gleichbleibenden, leidenschaftslosen Stimme fort. »Die Regierung weiß nichts von einem solchen Feld – oder einem solchen Fluß. Sie haben dem Regierungsamtmann gesagt, Sie hätten ein Diamantenfeld gefunden. Wo ist das?«

»Geh hin und such's, Amber«, schrie Whitey. »Sie sind gescheit – machen Sie sich auf die Suche wie wir; wir haben nicht erst die Leute danach ausgefragt – wir sind hingegangen und haben gesucht.«

Er tastete im Halbdunkel umher, um seinen Hut zu finden.

»Wir werden morgen das Land verlassen«, sagte Whitey, »und das erste, was wir tun werden, wenn wir einen zivilisierten Hafen erreicht haben, ist, daß wir Sie anzeigen – verstanden? Es haben sich keine Zuchthäusler in britischen Besitzungen herumzutreiben!«

Er nickte drohend mit dem Kopf und bekam als Antwort jenes Lächeln, das Ambers Persönlichkeit so bezaubernd machte.

»Mr. Whitey«, sagte Amber weich, »Sie werden das Land morgen nicht verlassen, das Schiff wird ohne Sie abfahren.«

»So!«

»Das Schiff wird ohne Sie abfahren«, wiederholte Amber. »Ohne Whitey, ohne Lambaire.«

Whitey schüttelte den Kopf.

»Wie meinen Sie das?«

Um antworten zu können, griff Amber nach der Karte, die ihm Whitey mit einer abweisenden Handbewegung zurückgab.

»Irgendwo hier«, er deutete auf eine Stelle, die mit einem Kreuz bezeichnet war, »in der Nähe eines ausgetrockneten Flußbettes, starb ein Mann. Ich will Aufklärung haben, daß er starb und wie er starb, ehe ich Sie fortlasse.«

Es entstand eine Pause.

»Was meinen Sie damit, Mr. Amber?« fragte Whitey, und seine Stimme war unsicher.

»Genau das, was ich sage«, erwiderte der andere ruhig.

»Glauben Sie, wir hätten ihn ermordet?«

Amber zuckte die Schultern. »Wir werden es auf die eine oder andere Weise erfahren, ehe Sie uns verlassen«, sagte er ruhig. Es war etwas in seinem Ton, was die beiden Männer vor ihm erschauern ließ.

»Ich werde es erfahren, weil ich eine Anzahl Leute auf die Suche geschickt habe, zurück nach dem Platz, wo Sie, wie Sie behaupten, Sutton verlassen haben«, fuhr er fort. »Ihrem letzten Dolmetscher wird es keine Schwierigkeiten machen, die Stelle zu finden; er ist schon unterwegs.«

Lambaire war bleich wie der Tod.

»Wir haben Sutton nichts getan«, sagte er verdrießlich.

Amber senkte den Kopf.

»Das werden wir erfahren«, erwiderte er.

Auf dem Weg vom Landhaus zur Baracke, die ihnen der Amtmann zur Verfügung gestellt hatte, blieb Lambaire plötzlich stehen und packte seinen Gefährten am Arm.

»Angenommen«, er rang nach Atem, »angenommen –«

Whitey machte seinen Arm los.

»Werd' nicht verrückt«, sagte er barsch, »was angenommen?«

»Angenommen – ein herumstreifender Eingeborener – fand ihn und durchbohrte ihn. Uns würde man dann sicher die Schuld geben.«

»Mein Gott, daran habe ich nicht gedacht!«

Sie hatten beide über manches nachzudenken in diesen ermüdenden Tagen ihres Wartens. Sie lernten, daß das Wort Ambers Gesetz geworden war. Sie sahen ihn einmal von ferne, versuchten aber nicht, mit ihm zusammenzutreffen. Sie erfuhren auch, daß Cynthia Sutton im Hauptquartier anwesend war. Das ärgerte sie nicht ohne Grund, und sie fragten sich, wieviel sie wußte.

Sie wußte alles, noch ehe ihr die Wahrheit gesagt worden war. Tränenlos und bleich hatte sie zugehört, als ihr Amber, mit der zarten Rücksichtnahme auf eine Frau, die Nachricht, die der Amtmann gesandt, beigebracht hatte.

»Ich würde Ihnen gern Hoffnung machen«, sagte er sanft, »aber das wäre grausam; die Geschichte klingt wahr, und doch ist etwas dran, was mich vermuten läßt, daß etwas dahintersteckt, was wir nicht wissen.«

Seinen Verdacht sagte er ihr nicht. Er hatte sich aber Sanders anvertraut, und dieser hatte bereits einen Trupp an den Platz entsandt, wo Sutton begraben war, um dort eine Untersuchung anzustellen.

»Weiße sterben sehr plötzlich im Alebi-Land«, bemerkte Sanders. »Es ist Grund vorhanden, an die Wahrheit der Geschichte zu glauben – doch scheinen diese beiden mir nicht die Männer zu sein, die aus einer sentimentalen Anwandlung heraus es auf sich nehmen würden, einen armen Jungen zu begraben. Das ist es, was ich nicht glauben kann.«

»Was werden Sie tun, wenn die Leute von der Suche zurückkehren?« fragte Amber.

»Ich habe es mir überlegt«, erwiderte Sanders. »Ich werde nur in Ihrer oder der Männer Gegenwart ihren Bericht verlangen; diese Untersuchung muß unparteiisch sein, sie ist schon nicht ganz ordnungsgemäß.«

Wochen vergingen – Wochen unerträglicher Unruhe für Whitey und Lambaire, die im Schatten ihrer Baracke Whist spielten.

Sanders besuchte sie pflichtschuldigst. Er hatte die höfliche Aufmerksamkeit für sie, die der Direktor eines Gefängnisses etwa für Gefangene mit guter Führung haben würde – so dünkte es Lambaire wenigstens.

Dann kam eines Morgens eine Ordonnanz mit einer Mitteilung zu ihnen – ihre Anwesenheit in der »Residenz« sei erforderlich. Niemals gingen Männer, die aus der Zelle eines Gefängnisses vorgeführt wurden, mit solcher Furcht dem Urteilsspruch entgegen wie diese beiden.

Sie fanden den Amtmann hinter einem großen Tisch, der übrigens das einzige ansehnliche Möbelstück in seinem ganzen Büro war.

Drei Eingeborene in der abgetragenen, von den Strapazen der Reise unansehnlich gewordenen blauen Polizeiuniform standen neben dem Schreibtisch. Sanders unterhielt sich lebhaft mit ihnen in dem Eingeborenendialekt, der den Weißen, die in dem Raum anwesend waren, völlig unverständlich war.

Amber und Cynthia Sutton saßen auf Stühlen zur Rechten des Schreibtisches, und zwei leere Stühle waren an die linke Seite des Tisches gestellt worden. Das Ganze machte den Eindruck eines Magistratsgerichtshofes, bei dem die Plätze für Kläger und Beklagte ordentlich voneinander getrennt sind.

Lambaire warf einen scheuen Seitenblick auf das junge Mädchen, das in seiner weißen Tropenkleidung mit der schimmernden Kopfbedeckung gelassen dasaß, und sein Gesicht verzerrte sich nervös.

Sie nahmen ihre Plätze ein, Lambaire wankte schwerfällig zu dem seinen.

Sanders hörte auf, mit den Eingeborenen zu reden und forderte sie mit einer Handbewegung auf, in die Mitte des Zimmers zu treten.

»Ich habe mir der Reihe nach alles berichten lassen«, sagte er. »Ich werde Fragen an sie richten und ihre Antworten übersetzen, wenn es Ihnen so angenehm ist?«

Whitey räusperte sich; er versuchte eine Zustimmung zu stammeln, aber da es ihm nicht gelang, nickte er nur, was auch als Zustimmung gelten konnte.

»Fandet ihr die Stelle mit den vier Bäumen?« fragte Sanders den Eingeborenen.

»Herr, wir fanden den Platz«, sagte der Mann.

Sanders übersetzte die Erzählung Satz für Satz.

»Tagelang folgten wir dem Pfad, den die weißen Männer gekommen waren; nur an einem Tag ruhten wir, es war ein bestimmter Festtag – wir gehören der Sufi-Sekte an und beten einen Gott an«, fuhr der Polizist fort. »Wir fanden Schlafstellen bei der Asche von Lagerfeuern, welche die weißen Männer angezündet hatten; auch Patronen und andere Dinge, die die weißen Männer fortgeworfen hatten, haben wir gefunden.«

»Wieviel Tagereisen hatten die weißen Männer gebraucht?« fragte Sanders.

»Zehn Tage«, sagte der Eingeborene, »denn wir zählten zehn Nachtfeuer, da wo viel Asche lag, und zehn Tagfeuer, wo nur so viel Asche lag, wie liegen zu bleiben pflegt, wenn man nur einen Topf voll kocht. Auch waren an diesen Stellen keine Betten hergerichtet gewesen. Zwei weiße Männer reisten zehn Tage lang zusammen, vorher waren es drei weiße Männer gewesen.«

»Woher weißt du dies?« fragte Sanders im Dialekt der Leute.

»Herr, das ist leicht zu sagen, denn wir fanden die Plätze, wo sie geschlafen hatten. Auch fanden wir die Stelle, wo der dritte Mann zurückgelassen worden war.«

Lambaires Lippen waren trocken; sein Mund war wie ein Kalkofen, als die Aussage des Schwarzen Satz für Satz übersetzt wurde.

»Fandet ihr den weißen Herrn, der zurückgelassen wurde?« fragte Sanders.

»Herr, wir fanden ihn nicht.«

Lambaire würgte etwas in der Kehle. Whitey blickte starr vor sich hin und sagte nichts.

»War ein Grab da?«

Der Eingeborene schüttelte den Kopf.

»Wir sahen ein offenes Grab, aber wir sahen keinen Mann darin.« Lambaire warf einen schnellen, bestürzten Blick auf den Mann an seiner Seite.

»War keine Spur des weißen Herrn zu entdecken?«

»Keine, Herr, er war verschwunden, und nur dies blieb zurück.« Er griff in eine der Taschen auf der Innenseite seines blauen, befleckten Rockes und zog etwas hervor, was anscheinend ein Taschentuch darstellte. Es war schmutzig, und eine Ecke war mehrmals zusammengeknotet.

Cynthia stand auf und nahm es in ihre Hände.

»Ja, dies gehörte meinem Bruder«, sagte sie mit leiser Stimme. Sie händigte es Sanders ein.

»Hier ist etwas hineingebunden«, betonte dieser und fing an, das Taschentuch aufzuknoten.

Im ganzen machte er drei Knoten auf, und so oft er es tat, fiel, außer bei dem letzten Mal, ein kleiner, grauer Kiesel auf den Tisch. In dem letzten Knoten waren vier kleine Kiesel, nicht größer als eine Erbse. Sanders sammelte die Steinchen in seiner hohlen Hand und betrachtete sie neugierig.

»Wissen Sie, ob diese Dinge etwas bedeuten?« fragte er Whitey, und dieser schüttelte den Kopf.

Sanders wandte sich auf arabisch an den Eingeborenen.

»Abiboo«, sagte er, »du kennst die Sitten und Gebräuche des Alebi-Volkes – was können diese Steine bedeuten?«

Aber Abiboo war in Verlegenheit.

»Herr«, meinte er, »wenn sie aus Rotholz wären, würde es eine Heirat bedeuten, wenn sie aus Gummi wären, würde es eine Reise bedeuten – aber diese Dinge bedeuten nichts, soviel ich weiß.« Sanders drehte die Kiesel mit seinem Finger um.

»Ich fürchte, meine Weisheit läßt mich hier im Stich«, begann er, als Amber herankam.

»Lassen Sie mich sehen«, bat dieser, und die Kiesel wurden auf seinen Handteller geschüttet.

Er ging mit ihnen ans Fenster und untersuchte sie sorgfältig. Er nahm ein Messer aus seiner Tasche und kratzte an der unscheinbaren Außenseite.

Er war in seine Beschäftigung so vertieft, daß er gar nicht daran zu denken schien, daß er etwa den Gang der Untersuchung aufhielt. Sie warteten geduldig – drei – fünf – zehn – Minuten. Dann kam er von dem Fenster zurück und ließ die Kiesel in seiner Hand aneinanderklirren.

»Ich denke, wir können die Steine behalten?« sagte er. »Sie haben nichts dagegen?«

Lambaire schüttelte den Kopf.

Er war jetzt ruhiger, obgleich er keinen Grund dazu hatte, wie Whitey meinte, der seine trockenen Lippen leckte. Die nächsten Worte des Amtmanns sollten Whitey rechtfertigen.

»Sie behaupten, Mr. Sutton an einer bestimmten Stelle beerdigt zu haben«, sagte der Beamte ernst. »Meine Leute finden keine Spur von einem Grab – ausgenommen ein offenes Grab –, wie erklären Sie das?«

Es fehlte nicht viel, so hätte sich Lambaires eine Panik bemächtigt – Whitey gab ihm jedoch keine Gelegenheit, seine Erregung zu verraten.

»Ich gebe keine Erklärung ab«, pfiff letzterer mit seiner dünnen Stimme. »Wir haben ihn begraben, das ist alles, was wir wissen – Ihre Leute müssen die Stelle verfehlt haben. Sie können uns nicht mehr länger gefangenhalten; es ist gegen das Gesetz – wessen klagen Sie uns an, wie? Wir haben Ihnen alles, was zu erzählen ist, berichtet; und Sie müssen sich entschließen, was Sie jetzt tun wollen.«

Er sagte dies alles in einem Atemzug und hielt ein, weil er keine Luft mehr bekam. Und was er sagte, war wahr – keiner wußte es besser als Amber.

»Lassen Sie mich eine Frage stellen«, warf dieser ein. »Haben Sie diese Diamantenmine, von der wir so wenig gehört haben, vor oder nach dem – Verschwinden von Mr. Sutton entdeckt?«

Lambaire, an den die Frage direkt gerichtet war, erwiderte nichts. Wenn es sich um eine chronologische Reihenfolge handelte, war es besser, sich auf Whitey zu verlassen.

»Vorher«, sagte Whitey nach einer kurzen Pause.

»Lange vorher?«

»Ja – eine Woche oder so ungefähr.«

Amber trommelte unruhig mit den Fingern auf den Tisch – wie jemand, der in tiefes Nachdenken versunken ist.

»Wußte Mr. Sutton von der Entdeckung?«

»Nein«, antwortete Whitey – und er hätte es dabei bewenden lassen können. »Er hatte gerade das Fieber«, fügte er hinzu.

»Und er wußte nichts?«

»Nichts.«

Amber öffnete seine Hand und ließ die vier Kiesel auf den Tisch gleiten.

»Und doch hatte er diese Steine!« sagte er.

»Was haben die mit der Sache zu tun?« fragte Whitey.

Amber lächelte.

»Nichts«, sagte er, »außer daß es Diamanten sind.«

## 16

Ein glücklicher Zufall fügte es, daß innerhalb dreier Tage zwei auf der Heimreise befindliche Schiffe die kleine Küstenstadt anliefen, wo der Regierungsamtmann für den Alebi-Distrikt sein Hauptquartier aufgeschlagen hatte. Ein glücklicher Zufall, denn er gestattete, daß Lambaire und Whitey mit dem einen und Cynthia Sutton mit dem anderen Schiff nach Hause fuhren. Amber ging an den Strand, wo das schwere Landungsboot wartete – um sie abfahren zu sehen.

»Ich hätte mir auch eine Fahrkarte lösen«, meinte er, »oder besser noch Ihnen heimlich folgen sollen, so daß, wenn Sie sich heute abend zu Tisch setzen – – – Eintritt Ambers in voller Seemannskleidung, Überraschung der Dame – Tableau.«

Sie hörte ihm ernst zu und sah ihn an. Infolge der Hitze an der Küste erschien ihr Gesicht blasser und feiner modelliert. Sie war in Ambers Augen die schönste Frau, die er je gesehen hatte. Obgleich er scherzen konnte, waren ihm die Tränen nahe.

»Ich wünschte, Sie kämen mit«, sagte sie einfach, und in diesem Augenblick hatte er ihr Herz erkannt.

»Ich werde bleiben.« Er nahm ihre Hand in seine beiden Hände. »Es ist immerhin möglich, wenn auch nicht sehr wahrscheinlich, daß Ihr Bruder am Leben ist. Sanders vermutet, daß ihn die beiden Männer verließen, um ihn sterben zu lassen – das ist aber kein Beweis, daß er tot ist. Ich werde so lange bleiben, bis ich mich auf die eine oder andere Weise selbst überzeugt habe.«

Das Boot lag jetzt bereit, und Sanders beobachtete insgeheim den Dampfer, der eine Meile von der Küste entfernt vor Anker lag.

»Auf Wiedersehen«, sagte sie mit bebendem Munde.

Amber breitete die Arme aus, und sie schmiegte sich ohne Furcht an ihn. Er hielt sie einige Sekunden fest umschlungen, und sie sah zu ihm auf.

»Auf Wiedersehen«, flüsterte er und küßte sie beherzt auf den Mund.

Amber brach am nächsten Morgen nach dem Alebi-Land auf; Abiboo, ein schweigsamer Haussa-Sergeant, der Sanders' Vertrauen genoß, ging mit ihm.

Es war eine regelrechte afrikanische Safari durch Busch und Steppe – die Eintönigkeit anstrengender Märsche in der Tageshitze, das atemlose Summen der Nächte, das Geschwätz in den Dörfern, plötzliche tropische Gewitter, in deren Verlauf tiefziehende gelbe Wolken sich wirbelnd auf die schwankenden Baumwipfel entluden und heftige, helleuchtende Blitze unaufhörlich durch die bläuliche Finsternis des Waldes zuckten.

Der Trupp folgte der gebahnten Spur, die von Dorf zu Dorf führte, und bei jeder kleinen Gemeinde wurden Erkundigungen eingezogen, ob seit dem Durchmarsch Lambaires und Whiteys nicht ein weißer Mann gesehen worden sei.

Am achtundzwanzigsten Marschtage erreichte die Expedition den Platz, wo nach Lambaires Aussage Sutton gestorben sein sollte. Hier errichtete Amber in Übereinstimmung mit seinen Plänen so etwas wie ein Standquartier.

Von Abiboo begleitet, besichtigte er die Stelle, wo das Taschentuch mit den Diamanten gefunden, und die Niederung, in der das »Grab« festgestellt worden war.

»Herr«, sagte Abiboo, »hier war das Loch.«

»Ich sehe kein Loch«, sagte Amber. Er sprach arabisch. Captain Ambrose Grey, genannt Amber, war seinerzeit Legationssekretär gewesen und hatte sich dabei seine Sprachkenntnisse erworben.

Die nähere Untersuchung des Bodens ergab, daß die Vertiefung das ausgetrocknete Bett eines Wasserlaufes war. Amber durchforschte es eine Meile weit nach jeder Richtung, ohne auch nur eine Spur von einer Ausschachtung, wie sie nach Abiboos Bericht hier erwartet werden mußte, zu entdecken. An einigen Stellen war das Flußbett mit einem dichten Gestrüpp von Elefantengras und einer Art wilder Brombeeren, wie sie in den afrikanischen Wäldern vorkommt, überwuchert. »Hier ist Wasser gewesen«, sagte Abiboo, »aber cala cala«, das heißt: vor langer Zeit.

Die Tatsache, daß das Grab verschwunden war, bewies nichts. Die schweren Regengüsse, die inzwischen niedergegangen waren, hätten genügt, das lose Erdreich und den Schutt, der um das Loch herum aufgehäuft war, wegzuwaschen.

Drei Wochen betrieb Amber seine Nachforschungen. Er sandte in einem Umkreis von fünfzig Meilen in jedes Dorf Boten, ohne aber eine Spur von Sutton zu entdecken.

Ungern entschloß er sich, die Suche aufzugeben; zwei seiner Träger waren aber schon der Schlafkrankheit erlegen, und die Regenzeit rückte näher und näher. Schlimmer noch war, daß die Isisi – das Alebi-Volk – unruhig wurden. Die Kunde von den Kreuzigungen und Aufknüpfungen war zu ihm gedrungen, und Sanders hatte ihm noch sechs Soldaten geschickt, um seine Eskorte zu verstärken.

Auf die örtlichen Gewitter waren vorzeitige Platzregen gefolgt, und er selbst hatte einen Fieberanfall gehabt.

»Ich will noch zwei Tage warten«, sagte er zu Abiboo. »Wenn ich bis dahin nichts finde, brechen wir das Lager ab.«

In dieser Nacht, als er in seinem Zelt saß und gerade einen Brief an Cynthia schrieb, rief ihn Abiboo heraus.

»Master«, sagte der Haussa, »einer meiner Leute hat einen Schuß gehört.«

Amber schlüpfte in seine Jacke und trat aus dem Zelt heraus.

»Wo – in welcher Richtung?« fragte er. Es war stockfinster, und ein feiner Staubregen fiel.

»Nach Osten zu«, erwiderte der Eingeborene.

Amber holte aus seinem Zelt eine elektrische Lampe, und nun standen sie beide und lauschten.

In der Ferne hörten sie Laute, die wie das Geheul einer verwundeten Katze klangen; es drang schwach und anhaltend aus jener Richtung.

»Das ist ein verwundeter Leopard«, sagte Abiboo. Amber überlegte schnell. Außer dem sanften Gemurmel des Regens war kein Ton im Wald zu hören. Es war gewiß nicht eine Nacht, die einen Leoparden ermutigen konnte, seine Gegenwart kundzutun.

»Wenn sich ein weißer Mann im Wald befindet«, sagte Amber, »dürfte er sich jetzt bemerkbar machen.« Dabei zog er seinen Revolver aus der Tasche und gab zwei Schüsse ab.

Er wartete, aber es kam keine Antwort. Er verfeuerte in Zwischenräumen von einer halben Minute nacheinander die noch im Magazin befindlichen Patronen, ohne jedoch ein Echo zu finden.

Amber blieb noch über eine halbe Stunde draußen, um zu horchen. Das Brüllen des Leoparden war in ein Winseln übergegangen und hatte endlich aufgehört. In einer solchen Nacht auf die Suche zu gehen, würde aussichtslos sein, aber gleich bei Tagesanbruch machte sich Amber mit Abiboo und zwei Haussa-Soldaten auf den Weg.

Es war keine leichte Aufgabe, die sich die Männer gestellt hatten. Es handelte sich um nicht weniger als darum, einen Weg durch den sechs Quadratmeilen großen, fast undurchdringlichen Wald zu bahnen, in dem dünne und dicke Baumstämme durch tauendenstarke Schlingpflanzen kreuz und quer miteinander verknüpft waren.

Es war schon Nachmittag, als Abiboo auf die Spur eines wilden Tieres stieß.

Sie verfolgten die Spur und stießen auf Lachen getrockneten Blutes. Es konnte – so meinte Abiboo – von einem Tier herrühren, das von einem anderen angegriffen worden war. Nach einer halben Stunde führte sie die Spur auf eine kleine Lichtung, wo am Fuße eines Baumes der verendete Leopard steif dalag.

»Hm«, sagte Amber, als er davorstand. Es waren keine Bißwunden zu sehen, aus denen man hätte schließen können, daß die Bestie vorher mit einer anderen gekämpft hätte.

»Dreht sie herum.«

Die Männer gehorchten, und Amber pfiff. Hinter der linken Schulter war unstreitig eine Schußwunde.

Amber kniete nieder und machte mit seinem Jagdmesser in den Körper des Leoparden Schnitte, um die Kugel zu suchen. Es dauerte lange, bis er sie gefunden und ans Licht befördert hatte. Es war eine platte Kugel aus einem Webley-Revolver. Er kehrte diese Nacht nachdenklich ins Lager zurück.

Wenn es Suttons Revolver war, wo war dann Sutton? Warum verbarg er sich im Wald? Amber hatte noch andere Probleme zu lösen, aber diese beiden beschäftigten ihn am meisten.

Der Tag war schön gewesen, und das gewohnte Gewitter hatte sich nicht entladen. Eine prachtvolle, mondhelle Nacht folgte auf einen wirklich großartigen Sonnenuntergang. Es war eine der afrikanischen Nächte, in der alle Gegenstände von einem silbernen Licht zart übergossen und verschönert werden. Amber hatte solche Nächte in anderen Gegenden des großen Kontinents kennengelernt, aber diese Nacht ließ sich mit keiner vergleichen.

Er saß auf einem Feldstuhl am Eingang seines Zeltes und stellte über die Ereignisse des Tages Betrachtungen an. Wer war dieser geheimnisvolle Fremde, der nachts draußen umherstreifte? Vielmehr, was hatte der Leopard auf dem Kerbholz gehabt, um getötet zu werden? Er rief Abiboo zu sich, der mit den anderen Haussas an dem lodernden Feuer kauerte.

»Es kommt mir sonderbar vor, Abiboo«, sagte er, »daß der weiße Mann den Leoparden geschossen haben soll.«

»Lord, das habe ich auch zu meinen Leuten gesagt«, bemerkte Abiboo, »und sie meinen wie ich, daß der Leopard an einen Ort gekrochen ist, der den weißen Herrn verbirgt.«

Amber rauchte nachdenklich seine Pfeife. Es fiel ihm ein, daß die Stelle, wo sie die ersten Blutspuren wahrgenommen hatten, in der Nähe eines ähnlich ausgetrockneten Wasserlaufs gelegen hatte. Je länger er über die Sache nachdachte, um so überzeugter war er, daß jener Wasserlauf eine Fortsetzung des Flußbettes war, neben dem sie ihr Lager aufgeschlagen hatten. Wenn er diesem Lauf folgte, konnte er in weniger als einer Stunde die Stelle erreichen. Die Nacht war wie geschaffen zur Nachforschung. Auf jeden Fall beschloß er, einen Versuch zu machen.

Er nahm vier Soldaten mit sich, einschließlich des Sergeanten, der mit der Lampe voranging. Die Soldaten waren notwendig, denn ein Späher hatte im Laufe des Tages die Nachricht gebracht, daß das kriegerische Volk der »Kleinen Alebi« in der Richtung auf ihr Lager marschiere.

Obwohl das Flußbett einen genau begrenzten Pfad für die Kolonne abgab, war es doch schwer zu begehen. An Stellen, wo die Vegetation eine undurchdringliche Schranke errichtet hatte, mußten sie die steilen Ufer hinaufklettern und einen Umweg durch den Wald machen.

Einmal begegnete ihnen ein Leopard, der auf Raub ausging; er fauchte wütend das glänzend weiße Licht der elektrischen Lampe an, drehte sich herum und ergriff die Flucht. Ein andermal überraschten sie ein unförmiges Lebewesen; es trompetete laut und suchte sein Heil in der Flucht, indem es plump durch den Wald stolperte. Nachdem sie wieder zwangsläufig einen Umweg gemacht hatten, traten sie auf eine lichte Ebene.

»Es muß irgendwo in der Nähe sein«, begann Amber, als Abiboo plötzlich seine Hand aufhob.

»Horcht!« flüsterte er.

Sie standen regungslos mit gesenkten Köpfen. Durch die Stille des Waldes drang ein neues Geräusch.

»Klick – klick!« Es war schwach, aber nicht mißzuverstehen. Amber schlich vorwärts.

Das Flußbett machte hier plötzlich eine Wendung nach rechts, und indem er sich dicht an das rechte Ufer preßte, ließ er sich auf die Knie nieder und kroch vorsichtig nach der Biegung hin. Ein Busch versperrte ihm die Aussicht, er bog ihn zurück und war erstaunt, was er sah.

In der Mitte des Flusses, im Mondlicht deutlich erkennbar, stand ein Mann, mit Hemd und Hose bekleidet, der mit Graben beschäftigt war. Dann und wann bückte er sich, hob die Erde mit beiden Händen auf und lachte; es war ein leises, glucksendes Lachen, und Amber lief es, als er es vernahm, heiß und kalt durch die Adern.

Amber beobachtete ihn fünf Minuten lang, dann trat er aus seinem Versteck hervor.

»Rums!«

Eine Kugel pfiff an ihm vorbei und traf die Uferböschung an seiner Seite mit einem dumpfen Aufprall.

Blitzschnell warf er sich nieder und suchte bestürzt Deckung. Der Mann, der im Flußbett grub, stand mit dem Rücken gegen ihn – irgend sonst jemand mußte also den Schuß abgefeuert haben! Er sah sich suchend nach dem Sergeanten um.

»Abiboo«, rief er grimmig, »dies ist ein schlechter Scherz: Wir sind gekommen, einen Mann zu retten, der uns töten will.«

Er kroch wieder vor und sah sich um: Der Mann war verschwunden.

Obwohl er sich der Gefahr eines zweiten Schusses aussetzte, trat Amber frei heraus.

»Sutton!« rief er laut und deutlich.

Keine Antwort.

»Sutton!« schrie er – nur das Echo kam zurück. Seine Leute folgten ihm, als er vorwärts ging.

In der Mitte des Wasserlaufs war ein Loch, und ein weggeworfener Spaten lag daneben. Er hob ihn auf und betrachtete ihn. Die Metallteile waren vom Gebrauch blank, der Stiel vom ständigen Anfassen glatt poliert. Er legte ihn wieder hin und hielt auf dem Platz schnell Umschau.

Befand er sich nicht in einem Graben, der wie ein Eisenbahndurchstich aussah? Der tote Fluß hatte hier seinen tiefsten Kanal ausgehöhlt. Auf der vom Mond beschienenen Seite des »Durchstichs« konnte er nichts entdecken, was nach einem Unterschlupf aussah. Er ging an dem Ufer, das im Schatten lag, entlang und ließ das weiße Licht seiner Lampe über den schroffen Abhang gleiten.

Da war es ihm, als sähe er etwas weiter oben eine Öffnung. Ein großer abgestorbener Busch verbarg sie teilweise – und dieser welke Busch war so kunstvoll hingesetzt worden, daß nach Ambers Überzeugung nur Menschenhand im Spiel sein konnte.

Vorsichtig begann er emporzuklimmen, bis er unter der Öffnung lag. Dann riß er schnell den abgestorbenen Strauch hinweg.

»Rums!«

Er fühlte, wie das Pulver sein Gesicht verbrannte, und preßte sich dichter an die Erde. Abiboo, der unten in dem Bett des Flusses stand, kam mit einem Satz das steile Ufer hinaufgesprungen. »Ba – lek!« schrie Amber warnend.

Eine Hand, die einen schweren Armeerevolver umfaßte, wurde aus der Öffnung herausgestreckt; die lange schwarze Mündung war auf den herannahenden Haussa gerichtet. Amber packte das Handgelenk und drehte es mit einem Ruck nach oben.

»Verdammt!« rief eine Stimme, und die Pistole fiel zur Erde.

Amber, der das Handgelenk noch festhielt, rief sanft: »Sutton!«

»Wer sind Sie?« fragte die Stimme erstaunt nach einer Pause.

»Sie werden sich meiner als Amber erinnern.«

Wieder eine kleine Pause.

»Teufel noch mal!« erwiderte die Stimme. »Lassen Sie mein Handgelenk los, und ich werde herauskommen – ich dachte, Sie seien das Alebi-Volk auf dem Kriegspfad.«

Amber gab das Handgelenk frei, und ein schmutziger, zerlumpter Jüngling arbeitete sich nach und nach heraus; es war unstreitig Sutton. Er richtete sich im Mondlicht auf und schüttelte sich.

»Ich fürchte, ich bin ziemlich unhöflich gewesen«, sagte er unsicher, »aber ich bin froh, daß Sie gekommen sind – zum ›Diamantenfluß‹.« Er deutete mit der Hand auf das trockene Flußbett und lächelte traurig.

Amber sagte nichts.

»Ich sollte schon Monate von hier weg sein«, fuhr Sutton fort. »Wir haben mehr Diamanten in dieser Höhle, als – in die Hölle mit den vermaledeiten Dingern!« rief er unvermittelt. Er bückte sich zur Mündung der Höhle hinab.

»Vater«, rief er, »komm heraus – ich will dich einem Sportsmann vorstellen.«

Amber stand sprachlos und wie betäubt da, als sich der andere nach ihm umdrehte.

»Meinem Vater geht es nicht gut«, sagte er, und seine Stimme stockte. »Sie werden mir helfen müssen, ihn von hier fortzuschaffen.«

## 17

›Der Diamantenfluß‹ G. m. b. H.
Aktienkapital 800 000 Pfund.
(100 000 Stammaktien zu je 5 Pfund, 30 000 Prioritätsaktien zu 10 Pfund.)

Direktoren:
Augustus Lambaire, Esquire (Vorsitzender),
Felix Whitey, Esquire,
Baron Griffin Pullerger,
Lord Corsington.‹

So lautete der Kopf des Prospektes, der seinen Weg in die Briefkästen all der Leute fand, die kluger- oder unklugerweise mit Börsenpapieren spekuliert hatten.

Lambaire und Whitey vermieden es beide, sich direkt an die Öffentlichkeit zu wenden, wie es in der Geschäftswelt üblich ist. Hätten diese beiden Männer bei der Abwicklung ihrer Geschäfte die Wahl gehabt, den ehrlichen oder den unehrlichen Weg einzuschlagen, sie würden sich instinktiv für die zweifelhaftere Geschäftsmethode entschieden haben.

Als sie England erreicht hatten, waren sie zu der Kampagne entschlossen; sie kamen mit größerem Ansehen zurück, als sie zu hoffen gewagt hatten, denn die Entdeckung der Diamanten in Suttons Taschentuch – so erstaunlich sie ihnen im Augenblick gewesen war – mußte ihren Plänen förderlich sein, und es war gut, daß der Feind die Existenz der Mine bewiesen hatte.

Auf der Reise nach England hatten sie sich bis zur Ermüdung immer wieder gefragt, durch welchen geheimnisvollen Vorgang, durch welche neckische Laune des Glücks die Steine gefunden worden waren, und da sie sich keine Antwort geben konnten, ließen sie die Sache auf sich beruhen. Die Abfassung des Prospektes hatte ihnen Vergnügen gemacht. Sie begegneten auch keinerlei Schwierigkeiten bei ihren Bemühungen, sich einen oder zwei bekannte Namen als Direktoren zu sichern, denn sie hatten den unschätzbaren Vorteil einer Pressesensation gehabt. Ihr Prospekt war wirklich brauchbar.

Es fehlte nicht an kritischen Stimmen, die gern genau gewußt hätten, wo das Diamantenfeld mit den fabelhaften Reichtümern gelegen sei, aber diese Schwierigkeit hatten sie teilweise überwunden, indem sie sich durchtriebener Kniffe beim Aufbau der Gesellschaft bedienten. Ein großer Teil des Kapitals wurde für Zwecke der Erforschungen der Grube, für den weiteren Ausbau des »Gesellschafts-Eigentums« und für Anlage von Wegen nach dem Innern des Landes in Anschlag gebracht. Die Gesellschaft wurde in Jersey eingetragen; die Bedeutung dieser Tatsache mußten alle diejenigen zu schätzen wissen, die mit dem Rechtsverfahren bei Gründungen vertraut waren.

Börsenberichterstatter, die den Prospekt prüften, schüttelten verblüfft die Köpfe. Einige verdammten ihn sofort, andere sahen seine romantische Seite und berichteten entsprechend. Nicht wenige ließen ihn unbeachtet und folgten der goldenen Regel: »Kein Bericht: kein Schwindel.«

Für manche Aktieninhaber ist es typisch, daß sie das Geheimnisvolle lieben, und zwar außerordentlich lieben. Sie leben in den Wolken und denken an Millionen. Ihr Hochmut verachtet die sicheren $4^1/_2$ Prozent. Sie träumen von Vermögen, die über Nacht kommen, und von einem Erwachen, wo ihnen eines Morgens gesagt wird, daß die Anteile, die sie 3 Schilling 9 Pence kosteten, auf 99 Pfund 2 Schilling 6 Pence gestiegen seien. Sie können den Gewinn, der ihnen aus dem Besitz von Tausenden solcher Aktien zuwächst, augenblicklich im Kopf ausrechnen. Von dieser Klasse von Aktionären erwartete Lambaire viel, und er wurde nicht enttäuscht.

Was der Diamantenfluß verhieß, war nicht ganz deutlich zu ersehen; das Risiko war nicht außer Frage gestellt – es wurde dies ganz freimütig bekannt – aber es wurde zwischen den Zeilen auf einen ungeheuerlichen möglichen Gewinn hingewiesen.

»Ging – ging!« klingelte es an fünfzigtausend Türen, als der gewichtige Prospekt auf die vorstädtischen Matten prasselte ... Ein paar Tage vergingen, und dann lief eine Antwort ein, dann noch eine und so fort, bis alles zu einem wahrhaften Strom anwuchs.

Lambaire, so mannigfaltig beschäftigt, hatte die Adressen gesammelt, wie Knaben Briefmarken sammeln. In einem der vielen Bücher, die er führte – Bücher, in die niemand anders als er selbst Einblick hatte –, hätte man Seite auf Seite, so eng, wie es seine gespreizte Handschrift zuließ, mit den Namen der »Möglichen« beschrieben und hinter jedem Opfer eine kleine Anmerkung finden können.

»In mancher Hinsicht, Lambaire«, sagte Whitey, »bist du ein Wunder.«

Der schwerfällige Mensch, den Anerkennung wie Odem belebte, lächelte vergnügt.

Sie saßen beim Lunch im teuersten Hotel Londons, und durch die offenen Fenster des luxuriösen Speisesaals drang der Lärm der verkehrsreichen Piccadilly Street.

»Unser Prospekt ist gut«, bemerkte Lambaire beiläufig und rieb sich behaglich die Hände, »wirklich gut. Wir haben alle möglichen Hintertüren offen, wenn die Diamanten keinen Trumpf bringen. Wenn ich mir nur Suttons Steine aus dem Kopf schlagen könnte!«

»Fang nicht wieder an, davon zu reden – du kannst froh sein, daß die Sache so ausgegangen ist. Ich sah gestern den Kerl, den Amber.«

Als sie in die Zivilisation zurückgekehrt waren, war Amber als Faktor in den Hintergrund getreten. Sie hatten jene gutmütige Geringschätzung für ihn, die die vom Glück Begünstigten für ihre weniger glücklichen Mitmenschen haben.

Es gab eine gewisse Entschuldigung für ihren plötzlichen Dünkel. Die erste Ausgabe der Prospekte hatte sich ungeheuer rentiert. Schon begann das Geld in die Banken der »Diamanten« zu strömen.

»Wenn das Geschäft sich macht und zu einem guten Abschluß kommt«, sagte Whitey, »dann will ich auch abschließen, Lam! Die Unehrlichkeit taugt nichts.«

Sie besprachen ihre Pläne. Es war drei Uhr nachmittags, als Lambaire die Rechnung bezahlte und Arm in Arm mit Whitey auf die Piccadilly Street hinaustrat.

Sie gingen langsam durch die belebte Verkehrsstraße nach dem Piccadilly Circus. Lambaire wünschte über eine Sache zu reden.

»Nebenbei, Whitey«, sagte er, als sie zögernd an der Ecke des Haymarket standen, »erinnerst du dich der kleinen Abmachung, die wir unterzeichnet haben?«

»Abmachung?«

»Ja – in dem Alebi-Wald. Ich habe vergessen, wie sie lautete, aber du hattest eine Ausfertigung und ich hatte eine.«

»Worum handelte sich's denn?«

Hätte Lambaire Whitey nicht gekannt, so hätte er denken können, die Abmachung sei seinem Gedächtnis entschlüpft – aber Lambaire war kein Narr.

Er ging nicht näher auf die Sache ein und äußerte auch nicht seine Meinung, daß es für alle Beteiligten besser wäre, wenn die zwei Dokumente vernichtet würden. Er wechselte lieber das Thema.

»Amber ist in London«, sagte er, »er kam letzten Samstag an.«

»Und das Mädchen?«

»Sie ist schon seit Monaten zurück.« Lambaire schnitt eine komische Grimasse, denn er hatte in Pembroke Gardens einen Besuch gemacht und war dort äußerst kühl empfangen worden.

»Man solle nicht meinen, daß sie einen Bruder verloren hat«, fuhr er fort, »kein Schwarz, keine Trauer, jeden Abend Theater und Konzerte – ein herzloser kleiner Teufel.«

Whitey blickte ihn scharf an.

»Wer sagt dir das?« fragte er.

»Einer meiner Freunde«, erwiderte Lambaire sorglos.

»Oh!« meinte Whitey.

Er zog seine Uhr heraus. »Ich habe eine Verabredung«, bemerkte er und winkte mit dem Kopf ein herankommendes Auto herbei. »Ich sehe dich bei den Whistlers.«

Whitey war ein Mann ohne jede Illusion. Man muß sich wundern, daß er in Geschäften, die rechtlicher und zuverlässiger waren als die, welche er eben betrieb, nicht ein Vermögen angehäuft hatte. Da nur wenige Menschen sich selbst genau kennen und kein Mensch den andern überhaupt kennt, soll jedoch nicht versucht werden, den Charakter Whiteys zu erklären.

Er hatte den Schofför aufgefordert, ihn zu einem Hotel zu bringen – dem ersten besten, das ihm gerade einfiel.

Als er so weit weg war, daß Lambaire ihn nicht mehr beobachten konnte, lehnte er sich aus dem Wagenfenster hinaus und gab andere Instruktionen.

Er wollte Cynthia Sutton besuchen. Der Unterschied zwischen Lambaire und Whitey war nie so unverkennbar, wie wenn sie einer gemeinsamen Gefahr gegenüberstanden. Lambaire bebte vor ihr zurück und stellte sich taub und blind gegen Warnungen und Möglichkeiten. Er bemühte sich, sie zu vergessen, und es gelang ihm meistens. Whitey dagegen faßte die Gefahr genauer ins Auge und prüfte sie mehr oder weniger unbefangen, bis er wußte, wie weit er sie zu fürchten hatte.

Er kam vor dem Hause in Pembroke Gardens an, hieß den Schofför warten und klingelte an der Tür. Ein Mädchen kam heraus.

»Miss Sutton da?« fragte er.

»Nein, Sir.« Das Mädchen antwortete so prompt, daß Whitey Verdacht schöpfte.

»Ich komme in einer sehr wichtigen Angelegenheit, mein Fräulein«, sagte er. »Sache auf Leben und Tod.«

»Sie ist nicht zu Hause, Sir – es tut mir leid«, wiederholte das Mädchen.

»Ich weiß«, sagte Whitey mit einem einschmeichelnden Lächeln, »aber sagen Sie es ihr.«

»Wirklich, Sir, Miss Sutton ist nicht zu Hause. Sie hat London letzten Freitag verlassen«, protestierte das Mädchen. »Wenn Sie schreiben, will ich den Brief besorgen.«

»Letzten Freitag, wie? « Whitey wurde sehr nachdenklich. »Freitag?« Er erinnerte sich, daß Amber am Samstag zurückgekehrt war.

»Wenn Sie mir ihre Adresse geben könnten«, sagte er, »so könnte ich schreiben – da die Sache sehr wichtig ist.«

Das Mädchen schüttelte heftig den Kopf.

»Ich weiß sie nicht, Sir«, sagte sie. »Ich schicke alle Briefe auf die Bank, und von da aus werden sie besorgt.«

Whitey nahm die Aussage für wahr an, wie es auch der Fall war.

Als er langsam zu seiner Taxe zurückging, beschloß er, Amber aufzusuchen. Er war zu begierig zu wissen, ob dieser den Prospekt gelesen hatte.

Viele Exemplare des Prospektes waren tatsächlich in Ambers Hände gekommen.

Peter, der Träumer, stümperte in Aktien von fragwürdigem Charakter. Amber besuchte eines Morgens bald nach seiner Ankunft in England den kleinen Kerl und fand ihn, wie er mühsam, mit der Brille auf der Nasenspitze, den Abenteuern der Forscher folgte, von denen der Prospekt erzählte.

Amber klopfte ihm auf die Schulter, als er zu seinem Lieblingsplatz am Fenster schritt.

»Mein Peter«, sagte er, »was ist das für eine Literatur?«

Peter setzte seine Brille ab und lächelte liebenswürdig.

»Ein kleines Geschäft«, sagte er – für Peter bestand das Leben aus einer Reihe von Geschäften. »Ein kleines Geschäft, Amber. Ich spekuliere dann und wann ein bißchen. Ich habe Aktien der größten Gaunerbande, von der du je gehört hast!«

Amber schüttelte den Kopf.

»Gauner zahlen keine Dividenden, mein Krösus«, sagte er vorwurfsvoll.

»Man kann es nie wissen«, protestierte Peter stolz. »Ich habe fünfzig Anteile an dem Treasure Hill der Aztec Company.«

Amber lächelte freundlich.

»Was sonst noch?« fragte er.

»Ich habe einen Gründeranteil an dem El Mandeseg Syndicate«, sagte Peter nachdrucksvoll.

Amber lächelte wieder.

»Gesunkenes spanisches Schatzschiff, nicht wahr? Ich dachte mir's, und ich wette, du hast zwei, auch drei Papiere der Aktiengesellschaften, die dem rastlosen Ozean das Geld wieder abgewinnen wollen.«

Peter nickte und grinste verlegen.

»Laß mich deinen Prospekt sehen.«

Der romantische Peter reichte das kostbare Dokument über den Tisch hinüber. Amber las es sorgfältig – nicht zum erstenmal.

»Es ist sonderbar«, sagte er, »sehr, sehr sonderbar.«

»Was soll das heißen, sonderbar, Amber?«

Der andere zog ein Zigarettenetui aus der Tasche, nahm eine Zigarette und zündete sie an.

»Alles ist sonderbar, mein eingefleischter Optimist«, sagte er. »War es nicht sonderbar, einen Brief von mir aus dem wilden und dunklen Innern des Negerlandes zu erhalten?«

»Das war sonderbar«, gab Peter ernsthaft zu. »Ich habe mir allerlei dabei gedacht. Es gibt eine Geschichte, die ich gelesen habe, von einem, der vollkommen unschuldig wegen eines Verbrechens verhaftet worden war.« Amber grinste. »Er wurde zu Zuchthaus verurteilt, und eines Tages ereignete sich etwas Wunderbares –«

»Ich weiß, ich weiß«, sagte Amber, »ein dicker Nebel stieg über dem Meer auf, er floh aus dem Steinbruch, wo er gearbeitet hatte, die vornehme Jacht der Freundin wartete auf offener See – ›bums! bums!‹ – die Aufseher schießen, Glocken läuten, und ein kleines Boot wird für den umherirrenden Bruder bereitgehalten – ja?«

Peter war gerührt.

»Du bist eine Leseratte, Amber«, sagte er, und etwas wie Respekt war in seiner Stimme. »Ich sehe jetzt, daß du die Geschichte gelesen hast ›Vom Schicksal verfolgt‹ oder ›Die Braut des Verbrechers‹. Ich möchte sie ein Meisterwerk nennen. Sie ist –«

»Ich weiß – sie gehört auch zu den sonderbaren Dingen dieses Lebens. Peter, würdest du ein Ämtchen übernehmen?«

Peter sah über seine Brillengläser hinweg.

»Was für ein Ämtchen?« Seine Stimme zitterte ein wenig. »Ich bin nicht mehr so jung wie einst, und mein Herz ist nicht mehr so stark, wie es war. Ich bin keiner von deinen verwegenen Tollköpfen!«

Amber lachte.

»Nichts Schlimmes, mein Tollkopf – möchtest du der Gesellschafter eines Herrn werden, der sich von einer sehr schweren Krankheit erholt: einer Krankheit, unter der sein Gedächtnis gelitten und die ihn an den Rand des Wahnsinns gebracht hat –«

Er sah ein plötzliches Entsetzen in Peters Augen.

»Nein, nein, er ist jetzt wieder wohlauf, obgleich es eine Zeit gab –« Er brach plötzlich ab.

»Ich verlasse mich darauf, daß du auch nicht mit einem Wörtchen die Angelegenheit verrätst«, sagte er. »Es ist mir so, als ob du wirklich der Mann für das Pöstchen wärst – es ist kein Falsch in dir, mein Peter.«

Ein Klopfen an der Tür unterbrach ihn.

»Herein.«

Die Türklinke bewegte sich, und Whitey trat herein. »Oh, hier sind Sie«, sagte Whitey.

Er stand an der Tür, seinen glänzenden Seidenhut in der Hand und lächelte vergnügt.

»Treten Sie näher«, forderte ihn Amber auf. »Du hast nichts dagegen?« Er sah Peter an.

Der alte Mann schüttelte den Kopf.

»Ich habe Sie gesucht«, sagte Whitey. Er nahm den Stuhl, auf den Amber gedeutet hatte.

»Ich dachte, Sie müßten hier sein«, fuhr er fort, »denn ich weiß, daß Sie hier Besuche machen.«

»Mit andern Worten«, sagte Amber, »Ihr Wagen fuhr an meinem in der Strand Street vorüber, und da sagten Sie dem Schofför, er solle mir in angemessener Entfernung folgen. – Ich habe Sie gesehen.«

Whitey war nicht verlegen.

»Es muß einer schon ein geriebener Kerl sein, wenn er Sie übertrumpfen will, Captain«, sagte er bewundernd. »Ich komme, um mit Ihnen über –« Er sah den Prospekt auf dem Tisch. »Ah, Sie haben ihn gesehen?«

»Ich habe ihn gesehen«, sagte Amber grimmig. »Ein schönes Machwerk! Wie geht das Geld ein?«

»Langsam, allzu langsam«, log Whitey und schüttelte melancholisch den Kopf. »Die Leute scheinen nicht anzubeißen. Der alte Abenteurergeist ist tot. Ein paar Zeitungen –« Er zuckte geringschätzig die Schultern.

»Sehr ungläubig, diese Organe der öffentlichen Meinung«, sagte Amber teilnehmend. »Leute mit wenig Vertrauen, diese Journalisten.«

»Wir haben keine Anzeigen aufgegeben«, erklärte Whitey. »Das ist das ganze Geheimnis.«

»Sie haben dem ›Börsenherold‹ eine Anzeige geschickt«, überlegte Amber, »dessenungeachtet hat er sauer reagiert. – Sie haben dem ›Gold- und Silbergruben-Anzeiger‹ einen Inseratenauftrag erteilt, aber er hat ihn ebenfalls nicht angenommen.«

Whitey lenkte ab.

»Was ich wissen wollte«, sagte er, »ist das: Wir haben Ihnen den überzeugenden Beweis geliefert, daß wir die Mine festgestellt haben – möchten Sie nicht in die Gesellschaft eintreten?«

Die Kühnheit des Anerbietens verblüffte selbst Amber.

»Whitey«, sagte er bewundernd, »Ihre letzten Worte zeugen wirklich von Unverfrorenheit! In das Erdgeschoß eintreten! Nicht in das Kellergeschoß, mein Whitey.«

»Kann ich Sie allein sprechen?« Whitey blickte fragend auf Peter, aber Amber schüttelte den Kopf.

»Was Sie mir zu sagen haben, können Sie hier sagen«, antwortete Amber, »Peter darf alles wissen.«

»Gut«, sagte Whitey, »von Mann zu Mann und unter Ehrenmännern, was sagen Sie dazu: Sie werden Mitglied des Aufsichtsrates, und wir geben Ihnen 4000 Pfund in bar und 10 000 Pfund in Aktien?«

Amber trommelte nachdenklich mit den Fingern auf den Tisch.

»Nein«, sagte er nach einer Weile, »mein Anteil an der Gesellschaft ist groß genug.«

»An was für einer Gesellschaft?« fragte Whitey.

»An der Diamantenfluß G. m. b. H.«, erwiderte Amber.

Whitey lehnte sich über den Tisch und sah ihn mit zugekniffenen Augen an.

»Sie haben keinen Anteil an unserer Gesellschaft«, versetzte er kurz.

Amber lachte.

»Im Gegenteil«, sagte er, »ich habe einen Anteil an der Diamantenfeld G. m. b. H.«

»Das ist nicht meine Gesellschaft«, sagte Whitey.

»Auch nicht Ihr Diamantenfeld«, erwiderte Amber.

## 18

Whitey traf Lambaire, wie verabredet, bei den Whistlers. Lambaire war als einziger im Spielzimmer, als der andere eintrat. Er saß im schwarzen Frack an einem der grün überzogenen Spieltische und vertrieb sich die Zeit mit einem chinesischen Patiencespiel. Er blickte auf.

»Hallo, Whitey«, sagte er träge, »ziehst du dich nicht um zu Tisch?«

Whitey machte die Tür sorgfältig zu.

»Es kann uns doch niemand hören?« sagte er kurz.

Lambaire runzelte die Stirn.

»Was klappt denn nicht?« erwiderte er.

»Alles klappt nicht.« Whitey war ungewöhnlich heftig. »Ich habe Amber gesehen.«

»Und deshalb kann doch alles klappen, meine ich?« Es war für Lambaire charakteristisch, daß er auffuhr, wenn ihm ein Schrekken eingejagt wurde.

»Schweig, Lambaire«, sagte Whitey, »die Sache ist ernst. Ich sage dir, Amber weiß es.«

»Was weiß er?«

»Daß wir die Mine nicht gefunden haben.«

Lambaire lachte verächtlich.

»Das kann jeder Narr behaupten – wie will er es aber beweisen?«

»Es gibt einen einzigen Beweis«, erwiderte Whitey grimmig, »und er hat ihn gefunden.«

»Nun?« fragte Lambaire, als sein Freund eine Pause machte.

»Er hat die wirkliche Mine festgestellt. Lambaire, ich weiß es. Höre!«

Er zog sich einen Stuhl an den Tisch.

»Du weißt, warum Amber fortging?«

»Wegen des Mädchens, nehme ich an«, sagte Lambaire mit einem Achselzucken.

»Nichts da, Mädchen –« sagte Whitey. »Er ging fort, weil die Regierung glaubte, die Mine liege auf portugiesischem Gebiet – dein infamer Kompaß hat sie irregemacht, Lambaire; all deine verdammten Vorsichtsmaßregeln waren für nichts und wieder nichts. Dein ganzes Trachten, in den Besitz des Planes zu gelangen, war Zeitverschwendung. Es war ein gefälschter Plan.«

»Gefälscht! Gefälscht! Gefälscht!«

Whitey schlug mit der Faust auf den Tisch.

»Ich gebe mir gar keine Mühe, das zu erklären – ich weiß nicht, ob der alte Sutton . . . es absichtlich tat, aber er tat es. Du gabst ihm den Kompaß, mit dem er den Rückweg nicht finden konnte, nachdem er die Mine festgestellt hatte. Lambaire – er wußte, daß dieser Kompaß falsch war. Es war Wurst wider Wurst. Du gabst ihm einen falschen Kompaß – er gab dir einen gefälschten Plan.«

»Du bist verrückt«, sagte Lambaire, »und was liegt daran?«

»Liegt daran! Liegt daran!« sprudelte Whitey hervor. »Du großer, alter Esel! Du blöder Tropf! Amber kann uns kaputtmachen. Er braucht nur seinen Finger auf die Karte zu setzen und zu sagen: ›Unsere Mine ist hier‹, um unsere Gesellschaft zu ruinieren. Er wird morgen den ersten Schritt in der Sache tun. Das Kolonialamt wird uns dann auffordern, den Diamantenfluß auf der Karte zu zeigen – und wir müssen ihm innerhalb einer Woche Rede und Antwort stehen.«

Lambaire ließ sich in seinen Sessel fallen; er senkte den Kopf und überlegte. Er war langsam im Denken.

»Wir können alles Geld, das eingegangen ist, nehmen und ausreißen«, bemerkte er, und Whitey brach in ein schallendes Hohngelächter aus.

»Du bist der Napoleon der Finanzen, du«, pfiff er, »dein Verstand ist bankrott! Du hast Einfälle, die einen bei einem vierzehnjährigen Kind anwiderten. Ausreißen? Warum nicht? Wenn du nur im geringsten merken ließest, daß du ausreißen wolltest, hättest du die Hälfte aller Direktoren auf den Fersen! Du bist –«

»Oh, sei still, Whitey«, knurrte der schwerfällige Mensch. »Ich bin müde von deinem Gerede!«

»Du wirst noch müderer werden«, sagte Whitey, und seine Aufregung entschuldigte das Sprachversehen.

»Du wirst müderer werden in Wornwood Scrubbs, wenn du die ersten Jahre deiner Verurteilung absitzest – dort gibt's kein

Ausreißen, keine Bank! Nein, nichts Derartiges kann uns retten, wir müssen sagen, wo die Mine ist.«

»Aber wie?«

»Irgend jemand weiß es, wo sie ist – das Mädchen weiß es, darauf will ich einen Eid schwören. Amber weiß es – es gibt noch jemand, der es weiß – aber das Mädchen weiß es bestimmt.«

Er beugte seinen Kopf hinunter, bis seine Lippen nahe an Lambaires Ohr waren.

»Es ist noch eine Diamantenfluß-Gesellschaft gegründet worden«, flüsterte er, »und diesmal ist es der wirkliche Fluß. Lambaire, wenn du der Mann danach wärst, wir hätten das Ganze in der Hand.« Whitey fuhr langsam fort, und um dem, was er zu sagen hatte, Nachdruck zu verleihen, tupfte er mit dem Finger auf Lambaires schneeweißen Hemdausschnitt, der schließlich mit lauter kleinen grauen Schmutzflecken bedeckt war.

»Wenn wir auf das Kolonialamt gehen und sagen könnten: ›Da haben wir die Mine entdeckt‹, und es wäre zufällig dieselbe Stelle, wo Ambers Leute behaupten, sie gefunden zu haben, würden wir uns etablieren und Ambers Gesellschaft ruinieren.«

»Wir haben verkündet, daß wir die Mine festgestellt haben«, fuhr Whitey fort. »Amber wird dieselbe Ankündigung machen. Wir kommen ihm zuvor – verstehst du?«

»Ich kann dir nicht ganz folgen«, antwortete Lambaire.

»Natürlich nicht«, fuhr ihn Whitey an. »Hör zu – wenn wir einen bestimmten Platz nennen, wo wir die Mine entdeckt haben, so wird das Kolonialamt Amber fragen, ob dort eine Diamantenmine ist, und Amber wird genötigt sein zu sagen: ›Ja – das ist die Stelle, wo meine Mine ist.‹ Aber welchen Vorteil hat Amber erlangt? Wir haben schon lange verkündet, daß wir eine Mine gefunden haben. Bei Amber ist es ein Gedanke, der ihm in elfter Stunde kam; sein Wort steht gegen das unsere – und wir haben die Mine zuerst angezeigt!«

Lambaire verstand jetzt; er begann langsam die Möglichkeiten des Planes abzuschätzen.

»Wie hast du das alles herausbekommen?« fragte er.

»Pah, Amber ließ eine Bemerkung fallen. Ich packte den

Stier bei den Hörnern und ging auf das Kolonialamt. Ich kenne dort einen jungen Mann – der gab mir den heimlichen Wink. Wir würden morgen einen Brief vom Kolonialamt bekommen, der uns auffordert, genau zu erklären, wo die Mine liegt. Anscheinend existiert ein blödsinniges Gesetz, wonach die Regierung jedes Minenvorkommen öffentlich bekanntgeben muß.«

»Ich vergaß das«, gab Lambaire zu.

»Du kannst es nicht vergessen haben, denn du wußtest es gar nicht«, sagte Whitey grob. »Zieh die Staatskleider, die du anhast, aus und such mich in etwa einer Stunde in meinem Hotel auf.«

»Ich tue alles, was vernünftig ist«, sagte Lambaire.

Eine Stunde später erschien er in dem kleinen Hotel, das Whitey als sein Londoner Hauptquartier benutzte. Es lag in einer engen Straße, die von dem Strand nach der Northumberland Avenue läuft – einer Straße, die mehr Hotels aufweist als irgendeine andere Verkehrsader Londons. Whiteys Zimmerflucht nahm den ganzen dritten Stock ein; er hatte drei kleine Zimmer.

Lambaire hatte das Hotel wieder verlassen, nachdem zwei Stunden verstrichen waren. Die Konferenz mußte für beide Männer höchst befriedigend verlaufen sein.

»Wir werden ein bißchen vorsichtig sein müssen«, waren Lambaires Worte beim Weggehen.

Whitey brummte etwas, was Einverständnis ausdrücken sollte.

»Ich werde mit dir gehen bis – welchen Weg nimmst du?« fragte er.

»Am Themsekai entlang nach Westminster«, bemerkte Lambaire.

Sie gingen nach der Northumberland Avenue und kreuzten die breite Straße gegenüber dem National-Liberalen Klub. Die Turmuhr im Parlamentsgebäude von Westminster schlug elf, als sie den Themsekai erreichten. Von Zeit zu Zeit sauste ein Auto vorüber. Die Wagen der Straßenbahn waren hell erleuchtet und fuhren, mit Theaterbesuchern voll besetzt, in westlicher und östlicher Richtung.

Sie teilten den Fußsteig mit ein paar torkelnden Nachtwandlern. Einer kam von der Seite auf sie zugewankt.

»... ein paar Pence ... für ein Nachtquartier, Sir ... nichts im Magen ...!«

Sie hörten es, nahmen aber keine Notiz. Der Mann folgte ihnen und hielt mit ihnen Schritt. Er war Whitey am nächsten, und als sie bei einer Laterne anlangten, drehte dieser sich plötzlich um und packte den Mann am Rock.

»Laß dich einmal betrachten«, sagte er.

Der Bettler zeigte für jemand, der vom Hunger entkräftet sein will, eine erstaunliche Kraft, als er sich loswand. Whitey erhaschte für einen Augenblick sein Gesicht, ein strenges, entschlossenes, unrasiertes Gesicht.

»Das ist nicht recht«, knurrte der Mann, »behalten Sie Ihre Hände fest in den Taschen.«

Whitey griff in seine Tasche und zog eine halbe Krone heraus.

»Hier«, sagte er, »trink und such dir ein Bett, mein Sohn.«

Mit gestammelten Dankesworten nahm der Bettler die Münze und drehte sich auf dem Absatz herum, ohne noch einmal zurückzuschauen.

»Du hast dich erweichen lassen«, sagte Lambaire sarkastisch, als sie ihren Weg weiter verfolgten.

»Kann sein«, sagte der andere nachlässig, »daß ich Anwandlungen von Freigebigkeit habe. – Hast du seine Visage gesehen?«

»Nein.«

Whitey lachte.

»Nun?«

»Ein Detektiv«, sagte Whitey kurz. »Das ist alles – ein Mann namens Mardock von Scotland Yard.«

Lambaire wurde blaß.

»Was führt er im Schilde?« fragte er aufgeregt. »Was soll das bedeuten, Whitey – es ist schändlich, zwei Männer von unserer Stellung zu beobachten!«

»Sei kein Schaf!« fuhr ihn Whitey an. »Meinst du, Amber böte nicht alles auf, uns zu haschen, was? Ein Grund mehr, daß schnell etwas geschieht.«

In Westminster verließ er seinen Gefährten und ging den Weg, den er gekommen war, zurück. Ein langsam fahrendes Auto überholte ihn, und er rief es an.

Niemand war in der Nähe, der seine Weisungen hätte hören können, aber er sah sich trotzdem vor.

»Fahren Sie mich nach der Victoria Street«, bestimmte er.

»Halbwegs herunter die Straße«, rief er dann und streckte den Kopf aus dem Fenster.

»Nach Kennington zu«, ergänzte er schließlich und nannte eine Adresse.

Er änderte seine Absicht jedoch noch einmal und stieg am Kennington-Tor aus. Von da aus nahm er eine Straßenbahn, die ihn am Ende der East-Lane Street absetzte; von hier bis zu seinem Bestimmungsort war es nur noch eine ganz kurze Strecke.

Whitey suchte einen Mann namens Coals auf. Möglich, daß der Name in früheren Zeiten Cole gewesen war; ebenso wäre es möglich, daß der Name von dem Beruf herrührte, den der Träger desselben aber längst aufgegeben hatte – dem Beruf eines Kohlenladers nämlich.

Coals hatte Whitey und Lambaire früher Dienste geleistet und würde sie ihnen wieder leisten, vorausgesetzt, daß ihn nicht eine von zwei Katastrophen ereilt hatte. Denn wenn er nicht tot oder im Gefängnis war, so würde er in einer gewissen Animierkneipe zu finden sein, aus der ihn seine Freundinnen der Reihe nach holten, an fünf Tagen in der Woche um 12.30 mittags und an Samstagen und Sonntagen um 12 Uhr nachts und 11 Uhr vormittags.

Dieser Miniaturverbrecher war ein Gewohnheitsmensch – ein glücklicher Umstand für die Polizei dieser Gegend.

Whitey hatte Glück, denn er fand den Mann sofort.

Er stand in seiner gewohnten Ecke in einer öffentlichen Stehbierhalle, merkwürdigerweise nicht betrunken, und folgte dem Jungen, der hineingeschickt worden war, um ihn herauszurufen, unverzüglich.

Whitey wartete in einiger Entfernung von dem Wirtshaus, und Coals kam furchtsam auf ihn zu, denn vor Whitey hatte er einen unheimlichen Respekt.

»Dachte erst, Sie wären ein Detektiv, Sir«, sagte Coals, als Whitey sich zu erkennen gegeben hatte, »obgleich ich, soviel ich weiß, nichts angestellt habe.«

Er war ein großer, breitschulteriger Mann mit einem dicken, unförmigen Kopf und einem gemeinen, abstoßenden Gesicht. Für sein Vorleben durfte er als außerordentlich redselig gelten.

»Wie gehen die Geschäfte bei Ihnen, Sir«, schwatzte er mit klangloser, eintöniger Stimme drauflos, ohne einmal eine Pause zu machen oder ein Wort hervorzuheben. »Mir ist es die ganze Zeit über schlecht gegangen. Keine Arbeit. Das Leben ist furchtbar hart, wenn die Arbeit so rar ist. Hab' niemals solche Armut in meinem Leben durchgemacht; soll mich wundern, wohin das führen wird, wenn nicht irgend etwas geschieht.«

Whitey schnitt ihm das Wort ab. Sie waren die ganze Zeit über in der Richtung der alten Kent Street gegangen. Die Straße war leer, denn es war gleich halb eins, und schon standen die Gäste, die sich von ihrem Stammlokal nicht trennen konnten, in Gruppen vor den geschlossenen Türen.

»Coals«, sagte Whitey, »ich habe einen Auftrag für dich.«

Coals warf ihm einen argwöhnischen Blick zu.

»Ich danke Ihnen vielmals, Mr. White, werter Mr. White«, erwiderte er ganz außer Atem. »Ich würde gern annehmen, wenn mein Bein besser wäre; aber was ich bei dem nassen Wetter für Schmerzen auszuhalten habe . . .«

»Es ist eine Arbeit, die dir zusagen wird«, meinte Whitey, »nicht viel Risiko und hundert Pfund.«

»Oh«, sagte Coals nachdenklich, »es wird mich doch nicht ins Zuchthaus bringen?«

»Das ist deine Sache.« Whitey war, wenn es darauf ankam, roh und unbarmherzig. »Du hast für weniger gesessen.«

»Das ist wahr«, gab der Mann zu. Whitey suchte in seinen Taschen und fand einen Sovereign.

»Morgen oder übermorgen«, sagte er, »werde ich nach dir schicken – du kannst doch lesen, ja?«

»Ja, Sir, Gott sei Dank«, entgegnete Coals etwas lebhafter, »ich bin doch in die Schule gegangen und habe gut aufgepaßt; ich habe mich drinnen immer gut geführt und habe immer ein gutes Zeugnis gehabt.«

»In der Tat«, sagte Whitey gleichgültig. Er liebte es nicht, wenn Leute sich ihrer guten Führung im Gefängnis rühmten.

Sie trennten sich am Ende der Straße, und Whitey benutzte die Straßenbahn bis zum Themsekai. Er ging in sein Hotel, aber nur um seinen Mantel zu holen, denn die Nacht war frostig. In einigen Minuten war er wieder am Themsekai und ging in östlicher Richtung weiter. Er hoffte, in der Borough-Gegend etwas zu erfahren.

Beinahe am Ende der Straße, in der Peter wohnte, war ein Café. Das Leben der Leute, die in Red Cow Court wohnten, spielte sich nicht regelmäßig ab; sie standen auf, wann es ihnen beliebte, und suchten den Schlaf, wo und wann sie ihn nötig hatten. In Red Cow Court ging man auch nicht regelmäßig zu Tisch; aber eine Gewohnheit hatten die Bewohner der Gegend, und diese gab ihnen den Anschein einer regelmäßigen Lebensweise. Das besagte Café, ziemlich am Ende von Red Cow Court gelegen, öffnete um Mitternacht und schloß um sieben Uhr früh. In dieser Schenke konnte man gegen ein Uhr nachts die meisten Müßiggänger und Nachtschwärmer der Gegend antreffen.

Whitey – er wußte in London überraschend gut Bescheid, denn die Umstände drängten ihm oft die Kenntnisse auf – kam voller Hoffnung in die Schenke, und er wurde nicht enttäuscht.

Er knöpfte seinen Rock bis unters Kinn zu und bestellte bescheiden eine Tasse Kaffee, wobei er sich mitten unter die Leute stellte, die in respektvoller Entfernung vom Kohlenbecken, in dem glühender Koks brannte, standen. Er belauschte ihre Klatschereien; es war ein ganz harmloses Geplauder, denn obgleich mancher darunter war, der sehr gut wußte, wie Seiner Majestät Gefängnisse inwendig aussehen, redeten sie nicht vom »Geschäft«.

Für die ärmeren Verbrecher war es typisch, daß sie ihre Verbrechen zufällig begingen; solche Leute brachten es niemals so weit, an planmäßig überlegten Schurkereien beteiligt zu sein. Sie begingen ihre Delikte, weil die Gelegenheit günstig war, eine Gelegenheit, die nur ein geringes Risiko in sich schloß.

So sprachen sie davon, was der Soundso tun müsse, um seine Erkältung loszuwerden, und wie man es anstellen könne, um es mit der und der nicht zu verderben.

»Der alte Jim hat Arbeit bekommen.«

»Unmöglich.«

»Unglaublich, aber doch wahr – er arbeitet ...«
»Heute abend die Feuerwehr gesehen?«
»Nein – wo?«
»Fuhr die High Street hinauf, zwei Spritzen.«
»Wohin?«
»New Cut – wahrscheinlich.«
»Um wieviel Uhr?«
»Um – wann war es Charley?«
»Ich weiß nicht. Der alte Mr. Musk ging gerade fort.«
»Er ist fortgegangen?«
»Vierräderig – Tom hat er einen Schilling gegeben, der hat ihm seine Vögel getragen.«

»Herrje! Der alte Musk fort – in einem Wagen –, ich hätte gewettet, daß er ein alter Geizkragen ist.«

»Ich auch ... alles zu ... aber er ist nicht für immer fortgegangen.«

»Wohin ist er gegangen?«

Whitey, der seinen Kaffee schlürfte, rückte näher an den Sprecher heran.

»Nach einem Ort in der Grafschaft Kent – nach Maidstone ist er gefahren – wo es soviel Hopfen gibt.«

(Oh, Peter, wie unbesonnen! Du konntest es nicht für dich behalten!)

»Nein, es ist nicht Maidstone – der Ort heißt Were.«

»Nun, das ist Maidstone – Maidstone heißt die Station.«

Whitey trank seinen Kaffee aus und ging ins Hotel zurück, um sich schlafen zu legen.

## 19

Amber erschien die Landstraße von Maidstone nach Rochester ein höchst angenehmer Weg. Möglich, daß sich manche im Vorfrühling beklagten, sie ziehe sich allzu monoton hin – diese sich mühsam windende Straße, die bald bergauf, bald bergab führte, auf der einen Seite den armseligen Kentischen Landrücken, der sich zu einer bescheidenen Anhöhe erhob, und auf der anderen das Tal des Medway, das nur mühsam gerade noch durch den dichten Nebel zu erkennen war.

Doch Amber ging den Weg gern und fand den Spaziergang kräftigend; weder die grauen Wolken droben noch die scharfe, stürmische Brise, die von der See her wehte und einen bis ins Mark auskühlte, konnte ihm die Straße verleiden.

»Wir hätten ausfahren können«, sagte das junge Mädchen, das bei ihm war – ihre Gegenwart erklärte seine Vergeßlichkeit für alles andere. »Ich habe Sorge, daß das Wetter –«

»– Gesundheitsstörungen bei dem armen Afrika-Reisenden hervorruft«, spöttelte er und lachte. »Peter hielt mir ein langes Privatissimum über denselben Gegenstand. Es liege auf der Hand, daß bei einem Helden wie ihm eine Gehirnentzündung als Ergebnis des plötzlichen Klimawechsels zum Ausbruch kommen müsse – aber das kann nicht wahr sein, denn Helden unterliegen nicht dem Wetter.«

»Ich habe deinen Peter gern«, bekannte sie nach einer Pause.

»Er ist ein sonderbarer Vogel«, gab Amber zu.

»Vater hat ihn auch gern«, fuhr sie fort und seufzte. »Glaubst du, daß Vater wieder gesund wird?«

Amber brauchte lange zu seiner Antwort, so daß sie erwartungsvoll stehenblieb.

»Ich wünschte, du würdest es mir sagen«, meinte sie ruhig.

»Ich will es dir sagen«, erwiderte er. »Ich versuche, meine verborgenen Gedanken in Worte zu kleiden. Ja«, er überlegte wieder. »Ja, ich glaube, daß mit der Zeit eine Besserung eintritt.«

»Er ist doch nicht –« Sie vollendete den Satz nicht.

»Nein, er ist nicht – verrückt, was man gewöhnlich unter Verrücktheit versteht. Er leidet an Zwangsvorstellungen – ein einziges Ereignis füllt ihn so ganz aus, daß sein Verstand stillsteht.«

»Er hat sein Gedächtnis verloren – und doch erinnert er sich meiner und des Diamantenflusses.«

Sie gingen schweigend weiter; beide waren zu sehr mit ihren eigenen Gedanken beschäftigt, um sich unterhalten zu können. Wie ein Problem nahm Sutton, der Forscher, ihr Denken gefangen. Das Haus, das Cynthia gekauft hatte, stand abseits vom

Wege. Es war ursprünglich eine Meierei gewesen, aber seine verschiedenen Besitzer hatten es nach und nach zu einem behaglichen Landhaus umgewandelt, so daß es mit seinen vier Morgen bewaldeten Bodens jetzt ein wundervoller Landsitz war.

Francis Sutton saß vor einem knisternden Holzfeuer, ein Buch auf den Knien. Er blickte lächelnd auf, als sie eintraten. Die Erfahrung hatte einen Mann aus ihm gemacht – diese Tatsache war Amber nie so sehr aufgefallen wie eben in diesem Augenblick. Sein Gesicht war gebräunt und schmal, die knabenhafte Rundung seiner Wangen war verschwunden, und auch seine Ungeduld hatte er abgelegt. »Was gibt's Neues?« fragte er.

Amber hielt seine Hand an das lodernde Feuer.

»Morgen wird das Kolonialamt Lambaire auffordern, die Stelle, wo seine Mine liegt, zu bezeichnen«, sagte er. »Ich fürchte, mein Lambaire wird auf Schwierigkeiten stoßen.«

»Ich glaube, das wird er«, bestätigte der andere trocken. »Wieviel Zeit wird man ihm lassen?«

»Eine Woche, und wenn bis dahin keine Erklärung erfolgt ist, wird das Kolonialamt ein Protokoll aufnehmen, das in Lambaires Treu und Glauben Zweifel setzen wird.«

»Ein ungewöhnliches Verfahren«, wandte Sutton ein.

»Ein ungewöhnlicher Fall, mein unerschrockener Forscher«, erwiderte Amber.

Sutton grinste.

»Spotten Sie nicht«, verteidigte er sich. »Ich weiß jetzt, daß ich noch ein Grünschnabel bin.«

Amber sah väterlich auf ihn hinab.

»Wir müssen alle an die Kandare genommen werden«, bemerkte er. »Wirklich, ich glaube eher, daß Sie ein wundervoller Junge sind.«

Der junge Mann errötete, denn er fühlte die Aufrichtigkeit in des andern Worten.

»Wo ist Ihr Vater?« fragte Amber plötzlich.

»Im Park mit Ihrem Freund; es war wirklich ein glücklicher Einfall, unseren Freund herzusenden – wie ist noch sein Name – Musk?«

»Peter – Sie müssen ihn Peter nennen«, sagte Amber. Er stand auf und ging auf die Flügeltür zu, die auf den großen Rasen vor der Villa führte.

»Peter kann gar kein Ende finden mit seinem Interesse für Vater«, fuhr Sutton fort. »Er ist eine vollkommene Romanbibliothek.«

»Wir wollen sie aufsuchen«, schlug Amber vor.

Sie gingen in den kleinen, mit einer Mauer umgebenen Park, wo der Forscher zu seiner Erholung weilte, und kamen den beiden unerwartet.

Peter illustrierte mit einem Spazierstock eine Geschichte, die er erzählte, und der vom Schicksal gebeugte Mann mit dem wilden, struppigen Bart und dem gefurchten Antlitz stand daneben und nickte ernsthaft mit dem Kopf, als höre er genau zu.

»Sir Claude«, so plauderte Peter gerade, »hielt die Brücke hier, wollen wir annehmen, und Sir Reginald setzte dort über den Festungsgraben; die Bewaffneten warfen Steine von den Zinnen herab, und Lady Gwendoline, das Schwert in der Hand, verteidigte den weißen Turm. In dem Augenblick, als der heldenhafte Jüngling seine Bogenschützen vorwärtsdrängte, erhob sich ein lautes Geschrei: ›St. Georg und England!‹ – Sie verstehen mich, Mr. Sutton? Sie hatten keine Ahnung, daß des Königs Armee so nahe war.«

»Vollkommen«, erwiderte der Forscher, »vollkommen – ja – vollkommen. Ich erinnere mich, etwas Ähnliches erlebt zu haben, als wir die Mashangonibis vor vielen Jahren angriffen – ich – ich glaube, ich erinnere mich.«

Er strich mit der Hand müde über seine Augen.

»Vater«, sagte Francis zärtlich, »hier ist unser Freund, Captain Grey.«

Der Forscher drehte sich heftig herum.

»Captain Grey?« sagte er halb fragend und hielt ihm seine Hand entgegen. In seinem Kopf flackerte eine flüchtige Erinnerung an Amber auf.

»Captain Grey, ich fürchte, mein Sohn hat auf Sie geschossen!«

»Das ist ganz belanglos, Mr. Sutton«, betonte Amber.

Der Kranke hatte die einzige Gedankenverbindung mit Amber im Zusammenhang mit jener dramatischen Begegnung, und obgleich sie sich fast täglich sahen, hatte der ältere Sutton keine andere Bemerkung zu machen als immer wieder diese.

Tag für Tag, ob er ihn morgens beim Frühstück begrüßte oder sich abends von ihm verabschiedete, war der Anfang und das Ende jeder Unterhaltung die Bemerkung des Forschers: »Ich fürchte, mein Sohn hat auf Sie geschossen.«

Sie gingen langsam in das Haus zurück. Amber und Peter folgten den anderen.

»Er ist vernünftiger, Mr. Amber«, sagte Peter. »Sein Zustand scheint sich in den letzten zwei Tagen gebessert zu haben.«

»Wie lange hat er die Wohltat deiner Gesellschaft genossen, mein Peter?« fragte der andere.

»Zwei Tage«, erwiderte Mr. Musk ahnungslos.

Amber hatte Gelegenheit, den alten Herrn zu studieren, als sie beim Tee saßen – die Mahlzeiten in dem ›weißen Haus‹ hatten einen demokratischen Charakter.

Alt war er nicht, wenn man seine Jahre in Betracht zog, aber der Urwald hatte sein Haar gebleicht und in sein Gesicht tiefe Furchen gegraben. Amber schätzte ihn mit Lambaire gleichaltrig.

Er sprach nur, wenn er angeredet wurde. Die meiste Zeit über saß er wie in Gedanken verloren da, den Kopf tief auf die Brust gesenkt, und seine Finger spielten nervös auf seinem Knie.

Bei einem Thema war sein Geist klar, und das war das Thema, das jeder sich scheute mit ihm zu erörtern – der Diamantenfluß.

Mitten in eine allgemeine Unterhaltung platzte er zuweilen mit hastigen Reden hinein und stockte nicht dabei, wie es sonst seine Gewohnheit war; und zum Schluß jeder Rede brach immer wieder die fixe Idee mit den Diamanten durch.

Amber berichtete von seinem Besuch in London, als ihn der Alte plötzlich unterbrach. Zuerst war seine Stimme kaum stärker als ein Flüstern, aber sie gewann an Kraft – je länger er sprach, desto mehr.

». . . es lagen eine Anzahl Granaten auf dem Boden«, sagte er leise, als ob er mit sich selbst spräche. »Es waren auch noch andere Anzeichen vorhanden, daß eine Diamantengrube existieren müsse . . . Die Erde war ähnlich beschaffen wie die in Kimberley und in der Nähe des Vaal-Flusses ... blaue Erde, unzweifelhaft diamanthaltige Erde ... Natürlich war es überraschend, diese Anzeichen in einer Gegend zu finden, die so weit entfernt war von der Stelle, wo, wie wir nach unseren Nachforschungen glauben mußten, die Mine festgestellt werden würde.«

Alles schwieg, als er eine Pause machte. Später fuhr er wieder fort:

»Die Gerüchte von einer Mine und die Proben, die ich gesehen hatte, brachten mich zu der Vermutung, daß die Mine im Nordwesten des großen Waldes liege; daß sie wirklich eher an der Schwelle des Landes sein sollte als an der äußersten Grenze, das illustriert die Ungenauigkeit der Forschung ... Ungenauigkeit ... Ungenauigkeit? Das ist schwerlich das Wort. Ich glaube ...«

Er bedeckte seine Augen mit der Hand.

Obgleich alles schwieg, sagte er nichts mehr. Es war das gewöhnliche Ende, wenn er so erzählte; irgendein Wort wollte ihm nicht einfallen, er stockte, suchte resigniert nach dem genauen Ausdruck, um eine bestimmte Schattierung wiederzugeben, und fiel wieder in seine Schweigsamkeit zurück.

Die Unterhaltung wandte sich wieder allgemeinen Fragen zu, und bald darauf ging Mr. Sutton auf sein Zimmer.

»Es ist besser mit ihm«, bemerkte Amber freudig, als sich die Tür hinter der gebeugten Gestalt geschlossen hatte. »Wir kommen der Wahrheit immer näher, wie er damals zu der Entdekkung kam.«

Francis nickte.

»Man könnte denken, daß ich während der Monate, die er und ich allein im Walde waren, die Wahrheit hätte erfahren müssen«, warf er ein. »Doch von dem Augenblick an, wo er mich da fand, wo mich das saubere Gaunerpaar liegengelassen hatte, bis zu jener Nacht, wo Sie uns beide entdeckten, sprach er nicht ein Wort darüber.«

Amber wartete, bis Peter geschäftig weggehastet war – er hatte sich wirklich an sein Krankenwärteramt gewöhnt – und sie nur noch zu dritt dasaßen.

»Wann wurde Ihnen zum ersten Male klar, daß er den Diamantenfluß entdeckt hatte?«

Francis Sutton stopfte langsam seine Pfeife.

»Ich weiß nicht, wann es war«, sagte er. »Die erste Erinnerung, die ich habe, ist die, daß sich jemand über mich beugte und mir zu trinken gab. Ich glaube, er muß mir auch zu essen gegeben haben. Ich war damals schrecklich schwach. Als mir besser wurde, lag ich da und beobachtete, wie er im Bett des Flusses umherschürfte.«

»Er war ganz vernünftig?«

»Ganz vernünftig, obgleich es mich ein bißchen beunruhigte, als er mir ein paar Kieselsteine brachte und mich bat, sie gut aufzuheben. Um ihm zu willfahren, behielt ich sie, ließ ihn zusehen, wie ich sie sorgfältig in mein Taschentuch einknüpfte, und dachte dabei keinen Augenblick daran, daß es Diamanten sein könnten.«

»Und die ganze Zeit, Francis, wußtest du, daß es Vater war?« Das Mädchen fragte es, und Francis nickte wieder.

»Ich weiß nicht, woher ich es wußte, aber ich wußte es«, sagte er schlicht. »Ich war noch ein Kind, als er fortgegangen war, und er sah nicht aus wie der Mann, dessen ich mich erinnerte. Ich versuchte, ihn zu überreden, mit nach der Küste zu kommen, aber er wollte sich nicht bewegen lassen, und da blieb mir nichts anderes übrig, als abzuwarten und auf den Zufall zu hoffen, daß ein Eingeborener vorüberkäme, den man mit einer Botschaft nach der Küste schicken könnte. Aber die Eingeborenen betrachteten den Ort als nicht geheuer, und keiner kam uns zu nahe, nicht einmal die Jägerabteilungen. Und das Merkwürdige dabei war«, fuhr er nachdenklich fort, »daß ich selbst auf den Gedanken kam, die Steine könnten etwas anderes als Kiesel sein.«

Er erhob sich von dem tiefen Stuhl, auf dem er gesessen hatte.

»Ich lasse euch eine Weile allein – ich bin in der Bibliothek.«

»Ich werde einen Augenblick mit Ihnen gehen, wenn du mich entschuldigst«, sagte Amber, und Cynthia willigte lächelnd ein.

»Sutton«, sagte Amber, als die Tür des Bibliothekzimmers sich hinter ihnen geschlossen hatte, »ich wünsche, daß Sie mit dem Prospekt äußerst vorsichtig sind – Sie haben meine Depesche bekommen?«

»Ja, Sie depeschierten, ich möchte die Kopie nicht in die Druckerei schicken. Warum?«

»Sie enthält zuviel, was für Lambaire von Wert sein würde«, erklärte der andere. »Sie enthält gerade das, wofür er seinen Kopf hergeben würde.«

»Daran hätte ich nie gedacht«, versetzte Sutton. »Aber wie sollte er sie von einer kleinen Provinzdruckerei erhalten?«

»Ich glaube auch nicht, daß er sie sich verschaffen könnte, aber Whitey würde es gelingen. Morgen oder schon heute fordert das Kolonialamt Lambaire auf, zu sagen, wo seine Mine liegt – wir müssen sichergehen, daß er sich nicht von uns Aufklärung verschafft.«

»Ich verstehe«, beteuerte der junge Mann mit einem fröhlichen Kopfnicken. »I'ch mache eine Kopie der Karte, die Sie vorbereitet haben, und werde sie morgen dem Kolonialamt senden.«

Amber kehrte zu dem jungen Mädchen zurück. Sie saß in der Ecke des Sofas, das im rechten Winkel zum Kamin aufgestellt war.

Sie schützte ihr Gesicht mit einem seidenen Tuch gegen die lodernden Flammen, und er konnte nur das von ihr sehen, was eine vorwitzige Flamme, die höher als die anderen emporzüngelte, ihm enthüllte.

»Ich möchte einmal ernst mit dir reden«, begann er und setzte sich in die andere Ecke des Sofas.

»Bitte, sprich nicht zu ernst; ich möchte heiter unterhalten sein«, neckte sie. Ein paar Minuten herrschte Stillschweigen, dann floß die Unterhaltung weiter.

»Ich nehme an, du weißt«, sagte er, »daß du in etwa einer Woche die Tochter eines sehr reichen Mannes sein wirst?«

Er konnte ihr Gesicht in dem Halbdunkel nicht genau erkennen, aber er glaubte zu sehen, daß sie lächelte.

»Ich habe es nicht gewußt«, erwiderte sie ruhig, »aber ich nehme an, daß du recht hast. Warum?«

»Warum? – Oh, nichts – außer, daß ich selbst nicht ungeheuer reich bin.«

Sie wartete darauf, daß er fortfahre.

»Du siehst das ein?« warf er nach einer Weile hin.

Sie lachte hell auf.

»Ich sehe alles ein, was einzusehen ist, nämlich, daß Vater sehr reich sein wird und daß du nicht so reich sein wirst. Was wünschst du sonst noch, daß ich einsehe?«

Er wünschte, daß sie einsehe, was er sich auszusprechen hütete. Aber sie war entzückend eigensinnig und kam ihm in nichts entgegen.

»Ich hasse es, konventionell zu sein«, sagte er, »mehr, als ich es hasse, heroisch zu sein. Ich fühle, daß der erste beste von Peters Helden sich genauso benehmen würde wie ich – und das ist demütigend. Aber ich – ich möchte dich heiraten, Cynthia, und du bist auf einmal so entsetzlich reich geworden.«

Sie lachte laut und herzlich.

»Komm, setz dich zu mir«, befahl sie. »Näher . . .«

»Gehst du nicht schlafen, liebe Cynthia?« fragte Francis Sutton in der Tür. »Es ist schon elf Uhr vorbei, und Peter und ich langweilen uns gegenseitig.«

Er ging durch das Zimmer und rüttelte am Feuer.

»Und ihr habt das Feuer ausgehen lassen, ihr Missetäter.«

Cynthia erhob sich schuldbewußt.

»Ich fürchte«, stammelte sie verwirrt, »Captain Grey – wir –«

»Ich fürchte, du warst es«, sagte ihr Bruder lächelnd. »Sag Amber gute Nacht; Vater schläft schon.«

Sie hörten das Rascheln ihres Kleides, als sie durch die Diele nach der Treppe ging.

»Mit Peter geplaudert?« fragte Amber. »Ich dachte, Sie arbeiteten emsig in der Bibliothek.«

Sutton stocherte lebhaft im Feuer herum.

»Bin schon seit einer Stunde fertig; wie lange glauben denn die Herrschaften, daß sie geschwatzt haben?«

Amber schwieg sich diskret aus.

»Ich finde Peter interessant«, sagte Sutton und mußte lachen. »Das kleine Zimmer, das wir ihm gegeben haben, sieht aus wie das Büro eines Neuigkeitskrämers, dessen Spezialgebiet die verpönte Räuberliteratur ist, die Lieblingslektüre eines Teils der Jugend.«

»Schnell fertig ist die Jugend mit dem Wort«, sagte Amber ernst, »diese verpönte –«

Sie hörten hastige Schritte auf der Diele, die Tür öffnete sich, und Cynthia kam, etwas bleich im Gesicht, herein.

Amber ging ihr schnell entgegen.

»Was gibt's?« fragte er.

»Vater ist nicht in seinem Zimmer«, sagte sie atemlos. »Ich wollte ihm gute Nacht sagen – er ist noch nicht zu Bett gewesen –«

Die drei sahen einander an.

»Er wird sicher im Garten sein«, erwiderte Francis unbehaglich. »Er ist vorhin hinausgegangen, obschon ich ihn bat, es nicht zu tun.«

Er trat auf die Diele hinaus und nahm eine elektrische Taschenlampe, die auf einem Tischchen lag. Amber zog die Vorhänge auf, öffnete das Flügelfenster und folgte dann.

Das junge Mädchen warf ein Tuch um die Schultern und folgte ihm.

»Im Studierzimmer brennt noch eine Lampe, Amber«, bemerkte Sutton; Amber nickte, eilte durch das Zimmer und den Gang entlang, der nach der Bibliothek führte.

Er fand die Lampe, drehte das Licht aus und holte die andern wieder ein.

Ein feiner, aufsprühender Nebel hüllte den Park ein, aber er war doch nicht so dicht, daß er als Hindernis in Betracht kam.

Der Rundgang durch den Park nahm wenig Zeit in Anspruch. Doch von dem Forscher war nichts zu entdecken.

An der äußersten Ecke des kleinen Besitztums war ein Pförtchen, das in eine enge Gasse mündete, die von der Hauptstraße nach der Nigerhill Street führte. Die Suchenden gingen darauf zu. Als sie näher kamen, unterdrückte Amber einen Fluch. Das Gatter stand weit offen.

Der Lichtkreis ihrer Lampen, der auf die verwitterte Tür fiel, beleuchtete ein flatterndes, weißes Papier, das ihre Aufmerksamkeit auf sich zog.

Es war ein Blatt aus einem Notizbuch und mit einem Reißstift befestigt; Amber hielt seine Lampe hoch und las:

›Sie haben ihn in den Steinbruch mitgenommen. Seid schnell hinterher. Haltet euch rechts, wenn ihr aus dem Pförtchen heraus seid, und folgt der Straße, die auf den Hügel führt. Eilt Euch, dann könnt Ihr alles retten.

Ein Freund‹

»Einen Augenblick!«

Amber hielt den andern, der auf die Gasse hinaustrat, am Arm fest.

»Keinen Aufschub, Amber, um Gottes willen!« rief Sutton ungeduldig. »Wir haben keine Zeit zu verlieren.«

»Warten Sie!« befahl Amber streng.

Er ließ den Lichtschein seiner Lampe auf den Boden fallen. Der Grund bestand aus Lehm und war weich. Es waren Fußspuren vorhanden – wie viele, konnte er nicht sagen. Er trat auf die Straße. Der Boden war hier an den Stellen, wo Gras wuchs, weich. Wer auch durch das Pförtchen gegangen war, er hatte auf jeden Fall, ob mit oder ohne Absicht, die weichen Lehmstellen vermieden, denn es waren keine frischen Fußspuren da.

»Vorwärts!« Sutton rannte ungeduldig davon, und Amber und das junge Mädchen folgten.

»Haben Sie einen Revolver bei sich?« fragte Amber vorsichtshalber.

Als Antwort zog Sutton einen Smith-Wesson aus seiner Tasche.

»Hast du das erwartet?« fragte das junge Mädchen an seiner Seite.

»Etwas Ähnliches, ja«, antwortete er ruhig. »Bis dieses Geschäft erledigt wäre, bestand ich darauf, daß wir alle bewaffnet sein müßten – ich kenne Whitey.«

Sutton kam zurück, und als er wieder bei ihnen war, bemerkte er: »Ich kann keine Fußstapfen sehen; doch regt mich der Inhalt des Zettels auf.«

»Ein paar Fußstapfen sind da«, sagte Amber kurz. Er hatte mit der Lampe die ganze Zeit über den Weg abgesucht. »Der Inhalt des Zettels gibt mir mehr zu denken, als daß er mich aufregt. Hallo, was ist das?«

In der Mitte der Straße lag ein schwarzer Gegenstand, und Sutton lief hin und hob ihn auf.

»Es ist ein Hut«, stellte er fest. »Beim Himmel, Amber, er gehört meinem Vater!«

»Oh«, rief Amber erstaunt und blieb stehen.

Ein paar Sekunden lang standen sie still.

»Ich gehe zurück«, entschloß sich Amber plötzlich.

Sie starrten ihn an.

»Aber –« meinte das Mädchen bestürzt, »aber – du gibst doch das Suchen nicht auf?«

»Vertrau mir, bitte«, sagte er sanft. »Sutton, gehen Sie in der Richtung weiter; Sie treffen bald auf ein paar Arbeiterhütten. Klopfen Sie die Leute heraus und erbitten Sie sich ihren Beistand. Ich hoffe, daß Sie auf der richtigen Spur sind – aber ich glaube noch mehr, daß ich es bin. Auf jeden Fall wird es für Cynthia weniger gefährlich sein, wenn sie mit dir geht, als wenn sie mit mir zurückkehrt.«

Ohne noch ein Wort zu verlieren, drehte er sich um und rannte in langen Sätzen den Weg wieder zurück.

Sie standen noch und sahen ihm nach, bis er in der Dunkelheit verschwunden war. »Ich versteh' das nicht«, murmelte Francis.

Das Mädchen sagte nichts; sie war verwirrt, betäubt. Mechanisch schritt sie neben ihrem Bruder her. Seine Hand umklammerte noch den Hut.

Sie hatten noch fast zehn Minuten zu gehen, ehe sie die Hütten erreichten, aber sie waren noch nicht halb so weit vorgedrungen, als sie eine dunkle Gestalt vor sich sahen, die in der Mitte des Weges stand, dort, wo die Gasse eine scharfe Biegung machte.

Francis hatte im Augenblick seinen Revolver in der Hand und ließ das Licht seiner Lampe voll auf die Gestalt vor sich fallen.

Das junge Mädchen, dem das Herz vor Aufregung bis zum Halse schlug, seufzte erleichtert auf, denn der Mann auf dem Wege war ein Schutzmann, und seine uniformierte, unromantische Gestalt hatte etwas ungemein Beruhigendes.

»Nein, Sir«, gab der Konstabler Auskunft, »es ist niemand hier vorübergekommen.«

»Vor einer Viertelstunde?« forschte Sutton weiter.

»Nicht während der letzten drei Stunden«, erwiderte der Polizist. »Es war mir vor ungefähr einer halben Stunde, als hätte ich Schritte unten auf der Gasse gehört, aber hier ist niemand vorübergekommen.« Er sei beauftragt worden, hier Posten zu stehen, um Wilddiebe abzufassen, und er habe sich, so erklärte er, seit sieben Uhr nicht von der Stelle gerührt.

Francis erklärte kurz die Situation.

»Nein«, erwiderte der Beamte langsam, »sie können ihn nicht dorthin geschleppt haben – dies hier ist der einzige Weg nach dem Steinbruch. Mir scheint eher, Sie sollten irregeführt werden. Wenn Sie warten wollen, bis ich mein Rad geholt habe, es steht dort hinter der Hecke, so will ich mit Ihnen zurückgehen.«

Auf dem Rückweg ließ sich Francis so weit in Einzelheiten ein, wie er es für nötig hielt.

»Es ist eine Täuschung«, behauptete der Schutzmann nachdrücklich. »Warum sollten sie sich die Mühe machen, Ihnen zu sagen, welchen Weg sie nehmen? Sie glauben doch nicht, daß Sie unter den Tätern einen Freund haben?«

Francis schwieg. Er verstand jetzt Ambers plötzlichen Entschluß, umzukehren.

Die Straße führte bergab, und in zehn Minuten tauchte das Haus vor ihnen auf.

»Ich nehme an, daß Peter –« fing Francis an.

Krach! – Krach!

Zwei Pistolenschüsse verhallten in der nächtlichen Stille.

Krach – krach – krach!

Die Schüsse waren rasch aufeinander gefolgt, und der Polizist schwang sich auf sein Rad.

»Nehmen Sie das mit!«

Francis drückte dem Konstabler seinen Revolver in die Hand. Mit größter Eile radelte der Schutzmann den Abhang hinunter, und die beiden folgten ihm, so rasch sie konnten.

Sie hörten keine Schüsse mehr, und ganz außer Atem kamen sie an dem Pförtchen an; sie fanden Amber und den Konstabler, die in großer Hast miteinander verhandelten.

»Es ist alles in Ordnung!«

Amber sagte es sichtlich erleichtert.

»Was ist mit Vater?« hauchte das junge Mädchen.

»Er ist drinnen im Haus«, versicherte Amber. »Ich fand ihn geknebelt und gebunden in der Hütte des Gärtners am anderen Ende des Gartens.«

Er nahm das zitternde junge Mädchen beim Arm und führte es nach Hause.

»Er war ein bißchen in den Park gegangen«, erklärte Amber, »und da haben sie ihn gepackt. Nein, sie haben ihn nicht verletzt. Es waren drei Schurken.«

»Wo sind sie?« erkundigte sich Francis.

»Fort – ein Auto wartete auf sie am Ende der Gasse. Der Polizist ist hinter ihnen her in der Hoffnung, daß sie eine Panne haben werden.«

Er ging voraus in das Wohnzimmer.

»Peter ist bei deinem Vater. Setz dich hin, du mußt ein bißchen Wein trinken, ja.« Ihr Gesicht war sehr blaß. »Ich werde dir alles erzählen. Der menschenfreundlichen Mitteilung an dem Gatter traute ich gleich nicht recht. Ich wurde noch argwöhnischer, als ich keine Fußspuren auf dem Weg entdeckte, die den Verdacht einer Entführung bekräftigt hätten. Da kam mir plötzlich der Gedanke, daß das Ganze eine Finte wäre, uns aus dem Hause zu locken, damit sie Zeit gewännen, deinen Vater fortzuschaffen. Als ich wieder am Pförtchen angelangt war, suchte ich eilends den Garten ab und geriet zufällig in den Geräteschuppen. Das erste, was ich sah, war dein Vater, wie er mit einem Knebel im Mund auf einem Holzstoß festgebunden war. Ich hatte ihn kaum befreit, als ich draußen eine Stimme hörte. Drei Männer gingen über den Rasenplatz auf das Pförtchen zu. Es war zu dunkel, um sie zu erkennen, aber ich rannte hinaus und forderte sie auf, stehenzubleiben.«

»Wir hörten schießen«, warf das junge Mädchen ein.

Amber lächelte grimmig.

»Das war ihre Antwort«, bestätigte er. »Ich folgte ihnen bis auf die Straße. Sie feuerten wieder auf mich, und ich erwiderte die Schüsse. Ich glaube, ich habe einen getroffen.«

»Du bist doch nicht verletzt?« fragte sie ängstlich.

»Mein gnädiges Fräulein«, beruhigte Amber sie erheitert, »ich bin heil und ganz.«

»Aber ich verstehe eines nicht«, wunderte sich Francis. »Warum haben die Kerle meinen Vater fortschleppen wollen?«

Amber schüttelte den Kopf.

»Das geht über meinen Horizont –« Er hielt plötzlich ein. »Wir wollen einmal in der Bibliothek nachsehen«, schlug er vor und ging den beiden voran nach dem Zimmer.

»Hallo, ich dächte, ich hätte das Licht hier ausgedreht!«

Das Licht brannte, und das Fenster war geöffnet. Aber auch die Tür des Safes stand offen; sie hing nur noch in einer Angel.

Amber sagte nichts – er pfiff nur.

»Also deshalb haben sie uns vom Hause weggelockt«, begann er zu verstehen. »Das ist Whiteys Werk und obendrein ein sauberes Meisterstück.«

## 20

»Darf ich nicht mit Ihnen gehen?« bat der junge Mann, aber Amber schüttelte den Kopf.

»Sie bleiben hier«, beschied er ihn.

Er trug einen dicken Automantel und eine Mütze, die er bis über die Stirn gezogen hatte. Das junge Mädchen hatte ihm Tee und einen kleinen Imbiß bereitet.

Er sah auf seine Uhr.

»Ein Uhr«, sagte er, »und da ist auch der Wagen.«

Sie hörten das leise Summen eines Autos, das in einem Bogen vor der Tür des Hauses vorfuhr.

»Ich fürchte, Sir, ich komme recht spät.« Es war der Konstabler, der sein Fahrrad heraushob, während er sprach. »Aber es hielt etwas schwer, die Leute zusammenzubekommen, und mein Bericht auf der Polizeistation hielt mich länger auf, als ich glaubte. Wir haben an die Hauptquartiere telefoniert; und die Straßen, die nach London führen, werden bewacht.«

»Es wird wahrscheinlich zu spät sein«, erwiderte Amber, »obgleich sie für die Fahrt kaum weniger als anderthalb Stunden brauchten.«

Er verabschiedete sich rasch von dem jungen Mädchen, sprang in den Wagen und setzte sich neben den Schofför. In wenigen Minuten sauste er auf der Maidstone-Landstraße dahin.

»Der Weg ist näher«, erklärte der Fahrer, »wenn wir uns auf der Hauptstraße halten. Der Weg durch Rochester nach London ist überall sehr schlecht und dazu auch noch sehr viel weiter.«

Der Wagen lief wie ein Rennauto, und die Fahrt war nichts weniger als interessant. Erst als sie die Vorstädte Londons erreichten, fuhren sie langsamer.

Sie bogen in die Lewisham High Road ein, eine rote Lampe wurde vor ihnen geschwenkt, und sie bremsten; zwei Polizisten standen da. Für Amber war es nicht schwer, sich auszuweisen.

»Ist der andere Wagen gesehen worden?«

»Nein, Sir«, gab der Sergeant Auskunft. »Ein Wagen mit vier Männern fuhr um halb eins durch den Blackwall-Tunnel – das war aber, noch ehe die Sonderwache ihren Posten dort bezogen hatte. Unsere Leute glauben nach der Beschreibung, die Sie geschickt haben, daß es die Bande war, die Sie suchen.« Amber hatte für die Verfolgung den Vorteil ausgenützt, daß er eine getreue Beschreibung Whiteys in Umlauf gesetzt hatte.

Er dankte dem Sergeanten, und der Wagen fuhr nach London weiter. Da Amber schon vorher in Erfahrung gebracht hatte, wo Lambaire und Whitey wohnten, hielt der Wagen um halb vier am Ende der Straße, in der Whiteys Hotel lag.

»Sie werden am Ende der Northumberland Avenue ein Café finden«, sagte er dem Fahrer. »Essen Sie dort und seien Sie in einer Viertelstunde wieder hier.«

Die Straße war leer und das Hotel so still wie das Grab. In London hatte es weder diese Nacht noch am vorhergehenden Tag geregnet, und das Pflaster war völlig trocken. Amber untersuchte, ehe er klingelte, mit seiner kleinen Lampe die Fliesen der Stufen, die zu der Haustür hinanführten. Er konnte jedoch keine Fußspuren entdecken, die darauf hingewiesen hätten, daß kurz vorher einer mit lehmbeschmierten Schuhen angekommen wäre.

Er drückte auf den Knopf der Nachtklingel, und zu seiner Überraschung wurde die Tür fast augenblicklich geöffnet. Der

Nachtpförtner, sonst das schläfrigste Individuum, war wach und auf dem Posten.

Augenscheinlich war Amber nicht derjenige, auf den er gewartet hatte, denn er sperrte plötzlich die Türöffnung zu.

»Bitte?« fragte er mißtrauisch.

»Ich möchte ein Zimmer für die Nacht haben«, begehrte Amber. »Ich komme soeben vom Kontinent.«

»Da kommen Sie aber spät, Sir«, erwiderte der Pförtner, »der Kontinental-Expreß ist pünktlich um elf Uhr eingelaufen.«

»Oh, ich komme über Newhaven«, antwortete er unbekümmert. Er verließ sich darauf, daß der Pförtner diese ungewöhnliche Route nicht kenne.

»Ich weiß nicht, ob wir noch ein Zimmer haben«, lenkte der Mann langsam ein. »Ihr Gepäck?«

»Ich habe es am Bahnhof gelassen.«

Amber griff in seine Brusttasche und zog ein Bündel Banknoten hervor. Eine davon hielt er dem Mann hin.

»Lassen Sie mich nicht in der Nacht so lange unterhandeln, mein Lieber«, sagte er gut gelaunt. »Nehmen Sie diese Fünfpfundnote im voraus und bringen Sie sich einen Sovereign in Abzug für die Mühe, die ich Ihnen gemacht habe.«

Der Pförtner gab seine feindselige Haltung auf.

»Sie verstehen mich doch, Sir«, sagte er, als er die etwas engen Treppen voraufging, »daß ich so –«

»Oh, vollkommen«, unterbrach ihn Amber. »Wo bringen Sie mich unter – im zweiten Stock?«

»Der zweite Stock ist besetzt, Sir«, erwiderte der Pförtner. »Gerade als Sie klingelten, glaubte ich, es sei der Herr mit seinem Freund.«

»Nachtvögel, was?« warf Amber ein.

»Er ist heute abend schon einmal dagewesen – vor einer Stunde etwa –, ist aber wieder fortgegangen – geschäftlich.«

Im dritten Stock wurde er in ein großes Vorderzimmer geführt, zu seiner vollen Zufriedenheit – denn die Tatsache, daß ein solches Zimmer zur Verfügung stand, bewies ihm, daß er den ganzen Stock für sich hatte.

Der Pförtner zündete das Holz an, das auf dem Rost lag.

»Wünschen Sie sonst noch etwas, Sir?«

»Nichts, danke.«

Amber folgte dem Pförtner auf den Treppenflur und wartete, während der Mann hinunterstieg.

Der Pförtner blieb auf halber Treppe stehen; die offenbare Unentschlossenheit seines Gastes hatte seinen Schritt gehemmt.

»Haben Sie nicht doch noch Wünsche, Sir – vielleicht eine Tasse Tee?«

»Nein, danke«, lehnte Amber ab und zog langsam seinen Rock aus.

Ein bißchen verständnislos ging der Mann hinunter.

Amber hatte aber doch einen Wunsch, nur nannte er ihn dem Pförtner nicht. Er wollte nämlich wissen, ob die Treppe knarrte, und er nahm mit Befriedigung wahr, daß sie es nicht tat.

Er wartete so lange, bis er die schlürfenden Schritte unten auf den Steinfliesen des Flurs hörte.

Es war keine Zeit zu verlieren. Er zog seine Schuhe aus und stieg geräuschlos in den zweiten Stock hinunter.

Hier befanden sich drei Zimmer, von denen er annahm, daß sie zusammenhingen. Eines dieser Zimmer war verschlossen. Die andern betrat er der Reihe nach. Das erste war, der Einrichtung nach, ein Wohnzimmer, und durch eine Flügeltür gelangte man in ein kleines Schlafzimmer.

Aus dem Rasierapparat und den Kleidungsstücken, die in dem Schrank hingen, schloß Amber, daß dies Whiteys Schlafzimmer war. Eine Tür führte in das vordere Zimmer, aber sie war verschlossen.

Er schlich auf den Treppenflur hinaus und horchte.

Kein Laut war zu hören; nur ganz entfernt pfiff jemand in einem entlegenen Teil des Hauses – wahrscheinlich hatte der Pförtner sich ins Kellergeschoß begeben.

Wenn er die Tür, die auf den Treppenflur führte, öffnete, setzte er sich der Gefahr aus, entdeckt zu werden; er beschloß, es mit der Verbindungstür zwischen den beiden Zimmern zu versuchen.

In dem Schloß stak ein Schlüssel, dessen Ende auf der Schlafzimmerseite ein klein wenig herausragte.

Amber zog aus der Tasche ein flaches Etui und öffnete es. Es war mit kleinen Werkzeugen angefüllt. Er nahm eine starke Zange heraus und packte damit das Ende des Schlüssels. Das Werkzeug war seltsam konstruiert, denn Backen und Handgriff standen in einem bestimmten Winkel zueinander. Eine außergewöhnliche Hebelwirkung sollte damit bezweckt werden.

Er drehte den Schlüssel vorsichtig herum.

Schnapp!

Das Schloß hatte nachgegeben.

Er machte wieder einen Abstecher zum Treppenflur und horchte. Kein Laut war zu hören.

Er raffte sein Werkzeug zusammen, öffnete die Tür und trat in das Zimmer. Es mußte ursprünglich ein Schlafzimmer gewesen sein. Er schloß dies aus den zwei altmodischen Klingelzügen, die an der einen Wand herunterhingen. In der Mitte des Zimmers stand ein Tisch, und ein paar Zeitungen lagen darauf. Er sah nach dem Datum und lächelte – sie waren zwei Tage alt. Whitey hatte demnach seit zwei Tagen das Zimmer nicht betreten. Amber kannte ihn nämlich als passionierten Zeitungsleser. Ein halbes Dutzend Briefe lag da, und er untersuchte die Poststempel – auch dadurch wurde seine Annahme bestärkt, denn drei der Briefe waren offensichtlich schon vor zwei Tagen gekommen, was ihn noch sicherer machte.

Eine schnelle Untersuchung des Zimmers ließ ihn keine Anhaltspunkte dafür entdecken, daß die gestohlenen Papiere hier irgendwo untergebracht sein könnten. Er fuhr mit der Hand zwischen Bett und Matratze und sah den Inhalt einer Reiseschreibmappe durch, die seltsamerweise unverschlossen gelassen worden war.

Obgleich das Zimmer hinreichend möbliert war, enthielt es wenig Schlupfwinkel, in denen die Papiere hätten versteckt sein können.

Whitey mußte sie bei sich haben. Amber hatte auch kaum gehofft, sie mit so wenig Mühe zu entdecken. Er hatte den Teppich vor dem Kamin umgewendet und war gerade dabei, einen Haufen alter Zeitungen, der auf einem Stuhl in der Ecke des Zimmers lag, zu untersuchen, als er auf der Straße Schritte hörte.

Die Schritte kamen näher – und nun machten sie vor dem Hotel halt. Er hörte das entfernte Klingeln einer Glocke und war in einer Sekunde aus dem Zimmer heraus. Er machte gar keinen Versuch, die Tür hinter sich abzuschließen – es genügte ihm, sie zugemacht zu haben.

Im Flur unten erklangen leise Stimmen, und zwischen dem Pförtner und den neu Angekommenen wurden Worte gewechselt; Amber erklomm leichtfüßig das obere Stockwerk, als er Schritte die Treppe heraufkommen hörte.

Es waren Whitey und Lambaire. Er konnte das zischende Flüstern des einen und das Geknurr des anderen unterscheiden.

Whitey trat in sein Zimmer, und Lambaire folgte ihm. Amber hörte, wie Whitey die Tür fest hinter sich schloß.

Er beobachtete alles vom obersten Treppenflur aus, und als wieder Stille herrschte, stieg er hinab.

Geräuschlos machte er die Schlafzimmertür auf und schloß sie wieder hinter sich.

Da die Verbindungstür aus dünnem Tannenholz bestand, konnte man mit Leichtigkeit hören, worüber sich die beiden unterhielten.

Whitey sprach.

»... es überraschte mich ... alter Mann ... dachte, er wäre tot ...«

Dann brummte Lambaire etwas, um sein Erstaunen auszudrücken.

»... die Vorsehung ... ihn in dem Garten gesehen ... zu Tode erschreckt ...«

Amber legte sein Ohr dichter an die Tür. Es war ihm nicht gleich gelungen, jedes Wort zu verstehen; glücklicherweise hatten sie gerade keine dringend wichtigen Dinge besprochen.

»Und jetzt«, sagte Whiteys Stimme, »haben wir allerhand zu tun.«

»Das mit Coals ist doch nicht gefährlich?« fragte Lambaire.

»Nein – eine kleine Wunde im Bein ... das Schwein, der Amber ...«

Amber schmunzelte im Dunkeln.

»Hier ist der Prospekt, den sie aufgesetzt haben.«

Der Horcher hörte Papier rascheln, und dann herrschte Schweigen. Die Männer waren offenbar mit Lesen beschäftigt.

»M-m!« Er hörte Lambaire befriedigt grunzen. »Ich glaube, wir haben alles, was wir wissen müssen – wir kopieren es gleich. Jetzt ist es nicht so schwer, die Mine anzugeben ... Oh, da ist ja sogar die Karte dazu ...«

Erneut eine lange Pause.

Amber mußte handeln, mußte schnell handeln. Sie waren eben im Begriff, sich die Informationen zu verschaffen, die es ihnen ermöglichen würden, die Lage der Mine anzugeben, selbst wenn es ihnen nicht gelingen sollte, die kleine Karte, die dem Prospekt beigegeben war, zu kopieren.

Er nahm an, daß sie mit dem Rücken gegen die Tür saßen, hinter der er stand; er schloß das aus dem undeutlichen Ton ihrer Stimmen.

Es war tatsächlich so.

Sie saßen dicht nebeneinander unter der einzigen elektrischen Lampe des Zimmers und verschlangen gierig die Einzelheiten des Prospekts und der Karte.

»Wir werden die Karte mit einer größeren vergleichen müssen«, empfahl Whitey. »Einige Orte kann ich nicht erkennen – man hat die Namen eingetragen, die ihnen die Eingeborenen gegeben haben.«

»Ich habe eine gute Karte auf meiner Bude«, bemerkte Lambaire. »Ich schlage vor, wir nehmen alles mit dorthin. Wir dürfen ja keine genaue Kopie von diesem Plan vorlegen – wir müssen nur selbst genau wissen, wo sich die ›Minenkammer‹ befindet.«

»Nun denn«, versetzte der andere unwillig. »Es müßte aber sofort geschehen. Amber wird uns verdächtigen, und bis morgen haben wir bestimmt die Detektive auf dem Hals.«

Er legte die Dokumente zusammen, schob sie in einen großen Umschlag und stand nachdenklich da.

»Lammie, hast du gehört, wie der Pförtner erzählte, daß vorhin noch ein Gast gekommen sei?«

»Ja, aber das ist doch nichts Außergewöhnliches, meine ich.«

Whitey schüttelte den Kopf.

»Es ist außergewöhnlich, sage ich, verdammt außergewöhnlich.«

»Du glaubst doch nicht –«

»Ich weiß nicht. Ich bin vielleicht etwas nervös«, meinte der andere, »aber der Gast ist mir, solange ich hier bin, nicht aus dem Kopf gekommen. Ich gehe mal hinauf und sehe mich nach seinen Stiefeln um.«

»Warum?«

»Frag nicht wie ein Narr«, fuhr ihn Whitey an. »Gäste stellen ihre Stiefel doch vor die Tür, nicht wahr? Und Stiefel können dir eine Menge erzählen!«

Er händigte seinem Begleiter den Umschlag mit dem gestohlenen Prospekt ein.

»Nimm«, sagte er, »und warte, bis ich wieder herunterkomme.«

Er machte die Tür auf und stieg vorsichtig die Treppe hinauf.

Lambaire wartete.

»Lambaire!« zischte eine Stimme an der offenen Tür.

»Ja.«

»Gib mir den Umschlag, schnell.«

Eine Hand streckte sich heftig fordernd durch den Spalt.

»Bleib, wo du bist – und gib mir den Umschlag!«

Lambaire gehorchte schnell. Die Hand packte den Umschlag, die andere machte die Tür schnell zu, und dann herrschte Stille.

»Was, zum Teufel, ist denn nun los«, murmelte entsetzt Lambaire. Er fühlte, wie er bleich wurde. Die Stimme war so dringend gewesen, als ob eine schwere Gefahr im Anzug wäre. Er wartete gespannt, wie auf der Hut vor etwas Schrecklichem; dann hörte er schnelle Tritte auf der Treppe, und Whitey stürzte ins Zimmer.

»Niemand da«, sagte er atemlos. »Ein Paar ganz schmutzige Schuhe und ein Paar Handschuhe – Amber . . .«

»Amber!«

»Er ist uns gefolgt – wir müssen schleunigst machen, daß wir fortkommen. Gib mir den Umschlag.«

Lambaire wurde weiß.

»Ich – ich habe ihn dir doch gegeben«, stammelte er.

»Du Lügner!« Whitey schäumte vor Wut. »Du hast mir nichts gegeben! Gib mir den Umschlag!«

»Ich habe ihn dir doch gegeben, Whitey.« Lambaire wimmerte fast wie ein kleines Kind. »Du warst kaum draußen, da kamst du auch schon wieder zurück und wolltest die Hülle haben.«

»Bin ich hereingekommen? Schnell!«

»Nein, nein.« Der schwerfällige Mensch war in seiner Aufregung erbärmlich anzusehen. »Du hast deine Hand hereingestreckt und geflüstert –«

»Amber!« heulte der andere und erging sich in einer Flut von Schimpfwörtern. »Mach vorwärts, du Narr, daß wir ihn einholen, er kann noch nicht weit sein.«

Er stürzte die Treppe hinunter, Lambaire hinterdrein.

Der Flur war leer, die Tür stand halb offen.

»Dort ist er!«

Beim Licht der Straßenlaterne sahen sie die fliehende Gestalt und nahmen die Verfolgung auf.

Ein paar Leute waren auf der Straße, die den Mann, der auf Strümpfen von der Northumberland Avenue zum Themsekai lief, sehen konnten.

»Haltet den Dieb!« schrie Whitey.

Der Wagen hielt weiter nach dem Themsekai zu, als Amber lieb war, doch konnte er ihn zweifellos noch rechtzeitig erreichen, wenn er die ganze Strecke im Galopp zurücklegte.

»Haltet den Dieb!« schrie Whitey noch einmal.

Amber war gerade an dem Wagen angelangt, als plötzlich ein Schutzmann auftauchte.

»Halt, halt!« sagte der Mann und packte Amber am Arm.

Die beiden Verfolger waren gleichfalls zur Stelle.

»Dieser Mann hat etwas gestohlen, was mir gehört«, sagte Whitey, seine Stimme flackerte von der Anstrengung.

»Sie irren sich gewaltig.«

Amber war beträchtlich höflicher und weniger verwirrt, als es andere in seiner Lage gewesen wären.

»Durchsuchen Sie ihn, Konstabler – durchsuchen Sie ihn!« drängte Whitey.

Amber lachte.

»Mein lieber Mann, die Polizei kann mich nicht auf der Straße durchsuchen. Haben Sie nicht die elementarsten Rechtskenntnisse?«

Eine kleine nächtliche Zuschauermenge hatte sich eingefunden. Wichtiger war aber, daß noch zwei Schutzleute auf die Gruppe zueilten. Amber sah alles und amüsierte sich innerlich, denn es kam so, wie er es gewollt hatte.

»Sie beschuldigen diesen Mann«, sagte der Konstabler.

»Ich will mein Eigentum zurück haben«, wütete Whitey. »Er ist ein Dieb: Sehen Sie ihn sich doch an! Er läuft auf Strümpfen! Geben Sie mir den Umschlag, den Sie gestohlen haben . . .«

Die beiden Schutzleute, die herbeigekommen waren, bahnten sich mit den Ellbogen ihren Weg durch die Herumstehenden, und plötzlich wurde es Whitey übel.

»Ich bin bereit, mit auf den Polizeibezirk zu gehen«, betonte Amber mit Ruhe. »Im übrigen klage ich meinerseits diese Männer an, einen nächtlichen Einbruch verübt zu haben.«

»Nehmen Sie ihn mit«, sagte Whitey, »mein Freund und ich werden nachkommen und ihn des Diebstahls überführen.«

»Wir wollen den Wagen nehmen«, schlug Amber vor, »aber ich bestehe darauf, daß diese beiden Männer uns begleiten.«

Diese Wendung der Dinge hatte Whitey nicht vorausgesehen. Sie waren in eine Falle geraten, wenn sie nicht noch wie durch ein Wunder davonkamen.

»Wir wollen in unser Hotel zurückkehren und unsere Mäntel holen«, bemerkte Whitey scheinbar gleichgültig.

Der Schutzmann zögerte, denn man konnte schlecht etwas dagegen einwenden.

»Einer von euch geht mit diesen Herren zurück«, bestimmte er, »und Sie«, zu Amber gewandt, »gehen mit mir. Es kommt mir so vor, als kenne ich Sie.«

»Kann sein«, gab Amber zu, während er in den Wagen stieg, »und wenn Ihre Freunde eine Eselei begehen, d. h. wenn ihnen die beiden Männer entschlüpfen, so werden Sie mich besser kennenlernen, als Ihnen lieb ist.«

»Lassen Sie Ihre Unverschämtheiten«, wehrte der Konstabler ab und setzte sich neben ihn.

# 21

»... Und«, schalt der Inspektor wütend, »wenn Sie nur das Abc Ihrer Pflicht gekannt hätten, so würden Sie die beiden Verfolger hierher gebracht haben.«

Amber wärmte sich vor dem großen Feuer, das in der Polizeistube brannte; dem jungen Polizisten wurde es vor dem Schreibtisch des Inspektors unbehaglich zumute.

»Daran läßt sich nun nichts mehr ändern, Inspektor«, bemerkte Amber in heiterer Laune. »Ich weiß auch nicht, ob ich mich an des Konstablers Stelle anders benommen hätte. Ein nächtlicher Einbrecher, der auf Strümpfen entflieht, und ehrenwerte Herren, die sich's blutsauer werden lassen, ihn einzuholen – was würden Sie getan haben?«

Der Inspektor lächelte.

»Nun«, gab er zu, »die Strümpfe hätten mir als Beweis gegolten.«

Amber nickte und begegnete dem dankbaren Blick des Polizisten, als er ihm flüchtig zulächelte.

»Ich glaube, das Warten hat gar keinen Zweck«, sagte Amber. »Unsere Freunde sind dem Schutzmann ausgekniffen. Zweifellos haben sie die Rückkehr in das Hotel auf ihre Weise ausgenutzt. Ihre Leute hätten sie nicht kurzerhand verhaften dürfen?«

Der Inspektor schüttelte den Kopf.

»Die Anklage lautet auf Verschwörung und Einbruch, nicht wahr?« fragte er. »Dazu wäre eine Vollmacht erforderlich gewesen. Ein Polizist könnte zwar die Verantwortung auf sich nehmen, kurzerhand zu verhaften, aber nur sehr wenige würden dieses Risiko eingehen.«

Ein Bote hatte Ambers Schuhe und Mantel gebracht, und er war nun zum Fortgehen bereit.

»Ich werde dem Gerichtshof die nötigen eidlichen Aussagen zugänglich machen; es ist an der Zeit, reinen Tisch zu machen. Ich weiß genug von ihnen, um sie zu henken, ohne mich auf ihre letzte Eskapade zu berufen – ihre weitverästelten Betrügereien, die sie seit Jahren betreiben, sind nachgerade Unrecht genug; sie geben nämlich falsches Papiergeld aus, wenn sie nicht sogar selbst

Falschmünzer sind – und das ist, vom juristischen Standpunkt aus gesehen, einwandfrei ein Verbrechen ...«

Er hatte den Wagen nach Maidstone zurückgeschickt, damit er Sutton herbringe. Als er zum Frühstück ins Hotel kam, war er nicht überrascht zu hören, daß nicht nur Francis Sutton, sondern auch seine Schwester gekommen war. Er erzählte ihnen kurz seine nächtlichen Abenteuer.

»Wir werden Schluß mit ihnen machen«, sagte er entschlossen. »Sie reizen mich nicht mehr. Ein Steckbrief wird heute erlassen werden, und vielleicht werden wir sie heute abend schon haben.«

Lambaire und Whitey hatten inzwischen den einstweiligen Hafen erreicht; sie hatten sich ins Bloomsbury-Hotel begeben, wo Lambaire wohnte. In kritischen Augenblicken war immer Whitey der führende Kopf gewesen, und so nahm er auch jetzt die Sache in die Hand.

Er fand in der City einen Laden, der früh aufgemacht hatte, und kaufte Koffer für die bevorstehende Reise. In einem anderen Laden versah er sich mit den Garderobestücken, die er schlechterdings nicht entbehren konnte. Er wagte nämlich nicht, in sein Hotel zurückzukehren, um sein Gepäck, das er dort gelassen hatte, zu holen.

Lambaire war zunächst nicht zu gebrauchen. Er saß in dem Wohnzimmer, das Whitey gemietet hatte, schnitt seine Fingernägel und fluchte hilflos.

»Es hat gar keinen Zweck zu fluchen, Lambaire«, belehrte ihn Whitey. »Es ist eben vorbei damit – vorbei mit der Aussicht, ehrlich zu werden. Wir sind peleli, wie die Kaffern sagen – fertig. Hol dein Scheckbuch heraus!«

»Könnten wir uns nicht hinausschwindeln?« fragte der Dicke kläglich. »Könnten wir nicht einen Bluff ins Werk setzen –?«

»Schwindel, Bluff!« höhnte Whitey, »dazu bist du verdammt gut zu gebrauchen! Versuch's, eine Jury anzuschwindeln! Wo ist das kleine Kontobuch?«

Widerstrebend brachte Lambaire es zum Vorschein, und Whitey nahm eine kurze Prüfung der gemeinsamen Finanzen vor.

»Sechstausenddreihundert – das ist die Bilanz«, sagte er beifällig, »und obendrein eine sehr gute Bilanz. Wir wollen alles bis auf hundert Pfund abheben. Das Löschen des Kontos hält uns zu lange auf.«

Er nahm das Scheckbuch und schrieb mit seiner eckigen Handschrift eine Anweisung, sechstausendzweihundert Pfund an den Überbringer zu zahlen. Über das Wort Direktor setzte er seinen Namen und schob das Scheckbuch Lambaire hin. Der andere zögerte, unterzeichnete dann aber.

»Warte mal«, brummte Lambaire, als sein Freund nach dem Scheckbuch griff, »wer geht hin und hebt das Geld ab?«

»Ich«, sagte Whitey, aber Lambaire blickte ihn argwöhnisch an.

»Warum nicht ich?« fragte er. »Die Bank kennt mich.«

»Du – du Dieb!« sprudelte Whitey hervor. »Du Schofelinski! Habe ich dir nicht getraut?«

»Das ist eine heikle Sache«, bemerkte Lambaire übel gelaunt.

Whitey brachte es fertig, seinen Groll hinunterzuschlucken.

»Geh und hol das Geld«, polterte er. »Ich habe keine Angst, daß du damit durchbrennst. Aber beeil dich – die Banken machen im Augenblick auf.«

»Ich wollte nicht – ich habe keinen Verdacht gegen dich, Whitey«, lenkte Lambaire ein, freundlich, wenn es ihm auch schwerfiel, »aber Geschäft ist und bleibt nun einmal Geschäft.«

»Geh – schwätze nicht«, fuhr ihn sein Kompagnon an.

Um die Wahrheit zu sagen: Whitey hatte erkannt, daß es gefährlich geworden war, zur Bank zu gehen. Es bestand die Möglichkeit, daß schon ein Steckbrief ergangen war und die Bank beobachtet wurde. Es bestand aber auch die Möglichkeit, daß die Sache sich noch etwas verzögert hatte, und in seiner alten ritterlichen Weise hatte er das Risiko auf sich nehmen wollen.

Lambaire suchte sein Zimmer auf, ehe er zur Bank ging, und blieb eine halbe Stunde aus. Als er zurückkam, stand Whitey nachdenklich mit dem Rücken gegen das Feuer gelehnt.

»Hier bin ich wieder, wie du siehst.« In Lambaires Ton lag ein leichter Spott. »Ich bin nicht durchgebrannt.«

»Nein«, gab Whitey zu. »Ich traue dir mehr als du mir – obschon du halb entschlossen warst, dich mit der Beute davonzumachen, als du aus der Bank herauskamst.«

Lambaires Gesicht wurde rot.

»Wie – wie kannst du wissen – was meinst du?« fragte er lärmend.

»Ich bin dir einfach nachgefahren«, bekannte Whitey, »in einem Auto.«

»Und das nennst du mir trauen?« fragte Lambaire bitter.

»Nein«, sagte Whitey, ohne sich zu schämen, »ich nenne das vernünftig auf der Hut sein.«

Lambaire lachte, was er sehr selten tat. Er zog aus seinen Brusttaschen zwei dicke Bündel Banknoten.

»Hier ist dein Anteil, und hier ist der meine«, entschied er. »Es sind lauter Fünfziger – ich will sie dir vorzählen.«

Er blätterte die Noten so gewandt und schnell hin, wie ein Buchhalter die Blätter seines Hauptbuches umdreht. Es waren zweiundsechzig.

Whitey faltete sie und steckte sie in seine Tasche.

»Was hast du nun vor?« fragte Whitey.

»Ich gehe nach dem Kontinent«, erwiderte Lambaire. »Ich benutze die Harwich-Route nach Holland – es ist besser, wenn wir uns trennen.«

Whitey nickte.

»Ich nehme den Weg nach Irland«, log er.

Er sah auf seine Uhr. Es war gleich zehn.

»Ich werde dich – vielleicht – einmal aufsuchen«, sagte er, als er das Zimmer verließ, und drehte sich dabei um; Lambaire nickte. Als er zurückkam, war der schwerfällige Lambaire verschwunden.

Vom Victoria-Bahnhof ging um elf Uhr ein Zug nach dem Kontinent – ein sehr gefährlicher Zug, wie Whitey wußte, denn er wurde streng überwacht. Um dieselbe Zeit ging ein anderer von Holborn ab – und dieser hielt in Herne Hill.

Whitey beschloß, auf einem Büro in Ludgate Hill ein Rundreisebillett zu nehmen und per Taxi nach Herne Hill zu fahren.

Er kaufte die Fahrkarte, und beim Verlassen des Büros kam ihm plötzlich ein Gedanke.

Er ging zu dem Schalter hinüber, an dem der Geldwechsler saß.

»Wechseln Sie mir hundert Pfund in französisches Geld um.«

Er nahm zwei Fünfzig-Pfundnoten und reichte sie hinein.

Der Beamte betrachtete sie, befühlte sie und sah dann Whitey an.

»Kommen sie Ihnen nicht komisch vor?« fragte er trocken.

»Nein.«

Eine schreckliche Ahnung stieg in Whitey auf.

»Sie tragen beide die gleiche Nummer«, stellte der Beamte fest, »und sie sind gefälscht.«

Mechanisch nahm Whitey das Bündel Noten aus seiner Tasche und untersuchte sie. Sie hatten alle dieselbe Nummer.

Seine Bestürzung, die er nicht verbergen konnte, rettete ihn vor Fragen, die ihn in Verlegenheit gebracht hätten.

»Sie sind betrogen worden?«

»Ich bin betrogen worden«, murmelte der überlistete Spießgeselle. Er nahm die Noten, die ihm der Beamte hinhielt, und ging hinaus.

Ein vorüberfahrendes Auto, das er herangewinkt hatte, hielt. Er ließ sich nach Lambaires Wohnung fahren.

Lambaire war nicht mehr zu Hause, als er ankam; er hatte wahrscheinlich kurz vor Whiteys Ankunft die Wohnung verlassen. Die Sache mit Harwich war natürlich eine Finte – Whitey wußte das.

Er ging in Lambaires Zimmer. Lambaire hatte bei seiner Flucht viele Dinge zurückgelassen. In einen der Koffer, die dageblieben waren, steckte Whitey die gefälschten Banknoten. Wenn er verhaftet werden sollte, würde man wenigstens nicht diese unleugbaren Beweise eines Schurkenstreichs in seinem Besitz finden.

Die Durchsuchung des Zimmers ergab zunächst keinen Anhaltspunkt für das Reiseziel Lambaires; da stieß Whitey zufällig auf einen Reiseführer. Da eine Seite darin öfter als alle anderen aufgeschlagen worden war, öffnete sich der Führer an dieser Stelle von selbst.

»Winterausflüge nach den Niederlanden!« schmunzelte Whitey. »Kein schlechtes Reiseziel, Lammie: Keine Detektive überwachen solche Sonderzüge.«

Der Zug verließ Holborn um drei Viertel elf. Whitey sah auf seine Uhr: Es fehlten nur noch fünf Minuten. Den Zug noch zu erreichen, war also unmöglich. Da kam ihm ein Gedanke. In der Diele des Hotels befand sich ein Telefon, das allerdings gewöhnlich stark in Anspruch genommen wurde. Er hatte Glück; als er in die Diele kam, war es zufällig gerade nicht besetzt. Ein noch größeres Glück aber war es, daß er das Auskunftsbüro der Eisenbahn sofort bekam.

»Ich möchte gerne wissen«, fragte er rasch, »ob der Zug zehn Uhr fünfundvierzig ab Holborn noch auf einem anderen Londoner Bahnhof hält?«

»Auf jedem«, war die prompte Erwiderung, »bis Penge. Wir nehmen alle Vorstädte mit.«

»Wann fährt er in Penge ab?«

Er verging vor Ungeduld, bis der Beamte in dem Fahrplan nachgesehen hatte.

»Elf Uhr achtzehn«, war die Antwort.

Das bedeutete immerhin noch genügend Zeit. Gerade etwas über eine halbe Stunde. Er flog aus dem Haus. Kein Auto war in Sicht; aber er wußte, in der Nähe war ein Taxi-Standplatz. Er war jedoch noch nicht weit gegangen, als ihn ein leerer Wagen überholte.

»Penge-Bahnhof«, rief er. »Ich gebe Ihnen einen Sovereign extra, wenn Sie in einer halben Stunde dort sind.«

Das Gesicht des Schofförs ließ Zweifel erkennen.

»Ich will es versuchen«, erwiderte er.

An diesem Tage raste durch London ein Auto, dessen Geschwindigkeit die erlaubte Kilometerzahl erheblich überschritt. Als er das von Verkehr wimmelnde West-End hinter sich hatte, war die Straße so gut wie frei, und doch war es bereits siebzehn Minuten nach elf, als der Wagen vor dem Penge-Bahnhof hielt.

Der Zug stand schon in der Halle, als Whitey, immer zwei Stufen auf einmal nehmend, die Treppe hinaufraste.

»Fahrkarte?« fragte der Beamte an der Sperre.

»Ich habe keine – ich löse sie im Zug nach.«

»Ohne Fahrkarte können Sie nicht durch, Sir«, bremste der Mann.

Der Zug, der kaum ein paar Schritte von ihm entfernt stand, setzte sich langsam in Bewegung. Whitey machte einen Satz, aber plötzlich packte ihn eine kräftige Hand und drängte ihn zurück. Das Gatter wurde ihm vor der Nase zugeschlagen.

Er lehnte sich gegen die Mauer, seine Finger zuckten krampfartig, und sein Gesicht wurde kreideweiß.

Etwas in seiner Erscheinung rührte den Schaffner.

»Es ist nichts dran zu ändern, Sir«, bemerkte er. »Ich hatte –«

Er hielt inne und blickte nach dem Zug, der eben abgefahren war.

Schnell bückte er sich und schloß die Tür auf.

»Da – rasch«, feuerte er ihn an, »die Maschine hat vor der Halle gebremst – das Signal steht auf Halt. Sie können den Zug noch gerade erreichen.«

Die letzten Wagen waren noch nicht ganz aus der Halle heraus. Whitey, der jetzt den Bahnsteig entlangraste, erklomm den Wagen des Zugführers gerade in dem Augenblick, als sich der Zug wieder in Bewegung setzte. Er sank auf den Sitz des Beamten nieder.

Whitey war ein Mann von beträchtlicher Vitalität. Die außergewöhnliche Anstrengung, die er sich zugemutet hatte, hätte ihm daher an sich kaum geschadet, aber jetzt peinigte ihn etwas, was mehr als physische Qual war.

»Auf mich!« murmelte er wieder und immer wieder. »Ausgerechnet auf mich sie abzuladen!«

Nicht der Verlust des Geldes schmerzte ihn, auch nicht Lambaires Treulosigkeit – er kannte Lambaire durch und durch. Was ihn so furchtbar kränkte, war die Unterschiebung der Noten und die furchtbare Gefahr, die sein ehrenwerter Freund für ihn heraufbeschworen hatte.

Whitey hatte sich in seiner gemütskalten Art entschieden. Er hatte sein eigenes Gesetzbuch. Gegen Amber hegte er keinen Groll. Soweit Gedanken an ihn in seinem Kopf Raum fanden, waren sie sogar schmeichelhafter Natur, denn er konnte der Überlegenheit eines Mannes, der ihn auf seinem eigensten Interessengebiet geschlagen hatte, den schuldigen Tribut der Anerkennung nicht versagen.

Auch dem Gesetz, das ihn verfolgte, grollte er nicht, obwohl sein Instinkt ihm sagte, daß er keine Schonung mehr zu erwarten habe.

Seine ganze Wut konzentrierte sich auf Lambaire, dessen rechte Hand er in mehr denn zwanzig schändlichen Unternehmungen gewesen war. Sie waren zusammen an Falschmünzergesellschaften beteiligt gewesen; sie hatten Großhandel mit »spanischem Silber« betrieben; sie waren in ihren Falschmünzer- und Falschspielsystemen höchst großzügige gegenseitige Beteiligungen eingegangen.

Die Banknoten, mit denen Lambaire ihn zum besten gehalten hatte, hatten zu einem alten Vorrat gehört. Der Drucker hatte den Schnitzer begangen, allen Noten die gleiche Nummer zu geben.

»Sie waren für die Öffentlichkeit nicht gut genug – aber gut genug für mich«, murmelte Whitey finster und stützte seinen Kopf nachdenklich auf.

Der Zugführer versuchte, sich mit seinem Fahrgast zu unterhalten, aber dieser sagte nichts als »ja« oder »nein«.

Es regnete stark, als der Zug in Chantam einlief, und Whitey, der den Mantelkragen hochschlug, den Hut tief in die Stirn drückte und ein Taschentuch vor den Mund hielt, verließ den Wagen des Zugführers und ging rasch am Zug entlang.

Die Wagen dritter Klasse waren nur spärlich besetzt. Derartige »Winterausflüge« schienen beim Publikum wenig Anklang zu finden.

Whitey beachtete die dritte Klasse kaum – er hatte nur ein Auge für die Wagen erster Klasse, die in der Hauptsache leer waren.

Er fand seinen Mann in der Mitte des Zuges – allein. Er erkannte ihn auf den ersten Blick und ging weiter.

Das Signal zur Abfahrt ertönte, und als der Zug sich in Bewegung setzte, machte er kehrt, öffnete die Tür des Wagens und stieg ein.

Es gab noch andere Leute, die wußten, daß Lambaire in dem Zuge war. Amber jagte, so schnell ihn sein 90-PS-Wagen fortbewegen konnte, durch Kent. Er hätte den Zug schon in Penge erreichen können, hätte er nur darum gewußt. Es würde für zwei gewisse Leute besser gewesen sein, wenn er es getan hätte.

Mit ihm fuhr ein Inspektor von Scotland Yard, ein ruhiger, gelassener Herr namens Fells.

»Wir wollen es jetzt tun, denke ich«, schlug Amber vor und sah auf seine Uhr. ›Sie haben doch für alle Fälle Leute zur Hand?«

Der Inspektor nickte. Sprechen war eine Anstrengung bei dem Tempo, mit dem der Wagen dahinfuhr.

Er schwang sich nur dazu auf, seiner Überraschung darüber Ausdruck zu geben, daß Amber die Mühe der Reise auf sich genommen habe.

Aber Amber, der den Anfang des Abenteuers selber miterlebt hatte, war nicht der Mann danach, sich das Ende von einem anderen erzählen zu lassen. Er hatte sich auf den Weg gemacht, um die Sache selbst zu Ende zu führen, komme, was wolle.

Sie erreichten den Kaibahnhof, als der Sonderzug einlief, und eilten das schlüpfrige Ufer entlang. Die ersten Passagiere schifften sich bereits ein. An jedem Fallreep standen zwei Kriminalbeamte.

Der letzte Passagier war an Bord.

»Sie sind nicht dabei«, sagte Amber enttäuscht. »Wenn –«

In diesem Augenblick kam ein Eisenbahnbeamter auf sie zugerast.

»Sind die Herren von der Polizei?« fragte er. »In einem der Wagen muß sich etwas Furchtbares zugetragen haben ...« – er ging voran und berichtete zusammenhanglos – »... ein Herr will nicht aussteigen.«

Sie kamen zu dem Wagen, und Amber öffnete die Tür ...

»Komm her, Whitey«, forderte er diesen ruhig auf.

Aber der Mann, der in der Ecke des Wagens saß und langsam zwei dicke Bündel Banknoten zählte, sah und hörte nichts.

»Das ist eine gute«, murmelte er, »und das ist eine gute – wie, Lammie? Diese sind alle gut – aber die anderen waren falsch. Was für ein Narr – Narr – Narr! O mein Gott, was für ein Narr bist du immer gewesen!«

Er stöhnte bei seinen Worten, und sein Körper wand sich in Qualen.

»Komm heraus«, befahl Amber scharf.

Whitey sah ihn und stand von seinem Sitz auf.

»Hallo, Amber«, rief er und lächelte. »Ich komme schon ... was macht unser Diamantenfluß, he? Hier gibt's ein schönes Geschäft – hier ist Geld –, schauen Sie her!«

Er warf eine Handvoll Banknoten heraus, und Amber schreckte zurück, denn sie waren mit Blut besudelt.

»Diese hier sind gut«, fuhr Whitey fort. Seine Lippen zitterten, und in seinen farblosen Augen flackerte ein Licht, wie es keiner je gesehen hatte. »Die anderen waren falsch. Ich mußte Freund Lammie töten – er hat mich schnöde betrogen.«

Und er lachte fürchterlich.

Unter dem Sitz fanden sie Lambaire. Ein Schuß war ihm mitten durchs Herz gegangen.